# 唐女乐传

山河万里 著

第二卷

作家出版社

# 目次

# 第一章

## 出宜春宫

天宝六载（747年）三月—四月

# 71

勤政楼上，众使震服。

宴饮刚刚完毕，圣人便传令中官及宫中侍卫，命分别带领众女乐即刻回归本部歇息，以示格外恩典照顾。夜里坊间与三大内间都有宵禁，乐人奉乐后要在偏殿中候至清早，待承天门上报晓鼓结束、全城宵禁解除才能回去，十分辛苦。眼下圣人有旨，中官及侍卫得到传命，立刻分好队，将宜春院与左右教坊女乐、梨园女弟子护送回归，各府第私伎也着人护送回府，营伎、官伎及北里女伎居住过于分散或遥远，便在兴庆宫内临时安排了宿处，待天明一一送归。

端木与李素炫等人随中官侍卫走在路上，浑身热力退却，肌肤略微寒凉，走了一阵子又稍微暖和起来。回到宜春宫，夜已深了，宫中留守者没有就寝，一个不少，都在大门口处等候。两拨人见面，分外兴奋，一路喧闹着回了宫中。入了楼阁，李素炫直接回了自己屋里，反插上门，勉强走了几步后，瘫软在榻上。

今日三月十七，长安城中梨花正盛。连着十日，李素炫强按心绪，死压着不想太多。内教坊中梨花如海，每次路过都不敢看向那边。终究大战在即，总还忍得住，眼下卸了心头重担，瞬间再也无力抵抗。

她从不曾如此痛楚，辗转呻吟，却没有眼泪。这两年来每想到师父，心中便难过，每夜苦苦挨过百般痛楚，见了第二日清早晨光，都觉得以后就会好些，应该不会再如此难过了，却从没有真的好些。眼下又到入夜，依旧难挨。她不负师父十年苦心教诲，终有所成，只是满腔欢喜无可倾诉，又觉得一切不过是虚空幻影。今夜月光皎洁，盈照宇宙，其华如雪，却又凄清可怖。

熬了阵子，依旧心痛如绞，用力使拳头顶着心窝处也没有略好些。她没有办法，只得强撑着从榻上爬起来，在屋中走动，深深呼吸。许久后回到案几旁坐下，又想在瑶琴上抚弄几下，又想研些淡墨写字，只是心头一片溃乱迷离，睁大眼睛看着案上瑶琴、小砚、纸笔，不过书琴这两件事，要做哪件，也如同痴傻般想了许久，却选不出来。最后勉强拿起笔来，指尖微微发麻，手上颤抖不稳，只得又将笔放下。站起身来又走了几步，重躺回榻上，用拳头抵着心口，死死扛着。

“熬到天亮就好了。”她想着。

一众女乐仍旧兴奋，没人回屋去更衣卸妆，都聚在讲堂中说个不停。总管破例没有强要众人各自回屋，允许众人聚在一起庆祝。有人去寻李素炫，却看不见她人，纷纷互相打探。

“素儿这怎么一回来就不见了？”

“我见她回屋了，放了门闩，敲门也不应。”

“大家都开心，她最该开心，却怎么躲起来了？”

端木明白其中缘故，担心众人不悦，立刻说道：“素儿实在是太累了，这十日里每日不过睡两个时辰。她也想一起庆祝，只是沾了榻就起不来了。她方才嘱咐我代她招待众位，我们还是不扰她了。”

众人一想，端木说的也是，不嚷着寻李素炫了。端木马上回了自己屋里，藤箧中有奉乐时圣人历次赏赐，取了大半拿到讲堂中，深深行过礼，笑着与众人说道：“素儿实在是太过劳累，我见她支撑不住，也不忍强拉她起来。她让我将这些礼物带来与众家姊妹，既是谢意，也是歉意。我们自行庆祝，饶她一顿好睡如何？”

众人开心，不多问了。其实李素炫没有嘱咐端木代她招待众人，然端木自小心细，又格外替李素炫着想，不想众女乐挑剔她。端木手中礼物拿到民间都是宝物，在宫中却算不得稀奇，女乐常在帝王身前，众人皆是获赐颇多。有时他国入贡珍玩摆在圣人面前，圣人尚未一一看过，便会随手拿起几件赐予乐人。眼下无人果真贪图什么，只是众人一心为李素炫庆祝，她却躲起来了，众人难免心生嗔怪。如今端木拿了礼物出来，道是素儿所奉，又说了许多感谢话。众人见李素炫一片恳切周到，并非倨傲古怪，又听端木说她实在是累得扛不住，也就不再挑剔，各自随意拣了件中意的，言过谢，聚着说起了别的，互相道贺，又回忆方才乐声，讲堂中一片热闹。

歌子聪明，立刻知道端木用意，马上回屋取了圣人所赐茶饼，召宫人帮助，支应起茶事来，也说是素儿嘱托她相谢众人，众人更是开心。苏获、孟离平日里与李素炫熟识，知晓她性子，隐约猜到了端木与歌子用意，满脸笑着上前帮歌子忙，为众人逐一奉上茶盏，也不忘额外奉一盏茶与宜春宫总管，并代李素炫致谢。深夜仓促烹制，茶汤味道差了不少，不过此时众人心思也不在茶味上，随意品饮，仍旧笑谈，欢闹到将入寅时，也尽了兴，也果然累得熬不住，各自回屋歇息去了。

众人走后，端木、歌子、苏获与孟离在一处商议。

“素儿生日是卢先生忌日，素儿此时定然心中煎熬。”端木说着，阵阵难过。

“我们能做些什么？进去与她说说话？”歌子急着问道。

“说什么？告诉她莫要难过？”端木问道。歌子、苏获、孟离互相看看，都答不上来。

端木摇头叹息：“今日大为成功，此乐人功劳，天子定有嘉奖，我等高兴，素儿怕是要格外难过。在她心里，任是什么金银珠宝、嘉奖赏赐，也比不过卢先生开心。如今卢先生不在了，她这等好事都不知道要告诉谁，不知她要多伤心。”

几人都沉默了，方才欢乐一纵即逝，各自心中也都起了些伤感。看看外面，月光安宁如水，落落洒了一地，院中梨花寂寞，人间其实冷清。

许久，端木柔声劝慰道：“你等肯定也累了，快回去歇息。我去看看素儿便好，我们都去，怕她躁。”

几人点了点头，各自回屋。端木走到李素炫门口，轻轻叩门。

“素儿，是我。”她小声说道。

须臾，门应声而开，李素炫在门口处一片月光中孤零零站着。

端木进了屋子，回手掩上门，李素炫看着端木，瞬间泪水滚滚而下。端木一把将她抱住，由着她在自己肩头痛哭，声音嘶哑逼仄，如遭绞杀。

“素儿若难过，便哭大声些，不要如此忍着。”端木不忍，连连说着，手上更用力抱着李素炫。

李素炫痛哭，却无声，身上冷得像块冰。许久，端木见她好些了，带她到了窗前，两人对坐在厚毡上。李素炫仍旧目光游离，脸上泪痕未干。

“端木……”李素炫小声说着，满怀愧疚。自己扰了众人兴致，又害得端木深夜不眠。

端木轻轻拍了拍她手，告诉她：“素儿莫多想。”

“好。”李素炫点了点头。

又许久，端木柔声说道：“素儿，我知道你难过，也知道你难过时总想独自一人。只是眼下我实在不放心留你一人，我在这里陪你，你若不想说话，我也不说话。”

“好。”李素炫又点了点头。两人都沉默了，默默对望着，又看看窗外月光。屋中幽暗，李素炫看着端木，心中感激。端木自小温柔体贴，凡事总为旁人着想。这两年来，每到师父忌日、生日，李素炫难过时，端木总是会想到，一定会过来安慰，却又不多说，只安静陪着。

许久，李素炫缓缓说道：“小时候师父教我琴乐诗赋，我日日用功，也果然喜欢。师父死后，我却忘了自己是不是喜欢了，终日勤勉，想的总是要对得起师父。可纵然今生有所成就，想到师父不在了，又觉得一切都没意思。我什么都不敢糊弄，怕对不起师父，可又觉得认真也是落空，这世间没什么值得求索的，我对什么都没兴趣……万万不能失去的，都失去了，那些没得到的，能有多要紧……端木，我以后该怎么办？”

端木叹息，轻轻握着李素炫两手，说道：“素儿，我也不知道。眼下夜深，不要想，待天明再说。”

“端木说的是。”

又片刻，李素炫说道：“此次不知圣人有何嘉奖。若是有机会，你定要乞请圣人赐你良人身，离开这宜春宫。”

“那你如何？”

“我也会如此请求。”

“我朝律令严格，脱籍难于登天，只怕圣人不会应允。”

“总要一试，不行也不会怎样不是？今日奉乐，你以鼓号令，沉着稳健，诸使哑服，圣人定然喜悦。你那般惦记你师父，怕她年迈无人照料，不如趁此机会请求圣人，纵然不允你脱籍，也允你出宜春宫，奉养你师父。你一片孝亲之心，圣人纵然不许，也不会怪你。”

端木沉默片刻：“素儿说的是，如此我便试试，你也要试试。若我们都出得了宜春宫，此生为伴，逍遥民间，何其快乐。”

李素炫淡然一笑，她已有了主意。前夜奉乐结束从殿上下来，值乐官大喜，不意说了句“此番功劳就求个良人身也足够”。这话李素炫记住了，只是，宜春女乐天下顶尖，圣人怕是难以同时纵放两人。李素炫已有决计，自己另作打算，只要端木能离开宫中便好。她有她师父盼着，有李逊盼着，宫里宫外，此生迥异。李素炫却不同，没有师父，世上何处不是囚笼，出不出得去这深宫又如何。若二人中只一人能得自由，情愿让与端木，自己纵然困死深宫，也认了。

端木心思细腻，却也单纯，她哪里知道李素炫心中盘算得如此周详。

两人又默坐许久，天边泛白，李素炫也平复下来，让端木回去歇息。端木又嘱咐了几句，离开了。李素炫躺在榻上，看外面渐渐有了些亮光，心中沉实许多，昏昏睡去。

## 72

隔三日，李素炫在内教坊中又见到了雷海青，他依然早到，独自弹着琵琶。见李素炫行过礼在对面坐下，雷海青心中惴惴，知道十七日夜里她定然难熬，眼下却又看不出异样来。想了片刻，没有开口询问，仍旧弹着手中琵琶。

李素炫安静听着、看着，见雷海青脸上神色如旧。他总是如此，每在内教坊中见到，他总是一身平淡，仿佛此前世上从未发生过什么事情，往后也不会发生什么事情，人间没什么好开心的，也没什么好难过的，但有琵琶箫管在手，没有什么事情可堪过心。

“雷先生平生所历定然不比我少，我却没有他这份通透洒脱。就是每十日在内教坊中这两个时辰，都做不到不分神。”李素炫心中感叹。

许久后雷海青停了下来。片刻后，李素炫弹起上月雷海青所授新曲，之前已弹习多日，虽停了十日，昨日前日又捡起来认真练过，眼下弹着倒也手上无碍，只是有些走神。十日中雷先生帮了她许多，理当道谢，却又觉得说个“谢”字有些突兀。看看几曲弹过，李素炫停了下来，听雷海青讲示了一些，再弹起来，仍旧胡乱想着。

几曲后，李素炫手上又停了下来，再一想，自己也觉得好笑。依雷海青性子，说与不说，他都不会在意，自己何必如此纠结，顺口便说，不顺口便罢了。

“素儿不负所学，卢先生若是知道了，定然欣慰。”一片安静中雷海青轻轻说了一句。

李素炫知道，雷海青定然想得到她这几日挨得艰辛，师父卢菡是他昔日知己，想来这几日他也不怎么好过。她方才纠结许久，不知该不该说个“谢”字，雷海青大约也是一番为难，不知该不该出言安慰，最后只说了这一句，却又低着头，声音也轻。

李素炫心中感慨，笑了笑，抱手点头，轻轻行过一礼。

“师父曾教我度曲变声，贺先生曾教导我此番本事不要轻易弃了，我今日知道他们用心深切。亏是听了他们嘱咐，虽然不明白学这些做什么，却照做了。先生屡次与我详细讲授过法曲、大曲，我都认真听了，回去也认真思索过，又详细记下以备查考，此番果然都用上了。今日知道众位先生远见，当时果然是素儿短视。”

雷海青笑了笑：“人不知来日，自然也不知道来日何为有用、何为无用。故此并非来日想做什么，今日便学什么，而是今日学了什么，来日便能做什么。素儿不挑剔，又勤奋，见有授便精习，日常所备深厚，故此当日敢于挺身而出，最后也能一战功成。”

“素儿谢过先生相助。”

“无妨。”雷海青淡淡答道，又将手中琵琶轻弹起来。十日辛劳，一夜奉乐有成，对他来说不算什么，远不如眼下手上这支调子来得要紧。直到一日结束，两人再未说话。

半月余，各方来使陆续离开长安城。四月初，圣人将端木与李素炫召至兴庆宫花萼相辉楼，令于晚间奉乐。在偏殿中等候时，听中官讲到，此次为圣人家中私宴，别的没有多说，二人也没有多想。宴饮开始不久，圣人召二人上了正殿。

二人怀抱乐器走上去，见今夜圣人穿着随意舒适，旁边是贵妃与高力士相伴，还有其他几人，却不认识。端木与李素炫落座，行礼，奏乐，席上人众没有如往常一般推杯换盏、高声谈笑，而是认真聆听，殿上一片安静。几曲过后，二人怀抱乐器深深行礼，圣人却并未令她们退下。

“你二人抬起头来。”圣人说道。

二人依言，圣人指着她们，笑着说道：“这便是十七日奉乐之人。她二人请命，高力士相助，调了全城琵琶伎与鼓角乐人，连朕亲军也给搬动了，最后大获成功。我朝从未有过此等大乐，也教那来使再不敢轻慢。”

片刻，席上传来女子声音：“你二人叫什么名字？”

说话的是一老年女子，年近六十，肌肤平滑细嫩，面容慈祥。看她穿着华丽，又紧挨着圣人落座，说话也随意，定然身份显贵。

“奴端木行止。”

“奴李素炫。”

报上了自家姓名，端木与李素炫猛然想到，此人定是玉真公主。闻听人说她十六岁便与阿姊金仙公主一同入道，此次想是入宫探望亲人，才穿着世俗衣冠。

此人果然是玉真公主，道号持盈，乃是天子亲妹。圣人与大妹金仙公主和幺妹玉真公主为同母所出，武后当政时，荼毒李氏，兄妹三人朝夕惶恐，彼此安慰，挨过那段生死岁月，情感深笃。大妹金仙公主去世后，圣人对幺妹格外照顾，累年封赏极厚。玉真公主多年来权势巨大，只不过身在道门，奉帝诏命，历年代巡天下名山，不常在长安城中，如今也刚回来不久。十七日夜里，勤政楼中乐动八方，第二日便传遍长安城，公子王孙、贩夫走卒无不知晓，街头巷尾人人议论兴奋。玉真刚回到长安城立刻便听说了，心下好奇。今日兄长召集内宴，并令端木与李素炫二人奉乐，她自然一定要来看看热闹。

听端木与李素炫报上名字，玉真点了点头。

“如此姿容靓丽，乐艺有成，又敢为国家出头，实在是难得。”

圣人也得意，又听玉真问道：“我听人说，当日这二人实实卖了个关子，扰得殿上来使心中纷乱，妄自得意，最后却被狠狠压服，气都不敢长出。兄长倒是沉得住气，始终镇定。”

如此一说，圣人立刻笑了，旁边高力士也笑了，连下面端木与李素炫也笑了，只是不敢大笑。

“却是何故？”玉真好奇问道。

“朕早就知道她二人诡计。”圣人说道，随即示意李素炫作答。

李素炫即刻对玉真持礼道："我与端木和雷先生本是另有打算，想从强处起序，却临时改了主意。高将军彼时留身旁一人在内教坊中，我央他带我求见高将军。见了高将军后我如实相告，高将军立刻奏报圣人，有了圣人准许，才敢调动天子亲军。故此那日殿上只将那些来使蒙在了鼓里。"

玉真也笑上了，又问道："尔等当日所奉之乐可有个名称？"

"我等名之《小破阵乐》。"

"为何？"

"当日奏乐取了教坊曲牌《破阵乐》为骨。因圣上屡次以《破阵乐》教授梨园弟子，我等不敢觍功僭越，故名之《小破阵乐》。"

圣人点头，说道："尔等奉乐壮阔，诸使震服，纷纷上表以示臣心，态度极其恭谨。念此功劳，朕今赐名《大破阵乐》，着令教坊及梨园弟子传习，以为常备。"

端木与李素炫十分高兴，立刻行礼谢恩。玉真仍是好奇，又问道："我听人说你等所制新乐颇为不同，调了几百人，将军擂鼓，士兵击甲，声传十里，震落满城梨花，极有气势。"

李素炫笑了笑，答道："梨花不是震下来的，是我让人弄下来的。"

"……让人弄下来的？"

"正是，第二日放出风去，就说昨夜奏乐，满城梨花震落。不想那使节竟然真信了。"

众人立时哄笑，玉真更是大笑。

"你这碎女子，恁般狡猾。声传十里，又如何做到？"

"禁中有天子亲军，带甲者二十万众。我得圣人应允，请高将军所留总管持高将军军令知会亲军将领，调了军士到兴庆宫内墙处，令军中仗内教坊乐人听到殿中号令，便带领军士喝喊、擂鼓、击甲，令满城皆闻，以为是自勤政楼上传过去的。第二日自然会传到使节耳中。"

众人又起大笑。

"我等现在也知道，临时调集那许多搊弹家并市井伎，只令她们平扫五弦，只将琵琶做铙钹用。却不知那堂下搊弹家将头上金簪拔下，别入琵琶弦中，又是为何？有何异响不成？"

"并无什么异响，噱头而已，嘿唬人的。"李素炫从容答道，席上众人已笑得不能自已。

“这女子心眼忒瓷实，问什么都说实话，也不晓得弄个玄虚，卖弄几句。”玉真笑道。

李素炫笑了笑，对玉真轻轻行过一礼，心想，聪明不过帝王，自己不过十七八岁，些须历练，还是不要拿来与一世天子打马虎眼。千般心机，不如实话实说，倒还有趣些。

众人都笑够了，圣人又说道：“此番难为你二人敢站出来。只匆匆十日，事体又大，若是不成，定然要受责罚，你二人甘于冒险，甚为难得。朕听说是李素炫先站出来向高将军请命，你可真是有胆子。”

李素炫即刻行礼道：“昔日我师父曾教诲我，不敢以乐人身贱推脱天下事。既然是我等奉乐令使节嗤笑，令朝廷为难，有碍国家，便该我等出手解决。”

圣人闻听，心中叹息：“卢照寂虽为乐师，却终究脱不了士人本色。区区一介女乐，又年幼，竟教以天下之义，这小女子竟也果然信服践行。”

圣人不知道，所谓“不敢以乐人身贱推脱天下事”，果然是昔日卢菡教诲，李素炫虽然笃信不疑，却并不懂得其中深意，只是拿来应对天子询问而已。危急之下她敢冒险上前请命，究其缘故十分杂驳。身为天下顶尖女乐，得意还来不及，却遭使节轻慢，格外愤恨；苦修多年，不愿辜负手上本事，也想一逞所能；师父累年教诲大义，不懂也乐于照做。这些都是理由，还有一点，不要说旁人，就是端木也想不到，李素炫虽长在长安，却终究身出西域，实在是不忍见其与中华相离。

“尔不过女乐，竟知有天下。”玉真赞叹道。

“我自幼读书，知道家国体大，遇事不敢逃遁。”

旁边高力士马上说道：“可不是，你等折服众使，与圣人解忧，果然是功劳。”

李素炫知道高力士心思，她只说忠于家国，不说忠于皇帝，高力士怕圣人不悦，才出来补了这一句。李素炫只当没听见，并未随着说下去。师父只与她讲过忠于家国，没讲过忠于皇帝。她也晓得说一句“效忠天子”是好听话，可她偏不想说。圣人乃梨园领袖、乐艺前辈，手上本事李素炫不敢不服，故自己所制之乐只敢着个“小”字，然天子名头她却不怕，饶你官大，我又没犯法。

圣人心机敏锐，察觉得到，心中又笑又气，又无奈。

“这碎女子，性子真是个拧着的，现成人情都不捡，与她点破都要硬装傻，真是像了那卢照寂。我屡次见她都是这般，不肯讨好，不肯逢迎，偏又伶牙俐齿，一番家国人伦、春秋大义，说得天衣无缝。定个高调子出来，叫人抓不住她把柄，实在是令人生恨，又无奈。如此能弯腰，却不肯低头，也不知道谁教的。那卢照寂是个读书读呆的，可没这个算计。”

圣人不知道，这些都是从前鹿先生所授。李素炫性情颇类师父卢菡，卢菡知道，也担忧，却不想硬掰她，只求鹿先生授她鬼谷机变，但求让她一生逞性，活得痛快，又能少许多麻烦。入宜春宫前鹿先生已讲授许多，李素炫不是很懂，却累年笔头勤快，记得详尽。这两年来无事翻阅，慢慢体会深了，就用得上了，又不低头，又不授人以柄，又能保全自家性情，又不受性情拖累。不过她也清楚，这等手段只好拿来对付君子，或者起码讲点儿理的，或者至少要些颜面的。若是遇上痴愚凶横之徒，管你那许多，上来抡刀便砍，任什么权谋心思也都无用。当年苏秦固然智计过人，身配六国相印却也无非是因为遇到了六国君主，若是遇上个毛贼劫道，听不懂书生道理便要恼火，只一刀过去，史书里就没他苏秦什么事了。

端木一直在李素炫身旁，平日里奉乐，不过行礼，奏乐后再次行礼便退下，圣人很少与她说话，说也就一两句。眼下她微微低头，双手持礼，耳边听得李素炫与圣人有问有答、来回推挡，不卑不亢，一副应对从容，心中羡慕。

“我怎么到了这场合就心慌，口舌打结，圣人若问我这许多，我怕是早就口不能言。素儿平日里老实读书，逼急了却是胆大不怕死，是个敢赌命的，我怎么就没有这般胆识。此番若不是她挺身而出向高将军请命，我一人是打死也不敢站出来。”

圣人自然是喜欢端木这等温良淑女，天下男子怕是大抵如此，李素炫也曾想过，自己若为男子，定然也喜欢端木，大约不会看得上自己这等爱尥蹶子的。然席上贵妃与玉真，尤其是玉真，却偏喜欢李素炫这般胆大伶俐女子。众人又说笑了几句，圣人问道：“此次朕当厚赏。尔等可有所求？”

本以为圣人不过赏赐些金银财帛，不料他竟然问了这一句。李素炫没有即刻答话，端木却想起前几日李素炫嘱咐来。停顿片刻，李素炫未开口，圣人目光又向端木看过来，她便低头向圣人行礼说道：“奴求赐良人身，出宜春宫。”

圣人一时沉吟不语，端木再次行礼，又说道：“奴授业恩师如今已年届七十，身旁无有家人子嗣，无人照料。奴难忍牵挂，纵不得良人身，也求回归左教坊，奉师父天年，也不误了与天子奉乐。”

圣人没有回答，转而又问李素炫：“汝有何求？”

李素炫心中飞转：“端木求赐良人身，若圣人允了，我可以再试一次，行就行，不行也不打紧。眼下圣人未答复端木，又来问我，若我也如此请求，圣人不能同时放两人，便只能同时回绝，可不是糟糕。也罢，反正我也早打算过，求个别的，容易的，但愿圣人允了端木，放她自由。”

如此想着，向上行礼道：“奴恳请圣人恩度，入内道场，自此修持。”

此言一出，圣人、贵妃及玉真固然惊异，端木更是大吃一惊，接着惊恐起来。

“素儿如何求度？入了道门，又在宫中道场，不是要一生困死？前几日我二人说好，都要求个良人身，出了宫，一同逍遥民间，她为何要改主意？这不是要害死自己？”

李素炫求入内道场，固然是为端木着想，也有别样缘故。师父卢菡死后，她在死活之间苦苦熬过最初几月，之后一直用心弹习、读书写字，满指望日子久了，可平复心中痛楚，也能安然度日，与众人相谈欢笑，也能安享华服美食，品味俗世欢娱。然她苦熬过两年，心中痛楚未有丝毫削减，每日衣锦着绣，却厌弃其华，每餐甘醴厚味，却难承其重，白昼能过，夜晚依旧煎熬。如今她已心灰意冷，不想再作挣扎，情愿入道修行，一生布衣淡食，向隅而居，或可于道法中求个解脱，至少不用再强撑欢颜应付旁人。

圣人思索片刻，朗声说道：“家国有用，尔等挺身而出，临危受命，制献《大破阵乐》，不战屈兵，虽未动金戈，实庙堂之役，当得五品军功，按典除免奴籍，赐良人身。朕今日格外恩准端木行止出宜春院，回归左教坊，奉养恩师，以尽孝义，又准李素炫所请，与其恩度，令入内道场修行。并及当日奉乐全部人众及梨园雷海青，朕皆有嘉奖。”

端木与李素炫即刻叩首谢恩，端木喜极，又大恸，一时难忍泪水。李素炫虽然意外，却仍是满脸淡然。她并未向圣人求赐良人身，圣人赦了她，是因为想到了卢菡。

“卢照寂钟爱此女，视若生命，却从未入宫向我请求赦免。他若真来了，我还真是为难，为私事动用天子权柄，可是天下人看着。今日她为朝廷立下功劳，我虽逾制赦了她，也算有个理由，天下也无人说得出什么来。卢照寂为我故人之后，又是我内廷之人，我却连他性命也未保住。如此，也算我做了一件事。”

李素炫明白，天子极权，大事上定要尽逞心志，绝不容人批其逆鳞，小事上却要遵守法度，以为天下示范。为帝王者，就是无端诛杀朝臣，也无人拦得住，为一介女奴破了规矩却是罕见。她隐约能够想到，圣人今日赦免她定是与师父卢菡有关，心中一时感慨。

“既如此，我便入内道场，好生修持。盼望心有慧根，余生或得解脱。”李素炫暗想。

席间轻松了许多，众人也谈笑开了。圣人对李素炫说道：“前阵子你说请朕赐下题目，你即刻赋诗弹唱。当日朕刚要开口，遇朝臣上殿报捷，此事便错过了。今日你可一试？”

“她会赋诗？”玉真在一边好奇问道。

贵妃笑着答道：“宫中多传她诗名，我等却是未见，每次召她前来，只顾听她琵琶了。”

“如此说，今日倒好见识一番。”玉真说道。

李素炫行礼道：“请圣人赐下题目。”

圣人想了片刻：“朕上次拟了一题……眼下忘了。”

众人都笑，玉真说道：“既如此，小妹代兄长拟题如何？”

圣人点头同意，玉真四下看了看，见眼前有个小玉碗，盛着粟米饭，冒着热气，颜色金黄可人。玉真指着说道：“你便以此为题。”

“是。”李素炫点头领命，思索起来，席间人众静静看着她。片刻后，她将琵琶抱好，一边持拨弹奏，一边轻轻唱起来。

清水淘金釜滚汤，任匆忙，费思量。须臾片刻，幽有稻菽香。勤羹巧谷年复月，是黄粱，非黄粱。

移杯添箸满壶浆，入饥肠，理微伤。五谷粗率，平生慰仓惶。百年不过几粥饭，非黄粱，亦黄粱。

曲终，收了弦声，殿上仍有余音，又渐渐消弭。众人皆在哑然，回味片刻后，欢呼喝彩。虽是短短一首，不过上下两阕，辞令平淡，并无奇险，细细品咂却有意味，韵律平仄上也有讹失处，入乐了便听不出来，又兼顷刻成就，即席弹唱，实为难得。

圣人赞叹：“《江城子》并非教坊曲牌，你也知道，本是单调，你却作双调，这诗名果然不虚。惜为女子，一番才情也只得行吟弹唱，若为男儿，金殿之上，朕定点你三甲。”

李素炫心中却是不屑：“女子如何便可惜，一番诗情拿来唱曲，怎的就不好。我纵为男子，也定与师父一般，才不入你那皇城，才不上你那金殿，与那满朝魑魅魍魉周旋一世。”

一旁玉真大喜，即刻向圣人行礼，说道：“妹欲请兄长赐下此女，不知兄长可否恩准？”

圣人一时不解，目光询问，玉真立时起了认真，两手持礼，欠身答道：“品她词赋，颇有玄机，年少便有如此洞穿，此子与道有缘。兄长既已允其恩度，可否也准其出宫，入我门下？妹已数十年不收私徒，今日愿破例，收她为我关门弟子，入玉真宫，随我修行。”

圣人面上起了为难，兄妹二人一时在殿上算起账来。

“此天下顶尖琵琶伎，再无二者。若与你领走，谁人与朕奏琵琶？”

“不是还有贺怀智，更有梨园雷海青？”

“男子与女子弹奏殊为不同，不可取代。”

“兄长爱她琵琶，我却是爱她诗才与悟性。或者我与兄长寻个弹琵琶比她好的？”

“果真有比她好的，朕早就得了先机，还到得了你手里？”

玉真也知道，圣人固然舍不得李素炫，也是有些故意斗嘴，图个乐子。她做出一副为难相，想了半晌，最后说道：“若不然，这样，兄长放她出宫，入我门下，却不随我去玉真宫，更不去王屋山灵都观。令她不离长安，只在三大内近处择一地居住。但兄长有召，即刻入宫，兄长无召，便随我修行。如此兄长可恩准？”

李素炫偷眼看着圣人脸色，见他倥着脸撑了许久，渐渐忍不住露出了笑模样，立刻知道此时是她机缘，对圣人行礼道：“若圣人准奴出宫，奴请居于我师卢菡旧宅，正在延政坊中左教坊近旁。”

圣人果然绷不住，立时对玉真笑了。

“也罢，遂了你了。”转头又对李素炫说道，“你师父只是教坊乐师，旧宅定然狭促简陋。你若入了持盈师父门下，年岁不大，辈分可高，也颇有等级。朕理当赐你光明大宅、车马仆从，以配身份。”

圣人自然是看在玉真面上，见玉真喜爱李素炫，他虽不舍也已允了她出宫，不如将人情做到底。李素炫却持礼推辞道：“奴谢圣恩，不消宅邸扈从。师父一生清贫自守，奴不敢贪求奢侈，有悖师道。余生只愿居于师父旧宅，质朴度日，以为怀念。”

圣人点头轻叹：“难为你如此有心。既如此，朕准你所请。”即刻传口旨与高力士：“朕今允李素炫出宜春宫。因其佚肆炽盛，朕不忍取夺，便学念奴旧事，着宜春院籍名统管，有召入宫，无召则任其自由。赐居于延政坊内卢照寂旧宅，并赐金银用为修缮。”

李素炫谢恩，圣人教免礼后，她又与玉真深深行礼。

“李素炫谢过持盈师父。”

玉真看着李素炫，满心欢喜。

“孩儿免礼。我即刻令人准备，待你出了宜春宫，便在玉真宫奉行科仪，自此入我门下。”

一夜欢谈，众人也都累了，圣人吩咐撤宴。端木与李素炫行礼辞别圣人，李素炫又格外与玉真行礼，随即与端木一同出正殿，入了偏殿。

两人在偏殿中寻了个地方坐好，端木仍是惊魂未定，说不出话来。方才殿上一波三折，李素炫是个性子生的，铁打的肝肠，浑然不惧，端木却是贞静女子，这一番实在是心惊肉跳。她求赐良人身、出宜春宫，不过是搏个侥幸，不想圣人竟准了。李素炫初时求入内道场，端木心痛至极，又不想瞬间峰回路转，眼下素儿竟入了玉真门下，自此身份贵重，又出了深宫，居于卢先生旧宅，与自己只一街之隔。前几日想着二人或可于民间一同逍遥，还不过笑谈，今日便已遂了心愿，真真如在梦中。

许久，端木身子松弛了些，接着瘫软下来，抱着李素炫低声啜泣起来。李素炫轻轻拢着她肩膀，在她耳边柔声安慰：“好了，往后什么都好了。”

# 73

第二日清早，二人回了宜春宫，不一时中官前来传旨，令她二人整理内务，收拾随身物什，与宫中故旧辞别，十日后出宜春宫。因二人仍着宜春院籍名统管，日后仍需上殿奉乐，故仍着宜春院发放月度，并二人身上金银鱼袋也令继续佩戴，不予收回。中官同时又将圣人赏赐带了来，凡宜春女乐皆有所获，宜春宫总管与端木、李素炫三人又格外厚赐金银。

中官走后，宜春宫中一片欢呼。众人此时才知道端木与李素炫因军功获免奴籍，圣人准她二人出宜春宫，李素炫被玉真收入门下。身为女乐，此事从前想也不敢想，如今这二人竟做了出来。众人艳羡，也为她二人高兴，因十七日夜间一同奉乐而获赏，自然也开心，只有小宫人月牙儿在一旁难过。

“月牙儿如何叹气？”端木问道。

这一问可不打紧，月牙儿眼中立时蓄起泪水来，眉头也皱了起来。

“往后……可是要再见不到了？”她委屈着问了句。

“怎么会见不到，能见到。”李素炫赶忙拉着她手，安慰她，“我二人仍有鱼袋，能到宜春宫中来。再说，日后我等仍要与圣人奉乐，要与歌子她们合乐练习，也总要到此处来，肯定能见到。”

月牙儿这才好些了，破颜为笑：“既如此，你们下次在讲堂中合乐，月牙儿还在一边侍奉着。”

“好，定然还是你了。”李素炫笑道，月牙儿这才放下心来。

众人此时笑语盈天。

“你二人也没什么太多要收拾的，两三日也就够了，余下日子我们饮酒畅谈如何？”

“说的是。日后你二人就是来了宜春宫，也是要合乐，不能饮酒。”

“就是不合乐，宵禁前要回去，也不方便饮酒。”

“不若这几日，我等就陪你二人将一辈子酒都饮了，将话也都说了。”

“你二人且吩咐，要什么酒，我等去准备。素儿能饮，定要备得足够。”

“说的是，若是饮得多了，就让歌子烹茶，拿来解酒。”

“也要备下些小食拿来佐酒。”

端木与李素炫互相看了看，这酒怕是躲不过了。看众女乐，也是兴奋，也是伤感，终究她们仍要在这深宫中困守，见端木和李素炫逃了出去，为她二人高兴，又哀怜自家命运乖蹇。

宜春宫总管当日全力相助端木与李素炫，今日也得了厚赏，十分开怀，端木与李素炫要离开，也有些舍不得。此时他对众人说道："既如此，我也想些法子，恳请膳房额外做些佐酒小菜，每餐多送来些。膳房中有人专门负责宜春宫采买，我与他些银钱，央他出宫采买时与我等捎些上好酒浆来。"

众人欢颜，纷纷说道："此事如何能让总管破费，我等凑些银子便是。"说着果然颇凑了笔银子出来，交与总管，说了许多感激话。端木与李素炫看着众人欢腾，甚是触动。

李素炫小声告诉端木："既如此，死活也要饮个痛快。"

端木吓了一跳，也只得点点头，随即又不停摇头笑着，知道李素炫果然就是这般性情。不过她也确实善饮有量，容她逞一回性子，想也无妨。

众女乐和总管前去安排酒席，端木和李素炫回了自己屋里收拾。

李素炫进了屋子，轻轻关上门，周身白昼雪亮，流光转溢，烟尘轻轻翻滚舞动，窗外绿意模糊，隐约有啁鸟声声。屋中陈设简单，不过床榻、案几、藤箧，没太多零碎物什，处处轻简，唯有五色琵琶通身锦绣，光华流溢。

"我来此处时，一片昏聩濒死，不知一路上怎么走过来的，在这屋中榻上煎熬了几月才死而复生。这两年里雷先生授我琵琶，我又多得贺先生指教，与师父雪了冤屈，又结识苏获、孟离和月牙儿，送容儿出宫远嫁，结识了卢七，脱了奴籍、入了道门，不日便要离开……想来也不算枉度。"

她开始收拾物什，将大批笔记整理好，裹了，紧紧扎上，生怕散佚。衣裳打个包袱放在一边，将瑶琴与几支琵琶包裹好，最后是案几上笔墨纸砚。小簸箕砚是从前师父所赠，虽然简陋，却是自小用过来的，多年盘磨滋养，色泽格外温润。她心头喜爱，裹了一层又一层，护好了。案几上有个长方盒子，里面是从前鹿先生所赠锥管。出左教坊前，鹿先生将手中二十枚锥管悉数相赠，她曾以为得靠着这些锥管撑过一辈子，用得格外俭省，如今将出宜春宫，仍有十二枚未曾开笔。

她心中忽然热辣起来。

“我得圣人恩赐出宫，此事鹿先生定然很快知晓，我出了宜春宫立刻就去探望先生，此事他也会料到，到时定然在家中等我。我这两年书学颇有长进，日后乖乖与先生抄书，一辈子有的是锥管，凭我任意取用，想用多少便用多少，想怎么用便怎么用，还有那许多书籍手卷也随我日日看个痛快，如此不是一生快活？从前梁蛮告诉我，城中酒家客栈墙壁上有许多题诗，许多都是赶考举子题在墙上的，据说有许多上上佳作，日后我可以挨个酒家客栈去看。从前师父屡次买了小金蛉给我，入宜春宫后再没养过，师父当日给我那只小葫芦我仍好生留着，日后再去买了小金蛉来，用小葫芦养着。还有，听卢七说他在城里许多寺院画过壁画，吴先生也画过许多，以后我都可以去看，不用再看卢七画线稿胡乱过瘾……”

她越想越兴奋：“师父谋划盼望多年，为的就是我能有今日。我一定要好好享受，才不辜负师父昔年用心。”

这么一想，手上格外利索起来，屋里本就没有多少物什，很快收拾得差不多了。她将几个包袱堆在一处，仰面瘫在榻上，心中仍旧狂跳，一切仿若梦境。端木那边也很快收拾利索了，寻了过来，两人在地上对坐，就着满室明辉，互相看着。

“出了宜春宫，我着人将这些先送到左教坊，找间屋子对付几日，待师父旧宅修缮好了，置些箱柜床榻，便迁进去。我初来长安时在师父家中住过几个月，至今还记得屋中大概样子，就照那样子布置。”李素炫说着，笑得开颜。

“我师父不能随意出左教坊，我就住在左教坊里，照顾她。”端木答道。

“你我只一街之隔，你若忙，着人来唤我，我马上就到。”

“好。我们也可以一起出街游赏，看看他东市西市、百样货殖。买不起，还看不起？”

“大的买不起，小的还买不起？我们也与那胡商论价，也自那胡姬手中沽酒，站在街上，豪爽就饮了。”李素炫说得横气。

端木立时大笑：“说到酒我可弱了，酒量不济，陪不起你。”

“无妨，我饮酒，与你买些小食，你也不亏。”

两人相视大笑。端木自此可以照顾师父，当然，她也想着李逊。李素炫心中清楚，不说，却暗自为她开心。二人出身微贱，今生本注定命运沉沦，不想转瞬间前路开朗明亮起来。逛个街市、沽酒买卖本是寻常事，对女奴来说，却是要多年拼命，搏得万中之一，才能有此福分。

三日后，过了未时，众女乐将酒菜备好，聚在讲堂中，让月牙儿将端木和李素炫叫了过去。到了讲堂外，端木和李素炫望了望里面一番阵仗，顿时有些傻眼。

“为何备了这许多酒？”李素炫这量大能饮的眼下也怕了，“这些全下肚，就是不醉死，也累死了。”

端木更怕：“我看你我今日是好不了了。”想了片刻，又问：“素儿最多能饮多少？”

“我不知道，以前没醉过，但也没饮过这许多。”

两人惧了阵子，被众女乐拉到堂中，月牙儿此刻已开心欢跳，四处轮番斟酒了。众人落座，司仪致辞，简单几句，不过多废话，众人先饮了第一盏。

“如此便饮上了？说是饮酒，果然是饮酒……也罢。”端木笑着说。

堂中一片欢乐，膳房今日格外送来许多餐食，月牙儿在一旁不断斟酒，众人也不互相劝盏，各饮各的，说些笑话，讲些宫中奇谈，过了酉时，司仪宣布结束。端木和李素炫刚想松口气，司仪笑着说道：“先别得意。到你二人出宫，还有七日，这七日里，日日有酒，今日算开序，最后一日才是正题。”

端木与李素炫面面相觑，众女乐在一旁大笑。

第二日上午，李素炫去了东宫马场与陈蘅告别。终究还是能够见面，二人并无伤感，开心约好日后凑在一处骑马。临出宜春宫前一日下午，众人又开始饮酒，李素炫独自负上琵琶，到内教坊中去见雷海青。上次逢一，正是在勤政楼中见圣人及玉真那日，李素炫早早去了兴庆宫候着，没有到内教坊来，今日不能再错过一次。她进屋行礼坐好，片刻后雷海青停下手中琵琶，看了她一眼，淡淡说道：“以为素儿今日不会来。”

李素炫笑了笑：“如何不来？”

雷海青也笑了，二人再未说一句话，彼此交替弹过两个时辰。李素炫就要出宫，自此逍遥民间，雷海青知道她此时心头难以平静，没有给她讲什么，也没有指定她弹奏什么，由着她随意弹，他自己也随意弹。酉正时分，李素炫起身告辞，临出门时，雷海青嘱咐道："素儿近日一定格外繁忙，出了宜春宫，安顿左右杂事，着人修缮卢先生旧宅，都需要些时日。心中事由多，难以专注，若是一时忙不过来，少来一两次也无妨。"

"我若不来，先生可也不来？"

"你便不来，我也要来。"雷海青说道。

李素炫行礼道："先生若来，素儿也来。先生不来，素儿也一定会来。"说完转身离去。

宜春宫中，众女乐果然如昨日所说，连着饮了六日。到第七日，众女乐到得特别齐，人人精心上了妆容。食案上菜品格外丰盛，众人又专为第七日备下了足够酒水。李素炫到内教坊去见雷海青，弹过两个时辰琵琶回来时，众人已饮了两个时辰。到日落后，众人散去，仍有十来人聚在端木屋中，围坐在地上，将各自酒盏放在手边。在宜春宫里，她们与端木和李素炫最为熟悉，分别在即，今夜当然要格外倾谈。

"明日一早你二人就离开了。"一女乐说道，有些伤感。

屋中所有物什都打了包袱，堆放着，四壁空空荡荡，前后看看，果然有些寥落。那女乐说了这句，四下里沉寂了片刻，众人一时无语。这几日端木和李素炫一直不敢面露兴奋，怕旁人看了难过，毕竟她们还要在此处苦苦熬着，想要离开只是痴梦。十七八岁年华，一生便看到头了，往后或许还有三十载、四十载、五十载，或更久，无非日日如今日，或是还不如今日。最后一朝身死，归葬野狐落，彼时这宫中或许连个相识之人都没有了。

众人不停饮酒，很快酒至半酣，纷纷说起些旧事。宜春宫中日日沉寂，众女乐日常谈资不过些流言传闻，果然坐实的，只有宜春宫中这一点儿，大抵也都是些乐事。如何自幼逐日弹习，耐不下性子，吃过多少鞭子抽打，及入了宜春宫后每日修习新曲、合乐、奉乐，哪一次圣人或贵妃说了什么，或哪一次得了多少赏赐。边说边笑，说时也开心，说完了又觉得不过如此。明日要分别了，众人都觉得今夜要说些格外要紧的，却又想不起什么格外要紧的，一时沉默。

"出去了你们做些什么？"隔了许久，有人问道，算是破了屋中沉闷。

“我回左教坊中，照顾我师父，她年纪大了。”端木答道。

“我去修道。”李素炫说了一句。

“得了良人身，又去了待诏名号，日后可以随心嫁人了。”停了许久，又一人小声说了一句。

端木与李素炫对望一眼，不知如何作答。端木有李逊等着她，可是她并没有想过嫁人，终究还远得很，李素炫更没有想过。

“身出奴籍，哪里那么容易嫁人。”一女乐说道。

“奴籍、贱籍者做不得良人正妻，律法有制，果然无奈。如今已去了奴籍，如何不可？”歌子问道。

“你等教坊中长大的，我是民间长大的，比你几人知道得多。我唐朝野中人都极看重出身，身出于此，去了籍也无用，人还当你是女奴。”

“就是男子不嫌弃，姑公都不要你。人总要分个高下出来，一为良人女，一为女奴，就要看身籍；若都是良人女，就要看出身。能娶良人出身女子为正妻，为何要你女奴出身的？”

“妾媵不过私奴，莫说夫君如何待你，就是在那嫡妻面前，也连个人都不是。嫡妻就是将妾媵卖了，都是行家主之职，纵然无故扑杀，律条也不管，最多民间有人责备那嫡妻歹毒罢了。”

“就是不虐待你，也不见得好。嫡妻坐着吃饭，妾媵要站在一边侍奉，生下个娃儿，要管那嫡妻叫娘，管亲娘只叫姨娘。若是父亲没了，庶子须养嫡母，不然便是犯了律条，不养自己亲娘倒没人管。”

“你二人嫁人时，可要看仔细了。莫要人家说多了，你就服软，做了妾了，可没处后悔去。”一女乐嘱咐端木与李素炫。

“放心，我断不与人为妾媵。”端木笑道。

“素儿也要小心，嫁人可得仔细。”那女乐又转头嘱咐李素炫。

李素炫倒痛快：“我为何要嫁人？”

众女乐互相看看，一时答不上来，许久才有人问道：“你还当真要去做坤道，认真修行不成？”

“入了道门还可以出来，躲婚女子都这样，不稀奇。长安城里有几个坤道是认真的？”

“我就是不认真修道，也不用非得嫁人不是？”李素炫说道，“持盈师父一辈子没有嫁人，哪里不好了？不是也挺好。”

"她是天子亲妹，当朝长公主，仪同亲王，不嫁就不嫁。你不嫁男子，后半生靠谁？"

"我为何要靠男子？再说男子一定靠得住？"李素炫毫不在乎。她懒得多看别的男子，看了也看不上，只是没法说实话，只得推说自己不想嫁人。众女乐平日里见不到多少男子，闲谈时却喜欢对男子评头论足，连那古书中潘安宋玉也要拿出来议论。端木从来不说话，只听着，李素炫却是每逢此时便躲开。日子久了，众人都觉得她一定是厌恶男子，却仍觉得厌恶归厌恶，女子如何可以不出嫁，纵衣食不靠男子，又怎么忍得了一辈子孤身寥落。

"素儿……我真是佩服你，敢出这宜春宫。宫里再怎么说，也有衣食，有平安。出了宜春宫，谁知道外面什么样，世人什么样。你连个家人父母也无有，若再无个夫家靠着，老了可如何是好？"

"多大年岁就想老了？"李素炫笑道，"再说，留在宜春宫中不是也一样没靠？"

众人互相看了看，又一人说道："宜春宫中固然无有夫家靠着，可是乐人自有月度，衣食住行有宫中管着，皆是精致优渥。但按时练习，不误奉乐，也不用靠着谁人。"

"若是老了呢？"李素炫含糊问道。

众人又沉默了。有些事情也不用说太明白，心里都清楚。圣人已六十有余，若有一日山陵崩，入私闱者绝不许放归民间，只能是在宫中择一幽僻处养了，粗衣陋食，至死无人过问。这宜春宫定是要腾出来，留为新帝内闱女乐所用。

"留下来，往后难说，至少眼下好过。出去了，谁知道会遇上什么。尤其是你等，自幼长于教坊，根本不识得外面人情世故，又嫁不得良人……"一女乐在一旁越说声音越低。

另一女乐说道："素儿倒好办，入了圣上亲妹门下。"

众女乐纷纷点头："有此等靠山，好过一桩婚事，不嫁便不嫁。"

李素炫不语，只笑，心想："谁知道持盈师父对我又怎么样。师父从前说过，皇权浩瀚，离近了未必是好事。公主身旁哪里有等闲人，若谁喜爱我，是大靠山，若得罪了谁，可就是大祸端。伴着那些人，终日都要千般仔细，危如履索，不得自在松弛，有什么好开心的。"

众女乐不会有李素炫这些别样算法，只觉得傍上头等人物定然是好事。李素炫却知道，古来为高官宰相的，傍着君主帝王，最后没几人能得个好结局，连那些宠姬宠妃乃至王子王孙，也几多不得善终。前鉴无数，世人却仍旧双目如瞽，见了粗枝就想抱上去。

李素炫不语，似乎没有格外开心，众人都觉得有些奇怪，李素炫也没法解释详细。屋中一时安静，再无人说话，只各自端着盏子不停饮酒，渐渐饮得多了些，都有些面酣耳热，唯李素炫无恙。

“你怎的饮了这么多还是没事？”一人突然问道。

“我向来如此。”李素炫笑着说。

“你向来也不饮这许多，今日比平日三四次还多，怎么还是没事？”

“不是没有，我这会儿也有些晕了。”李素炫只好如此说了一句，但她觉得其实与酒无大干系。想想从前，心里头难免纷乱，想想来日，又隐隐兴奋，心下不沉定，只一点酒便挂了相。

“看着可没怎么样，就是脸颊上起了些绯红。我再给你斟上。”

众人嚷了阵子，心情又好了些，只是每人说了一句后，又都突然没了话，屋中又是一阵沉默。众人想过很久，都不知道还能说些什么，干脆一盏接一盏饮酒，颇安静了阵子后，突然有人小声啜泣起来。

“我这辈子想是最后要死在此处了。”

周围人本就压抑，立刻跟着伤感，酒入愁肠，催逼泪水。

“放出宫去又如何。屡次放宫人，出宫前盼着出宫，出去了，哪一次不是许多寻死的。余下没死的也无非流落，哪个能得个善终了。”

静默中苏获叹息一声，轻声说道：“我自西域来，直接入了皇宫，若出宫，更不知如何是好。”

众人顿时哀声四起，有几个人盏子却未停下来。

“葡萄酒比醴浆还是烈一些，莫要饮得多了。”李素炫柔声劝道。

那几人却摇摇头，只擦了擦眼睛，仍旧大口吞饮，一人回头对李素炫笑道：“今夜若不是借了你好处，我等也说不起这些，只在心里头压着。从前见你日日弹习不休，放下琵琶便捧起书卷，或不停写字，最后竟无聊到随那卢傻子学画线，我还觉得奇怪。你也不爱与我等相聚谈笑，端木不多说话，却每每听我等说到最后，若是与你偶尔凑在一处，说不几句你就走了，自己出门看荷花，竟然还养地衣，别人与百花吟诗，你可好，与那地衣作赋，抱着琵琶在林间弹唱，给菌子木耳吟那许多调子，一副醋酸，我等笑了你多少回。一直以为你不开心，总是独自一人，哪里能开心……现在想想，我们又哪里开心了。当时欢笑，过后各回各屋，周身寥落，满心冷清。一夜翻滚不眠，倒补了百倍寂寞回来。”

李素炫心中轻叹：“记得雷先生也说过，与人欢谈也不是假作兴致，过后却索然。”她伸手取了面前酒盏，呷了一口，笑着问道：“可知道我为何不大与你等聚饮闲谈？”

对面几人都笑了。

“孤僻。”

“古怪。”

“呆傻。”

“木讷。”

李素炫笑起来：“我可是那等人？”

几人又笑，仍旧大口饮酒。

“想是你师父历年教了你许多，你能吟诗行赋，览阅书史，看古今文章，何苦来与我们说那些盐酱事，恁般市井粗浅。”

李素炫无奈摇头：“实非如此。”

“那却是为何？”

“谈笑开怀，过后空落，看来世人大抵如此。”

“果然。”

“想来谈笑越是开怀，过后便越是空落。”

“自然也是了。”

李素炫笑道：“既如此，莫要相聚开怀，不就免了过后一番寥落？”

几人面面相觑。

“你总独自一人，鬼影似的，就为这个？”

“若开怀过后更加空落，定是因为开怀是假，不过一时热闹，神识迷失，将平生苦恼暂且忘了，过后自然百倍补回来。此等假快活舍了也无妨，又能免了过后冷清，有何不好？”李素炫说得不紧不慢。

众人顿了片刻，一人又问道：“你倒与那卢傻子相处顺畅，每次许久，怎就不怕过后冷清？”

李素炫饮着酒，淡淡答道：“我与他从来没许多话好说，我弹琵琶，他听着，他作画，我看着。偶尔说些什么，也无非笔上弦上那一点儿，清淡几句，无甚热闹开怀，过后自然也不寥落。”

“……你看得透，怪道能去修道。”几人叹息道。

“是我师父当年看得透了，替我算到今日，教我从小读书写字，我独自一人时才好有个凭仗。不然，总要指望与人谈笑，若身边一时无人，只能枯坐发呆，满腹胡思，最后怕不是都要去自缢。你看那寻死的，平日里与人交道，言谈坐卧都无恙，哪个不是独自一人时无事可做，越想越狭促，忽然就起了死意。”

“你说的是。这些年里听说过多少宫人自尽，都在夜里。宫中地面巨大，多有生僻无人处，若果真想死，白日黑夜都一样躲得开人，却从未听闻白昼赴死者。”

众人感叹：“素儿既然还能回得这宜春宫中，就时常回来，延政坊离这里也不远。日后我等也学你样子，读读书卷，也写字。夜间清幽寂寞时，也有个打发，免得一时闲下来，心里空，便钻了缝了。”

李素炫认真允了，拿起酒壶，说道：“这壶中酒还够一人一口。”

众女乐眼下个个面红耳赤，坐都不稳当了，互相堆着委着，靠在一起。听李素炫如此一说，吓得连连摇头，一人迷离说道：“我已双眼昏花，待会儿回去都要扶墙走路了。”

在这宜春宫中，若论李素炫酒中对手，只有苏获能算半个，这二人在一起，对饮多过习乐，眼下二人都没事。端木与歌子不敢饮得太多，也无恙，旁人个个都醉了，连孟离也笑得朦胧，与众人堆着靠在一起，倒像地上那堆行李。

众人又渐渐说起了些轻松琐事，有几人齿舌打绊，说的什么也听不太清楚，却说得兴奋。看看交了子时，众人酒力退了些，互相扶着靠着，好歹也还站得起来，迈得了步子，压声笑着，一路歪歪倒倒撞到门口。李素炫和端木忍着笑，将众人一一送回各自屋中，转身回来，只剩她二人，彼此眼神知会，不用商议，在毡子上坐好了。

李素炫拿起酒壶来，说道：“这最后一壶你我共饮如何？”又摇了摇，听了听响动，笑道：“不够一壶，你莫怕。”

“好，不怕，今日舍命陪你。”端木笑着。

两人将酒倒好，端起盏子，互相看着，一时眼热，反倒没话说。相识十二载，彼时不过五龄稚童，尚不知人事。相伴走了一程又一程，过了一关又一关，知己多年，熟知彼此心意，也不消说。眼下各自感慨万端，各自前程迷茫，又各自心中跃跃，也不知要如何说起来。二人将酒盏不停端起，几巡过后，尽了残酒。李素炫依旧无恙，脸颊不过微红，端木却已浑身虚软了。

“好了，早些睡，明早我们便离开此处了。”李素炫看端木样子，笑道。

“素儿，谢谢你……那日若不是你敢站出来，我们哪里有今日，我独自一人可不敢出这个头。”端木喃喃说道。

“若不是你舍不得我独自犯险，随我站出来，我有今日，你却没有。谢你自己便是。”李素炫笑着说道，又看了看端木，“我看你酒力渐渐上来了，还是不要撑着与我说话，快些睡。明早离开这里，往后要说什么，一生有的是机会。”

李素炫笑着拍拍端木肩膀，站起身来回了自己屋中，未燃灯烛，就着一点月色，穿过屋中央几个包袱摸索到榻上，躺下，很快入睡。

## 74

清早醒来时，初夏正明媚。

简单用过些餐食，端木、李素炫与宜春宫总管、众女乐及中官、宫人聚在了讲堂中，彼此又说了些惜别话。端木与李素炫日后还会到此处来，也不须特别唏嘘难舍，众人如此感慨，也是因为心中暗暗知道，虽同为女乐，端木、李素炫与其他人自此后却是两样身命了。宫中无有饥荒，无有盗匪，无有官讼，女乐虽不自由，却衣食优渥，平日里三餐、浣洗、洒扫都有人代劳，又月度丰厚，连家人都有内廷按月给米，并于左右教坊中赐屋舍居住。端木与李素炫得了自由身，从此逍遥人间，却也要如民妇般亲自操劳衣食，世间百般风雨、千色人鬼，也要从此一力面对，再也无处躲避。

众人说了阵子，一一道别，多数人散开了去，只有歌子、苏荻、孟离和月牙儿与其他几人还在。月牙儿噘着嘴巴，眼里嵌着泪，一副委屈难过。李素炫想了想，转身回了屋中，从包袱里取了几件珠宝，连同数支上等玉管鸡距并清烟墨锭使个帕子裹了，偷偷拉过月牙儿，递到她手里。

“如此可让你开心些？”李素炫笑着问道。

月牙儿见有人如此舍本钱哄她，立时破涕开颜，李素炫又拉着她手，悄声嘱咐她：“卢先生若是再来，你代我多顾着他些，给他递上水盏、毡垫、帕子，天寒了给他取条毯子披身上。旁人若是冷落他，你便与他说几句话，他若嫌你，你也莫怪，若不嫌你，就央他教你写字描线。”

“素儿放心，我定用心照顾卢先生。”月牙儿认真点了点头。

李素炫拍拍月牙儿肩膀，带她又回了讲堂。此时中官与侍卫已在宫门口候着，几名女乐与宫人拥着端木与李素炫到了宜春宫门口，月牙儿也在后头跟着，依依不舍。到了宫门口，见总管正等着，端木与李素炫立刻快走几步上前，与总管行礼：“多谢总管历来照顾。”

总管点了点头：“无须多谢。你二人仍在宜春院名册下统管调配，日后排演教习也免不了常来。宜春宫房舍足够，我令人将你二人旧屋留下来，着人日常打扫。若是忙碌得晚了，可留宿在此。”

二人感激，持礼相谢，在这宜春宫门口处与歌子、苏获、孟离和月牙儿等人辞别，随中官及侍卫出了东宫，北行出太极宫玄武门，一路向东行去，路过左手边大明宫丹凤门及右手边右教坊所在光宅坊，眼看着近了延政坊北门。

是日只如春时，日色明媚，日光娇柔，高处风静云停，低处宫柳微拂。端木与李素炫心头兴奋，不想乘车，非要走在路上，不说话，不时相互对视微笑。前方羲和迎面，金光聚顶，晒得二人额头滚烫、双目涩痛，心中却是一片清凉欢喜，又隐约有些火热。入延政坊北门便是左教坊，郑三娘、许嬷嬷、苏嬷嬷与昔日左教坊中几位熟识女乐正在门口不远处迎守。两下相互望见，心头震动，立刻迈大步伐，走快了许多。尤其是郑三娘与端木，各自舍了旁人径直冲出去，甫一相逢，郑三娘一把抱住端木，声音立时哽咽。

“我儿回来了。”

郑三娘每月两次可入宫探望端木，然今日在左教坊中相见，分外不同。她十余载苦心，为端木忧愁、计算，今日端木仍是宜春女乐，却得了自由身，再不是女奴。年迈又得孩儿回到身边，自此日日相见，从前郑三娘想也不敢想。

母女二人相拥而泣，李素炫渐渐走到她二人身旁停下，在一边呆呆看着。许嬷嬷腿脚慢，自远处渐渐走过来，见李素炫独自站立，心中不忍。

“当年我自卢先生手中接过素儿带入左教坊，十年后又送她出了左教坊。她在那宜春宫里头不知吃了多少苦，忍了多少痛，才拼命熬出了头。今日回来，端木有娘亲相迎，她却没了她师父。这孤零零站着，看旁人母女相聚，着实可怜。”

许嬷嬷想着，难过万分，向前一步张开两手抱住李素炫。

“素儿回来了。”

李素炫也抱着许嬷嬷，两年未见，许嬷嬷已是身材枯瘦，满脸皱纹，无比苍老。

“嬷嬷……”李素炫轻轻唤了一声，心中难过。

“回来就好，回来就好。”许嬷嬷小声说着，许久，松开两手。端木也与郑三娘松开了手，与李素炫一起与旁人相见，先是与苏嬷嬷行了一礼，恭敬叫了声“嬷嬷”。

苏嬷嬷点头叹息：“不想你二人竟能出了宜春宫，自有这教坊，也是头一遭。”

二人又与众女乐相见，说了许多思念话，迈步刚要一起离开，旁边忽然过来一人，脚步很急。端木无意间瞥了一眼，却是李逊，未带扈从，独自一人，布衣来迎。

端木不由得停下脚步，怔怔看着他。李逊快步走过来，在端木对面站定，虔诚行礼。

“李逊有礼。”

端木慌忙还礼：“见过李先生。”

众人不认识李逊，只道是个寻常人，机缘之下识得端木，今日不过偶遇。唯有端木和李素炫心中清楚，只装作寻常。李逊没有与端木多说一句话，也没有再互相看一眼，彼此行礼后，李逊转身大步离去。

既有来日方长，何须急于此刻。

# 第二章 入道

天宝六载（747年）四月—六月

# 75

众人拥着端木与李素炫回了左教坊。房间已为她二人各自备好，也有简单床榻被褥与一应物什。仍是当年出左教坊前二人所居院落，仍是旧日模样。

“此处简陋，不比宜春宫中繁华锦绣，素儿莫要嫌弃。”许嬷嬷笑着说，看着李素炫，满心欢喜。

“如此甚好。”李素炫行礼谢过许嬷嬷，笑道，“素儿自幼长在这里，怎么会嫌弃。”

送许嬷嬷出了门，李素炫在屋门口站了片刻，迈步走向院子西头，进了废殿之中。推开殿门，尘埃委坠，搅得道道光束也跟着扭曲，纷乱盘绕，许久才渐渐恢复，彼此松了结扣，各自弹挺开来，复又直直射向前方，直到被深处黑暗吞没。殿中想是许久没有来过人，尘土积厚，蛛网垂静，阴湿起霉处发散着些淡淡气味。李素炫走到像基前，跪下行过一礼，未待心头突乱，便咬咬牙起身出了废殿。

端木与李素炫相邻而居，她正收拾些随身衣物，见李素炫在门口，马上说道：“我师父安排午食去了。素儿嫌弃宜春宫中餐食太重，日后可清淡些了。”

李素炫点点头：“端木，你今日刚回来，一定是要与郑先生说些母女家常，不离此处。我马上要出去，若是宫中将你我行李送来，你代我收着，简单堆放在屋里便好。”

“好。”端木应着，放下手上物什，送李素炫向外走，边走边问，“素儿可是要去看望鹿先生、去龙首塬？”

“正是。”李素炫点头。

“若是去龙首塬，最好先吃些什么。一来一回需要些时候，怕你挨饿。”端木柔声劝道。

“我先去探望鹿先生。”李素炫说道，忽然难过，“老先生此刻定然正盼着我……活人更等不得。”

端木沉默片刻，也有些伤感，自己眼下满心欢喜，李素炫怕是难过更多。

“那好，你快去。”端木嘱咐道，“行李来了我给你收着，午食来了我拣你喜欢的给你留着。”

端木将李素炫送到院落门口，两人道别。李素炫走得飞快，路过浅湖，看了看水中，荷叶刚刚露出些繁茂，假山仍在原处。急行了阵子，到了南门口，守门几人识得李素炫，知她制献《大破阵乐》，因军功除了奴籍，除了待诏名号，如今已是自由身，又有金鱼袋，故此问也不问，行了一礼便放行。

李素炫匆匆还礼，脚步未停，一路走得急切。出左教坊南门不多远便是延政坊南门，出门沿坊道东行，转个弯，入了兴宁坊。

坊中一切如旧，往来人影幢幢晃动，呼喊吆喝远近传达。李素炫凭着记忆，毫不犹豫就知道要向哪边走，走到哪里要拐弯，一路看着左右，既熟悉，又陌生，心中阵阵伤感杂驳，只能强压。如今这街市上所有店铺、屋舍、树木、沟渠与从前毫无二致，只是再没有梁蛮整日守候，见了面便告诉她“今日我将弹丸带得足了”，也不会再有师父暗中尾随相护。那时她不知道拥有这些何其幸运，如今所爱失落，不可复得，唯有那些与己无关的仍在原处，不曾稍微更改。少年街景，幽游如梦，她一路疾行，又难过，又觉得四下亲切。

走到一堵墙边，她停下了，手扶着墙，勉强站着。转过这堵墙，便能远远看到鹿先生院门口那片空场地，老先生总在空场地上晒书，因此才与她相识。眼下她一心乱跳，不知道先生如今怎么样了，害怕转过这堵墙却看不到他。忍了很久，调服呼吸，咬咬牙，向前迈了几步，迫不及待看过去。

鹿先生正拄杖站在空场地中，看向她这边。

李素炫霎时热泪翻涌，疯一般冲向前方，径直冲到鹿先生身旁，又骤然停下，咽喉如鲠，默默不能言，唯有眼泪不停落下。她看着鹿先生，鹿先生也看着她，空场地中一片安静。良久，李素炫后退一步，深深行礼，双手相持，轻轻说道：“素儿一辈子与先生抄书。”

“素儿……”

鹿先生弃了竹杖，搀起李素炫，抱着她两肩，老泪纵横，声音嘶哑。

两年前，李素炫入宜春宫前，随师父卢菡前来与鹿先生道别。老先生以手中全部锥管相赠，强忍眼泪送她出了门，本已是痛心难忍，不几日又传来卢菡死讯，老先生一时心力不敌，晕厥倒下，醒来后大病数月。幸有太常弟子多人轮番照顾，不断请人调治，才渐渐康复，身子却是大不如前。这两年里，李素炫屡次请郑三娘带金银出来送到鹿先生手上，并转告自己近况，面却是见不到。

四月初，李素炫获圣人除免奴籍，又因诗词本事为玉真收入门下，老先生闻听后惊喜至极。他知道李素炫只要出了宜春宫，第一件事必定是过来探望自己，连着几日都在空场上等待。眼下李素炫活生生站在面前，鹿先生想起往事，想起旧友卢菡，想起这两年失落煎熬，又想想日后有素儿贴心相顾，心中一时悲喜交集，难忍涕泪。

爷孙两个都落尽了泪水，互相看看，又破涕为笑。李素炫将地上竹杖捡起来递给鹿先生，老先生却是一副意气风发，撇了竹杖，大踏步走回院中。李素炫一笑，忙跟了上去。

屋中一切陈设如故，家什只简单几件，四处满堆着书籍卷轴。案上笔墨初干，楮纸半旧，古砚微凹，老木窗开着，一点日照，些许微尘。夏日里陋室深深，隅落处幽暗宁谧。

鹿先生嘱咐李素炫坐下歇息，李素炫轻叹，也轻笑，径直走到窗边以往随先生读书处，在案几旁坐了下来。鹿先生拿来水盏放在她面前，却不肯坐下，又拿来些果子、小食，还是不肯坐下。

“先生莫要为素儿忙碌。”李素炫不安道，见鹿先生又将靠墙处案几上盒子拿了过来。这盒子她认识，鹿先生所制锥管平日都收在里头，两年前她来与先生告别，先生也是从这里取了全部二十枚锥管相赠。眼下不知道鹿先生何意，只是见他脸上笑盈盈的，又有些神秘。

“素儿来看。”

鹿先生有些颤颤巍巍，坐下来，将盒子放在案几上打开，里面满放着锥管，足有七八十枚。

“先生本以为一辈子见不到素儿了，却不死心，屡次制锥管，将最好的拣出来留着，想着无论如何也是管笔而已，或者有机会宫中严查后可开恩放行，或是识得什么人，求其相助，想尽办法也要送到素儿手中。先生这锥管寻常人可是求之不得，得了也用不好，先生也舍不得给。这些全是素儿的，往后先生所制锥管也都给素儿留着，一支也不给旁人。”

鹿先生不停小声说着，一副老人家神色，宠溺亲孙似的絮絮叨叨，又一脸讨好，生怕礼物微薄，自己话又多，教孙儿听得烦乱。李素炫将手轻轻拂过锥管，心中忽然酸楚，跟着便落泪。

“素儿令先生担忧了。”

鹿先生看着李素炫，喃喃说道：“素儿回来了，素儿真回来了。”

又片刻，两人擦擦眼泪，又笑上了。

“素儿出宜春宫前，向圣人讨下了师父旧宅，这几日便请人修缮，之后迁入，不过一刻钟多就能走到先生这里。日后，素儿时时过来，请先生教授书学，随先生做文章，帮先生抄书。我出左教坊前先生与我二十枚锥管，本以为要撑过一辈子，千般万般省着用，如今还有十二枚。日后便好了，随意用，有恃无恐，开新笔时再不用战战兢兢。”

“好，好。只要素儿喜欢，先生这里就有，管够。”鹿先生不住点头，又是含泪，又笑得开颜。

李素炫又行礼道：“素儿今日来是先见过先生，与先生通禀。既然来日方长，今日就不多打扰先生了。素儿还有事，这就告辞。”

爷孙两人都站了起来，鹿先生看着她，轻叹了一声。

“素儿定是要去龙首塬上。”

李素炫点了点头。鹿先生马上送她出门，陪她朝大路上走。

“出我这兴宁坊东门便是通化门，出通化门不远便是龙首渠，沿渠向北，一路上地势不断抬高，最高处便是龙首塬，塬上西边就是大明宫。”

李素炫谢过鹿先生，向东走去，鹿先生在她身后远远看着，直到再看不到。

## 76

李素炫出了兴宁坊，又出通化门，不远处有几处零星房舍，走不太远后，四下再见不到多少人，只大路上有零星行人，接着听到水声。水声来源处大约就是龙首渠，只是被密草掩着，见不到水流。

李素炫手中握着师父紫箫，沿渠边小路前行，走不出多远，身旁房舍渐渐少了，更无几个行人，也无大路，倒是有连片麦田。身旁水声时大时小，时有时无，有时也看得见草色缝隙中有粼粼光亮，大约是水面，有时只有密草荒乱。又行了许久，地势渐渐抬高，登上龙首塬后，李素炫停了下来。周身是无尽翠草青蝇，裹着些零星花朵，细小淡弱，开得怯怯。

“记得高将军说过，三月十七日夜里，那几人带着师父尸身，为了避开禁苑与耕地，便上了龙首塬。想彼等上来后也走不太远，最多也就是此处了。”

周身安寂，连些许风声也听不到。这两年来，李素炫已不知为师父哭过多少场，本以为到了这里会痛裂肝胆，不想眼下心中一片平静，近乎诡异。

“师父，素儿来了。”

她心中长叹。这龙首塬浩大无边，不知哪一片泥土下埋着师父，她连跪下也不知该向着何方。向四周望了又望，最后找了片草浅处，跪下行拜礼，站起身来侧过半步，又跪下行拜礼，如此一一拜过四面八方。

“总有一拜，师父看得到我。”

她踩着脚下草丘，看着远近，零星有几棵树木，树木那头远远有些坟茔，立着墓碑。

李素炫自幼长在左教坊中，未入民间，却也知道百姓礼俗。人死后会有身边人为他营葬，凡俗之人按律不得重棺重椁，也不消许多礼节繁缛，但是会有人为他仔细沐浴，整理仪容，抚去他脸上一生风霜苦楚、死前所有眷恋不甘。但有一口薄木，会有人小心为他入殓，怕他寒冷，最后一次为他覆上衾被。哪怕他已冰冷僵硬，无知无觉，也会有人最后对他说几句话，最后爱抚他一程，只当他还活着。会有人送他去至墓地，看着他棺木入土，为他立起墓碑，在坟茔四周植下松柏，在他生日忌日时燃起一炷魂香。直到墓木成拱，仍会有人念念不忘，呢喃祝祷，殷切嘱咐。

你曾允我来世，切勿相忘。

李素炫没有任何机会为师父做这些事情，唯有辗转不休，强挨思念。想起昔日师父笑容温和，柔声哄着她好生弹习、认真读书。想起师父指如兰薤，握着箫管，抚弄琵琶，指尖有乐声汩汩，无数光明摇荡。师父教她写字、诵诗，给她画许多小画，给她带来小小鸣虫，让她自己从鹿先生处回左教坊，放她在街市上与梁蛮嬉戏，他自己远远跟在后面，护着她。他从不饮酒，只那一次，只那一盏，便不胜酒力，满面赪赤。他借着夕阳掩饰，可她还是发现了。

往日只如烟云，思之令人惆怅，却也快乐，世上能有多少人像她一般被人如此用心珍爱过？她想过很久，慢慢向回走，觉得师父目光一直在身后追随相护。渐渐近了通化门，她转身对着塬上行了一礼，辞别师父，告诉他不消再相送。旋即又转回身去，大步向前。

“师父授我本事，予我性情。此后，定拿来好生修持，不负此生。”

## 77

入了通化门，向西直行，又向北，便到了延政坊。回到左教坊院落时，端木正盼着，见了李素炫，忍不住认真看了几眼。

“我没事。”李素炫笑笑。端木知道她去了龙首塬，怕她难过，难免要确认一番，见李素炫神色无恙，放了心，小声说道：“素儿快去歇息片刻，这都过了日昳，快到夕食了。今日我们回来，众人都开心，说晚间聚在小讲堂中用餐，边吃边聊些话。”

李素炫应着，端木又说道：“方才沈绰过来寻你。”

李素炫停下脚步，立刻恍悟过来，连连点头：“我明日便去寻她。”

回了屋子，见宫中果然将行李送了过来。李素炫歇了片刻，躺在榻上胡思乱想，想起许多幼时往事，想起师父，想着宜春宫中两载岁月，也想以后。不久后，端木来唤她，她起身去了小讲堂，案上已备好各色餐食，郑三娘、几位嬷嬷与院中女乐都已经到了。众人两年不曾如此欢聚，左教坊中餐食简陋，也无宜春宫中各色好酒，众人仍旧开心，倾谈至深夜才收了盘盏。

众人散去，端木与李素炫随郑三娘回了端木屋里，李素炫认真与郑三娘行礼：“素儿早上过来时恍惚，只匆忙行过礼便出门去了，实为失礼。

素儿请责。”

郑三娘摆摆手：“快别说这些，素儿坐下。”

三人围坐，慢慢聊着些旧事，有些事情谁也不会提及。看看夜深了，李素炫准备告辞，让她母女两个早些歇息，却听郑三娘说道：“素儿，我听端木说过，在宜春宫中你二人互相教授，你教端木琵琶，端木教你羯鼓。”

“正是。”

郑三娘点了点头，说道：“你击羯鼓，是当年你师父求我，我允下了的。之后也没断了指教，你也认真花过些工夫，只是终究还是将许多心思拿来弹习琵琶，羯鼓上用心便少，未到纯熟。自你入了宜春宫，我也没法再教你。今日你既然回来了，我该当继续教授于你，督导习练，至你技成。”

李素炫没想到，一时愣了。郑三娘停了片刻，长叹一声，又说道：“你师父年少入左教坊时，我便认识他了，看着他长大，只当他是个书呆子，却也知道他是世间君子。平日里虽有些挑剔于他，可他若认真恳请，我却不能回绝，故此当日答应他授你羯鼓。如今你回来了，若你师父还在，我也不会管你，只是你师父不在了，你孤身一人，我实不忍。你也是我看着自小长大的，也与你有十年授受情分，你又是我儿端木至友，我当年又允了你师父，不该中途弃了许诺。有这许多缘故，我定要教你至羯鼓技成，不输琵琶。”

李素炫大受触动，挺身跽坐，深深行礼：“谢过郑先生。素儿定朝暮用心，不敢有负教诲。”

郑三娘点头：“素儿聪慧，但肯用功，定有所成。今日不早了，且回去歇息。”

李素炫行礼退出，情知她娘儿俩今晚定是要通宵相谈，困了也是歇于一处。端木送李素炫到了门口，看她行礼告辞后转身独自离去，一步步走远。端木轻叹了口气，掩上房门。

李素炫回了屋中，觉得四下有些寥落，趁心头未起感伤，立刻解开包袱取出笔墨纸砚，在案几旁坐好，飞快研了些墨，写起了字。半个时辰后，将《心经》草草写过一遍，也累了，没什么多余力气拿来难过，弄出那许多无用感慨，将笔砚匆匆清洗便解衣睡下了。

第二日清早，李素炫很早便起身收拾停当，简单用过朝食后出了左教坊，去寻师父旧宅，一路上强自镇定。十二年前初入长安时她曾在师父家中住了几月，之后再未去过，只知道师父旧宅在左教坊南门外不远处。眼前许多院落层叠交错，她逐个院门找过去，最后在一处签封下站定了。

此处一定是师父旧宅，那般院墙，那般屋瓦，她依稀记得。院中寂寂无声，石榴树依旧高大舒展，枝叶之间金罂火红，娇艳却又落寞。看大门上签封日期，师父死后不久这里便封闭起来，再未打开过。签封上有官府押印，李素炫不敢破门而入，见不远处有人在树下闲坐，走过去行礼相询，听人指点，在一片屋舍院落中辗转一番，找到了此间里长。

李素炫刚说了几句，里长即刻起身，说道："此事我已得上官指令，现在就领你前去落锁。"

两人走在路上，李素炫说道："没想到师父旧宅竟然一直空着。"

里长说道："朝廷律令严格，尤其是城中房屋，买卖手续极其烦琐，鲜有什么未经原主同意便霸占之说。此处位于三大内之间，更无人敢放肆，置律条于不顾。卢先生并无罪名，官家不能随意没收其私产，只是见房子空置无主，着人查封，来人直接将封条贴在大门上了事。左教坊将延政坊地面占了十之六七，再去掉寺观，其余地面上皆是住家，多是教坊乐工，也有不少太常乐工。众人都知道卢先生之名，哀其冤屈，也无人前来扰动，倒多有相护。"

听里长如此说，李素炫万分开心。到了门前，里长撕掉签封，开了锁，将钥匙交给李素炫，行礼告辞。李素炫行礼送了里长，轻轻推开院门走进去，转身又将院门掩上。

就是这里。她记得清清楚楚。

这院落围墙低矮，院中落满阳光，只有靠墙处阴着，墙基处潮湿，爬满了地衣。石榴树落叶累年未扫，覆盖了大半个院落。房屋台基略高些，想是为了躲避湿寒。两年未经打理，房屋破落了许多。李素炫在院中站了片刻，那些忘了的忽然都想了起来。师父总是将院落打理得十分整洁，若是地上没有这许多落叶，院中俨然就是当年模样。

"若我所记不错，那堆枯叶下应当有一眼小井。记得师父与我讲过笔墨优劣，曾说过他院中井水略带苦涩，饮之绀口，发墨却是上佳。"

李素炫一边想着，一边拔出门闩，入了房屋。推开门，待灰尘落定，走了进去，不由自主摸黑向内间处走去。周遭一片昏暗，片刻后两眼渐渐适应了，她逐一辨认出屋中家什，案几、胡床、藤箧、架柜，连她初到时所睡小榻竟然都还在原处。她将几间屋里所有窗子全部打开，最后在师父书房窗前站了，看向外面，正是记忆中那连绵屋瓦，锁扣勾连，奔腾不尽，极远处有云烟漫生，正是终南山上雪顶皑皑。

回身看看，书房中一切如旧，案几上仍有旧砚，旁边架着管笔。

“想是师父那日还用过这笔砚。”

笔砚旁边，书籍手卷未经任何扰动，最上面仍是《论语》。师父自幼将《论语》记得烂熟，不消再来回翻看，却总将这部书放在手边一摞书最上面，权作是个安慰。当日为李素炫取名时，师父将这书递给她，她只一下便翻到了那句。

屋中四下里蒙着尘埃，却与李素炫旧日记忆一一印证。她一边想着，一边轻轻跪在尘埃之中。

“师父，素儿回来了。”

## 78

离开师父旧宅，李素炫回了左教坊，心情交杂，一路去寻沈绰，顺着旧路竟顺畅找了过去。转个弯入了沈绰院落时，她正与几人自对面走过来，李素炫没有一眼看到她，她却一眼看到了李素炫。

“素儿……”沈绰欢叫，扑过来抱住李素炫，连连欢笑，又落泪，许久才松开手。

“两年不见，素儿高壮了许多。”沈绰笑着，睫毛还湿着。

李素炫行礼，沈绰却一把抓着她手，带她出了院落，向后头人少处走去，一路上聊了许多。

“你制献《大破阵乐》，震服众使，如今已名满长安，难为你还认我这沉沦旧友。”沈绰笑着说。

“故友最贵，如何不认。”李素炫笑着回答，心中却难过、迟疑。两年未见，李素炫果然高壮许多，沈绰却比从前清瘦不少，脸色有些苍白，略带病容，神色似乎也不甚欢悦。只是看她走路，听她说话，体力尚好，李素炫没有多问。

两人谈了阵子，沈绰说道："素儿刚回来，定是有许多事情要安排。我见了你就放心了，你且回去，一切安顿好了，我们慢慢聊。你若还想打球，我带你去。"

沈绰说着，送李素炫上了大路，如从前一般挥了挥手，看着李素炫走远。

李素炫走着，有些担忧沈绰，想着一切安顿好后要问问她，若是有什么自己能帮忙的，一定认真相助。一路想着走回院落，离得还很远，见到许嬷嬷迎了过来。

"素儿可回来了。方才有一女冠持鱼符入了左教坊，到我院落中，说是玉真宫使者，来此处寻你。"

李素炫知道一定是玉真遣人过来，却没想到自己昨日回来，今日使者便到了。她随许嬷嬷快走几步到了院中，使者见了，立刻过来行礼。

"在下玉真宫使者，李师弟可好？"

李素炫慌了一瞬，旋即醒悟，对方是玉真弟子，她即将入玉真门下，自然要以师兄弟相称。见对方比自己年长，又早入师门，却如此殷勤有致，李素炫连忙深深还礼。

"李素炫见过师兄。"

对方将李素炫上下打量一番，点头微笑："怪道师父喜欢你。本来还说你在此处长大，要由你在此处见见故旧，却一日也不能多等。她已令人备下科仪，遣我过来接你去玉真宫见她。"

李素炫已见过鹿先生、沈绰，去过龙首塬和师父旧宅，也没什么别的要紧事了，所谓故旧牵挂，也无非就是这几人。她点了点头："我即刻随师兄出发。"

女冠将一包衣物递与李素炫，教她换上，并告诉她玉真格外嘱咐过，要她将琵琶带上。李素炫回屋打开包袱，抖开衣物，见是一件轻简袍服，也不认得什么质料，却看得出来是件金贵物，所幸素色淡雅，不令人生厌。她即刻换了衣裳，将五色琵琶负在肩上，坠长箫鱼袋于腰间，辞别院中人众，随女冠出了门。

玉真所遣车驾就在左教坊北门外候着，车子洁净简单，倒是那匹马看上去不一样。陈蘅精于马术，颇与李素炫讲过些相马之道，说了许多骐骥、骕骦、骅骝、駃騠。李素炫没见过多少马，心里记了那一套词，却不得要旨，按伯乐图硬比对，觉得眼前马匹定是良驹。她心下喜爱，忍不住拍了拍马背，随师兄上了车子，车夫随即发轫。

“敢问师兄玉真宫在何处？”

“不远，在辅兴坊中。辅兴坊北面是修德坊，与你左教坊只隔着右教坊与太极宫宫城。”

“如此走着也过去了。”李素炫笑道。

女冠笑着说道：“师弟长于左教坊，又方出皇宫，这长安城里规矩想是还不大知道。”

“果然不知道，请师兄赐教。”

“长安城中贵家女子衣着锦绣，出门定要带上仆从，或乘车驾，不然巡街武侯便会过问，当你是冒充，或遭人挟持。女子若想走路、骑马，不乘车、无有扈从跟随，图个清净，就只能服布衣，作平民装扮。只是平民又难免多遭刁难苛责，若城中有事，更是无穷盘查。”

“原来如此，此事果然不知。”

“待你入了道门，便好办了。佛门道门中皆方外人，管你乘车骑马、有无随从，武侯也不会过来管闲事。我朝道门尊贵，也无人敢平白欺负你。”

两人一路相谈，师兄给李素炫讲了许多长安城规矩，也有些地理风俗。此前没人与她讲过这许多，李素炫听得兴起，最后，师兄笑着说道：“我今日与你讲的只是玉真宫周围。待你入了道门，要先修习典籍，授箓后便要四方游道，访天下高士。远行不易，可以不走那许多路，就这长安城市井之间、终南山麓峪口峡谷，就有无数逸仙高道，足够半生寻访。到时候，师弟自有机缘见识。”

说话间马车停了下来，下了车，已是在玉真宫中。四方路径清幽，园林水榭随布，馆阁楼台远近叠错。此处是昔年睿宗皇帝敕建，内廷匠作督造，自然仪度非凡，但终究是道门隐修之地，少了些俗世浮华，倒有一片古调清雄。

“师弟随我来。”

师兄领着李素炫走向左近一处高大楼阁，李素炫见这楼阁台基雄伟，飞檐出挺，动意洒脱，心想：“此处是道观，却号观为宫，朝野都呼为玉真宫，也真不比皇宫差。只是不知偌大地面为何无有多少仆役侍卫，空落落的，不及皇宫里热闹。”

左转右转，绕过楼阙，到了后面水边，有一座小院，柴门栝亭，竹径茅室，一道篱笆矮墙围着，虽然清静整洁，衬着旁边高大宫殿却有些奇怪。李素炫未及多想，师兄径直将她引入小院，指着院中一间茅室说道：“师父就在那里等你。”

李素炫不解，也未多问，顺指引到了茅室门口，躬身行礼道：“奴李素炫请见。”

里面响起说话声来：“素儿进来。”

入了室内，榻上坐着一人，正是玉真，着道服，戴玉冠，仙姿清淡，面容慈爱，与那日在兴庆宫中又是不同。李素炫卸下肩头琵琶，行过见礼后，玉真吩咐她坐下。

“素儿昨日方回左教坊中，今日便将你唤了来，为师可是有些性急了。”玉真笑道，随即又正色道，“我如今守道王屋山，不常在长安。你要与圣上奉乐，不能随我迁徙。我今尽早与你度化，方好嘱教法师授你典籍，带你会见各路高士也好名正言顺。”

“素儿听从持盈师父安排。”

“我已着人安排好，五日后，八方高士齐聚，为师为你主持仪轨。但有真仙到场，不消那许多器物贵重、礼仪繁缛，却是要格外端庄严谨。”

李素炫持礼颔首，两人说了些别的，玉真又问道：“那日在勤政楼殿上，素儿说过余生愿居于师父旧宅中，如今可将修缮事宜安排好了？”

“还没有。素儿方出深宫，根本不知要到哪里去找匠人。亏是这长安城中坊道横竖有律，不然出门都要迷路，回不去左教坊。”李素炫笑道。

玉真点头：“果然。”顿了一顿，又说道：“那日勤政楼撤宴后，我向兄长问过你些往事，兄长与我讲了许多，我才知道你为何执意要居于师父旧宅之中。”

李素炫淡淡一笑，低下头。

“你如此顾念旧日恩义，我果然没有看错你。你师父与你师徒一场，也是值得。既如此，可要为师帮你，与你寻些高手匠人来？”

李素炫持礼道：“此事不敢劳持盈师父费心。我也不想将旧宅过于修缮，只想将残损处补上，连同屋中家什器物俱要原来样貌，与我师在时一般无二，故此也不需要高手来。待我打听清楚，城中定有匠人雇佣，想也不会太费时费事。”

玉真叹息：“天子欲赐大宅，你不在意。将旧宅翻修一新，格外添些风雅，也不想要？”

李素炫笑道：“我师父乃饱读君子，身贫却不失雅格，不消格外添益。我去市井中寻些匠人来，补上残损处，洒扫干净，复其旧貌，便是一番清致。”

玉真却笑了，说道：“此番可是素儿不懂得了。”

“请持盈师父赐教。”

“你若想将师父旧宅修缮一新，还倒容易。修旧如新，哪个匠人都能，四壁重涂，地面重铺，屋瓦换了，户牖换了，凡案几、箱柜、床榻，哪里不好，便使钱换了。若银钱足够，将个破屋舍翻盖成小皇宫也不难。修旧如旧可要难得多了，有修处，有未修处，木质、漆色、磨损都要一致，哪里那般容易，非高手匠人不能完成。你若当真要原来样貌，还真得为师帮你寻些大匠作来，市井中寻常匠人可是无有此等本事。”

李素炫哑然：“……此事素儿果然不懂。”

“既如此，师父遣人安排此事。将旧宅中一切物什打入包袱护好，修缮如旧后再重新摆布，定要与旧时一般无二，不令有异，教你看了难过。素儿近日安心在我玉真宫中即可。”

李素炫感激不已，虔诚行礼：“素儿谢过持盈师父。”

“素儿不必客气。”玉真笑着说，“你方进来时，定然奇怪我怎么在这茅屋里。”

“果然不解。”

玉真招呼李素炫坐得近些，缓缓说道：“我入道时只十六岁，胞姊金仙公主十八岁。彼时我二人为当朝公主，自然仪轨奢靡。金莲华纂，五方罗锦，白玉仙函，珠翠锦囊，炉分龙凤样式，案有紫白檀色，又无数奏纸笔墨、厨盝笥藏，非世所有。我生于俗世，年少不智，恋慕繁华，后授满二十四道阶，游道多年，遍历山川，始悟大道。胞姊金仙公主四十余岁骤然薨逝，制墓志铭时，我亲手与为书丹，当时便悟透，所谓富贵，不过云烟。如今我已年近六十，眼看便是死生交界，热闹繁华都看得淡了，倒觉得茅舍清凉，也不再爱重众人簇拥，这才令人在此处建了这小院落，将侍卫宫人支开到观中另一头，只留弟子在身边。”

“原来是这样。”

“这院落便是大匠作建造，看似简单，实则非凡。地基夯实，四处牢固稳妥，取木、采竹、杀青、干制，都有讲究，竹木断面都要一一打磨，扎个篱笆也要长短粗细搭配。青砖烧结苛严，四角犄正，边线端平，不能丝毫变形，才好拿来铺砌地面。屋中家什高矮错落，也都是精心择选。处处刻意，却看似随意，此为最难。建这院落，物料靡费远比不得馆阁楼台，却需大机巧、大心思。凡人只认金屋宝顶，不识此中风雅，只道是个破落院子。”

“素儿未曾留意看这院子，只是听持盈师父如此说，倒懂了为何修旧如旧更难些。”

“素儿慧质。我这玉真宫中常有皇家斋醮，也多有高士文人相聚，彼时我只得换上贵重道衣，在正殿中招呼宴请，不敢将外人带到这里来。”

“却是为何？”李素炫问道。

“我为主上女弟，我说我看淡浮华，只求清静，谁人肯信？见我着粗率道衣，住个破落院子，还只道我矫情，作势与人观看。我何必如此平白惹人口舌，不若不与外人知晓，倒还省事。”

李素炫笑道：“果然，此中雅致，若遇上不懂的，说也白说。素儿定守机密，不与人言。”

“你方才说要将师父旧宅翻修如旧，固然是追怀往日恩义，也是性情中有这一番风致。年少不慕繁华，心中有此诗书清贵，实为难得。你若认真修持，日后定有彻悟。”

“素儿谢过持盈师父勉励。”

李素炫说着，心中叹息，自己哪里有什么诗书清贵，不过是心性孱弱，受不得荣华贵重。

“这几日你留在我宫中，内净心，外净身，宁神调性，沐浴斋戒。五日后是你恩度科仪，这几日还是严谨些，平日里倒也不须太过苛刻。道门戒律严谨，祖师却也留了方便，你初行修持，择紧要日子持戒便好，不须全断荤腥。可饮酒，可食腥，凡六畜，但不起意杀，不下手杀，不眼见杀，便可食用。牛有功，犬有义，雁有序，此三类，不管野活或是家养，都当心怀敬意，慈愍不杀。此中种种，并些初真戒，这几日教诸师兄与你详细讲授。”

李素炫谢过玉真，又聊了阵子，玉真令弟子带李素炫去下处歇息。玉真住在竹径院落中，门下弟子住在邻近宫殿里，反比师父排场许多。众师兄都已入玉真门下多年，最年少者如今也已年过三十，见这清秀师弟肩负琵琶，又知她制乐脱籍之事，对她颇为爱护佩服，照顾周到。

## 79

连着几日，李素炫每日随众师兄早晚到玉真茅舍前问安，听玉真讲些长安城中道观并终南山中各处道场，也有些乾道、女冠事迹，也有些闲谈，玉真也向李素炫问些教坊与宜春宫旧事。余时李素炫与众师兄相处，听师兄讲讲斋戒律条，或是一同整饬院落，做些劳务。只是李素炫搭手不过一刻钟，众师兄非要她在一旁弹奏琵琶。

“师弟想是没做过这等洒扫粗活，不若我等替你做了，你弹琵琶与我等听，不是更好？”

李素炫又好笑，又无奈，只得放下扫帚，取了五色琵琶，捡个荫凉处坐好，落拨弹起来。到了晚间，又随众师兄写经抄书，诵些真言。李素炫自幼记忆奇佳，字迹又工整有度，众师兄十分惊异。

“朝廷设太学，有科举，又设崇玄馆，有道举。素儿若是男子，就是不想做官、不应科举，也可以去应道举，随便就能做个玄学博士。”

“何如此处自在快活。”李素炫笑着说道。

只是与众师兄弈棋时，便露了怯。众师兄忍不住齐齐笑了。

“如此聪明人，怎么也有这等短处。”

“此天不与，我也无奈。”李素炫摇头，也跟着笑。

逍遥了几日，到第五日晚上，玉真嘱托李素炫及众师兄早早歇下。李素炫独自躺在榻上，也有些困倦了，一时却难以入睡，想着明日便真的要入了道门。这红尘俗世她并不厌恶，却也不眷恋，方内方外，也不打紧。玉真对她十分慈爱照顾，日后又有典籍学识相授，她也喜欢，只是见了玉真，她始终只叫持盈师父，没有叫过师父。若叫师父，她便总要想起师父卢菡来，心头终究郁郁。她叹息不已，不知玉真是不是察觉到了。

“我怎么总是如此纠结，如此不爽利？”

翌日清早起来，李素炫梳洗好，站在窗前安静看着外面。天色晴好，无一丝阴云翳目，满眼新碧招摇婆娑，将她与外头喧闹人世隔开了。她迷茫了许久，咬咬牙，振作起来。

恩度科仪设于宫阙正殿。李素炫对道门规矩并不清楚，专门有一位年长师兄带领她，每一步都听师兄指令便可。正殿仔细装饰过，案几、香炉、仙函、锦囊并纸笔宝册等应用皆已齐备，玉真身着清简道服，戴玉冠，插子午簪，一派雍容凛然，又有主持、司仪及一众观礼者簇拥。

入大殿前，李素炫已换上青白道衣。科仪开始后，随师兄指引入了正殿。仪官诵读清韵，请祖师降真，又诵读传度弟子名字。之后，玉真将李素炫头上木簪拔出交还到她手中，亲自手持木梳，将她头发解开，梳理后挽起，加道冠，加簪。

“蒙天子恩度，李素炫今日入我门下，以字为号，曰玄霜子。”玉真朗声禀诵，告知祖师。

李素炫霎时眼中盈泪，紧紧握着手中木簪。笄礼之日师父卢菡为她取字玄霜，持盈师父了然此中过往，料定李素炫对师父卢菡定是刻骨思念，耿耿难忘，特赐她以字为号，得以一生追缅先师。

李素炫忍着眼泪，随指引对祖师行过叩拜之礼，至此入道礼成。从头至尾，大殿中肃穆宁定，不夸丝弦，不炫箫管，不逞雁柱，众观礼者皆在廊柱处叉手持礼，端正身姿站立，容色凝敛。

随后，李素炫随指令暂别师父与殿上众人，入了偏殿，众师兄纷纷上前道贺。

“恭喜师弟。”

“师弟好大气派，可知今日来者都是何等人物？我等入道时，殿上金银铺陈奢侈，一路礼仪繁缛仔细，当时以为就是排场了。师弟今日就是泥堆大殿、草扎案子、纸糊香炉，但有这些人物在场，也比我等高贵多了。”

“那些可都是我道门至上法师，寻常道人求见一次也难，师父竟将他们悉数请来，沐浴斋戒数日，与你个初真女冠行礼、观礼。此事怕是无有前例，日后也难再有。”

众人啧啧赞叹，艳羡不已。李素炫想着自己日后道号便是玄霜，心中思念师父卢菡，也感念玉真用心。

礼后，歇过一日，照理翌日便可开斋，可饮酒奏乐，少动些肉食。然在场皆为高道，持律比寻常道人严谨许多，故只动素食，饮些果汁，又将果汁倾在酒盏中饮用，图个豪情。又数日后，日昳时，玉真在前日正殿上备下酒宴，招待答谢各方观礼者，并令诸弟子于堂下列席作陪，也行奏乐职事，又尤其叮嘱李素炫带上琵琶。

今日殿中热闹了不少。修行者也不特别在意世俗讲究，各自招呼相谈，说些八方游道趣事，堂下有玉真弟子奏乐。宴饮过半时，玉真弟子撤乐，玉真嘱咐李素炫上前。众乾道、女冠立时肃静，前几日观礼时已认识李素炫，此前也听玉真讲过她既往，知道她曾是宜春女乐，定然不凡。李素炫举止沉定，着青白道衣，通身素淡飘渺，面目舒朗清雅，眼波明亮，春山秀挺，怀中五色螺钿琵琶却是光华凝聚，妖娆侵夺，肆意骄纵，一派不让。

李素炫落座，行礼后，持拨轻弹。一片静定中，弦音淡弛，如海色空溟，虹霓柔婉，余声层层漾开，缓缓追远，虽一丝孤悬，却不绝如缕，徐徐渗入殿中斗栱、角梁、飞椽、榫卯，将各处烟烬尘埃一一吹弹，搅动累世幽闭。

一曲终了，众人默然许久，随即赞叹不已，玉真也对李素炫颔首微笑。片刻，殿中一人说道：“敢问可否与奏《垓下》？”旁人纷纷赞同，声音也高起来。

“我还想着此地清静，不敢太过聒噪，不想道爷也性情。”李素炫暗想。见玉真微笑着对她轻轻点了点头，她重新调了音律，信手轻扫几下，旋即镇定，收敛起容色，凝眉噙齿，调神持拨，落腕劈出杀声来。她瞬间入定，一点灵明汇聚，指尖分错，双手抟弦，于轸轴之上调运江河，纵放奔水。殿中素来清幽，今日却有金戈壮烈，道心本自逍遥，眼下也起史家沧桑。

曲终收煞，众皆拍案。席间一时豪气升腾，众人都将酒盏端了起来。

“李师弟好本事，区区两手，不过十指，便将这等倔强宝物降伏至此。”一乾道忍不住挺身抱手，高声说了一句。

李素炫吓了一跳，将琵琶横在膝头，端持双手回礼，想说句感谢话，却不知如何称呼对方，一时哑口。那人年岁少说四十往上，开口称呼她为师弟，她却不敢叫他师兄，仿佛硬占人便宜一般。

玉真在一旁看出李素炫心思来，微笑着说道：“素儿快谢过师兄。”

李素炫连忙低头：“素儿谢师兄谬赞。”

众人都笑，也看出李素炫窘迫来。笑过后，一长者问道：“如此琵琶果然精妙。尔业师何人？”

“在下蒙师卢菡，后学于梨园雷海青。”

“梨园雷海青？”

“正是。”

那人说道：“我认识雷海青，屡次见面，他有你这等弟子，竟没说起过。”

“我师卢菡曾将我托付与雷先生，我随先生攻习琵琶，却未入他门下。”

“原来如此。卢菡与雷海青俱是天下琵琶绝手，怪道你有这等本事。”

那人再没问什么，李素炫也再没说话，只是突然觉得愧对雷海青。

“雷先生授我琵琶，却从不自认是我师父，自然不会与人说。自《大破阵乐》后，我传名京师，雷先生磊落，以他性情，如今更不会逢人便说我是他教出来的。”她越想越有些难过，“我实在是愧对先生。”

此时又一人说道：“我听人说，李师弟甚有诗才，因殿上赋《江城子》，即席弹唱，才为持盈法师看重，收入门下。”

旁边一人立刻说道：“那支《江城子》我如今也学会了。”

“你怎么会的？”有人问道。

“我徒弟教我的。”

众人又笑。

“你做师父的，倒要徒弟教。”

“如何？我又不是诗词师父。”

李素炫听他们言语逗趣，心中微微讶异，以为出家人都是整日倥着脸，不苟言笑，一言也是千钧，眼下一想，顿悟，知道自己从前实在是呆气了，又没见过几个出家人，一副想当然。正自思想，又一人说道：“不知李师弟今日可否为我等赋诗一首，令我等也见识一番？”

李素炫看向玉真，玉真含笑点头，李素炫随即行礼道：“请赐题目。”

那人想了想，说道：“你方才所弹之曲名《垓下》，以此为题如何？”

“是。”李素炫应道，抱好琵琶，沉思片刻，从容弹唱：

弦索低眉手信信，转轴掣出裂帛音。
十面杀伐霸王死，数弦凌厉诉到今。
满棚尽作苍凉语，曲终旋各举杯频。
亘亘乌江千载恨，觥筹片刻一曲琴。

众人吟思片刻，立刻又起了喝彩。这初真小道文思迅捷，诗中又有见识。听她所唱，往日英雄无限恨，不过后世凡人片刻酒宴谈资。也曾是纵马鏖兵、意气天下，也不过铮铮一曲、浊酒一巡。

“持盈法师所言不虚，此子有才识，也果然与道有缘。”一老年女冠对玉真说道。

玉真也骄傲十分，连忙谢过老者，又转头看着自家徒儿，满目爱惜。为李素炫入道，玉真提早将长安城中及终南山麓各方高道都请了来，今日又令李素炫奏琵琶、赋诗，想为这孩儿结下些人缘，令诸多长辈识得她，日后也好爱护教授于她。今日李素炫也争气，琵琶精妙，诗文流畅，旁边几人连连恭贺玉真得了好徒儿。

众人欢笑议论了一番，玉真嘱咐李素炫下去好生歇息，随众师兄一同用些餐食。李素炫谢过玉真，刚要起身离开，有人对她招呼，问道：“师侄可否将那锦绣琵琶借我弹奏片刻？”

李素炫连忙行礼，起身走了几步，双手将五色琵琶横陈，恭敬递了上去，又将拨子也交到那人手中，随即退到堂下与众师兄坐在一处，认真听着堂上动静。道门中多有琵琶高手，今日数十大德在场，此人敢公然弹奏，定有一番本事。果然，那人弹起来，李素炫听得眼睛都不敢眨。道人终究只将琵琶做个消遣，单论手上悍利，远逊于卢菡、雷海青这等天下乐师，自然也不如李素炫，却也是利落爽快，从无讹失，曲中又尤其有些世外清声，与俗乐明显不同。

曲终，李素炫在堂下起身行礼致敬，堂上人众也是鼎沸。有几人轮流将那五色琵琶小心抱起弹奏，都弹得流畅，单有一两人弹得格外利落。李素炫暗暗高兴："若论修道，我看我也不是那个料子，也无有那等心性，大约攻研道门典籍也与读儒经佛经一般，只当学问来做。不想道门中竟有这许多乐中高手，若与他们结识，多了这些琵琶好友，实在是开心。"

众人接连弹奏高唱，开怀纵饮，直至入夜方兴尽散去。

## 80

连着数日，送走诸位前辈同道，玉真又回了院落里起居，换上平日衣裳，与李素炫对坐，谈论些乐艺诗词，心中越来越喜爱这伶俐小徒。李素炫有些意外，玉真常年修道游道，却也扎实读过不少诗书，颇有些见识，二人相谈十分欢畅。

"持盈师父，那日殿上有人说他会了《江城子》，还说是他徒儿教的。怎么这些事情传得这么快？"

玉真笑道："素儿不入民间，故此不知，诗乐词乐并非宫中专有。我唐文风炽盛，尤其是这长安城里，市井间男女老幼人人吟诵，连五岁童子也耻于不能诗文，士子文人、高僧高道自然更看重这诗词本领。平康坊里女伎众多，那擅诗文的、擅辞令的、擅乐艺的，哪怕是容貌寻常，也是门前踏破，若无乐艺，又不能诗文，口又拙，纵然貌如天仙，也只是一片冷落。然世间上佳诗文难寻，若有一首，顷刻传遍。你为宫伎，乐艺顶尖，又在年少，在御宴上即席赋词，文辞又佳，定如生了双翅一般，不几日间便流传全城。若是李白、王维那等佳作，只一夜，满城皆知。"

"原来是这样，素儿此前确实不知道。太白、摩诘诗作弟子崇敬万分，果然人间不有。"

"你若崇敬二位先生，哪日他们来时，师父与你介绍认识，教他们与你指点诗词。"

李素炫一时惊呆，说不出话来，玉真笑笑："为师识得那太白、摩诘，可有什么奇怪？"

李素炫恍悟，未待开口，玉真在一旁朗声笑起来。

与玉真相处了几日，又到逢一，李素炫禀过玉真，未正时分出发去内教坊处见雷海青。玉真本要令弟子安排车驾，却被李素炫辞谢，她想光明正大独自走在街上。玉真略思索，立刻明白了。

往日里不是随师父卢菡偷偷出来，就是有宜春宫侍卫跟随，今日李素炫走在坊间道路上，格外感慨。出辅兴坊，凭鱼袋过安福门，穿过皇城，出延熹门，再向北就是大明宫。这条路寻常人走不得，很清静。李素炫出发很早，难得一身自在，无人跟随。她走得很慢，一路看看左右，无非寻常宫墙，寻常杨柳，看着也欢喜。出延熹门北行，过永昌、光宅两坊，便能望见丹凤门，那里便是大明宫了。李素炫一路入了内教坊，绕过梨树，见雷海青正抱着琵琶静静坐着，想是一曲后略事休息。李素炫走到近前，深深行礼，却一时语塞，许久才说了一句话。

“素儿见过先生。”

每次相见，她都要如此行礼问候，今日心中格外深切。她实在是想叫一声师父，又觉得无法说出口，也怪异尴尬，语迟片刻，仍然叫了先生。收了礼节安静坐下，暗自失落。

雷海青凝神看着李素炫，见她已是一身青白衣袍，戴着道冠，不施脂粉，神色平静如常，毫无异样端倪。雷海青心中复杂，虽早已知道李素炫即将入道，但亲眼见到，仍是心头震动。他不知道她是果然有意求道，还是被累年伤心逼迫，走投无路，只得遁世以求解脱，不知道她是否当真对红尘俗世毫无眷恋。可是想着她身处街巷，周旋市井，热衷于博名求利，或是婚配生子，仿佛更是怪异，更不像她性子。

两人各怀心事，默默对坐了很久，最后雷海青缓缓弹起手中琵琶，李素炫认真听着。雷海青一边弹奏，一边忍不住伤怀：“卢先生将她托付与我，可我也只能授她琵琶。知道她心中悲苦，日日煎熬，一身伶仃，我却什么忙也帮不上。如今她入了道门，又如何？读读老庄，便再不伤心了不成。我虽不忍，却连问一句也不知能问些什么。”

想着，手上渐渐着了些力气，弹得声声急促，心中仍旧翻滚不停。

“哪日我死了，见了卢先生，他若问我，我实在是不知道怎么回答他。我对素儿也尽了心，也算无愧，卢先生不会怪我，我自己却是心意难平。

素儿异质，禀赋聪慧，性重恩义，令人佩服，我也果真欣赏她，想帮她，偏又无能为力，从来也没真的帮上她什么，不能让她稍微好过些……”

雷海青越想心中越乱，手上接连错失，讹音处一片尖厉破溃。他长叹一声，停了下来，低头不语。

李素炫默默看着雷海青，阵阵难过。她想叫他一声师父，来时路上一再决心，开口一瞬却又气馁。雷海青见了她，十分失神，李素炫知道缘故，眼下见他手上如此混沌错乱，她更加伤感自责。若不是心中压迫，智思零乱，以雷海青双手所能，怎会错到如此地步。

二人又是沉默，屋中寂静，格外寥落。又许久后，雷海青问道：“素儿可想听听筚篥?”

泪水涌进李素炫眼中，她轻轻点了点头，又连忙低下头。

雷海青从怀里取出筚篥，双手持好，深深呼吸，稳下心神，轻轻送出气息。筚篥声沉，如坠如抗，在雷海青手上咽咽成调，满是羌胡幽怨。李素炫将琵琶竖抱在怀中，低头靠着，听着，心中喑哑黯淡。

许久后，雷海青停了下来，将筚篥缓缓放下。李素炫弹起了琵琶，手上悠然，一心柔和。

那是她记忆中第一支歌调，自西域伴她一路来到长安城，每到困顿幽思，便有母亲为她轻轻唱起来，有琵琶弦声殷勤佐伴。师父怕她忘记了，用律吕为她记了下来。小小歌谣，不过几个音、几个句读，眼下她琵琶精熟，不惧繁难，却偏想弹一弹这稚嫩调子。

雷海青不知道这是什么调子，不知道李素炫为什么要弹这一支，见她弹得入神，也不问，只等她弹过两遍，心中记下了，吹起筚篥跟上琵琶。二人什么话也再未说过，只这一首淡淡童谣一遍遍奏着，直到酉正时分，李素炫起身告辞离去。

为了这个心爱小徒儿，玉真今岁特意在长安城多留了些时日。连着一月余，李素炫都在玉真宫中，每日受教。玉真宫中有玄学博士按时前来讲经，玉真嘱咐博士尤其教导李素炫通诵老庄道德，自己也亲自与她讲授。除却读书、弹习外，师徒二人时常相谈，也说些琵琶旧事，也彼此揣摩书学。玉真写一手娟秀小楷，令李素炫大为惊异。听师兄说，平日里有许多人求玉真手迹，待亲眼见到，果然是上佳手笔，结体沉实端雅，法度中正。

将入六月，一日清早，玉真嘱咐李素炫道："为师即将回归王屋山，你留在长安，须是用心随博士修习经法。我这玉真宫中有历代书史典藏，各家各派、各门学问都有，随你览阅。又有各色乐器，也可取了，随身带着，随时演练，书画卷册也尽随你挑选，揣摩行线设色、楷法草法。宫中有师兄留守，不懂处随时可以向师兄询问。师父不在，你独自一人也要好生修持。"

"是，素儿谨记。"

"你师旧宅已修缮完毕，屋内全部物什已放回原处，你留在左教坊中行李也已送了过去，不日你即可迁入。你仍要奉乐与天子，住在延政坊中，离得近些。你也可以在城里四处看看，长些见识，也可以出城，只是不要走得太远。也莫要盲目，非要信什么山林隐逸。道法不拘唯一，你在师父旧宅中，远离繁华，每日写字、读书、弹习琵琶，一心索求自性，也是修持。"

"素儿谨守教诲。"

"如今天下道派林立，什么道理都有人讲，更有那市井俗人，不知我道门精义，胡乱猜测，以为道人不过避世隐遁，求个不死，素儿莫要理会那些愚人。道为至理，困心于欲，便不能察。生死为万物万世之律，纵然道元，也要归天，便是佛祖，也有入灭。区区凡体，想要长生，乃是无上大欲。如此欲心炽盛，焉能求道。素儿不要听俗人讲话，只读祖师真经，自行求索，懂多少算多少，不懂的日后机缘到了自然会懂。也不要限于道门奥义，各家书史学问，但是正统，都要认真研习，却要记住，只读真言，不看注疏，懂便是懂，不懂也莫要强求。"

李素炫恍然大悟，深觉玉真说得在理。世人皆以为道门不过求个肉身不死，可是想想老子真言，乃天下万经之祖，凡五千言，哪里说过什么长生不老，庄子也只说逍遥，不说永恒。李素炫至此方知道，玉真果有道行，只是不愿与人过多争论而已。

几日后，李素炫与几位师兄送玉真出城回归王屋山，师徒约好了书信往来。回了玉真宫，李素炫将随身物什收拾了一番，与几位师兄告辞，要回左教坊。几位师兄相送，出了宫阙，见一位师兄牵着匹马等着她。

“这匹马与你带走。”说话的正是上次去左教坊中接她那位师兄。

李素炫不解，师兄又说道：“我见你喜欢马匹，就对师父说了。我玉真宫中有的是好马，师父命我给你选一匹来，还说你定然喜欢白马。”

李素炫闻听，十分感念玉真。师兄笑笑，又说道：“只是看起来你不识马。马有各色役用，上次那匹是轻挽马，驾车的，没多好。良驹一定是配鞍驰骋，怎么会拿来驾车。几年前拔汗那国入贡汗血宝马六匹，其中一匹名丁香叱拨，此马即丁香叱拨留种，就生养在我玉真宫中，今年刚交三岁，正是使役方始。”

师兄说着，将缰绳交给李素炫，与她一同向外走，一边又殷殷嘱咐道：“马为龙化，最是智慧有情，认主。今日到了你手中，与你便有三十年缘分，师弟定要善待于它，它定耿耿回报，绝不相负。”

“师兄放心，我定好好爱惜它。”

二人说着，将近玉真宫正门，行礼作别，众师兄转身回去了。李素炫上下细细打量马匹，见它浑身被雪，毛色盈白，双目澄亮，又肌群健硕，身姿挺拔，李素炫满心欢喜。

“陈蘅与我讲了许多，我记住了，却不懂，就莫要死认律条了。知道这是匹好马便足够。”

牵马出玉真宫，走了阵子，离正门远了，李素炫上马，将琵琶斜负在肩上，手里握着缰绳，由着马匹慢慢前行。太阳晒得暖暖的，她觉得心中从未如此舒畅宁静。缓缓走了许久，过了大明宫丹凤门再向前不远，到了延政坊北门。入左教坊中，她下了马，牵马一路走到院落中。

院中人见了李素炫，慢慢聚了过来，见她如今作女冠装扮，人人感慨。郑三娘与一众女乐都叹息着不肯上前，许嬷嬷拭着泪，苏嬷嬷也连连叹息，只有端木走到李素炫面前，看了看她，又伸出手抱着她肩膀，却也是低着头，说不出话来。

李素炫轻轻拍了拍端木手背，安慰了她几句，与众人见过后，出左教坊南门，去往师父旧宅。到了门前，开了锁，推开门，牵马进了院子，反手合上门，静静站了。师父大半生都是在这里度过，朝弦暮管，夜雨读书，无人知道他孤身寂寞，也无人知道他心满意足。眼下这院中宁谧无声，唯有树影婆娑，淡淡生姿，墙基湿润处仍是地衣深碧。累年落叶清走后，下面果然有一眼小井，井水依旧丰盈，临之鉴人。

李素炫放任马儿在院中自由，自己推开屋门，轻轻走了进去。

屋中一切如旧，光尘未改。她打开书房窗子，坐在案几边，迎着日光，静静沉思。师父瑶琴仍在案上，旁边有许多书卷，最上面依旧是《论语》。拿起来翻开，一下便翻到自己名字那一页，此处夹了一张纸笺，上面字迹中正内敛，落笔刚雄沉静，自在，不张扬，如一缕微光淡照青苔，正出自师父卢菡之手。

> 庭树拢轻霞，石榴暗开花。月印临晚照，行人各归家。
> 细藤结瓦下，离离垂玉瓜。清水洗白薤，春韭嫩掐芽。
> 挽袖系蓬麻，泥炉燃草葭。寒泉煮陈谷，慢火炙新茶。
> 我今有华发，箫管淡生涯。唯怜小儿女，轻巧弄琵琶。

李素炫淡淡笑了，看这诗中意思，说的似乎是她方入长安城那几日，师父忙着置些夕食，她在一边胡乱拨弄琵琶，又看后面所落年月，果然如此。想是师父写下这首诗，将《诗经》翻到为她取名那一页，夹了进去。回想起来，不记得师父日常如何，只是仍能想起自己初习琵琶时窘状，连如何抱卧、如何持拨，师父都讲了许久，又掰着她小手一一放到弦上，然后由着她随意舞弄。她小小个人儿，奋力也舞弄不动，急起来便又哭又闹，师父立刻过来耐心哄着。直到后来她渐渐长大，逐日弹习，经年不辍，终将琵琶调运精熟。

李素炫将诗笺又放回那一页里，合上书。《诗经》下面是《周礼》，沿夹签翻开，见一页上有几行字用淡线标了出来。

"画缋之事，杂五色……天谓之玄，地谓之黄……"李素炫边读边思忖着，"素、炫、玄皆出画缋之事，'霜'字想是出自'素'字，皆取洁白之意。师父死前嘱咐我，此生务求洁白……想来我这'玄霜'二字就是此意。师父说这二字也是翻书翻来的，只是当时不及说详细，想来就是这一部了。"

她又前后看了看，见说的都是些车舆、宫室、兵器及礼器营造之事，猜度这是《周礼》中《考工记》，看字迹是师父少年时亲笔录写。她轻叹着将书放下，想着日后一定要从头到尾认真研读。

她稳了稳心神，开始认真查点屋中物什。架上数支琵琶是师父从前所用，她往后也多会抱在怀中弹起来。柜子里有许多书籍纸张，多是师父所留手稿画迹，仔细整理一番想是颇要费些工夫。她将柜门掩上，留待日后慢慢着手。踱入卧房，无意间打开一口樟木箱，里面竟然仍有师父旧日衣物，她心中狂跳起来，慌忙将箱子合上。

她软软跪了下来，靠着箱子，挨过许久，渐渐平复，又将箱子打开。师父衣物只那几件，她都还记得，一件件抖开，上面只剩下些淡淡尘埃味道。她找了针线出来，想将破损处缝补好，怎奈实在是手拙，一针一线，缝得无比认真仔细，却也还是歪歪拧拧。

“也罢。师父知道我笨，不会挑剔我。纵歪拧难看，他也肯穿着。”

缝补好了，李素炫将全部衣物叠整齐，紧紧裹了，拿到书房里，放在一口藤箧最底处。接着狠了狠心，将师父书案上笔砚及其他各色零碎物什都包裹好，放进去收起来，最后将藤箧轻轻合上，只将师父瑶琴留于案头，与自己那张瑶琴并置。她没法终日看着师父旧物，不收起来，就什么也别想做了。

沉静许久，李素炫轻轻叹息，将行李包袱逐个打开，将各色物什布置妥当。看看天头，已过未时，又胡乱忙过一阵子，天色已迫近黄昏，她终于安稳坐了下来。窗外霞色炽赤如火，夕阳余晖融暖，正斜斜照射进来。她随意吃些食物、饮些水，有了力气，抬手将架上琵琶取了下来。

五弦铮铮，信手有情。乱世人忙于存活，盛世人忙于富贵，想来古今也无有多少人能够安静落座，心中平止，侍弄些淡淡弦轴，逗弄满室尘光。抬头看看远方，霁雨微云，天涯雁阵，夕阳将熄未熄，流光出离，染透南山雪顶，听闻人说雪顶之下是仙人居处。又过些时候，暮色侵吞，院中石榴结实青涩，本是闪亮可爱，眼下渐渐看不大清楚了，只零星几朵石榴花未来得及凋谢，在暮色中鲜艳又模糊。李素炫弹过多时，停了下来，抱着琵琶在昏暗中默坐，心下茫然，许久又突然醒悟。

“我在这里胡感慨什么，见夕阳就乱抒怀。马儿扔院子里，这半晌都忘了。”

她扔下琵琶跑到院中，仔细看看，马儿吃过院角青草，不大饥饿，过了今夜再与它寻草料来也无妨。她打了水来放在旁边，让它饱饮一顿，想了片刻，又将它牵到房舍那头空屋子里，卸了辔头鞍鞯，拍拍马背，笑道："你且在此处歇息，明日与你建个屋棚，再与你取个名。你不会翻书，我替你翻。"

回了屋中，她燃起灯烛，研墨习字，想着这些日子写字少，手上生疏，要练得熟悉些，才好去见鹿先生。拣了些老子道德默写过一个时辰，再看外面，已是夜色如墨，月华隐匿，眼前唯有烛火萤萤。夜深后，她端着一点光亮去了卧室，解衣睡下。

第二日清早，报晓鼓声将李素炫从睡梦中唤醒，她起身走到窗前，落落站着，看着窗户缝隙中那一点光明，心中瞬间恍惚起来。

"若我就这样等着，师父可会走进来，与我打开窗子？"

她一直站在窗前几线光亮里，直到五通鼓声打过，窗外再没什么声音，却没有等到师父。轻叹一声，伸手将窗子打开，阳光飞扑进来，前方便是浩大人间，无数屋瓦遮蔽，护佑凡人日常。坊间炊烟弥散，升到高处，融进远处南山雪顶与天宇之中，再看不见了。

她在几件衣裳里翻找，拣了件短衣穿上，到书房中打开窗子，回头看看，见师父长箫就在案几上，瑶琴旁，清癯有节，深紫无芒。她稳下心思，跑去那头看了看白马，牵它到院中放开，又自小井里取了水梳洗。水有些凉，她忽然想起师父说过，要头一日将水取了，放到第二日，才暖些。梳洗过后，她坐在院中发呆。

"左教坊与宜春宫中树木茂密，户牖严实，鼓声没这么撞人。在此处看来怕是要闻鼓而起，不能赖着懒睡，倒也是好。只是眼下我是起来了，却不知道做些什么，也不知道寻常日子里都要有些什么。应该要有些食材，有柴火，若要润养地衣，还要有糯米煮了取汁，只是以前用过铁制炭炉，没用厨间里那种泥陶炉，也不知道要如何生火……"

李素炫盘算了阵子，发现自己竟然什么也不会。最后将马儿辔头戴上，未落鞍鞯，牵上出门向左教坊而去。到了院落中，放马儿去啃食青草，她直接去寻二位嬷嬷，请求相授。

二位嬷嬷直笑，不住点头说道："好，好，这就教给你。"

一日之内，二位嬷嬷教会李素炫生火，又指教她到近处采买粮米柴草，带回家中备下。日暮后，李素炫打了井水上来，留作翌日清晨所用，回到书房，终于可以安静坐下。灯烛如豆，也够吟猱，在瑶琴上轻轻抚过，又写经文，夜看看深了。她躺到榻上，看着眼前黑暗，也有些困倦，心中犹自思量。

“慢慢我就会照顾自己了。我有琵琶，有瑶琴，有锥管无数，识得书史文章。纵然余生漫长，也不慌乱。且弹琵琶，且诵书史，安心此生，静待来世。”

# 第三章

# 素児的人間

天宝六载（747年）六月—七月

# 81

在玉真宫这一个多月里，每见雷海青后出了内教坊，李素炫都要略微绕些路，去兴宁坊中探望鹿先生，每次都不能过久停留，说几句话就要离开，凭鱼袋穿过皇城，才能赶在宵禁前回到玉真宫。眼见鹿先生日渐开朗许多，连竹杖也放手不用了，李素炫慢慢放了些心下来。迁入师父老宅后，又到鹿先生家中时，老先生已盼了多日，见了孩儿分外欢喜，连连招呼道："素儿过来陪先生下棋。"

"先生上次说要查看素儿写字，可是放过我了？"李素炫笑问。

"先下棋。"鹿先生说着，指着棋盘，看样子早就备好，接着拿了坛酒出来，摆下盏子。

"先生能不能多取个盏子来，也分素儿饮些？"李素炫问了一句。

"……你也饮酒？"鹿先生问道，很是惊异。

"下棋我或不是先生对手，饮酒可不惧。"

鹿先生想了想，指了指那头架格，说道："你自己去取个盏子来。你师父在我这里，水就行了，你却靡费，还得将酒分你些。"

李素炫笑着取了盏子过来，与鹿先生对坐，将酒斟满两个盏子，执白子先行一步，饮了半盏。鹿先生学她，应了一手，也饮了半盏。一老一小在棋盘上对阵，几十手后，鹿先生嚷起来。

"你这一手臭棋，与你师父比，十无其一，酒量倒有你师父百倍。"

李素炫笑道："我师父哪里有什么酒量。"

老先生连连摇头："与你行棋实在是无趣，棋都被我赢了，酒都被你饮了。"

李素炫连声笑着，又落了一子，鹿先生说道："今日不下了。"

"这局未到中盘，这就不下了？"

"不下了，不下了。"老先生绷起脸来，"将你字拿来我看，若是不好，当心挨骂。”

李素炫笑着将一摞纸笺取了递过去，老先生接了，细细看过，点点头。

“还不错，有长进。”

李素炫忍着笑，问道：“果然有长进？”

“果然有十足长进。”

“先生两眼迷离，这会儿想是黑白子都分不清了，可能看清楚素儿字迹？”李素炫一脸顽皮。

老先生佯怒道：“恁般碎女子，调笑我老头子。”

李素炫将棋盘酒盏收拾好，给鹿先生倒了盏清水奉上。鹿先生拿着盏子，指着案上瑶琴，说道：“先生从未听过素儿弹琴，可弹几声让先生听听？”

“……是。”李素炫略一迟疑，点了点头，在案几旁坐好，落手弹起来，鹿先生在一旁认真听着。李素炫见他脸上潮红退了些，心想如此也算让先生醒个酒，便一直弹了下去，到停下时，鹿先生身上酒力已退了大半。

“素儿琴学有道，一招一式皆是规矩，只是功力尚浅，想是平日里练得不多。”

“师父将琴学与我仔细讲过一遍，却不强求我定要将琴弹得完备，只嘱咐我将瑶琴置于案上，不时扫拂，莫要弃了便好。”

“卢菡瑶琴精湛，不逊琵琶，为何容你轻率？”

“师父说，琵琶是露，瑶琴是藏。琵琶上有几分功力，便要露出几分，腕上指上也当益求极致，琴却相反。瑶琴贵在凝敛，不在张扬，贵在其意，不在其技，一曲只需三分功力，琴家若修为不到、心性浅薄，便藏不住余下那七分，反倒坏了意境。师父说，他看天下琴家，那手上精熟的反多比那不太会的庸俗轻薄。故不强求素儿精习，且留瑶琴守拙，纵然一生弹不好，也要弹一生，纵然有一日弹得好了，也不许在人前炫耀。素儿遵师言，从不在人前奏琴，今以师礼事先生，不敢不从。”

“你倒听你师父话。”

“素儿觉得师父说得对，故此听从。”

“那你师父如何自己将琴弹得精湛，却教你留个粗疏？”

“师父说，他悟出此中道理时，已将琴弹至精熟，故此留了箫管守拙，亦是从不示人。”

“原来如此。”鹿先生点点头，“素儿可喜爱瑶琴？”

李素炫点了点头。

“既如此，先生与你看样宝贝。”老先生说着，忽然笑起来，一脸神秘。

“什么宝贝？”李素炫好奇问道。

“随先生过来。”

鹿先生招着手，带李素炫到了储物内间，只一个柜子、一个架子。鹿先生从架上盒子里取了钥匙，开了柜门，指着里面让李素炫看。内间有些昏暗，李素炫看不清楚柜中有何宝物，只觉得里头塞得很满当，半晌才看清楚，柜中从底到顶放着大小各色木料，鹿先生正指着其中桐木让她看。

“先生这辈子可是藏了不少好木料。此上好桐木，在我这里有些年头了，性子放得干干净净，拿来做什么也不怕变形。先生再去寻些好梓木来为底，寻下个帮手，与素儿斫一张瑶琴如何？”

李素炫想了想，又将柜子里各色木料看了看，说道：“我随师父学琴，只学了那一点儿，无事拨弄一番，也只那一点儿。师父说，只此一点微末功夫，无人喝彩，也能毕生弹奏，才是真喜欢。故此素儿不求手上精熟，也不嫌瑶琴陈旧。眼下素儿手中瑶琴乃是昔日师父所赠，足够今生，不忍相弃。”

鹿先生一副失望：“此等木料外头可是不好寻得，先生乃太常博士，专事修造，连太庙中瑶琴都出自我手。搭着工、搭着料，想与素儿斫一张好琴，素儿却不想要。旁人可是求也求不得。”

李素炫忍着笑，指着一根紫檀木料说道：“这料先生可舍得拿来与素儿造支琵琶？”

“你为海内顶尖琵琶伎，天下翘楚，还缺好琵琶不成？”

“固然不缺，也不嫌多。”李素炫嬉笑着。

鹿先生想了想，有些为难，抓了抓头上，说道：“……此我老头子棺材本。”

“这一根木头哪里够拿来做棺材的。”

“此紫檀中极致，大料，整料，老料，颇值笔银子。若卖了，可是好大一笔烧埋钱，先生就死两回也都够了。”

“既如此，素儿不打主意了。”

李素炫说着，咯咯笑着，往外边走。鹿先生连忙锁了柜子，收好钥匙，跟了出来。走那几步时想了又想，咬咬牙，追到李素炫身后，碎碎说道：“既然素儿喜爱，便舍了这料与你造支好琵琶。不过，先生哪一日没了，你可得给我备口上好棺木，莫要弄个薄皮匣子将先生糊弄埋了。”

“先生果然舍得？”李素炫惊讶问道。本是与老人家开个玩笑，不想他竟然真舍得。

“给别人自然舍不得，若是素儿喜欢，先生只好舍得。”老先生讪讪说道，“不然素儿不开心，先生如何是好？只是，你可是得允我一口好棺材，日后切莫食言。”

李素炫立刻抱手：“先生放心，素儿绝不食言。”

老先生点头，问道：“既如此，素儿想要何样琵琶？”

李素炫后退一步，深深行礼，双手端稳，朗声说道：“不拘其式，素儿只求一支清素琵琶。”

“却是为何？先生可是什么样琵琶都造得出来。我这里也颇有犀角、象牙、螺钿、赤玉、松石，俱是千挑万选，累年珍藏，就是缺些什么也寻得到。这一辈子能耐，最后一点儿力气，要拿来与我孩儿造支顶尖琵琶，定教天下无双。你怎么偏要个素的？”

李素炫双手未放，依旧持礼，说道：“素儿若得此清素琵琶，定名之为无伤，毕生只用手弹，不令遭行拨冲害。”

鹿先生点了点头：“好，既如此，先生定为你用心。”

李素炫又行礼谢过，直起身来，满心欢喜。鹿先生见她开心，也高兴，说道：“先生眼下酒力退了，将你字再拿来与先生看。先生与你讲几句。”

老少二人回到案儿旁坐好，鹿先生又将李素炫字迹看了看。

“先生两年多没见到素儿写字，看着可是变了不少。三年前素儿仍是年少，落笔张扬洒脱，却略失于草率。眼下年岁大些，日渐持重，外围收敛，笔画端稳，结体渐趋沉实，也是历过事了。”鹿先生说着，也欣慰，也叹息，拿起墨锭来与她研墨，要她只管写。写不多少字以后，鹿先生突然问道：“素儿可写过行书？”

李素炫低头轻笑：“从前我师父说，楷书行书一起练，多半要夹生，最后哪样都不好。凡习书者，难说必须先写哪样书，但从慢的开始练，熟了再练快的，总不会错，跟修习乐器一个道理。故楷书、隶书、篆籀等正书都可以入门，先将这些端严字体练到精熟，行书草书不急。他还说日后我可以写行书草书时，他会告诉我……只是到现在，师父也没说我可以写了，就是托梦也不曾与我说过……”

鹿先生叹息一声，又说道：“素儿可曾试过写行书？可写几行让先生看看？”

“玩闹写过几个字，只是不好看。”

李素炫说着，拖过张纸来，写了几个字，果然是不怎么样。

“素儿可知道差池在哪里？”

“我猜测过，想是写得太快，只是不知道对不对，想听听先生说法。”

“自然是写得太快，失于惊急。寻常人眼见行书、草书，臆想其必是飞快写就，实则不然。行书是比正书略快，草书比行书又略快，却不是快到寻常人想的那般，以为刷刷点点，龙飞凤舞，狂甩一气，顷刻可成。行书草书，其狂迷悖乱乃是笔势，并非全出于笔速。正书不是越慢越好，太慢了气韵分散，行书草书也不是越快越好，太快了容易失于粗陋。锥管劲硬，调锋本就略不易，若写得太快，颖尖不及回弹，如何写得好？若是转折处太快，致其散锋、折锋、破锋，就更写不好。”

“可是素儿试过，慢些也写不好。”

鹿先生瞪着眼说道：“慢些写不好，是你练得太少，太快了写不好，是因为太快本就写不好。我这写熟了的都没你快，你这手还生的，一支笔，舞得比我使个破布头赶蝇子还快。”

李素炫顿时笑出声来，笑过半晌，认真答道：“素儿听先生教诲，回去慢些练。”

“这才是了。楷书写得端稳纯熟之后，要能够返拙，不然容易陷入僵滞。此时写一写行书，可以破了楷书呆板之弊。但是定要慢些练，也不能太慢，快慢要多揣摩。还有，有些字笔画少，二三笔，三四笔，倒比十笔二十笔的不易写好。比如，‘人’字，‘入’字，‘天’字，‘一二三’等，大书家也常写不好，不管楷书还是行书，这些字都要单拣出来格外练习。若看人写字如何，单看这些笔画少的，功力不到，格外露怯。”

“是，素儿记下了。”

又聊了阵子闲话，李素炫起身告辞，鹿先生送她到院门口，看着她，恋恋不舍。

“素儿若无事，多过来几趟。先生与你备好酒，备好纸笔，与你研墨，与你讲书学文章。还有你那支清素琵琶，先生立刻寻下个帮手来，这几日就开始造了。你若不放心，就过来看。”

“先生放心，素儿无事便过来。”

李素炫躬身行过礼，转身走了，走几步又回头看，见老先生仍倚门目送。她挥了挥手，回身继续走，快步转过个角，心想：“看不见我，先生便该回屋了。”又一想，有些难过，“先生想是老了，独自一人，不抵屋中落寞，见了我便格外开心。我既然答应先生无事时过来，就多过来好了。”

## 82

第二日清早，李素炫依前约去了左教坊中见郑三娘，随她修习羯鼓。郑三娘先令李素炫将各色板眼、拍式击过一遍，纠正了许多，然后告诉她：“坊中弟子习羯鼓者甚众，所谓习羯鼓只是个说法，实则鼓有各色，常用的也不下十几种，都要精习。一对鼓杖，或是手打，须是击得天下。你先将羯鼓练得熟了，再碰别的，只是自己心里要知道，不是只有个羯鼓。”

“是，素儿定当用心。”

“好，继续打。”郑三娘嘱咐道。

李素炫随郑三娘指令又击了起来，只是终究不甚精熟，又颇隔了些日子没有认真练习，到了难处快处有些忙乱。郑三娘屡次提醒，李素炫自己也小心，却终究还是接连错乱。郑三娘恼火十分，舞着鼓杖，差点打到李素炫手臂上，只是临时一收，敲在了羯鼓边上。声音不大，也还是将李素炫吓了一跳，她忙将两手停下，不敢说话。

片刻后，郑三娘说道：“若是往日里，我如此急躁，素儿想是要烦了。今日怎么什么也不说，头也不抬，面上也平静。”

李素炫低着头，小声答道：“我如今知道先生是为我好。”

郑三娘长叹一声，说道：“素儿莫要怪我。先生老了，近来身子尤其不好，怕有什么突然变故，来不及教你到最后。”

李素炫眼中一热，心里难过，仍不敢抬头，只说道：“素儿定当用心，若是不长进，随先生责罚，素儿不敢生怨。”

“也罢，还是要你自己多花些工夫，我在一边着急也无用，就不如此盯着你了。你每日随端木一起练习，按时前来我处听授便是。”

“是。”李素炫与郑三娘恭敬行礼，告退离开。出屋子走不几步，见端木正端了汤药过来。两人进屋请郑三娘将汤药服下，又出来，李素炫问道：“郑先生是何疾恙？”

端木愁道：“这一二岁师父身子一直不好，稍微天凉，便惹风寒，入伏便是风热，每次也不特别要紧，却经久也好不了。请人来把脉，每次也只说是风寒风热，所开方剂也治寒症热症，用了药也见起色，就是不去根。”

李素炫也情知无奈，郑三娘毕竟年近七十,一点小恙也是大病。

“这个你拿着。”李素炫将个小包袱递与端木，“我将宫中带来珍玩拣了些与你，你的上次都拿去招待宜春宫众人与我解围了。”

“这也要你还？”端木笑道。

“自然是不用还，只不过，我也没太多使钱处，你可不一样，你要照顾郑先生，眼下也就是风寒风热，寻常药剂，日后可不好说。到了难处花钱买命，君臣佐使许多讲究，谁知道医家开什么稀罕方子出来，要什么厉害药材。趁现在多备下些资本，没坏处。找人打听下铺子，换成银钱，用时方便些。郑先生授业与我，我如此也是应当。”

端木点头：“好，如此我就收下了。”

两人在院中棚架下坐了，说了些贴心话。李素炫很想问问李逊是否来找过端木，忍下了没问。

离开院落后，李素炫径直去寻沈绰，四处不见，最后跟着旁人指点，在一间小屋里找到了她，似乎是懒睡方起，没有梳洗，披件衣裳坐着，仍有些病容。见是李素炫来了，沈绰立时开心起来，说不几句，就带她出了屋子，到外面散步。

“屋里有些冷，出来见见太阳。”沈绰笑着说道。

李素炫觉得有些奇怪，眼下六月，正是炎热，自己走路专拣荫凉地，马儿在马屋里，旁边必须备足饮水，屋顶也要格外遮蔽严实了，怎么沈绰却觉得冷。只是看她样子，果然也不像寻常人一般走得满头大汗。

沈绰看出李素炫迟疑，笑着说道："我前些日子病了一场，这几日已是好些了。"

"可曾求诊？医家如何说？"李素炫关切道。

"不用求诊。我这心病无人能医，药剂也不顶事。"沈绰笑道，口吻轻松。

她这样说，李素炫倒不敢追问了，莫名想起从前沈绰身旁男子来。沉默过许久，沈绰叹了口气，说道："素儿纯粹，也不知道你想不想听我说些陈谷子旧糜子，我不想与你说这些俗烂事，却也不知还能对谁说。"

"说便是，何必顾忌。"李素炫说道，"别人的谷子糜子我不想听，你的我想听。"

沈绰轻笑一声，却又不说了，李素炫没有追问，只等着。说与不说，沈绰自会想清楚。许久后她终于缓缓开了口。

"素儿可记得从前来时我身旁男子？"

"记得。"

"在他之前，我被一男子所弃，伤心时认识他。他待我很好，又耐心，我才慢慢将前事都忘了。只是他前阵子因错出了左教坊，被遣至军中，怕是一世也再见不到了。"

李素炫不知该如何回答，这些事情在教坊中很寻常，总听人说起，只是不能多想，听过就一定要忘掉。

"素儿可有什么可心男子？"沈绰问道，也察觉到李素炫不知所措。

"没有。"

"可曾为此着急？"

"没有。"

"怎么会没有。"沈绰笑了。

"我昔为女乐，身份微贱，不敢想；今为女冠，已入无门，一生不谈男子事。"

"一生不谈男子事？你果然将修道如此当真？"

"如何不当真？"

沈绰惊讶道："道门能入，也能出，若不到修行机缘，道门从不强留。多少人尘心不泯，又还了俗。素儿如此貌美，果然甘心一生空寂？本以为你入道只是一时权宜。"

李素炫轻笑。她身入道门果然是一时权宜，却也不尽然。她虽然想修行，却不限于道法，出家在家、哪门哪派，并不要紧，唯一生不谈男子事，果然是心中切实，只是不能与旁人说清楚。

沈绰叹息，又说："不谈也好，人世情爱着实是麻烦事。"

"我倒不觉得，这有什么麻烦的？"

"说得好像你见过多少似的。"

李素炫笑道："我没见过，想也想得来。若两人欢喜，就在一处，若不欢喜，就分开。"

"若是欢喜，却不能在一处，如何？"

"做些别的事情。"李素炫顺畅答道。

沈绰叹息，又大笑。

"你说得对，却只是大道理。小女儿家，没见过，没历过，想得忒简单了。话是这等说，真事到临头了，没人能做到。"

李素炫笑笑，没回答。沈绰迟疑许久，又问道："我若说起你师父来，你可会伤心？"

"如今不会了。你说便是。"

沈绰长叹一声："素儿，你这一生，一定要记得你师父。若是喜欢一人，却不能在一处，轮到你，可以寻些别的事情来做，我却不能。"

"为何不能？"

"我做什么？"

沈绰问得十分直接，李素炫哑然。

"你师父累年授你琵琶，又教你诗书，你能读，也能写，能凭琵琶本事脱籍，能凭诗词本事入道，平日里弹习读写，哪样儿都是一番快活。我师父什么也没教过我，不要说诗书辞赋，我随他习履索、舞剑，乃是职事，他也没认真教导过我，多是我自己揣摩，不知跌了多少跟头，吃了多少苦，绕了多少弯路。你师父整日哄着你，我师父却是整日打骂我，他固然不与我指点太多，我也果然不想多问他什么。我知道你说得对，伤心时，我也想找些事情来做，也好冲淡些，可我什么也不会，硬寻些书卷来，却读不进去。有时难免寂寞，想忘了故人，与别的男子相好，又觉得自己没心肝。这左教坊就如个囚笼一般，可就是出去了，又能如何，不是也还一样。”

李素炫沉默不语。

“从前埋怨，只觉得身不快乐，都是因为困在这左教坊里，每日抱怨不休，倒还有生机。如今也知道，就算出了教坊，也无非如此，怕遭人弃，怕生相离，想一身独善，却不知做什么，也不会做什么，这左教坊里好歹还有衣食。如此一想，怨也不敢怨了，倒落得一片死气沉沉。”

沈绰一边说，一边与李素炫在林中漫步，虽然并肩，却是让李素炫走在荫凉处，她自己走在阳光里。李素炫许久也想不出话来说几句，沈绰也不介意，慢慢走，慢慢说，多日寂寞，眼下能有个人听着便好。

“我如今已二十五岁，想这一生，不过如此了。”沈绰口中一副认命，李素炫听得愈发心酸。

沈绰说着，渐渐送李素炫到了大路口上。

“也不与你说许多了，弄得你也哑口。素儿……我真的羡慕你。”

到二人行礼分别，李素炫也不知道说什么好，只是转身离开前说了句：“我无事便过来看你，你心里有事就对我说。”

沈绰笑笑，点点头，看着李素炫走远了。

# 83

端木回了左教坊后，很快安定下来，住在昔日院落里，每日照料师父，早晚问安，多有陪伴劝慰，也与几位嬷嬷一起收拾院落，侍弄院中花草，与众女乐相谈欢笑，每日花许多工夫修习羯鼓舞蹈，又读书写字。她性子温婉，从不挑剔旁人，遇事也有耐性，自幼便得众人欢心，不似那李素炫，深情刻骨却又一副婞直，爱她的爱死，恨她的恨死。

李逊按捺了阵子，估计端木安顿好了，这才过来相邀。如今端木可以自由出入，再无障碍，只是不想将李逊之事告诉郑三娘。郑三娘也不想多管，知道女儿大了，不好太管着，何况端木也不是什么撞祸性子。李素炫与端木说好，每逢端木出门去见李逊，李素炫就到左教坊中郑先生处听授，省得做娘的闲时不见女儿，便要多问。

李逊每次都是独自前来，牵着两匹马，在左教坊南门外僻静处候着。端木常着布衣，不戴钗环，李逊不敢穿着绫罗绸缎，满身金玉前来相见，也寻了件百姓服色穿了，不戴冠，不佩剑，将香囊、玉坠、蹀躞、宝石戒指等金贵物件都收了，只使个布包袱裹些应用小物及些散银和铜钱。他不带扈从，又礼节谦逊，面容温雅，看着不像贵公子，倒像东市西市上哪家字号里个俊俏堂倌。见了端木，李逊几步迎上前来，二人相对，深深行礼，满心殷切，又直起身来，互相看着，许久又一起笑了。

端木此前从未出过左教坊和皇宫，就是像李素炫那般只在坊道间随意闲逛，看看贩夫走卒，也从未有过。遽然入了市井，满目人影往来恍惚，她莫名有些慌乱。李逊知道她心思，带她拣人少处走，周围僻静，也好说些话。他未及弱冠，尚无功名，却自幼读书，家教严厉，不是脂粉堆里调熟的，没什么油滑本事，这些年心中攒下千言万语，如今却不知说什么好，一路上拼命搜着、想着。

“若与她说些金银器、琉璃皿、西域驼、真腊象，倒像我卖弄富贵了，再说她在三大内中，天子身前，什么没见过，说多了倒显得我没见过似的……问些羯鼓琵琶，我可是不太懂，若问得外行，露怯可就不好了……”

两人牵马并肩走着。端木见李逊不说话，也不催促，低头听着街市上人马车辆往来声音，许久后听到李逊问了一句：

“我听人说，乐人中有记忆好的，不消什么，只听一遍就能记住，果然有此等奇人？”

这话问得没名堂，着实不应景，可李逊拼命找了这许久，就找了这么句出来。端木暗笑，却仍旧认真作答：“有。我在宜春宫时曾听说，太宗时有西域琵琶高手来朝，太宗皇帝设酒，令其弹奏，阴令宫中乐师罗黑黑隔帘听之，一遍即得。太宗皇帝对那胡人说，我宫中就有人能弹，接着吩咐罗黑黑出来弹过一遍，胡人惊叹辞去。据说那之后西国来降有数十之多。”

“果然厉害。当今可也有这等人物？”

“也有，大内雷海青、贺怀智、黄幡绰、李谟、张野狐等，都有这等本事，我那素儿也是记忆惊人，不消什么，但过耳，即入心，毫无差池。

寻常宜春女乐也都记得快，纵一遍不能得，有二三遍，也须牢牢记住，手上也要精熟，俄顷之间就要奏得出来，不然怎入得了那宜春院。”

李逊叹息道：“怎的我背书就那么慢，每次都要惹先生和母亲动怒。”

端木低头，笑而不语，李逊又说道：“你等是天下人里选出来的。中华广大，数千万众，只选你等这几十人，自然个个身怀绝技，非常人可比。”

李逊口吻诚挚，却又夸得过于直白，端木一时接不上来，只笑。李逊心中不安，暗暗将自己浑身上下细细点查，身出贵籍豪门、不缺银子、有许多派头，这些算得上能向俗世人炫耀的，只是都不是自己凭本事挣下的。他沮丧了片刻，见端木慢慢放松下来，便带着她往热闹处去。

“我带你去东市看看如何？”

“远不远？”

“在平康坊东边，此处向南过三坊之地，约四五里路程。也不太远，走去走回却有些累，故此我带了马匹过来。”

“好，跟你去看看。那里有些什么？往日里人与我说过，却不详细。”

“东市临着皇城与三大内，周围宅邸遍布，多有官宦豪门，故东市里都是些珍贵宝物、异样货殖，人也比西市少，安静些。西市那里人多杂乱，走个路也会与人不停冲撞，若是喜好热闹，倒是个适当去处。”

端木点点头，二人上了马，李逊带她出了延政坊南门，一路向南走，边走边与她讲。

“东市西侧是平康坊，夜夜眠宿之地。因夜间宵禁，去那里寻欢都是要过夜的，又少不了饮酒，才有宿醉之说。东市东侧是道政坊，临着春明门，酒家宿家极多。东市是大坊，颇有地面，我们今日只逛得了东市，不及去平康坊与道政坊。”

端木问道：“你说东市东侧道政坊多有酒家宿家？”

“正是。”

“记得素儿与我说过，她听人讲，长安城中酒家宿家里多赶考士子、行脚儒生，都喜欢在墙壁上题诗，说是颇有佳作。”

“素儿？可是与你一同制献《大破阵乐》，又于御宴上即席填词那位女子？”

“你也知道她？”

“如今长安城里谁不知道你二人？她有雷海青先生相助，临战制了《大破阵乐》，献乐之时，你一对鼓杖调了千军万马，降了数十藩国。城中人都称你是女将军，将你好友看作女诗家。”

端木有些羞赧，低头笑笑，说道：“我好友名李素炫，乃卢菡、雷海青二位先生弟子，自幼有卢先生授她诗词文章，她自己也着实喜欢。”

李逊笑道：“她若是喜欢诗词，倒果然有些好去处。”

“哪里？”

“长安城东边有通化、春明、延兴三门，东方属青龙，故称青三门。出青三门行过一段路程便是灞河，自古送别之地。故此青三门旁酒肆极多，送得近的，到青三门旁饮酒相别，若送得远，就要到灞河边上了，从外面来长安的也是自青三门入城最多。这长安城里，好饮的多是诗家，酒肆中到处都有题诗，其中道政坊客舍、酒肆最多，题诗也最多。你让你好友到道政坊去，寻个大店铺进去，要壶好酒，几个小菜，慢慢饮，慢慢看。若是要看得久，就要先在外面吃饱，酒肆中卖的除了酒，只有些小菜，没什么顶饱的。若是读到深夜也无妨，那里宿饮者居多，酒肆中都有客房。”

端木笑道：“我此前从不知道这些。”

“你在深宫中，哪里知道这些。这长安城里，但有酒处便有诗，颇有许多人不为酒菜，只专门去读诗的。累年中华各处都有来赶考的，也有来交友游学的，方到长安，没什么诗词名气，都喜欢去青三门近处几坊，特别是道政坊，将自己诗词题在墙壁上。若是作得好，肯定有人传唱，渐渐传出名来，待有了些声誉，才好去拜见高士朝官，递些干谒诗文，请求荐举。若是谁人出了大名，或中了高举，店铺掌柜定将他诗词格外留着，与众人炫耀。你那好友懂得诗词，琵琶精熟，又唱得好，又有文章名气，她若看上谁家大作，与人传唱，那人定是要出大名声了。”

端木欢喜说道：“我回去便告诉素儿。她善饮，又喜欢诗词，定然开心。我饮酒不行，可以陪她一起读诗词。”

“你不善饮也无妨，城中无酒处也有诗。你二人可以到寺院和道观里去，寺观墙壁上都悬挂许多木牌，专供游客题诗。寺观越大，诗牌就越多，僧道又都读书，有些见识，知道什么是好诗词，拣好的留下来，有人专门去看，顺道烧香或捐功德。长安城寺观众多，诗牌加上酒肆墙上题诗，够你二人看一辈子的。”

二人渐渐说得顺当了，再不用刮干净肠子苦苦找话头，一路说笑着，慢慢到了东市。东市中除横竖两条主路外，更有数条纵横道路，对着道路是一排排店铺大门，门前挑着各色字号。路上行人往来，个个穿戴华雅入时，尤其有许多女子着胡服或男装，骑在马上，牵缰执鞭，一副意气，随从远远在后头跟着。

李逊与端木下了马，牵马步行，数着一间间店铺字号向前走，见那店铺里售着众多稀罕物，又多专售，有专售香料的，专售干果的，专售布料的，专售青蔬的，也有珠宝、制衣、脂粉店铺。各处铺子里都很热闹，店家殷勤有致，挨个为客人介绍货品，或取了样子来与客人看，十次二十次也决不嫌烦。客人也都是大手笔，若是看不上，便不买，若是看上了，买得十分痛快，若是碰上着实喜欢的，一次便是好大生意，店家若是格外殷勤，还多有些赏钱。

端木逐个店铺进去，看过了，又出来。李逊跟在她身侧，小心看她脸色，想看看她喜欢什么，好去买来讨她开心，却看不出她有什么异常喜欢的来。她微微笑着，无论看什么，神色都是淡然，就是进了笔墨铺子，李逊满以为她会格外有兴致，她却也只是看了看，依旧微笑，然后又离开。

李逊不知道，端木也是在宫中见识得多，也是生性恬淡，往日里从无什么大惊小怪，对这些奢侈物什也并无什么过分兴趣，尤其眼下，她只是喜欢这坊间闲散。李逊终究想不到这一层上，平日里只道女子所爱无非胭脂、丝绸、簪钗之类，格外看重端木读书，也只以为她会喜欢管笔墨锭，哪里知道她十数年困身牢笼，更重一副逍遥。喜欢什么，不喜欢什么，自有无穷来日，尽可一样样看过，一件件挑选，眼下她只喜爱这周身平民自在，向东向西，全凭任意。

二人走了许久，也说笑，过了十字街，见有间酒铺，端木抬头看了字号，立刻走了进去。李逊颇诧异，忙不迭跟了进去。店家立刻笑脸迎上来，认得那李逊，见他着布衣，还看了几眼才识出来，心下吃惊。李逊忙以眼神示意，怕店家迎上来不住趋奉，显得他一副公子王孙派头，惹端木生厌。

店家立时会意，不作声，见李逊对端木分外殷勤，马上走到端木身边。

“客人可是有意我家各色好酒？小的一个一个讲一番如何？每样尝尝也好。小店里陈列出来的可都是上好佳酿，这长安城里，除了皇宫王府，也就咱这小店里有，别处可寻不见。”

端木致谢道：“不消品尝，劳烦店家与我说说名字便好。”

店家立刻指着几排酒坛说上了：“此马乳酒，此葡萄酒，此林邑国槟榔酒，此诃陵国椰树花酒……”

端木笑道：“这些酒名我昔日多听人说起过，只知道是好酒，却不曾见过，也不知来历。”

“都是马乳或果子酿造的……”店家说道，只说了半句，李逊忙走上来，在端木耳边小声说道：“多是西域来的，或是北方草原上来的，林邑国在西南，诃陵国在南海之中。”

端木笑着谢过店家与李逊，店家又指着几个瓷皿说：“我这小店里也颇有些小果子，佐酒上佳，也都稀罕金贵。此新罗松子，此阿月浑子，此蔓胡桃，此婆淡果……”

店家说了一半，停下了，看着李逊。李逊立刻又凑在端木耳边小声说道：“新罗松子自然是自新罗国来的，阿月浑子也叫胡榛子，产自粟特、呼罗珊，蔓胡桃自南诏来，婆淡果自波斯来。这香榧子你肯定见过，出自我中华南国，算是路最近的了，近几年在城中格外时兴。”

李逊爱慕端木，又格外敬她，总怕端木将他看作个膏粱家子，不学无术，怕端木觉得他自认身出贵籍便配得上她。想在她面前乖巧伶俐些，怕她以为他滑头，想与她说些书史经典，又怕酸腐卖弄。见店家说起异域美酒和小果子来，他忍不住凑上来为她解说一番，显得自己有见识，起码记性好，说完了却又后悔：“她若只将我当个好饮好吃的就糟了。”

端木机敏，知道他心思。她在宫里什么都见过，但眼下只笑笑，不说破，就是知道的，也认真听李逊给她讲。店家在一旁看得心惊肉跳，手心都攥出了汗。李逊乃国李近支，天潢宗派，却对这女子格外敬重恭谨，小声说着话，两手在低处端着礼数。虽说二人未带扈从，又着布衣，可是士子贵家做平民打扮，孤身出游，要个自在洒脱，也是长安城中一时风流。店家不知端木什么身份，不由得一阵慌乱，越发小心殷勤，说话声音都弱了许多。

盘桓了些时候，李逊见店家如此殷勤有致，便买了一小坛酒，拣各色奇异小果子买了几样。店家将小果子用楮纸包好，与酒一并奉与了李逊。

二人出了铺子，李逊笑问道：“你说你饮酒不行，眼下可是想练练？不知果真放开了饮，你酒量如何。”

端木笑道：“我不饮酒，也无量。只是我好友素儿嘱咐我，这几日在城里闲逛，多帮她看看何处有好酒，将店铺所处和名号记下来。”

“想是你好友好饮。”李逊笑道。

“她十分能饮，却不好饮。只是她学问先生格外嗜酒，她想寻些好酒来哄先生开心。”

“果然是好友，你如此替她留意。这许多铺子看过来，也不见你自己喜欢什么，见了酒铺倒打探得清楚。”

“她在我师父那里苦苦修习，握着鼓杖打过两个时辰，挨着责骂，还要拼命找些问题出来请教，拖着时辰，才令师父暂且顾不上我，我才好出来与你闲逛。怎么能不好好谢她？”

二人相视，憋不住笑。李逊想找个无人处与端木说话，便领她进了条小巷子里，寻了个背处坐下，又想离她近些，又怕太近了唐突，想了阵子才选个合适位置坐了，将怀中纸包打开，二人捡着小果子一个个剥开了品尝。李逊见端木十指细嫩，虎口处与拇指内侧却起着厚茧，知道是鼓槌打磨所致，又是敬爱又是心疼。他剥了几颗小果子，想递给她，又不敢，只在手中握着。过半晌，掌心汗渍将果仁濡得湿了，只好放到自己口中。

李逊生于王侯之家，自幼身旁仆役无数，富贵非常，却从未有过如此寂静清欢。布衣简单，坐在路边石阶上，看着心爱女子，无人从旁相扰。他也见过嫔妃公主，见过豪门贵妇，偏是端木不同，一身布衣，言语轻柔，也无什么面目威严，只一身清淡，便是一番震慑。李逊痴痴看着她，饶是宗室贵胄，此时也不过世间寻常痴情少年。

李逊又剥了几个小果子，看着端木，见她一时手上空着，立刻将果仁放在她掌心里，又马上将手收了回来，心中乱跳。端木对他笑笑，将果仁放在口中，李逊高兴万分。说了些闲话，二人站起来将果皮收拾净，牵马出了小巷子，又在东市里转了阵子，看看快到两个时辰，李逊要送端木回去了。

二人上马，并辔向回走，端木笑道：“再不回去，素儿课业结束，我师父可就想起我了。”

“你师父不让你出来？”李逊紧张问道，“你回去了可会挨罚？”

“师父不是不让我出来，只是我对城里不熟，独自出来这许久，她担心，难免要问问。”

“听你说话，似乎是很怕你师父。”

“师父如母亲一般将我照料长大，也代掌父职，教我本事，怎能不怕？”

“说的是，说的是。”李逊连连拊掌道，“我父亲常年忙碌，我读书也是母亲监管，我也怕她，怕到快死。她多看我一眼，我都魂散。”

二人相视大笑。

入了延政坊，很快到了左教坊南门，二人道别，又互相看着，眼中都有不舍之意。良久，端木低头小声说道：“素儿每到逢一都要去一趟内教坊，随梨园雷海青先生修研琵琶，第二日过了午时到我师父那里听授。我与她说好了。”说着，脸颊绯红，头更低了。

李逊会意，立刻行礼说道：“如此，每到逢二，李逊午时准时守候。”说着将酒坛从马上取下，递与端木。

“将这坛酒拿与你好友，就说李逊感戴相谢。”

端木立刻笑开了，接过酒坛，二人重又行礼告别。端木抱着酒坛入了左教坊，李逊看着她渐渐走远了。转角之前，端木回过头来看了李逊一眼，又转身消失了。

李逊叹息不舍，却又开心异常，回身将两匹马并在一处，上马离开，按辔徐行，长舒一口气。

“可好，今日没出什么乱子，我没做错什么，没丢脸。”

## 84

端木抱着酒坛一路回了院落，见李素炫刚从郑三娘那里出来。二人在院中碰见，一起坐在藤蔓架下，躲着夕阳余毒，相伴闲聊。

“郑先生每问我一句还有没有力气再打，我见你没回来，都说有力气。你再不回来，我要打到手断了，眼下我肩膀和胳膊都是麻的，背上腰上都跟着疼……”李素炫唠叨着，噘着嘴巴。在雷海青面前，她是成人，鹿先生如今已是要她多安慰照顾了，唯独与端木在一起，她总当自己是个小妹，尽可逞性耍些骄横委屈出来。

“有劳素儿了，这酒是好酒，李逊让我拿来谢你。”端木笑道。

李素炫接过酒来，晃了晃，听听响动，笑了。

“如此，我也不白挨郑先生责罚。这坛子酒怕是值些钱，我也不亏。”

停了片刻，李素炫鼓起勇气来，小声问道：“你们今日去了哪里？那李逊……待你可好？”

李素炫平日里并不喜欢打听这些闲事，只是涉关端木，不放心，忍不住要问问。她对那李逊也颇有些好印象，也相信他眼下真情，只是不知道男子真心能当得多久。端木与李素炫性子迥异，那李素炫一贯挑剔眼悭，双目高过额顶，看哪家男子都不顺眼，纵然王子公爵，金银佐傍，富贵缠身，不过粪夫。只是她若一眼看得顺了，刹那间便敢纵身蹈火，横下心来，便不惧一世苦挨。端木却向来矜持谨慎，难得看不起什么人，却也不会瞬间热血昏头，自此死心塌地。可她二人终究只是人间多情女子，无有那出世超拔，不管是刹那血勇，还是日久情愫，但一心相许，便再难回头。眼下李素炫难免不放心，怕端木日子久了终究深陷，那李逊却退了热火，白白令端木伤心。

端木知道李素炫担忧，约略与她讲了今日状况。李素炫听说李逊独自布衣前来，又待端木礼貌，略微放下心来。接着又听端木说起东市中酒铺，牢牢记了所处与字号，又听端木讲说与李逊在小巷子里剥小果子品尝，不由得心中轻叹。

“我端木果然淑雅，又不挑剔，配得王侯府邸中为妃。当初我与梁蛮也是在小巷子里避开众人，图个清静玩耍，他却是带我打弹弓，我还打过人家马屁股。若不是城里人多，他怕是就带我拉弓射箭了。我倒也捉混，果真有个没人处，肯定也就射了。他若是带我剥小果子吃，我怕是要嫌烦。”

日头压得很低了，渐渐要被树木房舍挡住，远处高天上尚有些光亮，近身处已有些幽暗了。端木与李素炫仍坐着闲聊，不慌不忙。左教坊与卢菡旧宅都在延政坊内，坊内并无宵禁，李素炫可随意消磨，晚些回去也无妨。

“素儿独自一人住着，晚上怕不怕？”

“不怕。这坊中除了左教坊和几座寺观，其余地面上都是内乐乐工与太常乐工住宅，没外人。乐工没什么富贵，不惹贼来，三大内之间武侯巡守又格外频繁认真，贼也不敢来。何况我今日有赤骏为伴，它现在记住我了，也认了家，每回了院中就自己走到马棚里歇息，见我过去，便高兴贴过来。马儿侦听最佳，若有外人，立刻就能察觉，报与主人知道。”

端木惊异道：“你那马儿叫赤骏？”

“正是……至于姓氏，随我姓李。”

“它浑身雪白，恨不能连睫毛、蹄子都是白的，怎么叫赤骏？”

李素炫无奈：“翻书就翻到这里。”

两人对视笑过一阵子，天色更暗了，李素炫起身告辞。

“不怕晚，就怕黑了路不好走。再说，我家中赤骏还饿着，要回去喂它草料清水。这酒我拿走，明日奉与鹿先生，这里先谢过你和李逊了。”

端木送李素炫到了院落门口，二人行礼，亲热道别。

“天色黑了，路上仔细脚下。”端木柔声嘱咐。

“放心。就是我不小心，酒也要小心。”李素炫笑道。

第二日一早，李素炫带着酒去了鹿先生家。进了院中，见大天光下摆了张破烂高桌，十分巨大，又狼狈，四处刀凿砍剁痕迹，木屑木灰遍布，胡乱扔着些零碎木料、斫斲器具。桌旁站着个小子，中等身量，壮实人，身上、手上、头发上与那破烂高桌一般满是灰屑，穿着粗衣，挽着袖口，正在卖力做活。李素炫将赤骏拴在门口，还未开口，那小子灰头土脸走过来，将李素炫打量过片刻，抱手深深行礼。

“在下太常弟子商不言，见过李师兄。”

李素炫吓了一跳，幸好手里酒坛拿稳了。

“谁是你师兄？你怎么知道我姓李？”

“师父与我说的，若见一女子，着青衣，骑白马，秀丽姣好，一脸不好惹，便是玉真宫李素炫。我就要进去将他老人家唤醒，若是别人就轰出去。”

“你师父？鹿先生？先生睡了？”

“正是。师兄稍等，我去唤醒师父。”

“你等一下。”李素炫将酒放在高桌上，伸手拦住他，“谁是你师兄？”

“你我皆受教于师父，你略年长，自然是我师兄了。我听人说，师兄制了《大破阵乐》……”

“你等等，别说没用的。谁让你叫我师兄了？鹿先生？我没有叫他师父，只叫他先生。若是先生允了，我也允了，若是先生未发话，就不行。”

“师父说了，你自己有师父，只叫他先生。他说他有你这等爱徒，一辈子叫他先生，他便心满意足。还说师兄天资异常，乃天下顶尖琵琶伎，临阵请命，制献《大破阵乐》时……”

“别净扯这许多闲的。鹿先生没发话，你如何叫我师兄？你往后叫我名字就行了。”

“你与师父无有师徒之名，却有师徒之实，师父对你又格外偏爱，我自然应该尊你一声师兄。当日师兄《大破阵乐》一出，师父那可是……”

李素炫又气又笑，用指节击着桌子说道：“你再提《大破阵乐》我就用这桌上榔头敲你。”

“是是是，师兄息怒，小弟不敢了。”

“你……叫什么来着？”

“在下商不言。”

“商不言？……好名字。”李素炫点点头。

“那小弟现在就入内将师父唤醒。”商不言说道。

“罢了，就让先生睡到醒，别扰他。你这是在做什么？”

“师父说要与师兄造支好琵琶，唤我来做个帮手。”

李素炫恍悟：“这等说，我却是要谢过你了。”

“师兄说哪里话。小弟自六岁入了太常寺太乐署，如今也随师父有十年修习，若是师父用得上，小弟当然不能惜力。若是造出琵琶来，师兄喜欢，弹着也顺手，小弟也高兴。听师父说，天下琵琶三绝手都与师兄有多年教导，此等机缘凡人可遇不上。师兄也经年勤奋，又肯用心思，故此早早便展露天资。听说师兄还修过度曲变声之法，还随师父学过典籍文论，遍阅博士藏书，见过历代鸿篇大乐，又有侠义胆量，见那藩使傲慢……”

商不言唠叨个不停，见李素炫脸上堆起火气来，连忙说道：“师兄莫要动怒，小弟此番可是没有提起那《大破阵乐》来。”

李素炫无奈，摇头不语，收了面上恼火，将脸绷得平整了，听他继续说道：“听说师兄曾多年随师父览习书史，自幼有文章本事，诗词精致，才思迅敏。师父还与师兄讲授书论，还说师兄写字好，饶着锥管性子大，硬是能将它降了，字体中和持重，又有俊逸。小弟却是天生愚笨，不瞒师兄，师父每次嫌弃我笨，都要提起师兄来……”

李素炫头大如斗，用指节重重在桌上敲了几下：“你速去将先生唤醒，就说李素炫有要事禀报。”

“是，师兄稍等。”商不言略一行礼，立刻入了屋中，片刻后出来说道，“师父相请。”

李素炫长出一口气，拎着酒进屋。鹿先生正坐在窗边案几旁，见李素炫进来，立时一脸开怀，对商不言说道：“你先出去忙碌，师父与素儿有话说。”

“是。”商不言身上满是灰尘，在屋门口持礼站着，见师父嘱咐，行礼告退。

李素炫方才还思忖鹿先生为何上午睡觉，可是病了，这会儿见先生无恙，放了心，走过去将酒坛放下，笑道：“此东市上玉露酒，特地拿来奉与先生品尝。素儿这就去与先生取个盏子来。”说着到屋那头架子上拿了盏子回来，见鹿先生已将酒坛打开。

“玉露酒虽不特别罕见，东市上的可就金贵了，比之他处所得尤其不同。我听人说，是什么罕见果子，几种拿来酿，总之是好宝贝，先生还真是没尝过几回。”鹿先生说着，从李素炫手中接了盏子来，倒了些，拿起来只一口，细细品味，连声喝彩。

“果然好酒，果然好酒。”鹿先生陶醉，又问道，“素儿如何只取了一个盏子过来？今日不与先生对饮？”

“此等好酒难得，今日就这一坛，素儿不与先生分了。”李素炫笑笑，“先生好饮，酒醉可是伤身。若是先生不贪杯，素儿便每次都与先生带酒来。哪次格外多了，便与先生对饮。”

鹿先生问道：“此酒可是十分价贵？”

李素炫笑道：“比寻常浊酒贵些，但素儿如今轻易付得起，先生大可放心。东市离此不特别远，只是先生腿脚不便，走不过去，上马下马也费事，往后素儿替先生买酒便好。先生也没什么别的嗜好，不过好酒，值得每次买些佳酿来。”

老先生听见李素炫许了每次都有好酒，开心得像小孩子得了大人允诺，每日都有饴糖吃。两人颇说笑了阵子，李素炫见一坛酒下了一小半，将坛子又封好，拿到那头架上放稳了。

“余下明日再饮。先生可是答应素儿不贪杯了。”

老先生狡黠一笑，说道：“素儿想是不知道，这酒没什么劲，不过就是果子绞出汁液来，算不得酒，多饮无妨。那劲大的，先生一次一坛子，也不怎么样。”

“先生，就是果子绞出汁来，也莫要多饮，终究性凉，半坛子已是不少了。下次我与先生打听一番，看看什么酒有劲，只是那般狠酒，先生更是要节制。”

“好，好。”鹿先生点头，“上次先生与你那文章里挑了许多错处出来，想是你怀恨在心，在这里等着我了。我也没法子，只好听你的。”

说着，鹿先生布好纸笔，李素炫在一旁研好墨，老先生开始讲授，李素炫认真听着，也在纸上记录。过了约莫两刻钟，先生问道：“素儿可听明白了？”

李素炫点头：“素儿听明白了，只是今日如何讲到这里了？这三分损益、旋宫推演之法，师父多年前便与我讲过。”

老汉指了指外面：“待会儿你去与那瓜娃讲一遍。”

“为何我去讲？”

“恁般蠢徒，怎么讲也听不明白。我老头子还想多活些年，怕气死。”

李素炫哑然，鹿先生接着又说道：“商不言幼入太常，习乐器营造，十分手巧，只是不管什么本事，但凡落到文字上的，便笨得要命。给他一页书，每个字都认得，连起来就不明白，读也不会读，写也不会写，我老头子跟着他快怄死。我方才根本没睡，是气得不想说话。”

李素炫颇无奈，说道：“如此，素儿去与他讲讲。只是素儿没与人做过先生，不知道讲得怎样。”

“你叫他过来，与他讲讲，试试，你文章我拿去看。”

鹿先生说着，拿了李素炫文章去了旁边屋子，李素炫只得到门口唤商不言进来。商不言听说师兄要与他讲学，连忙将身上灰屑仔细拍落，又跑到井边打水，将脸上手上洗净、擦干，收拾停当，才进了屋中，与李素炫恭恭敬敬行过一礼。李素炫正在研墨，看了他一眼，见洗干净了倒着实是个端正后生。太常寺乃国之体面，想来歪瓜裂枣也混不进去。

李素炫示意他坐下，商不言慌忙俯身将墨锭接在手里，坐好，转圈细细磨起来，小心问道："小弟方才饶舌，可是惹师兄恼火了？"

"不曾惹火，只是一时不会接你话。"李素炫笑道，"先生让我将你今日上午听不懂的再给你讲一遍。"

商不言垂着头，心中沮丧："世上有师父和师兄这般聪明人，怎的耶娘就将我生得笨拙。师父讲了几遍，我认真听了，却怎么都听不懂。想哄师兄高兴，给我再讲一遍，却连好话也不会说。"

李素炫见他说得认真，顿生怜悯，却也不以为然。

"方才先生与我说，你习乐器修造，十分手巧。每人天资都有定数，这边多了，那边就少。若天资不够，多勤奋就是了，莫要如此自轻。"

"小弟每次被师父骂，心里都觉得，人若是天生愚笨，只怕多勤奋也没用，不如懒着了。"

李素炫正色道："我小时候，自觉天资不如我师父，也气馁过。彼时师父对我说，人双手各五指，四指与五指天生孱弱，可操起乐器来，定要十指协同，哪根手指弱了也不行。历代乐师从无什么迥异法子，无非是弱的便格外多练，最后不是都练出来了？"

"……师兄说的是。"商不言信服，顿了顿，又不服，"师兄怎么就这等聪明，做什么都好。琵琶也好，歌咏也好，诗文也好，书学也好，还会制曲。"

李素炫笑道："我下棋笨得要死，箫管无能，画学无能，琴学多年也不长进，舞蹈起来像打拳，动针便要扎手上，出门又不辨四方。也不是不用心，也不是都没耗过工夫，就真的是笨。"

说了这几句，李素炫自己也笑了，商不言也笑了。

"那师兄做什么事情天资最大？可是弹琵琶？"

"应当不是。我攻习琵琶十余载，忍着腰酸背痛，每日多时要三四个乃至四五个时辰，少时也要一二个时辰。固然也不特别笨拙，却也还是靠的磨练，磨到如今，也不敢说大成。"

"那师兄何事最有天资？不费力就比旁人强许多？"

李素炫想了想，说道："大约是饮酒了。也没人教过，我也没练过，便十分能饮。"

两人大笑过后，商不言看着李素炫，小心问道："师兄想是允了小弟叫你师兄了？”

李素炫无奈：“你且随意，反正你也不听我的。”

商不言开心，将笔拿起来，取了墨，在手里擎着。李素炫与他耐心讲解，三分损益如何生出十二律，黄钟如何不能还原。商不言不解道：“日常奏乐此事并没什么障碍，将指尖错错，口风调调，够得到那个音就行了。眼下只是数字上算不回去，有什么关系？”

“你如今年少，未入雅部，入了雅部就不是这等说了。雅乐乃雅正之乐，要以乐律追摹宇宙，行日月演化、周天运载，黄钟必须数算圆满，不能趁人不备错错指尖、调调口风骗过去，纵然骗得了凡人，却不敢骗天地。若是黄钟不能还原，周而不能复始，宇宙岂不成了一个大错？宇无极，宙无穷，若宇宙都错了，我等是什么？如此还敢说不是大事？”

商不言想想，说道：“师兄说的是，只是，要如何算回去？上次师父讲到这里，再往后，我就听不懂了。”

“历代律算家想了许多办法，都不尽如人意。不过，今日不与你讲太多，就这些。”

“就这些？”

“日后先生与你讲的，不管什么，凡是你听不懂的，我都给你再讲一遍，只是要拆开，一次拆成三次，或五次。每次你回去，将我说的记下，若还是不懂，就反复抄写、琢磨。”

“小弟明白了，多抄、多琢磨，便能懂了。”

“不是，有些事情，再怎么抄、怎么琢磨，也还是不懂。”

商不言顿时又气馁，李素炫安慰道：“先生与我说你十分手巧，你将乐器修造多多用心，别的尽力便好，若尽力了还是不行，就莫与自己为难。人但有一样极致，足够，别的随缘。鹿先生是太过爱惜你，盼你成器，故此严苛。”

“师兄如何这般想得开？”

李素炫叹息一声，说道：“我自幼便知道，我有天资，也用功，却终究比不上我师父。后来雷先生授我琵琶，我也知道，这一世，我不如他。凡事不要气馁，定要尽力，但尽力便好，其他的乃天与，怨愤不得。”

商不言点点头：“师兄说的是，小弟回去定然用心。”

“我今日还有事情，先走了，这就去与先生告辞。你将今日我说的先记下。”李素炫说着起身去旁边屋里见了鹿先生，将方才事情说了一遍。

鹿先生点点头：“此子赤诚耿直，又兼两手极巧，我厚望十分，也是太过操切。日后若我再不耐烦，你便替我与他讲授。他日常多习营造，弹奏与读写本也不多，你也不用费许多事。”

“素儿定用心。今日有事，先行告辞。过几日再来探望先生。”

“好，”鹿先生点头，“素儿那支琵琶，有商不言帮助，两月内先生便与你造好。”

“此事不急，先生莫要太过劳顿。”

鹿先生送李素炫到了外间书房，又与商不言一起将她送到院门口。三人行礼后，李素炫牵着赤骏离去，转过街角，上马直奔东市而去。

李素炫家离鹿先生家不远，步行即可，她今日带了赤骏来就是为了去一趟东市。入了东市，也不多看，按照端木指点，又问了几人，很快找到那家酒铺，进去也不多问，径直将上好佳酿买了两坛。掌柜的见她爽快，分外殷勤，帮忙将酒坛稳稳缚在马上，李素炫即刻上马回到家中。东市繁华，她却没什么兴趣，起码今日不想看。

## 85

第二日清早，李素炫早早起来，收拾停当后将五色琵琶负在肩上，带上一坛酒，出门向东，出通化门，溯龙首渠而上，行过数里路程，下了马来，缓缓步行。赤骏聪慧，不用牵着，自己就知道跟着主人。

龙首塬上依旧一片草色，因风卷滚，翻搅不尽，野花疏淡又怯怯，不仔细寻找便看不到。周遭一片安宁，云朵压低。李素炫一路走着，不知要走到哪里才能离师父更近些，只是觉得一路上都有师父目光追随相护，信步走到哪里都好。最后，她到了略高处一棵孤树下，卸下肩头琵琶，取了酒坛打开，注满一盏，满怀虔诚，将酒酹于草间，一一拜过四面八方。

“师父若在，今日满四十二岁。”

她将身后琵琶取了，除去锦帛，抱在怀中，坐在树荫下，持拨弹起来。弹过一曲便停下，注满一盏酒，一饮而尽，再弹一曲，再饮一盏。

“师父不善饮，也就一盏酒量，余下的，素儿替师父享受了。”李素炫笑道，手上不停，足足弹过五个时辰，一坛酒早已罄尽，却不吃什么，宁愿饿着。赤骏不走远，在主人身边啃啃青草，有时也挨得近些，听听琵琶声。李素炫也不多难过，也不多想，只弹琵琶。看看日色，时候到了，她起身将琵琶缚好，带上空酒坛，牵着赤骏向回走。慢慢下了龙首塬，将琵琶斜负在肩上，上了马，驭如风电，顷刻间到了通化门外。

李素炫下马，回身对着龙首塬深深行礼。

“素儿到了，师父不消再相送。”

# 86

翌日清早，李素炫出门后先将酒送到了鹿先生家，见老先生与商不言正在院中忙碌，内屋柜中那段紫檀料已取出，粗去了外皮，露出内中木质来，其色紫赤，温润华雅。李素炫大起了好奇，想知道这等硬木要如何破开，如何刨剜成腔。

鹿先生说道：“自然有办法，修造乐器，第一师父是鲁班，凡所用器具祖师早就给备下了。你若好奇，改日让商不言与你讲讲，现在过来陪我老汉饮一盏。”

商不言握着凿子，抱着两手，浑身冒着灰，连声说道：“这里我忙，师兄去陪师父饮酒。”

李素炫只得随鹿先生入了屋中，取盏子，满上酒，与先生对饮。鹿先生开心：“这才是了。品茶可以独自一人，逍遥似神仙，饮酒不能身边无人，一人那叫闷酒。先生一生酒中无对手，可喜眼下有素儿陪我。今日这酒劲足够大，定要饮个痛快。”

李素炫笑道：“素儿若当真起了性子，只怕先生不是素儿对手。”转头看看外面，看不到什么，只是知道商不言在院中独自劳作，心下不忍道：“不与那商不言一盏？”

老先生撇撇嘴：“小孩子家，嘴上毛也没长，饮的什么酒。”

“看来老先生不当我是小孩子了。”李素炫暗想，倒也高兴。

看看差不多了，李素炫将酒坛封上，和气嘱咐道："先生莫要再饮了。素儿下午有事，先行告辞，先生莫要太过劳顿。"

鹿先生面露愤愤，刚要抗议，李素炫命令道："今日就这些，不许再多。"老先生顿时不作声。

一老一小一起到了院中，李素炫拿出几张纸笺来递与商不言。

"这些是当初我师父与我讲授律算学问时，我记下来的，又有师父与我勘定过。彼时年幼，只听得半懂，幸喜记得详细，许多也是过后翻看笔记才弄明白的。昨夜与你摘录了一些，你看看，或许有些领会。"

商不言开心，立刻在湿布上擦了手，恭敬接了。

"多谢师兄顾念。"

李素炫点点头："我这就走了，你安心帮先生做活，也盯着他些，今日不许他再饮酒。"

商不言捧着纸笺，看看李素炫，又看看鹿先生，为难道："师兄有命，小弟不敢不从，只是下次莫要当师父面讲。现下小弟若不应允，便得罪师兄，若应允，便得罪师父……"

李素炫恍悟道："说的是，下次背着先生与你说。"随即行礼告辞，牵赤骏出门而去，留下鹿先生与商不言站在院子口里，四目相对，千言万语不知从何说起。

李素炫出兴宁坊向西直行过几里路程，到了太极宫宫城，入内不远就是东宫，宜春宫与东宫马场都在其中。马场边上，陈蘅见了李素炫很高兴，下马飞冲过来，看着李素炫青白道服，先愣了片刻，转而又笑开了。

"素儿雅淡，着道衣，不施脂粉，别有仙姿。"

李素炫笑笑，看着陈蘅："只两月未见，你怎的又比我高壮了许多？"

"我习武，肯定不一样。"

二人互相说了些近来状况，又一起上马驰纵，奔扬尽兴。陈蘅对赤骏赞不绝口，唯独不解其名。

"此千里良驹，世所罕见，价资巨万，得之必是机缘，不在金铢……只是白马如何叫赤骏？"

"起不出名来，学我师父翻书，赌咒发誓只翻一下，就翻出了这个。我亦无奈。"李素炫笑答。

陈蘅大笑，又将赤骏上下前后仔细打量了一番，啧啧不已。

“你这马儿生得真是漂亮，却不是虚有其表，来日必是神骏。马之千里者，一食尽粟一石，寻常人就是白得了，都养不起。”

“是，赤骏食量大，睡得也多，若是不懂马，怕是要当它好吃懒做了。玉真宫中有役夫专事马匹，师兄不放心赤骏，令役夫隔几日就到我家中看看，教我怎么照顾它。赤骏不能只给吃草料，还要吃粮食，粗粮食细粮食都要有，一定要让它吃饱，还要睡足，纵然是千里良驹，照顾不好也不行。不过我不会驯马，得你教我。”

“放心，自然会教你。好马要有好照顾，也得会驯，若不以其道而策之，好马也白费。”陈蘅笑道，“其实驯它也容易。良马都跟你一个脾气，不吃打骂，只吃哄。赤骏聪明，只要将它哄好了，它肯听你话，余下就都在你了，你要学的着实不少。驯马可不全是马的事，人的事更多。”

“这个我知道，一定认真，听你话，好好练。”

二人玩闹得累了，也说累了，约好下次，李素炫告辞，去了宜春宫看望众女乐。两月多未见，众人相见兴奋。宫中制度严格，什么物事也带不进来，众女乐也不在乎，宫中优渥，本就不缺什么，只缺些开心。李素炫与众人讲了许多坊间风传与长安各处街景，并些日常采办，买米粮、肉菜、柴草、调和，如何赶市，如何与人议价，单是这些，众女乐也觉得有趣。又讲了许多日常琐事，如何生火，如何烹煮，如何在院角种些韭菜、小葱。

众女乐欢笑：“你如今是市井小民了，院里种的是韭菜小葱。果然扔了酸腐，不养地衣了？”

“地衣也要养，市井烟火，书生酸腐，又不犯冲。今年是晚了，明年春天我扎个架子，买几株小瓜苗种上，好生侍弄，看能不能结实。”

众人又笑，接着有人问道：“你院里竟然还有马棚……只是你白马如何叫赤骏？”

李素炫顿时无奈，停了片刻，苦笑着答道：“翻书翻到这里了。”边说着，自己也嘀咕，为何要与白马起名叫赤骏，弄得到处与人解释，好像犯错了似的。

笑谈多时，李素炫告辞，众人依依不舍送她到了宫门口，临别时小宫人月牙儿牵着她衣角，附在她耳边小声说道：“素儿，卢先生前阵子随吴博士去了蜀地，说是下月十五之后，让你到升平坊中玄音寺去寻他，他在那里画壁画。”

李素炫笑笑，拍拍她手，与众人行礼，又反复许诺定会常来，众人才放她离去。

每月两次，李素炫要到玉真宫中随玄学博士修习典籍，若有不懂处，自有博士与众师兄格外多加指点。一日课业后，恭敬送走了玄学博士，同门间定要会饮笑谈。此时玉真不在宫中，一众师兄弟少了些约束，玩闹起来很放得开，有人备酒，有人备下菜品，有人张罗奏乐。李素炫很想与师兄饮酒谈笑，众人却格外贪恋她琵琶，纷纷嚷着要她弹奏。

“我今日前来听授，未带琵琶。”李素炫说道，以为能逃过去。

“好办。你随我来。”一师兄说道，伙着几人，拉着李素炫将她带到宫阙深处，开了一道门，入其中连点十数盏鱼油灯，殿内一时明亮起来。

“你随便挑。”师兄指着说道。

李素炫震惊万分。眼前架案无数，大批乐器横竖排布，八音列阵，编悬齐备，其中专门有一处放置各色抱弹，凡直项、曲项琵琶及大小四弦、大小五弦及各色阮咸、弦鼗，无不尽备。细看皆是精工良造，又极尽修饰，眼下共济一堂，本是掩蔽于幽暗之中，猝然一点光明照射，唤醒无数辉芒。

“师父嘱咐过，这殿中乐器随你选用。平日里师父也督促我等认真习乐，也可取用这些乐器，只是我等手艺粗疏，有这好物也弄不出好乐来，将就用寻常乐器足够了。故此这里难得开门一次，终年都闲着了。”

李素炫如同置身天宫，目眩迷离，许久才走过去，将诸多琵琶和阮咸一一试过，各取了一支。

“就这两支。”她说道。

“师弟也会弹阮咸？”

“琵琶为抱弹首座，修习琵琶者定要将其他抱弹也略碰碰，故此我都弹过，却只是弹过，不熟。记得幼时习奏阮咸时颇喜欢这声音，想再试试。琵琶今晚用了就放回来，阮咸我带着，弹习几日，看有没有长进。”

几人说着回了席间，众人依旧谈笑，李素炫在一边奏些柔和调子，手上随意，也能与人说笑几句，有时众人也停下，听李素炫弹过一曲繁难，叹服其技。

一夜快乐后，众人歇了，第二日早起，李素炫在藏书阁中消磨了半日，选了些书卷，打算带回家细细研磨，下午与众人一起劳作，将竹径院落细细整饬过。昨夜享乐，谁也不曾读书、写字、静修，眼下也愧疚，要做些弥补。过了日昳，师兄早早备了夕食，为的是众人一起用膳，然后送李素炫出玉真宫回家。

在玉真宫门口，众人说笑告辞，正惜别时，突然有人问李素炫道："师弟这白马缘何叫赤骏？"

李素炫大为触溃，哭笑不得，心想："我这真是自掘坟墓。"

"起不出名字来，翻书翻到的。"她只得将这句话又唠叨一遍。

众人果然将她一番取笑，才彼此行礼，放她出了玉真宫。回到家中，李素炫将书籍在案几上放好，取过阮咸，见其锦绣斑斓，不输五色琵琶。她心头喜爱，抚摸许久，在怀中抱好，开始认真弹习。

"眼下虽然生疏，但我终究有十余年琵琶功底，慢慢来，不惧。"

# 第四章 日常

天宝六载（747年）八月—九月

# 87

一日下午，宜春宫遣人来到李素炫家中，告知她圣人赐乐于朝臣，令她十日后到朝臣府上弹奏。李素炫恍然惊觉，这两月过得自在快活，都快忘了自己仍是宜春女乐。她立刻收拾起玩心，抱着琵琶按来人所呈曲录逐一弹习。

“终究我也领着宜春宫月度，好大一笔银钱，足够每月与鹿先生买酒，还是该当仔细奉职。”

内乐为帝王内廷所有，尤其是宜春女乐，只奉圣人。朝中只殿臣可请得宜春女乐，需早早请敕，若得天子应允赐乐，乃是莫大荣耀。女乐们得此旨意也都用心，毕竟乐动华府，也是天子颜面。

十日后，方过未时，府第上派了车驾前来。李素炫不想乘车，独自骑马，令车驾跟在身后。到了府第门口，总管亲自代主人出迎，将赤骏交与仆役照顾，殷勤指引，将李素炫带到后宅一间屋中歇息，随即客气告辞。李素炫方一落座，侍女奉了果品与糕糜上来，又在屋门口侍立，等候差遣。李素炫笑了笑，告诉她们不必守候，侍女依言退避。身边没人，李素炫这才觉得自在了，解出琵琶，独自轻弹了一阵。

方过日昳，犹有天光，宴饮便开始了，却不是在屋里，而是在院中。殿臣府第不像城里寻常人家宅院那般狭小，此间阔大，庭木高耸，在头顶交相接应，笼着地面素净青砖，光影淡淡，斑驳摇动。院中场地被三面屏风围住，府中私伎在主席对面略远处奏乐。主席身后衬着一面巨大屏风，李素炫在屏风后等候，隔屏风听着那头欢笑声音，知道今日是主人为母亲做寿。因是整寿，故此格外隆重，除却动用府中全部私伎外，又请了城中知名女伎。主人母亲受朝廷诰命，圣人为示顾念，特赐宜春女乐。

宴饮过半，私伎行乐止歇，主人言道今日有圣人赐乐，场上人众立刻安静下来，乐值引领李素炫到了席间。众人眼见一轻盈女子入了场中，着青白衣袍，怀抱五色琵琶，腰悬紫箫金袋，身姿秀雅，面容清丽。女乐尽是妖娆，锦衣绣袍，脂粉艳丽，又兼眉目盈彩，顾盼生光，直令人醉。唯独眼前这女子不同，衣冠素雅，不戴钗环，不施粉黛，通身青白宁静，只腰间长箫流紫，怀中琵琶堆绣。

众人惊异，立时清醒了几分，内中有识得的，连忙问道："敢问这位可是玉真宫玄霜子道长？"

主人答道："正是。在下求赐内乐，请的便是李先生，不敢多烦天子，宜春宫中只请了她一人。"

席间一时起了惊叹，片刻复又安静。李素炫行过一礼，坐好，持拨弹奏。席间人众静静听着，无人分神。大唐女乐风行，各处皆有，凡宴饮聚会都要请女乐弹奏助兴，本是寻常，然宜春女乐却不是人人得见，若不是此次借了主人情分，席间大半客人一辈子也见不到。

几曲过后，众人惊叹，不住有人举盏，对主人说着恭维话，赞叹主人有身份、有情分，请得天下第一女乐过来，又不住夸赞李素炫两手精湛，世间无二，诸如此类。话说得很大，也没什么新意，主人仍旧开怀，与众人连饮数盏后，教李素炫下去歇息，颜色口吻十分和悦。

李素炫行礼退下，片刻后，席间乐声又起，主人说道今日也请了平康坊有名女伎过来。李素炫静静听那琵琶声，弦上所能自然不如宜春宫中诸琵琶伎，然其所奏之乐自有一番烟火间气度、俗世里轻快、市井中逍遥，与李素炫手上仪度卓然不同。李素炫认真听过许久，心下叹服。

宴飨后已过戌时，坊间宵禁，客人中有些格外位高的可以通行，即刻与主人告辞后离府，其余人留宿府中。府中管事的听主人嘱咐，为乐人也安排了下处歇息，天明后各自回归。

李素炫被单独送至内宅深处一间锦绣卧房之中，几个侍女奉上膳食，接着又要照顾她更衣沐浴。李素炫哭笑不得，好言将她们劝走了，这才落得个独自清净，舒服睡了一夜。

第二日清早，府中管事的过来奉上酬劳，领众乐人出府，在门口作别。总管安排了车驾送李素炫回家，李素炫婉谢，牵了赤骏告辞，离了府第门口。走了些路程出去，刚想上马，听到身后有人高声说话："奴赵萧娘敢请玄霜子道长留步。"

李素炫回过头去，见一女子正迎面走过来，肩上负着琵琶，身段丰盈，姿容绚丽。

“奴赵萧娘见过玄霜子道长。”她行礼说道。

城里人见了道人，不拘道阶高低，都尊称道长，这个李素炫知道，只是头次听闻他人如此称呼自己，有些不适应，愣了片刻。那女子笑道：“我与你初次相遇，是当初《大破阵乐》时。彼时排演在内教坊中，奉乐在兴庆宫中，你我二人有过十日相处。”

李素炫立刻回忆起来，自己果然认得她。平康坊女伎按制需应宫中差事，故此当日奉《大破阵乐》时，平康坊中全部琵琶伎都在调用之列，其中便有这位赵萧娘。她技艺精湛，乐意别致，李素炫当时便很钦佩她，只是十日期限紧迫，不及深谈，二人只彼此留了姓名，约好日后见面切磋。眼下李素炫见她看着自己，笑意盈盈，突然悟到，昨夜自己听得平康坊女伎琵琶声，叹服不已，弹奏者定然是她。

李素炫连忙行礼：“在下一时忘记，着实无礼，萧娘宽恕。”

“说哪里话。”萧娘笑着，心中也叹息。《大破阵乐》时结识李素炫，她仍是人间秀丽女子，到现在不过几月，萧娘仍身在红尘，李素炫已是道门中人，一身素简，淡如溪水。

二人并肩朝坊外走，边走边说，彼此欣赏赞叹，互相报知了家宅位置，各自牢记，约好闲时见面，一同奏乐，互相切磋琢磨。

出了坊门，开心道别。李素炫上马，很快到家，将赤骏送到马棚，卸了鞍辔，与它草料清水，拍拍马背，道声谢，回了屋里。

歇过片刻，她将小包袱解开，取出个小木盒来，是方才府中管事所奉酬劳，打开一看，顿时怔住。这包袱拿着甚是压手，以为是些银两，如此分量已是惊人，不想打开内盒一看，竟是黄澄澄一铤金子并数件金饰。

李素炫大惊，不过几曲琵琶，竟值得如此巨资，多少人劳碌一世，别说挣不下这些金子，就是见都见不到。她在左教坊中十年清简，入宫后方见识了人间极致奢侈，当时觉得皇宫如此也不稀奇，却完全未曾料想，皇宫以外，膏粱人家竟也是如此巨富，只不过赏赐乐人，出手竟如此阔绰。她固然是宜春女乐，制乐赋诗，名动京城，固然是奉圣人旨意赐乐，于主人家格外荣耀，然终究也只是几曲琵琶而已。又想起师父卢菡，身怀绝技，却毕生孤守清寒，不凑那人间热闹，富贵轻巧，翻手可得，毋宁不取。李素炫感叹不已。

“师父说过，城中多有巨富权贵争相打赏乐人，以为竞赛。乐人身价抬得越高，越有人挤破头相请，当作颜面，互相攀比。此实国之不祥，故师父从不愿入人府第侍宴奉乐。师父如此，我做弟子的何必非要掺和进去，博求这不祥富贵。”

她看着面前金黄刺目，许久，长叹一声。

“罢了，虽说我尚无道阶，又除了待诏名号，可以私下与人奏乐，却莫不如学我师父，不应私请。奉旨赐乐乃职事，不可推托，每次有这许多厚赏，加上宜春宫与皇家道场所放月度，足够奢侈度日。不如省省心，好生随鹿先生修研文典，随雷先生弹习琵琶，如师父那般，一生求个寂静清欢。”

一番嗟叹，按下心绪，她转头看到旁边阮咸，不由得兴起，取在怀中弹起来。

## 88

又到逢一，到内教坊中去见雷海青时，李素炫带上了阮咸。行礼落座，待雷海青手上停下，李素炫说道：“素儿有一事相求先生。”

雷海青点点头，李素炫又说道：“素儿从前弹过阮咸，许久不弹，生疏了。近日又弹了阵了，仍不熟练，比想的难了些。十分想请先生指教一二。”

“阮咸与琵琶不同，却也不难上许多，左手许是差异多些。你能将琵琶弹好，阮咸不该难倒你。”雷海青说着，起身到旁边屋中取了支阮咸过来，又坐好，低头调着弦轴，淡淡说道：“我也多日不弹了，眼下怕也有些手生，这阮咸又是新造的，不服调运。素儿稍候，我弹上片刻，看看如何。”

雷海青说着弹起来，初时果然手上略滞涩，也不急，李素炫在旁边听着，也不急。半个时辰中，耳听他两手从滞涩到平和，又到润畅，又到舒扬，又渐渐兴起，直到气象开阖，纵跃如川。李素炫认真听着，也格外认真看着，见他左手厝指犀利，指尖跳闪，按压沉实，推揉有力，纵然弦间有蛛丝结绕，任其零落飘拂，也不互扰。右手腕上格外果决，调把换位，分错寻度，略不迟疑。怀中阮咸新造，生性未退，初时尚不调服，其振混浑，其声亢抗，却终不敌他指掌霸悍、号令决绝，矫其曲，揉其直，断锋挫锐，逼迫轸轴协谐、诸弦和合，曲到静澹处，唯一派声振融容，不尽气韵凝宁。

“再弹几日，这阮咸便听话了。”雷海青连弹过半个多时辰才停下，抚平弦上余音，看着李素炫，“我现在教你弹。”

“是。”李素炫本已看得有些呆住，听雷海青说了一句，立时恍悟过来，将阮咸抱好，仔细听授。

将近酉正，二人都停了下来，李素炫起身告辞时，雷海青说道：“素儿先回去，就着今日这一点儿，自行弹习。我也须重新练习，待到纯熟，方好与你格外讲授。”

“素儿谢过先生。”李素炫又行一礼，转身离去，走出很远，仍能听到雷海青弹奏之声。

李素炫在夕阳中站了片刻，静静听着，心中既感且佩。为了指教她，雷海青还要花许多时候将阮咸重新弹到纯熟，他也果然有这等本事，也不惧怕。人唯如此，方做得别人先生。

## 89

连日里天高，金风吹得微云远避，终南映雪，如卧白龙，碧空分外蓝湛。如此好天气，李素炫只能压着兴致，在左教坊中听郑三娘指点，击习羯鼓，好放端木出去与李逊秋游。她握着鼓杖，心想：“如此好天气，老鳖也知道从水里爬出来晒晒背甲，我却要窝在此处击鼓，天下也就我端木有这等情分。”

清早宵禁刚刚解除，李逊便带着马匹守候在左教坊南门外，见了端木，仍是小步上前，深深行过一礼，虔诚问候。站起身来，见端木依旧身着布衣，头发上却插着一支凤首金簪，嵌着各色宝石，分外光华，衬着头上青丝浓密，一派端庄贵重。李逊一眼认出这是端木笄礼时自己所奉礼物，心下一阵狂喜。看看那支簪子，又略低头看看端木，只笑，又无语。

“这簪子我一直留着，入宜春宫也带着，今日取出来戴上了。”端木微笑，小声说道。

李逊感激万分，又行一礼，将缰绳交到端木手中。

“今日晴朗，不冷不热，我带你去城外看看。”

“好。”端木点头。

二人上了马，出延政坊后，自最近处通化门出了城，东向策马而行，一路上且行且停，看看四下风景，开心说着话。

“人说我长安城广大，却只知道东市西市、宫城皇城，其实出了长安城更有繁华。”李逊在马上指点四方，对端木说道，“自城墙向外延伸数十里地，历来都是各世族封地，到处起建庄园，数不尽亭台楼阁、池塘水榭，无数庵观寺庙错落其中，又有麦田稻田和小牧场将各处宫殿园林隔开，闹中也求些安静。城中坊道规整，城外道路也筑得夯实、端直，往来便利，车马不断。出城踏青的若想寻个幽静，还真得认识路。也就向东这里人略少些，我们今日就取这里清闲，你若爱热闹，改日我带你出明德门，向南山那边去。城南一直连到南山，地上都是满的，没荒闲处，倒比城里热闹。”

端木随李逊指点看向四周，太远了看不清什么，只随他所指北向看去，见到远方一片宫殿高耸，那便是龙首塬上大明宫了。两人一路说着景致前行，半个多时辰后，远远望见一条大河。

“那是浐河，再向前是灞河，更是巨川。”李逊说道，“长安城外八水环绕，这里离城最近。”

“我们今日是去水边？”端木问道。

“正是。”李逊笑着说，“我让人在河边备下些蚱蜢舟、筝箫器，我们不但去水边，还要去水上，若是运气好，有些渔获，便烹了来尝鲜。”

端木听了十分欢喜，她何曾有过这等玩乐，眼下又有心爱之人陪伴，对她格外殷勤照顾。催马渐渐到了水边，果然见到岸边泊着小舟，渔翁等在舟中。岸上有人见了李逊，即刻过来行礼。听他们说话，原来李逊头天便带人过来，天不亮便早早扎了棚帐，将高桌与凳子放好，备了酒水、果蔬和蜜饯，又安排好了渔舟、渔翁，才独自一人骑马去城中接端木过来。

“我往日可是没有坐过这高凳子。”端木笑道。

“岸边潮湿，不好坐席子。眼下城中人出来玩水，都带着高桌与凳子，围而跂坐，离得近，热闹。”

“我还没有听说过。”

“也是这几年风尚。出来游玩若是人多，时常合餐，比分食省却不少麻烦，也是这三四年新鲜事。”李逊看着端木，柔声说道，“你方出深宫，民间许多事情寻常，你却不知道。往后，我带你一一看过。”

端木轻轻点头。二人歇息过来，走到水边。端木听了李逊事前嘱咐，未着长衫，穿了短衣，现在才知道原来是要入舟行水。她稳了稳身形，渔翁将船桨递过来，她扶着船桨上了脚踏，一步迈到舟中。李逊在后面伸手护着，见她平安登舟，放下心，一步也迈了进去。

小舟轻轻荡起来，划破水面，从水中碧草上掠过去，惹得水草舞动，纷纷探头张望。行过一段路程，渔翁收了船桨，由着小舟在水上悬着。

“我们就停在这里，看看四周便回，不往前方去了。河中间水深，暗涌难测，这小舟载了三个人，怕不稳妥。”李逊对端木说。

端木点头，循李逊指点看向四方。晋潘岳曾谓“玄灞素浐”，果然这浐河水颇为素静清浅，水面却阔大，眼下正是丰水季节，周身波光散逸，粼粼如甲，光影掀动。天上几丝白云悠闲，倒映在水上，被一点点揉碎，混着波光。舟楫轻摆，微微令人眩晕，日光和煦，又略有些挑逗，抬头看看远方，脚下长河正悠悠而去。

“我们是要在这舟中捕鱼？”端木问李逊。

“已下了沉水饵钩了。若要撒网，舟中只能有一人，方好腾挪。若是使钓竿，便不能太大声说话，不然鱼都吓跑了。”渔翁回头来笑着说道。

“我听人说，若是手头准的，捕鱼也可以用叉子。南方还有人驯养水鸟捕鱼，这长安四周可也有？”端木问道。

渔翁摇摇头：“北方可没有水鸟捕鱼。”

“那就是看不到了。”端木略失望，又说，“只是不知道水鸟如何不会将鱼吞下。”

“水鸟颈项上是绳子系起来的，捕到鱼了也吞不下，渔人用手沿着颈项一捋，便将鱼捋出来了。”渔翁回答道。

“那水鸟不是很可怜？”端木又好笑，又觉得同情。

“也不会都白忙，最后主人会赏些小鱼给它吃的。”

李逊见端木与渔翁聊了起来，有些着急，抢着对端木说道：“水鸟捕鱼不稀奇，若有机缘，我带你去蜀中，看他江上水獭捕鱼。”

“水獭捕鱼？”

“正是。”

“……我只记得《礼记》中有典，曰獭祭鱼。东风解冻，蛰虫始振，鱼上冰，獭祭鱼。却不知道水獭还能帮人捕鱼。”

端木如此一问，渔翁接不上，李逊放心了，慢悠悠说道：“蜀中有人专门会驯养水獭，入水捕鱼，出水后交给主人，最后主人会给它些小鱼吃。若是下网捕鱼，水獭还会在水中将鱼赶到网里。”

“真的？”端木好奇道，“水獭会如此听人话？”连那渔翁也探头过来，脸上带着疑惑。

“当然是真的。我随父亲去过，亲眼所见。”李逊说道，见端木神色信服，又柔声说道，“以后带你去看。”

“好。”端木笑着点头。

在舟中颇逗留过一阵，渔翁将舟并岸，两人上了地面，又回到棚帐中坐好。

“我们不在舟上，渔人才好捕鱼。浐河水肥，鱼也多，很容易捕到。”李逊斟了酒，递给端木一盏，又说道，“那边已生起火了，待捕到鱼，便去烹制。”

“你为何带我来此处捕鱼？”端木突然问道。

李逊顿了半晌，小心问道：“你可喜欢？”

“喜欢，只是不解。公子王孙我见过许多，你颇不同。”

李逊勉强笑了笑，摇摇头，说道：“……其实，我自己也想来捕鱼。每日读书也还罢了，李逊资质平庸，不是读书料子，却也不厌烦。只是父母每以功名苦苦逼劝，总是令人难忍。老天厚赏，此生我生在富贵中，就想过些宁静日子，寻得佳偶，每日一起调琴焙茶，说说掌故，唱唱诗词，歌舞欢娱，或是相携游山玩水，一生不问世事，做个富贵闲人。只是……身出王侯府第，来日我免不了要入朝为臣，比那举子十年寒窗容易得多，我却偏没什么兴趣，又怕到时不能推托。我为李唐宗室，固然荣耀，也是桎梏。这河边山间许多野趣，我父母是不懂的，我觉得……你会懂。”

“好。”端木颔首，“日后，你想来捕鱼，我便随你来。”

李逊高兴起来：“不日重九辞青，我带你登高，明年上巳，一起去水边祓禊。你若喜欢出来，这长安城周围有的是好地方，若是去终南山中，更有仙境无穷。”

二人相谈许久，约好了去各处游赏。渔舟又靠岸，旁人将渔获分割，奉了鱼脍过来，片刻后又煮好了鱼羹，将小釜整个端上了桌。釜中汤头浓白，依旧微微滚着，香气诱人。

“野外不能烹制得很细致，将就有些盐，胜在鲜甜。”李逊放了些盐在鱼羹中，让端木尝尝，手中仍旧拿着盐罐，没有盖上。

“若是我，这一点儿便够了。若你觉得淡，便再加些。”李逊说道。

“如此刚好，不消更多。”端木说道。

“好，李逊记下了，往后就加这么多。”李逊笑着，将盐罐盖好，却没有将鱼羹分盛在小碗中，而是借着眼下合餐风行，拿来做个借口，非要与端木在一口小釜中分享，好与她挨得近些。两人头碰头，各自拿着调羹，低低说着心里话。水岸旷野，周遭寂静无人，尽可窃窃私语，说些当初相思绝望，说些今生来日方长。李逊看着端木，心中深爱。她端严温雅，秀而不媚，虽身出微贱，却不卑不亢、不辩不诘。这番气度，李逊此前从未见过。

“我长在侯门，什么女子没见识过，有那许多兄长友人，说也与我说过无数。寒家女多半抵不得富贵招手，一点金银买她屈身不可怕，一点金银买她真心才可怕。也有那富家女，请过先生、读过些书的，实则不过俗人，偏喜欢做出一副超脱样，拿起书卷来却不耐烦。假作清心出尘，抄个《老子》也要沐手焚香，也要朱案、玉笔、金漆，也要青丝洗过、慵懒肩头，也要日光晴好、碧窗绮罗，手边也得有氤氲茶香、兰蕊芬芳。一番娇情，自以为情致，折腾上一个时辰也坐不下来写字，好容易写了，一手字迹不忍卒看。何如我端木，不惊于荣华，不假作出尘，落落大方，真情真性，比那穷家女、富家女，俱是强上百倍。”

端木心中也暖慰，曾忧心李逊不过膏脂王孙，纵然真心爱慕女子，也不过千金博笑，不想他却带她在小巷中剥小果子吃，又带她出城登舟捕鱼，淡盐调羹。他不逞弄富贵，虽是王侯，却不以布衣为愧怍，对她十分相敬。男女相爱浑出天性，本是寻常，唯庄重敬爱才是世间难得。这几次相见令端木对他刮目相看，心中渐渐爱得深了。

两人笑谈许久，素淡鱼羹，也是美馔，之后起身出了棚帐，慢慢踱过岸边汀洲。远方终南山上白龙卧翠，接衔天流，天日辉映，无穷透碧。端木与李逊一边走着一边互相看着，又微笑。此刻世间风云远遁，纵千秋过往，万般来世，也不抵眼前蜉蝣一瞬。

日昳后，李逊带端木上马回城。二人先是信马轻快，渐渐起了心，相顾一笑，策马飞驰，很快远远望见城门。二人放缓步伐，不急不慌入了城，行不许久，到了延政坊。

“今日可累到你了？”李逊问道。

“没有。”端木摇摇头，见李逊关切，又对他笑了，说道，“我要赶快回去救下素儿。她在我师父那里练习羯鼓，已整整一日，这会儿怕不是要发疯了。”

“替我好生谢她。还有，改日你带上羯鼓，我带上琵琶，我们寻个清静处玩儿上一阵子。”

“好。”端木点头。

“只是我弹得不好，天资驽钝，往日里又不专心。你多年听那李素炫弹奏，可莫要拿我跟她比，莫要笑我。”

“好。”端木又笑笑，知道他说了这许多废话，不过是一时下不了决心转身走开。她狠了狠心，转身回去了。李逊望了她很久，直到看不见，才转身走了。

李素炫果然已快要发疯，终究是打羯鼓，就是耐得烦，也快要累死，却还是要强撑着。郑三娘站在李素炫身后，不住摇头，暗自好笑。她已年过七十，也打少年时过来，李素炫与端木这些小儿把戏怎么能瞒得过她。看端木近日容颜明亮，神色飞扬，很容易想到她是与李逊在一起。不曾点破，是因为郑三娘并不反对端木与李逊交好，想给她留个轻松，这才佯作不知，何况看这李素炫一副死撑活挨，郑三娘心头也十分解恨。端木入了屋中，与师父行礼，郑三娘这才顺势饶过了李素炫。

一对好友到院中藤蔓架下坐了，都未说话，许久，端木轻轻说了声“谢过素儿”，又是感激，又是心疼，又是谑笑。李素炫哭笑不得，歇了片刻，看端木神色，忍不住为她高兴。

# 90

回到家，隔一夜，李素炫早早牵赤骏出了门，带着琵琶，按照小宫人月牙儿所说，到升平坊玄音寺中去寻卢七。玄音寺尚未建成，各处大小殿宇架构初步齐备，只是壁画、经幢、幡帐等都还没有布置起来，也尚未迎请佛像。殿外重台回栏仍在修建中，院里也还荒着，未植树木，未生花草，整座院落中只有数百匠作，尚无僧侣，也没有游人。四处凌乱，也免不了堆积些灰尘废料，唯有一众匠人默然忙碌，各自熟稔，又兼调配有度，接衔默契，也是一派生机。

卢楞伽就在正殿中。正殿阔大，阳光只照到殿门口，向里几步远便有些幽暗，也阴冷。殿中木构居多，木材破开后发出些气味来，带着些木香，四下里淡淡弥漫，又混合些髹漆、胶剂气味，一进来便知道这大殿落成不久。李素炫负着琵琶，绕过巨大梁柱，进了正殿深处。卢楞伽十分专注，没有察觉，她安静站在他身后，看他停下笔，这才轻轻叫了一声："卢七。"

卢楞伽回过头来，见是李素炫，立刻微微笑起来。

"素儿来了。"他说道，口吻清淡，就如在宜春宫时一般，没什么大惊小怪，似乎也没看出来李素炫换了身装扮，如今已是女冠模样。

李素炫点点头，轻轻答道："我来看你作画，与你弹琵琶。"说着放下琵琶，寻了个垫子，在案几旁坐好。此时她双目已习惯殿中幽暗，又就着灯烛，才看清楚，卢楞伽依然穿着身粗衣，身上手上沾满颜色，摆弄着面前各色物什工具。

"你在忙什么？可有什么我帮得上的？"李素炫问道，也是有些好奇，也是知道他性子，未与他寒暄，直接便问了。

"我在制色。"

"画师要自己制色？"

"不都是，有制好的，买就行了，没有的便要自己制。有时缘主发愿，亲自备料，画师就要自己动手制色。"

"为何缘主要亲自备料，令画师制色？"

"缘主为示虔心，不用寻常矿石制色，定要买各色宝石请画师制上好颜色。白色用砗磲，蓝色用金精石，绿色用绿松石，金色银色用真金真银。”

“金精石和松石极坚硬，不知要如何粉碎制色？”

“自然各有法子，只是极麻烦，特别耗工夫。”

“……想来也是格外不易。”

“不过制出色来也确实漂亮，又千年持久。有些宝石几个步骤间会制出不同颜色来，尤其神奇。”

“不同颜色？这个果然不知道。”李素炫说道。

片刻无话后，卢楞伽看着李素炫：“素儿可还有要问的？”

“没了。”

“那我继续忙，你若好奇便看着，不想看便弹你琵琶。”

“好。”李素炫点点头，将琵琶拿过来，褪去锦帛，右手将拨子握好。

“你想听我弹什么？”李素炫问道。

“你不用管我，照你日常弹习时那样便可。我今日制色，画得也简单，你弹什么也不扰我。”

李素炫点点头，再未说话，拣支清爽调子轻弹起来，看着卢楞伽手上忙碌。面前木案简陋，伤痕累累，原色，不过漆，比寻常案几大许多，放着各色研钵、碾槽、杵臼与大小刀具，又有各色瓷盒、瓷盘，里面盛着颜色，娇艳相斗，饱涨满溢，彼此不让些许，在一片幽暗中十分抢眼。卢楞伽两手粗糙，做事却灵活。他将些矿石放在冲筒里，左手拢着，右手用铁杵轻轻舂开，放在碾槽中一遍遍碾过，又细细研磨。李素炫忽然注意到他几根手指上缠着细布带，一圈一圈缠得很紧。那细布带也不知用过多久，边缘处打着卷，似乎是勉强用手抚平了才缠上，又沾满颜色与灰尘。他指甲缝隙里也满是颜料、墨色，甲片上还有几处开裂，也不知是什么工具伤到了。

“卢七……你手上怎么了？”李素炫不由停了琵琶，问道。

卢楞伽没抬头，仍旧忙着手上，说道：“指节过损，受冷了有些疼，缠紧了会好些。”

“我终日弹习，十余年也没疼过，你只握笔，怎么会这样？”

“我画壁画，总在阴冷处。莫说指节，全身都疼，只不过身上疼不碍运笔，不理会便是了。”卢楞伽淡淡说道，没太当回事，李素炫却有些难过，说不出话来。

安静片刻后，卢楞伽抬起头来看看李素炫，安慰道："其实不打紧，画师都如此。若是在洞窟中画壁画，那里头更湿冷，一窟要画上几年，画师便要挨上几年。许多人不到三十岁手上便近乎残废，使箸都费劲，就几根残废手指也夹得住笔，照旧画。若是伏案作画的，不消多少年，颈项、胸背、腰间，一条线都疼，醒着就疼，也得忍着，也没见谁不画了。画师大抵如此，我也没比旁人更疼，无妨。你等攻习乐器的不也到处疼？手指若疼就是弹错了，除了手指，肩上、背上、腰上，哪里不疼？"

"为何不能将画纸固定好，架起来些，或竖起来些，不用如此低头，不是会好很多？"

"有些画大量用水，只能平放。也不能架太高，要与双目有些距离，太近了便不见全局。画再小，也不是放眼皮底下画的，定要统观。画师都是如此，又不只我一人受罪，素儿不必担忧。"

卢楞伽说了许多安慰话，李素炫反而更难过了。停顿片刻，勉强笑笑，说道："我往日遇到过许多人，只觉得写字、作画、弹奏尽是风雅，却不知其中多少苦楚，以为画师、乐师都是一副意态洒脱、轻松自在，哪知道是多少伤病换来的。我在宫中时，有那许多侯门贵女，也有掖庭微末，见我弹琵琶，都觉得是一番率性飞扬，心下艳羡，磨着要我教。我给她们讲一些，告诉她们回去自行弹习，也不消许多，每日只一个时辰就够了，十日后再来寻我，结果十日后都没了踪影。这还不过是耗些耐心，还没到要她们负伤忍痛，便都远远遁逃了。"

卢楞伽看着李素炫，问道："那你是如何有耐心弹了这许多年？"

"初时是师父哄下来的，如今自己哄自己。你又如何？"

"我喜欢，苦累都熬着，打也打不走。"

"记得我师父说过，天生喜欢，是大天分。"

两人对视一笑，卢楞伽想了想，说道："你若可怜我，就将你琵琶借我弹弹，你帮我做些事情，如何？"

"好，我能做什么？"李素炫将琵琶和拨子递过去，问道。

卢楞伽接了琵琶抱好，说道："石色多有毒，你帮我制水色便好。"说着将一个瓷钵推过来："帮我擂这靛蓝。"

瓷钵不大，里面有些深色碎末，看起来已擂过些时候。

“这是靛蓝？拿来画壁画的？”

卢楞伽拿好了拨子，说道：“壁画求长久，多用石色，靛蓝是水色，壁画上少用。我有时将壁画在纸上留个样子，用水色来染。”

“可是所谓粉本？”

“粉本是线稿，不染色。”

“从前还真不知道，我师父肯定是与我讲过，可惜我不认真听。”李素炫说着，握好研杵，举起来刚要落下，卢楞伽慌忙将她拦了下来。李素炫吓了一跳，连忙问道：“怎么了？”

卢楞伽见她停了手，松了口气，笑道：“亏是我盯着你了。这钵是瓷的，你这一杵下去，如何得了？”

李素炫看了看瓷钵和研杵，不解究竟。

“擂不是这般……这不叫擂。”卢楞伽又说道。

“擂如何不是这般？擂鼓可不就是这般才叫擂？”李素炫很惊奇。

卢楞伽无奈：“倒是忘了你会擂鼓，也怪我没有先与你说明白。制色与制药都有多般手法，所谓擂、研、捣、打，都不相同。你这在鼓上叫擂，制色上这叫捣。舂捣要用石钵，瓷钵如何受得了？”

“那制色时什么叫擂？”

“用手牢握研杵，抵住颜料，下压，旋拧，叫擂。抵住颜料，下压，画圈，叫研。想想你寻常时如何研墨？一定是握住墨锭，在墨堂上画圈，这便是研。不画圈，只旋拧，叫擂。”

李素炫恍然，立刻点头：“明白了。”说着照卢楞伽所说，用研杵抵住靛蓝，用力擂起来。卢楞伽在一旁拨弄起了琵琶，手上轻缓，不成律调，声音却是干净素淡。李素炫听着，竟然也觉得悦耳。她边听边劳作，不过一刻钟，腕上酸涩非常，问道：“这要擂多久？”

“先研过一个时辰，再擂四个时辰。”卢楞伽随口答道。

李素炫吓得停了下来，睁大眼睛，惊声问道：“这不过三四两，要耗五个时辰？”

“正是。昨日我已研过一个时辰，又擂过两个多时辰了。”

“……我可没那力气帮你再擂两个时辰。”李素炫吓得将研杵放下了。

卢楞伽头也不抬，仍旧盯着手中五弦与拨子，笑上了。

“研过一个时辰，擂过四个时辰，兑上胶液，静静放置，沉淀，澄清，上面浮着的便是上好花青。以前在宜春宫中我用过，你指着说这颜色好看，问我叫什么，我告诉你这叫花青。就是如此制出来的，比寻常市售好上许多。”

“你每次制花青，都要五个时辰？”

“是了。若是画菩萨天女，身上面上点点金星银星，便要制云母粉，也是先研后擂，更耗时候。有时连着几日，每日几个时辰，制好后冷得全身麻木，站都站不起来。”

“殿中阴冷，作画时无奈，制色时为何不到外面去？有日光，好歹暖和些。如此挨着冷，身上又静定不动，邪寒入体，久了便是风湿侵袭，可不是要浑身骨节疼。”李素炫说着，又怜悯他遭罪，又恨他傻。

“外面有风，会将粉末吹散。”卢楞伽答道。

李素炫再没话说。从前只知道卢楞伽要画壁画，不知道还要研擂制色，只这一件事，每每要挨过多少个时辰，耐着身上阴寒湿冷，也怪道总觉得这人身子有些羸弱，也难免服他这一副好耐心。

“这种事，也只有这傻子做得了。”李素炫心中感喟，又将研杵拿在手里，耐心擂起来。卢楞伽在一边拨弄着琵琶，弹得随意。寻常人都觉得不会弹琵琶的随便弹就是了，其实不会弹的一下也弹不了，只有高手弹家才真的可以随便弹。唯独卢楞伽不同，他是真的不会弹，却又真的可以随便弹，清淡拨弄，一副不介意，倒像个十足会弹的。

“难得我干活，有人在一边给我弹琵琶。”李素炫笑道，握着研杵用力，两手不停来回换着，擂过半个多时辰，手腕上实在吃不住劲，停了下来，不停互相揉着。

“太疼就不擂了。”卢楞伽仍旧拨弄着琵琶，说道，“这粗糙活本也不是你女孩儿家做的。眼下你手指上肯定染上色了，要几日才洗得干净。”

李素炫笑笑：“你想是时常要自己动手制色，我怎么觉得你手指上就没洗干净过？”

“粉末吃水，日子久了指尖干燥，爆皮，又皲裂，伤口处沾上颜色就长进肉里，与刺青一般，洗不干净。”

李素炫本不想再接着擂了，听他这样一说，又将研杵拿起来。

“我也不会总来，好容易来一次，不如多做些，也让他省些力气。心有九窍，这傻子缺了八窍，只那一窍也都拿来作画了。做事不会偷懒，也不知道冷，也不知道疼，也不知道烦，世间竟然有如此痴人。”

又擂过一个时辰，歇了片刻，李素炫再拿起研杵时，卢楞伽接在了自己手中。

“如此已是多谢了。余下的我自己来。”他说着将琵琶还给李素炫，自己擂起来。

“这活儿实在辛苦，往后我每次来，若赶上你制色，就帮你擂一阵子。”

李素炫说着，轻轻弹起了琵琶，这会儿手腕手臂俱已麻木，将就着弹。卢楞伽听着她琵琶声，许久后说了一句：“你辛苦帮我制色，我当谢你。”

“用不着。”李素炫说道，“这还要你谢？”

卢楞伽没理会，直接问道：“我画一幅画送给你，你想要什么？”

李素炫想了想，摇摇头：“想不起来。”

“不用客气。”

李素炫笑了：“不是客气。我几日前才听人说，原来你已是城中有名画师。我不懂画，又见你年岁不大，从前小看你了。听说许多人重金求你画作，都求不来，你现在要与我画一张，如此好事我岂能放过？只是当真想不起来想要什么。”

“那便记着账，想起来了就告诉我，我一定认账。”

“好。”

两人又不说话，卢楞伽擂着靛蓝，听着李素炫琵琶声，又过了半个多时辰。最后将靛蓝擂好，拨到瓷皿中，兑上胶水搅匀，放到殿内另一头案几上静置。

两人站起身来，到殿门口处阳光里晒了阵子，此时李素炫才发觉身上已冷得透彻。一阵闲聊，暖和起来后二人又回了殿中，随意吃些食物，看看已快要过午时了。卢楞伽研了墨，布好纸，将管笔拿在手中润过又拖干，一边取墨，一边看着李素炫说道：“我画线稿，你若冷，便弹琵琶。”

“不扰你？”

“弹对了，自然不扰。”

“弹什么是对的？”

“你自忖度，我说不上来。画乐相通，然必通于只可意会处，但有言传，不是粗鄙，便是谬误。”

“那我试试。”李素炫说着，怀抱琵琶，看卢楞伽运笔画了起来，落笔出了钉头，一路向下运行，手腕持定，笔势钧沉，笔锋吐丝圆润，如水荡青丝。这一根线画过一尺多长，管笔才停下来。卢楞伽略顿了顿，重新起势，又接连行笔画了几根。李素炫知道，画起长线来，手肘开合，小臂运行，手腕需要持得极稳，越往后越需要腕力。管笔轻盈，铁线如丝，旁人只道是轻巧画就，却不知道笔上弦上，越是细微处才越是要千钧力气。

李素炫看了许久，努力回想自己画长线时腕上感觉，两手在弦上轻轻来回寻找，虚触快拨，弦声细微剧烈，如蜉蝣振翅。卢楞伽抬起头来，笑着说道：“素儿弹对了。”

“只是如此弹奏实在是累，多弹阵子手腕可是要断了，小臂也僵凝。若要持久，还要多加弹习。”

“弹习而已，你还怕了不成？”卢楞伽笑着说，又低下头接着画起来，突然又想起什么来，抬头问道，“素儿是不是冷了？”

“你不问还好，你一问我想起来了，果然冷。”

“案下有一壶酒，你若怕冷，便饮酒。”

“你不沾酒，怎么有酒？”李素炫好奇问道，低头将酒壶拖出来，取旁边盏子注满。

“旁人给我的，本不想要，想起你要来，就留下了。”

“我师父不善饮，故此不沾酒，怕酒后失仪。你不沾酒又是为何？”

“我亦不善饮，怕酒后失智，有碍作画。”

“如此都便宜我了。也好，眼下这寺院里只有匠人，待建得完备，有了僧侣，就不敢动酒了。”李素炫笑道，也不推辞相让，边饮边弹，渐渐暖和了些，又放下琵琶，到殿外阳光里站了许久。大殿台基高耸，没有树木遮挡，阳光丰盈，将李素炫全身慢慢暖得透了。回头看看卢楞伽，仍然伏案不动，似乎察觉不到寒冷。

李素炫回到案几边坐好，又饮了一盏酒，抱起琵琶来，回头却找不到拨子。四下看看，见拨子在几尺远处，想是方才不小心踢了过去。她够不着，又懒得起身，想了想，拔下头上发簪，发现今日戴了木簪来，是笄礼时师父嘱托鹿先生所制，舍不得拿来磨损，又插了回去。左右看看，许久，捡了案上一支木尺，握在手里当作拨子弹起来。木尺握着也还舒服，只是太厚，总免不了碰到旁边几根弦上，弄出些嘈杂错音来，左右也不特别过分，李素炫只当没听见，耍赖糊弄着弹了下去。

如此可苦了卢楞伽，他一根长线方起笔，没有画完，被那连串杂音扰得心中凌乱，想中途停笔，又担心回头接笔有痕迹，也不敢慢下来，怕中途断了气韵。只得强行压服呼吸，稳定手腕，闭塞两耳，将那一笔画完。放下笔，抬头看了一眼便知道缘故，又是恼火又是好笑，却也懒得起身去够那拨子。回头向四周看看，见脚边扔了枚小竹刀，日常拿来裁纸或取色用的，捡起来牵衣角擦一擦，抬手丢给李素炫。

“把你懒的……”卢楞伽又低下头，小声嘀咕着。

李素炫咯咯笑着，拾起小竹刀来。细了些，却够长，也能握得紧，刀锋又尖细，在弦上略试过几下便顺畅了。两人复又无话，李素炫握着小竹刀，稳着双手轻弹，接连弹过两个多时辰。太阳渐渐压到了眉弓上，殿门外日色绯红，碧落沉沉，云际生烟，群山虚影如同淡淡水痕。

到了时候，李素炫要离开了。她缚好琵琶，尤其记得去那头拾起拨子来。

“卢七，我得走了。你也要收拾一番……你住哪里？有多远？太晚可就回去不了。”

“我家在永宁坊，很近。不过我不回去，晚上就在这里。”

“为何不回去？”

“我每画一处，都要日夜连作，夜间从不回家，累了就在殿中歇宿。”

李素炫哑然，卢楞伽又笑着说道：“师父见我连日疲惫，才令我到宫中代他授课，强逼着我偶尔歇息一日，我才结识你。”

李素炫哑过半晌，傻着问道：“这殿中白日都阴冷瘆人，晚上还不知要多冷，你就裹十层、盖十层也没用。白日里挨冻不够，晚上接着冻，你命还要不要了？”

“这许多年习惯了，无妨。”

“今日大好晴光，你拿来制色，却要熬夜赶工作画，可不是傻？”

“绘事后素，素以为绚。你定然知道这句话。”

“知道。”

“这殿中四壁刚刚修饬好，上了素底，我今日是在等着四壁干透，不然一定白昼里作画，夜间制色。今夜我再研些蛤粉与黑石脂，明日四壁干透，就要开始画了。真画起来，可没那么多话与你说了。”

李素炫再无话说，也情知这傻子劝不动。她摇头叹息，起身将琵琶负好，一边向外走，一边回头嘱咐道：“我回家了，你自己小心。”

“我送你。”卢楞伽说着起身跟上来。

两人并肩走出大殿，向前眺望，见远方云霞飞乱，夕阳紫赤，如凤凰浴火时烈焰炫天，阵阵流金洒落，将屋宇、殿阁、树木与人都染得透遍。赤骏就在殿前空地上，鬣鬃轻舞，通身雪白，金芒发散，有如天边神骏。

“骏儿。”李素炫唤了一声。

赤骏识得主人声音，抬头看了看，立时双目精光振作。李素炫走下台阶，解开缰绳，拍拍赤骏项背，亲热说道：“让你久等了。”

卢楞伽见了赤骏格外喜爱，伸手也拍了拍，说道：“我画过许多马，也画过白马，却都不及你赤骏这等昂扬有性。”

李素炫笑笑，又嘱咐他道：“我走了，你趁着还有些日光，多走动些，暖和了再回去。”说着挥挥手，牵着赤骏离去。

“好。”卢楞伽点点头，也挥了挥手，目送她走远。

李素炫牵马走向大门口处，一边走一边想：“这傻子怎么没有问我为何与白马起名叫赤骏？一众聪明人都问过了，独他不问。也不知是大智若愚，还是当真傻得透了。”

## 91

连日天气好，李素炫独自窝在家里，临着窗，晒着正午日光，按照雷海青屡次所授，在阮咸上耐心磨练。阮咸四弦，却有十二柱，比琵琶多了许多，左手要在弦颈上不停挪动位置，手腕、小臂上需要格外飒利，这一点与琵琶不同，需要慢慢耐心弹习，右手行拨倒是相差不多。渐渐练得熟了，李素炫一时起了些兴致，跟着唱起来，因多了许多音出来，跟着将曲调也改了些。

清早及傍晚，日色明亮却不刺眼，李素炫研墨写字，也读书，也整理些从前笔记文稿。每日过得悠闲，开心过后，也记得要带赤骏出去走上一圈，省得它在家中憋闷。赤骏知道自己名字，十分亲人、恋主，但有呼唤，便循声音寻找，见主人走近立时俯首帖耳靠过来，一副欢喜。它又有好记性，极认得主人，不消牵着，自己就知道要跟在主人身后，目光不离主人身侧，人再多也跟得紧。若是李素炫进了哪家店铺，它便独自在门口等候，不拴缰绳也不会乱跑。李素炫很喜爱它。

师兄当时从马厩里挑了赤骏出来，随手找了副简单鞍辔，要李素炫日后自己寻副好的。李素炫觉得这副足够用，一副上好鞍辔要耗费不少银钱，莫不如给她骏儿多买些上佳草料与粮食。院中井水绀口，李素炫自己不在意，将水煮滚了沉淀后取用上层，却常不嫌麻烦，特意跑到左教坊中打些甜水来，专为给她骏儿备着。

李素炫每到逢一去见雷海青，次日去左教坊中郑三娘处听授羯鼓，每月两次去玉真宫，不时去鹿先生那里或是看望卢楞伽，除此以外都在家里。每日没什么计划，早上起来不知道要做什么，弹习或是写字，全凭一时开心，有时又想弹弹阮咸，又想写字，一时间没主张，便扔一枚铜钱，押个正反面。坐得久了，起身在屋中一番洒扫，或是护养墙角处地衣，能舒活筋骨，还能与身旁赤骏聊几句。院中石榴树已结实，那些小果实眼看着一日日长大，眼下已大过拳头，害羞一般略略透出些淡绯色。每到日暮，夕阳酒红，将那石榴染得更红了。李素炫没有将石榴采摘下来，只想留着看。如此连着过了近两月，实在是一副浪撒快活。

“师父从前一定也是如此逍遥，自有了我，想是失了许多清闲。”

夏末时，院中有了头几片落叶，秋日骤然间便到了，接着一日深似一日。窗前院子里已是落叶委地，有自石榴树上落下的，有自邻家大树枝杈上掉落的，也有秋风送入的，蓬松堆着。每每扫过，不多时又积了起来，骤然来阵雨，秋叶湿透，萎缩着，像被狠狠踩躏过，看着便有了些萧索。李素炫在窗口站了些时候，看着院中秋风盘桓，卷起枯叶，擦着地上尘土，画出道道痕迹。风尚未止，不觉间细雨又飘了下来，密密斜织，落满襟怀。李素炫一时心有所动，取过阮咸弹起来，伴着歌声。

石榴深寂门不开，半院尘土半院苔。
凭窗叶扫秋风去，一襟斜雨任愁猜。

唱过后，李素炫停了声音，停了两手，抱着阮咸静静看着外面。头顶上浓云渐渐合拢，将日头一点一点吞没了。

第二日清早，天色有些阴沉。窝了这些日子，李素炫忽然想到应当去看看沈绰。出宜春宫后第一次见她，觉得她身子似乎不太好，后来屡次相见，觉得她仿佛又好了些，李素炫再没多想。这几日看看天寒，免不了担心，索性去探望一番。

见到沈绰时，她看上去似乎还好，只是不停咳嗽，声音从胸膛深处发出来，听着揪心。她咳了好久才舒缓些，见李素炫皱着眉头忧心忡忡看着，勉强笑了。

“凉着了些，头疼，还热了一两日，挨着慢慢也就好了。只是这咳嗽厉害，许久也不好。”

“你该当着人去叫我过来的……可找郎中来看过？总也该用些药剂。”

“不管用，懒得再费事。”沈绰摇头。

李素炫想了想，说道：“你等我一下，我回家一趟，马上回来。今日外头有些凉，你在屋里等着，不要出去受风。”

她说着出了屋子。赤骏正在院中独自溜达，啃着墙脚青草黄草，见主人出门呼唤，立刻靠过来，摇头摆尾，一副亲热。李素炫带赤骏来这里是为让它自己溜达一阵子，没有上鞍，眼下也不管那许多，寻了块大石头，踩着上了马背，牵缰骣骑而去。

骣骑不敢太快，但也还是比走着快，李素炫很快到家，踏着落叶走到石榴树下，选低处最大几颗石榴摘下来，又到屋里取了坛酒，寻个包袱将石榴裹了扎好，负在肩上，使绳子将酒坛捆了拎着，又上了马。不及上鞍鞯，依旧骣骑，片刻回了沈绰院中。

李素炫将包袱打开，沈绰见里面是几个大石榴，比寻常男子拳头还要大上许多，旁边还有一坛酒。她有些不解，笑着问道：“可是素儿来了兴致，要与我对饮，以石榴佐酒？我今日可不行。改日再约，一定陪你饱饮，买几个大个红石榴给你。”

“红石榴不好吃，长安这石榴，要皮白的才甜。”李素炫笑道，“以前我师父与我买石榴来吃，都是挑白色的，阴面长的，桃子才是红的甜，阳面长的。有个说法，叫‘阴面石榴阳面桃’。”

“还有这说法？以前真没听说过。”

“这石榴是我院中树上结的，酸的，不中吃，却是好药材。酒是东市上买的，颇有些浓烈，本是想要明日送与先生哄他高兴，今日先给你拿来。我去洗干净手，将石榴籽剥出来，泡到酒里头。过上二三日，泡透了就可以了。拿来治咳嗽，几口就好，比神仙方子还管用。”

“真的？”

“真的。我在宫中听老宫人所说，还见过，有人咳嗽数月，真是几口就好。你等我一下。”

李素炫说着，到外头井边打了水，洗净手，回屋开始剥石榴籽。石榴皮苍白一片，看着令人没什么食欲，石榴籽却是颗颗火红，如宝石般明亮。李素炫一时起了嘴馋，拿了两颗放在口中。

“我尝尝有多酸。”

她嚼了几下，龇牙咧嘴，连忙吐了出来，呛着嗓，连连说着：“真酸，果然酸，还涩。”

沈绰笑道：“你院中石榴，你都没尝过？”

“我没采摘过，一直留在树上，每日看来着。”

“那你怎么知道是酸石榴？”

“若是甜石榴，师父定然每年摘了拿来给我尝，也一定告诉我是他院子里的，不会到外头去买。”

沈绰笑了：“你还够精怪。”说着将手边帕子拿起来，将盏中水倒了些上去，擦净两手，跟李素炫一起剥起了石榴，又将石榴籽略挑拣过，开了酒坛，将石榴籽一把一把小心拢进去。最后，李素炫将酒坛仔细封好，放到旁边案子上，回头来收拾了残局。

收拾过了，李素炫又坐好，看着沈绰，想了想，不知道问些什么。沈绰见她这样，又笑了。

“素儿每次来，我都是与你在外头散步，说些闲话，或是带你去打球。唯独这次，我卧病，你在一旁看着，故此不知说些什么好。”

李素炫低着头：“我请个好郎中来与你看看如何？端木她阿娘这两年多来身子不好，请了郎中来调治，这几月好得多了。她都快七十了，你还年轻，肯定好得更快。”

“她好得多了，不是药剂管用，是端木回来了。”沈绰说了一句。

李素炫一怔，随即知道沈绰说得对，又想到沈绰爱人如今不知天涯何处，怕是不会回来了，一时不知道再如何安慰她。

“素儿不必为我太多费心，有没有郎中，我也就是如此了。”

“不管是不是如此，生病一定要医治，怎么能就这么生扛？”

沈绰摇摇头：“扛不扛得过去，都是命。若你石榴酒能治了我咳嗽，少遭些罪，我便感激不尽了。”

李素炫有些心酸，想起初见沈绰时，她明眸皓齿，脸颊红润，笑得开颜，那般好气色、好神色，言语爽朗，令人亲近。而今却是面色苍白，又消瘦了许多，再耗下去，怕就要有恶病之容了。

“素儿与我讲讲外头新鲜事可好？”沈绰说道。

“好。”李素炫点点头，与她讲起东市酒肆里那许多稀奇酒浆。酒肆里多卖散酒，零沽的，论壶买论盏买，论斤买论两买，怎样都可以。东市铺子里多有专售酒水的，都是整坛买卖，价钱不菲，却都很抢手。又说起升平坊中玄音寺，虽未建成，却好大气派，以及她帮卢楞伽擂制靛蓝，却不懂得什么叫擂，差点捣碎了乳钵。

“若是我，也觉得擂是要将研杵拿起来砸下去。”沈绰说道。

“画师不是这般说，卢七给我讲了擂和研有何不同。我跟他晒太阳时闲聊，他还给我讲了捣与打有何不同，磨与抛有何不同。然后又问我，在演乐上，敲和打有何不同，我想了想，好像也没什么不同。他说定然是不同，不然为何鼓是打的，锣就是敲的，为何是敲锣打鼓，不是敲鼓打锣，将我问住了。”

“……你若问我，我也答不上来。”

“我噎了半晌，问他，烘和烤有何不同，他说也没什么不同。我说那你制色时，有些矿石要拿来用火烤过才好舂开，为何要说烤过，不说烘过。他也答不上来。”李素炫说着笑了，一副得意调皮。

沈绰大笑，接着又咳嗽，还是笑，过许久才平复下来。

“也就你两个傻子，晒着太阳说这些。”

李素炫又想笑，又担忧沈绰，见她慢慢平复，才放了心。两人又说笑许久，李素炫起身告辞。

“过不几日石榴酒就好了，记得饮几盏。若是还不好，我便带郎中过来，可不管你乐意不乐意。”

"好，我听素儿的。"沈绰笑着，"就不起身相送了。"

"不用送。"李素炫说着，行过一礼，转身出门，牵赤骏出了院落，边走边忧心，"也不知道她病势如何，只是如此神思萎靡，可不是什么好事。也罢，先这样，看看那石榴酒管不管用。若不管用，可真要与她寻个郎中来了。"

## 92

上了大路，李素炫直接去院落中看望端木。一进院落大门，见左手边上拴着匹枣红马，浑身闪着，缎子一般。正有些惊讶时，端木迎了上来。

"这马我刚买下的，如何？"

李素炫将那马匹上下打量一番，说道："我也不识良马驽马，只是觉得看着好看，招人喜欢。怎么想起买匹马？李逊不是每次都带马来？"

"我自己也要出去，不能什么都等他。我现在就是愁给马儿起名字。"

"起名字愁什么？"

"你白马叫赤骏，将名字占了，我这红马叫什么好？"

"叫……乌骓？"

端木大笑："你是怪人，我可不是。"

"偶尔怪一次也无妨。"

两人推推搡搡，齐齐笑起来，李素炫忽然说道："既然这样，一起骑马出去遛一阵子如何？出了宜春宫，你我都自由了，却从未一起出过门。"

端木恍悟："可不是，却是为何？"

二人立刻进了屋中见过郑三娘，禀告一声。郑三娘叮嘱过几句，放了她二人出门。上马出左教坊，斜穿过坊道便是李素炫家，她取了鞍鞯缚好，二人又上马向延政坊南门走去。刚出南门，二人站住了，面面相觑。

"……我们去哪里？"李素炫傻着问道。

"你平日里出门都去哪里？"端木也问。

"玉真宫、鹿先生家，或是去寻卢七，或是去东市上买酒。"

端木摇摇头："都不是你我二人一起能去的。"

“那你跟李逊去哪里？”

“第一次是东市，之后都是出城。”

二人站了许久，互相看着，一副干巴巴，都犯愁，又犯傻。半晌，端木忽然想起来，说道：“若不然，去道政坊？”

“饮酒、读诗？”李素炫立时也来了劲头。

二人相视一笑，立刻催马向前上了坊道，并肩南向直行。路上往来人众繁忙，走得疾快，端木与李素炫不过出来游玩，见许多人扛着货物或推着车，知道都是些下苦人出来劳作，便尽量靠路边走，不扰人辛苦匆忙。二人头次一同出来，看看四周，又看看彼此，相顾一笑，千般感慨。

渐渐走过一段路程，靠近东市，人越来越多，二人错开马，一前一后。路上有人见两个秀丽女子按马徐行，不由得放下担子，盯着看个没完，待二人过去才担起来又向前走，满面笑着，如拂春风。街上武侯见了，仔细看了看她二人，见一着布衣，一为女冠，便没有上前盘问，反而看了片刻，回头私语。

“女子妍秀，真真世间美好。”

二人到了道政坊，寻了间大门面。刚入堂屋，店家立刻迎上来，见是两个女子并肩走进来，一般身量，一般举动，细看之下，俱是容颜清丽。那布衣女子通身质朴，掩不住华仪端正，青衣女冠一身玲珑，神色率真。二人不着锦服、未上酽妆，却胜过多少金玉绫罗、钗环脂粉。店家一时看得呆住，话也忘了说，倒是端木见了他这样子，笑了，行礼问道：“敢问贵店可有好酒？”

店家才想过来，忙不迭点头：“有、有，客人要尝什么？”

“素儿。”端木唤道，回头却见李素炫已站在墙壁面前，盯着，看得认真。端木只得走过去问她：“素儿要饮些什么酒？”

“随意。”李素炫笑道，“我不挑剔，是酒就行。”

端木也知道她这会儿已被勾走了魂，再问也多余，随意要了两样酒，拜托店家酌情配上些小菜，又行礼谢过，自己拣个位置坐好了。等了阵子，李素炫也过来挨着坐下。

“我粗看过，那许多诗词，大多也就是泛泛，却也当真有好的，也有的文词一般，但字写得特别好。先吃些，饮些酒，慢慢看，拣格外好的唱几支来听。”

店家将酒先打了来，与二人满盏，李素炫好奇问道：“敢问店家，这墙上为何都是一片片花的？”

李素炫一问，端木四下仔细看看，才发觉果然四壁斑驳凌乱，虽然都是涂白，却不是一种白，有的深有的浅，一片一片，圆的扁的方的各种形状，每一片里有一首诗词。

店家笑道：“客人莫看四壁凌乱，小的这店长安有名，可就是指望这些。”

“愿听其详。”

“客人想是初来，不知道我这长安风俗。城中酒家大多四壁涂白，随时备着笔墨，专为给客人题诗词用的。到各色诗词将墙壁盖得满了，就要涂刷一次，方便后来客人再接着题诗。只是那上乘诗作是要留下来的，有人专门过来要看。这次留这首，那次留那首，久了，那墙可不就花了。自然也颇有些不着调的，题上首诗，读的人都骂，小的肯定要专门将那首诗涂了盖上。也有那字迹太大的，一首诗占两首诗地方，也屡屡遭人骂。若是作得好也还罢了，若是不怎么样，小的也只得早早给涂了。如此墙上便更花了。”

端木与李素炫都笑了：“原来如此。”

店家颇得意：“小的这店里，酒也好，小菜也好，最好的却是墙上诗词。懂行的在门口看一眼，见我这里四壁斑驳，就知道是好去处。若是不懂的，只当是破落，转身离开，专去挑那四壁清爽的，可就将多少天下文宗错过了。”

正说着，临近处来了人落座，端木与李素炫忙与店家行礼感谢，让他去招呼。

“我数了数，这四壁上诗词足百几十首，里头还有小间，怕是更多。”端木说道。

李素炫十分傻眼，指着上头说道：“端木，你看那上头也题着诗词……”

“太高了，看不清，一会儿离近了看。”

“我不是说看不看得清，我是说，那么高怎么题上去的？”

端木也呆了，看了半晌，谐谑道：“想是读书人里也有身量特别高的……或者会叠术。”

二人对视，憨着笑，饮酒。片刻，店家又将餐食奉来，李素炫指着问道：“敢问店家，那上头诗词怎么题上去的？我二人叠起来也够不到那么高。”

店家心不在焉，随口答道：“小店专门备了梯子。”

邻桌人连声呼唤，店家说完这句，端着承盘跑过去了。端木与李素炫互相看看，想着文人骚客擎着管笔爬梯子，就为了在墙上题诗，真是让人哭笑不得。

二人饮着酒，也吃些，低声聊天。端木不善饮，出门在外更不敢多饮，每见李素炫盏子空了便与她满上，见哪道菜她喜欢便推到她面前，李素炫随口抱怨了句“姜丝放多了”，端木便帮她将菜里姜丝挑出来。李素炫心中感叹：“怎的我跟端木比就像个没心肝的。”

“素儿，只这一间店里许多诗词，我们都要来上几次。听说这道政坊里大些的店铺也几十家，不知道我们跑多少次能都看一遍。”端木小声说道。

“可不是，这诗词还时时不一样，隔阵子有新的，还得过来看。”李素炫笑道，“又不好意思白看，不知道这辈子要搭上多少酒钱。”

“谁让你非要饮那么多了……你当真不醉？”

“不曾狂饮过，不大清楚。不过，就这么两小壶，脸颊上连些红热也没有。”

“换我早就不省人事了。”

两人低声私语，说得开心，忽然听到旁边有个人提高声音说了一句：“店家这里可有琵琶？”

店家马上迎过来：“有、有，客人稍候。”说着转身去了里间，须臾，果然取了支琵琶出来。

端木与李素炫彼此看看，咋舌。店家将琵琶恭敬递给那人，回身路过时，李素炫说道：“以前以为此处就是卖酒的。”

店家马上躬身赔着笑说：“光有酒可不行。长安城里到处是酒肆，走几十步就有顿酒饮，那许多读书人为何偏偏要来我道政坊，还偏偏指名就要来小店？莫说一支琵琶，不消什么乐器，只要客人说得出名字，小店里就有，光是琵琶就有十来支。”

店家口气殷勤，也骄傲。端木好奇道：“有笔墨纸砚我还能想，有这许多乐器可想不到。”

“小的这店里来的都是读书人，多有游学赶考的，也颇有些行僧游道。这些人高兴起来，可不就是墙上题诗，又弹琵琶、又击羯鼓？小店自然要备下，让客人玩儿得尽兴。这道政坊中店家皆是如此，唯独小店里乐器都是上佳品相，比那王府里的也不差。”

李素炫对端木笑道：“也不稀奇，他连梯子都有。你我下回须是换身男装来，才好爬梯子上去读诗。”

正说着，旁边那人弹着琵琶唱起来，不几句后，一众人都跟着唱起来，又使箸头打着杯盏，击节相随。唱过一曲，行觞一巡，换个人又唱一曲，再饮一巡。那些人应当是远方来的，虽然都说着长安官话，所唱调子却很陌生，颇有韵致。李素炫喜爱，认真听着，右手托着下颌，左手将右手臂当作弦颈，在上面来回找着按音，将几支曲调指法、旋法在心中认真记了下来。

几人连续弹唱，一番热闹，将几壶酒饮尽了，起身离开，店内又安静下来。李素炫将方才那支琵琶要过来，趁周围无人，将几支调子飞快弹过一遍，彻底记得牢靠，轻易不能忘。店家站在一旁，听得傻住，李素炫停手后半晌，方喃喃说道：“客人好生厉害，怎么刚听过就记住了，就能弹出来？”

李素炫笑笑，将琵琶还与店家，又饮了一盏酒，起身与端木一起读他墙上诗篇，见好的便默记在心中。店家不敢上前打扰，却已隐约猜出眼前女子定是长安城中上乘女乐。

李素炫连着将十余首诗词记得牢靠，随端木回身落座。店家靠过来，殷勤说道：“不想客人琵琶如此精妙，定然也擅歌舞。若是看上哪首诗词，与他传唱，诗家定然感激不尽。我这小店得往来士子赞赏，皆曰‘诗满墙’。若再传出几首名作，可是好大荣耀，更是引得八方客来，小的感激不尽。”

端木与李素炫相视一笑，对店家点了点头。看时辰，大批夜间游宴客人应该很快到来，二人付了酒钱打算离开。店家执意将酒账去了零头，又将二人送到店门口，看着她们上马，互相致礼告辞。

二人来时沿道政坊西侧坊道过来，回程时走了东侧坊道，靠城墙，人少些，清静许多。一路上并辔而行，不紧不慢，走得悠闲，边走边说笑。入延政坊南门，二人在左教坊门口处告辞，约定下次仍要一起去道政坊。正说笑间，旁边走上来一人，行了一礼，开口问道："敢问二位先生，可是大内宜春院端木行止与李素炫？"

说话的是个少年人，不过十三四岁，容貌端正，举止有度，看穿着不似寒家子，却也不太过铺张。眼下他端着一身礼貌，看着端木与李素炫，眼神诚挚。

"正是。阁下何人？"李素炫回了一礼，问道。

少年人局促起来，良久说道："在下陈廷正，久慕二位。"

"你知道我二人名字不奇怪，如何认得我二人？"李素炫问道。

少年人踌躇着说道："今日我在道政坊酒肆小间里与友人相聚，中间到堂屋门口等人，见先生默记曲调，顷刻便能弹出，便猜测如此。自《大破阵乐》后，京城中无人不知二位名字，我听人说二位为至交，一般身量举止，自幼形影不离，又听说李先生入了道门，自此为女冠，二位如今又一同回了左教坊中。想来在下猜测不错。"

端木与李素炫互相看了一眼，端木问道："阁下何事？"

少年人迟疑片刻，说道："在下想拜二位为师。"

端木吃了一惊，还没反应过来，李素炫利落回绝道："我不授私徒。"

对方一怔，忙问道："却是为何？"

"强过十倍，方能为人之师。我或许强过你些，五六倍差不多，十倍怕是到不了。"李素炫说道，怕这少年人烦闷，特意带了些说笑口吻。这也不全是托词，在李素炫眼里，为人师者就应当是师父卢菡和雷先生那般，不管弟子遇到何样麻烦，做师父的总能想出法子来，她自然没有这个本事。

"我只想靠着师父，不想人靠着我。"她暗想着，却不好说出口。

少年人哑了阵子，看向端木，眼中满是请求。端木心软，有些不忍，却也不想与人做先生，只得好声哄他道："我自己尚未满师，还需师父指点，怎能与人做先生？"

少年人不尽失落，又深行一礼，急切说道："陈廷正志诚恳请。在下自幼爱慕乐艺，仰视太常，也有先生教授，却长进不大，父母迫我读书求功名，也不许我整日磨练，也不许我访求名师。我今日尾随二位，实在是无礼，却也实在是无奈。恳请二位收下我，不时指点一二句，在下感激不尽。”

端木和气问道：“你学过些什么？”

“我习羯鼓，也弹琵琶，父亲曾授我琴学，只是我自己仍旧喜欢羯鼓琵琶，求入太常，一生研磨。”

“你为男儿，父母令你读书求功名，也没什么不对。琵琶哪里都能弹，就是入朝堂当了宰相，也一样弹，朝中大臣也多有琵琶高手，不比乐人差许多。你如何非要入太常？”端木问道。

陈廷正嗫嚅着说道：“我不想读书，不想应举。”

李素炫说道：“你当真想入太常，科举才是捷径。王维先生中个状元郎，顷刻便成了太乐丞，什么高手名家都见得到。你为何非要做个乐工？就为了不读书、不应科举？”

陈廷正被李素炫问得说不出话来。端木说道：“我等钟爱弦鼓固然不假，当初为乐人却是命中无奈。你有千条路，哪一条路也不碍你习乐，如何非要做乐人？”

陈廷正低首不语，李素炫又说道：“你并非喜爱乐艺，不过是想逃避读书。可惜读书不成，习乐多半也不成。你如今还喜欢琵琶羯鼓，不过是因为父母逼你苦读，若是逼你习乐，每日弹习三四个时辰，乃至四五个时辰，不多久你也厌烦。”

三人沉默许久，陈廷正似有所思，许久行过一礼，说道：“二位指教得是，廷正回去一定认真思量。”说完又深深行了一礼，转身离去。

端木与李素炫互相看了看，摇头一笑，互相告辞离去。

# 第五章 煙火

天宝六载（747年）九月—十二月

# 93

城中天气接连阴沉了几日，站在窗前看着院子里，墙角地衣灰暗了许多，石榴树只剩下茎干，树身落索，寒枝枯瘦。邻家院中巨木高大，枝丫隔墙伸过来，眼下树叶也落尽了，只有些空枝条，颜色苍灰。枯木黛瓦，空云萧瑟，彼此映衬便混成一片，看不大清楚。李素炫站在临窗处默默眺望，高天上有去雁失群，阵阵悲鸣，双翅惊疑，让人跟着心头沉落。看了许久，想起些人事过往，浮生光影，笑语隔尘，心中渐生凄凉孤绝，又猛一闪念，凛然醒悟。

“有晴有阴，自然数法，我站这里胡叹息什么，还挨着冻。饭吃得饱，又无事，闲的。”

想了想，自己也笑了，拿过琵琶来，持拨落腕，劈出一片矫壮之声，心情须臾昂扬，手腕又渐渐回落舒缓，信手拨弄出些闲散来，也唱上几句。再看看窗外，无非阴天，又如何。

几日后，长安城里终于放晴。清早五鼓方绝，李素炫起身，先打开窗子，一派光明直冲冲撞进来，瞬间将整个屋舍都撑开了，接着秋寒扑面。她冻得一个激灵，连忙跑回去将厚衣裳穿上，到厨间生起火来，烧了些热水，就着随便吃饱。不过两刻多钟，太阳退却鲜红，渐渐升得高了。

李素炫骑马快行，直接去了东市酒铺，拣好酒买了两坛，又将各色小果子也买了些，回马去了鹿先生家。叩过门，开门的是商不言，见了李素炫便开怀嚷起来，立刻帮她将赤骏牵到院中，解开绳扣取下酒坛，拿进了屋里。

鹿先生见了酒，立时开心起来，盯着酒坛子，笑得眼睛也眯上了，又回头笑道：“素儿来得刚好，你琵琶制好了。先与你看看，再陪先生饮酒。”

李素炫立刻随鹿先生到了案几旁，鹿先生揭开盖布，下面正是一支清素琵琶。初看上去寻常，素净覆手，简单轸轴，五弦不染，通身上下无有一丝装饰，拿在手中却十分不一样。太常博士手制果然穷极机巧，这琵琶形线精确，布曲流润，面背嵌合细密紧实。看看背板，紫檀贵雅，旋光温润，阵阵紫气袭人，如古玉陈辉，不夺而夺，不工而工。

鹿先生将琵琶拿给李素炫前后看了一遍，横起来双手捧着递给她。李素炫退了一步，深深行礼，伸双手恭敬接了，直起身来，将琵琶紧紧抱在怀中，满心欢喜。

“这琵琶制好后，商不言细细磨过，又抛了整整十日，才有如此华贵。”鹿先生说道。

李素炫抱着琵琶，躬身与商不言行礼道：“谢过师弟。”

商不言听李素炫叫他师弟，满心欢喜，连忙回礼说道：“也是师父这紫檀料好，够硬，受工，不然也不行。”

“快将你宝贝琵琶弹起来试试。”鹿先生说道。

李素炫笑笑，抱着琵琶坐好，用指尖轻弹起来。琵琶新制，略带生涩，却已峥嵘初显，上下身骨利落，以手相叩，有如金声玉振，厝指弄弦，声度清越，又紧凑沉实。李素炫心中大爱，只是往日鲜少手弹，不甚熟练顺遂，时常有些磕绊，弹过片刻后略流畅了些，拣数支小曲接连弹过，越弹越欢喜。鹿先生与商不言在一旁静静站着，听得忘记坐下来。许久，李素炫停了两手，将琵琶放好，重新与鹿先生和商不言行礼道谢。

鹿先生自然高兴，问道：“素儿果然要为这琵琶起名无伤？”

“正是。世间琵琶俱带伤痕，独我这一支得免。素简样貌，平淡心性，不求有饰，但求无伤。”

鹿先生点头：“好，素儿通透，不枉我二人与你费这些力。”

商不言说道：“师兄果然不同。寻常人若得了这上佳紫檀，又有师父天下手艺，怎么肯只要个素器。素器多是柴木造，贱价，不值得嵌些宝物，又质软，不受工，弹出声音来直如老鸭拌嘴。”

李素炫轻轻抚着她宝贝琵琶，说道：“紫檀木色温润，强过金玉玛瑙，质本雄浑沉静，何须富贵乱眼。我偏喜欢素器清雅，只是素器若要清雅，格外需要上等好料、顶尖工巧，若是柴木粗工，便只占个糙，不叫素。”

三人站着说半晌才想起来，大笑着围坐下来，开了酒，满盏。鹿先生依旧不许商不言饮酒，李素炫将小果子推给他，笑道：“就知道先生不许你饮酒，这个给你。”商不言这才欢喜起来。

三人品饮笑谈，许久，鹿先生去了内间拿了一轴手卷过来递与李素炫，嘱咐她誊抄两份。李素炫将手卷略打开小半尺，见了题头。

“因明入正理论？”

“正是。此书商羯罗主造，因明学论书之一，玄奘法师得于天竺，贞观二十一年在长安弘福寺完成校译，到今年整百年。素儿拿去与先生誊写两份，先生有用。”

“从前先生授我书学，便是要我与先生抄书，想是如今素儿有长进了？”

鹿先生点点头：“素儿果然有十足长进，今日起便要为先生抄书。先生尽量挑些你该看的让你抄写，素儿记忆极佳，写过更记得牢靠，日后总会慢慢懂得。若有心力，也可仔细斟酌籀绎，或留下些笔记纲领，以备日后查考。”

“是，素儿一定用心。”李素炫将手卷接了，鹿先生又嘱咐商不言，让他将前次课业不懂处拿来向师兄请教，自己去了内间赶工做事。商不言将听授笔记拿出来，逐个请教，李素炫一一解答，之后看着商不言飞快记写下来。

商不言写完了，放下笔，二人一身轻松，小声闲谈，李素炫自斟自饮，商不言独自剥着小果子。

“师兄如何将字写好的？我就不行，师父教了许多，我自己也练过许多，却不长进。师父说是我开始几年没学好，日后难改，还说师兄自幼有卢先生严训，他初见师兄时，师兄书学已初成。不知师兄是如何练的？”

“我小时候练字，倒果然与旁人不同。”

“如何不同，可教教小弟？”

“寻常人习字，大都是要先摹后临，描红、影格、格临、对临、默临，挨个轮一遍。我却不同，我从未描红，亦不曾临帖。”

“从未临帖？”商不言惊异道，“不描红也罢了，不临帖小弟头次听说。”

“我五岁始师父教我写字，只写笔画，横竖撇捺都要先写得熟悉，再作变化，每一笔画都要能作任意变化，长横短横，玄针垂露，各色行笔收笔，各色起落出入，都要认真练习。又教过我少许线描，十分锻炼控笔。到六岁多时，师父寻了许多历代及当世大书家法帖，让我挑选。我逐一细细看过，独爱宰相钟绍京字迹，师父准我修习，开始教我读帖。彼时我控笔已稳当了些许，师父指教我读帖，我看得出窍道，知道什么样字是怎么写的，将帖子读得烂熟后放置一边，拿起笔来，凭记忆书写。”

“这等可真的没听过、没见过。我也是五岁时学书，书学先生令我写笔画，不过两月，便丢了幅帖子过来给我，令我对临。我那一起学书的十余人，都临的一样帖子，先生可不曾许我们挑拣，说是学书的都临这些。后来入了太常，拜到师父门下，师父才说可以多见识些。”

“我问过师父，师父说，人有百样骨、千色心、万种魂魄，个个不一样，怎么到了临帖，就都一样，岂不是蹊跷。我以为是那帖子好，师父却笑笑说，不过是因为那几人名气大罢了。人心各异，所爱不同，书乃一生事，怎能不挑个心爱的。何况书出心性，憨直人学不来俊逸，伶俐人学不来雄浑，怎能都学一样的。故此学书选帖不一定非要选名气最大的，也不要选看着最容易学的，一定要选自己心里头最喜欢的。美须是心中切实感受，不能是旁人告诉你个现成答案，不要人都说哪家字好，你就死逼着自己也觉得好。名气再大，你若不喜欢，就不学。”

商不言想了想，点点头：“卢先生说得在理。”

“师父告诉我，以读帖入帖，以不临而写出帖。因我只读过这一家帖，怎么变化也出不了这一家法度，又不临而写，不能写到十分像，总有些地方像我自己，或是像我师父。如此方可不离不陷，出入有度。我听从师父教诲，用心读帖，每个字都要细细看过许久，看它间架结构，横短竖长，虚接实接。看熟了再写，若写得好看，不管像不像，就这么写；若不好看，就自己琢磨，字体上作些变化，看如何才好看。多试几次，怎么也不好看，再去读帖，看何处有差池，再写。写时不读帖，读帖时不写。初时每月只能练一二字，后来渐渐快了。我如此练了八年，十四岁结识鹿先生时，已得先生赞许。”

商不言傻过半晌，喃喃说道：“小弟此前从未听闻有这样学书的。”

“我师父也说，他只这样教我，也只有我能这样学。我每日所写字迹都有师父修改指正，写字时师父还时常陪着我，我写每一笔他都在一边看着。别人学书可没有师父如此劳心，自然不能这么学。”

商不言艳羡道：“可不是，我写字时可没有先生陪着，写不好时可是要挨骂。先生也不会用个什么迥异法子格外教我，不知道卢先生如何想到要这样教师兄写字的。”

“师父说，写字一事，不过控笔、法度、意韵。初学者笨拙，难以兼顾，最多顾了控笔与法度，却失了意韵，日子久了便再也学不来。师父令我修研控笔，待锋镝娴熟，不临而写，便可法意兼顾。”

“这法子好，小弟也试试。只是怕眼下没有好耐心熬上几年磨练控笔。”

“也不消几年，笔画到了字里有许多种写法，单独练太多也没用。师父只是见我年幼，多等了些时候。不然，小童儿如何知道喜欢哪家法帖？”

“也是。那师兄可有什么好书帖，与小弟推荐一二？”

“你去看鹿先生书帖就好。先生书学有名，足够你学，而且你能见到先生手迹。常人临帖，道是修习钟繇二王，所获书帖却不是真迹，都是后人摹写，或制响拓，又拿响拓刻碑，又照碑上摹写或制拓，几番倒手，早就失了原貌。故此纵是名家书帖，也不能太当真。你能见到高手真迹，何苦要学那数百年倒了几十手的。只是先生书体专为抄录国家典籍，楷则严正，极尚法度，不犯不离，不求奇险。故此先生授我书学道理，却不要我学他书体，还嘱咐我定要征引别家，不可泥守。”

“这话师父也对我说过。那师兄可有什么别家真迹，让小弟看看？”商不言说得热切，还不停小心剥了小果子递到李素炫手里，笑得讨好。

“你若真想好好练字，我将师父从前手迹拿来与你看。你若也想学钟相书体，我有师父屡次摹本，不下几十张，也可以给你看。”

“师兄可有钟相真迹？”

“钟绍京可是宰相，他的真迹寻常人哪里会有。我师父手中有响拓，已是宝物难得。虽然也十分贴近真迹，却终究是双钩填墨，不是写的，气韵上差些，响拓又都是大字，小字连响拓也没有。自我选了钟相书体，师父为指教我，日夜研习临写，苦磨一年，尽得精髓，然后写了手卷，与我作书帖细读。后来师父越写越好，每觉得又好了许多，便又与我写一张，前后写了几十张。”

“小弟可否恳请一观？”

“好，下次拿一张来给你看。”

两人说笑间，一坛酒尽了。李素炫晃晃酒坛，说道：“幸好拿了两坛过来，不然这一坛最后被我饮到了头，先生可是要气死。”

商不言说道：“师兄果然善饮有量，不比师父差，也就师兄陪得起他老人家。”

“你如今年少，等你长大了，先生准你饮酒，你便可以与先生对饮了。”

“师兄也不大我多少，为何我就是小孩子，不许饮酒？”商不言老大不开心，噘着嘴巴说道。

“先生看着你自小长大，还记得你小时候模样，总忘不掉，还当你是小孩子。我认识先生时已快十五岁了。”

“师兄说的是。只是，来日我与师父对饮，怕是无那好量。大好男儿，若不善饮，有些遗憾。”

没有酒了，李素炫只好跟商不言一起剥起了小果子，一边将果仁放入口中，一边好奇问道：“男儿缘何定要善饮？我师父一生不善饮，如何不是大丈夫？”

这么一说，商不言来了兴致：“我听师父说，卢先生乃是天下第一等男子，不知是何等风雅人物。”

“你没见过我师父，说可说不清楚。”李素炫笑道。

“师兄觉得，何为天下第一等男子？师父与我讲史，从古到今说了许多。最后告诉我，男儿文采斐雅，饱学诗乐，有君子义，是第一等。宵衣旰食，辅国忧民，日夜操劳，也是第一等。骨鲠忠烈，明辨曲直，取义求死，也是第一等。只是如此说来，小弟是做不成这第一等男子了，又笨、又懒、又胆小……”

李素炫又气又笑，说道：“还有一种，也是天下第一。”

“哪一种？”商不言热切问道。

“话少胡子多。”李素炫说着，掩口偷笑。

商不言年少，尚一脸稚嫩，闻言顿时气馁：“那小弟不是更没指望了。”

李素炫问道：“你如何非要做那第一等男子？”

商不言一脸凛然：“如何不做？”

李素炫见他如此认真，心中顿生敬意，有些后悔开他玩笑，想了想，说道：“还有一种。”

“哪种？”

“毕生柔和，有信义，善待他人。”

“师父没说过这也算一种。”

“先生是与你讲史，这种人都是寻常人，不入史，却也是人间头等。”

商不言点头，笑道：“如此小弟还可认真努力。”

两人笑谈过许久，李素炫入了内间，将些字纸与文章书稿留与鹿先生修改，并与先生告辞。出内间，商不言已使块蜀锦将无伤缚了，帮李素炫负在肩上，送她到了院门口，殷勤说道：“这蜀锦背后细细衬了层漆布，不透雨水。若是平日里，只将无伤首尾捆缚就可以负在肩上，若是下雨，就将蜀锦抖展，将无伤整个裹起来。琵琶每日弹奏总要在衣角上磨损，手上若有汗渍也会沾染，外出也难免有小磕碰，师兄不时带过来一次，我与你好好养护，重新抛过，可复旧如新。”

“好，有劳师弟如此周到。你多盯着先生，莫令先生贪杯。”

“师兄放心，小弟定仔细。”商不言说着，与李素炫行礼告别。

李素炫在坊中各家店铺里买了些胡饼、肉脯与渍物，上了马，飞快到家，随意吃了些，便急着弹习。眼下心中迫切，管什么阴天晴天，哪里顾得过来感时伤怀。无伤不张扬，容色敛止静宁，却仍是好大一副琵琶性子，想靠手指驯服并非易事。李素炫弹了许久，觉得右手指尖磨得有些痛，也有些麻，却仍是不够利索，两手也不协适。弹到日暮，好了些，却还差得远，心里难免有些急躁。

“明日去了内教坊处，见到雷先生，请他帮忙。先生定然有法子。”

第二日见到雷海青，李素炫将事情说了，恳请帮助，并将无伤双手奉上去。雷海青并未询问李素炫为何要弃了拨子改为手弹，只将无伤接了抱在怀中，调着弦轴，说道：“琵琶也有手弹的，只是专门手弹的人少，更无人专留一支琵琶，只为手弹。”待调好弦轴，轻轻弹了几下，又点点头：“素儿这琵琶果然好。”

“先生可有指教？”

“我弹阵子，看看如何。”雷海青说着，轻轻弹起来。手弹温润，其声沙沙如折桑，皎皎如银丝。雷海青体貌昂藏，指尖却柔软暖和，如有玉露凝结，轻触轻沾，诸弦分错，寂寂相隔。接连弹了半个时辰，将无伤细细试过，他两手缓缓停了下来，说道：“素儿这无伤果然人间极致。叩弦相问，起振柔和利落，其声雅静，有琵琶奋锐，有瑶琴清泠。声势不大，却极洞穿，稍微着些力道，诸弦扬亢，轸轴又圆润，十分听调。”

他说着，右手轻轻拨弦，左手握着轸轴转动，将五弦逐一重新校好，又弹了几句。

“乐件各自有异，每件上都有一段音最为悦耳。素儿若与人合乐，随管定调便是。这无伤只用手弹，想是不与人合乐，可将弦音定得略低，会好听些。我粗试过，低小半律便可，素儿回去也可以再弹几日看看。”

“好，素儿回去便试试。”

“手弹力道逊于行拨，但熟练后一定比拨子快许多，触弦也更繁难多样。素儿自行揣摩，我回去也试试。”

“是，素儿定用心。昨日弹过几个时辰，仍不熟练，还将右手指尖磨得疼。此事不知先生可有什么法子？”

“我平日里鲜少用手弹，眼下也弹不好，需要回去练习几日，回头告诉你。”

“素儿谢过先生。”

酉正时分，李素炫告辞离开，回家歇过片刻，复又开始弹习。接连几日，手上终究不熟练，只得将调子放得慢些。即便如此，稍微心急，也还是错。她多年琵琶精熟，又自幼聪明惯了，受不得挫败，如今连着用功数日也弹不利索，心中忍不住起了烦躁，错乱许久，只得将无伤放下，开窗吹吹凉风，冷静了一些。

“我怎的又犯这急躁毛病。师父以前说过，我以琵琶为职事，定要穷究极致，又留瑶琴与我守拙，告诉我弹得好、弹不好，都一样弹，以精繁可以入道，以拙简也可以入道。这几日手上稍微不顺，便心焦嗔忿，真是秉性难改。一时弹不好，慢慢练便是，纵然一世弹不好，又如何。弹不好便心焦，世上怕只有雷先生可以弹琵琶，天下第二那人也要将琵琶弃了。”

她想了许久，没有再碰无伤，转身抚起了案上瑶琴。她弹琴本就泛泛，如今又多日不碰，手上更加生疏，却强捺性子，错乱迭出也不顾，一遍遍硬弹下去。弹过些时候，夜略深了，早早歇下，第二日起来，眼看无伤就在一旁，却仍逼迫自己弹琴。

“别人拗不过我，怎能我自己也拗不过我自己。我偏要将自己牢牢管住了。”

她咬着牙，每日对着无伤，心中渴望，却硬是将瑶琴弹过整三日，将心头火气退得干净，彻底将自己压得服输，方才罢手，重又将无伤抱在怀中。眼下一心邃静，手上沉稳许多，不过几日，弦声顺畅起来。指尖肉生，与拨子不同，虽然越发磨得生疼，琵琶弦声却好听许多。轻弹有一片静定虚淡，穿烟过尘，如草蛇行线；微微着力，便是奔洒跳脱，如迅兔出穴；快拨则如细雨敲窗，轻灵绵密，贯贯相连。她十分喜爱手弹声音，如此温润，尤其适合拿来弹唱，想了想前几日道政坊中琵琶调子，摸着弹了一遍，到第二遍时手上熟了，词句也已成形。

三载无何乡，一枕旧黄粱。
何如我忍痛，不使君带伤。

唱过几遍，她手上停了下来，怀抱无伤，幽幽想道："这调子饮酒时听来的，也不知道牌子，就简单叫《无伤曲》好了。"

弹过些日子，她越发喜爱用无伤来弹唱，将常用曲牌都在无伤上弹过一遍，只是前阵在阮咸上所制新曲不能弹。琵琶四相，阮咸却有十三柱，多了许多音出来，阮咸曲挪到琵琶上就弹不了。她终究还是更爱琵琶，难免有些遗憾。

又到逢一，见到雷海青时，他已将手弹练得纯熟许多，接连弹过几曲，停下来问李素炫道："素儿这几日弹得如何？"

"熟了些，只是仍需磨练，眼下快处仍有些吃力。再有一月，应当差不多了。先生如何？看先生已十分熟练，可指教素儿些？"

"我回去用手弹了这十日，倒也没有什么格外心得，手上不熟，多练便是了，只是果然磨得指尖疼。"

"那要如何是好？"李素炫急切问道。

雷海青淡淡答道："磨出茧子就好了。"

李素炫自然知道磨出茧子就不疼了，特意相询，实在是指望雷海青有些神通，能想出什么邪门法子来，令她免了这番苦头。只是看他意思，怕是免不了了。

雷海青见李素炫不出声，又说道："只是女子肌肤细嫩，不大容易随便就磨出茧子来，你想是要吃些苦头。"

李素炫苦笑，摇头无奈，只得回家发狠磨茧子去了。女子手上果然不容易磨出茧子来，她左手打磨十余年，结着厚茧，不惧弦伤，右手一时间却磨不出来，倒觉得指尖肌肤越磨越薄，连着半月多，一日痛过一日，又麻酥酥的。忍痛拨弦也就罢了，拿起笔来格外吃力，勾线时捻管尤其不利索，指尖麻木，近乎没有知觉，只得凭手腕调转把控，本就画得不怎么样，眼下更是一片零落。

李素炫无奈："雷先生不拈锥管，卢楞伽不事琵琶，他二人俱在轻松，独将我夹中间遭罪。"

## 94

长安城中渐渐冷了，夜间院里结起微霜，日出后才融化了些。李素炫怕赤骏受苦，赶在雪降之前请人依房屋山墙盖了间马屋，工料扎实，宽大，又不透风，还与赤骏制了马衣，夜间披到它身上。她自己回屋燃起小炭炉，身上也不暖和多少，只是写字或弹习时可以不时去烤烤指尖。有时也呆坐，随手拨弄瑶琴，听着弦声古雅沉朴，心中黯黯生出惆怅。

"我第一次到师父家中，是三月里，白昼里很暖和，夜间也不冷。不多日入了左教坊，一住就是十年，虽不比宜春宫中楼阁温暖，也比这简陋屋子强得多，我从来也不曾睡到半夜冻醒过。此处简陋，也自有一番拙朴天趣，只是从前不知道秋冬时这么冷，师父也不曾说起过。眼下未入十月，还不知隆冬降雪时多冷……师父一身孤零，在这里住了一辈子……"

回忆依稀迷茫，无意间想起什么来，一切活灵活现，认真想，又总是差一点儿，只差一点儿，不到真切。半夜寒冷，捉不住笔，弹不动弦，什么也做不了，李素炫时常裹着衾被发呆，将师父鱼符拿在手中，将两截对在一起，看着那上面卢照寂之名出神。她知道师父性子，忍不住胡想："若是师父还在，我现在有足够金银置所大宅院送与他，不知他愿不愿意迁入，过得舒服些，还是宁愿守着这小院落……师父琵琶名重，想有富贵也不难，他却不惜毕生贫寒，想是有缘故，只是我眼下还不能明白。"

第二日清早，李素炫起身时天已亮了。是日无风，赤乌阴晦，屋中幽暗湿冷，砚堂中残墨结着薄冰，连笔管握在手里也更凉了些，甚至仿佛更坚硬，也更沉重了些。李素炫在书案前默坐，手足僵滞，肌骨沁寒，浑身凉血瘀塞。屋里还是那些物事，凝静沉默，趁着寒冷，平白显出许多寥落来。许久后，她振作起心神，将屋子打扫了一番，收拾案几时，翻出了小葫芦。从前屡次拿来养过小金蛉，后来再没有师父拿小金蛉来哄她开心，小葫芦就再没有用过，迁入师父老宅时与几枚步摇手钏一同放在了盒子里。她平时不大动用钗环，一直忘记了，今日无意间翻了出来，心中一动。

“以往师父与我拿小金蛉来，都是八月里，说是西市旁光德坊中所得。如今已快到十月，不知道还有没有了，不如去碰碰运气。”

她打定了主意，穿上厚衣裳，将小葫芦揣在怀里，牵赤骏出了门，直奔西市旁光德坊。入坊中一番打听，路人马上听明白了，指着前方说道：“走到那边路口，向右几十丈便是侯老三鸣虫铺。”

李素炫猛然想起来，师父果然说过这字号。她心中欢喜，立刻催马奔过去，入了店中，店家趋步迎上来，殷切问道：“客人要看看鸣虫？”

“正是。”李素炫点点头，“可有金蛉？”

“客人可问得巧了，小店还有最后一只。”

“最后一只了？”

“正是。这金蛉八月便开始售卖，这都快十月了，能剩一只都难得了。”

李素炫一想也是，点点头：“这一只多少银钱？”

“二钱银子。”店家答道。

李素炫大惊：“一只小虫要二钱银子？”

“客人不知道。若是春夏两季里，一只虫儿果然值不得什么，只是小店这虫儿是自春日便镇着虫卵，到八月里才孵出来的，自然金贵。城中达官贵人都爱我这虫儿，秋冬萧索，能闻虫鸣，岂是易事。如今已临近十月，这小虫儿买回去也养不了太久，二钱银子已经便宜大半了。”

“那平日里要多少银子？”

“至少半两。”

李素炫无语，店家又说道：“小店几十种鸣虫，金蛉已是最便宜的了。冬日里鸣虫就不是穷人家养的。”

李素炫也只能认了，亏是今日本就是要大肆采买的，身上带了些银子，若是像往日里只带铜钱，今日还白跑了。她再未询问，将小葫芦掏出来递与店家：“劳烦将虫儿放这小葫芦里。”

“好，小的这就去伺候虫儿。”

店家接了小葫芦，很快回来还给李素炫，说道："看客人这小葫芦，想是屡次养过金蛉，定然知道如何养，小的就不多啰唆了。"

李素炫点点头，将银子递与店家，接了小葫芦放在怀里，草草与店家行礼告辞，出了店门。牵上赤骏，立刻出了光德坊，上马一路快行，心中阵阵摧折，强忍着，一俟忍耐不住，须臾泪水滚滚。她怕人看到，立刻拨马入了右手边坊门，避开大路，专挑小巷，直跑了进去。小巷深处没有店铺，只有些简陋住家，四下里也没什么人，她这才下了马，冲到角落里，靠着墙，俯下身子，心痛如绞，痛哭窒息。

"半两银子能买多少米粮、酒肉、成衣，足够师父一月阔绰衣食，他怎么拿来买一只虫儿，只为哄我开心。师父向来身子清癯，怎么不知道对自己好些……我不该告诉他我喜欢虫儿……"

赤骏见主人难过，愣了片刻，小心靠过来，低头轻轻打着响鼻。李素炫站起身来，搂着赤骏颈项，一点温暖传过来，反而令人更加痛楚。她紧紧靠着赤骏，将脸躲进它项上鬣鬃里，剜心般剧痛。

"我不过是个市获的女奴，律比畜产，身价不及骡马，师父为何不能对自己好些……"

她哭得浑身冰冷，不住颤抖。赤骏紧紧靠着她，低头看着，又碰碰她。许久后，她渐渐止住泪水，擦了擦脸上，闭着两眼缓了阵子，又睁开。看看四周，她正站在几间破落房子之间，脚下是一条窄路，未经夯实，路面是脚踩出来的。她深深叹息一声，收拾心情，牵着赤骏慢慢向外走，走不几步，下起了雨，又几步，雨大了许多。

她有些慌乱，牵着赤骏只管快走，只是这一片破落院子间小路交错曲折，一时也不知要往哪里走。胡乱几步之后，只得站下了，四处看看，找寻路径。

正看着，身旁一老汉出来关院门，看到了李素炫。老汉将她仔细打量一番，见是个青衣女冠，身子消瘦，却是容颜秀丽，眼下正轻轻锁着眉头，淋着雨，手足无措。

老汉心中立刻起了怜悯："小道长怎的在此淋雨？若不嫌弃，到我老汉院里躲一躲？"

李素炫看了看，老汉快六十岁，身量不高，略瘦削，倒是硬朗，满面皱纹，两手苍黑，一看便是一生劳作之人。老汉见李素炫看着他，笑了，甚是憨厚慈祥。

李素炫行了一礼，说道：“谢过老人家。这雨也不大，我这就回去了。”说罢带着赤骏转身要离开。

老汉知道缘故。李素炫与他素不相识，一个碎女子，孤身一人，不愿意入生人院门。只是见她身子瘦弱，雨势又看看大了，老汉心下不忍，立刻转身从门后取了把伞，出了院门，将伞撑开，追上李素炫，说道：“老朽刚好有事要出门，家里没别人招呼照顾，小道长莫要嫌弃。我那院子也小，只那一间屋子也十分破落，将就躲阵子，也还够挡风雨。这雨怕是要下上阵子，冬雨可冻人。”

老汉说着，撑伞快走了几步，拐进一条一人宽小巷里。李素炫这才反应过来，已看不见老汉身影。回头看看那院子，果然很小，进了院门几步就是房门口，一间棚子占了院中少半，院墙低矮，只及腰间，那房子也果然十足破落。

李素炫盘算了一阵子，此处离延政坊颇远，城中不敢纵马，何况眼下路面又湿滑，一路稳当走回去，至少小半个时辰才能到家，怕是路上挨不住寒冷，若是来阵子暴雨，她和怀中小金蛉想是都支撑不了，赤骏也要格外遭罪。算了许久，小心牵着赤骏进了院子，却没有入人家屋子，只在棚子里站了，靠着赤骏取暖，淋不到雨，也冻不到小金蛉。

片刻后，她身上暖和起来，隔墙看着外面，见雨渐渐大了，四下远近一片灰蒙，周身凉风阵阵。她出神看了许久，突然醒悟。

“老人家根本不是有事情要出门，他是看我不肯进他院子，特意躲了出去。”

她一阵感动，又想：“这雨看看大了，也不知道老人家要躲到哪里。若是没个去处，那一把伞能顶什么。”

等了近半个时辰，雨小了，又一刻钟，停了下来。李素炫一直躲在棚子里，没有淋雨，靠着赤骏，也没有挨冻。天上云层渐渐散开，几线日光洒下来，将周身灰暗横竖割了开来。李素炫牵着赤骏出了院子，站在院门口，想等老汉回来，道过谢再走。

“老人家既然是为了让我躲雨特意出门，雨一停他定然很快回来。”她心想。

果然，老汉不久就回来了，收了伞夹在腋下，身上好些，腰胯以下都被泥水湿透了。他不知道李素炫没进他屋子，只是见她浑身干爽，未曾淋雨受冻，十分高兴。李素炫与老汉深深行过一礼，道了谢，告辞离开。

到家时，李素炫已浑身冷透，将赤骏安顿好，回屋利索生起炭火，将窗子开个缝隙，忙不迭钻到衾被里，将自己紧紧裹上。忍过许久，才觉得身上缓了过来。起身时，炭火已将胡饼烤热，盏中水也温了，她匆匆吃了些，又在火上烤了烤指尖，终于觉得自己活了过来，趁外面天色放晴，屋中明亮，努力振作了一些，到案几旁写字去了。

入夜，小金蛉在怀中轻轻叫上了，声音轻细明亮。李素炫还没有睡得很深，睁开眼睛想了片刻，忽然想起来。

“是小金蛉叫上了。”

心中欢喜了片刻，随即直坠了下去。

“上次听到小金蛉叫时……师父还在……”

她瞬间浑身冷透。小金蛉在怀中叫得热闹，她却觉得人间冰冷，红尘万丈，无可眷恋。

“我每日做这些是为什么？人生一世，到最后总是要死的，万般快乐不过云烟过眼，唯有痛楚入骨入魂。我为何要忍受这些？若是死了或许就不用了，只是……人有殉国、殉情、殉职，没听说过父母师长不在了也有人殉身相随，我连寻死也没个名目，此生不知何时才是解脱……”

她呻吟辗转，久不能息，最后只得起身，披着衣裳，燃了灯烛。周身昏暗，四壁阴影跳动，如巨兽噬人。她在屋中站了片刻，走到书房里，在藤箧旁跪了下去，轻轻靠着。藤箧中是师父旧日衣物，她不敢打开，不敢触碰，怕自己好不容易镇定了些，顷刻复又溃乱。可她忍了又忍，终究还是忍不住，将藤箧打开，取出师父衣物死死抱在怀中，哭又哭不出来，万般痛楚只得生挨生受。乍寒时最寒，秋雨难熬，冬夜肃杀，回忆尽是凌迟。她冷得透骨，一心混沌，人生如梦，睡时醒时，也不知哪个是真实、哪个是虚幻。

“师父，素儿试过了，尽力了，为何还是不能忘了旧事？白昼欢颜，夜晚为何仍旧如此难熬？我遵师父教诲，不敢停了怀中琵琶、手上管笔，每日诗酒纵马，肆意侠盛，也有许多快乐，却为何总是转眼即逝？师父教诲素儿十年，如今可否再指教我一次，这一生漫长，要如何挨到末了……”

李素炫知道自己被心魔所控，百鬼傍身，她急需让自己暖和起来。咬牙起身回了卧室，将窗子开了一条缝隙，忍着冷燃起炭火，裹着衾被紧紧靠着，水烫热了便小口啜饮，许久全身麻痹缓解，四肢松弛下来，神思复旧。站起身来，静思片刻，去书房取了无伤回到榻上坐好，将无伤抱在怀中，抖开衾被将自己与无伤整个围住，抵挡寒冷，然后轻弹起来。无伤柔和，指声温软，五弦私语，无数嘈杂细碎伴着一室寒素，满院清落，星辉微灼。

第二日五鼓打过，李素炫起身，推开窗子，见天空晴朗，云霞色暖。昨夜一番宣泄，清早好了许多，只是睡得不好，身子依旧有些疲惫，双目涩痛，心头却在平静。

“想是我隔上一阵子，就要如此溃乱一次，然后又好上一阵子。”李素炫无奈摇头。

她简单梳洗，随意吃饱，负上无伤，将小金蛉暖在怀里，牵赤骏出了门。依着从前约定，先是去了东宫马场看望陈蘅，又见了宜春宫中众女乐，格外与歌子、苏荻、孟离聊了许久。穿过皇城就是辅兴坊，在玉真宫中随博士听经，与众师兄相聚，隔夜后出玉真宫，便要回家了。

站在玉真宫门前，李素炫突然想起前几日避雨时那位老汉来。她那日冻得狠，护着冷，匆匆与老人家道别就走了。想起老人家恁般心善，该去好好谢他。

“出了这辅兴坊向南，过西市就是光德坊。记得当时我急匆匆出了光德坊，向东行过不远，算来应该是通义坊。只是老人家那里都是些小院小房，路径狭窄交错，也不知能不能找得到。去看看，通义坊是小坊，地面不大，硬寻也寻到了……”

她一边细细算着，一边催马南行，很快到了通义坊。坊中道路曲折，小路上没有路基，也未夯实，不大好走。周围人家看着不甚殷实，只是还过得去，各处院落狭窄，围墙低矮，房屋破旧，彼此挤着挨着，树木也稀少。眼下四周安静，见不到几个人，日光晴寂，仿佛照着个空村落。

李素炫来回寻找，不知老汉姓名，偶尔遇上人了也没法打听。前日骤雨未干，洼在路边结成薄霜，阳光打下来，李素炫左右身侧一路细碎闪耀，信马游荡，如踏星河。几度逡返，正失望间，突然见到前日老汉正在院中劳作。老汉无意间抬头，也刚好看到李素炫正从前方信马走过来。

老汉一眼就认出了她。少年女冠，素衣白马，肩负琵琶，腰坠紫箫，眉眼间一片秀丽明媚。

须臾间李素炫到了近前，下马，隔墙对老汉殷切行礼。

“见过老人家。”

老汉分外开心，丢下手头活计，忙迎了出来。

“前日我冷得透了，急着回家，未来得及与老人家认真相谢，今日特过来探望。”李素炫说道。

老汉笑得满面皱纹，伸手想搀起李素炫，却见她身上青衣洁净，仿若日月纯澈，他那两手却是沾满尘垢。老汉憨憨笑过，将两手缩回去，只邀请李素炫进屋歇息，并将赤骏牵进了院中。

李素炫想了想，也放下心来，随老汉入了屋中。前日里老汉说屋只一间，入了门，果然只一间屋，不大，只有简单矮榻桌案，没有多余杂物，一角处是后门，门外是后院。李素炫难免叹息，老汉却开怀，连连请李素炫坐下，转了几圈没什么好拿来招待的，便问道：“小道长可有些饥饿？”

李素炫笑着摇摇头：“我今日前来只为相谢，与老人家说几句话就走。”

老汉却说：“我与你寻些吃食来。”说罢直接去了后院，关门前又回头说道：“眼下巳时，你一定是饿了，稍等，片刻就好。”说话口吻十分亲热。

李素炫见老汉一心殷切，只得等着，不好盯着人家屋中仔细看，便看向窗外。有矮墙挡着，看不到路上，只能看到外面零星枯树，树上高处有些巨大鸟巢，却不闻鸟鸣。树枝上零星几片秋叶枯残，偶有一丝风来，恹恹晃动。

李素炫呆看了阵子，老汉走进来，拿了个粗木承盘放在案上。承盘上是烤饼，热腾腾冒着香气，两个小碗里有些简单小菜。他将木箸递给李素炫，满脸笑着：“这烤饼是我昨日手打的，方在炉火上烤得焦酥，一定要趁热吃，凉了就不脆了。萝菔和小鱼是秋日里晒的，萝菔用细盐和酱拌了，小鱼在大火上蒸过，洒了豉汁。就着吃也行，也可以将烤饼片开，将萝菔和小鱼夹进去。快尝尝，别看不金贵，可香。”

李素炫有些不好意思，老汉却直接将木箸递到了她手里。她见老汉满面热切，索性也不推辞，夹了些萝菔和小鱼，不想一尝之下，胃口大开。

“这是什么萝菔？不过是萝菔，怎如此美味？”

“就是寻常白萝菔，秋天采收，切了，使盐杀水，就不涩了，半阳半阴处晾到半干，放到通风不见光处存着。”

“就能有如此味道？”

“可不是。”

李素炫实在不能明白，萝菔而已，怎么一点盐、一点阳光，就有这等味道。心想：“我虽不是富贵人，在宫中可是什么都见过，长安城多有集市，也见过不少，怎么不知道萝菔这么好味道？”

老汉笑笑说道：“我在后厨忙了一辈子，做不得什么席面，就会这些小菜。别看物料贱，有手艺就有味道。”

李素炫想：“反正都这样了，索性吃饱，来日好好回谢老人家。”

这么想着，也不假装斯文了，一顿风卷，顷刻吃了个干净，老汉在一边看得分外高兴。李素炫平日餐食马虎，也是不会烹制，也是懒得费事，街市上买些现成胡饼、渍物、肉脯、果蔬，就能连着顶上半月，隔几日到左教坊中去寻端木与郑先生，随她们一起用些热食，已是难得。今日老汉家中烤饼焦脆香酥，带着些火燎味道，小鱼新蒸，豉汁鲜浓，萝菔艮脆爽口，如此饱餐享受数月少有。

老汉见了，颇怜悯：“碎女娃，想是平日里没人照料你三餐，身子这等瘦弱。”

李素炫一言不发，埋头吃饱了，这才觉得有些不好意思，听老汉如此说，低头笑了。老汉推了盏温水给她，她拿着轻轻漱了口，又放下，低头持礼，说道：“谢过老人家，在下觍颜了。”

一老一小聊了起来。李素炫通报姓名，告诉老汉叫她素儿便可，并告诉老汉她就是这长安城中女冠，并未提及玉真宫。老汉也报了自家名号，说了阵子，李素炫才知道，老汉一辈子是厨人，专门制各种糟渍、腌酱，以为佐酒。

“我老汉没什么本事，唯独做的这小菜可是一绝，就是皇上、皇后尝到了也得说好。我又四处偷师学了些造酒法，天暖和时给城里店家酿酒，颇受人爱，我又在人家后厨偷师，学了些烹制。”老汉说着，笑着，十分得意。

两人笑谈许久，李素炫起身告辞，老汉去后院取了些物什来，使张粗纸包了，递给李素炫。

“这是萝菔脯，要使粗盐杀水，再晒，再杀水，再腌，反复几次，再装坛子里存着，年头越长越鲜美。我这是存了五年的，不剩多少了，给你两颗，切片用酒激醒，格外美味。”

老汉说着，将酒醒方法讲了一遍，李素炫却不敢接那萝菔脯。萝菔贱料，五年可是吓人。老汉见她迟疑，将萝菔脯塞到她怀里。

“素儿回去尝尝，可千万莫要送人。”老汉叮嘱道。

李素炫立刻躬身道谢：“素儿谢过老人家，回去定好好品味，不负老人家辛苦劳作。”

出了院门，李素炫与老汉行礼告辞，老汉满面眷恋。这碎女娃秀丽可爱，看穿着不是贫家子，老汉屋中破落灰暗，她进了来，立时明亮许多，她又不嫌他身穷低微，待他很礼貌。眼下秋冬寒凉，酿酒不便，老汉只在家中制些渍物供给酒肆，每日独自劳作，难免有些寂寞，今日与李素炫说了阵子话，心里颇觉得安慰。

“素儿怎这般瘦弱……若无事，便到阿翁家来，阿翁与你炖些汤来滋补。”

“素儿谢过阿翁，若无事，定来叨扰。”李素炫顺着叫了阿翁，又行了礼，牵马离开。出了小巷子，拐了个弯，上马快行。

## 95

连日天寒，城中开始降雪，雪霰细碎，不断落到地上、树枝上、屋舍上，雪势又渐渐变得凶蛮，厚厚积了一层，盖了各处本来颜色，天地茫然，四处霜华遍布。李素炫正穿过左教坊前往大明宫，要去内教坊处见雷海青。雪深，路又滑，她没有骑马，只步行，一路上行走有些艰难。雪片不停落在睫毛上，到了内教坊中，四下已是深白掩埋。

雷海青未到，想是有事。李素炫招呼人燃了炭火来，放在雷海青席侧，片刻后炭火旺了，她靠近烤了烤指尖，暖和过来，回了自己位子上坐好，独自弹着无伤。身上有些寒冷，手上不敢停下来，弹过许久，又轻轻唱起来。

雷海青果然有事耽搁了，赶到内教坊时，已过了未正。他匆匆走到屋门口，正要进去，忽然听到李素炫怀抱无伤弹唱之声。略微听过几句，知道是《长相思》，不由止住了脚步。

长相思，相思苦。
君锁寒泉寒彻骨，我计归路归无路。
龙渠水漫终不还，帝都花信来又复。
风雪凋零四愁诗，久岁荒疏梨园谱。
常将迷乱曲停时，终究惆怅弦寂处。
日暮流光畏箫管，绡纱明月泪鲛珠。
微雨棂窗惊故梦，霜衾角枕谛冰狐。
禅衣轻剔人鱼盏，宿墨秃笔夜耽书。
朔风总敲残叶去，狂沙深卷旧荻芦。
长相思，相思苦，轻蹙眉头浅沾露。

长相思，思不尽，寂寞空对旧瑶琴。
泠泠箫管曲中意，耿耿琵琶弦上音。
游丝不描老星谶，残墨幽染夜月痕。
浮生只若蕉鹿梦，何事轻吟到黄昏。
一身只数尺，一心只方寸。
一念只毫厘，相思千百仞。
长相思，思不尽，相思写到锥笔钝。

长相思，思不及。
纷纷错朱碧，泠泠奏管笛。
一夜长风舞，城深雪初霁。
野旷无涯暮色低，孤影错落云边翼。
容颜懒顾作啼妆，漫挑红弦惹柔荑。
长相思，思不及。

耿耿魂梦尽支离，伤心忍对旧时衣。
霜掩重门寂。

长相思，相思难，灞上河鸟又关关。
寒烟照遍五陵寂，不尽流云逐逝川。
锥管行风写黄卷，掌上雷雨动鹍弦。
轸轴微挑轻霜落，五柱狂扫龙崖宽。
指厝瑶琴乱，忍负昭华管。
款曲犹能诉，无路寄鱼笺。
长相思，相思难。
一寸孤心炼诗胆，万古愁怀向邙山。

廊庑外，大雪正簌簌落下，天地间一片清幽，掩没了远处太白群峰。雷海青肩上负着琵琶，站在门外静听，不敢进去相扰。自见到李素炫起，她总是穿得单薄，他嘱咐人在屋中燃起炭火，她也只靠近了烤烤指尖，马上又远离。他始终不解其中缘故，只是性子使然，不曾多问。李素炫年少遭变，命格残落，身心负痛，他心中悲悯，又怜她好强，又怜她逞强，情知师父卢菡是她一生心障，夙日耿耿，至死难消，只是除此外，也并未多想。今日听她《长相思》，始悟她心中不尽幽微。

雷海青接连长叹，阵阵难过，仍旧安静站着，直到李素炫将几首《长相思》唱过一遍，停了下来，弹起雷海青所授梨园法曲，雷海青才进了屋中。见自己席侧燃着炭火，知道一定是李素炫为他备下，她却仍旧远远在另一头，挨着寒冷。雷海青怔了片刻，轻叹，坐下，依旧未发一问。

一日课业结束，雷海青说道："我不日即将随驾前往骊山宫，这两月不能相见，素儿自行弹习。你既然格外喜欢用无伤弹唱，也可多用些心思。除夕前我必随圣驾一同回归，每到逢一，依旧在此处等你。"

"是，素儿记下了。"李素炫与雷海青行过礼，告辞，想到连着两月见不到，心中不舍。本要转身离开，脚步却一时绊住了，看了雷海青一眼，又低下头。

雷海青见了，暗自叹息，放下琵琶站起身来，送李素炫出了屋门，向外走去，直出了殿阁门口，又嘱咐她："素儿也要认真，也莫要太过迫切。

凡事急不得，慢慢来。”

“是。”李素炫抱手又行过一礼，没有再抬头看雷海青一眼，咬咬牙，转身快步离开。

## 96

李素炫常到宜春宫去寻陈蘅，得她教授马术，也听她指点，学习怎么照顾赤骏。修剪马掌是力气活，李素炫干不了，平日里都是玉真宫中役夫帮忙，到了宜春宫中，就由陈蘅代劳。这活儿通常都是男子做，可陈蘅不比男子差，几下子就利索做完了。

“马儿喜欢甜的，不喜欢酸的。眼下这天渐渐冷了，你每日与它些温水饮，粮食要给足。马儿眼神不好，你走过去时它不能马上认出你来，所以你最好先大声跟它打招呼。马儿耳力好，立刻就能听出来是主人，又通人性，虽不懂人语，却识得主人声音，听到了便会开心。”

陈蘅说了许多，李素炫认真记着，又格外听陈蘅教她怎么依马腿内侧附蝉来辨识马儿。

“每匹马腿上附蝉形状都不一样，不会变形，你记住自己马儿附蝉形状，不会将它跟别的马儿弄混。”陈蘅说道，想想，又笑了，“不过你这骏儿天下无双，本也不会与别的马混了。”

李素炫常带五色琵琶过来，陈蘅教她骑马，换她曲子来听，有时陈蘅也抱着琵琶拨弄一番，却只是几下就摇起了头。

“我若是强壮男子，练武到今日足能够徒手杀狼。你这几根琵琶弦比弓弦力道差得远了，我竟然按不住。”陈蘅嘀咕着。

李素炫笑道：“练武和弹琵琶都要有力气，却是两样力气，讴者也要有力气，又是一样，写字也要有力气，更不一样。都是力气，都不一样，都要单独练。”

她一边说着一边接过琵琶，轻巧弹起来，片刻后手腕一转，发力千钧，五弦结阵，出声厉戾，如金击铁，如戈伐钺。

“你这小女子，分明是气我。”陈蘅笑着说道。

李素炫随口答道：“我这琵琶上终究还是用得上力气，若是弹琴，弦声要有力气，手劲却不能躁，若按不住性子，心下不宁，稍微哪里不对，声音弱，弦却会断。我心里杂乱时，常将琴弦弹断，越断越乱，越乱越断，常常是断了几根弦才悟到，我这是又较上劲了。人不能跟琴较劲，人拧不过琴，要先管得住自己，压得住性子，待琴有礼，持礼顺应，方可把控，否则，琴是宁死也不听话。故此古来文人多弹琴，为的就是磨性子。我师父曾说，武不能示弱，文不能逞强，武人不能不敢进，文人不可不知退，就是这意思。”

陈蘅轻声说道：“素儿放心，我这辈子不示弱。”

“我也不逞强。”李素炫笑答。

开心许久后，李素炫回了家，记着陈蘅和玉真宫役夫所授，每日都花不少心思照料赤骏。赤骏独自在马屋里，难免憋闷些，见主人前来探望，分外高兴。李素炫与它说话时，它常低下头来不停嗅着她，还会将嘴巴凑过来轻轻舔她，像只小犬一般。

“我屋也没比你屋暖和，不然就诚挚相邀，请你到我屋里伴读了。”李素炫笑着对赤骏说道，不住拍着它颈项，十分亲昵。

腊月里，长安城中大雪不断，李素炫整日独自在家中，弹习、书写，将《因明入正理论》仔细誊过两遍，也仔细读了读，果然是一窍不通，连摘录也不知何处是要点，索性多抄录一卷自己留存，日后慢慢领会。

独处了几日，李素炫又去了左教坊见端木，商议之下，二人又骑马赴道政坊读诗。沿途雪越下越大，二人小心行路，看着日色阴晦，深深呼吸，周身冷冽纯澈，一派隆冬萧肃。秋雨凄凉，总叫人伤怀，古人留了多少悲秋之作。眼下万物绝杀，有了雪，眼中看着，倒觉得冬日可爱。一路有些风声嘶鸣，二人彼此听不清说话，干脆不说，只安心看雪景。

行过许久，到了道政坊，去了上次酒肆中。本以为今日雪大，酒肆中人应该少些、清静些，不想竟然撞了个满堂，亏是角落里还有张小桌案，够坐下她二人。

“如此大雪，怎么有这许多人？”李素炫问店家。

“正是雪大，众人才都出来踏雪观雪，冷了就要来饮酒，小店里所有小间也都已满客。眼下业已入腊，许多人都已歇工准备过年，也是不忙了，才有这情致。”店家殷勤答复。

端木与李素炫谢过店家，各自斟饮。人多，不方便到四壁前去读诗，二人只安静听人说些坊间琐碎事，也颇有趣。相邻桌案上有四五人，已饮得半酣，说话声音也大。

“去岁我家阿郎在圣人金钱会上拾得金钱两枚，不知今岁如何。”

端木与李素炫互相对望一眼，听口气说话的是某处朝官府上家人，却不知道所说“金钱会”是何意。刚巧那人旁边有一人也不知道，追着问了句：“金钱会？是什么？”

“每到过年，圣人携贵妃在承天门上陈乐设宴，款待臣属，向楼下大把抛撒金钱做赏赐，朝中官员凡中书门下五品以上、诸司三品以上，都可以去争抢，拾到了可是莫大荣耀。带回家，压箱、祈福、厌胜、卜筮，都极灵验，十分吉祥。”

端木与李素炫这才听明白，那人所说金钱便是宫中所谓真黄钱，与开元通宝一般形制，只是以纯金打造。二人在宫中见过，也知道承天门上热闹事，只是不知道在民间叫金钱会，也不知道这钱还是如此吉祥兆头。

端木小声说道：“记得你我二人出宫时，圣人赏赐里就有真黄钱，每人一对，在小锦囊里装着的。你那一对上次给我了，如今还在我那里。”

“我没仔细看，圣人赐了真黄钱？”

“我记得是有，赐物账上也有名录。”

“你回去看看，真有就留着，以后我们也拿来祈福厌胜。”李素炫笑道。

正低声说笑间，有人走了过来，行礼道：“在下陈廷正，见过二位先生。”

端木与李素炫立刻认出了他，端木笑道：“可巧，又遇到你了。”

“我时常与友人在此相聚，奏乐取乐，就在旁边小间里。”陈廷正答道，“方才我那里有人出来，隐约识得二位，回去说了，我才出来相见。”

端木与李素炫对视一眼，陈廷正又说道：“可否请二位到小间里与我等一同聚饮奏乐？”

李素炫立刻摇头：“我二人有事，要马上回去。”

端木知道她意思，点头称是，二人站起身来，付过酒钱，执意要出门上马回去，任凭陈廷正一再邀请也不同意。陈廷正犹豫片刻，又说道：

“在下想拜师父……”

李素炫仍是那句话：“我不授私徒。”

“为何？”陈廷正不甘心。

“无有那许多好耐心，做不得人家师父。”李素炫笑道。

“不做师父，随意与在下指教一二句，在下便感激不尽。”

“纵然随意指教，也无耐心。”

陈廷正无奈，又看了看端木，端木只微笑摇头。陈廷正只得行礼与二人告别。

二人出了酒肆，没有上马，牵马并肩走着，端木对李素炫说道：“我看他是当真喜欢，素儿为何老躲着他？与他指点一二也无妨。”

“大好少年，不认真读书，非要整日琢磨羯鼓琵琶，是何道理？”

“自然是喜欢了。”

“他不是真喜欢，他就是不想读书罢了。”

“你怎么知道？”

“我自然知道。”李素炫淡淡答道，“看他一眼就知道。”

端木自忖没有李素炫那么多心眼，想来她解释了自己也听不懂，便转而问道：“素儿若来日大成，也不授私徒？还是只独独不想理睬那陈廷正？”

“素儿一生不授私徒。”

“却是为何？”

“我怕麻烦。若是徒儿像你，还好办，若是遇上个似我这般的，又调皮，点子又多，又不上道，不是要气死？我遇到雷先生时已十五岁，沉稳许多，小时候却着实可恶，也不知道师父哪里来那许多好耐心，整日哄着我。”

端木大笑：“你也知道自己可恶。”

“自然知道。”李素炫正色道，“我小时所有事如今都一一记得清楚。那时候果然顽皮，也不是不想弹习，也不是厌倦读书写字，可就是要闹一番，非要师父来哄，有时就是想看看师父到底能哄我多久。到最后，师父还是有耐心哄我，我却闹得没耐心了，干脆收了性子弹琵琶去了。似我这等混账，十足是师父哄出来的，今生若不是遇上我师父，定是要废掉了。”

端木笑道：“你怎知道卢先生是能哄住你，不是能降住你？你这等顽劣性子，到最后不是什么都听了卢先生的？懂不懂也听，一副死心塌地。”

“你说得也是……只是，我当真是没我师父那等学识，更没他耐心，做不得人家先生。”

“做人家先生也不用非要像卢先生一般，那等人物天下也没几个，难不成天下人都不教徒儿了？”

“可是素儿看来，只有我师父和雷先生那般，才能与人做师父，才配得上他人以师礼事之。我学不来，就不做。”

端木摇头笑道：“素儿小时候顽皮，长大了却又任性。”

“我小时候不如你乖巧，眼下也不如你斯文。你我至交，却十分不同。”

“果然不同……你这副性子我学不来，却偏喜欢。”

二人说笑间走了段路程，身上渐渐冷了，时辰也有些晚了，便上了马。眼下入了腊月，天早早就落黑，又下着雪，纵然坊门不关，路也是难行。那陈廷正眼下还不走，想是要在酒肆中宿饮过夜了。

## 97

第二日清早，李素炫忍过五鼓吵闹，睡得足够才起身，推开窗子，见举世深白，羲和光扬耀目，朔风轻细如刺。周身冷了些，她连忙跑到马屋中，见赤骏安好，放下心来。想了想，胡乱吃些，穿了厚衣裳，牵赤骏出了门。

“赤骏在家里肯定憋闷，今日晴朗，带它出去一趟。不如去阿翁那里看看，买些什么相送，是个回谢。”

李素炫家到通义坊着实有些路程，她慢慢走，看看雪景，又买了些珍贵果蔬，打算拿去回谢阿翁。今日也果然无事，也果然应当带赤骏出来，也果然想过要认真回谢阿翁，只是李素炫心中也果然暗暗有些期待。阿翁家中萝菔和小鱼鲜美，烤饼酥脆，如此简陋吃食有如此味道，实在令她难忘。

到了院门口，叩门，阿翁果然在家，见到李素炫非常高兴。他贫寒鳏寡，本不敢期望这小女娃真的会再来探望，不想只隔了六七日，她竟然真来了。阿翁忙不迭开了门，将李素炫让进院子里，又立刻接过她手中马缰来。李素炫见阿翁殷勤到近乎讨好，心中有些难过。

入了屋中，奉上果蔬，李素炫口哑了片刻，不敢说自己嘴馋了，只小声说是来回谢。阿翁开怀得手足无措，片刻后才想起来，立刻让李素炫坐下，将屋中炭火拿到她身边，亲热说道："素儿肯定饿了，稍等，阿翁与你寻些吃食来。上次萝菔脯如何？回去后可尝过了？"

"果然鲜美非常，素儿平生从未尝过如此美味。"李素炫说着便觉得饿了。

"好、好，素儿等着。"

阿翁说着出了后门。李素炫忽然觉得不忍，阿翁厨间在后院一间破旧棚子里，眼下如此天寒，做事定然辛苦非常。约莫一刻钟，阿翁自外面进来，放了个承盘在案几上，两张酥脆烤饼，一盅热汤，一碟腌酱。

"素儿快趁热吃，屋子冷，凉得快。"阿翁说着，将木箸和调羹递给她。

李素炫也没客气，先尝了口汤，吃惊道："阿翁，这是什么汤？如此鲜美。"

"秋日河虾肥美，捕了来，蒸熟、晾干，存着。冬日里取些泡开，放几片萝菔脯，连豚骨熬的。"

"怎么熬这么快？这也就一刻钟多。"

"铺子里每日剔肉都剩下不少豚骨，人送我了些，早就熬好了汤头，装盅子里，封口，在雪地里冻着的。想吃了取一盅，烧开便好。杂俎酱是用肉丁、豆粒和干菌子做的，熟油炒过，入秋腌到现在，正是入味。素儿别说话，快趁热吃，吃饱了说话。"

"好。"李素炫果然也不说话了，本就饥饿，又正当美味，哪里还有闲心说话。

阿翁与上次一样，备好了餐食，自己却不吃。他将李素炫所带果蔬翻检了一番，拣出几个柑子来。

"这柑子可贵，打着蜡，从蜀地运来的。"阿翁说道，"素儿下次莫要如此靡费，今日既然买了来，阿翁与你做个小菜。"

李素炫好奇柑子能做什么小菜，一边吃一边看，见阿翁将柑子对切开，用力攥了汁液出来，盛在个浅盘中，靠近炉火放着，用个小调羹轻轻搅了几下，然后放下调羹，将半干柑子肉吃净，将柑子皮放在炭火边烤着，说是干制后可充作陈皮来用，又给李素炫切了两枚柑子放在桌案上。

李素炫不忍，阿翁吃那没了汁水的，倒给她切了两枚好的。阿翁见了立刻说道："这柑子金贵得紧，阿翁多少年也不敢买一个，今日已是开心了。"

他说着又使小调羹搅着柑子汁，用手在碟子边上试着，不时拿远些，又不时拿近些。过了一刻钟多，拿着浅盘起身出去了。片刻后，托了个小盏子回来，里面果然是小菜，晶细丝莹，如针尖般，码得齐整，泡在柑子汁里。

"素儿尝尝。"阿翁将盏子放在李素炫面前。

李素炫大起好奇，夹了几丝，见透明闪亮，极细，不知道怎么切出来的。放在口中，丝丝浸凉，柑子味道清爽甜蜜，又有些蔬菜味道。李素炫刚刚饱食一顿，将那两张烤饼、一盅热汤都吃了，又狠心忍着咸，连那一点儿杂俎酱也吃得些许不剩，恨不能连碟子都舔干净了。眼下这柑汁小菜实在是清凉爽口，只是吃到最后一丝，也没尝出来那一丝丝是何物。

"阿翁，这小菜实在美味，什么做的？"

阿翁笑道："汁子是你方才拿来的柑子榨的，挤出来，靠近火，搅着杀些水，浓些。那一丝丝的是秋菘。"

"秋菘？"李素炫吃惊，"尝不出来是秋菘……秋菘寻常，谁还没吃过不成，哪里是这味道的？"

"可不就是秋菘。外面几层老帮子不要，最里面的没肉，也不要，单取中间那几片叶。用刀将里外两层薄皮片了，只留中间透明一层肉，其中无纤丝，也无特殊味道，只取个清凉。细细切成丝，泡在柑子汁里，撒些细盐就行。今日是急了些，若是那柑子汁多搅些时候，更浓，更甜。"

李素炫呆了半晌。柑子金贵，两个足够买一筐秋菘，阿翁竟然榨了汁液来，只配那一束秋菘细丝。皇宫御厨什么山珍海味都做得出来，也没听说过谁能拿秋菘来做得出如此美味，尤其是丝丝晶莹，细过发丝，不知阿翁怎么切得出来。

"阿翁这丝如何切的？这么细，看都看不清。"

"是看不清，摸着切，若是看得清楚，还倒不会了。"阿翁说道，见李素炫发呆，又笑笑，"阿翁愚笨，这辈子就这点儿手艺，别的什么也不会。"

李素炫心中感触。富家自有富家快乐，文士多清寒，也有诗书情致。

阿翁身贫，又不识书乐，却有这厨间本事，不仗富贵，不消斯文，一副灶头欢乐千金也买不来，一生寒微，也硬是能寻出趣味来。李素炫大起敬意，抱手对阿翁行了一礼。

“素儿佩服阿翁。”

阿翁连连摆手，说道：“小菜而已，也不难，有什么佩服的。素儿一定是自小读书的，阿翁连自己名字也不认得，见识也少，也没本事做什么席面，只这几个小菜款待，素儿莫要嫌弃。”

“难易要看怎么说了。这小菜果然不难，可是除了阿翁，天下人谁也做不出来。我事琵琶，固不易弹，天下高手却多的是。”

阿翁欢喜，他在厨间劳作一世，何尝有人真心夸赞过他一句。他笑得一脸皱纹，亲昵说道：“近日天寒，素儿若无事就过来，阿翁与你做些生汆来尝尝，素儿喜欢什么，也与阿翁说。冬日里酿酒不易，阿翁闲了许多，天热便要日日忙碌，没这许多工夫了。”

“好，一定尝尝生汆。”李素炫很高兴。生汆不是没吃过，但阿翁做出来定然不一般。

“只是那生汆做好了放着可不行，要吃鲜的。素儿若想尝，提前与阿翁约好日子。阿翁早起就去置了食材，一上午准备停当，素儿午间过来，刚好。”

李素炫沉吟了片刻，固然嘴馋，只是见阿翁劳作辛苦，实在是不忍一再觍颜。阿翁却十分渴望，他终日寂寞，这秀丽女儿待他礼貌，招人喜爱，又肯相顾，阿翁心中眷恋。他看得出来，李素炫虽不戴钗环，衣着素简，却定然不是穷人家女儿。她不嫌他个孤老汉家中陋室低矮、四处尘烟，也不嫌饭食简陋、食材寻常，每次吃得额头流汗，恁般夸赞阿翁好手艺，阿翁怎能不得意开怀。

李素炫迟疑许久，见阿翁如此殷切，只得点了点头。

阿翁立时欢喜起来，连忙问道：“素儿可有什么忌口的？”

李素炫笑道：“我本不忌讳什么，只是我如今为女冠，按戒律不食牛、犬、雁，道门中人又尤其不食牛肉。也要守斋戒，不与阿翁约在斋日便是了。”

两人约了三日之后，李素炫起身告辞，阿翁满心欢喜送她出了门。

连着几日大雪。李素炫独自在家，用心宁耐，逢一不需要去内教坊了，雷海青此刻在骊山宫中。李素炫心中失落，十分思念雷海青。她自幼攻习琵琶，不消什么问题，师父总能指教，之后有雷先生，每遇到问题，先生一定能想出法子来，她只要依指教多练，一定能解决，故此她向来一副不惧，什么都敢试试。眼下若有问题就只能自己想法子了，想不出法子就得等上几个月。李素炫叹息，也笑。

“人道我是天下第一琵琶伎，以为我听了会欢喜，真不知道天下第一有什么好的。第三的可以靠着第二的，第二的可以靠着第一的，第一的就得自己扛着，没的靠，累也要累死。我有麻烦，便去问雷先生，他总有法子；他有麻烦，我可没法子。雷先生挨过了千般熬炼，方为天下第一，我今生靠着先生，省一大半力气，就能当第二，省八分力气，就够第三。要什么天下第一，轻省些怎么不好了。”

她心中有恃无恐，手上便轻快起来。看看外面，天地不拘，一派率性恣意，狂风乱卷，堕雪纷扬，侵吞世间万物，遍染寂寞深城。院中树木寒瘦，落落而立，周身风雪旋绞嘶吼，苦苦盘问。坠雪冷锐，倒也飒利痛快。她怀抱无伤，看着大雪，一时弹得兴起，唱了起来，唱得有些累了，又趁着天光还亮，身上也暖和，细细研了松烟墨，静下心来写经。

“十年琵琶十年书，就为今日能伴这一场雪，不枉。”

李素炫对着窗外，看天地风雪，纵手中弦笔，甚是开怀。开心过了三日，到了约定之日，巳时出发，买了蔬果米粮去了阿翁家。今日阿翁知道李素炫要来，早早在屋里生起了炭火。李素炫进屋坐下，阿翁立刻拿木碗装了热枣糊来，绛红里带着棕褐颜色，起着沫子，上头撒了些胡麻、碎核桃。阿翁使个小调羹盛出些蜜来放进去，搅了几下，将调羹递给李素炫。

“素儿快尝尝，刚磨的，小心烫。”他亲热说道。

李素炫尝了尝，大呼香甜，不停吹着，忍着烫，很快吃到了底，又将碗底枣糊细细刮得干净，连调羹上最后那一点儿也没放过。之后放下调羹，舔舔嘴唇，意犹未尽，可怜巴巴看着阿翁，想要问还有没有了。

阿翁笑得满脸皱纹：“瓜娃。枣糊甜的，多吃就饱了，一会儿吃不下生汆了。”

李素炫嬉笑道：“阿翁放心，素儿吃得下。”

炭炉里火正旺盛，釜中水滚，阿翁要开始氽丸子了。李素炫见他盛了些葱末放在肉糜上搅匀，用调羹一镟，就出来个丸子，丢在水中，几个丸子下水后，又盛些葱末与肉糜搅匀，又镟出丸子来。

“阿翁，这葱末放进肉糜里，全搅好了，不是省事些？”李素炫问道。

“不行，葱末用时现拌进去才行，早早放进去，就有怪味道了。”

“此事素儿不知。做这生氽还有没有什么其他窍道？素儿回去也想试试。”

“好，阿翁教给你。豚肉要新鲜，贴着骨头处剔下来的最香，放些肥的，用刀背砸成蓉，加些盐，用力拌打，还要搅，不要来回搅，顺着搅，搅好后放姜糜、细盐和一点酒调味。葱取中间半青半白处，切碎，一点点搅到肉糜里，镟成丸子，下汤锅，漂起来就熟了。也有人将肉糜攥在手里，用拇指食指挤出来，调羹一盛，也是丸子。这是最简单的，素儿试试，还可以在肉糜里加些碎菌子，或者喜欢什么就加什么，味道好不好，多试就知道了。萝菔涩苦，没手艺就腌不好，丸子是肉做的，怎么也不会难吃。”

阿翁说了这许多，李素炫吓得不敢想了，兀自摇头：“算了算了，我看我学不会。”

阿翁笑起来：“素儿乃贵人家女儿，不会做这些事，其实这已是不难的了。”

李素炫怔了片刻，不知道自己怎么成了贵人家女儿，又一想，心下生惭。

“寻常人家女儿到我这般大，哪有厨间事一件不会的。从前不知道宫中民间差多少，如今才知道了。宫中莫要说帝王享受，就是阿猫阿狗都能吃到的，民间却是见也见不到。我在宫中不过女乐，也将那金银琉璃看惯了，不觉得稀罕。哪里知道出了宫廷，民生迥异。”

李素炫胡思乱想一番，晓得自己也有矫情处，不缺衣食，有个房子遮风挡雨，已是人生大福分，自己从前却不知道。

“我日后一定要活得开心。天下多少人忍饥挨饿，师父授我本事，令我轻易不愁生计，一曲琵琶足抵寻常人几辈子辛劳。我若还是不开心，不是辜负师父了？”

阿翁将生氽盛了端过来，碗中冒着热气，丸子挤挤挨挨，汤头浓郁，还有些木耳、针菜，撒着葱末，闻着也香，看着也好看。

李素炫恭敬行礼，相谢面前劳作之人。此生有幸，今日始深悟。

阿翁笑上了："这怎么还要行礼，快吃。这汤里只有些葱末，若是夏日里，还要放些芫荽。"

李素炫用调羹盛了丸子放在口中，轻轻咀嚼，但觉鲜美无比，又混着些葱末，有些辛辣味道，齿颊间馝馞生香，说不尽神魂舒展。

"我看我也不用修道了，升仙想来也不过如此。"李素炫想着。

正高兴间，腿边有什么动了一下。李素炫低头看看，是个深色毛球，又看一眼，毛球展开来，露出一对黄绿色眼珠，微光莹莹，迷离闪烁。李素炫一愣，突然记起来，她见过这般小家伙，蹲在树桩子上，来回甩着尾巴，倥着一张小毛脸，一副不在乎。那时她自己也不过树桩子高，牵着师父的手，没怕它。

"阿翁。"李素炫兴奋喊道，"这有一只小狸奴。"

阿翁笑道："邻家狸奴生的，你来躲雨后几日才离乳，刚抱回来没多久，也不知道能不能养活。这几日它一直躲在衣裳堆里头，不出来见人。今日想是身子养好了，又闻到肉香了。"

"那能不能给它一颗丸子吃？"

"它太小，丸子油水大，给它小半颗就行。"

李素炫将丸子咬了小半颗下来，放在掌心里，让小狸奴自己来吃。小狸奴果然太小了，吃也不会，用爪子来回挠，嘴巴咬着，一副着急，却啃不下来。李素炫想帮忙将丸子弄碎，阿翁说道："莫要管它，让它自己吃。早晚都要自己吃的。"

李素炫将丸子放手给了小狸奴，回头趁碗里未凉，将丸子带汤吃得干净，放下调羹，觉得吃得头也晕了。阿翁欢喜，给了她盏温水，将碗筷收走，转身又回来跟她闲聊。

"阿翁有件事求素儿帮忙。"阿翁小心说道。

"阿翁怎么还跟素儿客气上了？有事说便是。"李素炫答道，撑着下巴，还是有些晕乎乎的。

"小狸奴不能白从人家抱来，白抱来的养不住，得给聘礼，阿翁给了一点儿糖和盐，还给了一小口袋胡麻。还得给写聘书，写上给小狸奴起了什么名儿，阿翁保证每日都给它吃饱，两天一顿精肉，立字为据，许下了便要请神明督查。还想给它抄卷经，求佛祖保佑它平安长大。素儿写字好看，阿翁想请你给写。”

“阿翁都没见过素儿写字，怎么知道素儿写得好看？”李素炫笑问道。

“阿翁不识字，也不用见，素儿肯定写得好看。”

李素炫开心道：“那素儿跟人打听下怎么个措辞，打听明白了马上就写。想不到阿翁这么喜欢小狸奴。”

“阿翁总是一个人在家干活，也想身边有个小伙伴。而且阿翁酿酒，家里总有不少粮食，有小狸奴在，老鼠不敢来，这屋可是啸铁将军把门。”

两人亲昵聊着，小狸奴仍在与半颗丸子作战，李素炫看着，心中暖和，伸手摸着它绒毛。阿翁家中物什简单，矮榻、案几以及几口箱子，不过如此。梁木低矮，四壁黄泥熏干，槅窗半开，外面一片盈白，屋中昏暗，烛火微摇，四处有些柴木香气、烟火痕迹。此处简陋，李素炫却着实喜欢。

“以前师父总怕我吃不好、穿不暖，师父走后都是我自己对付，日后又有人疼我衣食了。人间纵有万般不好，吃到美味就什么都好了。再来时，我帮阿翁做活，逗小狸奴玩儿，给它吃好的。莫要整日琴棋书画，一副酸相，也过些柴门日子，做几日农家女儿。”

# 第六章　碧弦泠

天宝六载（747年）十二月—天宝七载（748年）三月

# 98

除夕前，李素炫置办了许多年货，一一送到鹿先生、阿翁和郑三娘那里，也给左教坊中几位嬷嬷和女乐们带了礼物。热闹相谈后，拉着端木到一边，将阿翁所赠萝菔脯给了端木两颗，将萝菔脯神奇之处讲了一遍，最后说道：“上午去阿翁那里饱饱吃了顿，临走时阿翁又给我的，不剩几颗了。看着不起眼，却是人间至上美味，一定要认真品尝。”

端木听闻这萝菔脯放了五年，也吓得不敢接，李素炫直接将纸包塞给她，给她详细讲过如何切、如何堆、如何以酒激醒。端木只得拿好，笑道：“素儿自小吃食上不上心，就没见你馋过什么。宫中两年见过多少，那许多山珍海味出了内廷一辈子也见不到，也没见你这样当回事的。”

李素炫不屑道：“你可知宫中宴飨花费多少？四月里樱笋厨，就圣人带着贵妃与几十位殿臣，一顿饭要花去几户中平人家通家资财。银子使到了，好吃是应该的，有什么了不起。山珍海味、九蒸九炼，纵美味也不稀罕，就这便宜食材做出顶尖味道来，才是本事，才值得当回事。”

端木笑道：“你果然就是这性子，不拘什么人，只拣有本事的爱重。”

几句笑谈后，端木要李素炫留在左教坊中一起过节，李素炫笑笑回绝了。端木轻叹，知道强留无益，想是素儿心中郁郁有愁结，寥落伤感，不想眼见他人欢聚，其实李素炫倒没想这么多。她辞别了端木，又将同辈一一拜访后，回了家，换件粗衣，束紧头发，将家中里外一番洒扫。炭火旁放着水盏，投些干花蕊进去，身上冷了便饮几口。双脚累了，就坐下歇息，将手擦干，调动几根僵硬手指，在瑶琴上轻轻碰几下，弦声振振，沉音古朴，混着屋中一片光尘。窗子开了半扇，垂着帘子，顺着向外能看到大雪弥漫，凌乱纷飞，其华莹白，如昆冈碎玉漫卷而来。

收拾好了屋子，李素炫去看她赤骏。赤骏见了主人，不住摇头摆尾，甩着耳朵，喷着响鼻，十分亲热。李素炫笑道：“过年无人陪你，莫要生怨，我也没人陪。”说着抱着赤骏颈项，拍拍它后背，简单整理过马衣，又说道：“我给自己备了不少各色吃食，你吃来吃去却只有草料和粮食。我将这长安城寻了个遍，拣最好草料与你买了来，却也还是草料，粮食也是寻常粮食。若是你也晓得山珍海味可口，我定舍上半年挑费，凭你要什么也给你寻了来，让你也好好过个年。”

安顿好赤骏，回了屋中。出了宜春宫，有了自由身，李素炫想独自一人安稳过个年，也不用什么特殊仪轨，只想写字读书，弹她无伤，也将师父旧琵琶抱着轻抚。歇息时她将师父金鱼取出把玩，将两段对在一起，看着那上头师父名字，歇够了又去写字，如此平静守着，过了子夜。

“我也无人团聚，所幸有师父旧宅容身，有许多师父昔日笔记、手稿，翻看一番，就当是师父陪我过年了。”

静静过了一夜，歇息了一上午，到初一巳正时分醒来，耳边听得爆竹零星。开窗看看外面，深雪茫茫，李素炫立刻想起雷海青来，两月未见，着实挂念，不知雷海青今日会不会在内教坊处等待。她不敢违了逢一之约，早早出发去往大明宫。入内教坊后院，绕过梨树，果然听到屋中传来琵琶弦声，柔淡一曲，并无悍烈，那般细微清晰，世上只有雷海青弹得出来。

李素炫站在门口静听，感叹万端。离别两月，她一直在研习手弹之法，并将诸多乐器曲调移到琵琶上，修变新声。每遇到些问题，一时棘手，总是想着雷先生回来就好了，心下有恃无恐，深知今生雷先生是她尘世仰仗。若不是有这内家琵琶第一高手做身后靠山，饶是她自幼莽撞胆大，也没那无穷胆量，敢琢磨这许多繁复花样出来。

停了片刻，进了屋子，见雷海青正安然弹奏，李素炫心中一时暖和，也感触。小步趋前，放下肩头琵琶，深深行礼道：“素儿见过先生。”

雷海青看着李素炫，微微笑着，点头致意。

雷海青温良方正，从来笑容和蔼。分别两月，复又相见，李素炫一时怔住，眼中微微泛起泪光，心中莫名有些委屈。雷海青见她一时无语，停了手中琵琶，轻声说道：“素儿坐下。我手弹了两月有余，如今有些感悟，与你说说。”

李素炫连忙坐下，解出无伤抱好。雷海青没有说一句闲话，只讲琵琶。李素炫认真聆听，恍惚觉得这两月来宁心安忍，今日终于一切回归复旧。

酉正时分，李素炫告辞离开，心中轻快。到了家，翻翻旧稿，做些誊写，早早歇下，如此就过了初一了。痴心候了两月，今日又见到雷海青，颇得了些指教，她心中安稳许多，也不计较独自寥落了。

翌日早起，李素炫先是去左教坊拜见过郑三娘，又看望了阿翁，更要去拜见鹿先生。老先生见了她十分开怀，立刻拉着她对饮，饮到半酣，李素炫告辞。先生送她出门时，从院子里一堆雪中拿起了一大束梅花。

“这是有人清早在郊外折下来的，记得你师父说过你喜欢梅花。回去了插在瓶中，放在临窗凉爽处，足可看上几日。”

李素炫惊喜万分，眼见怀中腊梅干枝虬曲，锋锐如箭，红花繁密紧簇，无数娇艳附身枯槁，抗雪凌霜，令人心生敬意。

她谢过鹿先生，带着腊梅飞快回家，寻个空瓶子洗净，放些水进去。又记起师父从前教授，在水中放了一点盐，以图消杀腐溃，又放了一点蜜糖，权作给养。她不想过于修剪纠正，只将腊梅枝条握在手中随意摆弄几下，穿插出些高矮疏密来，简单插到瓶子里，放到窗口临风处。长安城中花卉繁盛，富贵人家无不用心，不惜重金买名花种于庭院，以备春时之斗，花园四时着意打理，有专人照料。李素炫懒得用心，只喜欢将长短几枝随便插个空瓶子里，淡雅或粗率，只在有意无意间。

从前每到隆冬，师父都会给李素炫带一大枝白梅来。出宜春宫后她才知道，长安城里并无白梅，只有腊梅，不知师父当年那些白梅何处得来。眼下这腊梅她也喜欢，每日里忙过了，坐下来，趁着窗外白雪，看那梅花傲挺。白梅疏远，身轻骨巧，不仗俗艳浓烈；红梅骄恣，胆大不惧，生得任性蛮横。梅是君子，身侧尽是风霜，凌寒而放，只为躲避人间热闹，独占清幽。梅也殷切，春夏秋各有繁花装点，它不去添这个热闹，冬日落寞，它却肯孤身前往，略解世间枯槁。

连着几日大雪，光明遍洗，纯澈如水，不染一粒尘埃。梅花映雪，各自明耀，各自不语。静静谛听，唯有四壁哑寂，天地清绝，万籁虚声，举世如同无物。李素炫临窗而立，朔风扑面而来，她双目清泠，心下无边空静。

她独自在家中安稳了多日，布衣简餐，每日洒扫，照顾赤骏，忙完了便安心落座，将师父旧作拣选许多出来，依所注曲牌宫商弹唱过，也将些未竟诗词续全。也弹瑶琴，也弄箫管，也握锥笔，看着窗外白雪，嗅到身旁红梅染香，强撑着心头，绷着一口气，调服出一片安宁平静来。

“这一世，我终究都是要独自一人的。师父曾说君子慎独，又说君子乐独，慎独固不易，乐独更难得。人要内省，觉知当下，方能慎独，恪守德行，不愧于世。又要心中丰沛，情致无穷，方能乐独，逍遥开怀，不愧于己。自今日起，我便要修这乐独。”

## 99

宁心修炼过十余日，李素炫去了左教坊寻端木。见过郑三娘、几位嬷嬷与众女乐后，两人要再去道政坊酒肆中读诗词。上了马，缓缓前行，又不停说笑，几句话后，端木正色道：“素儿，有件事我需要告知于你。”

“何事？还如此认真？”

“那个少年人，叫陈廷正的，可还记得他？”

“记得，官宦世家出身，不好好读书，非要习乐，求入太常。我心里都叫他小太常。”李素炫笑道。

“我前日出门回来时，见他在门口等着我。”

“想是依旧磨着要拜你做师父……我猜你定是不忍，允了他了。”

端木笑道：“你怎么知道？”

“你说话如此认真，想来有缘故，我猜就是如此。你从来心软，狠不下来，若没有我在，怕是架不住别人恳求。”

端木又笑又摇头：“你这人，只要有了主张，便是软硬不吃。我果然是没有你这等狠心，你也果然聪明，猜对了。”

“你允了那小太常，是你的事，为何如此认真与我说？”

“怕你嫌弃我软弱。”

“早就知道你软弱，不嫌弃。”李素炫笑道。

“也是……罢了。他磨了我几次，说是为了修习乐艺，与父母闹得天翻地覆，父母强压，他便强顶，也不易。我也就是答应教他几句，是他自己非要叫我师父……还有一事，要相求于你。”

“求我？你与我也要说个‘求’字，想是大事了。”李素炫上下打量端木，良久笑道，“你与我说那小太常，怕只是个铺垫，肯定是有大事。说便是了，怎的与我也这等不爽利……莫不是与李逊有关？”

“上元节灯会，李逊约我一同观灯……”端木说着，脸上红了起来，只说了半句，低头不语。

“放心，我去寻郑先生，豁出命打一夜羯鼓。”李素炫笑着说道，“若是旁人，你害羞便害羞，跟我说起李逊来，就不用了。”

“素儿说的对，你什么都知道，我与你说起他，也果然不用害羞……不过，也不是要你去寻我师父，死撑着打羯鼓。我与李逊……我已经告诉师父了，师父没说什么，你以后不用再强撑了。其实你以前也不用强撑，师父说她早就知道。”

李素炫又气又恼又好笑，等了片刻，端木鼓起勇气说道：“上元灯节，你可否与我们同去……”

端木还没说完，李素炫便嚷起来了：“我可不去，我才不去。我去做什么？”

“素儿听我说。”端木有些急了。

“好，你说。”李素炫稳了稳。

“李逊有个亲妹，名李樱，今年只十岁，李逊异常疼爱她。上元夜，她非要随李逊一同出来……故此李逊请我央你一起去观灯。”

“为何？”

“因你有乐名，有诗名，李逊父母时常以你为榜样，教导樱儿认真读书，莫要以女身自弃。她对你十分敬慕，听李逊说认识你，便磨着要见你。上元夜李逊带她出府游玩，有家甲跟随保护，但她肯定缠着李逊，若是你去，就是缠着你了。”

“好，我知道了。因你要与那李逊说私房话，所以我从前要死撑着哄老的，这回要死撑着哄小的。”

“素儿……”端木小声说着，忍不住又脸红了。

李素炫点头：“也好，我就帮你们哄娃。日后你可是要让那李逊认真谢我。”

端木笑道："李逊说了，你若允了，日后定当重谢。"

"如此……我随你们去。"李素炫无奈道，"我哪里是能哄人的……为了你什么人都哄了。"

"素儿待我好，我记一辈子。"

李素炫摇头，又好笑："世上也就你这么大情分。"

二人说笑间到了道政坊，进了酒肆。之前来过几次，店家已记得她二人，格外招呼得周到。二人落座，要了酒，请店家搭配些小菜。店家忙不迭将炭火移过来，让二人暖暖身子，转头打酒去了。

"这阵子人少，刚好读诗。"

说了几句话，李素炫起身面壁研读去了。端木不像李素炫那般瘾大又性急，她总在位子上安静等着，店家将酒菜拿过来，她认真谢过后，招呼李素炫回来先饮上几盏，待身上暖和起来才一同去读诗。两人每读到一首上佳诗词，都要将另一人唤到身旁一同细读，又小声商讨。

"看这首如何？只是这人怎么没写上牌子？"李素炫对端木说道，却没有听到端木回答，回头一看，原来身旁之人不是端木，仔细一看，是那小太常陈廷正。再向远处看看，原来她与端木各自踱步读着诗，渐渐离得远了。

小太常此时十分紧张，端着礼数，小心看着李素炫，也不敢开口，又不肯走开。

"你不用如此紧张，又不吃你。"李素炫笑着说，回到桌案旁。小太常几步跟过来，见李素炫坐下，他又行了一礼，张了张口，仍是不敢说话。

"怎么每次来都遇到你？为何不在家里好好读书？"李素炫问道。

如此一问，小太常更不敢答话了。端木走过来，招呼小太常坐下，李素炫见他迟疑，笑道："你师父都说让你坐下了，你还看我做什么？"

小太常这才小心坐下，仍是端着礼貌，看看端木，似乎是受了些鼓励，狠了狠心，开口说道："在下如今有端木先生指教羯鼓，可否请李先生指教琵琶？"

"说了我做不得人家先生。"李素炫笑道，"你这少年郎，这一点儿事磨了我好几次了，如此好耐心如何不肯拿去读书？"

"我如今唤端木先生作师父，便是李先生师侄，如何不能教教我？"

小太常答道，这回倒是胆大了。

李素炫一时噎住，答不上话，看了看端木。端木笑道："莫要看我，这话不是我教他说的。"

"你倒聪明，会拿人，将端木祭出来吓唬我。我可不吃这套。"李素炫咕哝着，看着小太常，见他依旧端着两手，目光恳切。李素炫又想咬咬牙骂几句将他赶得远些，又觉得终究是个求学的，不忍伤了他。两人对视很久，李素炫渐渐顶不住，叹了口气，缓缓点头："也好，我就教你一些。"

小太常刚要高兴，李素炫立刻又说道："不过，有些事你得允我。"

"师父请讲。"

"第一，不许叫我师父。我不是你师父，也不是你师叔，你也不是我师侄，我才不要你。"李素炫拧着眉毛说道。

"是、是，在下遵命。"

"第二，回家背书去，权作束脩。每背下千字，过来我考你，果然烂熟，我教你半个时辰琵琶。"

小太常顿时傻住，呆了片刻，双手持礼道："在下不会背书……可否与李先生论价？半千可否？"

"不得论价。"李素炫端着酒盏，懒洋洋答道。

小太常十分苦恼："李先生，在下着实不是读书料子，怎么也记不住。师父说李先生过目不忘，想是不懂得笨人苦恼，在下背书背到耳朵眼生烟，也记不住。"

"那是你不曾认真。"

"在下果然认真了。"

"你若果然认真了，我就不信你记不住。"

"李先生是聪明人，但认真，便能成事，果然不懂得笨人苦恼。有些人真是认真了也不行。"

端木在一边憋着笑，听他两个斗嘴。李素炫懒得再多说，斜睨着问道："你背不背？"

小太常无奈，只得应允道："在下试试，若还背不下来……便想个别的法子来磨先生。"

"你若果然背不下来，我教你个简便法子。我能过目不忘，就因为有这法子。"李素炫说道。

“什么法子？”小太常顿时来了精神，赶紧凑过来。

李素炫也微微探身凑近了，压低声音，阴森一笑，说道：“将书吃了。”

小太常一怔，李素炫又是几声坏笑，悄言补了一句：“记得加盐。”

小太常聪明，立刻站直了身子，正色问道：“生吃熟吃？”

李素炫答道：“生熟两宜，任君口味。”

小太常双手一抱：“在下听教，这就回家用功去。”说罢对李素炫和端木各行一礼，转身欢喜离开。

端木伏在案子上，笑得快要换不过气。李素炫斟着酒，镇定说道：“哪有那么好笑？起来认真饮酒。”

“你这是为何？千字换半个时辰？”端木笑够了，擦擦眼泪，端起酒盏问道。

“你那李逊无意功名是因为真心逍遥，这小子根本不是有什么出世之心，就是不想读书，拿琵琶羯鼓出来，声称喜欢，不过是与父母作对。”

“所以你用这法子逼他读书？”

“对。他若真喜欢琵琶，为了琵琶，便能忍了性子背书。待苦苦背过书了，定然也会认真弹习琵琶，才肯来找我，不然书就白背了。如此，读书和琵琶都磨出来了。我用这法子还能赚他练字，你信不信？”

端木忍着笑，饮着酒，小心不要被呛到，又问：“又或者他干脆全扔了，也不读书，也不弹习？”

李素炫稳稳笑道：“这小子伶牙俐齿，是个读书料子，眼下不过是与父母打别，不肯用心，哄一哄也就上道了。他若用心，书定然读得好。人若能将书读好，什么都能学得好。况且他与人交道十分有分寸，又有礼貌，又有耐心，又敢说话，又不吃亏，来日若是出仕，当有作为。”

端木吃惊道：“素儿怎么看得出这许多来？”

“我可看不出来，但记得以前师父说过，为政第一要务，便是与人交道，能弯下腰、拉下脸，却不折了节，其中分寸很不容易把握。此事我师父一生都心中耿耿，他那人，死也弯不下腰。”

“卢先生君子，自然如此。”

“不是。”李素炫摇头，“外人不了解我师父，只我知道他。师父一生不喜欢自己性子，他说，读书人理当心有庙堂、护佑黎民，心中定要有所主张。若是将这主张看得重，自然能为之弯腰，他不能弯腰，无非是将己身看得更重。师父一生从不自认君子。”

“这我却没想到，以前以为卢先生无意仕途，不慕富贵，乃是心中清高，旁人也都这样说的。”

“师父果然清高，却不是有意避世。有些人想做官只因志向，有些人志向就是做官。后一种不过名利之徒，我师父是前一种。一介匹夫，若手中无有权柄，纵然心有天下，又能如何，不过拿来发发牢骚，凑几首诗词罢了。只是我师父那性子，真是入不得官场。他自己心里清楚，只得避开，所幸一生有书乐做伴，也十分快乐。”

“后来又有你做伴了。”端木笑道，“你着实让卢先生操心。整日里格外神大，又格外顽劣，经常问些怪问题，将卢先生弄得满头汗。卢先生却又认真，答不上来，便去请教他人，又翻书，又写笔记，拿来给你看。我师父每每直摇头，说卢先生太过纵容你。”

“我哪里问过怪问题了？”李素炫嚷道。

“我记得有次卢先生教你读《晋书》，你问卢先生，萤囊读书是真的还是假的？萤虫只那一点儿光亮，怎能就着读书。卢先生答不上来，竟然真的去问了许多人，还去野地里看了萤虫，最后说，果然不能就着萤囊读书。又说《晋书》是太宗朝二十一朝臣编纂，离晋代车胤萤囊已两百余年，大约是讹传。你却心思坏，一口咬定不是讹传，肯定是古人编出来为了赚人读书的，还说古人也靠不住，也惯会说谎，不能都信。卢先生辩不过你，十分无奈，只得认了你这馊见识。你还要卢先生保证，一辈子不许骗你，卢先生抵不得你磨，只得认真应允。当时我与师父就在旁边屋里，天热开着门窗，听得特别清楚。我师父说，卢先生太过娇惯你，若是我不认真听授，如此取闹，尤事问这怪问题刁难师父，还敢说古人是骗子，还敢要师父赌咒发誓做保证，定是要狠狠挨顿管教。”

“……我果然如此问过师父，只是，这哪里是怪问题了？”李素炫不服气道。

“我也不知道哪里怪，只是，别人果然不会问这种问题，也不敢说古人是骗子，就你愣。我师父说，也就是卢先生能哄着你。我倒觉得，卢先生也是哄你，也是拿你，所以你现在知道怎么对付陈廷正。”

李素炫笑道：“端木不动声色，却果然慧眼，多年旁观，看得如此清楚。一众旁人就看不出来，只道是我师父过于溺爱娇惯于我，怕我将来定是要无法无天。陈廷正那小子很聪明，若是找准穴位，也就是点一下、推一把，便能上正途，何苦非要压服他，搞得鸡飞狗跳。世上有些人生性不吃硬，就是压不服。有人偏不信邪，总觉得不过是压得不够，一再较劲施压。我在师父身边长大，我相信世上有些人真的不吃硬，最不吃硬的人，多半最吃软。”

端木感叹道：“卢先生便是如此，你像了他，也是如此。我小时候总听师父说，卢先生早晚将你娇惯出毛病来。现在想想，你这性子，还真惯不出毛病来，若是管得多了，保不齐管出毛病来。”

“我师父哪里娇惯我了？”李素炫不服气。

“你自己洗过几次笔砚？自己裁过几次纸？写完字扔下笔就跑出去玩儿，一副没心没肺，丢一案狼藉，都是卢先生给你收拾好。卢先生不在你都自己动手，明明什么都会，他在你就要赖，连琵琶弦都要卢先生给你调好，墨都要他在一边给你研好，笔里有根贼毫虚颖也要他给你修掉。卢先生也真是好耐性，竟然一边给你忙着还一边哄你。你这丫头自幼促混，吃准了卢先生拿你当宝贝，没少欺负他。”

“我就喜欢耍赖，喜欢师父惯着我。”李素炫说得得意。

端木无奈笑道：“你这碎女子，这辈子也就是碰上卢先生了。”

两人说笑许久，倒将正事忘了，将壶中残酒饮尽，又站起来去四壁前读诗，李素炫抱着无伤小声弹唱，计算核对曲牌、宫商、板眼，有些诗词入乐后倒字倒韵，便改动一两字，修整诗词格律，或将曲牌音调略修改，使词乐相配。击羯鼓动静太大，端木以指节或箸头叩打桌面，追着李素炫手中琵琶，不消什么曲牌，只要李素炫起个头，她立刻跟上。两人各自精熟，又相配无碍，身手洒脱，一派酣畅开怀，店家在一旁听得惊呆，连后方厨间里都有人跑出来专门听着。

许久后，看看宿饮之人将要大批到来，两人付了酒钱打算离开。店家殷勤相送，钦佩说道：“二位果然出色，在下从没见过这等好手，能玩儿得如此开心。”

两人笑笑，谢过店家，行礼告辞。她二人固然多年弦鼓精熟，随意间便能玩儿得开心，如此认真却也是为了职事。词乐乃长安城中一时风行，上至天子下至庶民，莫不雅好，就是寻常女乐，平日里也要将各色曲调、曲辞备上几百首，乃至近千首。二人如今已是长安城中顶尖乐人，若不格外严谨，怎对得起这好大名头。她们自己平日也写许多，却是远远不够，也自觉佳句无几，自然要来此处寻找。

二人骑马去了旁边东市，李素炫买了酒，端木陪她将酒送到鹿先生家里，又一同回了延政坊。在左教坊门口处道别时，端木再次嘱咐李素炫，上元日一定要一同去观灯。

“放心，后日里酉初时分，我准时在这里与你们会合。既然答应帮你们哄娃了，决不食言。”

## 100

隔了一日，酉初时分，李素炫果然在左教坊门口见到了李逊与端木，旁边跟随着大批家甲扈从。李素炫认得李逊，见礼后，李逊转身领了个小女童到李素炫面前。

“这位便是李先生，樱儿仰慕已久，快过来见礼。”李逊对小女童说道，转头又对李素炫说：“这便是舍妹李樱。”

小女童抱手恭敬行了一礼，开口说道：“樱儿见过李先生。”

小女儿童声稚嫩清越，一身衣物贵重，却不张扬，身姿稳重，语调端雅。李素炫也认真回了一礼，待樱儿抬起头来，李素炫大吃一惊，见她眉如远山，目有星辉，慧而不狡黠，秀而不妖濯，生得极其庄严美丽。眼下樱儿仰头看着李素炫，自《大破阵乐》后，樱儿屡次听闻李素炫之名，仰慕她诗词，如今见到了，自然兴奋。

李素炫一见之下，大起爱怜，俯身笑着说道：“樱儿今夜跟我一起游玩可好？”

“好。”樱儿见李素炫生得好看，说话又和气，十分开心，跑过来伸出手拉着李素炫。旁边李逊凑过来，低声说道：“今夜城中不宵禁，人多杂乱，以前还听说过有人贩专门趁乱下手。樱儿年幼，父母不放心，派遣家人保护，在四周戒备。知道素儿讨厌许多人跟随，今夜不得不委屈你了。”

“放心。”李素炫笑道，“你与端木好好说话，也多小心。樱儿我照应，旁边有人保护我也放心。”

众人互相嘱咐好了，一起出发。李逊与端木骑马走在前头，李素炫带着樱儿乘车，一众人很快出了延政坊，向东市方向走去。坊道宽阔，聚了许多人，有些人自上午起出街，已四处游玩了几个时辰，眼下只待天黑了观灯。

李素炫掀开帘子，见李府家甲四下里围着，将行人隔开。天色尚明亮，有些地方便已零星亮了灯，远处近处，歌声乐声不断，行人也喧闹。车轿内安静许多，李素炫放下帘子，回头见樱儿正看着她。

“李先生，我会背你所有诗词，也会唱，只是我弹琵琶有些笨。”樱儿笑着说道。

“没关系。”李素炫笑笑，拍拍她小肩膀，“多练就弹好了。”

樱儿仰头认真说道：“我想随李先生学诗。”

“诗词文章定有先生相授于你，如何要随我学？”

“我那先生，是个老头子，又古板，又无趣。我随他学经就好了，想随李先生学诗。”

李素炫想了想，为难道：“我倒是乐意教你，只是不知道要怎么教你。”

“李先生当初是如何学诗的？”

“师父教的。”

“那你将你师父给你讲的也讲给我，我就会了。”樱儿说着，开心不已。

“师父没给我讲过作诗，只讲过平仄、对仗、格律。古人诗也不都是好的，师父不许我漫灌着乱读，颇花了些时候，将古今诗词佳作摘录了许多与我，令我诵读，又从不讲其中妙处好处，只教我自己琢磨。我琢磨多了就想自己写作，每作一首，若是有平仄讹误、语序爽虞，或是冲犯律吕、倒字倒韵，师父一定仔细给我指出来，然后照我诗中意思另写一首，格律、意蕴都不一样，让我阅读比对。我六岁学诗，到十五岁，师父陪我写了九年。十五岁后，再没有师父指教，全凭我自己揣摩了。”

樱儿迷糊起来，眨着眼睛说道：“只自己琢磨，师父什么也没讲？那不是等于没有师父教？”

李素炫笑着说：“师父教徒弟，如何非要讲？讲得清楚的师父都给我讲了，讲不清楚的就要靠我自己用心。九年中我作诗词数百首，师父陪着我也写了数百首，那说不明白的全在里头，自己琢磨便是了。”

李素炫见樱儿满面茫然，又安慰道："樱儿若真的喜欢诗词，我也这样陪你写，如何？师父从前摘录许多古今诗词，我还都留着，拿与你看，你家中定然也有许多藏书可读。只是，如此学诗，定要你自己格外喜欢，格外用心琢磨，不然可没用。"

樱儿高兴起来，将身子靠近了，开心说道："李先生是允了指教我了？"

"自然是允了你了。"

"那樱儿可否叫师父？"

李素炫连连摇头："莫要叫师父，我听了怕。就叫素儿如何？"

"好。"樱儿点点头，亲热说道，"素儿。"

李素炫伸手搂着她小肩膀，实在是喜爱这小玉娃娃，心想："这小女娃生在王爵之家，这等端严美丽，又难得如此有教养，好学又知礼。也怪道兄长疼爱，耶娘还不知要如何当作宝贝。"

走了近半个时辰，渐渐近了东市，李逊亲自过来掀开轿帘，让二人下车，徒步游赏。前方人多，车子果然是难以前行。李素炫牵着樱儿小手，前后左右都有家人围绕相护，一点点向着人群密集处走去。两旁往来人流不停冲撞，一路上行人皆盛服酽妆，肥马轻裘，无数钗环玎珰，粉面花黄，街市之上香散阵阵，笑语如沸。

一路走过去，周身锦绣绚烂，足下坠满云霞，这阵仗李素炫也没见过，也四处看得迷醉。走不多久，樱儿累了，又身量矮小，被众人挡得什么也瞧不见，烦了，四处嚷着要寻兄长。李素炫不想让她去打扰李逊和端木，连忙俯身哄慰道："樱儿若是累了，随我骑马如何？我那马儿名赤骏，生得高大彪壮，你一定喜欢。"

樱儿马上点头，不闹着去找李逊了。李素炫命人将赤骏牵来，带樱儿上了马。家人牵马前行，李素炫将樱儿护在手臂中，又俯身在她耳边与她说话。赤骏高大，骑在马鞍上，向四周看得格外清楚。四下里无数人头攒动，金钿掠闪，步摇纷纷。男子护着身旁心爱女子，怕遭冲撞，哪怕是路人将衣袖蹭到女子面上，模糊了口脂花黄，也不舍得。做父亲的让孩儿骑在自己颈项上，小孩子亢奋，一边尖叫一边又连踢带打，父亲笑着将孩儿两腿按住，让孩儿更稳当些。走不多远看到数辆花车在人群中高高耸立，两两对峙，各自擂鼓鸣锣，欢歌劲舞，众人在下面狂呼，也跟着唱，也跟着跳。樱儿直嚷着那支歌调好听，李素炫命家人牵马靠近了，立在人群中，搂着樱儿，与她一同听。

樱儿到底年幼，方才在车子里还是名门闺秀，一身大家风范，眼下却只是个小顽童，紧紧抓着李素炫两手，瞪大眼睛看着周围热闹，兴奋难耐。李素炫抱着她，越发怜爱。

“这小小个人儿，玉琢的一般，抱在怀中暖暖的，软软的，只如个小狸奴，真是招人疼爱。”

行过许久，一众人在一家酒肆前汇集起来。李府家人已事前到场，将小间洒扫干净，用苏合香熏染过，幽芳结阵，暗暗袭扰，又全部换了新席子与织毯，编纹整齐，颜色素净。灯烛已燃亮，家人自府中带来诸色乐器，在一旁案几上架好，就着烛光，螺钿微闪，玉柱洁白，鼓杖与拨子用个精致漆盘盛着。李逊殷勤相请，将端木与李素炫让进小间里，樱儿小手一直牵着李素炫，也跟着入了小间。四人落座，一众家甲扈从在外间候着。

“兄长，素儿答应教我诗词了。”樱儿兴奋，对李逊说道。

“樱儿莫无礼，要叫先生。”

“我让她叫我名字的。”李素炫笑道。

李逊行礼道：“如此，有劳素儿多多费心。我这妹子性慧，旁人家小童儿二三岁时尚不知人事，她已开蒙识字。父亲为她请了先生，她初次听授时，还是乳母抱着。五岁读《论语》，虽不能尽得其意，通读几遍却能记住。七岁起学诗，每有佳句，令父母震惊。父亲曾说，她若是男子，来日必登朝堂，为国之栋梁。我这做兄长的每每自愧不如。”

“妍皮不裹痴骨，这等漂亮小人儿，自然顶尖聪明。”李素炫说着，拍了拍樱儿小肩膀。

众人说笑间，侍从将酒拿了来。李逊将各色稀罕酒名介绍了一遍，说道：“听端木说素儿颇善饮，我特意寻了这些酒来。知道你今日持戒，不用多饮，只尝尝，喜欢哪个，我命人多送些到你家中。”

“承少侯爷费心。”李素炫点头谢道。

府中私厨提前早到，在厨间备好了餐食，此时一一奉上。李逊令旁人退出，屋里只剩他们四个，李逊亲自执壶斟酒。上元斋日，李素炫守戒不饮酒，端木无意提了一句，那李逊竟然也记得，特地嘱咐家人自侯府中带了各色果汁来。李素炫知道他如此殷勤是为了端木，心中感叹也宽慰。

“今日才见了王侯气派，难为李逊带端木出去时肯布衣单骑，也不嫌弃端木出身低微，又为了端木对我如此和气周到。从前一直不信任这些王侯子弟，总觉得膏粱家子靠不住，今日又一想，我也是矫情了些。身出纨绔固然不见得可靠，难不成穷光蛋就定然晓得疼人？男子若不敬重女子，哪里还分什么贵贱贫富。且看这李逊如何，但愿他不一样，我端木今生也有个好归宿。”

李素炫一直与樱儿小声说话，又偷眼瞥着李逊与端木，见李逊始终神色柔雅，不停为端木斟酒、取菜，又仔细帮她挑剔鱼刺，递上帕子，亲热又不亵幸，十分礼貌相敬。

餐后撤席，四人歇息闲谈。樱儿顽皮，取了案上琵琶，非要李素炫弹支曲子。李素炫没推辞，接了琵琶，却不动拨子，只用手弹，唱了支歌谣。一曲唱过，樱儿好奇问道：“这不是方才花车上那人所唱？素儿也会？”

李素炫笑道：“方才不是听过了？”

“听过就会唱了？”

“听过自然要会唱。”

樱儿称奇道：“我背书快，记得住，听歌可不行。素儿好生厉害。”

李逊眼利，见李素炫用手弹，好奇问道：“素儿怎么不用拨子？”

“我有支琵琶，名无伤，只为手弹所造。故此近日一直在研习手弹法。”

李逊一时兴起，取了羯鼓，笑道：“不如我们合一曲。”

“好。”李素炫点点头，端木取了张玉筝来，三人说了几句，选了支牌子，奏起各自手中乐器。一曲完毕，李素炫颇为惊讶，对李逊说道：“你这羯鼓打得甚好，我可是没想到。”

李逊笑笑：“在下近来得端木颇多指教，又整日陪着我击习。”说着看向端木，满目柔情，端木一时羞赧，低下了头。

李素炫笑笑，又弹起来，李逊与端木也将手中乐器奏起来。三人轮流起头，其他两人立刻跟上，一轮过后便互换乐器。李逊乐器不精，却甚为多能，琵琶、笛箫、琴筝、羯鼓都拿得上手，虽比不得端木与李素炫，只要不拣些最繁难的，也都跟得上。李素炫暗自点头，心想：“端木说过，李逊无意王侯，只想寻个知己，一生诗乐为伴，逍遥山水。眼下看果然是了，也怪道他喜欢端木。”

三人都不说话，手上曲调渐渐繁难起来，也越来越快，宫商板眼也越来越复杂，李逊慢慢跟不上了，最后只得停下来。端木与李素炫却起了兴致，操持各自羯鼓琵琶，相助相协，相抗相争，又要逞性，力图主导，又不能径直将对方甩下，致弦鼓分错，又要彼此穿插补缺，不令乐声有断。端木双手悍利，腕上如健木矫风，以直搏曲，鼓杖起落疾迅，快如行戈，重如倾钺，铺陈笼罩，将整间屋子都填塞得紧实。李素炫不大着力，看似一副不在意，右手五指飞动，指尖微叩轻触，磨碎弦声，似远似近，聚散分合，如银屑纷洒，不住纠缠逗弄鼓声。二人并不说话，也不需互相看着，同起落，同进退，乐曲渐渐到了尾处，陡然收煞。

二人至此才抬起头来互相看了一眼，笑过。李逊与樱儿在一旁傻了许久，半晌缓过神来。

“你二人手上如此纯熟，这个我能想来……却怎么也不用商量就能彼此协调，如何做到？羯鼓领，素儿马上便知道，若是琵琶领，端木也马上知道。你们都没互相看一眼，怎么知道的？”李逊问道。

端木笑笑：“自幼磨合，心意互通，故此能尔。”

“不知道我要多久能与端木如此融合。”李逊说着，满心羡慕。

李素炫笑道：“我二人五岁相识，六岁起便整日在一起了。这事急不得，慢慢来。”

李逊看着端木，坚定说道：“我日后定格外认真磨练，有朝一日，一定要与端木也到如此境界。”

端木看着李逊，轻轻点头。又说笑了阵子，外面天色黑下来了，坊间灯火已亮起来，李逊照顾众人起身出了酒肆。

樱儿嚷着要李素炫带她骑马，李素炫依了她，抱她上马，数十家甲在周围保护，缓缓在街上巡游起来。四下里灯火无穷接连，映人眉目，夺了皎月光明。今夜无风，穹隆高远，雪花自寂静中安然坠落，跌入人世浮华，被灯火吞没。人如梭，往来凌乱，各自开怀喧闹。

信马前行，两旁无数货殖当街排列，平日里珍稀宝物今日仿佛不值钱了一般，密密匝匝铺在一起。女子围在一处，挨个试着那些金簪花钿、胭脂水粉，莺语欢笑不断。各家乳香、没药、安息香、广藿香之类贵重物色，今晚也都列了出来。女子细微又好耐性，只为一样香料能连问数家，一一辨认，三五比对。旁边男伴满腹不解，只觉得都是一样味道，久了还头晕，见女子依旧气色清爽，男子不禁连连摇头，又好笑，又赞叹钦佩。街上也有各色酒水，男子忍不住沽了些，不顾寒冷，当街立饮，或与女伴豪壮分享。看身旁杂耍百戏，也有吐火吞剑，也有鱼龙曼衍，也有傩舞鬼面，诸般纷杂，热闹异常。小孩子们口袋里揣着糖果，宝贝似的护着，手里拿着灯笼，互相比着大小，又在人群中疯跑，四处跌撞钻缝。

一路走过，两旁买卖罕见，许多物事全然陌生，李素炫懒得下马仔细观看，只在心里惊奇，不知道为何怀中十岁小儿也视若无睹。侯府中物什皆在贵重，却无有街市上一番热闹，樱儿却只是四下看着，丝毫不想靠近。

走过许久，道边有无数各色美食。炭火上有炙烤，油脂滴落，冒着烟，也有蒸煮，水汽弥漫。樱儿长于侯府，见惯了珍馐，这些民间小食也有王府私厨精细烹制，却没有在这街市上与众人挤在一处热闹。樱儿至此才起了好奇，央李素炫带她下马，两人牵着手，一路向前走，见什么都尝尝。也坐在人家马扎上尝些汤饼肉羹，吆喝着要店家再添些，说过些闲话，快活逍遥。也学旁人豪气，拿出铜钱来当的一声丢在案子上，大声吆喝着不要找头，起身扬长而去。

饱尝美味后，李素炫带樱儿重又上马，牵起缰绳，控马前行，在一个路口处停下了。大路上热闹，只拐过一道弯，入小巷就没人了。眼下身侧烛照如昼，左手旁巷子里却是幽暗寂静。李素炫看了看怀中樱儿，见她也正看向小巷幽深处。李素炫低下头来轻声问道："樱儿想不想随我到里面去？灯火少，我们看看月亮。"

樱儿立刻点头。李素炫拨马入了巷子，只二三十丈，令赤骏站定了。浮世退却，灯光隐匿，周身幽若黯淡，不尽阴寒笼罩。天上满月色皎如银，光明延绵，流溢不尽，雪一般泼洒下来。

李素炫低头轻声问道："樱儿可想作一首小诗？"

"好。"樱儿答了一句，沉吟片刻，开口说道："人乱如灯，灯华如雪。小径清宁，宁心对月。"

李素炫跟着脱口而出："街灯映雪，雪不稍歇。望月心深，深醉初解。"

樱儿高兴起来，嚷道："素儿这几句好。"

李素炫笑了笑，紧紧抱着樱儿。拐几道弯，几十丈外，是红尘热闹，此处傍临热闹，闹中取一小片幽静，格外是一番清致。两人静静仰望夜空，看那璇玑静定，流光摇转，星辰炫目。许久，李素炫拨马带樱儿向回走。赤骏徐行，鞍辔轻摇，如在半梦之中。

樱儿仰头小声问李素炫道：“素儿，日后，我可是要叫端木作嫂嫂？”

“你还真机灵。”李素炫笑道，“你可喜欢她？”

“喜欢。”樱儿声音清甜。

“端木性子好，一定会好好疼你。”

“樱儿一定乖巧，听嫂嫂话。”小丫头紧紧抓着李素炫两手，仰头说道。

上了大路，身旁又热闹起来，人众不断吆喝，喧腾鼎沸。李素炫由着扈从牵马任意行走，抱着樱儿，与她随意说着话。

端木与李逊自出了酒肆，就一直往人少处去。李素炫与樱儿驻步星月，乃是性子使然，偏要在一片喧闹中求出些静忍来，端木与李逊却只是想寻个无人处，静静说些知心话。眼下二人正是情深缱绻，怎会有意那些街市热闹，连身旁扈从也依令跟在几丈远处。

走过些路程，入崇仁坊，眼前有座大寺，二人下马走了进去。上元游寺乃是历代风俗，眼前这座资圣寺又格外宏大，临着东市，格外热闹，不比街市上差。人人手持香烛花纸，入殿参拜，求菩萨保佑。寺中僧侣往来忙碌，招呼四方来客，或是虔心诵经，为天下人求平安福。一角处又格外人多拥挤，听周围人说，有居士闻公子，乃药王再传弟子，医术精湛，累年在悲田养病坊中行医，撰《千金方时疫逐要》，募银请人制了雕版刊印，眼下正在寺中布施。今夜凡有缘得遇之人皆可求请，只是不拘老幼贫富贵贱都要排队，谁也不许硬插或强索。场上无人主持，求方子的却都守规矩，认真排着队伍，各自手掌合十，不住念着闻菩萨之名。若有人请到了方子，更是欢天喜地，宝贝似的捧着走出来。

李逊带端木在寺中各处看了看，见排队求方处人最多，便向寺中另一角走去。拐过几道弯，走许久，到了个小角落，四下无人。两人站定了，互相看看，微微笑起来，不顾寒冷，并肩仰望满月星空，又低下头来，互相倚靠，说些私密话。虽无人听得到，也是低声密语，耳鬓厮磨，不尽柔情。

临近子正，几人又聚在一处。依累年惯例，圣人于承天门上颁旨，赐内乐于万民。乐人领旨，即刻分赴街市，各自上了花车。四下顿时鼓声纷起，弦索叠沓，搅得人群阵阵悸躁，潮水般涌荡。每年上元宫中制巨大花灯，高如小丘，万民皆可仰望，那里更是人挤人挨。

几人没有再往热闹处去。樱儿年幼，闹过了半夜，累得不轻，接连打着哈欠，又非要强撑。李逊无奈笑笑，抱起她，只片刻工夫，她便在兄长怀中睡得沉了。李逊命人取毯子来裹在樱儿身上，抱着她上了车，拨出十名家甲护送端木与李素炫回归延政坊。

“今日带着樱儿，李逊不能相送，实为抱歉。改日定置酒相谢，又格外要谢过素儿。”李逊说道。

三人互相行礼告辞，各自归家。

## 101

城中又下了几日雪后，天日放晴，很快转暖。出正月没多久，街上行人已脱下纩衣，只着单衣，外披罩衣，趁着正午温暖在街市上行走，若走得快了，额头上还微微有汗，只是早晚仍有些寒凉。路上再无积雪，出门方便许多，李素炫时常骑马去看望阿翁，讨顿热食，也去鹿先生处听授，又与商不言讲习课业，也闲谈说笑。雷海青回来后，接连与李素炫商讨手弹之法，着实指教了不少，郑三娘也将李素炫羯鼓练习盯得很紧，果然颇有进境。无事在家时，李素炫要弹习琵琶、磨练羯鼓，要研习道经，与鹿先生抄书，从早到晚都忙碌，日日心头平静。

二月过半，玉真自王屋山回返京城，召李素炫入玉真宫。李素炫高兴万分，将家中安顿好，带着赤骏一起出发。近一年未见，师徒二人颇为想念，见面了十分开心。玉真依旧在宫中水畔竹径小院里居住，休整一日后，去兴庆宫拜见圣人，将李素炫带在了身旁。

自出宜春宫后，贵妃怀念昔日六名素衣女子曲中道意，时常令李素炫修曲度调，并召端木入宫掌教排演，圣人却鲜少召李素炫入宫奉乐。今日相见并无外人，只圣人带着贵妃与玉真欢谈饮酒，李素炫依玉真所嘱，在一旁略远处轻弹无伤，手上虚淡轻巧，弦声清泠幽静，余韵追远，颇追摹些瑶琴意态。圣人本与玉真谈笑正欢，渐渐注意到身旁琵琶声，不由得看向了李素炫那边。玉真即解其意，回头嘱咐李素炫停下琵琶，近前来说话。

圣人说道："朕听贵妃说，你近日在研习手弹之法。今日看已有了些模样。"

贵妃在一旁说道："从前素儿使拨子弹奏时，曾屡次求教于妾身，近日她这手弹琵琶我却没什么好指点的，故此上次特地嘱咐她，下次来时带上她无伤，奏与圣人听赏、品鉴，或可得些指教。"

圣人嘱咐道："你再弹片刻，朕看看你手上如何。"

李素炫依言开始弹奏，拣了几支文曲奏过，也唱了两支时兴调子。圣人点点头，说道："这无伤柔润婉转，声音不大，却是善变多端，细微入神，娇而不媚俗，善而不可欺，偕唱极佳，文曲也甚是相宜。只是五指调运虽远快于行拨，却不敢使大力，武曲难以完备，素儿仍要用心研习。"

李素炫心想，圣人果然在行，她如今果然是苦恼这无伤上不敢弹奏武曲。圣人在一旁又说道："朕一时也没什么太多指点你的，只是手弹也颇有别样韵致，值得费些心思，莫要轻易弃了。"

李素炫怀抱无伤，行礼谢过圣人，玉真在一旁问道："我昨日听素儿弹奏时就想问一句，如此手弹，指尖可是要磨得疼？"

李素炫笑道："自然是要疼。素儿还专为此请教过梨园雷海青先生。"

贵妃好奇道："那雷海青如何说？"

"雷先生说，磨出茧子就不疼了。"

贵妃立时失笑："这听着不像什么指教，却是大实话。"

旁边圣人与玉真也跟着笑起来，李素炫又说道："只是我至今也没磨出茧子来，稍微着力，不多久便吃不消，故此武曲依旧不能弹。"

贵妃即刻唤过宫人来，低声嘱咐了几句，宫人转身离开，片刻又回来，将手中一个小锦囊呈上。贵妃拿起来递给李素炫，说道："这是南方所贡丝弦，你可以试试。筋弦磨手，丝弦好许多。"

李素炫大喜，低头双手接下来，开心说道："素儿谢过贵妃。以往听人说过这丝弦，云是产自南方，十分贵重，且罕见，除却宫中外，他处难以寻获，千金也求不来。"

玉真在一旁说道："如此，素儿换上丝弦，弹了听听。"

“是。”李素炫欢喜，即刻解下筋弦，打开小锦囊，取出丝弦来。寻常琵琶弦多是肠弦或筋弦，通常染成红色，这丝弦却是盈盈洁白，又微微泛着青碧色泽，幽幽闪烁，荧荧莫测，如宝剑龙光。李素炫将丝弦换上，调好音律，抱着弹起来。丝弦与筋弦果然不同，弹挑轻盈，不需特别着力，声音细腻许多，余音绵长清澈。李素炫弹了片刻后很快适应了，顺着弹下去，接连弹过几曲。

贵妃也高兴，连声称赞，又说道：“素儿可唱一曲？看眼下情景，简单几句便好。”

“是。”李素炫点头领命，手上未停，边弹边思索，曲过一段后，取《梧桐影》为调，轻轻唱了两句。

朱弦清，碧弦泠。五弦轻挑红尘意，指上纷纭与天听。

圣人立刻转头对玉真说道：“朕后悔放她随你走了。”

玉真得意一笑：“迟了。”

又欢谈许久，众人散了，玉真领着李素炫回归玉真宫，心中疼爱，嘱咐她早些歇息。

连着半月，除了去内教坊处见雷海青以外，李素炫整日在竹径小院中与玉真在一起。玉真问了她经学进展，也考考她，见她对答如流，十分嘉许，又爱听她无伤琵琶，也互相研讨些书学，说些诗词，叹些古今人事。

一日过午，玉真嘱咐李素炫道：“今晚有汝阳王李琎到此拜见，素儿带上无伤，随为师一同会见。”

“是。”李素炫低头领命。

玉真又说道：“汝阳王李琎乃我亲侄，不知素儿可知道他？”

“素儿在宫中曾听人说，昔日睿宗皇帝欲立太子，嫡长子以‘家国安则以嫡取，家国危则以贤取’为由，力请先帝立了当今圣人为太子。后圣人继位，对兄长极为礼遇，薨则号墓为陵，并赐号‘让皇帝’。汝阳王殿下乃是让皇帝嫡子，睿宗皇帝嫡孙，自然是要唤持盈师父作姑母了。”

玉真点头：“我方自王屋山回归，他要来拜会。其人如玉，小名唤作花奴，乃我李唐皇室第一俊雅，诗乐俱佳，随贺怀智修习琵琶三十余载，羯鼓更是多年得圣人亲自教习。素儿也是诗词精到，弦鼓出众，故此为师今日要带上你，席间笑谈，也有许多可以说的。”

李素炫即刻下去准备，到酉初时分，随师兄引领，到了小院中偏房内。李素炫知道今夜之人身份必是格外尊贵亲近，不然玉真会在大殿中接见，这小院看似荒疏，寻常人反而没资格进来一次。偏房不大，布置得极简单清雅，屋中只玉真与一男子，二人隔案对坐。李素炫不敢抬头，轻声禀报后怀抱无伤低头走了过去。

“此汝阳王，素儿过来见礼。”玉真说道。

李素炫与那男子行礼见过，玉真又对那男子说道：“这便是小徒李素炫，号玄霜。”

片刻后，李素炫听到那男子声音：“素儿不必多礼。”

玉真嘱咐李素炫坐下，李素炫方敢抬头，只看了那男子一眼，心中叹服：“此人盛名实非虚妄。”

眼前男子看起来四十有余，果然身姿俊伟，面如昆玉，着素色衣袍，并无任何修饰，一身洒脱随意，手足间却有无穷风雅。世人美貌无不仰仗衣冠服色、敷粉涂朱，出则车马华盖、宝货壮行，与人处则谈笑煊赫、左右逢源，自以为如此便是风范。举世上却也零星有人全然迥异，纵然通身素简乃至拙朴，却压不住身骨有韵、气度天成，动一动手指，或清淡一笑，乃至只是在角落间孤零落座，也有风华旷世，自额角眉梢、衣领袖口处发散出来，压也压不住。李素炫恍然想起师父卢菡来，也是如此平和温润，一生布衣行世，不逞风姿，却偏偏风姿逼人。

汝阳王名李琎，见了李素炫，也是心中赞叹，开口说道：“孤知道你本是宜春院乐人，临阵请命，制献《大破阵乐》，声震京师，又尤有诗名，实为难得。今日一见，果然清丽出尘，怪道圣人嘉许，姑母也喜爱你。”

李素炫低首：“素儿谢过殿下赞许。”

玉真嘱咐李素炫在一旁落座，弹奏几曲。李素炫依令，手上轻动，一一弹过。李琎听得凝神，玉真在一旁又将李素炫无伤琵琶来由与他说了一遍，又说到她正随梨园雷海青研习手弹之法，每日颇要花上些工夫认真弹习，很是辛苦。李琎甚为欣赏，心想：“此女业已成就盛名，眼下本事足够一生仰仗，难为她还想益求进境。手弹定是疾迅，却不易着力，凡俗人多半嫌弃不热闹。她以乐为生，却不迎合，十分难得。”

几曲过后，玉真嘱咐李素炫弹些轻柔调子，不扰相谈，自己与李琎又说了起来。那许多宫中往事也不忌讳李素炫听到，也有昔日家族生死凋零，也有累年人世纷纭无奈，也回忆从前上巳水滨祓禊，秋日五陵踏游。姑侄二人也说，也笑，也叹息。

“我如今是老了，城里看看热闹尚可，出城游玩可是无有那许多力气了，比不得尔等少壮。”玉真笑道，又嘱咐李素炫，“素儿可与我们唱一支？”

玉真说着，又执壶斟酒，想也是聊得累了，想歇息一下，听支歌调。李素炫已将琵琶轻弹过多时，听玉真嘱咐，手上未停，几音之间换了宫商，转入新调以合嗓音，轻声唱起来。

远避深城老塬孤，五陵萧瑟汉家土。
落花无措因风去，寂寞不知为谁舞。

一支歌调唱过，李素炫再未开口，仍旧轻弹无伤，玉真问道：“素儿可去过五陵塬？”

李素炫摇头：“素儿未曾去过。”

“这诗却写得贴切，也有感触。”

李素炫说道：“此我师卢菡旧作，名《五陵赋》。是我在师父昔日手稿中寻得，援以入乐。”

李琎放下手中杯盏，看了一眼李素炫，淡淡说道：“素儿说的定是左教坊中乐师卢菡。”

“正是。”

李琎轻叹，又点头，说道：“你得卢菡亲授，怪道有这等本事、这等志气。”

李素炫笑笑，心想，不想这等贵人也知道师父。从前未入江湖，当真不知道师父如此盛名。她并未再答话，只是低头又弹起来。至这一日结束，李琎起身与玉真告辞，没有再提起卢菡来。

# 102

转眼临近三月三，李逊一心欢喜，筹划着带端木到郊外踏青，若是樱儿也磨着要去，便求李素炫跟着，照料樱儿。樱儿对李素炫十分眷恋信任，李素炫也细致，又有李府家人在侧，李逊不用太担心。他反复挑选地点，仔细考虑要带哪种酒、何样饮食，以及如何安排家人仆从早做准备。同时也知道，他与端木之事，须是与父母明说了。近一年相处，二人彼此已认定终身，李逊不想再拖下去，怕令端木忧心。端木那里只需禀明师父即可，听端木说，她师父并不反对二人之事，眼下只剩下李逊如何说服父母。他踌躇了数日，咬牙下了决心。

一日傍晚，李逊父母着人来唤李逊过去，李逊一边往外走一边想："父亲整日忙碌，时常不在家中，难得有机会能与父母同时说话，今日倒巧。也好，我这几日都欠些胆量，今日索性豁出去了。"

书房中只父母二人，其余人都被屏退。李逊与父母见礼，父亲教落座，然后开了口。

"逊儿，为父与你母亲今日唤你过来，是要说说你婚事。八月你要行冠礼，之前需将婚事定下来，父母已为你选好了。冠礼后你便要成亲，之后你就要出仕，不能总在家里了。"

李逊心头大骇，即刻挺身说道："儿也正想禀明父母，我已有意中人，此生非她不娶。儿并非有意要隐瞒，本是这几日就要禀明……"

母亲点点头，说道："你说的那女子，名端木行止，我与你父亲已经知道了。"

李逊茫然："母亲如何知道？"旋即又明白，这一年与端木约见数十次，同游同赏，有时候还带着家人，父母怎会不知道。

"那女子出身低微，见你真心喜欢她，我们本也不想阻拦，遣人将她身世姓名打听了一番。本想的是先与你聘下嫡妻，待与嫡妻完婚后，将她迎入府中与你为庶夫人。"母亲又说道。

李逊立刻行礼说道："孩儿真心爱慕端木，不敢请以为妾，愿求作嫡妻。"

"侯府贵重，那女子身出奴籍，怎能为王侯嫡妻？说出去不是要让朝中人耻笑？父母意欲与你聘下河东裴氏女，累世望族之后。想的是将她先娶过来，过阵子再迎端木入府，之后，你喜欢谁便与谁在一起，父母也不会管你太多。”

李逊霍然挺身道：“孩儿断不能如此行事。端木倾心于我，不因我出身贵门便将我看作纨绔子弟，对我百般信任，我怎能负了她？裴氏女与我无冤无仇，我尚未娶她，便打定主意冷落她，如此凉薄无情，岂是大丈夫所为？”

母亲说道：“逊儿莫要如此心急，听我将话说完，此事没有这么简单。耶娘知道你喜欢端木，也知道你性子，你定是要迎娶她为嫡妻。本以为做耶娘的退一步，你也退一步，令她为妾，此事也可两全。只是将那端木身世打听清楚后，莫要说做嫡妻，你就是将她娶了做妾，怕也是难了。”

“为何？”李逊急问道。

“那女子原是宜春院女，因羯鼓绝群，号令众乐，殿上献了《大破阵乐》，震服不臣，得圣人格外开恩，以军功除籍。此事你定然知道。”

“知道。”

“她也果然是个志气女子，只是终究曾是帝王内闱之人，娶她十分不便。”

“圣人赐她良人身，又除了待诏名号，就是允其自由婚配。我为何不能娶她？”

父亲叹息了一声：“天下谁人都可以娶她，偏你不行。”

“为何？”

“天下人见不到天子，她嫁给谁，天子也不会过问。你能见到圣人不说，还是宗室近支。昔日天子内闱之人，你娶了做妾，有碍天子颜面。”

“既如此，便请圣人赐婚，准我将端木娶作嫡妻。此生但有端木相伴，孩儿无意别的女子，一生只爱端木一人，不娶妾室。如此，也不碍天子颜面，有何不可？”

“方才不是说了，你为宗室，来日要出仕，为朝廷效力，怎能娶个女奴为嫡妻？到时候满朝议论，王侯公卿都当你是笑柄，不愿与你为伍，你还做不做事？连你孩儿都要受牵连，自幼被人看不起。再者，日后宗室宴饮，各携眷属，你如何带她去见天子？此事颇为微妙，为何偏要犯这个忌讳？”

“我不出仕又如何？孩儿只想与端木终生知己，余生诗酒为伴，过些凡俗日子，本就不愿出仕。”

“你两个兄长早夭，家中只你一个嫡出男儿，父亲爵位只能由你承袭，此事由不得你。”母亲说道。

“为何由不得我？”李逊悲愤不已，“富贵不能强求，不要也不行？天下有的是想做官却做不上的，又不缺我这一个。我不想做官，放过我又如何？”

父亲怫然作色道：“你无权不做官。你为宗室，生下来便是锦衣玉食，出仕是你本分。这李家天下，要有李家人盯着，若遭了祸乱，流血死命，李家人也是首当其冲。不然凭什么因为你姓李，你就是贵胄，别人就是贱民？国家要续存，皇室要续存，都是血换来的，就算寻常公侯，往上数三代，哪家不是祖宗人头换的富贵？人都羡慕我如今为宗室，谁知道我李家多少人死在武氏手中？我们不过是侥幸不死。她武氏一时登天，最后不是也要血偿？没有这些，哪来的富贵？你享了这个富贵，就有代价。”

“我若不要这富贵，是不是就能得个自由？离了侯府，出去做个农夫，是不是就能娶端木？”

“你若是个农夫，确信端木还会跟着你？”母亲问道。

“孩儿了解端木，她一定会跟着我。我就是做了乞丐，她也不会不要我。孩儿不傻，若她与我在一起只是为了攀附，我又如何会敬爱于她？”

李逊口吻坚定，父亲见这一招无用，只得换个法子，又说道：“纵如此，做不做农夫，也由不得你选。你生在王侯之家，宿命百般，这富贵别人求不来，你却是推不掉。”

李逊无言以对，心中悲愤痛楚，也无眼泪，只恨恨咬牙，神思一片溃乱。父母见状，叹了口气，令他退下。李逊行礼后起身走出书房，脚步虚软，飘一般到了院中。樱儿正在院中玩耍，见了兄长，立刻跑过来，抓着李逊两手，撒着娇。

“樱儿新近作了诗词，下次要央请素儿帮我修改润色。兄长先帮我看看作得好不好。”

李逊看着樱儿，俯身抱着她小肩膀，蓦然心酸。

“樱儿如此聪慧好学，若是男子便好了。你若能承袭父亲爵位，也是给了为兄一条活路。”

# 第七章 書樂

天宝七载（748年）三月—四月

# 103

在玉真宫中盘桓了些日子，李素炫禀明玉真，出宫去寻鹿先生，要将近日抄录书籍奉上，并就书学乐学请教先生。玉真曾听李素炫说起鹿先生好酒，嘱咐弟子将宫中三勒浆拿了两坛来。

“素儿今日在斋期，若是要陪先生饮酒，饮这三勒浆便是。”

李素炫不解：“素儿此去本不打算饮酒的。斋期不能饮酒，为何三勒浆就可以？”

“三勒浆算不得酒，只是果汁罢了。许多人往日里饮酒惯了，逢有斋戒不能饮酒，便饮三勒浆，故此宫中储备许多。你说先生授你学问十分尽心，你做弟子的也该尽心，既然往日里时常与先生对饮，今日也不要干看着，先生饮酒，你饮三勒浆作陪。”

李素炫感激，连忙行礼相谢，不想玉真竟然如此细致周到。对玉真来说却也简单，她终究也是做师父的，自然要以弟子孝义教诲晚辈。

李素炫出了小院，从师兄手里接过酒坛，在马上缚好，出宫直奔东市，又买了两坛好酒带上。到了鹿先生门前，轻叩门环，开门的依旧是商不言，见了李素炫立刻兴奋起来，殷勤上前牵马，又将马上酒坛解下来。

“师兄，小弟可是许久不见你了。这九佾弹得如何？既然带来了，拿来我与你养护一番。这酒可是带给师父的？我这就进去禀明师父，他老人家正在写字，自清早到现在，肯定是想酒了，见了这许多酒肯定开心。可惜师父不许我饮酒，不然真想与师父师兄对饮……”

李素炫笑道：“你先将酒拿进去，小心莫要撞碎了。”

商不言连声应着，拿着大小四个酒坛入了屋中。鹿先生果然是见之大喜，一句废话也没有，直接拿了两个盏子来。案上放着手卷，他直接将盏子放在席子上。李素炫将酒与三勒浆各开了一坛，各满了一盏，笑道：“先生，这三勒浆只是果汁，不算酒，可允商不言也饮些？”

鹿先生还没发话，商不言一声欢呼，直接取了盏子过来，李素炫立刻又将三勒浆注了一盏，推到商不言面前。商不言很兴奋，鹿先生只好点头，小声嘀咕了一句："小子，仗着素儿情分大，便宜你了。"

李素炫看了商不言一眼，师兄弟两个十分得意。

"你二人过来看看这画。"鹿先生说着，将案子上手卷轻轻展了。手卷不太大，密密画着烟川树木、白云人家、天外归鸿。李素炫看了款识，不认得那人，看其行笔设色熟练老到，像是个累年作画的，大约也颇读过些天下画论，晓得浓淡、疏密、虚实，一一仔细做到了。看得出此人十分想画出些不尘来，山水云烟描摹得很稳当，画工又极细致耐心，李素炫却觉得画意上终究还是庸常了些。

"这画有人说好，有人说不好。素儿看此画如何？"鹿先生问了一句。

"才到情不到。"李素炫脱口而出。

"素儿透彻。"老先生兴奋，一掌击在案子上。

"小弟不明白。"商不言在一边说道，"才到……情不到？此话怎讲？"

"才与情是两回事。这画者才能足够，甚至过之、倍之，情致上却寡淡了些。"

"那要如何补上？"

"才可以靠刻苦磨出来，情却难说自何处得来。"李素炫解释道，"能说清楚的，就能用工夫磨出来，说不清楚的，便不能靠磨练，也磨不出来。"

"既然这情说不清楚，也不能靠磨练，也磨不出来，该怎么办？"

"等着。"

"等着？"

"是，等着。手上要每日认真练习，不可荒废。除此之外，好好活着，该吃饭吃饭，该睡觉睡觉，什么也别急，游山玩水或相爱婚娶，都别误。但能精神丰沛，说不定哪一日便功到自然成了。"

"好好活着便能功成？若不成如何是好？"

"认命。"

"……小弟越听越糊涂。"

"师兄说得对，你听不明白就算了。"鹿先生在一边对商不言说，又转头对李素炫说道，"素儿也别费心为他讲说了，他若有一日懂了，你也不用说。眼下还是好好饮酒。”

几人说笑间收了手卷，仍旧将酒盏放在席子上，饮了半个时辰。鹿先生一高兴，顽童性子涌上来，连讲了许多笑话，商不言和李素炫笑得腰都要直不起来。不过鹿先生虽然好酒，也喜欢与李素炫对饮，每次却至多半个时辰便要放下酒盏，询问李素炫课业及书学近况。

李素炫忙将盏子放下，将近日抄录书籍奉上，又将所习行书字纸取出来。鹿先生翻了翻，问道：“素儿近日可是楷书写得少了？行书想也换了帖子？”

“正是。”李素炫答道，“持盈师父那玉真宫里有许多藏书，也有许多书家法帖，有真迹，也有响拓。素儿翻找过些许，拣了些新鲜的，照着写一写，就当是好玩儿。”

“我看不出你这是哪家，但此人肩背羸弱，手臂虚涩，尚未开腕，不过是脸皮厚，甩得开，势大，好唬人。正书肯定不怎么样，行书就更不行。”

“我没见到那人正书……先生如何得知不怎么样？”

“看他行书，这人心急了，正书没练到火候，就开始写行书。”

“这如何看得出来？”

“人有本相，才有化相，书学也是一般道理。以隶书、篆籀、真书为准、为正、为本，左右偏离，无穷变化，又万变不离其宗。如若无准，便无宗，不能变化，变了就难看，他也不敢变。你看那正书写不好的，一笔行书也能吓人，细看就露怯。衄挫刻意，调锋生硬，出入滞重，且一个字不管在哪里都是一个写法，一个部首、一个笔画在不同字里也都是一般写法，自然谈不上因形随就、布局谋篇，落得一派僵死，只好拿来哄骗俗人，博个江湖名望，却为真书家不齿。”

李素炫恍悟：“这书帖果然如此，一个字在哪里都是一个写法，一个笔画写法也永远不变。”

“就是正书，也有布局谋篇，若是连续几个字都有长横，就要拣其中一二字，将横写短些，令长横短横略错开。长横变短横，那个字写法也要变，不然就难看。书学最忌死板，正书尚如此，行书草书更是如此。你这行书帖子也还是好些的，若是更不会写的，便拿草书来吓唬人。书到最后，一定是随意写，却不等于没规矩。破除规矩随意写，那叫大自在，没规矩随意写，叫胡写。正书立了规矩，行书草书才能破了规矩，索求自在。你度曲、制乐乃至弹奏也是如此，一开始就没规矩，什么也练不出来，一定要从规矩开始学，最后破除规矩，自此万般自在。素儿切记先生今日嘱咐，你不习隶书、不谙篆籀、不写八分，故楷书定要一生精磨，严守法度。若无十足把握，不要轻易求变，宁可泥古，以正楷则。”

李素炫大悟，也有些后怕，与鹿先生行礼道：“素儿只觉得新鲜，没多想。谢先生今日提点，不然，素儿入了歧途，自己都不知道。”

“你若要学人行书草书，先看人正书，若是不好，他那行书草书便不要信。学书自正书始，此为历代正统，许多人只写行书草书，还强辩说所谓正统都是迷信，其实无非是他手不稳，慢不下来，不敢写正书。前代张芝、王右军、今世张旭等皆以草书名世，彼等却不是正书写不好。素儿若有朝一日寻得境界，楷书也有万般写法，那时你才当真能将行书草书写好。”鹿先生说着又指了指纸笺上几个字说道，“我一生制笔，历代及当代书家真迹法帖碑拓几乎都见过，却不认识此人字迹，日后不要取法于他。”

“那人字帖上有款识，这字就是近几年所写。”

“字帖要选古人的，不要选今人的。”

“为何如此厚古薄今？今人就没一个好的？我幼年习书，师父拿了许多法帖与我看，我独选了钟相书体，书者钟绍京不就是当世之人？我十六岁在宜春宫时听闻钟相仙逝，还在院中与他老人家燃香行礼致谢。”

鹿先生瞪着眼睛说道：“卢菡饱学，文养浑厚，火眼能辨，你懂什么？今人当然有好的，只是你怎么知道哪个是真的好，哪个是旁人硬捧出来的？”

李素炫顿时语塞，许久嗫嚅着说道：“素儿只是一时图新鲜，想寻个迥异的来，不想掉进深沟了。”

“俗世之中有几人有那等本事，随便就能造个迥异的出来？多数人不过胡闹罢了。向壁虚造，变乱常行，以耀于世，此事许慎几百年前就骂过，到如今还是一样。素儿无须后怕，日后只取法古人，求个稳妥便是。不过我看真书颜真卿、狂草张旭、篆书李阳冰、隶书韩择木与史惟则，后世必有盛名。当今圣人书学得了先祖冥庇，不输昔日太宗皇帝，皆是龙章凤姿，非人臣能及。这些人都不是夸耀出来的，若有机会得见真迹响拓，一定要好好研习。”

李素炫浑身是汗，连连低首道：“素儿记下了，日后再不敢自以为是。”

鹿先生口气松了许多，说道：“你习书自小楷始，又能自己挑个喜欢的，又不临帖，此你师卢菡独到之处。卢菡书学精湛，又太了解你性子，为你用了这许多心思，又时时监管，故此素儿虽走了险路，却没走过弯路，十分早熟。当年卢菡曾嘱托我，素儿极慧，但稍有机缘，定少年成名，央我到时候代他严加看管。你已有书名，固然写得好，也是年少，若到了三四十岁仍旧与现在一般，也就没什么了。你身为女乐能诗词，又有佳作，世人自然稀奇，若你是个世家读书子，也就没什么了。不管书学，还是乐学，还是诗词，素儿固然早慧，却远未到大成，切不可懈怠。从前有卢菡护着你，但凡拿与你研习的，皆是他精心选出来的，不好的不让你见到，如此，为你挡了世间千般魔障。我想着你也大了些，可令你自在些，现在看，如此放手为时过早。日后你书学进展定要时时与我商议，免入左道歧途。”

鹿先生讲过许久，商不言与李素炫并肩端坐，聆听教诲。许久后，鹿先生又去写字行文，放这师兄弟二人独自说话。外头晴朗，不冷不热，两人在院中桌案边上坐好，商不言说道：“师兄，今日听了师父教诲，小弟方知道，人真是要有个领路的，不然真是避坑落井，不胜防范。日后小弟定然认真尊奉师父教导，师兄有授，小弟也一定细致揣摩，不敢自作主张，自以为聪明。”

李素炫长叹：“先生有一句话说得对，从前是我师父为我挡了世间魔障，我自己不知道罢了。”说罢低头沉默不语，想起师父卢菡，难免惆怅起来。

“师父昔日授业严谨，十年间为我费了无数心血。知道自己大难将近，便将我托付与雷先生和鹿先生，从容赴死。如今我有雷先生教授琵琶，有鹿先生教导书学、乐学，一生有倚靠。师父虽不能教我到最后，却为我选了天下人师之至，将日后一切都安排好了。可惜我那时年幼，什么也不懂。”

商不言见李素炫难过，知道她想起了师父卢菡，也不敢言语，小心看着她。隔半晌，轻手轻脚将她无伤取出，细细盘磨，将那许多小伤口擦去，手汗沃湿处光泽黯哑，也重新抛出亮色来。许久，李素炫轻轻叹息一声，抬起头来，看了商不言一眼，又轻轻笑了。

“有劳师弟了。师弟说得对，日后，一定要谨从先生教诲，你我共勉。”

商不言见李素炫好些了，顿时松了口气，将无伤递了过去。李素炫接在手中，轻弹片刻，又将无伤收好。商不言摆下纸笔，就近来课业问了许多问题，李素炫一一细致解答。都说完了，师兄弟二人又闲谈起来，此时李素炫心情已好了许多。

“师兄，小弟与你看张稿子。”

商不言说着拿出张纸来，李素炫接到手中一看，见丝线粗线横纵，不染颜色，画着几副马鞍，有俯角、有仰角，画得精当准确。李素炫不解，看向商不言。

“这图是小弟刚画的，师兄若喜欢，我给师兄做一个。”

李素炫笑道：“你修造乐器，还有本事造马鞍？”

“我是不会，我可以请人不是？”

“你请谁？”

“小弟在将作监有几个熟人。”

“你在将作监还有熟人？”

“师兄不知，太常太乐署虽统管乐器修造，却多半只是督造，真正动手的还是他将作监。师父原本就在将作监，只是更喜欢弄些书本纸卷，便请入太常，因学问过硬，通过核考，上头准了。故此将作监里有很多人是师父昔日好友，我整日跟着师父，常能见到，多方套近乎，自然熟悉了。”

“你为何要跟将作监套近乎？先生自将作监来，你想去将作监不成？”

“是。”商不言点头说道。

李素炫惊讶道：“当真？”

“当真。太常虽也有修造，却只为太庙造乐器，若是去了将作监，随我想造什么。昔日师父好友如今已是将作少监，说不定来日就成了将作大监。他见过我手艺，赞不绝口，还允了亲自教我。来日小弟过了核考，说不定就真去将作监了。”

“当真不知道你还如此有打算。先生可知道？”

“知道。师父说不消在哪里，自己喜欢就好，不过能不能如愿就看自己本事了。”

“小看你了。”李素炫说道。

商不言笑笑，又说："师兄看看这图样，若喜欢，小弟与你做一个。有些木件我就能做好，其他的去求人便是。师兄赤骏何其出色，怎么不给配个好鞍？"

"这鞍是当日师兄牵了赤骏给我时从宫中随手拿的，当时师兄也说要我自己换个好的。我去东市上看过，所谓好鞍，不过是描金涂银，百般繁缛，看着唬人，真用起来也没比这个舒服，就没换。"

"师兄放心，小弟知道师兄喜好，这次与师兄造个最舒服的。"

李素炫十分高兴，行礼道："如此多谢了。只是，不只我要舒服，也要让赤骏舒服。"

"师兄放心，小弟知道你格外宝贝那赤骏，定为它多考虑。"

商不言说着将笔递给李素炫，又挽了袖子开始研墨，低头说道："师兄看哪里不妥，改动一下，或有什么细则，注上。"

李素炫倒是吃惊这支笔，玉竹管身，也是笔芯缠纸，却比寻常锥管细上许多，锋口极锐利。她连忙问道："师弟这是什么笔？以前没见过这样的。"

"这笔是师父专门新造了与我起稿画线的，名细锥。顶好黑尖紫毫，锋颖比寻常锥管细长许多，省下不少金贵毫料，聚锋也更好。"

商不言说着将抄手砚推过来，李素炫执笔取了墨，在纸上轻轻画了几道线，心中又惊又喜。细锥锐利如针，聚锋极好，却又柔韧，转笔时格外利索，收锋又干脆，轻易不会破锋绞锋。李素炫将卢楞伽所授各色线描逐个试了一遍，画过曲线、直线，又画了钉头、游丝，或中锋入纸，或侧锋入纸，皆是使转自如，十分听调。

"鹿先生好大本事，城里画师若是见了，只怕要发疯。"李素炫说道。

"师兄想不想试试小弟做的？"

"你也会制笔？"李素炫好奇道。

"多年前师父就教过，一直不上道，就这半年好些了。"

他说着从后头架子上取了枚锥管过来，已经开笔。李素炫接了，蘸水又掭干，取墨，在纸上写过几十字，连连点头称赞道："这笔不比鹿先生制的差，师弟厉害。"

"也还是差得远。每五支里有一支好的，一支差的，三支中平，这支是好的。而且，我寻下个小窍道，将锥管改进了些，师兄可看出来了？"

“……没看出来。”

商不言一笑：“这外面披了层羊毫，储墨量大。这支是染过墨，羊毫成了黑色，看不出来了。”

“这法子好。既如此，可与这笔起过名？”

商不言摇摇头：“笔而已……若不然，师兄给起个名？”

“鹿先生这笔号锥管，在长安城里十分有名，人称‘鹿锥’。你这支既然与鹿锥不同，也值得个名字……叫‘商锥’如何？”

商不言很开心，抱手说道：“商不言谢师兄赐名。知道师兄喜欢锥管，小弟不日便可将这商锥制得纯熟，日后师父老了，制不动锥管，小弟便制了商锥奉与师兄，定不让师兄缺了好笔用。寻常人若是用笔多，银钱耗费不起，多用个退笔法，只一根笔杆，不停换笔头，若是换得不好，时常写着字笔头就掉下来。但有小弟在，师兄不用受这个气，笔锋过损，不能再用，咱整支笔都不要，开新笔……”

商不言说得又高兴、又得意，李素炫笑道：“一支笔写过几千字就不好了，我有个好友教我个法子，可复健笔锋，还能凑合再写上千把字，之后就彻底秃笔了。我每日为先生抄书，少时也有近千字，多时几千字，一支笔用不了多少日子。你若是允我不缺笔用，可是要累半死了。”

商不言凛然道：“师兄替师父教授我许多，小弟心中将师兄作小师父看，区区锥管算得什么？”

商不言尚且少年，脸上仍是一副稚嫩，些许初生胡楂比婴儿头顶胎发也没硬多少，说起话来却是一副铿铿大义，十分当真。每当此时，李素炫都是又感动又好笑。她边笑边低头，用商锥写字，又用细锥画线，心中忽然一动，抬头对商不言说道：“我有个好友叫卢楞伽，就是教我法子复健笔锋那人，是城里有名画师。他定喜欢这细锥，师弟可有多余的给我一支？我拿给他试试。”

“有，师兄稍等。”

商不言说着，转头到身后架子旁打开个盒子，取出五枚细锥来递给李素炫。李素炫觉得鹿先生年纪大了，制笔不易，打算只取一支，商不言却将五支都递到她手中。

“这细锥师父与我造了一批，颇能用上阵子。我如今也在研其制法，过不了多久也能制得精良。师兄可以将这五支都取了去，也给你那好友几支，自己也留一两支用用。”

李素炫只得接了，谢过商不言。商不言见自己能帮上师兄，心下欢喜。两人又说笑了阵子，李素炫回屋取了第二坛三勒浆打开，与商不言一起饮到尽兴，才回屋与鹿先生告辞，又与商不言告辞，牵赤骏出了门。眼下方过午时，她在街市上匆匆寻些食物吃了几口，上马直接去了升平坊。

## 104

玄音寺里，卢楞伽已连续画了几个月。自腊月起，冬日里有一个多月连续大雪，最为阴寒，他也不曾离开。李素炫去看过他几次，见他十分辛苦，本就羸弱，冬日里更是难挨。有时李素炫在偏殿中用小炭炉煮些姜茶，逼他饮了，他倒是听话，可终究只是几盏姜茶，当不得太大用处。

李素炫劝了他几次，叫他回家躲过严寒再说，他却执拗，只是摇头不肯，李素炫也无奈。上次与他说了那许多话，还是帮他一起制色时，之后他开始认真作画，果然再没什么话与她说。每次见面，都是李素炫抱着琵琶在一旁弹上一整日，他画上一整日，三四个时辰里，两人一共也说不上二十句话。这还是制色布色时，若遇上他在墙壁上悬腕行线，李素炫不敢出声弹琵琶，只在他身后略远处看着，动都不敢动一下。

入玄音寺，李素炫直接到了殿中，卢楞伽正在案几旁画着，见了李素炫，轻轻说了句“素儿来了”，然后丢了个垫子过去给她。李素炫坐下，将细锥从怀里掏出来，等他一根线画完，说道：“你先停一下。”

卢楞伽依言将笔放下，笑道：“如何？可是要劝我回家歇着？”

“不劝你，你是个愣的，劝不动。”李素炫说道，将细锥递给他，“你看这笔拿来画线如何？”

卢楞伽接过细锥，看了一眼，惊讶道：“这是什么笔？”

“此笔名细锥，太常博士鹿聆训先生所制，专为勾线所用。我平日所用锥管也是鹿先生造。”

“我见过你字迹，知道你用鹿锥。鹿锥有名，只是性子大，我用不了，不然早就问你讨一支了。却不知道鹿先生还造这等细锥。”

“此笔新近所制，你先试试，看如何。我试过了，十分称手。”

卢楞伽取了一支，细细开笔，取墨后画起来，只几笔画过，接连大呼：“此真神笔。”

李素炫点头笑道：“我只这五支，都给你。”

卢楞伽一时傻住，愣愣问道：“为何？”

李素炫气得直笑，说道：“你怎的比从前又傻了些？这细锥是专用来画线的，你每日画线，自然要给你。莫不是累糊涂了？”

卢楞伽恍悟，连忙相谢，又拿起细锥细细把玩，爱不释手，欢喜无措。

李素炫见了，心中暗笑：“到底是整日里作画的，一年到头穿得乞儿一般，从没见他喜欢什么，几支笔就开心了。”

两人只说了这几句，卢楞伽又埋头画上了，李素炫也未再说话，取出无伤，抱着弹起来。外头日光明媚，赤骏冻不到，殿中却阴冷，不过一二刻钟，她浑身都冷得透了，手上开始不利索。卢楞伽听到弦声有异，抬头看了一眼，见李素炫冻得有些可怜，拿了条毯子丢给她。她接了抖开，将自己与无伤整个裹起来，两手在毯子里面摸着弹起来。毯子小，裹得紧，无伤横抱不便，她将无伤竖抱起来，斜倚在肩头，两手随意拨弄着。隔着厚厚一层毯子，弦声沉闷，不怎么好听，她也不求好听，眼下冻得两手麻痹，竖抱无伤又只能胡弹，声音怎么会好得了。

两人又是无话，李素炫慢慢暖和了些，手上时快时慢，也用心，也无心，连弹了半个时辰。也看看卢楞伽手中锥笔晃动，也看看墙上许多菩萨天女，又看看另一头架案上放着各色制色用具。新曲搏弦，旧曲弄弦，眼下所弹曲调多年轻熟，不消太仔细，足够轻轻拨弄又到处观瞧。又过了许久，一片安静中，李素炫忽然心中一动。

“我在阮咸上制过许多新曲，挪到琵琶上就不能弹，因为音数不够……上次夜半时想起师父来，不能入睡，也是这般一件大毯子连人带琵琶裹了，将弦颈斜倚靠在肩头，在毯子里头摸着弹，当时就隐约想过……”

她仔细想了许久，又在琵琶上来回比画，突然领悟。心中兴奋，一下跳起来，差点绊倒，急忙解开毯子，缚了无伤，对卢楞伽说了一句：“卢七，我先走了。”

卢楞伽在认真作画，没听清李素炫说什么，待回过神来抬头看时，她已负着无伤匆匆出了大殿。

卢楞伽摇摇头，低头继续画，小声嘀咕了一句：“就这样还总说我傻。”

李素炫飞身上马直冲到兴宁坊鹿先生家，商不言闻声开门，她直接跑进屋中，见了鹿先生，匆忙行过一礼，将肩上无伤解开，对鹿先生说道：“素儿有事相求。先生可否在琵琶上加几柱出来，可多加些，如阮咸一般。”

鹿先生不解道：“琵琶身宽，加了柱便按不到弦，何用？”

“素儿自有办法，只是眼下还不切实，请先生为我加上几柱，很快有分晓。”

鹿先生见李素炫笃定，知道她肯定是有什么想法，未再追问，点头说道：“这个简单，无伤乃是素琵琶，加出几柱来也无妨。你且将无伤留下，明日我便将柱加好，你后日一早就可以来取。”

李素炫行礼谢过鹿先生，转身向回走，商不言跟在李素炫身后进了屋里，想与她行礼，李素炫却直接从他身旁路过，没说话，只是趁着兴奋在他肩头拍了一巴掌，径直出门走了。商不言莫名其妙，回头问鹿先生道：“师父，师兄这是怎么了？”

鹿先生说道：“素儿让我们在无伤上多加几柱出来，如阮咸一般。”

“那如何弹？”

“素儿琵琶精熟，又爱琢磨，定是有主张。暂且帮她将弦柱加上，看她是什么主意。”

“好，既如此，徒儿帮师父忙。”

李素炫出了鹿先生家，直接回了玉真宫，进自己屋门，扑过去取了五色琵琶，抱在怀中不停摸索，也在胸前弹，也放在两腿上弹，也坐在胡床上弹，也横抱，也竖抱，也用拨子，也用手弹，多般试验。师兄几次过来叫她去用夕食，她只是应着，身子却不动。直到夜深，才放下五色琵琶，换过衣裳，找了些吃食，又弹了阵子才歇息。

挨过第二日，到第三日上午，鹿先生果然已在四相外又加了五柱，嘱咐李素炫先试试看。李素炫将无伤缚好，谢过鹿先生，未多说一句话，直接去了内教坊处寻她雷先生。今日她比往常早到许多，雷海青仍旧已在屋中弹奏了。她直接进了屋子，匆匆行礼，即刻解下无伤，一句废话也没有，直奔要害。

“先生，这无伤加了些弦柱，我以前弹过阮咸，琵琶只四相，就弹不了那些曲子。我请鹿先生加了五柱，眼下四相五柱，可竖抱，分量不压在左手上，左手就能够到按弦。只是还不会弹，昨日试了，应该能够弹好，只是现在不会，先生帮我想想……”

李素炫说得语无伦次，雷海青还是听懂了，笑着说道：“素儿莫急，坐下慢慢说，先将你无伤拿来我看看。”

李素炫深深呼吸，平复了一下，解出无伤双手奉与雷海青。雷海青接过无伤，依李素炫所说竖抱在怀中，双手比画了几下，忽地抬起头来，目光明亮，笃定说道：“素儿说得对，如此肯定能弹，若是坐在胡床上，还弹得格外稳当些。我今日回去也寻支琵琶来，加上弦柱，弹几日试试看。”

雷海青如此说，李素炫顿时彻底放下心来。她雷先生说了能弹，就一定能弹。

“如此可是多了许多音出来，两弦上会有许多音重复，可错开定弦，也需要琢磨一番。”雷海青说道。李素炫行礼道：“此事务请先生帮我想想，素儿自己弄不清楚。”

“素儿放心，我定用心。”雷海青点头，又笑了，“往日卢先生与我说过，素儿伶俐，主意多，什么都敢想，若是男儿，定要作翻了天。果不其然。”

李素炫一笑：“我是能想，却做不到，先生能做到。素儿有恃无恐，格外敢想。”

雷海青笑笑，未再说话，低头开始弹奏无伤，虽然手生，他却耐心，一点点试验，李素炫在一边看着，如此，生生过了两个时辰，二人告辞。

回了玉真宫，李素炫怀抱无伤接连弹习多日。玉真也知道这小徒执拗，一俟沉迷，谁也拉不动她，也猜测她定是有什么新奇弹法，也好奇等着看。几日后，才唤她过来，嘱咐道：“素儿这一年经学颇有长进，下月便要初受道阶，且做些准备。”

“是。”李素炫答道，心头才将琵琶暂且放下，每日研磨经书。她虽入了道门，修行却不止于道法。儒门学问自幼师父相授，不能丢弃，累年学书，录写佛门经典，也对佛法有些好感，并及其他杂学也有些兴趣。玉真宫中三教教藏完备，各门典籍皆有，故此李素炫学得十分驳杂，不只专于道门典籍。只是她素来记忆上佳，过目不忘，又有玄学博士悉心指教，只花那一点儿工夫，也将道门经学磨得精熟。

“以前师父说，背书不是学问，背不下书却做不得学问。还说人若记性好，做什么学问都快，如今看果然是了。论用功我可比不上几位师兄，无非是记性好，占便宜。小时候师父盯着我背了那许多书，说背书能耐不全是天生的，更是练出来的。当年我背得艰辛，颇苦恼过，今日看来都不枉费。”

李素炫压着性子，也弹琵琶，也读书，每日将十二个时辰调配好，不再恁般发疯，整日只抱着琵琶弹个没完。隔几日又去了内教坊，雷海青果然已将竖抱手弹琵琶磨得熟练许多，多有教授叮咛，二人又回家分头弹习，也格外约见了几次，一同揣摩，不停尝试，虽然进境艰难，也总有些收获。

城中桃花、樱花、梨花各各开过一遍，又落过一遍，周身无数芳菲起伏，又零落飞扬，满目之中美而凋残。李素炫昼夜弹习不辍，无暇顾及感叹，只在三月十七日独自去了左教坊废殿内，在师父卢菡殒身处静静自处了一个下午。也不难过，也不伤感，只觉得关上殿门，什么旁的都可以不想。

## 105

李逊已与父母僵持了一阵子，本想上巳节带端木和樱儿出去游玩，却害怕自己满腹心事，拿不出个笑模样来，令端木察觉追问，只得作罢。父亲最近时常在家中，不时将他叫去说话，李逊屡次提起他与端木之事，却立时就被父亲打断。

三月二十一日，长安城下了场春雨，天色空晴，日光遍洒，只那一片轻云在头顶，雨滴却落了许久。李素炫护着无伤匆匆前往内教坊，今日雷先生定有许多相授，她心中迫切。郑三娘近来身子不大好，端木忧心，每日陪伴，也想着李逊，已是连着些日子未见了。玄音寺里，卢楞伽依旧穿着一身粗衣，双手沾满墨色与颜料，在大殿内挨着阴寒，挨着全身骨节僵硬疼痛，一心宁耐，不问世事。兴宁坊中，商不言在鹿先生家庭院中劳作。鹿先生年纪大了，商不言住在师父家中照料他，也听授，也习修造，也没少与老先生斗嘴。通义坊内，连续天气转热，阿翁要开始酿酒了，一边收拾备料，一边记着他娃儿过几日要回家吃饭，不停计算要买些什么食材，见她格外宝贝那赤骏，连些草料也备好了。长安城中一片温暖，四处货殖流动，劳作辛勤，人人期盼，人人忙碌。

晴雨之下，唯有李逊一人心事重重。他站在廊庑下，细雨飘落在睫毛上，有些痒，日光炫目，晃得他不敢睁眼，一身静定，心中纷乱如麻。想过许久，咬牙走进父亲书房里。

父亲见了他，倒是颜色和睦，父子东说西说，都知道接下来一定会说到端木。李逊一边说一边想着怎么将话头引过去，说得罗乱。父亲叹了口气，说道："逊儿可是要与为父说起你与端木之事？"

"正是。"李逊顿时松了口气。

父亲看了一眼，严肃问道："你可曾染指于她？"

李逊立刻摇了摇头。

"真的？"

"孩儿是真心爱慕她，也敬她，立誓要明媒正娶，聘作嫡妻，一生不纳妾室，怎会如此轻慢唐突于她？端木庄重，又怎会容我孟浪？孩儿连她手也没牵过，碰也不敢多碰几回。此言是实情，父亲若不信，孩儿也无奈。"

父亲长叹一声："你这性子为父也知道……看来你是真的喜欢她。"

"是，孩儿喜欢她，真的喜欢她……"李逊说道，心中难过。

"你若真喜欢她，纵不能娶她，也不是没法子相守。家中有些宅院在城里他处，都空着，你择一处安置她，不日相会，只要不在人前太过招摇，也无妨。城中文士乃至官员多喜欢去平康坊，寻个红颜知己，每次去都找那一人，从不找别人。一同饮酒，也说乐艺，也说诗书，也纵论古今，有那许多心里话不能与旁人说，却能与女乐说。此我长安城多年风俗，无人非议，倒有人说你风雅。设个别宅另置女眷，不是什么稀罕事儿，无人特别耻笑。你若果真舍不得她，这也是个法子，不能明媒正娶，也能一生厮守。前几日是你母亲在，为父没法如此教唆你……”

“只是孩儿终究不能迎娶端木为嫡妻，父亲可是这个意思？”

父亲叹息：“你将她置于别宅，虽说于天子颜面不十分好看，咬咬牙也还罢了。那端木终究只是个女乐，又除了待诏名号，你又是宗室近支，圣人也不会过分在意。若为嫡妻，可是与满朝仕宦落个终生笑柄，有人极在意出身门第，嘲笑都还是轻的，也说不定恨你坏了宗纲，将个奴隶拿来作贵人，让那天生贵人何堪？你将来出仕，这些人定是要与你作对，令你步步艰难。”

“我娶妻如何能坏了宗纲？还值得仇恨，值得费心作对？怎么天底下偏有这许多闲人，有饭不好好吃，有酒不好好饮，有那象牙榻不肯好好倒卧，非跑来管这许多闲事。”李逊冷冷说道。

“父亲与你说句实话也无妨。你那端木身貌倾国，乐艺卓绝，又辨诗书，能诵春秋，又与国家立过功劳，岂是凡人？贵家子弟里尽有那不学无术的，若是容得奴隶凭本事翻身做贵人，你让这些人如何自安？他们自然是要百般仇视你。莫说你端木，便是那许多寒门子弟以科举入朝的，也都做事艰难。那累世贵胄子弟凭出身得官，多有与进士官死做对头的。”

李逊幽幽问道：“孩儿此生至上心愿，便是娶端木为嫡妻，想是父亲不许我如愿了？”

“我与你母亲并非看不起端木，她一介女乐，竟然有军功，实非凡俗。耶娘也不想折磨你，只是世道如此，你逃不开。眼下你母亲还能对你好言相劝，但她不会让步，你莫要一再固执，最后激怒她，弄得不好收拾。”

“听父亲口气，想是不打算帮我？”

“父亲也是男子，年少时也曾风流，如何不知道你心思？只是此事果然不能帮你。你趁现在早早改了主意，准备冠礼，冠礼后成亲、出仕。此事断由不得你拒绝。”

李逊长叹一声，未与父亲行礼便转身离去。走到外面，细雨已经停了，日光依旧晴朗，只是日头略略压得低了些。晚阳斜照，霞色温暖，李逊呆呆站立，迎着一片光明，身上却是阵阵深寒。

“就算端木爱重于我，肯屈身与我做那别宅妇人，我也没有颜面开这个口。此生若负了端木……真不若一死。”

## 106

眼下春日，白昼尽是明媚，各家欢宴聚饮都挪到了庭院中，使个屏风挡着一面或两面，草地或砖地上铺好厚席子，丢几个靠枕，再置个架案，盛放执壶杯盏，随心坐卧，吹些微风，十分惬意。玉真时常带着弟子将竹径小院布置好，围坐起来，说些经学、书学，也奏乐欢笑。若论乐艺，自然是李素炫最为出众，非但听玉真讲经时要在一边轻弹佐伴，就是与众师兄一同劳作时，众师兄也只哄她在一旁奏乐，情愿替她将活都做了。李素炫哭笑不得。

未到四月，傍晚时分，玉真对李素炫说道："方才汝阳王李琎遣人递书，叫素儿明日下午申正时分去他府上饮酒。"

李素炫有些不解。她为乐人，奉乐是职事，却不知当朝宗室为何叫她过去饮酒。玉真见了笑道："素儿莫惊疑。李琎嗜酒，一贯自称'酿王''曲部尚书'，在长安城里极有饮名，人称'饮仙'。他府中藏有《甘露经》一卷，载有三十余秘方，所酿美酒大为有名。那谪仙人李太白折节写了多少谄媚诗文，只为贪图他府上美酒。此人但与人交往，由头一概是饮酒，故此今日到我这里来讨你去，说的也是饮酒，实则不过是想听你奏乐，与你探讨。其人君子，素儿不必担忧。将你五色琵琶与无伤都带上，琎儿深通书乐，定然对你十分欣赏，你二人颇有话说。"

李素炫听玉真如此说，放下心来，也觉得好笑，行礼说道："素儿这就去准备。"

翌日方过申初，汝阳王府派了车驾前来。王府在三大内左近，离玉真宫有些距离，离延政坊倒是不远。入了王府，总管引李素炫向内深处走去，道是汝阳王在花园中等待。李素炫守礼，没有四处张望，低头随总管进了花园，见花园中只汝阳王一人，着缁色衣袍，头发乌黑浓密，简单绾着，用簪子插了，未戴冠冕。此时他坐在席子上，斜身靠着，一身懒散闲适。手边一张小酒案，只够放个盏子和执壶。对面几尺远处也设好了同样席位，同样酒案。

李素炫走上前去行礼，汝阳王点点头，令她在对面席上落座。李素炫略迟疑了一下，没想到汝阳王会以宾礼相待，也不明白为何宾客只她一人。看汝阳王穿着神态都很随意，倒像是面见身旁熟识之人。她没有多问，走到对面席子上坐好，将五色琵琶与无伤放在身侧，双手持礼，略低着头，等待汝阳王指令。

汝阳王许久没有说话，一直看着李素炫，见眼前女子纤瘦秀挺，着青白素衣，不戴钗环，不施脂粉，不绘额黄，不染蔻丹，只简单绾着头发，插着木簪，浅着唇色，眉目凝敛，如溪水般清泠，全无寻常女乐脸上一副妩媚趋迎，看上去横竖也不像女乐，倒果然像个端严女冠。

许久，李琎略挥了挥手，令下人斟酒，却仍未对李素炫说一句话。下人将酒斟满便退下了，李琎欠身取了酒盏，对李素炫说道："听姑母说你颇有酒量，可先品饮几盏，孤府中这酒甚好。"

李素炫低头说道："当尊者面，不敢饮酒。"

"无妨。"李琎淡淡说道，仰头将一盏酒饮了。

李素炫只得取了酒盏，微微侧身，以袖遮面，也饮了一盏。

"素儿不必拘礼。"李琎又说道。

李素炫只低首持礼，并未答话，实在不明白汝阳王到底何意。李琎看着她，心想："前几日在玉真宫中见她，就是这副神情，也不冲犯，也不趋奉，身骨清抗，只合两三人对坐，寂静谈玄。热闹处有她，也折煞了她，她也煞风景。"

李琎又许久没有说话，自己拿起执壶斟了一盏，又饮了，放下盏子，看着李素炫，又过半晌，叹了口气，缓缓说道："孤认识你师卢菡时，方十八岁，卢菡只十六岁。那之前，他叫卢照寂。"

只几句话，李素炫大惊，抬头看着李琎，一时忘记了持礼。李琎没有理会她，自斟自饮，许久又说道："你师父十六岁生日时，便是在孤府中。彼时孤与他相识不久，甚是恨晚。那日我二人连着相谈几个时辰，又在池塘边赏荷。你师父在水边看了许久，指着荷叶下几株菡萏对孤说，那些菡萏至今没有开放，怕是没有机会了，语气中颇有些感触。自那之后，他改名卢菡，以照寂为字。"

这些往事李素炫都知道，只是师父未曾提起过汝阳王。师父改名之事外人不会知道，汝阳王却说得如此清楚，想来他昔日果然与师父有交。李素炫顿时明白，汝阳王看在师父分上，没有将她看作下人，故此以宾礼相待，也未太将她看作外人，举止也随意些。又一想，也明白李琎说起这些是为了让她打消疑虑。

李素炫安静看着李琎，等着他再说些什么。

“你师父从前时常提起你，孤知道他对你十分心重。他死前不久我二人见过一面，他嘱托我，说你不日要入宜春宫，若有什么事，请我多看顾。当时孤未多想，只应了他。不几日他遭人逼迫身死，方知道他当时为何将你托付与孤。孤知道事情蹊跷，即刻派遣武士便衣出府，在左教坊几处大门前布防，也派了人去左教坊暗中保护你，怕有人对你下手。七日后你入了宜春宫，孤才放下心来。”

李素炫看着李琎，一时说不出话来。

“你在宜春宫两载，所有事历，不拘大小，孤都一一知道。后你制献《大破阵乐》，名震京师，得圣人赦免奴籍，又为姑母收入门下，孤十分为你高兴。只是你一直独自一人，又与孤不相识，孤还不敢遣人上门去召你过来。前日里族弟李逊过来寻孤饮酒，说起你眼下在玉真宫中，孤这才上门拜会姑母。也是与姑母一年未见，理当探望，也是想要见见你，终究对你有些好奇。”

李素炫仍旧说不出话来，看着李琎。李琎弹弹手指，远处下人立刻又拿了执壶过来，换下先前那把，看起来李琎已将一壶饮尽。李琎又将酒盏注满，说道：“孤询问之下，李逊说了许多，孤才知道，你出宜春宫后，拒了圣人所赐华府，独自居于师父旧宅，素衣淡食，心中时时怀念，终日习乐不辍，又读书赋诗，不敢忘了先师昔日所授。这些，孤十分钦佩。”

李素炫始终低着头，李琎等了片刻，见她还是不开口，又说道：“当年孤也想面圣与挚友分辩，着人调查你师父死因，因不敢太过张扬，一时毫无进展，属实不知能分辩什么。你却不怕死，没什么说辞，硬告御状。如此胆量，便是本王也没有。”

“殿下与素儿不同。殿下有妻儿，有亲朋故旧……素儿只有师父。”李素炫轻轻说道，心中感激，许久又说了一句，“素儿谢过殿下。”

李琎轻叹一声，再未说什么，只接连斟酒饮个不停。李素炫微微讶异，玉真曾说汝阳王嗜酒，却想不到是这么个饮法，寻常人饮水也不会如此一盏接一盏。

“你师父不饮酒，每次对坐，都是孤饮个没完，他只看着。如今你怎么跟你师父一般，只看着？”

李素炫知道李琎在催促她饮酒，她仍旧迟疑，手上未动。对尊者不饮酒乃是礼数，她孤身面对生人，也不想饮酒。李琎敏锐，情知她不想说话，也不想饮酒，只是她借口守礼，又奈何她不得。又片刻，李琎微微不悦道：“你自己斟酒，还是孤与你斟酒？”

李素炫只得将酒壶拿起，斟了一盏，饮了，将盏子放下，又斟满。她隐约知道李琎责怪她始终不说话，她却也不是端着，是当真不知道说什么。

李琎见她沉默，问道：“你每入人府中，与人奏乐，可也是这般没话说？”

“正是。”李素炫从容答道，倒让李琎措手不及，只得接着问了一句：“为何？”

“素儿为女乐，不是饮伎，不作席纠，不作酒监。奉旨奏乐，曲毕离席，不与人相谈调笑，不与人诗赋作答。”

“汝为宫伎，奉旨赐乐自然如此。若应私请，又如何？”

“素儿不应私请。”

“为何？”李琎惊讶道。宜春女乐只奉天子，自然不许应私请，城中其他女乐鲜有不应私请者，又能交下广大人脉，又获许多金银。有那风生水起的，一时风光不尽，出有车、食有鱼，宝马帷帐，一路仆役侍从围着，派头不输个五品官。

李琎轻哼一声，又说道：“圣人与你除了待诏名号，是给你机会赚个富贵。你原为宜春院人，大下顶尖女乐，弹唱俱佳，又能诗文，又有量与人饮酒，在长安城中又早有盛名，若肯应私请，公子王孙头都要抢破。你倒好，还端上身份了。”

李素炫从容答道：“我乃女冠，又是玉真宫弟子，素衣白马，无人挑剔于我，无须像寻常女乐那般耗费金银，置许多车马华盖、绫罗珠宝，以壮行装。何况我奉圣人旨意赐乐，所获已是惊人。不若闲在些，做些别的事情，开心度日。”

“你每日里做什么？”

“洒扫屋舍，整饬院落，弹习、读书、写字。有太常博士授我学问，有梨园弟子教我琵琶，有玄学博士与我讲经，也时常与友人聚饮，奏乐笑谈，彻夜欢闹，足够忙碌。”

李琎沉默许久：“你怎么与你师父一模一样。”

“素儿倒不知道师父当年如何，想是殿下知道。”

“你师父乃是山东世族之后，身出范阳卢氏。昔年圣人为其家族平反，他却不肯袭爵，只愿做个乐人，也不想入禁中梨园，只想在左教坊中。圣人赐他金鱼，是为了照顾他。朝中三品以上大员才可佩金鱼，他区区乐人，身有金鱼，无人敢欺负他，就是出去招摇撞骗，也没人敢戳穿。圣人不能时时看顾于他，这才计算好了，令他可以此谋个富贵、得个平安。不想你师父却从不应私请，又非要将鱼袋用个寻常布袋子裹了，不令人知道。一生不求富贵，不肯仰仗皇权，那许多诗乐本事只拿来与友人唱答。长安城中乐人数万众，佩银鱼者不足百数，佩金鱼者只你师父与你二人，如今你也与你师父一般不应私请，又将金鱼袋裹了，不与人见。今日是孤向姑母讨了你，你奉师命前来，若不然，你这好大架子，想是孤也只能到圣人面前请旨，才请得动你。”

最后几句，李素炫也听不出来李琎是玩笑还是讥讽，只是见他轻轻笑了。

“你如此能饮，怎见了这好酒，却没什么兴趣？”李琎问道。

“素儿只是能饮，并不十分好饮。”

“为何？”

“寻常人饮酒，不过是喜欢酒后耳热面酣，神思眩晕，或如李太白一般酒壮诗兴，也有瘠些的，求个壮胆。素儿不管饮过多少，至多是脸颊微热，实为无趣，故此不大嗜饮。”

李琎一笑：“酒与酒味道不同，你尝不出来？”

“能尝出来。无非轻醪糟、重醪糟，像糖的、像醋的，果子味的、谷子味的，又如何？”

李琎终于将手中酒盏放下，笑了阵子，良久说道：“你师父说过，你与生人处，端着礼数却面冷，若遇上可心的，又十分顽皮。”

李素炫也笑了，终于抬头看了李琎一眼。对面人果然风姿贵雅，眉目挺拔，双瞳明亮，身骨清跦，神色倨傲又温和。简单衣袍，又只慵懒靠着，不仗荣华，不逞威吓，却压不住一身凛然清肃。

“也是此等人，师父方看得上，与为至交。”李素炫心中赞叹。

李琎见李素炫退了几分清冷，他脸上神情也跟着柔和了许多，从手边上拿起张纸笺来，温和说道：“天宝初年五月时，你师父曾到孤府中来，就在这花园里，在你眼下所处之处。我二人谈笑许久，起了兴致，取过笔墨，你师父写下辞赋，孤依韵也作了一首，都录写在这一张纸上，无意间留了下来，他死后更是小心保存。你定然想看看。”

李素炫即刻起身趋前，双手轻轻接了。见纸上题着两首五言，第一首果然是师父卢菡字迹，第二首字迹陌生，想是李琎手书。李素炫十分感慨，低头深深谢过。

李琎见李素炫腰间有长箫深紫，在衣褶中时隐时现，识得是卢菡遗物，心中触动，没有声张，只对李素炫说道：“今日叫你来，只为与你说些你师父往昔旧事，不曾想过令你奏乐。不过你既然带了琵琶来，又有现成诗词，可愿唱一曲？用你无伤偕唱便好。”

“是。”李素炫低头领命，转身回到自己席上，取出无伤，很快调好弦律，轻弹起来，一边弹一边看着纸上诗句，在心中默默将其入了调子。

风卷苍云皱，青山雪白头。水送无穷事，雁过不尽秋。
狂纵乌骓马，乱渡野人舟。此生向泉谷，忍作缁衣侯。

第一首唱过后，又唱起了第二首。

小醉黄昏后，喑沉倚碧楼。临风弄箫管，对月试箜篌。
朝阳弦上意，暮色指间愁。寸心无深许，斗酒尽浮休。

李琎听李素炫唱过这两首诗，感慨不已，想起挚友卢菡，昔日情景一一在目。只在这院中，同样树木，同样淡花，岁月寒凉，逝如溪水，令人惆怅感叹。

李素炫将两首都唱过一遍，手上未停，依旧弹着同一支调子，连着弹过三四遍。李琎不解其意，方看向李素炫时，她又轻轻唱起第三首。

细雨添屋漏，无事苦吟秋。嶙嶙湘管裂，斑斑剡纸柔。

诗就潘鬓改，词将沈腰瘦。流年无尽时，依稀前言旧。

李琎这才明白，李素炫手上将调子弹过三四遍时，轻轻修改乐调，将平韵换了仄韵，心中诗词已经成就，即刻唱了出来。品她诗中意味，也是惆怅不尽，却又无可奈何。

唱过第三首后，李素炫停了下来，轻轻放下无伤，再次行礼感谢。李琎转头嘱咐下人格外取了张小案几来，备好笔墨，对李素炫说道："素儿诗词颇有乃师风范，既是依韵作了第三首，不妨也写下来。"

李素炫点点头，走到案几旁坐好，拈笔取墨，将第三首写在前两首后面。李琎只看了一眼便笑了："你师父每次来，都喜欢翻阅孤府上书帖，又尤其请孤将钟相书帖拿出来与他观看。"

李素炫立刻想起六岁时情景，师父拿了许多书帖来，让她选个喜欢的。她不由得说道："师父曾将许多钟相书帖、响拓连同其他书家法帖拿与我看……是从殿下府上借得？"

"正是。圣人好书学，凡宗室子弟皆令习书，故此各王侯府第都喜欢收集大书家法帖。钟相为我朝第一书家，时常代圣人拟旨，又有各色榜书布告，因此孤这府中有许多钟相真迹。你师父挑了百十来字，以双钩填墨制了响拓，为的是拿给你看。只是你师父更想看小楷，小楷俱是朝廷政令或圣旨，与你师父看倒是无妨，却不敢令出府。自那之后，你师父每次来时，总是请孤将钟相真迹取出观看。孤在一旁饮酒，他在一旁临帖，有时一个下午也说不上几句话。一年后，你师父将钟相书体临得分毫不差，就是为了教你。"

李琎所说，与李素炫所记一一吻合。她轻叹一声，想到师父卢菡，难免惆怅前事，只是终究已经淡了许多，轻叹一声，便过去了。

"卢照寂没有白费力气，素儿这字写得俊迈。"

"不知钟相真迹如何。我在玉真宫书阁中屡次找过，没有见到，也是找得不细致。想是持盈师父格外看重，单独收着。"李素炫随意说了句。

李琎迟疑片刻，说道："素儿若真想看，孤这里倒是有……"

李素炫看了看李琎，见他为难，笑道："政令御批自然不能拿来与素儿看，殿下不必为难。"

"也不是。"李琎想了想，松了口气，"也罢，与你看看也无妨。孤府中有《甘露经》一卷，天宝四载，央钟相为孤抄录了一份，可是许了他一年好酒才换得。”

李琎说着，嘱咐家人去将《甘露经》取来，心想：“我这酒方子不外传，她个小女儿也看不懂，与她看看钟相真迹也无妨。当年卢照寂费了多少心血，都是为了她。”

手卷很快取来，李琎将桌案上笔砚移开，将手卷放上去，徐徐展了一尺余。只一眼，李素炫便看得怔住了。眼前字体极度周正，分阴分阳，迭用柔刚，虽不到寸半，却是行笔舒朗，骨力矫健，结体浑厚，气韵宽博，不输寸楷乃至榜书，又格外洒脱俊逸，如细柳不拢轻烟，四下纵溢弥漫，一番隽秀跳脱，又是小字独有。

李素炫看了许久，李琎也不催促，回到自己席子上，复又独自饮酒。最后李素炫重又行礼致谢，李琎方令人将手卷收了。

李素炫回了自己席子上，算了下李琎已饮了六七壶酒，饶是他酒量大，这也是惊人了。李素炫有些不解，纵然好酒，也无须饮这许多，看他样子仿佛恨他自己饮不到酣醉。

“这人看着也不甚壮实，怎也不知道多爱惜自己，饮起酒来如此不要命。不如与他弹几曲，或能少饮几盏。”李素炫如此想着，将琵琶抱起来，说道：“我与殿下弹几支曲子如何？”

李琎笑笑，点了点头，心想：“果然放下戒心了，她也是个肯哄人的。”

李素炫弹起了些清淡调子，天边月印浅淡，像指甲轻轻掐出来的一般，院中已略昏暗了，周身风动林叶，窸窣不已。想当年师父与汝阳王在此相聚，院中大约也就是这般情景，眼下花木依旧，只是换了人了。

李琎果然一时忘了酒，认真听过一阵子，问道：“素儿心中记得多少歌调？”

“凡乐府采风所得民间曲词不下千首，教坊与梨园曲牌约六百个。”

“也不知如何记得住？”

“每日温习一些，月余轮一遍。”

“如此便都能记住，抬手就能弹出来，张口就能唱出来，十分了不起。”

“此非我有异能，宫中乐人皆是如此。”

李琎点点头：“也是，宫伎终究不易。可拣些小令唱几支来，若有兴致便填一支。”

“是。”李素炫应道，选了《纥那曲》，肉其骨，润其腔，手中即刻跟上，一遍过后，轻轻唱道：“细叶几度裁，芳菲又重开。满院皆如旧，故人不复来。”

李琎听这词中意思，知道是李素炫即席赋得，知道她思念师父卢菡。他心中轻叹，说道：“取汉乐府《短歌行》调，再唱一支。”

李素炫点点头，手上几音拨过，入了新调：“长天如故，碧水如故。花香如故，柳色如故。月淡如故，酒浓如故。清烟如故，素纸如故。”几句后她停了嗓音，手中琵琶未断，依旧弹着《短歌行》，凝眉思索，神情黯然，许久后唱了最后一句：“我心如故，唯君不复。”

“……为何不能开心些？”李琎闭上眼睛，喃喃说道，百般伤感。

李素炫即刻唱道：“唯君不复，我心如故。”

李琎记得卢菡说过这小女子十分顽皮，无奈笑笑，复又斟酒，听着李素炫琵琶声，默默啜饮。

天色渐渐黑了，李琎命家人送李素炫出府，回归玉真宫。家人应声前去准备，李素炫行礼与汝阳王告辞，肩上负着无伤，手中握了五色琵琶，转身离开。李琎看着她背影，深深叹息，令家人又添了酒，独自一人饮到残月坠落。

## 107

转眼到了与阿翁所约之日，李素炫依上次阿翁嘱咐，掐准卯正时分到了阿翁家。老汉许久不见他娃儿，十分欢喜，将赤骏送到棚子里，引李素炫进了屋中。屋中破落，却打扫得干净，窗子开着，案子放在窗前，为取外头一点光照。阿翁还寻了个空酒壶，插了几枝疏淡野花，放在案子上。

“昨日收拾院子，将杂草都刈了去，前后院里就这几朵小花，都采下来插酒壶里了。素儿肯定喜欢花儿，女娃娃家都喜欢。”阿翁在李素炫身后笑眯眯说着，又嘱咐道，“素儿等着，鱼备好了，阿翁取来。”

他说着掀帘去了后院，取了个大承盘回来，在李素炫面前放好小食碟，将各色蘸料调好，又将木箸递给她，回头开始片鱼脍。李素炫咬着箸头，咽着口水，看阿翁将左手在一盆冷水里泡了泡，甩甩水滴，按住鱼身，右手握把尖细小刀，手腕一转，在鱼身上划一圈，利索剥下鱼皮，横刀而过，一刀将鱼肉整块片下，将鱼翻个身，又利索剥了鱼皮，片下鱼肉来放在另一块砧板上。接着左手又在水里蘸了，甩了水滴，按住鱼肉，右手腕接连抖动，最后用刀在鱼肉块上抹了一把，眼见鱼肉块变成无数薄片，顺着刀锋倒伏下去。

李素炫看得傻眼。阿翁将小砧板整个端到她面前，她费了些力气夹起一片鱼片来，对着光看看，见那鱼片薄如蝉翼，透着窗口阳光，连那几朵小花颜色形状都看得清楚。

“阿翁怎么切这么薄的？”李素炫嚷起来。

阿翁笑着：“多切就会了。素儿快些尝尝。”

李素炫知道阿翁是要她趁鲜吃，立刻蘸了酱汁放入口中，鱼肉甘甜柔糯，醇香沉厚，着了酱汁，又有咸味和辛味。李素炫也不客气，也不与阿翁相让，一片片吃起来。

阿翁见了，又放心，又开心，这才说道：“鱼脍一定要新鲜，回暖就不好吃了。上佳鱼脍非常讲究，定要半夜里将鱼网了来，等太阳出来将河水晒热就不好了。运进城里也要一路使凉水镇着，开市就要去买来，到家后要立刻镇在井里，取出来吃时手上要格外快。一手持刀，另一手要不时在冷水里沾一沾，不叫指尖太热。从出了河水到入得口中，不能令鱼回暖，回暖了立刻便结露，肉也澥开，汁水也淌出来，就不香了。寻常人不晓得，只道是要吃好鱼脍便要拣最贵的买，实则不是。若是不会处置，什么好鱼也吃不出味道来；若是会处置，便宜鱼也好吃。”

李素炫笑道：“我从前也吃过鱼脍，还是大席面上吃到的，却没这好味道，也不知道有这许多讲究。”

“阿翁也伺候过那大席面，主人家花了不少银子，买鱼只拣最贵的，耐不住参宴宾客太多，后厨却无足够人手持刀切墩，根本不及将鱼飞快处置好，端上来的都是回暖了的。有时将回暖的又放井里镇一镇，倒是凉了，却仍旧是不香了。酱汁也不讲究，好酱汁里要用到姜蓉和蒜蓉，需提前将姜和蒜磨好，搓些细盐拌匀，晾着，去了冲气。却又不能太久，太久了味道也泄了，特别是蒜蓉，少说也要晾上多半刻钟，但不能多过一刻钟。鱼脍不在贵，若要吃个最鲜美的，实则不消太多钱，只是要有个人专门操心，专门盯着。”

“素儿便有人给专门操心，专门盯着。”李素炫笑道，“比那大席面还阔绰。”

阿翁笑得满脸褶皱，说道：“只要素儿喜欢，阿翁就为素儿备着。女娃儿家身子骨弱，要多吃些滋补的。阿翁这就与你将鱼羹煮了来。”

他说着轻抖手腕，又将另一块鱼肉片好了，只是片得厚一些。

“这块鱼肉吃厚切的，别看是同一条鱼，也与薄切的味道不同。”

阿翁亲热说着，将鱼肉连砧板放在李素炫面前，拿了承盘又去了后院。李素炫很快将砧板上鱼肉又吃了个光，只是嘴馋吃得太快，也忘记细品厚切与薄切怎么不一样了。最后她放下木箸，拿起小碗来饮了几口水，来回寻找狸儿，却不见它踪影。

“狸儿浑身漆黑，天黑了不好找，这怎么大白天的也找不见。”李素炫笑道。

“它长大了许多，今日太阳又好，想是跑去哪里玩儿去了。若是在家，定要来讨鱼吃。”阿翁笑眯眯答道。他拿了一小壶酒刚进屋，告诉李素炫这是今日开坛的，筛了些出来，让她尝尝，说着又转身去后院照看炭火去了。李素炫饮着酒，很甜，又甘洌冲撞，入喉别是一番劲头。看看窗外，再看看手旁几朵野花，每一朵都开得细细淡淡，含羞带愧，仿佛自己太过渺小了，占着水，占着日光，却如此寻常，愧对一番深情注视。

许久，阿翁又进来，将承盘放在李素炫面前，递了调羹给她，又将小皿里碎芫荽和葱末撒了些到汤碗中，将个小盅子推李素炫手边上，说是细盐，要她自己酌情添加。

“烫了些，素儿小心。”阿翁笑着，也挨着案子坐下来。自李素炫进屋，阿翁便一直忙碌，到现在才坐下来歇息。

汤头浓白，在砂锅里还略略滚着，醇香扑鼻。李素炫自己加了些盐，盛了一点，吹一吹，尝了尝，只觉得无比鲜美醇厚，芫荽和葱末不多不少，提了味道，却未抢了味道。阿翁连声说着要李素炫小心烫，她不停应着，仍是很快将一碗汤喝得精光，放下调羹，舔舔嘴唇，回味不尽。

“阿翁，我自己也煮鱼羹，怎么不是这味道？清汤寡水的，可惜那条鱼了。”

“若要这等白汤，鱼一定要肥厚，多有油脂，添了水，再加几片姜、些许米酒就好，不消那八角、荜茇、山萘来抢味道。汤烧开后，武火催白，不能中途添水。这白汤十分费火，灶上不能烧干草，烧草火旺不起来，要用木柴。提前将木柴劈好，劈得细些，煮时又要费事盯着，瞅准火候添柴，不能加得慢，令火小了，也不能加得太快，一时压了火势，火候上特别麻烦。素儿若是馋了，阿翁与你熬煮便是。但与我娃儿约了日子，就是旁边山上有宝贝，阿翁也不去捡。”

阿翁说着，看着李素炫，满心欢喜，满面是笑。老汉痴憨，平生不识字，也不通乐艺，除了厨间本事，也不知道还有什么能拿来哄他娃儿高兴。每与李素炫约了日子，提早多少日便开始谋划，要备什么料，几时出门去买，到哪里买，回来了要如何保存和处置，都要一一反复细想。李素炫每次都按照约定时辰到达，不早不晚，老汉连磨个姜蒜、泡个芫荽都要算准了时刻，生怕迟了些、早了些，叫他娃儿吃那几片肉上少一点儿鲜味。眼下餐食用过，老汉又与李素炫说了许多厨事，没话了，便只看着他娃儿，憨憨笑着，剥着烤花生，果仁干瘪的自己留了，只拣那饱满的一颗一颗递给李素炫，让她将红衣搓了再吃。

李素炫每次来阿翁家，都要吃到头晕，伏在案上许久才慢慢清醒些，能与阿翁说些闲话。二人约了下次日子，李素炫告辞离开。方才鱼羹还有不少，阿翁拿个坛子装了，给李素炫带上，又一起走到院中。进了棚子里，见狸儿正趴在赤骏屁股上。赤骏也不在意，照旧嚼着草料，随意甩着尾巴。

“原来狸儿在这里。怎么与赤骏玩儿上了，都不曾进屋讨片鱼吃。”李素炫笑道。

“怕它偷鱼吃，早上起来便饱饱喂过了。赤骏身上暖和，狸儿喜欢暖和，自然要趴它身上。”

李素炫一边笑一边将坛子稳稳捆在马背上，从囊中掏出个小袋子来，递给阿翁。

“阿翁，素儿请下了人，趁眼下天不冷不热，将这屋子整饬一番，后院足够大，可盖个小厨间出来，匠人这几日会上门与阿翁商议。这几月我师父在城里，素儿多半与师父在一起，不日又要随师父去终南山，连着月余都不能来看望，故此师父给了我几日假期，要我出城前将家中安顿好。阿翁要顾好自己，莫要事事亲自劳顿，有事嘱咐匠人便是。待我师父回归王屋山，素儿也回长安城中，多有闲暇，可时常来看望阿翁。这银两阿翁收好，待工事完毕，与匠人结算工料钱。”

阿翁连连摆手，李素炫未待他开口，立刻说道：“阿翁这里连个厨间也没有，眼下还好，冬日里烹煮可是辛苦。如此素儿可不敢再来讨食，害阿翁受罪。”

老汉听她如此说，只得将小袋子接下，小袋子沉甸甸的，阿翁心中感触。李素炫又转过身去，百般作揖，又说好话，央请狸儿从赤骏身上下来，狸儿却性大，理也不理她。李素炫想将它抱下来，只是前次被它抓过，眼下有些怵。阿翁见了，笑开了，卡着狸儿腋下将它抱了下来。狸儿不服，挥着爪子，却抓不到阿翁身上。阿翁将它放到地上，它几步蹿得不见了踪影，李素炫这才牵着赤骏出了院门，与阿翁辞别。

回了家，李素炫将赤骏送入马屋，又从井里打了许多水，存着明早上用，接着照阿翁教授，使个绳子将坛子口系了，放到井口里，手里紧紧握着绳子，一点点顺下去，待手上力道突然轻了，知道是坛子到了水面。再向下将绳子放了几寸，估摸着坛子浸泡在水中，水面又不到坛口，水进不去，便将绳子系在了井边木架上。阿翁说，如此将坛子在水里镇着，一两日内坛子里头食物不会坏，明早起来拿到火上烧滚，加细盐和芫荽，一样味道好。

李素炫已在玉真宫中住了多日，家中四处积了些灰尘，她略花些工夫洒扫干净了。石榴花不久就要开了，眼下已能看到细小花苞。她将低处石榴树枝修剪了一番，不碍人在树下坐着，若看到哪根枝条上格外多结了几颗花苞，就整枝留下。

日头略略低了，夕阳压着人眉眼，赤光千条，直直扫过来，将院中物什淡淡染了层葡萄酒色，霞光如胭脂般柔和美好。五色琵琶与无伤都在玉真宫中，李素炫一时来了兴致，将案上瑶琴拿到院里，坐好，放在膝头轻弹起来。瑶琴清泠，夕阳温暖，两下映照，虽无酒助兴，只吹些微风，情致却也刚好。

她抚弄瑶琴，也将师父旧琵琶抱着轻弹，直到夜色深了，小虫儿不停翻飞相扰。她回了屋子，燃起灯烛，研墨抄书，消磨过一个时辰，歇下了。

# 第八章　傷情

天宝七载（748年）四月—七月

# 108

一早起来，李素炫急忙去了井边，将坛子提出来，见里面鱼羹已凝结，用手摸摸坛子周边，果然是冷的，放下心来。很快生了炭火，小火将坛子一点点烤热，又大火将汤煮滚，顺手也将些冷食热过，简单吃了几口。最后压了火，使张旧包袱皮将坛子来回裹了几层，用绳子捆扎好，提着出了门，在门口不远处随意买了坛酒，直接去左教坊寻沈绰。

这一年多里沈绰都病着，不时咳嗽，苦石榴酒果然管用，可是隔不多时又犯，屡次请郎中来，也颇开了各种方剂，却不见大起色。李素炫也知道，沈绰实是心病，她轻易出不去这左教坊，累年里活得无趣，所爱之人又再难相见，又不肯屈就个不爱的，不愿草草嫁人。忧思为百恙之源，心中如此淤塞，不病才怪。

沈绰习百戏，病了些日子，体力不济，已许久不应请。城中贵人家若要相请左教坊中乐人或百戏工，须是向朝廷报备，有司将命令传到教坊，由教坊副使所辖下官布置安排。如此应请算是出公差，给朝廷挣银子的，绕过朝廷和教坊的是私请。沈绰已连着将上司指派推却数次，管事的嫌烦，再有命令传来，连问也不问她了，私请就更不再有了。她许久不见人，终日寥落，更添了一重心病。

李素炫有些难过，沈绰不过二十五六岁，却已是姿容憔悴，容颜委顿。屋里连窗也没开，四下幽暗，灰蒙蒙的，到处一副怏怏，了无生气。沈绰见李素炫来看望，十分高兴，费力气向榻里面挪了挪，让李素炫挨着她坐下。

李素炫将两个坛子放下，在屋里寻了碗筷，将鱼羹盛出来，使承盘托了放在沈绰面前，又将调羹给她。

“快尝尝，昨日我阿翁熬了这鱼羹，里头鱼肉煮得没味道，滤了出去，只这点汤汁，鲜美异常。”

她一边说着，一边在手边寻了件衣裳披在沈绰身上，又将窗子打开些通风。沈绰笑了笑，盛了些汤，送入口中。

“果然鲜美。”她说道，高兴了许多。

“只是仍旧烫，要小心。昨日阿翁屡次告诉我烫，我顾着嘴馋，也小心，却还是吃得快了些，当时不觉得烫到了，今早起来舌尖就微微麻痒，上颚也有些痛。”

李素炫笑着对沈绰说着话，寻了个盏子，斟上酒。

“你慢慢用，这汤可难得。我也不闲着，饮酒陪你。”

沈绰连着多日不认真饮食，鱼羹开胃，她手中调羹不停，李素炫在一边慢慢饮酒，见她一碗尽了，再帮她添一碗，直到她将小半坛鱼羹喝得底也不剩。沈绰浑身舒慰，毛孔张开，寒气散尽，整个人都暖和起来。她又躺下歇了许久，忽地笑了。

“我现在果然舌尖就麻上了。”

两人笑过许久，沈绰又撑着坐起来，将衾被围在身上，看着李素炫，许久，轻声说道：“谢谢素儿来看我。许久不见你了，我也甚是想念。”

“素儿近来一直在玉真宫中，每日在师父身边听经受教，疏于看顾阿姊。”李素炫说道。

“素儿今日已是枝头凤凰，人前风光，难为你还来看我这落难旧友。往日里我对你也没什么格外恩义，不过与你说过几回话，带你打过几场球。”沈绰叹息道。

“那时素儿困在这左教坊中，每日无聊，几场球何其快乐。如今风光又如何，当不得真，怎就能将旧友忘了。”李素炫说道。

“俗世多少繁华令人目眩，素儿却还记得旧日情景。寻常人有你眼下这等风光，怕是连耶娘都忘了，何况微时故旧，身又病残。”

李素炫轻笑，又叹息，低着头，缓缓说道：“纵然一时风光，素儿心中得意，却不敢忘形。你我皆是女乐，柳絮贱质，命势随风，你只不过是被风打在了地上，我只不过是被风送上了枝头。哪一日风停了，一样也要跌落下来，混入泥泞之中，能与你有什么分别。”

李素炫越说越难过，声音渐渐低了下去，许久，幽幽说道：“何况……没有师父，我今生再没什么事情那么要紧了，多了什么也不值得开心，少了什么也不值得伤心。荣华风光不过尔耳，若是舍了这些能换师父回来，我连些许迟疑也不会有。白昼里热闹，我也得意过，一到夜晚，想起师父来，辗转不眠，又觉得眼下风光与之前寥落也没什么不同……”

沈绰情知她说的是心里话，也懂得她意思。对李素炫而言，与师父卢菡比起来，世间果然再没什么事情那般要紧，有什么没什么都一样，不消得意失意。见李素炫难过，沈绰轻轻握住她两手，柔和说道：“阿姊如今知道了，素儿心里念旧，与旁人不同。”

“阿姊，素儿繁忙，总有许多事情推不开，近日疏于看顾，绝不敢忘了旧友。不日我要随持盈师父去终南山，月余不能来看望，阿姊千万不要当是素儿忘了，千万莫要难过。”

“放心，阿姊知道。”沈绰说着，想让李素炫开心些，换了口吻问道，“你坛中酒可与我斟一盏？”

“这酒不烈，却生窜，阿姊如今身子不好，可受得了？”

“少饮一点儿也无妨。”沈绰笑着说。

李素炫立刻又取了个盏子过来，注了半盏酒。

沈绰将酒盏接在手里，笑道：“我认识你时，你只十二岁，一身稚嫩，那时怎能想到今日。你脱了奴籍，成就盛名，也还罢了，竟如此能饮有量。你师父教导你许多年，知道你本事，你纵然成名，想来他也不会惊讶，只是你这酒量，他若知道了，怕是吃惊不小。”

李素炫也跟着笑上了，想起师父只一盏酒便满面赤红，她这些年还没见过如此不能饮酒的。沈绰又说道：“你个小女子，恁般顽劣。若是卢先生还在，你定是要每日欺负他与你对饮，不依不饶，闹个不休，也不知道卢先生要如何应对你。”

“那是小时候，素儿如今长人了，不会再恁般欺负师父了。”李素炫笑着说道。

两人说起许多往事，从前许多人如今都已不见了，死的死，走的走，留下的许多如沈绰一般，年岁渐长，前途无路，每日困守。有的出公差或应私请，勉强度日，有的四处为教习，也有乐工在坊间撂地卖艺，挣些散钱度日。卢菡与郑三娘等人皆历经苛严考核成了音声博士、曹博士，可不当徭役，专事内乐训导，此等人在左右教坊中已算是出了头的。那头大院落里，依旧年年有新进之人，不过五六岁童儿，轮番筛选，选出来的严加调教，待艺成后送入宫中。这也还只是少数，四方乐户与他国年年有贡女，数量更倍。宜春宫中永远有韶华稚嫩，这些旧人日渐萎靡，失了光华，如老旧珍珠，也不至于抛弃，却都丢在一边，无人理会。

这些事情，李素炫很早就知道，心里也明白，虽然眼下风光，但她终究只是个乐人。师父昔日曾言，乐人本就命贱，女子又弱，纵是那成了名的，能富却不能贵，并不能真正掌控己身，只能在那一点命定数格里，竭尽所能。

## 109

李素炫与沈绰相谈许久，嘱咐她要按时服药，也振作些精神来，自己自终南山回来立刻就会来探望。告辞分手后，李素炫回了家，与赤骏束好鞍辔，将院门落锁，骑马直奔东市，买了两坛好酒。又与店家商议过，另付了五十坛酒钱，又格外给了店家些银钱，叫他隔日遣人将酒送到兴宁坊中。店家很高兴，这小女冠每次来都和气有礼，买酒也痛快，店家颇用心，每次都亲自使粗草绳子将酒坛格外多绕几圈，在马背上稳妥缚好。今日李素炫订了店里两种酒，都是上好佳酿，价钱也贵，一下就付了五十坛酒钱。店家欢喜非常，允诺格外送两坛，又将今日两坛酒仔细缚在马背上，亲自送李素炫出了人多密集处，客气告辞。

李素炫上马去了鹿先生家，将赤骏牵进去，又将酒拿与鹿先生。先生立时欢喜，照旧即刻拿了酒盏，叫李素炫与他对饮，之后查看了她书学及文章课业，仔细与她讲授许多。

“先生，几日后素儿要随持盈师父去终南山，月余方回，先生定要保重。若仍有书籍需要素儿抄录，便拣那不急用的，素儿带上，在山中慢慢抄录。”

“好，先生这就去找。”鹿先生一边说，一边又问道，“素儿可去过终南山？”

“没有。”李素炫答道。

“终南山可是好地方，仙人住的。素儿若去了，不用每日都埋首抄书，偶尔与你持盈师父告个假，也去山里转转，四处看看风景。若是有缘得遇仙人，传你些道门秘法，可不是好事？”

“好，素儿去碰碰运气。”李素炫笑道。

鹿先生选了几卷书出来，与李素炫叮嘱了些格式字体。李素炫行礼告辞，鹿先生将她送到院中，让她与商不言说话，自己转身回了屋里。

商不言听说要月余见不到师兄，有些怏怏，须臾又开心说道：“师兄，马鞍与你做好了。”说着将李素炫带到赤骏身旁。赤骏身上果然换了副马鞍，初看上去，也不觉得有异，原木色、原皮色，并不抢眼，细看却看得出大工巧来。那木头纹路清晰致密，定是上佳木料，流线精确，打磨又细，皮子鞣得恰好，色泽均匀，剪裁利落。这些工活李素炫不大懂，却看得出来此等工巧寻常难见。

“师兄带赤骏出去跑阵子看看。”商不言笑着说。

李素炫大起了兴致，牵赤骏出了门。出这兴宁坊便是通化门，通化门外是城垣驰道，李素炫上马，催动赤骏向南跑去。驰道平坦笔直，赤骏跑得非常快，她暗暗吃惊，此前从未令赤骏如此疾驰。眼下风从耳旁不停掠过，碎发搔着额头，她有些慌乱，努力控制马缰，小腿上用力，控制好身子，排除杂念，只认真随着赤骏身体起伏。转眼跑出了六七里地，赤骏一副绰绰有余，李素炫却不敢再快，令它停了下来，拨马回城，慢慢跑着。许久后，她心跳才渐渐缓和了些，浑身也松弛下来，结结实实坐在马鞍上，此时才觉得马鞍果然稳当舒服。

“回去了要好好谢谢师弟。”李素炫想道，“谢他这马鞍，也谢他细锥。”

到了鹿先生家，李素炫认真与商不言行礼：“多谢师弟，这马鞍果然舒服。劳师弟费心了。”

每次李素炫叫商不言“师弟”，他都十分高兴：“师兄喜欢便好。寻常女子出门都乘车、带扈从，独师兄喜欢独自清静骑马，一副英姿，赤骏又彪壮俊逸，值得一副好鞍。这鞍看着不起眼，市面上可是寻不到，小弟将心思、智巧都花在舒服与结实上了，百般寻了好木料、好皮料来，有些木件就自己虔心制了，有些木件难为，就得请人，连同皮料活都有将作监巧匠帮助，除了皇宫里，谁家个马鞍也没这好工巧。知道师兄嫌弃那描金画银许多花哨，故此未作修饰，却是实实好用……”

商不言絮叨许久，脸上掩不住开心得意。李素炫忍着他饶舌，却又喜欢这憨实小子，也佩服他手巧，笑道：“不过一副马鞍，师弟也如此用心，这木件做得不比我那无伤差。”

“师兄言过了，小弟离满师还远。日后手艺好了，师兄喜欢什么，小弟便与师兄制好。不敢夸什么物料名贵，但一番工巧，定教天下无双。”

李素炫看着他，心想：“这小子将来肯定有出息。”点点头，笑道：“如此，我须是好好与你处着，将来说不定你做了将作大监，我还得求着你。”

商不言却突然不好意思了，低下头，在头上搔了搔，憨憨说道：“小弟这大话怕是说早了。”

李素炫忍着笑，嘱咐他道：“这月余我不在城里，已与东市酒铺说好，自后日起，每隔日上午卯初时分送两坛酒到本坊正南坊门，师弟记得去帮先生取了来。那两种酒每次一样一坛，虽说是小坛，可毕竟劲大，你得盯着先生，不许他贪杯。”

商不言抱手道：“师兄放心，小弟定将那老汉管束好。”

## 110

师兄弟二人行礼告别，李素炫上马西行，凭鱼符入了太极宫，到东宫马场看望陈蘅，又去宜春宫中看望众女乐，出宫城西门，回了辅兴坊玉真宫中。只歇过一日，便随玉真到了大明宫。李素炫修习道门典籍已一年多，因记忆出群，将一年内玄学博士所讲各色经书背得精熟，也懂得深刻，屡受前辈苛严考核，准她初受道阶、符箓，今日置科仪于大明宫内道场玄元宫。

玄元宫已提前布置好，来了许多前辈，许多人去岁李素炫入道时到过玉真宫，李素炫依旧记得。科仪规范固然繁密，却都有人安排好，又一一指引，李素炫只要遵礼便可。到了赐换衣冠时，玉真恭读圣旨，天子格外开恩，擢级赐李素炫玉冠及子午簪，准她自此为道官，不日着吏部司封。

众前辈及观礼者齐声赞贺，礼毕，众人庆祝，李素炫行礼后随玉真入兴庆宫，面见圣人谢恩。玉真今日十分开心，爱徒经学进展惊人，凡前辈有所提问，皆对答如流，令玉真大为骄傲。她嘱咐人将赤骏牵了随行，令李素炫与她同乘车驾前赴兴庆宫。

车子里，李素炫怯怯问道：“持盈师父，圣人说准我自此为道官……素儿日后真的要管事？”

“按理说是了。大唐道人尊贵，玉真宫又是皇家道场，道人籍册皆入宗正府，视同皇亲，朝廷给俸。你如今受了道阶、符箓，自然要做道官，为道门与皇家尽一份职责。”

李素炫有些畏惧，玉真笑道：“为师知道你人事上懒散，也不善斡旋，不强求你，素儿领个闲职便是，不消俗务繁忙。只是师父打算日后将玉真宫道乐交由你司掌，你需要用些心思，提早做些准备。另，朝廷会为你指派侍卫。你为女乐时，乃内廷之人，圣人所赐侍卫可以推辞，如今你受道阶为皇家道官，道官却不隶属宫廷，而是隶属朝廷，侍卫乃朝廷指派。此为历代制度，按律你不能推辞。若是想一个人逍遥清静，便要想好如何安置这些人。”

李素炫听玉真说她不消俗务劳神，放下心来，认真谢过，又行礼领了师命，允诺定为道乐用心，也得玉真允许，将侍卫安置在玉真宫中。说话间车驾到了兴庆宫，圣人携贵妃正在花萼相辉楼上饮酒谈笑，李素炫随玉真入了殿中，行拜礼见过天子，尤其谢过天子所赐簪冠。圣人正饮酒欢乐，略不介意，擢级赐簪冠，固然是本就喜欢李素炫琵琶，看重她勤勉好学，更是见玉真开心，做兄长的格外给足颜面。圣人教李素炫免礼起身，又嘱咐玉真坐下一同饮酒，李素炫则依令解出五色琵琶，在略远处轻弹起来。

席间只两三宫人来回侍奉，圣人与贵妃、玉真谈笑欢乐，宫中坊间各色旧闻新谈轮番说个不停，又不时一同哄笑。许久后，话头说到了琵琶上，玉真将李素炫无伤加柱并改竖抱一事说与圣人与贵妃，二人立刻来了兴致。玉真见状，令李素炫停了五色琵琶，携无伤到近前。圣人与贵妃看着她怀中无伤，颇起了好奇。

“这却是新鲜，难为你，如何能想得到？”圣人问道。

李素炫笑道：“只无意间想到，不是特意琢磨的。”

“如今可弹得熟了？”

“只这些日子，不及弹得熟。改手弹后，右手尚不精熟，仍有些弹法在研磨之中，如今改竖抱，左手也不同，定弦又要不同，故此眼下还是不熟练。我已与雷先生琢磨过多时，若将两手都习得精熟，定是大有不同，只是怕要磨上些年头，急不得。”

圣人点头，嘱咐道：“想也是急不得。可先拣个容易的弹一曲，与朕听个大概。”

李素炫依令，拣了支简单调子弹过，圣人点头：“果然不同。”

贵妃在一旁说道：“若是四相五柱琵琶弹得熟悉了，可再加上几柱，只是又要比眼下繁难许多。此事我亦不十分确信，素儿若有胆量，可试试。”

李素炫点头道：“谢贵妃赐教。待素儿将眼下这琵琶弹得熟了，定要再加几柱试试。”

此时圣人、贵妃与玉真都饮了不少酒，说起琵琶又都高兴。李素炫在琵琶上动了许多心思，圣人与贵妃颇赞赏，玉真得意道：“兄长开心，妹子也开心。这可是我玉真宫奉圣有功。”

圣人心头起了些醋意：“人可是朕给你的。”

“终究现在是玉真宫弟子。”

圣人只得自家圆场：“都别争了，是贵妃慧眼识得瑰宝，功在贵妃。”

贵妃本来在一旁斟酒，闻言笑出了声。李素炫看着，也跟着高兴，也感慨，天子家也只如百姓家，一样聚饮取乐，兄妹逗趣。叹自己无有亲人，命中无有此等天伦，又一想：“别人也还遇不到我师父那等君子，遇不到雷先生、鹿先生这等天下人师，无有端木、卢七和商不言那般挚友，也尝不到阿翁家萝菔脯。我平白得了这许多，还怨什么。”

李素炫平静下来，一边轻轻弹些小曲儿，一边静听这一家人谈笑。她自幼读了许多史书，入宫后渐渐发现有些事情与书中所载并不相同。天子比许多人想的更难捉摸，更有决杀，更加无情心狠。她屡次听人说起圣人昔日执政事迹，杀人无算，不惧神鬼，颇令人畏惧。待见得多了，方知道天子也比许多人想得寻常些，不过是人罢了。回想起来，史书中所列天子君王不过那么几种，或是勤政爱民，或是昏庸无道，个个只如泥塑木偶般死板着面孔，全不像个活人。

“圣人昔日执政，果然是家国兴旺，却又造下了多少杀业，如今又屡次听人说他懒于朝政，殿上昏昏，臣民怨载于道。待于后宫中见了他，却又是书乐精熟、弓马俱佳，又钟爱贵妃，与持盈师父兄妹感情深笃，对身旁宫人乐人也和善，多有成全。如此之人也不知后世史家要如何记述，彼时史官没有见过圣人，怕也就是再塑个木偶出来，后人读书，也无非再读个木偶罢了。”

欢饮过后，玉真带着李素炫告辞。临别时，贵妃将锦囊丝弦格外赐了四副给李素炫，李素炫开心不已，深深行礼谢过。

歇过一夜，清早玉真车驾出发，带领弟子前往终南山中玉真别馆。车驾出城，沿驰道行进，走得很快。李素炫与玉真一起在车里，许久后，隐约嗅到草木气息，忍不住顺着窗子向外看。玉真笑道：“素儿没来过南山，既然如此好奇，不如出去骑马好了。”

李素炫大喜，连忙谢过玉真，出了车驾。赤骏在旁边随行，李素炫即刻上马，牵缰走在山路上，嗅着蒿草味道。马蹄边野花点点，前方便是终南群山，绝崖列阵，层峦环伺。今日赤晴，日光如金针奔洒，将连绵峰顶照耀得分明，树木勾连奔跃，不尽翠色蓬勃。至山腰上树木陡然幽暗了许多，山岩裸露，如覆霜雪，格外分明，道道深谷如深深疤痕，其间烟云淡渺，雾隐楼台，飞鸟纵掠。

别馆入口有些隐蔽，看着也不很起眼，进了内中深处却是大有洞天。馆阁楼台俱备，树梢间飞檐跃越、屋瓦闪烁。在别馆中四处走动，有山溪细细，在脚踝边上一路蜿蜒跟随，涓涓不断，林木花卉错落分布，沿途播撒翠色。此处虽号别馆，倒比玉真宫更加阔大，却又不张扬，而是曲折幽深，精致又随意。

“此地果然是个清修佳处。”李素炫欢喜。

她其实想得简单了。玉真交游广泛，在长安城时，朝官殿臣皆往玉真宫拜会，到了别馆她也不能躲清净，而是接连接见各路文人士子。每二三日别馆中便要排布筵席，白日在庭院里，傍着林木、花枝、水榭，夜间寒凉，设宴在室内，依客人身份和人数，或在大殿，或在中堂，或在雅室，以诗乐茶酒款待。众人豪饮高谈，纵论文章，唱和不休。玉真乃是文坛识马者，许多读书人初来长安城，都要想尽办法请人引见，前来拜会，奉上干谒诗文，请求举荐。

玉真每次都要将李素炫带在身旁，令她弹奏琵琶，也与众人相谈。李素炫自幼博览，又伶俐，口齿又快，与读书人应答也不怯场，安然洒脱，顾盼生姿，谈笑间舌灿如莲，辩锋如芒，摧折田巴，令一众士人倾倒。只是她出身宫伎，又自幼读书，比寻常女乐、饮伎格外多些矜持，不饮酒，也不为人斟酒，只在自己席子上坐着，怀抱五色琵琶，但纵书乐自在，不逞皮相风流。

许多士子初到长安，声名尚浅，本就要四处寻找歌姬搭讪，试图以诗文将其打动，肯与传唱。李素炫有盛名于长安城，又时常去圣人面前奉乐，若是谁人辞赋能被她看中，援之入乐，唱于四方，不怕出不了大名声，也说不准叫圣人或宰相看上，能得条官场捷径。故此那些读书人都对她客气有礼，口气温和。李素炫精习琵琶，又善歌，也要格外寻找佳作拿来咏唱，也对士子辞赋格外看重。两家彼此都有相求，又俱通晓，谈得欢洽。偶尔录写几首诗词，各自逞些书学境界，一派纸上嶙峋、笔底峥嵘，也互相佩服不已。

忙过一月后，到访客人渐渐少了些。玉真十分欢喜小徒儿一副风度，几次代师父款待客人，令玉真得了客人不少恭贺。玉真舍不得李素炫太累，教她歇息几日。

“过几日我们要回长安城了，这几日师父不与你许多事情做，素儿白日里可以自己出去，在附近山中看看景色，看看乡村风俗。来时看你骑术还熟练，也可以到山下驰道上跑马。赤骏乃千里神驹，不惧驰骋，又在壮年，每日只在城里，也委屈了它。只是莫要走太远，天色略暗就要回来。下次来时，师父带你到附近拜访道友。这终南山中有七十二峪口，峪口处都有村庄，向里头走，过了村庄，深处有道人修行，也有佛门弟子。其中多有高人，日后师父带你一一见过。”

李素炫连忙相谢，想到这山中清幽，在此驻扎修行者定然心中澄净，她也多少有些好奇。

第二日清早起来，屋外晨光渐起，满天赤霞，群峰染遍。

“且去跑马。”

李素炫陡然来了兴致，忙过清早杂事，牵赤骏出了别馆，到了山下驰道，上马策而激飞。赤骏欢腾，马蹄矫纵，驭风而行，奔如鹰击，直入了峪口深处。路径渐渐崎岖，又狭窄，赤骏仍旧疾驰，李素炫稳稳握紧缰绳，稳住身形，随着赤骏起伏。

李素炫数年来一直随陈蘅修习马术，陈蘅说过，赤骏聪明，什么都知道，马蹄踏上，立刻就知道脚下道路如何，不稳妥时它会立刻放慢，有险情便立刻停下。若前方有深沟，骑手万不能心生畏惧，陡然牵缰勒马，马能停住，人却是要飞出去。只消握紧缰绳，赤骏心中有断，它若不停下，便是能跃过去。

一人一马渐渐走得深了，再没有大路，小路时常有山溪冲断处，断口不深，只是树根裸露交错，马蹄难行。赤骏不惧，带着李素炫连续几次跳跃，飞过那些断处。李素炫索性咬牙，权将这条性命交与赤骏，稳着身形，忍着两手，不收缰绳。赤骏跃起，她只觉得如在云雾，如鸟驰飞，又稳稳落地。再向深山，小路开始岔开，她不敢再走了，拨马回程，疾驰纵跃，很快出了峪口。

又上了驰道，赤骏脚步轻快，李素炫也松弛下来，心想："陈蘅说，跑在路上，赤骏这等神驹比人聪明得多，一定要相信它。今日看果然不错。"前方霞光万道，照如赤练，身旁群峰对峙，烟云沆砀。迎着落日，赤骏鬣鬃飞扬，身如鹰隼击翔，李素炫喜爱万分。

"马通人性，恋主，不输忠犬。赤骏此生必是我挚友，定要好好珍爱于它。"

一日晚些，玉真将李素炫唤到湖中画舫上，只她师徒二人，看看月亮，饮些薄酒清茶，说些私密话。

"来日素儿也想到终南山中修行。"玉真向李素炫问起山中景致来，李素炫说道。她在山中逍遥了数日，对远近景色惊赞不已，崇颂十分，也格外知晓历代诗篇咏叹终南，果然出于诗家胸臆，真实不枉。

"这个想是要难了。"玉真笑道，"长安城中有你许多牵挂，有那许多人你放不下，如何能修行？"

"……也是。"李素炫轻叹。

"素儿质慧捷，性虚皎，天生与道有缘，该当修持。只是为师也知道，你入我门下，不过暂时托身于此，若论修行，还未到时候。"

"不知何时到时候？"

"自有机缘。"

玉真说着笑起来，小声说道："今日既然说到这里，师父与素儿看件法物。"

“何等法物？素儿已受符箓、杖策，还有什么法物是现在可以见到的？”李素炫大起了好奇。

玉真笑而不语，只教李素炫将面前桌案上酒盏拿走，自己转身打开个檀木盒子，拿出个手卷来，放在案子上徐徐展开。

“素儿可认得此物？”

李素炫只看了一眼，大惊，刚想脱口而出“此钟相真迹”，又一看，似乎也有些不同。一时拿不定主意，没敢说话。

玉真笑道：“此乃为师手录《灵飞经》。”

李素炫吃惊许久，磕巴着说道：“此书体缘何与钟相神似……”

“我朝皇室子弟习书，皆学钟相，为师也是，只不过学得格外像些，录经十分相宜。”

“素儿从前见过持盈师父手迹……果然是学了钟相，却不是这般神似。”

“那是早年书体，真正写得传神，只这几年。不过为师今日不是让你看字，是让你看经。《灵飞经》乃道门至上秘法，师父今日开心，给你看看。知道你过目不忘，须是要叮嘱你，此法素儿眼下还不能修习，道行尚浅，压服不得，反受其害，甚至累及亲人。”

“是，弟子不敢造次。”

“素儿慧质，又勤奋，只一年，经学便有大进展。师父与你看这《灵飞经》是为勉励于你，往后也要勤谨修习，定不要懈怠。道门真理深奥无穷，需终生修持求索。待机缘到了，师父定将道门无上秘法悉数传授与你。”

李素炫大喜，立刻行礼谢过玉真。这一年多她只将道法当作学问来做，无心修得秘境，却终究是个读书读惯了的，但有些什么机要书卷，别人见不到，她能见到，自然是决不会放过机会。

画舫不大，却很精致，临水有微风，夜深掌上灯烛，几缕光明映射，方过晦日，月相幽隐，天上星辉点点，投射在湖水之上，兀自揽镜自怜，却随波光碎裂。师徒二人静谈许久，也抬头看看天上星月，也低头看看平湖幽暗。

送玉真离开后，李素炫独自一人在画舫上坐了很久，仰望星空，默然无语。此夜深寂，万籁伏歇，山间唯有树影婆娑。星月照耀千秋，世间万载清愁，人知星月有明暗盈亏，历代歌咏感怀，星月却是轮转不尽，自有躔逡，从不理会人间许多深憾。

静默之间，一月来人前风光渐渐淡漠，方才谈笑也慢慢隐去，此刻回想起来，如在梦中。叹人生只如幻境，千般繁华，转身空空无物。人心终究寂寞，纵有百样欢乐，一俟身旁无人，只一缕星辉，便回了原形。或许哪一日身死，魂魄出离，到得别境，恍然梦醒，方知此生历历不过一枕黄粱。

“只怕梦醒，那别境却也是梦境。身在梦中，谁知道梦有几重。只是纵然虚幻，也不悔爱恨，不悔这一世遇到师父，不悔为他流那许多泪、伤那许多心。若此生果然是梦，我便认真做这一场梦。”

## 111

在山下山间欢纵了些日子，李素炫随玉真回了长安城，又半月，玉真回归王屋山，临走前仔细叮嘱，教李素炫用心持戒、臻习经学，将手上琵琶与心中诗词认真磨练。李素炫随众师兄送玉真出城，过了灞桥，惜别相辞。回归玉真宫后又与众师兄盘桓了几日，回了自己家，一番洒扫，一切如旧。早春时种下些许花朵，端木不时过来浇灌，眼下都已开放了。

“韭菜怕长太老，我已割了几茬吃了。”端木笑道，“算日子知道你快回来了，头几日里将粮米、盐酱、柴草都给你备下了。”

“你与那李逊如何？”李素炫径直问道。

“还好，只是近日里他忙些，不时常过来。”

“他不上朝堂、不批公文，也不知道有什么忙的，连你都冷落了。”

“不知道，也没问……也不算冷落，只是见得少些罢了……”

“还没嫁给他，就这等护短。”李素炫小声嘟囔，端木只在一边笑。

收拾好了家中，李素炫挨着个将城里师长友人探望了一番，在家中每日弹习读写、炊煮洒扫，觉得这凡间日子又过起来了。

隔不多久，圣人有召。李素炫将手弹磨得熟练，又加五柱改竖抱后，圣人时常将她召至兴庆宫勤政务本楼，批阅奏疏之余，令她怀抱无伤轻轻弹奏。每次临别时，李素炫都会询问圣人下次要听什么，每次圣人也有些指教，有时也有些询问。

“你这碎女子，往日里甚不讨好人，怎么近日屡次询问朕想要听什么。什么时候学乖了？”

“寻常琵琶上那几百支调子是要日日练着的，圣人嘱咐一句，即刻便弹了。这竖抱手弹仍不精熟，弦律也有不同，许多调子还都没弹过，自然要询问圣人，回去后提前弹习。此乃乐人职事，不敢荒疏。”

圣人点了点头，又说道：“听说你与人奏乐时只弹五色琵琶，人多不知你有无伤，却是为何？”

“怕人嫌手弹声音小，不热闹，故从不以无伤示人。这无伤圣人与贵妃都说好，持盈师父也喜欢，雷先生也喜欢，天下数人识得，足矣，何苦与那不相干人枉论短长。”

李素炫答得从容不迫，既不讨好也不畏惧，圣人屡次不解她为何与其他女乐不同，其实她倒也想得透彻。当今天子并非那般嗜杀又不讲理，不需格外畏惧，只是若哪日当真无由杀人，也不奇怪。总之自己只要尽了礼数职责便好，其他的，担心不担心也都无用，终究这命不是捏在自己手上。李素炫也觉得圣人有些奇怪，贵妃总是令她与端木掌习合乐，圣人却总是叫她单独前来，屏退殿中他人，只令她一人弹奏无伤，间或也令她烹茶，却又嫌弃她手艺太差。

“为听你几曲琵琶，还得忍着饮这等恶茶。”圣人接连摇头，“不过图个清净，不想叫殿内格外许多人在，这才令你烹茶，你这手艺却总是不长进。”

李素炫只笑，低头不语，继续摆弄手中茶事。圣人虽然抱怨，却也还是一盏盏将茶都饮了。眼前女子性子清落，不迎不抗，也可奉乐，也可谈诗，也不话多，也不话少，刚好清净。天下女乐柔媚，圣人反而记不得几个，倒是李素炫这副可恶让他记得牢靠。

六月下旬，天气渐渐有些炎热了，长安城中梅花、桃花、樱花、梨花、牡丹花已开过一遍，眼下满城葱翠，浓荫庇佑。隔了许久，李逊又邀端木出游，樱儿也央李素炫一起去。李素炫本不想答应，却又想见见那李逊，看看他怎么回事。端木不说，李素炫却知道她心中焦急。

出游时共十几人，俱是城中贵胄子弟，带各自甲兵仆役在城外集结后，一同向南山浩荡进发，不分男女，皆胡服骑行，一路飞沙扬尘，只樱儿年幼，独自乘车。到了地方，男子不要侍从帮忙，选好营址，亲自动手扎了棚帐，只教侍从在一旁备好其余应用物什。歇息片刻后，男子整装带兵出猎，也有些女子有武艺在身，弓马同行，多数女子在岸边嬉游，或登舟溯水。

李素炫与樱儿说话，李逊带着端木跟在众人身后，在水边慢慢散步。远处南山上烟霞泻泄，脚下草木临水，露珠晶莹，身旁灞柳轻拂，耳边无数欢声不断。李逊却是心事重重，全无心思观赏。他已与父母谈过数次，父母毫不相让，他愧对端木，却又思念难抑，果然相对又怕露出端倪，便想趁今日人多带她一起出来，众人欢笑，他自己也好掩藏。

端木并无察觉，亲切随行，令李逊心中少许多慌张，只是有些躲着李素炫。身为皇室宗亲，自然不是怕她个小小女冠，只是知道李素炫眼利又心思多，怕瞒不住她，叫她看出端倪来。李逊知道，若辜负了端木，李素炫对他一定鄙夷十分，当他终究是个轻浮公子。他在诗乐、学问、弓马上并无格外天分，为人却甚是敦柔，若是辜负了心上人，又被认作孟浪，免不了格外难过。

一个时辰后，出猎者纷纷回了营地，放下弓箭，擦着额头汗水，闹着比拼所获，叫嚷许久后将猎物丢与仆役。仆役们将猎物收拾好，生了火，或烤或煮，桌案上摆了壶盏，布了时蔬果品。众女子围了半圈，男子也围了半圈，合成个大圈落，各自取出乐器吹弹拨弄，又对饮笑谈。喧闹过一阵子后，火上肉烧得焦熟冒油，众男子拔出腰间匕首将外层熟肉片下来，令仆役与众女子端过去，半生不熟带着血丝的又片下一层来，大口嚼着，佐着酒，将余下生肉又放回火上炙烤，恣意豪情，纵笑不已。

这些少年人大多不过十五六岁，或十七八岁，李逊等其他几人将及弱冠，略年长些，与他们闹了阵子后，聚在另一头安静说话。

“此在下密友端木行止、李素炫。”李逊说道。

“可是殿上献乐那二位？”李逊身旁两人问道，看年齿与李逊相仿。

“正是。”

“在下仰慕，今日有幸。”二人殷勤致礼貌，说道。

端木与李素炫连忙还礼，李逊指着一人说道：“此我挚友崔茗，乃博陵崔氏族人。”又指着另一人说道：“此位身出山东世族，范阳卢氏族人，名卢观，亦是多年密友。他如今已入仕，难得今日有闲暇。我三人自幼比邻，十分相熟。”

李素炫听到“范阳卢氏”，心中一动，记得汝阳王殿下说过，师父卢菡乃是范阳卢氏后人。她不由得格外看了那卢观一眼，见他一身端正凛然，不像师父卢菡那般俊雅洒脱，倒多了几分严肃，只是眉眼间一副君子忍止，与师父有些相像。

卢观见李素炫看了他一眼，复又行礼，微笑说道：“在下卢观，请多赐教。”

李素炫听他口气温和，对他颇起了好感，回了一礼。几人离了众人，围坐一处，饮酒说话。这几人都读过些书，也通诗乐，颇有些话题值得相谈，间或也奏起各自手中乐器，卢观对李素炫怀中无伤大起好奇。

“我见过人手弹，十分罕见，却也是有的。你这无伤多了几柱，又竖抱，却是没见过。”

“也在尝试，还不熟练。樱儿喜欢，每次出来游玩都磨着要我带上，若与人弹奏仍用我五色琵琶。”李素炫答道。

几人谈笑了阵子，樱儿本来安静听着，久了嫌无聊，磨着崔茗带她去骑马，崔茗笑着点点头，带樱儿离开了。卢观与李逊被旁人叫到了一边，只剩李素炫与端木仍旧安静坐着，小声闲谈。

“素儿近来忙些什么？”端木问道。

“被郑先生揪着击习羯鼓，去玉真宫听经，隔几日见雷先生与鹿先生，去阿翁家吃顿好的，去宜春宫转转，或独自在家里，弹琵琶、读书、抄书。我还能做什么，也就这些，别的也不会。”李素炫笑道。

“最近可制了什么新曲？唱与我听一支如何？”

“好。”李素炫点点头，将无伤抱好，轻轻弹着，轻轻吟唱。

烟拢霞，石榴暗开花。泥炉春水慢煎茶，只羡仙家，不羡贵家。

风入纱，轻巧弄琵琶。一弦一柱思瑶华，此生有涯，此叹无涯。

一曲唱过，李素炫停下手中无伤，轻抚五弦，压下余声。端木听得欢喜，说道："这曲子取了《苍梧谣》前一半与《腊梅春》后一半，不知素儿给定了什么名字？"

"依惯例取名《苍梧梅令》。就这几日制了曲，定格，依我师父从前一首五言粗率填了这一支，双调四十六字，两片各五句五平韵。如何？"

"很好，若在燕乐曲破处还可填单调，句法格外活泼些，调子也好听。只是用韵太频，填词不易。"

"韵是频了些，好办，首句与第三句，或首句与第四句可以不入韵，或第三、四句不入韵，五句三平韵，不就简单多了？首句与第三、四句都不入韵也可以，五句两平韵更简单。只是小令用韵如此稀疏，失了些味道。"

端木想了想说道："若是三、四句不入韵，便是三、四、五句共十五字才有一韵，有些没力气，这又不是长调。若是首句入韵，三字一韵，第二句五字也有一韵，后头接个十五字一韵，更没力气。我觉得首句和第四句可以随意，第三句最好还是入韵。"

李素炫立刻点头："端木说得对，以后就听你的。"

二人正说得仔细，李逊拿了壶酒过来，坐下说道："素儿想不想尝尝这酒？我一友人府上所酿，味道不寻常。"说罢注了两盏，递与李素炫和端木。

李素炫尝了一口，连连点头："果然不错，只是甜了些。"

李逊一笑："本不这么甜，那边几个小孩子刚学饮酒，嫌酒气冲，加了蜜糖。"

几人都笑起来，回想自己头次饮酒，非想做出个成人样子来，又要那份豪气，又嫌酒气冲，又嫌味道呛，只忍着咽下去，却没有想出这等好法子来。笑过一阵子，李素炫将盏中酒饮尽，放下盏子，看着李逊，突然醒悟过来。这李逊讨了友人家中酒过来给她，又与她满盏，不过没话找话，其实是想提醒端木与他单独到一边去悄悄说话。

"行了，你二人到那头聊去，莫要扰我清净，还要将好酒分走。"李素炫笑道。

李逊如得赦免一般立刻站起来，对李素炫行了一礼，拉起端木走开了。

“素儿果然敏锐，一盏酒便看出来了。我还担心她看不出来。”李逊说道。

端木笑着说：“你没给她斟那盏酒时我便看出来了。”

“那如何还要等这许久？”

“不忍见素儿独自一人，想陪她阵子。”

“我觉得她似乎是更喜欢独自一人清净。”

“她是喜欢清净，若在她自己家中，我也不惦记。只是这里这许多人，都是三三两两聚在一处，又说又笑，我有些不忍见她独自一人。不过，当真放她独自饮酒、弹琵琶，也无妨，她自己也能快活，其实就是我自己心里过不去罢了。”

两人边说边走，渐渐离李素炫远了。李素炫仍旧怀抱无伤，却没有弹，安静坐着，自斟自饮，看看前方灞柳飞拂，莺儿隐匿，唯阵阵啾啭啼鸣，在柳条窸窣间隐约能闻。

卢观站在李素炫身后迟疑了许久，方才听到她歌声，听得有些沉醉，回味了阵子，刚想走过去，李逊带端木离开，剩李素炫一人，卢观倒不敢过去了。见李素炫独自坐着，两肩瘦削，似乎有些寥落，有心过去，又不知说些什么。犹豫过许久，见她自斟自饮，一副怡然，并无什么寥落，才放下心走过去，打过招呼，隔一尺多坐下，捡了李逊方才那只盏子，注了酒。

“你怎么独自一人在这里？方才调子甚是好听，叫什么？”卢观柔和问道。

“《苍梧梅令》。”李素炫安然答道。卢氏位列五姓，数百年来皆是天下望族，就是皇亲国戚也想与他们攀交情。李素炫从不往这些贵家子身边凑，纵不自认低微，也犯不着贴过去，自讨轻贱。但她也不矫情，倘若哪位贵家子不以出身为恃，对她以礼相待，她也便以礼相回，决不学那悖拧狂狷者，见人有出身，无故也要厉色相对，偏将讦忤当清高。

卢观本以为李素炫性傲，当他是个朱门纨绔，瞧不上他，没想到李素炫会和气答应他。他心里很高兴，笑着问道：“可是取了《苍梧谣》与《腊梅春》？”

“正是。”

“能不能与我唱一遍？”卢观轻声问道，有些忐忑，怕李素炫当他轻浮，以为他将她看作低贱乐人，随意支使。

“好。”李素炫倒没当回事，从容答道，弹起琵琶来，将方才歌谣唱过一遍。卢观饮了盏中酒，又注满，见李素炫盏子空了一半，也与她添满。李素炫停下琵琶，抚过五弦，谢过卢观，将那一盏酒饮了。

卢观见李素炫是个好说话的，心里托了底，立刻兴致高起来：“这调子想是你修润过了，比原调好听，我填一曲，你与我弹琵琶如何？”

“好。”李素炫放下盏子，又弹起来，一遍接一遍，到第四遍，卢观追着她琵琶声唱起来。

金乌战，照百二秦关。赤焰横卷云天半，长河裂谷，终南截断。

摇光暗，堕无数流川。鸡鸣骤雨风荷乱，幽香一缕，弦歌十万。

曲终，李素炫停下，看着卢观，惊讶道：“你这词填得好，一副豪情，果然男儿，文思又快。”

卢观笑道：“也不甚好。你这调子应当是押平韵，我押了仄韵，三仄韵里又夹了一平韵，有些饶舌。词里果有些豪情，却与曲中轻快有些不搭。只是，我若填词，就是这个路数，柔和些的我作不出来。”

李素炫笑笑，说道：“我也填一支。”转手弹起《腊梅春》。

赤焰横卷云天半，长河裂谷，终南截断。
摇光阙宇万重山，皎月出轮，列缺星汉。
龙崖巡纵无数川，浮光明灭，霜华暗淡。
鸡鸣骤雨风荷乱，幽香一缕，弦歌十万。

卢观笑道：“人未曾谬赞于你，果然好。”

“也不甚好。”李素炫说道，“取了你方才词句，拆为头尾。却不能头尾押韵，中间两句不押。没法子，只能也加了韵，前后平仄上却十分不合，又是平仄韵混用。大诗家看了，定要判我个出律。只得将调子临时改了几个音，合上调子便听不大出来，算是作弊成功。”

卢观又将两只酒盏斟满，笑道：“素儿若是男子，定能中个进士。”

“中了进士便要做官，三更五鼓，忙得头昏。何如在这里胡填诗词、胡唱调子快活，还有酒饮。”

两人相视大笑，卢观摇摇酒壶，说道：“这里头空了，你等等，我再取一壶去。”说着没等李素炫回答便起身离开，片刻后又拿了一壶酒回来，仍在原处坐好。

“听李逊说你颇有些量，我却不行，就这一壶，再多不敢陪你了。不然怕回程时不能骑马，要与樱儿一同乘车了。”卢观笑着说道，又注满两只酒盏。

“我师父也姓卢，一口就到头，还不如你。”李素炫笑道，又想起那日夕阳来。身旁人与师父同出一族，她很想打听些什么，只是今日初识，些许诗乐不过寻常话题，说说无妨，家中私事她却不好开口说起，一边与卢观说着，一边不停下决心，却还是觉得如此询问有些不妥。卢观不晓得李素炫所想，只觉得这秀丽女子琵琶动人，诗词迅佳，他心中佩服，乐于与她攀谈，解说韵律、商讨平仄，手边又有酒。他终日忙碌，难得眼下如此松散恬淡。

隔着棚帐，卢观与李素炫听到那头人众欢声不断，卢观笑道：“真是小孩子家，随便就如此快活。”

“你这话说得像个老人家了。”李素炫笑道。

“论年齿我比他们大不上许多，只是他们还在耶娘身旁做个孩儿，我已入仕奉职，每日忙碌，与各色人鬼周旋，轻易再难得如此畅快。”

两人说话间，崔茗带着樱儿回到这边。樱儿满头是汗，累得不轻，却又兴奋，坐在李素炫身边不停说着骑马如何好玩儿。崔茗看着樱儿，笑了笑，坐到卢观身旁与他说起了话。又过许久，李逊带着端木回来，六人排坐在一起，看着西边，那里赤焰金红，太阳正渐渐落向西山。棚帐那头一众人也闹腾够了，捡拾起各自弓箭，嘱咐仆役牵马，准备要回城了。

# 112

李逊与父母仍在僵持之中。他在书房里僵硬站着，父母并不呵斥，却是语气阴森、毫不相让，见他不肯服从，父母都不再说话。越是如此，李逊越是畏惧，忧心想道：“依母亲性子，她若发火，倒好办些，让她火够就好了。她如今不说话，面色也平和……不知她下一步有什么打算。”

许久后，母亲幽幽说道：“此事你不要再有妄图。我实话告诉你，若端木只是个寻常女子，我早有法子了结此事。眼下再给你十日，你若还不能解决，侯府便替你出面。”

“母亲……”

李逊浑身汗毛倒竖，不知道母亲是什么意思，只是听母亲口气，她什么法子都想得出来。

“你先出去。”母亲说道，又加了一句，“记住，我比你法子多。”

李逊惊恐万分，不敢多说，立刻行礼离开。

连着数日，李逊心中压抑，终日难眠，说话走路也有些恍惚失神。父母并不理会他，照旧彼此说笑，或在院中树下乘凉、饮茶，与樱儿柔声说话，询问她课业进展，可有什么新句与耶娘诵来听听。李逊在一旁不远处站着，耶娘只作全然没看见。

李逊心寒：“我若不听父母话，父母便只当我是个外人了。本以为苦苦相求，父母舍不得我痛楚，终究会让步。现在看，我纵然苦到吐口血死了，他们也不会后悔。看他们这副神色，就是要等到我自己挨过去。我若没死，他们还有个儿子，若死了，他们也认了。”

眼见十日期限迫近，李逊无奈独自出府去寻端木。他始终想着母亲所说，不知道母亲所谓法子是什么法子，想多了，隐隐感到骇然。他了解自己母亲，有些事情，她不是做不出来。眼下李逊已是一心昏昧，状若游魂，步伐虚软，一路任由日光暴晒，飘荡着到了左教坊南门口处，却只是呆呆站立在门口一侧，不知道要做什么。

许久后，李素炫从左教坊走出来。最近沈绰病沉，她几乎日日要去探望，今日出教坊南门，刚拐个弯，看到了李逊。她停下脚步，看李逊神色，立时明白。

“早就觉得他近来举止不大对劲，怀疑了许久，只是不敢与端木说。看今日，我是担心对了。”

李逊见李素炫看着自己，也便看着她，目光呆滞。他一路暴晒着走过来，又在阳光下站了许久，额头上冒着汗水，身上却阵阵发冷。李素炫看他这般模样，叹了口气，说道：“你跟我过来。”

李逊梦游般跟在李素炫身后，李素炫到附近铺子里买了两壶酒，带李逊寻个无人处坐下，递给他一壶酒，将自己手中酒壶盖打开，就着壶饮了一口。

“说话。”李素炫命令道。

李逊只是不作声。

“你不说，我替你说。你父母不同意你娶端木，你没法子，只得来寻端木，却不敢见她。”

李逊看着李素炫，梦呓般问道：“你如何知道？”

“你若是负心要弃了端木，便不会如此失魂落魄。除了被父母逼迫，还能因为什么？这几个月就看你不对劲，总是欲言又止，许久也不来寻端木一次，见了我又躲着，还不是怕我看出来。”

李逊落泪，凄声说道：“素儿，我喜欢端木，我真的喜欢她。我不是轻浮子，我不想辜负她……”

李素炫没好气说道：“我知道，没当你孟浪。只是如今你要如何处置？”

“……我不知道。我来是想问端木，可此事……本就是该当我来解决……”李逊说得一片混乱。

“你那么怕你耶娘？”

李逊无奈点头。

“与他们断绝一切，远走高飞，死不相见，又如何？”

李逊呆了半晌，喃喃说道：“……终究是我父母。”

“父母又怎样，你如此难过，他们也忍心，算什么父母？不要算了。”

李逊无奈：“你又没耶娘，说得好不轻松。若是你师父如此不讲理，你也说扔就扔？”

“我师父才不会如此不讲理……”李素炫小声咕哝了一句，却也有些明白了李逊苦衷。又看看他，说道：“罢了，此事也轮不到我与你们想法子。你在这里等着，我去唤端木出来，你自己与她说。”

没等李逊回答，李素炫起身迅速走远，剩李逊独自呆坐。日光像把刀子，在他额头上比画着、磨着、鏨着，李逊闭着眼睛，心想：“若果真有把刀落下来，劈死我倒好。”一边又将壶中酒倒入口中，身上手上一片麻木。

李素炫找到端木，只说李逊在外头等她，端木瞬间猜到七八分。其实这些日子以来，她并非毫无察觉，只是不愿深想，更不愿多说。李逊躲着，端木藏着，两人都知道终有一日躲不过、藏不住。

到了李逊身旁，李素炫说道：“你两个好好商量。”说完便走开，拐了个弯，站在街角等着。

李逊看着端木，说不出话来，只默默流泪。端木静静看着他，眼泪慢慢盈满眼眶，却又狠狠咬着嘴唇，忍着，许久，轻轻说了一句：“我昔为女奴，身不由己，尔贵家子，却也不自在。此事不怪你，不怪我……也不怪你耶娘。这世间想来就是如此。”

李逊近乎溃落，端木狠了狠心，转身飞快跑开。刚出胡同口，被李素炫一把拉住，直接拉去自己家中，且不管那李逊死活。入了屋中，李素炫推端木到榻上坐下，扔了帕子给她。

“想哭就在这里哭，莫要回去让郑先生担心。”

端木却轻笑一声，摇摇头，淡淡说道：“哭什么。此事也是我觍颜做白日梦，不过女奴，居然想嫁入侯府，而今也该梦醒……”

李素炫说道：“此事你定然有主张，想好了来告诉我。你若恨那李逊，我帮你骂他，你若想与他在一起，我帮你们私奔。”

端木吓了一跳：“私奔？”

“如何？若是我，我就敢。”李素炫说得毫不在乎。

端木哭笑不得，倒被李素炫气清醒了。

“他乃宗室之后，无路可逃。逃到天涯海角也会被抓回来。”

李素炫无奈说道：“小时候以为自己是女奴，千般不自由，那时才真叫做白日梦，以为脱了籍就是良人。出了宜春宫才知道，奴籍出身，纵然脱了籍，也还是被看作奴隶。以前从不知道天下人将这出身看得这般要紧，还以为凭自己本事脱籍，会令人格外高看一眼。”

端木只低着头，不说话，许久，李素炫问道：“如今你要如何？”

端木呓语般说道：“他若是个农夫就好了，我随他做个农妇。”

“别说傻话。耕种辛苦，到时候哪里还有心思互相看着高兴，怕不几日就厌烦了。”

“果然厌烦了，我也甘心。眼下却是不甘心。”端木恍惚说道。李素炫递帕子给她，她接在手中，卷起来狠狠咬在牙齿间，强压着喉中哽咽。

“你想哭便哭，干吗这么忍着。”李素炫又气又急，“这里又没人听得到。”

端木凄然一笑，声音仍旧逼仄嘶哑，死死忍着。她不是怕人听到，只是平日里矜持惯了，纵然伤心，也不会如市井妇人一般拍着大腿数黄道黑、连哭带骂。李素炫叹了口气，她自己难过时也是如此，哪怕寻个破抹布来将口堵住，也发不出那般嚎叫声来，纵哭也是默默流泪。无奈之下，只得静静看着端木，等她逐渐平复。许久，端木止住悲伤，换了副平静，轻叹一声，看着李素炫。

李素炫没说什么，拉她到了院中。石榴树已结实，只是果实尚小，色青。看那一抹涩楚颜色便知道，此时正是仲夏，离秋季还有些日子。

两人安静坐着，眼见天色渐渐晚了些，端木平静说道：“素儿，我要回去了。这几日你不要去看我，让我自己待几日。我想清楚了，来告诉你。”

李素炫点点头，送端木到了左教坊南门口，正要往里走，端木淡然说道：“我自己回去便好。”李素炫只得止步，二人行礼告辞，李素炫看着端木慢慢走远了。

## 113

接下来几日，李素炫常去看望沈绰，却记得端木嘱咐，不敢拐到那头院落里去探望，忍着心中惦念，等端木来寻自己。

二十四日清早，李素炫带上酒，牵赤骏出门，到了龙首塬上。此时暮夏，草木极致茂盛，近身处草荡起伏，远方有烟树碧影，野花微开，任性却仍旧微末。李素炫蹚着深草走了许久，在树下停住，注酒，酹酒在地，一一拜过四面八方。

“师父若在，今日满四十三岁。”

她安稳坐了下来，轻轻弹起无伤，自斟自饮，兀自思量：“师父没见过我这无伤，也不知道他喜不喜欢。应该会喜欢，从小我便作妖，只要说得出道理来，师父哪次不是帮着我。”

李素炫写过数十首《长相思》，有些唱与人听，有些未曾有人得闻。那不与人听的，只留给师父卢菡。眼下怀中无伤质朴，弦声清越柔和，一点淡淡声响，如流萤细细，又明亮。她弹开了指，轻轻唱起歌调来，塬上无人，她却收着声音，知道师父一辈子是个安静人，不喜欢热闹。

长相思，相思长，来世今生各渺茫。
簌簌风挟雨，粼粼雪照窗。蛾眉挑雪鬓，轻骨薄衣裳。
徒手濯笔砚，跣足坐藜床。宿墨淡含烟，游丝微有光。
一身坠紫竹，十指拂空桑。凌厉弹法曲，闲读旧文章。
纵酒尽醍醐，徒歌效楚狂。闲作吴丝语，轻吟不自伤。
长相思，相思长。

长相思，人不知，瑟瑟流芳逐水逝。
朝吟雨催诗，暮写断肠词。
独身寄荒院，淡忍作书痴。
落落不问人间事，素手只弹朱弦直。
纵有相思难相诉，精魂又见可有时。
长相思，人不知，年年雁归迟。

长相思，难相守。一身骁勇是孤愁。
快哉垄上行，碧色初晴后。飞扬灞水霜，萧瑟隋堤柳。
乱花迷野径，群鸟鸣啁啾。踏马纵余霞，归云风满袖。
摇光诵子夜，庭树酌北斗。细雨空竹声，寒辉桑落酒。
鹿管游丝劲，商锥铁线柔。任凭毫笔秃，写到梅花瘦。
长相思，难相守。碧弦无奈诉清幽，十载琵琶徒锦绣。

长相思，思难平。
烛影向清宁，耽书夜枕冰。

半生诗乐苦，辗转记前盟。
箫管蹉跎误曲辞，琵琶散乱迷风城。
庭树婆娑摇碧叶，窸窣仍是从前声。
长相思，思难平。

李素炫熟知古今典实，却不喜欢在诗词里频繁征引，用典过于频密，看似高深，也是做作。可她写起《长相思》时却时常用典，又不肯好好用，不拘什么，只要沾边，便抓过来硬塞进去，好像生怕将话说得太清楚似的。有些事，她希望师父知道，又怕他知道，想告诉他，又不敢明说，凌乱过后，又觉得自己幼稚可笑。她心里从没有什么大思想，真有，还好办了，一瞬的决心便能够断念，自此清净。她心里只有无数小念头，像无数毛毛刺，不锋利，反而是黏的，细细密密，永远择不干净。

歌了，李素炫手上未断，落落弹过五个时辰，饮尽了一坛酒。天上流云奔逝，身旁飒飒行风，她心中感叹，每日周旋红尘，自觉日渐面目模糊，唯有此时与师父相伴，才觉得自己依然与从前一般，只是师父身旁小童，伶俐顽皮，不谙红尘，无忧无虑，只心头那一点纠结，也是头等大事。

傍晚，日头压得低了，李素炫起身将无伤缚好，呼哨一声，赤骏自不远处跑过来。她牵着赤骏走上大路，上马飞身回城。到了通化门口，下马，回身向着龙首塬深深行礼。

“素儿到了，师父不消再相送。”

李素炫想着师父，静淡间过了夏末，秋日来得匆忙，招呼一声便追着夏日离开了，秋蝉恹恹，零星鸣过了最后几声。秋水微凉，秋叶纷堕，红林染尽暮云，天边一片霞光明亮，照映在小小庭院里。李素炫穿了件深色粗衣，挽着袖子，摘了石榴树低处最后几颗石榴，在树下铺了张席子坐好，将石榴籽一粒一粒剥出来，放在膝头上小笸箩里。都剥好了，将筋线碎絮捡了一番，将石榴籽泡在酒中，预备明日给沈绰送过去。

泡好石榴酒，她开始拣选些青豆子，煮白粥时可以放进去些。院角处扎着一小块矮篱笆，种着葫芦藤，眼下已罢园，葫芦被摘下，挂在门楣外头晾了起来，皮上颜色还青着。屋檐下韭菜已有些老了，勉强还可以再收割一茬，洗净了用一点细盐杀水，然后两三棵捆起来打成结，放些姜丝、蒜末和一调羹浆酒、几滴蜂蜜腌渍一夜，就着青豆粥，很美味。这做法是阿翁教给她的，她已屡次试过。上午从阿翁家回来时，阿翁还给了她一把豆叶，告诉她择干净了用滚水烫过，过冷水，攥干净，切两刀，再撒上些豉汁，拿来下饭很鲜美。

李素炫低头认真做着活，夕照潋滟，有如波光，在她眉间额头上来回荡漾。她手指狡黠，捏着那些小豆子、小叶子，轻轻挑动指尖光亮，如逗弄琵琶丝弦一般。赤骏未配鞍鞯，一身轻松，李素炫平日里都放它在院中随意闲在，夜间它自己知道要回马屋里去。它也偶尔将葫芦叶子偷几片来尝尝，只是不大喜欢韭菜。眼下见主人择着豆叶，它忍不住走到近前，像狸儿一般将脸凑了过来。

“你是要尝尝这豆叶？”李素炫问道。

赤骏倒也矜持，眼巴巴看着，不过来抢。李素炫笑笑，将豆叶分出一小把来递过去，赤骏开心吃了，嘴巴来回嚼着，偶尔轻轻甩甩尾巴。它浑身盈白如皎，夕阳渐渐浓郁，将它全身染得耀眼，项上鬣鬃如金鳞闪烁。

李素炫笑着回头说道：“我骏儿真是好看。”说着站起身来，拍拍它鼻梁。白日里阳光将一盆水晒得温热了，她拿来与赤骏饮些，接着将衣襟扑打干净，将簸箕、酒坛等拿回屋中，又掇了把扫帚将院子扫了扫，洒些水，压了尘土。

夕阳越发压得低了，院中有些幽暗。她换了件干净衣裳，将无伤取来，坐在石榴树下轻弹了阵子，权作歇息。停下来时天色更暗了，她抱着无伤，看着西边，见那夕阳渐渐落下去，将最后一点回光抛了过来。

“若是师父还在就好了。”她幽幽想道，“人都说我聪慧好学，我实非如此，不过世间寻常人，从不是什么志气女子。若是师父还在，莫说荣华富贵，便是诗书学问，我也可以不要。只愿每日跟在师父身边，他若弹琵琶我便帮他调好弦律，他写字我帮他研墨，听他诗句，听他箫管，听他瑶琴。若是师父累了想歇息，我不扰他，到院中来，择了豆叶、割了韭菜，做两个小菜，明火上煮好白粥，烤了茶饼，等着师父……若果真如此，要什么人前风光，我情愿一辈子在师父身边做个侍女、书童，每日照顾师父起居，跟阿翁学手艺，阿翁教我做的，我都做了与师父尝尝，也好好学学缝补。做什么才女，要什么书名诗名乐名，只要能在师父身边，每日能看到他，听他与我说几句话，就是做个粗使婢子又如何不好……”

胡乱想过许久，轻叹，又一想：“罢了，师父若当真想要个粗使婢子，何必花那许多年头教我诗书画乐。他一定是喜欢我做个才女，博个文名，才不稀罕我与他炊洗洒扫……再说，这些事我又真的干得不怎么样。”

她怀抱琵琶安静坐着，也不难过，只是忍不住胡思乱想，看着天边那点儿回光渐渐暗淡了下去。

## 114

第二日，李素炫去了左教坊看望沈绰，带着石榴酒，看能不能将她咳嗽治好。沈绰一直没有好起来，日渐消瘦，越发神魂飘散。李素炫屡次问过郎中，郎中也只无奈摇头。

“如今固然针药有限，却也并非不治。只是她自己一番了无生趣，神医也没法子。”

李素炫恐慌，柔声劝慰沈绰不要总是太难过，沈绰却摇头说道：“我没什么难过，我只是……只是觉得无聊罢了，也有些无望。就算医得好身子，后半生也不知道要做什么，没个奔头。以前以为有男子相伴，终日爱恋，便有生趣，如今一想，也不觉得如何，男子也是麻烦……”

李素炫想了片刻，努力搜刮枯肠，却想不出什么劝慰话来。沈绰看她样子，笑道：“素儿却是从不指望男子，若是果然无意于男子，一生独自一人，也好。”

李素炫低头，勉强笑笑，不语。

沈绰虚弱，说几句话也没大力气，背上也要靠着。屋中昏暗，越发衬得她脸色苍白。李素炫想劝她振作起来，却还是找不到说辞。许久，沈绰说道：“我知道素儿想劝我莫要轻弃。”

李素炫难过，看着沈绰，点点头。

沈绰沉默许久，最后说道：“我不想再挨下去了，也没力气了。”

李素炫骇然，不知道沈绰何意，抓着她手哀求道：“阿姊莫要如此想，素儿求你了。”

沈绰笑笑，拍拍李素炫两手，再不说话。两人默默对坐许久，又勉强说了些闲话，李素炫告辞，临走时嘱咐沈绰："阿姊莫要灰心，素儿这几日不时过来探望。我师父死后，我也屡次想死，有时候想上一整日，也想不到个理由不死。只是等过了那阵子，又觉得，既然没死，就该当用力活着，哪里还要什么理由。"

沈绰点点头，目送李素炫出了门。李素炫一路走着，一路忧心忡忡。出南门不多远，又看到了李逊。这几日每次进出南门，总能看到他，总是等在那里，一副失神。有时李素炫上去与他答话，有时只在远处看着，心中复杂，也难过，又帮不上什么忙。端木那边，李素炫忍了很久，还是忍不住去看了她，她看起来平静许多，只是更加沉默，李素炫与她说话，她总是有些迟钝。这样子令李素炫格外担心，知道端木惯来隐忍，看着平静，却不知背地里何其痛楚。可是每次问些什么，她却只笑笑，转身走开，李素炫也不敢追着她问。

眼下李素炫看着李逊一副失魂落魄，想了很久，又回了左教坊，去了大院落中，告知端木。

"也不知道他要如此等到什么时候，他又进不来，你也不出去，也不知他等的什么。"李素炫说道。

其实，李逊也不知道要等什么，他只是觉得南门处离端木最近，别的，他心乱如麻，根本想不了。父母已为他定亲，聘了裴家女子，并安排好了冠礼，就在九月里，冠礼后转过年来，他便要成亲了。李逊闻听父母安排，如遭雷击，却也只能在这里等着，冒着酷暑，终日无一口餐食，水也不饮一滴，苦苦折磨自己。端木和李素炫都不知道，好几晚李逊都没有回家，在南门口等了一夜，待清早天明，又等过一日。父母派人在远处盯着，却不干涉，只觉得挨过去便过去了，无非一个女子，李逊纵然痴情，又能多久。

端木听说李逊又在南门口等待，心中绞痛，狠狠咬咬嘴唇，身上微微颤抖。许久，轻轻研了些墨，提笔取了，在一张纸上写下几行字，将纸折了几折，将从前李逊所赠凤首金簪取出，压在纸上，交给李素炫，嘱咐她拿去给李逊。

"端木……"李素炫看着端木，泪水一时忍不住落下来。她将金簪拿起递到端木手中，声音颤抖，说道："这簪子你还是留下……莫要如此决绝，伤了李逊，更伤你自己。你就留着做个念想，终此一世，你们彼此也忘不了。”

端木点点头，将簪子接了，反倒给李素炫擦擦脸颊，柔声嘱咐道：“素儿快去，我没事。”

李素炫狠狠心，转身跑开了。端木轻飘飘去了西头院子里，进了废殿。关上殿门，痛楚汹涌袭来，她瘫软在地上，只觉得天旋地转。

“卢先生，素儿每次难过，都躲这里来，我今日无路可去，也来了。望先生收留我一阵子。”

李素炫到了南门外，李逊连忙迎上来，却又满脸怯怯。李素炫将纸递给他，他立刻明白是端木叫李素炫带来给他的，伸手接了，将纸展开，见上面简单写了几行字。

世事尽荒唐，何由论短长。
一别各两讫，不见如参商。

李素炫说了一句：“端木将你金簪留下了，一生做个纪念。”

李逊顾不得身份，踉跄退了几步，靠在树上，低头掩面，痛哭不止。李素炫只能静静看着他，当此刻，什么安慰话都是多余。

许久，李逊站直了身子，不顾脸上泪痕，也不擦一把，只深深行礼，说了声“李逊谢过”，转身飘忽而去。李素炫没有拦他，也没有追过去，只看着他跌撞着走远了。

李逊一边走，一边任由泪水流得恣意。他恨自己懦弱无能，不得不屈从父母，哪怕是分手，也要端木一个弱女子来说最后一句话。他从不敢梦想世上有端木这般女子，真见到了，只如在梦中一般，就是看她一眼，也觉得此生不枉。端木入宫后，他满心绝望，不想她竟去了奴籍，出了宜春宫。当时李逊欢喜得数日无心衣食，实在按捺不住了，冲到院中舞剑，累到透彻，瘫在地上，看着天空傻笑不停。每与端木相约，竭尽心思讨她开心，走在路上也要护着她，如同护着世间至宝。他曾以为身出富贵乃上天眷顾，怎知富贵也不白得，又以为只要放弃一切就能与端木厮守，怎知富贵也缠人，想得的得不到，想推的又推不掉。富贵予人自在，也夺人自在，千般奋力，不可挣脱。他与端木这一世情缘，终究落地成灰。

# 第九章　歡聚

天宝七载（748年）八月—十月

# 115

端木和李素炫已为月牙儿笄礼准备了许久。宫外带不进去太多物什，宫里也不缺什么，两人商量过后，颇凑了笔银子出来，为月牙儿备了支赤金簪。到了日子，二人早早到了宜春宫，月牙儿早就在门口处守着，见了二人飞一般扑过来，开心得手足无措。端木将个小布包取出递给她，她小心接了，打开，见到里头赤金簪，颇看了阵子，惊讶道："这可是金簪？"

"是。"端木笑道。李素炫也笑着，心里难过，话也不想说。她这阵子一直跟端木在一起，一直没见端木有个笑模样。今日见了月牙儿，端木笑得柔和，心里多苦却没人知道。

月牙儿接连摇头，将簪子递还给端木："金簪贵重，月牙儿不敢。"

"有什么不敢？给你就拿着。"李素炫说道，将月牙儿双手又推了回去。

月牙儿怯怯看着，端木笑道："素儿亲自寻下了匠人，还怕人不仔细，盯着人打的，颇费了一番心思力气。月牙儿莫要再推却，当心惹恼了素儿，她可不好惹。"

月牙儿只得将手收回来，握紧簪子，万分欢喜，固然金簪贵重，也是知道端木和李素炫十分爱护自己。三人说笑着朝里头走，到了正堂，众女乐已备下酒水，有司皆在其列。女乐们都喜爱月牙儿，乐意为她张罗，知道今日端木与李素炫要来，也格外高兴。宫中无有月牙儿女尊长，一月前月牙儿央端木为正宾，与她加簪。端木开心，一口应承。

仪程开始，依序道道行礼，李素炫与众女乐在一旁奏乐，看着月牙儿拜谢了天地承载、日月照耀，又束发、更衣、加簪，待与众人行礼相谢时，已是成人模样。

礼毕，众人饮酒欢笑，端木悄声对李素炫说道："你我近一月不曾来了，众人一定是要问问宫外头新鲜事。只是今日毕竟月牙儿笄礼，礼毕就将她丢一边，只顾谈笑，她怕是要伤心。她与你最要好，我与众人说话，你与她说话，莫教她难过，当我们冷落她。”

“素儿明白。”李素炫点头，佩服端木心细。

“只是看架势众人定是要轮番劝酒，我挡不住时，你可得来救我。”端木笑道。

“放心，一定救你。”

李素炫想，不如让端木痛快饮上一场，略醉些，能好好睡一觉，若真的多了再出手相救。众女乐笑闹不止，李素炫一直与月牙儿在一边小声聊天，问问宫中情状，讲讲外头见闻，说说东市西市，也说说终南山水，也要一番声色将阿翁手艺说上一遍，也说说阿翁家狸儿。

“那狸儿如今又肥又大，在后背上拍两把，像拍一口袋米面。它喜欢人给它抓痒痒，一舒服，喉咙里就呼噜个没完。每次开饭，它都过来讨吃，吃饱了就去外头，趴在赤骏身上。赤骏自顾嚼草料，不理睬，也不知恼不恼它。”

月牙儿听得眼都不眨，宫中罕有狸奴，她听得满心欢喜。那头众人十分喧闹，说了许久宫里宫外闲事后，果然开始轮番劝饮，又行酒令，又摇盅子。端木酒量寻常，看看要顶不住了，李素炫小声对月牙儿说道：“不与你说了，我得去救端木。”

月牙儿叫李素炫哄了这许久，开心异常，眼下直点头，连连说道：“素儿说的是，快去救端木。”

李素炫拍拍她肩膀，起身过去，对众女乐行了一礼，说道：“我来替端木。”

众女乐嚷道：“饮酒怎么还能替？不许替。”

“那便与你们同饮。”

众女乐又嚷：“你饮酒如饮水，百般无趣，不与你同饮。你去给我们弹琵琶。”说着将她拉到一旁，按她坐下，掇过五色琵琶来塞到她怀里。

李素炫又气又笑，她不消走到哪里，旁人也不劝她酒，也很少拉她聊天，只要她弹琵琶。玉真宫中虽有仆役支使，女冠仍要亲自劳作，以为修行，众师兄却总是替她将活做了，只教她在一旁弹奏。有时见众师兄侍弄院中小苗，她好奇，也想凑个热闹，却只是刚刚凑过去瞧了一瞧，还没浇上两瓢水，便被众师兄拉到一旁弹琵琶去了。今日在宜春宫中，天下顶尖女乐汇聚之处，她连几口宫中佳酿也讨不到，仍是要老实弹琵琶。

“下次将你无伤带来，这五色琵琶艳丽花哨，出去好哄外头人，在宫里可没什么稀罕。我等倒想听听你那手弹清素琵琶。”众女乐俏笑着嘱咐她。

李素炫只得点头，无奈说道：“你等若要我在一旁弹奏，就不要再劝端木了，不然我定丢下琵琶与你等对阵，一决雌雄。”

众人大笑：“都是女子，决什么雌雄，你好生弹琵琶，莫要赖皮。往后但来宜春宫中，只许弹琵琶，不许饮酒。哪日也如我等一般会醉、会晕、会吐，再与你同饮，不然我等看着你便恨得慌。”

李素炫只得耐下性子来好生弹奏，众女乐倒也饶过了端木，再未劝她。

晚上散了酒局，李素炫扶端木回屋时，端木已是脚步不稳，说话倒还清楚。

“素儿今晚别回自己屋，与我说话可好？”

“好。”李素炫应着，扶她回了屋中。二人离开宜春宫后，总管将屋子为她们留下了，有时过来排演，太晚了也临时住一夜。只是眼下屋中空荡，踢到箱子上连回声都有了。

李素炫将端木扶到榻上躺好，给她盖上衾被。看看她脸色，醉得不厉害，只是这许久一直拼着笑脸，又骤然松懈下来，她眼下疲惫不堪。李素炫放了些心，拖过条衾被来给自己盖上，也躺下，熄了灯。

“素儿，前阵子我总与李逊在一起，许久也不与你见一次，可是怨我了？”端木问道。

“没有。”李素炫摸着找到她手，轻轻握住，小声说道，“你若开心，便自去开心，不开心，就来寻我，一定陪着你。”

两人各自执鼓杖、拨子，经年按习，手上都起着厚茧子，眼下两手握着，手上茧子互相磨着。端木在黑暗中不停流泪，再未说话，渐渐入睡。李素炫一时难眠，她与端木自小无话不说，长大后，除商讨乐事外，渐渐没有太多能说的。二人本就性子不同，出了宜春宫，又有各自生涯，能说的越来越少，却仍旧互相信任无比。伤心时一定要互相去找，哪怕没什么话可说，只在一起各自看书写字，消磨过一个下午，便能心安。余生里二人仍需各自努力，谁也不是谁出路，却是彼此今生退路。

# 116

连着数日李素炫没有见什么人，隔日带赤骏出去，沿城垣驰道绕长安城飞跑一圈。八十余里路程也不短，回到家，她累得浑身疼痛，瘫在榻上，半晌缓不过来。赤骏却不在意，吃些草料，甩甩尾巴，独自在院中溜达几步，一副闲适。

院中石榴树每日都要落下些叶子来，枝条渐渐枯索了。李素炫穿件粗衣，拿个扫帚将落叶扫了，又逐个查看院中几口坛子。前几日阿翁与她腌了几样小菜，她连坛子拿回来放在院中，记得阿翁嘱咐，不时翻搅，将上面的压到底下，底下的翻上来。院中衣裳晾干了，她收回屋里叠好，都忙完后，回案几边坐下，解开袖口，拾起锥管来随意写字，指头上还略带着些姜蒜味道。夕阳压低时，光芒扫进屋中，站在窗口就能看到赤骏被夕阳染得炫目，静静站久了，怀里金蛉轻轻鸣叫起来。

不久前，汝阳王府曾着人传汝阳王口谕，教李素炫八月二十五日下午酉初到王府中饮酒，又尤其嘱咐带上无伤前往，不消带五色琵琶。李素炫领了口谕，暗笑："果然，每次名头总是饮酒。"

两日后，王府派了车驾前来迎接，到得府中，总管将李素炫引至上次小花园里。走到近前，见汝阳王仍是一身缁衣，斜身靠着，园中也只两张席子、两张小案几相对，无有第三人。李素炫过去行礼，李琎看了她一眼，见这女子与前几次一般，一身青衣，不施粉黛，腰间坠着紫箫金袋，举止从容，落落不惧。他微微点头，示意她坐下。

"你素来不应私请，这几次可算是与孤破例？"李琎问道。

李素炫笑着点点头，将无伤从肩头卸下，轻轻放置一旁。

"为何？"李琎又问。

"殿下乃我师父旧友，是素儿长辈，素儿不敢相拒。又听闻人说，殿下精擅弓马，诗书俱佳，丹青习于吴道子先生，颇有境界，又是贺怀智先生琵琶弟子，又曾得圣人亲自教习羯鼓。素儿对如此人物心有敬意，平白心里就觉得亲近。"

李琎心想："也不知她说的是实话还是奉承话，只是听她意思，十分看得起聪明人，一朝贵胄倒算不得什么。"

李素炫说的当然是实话，只是李琎身出宗室，一生受人逢迎，什么好话都不太信。他哼了一声，又问道：“若是孤不认识你师父，又是个白丁，人又笨拙、懒惰，你想是不来了？”

“自然不来。”李素炫应声利落答道。

李琎无奈，看向园外，示意仆役上酒。仆役穿梭忙碌，布下执壶、酒盏、金箸。李素炫对李琎说道：“素儿带了件小礼物来，稀罕难见，殿下定然喜欢。”

“稀罕？”李琎问道，心想，“不知她一个小女子能有什么稀罕物，连我也没见过。”

仆役自李素炫手中接过个小纸包，走到汝阳王面前，恭敬放在案子上。李琎将纸包打开，看了一眼，也不认识是何物，只是灰白软塌，看着不像什么金贵物，另有一张纸，写了几行字。

“这是何物？”李琎问道。

“蒙殿下屡次好酒款待，素儿感谢。这是萝菔做的，不值得什么钱，看着寻常，却是美味罕见，只是要恰当炮制才行。”

李琎没太当回事，随口问了句：“如何炮制？”

“法子素儿写在纸上了。今日这两枚，素儿拣一枚亲自与殿下制好。”

李琎点头，嘱咐仆役帮忙，兀自拿起酒盏啜饮，心里好笑：“我这辈子倒是头次见有人拿两枚萝菔当礼物进献。怕是天下也无人拿两枚萝菔来献于一朝王爵，还如此当作宝贝。”

李素炫嘱咐仆役道：“对剖成四条，切一分厚，再拿过来。”仆役点头，刚要离去，李素炫又嘱咐道：“烦请与我取一双木箸来。”

李琎问道：“为何不用金箸？”

“太重，不顺手。”李素炫答道。

李琎摇头，小声嘀咕：“……没个富贵命。”

李素炫只低头笑笑，仆役很快将萝菔切好片奉了上来。李素炫使木箸夹着萝菔片，一片一片竖起来，互相靠着放稳，每两片间又留些空隙出来，之后，拿起盏子将酒倒了进去。

“这萝菔脯是我阿翁腌的，存了三年。食前现切片，竖起来互相靠着放好，以酒激之，去了三载浊气，无比鲜美，又有嚼头。只是要醒得刚好，醒得不够会有怪味儿，醒得久了又叫酒味盖了鲜美。”

她说着，将萝菔脯一片一片捡出来，控了酒，在空碟子里布好，奉到汝阳王面前，恭敬放下。

“这小菜佐酒上佳，殿下请尝尝。”她说罢退回自己席子上。

李琎本来斜靠着，有些懒得起来，这会儿又好奇，虽看那萝菔脯颜色不甚有食欲，也还是挺身拾起金箸来，夹了一片放入口中。初时不觉得什么，嚼了几下，觉得这萝菔脯颇有韧劲，接着，便尝出鲜美来，味道果然独特，与寻常任何食物都全不相同。

李琎顿时胃口大开，连捡几片放入口中，放下金箸，许久，无穷回味。李素炫见李琎喜欢萝菔脯，十分高兴，说道：“殿下若喜欢，素儿下次再拿些过来。这只是腌了三年的，之前有腌了五年的，味道格外不同，只是眼下没有了。若是十年二十年的，味道怕是想也想不来。”

李琎笑笑，又取了酒盏在手中，说道：“这味道此前从未尝过，孤什么山珍海味都见识过，几片萝菔脯倒尝不到好的。”

“人得世间之物，或因富贵，或因机缘。王侯府第不缺锦衣玉食，萝菔脯寻常且贱，穷人不过日常饮食，贵人倒轻易见不得，此便是机缘。不过，这萝菔脯是我阿翁做的，与寻常萝菔脯也确实不同，旁人做的也是没这个味道。阿翁所制萝菔脯数种，这种最耗工夫，从不售卖，只留着自己享用，外人尝不到。我能尝到，更是机缘。”李素炫笑着说。

李琎闻听，微微长叹，心中感慨，又对李素炫笑笑说道：“素儿可尝尝这酒，与上次的不同。”

李素炫饮了一盏，点头道：“果然好酒。”接着，两手相抱，对李琎认真行了一礼，说道：“素儿有一事，恳请殿下赐准。”

“何事？”

“素儿头次来时，殿下与素儿看了钟相所录《甘露经》一尺，那上头有七个酒方子。我阿翁会酿酒，我问过，他说，这些酒从不见有市售，但其中两种在城里便能凑齐物料，他能酿出来。素儿十分好奇，想请殿下准许素儿酿制些来。”

李琎惊疑半晌，问道：“……你将那个七个方子记住了？”

“殿下莫怪，素儿不是有意冒犯，初时果然是看钟相字迹，只是多年背书习惯了，稍不小心，忍不住顺道将方子背了。若是殿下不许素儿酿制，素儿定遵命，也不敢将方子透露与他人。”

李琎不信道：“孤屡次听人说你过目不忘，一直半信半疑，若是诗词文章，也不是全然不能，可酒方子如何记得住？那里头许多物料你怕是都不识得。”

“物料果然不识得，但是字识得，便能记住。”

李琎想了想，皱皱眉，又摇头：“……孤还是不信。”

李素炫笑道：“殿下可再试试。”

“好，再试试你。”

李琎想了想，命人去将《甘露经》取来，放在案子上又展开一尺余，叫李素炫过来观看。李素炫笑了：“殿下上次与我看了一尺，我便记住了，这次我若再记住，可又要对不住殿下。不如换些别的。”

李琎说道：“你往日里读书多，若是拿些经史辞赋，怕你读过。唯有这《甘露经》乃我府中密藏，你往日里肯定没见过。”

李素炫笑着低下头观看，一刻钟多，李琎将手卷收了，问道：“记住了？”

“记住了。”李素炫说道，接着，脱口而出，将那一尺余卷轴上几个方子和酿法背诵了一遍。

李琎默默无语，拿着盏子不停啜饮，李素炫好笑，那盏子明明已经空了，他不停比画着饮酒，竟然一直都没有发现。许久，李琎突然朗声笑了，连连摇头：“孤一直以为，所谓过目不忘不过是个夸大说辞，专编出来好叫笨人自惭形秽的。春日里姑母说起过你有这本事，孤没当真，一个闪失，着了你的道，被你赚了一尺多，今日孤又不信邪，又被你赚了一尺多。孤这《甘露经》共五尺余，已是被你赚了一少半了。”

“素儿得罪了。”李素炫笑道。

李琎长叹一声，索性将《甘露经》余下三尺多全部展开，对李素炫说道：“既如此，这《甘露经》便传与你了，你将这余下的也都记在心中。”

李素炫迟疑未动，半晌说道：“如此秘方，不是该传于儿孙？素儿觍颜得了这两尺，已是感激不尽，不敢再贪求。”

李琎淡淡说道：“传与你，不会害了你，传与儿孙，却会害了儿孙。”

李素炫不解，觉得话中有深意，不敢询问。李琎又笑道：“日后酿了酒拿到集市上，定能卖个好价钱。只是须得明白告诉旁人，你乃酿王弟子，得曲部尚书亲传《甘露经》髓要，故能制此佳酿。莫要让孤赔了宝贝方子，还赚不来个吆喝。”

李素炫立刻行礼相谢，低头默读面前卷轴上文字。李琎自斟自饮，隔案几看着李素炫，见她神情端肃，双目静定，神魂凝聚。只两刻钟，李素炫将余下三尺多也记得牢靠，又与李琎深深行礼谢过，退回自家案几旁。

李琎心想：“这女子琵琶好、诗词好、书学好，却也不是天下唯一。中华广大，比她强的、不比她差的，大有人在。独能过目不忘，实天与其异分，怪道卢照寂钟爱异常，视若性命。”

他心中对李素炫起了些佩服，说话间便带了些玩笑口吻：“素儿善饮，若是不饮，令人生恨。若真饮了，不消多少，只如饮水一般，又惜了这好酒。恼火你也不是，不恼火也不是。”

李素炫只笑不语。说话间，李琎连着饮尽了几壶酒，也不消仆役侍奉，自斟自饮，一盏接一盏，须臾不停，也不动其他菜品，只就着萝菔脯，也不动金箸，只用手取。

李素炫忍着笑问道：“殿下如何也不用金箸？”

“果然重，不顺手。”李琎头也不抬答道，不断斟酒，又连饮数盏。

李素炫有些不解。从前多曾闻听汝阳王擅弓马，这几次相见却觉得他身子有些羸弱，不知是不是终日饮酒太过。他说话口气清淡贵雅，今日却又觉得他口吻中不时有片刻恍惚，每每轻笑，却像是叹息。

又几壶酒尽后，李素炫估摸着李琎饮了将近一斗了，可他仍没有罢手之意，仍不断叫园外仆役入内再送酒来。李素炫看着他，他没有理会，话也不说，又连着饮了两壶，才淡淡说道：“素儿可将无伤弹上几曲。”

“是。”李素炫领命，伸手取过无伤抱在怀中轻弹。几曲过后，李琎又取了一壶酒，李素炫很担心，手上不觉慢了下来，尚未停手，便听李琎喃喃说道：“没让你停，就别停。”

李素炫点点头，又认真弹起来，许久后抬头看向对面，见李琎斜身靠着，头微微仰着，合着双眼，似乎是睡着了。饮了足足一斗酒，却未见他面色赤红，反而是愈发有些苍白。

眼下秋日深了，傍晚时分已有些寒凉。李素炫轻叹，放下无伤，走到园子外，叮嘱王府中仆役取件织毯来与李琎披在身上。长安城里凡有酒局，多半有茶事后备，好为醉酒者醒酒。李素炫猜测汝阳王好饮，仆役定有所备，令将一应烹茶物什取过来。仆役即刻听命，一人入了园中将毯子与李琎披在身上，其余几人陆续将茶事备好。

李素炫将袖口卷起掖好，将茶饼撬开，夹着在火上烤过两面，又碾碎、过筛、量定水方，做好烹茶准备，然后回自己案几旁坐好，重又抱起无伤轻弹。天色已然暗了些许，霞光熄灭，仆役在园中挂起许多灯笼。李素炫边弹边看着对面李琎，见他身子静定，面如凝霜，微锁着眉头，神情略带疲惫。李素炫心中怜悯，总觉得汝阳王与师父卢菡那般相似，一般风骨跻然，却又淡忍，不逞煊赫热闹。尘世浩大，他只在安静处旁观，看得清这尘世，却从不被这尘世看清，有些寡欢，也略落寞，光华凝敛，不闪烁，只如幽暗中一枚伤玉。

李素炫叹了口气，指尖仍旧轻盈，几音转入新曲，弹过两遍后，随意轻唱了几句。

忍将夕照辞绝，残月，花又缺。静定漏声满秋夜，酒未解，歌歇。

柔和两句后，她再不唱，只弹。手弹本就柔和，丝弦更加温润，无伤比寻常琵琶又格外多了许多音，轻轻弹到微脆处，弦声纷洒如屑。一片安静细碎中，李琎淡淡说道：“素儿这《荷叶杯》填得甚好。”

原来李琎并没有睡着，只是饮得多了，一时头晕不适，靠着歇息罢了。他听到李素炫低声嘱咐仆役，只是听不到说些什么，片刻后有人过来为他披上条织毯，猜是李素炫嘱咐，接着又听到她摆弄茶事。只是李琎身上疲惫，懒得睁眼，蒙眬中听听琵琶声，觉得心下抚慰，许久后听到李素炫唱了《荷叶杯》，才说了这一句。

“小令，只二十余字，声短，容易些。”李素炫答道。

“固然声短，却又韵频，你选这韵又窄，俄顷成就，十分不易。”李琎闭着眼睛说着话，声音虚淡，身上仍然无力，没有动，又听李素炫将无伤弹过许久，才好了些。他四肢用了用力，调聚些精神来，坐了起来，稳稳身子，又将酒盏拿在手中。

李素炫见他苍白疲惫，心中不忍，两手不由得渐渐停了下来。

“殿下……”她有些迟疑，又瞬间鼓起勇气说道，“殿下今日已饮了许多，就不要再多饮了。”

“不关你事。”李琎将酒送入口中后又说了一句，“弹你琵琶。”

李素炫执拗未动，看着李琎，李琎瞥了她一眼，说道：“不要以为你是孤故人之后，孤便舍不得处置你。”一句话说得不客气，口吻却只是平淡，头也不抬，又斟了一盏酒，饮了。

李素炫无奈。李琎比师父年长两岁，虽看着尚未露出老态，却终究年过不惑，不知他为何如此不爱惜自己。看他方才样子分明疲惫至极，眼下稍微缓解，又要饮酒，却又只饮酒，除了那一小碟萝菔脯，这一个半时辰里他什么也不吃。

“素儿不想管闲事，也知道殿下没什么舍不得的。酒多伤身，素儿只是实话实说。”李素炫抱着无伤，仍旧未动，口吻平淡，却又毫不相让。

李琎轻叹，心想：“卢照寂一生温和，生死关头却又悍烈，宁引决，不受辱。他这徒儿大约与他一般性子，怕是不吃吓唬，我何必自讨没趣。”

如此一想，只得放下酒盏，看了李素炫一眼，说道：“去将茶烹来。”

“是。”李素炫很高兴，立刻将无伤放好，走到炉边，挽了袖口烧水。不久水冒起了鱼眼泡，她将茶则盛了茶叶，搅着水，依水行方向投入其中。

茶饮乃清雅事，王公贵族都喜欢亲自动手，看面前金瓯玉盏，服锦弄器，袍袖垂坠，指若兰芯，举动间一派斯文幽若。李琎在李素炫身旁看着她，却见她身手一副飒利，不久她将茶汤盛了第一盏，用承盘端到李琎面前案几上，殷勤说道：“殿下请用。”

她将袖子卷得紧实，又挽起来，向外头折着，露着腕子，也无有勾人眉眼抛来抛去，也不将杨柳细腰扭来扭去，只低头不停忙碌，看着果然是个扎实干活的。李琎哭笑不得。

“你这也不像烹茶的，倒似个炊煮的。”

“素儿衣裳若是脏了可是要自己浆洗，自然要小心。”李素炫说道。

“你自己洗衣裳？”

“莫说洗衣裳，我连木柴都自己劈过。”

“你还劈得动木柴？”

“自然是劈不动。伤了腕子，数日搏弦无力，再不敢狂了。”

“缘何不找个仆佣支使？”

“不喜欢身旁多个人。”

两人淡淡说着，李素炫开始盛第二盏。李琎将第一盏茶拿起来饮了一口，摇摇头：“……不怎么样。”

李素炫将第二盏端来，一边从承盘上端下放到案几上，一边说道：“我时常与圣人烹茶，圣人也抱怨我手艺差，又与我持盈师父抱怨。玉真宫中有师兄专习茶事，持盈师父令我跟从学习，只是我家里没这许多器物，练习得少，就这几日才长进了些。”

李琎直皱眉头：“这还是长进了的？也不知道之前什么样……也罢。”一边无奈忍着饮茶，一边无意看到案几上纸笺，上头是李素炫字迹，写着她宝贝萝菔脯要如何切，又如何用酒来激醒。李琎盯着字迹看了许久，突然说道：“你竟然还有鹿锥？此物稀罕，不知你从哪里得来？”

李素炫惊讶道：“殿下认得鹿锥？”

“这字定是鹿锥所写。鹿锥性大，不易驯服，不知你如何能够把控？”

“殿下慧眼，果然是鹿锥所写。鹿锥也确实欺生，素儿日夜练习，花了数月才勉强把控，又几年才运转活络，近来才开始有些长进……不知殿下如何看得出来？”

李琎笑笑：“孤好书学，习于钟相，自然对他书体十分熟悉。他与我录这《甘露经》便是用了鹿锥，还与我讲过来历。鹿锥难得，你用了几年，怕不是要几十支，定是有些奇缘。”

“正是。”李素炫说道，“师父带我拜过鹿先生，我随先生修习文书凡例、典章修撰，虽无师徒之名，却有师徒之实，如今又每日与先生抄写编录，自然有的是鹿锥用。不知殿下可认得太常博士鹿聆训先生？”

“不认得。太常博士秩只七品，职事却是扼要，能为太常博士者，皆国士，故此孤知道此人之名。真正记住他，是因为他那鹿锥，因钟相擅用而盛名多年，听说很是稀罕难得。”

李素炫走到李琎身旁，奉上最后一盏茶，笑道：“鹿锥果然难得，都是求来的，没有买来的。长安城中无数人想赚得一支来见识一番，只是鹿先生有个规矩，定要那来求笔的写几个字与他看看。鹿锥性大，寻常人若是书学无分，终究驾驭不得，千金也求不来一支，若是写得好的，来日能驯服这鹿锥，便白送。老先生定了这规矩，咬死了不松口。我听人说，曾有人书体不佳，被鹿先生弄得没法子，竟然使了个神通，弄了钟相字迹想蒙混过关，结果被鹿先生一眼看穿，直将那人骂了出去。”

李琎顿时笑起来："这人也够傻，钟相字迹长安城中无人不识，怎么还想拿来糊弄太常博士。"

"可说是。鹿先生不但认得钟相字迹，还与钟相熟识，毕竟是书家与笔工。也不知那来糊弄的是怎么想的。"

两人随意说着话，李素炫将釜中茶渣盛出来，将釜洗净，重又量取水方，要再烹一釜茶。说起鹿先生来，李琎听得开怀，也忘记饮酒了，李素炫烹的那恶茶也不挑剔了。他一盏盏饮着，无意说了句："听人说那老先生颇悭怪，被人惹恼了可是不讲情面。"

"被人惹恼了为何要讲情面？"李素炫从容答道。

"说的是。"李琎点头。

李素炫见李琎忘了饮酒，暗自高兴，接着又说道："旁人怨鹿先生悭怪，不过是因为所求之事鹿先生没有一口答应罢了，这如何怪得了鹿先生。那老先生实则十分和善，又诙谐，有时还闹人。"

"闹人？如何个闹人？"

"殿下不知道，太常寺里可是人人都晓得，每到八月十五，老先生定要拜兔子。着他弟子寻块木头，使刀削，又磨，做个卯兔星官出来，又在脸上描画出五官，竟还寻了小块象牙尾料，刻了两颗门牙安上，龇着，特别白，还给兔子披个大红斗篷，风帽上还有两个洞，能将兔耳朵露出来，然后在院中案上供着。去岁我触霉头撞上了，还得跟着给兔子上香。我问先生为何不拜月中仙子，先生说，我一老头子拜仙子做什么，她又不会理睬我，不如拜兔子，方好制笔。听师弟说，若有酒，上香后先生还要陪兔子小酌几盏，有次得了好酒，竟然还饮得醉了。前几日又到八月十五，先生唤我过去赏月对饮，我吓得没敢去，找个由头溜了。"

李素炫正在烹制第二釜茶，手上摆弄着，安然说着话。与鹿先生相处久了，见惯了他顽皮，不觉得如何，不想李琎听了骤然大笑，被茶呛到，接连咳嗽起来。李素炫拿起帕子递给他，不动声色间将之前空酒盏连同酒壶一起放在承盘上拿走了，只留了茶盏在案几上。

李琎何其敏锐，自然注意到了，忽然悟到李素炫不停与他烹茶，又不停说着些开心事，所图不过是他将酒暂且忘了，今日可少饮些。李琎心中叹息了几声，没说什么，安静饮茶，又饮了一盏，说道："将你无伤拿来，孤弹弹试试。"

“是。”李素炫转身将无伤取了，双手托着奉与李琎。

李琎酒力已退得差不多了，眼下身子坐得稳当，目光澄澈，心中一片清透。他将无伤接在手中，拨弄了几下，说道：“孤从前未尝手弹，今日试试。不过你这琵琶改了弦律，孤须是将弦律调回去才能弹。”

他说着，左手握着弦轴轻轻绞拧，右手拨着丝弦，两耳仔细侦听，几下将弦律调了回去，接着弹开了。听着果然往日里不曾手弹，很不熟练，他倒也不急，慢慢来，手上也不大用力，声音淡柔洁净。李素炫默默听着，不断烹好茶奉上，在茶席与李琎之间不停往返。二人无话，如此过了一个时辰，已是渐渐近了子初，李素炫慢悠悠忙着两手，烹茶相奉，李琎弹琵琶、饮茶，再未动酒。

弹过一个时辰，李琎已熟稔许多，停了两手，将无伤递还给李素炫，说道：“手弹果然别有一番风致。这几日孤也花些工夫多练习，下次你来便可相询于你。”

李素炫笑笑，接了无伤，使蜀锦缚好。李琎唤过仆役来嘱咐了几句，仆役依令前去准备车驾。李素炫行礼告辞，李琎点了点头，看着她肩负无伤转身离去，想叫仆役再添酒过来，又一想：“罢了。往日里整日昏醉，才能忘了心中烦恼。难得今日，多少盏茶洗得清醒了，不如不再饮酒，寻些别的事来打发，累了便好安睡。”

他想着，挥手召仆役过来，教取自己琵琶来，也是一支五色螺钿琵琶，比李素炫手中那支更加辉煌华彩。李琎琵琶师从贺怀智三十余年，手上犀利，五色琵琶贵重，格外得他喜爱，只是眼下看起来，却觉得金玉繁缛，富贵逼仄。

“怎么这会儿倒觉得素儿那支清素琵琶更好，如一盏清水，饮之足够活命，不似浓酒催逼，虽是酣畅一时，过后却令人疲惫。”

他想了阵子，叹了口气，调好弦律，不动拨子，用手指轻弹起来。身旁残灯如豆，天上缺月无光，院中幽暗，索性趁着幽暗，只弹琵琶。他也不再召人烹茶，也不再饮酒，冷了将手边织毯披在身上，落落弹过一个多时辰，直到丑初，困顿十分，方回内殿歇息。

李素炫出了王府，仆役持王府腰牌叫开坊门，将她送到家门口。李素炫下车相谢，那人拿了个包袱出来，托着递与李素炫，说道：“此汝阳王殿下所赐，令在下交与李先生。”

李素炫只得伸手接了。回屋在书房里坐好，打开包袱，里头是个紫檀盒子，做工细致，嵌合紧实。将盒子打开，立刻嗅到香气冲撞，里面是两枚清烟墨锭，用红缎子裹着。墨锭中加香料本是寻常，只是这两枚墨锭中加的是龙脑瑞香，此香李素炫在宜春宫中曾获贵妃赏赐，味道很熟悉，故此今日能辨识出来。龙脑瑞香已是奇货难得，价值巨资，却加到这墨锭之中，不用试也知道，这两枚墨锭定然贵重至极。

“这礼可不轻。”李素炫叹道。

## 117

秋日转眼过去，长安城中朔风渐起，李素炫怀中小金蛉叫声渐渐羸弱了。天气寒凉，本不是酿酒好季节，但阿翁听李素炫嘱咐，在后院加盖了厨间，里头建了暖窖，隆冬也能酿酒。如今又得李琎允许，李素炫将《甘露经》上三十余个方子与阿翁细读了一遍，拣那物料便宜又好凑齐的先试一下。阿翁经年忙于厨事，手头熟络，不几日便酿出了其中两种，果然甘醇无比，市面上头等酒也没有这个味道。送到酒肆中，不几日大起了名声，极受酒客垂涎，酒肆大加索求。

阿翁多年来酿酒供于酒肆，不过是些寡淡水酒，获利微末，只勉强够个衣食。每次叫他娃儿回家来吃饭却是不惜花费，可着手里好容易攒下那几个钱，定要拣最好食材来买。李素炫不忍，总想给阿翁些银钱，教他过得宽松些，阿翁却不肯受，连春日里给他银两盖个厨间，事后也要将余钱算清楚，退还给李素炫，令她颇为无奈。如今借着王府佳酿之名，阿翁所获比寻常多了数十倍，李素炫放心许多，笑着对阿翁说道：“阿翁将酒卖到哪家酒肆，我与一众好友便到哪家酒肆里相聚，单要阿翁好酒来饮，也叫好友知道我阿翁本事。”

李素炫与赵萧娘不时常见面，但每次相聚，定要闹个通宵。初时李素炫曾亲自到平康坊去寻萧娘，萧娘见了惊道：“此处风流薮泽，素儿美貌，到这里来实实撞祸。你想见我，着人知会一声，我自去寻你。”自此，李素炫总是在街上寻个挑脚跑活的，铜钱为酬，叫他到平康坊去给萧娘送口信，她自己在道政坊酒肆中等候。萧娘到了，二人先痛饮一番，尽兴后再谈别的。后来李素炫带了端木，萧娘带了几名好友，伙上一帮人，少时三五个，多时七八个、十来个，都是长安城中顶尖乐伎，各自带上乐器，到城里寻家酒肆，找个小间来，彻夜饮酒，又欢谈奏乐，玩闹到天亮才散去。

一众女乐慢慢处得熟悉了，每到相聚，个个欢喜十分。端木与李素炫几乎每次都到，其他女伎不那么自由，只是人多，每次召集聚会，总有几个能来的。这些人里萧娘最忙，她乃平康坊中名伎，弹一手精熟琵琶，琴瑟箫管都拿得出来，辞令精练，又人情熟，挡得住四面风、八面光，任是多少文人在侧、公子列席，她也一一调拨自如，能叫席间始终一派热火，闹上一夜也不遇冷场。各处欢宴争相请她去做席纠，她比寻常女乐格外忙碌许多。

今日李素炫在阿翁家吃过中饭便到了道政坊酒肆中，不久端木也到了，二人将各自乐器稳妥放好，一同饮酒读诗。又不久萧娘也到了，见面也不寒暄，拿起酒来立饮一盏，之后才将琵琶在一旁放好坐下，三人慢慢说话。

“难得今日你来，我二人一月多约不到你了。”李素炫笑着对萧娘说道，又给她满了一盏。

“碰上一伙格外好玩乐的，有城里头的，也有远方来的，中间又不停有人来，一大帮人，足二十几号，连着在坊中住了一月有余，日夜狂欢。我被拖着连做了一月席纠，也果然是热闹，也累得好瞧。今夜可是轻着些闹腾，再闹这么狠，我可要散架子了。”萧娘说道，声音飒爽。

三人边饮边说笑，等着其他人到来。

“我倒有些好奇，也不知你那等酒局是怎么个玩儿法。”李素炫说道。

“素儿若喜欢，有适宜的我带你去看热闹。”

“适宜的？还有不适宜的不成？”李素炫笑道。

萧娘一笑，说道：“你二人出身宫伎，奉乐时端身而坐，不与人调笑周旋，讲的是乐艺精绝、礼仪垂范，我这市井规矩可与宫中不同。平康坊里头、长安城里头，酒有多少种，饮法各不一样，各自都有讲究。”

“如何不同？”李素炫问道，端木也好奇，侧耳听着。

“这长安城里无数伎馆，女伎中佼佼者都在我平康坊，平康坊中佼佼者都在坊中北里。来我北里者，只许规矩饮酒，欢谈、奏乐、赌宝、竞诗，各色玩闹，随你喜欢，只是绝不招待饮花酒的。想饮花酒，城里单有专门去处，我那里讲的是风雅，不许轻慢猥琐。若是席间有客人看上位女子，女子也看上他了，二人两情相悦，另寻个日子，别处玩乐，我管不着，只是我那里没处单独给他二人享福。出了北里，平康坊别处宽松些，饮酒相狎可以，却也不准客人太过分。长安城伎馆无数，也有娼馆，却绝不混淆，伎馆里无娼，娼馆里无伎。口中不干净的，手脚忍不住的，来不得我平康坊，不然，多半被女伎严拒不说，有时还要遭阿母训斥，连同去饮酒的也要看不起他，道是粗俗猥亵，全无风雅，只配背地里不见人处寻个娼馆，得些下作快活。”

端木与李素炫互相看了看，说道：“此事我二人果然不知。”

“来平康坊的什么人都有，奔不同酒来的，我那里及左右几家都是读书人来得多，多有风雅之士，席间诗赋往来，十分热闹，对女子也敬重，故此敢叫你二人去跟着热闹。偶尔也有些个不稳靠的，便不叫你二人去了。那等人我能应付，还不吃亏，还不得罪他，你们却不行。端木定要羞恨不堪，素儿这性子，怕是要与人打起来。”萧娘说着笑起来，端木与李素炫也笑了。

“如此，就请萧娘寻个稳妥酒局，我们也去看看热闹。”李素炫说道，“若是碰上个辞赋酒局就更好了。”

“这个容易，每年新科举子都要在坊中聚饮，从头到尾诗词竞逐，果然有高手。再遇到，一定叫上你二人，你们也可在一侧奏乐，听他们诗词，也可一起玩闹。素儿辞赋精致，智又迅捷，真玩儿起来也不输那上榜高中的，也叫那些国之栋梁瞧瞧女子本事。”

三人说笑间，其他几名女乐一一到场，连上萧娘、端木与李素炫共七人，眼下还不到的便是今日有事不能来了。几人结了酒账，随李素炫出了酒肆，去另一处酒肆。李素炫边走边对几人说道：“端木有个开门弟子，叫陈廷正……”

只说了这半句，众人一起都笑了，端木又气又笑：“什么叫开门弟子？”

“最后一个叫关门弟子，第一个可不就是开门弟子……你等且听我说，那陈廷正年岁不大，累世仕宦之后，却厌恶科举，一心习乐，要入太常，死活磨着端木将他收下，又屡次找我讨教琵琶。知道我等时常相聚，奏乐欢闹，磨着要见识一番。我想一众女子玩闹，多他个毛小子可不是烦人，一直不肯带他。他却心诚。道政坊深处有家阔绰酒肆，道边上有面高大酒旗，上头写着不少排场话，中有‘不思归’三字。因我阿翁每日酿酒送过去，我时常与端木到那里饮酒读诗，他便在那里包了个小间，修缮装饰一番，央我等往后每次相聚时去那里，说是许他在门外听着就行。”

众人大笑：“你二人还有这等仰慕者。”

端木笑道：“素儿还没说全。她许了廷正，命他背书，每背熟一千字，素儿考他，若对答如流，便教他一次琵琶，只半个时辰。若想多讨教，便要多背书。素儿自幼是个捉混的，鬼样机灵，那小太常被她赚得团团转，看看这一年多背了有几本书了。再这般用功几年，足够中个进士。”

众人一路哄笑，随端木与李素炫到了彼处酒肆中。此间果然阔绰，又精致。陈廷正包了人家后花园里一幢雅致房子，过酒旗沿溪水前行便到得门口，一路上木石错落，名花闲散。陈廷正果然已在等候，见了众女乐十分欢喜，连忙殷切相让，将众人引入其中，又跟在李素炫身后亲热说道：“知道素儿不爱浓烈，故此间虽简单修缮过，却小心收敛，不弄那许多花哨，叫素儿看了心烦。门口处本来有人专门等着伺候，我给赶走了，今日我亲掌往返答应之职。”

众人坐好，见陈廷正在案上备了上好花饮、酽茶以及各色罕见果汁，众女乐皆笑：“我等却是要饮酒的。”

陈廷正惶恐，忙不迭点头，李素炫见他样子颇笑了阵，说道：“廷正莫要这等慌乱，你且与你师父招呼众人，我去外头要酒。”说着到外头去寻店家，单问他有没有霜凝与紫露。

店家连连点头：“客人懂行，竟然还知道名字，我这里来人只问有没有王府酒。眼下果然有，庆幸客人问得早，晚些店里人多，可就没有了。”

“在下不敢都要了，不与他人留。有劳店家将这两样酒每样与我等打一斗来，不够再续别样。”

店家感谢，殷勤说道：“承蒙客人挂念，我这里每日来人许多，不少都是冲这王府好酒名头来的，若是今日尝不到可是要失望了。出了汝阳王府，这酒只一人会酿，也不知那老汉哪里得来方子，有尝过王府酒的，尝了老汉酿酒，说是果然正宗。老汉也不多要钱，也不多酿，每日就那几斗。客人今日能饮到格外不易，悬一悬还就饮不到了。”

李素炫慌了一瞬，不知是不是阿翁有什么闪失，忙问道：“如何悬一悬便饮不到了？”

“往日都是老汉清早将酒送来，前几日却说今日不送，若要酒，得去他家取。我问起缘故，老汉说他娃儿要回家看他，他今日歇工，早起到东市上买鲜鱼，与他娃儿做鱼脍、鱼羹，还要格外备些酒，做些精致小菜。我就问他，你个孤老头儿，你还有娃儿？不想那老汉口气十足骄傲，说我可不有娃儿，我那娃儿俊得天仙似的，还聪明知礼，可是招人疼。我又问他，我说你这老汉一辈子也没挣下几个钱，如今一日所获多过以往一月，当真舍得放着白花花银子不挣？老汉说，我这一把年岁还能活几年，要恁些钱财作甚，不若省些工夫在家炊煮，也将我娃儿饮食多照料几日。我开始不信，后来看那老汉神情，还真不像瞎编的……小的没奈何，只得寻下个帮手，今儿早上赶着车去将酒取了来，只是没多少，就几斗。”

店家说得开心，李素炫也开心，行礼谢过，回了小间。想起中饭时阿翁做了那许多鱼脍、鱼羹和小菜，口中固然回味不尽，心里头也格外暖和。如今没有师父每日柔声哄着，却有阿翁格外疼爱。

不久店家将霜凝与紫露各装了若干壶送过来。小太常一心殷切，叫店家下去，他亲自照料酒局，为众人斟酒，又一盏盏恭敬奉上。众人约莫一个来月相聚一次，闲时半个多月，每次见面，先是饮酒欢笑，说说近来坊间新鲜事、各色古怪人，齐齐哄笑，又说起四方酒客中那不稳靠的，一人说起来，众人又一同声讨。端木与李素炫听着，贡献不出几句来，倒是格外佩服小太常，殷勤奉酒，连着几巡酒之间，都要耐心听这些女子琐碎罗乱，只为到最后听众人奏乐。

端木好奇问道：“廷正府上也可以请乐人前去奏乐，你父亲为朝官，连教坊乐人也请得到，为何非要听我等弹奏？”

“可不是，还要与人辛苦做皂隶，一巡接一巡斟酒。”李素炫也好奇。

陈廷正狡黠说道：“那不一样。府中请乐人来，都是认真演奏，以乐示人。廷正就想听听众位自己玩儿时奏的是什么乐。我也想这般玩乐，却是不会。”

李素炫笑道：“这倒好办，你只管认真斟酒，她们饮得多了，你就能听到了。”

小太常依言，格外殷勤，手又麻利，众女乐看看酒上了头，也没人号令，将各自手中乐器拿了起来。端木与李素炫在教坊中长大，自幼被师长严格管束，人多热闹处并不特别放得开，喜欢与萧娘和一众平康坊女伎一处玩闹，更多也是图她们奏乐。若论纯然手上技艺，市井伎远比不得宫伎，然其等身处民间，累年见闻有异，乐中另有一番气度，却是宫伎所不及。宫伎奏乐端严，看萧娘她们一派胆大欢闹，也是一番别样乐趣。

女乐们初时一片混乱，有弹琵琶阮咸的，有弹琴瑟箜篌的，弦也未调便上手，吹箫管的听人说笑话，乐得合不拢嘴，死活吹不出声音来，各处板眼错乱，七声八调混成一片。闹了阵子，端木寻得鼓杖，握在手中击起了羯鼓，也不理会屋中混乱，只守着自家节律。鼓声定定如钟，众女乐渐渐清醒了些，各自将弦律调好，吹箫管的也清清嗓子，抹平了脸，屋中混乱渐渐平落。萧娘弹起琵琶来，起了一调，端木鼓杖径直和上了萧娘弦声，其他人也各自找到了位置。乐声展开，管弦融容，荡漾弥漫，如春光恍惚，唯羯鼓稳重，端详引领。

小太常在屋角跽坐，听得陶醉，转眼看见李素炫与他一同听着，未动手上琵琶，忍不住小声问了句："素儿怎么不弹……"

李素炫没说话，小太常立刻也不说话了，两手放在膝头，老实听着。因今日要与人合乐，李素炫未带无伤，只带了五色琵琶，眼下却不弹，搂在怀里，静静听着屋中乐声。她总是给人弹奏，难得如此静听，眼下萧娘手中琵琶流畅洒脱，李素炫索性也跟小太常一起享受一番，看众人神色静凝，听四下乐声波礫，如聚如散，如追如奔。

曲收，诸声沉沉而落，如烟泯灭，许久，众女乐又欢笑起来。小太常颇有眼色，立刻又趋前为众人斟酒，又一巡过后，转头对李素炫说道："素儿，两斗酒尽，可要再续？"

"两斗……这就尽了？"李素炫吃惊，又点点头，"如此，我再去要些，你在此处好生照顾。"说着放下五色琵琶，拉开门出去寻到店家，问了酒名、酒价，忖摸着又要了两斗。

店家去备酒，李素炫转身想要回去，不意间看到了李逊，就在她对面几步处。

有些日子未见，李逊消瘦许多，一副落魄，随便捡了件衣裳马虎穿着，胡须剃得也不认真，脸上憔悴颓废，看见李素炫仿佛许久才辨认出来。他知道，李素炫在这里，端木多半也在这里，却不敢上前相询，只远远隔着，看着李素炫，半晌，痴傻般问了句：“素儿近来可好？”

李素炫心疼端木，本是有些恨这李逊，眼下见他这样子，又有些怜悯。盯着他，许久点点头说道：“我很好……端木也还好……”

李逊苦笑，深深低头。

“你定然恨我。”他喃喃说道。

“我恨不恨你，又能怎样。”李素炫淡淡说了句，又想讥讽，又不忍，只说了这句，却没什么口气，由着那李逊自家揣摩猜测。

两人默默相对，都不说话，又都不想走。李逊想问问端木如何，不敢开口；李素炫在纠结，如果李逊问起端木，她要不要回答。她不想管闲事，可是又想与李逊说几句话，好找个理由骂他一顿。许久后，卢观自那头走了过来。李逊近来沉沦颓废，终日恍如鬼魅，卢观与崔茗今日拖他出来饮酒散心，闻人说此处酒好，寻了过来，正撞见李素炫。

卢观远远看见李素炫与李逊相对无语，猜出了缘由，走上前去拍拍李逊肩膀，将他从恍惚中唤醒，又客气与李素炫行礼，问她想不想与他几个一同饮几盏酒。

李素炫叹了口气，摇摇头，刚想转身离开，李逊鼓起勇气说道：“素儿随我们去略坐片刻可好？”

李素炫略迟疑，脚步慢了些，卢观连忙说道：“只我与崔茗和李逊三人，并无外人。”说着与李素炫又行了一礼，口吻恳切。李素炫想了想，跟随卢观去了园子里另一处单独房屋，李逊飘忽着跟在后头。

落座后，李素炫与崔茗又行了见礼，四人一时无话，谁也开不了口。

“你若没什么问的，我回去了。”许久，李素炫淡淡说了一句。

“素儿……”李逊急忙说了句，李素炫看着他，等他问，他却又没话了。低头片刻，又怕李素炫站起来径直走开，只得死逼着自己开口。

“端木近来可好？”他声音很低，头也不敢抬。

“前几日她师父身子不好，她每日照顾。这几日她师父好些了，让我带她出来四处转转，也与好友相聚。看她还好，到底好不好我不知道。端木那性子，你也知道，不是什么都在脸上。”

“她可与你说起过我？她……是不是恨我？”李逊颤声问道。

“她从不与我说起你。”李素炫利落回答。

“……却是为何？她与你要好，从小什么事都与你说，为何不与你说起我？”李逊说着，眼泪落了下来，深深低着头，两肩耸动，片刻后，干脆直接趴在案子上，压低声音哭泣。

“行了，大好男儿，哪那么多鼻涕眼泪。”李素炫冷冷说道，“你还好，哭得出来，端木难过不会比你少，可是一声也没哭过，这么久了都憋着，你怎的就非要哭个没完。”

卢观不忍，伸手碰了碰李素炫衣角，目光里满是乞求。李素炫恨恨闭上嘴，不说了，刚要起身离开，李逊霍地站起身来，对李素炫行过一礼，流着泪转身匆匆而去，崔茗立刻跟出去安慰他。

卢观叹了口气，取过盏子，注满酒，递与李素炫，说道：“我知道你恨李逊……他也可怜。”

“我知道他也可怜，可我就是恨他。”李素炫接过盏子，也没说谢，将酒饮了。

“半月前父母为他行了冠礼，聘下裴氏女，转过年出了正月，便要与他娶亲。”卢观说着，又给李素炫满了一盏，“行礼那日，我与崔茗去观礼，他自始至终像根木桩子。礼后整日昏沉，耶娘只作没看见，阖府上下只樱儿不忍，每日安慰。素儿，我知道端木一定伤心，只是，李逊也不好过。”

李素炫说不出话来，她固然恨那李逊，却也知道他无奈。眼下卢观口气温和，为李逊解释了许多，她也只得长叹一声。

“我知道你与李逊说话很别扭，不如将端木事情告诉我些，我与他说。他是真的记挂着端木，若不然，也不用忍着别扭，有你冷脸。”卢观恳切说道。

李素炫知道卢观说得在理，李逊终究宗室皇亲，若不是果真牵挂端木，心志摧折，有什么理由对她李素炫如此客气畏惧，还当她面哭得那般狼狈。李素炫将面前酒饮了，说道：“其实也真没什么，就如我方才所说，前阵子她每日照顾她师父，这阵子她师父让我带她出来四处看看。她那人从小就这样，心里事就只在心里，我也看不出什么来。”

“她心里可还有李逊？”

“从前当然有，眼下我也不知道了。”李素炫叹息着说，“这二人……

不若从未遇见过。”说着自己将壶取过，注满酒，又与卢观斟满，片刻后才又开了口。

“我是看不出什么来，可我知道，端木心里定然痛楚至极。我二人从小一起长大，我知道她。她素来矜持，不是轻浮女子，若不是喜欢李逊，许了一片真心，怎么肯随他一同出游，还叫上我去。我担心她若果真嫁入侯府，怕不是入了囚笼，她却与我说，李逊无意仕途，他二人屡次商量过，将来只在长安城中僻静处置个小院落，有书房卧房便好，一辈子做个平民夫妇，每日亲自操持衣食，简朴生活，逢春暖秋凉在庭院中招待好友，诗乐取乐。她说这话时，搂着我肩膀，在我耳边，我听她声音就知道，她真的将心许了李逊，真的想跟他一起这样过日子。”李素炫说着声音开始哽咽，随即眼泪纷坠，“我知道李逊无奈，也还是恨他。既是宗室，身不自由，为何要平白招惹民间女子？许下承诺，却不能兑现，徒生爱慕，又不能结合，白白伤了人心。”

卢观叹息说道：“男女之情，发乎至性，哪里讲得了道理。素儿不曾与男子相爱，又一身洒脱，无意于男子，自然不懂得。”

李素炫十分恼火，却又无话可说。卢观又说道：“还有，李逊并不是平白招惹端木，实在是将此事想得容易了，以为自己以死相逼，父母会不忍，哪知父母却果真能忍。他绝食相抗，不到十日半条命都没了，父母也卯死了不理会，最后以端木安危相要挟，李逊恐惧，不得不让步。其实，到最后李逊父母也让步了，只要李逊娶了正妻，可令端木为妾。”

李素炫吃惊，脸上还挂着泪，抬头看着卢观说道：“此事我与端木都不知道，李逊没说过。”

卢观难过摇头：“你们自然不知道。李逊素日里果然有些仁懦，逼急了也有脾气，论手段却不是父母对手。他对端木动了真情，哪里敢请为妾媵。虽然父母也让了步，他对端木却提也不敢提一句，更不敢跟你说。”

“我那端木果然是不肯与人为妾媵……”

“素儿，李逊……他真的不是有意要负了端木。我与他自幼相交，我了解他，他不是那般孟浪子。我知道这事终究是他辜负了端木，你舍不得端木伤心，心里恨他，只是……求你莫要再对他那般苛严，叫他格外难过。”

卢观说得恳切，李素炫迟疑许久，看着卢观，终于点了点头。二人都不再说话。

园子那头，一众女乐仍旧欢闹不休，个个饮得面红耳赤，浑身燥热，干脆将那小太常轰了出去，教他到门外头看着，只要是男子，一概不许进来。小太常出去又将门拉上，众人脱下外头绣裙来，只着内衬夹裙，又拔下头上钗环，散开头发，求个凉爽松快，又不停饮酒，趁酒兴接连奏乐高唱。

小太常在门口听着里头声音，手上敲着点子，不住感叹：“我也弹琵琶，也打羯鼓，怎么就没这等开心。一开心，手上就乱，一乱，就不开心……”

正胡想时，店家又来送酒，伸手刚将门拉开半尺，小太常吓了一跳，慌忙拦住，说道：“店家莫要进去，说了不许男子进去。你若进去，看了不该看的，萧娘火爆，定是要将你暴打，素儿也不会来救你。”

店家听着里头闹翻天，又见小太常在门口小心蹲守，心里好笑，将承盘放下走了。小太常将门缝拉得又开些，别着头，不敢往里头看，将承盘顺门缝推进去，又小心将门拉上，守着，仔细听着。

房子外头，李逊躲入酒肆后园子里，趁树木掩护疾走，到了一处僻静假山后，也不顾地上尘泥，坐了，两手抱着头，痛哭不止，许久后止住哭声，呆呆缩着。崔茗不知如何安慰，在一边陪着。

屋子里，李素炫与卢观沉默许久，不再说李逊与端木之事，终究他二人不当事中，多说无用。李素炫默然许久，又注满两只酒盏，说道：“上次李逊与我说，你乃范阳卢氏族人。”

“正是。”卢观点了点头。

“我师父也出自范阳卢氏，我从前不知道，也是前阵子才听说，不知你会不会知道我师父些事情。我师父名卢照寂，父名卢延礼，母吴兴沈氏夫人。”

李素炫虽然很想打听一下师父身世，可眼下说起来，却多少是有些没话找话。卢观也明白，点了点头，小声说：“在下略知道些。”

“可与我说说？”

“你师父之事，李逊与我说了许多。多的我不知道，只知道我族中确有这一支近宗，自卢延礼始出了宗族，其子卢照寂多年不肯归宗。内中不会没有缘故，只是长辈说起来都是躲躲闪闪，语焉不详。”

李素炫默不作声，卢观不忍道：“你若想知道，我去向族中长辈询问，从前我也只是顺路听说，不曾详细追询。”

李素炫深深行礼：“如此，素儿感激不尽。”

卢观笑笑，神色温和，却又不语，只不断斟酒。前次出游与李素炫论诗，佩服她才识，听她言语间柔和从容，他心下敬慕。李素炫许多事情端木都曾说与李逊，卢观向李逊打听，也知道了许多，听闻她出身女奴，被贩卖到长安城，为报师仇不惜死闯，心下尤其爱怜感佩。今日李素炫问起卢照寂之事来，卢观说不上多少，见她神色黯然，卢观也有些难过，心里打定了主意，回到族中一定要帮她将她师父身世打探明白。

二人再未多说，互相斟酒，饮得也不急，有一句无一句，说得也不多，谈谈乐事诗词，说些上古人物，也知道彼此都是心不在此。许久，李逊与崔茗回了屋中，几人重又行礼，相对坐好。看那李逊已略微平复下来，眼角满是血红，神色委顿不堪。

李素炫叹了口气，给李逊和崔茗各斟满一盏酒，放下执壶，对李逊说道：“端木就在园子另一头，与友人在一处，你若想见她，我帮你问问。只是不知道她想不想见你。”

李逊摇摇头：“就算她想见我，我也无颜见她。”

“那你想不想让我告诉她你在此处？”

“……还是不要告诉她了。”

李素炫长叹一声，再未说话，将面前酒饮了，起身行礼道：“李素炫告退。”说罢转身离去。

回了园子另一头，小太常仍在屋门口恭敬候着，竖着耳朵听着里面乐声。李素炫心中难过，看小太常又觉得好笑，哭笑不得间在门口处停下，勉强笑了一下，对小太常说道：“我与你一同在此处听一阵子。”

小太常连连点头，没看出什么异样来，仍将耳朵贴在门缝处听着。李素炫深深呼吸几次，平复了心情，跟小太常一起蹲在门口，一边一个，看着像宅邸门口那对石狻猊。她也认真听着里面动静，须臾皱起眉头来。

“她们这是饮了多少了？”李素炫问道。

“先前两斗，后素儿又要了两斗，后我又要了两斗，这还嚷着再要两斗。”小太常回答。

“我一共也没饮几口，她们六个人饮了六斗。能饮一斗，男子里也是量大的，怪道都成了如此模样。”

“也还好，不是一气饮了一斗，这一晚上慢慢饮的，不然眼下怕是都倒了。”小太常笑道，未回头，仍旧认真听着里头乐声。

里头早就乱成一团麻，六人各自拿着乐件，谁也没闲着。多年手上纯熟，酣醉也不会太过错乱，只是六人彼此对不到一处，各弹各的，各吹各的，各打各的，连那笑谈声也是各说各的，各嚷各的，各笑各的。

“你真是瘾头大，这乱糟糟的也能听进去。”李素炫笑道。

“乱的我更喜欢，与那堂上倥着个脸奏乐的不同，这可好听多了。虽然乱七八糟，却也自由自在。我怎的就不行，只有乱七八糟，没有自由自在……”小太常眯着眼睛，摇头晃脑，一脸陶醉，口中絮絮叨叨。

李素炫摇摇头，再未理睬他，只叫他往边上挪一尺，她自己拉开门走进去，又将门合上。

六人手中乐件已不知来回换了几轮，眼下萧娘击着羯鼓，端木弹着琵琶，其余几人手上也都不是自家那一件，所幸手上还都不差。再看众人脸上、颈上，浃浃是汗，濡得脂粉也浮了起来，从头到脚泛着油光。又都饮得酣醉，又闹得浑身燥热，个个披头散发，红着脸颊，眼神迷离，将领口扯得大开，汗水顺颈项直直流到胸前。也就端木严谨，仍是旧样，未脱绣裙，未拔钗簪，身子也端庄，只是也与其他人一般面红耳赤，不知是饮酒多了，还是太热。

李素炫哭笑不得，众人却齐声嚷起来。

“素儿这大半晌跑哪里去了？我等将酒都饮了，可是没你的了。快将你琵琶弹起来。”

“先别说琵琶，素儿饮酒不醉，我看了生气。你们谁去将她捉了按住，我去给她画个酒晕妆来。”

李素炫大惊，连忙想逃跑，腿脚慢了一板，叫人捉了，牢牢按在墙上，动弹不得，只得听天由命。众女乐起着哄，七手八脚给她面上敷了铅粉，一人取了胭脂在掌心里，两个掌心互相揉揉，将胭脂调匀了，直接伸出手去涂在她脸颊上。

“足够了、足够了。”李素炫挣扎着嚷道。

“哪里就够了，你再忍忍。”

一番折腾，李素炫两颊通红，一副酒醉模样。

“你这眉毛浓，不用画，我等眼下身上手上都软，就不给你贴花钿、描斜红了。今日就这些，饶了你，快去将你宫中琵琶弹了给我等听听。”

几人说着松手放开李素炫，将琵琶塞到她怀里。店家又送酒来，众人开门接了，互相招呼着再去斟酒，快饮几盏后，各自抱起乐器，又胡乱拨弄上了。

李素炫本来很难过，眼下被她们折腾得哭笑不得，只能老实坐着，抱着五色琵琶，一时竟然不会弹了。耳旁高低快慢什么声音都有，听了许久也不知要跟着谁，叹口气，干脆不管旁人，随意拣了支调子，弹自己的。一边弹着，一边偷眼看端木，见她汗涔涔的，抱着萧娘琵琶弹得正开心。

“也不知她是不是真的开心。”李素炫心中叹息。

众人闹到后半夜，有人不胜劳累，靠着睡着了，有人酒醒了，直嚷饿。李素炫到外头叫店家拿了些食物来，让那嚷饿的先吃些，然后将睡着的晃醒，套上外层绣裙，整好领口，又是拖又是扛，送去宿间睡下，回头带着小太常将众人乐件一一收拾起来，地上四处丢着钗环发簪，也都收在一处放好。

“眼看过了丑时了，廷正也去歇息。”李素炫嘱咐道。

小太常陪着折腾了一夜，也是累得不轻，立刻与李素炫行过礼，去宿间倒头睡了。李素炫独自歇了片刻，回到宿间，轻手轻脚挪到榻上，挨着端木躺下，拖过衾被来盖上，却毫无睡意，瞪大眼睛看着黑暗。

“素儿。”许久，端木轻轻唤了一声。

“你还没睡着？”李素炫问道。

“睡不着。”

“以为你饮了酒，又闹了这半晌，肯定能睡着。”

“果然饮了不少，只是早就酒醒了。”端木回答道。

李素炫摸着抓住端木手指，用力握了握，不知道说什么好，也不知道该不该告诉她李逊眼下也在这里。卢观与李素炫说了李逊许多事情，此前她与端木都不知道，眼下若是端木问起，她一定如实说一遍，若是端木不问，她却不敢先开口提起来。

端木一直没有问什么，只接连叹气，许久后淡淡说了句：“好好睡。”

第二日清早，五鼓打过，众人都缓了过来，退了宿醉，身上也都有了力气。说起昨夜疯闹，个个兴奋，又都饥饿难耐，问店家要了些清早吃食，不挑剔味道，很快吃饱，开始梳洗。李素炫将那一堆钗环首饰拿去与众人，笑道：“昨夜我将这些都卷了跑了，你等都不知道。”

众人乱声笑着，取了各自钗环与乐件，一起向外走。坊门已开，萧娘她们要回平康坊，端木与李素炫要回延政坊，小太常殷切，将二人马匹牵了过来。刚出酒肆大门，李素炫一眼看到了李逊、卢观和崔茗。想是宿饮一夜，没好好睡，看他三人都有些疲乏，倒不似众女乐精神百倍。

李逊立时紧张起来，低下头，却又忍不住抬眼，在一众人中寻找端木。李素炫也有些紧张，忙看向身后，见端木回身抚摸着枣红马，并未回头。李逊不知道端木只是碰巧回过头去，还是有意不想见他，李素炫也不知道，但并未上前召唤端木。李逊定定看了端木几眼，长叹一声，咬牙离去。

# 第十章 往事

天宝七载（748年）十二月—天宝八载（749年）三月

# 118

入了腊月，朔风盘桓嘶吼，雪霰密集，梅花凌寒，打着细小骨朵。雷海青随圣人去了骊山宫尚未回归，李素炫每弹起无伤来，都忍不住要算一下还有多久能见到他。但有雷海青在这长安城中，李素炫弹起琵琶来便觉得不惧，隔上阵子见不到，心里便不兜底，总怕出什么差池。自六岁起随师父卢菡攻习琵琶，至今已十三个年头，手上多年精纯，就是有讹错或疑难处，她多半也能想出法子来，却仍要先询问过雷海青。纵然雷海青所说与她自己想的一样，也要听他说过一遍、点过头，她才能够放下心来。

冬日里阴寒，阿翁格外惦记他娃儿身子弱，隔几日便叫李素炫去家中，变着法儿琢磨各种花样，炖各种汤羹来与她滋补，每次还要多做些与她带回家，叫她第二日还能饱饱吃一顿。每到第二日清早，李素炫将汤羹拿到旺火上烧滚，分两份送到左教坊中，一份给郑三娘，一份给沈绰。有时候格外多些，自己也还有几口。

一日，李素炫清早去过左教坊送汤羹，回家后独自在厨间一角处享受朝食，听到外头门环轻叩。她放下调羹出去开门，门口站着几个人，为首一位老者约六十开外，衣着平实，看着有些面熟。正思想间，老者行礼说道："在下乃汝阳王府总管，陈姓，在王府中屡次见过李先生。"

李素炫立刻想了起来，连忙还礼，将老者相让到书房。落座后，老者左右看看，感慨十分。

"王爷说过李先生不慕富贵，清心宁雅，品格高致，果然如此。"

李素炫一笑："总管来寻，不知何事？若有用处，但请吩咐，在下定不推辞。"

老者点点头，说道："前几日，王爷无意间说起李先生与他带了萝菔脯过去，说是不晓得民间还有如此美味。王爷说了这一句，老朽便记下了。王爷整日饮食不佳，只饮酒，什么荤素都没胃口，叫人看得急。我着府上家人各处打探，各色萝菔脯买了许多种，让王爷品尝，王爷都说不对，还说李先生所奉乃是家中阿翁所制，无有市售。老朽心疼王爷消瘦，不肯饮食，这才来询问李先生，可否请阿翁前去王府中指教厨事？因王爷将李先生视为小友，在下不敢轻慢支使，故亲自前来相请。”

“这好办，我即刻前去询问阿翁，若阿翁应允，我明日便送他到府上。”李素炫立刻应承下来。

总管十分感激，行礼相谢，就要告辞。李素炫请他略等片刻，转头到厨间取了木箸食盒到院里，将一溜坛子逐个掀开，将其中各色过冬小菜拨了一半出来，请总管带回去与汝阳王品尝。总管离开后，李素炫几口吃饱，即刻备马去了阿翁家，将汝阳王府相请之事说了一遍。

阿翁见他娃儿恳请，满口答应。李素炫不放心阿翁冬日行远路，第二日早起在街上雇了车子，接了阿翁送至王府，自己在周围寻个酒肆等着，读读墙上诗词，弹弹琵琶。待阿翁忙完了自王府中出来，又将他送回家中。

阿翁每日都要酿酒，不时要去汝阳王府，还要惦记与他娃儿炮制羹汤，格外忙碌。李素炫每在阿翁家，总想挽起袖子来帮阿翁干活，却是一件厨事也做不好。她自己很懊恼，阿翁见她手脚笨拙，倒笑得开心，嘱咐她在一旁坐着，陪他说话便好。若是厨间里太冷，便要她在屋中等着，与她煎些枣糊来暖和吃上一碗，她吃得额头冒汗，无聊了就逗弄狸儿。

看看到了年根处，酒肆为感谢阿翁每日送酒，特意赠了一只鲜嫩羊腿和不少羊杂。肉脯寻常，鲜肉可是难得。阿翁欢喜，回家后将羊腿肉剔下来顶刀切细，连同羊杂炖了肉羹，又将羊骨敲碎，花几个时辰熬了骨汤来，又和面、饧面，与他娃儿做了汤饼。偌大个粗瓷碗端上来，汤头甜白，汤饼细嫩，几片白萝菔煮得薄透，舀着一大勺羊肉丁和碎羊杂，撒着些青白葱末，香气扑鼻。旁边小碟子里放着几样过冬小菜，每样只一点儿，咸些的、甜些的，都细细切了，撒着碎胡麻。

只一碗汤饼、几样小菜，不知阿翁耗了多少工夫。李素炫在家中整日饮食对付，不过些干的配些热水，眼下见了汤食，不由得口水恣溢。她立刻抓起调羹木箸来，只几口下肚，忽然想起来，问道：“阿翁怎么不吃些？”

阿翁笑笑说道：“人老了，受不得油腻。素儿快趁热吃，阿翁与你敲几个核桃来。”说着将一管箩核桃逐个捡拾一遍，拣了十来颗个大成熟的，在衣襟上兜着，起身蹒跚着走到一旁，寻了把小锤子，在块石板上轻轻敲起来。十来个核桃敲过，又使衣襟兜回来，拢着倒在案子上，用手一颗颗掰开，仔细剥出里头核桃肉来，放在小盏子里。

“这核桃在火炉旁烤得焦干，香得很。”阿翁一边忙着手上一边说道。

李素炫知道，阿翁根本不是受不得油腻，不过舍不得吃罢了。李素炫饮食马虎，是因为什么也不会做，阿翁却是每日忙碌，又独自一人，不愿麻烦，只为了他娃儿才肯花上一整日工夫熬一锅汤头。李素炫独自吃不完一只羊腿，阿翁也还是不肯吃一口，只想将余下的给她带回家，让她明日也有顿热食。知道他这娃儿厨间里头笨拙，控制不了火候，却左右也能将汤烧滚。

李素炫想了想，也知道劝了阿翁也不会听，又打起精神来，就着小菜开开心心将羊肉汤饼吃到罄尽，舔着嘴巴，嘬着箸头。

“素儿就是太忙了，不能每日过来。不然，阿翁每日都与你煮上一碗羊肉汤饼，饱饱吃一顿，连汤头都饮了。只一冬，一定将你养得白白胖胖的。”

阿翁将核桃仁推给李素炫，眯眼笑着，脸上皱纹里还有煤灰，双手像两块老柴，粗糙不堪。李素炫知道阿翁费了这许多事，眼下她最该做的就是好好享受，不枉了阿翁一番心意。她不停口地将核桃仁都吃了，阿翁又煮了秋梨端过来。

“冬日里冷，羊肉暖，身上好容易吃热乎了，莫要再吃生冷。梨子还是煮了吃好些。”阿翁一边说一边舀了勺蜜浇到梨子上，让李素炫自己搅搅。

李素炫搅着蜜，笑道：“素儿每到阿翁家来，一顿顶两日饭量。”

阿翁也笑，见素儿将煮梨都吃了，又嘱咐：“最后那一点汁子最甜，可别剩了。”

“这哪里还能剩了。”李素炫笑道，端着碗将最后一点汁子倒入口中，放下碗，抚着小肚子说道，“阿翁若再拿什么来，素儿可是要撑得回不去家了。”

一老一小相视大笑。李素炫要帮阿翁收拾碗筷，却被阿翁按住了，只教她老实歇着。

“不急，阿翁过后慢慢收拾。”

他说着去了厨间，将汤在坛子里封好，熟肉包了，连坛子拿出来，叫李素炫带回家。

“如今这天儿不消放井里，在外头屋檐下就行。”阿翁嘱咐，看着李素炫将坛子缚在马背上，熟肉放在包袱里。狸儿死赖在赤骏身上取暖，劝了好久也不肯下来，阿翁无奈，只得伸手将它从马屁股上拽下来。李素炫咯咯笑着与阿翁行礼告别，牵赤骏出了门。

## 119

第二日一早，李素炫睡了个饱觉，起身梳洗后，生了火，将熟肉放在坛子里，连汤头烧滚，又分作两份，使厚包袱皮裹严实了，快马到了左教坊院落里，将一坛交给端木，嘱咐她拿去给郑三娘，另一坛带着去寻沈绰。

沈绰屋中无人，四下里烟尘昏暗，衾被在榻上一角堆着。李素炫将汤放下，心里诧异，沈绰病着，不知这冬日里能去哪里。出了屋子，见了几个人，连忙上前行礼询问。

“你问沈绰？”一人问道。

“正是。”

“昨夜死了。”那人说道。

李素炫慌了一瞬，连忙又说道：“在下是问沈绰。”说着又指着屋门，说道：“她就住这间屋子里。”

“可不就是这个沈绰，还能有哪个。左教坊里几千人，只她一个叫沈绰，这院中更是只这一个沈绰。”

李素炫急了：“我前日来她还好好的……”

那人笑道：“哪里好了，她都病了两年了。前日里也是还好些，昨日里也都无大异样，傍晚时还有力气与人说话，想是夜间一口气没上来，死了。早上发现时面色雪青，身子都僵了。搭着屋里也是太冷，胳膊垂在地上，硬得透了，收都收不回去，殓到棺材里费了好大力气。”

旁边女子见了李素炫脸色，忙捅了捅那人，示意她莫要再说。李素炫急忙追问：“那她现在何处？”

“自然是抬到野狐落去埋了。”

另一女子不忍道：“人抬走不到一个时辰，你若快些去，还赶得上。”

李素炫转身上马，也不顾路滑，飞奔着出了左教坊北门，直扑野狐落而去。到了入口处，见到六七个人拿着铁锨镐头正从里面向外走。李素炫连忙下马，迎上前行礼问道：“敢问各位，可是方将左教坊中一女子抬到此处落葬？”

“正是。”一人点头道。

“可否告知在下葬在何处？”

天太冷，那几人急着回去，本不想理会，见李素炫着青白袍服，戴玉冠，知道是皇家道官，又见她持礼恳切，这才点点头说道：“小道长随我来。”

几人将李素炫带到野狐落深处一座坟茔前，指着说道：“就这里。”

坟茔新堆，还不到寻常人膝头高，倒是有墓碑，上头却只有墨字，没有錾刻。看墨字，里头埋的果然是沈绰。李素炫心中绞拧，凄然问道：“怎的只写了这几笔，若不刻上，这一点墨迹一场雨便不见了。”

“她是左教坊中百戏工，无有亲人宗族，死了也没人记得，刻不刻能如何，又无人吊唁，过不几日都没人知道她名字了。”

“我知道她名字，她叫沈绰，我每年要来祭拜。这野狐落里坟茔无数，若是墓碑上无字，来年如何还找得到？烦请几位帮忙，将墓碑刻上。”李素炫难过不止，连连行礼。

那几人互相看看，为难道：“也不是不能帮你忙，只是我等是来埋人的，只带了铁锨镐头，未带斧凿，刻不了字。”

李素炫无奈，只得行礼送走几人。转身将坟茔周围荒草拔了，寻了许多石头来围在坟茔外圈，又将腰间绦子解下来系在墓碑上，牵赤骏出了野狐落，一路上步步回头，用心记得路径。第二日一大早去了鹿先生家，问商不言借了剞劂，又去了野狐落，依昨日记忆找寻过去，果然远远望见墓碑上绦子正被风吹着。

到了墓碑前，她解下绦子系回腰间，一手握着凿子，一手挥着锤子，跪在地上，就着墓碑上墨迹开始錾刻。她不会石工，只是那墓碑石质粗糙疏松，一锤下去，沙石迸溅，刻不齐整，却能刻得很深。她接连挥着锤子，刻到手腕酸痛不堪，连手肘都跟着疼。墓碑上字迹歪拧，却终究能够清楚看到沈绰之名，并及生卒年月，也清晰显了出来。

李素炫收了刀具，站起身来，默默看着墓碑。

"阿姊命苦，素儿帮不上你，也照顾得不周到，能做的也就是将这墓碑刻上。阿姊安息，这一生里，但教素儿不死，每年此时一定过来探望。"

失神站了许久后，李素炫快要冻僵了，勉强活动下腿脚，牵着赤骏向外走，一路心中悲怆，不停想起多年前初见沈绰那日，那般唇红齿白，笑意嫣然，对李素炫说了许多话，教她抓蜘蛛，带她去打球，对她百般相护，若遇男子对她说些轻佻话，一定上前一番笑骂将那人支走。女乐命薄，身贱如絮，只随风逝。往昔多少欢笑尚在眼前耳边，转眼间她已是冢中人，一副僵硬身子，一口薄棺，胡乱埋了，也不知入殓时有没有人给她覆上条衾被，盖了头脸。

## 120

连着多日，李素炫烦乱无比，匆匆办了年货给阿翁、鹿先生、郑三娘和坊中几位嬷嬷送去，话也未多说，行过礼后，放下便走。每日窝在家里，吃些冷食，就着窗口寒风乱弹琵琶，糊里糊涂过了除夕。初一下午，她冒雪赶赴内教坊处去见雷海青。他方随圣驾自骊山宫回来，前夜又在勤政务本楼上值守，清早回到禁苑梨园中只歇过两个时辰，便到了此处等候李素炫。

李素炫进了屋子，一心恳切，与雷先生深深行过礼，心中欢喜，却又凄凉，又突然委屈，眼中慢慢蓄起泪水。她咬紧牙，眨眨眼将泪水濡开，坐好，解下无伤，调了弦轴，轻弹起来。

雷海青静静听着，没有打断她，一曲终了后问道："素儿可是心中有事？"

"没有。"李素炫摇头，却不敢抬头，声音也不大。

雷海青并未追问，只淡淡说了句"心中烦乱就不弹了"，说着将自己手中琵琶弹了起来。李素炫手中无伤如今已是四相九柱，分别这两月里，二人各自琢磨了许多，今日重见本该认真商量，这二人却从头到尾都再未说一句话，只雷海青将琵琶弹过两个时辰，李素炫怀抱无伤静静听过两个时辰。酉正时分，李素炫行礼告辞，雷海青见她神色黯然，心中不忍，起身相送，一直将她送出内教坊大门，看她牵着赤骏渐渐走远了。

端木陪着师父，在左教坊中与几位嬷嬷及众女乐一同过了除夕。她知道李素炫为沈绰之事烦忧，她自己也在为与李逊之事难过，一对好友眼下谁也安慰不了谁，只各自安忍宁耐。浑浑噩噩间到了上元节，人群在坊间汇聚起来，街市上一派热闹，城中四处陆续燃起灯火。夜深后，灯火越发密集，连天上月光也被掩盖了。李素炫仍旧窝在家里，胡乱弹琴、胡乱写字，哪里也不想去。端木想一个人安静一阵子，禀告过师父，出了左教坊，独自在街上游荡。

月华如旧，街市如旧，游人往来穿行，欢声笑语，也是如旧，只有端木知道，尘缘改换，一切都已不同。一场欢爱犹如一场梦幻，如今欢爱了结，大梦方醒，走在这街市上，满心恍惚，举世之间人影如魅。她也不辨方向，随人流随意向前，胡乱走过一个多时辰，到了一座大寺前，抬眼看看，正是资圣寺。

去年今日，李逊曾带她来过这里，两人撇开人潮，在幽暗处看着满月，彼此许下多少忠贞，今日想起来只如谐谑。端木叹了口气，懵懂中迈步进了寺内，四处仍是灯火高挂，光明雪亮，人如织梭。不远处大殿中，僧侣们正忙着祈福，虔诚诵着经文，祈祷人间安泰，亲人相守，爱侣尽欢。

端木站了许久，叹息一声，转过身来，看到了李逊。

他独自一人出府，鬼影般走到这里，见到端木，在她身后站了许久，看着她身形孤落，他不敢靠过去，也不舍得离开。两人隔了几步远，静静对望着。头顶满月如银，周身灯烛闪耀，照着两人脸上每个细微处，彼此看得清清楚楚。上元依旧，人间依旧，连身旁往来人所说闲话也是依旧。

“你要去哪里？”一女子娇嗔问道。

“那边闻公子施舍时疫方子，我去为村里求张来。”答话的是男子声音。

“怎的不想与我寻个人少处说话？”女子俏笑不已。

“若不然……你我一同去队伍里等着？也可以说话。”

“彼处人多杂乱，可是说话处？”

“人多杂乱，旁人听不到，刚好说话。”男子支吾着辩解。

“那好，我与你一同去队伍里等着，只是你要从头到尾与我说话，要拣好听的说。”

“自然是了。”

……

李逊看着端木，这女子端庄明媚，他一心眷恋，多少年梦寐不忘，绝望中骤然得到，极乐中又骤然失去。千般深情，此生却只这一点缘分，都不知道是犒赏还是惩罚。他看得眼也不眨，泪水直直滚落。端木却是神色平静，无有悲喜，只静静凝望，许久后，转身默默离开，连声叹息也没有。

李逊又站了很久，对面树影婆娑，树下空空。

他已行过冠礼，过了正月，春日里，父母便要为他迎娶裴氏女，并令他出仕。他已心如死灰，不再反抗，此生不能与端木在一起，什么都无所谓，父母令他娶了嫁了、死了活了，也没什么要紧。他对那裴氏女也毫无好奇，从不打听，从不猜测。无论来日遇到何样女子，无论那女子有多好，终究不是当初那一个。

“说到底，是我懦弱，不敢与父母强抗到底，怕他们气个闪失出来，更怕他们暗中下手伤了端木。也罢，李逊今生到此终结，来日只由父母摆布。一心愁挫，只能忍着，若是早早便死了，也是好事。”

李逊叹息着，灭了心头火热，转身落寞而去。

## 121

李素炫连着恹恹了些日子，往阿翁家跑得格外勤些，每次讨些热食来吃，连汤带水下了肚，身上暖和，心里头好受许多。阿翁察觉到他娃儿近来心事重，不知要怎么安慰，只想尽办法与她烹制各色美食，在案子对面看她吃得饱足，他才略微放些心下来。

李素炫不停想起沈绰，看见阿翁端上羊肉羹来，忍不住又难过起来。

“那日我从阿翁家回去，也不多晚。只是我自己吃饱喝足，之前又忙累了几日，到了家中就不想动。若是勤快些，将汤煮滚了便去看望沈绰，她死前还能吃上口热汤食，不是什么珍馐，也好歹这辈子多件开心事儿。算来都是我太懒……要不然第二日起早些，也能再见一面，随便寻个什么被褥垫了棺材底，再与她身子上盖些什么。看她屋中被褥衣物似乎一件没少，想是也没人管她，就那么僵着硬塞进去，独自一个，空荡荡在棺材里头……倒也比我师父好了许多……”

李素炫也没觉得格外难过，眼泪却落了下来，接连掉进碗里，也不在意，仍旧拿着调羹，盛着汤，送进口中，认真吃着，只是泪水怎么也止不住。

阿翁不知道他娃儿心中何事，只是看她哭个不停，跟着难过，半晌手足无措，最后挪到她身边，低头哄着：“素儿莫难过，阿翁与你蒸一碗小鱼蛋羹来好不好？”

刚说完，他自己眼睛也红了，自责道：“阿翁一辈子粗人，什么也不会，只晓得那一点儿厨事，我娃儿难过，也只会做些吃的，别的什么也帮不上……”

李素炫大恸，放下调羹，转身抱着阿翁肩膀呜呜哭起来。这小女冠平日里青衣洁净，阿翁嫌弃自己身上灰大，从来连她衣角也不敢碰一碰，她每次来时身下小垫子也要格外洗得干净，平日里都好生收起来，怕沾了屋中尘土。眼下李素炫抱着阿翁哭得伤心，阿翁想拍拍她肩膀，见自己手上尽是煤灰烟渍，又不敢，好歹袖子干净些，只用两个小臂拢着他娃儿，小声哄着。

李素炫哭过许久，渐渐好些了，擦擦眼泪，又将调羹木箸拾起来，很快将羊肉羹吃到了底，转头看着阿翁，撒娇说话，带着鼻音。

“阿翁，素儿想吃小鱼蛋羹。”

“好、好，阿翁去给素儿蒸碗小鱼蛋羹来。”阿翁忙不迭点头，起身蹒跚着去了厨间。

李素炫独自在屋中，转头看了看，没看见狸儿。每次她来前阿翁都要将狸儿喂饱，怕它过来不停讨吃，扰得李素炫不能好好饮食。这会儿，狸儿想是正在赤骏屁股上趴着取暖。李素炫想了片刻，又觉得活着也很好，人间也很好。

隔了两日，李素炫再来时，穿了一身粗衣，未戴玉冠，只将头发简单绾了，用木簪别住。阿翁炖了骨汤、水蛋，将白萝菔切了厚片煮透，备好蘸料，一心等着他娃儿回家来吃饭。见李素炫一身粗朴打扮，阿翁先是一愣，又大笑，忙叫她坐下，将餐食与她端了来，看着她吃得心满意足。

"阿翁教素儿酿酒好不好？"李素炫问道，笑得娇俏。上次她察觉到自己一身青衣太过娇气，弄得阿翁有些紧张，又想到除了给她做吃食以外，阿翁没有什么话能与她说。今日她特意换了身粗衣来，不怕弄脏，又央阿翁教她酿酒，也好与阿翁多说几句。

阿翁开心，笑得眼睛也眯了起来，连连点头应承："好、好，阿翁教素儿酿酒。"

"素儿先与阿翁打下手，先看看。"

李素炫连着帮阿翁做了几日厨事，她什么也不会，只听阿翁嘱咐，做些容易的，将米拿来拣选、淘洗、浸泡，灶火由阿翁把控，接酒头也是阿翁来做。熟米接好酒头，放入坛中，送进暖窖，一两日便有酒香飘散出来。

"这是最简单的，用料只米与酒曲。等天热了，素儿在自家院子里就能做。只是米要泡、要煮，火候上麻烦，接酒头时不能太热太冷，也麻烦。多试试就会了，等这个做好了，阿翁再教你难些的。"

李素炫带着纸笔，将阿翁讲授一条条记下来。阿翁见她写得认真，笑道："素儿真是个读书的，什么都要记一记。"

李素炫好奇问道："那阿翁是如何记的？"

"阿翁不识字，一辈子不消什么事情，都记心里头。"

"那许多种渍物，许多种酒，各种肉、鱼、蛋、菜，做法都不一样，阿翁都要记心里？"

"可不是。"

李素炫笑道："阿翁好记性，这些事情素儿几日不做就忘了。前年种韭菜，人与我说，沙土里韭菜长得快，味道不好，壤土里韭菜长得慢，味道好。我就特意寻了壤土来，果然韭菜好。去岁又种就忘了，随意取了沙土，果然不好。还有，韭菜喜凉，不耐暴晒，我也忘了。就种个韭菜，只隔一冬就什么也不记得。别人读书记不住，我偏是这些记不住。”

两人在小厨间里团团转着，阿翁两手忙碌，听他娃儿不停说笑，声音细脆。老汉心下欢喜，一边与李素炫嘱咐说话，一边在炉火上炖着豚骨汤，炖到烂透，抓着骨头一提，肉就脱落下来，用勺子将肉碾碎，大火连汤继续炖到汤头甜白。院中秋菘晾了半冬，有七八分干了，破霜取出，提前泡开、洗净、切好，投到豚骨汤里，又炖煮收汁，不停搅拌，直到肉和菜都碎成末，连着口底汤，浓得如同稠粥。

阿翁取小碗盛了肉菜粥，搓了细盐进去，寻个小马扎让他娃儿坐下，拿条毯子叫她盖在腿上御寒，将碗托在小砧板上，连同调羹递给她，嘱咐她趁热吃。李素炫如个农家女儿般，一身粗衣，十指炭灰，满头乱发，也不在乎，在厨间一角处坐了，端着碗，盛了一调羹肉菜粥放入口中，但觉醇香无比，半干秋菘又格外有些不同味道。她一时胃口大开，一边吃着，一边与阿翁说话。

阿翁一边照顾蒸米，备好酒曲接种，一边记着在炉边烤些花生核桃，抽空磨了枣糊，搅着煮熟，又煮白桃、煎梨汁，抽空还要出去照料下赤骏和狸儿，几头顾着，竟然都顾得过来，从不错乱，李素炫看得钦佩不已。一日下来，她这一旁打下手的手忙脚乱，算下来没做多少活，嘴上却一直没闲着。

在阿翁家讨吃添乱实在是一番乐趣，忙了半月多，李素炫心中慢慢平稳了些。阿翁将《甘露经》上好酒又酿成了几种，只是不拿出去售卖，阿翁自己也不多饮酒，只与他娃儿留着私下享用，或与好友分享。李素炫谢了阿翁，约好了下次，提着酒坛去寻鹿先生。

## 122

“这可是汝阳王府佳酿，先生定要好好尝尝。”李素炫一边斟酒，一边对鹿先生说道。

“你哪里弄来的？”鹿先生吃惊问道。

“素儿自汝阳王殿下处赚来方子，请我阿翁酿了，特来奉与先生。那许多物料可是稀罕，因这酒要奉与先生，素儿都拣最好的买下，我阿翁又有好手艺。这酒就是东市上也买不到。”

“你莫要嘿唬我。钟相为讨我锥管，可是屡次拿过汝阳王府好酒来，假的可骗不了我。”

“分明是真的。”李素炫笑道，将酒盏推过去，“先生尝了再说。”

鹿先生呷了一口，大呼过瘾，接连饮了几盏。

“我也不知道是不是王府酒，总之是好酒……你这碎女子可是有些企图？”

李素炫笑道：“素儿往日里也没少孝敬先生好酒，怎么今日就是有企图了？”

“先生未卜先知。”鹿先生撇撇嘴说道。

“也罢，素儿直说。素儿想求先生细锥五枚。”

鹿先生点头：“果然是不白饮，也罢，如此好酒也值得。两坛酒换五枚细锥，成交。”

二人饮酒闲聊，几句后说到了汝阳王李琎。

“先生，素儿见过许多好酒的，先生与酒最是相宜，好饮，能饮，至多微醺，却不误事，更不伤身，素儿觉得天下好酒拿来与先生最值得。汝阳王殿下却不同，每次定要饮到酣醉，略微酒醒些，又饮，劝也劝不住。有时素儿都能看出来他不舒服，不知道他怎么如此不爱惜自己，如此下去怕是要伤了身子。”

鹿先生摇头叹息：“素儿不知，那汝阳王李琎，着实是个命苦的。”

“素儿果然不知其详。”

“李琎乃让皇帝李宪嫡长子，睿宗皇帝嫡长孙，为人君子，才情卓绝，身又俊美，注定今生悲苦，这便是他可怜之处。”

“素儿约略懂得，只是觉得先生格外有深意。”

“当今天子帝位得于兄长李宪相让，若是李宪为帝，李琎便是太子。故此圣人继位后对兄长极好，又对这侄儿极好。也是真情，也是示范天下。那李琎风姿仙纵，乃李唐皇室第一俊雅，又博学，圣人每训斥太子不器，便威胁说来日要将帝位传于李琎，太子自然愤恨，李琎自然畏惧。”

“圣人也不过说说罢了，天下人再抱怨儿子，也没见将钱财留给外人的。”

“这一点太子不会不知道，但终究圣人每将太子与李琎并论，贬低太子，夸赞李琎，丝毫不顾及太子颜面，太子心中难免愤恨，叫那李琎如何不自危。纵他不惧一死，他一家妻儿老小、故旧同僚许多口，可都是人命，他怎么会不怕。这还是外人想得到的，外人想不到处，谁知道还有多少事情，多少不得已。”

李素炫叹息道：“幼时师父教我读史，就曾说过，皇室憎恶血亲，古来如是。”

“圣人固然对李琎极好，心中是不是忌惮，又有谁知道。李琎向来收敛，从不张狂骄纵，虽身出皇族，不得不出仕，却只领了几个虚衔，平日里也不过问朝事。太子为藩王时，本与李琎兄弟情深，十分要好，被册为太子后，反与李琎疏远了。李琎少时便有酒名，此果不假，却从不如此掷命般酣饮。与太子疏远后，越发忧心来日，怕遭太子嫉恨，祸及妻儿乃至宗族故旧，连先前虚职也推了，终日在府中独自饮酒，固然是浇愁，也是以此示人，意在无意于朝政，不会威胁到太子。可怜李琎饱读，品行端正，为人良善，行事又干练，却不得施展，终日沉郁。经年酣饮也是为自污其名，也是图求开解。”

李素炫听得阵阵难过，想起屡次见到李琎一盏接一盏饮酒，却不肯稍微佐些餐食，饮到酣醉头痛便斜身靠着，微微仰着，合上眼睛歇息，满面苍白疲惫。李素炫叹息着问道：“若是来日太子为帝，果然会为难汝阳王殿下？”

“太子恭善，并非凶横之徒，李琎无辜，太子不会不知道。然经年累月之下，难免愤恨。日后一旦继位，冷静时还好，动怒时可就难说了。”

“如此说，是圣人处置不当了，又对汝阳王极好，又离间他兄弟二人。”

鹿先生却摇头，说道：“圣人想是也有用意。终究李琎乃李唐正朔，他若有心为祸患，便当真是祸患，也难说圣人是不是在提醒太子。皇权如此，天心难测，我等凡人还是不要测了。”

“先生说的是……只是汝阳王殿下何其无辜。”

“李琎为避嫌，从不结交朝臣，也从不与豪族名士往来，素日少游，又寡欢。昔日与你师父十分知己，如今你师父不在了，他想是颇为孤寂。

素儿通诗乐，诵经史，又与朝局全然无干，他倒果然能与你说上几句话，不用忌惮什么。只是不知道他博学数十载，与你说话能有多少趣味。也亏得你琵琶精熟，诗词迅佳，弹上几曲、唱过一支，值得一听。”

“贵人家都蓄养私伎，汝阳王府中定然也有，且定然精良，却不知为何殿下总叫我过去，又不要我认真弹什么，总是说随意弹便好。他也没太多话，说上几句便独自饮酒，令我在一旁弹琵琶，或填支曲子，他饮得醉了就歇一阵子，醒来仍是饮酒，令我弹琵琶。”

鹿先生笑道：“此事素儿想得简单了。你不以乐人身贱为意，仍自认乐人，但你初受符箓，已是皇家道官。从前是后宫中人，如今隶属朝廷，旁人不敢再将你看作乐人轻慢，就是圣人赐乐臣工，也不能再令你出面，就是将你留着私享，也要到你持盈师父那里讨人，也要领玉真宫情分。李琎与旁人都不一样，他从前不会将你看作女乐，眼下也不会将你看作道官。他府上有私伎，私伎却只是奴仆。你为卢照寂之后，李琎本就念旧，你又读书好，有见识，李琎一定是将你看作少年知己。只不过他终究是长辈，身份又高，在你面前大可随意些。”

李素炫想了想，知道鹿先生说得对。每见汝阳王，他必以宾礼相待，也只他二人相对，从无第三人在场，仆役都依令在远处候着。他总有厚礼相赠，却从不当面赏赐，而是自王府回家时，由王府家人转交，礼物也总是墨锭、纸张、书帖、响拓，从不是金银。

李素炫感叹。沈绰之死在她心里留了个影子，这几日一直心头不畅，今日听了鹿先生所说，又格外怜悯汝阳王。她本饮酒不醉，却学世人样子，一盏接一盏不停饮酒，仿佛也能浇愁一般。

正月里，长安城中一派索然，李素炫头一次发现，原来落叶不是秋日里都落尽的。冬日漫长，树上一直都有些干枯叶子，零星吊在枝丫上晃动，一阵风来落下些，一阵雨来也落下些。几场大雪将枯叶裹得沉实，白昼里太阳将雪晒得半融，夜里又冻结，也没风也没雨，枯叶就会直直坠在地上，外头一层霜雪触地碎裂，露出里面树叶来，早就干枯脱水，又泡得软塌。春夏里那般生机，眼下不过是地上一堆烂泥，惹人生厌。曾是枝头新绿，二月风裁，诗家吟咏，点缀无限春光；夏又浓荫，庇佑鸣虫、庇佑花草；秋日枯索，旅人见了愁伤；冬日委堕，污了庭院路面，只被无情扫入灰堆之中。绿叶何辜，一生命不由己，平白遭人赞赏，平白遭人悲悯，平白遭人厌弃。

上元后几日，李素炫依前约携无伤去了汝阳王府。李琎在偏殿中设案几，燃着炭火取暖，并在一旁备好了茶事。廊庑敞开，外面大雪纷飞，庭院中有白梅挺霜，却被大雪隐去，唯有寒枝枯索交错，在风雪中隐约可见。

总管将李素炫引领至偏殿中，李琎已独自饮酒多时，见李素炫前来行礼，点了点头。李素炫坐下后将无伤在身旁放好，看了看李琎，他今日着紫袍、戴金冠，容色柔雅，身姿如玉。李素炫却蓦地有些心酸，低下头，怕李琎看出什么来，寻了个话题，谢过他屡次所赠龙脑瑞香墨锭及流沙素金纸笺。

李琎没有看出什么来，只哼了一声说道："本想图省事送你几枚金铤，怕被你嫌弃粗俗。那几枚墨锭、几张纸笺比金铤还金贵，好生用着，莫要轻贱了。"

李素炫复又行礼相谢。两人对饮过几盏，李琎说道："孤前几日听府中人说，总管请了你阿翁过来指教府中厨事，每次你都送你阿翁过来，在府外等候，又接他回去。"

"正是。"

"你前次说起阿翁如何，孤便觉得奇怪。记得卢照寂说过，你自西域来，无有父母亲族。"

李素炫笑道："我是阿翁在道边上捡的，认作了他自家娃儿。"

李琎不解，李素炫将如何结识阿翁与他说了一遍，又将阿翁家里羊肉汤饼、鱼脍鱼羹、肉菜粥与枣糊和小鱼蛋羹说了一遍，又说起阿翁如何做了那许多过冬小菜，叫她连坛子拿回家，直说到她自己涎水也要流出来了。李琎看着她，心下好笑。

"既如此，下次孤令家人去接他，劳作后再送他回去便是了。你不必如此辛苦接送。"

李素炫感激，立刻行礼谢过。李琎淡淡说道："素儿不必格外相谢。只一介孤寡老汉，无权无势，身在贫贱，几顿羹饭，日常吃食，不过是费了些心，你就如此认真感戴，倒教孤不敢小觑你。"

李素炫笑道："人生一世，能真心待自己的本就没几个人，若也要按贫富贵贱挑拣，怕是一个也没有了。”

“道理是这样说，只是当真想不到你如此不嫌弃。”

李素炫缓缓斟着酒，说道：“素儿也不过是个西域女奴，来时只五岁，一路颠簸，骨瘦如柴，半死不活，我师父不是也没有嫌弃我。”

李琎依旧斜身靠着，看着李素炫，默默无语。李素炫又说道：“师父一生清寒，素儿如今不缺金银，却无机缘还报，每想起来，便觉得富贵无趣。如今素儿只想对身边人好些，怕今日不用心，来日后悔。只是阿翁死活不肯要素儿孝敬银钱，素儿无奈，只得别寻法子。我与阿翁商定，《甘露经》上三十六种酒，阿翁只酿两种售与酒肆，每日只那几斗。阿翁不是什么贪财人，素儿也只求他手头上宽裕些，日子莫要过得太苦，不想大肆获利，愧对殿下信任托付。”

她说着又对李琎深深行过一礼：“此事素儿万分感激殿下。”

李琎心中触动，终于起身正坐，定定看着李素炫，说道：“素儿虽身出奴籍，终究现在凭自己本事脱了籍，皇家道官身份尊贵，难得你还能不忘自己出身。孤这一生什么人都见过，越是那出身低贱的，一旦出了头，越是憎恶自己出身，见有人与自己当初一般境遇，非但不体恤怜悯，反而格外欺压得狠毒。你却不嫌弃阿翁身贱，百般维护，想孝敬些银钱，也要顾着他性子。孤这《甘露经》能帮上你忙，倒也值得。”

李素炫笑了笑，说道：“我师父没有嫌弃殿下贵，我缘何要嫌弃阿翁贱？”

李琎迟疑着没说话，半晌笑道：“此话孤十分不解。”

李素炫解释道：“殿下平生定是遇到过一类人，殿下也不是什么奸佞之辈，平生也没有做过什么亏心事，对那人也以礼相待，未曾开罪于他，只不过因为殿下是贵人，他便非要看不起你，仗着殿下爱惜名声身份，不愿随意动怒，他便要对殿下无礼，以为这样是清高，出去了尽可与人炫耀吹嘘，以博名望。”

“果然有此等狂士，孤也不想理会，转身走开便是了。”李琎淡淡说道。

“师父曾说世上就是有这种人，世人大抵嫌贫爱富，有些人却不同，不嫌人贫贱容易，不嫌人富贵却难。素儿不知道当年师父与殿下如何相处，但素儿了解师父，依我师父性子，他虽为布衣，人又清傲，却定是不曾嫌弃殿下富贵，仍旧对殿下有礼。只要心中无愧，凭旁人说他趋炎附势，他也不在乎。”

李琎点头：“果然，此事孤十分感激你师父。”

李素炫笑道：“素儿与师父一般性子，能不嫌人富贵，更能不嫌人贫贱。何况师父也说过，那些拿无礼当清高的，清高都是假的，若真遇上个舍得杀人的，他们也软，不嫌人贫贱也是装的。所谓高士风骨，不过作态博虚名罢了。”

“卢照寂怎么与你讲起这些了？”李琎好奇问道。

“师父与我讲史时多有点评，说到这里了。师父说，依我性子，他从不担心我会变成势利小人，只是怕我堕落成孔融、祢衡之流，以为不问事由、非要与权贵作对就是清高。素儿自小就知道要小心，眼下与殿下相处，也管着自己，尽量殷勤些，莫要仗着殿下君子，逞我自家乖狂。”

李琎不由得放下酒盏，睁大眼睛看着李素炫，心中又气又无奈：“她竟然觉得自己很殷勤？”想了片刻，轻笑一下，又拿起酒盏，问道：“你如何知道孤是君子？”

“我师父不会与小人交往二十余年。”李素炫利落答道。

李琎轻叹，没有再说话，只不停斟饮。李素炫暗自算了算，总管引她到偏殿时，就说过李琎已独自饮酒多时，不知他已饮过多少。她落座后这半晌里拼命找了这么多话出来，说得这么热乎，他也没将酒忘了。李素炫有些担忧，又不敢出言阻拦，想了想，轻声问道：“殿下可想饮些茶，听素儿弹几支新曲？”

“好。”李琎点了点头。

李素炫立刻起身，挽好袖口，到茶席处开始烹茶，将茶饼烤过、碾过、筛过，待水方够了火候，投茶、过滤，不久将第一盏茶盛好，放在承盘上端过去。到了李琎案边，见他斜身靠着，头微微仰着，合着眼睛，不知道是不是又睡着了。他身子虚软，面色苍白，神情疲惫，李素炫心下怜悯，也难过，注视了片刻，轻叹一声，将茶盏轻轻放到案几上，又端着承盘转身回了茶席处，继续忙碌。

李琎没有睡着，只是不耐酒力干犯，不大舒服，略事休息而已。听到李素炫端茶过来，听到她叹息，又听到她转身回去，他微微睁开眼睛，凝神注视，见她身形消瘦，低着头，微微皱眉，神情有些难过，在茶案边不停忙着，手上轻而舒缓。李琎感叹，知道李素炫跟他说那么多话，都是特意找出来的，连同每次要为他烹茶、弹曲，都不过是寻个法子想让他少饮些酒。

“素儿……当真是像她师父，一般性情，一般举止。卢照寂一世通脱，世人求之不得的，他弃如敝履，纵困顿也是自己选的，哪像我这般，看着风光，却是外强中干，万般身不由己。素儿聪慧，又知道疼人，十年间陪在卢照寂身旁，着实是他心中寄托，我却是一无所有。卢照寂爱她如命，宁死也要护她周全，最后也果然护下了她，我却注定一生颓废，又窝囊，死了也要遭人嘲笑……素儿屡次说我像她师父，哪里知道卢照寂终究是逞了毕生之志，比我命好许多。”

李琎小憩过一阵子，缓解了些疲乏，略欠身取茶盏饮了。李素炫不停端茶过来，李琎连饮过几盏，说道：“素儿烹茶有长进。”

李素炫一笑，将最后一盏茶放在案几上。连饮两巡茶后，李琎身上酒力退了许多，面色也缓和了些，未再动酒，对李素炫说道：“素儿弹支曲子来。”

“是。”

李素炫回身坐好，解开袖口放下，将无伤抱在怀中，一边调校弦轴一边问道：“殿下要素儿弹什么？”

“随意弹便好。”李琎淡淡说道，又将身向后靠着，看着李素炫，“看你这无伤已是四相九柱，不知有没有什么新弹法？”

“有些，只是仍不熟练，本来四相五柱也没有完全纯熟，眼下手中心里更乱些，若要精熟怕还要些年头。不然，我将弦律调回去，照原来五弦音弹几支。”

“不必，就弹你这四相九柱琵琶，权当作日常弹习，手生些也无妨。孤也不想听什么精致调子，耳边有些声响便好。”

李琎说着，微微仰起头来，合上眼睛歇息，再不说话。

李素炫轻叹，将弦轴调好，轻弹起来，手上细微，有错讹处也不扰对面人歇息。看一旁茶席间各色物事零落，未来得及收拾整理，一片凋残。另一边，廊庑之外是梅园，风已止歇，天色昏暝，大雪未住，接连落下，坠地时有破碎幻灭之声传来。殿中空寂，只炭火毕剥，微微有声。

李琎许久未动，看他胸口起伏匀定，大约真的睡着了。李素炫缓缓停了琵琶，轻轻放下，起身走到殿外，召唤仆役与李琎披件毯子在身上，最好取地屏来遮挡些。仆役本不敢，李琎时常独自饮酒，若无召唤便不许人靠近，哪怕是家人上前与他披件衣裳，也常惹得他不快。只是这几次李素炫召唤仆役照顾，李琎并无不悦，仆役才敢听话。

片刻，一人轻轻与李琎披了件织毯，另两人将地屏抬来放在他身旁，挡着廊庑处冷风，随即悄声退出。李素炫又将无伤抱好轻弹起来，手上多有错失，不急，慢慢来，只消把控手劲，莫要令弦声太过坚燥。弹了许久，她心中渐渐宁定许多，外面仍是大雪纷落，远近茫然，天地间一片凝滞。

李琎疲乏，睡得沉实，过了半个多时辰才醒来，微微睁开眼睛，见身上披着织毯，身旁有地屏遮挡。看对面李素炫依旧端坐，眉目低垂，怀抱无伤轻轻弹着，弦声纤巧细脆，如昆玉珑璁，淡淡有痕。李素炫是个清瘦女子，却又骨挺有力，性子倔强、十指悍厉，饶是琵琶性大、锥管欺生，她偏要利落降了。若强压不住，便使出万分耐心来，纵是赤玉硬、饶瓷坚，也能被她细细磨灭，锉成灰粉，混着指尖血调和了，在掌中搓圆捏扁。她本微贱，不过垄头上一株野草，偏敢生得一副国色气象，容颜秀美，又咄咄不惧，只如顽石细叶、铸铁梅花。

李琎默默看了她许久。

“世间男子皆爱女子乖巧听话，又嫌弃女子无有主张见识。偏卢照寂这小女儿不同，一贯不是什么温让女子，不迎合，不奉承，面上总是微带不趋，身骨相抗，却又知恩义，一俟放下戒备，心中如此柔善。男子多半不喜爱此等女子，若是喜爱，定是一腔赤诚，她却又对男子无意。这女子……来日不知要伤了谁的心。”

李素炫不知道李琎已经醒了，仍旧低眉轻弹，廊庑外大雪仍旧簌簌落下。

“素儿唱支调子。”李琎说道，声音淡弱。

“是。”李素炫骤然听到李琎声音，也未惊奇，答应了一声，手上弹过许久，却不知道唱什么好。李琎等了许久未听到她声音，也不催促，将身坐了起来。如今酒力消退，又睡过一个时辰，他身上暖和，元气充沛，许久不曾如此舒泰，一时来了兴致，挥手召唤殿外仆役过来，吩咐道：“到内殿中将茶事取来。”

仆役依声离去，李琎也暂时离席更衣，片刻又回来，又片刻，几名仆役将茶事取来，依汝阳王令将新茶席布置好。新茶案连同案上之物皆极精美，想是李琎自用之物。他嘱咐李素炫在茶席右手边坐好，自己在正位坐下，笑了笑，对李素炫说道：“你弹琵琶，想唱便唱一支。孤亲自与你烹茶。”

此时李琎退去了紫袍金冠，换了舒适短衣，通身紧实利落，淡淡锦绣，胜若海棠泪色，看着不再像一朝贵胄，倒像是陌上谁家儿郎，晨曦纵马，身带朝阳。

“世上竟有君子如斯。”李素炫感叹，看着李琎，恍然想起师父卢菡来，总是觉得他二人风骨气度那般相像。想着，两手不由得停下来，呆呆看着。李琎只一笑，她立刻醒悟，又低下头弹起来。

李琎高大，跽坐在案几旁，身姿挺拔，端如玉山。茶乃雅事，却要看是谁人操持，若是李素炫，只是小女儿家轻盈可爱，在李琎手中方是端严雅正。他凝敛了眉目，神色清肃，手上举动沉定，持银箸炙烤茶饼，碾碎罗末，将细琉璃瓶中清水注入金釜，二沸后舀出一瓢来，持掐金丝银茶则取了茶末投入水中，水方再沸，将水瓢中二沸水扬入止沸，化育汤花。

李素炫渐渐又忘了手上弹奏，将无伤紧紧搂在怀中，认真看着李琎。玉真宫中有师兄专门教她宫廷茶事，也多有演示，本也不觉得新鲜，只是一样程式，在汝阳王手上却是另一番气度。茶席上珍奢罗列，各逞罕异，各夸工巧，各耀辉芒，却硬是掩不住李琎一双素手，犹润玉无光，四下里黄金璀璨，在他手边却只有一番形绌。

李素炫心中赞叹：“我师父清跡，寒素不压，汝阳王贵雅，锦绣不压。君子当如是。”

李琎将茶盛出来，倾入琉璃茶盏，轻轻推到李素炫面前。李素炫不敢接下，手也不敢动，仍旧抱着无伤，怯声问道：“殿下缘何要将第一盏茶赐与素儿？”

李琎笑道：“孤与你烹茶，第一盏自然要给你。”

李素炫将无伤放在一旁，与汝阳王行过礼，轻轻端起茶盏来。漆盏不烫手，此琉璃盏所不及，故琉璃盏比漆盏大上许多，茶汤只浅浅盖了盏底，用手扶着沿口端起，见汤色透碧，轻轻晃动着。沿盏壁将茶汤倒入口中，刚好不凉不烫。

“此灵溪郡芽茶，早春初采时最好，眼下冬日，已是老了些。素儿权且粗略尝尝，明年新茶入贡，再请你尝鲜。”李珽手上未停，说得平缓。

殿外大雪不断，簌簌冲击，殿中暖和，又略昏暗，唯茶味平正，茶香杳淡，君子如玉，君子如虹。

一巡茶过，李珽清理过金釜，复又量定水方，开始烹制第二巡。李素炫将无伤抱起，说道：“殿下安生饮茶，素儿与殿下弹支调子。”

李珽点点头，接着忙碌茶事。李素炫拣了些柔和调子轻弹起来，指尖舒缓，细细错落，眼中仍旧忍不住看着李珽双手，只冰骨素肌，教金玉无色。李珽将茶烹好后分盛了出来，改跽坐为盘坐，放松许多，端起茶盏来轻轻啜饮，说道：“素儿可唱一支。”

李素炫手中无伤应声转入新曲，旋即轻唱道：“雪落寒梅，素颜轻。骄阳意暖，啜春茗。”

李珽即刻识得是教坊曲《竹枝》，匆忙而就，填得不好，只是里头嵌了“素”与“阳”，知道李素炫所吟正是当下。李珽通乐旨，晓得韵律与句读，即刻轻敲琉璃盏，以“竹枝”“女儿”和之。此令短小，一遍后，李素炫只弹不唱，李珽也不消击节相和，心中即解其意。

“这遍只弹不唱，定是留与我饮下盏中茶。”

他立刻将一盏茶饮了，果然李素炫见他饮过茶，唱起了第二段，李珽复又以“竹枝”“女儿”和之，待李素炫又弹而不唱时，李珽饮了第二盏茶。如是，李素炫唱过四首《竹枝》，李珽饮了四盏茶。唱罢《竹枝》，第二巡茶尽，李素炫一时起了兴致，手上未断，凌空发力，将雷海青所授新曲按连弹过一遍，趁着廊庑之外快雪淋漓，直弹到意气纷扬，李珽听得心头酣畅。

“素儿可想出去踏雪赏梅？”李素炫弦声方落，李珽趁兴问道。

“好。”李素炫点头，十分开心。

李珽叫家人取了斗篷来，二人各自披上，出了偏殿。大雪扑簌，击打在睫毛上，周身无风，雪落得均沉静定。天地无情，一片肃杀，唯院中白梅不惧，偏要盛放，纵被风雪隐了身形，却隐不去幽香倔强，缕缕不绝，铮铮透彻。

李珽带着李素炫沿梅林中小径走向深处，一路踏破深雪，留下足迹。

“落雪相扰，更令寒梅寂寞。”李琎说着，口吻中并无哀伤，反而淡淡笑着。

“有人探望便不寂寞。”李素炫也笑。

李琎又笑问：“梅皆寂寞，你能安慰几朵，又能安慰几回？”

李素炫心中微动，许久，幽幽问道：“贵人可也寂寞？”

又许久，李琎答道：“世人如梅，无不寂寞。”旋即又笑道：“罢了，莫要如此酸腐。”

李素炫也笑起来。二人走出很远，一直走到湖边，残荷冻结，湖水微微结着薄冰，雪落即融。眼下天地深白，唯这湖水仍旧一潭漆黑，水面隐隐有风，浮冰动荡，宛若来世入口。湖边有榭，眼下荒芜，李琎与李素炫凭栏而望，站了许久，李琎忽然问道：“素儿腰间紫箫可是昔日卢照寂之物？”

“正是。师父临终时留给了我。”李素炫答道。

“二十七年前，孤第一次见到卢照寂时，这紫箫便在他身上。只是他毕生不于人前逞弄箫管，连孤也未曾得闻他箫声。他这紫箫孤屡次借了来把玩吹弄，他倒只在一旁听着。”李琎转头看着李素炫，笑着问道，“素儿今日可舍得将你师父紫箫借与孤来吹奏一曲？”

李素炫笑道：“昔日我师父都舍得，今日我有什么舍不得。”

她说着将紫箫自腰间解下，双手横持，奉与汝阳王。李琎伸手取了，凑到唇边轻轻吹起来。箫声凄断，又趁风雪，李素炫陡然忧伤起来。她自幼畏惧箫声，多年不闻，本以为会好些，眼下却仍是瞬间生悲。她在李琎身旁安静站着，只当是幼时在师父身旁。曲终，管声沉沉落地，李琎放下双手，默然不语。

许久，李素炫轻声说道：“殿下想是心中有郁结，只在说与不说间。”

李琎并未回答，深深叹息，抬手将紫箫递还给李素炫。李素炫双手接了，系回腰间，心中为汝阳王难过。“此我大唐英杰，却如此落寞。”轻叹后又想起鹿先生私下里所说：“卢照寂一生困顿，却也自在，他那活法是他自己乐意。李琎却不同。其人睿智、谋断果决，若为臣，定是贤臣；若为君，定是明君。惜其毕生毫无转圜余地，终日压抑，又不好财色，除了酒，哪里还有出路。”

沉默许久后，李琎问道：“素儿可还记得你师父样子？”

“……素儿快要不记得了。”李素炫黯然答道，低下头。她很想抬头仔细看看李琎，只是不敢。李琎年四十五，谈笑间眼角已有了皱纹，李素炫总是忍不住想看看。捧茶过去，见他合上眼睛歇息，也忍不住飞快瞥一眼，只看他眼角处几道细痕。李琎与卢菡年龄相仿，李素炫总是忍不住想，若师父还在，如今会是什么样子。

“我不记得师父眼角处是不是也有皱纹，些许也不记得……怎会不记得？”

伤感过后，李素炫问道：“殿下可还记得我师父少年时是什么样子？”

李琎笑道：“你师父自幼少言寡欢，却不能饮酒驱愁。有了你之后，活泼许多，却又不能饮酒开心。”

李素炫想了片刻，也笑了，又问道：“不知殿下从前与我师父谈论些什么？”

“也不谈论什么，只在园中或殿中，只我二人，对坐手谈，几局棋便是一整日。不然便是孤饮酒，他在一旁弹琵琶，孤饮得醉了，睡一觉，他仍旧弹琵琶，醒来时他还在一旁弹琵琶。孤连饮带睡一整日，他便弹一整日，也不知道歇歇。后来他在孤府中临习钟相书帖，要回去教你。那一年多里倒是不大弹琵琶，孤饮酒，他写字，孤睡着时他仍在写字，醒来时他仍在写字。你师父那人……十分无聊。”李琎边说边笑着摇头。

李素炫惊讶道：“不谈些诗书画乐？或说些别的？”

“闲话也谈些，每次几句也就够了。又不是小孩子，哪有那么多可说的。”

李素炫一想：“大约是了。我与端木、卢七在一起时，也是这般。就那几句，再没什么好说的，又偏要糗在一处，又各忙各的，一整日不说十句话也是常事。”

李琎又说道：“孤睡着时，不喜欢身旁有人。独你师父在身旁，孤睡着时，心中不怕。”

“素儿自幼与友人同室，初到宜春宫时独居一室，出宜春宫后独居一院。身旁有人不怕，倒是身旁无人，夜间死寂，有些慌张，颇花了些时日才习惯了。殿下却是畏惧身旁有人。”

李琎叹息，说了句：“你小女儿家的自然不懂。也好，懂了便不开心了。”

其实李素炫隐约明白，只是不愿想得太深，也不想说出来。隔了片刻，李琎忽然笑起来，语带狡黠，说道：“你师父喜欢骑马，骑快马，此事素儿定然不知道。”

“……果然不知道。”李素炫一怔，迷茫答道，觉得师父举止沉稳，不像率性纵马之人。

“有了你之后，他再不那般疯着骑马了，说是为了你，不敢叫自己出事。此事只孤一人知道。”李琎笑得得意，又渐渐收敛了神色，沉默不语，又许久，缓缓说道，“素儿，孤有一事……要告诉你。”

李琎神色严肃，李素炫立刻行礼道：“殿下请讲。”

李琎却又不说话了，李素炫持礼守候，不敢追问，隐隐猜测与师父有关。

“素儿，从前之事，有许多内情是你不知道的。世人也只道是你师父清高不污，不肯为许宗德奉乐，遭记恨陷害而死。其实……远不是这么简单。”

“殿下想是知道些什么，能不能告诉素儿？”李素炫立刻问道。

李琎看着面前大雪，长叹不已，口吻飘忽着说道：“此事孤也不能过多打听，也不知道太多内情，只知道吴楚思为我父旧部，许宗德借吴楚思之案罗织罪名，本是要冲着孤来的。他咬定吴楚思与孤有谋，又咬定孤与你师父有谋，逼迫你师父就范，录写供状，承认罪名。”

李素炫瞠目，她一直以为师父只是不肯为许宗德奏乐，遭记恨陷害，当日高力士就是这样对她说的，没有提起李琎来。又一想，也明白，不管高力士知不知道此事与李琎有关，也用不着跟她一个小小女乐说这么详细。

“你师父乃天下顶尖乐师，又毕生饱学，诗书画俱有盛名，那许宗德本十分想结交他。当日命人带了毒药威胁他，实以为他会服软，日后肯与席间唱和，为赋诗文，让那许宗德也沾些风雅，叫人不敢再笑话他粗鄙。若你师父肯乖乖听话，从了那许宗德，将孤出卖，他就不会死了……孤平生落寞，挚友只你师父一人，却连累了他。此孤一生之痛，余生心意难平。孤对不起你师父……也对不起你。”李琎喃喃说着，看着面前大雪，神情茫然空洞。

李素炫不停落泪，身上连同心里一起冷得透彻。今日严寒，泪水流出来瞬时被冻结，她心中一片迷茫，连痛也没有。

“冷了，素儿随孤回去。”许久后李琎说道，转身缓缓向回走。李素炫咬牙勉强跟上，走了几步后，骨节才灵活了些。二人又入了梅园，循着来时足迹。梅园中冷香环萦，深雪遭踏，发出吱吱声响。出来这许久，身上早冷得透了，双目被严寒相逼，格外透彻分明，只是天地昏茫，纵有明目，除了风雪也看不见别的。

“素儿是不是格外喜欢梅花？”李琎见李素炫跟了上来，又问道。

“果然格外喜欢。只是左教坊中并无梅树，更无白梅。小时候每到冬季，师父都从外面采大枝梅花与我拿来，每次都是白梅，折成小枝在瓶中插了，拣最好的单留一瓶赏玩，其余拿来行水染色。”

“行水染色？如何染？”

“在瓶中水里放各色颜料，一夜便染上，很漂亮，只是凋谢得快些。也有的染不上，也有的颜料想是有毒，染过后只一夜便凋残。师父作画多用水墨，故我染墨梅最多。”

李琎哼了一声道：“你师父那白梅便是从孤这梅园里采得，每年都是。”

李素炫惊讶道：“此事素儿不知，师父只说是从好友处讨来。”

“你师父性子孤僻，能有多少好友？他所说那好友可不就是孤，不然还有谁？他说他素儿格外喜爱梅花，问可否允他采枝白梅带回去与他素儿。孤自然是允了，还说可以采一大枝。他果然采了一大枝，偌大一枝，高高兴兴扛着就走了。孤是又气又笑，又拿他没法子，只得继续闷头饮酒。”

李琎说着笑起来，李素炫也笑起来，心中又是欢乐，又是难过。二人说笑间回了偏殿，解了斗篷，又坐好。仆役已将茶案清理过，李素炫弹起无伤，李琎烹茶，简单说笑，或是沉默相对，直到夜深。李素炫起身告辞，将无伤负在肩上，有些不放心，忍不住看了李琎一眼。

李琎一笑：“孤今日不再饮酒了。”

李素炫笑着低头，又行过一礼，转身离开。

家人引李素炫出偏殿，到了车驾前，举着火把将帘子掀开，请李素炫上车。就着火光，李素炫看到车子里有偌大一枝白梅，连枝带朵，足两尺多高，使轻纱罩着，占了车子里头一半。

“此汝阳王殿下所赐，在下方从梅园中折了来。”仆役殷勤说道。

# 123

李素炫将白梅在院中深雪里放了一夜，第二日起来折枝插了瓶，放在临窗处，迎着日光。她常在梅枝旁安静凝视，簌簌深雪，剪剪梅花，举世幽若。窗口寒风凛冽，久了浑身冷，指尖冻得刺痛，在火旁烤一烤，暖和过来，又痒，轻轻扫过琴弦，感觉怪异。她前几日整理师父诗稿，其中有两首咏梅，刚好应景。将诗稿找出来，上面标明用《浪淘沙》调，并注了宫商。她抱着无伤，转动轸轴，调好弦律，很快将词入了乐调。

等闲风雪等闲霜，一样身骨别样香。
苦寒直欲东君采，不待留与恶尘伤。

冰尘玉屑碾珠玑，堪爱折枝怜不已。
何如管埋舜祠处，浪荡不作太庙牺。

她唱过几遍，停了下来，暗笑："看这诗中意思，一身孤踪，一心出挑，果然是师父性子。只是师父一生隐忍遁世，这'浪荡'二字可不像他说的，倒像我说的。"

太阳升高一些后，晒得人间暖和了许多，李素炫离家去找鹿先生，想要问个明白。宫中朝中许多事情，没人能对她一个小小女乐细说，唯鹿先生鬼谷，看得出来，也肯对她说得透彻。

今日商不言在太常寺当值，不在家中，李素炫与鹿先生对坐，将前日里汝阳王所说讲述了一遍，最后问道："先生，那许宗德连一朝皇亲都敢陷害，怎么会忌惮我师父，见了他金鱼袋，打听到他身份来历，反而收手了？"

鹿先生看了看李素炫："就因为李琎是一朝宗室，许宗德才敢下手。你师父是乐师，他反而害怕。"

李素炫不语。鹿先生兀自斟着酒，幽幽说道："李琎乃睿宗皇帝嫡长孙，李唐正统，他每日饮酒纵浪，不过是做个姿态，告诉天子他没什么多余想法。天子屡次夸赞他，固然是喜爱这个侄儿，更是给天下人看的，其实不可能不忌惮他。倒未必真的相信他会谋反，却果然需要有人出来咬他，不时威慑于他。这一点，李相和许宗德都清楚，他们敢盯着李琎，就是因为知道天子心思。你师父不同，一介乐人竟有金鱼，傻子也能想到此事极不寻常。他与皇室无涉，又没什么势力，圣人不用忌惮他，也不会相信什么谋反罪名，他又是圣人故人之后，圣人定然护着他。故而那许宗德惹得起汝阳王，反而惹不起你师父。若此人提前就知道你师父身份，决不敢动他，可一旦动了他，也只能一不做二不休，不能收服，便要除掉。”

“圣人舍不得我师父，却忌惮自己亲侄儿。”李素炫叹息，“天子家事，果然我这等凡人不懂。”

“圣人也是人，也有远近亲疏，也有舍不得，这不奇怪。当今天子又格外是个心软念旧的，又格外看重乐人士人才情，自然会百般护着你师父。可他身为天子，一旦事涉皇权，却由不得他顾念骨血宗亲，别说侄子，亲儿子不是也杀了？皇权落败，下场何等凄惨，青史中前鉴昭彰，哪个做天子的也不敢放心。世人只道天子可以为所欲为，其实那龙位坐着哪有那么安稳舒服，俗人不知道罢了。”

这些缘故，其实李素炫不是想不到，只是不希望人情如此，情愿当是自己多思了。每次来问鹿先生，实实指望先生说出些别样见解来，却每次都失望。这人间事，难得像她希望的那么好，却总是跟她猜测的一样糟。她心下复杂，沉默许久后才又开口。

“也是……还有，先生，当日许宗德手下闯入左教坊逼迫我师父，师父为什么不能假意服软？之后可以凭金鱼袋入宫，请求圣人相救。”

“沾着‘谋逆’二字，求救也没用。难不成圣人还什么也不知道时，你师父去对圣人说，他与汝阳王不曾合谋反叛？”

李素炫长叹：“先生说的是。”

“许宗德连太子和汝阳王都敢动，背后定然是李相，你师父不是他们对手。除非他肯屈从许宗德，诬咬汝阳王，否则只能服下毒药，死在左教坊中。一旦被捕入大理寺，他再有骨气，熬得住酷刑，也不顶用，那许宗德怎么都能捏造出一份供状来，再毁了鱼袋，杀人灭口。你师父死在左教坊时，没人知道凶手是谁，可一旦知道是许宗德，天下人都会认定是因为你师父不肯奏乐奉上，遭到报复，再说他联合汝阳王谋反，反而没人信了。圣人更不会信，还会恼恨他们逼死了你师父，汝阳王也就跟着逃过了一劫。这一点，你师父肯定也算到了。”

李素炫一阵眩晕，说不出话来。

鹿先生感慨不已：“李琎竟然肯将这些事情告诉你，其人果然君子。自古大恩似大仇，你师父为救他而死，寻常人欠了如此情分，巴不得天下没人知道，更不会转头告诉人家孩儿。”

昨日李琎在雪地中冻着，对李素炫说起这些，口吻平淡落寞。李素炫知道，他身份敏感，惯来隐忍，喜怒从不外露，心中不知要如何伤痛，口中才有这淡淡几句。李素炫思念师父，也怜悯汝阳王，叹世上有真情不屈，又畏惧这人间可怖。

“素儿，你师父不是书呆子，他没那么迂腐，没那么爱跟人怄气。如果不是当真有缘故，他怎么舍得狠心撇下你，就为了成全自己那一点儿清高。”鹿先生叹息着说道。

李素炫不停掉眼泪，点了点头。这事儿堵在她心里几年了，她不停告诉自己君子清高可贵，宁可自欺欺人，也不愿相信哪怕是为了她，师父也不肯略微低头。

入了二月，春日渐深，娇花闹着枝头，四下里渐渐热火起来。李素炫早早到了玉真宫，与众师兄将竹径小院里外洒扫干净，等待师父自王屋山回来。二月底，玉真回归长安城。

每初回长安，玉真定要拜会圣人与贵妃，并接见长安城中各方士人，连着月余不消李素炫每日侍奉，也不拘束她，除隔几日讲授经学外，白日里由着她逍遥，只晚间师徒二人在丹室中相对，私下里说些话。李素炫逢一仍去内教坊处见雷海青，不时去鹿先生家听授，去阿翁家讨吃添乱，也不少了见端木与郑三娘，或去东宫探望陈蘅及宜春宫女乐。三月初一，李素炫接到李逊府上传信，写信的是樱儿，道是三月三出游，请她同去。

李素炫犹豫了片刻，知道此去难免要见到李逊，却不大想见他，眼下也谈不上多恨他，见面却难免尴尬，不如不见。只是又期待能见到卢观，打听师父前事。犹豫片刻，点头应允了。她并不知道，其实是卢观有事要对她说，却不敢单独约她，这才嘱咐李逊，央李樱前来相请。

三月三日，水边明媚，少年纵马，丽人穿行。李素炫许久未出城到水边来，今日见天色晴媚，也跟着高兴。樱儿一路上缠着她，娇笑不停。到了灞水畔滋水驿边，各府第仆役已提前将各色物什备好，简单歇息片刻后，男子上马，列阵击鞠，女子在一旁围观叫好。独李素炫带樱儿到了略远处临水巨石上，小心坐下，脱了鞋袜，将两足伸进水里。河水不凉不热，又舒润，两人互相推搡着，不停笑闹。

李逊果然也来了，只是不敢上前与李素炫说话，总是躲着。卢观着戎装，持月杖，烟尘踏马，正与众人拼杀。李素炫带着樱儿在水边玩儿得开心，本也很想过去看看热闹，只是李逊在球场边上呆呆看着，李素炫不想凑近了与他相对。许久后，男子比赛结束，换女子上场，尘土照旧飞扬，却是娇叱一片，换了男子在场外吼着叫好。又许久，炊熟，樱儿仍想在水里泡脚丫，赖着不肯起身。李逊跟着前来本就是为照顾樱儿，眼下只得将饮食端过来。李素炫接了承盘，未与李逊说话，只带着樱儿一起吃烤肉、饮果汁，很快饱食，回身将承盘放在身后，依旧嬉水欢闹。

眼下灞柳絮成，微霜初结，扑面纷飞，落在头上脸上，挂在睫毛上。前方浅雪徐徐，晕染了四野，又骄阳刺目，水面波光动宕，天地温润。卢观自球场上下来，落了汗水，换了身干净衣裳，自棚帐那头寻过来。隔着风雪，看不很清楚，只见到水边身影，认出是樱儿与李素炫，他有些失落。卢观精于马术，击鞠也是高手，方才在场上格外奋力，十分想让李素炫看看，她却偏带着樱儿在此处玩水。

樱儿与李素炫并未回头，不知道卢观在身旁。两人牵着手，稳着身子，使劲用脚踢起水花来，纵声笑着，又用左脚挠着右脚，又换右脚挠着左脚，欢闹不休。卢观迎着阳光，迎着灞雪，远远看着她二人身影，听她二人吵嚷，只觉得尘世娇柔，万物美好。

许久，崔茗牵着两匹马从那头走过来，卢观连忙后退一步隐入棚帐之中。崔茗走到水边，问樱儿想不想随他去骑马，樱儿一阵欢呼，即刻擦干净脚丫，穿上鞋袜，与李素炫告别，开心随崔茗走远了。卢观静静看着李素炫，见她立刻沉静了下来，片刻后将双足从水中拔出，踩在石头上，两手抱着膝头，望着水面沉思。灞雪无尽，掩着她短衣青白，掩不住她满头浓黑。

卢观等了许久，终于鼓起勇气走过去，一步迈上巨石，隔了一尺余坐下来，不敢紧挨着。

“怎不取你无伤过来弹奏？”卢观笑着，柔声问道。

“在棚帐中，懒得去取。”李素炫回答道，迅速将鞋袜穿上了。

卢观见她颈项上挂了根丝绳，穿着枚小陶埙，在胸前坠着，又问道：“为何也不吹埙？”

李素炫笑道：“我不会。在集市上见了，看着小巧可爱，心中喜欢，就买了来。当时还买了只略大的，屡次试过，吹不出声响来，这只小的怕是更难了，便一直带在身上图个好玩儿，想着说不定哪日里就敢吹了。”

“既如此，我与你吹一支小曲子如何？”卢观轻声询问。

“你会？如此甚好。”李素炫说着将陶埙取下，递与卢观。卢观接在手中，把玩一番，笑道：“倒是没吹过这么小的，再小一点儿，拿都拿不住。”

李素炫笑道：“我自然要挑个小的带着。早知道今日撞见你，就拣大的带着了，只是挂在身上未免粗蛮。”

卢观笑笑，将丝绳套在腕子上绕了几圈，将陶埙凑到唇边，凝眉敛容，轻轻吹起来。陶埙声音本有些嘶哑，类箫，小埙声音亢厉许多，反有横笛清越，衬着眼前水上光明，倒在相宜。卢观果然会吹陶埙，气息均沉悠长，埙声锐利却不虚浮，反是轻盈纤巧，如不尽波光中一缕飞鸿掠影。

一曲终了，卢观吐了气息，转头看着李素炫，轻轻笑了。

“果然好听。”李素炫看着卢观，也笑了，“只是这埙果然太小，我拿着都觉得有点儿小，你恁大两只手，拿着当真费事。”

卢观将丝绳解开，将小埙还给李素炫，李素炫说道：“我不会吹，怕也学不会，你既然会，便留着。”

卢观迟疑了片刻。人可以换琵琶弹，换羯鼓打，除却极亲近之人，吹管却不许交换，男女若非夫妇或情人，尤其不能，因其沾唇，齿沫相濡。卢菡临终时将紫箫留给了李素炫，她珍爱万分，终日带在身上，时刻爱抚，须臾不离，却从不敢凑到唇边吹一声。

卢观知道，这小埙李素炫肯定是不曾沾唇，不然不会给他吹奏。眼下他沾了唇，李逊和崔茗不会在乎，拿了便吹了，吹够了再丢还过来，李素炫却是不会再凑到唇边了。其实卢观也不指望，只希望她能将小埙留着，那上头有他一点痕迹，她留着便好。眼下见李素炫执意相送，他虽心中失落，也只得暗自叹息，将小埙收下。见那丝绳还够长，也学李素炫样子拿来挂在颈项上，坠在胸前。

二人沉默了片刻，李素炫想开口询问师父前事，正思索如何开头，卢观问道：“素儿是不是想要问问师父过往？”

“正是。”李素炫点头，松了口气。

“此事我用心帮你问了，我祖父为卢氏长者，告诉我许多往事。论辈分，我该叫你师父为叔父，他父亲卢延礼与我祖父乃堂兄弟。听祖父说，当年族中因故遭太平公主忌恨，誓要血洗。族中无奈，总要有个人出去担罪，又不能寻个血系太远的，怕应付不过去。恰逢卢延礼与事有涉，便狠心将他舍了，暂时保了全族。直至圣人班师，回锋相护，卢氏方过了死劫。叔祖父卢延礼被难之时，叔父卢照寂尚在襁褓之中，随母流配。卢氏有愧，暗中派人保护，直到后来，圣人接他母子回了长安，再后来，叔父入了左教坊。他记恨卢氏，终其一生不愿归宗，卢氏也无颜勉强。”

“原来是这样。”李素炫轻叹，“一直以为师父早早没了父母，亦无亲族，与我一般，只是个孤儿。”

“卢氏为山东望族，累世簪缨，颇有高官显爵，暗中多方照应，保叔父平安。朝中宿臣知道内情，不相干犯，就是李相，执权柄又好雅音，也不敢召他侍宴奉乐。故此叔父虽只是左教坊中乐师，又倨傲不攀权贵，历年坚辞私请，却一直无人敢动他。谁知道横空里杀出个许宗德，天宝新贵，不识开元勋烈，微末官僚，不知上峰内幕，又小人得志，张狂一时，生生害了叔父性命。”

卢观说着，想着李素炫这些年不知如何痛楚煎熬，心中为她难过，连连叹息。李素炫抱着两膝，低着头，忍着泪。

“我去问祖父，他本来说一番旧事我无须知道，我只得告诉他是你托我打听，他才与我说了这些，再细的，也不肯说了。祖父命我转告你，族中长老都知道你是叔父养女，也知道你冒死在圣人面前为叔父申冤，对你十分嘉许感佩。他们曾商议过，想让你入我卢氏宗籍，日后将你看作我族中女儿。只是当年你微贱之时卢氏并未出手相助，你多年独自煎熬打拼，如今已是皇家道官，身份尊贵，又得圣人眷顾，格外恩宠，卢氏令你归宗，反倒显得势利，故此不曾派人寻你说起此事。眼下我与你相识，说话方便，祖父命我相询，若你肯归宗，此后便是我卢氏宗女；若不肯，也决不敢勉强。只是卢氏仍旧认你为卢照寂之女，但有难处，只一声召唤，卢氏全族定全力以赴。”

李素炫感慨万分，接连长叹，许久后，双手持礼对卢观缓缓说道："师父一生未曾归宗卢氏，我也不必，况且我确知自己姓李。我自幼得师父钟爱，师父却未令我从他姓氏，还屡次告诉我他日如有机缘，定要打探生身父母出身与下落，认祖归宗。再说，我今日已是女冠，身在空门，尘缘血缘本也不要紧了。烦请转告祖父及族中长辈，如此好意，素儿领受，此生必感铭在心。日后若有机缘，也愿为卢氏出一分心力。"

李素炫说了些大道理给卢观，固然不假，却又别有缘故，只是不能说出口。她难忘师父卢菡，卢菡临终时身在弥留，神识散乱，她却始终相信师父真心允了她来生，怎肯身入卢氏，果真与师父成了父女。卢观见李素炫不愿归宗，也松了口气。他喜欢这女子，早先只听旁人说起她，已是许了半颗心，自见到她那一日起，便深陷其中，夙日牵挂，辗转思念。他知道此生无望，也不想做无谓争取，却也不愿心爱女子就此成了族妹。愿她今生只姓李，不姓卢，他躲着在意她一世，也心无滞塞。

二人再未说起卢菡之事，由着春风吹送，灞雪淡淡，落满肩头。卢观强自镇定说道："素儿若想饮一盏，我去取酒来。"

"好。"李素炫点头。

卢观立刻起身，转头上岸取了酒与盏子拿到李素炫身边，又格外从棚帐中取了无伤递给她，重又在她身边坐好，将酒盏注满，递了一盏过去。两人淡淡笑谈，饮了一壶酒，卢观又取了一壶。回来时，见李素炫仍紧紧抱着无伤，将头轻轻抵在轸轴处，兀自望着水面出神，容色平静。卢观安静看着她，心中满是惆怅。许久，李素炫抬起头来，轻弹无伤，起了支歌调，欢快了些。

晴川好，浅草马蹄没。初芽四野动春禾，不日花开，不日花落。

欢声远，轻霜满帷幄。花间有酒自斟酌，风也飘过，云也飘过。

卢观踏上巨石，一边坐下，一边笑问道："词是《苍梧梅令》，怎么曲不一样了？"

李素炫停下琵琶，摇了摇头，无奈答道："本是押平韵，上次被你拐得押了仄韵，拐不回来，只好临时将调子改了音。回去想了想，生改的终究不好，索性专为仄韵词再度一曲。我以前填词偶尔平仄混用，本是忌讳，只是多半将混入那句安置在两阕相同位置，稍微好些。自平仄韵各据一曲后，就小心多了，平仄绝不混用，今日见了你就想起上次来，又犯毛病。只是这《苍梧梅令》第三句本可以不入韵，若是入韵，就是平仄错了，也还好些……”

李素炫微微皱着眉头，絮絮说着。卢观笑出了声，一边斟酒一边说道：“卢观无有素儿酒中豪气，眼下已是有些晕了。只这第二壶，再多可陪不了你。”

李素炫听他口气中有些抱歉，回答道：“素儿不好酒，开心时胆敢豪饮，不过是因为不醉，并非如何意气。你酒量小，自己知道要拿捏，饮酒有度，好事。”

卢观将酒盏递过来，问道：“素儿无伤可借我弹弹？”

“好。”李素炫点头，将无伤递了过去。卢观接在怀中，只弹了几下，便还了回来，摇头说道：“未尝手弹，不动拨子便弹不了。”

“无妨，我与你弹。”李素炫放下酒盏，弹起无伤，几遍后，听到卢观歌声，平和稳当，即便唱些开心事，也略不狂纵。

踏春草，马蹄趁芳晖。灞上霜雪染红莓，忽又花落，忽又花飞。

甘露酒，满注青瓷杯。醉后不知己身谁，一时云去，一时云归。

李素炫手上未停，转头看着卢观，惊讶道：“你这词填得甚好……不是说这柔和的作不出来？”

“若开心，偶尔也作得出来。”

“却又押了平韵。你将我拐得回不去，你自己倒拐回去了。”

二人都笑，卢观斟酒，二人不住对饮。远方有渡口，岸边水上隐隐有歌声传过来，斑驳恍惚，想是至亲故交相送至此，与远行者当歌而别。二人不由得仔细听着，却听不清楚。片刻后李素炫又弹起无伤，几遍后，卢观又听到歌声，只在身边，分明清晰，却又仿佛被那满天飞絮染得模糊了。

春风暖，催马出城郭。数寸光阴酒消磨，醉也婆娑，醒也婆娑。

灞雪飞，杨柳不堪折。一棹轻曲唱骊歌，各自心事，各自吟哦。

卢观看着李素炫，暗自落寞:“她一定有许多心事，只是那许多心事里，没我什么事。”

二人弹唱饮酒，直到那头众人尽欢。樱儿随崔茗跑马，累得快要瘫软，李逊将她抱上了车子。众人拔营回归长安城，一路杂处，卢观再不能与李素炫单独说话，在后头看着她身影，心中无奈。

“我已及弱冠，怎的今日只如稚童。”

# 第十一章 迷惘

天宝八载（749年）三月—七月

# 124

三月底，李素炫随玉真及众师兄又到了别馆，此次才彻底弄得清楚，每年在别馆中这一月多里，前来拜谒之人数不胜数，许多人早早就等在别馆周边，只为见了玉真，递上干谒诗文，得个青眼荐举。玉真不能全部亲自接待，也要看诗文，也要看引荐人身份，大多数客人不甚重要，只教诸弟子分别前去应付。李素炫擅琵琶诗文，心中手上俱在熟稔，若论支应一众读书人，自然首推。

李素炫不喜欢与生人过多交往，但也知道，科举之外，荐举也是国家选士之途，玉真此举并非都是私事。李素炫乃玉真宫弟子，又是皇家道官，受国家厚禄，理当出一份力，故此她十分认真，每次都会提前准备，将诸多干谒诗文细细读过，揣摩各家学问路数及辞赋偏重，若有什么不懂，即刻向师父及众师兄讨教，或是翻阅别馆中典籍。待到诗乐相见时，也格外振作，虽觉得不甚有趣，也努力笑得柔和，五弦定场，诗赋竞逐，身带端严，语尽恭雅，但逞舌华，不露清抗。

连着一月，李素炫代玉真应了十几拨人，累几百之数，心中渐渐有些烦闷。总指望走巧遇上几个大诗家，得些指教，怎奈前来拜谒求举荐者虽众，才学上却是充数的居多，到现在也没见过什么真人，又颇有那许多人还不如她李素炫。

就此事问起来，玉真说道："此事素儿不知。朝中取士有科举，然天下有许多人果有学问见识，却是应试无能，朝廷不愿遗珠埋没，故格外设荐举制。然究竟何为学问见识，各家有各家见解，难免有许多自以为是的，或有意充数的。故此这荐举制历来看重引荐人，若其人有文养，能辨珠玉于砾石，又心存公允，所荐之人多半不错。只是天下士子精芜杂处，许多引荐人自己便文学寡淡，昏昧不能辨，朝野又历来人情大过天，能辨也不辨，故此那得了引荐到我处的，多是不堪一见。师父令你与众师兄代师父分别接见，不过是因为不想拂人颜面，坏了朝廷求贤之名。素儿若果真想遇个大诗家讨些指教，师父与你留意，日后定有机缘。眼下素儿代师父将那些人开心打发走便是了。”

李素炫听玉真说与她留意，十分高兴，连忙谢过，玉真又格外嘱咐了她几句。翌日申时起，拜谒者在一处偏殿中落座，玉真宫弟子尚未出面，单有仆役照料饮食。这一拨人有十几个，彼此招呼，递上名帖，以求日后有用，又接连劝饮，互相不住说着恭维话。到了时辰，玉真出面与众人见过，说了几句场面话，留下李素炫独自支撑。

“在下玉真宫弟子李素炫，号玄霜。”李素炫行礼说道。

眼前是个年轻女冠，青衣俊雅，容颜秀丽，明媚如光，众人一时欢喜起来，乃至有人嘘出了声。李素炫不悦，没有露在面上，只说起师父已看过众人诗文云云，也免不了虚言夸赞一番。众人中有自长安城来者，隐约识得她，其余人等却是不认识，只这几日在别馆中或附近官道上见过她，着男装，纵白马，双翅劲硬，身若惊鸿。倒是赞许她美貌，却也只当她不过是个幼齿女冠，并未看重。也有人心头生怨，道是玉真好大架子，这么多人远道前来求见，她却只教个婢女出来打发。

席间有人见李素炫怀中五色琵琶光华煊赫，惊异不已，请她即刻弹奏一曲。李素炫点头应允，将五色琵琶抱好，调了弦律，持拨弹奏，只几声清音，便有人不服，也将自家琵琶抱好，追着她，想压她一头。

李素炫听了几声便知道其人斤两，心中不屑：“若论经史文章，你或是强过我，琵琶上这几下子也敢与我争胜，不知好歹。”

她不与这人谦虚，又弹过几句，待开指后，即刻调运灵明，精聚神魂，厝指搏弦，逞耀指掌所能，连弹数曲，技压席众，人皆哑口。曲终，泄了肩上力气，将拨子插入弦中，重又行礼。

席间有人至此始悟，此女冠年齿不大，身份定然不凡。有那见识多的，见她头上玉冠，心下就是一凛。这小女冠年岁不大，入道不会太久，玉冠定是天子擢级钦赐，再看她手中五色琵琶，凡间岂有匹者。

众人一时恭敬许多，却也有那没见识的，见这小女冠清简，不施脂粉，不佩金玉，除却青衣，只腰间一条素绦子，坠着支紫箫。又想起等候接见这几日，屡次见她在山下官道上独自跑马，在别馆中也时常独自在水边弹奏琵琶，身旁无人随侍，以为她不过玉真宫中一介婢女，或是玉真不过将她作婢女看待。如此一想，心下轻慢，虽然方才听过她琵琶，眼下又见她与众人言语相答，才思机敏，也觉得无非是个聪明婢女。

李素炫知道不少大道理，可终究是少了些江湖经验。有些人在自家偏僻地方被众人围着哄着，算是人物，一贯自视甚高，来了这长安城，因其边鄙，见不到高人，仍是不知自己斤两，看人又只会看个衣冠。李素炫胯下赤骏可日行六百里，乃天下良驹，那人却不识马。赤骏背上鞍韂乃太常弟子与将作监大匠联手所制，竭天下工巧，只是混然素器，不刻画，不粉饰，不嵌珠玉，不坠琉璃，无金光赫赫，无宝气煌煌，凡人肉眼，更是不识。见她手中琵琶华贵，又觉得自家琵琶也不差，又贴又粘，也是五颜六色，也未将那五色琵琶看得如何要紧。远道而来，虔心拜见，玉真却遣了个婢女来轻率打发，有人恼火起来，弹起琵琶想压李素炫一压，不料反被这小婢女挺身越位，狠狠跺了尾巴骨，那人不由得格外心头火大。

“小道长弹得好弦声。若论琵琶，在下果然是不如你，便不与你竞乐。在下读了多少诗书，方敢进京赶考，与你论学问，又显得欺负你。”那人怪着声说道，“今日不是什么斋日，斗饮如何？”

一句方落，有几个跟着哄声的，也有晓得利害不作声的。那人本就饮得多了，如此更是起了胆色，即刻斟了盏酒，起身拿到李素炫面前。

李素炫礼貌答道：“谢先生厚爱，只是在下素日里不饮酒，今日代师父相待贵客，更是不敢。”

李素炫不是不饮酒，按说她有千杯之量，不惧纵饮，只是她很清楚男子脾性。美貌女子但允了与陌生男子饮酒，女子以为不过饮酒，男子却总要多想，想着便拐弯，再想便下道。她不想招惹这个麻烦，何况看眼前人不是什么善类，怕是饮了这一盏，还有下一盏。若是传出名去，叫人知道她量有千杯又肯与男子共饮，不知要被多少男子看作轻浮孟浪，咬着她陪酒。今日在这玉真别馆中总还好些，若是不在玉真身旁，怕是罗乱无穷。

不想那人却觉得被个婢女扫了颜面，一时来了性子，顶上了，端着酒盏不放，单等李素炫伸手来接。僵持片刻后，有人走上来解劝，却不好直说“这小女冠你惹不起”，只说了句“酒为丈夫事，莫烦女儿家”，那人反倒更来劲。也有那晓事的只在一旁看着，不作声，单要等个热闹出来。解劝的没法直说，很是为难，也火这人没见识，不知好歹。

一盏酒端了许久，李素炫偏是不接，那人更火了，趁酒劲接连将盏子往李素炫跟前送。盏中酒晃荡不停，李素炫本将琵琶挡在身前，眼下怕酒水污了她琵琶，便将琵琶自身前移到身后护着。眼见李素炫身子单薄惹怜，那人更是横气起来，连手也伸了过去。

方此时，门口响起声咳嗽来，众人回头，见是玉真缓步走了进来。原来是席间仆役见势不妙，告知了玉真弟子，几位师兄过来在门口处看了几眼，即刻禀告师父。眼见玉真出现，几个解劝的吓得立时身子一矮，缩了回去。那端着酒盏的见玉真来了，却不惧，反倒愈发壮起胆色来。那人有些出身，常与权贵交往，彼此都要互相撑场面，若是抱怨对方府上仆役伺候不周，对方定是要将自家仆役重重处置。眼下他满以为玉真也会给他个颜面，玉真虽贵为当朝长公主，他终究也是个有身家头脸的，他不信玉真会护着个小小婢女。

玉真不慌不忙走到近前，盯着那人，片刻后缓缓说道：“此玉真幼徒，原为宜春待诏，自幼得圣人宠爱，历年骄纵惯了，性子颇有些拧，入了我玉真宫，我也管不住她。想是不懂事，对先生无礼了，玉真代她赔罪。若不然，这一盏酒，玉真代饮如何？”

那人一时愣了，听不出玉真这话是正是反，错神间，玉真又问：“敢问先生高姓，不知郡望何处、谁人引荐？”说着，向席间扫了一眼，有一人立时惶恐起身，又立足不稳，扑通跪下，四体如即席中风般不住颤抖。那人也忽地明白了，立时酒醒，一心狂跳，吓得慌忙后退几步跪下，连连磕头，上下牙齿交战不停。

玉真未理会他，走过去拉起李素炫，带着她扬长而去，留下一殿人众死寂，方知这小女冠虽在年少，却极是玉真心头所爱，也明白有些事情是自己曲解了。因见李素炫每日衣着素简，不仗车马，不带扈从，便只将她看作玉真宫中婢女。实则只是李素炫喜欢骑马，不爱乘车，不带扈从是因为讨厌有人跟着，至于素衣轻简，不过惯来如此。玉真溺爱，都由着她，旁人却想得歪了，眼见惹怒了老玉真，几句话说得不阴不阳，听着瘆人。

回了内殿，玉真怒火未消，唤来弟子，恨声道：“去查清楚那人哪来的，谁人引荐，报与我知。”弟子应声而退，玉真转而又对李素炫说道：“素儿莫恼，此番师父失了考虑，这等人实是不堪相交。师父看看他底细，若有把柄，定不轻饶；若无把柄，日后远远逐开，叫他十代八代入不了朝堂。”

未待李素炫回答，玉真又说道：“素儿方才不曾接他酒盏，做得对，你若接了，他便以为可以有下一步。世上男子皆是如此，你若愚笨丑陋，他便看你不起；你伶俐美貌，他可不敬重你，反而心生轻佻。自家一个个生得村气，心里头又不干净，哪里晓得赏识女儿家才学机敏。说起仁义道德来满嘴流油，动辄指斥某家女子人尽可夫，实则这帮子人哪个不是人尽可妻？但教美貌女子给个豁口，哪个不是长衣衫换作短打扮，扎了袖口裤脚，口流涎水，贼一般翻墙过去？自家不堪，还道天下人都与自家一般死性。”

“素儿谢过持盈师父相救。”李素炫行礼说道。

玉真叹了口气：“也是师父思虑不周。这别馆里来的什么人都有，日后只教众师兄应付便可。师兄们都有些年岁，有些威赫，无人敢欺。素儿年少，唬不住人，又貌美，倒叫男子心生猥琐。你只在这别馆中静修，待有士子文人，拣那学识好的，人又信得过的，师父带你相见，讨教诗词。”

李素炫复又行礼谢过玉真，玉真怒火也消了，转头吩咐仆役在湖边画舫上准备茶事。左右今日也不想再见外人，方才又叫人气清醒了，一时也不想睡，索性带着徒儿在画舫中饮茶，趁着一湖星辰，清净聊一阵子。

师徒二人到了画舫里，李素炫挽起袖子来烹茶。玉真见了笑道：“上月在汝阳王府中听琎儿说起你，道是烹茶手艺长进了些，为师今日刚好尝尝，与你品鉴一番。”

“想是也果然有些长进，也是汝阳王殿下不挑剔。”

“琎儿还说，茶乃雅事，独你每次烹茶要将袖子挽起来，像个烧柴煮饭的，活也做得扎实，倒叫他觉得你十分率真可爱。”

师徒两人都笑起来，笑过后，李素炫问道：“素儿有一事请持盈师父赐教。”

“素儿说便是。”

“做君子可是十分为难？为何天下男子不能像我师父与汝阳王殿下一般，做个君子？”李素炫问道。也是玩笑，也是好奇，不知道玉真有没有些别样见地。

“此男子事，师父也不晓得。”

“持盈师父如何看待男子？”

“不看。”玉真利落答道。

李素炫大笑，玉真自己也笑，感慨说道：“男子都毛病大，你若听话，他嫌你遇事没主见，什么都要靠着他；你若有主见，自己拿主意，他又嫌你不听话。世上哪有人又听话又有主见的？男子自己都做不到，却好觍脸拿来唠叨女子。如此难伺候，不如不伺候，既然不伺候，看什么看？”

“持盈师父通脱。”李素炫笑道。

玉真好奇道：“素儿如何看待男子？可曾对男子有意？你入道时尚年少，不曾与男子打交道，不知人间情爱，若有一日动了凡心，也是寻常。道祖慈悲，宽悯人初，不会强留，毕竟机缘不到，假装修行也无用。只是为师见你对男子似乎是毫无兴趣，如此倒是于修行相宜，省了许多烦恼。”

李素炫不知该如何回答，沉吟片刻，模糊说了句话：“书琴为伴，何须世上浊男子。”

玉真大赞，不住点头说道：“素儿透彻。世间不与女子出路，纵然有才识，也不得舒展胸怀，只得相夫教子，将姻缘情爱认作一世。与其如此，不若独自一人，只是寻常女子无有生计罢了。”

李素炫轻叹，感触良多。世间情爱大多不值得托以生死，痴情不过愚蠢，只是，若果然有一人值得托付，便将情爱认作一世，又有何不可。只是于她而言，这一世已经过去了。玉真不知道李素炫心事，只是见她对男子礼貌却冷淡，相谈也只说书乐学问，从不说别的，以为她无意于男子，倒格外欣赏她。然此实在不是李素炫心中所想，她并非无意于男子，她只是无意于别的男子。

师徒二人沉默片刻，饮过一巡茶，玉真又问道：“素儿总是独自一人，若说喜欢自己动手做事，师父还明白，怎么也不轻易找个人来说话？”

“不知道说什么。”李素炫答道，开始准备烹制第二巡茶，又说道：“无话硬说，岂不是尴尬。若无知己，素儿情愿一世独自一人，落个清净。”

玉真笑道：“素儿年少，莫要随意说一世。一世何其漫长，你哪里知道。”

李素炫却答得坦然：“我师父死时四十岁，素儿如今十九岁，与师父比，已是半世。我知道半世有多久，就知道一世有多久，半世如此，一世无非也如此。”

几句话平淡，却有深意。玉真心想：“素儿胸中有天机，日后必有大开悟，得觅逍遥。只是怕要半生坎坷，无穷挨受，一心方始觉醒。”叹息片刻，又说道：“为师与你不同，却也能懂你意思。”

“素儿谢过持盈师父宽仁。自入门下，受了许多教诲，却不觉得受过什么束缚。素儿也知道自己任性，累持盈师父屡次容忍。”

玉真把玩着茶盏，放下，笑道：“素儿领情便好。”

“怎敢不领情。”李素炫一边说着，一边低头致礼，一边忙着手上。

玉真说道：“为师如此宽容于你，也是有缘故。”

“素儿愿闻。”

玉真摇头叹息着说道：“我自幼丧母，极得父兄疼爱，入道时行科仪，足称天下第一奢侈。彼时年少，也自得意，后来慢慢便觉得无聊了。此事从前也与你说过。”

“素儿果然曾闻。后来又如何？”

“眼下我倒喜欢清净些，想是上了年纪，不堪负重，只觉得五音障耳，五色瞽目，那许多排场看得心生疲累。倒想如素儿这般，一身清简，来去自在，哪怕住个旧宅子，只要自己喜欢，便是仙府。只是我终究是当朝长公主，仪同亲王，装也要装着些，将架子摆足。若不装，别人反倒以为我是装的。在玉真宫中修个竹径小院，也不敢太叫人知道，说我是做样与天下人看。但有人来，还得换上锦绣衣袍，现挪身到大殿中去。世人艳羡富贵，若听我说富贵累人，定说我卖乖。素儿不缺金银，却能安心过个素简日子，不爱排场热闹，定能明白为师之意。”

李素炫点头说道：“素儿果然明白。”

“师父与你一般所求，却没你这副自在，故此十分相容，衣食动卧由你开心，也不将你拘在玉真宫中。看你不管不顾，将旁人说辞只作阵风，惯来自由自在，一副浪荡逍遥，为师便欢喜，定要护着你。”

李素炫心想：“旁人以为我寒简，我不觉得，持盈师父道我逍遥，我也不觉得。我也不知如今我这活法算什么，只是，持盈师父果然待我宽和，我却要记得。”

片刻，李素炫认真看了玉真一眼，轻声说道：“……素儿一辈子记得持盈师父待我好。”

玉真一笑：“师父知道素儿心里实诚，做事认真，只是不愿多说罢了。

且烹茶来。”

师徒二人说笑到夜半，湖水幽蓝静谧，四下空旷无声，两人有意无意便很小声，连笑起来也是悄声。玉真对李素炫说了许多心里话，想是这一生也难得对谁人如此敞开心怀。李素炫却惭愧，她心中有那许多幽深绝寂处，今生末了也不会与人提起，平日与好友师长在一处也颇能说笑，人皆以为她率性爽直，哪里知道她死藏了多少心事。

## 125

玉真再未令李素炫代她会见四方拜谒者，李素炫清闲了许多。她不是个撞祸性子，玉真由着她自在，从不过问，只是晚间经常叫她到画舫上饮茶闲谈，又颇嘱咐她外出骑马要多小心。玉真宫中有大批仆役照料宫殿、花园，众女冠却仍需自行洒扫、濯洗、炊煮，以为修行。李素炫想跟师兄们一起干活，却仍旧被搡着按在一边弹琵琶，如此欢闹着又过了些日子。

五月中，众人随玉真回了长安城，又十余日，玉真回归王屋山，临行前殷切嘱咐李素炫：“师父知道你逍遥惯了，也放不下这长安城中许多亲近之人，便不带你到王屋山，不将你圈禁在玄都观中。你留在此处，好生研习经学、书学，用心弹习琵琶，诗文功夫也莫要松懈了。人生尽可逍遥，学问却不能荒废，定要管束自己。”

李素炫行礼答道：“持盈师父放心，素儿不敢懈怠。”

送走玉真，李素炫在玉真宫又逗留了几日，与几位留守师兄饮酒谈笑，仍是免不了整日与师兄弹琵琶。几日后，与众师兄约了下次见面，出玉真宫第一件事，便是去通义坊看望阿翁。

阿翁两月多没见到他娃儿了。此时东风谢令，盛夏将及，各色蔬果新鲜易得，阿翁即刻出去采买，李素炫也好奇跟着。西市及附近各坊里都有市所，各处店铺摊贩聚着，人流往来，拥挤热闹。众人眼见晴光里有一秀丽女冠，牵着匹白马，跟在个枯瘦老汉身旁，不时接过老汉手中蔬果缚在马背上，又一路与老汉说笑不停，问东问西，十分亲昵。市所中有人识得阿翁，看了半晌，迟疑问道：“……这位是何人？”

“自然是我家娃儿。都跟你说了我有娃儿，我这娃儿生得好看，还乖巧，你偏不信，还笑我。今日可是信了？”阿翁说道，口气骄傲。

对方连连行礼，口中诺诺。阿翁开怀，李素炫更是乖觉，搡着阿翁肩膀，脆声娇笑着，要阿翁与她买坊间小食来。阿翁笑得满脸皱纹，不停应着，买左右小食来哄她，又趾高气扬带着她朝前走，继续采买，只留下几个人在后头嘀咕。

“恁般糙老汉，跟个老木头桩子似的，哪里捡了个娃儿，这般细嫩好看，还与他亲。”

“这老汉从前屡次与我说他屋娃儿好看，我不信他，还不少笑他。今日他可是报仇解恨了。”

一路采买，回到家，阿翁起火煮了碗白粥，将果蔬择洗了，做了几样清淡小菜，连白粥一起端上来。李素炫胃口大开，一顿风卷，片刻罄尽，吃到头晕。狸儿过来讨吃，见没什么荤腥，满面嫌弃，转身走开了。李素炫歇过半晌，清醒了些，谢过阿翁，约了下次，道是要换身粗衣过来，继续与阿翁学酿酒。出屋门到了院中，阿翁将狸儿从赤骏身上拽下来，李素炫才好歹牵着马儿出了门。

上马一路轻快小跑，到东市买了好酒，李素炫一路计算，她随玉真去终南山前在酒铺里订了五十坛酒，不想这次在终南山上多逗留了几日，老先生那里好酒怕是断了有些日子了。虽说兴宁坊临近青三门，酒肆不少，这等好酒怕是不易买到。

一路乱想着到了鹿先生家，叩响门环，商不言开门，见了李素炫惊喜不已，立刻叫嚷开了。

“师兄回来了。”他说着接过缰绳将赤骏带入院中，解下酒坛拿进屋里，又嚷，“师父，师兄回来了。”

鹿先生自里间走出来，见了李素炫便开心笑起来，即刻招呼她坐下一起饮酒，连饮了一坛酒，说笑许多。李素炫将近来所录书籍手卷拿出来交与鹿先生，先生展开看了看，点点头，收好。

“素儿这字有长进。”鹿先生说道。

“师父怎么不夸我？”商不言小声嘀咕。

“你又没长进，夸你做什么？”

商不言转头看着李素炫，嬉笑道：“师兄你看，老先生就是这等偏心，一见师兄就说师兄好，却总也不夸我一句，老嫌我笨。不信你问，我今早还将字拿来与师父修改来着，师父非说我写得不好。”

“侧锋太多，看着塞牙。”鹿先生闭目皱眉，一脸不舒服。

“师兄，为什么师父说塞牙？我觉得挺好。”商不言转头嬉笑着问道。

“中锋受控，看着痛快。你这不太会的，侧锋偏锋多是不受控时写出来的。先生多年写字，晓得什么控笔出什么笔迹，看你这偏锋侧锋，就想起他自己笔不受控时，手上多难受。”李素炫掩口笑道。

“碎女子安敢揭我老头子的短。”鹿先生佯作恼火道。

三人歪倒着大声笑成一团。又闹许久，李素炫起身告辞，终究也是两月不在家，眼下也有些急着回家看看。商不言叫李素炫稍等，转身出了房门，跑出院子，从外头不知哪里取了个物件回来，拿给李素炫看。

“这是小弟认真使手艺给师兄做的，等了师兄十来日了。”

李素炫看了一眼，见是细竹篾破开编的个小笼子，不及拳头大，却是无比精巧。

“这是什么？……蝈蝈笼子？”李素炫惊异问道，方要伸手去接。

“我听师父说，师兄以前在左教坊时养过蝈蝈，挂在树上，整日叫个不停。师兄还时常将蝈蝈笼子带在身上，有时在师父这里听授，蝈蝈就叫上了。只是那笼子是卢先生在集市上买的，定然不如小弟做的好，还有这蝈蝈小弟也与师兄逮了只来。”

李素炫好奇，凑近了看，方一看清楚，立时吓了一跳。笼子里头果然有只蝈蝈，只是压根不是翠蝈蝈，是个麻铁蝈蝈，老大个头儿，浑身灰戳戳的，还丑，龇着两颗大板牙，恶狠狠瞪着眼睛，盯着人。

李素炫吓得手都麻了，不敢接，商不言却直将笼子往李素炫手里递过来，口中还说着：“这蝈蝈是小弟在太常寺院内草丛里逮的，一蹦老高，还蹿得快，好容易才逮到。小弟才知道，蝈蝈竟然咬人，还咬得疼，差点儿都出血了。亏得小弟整日里做粗活的，肉厚皮糙……”

李素炫只觉得后背上阵阵皮紧，后腰也软，牙龈处血塞，牙也跟着倒了，接着听见鹿先生大声嚷起来：“素儿赶紧将这祸害拿走，再不拿走，先生要发羊角风了。”

商不言狡黠一笑，说道：“师父前几日命我拿到对面那个空院子里去了，说是嫌弃它嗓门大。”

“哪里是个大就完了的，你去太乐署将一队鼓吹叫来，都没它一个嗓门大。”鹿先生又嚷。

李素炫见商不言如此殷切，实在不忍拂了他一番好意，只得忍着将笼子接在手里，还不敢龇牙咧嘴叫商不言看出来。好在笼子上头有很长一节坠绳，那笼子离手有一尺来远，又将胳膊伸出去，离身子也远些，抖着声音与鹿先生和商不言告辞，将笼子拴在马鞍上，一路绷着全身皮肤回了家。

进了院子，第一件事便是将蝈蝈笼子系在石榴树枝上，后退几步躲开，半晌方才气息匀定，浑身渐渐松懈下来，手脚也慢慢有了些力气。石榴树上红花正盛，娇艳如火，弄这么个丑鬼来，真是委屈了这一树金罂。李素炫暗自摇头，回屋打开窗子，将五色琵琶与无伤放好，换了身短衣，一番洒扫，落座歇息，才觉得自己真正到家了。

安静许久，回想终南山中月余时光，李素炫只觉得如在梦中。正自沉吟间，突然听到外头好大声响窜了出来，仿佛是谁在耳边将个破喇叭一下吹到炸裂。李素炫吓得几乎跳起来，忙向外看，突然想到那只麻铁蝈蝈。

“这声音……叫得比哑嗓老鸹还难听，还这般大嗓门。”李素炫都快要哭了，“这可如何是好，扔也不是，留也不是。昔日我那蝈蝈通身翠绿，叫得也好听，是师父在鸣虫铺子里花银钱买来的。商不言哪里知道，只当是师父到草丛里逮的。师弟好大一番心意，我可是难了。”

蝈蝈在树上静静悬挂了阵子，眼下欢心爽快，接连叫上了，声声如大浪催迫，李素炫觉得仿佛一身周围全是蝈蝈，吵得耳朵里疼，头也疼。没奈何只得到了院子里，将那笼子晃了晃，蝈蝈倒是不叫了，只是回身没走两步，又叫上了。李素炫坐在树下，用手指塞着耳朵眼，苦恼不已。又过许久，眼见赤骏不堪吵嚷，暴躁起来，不住甩着耳朵，喷着响鼻，前蹄不住践踏着。李素炫只得将笼子从树上解下来，拿到房子后头。房子后墙与院墙间隔了六七尺远，长满杂草，不大见阳光，有些阴暗，将蝈蝈放这里有些愧对它，但也没别的法子了。

“放哪里都一样吵我，放这里好歹不吵骏儿。”李素炫只得如此安慰自己。

后墙上有个小窗，她将蝈蝈放得离窗远些，寻了小块果蔬塞笼子里，又将些草拔下来盖了笼子，这才回屋。弹过琵琶，又读诗书，又写字，蝈蝈一直在叫，也还好，只是夜间躺到榻上，被吵得睡不着。隔着窗，那叫声其实也不大，却柔韧得很，越不想听，越忍不住要听，越觉得难听。李素炫哭笑不得，在榻上翻滚不停，过了子时，累得透了，才昏昏睡了。

清早五鼓响起，李素炫惊醒，浑身乏累，却也无奈。洗漱过后算是清醒了些，她吃了些冷食，没去管那蝈蝈如何，只将案头细锥等物使个帕子裹了，负了无伤，上马去寻卢楞伽。

进了殿中，卢楞伽正低头画着，李素炫不敢靠太近，也不敢骤然出语，怕惊扰到他，只看着他手上，见一笔结束，才轻轻招呼了一声。

"卢七，我回来了。"

卢楞伽许久没见到李素炫，见了她十分开心，放下笔，起身迎过来。

"素儿回来了。"他笑着说道，接过她肩头无伤，带她到案旁坐好。

"你今日做什么？制色还是作画？"李素炫问道。

"作画，精细画。"

"那我看着，不动琵琶扰你。"

"好。"

李素炫将小包袱打开，取了细锥与他，说道："我拿酒与鹿先生换的。这两月里先生一共做了这十二枚，都给你，够用阵子的。"

"谢了。"卢楞伽满心欢喜。

"还有这个。"李素炫说着，取了个小瓷瓶和一枚石头出来，放在案子上推给卢楞伽，说道，"这小瓷瓶里是金粉，这金精石是西域来的，给你。"

"你从哪里得来的？"卢楞伽问道。

"圣人所赐。金粉是点妆用的，只这一小瓶，金精石方自吐火罗远途入贡，圣人赐我两枚，一枚小些，底平，放桌上稳当，我留了作压笺，这一枚拿来与你制色。"

卢楞伽皱着眉头问道："如此轻易便给了我了？"

"我用不到，你用得到，给你如何是轻易了？"

"你知不知道这石头值多少银子？"

"知道。如何？"

“不如何，怕你犯傻。”

李素炫又气又笑：“我不傻，你放心。”

“如此便多谢了。”卢楞伽将小瓷瓶与金精石用心收起来，一边拈笔取墨，一边又问道，“终南山中如何？”

“景色好，只是人无趣。”李素炫随口说了句。

“如何无趣？”卢楞伽笑着问道，“说了我听听，看是人果然无趣，还是你太挑剔了。”

“彼等论格律，这不行，那不行，又不能连平，又不能连仄。我当时就想，卢楞伽这名字三连平，李素炫这名字三连仄，哪个不好了？静定韦诞笔，窸窣琵琶弦，五连仄，五连平，就算不好，怎么就不行了？弄那一堆破规矩掰扯个没完，就是没见彼等里有一个人照这些规矩能作出好诗来……”

李素炫碎碎抱怨着，卢楞伽笑得笔都要拿不住了。

“素儿别闹，我这叫你弄得都没法画了。”

“没闹，听多了真的烦。”

“书呆子不都这样？你就别挑剔了。”

“你说他们自己怎么不嫌烦？”

卢楞伽听着李素炫唠叨，颇笑了阵子，索性将笔放下，歇一歇，也认真与好友说说话。

“除了无趣，还有没有什么别样怪人？也说来听听。这些事别人说就没意思，你说我就想听。”

“也有可恶的，今次叫我碰上了。”李素炫笑道。

卢楞伽却认真了，立刻问道：“可是谁欺负你了？”

李素炫将那端盏子硬劝酒的简单说了几句，最后说道：“你放心，我没吃亏。只是持盈师父后来与我说，那人也不是什么罕见怪人，这等人天下多的是，只是我从前没见过罢了。”

卢楞伽冷笑道：“天下人尽是势利，可是势利也要有双明眼。若无见识，只晓得看衣冠排场，认不出真人，连势利也势利不到点子上。”

李素炫笑笑：“卢七什么也不看，却什么都看得透。你这一番见识，说你傻的那些人倒还都没有。”

卢楞伽想了想，说道：“不然这样，你将马鞍卸下放这里，我与你画几笔。”

“画几笔？”

“正是。你那马鞍是好物，却是素器，世人拙眼不识，道是寻常，便要轻看你、欺负你。我与你画几笔，教看着唬人些，看哪个还敢小觑你。”

李素炫有些为难：“我可不喜欢那花哨的……”

“放心，我知道你性子，定画得又能唬人，又不叫你烦。”

“人看轻我又能将我怎样？你每日都忙碌，不想让你格外费力。”

“没多费力，只想让你少些麻烦。俗人就是如此，只认得花架子。既然他们吃这套，拿这套唬他们便是了。不消有愧，左右也不过一群傻子。”

李素炫见他诚恳，只得点头：“也好，如此便拜托你。”

“你近日须是要骣骑，莫要出城纵马。”

“骣骑自然不敢纵马，这还要你嘱咐我？”

“怕你犯傻……”

“罢了，不与你辩。”李素炫小声咕哝，“你画你的，我看着。”

卢楞伽笑笑，将案上简单整理一番，腾出一块来，留了纸笔，嘱咐李素炫无聊便写字，他自己到了墙壁前。李素炫没靠过去，在他身后看着。画壁画比在桌案上作画辛苦得多，也难得多，手臂要擎着，腕子凌空，无有着落，却要足够稳当，方钧沉有力，画得出那铁线衣纹来。到高处要上梯子，低处又要将身子压着，或伏下来，两膝着地向前挪动。

卢楞伽长年累月做这些事，时常累得浑身疼痛，殿中又阴冷，冻得他面色苍白、骨节僵硬。李素炫屡次相劝也劝不住，有时候难免恼火，卢楞伽却也委屈：“我不是不想听你的，是真想不起来。你弹琵琶不也是如此？弹着便什么都忘了，停下来时浑身都疼。”

“我又不是每日都这样，你哪日不这样？傻子似的……傻子也知道累，你偏不知道。”

卢楞伽被李素炫冲得没话说，李素炫只得摇头：“罢了，你画你的，我看着……也管不了你。”

卢楞伽笑了一下，转回头去接着画，李素炫在他后头看着，不敢出声，怕扰乱他心脉呼吸，令笔下错行。许久后，她身上渐渐觉出冷了，又许久，冷得受不了，四足并用，偷偷爬到旁边，取无伤抱在怀中，起身蹑足悄悄走出大殿，到了外头，见阳光明媚，天色无限晴好。

“叫那傻子自己挨着去，我得暖和一下，眼见冻半死了。”

她抱着无伤走了百十来步，到了一处空场无人处，晒着太阳弹起来。卢楞伽又屏息画过少半个时辰，回头才察觉李素炫早不在身后，一想便知道，她是跑外头取暖去了。他心中暗笑，回头继续画。

李素炫暖和够了，蹑足回了卢楞伽身后，轻轻放下无伤，接着看他画。日昳后卢楞伽停笔，回到案几旁，两人又说笑了几句，李素炫起身告辞。卢楞伽送她到院中，取下赤骏身上鞍鞯，看她踩着台阶上了马，挥挥手，回身渐渐走远了。

李素炫由着赤骏慢慢走，没有鞍，赤骏身上温热传了过来，她清楚感到马匹脊骨左右晃动，可是又很柔软。李素炫心中亲切，在赤骏颈项上不住爱抚，心想：“又暖和，又软和，果然舒服。怪道狸儿每次都赖赤骏身上，大夏日里也不嫌热，哄也不行，还得拽下来。可是聪明。”刚开心些，片刻后想起家中麻铁蝈蝈，又犯起愁来。

到了家，李素炫放赤骏在院子里，回屋寻了盏水来饮，换身衣裳，取了小块果蔬去屋后找那麻铁蝈蝈。掀开草，拿起笼子来，发现蝈蝈不在里面，再细看，笼子上有个大缺口，破断处很粗糙，想是那蝈蝈用两颗门牙一点点嗑开，跑掉了。

李素炫顿时愧疚起来，觉得十分对不起商不言，却又暗自松了口气。

“这蝈蝈挂树上十来日都没跑，怎么今日跑了？想是在一片草里，受了鼓舞。”

李素炫觉得自己十足恶人，却又忍不住暗地里欢心，高高兴兴回了前院，给赤骏备好草料饮水，将韭菜蒜苗割下来一茬，又浇灌了石榴树。头日煎好了糯米汁，也拿出来，用手指沾了轻轻甩落，细细润养地衣。离开这两月里不缺雨水，端木也时常过来将院子照料一番，地衣不曾亏缺，但有了糯米汁润养，终究还是不同。地衣生长缓慢，一两年也见不出茂盛来，有了糯米汁不会长得更快，却碧绿油润许多。赤骏喜欢院中绿植，将各色叶子都尝过了，不喜欢石榴树叶，更不喜欢韭菜与蒜苗，却将葫芦叶、瓜叶啃得七七八八不剩几片，只些老叶留了下来，叫这藤蔓侥幸不死。地衣看着水润可口，大约美味，只是贴着墙、贴着地皮，下不了口，被赤骏饶过了。

李素炫坐在石榴树下，将韭菜蒜苗细细择了，打井水洗净，拿回厨间里，切段，搓些细盐腌了起来。刚想回屋歇息，弹阵子琵琶，房后突然传来一阵破锣鼓声，又糙又响，仔细分辨，竟然又是那麻铁蝈蝈，话痨般独自欢叫。

李素炫慌忙到了房后，果不其然，叫声就在草丛间，细细找一番，没有找到。草窠被惊动后叫声立刻停下，片刻后又响起来。李素炫心中叫苦："这厮莫不是在此处安家了？这可如何是好……我看我是熬不过今夏了，不如寻根绳子吊死算了，只是那石榴树又不结实，耐不住我。"

她哭哭笑笑回了屋，简单寻些吃食填饱，屋外头那蝈蝈力大膀勤，兀自欢叫不停。她没法子，只得将无伤抱在怀里，躲到院中弹习。天色略黑，将无伤放回屋时，那蝈蝈仍不住口。她走到屋后在草丛里又找了一番，还是没找到，只得对着草丛连连作揖道："麻兄、麻兄，小的求你老人家别叫了。"

麻兄不理会她，别说作揖，磕头也没用。李素炫被它吵得夜半也不能入睡，在榻上接连翻滚，心焦气躁，直想骂人或砸些什么来出气。爬起来坐到书案旁，看到书卷上师父旧日笔迹，忽又醒悟："我怎么如此暴躁？师父说过，心为身主，耳目不受，乃是心中清静。看这不顺眼，听那不顺耳，不过是心中虚浮。我今日怎么跟只虫儿对上了？夏末时周身都是知了，吵成一片，脚底下促织凑热闹，加上喜鹊、麻雀、画眉、乌鸫，个个话痨，一起吵，从早吵到晚，有时吵得我口舌打绊，说话都不利索，我也没有嫌弃过，今日这是怎么了？固然吵得睡不着，火也是躺着，静也是躺着，老实躺着便是了，何苦如此折腾自己？心中怨恨不断，如何能入睡？又坐这里假作读书，哪里读得进去？"

如此一想，丢下书卷，回了卧房，又躺在榻上。麻兄依旧膀力强劲，叫声欢壮，李素炫依旧睡不着，却也不恼，安静躺着，松弛四肢，调服呼吸，但有一丝念头也从心中驱除出去，到后半夜才渐渐睡着了。

清早五鼓打过，李素炫被惊醒，连着两日睡得不足，有些疲乏，又觉得反正也是如此了，恼火也无用，不如开心些。简单吃过朝食，索性带上赤骏去了左教坊。

"在下是用不着与你怄气，可也用不着受你气。你老人家且自欢唱，我出去躲阵子。”

李素炫到了左教坊院落中，问候过诸位嬷嬷与众家女乐，放赤骏在院中闲逛，在郑三娘指教下打起了羯鼓。自出宜春宫到如今，每月至少三次，郑三娘盯着李素炫将羯鼓整整打过半日，其余时候她自己练习，端木也时常指点，李素炫大有长进。不过今日她一早便来却不是为了用功，只是为了躲避她那麻兄，毕竟赤骏身上无鞍，不方便跑远处去玩耍。

打过整整一个白昼，李素炫累得筋疲力竭，到家时天色还亮着，她已困顿不堪，一头倒卧，由着那麻兄叫个不休，迷糊睡了阵子，醒来时天色已经黑了。她爬起来换了衣裳，点燃灯烛，坐下来宁心读书写字，直到夜深，又躺下。睡不着，便不睡，安静躺着，闭着眼睛，养着心神，只是心头忍不住一丝疑惑翻上来：“麻兄难道不要睡？一日只十二时辰，它可好，足能吵上十三个时辰。”

睡过一日，第二日起来仍旧累了些，却比前两日好许多。李素炫叹了口气，心想：“罢了，我不是麻兄对手，认输……看来这一夏要与麻兄为邻了。”

连着些日子李素炫没有再出门，每日听着麻兄吵嚷，照常做事，炊煮、洒扫、读写、弹习，什么也不误。晚上仍有些难以入睡，不时心头也冒出一丝火来，忙又劝自己，总要在榻上翻滚许久，最后糊里糊涂睡着。半月多后，她渐渐适应了，夜间不甚费力便能睡着。待睡得神清气爽，也不再痛恨麻兄饶舌，有时吃些果蔬还想起它来，啃下一小块，顺后窗丢到屋后草丛里。

“此小的拿来孝敬麻兄的。整日聒噪，麻兄不易。”

## 126

到了与阿翁约定之日，李素炫穿了身粗衣，骣骑白马到了阿翁家。阿翁早将各色食材备好，单等着他娃儿回家吃饭了。他见了李素炫，立刻帮她将赤骏牵入院中，陪她在屋里坐了一刻钟，叫她饮些水解渴，接着带她到了厨间。

阿翁答应做厨事时让李素炫在一旁看热闹，也允诺今日再教她酿酒，只是眼下阿翁要让他娃儿先饱饱吃一顿。李素炫坐了个小马扎，与阿翁说着话，看他从一盆水中捞出许多虾来，抓着一把把放到小石磨里，细细磨成浆。尚未烹煮，已是鲜美无比。待釜中水滚，阿翁将虾浆混了颗蛋搅匀，一点点拨到沸水中，须臾间虾肉泛红，浮了上来。阿翁使勺子打了沫子，将汤盛在木碗里，搓进些细盐，撒了把韭菜末，在碗底下垫了块湿帕子，端给李素炫。

“素儿快尝尝。这虾可不是每日有，每次捕上来还与别种虾混在一起，阿翁早上去市所一只一只挑出来的。这等做法，只用这种虾才有这鲜味。先尝这鲜汤，再吃管饱的。”

这等做法李素炫从未见过，那虾看着不甚稀奇，不过寻常河虾，只是这汤刚端过来时香味就已冲冲顶人了。她盛了一调羹，吹吹凉，放入口中，只觉得口舌生津，鲜美无比。

“阿翁这汤好鲜美。”李素炫惊喜嚷道。

阿翁笑眯眯说道：“自然鲜美。这虾必须要活的，当日捕的，做时还不能去壳，一定要连壳磨，去壳就不这等鲜了。只是不去壳那虾浆磨出来有些牙碜，鲜味都煮到汤头里，虾肉也不香了。素儿若不喜欢，只品汤头便好，不吃虾肉。”

“素儿喜欢。”李素炫说着，用调羹盛着，将汤头一点点品尝尽了，最后将碗底虾肉盛起来放入口中，几口吃光，大呼开心。阿翁又拿出煨香菇来，又给她盛了米饭。

“煨香菇咸些，与虾汤同吃，就尝不出虾汤鲜了，配米饭却相宜。这煨香菇素儿定然喜欢，阿翁与你将几样食材备好，素儿自己在家里也能煨出这个味道来。”

阿翁说着，一边看着他娃儿大口吃着，一边分了几拨将余下河虾蒸熟。李素炫吃饱时，河虾也都蒸好了，她跟阿翁到了后院，见大案子上展了张麻布，铺了许多香菇，占了少半，阿翁将熟虾倒在其余多半上铺匀。

“阿翁这是要将虾晒干？”

“是。”阿翁说着，将熟虾用薄纱盖上。

“素儿不知道晒前要蒸过。”

阿翁笑道：“生虾晒不干，只能半干，若要晒得彻底干硬，就得先蒸过。眼下天还热着，这些要留与素儿到冬日里用，更要干些。”

李素炫好奇：“为何生虾晒不干？”

“阿翁也不知道，只是每年都晒，每年都是生虾晒不干，熟虾能晒干。这香菇和虾干都制好了，素儿拿回家存着，冬日里各取些，都泡起来，大火烧开，放些酒、糖、姜丝、豉汁，煮透了，收汁，就是这味道。待入冬阿翁花上几日，多买些豚骨来，熬些汤头，收得浓了，分小份埋雪里冻起来，素儿煨香菇时放一块，更美味。”

李素炫想想都高兴：“如此说，我这笨人也做得出美味来。”

两人说笑间又回了厨间，阿翁开始教李素炫酿酒。李素炫看过许多回了，知道如何将米泡好、蒸熟，也知道接种酒头要趁熟米温热，又不能太热，种好酒头就可以封存起来，等着酒熟。

“能说的也就这么多，没几句，还是要自己多动手，多揣摩。酒头不能多不能少，熟米不能凉不能烫，要多做才能拿捏得准。”

“若做得失败会如何？”李素炫问道。

“有时米酒就成了米醋，若是从头到尾不够干净，只是腐败，就只能扔了。”

“好，素儿回家试试。若是好了，就拿来与阿翁尝尝。”

盘磨半日，又混了个饱，李素炫开心与阿翁道别，路过市所买了各色酒料，打算回家好好琢磨一番，想着自己若是能酿出美酒招待友人，何其开怀，心中一时热切。到了家，自然是先要对着屋后草丛行上一礼，与麻兄道声辛苦，接着放赤骏在院中闲在，又将酒料拿回厨间。

李素炫本就穿着做活衣裳，仗着一副兴致立刻动起手来。阿翁知道他娃儿懒惰，不放心她整日饮食糊弄，每次都要备下许多瓜菜给她带回家，有的一两日内就要吃掉，有的能留二三日，有的能留五六日。李素炫将几只细嫩落苏放到厨间角落处，拿湿布盖了，两节伤荷藕泡在水中，又拿了其余瓜菜到院里，寻个小铲子将阴处地面浅浅犁开些，埋了几根牛蒡。接着背对夕阳坐下，借着石榴树掩护，拾掇那几把菠薐菜，择了老叶黄叶，尤其记得阿翁所说，菜根也可食用，莫要丢掉。蒲公英也细细择过，惋惜今年初春忘记尝鲜，眼下蒲公英已糙老了些。都做完了，打水洗了指尖泥土，回屋取了无伤，使块干净细布将无伤与脏衣裳隔开，抱着弹起来。

房那头麻兄依旧聒噪不停，好在石榴树下听着声音不太大，不扰弹习。赤骏见了地上菠薐菜与蒲公英有些好奇，探头过来，闻着，眼巴巴看着，只是不敢擅动。李素炫将菠薐菜拣了一小把出来给它，看它嚼得开心，一边奇怪赤骏怎么会喜欢菠薐菜，不嫌涩，一边又笑道："放心，如今每日只你与麻兄陪我，定不教你亏着。我有的，只要你喜欢，就分一份给你。"

夕阳在身后渐渐沉落，周身慢慢幽暗了些。李素炫将无伤放回书房，回厨间生火，菠薐菜洗过，滚水焯烫，洒些豉汁、细盐和胡麻油，便是一道时蔬小菜。蒲公英也洗净，掰开，拿到院中晾着，待明日太阳升起，半日便晒干，使布袋子装了，用时滚水泡开，取汁饮，虽然苦了些，却十分清火。

忙碌到天黑，她打水洗净手脸，回屋坐下，在瑶琴上抚弄几下，又研了些墨，开始抄书。劳作过后穿身宽松衣裳，安静坐着，格外舒适。麻兄在耳侧叫嚷，只当是有人胡敲锣鼓，比不得琵琶柔雅，好歹添些热闹。

夜深临睡前，李素炫按照阿翁讲述将米反复搓洗干净，泡上备用，回卧房满怀开心睡下了。

第二日五鼓方始，李素炫睁开眼睛便起身跑去了厨间，水也未饮一口，起火将米蒸熟，倒在木盆里，努力想着阿翁所讲，一点点添些凉水将熟米调散，放凉到微温，种了酒曲。酒坛提前用滚水烫过，将米放入、压紧实、封好。走出几步，忍不住回身拜了一拜，口中诵道："在下李素炫虔心祝祷，求不负期望。"

只一日，厨间里隐约有了些酒香，李素炫耐心弹习、读写，挨过三日，欢喜开坛，将坛中汁液蘸了尝尝，果然是酒，只是有些稀薄，不甚醇香，远比不上阿翁手艺，她仍是开心欢喜。终究是第一次，不失败便是成功。她欢快将酒滤出，烧滚又放凉，端到院中，借石榴树挡着晒，开心饮酒，开心弹琵琶。酒本就不多，夕阳未落便饮得尽了，她抱着琵琶，晃着空酒壶，暗自好笑："我又不醉，饮这许多也不知图个什么。若是师父，这会儿怕是都起不来了。"

欢欣鼓舞之下，李素炫接连将米酒做了许多次，也罕有失败，只是每次都不甚浓香，如兑了水一般，她自己倒是饮得开心，却拿不出手送与友人。跑去阿翁家讨教，阿翁将她酿制前后详细问了一遍，最后摇头说道："想是酒事欺你。"

李素炫不解，阿翁说道："世间事有时就是如此，手艺专欺负苦心人。由你怎么认真，就是不行。"

见李素炫仍旧不解，阿翁又笑笑，说道："阿翁认识多少会做酱的，一样物料，就那几步，有人就做不成，有人就做得成，做得成的，又都不是一色味道。阿翁这辈子也不明白其中缘故，只是庆幸自己做得好。但用心，不管做酱、酿酒，总是能成，再多用心就能精熟，后来偷师学了烹煮，也是如此。素儿弹琵琶，定也是不少吃苦练习，也肯定见过那吃尽千般苦也不长进的。"

李素炫恍悟，大笑，又听阿翁说："世事多负人。只有吃尽苦头不长进的，没有不吃苦头就能长进的，只有白吃的苦，没有白得的好。"

李素炫心中庆幸，拊掌道："阿翁说得对。素儿自幼弹习，吃苦无数，当时真是觉得苦不堪言，可是等将苦头都吃过一遍，才知道，靠着吃苦能解决的，其实都是小事。我将琵琶磨到眼下这一步，虽说好不是白得的，也好过那白吃苦头的。"

阿翁笑着点点头："素儿回家再试几次，看看能不能好些。若再不好，也莫要与自己怄气，终究还是能饮的。"

李素炫谢了阿翁指点，回家重又耐心酿制，终究也是那般，不曾失败，却又总是不甚好。有时也将些新酒拿去左教坊中与端木对饮，端木不好酒，也不挑剔，听说这酒是素儿亲手酿制，格外开心，二人也饮得尽兴。只是李素炫这酒除了自己品饮以外，也就敢给端木尝尝，无颜再见旁人。

## 127

酿造告一段落，李素炫带着自家水酒，负着无伤，骣骑白马去寻卢楞伽。入了大殿，见他正专心在墙壁上填色，身旁不远处就是李素炫那副鞍鞯。静候片刻，见他手中笔停，李素炫轻唤道："卢七。"

卢楞伽回过头来，立刻高兴起来："素儿，马鞍画好了，等了你好几日。快试试看。"边说边在水中轻轻涮笔。

李素炫立刻拿上鞍鞯到了外头，下了台阶，呼哨一声召唤赤骏过来，将鞍鞯放到它背上束紧。殿内幽暗处看不出马鞍有何不同，殿外阳光澄炽，李素炫见那马鞍上幽蓝微闪，流光逃逸，浮影跃动，又有金线续断，迷离隐伏，华光淡闪。初看依旧素朴，略细看便有威赫按捺，再看直欲怫然变色，教人不敢轻妄。

李素炫万分欢喜，转头见卢楞伽站在大殿门口，他满身阳光，笑着朗声问道："如何？"

李素炫飞快跑上殿基，冲到卢楞伽身旁，认真行礼相谢。卢楞伽笑道："你不用谢我，此专为谢你细锥。"

"你怎么画出来的？"

"你送我那枚金精石，色纯，筋少，无砂，制色上佳，又有金粉。画也不难，两日便好，又用生漆数次涂遍。那生漆干处湿，湿处干，这几日雨水少，只能多在周旁洒水，又湿又热，眼下已是干透了。"

李素炫听他说得轻松，也知道他果然善画，只是心疼他不知花了多少时辰将金精石拿来制色，擂研捣打，诸番轮遍，哪里如口中说一遍容易。

卢楞伽不在意，带李素炫回到殿中，又拿起笔来继续在墙壁上画着。李素炫开了酒坛，自斟自饮，在他身后看着。卢楞伽歇息时，放下画笔舒缓筋骨，眼下他手脚麻木，关节也疼，略活动后坐下，提笔行线，耳边听李素炫细细弹起无伤，凝神屏息，如有所思。

李素炫弹得很轻，长安城中琵琶弹家高手众多，唯独李素炫专会轻弹，弦声微细，又补寥落，又不相扰。她将如此轻弹称为信手，实则弹得并不随意，连续轻弹又比寻常弹习更累。这信手弹法最初是为了陪伴卢楞伽作画专门用心琢磨的，又向雷海青请教过多次，依指教练过多时。无伤柔淡，索性求个格外柔淡，不想逞弄本事，只愿在友人身边寂静相陪。圣人与玉真都喜欢这清淡弹法，相谈时常令她在一边弹奏，她又格外心思多，听人所谈各不同，有佛道，有俗世，有清玄，有激亢，她分辨之后，手上弹得也不同。只是说到底，她仍旧最喜欢在卢七身边，为他弹奏。他制色时，她尽可弹得热闹些，他画壁画时极专注，她一音不弹，唯独他画线稿或染色时，又要认真，又轻松些，她便在一边安静坐着，为他专弹信手，一弹便是几个时辰。

李素炫弹着，卢楞伽画着，连着两个时辰，二人再没说多少话。日昳后李素炫告辞，卢楞伽送她出了大殿，见她催动赤骏，素衣白马，身侧幽蓝夺闪，在斜阳下很快走远了。

六月过半，连续赶上大晴天，白昼里热得有些难挨了。端木忧心郑三娘，屡次与李素炫说起来。这几年来郑三娘身子时好时坏，每月几次盯着李素炫击习羯鼓，不时露出疲惫来，又强撑着。眼下炎热异常，郑三娘时常气喘，屡次晕厥，端木急得直掉泪，却没法子。

李素炫安慰道："若不然，这样，你我去请见副使，求他允郑先生暂出左教坊，到我家养病。家里有间空屋子，收拾一番，添张床榻也不麻烦。那屋子不大，西市有冰井，每日买了冰来，屋里能凉爽些，请郎中来诊治也便利，家里有厨间，煮汤煎药也便利，我也能帮你一起照顾郑先生。"

"如此不扰你？"

"我自小也得郑先生教导，怎么敢嫌扰。再说看你急成这样我如何能坐视？"

端木点头："素儿心细。我这就去与师父说，再去寻副使请允。"

"我回家去将屋子收拾了，添置床榻。"

二人商量好了，即刻分头行动。李素炫回家，将空屋内一点零碎物什拿到厨间里，将屋里打扫干净，去市所买了席榻、衾被、藤箧及些碗盏之类，引役夫送至家中摆放好。眼下两榻相对，隔着不过几尺，郑三娘夜间有什么动静，端木立刻能听到。那边端木将此事禀告师父，郑三娘沉吟了片刻，端木立刻说道："师父不必迟疑，素儿心重，感念师父教导她多年，此番不是我去求的她，是她先与我说起的。"

郑三娘终于点了点头，又叹息："我也不是怕麻烦素儿，只是可怜她孤身一人，不想叫她看着我母女依偎，怕她总要想起她师父来，心中失落。"

"师父放心，我陪着师父，也陪着素儿。"

端木旋即与李素炫会合，一同请见教坊副使，说了事由。副使点头道："你二人有这等孝心，实为难得。此事不犯忌讳，没什么不可以的，报备即是。”

都安排妥当了，二人将郑三娘接到李素炫家中。进了屋子，请郑三娘在榻上先事休息，李素炫笑道：“这屋子小，不消许多冰，马上凉快。而且没有后窗，我那麻兄也不扰先生。”说着将那麻铁蝈蝈来历及每日如何聒噪说了一遍，郑三娘与端木笑得止不住声。

屋中凉快，郑三娘好转许多。端木每日陪着她，按时煎药，又陪她说话，与她宽心。李素炫早晚炊煮，手艺确实不大好，胜在用心，每餐必有青菜、鱼肉，也蒸些米饭，或煮白粥、汤饼，家中又有阿翁所做各色渍物，再格外采买些蔬果来。屋内狭促，三人喜欢日落时在院里用餐，若逢雨，便将案子摆在李素炫书房中央，三人围坐，一同说笑，一同餐食，屋中难得热闹欢乐。

郑三娘看看四周，感慨说道：“素儿果然与你师父一般性子。眼下也不缺金银，怎的这屋里也不添置些好家什，就些个木架、藤箧、旧案几，也不使纱帐垂幔间隔，案上也无些清供把玩，整间屋子还黯淡得很，着实不像文人书房，更不像女子所处，倒像将作监内个大工室。”

端木与李素炫闻声都笑起来，果然郑三娘所说不错，寻常女子案头多见粉盒、妆奁、香囊，或是织纱、缀锦、缂丝，也多爱慕些茜色、妃色、胭脂色，李素炫这屋中却无有一样女子物什，四周尽是苍色、檀色、玄青、绀青、黛蓝、灰蓝，乃至缟色、茶色、霜色及月白色，角落处束着几枝干芦苇、干莲蓬，露着一片枯萎。整间书房色相幽暗，调子沉凝，白日里窗口日照丰沛，看着端严持重，夜间看却真的像间大工室，或老旧库房。

屋中不但设色暗沉，还颇有些杂乱。沿墙一排粗壮木架直顶屋梁，底层放了几口藤箧，上面几层满满堆放着各色卷轴手卷，个个套着织锦书衣，无数细丝线垂着索引小签。也堆了不少纸张，又大小数十个木盒盛着锥管墨锭之类小物件，挨排摆放。屋中深处正对窗子处，也是沿墙一排架子，上下两层，下层架着琵琶、阮咸、奚琴、大小五弦、大小四弦等各色抱弹，上层排布着筝、瑟及各色箫管。余处是桌案，一张小案是昔日卢菡所留，并排放着两张瑶琴，卢菡所留紫箫也时常放在瑶琴旁侧。挨着小案的是张巨大硬木案子，堆放着各色书籍画卷，罗列着大小几枚歙砚、红丝砚、瓦头砚，又有粗细锥管、画笔及些简单颜料、绢帛，一些小笺随意丢着，又散乱有些笔山、笔搁、砚滴、纸刀、纸镇、压笺，在手边上围作一圈。角落处单独有张小牙床，放了羯鼓。屋中物什繁多，又不整齐，大件小件，东堆西散。老子云“为学日益”，李素炫尊奉无虞，下一句“为道日损”，她是半点不沾。

“素儿这里都是素器，不修饰，也都是实用器，无有珍玩装点。看着果然不像书房，也不似女子所处，只像个木工室，只一群男子在其中粗使做活，或者像个旧书斋，住着只老书虫。”端木笑道，“倒也像素儿性子。”

郑三娘笑道：“我看贵人家书房，多有玉器、金器、银器、琉璃器，大小屏风、香炉、各色珊瑚、如意、古瓷、奇石，精心排布，时时扫拂，足是一番风雅。素儿却不同，一屋里也无什么金贵物件。”

李素炫摇头笑道：“若器物金贵便是风雅，天下还有谁人肯读书？只求发财便是。但广有资财，谁人学不来个金贵？目不识丁，也晓得金银、琉璃、珠玉是宝贝，东市西市上走一遭，一日内买齐了，摆弄起来，便是风雅不成？纵然器物粗朴，但心神丰沛、智思不尽，手上有无穷工巧，因陋就简，反倒格外清欢有味。心中若无锦绣，纵千金也学不来，此番才是真风雅。”

端木笑道：“素儿可是在说卢先生？”

李素炫淡笑，低头不语，摆弄案上几枚果子与蒲公英煎汁，为郑三娘与端木各斟了半盏。

“这可是苦得很，若着实受不了，可以调些蜜进去……再有，我也不是如人所想那般素朴，只是寻常人看不出来罢了。”

“我知道你那些乐件俱是宫中所出，定然宝贝，除此外你还有什么金贵物件，可与我念叨念叨？”郑三娘笑问道。

“这屋中木构、藤编只求个结实耐用，无什么格外值钱处。案上可都是好宝贝，只那鹿锥、商锥及细锥，可是千金求不得，又有宣城诸葛紫毫及鼠须笔，乃南方入贡，管勒工名，极精良罕见。此乃宫中御用，圣人所赐，寻常人见了大抵不识得。又架上那许多好纸，三五张便值一顿荤酒餐食。素儿虽不是大书家，然纸笔精良乃平生之乐，故此十分舍得花银子。还有诗筒、笔山、笔搁、承盘及架上木盒之类小件木器，是我在东市中寻了木料，或是硬抢了鹿先生毕生私藏，由我师弟商不言手制。物料便有奇货之珍，工制更尽太常之巧，只不过俱是素器，只打磨，或上大漆，不镶嵌，不雕刻，不描画，若不仔细看，只道是寻常。那枚竹刀不过拿来裁纸的，一点竹料足足陈放了五十年，贵比金玉，只不过因为是竹子，看着不值钱，贼来了都不偷。还有案上那块石头，人一定当是我从南山溪流里捞起来的，实则是上好于阗玉，籽料带皮，我与达官奉乐时获赠。人嘱咐我可出两只周正牌子及数十枚小件，我用不着，便将玉料下面薄薄开窗，细细磨过，能在案上放稳当，拿来做了纸镇。”

郑三娘笑道：“素儿不戴钗环，不重衣冠，不好饮食，看着淡朴，不想也是个浪使银子的，只不过都使在暗处，自家享用，不与人见。”

“我这一屋子零碎俱不当衣食，无有实用，形形色色皆是赘器，可我心里着实喜欢。心用之用，也是用，乃至是真用、大用，故此十分觉得值得，乐得耗心思、耗银钱。只是……修道之人理当一心盈实、不假外物，风雅之物终究也是外物，我却如此眷恋不舍，想是这辈子得不了道了。”

三人相视大笑。夜深后，掌上灯烛，烧水泡开些花饮，一边斟饮一边闲聊。端木劝师父早些歇息，郑三娘却执意不肯，感叹着说道：“昔年哪里想到能有今日。你二人如今都熬出了头，有个自由身，也不受穷，又十余年相伴，情义甚笃，此生互相是个指望。我如今已年逾七十，身子又不好，也不知道还能再活几日，看看就要入土了，也不放心端木，也不放心素儿。你二人孤身在世，六亲无缘，一个能指靠的也没有，后半生定要互相扶持，莫要相弃。”

郑三娘说得殷切，颇有老人家临走前一番深意。端木与李素炫一时感慨，也伤感，互相看了一眼，一齐给郑三娘行过礼，郑重允诺。

“我二人此生不弃。”

## 128

李素炫依旧酿酒，总不长进，有些气馁，兀自在石榴树下闷坐，恼火不已。自小聪明惯了，不管学什么，靠着聪明、靠着吃苦，罕有什么坎迈不过去，眼下真迈不过去了，难免要恼火一阵子。只是她终究不再是小孩子，恼火过一阵子后，还是能够重新打起精神来。

郑三娘与端木不住鼓励李素炫，不嫌弃她不长进，也不嫌弃酒味寡淡，每坛酒都颇饮上几盏，母女三人常在石榴树下欢饮谈笑。除了饮酒闲聊，端木与李素炫也常把弄些新乐器，只是进境艰辛。端木觉得唯有羯鼓易打，李素炫觉得唯有琵琶好弹，除此外，什么都难。二人尤不善吹管，连着多日练得辛苦认真，再拿起来还是生的，操起箜篌和奚琴来也没好多少，之前十数年艰苦修为几乎没什么用处。回想幼年初习弦鼓时，二人还是懵懂小童，心智尚未全开，手上也全没什么功底，真不知道当时是怎么熬过来的。笑闹过后，二人也不跟乐器顶牛怄气了，还是饮酒更开心。

六月二十四，荷花诞日，李素炫虔心早起，束绾青丝，戴了玉冠，服青白衣袍，将一坛酒缚在马背上，肩负无伤，出了通化门。她日日用功，这许久只为酿出一坛酒，赴龙首塬祭师。

龙首塬上向来无人，野草漫生，树木稀疏，仰望但见流云高天，风逐水逝，日光清爽透亮。此处也不荒凉，也不热闹，罕有住家，也无人踏春游秋，零星有些坟墓，不知埋着何方孤魂。野旷风低，声如泣诉，李素炫叹息着想："不知世上可有鬼魂。若无，不怕；若有，师父定护着我，不怕。"

信马前行，渐渐到了塬上，她在一棵树旁下马，放好无伤，慢慢斟酒，酹酒于地，一一拜过四面八方。如今来到这里，已没什么难过，心中不过些淡淡情愫，几声叹息，再无眼泪。人这一生，千般痛楚也挨得过去，唯心头淡恨死亦难消，只如眼角翳影，若有若无，也不逼人，也不饶人。

"师父，这酒素儿亲手所酿，不算好，也不太糟，将就能尝。知道师父不会嫌弃，今日带了来。除了端木，素儿这手艺也只敢在师父面前得意一回。"

祭过酒，她在树下安静坐好，解出无伤，抱在怀中轻轻弹唱起来。她还记得昔日母亲所授歌谣，师父怕她忘了，用律吕记下来，也将胡语用唐音注了。她依然唱着这支歌谣，只是早已不记得是什么意思，唯独记得师父曾说过一句话。

"那一日骤雨方过，天晴如镜。师父在坊间听到这支歌谣，顺着寻过去，一眼便看到了我素儿……"

幼时李素炫总喜欢向师父问起那日情景，她一遍遍问，师父就一遍遍讲，她问过百次千次，师父就讲过百次千次，每次都笑着，双眸闪烁，轻声慢语，细细说着，口中不尽柔和。那日情景李素炫依旧模糊记得，可她偏要不停追问，偏喜欢听师父一遍遍说起，一遍遍等着听师父说最后一句话。

“那一日师父有了你，平生第一开心事。”

回想往事，也快乐，也惆怅。李素炫缓缓弹着无伤，看看远近，风云止歇，四下空寂，连鸟儿也没有一只。淡酒寡味，也够斟酌，酒趁琵琶，方是胆气。她连斟连饮，心中空旷荒漫。

“师父若在，今日满四十四岁。”

秋雨凄凉，霰雪迷茫，举世昏黄愁惨时，李素炫很少触景伤情。从小师父便告诉她，一心当有恒守，莫为外物所役，无事不要胡乱感慨。她很少愁风愁雨，该做什么做什么，任由窗外风雨悲苦。可是师父没说过好天气该怎么办。每到世间晴朗美好，她止不住心头欢跃，漫漶间就会淡淡想起来，师父已不在这人世间了。那些有的无的，来的去的，都不像是真的，她一定要仔细想过很久，才能慢慢想起来，那些曾经发生的，原来真的发生过。越是日色明媚，她越是忍不住想，若是师父还在，那该多好。只要师父能回来，她什么都可以放弃，诗书画乐，情思逍遥，所有她喜欢的，她都可以放弃。哪怕变成天下最笨的人，哪怕太笨了师父不喜欢她了，乃至于他根本不是她师父、根本不认得她，也没有关系。她可以一辈子在远处看着他，不出声，也不走过去。她只希望世上有他那样一个人，寂静洁白，却能够平安活着，她想看到这太平盛世容得下他。

无伤轻快，催促日影。看看日头移过了中天，又到日昳，斜照浅浅，霞光扶摇，暮色在天尽头渐渐凝结，一线虚淡，苍蓝幽若，隐没了太白雪顶。

“谢师父一日陪伴，素儿与师父唱支歌便回去了。”

李素炫说着将两手停下，转动轸轴换了弦律，轻讹几音，入了新调。幽幽一曲，诗意平淡，她也说不清楚自己是不是故意的。

六月芳菲盛，暑夏汗浃天。鸣蝉声催迫，诗书暂且闲。

不着搒丝锦，不插赤金钿。木簪别偏髻，粗衣方洗湔。

跣足踏青苔，汲水细井边。浣手濯素米，因火炭生烟。
半院狂药香，虔心奉幽泉。十斗取一樽，一樽酹君前。
世人皆饮酒，几多是神仙。神仙无烦恼，凡夫有牵连。
杯物能解愁，何由学郑玄。但守来生诺，此生不须言。
问君无回语，独自且笑谈。轻吟旧时调，微动琵琶弦。
一诀两不见，回首又经年。不复伤前事，淡酒也尽欢。

酒尽，歌了，琵琶曲终，身侧夕阳沉坠。李素炫散淡间看着远方一片赤光，散淡想着些心事，那些心事如同晚霞一般明亮又模糊，只能猜测，不能确证。今生至此，能失去的都失去了，能得到的都得到了，人间事远未终了，但已告一段落。她不知道自己这一生会有多久，但不管有多久、还有多久，眼下也已是半生，往后皆是余生了。有些事她得好好想一想。

沉思许久后，李素炫起身缚了无伤，负在肩上，召唤赤骏到了近前，上马回程，一路飞驰，到了通化门，下马回身行礼。

“素儿到了，师父不消再相送。”

# 唐女乐传

第一卷

山河万里 著

作家出版社

# 目次

# 第一章
## 初遇

开元二十三年（735年）三月—开元二十七年（739年）八月

# 1

开元二十三年，暮春之日，长安城中梨花正盛。

此刻方过未正，日头依旧挑得高高的，金光泼洒，天上没有一丝云彩。长安城里行人如织，贩夫走卒、坐贾行商、高门子弟、平头百姓，充斥着坊间大小道路。进城的、出城的，或闲散，或匆忙，或宁耐，或焦躁，各自向着东市西市、庵观庙宇、友人宅邸或自家住地行走，也间或有些乘车的、骑马的，有的徐，有的疾，诸般热闹，也诸般杂乱。

乍暖还寒时，人人胡乱穿衣。有人冬装未卸，此时天日晴朗，又在午间，免不了满头汗渍；有人穿着两层单衣，不寒不燥，步行刚好；也有性子急又爱俏的，早早换了夏日衣裳，微风托着裙裾，映着面上小妆，桑蚕垂坠，金簪步摇，走在坊道间，甚是觉得自家颜色美好。富的绫罗绸缎，一派雍容丰盛；穷的布裙荆钗，倒也自在随意。不拘富的穷的，抑或民的官的，连同那巡街的、出差的，都在一条路上，挤挤挨挨，倒也不争不抢。

今日繁华，今日也寻常。此处乃是大唐之都，深城千仞，生民百万，日日熙攘，繁华即是寻常。

未时末尾，尚未入申时，晴空里忽地聚起阴云，云朵乌黑，略带幽蓝，从四下里翻卷起来，很快在头顶合拢。霎时满城天色昏黄，狂风乱卷，行人纷纷奔走躲避。若是在坊内，身边近处有屋檐可以避雨，若是在坊间大道上，只好藏进树荫里，将枝丫树叶权作一时抵挡。未待众人都寻到避雨处，大雨便砸了下来，如箭镞狼牙般尖利。连日晴朗，地上尘土焦干，被雨水砸得烟尘乱起，四下游移，又瞬间弥灭。不到一刻，雨势愈发凶狠，水汽升腾，又被冷风压着，吹得盘旋打转。去岁寒冬，眼下早晚又冷，有些人冬装未卸，此刻站在檐角深处，凭冷风吹着，心中有恃无恐，性急换了夏装的便遭足了罪，纵淋不到雨，也冻得瑟瑟发抖，颤着声不住抱怨。

所幸如此雨势不会太久，只两刻钟多，忽地小了，略一片刻，雨住，又一片刻，云收。天顶云层开裂，日光卷扫，转瞬间迷雾消散，剩下那一点阴云眼见势去，即刻远远逃遁到南山里去了。

长安城复又光明，方才大雨只如一场梦幻，唯有眼前坊道变得泥泞，道道雨水在地上流得急索索的，向着两旁低处奔去，直直落入污水沟里。行人惊魂甫定，纷纷收起雨伞，陆续走上坊道，穿着冬装的很快又一头汗渍，穿着夏装的复又轻盈洒脱。车马咿呀，周遭很快又热闹起来。

大雨骤至时，卢菡还没有出延政坊南门，在门里一处窄巷内寻了个房檐，避过一时。眼见雨住，他出了南门，躲着泥泞，小心前行，走不过一两百步，路过一处聚众处，无意间听到一阵歌声。

仔细听辨，唱歌的分明是个稚儿。童声细弱，寻常人不大会觉察，然一旦觉察到，细细谛听，只觉得稚嫩清越，在一片市井杂乱中分外跳脱。卢菡心中颇讶异，循着歌声穿过人众，一路找去，直找到墙基处，见一小女童正躲在角落里，谁人从面前经过她也不看，兀自唱着支歌谣，音调陌生，不似中土之乐，唱词也是异域胡语。再看小女童，衣衫褴褛，瘦弱不堪，小脸儿上满是尘土泪痕，一看五官便知不是中原汉人。细细审视，剔除尘土泪痕掩盖，她虽尚在幼齿，却看得出一副眉目舒朗、气韵清致来。

卢菡离那小女童数尺远，静静听了片刻，心中惊叹。寻常人十之有九一辈子唱不准音调，无非失多失少而已。眼前这小女童三四岁年纪，看穿着是贫家女儿，想来未经指点，可唱起歌来，音韵节律上却不失一毫，分外准确，且声音精纯、气韵平稳，小小年纪，便是一副善讴者气象。

“此实天与其分。”卢菡感叹道。

正听着、想着，旁边走来一虬髯胡商，将卢菡当作了买主。

“客人看上这女童了？”来人口气殷切，见卢菡回头看过来，忙又说道，“这是个半胡儿，父亲是唐人，母亲是西域胡女。”

“方才听到她唱曲，甚好，故此寻来了。”卢菡随口说道。

“方才旁边几个顽劣小子吵架动手，互相一番拳脚，打得重，扫到她了。小的过来将那几个小子赶走了，她受了些惊吓委屈，就唱曲壮胆。这小女童年岁不大，曲子却是会唱不少，高兴不高兴的就有几句，尤其是方才那支调子，每日都要唱上几遍，说是母亲嘱托，教时时记得，莫要忘了。小的这一路听来，也挺受用。”

“她几岁了？”卢菡问道。

“客人且问得刚好。我等过敦煌城收下她的，去年今日，她母亲将她交与小的，亲口告诉小的，那日是这女童四周岁生日。我等打敦煌城行至长安，又到今日，故此这女童今日整满五岁。”

“……怎的如此瘦弱不堪，看上去不过三四岁。”卢菡很是怜悯。

胡商却当他是在挑眼讲价，连忙说道：“客人若看上，随便给些钱就是。听她母亲说，她是其父遗腹之子，生下不久，家乡遭了场大瘟疫，母亲带她出逃，一路随商队向敦煌走了两年。到了敦煌城，母亲病重，临死前将她托付给小的，要小的将她带到长安，寻她父亲故土。母亲说，她父亲是唐兵，长安人氏，昔日护佑商路，战死在西域。她是唐女，哪怕为奴为婢，也要回到长安，纵然是死，也要死在大唐。”

卢菡闻听，心中戚然不忍。我唐军人战死西域，后人却流落奴籍，任人贩售。恻隐之下，有意搭救，何况这小女童天资迥异，着实是个良坯，卢菡心中爱重。只是他无有妻小家室，若带回这小女童，不知该如何照顾安置。

胡商眼见卢菡犹豫，忙又说道：“客人，小的中午刚刚进城，先到这里寻个人。本是要将她带往西市人市出售的，客人若看上领走，我还省些麻烦，客人就将她一路上衣食开销与我补些便罢。我等走商路的，也亏得她父亲这般唐国军人护卫，这好处小的也不能不念。看客人也是有些身家的，添个奴婢，也短不了那一口饭食，客人面相上又有书卷气，想来也心慈。若与你领走，我也当是做了善事。这丫头聪明伶俐，路上也将唐话学得顺了，将来侍奉前后，一定让客人宽心满意。”

这胡商甚是会说话，一番言辞下来，卢菡终于打定主意，与胡商论价。胡商也不多索取，果然就是一路衣食资费，一个小女童也耗不了多少。卢菡嘱咐胡商，教看护好小女童，莫要再让旁人惊吓她，自己回家中取银钱来。胡商允诺，卢菡立刻快步离开，不一二刻钟回到原处，见胡商果然守诺，未曾离开。待过了价、立了市券，卢菡俯下身来，看着小女童，柔声问道：“你叫什么名字？”

小女童眼神有些怯怯，等了会儿，小声答道：“李丫。”吐字甚是清楚。

“你叫李丫？”卢菡笑着问道。

胡商在一边答道："她确实姓李，当日她母亲亲口说的，还说她父亲叫个李……什么的，小的记性差，给忘了。这丫头胡语名字意思就是小女童，小的便因着胡乱给起了这个汉名。小的没读过书，不通文墨，客人领她回去，再给起个好名字。"

卢菡站起身来，对胡商略略点点头，示意感谢。对方行了个礼，转身走了。

卢菡复又转回身来，看着小女童："丫丫莫怕，跟着我走。"

小女童仰头看着卢菡，见他身材修长，面目清雅，着素色长衫，腰间蹀躞带上坠着些零碎物什，手边一支紫竹长箫甚是起眼，也在蹀躞带上坠着，隐约在衣褶内，其色幽深，温润无华。此时卢菡正微微笑着，一手背着，一手轻轻拢着腰间长箫。

小女童满腹迟疑，带着些畏惧，站着未动。卢菡俯身蹲下，神色柔和，也不急，也不催，只是一直笑着，看着小女童，过了很久，见她眼神弛缓下来，似乎是不太怕了。卢菡没说话，缓缓伸出手来，亮出掌心，小女童想过很久，将一只小手小心翼翼放在他手中，迈步跟着走了。

二人径直上了坊道，走不多远，停在一处偏门下。轻轻叩门后，府中两个仆役开门引路。几人渐渐走入府内深处，路径越发曲折。此间草木茂盛，靠近亭榭处，水面上有些湿冷气息漫溢过来，轻轻拂在身上，四下里虫鸣微弱，没什么人，十分安静。此刻日头略微压得低了，夕阳泛红，染得院中绿植也跟着泛红，红花更是红得妖冶刺目。小女童有些紧张，抓着卢菡的手，不敢四下张望。

卢菡拍了拍小女童肩膀，问仆役道："敢问二位小郎，贵府中可有何处不当大路？让这丫头暂时歇息，不受打扰。"

"这好办。"仆役说道，将二人带到转角处小苗圃旁，一株银柳树长于道边，粗壮高大。

"这里惯常也无人过来，就这里就行。"仆役说道。

卢菡对仆役点头示意，又俯下身对小女童说道："我在这府第中有事，或许要略多些时候。你自己在这里玩耍，等着我，切切记得不要走开，不离这棵大树左右。若是害怕，就唱支曲子。"

小女童望着卢菡，点了点头。卢菡站起身来走了几步，又转身回来，微笑着说道："日后你叫我师父便是。"

小女童抱起两只小手，向卢菡行了一礼，恭敬叫道："师父。"

这声音净如琉璃。卢菡心中生出柔软来，只是眼下有事，不及多想，拜托身旁仆役照顾她，随即回身上了正路，随另一仆役往后园去了。小女童目送卢菡走远，回身靠着柳树干，站得很是牢靠。

约莫半个时辰后，卢菡出了后园，远远走来，转下小路，看向小女童这里。树木掩映下，隐约有喧闹之声，卢菡快步走近，眼见府中几个顽劣小厮无事可做，正围着小女童纠缠不休，言语上手脚间颇有些打骂推搡，方才所托仆役却不在，想是有事情被差走了。卢菡立刻靠到近前，未待呵斥，几个小厮眼见一高大中年男子快步走过来，衣着整肃，识得是府中客人，又见他一脸怒气，便立刻作鸟兽散。卢菡没有追赶，走近了看那小女童，见她头发衣衫凌乱，脸上更多了些尘土泪痕，想是哭泣过许久，双手却死死抱着大树，俯身贴在树干上，一副倔强模样。

小女童见卢菡看着自己，带着抽泣，小声说道："师父，丫丫未曾离开这棵树。"

卢菡大为触动，立刻弯腰抱起小女童，轻声说道："丫丫随师父回家。"

坊门即将关闭，卢菡一路走得很快，小女童有些害怕，紧紧靠在卢菡怀里。卢菡心中感叹，这小女童身子骨着实羸弱，抱在怀里，分量还不抵一支琵琶。到家后，卢菡将她放在矮榻上，递给她些食物和水，看着她吃饱饮足。

"丫丫早些睡。好好歇息，其他事情明日再说。"

卢菡帮小女童躺下，给她盖好衾被，熄灯，转身出了屋子。小女童一路困顿，很快睡着了。

## 2

翌日清早，刚过五更二点，长安城中响起报晓鼓声。第一声鼓从承天门传来，其他报晓鼓在城中几条主要坊道上次第跟进，一波波鼓声起伏不断，密集沉闷。小女童尚在睡梦中，被一片击打声惊醒，在黑暗中怯怯守着，等待鼓声止息。只是那鼓声绵密不绝，连续打过几通之后，小女童再也睡不着。她爬起来，跑到窗前，瞥着窗缝，眼见外面天光渐渐明亮起来。

最后一通报晓鼓方始，卢菡推门走了进来。

“丫丫醒了？”他问道。小女童独自站在窗前，却没有将窗子打开。窗缝里略略透进些微光，卢菡看到小女童脸上似乎有些惊慌。

“城里每到早晚都有鼓声报时，晓鼓与暮鼓都要连续打上五通。丫丫不要怕，过几日便习惯了。”

卢菡笑着说道，将手中食物放在小女童面前，走过去打开窗子。鼓声原本沉闷，立时变得清楚透彻，阳光也忽地穿刺进来。小女童目眩迷离，不由得伸出手来遮挡住双眼。隔片刻，移开两手，渐渐将前方看得清楚了。

窗外，正是长安城，浩大无边，胸怀似锦。

在小女童眼前，屋瓦接连成片，纵逸奔涌，飞腾不尽，环环锁扣，展衍而去，直直扑向远方，一直接连到群山脚下。那群山连绵，横亘着一道雪线，细弱危淡，苍云微卷，在尖峰近处缓缓盘桓。此刻骄阳乍起，无数光芒坠下，眼前屋瓦连绵闪夺，如同不尽波光，粼粼掀动。

小女童愣愣看着远方，卢菡站在她身边，阳光融铄着师徒二人身影。遥望之下，长安城正在朝阳中渐渐苏醒回暖，人间烟火又开始在坊间巷道里丝丝缕缕冒出来，袅袅盘绕升腾。

晨鼓终了，卢菡依旧站在小女童身旁，兀自沉浸。小女童偷偷瞥着，看到他比起昨日夕阳下模样又是不同。小女童身轻骨小，若不使劲仰着头，只刚好看到卢菡腰间长箫，也看到他的手，筋骨清癯，血脉分明，肌理杳淡，轻轻拢着长箫，五指修长，贞静如蕊。小女童不敢使劲仰头看他，只一直偷偷看着他的箫，和他的手。

昨日夕阳中只略略一眼，小女童便安定下来。此刻她心中虽然懵懂，却也知晓，身旁这个人，便是她今生命数伊始。

用过朝食，卢菡帮小女童梳洗了，又从邻家小女儿处借了身衣裳来，给她换上。不过简单梳洗，简单衣裳，小女童便有一身瑞丽，双眸明亮，两眉深挺，通身带着股性子，小马驹子似的，一番神骏性情隐约横陈在眉目之间。

卢菡看着，心中愈发喜爱，笑了笑，说道：“师父与你取个名字可好？”

“好。”小女童点头。

卢菡苦思了阵子，没什么头绪，最后指着案子上一摞书卷，说道：“若不然，且凭缘分。你自己拣一卷书展开，停到何处，师父便在何处与你寻个名字。”

小女童走上去，拿了最上面一卷，展开，递给卢菡。

卢菡看了看，旋即笑了：“师父想了这一会儿，什么名堂也没有，你随手一翻，却是个贴切名字。素以为绚兮……绘事后素……也好，日后，你就叫李素绚。”

小女童不知道这名字什么意思，但看师父脸上笑意，知道定是个好名字。卢菡研了些淡墨，拈笔取了，写下“李素绚”三个字，然后将笔递给小女童。

“素儿自己试试。虽不认识，照着画，就当好玩儿。”

笔不大，在孩童手中却如椽头般粗壮，小女童手指细弱，如春韭叶尖，奋力拢着，在纸上认真照着写自家名字。卢菡看着她连写几遍后，诧异问道：“素儿以前写过字？如何知道字是这般写的？”

“没写过，素儿瞧见师父是这么写的。”

卢菡又看了一阵，心中赞叹。这稚嫩小儿连拢住笔管都勉强，却眼见着渐渐写得有个样子了。初时歪拧，慢慢便有了轻重，三个字兀甚笔体，也难免多一画少一画，却难得大小均匀，那份童稚拙巧，尤其是成人学不来。

“师父，这个字，素儿写不好看。”小女童抬起头来，指着第三个字说道，“这里写不好。”

卢菡看了看，“绚”字的那一笔横折竖钩，小女童确实写不好，很长的一竖，总是歪斜的，整个字便倒了。三个字明明都写不好，她却偏偏对这一笔失败格外在意。

“那师父与素儿换一个字。”卢菡想了想，又在纸上写下“炫”字，“这个字用得少，但意思一样，素儿看能写好不？”

小女童照着写了几遍，明明还是歪歪拧拧，她却点了点头，心满意足。

“师父，这个好看。”

“好，随你意，那便是李素炫。自己名字，自己喜爱才对。”卢菡说着，心中想道，“素儿执拗，于美丑上有心计又挑剔。如此天资，若不好好调教，令其有所成就，实在是卢菡失职，有负上天。如今我二人得遇，定是天意，我需为她多费些心思才是。”

随后几日，李素炫享了阵悠闲，每日睡到三竿方起，师父仔细照料她饮食，隔几日请邻家老妪帮她洗洗身上。她很活泼，笑个不停，说话时总是开开心心，声音娇俏可爱，只是她唐话中不时夹着些胡语，卢菡免不了要反复猜测，若猜得对了，便耐心告诉她用唐话要怎么说。有时她分明要说什么，却又不说，只急。卢菡也不知道她是太小了不会说，还是不会用唐话来说。他笑一笑，拍拍她小肩膀，耐心等着，或是抱起她站在窗口，看看院中石榴树，看看远处屋檐瓦顶，也指着最远处南山雪线给她看，也不知她能不能看到那么远。小女童仍旧年幼，被师父抱抱，哄几句，就将方才要说的忘记了，不急了。

小女童十分喜欢看师父研墨写字、调弄丝弦箫管。有时师父为她将墨研好，她学着师父样子，坐在书案旁，一笔一画，学着写自己名字，一个时辰写上一摞纸，也不厌倦，反而越写越高兴。一边写，口中一边唱着调子，正是初遇那日所唱。卢菡在旁边陪着她，看着她写字，听着她口中所唱，有时弹起琵琶追着她调子。

“师父弹的不对。”李素炫突然说道。

卢菡吓了一跳，慌忙停下两手，手指并拢抚过琵琶弦，压下弦上余音，问道：“如何不对？”

李素炫却答不上来，半晌说了句：“……与素儿以前听的不一样。”

“素儿以前听过琵琶？”

“听过。”

“在哪里听过？”

“不记得了。只是唱起母亲歌谣来，素儿就能听到琵琶，与师父的不同。”

“那你怎么知道那是琵琶声？”卢菡好奇问道。

小女童想了想，皱着眉头，有些为难，许久后说道：“也一样，也不一样……”

卢菡能猜出来她是说弦声很像，调子不一样，只是她说不明白。如此一来卢菡倒为难了，素儿说他弹得不对，却又说不清如何是对的。卢菡无奈摇头，笑道：“如此师父却是不会弹了。”

小女童笑笑，莺声道：“那师父不弹这支。”她眉眼弯弯，两颊泛着些绛红色，疏落浅淡，像是葡萄酒晕染在素白练子上，留着些静谧痕渍。阳光穿过睫毛，在她脸颊上留下小小阴影，开怀时咯咯笑个不停，小小牙齿晶莹剔透，像两串细小贝壳，纯洁可爱。卢菡看着她，心中抚慰。

歇息过几日，卢菡带她去了几趟集市，让她尝尝各处美食。这小丫头对饭食无甚大好，略微吃些，不饿了，便再不肯咽一口。她也不拘口味，饿起来什么都好，倘若不饿，什么都不好。卢菡让她自己挑件衣裳，她在一片锦绣颜色中挑了件最清素的，直言这件好看，卢菡只得依她。

“这丫头，故乡寒苦，又一路跋涉而来，应是没见过我长安这般货殖丰厚、锦衣玉食，却怎么天性淡渺，喜欢这些素衣轻食，我可没教给她。李素炫这名字倒是随她性子，也怪道她自己一翻便翻到了。”卢菡暗想。

偶尔，李素炫会露出小女儿家顽皮样子来。

临近到家，街上有只三花小狸奴蹲在树桩上乘凉，个头大，不畏人。卢菡牵着李素炫小手走到小狸奴面前，那小兽倥着张小毛脸，盯着李素炫，来回晃着尾巴，也不叫，也不逃，李素炫也一直盯着小狸奴。卢菡心中暗笑，可也是，依照树桩高矮，小狸奴平视过来，与李素炫刚好互相盯着。

卢菡也不催赶，牵着李素炫小手，由她一直看那小狸奴，直到天色暗淡，城中响起暮鼓。

“素儿，我们该回去了。过会儿关了坊门，回不去家，武侯巡夜撞见，可要拿我们治罪了。”

李素炫好大不情愿，只得拔开腿脚。走了一整日，小女儿家的实在是累了，走不太快。卢菡抱起她，快步到家。

卢菡不在家时，嘱咐李素炫好好看家，给她写几个字做样子，让她自己照着写，又反复叮咛她不要到院中水井旁边去，不许爬树，不要去厨间，里面有刀和火种，也不许出门，饿了自己吃些胡饼。他说了许多，李素炫认真听着，认真点头。卢菡不放心，可也没法子，只能咬咬牙走了。艰难挨过一个白昼，卢菡匆忙赶回家中，看到李素炫老实坐在案几旁，手边堆了一摞字纸，正捧着一卷抄本《左传》看得认真。

“素儿看得懂？”卢菡松了口气，放下心来，好奇问道。

小女儿摇了摇头：“素儿看不懂。”

“看不懂怎么看这么认真？”卢菡笑着又问。

“素儿就是觉得这些字好看。”

卢菡心中一动，又听李素炫问道：“这些字是师父写的？”

卢菡点点头。

“那师父能不能教给素儿？”

“素儿现在随便写就行了。”

“素儿不想随便写，不好看。”

卢菡很意外，不知道一个五岁孩儿怎么看得出来好看不好看。他让李素炫随便写，是怕她太小，受不了法度圈禁，嫌没意思，不几日就烦了，没想到她倒还想要受这个气。

“好，师父教素儿怎么将字写好看。”卢菡认真应允，又问道，“素儿今日玩儿什么了？”

“素儿写字，然后看这卷书。”

“没玩儿些别的？”

“师父说了许多，素儿记不住，怕做错，就没出屋子。”

卢菡看着李素炫，深觉这孩儿天赋与性子都与常人不同。这两月相伴，卢菡越来越喜欢她，心中着实暖和。他尚在襁褓中便没了父亲，十二岁又没了母亲，无有手足，多年来亦不曾婚娶，因喜好僻静，身边连个支使小厮也没有，三十年来一心孑然，书琴为伴，深居简出。本以为这样便好，为人一生，在世一遭，无非求个寂静清欢，不想这小丫头不期而来，令他有如为人之父，心中无比珍爱牵挂，只是计较起长远来，却又犯难。

“这长安城里户籍人口皆有记录，我却没本事买通什么人，补她个平民名字，令她脱了奴籍。留在我身边，也不能顾她一世，连我自己将来遭际如何、葬身何处都未可知。若是他日落入什么叵测人手中，果真当作奴婢驱使欺压，可如何是好？”

卢菡纠结反复许久，拿不定主意，白日里带李素炫四处游玩、奏琴习字，不去过多想这些罗乱，到晚间却难免辗转，没法再自欺欺人。小女儿不更事，夜深便睡下了，卢菡在窗前徘徊犹豫，很久不能入睡。他越是喜欢他素儿，越知道不能将她留在自己身旁。

李素炫不知道的是，师父卢菡为京中内教坊乐师，精习琴箫，尤擅琵琶，为当世绝手，音律辞赋皆尽精致，文学卓然，又兼仪表清跞，如木出林，教坊中人谓之“人样子”。然卢菡只在教坊中执掌教习、排演事务，从不待诏君王身侧，虽身佩鱼袋，却鲜少进宫，又兼多年内向索居，无甚广大交游，故此出了教坊，市井中人多不认识他。

卢菡思前想后，最终只得决意将素儿送入教坊之中。

## 3

宫中八月采选，内教坊也要按例增益人口，广录天下女子。教坊女多以奴籍、贱籍入，亦有以良人身入者，也时常有他国贡女。卢菡与教坊中人都很熟识，可请求众人对李素炫多加照顾，卢菡也可以亲自调教她。内教坊在宫外设有左右教坊，为乐人居住、训习之处，左教坊就在这延政坊中，与卢菡居所只一街之隔，若有什么事情，也来得及看顾。卢菡心想：“眼下也只得如此。他日若素儿乐艺有成，或有奇遇，得遇贵人，与她除免奴籍，后半生也可得个好终局。”

卢菡将各种好处坏处罗列一番，费了一番计算比较，最后打定了主意。七月里，带李素炫去了左教坊，将她带到一老妪面前，令她行礼见过，并告诉她，这是左教坊中尚教嬷嬷，许姓，掌管一众女乐日常。

“见过许嬷嬷。”李素炫恭敬行礼。

卢菡与许嬷嬷说了几句，让李素炫跟许嬷嬷走。小女童心中顿时泛起惶恐来，低着头，小声问道：“师父……不要素儿了？”

卢菡心中立时难过起来，未待说什么，许嬷嬷开了口：“你师父不是不要你了，只是，自今日起，你必须住在这里，夜间不能随师父回家去了。转过年去，每日你师父过来与你授课。”

许嬷嬷口气温和，小女童抬头看了看她，见她眉目间很是慈爱。

卢菡勉强镇定着，从旁说道：“素儿不要怕，师父明日就过来探望你。”说着俯下身来，看着小女童，又摸摸她额头，对她笑笑。小女童一直看着卢菡，眼中慢慢聚起泪光。她从小不记得父亲，一年前与母亲分别，颠沛流离，到得中土，与骡马牛羊并列贩售，内心孤苦。与卢菡这几月相处，师父始终颜色温和，对她亲爱，她心中柔软了许多，眼下却又要与师父分别了。

卢菡心里难过，也焦急，暗想："素儿年幼，心中赤诚，若温柔相待，她便一心眷恋，尚不懂得人间聚散无常。我于她决然不肯相弃，却不知要如何让她知晓明白。"

小女童尚不知人世无奈，低头不语，泪水渐渐汇聚成滴，只被睫毛拦着，眼见快要落下了。卢菡柔声说道："素儿宽心，莫怕，随嬷嬷去。今晚早早安寝，明早五鼓响起，师父便来此处寻你。如此可好？"

小女童等过很久，轻轻点头，说道："那师父一定要来，素儿等着师父。"声音却是低低的，怀着些不相信。卢菡轻轻抚了抚她肩头，叹息一声，站起身来，狠狠心，转身大步走了，一路径直出了院落，却未听到身后有什么动静。

卢菡反而担忧起来："素儿若是哭喊，也还罢了，五岁稚童而已，伤心难过，哭闹起来才是自然，她却怎么一声不发？"可也只是心中忧虑，不能折返回去看顾。他出了院门，在路边站住，轻轻合上眼睛，阵阵难过："我这一生活得潦草，如今也知道自己不长进了。我若不是个困顿乐人，有心无力，眼下何至于此。"

小女童站在许嬷嬷身旁，一直目送师父离开，过了很久，仍然望着院门口处。许嬷嬷心软，不催促她，在旁边陪着。又过很久，小女童似乎是下了什么决心，转过身来说道："嬷嬷，我随你去。"

这一夜，卢菡和小女童都不曾睡着。清早五通晨鼓方起，卢菡就到了左教坊中。刚入大院落门口，隐约见到小女童站在院落当中，口中轻声唱着歌谣，正是那日坊道边初遇时所唱。卢菡略一迟疑，小女童已飞奔而来，径直冲入他怀抱中。

卢菡连忙俯下身子，伸手揽住她。小女童却不作声，埋首在卢菡怀中，身上微微颤抖，良久才抬起头来，满脸泪痕。卢菡心中如同绞割，只得忍了，强做出些笑来，给她擦着眼泪。

"师父真的来了。"小女童说道。

"可不是，以后每日师父都过来。素儿不要再怕了。"卢菡柔声说道。

“好。”小女童轻轻点头。卢菡随即惊觉：“素儿出来多久了？怎么身上如此寒凉？白日里再热，早晚也冷，这样怕是要伤风。”

“素儿不冷。”

“那也要快回屋去。”卢菡嘱咐道。

“素儿想与师父说话。”

卢菡从怀里拿出一卷麻纸来，展开了抚平，里面裹着支毫笔，纸上还有字迹，正是前几日小女童在卢菡家中所写。

“师父与你拿了来，你拿着，放在手边，若是想师父了，就去问嬷嬷讨些墨来写字，写自己名字就好。记得师父话，别怕。”

小女童点点头，接过纸笔。

“素儿快回去。一会儿嬷嬷寻你不见，要急了。明日师父还来看你。”

小女童看着师父，眼见师父目光殷切，这次，她心中不怕了，轻声与师父道别，转身回去了。

连着半月，每日五鼓起始，卢菡就来院中探望，每次总是想法子给小女童带些什么来，每次也只几句话。小女童眼神不再惊疑不定，每次分别时也不再神色戚然，卢菡慢慢放下了心。

月余，院中来了数百女童。自此李素炫与一众女童每日相处，统一作息，统一行事，都由几位尚教嬷嬷统一号令。数百人也尽作一般打扮，简素小襦裙，两边垂髫，俱是初入左教坊，年齿相同。每日里跟随尚教嬷嬷学习礼仪，走路、说话、站立、行礼，面面俱到，也有整理内务、洒扫庭院等诸项事宜。

“尔等俱不是寻常女乐，除却乐艺上要多加勤奋、刻苦磨练，这些礼数也要知晓熟悉。来日入了宫，可是要时刻侍奉天子，粗鄙鲁莽万万不可。古人云‘君子慎独’，尔等不是什么读书人，却也不能自认粗俗，纵是无人处，也要有个矜持。礼仪者，非性之所出，一颦一笑、举手投足，皆需后天严训，多加练习。”

说过些大道理后，小女童们要在嬷嬷督导下逐一练习，席上如何坐，床上如何坐，日常如何行礼，遇有贵客或要典如何行大礼，也有些仪容指教，连同餐食礼仪，也要认真听授、练习。

李素炫整日身处数百人中，有些不自在。众女童每日就寝于几大间偏房内，一屋内有数十人，李素炫在墙角处挑了个偏冷铺位，每到餐饭时也不靠前，而是等在长案最末。幸而教坊中不缺膳食，不至于挨饿。平日里她也不与人搭话，总是低眉肃目，似乎有心事。夜晚睡前众女童嬉闹，她也从不靠前，安静躺着，蜷缩着身子，将手放在自己枕头下面。师父屡次给她送来纸笔，也有其他诸如锦帕花钱等小杂物，她便这样在枕头下握着，却只是在枕头下握着，从不拿出来。她与师父卢菡一面而心安，不是因为天性舒展。这小女童实则眼悭，与人交十分挑剔。碰上卢菡这等人物仪表，言语柔和，她便一眼折服，若不然，情愿躲着，也不是厌恶谁人，只是没兴趣与人打交道，若被人缠得紧，便要恼火起来。

“这女娃怎么有些奇怪?”苏嬷嬷在一旁问道。

“有什么奇怪，小孩子家，怕生。”许嬷嬷答道。当日正是她从卢菡手中接过李素炫，这些日子对素儿很关照，有时见她不太开心，还过来安慰几句。

苏嬷嬷又说道:“你看她老躲着人，不是在墙角，就是在桌尾，也不说话，也不笑。若是做事，不管什么事，也不是头一个，也不是末一个，老在中间靠后藏着。看着也不怕什么人，也不喜欢什么人，木头似的，笨笨的。你前日里说过，是卢先生在街市上买了她，还说她聪明伶俐，我怎么看不出来?”

“这小幼童只五六岁，能看出什么来，别多想了。”许嬷嬷说道。

一月有余，众女童礼仪日常都熟悉了，开始跟随诸位助教修习乐理，逐一抚摸乐器。卢菡依旧每日清早五鼓起始便来探望李素炫，每次也说不太多便要她回去。李素炫有时略感孤寂，想起师父来，心中思念难抑。她唯一能凭仗的只是一个念头，想到第二日清早能再见到师父，就能忍着眼前。她忍得很辛苦，毕竟只五岁，还小，对她来说，一夜就像是一辈子，不过明日清早，却像是下辈子了。

李素炫打娘胎里就带了认真过来，想起师父，便要用心想，最讨厌被人打断。人若打断她，她一句话也不答，立刻转身躲开；人若追着她，她便恼火起来，大声叫嚷，要人走开。有时旁人见她火了，格外非要惹她，偏要看她到底肯不肯说句话，她便叫嚷着跑开。人但凡凑在一处，胆子总会大许多，一个人一分胆子，两个人就有三分，三个人就有八分，寻常里不敢的，凑在一处就不怕。有时几个女童互相壮胆，一起过来惹她，个个奋勇争先，说着便动手推搡，她立时大怒，动上了手，也不恋战，对准领头的狠狠打一拳就跑。

挨打的立时被灭了气焰，大声哭叫上了，苏嬷嬷听到了，过来询问。挨打的见事大了，也怕，收住哭声，也后悔，只是嬷嬷询问，只得添油加醋说一番。嬷嬷听了自然是要恼火起来，将李素炫叫过来盘查。李素炫倒也不藏着，痛快认了。

“所以你这就跟人打上了？”苏嬷嬷问道，口吻愠怒。

“谁叫她们惹我？”

“人纵惹你，也就是几句话，你怎么不能忍忍？”

“我忍了，可是她们没完。”

“那你就动手？”

“不然她们还是没完。”

“你打人，就是为了让她们不理睬你？”

“是。”

“那好，我让她们不要再烦你，但你不能再打人。”

“好。她们不惹我，我就不打人。”李素炫点头说道，苏嬷嬷正要松口气，又听李素炫补了一句，“只是她们要再惹我，我还打。”

苏嬷嬷火气又蹿起来：“你怎么这么受不得气？”

“我又没犯错，为什么要受气？嬷嬷本事大，怎么不敢教训她们？”李素炫回敬道，声音不大，口气也不冲，话上却是不相让。苏嬷嬷心里恼火，却又说不过她，想整治她也只好再找机会。

“行了，尔等都听着，以后谁也不许招惹这李素炫，都离她远点儿，听到没有？”苏嬷嬷直起身来说道。

众女童连声点头称是。

苏嬷嬷又转过头来，对李素炫恶狠狠说道：“她们说了再不惹你，你也不许再打人。如若你先惹别人，留神我朝死里头整治你。”

“她们不惹我，我就不打人。”李素炫从容答道。

苏嬷嬷喝令众人立刻就寝，说完转身走了。一众女童聚在一处，另一头是李素炫，独自一个，也不惧，见那头人盯着自己，也狠狠盯着她们。她很聪明，眼厉，看出来那些人既想压服她，又怕将事闹大，招来嬷嬷责罚。她攥着拳头，心里也怕，却卯死不肯服软，对峙许久后，那边人放弃了。

“罢了，这胡儿好大性子，我等招惹不起。”

“可不是。干巴巴的，好大力气，一拳打得人生疼。”

一众人嘟嘟囔囔，勉强找了些由头，散了。李素炫松开拳头，转身躲到角落里，独自想着心事。她思念师父，每日只相见那片刻里不想他，然后就想个不停。她隐约记得阿娘唱歌给她听，隐约记得到长安城来路上一些琐碎事情。那胡商与胡商妻不曾恶待她，行路却免不了遭罪。遇见师父那日，一场骤雨冻得她瑟瑟发抖，直到师父将她抱起来。师父身上暖和，她一下就记住他了。每到觉得身上寒冷，她就要师父抱她，却不肯说冷了，只说走累了。有时候她故意冷着，师父问她，也只说不冷，到冷得受不了了，才要师父抱。遍身寒凉时触碰温暖，最是今生刻骨安慰。

李素炫想着这些，糊涂着睡着了。日子枯索无望，却也没奈何。眼见仲夏、金秋、隆冬、盛春依次来去，如是，一岁过去。

## 4

翌年春三月，众女童首次筛选，资质平庸者被发回掖庭，另行差遣，余下百人留在教坊，其中又以天分选出二十人，李素炫就在其中。

“这可真是怪了。”苏嬷嬷大为诧异，小声嘀咕，“那四百余人发回掖庭，多半是要做粗使丫头，余下百人里头，八十人天资平庸，可以修习乐艺，却不能精熟，来日只好入立部伎，并云韶院人及搊弹家在圣人堂下远远站着，奏些粗陋曲目。宫中每岁采选苛严，能进宫的本就个个貌美聪明，自采选女子里选出来五百人送过来，五百人里又选出一百人，一百人里又选出这二十人，是要倾尽教坊之力全心栽培，以备来日选为坐部伎弟子，乃至选入宜春院，得天子亲自提点指教的。怎么会有这个李素炫？”

许嬷嬷答道：“这小童儿就是凡事不大凑前，总躲着人，可是不傻。卢先生说得对，她年纪虽小，心中却有主张，就这半年多，学业不差。这二十人个个都由博士专门考核，严格选下的，错不了。”

苏嬷嬷笑笑：“或是高人都古怪，是我没见识了。”

“她们方才六七岁，显不出什么，还需看个来日方长。”许嬷嬷说道。

“谁知道。”苏嬷嬷嘟哝着，“那李素炫不甚招人喜欢，颇为乖张，还敢顶嘴。只是也乖觉，晓得我要寻她把柄整治她，行事格外仔细，我这一年也没寻到碴口打她一顿。”

“好了，她又不惹事，怎么还非要整治她？”

“她是不惹事，但就是看着可恶。我这辈子作恶惯了，就是想整治她。”

“行了。”许嬷嬷笑道，“你我一起从她们这么大长起来的，我还不知道你？你什么时候作恶了？真作恶惯了，想整治人还用得着把柄？我倒看你跟这李素炫很像，要是小时候遇上了，也不知道你两个谁能赢，也保不齐不打不相识。”

苏嬷嬷又嘟哝了几句，不说话了。她火气大，偏吃许嬷嬷的哄，每次许嬷嬷哄几句，她就好了。

这二十女童自此正式受训，每人有一名专门训师，日日指点教诲、督导练习，宫中又指派女学士教授文字文章。很快，李素炫不必再与近百众挤在一间房子里，而有了新居舍。

搬入新居舍第一日，李素炫见到了同室三个女童，与她一般年岁，个个玉润可爱，一望便知天分伶俐。四个孩童拘束了阵子，互相望望，许久后其中一人走上前来，对其他三人轻轻行了一礼。

“我叫端木行止，你们叫什么名字？”

这小女童声音干净，举止落落大方，眉眼间端庄凝重，与李素炫灵秀通透相比，别是一样风范。李素炫惯来眼慳，有时却又莫名大度，人只这么一句话，只报了自家姓名，李素炫立刻心中欢喜她，马上回礼，答道：“我叫李素炫。”

其他两人也跟着放松下来，行过礼，应声回答。

“我叫吴歌子。”

“我叫阚容儿。”

四个小女童初见时无话可说，只互相看着，可毕竟孩儿家天性，不几日便调熟了，又过几日，越发熟悉，互相看着都喜欢。仔细论过年齿生辰，原来这四人同岁，端木生于岁首，最为年长，其次是李素炫，再次是吴歌子，阚容儿生在腊月，最小。四个小女童学教坊里旁人样子，出了房门，在回廊里并肩跪了，对天拜过几拜，约为女兄弟。懵懂中也不知道结拜到底有什么深意，只是四人都在年幼，又远离父母，分外看重身边亲爱之人，彼此以姊妹相称，心中很有安慰。

几个小女童初为女乐，白日里修业辛苦，难得玩乐，到了夜间不睡，小声闲聊，或将窗子开个缝隙，偷眼看外面月亮是缺是圆，有时也摸黑聊聊各自身世来源。端木跟李素炫一样，只知道自己姓氏，名字是师父给起的。吴歌子不知自己身从何来，连姓氏都不知道，只有个乳名，唤作“秋妹”，想是因为出生在秋季。因自幼会唱吴歌，入教坊后，尚教嬷嬷给取了“吴歌子”之名，她自己倒是也喜欢。这三人都是以奴籍入，唯阚容儿为山西乐户之女，以贱籍入，到得教坊时已略有些乐艺在身。

四人尚是孩童，并不知晓自己出身微末，来日道路难行，只顾着眼前开心，整夜聊个不停，每每聊着、说着，糊涂着便睡着了。清晨报晓鼓声响起来，吴歌子和阚容儿总是赖着不肯起，端木和李素炫便挨个抚着肩膀叫早。

“快些起来，一会儿嬷嬷要过来说了。”

小女乐们揉着眼睛，口中抱怨不停，端木逐个打开窗子，阳光缕缕行行照进来，刺到眼睛上，困顿立时消解。小女乐们都尖声叫嚷，用手挡着。

“咦……你身上这是什么？”

吴歌子眼尖，见到李素炫心口上方、锁骨下方有处隐约印记，凑近看看，似乎是文字，却不是中土文字。

“刺青。我自幼身上便有，想是我阿娘与我刺上的。”李素炫答道，仍旧打着哈欠。

“那这是什么字？你名字？李素炫？”

“我名字是到长安后师父与我起的，这个肯定不是我名字了。”

“那是不是你胡语名字？你阿娘不能送你来长安，怕你日后忘了自己叫什么，就将名字刺在你身上。”

“肯定是了。只是我不认识，不知道什么字。”

“你师父有学问，你写下来，问他。我帮你写。”

吴歌子马上跑到一边拿了炭条，在一块布头上照着李素炫胸前刺青画了下来，笔画却是歪歪扭扭。李素炫将字纸拿给师父，卢菡看了看，也不认得，只猜度是西域某国文字。他将字照原样抄了一遍，笔画上工整些，然后收了字纸，告诉李素炫："师父访高人，帮你问问，好教你知道自己本名。"

李素炫自然是卢菡亲自教授，他每日方过朝食便到左教坊来，授李素炫诸般技艺，待她自行练习时，卢菡只要无事便陪着她。眼下日日能见到师父，时常能在师父身边厮磨上一整日，再也不用早上挨着露寒等在院子里。李素炫心中舒展许多，每日里有了个笑模样，开心了便要耍赖，早上时常也跟着犯懒起不来，总要端木过来呼唤许久。

内教坊主掌散乐，凡歌舞、俳优、杂技、幻术及鱼龙曼衍之技等，皆其职事，人多事杂，各色艺人，各自忙碌。李素炫和端木这般初入女乐各有专攻，但又必须有所兼长。卢菡很是花了些耐心，一件一件为李素炫展示乐器，教授艺理，看看她到底喜爱什么、适合什么。

李素炫对笛箫琴瑟也略有些好喜，却独钟情于琵琶，她向卢菡郑重行礼，请师父教授琵琶。初到卢菡家中至身入左教坊不过数月光景，李素炫却时刻记得。那时每日随师父写字，听师父摆弄琴箫，每当她唱起歌来，师父在一边轻抚琵琶，追着她调子，拢捻之间甚是悠然，这情景始终令她怀念。每每回想，她记忆朦胧中时常听到歌调，也是如此伴着琵琶，她总对那弦声莫名亲近。

卢菡轻轻点头，心想："素儿说以前听过琵琶，或许是她母亲会弹奏胡琵琶，她记忆深刻，故此喜欢。琵琶本就传自西域，素儿也来自西域，她喜爱琵琶，想是天意。"

李素炫十分坚定，卢菡决计授其琵琶技艺，令其精专，连同琴瑟箫管也一并教她些，她无事时可拿来消遣，又看她爱重羯鼓，便去相请端木行止的师父教授。

端木行止的师父已年过五旬，在内教坊中任训师多年，算下来，比几位尚教嬷嬷还要长上几岁，坊中人都唤她"郑三娘"，昔年中宗朝时，曾为内廷顶尖女乐，善舞，善羯鼓。眼下虽已上了年岁，却仍是身姿轻盈、脚步敏捷，脸上薄薄施着些粉黛，看得出昔日里必是国色。

郑三娘看了看李素炫，又简单摆了几个姿势让她学，李素炫却学得不怎么好，远没有嗓子和手指上灵光，缩手缩脚，颇为束缚，似乎也不太喜爱张扬身姿。

“你这徒儿，舞怕是跳不成。”郑三娘说道，对着卢菡摇头。

“她生来歌好，只是如今过于年幼，嗓子嫩，不急于学唱，来日自然有师长教授。我先让她将诸色乐器都试过了，她喜欢琵琶。舞技上，她自己也说了不甚喜欢，那便罢了。我带她来，是求三娘教授羯鼓。若论击羯鼓，卢菡比三娘差得远，须是三娘亲自调教，我才放心。”

“她不喜欢学舞，便罢了？这是什么道理？”

“她攻声歌、琵琶，兼习羯鼓，足够忙累。若将来学有所成，这些也足够了。”卢菡说道。他与郑三娘共事多年，十分熟悉，但郑三娘大他二十几岁，足称得上前辈，故此在郑三娘面前，卢菡也将一身洒脱收了，持礼而立，说话十足恭敬。

郑三娘却连连摇头：“宫中宴飨，歌舞为上，怎能她不喜欢舞蹈，便由着她？我那端木，自三年前收了她，就给她算好，将来只习舞蹈、羯鼓，务必精极。前日里她说，听素儿与她说起卢先生奏琴，她有些喜爱，似乎是动了些心思，被我喝止了。”

“为何？”

“我知道卢先生瑶琴不俗，可当今圣人对琴却是深恶痛绝。昔曾有人于殿上奏琴，一曲未终，圣人便出言，教令停止，呼唤左右‘速召花奴，将羯鼓来与我解秽’。卢先生可曾听说？”

“此事确实听说过。”

“你既然知道，怎么还不解？圣人不喜，学它作甚？乐人命贱，以艺娱人罢了，难不成也要仿照士大夫抚琴，求个修身养性、道心超脱？”

卢菡一时被郑三娘问得哑住，有心回驳，还真不知道说什么好，竟然词穷了片刻，且过了阵子，才勉强找出几句说辞来。

“端木已听了三娘嘱咐，修习舞蹈、羯鼓，若她自己欢喜，偶尔抚琴也没什么不好。素儿不喜欢舞蹈，又何必强迫她？小童儿家天性，有喜爱的，有不喜爱的，强扭也无益处不是？”

“小童儿家天性就是玩乐，你不扳着，反倒惯着。你这素儿，看筋骨皮相，若跳舞，是个上好料子。我说她不行，都因她太过扭捏，一看就是心里头斥拒的。你若舍得用鞭子强逼着，也就跳了。当真跳了，也就跳得好了。”

卢菡闻言，看向李素炫，小女乐连连摇头。有师父壮胆，也不怕，实话实说：“师父，素儿不想跳舞，想随郑先生习羯鼓。”

卢菡又看向郑三娘，目光恳切。郑三娘无奈，摇摇头，笑着对李素炫说道：“好，既如此，我便教你羯鼓。”随即又对卢菡说道：“卢先生，你这般溺爱娇惯她，等她早晚掀翻了屋顶，保你个鸡飞狗跳。”

卢菡喏喏几声，带李素炫出了屋门。李素炫仰头问道：“师父怎么一句不回就领素儿出来了？”

卢菡连连摇头：“你看师父口齿可敌得过郑先生？反正她也允了授你羯鼓，也不逼你学跳舞了。”

每日，一众小女乐都要在各自所攻乐器上耗上几个时辰，院中有数十间小屋子分散在各处，小女乐每人一间。小屋子很深，敞着门，后墙上开着窗，却挂了帘子，想循窗向外看看热闹也不行。习奏时有尚教嬷嬷来回巡视，见有人怠惰，立即纠察。小女乐们都是六七岁孩童，正是贪玩，又当修习伊始，尚无功力，所练不过几个音，不成调子，十分枯燥，能有几人有那般天生好性子，每日挨得过几个时辰。敢见偷懒的、走神的，嬷嬷手中藤鞭就会伸过来，在额头上晃一晃、点一点。乖觉些的立刻端正坐好，收敛起神色，手上越发用力，嬷嬷在一边看看，片刻，也便走了。若是连续走神，或是故意磨蹭，嬷嬷要着实教训一番，小女乐就要吃些苦头了。

尚教嬷嬷教训小女乐，按规矩，不许骂，不许罚，只许打，打也只许用藤鞭，长二尺余，约莫食指粗细。每位嬷嬷手中都有一支藤鞭，经年累月，磨得光溜，一头粗些，攥在手里，另一头细些，更光溜，不知道打过多少人。每逢有小女乐要吃教训，尚教嬷嬷便将藤鞭收在腰间，用手捉住小女乐两只腕子，不言不语，拖将出去。小女乐里头有胆小的，吓得不敢作声，也有胆大的，哀哀求告，或是哭喊出来，请嬷嬷饶了，嬷嬷压根不理睬。周围屋子里一众小女乐看得清清楚楚，眼见同伴被嬷嬷拖着走，踉踉跄跄，像只小鸡雏被食客点杀，厨子捉将去，将两个膀子缚了，带到后院屠宰。

管教小女乐不能打脸，打手更不行。嬷嬷将受罚的带到屋头空地处，放手，喝令撩起裙子来，露出小腿，接着取下腰间藤鞭，量刑后，按数抽在小腿肚子上。一鞭下去，一声脆，初时不见如何，转瞬便泛起赤红色，几鞭下去，立时肿胀起来。挨鞭子的却不敢哭，也不许哭，只能狠狠咬着嘴唇，吞声忍泪。其他人等过多时，听不到那边响动，心中越发惴惴，不知小鸡雏被做何安排，是蒸是煮，是炖是烤，个个竖起耳朵侦听，手中弹奏却不敢停下，一时错乱迭出。待到施刑完毕，挨打的又被拖回原处，一路瘸瘸拐拐，连鼻涕带眼泪，模样狼狈。同伴看了样子，越发不敢马虎。挨打的被放回来，却不许歇息，随便抹把泪，马上就要端正坐好，拿起乐器继续练习。

间或歇息，小女乐们可以放下手中乐器，舒缓腕子和指头，也可以站起来，活动筋骨，只是不许出屋子。许嬷嬷心软，话也不多。苏嬷嬷却十分严厉，小女乐们歇息时，她时常站在院子当间，舞着根藤鞭训话。

“尔等都需多用心，不要总劳我动鞭子。五百人里只选出你二十人来，个个也不是傻子，若将来乐艺不成，定然都是自己怠惰。教坊中有的是名师，俱是当世高手，哪一个都不白给，师父说的定要用心揣摩，多加练习。当今圣人素爱羯鼓，日夜勤练，鼓杖累年用废，攒了几箱子。贵为天子尚且如此勤奋，况尔等当此职事，怎能不用心费力。现在尔等乐艺低微，须得宁耐，慢慢精熟了，更有名家指点，若得许合子、念奴教唱，谢阿蛮、张云容教舞，来日必有造化。”

这番说辞，也是苦口婆心，恫吓、鼓励、引诱，兼而有之。只是一众小女乐年幼，听不出太多深意来，纵然听懂了，毕竟孩童家的，多半还是管不住自己。训话完毕后，练不多久，又有小鸡雏不断被拖出去吃训教。

每日修习完毕，一众小女乐可以在院子里略转转。刚刚挨打的被伙伴围起来，叫将襦裙撩起来，看看嬷嬷打得狠不狠。挨打的也深觉委屈，果真将裙角撩起来，露出小腿肚子来。但见几道檩子高高肿着，颜色通红，似乎还带些血点子，小女乐们立时惊叫害怕起来。有人伸手微微摸一下，肿胀檩子隐约硌手，若不小心摸得重了，挨打的立时尖着嗓子叫出声来，众人更加惊悚。

嬷嬷们手中藤鞭不用时放于一处，在墙上几个横钩上挂着，左右一排。一众小女乐都吃过打，眼见一排藤鞭放得整肃，也不记得其中哪个抽过自己，心中凛然，脸上神色也跟着端正，生怕哪个眼色略微不对，那些藤鞭便会被咒语祭起来，自半空中狠狠落下来。

一众小女乐都不少吃过嬷嬷手中藤鞭，倒是李素炫和端木挨得少。李素炫喜欢琵琶，自己知道用心，不消太多管教，纵然终日弹习，累得身子僵硬，两手酸软，她也能咬牙挨着。苏嬷嬷虽然不喜欢她不苟言笑、不知逢迎，却一直找不到把柄过分整治她。端木那里是师父盯得严格，不但尚教嬷嬷不时过来查验，郑三娘也时常过来。每日照规矩练习后，略吃过些餐食，端木还需按照师父要求，独自多练一个时辰。

端木温顺听话，师父让她多练，她便多练，也不略作争辩。每日下午李素炫随卢菡识字诵诗、按习书史，不时还有卢菡递与些坊间小食，乃至蜜水酪乳，从旁柔声哄着。这些个时辰端木都拿来耗在了羯鼓上，郑三娘代替尚教嬷嬷，手执藤鞭，从旁监视，略有怠惰便施以责罚。每日晚间回到房中，李素炫眉飞色舞，端木却是疲惫不堪，话都没力气接一句。

每隔几日，郑三娘授李素炫羯鼓技，中间定要出去一二次，看看她端木可好好练习。李素炫想起端木每晚疲惫不堪，有些心疼，总想在郑三娘那里与端木求个人情，哪怕一样耗时练习，只是郑三娘少些催逼，端木心里头都会好些。只是李素炫着实有些害怕郑三娘，不敢开口，直到一次课业最后，收了鼓杖，快要出门时，才小声说了。

“郑先生不用担心，端木很勤谨，她不会偷懒。”

“你个小女娃家懂什么。我若不盯牢靠，几日便不勤谨了。你不也是师父日日盯着、时时盯着？写个字都要一旁陪着，不然哪里肯练。”郑三娘答道，却也没恼火李素炫多管闲事。

“不会的，郑先生。我师父就是不盯着我，我也不会偷懒，端木也不会。”

郑三娘却不信：“净说便宜话，改日让你师父不管你，你若偷懒，让嬷嬷狠狠打一顿。”

两人出了房门，卢菡正站在门口等着李素炫，见到郑三娘，连忙抱手行礼。

“卢菡见过三娘。”

“卢先生，你这徒儿，想是见她端木阿姊被我管教得紧，有些心疼，来说情了。”

“卢菡给三娘赔不是了。小女娃家，每日同进同出，颇有手足情分，三娘莫怪。”

“没怪她，我家端木有个阿妹惦记着，也是好事。不过，每日功课我还是要盯着她，我可不像你，不盯着，反哄着。小孩子家的，只认得玩儿，她说用心，你便信？有错要罚，没错也略略骂着些，不然几日就懈怠了。”

卢菡心下不同意，却不敢顶嘴，只得拐弯说道：“三娘说的是。只是，素儿与我说过，端木温顺，待人恭谨，性子最是好，却挨罚最多。故此素儿有些可怜她。”

郑三娘口气利落，说道：“可不是，我也纳闷。你这李素炫性子最为乖蹇，凡事都躲着，实实在在直路上迎面碰见，躲避不及，也知礼数，也好好招呼，可就是没个笑脸，好像撞见我屈着她了似的。平日里对苏嬷嬷也是这般，说是不卑不亢，实则不冷不热。苏嬷嬷有时是言语上刺了一些，可也不曾着实欺负她，日日里管着她的，怎么就不能赔个笑脸、略微逢迎些？这等性子，实在不讨喜，怎的偏偏从不挨骂。”

李素炫躲在卢菡身后，抓着师父的手，探着头，小声说道：“素儿不喜欢苏嬷嬷，故此顶撞。”

“那你也不喜欢我是不是？”郑三娘问道，一副没好气。

“……素儿不是不喜欢郑先生，素儿害怕郑先生。”

郑三娘哭笑不得，隔空在李素炫额头上点了一下：“你这丫头，怎的就从不挨骂。”

卢菡带李素炫出了屋子，许嬷嬷正从对面过来，眼见卢菡神色，许嬷嬷先笑了出来。卢菡抬手擦擦额头，口中自嘲道：“为师每见郑先生，就出虚汗，张口结舌，心下莫名畏惧。”

李素炫暗笑，师父一贯谦柔，却也从容，只是每次见了郑三娘，便一副狼狈，大失风雅。

“师父也跟素儿一样害怕郑先生？”李素炫悄声问道。

卢菡还未及回答，旁边许嬷嬷对她连声笑道：“若说起你师父来，温润君子，风姿儒雅，饱读诗书，才识卓然，世上男子万般好处皆有……只是不够拿来与妇人顶嘴。”

卢菡未答话，略一苦笑，匆匆行礼后带李素炫走开了。

“素儿，郑先生那里……师父是说不动，说不过。你若心疼端木，就对她温存些，晚间给她洗洗帕子，每日师父给你多带些坊间小食，你拿去哄她，也别无他法了。”

李素炫只得听师父话，多哄哄端木，说话也尽力温存些。

晚间，趁嬷嬷巡查未到，几个小女乐脱了襦裙，围在榻上闲聊，压低声音欢笑。只是几人年幼，前事大半不记得了，如今又同在教坊中，每日课训练习也都差不多，找不出太多话头来，说笑之后，便压低声音互相说说师父今日又讲授了些什么。四人所攻俱不相同，端木习舞蹈羯鼓，李素炫习琵琶声歌，吴歌子习箫管筚篥，阚容儿习琴瑟箜篌，除此以外，还各有些诗书权作消遣，不甚精细，却也捡得起来玩耍，也能拿过来略聊上一聊。几人说不多时，也知道见好就收，趁嬷嬷还没有上来砸门叫骂，老实躺下睡了。

## 5

卢菡无事时，常将李素炫叫到授课处，陪她弹习。一日清早，李素炫进了师父屋中，卢菡正在调校弦轴，李素炫在一边看着，却没有看弦轴，而是看师父的手。卢菡调好弦律，稍微轻弹片刻，开指之后，开始认真弹奏。

“连日里都是些单音，一个一个练，很枯燥，也累你耐心。今日师父与你弹一曲，从头至尾，你认真看，认真听。”卢菡嘱咐道。

李素炫点点头，听师父话，认真看着、听着。

卢菡将琵琶抱好，略沉稳气息，抬起手中拨子，虚划一道，接着，小臂运力，手腕端持，拨子劈空落下，霎时数弦齐鸣，声如断锦裂帛。旋即左手跟进，拢捻跳跃，指如蕹尖，右手破拨凌厉，悍如风雷。乐声浩瀚如沙场嘶鸣，金戈相击，血肉崩溅。小女乐尚未开蒙，在一边看得呆了。看师父脸上，全不似平日里一番温润谦雅，也不似被郑三娘弄到哑口那般无奈，而是容色收敛，凝神肃杀，一副攻伐气象。

一曲收煞，诸弦岑寂。小女乐兀自望着师父，傻愣了半晌。

卢菡轻舒一口气息，泄了身上力气，神色复又柔和，笑道：“此为武曲，名《郁轮袍》，开元十九年状元王维所作，实不易弹，务必心灵手巧，方可心手相应。修心、练手，俱是积年之功，急切间求不得，须得慢慢来。素儿聪慧，若多用心、多加勤奋，十年后，可有为师今日之功。”

小女乐点点头，心里却忽然沮丧起来。教坊里女乐众多，男子也不在少数，排演时颇有交道，平日里杂处却少。一众小女乐训师多为前辈女乐，因技艺精湛而擢拔为音声博士、曹博士，男子训师不特别多见。李素炫曾见前辈女乐示奏多次，已然赞叹不已，今日见了师父，方知男子腕力之劲远胜于女子，于弦轴上自有异样气度，只是无意间看到师父双手，着实吃惊不小。卢菡攻习琵琶数十载，双手远看倒也无太大异样，纤细修长，指如兰蕊薤尖，细看下却是情状惨烈，右手掌心和虎口处起着几道茧子，乃是行拨时打磨所致，左手指尖粗厚皲裂，指节变形，如扶犁老农，将两手放在一起，看不出是一双。小女乐垂着头，暗想自己只怕一辈子练不到如此地步，也有些畏惧吃那许多苦头。

卢菡知道李素炫在想什么，殷切叮嘱道：“素儿修习声歌，琵琶本为偕唱之用，无须如此穷究极致。但素儿天资过人，若是自甘轻贱，不求个上上法度，可惜了。”

李素炫点点头，轻轻说道：“师父，素儿记下了。”

自此，李素炫立下志向，来日定要将武曲弹得精湛，每日神色斐然，益发刻苦，如是三年，时光倏然，她手中琵琶俨然有了些模样，只是武曲仍驾驭不得。然这小女乐生性执拗，不肯服输，愈挫愈勇。端木每与李素炫聊起功课来，却总是愁挫不已。郑三娘管束苛严，催逼不断，端木日有进益，远强于李素炫，只是心中压抑难耐。

“端木，你师父真凶，干吗这么逼着你，也不怕累坏你。你怨不怨她？”

端木却说：“我不怨我师父，我是急我自己。我师父说得对，她若不严盯着，不几日，我自己就懈怠了。我也想好好练习，可是管不住自己，也幸亏有我师父日日逼迫。”

两个小女乐互相看看。

“若不然，我们自己格外练些，如何？”端木问道。

李素炫马上点了点头。两人颇费了番商议，想找个地方独自练习。左右教坊分别置于延政与光宅两坊，颇有地面，女乐及乐工并家眷共有数万人，都居于这两坊之中。白日里师徒授受、排布演练，众人杂处，傍晚便各自散去。乐工中出身良人者可在教坊门外置私宅，出身奴籍、贱籍者并及全部女乐居于教坊中，有得赐家宅于教坊中者，夜则归其宅，其余人等分院聚居，男女别处。尤其一众小女乐，需格外看顾严谨，教习与食宿均在教坊尽头一处大院落，每到日落，诸训师各归家宅官舍，嬷嬷早早叫院中杂妇女落了门闩，夜间也时时巡查。偌大院落，空了一少半，白日里尚且有些热闹，夜里寂寂无人，若是碰上晦日或阴雨天，看着难免怪怪的，有些瘆人。

端木和李素炫决定到大院落对角处假山那边，彼处不常有人过去，可以躲开嬷嬷与杂妇女巡夜。

第二日入夜时分，两人各带乐器偷偷摸出去，趁月色到了假山近旁。到得临近才发现，其实也不是什么假山，只是不知何时建筑余下几块石料，简单堆砌，上面累年积满尘土，缝隙里长了些草出来，草又枯了许多，每有风来，便摇摇晃晃。

“这算什么？假假山？”李素炫问道。

“也不嫌拗口，就叫假山又如何？”夜风凉凉的，有些水汽凝在皮肤上，如蛛丝拂过，略有些痒。端木笑了笑，四顾之下接着又问：“你怕不怕？”

“不怕。你怕不怕？”李素炫回问道。

“不怕……再说不是有你？”端木答道，声音却不甚壮实。

“承你高看，真有鬼出来，我也不顶用。”

“大半夜的你说什么鬼……”

“你问我怕不怕，大半夜的还能怕什么？不就是鬼？”

两人低声拌着嘴，分开到假山两旁，拿出乐器。李素炫两手不甚着力，哑着弹，追个快速，端木在鼓面上蒙上块粗布，哑着打，求个板眼。月光幽微，也不妨事，两个小女乐便如此练起来了。

# 第二章 雲韶院

天宝二年（743年）三月—九月

# 6

到十二三岁头上，小女乐们已然初有所成，曲调有了些规模，手上也利索了不少。每夜隔着假山练习时，李素炫和端木彼此倾听，手中律调板眼无意间便合在一起。两人也不商量，只追着对方声音，每夜虽只半个时辰，最多不过一个时辰，却是经年累月。时日久了，彼此协适，心意通连，时常一拍符合，便就势展开，争夺追赶、前后相激。夜深不敢高声喧哗，却每每尽兴。小女乐不是富家女儿，没有耶娘抱着搂着、宠着惯着，虽不用挨饿受冻，却也没什么衣食享乐，更兼被各自师父和尚教嬷嬷严格管束，经年出不了大院落，夜里隔着假山争音夺调，对于李素炫和端木来说已是玩乐之至。

初时只有端木与李素炫二人夜晚在假假山旁练习，只是这二人每夜偷偷溜出去，瞒得过各自训师和尚教嬷嬷，可究竟与吴歌子、阚容儿同室而居，怎么也瞒不过。不多久，两个阿妹央求跟着一起去，端木和李素炫同意了。四人夜半偷偷跑到假假山处，围着坐好，吴歌子和阚容儿也学端木和李素炫，听音辨调，拼力追赶协适。四人相配，手中乐件又俱不相同，难了许多，尤其是歌子，想在箫管上有羯鼓、琵琶、箜篌之快捷繁难，实为不易。有时四人也停一停，商量个大概出来，再拿起乐件逐一尝试。鼓不在五律，却为众乐之领，眼下端木羯鼓技艺渐成，其他三个小女乐皆听端木羯鼓号令，一时跟上。

叫人狠狠管束挑剔过这几年，当初二十个小女乐如今只剩十二个，有那踏实不下心思的，挨了无数顿打，仍是神散心散，并与那尽心尽力却于乐艺上死活不长进的，都罚出大院落，不知发配到哪里去了。余下这十二人皆已学业顺畅，每日习奏读书，因袭成性，诸位训师依旧每日严加管束，几位嬷嬷已不需时时动用藤鞭了。小女乐们连同坊中全部训师每年需几经考核，严得过科举，众人各自用功，几位嬷嬷已然将精神头都用在新入小女乐身上了。端木和李素炫曾在大院落空地处见过那些新入小女乐，挤挤挨挨，如同一群小鸡雏，一如自己当初一般懵懂，也不知将来哪个挨鞭子最多。

嬷嬷们看束得少了，小女乐们乐艺上也稳了些，听授与习奏也自行安排得妥帖熟稔，慢慢便有了些玩心，也有了些闲时。到了十多岁，懂了些人事，读过些书，也晓得些时令节气、风土习俗，大院落里渐渐有了些市井烟火气。小女乐们仍是一样襦裙一样垂髻，可也开始知道打扮。不知谁从哪里学了来，指教众人遍采院中指甲花，将花瓣捣碎做胭脂，也染得红指甲，也染得红脸颊和嘴唇。也有人用芳草编个细小手镯戴着，却又恼火扎得腕子疼，里面还不断爬出些个小虫儿来，顺着胳膊能一直爬到衣裳里头去。

宫中设有习艺馆，小女乐们自十岁头上始，有内教十八博士轮番到左右教坊来，教习书学、经史、老庄等，小女乐们不得不应付，实则并无太大兴致，倒是有棋博士前来教授弈术，一众小女乐入了迷，每日里死活也要抽空摆下战场，攻伐厮杀，热闹快活。行棋时，看棋的嫌下棋的笨，忍不住指教几句，下棋的立刻嚷起来，嫌人多嘴，围观的也跟着吆喝起哄。过了就寝时刻，小女乐们依然兴致未尽，屡次熬夜行棋，第二日听授时哈欠连天、错断百出。师父们各自打听清楚了，凑到一处商量了一番，叮嘱尚教嬷嬷夜里严加管束。

小女乐们闻听，心中惴惴，不知是不是又要挨鞭子了，可是一想到上次赢了自己的也要陪着挨打，又忍不住坏心思，一副窃喜。嬷嬷们白日里忙得乱转，晚上困顿不堪，这些稚嫩孩童却是一身好精力，白昼晚上连番折腾，嬷嬷们哪里扛得住。虽说懒得四处巡视，她们却有高明办法，将小女乐屋中灯火都收走，每间屋中只派个小烛头。小女乐们玩儿得快失心疯了，岂能被难倒，自然也有法子，几间屋子左右串通，凑到一处，将各自屋中小烛头拿出来轮番点燃，照旧下棋。不几日，又被师父们识破，遭了骂，尚教嬷嬷知晓了，连小烛头也没收了。至此小女乐们彻底没咒念，每日只能摸黑早早睡下，也有睡不着的，两三人隔空吹侃棋路，过个嘴瘾。

端木和李素炫也与人下棋，路数却不一样。李素炫是个愣的，惯行正着，鲜出鬼手，心思洞开，全无机变，赢也快，输也快。端木却是严谨细致，布局谋篇，想得深远。李素炫与端木下棋，总是嫌她慢，等得着急便嚷起来。慢慢地，端木棋术大有长进，谋划益发老到，李素炫却还是那般性子，懒得动心术计算，求个痛快赢，求个痛快输，一时气势唬住了人，居然也赢过几盘。

下过几年棋，李素炫也有了些路数，有时来了兴致，非要师父与她对弈。卢菡抵不住她磨，只得放下怀中琵琶。初时，师父让着小女乐，放好棋盘，按对角星布下四个座子，让李素炫执白先行，卢菡行子时却收着机敏，无非想哄她开心。李素炫却口气大，直言要师父“使出真本事来”。卢菡无奈，笑笑，果真使出些本事来，片刻间李素炫便显出颓势，又片刻，方到中盘，败局已定。于是这小女乐知道自己着实没什么斤两，果然如棋博士调侃时所说，臭棋篓子，棋臭瘾大。

“素儿若不开心，师父与你再下一盘，让着你好不好？”卢菡笑问道。

“素儿不是小孩子了。输了就是输了，为何要师父让着。”李素炫干脆答道，心里也清楚，之前这盘棋，师父已经很让着她了，没有让她输得太狼狈。

卢菡点点头，心中欣慰，柔声说道：“素儿果然不是小孩子了。待素儿棋术臻熟，再来赢师父。”

李素炫摇摇头：“这个却难。素儿怕是一辈子赢不了师父。”

“为何？”

李素炫叹了口气：“师父，素儿每每于琵琶上刻苦磨练，也读书，也下棋，总是怕不长进，辜负师父辛苦教诲。只是，又总觉得不论琵琶、书史或对弈，素儿抵不上师父天资，纵然勤奋，怕也是一辈子到不了师父这般境界。想到这些又十分戳气，不想用功了。”

卢菡略一沉吟，缓缓说道：“素儿不必担心辜负师父，也不必事事以为师做标榜。师父不能顾你一生，只求素儿来日乐艺有成，可为世间仰仗，师父也好放心。若是兼些书史棋画，自家开心，更是上上。习乐读书，只为求个立身，一生漫长，书乐也能做伴，余者皆不要紧，素儿不必挂怀。”

李素炫低头不语，心想自己怎会不在意。自小听了师父所弹《郁轮袍》，心中再放不下，虽然每日苦苦磨练，却又觉得自己女子力弱，终究弹不到师父那般精湛，想想便难免一番沮丧。

卢菡见她不语，知道她心中所虑，轻轻笑了，又说道：“武曲健悍，杀伐于弦轴之上，殊为不易。男子生而有力，尚非人人精湛，女子须是腕上臂上乃至肩背处格外发力，自然更加难以驾驭。然乐乃心机显化，须以意求，非以力求。女子虽力道稍逊，却也不过一时之障，并非根本。素儿不必气馁。”

李素炫点点头，似乎是明白，似乎也更糊涂。卢菡见她脸上茫然，又叮嘱了一句：“师父所说，素儿眼下定然不解，且记于心中，日后自然清楚。”

“是，素儿记下了。”李素炫对师父行礼说道，心中略安定了些。

转眼到了七夕官假，教坊弟子除进宫备值者都可以歇息一日，众训师与尚教嬷嬷们也饶了小女乐，让她们过个节日。许嬷嬷还带小女乐们做些小吃食，备下些树花燔香，留待夜间摆上供案，祭拜牛郎织女星神，用以乞巧。

“女儿家的，要做女儿家事。待到夜间祭拜，都要恭谨，若见天空中一道白光闪现，便是两星神相会。尔等年幼，富贵长寿日后再求，现在就求个手巧。供案要备得精致些，果子务必洗净，不能有虫眼磕碰，各色糕饼也要摆得好看些。若不然，乞不到巧，当心缝补时叫针扎了手，一辈子做个笨人。”许嬷嬷一边带着小女乐们做活，一边殷切叮嘱。

布置好供案，几个小女乐各自寻个盒子，在手里端着，忙着捉蜘蛛去了。只是平日里大院落打理得甚是干净，蜘蛛本就少，众人再连着去捉，不多久便将整个大院落中蜘蛛捉得差不多了。有小女乐抱怨，苏嬷嬷在一边说道：“要你们早些去捉，偏不勤快。晚动手的，可不就一只见不到。我小时也在这般院落里长大，每到七夕，一众人等将院落捉过几遍，过后旬月都不见一只蜘蛛。”

端木也想出去跟伙伴们一起捉蜘蛛，连盒子都备好了，却被师父关在屋里打羯鼓，不许出来。李素炫看端木有些闷闷不乐，手中鼓杖也懒散，便说道：“端木，不然，我去帮你捉一只来。”

“你不用再练琵琶了？卢先生准你出去玩儿？”

“师父今日有事，没有过来，还让我好好过个节日，不用练太久。我刚好去帮你捉蜘蛛。”

端木问道：“你不是怕蜘蛛？”

“我帮你去捉一只，就不怕，到我自己捉时，再怕不迟。”李素炫笑道。

端木立刻将盒子递给李素炫，又叮嘱她：“别捉太大的，看着吓人。”

“知道。”李素炫捧着盒子，出屋门在周围转了转，果然一只蜘蛛不见。站在荫凉地里想了半晌，平日里也不少见蜘蛛，不时还被吓一大跳，这会儿却想不起来都是哪里见着的。一路寻着，不觉间到了大门口，四下里无人。今日七夕官假，诸训师皆在家中过节，不过来授课，左近又无男子官舍，因此也无人死盯。李素炫出了门，门外边荒草窠有一尺多深，她拨开草丛，浅浅掘开土地，不多时果然见了一只蜘蛛，泥土翻开便突地蹿出来，个头不小，身上毛茸茸的。李素炫忍着害怕，追着蜘蛛，用干草叶拨进盒子里。

轻轻盖上盒子，李素炫心里高兴，正要回去，听到旁边有人说道：“你捉的这个不对。”

“哪里不对？这个不是蜘蛛？”李素炫问道。循声看向来人，是个女子，约莫二十几岁，姿容秀雅婉丽，穿件长襦裙，头发松松绾着，随意别着根簪子。

“这当然是蜘蛛，只是，恐怕你不知，蜘蛛不是个个都结网的。”

“真的？”李素炫很诧异，“蜘蛛有不结网的？”

“你方才可是土里掘洞捉到的？小孩子家，一说起虫儿，就跑土里去寻。土里寻来的是土狼蛛，土狼蛛不结网。再说，这么大只，你也胆大，都不怕？”

李素炫想起端木说不要捉太大的，再想想方才那只蜘蛛，确实个大，叫人一说，眼下也瘆了起来。想了片刻，自己也笑了：“平日里也见过蜘蛛，果是没有地里掘出来的，今日是心眼绊住了，一说起捉虫，就跑来掘洞。这蜘蛛是大了些，只是当真不知它不结网。不知那结网的要到哪里去捉？”

“要到房檐下、亭角下、假山旁，见光见风处，才有结网蜘蛛。捉个土狼蛛回去，一丝网没有，如何乞得手巧？”对方笑道。

李素炫抬眼四下看看，也不知哪里是“见光见风处”。

“你回院落里，假山旁，一定有。那里荒落，又无人太过打扫，树木也不多，可不就是见光见风的？跑外面来不是舍近求远？”

“可不是。”李素炫立刻想起来，假山那里果然有蜘蛛，有时蛛网飘下来，拂也拂不掉。她立刻谢过对方，回身进了大门，去了假山旁，耐着性子，不一时果然找到蜘蛛了。

“怎么样。我说有，可是没错？我昔年在这里捉到过。”李素炫又听到对方声音。抬头找找看，原来她正由院墙上塌落一角看过来，大约是脚下踩着什么，站得高高的，手扶着残墙。

李素炫将手中盒子放下，行过一礼，略迟疑了片刻，说道：“多谢指教。”

对方知道李素炫停那一下，是不知道怎么称呼自己，立刻莺声笑道：“都是教坊中人，你唤我阿姊便好。”

“阿姊。”李素炫又行了一礼，“阿姊在假山这里捉过蜘蛛？在这院子里住过？”

“正是。往日里我和你一般，几百人众里挑出的，当然住过这里。你有多大了？看样子，该到例选年岁了，可准备好了？”

“例选？上月嬷嬷倒是说了，过后没有再说过，你若不说，我都忘了。”

“这怎能忘了？嬷嬷没有再说？这院落中小女乐十二三岁头上都要例选，选上的就要进与圣人钦选，圣人若亲自选上，就要入宜春院，自此为帝王近身之人。”

“近日里嬷嬷果然催逼得紧，若不是七夕，我现在定是在屋中弹习。方才出了大院落门，嬷嬷也未出来追打，平日里怕是要挨鞭子了。阿姊哪里过来的？嬷嬷不生你气？”

对方笑笑：“我就随意踅摸过来的，我只是寻常女伎，比你们自在多了。只要不误了应差，别的，别太出格，别太显眼，也无人管得太多。”

李素炫立时委屈起来：“那为何我们就要管教这么多？都不能出院子。”

“你这等小女乐都是教坊里贵女，数千人里选美貌聪明的，只得几百人，几百人里又选歌乐天资好的，只得二十人，二十人里还要累年甄选，之后例选还要再选。自幼诗书画乐都有专人教授，严格训导，服饰、妆容、礼仪有尚仪女官教导，嬷嬷们又整日盯着，就为了将来供圣人挑选入宜春院的，也说不定得幸成了妃子，自然格外保护，也格外管束。我们是圣人挑剩下，看不中的，乃至都到不得圣人面前，自然无所谓。”

“阿姊是说，如果不入宜春院，只留在教坊中，就可以自在些？”

“规矩也是有的，看你守不守。”

“这个怎么说？”

“乐工若有良人身，只要不入宫轮值当差，就可以随意外出。女伎无论身籍，按例一律不可外出，只得居于坊内。不过，女伎也不是没有外出机会，看你机灵不机灵。”

“机灵的就可以出去？犯了规矩不挨罚？”

对方直笑：“什么叫按规矩？若论规矩，那做官的不许贪墨，行商的不许要诈，难道世上还没有贪官奸商了？一众破规矩，唬住的都是些蠢人。内教坊掌散乐，梨园掌法曲，内乐各部多至万余众，宫中给例只够温饱，若不许我们外出赚些，难道这么多人都饿着穷着？我出去还吃过牛肉，按大唐律令，私杀牛马徙一年，可是那么多人不也吃了？只要没人告你，就没事儿。只是，我等究竟是女身，不及乐工自在，纵然出得去，也不敢太张扬，且必须留籍于教坊，入了宜春院就不行了。”

“怎么讲？”

“宜春院人衣食优渥，住楼阁宫室，每日中官宫人伺候，出宫有轻车扈从，家眷也格外优待，若得圣人幸者还格外赐光明大宅。若留在教坊，这些好处就都得舍了，若去了宜春院，便要将一番自在舍了。一入深宫，就是帝王内闱之人，这辈子哪里也再去不得。”

李素炫傻了半晌，原以为自己这大院落以外，无非还是大院落，其他人无非也一个个关在大院落里，终年不得外出，却没想到原来只自己如此倒霉。

对方又笑了一会儿，说道：“我名沈绰。”

李素炫连忙也报上自家姓名，回头看看房舍那边，看有没有嬷嬷拿鞭子追过来。

“李素炫？好名字。”对方说道，口气中有些恋恋不舍，“素儿想是要回了？可是时常过来？阿姊好久不得个人说话，今日与你说的都是些废话，难为你听着。”

李素炫想了想，说道：“阿姊若是想寻个人说话，素儿便傍晚时过来。只是，师父与尚教嬷嬷看得紧，素儿不知道是不是每日都过得来。”

沈绰很高兴：“那素儿先回去。傍晚我来这里，你若不来，我回去便是了。”

# 7

李素炫捧着盒子回了屋中，郑三娘已放过端木了。端木有些疲乏，兴致也萎靡，李素炫将手中盒子盖错开些，给她看了蜘蛛，她马上高兴起来。

“看这盒中已有结网了。明早起来，一定密密结上很多。”

“恭贺你手巧，我若再缝不好衣裳，便来求你。”

“你自己怎不捉一只来？”

“前年捉了，去年捉了，不顶用。我若再缝不好，便来求你。若求得动你，我自己手笨些也无妨。”

两人将盒盖略略错开些缝隙，找个稳妥地方放了，又一起坐下来，伏在窗户上向外看。说笑间李素炫想起沈绰来，将遇见沈绰和沈绰所说对端木学了一遍，两人对坐踌躇。

“我也听人说过，入了宜春院，日日锦衣玉食，但不能出宫。就是在宫里，也不能到处撞，只能在宜春宫里。出了宜春宫，也只能在三大内奉乐处走动。若要回家探望，还要专门请旨。”端木说道。

“听沈绰说，在教坊中却可以出去到街市上，别太出格就行。”

“那我们怎么办？”李素炫问道，“若入了宫，这辈子连宜春宫都不能出，不是太憋闷了？”

两个小女乐互相看看：“……若不然，不要入宫？”

至于如何不入宫，倒也简单，例选时不要太好就是了。

两个小女乐不知道，二人师父此时也在商量例选与钦选之事。卢菡本要去大院落看看李素炫，还带了些街坊小食，想哄她开心，郑三娘刚刚盯着端木练习完毕，与嬷嬷说了几句，打算回家。两人在大院落门外不远处碰上，躲在树荫凉处商量。

“卢先生可让你素儿准备好例选之事了？”

“我是盯着她日日勤加练习了，别的，我自己也罗乱。”

“认真些练习，过了例选，参加钦选，若是圣人选中，便可入宜春院。如何罗乱？”

“我从前也如此计算过，只是，我那素儿性烈，入了宜春院，就是入了牢笼。她怎么受得了。”卢菡口气颇是忧心。

“这里就不是牢笼？”郑三娘反问道。

“教坊自有规矩，可我等到不得圣人近前的，也管不太严，入宜春院便不是这等说了。有封品级的，成了宫中女官，入嫔妃册。应名是御妻，未必有其实，一生只以乐艺、才识侍奉帝王，待到帝王薨，却因御妻名分不得不循例出家，入庵观中孤独终老。或为待诏，虽无品级，实为备选女子，身在帝王私闱，永禁宫阙。若帝王薨，新帝不可诏家父私闱女子，无非于宫中择一僻静处，圈禁至死，无人过问。这些三娘不是不知道。”

“我知道，女乐皆出奴籍贱籍，命该如此。我是想，若端木和素儿运好，或可得御妻之实，或可得圣人赐婚。后半生免遭流离，也是好结局。”

“宜春女乐有六七十数，有几个可得圣人幸或赐婚？再说，我那素儿……我也舍不得。”

卢菡说到这里，陡然难过起来。李素炫只十二岁，远不到婚嫁，可是若说到婚嫁，卢菡却觉得天下男子没有配得上他素儿的，就是皇帝也不配，何况当今天子已是个老皇帝，卢菡怎么会舍得他素儿有什么御妻之实。若是赐婚，卢菡也难释怀，他对怀中女儿何其钟爱，想到她会被天子当作件玩物赐给什么人，他心中痛楚万分。

“若是常在圣人侧，有个什么机缘，请圣人除免奴籍，或哪怕得圣人允诺放归也好……可纵然是放归，她两个女儿，入了民间，也无什么出路，若是衣食无着，可不是更令人焦心？”郑三娘碎碎说道。

卢菡摇摇头：“按我朝律典，除免奴籍需五品以上军功。她两个女儿家如何会有军功？再者，教坊、梨园与太常不同，太常隶属礼部，职国家事，教坊与梨园为内乐，乐人皆皇室私奴，怎会随意丢弃。女乐未必得帝王在意，略有不顺，杖杀缢杀，无非帝王一念。然欲以身轻命贱为由，请帝王舍之，赐其离宫，却是不能。”

郑三娘皱眉道：“我也知道此事万难，只是不死心。那按卢先生说，岂不是没法子？”

“所以我才罗乱。乐人本就命贱，女子尤其命苦。两个女孩儿家，要她们如何区处？卢菡实难决断。”

郑三娘叹了口气：“卢先生，端木虽是孤儿，我实是将她当作腹生亲女，既为人母，怎能不替孩儿仔细打算……乐人命贱，位高权重者方能为其改命。我那端木性子贞静，又有美貌，若为嫔妃、待诏，得帝王动心，岂不强于这教坊万倍。此先例我朝亦不罕见，当今圣人就曾将三个女乐赐予太子，其中吴氏便为太子诞下麟儿。”

“皇权浩瀚，太近了，未必是好事。”卢菡苦笑。

“那你说如何？可有妥帖法子？”

“没法子，怎么都是错，怎么都是难。或者，我与素儿商议，看她自己意下如何。”

“既然怎么都错，怎么都难，那还商议什么？小女儿家懂得什么？此事就该我们为自家孩儿算好，给她指条出路。我是算好了，无论如何，也要让端木入了宜春院，或可一搏，断不可在教坊中坐等枯死。”

卢菡长叹一声：“既然都是错、都是难，就只得让孩儿家自己选一样错、自己选一样难。”

“卢先生……你做父亲的还真是心宽，我为娘的可没你这个度量。”

卢菡无奈摇头。两人商议叹息了许久，行礼别过，卢菡独自镇定了片刻，入了大院落。李素炫没想到师父会来看自己，听到卢菡在外面叫她名字，她飞一般跑出来，扑到卢菡怀里，高兴极了。卢菡将小食和礼物递给她，看她高兴，他却更加难过，勉强掩饰着，柔声说着话，只说了几句便匆匆离开了。

翌日清早，端木打开盒子，立刻欢叫着让李素炫看。

“素儿，看，好多蛛网。星神定是允了我了。”

“好，看你今年手有多巧。”

“素儿怎么不捉蜘蛛来？”吴歌子问道。

“捉了几年，没用，我又懔它，不捉了。”李素炫回答。

“不捉了？日后可不是要手笨？”

“不碍事，我与素儿缝纫便好。”阚容儿在一旁答道。

“你若与我缝纫，我将好吃的都留给你，好好谢你。”李素炫嬉笑。

阚容儿笑道：“谢倒是不用，拙人拿巧人做奴仆，我也无奈。”

一众小女乐将蜘蛛放了，又嬉闹过一阵子。朝食过后，到了院中，聚在一处，见到了苏嬷嬷，她面上冷着，倒剪两手，手中执着藤鞭。小女乐们情知有故，身上一个激灵，昨日攒下几分乐处霎时全没了。

“七夕也过了，该收心了。数日内便是例选，尔等可准备好了？”

苏嬷嬷拉着长脸，对众人训示了一番，之后，放各人去寻自己师父。

“素儿自己心意如何？”卢菡说了例选之事以及各方利害，问李素炫道。

“师父，素儿不想入宫，想留在这左教坊中，入云韶院就好。左教坊清苦，不及宜春院人富贵，可是自在，能日日见到师父。只是云韶院人身份低微，素儿就是入宫奏乐，也是场面上充数的，有负师父多年调教。”

卢菡沉思片刻，又问道：“素儿想好了？”

“素儿想好了。”

“也罢。宫门深重，师父也担心你。既如此，不过那例选便可。”

卢菡依着李素炫意思，师徒二人商量好了，端木却没敢跟郑三娘提起来。郑三娘训教端木自幼好好练习羯鼓，好好习舞，将来务要入那宜春院，或而得列嫔妃，一生才有凭借。临近例选，郑三娘将端木盯得愈发紧了，几句旧唠叨，每日里都要在她耳朵边转上几遍。

“几日后便是例选，务必仔细，近了圣人，才或可改命，纵不入嫔妃册，宫中至少有衣食。果真放归，你做什么？若是一样与人奏乐得赏，不如在宫中。若是嫁人，尔身出奴籍，做不得良人正妻，就算正妻死了，也要续娶良人女，你仍是妾媵，或杀或卖，全凭主人，又与在宫中有何不同？莫要学那李素炫，自以为聪明。女身弱质，心气不要太高，谋求太多，当心最后一无所获。”

端木本就疲乏，耳边又要听郑三娘唠叨，只得耐心忍着。李素炫见端木可怜，不时过来看看她，只片刻歇息间，也要上去安慰她几句。郑三娘见了，老大不高兴。

“你练你的去，或者不练，不要惹端木分神。你这丫头自小与人不亲，性子冷淡，颇不讨喜，你师父爱重你，我却不是。只是见你乐艺上勤奋有成，书也读得好，故而也不反对端木与你相交。如今该当例选，这当口就算了，你怎的如此没个做正事的心，你师父竟然也不管你。”

郑三娘一口气唠叨了许多，李素炫端正持礼，老实听着，待郑三娘说完，赶快溜了。

夜间，端木、李素炫与吴歌子和阚容儿聚在一起商议，几人并不十分晓得这里面关系利害，对宫中规矩也是糊里糊涂不甚清楚，入宫和留在内教坊有什么区别，他日有什么走向，一概不明白。

“我师父说，我若不喜欢入宫，便不入宫。”李素炫说道。

“宫中不自在，可是这里也不自在，纵然出得去，能出去几回？有什么不一样？”吴歌子问道。

李素炫想了半晌：“……我也不清楚，好像也没什么不一样。”

其实，她心中已盘算许久了。入宫不入宫到底有什么不一样，她也不知道，只是此前曾听人说，宜春院人可得家中女眷入宫探望，男子决不能进入宜春宫。李素炫若是入了宜春院，就不能每日见到师父，这她可受不了，至于别的，都不要紧。

“素儿可是怕进宫了见不到师父了？我师父为男子，不得入宫相见，可除他外我也不惦着谁人了。”吴歌子说道，神色戚然，“反正，我们也都是些个没耶娘的、没人管的，在哪里还不都一样。”

阚容儿低头不语，半晌方说道：“罢了，姑且各自凭本事，入不入宫也不打紧。反正，我等不过草菅，你几个俱是奴籍，唯我贱籍，比你们还不如。此等出身，也无甚好谋划的，走着看便是。”

四人互相看看，想着阚容儿最后一句话。出身低微，生死贫富终究不由得己身，纵然万般谋划，也是不值当。这么一想，四人又心智消沉。这四人皆是乐艺上极有天分的，耶娘生得如此，天性上便亲近此道，这才经年勤奋。若是妄图以乐艺求出路，眼前却只有绝路，只怕人人心中寥落，哪里会有那许多耐心，经年累月每日在乐器上耗上几个时辰，从早到晚落一副身心俱疲。

不多久，例选开始，内廷遣中官前来督考。李素炫依着事前练习，如愿落选，入了云韶院。吴歌子和阚容儿等共六人入选，李素炫不意外，没想到端木竟然落选，她自己也沮丧，李素炫也不知说什么才好，对着她哑了半晌。看端木样子，李素炫也知道，她太过拘束，手臂僵硬，鼓杖都快要握不住，舞蹈起来腰上肩上到处都不顺畅。见了各自师父，李素炫得意，端木却连头也不敢抬。

郑三娘盯着端木，良久，长叹一声：“既如此……罢了。”说完放端木离开了。

端木站在院中，见了李素炫，眼泪立时落了下来。李素炫抱着她肩膀，由着她难过，许久后见她眼泪慢慢收了，再后来，又偷偷笑了。

“其实这样更好，我本也不想进宫。不然，也不会那么拘谨。”

## 8

不几日，端木与李素炫迁出大院落，在新院落安了家。新院落小许多，却颇有些景致，院中草木茂盛，几株巨木将空地遮蔽了大半，沿墙横列一趟屋舍，对着院中间一处小小回廊。年深日久，回廊木质陈旧，漆色尽褪，形状却完好，上下爬着些藤蔓，拐角处隐约几朵牵牛。那头角落里垒了一圈围墙，在大院里围出个小院，内中乱草深处有间小偏殿，说是奉着某处神仙，如今无人打理，一片荒凉落败，平日里无人过去。

院中住着的都是云韶院人，约十来人，端木与李素炫仍同屋居住，屋子不大，只住了她二人，姊妹两个都很高兴。不意许嬷嬷和苏嬷嬷也随她们迁了过来，管事的说是因为她们年纪大了，暂且找个轻省差事。

苏嬷嬷头疼抱怨：“宜春女乐乃是教坊中第一等人，至云韶院人与搊弹家是第二三等了，我如今管着你们，也与那第四等杂妇女差不多。”

许嬷嬷哄她：“好了，没将我们赶出去自寻生路就难得了。若真赶出去，还求什么生路，不过死路一条。”

她们说得轻松，端木和李素炫却心中凛然，情知女乐末路坎坷凄凉，一生禁锢，出不得牢笼，偶有帝王放归，允其婚嫁，看似赐恩，实则赐死。似许嬷嬷和苏嬷嬷这般，若出了这教坊门，举目世上一个亲故也没有，老大年岁，又在奴籍，也嫁不得人，纵入庵观，也遭人嫌弃怠慢，忍饥挨饿、寂寞冷清不说，何时死在屋中都无人知晓。端木和李素炫对望一眼，都对许嬷嬷和苏嬷嬷起了些怜悯，也难免忧心自己来日命数。

入夜，朔月晦暗，夜空中一丝星光也无有，一片漆黑。端木与李素炫并肩趴在窗沿儿上，连彼此呼吸都听得到，却几乎看不见。

“端木，你说，我们来日会怎样？现如今我们是不用入宫了，然后如何？莫不是要一辈子待在教坊中？不是跟坐牢一样？坐一辈子牢，可不好玩儿。”

“我也不知道将来会怎样。有时候想起来，心中畏惧，只好不想。”

“反正，我们不能就这么认命。”

“不认……又如何？除了听天由命，我们还能怎样？”

“目下当然不能如何，多想想将来，若有机遇，哪怕拼死，也要一搏。”

“好，素儿，阿姊与你一道。我们不入宫，也决计不能一辈子困死在教坊里。”

“定要想个法子脱身才是。”李素炫说道，“纵然死，也要死在外头。我们每日认真弹习，认真读书，日后若出了教坊，就算沿街卖艺、教习歌舞，街市上摆个摊子与人代写书信，只要吃饭有个着落，也就足够了。”

两人说了些贴心话，互相颇鼓励了一番，睡下了。

第二日清早，李素炫刚出自家屋子，卢菡已在院落那头等着她了。

“素儿乐艺未成，可不是例选后就不用修习了。别家女乐未选入宜春院，出了大院落，便再无训师指点，日后全凭自家揣摩。素儿却不能如此松懈，师父定要教导你至大成方可。”卢菡笑着说道。

“素儿知道。”李素炫扬了扬手中琵琶，随师父走到邻院训教处，在屋中坐好。

“素儿自今日起，可试试诸样琵琶，不必再专盯着宫中好恶修习本事。琵琶本五弦，如今兼有四弦，又有大小之分，又有诸多种胡琵琶。右手历来持拨动弦，太宗朝曾有疏勒名手裴神符改为手弹，曰挡琵琶，只是至今仍不多见，素儿若有意，可一样一样试试看。师父如今教你些罕见弹法，素儿务必仔细揣摩师父手上要诀，须得看得入微，多加弹习，方可精熟。”

卢菡说着，凝神运气，手中有乐声汩汩而出。琵琶不事记谱，历代师徒口传心授，讲的是心领神会，靠的是观摩揣测。李素炫是个伶俐女子，又兼受训多年，知道听什么、看什么、记什么，知道哪里是窍道，始终盯着师父两手，认真看着，默默在心中记着。看的时候短了，看不太明白，看得久了，自己不练，也是枉费。卢菡耐心十足，一遍遍示奏，差不多了，便提醒李素炫亲自演练，他自己在一边陪着、看着，也哄着她。

多年来，卢菡每日里都要抽些时候出来，教习李素炫诗书百家，讲些春秋纪传、稗官野史，乃至诗韵平仄、训诂离经。如今过了例选，卢菡在诗书上教诲更多，李素炫才放下手中琵琶，就拿起锥笔来，有时卢菡从旁为她研墨，要她只管认真读写。

“师父，素儿学这些做什么？”李素炫握着笔，仰头问道。

“素儿不喜欢？”

“喜欢。只是，素儿奴籍女身，不能入春秋之闱，不能求科举名次，为何要学这些？”

“此乃世间至上之理，既然喜欢，如何非要求功名才肯学？”

“师父说的是。”李素炫连连点头。她本就喜欢这些，又见师父说得有道理，愈发勤谨。每日诵读抄写，心中却又机敏，瞧得出字里行间深意，很快有了些疑惑，来问师父。

“师父，素儿读书，见古今各路人马斗来斗去，实是乱仗，有得意的，有失意的，只是到最后任是谁都没个好结果。那他们为何要斗来斗去？都是官宦子弟，有饭有酒，有房有院，安稳居家不是更好？”

卢菡不知如何回答，这等问题对十几岁小童如何说得清楚。

未待想好说辞，李素炫又问道：“师父，素儿读史，一路翻着典籍往前看，各朝皆有佞臣。我朝可也有？是不是小人当道，天下就要大乱？何时可有盛世，再无小人？”

卢菡望着这天真小童，却笑了：“盛世所以为盛世，皆因君子未泯，不是因为无有小人。”

“师父是说，盛世也有小人？”

“世上永远都有小人。小人当道，君子与之缠斗。压得过，便是太平盛世；压不过，便是末路穷途。”

李素炫想了想，好像懂了，点点头，又问道：“师父，若将来，素儿是与人斗来斗去，还是安稳居家？”

卢菡叹息：“人不可汲汲于富贵，然生当有为。只是，如何有为，师父这一生也不清楚。与人斗来斗去自然不算有为，但若想有为，又免不了与人斗来斗去。”

“师父，为何天下人不能一般和善，非要分出君子小人？”

“天有日月，界分阴阳，连你怀中琵琶上也有正音邪音，人自然也不一样。”

李素炫想了想，又问道："师父……"

李素炫自幼伶牙俐齿，心思又活络，接连不停，将卢菡问得招架不住。卢菡长叹，心想："原以为她年幼，也就抠个字眼，想不到这丫头心里头利索，想得远，又想得乱，问些问题，哪个我也答不上来，甚是跌份。我这也真算是搓条索子，捆了自家了。"

李素炫安静写字时，卢菡在一边看着她小小身影，心中时常多想。他半生里一副诗书清贵，却不会强求李素炫也这样活着，她若是对学问没兴趣，卢菡也不会逼她，只盯着她将琵琶弹好，日后有个生计便是了。可是李素炫偏偏喜欢些书史，做师父的要与她讲授，难免纠结，卢菡时常想不清楚该不该给她讲那许多人间道理。他怕她学得一副耿直，过于在意是非，来日难免受苦，若是容着她，又怕她学得轻浮、猥琐，终究堕于妖俗，以卢菡性子，定然更加难以忍受。所幸李素炫尚且年幼，只将书史看作故事，多半不会想太多，连声追问后便放过师父了。

李素炫六岁始，卢菡授诗学，与她讲述历代辞赋，分说文体、声调、平仄、韵部及历代掌故，教她先写散文，次学韵文，再为诗赋，并告诉她，眼下诗文大可随意，什么也不用顾忌。

"素儿如今为诗赋，想写什么便写什么，想怎么写就怎么写，韵脚无虞即可，不需拘于章法、句法、对仗，偶尔失律或犯了诗病，乃至平仄混用，也无妨。只要能将心中所思所感说得透彻，字句间用得上力气，便是好诗。世上尽有诗文娴熟者，即席能赋，得满堂喝彩，看着果然洒脱，素儿却不必艳羡那一副老辣狡猾，但逞真心真性，拙也有拙的妙处。待来日辞赋圆融，还学不上来这天然拙朴，不如眼下好好享受，无须急于一时长进。素儿今生不需以诗文博求名望，自己开心痛快才是第一要务。"

"是，素儿记下了。"

"至于平仄格律，一生悠长，徐图不迟，就是一生图谋不到，也不碍大局。所谓格律，乃是前人从诗赋中琢磨出来的，并非凭空指定出来的，不是哪家王法，无须刻意尊奉，也无须刻意打破，顺其自然便好。诗乐相通，素儿习乐，本就对声调节律格外敏锐，日子久了，自己就能琢磨出抑扬顿挫来，心中有切实感受，所谓格律才当得用处。若是自己不能感知，全靠死记了条条框框硬往里头钻，东改西改，涂涂抹抹，必致词意凌乱不畅，最后落得一派僵死。如此诗赋，不如不作。意韵乃诗词根本，格律只是末节，素儿切记不可贪求人前虚荣风光，舍本逐末。”

“是，素儿记下了。不敢贪求旁人赞许，只凭真性情，只写心里话。”

“素儿来日要以琵琶立身命，不得不看世人喜欢什么，多少也要趋奉些，不能逞性随意弹，已是今生无奈。别的事情纵浪些也无妨，莫要太过委屈自己。”

李素炫仗着师父纵容，十分胆大。琵琶是给别人弹的，不敢太任性，诗文却敢胡闹，乐也乐得狠，骂也骂得狠，一身力气全都使得上，管它好不好，只求个自在痛快。宫中女教严谨，李素炫在大院落时，内教博士按时前来教授诗赋文章，每次都会留下题目让众女乐写作，并予批改指正。李素炫向来词句洒脱，却不拘文体、不按格律，时常写得不合格。博士询问，李素炫说出师父名字来，博士立时再不多说，允她随心所欲。

“卢先生诗文卓越，有见识。他这么教你一定有道理，你听卢先生吩咐便是。”

胡闹到十二三岁头上，李素炫俨然是个老诗家了，卢菡依旧叮嘱不断，但从不强求，既不强求她作诗，也不强求她作律诗。只是李素炫自己喜爱，每一二日必作一首，交给师父，请求指教。

卢菡安慰道：“素儿不必心急，管弦要每日练习，诗文不需要每日写作。”

“大诗家难道不需要日日练笔？”

“画乐皆可纯然，什么事也不讲，只一点颜色、一点响动、一点美好而已，诗文却无此说。凡为诗文，先要想好写什么，然后才是怎么写。有了写什么，琢磨怎么写，这叫练笔。不知道写什么，也就无所谓怎么写。心无所思，强为诗赋，形不附意，最后难免无病呻吟，通篇空洞无物，也无趣。师父不强求你写，果然写了，也先写散文，不拘词句，散文熟练后，再到韵文，韵文再到诗词，先作杂言诗，再到五七言，再到律诗，会容易些。”

“那素儿接着认真写散文。”

“散文也不能硬写，不能为写而写。世上许多事情急不得，也不是能练出来的。词句可以练，意蕴不是能练出来的。你弹琵琶也是一般，手要勤练，但心不是能练出来的；音可以练，但乐不是能练出来的。”

“那怎么办？”李素炫有点儿着急。

“等着。”

“等着？”

“是，等着。有些事情靠着发狠用功可以解决，有些事情只能等着。弹琵琶手上最容易，多练一练就有长进，练得多就比练得少长进得快，如此，一切就都好办。素儿天资锦绣，靠着用功，早晚能让天下人心服。可天下人之后，还有你自己。等到所有功夫都耗了，等到吃尽苦头也无用，等到只有你自己时，一生书乐才到决胜时刻。素儿年少勤奋，是好事，但是更要等得起。”

“那要等到什么时候？”李素炫急着追问道。

“或许半生，或许一世，或许到最后也等不来。”

李素炫哑然，半晌又问道：“那师父如今可等来了？”

卢菡笑着摇了摇头。

这下李素炫连问都不知道问什么了，瞪大眼睛看着师父。卢菡叹息着笑道：“师父幼攻琵琶，累年苦苦磨练，十五岁时，天下便没有人敢不服我。可是天下人之后就是自己了，师父到现在也不知道几根弦还能额外做什么，不知道琵琶还能怎么弹、还能弹成什么样。诗赋文章书画也是如此，虽得世人爱重，可师父自己不知前路，如陷重围，心头茫然，转眼也是大半生了。人生不短，却又飞快，往后也不知道还有没有机会找到出路。”

见李素炫有些畏惧，卢菡又安慰道：“素儿到师父这一步，至少还要十年，这十年里，师父还可以教你、帮你。”

“那十年以后怎么办？”李素炫不甘心。

卢菡边笑边摇头：“素儿心高，可有些事情只能尽力而为，听天由命。就算终无所成，至少一辈子开心欢喜，也够了。”

李素炫不好意思：“素儿又犯急躁了。”

“无妨，师父多提醒你，久了就记住了。”

李素炫依旧诗词胡闹，只是卢菡允她胡写，却不会乱夸她写得好。李素炫聪明，慢慢知道怎么能闹得好了。卢菡见她闹得开心，也一点点上道了，便教她些变曲度调之法，她也学得快。有时这初成小女乐自己度了曲，自己填了词，自弹自唱，十分陶醉。李素炫歌上是个天成的，又有宜春院人过来教习，琵琶也用功多年，更兼自己词曲，管它好坏，反正自己玩儿得足够开心。

卢菡心想：“我应该与她找些高人格外传授。若论琵琶，我自不弱人，书史文章也够再教她二十年，然于律算新声及诸多杂学上却不甚精湛。太常梨园中多有旧识，想来也找得到人，肯与我素儿指点一番。若独独学教于我，我却不是甚大成鸿儒，不是误了她天分？”

例选只如一片涟漪，对卢菡和李素炫来说，很快便平息了。端木却难得多，连日里，每见师父都要小心翼翼。她怕师父难过、伤心，也怕师父恼火，却又暗暗有些开心。当日例选，她鼓上舞蹈上那般失了常态，自己也说不上来当真是太过忧心焦虑，还是模模糊糊故意这般。数年来师父心心念念要她努力用功，每日在她耳边唠叨定要入选宜春院，而今未能如愿，师父免不了怅然怨愤，端木心中却半是失落、半是欣喜。她不敢让师父瞧出来那一半开心得意，小心收着，只露出一半失落难过来。

郑三娘有半月未理睬端木，端木小心跟着，端着水，端着酒，郑三娘却不肯正眼看她。亏得端木性子好，也不恼，也不挂相。若换了李素炫，只怕咚地放下盏子，也不言语，转身便走了。

半个月后，郑三娘气得够了，脸色缓和了些，也对端木说话了。

“留在左教坊，也没什么太大不好。果真入了宜春院，想见一面也难了。只是日后要依着宫中给例却是吃不饱，你得自己想办法。一个女儿家，抛头露面，哪里那么轻易。世上男子没几个手上稳重的，更没几个心里干净的，都是些个道德畜生，说着好听，做着难看。你又生得这般端正，男子遇见了，只恐手眼都挪不开，哪里由得你逃窜反抗。”

端木小声说道：“师父，我见坊中诸位阿姊衣食丰盛、车马华美，想是往来官宦府第，需要此等行头，方好壮个声色。我若轻衣素食，也不需要许多花费，尽可不与世人往来。教坊里虽然清贫些，毕竟也不挨饿。我与素儿商议过，日后只依宫中给例，也学师父样子，做个音声博士，每日击鼓习乐、读书作诗。我姊妹二人做个伴，足够快活，亦得尽此生。”

郑三娘叹气：“小孩儿家，不更事，说话忒轻巧了。”

郑三娘不再寻死般催逼端木，功课上依旧每日教授，却不再一日紧似一日盯着她练习，端木也舒放了许多，傍晚时常与李素炫一同读书写字。

二人未过例选，入不了宜春院，再无内教博士前来授课，练字所用纸笔也只能自己想办法。卢菡时常给李素炫带些纸张来，一捆捆扎得整齐，看着让人喜欢。李素炫知道纸张珍贵，用得俭省，只抄些要紧章句与端木轮着看诵，其余时候两人以水润笔，在青石板上练字。青石板色浅，着水即变深色，润墨亦佳，故此可以拿来习字，古来贫家子常用此法。只是石板太硬，并且粗糙，笔锋磨耗得快，而笔亦不是甚便宜贱物。最后两人学古人样子，采大片树叶，晒干了拿来习书。树叶绵软，比石板省笔，却又拒墨。二人只得将就，有时在石板上写，有时在树叶上写，到了在纸上写字时，格外珍惜用功，费心思量，一笔也不敢胡写。长久之后如何，一时不能知道，然眼下姊妹两人苦中作乐，也甚为开心。

卢菡见了不忍道："素儿何苦如此应付？教坊配给纸张不多，不够的师父与你拿来便是。读书习字肯定要不少吃辛苦，然也不必自讨苦吃。"

李素炫答道："师父，素儿眼下不过平常练习，纸张用过便丢弃，何况书学未成，字迹粗率，将许多昂贵纸张拿来泼洒着用，十分不忍。"

李素炫说的是实话，也是想到师父并非富贵人，不忍心师父为她劳费过多。卢菡平日衣食简单，却总是不想他素儿有亏，李素炫心中不安。卢菡却说道："此却无妨。石板伤笔，枯叶拒墨，并非习字佳品。素儿既然喜爱写字，费些纸张也值得，何况平日所用不过寻常纸张，也不特别昂贵，用得起。待有机会，师父将那精良贵重纸墨也寻些来，与素儿见识一番。纵然到不得书学大成，纸笔精良亦是平生乐趣，素儿无须如此委屈自己。"

李素炫只得点头谢过师父，心里有些难过。眼见师父累年身子清癯，倒情愿他学得精明些，好好拣些精致衣食，将他自己也好好照顾些。

八月，圣人千秋，钦点后，内教坊所进六名女子皆入宜春院，不几日，这六人就要离开左教坊。例选后，端木与李素炫虽然迁出了大院落，却离得不远，四人还得时常相见，往后却不能了。端木和李素炫入了云韶院，平日里居于左教坊，入宫要备值于大明宫东内苑中内教坊处，歌子和容儿入宜春院，便要进太极宫，居于东宫内宜春宫，备值于兴庆宫，日后怕是不好再相见了。

临别前夜，端木和李素炫去了大院落，与歌子和容儿一同守在从前屋舍中。她们在这里住了六年，分别却只是一夕之间。几人一夜未睡，秉烛相对，嬷嬷们也未阻拦。四人知道，前路遥远，各自身不由己，今生姊妹情分怕是到头了。

容儿勉强说道：“昔日听闻民间饥荒，还觉得我们走运，不用挨饿，今日看，也有不走运处。若我们只是贫家女儿，嫁与东村西村，但凡饿不死，还得相见。”

“你竟还想着嫁与东村西村，我们无那身命。不若换过来想了，纵是嫁不得东村西村，好歹不用挨饿。这么想，好过些。”歌子怏怏说道。

“若嫁得东村西村，挨饿又如何？饿死又何妨？”容儿恨恨说道，“恨为女乐，眼前只有一条路，也只能壮起胆子硬蹚。”

“明日就要分别，此生再不得见，为何不能说些开心话？无甚开心话，不是也该说些惜别的？”端木说道，眼中噙泪，低头躲着烛光，怕人看到。

“我等各自努力，若一人有了出息，莫要忘记今日情分，定要互相救拔。”歌子说道。

李素炫却是始终无一句言语，情知如今说什么话、立什么愿，都没用。

四人约定好了今生彼此看顾，各自躺下，却睡不着，睁眼看着眼前黑暗，直到报晓鼓声传来。起身梳洗后，歌子与容儿离开了左教坊。端木和李素炫相送，嬷嬷给了个情分，许她们送到了教坊门口，想出去却不行。姊妹们终究洒泪分别。

端木和李素炫连着多日闷闷不乐，与院中其他女乐尚不熟悉，每日唯有她二人默默相对。李素炫想起从前在大院落里，夜半月色下，与端木和歌子、容儿一起在假假山旁奏乐游戏，很是怀念。不几日，端木告诉她：“你若还想夜半奏乐玩乐，我找到个好地方。”

“哪里？”

“这次是个真假山。”

左教坊中有一片湖水，听说从前颇有些景观，眼下水面小了许多，也浅了许多。湖心有个小岛，不大，岛上有个假山。端木带李素炫到假山旁转了转，前后看了看。这真假山比原来假假山大许多，周围地上横竖躺着些竹子，也有未倒的，似乎都已枯死多年，除此外，草也不生几株。看起来从前是所小园林，只是荒落了。

“这岛和假山靠我们这边近，只是这边人手少，无人打理，故此这里连年荒芜，又乱，看路上平日无人过来，夜晚肯定僻静。你若还是喜欢月下弹琵琶，我便每晚陪你来这里。还有，这假山中间有个过道，乐声可通达相闻，不是更好？”

“我进去看看里面有什么。”李素炫按不住好奇，走了进去。过道只容一人勉强通过，进去了，里面却深阔。端木从另一头也走了进来，姊妹二人互相抱着肩膀，足够转圜。站在假山腹中，细听之下，周遭寂然无声，尘土静定，似乎有些苔藓味道，有些隐约蛛丝。站久了，身上微凉，沿过道出去，复又立于阳光下，恍然间有如再度出了娘胎。

“你怎么找到这里的？离这么近，我却从未朝这边走过。”李素炫问道。

“坊中颇有土地，不止一两处荒落无人，我就往这边来撞运气，不想撞上了。”端木笑答。

自此端木与李素炫复又每夜格外练习，只是身旁少了歌子与容儿，有些寥落。二人每夜急急而至，到了假山近旁也不搭话，立刻备好乐件开始练习。若是说上几句，怕会说到歌子与容儿，一旦心思触动，便没了兴致。过了十来日，二人心境慢慢好了些。

如此练习其实更是游戏，比之日常里正坐于堂中别有一番乐处。两人都学过些变声度调之法，刚好用上。琵琶羯鼓几番相斗，彼此或协之，或竞之，深有趣味。兴起时，不觉间声音就大起来，随即醒悟，二人连连嘘声，又将声音压低。端木已然舞技精熟，李素炫或弹琵琶或击羯鼓，端木应声舞起来，只就着一盏灯笼，也叫李素炫看得痴迷。端木有时教李素炫些舞蹈身姿，只是李素炫这伶俐丫头对舞蹈仍没有太大兴致，偶尔学几下，只当乐子，也动得胳膊动得腿，身上也还看得过去，比端木却是差得远了。姊妹两个调笑彼此，至夜深方并肩回屋舍歇息。

# 9

入了九月，快到十月，天气渐渐凉了。

一日清晨，端木和李素炫早起，刚出屋子就看到院中人个个神色异常，彼此说话也压着声音，左右顾盼，前后警惕，似乎是有什么变故发生。

“这是怎么了？”端木问道。

几人却未答话，几声叹息，摇摇头，走了。

朝食过后，端木与李素炫在院中追上许嬷嬷与苏嬷嬷，打听了几句。二位嬷嬷先是连声叹息，略等过片刻，才开口。

“昨夜，坊中那边院子里，死了三个人。”

端木和李素炫心里陡然一凛，忙问：“为何死人？还死了三个？”

“母女三个，俱是犯员女眷，家破人亡，罚入教坊。勒令拔去金钗，换上粗衣，每日陋食。这也罢了，又兼日日尽被催逼修习。那母女三人先前都是官宦人家女子，锦衣玉食不说，又有仆役丫鬟伺候，身子金贵，心气也高，如今被逼着习奏，每日几个时辰，略有不顺即遭打骂，贵人哪里吃得了这般苦楚。”苏嬷嬷叹道。

“然后如何？”李素炫急问道。

“昨夜，母女在院内寻了间空屋，三个俱自缢而亡。”

端木和李素炫一时怔住，彼此望了望，说不出话来。

苏嬷嬷叹口气，说道：“此时寻死，也是得了解脱。犯员女眷新入教坊者，有两个死关口要过。第一是每日习奏，不练便遭打骂，多少人熬不过，寻个法子死了。第二是日后出教坊应差，逢迎客人，陪酒奏乐，身出贵籍者如何放得下身段。世间又多有那好色的、好事的，以羞辱昔日贵籍女为荣，偏偏指名道姓要你服侍。你想那般孟浪子可会敬你？多少女眷熬不过，也死了。”

见端木和李素炫有些惊慌，苏嬷嬷又勉强笑了，说道：“你两个无须担心。内教坊为‘内教之坊’，掌宫中女教，尔等俱是宫伎，掌内乐，专属皇家，纵是奴婢，也是帝王私奴，寻常人不敢硬动你身子。宜春院人只奉圣人，云韶院人与搊弹家也只有王公贵族、朝中重臣可请去奏乐，事前要报备，得教坊副使同意，事后需完璧送归，寻常官员不能召你等前去。那犯员女眷不同，无有乐艺的皆罚入掖庭，做了粗使奴婢，有乐艺的罚入教坊，然其技艺不过贵家女子自娱，大抵粗疏，比不得你等自幼严训，又兼罪身不得入宫，到不得上前，不过是到外头出差，替教坊挣银子，故此无人忌惮。女眷入了这教坊还是好的，还有更不如的，成了官伎、营伎，或入大户成了私伎，或卖入平康坊为市井伎，更不知道来日什么下场。”

四人默然对望了片刻，端木心中悲悯，可怜那母亲看着孩儿殒命，不知何等心痛。

许嬷嬷长叹一声：“新罚入女眷都居于一个院落里，着人统一管辖，名‘别宅人’。听闻人说，女眷们所居房屋都是没有顶头大梁的，以防自缢。想是历年自缢求死者不计其数，故此防着。昨夜自缢三人，说是死在窗子上的。”

“自缢如何死在窗子上？”李素炫问道。

“将窗子打开，绦子挂在合页处，跪着吊死。”

端木和李素炫闻听，互相望了一眼，只觉得后背上凛凛生寒。

“坊中着人勘验，看现场情状，猜是母亲先吊死了两个孩儿。待孩儿断气后，母亲将两个尸首解下来，并排放着，盖了张粗布，之后自己吊死了。清早被人撞见时，两个孩儿尸首在地上，母亲尸首就在那窗子上挂着，母女三个身子都僵了。可怜两个孩儿，大的约莫十来岁，小的才只七八岁，罚入教坊不过一年有余。我早间路过大门口，隐约见他院里头地上摆着尸首，说是正等人过来，使席子一卷，拖到宫人斜埋了。”

“‘宫人斜’是什么地方？”端木问道。

“就是唤作‘野狐落’的，乱葬岗子而已，宫人死后尽入其中，你我等辈只怕身后都要归于彼处。若好的，虽无有墓碑、墓志，好歹有口薄板子棺木；若不好的，只一张席子草草卷了。似我这等年岁，想是也离那野狐落不远了。”苏嬷嬷说道，口中不尽悲凉。

端木和李素炫惆怅不已。中午，两人在屋里对坐，互相呆望着，没话说。枯坐了半个多时辰后，聊了几句，说的仍是那母女。她二人年幼起便是孤儿，不记得与亲娘过往之事，远不知为娘者对孩儿一片心意，但无论怎么说，母女连心之理二人都清楚。感喟哀伤过很久，眼下只有一件事让二人心中勉强宽慰，便是母女三人想是埋在了一处墓穴之中。

又呆坐过一刻，李素炫与端木告辞，起身出屋门，去了院子西北处破院。院中有间废殿，殿门歪斜，虚掩着，轻轻一推便开了。眼前尘埃纷纷坠下，落定后，李素炫走了进去。里面昏暗阴冷，她须臾间退了身上汗水，接着幽寒浸润，渐渐深入骨髓。四处灰土积了一层，一股子瘆人味道，人间似不应有。掩上门，日光从窗缝里透进来，尘埃混着蝇虫，在那些光束里胡乱穿梭。殿中两边有两排像座，却没有天王像，中央佛像也已残破不堪，看不出原先形状，只剩一堆泥胎残骸，眼下光影模糊，那残骸看着有些凄厉可怖。

每到心中烦乱，李素炫便独自一人过来，反手掩上门，站在黑暗里，整理些思绪心情，凝神调息，直至灵台澄清，方寸寂静。今日又来到殿中，不停想着昨夜母女三人自缢情景，定是哀恸惨烈，夜半寂静，死亦无人知晓。为娘的定是生无可恋，死志已决，才能亲自对孩儿下手。待孩儿断气，她自己想是哭都不曾哭过，心中纵有万般痛楚，也是面色如水，匆匆打好绳结便举身赴死。或许临到断气时，都未曾还想再看一眼这哀哀尘世。

李素炫站不多久，身上冷得难受，心想："我寻常过来，略片刻便心中寂静，从不似今日这般难挨，心中越发混乱。看外面一片晴朗，日光大好，只隔一扇薄门，里面便如此寒冷。墓穴里想来就是这般。"

又片刻，她实在挨不住，只得出了废殿。院落里阳光照着，身上立时暖了起来。

"想是今日沮丧，这才熬不住冷。不如到外头走走。"

她一边想一边出了院落，在门口路上徘徊。每到过了日昳，日照偏西时，阳光不甚毒辣，门口小路蜿蜒可爱。李素炫常过来走一段路程，几百步便折返回来，最多只一刻钟，什么也不看，什么也不想，有时只是出了院落门，站在小路对面，动也不动，看着前面荒草。一丈多远处是浅湖，植着些荷花，荷叶稀疏，怏怏无采。

李素炫心中烦乱，不觉间独自一人走了很远，不住望向犯员女眷所居院落，忍不住胡思乱想。虽然往那边也看不见什么，却不由得走了过去。渐渐靠近了，见院门整肃，里头全无一点声息，顺院门向里头张望，满院光秃秃的连棵树也没有，草也稀疏，露着夯土地，不胜萧条。

正惆怅间，李素炫听到耳边有人叫自己名字，回头看去，是沈绰，立刻想起她七夕时曾教自己捉蜘蛛。

李素炫行了一礼，依旧怏怏的，一副无精打采。

“素儿这是怎么了？”沈绰问道，却是笑盈盈的。

李素炫想将那母女三人之事告诉沈绰，不想刚开个头儿，沈绰便说道：“我一早起来就听人说了，还好事跑去看，尸首已拖走了，只听他院落中人讲说了许久，说是之前没人看出什么兆头来。罢了，人也死了，多说无益，不必放在心上。对了，上次我教你捉蜘蛛，你说若有闲时便去院墙豁口处那里等我，我去找过你几次，想与你聊天，都没见你。怎的捉了蜘蛛就将阿姊忘了？”

“阿姊莫怪。素儿去了两次，不得遇见阿姊，更兼临着例选，师父和嬷嬷们盯得紧，也不敢总去寻，不是素儿忘了。”李素炫口中说着，又行了一礼，心里有些讶异。自清早听说此事，到现在已过了几个时辰，自己唱个曲子都走调，端木也蔫着，舞步凌乱，手中鼓杖也握不紧实。沈绰却全不在意，依旧戏语调笑，李素炫一副闷闷不乐，全无精神，貌似有些无礼了。

“也是，前阵子例选，你肯定一地忙乱，顾不及我。如今你既出了大院落，便可在教坊中自由走动，到处看看，只是怎么跑到这别宅左近了？”沈绰问道。

“早上闻听母女三人缢死，心中不忍，不觉间就走过来了。我那边院落里有人修整，路径上都铺着石砖，虽然破旧，雨天却也不泥泞。石缝里长着地衣，颜色深翠，招人爱，我等平日走路都小心，怕踩到，每次洒扫，也不忘彼此嘱咐脚下留神。院子里树荫浓密，嬷嬷们都有些闲情，种些草木，众人时常帮着浇水除草，花开时丰盛娇媚，着实惹些蜂蝶来。这院里却怎么如此荒芜，树都没一棵，也没个人影，本还以为众人聚着，说着那母女之事。眼下却想此处是不是座废弃院子，素儿找错地方了？”

“没找错，就这里。你们那院子虽不大，不过十几人，可众人爱护经营，有个居家样子。这里可不是，院内俱是行尸走肉，谁肯打理？树也都砍光了，怕人自缢。昨夜三个死在窗户上，怕是往后窗子也要封死，不然不知多少人要学个样儿。”

李素炫默然无语，沈绰看了她片刻，开口道：“素儿是不是心下难过了？”

见李素炫没有回答，沈绰又说道：“日后见多了便好了。”

“这种事很多？见多了便能好了？这怎么好得了？见得越多不是越受不得？”

“这种事多得很。大内宫人连同教坊女伎及梨园女弟子有四万多数，自缢的、服药的、吞金的、投水的，单是自己寻死的，寻常里一年怕不得有十几个、几十个……几十个怕都是少的。只是这次死了母女三人，有些骇人罢了。恼也没用，每年几十次，每次你都跟着烦恼伤心，自己还活不活了？再说，你也不用可怜别人，指不定哪一日轮到自己，一样破席子卷了，胡乱埋了，却未必有人可怜你。”

见李素炫仍旧沉默，沈绰又说道：“你自小在大院落里长大，从师学艺，有嬷嬷管着，不知这人间实情。如今知道了，就只能受着，不能太在乎。”

两人说着，不觉间走上回路，走了很远。李素炫一直听着沈绰说话，她声音很好听，想来也是歌声柔美，只是说起死人事情来全没点儿口气。李素炫想，她不知是见过多少，心下麻木了。

到了自家院门口，李素炫说道：“阿姊，我就住这里。多承阿姊送我过来，还与我说这么多。”

沈绰笑笑，抬手指了指身后：“从这条路过去，绕一下，过了假山湖泊，有一片开阔房舍，中间无有院墙隔着，我就在那边，你有空可以过去找我。又或者我来找你，那边嬷嬷不认识你，说不定凶你，再者你不认识路，误撞进乐工屋舍却是不好了。”

李素炫点点头，两人告别。

比起李素炫，端木是另一番性子。她与李素炫相对枯坐了一个午间，李素炫心烦，出去独自走路，留端木一人在屋里，端木却觉得刚好。她还是枯坐着，不时望向窗外，不时又将目光收回来，心中寂静迷惘。她幼年便身入左教坊，多年来只识得手中乐件，只与师父、友人和嬷嬷熟识，年年岁岁一般平静，从未出过这左教坊，从未见过太多旁人，不知人间富贵与热闹，亦不知人间痛楚与惨绝。母女三人之死，是她与李素炫历年淡泊时日里第一处破缺，以她们此时心智，实难应对。

李素炫回到屋中，见端木依然独自枯坐，连姿势都没有改变。两人对望片刻，李素炫叹了口气，心想："我若心里有事，每次都出去独自走走，端木却喜欢如此枯坐着，能坐到累死。"

李素炫走近端木身边，挨着她坐下，却不知说些什么，沉默过许久，将方才见到沈绰之事以及沈绰所说告诉了她。两人终于起身，舒活了一番，趴在窗沿儿上，低声私语。

"以前总听嬷嬷们说起来，女乐就是这般身子这般命。我师父每日催逼我练习，我以为好好练习，乐艺精湛，就不这样命了。"端木说道。

"怕是以前想简单了。"

"我听人说，若是良人身，寻常人要你奏乐，须是按付酬劳，却不敢硬动你，不然便是奸污之罪。若是奴籍贱籍，主人可随意打骂杀戮，纵然嫁人也做不得正妻，只能为妾媵，正妻若是死了，男子只能再娶良人，妾媵不得扶正。逼良为贱、以贱为良，在我朝俱是重罪。"

"一样身，缘何两样命？"李素炫叹息道。

"不知将来能不能寻个法子，脱了这奴籍，做个良人？"端木定定说道。

两人窃窃私语，又不作声了，谁也不想再到假山旁去练习，只趴在窗沿儿上，看着外面。月牙儿浅淡，没有一点儿光亮。

## 10

端木和李素炫蔫了几日。郑三娘见了，心下也有些不忍，告诉端木："莫要再想了，女奴逃不过这般身命。早先师父让你入宜春院，指望能得圣人恩赐，与你改命，也不过妄想。我为宫伎凡数十载，至今已历三朝，没听到有真改了命的，倒是每年都听到有死的，变着法求死的。从前你们在大院落里，什么也不知道，如今算是见识了。师父为你谋划十余年，也不过赌个运气，凭一线指望，拼死也要搏一下，实则无有把握。乐人命贱，更兼女身，无可奈何。"

端木听到师父这样说，心中越加难过，回想起与李素炫历年来在假山旁练习，夜深人静时，弦鼓相逐，心境何其开阔，那时却不知来日艰辛。

闻听人说女乐一生困顿，以为不过缺些银钱，她与李素炫商议过，都觉得一点贫寒不是大事。李素炫还说，师父卢菡也不是什么富贵人，诗书为伴，琴箫在侧，一介布衣也活得安然。当时端木与李素炫都以为，只要不图口中甘食，不恋身上锦衣，有书有乐，清贫些也无妨，如今知道想简单了。郑三娘怪卢菡不为李素炫仔细计算，可仔细计算也没用，也不过赌运罢了。

李素炫沉闷了许久，每日埋头弹琵琶，再不磨着师父对弈，整日读史也再没有那许多怪问题。卢菡没有问什么，也没有说什么，只是有一日从怀里拿出个小葫芦来递给她，长不过寸半，细细打磨过，晶莹玉润。

“素儿莫要随便将塞子拔开，里面小虫儿可就跑掉了。”卢菡笑道。

“小虫儿？”李素炫很惊异，“这里头有只小虫儿？”

“正是。西市旁光德坊中有个叫侯老三的，擅养鸣虫。他有个诡异法子，用冰将虫卵镇着，至秋日里方才孵化。这法子别人学不来，到了眼下时令，只他铺子里有小虫儿出售。长安城里人多喜好养这小虫儿，本用竹篾编个小笼子装着，叫金笼公子。现在一日日冷了，师父特意给你寻了这个小葫芦来，盘养过几日，已有些莹润了。葫芦塞子上和底下有气孔透气，你每日将葫芦在怀里揣着，晚间放在被子里，虫儿不受冻，可以养得久些。每日寻些蔬果喂养便可。”

“鸣虫？这小虫儿会叫？为何现在不叫？”

“拿在手里自然不叫。如果长久坐着，或晚间放在枕边、被子里，稳稳当当，不动它，它便叫了，十分好听。”

入夜，小虫儿果然叫起来了，声音细细脆脆，在李素炫耳朵边上像只小铃儿般响个不停。端木和李素炫立刻围得近了些，小虫儿却又不叫了。两人宁耐下来等着，不敢动，过了阵子，小虫儿又叫上了。夜深人静时，这声音清澈透亮，刚好伴着入眠。睡过几个好觉，前事在端木和李素炫心中慢慢淡了许多。

“素儿将小虫儿养得很好。这虫儿娇贵，遍体金黄，叫得又好听，很多人都喜欢，却养不活，大多是一时忘记放在怀里，冻着了。”卢菡说道。

“师父，这小虫儿果然叫得好听，我跟端木阿姊轮流揣在怀里，不让它受冻。这几日好像就与我们混得熟了，叫得欢实。我们还与它起了个名儿，叫‘金铃儿’。”

“名字倒是可爱。”卢菡笑着说。

“师父为何要送素儿一只小虫儿？”李素炫认真问道。

随便一个问题，卢菡反而沉默了。他一介布衣，穷困乐人，无甚富贵，平日只能送些简单礼物哄他素儿开心，无什么大礼出手，可心里总是记着，总是寻思着法子要送她些什么，哄她高兴。李素炫也没有什么格外渴望，只要是师父送的，不拘什么她都欢喜，若是小食便开心品尝，若是笔墨便小心使用，若是金贵些的，如皮纸丝帛或是书籍册页，便当作珠玉宝贝般虔心存着。她从来没问过师父为什么要送这些给她，只是满心欢喜接下了，这次却偏偏要问个缘由。

“这丫头怎么如此敏感。这次送她个小虫儿，确实有个缘故，不知她怎么看出来的。”卢菡心中想着，沉默了片刻，说道：“前几日，东头院子里母女三人缢死，此事你一定知道。”

李素炫点了点头。

“你连着几日都不开心，猜是因为此事。师父也不知道该如何劝慰你，想来想去，只能送你只小虫儿，让你开心些。”

李素炫看着师父，觉得他似乎有很多话要对她说。

卢菡轻叹了一口气，说道：“素儿乃宫中女伎，本来授你琵琶技艺即可，可知为师缘何教你读书学史、写字作诗？”

“师父说过，那是世间至上道理。”

卢菡微微摇头：“一来，素儿聪慧，乐艺外尚有余力读书。二来，师父也总指望将来素儿能遇到贵人相助，可除免奴籍，故此要多授你些学问、多教你些本事，痴愚呆傻之徒哪里得遇什么贵人。三来，最要紧的，我朝户籍严格，脱籍之难实不可想，纵然使尽毕生气力，也未必就能如愿。果真如此，有诗书经史也是寄托。笔墨俱是人间值得眷恋之物，忍辱之余，可略略令你脱解一些。幸喜素儿喜爱笔墨，读书赋诗都有个样子。若是一生不得脱却奴籍，或幽闭于宫禁之中不见天日，心中有这些个所好，日子也还好过些。”

“素儿知道了。小虫儿便是乐趣，自苦中求出的。世间之苦，落到自家头上，躲也躲不开，去也去不掉，只能耐着，却不要因此将眼前快乐舍弃了。”

“素儿聪慧。只是……”卢菡沉默许久，长叹道，“师父有时也想，若是当初不教你诗书史略，不令你有如此心智，而是将你教得痴愚些，平生只好个声色、只图个财帛，只晓得与男子周旋调笑，为师如今也不用如此忧心。那般人自可寻个出路。”

“师父是说为人痴愚些才有出路？”

“女子肯弃身，男子肯背义，就有出路，若是痴愚，更容易些。只是我素儿不是肯弃身的，又兼聪慧。师父也不知道这样教你……到底对是不对。”

卢菡说着，连连叹息，也不知是对李素炫说话，还是自言自语，良久又说了一句：“眼下对你说这些，想是早了些。”

李素炫却想得开，反而笑了：“师父这般聪明人，怎么教得出痴愚弟子，若素儿果真痴愚，当初也入不了师父门下。素儿明白师父意思，勤练琵琶、勤习诗书，好生修为，纵然得遇贵人，也需自家有本事。若此路不通，困守之余写字读书、诗乐为乐，也能宽解心怀，不要轻易寻了短见。”

卢菡终于笑了，点点头：“素儿说得对。无论遇到什么事情，人也不是非死不可，无论怎样也要好好活着。”

“师父放心，素儿记下了。”

临走时，卢菡告诉李素炫：“那小葫芦难得，师父特地央求人做的，塞子上那些透气小孔格外难为，须是高手匠人方做得出来。若小虫儿死了，便好生埋了，小葫芦不要乱扔，明年此时还用得上。”

“好，素儿将小葫芦好生留着。”李素炫点头。

卢菡又嘱咐道：“知道你一定会发狠读书，与端木一道发狠半夜练琵琶，却不要每夜都睡太晚，日子久了身子可是要熬不住。”

李素炫很惊异，问道：“师父怎么知道我们半夜练习？”

“郑先生与我说的。”

“郑先生如何知道？”

“苏嬷嬷与她说的。”

“苏嬷嬷如何知道？”

卢菡直笑，说道：“你二人半夜不睡，又弹琵琶又打羯鼓，从前吴歌子与阚容儿在时，还加上箫管箜篌，又跳又唱，热热闹闹，怎么还能指望没人知道？只不过远离屋舍，不扰别人安眠，好好练习又是正事，所以嬷嬷们不曾管你们罢了。”

李素炫心中羞赧，原来嬷嬷们手松，不曾捉她，她却只当是自己聪明，无人知道。

卢菡笑了她一阵，走了。

端木与李素炫越发用功努力，不敢丝毫懈怠。姊妹二人每日上午随师父磨练，下午读书写字，夜间又到假山旁格外练习。端木日渐勤谨，虽然忙累，却神情奕奕，郑三娘见了，心中也慢慢缓和了许多。从前郑三娘将端木管束得紧，不许她随便玩儿，如今偶尔到坊外，回程时，也学卢菡，带些外头新鲜小物件，当作礼物给端木，让她辛苦修业之余也有些寻常小乐子，端木每次也将礼物分些给李素炫。

郑三娘还是不喜欢那李素炫，觉得她性子淡、不亲人，只是见端木与李素炫依旧要好，每日一同作息，又一同用功，也不多说什么。姊妹二人对各色女孩儿家零碎物事都不大感兴趣，唯独想要纸笔，郑三娘便省下自己开销，尽量拣好的买些给她们。

一日，端木与李素炫给各自师父行了礼，并肩离去。卢菡与郑三娘在她们身后，眼见姊妹二人已不复娇憨稚嫩，再不是多年前怀中小女儿。如今她们都长高了许多，肩上各自负着琵琶与羯鼓，一般身高一般身形，并肩走着，远看时身子骨俨然已是成年女子了。

郑三娘长叹：“卢先生先前说得对，我们叫孩儿多长些本事，乐艺上令更精湛些，至于命，也只能由她们自己撞运了。”

# 第三章 長安的街市

天宝三载（744年）正月—八月

# 11

转过冬季，又到开春，长安城里各处积雪开始融化，鸟儿去岁飞走许多，眼下又陆续飞了回来。端木和李素炫所居院落里也渐渐有了些生气。树木沉寂一冬，到了春日里一点点苏醒过来，又萌发出新芽。天空上整日里飘着细雨，随风移动，雾般迷离。待到树上新芽都变成整片叶子，城里便再也看不到积雪，唯有白日晴朗时，可远远望见南山上有一道雪线，细细隐伏。

春日渐深，未到初夏，林木幽森，四处虫鸣啾唧。院中小径石缝里和墙基处，地衣复又水润起来，甚得端木和李素炫喜爱。卢菡教了二人些法子，每日将米汤少留些下来，打上些洁净井水，放在日头下晒得暖了，兑上米汤，拿来浇灌地衣，也可以到浅湖里几株荷花旁打些湖水来用。不多久，地衣果然越发油润。沿墙基有树荫遮不到处，终日被日光暴晒，两人用树枝就着墙根儿搭起个小凉棚来遮着，每日洒水十数次，期待地衣能朝那边一点点爬过去。每每站在石板路上，树木间光影浮动，脚下深绿浅绿交错杂驳，水般起宕，如梦如幻。院中人对这一片地衣喜爱十分，争相看护，几位嬷嬷也欢喜，也调笑。

“我等都老了，眼神不济，喜好种个花，还专挑颜色艳的，看着抢眼。她们却是心中别有裁致，偏好养个地衣。”

“以往只是嘱咐她们小心，莫要踩到了，她们却当真养上了，比养个孩儿还细致。”

“别说，也真养得好，格外碧绿油润，比那些个石头缝子里野着长的好看得多。”

“也不知谁的法子，养得如此好看，我走石板路上都生怕踩到，万般小心，手脚身子都拘着，几次差点摔了。”

众人欢笑，齐力看顾，这院落虽然孤吊一隅，却有个居家样子。端木和李素炫时常想起母女三人缢死处，那叫别宅的，记得里头尘土荒芜，如黄泉某处，连个乱草也不长。二人有意再不提及那处院落，只想好好打理自家。前路杳然，无法谋划，不如顾好当前。人世实苦，眼下一点乐处虽然不多，毕竟有一点总胜过无一点。

端木和李素炫与院中其他人渐渐熟稔了，闲暇时也喜欢学人样子在回廊里躲荫凉，或对弈，或闲聊，或是回屋取了各自乐件，略一商议，便合乐弹奏，也是一番玩乐。只是端木与李素炫比其他女乐小上几许年岁，故此还是她二人相处最多。

二人在各自师父指点下日有精进，也又长高了些，还是一同起居，一同苦练，形影不离。只是每到傍晚，端木总要独自格外练一阵子，李素炫却喜欢出院落，在前后路上走一走，或在浅湖边、草丛旁站一站，沉思片刻。每月总有几次会遇到沈绰，李素炫很喜欢听她讲述坊外事，市井之间、街头巷尾，有的是料子，都是李素炫这般常年困居之人见识不到的。

一日傍晚，李素炫又在路上遇见沈绰，攀谈起来。两人一路走，一路挥着手，蚊虫从四下里不断凑过来，不赶不行。李素炫听沈绰讲了一路，不觉间又是被她送回了自己住处。在离院门不远处站定了，李素炫又听沈绰讲了许多，不经意间，腰中虫儿叫上了。

“你这次身上又带的什么虫儿？叫得如此嘹亮。”沈绰问道。

“蝈蝈，前几日师父给我的，要我好好养着。走路时通常不叫，这是站久了，动得轻，它就叫上了。”

“蝈蝈拿什么喂？”

“随便些菜叶子就行，旁人说若有些辛辣之物，叫得更欢，只是辛辣之物不易得，至多给些葱薤。”

李素炫说着将腰间小笼子提起来，给沈绰看。沈绰接在手里，拎高些，凑近了看得仔细。小笼子是细干草捻着编起来的，还挺精巧，不大，刚够蝈蝈在里面转个身，带在身上，隐在衣褶子里，很轻便。眼下天色有些暗了，不大看得清，却能看到里面虫儿通身翠绿，全无一点杂色，连同须颖和两个眼睛也是绿色，微微闪着荧光。

“这么小个笼子，好生讨喜。”

“师父说笼子不能太大，不然虫儿受惊了乱跳乱撞，会伤到。”

“我常见人天暖了养蝈蝈的，说来也不稀罕，只是你这蝈蝈少见，怎么通身都是翠绿色的？我往日里见的都是铁色的，也有一半绿色一半铁色的，绿也没这个绿，个头倒比这个大不少。”沈绰笑道。

“听师父说，临潼华清宫边上有几座山，这种蝈蝈只那几座山上才有，别处寻不到。那边人捉了贩过来，在东市上出售，有个名唤‘咂嘴儿’，通身翠绿，身量比一般蝈蝈小许多，声音也清脆，不甚聒噪。”

“我也见过人好养蝈蝈的，都是亲自到野地里去捉，有时还着实挨咬。蝈蝈若大些，能将人指尖上厚皮给咬穿，乃至咬出血来。你这个居然是买的？”

“师父说这个比地里捉的好看，鸣叫起来尤其好听。院里人给它起名叫‘翠儿’，平日都挂在树荫里头，众人争着喂。这几日想是养得好了，十分有力气，叫得分外欢实，嗓子也尖，吹笛的对着它，它硬要跟人赌气，叫个不停。方才院里人都在读文、习书，我怕它扰人，这才将它带出来了。”

沈绰羡慕不已：“我小时候师父都不大管我，你可倒好，师父连个虫儿都与你寻来解闷。”

“去岁金蛉我养得好，今年师父便给了我这只蝈蝈。”李素炫答道。

沈绰又将小笼子提起来看了看，轻轻放下，笑着叹了口气：“我真羡慕你。”

“羡慕我什么？”

“素儿就是命好，没遇到过恶人，不知好人多难得。日后若有了出息，可千万莫忘了你师父。”

李素炫自然不会忘记师父卢菡，只是觉得沈绰说这话颇有意味，不是字面上那么简单，想来应该是有些缘故的。只是沈绰说了这句，又立刻将话口子岔开，说起了些别的。

两人又谈了阵子，互相行礼告别。走得也久，说得也久，现在天也黑了，李素炫也走得累了，最要紧的，两个人都被蚊虫咬到快半死了。

夜间，从假山旁练习回来，躺倒床榻上，端木与李素炫摸着黑聊天，李素炫讲起白日里沈绰所说长安街市情景来。

“长安城里十数万户人家，加上驻军、客商和外来暂住的，有近百万众，这还不算你我这等不在户的，都算进来，不知道要多少人。你我经年不出这左教坊院子，都关得傻了。”李素炫说道。

“就算有机会出去见识一下，也不知道哪里好玩儿。”

“师父说过城里有东市西市，各色行当无所不有，还有各种杂耍卖艺、各种吃食，热闹之至。沈绰说，无数新鲜好物，我们只能去看看，却不能买。”

“为何不能买？”

“没钱。”

两人调笑了阵子，沈绰所述百八坊如何阔大、东西市如何热闹，这二人是怎么也想不来，各国货殖丰厚、货色与中原迥异，就更想不来会是个什么情状。说到夜深，也想不出什么所以然来，推推搡搡、打打闹闹，糊里糊涂睡着了。

## 12

第二日，李素炫向师父打听起城中状况来。她问一句，卢菡答一句，答得简明扼要，全不似沈绰那般手舞足蹈、绘声绘色。卢菡寻常里不大出门逛，要么在家，书琴做伴，要么到左教坊中来。自从李素炫入了左教坊，卢菡更是将职事之外所有心思花在了这小女乐身上，出门更少。长安城日夜熙攘，卢菡却不大熟悉市井热闹，有事出门也是直去直回，唯一一次拐下大路，还是听到李素炫唱歌那次。李素炫问了阵子，觉得师父似乎对城里热闹既不太热衷，也不知道太多，便又不作声了。

“素儿是想去街市上看看？”卢菡问道。

“师父，素儿五岁入左教坊，还未曾出去过。”李素炫说道，心中委屈。

“师父与你想些办法。”

“师父有办法？”李素炫眼前一亮。

“循例，云韶院人及搊弹家不得擅出教坊，但教坊中多有应私请外出者，去贵人府第里弹琴唱曲，或与富户私伎排演教习，赚个衣食车马钱，因循成例，数千人都如此，朝廷默许，不管得那般严格。教坊女子中只有宜春女乐为圣人前头一等一的，或为女官，或为待诏，入皇帝内闱，管得死，经年居于东宫大内，一动一卧都有人盯着。出了皇宫，到了左右教坊，便不甚严格了。只要不误宫中差事，记得坊门关闭前回来，也别在外头撞出什么乱子来，便无大碍。不过，坊中乐工出入自由，女儿身还是要麻烦些。”

“那师父可否带素儿出坊看看？”

“师父与你想想办法。”

隔不几日，卢菡嘱咐李素炫穿一件利索短衣，随他出教坊。

“师父怎么安排带素儿出来的？”出了教坊，走在坊道上，李素炫东张西望，满心兴奋。

“我应了一户府第，允诺与其私伎排演，要调教她们两月。报教坊副使知道，只说带你出来，奏琵琶与那些私伎示范。副使不多问，只嘱咐我必须按时带你回来。你现如今也是出了大院落了，若仍在大院落里，备选宜春院，那是死活也出不来。”

卢菡领着李素炫走了一阵，到了一处大宅院偏门处，给了她几个铜钱，叮嘱她：“素儿自己在这附近转转，前面转过两个角去，就有热闹看，还有些小吃食，你自己去尝尝，还有些杂耍卖艺的，可以看看热闹，人多处要当心，切莫走远，怕找不回来。两个时辰内，一定要回这里来，若是果然找不回来了，就到本坊北门口处等着师父。”

“师父放心。”

李素炫对师父行了一礼，卢菡转身，只走了几步，又回身走过来，又嘱咐道：“素儿要小心。”

“师父放心，素儿知道。”

卢菡叹息了一声。

“素儿多年未曾见过街市，未必习惯。这里人群聚落，喝喊得也热闹，素儿莫要畏惧。”

“不过街市上人众而已，素儿心中不惧，师父无须担心。”

卢菡笑了笑，转身走了。

李素炫目送师父进了院门，抬头四下里看了看，身侧人家果然是大户府第，院墙高大，她就是攀个梯子都不敢爬那么高。路对面也是高大院墙，又不知是谁家府第。两墙高大，夹条小路，从上面落了些阳光下来，眼下路上没什么人。李素炫依师父所说，沿墙向前走了百十来步，接连转过两个街角，果然眼前豁然开朗热闹起来。

李素炫却迟疑了，停下脚步，站在街口，张望着，不敢前行迈入那一片热闹里。心里倒也不畏惧什么，却果然如师父卢菡所说，多年未见过街市，有些不习惯。她对市井间热闹熙攘依旧是五岁时依稀印象，如今已恍若隔世。街上人众往来如流，她只觉得自己是个外人。

想过很久，她走上了大路，却只在路边站着，远远看着路中央。眼前道路宽阔，车来车往，人头攒动，路边颇有些零散买卖的，有的掇个破案子，上面放几个粗陶碗，叫卖些浆水淡酒，有叫卖小食杂货的，还有些聚众卖艺的，外面围了一群人，也不知道里面折腾些什么。此处虽然不似沈绰所说东市西市那般商贾云集、热闹非凡，可对于李素炫来说，已经是熙熙攘攘了。

她记着师父方才所说，不敢走远，只在路边几棵树下转来转去，旁观些热闹，一看便是一个时辰，心中生疏慢慢退却不少。眼前路上有各色行人，有的行色匆忙，或赶着货车，或背个挑担，在人群里拐来拐去，急急往前走。也有不慌不忙的，倒背两手，走得随意，或停下来吃盏酒，或看看路边杂耍卖艺的，跟着叫两声好。也有些小童，不知谁家的，互相追逐打闹，尖声叫嚷。这附近想是大户居多，街上也颇有些公子仕女，穿戴华美，有仆从跟着。

李素炫看了阵子，忽然听到身侧有人尖声喧哗，转头瞥见个小童，牵着只风鸢正跑过来，一路飞奔，手上拿着线轴，另一手扯着根线，口中大呼小叫，用着力，一拽一拽的，风鸢却怎么也飞不起来。

片刻间小童跌跌撞撞到了李素炫跟前。他不过六七岁年纪，头发乱蓬蓬，浑身脏兮兮，脸上横竖抹着泥巴道子，汗涔涔的，也不知淘了多少气。待撞到李素炫跟前，小童停下了，抬头见到李素炫脸上笑盈盈的，又见她生得好看，不由得立时乖了起来，盯着她看，吸着鼻涕。

“傻小子，如今这时节，风鸢放不起来。”李素炫笑着对小童说道。

“怎么放不起来？”小童问道。

“放风鸢要有风，今日没风，如何飞得起来？”

说话间，不意就来了一阵风。

“这不是有风？”小童在一旁瞪着眼睛说道。

李素炫伸手探了探，果然有阵风，连她耳边头发也被吹动了，心想：“真是老天与我作对。”

小童问道：“你会不会放风鸢？能帮我将这风鸢放上天去不？”

没待李素炫回答，小童就将手中线轴递了过来。李素炫一横心，索性扯着线跑上了，心想：“师父每年都与我做风鸢，还教我如何放飞，我也放上天过，有什么难的。”

不想没跑几步，风停了，风鸢刚刚起了不到两丈高，眼见直直落下来，挂在一株枯木梢上。李素炫看着，傻了眼，甚是懊恼。若是她自己的，大不了不要了，可是眼见旁边小童噘起了嘴巴，一副委屈相。李素炫觉得很对不起他，自己也很丢脸。

李素炫打量了一下，这树细高，可是树干没多粗，似乎也没多结实。她抱着侥幸，推着树干，用力撼了撼，想将风鸢摇下来，怎奈没多大力气，树干略微晃了一下，风鸢还是牢牢挂着。

李素炫只得另想办法，要她当众爬树肯定是不行，小童太小，也不敢让他爬上去。正苦思时，看到旁边杵着个夯实小子，年岁比李素炫大不了多少，个子却乍了李素炫一头还多，穿件粗布衣裳，腰间别着个弹弓，身材敦实，脸堂黑黢黢的，眉毛粗壮，嘴唇宽厚，一副忠正勇武，一看便是秦地汉家男儿。这夯实小子这会儿也正仰头看着树梢上，大约也是盯着风鸢，看神色也不是幸灾乐祸，只是看热闹而已，浑身上下一副傻乎乎。

李素炫心想，这看起来是个有膂力的，不如请他帮忙。心里想着，走上前去，行了个礼：“请问这位小郎，可否帮个忙？”

对方愣神没有回答，李素炫又说道：“小郎若是帮忙将小阿弟风鸢取下来，我请你一碗酒如何？”

“那我试试。”对方说道，声音粗憨。

他说着走到树前，上下打量，心想：“这树上连点败叶子都没有，分明多年枯死的，只怕里面都糟朽了，若是爬上去，估计禁不住我分量。”这么想了一想，弯下腰，抱住树干，用了用力，见树晃得厉害，心中有了底。沉稳丹田，运了两肩力气，一声喝喊，硬是将树掰了下来。果然树干早就糟朽，中间都是空的，只是他这夯实小子拔得下来，李素炫那般女子却是动不得。待将枯树轻轻倒放在地上，小童儿跑过去取下风鸢，欢叫着径自跑开了。

李素炫瞠目道：“我是求你将风鸢取下来……”心说，“可没让你将树拔了”。

对方瓮声瓮气回了一句：“那这不是下来了？”

李素炫只得认卯：“果然是下来了……那好，依前言，我请你一碗酒。”

两人走到旁边酒水摊上，李素炫买了盏水酒，递与夯实小子。那小子也不客气，接在手里，仰头一饮而尽，然后放下酒碗，看着李素炫。李素炫哑了片刻，不知说什么好，最后干巴巴说了一句闲话：“我叫李素炫，你叫什么？”

“我叫梁蛮。”

对方只这一句，又没话了。李素炫只得四下看看，没话找话，看了一圈后，指指梁蛮腰间弹弓问道：“你会打弹弓？可打得准？”

“百发百中。”说到弹弓，对方立刻来了精神，声音也为之一振。

“也不略微谦虚下？哪有百发百中的？”李素炫笑着问道。

“怎么没有，不信，我与你试试看。”梁蛮被李素炫一激，来了脾气。李素炫转身往回走，一路拐进小巷子里，梁蛮跟在她身后，不依不饶：“怎么不能有百发百中的？不然，你指个什么，我一准打中，给你看看，教你没话说。”

“那好，前面那根桩子，你可打得中？”李素炫抬手随便指了指。

前面角门处果然有几根石头桩子，拴马的，离李素炫和梁蛮脚下约莫三十步。

“这还不简单。”梁蛮说着，取下腰间弹弓，安了弹丸，拉弓、瞄准、松手。弹丸激射而出，准准打在最远处一根桩子上，激起一片尘土碎屑来。

“还真能打着？”李素炫见他不但打到了桩子，还打得十分轻易，很是吃惊，忍不住接连又指了几处。那梁蛮也不答话，李素炫指向哪里，他立刻安好弹丸，略一瞄准，果然弹无虚发。

“你还真不是说大话。这准头怎么练出来的？怎么能打这么准的？”李素炫惊声问道，口气中满是钦服。

“多练。”夯实小子说了两个字。

这两个字叫李素炫没话说，想了想又问道：“你这弹弓可与我试试？”

梁蛮将手中弹弓递给她，李素炫伸手拉了两下，不想这弓劲硬异常，分毫拉不开，不知这梁蛮如何天生好膂力，开得如此劲弓。李素炫只得将弓子还给他，口中不停赞叹："怎么练的？真就是多练就准了？多练就能练准？若是我，就算有力气拉开弓了，又怎么能那么准。"

那梁蛮只笑笑，他惯来笨嘴拙舌，总是没太多话说，见眼前女子窈窕秀丽、活泼可爱，又对他佩服不已，心中便忍不住少年骄傲，又卖弄了许久，挨个打过各种桩子、几个枝头。李素炫跟在他身边不停欢叫着，不觉间两人一路走到了李素炫与师父约定处。

"我到了。"李素炫笑着说。

"你住这里？"梁蛮问道。

"我不住这里，我随师父来的。"

"那你以后还来不来了？"

"我师父教习府中私伎，允了两月，想是还要来，我却不知道是不是每次都能跟来。"

"那你家在哪里？"

"我家在左教坊中，你进不去。"李素炫笑答。

"那……你若下次还来，我再打给你看如何？"梁蛮说道。

"那当然好。现在你先回去，一会儿我师父来找我了。"李素炫说着，两人行礼作别。

回了教坊，李素炫兴奋了一夜，在假山旁对端木喋喋不休讲了好久，端木听得艳羡不已。

"我就没这等好运出去见识见识。求过我师父，师父说，这市井间没什么看头，待有时机，带我去大户府上，看看人家私伎如何排演。师父说大户府上有的是银钱，豢养许多私伎，多的有百余众，个个有技艺，有那技艺最好的，不逊于宜春女乐。我却对那大户府上私伎没兴趣，只想去看看寻常市井街坊。"

素儿笑道："你随郑先生去看看也好，回头我与你讲讲市井中人，你与我讲讲大户私伎。"

# 13

不几日，卢菡又带李素炫去了那一户府上，照例给了她几个铜钱，告诉她两个时辰以内回来。李素炫又沿高墙向上次地方走过去，刚转过第二个弯，就听到有人叫她，回头一看，正是梁蛮。他几大步迈过来，满脸通红，看了李素炫半晌，终于憋出一句话：“你来了？”

“这次我可没风鸢挂树上，不劳你将树给拔下来，你也饮不到水酒了。”李素炫笑道。

“不用酒，我打弹弓给你看。”梁蛮憨声说道。

“不用，多谢，若不然我们去那边看人演俳优戏？”李素炫说着，转身走向人群聚落处，着实费了些力挤进去，一看，果然是俳优戏。一男一女扮作一对夫妇，在街上作艺，一问一答，一唱一和，对话诙谐，引得围观者不停哄笑。李素炫看了阵子，想挪个地方再看，刚一转身，刚好撞上梁蛮。

“别跟这么紧，我撞上你，跟撞墙一般。”李素炫笑着，冲他嘀咕了一句，并未愠怒。只是那梁蛮不是个能言善辩的，女儿家一句娇嗔，于他就是挨了一句戗，更哑了，用手捂着腰上弹弓，支吾半晌，又挤了几个字出来：“俳优无趣，我打弹弓与你看如何？”

“上次看过了。”李素炫说道，转身笑着挤出人群，到了人少处，梁蛮也跟了过来。他不过十六七岁年龄，见这女娃伶俐好看，说话声音也好听，也没有嫌他一身土气，便老想跟着她。他每日凭膂力在市井间找些零活做，除了打弹弓不会别的，便总想打弹弓给她看。

“上次给你看的，不算本事。”梁蛮跟在李素炫身后说道。

李素炫很诧异：“那都不算？那你还有什么真本事？使出来让我瞧瞧。”

梁蛮带李素炫拐了个弯，向里头走了一段，到了一处僻静巷子里，从地上拾起根树枝，在邻近一株大树干上拨弄一番，将树枝横插在老树皮中间，然后带着李素炫又向前走了五六十步，站定了，拿下弹弓，右手握了弹丸，回头看着李素炫：“我能打到那根树枝。”

李素炫揉揉眼睛，走得太远，那小树枝不过拇指般粗细，隔了这段路，都看不太清楚了，找了半晌才勉强找到。她看着梁蛮，心里头一百个不信。

“这你也能打到？”

“能。”梁蛮点点头，安好弹丸，拉开弓。

“我看都看不太清楚了，你能看清楚？”

“我也看不太清楚。”梁蛮说道，低头开始瞄准。

“看不清楚如何打得到？”李素炫问道。

“看不清楚，一样打得到。”梁蛮低声说着，随即右手松开，弹丸激射而出。李素炫看不清楚那根树枝，只见弹丸向前激飞，瞬间没了踪影，再一瞬间，一声脆响，横枝隐约坠了下来。她立刻跑过去查看，果不其然，弹丸打在树枝上，两个又落在了一处。树枝枯脆，已经折了，弹丸也已碎裂，散落在两截树枝周围。

“你都看不清楚，到底如何打得到？”李素炫惊叫起来，将刚刚那句话又说了一遍。

“我也不知道，反正，就是打得到。”梁蛮说了一句，声音很低。

李素炫看了看梁蛮，瞬间老实了。这小女儿虽身在奴籍，入教坊为宫伎非出己愿，但修习乐艺却并不折辱她。她天性活泼，却也十分坐得住，每日在琵琶上苦苦磨练几个时辰，又常有师父在一旁陪着，她再累也能咬牙忍下来，苦修数载，手上日渐精湛。歌上是个浑然天成的，宜春院许和子、念奴几位前辈曾到得左教坊来，略略指点，她便大有长进。师父卢菡教她读书写字，她也不惧。她记性极好，大段文章诵读几遍便记得住，乃至书法诗文也颇能揣摩，领会其中妙处，举一反三，融会贯通。师父卢菡对她极为爱重，她自己也颇得意，自认聪明非凡，只是今日见了梁蛮，一下子没了气焰。

“我便有那番力气，拉得开弓，也练不出那个准头来。纵然练得出那个准头，这看不大清楚的，怎么打得到？刚才打横枝那一下，定然不是撞上的，到底是怎么打到的？”李素炫苦苦思索，怎么也想不明白看不清如何打得到。一抬头，夯实小子还是老实站着，看着她，不言不语，李素炫却一瞬地不敢再轻看他，不敢再只当他是个傻小子。

“你打弹弓谁教的？你师父是谁？”李素炫问道。

“我没师父，自己练的。”梁蛮回答道，还是老实站着，好像生怕动一动都要惹小女娃不高兴。

“自己怎么练的？”

“就是……做个弓子，安好弹丸，拉开，瞄准，然后松手……就这般练。低了，下次高点；高了，下次低点，左右也这般调校，慢慢就准了。”

李素炫实在不明白这个“就这般练”是哪般练，再一想，打弹弓，还要哪般练，无非也就是梁蛮说的，高了便低点，低了便高点。她叹了口气，暗想：“我弹琵琶有师父教，击羯鼓有郑先生教，他二人俱是内乐第一等训师。至于诗书经史，师父多年饱读，指教我时哪一句话都在点子上，我只要不是天生愚傻，略一用功，便有成果。本以为自己聪明，现在看来，也没什么了不起。不像这梁蛮，连耶娘也没有，每日还要跑腿做零工养活自己，打弹弓也没个师父教，却能练出这般绝技来。原先只觉得这家伙口拙，样子也夯，原来机灵全在心里藏着，以后万不敢轻看他了。”

李素炫一边想，一边看着梁蛮，见他手上粗糙不堪，布满厚茧，有些脱落下来的，露出底下嫩肉，有些皲裂的，缝子里还有些泥。也不知道这些厚茧哪些是干活落下的，哪些是打弹弓磨出来的。李素炫一瞬地有些心疼这小子，心中起了爱怜，也颇自愧，半晌没说话。梁蛮也不说话，看着她，等她先开口。

李素炫想了阵子，心中略缓和后，与梁蛮说起了闲话。梁蛮口拙，虽然一直跟着李素炫，总想与她说话，却又总是没话，只老实站着。大约是因为高过李素炫一头多，自己也觉得自己看着呆傻，骆驼似的，不似李素炫那般纤细伶俐，故此他老实垂着两手，头也略略低着，抬眼看着李素炫，等她发话。初时李素炫嫌他夯，现下不敢嫌弃他了，见他没话，她便努力多说几句。梁蛮见李素炫认真找话与他说，心里高兴，她问什么，他答什么；她停下来，他便等着，不敢催促。

李素炫死撑着找些能说的，两人聊了几刻，算时候师父应该快要从府中出来了。李素炫与梁蛮告辞，夯实小子不敢说“不”，只得行礼离开，脸上一副恋恋不舍。回程时，李素炫忍不住对师父说起了梁蛮，卢菡一路静静听着。最后，李素炫说道：“师父，以前，素儿只服过师父，只觉得自己不如师父，却觉得别人全不如自己。素儿以后知道深浅了，再不敢自认聪明。”

卢菡笑了：“素儿聪慧，这个没什么不敢自认的。师父在教坊中几十年，也时常去与梨园弟子教习，见过的也不少，如素儿般有大天分者，实不多见。”

“素儿若是有大天分，怎么也要每日弹习，练得那么辛苦？”

“所谓天分，不是生来就比旁人聪明、学得快，而是生来便心中炽爱，经年累月苦修不辍，纵然寂寞，也挨得住、耐得住。素儿自幼攻习琵琶，每日几个时辰，从不需要师父厉声督促，但好声哄着些，自己便知道努力，读书诵史亦在勤奋，此番便是大天分。”

“师父已是天下名手，也要每日练上许久，素儿怎么敢懈怠。”

“素儿若是心中不爱，也早就懈怠了，就是有师父与你做个样子，也没什么用处。所谓刻苦，都是吃不得苦的，果然心中痴爱，哪有什么苦，又何须刻，纵万千磨难，也乐得生受。”

“素儿今日明白了，日后定当勤谨，再不敢得意忘形。”

“素儿知道躬省，是好事，但不必太谦虚。只记住一点便可，自己再聪明，也总有和自己一般聪明的，只是别人聪明在别处。而且，为师也不是最了不起的，教坊与梨园中高手甚众不说，天下广大，也肯定有强过师父的，素儿没机会得见罢了。日后有了机会，师父一定与你引见，若是能遍求名家，得诸多指点，一定强于只跟着为师一人。”

“师父说的是，素儿记下了。”

卢菡将李素炫送到教坊中大院落门口，嘱咐了她几句，转身回家了。李素炫回到院落里，正赶上官舍放暮食，她匆匆吃了些，回屋取了琵琶，拉上端木，嘱咐她带上羯鼓。

“做什么？”端木问道。

“去假山旁。”李素炫回答。

“现在就要去？月亮都还没有出来。”

“现在就去，我现在就要练习。”

“好、好，依着你。”端木说着，背起鼓来，与李素炫一同出了门。两人很快到了湖心岛上假山旁，安定坐好，运气调神，开始练习。多年来，李素炫这次才是真的用功了。从前她只是有些天生聪明可以仰仗，又有些小童儿家虚荣，想让周围人信服自己，尤其又不想让师父卢菡失望，总之诸般理由杂陈，自今日起，她是实打实想认真练了。

卢菡当初与大户府上教习私伎，约定两月，很快过去了。约莫入夏时分，李素炫又见到梁蛮，告诉他，她往后不再过这边来了。梁蛮十分失望，瞬间满布在脸上。

“你平日里是不是都在教坊中？”他问道。

“是。”李素炫点点头，“平日里我都不出来，就这两月来这里，不过五六趟，还是跟师父来的。”

“你说过你师父与人家府中私伎教习管弦，那日后他多半还会去别家府第。他去哪里，我便去哪里找你，行不行？”

李素炫有些难过：“我不知道师父何日再与人教习，也不知道他会再去城中哪家府第上，也不知何时还能再随师父出来。”

“你在教坊里什么地方？”梁蛮追问。

李素炫勉强笑了一下：“进左教坊南门，直行再向左，不远处有片浅湖泊，湖泊那头有个院落，里面有很多大树。不过，你知道也没用，你进不去。南门那里有人把守，盯得紧，你一看就不是我教坊中人。”

梁蛮难过，低头不语。他无有父母，每日早起赶脚挑担，做些粗事，凭力气挣下些零钱过活，一身粗布衣裳，洗得不勤，满身汗渍，哪里有人看得起他。每日上午做事，下午无事，拿着弹弓到处打，也只是寻个乐子，没人还当是什么本事。想不到遇见李素炫这般女子，娟秀可爱、伶牙俐齿，却不嫌弃他村气、口拙，与他找话说，见他弹弓打得准，还一副钦佩。日后想是再无这等好友了。

李素炫也很难过，她不过来了这几次，每次都是刚一出小路便遇上梁蛮，可见这夯小子每日都在小路口左近等着，十来日才能碰见她一次。每次他都将弹丸备得足足的，打上两个时辰都够用。

梁蛮百般眷恋，李素炫心里也分外不舍，可全无办法。两人依依惜别，临走时，李素炫将手中铜钱都给了梁蛮，还告诉他，一定要好好打弹弓，这等好本事千万莫要荒废了。

# 14

回了左教坊，李素炫闷闷不乐了几日，却愈加发狠，终日弹习，累得骨软筋麻。一日下午，她弹过许久，浑身疲乏不堪，过半晌，怏怏捡起笔来，研了些淡墨埋首写字，笔中却有根贼毫无法拔除。她心中起了烦躁，连声抱怨。端木刚好过来，见状将她拖出屋子，拖到院子当中，又拖到院门口，接着将她推出院门。

“再这么练，你手上要受伤了。功夫不是一日成就的，你跟自己较什么劲？若是伤得狠了，不能再练，看你怎么办。去前面路上多走几个来回，待会儿放暮食，我给你多留着些。”端木柔声嘱咐道。

李素炫谢过端木，走到路上。不多远处就是那片湖泊，水里长着些乱荷，无人打理，荷叶稀疏褶皱，花也无精打采，再过些日子花开，也没什么特殊颜色，大约也没个人去看。

“这花甚是颓废，想是无人喝彩，便懒得盛放。也可怜。”

李素炫在水边站了阵子，叹息几声，忽地想起沈绰来。

“我这半月没见沈绰了，听人说她来找过我，没碰见。今日都走到这里了，不如去看看她。若是生我气了，也该与她赔个礼。”

李素炫想着，向上次沈绰所指方向走过去，一路上无人，颇有段路程后，路过一两座空院落，渐渐听到前面人声沸腾，十分热闹。快步走过去，拐了个弯，绕过一所大房子，赫然看见许多人聚在小场地上，有男有女，互相混杂着，围着中间什么人，不停地呼喊吆喝，一副亢奋。李素炫挑了个人稀处，挤进空当里，原来是两个壮汉在行角抵。

“就算是男子，这般身量也不多见。”李素炫心中赞叹道，看二人甚有个架势，不是凑合玩乐的，必是左教坊中百戏工。场地中间被众人围了个小圈子，两个壮汉比寻常男子高了一头还多，俱是一身好块头，弓腰乍背，胳膊腿都铁箍般瓷实。不知二人是在练习还是游戏，神色分外认真，拧眉瞪目，努着厚嘴唇，裸着上身，弯着腰，彼此抓着腰间带子，互相使着力气，口中低声喝着号子，脚下扎实，带着场上尘土一阵阵扬起来，几乎要腾到腰间。李素炫看了阵子，不由得跟着暗暗使劲，圈里还没决出胜负来，围观人众里已不知多少人跟李素炫一般胳膊酸腿酸了。

“再没个输赢，他们没事，我倒要累死了。”李素炫想。天色已然昏暗了些，随便一个念头冒出来，错了个神，眼睛只失了一瞬，就听一声吼叫，连忙仔细看，见一人已躺在尘埃中央了。

围观者哄地嚷开来，高声叫好，又鼓掌。李素炫蒙了半晌才反应过来，这才明白，二人相抵，互相试探，盘桓使力，最终胜负却只是一瞬。输的只是一瞬失衡，赢的只是一瞬精谨，李素炫没看见，也只是一瞬目爽。她想起师父卢菡所说，顶尖高手技艺差别不大，对决所以有胜负，全在于一人极致，全无一瞬讹误，而另一人不能。方才想是二人盘桓之中，一人只片刻微微错神，便被对方抓住了空当。

李素炫也跟着叫了几声好，有些懊恼，在一旁站着看了这好半晌，跟着累得够呛，结果决胜只一瞬，偏就没看见。心下怨了自己几句，只得想着下次再来看，一定要聚精会神。

接下来还有一场角抵，众人依旧围着，无人走开。李素炫刚寻思找个什么人打听一下沈绰所在，不意一转头，正瞥见她。

虽然天色略有些暗，李素炫也还是认出她了，在斜对面不远处，穿件淡绯色襦裙，腰间系根绦子，满脸笑意。再仔细看，她正躲在男子怀里。人群密匝，李素炫第一眼没有看到，眼下虽看不真亮，却也无爽虞，果然就是个男子环手搂着沈绰肩膀，二人斜斜倚倚，跟着众人叫喊拍手。那男子中等身量，穿件简单长衫，束着发，相貌平淡，看上去倒是个实诚的，对沈绰似乎也是满心中意，将她拥在怀里，防着她被周围人冲撞。

李素炫不认识那男子，也不奇怪。歌舞伎大多在右教坊，左教坊中歌舞伎少，不过几十个女子，远远在浅湖那头几个大院落里分散居住。百戏工大多在左教坊，其中颇有些力技，如角抵、杖头、扛鼎等，皆需肌力矫健者担任，掌习者多为男子，连同些乐工与其他女伎一起居于浅湖这边，只是不知道如此时分了他们还可以一并游戏调笑。

李素炫迟疑了片刻，心想此刻上去贸然打扰似乎不太妥当，也说不定沈绰不想让李素炫瞧见她与男子在一起。这么想着，李素炫便蹑着手脚想偷偷溜开，却不料反被沈绰一眼看见了。

“素儿。”沈绰叫了一声，甚是高兴，立时撇下那男子，直接冲着李素炫小步跑过来。李素炫放下了心，想是沈绰不介意她此时到访。

“素儿，阿姊好久不见你了，去找过你一两次，不巧没遇见。”

“素儿实在是抱歉，阿姊几次去时，我都不在。”

“这抱的什么歉。你从来不过这边来，我们这厢里正行角抵。你来看看，马上天黑到底，可就什么也看不见了。”

“我方才看了，颇看了会儿，就力士决胜一瞬，走了个神，没看见。”李素炫沮丧说道。

沈绰大笑，方才男子此时走到她二人且近，沈绰指着男子对李素炫说道：“这位是赵二郎。”

李素炫不敢仔细盯着人看，连忙行了个礼：“见过二郎。”

对方还礼，说了句：“绰儿与我说起过你，果然是秀丽女子。”接着与李素炫互相说了几句寒暄话，不徐不疾、不痛不痒，端着礼貌，无可挑剔。说话间赵二郎手又绕在了沈绰肩上，李素炫略微不知所措，不晓得自己是不是该当识相些，找理由走开，给这二人留些私密。

沈绰聪明，天色不甚光亮了，她却看出李素炫窘迫来，连忙推开赵二郎，笑道：“你就别跟我凑这么近了，我这小阿妹年幼，尚未及笄，别弄得人家怕了。”

赵二郎闻言笑了几声，行过礼走了。李素炫还是站着，窘着，不知道说什么，也不知道沈绰要说什么，是方才角抵戏，还是方才赵二郎。

“这两样我都不懂，任她说哪一样，我都接不上。今番来得不是时机，下次不要过来了，不如等她去找我。”李素炫暗想。

沈绰却大方：“素儿不常过来，今日赶巧我们这里行角抵，方才两位壮汉俱是左教坊中百戏工，专习角抵，日夜苦练十数年，颇有功夫。今日练习完毕，本是要回那边屋舍的，却被大伙起哄，撺掇着戏上几局，与我等寻个乐趣。二人本来累了，就想做个样子与众人看看，哄众人开心，便在中间空地上抵上了，不想略使了些力，就认真上了。这二人实是有技艺，今日被素儿瞧见了，也是个缘分，除进宫与圣人观瞧或去权贵府第外，也只有我们这左教坊中人得见，寻常人可没有此等眼福。”

“我也无甚眼福，最后不是也没瞧见。”李素炫打趣道，沈绰应声跟着笑上了。两人说话间，身旁围观者阵阵起哄，想是圈子里头力士又抵上了，待人群爆出大喊，便是有了胜负。

天色渐渐暗了下来，围观人众开始散开，力士也收手歇息了，沈绰带李素炫向一片屋舍深处走进去。

“你今日运好，在这入口处便遇见我了，不然，我们这里比你们那边几个院落可大多了，你若是寻我，不知道要问多少人、走多少路。”

“这边人真多，格外热闹。”

“你们那边都是歌舞或笛箫琵琶之类，轻歌曼舞，调弄些小管小弦，甚是文雅。我们这边歌舞少，百戏多，俳优、角抵、舞剑、击鞠、履索等都有，拉家带口的，数千人众聚在这边，平日不断练习，若有兴致，就自家玩起来了，十分热闹。你若是喜欢，就时常过来，我带你也去玩乐一番。你身子骨弱，骑马打球是不行，若有意，可玩玩驴鞠，听说别处还有鹿鞠和手鞠，这里没有。也可以随我等一起玩儿些步打、白打，玩儿些秋千、拔河，有人习弓马，也可以在一边看看热闹。今日这是晚了，白日里欢腾得多。”

沈绰如此讲说了一番，将李素炫挑拨得心里痒起来。她那边几个院落里都是歌舞管弦，人也不多，确实不如这边热闹，每日课业修习之余，众人多是下棋，或玩儿些双陆，或看几行书、写几个字，状似文雅。今日见了这边，倒觉得那头一副死气沉沉了，整座院落里最大声的就是小翠，每日在树荫下聒噪个不停。

“那我便不日过来叨扰，阿姊带我去玩儿些蹴鞠弓马。”

“这是自然。我这里人多，各色术业皆要勤习，却都兼带玩乐，你若过来，定让你开心。”

两人说定了，李素炫行礼告别，转身向回走，很快回了自己院落，见端木正等着。

“连日里老是憋着，也不出去，今日推你出去，又不回来了，害人担心。”端木笑着说道。

李素炫将今日所见和沈绰所说对端木学了一番，端木也来了兴致。

“过几日我去看看，若果真有趣，便求阿姊也带你玩儿。”李素炫说道。

夜色略深，两人其实都有些困乏，又觉得不曾去假山旁练习，一日之事未竟，没法安心睡觉。李素炫尤为有愧，今日跑出去看人家角抵、与沈绰闲聊，实在是疯得有些忘形。二人互相看看，想了想，端木说道：“我们今日去假山旁，略微少练一会儿，半个时辰便回来。虽然累了，也别懒惰，再过些日子冷了，也练不了了，再想夜半多练习，要待明春了。”

李素炫点头同意，二人马上回屋取乐件，去了假山旁。凝神练过半个时辰后，虽略有些抵不住夜半寒凉，心中却已不愧今日。二人回了院落，进了屋子立刻睡下了。

## 15

第二日清早，李素炫起早梳洗后走到院中，看到郑三娘与苏嬷嬷站着说话，端木在一边小心奉着。郑三娘与苏嬷嬷见李素炫也到了院里，又不说了，各各望向李素炫，目光深长，接着转回头去，却没有走，依旧面对面站着，隔片刻，说起了些别的闲话。李素炫看她二人神情，心想凑过去怕得不着好脸色，立时绕开了。不多时，卢菡来到院中，苏嬷嬷走开了，只剩郑三娘迎面与卢菡遇上。

“三娘早。”卢菡对郑三娘行礼说道。

郑三娘草草回了礼，张口说道：“卢先生，我方才与苏嬷嬷说了半晌，说的是你家素儿。”

“素儿？何事？”卢菡问道。

“其实也没什么大事，只是早上苏嬷嬷与我说，你这素儿总是神龙见首不见尾，除每日餐饭时段外，老是不见她人。要么躲着磨练琵琶，这果然是个好事，要么自家躲在角落里读书写字，或出去路上走走，总之不与别人交往。这院里十几个碎女子，上下差不得个五六岁，每日一起嬉闹调笑，偏生她不与人交道，清高自负，实在是不讨人喜欢。对苏嬷嬷也是爱答不理，苏嬷嬷心中颇不满。”

“苏嬷嬷既然不满，为何不与我说，却要说与三娘？”卢菡问道。

“都知道你护短，白说，人与我说也无非几句闲话罢了，我也只是想好心提醒你。你这素儿自小就是这性子，她自己不改，你也不催着，日后可不是要遭人厌烦？这若是我端木，早教她知道好歹了。”

卢菡笑笑：“我素儿可曾调皮撞祸？”

“那倒不曾。整日不见人，撞什么祸。只不过不招人爱。”郑三娘没好气说道。方才与苏嬷嬷说起李素炫时，两人都有些生气，眼见李素炫自屋中出来又绕开了，更有些恼，如今遇见卢菡，便发了些火出来。

卢菡却只是笑笑："既然不曾撞出祸来，不见人又如何？如何是清高自负了？我自家孩儿，知道她性子，却不觉得哪里不好。"

郑三娘见卢菡如此说，更有些恼怒："小小年纪，缘何那般生冷？见人也知道行礼，却没个笑脸，说过她几句，下次笑了，却是皮笑肉不笑。我又不是什么恶毒人，她若有个笑脸，说几句软的，我自然会和气待她，缘何见了我便要远远绕开？恁般自负，全无趋奉，又不是什么金贵身子，不知向人示好，待将来惹了什么权贵，可不是要平白倒霉？"

卢菡心想："我莫要与她再说下去了。素儿与旁人相处不多，却十分亲好，不过是对她与苏嬷嬷不够奉承，想是她二人有些折面，为此惹火。初时几句也不过闲话，见我不领，便恼怒了。现下话说到如此，已不是素儿性子如何，无非是想让我服软。我若再为素儿辩解，只会令她更加恼火，鸡蛋里挑骨头，也要给素儿挑出更多是非来，日后更是要冷脸对待素儿。我那素儿却不吃这一套，只怕日后更加不肯奉承，可不是越来越糟乱？"

卢菡抱手行礼，替李素炫道了歉，随即转身走了，一句话再未多说。郑三娘恼火又无奈，心想："怪道那李素炫心气高傲，师父也就这般性子，两个倒是像。"

其实李素炫果然是有些故意气人，卢菡却只是口拙。他这等男子，辞章雄悍，辩锋激烈，语句行文起转周密，绝不是笨人，却不会应付郑三娘这等恼怒妇人。见她火起，卢菡立时没了方寸，未再回嘴，不是因为涵养，转身便走，也不是有意失礼，只不过是畏惧妇人气焰，急于逃窜。

卢菡知道郑三娘不喜欢李素炫，也知道为什么。李素炫与端木虽为挚友，性子却大不相同。端木自幼宽厚，凡事不计较，不论师父如何训斥，都认真听着，错不错，也好生认错，面上恭顺不说，回头又哄师父。别的女乐也惧怕郑三娘，也都乖乖逢迎，如此多年，郑三娘已然习惯，见了李素炫也要冷着个脸，指望李素炫会像端木和其他女乐一般不计较，赔着笑凑上来，李素炫却偏不是那等性子，绝不肯柔声哄个面冷的，是以这二人互相都看对方不大顺眼。

苏嬷嬷与郑三娘相类，自认长辈，有些端着，一心等李素炫过来赔笑。李素炫也着实捉混了些，苏嬷嬷那点儿心思她心知肚明，却偏整日倥着个脸对她。待郑三娘与苏嬷嬷看到李素炫对师父卢菡那般恭敬爱戴、礼数周全，对端木、吴歌子、阚容儿那般柔和关怀，连与个外人沈绰也一副亲热，心中不免愤愤，生出一肚子牢骚来。今日郑三娘与苏嬷嬷凑到一起，提起李素炫，言谈里并不恶毒，却也没什么好话。卢菡被郑三娘抢白了几句，口舌打结，吓得赶紧走了，也让郑三娘心生不快。

李素炫回屋取琵琶时，端木将方才郑三娘与苏嬷嬷说话和郑三娘与卢菡相谈之事告诉了她。

“你要仔细，我师父向卢先生告了状，当心卢先生管教你。”

李素炫撇撇嘴说道：“我师父才不会胡听人告我状。不过，我也是不如你，我见了面上冷的，可没什么亲热，也挤不出笑来。院里人多，可还是觉得独自窝在角落里最自在，不像你，跟谁都聊得开。”

“我也是装的。我也有点儿怕苏嬷嬷，也不觉得与人一同玩乐有什么趣味，只与你在一起觉得安心。”

“那你如何每次见苏嬷嬷都努力逢迎？还每日与旁人玩儿上许久？”

端木苦笑：“只为少些麻烦。我不像你，任由旁人唠叨，全不入心，我没这本事。师父每日在我耳边念经，我只得听着，火了也不敢挂相。不如忍着，再哄一哄，她唠叨完了也便不说了。”

李素炫咯咯笑了阵子，转身找师父去了。进了屋，见卢菡正翻着几页纸笺，旁边案子上架好了琵琶。见到李素炫走进来，卢菡放下纸笺，师徒两个互相望着，良久，李素炫佯装回头看看外头动静，又转过头来，师徒二人忽地都笑出了声。

“师父方才可是被郑先生管教过了？”李素炫问道，口气甚是顽皮，脸上也笑得揶揄。

卢菡摇头叹息：“为师平日里也不是个口拙的，怎的见了郑先生便舌头打结。我与她共事二十余载，每次都是落荒而逃，心中实在是惧怕。”

“素儿也是满心惧怕。”李素炫说道。

“你为何怕她？郑先生与我抱怨，说你对她爱答不理，见了也绕开走，分明是故意气她。还以为你强过为师，不怕她。”

“素儿不是真怕郑先生，是怕管不住自家性子。郑先生老是虎着脸，若有问话，不管素儿回她什么，她都要训斥几句。素儿心中愤懑，生怕有一日忍不住，跳起来骂回去，故此躲着她。至于苏嬷嬷，素儿更怕忍不住与她对骂，更加躲着。”

“其实郑先生和苏嬷嬷不过是想让你赔个笑，逢迎一下。”

“既如此，为何不先给人个笑脸？这般虎着脸，让人如何亲近、如何奉承？”

“她们那般性子，为师也是参悟不透。”卢菡摇头叹息。

“怪道师父不娶，可是怕师娘管教？郑先生凶悍，师父还可逃窜，若是师娘凶悍，师父怕是只能到坊道边污水沟里躲着过夜。”李素炫说着，咯咯笑起来。

卢菡伸手拿起琵琶递到李素炫怀中，佯怒道：“师父为你被郑先生训教，你倒幸灾乐祸。莫要再说这些头疼事，好生侍奉琵琶。”

李素炫接过琵琶来，低头拨弄着轸轴，调教弦音，口中依旧笑个不停，声音细灿，像一串碎铃铛。

卢菡看着李素炫，心中慨叹：“我这素儿性子也算是好过我。虽说有些眼悭，见了面冷的不肯逢迎，与笑脸人却处得融洽。不像我这做师父的，若是心中对谁不喜，就算人家有个笑脸，也还是不肯趋奉，低不下头，挤不出笑，实在是个惹祸性子。”

李素炫调好弦，抬头见师父望着自己，似有所思。她想了想，开口问道：“师父是不是要告诉素儿改改性子？”

卢菡略略笑了：“为师并无此意。性子乃天与，怎么改得了。”

“真的改不了？师父一生也改不了自家性子？”

“可不就是改不了。什么叫趋炎附势，什么叫阿谀奉承，那些好听话要怎么说，师父不是不知道，可就是弯不下腰，放不下身段。想为师这一生，跌跌撞撞，头破血流，又何曾拗得过自家性子。自己都管束不得，又哪里敢叫素儿改一改。”

“素儿若是改了脾气，或者师父更喜爱。”

卢菡幽幽说道：“怕是不会。素儿若是没了脾气，只怕那份锐气和灵气也没有了。只是，改不了性子无妨，说话却可以学学。”

“素儿明白。”李素炫笑起来，甚是狡黠。

卢菡突然想起什么来，拿起手边几张纸笺来。

“师父又将你身上所文图案拿与人辨识，无人认得，只说果然是西域文字。这长安城里西域人众多，师父四处询问，还是无人认得。费了许多功夫，也只知道这些，怕是要令素儿失望了。”

李素炫立刻将琵琶轻轻放下，挺身跽坐，向卢菡行了一礼："多承师父辛劳，屡次探听，每次都告知素儿。其实素儿不那么在意，师父也不必在意。"

卢菡却轻轻摇头，将手中纸笺递给李素炫。

"素儿无须安慰师父，身之所出，怎会不在意。这几张纸上有些简单记谱，是你幼时口中所唱歌谣。师父怕你长大了，忘了，便记了下来，一直留着。前几日听你又唱，与当初略有些不同，想是已然有些忘了。这是当初师父所记曲谱，当初唱词也按音用字记了大概，你自己收好。空闲时对着谱子检验修正一番，或在琵琶上弹一弹，莫要忘了故土声音。日后若是想寻得自己出身，歌调是绝好印证。"

李素炫眼中瞬间泛出泪光，立刻低下头，眨眨眼，又抬起头，轻声说道："素儿谢过师父。"

纸笺上是卢菡多年前字迹，李素炫依律吕校准音调，立刻唱了出来，手中琵琶跟着轻弹。唱过一遍后，李素炫对卢菡说道："多谢师父为素儿留心。他日若有机会，素儿定要去西域采风，以身上文记、心中歌调为凭，寻我父母魂魄归处，寻我自己此身源头。"

卢菡心中伤感喟叹，当年怀中小女儿如今已长大了，却依旧不知自己身从何来。女儿家发誓许愿来日要去西域寻访故土，可是西域遥远不说，她连这教坊也出不去，只怕今生也不得践行，空有志向，徒留遗憾。想过很久，卢菡叹息一声，特意说起了别的。

"那西域律算与我朝不同，师父所记曲谱以西域音律唱出来，肯定会有些差异，素儿留意。"

"素儿知道，会当心的。"

卢菡点头，微微一笑："好好弹琵琶。"

自见过师父弹奏《郁轮袍》后，李素炫不再只以拨弦偕唱为满足，而立志要弹好武曲，像师父卢菡那般于手中一展风雷。只是她身子骨未长到开朗，手腕、手臂到肩背都没有那等力气，盘桓磨练了这一年，也没太大长进，心里不免着急，却也知道急也无用。熬过一阵子焦灼后，如今也慢慢宁耐下来，时时记起师父教诲："不意之意，乃为真意。素儿无须太过图求功力，暂且好生享受琵琶，求个心中逍遥、指上爽快。"

# 16

端木和李素炫仍是少年人，时光既慢且快，每日承天门上报晓鼓声一阵阵传过来，寻缝钻地般也要进到二人小屋子里，将她们从熟睡中拖出来，狠狠给晃灵醒了。再过上几月天气要慢慢冷了，二人不能再去浅湖岛上假山旁格外练习，所以趁着盛夏，每夜格外用功，回到屋舍后也不过多闲聊，很快睡下。第二日清早，朝食过后二人便要计划每日功课，逐一实行，课业、练习、读写、诗文，日复一日，每一日都很漫长，每一年却又飞快。

入了盛夏，雨水多起来。疾风暴雨来时，钉子似的砸在地上，很快止息，细雨却时常连续下上一两日，或两三日，穹顶阴云闭合，看不见日头。几日后，雨水住了，浮云渐渐散尽，东君复旧，天空湛蓝，金光流溢，似乎格外明耀了些。

李素炫在屋中过了这几日，心里一直记着沈绰所说，想来百戏工自家玩耍时一定格外热闹有趣。之前雨水将地上变得泥泞不堪，眼见放晴，复又酷暑，不到半日泥泞便干爽了，若是一脚蹚过去，尘土立时滚滚扬起，半晌才缓缓落下。李素炫想起那日角抵，两个壮汉在地上盘桓，便是这般尘土滚滚，心想若是在个什么干净所在，没这等尘土飞扬，呛得人肺子疼，角抵仿佛都没什么气势了。

想了片刻，她憋不住，出发去寻沈绰。这次路径熟悉，很快到了上次角抵场，之后，又不知要往哪里去寻了。

眼下角抵场上无人，尘埃静定，周围房屋密集错落，几条小路通向深处，李素炫想不起来要走哪一条。放眼向四周望去，一片屋寓密布，若是走得深了，怕要迷路。她站了阵子，随便捡了条路向里走，心想不妨向人打听，若是走错了，退回去便是。走过百十来步，见有两人迎面走过来，一男一女，互相调笑着，自小巷深处出来。

李素炫上前行了一礼，询问沈绰所在，对方笑着说道："你若是来寻沈绰，倒是找对路了。"回身指着来路，"就这条路，顺着走到头，进了右手岔路便是。"

李素炫又行一礼，对方却未待她说个"谢"字，又与身旁男子牵手走了。李素炫回头看看，两人分外亲昵，推搡着，笑声不断。

“记得沈绰阿姊说，这边未婚男女分院别居，夜晚须是各回各处，却原来白日里可以在一起的。”

李素炫想着，依方才女子所指道路寻到了岔路，刚拐弯进去，站在路口处望了望，就见沈绰自里头一间屋中跑出来，口中大声笑着，接着一男子也自那间屋中跑出来，在沈绰身后追逐着，却不是上次赵二郎。两人嬉闹着撕打到李素炫身边，沈绰立时收住脚步，惊喜道：“素儿怎么过来了？”

李素炫连忙行礼，说道：“下了这几日雨，地上泥泞，故不曾来寻。今日道路干爽，天上也晴朗，就来寻阿姊了。”

沈绰没来得及说什么，旁边男子先开了口：“这是谁家小娘子？生得可是标致。”

李素炫有些窘迫，沈绰立刻转头对男子说道：“你莫要唐突我这小阿妹，一边儿去。”

男子果然口中打着哈哈，走开了。沈绰挽着李素炫，带她出了院子，一路走向房屋更深处。

“素儿不要怕，那人就是个惯来嘴滑的。回头我说他，教他下次不敢。”

“无妨。”李素炫笑着说，不过也就是客套一句。她不甚喜欢方才男子说话口吻，可是看他仿佛与沈绰调得熟，也不好多说。

“怎么无妨？那人，自己轻佻，寻个与自己一般轻佻的戏耍就是了，怎的如此不识相，随便见个女子就一番孟浪，该骂。”

李素炫听不出沈绰是说笑还是当真，只跟着走，心想若下次过来，没有先遇上沈绰，先遇上别个男子，怕是有些麻烦，又想，不如不过来了。倒也不是怕什么，只是觉得不甚喜欢那样人。

乱想间，李素炫随沈绰穿过房屋更深处，原来尽头处也有一片小场地，几个女子正在那里打球。不是在马上，只拿着球杖徒步飞奔。

“这便是步打。这片场子上总有人打球，只是步打。若是在马上打球，那边还有场地，大上许多。只是马匹金贵，只有习此技者配用，我们不敢借来玩儿。再者，马匹性烈，难以驾驭，很是危险，伤面目、残形躯都是寻常，故此马上击球男子居多，女子少见。你今日与我等玩儿些步打如何？”

“好。”李素炫很高兴，马上点点头。

沈绰问旁人要了根球杖给她。旁人简单与李素炫讲了讲如何打球，看了看她，又迟疑了。李素炫身子骨还没全长开，有些瘦小，虽然拿着球杖，昂首挺胸，好大一副气势，却实在叫人信不过。

“打球虽说是玩闹，可也累，也说不定挨揍。”那人说道，接着又补了一句，“是真挨揍，不是吓你的。”

“知道。”李素炫点了点头。

“你不怕？”

李素炫答得笃定：“又揍不死我，怕什么？”

那人没法子，心想：“人不大，口气大，待会儿真挨几棍子，叫你知道好歹。”

那边有人吆喝开赛，李素炫立刻行过礼，挥着球杖跑进场子里，与一众人厮杀起来，分明就是不会打，却拼得凶狠。

沈绰看了半晌，心想：“这小阿妹生得秀丽文雅，礼数上周全，闻说是卢菡亲授之徒。卢先生乃长安城中琵琶名手，琴瑟亦绝，又兼诗史饱读，书画洒脱，人物俊雅，未曾得见其面，却常听人说起。得卢先生钟爱者，定然琵琶精湛，我没听过素儿弹奏，只觉得她甚是乖巧，想不到拿起球杖来如此凶悍。眼见一身尘土，脚踝上结结实实挨了几棍子，也不喊疼，脚步也不略停，反而益发狠戾。女身尚且如此，若是生为男子，还不知要何等悍勇。”

一番争搏后，李素炫气喘吁吁下了场，回到沈绰身旁，擦着汗，想与沈绰说两句话，却又一时捯不过气息来。沈绰看着她，记得她挨了几下球杖，关切问道：“方才几次见你被球杖结结实实打在脚踝上，阿姊都听见响声了，我这都疼了好一阵子，你不疼？怎么也不喊叫几声？”

李素炫低头看看脚踝，果然一片瘀青色，又抬起头看着沈绰，说道：“我方才亢奋，不记得挨过球杖打，阿姊这一说，着实疼上了。”

沈绰笑了好一会儿，说道：“你回去用冷水过了帕子，敷一阵子，过两日改用热敷，好得快些。”

“这个无妨，一点儿瘀伤，由着它便是，不过半月便好了。”

“这杆子击得重，半月好不利索，热敷也省得骨头遭罪，落下根子来。”沈绰嘱咐道。

“阿姊说的是，素儿回去立时照办。”

李素炫将球杖还了，与方才一同打球者道别，随沈绰向回走。只站了这片刻工夫，浑身热力消退，脚踝上疼得狠辣起来，连走路都有些不敢踩地，咬牙走了几步，才略好些。

沈绰摇摇头，说道：“这瓜女子，打个球，又不赌金银，也要这么拼命。”

李素炫咧嘴笑笑：“现在也知道疼，当时打得开心，顾不得。”

“你也就是打得开心，却是胡打的，全无个章法。”沈绰笑道。

“可不就是胡打的。”李素炫自己也笑。

“你若喜欢，便时常过来。你今日到这里已过了晡时，往后每日下午此刻，我去大路上迎你。过上一刻，你若不来，我便回来。你若来，我就带你来打球。你跟着我，无人敢唐突于你。”

李素炫略迟疑了，沈绰又笑着说道：“不必客气，既然喜欢，便过来。”

“素儿谢过阿姊。”李素炫停下脚步，深深行了一礼。

沈绰笑着打断她：“如此客气，可用不着。”

两人说笑着走上大路，然后，李素炫便认得路了，与沈绰行礼告别。

李素炫有些不解，自认识沈绰，一向得她热情帮助，不知何故，只是觉得日后若有机会要好好答谢她才是。沈绰看着李素炫远离，不胜感喟：“素儿怕是不知道我心中对她何其艳慕。如今我活得这般落魄，实是此生无望，每与她说上几句话，便想起自己当初模样，也是这般素净清爽，现在却不一样了。”

# 第四章 今生的夕陽

天宝三载（744年）八月—九月

# 17

李素炫是个肯发疯刻苦的，玩儿起来也狠，挨打也狠。果不其然，当日晚间还无碍，只过一夜，到第二日清早，再拿起琵琶来，双臂发抖，手腕酸涩，手指也疲软，身上也没力气，又酸痛。端木摇头嗔怪道：“见你弹琵琶弹得疲惫，我才推你出去，是让你少练一阵子，轻缓了再回来。你可好，跑去疯闹，弄得两手更不听调用。好大个人，恁般贪玩。”

李素炫咧嘴一笑：“果然好玩儿，改日我央沈绰阿姊带你一起玩儿。”

“我才没你疯，不去。”端木笑道。

“你向来乖巧顺从，只是，难不成一辈子也不肯发疯一次？”

“我可不乖巧，也想发疯，就是怕我师父骂。她若是得知你将我带去，只怕骂你更狠。我不想自己贪玩儿，如此带累你。”

“你可以打得轻些，手上不很酸痛，击鼓别出大错，她多半听不出来。”李素炫说道，“我也是兴起，没个节制，若是打得轻些肯定不会如此。下次一定小心。”

“听你说倒是蛮好玩儿，有工夫随你去瞧瞧热闹。只是今日你要如何？你这样可弹不了琵琶。”

“我去写字。师父说写字可以调息，沉稳筋脉。他画画若是画到纤毫细微处，怕手上不稳当，就先写字，端正楷书或篆书，小字，用心写，也就写上一二刻，手上便稳当了。”

端木摇摇头，又笑笑，心想：“素儿性子着实有些乖愣，有痴有癖，犯错便认卯，倒也可爱。”边想边握起鼓杖，在羯鼓上轻轻打起来。

李素炫拈笔润过，蘸宿墨写起字来。历代书家都曾说过写字有调息之功，尤其是篆书真书，须是凝住心神，待气息悠然深长，才可逐渐入静，笔锋方能稳健。从前写字时李素炫也约略到过那般境地，只是这次实在是闹腾得狠了，用心写了快一个时辰，才勉强好些。

“如何？”端木问道，手中鼓杖却没有停下来。

“若是弹个武曲，右手持拨尚可糊弄，左手叩弦怕是费力。”李素炫蔫巴巴说道，“文曲细微散淡，只怕是骗不了人了。”

端木咯咯笑了几声：“不然，今日不如就算了。你就写字到天黑，明日再说琵琶。”

李素炫叹道：“也幸亏今日师父有事，没过来，不然他若问起来，我都不知说些什么。实在是有些丢人。”

“你向卢先生讨个饶，缓几日。下次可别再闹腾了。”

“说的是，素儿知道厉害，下次不敢了。”

两人说好了，李素炫果然一直写到下午，歇息后又继续写到入夜，睡了。第二日早上起来，活动手腕，再没什么不适，两臂酸涩也退却不少。上午跟从师父课训后，下午该自行弹习，李素炫发狠练了阵子，看看过了日昳，又动上了歪心思，想过片刻，将手中琵琶放下了。

“端木，我去找沈绰，今日再打一场球。”

端木吃惊不小：“不是说好了不要再闹腾了。今日再打一场，明日不是又不能弹了？”

“我是想，我这辈子每日都要弹琵琶，难不成一辈子手上不能使力？我偏要去打球，偏要打得狠狠的，然后回来，操起琵琶，偏要弹得稳当。三五日不行，三五月还不行？早晚总能顺当。”

端木叹息，也知道李素炫就是这般性子，怕她遭罪，又想拦着，又觉得也拦她不住。李素炫见端木为难，接着说道：“你别担心。我肯定小心，只是累些，不会受伤。”

端木只得点了点头。李素炫笑着作礼道别，出了门，依前日所记，很快找到与沈绰约定处，远远望见沈绰果然在路上。李素炫惊喜万分，径直冲了过去。

“阿姊，你果然在这里等我。”

沈绰笑了：“今日可还想打球？前日回去是不是浑身酸痛？”

“怎么会不痛？倒不像我打球，更像挨打。昨日都没敢弹琵琶，今日才好了些。”

“那不怕明日又痛上了？”沈绰带李素炫往里头走，边走边问。

“明日肯定是要痛了。我就想，今日狠狠打一场，回去拿起琵琶来，痛也不顾，忍着弹，手臂早晚习适。难不成做一辈子琵琶伎，一辈子不打球？”

沈绰大声笑起来：“好个小女子，倒有男儿性情。那你每日来，阿姊每日带你打球，倒要看看你手臂何日习适。待真真无碍了，你带你琵琶来，打完球，轮我上场，你在一边与我弹奏，须是奏出步打气势来。”

“阿姊放心。素儿回去一定好好琢磨，看琵琶如何奏出步打气势来。”

沈绰带李素炫走到步打场地，将李素炫心中大志与众人说了一遍。众女乐及百戏工看李素炫身子文弱，口气却大，一齐笑起来。

“这个忙我们都帮你。百戏工里有专打球的，哪日请一位过来，教他与你讲几句。来日打球都有人在一边弹琵琶，我等也算享受个贵人规格。”

众人笑了阵子，递过球杖来，李素炫伸手接下，束好襦裙，上了球场。她与百戏工不能相比，不过眼下场上的不是百戏工，也都是些不太会打的，都是手中拿着根球杖乱舞，随心胡打，有时打在球上，或擦着球掠过去，有时打在地上，击起一阵尘土沙粒，或是打旁人身上、腿上，全没个准头不说，也没个战术章法，众人胶着，打得一片混乱。李素炫年齿小些，个子低些，力气弱不少，众人却也架不住她一腔凶狠，眼中只盯着球，旁人球杖挥到她身上腿上，她也不避，挨上几下也不后退。众人见这碎女子如此勇猛，纷纷受了鼓舞，越发争抢。待到一场结束，个个气喘吁吁，互相看着，说不出话来，只顾着不停喘息。

待到气息平定，众人笑开了，纷纷围着李素炫。

“凶悍女子，有个狠劲儿。”

“小小年岁，凡事认真，玩儿也认真，好事情。”

“怪道与沈绰谈得来，一般性子。”

众人说笑了一阵子，沈绰问李素炫：“今日还打不打第二场？”

李素炫连连摇头：“今日这一场，够我回去臂膀酸到半死，我得好好琢磨一番，才知道如何忍着如此酸痛弹琵琶。再说，脚踝上挨了几下，眼下开始疼得狠了，若再挨几下，怕是要爬回去了。”

众人又是哄笑，笑得够了，李素炫与众人道别，沈绰送她向外走。

“我似你这般大时，也是你这等性子。”沈绰说道。

“想是也与我一般挨球杖打。”李素炫笑道。

“自然不少挨打。”

李素炫腿上脚踝上开始有些吃力，疼得咧着嘴：“阿姊，不瞒你说，我年幼时不好好练琵琶，被嬷嬷狠狠调教，那时候挨鞭子都不似现下挨得多，又挨得这么狠。”

“你自己说，你眼下却是为何，不是自讨苦吃？”

“……也是我自己管不住自己。今晚弹琵琶，怕是有苦头吃了。”

沈绰送李素炫瘸瘸拐拐回了自家院落，两人道别。临别时沈绰甚是不放心，特意叮嘱李素炫要先冷敷，两三日后再热敷。

“素儿知道，上次按照阿姊嘱咐，果然有效。”

沈绰叹息着，也笑着，走了。

李素炫进了屋子，端木初时看不出她手上腿上如何，只是见她一身尘土，混着汗水，弄得跟个小泥猴子一般。端木连忙打来水，拖她过来洗了，又拿来干净衣裳让她换上，然后，看到了她腿上瘀伤。

“就知道你又如此。”端木叹息，又气又笑。

李素炫却只笑，拿冷水打湿帕子，缠在脚踝上，收拾停当，端坐好，拿起琵琶缓缓弹起来。两侧肩上臂上酸楚非常，手腕手指颤抖得厉害，她也全不顾，只回想自己用心写字时情状，如何调节气息，如何凝神掌控，如何上下协调，两手两肩慢慢收拢舒放，用心感知察觉。端木在一边看着，也不敢打断，只从外间取了些吃食给她。李素炫接过来，三两口吃饱，绰起琵琶继续弹，如此两三个时辰，直到深夜，不再颤抖得那般厉害，手上行拨推捻，力道已然熟稔许多。

“看你手上利索许多，想是不疼了？”端木问道。

“疼是依旧，就当不疼。”

“新添的伤，却怎么忍？”

李素炫笑笑：“没说忍，不忍，疼归疼，就当不疼。就这般生弹，久了便好了。”

端木笑道：“不晓得你所指，你倒可去与人谈玄，听着深奥，不知所云。”

“我小时候手上羸弱，弹过一日琵琶后，指节酸痛乏软，握不住笔。我与师父抱怨，师父说，写字是写字，酸痛是酸痛，不理会便是。我听了师父嘱咐，该怎么写就怎么写，疼也不理会，果然不久便好了。”

“听你说似乎是要给我解释一番，我倒愈发不懂了。”端木摇摇头。

两人说笑几句，躺下了。李素炫今日着实累得狠了，很快入睡。

第二日早上起来，李素炫略略活动，酸涩疼痛依旧，在琵琶上试了试，也略能把握，与端木一起用过朝食后，拿上琵琶过去那边找师父去了。待坐下，两手抱好琵琶，开始弹奏，自己觉得尚可，心怀侥幸指望师父听不出来，不想只弹过一二句，卢菡便问道：“素儿手上怎么了？”

李素炫只得老老实实讲了。卢菡上下看看：“只是腿脚上受伤，手上如何？伤到没有？”

“手上只是力气使得大了，有些酸软，没有受伤。”

“打球都有些物什在脚踝上腿上护着的，你裸着就上去了？”

“素儿不知道还有护着的，我看众人都裸着就上去了。”

卢菡直摇头，又是心疼又是好笑：“众人只是打个样子，谁似你这么瓷实，再说，众人可都比你高大。挨打也不知道护着疼，瓜女子。”

“素儿下次小心。”李素炫连忙应承道。

“为师想来这‘小心’二字，素儿不知道对端木说了多少回了。”

李素炫又想狡辩，还好及时闭上了嘴巴。

“手上只是发力，无大碍，很快便会习惯。如此打球也好，力气是使出来的，不是养出来的。不过脚踝上腿上还是要小心，若是旧伤新伤相叠，现下无碍，老了可要遭罪。”卢菡嘱咐道。

“师父想得还远，老了都想到了。”李素炫笑道，“师父放心，素儿一定小心。”

“素儿身子瘦弱，若是能练出些力气来，也是好事。”

“师父也是恁般瘦人，弹琵琶却弹得好好的。”

“师父怎么说也是男子，你女儿家的，太瘦弱了，定然没力气。打球练练也好，只是千万小心，可莫要伤了筋骨。”

眼见李素炫手软，卢菡令她弹奏些着力轻的，之后又嘱咐了几句，就放过她了。到了下午，练过一个时辰后，李素炫又去找沈绰，狠狠打了一场球，又回来用心弹习。如此过了七八日，果然如之前所料，一场击球下来，双臂双手皆是自如，再无疼痛颤抖，绰起琵琶来，弹奏如常。腿上和脚踝上也缠些什么保护起来，依旧不少挨球杖打，终无大碍。

“你可真是够折腾，居然还让你折腾对了。”端木说道，“我真真担心了几日，怕你受伤，或手上肩上总不习惯，你凭一副性子偏要继续狠下去，越疼越不肯收手，不知要折腾到哪一日方肯罢休。”

“我与沈绰阿姊说好了，明日带你去折腾一番。”李素炫笑着，一脸狡黠。

“不去。”

“去么。”

“不去。”

“去么。”

端木想了想，忽地笑了。

“好，随你去。我也想打球，听闻你说，甚是好玩儿。只是怕师父骂我淘气。”

“那你这是想好了，不怕了？”

“怕，不过我师父也宠着我。我若真想打，只要挨过几顿骂，好好求她，她也就遂了我了。只要多加小心，不要受伤误了每日练习便可。”

## 18

两人约定第二日一起去打球，早早睡下了。第二日早上尚未醒来，就听到外头有人叫门，是许嬷嬷。

“端木、素儿，快起来。中官刚刚前来传旨，不日圣人千秋，着教坊梨园献乐，令你等至宫中备差。”

两人片刻错神，接着醒悟过来，手脚一番忙乱，爬起来冲出门外，见院里已站了五六个人，嬷嬷们还在挨门叫人。人都到齐了，嬷嬷们大约说了几句，教众人回屋仔细装扮，两刻钟后在院中聚齐。

此时无人敢有多余言语，也无人敢问什么，众人急急走回各自屋中，端木和李素炫也立刻回了屋中，净面，又仔细上妆。刚满十岁时，宫中曾指派女官前来教习一众小女乐，凡服饰搭配、各色妆容尽有讲授，并由嬷嬷们督导演练。自十岁起，女乐们日常都要带妆，只是平日里只上小妆，进宫要上酽妆。院中其他女乐不时需进宫应值，端木和李素炫却是头一回，几年不曾上过酽妆，一番忙乱，才渐渐平定，稳着手，上好了妆，换上衣裳出了屋门，与众人站于一处候着。

端木和李素炫互相看着，都不说话。二人例选后入了这座院落，到目下已近一年，却从未应诏入宫，宫中按季发放胭脂铅粉及各色衣物，都被二人放在角落里。每日习练乐艺、读书写字，有些欢乐，难免也有些寥落苦楚，几乎忘了自己是宫伎，忘了早晚要入宫应差这回事。

几个院落里数十人聚齐后，跟随中官与侍卫出发，出左教坊北门和延政坊北门便是大明宫。

“过坊道便是大明宫延政门，诸位打起精神来。”一带队中官说道。

李素炫隐约记得有人说过，延政坊本名长乐坊，大明宫建成后，长乐坊因正对着大明宫延政门，改名延政坊，只是不知道原来二者离得这么近。未入宫时，觉得宫城遥远，如在天边，原来只在身侧。众人过坊道，过金水桥，入了大明宫，东内苑略深处便是内教坊了。一路走来众女乐都低着头，不敢抬头胡乱观望，眼里只看得见地面和自家脚尖，宫中景致雄壮没瞧见半点儿。

内教坊院里地面十分阔大，有楼阁亭台，有林木水榭。中官将女乐们带入正殿，一番言辞，端木和李素炫才知道，眼下临近圣人千秋，教坊与梨园协同演乐，日日排练于此。端木和李素炫等人此番被临时召入，只为备差，倘若人手不够，或排演规格扩大，她们便补上，若无事，便老实在殿中值守。二人闻言有些失落，也着实松了口气。中官训讲完毕后离开了，参演乐人在殿内排演，端木与李素炫等备差者则到偏殿等候。

到了偏殿内，众人都松弛下来。毕竟备值，怕不时有召，不敢远离，有人在殿门口盘桓，有人在殿内坐着闲聊。端木和李素炫至此方敢抬头，向远处望去，本以为能看见宫阁楼馆，却不想内教坊中只正殿前有一大片空场地，铺着青砖，供立部伎排演，其余地面皆遍植树木，此时正森茂重重，一眼望过去，只看得到远方几处宝顶隐约，再看不见别的。看看手边，虽只是内教坊偏殿，却也建得精致。

一中官此时在偏殿内当值，嘱咐众人：“诸位若是想坐着，也行，却莫要直接坐到地上，可拿过席子来，或是取个胡床，端正些身姿，有个样子，临着墙坐，莫要坐在屋子中间。圣人时常到梨园教习法曲，内教坊这里来得虽少，可也不是不来，来时也时常无有旨意，信步间便到了。故此诸位还是勤谨些，莫要坐得东倒西歪，被圣人瞧见了可不好。”

众人依言调了调位子，调了调身姿，中官行礼离开。他一离开，众人很快聊上了，只是都压着些声音，不敢放声喧哗。

“我半年未进宫了，看前面树木似乎又多植了几趟。”李素炫身旁一人说道，“宫城里树多，皇城里树少，大殿左近都是光秃秃的，日日晒着，也就是这内教坊里树多。”

“你怎么半年未入宫了？”另一人问道，“我方两月未入，已是久了，你怎么半年没来过？”

“没处用得着我，我来也不过备差，枯坐一日，回。坐还不能随意，每次中官都嘱咐，得正着身子坐，着实累。”

“也无妨。精致细乐自有宜春院主掌，法曲归梨园弟子主掌，你我参演都是众人齐奏齐舞，纵横经纬，动辄百人、几百人，不逊于排兵布阵，就是到得上前，圣人也不认得你。不得用便不得用。”

“就是就是，或者连备差也省了，宫中给例照旧，却不是白占便宜。”

众人齐笑，也有些无奈。端木与李素炫只在一边听着，之后，二人小声相谈。

“看样子，你我也无非如此，来了也只是备差。”端木说道，“就有事，也是充数的。”

“如此好，省事儿。”李素炫答道。

“可不是。若当真想去圣人跟前献乐，得圣人青眼，不如当初入了宜春院。如今你我既然未入宜春院，不如也不要争那个前头风光。”

“说的是。坐这里，还得端着身姿，说几句话也不能大声，还真不如在左教坊中弹琵琶、读书，找沈绰她们打打球。不过，我方才来路上还是挺盼着，以为能见着歌子或容儿她们。”李素炫说道。

“我也这么想，方才四处看了看，未见一个宜春院人。记得以前听说过，她们备值在兴庆宫。”

两人叹息了一番，只得歇了这个心。一众人等在偏殿内枯坐了一日，虽是坐着，可一直端着身姿，也累得腰酸。到日头西坠，中官带众人出了大明宫，送回左教坊。

“我等五岁头上开始练习，每日几个时辰，兼其他学识技艺，耗了无数时候，吃了无数苦头，就为今日在此端正坐着。”回到院中，一女乐小声嘀咕起来。

“那又如何，就坐一辈子的，也有的是。大户人家买那么多粮米酒肉，最后都是扔的多吃的少，人又能有什么不一样。我等不就是那扔了的？”

旁人如此答了一句，方才女乐不作声了。旁人又安慰道：“此番是圣人千秋，有数百人大出演，故此召集数十人备差。平日里只有房中乐，着宜春女乐奉献，教坊伎备差者不过几人，不用如此挤挤挨挨，可各自散开到小屋里，自行奏乐练习。若是那边宫里奏上乐了，备差者一时无事，还可在内教坊院中走走，不出院子即可。不是每次都这般辛苦，无须抱怨。”

众人闻言，只得打起精神来。连着十来日，众女乐每日清早起来，梳妆后被中官带入内教坊，在偏殿内端正身姿坐着，坐到傍晚，再由中官带回左右教坊。圣人千秋过后，众人暂时不用再进宫，端木和李素炫终于松了口气。二人要在这左教坊里困一辈子，疏于练习，手上生疏，是万万不敢的，但无论如何辛苦修炼，入宫也只是备值，终究也就是那扔了的。左右教坊乐人万余，大多也就是备着的以及扔了的。旁人眼里这自然是坏事，说起来便唉声叹气，端木与李素炫思想起来却是心下复杂，也隐约觉得是坏事，也隐约觉得不是坏事。

## 19

歇了许久，腰上腿上都缓过来了，李素炫又想去找沈绰打球，叫上端木，二人一起出发。

“你我倒是很少一起出来。”李素炫说道。

“我心烦时喜欢独自一人躲着，你喜欢出来走。”端木说道。

“我也不是喜欢走，也喜欢独自躲着。”

“那你为何每次都自己出来走？”端木问。

“总不能将你从屋子里赶出去。”李素炫回答道。

端木略停了停脚步，十分讶异：“你将我从屋里赶出去也无妨。有时我也想出来走几步，只是你出去了，我想独自一个，就留屋子里了。”

李素炫也停了脚步，看着端木，片刻，两人大笑。

“莫不是两个傻子？”李素炫直摇头。

“那这些年你每次想窝着，却每次都要出来走，也不烦？”

“无妨。若是只一点儿心烦，出来走走便好了；若是很烦，想自己窝着，就去院子西头那个破殿宇里面。里头寂静，站着，片刻便好了。”

“你不怕里头阴冷？”

“有时也是冷得挨不住，便不再做那深沉状，跑出去晒太阳了。”

两人说笑着走过去，渐渐近了，见沈绰依旧在路边等候。李素炫心中触动，几步快跑过去，到了沈绰面前，深深行过一礼。

“素儿近日连续入宫备差，不曾过来。累阿姊每日等我，素儿心中不安。”

沈绰笑道：“我也不曾每日来，知道你们入宫备差。前日听说备差结束，今日才又来等你。”

说话间，端木到了近前，李素炫引见。沈绰看着端木，上下打量，笑着说道：“你一定是端木行止了，素儿屡次与我提起你，知道你两个自幼亲爱，情同手足，十分要好。素儿说得对，果然是个端庄女子，就比那宫中后妃，母仪垂范，也是不差。”

端木被人如此当面夸赞，倒羞上了，不由低下头，小声说道：“端木不敢。”

沈绰笑着，带两人往一片房舍深处走去，进了里头场地，已有一拨人在打球。沈绰也不多客套，问旁人讨了球杖，递给端木。

“试试。”

端木却有些局促：“我倒当真想试试，只是不会打……”

“不会打，便胡打。你那素儿也不会打，仗着势上去，不是也打了。”

端木却笑了：“我哪里有素儿那般胆大。”说话间将球杖绰在手中，掂了掂，准备上去，却又迟疑。

旁边一男子笑道：“你若不会打，我教你。”

沈绰嗔道：“你个耍杖头戏的知道什么打球，自家也胡打，还教人。”

“我怎么不能教人。”那人拿着球杖，来回荡着，对端木说道，“看着。就这样，拿着球杖，盯着球，往门里打，打进去，就对了。”

周围人哄笑，那人还做出不服来：“怎的？我说错了？”

“没错没错，就是这么打。”沈绰笑着，推端木和李素炫入了场地，自己在一旁观战。

李素炫很快热血冲顶，挥着球杖一路搏杀，端木拿着球杖却总是有些缩手缩脚，放不大开，前后腾挪也是一副笨拙畏惧。旁人身影晃动穿梭，迅捷异常，端木却总是慢些，也慢不多，就差一丁点儿，总碰不到球。一场结束，众人气喘吁吁，端木也累得不轻，李素炫在一边嘀咕上了。

“端木舞蹈上何其舒展，怎么打球却如此缩着？怕挨球杖打？”

端木叹息：“也不是怕。只是不知为何，手脚不得伸展，心里也算不过来。”

“怎么跟我舞蹈一般，也是不知为何，手脚不得伸展。平日里做些别的事情，也不见手脚如此不利索的。”李素炫笑着说。

沈绰在一旁笑道：“人人做事，各有天分，你们就是无有此分。不妨，玩乐而已，尽兴便好。”

端木和李素炫一想，沈绰说的是，互相笑笑，歇过来，又跑去场上接着打。沈绰一直在一边看着她两个，待她们下了场子，还有水递上去。端木有些愧疚，欠身行礼道：“烦劳阿姊。”

“不烦。我与素儿熟识，你又与素儿交好，有什么烦的。”沈绰笑道。

李素炫看端木累了，与众人告辞，沈绰与她们一路说笑，送她们上了大路。到了只有端木与李素炫时，二人一边走，一边闲谈。

“沈绰缘何对你如此之好？看样子，她很喜爱你。”

“你若问，我也不知道。只是前年过七夕，我帮你捉蜘蛛，是她教我的。当时她说是日间烦闷，出来闲逛，遇上了。”

“不过，有如此友人，对你和善，还带你打球，也是个福气。我今日也沾你光，跟着打，却不知怎么的如此笨手笨脚。你却胆大，左冲右突。”

二人说笑着回了自家院落，进了屋，护着身上疲累，先是在榻上躺下，歇了两刻，再起来，端木嚷上了。

“我脚上着实疼。”

李素炫连忙过去查看：“莫不是方才挨球杖打了？我也是，挨了打，过阵子才觉出疼来。”

仔细一看，果然端木脚踝上一片瘀青，踩到地上，稍一着力，便疼痛起来。李素炫懊悔不已：“今日忘记了，该与你个什么护着的，我自己也忘了，只是没挨打。你等着，我拿个冷帕子给你敷上。”

敷好了，李素炫在端木身旁坐下，愁眉苦脸。端木安慰她：“不妨事，明早就好了。”

“明早哪里会好，总要瘸上一两日，疼上四五日，十来日也不利索。这伤处青色先是慢慢变成紫色，紫色又慢慢淡了，再后来慢慢成了蜡黄色，又慢慢淡了，要半月多才彻底褪去。”

端木直摇头：“你这是挨过多少下打？知道得如此清楚。”

李素炫心疼端木，陪了她半夜，第二日早上刚一睡醒就跑过来看，果然青色深了许多，有些星点泛紫，肿得也高，动一动，更疼了。李素炫有些紧张：“你这是个寸劲了，只一下，便这么狠，我以往挨几下，第二日也不见肿得这样，又或是崴了，自己没个知觉。只怕郑先生要骂你了，若是知道我带你去，只怕也要骂我。这倒好办了，她若是问你，你推我这里便是。”

果不其然，端木不要说舞蹈，就是随便走上几步也有些异样，郑三娘一眼便瞧了出来。

“可是跑什么地方打球去了？”郑三娘问道，口气森然。

端木不晓得师父怎么一眼就看出来，只是既然师父都如此问了，也只得认了。

“师父，孩儿果然是打球去了，也没打太久，何时受伤也不知道。不过没有伤到骨头，走路也无大碍，过上一阵子便好了。”端木小声说道，“……只是不知道师父怎么一眼看出来的。”

郑三娘说道：“我小时候也见过人打球，自己也打过，怎么不知道。球杖在地上扫来扫去，争抢起来，稍不小心，就互相打到脚踝处。整日打球都有个护着的，你想是也没有，就直接打了。”

端木小心点头，郑三娘看着她，片刻，问道：“可是那李素炫带你去的？”

端木立时慌了，生怕师父去骂李素炫，连忙忍疼站起身来，对师父行礼道：“师父，此事不怪素儿，是我见她打球回来开心，央她带我去的。她打球也受过伤，却没什么大碍，我也大意了，忘记要小心。昨日回来她一直扶着我，回屋还帮我用冷水浸湿了帕子敷过，今早已强了许多。师父莫要恼火素儿，此事实不怪她，是我自己贪玩。”

郑三娘压着火气，低声说道："她李素炫脚上有伤可以慢慢养，手上无伤便罢，也不误她每日弹习琵琶。你要跳舞，怎么办？难道一月不练舞了？师父这几日与人府中排演，整日不在，你可是刚好放懒？"

端木一时不知如何回答，正错神，郑三娘站起身来，推门走了出去，端木立刻跟上。刚出门，迎面碰见许嬷嬷过来，眼见郑三娘脸上愠怒，端木跟在她身后，神情紧张，走路又颇费力。许嬷嬷不知道什么缘故，立刻走过来，扶住端木，抬头问道："三娘，这是怎么了？"

郑三娘答道："端木与李素炫去那边找百戏工打球，伤了脚踝。"

许嬷嬷立刻知道郑三娘是要去找李素炫算账，心中有些埋怨郑三娘，暗想："孩儿家贪玩而已，也不是什么罪过，伤了好好养着便是，怎么怪到素儿头上。生着气，去找素儿，自家孩儿瘸瘸拐拐跟着，也没个搀扶。"

许嬷嬷只是想，可不敢说出来。郑三娘径直冲着李素炫去了，许嬷嬷只得扶着端木在后头跟着。

门虚掩着，郑三娘伸手叩门，未待里面有回声，便将门推了开。卢菡正与李素炫示奏，不时停下讲几句，李素炫怀中抱着琵琶，认真听着，手上也摸索着。卢菡听到开门声，见是郑三娘，立刻放下琵琶，站起身来行礼。李素炫也站起来，退到师父身后，跟着行礼，心中惴惴，情知郑三娘此来是为了端木之故。

"李素炫，你为何带端木去打球，令她伤了脚踝？"郑三娘直接问道。

李素炫一时慌乱，不知如何作答，卢菡一听便明白了，忙又深深行礼道："三娘莫生气，卢菡代素儿赔罪。"

卢菡口气谦和，神色温润，礼数周到，郑三娘忽地惊觉，转念一想："我也是有些太过汹汹，这卢菡是个纯良君子，我如此倒似个泼悍妇人。也罢，莫要追着不放了，此事实在也不能全怪李素炫，我那端木想是也有兴致，当初我自己不也就是这般。"

如此想着，郑三娘口气松了些，说道："素儿，你莫要再带你端木阿姊去打球。端木没有你那份胆子，手脚上放不开，步伐身法都慢，倒要受伤了。"

李素炫还以为要被郑三娘狠骂一顿，眼见郑三娘口气上松了，只是嘱咐了几句，却未骂开，她立刻深行一礼说道："郑先生，素儿知道错了，先生不责罚于我，素儿感激。"

郑三娘叹了口气，说道："你这娃儿，今日怎的嘴巴甜上了。"说罢转身走了。门外是许嬷嬷扶着端木，见郑三娘出来径直走了，也忙跟上。端木轻轻拍了拍许嬷嬷手臂，好声道："许嬷嬷，我没什么大碍，方才疼，走了这几步倒好些了，不消搀扶了。"

"什么好些了，不过是麻木了而已。这几日不要多走动。"许嬷嬷嘱咐道，郑三娘随即折返回来，与许嬷嬷一同将端木送回屋舍中，令她在榻上老实待着。

"我实在是想骂那李素炫一顿。你老实歇几日，别乱动，我便饶过她。"郑三娘说道。

端木连声诺诺，郑三娘与许嬷嬷走了。

李素炫心中愧疚，自己又害师父与郑三娘赔情，刚要道歉，卢菡说道："素儿不必愧疚，此事也不能全怪你，不过，以后也不要带端木去打球了。郑先生说得对，端木性子贞静，球场上施放不开，打不了球。这一点，她果然是与你不一样。"

李素炫连忙行礼道："素儿错了，下次一定记住。"

## 20

郑三娘连着数日不在左教坊中，端木依师父嘱咐，在榻上老实待着。请人看过，也无大碍，只是十日内不能下地着力，一月内不能舞蹈。来人留下些成药疏通瘀血，嘱咐受伤满三日后热敷。

李素炫略一闲下来，便回屋陪端木，许嬷嬷多有照顾，每日几次给她二人带来汤水饭食，也将井水烧滚了，拿来与李素炫，让她投了帕子，与端木热敷在伤处。左右女乐也过来探望，与她二人闲聊，还带些小食过来，连同那翠绿蝈蝈，叫小翠的，众人皆爱，也轮流照顾得妥帖。

"都怪我自己，手笨脚笨，还非要打球，累你挨我师父骂。"端木有些沮丧。

"郑先生未曾骂我。这个却是奇怪。"李素炫答道。

端木却又笑了："我师父若是骂了你，也不奇怪，不骂你，也不奇怪。

她对你，是又爱又恨。”

“为何？”

“素儿聪慧勤勉，琵琶、声歌，连同读书写字，样样好，随我师父习羯鼓，零碎工夫练练，竟也不差。我师父惜才，自然爱你，却又恨你性子生冷倔强，不肯趋奉，是个吃软不吃硬的。偏生我师父是个硬碴口，可不是要恨你。”

两人压低声音，互相推搡，笑作一团。

不几日，端木伤处渐渐平稳，苏嬷嬷居然每日过来与她推拿按摩。端木不敢觍颜，十分推辞，苏嬷嬷却不由她：“你是我和许嬷嬷帮着你师父从小疼大的，就莫要不敢了。”手上一边旋着使力，一边又说道：“我年轻时，是这左教坊中百戏工，习履索技，不要说打球，就是寻常练习，也不少受伤，平日里也好个蹴鞠步打，更是伤得重。我师父也如此与我推拿，日久我便学会了。这一二十年是老了，哪里还蹦蹉得动，此等推拿好本事倒拿来与你少年人享用了。”

端木感激，李素炫在一边立着，苏嬷嬷回头瞥见了，说道：“这本事可是没你份，叫你好生倔强，穷横，不招人爱。”

李素炫连忙行礼道：“素儿不求嬷嬷照顾，腿断了也自己忍着。嬷嬷疼我阿姊便好。”

苏嬷嬷又好气又好笑，摇头说道：“你这娃儿，与你师父着实相像，倒也无甚唐突之处，就是不肯低头求人，不肯与人示好，从不逞强，却也宁死不肯示弱。你与端木自幼要好，你二人怎的性子如此迥异。端木柔和，见人先有个笑脸，旁人说什么也全不计较，平白里多得了多少照顾关切，你是什么也捞不到。”

李素炫回答道：“素儿不需旁人格外照顾关切。”听她口气平和有礼，言辞上却不相让，苏嬷嬷心中不喜，却也无奈何，便不理睬她了。李素炫也没更多说什么，偷空溜了出去。

苏嬷嬷果然有些手法，不几日，端木伤势大好。李素炫不肯笑脸迎着苏嬷嬷冷面，此番却替端木感激她，心想：“苏嬷嬷果然关照端木，按说她就是当没看见，也不打紧。我该当谢她，却不知要怎么谢，我手里可没什么宝贝。自入了这云韶院，宫中有些月度，倒是攒下了些铜钱，却没多少，换不得什么好物件，再说我也出不去，到不了集市上。”

琢磨许久，忽地醒悟：“苏嬷嬷信佛，平日里从不出这左教坊，若出去，多半是与许嬷嬷一同去寺中礼佛。前阵子听闻人言，目下长安城里时兴雇人写经供于佛前，说是件大功德，却靡费甚多，纸也贵，笔也贵，雇请那写字的更贵。苏嬷嬷也说过，她少年时为百戏工，勤于技艺，写字却不在行，有心雇请经生，又没这个财力。既如此，我与她写一部经文好了。”

李素炫盘算好了，回屋点查了手中纸张，都是师父历次拿来给她的。长安城中见售纸张有许多种，也不是样样贵重，宜书宜画者却不便宜，虽不至于奢靡难得，也舍不得泼洒着用，故李素炫将师父历年所与纸张拣选好的留了不少下来。纸只要不见光暴晒，便不怕留存，多年来更是压得平整，刚好拿来写经。备好了纸张，李素炫又琢磨写个什么经好。

“记得师父说，目下长安城中传抄佛经皆以玄奘法师译本为最。我自学写字每日都要将《心经》抄一遍，虽然熟练，但只二百几十字，看不出心诚来，若是将百卷本《瑜伽师地论》写一遍，怕是不待写完，我便要学佛祖涅槃了……若不然，写部《金刚经》，五千余字，不长不短，刚好。虽不是玄奘大师译本，鸠摩罗什也是大贤，不是糊弄事的。”

李素炫打定了主意，去央求师父给她借个写本来。卢菡没多问，只当是李素炫想要抄写诵读，便将自己从前所写卷本拿来给她。李素炫将手中纸张逐一挑选，拣上好麻纸，凑出几十张来，细细打了半寸格子，研了浓墨开始抄写。她连着几日早起晚睡，又专门跑去告诉沈绰，说过些日子再去打球，每日里将几个时辰拿来写字，累得颈项生硬，腰也酸软，却不敢糊弄，站起身来舒活一番，又坐下抄写。七八日后终于写完，她一张张数着，看着，还算合意。只是中途有几次写错了，只得另换一张纸再写，如此废了几张纸，有些心疼。

接下来，李素炫开始盘算如何将纸张装裱成小手卷，心想怕是要出教坊寻匠人了，这个却难，只能找师父帮忙，她手里也没几个钱，不知装裱要耗费多少。碎碎一番算计后，猛然醒悟道：“为何只与苏嬷嬷写了一份？许嬷嬷也一般笃信佛祖，怎能没有她的。虽说此番是为感激苏嬷嬷与端木阿姊理伤，可许嬷嬷这几日也对端木格外用心，自幼也对我等多方照顾，当日师父也是将我交与许嬷嬷，带入这左教坊中。若是费好大事与苏嬷嬷写经，却忘记许嬷嬷，不是要惹她伤心？再者，令旁人看了，只当是许嬷嬷温和，我便不恭敬，苏嬷嬷面冷，我欺软怕硬，便只拣难哄的伺候，如此岂不是教唆别人对我凶横？不妥，不妥。”

她忖度了半晌，又想：“不如我再为许嬷嬷也写一部《金刚经》，累倒是累，也不过再耗七八日，况刚抄写了这几日，字也写得手顺。”只是回头点查纸张时，犯了难。手中所余纸张皆尽精良，却是各色杂陈，麻纸、皮纸、藤纸、竹纸，每样都有，每样却只几张、十几张，不够一部《金刚经》所用。又想了半晌，给许嬷嬷写这部《金刚经》万万不能省了，无奈只得请师父卢菡相助。

卢菡听李素炫将事情前后详细说了一遍，心里很觉得安慰：“我素儿可是强于她师父。我这一生拿自己全无什么法子，情知自家性子冷僻，逢人便躲，不知得罪多少人，却改不了。素儿平日里虽清傲了些，为她端木阿姊便低得下头，肯哄那苏嬷嬷，却又不是个只知道滑头的，也记得许嬷嬷好。有心机、有术势，也有仗义、有顾全。此番是好事，我做师父的要相助才是。”

卢菡点了点头，对李素炫说道：“既如此，师父到市所中与你寻些好纸张来。”

第二日，卢菡拿了上好麻纸给李素炫。李素炫谢过师父，又连日忙碌抄写，又六七日，抄写完毕，将两部《金刚经》卷起来，使粗纸裹了几层，拿给卢菡，求师父帮她寻个巧手匠人仔细装裱，还将自己手里一点儿铜钱递到师父手心里。

卢菡略一愣神，旋即明白，心中暗笑。寻常装裱没有李素炫所想那般昂贵，只是此次是她自己要为端木感谢嬷嬷，不肯师父破费。卢菡伸手接过铜钱来，笑着离开，隔不几日，用书衣装了两部小手卷带了回来。将手卷放在案子上，徐徐展开，但见装帧精致，纸张平平整整，略无褶皱，背面有衬纸，更加洁白素净，墨色愈发黝黑明亮，且装裱后，平日里字迹看上去竟格外娟秀了许多。李素炫满心欢喜，赶忙行礼谢过师父，将手卷又用书衣裹了，小心揣着，去寻两位嬷嬷。

两位嬷嬷正在回廊下闲聊，一边侍弄些花草，树荫蔽着竹篾小笼，里头小翠叫得正欢实。见到李素炫走到近前躬身行礼，两位嬷嬷一时有些惊讶，双方相对，沉寂了片刻。李素炫将经卷双手奉上，说道：“近日端木阿姊受伤，多承二位嬷嬷照料，素儿感激，无以为表，花了些时日，将《金刚经》写了两份与嬷嬷，可奉于佛前，做个功德。日后若是二位嬷嬷再有经文想要敬奉佛祖，便教素儿写录，素儿不敢推辞。”想了想，又补了一句，“只是不要太长。再有，佛经卷首当有扉画，素儿不会。”说罢，恭敬立着，两手依旧捧着手卷。

二位嬷嬷互相望望，有些不解，片刻，许嬷嬷先拿了手卷，打开书衣，手执卷轴，将经卷缓慢展开。只打开一尺余，见经卷用纸细腻，装裱精良，经文乃乌丝栏抄本，界行纤细清楚，字迹工整秀丽，结体中正，行笔端肃。许嬷嬷忍不住连声赞叹。

“素儿笔下好章法。卢先生累年教导，素儿日夜勤习，果然不枉费。”

“素儿不敢，亦未有什么大境界，不过是平日里抄录书籍、记写文章，不求俊逸清扬，只求工致严谨。不敢称法度，不敢求奇险，写经倒是相宜。”

苏嬷嬷却迟疑，看着李素炫，面上有些警惕。许嬷嬷见状笑起来，拿起另一经卷塞到她手里。

“你平日里总嫌弃人不恭敬，怎么今日人恭敬了，你却又不信？这《金刚经》五千余言，说长不长，说短也不短，颇要写上些日子，颇费辛苦。孩儿家一番心意，受领便是，迟疑个什么。”

苏嬷嬷闻言，将手中经卷也展开了，果然也是字字锦绣，恭心写录。她将手卷卷好，用书衣裹了，开口问道：“你这碎女子素来乖蹇，又眼悭，终日不肯逢迎，怎么今日如此恭敬？可是暗中有什么算计？”

李素炫复又行礼道：“我是替端木阿姊多谢嬷嬷，若是我自己，偏不趋奉，随嬷嬷恼我。”

这几句说得不卑不亢，既无什么谦让，也无什么讥讽。苏嬷嬷又气又笑。

“罢了罢了，你这娃儿，其实也没什么坏心思，就是这般个拧性子。我日后也不与你怄气了，拧不过你，白白费力，自家还惹火，何苦来的。”

苏嬷嬷说着，连连摇头叹气，一旁许嬷嬷笑得直俯下身来。

# 21

端木伤势痊愈，李素炫放下心来，不再整日陪她，又去找沈绰，也打打球，也看看诸家百戏工舞弄胡旋、绳舞、流星，或是弄些叠置、幻术，连同沈绰剑舞，样样令人开眼。唯有那打弹弓的，也颇有准头，也引得众人连连喝彩，比梁蛮却终究差了些。

人群欢攘不已，李素炫心里一片冷清，想起那市井间夯实小子，每日在相遇处痴心等候，十天半月才碰到她一次，想起二人在僻静巷子里追逐嬉闹，梁蛮总是将弹丸备得足够，每次打上一个时辰给她看，临别时恁般不舍。李素炫十分怀念，却也没法子，她困在这左教坊中，轻易不得出去，就是再去相遇处，却不知梁蛮今在何方。

她叹了口气，心中黯然："教坊里虽然清贫，倒也简单快乐，只是我身为女奴，果然如笼中之鸟，到底也是身不由己。"

端木被师父严训了一顿，不敢再打球了，与李素炫去沈绰那边看过百戏，也是心下欢喜，只是没看几日，郑三娘便嘱咐道："你今也无碍了，自明日起，随师父去大员府上见些世面。师父与他府中私伎调教了这些日子，颇有长进。私伎多出民间或乐户，颇有些家传本事，又兼些江湖积累，路数与宫伎不同，也有不如你处，也有强于你处，看看也好。若有空暇，你也与那舞伎或羯鼓伎做个示范。"

翌日过午，端木跟随师父出了左教坊，又出延政坊，一路疾行。端木从未出过左教坊，难免好奇，一路张望。郑三娘说道："看看也罢，无须上心，看多了也不新鲜。"走了些时候，端木问道："师父，那家府第远不远？"

郑三娘答道："不远。左教坊位于三大内之间，达官府第多在周围错落，到哪一家都不远。再过一坊便是了。"

临近府第，绕了半圈，从偏门进，直入后宅。郑三娘没说是哪家府第，但一见便知道定是朝中重臣或王爵宅邸，虽未见他正堂气派，后院已令端木惊异。眼下秋日已深，府中花园依旧盎然有生气，修竹茂密，蕉叶鲜挺，各色繁花如堆重锦。院中池水阔大，荷花半谢，远处水榭边凫着些燕鸥、鹊鸭、鸳鸯、鸂鶒，悠游闲在，不知是主人家豢养的，还是野处飞来的。

端木不敢抬头到处张望，低头随师父向内深处走去，心想："不知这园中开的是些什么花儿，我寻常见的都是院中野草野花，牡丹娇贵，坊中没人养得活，嬷嬷们种些牵牛都是景致了。"

入了屋子，见一众女乐约莫十余人，都是府中私伎，正等着郑三娘。彼此行礼见面，寒暄一番，女伎落座开始奏乐，舞者身姿飞动，郑三娘从旁指点。端木听了一阵，才敢抬头略微四下看看。她身处大约是府中后堂，屋顶高大，梁木横陈，门窗都开着，阳光通透。屋里陈设简单，想是专为排演设置。又凝神听了听女乐所奏之乐，果与教坊中不同。私伎大多如宫伎一般，也无谁人半路出家，皆是幼承严训，每日几个时辰，十年八年熬过来的，技艺上虽略不及宫伎，却也不差，个个也是手上利落，气息笃定，与教坊乐一般细致，却又多些轻盈，有些调子端木甚是陌生，此前从未听闻。

端木心想："素儿事琵琶，手上强过这些人许多，乐上这府中却是另有一样。论语有云，质胜文则野，文胜质则史。比起来，我等有些文胜质了。不知道素儿听了觉得如何。"

日头渐低，女乐们停了下来，歇息不久后天色暗了。端木本以为要随师父趁坊门未关回左教坊去，却听师父说道："今晚府中夜宴，贵客众多，主人着女伎奉乐，嘱我协调。待明日天明坊门打开，你才能随我回去。"

端木闻言倒也欣然。她习乐近十年，也曾入内教坊备值，倒不曾有机缘认真观摩一番，眼下也想见识下贵人府中排场。正想着，一众女乐换好衣裳回来了。

府中仆役带众女乐出了屋子，依次穿过回廊亭榭，渐渐望见前方楼阁，走到近前，四下里灯火通明，照如白昼。女乐们暂厝于偏房，待宾主落座开宴，主人便要召唤奏乐。偏房里没有太多灯烛，有些暗淡，却刚好将堂中情景看得清楚。堂中按主次排好了筵席，五色龙须席上铺着红线毯，正中单屏衬着主席，两旁是客席。此时宾主未到，只有侍女托着漆盘往来穿梭，布置诸色应用物什，旁边有管事的引导协调。侍女们鱼贯交错，将银盘、金杯、玛瑙碗、象牙箸等厝于食案上，无人言语，唯脚步频繁，手上麻利，衣褶裙裾沙沙作响，一片肃然忙碌。

端木心想：“权贵府第果然奢华。前日里入内教坊备值，沿途只顾走路，不敢抬头打量宫中景致，眼下城中府第尚且如此，不知宫中该当如何奢侈。”

不一时，宾主相携而至，落座后主人吩咐开宴，仆役每二人抬一丹漆食案在客人面前安放稳妥，一巡酒过后，主人吩咐动乐。众女乐此前已在偏房里调好弦轴、布好队列，听到管事的令下，立刻启门而出，各自怀抱乐件，低头行至正对主席处，依次落座。

乐声响起，端木记得师父嘱咐，不能靠槅门太近，以防被堂中人无意瞥见，甚为冒犯。她只在离槅门几步远处站着，凝神谛听。堂中欢声渐起，觥筹交错，言谈鼎沸，乐声倒也未被隐没了，依然听得清晰。一曲合奏完毕，有歌者献上新调，曲词不知谁人所作，调子居然也未曾听闻。

端木心想：“素儿习声歌，按教坊规矩累年考核，所记之曲足几百，日常里与我唱过的也不在少数，此间调子却陌生，素儿没唱过，我也没听别人唱过，听起来是我中土之调，只是中土广大，不知究竟哪里来的。”

歌罢，又有琵琶伎弹奏，端木听了片刻，心中叹道：“这弹琵琶的手上比我素儿差了不少。”舞起时，端木不敢靠近槅门观看，也不知跳得如何，只是逐个认真听他歌调、舞调、琵琶、筚篥、箜篌，内中夹着羯鼓、堂鼓，纷纷乱乱到了宴飨末尾，乐收。端木心想：“怎么也没个羯鼓单独出来，让我听听，比较一番，也知道我自家本事多少。”

众女乐收了乐件，起身行礼，向回走，管事的开了偏房门，端木忙向后连退几步，躲入深处。众女乐入了偏房，房门关闭，身上是松懈了，队伍却未散开，众人仍是噤然不敢出声。唯有郑三娘对众女乐小声说道：“虽未称完备，却是大有长进。”神色甚是欣然。

客人陆续起身告辞，宴飨结束，仍有五六人留了下来。主人兴致未尽，吩咐撤下残席，重摆酒宴，与留下这五六人围拢得近了，又饮上了酒。几人互相讲了阵子，说些朝堂闲事、市井传言，话头渐渐到了方才女乐身上，端木在偏房深处隐约听得到。

“殿下府上女乐甚佳，令我等大为开眼，京城里果然大不一样。”

端木吃惊，心想此间主人身份定然不凡，却不知是皇族中哪一位，怪道府中有这浩大排场、奢华布置。被呼作殿下的听声音是位老者，欣然答道：“此一众女乐乃是近来新置，多于乐户里挑选，亦有良人女。因各人技艺有高低，彼此又生疏，合乐不畅，故自教坊中请得一老练乐师前来调教，不过旬月，大有长进。今日乃是众女乐初次奉宴，若合各位心意，倒也没有白费一番力气。”

又一人道：“既如此，可否请女乐再行奏乐？”

老者答道：“有何不可。”

偏房中管事的听到这句，马上开了门，女乐随即依队列出去，又到了主人对面落座。端木方醒悟，怪道这些人入了偏房也未敢散开，原来主人未退，便随时会复召献乐。

二次奏乐，清雅精细许多，堂中只几人，个个轻言慢语，无人喧哗。女乐们依郑三娘嘱咐奏了些舒缓调子，弦索轻盈，吹弹柔和，佐着些小打，不扰宾主闲谈。众人说过一阵子，又说到女乐上，几番夸奖后，主人饮酒已尽兴，微醺之余，教请郑三娘出来一见。

端木有些吃惊，回头见师父却稳当，不慌不忙走出去，与主人客人见了礼，持礼而立。

“我师父果有些见识。”端木想道。

屏风前主人说道：“今日听闻演乐，果有长进，有劳一番训教。却不知还有什么可待更改之处？”

郑三娘即刻谦让了一番，说道：“诸女乐各自皆精熟，只须多行合乐，以求协适。唯舞者略逊，仍需磨练。在下今日携我内教坊弟子前来，她专事羯鼓、舞蹈，本想与府上女乐做个垂范，只是有些匆忙，未得空闲。”

堂中人立时来了兴趣：“既是内教坊宫伎，又专事羯鼓舞技，何不请出一见？若果然乐艺湛然，我等必不吝喝彩。”

说话的是一年轻男子，看年齿不及弱冠，主人听言，不住点头，接着示意郑三娘。郑三娘向主人行礼答应，走到偏房门口叫端木出来。端木心中吃惊，眼见师父略不在意，只得整顿衣裳，低首敛容，走出来与众人行礼相见。

礼毕，端木安稳站好了，持礼静候主人吩咐。她举止稳重、容色端凝，虽穿着简素、不施粉黛，却是一身别样庄严，堂中诸人纷纷赞叹起来。那年轻男子见了端木容貌，不由大惊：“可叹其为奴籍女乐，这等身貌气度，若在贵籍，就是送入宫中做一国之后，又有何不可？”

“你叫什么名字？”主人问端木。虽然身份贵重，说话口气却是平和。

端木心想：“我听闻人言，贵人也有各色脾气，这家主人想是个待人不刻薄的，和气问我，方才还与我师父好生相谢。”立刻开口说道：“奴端木行止，内教坊云韶院弟子。”

“你姓端木？”

“正是。”

“可与那孔门弟子端木赐有些渊源？”

“无甚渊源。”

主人立时笑了：“实诚女子。你便说有，无从考据，我等只得信了。怎么也不会自家夸耀几句？”

端木答道：“不敢胡乱攀附，实是无甚渊源。”

众人皆笑：“果然实诚。”

主人教取羯鼓来，将舞伎唤出，令其舞蹈，端木击鼓为伴。侍女轮流为众人斟酒，众人举盏，舞伎起舞，端木凝聚心神，击起羯鼓，不多久，众人喝彩：“随性而来，怎么击得如此恰好。”舞蹈完毕，又令府上女伎击鼓，端木起舞相伴，身手纯然熟稔，舞姿卓然，翩翩如仙子。众人皆惊，不知端木如何能临兴为舞击鼓，又能临兴为鼓起舞，调配得如此严实。

主人点头：“宫伎果不虚名，连云韶院人也有如此绝技。且退下歇息，当赐厚赏。”

师徒二人依言退下，回到偏房，郑三娘与众女乐低声耳语，嘱咐了一些，那边堂中乐声又响起来。端木正听着，旁边过来一侍女，小声对她说道：“请随在下移步出来，有位贵人有几句话要说。”

端木向四周看了看，侍女这话果然是对她说的，心中疑惑，想要问师父，中间隔着不少人，师父又忙着。想了想，只好随侍女向外走，出偏房侧门只几步，见前面站了一人，细看，乃是方才堂上年轻男子，落座于主人左近，此时再看，见他身材修长，面貌清秀，斯文有致。

那人对端木行礼道：“在下李逊。”

端木连忙还礼，心想：“堂上诸人都是些老者，各有身份。以此人年齿，能与这些权贵并肩谈笑，想是什么皇亲贵戚。不知他寻我何事，又如此有礼。”

那人见端木沉默不语，说道：“在下无有他意，只是方才见你击鼓、起舞，实是绝顶。在下亦受教乐舞，自幼也有师父指点，不及你万一，心下惭愧。特来见过，以表钦敬。”

这几句言语说得诚恳，又敬重。端木见他穿着华丽、仪表温雅，口气中绝无半点孟浪轻浮，心里不解，暗想：“他身份高贵，对我如此礼貌，不知为何？”口中轻声答道：“奴为教坊女伎，击鼓舞蹈皆为术业，该当精湛，何当公子钦佩。”

端木只答了这一句，言辞妥当，口吻端庄，那人心中高兴，也不更多相求，说道：“在下确无他意，端木不必如此自谦。我自幼长于长安，歌伎舞伎见过无数，却未有如你一般精湛者。特来相见，只为致敬。李逊告退。”

说了这句，那人又行一礼，转身走了，留下端木错愕不已。

撤宴后，郑三娘与端木被带到府中客舍，关上门，郑三娘立刻问道：“方才男子与你说了什么？”

端木心中局促，说道：“也没什么多的，只是夸赞我几句而已。”

郑三娘叹了口气：“那人不是个没出身的，不知他有何用意。你当仔细。”

端木点点头：“孩儿知道。”

郑三娘却看着她，说道：“不是要你仔细提防，若是贵人看中了你，也是你的契机，莫要放过了。”

端木望着师父，良久，不知该不该点头。郑三娘叹了口气：“早些歇息。”

第二日清早，坊门刚开，郑三娘带端木出了府第回左教坊。一入教坊大门，见李素炫正等着端木，二人相见，都高兴起来，互相说着话，叽喳不休。她二人自幼相熟，自六岁到如今日夜做伴，还从没有分别整一日之久。

李素炫行礼见过郑三娘，郑三娘允她二人跟在自己身后，边走边聊。李素炫不停问着，端木不停给她讲述王爵私伎有何样技艺，琵琶如何，声歌如何，舞蹈与羯鼓又如何，最后说到那些歌调甚是陌生，李素炫更是来了兴致。

“你没问问那是什么调子？”

“我也好奇，只是不得空与她们说话，不然一定帮你问了。”

“听起来像哪里调子？”

“一听便是唐乐调子，不像是南方来的，别的我也听不出来。”

“那她们所唱词调又是谁与填词？长安城里多少词调，我累年所记许多，若有新传风尚，师父也一定与我抄录下来，你说的这几句词我还真没听说过。”

“或是街坊上新近流传的，卢先生还没来得及抄了来给你看……”

两人交谈甚欢，郑三娘在一旁听了许久，默默无语，心中连连长叹：“这两孩儿怕是此生没什么富贵命。小小女乐，自幼在这教坊里长大，每日粗衣陋食，什么好吃的好穿的也没见过，更不曾得见王府气派。这怎么也不见互相打听人家吃的穿的，也不见互相问答，探寻个贵家繁华奢侈。那李素炫不问，我这端木也不提，连那贵家男子特意到偏房与她说话，也不提，就如忘死了一般。寻常女儿，奴籍出身，有个贵家子与她说上这几句，不知要得意多久。离别时府中主人多有厚赐，端木也不知道打听。二人这半晌说的都是王府上私伎与私乐，怕的是自己艺不如人。那卢菡一介书生，未免犯些痴傻清高，他那李素炫像他也不奇怪，我这端木却不知道像谁。莫不是我累年管束太严，将个女儿家的管傻了？”

## 22

端木与李素炫说了阵子，回屋各自梳洗整理，又一同动手洒扫，收拾蝈蝈笼子时，端木慌张叫道：“素儿快过来，你看小翠怎么不动了？”

李素炫马上过来，拿起笼子，果然里头小翠已经一动不动，足须僵着，双目透着乌青色，再无神采荧光。二人甚是难过，可怜这小侣与众人相伴了一夏。默然片刻，端木安慰李素炫道：“你我也不必太难过，如今已入九月，夜半都微微结霜了。小翠若生在野地里，定也挨不到现在。众生皆有其分，小翠遇上我等已是多享受了。”

李素炫想了想，端木说得在理，也不太难过了，点头说道：“既如此，我们将它好生埋了。”

二人走到院中角落里，掘开土地，用帕子将小翠裹好，掩土埋了。

“去岁那只小金蛉便是埋在此处了，也好与小翠做个伴。”李素炫说道。

没了小翠，院中人都觉得寥落了不少。夏日正盛时，小翠在浓荫下终日叫得欢闹，若是放在耳边，能吵得人头晕。如今没个叫嚷的，众人反而不适了。李素炫也怏怏了几日，卢菡柔声哄她：“素儿莫心烦，将小葫芦拿来与师父。这几日师父再与你寻只小金蛉来，你用去岁法子养着便好。”

李素炫闻言放下怀中琵琶，跑回屋里取了小葫芦来，卢菡笑着接了。

隔几日，一日傍晚，李素炫独自在屋中写字，院中一女乐过来叩门说道：“素儿，我方自旁边院落里过来，卢先生嘱我过来告诉你，叫你过去寻他，不消带琵琶。”

李素炫行礼谢过，去了旁边院落。深处里间屋子是师父每日授课处，她走得近了，听到里面几人谈笑声，很热闹。她不敢直接进去，站在门口，抱手躬身，朗声说道：“师父，弟子李素炫请见。”

屋中谈笑声停了下来，接着卢菡走了出来。

“素儿来得刚好，师父带你见两位先生。以前屡次提起过，不得机会相见，今日刚好碰上了。”

李素炫跟随师父进了屋中，里面两人她都不认识，也从未在坊中见过。一老者看起来已逾六十，身子胖壮，面色红润，举手间颇有些豪情义气。另一人眼见不到三十岁，李素炫一直觉得师父身量很高，只是消瘦了些，那人比师父还高不少，筋骨也结实，若说是习武的也有人信，面上却是眉目端正，神色温和。

卢菡引着李素炫，指着老者对她说道：“这位是贺怀智先生。”又指着另一人说道：“这位是雷海青先生。师父往日与你多次提起，只是他二位多在梨园，鲜到左教坊中来，素儿不得机缘相见。今日难得二位先生过来，师父与他们叙旧，也引素儿与二位前辈见礼。”接着又对二人说道：“此便是小徒李素炫。”

李素炫大为吃惊，一片慌乱间倒也不忘躬身行礼：“弟子李素炫见过二位前辈。”

贺怀智朗声笑道：“素儿快起来，别这么大礼数。我二人与你师父熟识多年，不是生人。”

雷海青没有说话，只微微欠身，以示还礼。

几人都笑，李素炫也笑，也慌，一时间手足无措。卢菡在一边笑道："往日师父与你说起二位先生来，你每每听得入神，心中仰慕渴望。怎么今日见了真身，却头也不抬？"

李素炫惯来是个伶俐女子，未见过什么大阵仗，却也向来不惧什么，连第一次入大明宫内教坊处备值，也是通身从容，全无窘迫。今日却不同，只行了礼，便张口结舌，不知说些什么好，须臾间面红耳赤。昔日听师父说起二位前辈，心里想了无数次，若见了二位先生，要问些什么，要说些什么，如何倾诉心中仰慕钦佩，眼下一句也想不起来，只剩下额头冒汗。

二位先生连同卢菡又笑过一通，贺怀智说道："照寂，你且饶过这娃儿，看叫她窘的。"

卢菡字照寂，坊中人见了卢菡都称呼"卢先生"，李素炫此前从未听到有人与师父讲话时以字相称，心想："看来这二位先生果然与师父熟识……我今日真是丢人。"

贺怀智又对李素炫说道："素儿果然秀丽可人，看着便聪明。照寂屡次与我二人说起你，知道你自幼用功，乐艺书史皆有颖悟。你师父今日将你托付与我二人，若有机缘，定不吝指教。"

李素炫又行了一礼，还是手脚忙乱，肩背僵硬，说不出话来。卢菡笑道："今日初见，素儿难免窘迫，二位莫要见笑。"

贺怀智说道："你不是也笑了？却要我们不要笑。"

三人又是一阵笑，卢菡告诉李素炫："今日特意叫素儿过来与二位先生相见，方便日后请教。既然素儿窘迫，师父听贺先生的，饶过你了。"说罢起身，要带李素炫出去。李素炫连忙又对二位先生行礼，恭敬说道："晚辈告退。"

贺怀智略抬了抬手，旁边雷海青却站起身来，认真还了礼。贺怀智是个爽利人，说笑间声音洪亮，雷海青话少，这半晌也没说几句，只跟着笑，眼下站起来送李素炫出门，虽然如个门神般高大结实，却是举止温和、礼数殷切。

告辞后，李素炫转身出了门，走在回廊里，满怀沮丧。卢菡跟在她身后，笑道："素儿莫懊恼，心中仰慕多年，乍见难免慌乱，再见便好了。"

李素炫停下脚步，回身看着卢菡，有些惊讶：“师父饮酒了？素儿以前从未见过师父饮酒。”

卢菡略一笑，说道：“师父平日从不饮酒，今日与友人相聚开怀，破例饮了一盏，却不胜其力，这一会儿便面目潮热。想是一身酒气，叫素儿嫌弃了。”

李素炫仰头望着师父，见他面颊上果然泛着红晕。卢菡平日里温和，却又严肃，很少说笑，笑起来时，也笑得浅淡，今日却是别一番神色。此时夕阳灿烈，眼见要坠入西山里去了，余晖染尽天上云锦，霞光涤荡，正从卢菡身后射过来，晃得李素炫什么也看不清，只觉得师父站在一片辉光之中，几乎要融身在夕阳里，唯有腰间长箫深紫如玉，在一片赤金色光明里分外突兀清楚。

李素炫怔怔看着师父，心头突地起了一阵狂乱，忙低下头，再不敢抬起来。卢菡笑了笑，从怀里拿出小葫芦，弯腰放在她手里。

“你的小金蛉，好生在怀中暖着，养熟了便开口叫上了。”

李素炫恍惚中将小葫芦接在手里，又听卢菡说道：“素儿先回去，师父与贺先生、雷先生还有话说。去寻些果蔬喂了小金蛉，今日早些歇息，明日一早拿上琵琶来找师父。”

李素炫想与师父告辞，抬头见师父仍是微微笑着，看着她。她心里又是一阵慌乱，也未答话，也未行礼，转身慌慌张张跑开了，手中紧紧攥着小葫芦，一路飞跑回自家院落。想回屋，怕碰到端木，冲了几步又折回去，径直跑到西头小院落里，跑到废殿近前，想也不想，用力拉开门，未待灰尘落定便一头冲了进去，又反手重重将门关上。

殿内尘土一时扬起，连着关门时房梁上震落下更多尘土，纷纷落在李素炫头顶。她飞跑了这几步过来，大口喘气，立时被灰尘呛得咳嗽起来，弯腰扶着殿门，半晌方气息匀定、心动渐缓，只觉得口干舌燥、通身是汗、四肢虚软，只得转身背靠着殿门。许久，殿内阴寒缓缓浸透，浑身又冷得彻骨。她挺直身子，站在一地尘土之中，隔槅门望着外面，天色已然暗了。她心下茫然许久，又想起方才师父笑容，想起夕阳模糊，师父融身在一片光明里，腰间坠着紫竹长箫。她不由心中又是一紧，脸上又泛起炽热来。

# 第五章 诀心

天宝三载（744年）十月—十一月

# 23

连着几日，李素炫心中惶惶，坐立不安，做什么都不停分神，与师父相对时，手心里渗满汗水，总是不敢抬头。师父问起些什么，她总要想过很久才回答，声音也小了许多。卢菡看着李素炫浑身上下一副失魂落魄，笑了笑，随口问道："素儿往日里甚是顽皮，怎么近日忽然端庄起来了？"

这下李素炫更慌乱，不敢答话，头也埋得更低。大晴的天，窗外日光纠斗，逃得也不择路，急急忙忙冲进屋中，撞到她头上脸上，将她晃得浑身灼热滚烫，额头与脸颊上刺痒难忍，如同沾满了水蜜桃上那些细细绒毛一般。她紧紧握着拨子，很想抬起手来用拨子尖处在脸颊上搔几下，却莫名不敢。

卢菡又笑了，低首调弄怀中琵琶，告诉李素炫："素儿如今也认识贺先生了，却没有亲耳听过他弹奏。贺先生琵琶殊有不同，以石为槽，鹍鸡筋为弦，使大铁拨，其声振聩，其势殊绝。他那琵琶，为师却是弹不了。素儿若有兴致，日后可向贺先生讨教。"

李素炫低着头，轻轻一点，又听卢菡说道："雷海青还不到三十岁，琵琶上却已精熟老到。若他日师父不能再教导素儿，素儿便求教于雷先生。此人诤诤，可堪托付，足为良师。"

李素炫心中一惊，忙抬起头看着师父，卢菡倒是神色平静。李素炫迟疑问道："……师父为何不能再教导素儿了？"

卢菡轻叹一声，低头依旧轻轻调弄着琵琶，未再说话。屋中宁静，日光盈照，尘埃淡淡，小飞虫细碎飞舞着，搅动日光，在李素炫眼前胡乱画出道道痕迹来。她瞪大眼睛看着师父，等他回答，良久，却是卢菡始终埋首，不肯抬头。

李素炫心中隐隐起了畏惧，追问道："师父为何不能再教导素儿了？"

卢菡轻笑，抬头看着李素炫，说道："世事皆无常，师父只是随便说一句。倘若有这么一日……”未说完，又微微叹息一声，低下了头。

李素炫却不信：“师父此言定有所指，可否告诉素儿？”

卢菡又抬起头，将怀中琵琶递给李素炫：“也无甚深意，只是师父为教坊乐师，终究身份低微，许多事情也是身不由已。前几日与贺先生、雷先生闲谈，听闻上上月大内放宫人，那些人当初入宫便是身不由己，如今被赶出宫去，仍是由不得己身。许多人出宫后无处可去，一月内数十人寻死。师父虽到不了这一步，只是，乐人终究也是命不由己，不比那宫人强上半分。若有一日，师父不得不与素儿分别，此生再不能相见，也是无奈。”

李素炫说道：“师父是说，有一日师父会离开教坊？如此也无妨，素儿随师父一起走，哪怕浪迹天涯，或在街头巷尾乞食，只要在师父身边，素儿便甘愿。”

卢菡说道：“傻孩子，你哪里离得开这教坊。”

“若是困于教坊，素儿也无奈。只是，若不能再受教于师父，素儿便自己弹习、自己读书。素儿一生再不认第二个师父。”李素炫说着，口气坚定。

卢菡听李素炫这样说，心中触动，伤感之余，仍是对李素炫笑了，说道：“师父只是一介困顿乐人，一生布衣清寒，也给不了素儿什么，难为素儿如此看重于我。”

李素炫立刻将琵琶放在一边，挺身跽坐，整肃衣襟，双手相抱，低头轻声说道：“师父说哪里话。师父令素儿免入人市并骡马贩售，将我带入教坊抚养长大，授我诗书乐艺，多年来对我疼爱有加，怎么仍说给不了素儿什么。素儿不在乎师父名望身份，也不羡慕旁人富贵荣华，在素儿心里，纵然帝王将相、人间至宝，也不及师父一根手指贵重。素儿唯愿有一日可以离开教坊，一生追随师父，奉弟子之礼，每日受师父训诲教导，得闻师父琵琶箫管。如此，素儿此生再无他求。”

李素炫刚刚开口时，卢菡便伸手相搀，要让她起来。李素炫却不肯，压着师父两手，硬要持着礼数将心里话说完。之后，她抬头迎着卢菡目光，神色坦然。卢菡知道她性子，知道她口吻清淡，心中却是坚毅。

卢菡也难过，也安慰，看着李素炫，良久，硬是笑了，柔声说道：“素儿心意师父知道，师父只是随口说到这里罢了。且不要为这些虚妄事烦恼，坐下好生弹琵琶。”

师徒二人又相对坐好，李素炫说道：“师父，素儿这会儿不想弹琵琶，师父带着长箫，可否与素儿吹奏一曲？素儿好久不闻师父箫声了。”

卢菡笑道：“这可怪不得师父，每次取下长箫来，未凑到唇边，素儿便要夺在手里玩耍。你自己不是也有几支，怎么不见你如此把玩？”

“师父，我那几支箫竹色还生涩，怎如师父这支，不知多久了，日日盘弄，打磨得如紫玉一般。”

“师父自幼便将这支箫带在身上了，日夜不离，至今已三十余载。”卢菡说着，将腰中长箫取下来，握在手中，问道，“素儿想听什么？”

“不消什么，素儿都喜欢。”

卢菡未再答话，双目微垂，将长箫凑到唇边，轻轻吹起来。箫声嘶哑，自管中淡淡溢出，滟滟沉降，幻化消弭，一点光明在管身上来回闪动，模糊又刺目。李素炫低下头认真听着，想起与师父初遇之日，她站在地上向他行礼，刚好看到这支长箫。与师父出去街市上玩耍，疯闹一阵后，在人群中仰头去找师父，奈何个子太低，使劲仰着头，也还是找不到，她心里立时害怕起来。那时她不过五岁，却也聪明，仰头找不到师父，便低头看周围谁人身上带着长箫。这长箫永远在师父身上，颜色幽沉，辉光微闪。只要找到长箫，顺着向上望去，一定会看到师父正笑着，看着她。

一曲终了，卢菡轻轻吐出余息，放下长箫，双目复又凝聚起精神。李素炫问道：“师父，素儿听人说，师父事琵琶琴瑟，旁人却从未听闻师父箫管。可是如此？”

卢菡点了点头：“正是。”

“却是为何？”

卢菡答道：“琵琶琴瑟乃职事，虽也是心头之爱，却与箫管不同。箫管乃为师私密心事，故此毕生不示人，除素儿外，世上再无第二人听过为师箫声。”

“素儿却不珍惜，总要将师父长箫拿在手中玩耍，偏不肯好好听。”李素炫笑道，“只是……师父难道不觉得箫声凄凉？若是白日里，也还好，若是夜里，箫声幽咽，不是令人心中难过？”

“师父不曾如此觉得，只觉得箫声清雅静谧，故此常在入夜时分吹起来。素儿却觉得箫声悲切？”

“正是。自五岁时，听了师父箫声，便时时记得。那时师父吹过什么调子素儿忘了，只记得入夜之后，师父箫声总是令素儿心中难过。累年来梦里也听到，醒来便想起自己连耶娘是谁也不知道，原本叫什么名字也不知道，来日去向哪里、是不是有朝一日要与师父分别，也不知道。师父每次取下长箫来，素儿都有些畏惧，便将长箫夺了来玩耍。今日听起来却好多了，不觉得难过。”

“……素儿是不是时常想起父母？”

“素儿没见过父亲，也早已不记得母亲，算不得想起。只是，每到困顿濒死时，或夜半难眠半睡半醒间，耳边便会听到有人一遍遍给我唱一支歌调，就是我从小每日所唱那支，旁边还有琵琶弦声。唱与我听的是女子声音，十分温婉爱抚。歌中所唱为胡语，我如今已尽皆忘记了，不解其意，在昏昧中也听得断断续续，有时听到前一半，有时听到后一半。那琵琶调子我也只记得一半，醒来也追摹着弹过，却怎么也与梦里听到的不同。”

“与你唱歌弹琵琶的……可是你母亲？”卢菡问道。

“定然是了。那歌声平时从来听不到，每到困苦生受时，便在耳边响起来，又有琵琶声时远时近。我想，那定然是我阿娘，见我困顿，便来护佑勉慰。”李素炫淡淡说道。

卢菡默默看着她。李素炫自幼伶俐顽皮，若是淘气起来，作得出无数妖道，别人家孩儿十个也不抵她一个精怪，不想她还有这许多心事不曾告诉卢菡，卢菡也不曾看出来过。这孩儿一派天真，一番心机痛楚却又十分藏得住。卢菡有些难过，轻叹一声，忍不住想道：“我幼时不与人倾诉，实在是因为无人肯听，却不知素儿为何恁多心思却非要忍着，对我都不肯说一句。”

## 24

秋日渐深，院外浅湖中，荷花都已谢了，叶子也败了，莲蓬干得透顶，远望一片枯槁凌乱。

“若是过几日，下了厚霜，景象怕是要更加肃杀了。”李素炫想着，她与端木一起在湖心岛上假山旁练习，每次都是在夜间，小桥不宽，借着月色或灯笼，也不敢左顾右盼，踏上去一溜就走过了。白日里很少过去，未曾太留意那些荷花，也不知何时开了，也不知何时败了，只记得隔上一阵子，一片葱翠，又隔上一阵子，满眼萧瑟。萧瑟之后是葱翠，葱翠之后又是萧瑟，如此，一年便过去了。

天候太冷，端木与李素炫夜里已不能再去假山旁练习，索性早睡了。睡得早，睡得也深，早上反而恋着不想起，待到报晓鼓声响到第三四通，实在抵赖不得，才不得不爬起来。

如是，一晃眼工夫，冬雪降下来了。

初冬时分，雪霰细碎，飒飒如沙。转过一日后，慢慢下得急切了，大朵雪花凌空密布，远望长安城，无数屋角房檐皆尽淹没，天涯浅白，一片依稀迷茫。大地清润湿冷，阴云遮蔽，端木和李素炫却没什么感时伤怀，隔窗望着外面肃杀气象，躲在屋里，裹着厚衣裳，信手拨弄琵琶，玩些箫管，偶尔说笑，温暖怡然。小金蛉在李素炫怀中暖着，须臾不离，日子久了，养得熟了，也不拘行走坐卧，每日鸣叫不停，声音细雅，与那聒噪小翠甚是不同。

一日下午，外面来了个人，说要找端木行止。有人通报后，端木出去看，见来人是一中年妇人，却不认得。行了礼，正疑惑间，来人开口说道：“你便是端木行止？应当是不认识我，我在一处贵人府上为私伎教习。今日是我家阿郎嘱我过来，送些礼物与你。”

“你家阿郎？”端木问道。

“正是。我昔日也是教坊中人，认得坊中路径，也有些熟人，故此派我前来。”

来人说着拿出个木盒来，长半尺余，递与端木。端木不肯接，说道：“我整日在教坊中，从不外出，又身份低微，怎么会认识贵人，更不知你家阿郎是谁。尊驾怕不是弄错了，可再打听一番。”

来人笑道：“我家阿郎说得清楚，左教坊中端木行止。这姓氏名字颇少见，怎么会弄错。”

“敢问你家阿郎是谁？”

“我家阿郎乃当今宗室，名唤李逊。”

端木立刻想起不久前在王府里所遇贵家子，身材修长，颇有风范，也想起那人说的几句话。只是她以为不过是几句话，说过便过去了，不料那人竟专门派了府中乐伎前来坊中寻找她，还有礼物相赠。

端木不想接受，行礼推辞道："累你前来探听，只是，我与你家阿郎确有一面之缘，但只随意说了几句话，并无什么交情。况他身为皇室贵胄，端木不过一介女奴，身份悬殊，别如云泥，纵有恩赐，亦不敢受。"

端木斟酌着说了这几句，口气分外柔和，持着礼数。不想对方没与她再多说话，直接将木盒塞在她手里，转身走了，边走边笑着说道："哪里这许多道理，有贵人赠礼，我若是你，乐还来不及。"端木一错神，想要追赶，那女子却已快步走远了。

端木为难，想了想，只得去寻师父，将事情说了，又将木盒交与师父。郑三娘将盒子接了，放在案子上，叹了口气，说道："那日清早在王府中，就有人过来找我，说是听他家阿郎吩咐来打听你。我简单说了几句，心下便猜出了几分，只是想不到这礼物竟然径直送来左教坊了。既如此，且打开看看。"

将盒子打开，才看明白，原来这桐木盒子只是护在外头的，里头素丝巾子裹了个深色木盒，天地盖，做得严丝合缝，以指叩之，有金石之声，再打开，里面是一方长巾。

"这盒子是檀木的，这长巾是缂丝的，两样都颇贵重。"郑三娘说了一句，"看来那位贵人倒是很心诚。缂丝能织出千般纹样，这条却是简素清雅，想那人也不甚轻浮。"一边说着一边将缂丝长巾放回檀木盒子里，又将檀木盒子放入桐木盒子。

"你意下如何？"良久，郑三娘问道。

"孩儿无意于他。我与他不熟识，本就不想受他礼物。"

郑三娘说道："贵人赠礼，却之不恭，又得罪人。你若不喜欢礼物，也不喜欢那人，留起来不用便是了。师父是想问问，你现如今长大了，再不是小孩子，转过年去，岁首便满十五岁，要行笄礼。日后这等事只多不少，你要如何区处？"

"孩儿也不知该如何区处，只是不想与这贵家子有往来。"

"为何？"

"他也不过是一眼顺了，挑逗一番而已。孩儿不想应他。"

"若他认真又如何？"

"他再怎么认真，也不想应他。孩儿奴籍，按律只得内婚，嫁不得良人，更不要说贵人。"

"你若非要嫁与良人贵人为正妻，自然不可。"

"孩儿不愿与人为妾媵。"

"不愿为妾媵，便只嫁得奴籍、贱籍。"

"师父，若当真婚配，孩儿不挑剔他出身，只求一心一意。我心中只有他一人，他心中也须是只有我一人。不然，孩儿尽可一生不嫁，也没什么打紧。"

"就算他心里只有你一人，又如何？世上男子皆薄幸之徒，能有几个懂得女儿家真心。赌咒发誓，自认情种，实则也不过爱你身姿容貌，待看得腻了，转眼便忘。当初誓言并非虚妄，转眼忘了也是真情，男子心性就是如此，你能奈何？拣个有出身的嫁了，生下一儿半女，纵恩爱不长久，也落个衣食无虞；若是嫁个无出身的，到最后不是什么也落不下？"

端木低着头，默默无语，实则心中有纲领，只是不愿与师父硬犟。

郑三娘叹了口气，说道："你自幼与李素炫交好，师父说是不喜欢她，嫌她不恭敬，不过托词，实则她没哪里不好。只是那丫头实在性烈，与她师父一般脾气，事到临头，豁得出去，纵死也殊不畏惧。师父一直怕你像她。"

"师父，孩儿觉得，像素儿也没什么不好。"

郑三娘摇摇头，说道："卢菡生性孤傲，爱重自家徒儿，不容她堕入凡俗，虽只一介女奴，却授以诗书礼乐、微言大义。我却不是卢菡，我只当自己是个寻常妇人，做母亲的，一心只为我孩儿打算。师父也识得几个字，也晓得些孝烈忠义，也知道家国天下、骨血宗嗣千载不绝，全仗高士风骨，只是仍旧存了一片私心，不愿我自家孩儿去成就那番英烈，平白受那许多苦楚。师父只望你有个安稳日子，莫要挨饿受冻，莫要一辈子困死在这教坊里。多的你自家打拼，师父只求这一点。"

端木知道师父意思，郑三娘对她说了不止一次，只是端木自己不是这般想法，却从未与师父说过。郑三娘也知道她多半是另有主意，每次与她说起，她总是低头不语，从不反驳、从不强辩，却也从不点头。

郑三娘叹息："也罢，你自己多想想，想是也有打算。只是，师父只望你自己活好，从不指望你成就什么名节。那贞节烈女、盖世忠良，留与别人家孩儿去做好了。”

端木看着师父，点了点头，行礼告辞。临出门时，郑三娘将桐木盒子递与她，告诉她自己收好。待端木出去，郑三娘望着她背影，心中复杂。

“缂丝贵重，寻常女子见了，男子说什么也都应了，我这端木却没反应。也不知道是好事坏事，也不知道她像谁。”

## 25

几日后，卢菡告诉李素炫，他要与左近兴宁坊内一处府上教习，可以再带李素炫出左教坊。李素炫很开心，也有些失落，不由得想起了梁蛮，却也知道再见不到那夯小子了。

兴宁坊与延政坊紧邻，出左教坊南门，再出延政坊南门，步行至兴宁坊西门，不过几百步。到了那户府上侧门边，卢菡依旧嘱咐李素炫两个时辰后在分别处等他，若是找不回来，就到本坊北门处等着，又给了她些铜钱，要她自己寻热闹去看。

李素炫与师父行礼告辞，独自信步在坊中逛起来。长安城中凡一百零八坊，有大有小，兴宁坊是大坊，人多，热闹也多。李素炫很少往人群聚集处走，倒喜欢在远处看着，看人家做买卖的如何相互揣摩脸色讨价还价，一笔交易后，双方都甚得意，也有都不开心的。小童儿见到摊贩叫卖小食便尖声嚷着打滚耍赖，末了被耶娘小猴子似的拎走。还有那观看街头力技的，石臼被抛上天去，落下时，众人个个惊叫，连连后退，实则相距甚远，根本砸不到人。此般力技李素炫在左教坊中见过，名“夏育扛鼎”。皇家百戏工自然功力更胜，也有耍手技的，演示些弄丸跳剑之术，那天上落下的可是若干刀尖。教坊中人见识多，情知无碍，无人叫嚷，无人躲闪，倒缺了市井间这份夸耀热闹。

李素炫走走停停，坊中多有住家者在门口摆下摊子，叫卖些酒水零食，倒也不贵，逐个品尝，不敢拿来顶饱，只尝那一点儿味道，实在是一番乐趣。渐渐走得远了，到了条小巷子里，见其中一片幽静，她便向深处走进去，边走边想："这一坊之中各色住家皆有，有高门大户，有中平之家，也颇有些落败寒舍。方才过来着实路过些破房子，此间想是些中平人家，房子好些，也多少有个院子。"

再向深处走，房舍之间有片空地，走近时，见地上摊着许多物什，再近，细看，李素炫一时呆立住了。那地上一片一片、一堆一堆，竟然都是书籍，有抄本有刊本，有手卷有经折，再细看，很多装帧和雕版此前从未见过。审视书名，有经文，有古训，更多的是乐志、曲谱、词律、法典。有的新、有的旧，深色浅色，不一而足。

李素炫大惊："这一片住的可不是富贵人，谁人如此阔绰，有这许多藏书。我自幼所读诗书多是师父抄录与我，雕版靡费，刊本昂贵，寻常不易得，许多都是借阅而来，我读时旁边连个水盏也不敢放，笔墨也搁得远远的，唯恐打翻污了刊本。这却是谁人将这许多书籍放在空地上，任大日头暴晒，也不怕叫旁人捡了去。"

心下想着，循着一片书籍向前望，几眼后才瞧得清楚。前头墙角下有位老者，一身粗布老旧衣裳，跪在地上，逐一翻动书籍，动作轻慢，甚是小心。李素炫忍不住走了过去，见老者身旁更有许多书籍手卷，有的还使包袱裹着，尚未打开。老者跪在地上，慢吞吞挪着膝盖，将一些书籍翻覆过来，又将底下的拿到上层来。想是年老，腿脚不灵便，挪动起来有些费事，颇笨拙，口里又嘟嘟囔囔："这个好了……这个好了……这个还不行……"

李素炫不由笑出声来："老先生可是要与孔夫子搬家？"

老者闻言抬起头来，看着李素炫，见是个十几岁秀丽女子，脸上笑盈盈的，细看眉眼有些西域人样貌。老者放下心来，问道："与孔夫子搬家是怎么个说法？"

"全是书。"李素炫说道。

老者没听明白，又问道："与孔夫子搬家，可不全是书，有什么好笑？"

"我与师父对弈，场场俱是大败，师父笑我'孔夫子搬家，全是书'。言下之意我没赢过，全输了。故此孔夫子搬家全是书，全是输……"李素炫费了些口舌解释一番，又闭嘴了。诙谑语须是对方即刻得解其意，若还要解释一番，便显得呆傻。

不想老者是个后知后觉的，初时不明白，待李素炫讪讪闭上嘴巴，他却笑上了。笑过后，一老一小干巴巴互相望着。

“你若无事，过来帮我翻书。”隔了片刻，老者说道。

李素炫很喜欢摆弄书卷，立刻将襦裙挽了掖好，俯下身去，问道：“老先生要我怎么翻书？这书都拿出来做什么？”

“连日阴雨，书受潮了，今日晴朗，搬出来翻晒。你看看那已晒得两面干透的，就收起来；一面干透的，就翻过来；底下压着的，就拿到上层来。”

“这个容易，我帮老先生。”

李素炫依老者嘱咐翻动书籍，见一本书，初时以为是长卷，待展开了，却见许多单张抄页，每张都在一侧细细涂上一道胶，一张压一张，鳞次相错，粘接在手卷上。李素炫大为惊异，问道：“老先生，这是什么书？”

“这叫旋风叶，也叫龙鳞装，可一页一页翻看，也可以整个卷起来。备查掌故，检索方便。”

李素炫又拿起一本书来，见上下两块木板，夹着数十张硬纸，连木板带硬纸中间相隔一寸打了两孔，使一根皮索子上下迂回穿了，十分奇特罕见。

“老先生，这又是什么书？”

“这叫梵夹书，取自天竺贝叶经，也叫贝编，多是佛经。至我唐土，改贝叶为硬纸。”

李素炫将书在手里捧着，细细观看，说道：“这两边木板倒是打磨得好，上下一般大小、一般厚薄，倒似黄幡绰先生手中拍板。”

老者闻言，抬头问道：“你怎么认得黄幡绰？”

李素炫这才想起来，说了这许多话，尚未通报自家姓名。她放下手中书籍，站起身来行礼说道：“奴李素炫，乃左教坊中琵琶伎。曾听师父言道黄幡绰先生拍板精湛，时有人直将拍板呼为‘绰板’，故此知道黄先生之名，实不相识。”

“你是教坊弟子？”

“正是。”

“你师父是谁？”

“我师卢菡。”

老者点点头：“怪不得你知道黄幡绰之名。那黄幡绰乃梨园弟子，只奉宫廷，不入市井，虽名望颇高，寻常人却识不得他。”

李素炫问道：“老先生怎么也知道黄先生之名？”

老者答道：“老朽鹿聆训，乃太常博士，自然知道黄幡绰之名。”

李素炫顿时明白老先生为什么有这许多书籍，其中又颇有些乐典、曲谱，又想起太常寺在太极宫皇城之内，与这大宁坊只隔着永昌坊，其乐工并家眷都居住在附近几坊之地，想来老先生所说不虚。她立刻又躬身行礼道：“既如此，老先生便是前辈了。素儿唐突。”

老者摆摆手：“这有什么唐突。明日我还要晒书，你若常来帮我，我便许你阅读，你也不亏，我也不亏。你既为乐人，可多看看乐典谱志，你师卢菡定有相授，只是怕他没这许多书籍与你细读。”

李素炫大喜，连连行礼道：“素儿感激，多谢先生。”

鹿先生豪爽，反手扔了个蒲团过来，说道：“你自己坐着好好读，只是小心莫要伤了书籍。我这里颇有些孤本、祖本，书卷也老，纸张也脆，手上要轻着些。”

“素儿定小心谨慎。”李素炫说道，在蒲团上坐好，选了卷书，捧着读起来。

鹿先生在一边看着她，过了许久，心想：“原来她是卢菡弟子。我曾闻言卢菡授学无数，入室弟子却只一人，想来便是她了……倒是知礼，又玲珑可爱，卢菡定然钟爱。既如此，不如与她个方便，让她读够。有那胡乱读书的，见这许多书，倒晕了头，掇过一本，翻翻便丢开，又掇过一本，翻翻又丢开。看她读书倒是认真细致，拿上一本，便读到底，这书与她细读也不枉。”

鹿先生想着，不再理会李素炫，低头抚弄修整书籍，将页角缺损处补了，若书上长了霉，模糊了字迹，便将霉斑轻轻擦掉，补上字迹，纸张折断处在背面粘接起来，有些梵夹书上皮索子磨得细了，给换上根新的。鹿先生上了年岁，双手苍裂如枯树老皮，做活却是利索细致。

李素炫读得入迷，放下书想歇息片刻，忽然想起师父只给了她两个时辰，怕是已经过了。她登时慌乱起来，将书卷好，放好，起身行礼说道：“先生，素儿方才看书走神，忘了身外事，现下须是立刻回去寻我师父，今日便不帮助先生翻书了。素儿抱歉，明日定当早早过来，帮先生到底。”

鹿先生猜得到她是跟师父偷偷溜出来的，马上说道：“快去寻你师父。”

李素炫匆忙间又行了个礼，转身跑开了，一边跑一边将襦裙解开，迈开步子飞奔。坊中屋舍路径规整清楚，她很快跑到与师父约定处，却不见师父身影，一边气喘吁吁，一边心中惊疑，不知道师父还未从府中出来，还是等不到自己，去别处寻了。慌乱了片刻，见偏门打开，师父走了出来。李素炫立时放下心来，深深吸气又吐气，略缓和了些，走上去与师父行礼。

卢菡笑了笑："随师父回去。"

简单一句话，李素炫却瞬间安静了，慌张间低下了头。方才见了许多书籍，鹿先生还允她明日再来读书，她心里本来十分兴奋，师父只寻常一句话，浅淡笑容，她立时又局促起来，一路上老老实实跟在师父身旁，安静走着，手脚都守着规矩，不再像从前一般跑跑跳跳。有心想与师父说些闲话，又口舌打绊，一路上都在聚攒胆量，最终却是一句也说不出来。

入夜，李素炫独自吁叹。从前无论什么大小事情都急着说与师父，如今却不敢了。一再缄口，心中难免有些寂寞。

第二日，李素炫在府第门旁与师父作别，依前日记忆径直往鹿先生家中跑去，到了近前，果然又看到满地书籍卷轴，老先生掇了个案子在门口，伏在上头写字。李素炫走近了，站好，行礼道："素儿见过鹿先生。"

"素儿与我研墨。"鹿先生嘱咐道。

"是。"李素炫立刻挽起袖子掖好，走上去，拿起旁边小水滴，手腕轻抖，落了几滴水下去，左手扶砚，右手握了墨锭，细细打着圈研起来，不几下便留意到鹿先生所用砚台上。这砚比她平日所用大许多，青瓷烧制，圆形墨堂，径七八寸许，外圈储水，周围十几足，十分巨大沉重，不需用手扶着。于是她左手舍了砚台，扶着右手腕子，双手用力，又轻轻磨起来。这青瓷砚发墨甚佳，连续研磨，又连续加水，堂中墨色渐渐浓郁起来。

李素炫小心调匀气息，稳着身子和手上墨锭，见鹿先生一时停笔，便另匀出些气息与他说话。

"先生这砚台好大一番气魄。素儿平日里只用小笔，出锋不过半寸多，只写小字，写些经卷，或抄录些书籍，故此只用个小簸箕砚，歙石制，与素儿巴掌一般大，放在我师父掌心里就如个小玩物一般。这等大砚，如此形制，素儿以前没见过，可有个名字？”

“此砚名唤‘辟雍’。”

李素炫略一思索：“素儿记得‘辟雍’为周天子学宫，圆形大殿，四周有水。幼时师父与我说起来，我以为是水围学宫以防刁钻学子逃窜。用以为砚名，可有什么来历、缘故？”

“此砚自魏晋传承至今，圆形，十八足，周围有水槽，乃仿古时辟雍形制，故有此名。”

“这砚做工繁复，想是值得不少。”

“那是自然。”

鹿先生口中颇有些得意，提笔又蘸了墨，在堂上掭好，开始书写。李素炫见那字迹青黑无光，微微泛着紫蓝色，便说道：“先生这墨也是上品，乃是松烟墨中头一等，名‘清烟’，很是昂贵。素儿平日写字，只用第二等‘混烟’。此上等清烟只我师父与我见识过一两次，平日里可用不起。”

李素炫一边说着，一边心中惊异：“住在此处的都不是富贵人，老先生怎么有这许多书籍，用得起这好砚好墨，连那纸都是金贵的。太常乐为国之礼仪，乐工俱是良人，奉乐按当服役计算，想是乐工格外优待，多好过我这皇家私奴。”

鹿先生分明看出李素炫所想，慢悠悠说道：“老朽身在太常数十载，早已不登郊庙朝堂，如今为太常寺太乐署博士，掌管律算、乐典、史志及乐器营造，每日抄书录书，整理历代典章，编纂当朝仪轨，手书祖本，之后交付刊刻。所需文房及工具木料俱是太常配给，别人可没有。”

李素炫这才明白，鹿先生昔为乐工，年岁渐长便不再奉乐，转而专心研修。也怪道他有这许多书籍手卷，又会修补珍本善本。

鹿先生又说道：“你倒识得些笔墨，过来写几个字让我看看。”

“是。”李素炫答道，放下墨锭，走到鹿先生身旁，接过笔来，伏案写字。不想这笔却怪异，略压一压，笔画十分粗壮，略提一提，又十分纤细，写了几个字，粗笔细笔横拧竖歪，格外难看。

“先生这笔可是与众不同，实难驾驭。素儿平日算不上书学精熟，却也不曾写得这般丑陋。不知先生如何将这笔写得那般好字。”

鹿先生呵呵笑上了：“此笔乃我自家手制，号曰‘锥管’。以淮兔项背紫尖为毫，笔芯缠纸数重，入管六分，腰力雄健，非寻常鸡距可比。笔肚饱满，出锋又极锐利，笔画粗细变化只在细弱幽微之间，极难把控。莫说是你，就是你师卢菡一时也驾驭不得。”

鹿先生这样说，李素炫倒来了兴致，蘸着墨，不停写下去。这笔看着有些出锋，然腰上缠纸，实际锋镝不过几毫，写不了太大字体。若是写些半寸小字，却正如老先生所说，笔画粗细变化极尽细弱幽微，手上略轻略重，笔画便是太细太粗，写得十分丑陋。但李素炫也能试得出来，若是有了掌控，如此粗细变化多端，敏锐异常，书体定是别有一番肆意灵动。

鹿先生倒是有一番自觉，见李素炫不停写着，他倒放下手中活计研上墨了，一边伸头看李素炫写字，一边不时递过纸张来。李素炫索性不停笔，调服气息，稳控身形，连着写了一个时辰才搁笔，字迹眼见已约略有了样子。

鹿先生啧啧称赞道：“你倒是上手快，想是寻常书学有素。看你写字，腕力强悍，毫端稳阔，行锋果断。结字又老练，核心紧凑，外围疏狂，开阖相彰，有擒纵，有生杀，虽略失庄严，倒在俊逸，又兼几分邪肆，甚是性情。想来你这碎女子平日里也是个不服管束的。”

李素炫哭笑不得。她无意驾驭锥管，只是平日里难得有这好纸、好墨、好笔，忍不住贪图一时享受，却不知鹿先生怎么看出她不服管束了。心下暗笑了阵子，又拿起墨锭细细研磨，一边对鹿先生说道：“素儿自幼习书，初时也无甚长进，师父说我手腕羸弱，故此运笔不稳。后于琵琶上磨练多年，腕力日渐沉厚，方始把控。昔时见我师父腕上霸悍至极，以为武曲精健难弹，后知文曲多有幽若游丝处，亦是不易。素儿想来，弦笔于至境处相通，倘若琵琶上文武并济，融容贯通，书学上也一定能有些大颖悟，只是素儿至今仍做不到。”

李素炫一边研墨一边随意说着，鹿先生心中欢喜：“这孩儿是个天生有分的，根器颖利，又肯勤习，又能融会。以卢菡那番心气，也是此等天资方可入眼。”想了片刻，又看了一阵，对李素炫愈发喜爱，取了她手中墨锭，与她研墨，让她专心写字，口里不停嘱咐道：“锥管劲硬，调锋不易，需以提按格外控制，枯笔处容易破锋，务必小心……”李素炫认真听着，屏息凝神，想着先生所说，用心揣摩，不停写着，笔力渐趋沉稳。

临别时，鹿先生说道：“我送你两枚锥管并松烟墨锭，你回去好好练习，过几日再来寻我。若是写得好了，日后帮先生抄书如何？你若帮先生抄书，先生便有锥管墨锭时刻相送。”

“多谢先生看重，素儿定认真努力。”李素炫满心欢喜，对鹿先生深深行了一礼。

鹿先生起身回屋取了两支笔和墨锭，李素炫接了揣在怀里，行礼告辞，回去寻师父去了。到得左教坊，与师父告别，回了自己屋中，迫不及待便写上了。到掌灯，又趁着一点豆大光亮接着写，至夜深，被端木几次催促，仍恋恋不舍，几番咬牙，才起身将锥管拿到池边洗净了。

# 26

连着几日，李素炫上午随师父习受课业，午食过后一刻不歇便去写字，至天色微暗后又抱着琵琶，两手在弦轴间细细揣摩试探，从刚武到细微，逐一寻找臂上腕上力道。一连十日，着魔般用功，每日都要端木押送她去用餐食，晚上又要押送她去安寝，连小金蛉也是端木日日想着喂些果蔬，喂饱了又拿回来放在她怀中暖着。

“素儿这是怎么了？发疯写字，发疯弹琵琶，一刻不歇息。谁许了你黄金万两不成？”端木问道。

“书乐可不是强过黄金万两？”李素炫笑着说道。

李素炫近日如此发疯着魔颇有些缘故。自用了鹿先生所赠锥管，虽尚未得心应手，字体却变化很大，如今字体心下更为喜爱，便存了心思要成就个壮举。

“这许多年我未曾为师父做过什么，只晓得调皮任性，每每还要师父哄着我。明年六月是师父四十岁诞辰，我该送他一件礼物祝贺，却没钱买什么像样物事。师父累年所授课业我都有笔记，一直好生留存，一页不缺。这锥管所写字迹甚是俊逸，我若能将笔记整理一番，逐行逐列写出来，做成集录送与师父，岂不是一件好礼？鹿先生掌乐典史志编纂，定能教导于我，我帮他多做事情，好生相求，请他指导，也多送我几枚锥管。若是能将字体练得端平，将集录写得体例明晰、章节分类严谨，师父定然喜欢。若这集录能流传后世，教诲后学，可不是件大功德？我定要为师父费些心思力气，熬上多少个夜晚不睡，让师父知道素儿心中殷切。”

李素炫本就喜欢写字，又真心想为师父费一番力，送他个什么，存下了这个心思，自然发疯着魔，刻苦异常。端木不知其中缘由，却也不问、不拦着，只在一旁好生帮忙，白日里见她顾不上餐食，就给她留些，夜晚天寒，见她浑身冷透却不觉得，便与她披上件衣裳，太晚了便强迫她就寝。李素炫知道端木善意又好性子，也乖乖听话。

连着疯魔了些日子，李素炫疲惫不堪，随师父习受课业时，身上手上都有些虚软乏力，拿起琵琶来没弹上多久，只觉手上心里都是空的。卢菡拦住她，十分不解，问道："素儿近日为何如此劳累？"

李素炫已连着几夜睡不踏实，只要一躺下，就惦记一夜快些过去，可以快些去写字、弹习，早上起来时浑身乏力，却又想起要送师父小礼来，被一番小女儿家心意鼓动着，立时抖擞起精神来。只是连着多日，终究还是体力不支。今日师父问了一句，她不由叹了口气，低着头，两手在琵琶上胡乱拨弄出些细碎嘈杂来，只是不说话。卢菡看着她，等着她，等了很久，她还是没有开口。

"若是累了，今日便不弹了。"卢菡说道。

"此曲素儿还没有练到精熟，怕是差得还远。"

"若是认真练过了，仍不精熟，便是功夫未到，急切不得，可暂时放一放。有时师父只是让你多见识些，求个博观，无须太过在意一音一调。"

李素炫低着头，又是许久没有说话。

"素儿近日举止飘忽，似乎是有什么心事，可与师父说说？"卢菡柔和问道。

李素炫说了声"没有"，只是声音很小，连她自己都听不清楚，卢菡当然更听不见。

"素儿可有什么心事？"卢菡又问。

"没有。"李素炫抬起头，勉强笑笑，"真的有，写写字便忘记了。"

卢菡却摇头："人云写字可以忘忧，实则无忧才能写字。"

李素炫又低下头，等了很久，轻轻吐出两个字："没有。"

卢菡倒笑了："素儿长大了，有了心事也不与师父说。儿大不由耶娘，既如此，师父不追问了。"

李素炫心中失落："若是师父肯追问便好了。"复又一想："还是不问的好。”纠结了片刻，心中委屈，眼泪慢慢浸了出来。她马上低头，卢菡却已经看到了。

“素儿……”卢菡小声说着，有些茫然，不知该如何是好。

李素炫咬咬牙，索性抬起头来，直直看着师父，须臾眼泪涌了出来，大颗大颗自脸颊上滚落，不停滴落到手上，又顺着手背滚落到怀中琵琶上。

卢菡有些惊慌，连声问道：“素儿怎么了？为何不与师父说说？素儿怎么伤心了？”

李素炫依然不肯说话，只是看着师父，不停流泪。她已很久不敢这样看着师父了，尤其不敢这样看着他的眼睛。卢菡慌乱了一阵子，自怀中取出帕子来，放在李素炫面前，告诉她：“素儿快擦擦眼泪，天冷，泪水会杀得你疼。”

李素炫心中顿时疼痛愤恨起来。小时候她淘气后没力气再走路，师父时常将她抱在怀里，她至今依稀记得师父身上体温。女儿家终日身子寒凉，那般温暖浓烈，只有男子身上才有，一瞬间就将她暖得透了。只是自七八岁后，师父再没有抱过她，再略大一些，不过十来岁后，连她手也没牵过。如今她哭得满脸是泪，师父也只是将帕子自怀中取出来，放在她面前，要她自己拿着擦拭。李素炫知道，女儿大了连亲生的阿耶也要有个避讳，寻常人家尚且如此，师父乃端良君子，更加持礼严谨。可李素炫却来了性子，偏是不动，狠狠握着手中琵琶，右手攥着拨子，恨恨看着师父，任由眼泪不停落下，卯死了也要逼得师父拿起帕子来，亲手给她擦干眼泪。

卢菡等了许久，眼见李素炫执拗，硬是不说话，哭得两眼红肿、声音嘶哑，自己较劲用力，浑身颤抖。卢菡无奈，叹息一声，只得伸手拿起帕子，俯身过来，给他素儿轻轻擦起了眼泪。

痛楚如决堤般涌过来，李素炫弃了琵琶，轻轻跪下，伏在卢菡膝上痛哭。举世之上，她一个亲人也没有，师父是她唯一眷恋，只是少女心事尽不能说与人听，她本也一生至死不会吐露半句。她没这个胆量，就是敢，也不肯。她读圣贤书，却不在乎圣贤唠叨，从来也不怕什么、顾忌什么，可她知道师父是个死心眼的，她不会勉强他，叫他为难。她从没有什么奢念，只想有个自在身，可以一生追随师父，日日听授，恭奉弟子之礼。无奈她身在奴籍，难以脱解，怕是毕生不能如愿。

卢菡轻轻抚了抚李素炫肩膀，察觉到她已哭得浑身冰冷。卢菡不知道该怎么办，再问什么，她也不会回答，想哄她也不知该说什么，此时说句“不要哭”定然是火上浇油，也只能等着她自己哭够。

过了很久，李素炫渐渐平复了，直起身来，自己擦干了泪水，怔怔地看着师父，片刻又低下头，坐好，抱起琵琶轻弹起来。卢菡再没问什么，李素炫也再没说什么，只弹着怀中琵琶，头也不抬。师徒二人默默相对，直到一日课业结束。

一番宣泄，李素炫倒平静了许多，只是，一派少女天真已然过去。人之初，心下纯然无物，无忧无虑、无恨无仇，想到什么便说出口，来了兴致便逞能调皮，开心不开心，一瞬便写在脸上，自己也毫不掩藏，也不介意为人察觉。如今她心中有眷恋、有忌惮、有遗憾、有认命，懂得隐忍、懂得缄口，知道如何收敛神色、隐瞒心事，纯然中硬是生出无数心机，一腔绝望，倒逼出一腔决绝、满腹刚毅，在心中，她已然成年。

再见到师父时，她反而坦然了，不再恁般顽皮。一手臭棋，不再强拉师父对弈；与师父辩玄，也不再顾着讲自家歪理，仗着口利非要将师父绕进去；师父吹起长箫，她端坐认真听着，再也不劈手将长箫夺了来玩耍。没了孩儿家顽皮，也不再有少女忸怩，不再低头不语，不再戚然难过，反而目光平静，神色从容，举止深沉端凝，心下一片淡忍，终日与师父恭敬相处，神色稳重，脸上什么也不露出来，只背地里暗自勤奋。有日光时，趁日光写字，攻研书卷；待日光晦涩，便抱起琵琶弹习至深夜；夜晚却又不睡，随手使个什么物件挡了烛光，独自趁着一点光亮整理历年笔记，分类、排序并做标识。端木眼见她日渐忙碌，却又越发沉默，且一再削减睡眠，不由得又急又气，却奈何她不得。

“素儿怎么一疯起来便收不住，真是孩子气。”端木说道，李素炫却只笑笑，不答话，头也不略抬一下。端木纯粹，虽不健谈，却心中磊落，凡有所思，尽无不可与人言，哪里如李素炫这般，一副伶牙俐齿，看似开朗通透，实则心中颇多幽隐，抵死不肯说出口。

端木急切，只得拿出卢菡来胁迫李素炫：“素儿，你再如此，我可告诉卢先生去了。”

李素炫忙放下手中锥管，走过来，赔着笑脸说道：“端木莫恼，素儿此时便歇息。”

“素儿近来到底是怎么了？怎么如此疯魔？知道你喜欢写字、喜爱琵琶，可近日着实不寻常。可有什么缘由？”

“也没什么缘由，只是近日来笔上弦上皆是顺畅，忍不住放纵了。”

“可你如此吃累，身子受不了怎么好？若是累倒了，不是什么也做不了？”

“端木说的是，素儿小心。”

端木摇头：“你这小鬼头，就是顺口说些便宜话哄我，口气上温存，回头还是你自家路数。”

端木哪里知道李素炫心事，只当她果然是想用心攻习课业，怕她累坏了，怎知李素炫私下揣着一腔赤诚灼热。少女初成，其志可平山海，生死亦不畏惧，何况些许劳累。

卢菡看得出李素炫十分疲惫，心中想道：“素儿近日如此勤奋，也是好事，每日写字、弹习琵琶，也不会轻易便累出什么来，睡眠少却难免伤身。”

“师父看素儿有些劳累，今日便不弹琵琶了。师父与你对弈如何？”卢菡对李素炫说道，想让她稍微歇息一下，弈棋总比弹琵琶或读写来得舒缓些。

李素炫却执拗：“素儿不累。”

卢菡也觉得自己笨拙，他想强迫李素炫歇息片刻，李素炫肯定看得出来。他叹息着说道：“素儿，师父见你劳累，实在是担心。白日里疲乏也就罢了，晚上若是还睡不好，如何受得了？”

“想是端木担心我，与师父说了。”李素炫笑道，“我实无碍。”

“端木不曾与师父说过什么，你睡眠不够，哪里还要旁人与师父说，一眼便看得出来。”

“师父不必担心，素儿不觉得疲惫。”

“旁人都看得出来，你自己怎么会不知道。听师父话，莫要如此劳累伤身，害师父担心。”

李素炫笑笑，低下头，拨弄着琵琶，心里想：“我若当真累死了，不知道师父肯不肯暂且放下那副君子尊贵，抱我一下，再将我埋了。今生若能如此倒也干净痛快，若有来世，或许还有些指望。”

李素炫什么也没说，只认真弹起了琵琶，卢菡默默看着她。待到结束，她站起身来与师父告辞时，躬身行礼说道："师父说得对，素儿令师父担忧，实在是不应该。素儿自此小心。"

她说完看了卢菡一眼，卢菡反而一时无语。恭敬行礼后，她直起身来，又略一低头，转身肃然而去，脚步稳重。卢菡看着她走远，心下复杂。

## 27

李素炫朝夕忙碌，看她神情，那许多心事似乎暂时放缓了些，卢菡也不知道是不是可以稍微放下心来。这些年眼看她身子骨渐渐长开了，性子也沉稳许多，不再像小时候那样顽皮，卢菡却觉得这小女儿越是长大，就越是与他隔了些什么，她心里头总有许多事情，却一句也不肯对他说。卢菡有些伤感落寞，也清楚，女儿长大了就不再是他的了。

卢菡生性孤僻沉默，却心思细腻，心头若有牵挂，便忍不住多思多想，不知道他素儿来日会遇到些什么事情，一生漫长，要如何度过。世间女子美貌各不相同，有些女子美貌是为俗世中男子所生，有些女子美貌是为她自己所生，李素炫分明是后一种。她身子清瘦，眉目秀而不媚，反倒有些冷清，唱起歌来嗓音也不热闹，泠泠如弦，弦又如水，洁净无尘，却分明凉薄了些。她与知己者十分亲热，却躲着生人，与人交道又眼悭，白头倾盖分得一清二楚，不喜欢的怎么也不喜欢，又不肯掩饰。也不会迎来送往，也不会盘护周旋，尤其不会与孟浪男子打交道，若遇轻浮调笑，不是哑住，就是躲着，躲不开就立时恼火起来。

教坊女子身处风尘，大都柳腰媚眼，玲珑透光，会说人话，会说鬼话，又会装扮，尤擅弄情，与一众男子个个处得热乎，见了卢菡这等古板人，又晓得要收了面上挑逗，低眉垂眼，微含羞赧，做出一副清冷出尘来。卢菡何其敏锐，一眼看透，心中厌恶，生怕他素儿也长成那样，如今李素炫不是那样，卢菡却又担心她。李素炫太像卢菡，一般相貌冷清，一般性子冷清，活得自在，却不热闹，能辨诗书，却懒于应付人事。卢菡欣慰她没有流于俗尘，却又担忧她与自己一般一生困顿落魄，女儿家的，尤其令他不放心。

卢菡心中酸涩无奈，又自责："我这一生真是失败。自己活错了，以为到了素儿这里，重新开始，可以帮她选个对的……却怎么到最后还是错了？"

再见到鹿先生时，李素炫央求老先生指点写字，并授行文修史方法，如何统御言辞顺序、安排集录体例，连同设定各级标题、序号等诸多事宜，皆请鹿先生指教。

鹿先生颇觉奇怪："尔为内家乐，典章者国家事，自有太常博士掌管。尔女子身，入不得太常，学这些做什么？"

李素炫只得将前项事宜对鹿先生讲了，最后深深行礼，说道："素儿自己屡次试过了，却一片罗乱，故此请先生相助。"

鹿先生点点头："你倒是有心，卢菡教诲疼爱你这许多年，也不枉费。既如此，我便教你。只是，赠你锥管，教你习字，本是指望你帮我抄书，如今倒要与你做个先生，也无什么束脩润格，却要平白教导你许多，算来我是亏了，真亏了。"

鹿先生一边说一边摇头叹息，李素炫忙又行礼道："求先生务必教导于我，往后素儿与先生抄一辈了书也甘愿。"

"好，既如此，让我看看你近日字写得如何，可将锥管把握运行利落了？"

李素炫将近日所书奉上，鹿先生看着，不住点头："虽未到纯熟，却着实有长进。你原来写字便不差，也是缘由。尚且年少，能有如此好字，十分不易。"

李素炫恭敬答道："素儿从前随师父研修书学，内教博士也时常过来指点，余下时日里自行练习。只是幼时笨拙，一个字写一百遍不好看，还能觍着脸，没羞没臊照样写第一百零一遍。虽是朝暮勤习，却始终没什么大长进。后来长大了些，有了些心思，凡事能琢磨。一个字写上三五遍不好看，就会寻思换个写法，哪横长些，哪竖短些，或收笔处一捺换个指向，实在不行，去寻大书家法帖，或我师卢菡手迹。多想，再多练，练着想，想着练，不出多久，便有些进境。"

"素儿是个会学习的。"鹿先生点点头，"既如此，好好习练。锥管锐利，落笔即出尖锋，须是腕上发力控制提按，五指从旁相协，力道微妙，你倒是懂得揣摩。十日内便有如此长进，若不懈怠，不出二三年，便可调服锥管，再若干年便渐趋纯熟。日后，乖乖与先生抄一辈子书，先生将太常博士一身学问本事都传授给你。”

“是。”李素炫执礼回答道，开怀雀跃。

临别时，鹿先生拿了几卷书放在李素炫随身包裹里。

“此为《唐六典》之太常寺典章，规范太乐之事，乃我朝律令范本，素儿回去细细研读。律法事素儿不懂，无妨，且看他通篇架构、行文、体例、编目，与你师卢菡所授诗篇散文殊有不同。”

李素炫恭敬接了，谢过鹿先生，告辞离开去寻师父。

翌日，李素炫将近日诗文递与师父查阅，卢菡看了看，问道：“素儿最近书体有变，可有什么缘故？”

李素炫答道：“素儿更换了新笔。”

卢菡点点头：“看你最近字体，想来是换了笔。可否取来与师父看看？”

“是。”李素炫答道，转身回屋取出鹿先生所赠锥管，拿给师父观看。卢菡将笔接在手中，略看了看，问道：“素儿可是认识鹿聆训鹿先生了？”

李素炫惊讶道：“师父如何知道？”

卢菡笑笑：“此笔乃太常博士鹿聆训先生手制，号锥管，收尖锐利，出锋雄悍，长安城中书家多有索求，却往往求之不得。你个小女儿家，若不是鹿先生所赠，从哪里得来？”

“原来师父认识这笔……为何京中书家也求之不得？”

“寻常人日用之笔皆笔工所造，然笔工却未必精于书道。书家于书道上精熟，对笔性有多方苛求，自己却又不会制造。唯鹿先生两样皆精，写一手上乘小楷，又制笔精良，朝中重臣多大书家，皆持币帛求其手制。但鹿先生这笔只自用，偶尔送人，从不肯售卖，因他一人所造有限，只那几支笔，卖多卖少也无什么所谓，索性拿来送个人情。旁人求不得，也买不到，便直怨鹿先生悭怪。”

“素儿不觉得鹿先生悭怪。那老先生甚是诙谐，又博学，心地也好。”

“鹿先生为太常博士，训教弟子甚众，却每每嫌弃，直呼‘蠢徒不堪教授’，对座下弟子十分严厉。丧妻后未再娶，又无儿孙，独居多年，深居简出，不与人见，加之旁人求其手制不得，便怨他悭怪。”

卢菡说了这几句，又将手里锥管细细把玩一番，笑道：“你却情分大。这锥管声名甚噪，长安城中书家皆称为‘鹿锥’，连为师也不敢觍颜向鹿先生讨要一支，你倒有两支。”

“鹿先生爱我字迹，嘱我与他抄书，故此送了我两支，要我好好练习。”李素炫答道，没告诉卢菡鹿先生答应传授文章本事，想的是将此事当个秘密存下来，待明年与师父送礼时再实言相告。

“既如此，你便自己认真练习。笔芯缠纸寻常，独这锥管难于驾驭，一俟驯服，便有境界。师父前阵子还想着，要找个饱学博士教授你些文论方法，不想你自己便有这个机缘。素儿有造化。”

“师父可认识鹿先生？”

“师父如你这般大时曾求教于鹿先生，多有获益。只是师父身在教坊，鹿先生在太常，彼此闻名，却难得见到。那老先生又不爱与人交往，师父私下里也不敢贸然前去叨扰。”

卢菡说着，心想：“这位老博士收徒可是挑剔得很，前阵子便想去求他教导素儿，却觉得冒昧唐突，未敢登门，犹豫了这些日子，不想素儿自家撞上了。若他肯指点素儿，实是素儿大幸，我做师父的该当登门致谢。”

翌日，卢菡寻了鹿先生住处，亲自叩门。鹿先生开门，只一眼便识得是卢菡，也立刻知晓他来意。入了屋中，鹿先生也不寒暄，直接说道：“卢照寂，我没与你商量，便将你徒儿收下了。虽也不敢夺爱，没与她定个师徒名分，却有师徒之实。你莫要恼火。”

卢菡双手相抱，低首道：“卢菡不敢。”

“你素儿果然聪慧。老朽教导过诸多太常弟子，如此机敏好学者鲜见。一把年岁，如今沾你光，临了捡个好徒儿教教，让我这一辈子做先生的也痛快一回。”鹿先生说道，声音健朗。

“鹿先生肯教导素儿，卢菡求之不得。”卢菡依旧低首持礼，言语恳切。

鹿先生摆摆手：“你不用这许多礼数。”

二人多年不见，却也不生疏，落座便说开了。鹿先生询问李素炫以往学业，师父教过什么，修得如何地步，师父没有教过什么，她自己喜爱什么，诸多事宜，问得颇为详细，卢菡一一恭敬回答。昔年卢菡曾求教于鹿先生，二人有授受之义，且如今卢菡年不到四十，鹿先生已然六十有余，按年齿卢菡也该当执晚生之礼。故卢菡一直略侧着身子对着鹿先生，双目微垂，不敢直视，手中端严持礼，略略不放，言语上也十分谦和恭顺。鹿先生明白，卢菡固然君子，如此恭谨也是为了他素儿。

“我知道你心意，你着实不必如此恭谨，你那素儿我也着实喜爱。她头两次来，我在空场子上晒书，她来帮忙，第三次我在屋里，她却不肯进来，只肯立在院门口几步远处与我说话。想是你平日里训诲严格，她见我家中无有女眷，便不肯进来。我索性将书案搬到外头大日头处，屋中阴冷，晒晒太阳也好。她站我书案旁与我说话，也似你这般端严持礼。你这孩儿，虽是活泼顽皮，礼数上却不失一毫，又兼聪颖好学，我亦爱惜，故允其授业。此事算不得你求我，你不必如此多礼，且将手中礼数放下。你孩儿既随我求学，日后你我免不了相见，难不成你每次都要如此端着？”

卢菡闻言，这才将两手放下。

二人又谈了些别的，究竟是老相识，又俱习乐，能说的不少，后又说了些街市怪谈、宫中趣事，聊得十分尽欢。卢菡起身告辞时，鹿先生说了一句：“恨此时无酒。”

卢菡笑道：“卢菡不饮酒，陪不得先生。若高兴也敢略饮些，却不胜酒力，唯恐在先生面前失仪。”

“无妨，下次你再来，我自己备酒，自斟自饮，你与我闲聊便好。鹿某素有孤僻悭怪之名，实是不屑与那俗人虚耗时辰，听他说话听得着急，却要宁耐心神，绷着脸、昧着心夸赞，弄得自己血脉淤填、胸臆滞塞，当真折损寿数。”

二人相视大笑，随后卢菡告辞离开。

翌日，卢菡带了李素炫过来，与鹿先生正式行礼拜请。待李素炫起身，卢菡嘱咐道：“素儿，为师如今将你托付与鹿先生。先生毕生饱学，有天下顶尖学问，此素儿机缘，须当勤谨。”

“弟子定不懈怠。”李素炫行礼说道。

卢菡每次将李素炫送到鹿先生家后，便要赶赴左近处大户府上，两个时辰后再过来，将李素炫送回左教坊。每六七日或八九日，李素炫随鹿先生修研一次，鹿先生与她讲试锥管微妙，督导她习字，与她讲授数术律算之法、历朝宫调之法及行文谋篇之法。每日离开时，嘱她自己好生练习，也颇有些题目令她回去深思作文。

卢菡时常独自拜访鹿先生，问问李素炫近况，也多与鹿先生有些闲谈。这二人都不擅交游，一生索居，相熟者只身边几人，惺惺同类，倒是有许多话说，相谈欢笑，颇不似平日里寡言。

卢菡知道鹿先生嗜酒，时常带些来送他，鹿先生初时不拒，也不挑剔，不拘什么都饮得尽兴，几次后便对卢菡说道："你不用每次带酒来给我，倒叫我心中不安，倒像是我与素儿授业，你要如此谢我一般。素儿固是你爱徒，与我也有授受恩义，老朽孤寂，素儿也是我自家孩儿，颇添屋中热闹，如何非要你来谢我？"

卢菡笑笑，情知鹿先生乃性情中人，再未带酒给他。鹿先生果然自备浊酒，知道卢菡饮不了酒，也不劝他，姑且自斟自饮，与卢菡谈笑，二人也不时对弈，棋逢对手，输赢各半。

"卢菡服输，先生果然弈术精湛。"卢菡说道。

"你我输赢各半，你服的什么输？"鹿先生瞪大眼睛问道，兀自将手里最后一盏酒送入口中。

"卢菡不饮酒，心中清楚，先生却是每次饮得或微醺或半醉，如此岂不是卢菡输了。"卢菡笑道。

鹿先生抓抓头上，说道："有道理，既如此，鹿某领受了。能赢了卢照寂，我也光彩，出去也够跟人炫耀。"

二人大笑，鹿先生说道："你我几十年未尝有如此欢谈，此番却是借了素儿因缘。素儿对你眷恋挂怀，十分心重，你有这孩儿在身边，也是平生欣慰。"

"这孩儿自幼敏锐，看似顽皮，实则心思深重。平日里不喜欢与生人交往，对身边人却格外在意。"

"如此，有件事我该告诉你。你可知道你素儿为何要求教于我？"

"听她说是爱慕先生书学精湛，想随先生修习，将来好与先生抄书，又见先生多有典籍史册，有学问，便想求教。"

鹿先生摇摇头："我告诉你罢了。她与我说，明年六月是你四十生辰，她无物相送，想将你历年授业讲义整理成籍。只是多年积累凌乱，她不知该怎么处置，故此向我求教。"

卢菡默默无语，良久，微微叹息了一声。

鹿先生果然已是半醉，没察觉出什么来，继续说道：“你莫要告诉素儿我说与你知道了。我今日也是多饮了些，起了些羡慕，也想让你高兴，便多了嘴。眼下到明年六月还有七八个月，看素儿意思，定要为你熬些心血。我打定了主意要帮她，定要让她如愿，只是这半年多里，她怕是要受些疲累。”

卢菡心头触动，却仍没说话，心中暗想：“此事我装作不知道便好，莫要伤了素儿兴致。只是她每日如此熬着疲惫，又恁般执拗，我要想些办法劝她多歇息才是，毕竟她身子还稚嫩。”

与鹿先生作别后，卢菡本打算回家，到了家门口，不由向前多走了几步，穿过坊道，入了左教坊南门，绕过浅湖，向内深处走去，直到李素炫每日怀抱琵琶弹习处。走到近前，屋中传出铮铮之声，一听便是李素炫在弹奏。卢菡站在门口听了许久，弦声未断，只是左手叩弦虚浮，右手行拨冲悍，琵琶声中幽有急切怨愤。卢菡识得其中微隐，长叹一声，转身离去。

# 第六章　玩伴

天宝三载（744年）十二月

# 28

自第一次入宫到内教坊处值守到现在，端木和李素炫又轮值过几次，只在屋中端坐，并无召见。待到宫中传来消息，圣人面前已由宜春女乐或梨园弟子奏乐，这边值守者便可轻松些，有人留在屋里，可以找个地方靠靠，有人在门口领略些阳光，有人到临近处走几步，不出内教坊院墙便可。

云韶院人与搊弹家虽在内教坊处轮值，但只是备个万一，精致细乐不需要这些人等在圣人前头演奏，然遇上宫中事典，多有大型出演，彼等便需上场，连同宜春女乐或梨园弟子于内教坊值守处排演，有时持续数日乃至十数日、数十日。每逢排演，均由宜春女乐领乐，曲终合杀处尤需健者，轮不到云韶院人及搊弹家，彼等只从旁相协相和。舞者则横竖列队，宜春女乐领舞，其余人等依序相随。若逢法曲排演，定然少不了琵琶，并众家管弦鼓角俱处一堂，更是有些场面。

端木与李素炫受训多年，精习羯鼓琵琶，平日里凡教坊曲牌及第一等法曲各段落都要轮番练习，时刻熟稔，教坊累年考核备查，多有苛责，略不轻饶。当此职事，二人从不懈怠，但随众人总集排演却是头一遭，这等开阔场景还是初次遇见。候场时，二人在场下小声议论长短，也艳羡，也跃跃欲试。

“端木，若有机缘，我们也作一部法曲，与今日这一番不同。”

“我也有此意。你我苦练这许多年，若只随他人演习，不是有些辜负。”

“你我平日游戏，凡事不拘，羯鼓也用鼓杖打，也用手打，也随便捡个什么打。我在琵琶上用拨子，也试过手弹，夜间与你习练怕响动太大，还用竹枝别着琵琶弦，声响全然迥异。太常历来规矩大，内乐也讲究多，教坊梨园演乐皆有定制，不可胡乱翻新，倒是庄严，却又拘谨。我们日后尝试些新的。”

“不急，你我还需磨练，眼下存了这个心便好。”端木叮嘱道。

回了左教坊，二人格外刻苦，也开始找些新法子，寻些新声响，日夜勤习，也在一起揣摩商讨，若有什么新鲜想法，便在羯鼓与琵琶上寻索，一试究竟。院内其他女乐都比她二人年长许多，见她二人如此认真，颇觉得稀奇。

“既然留在了云韶院，便无须如此认真。此等细乐自有宜春女乐与梨园弟子奉献，你二人到不得上前，何苦白受这个累。”

另一人说道：“我若自幼有这苦功，也入了宜春院，早不用在这里干耗着了。”

李素炫不答话，端木笑笑：“消遣罢了，若不然，每日十二时辰，如何消磨？”

众女乐都笑：“消磨时辰还不容易？可多睡些，可在一起闲谈、对弈，或去那头找百戏工玩耍。我们这里不比那头热闹，那头多有住家，诸女乐及百戏工皆合家居住，也有个烟火，也有个邻里，也有个人间样子。这里却与月宫相似，除却些未嫁女子，只差了只兔子。”

“你二人看着实在不像我教坊中人，又习乐艺，又习书学，素儿还随师父修研典史。若是男子，有个良人身，入个春闱秋闱应科举都够了。”

众人调笑了一阵子，端木与李素炫未再答话，也是不知道如何作答。她们眼下是云韶院人，已不需在羯鼓琵琶上如此用功，修习那些变声度调、律吕旋宫更是全然无用。只是弦鼓对旁人来说不过职事，对她二人来说固然是职事，更是一番欢娱。姊妹二人每日相偎相随，琵琶羯鼓相协相竞、相夺相斥，别是乐趣。李素炫击起羯鼓，端木从旁指点，有时候也教她跳舞，李素炫也教端木些琵琶新曲。二人学着师父样子，彼此相授。

一日，二人正在一同练习，外面来了个人，径直入了院子，未到门口便开口说上了话。

“在下来寻端木行止。”

端木出门一看，立刻认出她，不久前来过，代主人送礼物过来。见对方手里又捧着个盒子，端木立时为难起来，来人只做没看见，说道：“我此番仍是受我家阿郎指派，来送礼物与你。”

端木行礼道：“多谢劳顿，只是，我实不能受。上次礼物我尚未动，烦尊驾今番一同带回，知会贵家阿郎，他一番好意端木心中领受了。”说罢又行了一礼。

对方听她如此说，笑了：“你上次说不受礼物，我还当你一时羞怯，怎么过了这些日子还是如此？”

“端木并非羞怯，实在是无法还报，故不能受。”

“谁要你还报了？我家阿郎怎么会指望你还报他？”

“贵家阿郎不苛求，端木却不坦然。我与他素不相识，只一面之缘，说了不过三四句话，从前无甚交情，日后又不能还报，怎敢相受。”

来人叹了口气，又笑道：“我上次回复我家阿郎，他便说你是个有心性的，果不其然。不过，我今日都来了，若是将今次连同上次礼物一同带回去，只怕阿郎要恼火我了。你且收着，纵然原物奉还，也该你亲自还与我家阿郎。”

来人说话很快，声调也高，边说还边笑着，说罢将盒子径直放在手边案子上，转身就走，步子很快，近乎小跑。端木略一愣怔，追了几步，又回身将礼物拿起来，追出去没多远，便追不上了，只得回屋，一进门便说道：“素儿为何不过来相助？”

李素炫笑道：“何事相助？她又不曾打你。”

端木又气又笑：“怎的还非要人打我你才肯相助？你难道不知道我嘴上笨？就不肯出来帮我支应几句？那人连说带笑，我便晕了。这礼物我明明就不想要。”

“有贵家公子送礼物与你，我怎么好上前，不是不识相？”

端木气道：“若有一日碰上我想理会的，你自然要识相躲开。此人我不想理会，你怎么不帮忙？”

李素炫想了想，觉得端木说得在理，轻轻行礼道：“端木说的是，你既然不想理会他，我果然不该旁观。”

“下次她若再来，你帮我将她挡住。”

“端木放心。那人会调侃，这个我不在行，发火将她赶走我在行。”

两人将桐木盒子轻轻打开，里面不再是檀木盒子，而是粗纸包着些什么。拿出来打开一一检视，李素炫叹道：“端木，这人却是个有心的。”

原来盒里粗纸包着的都是笔墨纸张。一卷白纸，布满虬曲细纹；一卷色纸，泛着点点金光；两卷纸间卷着几支鸡距，玉竹笔管甚是剔透；盒子一角中用素简帕子裹了两枚墨锭。

“素儿可认得？看着可是贵重。”端木说道，有些发愁。

“这色白又满布虬曲细纹的，名流沙笺，细纹层叠，如风吹沙漠，细沙叠嶂，故得名。这色纸名冷金纸，皮纸施胶，筛上碎金箔。这笔乃是宣笔，墨锭是上等清烟。这几样俱是稀罕难得，尤其冷金纸，多是单面施金，你这是双面，皇家传谕及高官任状多有使用，虽不禁民间买卖，寻常人却用不起。我师父费了多少事，才与我每样寻了巴掌大一点儿来，令我开眼见识，我只敢当宝贝留着，根本不敢用。士人彼此以这等笔墨纸张相赠，可是好大情分。”

“是，记得你将那贵重纸样还拿来与我看过，然后小心藏了，就是这许多说道我记不住。”端木说了这一句，沉默许久，又说道，“他上次送我一条绛丝长巾，这次为何是笔墨纸张？”

李素炫正色道：“端木，我倒觉得，你莫要随意轻看了那人。寻常男子纵然爱你乐艺精湛，却终究只当你是个寻常女子，道是看重你诗乐俱佳，实则不过爱慕你身貌容色，故多会送你胭脂铅粉、眉黛花黄，或珠宝玉翠、绫罗绸缎。我幼时曾问师父，我为女子，为何要读这许多书史。师父说，男子不令女子博学，不过因他自家智短，怕女子有才学，男子难免形绌，故而教唆女子只在意自家身貌，只爱华服盛装，女子心思空了，学得蠢了，男子方好智高一筹。师父当日教诲我莫要以女身自弃，中了天下恶浊男子蛊惑。如今这李逊送你笔墨纸张，想是听闻你素来读书好，又写字。他不以你身貌为首要，倒乐得见你有些才学，此一番颇为不凡。”

端木低首沉吟，良久未语。

“你可喜欢他？”李素炫问道。

端木无奈：“喜欢谈不上，毕竟只一面，几句话，只是他今日所送礼物，倒令我心动。可我毕竟身为女奴，又不愿与人为妾媵，对他也没什么可图求的。”

李素炫叹息，说道：“我知道你性子，口中不多言，人又温厚，众人皆以为你柔弱，实则你心中有主见。既如此，你自已决断。”说着动手将笔放在纸中卷好，刚要放入盒子，发现里头有一张泥金小笺，侧立着，方才没有看见。

李素炫将信笺拿出来，见上面写了四句诗，字体舒朗清秀。

流沙素金笺，平生为展颜。
狂书有宣笔，淡写落清烟。
行文五陵上，赋词水云间。
若待黄钟起，尽皆是等闲。

李素炫将信笺递与端木，说道：“这人却不是一番孟浪，只顾夸你好颜色，表他自家倾慕。”

端木将信笺接在手中，细细看了，又放下，沉默不语。

“端木可喜欢他？”李素炫又问道，“你当真厌烦他，还是说，你二人只是交情浅？”

端木依旧不语。

“你眼下还是不要打什么主意。这些物什若不想拿来用，便收好，只是一时不要说狠话。那李逊若是知道敬重你，日后拿来做个友人也好。”

李素炫心里知道，端木只怕是已略动了心思。毕竟那李逊年轻斯文，诗文顺畅又兼笔墨润泽，又知礼、不轻浮，端木有些心动，实为寻常。但李素炫也知道端木心中纠结，又略动了心，又不敢希求来日，不知道是向前一步闯荡一番，还是趁眼下情愫浅薄抽身后退，免去日后罗乱。李素炫说让端木将李逊做个友人，只是替她暂时缓冲，免她心中纠结受苦。他二人一为宗室，一为女乐，此实云泥之别，若不能结合，便是陌路，能有什么折中。

今日之事二人十分默契，都没有告诉郑三娘。端木将笔墨纸张装回盒子，与上次礼物收在了一处。随后端木沉闷了几日，李素炫没问什么，只跟在她身边，一边轻弹琵琶，一边陪着她。

## 29

眼下已是初冬，日光明亮寒冷，城中堕叶纷攘。打开窗子，些许叶子被微风斜斜吹送进屋里，落在地上，触地便轻轻碎裂。院中回廊上，绿叶渐渐凋萎败落，剩下些干枯藤蔓，绞索般凌空悬在头顶。苔藓干燥了许多，石板路面又变得生涩，站在院中，周身肃杀。

端木和李素炫很久没有去过院门外浅湖边了，更不知湖中荷叶是如何一片溃败景象，连李素炫怀里小金蛉也日益悄声，渐趋羸弱。前阵子李素炫每日习书、弹琵琶，头也不曾随意抬起来，丝毫没有注意，这几日陪着端木，也望望窗外，也看看院里，渐渐觉出一片萧条来。

"我眼下也不是在意李逊。"端木说道，看着窗外，不知是自言自语，还是说给李素炫听。李素炫弹着琵琶，端木静默许久，没什么征兆便说了这句。

李素炫立刻停下琵琶，看着端木，端木也回身看着李素炫，叹息道："素儿，你我为何俱是女奴？"

李素炫不知该如何回答。

"自那日李逊在王府中与我说话，上次和这次送礼物给我，我一直心里难过。不是因为李逊，不是喜欢或不喜欢，而是……为什么他每与我说话或送礼物，我总在想，为何你我俱是女奴？"

李素炫默默看着端木。

"李逊府上私伎，就是那个来送礼物与我的，原本也是这教坊中人，她代她家阿郎来打探我，教坊中许多人都知道此事。这几日里，好几人对我说了些恭贺话，说我攀附上一桩好事情，要仔细经营，莫错过了，还颇教给我些法子……"

端木说过这几句，停了下来，李素炫不知道她要说什么，静静等着。

"我为何要攀附他？夫妇二人，耳鬓厮磨，一生相守，怎么也能有个谁攀附谁？我为何不能与他平起平坐？可众人说的都是攀附，既如此，便罢了。素儿，我这几日只在意此事了，至于那李逊如何，我喜不喜欢他，都不及想了。"

李素炫心中黯然。按律奴籍者只得内婚，然坊中乐工只精专乐艺，没有如端木一般心思细腻又读书写诗的，怕是无人合端木心意。那熟读经史的又俱是良家或贵家子弟，端木不愿与人为妾媵，也是一生无有缘分。她心性温存，与人亲近，若是独身一人至终老，定然心中寂寞。李素炫与人没那么亲近，自觉纵然一世孑然也无碍，只是不甘心不能常在师父身旁。究竟其实，二人俱在奴籍，却又有心性，今生悲苦已是命中注定。

二人寥落了几日，也知道没用处，又打点起精神来，照旧写字击鼓弹琵琶，将满心惆怅暂且放下。李素炫又忙于鹿先生所留文章书籍，手中锥管日渐调服，笔底力道与琵琶弦上也是相通、也是相异，十分微妙，令人沉醉，诸多烦恼焦心也暂且忘了。一点书乐快乐，即便是自欺欺人，也好过没有。

又一日，卢菡带了李素炫去鹿先生家，路上嘱咐她道："师父这一月忙碌，只能送你到这里，也不能来接你又送你回去。这里距左教坊不太远，路径你也熟悉，自先生家中出来便自己回去，也可以顺路看看热闹，只是莫要贪玩。"

"素儿知道。"

卢菡照旧给了她几枚铜钱，笑笑，转身走了。

李素炫攥着手中铜钱，看着师父走远，心里有些难过。宫中每月有所给例，虽然很少，可她并不是身无分文，师父每次带她出来都给她几枚铜钱，她本可以不要。她知道师父不是有钱人，住在坊外一处狭小院落中，四壁徒然，每日布衣粗食，从无什么口腹享乐，有些余钱也要拿来换取书纸笔墨，每次给她这几个铜钱，也是一番负担。可李素炫从未推辞过，从师父手里接过来，开开心心去逛街景，见到新鲜小食就买了尝尝。她一直记得初到长安时师父带她在坊间游玩，牵着她小手，或是抱着她，在街头各处买些小食来与她品尝，或是买些小玩物让她拿在手里。彼时四下街景如何，她早已不记得了，只记得心中无穷快乐。她生在西域苦寒之地，离开母亲后，再没有人像师父一般对她温柔宠爱，只是长大后便与师父远了，再不能同游街市，想来日后也没什么机会。

每次接过师父手中铜钱，李素炫便在坊间四处游走，周遭人影幢幢，其实也没什么值得在意，所谓热闹，看看也就不觉得热闹了。她不知道要去哪里，只是随意走，遇到些小食就买了尝尝。其实她对吃食不甚在意，不拘什么，不挨饿就行，却偏偏喜欢拿着几个铜钱沿街一路品尝过去，只当自己仍是幼童，跟在师父身边，被师父用街边小食和玩物哄着。如此想着，一路上也黯然，也悠然。

到了鹿先生家里，与先生见过礼，先生每次必定先查验她书学进展，而后批改文章，凡章节序列及各级标题都要一一标注，十分细致。

"素儿，所谓作文，也难也易。世上没人能几句话与你讲清楚如何做文章，到某篇文章，也没人能与你几句讲清楚如何写得好。只能是你自己多多见识天下书籍，也不必每篇逐字逐句过于仔细，有些文章随意浏览便可，看多了，心中自有路数。先生不断留些题目与你，回去认真撰写，先生再与你修改，告诉你何处妥当，何处不妥，不妥处如何改正。写得多了，渐渐就知道了，几句话可是说不清楚。”

“素儿明白。”

“先生知道素儿明白，只是怕素儿心急。文章与你写字弹琵琶俱是一理，急切间求不得精湛。若有哪篇文章写不好，也不要恼火气馁，须是宁耐心性，哪怕死撑活挨，扛到底便云开雾散。”

李素炫恭敬行礼道：“先生说的是，素儿记住了。若心急，便将先生教诲认真想想。”

“素儿天资聪慧，又肯用功，你师卢菡累年授业严谨，是以你眼下进境神速，却早晚都会慢下来。到那时，切不可逞往日聪明，受不得眼前困顿挣扎。愚者修习多有障碍，久了自然知道如何应付，也不过于以愚笨为意。慧者一路披靡，果真遇到拦阻，反胶着不知所措。先生训教太常弟子，一生识人无数，那聪慧勤奋的初时势不可挡，每遇障碍也知道要奋力挣脱，却不耐挫折，一击不中，便致沉沦，最后反不如那天生愚笨却性子柔韧的。素儿天性颖悟，禀赋异常，先生虽然开心，却也有些担忧。”

李素炫将鹿先生所说仔细想过一遍，忽然心头悚然，暗想：“先生提醒得是。想我当初也自以为聪明，只不敢在师父面前造次，师父却从不自认不凡。后遇上梁蛮，见他弹弓上那般准头，霎时去了大半气焰。这几日学业顺遂，又有了些骄狂势头……日后定要切切当心。”

想到这里，李素炫与鹿先生深深行了一礼，说道：“先生教训及时，素儿今生必不敢忘。纵穷委困顿，绝不自弃。”

鹿先生点点头：“素儿心中有这个防备便好。”

二人闲谈了一阵，鹿先生又开始为李素炫讲授史志，说些六代八音、金声玉振及历代乐人，后讲书学、律学，渐次讲到训诂音韵、歌乐相和、偷声犯调，从头到尾说着之乎者也，讲着抑扬平仄。李素炫听得吃力，勉强撑着，难免眩晕，老先生自己却是沉醉快活。

李素炫连日忙碌，在师父卢菡面前持礼谨慎，收束性情，然她天性上着实是个活泼女子，如此藏着心机、压着悲喜，反比习字弹琵琶累得多。

到了鹿先生这里，她倒轻松些。待一段讲授过去，鹿先生记着卢菡叮嘱，让李素炫多歇息片刻，他自己却兀自吟哦不断，沉迷不已。

李素炫看着鹿先生一副学究样子，忽然来了顽皮。

“先生这辈子可曾痛快过？”她嬉笑着问道。

鹿先生抬抬眼皮看了看李素炫，问道：“怎么个痛快法？”

“先生这辈子可与人对骂过？”

“对骂？”

“正是。”

“不曾。”

“那先生骂过人没？”

“没有。”

“那先生会骂人不？”

鹿先生一脸愓然，拧着眉毛问道：“你这碎女子，莫不是肚子里有什么坏水？”

李素炫顿时咯咯笑出了声，说道：“先生定然不会骂街，不然，素儿教教先生如何？”

“我为何要学骂街？”

“哪日碰上个不长眼的惹恼了先生，先生就骂他。”

鹿先生瞥着李素炫：“你这碎女子歪得很……却要如何骂？”

李素炫大笑过半晌，正色说道：“先生若要骂街，须是叉着腰，丹田运气，吼出来。”

“叉腰？一手还是两手？”

“要一手叉腰，另一手要指着挨骂的，不要正对他，要斜过身子来，用肩对着，还得斜着眼看他。要大吼大叫，若骂得兴起，还要用巴掌使劲拍着腿，还要跳将起来，用手点着骂。”

鹿先生摇摇头：“先生老了，寒腿，跳不起来。”

“那不行。若真想骂街赢了人，定要跳着脚骂。先生若是老实站着，一派斯文，可是输定了。”

“叉着腰、跳着脚……要骂些什么？”鹿先生问道。

李素炫倒为难了，骂什么她自然知道，只是小女儿家的说不出口。她抓了抓头上，说道：“骂什么先生去坊间打听就是了，素儿便是自坊间听来的。常见有些互骂的，百般言语甚是花哨，只是素儿不敢说出口。”

李素炫说着，咯咯笑着，嗓音清脆。鹿先生佯怒，接着又憋不住笑了。老先生半生独居清冷，碰上这么个顽皮女子，寥落中颇是个生趣。笑过半晌过后，暗自心想：“我这老头子心里也是不公允。若是太常弟子与我这般顽皮，定是要饱饱吃顿教训，换了素儿，却觉得一番可爱。想是我也老了，赖着孩儿家活泼，才觉得世间有些趣味。”

二人都笑够了，鹿先生正色道：“先生可无有那天分，练不到纯熟。”

“先生乃性情人，若学学，肯定学得会。好生练习，素儿可是要查看。”

“你有这本事，可教过你师父？”

“我师父老是端着一身斯文，没这天分，学不会，教他也白搭。”李素炫说着，咬了咬嘴唇。说到师父卢菡，她顽皮性子倏然消落，心中又涌起幽寒怨怼来。

## 30

今日课业结束，李素炫离开鹿先生家，一路看着热闹往回走，记着师父叮嘱，莫要贪玩，也略略收着些好奇，不敢跑出太远。入了延政坊门，未到教坊南门时，听到身后有人轻轻呼唤。

“素儿。”

李素炫回头看去，是梁蛮。

他站在李素炫对面不远处，神色疑虑，不敢相认，也不敢凑过来。李素炫回头看着他时，他也看着她，片刻，确信眼前就是李素炫，脸上浮现出欢喜和委屈来。几个月来朝思暮想，如今见到了，倒有几分情怯。

片刻后，梁蛮拔步冲到李素炫近前，又刹住身形，站住了，看着她，半晌，却又只是轻轻地叫了一声“素儿”，声音还是怯怯的、低低的。

李素炫一时也怔住了，她本以为再也见不到梁蛮。周围人影来回晃动，她有些不太相信，呆呆看着眼前，分明就是梁蛮。隔几月未见，他还是老样子，连衣裳也还是那件，眼下这月份里已显得有些单薄了，弹弓也依旧别在他腰间。

李素炫认真笑了一下，说道：“如此碰巧，又遇到了。”说完了这句，自己也觉得无聊。

“不算巧。我每日在这里……等了你几个月了。”梁蛮说道。

“等我？”

“上次分别时，你说你在左教坊中，出延政坊北门入宫备值，若随你师父出门，就走延政坊南门。我初时不知怎么办，后来想到，可以到这里来等你。我就日日等着，每日上午做了工，下午无事，就一直在这里等着。”

“一直在这里？就这么傻等？”李素炫问道。

“除了等着，也没有别的法子，可不就等着。有几次远远看见你师父带着你，我不敢凑过去看清楚，就是看清楚了，有你师父在，也不敢与你搭话。”

“为何我师父在你便不敢与我搭话？我跟师父说起过你，他也说你了不起，你与我搭话他也不会介意。这几日是我师父有事，离得又近，所以让我自己回去。不然，你难道一辈子都不与我搭话？”

李素炫急急说了这几句。几月不见，她心中思念，每想起再也见不到梁蛮了，颇有些失落。不想梁蛮遇见她几次，却没有过来与她说话，害她白白失落这许久。

见李素炫不开心，梁蛮有些不知所措，两手在腰间胡乱摸着，低着头，本不想让李素炫看见他脸上窘态，怎奈比她高得太多，低着头，一脸紧张反被李素炫看得更清楚。两人沉默很久，梁蛮小声说道：“我每日都带足了弹丸，今日也带足了。”

李素炫顿时怜悯起来，知道这好友心中切切，虽也未抱着希望再见，却不肯死心，每日下午忍着饥寒在这里迁延守候。街市上无数人来人往，却无人知道这落魄少年有何心事。

“你这几日都做了些什么？”梁蛮问了句闲话。

“师父请太常博士授我艺理，我每日写字、弹琵琶，学老先生样子读书作文。”

“做这许多事情，不是要很累？”

“老先生有天下第一等学问，如今肯指教我，是我机缘，怎么敢懈怠。”

“也是。”

“你又如何？这些日子都做了些什么？”李素炫问道。

“我每日上午做工，下午在这里等你，坊门要关了，就回去。”梁蛮老实答道。

李素炫心中有些难过，可是也开心，想了想，换上一副笑脸，对梁蛮说道：“你既然将弹丸备得足足的，便打弹弓与我看，好不？”

“好。”梁蛮很高兴。

“我这阵子随太常博士学了不少道理，你如何？又长了什么功夫？”

“没长什么功夫，只等你了。”

两人寻了个僻静处，找各种物什做标的，梁蛮取下弹弓，逐一用弹丸打下来。李素炫在一边看着，暗自惊叹道：“方才鹿先生教导我，我自心惊，想起梁蛮来，这便遇到了。世上果然有如此本事，当真是百发百中。我日后切不可再生骄狂，想来我这性子十分容易自以为是。”

李素炫指东指西，指到哪里，梁蛮手中弹丸便应声打到哪里，从无爽虞，李素炫赞叹不已。闹累了，二人并肩坐在一处台阶上闲聊，李素炫手里拿着一颗弹丸把玩。

“我初时以为你这是泥丸，现在看来似乎是过火的。”

“是，我这弹丸都是过火的，我有个小窑口。”

“窑口？这弹丸是你自己做的？烧出来的？”李素炫惊讶道。

“是。”

“这要如何烧出来？”

“泥是池塘里挖来的，兑一半黏土，用水澥开，使细筛子过几遍，沉淀后，倒掉些水。晒到泥水相宜时，反复揉捏，抟成丸，入火。不能烧得太狠，里外都陶结了，就轻了，只外面一层陶结便好。火候也要仔细掌握，火小了，或升火太慢，陶结得不够；若火太大，或升火太快，外层便焦了，不结实，打出去，未中靶子，中途便风解了。我试了上百回，讨教了好多老窑工，花了多少年才慢慢搞清楚。”

“上百回？”

“是，塘泥与黏土各要几成，筛几遍，要用多大筛孔，如何才是泥水相宜，如何升火，陶结到几分，如何建窑，如何通风，如何起火，如何开窑，都要一一试过才知道，可不是要上百回。”

李素炫想着梁蛮一次次入池塘取泥，反复尝试如何调和黏土，如何泥水相宜，连同如何烧结，都要不断尝试，在心里默默记住。这也罢了，他还要一次次失败，一次次失望，将无数废毁弹丸倾倒在侧，复又重来。李素炫非常钦佩梁蛮，也颇疼他辛劳。

“你弹弓可不可以借我打一下？你教我怎么打。”李素炫忽然来了兴致。

“好。”梁蛮非常高兴，立刻将弹弓递在李素炫手中，又给了她一颗弹丸。

“你若用右手拉弓，左手一定要持弓稳当。寻常人不知晓，只道是打弹弓功夫在右手上，实则在左手上。肩肘要用力，也要松弛，手臂手腕务必坚挺、沉稳，要吃得住右手手劲，绝不能稍有晃动。若做不到持弓精稳，瞄准也没用。”

李素炫试了试，用了好大力气，勉强将弓拉开一小半。果然如梁蛮所说，右手拉开弓也不太难，左手却立刻吃不住力道。

“肩肘处要牢固，不然全仗手臂手腕，肯定是吃不住力。”梁蛮在一旁嘱咐道。

“肩肘处要如何牢固？”

“要松弛，才能用力收紧。这想是难为你，我与旁人说，很多人不明白。”

“我弹琵琶，也写字，我知道‘又要松弛又要用力’是什么意思……只是，我真没力气……”

李素炫嘀咕了几句，沉稳气息，用了全身力气，将弓拉到半开。右臂收紧，容易持力，左臂向外伸出，吃不住劲，不停晃动，无法稳控。持弓片刻后，便觉得手臂僵涩，手腕上隐约疼痛，只得将弓放下。

“不行，拉不开，我认卯。”李素炫笑着说道。

梁蛮笑了，将弓子接在手中，拉开了瞄准，说道：“这弓我用刚好称手，你自然是不行，能拉到小半开已是好大力气。还有，我近日在练些新本事。”

“什么新本事？”

“我如今拉弓瞄准都十分迅速，若说耽误工夫，都在一颗一颗安装弹丸上了。故我在练习右手里多握几颗弹丸，拉弓同时用手指上好弹丸，如此可以连续拉开发射。”

“我问你近日长什么功夫了，你说没长进。”李素炫笑着说道。

“是没长进。我日日练习，已是快成了，可是还没成，怎么敢拿出来与人夸耀。”梁蛮反复拉弓，反复瞄准，小声说道。

“哪日练成了，与我见识见识。”

“放心，第一个给你看。”

李素炫忽然醒悟道：“我与你玩耍了半个多时辰了，得马上回坊中。”

“好，那我送你。”梁蛮说道，站起身来，收了弹弓，两人一同朝外头大路上走去。

“素儿还什么时候出来？”梁蛮问道。

“这我不知道，或五六日，或七八日。”

“那我还在南门那里等你。你下次回来，不要走太快，街上人多，我怕看不到你。”

李素炫心中感动，说道：“你这四五日里不用来等我，我定不会出教坊。过四五日你再来。”

“好，过四五日我再来。”梁蛮应道。到了教坊门口，他还是依依不舍，认真看着李素炫。李素炫见他这样，便将手里剩下几枚铜钱给了他，想哄哄他，她身上也没有别的可以相赠。梁蛮推辞，李素炫硬是将铜钱塞给他，转身咯咯笑着跑入教坊大门里去了。

梁蛮看了李素炫很久，直到看不见，叹息了一声，却也欢欣鼓舞，转身回家去了。

李素炫一路跑着，绕过浅湖，见水面上已微微结冰，残荷碎裂，冻结在冰层之中。她想起梁蛮身上那几件单薄衣裳，有些担忧，随即又想起他所说新本事，若有一日练成了，不但百发百中，也能连发迅速，势如箭雨。他每日研烧弹丸，一次次失败，有了弹丸便寻个僻静地方苦练，也不知这番本事有何用处，也不指望有何用处，只是心下喜爱，便苦练不辍，又不断寻些新进境，想些新路数，逼迫自己益发用功。李素炫没有见过他练习时是何模样，却可想见他专注凝神，心下对这夯小子十分敬重珍爱。每次与他在一起玩耍，不到半个时辰便要分别，未免有些不舍，可想到过些日子还能见到，又很开心，再想到他要一日一日在坊间流连徘徊，等着她，又难免不忍。

# 31

隔了七八日，李素炫自鹿先生处返回时，果然在左教坊南门处又遇见了梁蛮。这次他不再胆怯，直直冲过来，拉起李素炫，带她跑到幽僻处，急急说道：“我现在可以两弹连发了。”

“好，那你打了与我看。”

梁蛮连额头上汗水也顾不得擦干，立刻取下弹弓，右手自腰间袋子里握了两颗弹丸出来，将一颗在弹弓上安好了，拉开弓，略一瞄准便松手，弹丸直直射出去，打在近旁一棵树上，接着他又将弓子拉开，果然一边拉开一边就将弹丸上好，略不瞄准，弹丸射出，又打在那棵树干上同一处。

李素炫看得傻愣，梁蛮笑了，又握出两颗弹丸，连发，又打中树干上同一处。

“我现在两弹连发已经熟悉了，不太失手。过几日纯熟了，要试试三弹连发，待三弹连发也熟了，试试四弹连发。一直试下去，看最多可以多少。”

弹弓打得差不多了，两人并肩坐下，闲谈起来。李素炫等梁蛮先开口，梁蛮等李素炫先开口，一起等了阵了，又一起笑了。

“你今次怎么没有随你师父一起回教坊？”梁蛮说了一句，一听便知道，硬找出来的。

“我师父最近有事，让我自己回来。不过，如果以后依旧我师父送我回来，你难道都不与我搭话了？”

梁蛮想了想：“总之有些畏惧。你师父是怎样一个人？凶不凶？”

说到师父卢菡，李素炫立时忍不住满腹骄傲：“我师父乃世间第一等男子。端正纯良，通晓乐律诗文，言语不多，但只消一眼，便玉骨夺人。”

梁蛮眼见李素炫一副炫耀，心想：“总之她师父不似我这般莽夫便是了。”他心中有些怏怏，说道：“我只远远见了你师父几次，身子高，清瘦，举动斯文，看着便是个读书的。”

“正是，我五岁起就跟着我师父了，所学皆是师父所授。”

“你真好运气，有师父疼你、教你。我却没有，独自一人揣摩，不知走了多少弯路，白费了多少工夫。”梁蛮黯然说道。

李素炫见他伤感，想安慰他一下，不知说什么，想了想，用了一副活泼口气说道：“我们到左近处大宁坊里瞧瞧热闹如何？我听教坊中百戏工说，大宁坊里多有市井百戏撂地的，观者甚众。我那里百戏工时常去看看热闹，有时候也露一手，在街上便与人家一起耍弄起来，说是比在教坊中热闹开心。也有些演剧，我没见识过。去见识一番如何？”

梁蛮未待说话，李素炫便站起来，整了整衣裳，梁蛮也只得站起来，随她向坊门处跑去。出延政坊，一街之隔便是大宁坊，进去不多远，果然见到市井间有多处百戏，举鼎、寻幢、冲狭、转石、走索、旋盘，不一而足，纷纷并列，沿街巷一路铺展，各自围着人，不断呼喊叫好。两人一路看过去，梁蛮喜爱那举鼎转石的，皆为力技，李素炫却喜欢看些演剧，看那男女演剧者装扮好服色容颜，在场子中间对手接戏。她开心看了一时，以为梁蛮自顾着看力技去了，不想一转头，他就在侧旁。

“你怎么不去看你喜欢的？”李素炫问道。

“我还是跟着你好些，这里人多，不一时走散了。”梁蛮答道，“你这看的是什么？”

“此名‘参军戏’，据说是自汉代便有了，也不知真假。颇有些滑稽，故此众人都爱。”

李素炫答了这一句，梁蛮却又不说话了。进了这大宁坊，果然颇有些热闹看，但他看不多时便觉得无聊，心想等了这许多日，何必要来与素儿一起看热闹，为何不能就在僻静处与她说说话。

李素炫见他不言语，问道：“那你有什么主意？”

梁蛮答道：“我们回方才僻静处，坐着讲话如何？”

李素炫点点头，梁蛮立时笑了，两人风一般跑回延政坊，回到方才讲话处，并肩坐下。周遭无人，复又安静，梁蛮身旁只李素炫一人，心里很高兴，却又不知与她说什么好。两人安静坐着，许久不说话。此处无人，亦无风，两人又都无话。

等过很久，李素炫惦记该回左教坊了，转头看着梁蛮，学着戏腔，笑着问他：“梁生何不语？”

梁蛮看着李素炫，见她双眸明亮，笑起来两眉弯弯。这夯小子窘了半晌，支吾着，更说不出话来。

李素炫心想：“原来这小子只说起弹弓来滔滔不绝，若说些别的，也就两三句，若要他说些生的，一句也没有，编也不会编。”又一想，算了，别逼他了。

两人沉默着坐了阵子，梁蛮轻轻叫了声“素儿”，见李素炫回头看着他，又有些不知所措。

“你说。”李素炫笑道。

梁蛮又不说话了，又过片刻，李素炫笑着又问道：“梁生何不语？”

梁蛮有些迟疑，片刻后从腰间拿下个物什来递给李素炫，李素炫接到手中一看，是张新弹弓。

“我给你做了张弹弓，力道小些，你也许拉得开……想不想试试？”

梁蛮小声说着，满心期待李素炫会对新弹弓感兴趣，又有些难为情，觉得自己什么也不会，这许久以来一直想哄她开心，却只会打弹弓给她看，想送她件礼物讨她开心，也只会给她做个弹弓。

“我一粗糙男子，打打弹弓也无妨，她女孩儿家的，身子瘦弱，又是读书弹琵琶的，我是怎么想的，怎么竟给她做了张弹弓？送只帕子不是也好？我这笨的……怕是要叫她嫌弃了……”梁蛮暗自想着，暗自戳气，有些后悔，可是已经将弹弓拿出来了，总没法再收回去。

不想李素炫竟然满心欢喜，接过弹弓，用手拉开试了试，又伸手说：“那你给我颗弹丸。”

梁蛮早就将弹丸握在手中，单等着李素炫要了。见她没有嫌弃这件礼物，他立时高兴起来，将弹丸放在她手心里，又从地上摸起个石子，跑到对面墙上画了个圈，又跑回来。李素炫将弹丸安在弹弓上，站起身来问梁蛮道：“然后如何？”

“拉弓。”

“好。”李素炫应声将弹弓拉开。

“左手要稳当。”

李素炫没再答话，调整呼吸站姿，这新弹弓力道不大，果然慢慢持稳当些了。

“然后瞄准。”梁蛮又说道。

“怎么瞄准？”

这下梁蛮傻了，他也不知道该怎么给李素炫讲，想了想，说道：“弹丸、弹弓和标的连成一条直线，便可发出。”又想了想，补充道：“你手里弹弓力道小，弹丸射出会向下沉，所以要瞄得向上一些。”

李素炫依言，又瞄了很久，总是觉得不稳当。梁蛮在一边说道：“若一时不准，便多时也不准。别太久，泄了力道。”

李素炫应声放开右手，弹丸射出，果然向下沉，打在圆圈下方。

两人都没说话，梁蛮不停递上弹丸，李素炫不停打，渐渐准了些，开始能够打在圈内，不过多数还是差得远。她也不在意准不准，只是觉得开心，梁蛮更开心。整整玩了两刻钟，李素炫说道：“我真的该回去了。”

梁蛮终于有话说了：“好，那我送你。”

两人走到教坊南门，站在门口，梁蛮又说道：“我过几日还在这里等你。”

“好。”李素炫点点头，从身上摸出几枚铜钱来，不由分说硬塞给他，挥挥手，转身跑入教坊，径直向内深处跑过去。

梁蛮握着铜钱，远远看着她，直到看不见，转身向回走，心里也不舍，也期待。算来，他要等上几个下午才能见到李素炫一面，在一起不过半个多时辰，至多一个时辰，她便要回去。梁蛮喜欢她，却不敢盯着她看个没完，也不敢挨得她近了，怕自己唐突，令这小女乐恼火起来。每次见她，借着初见兴奋，隔袖子抓着她手臂，带她跑上几步，却又不敢太久，几步后便要松开。与她也说不上太多话，待到分开了又懊悔，七八日才见这半个时辰，怎么也不说话，傻坐着便等过去了。

坊门未关，梁蛮一路飞奔，一路胡思乱想。暮色渐沉，他趁着最后一点光亮到了家。

长安城中一百零八坊，热闹处都在北头，越往南边越荒疏，人也少，房屋也少，各处也僻静，也穷，有些坊内还有小片耕田与树林。梁蛮家在长安城东南处启夏门边，曰通济坊。一坊之中没有多少人，梁蛮也没什么邻居，独自住了个破院子，前后左右不过些野塘、荒地、杂木林子，略远处有些人家，也是一般破败院子。梁蛮不嫌弃家中荒落，也不嫌弃周遭萧条，倒乐得个安静。有地方捞塘泥，有地方取黏土，有地方打柴火，也有地方支起个小窑口来烧制弹丸。若想打弹弓，乃至射箭，都可以随意瞄准，也不需顾虑伤到路人，这寥落地方根本没什么路人。

梁蛮不到十岁时没了父母，独自住在老屋里，每日清早穿过大半个长安城，到临近东市处寻些活计，多是些走夫挑担之类。这类活计，寻人者和做活的都是清早在某处聚集，互相谈了价、完了工、付过工钱，才不过中午，下午没人寻活，也无人做活。梁蛮身大力壮，雇主第一眼就看中他，工钱不多，却每日都能开工，不用挨饿。他随便吃饱，带些晚间饭食回来，下午窝在家中，或只在附近盘桓，除却些简单种养外，所有工夫和精神头都耗在弹弓上，一晃七八年。一处破院子，几件旧衣裳，每日两餐陋食，却是逍遥快活。因为身旁总没人与他说话，他越发沉默，仿佛有些口拙，其实心里活络得很。

几月前梁蛮遇到了李素炫，她是他多年来第一个好友。他喜爱这小女乐，慑于她身上一番清雅气度，又留恋她对他和气相待，也羡慕她诗书礼乐通畅。每当李素炫言谈中无意征用一典，梁蛮不解其意，接不上话，心下便生出惭愧来，不敢抬头。李素炫天性极其机敏，立刻察觉，一两次后便记住务必简单言语，不要像平日里与师父和鹿先生说话那般掉书袋。梁蛮知道她用心，十分感激，也渐渐不再惭愧。有时在坊间听到旁人说起什么典故，还拿来请教。李素炫着实读过些书，但凡梁蛮有所询问，不消什么她都知道，将那典故旧史前前后后仔细说一遍，却从不嘲笑梁蛮不懂。

二人不过相处了几次，梁蛮分外爱重这个好友，情愿日日揣着期待等在教坊南门。这几个月来，他每日做完了活，领了工钱，阜阜吃些什么，立刻到城中最北处延政坊中，入内到内教坊南门左近处，等待李素炫，等到天色渐暗，又穿过整个长安城，回到自己家中。

数月苦心有报，梁蛮终于又能见到李素炫了。每次分别后，他又是失落又是开心，满怀眷恋与期待，一路走得飞快，半个多时辰后回到通济坊家中。屋里破败，四壁斑驳，露着黄泥与稻草。除却一张破案子、窗边老榻和一对旧木箱，并无其他物什。梁蛮进了屋子，回身掩上房门，如同一头孤狼复归巢穴。

## 32

李素炫回到屋中，看到端木独自安静坐着，似乎在想什么。走过去，看到她身旁放着一张洒金信笺，上面简单写了几行字：

子夜绝箫鼓，焚膏始读书。
闲或自吟曲，恨在知音无。

李素炫认出是李逊笔迹，笔画利落，笔势勾连，看着像是一时兴起飞快写就。李素炫心想："这人怎么如此步步紧逼，也不知是真情所致，还是死缠烂打。"看看端木，脸上倒是没什么异样神色。

李素炫不知道她在忖度些什么，也不敢多问，只问了一句："端木，你想我在这里陪你，还是想我出去，留你独自一人？"

"外面冷，你别出去，也不用陪我。到屋子那头做事情便好。"

"好。"李素炫说着，点点头，独自到屋那头书案上写字去了。过了半个时辰，抬头看到端木还是独自坐着，李素炫想了想，没有过去惊动她，低头依旧写字。又半个时辰，端木站起身走过来，到李素炫身边坐下，歪着头，看她写字。两人都没有说话，片刻后，端木先开了口。

"素儿，若有一日，你心中烦闷，你希望我陪你，还是留你一个人？"

李素炫放下笔，对端木笑笑，说道："若是哭得出声音，就没多难过，你哄哄我便好了。若是哭都哭不出来，就是真的难过，你哄我也没用，不用理我，我自己慢慢就好了。"

"为何你难过时总要独自躲起来？我好几次找不见你，猜你在西边废殿里。我不敢扰你，知道你躲在里面，就是不想人打扰你。你为什么不喜欢别人哄你？"

"难过时，只想哭，不想笑，你若哄我，我便要收住眼泪，笑给你看。不笑便对不起你费着耐心哄我，对得起你，不哭反笑，我自己心里又憋闷。不如一个人忍着，想哭想笑都随意。"

端木点点头："素儿说得对。"

"你今日为何也不要人哄着？"

"我又没难过，我在认真想事情，要什么哄。"

"在想事情？可想明白了？"

"想明白了。"

"能不能告诉我？"

“不能。”

“那跟我一起写字。”李素炫说道，拿起手边一支笔，润水、取墨，在墨堂上掭好，递了过去。端木接在手中，两人互相看着，片刻，都笑起来，又一起低下头写起了字。

两人同案写字时，卢菡正在鹿先生家中，问询了李素炫近来课业后，二人闲谈，说过几句闲话，鹿先生略沉吟起来。卢菡也未催促，在一旁等着，片刻后鹿先生开口说道：“照寂，我有一事，想了很久，觉得告知与你为好。”

“先生不必顾忌，直说便是。”

“你十几岁时我便认识你，这些年来也常听人说起你。你自幼性子僻静，多年避世而居，不大与人交往，不招惹人，却也不愿趋附于人。然世相炎凉，尽有那好排场的、势大的，偏是喜欢被人供着、捧着、哄着。你是不招惹他，却也不趋奉于他，只此一条，便是罪过。若是旁人尽皆趋奉，你偏做没看见，更是大罪。你是有名乐师，却从不肯为人奏乐，怀璧而罪，罪加一等。”

卢菡笑了笑，并不介怀，只随意说道：“谢先生告诫。男儿噙齿，却不该自命不凡。卢菡并非倨傲悭怪、不愿趋奉，也并非自命清高、不近人情。若是卢菡看得上的，趋奉他也无妨，这辈子也没少弹琵琶哄人开心；若是看不上的，当真是弯不下腰、低不下头，这辈子也果然不少得罪人。卢菡一生就是这般性子，自己也无奈。”

“你如此性情，某平生敬重，只是有些担心你婞直害身。近日朝臣吴楚思被李相定罪谋反，左右交道者皆受株连。你与李相虽无过节，却与吴楚思有交，我实在是有些担心。你一介乐人，若是当路者将你牵涉进来，你可是无力挣脱。到时候，充军或是流放，或是怎样，全在他人一言一念。”

“卢菡果然与吴楚思有交，然不过相约在酒肆中弹琴论诗而已。如此也要被定罪，便是有人属意要整治卢菡。既如此，他自有千百种法子，卢菡一介乐人，也无可奈何，小心也无用。”

“倘你无罪却受株连，如何甘心？”

卢菡淡淡说道：“有何不甘心。自古以来，黄泉路上冤死鬼何止千万，多我一个也不怎样。人活着该当舒张，生自有时，死亦有时。果真事到临头，也无甚呼天抢地、愤怨不平，卢菡就戮便是了。”

鹿先生看着卢菡，缓缓说道：“你可舍得撇下你素儿？”

说到李素炫，卢菡沉默了，良久，叹息一声，说道：“十年前，我百般思量，虽然不舍，也没有将素儿带在身边，而是送她入了左教坊，便是个防守。我早知自己性情如此，不愿日后被祸，平白连累旁人。”

鹿先生不住叹息。卢菡站起身来，走到对面，深深行礼，说道：“卢菡另有一事相求于先生。”

鹿先生点了点头，说道：“你不必多礼，直说便是。可是与你素儿有关？”

卢菡双手持礼，说道：“卢菡请鹿先生授素儿鬼谷机变之术。”

“为何？”

“人不可不直，却不可太刚。此番实在是卢菡平生短处，故请鹿先生教导我素儿。”

“你不怕我将你素儿教唆坏了？”

“我素儿天性纯良，禀赋方正，卢菡并无此虑。请先生授其鬼谷之术，实在是怕她像我。”

鹿先生叹息着说道：“你且坐下，不必拘礼。”

“是。”卢菡依言放下礼节，又在鹿先生对面坐好。

鹿先生说道：“我与你告知一声，不过尽朋友之义，其实也知道你心中笃定，一切前因后果定是都想清楚了。如此，我也帮不得你什么忙，你既然将徒儿托付与我，我定认真相授，不负你一番恳求。”

“卢菡谢过先生。”

鹿先生点了点头，二人复又沉默。又许久，卢菡沉声说道：“这些年来，我见那教坊女子个个委顿，不习诗书，不辨义理，手中各色乐器也自修习，所为却不过生计，心里究竟不爱。终日惶惶，心无所寄，高兴的，不过哪日里与人伴宴，主人多给了些赏赐，又能多添些衣食钗环；不喜的，不过哪家男子将她撇下，另结了欢乐，前情尽皆作废。无所钟爱，无所持守，无恒道，无常德，毕生汲汲营营，不过衣食男女之事，全无超拔。”

“女伎大抵不过如此。教坊女子乃宫伎，尚是好的，那市井伎、营伎、官伎，非但卖艺，也免不了卖色，还不如教坊女伎。尤其是女伎中居翘楚者，出身微贱，却有色艺，也与那公卿平起平坐、品评朝士，经年不事农桑，却又锦衣玉食，任人玩弄驱处，却又心思敏感，一生不甘认命，然区区奴身，又无可奈何。此番极致相激，怎能内心超拔定省。”鹿先生叹道。

卢菡摇了摇头，说道：“为人一世，总要有些悲欢胜于柴米油盐，胜于男欢女爱，乃至胜于荣辱沉浮、毁誉生死。若是心中毫无仰仗，毕生顺遂也还罢了，一旦机缘有变，如何挨得过一个一个鬼门关口。我教导素儿自幼读书，教她经史礼乐、春秋节义，教她莫以女身自弃，哪怕身如蝼蚁，亦当有不屈之志，有灵台相守，有书乐为伴，纵然身在泥泞，也可心无风尘……我怕我不能陪她一世，若有一日我弃她而去，她须是心中有所寄托，此生方不堕至纠结苦楚。白昼繁华，她自能应付；夜晚清幽，我怕她难挨。”

“素儿倒是不负你教诲，所学皆在严谨，心里也切实钟爱。她与我说，拿起笔来写字，或是弹弹琵琶，什么烦恼都忘了。”

“我那素儿天性颖悟，我但教她什么，她立刻通领其中深意，又记忆奇佳，读起诗书来，一目十行，过目不忘。只是这孩儿夙性刚烈，极有爱憎，若是如我这般无有变通，不肯些须弯腰低头，我怕她将来难以全身而退。”

鹿先生叹息道：“你如此说，我便懂了。你怕你素儿不像你，如今，又怕她太像你。”

“卢菡一生，实非喜欢自己这副性情，却数十年困于其中不得解脱，拗不过自己，没法子。为人之道，无非方圆，其至上者，乃内方外圆，乖滑于迹，君子于心。如今我素儿内心方正，求先生教其打磨外圆，莫令她如卢菡一般，内方外方，实为愚蠢。”

卢菡如此一说，鹿先生倒笑了：“原来你也知道自己这毛病。”

卢菡也笑：“自己毛病，只有不认，焉有不知。”

二人心照不宣，有些话都没有提起来，只是又说了些艺理棋道，相谈至黄昏。

# 33

李素炫当然不知道师父与鹿先生说了什么，隔些日子，卢菡又带她去了鹿先生处，依旧要她课后自己回左教坊。离开鹿先生家后，李素炫将梁蛮手造那张小弹弓自包裹里取出，学他样子别在腰间，一路走得神气活现。入延政坊南门，就在坊门内不远正对面处，梁蛮果然正在守候。李素炫刚过坊门，他立刻直直几步冲过来，借着兴奋，隔衣袖拉着她胳膊跑到一边，旋即松了手，看着她，笑着，见她腰里别着弹弓，他心头欢喜无措。

“怎么如此着急？”李素炫问道。

“我没急……”梁蛮顿时口塞，嗫嚅着说道。

“我们去那边人少处，打弹弓如何？”李素炫问道。

“好，我今日带足弹丸了。”梁蛮说道，很想再拉着李素炫手腕，想了想，不敢。李素炫见他窘状，笑了笑，径自先走了，梁蛮马上跟在后头。没走几步，后面忽然有一匹高头大马冲过来，擦着李素炫身子直直蹿了出去。李素炫吓了一大跳，脚下立时不稳，梁蛮身手敏捷，几步冲上来拉住她，将她带到一边，又立刻松了手。

李素炫惊魂甫定，站稳想了片刻，才知道是匹马冲了过去，小声抱怨道：“谁骑马这么直冲？”

梁蛮抬手指了指，李素炫顺着看过去，见那刚才骑马的跑出去几十丈后勒住了马，下来将马牵着，与路边一人说话。

“我在这里等你，总见到那人，每次骑马都是如此冲撞。虽也不曾当真撞到谁，却也十足讨厌。看穿着也就是个拉活跑腿的，或谁家奴仆，倒比做官的凶横。”

“短教训。”李素炫说道，心里恼火，口气上也火。

梁蛮想了想，说道：“那你去教训他如何？”

“我？”

“你随我来。”梁蛮小声说着，捉着李素炫胳膊带她一路向前小跑，跑到那骑马的后面三丈远处停下，借着树木掩护，告诉李素炫：“拿你弹弓打。别打那人，打他马屁股。”

不想这李素炫也是个捉混淘气的，心中第一动念不是“不能打他”，而是“我可打不准”。

“没事儿，上次墙上画圈那么小，你不是也打准了？这马屁股可比那个圈大多了。”

李素炫被梁蛮撩拨得性起，刚才被吓了一跳，心头又恼火那人，便拿出了弹弓，接过弹丸，将弓满满拉开，低下头细细瞄准。饶着那马屁股又白又圆，在个大日头底下明晃晃的，看得格外清楚。

梁蛮见李素炫心思都放在了弓子上，悄悄后退了两步，又与她左右错开些，右手入怀里取出颗铁弹丸安上，拉到满弓。略瞄准后，分出些眼神看着李素炫，见她肩膀微动，知道她心中起意，果然李素炫松手同时，梁蛮弓上弹丸也射了出去。

李素炫站在树木浓荫下，弹丸射到日光里她便看不清楚了，只隔开个眨眼，见到前边那匹马突然惊跳起来，缰绳带得骑马的被拖倒在地上。李素炫未待笑出声来，被梁蛮捉了胳膊，想要带她疯跑开去。不想李素炫却笃定，手腕用力挣脱，反手一把拖住了梁蛮。

梁蛮怕带得李素炫脚下趔趄，硬生生停住了身形，回头眼见她脸上笑意盈盈，一副若无其事，突然明白她用意，立刻跟着抹平了脸。果然那骑马的环顾一番，眼见周围人如常忙着手头活计，也有几个好奇张望过来的，却看不出哪个神色有异，只得骂骂咧咧将马缰绳套在一旁桩子上了事。

待那人回过头去，李素炫与梁蛮相视一眼，笑上了。梁蛮方被李素炫拖住时，着实慌张了一瞬，现下却是心中欢脱，边笑边想：“不想素儿也是个有天分的，真淘气起来，主意怕是比我花哨多了。日后可要小心不能惹怒了她，她若要整治我，我定是没有命在了。”

李素炫不知道那一弹乃是梁蛮所发，虽也不曾想到自己打得中，却也只当侥幸蒙上的，十分开心。梁蛮见她笑得眉眼弯弯，他自然更加欢乐。笑过多时，喘息平定，两人将弹弓别在腰间，随意向前走去。

上了正路，梁蛮带李素炫缓缓向左教坊南门处走去，一路走一路说些闲话。他想听她说话，不停问些问题。市井事李素炫什么也不知道，梁蛮用力回想些街头俗讲、寺院变文，拣些历史掌故、佛经传说发问，求李素炫作答。其实她怎么回答都行，他根本没兴趣，也不太听得懂，只是喜欢她声音，听她嗓音清脆，他便满心欢喜。

离左教坊渐渐近了，两人瞥见前方一群人聚在一处，呼喊不停，又接连惊叫起哄，一片欢腾。李素炫说道：“不知那边什么热闹，想不想去看看？”

“好。”梁蛮应着。二人挤进人群，发现原来是些人在行角抵。

“这角抵本事比我坊中百戏工差太多了，也敢在教坊门口摆场子，怕不是故意较劲？”李素炫笑着，踮着脚在梁蛮耳边小声说道。

“你坊中尽是皇家百戏工，坊间的定然比不上。”梁蛮使劲弯腰就着李素炫，小声回答道，突然觉得自己长这么高，又壮，看起来肯定夯得很。

“谁说坊间的就比不上皇家的？”李素炫答道，“我那坊中也有打弹弓的，也打得好准头，比你却差远了。我以前只知道你打得准，后来见了我坊中皇家百戏工也没你准，才知道你厉害。”

李素炫说得利落又直接，梁蛮顿时扭捏起来，支吾了几声，说道：“我们好好看角抵如何？”说完了立刻心中懊悔，其实他很想听李素炫再夸他几句。

李素炫点了点头：“好，认真看角抵。”

两人看了片刻才知道，原来这不是演角抵的，是个挑场子的。有好事的在空地上画了个大圈，外头架子上放着些物什，说是有人买了放在这里，权做彩头。街上不拘何人，只要入了场子，都可以与场中人角抵，输了的出圈，赢的留下，连赢三场，就可以选个奖励。

这番玩儿法李素炫在教坊里从未见过，倒来了兴致，一连看了几场，又转头指着架子上物什对梁蛮说道：“我也看不太清楚，那头做奖励的都是些日用杂物，其中却有个硬木小盒子不一般，似乎很精致。我若是会与人角抵，能连赢三场，就上去将那小盒子赢了来。”

李素炫随口说了一句，不想梁蛮接着便说道：“你若喜欢那小盒子，我上去试试，看能不能与你赢了来。”

“你还会角抵？”李素炫惊讶问道。

“原本不会，看了这一会儿，会了。”梁蛮盯着场上之人，稳稳说道。又看了阵子，待场上输的出了圈子，他一纵身跳了进去。李素炫没来得及拦他，眼见他到了场地中央，向对方行了一礼。

梁蛮所对是个魁壮男子，约莫三十多岁。看身量，梁蛮倒是不吃亏，李素炫却仍旧担心。角抵虽与琵琶迥异，却也有些相通，手上无力固然拨弄不动，那力却是巧力，不是蛮力。梁蛮从未习过角抵，手法、步法、身法俱是不通，不但难以赢人，举措不当，甚至会受伤。

司场的在场外一声喝喊，梁蛮脚下迅速，左右各垫一步，身形虚晃两下，上去抓了那人腰带衣领，趁对方一时眩晕，径直将那人扔出了圈外。围观人众将那人接住，接着，四下一片狂呼高喊。梁蛮如此轻易便赢了第一场。

片刻后，一人跳入场中，是个比梁蛮高壮的，见了上个输的，心里警惕。李素炫心想："这次梁蛮想单凭个快速赢他，却是难了。"

果然，司场的喝喊开赛，二人接手，很快陷入胶着，在场中不停盘桓，一时分不出胜负。李素炫心里紧张，提醒自己，上次在左教坊沈绰处，不过一错神，便没瞧见输赢，此番可要看仔细了。过了许久，见梁蛮突然泄了力气，对方迅速向他扑过去。李素炫差点儿喊出声来，不想梁蛮一个侧身将脚步复又扎稳，同时两手轻轻一推，将手中之人沿俯冲所向甩出了圈外。

周围人众又是一通狂呼。不一时，第三人跳入场地。此时全场肃然，众人都紧紧盯着场上二人。待二人交手，胶着盘桓起来，场外人气也不敢大出。李素炫此时也不在乎输赢了，只想看看梁蛮又有什么招数，又忧虑，怕他已赢过两场，身上酸软，对方也是个有身量的，梁蛮若力气不敌，受了伤，只怕是要伤得重了。

这一场，二人真是彼此敌手了，稳扎下盘，腰身收紧，手上着力，一时间谁也奈何不得谁。众人安静等过很久，仍没有胜负，只跟着场上人暗暗使力。又过了很久，眼见对手力气上慢慢落了下风，李素炫吓得一点儿声音发不出来，围观众人却立时喊叫起来。梁蛮借着势，紧紧咬着牙，全身血脉燥烈，颈项上青筋凸起，在众人一片狂呼中，硬是将对手慢慢摁在了地上。

三场皆胜，梁蛮吐出腹中余息，泄了浑身力气。对手爬起来，二人对行一礼，梁蛮转身看了李素炫一眼，咧嘴笑了，旋即跑到对面圈外。场外主事的让他自己挑个奖励，他毫不犹豫，伸手拿了硬木小盒子，话也未说一句，脸上慌慌张张，转身跑到李素炫身边，捉着她手腕，带着她很快跑远了。

围观人众立时哄笑起来，连那方才输了的也跟着大笑，直嚷道："怪道这愣小子恁般大力气。"

二人跑到僻静处，待气息匀定，落了身上汗水，梁蛮将小盒子放到李素炫手中，心想："小碎女娃平日里好凶，今日赢个玩物送她，她定然开心。"又一想："她也没对我凶过，我为何觉得她凶？想来不过是怕她……却又为何怕她？"

"你可伤到了或是累到了？"李素炫急着问道，口吻关切。

"没有。"梁蛮说道。

李素炫打量了他几眼，确认他没事，这才将小盒子凑到眼前细看。小盒子果然是硬木所制，盖板可以抽拉出来，推上便是严丝合缝，浑然看不出痕迹来。虽然不大，但做工如此精良，颇值得些银钱。梁蛮心中高兴，若不是今日凭力气胜了三场角抵，赢了这小盒子，他当真想送她个什么，还真买不起如此金贵的。

"你不会角抵，怎么能看看就会了？竟还真的赢了，还连赢了三场。"

"我以前在街市上也见过别人行角抵，知道大概路数，今日想上场与你赢过这小盒子，又仔细看了一看。头两场战法是我算好了，第三场怎么办，我也不知道，只能到时候尽力。"

"如此你也能赢。"李素炫叹道。

"其实也没什么，与打弹弓一般，无非身手眼配合，胆大些，如此而已。加上那上场的也不是专门修习过的，也不太会，不过是凑热闹玩乐的。若是你坊中皇家百戏工，我可不敢应战，就是那看着瘦小枯干的，我也不敢接手。"

梁蛮说了这句，又看着李素炫，见她眉黛深纵、双眸如星，又面上含笑。他看得略呆了呆，连忙低下头，小声问道："你可喜欢这小盒子？"

"喜欢。却是累及你了，我只随意说了句，你竟然如此当真。"

"你喜欢便好。"梁蛮说道，越发局促起来。

"嘿！那小子！"

两人正说话间，听到旁边响起一声吆喝。转头看过去，是个三十多岁汉子，直冲梁蛮嚷着。梁蛮与李素炫看看周围，四下无人，确定那人喊的就是梁蛮。迟疑间那人走得近了，却不仗着年长托架子，反而抱起手来，点了点头，先行了一礼。

梁蛮和李素炫连忙还礼，未待开口，那人对梁蛮说道：“小子，我方才看了你与人角抵，当真是一把好力气。”

“多谢夸奖。”梁蛮客气了一句。

“不过我看你步伐虚浮，下盘无根，应该不是修习过的。”对方倒是不客气。

“我就是看了看，计算一番，上去碰运气的，赢了也是撞上的。”梁蛮说道。

“你倒是聪明，还有这番大力气……你做何营生？”

梁蛮心里有些恼火。每次与李素炫在一起，多也不过一个时辰她便要回教坊。他在这里等上七八日、十来日才有这一会儿工夫，眼下已然过去了一大半，此人偏这当口上出来添乱。耐心回了几句，他却不走，又问梁蛮是做何营生的。

“不过一介脚夫。”梁蛮耐着性子答道。

“可与我角抵试试？”对方问道。

梁蛮十分恼火，随口说道：“又无奖励，不与你角抵。”

对方说道：“你与我试试，不论输赢，我给你十枚铜钱。”

梁蛮无奈，心想：“我方才入场与人角抵，不过是想给素儿赢了那小盒子。素儿又不想要铜钱，你拿铜钱劝我何用？”

对方见梁蛮不说话，追问道：“如何？”

“不行。”梁蛮答道，口气甚是不快。

“你可是怕了我了？”

对方开始激将，不想这夯实小子看着傻，却不上当，随口答道：“我确是怕你了，你就当我认输了好了。”心下想的却是：“我都认输了，你且快些走开。”

对方又气又笑，转眼注意到梁蛮身后所站女子，细看之下，见她身形纤弱，容色秀丽，又见梁蛮有意挡着她，用手拢着将她护在身后，心中立时明白了。

“你小子却也够捉混，哄人家女娃随你打弹弓，还朝马屁股上打。”那人笑道。

梁蛮有些慌张，听对方意思，方才在一边都瞧见了。梁蛮代李素炫发了一弹，定然是瞒不过此人，若是他嘴快说穿了，怕是要惹得素儿不高兴。他想了想，不知说什么好，那人又问道："就比一场，不论输赢我都走人，如何？"

梁蛮只得点头，心想："我直接输给他便是了。"

两人一接上手，梁蛮心中讶异："这人看着干巴，怎么这等有力气？"想着，上了劲头，手上开始着力。两人相持片刻，对方笑了："傻小子果然好力气，不与你纠缠了，你且老实躺着。"

他说着脚下一划，梁蛮应声仰面躺在地上，对方立刻向后跃出一步，出了圈子。梁蛮立刻爬起来，又扑了上去，对方接住梁蛮两手，又是脚下一划，梁蛮又躺在地上，又爬起来、扑上去，依旧是一个眼晕间躺倒在地上。

对方只一招，须臾间赢了梁蛮三次。梁蛮也不往上扑了，也不站起来，兀自坐在地上，抱着头，在一地尘土里发呆，半晌没弄明白自己怎么就如此躺下三次。

那人哈哈大笑，朗声问道："傻小子，如何？服是不服？"

梁蛮如梦方醒，忙站起来，深深行礼："在下服输。"

"你是个好料子，我教你，如何？"

梁蛮一摇头，干脆回绝："我不想学。"

对方倒是怔住了："为何？"

"……就是不想。多承好意。"梁蛮说着爬起来，拉起李素炫飞快跑开了。

跑出很远，二人停下脚步，梁蛮瞥见李素炫手中依然攥着硬木小盒子，没有急切间弄丢，这才放下心来。二人说说笑笑，打打弹弓，到了时辰，梁蛮又送李素炫到了教坊门口，依依相别。

回到院落，李素炫先是弹了一个时辰琵琶，夜间回到屋中，将小盒子取出来，趁灯光把玩。这小盒子形制素简，木色深沉，又是好友凭本事为她赢来的，她十分喜爱，寻了张旧麻布，将小盒子里外细细盘磨了一遍。盒子很小，也不知拿来做什么，最后放在了案头，随时可以把玩。

夜间，端木与李素炫寻了一小块果蔬，想给小金蛉换上。两人一边小心修整果蔬形状，一边闲聊。

"这几日小金蛉一直叫唤得格外欢实，我本还担心日子太冷了，它受不住。”端木说道，“只是今日没怎么听见它叫了。”

“我们一直带在身上暖着，不曾冻到它，应该没事。”

“这等日子口，你我身上也不暖和，揣在身上也难免冻到。听说小金蛉快到寿终时叫得格外亮堂，突然不叫了，就是不行了。”

“……我也听人说过。”李素炫忧虑道。

两人互相看看，心中生出些不安来。李素炫将小葫芦自腰上轻轻旋开，取下中间细纱，凑到灯火旁仔细观看，见小金蛉一动不动，须足蜷曲僵硬，已然死去。

两人对望一眼，深深叹息。端木安慰道：“眼下看看入腊了。人说这小金蛉叫‘百日虫’，自八月卢先生拿给你，养到现在，已是不易了。”

李素炫点点头。二人出屋到了院子里，到秋日里小翠葬处附近，将小金蛉也埋了。回到屋中，李素炫将小葫芦收拾清理好，抬头看见案头小盒子大小相宜，便将小葫芦放了进去，合上盖子，依旧摆在案头，随即研好墨，与端木一起写起了字。

两人谁也没有再多说话，心下都知道，蝈蝈叫过了，金蛉叫过了，又都复归沉寂，如此便是一年过去了。

# 第七章　訣別

天宝四载（745年）正月—三月

## 34

几场大雪过后，转过年来，上元节后三日，正月十八，端木便年满十五岁了。郑三娘要为孩儿行笄礼，早早备好了簪子和一应物什。刚过上元节，端木和李素炫便开始按捺不住，整日在一起商量，十分兴奋，又找年长女乐将笄礼过程打听一番。女子笄礼自周代始，本为贵族所专，如今已入民间，良人家女子年十五许嫁者行笄礼，未许嫁者最晚二十岁行笄礼。教坊女子却没有这些个讲究，许多人出身不详，根本不知道自己生辰，甚至有人不知道自己年岁，许多人无有父母做主，老大年岁方始婚配，也有不少终身不嫁的。故此女乐管不得太多规矩，年到十五,一律行笄礼。

寻常人家大多人丁茂盛，宾朋众多，笄礼也繁复。女乐们没那许多亲眷，也不讲究宾主相分，也不讲究赞者、正宾、有司俱备，也无许多人观礼，也无几重祝词祷告，也无反复加簪正簪，女伎也不需取字。笄礼当日，笄者身着旧时童子采衣，被一众好友拥着，拜谢过师父昔年养育训教之恩，然后退席至侧室，将头发解开，按成年女子样式束好，换上襦裙，复到众人面前，由一年长女子为正宾，为其加簪，之后服深色曲裾，再行拜礼，礼成。仪式简短，却也庄重。

端木笄礼当日，空中已连着晴朗了多日，虽未出正月，外头已然暖和起来了。观礼者都是左近院落中女乐和一众训师，俱是累年熟识。到了时辰，院中几位年长女乐在堂中一侧奏乐，端木请郑三娘坐好了，行了正式拜礼，然后退至侧室。许嬷嬷拿着桃木梳子，将她头发散开，慢慢为她梳理。端木端坐着，脸上颜色收敛，心里想起了许多。几日前，李逊着人送来了礼物，打开盒子，里面是一支凤首金簪，嵌着各色宝石，极为精致，旁边所附信笺上是李逊字迹:

“此簪乃李逊为端木笄礼所奉。李逊心知笄礼所用发簪乃父母备下，不需在下添乱，只望端木将此簪留在身边，及笄后需每日戴簪，若有一两日可将此簪戴在发上，李逊感激不尽。”

端木读过了信件，与李素炫看了，商议过后，将金簪与信件都收了起来。

眼下许嬷嬷与端木梳理头发，端木心中交杂，想得胡乱：“笄礼完毕，我便成年了，只是不知与从前能有什么分别。师父教导我这许多年，我自己也努力这许多年，却依旧不过一介女奴。素儿屡次问我可是喜爱那李逊，我实在是不知道。只是一想到纵然喜爱他，也终究无分，心中便难过。良人家女儿到我这般年岁，尽可想想喜欢何样男子，我却只能暗恨自己身为女奴。人世间为何有此等不平。”

许嬷嬷手上柔和，也利落，不久将端木头发理得顺了，高高束起。接着，端木站起身来，旁边几位女乐帮忙为她换衣裳，李素炫捧着漆盘站在她身旁看着。

“端木，你穿这件衣裳当真好看。”

端木抖擞心情，看着李素炫，笑了，问道：“你漆盘中可是簪子？”

“正是，待会儿我要先出去，在郑先生身边站好。”

“可让我看看簪子？”

“素简银簪，你昨日不是看过了？”

“还想看看。”端木说道。

“好。”

李素炫将漆盘拿近了，端木揭开罗帕，将簪子拿在手里。果是素简银簪，打磨得好，虽比不得李逊那支贵重，却别有一番清简雅致。端木喜欢，玩赏了片刻，又放在盘中，盖上罗帕。李素炫笑了笑，捧着漆盘，先去了正堂。

端木换好衣裳，走入正堂，众人见她作成年女子打扮，都赞叹起来，端木却有些害羞，低下了头。郑三娘满心欢喜，随着有司唱礼，将李素炫手中漆盘上罗帕揭了，将银簪拿在手上，轻轻插在端木头发里。待郑三娘重新坐好，端木又行过了正式拜礼。

“我女端木今日及笄。”郑三娘朗声说道。

众人欢叫起来。端木眼中溢满泪水，感念昔日师父将她从鬼门关救回来，又尽心教诲多年，深愧无以为报，又想起来日飘渺，此身无寄，心中一时纠结纷乱。片刻后她又振作起来，眨眨眼，泪水尽濡，笑着与众家女乐答话，说着些感谢话。

郑三娘在堂中一侧案几上备了些酒醴，答谢一众观礼女乐，也无须什么仪式仪轨，众人皆随意或坐或立，边饮边聊，十分融洽开心。一年长女乐递了盏浊酒与李素炫，怂恿她尝尝，李素炫壮起胆子，却只尝了几滴，便皱着眉头直呼“受不了”。周围人都笑起来，李素炫自己也忍不住笑了。

笑过后，李素炫放下酒盏，回头去寻师父卢菡，见师父也刚刚将手中酒盏放下。李素炫撇了众人，径直跑到师父面前，行过礼后，小声问道：“师父可与素儿说几句话？”

卢菡与旁人点头示意，随李素炫走到了外间回廊处。两人站好，李素炫小心看着师父，卢菡笑了：“方才旁人递酒过来，师父尝了一小口，果然是不敢饮第二口。”

李素炫也笑了，见师父脸上神色如常，不由想起认识贺怀智和雷海青那日，师父只饮了一盏酒，面上便泛起潮红，笑容温暖，却被夕阳光辉掩盖了。那日之后，她已不知伤过多少心。

“素儿有事要与师父说？”卢菡问道。

“师父，三月十七是素儿生日。十年前，也是三月十七日，师父救下了我。”

卢菡点点头：“师父明白。到你生日时，师父与你及笄取字，看着我素儿成年。”

“素儿谢过师父。”

“此事师父早就想过了，正要问你，素儿想要支何样簪子？”

“素儿想要一支木簪。”

“为何要木簪？”卢菡问道，“师父不是富贵人，却也不至于一支木簪委屈了我素儿。”

李素炫双手持礼，颔首说道：“黄金贵重，我身平凡；良玉易碎，我心刚强。只求简朴木簪，不畏破碎，亦无有人贪图。”

卢菡看着眼前柔弱女儿，心中感慨。李素炫抬起头来时，卢菡看到她眼中一派沉定持凝。

卢菡沉默良久，说道：“好，师父为素儿备一支素简木簪。”

# 35

出了正月，入了二月，一冬残雪渐渐融尽，阳光竟日明亮。春日里，风是细细的，仰头望望，候鸟徙归，院中柳树枝条上结满了串串苞芽。草已偷偷长起来，爬藤也在根处萌生了些淡淡鹅黄，再过些日子，地衣也会慢慢恢复碧绿油润。

又见到梁蛮时，未及打招呼，梁蛮便急着问李素炫道："近日里有风了，素儿想不想放风鸢？从前可放过风鸢？"

"放过，每年春日里起风时，师父都做一只风鸢给我，还在上面画上山水。我嫌飞上天就看不见了，师父就画成燕子，有一次还画成蝴蝶。"李素炫说着，想起师父带她放风鸢，心中快乐，笑开了。

梁蛮歪着头，半晌没说话。李素炫仔细看了看，见他手背在身后，拿着什么，还有意挡着、藏着。

"你拿的什么？"李素炫问道，心中隐约猜到了。

梁蛮只得将手挪到身前，果然正拿着只风鸢，细竹劈开扎成骨，蒙着纸，简单形状，没什么装饰，拖着两条尾带。

"我自己扎的，着实是不好扎，可比打弹弓难多了。我试过了，这只可以飞上天……只是，可没你师父做的好看，我也不会画什么……"

李素炫看梁蛮手指快有鼓杖粗了，也不知他要怎么摆弄调服那些细竹篾，一支一支拼接起来，又如何将纸张剪裁好形状粘在骨架上。想来这夯小子颇费了些工夫，也受了不少挫败，不知他前后做了多少只，才有这一只飞得起来。

风鸢简陋，却是好友一番心意，李素炫很开心，说道："管什么画不画的，能飞起来便好。"

梁蛮立刻也高兴了，抖开风鸢，牵好线，两人趁着春日微风跑起来。

风鸢渐渐飞了两三丈高了，梁蛮本可以跑得更快，怕李素炫跟不上，特意略略收着些脚步，跑得不够快，风又不太大，风鸢始终飞得勉强。终于某次梁蛮抬头看去时，天上阳光如无数金针劈空洒落，刺得他一时目眩，再清醒过来，风鸢已挂在了树梢上。

梁蛮懊恼，李素炫也无措，两人互相看着，都不知道怎么办才好。李素炫看看那棵树，对梁蛮笑道："这棵树无论如何你也拔不出来了。"

二人都笑，也都无计可施，这树固然拔不出来，却又细弱，也不敢爬上去。正团团转，旁边一语传来："好小子，可逮到你了。"声音自丹田涌出，洪亮沉厚。

梁蛮与李素炫回头一看，是个三十多岁汉子，认得，上次角抵后他找上来，一招赢了梁蛮三场。如今还是那样，个子挺高，身上却精瘦，简单衣裳，黑红脸膛。

梁蛮警惕道："为何又是你？"说着将李素炫拉到身后护起来。

"我可是找了你不少回。"那人说道。

"找我做什么？"

那人说话十分干脆："收你为徒。"

梁蛮差点儿气笑了："承蒙好意，我不想拜你做师父。"

"我一招赢了你三场，你不想跟我学学？我能教你的可不是演角抵与人看，是真本事。"

"就算是真本事，我不过一坊间脚夫，学来做什么？多谢了。"

梁蛮有心拉着李素炫跑开，却又惦记树上风鸢。那人见了梁蛮腰间弹弓，讥笑道："你这弹弓竟还从不离身？真会打？还是拿来唬人的？"

"自然会打。"

"打得可准？"

"百发百中。"

"百发百中？哪有这道理。"那人摇头笑道。

李素炫却不服气了，在梁蛮身后探头说道："先生，他真打得准，我原先也不信，后来信了。他还能连发，初时两枚，现在可以三枚连发。"

"真的？"那人大笑，"如此说来，你还真有些本事，既如此，怎么那风鸢挂树上，就傻了？你不是有弹弓？打下来。"

梁蛮没好气说道："风鸢纸做的，一打一个洞。"

"我若用你弹弓将风鸢打下来，完好无损，你便拜我为师，如何？"

梁蛮疑惑，实在是不想平白多个师父出来每日管束自己，却又好奇，想知道用弹弓怎么能将风鸢打下来，又一转念道："这人也不过大话欺我罢了，风鸢如何能用弹弓打下来。"

"你将你弹弓借我用用，看看我打不打得下来。"那人说道。

梁蛮一想，反正也没别的法子将风鸢弄下来，不如试试。那人利索将袖口扎好了，梁蛮将腰间弹弓取下递给他，又将弹丸袋子打开，也递了过去。

那人自袋子里取了一把弹丸，约五六颗，在手中排布好了，掌心收拢，又布好下盘，将身形稳住，接着轻轻拉开了弓，又松开，又反复拉开、松开。梁蛮马上明白，他在试这弓子力道，再一想他手中握了五六颗弹丸，立刻知晓对方打算。

“我知道他想怎么打，却不知道他如何打得出来。”梁蛮想道。

那人将弓轻轻拉开了一半多，手指暗暗调了一颗弹丸就位，瞄准后，松手。弹丸射出，力道却不大，冲到上头，刚刚敲在风鸢骨上便向下跌落。那人也如梁蛮一般可以连发，须臾间，手里弹丸尽皆发出，颗颗轻敲在风鸢骨上。接连五六次，风鸢被向上抬起了一寸许，刚好自树杈中脱出，缓缓飘落，梁蛮抬手将风鸢接住了。

“如何？”那人收了身势，将弹弓还给梁蛮，问道。

梁蛮大悟，立刻回身将风鸢递与李素炫，自己整肃衣裳行了拜礼，口中称道：“先生神技，在下佩服。”连李素炫也心服口服，抱着风鸢，跟着梁蛮对那人行了一礼。

“我为羽林卫射手，弓箭上比弹弓上精准十倍。你可愿拜师，随我从军？”那人又问。

梁蛮沉默了。摔跤他没兴趣，弹弓上这等本事，却是当真想学到手。只是他不想从军，只想在市井间逍遥自在，何况又万般舍不得李素炫。

那人见梁蛮沉默，又见他始终将李素炫护在身后，心下也明白，不想太强迫他，又说道：“男儿丈夫，有这等本事，就该建功立业、扬名天下，如何只甘心做个市井莽夫，毕生沉沦？我名来瑱，你若有一日想通了，就到御林军中寻我，报我名号，有人带你见我。”

那人说罢，转身大踏步走了。

梁蛮与李素炫并肩坐在台阶上，晒着太阳，沉默不语。过了很久，梁蛮说道：“我原以为我已百发百中，旁人不能再教我什么。闻听坊间人说有连发之术，我连见都没见过，自己琢磨、练习，也慢慢练了个样子出来，更觉得没人能当我师父。”

“那你现在要如何？听方才那人说，他叫来瑱，是羽林卫射手。你可想去寻他拜师？我看他是真有些本事。”

“我不知道，我不想当兵……你当年是怎么拜的你师父？”

“我小时候被胡商自敦煌带到长安城，师父在坊道上见了我，将我买下，送入左教坊，他自然就成了我师父。”

“可是你现在却困在教坊中不能离开，你可怨恨你师父？”

“怎么会？如果当日不是师父送我入了教坊，我定然会被卖到某家府中做奴婢，到时候依旧是困于其中不能解脱，又难免受主人凌虐，每日挨打挨骂。怎如在教坊中，自幼有师父爱护，日日教诲，有好友在身旁，也无人欺侮于我。倒是你，虽不是奴隶，却从小没有耶娘疼爱，每日还要为衣食奔忙。”

梁蛮不语，心想：“我虽自小没有耶娘疼爱，却有一身好力气，随便挣个衣食也容易。在市井间逛来逛去，闲散自在，烧几个弹丸打打，拣无人处练练弓箭，足够平生乐趣。素儿却是女奴，殊不自由，我生在长安，她却是被贩来的。我未待同情她，她倒宽悯于我。”

梁蛮想着那西域遥远，路途艰难，李素炫年幼时随商队过来，一路上不知吃了多少苦头。他心下难过，十分怜悯她，想伸手抱抱她，又不敢，只拿着弹弓，反复拉开又松开，隔了很久，问道：“素儿，你说我该不该去找那人，拜师从军、求功业？”口中这样说着，心里却希望李素炫开口挽留。

李素炫答道：“我师父以前说过，人不可汲汲于富贵，然生当有为。你若当真是看透看穿，天然通大道，甘于无名，也罢了。若不然，我觉得那人说得对，有如此本事，为何情愿埋没市井？我那教坊中人每逢备值，个个都想在圣人面前露回脸面，有时还要拿钱财礼物贿赂管事的，求他将自己安插到前头去。也不都是指望什么天子青眼，不过是自幼做艺，吃了无数苦头，不甘埋没罢了。你这么好功夫，难道一辈子只拿来给我看个乐子？”

“我就是只想一辈子给你看个乐子。”梁蛮瓮声说道。

“你与天下人看，与我看，也不矛盾。”李素炫笑着说，又正色道，“我读史书，历来朝廷里、军队里，什么龟鳖鱼虾都有。你这般有本事，人品又端正，若是一生隐于市井，不能功成名就，岂不是令人心冷。若他日你功业有成，我定然以你为傲，再读史书，也不至于越读越灰心。”

梁蛮将李素炫所说细细想过，深觉有道理，也果然受了些鼓舞，却又真的舍不下她。他自幼孤独，与李素炫虽然相识不久，一月也见不上几回，十来日才能相处这一个来时辰，对他来说却是个盼头，是个牵挂。梁蛮想来想去，有心对李素炫说一句“我只是舍不得你”，却终究不敢说出口。

“不过，你若是真的从军走了，我倒是真舍不得你。”片刻后，李素炫小声说道。

梁蛮心中涌起一阵慌乱，也感动、也兴奋、也难过，诸般杂驳，一时铺陈。少年正在意气，看着憨直语迟，心里却瞬间便有千般回转。他喜欢李素炫，她轻盈秀丽，又倔强刚毅。他怜惜她身为女奴，又佩服她不甘自弃，见她幼承庭训，知书识理、乐艺精谨，他免不了心虚，怕她当他愚笨，总想让她知道他也有些本事。待到打弹弓与她看、与人角抵给她赢了礼物，又觉得这些算不得本事，不过莽夫手艺。想去参军求个功业，扬名立万，让她刮目相看，又实在是舍不下她。梁蛮翻来覆去，纠结着想过很久，脸上却是一番平静，口中也无言语。

李素炫对梁蛮却是一副光明磊落，怜惜他孤身一人，佩服他好本事，舍不得他参军离开，心里但有什么念头，便照直说出来，言语从容，举止大方，不慌不忙。她那小女儿家无穷心性，满腹幽微、纠结、不甘、苦楚，尽都付与了师父卢菡。

## 36

卢菡自认了解李素炫，可李素炫若真想将心事藏起来，很多时候他看不出来。李素炫也自认了解师父，可卢菡有心事，她更看不出来。十几岁小女儿家，心性尚在浅显，以为师父性子豁达，凡事从容，不纠结，其实不过是看他笔下书画，听他手中管弦，以为书乐洒脱便是心底舒放。若说卢菡从前是这样，也大抵不错。他本心性细腻，柔肠善感，只是太了解自己弱点，宁愿数十年独身孤寂，活得刚硬，只求该来时便来，该走时便走，了无牵挂，百无顾忌。但他没有想到，开元二十三年三月，暮春之日，长安城中梨花正盛，他在一场骤雨后从坊道间走过时，听到一阵稚童歌声，不过一瞬间心不够硬，没有抵挡住，便朝她走了过去。自此，他这一生有了软肋。

他不需要入宫奉乐，但手上弹习也不能松懈，只是近来心事重，时常弹着弹着便停下来，就着一室光尘，独自思量，独自失神。今日晴朗，日色姣好，可举世光明也没有让卢菡轻松一些。他只一身时，纵困顿也能从容，人生至暗，无非一死，想通了也就不在乎了，一点书画管弦，不过微末喜悦，此生也值得，也甘心。可自从有了素儿，他不得不想想，人该怎么活着。只他自己，这问题不用想，可有了素儿，他不能不想。他不想让她一生像他一样，可也不知道还能怎样。

这许多年来，李素炫一直都是小女儿模样，眼下她越来越长大，越来越像个成年女子，心事也越来越多，卢菡仿佛能看到这尘世正在不断向她逼近，而她懵懂不知。若他能陪她一世，她大可以一世都如眼下这般，朝夕吹弹诵读，欢喜又单纯，可他早晚有一日不能再陪在她身旁，到时候，她这辈子总要有条路。他不能为她想清楚，她便要自己想清楚，他舍不得她心里头受这个苦。人道是书史煎熬，管弦磨难，其实与这人世间比起来，这些都已是简单的了。

自卢菡请求鹿先生授李素炫鬼谷后，鹿先生开始为李素炫讲授古人心机、浮世谋算。这世间，鬼有百种，人有千样，人心更是有万般机栝。言语有歧义，利害有纷争，善恶固然相斗，恶恶也要相斗，善善同样彼此不肯罢休。人际往来，无数精妙，李素炫方始知道，这世间有层层迷障、种种真假，并非以善恶正邪便可轻易剖断明白。

“素儿，先生近日与你所讲，乃人心所志，典籍不载，历代口口相谈，不传六耳。人行世间，虽不该害人，却要知道旁人会如何加害于你，知道如何提防、如何化解，知道如何避祸、如何借势。但这些终究是左道旁门，非阳刚正途，只好拿来对付小人、恶人、俗人。若求阴骘天下，或求一寸通透，仍需心地方正、灵府光明。这些，自有你师卢菡相授。”

有时卢菡问起鹿先生所授课业，李素炫便简单讲上几句，给师父听听，然后问道：“师父，人心有善有恶，此为天与，还是人授？”

卢菡摇头无奈：“师父若是想得明白，就亲自教你了。”

“师父也有许多事情想不明白？”

“自然是了。”

“若是想不明白，可会心中惶恐？”

“最要紧的想清楚了便好，别的无所谓。”

“那什么是最要紧的？”

卢菡看着李素炫，缓缓说道：“人心当有恒守，一以贯之。虽身处日常，免不了各色纠结，然稍微年长，于是非、善恶、正邪、忠奸乃至生死上，该当明辨抉择，不应再有些许迟疑。凡俗之人，处事无恒，一句话说与不说，只看对方神色，一件事做与不做，全凭市井利害，自己却是全无决断。道因物易，心随境迁，终生为尘世所驭，无有己志。人若无我，便无无我、无忘我，与世处，不能舒张，与己处，不得超然，终身受无穷苦楚。”

李素炫听得似懂非懂，心中却有感触，半晌，叹息着说道：“师父请鹿先生授素儿鬼谷之术，却又怕素儿失了心中方正。想是此事，师父自己也混沌了一生。”

卢菡看着李素炫，大为惊讶，心想：“这孩儿缘何如此敏感？我不过随意几句话，她怎么能将这两件事情想到一处？怎么便知道我心中否塞？”想过片刻，复又一笑，说道：“师父并非混沌，而是什么都知道，却做不到，比那不知道的还不如。此番实在是师父无能。”

李素炫想了想，又问道：“师父近来……可是有什么心事？”

“师父并无心事。素儿缘何如此询问？”

李素炫说道：“师父平日里从不骄狂，却也从不随便说自己无能。师父近来虽然神色如常，言语却颇有不同。素儿觉得，师父定是心中有所忧思。”

卢菡只得掩饰一番：“素儿不必担忧，师父近来在处置些杂务，多想了些。”然后立刻找了些别的话头，与李素炫说起来。只是看李素炫神色，心中并不笃信，只是不得不随着师父话头而已。

卢菡心中长叹：“素儿如此敏感，怕是今生难逃苦楚。”

## 37

三月里，春风正在骄傲，长安城中锦绣如堆。各处院落中、道路边开着许多羞懦花朵，树叶已然舒展开来，次第相错，被风吹着，如鳞甲掀动。嬷嬷们在院子里种下些草本，此时已萌芽分叶，有的已伸出了藤蔓，细细嫩嫩，闪烁着微弱荧光，晶莹可爱。劳作后站起身来，远远望去，终南绝顶上霜雪依旧。

端木与李素炫在内教坊处备值时，见到院中梨花盛放，盈如霜雪，饱蘸阳光，无穷白色浸袭弥漫，深深润透，仿佛要从花瓣上滴落下来一般。二人站在窗口处看着，心中悠然。

端木轻轻说道："素儿，梨花开了。"

李素炫想了片刻，说道："圣人前头已有宜春院人奏乐，此刻定是用不着我们。若不然，我们去梨花中消磨些时光如何？回了左教坊，便无这等繁花了。"

端木点点头，二人各自负着乐件出了偏殿，沿小径走入梨花之中。此刻，初花飘摇，缤纷如蝶，林中有木香森森，二人说笑着慢慢走到梨花深处。此处有一小片空地，略平整过，土地压得紧实，不大，够十来人坐，一侧放着堂鼓、建鼓，鼓杖俱在，地上随意扔着些蒲团。想是连日里羲和晴朗，坊中有人贪图梨花娇媚，在此演练过，未及收拾起来。

"我们就在这里好了。"端木说道。

两人各拣了个蒲团坐下，将乐件自肩上卸了，放在膝头，轻轻把弄着，想就着一番景致说些闲话。李素炫没有取出怀里拨子来，只用手指轻轻挠着琵琶弦，弦上声音嘶哑微温，在指尖隐隐弹跳闪跃。端木也不用鼓杖，只用手指和指节来回在鼓面上轻叩，鼓声细笃密集，像一把把谷粒从指缝里不断落下。林中花海致密，乐声却在疏淡，不扰清谈。

二人手上拨弄着，平日里说不尽闲话，一俟刻意想找个什么出来说说，反而找不到了。互相望了望，片刻，一起摇头笑了。

"端木快想些好话头出来。"李素炫笑道。

"想不出来，你想。"

"我若想得出来，便不求你了。"

“那如何是好？”端木问道。

“既然想不出来，就不说。老实坐着，手上随意拨弄，轻着些，别弄出太大响动，听听风声，看看梨花，不也是好。”李素炫笑着回答。

端木点点头，二人都不再说话，手上随意拨弄些声响出来，不成曲调，不成板眼，只是些细碎嘈杂，衬着梨园静谧、春深似海，不远处有风声暗自低吟。林中有些花瓣已然坠落，未到衰败，容颜犹盛，却已弃了枝头，相谢而去。李素炫心中感叹，一树梨花，有枯有荣，有开有败，随意盛放，又随意凋萎，互不相厌，也互不挽留，一树之间，不知多少茂盛，不知多少零落。她慢悠悠想着，目光追着那些花瓣落下，看着它们坠在地上，似乎能听到琉璃破碎，手上琵琶婉转嘈切，又将那碎裂声音掩埋了。看看四周，风入林间，风入花间，风入指间，穿行而过，远远不见了。

端木心中一片宁止，不为盛花落花喜忧，并无太多杂感，一分意念叩着怀中羯鼓，九分智识看着满目深白。

二人默默对坐了很久，端木说道：“素儿，算时候我们该回去了。你用拨子，我用鼓杖，我们认真奏上一曲，如何？”

“好。”李素炫点点头，伸手将拨子从怀里拿出来，在手里握好，随意弹了几句。身旁端木也握好了鼓杖，问道：“素儿弹的是什么？听你这几日一直在练，以前倒没听过。”

“此曲名《郁轮袍》，几年前师父让我见识一番武曲，弹了与我听。我一直想试试，师父说我功力尚浅，至几月前才授我全曲，令我好生弹习。我练过了这几月，却不怎么样，与师父比，只有五六分，只能随意弹弹，自己图个乐子，到不得人前。”

“没关系，你约略弹一遍让我听听，到下一遍，我就跟得上你。”

“好。”李素炫点点头，将曲子轻轻快速弹了一遍，端木在一旁认真听着，将疾徐快慢及各处衔接转承逐一记在心中。一遍结束，李素炫略停歇片刻，二人互相示意，李素炫握着拨子，扬起又顺势劈落，端木手中羯鼓立即跟上。乐声浩大开展，瞬间铺陈开来，琵琶与羯鼓相助相争，交互追夺，奋跃昂扬，音声如裂。林间一时风止，唯有振弦飒飒、击鼓如战，身旁落花凌厉，不饶白刃。

李素炫行拨尚欠些火候，端木在羯鼓上却是游刃自在。李素炫见她一番笃定，也跟着安然许多，待心神稳定，手上便力道渐起。片刻后，二人渐入顺境，手眼相协，心中澄明，全无杂念。

一曲过半，二人忽然听到额外一路鼓声响起，追踪之下，觉察乃是隔着梨花传来，与端木手中羯鼓并作一处，却并非相助，乃为相竞。二人互相望了一眼，心下会意，李素炫守着板眼，端木手上瞬间变换了打法，不想对方立刻夺了个空当跟上，隔着梨花，其声雄悍，丝毫不落下风。

李素炫心中讶异，不知何人在羯鼓上有如此机敏变化。这《郁轮袍》一人一个弹法，李素炫所弹与师父卢菡都不尽相同，端木断续听过，方才李素炫又专门弹了一遍让她仔细斟酌，加之这二人自幼一同练习，一个眼神便彼此领会，如今自然相协无碍。隔着梨花，不知何人却能直接跟上李素炫怀中琵琶，又压倒端木手下羯鼓。

曲子渐渐到了收尾，李素炫看了端木一眼，端木即刻领会。待到曲毕，李素炫行拨未停，而是复又从激战段落开始，端木羯鼓一板不落，直接接了过来。二人平日里总在一处练习或游戏，彼此早就熟稔，万不料想对方羯鼓竟也一板未落，利落跟上了。

端木与李素炫互望一眼，有些不解，复又一想，曲终收煞处本当放缓些，二人为了接着弹下去便没有放缓，只这一点端倪，便被对方窥破了心思。

端木与李素炫一时性起，赌气非要赢了那人，手中越发凌厉，那人也不示弱。两鼓角力，势头慢慢压过了李素炫怀中琵琶，又过一时，端木羯鼓渐渐落了下风。端木自幼柔和，执起鼓杖来却是乐中将军，双目清冷，身手健悍，心志骁勇。她不肯认输，看了李素炫一眼，得了个空当，丢下羯鼓，站起身来扑向身旁建鼓，握着羯鼓杖直接打了上去。

建鼓沉重，端木立时又占住了板眼，不想那人手中羯鼓更加繁密，力如风雷疾迅，占了板眼，又补了空当，矫如游龙，仍旧丝毫不落下风。李素炫忽地醒悟过来，丢下琵琶，自身旁取了建鼓杖，在端木羯鼓上打起来。至此，琵琶声止，三鼓相竞，声振春海。

曲毕，三鼓同声收煞，林中刹那一片空寂，唯有梨花伤残。李素炫回头看看端木，见她汗水涔涔而下，李素炫自己也累得不轻。两人都说不出话来，心中一片骇然，那头也没声音。隔了许久，端木看了李素炫一眼，李素炫会意，站起身来，双手持礼，对着鼓声方向高声说道：“弟子端木行止与李素炫乃左教坊云韶院人，今日备值于此。敢问前辈何人，可否一见，容我二人当面致敬？”

林子那头依旧没有声音，端木略缓和了过来，也站在李素炫身旁，低首持礼。李素炫又说道：“今日梨花弥漫成雪，我二人心头欢喜，一同奏乐于此，不期与阁下相遇，以乐相竞，实至趣也。阁下之击羯鼓，妙化入神，晚辈深为折服。都云当今圣人天下第一，阁下足称第二。晚辈志诚仰慕，可否相请一见？”

话音刚落，梨花树中走出一人，朗声说道：“三郎乃天下第一。”

二人循声看去，见一老者，约莫五六十岁，中高身量，面色红润，脚力稳健。还没想明白，后面拥上一群人来，手里捧着各色应用物什，乃宫内中官、宫女，簇拥着中间一位青袍女冠和一位锦袍少年，一起走到老者身后站定了。

听老者自称“三郎”，端木与李素炫如梦方醒，始悟面前之人正是当今天子。

二人立时整肃衣衫，行面君之礼，不想圣人心不在此，倒是对方才隔林竞乐意犹未尽。端木和李素炫礼毕刚刚起身，他便说道：“朕之击羯鼓，天下第一。是方才，你二人可是将‘天下第二’这名头也许给朕了。日后他人再想排行，须是从第三排起了。”言语中颇是自负得意。

端木和李素炫不知该作何反应，却见圣人身后女冠笑上了，接着周围中官宫女也小声笑上了，圣人更是笑得纵声，十分爽朗。

众人笑过后，圣人问道：“你二人为云韶院人？”

“正是。”

“你二人技艺如此精湛，却怎么身在云韶院，未入宜春宫？野有遗珠，朕之过也。”

端木与李素炫自然不敢说实话，圣人也未在意，兴致又起，挥挥手，对身后人昂然说道：“取朕羯鼓，再来。”又环视众人，教令“但有乐件在身者，俱相协助”。

林中乐声顿起，端木与李素炫也拿起羯鼓琵琶，与众人一同奏乐。圣人身后有多位宜春院人，加上端木与李素炫，俱携各自乐件，又加上圣人手上羯鼓、女冠怀中琵琶，共凑了十来人。圣人羯鼓起，鼓领众乐，女冠弹起琵琶，众人先后跟进，林间一时热闹起来。端木与李素炫职事娴熟，知晓这是教坊名曲，名《倾杯乐》，也立刻跟上。众人不拘太多细致，率意相随，乐声虽在纷乱，却颇有生趣。

许久，众人个个尽兴，圣人将羯鼓交与旁人，问道：“你二人叫什么名字？”

端木和李素炫立刻行礼回答。

“奴端木行止。”

“奴李素炫。”

圣人点头：“朕今日一时兴起，随意走过来，不想遇见你二人。许久无有如此尽兴。”

端木和李素炫仍是不知如何接着圣人话头，圣人也不介意，告诉二人继续备值，转身径自离开了。端木与李素炫行礼恭送，待圣人与随从走得远了，二人站起身来，彼此看看，终于松了一口气。

方才隔着梨花竞乐，二人已是力竭，猝不及防见了帝王，一时迷糊，这会儿才反应过来，心中紧张后怕，片刻后又松弛下来。从前屡次听教坊中人说过，圣人在乐人面前常以“三郎”自称，轻易不端架子，今日一见，他果然不苛刻，反而颇为性情，与二人所想帝王不太一样。

一日备值结束，临到离开时，端木对李素炫说道：“素儿以往日日里抱着琵琶不放，教你好好练习羯鼓，亏你听了我的。如何？今日得遇天下第一高手，可玩儿得开心？”

李素炫点头赞叹道：“且不说什么帝王之身，‘天下第一高手’这名头实为不枉。你我今日真是见识了。”

## 38

端木与李素炫回到左教坊中已近傍晚，消息已先于二人传了回去。坊中一众人等都已知道，二人在备值处偶遇圣人，隔林竞乐，深得喜爱，都猜测她两个想是要得圣人旨意入宜春院。左近处女乐轮番过来道贺，端木与李素炫一一相应，口称感谢，李素炫却很快烦起来。端木见她脸上颜色微变，立刻知晓，独自接应众家女乐，得空放她溜走了。

李素炫独自到了废殿里，轻轻掩上殿门，站在一地尘埃里，心中一片迷茫。当初与端木一起有意不过例选，就是因为不想入宫，害怕宫中幽闭，更害怕再见不到师父卢菡。倘若今番果然被圣人召入宜春院，从此便要与世隔绝，永无复出之日。她本是日夜思想如何离开这左教坊，不想如今阴差阳错，反入了宫闱更深重。

“众人都来祝贺，言称羡慕，真是不明白这有何开心之处。一入皇宫，便是囚笼，纵然得宠于帝王身侧，锦衣玉食，却怎么比得上每日书琴为乐，一生自由自在。”

李素炫胡思乱想，却也知道事到如今，由不得她想什么。正暗自伤怀时，殿门打开，夕阳在门口铺了一地。卢菡走了进来，没有将门掩上，只站在门口处看着李素炫，轻声问道：“素儿怎么独自在这里？”

“师父怎么来了？”

“师父在那边院落里，方才听到消息，过来看看你。”

“师父怎么知道素儿在这里？”

“师父知道你心中烦闷时就独自来这里。”

“素儿没有与师父说起过，师父也知道？”

“师父自然知道。”卢菡轻声答道。

殿中窗扇没有打开，只窗缝里一点光浅浅射进来，李素炫站在一片湿冷阴暗中，看着师父，见他一手背在身后，一手轻轻拢着腰间长箫。

又是夕阳，辉光无限，灿烈如伤。

李素炫躲在黑暗里，猜测师父看不清她，心中一副有恃无恐，直直看着师父，见到他容色平和凝敛，目光纯澈明亮，身怀玉骨，濯然磊落，略不沾尘。李素炫心中感叹，师父日日布衣，平生从未穿过什么绫罗绸缎，却自有一身清雅。简单纸笔，便写得出上乘真草，不拘什么简陋乐器，拿到手中随意拨弄，便有一番深情。这世上有些人，不论何等布衣粗陋，也掩不住他通身华彩，哪怕脚踏尘埃、身处沆瀣，也自安宁，也自洁白。锦衣玉食，人间富贵，倒辱没了他。

李素炫一直没有说话，一直看着师父。许久，卢菡说道：“师父听闻人言，你与端木今日在内教坊备值处遇见圣人，隔林竞乐，颇有风范。”

李素炫只笑了笑。

“圣人虽贵为天子，职家国事，乐艺却也果然是天下一流，或操弄，或品鉴，莫不令人信服。素儿天资过人，又自幼刻苦，积功十载，今日得圣人首肯，也不枉累年苦修。”

“素儿不在乎。”

“师父方才听闻众人也都说你好。”

“素儿也不在乎。”

“为何不在乎？”

“他们说我好，我若信了，他日再说我不好，信是不信？”

卢菡一笑：“素儿说的是。”

“师父可觉得素儿好？”

“师父自然觉得你好。”

“师父若说好，那便真的是好了。素儿心中欢喜。”

李素炫说着笑起来，心却又渐渐沉了下去，黯然问道：“师父，今日圣人言道要我与端木入宜春院，也不知是当真，还是随口一句。若是当真奉旨入宫，日后……是不是再也见不到师父了？”

“宜春院人居于大内，不得再流于民间。师父虽为内乐训师，却非宫教博士，入不得宜春宫。不过宜春院人佩鱼，可于三大内进出，师父也可凭身上鱼袋入宫，你我可在内教坊处会面，师父照旧可以授你课业，只是每次不可太久，也不能每日相见。宜春院女入帝王私闱，身份尊贵，出入皆有扈从跟随，说是侍奉，也是监管。师父只能远远与你授课，素儿再想与师父对弈，或逞性调皮，却是不能了。宫闱禁中规矩森严，内外严禁以物授受，以防泄露宫中消息。故此素儿诗篇文章师父再看不得，师父再想与素儿一只小虫儿解闷，也是不能了。”

卢菡说着，心里也十分难过，深深叹了口气。

师徒二人隔着一丈远，默默无言，相对良久。殿中安静，夕阳中尘埃飞舞，发出无数细微嘈杂来。

“素儿若要入宫，也不在一两日内。宫中会给你半月，允你与家人告别，也会指派女官前来与你演礼，讲授宫中法度。素儿从前入宫只是备值，日后却是要在深宫中度日，要守宫中规矩。”

李素炫心中畏惧。毕竟年只十五，从未离开过左教坊，从未离开过师父身侧，如今一入深宫，还不知要面对什么，却都要独自应付了。

“若圣人旨意传下，要素儿入宫，师父便带素儿去与鹿先生道别。果真入宫，日后怕是见不到鹿先生了。”卢菡说道。

“素儿能见到师父，为何见不到鹿先生？”

“宜春院人属内乐，可在大内进出，入不得皇城。鹿先生隶太常，可出入皇城，却入不得宫城。”

李素炫点点头：“好，素儿随师父去与鹿先生道别。”说罢又低下头。

卢菡心中叹息，看着李素炫。她站在黑暗里，其实卢菡也看不清什么，只是隐约见到她身形瘦弱，犹自想起她昔日小女童模样，衣着破烂，却眉目清秀，小小个人儿，站在地上恭敬行礼，认真叫着师父。彼时她那般羸弱，还不抵一只琵琶重，躲在卢菡怀中，怯怯看着外面。卢菡倾力护了她十年，日后，再也无能为力了。

卢菡心中如利刃横割，却又不动声色，只笑了笑，淡淡说道：“再过几日，便是素儿生日。所幸入宫之前，师父还来得及与我素儿主持笄礼，看着我素儿成年。”

卢菡本是想略略安慰李素炫，不想李素炫却立时溃落，软软跪下，俯下身子哭泣，却又不肯出声，嘶哑压抑，如被绞索。卢菡静静看着她，没有走过去。他知道这孩儿性烈，却又深情，他不敢扰她，怕她一触即溃。

李素炫哭过很久，最终止住声音，自己擦了擦眼泪，又站起身来。她静静看着师父，夕阳正在他身上渐渐黯淡下去。在最后一点余晖里，她看到师父手中紧紧握着长箫，筋骨突兀，经脉偾张，关节处因为太过用力而露出苍白，整个手臂都在微微颤抖。李素炫知道师父心中痛楚，却在忍耐，她瞬间告诫自己，不要如此软弱。

翌日一早，中官到左教坊中传圣人口谕，令端木行止与李素炫整理安顿家事，随宫中女官演礼并修习宫中规矩，十五日后入宜春院。

左教坊中众人都将此事看得要紧，年长女乐们个个羡慕，又为她二人高兴，又舍不得她二人离开，嬷嬷们也不停念叨着：“日后可是看不到你二人养地衣了，也无人再养个蝈蝈整日里聒噪，吵得人半死了。”

许嬷嬷格外舍不得李素炫，却不知道该叮嘱她什么，苏嬷嬷在一边说道：“素儿入了宫，再这般脾气，可是要吃苦头。”

许嬷嬷说道：“就别说这些个了，孩儿过不几日可就走了……”说着红了眼睛。

“可不是。”旁边一年长女乐连忙说笑道，“许嬷嬷尽可高兴些。素儿技艺精湛，若到了圣人前头，说不定将来得了眷宠，讨个大赏赐，我们都跟着光彩。到时候说不定苏嬷嬷也要哄着素儿。”

“我可不哄她。”苏嬷嬷撇着嘴说道。

“苏嬷嬷莫要如此说，素儿可要不开心了。”女乐笑道。

“我没不开心。”李素炫笑着说道，“苏嬷嬷惯来就是这般性子，既如此，我也只好受着。她若前倨后恭，我还看不上了。也该谢谢苏嬷嬷多年照顾。”

苏嬷嬷说道：“你不用谢我，我一向看你不顺眼，实在是想整治你，只是无有你把柄。课业、弹习、诗书都认真，虽然调皮，却也不曾撞祸，我拿你没法子。”

“我也想整治你，只是，手中也无有你把柄。该打十下，就打十下，从不多打；该多重，就多重，也不格外狠打。我也拿你没法子。”李素炫笑道。

众人齐笑，苏嬷嬷是又气又笑。

端木要入宫，郑三娘自然舍不得她，却略好过些。每月两次及每年生日，宜春女乐可得一女眷入宜春宫探望，相聚时也可自在相处，没什么人从旁监管，尽可相拥着说些私房话，一起用餐食、饮酒或寻些乐子，远好过卢菡与李素炫。端木入宫时也无须带上太多物什，无非平日里几卷书籍及些私用小物，郑三娘想了想，将李逊累次礼物也与书籍等整理在了一处。

“端木，宫里规矩大，举动坐卧都要小心。”

“孩儿知道。”

“入了宜春院，可与此处不同。这院中人无什么好争抢的，还能和气相处，入了宫，个个都是要在圣人面前比着出头的，可就不一样了。”

“孩儿自会小心。”

郑三娘叹了口气：“我儿善良温厚，实在是令人放心不下。”

这一句，端木也不知该怎么回答，想不出该怎么安慰师父。郑三娘又说道：“你与素儿一同入宫，到了宜春院，还见得到歌子和容儿，身旁有这些伴当，但愿深宫时日还能好过些。”

“师父放心，我们自幼交好，在宫里能做伴，也是福分。”

郑三娘说道："但愿你几人有始有终。"

端木不知师父此言何意，郑三娘也不想多解释。师徒二人简单收拾物什，简单闲谈，看似一副闲适，实则心中各自嗟叹。

李素炫花了些工夫整理书卷及累年笔记，并将近日文章恭敬誊写了，见到鹿先生还要交与先生批改。端木看不出她神色有异，却知道她心里比自己难过许多。入了宫，李素炫再见不到鹿先生，也见不到师父卢菡几面，就是见到了，也要客气相处。素儿那般爽烈性子，又与师父恩义深笃，不知她要怎么挨受这些。

"在这里有师父疼她，有鹿先生教导她，入了宫，我有师父探望，素儿却成了孤儿了。我定要多顾着她些。"端木心想。

翌日刚过正午，卢菡嘱咐李素炫带好近日所作文章，随他去见鹿先生，并与先生告别。

"素儿已将文稿带上了，师父放心。"

卢菡看着李素炫，略一迟疑，又问道："可要带些什么与你那坊间好友留个存念？"

"坊间好友？"李素炫一时不解。

"打弹弓那夯实小子，每次还教你打的。"

李素炫很吃惊："师父怎么知道？"

卢菡笑道："素儿幼长教坊，从不出门，师父怎么会放心你与市井生人一同嬉戏？其实师父时常跟在你身后，特别是你每次听授结束，从鹿先生家回来时。实在太忙了，师父也会在坊中找个仆役，叫他远远跟着保护你。屡次见那小子对你十分礼貌，又格外相护，你又不曾贪玩，便每次都不扰你们。素儿每日弹习枯燥，也疲惫，本也就没多少机会能宽心玩耍。"

李素炫窘得不敢抬头，又感触，原来师父早就察觉梁蛮在身后跟着，故意叫她独自回来，是想放她与梁蛮一同玩耍，他自己在远处看着，暗中保护。

"去与你那伙伴寻个什么，送与他留存，也是今生怀念。日后你二人怕是再也不能相见了。"

李素炫知道，师父所说"再也不能相见"，是今生再不能相见。她心里难过，又不想让师父看到，连忙转身跑回屋中去了。在屋中四下寻找，不知能送梁蛮什么，毕竟她也没有太多物什，除却衣物、书籍、纸笔，再没什么多余的。看来看去，看到了案头上小盒子。

“这小盒子是梁蛮花了力气赢来与我的，不如回送与他。这些日子我早晚拿在手里盘磨，如今越发莹润光亮，也算是有我些痕迹。”

她将盒中小葫芦取出另放，找了张旧纸将小盒子裹了，拿上自己文稿，随师父出了左教坊。

鹿先生还不知道李素炫将入宜春院，听卢菡说了几句后，沉默许久，未再说别的，只将李素炫文稿取在手中，细细审阅、修改，并与她解释，之后，按照原定计划讲授课业。卢菡未敢打扰，也未离开，在一边持礼站立。三人面上都很平静，却又都是内心翻涌。

授课结束，三人沉默许久，鹿先生嘱咐道：“素儿将屡次文稿收好，无事翻阅，权作温习。”

“是。”

又片刻，鹿先生转身打开旁边书案上方盒，将其中锥管全部取出，使个帕子裹了，递给李素炫。

“本还指望素儿将楷书练得精熟，一辈子与先生抄书，看来是没机会了。先生将手里锥管都给你带上，以往教你笔法章法、分间布白，仍须好好练习，就是不与先生抄书，也莫要荒废了。”

李素炫心里难过，眼泪涌了出来，连忙低头，后退一步，恭敬行过一礼，将鹿先生手中锥管接了。

鹿先生登时越加难过，强作欢笑道：“我老头子这屋里往后可是没什么热闹了。”

李素炫调笑着说道：“先生屡次查验素儿课业，素儿也与先生留了功课，先生可做得完备了？”

“什么功课？”

“上次素儿教先生与人骂街，先生可认真练习过？”李素炫咯咯笑着，又不停流着眼泪。

鹿先生佯怒道：“顽皮女子，欺负我老头子多少还要些端庄。”

“先生到底是练了还是没练？”

鹿先生强笑着说道：“先生在心里头练过了。”

“可练得熟了？”

“练得熟了。”

“那素儿信了先生，不亲自检查了。若是先生哪日用上这等本事了，可要亲口谢谢素儿。”

“放心，果真用上了，先生亲自谢你。”

这一老一小俱是顽童，各自难过，却又嘴上调笑，卢菡在一旁看得伤怀。出了鹿先生家门，李素炫行礼道别，只如寻常。走了几步，转过个弯，突然拔足向前方狂奔了一段路程，到略远处又遽然停下脚步，放开声音，痛哭不止。

片刻后卢菡到了近前，叹息一声，轻轻抚着李素炫肩膀。许久，李素炫渐渐平复了，擦擦眼泪，对着师父勉强一笑：“师父，素儿没事了，我们回去。”

卢菡心中强忍，未再多说，带李素炫回左教坊。入了延政坊南门，卢菡留在一边等候，让李素炫独自前行。李素炫明白师父意思，略一行礼，转身独自走开了，果然没有多久，听到身后轻轻呼唤。

“素儿。”

回过头去，正是梁蛮。他几步赶了过来，却见李素炫两眼通红，睫毛上还濡着些细碎泪珠。

“素儿……是怎么了？哭过了？”梁蛮立刻紧张起来，连声问道。

“没事。”李素炫勉强说了一句，眼泪瞬间又落下来，眼睛也立时疼上了，她立刻低下头。

梁蛮慌张至极，连声追问：“怎么了？素儿怎么哭了？谁欺负你了，你告诉我……”

“没事，没人欺负我。”

李素炫小声说着，随即抓起梁蛮的手，拉着他飞快跑到僻静无人处。站定了，眼泪仍旧一串串落下来，抬眼看着梁蛮，说道：“圣人口谕宣我入宫，以后……怕是再见不到你了。”

“为何见不到？入宫了便不能出来？”梁蛮一怔，急切问道。

“不能了。”

梁蛮陡然沉默，心中一下子凉透了，呆呆看着李素炫，她哭个不停，半晌说不出话来。许久后，李素炫将怀里小盒子掏出来，递给梁蛮。

“我想送你个什么，却没什么好送的。这小盒子是你费力与我赢来的，我心中喜欢，日日盘磨，如今有个样子了。”

她说着将小盒子放在梁蛮手里，眼中仍是垂泪不止。

“素儿……”

梁蛮本就不甚口快，此时更是无语，也不知说什么，也不知做什么，站在那里，一身无措。尘世飘渺，皇权浩瀚，苍生不过刍狗，何况他两个无知少年，说什么、做什么，抑或恨什么，只是枉费。

“素儿，我不知道能给你什么，我什么也没有……”梁蛮低着头，喃喃说道。

李素炫擦擦眼泪，问道：“你弹丸可给我几颗？你烧的，与别的不同。”

“好……可惜今日没有带铁弹丸。”梁蛮连忙点头，将袋子口打开，挽了一圈，递给李素炫。李素炫伸手一握，拿了五颗陶土弹丸在手里，展开掌心看了看，又轻轻握上。

两个少年人互相看着，心中都知道，此地一别，便是一世，此生断无机缘再见。

“你多珍重，素儿走了。”

李素炫说着，咬咬牙，转身向回走，脚步飘忽，眼中兀自流泪不止，心里却已有些麻木。别过鹿先生，又别过梁蛮，不几日又要别过师父和院中伙伴，从此宫门深锁，真不知与死何异。

梁蛮不舍，几步跟上来，不知道说什么，只随着李素炫脚步与她并肩走着，一直慢慢走到外间坊道上。两人停下脚步，梁蛮望着李素炫，见她哭得两眼红肿。他很心疼，想伸出手来抱抱她肩膀，仍旧不敢。想过很久，只说了一句：“素儿见过我打弹弓，我却没听过素儿弹琵琶。”

“你若早些与我说，我便带琵琶来了。”李素炫说道。

“早些忘了，每次都想与你说，每次都忘了。”梁蛮说道，心里懊悔。

两人都知道，从前错过，便是此生错过，又互相看了看。梁蛮一直在积攒胆量，想伸手抱抱她，却忍不住猜度她会不会生气，又怕自己唐突，又怕今生再无机会。过了很久，他下定了决心，未待抬起双手，无意瞥见旁边不远处一人正望向他这边。梁蛮一眼认出那是素儿师父卢菡，他立刻胆量全无，又将双手老实垂在身侧。

“你师父在等你。”梁蛮小声说道。

“我知道。”李素炫点点头，“我真的走了……日后务必各自珍重。”

她说着，狠了狠心，转身朝师父那边快步走去。梁蛮不敢再跟过去，眼见李素炫走到师父身旁，与师父说了句话，又回过身来挥挥手，随师父渐渐走远了。走出很远后，李素炫回头看了一眼，又转回身去。梁蛮一直看着她入了左教坊，消失不见。

梁蛮回到方才与李素炫说话处，在台阶上坐下来，看着眼前，心中茫然。诸多笑语，瞬间即成空响，如今耳边寂寂。看看腰间袋子，满满装着弹丸，他已练到四弹连发，今日本是带足了弹丸要打给素儿看，听她欢叫，看她开心，不想都落了空。

梁蛮在台阶上枯坐很久，隔衣裳抚着怀中小盒子，突然想起一个人来。

“那日我与素儿赢了这小盒子，那黑脸汉子过来硬要与我角抵，一招赢了我三场，后又用弹弓将树上风鸢打落下来，如此神技，平生未见。记得当日他说他叫来瑱，乃羽林卫射手。我舍不得素儿，不想随他参军，如今素儿走了，再也见不到了，我又无父母亲族，对这长安城也没什么眷恋不舍。不若去寻那人，随他习射，随他征战，若能建功立业，搏个显贵，或许今生还可与素儿略有机缘，哪怕只是再见她一面，也甘心。”

梁蛮想到这里，立刻站起身来，拔足大步向家中走去。

“待整肃家中，明日便去羽林卫军中，寻那射手来瑱。”

## 39

李素炫回到左教坊，平静了几日。师父未再与她授课，她每日在自己屋中，怀抱琵琶，信手拨弄出些声响来，神色迷离游走。端木不忍扰她，由着她出神。

两日后是李素炫笄礼，礼后七日便要遵旨入宫。在以往训教处，卢菡将个小布包放在掌心里打开，递与李素炫观看。在他掌心上，蚕丝帕子衬着一支木簪，深紫乌黑，颜色沉穆，样式极为素简，只凭色泽质地夺人。

“素儿可喜欢？”卢菡问道。

“素儿喜欢。”李素炫轻轻点了点头，眼中湿润，看着师父。

“师父寻遍长安集市，在售木簪虽多，却多劣质。也有硬木所制，只是硬木质地致密均匀，十分受工，故此所制木簪俱是精雕细刻，花样繁复，无人舍得将这贵重硬木留个素简，白白少卖许多银钱。师父知道素儿不喜繁缛，寻了块上好檀木榾柮，央求鹿先生为素儿做了这支木簪。”

“这木簪是鹿先生做的？”

“正是。师父一月多前便与鹿先生说好了，先生亲自起图、打样，做好后又细细磨过。”

李素炫想着鹿先生为了这支簪子忙碌，心中感触，又难过。过了片刻，又问师父道：“鹿先生如何会做木簪？”

“鹿先生为太常太乐博士，除史志乐论外，亦掌典籍补缮、乐器修造，一支木簪自然不难。只是，除却素儿，老先生可不会为别人费这个功夫。”

“师父想是代素儿认真谢过先生了。”

“是，认真谢过了。”

李素炫轻轻拿起木簪，觉得手上之物无比细腻，又沉坠压手，玉一般幽有光泽，却又柔软温润，不似美玉冰凉无情。

“待素儿生日，师父与素儿主持仪礼。与素儿加簪、正簪须是长辈女眷，素儿可想好了请谁？”

李素炫笑了：“素儿这就去央求郑先生为正宾，与我加簪。”

卢菡微笑点头，李素炫对师父行了一礼，转身跑去找郑三娘。

郑三娘听闻李素炫所求，略惊讶，随即心中感动：“既如此，我便与素儿加簪、正簪，令端木为有司，与我承盘，托着簪子。”

李素炫生日当日，适逢她与端木最后一次入内教坊备值，笄礼延后，放在了当日晚些时候。卢菡与郑三娘早早便开始忙碌，将正堂简单布置起来，又在别室备好烛火。苏嬷嬷将李素炫新衣裳展开，轻抚着上面衣褶，许嬷嬷也备好了木梳要与素儿束发。一众女乐在正堂一侧观礼，有些人手执乐器，准备奏乐。众人开心期待，只待端木与李素炫回来便开始。

端木与李素炫从内教坊处回来时已很晚了，路上走得匆忙，进了院落，李素炫一眼就看到师父和其他人正在堂中等候。她虽然早已知道，心中仍旧惊喜，欢叫着扑了过来，想与师父说几句话，却被众女乐围上，连声与她说笑，拥着她往正堂里走。李素炫不停回头寻着师父身影，恋恋不舍，卢菡一笑，连忙跟上，随众人到了正堂。

入了正堂，也无须有司祝祷，几位女乐拿起乐器演奏起来，笄礼开始。卢菡在堂中端正坐好，李素炫走到师父对面，恭敬行了拜礼，只说了一句："弟子李素炫……"便觉得说不下去了，心中一时思绪万端，不知要从何说起，眼里顿时湿润起来。

卢菡见李素炫低下了头，情知她心中伤感，立刻说道："素儿快起来。"其实卢菡心中也是百般交杂，却仍笑着，怕他素儿难过。

李素炫立刻整顿精神，完礼后站起身来，看着师父，见师父示意，便笑着转身到别室更衣去了。

卢菡站起身来，轻轻几步踱到廊下，望着外面，见天幕深沉，星斗寂静，万籁无声。他在坊道上遇到素儿，正是那年今日，周星恍如流光，十年只是转瞬。如今素儿成年了，依旧不知父母身命，也不知来日顺逆、此生终局何处。卢菡心中怅惘，难免轻叹。

卢菡沉思间，众人也在喧闹，无人注意到有五六个人悄悄进了院落，皆身着便装，执短刃。彼等在院中四下望了望，去了废殿，只一人走向正堂，问道："哪个是卢菡？"

卢菡立时收了思绪，几步迎上去，略一行礼："在下便是。"

众人都退得远远的，只卢菡一人立于堂中，与这人对答。

"你倒是难找。不在家里，我等在周边酒肆茶楼寻了半夜，却原来在这里。"那人说道。

"敢问尊驾何人，寻卢菡何事？"

那人摆摆手："你随我来。"

那人将卢菡带到废殿中。殿门口聚了几个人，殿内燃了火把，靠墙像座上铺了张席子，一人正坐在席子上等着，显见是个为首的。有人在卢菡身后掩上殿门，那为首的上下打量卢菡，见他端正立于尘埃之中，一手背着，一手轻轻拢着腰间长箫，脸上镇定平和，毫无惊慌。

为首的心里一阵不快，开口问道："你便是卢菡？可知我等何人？"

"卢菡不知。"

"可知你得罪了何人？"

卢菡微微一笑："得卢菡开罪者何止一二，却不知尊驾是代哪位前来计较？”

“你可还记得你得罪了许宗德许大人？”

“记得。”

“记得便好。此处无人，我实话告诉你，你实在是不该得罪许大人。千般与你好话，你却端着一副身价，不识抬举。如今许大人奉李相之命侦办吴楚思反案，查知你与吴楚思有交，此番你可是死路一条，再难脱身。”

“卢菡果然与吴楚思有交，他反与不反，我却不知道。想让我咬他，怕是不能如愿。”卢菡淡淡说道。

那人冷笑一声：“你知道不知道，咬他不咬他，还不是许大人说了算。”

“想是你许大人已然算计好了。”

“卢先生聪明。既如此，我索性与你明白着说。我今日受许大人之托，给你带了件礼物。”说罢自怀里取出个细碎小瓷瓶，单色瓶身，赤红色盖子，放在了手边像座上。

“你若今日识相些，允诺日后承命与许大人奏乐，从前事便不与你计较，吴楚思之事也好说。我们许大人也不是不晓事理的，也知道要敬重读书人，决不会对你呼来喝去，该当厚奉金银，也不会吝啬。”

卢菡笑着摇摇头：“此事劳你转告许大人，这辈子就不要指望了。”

那人将小瓷瓶推到卢菡面前：“那就换个法子，令许大人省了麻烦，也顺了气，便罢了。若不然，在下只得将你带入大理寺。”

“卢菡乃良人，非奴籍，你若将我捕入大理寺，欲定罪名，便需口供、佐证，焉有轻易。”

那人大笑道：“卢先生迂腐。入了我大理寺，可是有轮番阵仗等着，不消什么口供，不怕你不招。”

卢菡未露惧色，镇定答道：“卢菡虽一介书生，却不是懦夫，纵然诸刑加身，也绝不会屈服。尔等便将卢菡用刑至死，也休想逼迫卢菡自认不实之罪，更不要指望卢菡诬咬他人。”

“卢先生多虑了。我们许大人说了，不杀你，也不会诬你罪名，若审查询问后确无实据，便放了你，再不诘难。”

卢菡情知此中有异，没有答话，那人顿了顿，面上露出狞笑来。

“入了大理寺，总要审讯。我那大理寺中可尽是来俊臣子孙，在下深得其真谛，有一套法子，专门施刑于人两手之上，不消多少回合，管教你皮酥骨烂，内外尽成齑粉。我知道卢先生一手上乘书画，瑶琴精湛，琵琶更是顶尖，乃天下三绝手之一。我偏不杀你，只废了你这双手。”

那人说着，看着卢菡两手，连连摇头，啧啧赞叹道：“看卢先生这双手，骨相修长，皮肤白皙，实在是生得漂亮，哪像我这整日持着鞭子烙铁与人施刑的，两手就如老树瘤子、废犁铧，又粗、又丑、又笨，我自己看着都嫌弃。废了你两手，在下倒是心里欢喜。待到没了这两只手，书画、瑶琴、琵琶俱废，看你往后如何骄狂傲慢。”

卢菡紧紧握着手中长箫，骨节作响，面上仍是不动声色，也不发一言。对方见状，又笑起来，说道：“还有你那徒儿，名李素炫的……”

卢菡顿时失了镇定，挺身厉声道：“你有什么手段冲我使出来，莫要动我素儿。”

对方得意起来，纵声大笑：“卢先生一世狂傲，原来也有软肋。我知道你那徒儿人间无双，实是你心头至爱，万难割舍。今日你若是死了，让许大人顺了一口气，便饶过她，若你不死，便将你师徒二人一起带入大理寺。到时候，我那班兄弟粗鄙，在下可是一个也约束不得。放心，不会杀她，你师徒二人俱可留条性命，此事在下尽可允了你。”

卢菡许久不语，那人得意之下说了许多，卢菡听着，心中痛楚纠结：“若只我一人，死也不愿受辱，可是有我素儿期盼，受辱也要活着。只是看情势也由不得我选……也罢。”

卢菡打定了主意，一言未发，几步走上去，将像座上瓷瓶拿在手里，拔去塞子，仰头将毒药倒入口中，轻轻咽了，又看着对方，神色全无异常。

那人不由得一愣，随即又大笑：“卢先生痛快。既如此，在下不多难为你。这药发作快，要你性命却要一刻钟还多，你还可以与身边人交代几句。”

那人说罢，打开门走了出去，同来的都在门口候着，几人耳语几句后远远走开了。

那边别室里，李素炫已换好了素色襦裙，许嬷嬷将她头发解开理顺，高高束起。之后，她安静坐着，等着师父。卢菡径直走进来，对李素炫说道：“素儿随师父过来，师父有话与你说。”

李素炫立刻起身随师父出了别室，旁人见卢菡神色严肃，又只叫李素炫随他过去，虽不解其意，却没有跟过去。此时药力已开始发作，卢菡觉得四肢有些绵软，情知自己已来不及为李素炫完成笄礼，务必在药力大盛、露出端倪之前尽快嘱咐她几句。

师徒二人在无人处站定了，卢菡面对着李素炫说道：“素儿跪下。”

李素炫立刻依声后退一步，跪在师父面前，卢菡看着李素炫青丝束起，穿着襦裙，已是成人模样，感叹不已。

“我素儿长大了。”

“师父……”李素炫有些不解。

“素儿今日成年，依例当笄而取字，师父如今为你取字‘玄霜’。此事师父思索良久，无有头绪，也学你当初样子，任意翻书，得了这二字，正合你‘素炫’之名，想是天意。素儿此生务求洁净，虽与世周旋，却不可堕了本心。如今你诗书乐艺俱已初成，却未至大境，万不可懈怠。我素儿禀赋聪慧，虽为女儿之身，亦不应自轻自贱，务必尽心竭力，莫要辜负了大好天资。”

李素炫持礼道：“弟子谢师父赐字，定不忘师父教诲，恭谨践行。”

麻痹开始在卢菡四肢蔓延，他并无恐惧，只是心中剧痛难耐。值此死别，却不能让他素儿看出痕迹来。他用力抬起手来，将腰间长箫取下，递给李素炫，又说道：“能与素儿师徒有缘，卢菡此生不枉。师父别无长物，唯长箫相送。”

李素炫又惊又喜，未及细想，双手将长箫接了，抬起头来，痴痴看着师父。

卢菡微笑道：“去那边等着师父。”

“是。”李素炫站起身来，将长箫搂在怀中，躬身行礼，转身跑开了。

卢菡看着她跑远，紧咬牙齿，拖动身体，转身回到废殿，掩上殿门。火把将殿内照得半昏半暗，卢菡就着光亮走到台基前，从腰间取下一个布袋，将其中鱼袋取出，放在席子上，从容躺下。药力迅速蔓延过四肢，卢菡静静躺着，闭上眼睛，运气调息，安然等待。

李素炫怀抱长箫跑到众人那边，告诉端木：“师父为我取字‘玄霜’，还将长箫送给了我。”

众人皆是讶异，都知道卢先生整日带着这支长箫，但没人在近处仔细看过。眼见这长箫深紫流溢，光泽温润如玉，众人个个惊叹羡慕。

“可否与我看看？”端木问道。

“好。小心点儿。”李素炫点点头，甚是得意。

端木将手中漆盘放下，接过长箫细细看着，啧啧赞叹道：“卢先生为何如此大礼，竟将长箫送给你，仿佛再不见面了一般。”

漆盘内罗帕盖着的是李素炫那支木簪，她忍不住揭了罗帕，将簪子拿在手里把玩。她生性敏锐，只是今日太过兴奋，什么也没多想，端木无意一句话，她立时一惊。

“端木说的是，本该继续行笄礼，师父为何将我叫到一边单独说话，为何将长箫送给我……”

师父方才口吻肃穆，言语中似乎颇有深意，神色仿佛也有些异样，李素炫又想起旁人说有几个人前来寻找师父，并且非要在那头废殿里说话，看着不甚光明磊落……

李素炫心底泛起些寒凉，不及与端木细说，拔腿跑了出去。她没有见到师父，一路向着废殿飞奔，跑到近前，殿门虚掩着，隐约透着光亮。她将木簪别在腰间，抬手推开殿门闯了进去。

殿内有些昏暗，李素炫看了看，见师父平卧在席子上，闭着眼睛，她推门进来，他也没有睁开眼睛。李素炫忍着惶恐走过去，一眼看到师父身旁不远处有个瓷瓶，虽然细碎，瓶口上猩红塞子却分外醒目。

李素炫心头大骇，血冲天顶，扑到卢菡身旁，抓着他手，连声叫着师父。几声之后，卢菡缓缓睁开眼睛，努力注视着李素炫，目光恍惚，许久瞳仁中方汇聚起些光亮。李素炫惊恐万状，说不出话来。

“素儿，对不起……师父不能看着你成年了。”卢菡喃喃说道。

李素炫心如刀绞，忍着恐惧痛楚，伸手将腰间木簪拔出来，放在师父手中，想让师父给她戴在头发上。只是卢菡已全身瘫痪，手指已无力合拢。李素炫死死将嘴唇咬得剧痛，用力抓着师父的手，拢着他手指，只觉得师父手上绵软，指尖微凉。最后，她用双手帮师父握紧发簪，深深低下头，将发簪插入自己头发里，抬起头来，自己将发簪扶正，又握着师父的手，看着他。

“师父，素儿成年了。”李素炫说道。

泪水自卢菡眼中缓缓滑落下来。

“素儿……要好好活着。师父费心教导你许多，就是想让你心中有所仰仗，能好好活着。”

“素儿答应师父，今生一定好好活着。”

“往后，师父不能再陪着素儿了……素儿不必伤怀，师父心中无憾。”

卢菡目光迷离，口吻已十分飘忽。李素炫心中痛极，浑身颤抖，嘴唇紧咬，血迹慢慢渗出来。

“师父，若有来世……若有来世……”李素炫鼓起所有勇气，却只问了半句，便不敢再说出口。

卢菡微笑：“……来世……师父什么都答应素儿。”

泪水自李素炫脸颊上滚滚而落，她俯下身，将师父抱在怀里，恐惧无比。

麻痹沿着胸前很快涨溢到咽喉深处，须臾间，卢菡已到弥留，面色苍白，气息微弱，神识渐散，心中纵有万般牵挂不舍，此时也渐渐消弭。片刻后，卢菡已然失语、失明，意识模糊，只耳边还有一点空洞声响。又片刻，卢菡双眸渐渐黯淡下去，脸上血色褪尽，瞳孔散开，神情平静。最后，在李素炫怀抱中慢慢合上了双眼。

# 第八章 入宜春宫

天宝四载（745年）三月—十二月

# 40

李素炫抱着卢菡，看着师父在自己怀中瞑目而逝，痛极攻心，低低唤了一声“师父”，未待哭出声来，便昏死在卢菡身旁。夜色中，一众女乐在殿外不远处落落跪了一地。

片刻，那五六个人计算时候到了，涌进殿内，见了李素炫并无什么怜悯，拖起来丢到一边。为首的上前检查卢菡尸身，探了鼻息脉搏，确认卢菡已死。正自松了口气，无意间看到卢菡身旁鱼袋，拿起来只看了一眼，脸色遽变，立刻将鱼袋放入怀里，又将一边瓷瓶收走，招呼左右，用席子将卢菡尸身包裹，匆匆带出左教坊，不知所终。

待他们出了废殿，端木立刻冲了进去，抱起李素炫，连声呼唤。李素炫慢慢醒过来，失神了片刻，渐渐回想起方才情景，回想起师父在自己怀抱中慢慢合上眼睛。她心中剧痛，未待哭泣，又昏死过去。反复苏醒又昏厥后，她渐渐神色呆滞，目光散乱，靠着端木肩膀，一言不发。

“素儿，与阿姊说句话好不好？与阿姊说句话，求你了。”端木痛楚，抱着李素炫，连连落泪呼喊。众女乐围在身旁，个个难忍悲伤，郑三娘和几位嬷嬷早已哭得溃乱。

良久，李素炫勉强说出几个字：“都出去。”

端木一愣，李素炫又重复了一遍：“都出去。”声音不大，但端木听得清楚。她想了想，立刻将李素炫放下，让她靠着墙，自己站起来，擦干泪水，行礼对众女乐说道：“有劳众家阿姊，请回，我陪着素儿。我们都在这里哭，她会更受不了。”

众女乐立刻明白，擦了眼泪，转身离开。端木上前又对郑三娘行礼道：“师父莫要太过悲伤损身。孩儿如今需要照顾素儿，师父千万要看顾好自己。”转身又对几位嬷嬷行礼说道：“劳请嬷嬷送我师父回去，陪陪她。她年纪大了，受不得这些。”几位嬷嬷点点头，搀扶着郑三娘离开了。

殿中又安静下来，端木回身看向李素炫，见她靠着墙，身子蜷缩着，一动不动。端木走过去抚着她肩膀，低声只说了句“素儿”便说不出话了，知道千言万语都是枉费。

“别管我。”李素炫低声说道。

“素儿……”

“端木不用管我，让我自己待着。”

端木万般放心不下，怕李素炫有异，可也知道她性子。想了又想，咬咬牙，狠下心来，站起身出了废殿，转身回屋取了条衾被与她裹在身上，又退出去，掩上门，留她一人在殿中。

李素炫双眼茫然，心中一片杂驳，无数光影声响胡乱冲撞。她想不起来哭，也想不起来难过，只觉得形神俱在麻木。她记起师父死在自己怀里，却仿佛只是梦境，眼下梦醒了，她痴痴仰望殿门，等着师父推门进来，站在对面，一手背着，一手轻轻拢着腰间长箫，微微笑着，看着她。只是她仰望过很久，那道门始终未动。五岁生日那天，她第一次见到师父，就是这般使劲仰头看着他，自此记住了他。她曾渴求一世，不想师徒二人今生只有十年之分，今日她满十五岁，十年缘尽，一切归于寂灭。

李素炫疲惫不堪，靠着墙壁渐渐陷入沉睡，梦里隐约听到师父呼唤，立时惊醒，心中惊忍，却又不知道方才是梦，还是眼下是梦。昏昧久了，神魂飘散，耳边听到歌谣声轻轻响起，伴着琵琶，弦声铮铮，柔和淡渺，若有若无。李素炫心中蒙眬，却无端知道，那是母亲在安慰她。

端木在殿门口守了一夜，眼见东方泛白，她不放心李素炫，在门口轻叩，叫着她名字，却听不到里面有什么回音。

端木急道：“素儿，阿姊进去看看你。”说着推开殿门进去，见李素炫已靠着墙壁睡着了。仔细看看她，面颊苍白，唇色青紫，状如鬼魅。

端木焦急，不敢叫醒她，在她旁边守着，略不错目，仔细看着她。天不到大亮，李素炫醒了，端木立刻问道：“素儿怎么样了？”

李素炫还是一句话：“别管我。”

端木不敢再问，只得站起来，又出去了。

外面天色渐渐更亮了，院中却是一片死寂，人人都躲在屋里，消沉萎靡。昨夜见那几人用席子卷着卢菡尸身从废殿中出来，众人皆溃。若是生人也还罢了，卢菡却是与院中众人极其熟识，又多年和睦，众人眼见方才笑语之人转瞬成了一具尸首，皆痛楚不堪，哭泣后，心里又泛起恐惧来。

一片死寂中只有端木来回往返，不放心李素炫，也不放心郑三娘，心想："我师父看着卢先生自小长大，自认半个长辈，与卢先生说话总是有些冲撞，却也将卢先生看作自家人，眼下定然伤心恐惧。师父也六十几岁了，怕吃不消。"

端木也伤心难过，却顾不得自己，只不停看顾李素炫，又不停跑过去看看郑三娘。郑三娘见她辛苦，心下不忍，说道："师父无恙，我儿不必担心。先去陪素儿。"

端木不放心，看着师父，郑三娘又说道："师父虽然难过，却不比素儿，你去陪她，师父自可平复。去给素儿拿些吃食和温水。"

端木对师父行了一礼，请师父保重，转身又去了废殿看望李素炫，她仍蜷缩在墙角，时睡时醒，神情空洞。端木取来了食物和温水，李素炫看也不看，端木追问很久，她仍说着"别管我"。只这一句话，仿佛也是花了很大力气汇聚起精神才说得出来，说完了，神识立刻又涣散开来。

端木无奈，只得又出去了。

两日后，李素炫站了起来，摇摇晃晃走出废殿。端木已在殿门口守了她两日，两日里不断有人过来探望询问，想进去看望李素炫，都被端木劝止了。待李素炫出来，端木听到响动，立刻站起身来，看到李素炫脚步飘忽，身上虚软，犹如黄泉坂上一缕烟魂。

端木一把抱住李素炫，带着她靠在墙上，站得稳当了，小声说道："素儿……"

"端木……"

李素炫缓缓伸出手来，紧紧抱着端木，低首在她怀中。很久后，端木听到她低低哭泣，声音窒息扭曲，又渐渐低落，没了声息。端木心中如割，带着恐惧，对李素炫说道："素儿若难过，便大声哭出来，阿姊陪着你。"

"端木……我没事。"李素炫恍惚说道，又仿佛突然想起什么似的，推开端木，径自回了屋中，端木立刻跟了过去。

李素炫换了件干净衣裳，又将脸上泪痕擦干，转身便向外走。刚到了院子里，就见到郑三娘。

“我与嬷嬷说，见到你出了废殿，就来告诉我。”郑三娘说道，口气柔和。

李素炫看着郑三娘，目光仍旧迷离散乱。

“素儿要去哪里？”郑三娘问道。

“去京兆府，问问。”

“问什么？”

“我师父死了，难道白死了？”

“去京兆府又能如何？”

“平白死了一个人，尸首都不留下，难道京兆府不管？他们不管，我去皇宫。”

郑三娘叹息道：“素儿，你且随我过来。”说罢拉着李素炫的手向回走。李素炫像个木偶一般，糊里糊涂随郑三娘回了屋中。二人坐好，郑三娘又说道：“素儿，听郑先生话，这几日绝不要出这左教坊。”

“为何？”

“几日前，你师父曾对我说，如果他有什么事情发生，要我务必牢牢看住你，决不能令你出了左教坊，直至入宫。当时我不解，只觉得焦急，追问他会有什么事情发生，他却不肯多说，只要我允诺到时候一定将你看住。”

李素炫咬咬牙，振作了一些，问道：“师父说了会有事情发生？”

“你师父似乎是早早便知道些什么，知道自己将遭不测，提前做了安排。当日他与我说这些话时，神情严肃恳切，我知道他决不是玩笑，可看他似乎也没什么惧怕，一副泰然，我也心下含混。不想只这几日便应验了。”

李素炫一时疑惑，郑三娘又说道：“你师父让我看住你，是因为知道你性子，怕你乱撞。如今也不知道他为何人逼迫，说不定彼等将你也当作标的，你留在坊中总还好些。”

“仇家可以到左教坊中逼迫我师父服毒，不是一样也可以再来一次，逼我去死？我不出这左教坊又如何？”

“你师父没说太多，但以我想来，他必定是有所计算，令你莫要出左教坊，肯定有道理。素儿，你听我说，如今你去京兆府，只是送死。你若真想为你师父申冤，一定要先保全自己。”

李素炫点点头，心想："郑先生说得对。待入了宫，我定要寻个机会，将此事报与天子知晓。夤夜入左教坊杀人，何其张狂，必是权势熏天者所为，除了圣人外，怕是京兆府也动他不得，又或者连京兆府也是一伙，我现在去果然就是送死。我若死了，无人替师父申冤，师父就真的白死了。"

李素炫想过片刻，拿定了主意，对郑三娘说道："郑先生放心，素儿不出左教坊便是。"

郑三娘嘱咐端木好好照顾李素炫。端木带她回了屋中，逼她吃了些食物，饮了盏温水，看着她在榻上躺好，很快入睡了。

"素儿这两日悲恸至极，心神耗损。在废殿里看似睡着，实则昏着，眼下须是让她歇缓过来。"端木想着，给李素炫多盖了些，又到门口处，掩上门，安静守着。

李素炫并未睡着。这两日昏聩，神魂混乱，心如死灰，恨不能就此死掉，解脱苦楚。眼下方始醒悟，她定要挨过这道鬼门，活下去，方能图求来日为师父雪恨。只是刚强不过片刻，痛楚复又掩袭过来，顿时神识溃败，咽喉如被刀刃，心中悸痛撕裂。她随手从身旁抓了个什么，狠狠顶在胸口，妄图减些疼痛，却仍旧难以忍受。她只能紧紧蜷缩着身子，辗转反侧，口中微微呻吟。

端木听到动静，立刻过来查看，碰了一下李素炫的手，惊道："素儿手上怎么如此滚烫？"又摸摸她额头、身上，心里更加慌乱，立刻给她盖好衾被，匆忙出去寻找郑三娘。

郑三娘叹息道："我听卢先生嘱咐，这几日一直守在这里，怕素儿出了左教坊。看如今，让她出去，她也出不去。我儿且好生照顾素儿，盯着她多饮食，给她保暖，让她多睡些。"

"师父可否去给素儿请位郎中来？"

"师父自然要去请郎中，只是郎中怕也帮不上她。此实因心而起，药石无用。"

端木急道："师父，那我们做什么？我们就看着？什么也帮不上？"

"我们帮不上。此事是她一生劫数，只能她自己生生挨着。若她命不该绝，就能挨过去。"

端木失声道："师父，我怕素儿挨不过去……"说着眼泪便涌了出来。

郑三娘轻声道："你去陪她，师父去请郎中。"说罢轻抚端木后背，安慰她。端木咬咬牙，收了眼泪，转身回去照顾李素炫，心想："卢先生不在了，我也难过，可如今素儿没了她师父，便只有我了。我不能先顾着自己难过。"

端木回了屋中，见李素炫蜷缩着身子，闭着眼睛，泪水不停涌出来。端木走上去，拉着她手，给她擦着泪水，轻声说道："素儿，容我在这里陪你一阵子，好不好？"

"好。"李素炫轻轻点点头，却不敢睁开眼睛。连日流泪，只要睁开眼睛，见了光，便是剧痛。

端木心里略安慰了些："她肯让我在她身边，便是好些了。"

"素儿再睡阵子。"

"我不想睡，端木，我睡了几日了。"

"那就好好歇着，我陪你。"

"好。"

不多时，郑三娘带着郎中过来，果然也是没什么帮助，只留下张简单方子，说是补心行气的，却又摇头说了句"不指望有用，全当心安"。郑三娘送郎中出去，几位嬷嬷和众家阿姊过来探望，只是李素炫全无反应。她昏睡了几日，积攒了些力气，只与端木说了几句话，便耗尽了。

## 41

熬过五六日，李素炫终于清醒过来，身上热度退却，只剩虚软。安静躺着，只觉得自己如残雪融化，向着地下幽暗处不尽沉沦。她依稀记得许多人过来看望过她，她还与她们说过话，但又疑心只是做梦，或是幻象。她思绪麻痹，懒得想清楚，茫然望着周遭。

"素儿。"

李素炫听到有人呼唤，不是端木，勉强看了看，半晌认出来是沈绰。

"阿姊……"李素炫喃喃说道。

沈绰哽咽道："我过来看过你几次，今日你终于醒了。"

李素炫已流不出眼泪，只呆呆看着沈绰。

“你师父的事已传遍教坊。众人皆惊恐痛惜，我却更担心你。”

“阿姊可帮我将窗子打开？我多日不见阳光了。”李素炫说道。

“好。”沈绰起身将窗子打开一扇，阳光透射进来。李素炫双目剧痛，抬手抵挡着，拧着双眉忍耐，忍过许久，渐渐睁开了眼睛。沈绰见她慢慢适应了，将其余窗扇也打开，回了榻边。

“阿姊，我没事了。”李素炫说道。

“素儿，阿姊知道你现在心痛，不是说话时候，可是，过一日你便要入宫了，阿姊再见不到你，有些事情必须现在告诉你。”

“好，素儿认真听着。”

“女乐与乐工不同。乐工男身，技艺绝佳者，可以侍奉数代帝王，女乐却不行。入了宜春院，便是圣上的人，不能易主。民间也是如此，父亲私伎儿子不得继承，更不得纳入内室，否则便是悖伦。若老子死了，老子的私伎只得卖了，儿子只能自己另觅些来。再者，女乐年过二十便色衰，由新进者替代，宜春院每年都要自教坊和乐户中新添女子，到时候，圣人记不得你，别人又动不得你，就没什么指望了。所以，入了宜春院，一定要在皇帝记不得你之前求个好结果，或赐婚，或放归。待到年老色衰，纵放你出去，也都无所谓了。宫中富贵不过一时，切记莫要贪恋。”

“素儿记下了。”

沈绰又说道：“我朝律令严格，五品以上军功方可除免奴籍。即便是圣人，也不敢太过肆意，屡次任性私纵。你若想求圣人豁免，须是抢在别人前头。若圣人已应了一二人，轮到你，就难了。”

“素儿明白。”

“入宫了一切都要小心行事……我朝天子精习音律，对乐人亦多方宽怜，然帝王心性终究不能揣测。再有，素儿心性自由，入宫了实在是囚笼……可千万莫要学那想不开的。”

“阿姊放心，素儿不会想不开。”

沈绰忍着难过，又叮嘱了几句，起身告辞，李素炫挣扎着从榻上爬了起来。沈绰伸手拦她，要她好好躺着，李素炫却摇了摇头：“我总不能躺一辈子。再者，入了宫就再见不到阿姊了……”

李素炫说了半句，停住了，过许久又说道：“阿姊待我好，我却没什么回报，每次跑过去打球，还要累阿姊送我回来。今日素儿爬着也要送阿姊一段路程。”

沈绰难过，也只得依她，两人互相搀扶着出了屋子。李素炫一直送沈绰出了院落，走上门前正路，一路走到浅湖荷塘边。两人沉默不语，良久，互相看看，没再多说，沈绰轻轻抚了抚李素炫肩膀，见她走了这几百步，恢复了些脚力，不再摇晃打滑。沈绰放了些心下来，长叹一声，转身怅然而去。

李素炫独自在湖边站了一会儿，飘忽着回了院落，本想回屋，却不由自主走到西边荒芜院落里，到了废殿门前，轻轻推开殿门。

殿中寂静昏暗，尘埃密布，李素炫站在门口，看着里面像座处，想着那日师父服下毒药后，出来与她说了几句话，便回了这里，安然躺下。他不想让她看到他临终模样，不想让她一辈子记得他如何在她面前断了气息，一心瞒着她，宁愿独自躺在这里，等待死亡。

李素炫看着师父殒身之处，反而平静下来。

“素儿。”端木在身后唤道。

李素炫回过头，看了看她，浅浅一笑。

“我见你与沈绰阿姊说上话，便去那头寻我师父去了。你怎么起来了?”

“躺得浑身疼，起来动一动好多了。端木，明日一早，我们就要离开此处入宫了。”

“正是。”

“只怕日后再不能回来了。”

端木闻言，轻轻叹息。

“方才沈绰对我说，入宫了，要趁圣人还记得我们，寻下机会，求个解脱，不能永困深宫。”

“我知道，只是，哪里有那么容易。”

“你随我来。”

李素炫说着，拉端木回了屋里，打开包裹，取出纸笔，很快研好了墨。端木不解，看着她。

“端木，我们入了宫，决不能坐等枯死，一定要求个良人身，离开皇宫。你我今日将此誓记写下来，藏在假山腹中。若有一日我们果真得了自由，便回来将纸笺取出焚了，祝祷感谢上苍。”

“好。”端木点点头，拿起笔，取墨，写字。明日就要入宫了，只是这几日照看李素炫，端木未曾多想，今日仔细思忖一番，不由得想起李逊来。端木说不上是不是喜爱于他，只是一想到自己身在奴籍，只得为人妾媵，便心灰意冷。

“如今我入宫，定要寻个机缘，脱了这奴籍。若低人一等，不得平等般配，情愿一生孤独。”

端木一边写字一边乱想着，李素炫想得更多，眼下她更在意为师父雪恨。她暗自发誓，自己女身弱质，只能凭乐艺精湛得圣人青眼关照，仰仗帝王权势与师父查证冤屈，报了深仇。若是不能成功，情愿自尽，谢过师父十年疼爱教诲之恩，也脱了这无穷苦楚。至于是不是能得个自由身，已经不要紧了。

二人将心中所思写下，折了几折，用块油纸包好，携手到了浅湖边，走过木桥，到了岛上假山旁，虔诚跪了，对天祷告，而后入假山腹中，将纸折藏在了山腹石缝里。

出了假山，二人相对而视。

“端木，来日若是你出了皇宫，我却再出不来，或死在里面，你便到这里，将我纸折也取出来，与你的一起焚了。”李素炫说道。

“素儿……”端木心中泛起难过。她熟知李素炫性子，知道她如何盘算，拦也拦不得，劝也劝不得。两人都没有再说话，过了木桥，绕几步路，到了荷花近旁。湖边荷叶已长起来了，一片一片挺水而出，高低错落，其势欲成。并肩站着看了许久，两人心中翻涌不休。

“我师父曾说，他原本不叫卢菡。”隔了很久，李素炫淡淡说道，端木在一旁安静听着。

“师父刚刚降生便没了父亲，十几岁时又失了母亲，自此孑然一身，再无一个亲人。他生日是六月二十四，荷花诞日。十六岁那年，生日当日，他路过一处荷塘，站在塘边，见水中荷叶茂盛，无数荷花竞放，却有几株菡萏弱小低矮，被无穷花朵叶片遮蔽，见不到阳光，已略略焦萎。这些菡萏再也不会开放，只会渐渐干枯，直到秋日里被严霜自荷茎上打落。师父说，那日他静静站着，看了很久，心中触动，自此改名卢菡。”

端木安静站在李素炫身边，听她说话，不知要怎么回她。李素炫也没有等端木回答，顿了一顿，说道：“我现在知道当日师父心中感受了。”

两人互相望了望，转身向回走。

## 42

第二日一早，两人要离开了，内廷指派中官与侍卫前来接应，已等在院落门口处。左近众家女乐过来相送告别，个个神色戚然，双目泛红，勉强笑着。端木与李素炫入了宫，与郑三娘还有机会见到，与别人却不能再见，虽不是死别，也差不多。加之坊中新遭变故，众人还都没有缓过来，眼下场景谁也不知道说什么好，端木和李素炫也始终沉默。

许嬷嬷心里尤其难过。十年前，是她从卢菡手中接过李素炫，带入坊中院落，看着这小女童一日日长大，最初抱着琵琶，手上不成调子，卢菡在一旁细心指教，她自己每日勤加弹习，耳中听得她琵琶声日渐熟练、日渐精湛，转瞬十年，恍如一梦。如今卢菡身死，李素炫也要走了，许嬷嬷也已老迈不堪。回想起来，只觉得岁月苍凉无情。

李素炫对两位嬷嬷深深行了一礼："承嬷嬷十年照顾，素儿必不敢忘。"

苏嬷嬷叹息着说道："素儿入了宫，可千万要学得聪明些，莫要再那般耿直。"

李素炫不知该如何回答，苏嬷嬷好意，可她这性子却也当真改不了，允也不是，不允也不是。只又行了一礼，忍着悲声说道："嬷嬷保重。素儿走了。"

她看了看周围，屋子里已空空荡荡，院中藤蔓刚刚萌发，尚未成荫。她去了西边废殿，在殿中像座前跪了，行了拜礼，站起身来，咬咬牙，转身决然而去。出了院落，众人相送，一程一程，到了教坊北门处不得不分别了，连郑三娘也只能送到这里。

"端木，素儿……入了宜春宫，便是深锁其中，你二人要好好做伴，日子也好过些。"

郑三娘殷切叮嘱，端木与李素炫忍着难过，与她行礼告别，转身随中官侍卫出了北门。向西路过右教坊，便是太极宫。东宫位于太极宫内东侧，宜春院在东宫之内，庭院深阔，馆阁壮丽，遍植林木，一片静雅幽深，远非左右教坊可比。端木与李素炫没心思赏玩，低头不语，心中艰难，一路糊涂着到了宜春宫。

二人行李已先行抵达，细细查验过，放入了二人新居所内。宜春女乐不过五六十人，有的入嫔妃册，有品级，同得天子幸者在别处赐独院宅子，此间居住者皆为待诏。众人分散居于三四处楼阁中，每处楼阁中十余人毗邻而居，每人一间阔大房屋，又单独有卧室，屋中凡案几、床榻、架格、帐幔无不精美，每日珍馐佳肴，四时锦衣华服。院中有中官及宫人百余人，管理照顾女乐日常，行些洒扫支应之事，出宜春宫立刻有扈从侍卫跟随。

端木与李素炫新居在同一处楼阁中，紧紧相邻，不过几十步远，二人都很欢喜。李素炫入了自己新屋，里头窗子开着，满室阳光，窗外绿植相映。四下看了看，见行李就在手旁不远，走过去将包袱解开，将各色物什都拿了出来。

入了宜春宫不用带衣裳，李素炫所带之物尽是累年书籍、笔记及各色乐器。她将书籍笔记与鹿先生所赠锥管墨锭放在藤箧里，将琴取出，放在琴几上，又将琵琶架在琴几一侧。都布置好了，她站在屋子中央，手上轻轻拢着腰间长箫，但见周身光明流溢，心中不胜感喟。

少顷，两个中官抬了箱子进来，放在屋中，告辞离去。打开一看，里面是衣物、妆奁、纸笔并及灯烛等各色日用小物，十分周详细致，逐一检看，无不精致贵重。李素炫叹息一声，将箱子合上。又不多时，宫人捧着小漆案，将中餐送了过来。李素炫随便吃了些，未动一口荤食。之后，打开箱子，取了件素色丝裙，换下了身上左教坊中布衣。

不多久，端木前来看望，见李素炫凭窗而立，呆呆看着外面。宫人正将小漆案拿出去，端木看了一眼，侧身让宫人出了房门，自己快步走到李素炫身边。

“素儿怎么独自在这里站着？”

李素炫回头来看着，说道：“端木，以后你我都要这样独自一人了。”

端木点了点头。自五岁起至今，二人第一次独自居住。日后也是自在，也略孤寂，好在二人相隔不远，只是如今李素炫没心情好奇兴奋。

“素儿，我见你未动荤食，别的也没咽下几口。连日疲惫，这样怎么能行。”端木小声说道。

李素炫勉强一笑，说了声“不碍事”。二人转身到书案旁相对坐好，端木又说道：“素儿，阿姊实在是担心你。知道你心痛，也不能分担，只能略照顾你身子。”

“素儿知道。”李素炫说着，低下头，泪水慢慢涌上来。

端木静静看着她。

李素炫眼泪滚滚落下，怆然说道：“师父一生清寒，布衣素食。如今他沉冤未雪，不知身葬何处，这些锦衣玉食我怎么忍心享用。若不是宫中有规矩，我连这件新衣裳也不想换上。”

端木将帕子递给她擦擦眼泪，见她慢慢平复，柔声说道：“既如此，不如去睡一会儿。”

李素炫点点头，端木送她到卧房里，看她在榻上躺好了，给她盖上衾被，又想了想，将手伸进衾被里，握起长箫轻轻放在她手里。

“素儿想我陪着，还是想一个人？”端木柔声问道。

“素儿想一个人。”

“好。那我先回去，离得近，素儿随时过来寻我。”

“好。”

端木拍了拍李素炫肩膀，站起身来，叹息着离开了。

李素炫闭上眼睛，泪水又涌出来，沿着脸颊恣意横流。她拖过衾被捂上脸，压着声音痛哭，心中疼痛难耐，只得用拳头顶着胸口，图求缓解。辗转反侧，过了多时，疲惫不堪，渐渐睡了。

端木回了屋中，呆坐了很久。从左教坊出来，她没什么太多物什值得携带，将些书籍纸笔收在藤箧里，羯鼓放在小牙床上，旁边卧着羯鼓杖，除此外便没什么了。这屋子很大，挑顶也高，看着舒畅通透，可也有些寥落。从前居室小，不及此间四之其一，住着她与李素炫两人，二人整日做伴，亲密无间，只是每遇上心中有事，想要独处，也得彼此躲着。李素炫总是躲到西头废殿里，想过了心事再换上笑脸回去。若是看出端木脸上神色有异，她也会躲出去，或寻个地方弹习琵琶，或到院外散步，或去寻沈绰，留端木独自在屋里，估摸端木心事了了才回去。也有时端木伤心够了，缓和过来了，出去寻李素炫。

如今到了宜春宫，各自有房间，心里有事不用再互相躲着，平日里却也难再那么亲密了。端木初入宫阙，初享富贵，却没太大好奇，只想着李素炫，不知日后会不会与她渐渐生疏。这一点琐碎心事无人相诉，只自己心里想了几遍。李素炫全然没有这个心思，蜷缩在榻上，半睡不睡，昏昏沉沉。师父卢菡没了不过七八日，十年深情，如何相忘。屋中安静，她耳边总是响起师父临终时几句淡淡言语，不停想着师父在自己怀中慢慢合上眼睛。宫阙壮丽，衣食优渥，对她来说无关紧要，不过是换了个地方苦苦挨着。

端木独自沉思许久，忽然听到门口喧哗，接着听到有人叫她名字。

“端木。”

那声音热烈，也熟稔，端木回头看去，是吴歌子与阚容儿。

“歌子、容儿。”端木喊出了声，起身直接扑了过去。姊妹三人抱在一起，又喜又悲，又哭又笑，过了多时，才彼此松开手。

“半月前听闻人言，你和素儿与圣人隔林对乐，圣人传旨，令你二人入宜春院，我们便日夜盼着了。今日入宫奉乐，我二人魂不守舍，所幸没哪里错了，令圣人责怪。也是幸运，今日早早结束，我们立刻回来了……素儿在哪间屋子？”吴歌子急着问道。

端木心中一沉，忙将二人让入屋内，将前番变故告知二人。外面消息轻易传不到宜春宫里，歌子与容儿还不知道卢菡之事。听闻端木说完，二人都沉默了。自幼一起长大，卢菡为李素炫费了多少心思，素儿对师父何其敬仰眷恋，她二人十分清楚。何况她二人也颇受卢先生指点，依旧记得他音容温和。眼下李素炫心中煎熬，她们也难过，本还兴致冲冲想拉着端木去找李素炫，却一瞬地都不知所措，僵在了那里。

“素儿现在整日昏睡，饮食又少，我也劝不动她。每次醒来，与我说话，或坐或立，不到半刻钟便筋疲力尽。待会儿你们见了她，可千万莫要惹动她再难过。”端木嘱咐道。

“端木放心，我们定然仔细。”吴歌子与阚容儿小心答道。

都说好了，三人一起去探望李素炫。进了卧房里，见她依旧拥着衾被蜷缩着，一动不动。走到近前，发现她并没有睡着，而是大睁着眼睛，茫然看着什么，神情溃散。

歌子与容儿看着李素炫。两年未见，又在年少，几人都变了不少模样，却仍然看得出旧日里眉眼来。只是眼下李素炫形容枯槁，面色惨白，双目空洞呆滞，全无往日里灵韵。吴歌子与阚容儿只看了她一眼，一时忍耐不住，流下眼泪来。李素炫却没什么反应，过了许久，才渐渐认出她二人来。

“歌子、容儿。”李素炫低低叫道。

吴歌子与阚容儿抓着她手，哭得更厉害，李素炫反而没有眼泪，只看着她们，神情麻木。端木在一旁小声哄着她们几个，也劝李素炫：“宫人将夕食送来了，素儿起来吃一点儿，阿姊求你了。”

“好。”李素炫点点头，咬牙爬起来，裹着衾被坐在榻上，似乎恢复了些神识。

吴歌子与阚容儿强收住眼泪，回自己屋取了小漆案来，在一处聚餐。四人分别两载，今日再见，格外亲热，又都为李素炫难过。李素炫勉强笑着，与她们答话，心中悲喜交集。强撑着与三人聊了阵子，端木怕她挨不住疲累，令她躺下歇息，带歌子与容儿离开了。

李素炫连日昏睡，偶尔醒来说话、活动，也不过一刻钟。端木与歌子、容儿轮流过来探望，迫她饮食。仗着耳边母亲歌声与琵琶弦声陪伴，在生死混沌间挣扎了两月有余，李素炫渐渐缓和了一些。她开始强迫自己三餐饮食，在屋里走走，与端木和歌子、容儿多说些话，期待身子快些复原。

“再过不到一月，是师父诞辰。我想过要整理师父文稿集录，送与师父做礼物，虽已整理完毕，却还没有誊抄，便连着荒废了两月。眼下需振作起来赶着完成，不能因为师父不在了，允下的便不作数了。”

时隔两月，拈起锥管，重如椽头，腕上虚软，丝毫不能把控，笔下所出还不及第一次在鹿先生处那一点熟稔。李素炫心中叹息，放下锥管，琵琶就架在案几旁边，伸手就能绰在手中，想了想，也未敢略碰上一碰。惆怅片刻，起身出了屋子，出了楼阁，到了院里。

她不记得自己两月前所来路径，不记得自己身在宜春宫中第几重，只记得当时梨花繁盛，如今只有周围林木茂密，几处馆台楼阁隐于其间。她走进林木深处，独自站着，周身孤落，不知自己从何而来，昔日琴箫琵琶、笔墨书史，连同师父音容样貌，俱已是前世旧梦。如今她像初生婴儿一般，什么也不记得，心中一片空白。

周遭无人扰动，李素炫独自静立了很久，心下无爱无恨，无喜无悲，一片麻木，却又在麻木中渐渐生出一片空澄。抬头仰望，见夕阳将落未落，西山处霞光猩红，只是千束光明尽被林木遮蔽了，照不到她身旁。

过了很久，她回到屋中，在案几旁坐好，又拿起锥管。

“管他如何，只管写下去便是。”

煎熬了这两月，尘世似乎是变动了哪里。不论手上触及何物，李素炫都觉得仿佛隔着层什么，再无从前触感，粗糙的也不再粗糙，细腻的也不再细腻，温凉软硬也没什么差别。她心底深处有些微微惊恐，很快又平复了。

“我没有师父了，今生难道还能有什么更大苦楚不成？如此我都没死，就是老天要我活着。纵有万般颠簸折磨，也不怕。”

她想着，笔下不停写着，也不管写得如何，只管精心调息，认真掌控，将手稿一页一页抄录下来。

端木见李素炫又忙碌起来，心中松弛了不少，可是李素炫忙起来便不知歇息，没日没夜，不辨朝暮，端木又跟着着急。

“素儿，我从日落便开始陪你，眼下亥时将过，你怎也不困倦？”

“我不觉得困倦，你若是累了，先歇息，不用陪我。”李素炫淡淡答道，头也没抬，显然心思不在说话上。

“睡太晚了，明早可起不来。”

“放心，我按时起来。”

端木无奈，走到案几对面坐下，轻轻拍着李素炫手臂。

“素儿，我知道你思念卢先生，不能释怀，如此折磨自己，无非求个宣泄。只是……卢先生若见你如此憔悴，不知多心疼。他那般疼爱你，你怎么能这样糟蹋自己。”

李素炫眼睛微微一润，轻叹后，放下锥管。

端木看着她：“素儿听话，去睡。”

李素炫点点头，端木拿起锥管，告诉她：“你去睡，这笔我拿回去帮你洗了，明早给你拿来。”

李素炫点点头，送端木到了房门口，将要掩上房门时，忽然对端木深深行了一礼。

“端木，素儿任性，这些日子来累你为我焦心了。素儿往后定然改正，再不令阿姊如此劳神。”

端木眼中微热，说道：“你与我客套什么。快去歇息。”

送走了端木，李素炫未再迁延，很快睡下。自此每日早睡早起，认真饮食，再不逞性子苦苦折腾自己。每日誊抄集录，从早到晚不停，心中笃定。端木带着歌子与容儿到访，她便将手中锥管放下，与她们坐在一处，聊聊天，说些闲话，只是听得多，说得少，脸上平和沉稳。

“阿姊，素儿为何与从前……大不相同了。”一日，聊了半晌，从李素炫屋里出来后，歌子偷偷问端木道。

“我也觉得。”阚容儿说道，“怎么也不说几句话了，也不玩笑了，我们说什么她就听什么，笑都不笑，学得菩萨一般法相庄严，看得我瘆。”

“这几日谈心倾诉，我挨着她，却总仿佛没她似的。我说话，她便看着我，却总像是远远望过来一般。”歌子又说道。

端木摇头叹息，也是无奈。

李素炫至此痊愈，却也性情大变。收敛了通身一派活泼灵动，日渐端庄稳重，也日渐疏离杳淡，终日埋首于书案旁侧抄录，毫不关心身外物事。唯有书写时精魂聚集，放下锥管，便是形神相离，一副散落。

二十余日后，李素炫将集录誊抄完毕，在师父生日当晚投入火中焚化。

“师父若在，今日满四十岁。”

她望着炉中赤焰猎猎，心中痛楚。仿若有泪水莹润，只是炉火旺盛，炙得满面焦干，她终究也不知道自己如今是不是还哭得出来。

## 43

一桩心思了却，李素炫又变得无所事事，整日在窗前出神，或到林中静静站一阵子再回来，除此外不知做什么好，也再没有什么伤心难过，只是一派颓废。手上已逾三月未动琵琶，如今全无胆量再碰一碰。

一日清早，有小宫人叩门，对李素炫行礼说道：“素儿，方才宜春宫外来了个人，言称乃梨园雷海青弟子，到此传个口信，说他师父有事请见阿姊，约今日未正在大明宫内教坊当值处相见。”

小宫人说完，行礼离开。

“梨园雷海青？”李素炫沉吟片刻，想起当日师父所说之言，蓦然醒悟，一时酸楚。

“当日师父说，若有一日他不能再教诲于我，便要我向雷先生求教。我接连追问，被师父几句话搪塞过去。如今回想起来，师父当时已有了预料，才提前作了安排，将我托付给雷先生。”

她难过了一阵，打起精神来，临近未正，将架上琵琶取下，用锦帛裹了，负在肩上，召唤侍卫随她去往大明宫内教坊。她不想乘轿，只想步行，侍卫不敢阻拦，由着她走路，紧随在她身后。她不胜其烦，转头耐着性子告诉侍卫：“你等无须离我这么近，在我后头跟着就行。”

几名侍卫只得依言，在她身后不远处跟着。入了大明宫，慢慢近了内教坊当值处，李素炫嗟叹不已：“当日将入宜春院时，师父说他今后只能到内教坊处与我授课，却不能经常见到，每次见到了也只能远远说话，不能再陪我下棋，听我胡闹。我当时心中难过，如今却是奢求不得了。”

侍卫不能进入内教坊，在大门口处将李素炫交由中官引领，也是看管。两名中官将李素炫带到后面院落里，绕过角落处一株梨树，到了一间屋门口。门开着，屋内坐着一人，怀中抱着文檀槽琵琶，正是雷海青，如去岁所见一般，仪表堂正，眉目舒朗，有些任侠义气，却又安静平和。李素炫看了看他，只觉得恍如隔世，懵懂中向前走了几步，深深行礼。

“素儿见过雷先生。”

雷海青看着眼前李素炫，见她穿了件素色襦裙，头上别着木簪，容颜委顿，身子羸弱，脚步飘忽，他很是不忍，又看到李素炫腰间长箫，立刻认出是卢菡遗物，瞬间更是一阵心悸难过。他紧紧皱了皱眉头，旋即舒展，不露声色，心中想道：“素儿不过十五岁，毫无征兆，突遭变故，失了至亲。也不知这几月是如何挨过来的。”

雷海青难过了片刻，平淡说道：“素儿不必多礼。”

“是。”

“先坐下。”

李素炫迟疑了片刻，没有动，仍旧站着，双手持礼说道：“今日先生召我前来，定是为我课业之事，我不敢推托不见，却不知该如何相见。”

“为何？”

李素炫摇头苦笑：“我已逾百日未动琵琶，如今莫说弹起来，连抱在怀中都分外吃力，看一眼也心生恐惧。”

“再练便是了。”雷海青说道，李素炫却只是轻轻叹息。

雷海青又说道：“昔日卢先生将你托付与我，说若有一日，你乐艺未成，他却不能再教导你，便由我代替。我允了他。日后，你课业由我相授。”

李素炫看着雷海青，说道：“素儿谢过雷先生。只是，我师父遭人逼迫自尽，我却不知仇家是谁，也不知仇家是不是盯着我，要斩草除根。我若与先生有交道，怕连累了先生。”

不想雷海青只简单说了一句“无妨”。

李素炫心中感动，却仍是惧怕弹奏，低声说道：“……素儿委实不知自己还能不能再弹琵琶。”

“十年之功，哪里轻易便再弹不了了。你不过是受了太大苦楚，弱了心性，慢慢再来便是，你听我安排即可。”

李素炫执拗不语，她曾对师父卢菡说过，今生不认第二个师父，心下也果真不想再叫别人师父。

雷海青仿佛能看透她，温和说道：“我知道你心里放不下卢先生，让你叫我师父，怕你不情愿。我比你年长不过十余岁，也不敢自认长辈，你叫我先生便是。”

李素炫感激，也愧疚，一时无语。雷海青不以为意，只说道：“今日你若不想弹琵琶，便不弹，不妨事。我知道你现在无心弹习，也无须强逼自己，不想弹便不弹。哪日你有心了，也不畏惧了，再练不迟。我将近日梨园琵琶新曲弹几支，你听着便好，若听也不想听，也无妨。”

他边说边将琵琶弦律重新校准，又嘱咐李素炫道：“素儿先坐下。”

李素炫只得行了一礼，在对面坐好。片刻，弦声自雷海青手中流溢出来，初时极其淡弱，如蛛丝拂尘，轻云拢烟，只在细微间便有无穷变化，片刻后声音渐渐结实起来，细细如粒，微小致密，却又阵列清晰，纵横齐整，直至最后变得开阔舒展，去如逝川，奔腾不尽。

一曲完毕，李素炫心中惆怅。

“未弹武曲，怕你心燥。”雷海青说道。

李素炫没有答话，雷海青也没再说什么，只接着不停弹下去，一直弹到酉正时分。

起身作别时，雷海青说道：“今日七月初一,十日后，七月十一未正时分，我依旧在这里等你。一年以内，每月初一、十一、二十一，下午未正至酉正，但圣人无召，我必在此处候你两个时辰。若一年后你仍不想来见我，我便不再强求。”

李素炫感动，却又摇头苦笑：“先生何必如此认真。”

“昔日我允了卢先生，怎敢食言，愧对故人。况且我与卢先生相交多年，知道他眼界见识，得他钟爱者定然不凡，实在是不忍见你如此自弃。”

“素儿怕再难振作，辜负了先生。”李素炫小声说着，愧疚不已。

“你不要想这么多，我在此等你，却不强求你来。你若来了，不想弹，便听我弹。如今你心不在此，手上弹习也是枉费。”

两人道别，李素炫出了内教坊，随侍卫一同回了宜春宫。到了屋中，将琵琶架好，在一边默坐了许久。自师父死后，她翻滚了这些时日，早已心智沦丧、神魂飘忽，如今除了整日枯坐、呆立，或在榻上半睡半醒，已什么都做不了。今日见了雷海青，见他诚挚，李素炫心中触动，听了他弹奏，更是深为折服，心里也知道，换作旁人，能得雷海青如此亲授，怕不是要乐得发疯，可她却只是一副消沉。

李素炫纠结了几日，不断鼓舞自己，想重新开始弹习，却又在看到琵琶那一瞬，灭了神气。

十日后，李素炫依前约去了内教坊，不去，令雷先生空候，她实在是不敢，可是到了雷海青面前，她依旧不想动琵琶。雷海青没有再问第二句，只将琵琶抱在怀中弹起来，弹过两个时辰，二人都没有说一句话。琵琶弦声柔和，叫人心中安慰，李素炫固然不敢再弹，却也着实听得入神。到了酉正时分，二人告别，雷海青仍旧没有多说一句话。

如此，自七月始，转眼已入十月。

又一日，雷海青弹过一个时辰，放下琵琶略事休息，见李素炫轻抚长箫，正自失神。雷海青问道：“素儿可吹过箫管？”

李素炫摇摇头：“这紫箫是我师父的，我不能碰，我自己有几支，也不大碰。”

“卢先生定然教过你，为何不碰？”

“素儿自幼畏惧箫声。”

“畏惧？却是为何？”

“师父说，箫声清雅静谧，他因之常在入夜时分吹起来。我却觉得箫声嘶哑悲切，每次师父吹起长箫来，我都难过，故此畏惧。”

“卢先生毕生不以箫管示人，我也不知道他箫声如何，令素儿难过畏惧。”

李素炫笑笑：“大约也不是我师父箫声有异，是我自己想太多。听师父说，雷先生初入宫廷时，以筚篥闻名，后专攻琵琶，终至声震天下。世人多仰慕先生文曲武曲，得闻先生筚篥之人反是少了。师父与我吹过筚篥，说他比雷先生差得远，也不知先生筚篥是何等声音。”

“我身上带着筚篥，素儿若想听，我便与你吹奏一曲。”

李素炫抱手行礼，说道：“素儿请闻。”

“好。”雷海青应着，点点头，从怀里拿出筚篥，入口中噙住，待气息调伏，便有声音跃动，饱满清亮，又空旷无边，渐至苍凉。李素炫低下头，但觉筚篥凄绝，压抑逼仄，声声如裂。她并未想起什么伤心往事，只眨了眨眼，泪水瞬间跌落。初时还忍着，怕雷海青看出来，渐渐难以忍受，弯下腰，将额头抵着双膝，双手抱着两肩，痛哭不止，却又忍着声音，如被扼住咽喉一般。

雷海青见了，心中跟着难过，筚篥声却未停下。

“每次见她，也不难过，也不开心，又哭不出来，又笑不出来，喉中如鲠，最是难办。不若今日让她哭够，或可好些。”

这样想着，拣了筚篥曲中最伤人的，步步紧逼，声声相虐，摧心坼骨，任由李素炫哭到近乎晕厥。许久后她渐渐平复了些，雷海青才将筚篥缓缓停下，看着李素炫。少顷，见她抬起头来，脸上泪痕斑驳。

二人对望着，李素炫凄然一笑，说道：“素儿每每闻乐，觉得各不相同。文曲琵琶，声音自弦上滴落；武曲琵琶，声音自弦上射出；听我师父长箫，声音从管中溢出；听先生筚篥，这声音却像是死死逼出，令人痛楚。”

雷海青叹息一声，放下筚篥，又拿起琵琶。未待弹奏，李素炫挺身跽坐，深深行了一礼。

“先生不必再为素儿弹奏。素儿觍颜，仗着先生宽宏忍耐，便如此任性，眼下也矫情够了。今日回去，素儿便开始好生弹习。先生乃内家琵琶第一好手，连我师父也自认不如，得先生教导，是素儿今生机缘。此后，素儿再不敢于先生面前乖张。”

雷海青点点头：“素儿今日回去，先将从前旧曲温习一遍。你如今不是失了技艺，只是失了心性。慢慢弹习，纵然没什么进展，也莫要心焦，待心性恢复，手上自然无碍。”

“是。谢先生教诲，素儿记下了。”

二人相别，李素炫随侍卫回了宜春宫，到了屋里，水也未饮些便坐在案几旁，看着架上琵琶。从前日日抱在怀中，如今半年未动，连看着也深觉陌生。此时轻抚其身，见到面板上密布划痕，累累带伤，乃是朝暮行拨所致，经年累月，层层叠加，中央处已微微凹陷下去，纤毫枯索，如遭钝刀剜割。每次指尖被利弦割伤，弦柱上便沾染血迹，肠线上血迹擦拭不净，濡染陈化，以致斑驳。再看自己左手，五指关节已微微变形，第一指节俱是表皮粗厚，状如老旧皮革，最厚处常有开裂，缝隙深嵌，深处色如蚌肉，柔软却无血色。右手常年持拨，也早已磨出横竖几道茧子。只是半年未碰琵琶，指甲又长了起来，若是复又日日弹习，不几日便尽皆磨平。昔日见到师父双手曾心生畏惧，眼下她年岁渐长，弹习日久，看看两手，也跟师父的差不多了。

李素炫将琵琶取下，抱在怀中。

“你我俱伤，方始有乐。此生定不相负。”

她心下静定了片刻，手上轻轻拨弄起来。初时尚未太觉得吃力，渐渐便觉得五弦离斥，弦手相抗，手与弦隔着，声又与耳隔着，手上耳中俱不真切，分明有哪里不对。待到曲至趋乱，越弹越快，渐渐觉得指腕吃力，继而失控。她只得停下来，心里慌乱了一阵子，随即想起雷海青嘱咐，深深吐纳几次，强迫自己镇定，重新弹起来。快则失控，索性慢慢弹，不拘弹得如何，也不焦躁恼火，不与自己较力，只当打发时辰。

端木来找李素炫，站在门口，听到屋中又响起琵琶声，忍不住落泪。

手上想要恢复如初，总需要时日，但李素炫自幼弹习，有无穷耐性，虽已半年多未碰琵琶，一旦再弹起来，便是每日三四个时辰。三餐匆匆用过，将小漆案放在门口，立刻转身抱起琵琶弹起来，不耽误须臾片刻。端木笑她："吃饱了将案子放门口，等人收走，你这像个坐牢的。"

李素炫跟着笑笑，复又凝神弹奏。端木不扰她，见她认真弹习，心无旁骛，也放下心来，转身去修炼羯鼓与舞蹈。

十日后，李素炫在内教坊处又见到雷海青，数曲弹过，雷海青点头说道："十日内恢复至此，十分不易，全凭素儿旧有功力。且莫心急，照此弹习，旬月可望复原。"

李素炫依言，不急不躁，不管弹得如何，只一遍遍从头开始，宁耐心性，周而复始，手上力道渐趋强悍精准，果然旬月复原。

"你既已复原，我教你些新曲，不甚易弹，姑且试试。"雷海青对李素炫说道。

"是。"李素炫怀抱琵琶，颔首示意。

雷海青将手放到琵琶上，沉稳身形，略略调息，接着，扬起拨子，直落而下，霎时弦声如裂。只破拨处这一声，李素炫便知道，此曲正是昔日师父卢菡所授《郁轮袍》。她心中感叹，静静听着，看着雷海青，见他神情萧肃，手上行拨劲硬，如风雷卷滚。一曲终了，凌空收煞，李素炫如在梦中。

雷海青尚自调息，李素炫恍惚说道："此曲名《郁轮袍》，昔日我师卢菡曾传授与我。"

"卢先生教过你？"

"正是。只是，我弹得不好，练过多时，也只及我师父六七分。今日听了先生所弹，果然不俗，却与我师父不太一样。"

"在素儿听来有何不同？"

"我师俊逸，先生凌悍。"

雷海青闻言笑了，说道："你倒敏锐，说得不错，我与卢先生果然颇不相同。"

"曲调上也不同。"

李素炫说着，手上弹起来，并不特别着力，只让雷海青听个调子。弹过一遍后，雷海青点了点头，说道："此曲为开元十九年状元王维所作，世间并无传谱，只口耳相授，每人弹的都不一样。"

“正是。当时师父告诉我，他听别人弹，在一边记下了，那别人却不是摩诘先生，不知原曲如何。素儿想来，定是此曲数度授受，辗转到了我师父耳中，早已失了原貌，只剩个大概。”

“不错，我今日所弹，才是摩诘先生原曲。”

“先生听过原曲？”

“我曾在洛阳岐王府中见过摩诘先生，与他探讨宫商，谈得十分投机。他当日曾在席间弹奏此曲，我便记下了。卢先生教你的大不一样，想是辗转途中毫厘千里，尽有错失讹误以及不合音律神韵处，卢先生更正增补过了。我今将原曲传授与你，卢先生所授素儿也好生练着，莫要弃了。曲调虽不尽相同，却各有气度，亦俱不离王维本来精神。”

“是。”李素炫答道，心中沧桑又欢喜。

“记得卢先生曾说，素儿以武曲为志，可是如此？”

“正是。”

“却是为何？”

“素儿爱其昂扬刚烈，只是弹不好，心中苦恼。苦练后毫无长进，更加苦恼。”

“素儿可知自己为何弹不好？”

“想是功力尚浅，力道、迅捷皆有不及，那般攻伐气度便弹不出来。”

雷海青摇摇头，说道：“凡乐者，发诸心苗，应诸手端，显诸弦轴，须是心中格外丰沛，手中方有气象。故此卢先生教你读书，修研经史，涵养性情。攻伐之气，不是怨气戾气、恨气怒气，乃是血气勇气、心气骨气。人唯方正，乃有此气。素儿性情纯粹，自幼诗乐为伴，不谙尘世，不能尽得其意。琵琶传自西域，然于弦轴之上与我华夏旧器并无相异，不过心手映照。素儿苦修十年，手上精纯，不失一毫，法度尽备，逊在意度。”

李素炫心服口服：“昔日我师父也这么说的……既如此，该当如何弹习？”

“这不是硬练的，需待机缘，素儿莫要心急。人但修习乐器，首要难在心性不宁，没那足够耐性经年累月昼夜弹习。此第一关，便将习乐之人拦下了九成九。也有那罕见人，天性宁定，终年弹习不辍，却又过于仰赖手上用功，凡有困处，只想着如何弹习。成于勤勉，终又陷于勤勉。素儿暂且宁耐，来日方长，自有分晓。”

李素炫笑道：“我不管学什么，与我相授之人都不停叮嘱，教我莫要心急。”

“素儿聪慧，日有进境，便容易心急。只是，有时也需耐着性子慢慢化养。太过操切，有碍清醒。”

李素炫立刻行礼说道：“先生说的是，是素儿死钻缝了。”

雷海青微笑点头，又将琵琶抱在怀里，看着李素炫：“我今将王维原曲弹几遍，素儿仔细听、仔细看，心中着力记下。”

“是。”

雷海青复又调聚精神力气，连弹了几遍。李素炫在一边，既听声音情势，也观指法行拨，又将两手放在琵琶上摸索，几遍后熟记于心。之后，雷海青教李素炫回去自行弹习。

## 44

端木眼见李素炫每日怀抱琵琶苦苦弹习，又留出夜间不停写字，一副忙碌平静，她略感安慰，只是见李素炫变得寡言，难得笑谈，她又有些担心，却也不敢问什么。一日傍晚，李素炫自清早到日落弹过五个时辰后，又将锥管拿在手中，润过笔毫，未来得及取墨，端木硬拉起她向外走。李素炫拗不过端木，只得将锥管放下，随她出去了。前方不远处有些林木，只是现下阴冷，不敢过去，两人在庭院里散步，回头看看，见夕阳渐渐沉落了下去。

“素儿近日又开始发疯，也不知道是不是要担心你。”端木笑道。

李素炫只笑笑，并未回答。

“你倒有耳福，雷先生名气大，只奉圣人，寻常人若不是沾了圣人福气，轻易听不得他琵琶声，你倒连着几月听了个饱。我这没听过的，实在是想不来雷先生何等样貌，手中琵琶何等声响。”

李素炫淡淡一笑：“琵琶声音不好说明白，样貌倒是能与你学学。”

“如何？”端木好奇问道。

“初见时想笑。那人好大身量，猫着个腰，搂着支小琵琶。亏得是一脸端正忠厚，若不然，你定将他怀中琵琶认作贼赃，只道是哪里偷来的，跑过来窃窃耍弄。论身量，我师父纵有那般高，也没那般魁伟，抱着琵琶也没如此气势。”

端木却笑：“你还说人家，你这么小一点儿身子，人家怀里小琵琶，放你怀里就是大琵琶，不是一样好笑。

“待雷先生真弹起来，我可是不敢笑了。”

端木微笑点头，心下会意，又说道：“也难怪你每日拼命一般练上几个时辰。也不知你是真的喜欢，还是在发疯。”

李素炫反问道：“有何不同？”

“也是。”端木笑道，“想是雷先生那里课业繁重，不得不格外努力。”

“也不是。雷先生从不挑剔什么，也不催促我，倒是屡次嘱咐我莫要心急。只是我自己不敢太过闲散，雷先生对我十分用心，不忍辜负了他，何况雷先生所授我也着实喜欢。”

“雷先生能令你如此振奋，是好事。前阵子见你消沉，我担心了许久，也担心你身子，也担心一旦圣人有召，你却疲敝，令圣人恼怒于你。”

李素炫笑道：“圣人不会召见我。我刚好躲在这里，清静。”

“为何不会召见你？”

“我习声歌、攻琵琶，现在宫中歌有永新、念奴，琵琶有贺怀智、雷海青二位先生，圣人召见我做什么？日子久了，也就记不得我了。”

“圣人钦点你入宜春院，怎么会记不得。”

“人之本性，但见着好的便要据为己有，却未必用得上。”李素炫淡淡说道。

端木沉默片刻，说道：“这些我没想过。不过，听你如此说，似乎不错。”

“自己好生弹习，不要指望太多。我从前还想着见得圣人面，为师父申诉。来这里几月，未得圣人召见，我略一想，定是如此缘故。”

“那我们要如何？”

“独自弹习，左右无事，也是乐趣，有什么如何不如何。”

“也是……只是，你还想着得见圣人，为卢先生申诉，若见不到，该如何？”

“暂且宁耐，静候机缘。”李素炫说了一句含混话。

端木未再追问，说起了别的。

“素儿，我们来这里，过了这半年多，你还是与众人不相识，每日独来独往。左近处众人都知道你，也知道此前之事，不多怪你。只是，我早与众人调熟了，你却连话都未与她们说过。”

“端木说得对，此事是素儿无礼了。”

端木想过很久，提着勇气，说道：“还有……下月，歌子与容儿笄礼，我想与你商量。”

“笄礼？”李素炫问道，旋即醒悟，复又难过，低头沉默不语。

“歌子不知道自己生日，只知道自己生在秋日，容儿生在腊月。前阵子见你消沉，歌子示意我莫要多事，故此将笄礼推后，放到腊月，与容儿一处。想待你复原，与她主持，我师父入宜春宫探望时与她二人行笄礼、加簪。”

李素炫大悟。她这几月顾着心痛，顾着复原，顾着发狠弹习琵琶，将周遭事情尽忘了个干净，不要说院中众家女乐，连歌子与容儿也都忘了，她顿时心中愧疚。

“此番确是素儿过错，谢端木提醒。既如此，今日你我好好商议此事。眼下我们身边无有长辈，理当你我多花心思。”

端木笑着说道：“你今生倒是有个大好处，自己糊里糊涂，我若柔和些与你说，你立刻便认卯。”

“端木心细，我自然信服你。只是，笄礼所用发簪理当父母准备，她们身边无有父母，便该由我们代替，我们却入不得街市，如何是好？”

“师父上次来探望，我与她商议过了。簪子寻常，只是手里拿着带进来便显得古怪，反倒生事。就请我师父在外面备好，来时插在头发上便是。”

“这是个好法子。”李素炫笑道，“你们果然机智。”

二人回了屋里，李素炫将几月来宫中月度都取了，去找端木，让她交给郑三娘，到街市上为歌子和容儿选两支贵重簪子。

“入了宜春宫，果然与教坊中不同，阔绰多了。”李素炫笑道，“我也不知道贵重簪子耗费多少，可着这些就是了。只是不知银钱可否带出宫去。”

“带物件入宫也不特别犯忌讳，带出去麻烦，说是怕泄露宫中防略机密。不过别的物事不行，银钱总可以，过查即可。宜春院人每月两次可有女眷探望，谁人还不将些银钱与亲人带走，宫中又无处花费。”端木说着，寻了个包袱，将自己与李素炫所出银钱都裹了起来。

“用我的月度去备簪，你的要留着些，孝敬你师父。”李素炫在一旁看着，说道，“郑先生将你自小养大，待你恩厚，如今你有缘回奉，落个心安，是你师父疼你。我若有这机会，不知要多开心。”

端木见李素炫瞬间神色黯然，情知她想起了师父卢菡，不忍道：“素儿放心，我的自然会留出些与我师父。她固然不图求些许，我却要尽心……阿姊知道你心意，心中感激。”

李素炫勉强笑笑，说道：“既如此，便有累郑先生了，你替我好生多谢。”说罢匆匆行过一礼，转身离开了。

回了屋里，李素炫拿起锥管写到深夜。上次誊抄好师父授课集录，在师父生日当夜焚了，如今再誊录一份，自己留存。连日来她每夜都写很久，此时心境已然缓和下来，字迹端稳了许多。

每到逢一，李素炫必定去至内教坊处见雷海青，雷海青从不爽约，若某次未到，定是奉圣人召见，李素炫也不在意，独自弹过两个时辰，到酉正时分独自离开。从前受教于师父卢菡时，李素炫尚是顽皮小童，如今已心思沉稳，知道何时何地该做些什么，再不分心胡闹。

眼下将入腊月，渐渐冷得狠了，有时下起些冻雨，愈发阴冷彻骨。宜春宫到内教坊虽然不远，一路上却足够将人冻到发抖。每次李素炫到了内教坊处，坐好后，都要将两手互相暖过良久，用力攥着手指又用力揉捏，一点点缓解僵硬，将手放在琵琶上，也要弹过好一阵子，才渐渐灵活起来。

雷海青不解，问道：“眼下如此天寒，又下着雨，素儿缘何穿得如此单薄？”

李素炫看了雷海青一眼，略想了想，欲言又止，低下了头。

“……素儿不觉得冷。”她轻轻说道。

雷海青见她不想回答，未再多问，见她两手互相暖着、揉着，又在琵琶上僵硬弹着，也不催促，只在她对面等待，自顾弹弹琵琶，或拿出筚篥来独自吹奏一曲，看也不看她，省得她心焦。等李素炫缓和过来，方始授课。

又到逢一，李素炫到了内教坊，绕过梨树，进了屋子，感觉阵阵温暖，原来屋中放了一盆炭火。此时天候虽已十分寒冷，楼阁深处却还尚可，多数人还是宁可多穿些，生炭火的少。李素炫知道定是雷海青吩咐人备下，心中感动，将两手凑到炭火边上，很快暖了起来。

不多时，雷海青从外面走进来，对李素炫说道："有了炭火，你或可好受些。"同时仔细打量李素炫，见她依旧穿得单薄，脸上、唇上冻得有些苍白，双手在火边暖过多时，指节已不太过僵硬，却仍不是特别灵便。

雷海青看了片刻，未问一句，只坐下，取琵琶弹了起来。又过多时，李素炫双手彻底回暖，指节复又柔韧，拿起琵琶，离开炭火远远坐下了。见雷海青迟疑，她笑道："两手暖和过来，弹起琵琶就再不会冷了。身上冷些无所谓。"

雷海青知道这话不过是托词，虽不解她为何总是生生冻着自己，却仍是没有追问，只静静等着她独自弹奏、开指。

入了腊月，开始下雪了。

雪初时不大，落地即融，渐渐凶狠起来，不久风又起来，雪花大片大片在空中殴斗绞杀，落到地上，迅速积得深厚。清晨，李素炫忍着寒冷，临窗独自望着外面，见天涯茫茫，南山雪线平日举目可见，如今淹没在满城风雪之中。

不多时，端木叩门进来。

"素儿，我师父来了。"

"好，我这就随你去。"李素炫说着立刻站起身来，与端木一起向外走。

"素儿，待笄礼结束，你也与宫中众家阿姊相见一番，各说上几句，莫要急着回来。"

"好，我听你的……只是不知与她们说什么。"

"随便说什么都行，本来人也不是非要与你说什么。今日观礼者甚多，是个机会。来了这多日，你还是谁都不认识，怕众人见怪。"

李素炫轻笑道："怪便怪好了，我又不曾短了礼数，又不曾欺负冒犯谁，不过少说了几句话，与她们一起少玩了几次，若这也要怪我，我也没法子。"

“前阵子众人知道你心里难过，不扰你，如今半年多了，你再不理人，旁人要怪你矫情了。我知道卢先生之事在你心里一生也是个坎，可别人不这样看。你再躲着不与人交道，人自然要怪你。”

李素炫正色道：“端木，我不理人，不只是因为我师父之事，没此事也是一般。我不怕与人认真探讨、对论、抗辩，就是怕闲谈，实在是不知道与人说什么，勉强找什么出来，又怕说错了，惹人恼我。”

端木叹息道：“你这性子我知道，从没觉得你哪里错了。只是，你略微花些工夫应付一下，便可平白里少许多抱怨，何以不为？若实在不知道说什么，就听着，跟着笑。你露个面，看看差不多了，我去替你与人说话。”

“端木说的是，素儿听劝。”

到了正堂，一切都已准备停当，宾朋已到场落座，一众女乐前来观礼，有的还带着乐件。李素炫心想：“当日端木行笄礼，拜了郑先生，我行笄礼，拜了我师父。如今容儿师父到场，歌子师父为男子，入不得宜春宫，不知道歌子该拜谁。”心下想着，有些为歌子难过。

笄礼仪程很简单，先是歌子，阚容儿师父代替歌子师父受了歌子拜礼，礼成后，便是容儿，一般过程，两场笄礼一共不过两刻钟。李素炫想起自己及笄那日，心中隐约翻滚，强自宁耐，看着歌子与容儿换了发束，各插着凤首银簪。簪子掐着金丝、镶着宝石，十分华丽贵重，她十分高兴，耳边听得两厢奏乐，也是惊叹：“这宜春院果然与我左教坊不同。能入宜春院者定然非凡，只是听闻人说其中多乐户之女，我这等身出教坊者少，她们手上管弦本事得自家传，果然别有风貌。”

仪程结束，上了酪醴，众人随意坐卧闲谈。李素炫记着端木嘱托，到了人多处，对众人深深行礼，说道：“在下李素炫，多日不曾与众家阿姊相谈，实为失礼。今日得闻众家阿姊奏乐，心中佩服，日后还望指教。”

这几句说得甚是笨拙，却很诚心，不是奉承话，李素炫是真的觉得宜春院人管弦精湛，乞望给众家女乐留个记忆，方便日后讨教。只是这几句真心话说完了，她又找不出什么能说的，双手持礼，一时无语。

众女乐也不挑剔，拉着她说个没完，李素炫记着端木嘱托，听着、笑着，不住点头，只片刻便觉得心神俱疲，抬眼寻找端木。不多时端木走了过来，与众人答话，谈笑自如。

李素炫这才松弛下来，暗暗叹息：“我怎么就这么笨。”

一番欢庆，众人渐渐散去，李素炫与郑三娘见过礼，终于完结了今日事，躲命般逃窜回屋中。身旁骤然安静，也略寥落，眼望外面，见大雪沉沉下着，山河清冷宁定。

方才人多欢闹，李素炫满头昏沉，嘈杂之声半晌犹在耳边纠缠。眼下站在窗边吹着冷风，看着外面远近茫然，良久，虽然浑身冷透，心中却慢慢沉落，落到底，终于稳当了。

“在这长安城中初遇我师卢菡，是开元二十三年三月，春日里，梨花正盛。不过转瞬，眼下已是天宝四载岁末，长安城中如此大雪。”

# 第九章 洗冤

天宝五载（746年）正月—四月

# 45

大雪下过了整整一个腊月，到了除夕，宜春女乐大半被调遣去圣人前头彻夜奉乐，宜春宫中清静了许多。李素炫照旧弹琵琶写字，对她来说过年不是什么特殊日子。

第二日早起，已是天宝五载元日，此刻长安城街市上热闹非凡，宜春宫中却没什么动静。卯正时分，奉乐人众一起回来了，四下里顿时热闹起来。众人冒着雪，围在一起，换桃符、贴门神和春联，一夜未睡，也不嫌累，连中官和宫女都跟着一起欢庆。不多时，宫中为女乐们备好了元日酒宴，摆上屠苏酒、椒柏酒、五辛盘，又上了各色荤食、蔬食、果品。众女乐年齿相近，也不分什么辈分，围坐起来一同饮食说笑。

“素儿怎么不饮些酒？也不动五辛？”端木问道。

“今日逢一，下午我要去内教坊处见雷先生，不敢饮酒、动辛辣，怕浊了口气，殊为失礼。”

“今日初一也要去？雷先生昨夜定然入宫奉乐，早间方回，想是都还未歇息过来。”

“我二人有约，逢一必到内教坊中。他不去，我也要去，独自弹够两个时辰再回来。既去，怎敢不恭敬。”

端木笑道：“你倒虔诚。既如此，多吃几个牢丸，省得下午腹中饥饿。”

众人说笑饮食过后，都觉得疲累，尤其是昨夜奉乐者，本就一夜未睡，现在更加困顿。撤下酒席，众人各自回去歇息。李素炫回了屋子，抄书习字，到了时辰便收拾好，起身负了琵琶，出宜春宫门，唤来侍卫，踏着积雪去了内教坊。

今日内教坊中非常安静，没几个人，地上雪积了一夜，中间踩出几条依稀小径来。后院梨树上结满霜雪，深白繁密，如同春日梨花。小雪仍旧零星下着，无风，周遭寂静中，李素炫听到屋内传来琵琶弦声，一听便是雷海青所弹，别人没有他那般利落手法。

进了屋子，炭火旁果然是雷海青在弹奏。他见了李素炫，停下两手，有些讶异。

“素儿怎么来了？”

李素炫迟疑道：“……先生怎么也来了？”

“今日元日，以为素儿不会来。”雷海青说道。

“素儿以为先生不会来。”

“有约在先，怎能食言。纵然你不来，我也要来。”

“先生昨夜定是在圣人面前奉乐，彻夜未眠，早间方回，只歇息两三个时辰，想来疲乏依旧。素儿以为先生不会来，只想自己过来，弹过两个时辰就回去。”

两人互相望了一眼，一起笑了。李素炫放下肩头琵琶，靠近炭火，烤着指尖，很快暖和过来，取琵琶到旁边坐好，缓缓弹奏开指。雷海青停了手中琵琶，等着她。

李素炫有些愧疚，低声说道：“先生纵然不甚疲乏，毕竟今日元日，却要到这内教坊处与素儿授课。素儿心中不安。”

“无妨。”雷海简单答道。

“总也要陪伴族人家眷……”李素炫低声说道。

“雷海青并无族人家眷。”

李素炫抬头看着雷海青，有些不解。

雷海青笑笑：“我与你师父一般，不曾婚娶，也无亲族。”

“却是为何？”李素炫问了一句，旋即觉得自己多嘴，有些后悔。

“独自惯了。”雷海青淡淡答道。

“为何独自惯了？”李素炫见雷海青毫不在意，又问了一句，也是心中好奇。

“我出生即遭父母遗弃，被戏班救起养大。戏班中人都待我很好，可是也没有哪个人与我格外亲近。白日里与众人说笑，夜晚总是独自一人。日子久了，也就习惯了。”

雷海青口吻清淡，生身父母见弃，他却仿佛不在意。李素炫轻轻拨弄着手中琵琶，掩着难过，笑道：“我比先生命好，虽也是不知父母，却有师父疼我。”

“素儿缘何不知父母？”

“我父亲为唐兵，护卫西域商路，战死之时，我尚未出生。母亲生下我后，欲将我送回长安，行至敦煌，母亲病笃，无法前行，只得将我托付给商队。我随商队走了一年，到了长安城，入城第一日，在坊道边遇见了师父。”

“我听卢先生说过，他在坊道边遇见你，听你唱着些调子，声音清越。他动了怜悯，将你带在身边，为你取名字，又送你入了教坊，此前事情我不知道。素儿可曾思念父母？”

李素炫摇摇头：“我只知道父亲姓李，长安人，母亲为胡女，别的一概不知，想也无用，故此不想。不知先生如何，可曾访寻父母？”

雷海青摇头轻笑，说道：“生身父母相弃，何必苦寻。听闻人说，当日救起我时，见我头上毡帽上绣一‘雷’字，便以此为姓，取名雷海青。其实我是不是姓雷，我自己也不知道，又如何寻访。素儿与我不同，你耶娘定然爱你至深，只是乱世之中，纵然尽力，也是无力。”

李素炫心中迷茫，她没见过父亲，对母亲也早已毫无记忆，只是与雷海青比起来，又不算什么。

“素儿自幼得师父疼爱，虽不愿与生人交道，却极眷恋师父，想起师父来，便觉得有所依靠，不惧世间风雨。不像先生，与众人尽皆交好，却又习惯独自一人。只是如今素儿已无人可依，想来日后也要习惯独自一人了。”李素炫叹息着说道。

雷海青见她伤怀，一时不知如何安慰。李素炫又说道：“我初次见到先生，是在左教坊中，师父特意唤我过去，令我与先生相识。之后不久，师父对我说，若他日后不能再教诲于我，便要我求教于雷先生。想是那时，师父便已将我托付与先生。”

“正是。”雷海青点点头，“那日我与贺先生特意去了左教坊中寻卢先生，他带你见过我们，你走后，他便恳请我，说若他再不能教诲于你，便请我继续教授，直至你乐艺大成。”

“想是师父那时已经知道些什么，提早作了安排。可叹我那时浑然不觉。”

雷海青迟疑了片刻，开口说道：“既然素儿疑惑，雷海青便将一些事情告知与你。”

李素炫放下怀中琵琶，端正坐好，行礼道："素儿请闻。"

雷海青叹息一声，缓缓说道："卢先生乃天下琵琶名手，又兼诗书出众，在士人中极有声誉。京城里多有达官，每逢酒宴，争相邀请乐师助兴，也是图个乐趣，也是图个光彩。卢先生却从不应请，哪怕人屡次相邀，重金相谢，也坚辞不允。这许多年来，他只与人教习排演，与同道诗乐相约，却从不侍宴奉乐，也不与权贵攀附结交。有些人不以为意，有些人却怀恨在心。我与贺先生常在君王身侧，但凡想推辞，只说圣人随时召见，我等不敢擅离宫阙，没人会强迫。天子素爱琵琶，卢先生声望过人，却二十余年不曾到得上前，人皆以为圣人厌弃，故此轻视他，见他不应请，便怪他骄狂。"

李素炫叹息道："这怎么能怪我师父。"

"去岁入秋，京城许宗德做寿，遍邀城中闻名乐师，卢先生仍旧不应，那许宗德便恼火了。"

"许宗德是何人？"

"官职不大，只是攀附李相，一时颇有气焰。"

"我师父不应请，他便恼了？"

"当日夜宴，众人醉酒，有人言语相激，说是饶他许宗德势大，请了这许多人，却唯独请不来卢先生。许宗德立时火起，非要寻个颜面回来，在堂中设了专席，即刻托人与卢先生传话，说是知道卢先生清傲，从不以箫管示人，故不强求，瑶琴乃士子雅好，也不敢令侍奉酒宴。请卢先生到府，只一曲琵琶，便重金相谢，送归。卢先生不允，许宗德不死心，一再派人传话，一众人等到深夜，卢先生依旧不允。许宗德大失颜面，当时便扬言报复。"

李素炫恨道："我师父就是这般性子，只是此事是那许大人自己来招惹我师父，凭什么怀恨报复？"

雷海青摇头叹息："有些人心里与我等不是一个算法。"说着看了看李素炫，见她尚在平静，又说道："我也甚是厌烦那人，只是当日晚间我在圣人面前当值，有个推托，故此逃过一难。那日夜宴多有教坊及梨园弟子应请，回来将情形与我详细描述。我当时便觉得此事不祥，与贺先生商议过，第二日便同赴左教坊中去见卢先生，报与他知。"

"想来就是素儿结识雷先生那日。"

“正是。我将梨园弟子所述与卢先生讲了一遍，卢先生却只笑笑，说他性子就是如此，早知道此生无甚好结局，心下已然释怀。卢先生从不饮酒，那日却破例将贺先生所带浊酒饮了一盏，我便知道他心中也有愁结。果然，他送你出门，再回来，便郑重行礼，将你托付与我，说他在尘世并无挂怀，此生纵然终局惨烈，也没什么不甘，唯独难舍怀中女儿，只得相请于我，来日继续指教你。”

李素炫想起那日在夕阳之中，师父看着她，安然微笑，神色言语全无异样，只将怀里小葫芦掏出来放在她手里，告诉她好生照顾小蛉儿。她只顾着一片慌乱，全然不知师父那时已心存死志，却仍旧不动声色，仍旧柔声哄着她。

李素炫心如刀割，忍着痛楚，闭上眼睛，低下头，咬着嘴唇。

“卢先生清傲，宁死不肯屈节，我辈皆不及。只是浊世险恶，于卢先生这般心性者，自古便不相见容。雷海青钦佩，却做不了什么，只能对你尽些心力，不敢稍有懒惰，有负故人之托。”

李素炫看了看雷海青，心中感怀，想说个“谢”字，觉得怪异。良久，又问道：“不知那日深夜逼我师父服毒自尽的，是不是这个许宗德？”

“此事我多方打听过，然心中记恨卢先生的远非许宗德一人，我也理不出什么头绪来。我也打听过宫中情状。卢先生为内乐第一等训师，教坊梨园偌大，共万余众，此等训师不过几十人，此事定是要报与圣人知晓。然教坊副使只简单言道内教坊训师卢菡自尽，圣人并未在意，此事便算处置完毕。我欲为卢先生申诉，然圣人只当卢先生自尽，我若说卢先生为人所害，却全然没个头绪，连个疑凶名字也拿不出来，除却惹圣人恼火外，毫无用处。也只得暂时忍耐，另想法子。”

李素炫沉默许久，她曾想过，若得见圣人，定要为师父之事向圣人申诉。只是，也果然如雷海青所说，连个细微头绪也没有，连个疑凶名字也没有，空口无凭，全凭猜测。举世间，哪有如此上告的，纵告了，也无人受理。

李素炫叹了口气，心中怅惘。外头远远有爆竹声零星传来，衬得屋中格外寥落空寂。

许久，雷海青见她沉思，缓缓弹起手中琵琶来。乐声渐起，益趋激亢，李素炫方收回神思，认真谛听。一曲收煞，雷海青说道：“此曲名

《垓下》，我今传授于你。你可略靠近，看仔细些。”

“是。”李素炫应道。二人每次课业授受，都是隔四五尺远对坐。听雷海青吩咐，李素炫立刻放下琵琶，向前挪了些，将雷海青手上看得格外清楚。雷海青将《垓下》连弹几遍，问道：“素儿可看得清楚？”

“素儿看清楚了。”李素炫说道，退回原位，又抱起琵琶。

“好。”雷海青点头，“既如此，回去好生弹习，记得莫要性急。”

“是。”李素炫微微俯身行礼。

雷海青点点头，未再说话，转而弹起些清淡调子，舒缓两手筋骨。只随意拨弄几下，李素炫却觉得甚有情致，和着弹起来。雷海青心中微微惊讶，不知她如何跟得上，手上略微快了些，她依旧跟着，不十分贴合，却也差不太多。

雷海青停下琵琶，问道：“素儿学过度曲相和？”

“正是。师父累年相授，素儿亦曾勤习，只是许久不曾与人相和了。”

“原来如此。”雷海青点点头，“你仔细听着。”说着，手上翻动，弹过一曲，再到第二遍，李素炫立时便跟上，毫无爽虞。几曲后，雷海青来了兴致，放下琵琶，自怀中取出筚篥来，反倒追着李素炫手中琵琶。又几曲过后，李素炫放下琵琶，说道：“先生略等等。”说着起身跑出去，不一时，从旁边房间取了羯鼓过来。

雷海青立时笑道：“这样更好。琵琶与琵琶，琵琶与筚篥，都不及琵琶与羯鼓融容。”说着重新抱起琵琶来。

李素炫手持羯鼓杖，端正坐好，二人凝敛神色，调服气息，不发一语，只互相瞥见对方手上微动，便知道彼此心意。手上扬起又落下，鼓声弦声同时溅射而出，激越相和，穿梭跃进，寻赶追夺。雷海青琵琶极精熟，巡回往复，略不迟疑，从无一音错失，该当细弱处立时沉得下心来，弦声如蛛丝扶摇，转瞬疾速，手上腾挪，却丝毫不减力道。李素炫平日里羯鼓不如琵琶，今日心中格外清冽沉着，分拍计节，寻摘板眼，腕上发力，接连摧动鼓杖。此刻这二人呼吸心念俱在微细，神魂极度聚结，心中却又一派澄澈空静，全无一丝人间念头。乐声层层推展，丝丝锁扣，二人渐渐心生轻安，身起乐受，直至曲终压跋，戛然收煞。二人身形端凝，片刻，复又松弛，同时出了定境，放下手中鼓杖与拨子，相视一笑，心下会意。

半晌，门口那边传来响动。这殿内终日有人值守，若有宜春女乐到，门口格外有人盯守。今日殿内安静，几个零星值守者闻听乐声，不觉踱到门口处，连同在门口处盯守的一起听着屋里乐声，听得如痴如幻，状若神游。乐声止息良久，几人才醒悟过来，大声喝彩，又恭敬行礼道："我几人今日真是开眼。"

雷海青与李素炫都笑了，那几人更是笑得开颜。今日初一，也要当差，几人本觉得有些委屈，眼下却是满心欢喜。雷海青与李素炫未再多说，收拾起各自乐器，行礼告辞。

## 46

回到宜春宫时天色已晚，李素炫回了屋中，刚架好琵琶，端木寻了过来。

"素儿回来了？过来跟我们缝衣裳。"端木说道。

"缝衣裳？"李素炫不解。

"你随我来。"

端木说着，拉着李素炫到了自己屋里，歌子和容儿也在，还有其他女乐六七人，众人果然正在缝制。

"宫中旧俗，将士出征，着宫人缝制纩衣。"

李素炫傻愣半晌："……我不会。"

"又没让你将布匹絮子变成纩衣，容儿歌子手巧，她们已经缝得差不多了。你们这些手上拙的，给每件衣裳上头缝几针，众人都是每件衣裳上头缝几针，为讨个吉利。宫中女子就连嫔妃贵人也都是要缝几针的。"端木笑道。

"若只是几针倒还好。"李素炫顿时放下心来。

"素儿自小聪明，就是不敢动针线。"容儿说道。

"反正有人允了与我缝了。"李素炫笑道。

"这是拿来祈福的，战事要紧，我等都要为兵士讨个吉祥，素儿也来缝几针。"歌子说着将针线递给李素炫。李素炫接了，拿起纩衣缝起来，叹口气说道："说是祈福的，却不知哪个倒霉的捡到我这件，只几针，也缝得歪拧难看。"

"素儿怎么这么害怕做针线？"旁边一女乐问道。

"第一次做活，手上笨拙，狠狠挨了针，怕了。甭说我自家做活，就是看你们拿着针，我这心里头都毛悚，怕你们扎了自己。"

"谁像你那么笨，被根针吓倒，偏就是弹琵琶灵光。"那女子笑道。

"你这手笨成这样，若有缝纫活怎么办？"一人问道。

"有时端木帮我，有时歌子和容儿帮我，有时我师父帮我。"

"你师父？……卢先生？"

李素炫点了点头："我师父手巧，做个缝纫怎么了？"

歌子在一边掩口笑道："卢先生无有女眷，自己会做缝纫也不奇怪，只是寻常女子没有你这样的，怎么做个女红能将你难为到这般，竟然要师父给你缝纫。卢先生质性清雅，人物贵重，偏被你欺负，教你诗书画乐不说，竟然还要帮你做这些琐碎事。"

"我师父乐意，你管不着。"李素炫低着头，红着脸，小声咕哝。

众人皆笑，边笑边闲聊。李素炫听周围人说，宫中每年都会着人缝制纩衣，缝好后四处乞针，女官与宫人只要遇见了，每人都要缝上几针，连王子嫔妃、皇家公主与高门贵妇入宫，都乐意缝上几针，看作施善。每件纩衣上凑够几十人、百余针，才够吉祥。至于发放到军队中会到何人手里却不知道，总之不是天下军士人人都轮得上，得到的便是缘分。

李素炫缝了几针，自己看着，暗自戳气，扭头一看容儿缝过的，阵脚细密匀致，果然上好手工。

"容儿缝得果然精美，不知何人可得，也算今生有一线缘牵。"李素炫赞叹道。

"纵然缘牵，却又缘悭。"容儿摇头叹息，与李素炫小声说道，"我缝了这几件，也不知到得谁人手中，穿了这纩衣的，也不认得我，也猜不到。一件纩衣，两端不知。"

容儿自幼厌恶宫中幽闭，无奈肋下不生双翼。李素炫知道自己出不去这深宫，有时候弹琵琶、写字，或随意拨弄瑶琴、把玩箫管，自己学做自己玩伴，只当自己注定一生困守于此，总要知道如何应付。当初师父教授时也说过，纵逃不过宿命，有些寄托总好过没有。阚容儿却从不认命，心里怨恨，口中从不避讳。

“素儿可认了命了？”容儿问道。

“不认。我也想离开，可万一离不开，总要有个准备。难不成熬不过寂寞，最后都去自缢不成。”

“好了，你们就别想了。”端木说道，“这事又由不得我们，认不认命又如何。想多了，都是烦恼。”

两人都不再说话，知道端木说得对。其他人在一旁说些别的，倒是热热闹闹。

“你便是素儿？”一女乐走过来，挨着李素炫坐下。她皓齿洁白，笑着，对李素炫亲热说道：“我叫苏获。”

李素炫见她与自己差不多年岁，看样貌不是中原人氏，应该是来自西域某处。只是西域人样貌也都不相同，李素炫也分不清楚，只觉得眼前人姿容丰艳浓烈，明媚夺目，又兼仪态端然。她不敢小觑，连忙行礼说道：“在下正是李素炫。”

“你以前没有见过我。我自西域来，刚入了这宜春宫不几日。端木屡次与我说起过你，今日方头次得见。”

李素炫笑笑，说道：“今日结识，往后便常见了。我这几日忙乱，在院子里走来走去，都不记得撞见过谁，想是打招呼也忘记了。不知是不是对阿姊无礼了。”

“素儿不曾无礼。”苏获笑道，“我是要告诉你件事儿。”

“何事？但请赐教。”

“赐教不敢说。前几日端木与我说，你幼时也自西域过来，锁骨下处有刺青，是你自己名字，却不认得。她与我说，若见了你，让我帮你辨认一番。我方才看了几眼，却怎么没看到？”

李素炫立时醒悟，心中感激端木，连忙对苏获行礼，说了句“阿姊稍等”，立时到旁边取了湿帕子，将左边锁骨下处擦拭了一番，果然露出刺青来，只是字迹有些黯淡。

“这也不是年深日久褪了颜色，本来就是淡些。”李素炫说道，“我平日都将脂粉调些清水来，轻轻一涂，遮盖了，免得旁人问个不停，我又说不出个所以然来。”

李素炫端正坐好，让苏获看得清楚。苏获凑近仔细看了阵子，然后说道："此为西夜文字。"

"西夜文字？"

"正是。"

"我师父以前问过很多西域商人，大家都说不认识。阿姊怎么识得？"

"西夜是古名，如今是疏勒都督府所辖朱俱波州，与我疏勒虽也有些路程，在西域便不算远了。他那处本无文字，就近用了疏勒文字，改动笔画组合，以示有别。我自疏勒来长安，故此识得，却不知字中意思。昔日西域三十六国中，西夜国最小，如今也小，人也少，也不太多出产什么，商队不往那边去，他那里人也不大出来行商，若出来与人买卖立券，都用疏勒文字。故此西域人也多不认得这是西夜文字，我也是机缘巧合之下见过，才认得出来。"

"是这样。"李素炫喃喃说道，"如此说来，我母亲便是西夜人了。"

苏获说道："定然是了。端木说你会唱母亲家乡歌谣，可唱几句与我听听？我自小熟知四方歌谣，略不下千首，看能不能与你分辨些。"

"好。"李素炫点点头，开口唱了。不几句，苏获便笑着说："错不了了，你母亲定是西夜人。词我只听得懂少半，调子却没错，歌调可是比文字更稳妥。"

"只听得懂少半？那阿姊可与我说说这少半？"

"虽是幼时歌谣，素儿舌齿声音倒是不虞，听得清楚。词中似乎是说个什么地方，在山谷口处，有溪水，有井，有仙人……"

"山谷口、溪水和井……想是我母亲家乡模样。只是这样地方一国之中不知有多少处。"

"果然难寻。还有，你身上刺的不是你名字。"

"不是我名字？"

"谁会将自己名字刺在身上？"苏获笑道。

李素炫迟疑片刻，只得点了点头："……阿姊说的是。"

"这是你父亲名字。"苏获说道。

"我父亲名字？"

"正是。西夜人有个旧俗，若孩儿尚未出生便没了父亲，母亲会将父亲名字刺在孩儿锁骨下方，嘱意其纵未谋面，不得承教，也不要忘记生身之父。锁骨下方皮肤不同，若刺在他处，待孩儿身形长大，字迹便失了形状，唯锁骨下方，纵长得再高再壮，此处皮肤变化小，不损字迹。”

李素炫心中翻滚，思索当年，父亲战死，母亲生下她后，将父亲名字刺在她身上，怕她忘记身之所出，忘记自己乃是唐人之女。不久家乡遭难，母亲带她出逃，矢志要将她送回大唐，寻访父亲故土，一路行至敦煌，何止千里，也不知母亲带着她遭了多少苦累。

李素炫有些难过，许久不语，苏获又说道：“你母亲定是带着你沿商路去至敦煌。西域道路虽远，路上却是商旅不绝，远行之人多随商队前行。一路有补给、住宿，有各国及大唐都护府军人护卫，好过野路上撞命。”

“阿姊是怎么从疏勒过来的？唐话也说得甚好。”李素炫打起精神来问道。

“我为贡女，自幼被选中受训，来日要入贡大唐，唐话自然有人教我。我来时便是随着商队，一路走了两年还多。”

“两年还多？要那么久？”

“可不是，疏勒离长安逾七千里，商队边走边做生意，拖家带口，又多辎重，慢得多。若是轻身上路，昼夜兼程，不一年便到了。若是军队疾行，半年便到，骑兵更快。”

“也不知这长安城中可有西夜人，与我认认这字迹。”

“怕是难了，西夜地小，人本就少，到长安的不会有几个，难得遇上。这要看你机缘了。”

李素炫沉吟片刻，今日知道母亲是西夜人，知道身上所刺乃父亲名字，可是又无人识得，心中交杂感慨。旋即醒悟，此事要多谢苏获，立刻挺身跽坐，对苏获郑重行过一礼，说道：“素儿十几年不知父母讯息，多赖阿姊今日相告，素儿感激。”

苏获却叹息着说道：“我却是不识得西夜文字，令你失望。”

“阿姊说哪里话。”李素炫说道。

两人互相看着，见对方姿容姣好、笑意亲切，彼此都欢喜。尤其是苏获，自疏勒而来，远离故土，身旁无有亲人，闻知素儿母亲也是西域人，分外觉得几分亲切。仔细看李素炫容貌，并不特别像西域人，却又与中原汉人明显不同。

众人在一旁听着，都为李素炫高兴，见她沉默，好声安慰道：“素儿莫想太多。这十几年来你一直访求不断，端木也都帮你记着，如今不是有些眉目了？长安城广大，哪里就一个西夜人也不来，说不定哪日路上直直撞上一个。”

李素炫笑了，行礼道：“多谢众家阿姊。”转而又与端木行礼道：“更要谢谢端木。”

众人见李素炫心情好了些，也都跟着开心，又随意聊了阵子，各自回去了。

夜里，李素炫反复想着苏荻所说，山谷口、溪水、井、仙人……倒是个清雅之地，又想着苏荻说她舌齿声音不虞，不由得轻笑了。这些年来，每到困顿濒死，耳边便听到母亲歌谣，淡渺恍惚，却早有师父为她记了曲谱与读音，如何会有差池。

## 47

连着数日，李素炫认真弹习雷海青所授《垓下》，按照列营、擂鼓、布阵、大战、败北、自刎之序逐段练习，稍微熟练后，开始着力。此曲果如雷海青所说，十分不易，只破拨处一下，右手疾速扬起，蓄力后迅速下破，瞬间平扫五弦，霎时有千军万马于弦上奔腾，左手接连推捻分错，指尖细弱，却要有千钧之力。两手亦敌亦友，互搏互助，交驳迷狂，五弦之上，七情俱现。

李素炫弹习多日，手上不觉得特别有碍，却总是觉得曲意上逊色，比不得师父卢菡和雷海青所弹，却又说不清楚其中缘故。自己也难免琢磨：“想是我未见过征战场面，也想不来，便弹不出……只是，师父和雷先生也没有见过，不知他们怎么弹得出来？”

惆怅了些时候，她又想起雷海青叮嘱“莫要心急”，自嘲一番后，稳了稳心神，接着弹习。

又到逢一，见到雷海青，李素炫将心中疑虑说了，最后问道：“莫不是素儿一生不见征战厮杀，便一日弹不出其中况味？”

雷海青问道：“素儿曾随卢先生读诗，可曾有感于诗词况味？”

“自然是有了。”

“诗乐本是一理。乐能动心，有心方动，无心不动，只是心之所出并非全然眼中所见，亦在自己命势、情态。诗词中所写情景，素儿也未必都见过、历过，如何便有感怀？无非心中遐思能及。”

见李素炫若有所思，雷海青又说道：“如今素儿手上已无大碍，所逊者，不过心性、意度，慢慢涵养便是。为乐者要耐得住终生弹习之苦，手上不可一日短了磨练，只是有些事情可以靠练，有些练不出来，要悟。素儿有悟性，早晚觉悟，无非渐悟、顿悟，须是熬到时候，眼下勿以无有进境为焦灼。一俟开悟，方知此前煎熬皆不白费。”

李素炫摇头无奈：“先生此前与我讲过此中道理，素儿也明白，只是事到临头，便失了清醒。”

雷海青笑笑：“无妨。反复几次，慢慢就好了。”

临别时，雷海青又叮嘱道：“素儿如今不需弹习太久，每日两个时辰足够。”

李素炫一怔：“为何？”

“你如今所失不在手上。”

李素炫立刻会意。

“人之为学，无有捷径，却有巧劲。如今你更应该多读书，或作诗，哪怕写字，都比弹习有用。”雷海青又叮嘱道，“也是素儿自幼用功，也是眼下弹到这一步了，不然我说这话，你也听不懂。”

李素炫心中信服，点点头，深深行礼，二人告别。

回到宜春宫，架好琵琶，李素炫又拿起书卷来。这几月每日苦苦弹习，也写字，书卷好久未曾读过，今日雷海青一两句话，李素炫便知道他言语中深意。

“我如今确是太过刻意了。昔日师父说过，不意之意，乃为真意。前阵子誊抄师父授课集录，将这句话抄了好几遍，怎么还记不住、还想不起来。我这心焦是旧病，以前师父和鹿先生都嘱咐过我，雷先生也屡次说过，我怎么偏改不了。”

连着数日，李素炫自觉没什么大进境，也学着不急不恼，每日只弹过两个时辰便将琵琶放下，拈起锥管写字，或读读书卷。往日在左教坊时，寻常纸笔虽不至于用不起，却也是份开销，不敢泼洒着靡费。有些纸张贵重，卢菡各寻了些与李素炫见识，她都好生收着，累年缄庋，不敢写用。入了宜春宫就阔绰多了，宫中有无数上好纸张墨锭供女乐们习练书画，随意取用，又多有书册手卷备着。李素炫按下性子来，不整日与琵琶较劲，心想：“师父曾说纸笔精良乃平生乐趣，既如此，且好好享受一阵子。”过了几日，想起从前与许嬷嬷和苏嬷嬷写经，也是快乐，便寻了些经卷写本来每日抄录。写上几日，回头看洋洋长卷，心中也自骄傲。

一日过午，众宜春女乐各自忙着或闲着，李素炫刚刚收拾好琵琶，准备去内教坊处，忽有小宫人来报：“贵妃即刻到达宜春宫中，着各家女乐于正堂说话，不需更衣上妆。”

众人神色肃然，立时放下手中物什，片刻间集于正堂。过不多久，数十人来到正堂，前面中官分路，后面十数宫人列队，手捧各色应用物什，再后面便是贵妃。

贵妃入了堂中，中官号令，众家女乐按律行了全礼。贵妃却是言语平缓，教众人端身答话。众人持礼，无一人敢抬头。

“众位不必如此拘谨。我今日也是一时兴起，顺路过来，想要亲自寻下几个心手纯熟者。宫中多索求房中乐，我今日寻思编排个迥异的出来，这才来你处寻人。”

李素炫与端木并肩站在最后，不敢抬头，只小心偷眼望了望。李素炫立刻认出贵妃，正是去年三月梨花竞乐时圣人身后所立女冠，彼时着青色道袍，如今已是皇家气派。李素炫隐约想起曾有旁人说过，去年八月，圣人将女冠杨玉环册为贵妃，实则仪同皇后，时为宫中大事。只是当时李素炫心态昏沉，未太在意。

贵妃着意看了看眼前之人，除却此刻于上前奉乐者，堂中约莫四五十人，虽是日常，也按照规矩穿着精致衣裳，又简单带妆，以备圣人临时召唤。宜春女乐按照规矩只能穿宫中衣物，不能随意穿着其他样式，更不能穿平民粗衣。宫中每季赐每人几身乃至十几身衣裳，四时有替换，颜色样式尽不相同，却都是绫罗绸缎，锦绣异常。众家女乐喜好不同，分别拣了各色衣裳穿着，眼下堂中堆锦砌绣，绚如虹霓霞彩。

贵妃看着眼前，也一时迷茫，她本也是临时起意，没有想好要如何挑选。转眼瞥见了人群后头，见一女乐年齿不大，身材纤细，着一件单色襦裙，头上无有金玉珠翠，唯黑发如云，虽在素简，在一众人群里反倒十分出挑。

贵妃心想：“那碎女子有些不同。宜春院人不缺绫罗绸缎、珠宝玉翠，尽是宫中配给，又不要她自家破费，却怎么宁可拣一件最素淡的穿了，只绾了头发，什么也不戴着？”心下好奇，嘱中官令那女乐到近前来。中官走过去将她带到贵妃面前，行了礼，正是李素炫。

贵妃细细打量，见她不过十五六岁，五官清逸，神色自若，并无紧张，心下便有几分喜欢，再看她头上，果然无有珠宝，只简单插着支木簪。

“你叫什么名字？”

“奴李素炫。”

“李素炫……”贵妃沉吟片刻，忽然记起来，“去岁三月，我随圣人不期去至内教坊处，有二人在梨花中习奏竞乐，圣人隔梨花击起羯鼓，与那二人相和，十分尽兴。后圣人口旨宣二人入宜春院，可是有你？”

“正是，另一人为端木行止。”

贵妃向一群人中看了看，中官立刻将端木带了过来。行礼后，贵妃说道：“我那日闻你二人与圣人竞乐，心中手上极其纯熟，想是平日里也多练习，又精修过度曲和合之法。”

“正是。”二人持礼答道。

贵妃打量端木，见也是通身一派清爽，与李素炫并肩站着，一般高矮身量，一般秀丽颜色，令人心中生爱。贵妃一时有了主意。

“叫其他人退下。”贵妃嘱咐道。众人行过礼仪，得中官遣散，堂中只剩下端木和李素炫与贵妃说话。

“我今日前来，是为挑选几人出来，度些新曲。宫中索求房中乐甚多，却无新意，我欲寻些新手，不令其等落入旧窠。你二人乐器精熟，去岁竞乐，我便格外欣赏，你二人又兼修研度曲和合，女乐中罕见。既如此，此事便交由你二人担当。”

端木与李素炫闻言，心中有些畏惧。李素炫知道这是她机缘，片刻迟疑后，咬了咬牙，低头行礼，领命。端木见了，也立刻跟着行礼。

贵妃赞许，点点头说道：“既如此，你二人好好合计。”接着又一番叮嘱，方才离去。

端木与李素炫互相看着，都说不出话来。李素炫心里对贵妃颇有些敬意，非因贵妃为天子眷属，而是忆起梨花竞乐那日，贵妃弹起琵琶，果然天下一流。来宜春宫多日，又屡次听人说起贵妃舞技精湛，李素炫对她十分服气。

“今日一见，贵妃果然艳丽非凡，然天下美貌女子不计其数，圣人独宠贵妃，想是因贵妃乐艺出众，他二人切实是彼此知己。”李素炫说道。端木闻言，点了点头。

按照贵妃方才所嘱，端木与李素炫熟知宜春宫中状况，熟知各家女乐身手高低，又多修习度曲和合之法，故受命临时掌教房中乐，审度旧有曲牌，修变新声，择选女乐并主持排演。待合乐精熟，便随圣人及贵妃赴骊山宫，于上巳节献乐。

端木与李素炫相对沉默良久，都没有说话。二人平日里协竞合乐不过游戏，并未认真求个究竟，如今不但要精细打磨，还要六到八人相和，且贵妃尤其嘱咐，所修订新乐中需有几曲俗乐，另几曲要有些道家仙骨。贵妃方才见李素炫穿着如女冠素简，有所感受，心想宫中之乐俱是凡俗享乐，若与些道乐相融，或可有些新鲜，只是这番嘱咐当真是难倒了端木与李素炫。

良久，李素炫说道：“端木，我现在得去内教坊见雷先生，算来已迟了半个多时辰。贵妃所嘱之事你先想想，我去求雷先生相助。”

端木点点头，李素炫立刻出发，很快到了内教坊，隔着梨树，尚未到屋门口，便听到雷海青在弹奏。李素炫叩门进入，深深行礼，开口说道：“素儿来得迟了，令先生久候。”

雷海青停下手中琵琶，示意李素炫坐下，并未询问迟到缘由，只嘱咐李素炫将近日所习曲目弹奏一番。李素炫跽坐于席上，又行了一礼，说道：“素儿今日有事烦请先生相助。”

“素儿直说便是。”

“方才贵妃去至宜春宫，令我与端木行止掌教房中乐，须是六到八人合乐，又要有些道家仙骨，令素儿颇有些为难。素儿攻习琵琶，端木事羯鼓，其他乐器我二人只是略碰碰，并不熟稔，更不习道乐。再者，道乐只动吹打，不用琵琶，素儿更是全无头绪，不知如何是好。”

雷海青想了想："若只是修变新声、择选乐人、分习统合，素儿定能完成。正月初一你与我在此合乐，全出一时兴致，也未预习，便十分融洽。你莫要心怯，沉稳心态，将那一番本事拿出来，足够。至于道乐，我或可帮你想想法子。"

"不知先生有什么好法子？"

"也不算好法子，强过没有。长安城里道观不少，宫中又有内道场，多有乾道坤道，道乐很容易听到。我这几日去寻访一番，看他道乐吹打如何，合乐如何，与内乐定然迥异。待我将各色吹管学得熟了，将些调子移到琵琶上，并铃、鼓、铎等用法也记下来，过来与你示奏、讲授，你自己聆听揣摩，得其要旨，融于内乐。这要看素儿既往功力了。"

李素炫心中感激，立刻行礼道："素儿谢过先生。"

雷海青略点头，要李素炫开始弹奏近日曲目。到一日结束，二人告别，李素炫回了宜春宫，将雷海青所言告知端木。

端木忧虑："贵妃只说融容道乐，也未说细致，也不知与我们留了多少时日，我们须是尽快。"

"先要寻够人手。"李素炫说道。

"说的是。"

李素炫道："既然是合乐，我倒有些主意。能入宜春宫者，任谁手段也不差，这个不愁，且去找身量与你我一般的来。你我、歌子、容儿自幼便近似，再找两个人来。"

"为何要一般身量？"端木刚问了一句，未待李素炫回答，立刻懂了。

"我去央请苏获阿姊。"李素炫说道。

"你这一说，我也想起个人来。上次缝制纩衣时也在，十分手巧，习笙竽，叫孟离。"

二人互相看看，点了点头，各自去请人。很快，六人聚齐，低声一番商议。众人都怀着些畏惧，又都有些跃跃然。自幼作功，修习十数年，哪个也没少吃过苦头，谁人不想展露一番身手。众人一番合计后商定，教坊曲牌不下五六百支，全部细细过一遍，选十余支，各色曲风、宫调、板眼都有，苏获通晓西域音律，也可令音调有些格外不同。

众人分工，一日内选出十二支曲牌，各自练习，约定三日后合乐，待李素炫从雷先生处习得道乐，再行融合。最后共准备六曲俗乐，六曲俗道杂糅新乐。

第五日清早，雷海青着人将李素炫召唤至内教坊，行礼相见后，雷海青说道："素儿坐好，我将这几日习得道曲与你弹奏几遍。不知贵妃给了你们多少时日，怕耽搁太久，所以今日提早叫了你过来。"

李素炫心中感激，却也知道眼下乐调更要紧，立刻坐好，将琵琶抱在怀中。雷海青不多说，沉稳气息弹起来，李素炫在一旁既听且看，听其曲风韵蕴，辨析宫调板式，并仔细观看雷海青弹奏，左手如何推捻、右手如何行拨，她一一记诵于心，并在自己琵琶上摸索。雷海青又取出筚篥箫管及铃钹，连同琵琶调子，共耗两个时辰，将五首道曲授与李素炫。

酉正时分，二人行礼告辞，李素炫立刻随侍卫回了宜春宫。到了屋子里，简单用些夕食，未片刻歇息，携琵琶独自到了楼阁深处，在远离众人房舍处寻下个角落，趁着记忆未褪，连夜弹习，将五首道曲轮番练至纯然精熟，至天色大亮才回屋歇下。

只歇过两个时辰，李素炫便匆忙起身，心里有事，睡不踏实。简单梳洗饮食后，怀抱琵琶坐在书案旁边，在弦轴之上细细摸索，尝试将道曲板眼、旋法、韵骨融于俗曲中，同时也要思量诸般乐器杂陈相合，每有些心思和所得，立刻飞快记写下来。端木与其他人都不去扰她，聚于讲堂，以端木羯鼓为领，自行将六首俗乐轮番习练臻熟。

翌日，李素炫已整理修变出两曲，与众人商议后，统合练习起来，边练边商议、修改。六人不说一句闲言，只盯着自己手上乐件，耳中听着他人调子，从早到晚不停。其间两次宫人送了餐食过来，由一个小宫人领着，将六个漆案送至六人合乐处，一一奉上，用餐时，小宫人在一边侍候着。餐毕，小宫人急急行礼说道："众家阿姊且去弹奏，将这里留与月牙儿收拾便好。"

李素炫拿着漆箸，却一直在想琵琶，此时才注意到眼前小宫人，见她年齿不过十一二，身子瘦弱，却是清秀可人，声音稚嫩又明亮。李素炫立刻心生喜爱，笑着问道："你叫月牙儿？"

"正是。"小宫人答道，笑容清甜。

"你是一直在自己屋里刻苦发狠，我们在这边合乐，她已陪了我们几日了。"端木在一旁笑着说道。

李素炫这才隐约想起来，从早到晚整一日，月牙儿都在六人身旁，也不言语，也不碍事，只在一边小心看着，不时从身后递过来杯盏、果蔬、湿帕子，又晓得挑时机，不扰曲调，故此李素炫扎实享受过了，却毫不记得。

“你从哪里寻来个好帮手？恁般可爱，又有眼色。”李素炫笑着问端木。

端木却说：“我没寻她，是她自己非要守着。”

“阿姊手上调子好听，月牙儿喜爱，不敢白听，故此侍奉着。”月牙儿说着，将六个漆案逐一捧起来送到门口处，又回来在每人盏中添了水，又加了勺蜜糖，轻轻搅匀。

“这蜜糖水你受用一日了，都没尝出甜来？”端木笑着问李素炫。

“……没留意，倒是谢谢月牙儿。”李素炫回答。

月牙儿却说道：“阿姊不要谈论月牙儿，好好习乐，月牙儿在一旁好生侍奉。”

众人见她如此认真，笑了一阵子，复又收敛容色，拿好手中乐件，重新开始。

又几日后，到了逢一，李素炫又去至内教坊中，随雷海青学得道曲六首，并听他详细讲授道乐合奏与乐器般配，一一熟记于心。临别时，雷海青叮嘱道：“圣人不日将携贵妃起驾去往骊山宫，我必随驾。骊山宫中自有值乐处，供众人排练演习。到时你着人唤我，你我在值乐处见面，再行商议。”

李素炫谢过雷海青，回到宜春宫，独自弹习熟练后，将新学道曲教与众人。距贵妃嘱命合房中乐十五日时，贵妃又到宜春宫，听了六人合奏，点了点头。

“尚未纯熟，倒也有了个样子，果有新意，韵致也是不俗。只十五日，十分不易。尔等继续研习修改，务要益发精致。”

此次贵妃并未耽搁许久便离开。姊妹六人受了鼓励，又放下心来，心中一派稳妥，手上更自流畅。

# 48

不久，宜春宫过半女乐接到内廷旨意，教令随驾前往骊山宫，其中便有端木等六人。宜春女乐常年闭锁深宫，虽有鱼袋，却只能在三大内进出，又有侍卫跟随监管，偶尔走在坊间也是匆匆而过，宫中华贵，却也不过是锦绣牢笼。如今暂时出监，路上可以略看看，很快便要入了另一牢笼，就是这样也令女乐们兴奋异常。沿路上众人在车里忍不住将垂帘掀起一角来，偷偷向外观望，又要忍着兴奋，不敢出太大响动。车里两三人也只能轮流向外看，不敢将垂帘掀开太多，怕中官瞧见了，以逾矩失仪责备。

此时二月过了大半，天头已不复寒冻，冰雪尽消，街市上人本就比冬日里更多，各路商队也开始抵达，长安城中远比平日里热闹。只是车里女乐看不到一番人山人海，天子车驾行经御道，连左右相邻坊道也早有清场，一行人清清静静出了长安城，渐渐远离城郭，远远看到了城外山水。

“我们出了城，城里不再戒严，想是百姓那边又欢闹起来了。只是与我们无关，想瞧一眼，也瞧不见。”阚容儿淡淡说道。

“瞧瞧城外风景也好。”李素炫说道。她知道容儿在想什么，故意将话头岔了开去。

歌子也知道容儿意思：“听人说，圣人往年入冬便会去骊山宫，去岁有事耽搁了，今日才动身。眼下天渐渐不冷了，也不消每日温泉洗浴，圣人此去是为了看牡丹。”

“看牡丹？”阚容儿问道。

歌子见她忘了刚才话头，也高兴，又说开了：“长安城里也有牡丹，兴庆宫中最多，只是不及那骊山宫华清池。说是从洛阳专门请了高手，名宋单父的，在骊山上植了几万株牡丹。长安城里仍是单瓣牡丹多，骊山宫中多有复瓣重瓣，花头又丰润饱满，颜色除了寻常红白，又多有异色。眼下马上到牡丹花期，我们到了骊山，看不到满目梨花，却有无数牡丹，也不白白劳顿。”

闲谈一番，几人心情好了些，又轮番守着垂帘一角向外看，见车队正朝着高大山脉东向徐行。左右苍翠耸立，山间水汽升腾又沉降，慢慢铺展至山脚处，幽有寒意。看得久了，几人也渐渐疲累，放下垂帘一角，安静坐着，都不再说话了。

车队走了整整一日，约莫日落时分到了骊山宫。李素炫等宜春院人在车中等候许久，待圣人与贵妃都安顿好了，有中官前来将众家女乐领到屋舍中。众人疲惫不堪，简单收拾便睡下了。

第二日清早，李素炫醒来，未睁开眼睛便听到外头啁啾鸟鸣，阳光浓烈，伸出手来都挡不住，隔着眼皮也将人弄清醒了。她忍了一时，慢慢适应了，睁开眼睛，看到自己正睡在一片锦绣光明之中。朝阳织金，霞光千道，从窗子那边直直奔过来。看了半晌才想明白，宜春宫中窗外都是树木，不放下帘子来也无碍，眼下却是在高处，光明似川，奔流无碍，站到窗边向外看，只见远山起伏，凝翠无边。

众家女乐没有太多工夫观瞧风景，尤其是端木与李素炫等六人，朝食过后立刻凑在一起练习。宜春宫中浓林聚顶，此处不同，满室阳光明媚，周身晃晃，将人撩拨得格外性起，心情振悦，手上尤其飒利。六人连着数日未出楼阁一步，每日除了饮食起居，便是弹习合乐，只有李素炫中途去了两次内教坊当值处，见过雷海青，颇得了些嘱咐指教回来。

转眼到了三月三。宫中上巳节格外隆重，服色、妆容、饮食上有诸多礼俗讲究，兰汤春浴、临水宴饮也少不了，圣人携贵妃及宜春院女出游，天气姣好，竟日逐欢。只是此等佳期与端木和李素炫等人无有关系，六人仍旧弹习不辍，并不断商议、预演，猜测各种状况，提前做好应变。旁边月牙儿小心奉着果蔬、饮水，并将六人衣裙备好，不断轻轻抚着上面褶子，掸去灰尘，也将簪子擦拭光亮。

过了酉初，六人再未饮食，各自取钗裙回了屋中休整，调息宁耐，静定心神。李素炫在榻上翻覆过片刻又起身，在屋中来回踱步，强压心头杂念，转头瞥见西边日头渐渐压低了。站在窗前看看外面，但见千山叠翠，落霞腾烈，赤焰涤云。

李素炫心头交驳狂乱。她入宜春宫将近一年，从未片刻忘记师父卢菡。想在圣人面前为师父申冤辩诉，无奈到不得圣人近前，自己又困于深宫，探听不到半点真相，师父究竟为何人所害，怕是一辈子无法查实。几日前闻听贵妃有旨，今夜上巳夜宴过后，圣人与贵妃别有小宴，无有他人在场，令李素炫与其他五人一同献乐。等了一年，只这一次机会，李素炫决意冒死一试。

“倘若圣人在意，着人追查，依皇家手段，此事定然不难。若扫了圣人兴致，令圣人震怒，我也情愿一死。无有由头、无有疑凶，空口告状，实在是笨拙，却也无奈。我没什么好法子，哪怕用笨法子，哪怕这法子最笨，也要尽力试一次。”

她在手旁备好了火镰、白绫。若是圣人怪罪，责罚于她，哪怕是死她也认了。若圣人不受她申诉，也不降罪责罚，她只能回到这间屋子里，将瑶琴琵琶焚了，缢死于此，谢过师父昔日恩义，也脱了这一世苦楚。

死志已决，她再无畏惧，心中反而舒缓静定下来，伸手抚弄起案上瑶琴来。这张琴是初学时师父为她置下，只是她常年磨练琵琶，又兼书学文史，没有多少余力用在琴上。师父不曾催促，只叮嘱她定要将瑶琴厝于案头。她从前不懂，只是照做了，如今隐约明白师父用意。瑶琴触手可及，她时常有意无意拨弄几下，虽终究不能熟稔，却也从未相忘。

亥初，六人开始上妆。女乐平日里都是自己整理仪表，奉乐时有专人为她们上妆，尚仪官提前指派十二位女官过来，每两人为一位女乐上妆。酽妆繁复，一步一步来，通常要半个多时辰才能上好，但今日不必这么麻烦。女官为六人敷了铅粉，薄薄施了层胭脂，不点面靥，不描斜红，不贴花钿，谁人眉毛太淡了就略略补上些，唇上不画蝴蝶樱桃，只用檀色点唇混了些石榴口脂略润了润。

上好妆容后，女乐们换了服色，带着各自乐件聚在一处，由中官引至宴飨近处，候于别室。如同大战在即，众皆默然，心脉凌乱，手脚有些微微虚软。

“莫要慌乱，沉定些。看看手中乐件及备用乐件，调好丝弦，校好管口。”端木小声叮嘱。众人依言，很快齐备。

李素炫附在端木耳边，小声说道：“端木，若我今日死在此处，你不必难过。待事情过去，寻个机会请见雷先生，告诉他素儿对不起他认真教诲，心中惶愧。”

端木心下一惊，又立刻明白。见李素炫神色静定，口吻平淡，知道她心意已决。

“素儿……”端木心如刀绞。李素炫却只拍了拍她肩膀，怀抱琵琶，退至一旁。

此刻宴飨已至末尾，殿上众人尽欢，依礼叩拜、告退，只留几名近侍。贵妃嘱教撤下残席，另置新酒，趁着殿中清静，到圣人面前行了一礼，说道："妾入天宫，得蒙圣宠，心中感念，常思还报，略表心意。近日于宜春院中择选女乐，教演歌舞，修变新声，已然纯熟。今日献乐殿上，恭请圣人御赏雅鉴。"

圣人颇饮了些酒，见众人散去，始觉殿中冷落，正有些无聊，听贵妃如此说，立时高兴起来，教令宣进。

中官传令，端木与李素炫等六人各自怀抱乐器，依序进入殿中。殿中人见了，立时眼前明亮。但见六个窈窕女子怀抱乐器，颔首低眉，正缓缓而入。六人一般身量，一般秀丽姿容，着一色青白道衣，腰间系着缁绦，头上乌云轻绾，插着青玉簪。

圣人酒力霎时退了大半，只觉得眼前一片清爽，如啜甘泉。今日上巳，殿中锦绣铺陈，宫中女子尽皆绚丽妖娆，酽妆浓烈，两下映衬，霞衣照彩，直如乱花迷眼，眼下道衣清简，反格外出尘。仔细看去，六人穿的却又非当真道家衣裳，而是素简衣袍，取了道意，颇有仙骨，又不冲犯。

六人行至圣人对面，行了全礼。圣人心中喜悦，即命起身，教令开乐。六人依序坐好，听端木羯鼓号令，乐声渐起，淡抑低扬，不似酪醴醇厚，倒有嘉木清芬。方才宴飨，殿中欢庆热火，宜春女乐与梨园弟子彻夜奉乐，声动两厢，眼下却是沉静幽缓，如透玉泊烟，抚藉人心。

六人未停歇，将几首曲子悉数奏过一遍。殿上圣人、贵妃、高力士连同左右近侍个个听得出神，思虑遐远，旌魂摇荡。内廷私宴奉乐，多是辅佐酒食，席下笙歌不辍，席上推饮不休。如此众人停杯歇盏，凝神谛听，倒在绝少。

几曲奏过，六人重新行礼，席上人众方缓醒过来。圣人大喜，询问贵妃："此贵妃嘱教？"

"正是。"贵妃见圣人喜悦，心里也得意，"妾自宜春院中见了端木与李素炫，记起去岁竞乐情景，便知二人有能。嘱其召建房中乐，修变新声，以俗乐为体，法容道意。果然李素炫融容作乐，端木行止掌教排演，不及旬月便至完备。妾又与其等新造衣冠，令清简不俗，以飨圣听。"

圣人点头赞叹道："贵妃果然好才情。"

见贵妃得意，圣人趁着酒力，心中起了些卖弄，悄声对贵妃说道："朕可是听得出来，其俗乐取了《众仙乐》《圣无忧》《五云仙》《凤归云》《洞仙歌》《千秋子》为体，道乐取了《蒹葭歌》《飞蒲歌》《得胜令》《花打》《扑灯蛾》为意，羯鼓取了《浪头子》与《法点》为骨。"

圣人言罢，看着贵妃，见她似醉未醉，面上飞霞，却又含笑，便又说道："不信你将那李素炫唤来问问，看朕所判有误否。"

贵妃更带笑容，将李素炫唤到近前来，待她礼毕站起身来，贵妃说道："你将所用诸般曲牌陈说一番。"

李素炫颔首持礼，将所用教坊曲牌及雷海青所授道乐曲牌列举一遍，圣人果然耳聪能断。眼见自己所说丝毫不爽，圣人得意，又兼酒力尚在，不由多问了几句。

"你怎么会变声度曲？可是曾有研习？"

"正是。奴幼承我师严训，又与端木行止日夜练习，故此能为。"

不意圣人问了一句："尔业师何人？"

李素炫本是打算寻个空隙拼死上前，不想圣人竟然问了这一句。她瞬间百般交感，眼中霎时有泪，立时跪下叩首，朗声言道："奴李素炫有诉。我师卢照寂为人所害，去岁三月十七日深夜，于左教坊中被逼服毒自尽，至今埋骨寒荒，冤魂游荡。奴感念师恩，冒死陈情，求圣人做主。今日上巳，圣人与贵妃本在欢乐，奴实是不该无礼，扰了兴致。然师恩深重，奴若顾念己身，任由师父冤沉，岂非禽兽。倘圣人贵妃见怪，奴情愿身受凌迟，不敢丝毫有怨。"

李素炫一口气将话说完，伏拜于地。

不想圣人并未恼火，停顿许久后，追问了一句："你师何人？"

"我师初名卢照寂，后改名卢菡，以照寂为字。世人皆以'卢菡'相称，然我师所佩鱼符上仍是卢照寂之名。"

"卢照寂？"圣人沉吟，似乎是心有所动，却未说话，只与身旁高力士对望了一眼，高力士立时脸色微变。

圣人点头："朕知道了，尔等且退下，此事朕自有分处。"随即吩咐中官撤宴。

李素炫叩首谢恩，依言退回席下，将琵琶抱在怀中，与其他人复又行礼，依序而出。

离了大殿，众人鱼贯而行。是夜月相蛾眉，光影浅淡，一路树影婆娑，如折如堕。入了自家楼阁，六人站定，互相看了看。

“素儿可知方才凶险？”端木颤声问道。

“焉有不知。”李素炫回答。

“若是圣人动怒……”

“有死而已。”

“你怎就不知个‘怕’字？”

“天子威严，焉能不惧？只是，我更怕一生煎熬。圣人震怒，无非赐我一死，若不能与师父洗雪冤屈，素儿生不如死，不若引刀一快。”

端木眼泪簌簌落下。

“我知道你放不下卢先生，可是……也不想想我们？你若是有什么长短，真出了什么事，我们后半辈子如何挨得过？”

李素炫闻言，也忍不住低头垂泪：“素儿对不住阿姊。”

众人唏嘘，良久，歌子说道：“幸喜今日圣人心情大悦，想是道乐清简，也起了些好处。”

几人这才止住悲啼，渐渐平复。

“素儿性烈，我却喜欢。”苏获在一边畅快说道，“你师父不白疼你十年。你若是偷生怕死，有负师恩，我往后还不爱重你了。”

众人感慨，孟离摇头叹息道：“你二人西域胡种，果然骁勇。”

几人都笑了，笑过后，渐渐松弛下来。

回到犀里，点燃灯火，李素炫在案几旁静坐了些时候。方才圣人只说自有分处，并未多说，她颔首陈情，不敢仰面直觑天颜，也不知圣人当时作何神色。若是圣人将此事旋即遗忘，她岂不是前功尽弃，想再得机缘申诉，哪里容易。

胡思乱想了一阵，瞥见手旁火镰、白绫，心中倒也立时宽解。

“怕什么。纵万般无路，终究还有一条死路。”

# 49

连着些日子，李素炫独自躲在屋中，弹习琵琶、读书写字。等待自是无穷煎熬，眼下却也只能平定心性，等着、熬着，强撑一副安然。听旁人说起屋外牡丹开放，晴空透碧，映着无穷姹紫霜白，不尽雍容丰盛，李素炫却没有出过屋子一步，不敢去看。她关着槅窗，燃着灯烛，仗着屋中幽暗寂静，整日读书写字、轻抚瑶琴，将将忍得住性子，不至溃散，哪里有胆量嬉游赏花、与人调笑。

三月十一日，李素炫不得不收拾起琵琶，去至内教坊值乐处见雷海青。不过片刻路程，她双眼尚未习适日光汹涌，便到了值乐处屋中。

雷海青已知道上巳节李素炫为师父陈情之事，宫城闭锁，难知外面状况，里面却是八面透风，人人玲珑。初闻时雷海青心中大骇，随即也明白，李素炫除却拼死赌个侥幸外，也着实别无他法，他转而生出敬佩来。

李素炫看起来满面平静，雷海青知道她不过强撑镇定。听她琵琶声，形聚神散，弦手相离，心念游走。他没有打断她，只在离别时叮嘱道："素儿心中焦灼，近日不需再行课业。待卢先生之事落定，你心神恢复，再来见我。这样在我对面强撑着弹奏，你心中一定很累。"

李素炫感激雷海青，郑重行礼告辞。回到屋中，又连着数日未出房门。转眼到了三月十七，自己生日，却是师父死日。她将师父所留长箫置于眼前案几之上，对着长箫，枯坐了整整一日，直至深夜。眼见残烛将死，她心里却没有什么哀恸惊忍，只觉得一片空溟沉寂，身似融雪，心如逝水。

又过了十多日，刚入四月，一日下午，小宫人来报，说是高力士传叫李素炫相见。李素炫心下一惊，复又狂喜，也有些不解。高力士传叫，定是为师父卢菡之事。高力士位高权重，又兼繁忙，此等事情不论是什么结果，差遣一中官知会便可，他却要亲自传叫她，想来有些异样缘故。李素炫不及多想，立刻更衣随中官出了楼阁。

见了高力士，行过礼，高力士令旁人退下，只留李素炫和一名近侍。之后，高力士看着李素炫，良久没有说话。李素炫双手持礼等候，又许久，高力士叹了口气，说道：“你不需持礼，好生站着听。”

“是。”李素炫应道，放下两手。高力士又停了片刻，才开口说起来。

“你师卢照寂之父，名卢延礼，自幼为圣人伴读，与我也多年相熟。”

只一句，李素炫大惊。

“神龙元年，武后薨，时先皇主政，圣人为辅。太平公主忌惮，趁圣人暂离京师，下手剪除圣人左右臂膀。十日内，诬指罪名，除掉数人，卢延礼便是其中之一，同其父被诛于市曹。彼时你师父尚在襁褓之中，随母沈氏夫人流两千里。”

李素炫震惊，说不出话来，这些事情师父从来不曾提及，只是说起过他小时候在边塞长大。

“圣人回护相救不及，椎心愤恨，却也只得暂时隐忍，暗中派心腹至流放处护他母子周全。先天二年，太平公主以逆罪被圣人赐死，开元二年，圣人设教坊安置有功乐人，着人将他母子接回京师，令隐匿于左教坊中。又一二年，肃清太平公主余党，为累年遭太平公主戕戮者平反，其中便有卢延礼。彼时你师父已十二岁，方遭母丧。圣人问其所愿，他不愿承袭父亲爵位，不愿入太学，不愿入行伍，甘为乐人，却不愿入禁中梨园，只愿留在左教坊，求个一生凡俗清静。圣人见他心志已决，便允他所求，并脱其贱籍，令为良人。为示格外顾念，袭其父旧例，特赐金鱼。”

高力士停了片刻，叹息着又说道：“当日，圣人召见卢照寂，说这些话时，我就站在一旁，至今仍历历在耳。几十年不过转瞬，如今圣人已过花甲，我也老了，卢照寂已不在人世……”

李素炫微微低头，心中如遭绞割。听闻高力士叹息，想起在坊道边初遇师父那日情景，距今十余年，也不过转瞬。

隔了很久，高力士又说道：“你师父虽身在教坊，然圣人以其为故人之子、书香后代，从未曾将他视为一介乐人，久闻他琵琶名盛，却从不召他上殿奉乐侍宴，你师父入宫也只是与梨园弟子训课演教，从不请见圣人。故此圣人已二十余年不曾见到你师父。”

“素儿也不记得师父曾入宫为圣人奏乐。”

高力士点了点头，接着说道：“你师父本名卢照寂，去岁他死后，教坊副使将此事上报，却报了卢菡之名，故此圣人并未在意。前几日听闻你说起卢照寂之名，圣人当时便料定其中有蹊跷。你师父所配金鱼上乃是卢照寂之名，宫中鱼符有册，并及内教坊乐人名册上，也俱是卢照寂之名，想来卢菡之名只为他身边近人所用。教坊副使理当以卢照寂之名上报，却报了卢菡之名，定是意图隐瞒。果不其然，着人查问下，副使供述乃是朝臣许宗德贿赂，令报卢菡之名，并只说其自尽而死，不提夜晚派人相逼之事。副使受了他不少银钱好处，又觉得卢照寂不过寻常乐师，圣人不会在意，循例上报，轻易就能应付过去，便应了那许宗德。”

“果然是许宗德。”李素炫恨恨暗想。

“副使供述后，圣人震怒，将李相唤来重重呵斥，李相也恼火十分，此事他也不知情。那许宗德不过是个大理正，官阶低微，未得随驾至此，圣人命我亲自调查，又格外严令李相着人查证，不几日便一清二楚。许宗德屡次相请，见卢照寂不允，便怀恨在心。彼时恰逢李相令其督办吴楚思案，因卢照寂与吴楚思有交，许宗德为报私仇，咬定你师父参与逆谋，又强迫他诬咬旁人，逼死了他。”

李素炫如受利刃，剧痛不止，只得低下头掩饰。

“据许宗德供述，他本也没想取你师父性命，只图挽回些颜面，着人带毒药前去逼迫他，满以为他会屈从，日后会殷勤应请，奏乐侍奉。彼等龃龉之辈，怎么会想到世上有你师父这种人。卢照寂服下毒药后，将金鱼袋放在身侧，几名凶手勘验尸身时瞥见鱼袋，当时大惊。乐人配鱼寻常，配金鱼者却从无听说。卢照寂已几十年未见圣人，人皆以为圣人厌之，不想他竟身有金鱼。那几人情知有异，将你师父尸身带出左教坊，东出通化门，又向北到了龙首塬上，趁夜色将尸身草草掩埋，带着金鱼回去向许宗德复命。佩金鱼者皆朝中三品以上大吏，抑或圣人身旁极近之人，许宗德见了金鱼，登时魂飞魄散，情知闯下了祸端。第二日又命人持金鱼入宫勘验，证明并非伪造，自此惶惶不可终日，不敢再派人闯入左教坊中，唯恐露了马脚，令人得知真凶线索。卢照寂遭人逼迫自尽，此事在教坊中业已传开，尽人皆知，也没的灭口。”

李素炫强忍悲痛，问道：“既然这金鱼能令那许宗德如此惊慌，我师父为何不随那几人去见那许宗德，将鱼符与他看？许宗德心生畏惧，必然将我师父放归。”

高力士摇摇头："这些事情，你小孩子想忒简单了。倘若你师父真被抓走，到了许宗德私刑处方将金鱼袋与那许宗德知道，那许宗德便已是闯下大祸了。你师父有圣人做主，若是日后报复，许宗德如何吃得消？他必定铤而走险，将你师父灭口，之后捏造罪名、伪造罪证。死无对证，圣人也无奈。"

李素炫沉默许久，这些，以她这十几岁心智，果然是想不到。

"许宗德命当日那为首的将你师父金鱼拿去销毁，那为首的也知道闯了祸端，为日后保命，将金鱼偷偷留了下来。只是当时掩埋你师父尸身时已是深夜，又未留坟茔，时隔一岁，如今已找不到了。李相恐慌，为向圣人有个回复，屡次派人押着当日那几人去龙首塬上，却未曾寻到，回去后将那几人狠狠拷打，依旧押着前去寻找，仍是毫无结果。圣人得闻奏报，也是愤恨十分，又令我派人去找，仍是连些痕迹也见不到。"

李素炫只觉得阵阵眩晕，软软跪了下去，低头啜泣。

高力士并未责怪，叹息一声，说道："此事牵涉许多人，错综复杂，我也不能再与你多说，只是告诉你，圣人已将教坊副使杖责流放，许宗德交付大理寺，必然难逃一死，凡涉事者，连同三月十七日深夜私自纵放那几名凶徒入内教坊者，俱有严惩。今后，你可以安心了。圣人与贵妃本就爱重乐人才华，见你非但乐艺精湛，人又刚烈，一介女伎，尚在年少，却懂得孝义，甘愿冒死为师父申辩，对你甚是嘉许。卢照寂不曾婚娶，亦无血脉，圣人以你为其后人，宜春院人本赐银鱼，今特赐金鱼。你师父从前身上所配鱼袋也交给你，权作纪念。"

高力士说罢，从旁边近侍手中拿起两个锦袋来交给李素炫，李素炫伸出双手恭敬接了。

高力士又说了几句宽勉话，离开了，李素炫行礼相送。高力士走后，她呆呆瘫在原处，望着窗外。许久后，站起来踉跄着走到窗边，见外面日光照耀，似血似雪，晃得人目眩。她努力了许久，神智渐渐清醒了些，将手中一个鱼袋打开，见里面鱼符斩作两段，以示销毁，只是将两段对接起来，仍看得到卢照寂之名。

她没有打开另一个鱼袋，知道里面也是金鱼，刻着自己名字。她将两个鱼袋握在手中，调服心绪，仰望上苍，见夕阳濡染，满天流光旋转，云霞聚散。她曾以为一俟冤仇得雪，自己一定是悲喜交集，然而眼下她心中却略无微澜，凝神望着远方，只觉得灵台空止，寸心如同无物。良久，长叹一声，黯然念道：“师父，素儿侥幸，如今师父冤仇得报，望泉下安息。只是不能寻得师父尸骨依礼安葬，素儿一生，难再安宁。”

# 第十章 宫中日常

天宝五载（746年）四月—七月

# 50

李素炫知道，此后余生，她再无依靠。从前仰仗师父疼爱，未尝一丝愁苦，日日诗书画乐，不甚精熟，却是乐趣，师父死后她一心想要复仇，既不惧生，亦不惧死，但神魂欲溃，便求书乐宁心。只是此后她不知道要做什么了。凭窗而望，见远天日升月落，川云交衍，如是亿万斯年，直至桑田成海，海又成田。望得久了，心中生出一片虚淡，觉得今生万事至此终结。世界三千，自有周天，自己不过浮光之中一粒微尘，可有可无，如此愁挫奋力，生受无穷苦楚，不知是为的哪般。

失神许久，抱起琵琶来，也弹得过几个时辰。昔日手上精熟，眼下不至于零乱，只是心中神思游散，虽不失板眼，不错宫调，不出邪音，却是乐声恹恹，了无生气。她自己听了也心急烦躁，又实在无力振作，一曲尚未过半，心思便落入左道，满腹胡思乱想。

“师父一世君子，端严雅正，才思卓异，人又关切。那许宗德，到现在也不知道他有何出身功名，只是雷先生与高将军都说他官阶低微，攀着李相，不过社鼠城狐、傍地走犬，却自以为得势，也要讲个颜面排场，学那当朝权倾者，也要遍请乐人助兴，请不动我师父便心生恨妒，以为师父遭圣人厌弃，无所仰仗，不需忌惮，竟贼胆包天派人闯入左教坊相逼，见了金鱼，却又慌乱无措。如此猥琐愚蠢，实为宵小鼠辈，却能害了君子性命。古来忠臣节烈多仗昏君成就。屈子敢死却无用，因遭怀王厌弃而闻名；伍员忠勇却狂傲，以被夫差所杀而获誉。师父饱读之士，有傲骨，有卓识，若是果然碰上个昏君，殿上诤谏，触怒圣颜，纵然身死，也好歹落个青史见记。如今却是为权臣鹰犬所害，生无名，死无迹，郊庙不祀，典籍不载，连个虚名也没有。也不知道值得不值得。”

胡想多了，又回过神来，手上反而立时溃乱，她只得停下来，回想一番，连方才所弹何曲都记不得。叹了口气，又强打精神接着弹奏，不过一半，又乱了心神。勉强煎熬过白昼，又到夜晚，她辗转不眠，将师父长箫放在案几上，整夜枯坐，心中也不难过，只一片空洞迷茫。

在内教坊处见到雷海青时，一曲后，雷海青说道：“素儿今日心念松散，手上因随，便不利落，曲上更失了意态。想是心中耿耿，难于释怀。”

李素炫叹息，放下怀中琵琶。也知道自己曲中有异，凡俗人等听不出来，却怎么瞒得过雷海青。

“先生，素儿惭愧。”李素炫行礼，对雷海青说道，“近日读书弹习，不敢稍有闲暇，怕一旦静定下来便胡思乱想，倒生昏昧。只是以往书乐尽可安心，如今却没了效用，任凭终日弹习、秉笔不辍，仍是神魂虚淡，昏惶不定。我到此处见了先生，已是比在自己屋中好得多了。”

“我知道你现在心思杂乱，无妨，不必过于在意。”

李素炫叹道：“怎么能不在意。素儿自幼读书习乐，十五岁前，心中只想着师父，每习得一曲，读些书卷，著些文章，见师父欣慰，我便开心，愈发努力，不敢丝毫懈怠。师父死后，素儿夙日仇恨，只想着为师父雪冤。如今师父不在了，冤仇得雪，万事终结。日后，素儿不知道要做些什么了。”

“日后自然是为你自己。”雷海青缓缓说道。

少顷，见李素炫沉默不语，雷海青又说道：“为你自己，也靠你自己。”

李素炫低着头，有些难过，却又忍着，将琵琶抱在怀中，勉强调着弦轴，欲待弹奏。雷海青眼见她神思游移，却要强逼着聚起精神来，不忍道：“你若不想弹，也无妨，我弹，你听着便是。”说着，没等李素炫回答，将琵琶抱好，持拨轻弹起来。

两人都没有再说话，雷海青将怀中琵琶接连弹了一个半时辰，不曾稍微停下，口中也未吐一字。直到两手歇止，才抬头看了看李素炫，见她听得出神，神情也平淡。

二人告辞，雷海青叮嘱道：“素儿近日里若是弹不好，也莫要勉强，不弹了。”

“素儿如此沉沦，愧对先生教诲。”

“无妨。你若萎靡，无心弹奏，硬是勉强也无用处。自今日起，你隔日来见我一次，每次我弹，你听。”

“素儿不敢如此劳烦先生。”

“无妨。”

李素炫依照雷海青嘱咐，隔日去一次内教坊处，两人见了面，行过礼，雷海青不多说一句，便持拨弹起来。有时李素炫并未晚到，入了屋中，雷海青也已在弹奏了。李素炫走过去，行礼坐好，雷海青手中也不停下来，只点头还礼。若雷海青不到，便是奉乐于圣人，李素炫进了屋中独自坐好，在琵琶上拨弄一番，不成曲调，索性停下来，抱着琵琶，由着思绪鬼魅般生发，硬生生胡乱想过两个时辰才离开。

半月多，李素炫渐渐平定下来。雷海青为她弹奏新曲，见她已是神思凝聚，目光精悍，双手跃跃。

一曲完毕，雷海青说道：“素儿可试试。”李素炫点点头，略一沉思，弦手相应，立时有乐声汩汩而出，初如细水孱弱，涓涓汇聚，渐成澮澮，直至意境开远，洪声浩大，如归云逝川。

曲毕，李素炫轻嘘气息，舒缓力气，将琵琶横置于膝头，将拨子插入弦中，双手持礼，颔首对雷海青说道：“素儿任性，谢先生不弃。”

雷海青笑笑：“不过一时心气，过去便好了。”

李素炫也笑了，有些羞赧，低着头说道：“素儿想是读书读得太多了，又读不通，学问没多少，倒学得一身酸腐矫情。累先生屡次容我逞性，偏又治得了我。”

“雷海青愚钝，自幼身旁无人给我讲过什么道理，我也没太多道理给你讲，只能弹几曲琵琶、吹几曲筚篥给你听，帮你挨着。我自己每逢困顿，忧思苦受，也没什么好法子，不过就是挨着，挨过去便好了。”

“先生透彻。”

“世人命中皆有愁苦，我也想不通此中奥义，只是笨人自有笨法子。不管怎样，只管挨着，弹弹琵琶，弄弄箫管，若是皆有障碍，索性丢一边，或发呆或乱想，从不强逼自己静定，只一心挨着。当时只道挨不过，不若一死，得个解脱，最后却总能挨得过，从没有哪次真死了的。”

雷海青说到最后，朗声笑起来，李素炫也跟着笑起来，感慨不已。听雷海青所言，此生也是波折坎坷，多有艰难苦楚，他却没那么多道理洞察，不过挨着，只一招，渡了平生无数劫难。

李素炫心中触动，似有所悟。

临别时，雷海青嘱咐李素炫回去好生弹习，尤其刻意弹习新曲，并将两手拢捻行拨繁难处一一点出，并示开解。李素炫将雷海青所说记下，行礼答道：“先生叮嘱，素儿记下了。素儿不敢再劳烦先生隔日一见。”

雷海青点点头，二人告别。

李素炫如濒死复生，如今心力强沛，身手皆任其用。端木与其他人见她又是着魔般弹习不辍，每日聚餐时也有了个笑模样，都为她高兴。

“素儿又在发疯了，看着令人担心。”端木笑道，“每日如此弹习，定然疲乏，可多些饮食。你若格外喜欢什么记得告诉我，我让宫人给你格外多备下些。”

“多谢端木，不用担心我。”李素炫笑道。

“你这丫头，隔一阵便要疯些日子，怎么也不嫌累。”

“累是自然，只是，前阵子心力衰绝，无以自控，如今无碍，如何不疯。就如某人瘫痪数十载复又康健如初，动得身子手脚，怎么还舍得整日躺在榻上？定然是四处乱窜，翻墙越瓦，不肯安生。”

李素炫未说完，众人一起笑起来。

“既如此，我们一起合乐练习如何？前阵子素儿修变十二曲，上巳节于殿上献乐，奏过四曲，余下的莫要生疏了。”端木说道。

众人都点头，李素炫略行一礼，说道：“前阵子是素儿拖累了。既如此，我等便恢复合乐，若多有闲暇，也可以修变更多曲牌，习至熟稔，以备宫中索取。”

用过中餐，众人歇了片刻，又带着乐件相聚，不多客套，听端木羯鼓引领，合乐练习。宜春院仰仗宫廷，四海撷英，遍寻人间色艺双绝者，不过这五六十人，各自乐器极尽精熟，平日又熟稔亲切、心意通达，隔了多日也不生疏，合奏过几曲，便渐趋圆融。

小宫人月牙儿一直侍奉在侧，不时递上水盏、帕子，见日头略低了，还从外间移了灯烛过来备着，像上次见到她那般，不停忙碌，又轻手轻脚，晓得分寸，丝毫不扰。众女乐不忍她劳碌，她却不以为意道：“月牙儿喜欢在这里侍奉着，此等仙乐，人间怕是只有圣人得闻，月牙儿得了如此大好处，怎么还敢嫌累。”

“你问多少回，她也是这般说辞。”孟离笑道。

众女乐只得笑笑，随了她。

不几日，中官来传贵妃口谕，教令端木等人继续弹习，莫将合乐散了，更兼修变新曲，须益求精湛。六人商定，李素炫修曲，众人分习，端木执掌排演，隔几日召集众人聚首合乐。又不几日，宫中着人送来一批乐器，道是天下顶尖匠人奉敕专为宫廷所制，特赐与端木等六人为奉乐之用。中官宣谕后离开，留诸色乐器列于席上，但见满堂华彩煊赫，映照屋宇。宜春院众人皆来围观，赞叹不已。

李素炫获赐乃是一支檀木嵌螺钿五色五弦曲项琵琶。宜春女乐所用乐器皆是宫中样式，都有些螺钿、琥珀、玳瑁、象牙镶嵌，却从未见如此做工繁复者。细细审之，见背板面板打磨精到，并用各色螺钿彩宝錾刻拼接，因形随布，嵌出百花藤蔓，珍巧婉转，纤毫毕见，连轸轴与覆手处也密布重蕊。檀木温润，其华如君子，趁着螺钿灵动，辉泽闪夺，不尽雍容奢侈。这支琵琶又尤有异处，五弦之下，历来行拨致伤处，由大片螺钿嵌出大朵锦绣团花，意在捍护。

李素炫利索缚好筋弦，轻轻拨了拨，想起师父以前说过，“捍拨”之意，本指五弦之下格外镶嵌，以捍护行拨冲害，后来渐渐词义迁转，专指手中拨子，喻其质地坚硬，悍能动弦。李素炫自幼终日持拨，伤了多少琵琶，从未弹过如此弦下有捍护者。她将新琵琶抱在怀里，轻弹几下，听到弦声温润，着力便是铮然，心中欢喜，倒不在其奢华，只是乐见其有所怙恃，不惧伤害。

众人赞叹良久，六人将各自乐件取了，各回屋中，心下振奋。自此日夜勤习，大有进境。

眼下四月末尾，牡丹花期已过，圣人与贵妃不几日便要回归长安。李素炫回想起来，也记得略看过几眼牡丹，却不甚喜欢。长安城内教坊及宜春宫中也有牡丹栽植，每处却只几株而已，开着些单瓣花朵，趁着大片碧叶，一番清丽。骊山宫中牡丹漫山遍野，密布周身，花瓣叠累，花朵硕大，李素炫却只觉得艳丽繁缛，心中受累，倒不及长安城里那区区几株。不过，此时回到长安城，宜春宫中那几株牡丹已经谢了，再想看要等待明年。

# 51

未到五月，众人随圣人与贵妃回了长安城。走时长安城中草木初生，新芽怯怯，如今已是满眼浓翠，夏日欲成。回到宜春宫，院中那几株牡丹果然谢了，诸般草本已然依序开谢一遍，梨树上早不见梨花似雪，只有满树碧叶，略远处那一片高大树木掩着重重楼阁，已是遮天之势。

李素炫回了屋子，将瑶琴平厝于案几之上，五色琵琶用锦帛裹着，取出来架在瑶琴旁侧，其他物什暂且留置，在案几旁略事歇息。静静坐了片刻，细细端详那五色琵琶，许久，心中微动，伸手取下，调好弦轴，持拨轻弹起来。五色琵琶新造，尚有些生涩不服，卓然异质却已崭露。整料檀木刨刳为腔，白桐为板，其声贞静坚实，沉郁端严，慢弹如丝缀珠，疾奏似箭破风，轻挑便有细雨淡烟，破拨即是铁马金镝。趁着未到夜深，不扰旁人，李素炫拣了几支文曲武曲弹过一遍，琵琶声音退了些火气，渐趋融容。

“果然好琵琶，再弹上两月，其声和合，人间无上。”

到了掌灯，李素炫才停手，将琵琶细细看过，见五弦下受拨之处仍是隐隐带了些痕迹。连忙用帕子细细擦拭，螺钿上痕迹不见了，只是螺钿纵然嵌得密实，总有相错处露出桐木面板，仍是有了细细几道。李素炫记起昔日见过残旧螺钿琵琶，当时只道年深日久所致，今日方知弹奏即是折损。螺钿琵琶虽比寻常琵琶耐受许多，时日久了，仍不免负伤。桐木渐渐伤得透彻，螺钿边缘处受了行拨冲击也逐一开裂，难再镶嵌牢靠，慢慢脱落斑驳，倒比寻常琵琶愈加破败。

李素炫心中叹息：“琉璃危脆，昙花命短，锥管锋损，琵琶如伤。世间好物尽皆如此，想是苍天旨意，人无奈何。”

叹息过后，将五色琵琶依旧以锦帛裹了，厝置于案几之下，仍将初入宜春宫时内廷所配琵琶架于一侧。李素炫惯于素衣，屋中陈设也素简，五色琵琶精致，华丽异常，极其抢眼，莫要说屋中事物，就是李素炫站在这琵琶边上，都自觉寡淡，仿若被那琵琶辉芒遮掩了身形。她自幼喜欢寡色淡味，见好物绚丽，也心下喜欢，却只想远远看着，离得近了便觉得心头负重，不堪繁华。自师父死后，弱了心性，更是终日素衣蔬食，但见云锦衣裳、甘肥厚脂，便觉饱胀十分，难受荣华滋补，连一支锦绣琵琶也畏惧。

隔几日合乐时，端木预先嘱教众人将新近获赐乐件带上，须是大量习奏，令其退生，方可徐图诸家融合。众人练习时，月牙儿在一旁远远看着，几人歇息时，她便膝手着地沿席子爬过来，将诸件乐器细细端详，伸手欲触，却又隔着半寸，口中啧啧，赞叹不休。

“怎的如此美貌。世间竟有此等美物，我纵然不得有，见一见，一辈子也值得。”

众人笑她：“十二三岁说什么一辈子，来日难免有无穷好物开眼。”

月牙儿却摇头：“别的都不打紧，就这琵琶羯鼓箫管才是世间至上好物，珠宝玉翠也不及。可惜我不会吹弹，不然定是要乐得发疯。”

“你若想享受一番，就唱支曲子，我与你弹琵琶。”李素炫笑着，放下盏子，走到月牙儿身边坐好，将琵琶抱在怀里。

“想唱什么？”她笑着问道。

“月牙儿方入宫不久，不会唱宫中牌子，只会唱些市井歌谣。”月牙儿低头说道。

“无妨，你轻轻唱一遍，我记得住，第二遍我手中琵琶就跟得上。”李素炫笑着说。

“好。”月牙儿点点头，开口轻唱起来，“得宝弘农，弘农得宝。生桑旧梦，黄龙饮渭，北洛背代，甘凉入破。得宝弘农，弘农得宝……”

月牙儿唱过一遍，李素炫果然将她口中调子记住，她唱第二遍时，李素炫手上琵琶利索跟了上来。几遍唱过，月牙儿开心，向李素炫行了一礼，口中称谢。

“月牙儿这唱的什么？也无个韵脚，如此拗口，不知何意。”李素炫问道。

“月牙儿也不晓得，只是市井之中人皆歌咏，分了几段，是月牙儿把与一处，寻个调子连着唱了。韵脚不合，月牙儿也不会整理，且将就着。”

月牙儿说着，又行了一礼，站起来跑到一边去拿蜂蜜，要与众人调些蜂蜜水。李素炫在一边信手抚着琵琶，心中难免反复：“得宝之故曾听人说起过，开元末圣人于弘农函谷关得宝符，白石篆文，成一‘桑’字，故改元天宝。教坊有曲牌《得宝子》，正应此事。时人不知，以为圣人云左右得贵妃如得宝物。其余几句不知是何意，甘凉入破，想是《甘州》《凉州》，曲遍声繁，皆曰入破，却也是梨园法曲常用，没什么稀奇……市井谣谶多有深喻，不到应时很难猜测。”

李素炫想了片刻，想不出什么所以然来，只得放下了。

“素儿久不动声歌，今日倒弹起琵琶与人偕唱。”端木笑道。

李素炫笑笑：“本以为入了宜春宫，得见永新、念奴，可多方请教，有些格外指点。不想只刚入宫时见过几次，果有所获，后来却是面都见不上，许久无有新长进，渐渐唱得少了。”

“为何见不到？这些日子我也是好奇。”苏获走过来坐下，递了盏蜂蜜水与李素炫，问道。

李素炫接了，饮了几口，将盏子放下，对苏获说道：“你入宫不久，想是还无人告诉你。宜春院女得天子幸者，或是格外得恩宠者，皆有品级，入嫔妃册，单独赐院落宅邸，别处居住。这宜春宫中只有宜春待诏，入宫人册。”

“入嫔妃册，便是御妻了。”苏获说道。

“自然是了，永新便被圣人赐号歌妃。不过，入了嫔妃册，也不见得侍寝，只是格外得帝王恩宠，故此有单独宅院。”

“既为御妻，为何不侍寝？”苏获问道。

“你自西域来，你那里想是不同。我入宫前曾有女官到左教坊中与我演礼，讲过些规制。中华历代帝王重内治，后妃名号繁缛，有三妃、六仪、九嫔、二十七世妇、八十一御妻之称。许多御妻实为女官，尚后宫事，以乐艺、才识侍奉帝王，未必得幸。前朝武后为太宗皇帝昭仪，近人谓其未与太宗生育，想是不曾得幸，故猜测其相貌丑陋，此实为拙见。中华广大，才貌双绝者不计其数，丑女如何进得了宫廷，到得帝王身前？莫说女子，便是太常、梨园、教坊乐工，皆是男身，又有哪个丑的？武昭仪不曾得幸，是因得嫔妃品级名号者甚众，许多人本就不是为侍寝而入册。武后还曾将上官婉儿册立为中宗昭容，也不是图她为中宗侍寝，只为脱其奴籍，与其贵籍。”

“原来如此，果然与我西域诸国不同。”苏获说道。

“永新入嫔妃册，我们定然轻易见不到，念奴又不同。圣人不忍夺其游侠之志，未置禁宫，有召方入宫中，你我自然见不到。端木初来时，还指望能得谢阿蛮、张云容指教，后知晓二人俱为贵妃侍女，不在宜春宫中。至于贺怀智、黄幡绰、雷海青、张野狐、李谟等，皆为梨园法部弟子，居于大明宫禁苑，也见不到。若论当世顶尖乐艺者，我倒是有缘分，除了我师父与诸家宜春待诏外，还见识过圣人羯鼓、贵妃琵琶，雷海青先生所奏琵琶与筚篥都曾听闻，别的，也不敢指望能见到。”

苏获摇头，有些戳气：“此处果然是牢笼，不得见外人，连乐人也见不得几个。”

“你们不用抱怨。”端木走过来，笑着说道，“不日便见得到贺怀智先生。”

李素炫与苏获都很意外，连忙问道：“当真？”

“当真。”

“如何得见？”

“贺先生为内教博士，我听闻中官言道贺先生不日要亲自过来与我等指教。先生繁忙，应名掌教内教琵琶，实则由助教相授课业，先生只是不时过来巡检一番，故此不能常见到。”

“却好，若脸皮厚些，追着先生问，还怕先生不与我说上几句？”李素炫笑道。

众人又开始合乐，李素炫心中却有些刺痒，想着师父说过，贺先生琵琶殊有不同，人又极有名望，凡皇族子弟莫不以师礼事之，但有宴饮聚众杂乱，只贺先生一曲琵琶铮铮弹过，立时鸦雀无声，人称“贺老定场”。李素炫着实好奇了些年头，心想若是他日见了贺先生，得些指教，定然大有获益。走神了片刻，立时又收拢起心绪，专心侍奉手中琵琶。

忙了近一月，众人手上颇积攒了些精细曲调，诸般皆有，可暂时放松些。李素炫又有了闲暇，可以写字读书，偶尔也录写些经文，求个清静。端木等人都晓得李素炫性子，不扰她，唯独苏获时常前来叩门，有一次还带着一大壶好酒。

“你从哪里弄来这不少葡萄酒？这酒可金贵。”

“宜春宫中按人口有配给，你们都不饮，我便要了来，过来与你对饮。”

“怎么非要与我对饮？”李素炫笑道。

“她们都怕了我了，见我便躲。”苏获答道。

两人齐齐笑了一阵，摆上棋盘，取盏子斟了酒，边行棋边饮酒。行至中盘，李素炫摇头对苏获说道：“你这弈术可不怎么样。”

“你又没赢我，怎知道我不怎么样？”苏获不服气。

李素炫笑道：“我这一手臭棋，你但强过我些，这会儿也该见输赢了。眼下却是如此胶着，你不占上风，我也不见颓势，你不是与我一般臭棋？”

苏获大笑，突然又吃惊道：“这酒你我各半，我这会儿早就眼花耳热，你怎么一点儿事没有？”

“这个……我也不知道，我寻常不饮酒，这是头一次，也不知多少该当耳热。”李素炫答道。

“头次饮酒？以前没饮过？”

“尝过，却从无与人对饮。今日是与你下棋，有些认真，不觉间饮得多了些。”

苏获摇头啧啧称奇：“人道我西域胡种，故有酒量，不想你比我还凶悍。”想了想，又说道：“你也是半个西域人，故此有量。想来你父亲也是有酒量的，你那一半汉家血脉里，也是擅饮的。”

“这个我可不知道了。”李素炫笑道。

说到父母，李素炫心中起了些遐思，淡淡说道：“也不知我父母在西域如何相遇，又如何有了我。我若为男儿，身在自由，定然亲赴西域寻访。”

“西域遥远，哪是那么容易去的。”

“你一女儿家，你能来，我如何不能去？”李素炫笑道。

“……也是。你若有意，下次我再带酒来，与你讲讲西域故事。”

“不下棋了？”

“不下了，今日这后半盘也不下了，你我算平手，如何？”

“好。”两人相视一笑，倒是默契。

苏获果然如约，隔上一二日便带一壶葡萄酒来访李素炫。每次两人各饮一半，苏获总是饮到半醉，李素炫却谈笑如常。谈到高兴处，苏获为李素炫讲述西域各地山川、路途、风貌、民俗、物产，李素炫听得认真，总是遥想父母当年之遇。苏获也教给李素炫许多西域歌谣，李素炫心思灵敏，听上一两回便记得住，又在琵琶上摸索一番，更加记得牢靠。

“只不过，在这里，依你样貌，人道你是西域女子。若当真到了西域，你就是汉家女子了。”苏获笑道。

“这倒是了。”李素炫也笑了。

靠着饮酒，苏获与李素炫闲谈了半月还多，终于等到贺先生亲到宜春宫。众家女乐都知道机会难得，除却入宫奉乐者，其余人都仔细换了好衣裳，上了妆，提早到讲堂里持礼等候。宜春院中琵琶伎约十来人，更是各自带着琵琶早早守候，唯恐失了恭敬。刚过午时，众人簇拥一位老者入了讲堂，李素炫一眼认出正是贺怀智。老汉魁伟胖壮，几步路走得颇有气势。

到了讲堂中，贺怀智轮番听了众家女乐弹奏，一一指点，到了李素炫这里，认真看了她一阵，开口问道：“你可是卢照寂弟子李素炫？”

“正是。”李素炫持礼答道。

贺怀智长叹一声，良久未语，李素炫持礼等候，不敢催促。最后贺怀智说道：“你到一旁候着。”

“是。”李素炫行礼，离开。

过了半个多时辰，贺怀智走到李素炫旁边，抛开众家女乐，与她单独说起来。

“知道你在宜春院，只是我平时不常过来，今日刚好见到。你将近日所习与我演示一遍。”

“是。”李素炫应道，将琵琶抱好，持拨弹起来。诸曲过后，贺怀智简单指点了几处，又说道：“汝技已成，我没什么能格外指点你的。你若只想凭手上本事折服世人，获天下赞誉，卢照寂在时你便可以满师。若是不恋俗世名利，想于乐中求得极致，则雷海青凭本事可再教诲你十年，如今天下也只有他教得了你。他对你十分用心，曾因你课业之事屡次与我商讨，此次我来前，又特意嘱我格外指教于你。有他如此相助，若你自己也肯经年勤奋，他日定可臻至大境。”

“素儿谨记先生教诲，定当践行，不敢草率。”李素炫行礼答道。

“再有，闻听你有变声度曲之能，这可不常见，切记莫要弃了。”贺怀智说道。

“是，素儿记下了。”

贺怀智点点头，又说了些勉励话，二人起身回到众女乐处，又说了一阵，贺怀智告辞离开。

众家女乐围着李素炫，问个不停。

“贺先生认得你？”

“我师父曾带我拜见过贺先生。”

“我等都是说几句，你怎么好大情分，先生单独叫你到一边，与你说了这许久。”

“昔日我师父曾嘱托贺先生指教我。”

“怎么都是你师父。雷先生授业与你，也是你师父请下的？”

“自然是了。”

“你师父待你真好……”

众人围着李素炫说了许久，羡慕不已，李素炫笑着答话，稳定心神，没多想什么，直到众人散开。她回了屋中，依旧独自做些寻常事情，习字、读书，累了便弹弹琵琶，或将案上瑶琴拨弄一番。夜深时放下手中物什，独自对着案几沉思，想着白日里贺怀智几句嘱咐，心中也暗暗勉励自己。

“红尘纷纭，世人斑杂，皆爱重琵琶，又各有挑剔，我要知道如何应对，眼下也足以应对，却莫要以俗世赞誉为终极。豁上一生，若当真求得乐中极致，哪怕只片刻须臾，此生也值得。天下琵琶三绝手皆曾教诲于我，寻常人焉有这等运气，只能凭一点微末本事哄瞒世俗人，求个名利。此生我若不一窥至境，岂不是有负上天赏赐如此机缘。”

李素炫碎碎想了许久，又想起贺怀智嘱咐她莫要将度曲之能丢弃，也隐约晓得他意思。

## 52

隔数日，中官传令，教端木及李素炫等人入宫奉乐。此次与上巳节时相同，仍是内廷宴飨过后众人散去，梨园弟子与燕乐坐部伎弟子也一同退下，只留圣人与贵妃并几个身旁亲近之人，重置新酒，召端木与李素炫等人近前奉乐。李素炫随几人入场，行过礼，怀抱琵琶在主席对面坐好，未待弹奏，无意瞥见圣人身侧有几人侍立，其中一人似乎是雷海青。

李素炫立时慌乱起来，却不敢盯着看仔细。她第一次见雷海青是在左教坊中，之后每次相见都在内教坊当值处，今日却是在奉乐处见了他，她心下起了惶惑，全无把握。须臾端木将羯鼓杖在手中握好，微微扬起示意，李素炫立刻强迫自己静下心来，听端木羯鼓号令。六名女乐身服素简，一片清落，正夜深之时，万籁寂寂，周天寥落，星月隐踪，略无辉芒。殿内灯火柔弱朦胧，唯乐声轻轻宕起，如灯影桨声，山水欸乃，也自有意，也自无意。几曲过后，女乐们缓缓收了身势手法，片刻，殿中人方醒悟过来。

圣人不住点头赞许，众人也跟着欢笑。李素炫松了手中拨子，心中放下方才乐调，又慌乱起来。偷偷看向那边，见那人正是雷海青，情知他在远处定然仔细谛听，她却不知道方才自己弹得如何。此曲是她新近修变而成，端木主掌排演，不知到底好不好。方才上殿见到圣人与贵妃时，李素炫自觉有备而来，心中笃定，并无慌乱。圣人与贵妃深通音律，李素炫倒觉得高兴，她这本事磨练多年，碰上识得的自然兴奋。只是在雷海青面前，仍是满心不踏实，不敢自认出色，也不敢抬头朝他那边多望上一眼。

席间人众欢笑声起，侍宴者不停穿梭斟酒，灯影晃动。片刻后端木击起羯鼓，带几人又奏了些清简细乐，声音虚静淡弱，在殿中低低浮动，不扰众人宴饮谈笑。圣人并贵妃与旁人颇有些说笑，李素炫却只低着头，听着端木羯鼓，用心拨着手中琵琶，不停揣摩着雷海青听了会觉得如何。

夜深撤宴，李素炫与几人怀抱各自乐器行礼，低头小步离开，未敢再看向雷海青那边。

连着几日，李素炫心中惴惴，不停回想那日奉乐时可有何闪失不妥。不安了几日，又到逢一，将锦帛裹了五色琵琶，伸手取过案几上鱼袋，刚要系在腰间，又迟疑了。想起宜春院中众家女乐身上所配皆为银鱼，连雷海青与贺怀智也是如此，独她手中为金鱼，袋上密密匝匝绣着金线，甚是抢眼。之前她并未多想，眼下忽然觉得有些不妥，尤其到了雷先生面前，颇有几分突兀。从前师父卢菡一直将身上金鱼袋套着个寻常麻布袋子，李素炫小时候常将其中金鱼符拿出来玩耍，只道是寻常，旁人却不知师父身上所佩乃是金鱼。李素炫又多想了片刻，突然恍悟，知晓师父当年用意。

她将琵琶放下，从角落处寻了件旧衣，撕下一块来。眼下不及缝制，只牵起两角系了个扣子，将鱼袋囫囵裹了，将袋上金线光芒掩盖起来。之后又拿起琵琶负在肩上，快步出了宜春宫，召唤侍卫随同去往大明宫内教坊处。

到了内教坊中，走近屋门口，雷海青已在屋内弹着琵琶等候。李素炫心中感叹，不知道他每次什么时候到这里，只是之前屡次比雷先生晚到，今日她特意早些出发，却仍是比他晚到。进了屋里，雷海青停了手中琵琶，二人互相微微点头示意，未多寒暄。李素炫卸了肩上琵琶，安稳坐好，调了弦轴，却一时心中怯怯，手上轻轻拨弄着，有些不敢认真弹起来。雷海青也不多问，等着她。略过了片刻，李素炫才稳定了些，手上渐渐着了力道，几曲后，停了下来。

雷海青依着寻常与李素炫指点了一番，又弹起些梨园新曲，嘱咐她认真听记，没有说别的。到一日课业结束时，二人都松弛了精神，抱着琵琶，手上暂歇。雷海青淡淡说道："前几日见你在圣人面前奉乐，倒是出人意料。"

李素炫立时有些紧张，不知雷海青所说"出人意料"是何意，没预料到在彼处见到她，还是觉得她几人乐声迥异。略待片刻，雷海青又说道："素儿修变之曲果有异响，手上也精纯熟稔，众人面前也自身段稳重。女乐但姿容柔媚，便多卖弄，颇多眼神、手势、身法，尽是多余，有时男子也如此曲折繁缛，令人生累。道意淡远，素儿性子清冽，两下正合适。我与你认真寻了那许多道曲来，并未半点白费，心中也是宽慰。"

李素炫松了口气，说道："素儿担忧了这几日，怕自己乐上有所闪失，别人不知道，却被先生看在眼里，听在耳中。不意先生却赞许素儿稳重，却是想不到。"她说着，笑了起来。

雷海青也轻轻笑了，说道："乐乃至性。心中沉定，手上便是一派肃端；心若狎亵，手上自然无穷虚浮。世人皆凡俗，谁不求个人前夸逞，但多知书史，行文便引经据典，辞繁害意，但精于弦轴，奏乐便极尽炫耀，最终声强乐弱。素儿颜色姣好，手上精极，难为你不以此为据，过于卖弄，令怀中琵琶流于俗丽。"

李素炫静静听着，有所领悟。雷海青又嘱咐过几句，她起身将琵琶负在肩头，行礼告辞。

雷海青还礼，无意间看到李素炫腰中鱼袋上裹着块粗布，心中一动，想起旧友卢菡也是如此。他知道李素炫身上所佩为金鱼，如今也已知道卢菡当年所佩也是金鱼，见他师徒二人都将鱼袋以粗布包裹掩盖，雷海青隐约明白其中用意，心中感慨触动。

回了宜春宫，李素炫独自又将琵琶弹过一个时辰，翻阅些书卷，又将方才雷海青所说回想一番，在纸上简单记录下来，早早歇了。第二日女乐照例相见女眷，李素炫睡了个懒觉，起身梳洗完毕时，女乐们正各自与家人相聚，院中一片安静，无人出来嬉耍打闹。

此时六月，林钟在未，长安城中木本亭亭，葳蕤成势。循窗远眺，目光被无穷枝丫遮蔽了大半，前方冠盖如锦，枝丫间露出微微苍蓝，间杂着几丝浅白，不知是天上轻云，抑或太白残雪。李素炫看了阵子，又想了想，忽然心头兴起，出了屋子，四下里随意走动散步。此刻平地赤热，林间却清凉，树木老劲，护着一片清润幽淡，地衣滋养，深碧如墨，四下鸣鸟啁啾，却又不见翎翮踪影。

走不多时，迎面见歌子正走过来。今日宜春院人与女眷相对，李素炫与吴歌子这等无人相对者难免心中寥落。二人走得近了，互相看了一眼，见对方一副落魄，猜想自己也是这般模样，暗自戳气。对视片刻，忽然又一起笑了，顷刻间收了落寞矫情，一起向回路缓缓走去。不几步，歌子突然来了兴致，说道："素儿，不如你随我到我屋里，我烹茶与你品尝，如何？清饮淡致，你一定喜欢。"

李素炫颇好奇，茶出神农，有近千载既往，倒也不是闻所未闻，只是南方多有此嘉木流风，北方仍是酪醴常见，有茶也是加料同煮，不知歌子何时学会清饮了。

"我记得从前师父时常煎茶来清饮，除此外再没见过有人清饮。"李素炫说道。

"从前你我深居教坊，不知道外头事。长安城中茶饮仍要加物料同煮，唯府第中尚清饮，宫中尤其看重。只是旁人寻你都是饮酒，不说茶事，故此你还不知道。"歌子笑道。

李素炫自己也笑了，问道：“我刚入宜春宫时听人说你时常为圣人烹茶，不知是何故？”

“宫中有人善制嘉木，更有南方地方入贡，有专人烹制。逢清明又有茶宴，属燕礼，我屡次奉乐在侧，故此得见。后机缘巧合学了来，不料为圣人所重，常令我于内殿奉茶。有时圣人开怀，将些余下茶饼赐我。今日无事，你不如随我品尝一番。她们得会亲眷，我们何苦守着寥落。”

李素炫心中大起了好奇，随歌子回了她屋里。

“只是，宫廷茶器精美贵重，我可没有，只寻些简单器具烹制，让你知晓个大概。”歌子说道，在屋中翻找片刻，拿出些器物来厝置于案几之上，果然不过瓷制石制，虽不贵重，却也拙朴可爱。

“别看粗陋，不过拿来对付用的，我却是费了不少力气才凑齐这些样式。”歌子说道，“其实宜春宫中就有茶事，只是我每次来了兴致，立刻就想动手，等不得叫人专门去取，这才自己备下了。”

“我可有何帮你之处？”李素炫问道。

“素儿不消动手，在一旁看着便是。”

歌子说着将身上长衣去了，换上短衣，挽了袖子，开始在小炉中生火，手上一副爽利。

“你还有细炭？真是齐全。”李素炫说道。

“若是在宫中奉茶，生火这粗活有中官负责，眼下就要我亲自动手了。”

李素炫着实起了些兴致，起身回自己屋中取了琵琶。回来时，歌子已将炭火生起来，正冒着炎热将茶饼在火上轻轻炙烤。炭火熔融澄赤，不见火苗，细看却有青焰雄烈，隐于光尘之中。歌子使火箸夹着茶饼翻动，见微微卷曲起来，便离火远些，待平复了又靠近，烤过一面，又换另一面。烤好后将茶饼放在剡藤纸上轻轻包好。

她嘱咐李素炫离得远些，省得挨得近了，将人炙烤得炎热。李素炫离开几尺坐好，看着歌子忙碌，见她将茶饼碾碎了，备了茶则。不一时水滚，用茶则量了茶粉投入水中，轻轻搅动。李素炫看着，觉得眼前晨光刺目，案几上诸般茶器隐匿在光明汹涌之中，而歌子正在不断拨开满室晨光。她双手灵动轻巧，光明在指尖上凝结滴落，淋漓不尽。李素炫看过多时，轻轻笑了，低头弄起手中琵琶，信手几下，不成曲调，也不甚着力，只略有些嘈杂声响，涓涓微澹，不扰歌子手上灵巧。

“素儿莫急，很快妥当。”歌子说道。

“如此麻烦。”李素炫笑道，“若是口渴，一时还饮不到口中，岂不令人着急。”

“这已简单许多了。若是在宫中奉茶，烦琐十倍，所需器物、所耗时候也有这十倍，取料又有许多讲究，水要何处来，如何量定水方，要几沸，茶饼要烤到多软、碾得多碎，都有讲究，自然也要麻烦上十倍。众人品茗为的是一番味道，不图饱饮，都肯耐心等着。”

“倒是我粗鄙猴急了。”李素炫笑道。

“素儿不是能等着的，对饮食也没太大兴趣，若是亲自动手，得其中之乐，便不嫌麻烦了。贵人家以茶饮待客时，主人才可亲自烹茶，等着饮茶的倒是客人。那许多珍贵茶器都是金银琉璃所制，更是不许仆役动手。”

歌子说着，将茶汤盛在盏子里，递给李素炫。李素炫将怀中琵琶放得远些，伸手接了盏子。

“烫，仔细些。”歌子嘱咐道。

“知道，一定当心。”

“趁热气升腾，先嗅其香，略待不烫了再饮。”

“好。”

盏中汤色浅碧，清透如无，靠近了便觉得幽香微淡，却又深沉，随着盏中茶汤晃动，阵阵涌荡相袭，搅得一室光明摇曳。深深吸入口鼻中，周身有无穷芬芳萦绕流溢，叫人瞬间尽褪了胸中浊晦，只觉得心怀冲澹、神思旷远。待略略凉些，小口啜饮，初入口时微微涩苦，入喉化作一线清幽，转瞬又有回甘弥漫。李素炫一边吹着一边小口连饮了一盏，放下盏子，神色一派欣怡。

歌子也心下欢喜，说道：“素儿可喜欢？这茶饼是南方来的，明前的急程茶，能留些到眼下实是不易，幸而存得妥当，未散了气味。只是我缺了不少器物，烹得简略，不得尽现其芬。”

李素炫颔首致谢，歌子又将茶盛了一盏递给她，将余下茶汤盛在两个盏子里，也放在她面前。

“素儿慢慢品饮，我与你吹一曲长箫如何？”

“你如何不饮？”李素炫问道。

“我多有时机饮到，今日是特意为你烹制。你饮茶，我在一旁为你吹箫，不是刚好？我奉圣人召见多是在内殿中单独奉乐，圣人无意间知道我会烹茶，便令我烹好了献上。圣人品饮时，令我在一旁吹箫。”

“你如此说我可是不敢了。”李素炫笑道，“圣人规格，我哪里敢当。”

“你怎么不敢当了？”歌子笑着说道，“歌子平生最喜欢的就几个人，哪一个都当得起。”

她说着将长箫凑到唇边，调好气息，轻轻吹起来。箫声渐起，李素炫心中悠荡，想起昔日师父箫声每在入夜时分响起，竹声暗哑，如风过隙。入了左教坊，每次课业结束时已近日坠，停下怀中琵琶、手中纸笔略事休息时，师父也会轻轻吹起箫管。教坊白日里喧腾，迫近日暮时渐渐沉寂下来，周身沉郁静宁，唯有箫声穿行，匆匆而逝。歇息后李素炫行礼送师父离开，抬头见到天上月印色淡，低下头来，见师父肩负琵琶、腰悬长箫，就着一点霞光残落，独自渐渐行得远了。

那般场景业已不再，如今李素炫身处明室，周身苦茶弥香，箫声流溢，徐徐沉落，如氤氲浮动，搅扰一室光明。静夜之中箫声嘶哑幽泣，眼下唯有一派虚淡宁定。李素炫饮尽了几盏茶汤后，歌子唇边箫声依旧未断，李素炫静静听了一阵，又操弄起怀中琵琶来，拨弄些散淡调子，随着歌子箫声。方当此时，二人都有些心事，只是满室明光，也未动伤感，只将各自乐器信手抚弄，也自相和，也自相远，胶着缠绕，却又疏落间离。

许久，歌子箫声停了下来，见李素炫将左手搭在琵琶曲项处未动，只右手持拨在五弦上轻轻弄着，神色肃穆散淡。片刻，李素炫停下右手，目光复又精聚，见歌子正看着自己，便对她微微笑了。

“素儿这般出神，倒像个修行的，道心逍遥，不累俗世。”歌子笑道。

“果然得随高士修行，也是好事，只是不知哪里有这等机缘。”李素炫随口答道。

“宫中内道场常有女冠前来讲法，素儿从来不曾去听。若听听，当有些开悟。”

李素炫摇摇头：“我哪里有那等天分。终日为红尘所扰，却又不知道这红尘与我有何干系。心中罗乱不断，静下来尤其纷扰，如何修得一副出尘。”

“可以去听个热闹，图个乐趣。”

李素炫想过片刻，点点头：“也好，既如此，我下次去听个热闹。歌子可有意学道？”

“那女冠讲法深奥，我听不懂。纵听得懂，也无意修行。”

李素炫笑了，将琵琶平放在膝头，信手吟猱挑打，如奏琴般抚弄着，对歌子说道：“你无意，却要将我诱进去。”

歌子也笑了：“素儿性子清淡，不恋人间，我却不是。虽困于深宫，尘世旷远，毕生不得解脱，却心中不死，日夜渴慕。如此凡俗心重，如何修道。”

“我却以为凡俗心重才该当修道。”

“才不是，须是先放下凡俗心，方可修道。”

“我怎么没觉得你还有什么凡俗心？”李素炫说道，“你自小温顺，不惊不急，不像我这么毛躁，也不像容儿那么倔强。端木也不惊急，却爱为人操心，独你稳当。”

“才不是。”歌子笑道，“我也爱瞎操心、胡想事。”

“你胡想什么了？”李素炫随口问道，仍旧随意拨弄着琵琶弦。

“……我有时嫉妒你和端木那么亲密。”

李素炫吃了一惊，手上立刻停下来，压着琵琶弦问道：“你嫉妒我和端木亲密？”

歌子无奈道：“你自幼跟端木最好，当然对我也好，对容儿也好。可你有心事，只对端木说。”

“我哪里只对端木说了？分明跟你和容儿也没少说过。”

“不一样。”歌子摇头道，“你对我只说开心事，伤心事只对端木说。难过时你只想独自躲着，谁安慰你，你都一副不耐烦，只有端木可以在你身边。你总当端木是阿姊，跟她诉委屈，等她安慰你、哄你，却总当我是小妹，只能你哄我、安慰我，却不许我与你分担什么。其实我只比你小半岁。”

歌子说得有些委屈，李素炫越听越吃惊，想反驳，又想了想，发觉她似乎没有说错。

“歌子。”李素炫有些紧张，将琵琶放在一边，认真说道，“我以前没多想，你说得对，我日后小心，不这样待你。”

歌子却笑了：“我不过随口几句，你却这么当真。”

“你既然说了，我怎么能不当真？”

“我不是抱怨你，只是你问我整日胡想些什么，我就随便说了几句。实则每日里胡想不是这一件两件，真算起来，哪一件也不要紧。”

“你还胡想什么？我看你一天到晚心里什么事都没有似的。”

“怎么会没有，只不过……无非胡想的，想想就过去了。终日困在深宫里，能有什么大事。”

歌子声音很低，几句话也说得随意，李素炫反倒觉得不寻常，只是也想不到歌子心里能有什么要紧事，而且看样子她似乎也不想多说。李素炫不打算追问，只是郑重告诉她：“你嫌我有心事不与你说，我以后一定与你说，你有心事也得与我说。若是开心事，不说就不说；若是伤心事，一定要与我说。”

“素儿放心。”歌子笑了，“你弹琵琶，我再去烹茶来。”

李素炫知道她想说点别的，点了点头，又将琵琶抱好弹起来。二人闲谈欢笑了阵子，眼看渐渐过了正午，一起用过餐食，李素炫行礼告辞。

回了自家屋中，李素炫将琵琶架好，坐在案几旁，手抚长箫，独自默然，心中忽然安静下来。她朝夕忙碌，终日弹习读写，不敢稍有闲暇，每想起师父来，手上接连催动弦轴锥管，心中所思便渐渐淡漠了。今日歌子箫声令她无路遁逃，口中啜饮清茗，不停想起师父昔日音容，心中一片冲突溃乱。有茶有乐，说笑间也不多觉得什么，眼下独自静坐，又安宁下来，满怀空无，只觉得红尘清冷无趣。她分明记得方才与歌子说得热闹，说了些什么却一句也想不起来了。

“怪道歌子怨我，我也果然总是心不在焉，纵然明日身死，今日都不知道有些什么真正在意、真正舍不下的。”李素炫暗自嗟叹，又过许久，想道，“也不知那道门中人如何修得宁定。一派通透无情，却又不厌红尘，也不知是何等境界。”

## 53

六月过了大半，看看将至月底了，天气渐渐炎热起来，宜春宫中蝉鸣阵阵，叫嚣不休，令人益发燥热。楼阁重重深锁，屋中依旧凉爽，白昼里众人都躲避在自家屋舍里，傍晚时分才外出，或独行，或结伴，走走停停，随意闲看，遇见了便随意说上几句，一起笑上一阵。

去宜春宫门口要路过一片巨大荷塘，李素炫每次出入都会远远望上一眼。冬日里荷塘中一片枯焦凋残，去岁败叶零落，倾颓了一季寒冬。春日里荷花开始复苏，日光粼照，水面上波光掀动，新芽陆续生出，挺水而立，怯怯观望，又欣然生长。小荷尖角逐个舒展开来，颜色由浅而深，遮了去岁枯残，终至荷叶秀碧，田田无穷，菡萏成花。

李素炫趁着几株柳树掩护，静静坐在荷塘边上，轻抚腰间长箫，看着眼前。日光骄恣，肆意铺陈，将荷叶映照得水润透碧。只是到了临近水面处，日光饶是纵放，层层荷叶盘剥下也所剩无几。眼见幽闭处有几株菡萏微弱，低垂着头，花萼已焦萎，花瓣未及开放便已干缩失色，却不濯不妖，不怨不忿，纵未盛即寂，不药而死，亦甘心守着一片安然，静待终结。

李素炫看了许久，心中感喟。

“师父若在，今日满四十一岁。”

她安静看着，周身有风，风斥流水，水疏荷叶，光影一寸寸挪动。到了傍晚，众人散步观荷，陆续走了过来。李素炫站起身来向回走，迎面遇上几个人，笑笑，问候几句，没人看出她神色有异。

寒暄后，李素炫独自回了屋子，安然坐下，取架上琵琶弹过一个时辰，又展了书卷默默念诵，拈起锥管写了几行字。她容色平和，心中孤落幽忍，死压着深处一片惶惑、阵阵撕割。入夜后躺在榻上歇息，却睡不着。耳听黑暗，静凝如弦绝，又有嘈切隐隐。许久，算时辰已过了子正，昼夜终结，复又轮回，不过宜春宫中寻常一日。

第二日清晨，李素炫起身后如常梳洗，朝食过后便将琵琶绰在手中，却未弹奏，只抱着琵琶默坐在案几旁，窗外鸟鸣清脆，碧色朦胧。不知多久，歌子叩门，言道讲堂中有内道场女冠前来讲法。

“素儿可以去听听。”歌子说道。

“还真要我去修道？”李素炫笑问道。

“你哪里是能修道的。只是我听过那女冠讲法，似乎颇有道理，又不甚听得懂。素儿若听听，或有些道理，得些启发，回来了说与我听听。”

“也好。”李素炫点点头，将琵琶架好，起身出了屋舍，到了讲堂中。那女冠通身清简装扮，不过三十几岁模样，头上却插着玉簪，定然颇有身份。众家女乐来了许多，落落坐了一堂，个个轻衣素服，面上清致，不敢有重彩酽妆，也不敢阔声高谈。

女冠未上高坛，只与众人近身相促而坐，笑容端雅，语声柔和。说了许久，也未拣那艰深奥义，只粗谈了些黄老，略说了些丹鼎符水、科仪斋醮、阴阳术数，又讲了些本朝高道名号及行迹，最后说道：“我朝道派众多，道法各自有异，无须拘泥，但致逍遥，便是真法。”

众家女乐静坐凝思，皆未举言，片刻后，李素炫怅然说道：“却不知何为逍遥？”

众女乐闻言，心头失落，身锁重楼，哪里有什么逍遥。那女冠却并未迟疑思索，开口答道：“道法可以求长生、求驱降、求济世。不拘如何，但心无不甘，便是逍遥。”

李素炫听了多时，并未领悟什么，至此心头一动，却仍旧失落，暗想：“若无不甘，自然逍遥。只是尘世无奈，如何无有不甘？”想了些时候，心中止不住叹息，再未发言。

女冠作别，众女乐散去。李素炫回到屋中，取架上琵琶信手弹过许久，心中幽思辗转。想了一想，又放下琵琶，到讲堂中询问。大唐有律，每户人家必有《道德经》，宜春宫中定然也有，果然小宫人立刻拿了刊本《道德经》来给她。

李素炫回屋翻看了一阵子，研好墨照着抄写起来。不多时，端木与歌子、容儿前来寻找，见了案几上字迹，端木笑道：“素儿怎么抄起《道德经》了？想是方才听女冠讲法，有些感悟？”

李素炫摇摇头：“也无甚感悟，只是平日里多抄录些《论语》《春秋》，或写佛经，却不知他道门典籍如何。幼时师父与我讲过一些，如今不记得了，今日也没听懂些什么。然天下人信奉，定然颇有真理，我想不如寻了来读一读，或抄录一番，或可有些领悟。”

“《老子》深奥，似你我这等，不知要抄录多少回才能悟出些道理来。”

“《心经》不过两百几十字，我自小抄了有千遍了，还是略不能懂。《老子》凡五千言……想是难了。”李素炫摇头叹息。

“你倒是有副好耐心。”容儿说道。

李素炫笑道：“左右无事。”

“你不喜欢与人相谈，自然无事。”端木说道，“好在我屡次前来寻你，你倒不嫌弃我。若是等你来寻我，怕是要白首无望。”

李素炫慌忙赔礼，端木反笑了：“又未怪你，如何赔礼。你这好饮的，也未见你去寻苏获，倒是屡次苏获带酒来寻你，我又如何敢怪你。只是见你日日锁在屋子里，我等难免担心。”

卢菡死后，李素炫将众人逐出废殿，合上殿门，将自己关在里面。端木在门口等着，不知道李素炫在里头是死是活，焦灼万分却不敢进去相扰，自那时起落了病根，但见李素炫闭门不出，端木立时忍不住害上担心。只是她性子温良，纵然关切，却不是个惯于表露邀功的，从未与李素炫说过其中缘故。

“素儿，我等前来是要告知你，方才中官前来传了圣人旨意，副使领旨。十日后朝廷演武阅兵，之后有宴飨郊会，着宜春院奉乐于上前。”

“若是演武阅兵，之后宴飨乃是朝廷礼仪，该着太常寺奉乐，为何要我等内乐前去？”

“想是之后圣人另赐宫宴，故着内乐奉献。副使教令十余人应差，其中有你我二人与歌子、容儿，并叮嘱我等身在内闱，奉乐精致也是帝王夸耀，要早早做好准备。”

李素炫点点头：“端木放心，我即刻着手。”

## 54

数日后，又到逢一，李素炫在内教坊处见到了雷海青，就宴飨奉乐之事向他求教。

雷海青略一思索，说道：“若是于演武后奉乐，或许不在殿堂之内。到了空阔处，弦声传出便即刻消减，故不论文曲武曲，须是手上格外着些力道。到了曲调轻弱处，力道些许增减损益听得十分清楚，尤难把控，素儿回去要提早弹习。”

“素儿记下了。”

“太常雅部为国礼，按季节、历法、天文、场合不同，凡曲体、宫调、乐器等皆有定制，我内乐却无此行格。彼时所奏曲目，若圣人无所吩咐，便由教坊副使排厝，你等需与副使提前商议。若副使嘱教你等排厝，更需提前着手。”

“是，素儿回去便思量此事。”

“还有，燕乐虽属俗部，不似雅部严正，却终究侍奉国宴。场上人众不得如民间寻常宴饮般轮番推饮、极尽喧哗，奏乐时也需按序听赏，礼数尽备，想喝彩叫好也不得随意。内乐虽为宫中私乐，尽可任意些，然若在燕乐之后举奉，听闻者又俱是朝臣武将，仍需收着些势头，莫教怀中琵琶失于纵浪，有碍端严。眼下七月炎热，循例不行演武，若有，便是战事在即，举乐切莫轻浮。”

“素儿思不及此，先生提醒得是。”

“个中微妙，素儿要提前在琵琶上试探揣摩。”

“是，素儿回去即刻开始弹习。”

告别雷海青，李素炫立刻回了宜春宫，将雷海青所言与端木等人说了一遍。端木说道：“我已询问过副使，圣人并无专门指令，副使嘱咐了些曲子，教我等再另备上些，以备格外索取。此次有梨园弟子奉合乐，我等只独奏。”

众人商议过后立刻散开，各自练习。李素炫带着琵琶到院里寻了个角落，独自弹了些时候，想听听空旷处声响，果然如雷海青所说，与屋中奏乐大不相同。这还是她自己抱着琵琶听声，若是旁人听来，定然更不相同。

“我平日也没少在外间弹琵琶玩耍，却未留意，怎的如此不同？”李素炫想着，益发认真。

数日后，众女乐皆习至熟稔。到演武之日，按指定早早换好了短衣，上了浅妆，携各自乐件，被中官及侍卫带至演武场外不远处，暂厝于一间小楼阁内。至卯正时，闻说演武起始，众女乐隐约听得那边擂鼓击噪，无数人声喧哗喝喊，纵不眼见，也能想出那里一番尘土激飞，定是将士列阵，干戈昂扬。众女乐听着，也觉得振奋，却又不敢太过，怕乱了心头。

一个多时辰后，演武结束。演武场外树荫下早搭好了帐子，垂着轻幔，地上铺了织毯，不到两刻钟，宴飨开始，隐约听到燕乐奏起。这厢众宜春女乐知道很快要上场，压下心头思绪，各自低头调校手中乐件，手上轻轻比划着，不敢弄出动静来。

宴飨后，圣人留了二三十人格外赐宫宴，就地撤换酒席，至此，方由梨园弟子与宜春女乐举奉内乐。宫中私宴到底自在些，圣人与众人皆有欢笑，轮番劝饮。眼下长安城中盛夏炎热，树荫下虽凉爽些，却仍是热气相袭，胁逼酒力。饮至酣浓，圣人来了兴致，众人也亢奋，唤来百戏工行演角抵，相助酒兴。席间一片欢腾，众人看得兴奋，一旁有梨园弟子奉乐，相应弱减声音，只轻轻有些调子，衬着众人欢闹。

演过几场角抵，列宴众武将觉得终究只是行演，不是真拳脚，一时技痒，碍于身份又不便亲自动用身手。见圣人默许，便教场上百戏工退下，唤了各自侍卫副将上场，代替主将行招比试。虽不过侍卫或副将，然跟在如此高阶武将身旁的，没有一个是凡人。

场下比试十分热闹，李素炫对刀棒拳脚没什么兴趣，没心思细致观看。过了些时候，朦胧中听得众人开始谈论射术，品评当朝射手排位，争执不断，说着些各色名号，李素炫这等深宫中人听着更觉得陌生。

高力士见场上混乱，开口说了话。

“今日饮酒，图在快乐，诸位不必非要争出结果。不如叫些擅射者出来，与众人开眼如何？”

高力士说得不徐不疾，口气婉和，众人立时安静了，点头称是。旋即令人在前方远处安了数桩堵子，诸将召唤，数位副将得令，至酒席前行礼，下至场中，逐个拉弓射箭。众副将个个奋跃，暗自擦掌，心中较劲，都要一展射术，为自己主将夺些光彩，也为自己扬个名望。

这些人果然个个射术精良，眼见堵子越挪越远，李素炫已然看不清羽箭射出后射向哪里，只是片刻后听到众人欢呼，那边有人挥旗，知道是中了。多时后，眼见射堵已然无趣，那边开始有人放出鹘子来。

宴上众人立时惊呼起来，也更兴奋，场下射手开始搭箭瞄准。鹘子身小，受惊乱飞，比那呆定堵子可是难中得多，大半人技有不逮，锋镝接连落空。须臾间，多数鹘子盘绕几周后缓过神来，振翅飞得远了，七八只中箭落下，有的被射死，有的负伤在地上挣扎，扑腾起阵阵尘土来。

旁边立刻有人抢上前去，将鹘子捡起，连羽箭捧至宴前奉上。圣人嘉许，众人也皆尽赞叹，帐幔旁女乐中却有几个十分紧张，不敢看那些鹘子。歌子与容儿用力低着头，身子微微向后缩着，李素炫倒不觉得害怕，只是女儿家终究心软，见有几只鹘子尚未绝气，翎羽上沾着尘土血污，断翅犹自扑打，眼珠如黑豆般骨碌骨碌转着。她心里甚是不忍，也低着头不看。

羽箭带血，酒开胸胆，激得圣人兴起，放下酒盏起身，持起身旁长弓，又伸手取过天子金箭，径直入了场中。

“朕与你们射落一只来。”圣人朗声说道。

高力士欲待阻拦，却又不知如何阻拦，一时语塞，众人也都不敢再喧哗，都有些担忧。天子精于骑射，然毕竟年事高迈，远战多年，况又饮得半酣，眼下又是日光骄横刺目，若是屡射不中，不知如何收场。这些李素炫也想到了，心中也焦急。见圣人身形微微摇晃，高力士使了眼色，几个侍卫即刻上前，未到接近，却被圣人喝令后退。侍卫无奈，只得退了回去。

此刻场中寂落无声，众人个个双手相绞，心头凝重，乐人也无意间紧握手中乐件，用手轻轻捂着丝弦管口，生怕一丝风也在弦上管里擦吹出些响动来。

圣人搭箭，示意，场那边即刻放出数只鹘子来，扑棱着一阵乱飞。不想圣人身手迅疾，一把将长弓拉至满圆，随即抬高箭头，略一瞄准，松手放箭。羽箭破空而逝，很快出了目力所及。片刻后，众人见那空中最高处一只鹘子遽然停顿，旋即如石砣般坠落。

场中人狂呼起来。圣人一副不在意，转身又微晃着走回来，将长弓递与近侍，又端起酒盏来。侍卫将金箭挑着那鹘子拿到近前与众人观瞧，众女乐连忙闭上双眼，耳边听到旁人大声喝彩。

“入目对穿，圣人好射术。”

圣人自己也是十分得意：“昔年太宗皇帝持黄杨大弓率十数人入敌阵冲杀，如入无人之地，威赫天下。朕虽不及太宗皇帝，论射术却也曾是军中一流。不想过了这许多年，还是无有一人强于朕躬。如此一流，实在寂寞。”

李素炫还是不想睁眼观看，心中却赞叹。

“那日梨花竞乐，我便知圣人乐有异能，不想射术也如此精湛。也是此等人做得我大唐天子。”

“今日若有人射那鹘子精准有过于朕，朕定有厚赐。但场上人众，上至王侯大将，下至侍卫中官，不拘品级、职事，俱可一试。何人上前？”圣人趁兴又说道。

李素炫这才睁开眼睛。场中人骚动了片刻，复又沉寂，又片刻，一精壮汉子身着武官常服，踱步走上近前，行礼说道：“臣举荐一人。”

“何人？”

“此人名梁蛮，乃羽林射生。昔日为长安城中市井脚夫，生就魁梧，力大无穷，能徒手舒卷金钩，弹弓、弓箭极其精准。臣见其天资卓异，将其召入羽林军中，亲授射术。到如今不过一载有余，已至精绝。”

李素炫听到“梁蛮”二字，猛然一惊，差点失声喊出来。

圣人点头，说道：“来将军射术精湛，在军中素有盛名。得来将军赞叹亲授者，定有造诣。既如此，宣他上来。”

“是。”

中官即刻传令，片刻，远处有一人走到近前，身形雄武，步伐沉实。到圣人面前站定，行过礼，圣人教令抬起头来，李素炫偷眼一看，正是梁蛮。旋即想起方才推举梁蛮之人，正是当时与梁蛮行角抵、一招赢了三次那人，又想起他数弹连发将风鸢自树上打落，隐约记得他名唤来瑱。

李素炫心中翻滚，算了下，与梁蛮作别是去岁三月，而今转过年来，已是七月。本以为此生再也不得相见，不想如今猝然重逢。看那梁蛮满面黝黑，身子又高壮了许多，眉眼间仍是一副憨厚，无一丝乖滑。李素炫想起他从前整日耐着寂寞，在街市上等她，打弹弓给她看，一双粗手偏要给她糊个风鸢，又奋力与人角抵，赢了那小盒子送她。她心中叹息交杂，也不知道该兴奋，还是该难过。

梁蛮虽然听圣人命令抬起头，眼睛却垂着，不敢四处观瞧，并未见到李素炫在他对面不远处，更不知她满怀愁挫纠结，幽思绞拧，正直直看过来。

圣人见了梁蛮身量样貌，十分欢喜，嘱咐道：“能得来将军推举，想你果然有些本事，去试试看。”

“是。”梁蛮点头领命，转身走了几步，从旁人手中接过弓箭，径直入了场中站定，左手持弓，右手未动，便示意场外之人。须臾，几只鹘子冲撞着飞了出来。梁蛮不慌，右手凌空一划，众人未看清楚，他已将一支羽箭拈在手中，顺势搭在弓上，同时拉弓至满圆。举箭向着天空瞄准，却又不急，偏要待那群鹘子飞得高了，松手放箭。

羽箭没入光明，转瞬不见，几个弹指后，眼见远处两只鹘子同时坠下。

李素炫尚未弄清楚状况，身旁众人便狂呼起来，圣人更是撇下酒盏站起身来，连连挥拳，高声喝喊叫好。众人眼见圣人如此性情，也不顾那许多，都从席子上站了起来，纵声高喊，连两旁中官及远处数名侍卫也跟着发疯般叫好。

远处侍卫将箭挑了鹘子走过来，李素炫听人叫嚷，半晌才弄清楚，那梁蛮竟然一箭落了双鹘，先射中那只也是穿目而过。其技神乎至此，怪道身旁人众喊得嗓子都要破了。

一阵喧闹后，众人又平静下来。梁蛮走回来，与圣人行礼。圣人大喜，即刻教令免礼。

“我大唐有此异士，国之嘉运。朕说过，若有人精准有过于朕，定有厚赐。如今朕不食言。”

圣人当即将梁蛮擢升一级，并令随来瑱总教羽林卫射术，未待梁蛮谢恩，圣人又说道：“日后但朕出猎，你便随行，与朕执弓捧箭。”即刻令梁蛮手捧天子金箭彤弓，侍立身后。

众人惊讶艳羡。梁蛮神技，无人不服，擢升一级，令教军士射术，众人更是觉得该当。然得圣人信任，与捧金箭，执利兵于天子身后，却是隆恩罕见。惊讶过一阵后，众人也觉得服气，来瑱将军眼见爱徒受天子格外看重，更是得意。

李素炫明白，帝王身侧不缺个捧箭的，圣人如此看重梁蛮，也是爱才，也是要与众人知道，不论何人，不拘出身，但有真本事，定得朝廷信任重用。得随帝王身侧为近侍，颇有机缘开眼受教，多长本事，日后派遣作战，积累军功，便是前途。李素炫虽然难过，却也为好友开心。

席间喧哗议论了一阵子，又渐渐平息下来，宫人又置了一巡新酒，众人复又举盏，圣人随即嘱咐中官，令李素炫上前奉乐。李素炫怀抱五色琵琶走到圣人对面，行过礼，坐好。

梁蛮正立于圣人身后，肩负长弓，手捧金箭，此刻心中狂乱。

对面正是素儿，昔日她穿着素简，与他在市井间嬉闹，眼下上着淡妆、裹着华服，却仍是那般秀丽眉眼、轻细身骨。别离一年有余，梁蛮日思夜想，魂梦萦绕，几番打听，怎奈宫禁森严，始终毫无她消息。他本已渐渐绝望，每日校场习射，暴土扬沙，浑身疲累，倒觉得是一番宣泄。

梁蛮眼中蓄泪，隔泪光看着李素炫，她已端正坐好。周遭目光都盯着她，她却似乎并未在意。

“我方才射落双鹘，现下捧金箭与她相对，不过几步远，她定是看到我了，也定然认得出我。只是眼下场合，我能看着她，她却不能抬头看我。”梁蛮想着，心中苦涩，不敢露在面上，转而又为李素炫担心。

“她此时心中定是慌乱，不知如何弹得好琵琶。我方才若是见了她，怕是手上全失，连个堵子也射不中。”如此想着，万分焦灼，生怕李素炫手上有误，致圣人责怪。

李素炫知道对面梁蛮正看着她。她沉默了片刻，深深呼吸，强迫自己冷静下来。终究十余年严训，献乐每如临阵，她不像梁蛮忧心的那般容易错手。手中拨子落下，几个来回后，她全副神思已凝于弦上，指尖手头全无爽虞，心中犹记得几日前雷海青所嘱，手上格外着力，气度上却是不敢纵浪。

梁蛮听着，见李素炫手上稳妥，渐渐不再担心。他不通音律，也不知道李素炫所弹何曲，只静静看着她，听她琵琶声声，如金戈相斫，虽女儿弱质，手上却有千军万马、无穷杀伐。梁蛮心下佩服，也为她骄傲，满怀伤感一时忘却了。

一曲收煞，李素炫松弛了身上力气，神思汇聚，立刻又想起了梁蛮，却仍不能抬头看他。她起身抱着琵琶对圣人行礼，拔足退席之际，眼神自梁蛮那边扫过。二人目光有瞬间交接，旋即又错开。

琵琶声绝，众皆惊赞，圣人也开怀，对李素炫略点了点头，以示嘉许。李素炫退至帐幔旁侧，与众女乐一处侍立。众人向圣人说着些恭维话，争相称赞梁蛮射术精湛，李素炫技艺极致，大唐文武繁茂云云。这些夸赞并非全然虚妄，只是这两个被满席人众夸赞的，此刻没有一点儿心思听。那日离别时，梁蛮说道李素炫见过他打弹弓，他却不曾听过她弹琵琶，不意今日机缘，偏听到了，一对挚友却不能相认，纵然咫尺，也是天涯。

欢宴许久，圣人吩咐撤宴。李素炫与诸女乐随中官指引退下，再未看到梁蛮一眼。

# 第十一章　密友

天宝五载（746年）八月

# 55

每日清早起来，李素炫弹过两个时辰琵琶，又读些书，用过中餐，略事休息，一日便过半。夏日里金乌高挑，熏风灼热，众人都在屋里躲避，唯独李素炫偏要冒着酷暑出门，趁四下里无人，独自在林间或池塘边闲坐，仗着浓荫遮蔽，静定冥思，很快落了身上汗水，并不觉得炎热。若是在密林深处，坐久了反倒有些寒凉。

李素炫自幼随师父读写弹习，知道身为乐人，不能怠慢了琵琶羯鼓，却并不知道师父所说“书乐为伴”是何深意，如今入宜春宫多时，慢慢明白了一些。她每日读书写字，弹习琵琶或摆弄琴箫，固然喜爱，也是无奈。她不会别的，这宜春宫中也没有别的，众女乐时常相聚闲谈，然都是日夜重楼深锁，能谈的也没有多少，所谓玩乐也不过樗蒲双陆，众女乐弈术有限，久了也无趣。宜春宫在东宫之内，出宜春宫偏门不远便是东宫马场，李素炫学会了骑马，不甚高明，只图个开心，每次却不能太久，也不敢玩到脱力。弹习时双手颤抖、不听调用倒是无妨，生弹便是了，只怕圣人有召，驾驭不得弦轴捍拨，却是失职。

有时静定凝思，李素炫也忍不住无边猜想，若身在民间，不知道自己会当如何，除却书乐，可还有别样所爱。或许每日行于街市，看那东西市集、南北货殖，或入寺观，看他超度斋醮何样仪轨，听听佛乐道乐如何行演。记得梁蛮曾说城里酒肆客舍墙壁上有各色题诗，人说其中常有佳作，李素炫一直很想去看看。又或者她不会有这等逍遥，而是困身寒户，早早嫁为人妇，终日洒扫擦洗，锅边灶台忙碌不休，照看全家又要得空出去赚些零碎银钱，一生挣命劳碌，却仍旧衣食不全，早早落得手脚粗糙、性情抵牾。只是她身为宫伎，到底命不由己，这许多猜想也没什么太大意思，想想便过去了。

无事时李素炫想起在左教坊中养过地衣，心中生出喜爱，在林间寻找一番，将林深处地衣养了起来。从前师父认真教过她些法子，她试过，果然好用，在纸上记了下来，入宫时都带着了。她打开旧稿翻找出来，照着上面记载，将米入水煎至浓稠，滤出米粒，将米汤兑上洁净冷水，放凉后拿来润化地衣。这法子不用每日费一遍事，寻常里用水即可，只是不能用井水。师父说井水是生的，要用池塘中熟水，也不能粗率漫灌，要用手指沾了，抖动手腕，轻轻掸落。

师父卢菡性子清冷，却幽有情致，只是不曾听闻他养过牡丹、蔷薇，那一番深情、许多耐心，都拿来润养了这些微末地衣。李素炫照着笔记将师父所授法子逐一做了，夏日未半时地衣就茂盛起来，透着水润，深碧离离。

李素炫坐在林中，望着地衣上斑驳光影，此时才真正明白师父当年用心。他那时便已为她料到了今日，也为今日做下了预备。多年教授她吟读弹抚，日间辨识花草，夜晚仰观星月，乃至盘磨木器、饲喂塘鲤、润育地衣、怡养鸣虫，并嘱咐她详细记载，以备察考。如今她依着师父当年所授一一践行，自寻乐处，得度宜春宫中悠长日月。

一日傍晚，李素炫在林中消磨许久后向回走，迎面遇上两名女乐，彼此相错身时，互相点头招呼。李素炫见那两人神色凝重，不似往日里平和。那两人见李素炫以目光相询，立刻停住了脚步。

“素儿可知前几日太极宫中之事？”一女乐径直问道。

“太极宫中何事？素儿还不知道。”

两女乐互相望了一眼，对李素炫说道：“有一老年宫人夜间缢死。”

李素炫心头一沉，却并未格外震动。宫人自尽并不罕见，自从前在左教坊中听闻那母女三人自缢事后，此类事情再难令李素炫意外。只是看面前二位女乐颜色，此次想是有些不同。

一人叹息道：“死的是数十年前睿宗朝女乐。”

“睿宗朝？”李素炫大惊。

“听说睿宗皇帝崩时，那女乐不过十三四岁，因是帝王私闱之人，不能放归，也不能再为他人奉乐，故此移至太极宫中，择一偏处，养了这几十年。”

另一女乐说道：“宫中着人检视过，说是也无疾病，左近人等也说近日来无什么特殊状况，多半只是一时想不开。想是宫中寂寞，无以排解，一瞬的死心，就赴了黄泉。据说死时留下些诗文，说的俱是深宫冷绝，孤夜清醒时，如万蚁噬心。”

“有人将此事奏报圣人，并将诗文呈上，圣人也叹息，下令放归老宫人，并与些银钱。只是圣人不晓得，这些人困锁深宫固然寂寞，出了宫无处可去，更是死路一条。”

李素炫想起师父也曾说过此类事情，沉默不语。那二人又说了几句，叹息一阵子，离开了。李素炫回了屋中，安静坐着，良久未动，眼见外面天色正渐渐黯淡下去。

她入了宜春宫，用力振奋起来，重新开始弹习琵琶，读史吟诗，变声度调，奉乐殿上，桩桩件件不得不一一应付。幸而往年里多有积累，如今又有雷海青相助，乐艺渐趋纯熟无碍，手头诸般事端也日益顺遂。今日却仿佛有白刃挥割，摧斩了珠串，掉落一地零星。她如遭鞭笞，猛然醒悟，眼前顺遂尽是幻象。女乐每日华服酽妆，终不过浮萍翠色，一朝身死，魂如淡烟。宜春宫中锦绣，却也不过织锦牢笼，风光只在一时，待运数用尽，便是末路。

想了多时，她心头越发焦躁凌乱，将琵琶绰在手中弹起来，声音狼藉，更令心中添了些怨愤。零落多时，始悟自己心魔生发，为忧思所左。她将琵琶放下，灭了灯烛，坐在黑暗之中。

“罢了，想也无用。纵离得开这深宫，逍遥于市井，又当如何？世上没了师父，纵然是富贵自在，又有什么趣味，又能新鲜几日，与这深宫寂寞、毕生不甘，又有什么不同？”

如此想着，心中黯然，却又解脱。她叹息了一声，未燃灯烛，摸索着将琵琶抱在怀中，轻轻弹着，低声吟唱。

昔君在时，夙日无妨。锦衣无妨，素衣无妨。
今君不在，我自如伤。缺月如伤，满月如伤。
人前未语，心下思量。朝也思量，暮也思量。
天涯有竟，此情不忘。生亦不忘，死亦不忘。

夜深后，她将琵琶放在身旁，抱膝而坐，又过许久才歇下。第二日起身时，已将前日里烦恼都忘了，仍自弹习琵琶、读书写字，下午到林间照看地衣。

## 56

傍晚时分，宜春宫中来了些人，为首者乃是圣人身旁近侍。几人刚入院子，立刻吩咐将院中女乐尽数召集起来，聚于讲堂。宜春宫总管见几人神色严肃，情知有故，不敢怠慢，立刻着宫人分头将院中女乐唤来。众女乐聚立在一处，看那近侍脸色，看不出什么来，众人心中惶惑。

人聚齐后，近侍开了口。

“我朝惯例，每遇将士出征，着宫人缝制纩衣，并乞针以求洪庥。前日里边关上报，军中一兵士所得纩衣内里处有题诗，主将不敢隐瞒，呈送朝廷。圣人得诗，命我等遍示宫人，寻其所出。”

说罢示意，有随从将纸笺交递与众人传阅，上面抄录着纩衣内里处题诗。

沙场征戍客，寒苦若为眠。
战袍经手作，知落阿谁边。
蓄意多添线，含情更著绵。
今生已过也，结取后生缘。

诗只这四句，并无题头，亦无款尾，只是看口吻及行文所述，当是宫人所作。众女乐将题诗传阅过，纸笺又回到近侍手中。

“我等已寻找多时，今日方到宜春宫中。作此诗者可在尔等其中？”

近侍只说圣人读了此诗，没说圣人作何观想。众女乐一片沉默，不知按宫中法度会如何处置作诗之人，有些忧心，细想下又觉得不甚打紧。三大内中，入宫人册者逾四万众，只要作诗的自己不承认，此事也只能作罢。

众人肃立良久，忽然有一人出了聚落，径直走到内侍面前，跪下说道："此诗是奴今岁元日所作。"

众人仔细看过去，说话的是阚容儿。李素炫等人登时大惊，随即无比惶遽。

近侍并未呵斥，也未多说，只教宜春宫总管将阚容儿单独看束起来，不许外出，不许见人，等待圣人发落。说罢起身离开了。

总管依言令阚容儿回了屋里，命中官与宫人守在门口处。李素炫等人心中大惧，跟在总管身后，却想不出什么说辞来。宜春院乐事由教坊副使主持，然宜春女乐皆是顶尖，不消劳心督管，故副使不常在宜春宫中。宜春宫总管由内侍省指派中官担任，隶教坊副使辖制，不掌乐教，只负责宫中日常，故此常在宜春宫中，与众女乐熟识，多年来相处融洽。李素炫等人想为容儿说情，又一想总管也不是与容儿作对的，不消恳求他。再说此事权重非在宜春宫总管，求他也无用。众人都惊恐，又无奈，只剩下团团乱转。

"总管可知此事会如何处置？"众女乐急着问道。

总管也是焦急十分，连连摆手："这个我也不知道。此前宫中从无先例，只能等待圣人裁决。"

众女乐议论不休，可是也议论不出个所以然来。

"若是圣人震怒可如何是好？"

"我唐管束乐人历来严格，听说高宗皇帝曾下令处死乐人，只因那乐人心软，违例替宫人向宫外传递了些物什。后经人求情，才改了徙罪。"

"宫中严禁内外传递，不拘什么物什，也是犯了法度。只是这题诗之事没有什么律条，不知要怎么裁断判处。"

众人商议许久，心头惴惴，又无奈，总管心有不忍，也为容儿担忧，也没法子，只安慰众家女乐道："诸位莫要过于心焦，胡乱猜测也是无益，且待天子圣裁。幸而内侍未将容儿带走，只在这宜春宫中禁足。我着人好生奉着饮食，至少这几日里不多遭罪。"

众人慌了这许久，慢慢冷静了些，听总管说得在理，只得按下性子，又听了总管劝谏，各自回了屋里，剩李素炫与端木、歌子聚在一处商议。

"这如何是好？快想想有什么法子？"歌子语带哭声，接连催问端木与李素炫。

"我们能有什么法子？若圣人怪罪，我们也只能待到奉乐时与容儿求情。惜我等不过女乐，怕是求情也无用。”端木说道，心下隐隐生出绝望来。

李素炫叹息道：“容儿自幼厌恶深宫，平日里不多说起，相厌之意却十分清楚。她作了这诗，今日又站出来承认，想是心中早有了主见，宁可一死，也不愿再困守下去。”

“她不怕死，我们却不能看着她死，总要想个法子……端木说的也对，我等不过女奴，能有什么法子。”歌子说着，越说越怕，越发难过，终于忍不住泪，哭出了声，又不敢大声，低低压着。

任凭商议，区区女乐也果然没什么法子。几人到了容儿门口，徘徊许久，进不去，可也不肯走，就在容儿门口守了一夜。

翌日下午，近侍又到了，命召众女乐前来。李素炫见近侍只带了昨日几个随从，并无甲兵或其他人，略安定了些。容儿很快被总管带到近侍面前，跪在地上。李素炫等偷偷看了她一眼，见她神色稳当，并无慌乱，似乎已下了决心。

近侍言道“传圣人口谕”，众女乐及身边各色人等不敢出一点儿响动，心中煎熬，又怀着侥幸。

“尔虽妄为，念正当华年，居于深宫，心向人伦，实寻常事也。今既尔有意，天亦与分，朕便与尔一场成全，放归出宫，嫁与边塞得诗兵士……”

后面几句众人都没听清楚，只前面几句，众女乐便是一片欢喜，都为容儿高兴，只是不敢呈露在面上。端木、李素炫、吴歌子与阚容儿自幼一起长大，情如手足，苏获、孟离也整日与容儿在一处合乐排演，比之其他人更加熟络。这几人自昨日以来煎熬异常，眼下听得近侍传旨，知道容儿性命无碍，心头陡然松弛，立时便想放声大哭，却仍要忍着。

传旨完毕，近侍令众人站起身来，又劝诫勉慰了几句。

“天子爱重乐人，也怜惜军士，故有宽宥。然此事终究违制，尔等日后不可再如此轻率。”

众人连忙称是，谢过近侍，近侍又与总管说了几句，告辞离开。待他们走得远了，众人一片欢腾，连总管与宫人、中官都跟着高兴，纷纷与阚容儿道贺。

阚容儿说不出话来，流泪不止。前几日睿宗朝女乐深夜缢死，她也听说了，心头撼动。昨日近侍带着诗抄前来询问，她只要不说话便不会有事，却一瞬间站了出来，心下决绝，纵然被杖责、流放乃至处死，也好过在深宫中困到满面皱纹，好过在某个深夜难当孤寂，寻根索子自家缢死，一张席子卷了扔进宫人斜，连个薄棺墓碑都没有。

众人围着容儿，说着恭贺话，独端木、李素炫、歌子并苏获、孟离在略远处站着，许久后，将眼中泪水落尽了，才觉得宽心，也走过去与容儿说话。总管告诉众女乐，圣人给了容儿十日期限，令她处置好各色事务，收拾行装，与友人告别。十日后，宫中赐银，并派人将她送至边塞，与得诗兵士成亲。

众人接连称谢，万分感激天子。李素炫知道，圣人固然爱重乐人，如此也是与边疆兵士一番激励，此诚天子之术。然古来帝王有各色脾性，当今天子如此处事，已是难得大度。

欢乐许久，众人散去。端木与李素炫等围着阚容儿，这才想起开心来，只是端木与李素炫仍有忧思。圣人只将容儿放出宫去，配与得诗兵士，却未与她脱籍。一介弱女子，长于重楼，对人心世相一无所知，一入江湖，怕难以应对，况又身在贱籍，若是那兵士不善待于她，不知她又能如何。

李素炫心中叹息："宫中固然寂寞，人间却也未必欢畅。女乐固然命贱，嫁为人妇却也不见得稳妥。终究世道不善待女子，怕是徒自挣扎，左右是错。"

歇息了一日，众人渐渐心绪平复。容儿每日逐一收拾各色物什，并与众人闲话。端木与李素炫等人将各自累年所积月度拿了大半出来，凑在一处，硬塞给了容儿。一生漫长，来日还不知道有多少岁月，余生里再不能彼此看顾，只这一点银钱能让她眼下好过些，总强于没有。

十日后，清早起来，众人齐聚，将阚容儿送出宜春宫，又出了东宫，出了太极宫。再向前，女乐们不能随行，只有容儿孤身面对了。

站在太极宫门口，众人无语。宫门洞开，门外天地广大，光明无限却又深不可知。容儿此去是吉是凶，无人敢想。众女乐流泪不忍，阚容儿却毫无惧色，与众人一一道别后，擦干泪水，转身走出宫门。一片艳阳，光明汹涌，霎时将她吞没。

# 57

众人默默无言，一路相伴回了宜春宫，各自归家。端木与李素炫、歌子、苏获、孟离聚在一处，仍旧伤感。

“圣人将容儿嫁与边塞得诗兵士，却不知是何处边塞。想是路途遥远，彼处又苦寒……”歌子小声说着，低着头。

“一路上有人护送，想也好些。”端木安慰道。

“若是那人待容儿不好，却要如何？我们也不得消息，也帮不上忙。”歌子又说道。

听歌子如此一说，端木也不知道该如何安慰了，几人又是沉默。

“歌子不要如此难过，也说不定哪日我们又能重逢。”隔了许久，端木安慰歌子道，笑着，只是话也勉强，笑也勉强。歌子忍着泪水点了点头，权当作是信了端木所说。李素炫始终未发一语，她也担心容儿，祈愿她能得夫君善待，祈愿今生姊妹还能重逢，心下却不敢抱太多期望。

“我前几日与众人相谈，听她们说，只道是宫中寂寞，却不知一俟离开又会如何。说是宫外头逍遥无比，只是怕逍遥金贵，我等享受不起。”苏获说道。

几人想起方才与阚容儿告别之时，容儿转身而去，背影寥落。

“有件事我一直好奇，想问问。”李素炫突然说道。

“何事？”

“宜春院女过二十便是老大年岁，需趁着到得帝前，为自己讨个好结果，不然，一旦帝王崩，就只有入冷宫了。这道理众人都知道，却为何到如今不见一人请求圣人放归？”

“宫中虽不自由，却是锦衣玉食，岁月安稳。一入天涯，若是衣食无着，不知逍遥值得几何。”孟离答道。

“乐人皆在奴籍，出了宫也无前程。街市自在，不过几日新鲜，到最后只剩下困顿生受，想是如此，宫中人多畏惧。”苏获又说道。

“我无家人，出宫也不知奔谁去。”孟离说着，满是伤感。

“我家在西域，更是无有投奔。”苏获说道。

众人都叹了口气，片刻，李素炫说道：“我也无有家人，无有投奔，却当真想离开此处。就是困顿饿死，也不能死在这深宫之中。”

“哪里由得我们。”端木叹息。

嗟叹许久，几人散开。李素炫回到屋里，对着案上长箫，想着师父卢菡。

“我曾想，今生已再也见不到师父，困死宫中也无所谓。果然困死宫中，也果然无所谓，但若得着机缘，能逃离此处，也定不畏惧。我不能像师父那般，活得值得，却死得不值得。就算死，我也要自己选个死法。”

从前李素炫死了心，想着不过一生困死于此处，倒整日淡然，眼下反而没了一番平静。身为女乐，无论如何也出不了这宜春宫，一番心志无处着力，不似读书弹琵琶，总归还有个法子发狠。罗乱过多日，她也只能耐下性子，暂时不想太多。有些事情，努力便是进程，也有些事情，拼死也无用，只能静待机缘。

盛夏时分，地衣长得茂盛。每日下午，李素炫仍旧趁着炎热人少，独自到池塘边观荷，默默看那低处几朵幽若菡萏。良久，取些塘中熟水带到林中，用手指沾了，轻轻掸落，浇沃地衣。之后安静坐着，周遭无风，亦无尘，唯有蝼蚁过往，轻踏碎叶，她屏息侦听，恍然觉得其声隐约可闻。有时她也带着琵琶，随意轻弹片刻，只觉得弦声涤润，手中松沉，心下生出幽隐来。

每逢初二与十六，郑三娘前来探望端木，李素炫常随端木一同去见她，见礼问候后立刻退避。端木与郑三娘屡次挽留，李素炫却说不愿扰她们母女私密，笑着摇摇头，到底还是要离开。

“师父，我们随她去好了。”端木说道。情知自己口中声声唤着师父，与郑三娘闲说些体己话，李素炫肯定会想起师父卢菡来，心中纵不痛楚，也是失落。

郑三娘叹息会意，点点头，不再挽留。

每逢此时，歌子多半来找李素炫，邀李素炫到她屋子里，一同烹茶品饮为乐。每次都是器物简单，物料也不齐备，二人也不在意。

“有茶饼便好，别的少什么都行，如此清饮，格外雅致。”歌子两手摆弄着，笑着说道。

李素炫跟着笑笑，拨弄怀中琵琶，看着歌子指尖芬润，将茶饼烤过又碾过，又将茶粉中略大块的拣出来，复又细细碾过。

“若是按宫中礼数烹茶，是要用拂末扫进罗子细细筛过的，落不下去的要放回去重新碾过。我没有拂末、罗子，只用手拣，你莫要嫌弃我粗憨。”歌子说道。

“我又不干活，等现成的，哪里敢嫌弃你。”李素炫笑道，手中弹拨不辍。

茶汤分好，李素炫将琵琶横冐膝头，将拨子插在弦中，双手接了茶盏。二人静静品饮，说些歌调曲牌、独奏合乐，或说些花草时令、诗词文赋，乃至粥饭羹汤之类。一番闲谈后，歌子说道：“若素儿喜爱茶饮，我得空与你讲讲如何烹制，你也可以试试。不消那般精致繁缛，我这等约略行事也有一番清爽滋味。宜春宫中每日都有茶饼、葡萄酒供给，酒如何我不知道，茶饼不如圣人所赐，却也好过没有。”

“你教我烹茶自然是好，不过我得先花些工夫，寻下这些器物。”

“这好办，我帮你。若学会了烹茶，定然有大用处。”

“有何大用处？”李素炫随口问道，一边又将琵琶抱起来，弹得随意。

“茶开神智，可醒酒。你甚是好饮，若会烹茶，不是好事？”歌子说着，笑起来。

李素炫也笑了：“好饮谈不上，每次都是苏获来寻我，我不推辞罢了。况且我不管饮多少，从未醉过，也不消清茗醒酒。”

“你可以给苏获烹些。我看她每次寻你共饮，出来时都是一路摇晃。她与我说过，每次与你饮酒都赌气要赢你，结果每次都输了。”

李素炫大笑，右手力道陡然失控，弦声糙厉，吓得她连忙停了手。

“苏获果然每次都与我较劲，偏要赢我，却每每大醉。我劝她，劝不住，若让着她，她还越发光火。”李素炫说道。

两人都大笑起来，笑过后，换了位置，李素炫坐到茶案前。歌子仔细为她讲述各色器物形制、材料、制法、用法，又将诸道工序说了一遍，尤其叮嘱烧水时要小心火候。因屡次见过歌子烹茶，虽然简略，也有大致步骤，李素炫很快记得熟了，操练起来，果然顺利，唯独烧水，或是未到，或是过之，烹出茶汤来味道欠佳。她也不介意，两手忙着，满心欢乐。

“试了几次，火候都欠精准，素儿倒是不恼。”歌子笑道。

“针线上我试过多少次了，不也还是糟乱。我若恼火，早气死了。”

“也是，从前都是卢先生和容儿帮你缝纫，你有的靠，越发不长进。”

“以后只能自己动针线了。”李素炫叹息道。

二人沉默良久，歌子说道：“不知容儿如今到哪里了……也不知那兵士待她可好……”她口气上小心翼翼，转而又勉强笑着说道：“素儿不必难过，也说不准哪日我们又能相见。”

容儿出宜春宫后，这句话许多人说过，众人只是图个安慰，实则都不敢有太大期待。尘世无边，人间飘零，天下之人、之事，一朝错失便不会再得，一朝别离便不会重聚，哪有那么多失而复得，哪有那么多久别重逢。

炉中炭火将尽，青焰危殆，二人没有再烹茶，将余下淡冷茶汤饮了。残茶凉透，精华散尽，汤味枯槁，倒不若清水甘冽。李素炫放下茶盏，又将琵琶抱在怀里轻弄起来，口中随着手上，轻轻吟哦。

“素儿这调子弹了十几年了。”歌子听了许久，轻声说道，“你若拿过琵琶来，随意拨弄，多半是这一支。弹了十几年，倒也未走了样子。”

“昔日我师父将这调子按律吕记写了下来，就是怕久了便失了本来样子。”李素炫随意答道。

“……你可还想着卢先生？”歌子沉默许久，终于问道。

李素炫笑笑，没有答话，仍旧弹着，唱着。

“你我俱不知父母，你阿娘多少还给你留了这一支歌。”歌子说道，微笑着，口气却有些黯然。

李素炫停下两手，看了看歌子，将琵琶放下，挪到她身旁，挨着她坐好，又一时不知要说些什么。两人索性都不作声，眼前炉火渐渐死灰，外头天光依旧明媚。

## 58

夏末秋初时，骄阳最为炽盛，却又坦率。秋日渐深，光明褪去了些骄横，却不肯些许轻饶了一花一叶。树上碧叶焦萎，因风沉落，宜春宫中一地零星。宫人刚将落叶扫了去，雨复又来。林中苔藓此时格外得了些日光，又被秋雨打湿，耿耿老绿，颜色分外深翠。荷花早已不再粉润，连同干枯叶子纷纷落向水面，塘中一片杂乱。李素炫找了多时，已不见那几株弱小菡萏。怅然了些时候，也未太过伤感，毕竟如此结局早就知道。

秋日若晴朗，便格外晴朗，日光茸茸，白昼温暖。最近这些日子，李素炫等人被中官催促着，每日换上短装到东宫马场练习骑射，言道是秋猎将近，圣人即将出狩，着宜春院人随驾出行。

“圣人出宫行猎，尔等俱要随行，难不成圣人骑马，诸位坐车？须是要骑在马上，射得中猎物，下得马来，收起弓箭，能奏一曲琵琶箫管。诸位从前也都骑过马，马术不济，行路足够。眼下需要熟练些，也练些力气出来。如今宫中指派女侍卫前来教习骑射，诸位定要用心。纵然一时不精，打不下猎物，也须是有一番气势。”

那女侍卫与李素炫等人一般年齿，微笑着，眉目端正，身姿轻健，站在日光里，如宝剑带锋。中官训示完毕旋即离开，李素炫等人立刻迎了上去，与那女侍卫彼此行礼问候。

“我名陈蘅。”女侍卫笑道，“那中官平白训示许久，竟未说起我名字来。”

众人低声齐笑，各自报了名号，又看这女侍卫着缁色男装，浑身紧实利落，众人啧啧赞叹，称羡不已。

“你若与圣人护驾，可比得过殿上武士？”一女乐问道。

陈蘅笑起来：“我为宫中侍卫，却不持戈，不碰礼刀，平日里专管教习宫人骑射拳脚，也随师父演习些兵法阵法，只是若论动拳脚，我还真打不过殿上武士。”

众人又笑。

“前阵子听中官说过我等要随圣人行猎，我等也依令学会骑马了，不想还要射箭。”一女乐说道。

陈蘅笑笑：“宫人随天子行猎很寻常。出宫之时，都换了戎装，骑着马，还要射箭。不过，马上开弓不易，许多人只打弹弓，猎些小物，也有许多人什么也打不到。”

李素炫听陈蘅说到弹弓，立刻心中一动。

“从前梁蛮给我做了一张，我入宫时带进来了，未曾用过，何不拿出来试试。梁蛮打得那般精准，我认真些，好好练，还能蒙都蒙不上一个？”

侍卫牵来马匹，陈蘅带领众女乐骑马在马场中随意跑了几圈，众人下马歇息时，她独自飞上马鞍，一声呼哨，纵身疾去。跑得略远些，伸手自身后掣出长弓，右手拈了羽箭搭上，将弓拉满，旋即放箭。羽箭带着锐利哨声刺出，正中远处箭堵。

陈蘅又发了几箭，皆稳稳射中箭堵，众人一片欢呼，连那几名侍卫也凑过来看热闹，跟着大呼小叫。陈蘅打马到了近前，利落下马，众人立刻围了上去。

“这好骑术、好射术，你如何练出来的？”众人直嚷着问道。

“就是……多练。”陈蘅想了想，说了一句。

李素炫立刻想起来，当初梁蛮也是这么说的。

“我这也就是看着好看，真想打大猎物还是不行。我若站在场上，脚下稳当，腰力强健，可开劲弓，奔马之上只开得了轻弓，若开劲弓，准头就差。轻弓准头够，却射不倒大猎物。像我手里这张弓，比兔子大的就打不下来。我师父令我过来，也只是与诸位简单讲上几句，而后陪诸位一同练习，不敢称指教。若说真的纵马开长弓，打下豺狼虎豹，只怕还要个三年五载才敢想。”陈蘅说道。

这番谦词众女乐却不认，仍旧嚷着：“打什么豺狼虎豹，我等本来也不想。就学学你眼下本事，有你这骑术、准头，开个小弓，中个堵子，有这一番好看，就心满意足。就算行猎时连兔子也打不到，也无妨。”

一片喧乱中，李素炫忍不住问道：“我昔日见过有人一箭可以射落双鹘，如此射术定然精良，却不知有多难得。”

陈蘅想了想，认真答道：“如此射术，一世英杰中不过三五人。”

李素炫心里颇起了些骄傲得意，又听陈蘅说道：“鹘子身小，又极灵巧，射落一只都难……若以前有人与我说一箭射落双鹘，我定是不信。然前几日听我师父说，那日朝廷阅兵后，有羽林箭生演习射术，竟然一箭落了双鹘。我才信了，原来世上果然有此等顶尖高手。如今这事传得宫里宫外都知道，连你也来问了。那人名字我忘记了，只记得我师父说是神射来瑱亲授弟子，怪道如此绝技……”

李素炫未再说话，又想起了梁蛮，昔日与她在街市上亲密嬉戏时，那憨厚小子尚在少年，那日演习射术时已是成年男子模样，身姿沉稳，举动若定。如此想着，李素炫心中也骄傲，也叹息。

“我不能让人知道我与梁蛮熟识，只得闭口不言。他这般年岁就已是当世顶尖高手，我有好友如此，却不能拿来与人炫耀，心中实是刺痒。”

想过片刻，她摇摇头，轻轻笑了。

回了宜春宫，李素炫立刻将弹弓翻找出来，未换衣裳，仍旧着短装，学梁蛮样子将弹弓别在腰间，到院中想寻些小石子充作弹丸，拣个无人处打几发试试。手里刚攒了几颗石子，遇上了端木与歌子，二人见了李素炫如此模样，立刻笑上了。

“你倒勤奋。”端木说道。

歌子惊异道：“素儿哪里寻下个弹弓来？”

“好友相送。我入宫时以为带不进来，没想到竟然没有被扣下。”

“我们若去圣人面前奉乐，身上格外有搜查，什么也带不了。弹弓算不得远兵，也不是利刃，你这弓子还这么小，不过是个玩物，放入宫中也无妨。”歌子答道，随即又问，“素儿会打弹弓？”

李素炫摇摇头：“不会。我这弹弓也没太用过，今日想试试。”

两人帮李素炫寻了些小石子，又一起寻了个无人处。尚未开弓，苏获与孟离自不远处走过来，两人见了李素炫手中弹弓，也是啧啧，与端木、歌子并肩站着，也打算看看。李素炫哭笑不得。

“莫不是老天特意将这几人凑齐了，派过来看我热闹的。”

她一边想着，一边将石子捡了一颗，按在弹弓上，开始拉弓。想着当初梁蛮教过她，左手持弓一定要稳当，约略瞄准，便要射出。一时瞄不准，怎么也瞄不准，久了左手持弓无力，更瞄不准。她将这些在心中默念了一番，依照行事，放出了石子。

石子飞射而出，却没有打到前方树干，偏了不少。李素炫又拿了一颗石子，拉弓，重新瞄准，放出，还是没打中。接连十数次，手中石子耗尽。

李素炫心头沮丧：“这树干有我腰粗，不过几丈远。瞎猫儿都能撞上只死耗子，我竟然蒙都蒙不上一个。”

围观的都不作声，许久，苏获说道：“我想笑话你，又一想，换了我，怕也就是这般。既如此，便不笑话你了。”

这句倒是令几人都笑上了。笑过后，一起又捡地上石子，拉弓发射，玩儿得倒是兴高采烈，只是没一个能打中树干的。

第二日，李素炫带着弹弓去了东宫马场，向陈蘅讨教。陈蘅也与当初梁蛮一样不住拉着弓弦，试着力道，又抬起来远近瞄准，随口问了句："你怎么还有张弹弓？"

"好友手造送我的。"李素炫随口答了一句。

"想必是位富贵友人了。"陈蘅笑道，"此木名贝多枝，出于交趾，弹材中第一，不便宜，却拿来给你做个玩物。"

李素炫一愣，记得梁蛮手中几张弓子都是寻常柘木所制，贝多枝金贵，或许是他多年当作宝贝珍藏的，或许是花了多年存财买的，大约是要专门为她造一张弹弓，才舍得用。她根本不会射，他也要给她造一张好的来。

李素炫未及多想，陈蘅又说道："你这弓子可是个巧手人造的，只是力道小，伤不了人，只能当个玩物，若力道够大，可就是宝家伙了。你眼下肯定是打不准，但蒙也蒙不上一下，却是不该。想是你捡拾的石子太过轻小，这弓子力道又不够，石子射出下沉太快，肯定没准头。"

"我以前见人打弹弓，用的弹丸也不太重。"李素炫说道。

"那定是他弓子劲硬，力道够大。即便如此，若果真要打远处，也要换了铁弹丸。"陈蘅说道。

李素炫立刻明白她说得对。陈蘅转身叫侍卫取了铁弹丸过来，递给李素炫，一经上手，果然立刻不同。众人开心，各自取了弹弓，瞄着堵子，打得很认真。连着数日，众人都有些长进，有些人已十中七八，只是上了马，立时准头全失。

"慢慢来，也只得慢慢来。再熟一些，也可换了弓箭试试。不过这功夫不是顷刻练就的，今秋行猎你们只能是做个样子，跟着热闹一番罢了。还好只是射术欠佳，骑马总归是熟练。到时候拉拉弓，放几箭，纵然打不到猎物，有一副英姿也好。"陈蘅笑道。

骑射没什么长进，众人每日上午着短装聚在马场上，倒起了玩心。有人拿了球杖，玩儿起了步打，胆小的怕吃球杖打，寻了粗壮索子，在另一头分了阵营拔河。步打的也嚷，拔河的也嚷，马场上喧沸热闹。也有几人老实拿着弹弓或弓箭，对着堵子，认真拉弓、瞄准，只是依旧没个准头。

玩闹过几日，累得不轻，众人对步打和拔河都再提不起什么兴致，每日到马场骑着马跑几圈便回，唯独李素炫等几人还在场上苦苦拉弓瞄准，却还是射不中几回。

## 59

又几日，宜春院接内廷传令，教令端木、李素炫等十数名女乐随驾去至南内马场。询问之下，总管说道："看时节大约是宫中行击鞠。圣人前去观看，故此令女乐随驾。"

能看到宫中击鞠，端木与李素炫等人固然开心，前几日步打的几人更是兴奋。击鞠四处风行，可宜春宫人没什么机会实战，只能寻根球杖在地上行步打，此番能眼见一番马上厮杀，十分期待。

第二日，十数名宜春宫人着短装，带着各自乐件，一早由中官引领去至南内马场。是日朝阳明媚，些须微风若有若无，宫柳轻盈，垂坠如纱。趁林荫庇佑行了一段路程，到了马场中，却是另外一副欢腾。场中已有百戏工先行预演，各自逞着身上本事，尤其是那些专门行演击鞠的，有二十来人，早已纵马在场中飞驰，开舒筋骨。

马场外搭着数顶棚子，帐幔飘拂，中官及宫人在其间穿梭往来，将金盏银盏一一布置好。观看击鞠不需要冷热荤素侍奉，酒却是少不了的。临着场子一排棚帐为圣人、贵妃及宗亲近臣所备，后面又有几顶棚帐，中官将女乐引进来，令她们在其中候场。坐定了，端木与李素炫等人远远看着场上欢腾，身旁不断有宫中力士将酒自场外抬进来。

不久，场中百戏工停下马匹，引缰退出等候。各宗亲近臣陆续到场，又片刻，圣人携贵妃到场。众人行礼就座后，中官传令，百戏工换好了装束，宫人们开始为列席人众斟酒。

女乐尚未被召唤上前，各自怀抱乐件静待，见百戏工至圣驾前行礼，俱是精壮男子，作短打扮，扎着袖口裤脚，浑身紧实利落，面上带着剽悍。礼毕，百戏工上马入场，拉好阵势，各自紧握手中球杖，盯着对手，目光灼闪，胯下骥骏奋跃。

须臾，圣人嘱教，中官传命，场外即刻有人喝令开赛。百戏工立刻纵马扑上前去，初一交手便是激战。这些人在内教坊中经多年严训，马术精良，球杖又舞得熟练，彼此又难免熟悉，一时攻防胶着，难分胜负，不论哪方也难轻易攻入一球。端木与李素炫等人候在第二排棚帐里，隔着前面一排，不大看得清楚场上战况，只见得场中一派尘土欢腾，听得无数人纵马嘶。每逢前排人众一阵欢呼，便知道是某一方刚刚攻破一球。女乐们也弄不清楚到底哪方进了球，只是跟着紧张、跟着兴奋，却不敢跟着大声喊，只敢压低了声音喝彩，面颊上却也如第一排观战者一般，一片燥热彤红。

第一场结束，众百戏工下马，复与圣人行礼，个个汗流浃背，喘息未定，脸上一派骄傲。圣人点头，令去一旁歇息。周围人众也松了口气，端起酒盏彼此劝饮，谈笑声起，一片欢乐，又有百戏工在棚帐近前处行些角抵、扛鼎、弄剑之术，席间人众饮酒欢谈，也不时看上一两眼。宫人们巡回穿梭，不断斟酒。

歇过一阵子，复又开赛。场上尘土刚刚落定，此时马蹄踏问，瞬间又纷纭扬起。场中人在沙尘中奋力厮杀，输的想赢，赢的想再赢。场外观战者初时还端着盏子饮酒，不一时便悉数将酒盏放下，紧盯着场上战况。宫人们前来添酒，都要努力放低身子，执着酒壶从侧旁伸过去，轻轻倒入盏中，随即抽身后退，唯恐挡了观者双眼。连着赛了第二场、第三场，众人欢呼，女乐们也看得兴奋，只是到了最后仍是糊里糊涂，不知道哪边赢了、哪边输了。

又到歇息，百戏工退场，众人端起面前酒盏，欢娱声起，中官传令，命宜春院奉乐。端木与李素炫等人怀抱乐器走到圣人对面，行礼后端正坐下。端木刚将鼓杖握好，未待抬手，眼角无意瞥见圣人旁侧一人正定定望着自己，不及细看，便瞬间认出那人正是李逊。

端木一阵慌乱，立刻低下头，未敢再看过去一眼。她与李逊只一面之缘，算来也有几年未见，却不知怎么今日一眼之下便将他认了出来。在左教坊时，李逊曾多次着人将礼物及诗篇送来，她推托不得，只能收下，心中已是一片混乱。入宜春宫再无他消息，本已渐渐忘记，不料今日迎面撞上。

端木身为宜春院人，终究是天下顶尖女乐，手上纯熟，心中也极沉定。她深深呼吸，瞬间将满腔零落抛下，即刻归于平坦，继而稳定身姿，手中鼓杖扬起，示意李素炫等人。

乐声响起，李逊痴痴凝望，见端木仍是如王府中初见那般，容色清雅庄重，沉稳端凝，眉眼间又褪却了昔日小女儿稚嫩圆润，眼下贵如兰芷，一副中宫仪态，又接连催动鼓杖，垂范板眼，引领众乐，颇有几分卓然刚烈。

李逊伤感，他初见端木便惊叹不已，只几句话说过，再难相忘。只是自端木入了宜春宫，他只得将心头顾念生生磨灭。今日猝然再见，心中瞬间烈焰迷狂，又只得死死压着。

宜春院奉乐过后，复又开赛，此番是宗室子弟组阵上场，也有朝中高官之后入战。李逊眼见端木怀抱羯鼓带领众女乐退了下去，没有再看他一眼。他站起身来，咬咬牙，收拾起满心凋零，束了束身上戎装，出了棚帐，接过缰绳来与众人站在一处。

端木与李素炫偷偷看着这些少年贵胄，至多不过二十岁年纪，戴幞头、着黑靴、服窄袖袍，持七彩偃月球杖，个个面容俊雅，身姿矫健，英气弥漫，身后皆是高头大马，毛色如锦缎般闪亮，马鬃、马尾都束得妥当，有金丝银线编缀其中，借了日光耀眼，越发夺目。整束停当后，这些少年人与圣人行礼，转身飞上雕鞍，催马直入场中。

端木看着李逊背影，心中百感错杂。

“我方才奉乐时，他定是认真看着我，我却不敢抬头。眼下我退至圣人身后，目光尽可追着他，他却又不能看向我这里。”

从前李素炫屡次问过端木喜不喜欢李逊，端木总是低头不答，却并非推托。她心中但有所想，没一件不能告诉李素炫的，她是当真不知道自己喜不喜欢李逊，当真糊里糊涂说不清楚。那李逊出身名门，自幼家教严格，举止稳重，对端木格外关切，却对心中所爱深怀敬意，全无朱门子弟那一身轻佻孟浪。其人又兼青春，尚未弱冠，身姿秀美，少年洁白，天下女子只怕十之有九都难免动心。然端木只要想到自己身为女奴，与李逊别如云壤，便满心酸涩，强迫自己不要再想。时至今日，她究竟是真的从没有认真想过这事，还是认真想过了却不喜欢这人，她自己还是说不清楚。好友关切，询问起来，她也还是真的回答不上来。

端木胡思乱想间，那边马场上已是鏖兵酣战，两方对手往来奔突，扬尘翳日，怒马长嘶。隔一排棚帐，端木只能看到马场上一片沙尘，腾起半丈来高，淹没了众人胯下马匹，隐约可见其中人影密集晃动，一群少年人挥舞球杖在沙尘中进出搏杀。

天子乃性情中人，又趁酒兴，眼下兴奋异常，棚帐内其他观战者也跟着喝喊喧沸。场内厮杀者听了助威，雄竞之心大盛，越发奋勇。只是这一番攻伐令端木忧虑不安，努力看向场中，一时分辨不清楚，看不到哪个是李逊，她更加惴惴难安。

“方才那百戏工倒不令人担忧，本就挑的壮实人，又在教坊中多年训练，技艺娴熟，又只不过是行演，彼此路数熟稔，不是真的比试。这一番不同，宗室子弟素日里也习骑射，却终究不过书生，彼此又不曾磨合，眼下又是真的要拼个输赢出来。若是谁人手中球杖没个准头、轻重，伤到要害处，可如何是好？那些马匹也都巨大高壮，若是不留神自马上坠落……”

端木吓得不敢再想，左右也看不清楚，干脆低下头，却只片刻又忍不住抬头望过去，一颗心揪着、拧着、悬着，睁大眼睛努力寻找。

场中李逊知道，端木一定在看着他。他催动战马，挥舞球杖，难忍心中悲凉。

“我与端木今生无缘。李逊大好儿郎，今日哪怕身遭重创，也不能畏缩避战，令端木小觑我。纵然今生再不能见，只此一次奋勇，也要让她一生看得起我、记得住我。”

李逊想着，咬咬牙，狠心舍了生死，搏命厮杀。亏得是场内一片扬尘纷乱，又隔着前排棚帐，端木看不大清楚，稍一错神连哪个是李逊都分辨不出来，否则多半要吓出些好歹来。

连赛三场，众人催马出了场子，下马将缰绳交与随侍，到圣人面前行礼。圣人见宗室子弟奋勇，自然欢喜，不住说着勉慰话。李逊低头听着，情知端木就在对面看着自己。他心中狂乱，却不敢抬头去寻她。

圣人身后不远处，端木隔着人影帐幔看着李逊，见他浑身汗水蒸腾，面色洁白又透着赤红，一身骁勇，比之王府中一身文雅，别有一番男儿气度。端木心中叹息，也欢喜，也骄傲，也伤怀。

圣人训示完毕，教众人下去落落身上汗水，换身洁净衣裳。众人谢过天子，站起身来，李逊飞快望向女乐所处，想要看端木一眼，却只在刚刚认出她时便不得不将目光收回，随众人一同退下。

端木一直看着李逊，见他目光扫过，她一阵难过，见他随众人走远了，她又低下了头。

不一时，众人换过干净衣裳回了棚帐内坐好。宫人穿梭往来，复又向盏中添酒，众人说着方才战术得失，一片热闹。李素炫紧挨端木坐着，无意间看到她神色有些异样，趁周遭热闹轻轻碰了碰她，以示询问，却在端木抬起头时，瞬间看到她眼中蓄满泪水。

李素炫一阵惊慌，端木立刻轻轻拍了拍她手背，接着向四周看了看，见无人注意，俯身过去，在李素炫耳边快速小声说道："素儿可看见圣人棚帐右侧那顶棚帐，里头靠左的，与圣人隔着过道那人……"

"那人如何？"李素炫问道。

"便是李逊。"端木小声说道，说罢立刻又端正坐好。

李素炫吃惊不小。她没见过李逊，但不管什么事情，只要与李逊有关，端木都会告诉她。眼下无意见到了，虽只是背影，却也看得出那人身姿修长挺拔，仪态端止，正少年风流。

说话间，席上杯盏充盈，圣人嘱中官传令，教李素炫上前独奏。李素炫怀抱琵琶行至圣人面前，行礼后坐好，调伏心神，持拨弹奏。一曲终了，席上人众称赞不已，李素炫起身复又与圣人行礼，得圣人嘉许，退下时向对面望了一眼，看到了李逊。此时李逊已退却脸上赤红，着锦绣衣裳，安然稳坐。李素炫见他面如冠玉，身姿雅正，不由得暗自赞叹。

"如此人物，若果真有些学识，倒也配得上我那端木。"

李素炫怀抱琵琶回了众女乐处，刚刚坐好，心中又起了一阵难过。

"端木定然喜欢他。只是一为宗室一为女奴，端木又身在帝王私闱，无有什么机缘结合。这二人若是痴情……怕是都要受些苦楚。"

李素炫想了许久，想起那日她与梁蛮也是猝然相见，却对面不能相认，已是唏嘘十分，如今李逊与端木互相倾慕，偏要做出一副陌生神情来，她越发为端木伤感。端木此时反而已平息下来，见李素炫接连轻叹，伸手轻轻拍了拍她膝头。未待端木将手收回，李素炫将怀中琵琶交到右手中，左手轻轻握住端木手指，稍微用了用力。

端木知道李素炫在安慰她，就势也握住了李素炫的手。一对好友各怀心事，各自伤感，方当此时却又不能彼此交谈、彼此慰藉，只能借着掩护轻轻握手，彼此安慰。

歇过一阵，第三拨开赛。参战者俱是宗室近臣身边侍卫，个个逞着奋勇，场上异常激烈。这些人都是武士出身，身为侍卫，多有实战，或曾随主人上过战场，打起球来比起百戏工和宗室少年又格外不同。端木与李素炫心中如堵，听到周围人众不断呼喊喝彩，隐约看见远处尘土激扬，二人却都心不在彼。端木想着李逊，李素炫想着端木，心里头都不安稳。又过许久，二人忽然察觉场上赛事已然结束，参战者已到了圣人面前行礼。

端木与李素炫互相望了一眼，彼此示意要收拾起心思来。二人将手松开，各自整理怀中乐器，听到前方圣人与诸家侍卫训示勉励。之后，圣人停了片刻，又将眼前人众仔细看了一遍，随即令其中一人近前答话。

那人着紧身缁衣，走上前来，身形稳重，脚步敏捷，待开口，却是女儿家声音。

“奴东宫侍卫陈蘅拜见圣人。”

端木与李素炫仔细看过去，果然是陈蘅，着男装，不施铅粉，脸上布满汗渍尘土，若不是圣人看得清楚，单独叫她出来，旁人竟然都没有注意到。

圣人点头，又说道：“尔女子也，却着男装，与一众男子驱马击鞠，也不怕力有不敌，反受伤害？”

陈蘅行礼道：“前日得中官传旨，只说教宫中侍卫入赛，并未说一定要男子。到了战场上，没人心疼女子，故奴不愿以女身得他人相让，这才着男装前来，非为隐瞒天子。”

圣人赞许：“女儿之身，如此豪侠意气，却是难得。”

又几句言语后，圣人令众人退下。眼下早已过了午时，自清早开始，参战者固然疲惫，旁边观战者也都累得不轻，尤其是女眷，一身汗，满面土，混着脂粉，不但劳累，又着实狼狈。圣人携贵妃先行退场，各宗室子弟与将领唤了各自侍卫也要离开。趁一时混乱，无人注意，李逊与端木在人群中互相寻找，二人目光交接，深深对望，旋即擦身而过。

# 60

李素炫知道，端木心中定然已有了那李逊，只是端木素来沉稳，不喜欢过多说起心事，李素炫也不知道该怎么问。这一对好友颇为不同，李素炫越是烦闷或难过时，越是非要独自一人，端木却喜欢友人安静陪着。连着数日，苏获每日都带一壶葡萄酒来找李素炫，李素炫便拉她去找端木，自然更要叫上歌子。几人摆下酒，弄着箫管琵琶，不停说笑。有酒有乐，友人倾谈，端木眉头渐渐舒展开来。到了傍晚，几人离开，李素炫知道，夜间独自一人时，端木仍会是心头寥落，却只能是她自己应对，谁也帮不了她。

李素炫等人眼下都已历过十余载苦修，非但手上乐器精熟，心性也已锻至柔弛，在圣人面前奉乐时，已不再那般紧张，修变新曲、合乐排演也早已轻熟。容儿走后，几人又另请了一位女乐，代容儿演奏琴瑟箜篌，几次合乐弹习后，六人渐至谐和。有时几人也分别被召至兴庆宫，候于勤政务本楼偏殿，圣人理政之余时有召见。天子精晓音律，但有一句嘉许，李素炫心中便难免有些得意，只是偶尔见到雷海青侍立于圣人身侧时，她仍要莫名慌乱片刻，难得稍有自恃。待静心弹奏过后，手上飒利，并无爽虞，乐意充盈，也在饱满，才敢暗自松下口气，却仍是不敢张狂自负。

李素炫每日写字、读书、弹习琵琶，偶尔与端木行弈，或与苏获对饮，逢一到内教坊处受业于雷海青，颇得指教。宜春宫中夙日宁静，也逍遥，虽重门深锁，她也不太在意。师父卢菡已不在人世，宫内宫外对她而言没什么分别，若说尘世之中还有顾念，也唯有鹿先生。入宫前先生所赠二十枚锥管如今已有数支散锋，余下的李素炫格外珍惜，好生收着，轻易不敢再开一支。只剩这十几枚锥管，还要指望着熬过下半生。偶尔拿出来把玩，难免想起鹿先生来，老先生年事已高，她十分惦念，却也知道今生难得再见。

“我这一生，想来就是如此了。”她想着，也安然，也黯然。

一日清晨，小宫人来报，言道内教博士吴先生明日要到宜春宫来。众家女乐立时一阵躁动，聚在一处议论不休，个个兴奋。

“吴先生？可是吴道子先生？”

“可不就是吴道子先生，还能有哪个吴先生。”

“不知道吴先生还是内教博士，他以前从未来过宜春宫。”

“吴先生盛名，就是到了天子驾前、亲王府邸，也是贵客。入宫执教也是每日被天子嫔妃与宫中女官围奉着，哪里随便就到得宜春宫来。”

“若是先生果然亲临，我等应该好好讨教。”

“那是自然，只是你我画艺粗疏，也不知问些什么好……”

众人议论了一番，纷纷回到自己屋里，将从前画作翻出来检视，叹息不已。李素炫有些年头不曾动笔画图了，师父卢菡颇擅丹青，从前教过她许多，奈何她无有这水墨天分，练过多时，连小幅线描也画不好。师父见她每日足够忙碌，也未强求太多，只告诉她不要如此便认了命。若待他日，琵琶精熟、书史初成，手上腾出些闲暇来，也说不定会喜爱此中之道。

“师父说这些话时，我不过十来岁，过了这些年，也未曾喜爱此道。这是我自己的不是了。吴道子先生乃天下异人，寻常人难得一见，去趟亲王府，亲王都要迎出大门；去见天子，每次都是高将军亲自代圣人出迎。我今有缘得见，却没什么讨教的。偌大好处占不到，实在是不甘，可也怪不得别人。”

她想了许久，心中叹息。将笔墨备好，思索从前师父所说，在纸上画了几笔游丝，却是粗细不均，比起十岁时画的那几笔都没好出半分来。自己也无奈，苦笑片刻，收了纸笔。

翌日清早，吴道子先生果然如约到了宜春宫。

宜春宫人倾巢而动，除众女乐外，中官、宫人也都拥了过来。宫门口侍卫无故不得入宫，此刻急得团团乱转，却又无奈，只得趁着宜春宫正门大开，竭力张望，却什么也看不到。宜春宫总管平日里与大家相处融洽，又有品级，又在年长，此时也无人与他相让。总管方将吴先生引领至讲堂之中，便被众女乐挤到了外圈。

李素炫听人说过，吴道子先生极有名望，天下多有不识笔墨丹青者，也无不知晓吴先生之名。每过街市，纵贩夫走卒、市井子弟也争抢着观瞧，想要看看那画出满室风动之人是何等神仙样貌。此时在讲堂中，众人紧紧围着吴先生，隔着不少人，李素炫倒也看得清楚，吴先生已有了些年岁，须发半白，却是身貌清癯，颇有道骨。

众人安静围坐，听吴先生讲了些书画意理及既往名家，之后，却无人敢拿着自家画作上前讨教。宜春宫中多有人喜欢下棋，也有些人喜爱书道，也颇有些手不释卷者，却无人精于画作，偶尔画上几幅，当吴先生面却不敢拿出来。尴尬沉默了好一阵子，吴先生笑了笑，说道："我寻常忙碌，不常到宜春宫来，日后想是也难得时常过来。然我既为内教博士，应当用心，明日起便教我徒儿卢楞伽定时到此，代我指教诸位。"

吴先生说罢用手指了指身旁一人，众人循声望去，见是个年轻人，不过二十几岁年纪，生得颇周正，隐约有些胡人样貌。此时他奉在吴先生身侧，见众人看向自己，立刻抱手致礼。

"此卢楞伽，我入室弟子。虽仍年轻，画上却有天分，又经年勤习，除却笔上利落，心中也颇通奥义。诸位可向他讨教。"

吴道子说完，站起身来与众人告辞，众人行礼后，又与卢楞伽告辞。待想与他客气一番，说些"日后请多指教"之类，他却没有理会，略一拱手，撇下众人随师父一同离开了。

众女乐仍议论着吴先生，纷纷赞叹先生颇有道门仙风，又说起宫内宫外许多吴先生传闻，有的听着似乎是真的，有的听着就玄。李素炫听她们说了阵子，也觉得有趣，最后众人说到了卢楞伽。

"那人倒是生得眉清目秀。"一女乐掩口笑道。

"丑的哪里入得了宫门。"旁人答道。

"果然清秀，就是面冷，从头到尾没见他笑过，严肃了些。若是笑起来，定然好看。"

"想是这宜春宫中皆是女子，他没见过，怯了。"

众人都笑。

"若不然，我们随他好好学画，多多恭维几句，看他能不能笑一下。"

"只怕是更怯了。"

"又或许不是怯，只是傻。我听人说过，此人十足画痴，除了画，什么也不认得。"

“你听谁人说的？”

“吴道子先生何等有名望，也就我宜春宫不通外头消息，人不多说起罢了。我在兴庆宫值守时，那宫里消息灵通的时常说起吴先生来，最后总要说到这卢楞伽身上。都说此人极得吴先生赏识，先生屡次断言他日后必有大成，只是此人为人十分痴傻。”

“我也听说过，旁人说起他，就两件事，一件，画好，二件，人傻。”

众女乐谈笑了阵子，说好了，若卢楞伽果然再来，众人便轮流与他说话玩笑，让他莫要总是那般绷着个脸。

隔几日，又到逢一，李素炫照例去了内教坊处见雷海青，回到宜春宫时，路过讲堂，见那叫卢楞伽的独自一人埋首在案几上画着，旁边无人。李素炫未多想，将肩上琵琶送回屋里，出屋门想要去寻端木，走不几步，有两个女乐过来与她说话。

“素儿可见了那卢楞伽？”

“见了。你们不是说要与他说话玩笑，让他莫要那般严肃，怎么却无人靠近？”

两人笑了。

“那人是个心里头痴的。我等围着他，与他说话、玩笑，他全作没听见。说多了，他告诉我等，不消何事，但与画无关，莫要烦他。”

“那就问问他画事，看他说什么。”

两女乐互相看看，一人笑道：“我们也是这般计算，只是平日里也无人好画，不知道问什么。”

另一人说道：“素儿伶俐，可试试与他找些话来说。”

“我也不懂画，也不知道问些什么。”

“不消问什么，随便闲谈便是。我们都试过了，哪个他也不理睬，素儿去试试，看看如何。难不成这痴人每次来，都是这般独自画到傍晚，收拾纸笔走人？”

两人不停笑着，撺掇李素炫，李素炫也对那痴人有些好奇，又一想，吴道子先生何等人物，他若看重此人，收为入室弟子，此人定有异能。如此一想，也忍不住好奇，朝讲堂走了过去。不几步，小宫人月牙儿跟了上来，追着问道：“素儿可是要去与那怪人说话？”

“正是。”

“可带我一起去？”

“为何？”

“我想跟他学画，他那般倥着脸，我不敢过去。”

李素炫点点头，带着月牙儿一起走过去。入了讲堂，到了卢楞伽且近，见他十分认真，李素炫不敢贸然打扰，低头看看，头一眼便想笑。

“他这两手，怎的比我这终日弹习者还要惨伤。我这两手上满是茧子，却好歹占了个干净，这人倒好，指尖里尽是颜色、墨料，皮肤又糙裂。南山里打柴烧炭的不成？”

想了片刻，忍住笑，又低头细看，见他握着笔，在一张纸上画着些人物线图，似乎是在起稿子。看了几眼，知道这卢楞伽果然有能。卢菡不曾强求李素炫学画，却与她见识过不少，颇寻了些名家粉本摹本与她观看，并一一讲解其中妙处。每与李素炫授课后，见案几上有些小片纸张剩下，卢菡便拈起笔来，随手画些花朵禽鸟，就着一点残墨，勾几笔又皴几笔，便有一番灵动。李素炫作了诗词，卢菡也常在纸笺空白处简单画出来，她写什么，他画什么。小小一幅，巴掌大，画好了就留给李素炫玩耍。李素炫不想画，却喜欢看师父画。今日见了卢楞伽，努力回想师父从前所说，套几招用过来，细细观看，见卢楞伽运笔沉定，使转灵活，把控精准，笔下铁线方硬，游丝如荡，遇转角处以指尖轻轻拈着笔管，随着行笔而转笔，泄了笔锋绞拧劲硬，调伏出锋镝秀整，所出线条圆润婉转。

李素炫未深究画意，知道只这几笔线描就是功夫，忍不住看了多时，也看他手上运管，也看他锋锐所出。过了阵子，那卢楞伽头也未抬，冷不防问了一句话，却也简短，只两个字。

“何事？”

李素炫猝不及防，一时哑口，与月牙儿互相看了一眼，嗫嚅道：“无事，看看而已……”

卢楞伽未再理会她，手上也没有停下来。又片刻，池中墨尽，他放下笔来研墨，李素炫趁机与他攀谈起来，没话，便硬找话。

“你姓卢，我师父也姓卢，不知你们祖上是不是有些关系？”

对方指了指自己的脸：“如何？”

李素炫也觉得自己这话说得傻气，又与月牙儿互相看了一眼，找了别的说起来。

“你叫卢楞伽，楞伽……那你……”

“信佛。”

“可是你师父……”

“信道。”

李素炫再没话说。聊得如此尴尬，按说离开便是，只是这人技艺精深又专注，李素炫惯来喜爱这等人，忍不住想要结识他，虽然被这愣小子撅了几句，一时无语，却仍旧苦思未去。又片刻，月牙儿乍着胆量，从旁小声说道：“卢先生，月牙儿想随先生学画……”

李素炫骤然听到“卢先生”三个字，恍然想起师父卢菡来，昔日旁人也是如此相称，她一时心中感慨，更是无语。接着听到卢楞伽问月牙儿道：“你往日里可曾画过？”

“不曾画过。”

“可写过字？”

“写过。素儿写字好看，我央她教我，这已写了快一年了。”

卢楞伽抬头看了李素炫一眼，又看了看月牙儿，将笔递给她。

“你写几个字让我看看。”

月牙儿依言写了几个字，卢楞伽看了，说道：“我为助教，代师父授课，自然可以教你。但你若肯花些工夫先将字写好，再来学画，会容易得多。”

月牙儿尚未答话，卢楞伽又看了看李素炫，问道：“你是她师父？”

李素炫从未当自己是谁人师父，只是卢楞伽如此问了，她略一迟疑，轻轻点了点头。卢楞伽将笔递给她，说道：“那你写几个字我看看。”

李素炫接过笔，俯身写了几个字，卢楞伽看了看，说道：“你写字不错，若随我学画，我一定认真教你。”

李素炫立刻摇头：“我不想画，只想看你画。”

“如何不画？你字写得好，若学画，但肯用功，定然不差。”

李素炫依旧摇头：“无有那天资，不想白费工夫。”

卢楞伽不管那一套，拖过张洁净藤纸来，拈笔取了墨，在纸上画起来，一边画一边说道：“中锋行笔，无须太多提按，线条细润，转曲自如，此为游丝描。”画了几笔后，将纸塞给李素炫，嘱咐道：“你回去照这个先好好练着。”又对月牙儿说道：“你先回去好好写字，什么时候将字写到你师父这般，再来寻我，我再教你就容易多了。”说罢自顾自开始收拾案几上物什。

李素炫手捧藤纸，傻了片刻。卢楞伽没理会她，手上未停，又嘱咐道：“你别叫我师父，也不用叫我先生，我名卢楞伽，你唤我名字便好。”

未待李素炫答话，他已将手中物什收拾停当，站起身来往外走，又回头问道：“你叫什么名字？”

李素炫如堕云雾，糊里糊涂答了一句：

“……我名李素炫。”

# 第十二章　知己

天宝五载（746年）八月—九月

# 61

卢楞伽未再答话，径直出了宜春宫，没有回头。待他消失不见，李素炫才缓过神来，捧着手中藤纸向回走，刚出讲堂便被众女乐围住，众人笑着说个不停。

“我等方才在那头打赌来着，你若能与那傻子说上十句话，就算你赢。”

“我们这边听不清，但算时候，足够十句了。说好了的，你若赢了，明日我们请酒。”

李素炫苦笑：“倒是过了十句，却是我被他撅了十多句。”

“那怪人还将素儿收下了，要教她学画。”月牙儿在一边说道。

众人立时哄笑。

“我等勉强问了几个问题，他不答，想是我等问得蠢，却不知怎么瞧上你了，不嫌你笨。”

月牙儿又说道：“那人说素儿写字好，若学画，定然不差。”说这话时，满面骄傲，众人却还是笑。

李素炫摇头无奈：“我说我不想学，却被他硬收了门徒，还给我画了几笔，让我回去自己练。”

众人见了李素炫手中藤纸上那几道长短曲线，又是大笑。

“那你回去好好练就是了。”

“说得容易。”李素炫锁着眉心，小声咕哝着。

“你从前初习琵琶时，须是一音一音弹，熬到如今，琵琶已成，不想又学画，又要从头开始，一笔一笔描。你可莫要心烦，也不能偷懒，叫你新师父骂你。”

“小时候一音一音弹，可是嬷嬷使藤鞭打出来的，如今没有嬷嬷藤鞭管教，如何是好？”

李素炫哭笑不得，直嚷道：“你等怎的都这般开心，怎的就没一个来安慰我的？如此幸灾乐祸，好不积德。”

“幸灾乐祸乃人之常情。”一女乐掩口道。

众人更是笑得开怀，只有月牙儿没有笑，她拉着李素炫衣角，仰头看着李素炫，说道：“素儿，你好好画线，我认真写字。从头开始又如何？”

月牙儿口气坚沉，一副无畏，看着李素炫，目光笃定。

李素炫点了点头。

“好，那就从头开始。”

众人笑够了，放过了李素炫。她手捧藤纸回了屋中，在案几旁坐了片刻，起身打开藤箧，将师父从前手稿拿出来，逐张翻开，找出许多小画来，都不大，不过一叶一朵、片羽只翎。李素炫幼时对画学毫无兴趣，卢菡从不多说，只是经常随手画些小画送给她玩耍，她今日始悟师父当年深意。若是当时卢菡强逼着她，怕她仍是不爱，反生厌恶。然卢菡当年实在是希冀她日后也能爱慕丹青，一生有画为伴，硬是忍了心中切切，只图为将来留下余地。眼下李素炫书道渐至纯熟，手腕沉实有力，深谙笔性，心思又在充盈，一俟有了机缘，便想拾起画笔试试。

“既如此，便试试，也不负了师父当年期待。”

她挽起袖子来，细细研了墨，拈管入水，润笔，掭好，取墨，又掭好，耐心画起来。眼下着实画得不好，转笔生硬，线条粗率，她也不在乎，毕竟最初弹习琵琶时，连着许久，连单个音也弹得笨拙。当年耐着性子逐日弹习，一步步熬过来的，如今无非再熬一遍，怕什么。

她一时心中振奋，照着藤纸颇画了些工夫，待宁定下来，心里也不免渐渐生出些黯然来。

“我幼时弹习琵琶，从不消嬷嬷使藤鞭强逼着，每日用功弹习，不管多累，见师父欣慰，便觉值得。如今可是没有师父每日里哄我，须是我自己用心了。”

第二日早起，李素炫梳洗后用过朝食，坐在案几旁，见满室秋光如水，自觉心神清爽。看看昨日所描游丝，笑了笑，将纸张收在一旁，从架上绰起琵琶来，循例弹过两个时辰。下午，换了短装，也不畏惧秋毒，独自出宜春宫到了东宫马场，去寻陈蘅。

陈蘅果然在，也是一身短装，依旧满脸汗水，想是习武辛苦。她见了李素炫分外开心，几步冲过来，笑着说道："素儿，那日打球，我见了你弹琵琶了。宫中传你为天下第一琵琶伎，果然不虚。"

李素炫笑道："我也见了你打球了。恁般碎女子，如此骁勇，不让须眉。若不是圣人眼利，看得清楚，我都没认出你来。"

两人说笑了阵子，李素炫说道："我今有一事相求。"

"何事如此重大，还要个'求'字。你说便是。"陈蘅笑道。

"你可教我些弓马骑射？"李素炫问道，"或者拳脚也好。我定认真练习，不似前几日，只顾着玩耍了。"

陈蘅将李素炫上下打量了一番，笑道："我自然可以教你。只是，你这身子骨不是个习武料子，纵然日日苦练，也就是强健个体格，与人打架怕是赢不了。"

"我也没想与人打架。"李素炫笑道，"无非求个强健身体。"

"既如此，我教你些马术。我习诸般武艺，马术最为娴熟，且马术练得到全身，却轻易伤不到手上，顶多手臂上酸痛些，几日也就过去了。若是动拳脚，伤了你手，我可罪过。我这里各色马匹也多，随你挑选，一一知悉马性。"

李素炫勉强算是能骑马，但不过是信马走走，略快些也能稳住，仅此而已，纵马飞驰却不敢。如今有陈蘅教授，东宫马场又开阔，每日上午弹习过后，到下午李素炫便到马场来寻陈蘅。陈蘅见她不顾疲惫，恣意流汗，有些不解。两人并肩坐在树荫下歇息时，陈蘅忍不住问道："素儿缘何要如此苦练？也不嫌累。过几日围猎，也用不上。"

"我没想过秋猎时用得上。天子带宫人出猎，打得到猎物有赏赐，打不到也不罚，我打不到又如何。"

"那缘何如此自讨苦吃？"

"自有缘故。"

陈蘅见她没再多说，也没有问，片刻，又说道："素儿，我自认识你便觉得，你心中有事，但不大与人说，只与人谈笑些闲话。"

"果然是有事，却不过胡思乱想，全不着些边际，有什么好拿出来与人说的。"

"也是。我们能想的，可不都是胡想。说也无用。"陈蘅叹道。

两人没有再说话，并肩坐着，看着远处。此时落日已迫近西山，赤霞熔炼，天色慢慢暗淡了下来。两人渐渐落了身上汗水，微微察觉出丝丝寒凉了。

回到宜春宫，洗脱身上汗渍，随意用过些餐食，李素炫拿起笔来细细画着游丝，或写字。两臂果然如陈蘅所说有些酸痛，也不在乎。

“从前步打之后也是手臂酸痛，抱起琵琶来，忍疼，生着弹。如今生着画便是了。”

画了几日，不断翻看师父昔年所留小画，李素炫又想：“我从前整理过师父授课集录，尽是与琵琶诗书有关，那时可不曾想有朝一日会画起这游丝来。既如此，不如将师父画论也整理一番，细细读过，定有些受教，也将鹿先生授我修撰本事温习一遍。”

她打定了主意，又夜夜忙碌上了。十年之内师父教授许多，她大半想不起来了，却幸亏历年笔头勤快，记得详尽。也有些画论、琴论，师父所著，整篇抄录了与她留存，她也都累年精心保管。从前看不懂师父文章，如今也是朦胧，或许日后能明白，眼下好好留着便是。

日夜勤习，朝暮充盈，李素炫自己也想：“我果然是不能太过闲散。以前师父说，穷苦困顿固然难熬，衣食无忧又闲散无事，只会更难熬。师父说得对，我日后切不可懒惰，总要寻些事情来忙，免得终日胡思。”

不几日，卢楞伽又到了宜春宫，直接入了讲堂，伏在案几上，拈笔自顾自画着。众女乐依旧在远处观瞧，不肯过去，却不停撺掇李素炫。

“你这几日不少画那些细丝线，且拿去与那傻子看看，听他说什么。”

“上次你赢了，我等请酒，可未曾食言。今日你若再与他说上十句话，我等再请你一次。”

众女乐说个不停，笑得开怀。李素炫无奈：“你们说他是傻子也还罢了，却将我也当傻子。”

“你这伶牙俐齿的，竟然被个痴傻的撅得哑口，我等实在是好奇。”

众人推搡了阵子，李素炫只得上前，月牙儿也要跟着。走到讲堂近处，李素炫不由得停住了。

讲堂中无有旁人，内深处有些幽暗，卢楞伽在临近回廊处安稳坐着，临着光照，低着头，穿着身麻色衣袍，整洁利索，却不甚精细，想是作画时免不了沾染，便惯于粗衣。眼下他轻轻拈着笔管，心神凝聚，旁若无人，一副清秀，更兼了眉眼间无穷专注。李素炫知道，旁人当他傻，实则不过怪他看不出女儿家美貌，任由秀丽女子围奉，偏是一副无睹。李素炫却偏偏敬重这等心性凝定之人，但怀中有一支琵琶，手上有一支画笔，便有所怙恃，有所仰仗，耐得一世寂静苦修，终究不堕本心。旁人自富贵，旁人自风流，我但手中有笔，心中有乐，此身即是刀剑，何意人哉，何惧人哉。

这般神情，李素炫从前只在两个人身上见过，便是师父卢菡与雷海青。

她默默站了许久，远远看着，百般感慨。她在画上没什么天分，猜那卢楞伽未必将她十分看得入眼，不过是代替吴先生授课，略尽职责而已。她却纵然怯怯也想上前，情知这痴人说话愣撞，她偏就能不在意。

稳了稳心神，她带着月牙儿走上前去，仍未敢与卢楞伽打招呼，见他专注，便在一边看着。过了许久，卢楞伽放下手中管笔，才与李素炫和月牙儿示意过，自己又动手研起墨来。

月牙儿看着卢楞伽方才所画，忍不住嚷道："素儿快看，卢先生笔下好功夫，这般粗笔，画得出这般细线来。"

"可不是。"李素炫笑着，低声道，"不知要练多少年，方到得如此地步。"

卢楞伽看了李素炫一眼，淡淡说道："你既然多年习字，定熟知笔性，却说这等外行话。"

旁人听来这话便是抢白了，李素炫又是哑口。半晌，月牙儿怯怯问道："此话如何外行？"

卢楞伽未再答话，李素炫只得与月牙儿解释道："寻常人不识笔性，见大笔画细线，十分惊奇，便口中赞叹。其实只要聚锋好、腰力够，大笔一样画细线，并不格外吃功夫。与写字一般，小笔写不了大字，大笔能写小字，小刀切不了大块，大刀能切细丝，无甚稀奇。"

月牙儿似懂非懂，点了点头。李素炫见卢楞伽再未说话，松了口气，心想："我实在是不知道与这痴人说些什么，顺着月牙儿夸他几句，却闪失了。看来与这人交道不能客套，恭维话也不能乱扯，不消什么好话，若非实心实意，不如不说。”旋即又偷笑：“我往日从不刻意奉承人，多少人直嫌我不趋奉，今日放下架子与这痴人说几句好听的，反惹动他了。”

卢楞伽研好墨，未动笔，问李素炫道：“上次教你回去描摹游丝，可认真练过了？”

李素炫忙点头，将手中画纸递过去。卢楞伽接了，看了看，说道：“第一次画，也就是这般，已经很不错了。莫心急，慢慢画便是。”略顿了顿，又说了一句：“你这笔有些散锋了。”

“只是一懒，没有开新笔，将就着用了旧笔。果然是有些散了，认真掭笔也没好太多。”

“若是未折损太过，只是寻常散锋，可将水烧到略热，将笔悬起来泡一阵子，待水凉下来取出，在纸上拖干，拢了笔尖，悬挂晾干，便可复聚锋芒，还能用些日子。”

“谢教，我回去便试试。”

“再开新笔时，若是硬毫，便不要全开，半开即可。开笔用温凉水，不要浸泡太久，不时检看，骨胶化开了便取出来。”

“是，素儿记下了。”

李素炫认真点头应道。眼下她也看得出来，卢楞伽与那梁蛮不同，若说起在意之事来，梁蛮也不是个口拙的，一闲谈却就没词。卢楞伽不管说什么都是个伶牙俐齿的，只是不管什么都懒得多说。

开笔复笔之事师父卢菡以前告诉过李素炫，只是难得今日卢楞伽对她说了这许多话，她十分感激，认真相谢。卢楞伽见她如此谦和受教，转过脸来对她轻轻笑了笑，果然温和好看。她回了一笑，卢楞伽又低头行笔，再未说话。李素炫在一边看他捻管运笔，直到过了日昳，他收拾好纸笔站起身来，与李素炫又嘱咐了几句，告辞离开。

日落后，众女乐果然依言送了李素炫一壶上好葡萄酒。李素炫左手把盏，自斟自饮，右手握着锥管，写字描线，间或在眼前琴弦上随意扫拂几下，丝弦振振，破了屋中深夜寂落。疲倦了，站起身来舒缓一番，又依师父与卢楞伽所言，将几支旧笔复了锋锐，放在手边备用。不觉到了夜半，十足安然快活。

# 62

秋日渐渐深了。

一日，李素炫等人得宫中传命，令携带各自乐器，翌日随圣人出城行猎。东宫马场中，陈蘅告诉李素炫："天子春狩多在禁苑之中，秋猎方出城。若是远郊行猎，要几日方回，由天子亲军及军中仗内教坊随驾。若是近郊行猎，一日来回，便只带宫中卫士与宜春院人出行。也不打什么大猎物，不过些雉鸡走兔而已，至多不过些狍子、麋子、麂子，许多都是提前养着的，到时放出来，也没多野性，不用怕。不过有时也当真能遇上野兽。"

李素炫问道："天子亲军与卫士中多有勇士，为何要带我等出猎？"

"自然是歇息时要听你一曲琵琶。"

"也是，却怎么我们也要随着拉弓射箭？我们能打到什么？"

"不图你们打到什么，只是我唐男子勇武，也喜爱女子健悍。宫中打球，男子赛后歇息时，也时常教宫中女子赛一场，男子在一边观战呐喊。行猎时也乐见女子戎装列阵，走马射箭，就是打不到猎物，也喜爱女子那一番骁勇。宫人中也果然有弓马娴熟者，颇能打些猎物来献于驾前，只是你等宜春院人素日修行乐艺，骑射多是不济。你平日难得出城，随去看看风景也不错。"

李素炫听陈蘅如此说，自己也笑了一阵。

第二日凌晨，天尚未大亮，秋猎行伍便出发了。马蹄轻叩，趁着一抹初光，沿天街出了长安城。到了城外，见那日头鲜红，在众人瞩目中劈破云层，自群山中拔尘而出，霎时暗夜终结。李素炫看看周围，自己正与一众女乐并处，各自将乐器缚在马背上，手牵缰绳，紧束戎装，胯下良驹轻快。前后远望，队伍很长，除诸女乐与宫人外，也有中官与卫士，各执仪仗、兵器，策马而行。两旁山势开阔，秋草荡荡，隔空有鸟鸣唧啾，化去了些山中幽森，深深呼吸几口，草木香气清甜入脾。众人彼此隔着一丈来远，马挂銮铃，皆不衔环，一路人欢马踏，畅快轻盈。

出城略远，到了一处峪口，四下荒野，无有住家。宫中已着人先遣，搭好棚帐，备好其他一应物什。队伍至此停下，开始集结整合。李素炫与众女乐骑马路过数十名卫士，见他们身着软胄轻甲，架着鹰隼，牵着细犬，手执强弓。鹰犬难得一见，众女乐个个好奇，张望不停，见那猎鹰翎羽愓立，细犬腰身如弓，再向前看，赫然见到十数只猞猁分别踞坐在马背上，紧挨着主人雕鞍，每只身下还专门衬着块红色小织毯。

众女乐心头悚然，轻轻起了些躁动，旋即平息，也知道这些猞猁受过精良驯化，专为巡狩所用，并非野兽，不会随便伤人。只是见其鬣毛赤灿如火，目光幽森沁碧，爪牙尖利，又隐约闻到些野兽气味，众女乐心中隐隐生畏，方才还逐个议论那些鹰犬高矮肥圆，现下都闭了口，催马依序安安静静走过去，离得远了，又议论开了。

“方才那些可是猞猁？”

“正是。”

“也不知道怎么驯的，这等听话，就老老实实蹲着。”

“我倒想知道那些马匹怎么驯的，屁股上蹲只猞猁，竟也没吓到惊跳发疯。”

“待会儿行猎，可要好好看看。鹰犬行猎我没亲眼见过，却能想个大概，猞猁可是想不来。”

众人议论着，到了最后一顶棚帐旁侧下马，取下各自乐器到棚帐内妥善安置好。

歇息片刻，退却一路劳顿，狩猎开始，众女乐及宫人在后方地势略高处观战。猞猁鹰犬已在前方准备好了，彼等聪慧敏锐，眼下都知道主人要自己奋力捕猎，瞬间杀心蓬勃，野性泛出，个个奋跃不已。待卫士松开手中锁扣，猞猁鹰犬即刻激飞而出，肌腱张弛，分左右上下向前包抄而去。

“一片草莽，怎知道往哪边追？追的什么？”众女乐在后面忍不住生疑。远眺下，见猞猁连同细犬出击疾速，左中右齐头分进，成抄网之势，空中鹰隼盘旋长啸，接连向下俯冲。深秋草木丰沛，茂盛无边，女乐们看不到有雉鸡、野兔之类猎物，只见众卫士手持刀兵随着猞猁及细犬向前飞奔。抄网逐渐合拢，连带猞猁与细犬也渐渐没入草中，只见到其等脊背上毛色跳脱，尤其是猞猁，纹如环眼，在草中隐没突现。许久，密草丛中突然蹿出一只黑翎雉鸡来，扑着翅膀直直向前飞纵。

后方围观者惊呼起来，远见一只猞猁腾空而起，跃出一丈多高，张开利爪，瞬间将雉鸡从空中扑落。李素炫等人离得远，若是在近处，定看得到那猞猁飞入天空之际，筋骨强悍，目中露着凶光，五趾张开，爪尖挺出，锋锐如狼牙。

细犬脚步疾快，左右腾挪，继续包抄收拢，逐渐压迫过去。草丛里开始有雉鸡不断飞出，几只猞猁接连蹿身而起将其从空中扑落，细犬不断叼着野兔自草丛中奔出。此时李素炫等观战者才看得明白，原来是地上有细犬追赶，叨住野兔，若是雉鸡飞入半空，便由猞猁撕扑，若是飞得更高，空中便有鹰隼拦截。

众卫士收了刀兵，带着细犬、猞猁回到原处，招呼鹰隼落在臂上，又移在架杆上安顿好。此时才有中官在一旁告诉围观众人，野兔与雉鸡都是提前撒放在草丛中的，放出猞猁鹰隼，令其追踪扑击以激发杀性，此为“开猎”。众人这才知晓，祭过猞猁鹰犬，开其胆气血勇，之后才是正式狩猎，眼下可暂且松口气。

众女乐一路嬉笑议论，回了棚帐中。眼下圣人无召，左右无事，女乐们将各自乐器取出来，趁着风动帐幔，周身秋色碧离，各自吹弹吟抚，间杂顾盼笑语。棚帐中一时弦索相错，箫管纷叠，乐声不甚整齐，乃至杂乱，却是一副热闹有趣，惹动临近处中官及宫人也跟着开心，纷纷张望过来。

远处，圣人正赐酒于众猎手。众人谢恩后持盏立饮于马下，上马跟随圣人一同出发，携兵器入了猎场，散开队形，各自把持强弓，手拈羽箭，目光精聚。又将猞猁与细犬身上锁扣解了，纵放鹰隼，顺着风向与草势向前突袭，猎手随后跟进。猎场广阔，众人渐渐散得开了。

众人都未说话，只在一片寂静中收拢阵型，逐渐逼合，猛然间一头麋子跳了出来。麋子个头不大，却极机敏灵活，腾纵辗转，左冲右突，眼见要顺着阵型空隙逃脱。几个猎手速搭箭拉弓，无奈离得远，几箭过去都落了空，靠近了却又怕伤了猞猁细犬。主人唿哨一声，猞猁与细犬立刻知晓，硬生生刹住身形，转身迅速后撤，众人手中鸣镝蜂至，瞬间射倒了那头麋子。未待喝彩，又有麂子蹿出，也被几箭当场射倒。

接连射倒几头猎物后，猞猁细犬与鹰隼又各自带着些野兔雉鸡回来，圣人颇得意，将手上长弓金箭收了，交与身后武士，拨马向回走。回到棚帐中歇缓过来后，又带领众人入了猎场，又接连射落猎物，才略略尽兴。

重回到棚帐中坐定，已过了午时。随侍奉上膳食与浆酒，圣人连同众猎手都在兴奋之中，一副豪情，饱餐饱饮后，点查猎物，又商讨战术，许久后才稍稍静下来。

此时天子教令内乐奉献。端木与李素炫怀抱各自乐器到了棚帐中，行礼之时，李素炫看到圣人身后手捧长弓金箭之人正是梁蛮。目光虽只一瞬交错，李素炫也知道，梁蛮正看着她。

李素炫并未慌乱，安稳坐好，听端木羯鼓号令，手中拨子下落，劈出一派凶悍，周围人众立时又血气翻涌，躁动起来。面前女子眉宇英挺，戎装利落，腰身挟雪，肩臂披霜，两手开雾，掌上风卷云雷，弦鼓疾如刃器，气度略不逊于男儿。众人喝彩，唯有梁蛮默默无语，凝神看着李素炫，又要小心掩饰。曲终，端木与李素炫行礼后起身离开，梁蛮看到李素炫腰带中插着弹弓，一眼认出正是自己昔日手作那张，不想她竟然还留着，还带来了猎场。

梁蛮心中欢喜，也难过，想起自己手中劲弓力道太大，素儿拉不开，他一心殷切，仔细做了这张小的送给她，却没有来得及教给她打法。她入宫后定有女侍卫教习，不知她练得如何了。

“若我能亲自教给她，陪她练习，一直到她能亲自射落猎物，不知她要多开心。”梁蛮想着，心头黯然，“若她只是世间寻常女子，不是内廷女乐，也未入这宜春宫，我也不会到这军中来。就带着她每日在坊间玩耍，教她打弹弓，教她射箭，听她说话，听她弹琵琶，何其逍遥自在。果然那般，就算与天子执弓捧箭，众人艳羡，又有什么稀罕。要什么天下第一，要什么前途远大，一生做个凡夫俗子有什么不好。”

黯然许久，李素炫已回到后面棚帐中，梁蛮再看不到她，也不敢回头寻找，心头怅惘，却也无奈。

歇过许久，圣人又带领众人入了猎场，棚帐中女乐们闲聚无事，又操弄起手上乐器来，也随意闲谈，说些宜春宫中日常，或山中景致。也有人已按捺不住，把试手中新弓，不搭羽箭，只将弓子不断拉开又放手，听得耳边弓弦阵阵，与旁边乐声混杂起来，竟也悦耳。

李素炫没有这番心思，琵琶就在手边，却懒得抱起来，伸手随意拨了几下，又添罗乱。她站起身来想到外面躲上片刻，怕帐中人多杂乱，无意间伤了她琵琶，便拿在手里。只是走到外面坐好，将琵琶抱在怀里，仍是不想弹，低下头，屈身伏在琵琶上，默不作声。阳光照在她两肩，温暖且毒辣，她不知道自己眼下是喜是悲。她不是在想梁蛮，也不是在想师父，也不是在想自己，此时此刻，她没什么开心，也没什么不开心，只是觉得心中空洞，这空洞又格外清楚。

端木远远望着李素炫，知道她心中如堵，也知道她眼下想要独自一人，并未过去相扰。其实端木何尝不是满怀心事，却也未对李素炫太多说起。小时候二人无话不说，幼时之事，实在也算不得什么，彼此诉说过，便没事了。如今已然成年，说说便能过去的，已不算什么事，不用说；算作事情的，说也是无用，更不用说。她们都明白，二人谁也帮不了谁，纵然一番倾诉，自己也不会更轻松，却会让另一人平白多出许多烦恼来。

许久后，那边行猎人众圈马回转，猎获甚多。众人兴奋雀跃，将猎物堆积在地上，按照羽箭尾处镌刻名号分拣，各自记功。有些猎物身上插着金箭，便是天子所获。众人齐声赞贺圣人弓马娴熟，也不住互相道贺，一片热闹。

歇息了片刻，圣人吩咐众女乐及各处宫人备装，着卫士带领出猎。女乐们立刻兴奋起来，弃了手中乐器，站起身来，整理戎装，稳固发簪，将粟金腰带重新束紧，象牙锥箭囊中满插着红翎羽箭，拿来在腰带上挂好，又将各自弓弩掣在手中。李素炫手上又格外多一样兵器，便是梁蛮手作那张弹弓，陈蘅帮她备好了铁弹丸，装在口袋里，也在腰间挂好。李素炫射术平庸，打弹弓倒是已有了些准头。

“素儿这弹丸就算打到猎物身上，也伤不了它。”一女乐在一边说道。

李素炫笑道：“吓它一跳也好。若是用弓箭，多半打不到，连吓也吓不到，不是格外无趣？”

众人笑过一阵子，出了棚帐，在圣人面前列队。圣人吩咐赐酒，旁人捧着盘子将酒端了上来。众人各取酒盏，一饮而尽，谢恩后转回头去，接过马缰，跃上雕鞍，催马出动，迅速入了猎场。

圣人领着众猎手骑马跟随在后面，也是意图保护，也是为了观战。宫中女子素日里尽皆娇媚，眼下英武意态却更令男子着迷。今日出城行猎，圣人身旁有不少卫士跟随保护，若是在禁苑狩猎，时常只有宫人佐伴，虽尽是女身，却也无人畏惧锋镝箭镞。

女乐及其他宫人已然散开。她们平日里不打猎，不晓得互相组队配合，只独自催马，或二三结伴，蹚着深草向猎场深处行去，左右手分别执弓握箭，双眼环视，两耳侦听。此时后边卫士已放出猞猁鹰犬，鹰隼冲天而去，猞猁与细犬迅速没入草中。

周身草木幽深，并无异动，李素炫由着马匹自行前行，左手持弓，右手拈箭搭在弓上，观看四周，不知道猎物会从何处出现。她并不期盼打到猎物，只随意看看，颇喜爱这山中幽静。

她走了一阵子，忽然见到前方有一抹赤金色，在周边草色中十分醒目。仔细看过去，见一头猞猁从草丛中挺身站了起来，正朝她这边望着，片刻后，那猞猁缓步向她走了过来。

李素炫静静看着，心中隐约有些凛然。方才见过这猞猁踞坐在马匹上，安分听话，眼下不知道它为何如此凝视，又慢慢靠近。那猞猁身上一片赤金耀目，在阳光下熠熠闪夺，微芒如刺。李素炫知道不能直视其目，却并无畏惧，只是被那一身金芒、双目碧色锁镇了心魂，忍不住一时贪看。

许久，那猞猁离得很近了，仍是步伐缓慢，双眼直直逼视，最后在几丈远处安静站定。接着，它鼻梁上微微堆起了褶皱，露出犬牙尖冠，须髯如银丝颤动，颈项伏低，弓着腰身，喉中低低吟啸。李素炫看着，待到那猞猁将身子挺起，她突然觉悟，眼前并非方才马上猞猁，而是这山中金豹。

方当大难，李素炫心中却诡异，竟然全无慌乱。她并未突然举动，而是缓缓将箭在弓上搭稳，一点点将弓拉开，到满圆，又静静瞄准。她知道来不及再射一箭，她只有这一箭，这一箭，也是赌博。

那金豹重又低伏下前身，伸肢又向前摸了两步，接着，腾身纵起，毫无声息。李素炫随着金豹身形将曲弓略微抬高，右手撒放，羽箭遽然射出。

金豹极迅捷，倏然间已跃到李素炫近身处，伸出前肢，张开五趾，将羽箭轻轻拍落后，已到了李素炫头顶，身卷涡旋，趾带腥风，吹拂到李素炫脸上。

李素炫尚未来得及恐惧，忽然见那豹子浑身震动，仿佛被大力搡出一般瞬间坠落到地上，在草中翻滚不停，连连哀嚎惨叫。李素炫立刻又抽出一支羽箭搭到弓上，试图拉弓瞄准，然而胯下马匹此时吓得全身战战，连连嘶鸣，马蹄践踏，不住向后退着，似乎是害怕被豹子扫到身上腿上。李素炫只得将箭交到左手，并曲弓握在一处，右手牵了缰绳，试图控制马匹。四周蹿出猞猁细犬，接着卫士赶到，箭矢齐发，瞬间了结了那头金豹。

李素炫胯下马匹仍然恐惧，一名卫士迅速上前牵过缰绳，强令其镇定下来。众人围拢，检视金豹，赫然见其头上插着金箭，贯耳而出。众卫士齐齐跪倒，高呼万岁。

此刻，在李素炫身后，圣人正满面沉怒，面前跪着的，是梁蛮。

原来那一箭乃是梁蛮所发。众女乐及宫人催马入了猎场，圣人携众猎手在后面观战，念着有猞猁鹰犬协助，又有卫士紧随，无须担心，故圣人及众猎手都未持兵器，天子长弓金箭也交在了梁蛮手中。梁蛮不放心李素炫，目光紧紧跟随在她身后。金豹骤然出现时，梁蛮也没看清楚，只当是猞猁。待金豹伏低身子缓缓靠近，他立刻明白了，那金豹乃山中野生，今日不知怎的窜到了这猎场中，正遇上李素炫。亏是其尚未完全长大，李素炫又骑在马上，连人带马有些体量，金豹才谨慎了些，不敢遽然上前。若是她下马步行，那金豹一见之下便会直接扑上去。李素炫缓缓抬弓时，梁蛮万分焦急，不及细想，将天子长弓掣在手中，搭上金箭，瞄准。李素炫手中羽箭射出，梁蛮也刚好松开右手，放出金箭。

众人带着金豹，护着李素炫到了圣人面前。此时圣人愠怒，声音犹自沉定，却已是杀意隐约。

“尔擅动天子金箭，可知其罪？”

擅动天子金箭乃是死罪，梁蛮哪里会不知道。古时曹操以献帝金箭射猎，便是明晃晃昭示野心。献帝拿那曹操无奈，梁蛮在当今天子眼中却不过蝼蚁。

见李素炫平安归来，未受伤害，梁蛮瞬间放下了心，也横下了心。既然已经闯下祸端，素儿又无恙，自己认命便是。他向上叩首道：“擅动天子金箭乃死罪。但凭圣人处置，梁蛮知罪，不敢怨愤。”

李素炫这才明白，原来是梁蛮射出金箭，救了她一命。此果然死罪，何况卫士不知情，高呼万岁，却发现箭矢并非天子所发，也着实令圣人尴尬愠怒。

李素炫即刻叩首，知道求情无用，并未说话，只是瞬间铁下了心肠，拿定了主意。

圣人压着愠怒，看看面前梁蛮，又看看李素炫。擅动天子金箭按律当死，然圣人着实爱惜梁蛮少年英雄，又看看旁边李素炫，乃自己内闱之人，天下顶尖琵琶伎。今日遇见金豹，实非她自己撞祸，梁蛮救人，也是一片肝胆。

圣人恨挫半晌，长叹一声。

“罢了。尔虽擅动金箭，却非是示威僭越，不过救人心切，一时未及多想。”

未待圣人说完，李素炫浑身瘫软，眼泪立时涌出。

“救人乃为善举，何况所救为朕后宫之人。今日行猎本是快活，果真折了一人，也不吉利。我若将你处死，恐人心不服，你所救之人想也余生难安。”

李素炫满面是泪，即刻叩首道：“奴李素炫谢过圣上。若圣上果然将此人处死，奴不敢辩解，不敢有怨，然定随他赴死，绝不偷生。今谢圣上饶过此人并奴性命。”

李素炫不敢称梁蛮名姓，怕圣人知晓她与梁蛮相识。圣人也未起疑心，想着李素炫所说也是一番情理。不拘何人，但凡还有些心肝，眼见救命恩人被处死，想也是难以觍颜存活。

梁蛮听了李素炫话语，心中触动安慰。

“素儿如此眷顾于我，我为她豁出性命也值得。”

圣人复又长叹，对梁蛮说道：“朕今日虽饶你性命，你却再不能跟在朕身边。念你也是无辜，朕不严惩，你可自行挑拣个去向。”

梁蛮叩首道：“谢圣上宽宥。来瑱将军不日将赴安西四镇驻守，梁蛮愿随来将军作战，护佑疆土，报效天子。”

圣人点点头：“也罢，允了你。”随即宣布剥夺梁蛮一切职衔，以小卒从军，入来瑱帐下。梁蛮再谢天恩，圣人挥手，令他退下。

梁蛮即刻退下，并未再望向李素炫。李素炫不敢抬头，不敢面露眷恋，只隐约瞥见梁蛮起身离开了。圣人看着眼前李素炫，记得她乃卢照寂弟子，亏是今日侥幸不死，若不然，圣人也难免烦乱。

良久，圣人开言道:“你这碎女子好生大胆，豹子来了也不知道跑，兀自发弓。你可有那力气和准头，打得了豹子?”

李素炫此时已放下心来，声音中仍然带着后怕，不是后怕那金豹，而是为着梁蛮。

“奴当时全然痴住，不及细想。手中羽箭果然奈何不得那金豹，然跑也是无用。”

圣人点了点头，又说道:“也是。如此，你且退下。”

李素炫复又行礼，起身退下。

回了棚帐内，端木一把抱住李素炫肩膀，吓得发不出声音来。方才猎场中情状端木等人并未看到，只是有人将李素炫带到圣人面前时，才听中官小声说了。端木当时便吓得不轻，此刻终于松了口气，反而止不住泪水。众女乐也围着李素炫，后怕不已，见她平安归来，又是欢喜，又是难过。

众人没了白日里欢腾，此刻都老实了，收拾好各自乐器，随队伍回了长安城。

## 63

安宁了数日，宜春宫中一如往常。李素炫托了很多人打探梁蛮消息，旁人都当她念着救命之恩，无人起疑心，都乐意帮忙。辗转听闻人说，圣人格外惜才，虽发落了梁蛮，却又命人将梁蛮所射金豹剥皮硝化，鞣制后赐给他，以奖励武功。又听人说，梁蛮果然入了来将军帐下，边疆战事频仍，来将军不久即将拔营出发。

李素炫弹着手中琵琶，心思游走。与梁蛮这一别，也不知今生还有没有机缘再见。他豁出性命救下她，可是她连个“谢”字也没机会说，看他一眼都不能。又一想，她不用说谢，梁蛮心中定然清楚。梁蛮射术精绝，与天子捧箭实在是有负他一身本事，随军作战才是军人本分。大唐自立国始，边疆战事不断，也唯有兵戈厮杀才是军人前途。李素炫只是担心战场之上箭矢无眼，梁蛮是个憨直人，平日里不晓得偷奸耍滑，不会藏着掖着，只怕打起仗来也是血勇大过狡诈，难免不让人担心。

连着几日罗乱，李素炫慢慢平息下来，强逼自己不要再想，纵然想，也想些好的。

深秋渐渐迫近初冬，寒林带霜，枯叶辞谢，四处一片凌乱枕藉。不知不觉中，秋雨落了下来，如水洇散，如泪霏溦，夹着些细细雪霰，乃至冰屑。天色连日阴沉，窗外窗内十分阴寒，李素炫浑身冷透，又潮湿，抱着琵琶，手上僵硬不便。众女乐为了不误弹习，多在屋里生起炭火来，李素炫却不在意寒冷，就趁着这僵硬弹奏，弹到多少，便是多少。

端木不解，吩咐中官为李素炫布置好炭火，问道："素儿怎么总是如此生冻着自己。着人置下炭火，又不麻烦，你这样弹习可不是遭罪。"

李素炫笑笑不答，照旧弹着。等了许久，屋里慢慢暖和起来，李素炫手指也变得灵活。端木听她琵琶声利索了许多，在一边打起了羯鼓。二人多年心意通畅，早已不用太多商量，静静无语，过了一个下午，其间端木几次招呼中官前来重新置换炭火。日昳后，端木告辞离开，李素炫仍旧独自弹着，许久后，炭火渐渐熄灭，她只当作没看见，依旧弹着，手指慢慢又变得僵硬，也不顾。

入夜后，李素炫在榻上辗转，难以入眠。起身披上衣裳，点燃榻边残烛，屋中依旧昏暗。她摸索着起身，走到窗边，推开窗，眼前唯有暗夜深沉，如幽冥无边。她凝视，也无视，忍着寒冷，不停想着师父卢菡。

她不知道师父在哪里，只知道他被人用席子裹了尸身，趁黑夜埋在了龙首塬上。李相与高力士都曾派人屡次寻找，终无所获。她纵然出得了这深宫，亲赴龙首塬，怕也不过如此，也许这一生也找不到师父了。

每到天色晴好，她安然望着野地里那些微末花朵，忍不住猜测，大约也就是这般淡淡野花，漫开在龙首塬上，开在师父身边，引来些小小蜂蝶，又或者吐露些淡淡芬芳，师父定然喜欢。天空中无数阳光落落飞坠，将尘世映照得雪亮，万物舒展，师父身上也定然暖和。她只是害怕下雨，害怕雨夜寒冷，害怕龙首渠泛滥，裹挟着无尽淤泥、污垢，四下横溢。眼下她迎着夜雨，看着黑暗，耳听风声，难忍心中惊悸，阵阵绞痛。师父是个那般爱干净的，却不知被草草埋在了哪里，任由冷雨浸泡、浊泥销骨。

每到霜雨，大地深冻，人间祁寒，长安城中年年都有如此深秋。从前她冷得发抖，弹不了琵琶，师父会将毯子裹在她身上，紧紧抱着她，握着她两手，呵着她手指。那时她还很小，不抵一支琵琶重。如今又到深秋，她怕师父会冷，她知道他一定很冷，可是她什么也做不了，只能穿着单薄衣裳，就着手上僵硬，弹着琵琶，陪师父挨着霜雨、挨着冷。她不忍心穿得那么暖和，锦绣衣袍令她如负重罪。

夜里她冷得睡不着，索性起身。夜半不敢动琴箫琵琶，怕扰人清梦，只点亮灯烛，裹着薄衾坐在案几旁，或抄书，或写经，如今还可轻拈管笔，描些游丝。眼见纸上淡墨微痕，无数丝弦漂浮，如青丝续断，如情思续断。书写描画令她略略忘了身上寒冷，暂时不再想起师父来，只是不敢停下。但停下手中忙碌，片刻后便是幽思涌起，如蚁噬心。

宜春宫中一日竟似一日，只有每到逢一去至内教坊处见雷海青，算得上事情。雷海青仍旧比李素炫早到，吩咐人备好炭火，暖着屋子，独自弹奏，等着李素炫。李素炫进了屋中，二人彼此点头示意，就算招呼过了。李素炫不入梨园，雷海青除了指教她弹奏，也时常与她演示梨园新调，有时也讲习些法曲，除此外，很少说起别的。有时李素炫安稳坐好了，雷海青手中琵琶却未停下，兀自凝神弹得沉浸。李素炫不敢打扰，听得出神，很久后才恍然察觉雷海青已停下双手，正抱着琵琶等着她。

李素炫开始弹奏近日所习之曲，之后，听雷海青一一开解、指正，又一遍遍重新弹奏。如今雷海青已不需为她讲述太多，李素炫倒乐得有机会听他弹奏教授许多新曲。雷海青身形高大，性情稳重钧沉，手上格外有一番凌悍。他言语不多，心中丰沛，曲中有无穷意度，或平凝，或险绝，或虚淡，或峻极，低吟便有小儿郎态，长啸即是大丈夫气。

李素炫端坐好，认真倾听。初时乐起静弱，一片幽思澹澹，如宿墨定水、陈烟束阁。探微寻幽，分弦错品，曲中有无数冷光凝情、寒华带媚。待到乐思断续处，诸弦空寂，只这一刹，沧海横流，蛛丝结网，世间有多少变幻。弦停片刻后，陡然一声叱厉，刹那间曲到狂迷，雷海青两手杀意弥纶，激得琵琶弦上江河倒错、星辰轮逆。此刻他目光空溟，两眉微蹙，双手如游龙滚鞭，十指如赤鰧错索，推拨揉捻，轮转替换，直如日月牵衍、流云坠谷。琵琶声亢，弦自有性，耐不得他翻覆凌厉、调运精绝，胸中有狂刀断铁，眼中有乱云决眦，掌上有奔雷入电。利如利刀分水，重如重钺斫冰，快拨若铁线贯珠，长扫犹炽焰生寒。待遽然堕至极弱处，千钧力化一缕丝，其声刺细绵密，如琉璃碎屑，赤玉齑粉。颦蹙良久，声渐寂灭，若菡萏濒死，微带血痕，纵不舍，也难留，终究一息逝去，幽思绝断。

李素炫看着、听着，身上涔涔生汗，不敢发一言一语。曲终，雷海青收了拨子，轻拢琵琶，舒缓全身力气，未再弹奏，也未出语。李素炫也静默着，方才弦声犹自在耳，不忍出声破断。

日色渐渐有些昏暗了，炭火熄灭，屋中寂落，又片刻，李素炫轻轻说道："先生心中定有否塞。"

雷海青轻叹，又轻笑，淡淡说道："昔日卢先生在时，我但心中有块垒，定逃不出他两耳，旁人却是听不出来。如今他不在了，又有你听得懂……大约也唯有你听得懂了。"

两人又沉默许久。李素炫曾听闻人说，雷海青平素里恣意侠盛、性情豪爽，极得爱戴，只是他每到内教坊处与李素炫授课时，却与旁人所说十分不同。他从不多问，也不解释，就事论事，只讲琵琶，也不多话，也不寡言，而是宽和平淡，唯手上筚篥摧折，怀中琵琶悍烈，于管弦之上昭然有性。

李素炫没有答话，良久，雷海青幽幽问道："素儿……可还会想起卢先生？"

"想也无用。"李素炫低下头，两手拢着琵琶弦，没有弄出声响来。

"我知道你心中定然难忘。"

"素儿不曾说起，先生如何知道？"

"手上纯熟者，若想隐匿心思，便不能动乐，否则，但指尖轻触，弦声微应，一副真性死也是藏不住。你但弹起手中琵琶来，我便知道，你定然忘不了卢先生。"

泪水瞬间自李素炫眼中涌出。她立刻低下头，趁屋中幽暗，让泪水直直坠落，不要濡湿了睫毛脸颊，让雷海青看到。

"……难忘又如何。我如今连师父埋在哪里都不知道。"李素炫黯然说道。

雷海青心中悲悯，又不知能说些什么，许久后，叹息着说道："往日里屡次听卢先生说起你，道是自幼伶俐顽皮，我却没见过你那般模样。"

“我也曾听人说，先生平日里颇为性情，不知为何每在此处却十分淡忍。”李素炫答道。

两人默默对视，片刻，又各自移开目光。

“人前性情，谁知真假，旁人固然不知，自己也说不清楚。雷海青自幼孤僻，独自一人时从不觉得特别开心，却也还是不想见人，只弹琵琶，或摆弄些箫管，平平淡淡，足够一生。我也不是不擅与人相处，也能与人饮酒欢笑，也能谈天说地，也能尽兴热闹，当时兴致都不是假作，过后却又深觉琐事累心，疲乏不堪，一派索然无趣。独自平淡，与人欢娱，哪个是真情，哪个是假意，我自己也糊涂。倒不如在这里，你不说，我不问；我不说，你也不问；你想弹琵琶，我听着；你不想弹，我弹，你听着；都不想弹，就都不弹；都不想说话，就都不开口。如此，反倒自在许多，也不消去想什么真情或假意。”

“素儿也喜欢此处自在。”李素炫说道，见雷海青看着她，轻轻笑了笑，“师父死后，连着数日，旁人围着我哄劝，我心痛难敌，却不得不应对，硬起心肠赶她们走，实在是无礼，也得罪人。至我入了宜春宫，但有人与我结识，便以此事相询，又要安慰我，我仍要应对。如今过去快两年，旁人见我终日愁挫，嫌弃我将人带累，害她们跟着不开心，我不想带累她们，躲着，她们又恼火我冷淡怠慢。唯独每到此处来，先生从不多问，我若想弹琵琶，便弹，不想弹，便不弹。有时心中散乱，手上连连错失，先生也不诘责，只待我自己平复下来，重新弹过。这两年里我终日颓废，稍微振作起来，不过几日，便又沉沦，独先生两年来不曾训斥我矫情多事。”

“你失去你师父，一生之痛，如此怎么是矫情多事。”

“旁人却不如此觉得。我师父死时，众人都伤心，也不是假的。只是对他们来说，我师父终究是外人，他们伤心过一阵子，也就忘了。等他们自己忘了，便觉得我也该忘了，他们又能开心度日，便觉得我也该如此。只是……师父死在我怀中，我如何能忘。不要说两年，就是到一生尽头处，也不会忘。”

李素炫说着，再忍不住，眼泪滚滚而下。雷海青静静看着她。

“我现在不敢在别人面前难过，怕人嫌我矫情，没完没了。唯独在这里，在先生面前，哭过几场，仍敢再哭一场。知道先生不会怪罪，也不会不停劝慰，令我为难，哭又不是，不哭又难忍。”

雷海青叹息道：“世人见旁人难过，便急着要赶去劝慰。劝过多时，若对方依然伤心，劝人的就先恼火起来，嫌对方矫情没完。直逼得那伤心人硬收住眼泪、开颜转笑，劝人的方觉得自家心地良善、言语有术。如此做法实在是恶意伤人。我从前受伤时，几度濒死，宁可独自熬着，也不愿告诉旁人。若告诉了，他们便要来安慰，我便要撑着精神，示意感谢。之后又如何？伤仍在我身上，痛还是我自己痛，不若不说，落个清静。我不曾劝慰你，实在是知道几句劝慰当不得用处，毋宁不扰。素儿若难过，便难过，想哭，便哭，我独自弹琵琶，等着你平复就是了，你若不想听，我便不弹。”

李素炫看着雷海青，仍旧流泪。雷海青叹息一声，低头将手中琵琶轻轻弄着，指尖有些窸窣声响。

“我知道你失去卢先生，此事在你心中一生也过不去。此人心真性，岂忍强压，又岂能压得住。素儿无须在我面前宁耐，刻意做出一副豁达，若心中伤感，便由着你自己。我自会在一旁弹琵琶、奏筚篥，等你平复。你便伤心一世，我也不会等得烦。”

李素炫俯下身子，抱着怀中琵琶，痛哭不止。雷海青看了看她，依旧没有出言安慰，只将手中琵琶缓缓弹起来。李素炫不知他所弹何曲，只在一片幽暗中听到弦音松沉，仿若当年师父手中瑶琴，七弦泠泠，幽思如水，并无伤感，却又曲意孤落，如暗室中一寸烟烬，趁夜色隐匿。许久后，李素炫止住眼泪，天色已半黑。雷海青见她渐渐平复，缓缓停下手中拨子，左手轻轻抚过五弦，立时沉音若定，星火泯灭，不留余痕。

静定片刻后，李素炫低声说道：“素儿有一事，想问先生。”

“素儿说便是。”

“每到逢一，素儿无论提早多久出发，先生必然比我早到。我到屋门口时便听到先生独自弹奏，每次结束时我先行离开，先生依旧独自在屋中……”

雷海青淡笑道：“每到逢一，我清早便过来了。你自然比我晚到。”

李素炫一怔，未待追问，雷海青又说道：“我先到时，也别无他事，不过独自弹弹琵琶，吹奏箫管而已，你离开后也无非如此。你若奉召不到，我便独自吹弹一整日。”

这一点李素炫没想到，哑过片刻，又听雷海青说道：“你要出了大明宫，穿过坊道才能回到太极宫，不能离开太晚。我就在这大明宫禁苑之中，出内教坊西行，过月陂，不多远就到，晚些离开也无妨。”

这些李素炫知道，却不知道雷海青为何要独自留到那么晚，又等了片刻，他终究沉默，李素炫没有再问。二人一同起身，李素炫行礼告辞，将琵琶负在肩上，独自先行离开。出了内教坊，侍卫立刻跟上，一路在身后不远处相随。路上无甚太大光亮，她无须强忍脸上神色，走出些路程，回头看看内教坊处，见彼处一片昏晦幽暗。

她一边走，一边独自思索。昔日师父卢菡教授先贤道理，告诉她“牛马不群，人能群，故牛马为用”，若所记不错，应是荀子所说。如今回想起当时师父前言后语，大约是她哪一次没有趋奉于谁人，或是只想独自一人，不想与人结伴，无意惹了谁，人来告过状，师父才来相劝。不过师父并未勉强，讲过一番道理，见李素炫噘着嘴巴不领情，他也只得摇头笑笑。

“……也罢。若素儿生厌，不群便不群。”

卢菡如此说了一句，李素炫立时欢笑开怀，却又顽皮起来，追着问道：“师父如何不再相劝，如此轻易便随了素儿？”

卢菡无奈：“为师也没比你强。”

回想往事，李素炫忍不住笑起来。师父对她讲说此番道理，大约也不过是赌回运气，本就没什么底气，见她来势汹汹，他便立刻收了刀兵，自认落败。独自笑过几声，幽暗中有些雪落了下来，落在肌肤上便是几滴冰凉，李素炫又清醒过来。往事终究是往事，如今追忆起来，神思飘摇，当时却不觉得如何。她轻轻叹了口气，也没有太过伤感，又想起今日雷海青所说，方知每到逢一，若她不到，他会在这内教坊处抱着琵琶独自弹上一整日，从清早一直到深夜。她心中不由起了怜悯。

“我虽说从小跟师父学会了躲着人，却也有端木、歌子、容儿、苏获、孟离她们，在一起时，有话便说，没话便不说，相伴，又不相扰。雷先生怕是身旁无有如此密友。想来他平日里总是独自一人，难免寥落，若与人伴，以他性子，又害怕纠缠。每与人交往，虽然开怀，也是负累，怕也推托不得，不得不应付，过后又魂魄空乏。从前还有师父与他相知，如今再无知己，纵然天子恩宠、世人顶礼，他心中仍是天涯清肃、举世寒荒。雷先生乃天下第一琵琶绝手，海内极则，世无所双，盛誉之下，却也如此孤寂。”

天色越发昏暗，李素炫负着琵琶，脚步未停，不住想着，难过谈不上，却着实感慨。记得师父从前说过，人间终究孤单，盛世繁华、末路倾颓，都是真的，也都是假的。人到寂处，命到末了，终究平淡，唯心中有所仰仗，有所眷顾，方能终此一生，不倦不悔。如此一想，又为雷先生庆幸。若是无有琵琶箫管为伴，以他性情，不知道这一生要如何挨过。

## 64

入冬后，日落早了许多，白昼一日日变得短促。从早到晚，日头恹恹，人也恹恹。众女乐聚在一起，或弹奏作乐，或饮酒闲谈，只是常年闭锁深宫，无有太多谈资，出去散步又太冷，只能窝在屋子里，有时难免无聊。

宫中冬日素来寂寞，李素炫倒轻松些，除却弹习琵琶外，有时也在瑶琴上轻抚几下，或读书写字，画些线描，手头总是有事忙碌，心中少许多空落。卢楞伽所授游丝画法她已练习多日，熟了些许，却不知能拿来画什么。有时看到师父留下那些小画，也学着画几笔，却是不忍卒视。回想起来，师父当时不过信手而就。

又见到卢楞伽时，他正低头画着一尊菩萨，抬头看了李素炫一眼，管笔未停，低下头直接问道：“画得如何？可好些？”

“似乎好些。”李素炫说道，将手中藤纸递上去。卢楞伽略看了一眼，淡淡说道：“是好些，不多。”

未待李素炫回答，他又说道：“线和线也不同，有许多种，我每次教你一种。都熟些了就能画些简单的，一叶一花，慢慢再画些繁杂的。你想先画些什么？”

“什么也不想画。”李素炫老实答道。

“为何？”卢楞伽抬起头来，一副惊异。李素炫倒觉得好笑，这有何不解？

“以前我师父画时，我就在一边看着，我若想学，当时便随师父学了。这几日听你指教，试了几笔，无有那天分，也无甚太大兴趣。还是想看你画。”

“你都没有认真画过，怎么知道自己无有那天分？”

“我师父说，所谓天分，不只是聪明，更是坐得住，我偏坐不住。弹习琵琶我坐得住，读书写字坐得住，作画就不行，真坐不住。我也羡慕你一手好画，也希望自己能画得好，无奈就是坐不住。”

“那你为何要看我画？”

“图个趣味。”

“在一旁干看着，能有什么趣味？”

“我如今看不懂，是没什么趣味。我果然没什么想画的，听你的，你让我画什么，我就画什么。多画上些年头，你也多与我讲一讲，我通晓一些，能看出窍道了，再去看别人画，定然有趣。”

“你费那么多事，就为了看别人画时能看出窍道来？”

“是了。我有时也喜欢听人弹琵琶，我自己会弹，能听出哪里是妙处来，常听得欢喜。”

卢楞伽很好奇，看了李素炫一眼：“宫中传你为天下第一琵琶伎，为何要听旁人弹奏？”

“自己弹，听人弹，看人弹，都不一样。再者，我有先生指教，但有先生在，我何敢称天下第一。”

“天下女子中第一。”

“女子中第一值得什么。再说，宫里才几个人，天下那么大，怎知道没有更好的。”李素炫不屑道。

卢楞伽反而放下手中画笔，抬头认真看了看她，又点了点头。

“你倒有志气。既如此，你随意看便是，我画到哪里，就给你讲到哪里。”

李素炫点点头，卢楞伽又拿起笔来，细细画下去，果然不嫌繁缛，一边画一边给李素炫讲解各种描丝方法，如何起笔，如何收笔，如何转曲，如何捻管，中锋侧锋如何调运。说过片刻，让李素炫在案几另一边坐好，想看便看，或画几笔练习。二人无语，各自低头忙碌手上，又过许久，卢楞伽放下画笔，对李素炫客气说道：“可将你琵琶拿来弹奏片刻？”

李素炫顿时醒悟，连忙放下笔，起身回屋中取了琵琶过来，坐好，调校弦轴。不过随意拨弄了几下，卢楞伽便在一边说道：“你定然弹得精妙。”

“我还没弹，你如何知道？”李素炫问道。

“你拨弄这几下我便知道。”

“这如何能知道？”

“你在宜春院中，身边都是会的，你没见过那生的。但将琵琶绰在手中，抱在怀里，身姿手势俱是生硬，一看便是不熟的。我见那些作画的也是如此，不消看他画，只看他身姿手势，如何拈笔，如何取墨，一眼便知底细。”

李素炫想了想，点点头。

“听你如此一说，果然有道理。你想听我弹什么？”

“随意便好，只是手上莫要太躁。我这些日子在画菩萨像，还没有画完。”卢楞伽答道。

“好。”李素炫点点头，将平日所习弹了几曲，手上格外轻柔温和，不徐不疾，落落沉定。卢楞伽端坐，认真听着，满面遐思。几曲过后，他点头感叹道：“素儿果然弹得精妙。”

李素炫心中微动，这卢楞伽头次称呼她名字。她受宠若惊，笑笑说道：“此自幼所习，自然不该粗率。”

“如此温婉，格外难弹。”

李素炫笑道：“人皆以为武曲难弹，你如何觉得温婉不易？”

卢楞伽也笑：“画乐相通，我自幼习画，自然知道。初时果然是武曲难弹，待武曲弹得熟了，定是温婉不易。”

李素炫看着他，对这画痴格外起了些敬意。

“既如此，你我互换。我每次来，你给我弹几曲琵琶，我让你在一边看我画，你想看多久便看多久，你想学什么我就教给你，你若没兴致，我也不强求。如何？”卢楞伽问道。

李素炫心想，卢楞伽不事乐器，却能听出曲中意味来，尤能以画晓乐，果然不凡，她倒也乐意与这等人弹奏，立时便点了点头：“如此就说定了。”

卢楞伽笑笑，又拿起画笔，一边听李素炫轻弹，一边继续画，又一个多时辰后，二人淡然作别。

待卢楞伽出了宜春宫，众女乐大哗，如马蜂窝里被人扔了枚爆竹一般。

“那傻子怎么与你有这许多话说？”

“居然还听你琵琶？可听得出好坏来？你如此绝技，竟有耐心与这傻子认真弹过。”

“他还教你画，你又不比我们强几分，怎么不嫌你笨？”

“素儿平日里柔和，却也不怕事。那傻子若是犯起痴愣来，你二人可不是要顶上？”

“你二人不是一个路数，真顶上了不知道谁能赢，我还真想见识见识……”

众人七嘴八舌，李素炫只笑不答。卢楞伽痴心于画，不喜欢过多言谈，旁人当他傻，言语中难免有些挑逗不恭，他却不是真的傻，自然要不耐烦。此人性子又生窜，心中不喜，口中便照直说了，愈发显得痴傻，旁人便越发挑逗不恭。李素炫与旁人不同，她从不跟许多人一起围过去，莺声燕语、上下环绕，猜度那卢楞伽定是心中厌烦。她只单独过去与他说话，说的也只是些平常话，不过是以礼相待，认真提问，认真作答，如此而已。

众人叫嚷了阵子，散去了。今日李素炫可没有葡萄酒了，众女乐都说再也不拿那怪人与她打赌。李素炫笑笑，拿着琵琶独自回到屋里，回想卢楞伽所授，认真记写下来，掭好笔照着练上了。

“昔日师父曾十分期待我有一日也可执笔丹青，如今虽说不上喜爱，但若能懂得一些，看别人作画能看得开心，师父也应当安慰。眼下倒也果然觉得这曲线玲珑可爱，又有画圣弟子教授，何不认真花些工夫。虽说坐不住，可是知道管着自己，也多少好些。”

画了些日子，无有什么长进，只是如今李素炫学会不急了。不长进便不长进，又如何。

# 65

连着些日子，圣人无召，李素炫落得清闲，独自弹习，又写写画画。眼下尚未入冬，楼阁深处已是一日寒似一日，燃着炭火也还是冷得瘆人，众女乐连弹习也少了，四下无声，颇有些冷清。站在窗口，看外面零星落着细雨，日头隐匿，阴云之上连个痕迹也没有，方入未时，天色却如黄昏。李素炫眼见周身肃杀，心中不由得沉落，也知道方当如此时节，人心难免被风雨昏黄带累，也无什么不快，便一片恹恹，直觉得连活着也无趣。她向窗外看了许久，心中忽然一动，即刻起身穿了件厚衣袍，将鱼袋坠在腰间长箫旁，未带琵琶，径直出了屋子，又出楼阁，走入昏黄之中。

方出宜春宫门，侍卫即刻跟上。李素炫走得很快，出东宫，又出太极宫，有专道连着大明宫。入了大明宫，她没有去往内教坊处，侍卫不知何故，只得继续跟着。路上有大明宫巡守拦住，见李素炫身带侍卫、腰配金鱼，不敢过多盘问，立刻放行，倒是李素炫追问道："敢问昭德寺坐落何处？"

巡守抬手指了指，又讲了几句，李素炫谢过，快步向那头走去。宜春宫侍卫不解，紧迈几步跟上，问道："敢问李待诏，我们这是要去昭德寺？"

"昭德寺乃大内佛场，我非佛弟子，自然不是去昭德寺。"

"却是去哪里？"

"野狐落。"李素炫简短答道。

几名侍卫吓了一跳，忙又问："可是那唤作'宫人斜'的？"

"正是。绕过昭德寺，远远向西南，出宫墙便是。"

"那里本是宫人居处，如今是宫人冢，埋了不少人。去那里做什么？这天又阴瘆瘆的……"

"去看看。"李素炫说了这句，未再答话，仍旧走得很快，侍卫只得继续跟着。绕过昭德寺再向西南行过一段路程，渐渐到了大明宫内荒僻处，路径并不复杂，很快出了宫墙。李素炫每次出宜春宫都是去内教坊，今日偏偏要来这里，侍卫也是不懂。

野狐落在宫墙之外，却仍是大明宫地界，外人到不得此处，宫中人若非赶上丧事也不会来。其地狭长，有二三里，却是远近无人，草木凌乱，一片荒芜。眼看渐渐走近了，李素炫回头对侍卫说道：“你等要是嫌弃，就在此处候着，不用随我进去。”

侍卫互相看看，有些迟疑，最终还是担心失职，虽然嫌弃这坟场不吉利，也仍要跟着。

李素炫点点头：“既如此，在我身后远远随着，看得到我便可。”说着转身向野狐落深处走去。

侍卫知道她一向如此，听她嘱咐，离几丈远，跟在后头，心里觉得这李待诏十分不同。一介弱女子，又不习武，这昏黄天里阴森森刮着斜风、零星下着些雨，她非要跑来这乱葬场，寻常人纵不忌讳，也多少会怕些。

李素炫慢慢走进野狐落深处，见地上东一处西一处隐约有些台基柱础，应当是屋舍痕迹。乱草丛中有许多荒坟，也无什么排列次序，有的远远隔着，孤零零的，有的紧挨着，累累叠加。仔细看看，坟头低矮，有的有墓碑，有的没有。又仔细看，有的墓碑上刻着“宫人”“生于”“卒于”等字样，没有其他字迹，有些奇怪。想过片刻，明白这些墓碑为统一订造，只刻着“宫人”“生于”“卒于”等字样，竖立时才刻上死者姓名与生卒年月。只是许多人下葬时或是过于仓促，或是无人在意，无人将其姓名生卒刻上，只将空墓碑胡乱立在坟前。也有些墓碑上姓名与生卒乃是墨迹写就，风吹雨淋，如今模糊不清，只剩了些横竖笔画在上面。也有些刻上去的，却是刻工粗糙，直似胡砍出来的一般。

李素炫叹息不已，不由得想起昔日左教坊中缢死那母女三人，忍不住四下观望，似乎还想找到那三人墓碑一般。然而那三人有没有墓碑都难说，纵有，不知其名，也找不到。

侍卫果然不过来相扰，李素炫独自站在荒草深处，眼见日头被一片阴云死死吞没，四处寒林枯槁，昏鸦惊栖，冷风萧瑟中，不尽凄凉酸楚。

李素炫长叹：“我死之后，便该身归此处。也是一口薄棺，低矮坟茔，没于荒草丛中，无有墓碑。我无父母，无亲族，又早早没了师父，纵有墓碑，有我名姓，也无人知晓李素炫何人。”

片刻，心中一转念，又苦笑：“即便如此，也比师父强上许多。”

她缓缓看向东方。

“出长安城，东北艮方，便是龙首塬，我师卢菡葬身之处。”

她平静想着，面向东方，轻轻跪了下去。

“师父，别离已近两载，素儿心中耿耿思念，不解愁怀。师父待我恩重，我却困于深宫，不能寻得师父尸骨依礼安葬，连亲赴致祭也不能，此恨至死难消。如今素儿有雷先生指教，每日磨练琵琶，又抚弄瑶琴、把玩箫管、览阅书史、读经吟诗、习字描线，方知师父当年用心深切，为素儿谋划久远。如今素儿有诗书乐艺，有良师密友，纵永困深宫不得解脱，也能宁耐性情，不堕本心。待百年身死，落葬此处，可与师父魂魄遥遥相望，素儿心满意足。”

周身风雨如细刃。李素炫跪了许久，向着东方深深行过大礼，站起身来。

“此生漫长，我已准备停当。”

# 第十三章

## 大破陣樂

天宝五载（746年）九月—天宝六载（747年）三月

## 66

清闲了些时日，李素炫无论如何也躲不过当值了。宜春女乐并非都在内宴上出演，若得钦点，免不了在天子居所旁值守，待圣人随时召唤，单独奉献些精致细乐。每次当值都由中官引至兴庆宫，女仪官早早候着。女乐由仪官很快上好妆后，怀抱乐器候于勤政务本楼或花萼相辉楼偏殿中。

此日晴爽，秋色澄静，秋阳明媚，秋雁振飞。李素炫一路行到兴庆宫中，见四下草色凋零，又被秋光笼罩，也清澈，也寥落。日光刺目，晃得眼前一片迷离，周身秋风却又飒烈，阵阵吹过，令人四体生寒。她一路行走一路看着，吹着些风，也不知是该跟着开心，还是该跟着伤怀。

在兴庆宫中行了一段路程后，李素炫由中官指引，到了勤政务本楼，上妆后候于偏殿。殿内高大空阔，燃着炭火，仍旧寒凉。她端正坐好，解开琵琶抱在怀里，轻轻调好弦轴，两手只在琵琶上比画着，不敢弄出响动来。旁边有中官靠过来，看着李素炫手中五色琵琶，满心艳羡。

“李待诏这琵琶可是美妙得很。”中官压低声音说道。偏殿离正殿颇有几步距离，琵琶不敢结实弹奏，但说话声其实传不过去，众人仍是惯于压低声音。

“专为内廷奉乐所造，自然是了。”李素炫笑道，将琵琶捧在手上递过去，告诉那中官，“若喜欢，就仔细看看。”

旁边立刻又有两个中官围过来，离近了看，啧啧赞叹道：“实是人间宝物。”却与小宫人月牙儿一般不敢伸手碰一下，怕碰坏了似的。

“碰一碰也无妨。”李素炫笑道。

几个中官互相看看，轮流伸出手来在琵琶上轻轻抚摸，口中称羡。

“李待诏能耐，奏得出人间仙乐，实是此生风流。”

“可不是，我若有这本事，情愿少活二十年。”旁边一中官答道。

“也不害臊，一把年纪，看看到寿，随便就敢舍二十年？你可还有二十年？”

李素炫一直伸双手将琵琶托着，几人不住抚摸，口中小声说笑。

“多谢李待诏不嫌弃我等手糙。”

“说哪里话。”李素炫笑道，见那几人将琵琶爱抚够了，便将两手收回来，随意说道，“不知今日圣人可会召我上殿。”

一人答道：“应当会。圣人近来每日必召内乐上前，毕竟心中烦闷得很。”

“心中烦闷？却是为何？”李素炫问道。

“前几月朝中大将高仙芝率部征讨小勃律，算来这几日前后该有消息回来，圣人每日在殿上等候战报。此事眼下已非机密，朝中宫中上下大小都知道，想是宜春宫中消息不灵，故此李待诏还不知道。”

“圣人这几日等得焦急，故频频召令乐人奉乐，以图缓解。”

“是这样。小勃律……可是远得很。”李素炫说道。

“果然远，有万里之遥。那大将高仙芝本是高丽人，据说十分能战，只是击小勃律之役，就是派出神仙去打，也不敢放心。”

“圣人想也是心焦，这几日不听合乐，每次只召一人上殿。待会儿若是召李待诏上前，切记奏些清简调子，莫要太过躁烈，更令天子心焦。”

李素炫颔首道：“多谢指教，李素炫记下了。”

几人又闲谈了几句，几名中官被旁人叫去了别处，留下李素炫独自沉吟。她不知道小勃律究竟在哪里，只是曾听闻人说要穿过大半个西域方能到达。说到西域，她心中总是轻轻触动，随即摇头轻笑，终究只是想想罢了，那般遥远，想想也生畏。

又等待过多时，果然圣人召李素炫上殿，她立刻怀抱琵琶到了正殿。殿中有些昏暗，略远处沿墙似乎有些高大物件，却看不清楚。如此昏暗，殿内也没有格外燃起更多火烛，圣人只就着些许光亮坐在书案旁侧，殿门外光明格外耀眼，倒衬得殿内有些幽僻冷清。

行礼后，李素炫领命在一旁弹奏。每奉乐于天子，若是天子有所嘱咐，便依令弹奏天子指定乐曲，若无指定，便要乐人见机判断。正殿中暖和些，李素炫初时手上滞涩，很快柔软舒展开来，记着方才中官所言，拣了些淡雅调子，轻轻弹过几曲。之后，圣人令她停下，却没有令她退下。

李素炫怀抱琵琶安静坐着，低着头，此时才恍然察觉身旁无有中官或宫人，殿内空落，只远处殿门那里有两个中官侍立。圣人眼下果然正在焦急烦恼中，连身边近侍都远远斥开了去。西域遥远，战事定然是无甚太大把握，也难怪。

低头安静等过很久，李素炫听到圣人询问。

“你可会烹茶？”

李素炫微感意外，随即答道：“略知道些，只是难免粗疏，简单几步，烹出茶汤来滋味也不好。”

“无妨，去烹几盏茶来。”圣人说道，嘱咐远处中官将茶事取来备好。

不一时，茶事备好，炭火也生了起来。李素炫转身将手中五色琵琶妥善放好，走上前去，束了袖口，照着歌子教授开始烹茶。一件一件，一步一步，果然手艺粗疏了些，倒也还有条不紊。

圣人在一旁看着，见她低眉敛容，认真摆弄手上物什，心中想道：“这女子平素落落大方，见了天子从不畏惧紧张，也不失礼。但有所问，便开口回答，也不少说，也不多说，不卑不亢，不徐不疾，与其他女乐十分不同。此等气度宫中少见。”

圣人不知道李素炫心中想法。她不想要什么天子眷宠，无须格外谄媚讨好，若是哪句话没说好，惹动了龙颜，也无所谓结局，故此也没什么怕的。

殿内安静，李素炫低头忙着手上，一直没有抬头，圣人在一旁静静看着，也未再发话。不久后，李素炫将茶盏奉上，圣人拿起来，啜了一小口，微微皱眉道：“你这手艺果然不怎么样。”

李素炫颔首，未答话，只将茶汤盛起注了第二盏。圣人也未挑剔，将第一盏饮尽，看着李素炫将第二盏奉上。李素炫偷眼扫过，见圣人身着常服，可也不似在后宫中那般穿着随意，又扫过圣人书案，见书案上空着，无有书卷、纸张、笔墨，也无什么小件把玩，方知道圣人竟然如此硬等着，也不知眼下如何按捺内心焦灼。

李素炫回到茶炉前坐好，继续忙碌，殿内依旧一片安静。隔许久，圣人突然问道：“你师卢照寂往日里都教过你些什么？”

李素炫一怔，手上顿了一下，旋即继续，未抬头，低声说道：“师父自我六岁起授我琵琶，也教导我习琴、习箫管，授我书学，令我读史、诵诗、著文，与我讲述过诸般先贤道理，演绎儒释道各自法门，我也曾随师父学过训诂离经、韵序平仄，都不精熟，却都知晓些。唯画学，我略无兴趣，不曾认真随师父画过。”

“你倒也有耐心，除却琵琶，又将这许多门学问一件件磨练过。”

“我小时候非常顽皮，并无好耐心。是师父每日从早到晚陪在我身边，哄着我弹习、览阅、诵读、书写。熬过十年，方到得今日。”李素炫手上未停，口中从容作答。

圣人沉默片刻，叹息一声，说道：“这些朕都大约知道。今岁上巳，你拼死为师父申诉，那之后朕着人四处打听你与你师父既往，他如何在街市上从人贩手上买下你，如何送你入教坊，又如何教诲爱护于你，到最后，不惜一死也要护你平安。”

泪水立刻从李素炫眼中涌出，幸而靠近炉火，很快便干燥消失。她生怕又有眼泪涌出、落下，索性一直靠着炉火，很快炙烤得满面通红。

“你一介弱女子，冒死也要为师父辩冤。卢照寂疼爱你十年，若泉下有知，也当欣慰。”

李素炫神色凝敛，手上也未致罗乱，轻声说道：“师父将我救下，养我长大，授我书乐。我但有一次机会能为师父豁出性命，此生不悔。唯不能寻得师父遗骨好生安葬，死亦抱憾。”

李素炫说得平静，手上依然忙碌未断。圣人心中叹息，情知她与师父恩义深笃，又亲眼见到师父身死，不知要多少日夜惊忍辗转，眼下才能说得如此轻淡。

“你心中痛楚，朕也知道。”

李素炫一笑：“圣上如何能知？”

她依旧没有抬头，圣人却盯着她看了许久，缓缓说道：“天子亦是人身，如何不知……如今朕也老了，不想再说起当年旧事。”

李素炫不知圣人所说旧事是何意，只将最后一盏茶奉了上去。圣人未动，看着李素炫又回到火炉旁坐好，又说道：“朕屡次闻你琵琶，十分精妙，又能修变新声，果然卓异。朕心中对你器重，只是每看到你，便想到你师父，始终不忍过分驱策于你，故不常召你前来。卢照寂乃朕故人之子，朕不曾将他看作乐人，这几十年从未召他上殿献乐，他也从不来见朕。历年来许多人与朕说起他，朕也屡次着人探听。此人性傲，有难也不肯攀附仰仗天子，宁可独自承担，与他父亲一般性子。你师父教诲你长大，你也果然像他，一副不趋奉，却又礼数尽备，令人恼火，又挑不出你把柄。”

圣人说着这话，口气却平静，像是自言自语。李素炫不明白圣人为何说起这些，只是嗟叹帝王衰迈，再不说那许多豪言壮语。以往多次听人说起圣人有天纵之才，自继皇帝位起便分外勤政，又说起圣人许多文武功劳，如何步步谋划，终令大唐臻至鼎盛。李素炫也听过圣人羯鼓，见过圣人射术，心中赞叹，知道他果非凡人。只是眼下圣人已年至垂暮，无心宰执朝政，早已将各项政务悉数交与李相和太子处置。李素炫每奉内乐，所见都是圣人携贵妃于宫中游乐，昔日那般天子意气想是再也见不到了。

外面日头略略压得低了，光明涌入殿中，地上一道道列着廊柱影子，飞鸟掠过屋宇，也掠过一道道廊柱，一梭一梭穿过那些影子。圣人未再发问，李素炫也平复了心情，不再有眼泪，后退了些，离开火炉，眼看着炉火渐渐熄灭。静默许久后，盏中茶汤已凉透，圣人也不嫌弃，拿起来饮尽，放下盏子，又令李素炫继续弹奏。

李素炫依令，取琵琶抱好，复又轻弹。夕阳此时横扫进来，残晖将死之际，一点回光反而将殿内照得格外清楚。殿内后面那些高大物件本隐于幽深，此时夕阳掘开黑暗，那些物件立时挺身凸显出来。殿内各处纹饰密布，本来完全看不见，此刻却仿佛无数符咒被暮霞血色唤醒般，一寸寸一丝丝浮现出来，如同无数线虫密密蠕动着，随着光明流转扫拂，渐渐连接成片，片刻后，又开始慢慢隐匿回去，一点点变得支离破碎，残缺不全，满壁断线儿自挣扎。

又几曲过后，圣人沉默片刻，点了点头，对李素炫说道：“卢照寂将你教得很好。”

李素炫怀抱琵琶，深深致礼，眼眶湿润，心中阵阵悲伤。

“朕曾听闻人言，你得师父传授，颇有诗才。朕虽多年不曾见过卢照寂，却屡屡闻他乐名、文名、诗名。有他苦心教诲你十年，你这诗名想也不虚，朕倒想见识一番。”

李素炫低眉颔首道：“请圣人赐下题目，素儿即刻吟赋。不敢夸巧，定能成篇。”

“你倒自信，也不推辞。”

“请圣人赐下题目。”

“既如此，朕倒要看看你才识。”

圣人沉吟片刻，方开口，未待说出话来，殿外忽然一阵喧哗，中官奔入，奏报一众朝臣求见，圣人即刻宣召。中官方传令出去，殿外便拥入数人，个个紫袍金带，俱是朝中重臣。李素炫还没来得及回避，为首一人便急行到圣人面前，一面行大礼一面说道：“臣奏报天子，高仙芝所部大捷，破小勃律，不日还朝。”

圣人立刻站起身来，一时竟不知说什么好。李素炫知道，圣人如此生硬等待，等的就是这句捷报。眼下庙堂肃穆，帝王雄踞，天官威仪，李素炫立刻抱着琵琶站起身来步步后退，退至回廊，转身逐个穿过那些廊柱影子，低头迅速退回偏殿。

## 67

回了宜春宫，又安宁了几日。击小勃律之役乃朝中大事，只是有天子百官操心，众女乐并不太过在意，无事时聊几句便过去了，只有宜春宫总管心思多，也晓得些时局。他告诉李素炫等人，唐军破了小勃律，与吐蕃可有几年和睦，西域也能格外宁定十数年。

听到西域宁定，李素炫心中安慰。

“大军不日还朝，不久西方必然来使。若国宴后圣人以内宴款待，定教举奉内乐。到时候我宜春院且要忙碌阵子，诸位须是提早做些准备。”

众人都觉得总管说得在理，立刻分头各自准备去了。接连忙碌些日子，手头上有了准头，心里又可暂时轻松些。

宜春宫中几乎每一两日便有宫教博士前来，凡经史子集、真书篆书及飞白、孔孟老庄乃至律令、吟咏、算术、棋艺等，皆有专人教授。李素炫曾听人说，宫教博士隶掖庭局，不过从九品，却都是专门之才，虽只是教授宫人，却有许多饱学之士，连吴道子这等人物也受任宫教博士。昔年上官婉儿乃罪人之后，尚在幼齿便被罚入掖庭为奴，最后以才学名世，就是随母亲与众宫教博士所学。

如今宜春女乐比昔年上官婉儿还多少有些身份，宫教博士也都用心。每有博士前来，众女乐立刻围上前去，也与博士谈笑，也听博士讲授，也在案几上读写作文，得博士从旁指点，也有些获益，也十分快活。间或歇息时，也向博士打探些宫外新鲜见闻。唯独李素炫厌烦人多聚众，总是躲着，有人来叫，也无兴致。

“素儿偏是每次都不肯去。”孟离笑着说道。

苏获也在一边说道：“连我等都喜欢，素儿好学，怎么反不去？”

李素炫笑笑，没有回答，心中不以为然。

“宫教博士又如何，怎比得过我师父，何况这些师父当年都教过我。左教坊中十岁年华，师父为我费了多少心血，教我什么、如何讲授、如何布置练习，哪一次师父不是深思熟虑、计划周详？每日里只我与师父二人，我但写字，一笔一画都有师父详细讲解；但作文章，一字一句都有师父为我精心修改；若是弹习，一弦一音都有师父开示指正；若累了倦了或心生厌烦，又有师父从旁劝勉安慰。师父不在了，雷先生授我琵琶，身旁也从无第三人相扰。如今这一大帮人围着博士吵闹不休，博士疲于应付，拿过字迹诗篇来匆忙看看便发话，这个说一句，那个讲半句，能学到什么。何况那么多人围着，乱也足够乱死，我何苦跟着抢破头。不如回去翻看昔年笔记，将从前不懂的拿来细细参详，定然有些领悟。”

李素炫低头许久，淡笑不语，端木笑着说道：“素儿自己有师父，不消跟从宫教博士。只是未曾随师父学画，故此与那卢楞伽有话说。”

说到卢楞伽，几人都笑起来。旁的宫教博士到了，众女乐都是团团围着，叽喳不休；卢楞伽到了，女乐们也是叽喳不休，却只是在远处看着、议论他，开些玩笑。他每到宜春宫来，总是径直走入讲堂中坐好，布好纸张，研好墨，独自低头作画。若有人上前以画事相询，便认真作答，若有人逗弄他或说些闲话，他便直接开口将那人斥开了去，从不曲意客气，故此总是身旁冷清，只李素炫肯凑上去，与他解个寥落。如今众人每见卢楞伽到了，立刻跑去告诉李素炫，似乎但凡那傻子来了，就该李素炫去应对，也觉得唯有李素炫肯给他些颜面，与他勉强说几句话。

每有人来告知李素炫，说那卢楞伽正在讲堂中等候，李素炫便拿上琵琶去寻他。到了近前，也不需打招呼，安静落座，看便是了。她喜欢卢楞伽身旁清静，喜欢看他作画，看他屏息凝神，情思伏歇，心中格外澄静，笔下潺潺不尽。别人喜欢看画，李素炫却喜欢看人作画，与近处听人奏乐一般，别是人间一番乐处。

许久，一池墨用尽，卢楞伽放下画笔，二人这才笑着点头致意，算是招呼过了。卢楞伽向砚堂中添了些水，细细研墨，李素炫在一边轻弹起琵琶来。若是不说画事，这二人其实没什么可说的，索性不说，卢楞伽作画，李素炫看着，李素炫弹琵琶，卢楞伽听着，仅此而已。旁人觉得他二人如此相处有些古怪，他们自己倒是觉得十分自在。

李素炫随卢楞伽画过了各样描线，却还是不知道想画什么。卢楞伽倒是每次画的都不一样，或山水，或殿宇，或神佛菩萨，俱是些底稿，尺幅都不大，却是咫尺纤毫，极尽细致圆满。眼下他面前有一幅菩萨像，衣纹、璎珞俱备，只是尚未开相。他研好了墨，将管笔拿起又放下，放下又拿起，似乎很是为难。

“卢先生可是要为菩萨开相？”李素炫见他又拈起笔来，却举而不动，便停下手中琵琶，小心问道。

“自然是了。”

“为何如此踌躇？”

“总是画不好，有些不敢下笔了。”卢楞伽怏怏说道。

“开相而已，不过寥寥几笔，如何总是画不好？”

卢楞伽摇了摇头，神色凝重，有些忧思。

“师父与我说过，但画形体、衣帽、裙裾，最为容易。吴带飘举，满壁风动，惹得举世喝彩，不过是因为俗人看得懂。画仙佛菩萨，开相才是最难。若画得好，观者觉不出来，若画不好，可是一眼就晓得。”

“为何开相最难？鼻子眼睛嘴巴有什么难画的？”

“菩萨破颜微笑，乃是法喜，深沉恒久，却不骄纵煊赫。若是笔下无有把握，取得多了，成了大笑、狂笑、癫笑、纵笑，便不对了。或是取得偏了，成了奸笑、淫笑、浪笑、狞笑、皮笑肉不笑，更不对了。开相不过寥寥几笔，却是尽藏天机，对错只在毫厘间，自然最难。”

“你如此说我倒想起来，我师父以前与我讲画学时也说过，寥寥几笔，情致跃然，呼之便出，此画中极致。方寸纤毫，极尽工巧繁复，比起来还倒容易些，也好拿来唬人。”

“你师父定然是画得好的，才能有此见识。我自幼学画，佛像菩萨像画得最多，本以为其俱有量度，会容易些，结果最难。”

“菩萨长的什么样？你定然知道，不然怎么画。”李素炫好奇问道。

“《心经》有云，色即是空，空即是色。菩萨超脱生死，熄灭轮回，本无相可住，无性可持，只是要示显众生，便需凝现法身。定是端庄秀美，双目慈悲，神色安详，两肩宽阔平坦，腰肢如柳，肌体矫硕，有女子柔和，有男子刚强，万般美好尽备一身，胜过世间一切色相。”

“……如此说来，倒也真的难画。”李素炫叹息道，“这如何想得来。”

“我幼时学画，师父曾说我有异质，真学起来，也果然长进得快，同龄人都远不及我。只是到了开相这里，踟蹰多年也没什么进境，多少昔年不如我的，到如今也眼见跟我差不多了。”卢楞伽说着，十分懊恼。

“昔日我师父也说过，少而聪慧最危险。我从前与左右教坊中几十人一同弹习琵琶，偏我长进最快，别人就是气死，练到累死，也不如我。只是年岁渐长，却总有一点儿，就一丁点儿，始终参悟不透，原地困守。再看别人，也都渐渐追了上来。我有我师父教导十年，眼下又有雷先生指点，这二人俱是当世绝顶，我也不傻，也不懒，却不知为何，就这一点儿，偏是过不去。”

二人互相看了看，同时轻叹了一声，既然同病，自然格外相怜。这二人俱是天赋异禀，于艺道上有九成九天资，如今却担心憋死在最后一分上，一世末了，倒与常人无异。

二人相对无言，沉默了许久。

“不如我们想些开心的？”李素炫见卢楞伽有些沮丧，便说道，“我听人说你平日画壁画最多。”

“是，壁画最多。城里各处寺庙中画了许多，也有些我师父勾了线，令我填彩。”卢楞伽见李素炫生找话题，也就硬答。

“可惜我出不去这宜春宫，见不到。”李素炫有些黯然。

“无妨，我在这里画底稿，上了色，你也能见个大概。”卢楞伽安慰道。

“稿子是稿子，画到墙壁上应该很不同了。不过，画在墙壁上，要擎着手臂画，大约很累。”

“果然很累，手腕又格外吃力，画得也慢。只是也没法子，历代画师都是这么画的。”

两人东一句西一句，聊得很随意，李素炫两手在琵琶上胡乱拨弄着，渐渐开解了些心怀。

“你若要为菩萨开相，便说一声，我马上停下来，不扰你心神。”

“好。”

卢楞伽答道，拿起笔来，犹豫了阵子，另换了张纸，画起了些别的。李素炫见他调伏心脉，落定手腕，笔墨游走间如春蚕吐丝，只是到最后，终究还是没有为那尊菩萨像开相。看看到了时候，卢楞伽开始动手收拾案几上物什，格外将菩萨像小心卷起来收好。李素炫停了琵琶，看着他。

“你日后叫我卢七便好。”卢楞伽嘱咐了一句，口气熟稔随意。

“为何？”李素炫问道，有些惊异。

“我族中行七。”

李素炫知道他定是族中行七，却不知他为何许她叫他卢七，这名字只该身边亲近之人呼唤。此前他让李素炫叫他名字，李素炫不敢，仍叫他卢先生。只是每次如此叫他时，总要想起师父卢菡来，心中微动，也说不清是伤感或是别的什么。

卢楞伽见李素炫迟疑，笑着说道：“只许你如此叫我，别人可不许。我对你着实敬重，也不知道你花了多少工夫、吃过多少苦头，方将琵琶磨练到如此地步，却肯弹与我听，又肯与我说上这许多，又肯听我说上这许多。旁人与我说你是怪人，我偏觉得你好。”

卢楞伽口气坚定，一副决绝仗义，仿佛甘冒世间不韪，随旁人怎么样，他就是要说他素儿好。

李素炫登时差点儿笑骂出声来。

“这是哪个捉混的，鬼样缺德，跑来与我说卢楞伽是怪人，又跑去与卢楞伽说我是怪人。”

她忍了笑，对卢楞伽说道：“人都说你是怪人，原来她们也觉得我是怪人。想是我两个都怪，互相看看，便不觉得怪了。”

不想这卢楞伽竟然十分认真，想了片刻，点点头：“素儿说得对，定然是这个道理。”

李素炫哭笑不得，一时答不上话来，心想此人实在是痴愣，却又纯真可爱。见他收拾停当，李素炫抱好琵琶起身，送他出了讲堂，二人行礼告别。

# 68

腊月里，长安城中下起了大雪，白日里还是小雪，到了晚间，雪势渐渐大了，又起了风，打落了树梢上最后几片枯叶。狂风自此再无阻拦，飞快穿过林木，枯枝丫杈间发出阵阵啸叫声，时高时低，时断时续，传到屋中来，听得很清楚。

李素炫与端木、歌子、苏获、孟离和其他几个女乐聚在一起饮酒闲谈，每到啸叫声破窗而入，几人就会停下来，也觉得有些可怖，也觉得有些好笑。

“据说有位古人学琴，总是欠缺一点儿，师父教导他师法自然，让他去听风声、涛声、林声，最后大成。只是不知当时若师法了这等自然，出来是什么声音。”歌子笑道。

女乐们都跟着笑起来。

李素炫在一旁笑道：“我六岁初习琵琶时，手上拙劣，哪根弦上弹破了音，就是这般动静，就算是鬼叫，也是破嗓子鬼，十分凄厉难听。难为我师父就在一旁听着，还要忍着笑，还要忍着火，见我难为情，还要安慰我几句。我若与人做先生，怕是无有此等好耐心。”

这几句顿时打开了话头，众人都来了兴致，纷纷说起自己初习乐艺时大把糟烂事。吹管的冒了音，声似老鸭，将旁人吓得呆傻半晌不说，自己也吓了一跳，手中管子都差点儿脱手而出。打鼓的错失一板，到最后也跟不上，扰得旁边横笛纷乱，那吹笛的恨不能动手打人。操奚琴的忘记调弦便上了手，舞弄好久却不知道哪里不对，见师父面带愠怒盯着自己，竟回以一笑，自然是要饱饱吃一顿教训。众人连说带笑，唯端木只笑不语，最后有人问道：“端木如何？”

端木笑道：“我还好，不过习练胡旋时几次将自己绊倒，爬起来接着舞便是了。”

众女乐立时哄笑，又有人说道：“有机会问问坊中百戏工，那走索的多半掉下来过，扛鼎的多半挨过些砸，跳剑的只怕是更惨。我们这习乐器歌舞的想是好多了，好歹不断筋骨、不见血。”

众人笑谈一夜，饮得半酣，尽兴后各自散了。李素炫送几人出了门，回来将杯盘大约整理一番，梳洗后躺下了，只是翻滚过一个多时辰后，仍无法入睡。方才欢娱，此刻格外落寞。她独自在黑暗中睁着眼睛，听着外面风声尖厉。深夜静定无边，昏昧之下，心中渐渐幽思生发，但觉周身群魔乱起，翩跹跃动，踉跄舞遍。

李素炫立时惊觉，趁自己尚未沉沦不拔，果断起身点燃灯烛，只这一点光明，群魔霎时避退。她披了件衣裳，坐到书案旁，夜深不敢动乐，只研了墨，拈了锥管，默写经文，一边写，一边想着些传闻。

掖庭所辖宫人四万余众，多有年老衰迈者，幼别父母，垂髫入宫，日夜侍奉君王，待到青丝染霜，逝了韶华，便迁居别院，困锁寒阁。曾听人说有一六旬老宫人，夜深惊醒，但觉周身死寂，心中荒绝，四体如遭万蛇咬啮。她不堪忍受，绝望下寻了把利刃，将自己肌肤血肉道道犁开，直到浑身鲜血。剧痛解了心怀，此后她自伤成瘾，每到夜深孤寂，便持刃宣泄。多年后身死，旁人为其入殓，见她身上新伤旧伤横竖枕藉，不计其数，又见其所遗诗文，方知缘故。旁人唏嘘哀怜，却也无奈。

李素炫想着这些，不断告诫自己不能循此前尘，强压心头，逼迫手上不断书写。一个时辰后，冻得四肢僵硬，十指麻痹，心下却好了许多。她未洗笔砚，趁身子疲倦径直躺下，很快入睡。

几场雪下过，残腊将尽，看看要到除夕了。宫中派人传令，着李素炫等人除夕夜入宫奉乐，又将所需乐调罗列好，传布下来。众人即刻准备，宜春宫中自此管弦起伏，昼夜不绝。女乐们忙碌乐事，宫人们往来穿梭，不断洒扫，备好衣食，更换炭火。小宫人月牙儿更是殷勤有致，每日围着李素炫和端木等人前后照顾，心思周全，歇息时便唱支歌调，央李素炫在一旁为她弹起琵琶来。

除夕下午，李素炫等宜春院人及梨园弟子由侍卫带领，早早到了兴庆宫花萼相辉楼偏殿等候，个个带妆着锦，怀抱乐器，神色穆然。宫中除夕喜庆，却只是帝王享乐，奉乐者可是无有什么新年好庆祝，每每上殿，如临阵列，如对刀兵。虽说众人艺在精熟，耐不得值乐中官催促忙碌，反复叮嘱，生怕出了乱子，说得多了，倒将人搅得零散。

此时正殿上灯烛明照，金光流溢，戗人眼目。宫人托着承盘，将各色奇异蔬果、珍稀羹烩轮番献上，女乐与梨园弟子也依序上殿举奉，金钲管弦，声壮声幽。圣人与王子、近臣谈笑聚饮，场面欢乐。下方次席上有几个生人，貌似他国使臣，眼看大唐物力雄浑、天子威赫，心中震惊赞叹。然而他们只是见了殿上一派安然欢庆，不知道偏殿内众人忙碌，全无半点轻松。人人往来穿梭，脚步疾快，口中不语，里外一派杂陈不堪，又要有条不紊。酒菜上得早了迟了、侍奉多了少了、乐声高了低了，过后算账，都是罪名。

看看过了子正，又半个时辰，入了丑时，又一个时辰，入了寅时，宴饮之人兴尽而散。至此奉乐者、奉膳者、侍宴者才松了口气，顿觉全身疲敝，虽腹中饥饿，也不想吃什么。乐人在偏殿中候至天亮，待宵禁解除后，方由中官引领，各自回归本部。

回了宜春宫，宫人们已备下元日膳食，殷切等候。众女乐围聚着，胡乱用了些，也说笑，也打哈欠，互相道着恭贺。李素炫未动辛辣，也未动酒，撤了席便立刻回去歇息了，单有几个神大的仍聚在一起笑谈。今日元日，天子与百姓尽得家人团聚，女乐却寥落。想到下午能见到雷先生，李素炫才觉得自己也有些牵挂守候，并非世间畸零孤子。

歇到午时起身，李素炫觉得脸上铅华沉重，十分不适，用清水洗了，涂了素脂，换上简单衣袍，轻绾头发，插了木簪，才觉得爽利轻松。取架上琵琶缚好，负在肩上，出宜春宫，很快到了内教坊处。院中寂静，未到屋舍近旁，隔着梨树，听到内中有琵琶铮铮弹奏，知道雷海青已经到了。

李素炫进了屋中，见雷海青也退去了宫中精致，眼下也是一身布衣，简单装束。二人行礼致意，李素炫卸下琵琶，在炭火上烤暖指尖，解出琵琶，端坐抱好，静静听着。除夕夜里雷海青定在兴庆宫中，只是李素炫没有见到他，也有些失落，也有些轻松。今日平淡相见，回想昨夜宫中繁华，奉乐匆忙，已如梦境飘渺。

两人简单问候，并不多说话，轮流弹奏，也相竞，也相和。都停下时，雷海青从怀中拿出筚篥来，轻轻吹过。今日院中空旷，窗前坠雪，枯枝染白，四下格外肃宁，屋中却有振弦悦耳，箫管抚慰。唯有此等时候，李素炫方觉得乐事也是私事。乐人终生弹习，乐奉天子，乐奉天下，唯有此时将这一点管弦拿来安慰自己，又彼此安慰，方深觉一番艰辛修炼格外值得。

一个多时辰后，两人都停了下来，略事休息。乐声歇止，屋外有几声爆竹零星，屋中渐渐起了些寥落。元日是大节庆，这二人却只能在这内教坊备值处弦管度时，无非因为命中再无其他亲人。于李素炫而言，师父死后，宜春宫外偌大人间，只有梁蛮、鹿先生与雷海青三个人会惦记她。梁蛮已随军远走，鹿先生近在咫尺却见不到，唯雷海青，每到逢一可一见，让李素炫多少觉得人间还记着她。她伤心时雷海青从不嫌她矫情多事，只弹琵琶、奏筚篥箫管，平静相伴，等着她独自平复，若以乐事相询，他又总有切实指教，实在是尘世中一番依靠。于雷海青而言，旧友卢菡死后，唯有李素炫一人是个清淡知己。她幼承庭训，磨砺多年，天性又极颖悟，他但有指教，她即刻便能领会，若一同协竞奏乐，她又果然是个刚强对手。这二人不拘虚礼，不谈交际，不讲俗务，从无什么人间话题。平生波折，分明怨恨，俱在五弦之上一一论辩。

少顷，爆竹声停，想是哪家顽童淘气够了，回家去了。屋内格外安静，反倒没了那几分寥落。

歇过片刻后，雷海青先开了口，随意拨弄着琵琶，缓缓说道："我训教梨园弟子多年，各色人有各色粗率，也有些情状却是众人一致，幸喜素儿无有此碍。"

"不知先生所说何事？"李素炫问道。

雷海青笑笑："寻常人初习琵琶时，快处最难，待弹习日久，手上纯熟了些，反倒是慢处最难。若是后面有一段快的等着，或是过于繁难心下怯怯，或是过于轻熟急于炫耀，总之心中多了无妄念头，前面一段慢的便沉不住气，手上压不住急躁，致乐思仓促，不得从容。"

"此事我以前也听师父说起过。左教坊中多有他琵琶弟子，虽只是兼修，他也特别认真，也常与人嘱咐，曲到快处起码还有个热闹，若是慢处弹不好，着实寡淡无趣。只是果真能改的不多。"

雷海青无奈道："一曲繁遍，有轻有重，有疾有徐，必是轻重互举，疾徐相衬，其乐方能丰沛。乐者，其一技也，其二性也。十余年苦苦磨练，于技理当无碍，再弹不好，便是心性有错。只是寻常人能磨其技，难磨其性，终究改不掉急切。素儿却无此碍，想是有缘故。"

李素炫淡笑道："一生若此，急的什么。"

雷海青略一沉吟，点了点头："素儿说的是。"顿了一顿，又说道："你很像卢先生。"

李素炫轻轻点了点头，雷海青又说道："我几次在宫中见你奉乐，之后你必定来问我。其实素儿每次都弹得很好，无须如此信不过自己。只是我也听得出来，没有外人时，你确实弹得更好。卢先生一生如此，你也如此，乐奉己志，自然不急，无非如此。"

"其实雷先生也是如此。"李素炫小声说道。

雷海青笑笑，不语。

李素炫又说道："素儿每与天子奏乐，自信凭手上功夫，殿内无人挑得出我短处来，只是若有先生在侧，心中便怯怯，情知哪怕是微有瑕疵也瞒不过先生，难免有些慌张。到了这内教坊中，也是在先生面前，却从不畏惧，心手松弛，弹得更好。想来，当年我师父与先生一同开怀奏乐时，也是如此。"

"素儿如此觉得，雷海青欣慰。"

两人互相看了一眼，笑了笑，手上同时着了力气。五弦激催，乐声迸发，两人再未说话，又弹过一个时辰。李素炫起身，缚好琵琶，行礼告辞。一路回程，迎着风，雪霰细密。宫中日月弥长，却也仓促，今日起已是天宝六载。

## 69

二月里微风和煦，吹散满城积雪，四下融水流淌，格外有些春日气味。远望南山，清早太阳升起后，山中薄雾开始消散，只一片云开，便能看见山上雪线已抬升，山脊处露出些早春葱翠来，城中更是草木欣然。二月过半，端木与李素炫等人接宫中旨意，教三月三上巳节奉乐于曲江。

三月三日，桃花极盛，梨花半开，曲水边上春光正好。长安城中不拘老幼男女士庶，但有一日闲情者，都拥到了曲水边上。远处南山浮现，熏风沉降，近处无数馆阁楼台，锦绣帷幕。四处桃花成堆，秀色弥漫，惹动不尽莺儿燕儿、婆娑粉蝶。水边路上尽是轻衣丽人，纤肩细巧，不堪绫罗，口中不住笑语，手上折了花枝，人映桃花，桃花映日。整座曲江聚满了民众，有人还在寻找地方，有人已扎了营寨，稳稳安席，端上酒盏，帐中起了乐舞笙歌。

芙蓉园紫云楼已装饰一新，乐人早已在偏殿内等候，只待圣人携贵妃到来。宜春女乐平日里只在三大内进出，许多人尚是头次来曲江池。趁圣人未到，众人小声交谈，闻听人说今日有上榜举子题名雁塔，饮宴曲江，得太常赐乐。众女乐兴奋期盼，也好奇那才子风流，恁般聪明人，不知生得如何模样，想是人人英俊倜傥。又听说有朝廷众阁部臣工与天子一同游乐，并与百姓杂处，曲江池畔人如钱潮，十分热闹。宫中调集全国育花高手，将各色花朵十数万盆提前育好，令其同时盛放，至三月三日前沿主路依次摆放。花路两旁众多楼阁为朝廷各部分据，节前全部粉饰一新，至上巳日，各朝廷高官携家眷会于其中，一路轻车宝马，香风弥散。众女乐心恨不能出去看个热闹，只能听中官在一旁描述。那中官被一众女乐围着，心头得意，声音不敢太大，却是手舞足蹈，直说得口沫堆累，声色绘然。众女乐听得遐思纷乱，神魂跃跃。

不久，圣人携贵妃到场。众人忙收敛笑容，压下兴致。游过芙蓉园后，有梨园弟子奉上法曲，圣人教令数十宜春女乐去芙蓉园外奏乐，以飨民众，片刻后又令端木与李素炫等十几人去慈恩寺大雁塔下，与今科举子赐乐。众女乐有些不舍，十分想听听他梨园法曲，却不敢稍违帝命，只得即刻出发，随中官指引出了芙蓉园。上车行不多远，见到前方高处数座彩帐花车，锦幔围绕，繁花簇拥，上面奏乐者正是先前那拨宜春女乐。四周人群密集拥堵，一点儿水、一点儿风也漏不出来、送不进去。

“也不知道那许多人挤着压着，那般吵闹，能听到什么。”一女乐小声说着。

“我思忖着也不消听清什么，看看热闹，见识皇家仪度，就是值得。”另一女乐在一旁答道。

“这叫与民同乐。圣人享用什么，就拿来与百姓享用什么，以示天恩。”

“你等不知。特意先教人上花车奏乐，为的是将百姓引过去大半，这里方好走路。不然，此处堵死，我等一个时辰也过不去。若是被人群冲撞，伤了人，伤了乐器，不是要更麻烦。”另一人说道。

“这都能预先想到。”李素炫赞叹。

“历年拥堵误事，如此聪明也是堵出来的。”

众人轻笑，车驾未停，很快远远望见雁塔，不久到了曲江池边。中官引领，片刻路程后，见到前方有几十人围聚。

“那些人便是今科举子，来日鼎家国者。关宴历代隆重，天子循例示恩，又赐太常，又赐内乐，又令宗室列宴。也是显示朝廷看重士子，也是要宗室子弟以为榜样，多学着些。”中官在一旁说道。

李素炫心中一动。

“宗室？可有那李逊？”

一个念头之下，李素炫忍不住偷眼看了看端木，她似乎没听到什么，颔首低眉，安静走着。李素炫又想：“若真有李逊在，也不知是好是坏。端木心里定然是喜欢他的，若见一面，或可解些思念，只是话都不能说上一句，只怕思念更炽。”

到了那几十人且近，李素炫眼利，偷眼过去，一眼看到了李逊。众举子方有功名，尚未得朝廷授职，今日皆着初衣，看起来仍是一群平民百姓，独李逊等宗室身在贵籍，锦绣衣袍十分跳脱抢眼。李素炫想着端木，心中轻叹。

太常乐乃国礼，赐乐时，凡曲目及曲目顺序皆有制度，众人须是端严持礼，有序听赏，不得纵浪形骸，不得高声喝喊，叫好也要在曲终收了余音之后。若是喝彩不当，扰了艳正趋乱，断了歇拍煞兖，立时便有礼仪官上前训斥，也为同侪轻贱，以其村俗。待到天子赐内乐，才是一派欢乐。宜春女乐终究是帝王内闱之人，举子们不敢过于放肆，却也比太常奏乐时自在许多，也可举杯把盏，也可真心喝彩，席间颇为欢乐。

女乐们怀抱乐器落座，先是行礼，众举子还礼，仍有人端着杯盏，唯独李逊立刻将手中物什放下，轻整衣襟，略欠起身来，恭敬还了一礼。众人杂处，又都兴奋，没人注意到他，连端木和李素炫也没看到，他却不苟。皇家有度，宫伎严谨，纵然奏的是俗乐，也不能如街巷中市井伎那般摇头晃脑、前后顾盼、眼神勾挑，而是身姿端雅、容色贞静，双目如菩萨微垂。李逊知道端木看不到他，却仍忍不住一派谨守，众女乐开始奏乐，他始终将两手放在案几之下，微微持礼，仗着无人注意，凝神看着端木。

几曲后，双方复又行礼，女乐们暂时歇息片刻，仍旧怀抱乐器，坐姿端正，微垂眉目，无人抬起头来四处观望。李逊看着端木一身清贵，心中忽然生出不安。

“宜春院人乃天下顶尖乐伎，人说端木出身弃儿，不知吃了多少苦头熬到今日……我不如她，不过仗着出身便衣锦食甘，身无功名，未尝有用于社稷国家，却能与这些顶尖乐人、国之良才等身入座，还列在前排，实在是汗颜。不知端木心下如何看待我，可会看不起我？”

李逊如此想着，一时坐卧不宁。

“昔日读书不用功，今日我着实后悔。男儿纵无功名，也该有些才学才是。”

乐声又起，几曲繁难过后，众皆惊叹，方知此皇家夸耀，民间难见。李逊却只看着端木，暗暗发愿，此后定要勤谨努力，求个功名，不为入仕，只为让端木不能轻视，他也不再汗浃。直到结束，端木也没有抬眼看过李逊，李逊甚至不确知她是否知道他在这里。目送女乐离开，李逊心中不住吁叹，怏怏不乐。

一路回了芙蓉园紫云楼偏殿，众人落座，李素炫偷偷问端木。

“你知不知道方才那群人中有李逊？”

“知道。”端木低低回答。

李素炫不知道再说什么好，看端木神色，看不出什么来，不知她是强作镇定，还是已放下旧事。李素炫担心，却没法追问，只得叹息一声，缄口默坐。端木坐在李素炫身边，心中翻搅，只是惯于静忍，又不想好友担忧，因此面上仍撑着平静。此时芙蓉园外民众欢腾，百官庆贺，天子开颜，唯一众乐人在偏殿中寂静端坐，不闻人间笑语，连些日光也落不到肩上身上。

过了酉正，夕阳压低，余晖染眉，圣人携贵妃已然回驾，杨氏三夫人也各返府邸，百官散去。众女乐这才出了紫云楼偏殿，乘车出了芙蓉园。游人已散了些，却仍有人在水边路上流连不去，朋伴相呼，畅快游走。众女乐再没什么心情跟着欢乐，清早卯初离了宜春宫，到此刻已是整整一个白昼。眼下众人又累又饿，一身汗渍，铅华混着尘土，满面焦干，只想快些回到宜春宫，早早歇下。

# 70

翌日清早，中官前来传旨，三月初七天子宴请西方使者，后有内宴，令宜春院奉内乐。旨意紧急，女乐们只有三日，幸好总管之前便有此言，众人早有准备。认真谢过总管，众人各自弹习，一日后端木带领李素炫等几人聚在讲堂中，以鼓领之，统习合奏，又两日，一切备得停当。

总管将众人召集在一处，殷切叮嘱道："兹事体大，众位务要认真。那西域数十国，有大有小，有强有弱，风物民俗俱不相同，其中矛盾错杂，道路又遥远，我中华统辖西域十分不易。宜春院所奉虽为内乐，却也是天朝仪表、天子威风，各位万不可自轻。况使节里也有一些并非中华属臣，混在其间，不知会有什么各色居心。我等万不能失手，令中华蒙羞。"

众女乐听总管如此说，方才觉悟，知道总管说得在理。众人整衣敛容，谢过指教，心中格外认真，早早回了屋里，将各自乐器重新检查过，又带了备用乐器，将明日服色及妆容所需也都一一备好，又互相帮助点查，直到万无一失。

翌日，众人早早做好准备，到了宴饮处偏殿中等候，个个默默不语，反复查验手中乐件，一遍遍想着所奉之乐。内廷尚仪局遣了一众女官过来，为众女乐上妆，又指点更衣、佩饰。总管不放心，也跟了来，不停小声提醒众人莫要太过紧绷。

"诸位可略放轻松些。今日不过十余人，大批使节近日方到，十七日晚上才是大宴。"

宴饮开始后，李素炫等人被召唤上殿。殿内装饰得比除夕时更加盛大，明廷炫目，流光欺眼，各色漆器、玉器、瓷器、琉璃器、金银器依等级布列，数百盏鱼油灯将殿内照得里外通明，近处素纱静垂，远处锦帐风动，既是皇家煊赫，又有俗世欢娱。

众女乐怀抱乐器依序进入，纵不抬头四处观看，也能察觉出果然与平日里内廷宴饮不甚一样，四下虽格外辉煌，却不似平日里那般满堂谈笑，圣人语调也略端着些，少了洒脱性情。坐好了，余光瞥见有十余西域人分列于两边次席上，各自恭谨，却也有些桀骜。

"不知其中可有西夜人，记得苏获说，那里如今为疏勒都督府下辖朱俱波州，十分遥远。”

只这一个动念后，李素炫立刻强迫自己收了心绪，端持琵琶，听端木以鼓为领，号令众乐。乐声渐渐升起，女乐们将心思都放在手中乐器上，分不出一丝心神来，接连几曲奏过，停下手来，渐渐聚拢了心思，不敢抬头，认真侦听殿内声音，心里都有些诧异。

“凡内乐必定是在内廷宴饮之时，多半轻松自在些，今日倒似国宴之时奉太常乐，席上席下如此肃静，也不知那些使节作何神色。”

女乐们看不到，此时次席上十余使节俱无声默坐，面上没有什么神情。没有什么神情，最是一番神情。良久，一人方缓缓说道：“唐音果然柔媚，我方乐声不及。”

之后，殿中又是无声。

众女乐不知“柔媚”二字作何解释，此时圣人及两旁朝廷官员也心里窝火，情知此话意在两可，似乎是嘲讽，然若指摘一番，对方也可说自家乐声粗蛮，不及中原乐声精致。十余使节此时也各怀心事，有人想跟着嗤笑两声，又怕惹动天子，有人不想轻慢朝廷，也不想得罪那方才发话的，只得默不作声，有人慑于大唐音声，恼火那轻慢者，当天子面却轮不到他发话。圣人也静默了片刻，殿上一时微妙。此时高力士上前解围，吁请众人举盏。众人依言，端着杯盏，说着些客套话，殿中一时热闹了些许。值乐官发令，众女乐立刻退下。

殿中之事如何李素炫等人是不得而知了，此刻偏殿内乱成一片，众宜春女乐及梨园弟子、值乐官、宜春宫总管、正副教坊使及各部有司皆惶恐万分。此次奉乐曲目为圣人及贵妃圈选，方才举乐也并无错失，天子想是不会怪罪，然殿上使节神情轻慢，终究是国家事端。众人此时深觉愧疚，恼火那使节无礼，也不知道天子下一步要作何区处。

有人怕众人弄出太大响动，扰了殿上宴饮，将众人带到偏殿外一侧室内，掩好门。众人这才敢出些声音来，有人急急问道：“眼下如何？为何殿上教令中止奉乐？可是我等有错？”

“不是。”

“那为何中止奏乐？”

“使节轻慢，若继续奏乐，彼等便继续轻慢。”

“将贺怀智与雷海青二位先生请来，一曲弹过，怕他们不服？就是我宜春女乐，五弦精熟，也不输他胡琵琶，就如此容了那使节轻慢？”值乐官愤愤说道。

教坊副使在一边解释道：“内乐清细精致，他们当作弱态，也不知是刻意，还是当真听不懂。若是刻意，那谁也没法子，若是不通中原音律，就是请雷先生来弹奏，这些人也听不出什么好来，倒越发轻视。何况如此便是较劲，泱泱大国，与人奏乐顶牛，岂不羞耻？如今圣人教令中止奏乐，才是相宜手段。本来宜春院后还有梨园法曲，眼下也撤了。”

“想来方才那人是刻意。太常乃国礼，他们不敢挑衅，只拿我内乐开刀。”

“那我们要如何应对？”

“我们还能如何应对？眼下只能等待天子旨意。”

“可有补救？”

“今日怕是什么法子也没有了。”

众人议论了一阵子，团团乱转，毫无头绪，只得强压慌乱，静待指令。夜深时有几人依旧郁愤难眠，聚在一处商议，反复回想方才奉乐之时，确实没有什么纰漏。子正后，宜春宫总管过来劝告。

“诸位先行歇息，今夜若是太过熬着了，万一明日需要我等用心费力，不是麻烦？此事也不是我宜春宫做得了主的，需听上峰指令，大约明早便有消息。”

总管苦口劝了这几句，众女乐觉得在理，强压心中慌张与火气，各自回屋歇息去了。

第二日一早，众女乐刚起身洗漱完毕，宫中派人传令，将端木与李素炫等逾半数宜春院人调至内教坊处听命。到了内教坊处，见正副教坊使及尚仪局诸宫官、司乐皆已到场，有些人看穿着应该是朝廷命官，还有许多人看着面生，方当此时，想来也不是闲人。宜春女乐抵达不久，闻人传报，言是高力士已到了内教坊外，令众人迎接。

此时众人已知道事态严重。高力士一路疾步走来，连连摆手，高声告诫众人免了礼数，眼下有要事相商，莫要虚仪误时。众人纷纷起身，高力士未入楼阁，只在院中匆忙站定，开始讲话。

“昨夜之事某不赘述，圣人未怪罪，已是天恩。西方使节这一二日里便悉数到齐，十日后内宴仍有内乐举奉，圣人着令内乐各部提前准备。”

这几句说得轻淡，实则有意。昨夜内宴之上，西方使节出语讥讽，若是将十日后内宴取消，怕是要与人留下话柄，愈发讥讽，道是朝廷怯了。若是内宴照常，则内乐各部定被推至风口，难逃责任。

“尔等可有什么计较？”高力士问道。

众人静默不语。

李素炫心中飞速盘算：“精致细乐定然举于殿上，人数不多，难有气势。若是于庭院中举乐，固然人多势众，只是云韶院人与搊弹家技艺不足，却是口实。若是命梨园弟子奉法曲，更是繁难精深，非修养深厚者不能识，若对方不辨其精微刚武，仍是口实。此却是难……我倒是有个想法，从前无事时也与端木商议过，却不甚详尽，不知此次是不是能解了眼下危急。”

李素炫想了片刻，在人群中与端木对望了一眼。端木看出她眼中有跃跃之意，自己心下却是迟疑。

少顷，高力士又问了一句：“尔等俱为内乐典范，若不是事态果然紧急，朝廷又在无奈，某也便直接将此事责成教坊使用心，不必亲自过来询问。”

今日春暖，微风却也带着些寒凉，高力士连声询问，无人应答。良久，李素炫与端木又对望了一眼，李素炫咬咬牙，狠下心来，几步上前，不想端木立即跟了上来，跟着李素炫对高力士行礼。

李素炫对高力士说道：“我二人略有计划，敢为一试。”

高力士看了一眼，立刻认出了她。

“我曾闻你等与人合乐，果有妙能。不知今日事有何良策？”

“弟子思忖，西域地貌广大，其人性尚剽悍，多折于气势。内乐清贵，其等自然挑得出毛病来，只是若气势够了，又精细不足。故此不消如何，若有人不怀好意，总有些口实。”

“你有何对策？”

“昔年弟子曾与端木行止商榷探讨，修变声调，更改乐队形制，多方融容，以求新乐。至今已有十之八九，只是尚未愈加增益，令其完备。”

“也就是说，尔等并无十足把握？”

“终究不曾实操，弟子不敢大言夸耀。只是眼下紧急，没有别的法子，赌也得赌一回。”

“你可是够胆大。”

“但于家国有用，弟子不敢推托，愿冒险一试。若不得成功，甘受责罚。”

高力士曾任教坊使，听李素炫口称弟子，意在仍旧服从老上司，心里也挺受用，只是眼下不是得意时候。此事有天子旨意，又是朝廷要务，若做不好，天子责罚不说，也有累国家。眼下无有其他出路，高力士想了想，只能让面前这二人冒险一试。

“你们需要什么？”高力士问道。

李素炫持礼回道：“太常乐乃国之礼仪，弟子身为内乐乐人，不敢遣用。今请调宜春女乐、左右教坊之云韶院人及搊弹家、梨园法部弟子、长安及万年县官伎、营伎并平康坊北里女伎，并调左右龙武卫、左右鹰扬卫之仗内教坊乐人，悉取琵琶及鼓角。”

高力士沉吟片刻，缓缓说道：“我曾为教坊使，也略懂些艺能，也知道你教坊中状况。那搊弹家为良人女，以姿容选入教坊，论技艺远不及宜春院人。一样曲目，宜春院人一日可精，搊弹家弥月不成。云韶院人比搊弹家或可强上些，也强不多少，那县中官伎与市井伎更是差得多。如今只剩十日，召集她们，可当何用？”

“弟子自有处置，请将军相助。”

高力士点点头：“想是一时也说不清楚。家国有用，既然你们敢豁出去，某也不慎着了。”随即吩咐身旁一人：“你持我军令，留在此处听调。不消什么吩咐，但我有权责调度，你便代我行事。”

端木与李素炫谢过高力士，持礼目送他带一众随从离开。出内教坊前，高力士嘱咐教坊使及梨园总管，令将其他歌舞百戏等也都备好，以防万一。

众人聚在内教坊院中商议，端木与李素炫将大致计划说了一遍。这法子完全是铤而走险，可一旦功成，定然势同非凡，众人顿时一片躁动。内乐各部弟子平素朝夕弹习，轮值奉乐，各部女乐又困于内廷，不得自由，日子久了实在无聊，眼下都被端木与李素炫撩拨得兴起。大唐内乐乃天下翘楚，不料昨夜遭使节轻慢，乐人恼火，恨不能一雪耻辱。有些胆小的怕惹是非，直向后躲，众人不挽留强求，只余下几十个不怕事的，并一众官员执事仍聚在院子当中排演场上。

李素炫找到宜春宫总管，行礼说道："素儿请总管宣调宜春女乐，但能碰一碰琵琶的，都过来。"

总管此时也不顾身后了，即刻点头道："我亲自去，现在就出发。"

"素儿谢过总管。"

总管转身快步走了。李素炫又与高力士所留之人行礼，请调军中仗内教坊琵琶及鼓角乐人，又请梨园总管及教坊副使相助，调集全部梨园与左右教坊琵琶及鼓角乐人，并及城中其他各处琵琶鼓角乐人，凡归属教坊管辖者，即刻着人宣召。

最后，李素炫到了院外唤来侍卫。

"你持我鱼符，即刻到禁中梨园请雷海青先生过来。先生若不在，定是值守南内，你不要去找他，在梨园中候着，等他回来。一定要将他请来，就说宜春宫李素炫有事相求。"

"是。"侍卫行礼，接了李素炫手中鱼符，即刻出发去请雷海青。

院中一片忙碌，众人往来穿梭，脚步疾快，无一句笑语闲话。一切分派完毕，端木与李素炫对众人行礼道："今日紧急，我二人支派上司与一众同僚，十分得罪。"

众人还礼，其中一女乐说道："端木和素儿不必多虑。此国家事，我等虽为女乐，能帮上忙的也不该推托。"

另一人说道："我等都是不读书的，素儿平日读书览阅，朝夕不辍，我等觉得你傻，又怪，当此时也知道，读书才是用处。你但吩咐，我等听令。"

端木与李素炫请众人坐下，莫要站着劳累。众人取了毡子围坐，开始详细商议。

宜春宫总管火速回了宜春宫，召集众女乐，将事情讲了。众女乐并不迟疑，即刻回去更衣、取乐器。月牙儿此刻心急，与总管行礼道："听总管说，端木与素儿这些日子都要在内教坊处歇息，不回宜春宫。那边可有人照顾她们？"

“有。”总管回答道。

月牙儿越发心急。她只是个小宫人，并非宫官，也无鱼袋，若非跟随上官便不得出宫，留在此处又不放心端木与李素炫她们。

“素儿若有事便要发疯，这几日定是不眠不休，不知别人可照顾得好？”

总管知道她心思，也知道端木与李素炫等人在宜春宫中与月牙儿最为熟悉，每逢几人在讲堂中合乐，月牙儿必定在旁边照料。谁喜欢酒，谁喜欢茶，谁喜欢蜜水，要冷要热，她都知道，从早到晚殷勤有致，却又手眼乖觉，丝毫不扰练习，端木与李素炫等人都喜爱她。见月牙儿着急，却又不敢要求，总管点点头：“你定是不放心。如此，你随我去内教坊处亲自照料好了。”

月牙儿顿时欢呼起来，与总管深深行礼，转身跑开准备应用物什去了。

过了正午，左右教坊及梨园弟子离得近，已陆续到得内教坊中，城中营伎、官伎及市井伎也已安排人员前往调集。不久，方才所遣侍卫中有一人先行回来传信，道是雷海青即刻便到。

李素炫立刻站起身来，撇下众人径直向大门外迎去。出大门不远，果然见到雷海青正自前方快步走过来，肩上负着琵琶。李素炫迎上去，深深行礼。

“素儿见过先生。”

雷海青点了点头：“素儿不必多礼。”

两人并肩向院中走去，李素炫将事情前后简单与雷海青讲了一遍。

“素儿要我做什么？”到了院中站定，雷海青问道。

这一问，李素炫倒怔住了。她也不知道要雷海青做什么，着人去请他时便没想过，到眼下也没想过，只是逢当乐事，又如此要紧，觉得定要有雷海青在，她心中才安定不乱。

雷海青并未再问，只说道：“既是素儿恳请，雷海青定当相助。但有差遣，素儿吩咐便是。”

李素炫十分感激，又行过一礼。众人入了屋中，围坐一处，开始磋商，端木与李素炫将从前想法又约略与众人交代了一遍。因各部征调乐人尚未到齐，眼前这些人先行分工，雷海青、端木与李素炫需要先花些时候将所奉之乐修制清楚，宫调、曲牌等需提前选择有备，起序、入正、趋乱、收煞等处也要一一仔细考量。三人最后商定，按教坊大曲及梨园法曲体例，取艳去正，去人声只用乐器。与以往柔处平处起板不同，此次起序即是强悍，中段琵琶示现，强弱交错，鼓角连声，至乱处盈耳。待曲体勘定详细后，再分头训练乐人。歌子与苏获、孟离前去查点各处所调乐器，统计乐人数量，并请上司安排众人十日内起居。

众人见雷海青、端木与李素炫三人正紧急商议，各自远远退开，寻了个角落，将手中琵琶弹习起来。虽然也不知道临时用功有多大用处，却是眼下唯一所能。宫人中官往来忙碌，小宫人月牙儿也已到了，调好蜂蜜水、简单烹了茶，盛了几盏，连同干湿帕子放在承盘上，轻轻走过去，远远便俯身跪下，膝行靠到近前，将承盘放下，轻轻推到端木与李素炫手边。她见李素炫对身旁男子格外恭敬持礼，称他雷先生，知道此人定是雷海青，心中仰慕，又专为雷海青另备了温水和帕子，用承盘轻轻推过去。

内教坊中一片肃然，各人忙碌着，无事也要找事来忙，不然心下不安。至深夜子时，三人将曲体基本勘定，稍微松了口气。看看屋外，大部分人已歇下，只有小宫人月牙儿还在屋门口候着。李素炫见她困顿不堪，让她歇息，她却执拗，非要守着。无奈只能将她唤进屋里，丢条毯子给她裹在身上，让她靠墙先歇息一下，三人仍旧小声商议着。

“这约略有个样子了，明日再花些时候，便可教众人弹习，六七日后，可统习合奏。”

“明日各处乐人就该到齐了，我们分头去带众人练习。”

“亏是我们平日里总琢磨这些，早就有个大样子。”端木说道。

“你二人为女伎，将琵琶羯鼓练至纯熟便可，难为你们竟然琢磨过这些。”雷海青说道。

“师父教过，我二人闲时常拿来打发无聊。”李素炫回应道。

三人都笑了，又互相劝慰了几句。中官为雷海青安排好了宿处，引他离开，端木与李素炫带着月牙儿就地歇宿。熄了灯盏，黑暗中，李素炫对端木说道：“你我好久没有夜里摸黑闲扯了。以前在左教坊中，每日里熄灯后都要说许久闲话，如何度曲修变，如何合乐统习，都是夜里不好好睡觉时闲扯出来的。”

“今日不是就用上了？”端木说道，李素炫觉得她似乎是笑开了。

“你今日也够胆大，居然跟着我站出来了。”

“我不能让你独自犯险，一力承担。入了深宫，往后老死此处，只有你我彼此顾念。除了你，我没别的靠，怎么能不帮你。”端木轻声说道。

李素炫感慨良久：“端木……自小你就对我好，从前我都没说过谢字……”

“今日也不用说，往后也不用说。早点儿睡，连着还有几日操劳辛苦。”端木柔声安慰道。

“好。”李素炫应着，合上眼睛。也是累得狠了，也是端木在身旁，心中安定，很快入睡。

第二日清早至正午，端木与李素炫、歌子、苏获、孟离先将自己手中乐器练至纯熟，正午后各处人员陆续到齐，端木与李素炫召集众人围在院中，大致讲了前日三人所议，众人至此恍然大悟。此前还担忧，只剩十日，召集那许多琵琶弹得半会又半不会的，怕是全无用处，今日方知道足足够用。

雷海青与端木等人开始带领乐人弹习，众人分批散布在内教坊各处，坊中到处弦鼓振振，起伏不断。到了晚间，坊中又来了数十名女伎，各自负着琵琶羯鼓，言道奉主人命令前来相助。询问之下才知道，朝中几名官员闻听消息，知会过教坊副使后，将府中私伎派了过来。若单论技艺，除却宜春院人外，便以各府第私伎为最。众人不及相谢，忙将她们编入乐队中，自此早起晚睡，衣不解带，朝暮习练。四日后所有人手上都已熟练，又五日，合乐完毕。

三月十七日，院中梨花喷薄盛放，只是无人有心观赏。酉正后未入戌时，众人整装，列队出发，一路脚踏落花，走得很快。晚宴人数众多，因此地点选在了勤政务本楼正殿。众女乐到了偏殿中，挤挤挨挨坐下来，连同旁边数间侧室里也满满坐着人。女官们为众女乐上妆、更衣，屋里人很多，却是一派宁忍安静。

宴饮开始，偏殿中一片肃静，值乐官不时通报正殿上情状，教众人做好准备。酒宴过半，圣人令内乐举奉，值乐官即刻传命。李素炫与端木等六人怀抱乐器依序进入正殿，身后有梨园女弟子、宜春女乐及各府第私伎二十余人，各持琵琶羯鼓跟随。众人落座，起乐。

初时乐声细弱，如崖下清水，涓涓而出，细细流淌。有些使节不以为意，觉得不过如老旧残躯上筋脉凸起，蜿蜒游走，仍是病弱。过了许久，乐声强了些许，却仍是意境闲淡，不徐不疾。又过了些时候，李素炫身后那二十余人动起手上乐器，渐次加入，乐声渐渐隆盛起来，只是仍旧精雅斯文。就是平日里奏乐，到了此处，也该当是乐意浩大，乐声强沛，可是眼下李素炫等人依旧不紧不慢，十分抻得住耐心。

使节们开始彼此耳语，不知道说的什么，只是面上难免轻浮起来。再看主席上圣人神色，倒是镇定沉笃，连旁边高力士也略无一丝慌张，脸上倒有些微微笑意。又片刻，李素炫等人手上乐声忽又细弱了下去，如一开始般涓涓不断。使节们顿时轻率起来，刚想小声嗤笑，其中几人忽然看到正殿下方场中有人影攒动，再仔细看，人影竟然非常密集，往来排布，脚步却是一丝不乱。

几人有些惊慌，不知道场中是些什么人，可有刀兵在手，也有人暗暗恨挫，道是大唐果然有埋伏。众人心中胡乱纷纷，又不敢声张，殿上只些许轻巧弦声，羯鼓低落，仅以指尖轻叩。

使节方想笑出些声音来以示讥讽，陡然间，端木手腕一转，羯鼓拍重，如进兵号令。殿下忽然传来女子喝喊，一片阴森肃杀。周围火把瞬间点燃，一时光明雪亮，殿下场中此刻排布了数百女乐，皆着软甲，各自怀抱琵琶羯鼓，正是左右教坊中云韶院人与搊弹家并各处所调乐伎。她们左手按弦不动，右手持拨平扫五弦，许多人琵琶并不精熟，如此平扫却是不难，终究习乐多年，板眼无误。数百人共编为几队，竞和叠加，分进合击，场中一时如春池蛙鸣，密密匝匝，起伏不断。

殿上众人正愣怔中，端木羯鼓再次变换发令，场下女乐齐声喝叱，伸手拔下头上金簪别进琵琶弦里，追随端木羯鼓，复又持拨快扫，弦声密集交狂，势如沙场箭雨。殿上人众还不及反应过来，端木再次发令，李素炫手上陡然发力，刹那间殿上乐声迸溅，管弦血腥，杀机起伏。羯鼓又令，殿下场地四周立时亮起火把，两旁按方位布下巨大建鼓，鼓前各有一人，着将军重甲，执杖擂鼓。殿上有人认得，竟是左右龙武军大将军。疆场上酣战兴起，将军亲自擂鼓激励将士是常事，今日自然不在话下。

此时场中人是精骑，手中乐器即是刀兵，俱听端木羯鼓号令沙场。殿上有弦声厉斥，殿下有狂扫相衬，重鼓声声犹滚雷碾压。接着，隔着院落，场外忽然传来阵阵金戈之声，乃是禁军武士列阵，拔出刀来，以刀背击甲相和，口中喊杀，远方又有疆场征伐之声，战马嘶鸣之声。殿中使节个个惊惧，看得到的害怕，看不到的更怕，端木与李素炫等人却毫不相让，手上接连催逼。勤政楼前，兴庆宫内，但教鼓未破、弦未断，便是群狼鏖战，傲狠不退。长安城中浓云掩月，黑暗中一片喝喊盈天，闻声十里，震落满城梨花。

# 唐女乐传

第三卷

山河万里 著

作家出版社

# 目次

# 第一章　畫樂相談

天宝八载（749年）八月—十一月

# 129

一日上午，李素炫离家前往太医署，请宫中太医到家中为郑三娘诊治。太医诊了脉搏，看了看郑三娘，又询问过许多，到书房落座开方子时，才说了实话：“我这方子也就是能调缓一下，多的也不敢与二位保证。郑先生如今上了年岁，这几年又小病不断，身子亏耗得厉害，眼下其实没有什么实症，我这方子也就谈不上对症。”

端木殷切，语带期盼说道：“看我师父这几日还好，似乎不甚严重。”

太医面上露着为难，李素炫行礼说道：“先生直说便是。”

太医点点头，又开了口：“此事很难说，二位莫要沮丧，也莫要想得太好。眼下无实症，认真调养，或许也能撑上许久，哪怕是二三年乃至三五年，也不是不敢想。然终究如此高龄，若是果真垮下去，也只几日间。”

端木不语，心下难过，太医见了不忍，说道：“此事我也就能帮到这里，倒是可以格外帮忙请个人来。此人专研时疫，精擅调理，我与他多有切磋往来，这就与你写张笺子，你带去见他，看他能否帮忙。只是此人也不是神仙，莫要过多指望。”

端木万分感激，即刻行礼，又亲自动手研墨。太医拣了张小笺，连写了几行字，交给端木。

“此人名闻如是，眼下在靖恭坊内平宁寺中。你去了只说寻闻四郎，人都知道他。”

端木听到平宁寺之名，心中一动。

平宁寺在靖恭坊东北角处，不豪奢，倒是地面宽敞，寺中草木繁茂，绿植密布，凉爽清幽，人不多。端木入了山门，行礼向僧侣询问闻四郎所在。僧侣好心，与她详细指路，很顺当找到一处偏殿，正临着寺中悲田养病坊。

殿中有高大佛像，青砖铺地，扫得整洁。绕过佛像，一角处有一人正伏案写字，旁边站着坐着围了几个人。端木心想，那写字的大约就是闻四郎了，旁边围着的应当是求医者。她不敢过去相扰，在略远处安静站着等候，隔着佛像，隐约听得那头人说话声。

“照方抓药，按时煎服，不用太过担忧。产妇体虚，不能受凉，却也莫要捂得太厉害。眼下慢慢奔秋天去了，午间炎热，早晚寒凉，若是捂得过了，汗津湿重，日头斜下些便难免着凉。”

一人连声相谢，接着又听那人说道：“老人家暂无大碍，不过是忧思太重。做儿女的也不要怕老人家担忧，便事事瞒着。若要瞒着，一开始便不要透一丝口风；若是漏了口风，便不要全然瞒着。老人家情知有事，却不知进展，更加担忧，不若略略告知，叫他安定些，至少宽心饮食。”

一一说过后，有几人告辞离开，案子边上只剩两三人，端木才看得清楚。那说话的年岁不太大，不过二十六七岁，着布衣，生得周正，看神色十分温善。端木靠过去，却没有上前说话，直到案子边上那两三人话说完了，告辞离开。她刚要上前，殿外又来了几人，直接抢到案子边上。

端木不知所措，却见那人拊掌示意刚来的稍等，随即看向端木，微微笑着说道：“你一定是有事与我说，说便是。”

听他口气温和谦雅，端木感慰，连忙行礼，将相请之事说了一遍，并拿出太医所写小笺，双手恭敬递了上去。那人接了看过，点点头，依旧笑着说道：“你且宽心怀，眼下有这许多人自各方过来，我要招待，不能马上离开。劳烦你略等等。”

端木立刻行礼谢过，退步到殿外等候。眼下日头正盛，四周炎热干燥，端木也不知道自己身上出的是热汗还是虚汗。回想太医方才所说，也知道在理，终究师父年纪大了。有些事情她不敢多想，心中隐约惶恐畏惧，胡乱失神过许久，前方日色渐渐压低了些，正自惆怅间，听到身旁有人说话。

“我忙完了，这就随你去看你师父。”

端木回头，正是方才那人，换了身整肃衣裳，带着个小行囊，正看着她。此人算不上风流倜傥，却是笑容随和亲切，语调暖慰，莫名令人心安。

“谢过先生。”端木行礼说了一句。

二人一同向台阶下走去，那人对端木说道：“你叫我闻朗便好。”到林荫中解了马缰，二人一起上马出平宁寺，上了坊道，并马而行，闻朗问了许多问题，端木一一作答。

“我师父最近咳得厉害，莫不是肺上不好？”端木问道，忧心忡忡。

闻朗笑道：“五脏六腑皆令人咳，非独肺也。待我与你师父诊过脉才知道，最好伤不在肺。你莫要什么也不知道便如此担忧。”

“想是伤在肺上，格外棘手？”

“你师父年纪大了，伤在哪里都不好办，只是伤在肺上，冬日里霾重，会格外难挨些。”

二人说了许久，到了人少处，错马快行，很快到家。进屋彼此相见后，闻朗即刻问诊，向郑三娘问过许多，又压了她左右手脉搏。

“我怎么不知道诊脉还要先按左手再按右手？我倒是自小不大生病，也不记得郎中如何诊脉，乱翻过些医书，却果然不知道两手脉搏都要压一下。”端木与李素炫都暗自嘀咕，见闻朗认真，也都安心。

诊断后二人将闻朗让进书房，请他写方子。闻朗行笔飞快，将方子写好交给端木，格外嘱咐道：“郑先生无甚大病，只是肺上有宿疾未了，别处也都不好。五脏彼此牵制，故此老人家身上，五指伤难过一指断。各色药里，保这个的伤那个，保那个的又伤这个，许多药不能用。我眼下不敢下猛药，只能用些性味甘平者，尽量为郑先生将五脏温养些，若平安挨过今冬，明年春时多半会好些。还有，我在这纸上注了几家药铺，你拣哪家抓药都可以，却不要胡乱找别家。每家铺子药材不一样，不能都信。”

端木见他如此细致耐心，十分感激，闻朗又说道：“这方子需要不时调整，只是每日许多人到平宁寺中寻我，我不能不管他们。你不用再去找我，你这里每三日我来一次，清早坊门开了我便出门，早到早诊，开了方子我就回去。过上阵子看看，若是郑先生好转些，药可略停一停，也不能连着服太久。”

姊妹二人厚奉酬劳，闻朗只取了很少一点。端木感激，又不安，那闻朗总像是一眼就能看透别人心思，又安慰道：“你寻得那太医与我多年熟识，医术上我二人多有切磋，他帮了我不少忙，我也该还个情分。”说着站起身来，行礼告辞，抬起头来转身时，看见一架书卷及另外一侧七八支抱弹。他略看了看，没问，迈步出了门。

李素炫嘱咐端木照顾郑三娘，自己揣好方子，牵了赤骏，先送闻朗出了延政坊，接着去寻药铺。将药抓好回了家，端木立刻去煎药，李素炫与郑三娘说话，见她不停咳嗽，脸色赤红，心中也焦急。

“三四日前还好很多，怎么今日一下就咳成这样。记得以前沈绰就总是咳嗽，每次郎中只说是调理，每次也都见效，却总是好不了，果然也是挨不过冬日。端木眼下定无比焦心，这可如何是好……”

端木与李素炫各自焦急，却又都绷着，怕自己一副失魂落魄，令好友更加担忧。倒是郑三娘眼下已想得开了，见她二人笑得僵硬，咳着说道：“你二人不必如此。我也七十多了，就熬不过今冬也无甚大不了，这辈子也不亏。”

闻朗信诺，每三日来一次，五鼓打过不多久便听到他叩门声，数次后端木索性早早开了院门等他。他那方子也果然管用，不过半月多，郑三娘眼见好了不少，又半月，端木和李素炫渐渐放下些心来。有时端木叫李素炫陪着郑三娘，自己出去抓药，又亲自送闻朗一程，二人也在马上相谈。

“这一月多累你跑了十来趟，实在是不知要如何谢你。”

“不消相谢。眼下看看入秋了，郑先生好了许多，我不用再来得如此频繁，药也该略停停。深秋起我要忙开了，冬春更忙，怕是没多少时机赶过来。你照顾你师父千万要仔细。”

“我一定仔细，你方才嘱咐许多，素儿在一边都帮我记下了，我回去便认真琢磨……你每日足够忙了，怎么冬春还要更忙？”

“我历年专研时疫，凡时疫者，大雪始，冬至发，小寒生，大寒长，立春盛，雨水弱，惊蛰衰，春分结，清明灭，古来如是，故此未及入秋便要做准备。冬春繁忙，最忙时，从晓鼓到暮鼓都不停有人寻来，就是坊门关了，坊内人也要寻来。只夏日到初秋这几月好些，还得些空出诊。”

“你却也受得了。”端木敬佩道。

“没法子，总不能看着人病、看着人死。”

“你初时是缘何学医的？”

“有人病、有人死，我见了，没法子。”

端木轻叹，心想：“这话不漂亮，却一定是实话。”

二人说着话走过一坊之地，各向左右。端木抓了药立刻回家，将药材清洗过，浸泡后开始煎药。郑三娘显见是好了许多，咳得不那么厉害，心口处也舒服多了。端木与李素炫不敢松了照顾，心里头却是放下了不少。

## 130

李素炫连着忙过几日，将手中书卷录过一遍，去寻鹿先生，要将誊本交与先生。进了门，商不言迎上来，惊喜说道："师兄来了？如何？可是郑先生好些了，故此师兄今日有空？小弟许久不见师兄，甚是想念。"

李素炫每次见到商不言便觉得开心。这师弟心中不知愁事，从来都是笑呵呵的，被师父骂了也不恼火，玩笑几句支应过去，过后却知道听师父话，想想自己哪里不对，是不是要改正。文章艺理上但有不懂，立刻去问李素炫。他手上极巧，读书做学问却差了些，胜在耐心，一样事不管几遍听不懂，李素炫再讲时，他还是认真听。李素炫本是个惯于嫌弃人笨的，没多大耐性，却感于师弟虔诚，对他颇为相敬，十次八次也与他从头讲过。来去这两年半有余，师兄弟二人十分熟稔亲热。

上次相见有半月多了，今日又见，商不言格外开心，接了李素炫手中酒坛放在案子上，跑回屋里禀报鹿先生，又取了酒盏来。架不住李素炫屡次请求，又讲了几番道理，鹿先生如今已允了商不言饮酒。只不过当真饮酒才发现，这小子酒量着实不大，略多些便做不了活。鹿先生连连叹气，心中生恨，无奈说道："素儿不能日日来，还指望你长大了每日能陪我饮上几盏，哪知你如此不争气。"

商不言一脸嬉笑道："文章我听不懂，师父还能叫师兄再与我讲，这饮酒我看师父八成没法子了。师兄量大，可是分不到我头上。"

"读书不济，嘴皮子倒利索……"

李素炫暗笑，不多说，将近日所录书卷交给鹿先生。鹿先生展开看了，点头，收好，又拿起酒盏来，说道："素儿多年楷书精纯，锋毫熟巧，笔笔勾连呼应，楷则中兼带行法。行书又严谨，出入有度，提按明确，行法中又不失楷则，虽尚未臻熟，慢慢练就是了。眼下可要试试草书？"

李素炫连连摇头："不试。"

“为何？”

“不敢？”

“却是奇怪。自颉皇造字，蒙恬造笔，诱了世上多少痴心人。素儿书学有天分，又是个惯来不安分的，又胆大，怎么个草书还吓住了，试也不敢？”

“素儿每日里写经、抄书最多，总觉得草书不相宜。经书该当是端严正体，叫人第一眼看上去，看到的是经，不是字。若是字太丑，一眼看到的便是字了，若是字美，但是太各色，一眼看到也是字了。写经该当虔心，不该逞自家洒脱，叫字压了经文风头，实为不恭。若当真想求笔墨奇险，可以写别的，何必非要写经。素儿每日所写经书俱是先贤至理，又与先生录写许多律吕典籍，留存国馆，又或者整理师父遗稿，无不心怀虔敬，自然越来越喜欢字体平正，不爱纵浪，不敢轻浮。我习书自钟相书体始，眼下却越来越不像了，虽也不敢太死板，毁伤典籍灵韵，一番俊逸却是要刻意收着些的。”

鹿先生沉默片刻，点头说道：“素儿说得在理。朝堂律令颁发天下，盖着国玺，从来都是端严正书，从不是行书草书，经文典籍理当更为敛守。先生研习书理一辈子，楷书也守则，却也时常用行书草书写经，从未如此想过。此番是先生从素儿受教了。”

李素炫与鹿先生和商不言斟酒，又说道：“素儿能写几笔行书，平日里拿来记事作文，足够用了，不敢写草书，怕难于控驭，落个类犬。楷法不欺，篆隶八分也都吃功底，连不懂行的也骗不过去，草书好唬人，只是那好唬的都是傻子，夸我也无趣，若是倒霉被些个方家瞧见了，一番嘲讽，不是要愧死。素儿习字只为恭敬抄写，不想当什么大书家。”

商不言不解道：“师兄如何知道自己草书定然写不好？”

李素炫笑道：“我又不是三岁小童，什么能行，什么不行，自己掂得出来。若论琵琶，我乃当世翘楚，自不惧人。若论诗赋，比不得太白、摩诘，却也不怕寻常士子。若说真书，不敢炫耀，果然叫行家瞧见了，也不汗颜。草书却不敢逞强。我书学有分，天分却又有限，真书过关，全仗着师父与我花了太多心血，日夜在侧，时刻督管。眼下没有师父盯着，鹿先生这里也不能常来，凭我自己，怎么敢去动草书。”

鹿先生叹道：“素儿能自知，十分不易。”

李素炫却笑："其实就是怕出丑。"

"怎么别人夸赞，师兄从来不信？何必如此谦逊。"商不言问道。

"别人褒贬，我一概不信。"

"为何？"

"果然遇上真人，褒贬我都在意，只是哪有那么多真人可遇。世人大抵不过凡夫，夸我的，贬我的，我又不识，我又不知，谁知他到底懂还是不懂，几句话是真心还是假意。既然不能辨真假，干脆统统不听。"

鹿先生摇头说道："先生一辈子见过许多愣的，你最愣。"

商不言抱拳说道："小弟偏喜欢师兄这生愣性子。"

李素炫无奈，心想："我哪里愣了，你们是不识得我那卢七。"

谈笑许久，连尽两坛酒，李素炫说道："素儿这半月多不来了，先生想是断了好酒。我看过这兴宁坊中多数酒肆，酒不少，好酒却少。"

"无妨。"鹿先生说道，"酒要有伴，无伴好酒也是闷酒，有伴清水也是好酒。"

"先生通脱。"

开心聊过一个多时辰，鹿先生忙手头文章去了，留下师兄弟二人闲谈。商不言拿出近日所造商锥与细锥来，让李素炫试试，评点一番，看可有长进。二人说笑间将商锥与细锥各开了一枚，李素炫润水取墨写了几行字，大为惊喜。

"师弟果然有大长进，这商锥如今已是不弱鹿锥，细锥更妙。"

商不言高兴异常，连声说道："小弟谢师兄夸奖。若别人说我还不敢信，师兄说我便信。师兄会写字，师兄说好，一定是真好。日后师兄用笔，小弟都与你造好，再不用劳烦师父。"

"谢过师弟，不过你也莫要太过在意，我如今不那般挑笔了。若无商锥，别的笔也能写。"

"换别样笔可也能写好？"

"书乐皆心苗所发，手相应耳，不该当囿于器物之利。换笔自然书风有异，却不该写不好。我如今琵琶上也是哪件都能弹，差不太多。喜欢好纸笔，喜欢好乐件，不过图个把弄开心。"

"……小弟不懂。"

“书乃心机，乐乃谋算，词赋近乎计诈。师弟纯粹，自然不懂，无妨。”

商不言笑道：“师兄说无妨，便是无妨。不过既然师兄图个把弄开心，小弟就一定要将这锥管制好，让师兄开心。”

“师弟若有心，可否与我再制几枚细锥？”

“好，师兄放心。”商不言说着又压低声音，“小弟近日换了书帖，师兄可与我看看？小弟可是不敢拿与师父看。”

“为何？换了谁家书帖？”

“平宁寺住持衍一方丈。”商不言说着，转头在架子上翻找，抽出几张纸来，回身递给李素炫。

“我知道衍一方丈。老法师精研佛法数十载，为佛门弟子称道。我持盈师父为道门中人，也多次说他了不起。”李素炫将商不言书迹接过，只看了一眼，放在一边，又说道，“师弟可知为何这几年衍一方丈书名鹊起，多有尊习者？”

“为何？”

“因为他压根不会写字。”

“……小弟糊涂。”

“我在玉真宫中见过衍一法师手迹，持盈师父当宝贝留着的，俱是法师早年所书，结体凝重，法度森严，有国士之风。彼时衍一法师尚未出家，俗世得意，正春风时。后入释门，佛法大成，近十年来书学尽弃法度，索求天然，师弟学的便是他近来书体。所谓天然，可不就是不会写字？你可以学人会写字，如何学人不会写字？衍一法师写这字难，是因为他会写字。法度难，有法度而弃法度，难上之难。你本就没法度，本就不会写，写成这样有什么难的？”

“……小弟愈发糊涂了。”

“你看小童学步，不大会走，你是成人，你会走。你去学小童走路，踉踉跄跄，能学得像不？”

商不言摇头：“学不像。”

“这就是了。衍一法师会走路，学那不会走路的，能学得像，自然是本事。你本就不会走路，踉踉跄跄不是很寻常？如今你要我弹琵琶，去学那不会弹的，我也学不上来。衍一法师为大师，就是因为他有心机却要弃心机，有法度却要弃法度，从会又回到不会，便是归真，便是修行。你本就不会，为何还要跟他再学个不会？衍一法师书体求天然，你学便是心机，以心机求率真，以谋算求纯粹，岂不是南辕北辙？”

商不言哑然半晌，说道：“小弟看近来衍一法师书体十分入时，众人皆学，还有许多人与我讲述，说是法师这字哪里好，结体如何、架构如何、布局如何、占位如何、取势如何……”

“众人不会写字，又不肯下苦功研习，自然喜欢学衍一法师这不会写的。那讲的更是装懂，不会写字，随便写，能有什么结体、架构、布局、占位、取势？满口高深，不过是欺你不懂，骗你以为他在行。法度可以学来，天趣岂是能学来的。你看那老妇学少女娇羞，少妇学女童天真，可学得像？不像不说，剩个作呕。师弟若真想学衍一法师真谛，什么书帖也不消看，自已拿笔随意写便是。如此，说不定还真得了道了。”

商不言连连点头：“师兄有见识，幸亏有你指教，小弟记下了。”

“我修道，别的不行，真自然、假自然还不至于分不出来。幸亏你机灵，先来问我。鹿先生一世鬼谷，不过藏而不用。天下学问百家，鬼谷乃心机第一、谋算第一，你这假天然定要被先生骂死。”

“小弟近日也不是头次挨骂了。”商不言叹道，一副沮丧。他平日里不少与师父斗嘴，可是鹿先生当真火起来时，他可不敢回顶，只敢垂着手、耷拉着头，灰溜溜听着。只是时常挨了半晌骂，却不知自己到底怎么错了，也不知该怎么改正。亏是李素炫时常过来，商不言每每先诉苦，等师兄哄他几句，再听师兄指教，好知道自己到底为什么又挨骂了，自然也要讨教下怎么办。

李素炫看他那样子，憋了半晌，忍住笑，问道：“师弟又如何挨骂了？”

“前几日师父与我讲诗律，我说这平仄格律麻烦得很，一派僵死，最后只剩下抠字眼、抠平仄，不得畅快施展，实在颠倒了本末。师父立时火了，说那就是你笨不会写。今体诗讲格律，是因格律别有美妙处，若写不了，不写便是，却怪罪到格律上，十足狗胆。我被师父骂得头也不敢抬……”

李素炫终于忍不住掩口笑起来，笑够了，方正色道：“先生说得对。所谓平仄格律，于诗道而言本就是末，又何来颠倒本末？会写律诗的，写出来便合格律，不用抠，自然不将格律太当回事。格外看重格律的，都是不会写的，整日花心思抠字眼，硬要往上套，自然将格律看得格外要紧。”

“师兄如此说，小弟倒好奇，师兄作诗时，想不想？不想真能写得好？”

“不大想，一时兴起，写就是了，果真想倒不会写了。我弹琵琶也是如此，不能想，想了便不会弹。弹到极快处，丝毫不能想，不但不能想别的，也不能想琵琶，心中但有一丝念头，就要弹错。真弹起来，手比心快，更比眼快，想了、看了，反倒拖后腿。会弹的都不看、不想，认真想、盯着看的，肯定是不会弹的。作诗也是一般，能作就是能作，不用抠，不能就是不能，怎么抠都没用。”

商不言摇摇头：“小弟日后还是不要学诗了。”

李素炫恳切说道：“师弟不用气馁。今人看重格律，求的是声韵谐和，谐和是感受，得于耳目观听，应于灵台方寸。既然是感受，就应该凭感受把握，作出诗了，自己大声、小声多读几遍，觉得哪里声韵不谐和，就修改哪里，怎么能用规矩死抠、硬套？谐和不谐和，自己觉不出来，要规矩告诉你？如此麻木，不如不要作诗了。实在不行就不管什么格律，写古体诗、杂言诗一样可以记事抒怀。格律只是大约规矩，不错太过即可，大诗家也常做不到全然无虞。若是徒诗，不歌而诵，格律最好严谨些，若是入乐，可修润曲调，以乐律正诗律，唱出来不觉冲耳便可。”

商不言叹息道：“师兄说的是。师父每日教授认真，小弟却总不长进，心中有愧。只是有时也疑惑，我做活再细发，也不过是个木工，为何要读书。诗律孔孟跟我有何干系，又不能帮我将活做好。”

“师弟是感叹一句而已，还是真的问我？”李素炫耐心问道，“此事我从前问过师父，师父给我仔细讲过。你若是好奇，我还真有个现成回答。”

“真的？”商不言追问，“那卢先生怎么说的？”

“师父说，寻常人终日为衣食奔忙，不堪劳苦，日日抱怨，只是真有一日衣食丰沛，不消劳顿了，那许多闲暇却不知拿来做什么。吃穿足够，却没事做，游玩聚饮，浪使银子，几次也就烦了，然后又是无事可做。日子久了，要么闷出病来，要么憋出许多妖道来，要么只能继续劳作搏财。凡人以为富贵了就能享清闲，实则寻常人能胜任劳碌，独享不了清闲。师父说，清闲不是闲着，是不急，有事情做，但不急，不赶。看书、写字、弹琵琶，慢慢来，不必非要怎样，便是清闲。我弹琵琶就不闲，因为总要弹好，弹不好就急。弹琴就是闲，弹好了欢喜，弹不好也无妨。师父说，读书就是此等清闲事。”

商不言想过片刻，点点头："师兄说得对，小弟日后定用心。谢师兄不嫌我啰唆，与我讲这许多。"

"鹿先生心有家国，你又是男子，先生自然不许你胸中无志，只求自家逍遥。我师父也说，君子要担天下道义，只是担道义也要看机缘，若无机缘，不如求个清闲。我却没听师父话，只想求个清闲。我说的这些，鹿先生一定是看不上，你可莫与他说。"

"小弟明白。只是，师兄这算不算将小弟教坏了？"商不言坏笑着。

李素炫喝道："臭小子。人说外铄，我信内发，坏都是自己学的，哪里是别人教的。你少要赖皮，不关我事。"

两人压着声音，且是笑了阵子。商不言每日被师父数落，自知理亏，不敢还口，可是用功读书却读不明白，又着实苦恼。鹿先生时常令李素炫代为授课，李素炫不嫌弃师弟笨，一遍一遍讲给他听，十分认真细致，只是确实夹了不少私货。

两人又闲聊过许久，商不言一脸凛然，允诺李素炫，近日里一定要将细锥造得精致，拿来奉师兄开心，又转身将架上数枚商锥取了送与李素炫。李素炫笑着接过，谢了这憨直师弟，起身去屋中与鹿先生告辞。鹿先生与她拿了许多书籍手卷，让她回去认真抄写研读。

李素炫背着身上小包袱，步行回延政坊，赤骏在她后头乖巧跟着，一人一马一路上畅快开心。近日郑先生身子好转，端木舒心许多，今日又见了鹿先生与商不言，谈笑欢然，只是这阵子忙碌了些，琵琶上马虎了，未尝十分认真弹习。

"再过几日要去见雷先生，要抓紧了。"

## 131

到了家，将包袱放好，李素炫去帮端木煎药，又去炊煮，都忙完了，才在院中石榴树下坐了片刻，忽然察觉到，麻兄近来叫嚷得不那么大声了。想是天凉了，麻兄也老了，那声音小了许多不说，高锐处暗淡了许多，低沉处虚浮了许多，听着不再嘹亢。只是麻兄虽已无力，却仍旧奋力。

李素炫忽然觉得不落忍，心想："麻兄辛苦，吵了我半夏，开始时烦死，后来听惯了，也是热闹做伴……不如寻了来，带回屋中。放怀里暖着可是不敢，好歹屋里比草丛里好些。左右现在它也叫嚷不动了，不太过吵人。"

她回屋取了细竹篾小笼子，到了屋后，草尚未颓败，却也不如夏日里茂盛了。在草中细细找了一遍，不见麻兄踪影。其实就是找到了，她也有些怵，不知道敢不敢将手伸过去。眼下没找到，也有些失望，也松了口气，又觉得自己虚伪。

自八月底后，李素炫再未听到麻兄叫声，又去草丛里细细找过，想将它埋了，却仍旧没有找到。

重九日，李素炫如约与樱儿一同出游。是日秋晴明媚，终南山下凉风习习，扫了多日寥落。一伙人玩闹一阵子后，分了几拨。李逊与卢观、崔茗在河边铺了席子，围坐饮酒，樱儿拉着李素炫也过去了。李素炫看那李逊还是有些别扭，虽与他围坐，却不与他说话，看也不看他一眼。

李逊也不在意她冷淡，给她斟了盏酒，推到她手边上。樱儿倒是活泼，俏声笑道："我近来随素儿学诗，有长进，我们今日玩儿一巡如何？"

"怎么玩儿？"崔茗笑着问道。

"也没什么新鲜的，不过寻常玩儿法。一人一首诗词，憋不出来，罚酒。"

李素炫见樱儿开心，不忍拂了她兴致，其他几人也都点了点头。李素炫问樱儿："我等读不同书，做不同事，若是比诗，如何命题？"

"若不然……城里酒肆有个新玩儿法，将词牌名集成诗词，不如我们试试？"樱儿咯咯笑着，"就一巡，之后，我跟崔家兄长骑马去。"

"好。"几人纷纷笑了。城里酒肆中确实有这个玩儿法，听着果然新鲜有趣，众人乐意跟樱儿一起玩儿上一巡。卢观怕樱儿缠着李素炫，害他不得空与李素炫单独说几句话，眼下听樱儿说之后要随崔茗去骑马，他心里有些高兴，又觉得自己不大光彩。

"崔家兄长先来。"樱儿咯咯笑着对身边崔茗说道，"不消素儿弹琵琶，樱儿与你打曲。"

樱儿使木箸击着盏子，片刻后，崔茗说道："我用《江城子》。"

"好。"樱儿手上立刻转了板眼，入了《江城子》调。

春风袅娜杏花天，碧牡丹，柳含烟。并蒂芙蓉，金盏倒垂莲。蕙兰芳引粉蝶儿，荷叶杯，醉桃园。

崔茗说完，几人都笑起来。崔茗平日里诗文不是这路数，今日又是牡丹又是芙蓉，又是蝶儿又是荷叶，无非是为了哄樱儿开心。也难为他终日习武，写那许多韬略文章、慷慨古风，竟又能将一首小令集得如此轻巧。单调三十五字，七句五平韵，由十个词牌集成，没有多加一个字，起转通畅，词意顺达，顷刻之间实为不易。武人有此诗文迅才，李素炫暗暗佩服。

"素儿，该你了。"樱儿手中木箸不断。

李素炫没有换词牌，也没有换韵，耳听樱儿打曲，心中飞转，片刻后集好了，也是七句五平韵，十个词牌集成，未加一字。

孤馆深沉锁窗寒，卷珠帘，望云间。秋色横空，飞雪满群山。红林檎近松梢月，乌夜啼，鹧鸪天。

"素儿惯来活泼，却也语多幽沉，又不馁，哪怕是一首集牌词，也是这性子。"卢观笑道，"这几句好，其境旷远，胸怀十分放得开，又压得住，不癫狂。像你。"

众人称好，本是想哄樱儿开心，这下来了真兴致。集曲牌成辞赋，初想容易，再想便知道难。数百支曲牌中拣选，又要用韵，又要通顺，再想要些味道，着实不易。几人都正坐，认真起来，樱儿最为开心："该卢家兄长了。"

"我用《梧桐影》。"卢观说道。

西江月，小重山。瑶台月照湘江静，六州江月晃重山。

这一曲二十字，只中间加了个"照"字，其余十九字用了六个曲牌。

李素炫佩服之余问道：“我那《苍梧梅令》本是押平韵，你押了仄韵，害得我不得不改曲子。《梧桐影》本该押仄韵，你怎么又押了平韵？”

卢观笑道：“反正你会改曲子。”

几人都笑起来：“你倒是有恃无恐。”

“我乐事不精，不会度曲变曲、修正词律，只好语句上老实一点，守规矩。若素儿在，她能帮我作弊，我就胆子大些。”卢观笑道。

李素炫又问：“为何四句说的都是江月山川？可是近来格外有些感触？”

“韵字都让你们用了，我没法子。”卢观摇头无奈。

“又没说不许换韵，你怎么这么听话？牌子能换，韵如何不能换？”李素炫笑道，“换个韵部，也填支《江城子》如何？《江城子》押平韵，若要我与你弹琵琶，就不许押仄韵。”

卢观笑着点点头。李素炫解出无伤轻快弹起来，卢观很快又集句成形。

玉漏迟迟感庭秋，金凤钩，短歌头。月上海棠，清风满桂楼。露华别怨青山远，惜分飞，忆旧游。

“倒也如你性子。”李素炫叹道。这三十五字里加了“迟”与“短”两字，余者三十三字，用了十一支曲牌。虽是集成，词中却颇有些意味，像他卢观平日里性情。

樱儿看向李逊，尚未开口，李逊摆手道：“我若在书房里静坐，也憋得出来，也不会太丢人，却无有你等如此急智。我饮酒认罚。”

他说着，老实端起了酒盏，众人哄笑，饶过了他。

“到你了。”李素炫对樱儿说道，手中无伤未断。樱儿早就集好词句，只等着李素炫为她弹琵琶了。

眉妩鞓红点绛唇，冉冉云，玉堂春。换巢鸾凤，五彩结同心。鱼游春水双双燕，竹马儿，恋情深。

樱儿唱完了，李素炫停了两手，看着她，略有些惊异。自古无数笔下相思，少年写情，中年写怨，老来写恩，本是寻常，只是樱儿这词中意思火辣放肆，又敢拿到众人面前，不像她平日里性子。不及多想，樱儿又嚷起来，要崔家兄长带她去骑马。崔茗忙不迭答应，招呼家人牵来两匹马，很快带着樱儿走远了。

“这碎女娃，读书著文是个灵慧女子，玩儿不一会儿，就成了小泥巴猴子。”卢观在一边笑道。

“谁小时候不是这样。”李素炫随口答了一句，利索将无伤缚起来。

“你小时候也这样？”卢观好奇问道。

李素炫这才想起来，果然不是人人小时候都这样。端木自幼稳重，歌子也矜持，儿时好友中果然也就她李素炫一个人与樱儿差不多，通常还比较老实，疯起来就没边儿。

李素炫又想笑，又笑不出来。眼下只剩下她与卢观和李逊，李逊仍是不说话，轮流向三只盏子里斟酒。李素炫依旧不喜欢他，虽也骂不出什么来，却又没法和气跟他说话。李逊不介意，持礼如常，倒叫李素炫觉得自己像个刺儿头。她心里烦乱，拿起酒来一饮而尽，负了无伤，告辞。没等对面两人回答，起身快步走远了。

卢观看着李素炫背影，心中失落，微微叹了口气。

## 132

深秋时，商不言制细锥六枚送与李素炫，李素炫送与了卢楞伽。

“素儿自己为何一支也不留？”卢楞伽问道。

“紫毫笔乃贡品，宫中索求巨大，上好紫毫料寻常人不易得。鹿先生每年托人自宣州求购，时多时少，也时常没有。你都留着，万一明年少了也有备用。我不过画着开心，又画不好，不如给你。”

卢楞伽自六枚细锥中取出一枚，递到李素炫手上，说道：“你留一支也行，不然我心中有愧。紫毫料本就昂贵，细锥又难得，你都给了我，却从不问我要什么。”

李素炫笑笑，将细锥接过来收了，又听卢楞伽问道：“我可否问你个问题？”

“你说。”

“我认识你几年，对你又不多好，你却对我十分相顾，为何？”

“我对你十分相顾？……我没觉得。”

“你屡次帮我制色，看你拿着瓷杵，小细腕子累得快要断了，还忍着，也不知道你回去了如何弹习。每次嫌我不知道冷，我没法听你的，却知道你是好意。但有色料，都拿来与我，圣人赐你两枚金精石，你将大的给了我，我与你制色画了马鞍，你便将小的也给我。你如此喜欢笔，这一年里给了我二十余枚细锥，自己一支也不留。人都嫌我，你为何偏不？”

李素炫想了想，认真答道：“初时不过喜欢看你作画，后来实在是佩服你心中澄澈。你对我也十分顾念，有酒都与我留着，送你一枚金精石，你却拿来费许多事制色与我画马鞍。你在长安城中已是有名画师，却没见你四处逢迎贵人，卯着劲儿挣银子，仍旧要认真作画，身上心里甘愿吃那许多苦头，素儿格外佩服。还有，最要紧的，我随太常博士鹿聆训先生修业，曾将你小画拿去与鹿先生看，先生与我说，此子日后必大成，定有盛名传于后世。”

“我便有后世名，你又沾不到光，老实说，我自己都沾不到光，你为何在意？”

李素炫拨弄起无伤来，淡笑着小声说道：“乐不过一代，过了这一代，到下一代就换个样。我们这一代乐人都死了，这一代乐事便悉数了结，后人不会知道我们手中乐声如何，至多知道些曲名、人名罢了。你却不同，你画在绢上，绢寿八百，画在纸上，纸寿千年，若画在墙壁上，便有众人观睹，争相临习，无数摹本传世。千百年后，不管人间变成什么样，无数后人仍会看到你今日画作，无数后学仍要取法于你。见你那铁线衣纹，人皆惊叹，一定要猜测你，却猜不到，连史家也猜不到。独我是亲眼盯着你画下的，看你一笔笔行线，一片片着色，手下神佛菩萨一日日成形。今世人误解你，道你痴傻，后世人连些误解都没有。纵贯长史，世间只一个卢七，真正懂得卢七的，世间只我一人。”

卢楞伽默默看着李素炫，她却低头看着手上，片刻后又轻声说了一句：“想到这些，便觉得自己有如神明。”

卢楞伽依旧沉默，心中感慨交杂，许久后，轻轻叹息，又笑了，转身从案子一旁拿起支卷轴来。

“这是我认真画的，送你。”

李素炫放下无伤，接过卷轴缓缓打开，见是一幅画，尺幅不大，不到二尺，清雅工细，设色柔淡，画着一名男子，着布衣，怀中竖抱无伤，遮着小半张面容，身前又垂着纱帐，面容更加模糊，却能隐约看到眉目安静、神色清致。

“你出去躲冷时，我去找你，听到你唱歌，知道你想你师父。我没见过你师父，不知他模样，不敢轻率用笔，只能如此处置。你只当作梦中所见，或可宽解心怀。”

李素炫看着画中人，泪水渐渐漫上来，抬头看着卢楞伽：“无妨，这样便好。师父死时我只十五岁，如今师父样貌我也慢慢记不清了。”

李素炫说的是实话，师父样貌她果然慢慢记不大清楚了，只记得他身材清癯挺拔，静定如松，果然就是画中模样。她盯着画看过许久，暗自感叹：“人道我师父耿介不驯，谁知他心中深情，只不过不与闲人看见罢了。”

卢楞伽将卷轴一头拿在手中，慢慢卷好，用丝绳绑了，装入书衣，放在李素炫手边，一边碎碎说着：“以前说过，欠你一幅画。这幅是我想送给你，哄你开心的，不算。那幅画我还欠着，记着账，你想好了要什么，跟我说，我认账。”

“好。”李素炫点头应着，努力振作了些，重新抱起无伤拨弄，指尖轻婉，弦声静淡，卢楞伽在对面听着，默默不语。李素炫弹着弹着，忍不住小声笑起来，卢楞伽也笑了，问道：“素儿想起什么了？”

“这幅画若能传到千年之后，不知后世史家要如何处置，怕是要发疯了，也说不定打起来。”

“怎么讲？”卢楞伽笑问道，“素儿顽皮，多半是想起了什么坏事。”

李素炫停下两手，右手用力拨动一弦，待振弦减弱，又轻快弹起来，边弹边说道：“琵琶上这根弦，名幺弦，我时常见到有人写作么弦。初时不解，特意询问过雷先生，先生告诉我这根弦只叫幺弦，无么弦之说。我略一思量便知道，所谓么弦不过是幺弦之讹误，许是什么人写字马虎，笔画交代不清楚，看的人将幺看作了么。他不懂琵琶，写诗作文却非要引琵琶入诗，便写了么弦，别人又见了，仍不能识其讹误，记下了，慢慢又传开了。或许多年后，世人只认么弦，反而不知幺弦了。”

“别人说成么弦，你可以纠正他，只是不知人听不听你的。”

“我懒得纠正，不曾与人说，说了想也没用。后世人怕是定要将这根弦叫么弦了，毕竟诗文是要传下去的，乐人叫幺弦，可是乐人罕作诗文。到最后错的传下去，对的没了，也不奇怪。我因之想到这画上了。”

卢楞伽笑道：“我隐约知道你想什么了，你接着说。”

“我每日与太常博士抄书，有时是古书，有时是博士修撰当朝乐典，令我誊抄，入国馆留档。有道是‘书三写，鲁成鱼，帝成虎’。这几年我抄了近百万字，越来越不敢纵浪，一笔一画都要写得极清楚，连先前书风都改了许多，就是怕这幺么之误。只是典籍上纵无讹误，却不是什么都记下来的，这四相九柱竖抱手弹清素琵琶，世上只我这无伤，雷先生手中那支乃画槽琵琶加柱而成，名小无伤，除此外，世无其三，自然不会见记于史册。眼下也只有我与雷先生专门研习弹法，旁人却是不会，待我二人离世，天下再无人识得。后人若见了这画与史籍所载不符，定要争论不休，彼时许多人怕是又不会画、又不会弹，只会看你这幅画，又去翻我所抄书籍，两下核对，定会有人说卢七画错了，又有人说是我那典籍抄错了。今日殿中你我所说再无第三人知道，这画中意思也只你我清楚，后人怕是没一个略能猜得靠上边的，不过是吵几回、打几回，写几篇考据文章博个风雅文名。既往真相，千秋万载也无人再能知道。”

卢楞伽笑道：“莫说画与典籍对不上，单这画后人也要猜得头晕，不知画中何人，缘何要隔着纱帐，又将琵琶挡着面容。若是传到后世的只有画，没有书，人便道我唐琵琶就是如此，倒也吵不起来。”

“若是只典籍传下去，画传不下去，也打不起来。”李素炫笑道。

“我作画，你抄书，若是都传下去，你我可算是蓄意搅扰后世不宁？”

“定然是了。”李素炫语带狡黠，“我偏就想当这恶人。”

两人都笑起来，卢楞伽又笑着说道：“素儿性子好，哪里是恶人。”

“我如何性子好了？”

“与人为善，却不合群，便是性子好。卢七从来都觉得素儿性子好。”

“你这想法我可是头次听说。”李素炫有些惊异。

“天下人都当自己是善人，或者怕得罪人，曲意逢迎，对谁都好，对谁也都不是真心。那等人就是对我好，我也不稀罕。素儿是个有性子、有脾气的，对谁都爱答不理，只对我好、有耐心，我便喜欢你。”

李素炫抚着琵琶，感叹许久，说道：“人都说你傻，其实你最聪明。”

卢楞伽惯来只说画事，除此之外什么话都说得少，今日难得竟说了这许多，李素炫受宠若惊，满心欢喜。二人断断续续说了半日，李素炫又轻缓弹了半日信手，日昳后二人互相行礼告辞。

## 133

秋日渐深，石榴树叶开始一片片落下。李素炫将石榴摘了，剥了石榴籽泡酒，每日将落叶扫在院中一角，与端木抬张案子来放在一树半残之下，烹好餐食，布好碗箸，请郑三娘出来。母女三人围着案子一同饮食说笑，餐后撤了杯盏，在一旁支起茶席，将就用些简单器具烹茶，分杯啜饮，继续闲谈说笑。秋阳清透，秋云高远，秋日里最好不过就这几日，每日里最好也不过这几个时辰，一定要好好享受。人间岁岁都有春日温暖、秋日飒爽，人却总是一阵忙乱便过去了，若不是郑三娘近来身子不大好，谁也想不到要认真相聚，一起坐在石榴树下用餐、饮茶、笑谈。有些事情令人格外期盼，也十分简单容易，却不知为何一辈子也享受不到几回。

闻朗药剂果然有效，郑三娘比春夏时好了许多，只是闻朗每次见到端木仍要格外叮嘱，千万不要让郑三娘夜间着凉，也格外说了冬霾伤人，到时候要小心提防。郑三娘眼下算不上身子健实，却也无甚大恙，每日认真将养，按时服药，也有力气与两个孩儿谈笑，也有胃口认真饮食。

端木与李素炫都不善炊煮，李素炫时常去阿翁家讨吃，阿翁一定多做许多，叫他娃儿拿回家中，也有生晒菌子、木耳、小鱼干及酱酢与她带上，又讲些简单法子，叫这两个笨女子也能烹些美食出来。

日色只如流水，安静，又如逝川疾迅。

秋日里，李素炫随王府总管走入王府深处时，听总管说汝阳王殿下正在庭院中射箭。她有些好奇，屡次听人说起汝阳王善射，也不知道如何算作善射。到了庭院内，见李琎着短衣，一身紧束，挎着象牙箭袋，手执长弓，正满满拉着弓弦。李素炫不敢相扰，见他发了弦上箭，才上前行礼。

李琎点了点头，说道："今日与你约得早，只是贺先生奉召，一时不到，你我需候上一阵子。素儿且在一旁弹奏琵琶。”

李素炫不知李琎所说贺先生是哪位，想着人到了便知道了，没有问，领命到了一旁树荫下，在席上坐好，解出无伤，抱着轻弹起来。一边弹一边看了看李琎，又看向前方，几十步开外处竖着堵子，上头插着几支箭。看了一阵，发现李琎果然射得精准，无一箭落空。此时仰望汝阳王，见他身姿轻灵秀挺，脚下沉稳扎实，两肩宽阔，手臂紧实，绰长弓在手，拉弦如满月，弓头屈曲，弓弦紧绷，隐约发出些细碎声响来，如危楼将欲倾颓，李素炫听得有些悚然。她轻弹无伤，又静静看李琎射箭，过了阵子，李琎微微侧过头来，问了一句。

“素儿可曾修习射术？”

“在宜春宫时曾有女侍卫教习，也练过一阵子。”李素炫即刻回道，手上未停。

“如何？”

“只除了堵子射不中，别的什么都射中过。”李素炫老实答道。

李琎已将弓弦拉开，听李素炫如此回答，忍不住想笑，却又怕散了气息。忍了片刻，还是绷不住，只得将两手放下来，回头看了李素炫一眼，摇头无奈道：“你若好歹能射中几箭，孤今日便教你些，如此……罢了，且奏琵琶。”

李素炫笑笑，继续弹着，几支简单调子，无须刻意用心，倒果然想看看李琎射箭。见他慢悠悠射着，也不急，每箭皆不落空。李素炫心中赞叹，只是不知此时若有鹘子飞蹿出来，他可射得中那灵动活物。

李琎连着射了许久，回头嘱咐李素炫烹茶，李素炫依声放下无伤，起身到茶席前。眼下手上熟练许多，很快将茶烹好，李琎将弓箭交与旁人，走到茶席前饮了一巡，又回到方才所立之处，重又执弓搭箭，却久而不发。李素炫看得紧张，手上不由停了下来，等过许久，见李琎轻轻将弓左移半尺，尚未停稳，便松开右手放出羽箭。

羽箭射出，刺中树干。李素炫不解，认真一看，见箭头钉住了一片落叶。正惊讶间，李琎手中羽箭接连射出，只射落叶，远近左右，腾挪转换，箭无虚发。李素炫看得傻眼，落叶不比鹘子，风吹过来，轻飘飘的谁知飞向哪边，定是要心中预先算好，又要手眼极快，方射得中。汝阳王端雅，即便执弓发箭，也是一身清扬风韵，沉定如霜，并无凶横戾气，那箭头却是略不相饶。若是在战场上，玉人片刻风雅间，已不知多少贼寇毙命。

连射二十箭后，李琎放下长弓走回来，在茶席前坐下，嘱咐李素炫再烹一巡茶来。李素炫略看了一眼，见他面色带着些疲惫，微微气喘，急而浅促。她有些担心，顿了顿，忍不住又看了一眼。李琎笑道："孤是老了，攒上阵子力气才拉得开弓，又只能趁着力气耗尽前多射几箭。"

李素炫轻叹，心想李琎哪里是老了，不过是太不爱惜自己。她并未说话，也未再看向李琎，忙着手上。李琎取无伤抱在怀里，换了弦律，随意弹起来，边弹边等着李素炫将茶烹好，也与她闲聊几句。庭院中静谧，周身枯叶纷堕，坠地有声，秋日破断，眼看渐入肃杀。再过阵子冷下来，白昼时庭院里也待不住人了。

许久后王府家人来报："贺先生到了。"

李琎即刻放下无伤起身，李素炫也跟着站起来，随在李琎身后迎接客人。出庭院不几步，见前方有人走过来，李琎快走几步上前，那人抱起双手行过一礼，朗声说道："老朽见过汝阳王殿下。"

李琎回了一礼，李素炫跟上来，与李琎错开，看向那人，只一眼便开心上了，连忙行礼道："见过贺先生。"

来人乃是贺怀智，本就胖壮，也没多久不见，又敦实不少，走路扑扑撞撞的。老汉见了李素炫，惊喜道："素儿怎么也在这里？"

"殿下召我过来，却不知今日先生也来。"

李琎见他二人相见欢喜，笑了笑，带二人到了花园中。树下布置好了三张席案，另有茶席。李琎请贺怀智与李素炫落座。贺怀智情知如此便是要开始饮酒了，兴奋非常，李素炫却不敢。这两年来每次来时只与汝阳王相对，只她与李琎二人说话，无妨，若是只有她与贺怀智也无妨，只是今日汝阳王与贺怀智都在，李素炫却不敢与他二人一同落座。见汝阳王吩咐，李素炫行礼道："今日殿下与贺先生说话，素儿斟酒。"

李琎即解其意，点头应允。李素炫简单挽了袖子，开始轮流为二人斟酒，仆役将果蔬奉上。略远处，炭火生了起来，厨人开始将鲜肉放在火上炙烤。贺怀智好饮，也擅饮，此事李素炫早在宜春宫中就知道。李琎今日收敛许多，每次端起酒盏来只一口，许久才饮尽一盏。几盏之后告诉李素炫无须再为他斟酒，去将贺师照顾好。

贺怀智见李素炫不断斟酒，一边饮一边问道：“小娃娃，几月不见，你那无伤练得如何？”

“还好。”李素炫笑道，“老贺先饮酒，待会儿素儿弹一曲，请老贺指教。”

“指教是小事。上次与你赌酒，输给你了，这次定要赢了你。”

李素炫笑道：“酒多伤身，素儿能饮乃天与，老贺莫要与素儿较劲。”

“你将我赢了又说这话，赢我之前怎么不说？”

“素儿说过，是老贺不信邪，不听我的。”

炭火渐渐烧得旺盛了，炭烟里格外有股子香气飘散在花园里，肉在火上炙烤得嗞嗞作响，肉香也渐渐弥散出来。肉烤熟后，仆役将整块肉放在砧板上奉到李琎面前。李琎亲自执刀，拣最嫩处将肉片了几大片下来，又切开，在盘中摆好，命李素炫奉与贺怀智。

贺怀智见了熟肉也不推辞，捏起手边细盐与香料撒上，即刻下箸，大口嚼着，大口饮酒。李素炫转身，见李琎又将几块精瘦肉片了下来，放在小盘子里切碎，对李素炫说道：“素儿用些餐食。待会儿贺师定是要按住你饮酒，此老十分能饮，素儿有量也莫要空腹迎战。”

李素炫谢过汝阳王，将肉端到自己席案上，不敢正坐，只偏坐一旁，捏了些细盐撒在肉上，匆忙吃了几块。抬头看见李琎将剩下些筋角、肥肉与焦熟处用刀切碎，就着小半盏酒吃了，盐也未撒。

仆役接连将烤肉端上来，李琎将每块肉中间最嫩处片下切好，叫李素炫端到贺怀智案上，余下些精瘦部分切好了给李素炫，自己将最后那一点吃了，又总是不撒盐。

李素炫有些不忍，上前行礼道：“素儿吃饱了，请殿下将其余交由素儿切斩。”

李琎点点头，将刀递给李素炫。李素炫学他样子，将最嫩一块肉切好奉与贺师，余下的拣精瘦处切好放在李琎面前，又将盐碟轻轻推过去，又为二人斟酒。边斟酒边看着李琎，见他捏起些细盐撒在肉上，颇吃了些，也未饮太多酒，她这才稍稍放心下来。

贺怀智酒足饭饱，起了兴致，召唤李素炫到跟前，取了个盏子倒上酒，说道：“素儿先饮几盏，再将你那无伤弹几曲，让我听听。雷海青屡次说起你最近大有长进。”

李素炫行礼道："素儿这就取琵琶弹，只是老贺就莫要劝素儿饮酒了，素儿饮酒不醉，饮多了倒是冷。方才几块肉吃得浑身暖和，手也软和，眼下刚好弹奏。"

贺怀智摇头道："莫要说什么饮酒不醉，我老汉就不信天下还有人饮酒不醉，你就是饮得不够多。"

李素炫正无奈间，身旁李琎憋着笑说道："素儿且饮几盏，不然此老定是要啰唆到底。"

李素炫暗笑，只得将酒盏端起，一口气饮了。贺怀智见状很高兴，接连斟酒，李素炫连饮了三四盏，摆手说道："老贺饶了素儿……装不下了。"

贺怀智开心说道："素儿趁酒兴将你无伤弹起来，与我老汉听听。"

李素炫依言回到席上，轻轻抱起无伤，沉稳身子弹起来。李琎在一旁安静听着，贺怀智仍旧自斟自饮，不曾断过一口酒。李素炫拣各色调子弹了，又尤其将些新弹法奏过一遍，过了两刻钟才停下。

贺怀智点点头，酒仍不断，说道："素儿这无伤果然迥异，你肯勤练，又有雷海青帮你，眼下已是初有所成，只是右手上仍旧有些不利索，弹法也单调了些。"

李素炫笑道："叫老贺一眼看出来了。"

"也不是大事，无非仍要多练，多花心思。"

谈笑过一阵子，李琎到了茶席旁坐好，亲自烹茶，贺怀智站起来，摇摇晃晃取了自家琵琶过来。李素炫见他大肚皮晃动着，指着笑道："先生这里不知都是哪家府上好酒。"

贺怀智接连在肚皮上拍了几下，声音如同个大熟瓜，满口骄傲说道："哪里是酒，都是曲儿。你小娃娃家，恁般苗条，差得远了。"

李素炫行礼道："许久不曾听到先生弹奏，素儿请闻。"

贺怀智不停点头："自然是要弹，不然为何饮那许多酒。"说着解开织锦，将琵琶取出来。贺怀智手中琵琶与他者不同，以石为槽，张着粗壮鹍鸡筋弦，大铁拨横扫而过，一片矫壮。

"小娃娃，为何如此盯着我看？"老汉憨声问道。

李素炫咧嘴笑道："就一阵子不见，先生又壮实许多，眼下地方都叫肚子占了，素儿想看看老贺将琵琶放哪里弹。"

“就知道你不安好心，想看我热闹。”老汉咕哝着，将他那石琵琶拖过来，晃了晃，“看着。”

他说着将石琵琶架在大肚皮上，松快弹起来，只是两眼依旧惺忪迷离，手上不错乱，却又总有哪里不对，片刻后李素炫就听得蒙了。

李琎忍着笑，将茶烹好，叫李素炫过去，也不管贺怀智在那头一顿胡乱拨弄，只盛了一盏茶叫李素炫奉到贺怀智案上，又盛了一盏给李素炫，又给自己盛了一盏，问李素炫道：“贺先生乃乐中前辈，我等皆呼为贺师，素儿怎的叫他老贺？”

“贺先生屡次去过宜春宫指教琵琶，每次都嘱咐我等要叫他老贺。若叫错了，他还纠正，还记不住，他便要恼火起来。初时素儿也不敢张口，后来习惯了。”

李琎笑道：“此老一贯爱热闹，想是一众女娃娃围着叫老贺，莺语欢闹，他格外开心。”

“今日还想听听贺师琵琶，不想他饮了这许多。”

“放心，贺师有量，片刻便能过了酒劲。只是眼下素儿莫要靠他太近，当心他倒了砸到你。他那块头，你这身子骨挨一下可是吃不消。”

“殿下有先见。”

李琎一笑：“这老汉砸断孤府上多少案子了，你可比这案子结实？”说着召园外仆役过来，叫到贺师身旁扶着些。果然过不多久，贺怀智酒力退却。李琎与李素炫本在饮茶闲谈，听见那头琵琶弦声有异，不由得停下杯盏看过去，见贺怀智依旧拿着他石琵琶架在大肚皮上，身子仍是晃动不稳，双目却射出精光，手上锋锐渐渐显露。石槽雄浑，鹍弦沉凝，铁拨贯行如斧钺，声声如同巨浪。

李琎与李素炫话也不敢说，只看着。贺怀智却是一身松脱，琵琶靠着肚子，肚子靠着琵琶，双眼依稀，两肩懒散，横竖看着也是一副酒醉模样，看手上腕上似乎总要跟不上，听弦上音上却又一分不错失。曲到急悍时，他非要倥着一脸老褶子，不苟言笑，乐至悬停处，又非要瞪眼嘬舌，活似白日里撞见了真鬼。看他左右歪倒，颤巍巍如肉山将颓，偏又下盘扎实，硬戳戳如老椽不倒。听声音李素炫恨不得五体投地，看状貌又觉得这老汉着实好笑，也不知道他到底酒醒了没有，知不知道对面有两个人在看着他，或者是否知道他自己在弹琵琶。老汉舞蹈般弹了许久，骤然歇煞，放下琵琶，撇了铁拨，又端起酒盏来。

李素炫傻过许久方缓过神来，即刻行礼道：“谢贺老赐乐。”

“叫老贺。”对面老汉眼神一晃，清冷了片刻，只说了一句话，又回了一片酒浊。

李琎与李素炫对视一眼，只得低头偷笑。李琎又烹好一巡茶，李素炫端一盏过去奉与贺怀智，见他接在手中啜饮，笑道：“老贺琵琶可否借素儿试试？我师父说贺师琵琶他弹不了，素儿想试试，看如何个弹不了。”

贺怀智呵呵一笑，将手旁石琵琶递给李素炫，李素炫恭敬接了，抱着，到旁边坐好，弹了起来。老汉那拨子大些，也重些，勉强也能握住，也能持控，唯那鹍弦倔强，又欺生，不服李素炫调弄，右手若不着力，声音便小，稍微力大左手又按压不住，声音虚哑，如朽木振溃。李素炫屡次试过，若是多加弹习，旬月或可稍微把控，眼下片刻间却是不能指望。无奈只得将那石琵琶又奉了回去，行礼道：“贺师神技。”又连忙改口道，“老贺神技。”

贺怀智得意，李琎偷笑，也未说话，又叫李素炫过去取茶奉与贺师。贺怀智接了茶盏，问李素炫道：“可否将你无伤也借我弹弹？”

李素炫连忙点头称是，转身取过无伤，双手奉与老汉，见他几根粗壮指头随意在弦上挑了几下，暗自思忖也不知道这丝弦耐不耐得住。转身回到茶席旁，李琎盛了盏茶与她，问道：“看来素儿以前不曾多闻贺师琵琶。”

“贺师每次去宜春宫都要指教多人，与每人弹一两小段，素儿都在一边认真听着，奉乐于圣人时，素儿也有机缘听到过。老先生嗜饮，只是授课时虽然说话顽皮，酒却是不碰的，奉乐时自然更不碰，素儿从不曾见他醉弹，故此今日十分好奇。”

李素炫随口说着，无意间抬头，见贺怀智抱着无伤换了弦律，右手摸着将他那大铁拨拾了起来。

李素炫吓得魂也散了，滚滚爬爬撞过去：“老贺、老贺，我这琵琶名无伤，只用手弹，不动拨子。”

贺怀智喷着酒气，瞪着眼睛，粗声说道：“我使拨子弹过，你给改名叫有伤不就成了？”

李素炫又气又急，又没法子，连连行礼，哭笑着说道：“老贺若使那大铁拨弹过，定是重伤，说不准连小命也没有了……”

贺怀智嘴里嘀咕：“恁般小气，照你师父差远了。”说着将拨子丢下，用手指弹起来，比李素炫这练了许久的自然是不如，片刻后却也顺畅许多，足堪一听。李素炫这才松了口气，又不放心，偷偷将老汉那大铁拨子收在一边，怕他酒醉不清醒，糊里糊涂又拾起来用上了。

李琎在一旁看着这祖孙二人吵闹，心中也好笑，也感叹：“我身旁终究还有几人活得畅快。”

李琎重又烹茶，与李素炫闲聊了阵子，之后听到那头呼噜声响了起来，初时不高，渐渐声音越发大起来，扰得人话都说不利索。李琎回头看了一眼，摇摇头笑了，又转回头对李素炫说道：“素儿去将贺师琵琶与孤取来。”

“是。”李素炫应道，放下茶盏，轻手轻脚走过去，取了老贺琵琶与拨子过来，奉与汝阳王，换下他，继续烹茶。

“殿下能弹这石琵琶？”李素炫洗着金釜，问道。

“贺先生为孤琵琶师父，他这石琵琶孤自然能弹，只是弹不大好。”

李琎说着缓缓弹起来，也不拣过于繁难者，果然手上颇有驾驭。弹过阵子后，他示意李素炫将无伤也弹起来。无伤方才被那醉酒老汉改了弦律，李素炫便将无伤横抱在怀中，当作五色琵琶弹起来。鹍弦受拨，其声持重，无伤手弹，其声轻灵，两相协竞，刚柔交济。

李琎与李素炫都沉下了心神，渐渐较上了些劲头，互不相让，却又被一阵呼噜声打断，两人各自抗了阵子，最后抗不住，齐齐拐了过去。只是眼下曲调与耳边呼噜声打冲，倍之太快，半之太慢，两下总是左拧着，弄得人十分别扭。挨过一阵子，李素炫先停了下来，李琎即刻换了支曲牌，李素炫又跟上，这才与那呼噜声刚好对得上。

两人憋着笑，死命低着头，谁也不敢看对面一眼，怕见对面人忍得狼狈，自己先笑出声来。低头弹过许久，都停了下来，交换眼神，即刻换了个弹法，由那呼噜声领奏，两支琵琶交替应和，有高低，有强弱，有憨细，一边弹着，一边忍笑。弹到曲末乱处，各自撇开，各自酣畅，欢闹过好一阵子，最后彼此示意，同时收煞。

片刻寂静后，听到一长串呼噜，接着听到老汉嘀咕：“憋死人了，你二人弹的这什么破烂。”

两人拥着琵琶大笑，老汉又咕哝了一句：“你们这两个心思不正的……”转了个身，又睡了。

李琎虽笑，也还端得住，李素炫不敢放开声音，憋得眼泪都出来了，用手不停擦着。许久李琎笑够了，缓了口气过来，重新开始烹茶，与李素炫闲谈，声音不大，不扰那老汉酣眠，又吩咐李素炫过去将毯子与贺怀智盖在身上。老汉直睡到日落才清醒过来，仆役重新上了餐食，三人简单吃了些，又欢笑闲谈，又奏起琵琶来取乐，直到月上树梢，才各自告辞。

## 134

不几日，李素炫又去阿翁家讨吃，给阿翁带了些南方果子，还给狸儿带了淡肉脯。眼下她每次都是穿着粗衣前来，说是要帮厨，其实什么也不会，只在厨间角落里坐个小马扎，与阿翁说话，有时择菜剥蒜。

今日到了厨间，见小炭炉上煮着白粥，另一头大灶上滚着白汤，阿翁将莴笋叶子掰下来，在一旁滚水里烫过，捞出来过凉水洗净，切二寸段，接着将莴笋削皮切了细丝，加一点麻油，撒些细盐，拌匀装盘，白粥也盛好。几样用承盘送进屋中，在案子上放好，招呼他娃儿到屋里吃饭。李素炫欢欢喜喜坐到案子边上，阿翁又从厨间里盛了碗白汤，浇在莴笋叶子上，将木箸递与李素炫，又不一会儿小鱼干也蒸好了，浇勺豉汁端了上来。

李素炫胃口大开，也不推让，直接吃了个饱，放下木箸才想起来，问了句：“阿翁，这汤头是什么熬的，这么香。”

阿翁笑着回道：“是豚骨和羊骨，大火熬了半个多时辰，加几丝姜，就有这个鲜味。”

李素炫突发奇想，问道：“阿翁，如果将豚骨、羊骨、鱼肉、鸡骨统统熬在一处，是不是最鲜？”

“那反倒不鲜了。”

“为何？”

“美味不可多用，都是鲜的，凑太多到一口锅里，彼此顶撞，倒不鲜了。”

李素炫似有所悟，只是眼下饭饱神稀，想不了太多。歇缓过一阵子，她精神了些，帮阿翁将案子上杯盘碗盏拿到厨间去，想动手洗净。阿翁舍不得大冷天让他娃儿做这粗活，怕糙了她手，叫她仍在角落处小马扎上坐着与他说话。他转身将水烧上，抓把干枣子用刀切了投到水里，煎过许久，将汁子滤出来盛进盏子，加了勺蜜，递给李素炫，自己转身去洗那些碗盏。厨间里几处炭火与炉灶，有的烧水，有的蒸米，同时冒着烟气水汽，四处又暖和，又湿润，一副人间滋味。

李素炫陪着阿翁说话，直到他洗净了碗盏，将米蒸熟，种了酒曲，在坛子里封好。都忙完了，方才所留白汤已凉了下来，阿翁取个坛子装了，又将几支莴笋捆上，叫李素炫连同白汤一起拿回家，照方才阿翁所讲，可以自己做些汤菜来。李素炫欢喜到了院中，将狸儿从赤骏身上拽下来，抱着爱抚，阿翁将坛子与莴笋在赤骏身上缚好，牵着缰绳，笑着送他娃儿出门，约好了下次。

李素炫到家时，见小太常在家中，正打着羯鼓，端木在一旁指教，郑三娘也不时与他说一两句。这几月里郑三娘在李素炫家养病，小太常时常过来，每次带着些食材或药材来，声称是为相谢师父。李素炫严禁他叫师父，他不敢惹李素炫，只管端木叫师父，叫得扎实，又亲热，见了郑三娘也不见外，直接叫师祖，作揖行礼，毫不含糊，言辞恳切周到。郑三娘凭空里捡了个徒孙，哭笑不得，也只能听着。

李素炫叫小太常继续听授，自己与端木去了厨间，按照方才阿翁嘱咐，很快备好一顿餐食。小太常见自己居然能在端木和李素炫家讨到顿吃食，高兴万分，阿翁家这坊间味道也叫他赞叹不已。四人围坐，开心吃了顿饱饭，又用些温水漱了口，闲谈了一阵子。收拾好桌案，端木扶着郑三娘回卧房歇息，书房里只剩下李素炫与小太常。

李素炫板着脸让小太常将近日所习文章背过一遍，见他果然背得顺畅，这才松了口气，换了张笑脸。

“还好，廷正近日十分用功。歇阵子，我听你琵琶。”

小太常听李素炫夸奖，很得意，又将自己近来文章拿出来递与李素炫。李素炫接了，浏览一遍，说道：“廷正作文词句上可是不大考究，日后最好多花些心思，多向先生讨教。”

小太常却不以为然：“廷正读过墨子文章，也无甚文采。”

“如此你便非要学个没文采出来？”

“廷正读田鸠，道是墨子言多不辩，以秦伯嫁女、楚人卖珠喻之。秦伯嫁女，从衣文之媵七十人，晋公子爱其妾而贱秦伯女。楚人卖珠，盛以金玉之椟，郑人买其椟而还其珠。墨子若辩其词，恐人怀其文，忘其直，以文害用。文采太过，人便只看文采，不看文中见识。廷正就是弹琵琶也小心，怕逞了手上利落，以技压意。”

李素炫失笑道：“就凭你还敢说以技压意？你须是先将手上修炼至无碍，有那一番技，压得那一番意，再来说这句话。还有那个田鸠，回去将他文章都烧了。为了货卖墨子言，就敢瞪着眼珠子说瞎话，这等妖言害人。”

“这如何是妖言？”

“说好看没用，就是妖言。”

“为何？”

“那我问你，晋公子为何爱妾媵多过秦伯女？郑人为何还其珠而留其椟？”

“为何？”

“还不是因为妾媵比秦伯女好看？郑人觉得椟比珠好看？秦伯女若比妾媵美貌，晋公子会爱妾媵？人不能虚有其表，可仪表堂堂哪里不好了？还有那珠子，人爱之不也就是好看？不然一颗珠子当得什么用处？宝珠无须金玉之椟，无非是美味不可多用，珠和椟都好看，郑人自然要挑一个出来。若换别的试试？你看你拿来这些药材，救命的，有大用处，可是黑绰绰不好看，哪样不是锦盒装的？文辞润美，此为文者诚意。一副干瘪，别人凭什么忍着作呕看你想法？人都不想看，你怎么服人？不学诗便不能立言，分明文辞拙劣，写不出佳句，竟敢说文采没用。琵琶又疏于弹习，手笨得脚一样，还敢说什么怕以技压意，你那点儿技十辈子也压不了意。”

小太常被李素炫教训得没话说，只得自己解嘲，赔着笑说道：“廷正初时果然觉得墨子文辞粗糙，读不进去，讨教先生，先生却将我训了一顿，还打了手心，又与我讲了田鸠之言。廷正愚钝不能辨，以为先生说得有道理，不想将素儿惹恼了。”

李素炫不屑道："你那先生忒不靠谱。弟子懒惰，做师父的自然要狠狠管教，若是弟子提问，便好好回答，又骂又打手心是何道理？"

"想是廷正提问愚蠢。"

"做弟子的提问愚蠢有什么奇怪的？我小时候不管问师父什么，师父都认真回答，不知道就去问人，有时过了一两月，我都忘了，师父还记着。若我提问愚蠢，师父也与我认真讲清楚，我知道自己蠢，自然不会再追问。我随师父读书习乐十载，从未挨过一句骂、一次打，师父连个脸色也不曾与我看过。你那先生分明没学问，不能教你文藻，被你问住了，便要打人撒气，还搬出个田鸠来唬人。如此可也做得人师父？刁言逞才固不该当，深词以叙浅事也果然矫情，可这话得等你文采够了再说，现在能耐什么？墨子文辞干瘪，田鸠为售其言而强辩，以秦伯嫁女、郑人买椟喻之，用的难道不是文采？你那先生拙不能识，自己干瘪，还教唆你跟着学个干瘪，可不是误人？"

小太常连连点头："素儿说的是，廷正记下了，日后定用心学诗，润色文章，再不敢狡辩……再说我也当真辩不过你。"

李素炫又气又笑，说道："少说没用的，取你琵琶过来弹与我听。"

那边郑三娘与端木听到琵琶声，都笑了。方才李素炫教训小太常，隔墙听不清说的什么，只听得到李素炫说话飞快，口气又冲，小太常连声诺诺，十分委屈可怜，母女二人已笑了好一阵子。

"素儿严格，口又爽利，倒是个能与人做师父的。"郑三娘笑道。

端木笑道："师父不知，素儿与我说过，那小太常于琵琶上怕是今生也没什么指望，若是肯用心读书倒是块料子。只是他与父母作对，父母要他读书，他偏要弹琵琶。素儿捉混，又会使巧诈，允他背书千字换半个时辰指教，后来又要考他文章诗词，说是若作得好便格外教他，又蒙又唬，连哄带骗，硬是赚得那陈廷正如今每日用心读书，琵琶倒练得少了。前几日素儿还与我说，要不了三五七载，最多十年八年，这陈廷正定能金榜高中，题名雁塔。"

郑三娘笑得直咳，掩口道："素儿颇像她师父，只是卢菡生性宽和耿直，没什么弯弯绕。素儿如此捉混赚人，又计诈多端，也不知是随了谁了。"

母女二人笑谈了阵子，那头李素炫听了陈廷正琵琶，讲说了许久，又嘱咐他回去认真弹习，也要格外好好读书。陈廷正连连点头答应，缚好琵琶，过来与郑三娘和端木告辞。

端木随李素炫送小太常出了门，回头笑道："素儿如今果然像个做师父的。"

李素炫哼声道："那小子，就缺个骂他的。"

"你如何知道你骂他，他一定会听，不会恼？"

李素炫诡笑道："世有纯然劳力者，却无纯然劳心者。劳力者可以不劳心，劳心者必兼而劳力。文需读写，乐有按习，又费心神，又耗身力，哪个也不是外人看的那般容易。这陈廷正吵嚷着要弹琵琶，不过是不想读书，实则根本挨不得终日弹习之苦，心下早就怕了。我勒令他背书换我指教，训斥他文章怠惰，他刚好就坡下，回去读书，逃了琵琶索命。在父母处只说被个混账琵琶先生逼得没法子，读书实在是为了琵琶，也不失颜面。"

端木笑得俯仰不停："卢先生何等端良方正，你怎如此多谋？"

李素炫心想："此鬼谷计算，鹿先生所授。师父一世君子磊落，哪里懂得这些，学都学不会。"

## 135

郑三娘随端木与李素炫同住，娘儿三个不缺衣食，每日里说些过往，谈些乐事，郑三娘也看端木与李素炫一同奏乐，从旁指教，三人都难得如此开心快乐。小太常时常过来搅和，跟着混顿吃食，说起些书乐，被李素炫训得蔫头耷脑，家中更是一番热闹。只是冬日渐深，果然一日比一日霾重。屋内寒冷，担心郑三娘受凉，端木与李素炫只得将炭炉燃起来，虽然暖和了许多，却有些呛人。郑三娘咳得越来越厉害，心口处憋闷，喘气也不顺畅，几日内病势骤然直下。

端木焦急万分，前去寻找闻朗帮忙，闻朗却不在寺内。李素炫请了太医署太医博士过来开方子，却不大见效。端木每日在平宁寺等候，几次相寻才碰见闻朗。说明状况后，闻朗立刻将手头杂事安排好，随端木到了李素炫家，把过脉搏，开了方子，却又面色凝重。

端木焦急，追问道："闻公子……我师父怎么样了？"

闻朗安慰道："眼下也难说。"想了想又说道，"只是不论怎样，也都不出预料。我也只能是开个方子，尽量帮郑先生多拖几日，久了也难说。"

这话说得含混，端木与李素炫却都明白。送走闻朗，端木呆呆坐在书房里，止不住掉泪，心中万分恐惧。片刻后听到郑三娘声音，叫她两个都过去，端木忙擦了眼泪。到了卧房行过礼，郑三娘用力笑了笑，边咳边说道："你二人也不必瞒我，不说我也知道。如今我都想得开，你二人更不必难过。我已逾七十，这辈子不亏。来日你二人定要好生照顾自己，也要彼此认真顾着。"

端木泣声不断，软软跪倒，说不出话来。郑三娘却平静，嘱咐端木为她备好入殓时衣物及随葬日常物品，将诸多后事一一安排好，又嘱咐李素炫，自己死后端木定要难过许久，务要好好安慰她。

"本以为她心有所属，终生有靠，如今却又是孑然一身，我真是放心不下。端木柔善，自幼亲人、恋人，于婚姻未必不是好事，若是独自一人，却不如素儿撑得起来。如今看来，素儿性子冷淡避世，倒是好事了。我这一生自认聪明，到最后才知道，其实也都是一路糊涂着过来的，人哪能算得过命。"

端木哭得一片溃乱，李素炫反而冷静下来，跪在榻边上认真听郑三娘嘱咐，一一记下，又柔声安慰道："先生莫要多想，好生将养……不管怎样，素儿都会将一切打点好，不让先生担忧。"

郑三娘点点头："素儿羯鼓上只欠一点儿，不到臻熟，我不能教你到最后，实在是憾事。日后要多追着端木教你、陪你练习，定要求个完满。"

"先生放心，素儿绝不怠惰。"

郑三娘说了这许多话，累得不轻，咳了许久渐渐平定下来，双颊上赪赤渐渐退却，落了汗，许久方沉沉入睡。之后十多日，郑三娘一日不如一日，闻朗殷切，每遇请求必然马上随端木过来，却也束手无策，眼下郑三娘已是药石不救。差了十几日未到腊月，郑三娘最后清醒了片刻，又嘱托了端木与李素炫几句，至夜半时分溘然而逝。

端木也不哭，也没泪，跪在郑三娘身旁，目光散乱。李素炫在她身边陪着，没说话，左右说什么也没用。天亮后，端木开始为郑三娘行小殓，硬是不许李素炫请邻人相助，非要亲自动手，李素炫只得依着她。小殓完毕，李素炫这才请了邻家老妪来陪伴端木，她自己去了左教坊请见教坊副使，告知郑三娘身故，同时请求副使，准许端木为师父买一块坟地入葬，不想将郑三娘葬入野狐落中荒凉偏僻处。副使叹息许久，即刻请见上司，很快给了回音，道是上司允了。

李素炫立刻去市所选了棺木，到家不久，小太常过来探望，见状即刻嘱咐李素炫陪着端木，好生安慰她，他亲自出发选购墓地。众人陪端木又守了一夜，翌日天明，殓尸身入棺，殡于庭中石榴树下。三日后出殡，棺木入葬，起筑新坟。

端木忍着寒冷，独自在墓碑前跪着，默默不语。坟地中荒芜萧瑟，四顾之下令人心头茫然。李素炫依旧没有说什么，只在端木身边陪着。日昳后，端木终于清醒过来。

“素儿……”端木看着李素炫，忽然为她难过起来。大唐丧礼隆重，郑三娘身后一切从简，也有多少样讲究。端木这做女儿的又格外心重，亲手为母亲沐浴饭含，加衾结绞。入殓时又仔细挑选陪葬，将母亲衣物一件件认真叠好了，连同她生前所用木梳、铜镜、粉盒等物一起放入棺中，又将自己几样心爱物件也放了进去，方允封棺。她做这些时，李素炫一直在一边默默看着，一言不发。眼下端木清醒过来，想到卢菡盛年而殁，埋身荒草，李素炫到如今连师父尸骨也找不到，一件事也不能为师父做，她心中定然深恨难平。

端木抓着李素炫两手，艰难起身，看着李素炫，李素炫拍了拍她肩膀。端木长叹，伸手将李素炫揽入怀中，用力抱了抱，想安慰她，只是不敢提起卢菡来。

“素儿，我们回家。”片刻后端木低声说道。

李素炫点了点头，扶着端木向外走。小太常心思细，棺木落葬后众人散去，他不放心留两个女子独自在荒坟之间，又不想打扰，便带着家人在远处守候。眼下见她二人走了出来，他立刻迎上前去，殷切安慰、陪伴，将她二人送回家，才告辞离开。

李素炫将端木带到自己卧房里，扶她躺下，给她盖好衾被，嘱咐道：

“我去给你烹些菜粥来充饥，你先歇着。这榻上挤得下你我二人，这几日你必须与我在一起。”

“好。”端木眼神空洞，容色茫然，昏沉中应了一句。

# 第二章 送别

天宝八载（749年）十二月—天宝九载（750年）二月

# 136

开元二十一年，初冬时节，日色尚未迫近黄昏，却已暗沉。天上飘着些细细雪霰，被风狠狠吹着，打得人脸上微微疼痛。风不太凉，钻到衣裳缝子里却透冷。行人走在路上，个个头不敢抬，眼睛也眯着，脚下匆忙，奋力却又走不快。

郑三娘路过平宁寺山门时，也是低着头，五十几岁早已不是年轻人，腿脚不算有碍，却也不很健利，眼下又是风又是雪，走得颇有些艰难。正疲惫间，看到坊道边一木架子下堆着一堆包袱，郑三娘绕到后头去，稍微避了下风雪，喘息了阵子，将身上衣裳格外裹得紧些，刚要抬脚离开，忽然见那一堆布包袱里有什么动了动，接着一张小脸转了过来，在昏暗中一片煞白刺眼。郑三娘被略微吓了一下，仔细看看，见是个小女娃，看年齿不过两三岁，窝在一堆布包袱里，看不清楚，只看到她肩头尖细瘦弱，脸上无肉，只一双眼睛乌黑清澈，透着灵气。

郑三娘心中突地就是一动。

“这娃儿……怎如此像我那郑行止……她若活着，这会儿该有三十多岁了，也不知嫁与谁人、生了几个娃儿了。”

如此想着，没法走开，一直盯着那小女娃，又忍不住蹲下离近了看，只看了一眼，泪水立时涌了出来，身上也跟着疼起来。小女娃肩上带着横竖几道伤，许久无人与她医治，伤口处已腐溃不堪，看起来似乎是脓血干透，又与衣裳沾在一处，又撕开了些，伤口处血淋淋的，衣裳上头有大片陈旧血渍。郑三娘看不出小女娃怎么受的伤，只见到她脸颊通红，双唇焦干，身子也抖得厉害，肯定是在发热。眼下小女娃拼力将眼睛睁开一条缝隙，见郑三娘看着她，神识模糊中微微叫了一声。

“阿娘……”

郑三娘立时溃败，再也抵抗不住。她站起来左右看着，见那头有几个人聚在一处，便对小女娃说道："娃儿且等一下，我去问问。"说着走过去，到那几人身边询问。

"你是说那堆破包袱里那个小女娃？那是个小女奴，没人要的。"那人答道。

"如何说？"

"她耶娘养活不了她，几月前说要卖了她。只是她太小，要使唤还得养许多年，没人肯买，耶娘便将她白给了城里富户，说是只求不叫娃饿死就行。那富户也就当猫狗养着，后来不知怎么病了，懒得给治，看看病得重了，就直接扔到山门口了。"

"我看她身上怎么还有横竖几道伤？"

"她自己爬到屋檐下避雨，旁边木架子倒了砸身上。旁人见她可怜，给拖出来扔那堆破包袱里了。那破包袱里都是些旧衣裳、被褥、布料，四处募来要与病坊用的，好歹暖和点，一时冻不死她。"

郑三娘心中愤恨，心想："走不几步就是平宁寺，寺中就有悲田坊，送过去怎么都能得些照料，怎么竟没人管她。"

旁人看出她心思来，说道："人嫌她脏病，不想碰。这几日时疫渐渐起来了，平宁寺僧俗医官都忙得团团转，步子都挪不开，就是送去，怕也照顾不了她，若是染上时疫，不是更糟。"

另一人说道："我们整日看病坊里抬死尸出去，看惯了。你若不忍，捡走便是，左右也是无主的。只是捡走了便要与她医治，怕要花不少钱，到最后还难说救不救得活，别落个人财两空。"

郑三娘叹息一声，行礼谢过那几人，转身回到破包袱堆旁边，看着那小女娃，心里纠结。若是不管她，怕她挨不过一二日，若是管，又当真不知如何管。暂时带回左教坊照顾自然可以，待教坊选女时，将她留下，补了教坊籍录便可，只是此后她便成了女乐。

"女乐命苦，怎么能让她上了这条路，奈何也没别的路……我也上了年纪，不知能照顾她多久。"

郑三娘辗转想了许久，蹲下又站起，站起又蹲下，仍旧盘算："我身在奴籍，按律法奴不能蓄奴，若带她走，还要去央请教坊副使，以教坊之名将她留下，还要她原主出个具结，虽也都不难，桩桩却都是麻烦。"辗转过许久，想了千条理由来想一走了之，只又看了那小女娃一眼，到底放不下。最后咬了咬牙，脱下外头罩衣，将小女娃从头到脚整个裹起来，抱在怀中，一步一滑，向延政坊走去。

回到左教坊，天色已半黑。郑三娘顾不上累，抱着小女娃进了屋，燃起灯烛，跑去寻院中嬷嬷，说了方才事项。两位嬷嬷也吃惊，寻了些应用物什一起去看那小女娃。郑三娘将罩衣打开，小女娃伤口上血腥气扑鼻而来，几人连忙分工。教坊广大，专有医官长驻，苏嬷嬷跑到那头去请医官，许嬷嬷出去找了身衣裳，又帮郑三娘寻了些温水来打湿帕子，细细将小女娃手脸上擦净。接着小心将她衣裳与伤口分开，脱了下来，简单擦了身上，换好干净衣裳。郑三娘将小女娃旧衣翻了几下，捡出个布扣子来，解开一看，上头写着几行字。

“小女复姓端木，开元十八年正月十八日子时所生，祖籍杭州。”

“这孩儿姓端木，杭州人，看生辰眼下三岁半多，不到四岁……可怜命苦。”郑三娘叹息道，“这布扣子还在身上揣着，怕是这几月都没人与她换过衣裳。”

正叹息间，医官到了，立刻检查小女娃身上，幸好没有骨折。接着看了她肩上伤口，开始动手清创，用细刀将脓血刮去，伤口处血流已止住，肌肤内外一片灰白。医官用刀尖将腐肉一点点剔除下去，小女娃毫无反应，若不是微微喘息、身上滚烫，只如死了一般。

许久后，清创完毕，敷了药。郑三娘与两位嬷嬷在一旁看得浑身发紧，正要松口气，又听医官说道：“这伤口在肩膀锁骨周近，你说是木架子倒了伤的……如此也要看看头上是不是也伤到了。”

郑三娘连忙点头，听医官嘱咐取了梳子过来，解开小女娃头发，细细梳着查看，果然与身上伤处同一侧也有伤，只是轻易看不出来。头上伤口也已结痂，与头发粘连成一片。医官取了剪刀，将小女娃头发一绺一绺剪下来，细细查验过，果然头上伤口不止一处，又开始一点点清创、敷药。许久后伤口处置完毕，医官开了方子。

“她原本不过寻常着凉发热，只是年岁太小，一时便重了，又受了伤，格外热得厉害。单这伤病倒是要不了她命，只是她身子太弱，想是打生下来也没好好吃饱过，也无人仔细照料，一点伤病就扛不住。明日照这方子抓药，按时煎服，格外与她吃些好的，一开始不要太油腻，怕她肠胃受不住……看着也是有望复原，只是若真养不下来，也不奇怪。”

郑三娘连连点头，医官又嘱咐了许多才离开。两位嬷嬷出去烧了些温水来，寻下勺蜜化开，帮着郑三娘给小女娃喂了些。今晚也再做不了什么，两位嬷嬷回了各自屋中。郑三娘将小女娃抱到榻上，裹紧了衾被，挨着她躺下，将她搂在怀里，轻轻拍着。许久后，小女娃模模糊糊又说了一声“阿娘”，声音微弱，气若游丝，郑三娘心中如被刀伤。

“这娃儿……怎与我那郑行止这般相像，也是瘦瘦的，大眼睛，看着就招人怜爱。我那娃儿刚生下来不几日，便叫她那畜生父亲弃了我们母女，本想着左右男子无用，也不稀罕，只我母女相依为命便足够，娃儿却三岁头上就不要我这做娘的，丢下我先没了……这一晃也多少年了……此番定是老天爷可怜我老了，与我个补偿。她管我叫娘，这是认下我了，死活也不能扔下她，定要将她好好养大，好好疼爱。”

第二日一早起来，郑三娘去请嬷嬷过来暂时代为照看。许嬷嬷坐在榻旁，挨着小女娃，对郑三娘说道：“你快去抓药，我二人帮你照料她，也将煎药物什备好。”

“阿娘去抓药，端木莫怕，等阿娘回来。”郑三娘小声哄着，轻轻给娃儿掖好被子角，迅速出发，到左教坊外不远处药铺里抓了药，买了食材，又迅速回来。进了屋先去看她端木，见娃儿仍旧安稳睡着，放了心。

“端木乖，阿娘去给你煎药。”

“不让她随你姓郑？”许嬷嬷问道，“日后叫她知道她不是你生的，该不与你亲了。”

郑三娘哭笑不得：“我都五十几岁快六十了，哪里还生得出来，她早晚也要知道她不是我生的。”

苏嬷嬷立刻笑了，对许嬷嬷说道：“你这算计差得也忒远了。”

许嬷嬷自己也笑，又听郑三娘说道：“若不知道她姓什么也就罢了，既然知道，为何非要随我？她耶娘是养不了她才将她送人，也不是有意要对不起她，缘何要去了本来姓氏。管她姓什么、谁生的，我养大就是我的。日后我便是她亲娘，一定要好好疼她，亲自教她。平日里要与旁人一样叫师父，没人时便要叫阿娘。”

两位嬷嬷十分感触。苏嬷嬷留下照看端木，郑三娘煎药，许嬷嬷去厨间将鸡洗净切件，放到炉子上炖起来。只半个多时辰，药先好了，滤出来放凉后，郑三娘将药端到屋里，将娃儿抱在怀里，狠心揉揉她脸蛋，将她弄醒了，喂她吃药。

“端木乖，阿娘不是不让你好好睡，是怕你呛到，只得叫醒你。”郑三娘小声哄着说道，用调羹盛了汤药，喂到怀中女儿口边。娃儿仍旧昏沉，不甚清醒，竟也尝不出药苦来，药喂到口中，糊涂着咽了下去。郑三娘怕女儿呛到，每次只盛一丁点儿，在调羹里不过指甲盖大，一碗药喂了许久。娃儿满头都是汗，累得小脸通红，郑三娘心疼，抱着、拍着，等过许久，见娃儿脸色渐渐好了。

又半个时辰，鸡汤熬到了火候，郑三娘将鸡汤上油水捞得一点儿不剩，只肉汤盛在碗里，又撕下鸡胸上瘦肉，细细切了，混在汤里，端到屋中，重又将女儿抱起来，用调羹盛着汤和肉糜，每次仍旧只喂一点点，片刻便要让女儿歇歇，一小碗鸡汤喂了半个多时辰。

连着一月多，两位嬷嬷每日帮忙，郑三娘每日早起后都要花上半个时辰与女儿喂药、换药，又要花半个时辰与她喂饭，上午忙过了，又是下午。有时喂她鸡汤、鸭汤，有时煮好秋梨，用调羹刮下果泥来，连一点青菜也要煮到透熟，切得碎碎的，一点一点喂给她。与弟子指教舞蹈时，郑三娘将女儿抱在怀中，一手还不住轻轻拍着。若是指教羯鼓，怕吵到女儿，柔声哄得她睡着了，放在另一间屋里，盖好衾被，不时便要过来看看。

两月多后，小女娃终于在死路上捡了条命，硬是活了下来。她渐渐记住了郑三娘，郑三娘抱着她，她会搂着郑三娘项子。她有些害羞怕生，除了她阿娘以外，只跟苏嬷嬷和许嬷嬷亲热，对别人总有些畏惧，若是别人来逗弄，便要躲到阿娘身后。有人说这孩子不甚机灵，举动迟缓，说话口气也木，郑三娘却知道，她不过是受苦太多，眼下心里还是委屈，什么都怕，什么都躲着，实则非常聪明。

“我与弟子讲舞蹈、羯鼓，每次端木都在一边听着，我也没教过她，她手指上就能击得对了。有时旁人击得错了，她也不受扰乱，手上仍是对的。此实是天分，她眼下身子还是弱，再将养上一年半载，我定要亲自教她，定不叫她天分落到空处。”

半年后，端木果然复原，身子结实许多，脸颊圆润，眉眼端庄，举动沉稳。与院中众人处得熟悉了，天性展露，十分亲人。凡事也不急、也不恼，又会柔声哄人，全院子里人都喜欢她。她那乐中天分也日渐隆盛起来，什么也还没学过，只用指节敲打桌案，两手配合，板眼极精准，强过那学了多少年的。

“我四岁起师父教我击羯鼓，不上五岁便开始跳舞，每日师父都与我讲授许久，又盯着我练习，我时常犯懒惰，师父从不纵容我。我有时见你师父哄你，也羡慕，只是眼下回头想，也知道你是你、我是我。你是吃哄的，卢先生将你哄得够了，不用看着你，你自己就知道用功。我却果然是要师父盯着的，不然便要犯懒惰。”端木碎碎说着。她与李素炫已在榻上躺着说了两个多时辰，讲了许多旧事，仍旧毫无睡意。

“小时我们一起修习，你总是比我快，我十分服气你。”李素炫说道。

“我师父盯得紧，卢先生却容着你喜欢这喜欢那，又要弹习又要读写，自然比我慢些。”

“记不记得小时候我们总是半夜说话不睡觉？嬷嬷屡次来砸门怒骂。”

“记得。一夜没睡，只说闲话，常事。说什么却忘了。”

“我在左教坊里，除了几位长辈，你是第一个过来与我说话的。我见你好看，说话还柔和，心里欢喜，就记住你了，然后竟然与你住一间屋子。”

“之前听我师父说，你也没耶娘，也是师父从外头捡的，我就留意你了，就想跟你说话。”端木说道，“还有，你与我在一间屋子里，也是我央师父去求的嬷嬷。”

“此事你从前未与我说过。却是为何？”李素炫惊讶道。

“这些我也不记得了，是前阵子我师父与我说，我有次找到她，对她说，素儿白日里在师父身边，就开心，晚上老是独自躲着，看着可怜。你那时唐话说得也不太顺畅，旁人若缠得你恼火了，你便用胡语嚷一句。我忍不住想哄你，你却总要将我赶走，只想独自待着，弄得我坐立不安，最后去问师父，能不能求嬷嬷，叫我与你一间屋子。”

李素炫叹道：“我端木自小就如此心善……只是，我师父也说我小时候会说胡语，方来时，总是胡语和唐话掺着说，我却丝毫记不得。也奇怪，我小时什么事情都记得，这事怎么一点儿记不得。”

“你那时总说一句话，我也不记得怎么说的了，总之你每被人缠得烦，就要恼火，就嚷一句。大约是让人走开。”

“我真不记得了。”

“你说了好多次，我们都记得，你怎的全忘了？只是后来你果然再没有说过，再被人缠得烦了，只叫嚷一句走开。所以我们猜你说那句胡语，意思是叫人走开。”

“我不记得那句话什么意思，也不记得我说过那句话了。”李素炫喃喃说道。

二人沉默许久，都困倦，又都不想睡。冬夜寂静，什么声音也没有，夜半时分连风声也没有。

“素儿……日后我要做什么？”许久后，端木自语般问道，“出宜春宫后，每日只想在母亲身旁好生陪伴，又与李逊约会，那时候也没想过以后。可惜我与李逊今生无缘，如今母亲又撇下我了。头半生到了此处，是个终了了，我往后要做什么？……明日要做什么我都不知道。”

李素炫缓缓说道：“我师父死后，我只想与师父申冤。一年后，师父冤仇得雪，那之后我也是不知道要做什么。”

“后来如何？”

“雷先生整日弹琵琶与我听，又为我吹奏筚篥箫管，我缓和了许多。又想起师父以前说过，要是有一日不知道做什么，就好好弹琵琶、好好读书、好好写字，旁的什么也不想，久了就知道要做什么了。”

“……素儿说的是。以往我们整日在一起合乐习奏，入宜春宫便少了，出宜春宫后更少了。我们明日起重新一起练习，如何？”

“好。”李素炫摸着握到端木手指，用了用力，“该睡了，不睡也闭上眼睛歇息。”

“好。”端木弱声应了一句，许久再未说话，不知是不是睡着了，李素炫依旧睁着眼睛，看着黑暗。这半月来端木也不哭，也不嚷，只是每日发呆，李素炫担心，却又没法子。今夜两人都没睡，说了这许多，也不知道明日一起奏乐弹习，是不是真的会让端木好些。

# 137

翌日，日色晴朗，无风，李素炫将窗子打开，垂了层纱帘，隔着寒冷。屋中光明盈溢，扫过窗对面架上数支抱弹，一片木色柔婉中，道道丝弦夺闪，细亮如刺。一侧架子上无数索引小签垂在丝绳上，偶尔有微风将纱帘掀开些吹进来，那些小签便是一片纷乱跃动，如落花不尽。各色织锦书衣逐个闪烁，仿若书中无数上古精魄被光明唤醒，开眼相看。李素炫燃了炉香，白烟缕缕上升盘绕，如灵蛇挺身，对峙光明，在窗口处一片亮色中看得格外清楚。

“这香是樱儿送我的，我平日里懒得费事，今日拿来试试……”李素炫坐在案几旁，擦着她那枚小歙砚，簸箕形，巴掌大，用了十几年，打磨得晶莹水润。香气在屋中渐渐弥散开来，她嗅到味道，唠叨了这半句，突然想到也许不该提起樱儿，怕端木想起李逊来，立刻闭上了嘴巴。

端木其实没有那么喜欢多想。方才李素炫弹起无伤，她打着羯鼓，却一片心神散乱，两人索性停下来，将琵琶羯鼓丢在一旁，李素炫转圈忙些琐碎事情，端木在窗口处坐着，看着外面。

“素儿……我想出去走走。”

“好。”李素炫马上放下手中小砚，点头说道，“我陪你。”

“不用，我自己去。”端木说道，“我知道你喜欢独自一个人。这一月多每日里都与你在一起，也没见你烦，难为你了。”

寻常人此时一定会说一句掩饰话，诸如“我不烦”之类，李素炫跟端木没有这些客套废话，淡笑着说道：“我果然喜欢独自一人，只是，再怎么样也不能丢你在一边，叫你自己受着。这些日子我一定要陪着你，等你好些，手头又有事情忙，我便不理会你了。”

“我今日已经好了。”端木说道，“我自己出去走走，不消你陪。不是舍不得用你，是真的不用。”

“好。”李素炫点头答应，知道端木想自处半日。她放下手中物什，起身去卧房取了件披风来递给端木，送她到门口，反复叮嘱她早些回来。

端木点头告辞，上马出延政坊南门，向南走去。眼下已是腊月里，街上人人匆忙，多有行脚挑货的，走得急，端木不敢扰人辛苦做工，一直靠坊道边上走，也不知道要去向哪里，由着红马随意向前，许久后到了东市。临近过年，东市里拥堵吵嚷，她走进去没多久，觉得有些太过热闹，四周店铺林立，又隐约忆起些往事来，不想再多逗留，径直向前，自东门出了东市。在坊道上停了阵子，仍是不知要去哪里，红马随意又向南走，渐渐近了靖恭坊。

端木心中微动，拨马入了靖恭坊平宁寺，迈步走进大雄宝殿。殿内人少，她独自到了佛祖面前，轻轻跪下，端持双手，虔宁心境，默默祝祷。

“在下端木行止，今诚心祈愿，为师乞来世之福，特禀佛祖。我师父幼失怙恃，无人疼爱照料，悲苦无依，及长又遭男子抛弃，又失了亲生女儿，又一生为奴，困于教坊，至死不得自由。然我师父心地良善，救我于垂死，抚养我长大，授我乐艺，令我得以有今日。乞请佛祖保佑我师父来世转生到好人家，也得耶娘疼爱，也得手足团圆，也得夫妇恩义，也得儿女满堂，莫要再一世为奴，如今生这般命苦。”

端木喃喃说着，泪水慢慢汇聚，努力忍着，终究还是落泪。她本性矜持忍耐，寻常不露悲喜，与李逊分开后从不轻易哭泣，师父死后也只一片平静，喉中如有骨鲠，死死卡着，想哭也哭不出来。今日到了佛祖面前，一心弛缓，泪水骤至，索性也不端着了，低下头，将身子伏在地上，埋首痛哭，固不敢出声号啕，却是将泪水狠狠流尽了。

许久后，她抬起身来，擦擦脸上，深深行礼谢过佛祖悲悯，站起来，稳了稳身子，飘忽着出了大殿。今日晴朗，日光照得明亮，树荫处又幽暗，亮处暗处接连相隔，她穿行而过，两眼涩痛。

“端木。”有人在身后叫她。

她回身，一时看不清楚，后退两步躲到树荫里，这才看清楚，眼前人是闻朗。

“闻公子……”她轻声说了一句，如梦中呓语。

闻朗见她样子，猜测她方才狠狠哭过，知道她这些日子肯定是熬得辛苦。

“我近日里繁忙，疏于相顾，想你与好友在一起，应无大碍。”

“我无恙。”端木说道，“今日无意间走到这靖恭坊内，进来礼佛，为师父祈祷。”

两人说着一起向寺外走去，端木说道：“眼下天寒，时疫正盛，想是城里各寺病坊都十分忙碌。”

“果然，寺中人都忙碌，各处居士也过来帮忙，仍缺人手，一人要当几人用，忙得没个昼夜。我已多日未曾回家探望，今日师父特意嘱咐我回去看看耶娘。”

“你家离此处远不远？”

“在安兴坊中，与你延政坊只隔着大宁坊，你我刚好顺路。”

两人都未上马，将各自马匹牵着，一路向北走。闻朗不知道如何安慰端木，想着找些话来说便好，与她说了许多悲田坊中旧事，如《像法决疑经》中所谓“悲田”是何要义，历代六疾馆、孤独园、悲敬两田如何设置、嬗变，及开天年间朝廷如何设置悲田养病坊、令僧团领袖为悲田使等，仔细与端木说了一遍。

“朝廷赐银为本，令寺中收利，加上各处善男女布施，每处病坊每年都要救拔数百人。”

“我方才见到有人持财币奉与寺中师父，想就是善男女行布施了。”端木说道。

“此财布施，也有无畏布施、法布施，我寺中居士多有奉行。”

“何谓无畏布施、法布施？”端木问道。

“见他人遭逢困厄，柔和抚慰，驱除人心恐惧，即是无畏布施。”

“想是使人无畏，故名无畏布施。”

闻朗笑道：“不是这等说。你若要安慰他人，便要能察知他人之苦，同于身受。故此无畏布施不是使人无畏，是你有这无畏心，不惧痛苦，不惧与人分担痛苦，才敢布施如此慈善。”

“原来如此。那法布施又是什么？可是设坛与人讲经说法？”

“讲经说法乃是无量布施，法布施是将自家本事授与他人，不受酬劳。我上次在你家中见到那少年人，你们叫他小太常，喜欢琵琶羯鼓，父母不允，你二人偷偷教他，不受束脩，便是法布施，实在是一番功德。”

端木笑笑：“这些我都不懂，也不曾想过与人布施，只是不忍拂了那少年人一番恳切。”

“人若心有良善，自然奉行布施，无意间便行许多善事，也不消知道这些名头道理。”

二人牵马步行，边走边说，到了安兴坊，闻朗与端木行礼告辞。入了东坊门，端木一人牵着红马回了家。李素炫已备好夕食等着，见她回来得还早，松了口气，饮食谈笑后早早睡下了。

第二日一早，端木告诉李素炫：“素儿，我今日起要到靖恭坊平宁寺去与人做些布施。”

“我与你一起去，刚好我也布施些。”

“不是去施财，我去与人做些零工。”

李素炫不明白，端木将前日闻朗所说财布施、法布施、无畏布施等讲了一遍，最后说道：“我也不用去教人什么，我事羯鼓舞蹈，人也用不着。我只会做些洒扫，与人帮忙，不知算哪一种布施。”

李素炫不知道端木怎会想起布施来，又非要行这般布施。这一对好友性子迥然不同，李素炫开心时才肯见人，伤心时只想独自弹琵琶、写经、读书，只一身，足能牢牢待上几月。端木却是天生亲人，开心时可以独处，难过时尤其想与人在一起。无奈李素炫太过在意她，总跟着她、看着她，又哄着她，害得端木总觉得自己拖累了好友。眼下她想与人在一起，却又不希望那人太关切自己，不如去养病坊中做些布施，也得与众人杂处，也不用与人说话，左右她现在读书也读不进去，击鼓手上也错乱不断。

“我自己去就行，素儿不消陪我。”端木柔声说道。

李素炫又想了想，也能明白端木用意，点点头，嘱咐她早些回来。端木穿了身粗衣，牵上红马，出门直奔靖恭坊平宁寺。入了寺内，立刻去寻僧值，将所为之事照直说了。僧值感激，眼下寺中正缺人手。病坊中有时疫，不敢叫端木入内，只请她做些洒扫、浣洗、拣选药材等杂务。端木也不挑剔，也不推辞，听从僧值调遣，由个小师父带去了浣洗处。彼处有十几人，都是城中各处居士，各自穿着粗衣，一起做活，也不多交谈。端木与众人行礼见过，即刻挽起袖子来，不顾天寒水也冰冷，随众人一起浣洗起来。

“当初若无我师父善心，今日也没我这一条命在。我也没太多孝敬师父，如今也做些善事，就当还我师父情分，也替我师父攒些冥福。”

端木一言不发，认真做事，随众人一同忙碌到日昳后，才行礼辞别。晚上躺下时，身上疲乏酸痛，合上眼睛很快便入睡，也不再胡思乱想，也没那许多古怪梦境，早上起来倒精神百倍。

自此，端木每日清早都要去平宁寺，或是浣洗，或是洒扫，也听人指点，分拣药材，做些摘选、清洗、煎熬之类细致活。她虽出身女奴，自小却有郑三娘在身旁，乐艺上管教严厉，衣食上却格外照料。郑三娘老来得了这女儿，十分心爱，死活舍不得将她拿来做粗使，衣物被褥都是郑三娘拿走拆洗。眼下连着做了近一个月粗活，端木一双手糙了不少，她不在意，仍旧细致认真。李素炫本舍不得她每日辛苦，只是眼见她神色一日日舒缓起来，心绪渐趋宁定，晚间睡得也好，也就不再拦着，只是每日在家中认真备好餐食等她回来。

除夕前一日，闻朗路过浣洗处，无意间瞥到端木，她刚将几张粗布单子洗好，正要晾晒起来。闻朗迟疑了片刻，又看了看，确信是端木，不由得走过去与她说话。

“你怎么在这里？”闻朗问道。

端木擦着两手，笑道：“前次你与我讲过此处有居士布施，我便来了，左右待在家里也无事可做。”

闻朗见她两手通红，皱了皱眉头，又说道：“冬日里浣洗不易，你这手也要歇几日，再这么沾水要起冻疮了。冻疮一旦起来，每到冬天就要犯，不易根除。”

“好，我明日做些别的。”端木说道。

“明日是除夕，你不要来，在家歇几日。”闻朗说道，口气坚决。

端木不知要如何回答，每日做粗活固然辛苦，心中却是一片安定，好过在家中魂不守舍。闻朗也没真想等她回答，吩咐道：“你今日不要再忙了，马上回家。我刚好也要回家，顺路送你一程。”

端木点点头，转身取披风披在身上，随闻朗出了平宁寺。天色不是很晚，只是有些阴沉。二人仍旧牵马步行，闻朗问道：“延政坊左右近邻处也有寺院，你怎么非要跑到这平宁寺来？路实在是有些远。”

“……我三岁时，师父就是在这平宁寺山门前捡到了我，将我带回左教坊，救下我一条性命。”端木低语。

闻朗看了端木一眼，问道：“你师父捡了你？”

“我耶娘养不了我，将我送与城中富户做奴婢。我生了病，主人不想与我医治，将我丢弃在平宁寺山门前，我又受了伤，浑身发热，当时天又冷。若再晚一两日遇到我师父，定要没命了，怎会有今日。”

闻朗不语，许久说道：“怪道你待你师父那般心诚。”

说起郑三娘来，端木有些难过，闻朗也不知还能与她说些什么，两人沉默着走了许久。到了安兴坊近处，闻朗说道：“明日是除夕，你不要去寺中，在家好好歇息。非要过来，也等过了正月，暖和些。如今天寒，做活太遭罪，你女儿家的挨不住。”

端木摇摇头，恍惚说道：“我不像我那素儿，她自小顽皮，开心起来便要胡闹，坐不住，又爱搅和人，反倒是伤心时读书弹习格外认真。我却相反，如今每日心神不宁，做什么也静不下心来，又总想起师父，倒觉得在寺中干活好些。我不在家，素儿不用总担心我，也轻松些。”

闻朗叹了口气，想了想，又说道：“你若非要去寺中，就去找我。粗活有人做，你读过书，又会写字，去帮我做些案牍。我需要个读过书的来帮忙，正愁找不着人。”

“我不通医术，能帮你做什么？”端木问道。

“我初二清早回寺中，你哪日去找我都行，到时候我告诉你。”闻朗嘱咐道。

“好。”端木点了点头。

“先回家过年，好生歇息几日。”

“好。”端木应道。闻朗看了她一眼，叹息一声，行礼告辞，二人各自回家。

## 138

除夕日，端木与李素炫一早就起来，出门备好年货，分头送到各位长辈家中，午后一起开心将家里洒扫一番，备下些上好草料和粮食将赤骏与枣红马喂了，只是心中有些抱歉，这马屋只为赤骏所建，没多大，它两个想是挤得不开心。两人对马儿各说了几句贴心话，回了屋里。

“素儿，我这些日子好多了，晚上睡得也好，不用再与你挤一张榻上了。”

李素炫立刻急了，叫嚷起来：“你答应过我在家里过了冬天再回去，你现在这样我不放心让你走……”

端木柔声安抚道：“我不是要回左教坊。你晚上睡得轻，我在你旁边，难免扰你，我到我师父那间屋子里便好。”

“好。”李素炫点点头，这才放了心，又突然说道，“我去那间屋子，你睡我榻上。”

李素炫自有考虑，她这间卧房里满满的，榻、胡床、藤箧、柜阁摆了一圈，她第一日到师父家时睡在书房中小榻上，眼下小榻也移了进来。出宜春宫后在这里住了这几年，攒了不少零碎，街市上偶尔买个香囊，友人送一根丝绦，就胡乱挂在角落处。如今这卧房里虽不奢华，还有些凌乱，却有活人气，那头屋子里却冷清。郑三娘在时端木不会觉得如何，眼下李素炫担心她看到对面空榻，想起师父，难免幽然伤情。

端木知道李素炫忧虑，拍拍她肩膀，说道：“素儿心细，只是我反而没那般心细，你总担心我多想，其实我从不想那许多。”

李素炫闻言笑了，说道：“端木纯粹。是我自己想得太多，就觉得你也如此。”

两人在厨间里开心忙碌，一同备好夕食，晚上一同用餐，又一同饮酒、说笑，守着时辰，过了子夜。李素炫晃晃酒壶，见空了，也不嚷着再添，只笑着说道：“我得睡下了。这几日懒惰，疏于弹习，如此去见雷先生十分不恭敬。明日要早些起来，先弹阵子，手上熟些，下午才敢去见他。”

端木要回自己卧房，李素炫又嘱咐道：“你若半夜睡不着，心烦，就过来叫我。”

“好。”端木点点头，抱抱李素炫肩膀，“此刻已是正月初一了，素儿今年一定要好。”

“我一定好，你也要好。”

两人用力抱着，片刻后松开手，各自回卧房睡下了。

李素炫心里有事，睡不实，天不亮便起来，直接去了书房，抱好无伤，摸黑弹起来，只是不大着力，怕吵醒端木。天色渐渐亮了，端木起来时，李素炫已弹了一个多时辰，见端木走进来，她笑起来，手上即刻着力，琵琶声一时欢快起来，声声脆嫩。端木见她穿了件旧衣裳，光着脚丫坐在窗口处阳光里，头发松散蓬乱，未曾梳洗，身上脸上一副邋遢，抱着无伤弹得开心，又摇又晃，笑得也肆意，一副可爱，又有些该打。

端木不由得笑上了，嘱咐道：“我去备些餐食来，你弹你的，只是别光着脚，凉，还有……眼角处用力擦一下。”

端木说着，掩口笑着走开了。李素炫咧嘴笑了笑，拖过条毯子来盖在脚上，用指节擦擦眼角，继续弹起来。过不多久，端木使个承盘端着餐食走进来，将承盘放下，一边动手布置餐食一边无奈摇头说道：“你这丫头，从小就生得轻巧伶俐，水似的干净好看……糙起来也真要命。”

李素炫一副嬉皮，轻轻放下无伤，手脚并用爬到案子边上坐好。耳边传来零星爆竹声，眼下想是家家热闹团聚。端木与李素炫并未太将过年看得要紧，也没有格外准备什么节庆吃食，李素炫下午要去见雷海青，也从来不敢动五辛。两人简单吃饱，端木收拾碗筷，嘱咐李素炫好生弹习。过了未时，李素炫梳洗好前赴内教坊，端木去了左教坊看望许嬷嬷、苏嬷嬷和院中女乐。如此，又是一年了。

第二日清早五鼓方过，端木离家去了靖恭坊半宁寺，迈步走入偏殿时，闻朗已经到了，正低头认真写着什么。殿中结顶高耸，周身空阔，此刻再无旁人，四下一片清凉肃静，微风轻动幡幢，檀香幽染，佛祖微笑，脚下青砖粗朴，朝阳色绯，束束缕缕有如锋锐，在地面上斜斜欹着痕迹。端木绕过幡幢，走到闻朗且近，唤了他一声。

“闻公子。”

闻朗抬头看了一眼，说道：“今日初二，你就来了？”

“左右无事……我能帮你做什么？”

“帮我将这些方子抄写二十份。”闻朗说着，抬手指着不远处，“那张案子空着，你在那上头写就好。这些方子要送到城中各家病坊，誊抄后需要核对。”

“是。”端木点头，从闻朗手中接过纸笺，转头坐到那边案子上。案上有纸笔，旁边摆着砚台和砚子。端木打开手边简陋瓷盒，将里面碎墨盛出些来放进砚台里，加了水，握着砚子开始研墨。细细研好了，提笔润水取墨，开始抄写。

闻朗忙完手头一点事情，抬头看见端木正低着头，写得很认真。他看了她片刻，起身走过去告诉她："我要到病坊中查看，你在这里安心誊抄。"

端木点点头，闻朗转身走了。端木又低下头，认真写字，心下一片宁静，什么别的也不想，也不记得时辰，很快到了午间。闻朗从外面回来，带了些简单吃食，放在她手边。

"多少吃些，别光干活。"他说着又回到自己案子旁边。

端木将笔简单涮了，放下，见闻朗拿了些干粮过来，配着一盏温水、一碟酱豆。她腹中立刻饥饿起来，也不忸怩，将水盏和碟子推得远些，怕碰翻了污染纸张，一边吃着，一边核对方才所录方子。很快吃饱后，简单擦了手，问道："你不吃些？"

闻朗头也未抬，闷声说道："我每日在厨间立着简单吃几口就行了。"

端木未再问什么，重新拿起笔来抄写。闻朗那边开始有许多人围上来，请求诊治，端木看不见他，只能听到说话声，不住与人讲些病况、嘱咐服药细则，甚是耐心。端木本就性子安静，身旁人来人往，也不过来相扰，她心中宁定空澄，边写边想："我现在知道素儿为何喜欢写字了。"

闻朗一一答对过问诊之人，又到旁边小间里点查药材，不久又有人前来问诊，闻朗又回来。如此进进出出，端木仍旧安静，头也不抬。身旁佛香隐约，隔着佛祖微笑，那一头，靠近殿门处，风也动，幡也动，随它风动幡动，这一边，但我心不动，便是万物消歇，又何须烦忧。

药方抄好后，端木将一摞纸笺交给闻朗。闻朗看了那上面字迹，清晰细淡，颇有一副女儿家妍秀。

"你这字写得好。"闻朗说道。

端木只一笑，什么也没说。闻朗想了想，又说道："我这里每年都要刊刻时疫方子，上元日施舍与四方游客。往年此时已经付梓，今年有事耽搁了，所幸我这里有位施主是专门制雕版的，答应会同几位同行赶工。我今日正要开始誊抄，你若愿意帮忙，就交给你。"

端木说道："若是要刊刻，我回去请素儿帮忙誊写。她累年抄书写经，书体端严中和，好过我这一副女子纤细。毕竟是药方，还是敬肃些好。"

闻朗点头，转身拿起一摞纸，垫上张干净纸，卷了扎好，交给端木，又站起身来送她到了大殿门口，二人行礼作别。

端木骑马很快到家，李素炫已备好夕食等着她。二人一边饮食一边聊天，李素炫看到端木手上有许多墨渍，皱皱眉头问道：“那闻朗让你干什么活了？怎么弄这许多墨渍在手上？”

“誊抄而已。只是他那里不用墨锭，只用碎墨，我不大会用砚子研墨，弄得手上都是。”

“为何不用墨锭？固然比碎墨贵许多，也不至于用不起。我小时候一横一竖还写不直，师父也没让我委屈用过碎墨。”

“我没问他，只是猜测，终究是病坊，各处药材粮草多靠着善男女好心布施，他定是要省着些，纵不缺，也不敢浪着用。”

“可这样你多麻烦。明日从家里带几枚墨锭好了。”

端木笑道：“闻公子自己也用碎墨，就不要为难他了。我倒是有一事相求，今日闻公子请我帮他誊抄时疫方子，预备交付刊刻，上元日布施与游寺之人。我想请你帮我抄写，猜你不会拒绝，才应了闻公子。”

“这个容易，今晚就帮你写。”

“你平日里行文作诗，书体也是浪撒飞奔，一副不拘。抄方子要用你写经书体，那副敬肃我学不上来，不然就自己抄了。”

“放心，一定认真与你写。既然是上元日前就要刊刻好，闻朗定是急着要，我尽快写好。”

二人说笑间吃饱了，端木起身收拾，叫李素炫去抄写方子。李素炫即刻坐到案几旁，研好墨写起来。端木收拾过一番，坐在旁边案子上，轻抚瑶琴。至夜深时，李素炫嘱咐道：“你先去睡，我今夜就能将这些都抄完，放这案子上，你明早取走就是了。莫要叫醒我。”

“好。辛苦素儿了。”端木说道。

“无甚打紧，也该还闻朗个情分。又终究是善事，我能帮忙，还不用出门，十分乐意。”

第二日清早端木起身，果然看到案几上粗粗一卷纸，装在书衣里，知道是李素炫将原稿与抄件卷在了一处。端木取了放在包袱里，在厨间里简单吃了几口食物，出门到了平宁寺。闻朗住在寺里，早到了殿中，已在案几边忙了阵子。端木将纸卷递给他，他退了书衣打开纸卷，看了一眼，很吃惊。

“素儿这字果然写得好，端严平正，法相庄重。”随即又惭愧笑道，“你二人书体颇不相同，却都强过我许多。”

端木没说话，只笑笑，转身回了自己案几边上坐好。须臾间，心中微动，抬起头来，见闻朗正看着自己。二人对视一笑，又低下头各自忙碌。

# 139

上元日，天色还亮着，崇仁坊资圣寺中已燃起灯烛，日头渐渐落下去，灯烛越燃越多，端木和几位居士不停忙碌，许久后才察觉到，夕阳沉晖已换了灯烛摇曳。资圣寺临着三大内与东市，平日里就比平宁寺热闹，今夜游人更多。

入夜，周围挤满了人，闻朗带领众人将时疫方子及各色成药分发给游人。他没有指定端木做什么，也不想劳动她，今夜带她来，只是因为知道她没了娘，心绪不宁，叫她跟着出来散心。他不知道端木来过这里两次，都是上元日，却是迥异心境。眼下端木不愿再想什么，终究一切都已过去了。

有人辛苦劳作，端木不是能在一边闲看的，只是几位居士各有分工协同，不用她做什么。周围不断有人挤到闻朗身边，有各色询问，闻朗逐一回答，有时还要简单为人写几笔，将笺子交与人带着，怕人转头忘记了。端木看了阵子，走到闻朗身旁，认真帮他研墨。

月亮从中天划过，周围人渐渐多了，许久后又渐渐少了，直到过了子时，整座资圣寺中已没有多少人。方子和成药都已分发完毕，众居士收拾着一应物什，闻朗也将笔砚简单洗了收好。

“累你帮我研墨，方才忙乱，也忘了说个谢字。”

“研墨而已……”端木低声说道。

闻朗取了个帕子，在水里沾湿，拧了，递给端木，笑道：“将手上擦擦。看你本就不会处置这碎墨，安静研磨也总要沾到手上，今夜这墨我用得快，你研得慌乱，沾得更多。早知道我带墨锭来了。”

端木笑笑，接了帕子，认真将手上擦过一遍，只是擦不太干净。闻朗一直在一边看着她，又说道：“也不是一时就能擦净的，回家了用温水再洗。这帕子凉水投的，天又冷，擦过一遍，不染衣物就行了。”

“好。”端木点点头，将帕子还给闻朗。

“素儿可知道你在我这里？”

“知道。”

“回去替我谢她。我师父见了这方子，也夸素儿字写得好。日后但有刊刻，我很想请她来誊抄，不知她可乐意帮忙？”

端木笑道：“这个我替她允了你便可，她肯定答应。”

“眼下已入丑时，我送你回家。”

“好。”

闻朗说话间将手头物什收拾好了，将端木披风拿起来递给她，两人说着话，与众居士一起向外走。

“你到了家，将两手洗净，用温水泡一泡，擦净后寻些油脂来薄薄涂上，荤油素油都行，来回揉按片刻，手背上和指甲根处可格外多涂一些，格外多揉按一阵子。直到油脂浸饱肌肤纹理，将多余油脂擦掉，再轻轻裹一层软布在手上，明早起来会舒服许多。隔几日如此将手养护一番，可以平安过冬，不易生冻疮。”

闻朗一边走一边仔细叮嘱，端木认真听着，不住点头。

“我见你二人家中有许多乐器，许多书卷，这些日子一直好奇。你二人是做什么的？”

“我二人从前皆为女乐，眼下我依旧籍在左教坊，掌教习，素儿已入道为女冠。”

“你们怎么会有鱼袋？还请得动太医署太医博士？”

“我二人原是大内乐人，自然有鱼袋。素儿眼下是皇家道官，故此请得动太医博士。”

“……原来如此。你二人都读书，乐人中却是鲜见。”

“内乐乐人都要读书，读多读少罢了。”

……

二人随意聊着，渐渐走远了。在他们身后，灯火暗哑处，李逊正凝神看着二人背影。

李逊已与裴氏夫人成婚数月。裴氏夫人出身侯门，端庄娴雅，深得李逊父母器重。李逊虽不讨厌她，却也不喜欢她，心中依旧对端木念念不忘，又满怀愧疚自责，终日消沉。他已入仕，借口庶务繁忙，整日早出晚归。晚间到家见过父母，与裴氏夫人打过一声招呼，便躲进书房里，却又不想读书作文，只伏在案子上不停饮酒。夜深了醉醺醺便入睡，早上起来与身边人招呼一声，口气礼貌却冷淡，连看也不看她一眼，见过父母，即刻出府。裴氏夫人也不多问他，也不硬与他说话，夫妇二人相敬如宾，相敬如冰。

今夜上元，李逊伤感难忍，又想起前年带端木一同游寺，在寺中幽静处看着满月，耳语着，说了多少贴心话，不想山海誓言转瞬成空，只如一个笑话。去岁上元，又是此地，又见到她，二人却只是远远隔着，望着，最终一句话也没有说。今夜李逊如同受了幽冥差遣，独自出府，梦游般又走到这里，心中怯怯指望，又想再见到端木，又觉得无颜再见她。入了寺中，在灯烛幽暗处躲着，看着外面人来人往。他一直没有看到端木，眼见人群渐渐散去，满怀失望，却又暗自松了口气，刚要离开，远远看到端木正与闻朗说话。

李逊听不清他们在说什么，只是见到他们一拨共有六七人，端木却只与闻朗说话，又见闻朗递帕子给端木，端木接过来擦了手，又还给他。李逊十分紧张，看得仔细，却也看不出他二人格外亲热，说话时还一直隔着桌案，离开时闻朗也只将披风递给端木，没有走过去亲自帮她披上。

眼见闻朗带着端木向这边走过来，李逊后退一步，躲进黑暗中。他仔细看着端木，见她依旧一身端严静雅，看不出什么异常，又忍不住仔细看了看闻朗，他中上身量，穿着身粗衣，算不上俊朗出众，倒也周正，神情格外温和。他边说话边低头看着端木，笑得亲切柔和，却也看不出特别殷勤趋奉。

这二人说笑着渐渐走远了，留下李逊在他们身后兀自凝视，满怀忐忑、痛楚、酸涩，隐约还有些嫉妒，心中却又自嘲："我不过是个负心人罢了，有什么资格纠结这些。平白伤了端木，一生也不能补偿她。她不过与人随意说了几句话，我这有妇之夫竟还难过，真真寡廉鲜耻。"

闻朗一路与端木开心说笑，一直将她送到家。李素炫还没睡，等着端木回来，应声开门时，见端木身后站着闻朗，松了口气，暗想："这闻朗还算有良心，知道要送端木回来。”即刻行礼谢过闻朗，又随端木一起与他道别。

三人各自回家歇了，只剩那李逊在资圣寺中，在黑暗里站着，冻得身子也僵了，许久才叹息着迈开步子，一路蹒跚，孤零零回了家中。

李逊回府后径直入了书房，趁着月光，也摸着黑，独自坐在案几边上，一心昏沉，却又忍不住胡思乱想。

“端木不是轻浮女子，断不会与个陌生男子说这许多话，想来她与那人相识。只是不知道她如何能与男子相识，也不知道那男子是什么人，不知他们有多熟……”

李逊想着，不觉间伏在案子上睡着了，醒来时天已亮了些。他揉揉眼睛，想了想，出书房门叫了家人过来，嘱咐了几句。梳洗过后，见过父母，与裴氏夫人招呼一声，连口水也没饮便出府了。他本就憎恶仕途，如今每日庶务繁杂，人事纠葛，心中更加厌烦，只是眼下他实在是无法与裴氏夫人相对，更不想见父母。衙门口里虽然令人生厌，可好歹白日里还有个地方可去。

数日后，家人将闻朗身份打探明白，在书房里向李逊禀告。

闻朗二十七岁，其父名闻渊，曾任吏部四品大员，后年迈致仕。因闻朗出生时晴空艳阳，其父感于太平盛世，朗朗乾坤，为其取名闻朗，字元化。闻家兄弟四人，三位兄长皆已入朝为官，闻朗行四，人称闻四郎。此人自幼身体羸弱，父母将其舍在平宁寺中，由平宁寺方丈衍一法师亲自抚养长大。十岁时父母将他接回家中，盼他读书、求功名，但他只好医理，将各色医书熟读千卷，立誓行医，救拔天下困厄。十三岁时复归寺中，随衍一方丈修习医理，因《佛说像法决疑经》首句，取释名闻如是，立誓终生行医度人，宁不婚娶。衍一法师屡次赞其赤子纯良。后得药王弟子真传，为药王再传弟子。曾外出巡游数载，随诸多方家修研医药艾灸，回归长安城后，在平宁寺长驻，专研时疫诊疗，兼擅调理和寻常杂病，历年救人无算，深得众望，有闻菩萨之称。

家人禀告完毕，转身离开，只留下李逊心中翻滚，不停忖度：“也不知道端木与他到底有何干系。如此说来其人家世尚好，人品大约也不差，只是他立誓终身行医，端木若果然跟着他，不是要受苦？”

李逊迎着风站在院中，胡乱想个不停，也不嫌冷。他深知辜负了端木，也知道这辈子与端木再无一丝缘分，不但自责，也十分鄙夷自己。见她与别的男子说话，他心中酸涩、嫉妒，又忍不住打听，隐约期盼端木得个好姻缘，他也能良心稍安，后半生好过些。眼下听说闻朗立志终生行医，不婚娶，他不由得有些恼火，心想：“既然不愿婚娶，为何招惹端木。”又一想：“他二人不过是说了几句话，也未必就招惹了。”又想过许久，猜测前阵子郑三娘病重，想是端木请闻朗前去诊治，故此与他结识，只是郑三娘已然故去，不知他二人为何仍旧相处。

李逊只着人打听闻朗，却不敢叫人打听端木与闻朗有何干系、二人到底有多密切，觉得在意这些十分猥琐。只是来回反复想了好几日，最终还是忍不住，又派家人前往寺中。

不几日，家人回禀，道是端木在平宁寺中布施，每日浣洗洒扫，帮助闻朗抄录药方、整理文稿，眼下也随闻朗辨识各色药材，听他讲一些药学道理。

李逊顿时火大，暗暗骂道：“端木不娇气，却终究是个柔弱女子，我与她在一起时，连个果子也舍不得她自己剥皮，看地上太脏都恨不能垫到她脚底下去。眼下她竟然在寺里浣洗洒扫，做那许多粗活，这日子口里，天也冷，水也冷……就是抄方子，也要整日坐在那大殿中，冻也冻得难受。这姓闻的怎如此不知道疼人，怎么也不将她劝回家。那平宁寺乃是大寺，整日往来什么人都有，若有人欺负她怎么办……”恨恨想了几个来回，又颓废黯然，“如今也轮不到我生气。”

这一边，李逊吁叹愁挫，烦恼不已，却又无奈，最后叫了家人过来叮嘱，教不时去平宁寺中，看看端木有没有什么需要，若是有人欺负她，即刻出手相救，又格外叮嘱莫要让端木知道。另一头，李素炫见端木日渐开朗，又听她说在随闻朗修研药学，知道她心中充盈，便再不忧心她，只是见她又要去平宁寺与闻朗抄录药方、研读典籍，隔几日又要到左教坊中教授弟子，不时也要奉召入宫，有些担心她过于疲惫，难免屡次提醒。端木笑笑，点头答应，转眼又忘了，照旧忙碌。

## 140

二月近半，李素炫收到卢观递函，他将要外放赴任，约请李素炫等一众好友聚于灞河边滋水驿，共饮作别。信函中卢观口气恳切，一再请求李素炫赴约，又格外恳求她带上无伤。李素炫迟疑许久，点头答应。到了所约之日，出通化门向东，过浐水，很快到了灞水。此处古风犹在，灞柳惜别，风雪销魂。自古离人出长安，友人相送不过灞河，折柳作别后便分道扬镳，送行的要折返回城，远行的要独自离去。

到达滋水驿时，卢观、李逊和崔茗已在驿馆中为众人安排下宿间，并在灞水边备好了酒席。卢观见李素炫果然来了，非常开心，走过来轻声打了招呼，只是没法单独与她说话，见她肩上负着无伤，又忍不住暗自思忖，不知道可有机会寻个静处，单独听她弹过几曲，彷徨片刻后被崔茗叫到一旁招呼别人去了。十余人接连落座，李素炫与几位女子围了少半圈，卢观等一众男子围了多半圈。众人饮酒不断，高声谈笑。卢观见李素炫一直与身旁女伴说得开心，没有向他这边看，心中有些失落。

“终究我要离开长安了，回来也不知要什么时候……终究要离开的人是我，她怎么都不看我一眼。”

卢观本不是个爱热闹的，屡次召集众人相聚，不过是想借机见李素炫一面，也不想怎样，只想跟她简单说几句话。李素炫却鲜少应请，五次里有四次都不到。每每卢观约了许多人，不想见的都来了，只那一个想见的偏不来。他要认真招呼来了的，强作欢笑，心中格外失落。偶尔李素炫来一次，却不大与生人说话，与卢观也只那几次，只说了那几句。卢观暗自叹息：“纵是做个寻常友人，想来我也不是她看得入眼的。”

疯闹够了，天色也渐渐暗下来，一众人回了驿馆，三两一群，分散在多个小间里，又饮起了酒。卢观招呼好众人，回头去找李逊和崔茗时，见他们与李素炫在一起，案上单独为他留好了位置。

卢观心中狂喜，立刻过去坐好，面上做出一副平静。其实是李逊想跟李素炫打听端木之事，故意拉上了卢观与崔茗，只是落座后，李逊却又一句话也不敢问，执壶斟酒，勉强镇定，偷眼看着李素炫，心想：“我若果真娶了端木，生下一儿半女，是要叫她作姨母的……我却怎么有些怕她，又不知道怕她什么……”

四人一时无语，只低头饮酒。李逊烦闷，发狠般不停杯，劝也劝不住，又没多大酒量，不久后饮得大醉，崔茗与卢观只得将他扶到旁边宿间里，叫他躺下歇着。李素炫方要起身告辞，卢观折了回来，又在案边上坐好，重新开始斟酒，笑着说道：“我还能陪你一壶。”

卢观回来时没有将门关上，李素炫笑了笑，没说什么，感激他严谨重礼，又心细。眼下屋中只他与李素炫二人，他没有将门关上，自然是怕她与男子独处一室，心中不安，也怕旁人议论她，道是她草率。李素炫接过酒盏，说道：“听李逊说，你这一路要走得很远。”

“是远了些。”卢观答了一句。

二人觉得如此问答十分无聊，都不作声了。片刻后卢观问道：“素儿可否将你无伤弹一曲，让我听听？再听到不知要何年……或许今生也没机会了。”

卢观说得伤感，却果然是实情。李素炫也有些难过，连忙点头，放下酒盏，转身解出无伤抱好，调着弦轴，轻轻问道：“你想听我弹支什么调子？”

“都行，你喜欢的就行。”卢观笑着。

李素炫拣了支清淡调子轻弹起来，卢观凝神听得认真，渐渐起了叹息。顺身旁窗子看看外面，满月初升，月华只如水，月芒只如霜，染得周身凉遍。李素炫不知道卢观是听得出神，还是听得失神，平日里觉得他端庄稳重，今日却有些迟滞，面色沉凝，许久也不笑一下，偶尔笑了，仿佛也带着些难过。

李素炫停下两手，轻声问道：“我给你弹支开心些的如何？”

卢观勉强笑笑，淡然说道：“就这样，很好。”

李素炫依言又弹起来，弹得略快，希望调子轻松些。卢观仔细看着她两手，待一曲结束，说道：“你这无伤如今已是四相十二柱，比寻常琵琶多了许多音出来。想是如此缘故，我看你那第五弦如今已不大用得到了。”

“正是。”李素炫点头笑道，“被你看出来了。还没有旁人看出来过。”

“旁人不会这么仔细看。”

“也是。雷先生特意嘱咐我，这第五弦仍要张着，不然怕覆手处吃力不匀，所以这许久也没有人看出来过，独你敏锐。”

卢观没有答话，只看着李素炫，片刻后笑着说道："你上次送我那枚小埙我吹过了许久，今日我带了一枚沉音大埙来，你想不想听听？"

"好。"李素炫点了点头。

卢观从身后处将大埙取过来，说道："要这么大的我拿着才稳。你那枚太小了，我每次都要将丝绳绕在手上，不然怕拿不住。"

卢观这枚埙果然大上许多，放在卢观手中都略大了些，若李素炫拿在手中，像是抱了个小坛子。李素炫忍不住笑起来，卢观也跟着笑上了，笑过许久，用指尖沾酒润了嘴唇，将埙凑到唇边，凝敛容色，轻轻吹起来。气息摩擦吹孔，发出沙沙声，片刻后，埙声幽然而落，坠如沉沙，浑浊粗朴，却又柔韧，不急迫，不追问，不似怨伤泣诉，倒像死前一丝清醒平淡，几句冷静诀别。

李素炫听得阵阵难过，深深低下头，卢观自己也难以忍受，缓缓停了下来，埙声如同最后一寸呼吸般渐渐弥散消失。

两人沉默许久，仍旧不知要说些什么好。

卢观纠结难过，十分想将埙送给李素炫，只是怕她不受。他想了许多理由出来，这埙乃名家所制，极其精美，放在案头是一番雅致，冬日里还可以插上一枝净淡梅花……不管她拿来做什么，也无论她喜不喜欢，卢观只希望她手边有件物什与他有些关系，只是想过许久，终究不敢开口。

卢观心中长叹："明日我便要走了，她要回去，再见不知何时。纵她不是女冠，我喜欢她也只是一场徒劳，终究今生无缘。俗世容不下我与她，她也不会看得上我。若我实言相告，说我喜欢她，不知她会不会气恨于我。"

卢观正胡乱想着，外头有人进来叫他过去，说是熟人相请。卢观不敢相拒，怕人胡乱猜测，急急对李素炫说道："我去去就回，素儿别离开，等我片刻。"说罢转身走了。

屋中只剩下李素炫一人，看看外面，已是月上柳梢。她未多想，轻轻将无伤又弹起来了。

那边，李逊已酒醒多时，在廊子里碰上几个熟人。儿时曾也是玩伴，只是后来性子、想法慢慢不同，眼下已交道得少了。今日碰上了，那人倒挺高兴，拉着李逊到自己酒间中落座，又着人去唤卢观过来，又转头问道："我看卢观在那头屋里与一女子说话，不知是什么人？"

李逊答道："她名李素炫，曾是宜春宫顶尖女乐，后制献《大破阵乐》与国家立了功，得圣人赦免……"

李逊还没有说完，对方笑道："如此，叫过来唱曲，多给金银。"

李逊摇头："她今日是来与友人送别，平日里向来不应私请，金银无用，除非你有本事请得下圣旨。"

"我看她方才与那卢观弹琵琶，不知道卢观给了她多少。"

李逊瞥了那人一眼："她与卢观相熟，不消给她什么。"

"卢观贵胄子弟，怎的与个女奴相熟，也不怕跌身价。"

"她琵琶精熟，诗书俱佳，虽身出奴籍，却不自弃，卢观很佩服她。"

那人不屑道："虽不自弃，终究身出奴籍。"

李逊已十分不耐烦，心想："前阵子有人教我句坊间粗话……尿不到一个壶里，我看我与此人就尿不到一个壶里。罢了，以后少来往，到哪里还找不到个伙伴一起饮酒，非要与这等人费口舌。今日是走霉运撞上了，日后绕着些走。"

那人又开口说道："叫她过来……"

李逊将他打断，冷冷说道："你最好不要惹她。她如今贵为玉真宫弟子，屡进道阶，已是皇家高道，籍入宗正府，同于皇亲，圣人钦赐玉冠，又赐姓国李。连我与她说话也不敢张狂，你且消停些。"

李逊从前与端木相好，自然要讨好李素炫，眼下愧对端木，见了李素炫便气短，其实他对李素炫并没什么怕的。今日碰见个说话讨厌的，才搬出李素炫高道身份来压他，又说他自己也要对李素炫敬着些。那人仍不服气，口中嘀咕"终究女奴罢了"，却也不再多说。

说话间，卢观走了进来，与那人行礼相见，说了几句客套话。李逊站起来拉着卢观出了小间，也懒得再理会那人乐不乐意。

旁边一间屋子大许多，来送卢观的近二十人，都已将第一场酒醒了，陆续又凑在一处，眼下已是第二场酒。见卢观走进来，众人十分开心，将他按住，接连劝酒，又使箸头敲着碟子唱起歌来，但有一人起个头，其他人便跟着一起唱，一支唱过，各饮一盏酒，换个人、换支歌，再起个头，众人又是齐声唱起来。唱到开心处，有人箸头落得太重，敲得碟子也碎了，即刻敲到旁边盏子上，倒也不丢板眼。众人欢闹，唯有卢观心里惦记着李素炫，魂不守舍，却又找不到借口离开。看那头李逊，也不跟众人唱歌，仍旧只是低头狂饮，崔茗劝不住他，也只能在一边看着，盘算着他若再醉了，便再将他扶回宿间睡下。

足半个多时辰后，众人又都酣醉，倒的卧的，也有睡的，多数不肯睡的胡乱嚷着。卢观心中如慢火细煎，此时方能起身，匆匆去找李素炫，怕她挨不住烦，已经离开了，他是抵死也不敢到宿间门口去找她。出屋子只走了几步，听到琵琶铮铮，又听到李素炫歌声，卢观又惊又喜，站着听过片刻，快步走了进去。

李素炫坐在临窗处，见卢观走进来，停了两手。卢观在她对面坐好，笑了笑，柔声说道："你方才歌声甚是好听，只是我只听到最末处几句，可否与我再唱一遍？"

李素炫低头道："不过一首《水龙吟》，前几日无事，随意写下，我自己唱着玩儿罢了，还没有认真修改过。"

"无妨，可否与我再唱一遍？十分想听。"

李素炫点点头，又将无伤弹了起来，重新起调，柔声唱着。

细井篱笆稻柴堆，日日浣手为炊。捣煮粱菜，濯洗春韭，调试盐梅。揽缰鞴鞍，控驭五陵，驱策青骓。又有神仙方，杜康亲教，酿新蚁，饮玉醅。

丹铅万古玄微。砚山侧，鹿笔如锥。随意诗曲，云笺墨染，寥落书帷。朝弄箫管，夕动朱弦，夜弹流徽。纵心中念念，不伤旧事，不怨深闺。

李素炫唱过一遍，手上又弹了许久，方停了下来。卢观神色平静，却是心中如沸，翻滚不休。

"素儿心里有了人了。"

这《水龙吟》果然是李素炫随手写下的，写得随意，也懒得修改，词中也没太多写什么，不过些日常琐事。卢观请她唱一遍，她便唱了，万没想到卢观竟如此敏锐，一眼将李素炫心事看穿。

"素儿性子清抗，不知何等人物能惹动她心思。只是听她词中意思，二人今世无缘，她却已有了一生之志，只想独自洒扫烹煮，每日诗酒书琴，如此求个了结。”

卢观轻轻一笑，神色平静，只请李素炫再弹一曲。李素炫应声弹起来，卢观假作静听，借着弦声掩护，心中仍旧搅扰不停。

“原以为她对天下男子无意，纵然无意于我，我也还好受些。本想壮胆告诉她我喜欢她，怕今生不能再见，要让她记得我，看眼下……罢了。她既已有志此生，我何必扰她心中清净。”

卢观心中无限落寞，却瞬间打定了主意，不想再对李素炫说什么。待李素炫琵琶声停，卢观心中已沉稳下来，重新与她斟酒，找些别的话头来说。

“我以前屡次听人唱你《长相思》，很是惊讶。这《长相思》自魏晋以来便得文人钟爱，写了多少名篇，无不殷勤凄切。只是你似乎有些厌烦男子，平日里总是略有些躲着，竟也能将数十首《长相思》写得那般深情，十分难得。”

卢观听出李素炫心事来，有些慌乱，故意说自己知道她厌恶男子，以图掩饰。李素炫心中微动，觉得他这话不是随意说的，想过片刻，笑笑说道：“我果然有些躲着男子，却不是因为厌恶。”

“不是厌恶？……又是为何？”

李素炫轻轻叹息一声，又将无伤随意拨弄起来，想着如何回答这句话。她身姿轻盈，眉黛秀挺，双眸明媚，寻常便会惹动轻浮男子，故此不受私请。奉圣旨赐乐时，也是正坐，低眉敛容，神色端严，只奏琵琶，虽工于词调，奏乐时却从不与人唱和玩乐，也不受人劝酒，更不与男子调笑。所谓厌恶男子，只是托词，图的不过是少沾些麻烦。这一层意思，任是谁人也都能明白，李素炫不说，卢观也能想到。只是天下男子也不都是孟浪小儿，哪怕是端良君子，李素炫也有些躲着，不大亲密，言语间总是一副正色，这让卢观很是不明白。

许久，李素炫低声说了一句话：“因为人心都是肉长的。”

卢观眨眨眼睛，没明白，李素炫又轻轻说了一句：“不想平白伤了人。”

卢观一怔，又许久，又听李素炫幽幽说道：“……也不想平白伤了自己。”

卢观顿悟，心中霎时绞拧如伤。

“她心有所属，此生再不能许人，不想人爱她，徒然伤心，也怕自己爱上旁人，负了前约，故此躲着小人，更要躲着君子。终究人心都是肉长的，相处久了，难免暗生情意，不如远避。这话她定是轻易不肯对人说，如今对我说了，便是要告诉我，她躲着我不是因为讨厌我，偏偏是因为不讨厌我。素儿何其聪敏，我心中愁结，她岂能不知……”

卢观接连长叹，不尽宽慰，又酸涩痛楚，一时无话。许久，倒是李素炫先找了话头出来，笑着问道：“你名观，字深行，可是取自《心经》？”

“正是。我父亲崇奉佛法，故如此为我取名。你为女冠，精研道典，不想也知道《心经》字句。”

“我幼时习书，师父学了钟相书体，写了《心经》与我做书帖。自八岁到如今写了不下千遍，往后还不知要写几千遍。”

“原来如此。”卢观应道，一时开怀起来，“原来她往日里曾将我名字写过千遍，往后还要写几千遍。一生若此，足矣。”

李素炫依然低着头，两手在弦上轻轻拨弄着。卢观静静看着她，只今夜，足抵得过百年。

第二日清早起来，众人又是聚饮、谈笑、唱歌，卢观再没有机会与李素炫单独说话。不时偷眼看看她，见她仍与身旁女伴谈得开心，怀中无伤摇曳，有时将她半张面容遮挡了，卢观悄悄等着，待她将面容又露出来，便又看看她，心中又有须臾欢乐。

日昳后，李素炫出发回城，卢观撇开众人，送她出了驿馆，离开灞水，过了浐水，仍与她并马走着。本是李素炫到灞水边上送别卢观，眼下卢观却又将她送了回去。直到远远望见通化门，李素炫颇劝了几句，卢观才狠心停马。二人行礼作别，李素炫催马飞纵而去。卢观看着她消失，许久，隐隐欢心，也有遗憾，也酸楚了些。

# 第三章 傷逝

天宝九载（750年）三月—四月

## 141

李素炫终日以女冠之身示人，从不与人谈论男子事，也从不与哪个男子过于亲昵，旁人只道她厌恶男子。其实，不与男子过从密切并不难，她本也轻易看不上哪家男子，觉得彼等不过是些凡夫俗子，镶金嵌玉又如何，人看着还没有衣裳贵重，反倒格外一副穷酸相。许多人说她古怪，或隐约猜测她有磨镜之癖，她也不解释，也不做样避嫌，随人怎么想。这女子刚强倔强，又狠戾决绝，如此，断了今生千般后路，省却无穷纷杂罗乱。

她只与老友交往，不大往生人多处去，又尤其喜欢独自一人待在家中。师父死后，她一直训练自己独处。慎独不易，乐独更难，可她必须做到，她需要这个本事。师父授她书乐，以君子之义诲勉，她若不能自持，纵略微屈就浮生，也是叛了师道。她身在红尘，却不愿心入其中，定要修得乐独，有所退守，方能圆满。世间有无数繁华障眼，有无数情愫诱惑，有无数人事羁绊，若心中无所仰仗，不能专注己身，难免轻易堕了本心，落入旁门。耐不得孤身寂寞，便抵不了蜂蝶孟浪、莺燕风流，哪怕微微动了一丝念头，也是负了师父临终允诺，来世无颜再见。

她学着一个人好好活着，开心活着，每日忙碌，调和出心中平静，也逍遥，也闲散，却只是一口气绷着，稍微错神，便失了镇定，溃败连连。想想自己有的，觉得理当快活，想起师父来，一切又只是无谓。她自幼伶俐，秉性活泼，又被卢菡累年娇惯，十分顽皮。猝然遭遇惨变，自此肠中如置冰炭，但觉尘世悲哀，欢娱是罪，她总是尽力想要开心，又总在开心时想起师父，心头如汤沃雪，刹那沉沦。其实这些年来，师父在她心头已经淡了许多，却终不能忘。他是她指节上一道旧伤口，不碍她弹琵琶、写字，却一直不能愈合，不很疼，却一直疼。他是她衣裳里头一处潮湿，在她心口上，不管这衣裳怎么软和、暖和，那一点潮湿永远也焐不干。

“想这一世，我定是要独自一人终老于此。师父似我这般年纪时，便是独自一人，不知那时他每日里做些什么，可会寂寞无聊，可也有什么旧事不能甘心。如今我有优渥衣食，有诗书画乐，有一身自在。我什么都有了……只是没了师父，什么都没滋味，又仿佛什么都没有。”

乱想许久，李素炫叹息一声，落落弹起无伤。自己心里也知道，伤心难过不过一时，弹习或读写，慢慢就过去了。

腊月里，汝阳王曾与李素炫约定上元节后三日饮酒，事前一日又派人取消所约。来人带了一大枝白梅，道是汝阳王殿下所赐，其他的并未多说。送走来人，李素炫将白梅折开插入瓶中，放在窗口处看着。白梅开过许久，院中积雪渐渐融化，露出泥土黑褐，衬着梅花洁净耀眼，香氛清幽。李素炫每日弹着琵琶，写着经卷，录着诗文，看着那白梅一点点凋谢，幽香散尽。

二月里，汝阳王又与李素炫约了两次，又都临时取消约定。李素炫恳切追问，来人才告知李素炫，道是汝阳王殿下病了许久，方见起色，却又反复。眼下只得听从太医嘱咐，静卧休养半月，待病势彻底痊愈，再召唤相见。

李素炫焦急，连声追问：“眼下仍旧潮湿阴冷，殿下可是酒醉沉睡，着了风寒？”

来人点头说道：“王爷连日在殿中饮酒，酒醉便睡着了，果然是着了风寒。”

李素炫又气又急，说道：“怎么也无人照料，就任由他冷着不成？”

“旁人上前想给披件衣裳，惊动了王爷。王爷虽未责怪，却仍是面上不悦。故此格外天寒时家人方去照顾些，平时有些不敢。”

“殿下病得可是厉害？”

“王爷一度病势沉重，这几日好些了。只是仍旧困倦疲乏，不能起身，饮食又不佳，总是没胃口。”

李素炫焦急，却不能问得更多，只得行礼送走来人。掩上院门，叹息了一声，强宁心境，却仍是连着数日心中不安，十分惦念汝阳王，可是没法打听他消息。眼下将入三月，不多久，玉真便要自王屋山回归长安城，待玉真回来，肯定可以打听到汝阳王消息。如今李素炫也只得如此劝慰自己，暂且安定，毕竟慌乱无用。

春日渐长，春光渐起，阿翁连着歇工半月，每日城门刚开便出城，劳作一两个时辰才回来，按时节挖了大把荠菜、蒲公英、蕨菜、薤白、苣荬菜、马齿苋，采了香椿、榆钱、花椒叶、新柳叶，日日叫他娃儿过来尝鲜，说是晚了就长得老了。荠菜肥嫩，拿来煮粥很鲜美。蒲公英和薤白洗净了配些酢酱生食，清凉爽口。蕨菜、马齿苋和花椒叶焯水，揉进去些细盐，拌上蒜汁，香椿切碎了拿来蒸蛋，榆钱混了麦粉和生油，在炉膛里烤到酥脆。唯苣荬菜生食极苦，有人畏惧，有人偏喜欢。阿翁叫李素炫先尝了生的，见她苦得龇牙咧嘴，笑着拿去用滚水焯了，凉拌后端上来。新柳叶入菜李素炫从前没听说过，只记得每到春日里，柳芽鹅黄，细叶风裁，惹动多少情思，不想阿翁竟能采了来做成道清凉小菜，配着白粥。李素炫胃口大开，吃得片叶不剩，丢下木箸，抹着嘴巴，笑着对阿翁说道："这柳叶往日里都拿来作诗，今日才知道，还是吃着更好。"

阿翁见他娃儿开心，也跟着开心，手上忙着择野菜，将枯叶、老叶、伤叶仔细取下丢掉，根须处泥土剥净，一把一把捋整齐，用细草绳捆了。李素炫认真看着阿翁做活，忽然感触："这许久依旧没有汝阳王殿下消息，不知他如今怎样了。王府中有的是锦衣玉食，凡是能使钱买来的，殿下定然一样不缺。只是看他身边无人为他费许多心思，他也不信任谁，不然怎能给他披件衣裳也没人敢，由着他受了风寒。贵人又如何，若无人记挂，这一点儿野菜不值钱，也一辈子无福享受。"

"素儿可认得这是什么菜？"阿翁见李素炫发呆，笑着问道，扬着手里几把野菜。

"素儿认得，这是薇菜，这是芣苢。"

"素儿如何认得？"

"小时候师父教我读诗。采薇采薇，薇亦柔止。曰归曰归，心亦忧止。师父便采了薇菜与我看。采采芣苢，薄言采之。采采芣苢，薄言有之。师父又采了芣苢与我看。我一直还记得，只是从不拿来做菜吃。"

阿翁笑着说道："素儿自幼读书，阿翁却不识字，也不晓得诗里头那些别样说法。那薇菜阿翁叫野豌豆苗，素儿叫芣苢的，阿翁叫车轱辘菜。"

"车轱辘菜？"

“可不是。”

李素炫咯咯笑起来，问道：“为何叫车轱辘菜？”

阿翁也笑：“这菜到处都长，驾车出了城，车轱辘旁边长得满满都是，就有了这个叫法。”

阿翁将野菜都择好了，使个包袱裹着叫他娃儿带上，送她出了屋门，将狸儿从赤骏身上拽下来，回头嘱咐道：“野菜存不太久，吃不完的晒干了留着，煎汁可以去火。明日素儿再来，有春根菠薐菜和破地锥，阿翁与你做小菜。味道与秋根波薐菜和秋萝菔不同，值得一尝。”

李素炫点点头，又格外请阿翁明日将各色小菜多做些。阿翁没问其中缘故，只满口答应了。

李素炫开心与阿翁行礼道别，出了门，上马直奔靖恭坊平宁寺，去寻端木。眼下未过午间，李素炫猜她还没用过餐食。

入了偏殿，闻朗不在，端木果然正在洗笔，准备用些餐食，案几上是中饭，不过些干粮、酱豆之类。李素炫立刻打开包袱，将几样野菜各取些，凑了一小把，拿到外头水源处洗净，边走边甩净水滴，回了殿中。又从包袱里找了酢酱和酥饼出来，一边逐个放在端木手边，一边唠叨着：“野菜是阿翁早上出城采的，饼是现打的，方下火时十分酥脆，这会儿差了不少，也比你那干粮好多了。”

正说话间闻朗自外面走进来，将一摞方子放在桌案上，见了李素炫，过来行礼相见，又见她拿了许多吃食来，笑着说道：“素儿疼人，定是觉得端木在我这里受苦了。”

“我这里有许多，四郎也尝尝。”李素炫笑着说道，又拿起一棵菜来，转头对端木说道，“我今日才听阿翁说，这叫车轱辘菜。”

“不是叫芣苢？以前卢先生在院中采了一株给你看，你还拿来给我看。”

“诗里叫芣苢，阿翁叫车轱辘菜。”李素炫说着，又问闻朗，“四郎管这叫什么？”

“此为平车前，也称车前草，全株入药，味甘，性寒，可利尿、清热、明目、祛痰、去湿。单味煮水便可，也可以与其他药材配伍。”

闻朗说完了，端木和李素炫互相看了一眼，谁也答不上来。闻朗又与二人行礼，说是有事，出了偏殿。李素炫望着他背影，又转头看看端木，无奈摇头道："此人十分无聊，与我那卢七有的一比。哪日叫他二人见见，看谁比谁更傻些。"

端木笑道："四郎不傻。"

李素炫哼了一声道："我对外人也不会说我卢七傻。"

端木吃着午餐，李素炫在一边与她说笑，见她结实吃饱了，放了些心，一边收拾一边说道："往后我每次自阿翁家回来，都带些餐食与你，左右也顺路。你午食也太对付了些，每日辛苦，歇息得少，怎么还能再吃不好。"

"无妨，又不挨饿。四郎每次只在厨间里立着简单吃几口，还不如我。"

"你管他做什么，他是男子，饿不死就成。你哪有他结实。"李素炫嘀咕着，端木只笑，不语。

李素炫将包袱收拾好，负在肩上，刚要走，闻朗又回来了，与李素炫行礼说道："这许多野菜够你二人吃上几日的。记得晚上煮姜汁来饮几盏，放些粗糖。"

"这日子口要什么姜汁？"李素炫问道，"三九天里我都懒得煮。"

"野菜性寒，尤其是味苦的，越苦越寒。女儿家本就寒重，眼下又不是盛夏，吃这许多野菜，要用些姜汁来温补。姜性温，甜压寒凉，可多放些粗糖，蜜也行。"

闻朗说得认真，又恳切，李素炫只得点头："好，我记下了。"

行礼道别后，李素炫出了平宁寺，先去东市买了酒送到鹿先生家，回家后在书房里坐好，弹了阵琵琶。日昳后，她换了身粗衣去厨间准备晚餐，想起闻朗所说，觉得似乎有些道理，顺手煮好了姜汁。

傍晚端木回来，帮李素炫将夕食拿到屋中，见了姜汁便笑了。

"你又嫌四郎啰唆，又听他话。"

"怎么说也是郎中，固然啰唆，定然也有道理。"

两人说笑间吃饱了，收拾好，各自弹习读写，至夜深各自安寝。这几月身边有人相伴，李素炫觉得十分温暖盈实。只是她也知道，自己终究还是乐于独自一人，喜欢身旁有人相伴，无非因为那人是端木，若是换了别人，她定然早就受不了了。

第二日一早，李素炫去了阿翁家，先是饱饱吃了一顿。阿翁将各色小菜做好，一样一样装了小食盒，一共汇了十来样，除了各色野菜，也有各色腌渍，使个大盒子装了，整理一番，打好了包袱。李素炫别了阿翁，带着包袱，催马直接到了汝阳王府，下马径直走到大门前，掣出金鱼，对门前人行礼说道："在下玉真宫李素炫，因事请见陈总管。烦请通禀。"

王府门人有见识，见李素炫着青袍、戴玉冠，手执金鱼，器宇凌展，知道她定然身份贵重，不敢怠慢，即刻入府禀报，片刻后请李素炫入府。李素炫入府走不多远，见到王府总管亲自来迎。

李素炫连忙上前与总管行礼相见，双手捧着食盒，恳切说道："闻听汝阳王殿下身子欠安，李素炫心中惴惴，只是殿下如今正在养病，在下不敢打扰。这些小菜我阿翁刚刚做好，请总管奉与汝阳王殿下，就说素儿一心殷切，盼他用心饮食，宁耐调养，早日复原。"

总管与李素炫很熟悉，每次李素炫到府，总管都会亲自迎接，引她去见汝阳王，也曾去她家请阿翁前来府上指教厨事，自然信任李素炫。他即刻将食盒接在手中，李素炫又行过礼，格外嘱咐道："殿下若无胃口也罢了，若有胃口，野菜寒凉，定要配些热粥来，也不可一次多食。再叫人煎碗姜汁，加些粗糖温补。素儿写了小签贴在食盒上，注了菜品名目，请总管留意，看殿下喜欢哪样，素儿再请阿翁做了送来。"

总管感激，点头相谢，李素炫又深深行过一礼，转身离去。

## 142

三月过了几日，李素炫收到师兄来信，道是几日后玉真就要抵达长安城，叫李素炫安顿好家中，到玉真宫等候。李素炫正欢喜间，汝阳王也着人来传口谕，约请李素炫两日后到王府中相聚。正月里到三月初，李素炫一直没有再见过汝阳王，着实为他担忧。眼下松了口气，看来汝阳王病势痊愈，大约已无大碍，也忍不住猜度，毕竟他病了两月多，纵然痊愈，想来身上也是受损不轻。

到了所约之日，李素炫走进王府时，碧空幽蓝，春芽黄绿，日色正是勃兴，周身一派暮春明媚。王府中四处樱花繁茂，如云如锦，色绯色白。周身有风，无数花瓣正漫洒飘落，坠地却不凋萎，依旧润挺，如胭脂沾雪，开时端庄，死亦不伤。

李琎正在花园中等待，李素炫行过礼后，偷偷看了他一眼，见他果然一副病愈模样，斜身靠着，身上无力。两月多未见，他消瘦许多，神情疲惫，面色苍白，着玄青色衣袍，发束与两眉又格外漆黑，趁着左右无穷繁花，尤其显得憔悴。李素炫很难过，却不敢询问什么，低下头，见李琎双手上指节突出，肌理间毫无血色，指甲上微微泛着青紫，看着尤其像久病之人。她暗暗叹息不已。

“孤已无大碍，素儿不必担忧。”李琎笑笑，说道，“还有，代孤多谢你阿翁屡次做了小菜，十分别致开胃，孤甚是喜欢。你说野菜寒凉，一次不要多食，孤也没听你的。”

李素炫也笑了笑，未说话。李琎看她神情，知道她担心了许久，安慰几句后，又说道：“樱花花期不过十来日，眼下开了有些日子，已开始零落了，再一两日便要大把凋谢，几日内就会落尽。孤叫你来，想趁着最后这一两日好好赏樱，再想看要明年了。”

李素炫听他说话口气还轻松，略放了些心下来。眼下已是春日，往后一日暖似一日，他应该不再那么容易受风寒。二人说了几句话后，李琎吩咐李素炫到茶席旁烹茶。看起来他今日不打算饮酒，李素炫松了口气。

几巡茶，几句话，李琎换下了李素炫，亲自烹茶，叫她在一旁弹奏无伤。身旁不住有樱花花瓣零散落下来，有的落在脚边上，有的落在案几上，也有些落在茶盏中。李琎并不在意，用茶针将落花挑出去，仍旧将茶饮了。李素炫一边轻轻弹着，一边淡淡看着，看李琎如同落花中一枚枯枝，春天已来了许久，他却仍未萌生出新芽，依旧如冬日里一般枯寒消瘦。

“今日未曾与你备酒。”李琎说道。

“无妨。”李素炫弄着丝弦，随意说道，“素儿本也不好酒。”

李琎笑了笑，说道：“孤有时也十足好奇，饮酒不醉，是何感受？”

李素炫也笑了：“这还不容易，殿下将酒换成水，饮上几壶，就知道了。”

“千杯不醉，令人艳羡。”

李琎连笑也笑得疲惫，李素炫忍着难过，撑着笑说道：“怕是没那么好。旁人有愁事，尽可借酒消愁，唯我师父与我不行。师父不能饮酒，素儿饮酒不醉，若有愁事，只得挨着，何其无奈。素儿倒是好奇醉酒是何感受，想是能将一生不开心尽皆忘了，果然美妙非常，可惜素儿这辈子也没法知道。”

“也没那么好。”李琎说道，手上仍旧烹着茶，动作有些迟缓，倒也不乱。

“果然没那么好，世人为何皆好饮？”

“世人皆有烦恼，故皆好饮。”

“素儿常听人说酒能浇愁，饮酒果然可以忘忧？”

“看如何说了。”李琎叹道，“若想忘忧，便要饮至酣醉，果然醉了，心里头固然轻松片刻，身上却又难过。所谓酒能浇愁，不过一样愁换了另一样愁，一样苦换了另一样苦。世人皆好饮，不过是两样愁苦换着来，好过些。”

李素炫见他神情落寞，两手不由得停了下来，片刻后，轻声说道：“素儿有件事想问殿下。”

“你说。”

“殿下……真的喜欢饮酒？”

李琎沉默，许久不说话，李素炫没有再问，只看着，等着。周身樱花不断落下，落满案几、杯盏，绯红粉白，趁着金色、玉色、漆色，不让妍秀，只如在生。良久，李琎动手将金釜中花瓣清理出去，注入清水，重新开始烹茶，头也不抬，淡淡说了一句：“素儿将你师父从前诗词与孤唱一支。”

“是。”李素炫应道，手上立刻起了调子，轻唱起来。

泠泠老弦空乱，寂寞长箫深紫。
横笛忍泣羌胡，一声吹彻流徵。
清静且纵无眠，夜深不念旧事。

一遍唱过，李琎叹息道：“此仄韵《何满子》，你师父从前填过许多首，孤也和过他。”

李素炫停了琵琶，依旧看着李琎，李琎无奈摇头道：“看来孤定是要给你个答复，你才肯罢休。”

李素炫仍没有说话，李琎依旧烹茶，又过许久，低低说道：“素儿不曾酒醉，不知那般感受，实在不舒服，身软乏力，头晕恶心，肠胃又绞痛。固然一时忘了烦恼，很快入睡，却早早就醒来。醒来时，天时常还黑着，独自一人在榻上，动弹不得，浑身又冷透，只觉得生命空洞可怕。倒是许多次你在这里，小小女子，恁般执拗，又胆大，偏要管闲事，不停与孤烹茶，又不许孤再饮酒。孤入夜躺到榻上时，已退了酒力，烦恼重来，入睡很慢，却能睡到天亮，清早起来舒服许多……知道你十分用心，李琎心中感激。”

汝阳王身份高贵，又是长辈，听他自称其名，李素炫很惊讶。此次相见，李素炫始终隐约觉得他有些不同，却又说不上何处有异。想过片刻，又看他神情也只如寻常，李素炫不安，又不敢询问，也不知道问些什么。

李琎依旧平静，将茶盛好推给李素炫，看着她饮了一盏，幽幽说了一句话。

“孤与你师父相知二十四载，情如手足。论起来，素儿也该当叫孤一声伯父。”

李素炫万分惊疑，看着李琎，不知如何回答，李琎却只是盯着她，目光中颇有催促之意。许久，李素炫只得抱起双手，颔首行礼道：“伯父。”

李琎微笑，点了点头，从身旁拿起件物什来递给李素炫。李素炫接在手中，见是一副锦绣书衣。

“这《甘露经》自今日起托付与你。”李琎说道。

李素炫吃惊不小，磕绊着问道：“……殿下果然不将其传与儿孙，却要交给素儿？”

“素儿能饮，却不好饮。这《甘露经》在你手中最相宜，你能护它周全，却不会为它所害。况你唤孤一声伯父，孤也算是将其传了后人。”

《甘露经》为天下酒经，又出自钟相手书，李素炫本该高兴，眼下却莫名难过。良久，李琎长叹一声，说道：“孤这一生，成也是酒，败也是酒，也爱也恨，千般滋味，万般无奈，尽都不能道与外人听。”

李素炫沉默许久，轻声问道：“素儿不知殿下何事如此无奈，只想问殿下，若果然出于本心，殿下有多喜爱饮酒，又想饮多少酒？”

“若果然出于本心，一坛酒，孤只饮一盏，便足够。”

李素炫又是许久不说话。李琎说道：“你定是好奇孤有何心事，为何非要终日纵酒，一副落魄。”

李素炫行礼道：“素儿果然想知道，只是不敢问。”

“问也无妨，你若问了，孤便说与你听。”

李琎瘦削，神色清铄，李素炫素来怜悯，却又不能多说，不能多问，压着忍着，十分难过。片刻后，李素炫说道：“若殿下肯将心事说与素儿，素儿一定认真听着。”

李琎却又不说话了，只不断烹茶。李素炫也没有再问，等着，知道他定是要积攒些决心。等了许久，李琎仍是没有开口，李素炫将无伤重又抱在怀中弹起来，微微着力，声音极轻。

“你师父有你在身旁，定是心中宽慰。”李琎叹道，“人这一世，逃不过寂寞，终究也要无依无靠，只那三五句话，也无人可诉。素儿再长大些就会知道，世间有些事情，说与谁听都不对。固不能说与外人听，也不能说与父母妻儿听，友人许多，不知哪个稳妥，也不能说。若是今生有一人可信，能说些心里话，一定要珍惜。”

“殿下今生定有一人可信，便是我师父。”

“你如何知道？”

“殿下信任素儿，一定是因为信任我师父。”

李琎轻轻一笑：“素儿聪慧。”

“素儿知道殿下定有许多心事，也信任素儿。殿下从不曾说起，想是觉得素儿年少，听不懂。”

李琎叹息道：“从前你师父在时，孤心中之事无一件不曾说与他听，虽然他也不能改变什么，可终究世上有个人懂得孤一片无奈，孤心里多少是个安慰，只是后来他不在了……”

李素炫难过，一时无话，总觉得李琎似乎想说些什么。许久以后，李琎又是叹息，自语道：“孤身旁尽是些凡俗之辈，唯素儿不但远离朝事，又不在红尘之中，脱了世相干系，孤十分信任你。况且，你像你师父，他能懂的，你也能懂。”

李素炫怀抱无伤静静等待，许久后，李琎问了一句：“素儿可知阮籍醉酒拒婚之典？”

“晋司马昭欲与阮籍联姻，阮籍纵酒六十日，酣醉不醒，司马氏只得作罢。如此，阮籍拒了结亲，又保了宗族平安。”

李琎长叹，说道：“世人只当孤嗜酒如命……若果真如此，倒也简单。”

李素炫隐约猜到些什么，鹿先生昔日也说过，道是李琎心中分明更有幽隐，人皆不知。李素炫敏锐，知道李琎看起来平静，实则隐忍，心中有千般煎熬想要倾诉，却不知能与谁人说起，也不知从何说起。

许久后，李琎幽幽说了起来，说得断断续续，前后错乱，不时又停下来，一停便是许久。他疲惫不堪，斜身靠着，微微仰着头，双目轻轻合着，兀自凝神遐想，幽思恍惚，仿如深醉。李素炫也不问，也不催促，手上不停弹着。如此纤细弦音，又无轻重缓急，反倒弹得累，她却知道，眼下李琎需要这声音。若是园中太过寂静，只那不断落花飘零，也叫李琎心神俱伤，无力开口；若是弦声急躁，怕他更难倾诉。

趁着弦声窸窣，李琎错乱说了许久，也像是说与李素炫听，也像是兀自喃喃，起初时伤感，许久后渐渐平缓下来，直到最后，再也不说一句话。李素炫依旧弹着，手上渐渐着了力道，又突然发力，酣畅间连弹数曲。

她一边弹一边想道：“殿下说得对，这些事情果然尽不能与外人道，说与我听了，我也果然改变不了什么，连句安慰话都多余。就认真弹琵琶好了。从前我难过时，雷先生便不停弹着，让我听着，听久了，便好了。如今我帮不上殿下什么，且奏琵琶与他听，但愿他会好些。”

李琎再未说话，只认真听着琵琶声。李素炫看着他，见他一直略皱着眉头，胸口处起伏不定，知道他没有睡着，此刻心中定是千般回转。落花不断，坠满肩头，衬着李琎身上玄青色衣袍，格外醒目。李素炫看着樱花不断落下，心烦意乱，总觉得李琎今日话中别有深意，将《甘露经》托付给她，也定有缘故，她想不明白，又没法问。

“素儿莫要多想，用心弹你琵琶。”李琎轻声说了一句，依旧轻轻合着双眼。

李素炫惊觉自己心中烦乱，手上有所差池，令李琎察觉到了。她立刻强迫精神，空澄心境，只想琵琶，将余事暂且放在一边，一直弹过一个多时辰，夜深时才停下来。李琎深深叹息了一声，睁开眼睛正身坐了起来。

两人相视一笑，什么也没有多说。李素炫缚好无伤，起身告辞。

李琎送李素炫到了园外，分别时，李琎说道：“姑母这一二日便要自王屋山回归，不久要带你去别馆。孤一定找个机会去别馆中探望姑母，到时候，孤与你和姑母烹茶，仍要听你琵琶，与你论诗赋。也不知那湖中画舫是不是还在，孤也颇有几年没去过别馆了。”

“画舫还在。”李素炫笑道，“素儿到了别馆就嘱咐人备好茶事，候着殿下。”

李琎轻轻点了点头，吩咐家人送李素炫，又目送她离开。李素炫走出很远，忍不住回头看了看，见李琎依旧站在樱花树下看着她。他周身幽暗，只灯笼里一点光亮，照了身旁纷纭落花。

李素炫心中异常难过，咬咬牙，转身走了。

## 143

第二日一早，李素炫到了玉真宫守候。只隔一夜，长安城中樱花辞谢，纷堕如雨。站在树下，四周微微有风，那风清凉，并不妖伤，无奈樱花花瓣已不再眷恋枝头，如坠崖之人瞬间看透尘世，叹息之下不再坚持，终究松开了手。

又隔一日，玉真回归，师徒相见自然欢喜，说了许多话。李素炫将这一年来所读书目与玉真详细说了一遍，玉真拣了些考她，见她对答如流，十分赞许，又嘱咐她近日里多用心复习，准备应付内道场核考。

李素炫仍旧惦念汝阳王，心神不定，索性不想旁事，只在屋中苦读，知道窗外暮春正逐日谢去，也不多想。读书间歇时出屋子想干阵子活，众师兄还是笑着搡她坐在一旁弹奏琵琶。院中修竹茂盛，李素炫轻轻弹着，碧弦清泠，无伤柔淡，琵琶弦声正离了指尖，落落穿行，旋延扫拂，激起林中细叶粼粼。院外樱花落尽，只是春光抚得院里竹叶都舒展开来，一片鹅黄细嫩、碧色水润。周身春兴勃发，无人再为落樱伤感，只将地上花瓣扫在一处收走，不知倾倒在何处。

玉真只歇过一夜，便要去宫中拜会兄长，嘱咐李素炫随行，叫她早些安寝，明日早起。李素炫遵照玉真嘱咐，第二日天刚亮便洗漱完毕，到玉真门前请见，却见房门紧闭，门口聚了几位师兄，神色紧张，彼此看着，谁也不敢说话。

李素炫骤然慌乱，连忙上前行礼相询，几位师兄将她拉到略远处，低声说道：“汝阳王昨夜薨于王府之中，师父凌晨得到禀报，伤痛之至，闭了房门，不愿见人。我等不放心，在门口守着。”

“汝阳王？”

“正是。”

“汝阳王李琎？”

“正是。”

李素炫心中惊恐，不敢再问，师兄又说道：“让皇帝嫡子，小名花奴，师弟认得的。”

另一位师兄说道：“王府来人时，我正陪在师父身旁。师父接连追问，来人说汝阳王昨夜独自在花园里饮酒，酒醉疲惫，斜身靠着，合上眼睛小憩，再未醒来。”

李素炫刹那间骨血寒彻，渐渐开始浑身颤抖，一心狂跳，击得肋骨处剧痛，手脚酸软，喉头死梗，淡淡泛出血腥味道来。许久后只得后退几步，背上靠着，额头上不住沁出汗水，嘴唇刺痛，指尖麻木。她又后退几步坐下来，闭上眼睛，只觉得天旋地转，牙龈处微微刺痒，口中有津液不断渗出，稀薄如水，她想咽下去，却连这一点儿力气都没有。

一片昏聩中，李素炫心中只一丝念头，十分惦念玉真，不知她独自在屋中，眼下正如何忍耐。终究上了年纪，李素炫担心她受不住，转头又觉得自己也快要难以支撑。众师兄撇下李素炫又聚到玉真门前，留她一人，倒也刚好。她难再端持仪表，半卧在尘埃中，呻吟不止，却怎么也没有眼泪。

两个多时辰后，玉真打开房门走出来，在门口处落落站定，勉强能撑住身子，眼神恍惚。众弟子连忙围上去问候，玉真摆摆手，告诉弟子即刻准备车驾，前往汝阳王府吊唁。

李素炫随同玉真在车中朝汝阳王府驶去，玉真看着李素炫，见她目光空洞迷离，神情麻木，唇色惨白。本是众师兄特意请求师父允李素炫与其共处一车，知道师父喜爱这个幼徒，想让李素炫照看师父，眼下倒是玉真担心起李素炫来。她叹息着颤声说道：“素儿想哭便哭……师父知道你与汝阳王交情甚好。”只是话未说完，自己先流泪不止，掩面哭泣。

“琎儿……本想着今日去拜会兄长，明后日就召他过来。”玉真自语道。

“素儿三日前刚见过殿下。”李素炫木然说了一句。

玉真痛哭不止，李素炫仍旧心头恍惚麻木，一滴泪也没有。

到了王府，玉真擦了泪水，镇定片刻，下了车。王府家人带领着，李素炫与师兄搀着玉真踉跄前行，前往内祭堂。王府中此刻有些混乱，吊唁者不断，只在外祭堂中对着灵牌行礼祭奠，族中亲近之人才能到内殿内祭堂中。玉真方入内殿，见四下垂着纱帐，一片素白凄凉，再也忍不住，哭倒在地，片刻后又挣扎起身，走向内寝处。

李素炫心中难舍，十分想再看汝阳王一眼，然尸身已小殓，更衣加衾，结绞，又覆了夷衾，没人再看得到他了。隔着帐幔，里面物事依稀不辨，李素炫看不清什么，只知道夷衾覆盖下便是汝阳王李琎。不过三日前，他带她在花园里看过了今岁最后一点樱花，允诺不日到别馆中探望。二人约了茶事，约了琵琶，约了诗赋，却转眼成空。

玉真哭得浑身虚软，李素炫与师兄扶着她，勉强完礼，又扶着她走出内殿。几步后，李素炫回头望去，见身后重重纱帐又放了下来，什么也看不到了。

回了玉真宫，玉真嘱咐几位年长弟子暂时主持宫中事务，又尤其嘱咐李素炫道：“为师要闭关数日，渡此一劫。素儿修行尚浅，怕是除了受着，别无他法。切切照料自己。”又嘱咐诸弟子多照料师弟，随即入了屋中，闭了门户。

众师兄分头忙碌，知道要好生照顾师弟，只是师兄们知道李素炫认得汝阳王，却并不知道这两年来他二人诗酒密切，甚有情义，想不到李素炫此刻何样心境。几位师兄安慰了李素炫几句，送她回屋中歇着。掩了屋门，李素炫独自坐在窗前，心乱如麻。回想起几日前相见，李琎令她唤一声伯父，并将《甘露经》郑重托付给她，眼下她才隐约明白其中缘故，想是他对这一生终局早就有所察知，提前安排好了。

“那日殿下断断续续与我说了许多心事，如此隐秘之事，他怕是宁死不会再说与第二人听。这两年来，我只以为他不爱惜自己，现在看，他未尝不是有意求死。他为这天下、为李唐皇室倾尽毕生，天下却无人知道，李唐皇室更是忌惮他。他说与我听，想是知道自己不久于世，不甘心背负举世嘲讽，无有一个知己。如今我还活在世上，众生如沙，终究还有一个人知道他一片苦心……汝阳王君子，这世间凉薄无情，配不上他。”

李素炫胡乱想过许久，浑身虚软，头痛欲裂，如钢针入骨。她咬牙站起身来，取无伤抱在怀中，想轻弹几曲，镇定心神，却是精魂溃散，智思迷乱，双手全然不听调用，略微急切些，指掌间一片粗鲁颟顸。碧弦桀骜，厉声相抗，她一时暴躁起来，只想将手中琵琶狠狠砸到对面墙上去。

她强忍了下来，深深叹息，将无伤放下，换了身短衣，出屋门寻了赤骏，告诉师兄自己要出去一阵子，很快回来。

“师弟今日心情不好，就不要出去了。”一位师兄说道。

另一位师兄在一旁也说：“师父特意嘱咐我们照顾好你，你这样出门我们有些不放心。”

李素炫行礼道：“谢师兄惦念。素儿今日果然心情不好，出门是想到城外骑马散心，不然在屋中实在憋闷，做事又做不进去。”

几位师兄互相看了一眼，也觉得她说得有道理，也知道她骑术尚可，加之也不晓得汝阳王之死令她何等痛心，只以为她不过寻常心烦，出去骑马倒也刚好。众师兄点了点头，嘱咐她早些回来，知道她喜欢独来独往，方当此时又心烦意乱，众师兄便没有令侍卫跟随。

李素炫重又与师兄行过礼，牵赤骏离去。只撑着平静与师兄说过这几句话，已让她心神疲敝，她急需找个地方独自一人宣泄一番，不然定是要发疯。寻常人耐不得痛楚，可以纵酒消愁，狠心饮到酣醉，昏睡度日，醒来再饮，再醉，再睡，如此熬过最初几日剧痛。李素炫生来饮酒不醉，这一生不得不活得清醒，纵有万般煎熬，只能生生挨受。

出玉真宫，李素炫上了马，西出开远门，上城垣驰道，纵马飞奔，南向而去。依次过金光门、延平门，左行到城南，一路飞驰过南方三门，绕过曲江池，左行到城东驰道，过青三门，远远向前，高处便是龙首塬。

赤骏疾驰，纵如掣电，带着李素炫飞身向前。道路渐渐抬升，龙首塬上流云低垂，微风旋拢，花也淡淡，草也萋萋，四下寂静无声，如遭弃逐。李素炫一路冲到龙首塬上，精疲力尽，骨软筋麻，几乎是坠下了马，重重跪下，十指刺进泥土中，痛哭着，一一拜过四面八方。

“师父……素儿想你，想了这些年，受了许多苦……师父到底在哪里？素儿是不是一生也找不到师父了？”

赤骏见主人难过，不敢远离，在她身旁守着，看她伏在地上哭得嘶哑，又低下头轻轻碰碰她。李素炫略抬起头来，抱着赤骏，摸着它鼻梁，靠着它，仍旧默默流泪。龙首塬上草木森森，别有一番气味，并无超脱，却也不似人间，耳边飞虫萦绕鸣叫，声音听着陌生，却也庸常。世相怪异，人心浇漓，城中人流往来，不尽烟火尘土，城外无人处也不过凡俗。李素炫哭过许久，慢慢清醒过来，未擦泪水，由着在脸颊上风干，安静坐着，心中慢慢萌生出颓然来。

“我为何要在这世上受苦？人活一世，何其艰难，难道就为了这些？看天上鲲鹏振翅，何其壮阔，身边小虫儿翼如片纸，竟也飞得奋力，不是因为它不怕、不馁，是因为它不懂。可是我懂……却也不懂。”

痛哭过后，她渐渐平定下来，耳听风声，坐观流云，身上一点点松弛许多，唯心头疼痛难以散去，许久后才站起来，上马反身回了通化门前，下马辞别师父，自通化门入城，一路恍惚着回了玉真宫。

入夜，李素炫躺在榻上，又困倦，又睡不着，浑身瘫软酸痛，动一动都觉得身上要散开来。她已有些记不清师父样貌了，每想起来，觉得他面上微笑、口中叹息如同幽暗处一道虚影，她能认出他来，却看不清。可仅只三日前她仍见过汝阳王殿下，听他说了许多话，如今其人音容犹在，睁眼合眼都躲不开。师父死去多年，她仍旧不甘心，师父一世君子，为何落得如此终局，汝阳王死时她更不甘心，为何君子都是如此下场。她辗转呻吟，至夜深才昏沉睡去。

第二日清早醒来时，天已亮透，四下里安静异常。李素炫睁开眼睛，茫然看着，觉得有些怪异，却说不上哪里不对。静定片刻，又想起汝阳王来，眼泪慢慢渗了出来，一滴一滴顺着眼角流进头发里。难过许久，擦了泪水，从榻上爬起来，穿好衣裳，打开窗子，看了看外面。太阳已升得很高，竹叶互相摩擦着，地上有鸟儿啄来啄去，不远处几位师兄已开始劳作，彼此还说着话。

李素炫突然发觉自己什么声音也听不到。

她又仔细听了听，果然什么声音也听不到，往日里纵无喧闹，耳边也总有些声响，风雨、树木、鸟虫，都有些声响，就是在榻上翻个身，夜深人静时也听得到木构挤压出吱吱声来，眼下却什么也没有。她用力敲了敲窗子，指节疼起来，耳中依旧安静，安静至极。

她仿佛麻木一般，连些害怕也没有，出了屋子，将事情说与师兄。她听不到自己说话声，也不知道说得对不对，只是见师兄脸色骤变，拍拍她肩膀，慌忙跑开了。片刻后几位师兄都拥了过来，交头接耳商量了一阵子，转身分头行事，两位师兄拉着李素炫到屋里，寻了纸笔，写下字来给她看。

“师弟莫急，已着人去请太医。”

李素炫点点头，心中隐隐有恐慌积攒晃动，如恶兽般，只待扑上来撕咬，她小心压着。两位师兄拉着她手，带她一起坐下，轻轻拍着她后背，反复用力握着她手。不多久，太医到了，问明情况，诊了脉搏，转身对几位师兄说了阵子话。李素炫一点儿声音也听不到，见几位师兄脸色霎时松弛下来，知道自己无有大碍，心中顿时轻松，身体却开始颤抖。此时她才真的害怕了。

送走太医，师兄在纸上写道：“太医说你伤痛不期，骤然而至，一时心力不敌，凉血瘀塞，以致此症。开了方子，嘱咐你按时服药，好好歇息，还有，近日里切不可太过伤心、忧虑，定要心头放松放缓。少则半月可复原，多也不过一月。”

李素炫眼泪簌簌而下，连连点头。师兄们也放下心来，有人去张罗朝食，有人出去照方抓药，有人去厨间准备炉子和药釜。众师兄都比李素炫大许多年岁，平日里又像阿姊又像阿娘，对这小师弟十分照料疼爱，李素炫也是个乖觉懂事的，礼数殷切周到，又知道记挂人。如今玉真闭关，几位年长师兄暂时主持玉真宫，每日为李素炫备好三餐，按时煎好药，盯着她服下，也不再搡着她在一旁弹琵琶了。

李素炫自己也知道要老实些，每日在屋内静坐调息，图求定省，只是身上越静，心中越乱。书是读不进去，写字也压服不了锥管，耳中死寂，举世如同无物，心中满是恐慌。眼下她弹不得琵琶，不能凭借声色热闹逃遁，又不能凭酒解愁，想糊涂些，却无比清醒，想一心宁耐，却不停想起师父和汝阳王来。她恨这尘世无情，恨君子不得善终，满心怨愤不甘，却又无可奈何。

## 144

辗转数日后，又到逢一，李素炫去了内教坊处见雷海青。师兄不放心她独自出门，特意叫宫中侍卫跟随护送。进了屋，雷海青正落落弹着，李素炫却什么也听不到，心中一怔，怅然叹息，深深行过一礼。

雷海青见李素炫神情有异，接着听到她说话声，比寻常慢些，怕说得含混，咬字用心，反倒格外清楚。李素炫将事情讲了，雷海青看着她，眼中满是怜悯，接过她手中纸笔，写了几行字。

“素儿莫急，往日我弹，你听，今日我弹，你看着便是。”

李素炫点点头，又说道：“素儿想是这阵子不能弹习了。”

雷海青又写道：“若有意，也可以试试，曲速、板眼植根心中，不会太有异常，按弦不错，音也不会错。只是往日里声色要靠两耳侦听，调配双手把控，眼下或是要错失些。试试，感知一番，莫强求。”

李素炫在一旁捧着墨盒，看着雷海青写字，点点头说道：“先生说得对，寻常人想是不会经历这些，既然我遇上了，索性好好感知一番。只是最近心神不定，双手如脱缰般不服调用，十分无奈。”

“人逢忧思，心中百魅杂生，实属寻常。素儿自幼勤谨，一切皆有筹划、步调，事有失控，便难以忍受，非要重新把握。然有些事情，偏要不计而计，不谋而谋，越要把握，越把握不住。且放松些，心中纵有千鬼，也由着它蹿纵生发，不消理会，终究都会过去。”

李素炫心中立时明亮，点点头，行礼道：“先生说的是，素儿记下了。”

雷海青笑笑，又写了一句话：“我许久不曾一次写这许多字了。”

李素炫也笑了。雷海青书体不仗法度，想是不曾专门习书，却写得颇为熟练，字迹清楚，一派任意洒脱，又清秀，李素炫反而学不上来。

李素炫回身到雷海青对面坐好，复又行礼，看他抱起五弦琵琶弹了起来。双手从静处起，左手轻盈，右手虚淡，面色从容悠然，意态闲散。一段引子弹过许久，他双手上渐渐着了力道，指尖如削，指节刚强，腕上收纵行替，掌上呼啸开阖，分错推揉之下，轸轴听调，弦振如刀。曲至乱处，弦手互搏，各逞凌厉，看那五弦之间十指生风，快雪淋漓，终究压了琵琶性拧，掣出浩大弦声。

李素炫往日里也听、也看，今日只能看着，别有一番领受。一曲完毕，她行礼说道：“先生所弹定是《海青拏鹤》。”

雷海青笑着点点头，换了小无伤，弹了近两个时辰，李素炫只看着，便知道他所弹何曲。雷海青也特意弹了些新曲，每曲接连弹过几遍，李素炫将他左右手上推揉弹挑看得清楚，心中不停计算，复建其声，倒比寻常还忙乱。酉正时分，雷海青停下两手，李素炫深深行过一礼，说道：“素儿此次也算因祸得福，从前只凭两耳监校声音，未曾如此认真看过。今日别有所获。”

雷海青将琵琶放下，写了几行字递给李素炫。

“你心中既已知道声音，回去便可弹习，纵然听不到，单凭手上感觉，也不该全然失控。五日后我在这里等你，弹与我听，差多少我告诉你，看与你自己所知有何不同。”

李素炫行礼谢过雷海青，告辞离开。

第二日清早起来，外头天色半晴，也不阴郁，也不暴晒。朝食过后，众师兄在院中劳作，让李素炫回屋里歇息。李素炫取了五色琵琶出来，对众师兄行礼说道：“师兄劳作，素儿与师兄弹奏琵琶。只是今日师兄要帮素儿忙，将弦调准。弹过一阵子，若轸轴上松了，也请师兄再调校过来。”

众师兄惊奇，面上带着询问，李素炫又说道：“这琵琶我终究弹了十几年，眼下只几日耳中听不到，手上又没废，不该弹不了。今日我姑且试试，初时可能弹不好，又或是一直弹不好，师兄且忍着些，将就听。”

众师兄惊喜非常，即刻将琵琶接过去调好弦律，李素炫接在怀中，坐好，持拨弹起来。平日里双手双耳协调适配，今日只有手上感觉。五色琵琶依旧缚着筋弦，触弦粗粝，振弦倔强，她边弹边回忆，按弦拨弦自不会错，轻重缓急却要仔细揣摩。试了许久，慢慢想起来些，两手畅快许多，心中渐渐也不再畏惧迟疑。几曲后，看众师兄脸上笑意，她知道自己弹得不会太差。

她将五色琵琶弹了一上午，下午又换了无伤，师兄依她嘱咐将弦律定好。眼下她已然不惧怕，无伤指弹，丝弦细腻，不惊不抗，却也柔韧有性。回想从前右手弹法，比行拨想得格外清楚，只弹过不久，见众师兄对着自己点头微笑，她大感安慰："几日后我去见雷先生，我这聋着弹的比寻常差多少，先生一定能给我讲得清楚。此前从未如此弹奏，今日听不到，全凭手上感觉，声音差多少不知道，心中感受却是迥异。"

只要静下来，片刻后李素炫就会想起师父与汝阳王来，阵阵难过，一时收不住，一路溃乱下去，心中群魔苏醒。她索性整日抱着琵琶弹个不停，用心回忆，用心揣摩，别的念头便进不来。众师兄连着几日为这清秀小师弟调校弦律，看她穿着青白衣袍，端坐在翠竹下，面上神思凝聚，双手抚慰试探，琵琶弦声日渐坚朗。

五日后，李素炫在内教坊处又见到了雷海青，行礼坐下，抱起五色琵琶，将近日所习曲目逐一弹过。几曲后，雷海青对她笑着点头，写了几行字递过来。

"素儿既往功力不白费，今日不比往日差太多，音律板眼不过分讹失，虽说少了些韵味，也是难免。今日教你一支新曲，回去要格外用心。你见我弹奏，便要在心中化显乐意，手上揣摩试探，有所把控，方能昭然于弦上。"

李素炫点了点头，雷海青弹起来，接连弹过数遍。头两遍李素炫将他左右手看得仔细，到第三遍就在自己琵琶上摸着弹起来，只是不着力、不发声。追着雷海青弹过几遍，已将这曲子记得牢靠。雷海青停下时，李素炫手上立刻发力，弹出了声音。新曲不熟练，也能磕绊着大约弹下来，雷海青点头，又写好了字。

"第一遍弹到如此地步，十分不易，回去慢慢弹习便是。今日不急，随意弹些什么，权作歇息。"

李素炫松了口气，行礼谢过雷海青，又换了无伤，落落弹起来。

"素儿这调子我以前听过几次，不知道是什么，你好像格外喜欢。"雷海青写道。

李素炫笑笑，边弹边说道："我自幼时起，每逢困顿昏昧，便听到母亲歌声。师父怕我长大后忘记了，以律吕记了各音，又用唐音注了胡语，直到现在这支歌调素儿仍旧能唱，从前与先生也弹过。只是母亲歌谣总是伴着琵琶声，那琵琶声我却一直记不清楚，每次听到，都是断断续续，这次缺这段，下次又缺那段。这几日心中格外空洞，夜间也不易入睡，什么也听不到，偏能听到这支歌谣，也将那琵琶声从头到尾听得清清楚楚。顿时不敢睡了，爬起来寻了琵琶抱在怀中，只是一弹起来，又记不全了。当年与我弹奏的应当是一支胡琵琶，声音定与我大唐琵琶不同。”

雷海青笑笑，听着李素炫怀中弦声。待她歇下来，雷海青又弹起来，李素炫在一旁认真看着。如此交替，到了酉正，二人行礼告辞，再未多说。

## 145

连日弹习，李素炫心中安定许多，屡次向众师兄打听过，道是玉真平安，李素炫少了些惦念。清早起来，缚了无伤，到平宁寺去寻端木。一步迈入偏殿中，殿外骄阳退却，殿中光照淡和，抬头见到佛祖低眉，双目狭长，慈柔悲悯。周身清凉无风，佛香氤氲，眼下李素炫听不到钟鼓铃铎，却能想到，心中格外静宁。对佛祖行礼后，绕过佛像，见端木正伏案书写，另一头是闻朗，身边围了几个人。

李素炫走过去，轻声唤了端木，先告诉她自己无恙，很快就会恢复，叫她莫要担忧，然后才将事情约略讲了。端木知道李素炫十分敬爱汝阳王，知道她难过却要强撑一片平静，怜惜她心中受苦，连忙拉着她坐下，搂着她肩膀，又握着她手。

李素炫一时鼻酸，渐渐压下了。二人静坐过许久，闻朗忙完了，走过来与李素炫行礼相见。端木将事情说过后，问道：“四郎可与素儿看看？”

闻朗说道：“我臻药学，医术上却不如我师父见识多。素儿这病少见，你陪着她，我去求师父。”

端木点头，闻朗立刻去找师父。老方丈听述，慈悲不忍，点头道：“既如此，你也不消叫她过来，我随你去便是。”

闻朗行礼，带方丈去往偏殿，路上又听方丈说道：“人遇遽变，陡然间心中惨痛至极，总要有个出路。她若当时晕厥过去，或是放声哭出来，倒没事了。一番平静，最是危险。”

入了偏殿，端木见老方丈亲自过来，连忙起身行礼。李素炫见闻朗引着一位清癯老僧前来，知道是寺中长辈，连忙跟着行礼。老方丈点点头，示意李素炫坐下，执笔取墨，不停写字，问了李素炫许多问题，李素炫一一作答。方丈又捻指诊了脉搏，又写了几行字：

“此病少见，却不难治，无妨。既然太医与你开了方子，定不致爽虞，按时服药，用心调养便是。近日里饮食要清淡些，切莫再伤心，还有，你如今心思太多，入睡难，可是不好。”

端木听闻李素炫无大碍，松了口气。方丈又取了张纸笺，写了方子，嘱咐李素炫，若仍不易入睡，可用玄及配琼珍、灵芝煎服助眠。

李素炫接过纸笺看了一眼，骤然惊异。方才方丈与她闲谈，字写得随意，又写得极快，不拘笔法章法，浓墨飞白交杂，字迹粗朴戆直，眼下方子却是以精良小楷认真写下，中锋起势，正切入纸，侧锋灵动不拘，行笔洒脱，毫无淹留滞塞，钧沉痛快，又清正舒雅，俨然一副殿阁端庄、经史浑厚。

李素炫立刻问道：“敢问方丈可是衍一法师？”

老僧笑着点了点头。李素炫立刻起身，振衣行礼，郑重说道：“在下玉真宫李素炫，有幸见过法师早年手书，钦佩至极，只是不敢以微末后学之身请见前辈高士。今日又见，法师笔力益壮，晚辈万分仰慕，请受一礼。”

衍一点了点头，写道：“如此说来，你是上清派弟子？”

“正是。”

衍一很高兴，挽起李素炫让她坐下，又提笔写道：“我见过你与闻朗所录时疫药方，如此年少便以乐名、诗名受人敬慕，书体却是端良平正，不露媚态，十分难得。”

李素炫端持礼貌，恳切说道：“晚辈万分盼望法师赐教。”

衍一点头笑笑，写道：“此事好办。只是不知你要学我哪样书体？”

“自然是眼下方子上这般书体。”

“我那天然书时下风行，你怎的没兴趣？”

李素炫笑笑：“法师那天然书还没到火候，在下不想学。哪一日真到了火候，在下也学不了。”

“为何？”

“自然便是无法，法师那天然书中仍旧看得出法度来，毕竟不是一朝一夕能丢掉的。待法师有朝一日果然无法，一派自然，如何能学？法师之自然，却是他人之不自然，又何必学？”

衍一大笑，接连点头，又以粗朴字迹写道：“你果然懂。回去好生将养，待恢复之后，我定用心指教于你。”

李素炫大喜过望，这事她本来提都不敢提，今日壮胆说了一句，万想不到老法师竟如此痛快便答应了。她立刻起身，复又深深行礼。

闻朗与端木见衍一与李素炫说到了书学上，早躲一边去了。闻朗笑道：“素儿真是痴念深重，我看她字写得甚好，没想到她还要四处找高人讨教，不然早就带她拜见我师父了。”

“素儿喜爱书学，益求进境，一直到处访求高人。谢你与她引见法师。”

殿内衍一与李素炫聊得开心，衍一兴起，也不顾书写麻烦，接连与李素炫笔谈许久。殿外闻朗与端木也聊得开心，衍一允了授李素炫书学，两位好友都为她高兴。

临近午时，几人行礼送衍一法师回归内堂，闻朗寻了些吃食来，简单吃饱了。端木要陪着李素炫，两人带着无伤与纸笔，到寺中角落里寻了个无人处坐下来，也闲聊几句，也弹奏琵琶。端木见李素炫凝聚神思，十指用心试探，竟也能将诸多旧曲弹得几无差池，又是心疼，又是欣慰。待端木将无伤抱在怀中弹起来，李素炫只看她手指，便知道她哪里弹对了、哪里弹错了，又哪里出了厉躁之声。

闻朗忙过手上，过这边来寻她二人，离得近了，听到她二人欢谈之声，忍不住站着听了阵子，也跟着觉得开心，想要靠前，又犹豫起来。这阵子闻朗教端木辨识药材，说些医理，端木也觉得有趣，也希望日后用得上，十分认真。她本就是聪慧女子，又读书多年，但肯用心，定有十足长进，闻朗格外不敢小看她。歇息时二人闲谈，听端木说起些乐艺旧事，说些羯鼓琵琶，又将她好友书学诗词拿来炫耀，闻朗便气短。

衍一法师曾为儒门士子，又精佛法、医术，闻朗得其传授，自幼读的是圣贤训诲、佛祖真言，认得草药，辨得穴位，治得好各色疑难杂症，乐艺上却欠了些天分，又不曾得授，又不曾勤习，如今一窍不通，唱支小曲也摸不到调上，拍头又不准，板眼又错乱。看端木容颜照人，虽粗衣不掩绝色，又淡淡说着些诗乐情致，闻朗深觉自家有三分村气、五分木讷、八分无聊，十分不敢抬头。也就是累年勤奋异常，将那许多医典倒背如流，又脉学精湛，药学严谨，算来多少也还有些底气。眼下见端木与李素炫弹着琵琶，唱着曲子，弦声轻快，歌声清越，闻朗越发有些不敢上前。

等过了许久，端木与李素炫无意间看到了闻朗，招呼他过来。闻朗这才鼓足勇气走到二人近前，笑着行礼，听二人嘱咐坐在一旁，面上平静，心中怯怯。

“她们还不至于令我弹琵琶……若叫我一起唱歌，可麻烦了……我走调。”

闻朗心里正惴惴不安，听到耳边歌声响起，原来是李素炫弹着无伤，唱起了王维先生那首《相思》。她压着气息，轻轻吟着，指尖微触，丝弦窸窣嘈杂，衬着嗓音清淡。

“以前还真没听你唱过这支歌。愿君多采撷，此物最相思……为什么你唱的是‘劝君休采撷’？”端木写字，问道。

“师父说这诗传唱时就有这两种说法，只是众人更喜欢‘愿君多采撷’，还说我不用管众人，自己喜欢哪个就记哪个。我更喜欢‘劝君休采撷’，一直都是这么唱的。”

端木点了点头：“好，我也喜欢这句，以后我也唱这句。”

李素炫说着话，手中无伤不停，又起了一遍，端木也唱了一遍，声音饱满柔婉，清扬如风。

二人唱过，相视一笑，端木对闻朗说道：“这曲子是素儿小时候师父所教，后来卢先生还托人从南方寻了红豆来给素儿看，素儿又拿来给我看。小小籽实，颜色鲜艳，一头沾着点儿黑色，十分可爱。”

她说着转头又写了字，问李素炫：“你那两颗红豆如今哪里去了？”

李素炫笑道：“去岁得了两颗珊瑚珠子，配了松石与琉璃，让师弟与我做了一对耳坠。”

“为何做耳坠？你又不戴。”

“不戴也可以留着，不然红豆还能拿来做什么？”李素炫笑着说道。

闻朗在一边说道：“红豆可入药。”

“入药？”端木惊讶道，“你还没与我讲到此处。红豆有何药效？”

“红豆味苦，性平，通脉，催产，破积聚，清热解毒……利尿。”闻朗说道，自己也觉得戳气，心想“不如不提这个碴了”，又想了想，提笔给李素炫写道：“记得你那耳坠不能吃。”

李素炫很惊讶：“为何？”

“有毒，毒可致命。”

李素炫又气又笑：“我是问你我为何要拿来吃？我都做成耳坠了，怎么会拿来吃？”

闻朗又写道：“不是你耳坠有毒，是红豆有毒。红豆生南国，北人知其相思，不知其有毒。”

李素炫无奈，只得点头说道：“多谢四郎提醒，素儿记下了。”转头又与端木说道：“下次带你羯鼓来，轻轻击起来，我与你奏琵琶。”又对闻朗说道：“四郎想是还不曾听闻端木击羯鼓。”

闻朗点头，他果然还没听过。李素炫笑道：“你定要听听。凡合乐，皆以鼓为领，我自幼与人弹习合乐，或于殿上奉献合乐，俱受端木羯鼓节制。她平日里柔和，执起鼓杖便是乐中将军。昔年制献《大破阵乐》时，殿上殿下数百弦鼓，皆听羯鼓号令，她手中一对鼓杖统了千军万马。”

“《大破阵乐》？”闻朗问道，见李素炫没反应，连忙又写下来，“这《大破阵乐》我听说过。”

李素炫有些吃惊：“我与端木长于左教坊，后选入宜春院。这《大破阵乐》当日是我二人得雷海青先生指点，与宜春院中众家姊妹及城中众家女乐合力制献……端木未曾与你说过？”

闻朗立时局促起来。他知道端木与李素炫曾为大内乐人，也知道宜春女乐为天下翘楚，当年《大破阵乐》震赫长安城，他也知道，却不记得端木与李素炫之名。眼下骤然知晓，心中有些惊惶。闻朗不通乐艺，不善诗书，在端木与李素炫面前自认糙笨，本就气短，眼下更是手足无措，面上泛起酡色来。拘谨了片刻，强作镇定，与二人行礼，说是有事，先行离开了。看他慌张之下倒是身形端正，脚步平稳，很快走得远了。李素炫回头看着端木，忍不住笑了。

端木也笑，写道：“四郎不是傻，只是惯于专注。”

“好，听你的。”李素炫笑道，再不说话，重又弹起了无伤。用心试探，手上渐渐快起来，连弹许久，端木静静听着。身旁微风轻送，月值姑洗在辰，看看身边，樱花早已落尽，梨花正是盛开。

端木仔细看着李素炫神色，知道她在思索，片刻后知道她心中已有成算。端木笑了笑以示鼓励，李素炫果然即刻会意，轻轻点头，手上一转，入了曲牌。

南国远，谁寄鲤鱼书？劝君休要采红豆，相思味苦，相思有毒。

端木静静听了，许久后见李素炫未再开口，便写字问道：“又不是燕乐曲破处，怎么填了单调？”

“后面一时编不出来了。”李素炫老实答道。两人大笑，笑过后，李素炫继续弹着无伤，又思索片刻，接了下阕。

春时短，转眼碧荚枯。不若枝头多撷取，何意味苦，何意有毒。

端木笑了：“素儿终究是女子。”

## 146

十七日一早，李素炫独自去了左教坊废殿中。推开殿门，隔岁尘土被惊扰，呻吟着醒来，低低盘旋，惊疑质问。李素炫走近像座，师父卢菡殒身之处，轻轻跪在尘埃中。周身细蝇乱舞，墙上水痕密集，梁柱间蛛网遍结，却又破落，恹恹低垂。她什么也听不到，只能看着。岁月依稀留驻，每来时，此处总是一般光影斑驳，蛛网残破，有如洞窟墓穴之中。

“师父，素儿今日二十岁了，师父离开已五年整。师父当年所授，素儿依旧记得，每日践行，不敢松懈。与师父比，素儿半生已过，心无怨恨，再有半生，也会坦然。如今师父定然已见到汝阳王殿下，一世知己，终又相见，师父再不寂寞，素儿心中宽慰许多……素儿说了这么多，不知道师父是不是听得到，或者，只是素儿自欺罢了。素儿已快要记不得师父样貌了，师父却从不入梦与素儿一见……”

她碎碎想着，泪水坠落，击破尘埃，但只那几滴，很快干涸了。汝阳王死时，樱花落尽，师父卢菡死时，梨花正盛。世有花开，便有花落，花开是生机，花落是空寂。春日里，这花开了，不到谢时，那花也开了，人只看盛开的，不看凋谢的，春日自然美好。到了秋冬时节，花叶皆落，人又伤感，无非是只有落的，再无开者，人只能看那一地伤残。世上有多少花开热闹，便有多少花落凌乱，忧乐相抵，谁人也占不到世间半分便宜。

在废殿中久了，身上渐渐冷透，李素炫依旧一动不动，许久后，将无伤抱在怀中弹起来。她眼中只有灰尘，耳中毫无声响，一股潮湿味道不停呛进肺里，有生以来从未有过如此境况。碧弦瑰丽，流光如水，她却合上双眼，端身静坐，收敛容色，不听、不看，澄空当下，凝神调运，心有所得，以手摹状，一点灵明汇于指尖，一一摸索、领会。

弦轴有律，起落依序，抚之柔韧，动之劲硬。琵琶如骏马，有情，也有性，也要爱抚，也要调教，也要顺应，也要把控，也不能任由，也不能硬拧，如舸之顺流，如庖之奏刀。右手拨弦，左手便有感应，无伤在怀，五弦应手起振，立刻传到身上，隔着衣褶，在肌肤上窸窣蔓延。这些此前只在知与不知之间，从未认真感受过，如今耳目关停，一心空无，只凭双手，心头但有云烟稍纵，立时便能知觉，即刻调伏消解，求得心绪平宁，光尘融容。

在废殿中盘桓一日后，李素炫自尘埃中站起身来，缚了无伤，对着像座处深深行礼，转身离去。

将近四月，李素炫耳中渐渐开始听到声响，很轻微，也低沉，如隔着鼓面或数重高门，沉闷不清，音高嘈切处仍旧听不到，听人说话声也十分含混。她在全然无声中过了近二十日，已学会靠着双手触摸把控弦声，眼下能听到些声响，却与真实声响迥异，反搅扰手上利落，倒不如什么也听不到。她仍需要师兄帮她将弦律调好，每日抱着五色琵琶或无伤坐在竹林里，调伏思绪，屏除杂念，铮铮弹习，努力不受耳中声响带累，只凭手上把控，并不停询问师兄弦声是否有异。

她双耳在不停恢复中，每日所听声响都不相同，若凭双耳控制弦声，定是逐日不同、时刻有变。她记起诸多道门调心之法，从前修习不甚在意，觉得寻常时也无须调心，毕竟她抱起琵琶便能认真弹习，执起锥管便能全神书写。眼下心神紊乱，耳中搅扰不停，不得不求助于心法，每日在竹林中择一僻静处端坐，结手诀，守内静，管括微密，察观楼阁，图求定境。直到心中海潮清宁，云水伏歇，月轮照临，天涯一派澄净，方将琵琶抱在怀中弹习起来。

四月过了数日，玉真出关，李素炫双耳复旧。师徒二人各自历了一劫，相对倾谈，感慨万端。

# 第四章　天然書

# 天宝九载（750年）四月—十一月

# 147

玉真不打算再去别馆，只派遣几位年长弟子前赴别馆代她会客，自己留在长安城玉真宫中，每日心绪杂乱，不愿过多见人，只与几名弟子在竹林中静修，或结印入定，或讲授道法，也饮茶闲谈，令李素炫在一旁轻弹琵琶。入夜后掌上灯烛，只玉真与李素炫师徒二人相对，玉真烹茶，李素炫将手中琵琶又弹过许久方停下来。

玉真将茶盏推给李素炫，看着她，叹了口气。

“这一月波折，素儿消瘦许多。不知眼下心情可平复一些？”

李素炫低下头，小声说道：“持盈师父若不提起来……还好些。”

玉真淡淡一笑，说道：“如此，师父便不提。”

“持盈师父可好些？前阵子素儿一直担心，又不敢问，也不敢去见，怕素儿一副聋子模样，倒惹持盈师父更伤心。每日只能向师兄打听，托师兄问候。”

“师父已年过六十，什么没历过？难过一阵子，总能过去。倒是素儿年少，心事重，想得多，怕一时过不去，日后忘不了，一辈子心里留个芥蒂。汝阳王风范谦雅，寻常人见他一眼便难忘，何况你二人为诗乐知己，他对你十分欣赏，你对他也定然眷恋。毫无征兆，骤然诀别，素儿定是难以承负。”

李素炫戚然一笑，幽幽说道：“素儿固然敬爱汝阳王殿下，然心中耿耿，却不是因我二人私交。”

“却是为何？”玉真问道。

李素炫接连叹息道：“素儿只是不甘心，真的不甘心。素儿一生至此，所遇足称君子者，只我师父与汝阳王殿下二人，然这二人……结局都不好。”

玉真沉默不语。李琎嗜酒，其中缘故颇深，玉真没有李素炫知道得多，却也知道一些，也知道李琎一生身不由己，难逃宿命，如此终局早就注定。

玉真长叹："此处只你我师徒，并无外人，没什么不能说的……琎儿无奈，我也知道。"

李素炫眼中蓄泪，凄声说道："我师卢菡有持守，方全了君子羽毛；汝阳王殿下有承负，故舍了君子羽毛……代价都是性命。我师父若肯屈节，便能活命；汝阳王殿下若不自污，便有余生。他们都选择做君子，君子却没有选择。世相如此，叫人如何甘心。"

玉真又是沉默，又许久，缓缓说道："师父修行一世，这件事，果然也想不通……素儿莫要难过，将你无伤再弹一阵子。"

"是。"李素炫应道，又将无伤轻弹起来。月光穿过竹林，落了些下来，无伤摇曳，碧弦微闪。李素炫低着头，眼泪止不住掉落下去，接连落向怀中无伤，眼看着弦利如锋，将泪珠劈作几瓣。

玉真趁着月光静听无伤，没有再说话，也没有再烹茶。许久后，李素炫慢慢平复下来，玉真也不再伤感，叫弟子又持琉璃瓶装了清水过来，换了炉中炭火，重又烹起茶来。

"素儿停下歇息片刻。"玉真嘱咐道，将茶盏推到李素炫面前。

李素炫行礼谢过玉真，端起茶盏啜饮一口，说道："素儿在宫外见人饮茶，仍是茶汤与众多物料同煮，又加盐，故此素儿宁可饮酒。独宫中有人爱这清饮，素儿常跟着沾光。持盈师父烹茶味道十足清嘉，从前每到汝阳王府时，殿下也时常与素儿烹茶，也是如此清饮，又烹得格外淡致。"

玉真笑道："我与你烹茶是喜欢摆弄这些物什，琎儿与你烹茶是嫌你手艺太差，茶味不好，不如自己动手，让你在一旁弹琵琶。这话是他亲口与我说的。"

李素炫脸颊上泪水尚未干透，听这话顿时笑出声来，玉真也在一旁笑了许久，又问道："素儿可想听些汝阳王前事？师父给你讲些不难过的。宫中无人不晓，只是不知素儿从前可曾听说过。"

"素儿在宜春宫时曾屡次听人说起汝阳王殿下，道是殿下自幼眉宇秀整，姿容妍美，冠于李唐皇族。又生性谨絜，举止娴雅，极得长辈疼爱。圣人称赞他资质明莹，肌发光细，非人间人，必神仙谪堕。"

玉真点头说道："果然如此。琎儿通诗文，善骑射，妙达音旨，尤精羯鼓，圣人十分钟爱于他，常亲自教习。曾游玩于南山林泉间，圣人摘了红槿花，放在他砑绢帽笪处，二者俱极光滑，勉强放得稳当。令他奏一曲《舞山香》，曲毕而花不落，谓之‘山峰取不动，雨点取碎急’。圣人大喜，赐金器，赞他为李唐嘉儿。彼时长兄李宪仍在世，与师父并肩在一旁看着他。算来，距今日已有近三十载……如今长兄和琎儿都不在了，师父也老了。”

李素炫惆怅道：“素儿听过殿下琵琶、长箫、箜篌、瑶琴，从未见他击羯鼓。”

“我也是多年未闻他羯鼓声，问他，他只说眼下无那一番率性豪情了。再多问，他也不肯说。”

“素儿见过殿下射术，果然精准，足可想见殿下昔日俊迈。”

“你竟见过他射箭？却是难得。琎儿少时饮酒有度，后来却开始嗜酒。近些年来他身子一直不好，多有宿疾，久而不愈，累年不碰弓马。太医屡次进言，圣人也多有叮嘱，我也与他说过多少次，他却只笑笑，也不辩解，也不改。屡次酣醉，几近危殆，侥幸捡了命回来，却仍旧终日纵酒。我知他无奈，也仍不解何至于斯。”

李素炫心中长叹：“持盈师父只道何至于斯，她哪里知道汝阳王殿下何其无奈，他果真是不得不如此，只是旁人想不到那一步罢了。”

李素炫又想起昔日在王府中，李琎每到酣醉不适，便斜身靠着，微微仰着头，合上眼睛歇息，面色苍白，神情疲惫，全然不似众人传说中昔日少年英姿健朗。

玉真仍旧烹茶，[illegible]盏一盏与李素炫推过来，仍旧说着李琎少年事。虽然都是开心事，说着说着，声音却越来越低，最后长长叹了口气，再也不说。

连着一月，玉真不离宫中，也不见外人。五月初，玉真回归王屋山，临行前殷切叮嘱李素炫：“素儿屡进道阶，学业顺遂，却莫要松懈。独自一人修行，守得清风明月，也要见识红尘多变，耐得一世创痛，方能觉证真法。”

李素炫立刻行礼，领了教诲。

玉真走后，李素炫又在宫中盘桓了两日，与众师兄相处，听玄学博士授学，并在藏书阁中取了些书卷，要带回家研读。辞别众师兄，出了玉真宫，她先要去阿翁家探望。

阿翁见了他娃儿，分外欢喜，连忙招呼她进了屋子，转头就要去张罗饭食，李素炫却跟着阿翁去了厨间，帮阿翁一起烧了热水，泡了花饮，端到屋里。

“阿翁，素儿今日没胃口。”李素炫说道，将花饮注满两个盏子。

阿翁叹了口气，说道：“汝阳王殿下不在了，素儿一定是难过了许久。”

李素炫眼中一热，低了头，不说话，阿翁叹息道：“殿下心好，可怜我老弱，每次专门遣车子来接我，还送我回来。车子上打着王府灯笼，坊中人都给吓到了，不知我老汉攀上了什么人，那之后与我说话都格外客气。王府里那位陈总管也和气得很，我劳作时他屡次去看我，代殿下谢我。可惜，祸害活千载，好人倒都不长命。前年秋天，我头次去王府时，帮府上厨人腌了萝菔，告诉他们三年后开坛，又详细讲了如何切制，如何用酒激醒。如今三年未到，殿下却不在了，尝不到了……”

李素炫强忍许久，眼泪没落下来，在眼窝里便干涸了。她抬起头来勉强笑笑，问道：“阿翁，殿下所赐《甘露经》中还有什么酒制法简单些，素儿能学会的？阿翁可教教素儿？”

“好，那酒经上有一种，名桑落，比紫露只多一味料，制法也只多一步。这几日阿翁先试一试，酿出来了，教给素儿。”

李素炫点点头，又拿起盏子来，默默只不语，依旧无精打采，也想找话出来说，只是找不出来。阿翁见他娃儿不开心，有些着急，想了想，忽然笑起来，低头凑到李素炫耳边，小声说道：“素儿过来，阿翁给你看个好玩儿的。”

李素炫不知道阿翁说的什么，见他热切，起身跟着到了后院。阿翁从墙头墙角采了些狗尾草，不要根茎，只要草头，取了个竹编扁平笸箩来，将狗尾草头放在笸箩上。又怕李素炫心焦，不停哄她“素儿莫急，马上好”，说着从怀里取了把铜钥匙出来，用力握紧，在笸箩上来回划起来。

笸箩有孔，不平，铜钥匙划过就颤震不停，狗尾草立时在笸箩上蠕动起来，像一大把毛喇子爬来爬去，却比真虫爬得快许多。李素炫心头陡然一凛，后背上皮都绷了起来，却又觉得有趣，忍着也要贪看。

“好玩儿不？”阿翁笑着问道，一脸讨好，李素炫心中又欢喜又难过。

“好玩儿。”她点了点头。

阿翁开心，将铜钥匙递到她手里，叫她自己玩儿。李素炫也学阿翁样子将铜钥匙握紧，在筐箩上划起来，看着毛毛虫四下乱爬，她心中又悚然，又兴奋。

阿翁见他娃儿开心了，这才放心，玩闹够了，张罗要与她置办些吃食。李素炫乖乖在屋子里等着。不久阿翁做了些简单饭食端过来，看着李素炫吃饱，心里终于托了底。李素炫与阿翁行礼作别，约好了日子，过来随阿翁学习酿造桑落酒。阿翁见她上马而去，身影落寞，叹息了许久。

到了家，李素炫没有盥洗，默默在窗前坐了，院中石榴树已是枝叶繁盛，石榴花初开，红得像一簇簇火焰。她离家不过两月，再回来，只觉得恍若隔世。缓缓想起第一次到师父家时，是那年三月里，隐约记得石榴树上初叶萌发，她站在窗前，看师父在院中忙碌，扫了院子，又打上井水来，晒得温了，浇沃石榴树根和墙基处地衣。她很奇怪自己从前不记得这些，迁入这老宅后却不停想起来，逼真入骨。只是在她记忆里，师父永远背对着她，不肯回过头来，她永远也看不到他的脸。

她安静出神了很久。汝阳王殿下死后，她不停想起他来，又不停想起师父卢菡来，心中满是遗憾、伤感、思念、不甘，交错纠杂，纷乱不堪。呆呆坐到黄昏时分，端木自平宁寺回来了。

“素儿。”端木轻轻呼唤。

李素炫听到院门声了，只是仍旧沉思，听到端木叫她，才恍悟过来。

“端木回来了。我又半月多没见你，这些日子你忙什么了？”

“还是老样子，抄些方子，辨识药材，读些医书。三四日去一次左教坊，我自己要练习，也要教习弟子。素儿可好些了？”

李素炫点点头：“我很好。”

“料想你这几日就要回来，我将家中仔细收拾干净了，储备了足够米粮柴草。知道你喜欢清净，不多扰你。我与闻朗告假，他给了我三日，要我陪你。之后我就回左教坊住，教习方便些，零碎工夫也能与弟子说上许多。”

二人说着一起去了厨间，动手料理好一餐简单饭食，端回屋里，一边吃着一边说着。端木看着李素炫，叹息道：“我知道你性子。看你现在样子，最难处已过去了，不消我再陪你。剩下那一点儿难过，怕是多少年过不去，我陪你也无用。”

李素炫笑了笑：“端木懂我。”

二人谈到深夜，睡下。第二日早起后，端木说道：“素儿想不想去外面看看？”

“……去道政坊饮酒读诗如何？”

端木点头，二人即刻出发，很快到了酒肆中落座。店家还未将酒端上来，便听到那头一阵欢呼，接着，小太常陈廷正冲了过来，满面惊喜，接连行礼道：“廷正见过师父，见过素儿。”

“你怎么在这里？”李素炫随意问了一句。

小太常慌忙持礼答道：“廷正近日读书十分用功，不曾偷懒，也听素儿话认真写字了，琵琶也每日好生弹习，羯鼓也不敢懈怠，时刻记得师父教授。是父母见我有些长进，今日特准我出来游玩。廷正也不敢玩儿上一整日，只与友人饮上几盏酒，过午立刻回去读书。”

“我就随口一问，又没说不许你出来玩儿。你慌什么？说这么多。”李素炫嘀咕着说道。

小太常连声诺诺，端木掩口偷笑。小太常又行礼说道：“我与几位友人在小间里相聚，想壮着胆子请师父与素儿过去，一同饮酒。”顿了顿，又连忙对李素炫说道：“素儿放心，我那几位友人都不是纨绔子弟，都是好好读书的。”

端木见小太常一副小心翼翼，忍不住笑出了声。李素炫也笑了，看了看端木，看她神色似乎不反对，又见小太常如此谨慎，便点头说道：“好，随你去。”

小太常欢喜异常，连忙引端木与李素炫去了小间。小间里聚了五六人，陈廷正万分骄傲，将端木与李素炫介绍与众人认识。众人知道她二人名字，连忙行礼相见，请她二人落座。因她二人略年长，又见陈廷正以师礼事之，故不敢请她二人奏乐，只将酒盏斟满，恭敬奉上。

一众人很快又开怀起来，不停饮酒，说着些友人话题。果然小太常所说不错，听他们聊天，这些人都是认真读书的，胸中皆有抱负，又彼此相约来日定要一同入春秋之闱，一同中进士，与国效力。说到兴奋处，有人取出琵琶来，弹着唱上了。

从来忠烈训禽荒，天下何堪付侯王。
一时我辈风云竞，殿上尽皆是醒狂。

诗不甚出彩，不依格律，不过是押韵合辙，拼了几个典故进去，倒是胜在迅捷。一支唱过，众人击掌叫好。端木笑着对小太常说道：“你们有志报国，不愿输于侯王，好事情。”

“王侯不堪用，来日朝堂之上，要指望我辈科举得中者，有真本事。”旁边一人答道。

“怎知王侯不堪用？”李素炫随意问了句。

那人不屑道：“中华自魏晋始行荐举制，大族彼此荫庇，出了多少废物，明明什么也不会，还硬说什么清贵。王侯生来便有官运，受国家供养，哪里肯读书，日日流连花丛，荒糜纵酒，前阵子不是还醉死了个汝阳王？生得范样好，却是虚有其表，一世无用，最后落个腐胁穿肠，徒增笑耳。所谓王侯，还不就是如此，焉能托国。我们这些人没什么出身，只能搏命读书，来日国家定是要靠我们……”

众人哄笑，小太常也跟着笑起来。李素炫强忍着，沉默不语，由着那些人说下去，片刻后见无人再注意，便示意小太常随自己出去。

小太常向来听李素炫话，立刻跟了出去。李素炫带他出了屋舍后门，方到院中，一把扣着他手腕，直将他拖到一堆柴火后头，狠狠搡在柴火垛上，阴森问道：“汝阳王之事谁教你等这么说的？”

“长辈相聚饮酒，说起汝阳工，便如此哄笑。今日我们几个小的出来玩儿，就有人说起来了。”

李素炫咬牙切齿，恶狠狠说道：“陈廷正你给我听着，若再有人如此说起汝阳王殿下，也不消你跳出来反对，却不许跟着起哄，也不许跟着笑。不然，再叫我见了，我打死你。”

小太常惊慌不已，他果然有些畏惧李素炫，却是因敬而生，今日是他头一次见到李素炫发火。

“你听见我说话没有？”李素炫低声呵斥。

“是是是，廷正知错了，以后再也不敢。”

“你知错了？你知什么错了？”

小太常嗫嚅道：“廷正也不知道自己哪里错了……”

“你不消知道，告诉你，你也不明白。你只记着我今日所说，日后不许如此嘲讽于汝阳王殿下，别人嘲讽他，你不许笑，当作没听见。”

小太常接连点头答应，看李素炫神色，知道其中有缘故，虽不敢追问，但他十分信任李素炫，她说不许嘲笑汝阳王殿下，一定有十足理由。

李素炫见小太常如此听话，心一软，收了面上凌厉，长叹一声，幽幽说道：“尔等不过黄口小儿，死读过几本旧书，全没见识，为写诗词，强赋清高，自以为栋梁。尔等哪里懂得什么是王侯，眼中所见不过昏碌之辈，那王侯中鼎家国者，尔等那一双浊眼也识不得。”

小太常端着礼貌，小心站着，李素炫轻叹，让他回去。等他走得远了，她借着柴火垛掩护，软软瘫跪在地上，心中绞痛，悲愤难平。世人嘲讽汝阳王殿下，话说得挖苦难听，连些避讳也没有，她却只能听凭他被人看作笑话。她知道所有隐情，知道他所有苦衷，却一句也不能为他辩解。

李素炫独自挨过许久，渐渐平复下来，回了小间里。一众人仍在欢闹，她默默看着，只端木有所察觉，轻轻握了握她的手。

## 148

离开道政坊，二人路过东市买了两坛好酒，李素炫让端木独自回家，自己去了兴宁坊鹿先生家。

开门的依旧是商不言，见了李素炫，大喜，连连行礼相见，又将赤骏牵进院中，取下酒坛拿到屋里，大声禀报与鹿先生，又转身出来，喜滋滋说道：“小弟又将那大蝈蝈与师兄捉了来，比去年那只还大，在邻家空院子里，师兄走时记得带上。”

李素炫无奈，只得点头相谢，心中懊悔：“我这兄弟实诚，去岁就该告诉他实话……”

不过片刻思忖间，鹿先生已将酒斟好，招呼他二人进屋落座。

“许久未曾陪先生饮酒，师弟酒量又不济。先生独自饮酒，想是无聊了些。今日两大坛酒，一定要陪先生饮得痛快。”李素炫笑道。

“你饮酒不醉，这好酒与你可惜了。”鹿先生摇头，“素儿这两月如何？”

李素炫简单将事情说了，说得平淡。商不言听到李素炫耳聋了近一个月，顿时吓坏了，鹿先生还没发话，他便一副焦急，嚷上了：

“如此大事，师兄怕师父担心，不说，也还罢了，怎么与小弟也不说一句，就自己忍着？莫不是信不过小弟？”

“太医当时说了，好好歇息，至多旬月即可复原，不是什么大事。不想令你和先生担忧。”

商不言又气又急：“小弟叫一声师兄，是要与你分忧的。师兄有好事开心事拿来与我分享，当大事却非要独自忍着，可是嫌弃小弟没用？如此实在是让小弟伤心。”

李素炫这才认真了，想了想，对商不言行礼说道：“此事我果然欠考虑，师弟恕罪，师兄日后仔细，有事再不瞒着你。”

商不言这才松了口气，觉得当着师父面，自己话多了些，再不作声。鹿先生并不见怪，不停向酒盏中注酒，又嘱咐商不言：“你就这点儿量，这盏饮过，就不给你了。”

商不言连忙点头，鹿先生又问李素炫道：“素儿如今可好些了？”

李素炫勉强笑笑，说道：“素儿没事儿了……先生可否将锥管制法教与素儿？”

“我问你好些没有，你怎么拐到这上头了。可以教你，只是，制笔你也学得会？”

“老先生若不藏私，素儿一定学得会。”李素炫笑道。

“叫商不言教你便是，他如今制笔纯熟，不输我多少。”

商不言连忙说道：“小弟定用心教与师兄。”

李素炫行礼道谢，又听鹿先生问道：“怎么想起要学制笔了？日后想要亲自制笔？”

“素儿每年都要学几样新鲜事，不然怕无聊。我制笔定然是制不好，只是终日独自一人在家，不拘什么事，但凡独自在家能做的，素儿都想学学。”

“素儿，你认真听我说。”鹿先生放下盏子，正色道，“你喜欢独自一人，本是好事，人惟宁心，才能静下性子来做事。世上有许多人，一时半刻也得有人陪着，或者有个玩弄的、岔心慌的，不然便横生无聊，乃至焦躁，此等人大抵没出息。只是你也要小心，你独自一人能待得住，便要学那许多本事，专为独自一人待着的。日子久了，越来越不想见人，越来越受不了身旁有人，可不是好事。”

李素炫点头：“先生提醒得是，素儿一定当心。”

“素儿不问世事，固然是清高，自己也要想想，如此可也是厌世？”

“素儿不觉得厌世，只是讨厌坏人罢了。”

“坏人占了世间一半，乃至一多半，讨厌坏人，就是厌世。”

“先生如此说，素儿听得糊涂。难道不能讨厌坏人？”

“可以讨厌坏人，却不能不打交道，不然，不就是厌世？你师卢菡与你一般，他知道自己有这短处，怕你走他旧路，才将你交与我调教。”

李素炫沉默不语，鹿先生又问道：“你昔日与人奏乐，可知道人家姓什么？名什么？官秩几品？官望如何？事天子如何？待黔首如何？”

“姓什么知道，别的不知道。人又不曾对我无礼，又不曾短我酬劳，我为何要问那么多？”

“如何不问？你知道听你琵琶的是些什么人？也不好奇？”

“素儿想活得自在些，不想这些细碎事。”

“你觉得什么是自在？”

“从前以为，想做什么便做什么，就是自在。长大了些，没那么狂傲，如今觉得，不想做什么便不做什么，就是自在。”

“你觉得你这想法可是正解？”

“是……”李素炫回答道，却有些底气不足。

“天下学问百家，你道门最讲自在。若你说的这些就是自在，你便是得了道了，还修行什么？”

李素炫答不上来，半晌，幽幽说道：“素儿只是不想像师父那样，一生不自在，任人宰割，到最后，死也死得那般不值得。”

“你师父如何死得不值得？”

李素炫黯然答道：“师父一世君子，最后死在个杂碎手里。我出宜春宫后屡次打听过，那许宗德只能算猥琐，连个强横也不占，又蠢不可及，连做恶人都不够格。师父读圣贤书，晓家国义，有丈夫气，却空怀一腔血性，难撼城池，徒伤己身。如此怎算死得值得？”

鹿先生霍然正色道："匹夫血性，天下柱石。但能遂其志而死，有何不值得？"

李素炫心中委屈怨愤，幽幽说道："我情知先生说得对，师父授我儒门典籍，历代先贤就是这样教诲的。只是……师父却将我撇下了。这天下与我有何干系？师父与世人又有何干系？为何要为世人舍下素儿？师父撇下我，我独自一人受了多少苦楚，天下谁能分担？如今师父没了几年，尸骨无寻，那龙首塬上我去了无数次，一寸一寸寻找，一无所获，怕是此生也找不到了，到死也不甘。素儿崇敬师父一世君子，可也宁愿他是个混账，该害的害，该卖的卖，只要他能保全自己，别将素儿撇下……"

鹿先生沉默许久，长叹一声，黯然说道："卢菡一生未娶，固然性喜幽僻，也是情知自己那一番性情，怕是无甚好结局，身又贫穷，不想平白累及眷属，只想独自进退。他曾对我说，自从身边有了你，什么清高都放得下，只是放得下清高，却不能放下是非，终究免不了为自己招来祸端，怕他这一生到最后，定是要对不起你。不想一语成谶，他果然将你撇下了。你一人孤零在世，我再关照你，商不言再惦记你，终究跟你师父比不了……卢菡宁可一世孤独，也不愿带累旁人，却终究还是带累了你。"

李素炫不停落泪，又不停饮酒。鹿先生不忍，长叹道："寻常人可以买醉消愁，素儿却是饮酒不醉，就不要如此徒劳了。饮得多了，身上又冷。"转头嘱咐商不言："与师兄取张毯子来。"

商不言应声起身去了里间，拿了张毯子来，递给李素炫披在身上。

"素儿，你想知道何为自在，你师父已经告诉你了。你眼拙不识，今日先生与你说透。"

李素炫泪痕未干，双手持礼道："素儿仔细听着。"

鹿先生缓缓说道："卢菡与雷海青都是你琵琶师父，他二人至交半生，性子却是迥异。雷海青身在红尘，心在世外，天生就是个了道的，就是那般孤僻性子，谁也不迎合。他此生为乐而来，以圣人为乐中领袖，一心供奉，知己不过二三人，除此之外，他那一支琵琶，天下谁人也听不到，又仗天子多年庇佑，反不得罪人。你师父却不同，身为乐师，心里却终究是个读书人，不参政，不为政，不议政，乃至什么话都说得少，却不是不问世事。他心中有是非，有取舍，有向背，只将圣人看作君王，不满他多年朝政荒疏，不愿倚仗，是以从不入宫请见。他性傲，却并不矫情，朝中大臣也有他看得起的，不拒诗乐交往，若是看不起的，宁死也不伺候。如此便是将朝臣分了清浊忠奸，有趋有抗，定会引来仇家。至于到最后下手害他的，是一朝高官，还是无名宵小，其实没什么分别。你师父心中早就清楚，早就坦然。”

“……这些素儿不曾想过。”

“素儿只认得琵琶，当然想不到这些。你出身宫伎，与人弹琵琶，只觉得是弹琵琶，只想轸轴弦拨，只想曲调板眼，别的什么也不想，也不在乎听你琵琶的是什么人，但能对你以礼相待便可。可你师父是读书人，他一定要知道他这琵琶是弹给谁听，天下不是什么人都配听他一曲琵琶。你与他不一样，却不该不懂他。”

李素炫心中震撼，她从来都自认最懂得师父，鹿先生却说她不懂。她百感交集，不知说什么好。

“寻常人待人，是要将人分几等成色的。你仗权势，他一张脸；你命微贱，他又一张脸。他拿哪张脸出来，不在于他自己是谁，只在于对面是谁，这便是受制于人，便是不自在。菩萨畏因，众生畏果；君子畏因，小人畏果。卢菡乃天下君子，一件事做与不做，只看对错，不计代价，不计后果。贤良者轻易便听得到他琵琶，受得他恭敬，佞人使钱也买不动他，使刀也吓不住他，宁教被取了性命，也休想听他弦上那几声。不为物役，不受人惑，但守本心，纵生死不夺其志，这便是自在。你师父一生，实为大自在之人，哪里要你怜悯，替他不甘。自以为是。”

李素炫冷汗涔涔，心头大骇，连眼泪都不敢有。

“我果然是不懂得师父……”

“你师父将你交到我手上，要我教你如何与这世间周旋，他怕你不像他，又怕你太像他。世人皆巧舌聪明，依你性子，定是要嫌烦，要躲着，以为自在就是不问世事，逍遥山水，高卧加餐。然自在不是避世厌世，不是什么也不做、谁人也不见，不是躲起来，无须直面纠结，无须做出选择。自在是该做什么便做什么，不受世相所累，凭自己本心作一切决断，作一切抉择。素儿，尘世浩大，你躲不开，你必须与人打交道。你身后无人，身旁无人，无可仰仗，你唯有靠你自己。”

李素炫浑身冷得透彻，手脚麻木，心下顿悟，接连行礼道：“素儿大谬，谢先生训教，自此之后定当改正，再不敢自以为是。”

坛中酒剩了个底儿，鹿先生分在两盏中，端起一盏来一饮而尽，叹息道：“汝阳王之死定是伤你极深，你意难恨平，却又不愿提他，才与我说起你师父来。”

李素炫无奈苦笑：“先生鬼谷，素儿无甚城府，叫先生看穿了。”

“想是汝阳王与你师父十分相像，令你想了太多。”

“他们选择做君子，君子却没有选择，一生困守，不得自在。素儿不甘心。”

“君子没有选择，可他们依旧选择做君子，如何不自在？自己选的，如何不甘心？你不过是个旁边看着的，眼下不想想自己要怎么做，专要替人不甘心，实属多事。”鹿先生淡淡说道。

李素炫语塞，答不上来。

“你有这许多工夫，不如拿来可怜天下那些心眼笨的、心思坏的。你竟来悲悯君子，可笑。”

李素炫仍旧说不上话来，鹿先生起身去了里间，拿了卷轴出来递给她，说道：“将这长卷与先生抄录两份来。先生今日所说，你回去花些工夫，认真琢磨。”

“是。”李素炫接了长卷，行礼应道。

离开鹿先生家时，商不言牵着赤骏，将李素炫送出门，快腿跑到对面空院子里，取了蝈蝈笼子递给她，认真说道：“师兄一定要开心些。若要小弟做什么，吩咐便是，小弟决不敢不用心。”

李素炫行礼，诚心谢过商不言，将蝈蝈笼子拴好，上马出了兴宁坊。

## 149

到了大路上，李素炫站住了。端木此时定在家中等候，李素炫却不想与人说话，站着想了片刻，拨马向南去了东市，径直到了放生池边。

池边柳荫浓密，柳树叶片已褪去鹅黄嫩青，变得深碧透润，一片一片交错密织着，挡了头上日光。李素炫站在树荫里，青衣素淡，映着光影交驳，微风掀着衣袂，腰间长箫隐现。身旁落花点点，不知从何处飘来，落在水面上，很轻，却依旧激起涟漪来，一圈圈细细漾开。池中锦鳞乌甲此时躲着日光，或在水底，或在水边树荫下。四周人多往来，欢腾热闹，水里倒安静。

“做这池中物，或许反而自在些。”李素炫黯然想道，又不停回想方才鹿先生所说，知道先生说得对。她眷恋师父，怜惜汝阳王，实则那等君子心中所思她并不明白，却一直自以为懂得。

“性命是多大代价，师父与汝阳王殿下能舍了性命，一定是想清楚了，自认值得。我何苦多事，替他们不甘，不如想想自己。我果然不能一辈子躲着，终究都要与人打交道，如今却不知该与什么人打交道，不知自己要做个何样人，做君子不甘心，做恶人又不忍心。此事果然需要早些盘算清楚。”

周身枝条垂坠，被熏风不断轻轻拨弄着，夏意盎然，李素炫却没心情细看，心中只一片迷茫。在池边站了许久，强自振作起来，重又上马，很快到家，反手关上院门，卸了鞍辔，放赤骏在院子里闲逛。屋中端木备了些花饮与小食，正在书房里写字，等李素炫回来。听到外头院门处有响动，立刻放下笔，起身出屋子，迎了过去。

“素儿。”端木见了李素炫，亲热叫道。

“给你看个小精怪，莫要贴太近，怕吓到你。”李素炫见了好友，立刻换上一副开心调皮，将蝈蝈笼子拎得高了些。

端木凑过去，不小心离得近了，未待看清楚，李素炫立刻拿得远了些。

“说了莫要离太近，吓到你。”

“好。”端木笑着，心里好奇，又略靠近了仔细看，隔着密实笼子，半晌方看清楚了。她立时站直了身子，龇牙咧嘴，一心惊悚，两手互相挠着。

“亏你叫我离远些，这也都一身鸡皮疙瘩了……这是什么？蝈蝈？”

“麻铁蝈蝈，商不言在太常寺院中草丛里逮的。”

“去岁不是与你逮过一只了？怎么今年又逮了一只？”

“去岁那只是去岁养的，这只是要我今年养的。去岁那只叫麻兄，这是麻二兄了。”

“养它一定不是图它好看，若只为听它叫，不如养只老鸹。”端木哭笑不得。

李素炫直摇头："去岁我没忍心与师弟说实话，今年他又编了小笼子，又将蝈蝈逮了。我也无奈。"

"那你打算如何处置？"

"还能怎么处置？只能养着。师弟一片好心，总不能扔了。只是我骏儿受不了，故此去岁我养屋后了。你那屋里没后窗，还好，我屋里可是要吵些。"

"人在你旁边你都嫌吵，这回好，它可比人吵。"端木笑道。

"无妨，心里受得了，耳中便受得了。今岁我定要修个一心空无，听不见、不介意。"李素炫慨然说道，随即身子一堆，矮了三寸，又换了口吻，弱弱说道，"实在不行就出城到草地里放生。"

端木大笑。二人将笼子放在屋后草丛里，系绳拴在墙上，回屋一同品花饮，吃些小食，又闲聊，聊不几句，听到麻二兄叫嚷。端木端着盏子，宁耐性子继续说话，却被麻二兄扰得口舌打结。

"这声音像个大号破锣，使棒槌敲的。"端木笑道，"我叫它扰得都没法说话了。"

李素炫笑得直不起腰，许久说道："一起奏乐如何？"

"怕是要失板眼。"端木无奈，"它嗓门大，又不肯叫在点子上。"

"那写字如何？"

"好。我这里刚好有药方，要帮闻朗誊录。"

"我也刚好要与鹿先生抄录卷轴。"

二人商量了两句，搬了张细长案子在院中石榴树下，一人占了案子一头，布置好笔墨，坐下写起字来。花饮小食放在案子中间，赤骏好奇，过来闻了闻，觉得也没什么好味道，转身走了。那头麻二兄吵嚷声传过来一些，不太大，用心写字，很快听不到了。

夜里李素炫在榻上滚了几十滚，叫那麻二兄嚷得头晕心躁，恨不能将那位兄台搜出来给拍扁了。最后起身坐在榻上，回想耳聋时在竹林中静坐，端求心法，照着当时呼吸吐纳，认真调息，屏除杂念，慢慢平定了些。许久后，倦了，重又躺下，四肢舒缓，心下澄明，楼阁空寂，却又慢悠悠想起师父与汝阳王殿下来。左右忍不住想，索性想到底，也不奢求想明白。耳旁声音慢慢小了，渐渐更小，李素炫也是累得狠，糊涂着睡着了。

第二日天晴，阳光照着石榴树和树上花朵，映得院中明媚可爱。墙角处青苔碧幽，旁边赤骏盈白，邻家树木枝干从矮墙上头伸过来，叶片闪动，隔着细井，与石榴花沙沙打着招呼，害羞又俏皮。端木与李素炫舍不得出家门，一起备下餐食简单用过，趁着石榴树那头朝日曈曈，院中微风习习，一同击奏弹唱。乐声欢乐，连邻家老妪也忍不住扒着墙头听了半晌，哑着嗓子与她二人叫好，最后还隔墙丢了把鲜菜过来。二人欢喜，割了把蒜苗回谢。也不认得老妪给的是什么菜，也不管，择洗了拿厨间里烫至断生，洒了豉汁，配了中饭。中午日头暴晒，二人回屋躲了阵子，下午又一起在案子上写字，没写多少，小太常前来叩门求教。

昨日里在酒肆中惹怒了李素炫，小太常有些歉意，今日也来求教，也来安慰素儿，还带着礼物。李素炫看也懒得看，直接告诉他：“你不用送我礼物。”

小太常殷勤说道：“二位先生莫要总是推辞，廷正多次用心，师父却只上次留了一点药材与郑先生，上上次素儿留了对珊瑚珠子，除此什么也不要。”

“药材和珠子足够了。”李素炫笑道。

“那药材寻常药铺里就有，不值许多银钱。只是郑先生刚好用得上，廷正专门去友人家药圃里精选的，故此值得相送。珊瑚珠子若大些便是宝贝，那么小颗的也不值什么，只是难得凑出一对来。二位先生为廷正费了许多心思，廷正近日读书用功，羯鼓琵琶也有长进，连琴也重又操起来了。父母欣慰，令我认真相谢。知道二位先生品格清雅，只是果真些许不受，廷正回去与父母可不好交差。”

李素炫说道：“你如何交差我可不管。端木不受是因为清高，我可不是。叫你不要乱送我礼物，是怕麻烦。你又不知道我喜欢什么，你那厚礼值一两金子，我却不喜欢，只觉得值十个铜钱。我领你十个铜钱情分，对不起你，领你一两金子情分，对不起我自己。这是何苦？”

小太常一时无语，想了想，沮丧说道：“素儿说的是。”

“你随你师父在院中习羯鼓，我回屋写字，不扰你们。”李素炫说着收拾起面前纸笔，起身利索回屋，留下小太常不知所措。

端木笑道：“与素儿讲话，廷正总是慢一板。”

“果然是了。”小太常叹息，无奈说道，持好羯鼓杖，稳稳心神，击了起来，端木在一旁指教。

半个多时辰过去，端木叫小太常停了鼓杖，暂且歇息，又与他嘱咐许多，放他到屋中去寻李素炫。小太常到了书房里，恭敬行礼，将近日诗文递了上去。李素炫浏览一遍，点了点头：“廷正果然有长进。我当日说了，书读不好，不是笨就是懒，或者又笨又懒，这等人琵琶也弹不好。如何？眼下你这读书上道了，琵琶不是也跟着上道了？”

小太常点头道：“素儿说的是，廷正连字都写得好了许多。如今每日清早眼一睁开，心里想的就是读书、作文、写字、弹琵琶、击羯鼓、奏琴，有时也画几笔。许多事情，怕忙不过来，格外勤奋，倒都顾上了。以前就弹琵琶一件事情，总觉得不急，拖拖拉拉，到最后一日里就这一件事也没做好。”

李素炫也开心，叫小太常将琵琶弹一段来。小太常调着弦律，一边看看四下案子、架子，一边说道：“廷正有时去友人家，也随父亲去长辈家，也去过父亲同僚家，多有那家境豪奢者，不惜万金打造书房，连个巴掌大小物件都极尽讲究，何处的料子、何处的工，放在书房何处，冲南还是冲北，俱极有来头、有说法，丝毫不肯马虎。莫说花了多少金银天南地北买那许多稀罕物件，就是买来了如何摆放，也花了无数心思……却怎么没有素儿这间书房看着像书房？”

李素炫没明白，问道：“我这里如何就像书房了？”

“也不是此处像书房，素儿这里其实更像工房。”小太常说着笑了，“只是，这书房主人叫人觉得不同，素儿坐这案子旁，看着就像个有学问的。我认识那些人，布置书房何其用心，怎么人坐在里头，看着就像不识字的？”

李素炫笑道：“廷正倒看得仔细。”

“此事廷正纳闷许久了。素儿这书房十分随意，乃至凌乱，倒像住着个先生。我见过那些书房，比你这里多了许多书卷、笔墨、文具和值钱物件，又干净整洁，怎么就是里头那人不像读书的？”

李素炫想了想，说道：“此事我倒果然能回答你。”

小太常已调好弦律，将琵琶抱在怀中行礼道：“廷正愿闻。”

“我有个好友，是位画师，乃吴道子先生入室弟子。他叫卢楞伽，我叫他卢七。”

“廷正从前听素儿说起过他，也多曾听别人说起过，此人在京城里非常有名。”

李素炫拨弄着瑶琴，懒散说道：“我那卢七擅画壁画，终日守在昏暗大殿中，湿寒相侵，身受虚损，骨有痹症，常年疼痛不堪，指节尤其劳损，只得缠着细布带压迫止痛。他总穿着身粗衣，又脏又破，又常年徒手制色，指尖破处渗了颜料进去，如刺青一般，洗也洗不掉，手上看着总是又粗又脏。他那案子上永远乱七八糟，到处滴着墨点，沾着五颜六色，只一摞纸还干净，各色笔、砚、刀、尺俱是狼狈不堪。许多市售画具精致好看，可是不顺手，所以他自己做，随便捡手边什么零碎，用得上的，就用上，那些画具做得粗糙，可是管用。他那身上、案子上，什么金贵物件也没有，连件干净些的都没有，许多还缺头缺尾，可他画得出绝美画作，方寸之间，纤毫毕见，只那罗汉衣纹、菩萨笑靥，世罕有匹。我不嫌弃他脏乱，他也不嫌弃我干净，每次见了我都十分高兴，说话亲热，从不局促。外人如何看他我不知道，只是我每次在佛殿中看见他，就那么个邋遢小子，又木讷，又落魄，可我从来不敢看不起他。”

“廷正无有此等好友，我那些友人里没这么疯魔的。”

李素炫不屑道：“你那些友人个个不缺银钱，吃得白胖，涂得粉嫩，绫罗绸缎穿着，羊脂玉坠挂着，书房里红木雕花大案摆着，剔犀文盒，象牙管笔，龙涎墨锭，泥金纸笺，看着好看，不过是因为擦得干净，摆得整齐，又从来不用。若是真的整日拿来用，不多久便要腌臜破乱。真书家、真画者，从不要这些金贵物件，华而不实，当不得用，倒费银钱，还得费心打理。就是汝阳王府书房里，书案上也不过朴素纸笔，没那些金银噱头。你那些友人万金打造书房，一众物件买来都是摆着看的，唬人的，却又唬不住人。人也不知道哪里不对，可是人也不傻，知道这不是文士风骨，不过是富贵逞财。不信你让你那些友人画几笔、写几笔，看看如何？可拿得出手？作几句诗词吟唱出来，又如何？可唬得住人？文而化之，化的是人，岂在于物。人糙，又丑，又懒，又笨，不读诗书，不通乐艺，不辨法理，仗着千金装扮书房，假充风雅，反倒露怯，叫人一眼看穿。”

小太常说不出话来，半晌嗫嚅道：“亏是没叫素儿与我那些友人诗书相见，清谈论史。素儿一贯直爽，若讨厌谁，都在脸上写着，瞒也瞒不住，也不肯瞒着。只几个白眼丢过去，我那些友人定是要挂不住了，若当真与你诗书打赌，怕是要丢不少颜面。不过，廷正倒是觉得素儿说得十分有道理，回想一番，他们那书房看着干净好看，果然也是因为平日里只摆着看的，从来不用，些许痕渍也没有。我虽然说不明白，心下也存疑，觉得他们不像真学问家。”

“你下次再去友人家时，认真看他书案，若是过于整洁干净，纤毫不染，那人便多半是不常写字作画的。再看他书籍卷轴，若都是比着大小买的，摆起来齐整气派，每摞书前还放那许多稀奇小摆件，也多半不是看书的。看书的都是看什么买什么，鲜少有人按照尺寸大小专买相同的，书前摆那许多小件，书籍取放麻烦，看书的也多半嫌乱，不看书的才不嫌。此事不绝然如此，但大抵不差，廷正可用心细看。你如今年少，交友需谨慎，若想认真读书，便要结交那认真读书的。”

小太常想了想，十分信服，用力点头说道：“素儿放心，廷正记下了。”

“将你琵琶弹了我听。”李素炫嘱咐道。

小太常依言用心弹起来，李素炫听着，不时与他嘱咐一两句。待小太常停了双手，抚了弦上余音，放下拨子，李素炫笑着点头说道：“廷正照此用功下去，来日定有出息，不枉一番苦心努力。”

小太常开心不已，连声道谢。那头端木听了暗笑：“这陈廷正往日里不肯读书，整日与耶娘吵闹要学琵琶，可是琵琶也马虎。眼下竟被素儿赚得如此乖巧听话。他磨着我要随我学羯鼓，不过奔着素儿来的，真是自投罗网。”

## 150

端木知道李素炫喜欢独自一人，尤其是有心事时，在家中陪了她几日，见她还算平静，便放心回了左教坊。一来指教弟子方便些，二来左教坊中掌教习者每岁都有严苛考核，端木也要寻个清静地方，认真做些准备。如今暑盛，疫病少些，闻朗那里倒不需要她每日都去。

李素炫随阿翁学了桑落酒酿法，果然只比紫露多一味料，制法也只多一步。她以前会酿寻常酒水，学酿这桑落也学得快，只一次便酿制成功。开坛时，嗅到坛中酒香，她十分欢喜。小心滤出第一盏来，酹酒于地，谢过汝阳王殿下，接着滤出第二盏来尝了尝，仍如从前所酿酒水一般，也堪饮上几盏，味道却一般，也不算好，也不算太坏。

李素炫无奈，心想："我这辈子酿酒八成也就如此了。遇强不弱，遇弱不强，难的也酿不砸，易的也酿不好。真是邪门。"

六月二十四，荷花诞日，清早李素炫带着桑落酒、肩负无伤，骑马出城北行到了龙首塬上。今日阴沉，风在低处盘旋，微微嘶吼，稍带凉意，大片阴云也压得很低，似乎顷刻间就会整个垮塌下来，砸到人头上。李素炫寻到每年拜祭处，松了缰绳，放赤骏独自在附近闲散，将琵琶斜倚在旁，虔诚跪下，开了酒坛，连斟了两盏酒，酹酒于地，一一拜过四面八方。

"师父若在，今日满四十五岁。"李素炫感慨万分，"这酒是汝阳王殿下所传酒经记载，阿翁学了教与素儿，素儿亲手酿制。一盏谢过汝阳王殿下，一盏奉与师父生日。汝阳王殿下只愿饮一盏，师父只能饮一盏，余下的，素儿开心享用了。"

她在树下端坐，解出无伤轻弹，连弹连饮，心中交杂凌乱。师父离开已五年多，有时她觉得已不那么难过，终究世间有许多开心事；有时又突然消沉，觉得万般欢乐皆是无味，过后尤其寥落。汝阳王死后，她不停想起他来，更不停想起师父卢菡来，用心想时难免惆怅，却也不格外伤感，倒是欢笑开心时莫名想起他们来，一阵难过如潮水般瞬间漫上来，心中阵阵绞痛难挡。

她抱着无伤连弹过五个时辰，起身收拾好，上马回城。到了通化门左近处，下马回身行礼，殷勤辞别。

"素儿到了，师父不消再相送。"

## 151

仲夏炎热，平宁寺中却有一片清凉，李素炫时常去看望端木与闻朗，帮他二人做些事情，更借机拜访衍一法师，带着紫藤香墨锭与锥管作礼物，向他讨教书学。衍一法师颇上了些年岁，身子却硬朗得很，又豁达洒脱，也健谈，也诙谐，很像鹿先生。眼下寺中事务由寺正、僧值等人打理，下一任住持也有了人选，衍一虽仍是本寺方丈，却不用处置日常杂事，有的是闲暇与李素炫相谈。李素炫不懂佛法，只是累年写经，将佛经记了不少，还记得甚是牢靠，法师但问起什么来，她不解其意，却知道出处，即刻又能张口整篇背诵，儒门典籍更是熟稔。衍一很喜欢这个伶俐晚辈，很快与她熟悉起来，说话也瓷实，从不绕弯。

“素儿懂行，你说讨教，我便自认前辈，你想讨教什么，我便教你什么。”

李素炫笑笑，说道：“素儿想亲眼看看老师父写字，不看那天然书，只看法度。”

衍一点点头，说道：“如此，好办。我现在写给你看。”

李素炫立刻动手细细研墨，看法师拈了管笔，润毫，取墨，认真写起来，果然手上飒利熟稔，书体气韵浑然。

“法师当初是如何想到要写天然书的？”李素炫问道。

衍一一笑，狡黠说道：“最初不过看小娃学书，觉得笨拙有趣，随手学着写的。不想叫人看见了，问这是哪家书体。出家人不打诳语，我说不遵法度，随手写的，求个天趣。那人说道，随手写的便是天然书了。这天然书之名如此便传开了。”

“如此说，这‘天然书’三字还不是法师自己说的？”

“不是。因我往日里有书名，这三字一传开，我就再说不清了。老衲委实是随意写的，随意却未必是天然，终究习书多年，哪里随意得起来，纵然信手写下，也逃不过法度，只不过是丑了些，人便以为是天然。不久竟传了名声出去，还有人来求我墨迹做书帖。我与人讲说不清，人还只当我谦虚，我也无奈。”

李素炫瞠目，万想不到天然书是如此来由，半晌又问道：“那法师平日里用何种书体？”

“只用我原来书体，求快时便写所谓天然书。”

“法师可想将天然书果然写出天然来？”

“想，却是难。上古之人写字都随意，有人琢磨如何能写好看，罗列出些条律来，便是法度，法度就是教人将字写好看的。数千年来，数千法度，能将这些都绕过去，还能将字写好看，哪里会容易？凡书者，无非法度、美丑。仗法度而妍美者，仗天然而妍美者，俱是上品。我如今可仗法度而妍美，一旦驱除法度，便丑，不是拙朴，就是丑，果然拙朴也还好了，拙朴乃别样妍美。我须是先花些年头，去了法度，求个天然，再于天然中求个妍美。此事万难，怕今生不能如愿。”

“这许多前因素儿从前不知道，只知道坊间争求法师手迹，争相临习。我看法师书体刻意驱逐法度，有时反而不自然，还以为是法师这天然书未练到火候，便急于示人，却不知道是世人误解了法师。”

衍一摇头无奈道：“我与人说了多少次，丑书不管是仗法度还是仗天然，终究是丑，不堪一哂。何况我这法度又松懈，又非天然，还丑，更不堪看。只是说多少回也没人理睬我，我也没法子。世人纵然爱慕你、崇敬你，却依旧懒得听你说话。后来我也不与人多说了，人觉得好，随他意，携财帛来求，我便允了与人写字，收下金银，不然病坊缺钱使可是麻烦。”

“法师卖字是为了病坊？”李素炫惊异问道。

“不然我一老和尚要那许多金银作甚？”

李素炫大为触动，挺身深深行礼道：“法师宽忍济世，宁受曲解，晚辈佩服。请受素儿一礼。”

衍一法师倒不在乎，挥手说道：“不消你佩服。看你懂，才与你说，不想你还真懂。你既然想看我法度，便叫你看够。”转头取了笔，又说道，“我写字与你看，你可否弹琵琶与我听？如此你我都不亏。”

“是。”李素炫忙不迭点头答应，解出无伤抱在怀中，调好弦律，轻弹信手。衍一法师重又润毫取墨，开始写字，一边写一边得意说道：“我幼时习书刻苦，这一笔好字可是没少换宝贝回来，今日还换了你琵琶听。你这琵琶寻常人可听不到。”

李素炫笑道：“我幼时弹习认真，几曲琵琶也换了不少好处回来，天下顶尖画师、书家，都随我在一旁看个够。”

二人相视大笑，一个写，一个弹，一个听，一个看，一老一少，悠哉快乐。

歇息时，衍一法师在水盂中洗笔，李素炫搂着无伤，问道：“大唐书学炽盛，到处都有人收徒训教，素儿好事去听热闹，多曾听人拆析讲解，有时果有真谛，有时却觉得人讲得不对，只是也不敢问，今日想听听法师见解。”

“你说。”

“时下《灵飞经》名盛，许多人专门研习，也教授，道是《灵飞经》中长横有两种写法，又给人讲这两种写法各自要如何写出来。素儿只读帖，从不临帖，更不求临得逼真。那《灵飞经》中两种长横，我喜欢第一种，就只写第一种，然后发现，写好时是第一种，写不好就是第二种。故此素儿猜测，这长横本就只一种写法，钟相也是写好时是第一种，写不好时是第二种。转而细读我师卢菡所临书帖，不管原帖如何，但有长横处，师父只用第一种写法，偶尔写不好才是第二种，想来他也看出来了。世人死信临帖，又非要求个逼真，非要与原帖一丝不差才肯罢休，故此直接认作长横有两种写法，至于当初书家为何要这样写，是刻意的还是无意的，却没人在乎。只是此事素儿不敢询问旁人，怕遭骂，只敢来问法师。”

衍一看着李素炫，许久后脸上慢慢堆起笑来，煞有介事般朝两边看了看，又略微凑近了，压低声音狡黠说道：“此事世间只你我二人知道便足够了。”

李素炫会意，立刻点点头，跟着小声笑起来。

“弹支有性子的来给我老和尚听听。”衍一挺直了腰板，正色道。

“是。”李素炫朗声答道，双手同时发力，弦声迸出，一片刚矫。

一老一小说妥当了，衍一准许李素炫随时过来，只要带着无伤与他弹奏，便许她在一旁看他写字。佛殿本就清凉，香又淡淡，风又徐徐，纸墨寂静，笔锋却如金戈交鸣，指尖微动，弦声倒有俗世宁定。有时闻朗与端木也过来，也有些僧人、居士过来，在一边看着、听着，无人出声打扰，看够了安静离开，各自忙碌。

## 152

夏末时，宣平坊中起了一座新寺，卢楞伽又开始为壁画设计图样、起稿，终日不歇。宣平坊离靖恭坊不远，端木与李素炫约了闻朗一起去宣平坊看望卢楞伽。闻朗对这卢姓画师有所耳闻，又屡次听端木与李素炫说起他，难免好奇，开心跟了去。

入了大殿，依旧是新木、新漆发着无穷味道，阳光止步于殿门口，内深处燃着灯烛，有些幽冷。卢楞伽见好友到访很开心，忙行礼相见，端木与李素炫又格外介绍他与闻朗互相认识。四人落座，卢楞伽没有再说什么，拿起笔又低头画上了，端木与李素炫知道他性子，没说什么，只在旁边看着。闻朗打量着卢楞伽，心想："我够邋遢了，这人不但邋遢，还灰大。"

殿中一时安静，闻朗有些局促，见卢楞伽也不理睬他，也不与端木和素儿说话，觉得这人有些奇怪。方才卢楞伽行过一礼，闻朗还未来得及与他寒暄一句，他便转头坐下了，须臾间画得沉迷。闻朗想找几句话出来说说，又不知道说什么好。许久后，卢楞伽放下笔，伸手研墨，闻朗看了看案子上线稿，赞叹道："卢先生这画果然画得好。"

"你懂画？"卢楞伽问道。

闻朗实诚，一摇头："不懂。"

"既然不懂，如何知道好？"

"见你画得像……"

"像就是好？"

闻朗答不上来，卢楞伽瞥了他一眼，淡淡说道："我对你来说定然无聊透顶，你不用理我，实在烦了，自家走开便是。"

闻朗仍旧答不上来，卢楞伽又说道："你行医，我作画，你我无话可说，实属寻常，不说便是。强找话头，也不嫌累？"

闻朗十分傻眼，一旁端木与李素炫拼命低着头、压着声音，笑到几近抽搐。许久，端木缓过一口气来，站起身来扯扯闻朗袖子，将他带到殿外去了。这边卢楞伽也不管，只顾着将墨研好，又画了起来。

殿外，端木告诉闻朗："卢楞伽就是这般性子。寻常人近不得他，因寻常人受不得相对无语，觉得尴尬，总要找话与他说，又找不出什么有用的来说，他嫌烦，就没好气。只素儿能在他身边待上一整日，有话说话，无话便将琵琶弹过几个时辰，不发一言。其实他搦笔画起来就想不起我们了，你在他旁边一整日不说话，只当没他，也无妨，不用硬找话来说，他不挑剔你。"

闻朗哭笑不得："四人围坐，皆无语，一人作画，旁边乐师、女冠、郎中各一人，三人围着看。你们竟也不觉得古怪？”

“你日后习惯便好了。”端木笑道，“素儿说过，卢七澄澈，不染尘事，心中只有真假，不晓得什么叫客套。话非真心，只半句，他就知道。四郎不用管什么礼数不礼数，没话便不说。他与你说话，半路不说了，你也不用等着，他就是不想再说了。”

闻朗有些无奈，摇头说道：“我终年与人诊病，见人困顿，或无望，总要上前宽慰，不忍将他丢在一边独自惶惧。人若问起病况，我从不敢夸口定能将人医好，有人病入膏肓也不敢实情相告，凡事都要虚着说，有时也真不知何为真话、何为假话。”

“不说便是，无妨。卢楞伽与寻常人不同，你慢慢就知道他了。”端木好声安慰道，闻朗只得点点头，应道：“我自幼在寺中长大，也是识人少，日后得学着些，你多教给我。”

二人站着说了这几句，又并肩在殿前台阶上坐下，闻朗问端木道：“素儿缘何如此喜欢看那卢楞伽作画？城中画师无数，她想看谁画，谁都要开心，忙不迭答应，她为何总要来找这卢楞伽？”

“他二人乃画乐知己，不世之至交，自不一样。”

闻朗笑道：“素儿秀丽聪慧，喜欢她的何止一二人，她缘何只认这卢楞伽？这二人也果然有趣，竟能在一起待一整日，从头到尾不说话。素儿活泼顽皮，鬼点子多，口齿又快，不知她怎么受得了与这卢楞伽打交道。若是我，定然难以忍受。”

“素儿清丽，寻常人难以深通音律，爱她弹唱、爱她词曲，固然不假，但也总与她身貌不脱干系。她受天子隆宠，人也想与她搭上，好出去炫耀。唯独那卢楞伽，是个画里困得痴傻的，看不出女儿家秀丽，也不晓得什么叫势力。他钟爱素儿，皆因能以画通乐，直达要旨，懂她弦上深意，这不是市井子弟、寻常书生比得上的。素儿生性伶俐敏锐，乐上精极，便能通画，虽不动丹青，却看得出笔端别境。他二人能久处，偏就是因为什么也不用说。”

闻朗笑道：“素儿果然与众不同，连她好友也异于常人。”

“也不全是。”端木说道，“我也是她好友，我便是寻常人。”

二人一起笑起来，又随意闲谈，殿中两人却始终未曾说话。李素炫认真看着卢楞伽行笔，过许久，卢楞伽头也不抬，轻声说道：“素儿弹阵子琵琶可好？弹支小曲子，柔和些的。”

“好。”李素炫立刻点头答应，解出无伤抱在怀中轻弹。卢楞伽放下画笔，专心听着，仍不说话。

殿外头，闻朗与端木也听到了琵琶声，听得沉醉无语。两对好友隔着一道殿门安静坐着，里头阴着，外头赤晴，只那阵阵弦声来回摆荡，在阴晴之间穿梭往复。又许久，端木带闻朗回了殿内，在案几旁坐好，静听无伤，闻朗渐渐也不觉得特别局促怪异了。

许久后李素炫停了下来，几人都没有说什么，寂静相对，只闻朗小心问了一句：

“……卢先生可是有痹症？”

“是有。你叫我名字就行，我叫卢楞伽，你不能叫我卢七，只素儿可以叫我卢七。”卢楞伽懒洋洋回答道，头也不抬。

闻朗只得点点头，又说道：“你自己都知道有痹症，为何不找郎中看看？”

“懒得吃药。”卢楞伽干脆答道。

闻朗又答不上来，又半晌，说道：“若不医治，怕会越来越重。”

卢楞伽终于看了闻朗一眼：“你可是当真要与我讲说此事？”

闻朗点点头。

“我有痹症，无非因久居阴湿之处，你就是给我开了药方，我听你话吃药，之后还是要待这里。此痹症实是我自寻死路，神仙也救不了，你不用白费事。”

闻朗看看端木与李素炫，又看看卢楞伽，不死心，又说道：“痹症若重了，会累及心肺，若更重……”

闻朗不敢说了，卢楞伽不慌不忙接了一句：“我知道，会死。”

闻朗又气又笑，实在不知道这痴人心里究竟如何盘算，只得又问了一句：“你也不怕？素儿说你画作许多，至今没有自己满意的，终日孜孜苦求，定要求个至上境界。如此，理当保重身体才是。”

“我若保重身体，就不能画；若不能画，要身体何用？”

“为了画，便如此舍得伤身？”

“又如何？我倒想看看，是我先将画练至大成，还是画先将我累死。”

闻朗再说不出话，感触复杂。卢楞伽重又拈笔画了起来，许久，头也不抬，慢悠悠丢过一句来：“倒是谢你好意。”

“卢先生多礼了。”闻朗说道，抱着双手，只是卢楞伽并未抬头理会他。

正午后，李素炫仍在案几边坐着，怀抱无伤轻弹信手，看着卢楞伽行线。端木与闻朗告辞离开，出了大殿，闻朗接连长叹，对端木说道：“我也不知道是该佩服这卢楞伽，还是该说他傻。”

端木笑道：“知道你会如此说。”

“我是郎中，就没见过天下有如此不怕死的，还只是为了画。病坊里许多人没钱治病，却想活下去，我与他诊治，也不麻烦，不过是不要他银钱，又送些寻常药材，他简直就认了我是菩萨。”

“你救人性命，如何不是菩萨？”

“有些人本就无有什么大碍，我施加援手也只是教他好得快些，少遭罪，实则不救他，他也死不了。这等小恙，我帮了，人也要感激我。病患生死是天大事，竟有人如此不在意。”

“……我也不知该如何与你说，但那卢楞伽果然从来如此。”

“我善调理，城中富人贵人多有请我去的，有那重病无药的，也有老迈不堪者，我凭药石针剂帮他们熬着，却只是熬着。每日十二时辰，睡四个时辰，其余八个时辰都在吃药，除此什么也做不了，毫无生趣。吃药是为了活着，活着只是为了吃药，即便如此，也不想死。我见过一人，有怪疾，但吃些什么就要吐出来，每日除了睡眠，只做两件事，一件是吃，一件是吐。他说，我吃十颗米，吐了也能留一颗，我就不信我能饿死。我也见过小童儿，一岁也不到，骨瘦如柴，伤病交加，睁开眼睛都无力。我将一调羹酪乳送他口边上，他却知道张口，拼命要咽下去，拼命要活着。我每见那些人，都格外震撼触动，不敢懈怠，怕有负医者良心。他们挣挫着也要活下去，我怎敢不尽心尽力。这世间有多少人，不知为何要活着，只是不想死，就如此努力，这卢楞伽偏就不怕死。这等人，闻朗果真是头次见到，不敢说他奇怪，却真是不大明白他。”

“我隐约明白，却也不很明白。只素儿懂得他。”

“端木，你回去与素儿说，我与卢先生开个方子，配些独活、川乌、金钱、桂枝之类，与他去些风寒湿，请寺中居士帮忙煎了，叫素儿取了送来。若有一日他肯让我诊脉，再开些对症的。”

“他说了他仍要在大殿中困守湿寒，这药剂可有用处？”

“怕也没太大用处，聊胜于无。我是郎中，累年救人，见不得人拿自家性命不当回事儿。他若肯将汤药服了，不管他好不好，我心里轻松些。”

端木佩服闻朗，点头说道：“放心，我今晚便告知素儿。”

第二日，李素炫一早到了平宁寺，不好意思麻烦居士，自己动手，借寺中炉火煎罐将药煎好，滤出来装了，带去宣平坊寻她卢七。入了大殿，也未客套，拿过盏子来，将汤药倒了一半出来，推到卢楞伽面前。

“四郎配了药，与你去些风寒湿。眼下这药不凉不热，你听话，乖乖饮了。壶里还有一半，留着晚上烧开放凉，饮了。”李素炫说道，口气不容置疑。

卢楞伽看着她，愣了半晌，放下笔，拿起盏子来将药饮了。

“不是说了无用。听你话饮了，不过是嫌你啰唆。”卢楞伽放下盏子，小声嘀咕。

“没指望有用，你这等痴人，谁也救不了你。只是四郎一片好心，你不能辜负他。今日起我每日将药与你带来，我不来也请寺中师父帮忙给你煎药。你那拧性子别跟我使，也别跟我讲你那堆破道理。”

“随你意。你口利，我口拙，不是你对手。”卢楞伽小声说着，低下头接着画起来，半晌说了句，“替我多谢四郎……也多谢你。”

李素炫轻轻将无伤弹起来，嘱咐道：“左右我也来了，且与你弹信手，看你画。画到精细处，不敢扰你，你说一声，我到外头林子里去。”

“好。”卢楞伽闷声答了一句，两人再不说话。

出了伏，渐渐入了秋，秋日一日深似一日，雨水寒凉许多，看看要入冬了。汤药果然管用，两月多下来，卢楞伽好许多，骨节处疼得轻了不少。他叮咛李素炫道：“你莫要再辛苦每日送药过来。冬日里出门不便，这殿中也越来越冷，你弹习十分遭罪，莫要陪我挨冻。你身子弱，挨不住。”

“四郎也说了，药不要连着服太久，可停一阵子。只是叫我叮嘱你，冬日这几月里千万机灵些，别画得入迷了，挨冻也不知道，傻子一般。记得穿厚些，腿上盖着。身上不冷，手上就是冷，也好些。”

“知道，我小心。你别总来，你扛不住冻，明年暖和了再来。”

二人又说了些话，李素炫叮嘱了许多，告辞回家。

冬日里开始有降雪，院中剩了些落叶未扫，眼下混着雪，一起都堆在院角处。深秋时李素炫将麻二兄带到了屋里，听它叫得日渐羸弱，却仍旧奋跃不甘，只是最终还是渐渐没了声息。她将它埋了，也有些难过，也有些安慰。麻二兄在屋里不受冻又吃得好，比草丛里没人管的多活了不少日子。

十一月里，宜春宫中传来消息，圣人赐婚于歌子，待转过年来出了正月，歌子便要出嫁。

# 第五章 假山之约

天宝九载（750年）十一月—天宝十载（751年）四月

# 153

端木听左教坊中人说起歌子得圣人赐婚时，不敢相信，只是立刻将此事告诉了李素炫。李素炫也不敢信，二人即刻去了东宫宜春宫。方入院中，碰巧见总管从里头出来，未及行礼相见，总管便笑上了。

“你二人可是来问歌子之事？”

“正是。”

“此事确实，在下已得到圣旨。”

端木与李素炫顿时一阵欢呼，之前还怕消息有误，不敢开心，眼下再按捺不住。

“总管可否将前后与我二人说说？”两人围着老总管，连连行礼。

“圣人敕旨，去歌子待诏名号，赐良人身，赐婚于羽林卫副将成遂平。赶在腊月前已令成将军下聘，与他二人定亲，各色礼数都周全得很。待转过年来出了正月，歌子便出嫁。”

“成遂平？没听说过。不知圣人为何要将歌子赐婚与此人？”

“在下只知道这成将军乃是开元年间勋烈遗孤，被圣人收入宫中养大，按朝廷抚恤条例，七岁入太学，后入羽林卫，前几年随军征辽西，方班师不久。他感念圣人抚养之恩，虽立下军功，却坚辞恩赏，圣人才将歌子赐婚与他。”

李素炫迟疑道：“以军功得婚姻，古称师婚，也不稀奇，也不违制……只是不知为何是歌子？不知歌子喜不喜欢他。女子若所嫁非人，可是要遭罪。”

总管殷勤说道：“宫中女子过二十便是老大年岁，歌子转过年去二十一岁了。宜春院每年都有新进女乐，圣人已数年不单独召她奉乐。眼下得了机会出宫，余生自在，是大好事。在下初时也忧虑，不知歌子夫君何人，后来听说他在宫中长大，又学于太学，便放了些心下来。宫中规矩严格，太学所教正统，那成将军人不会太差。歌子貌美多艺，人又乖巧，男子见了都喜欢，他夫妇来日必有恩爱。知道你二人与歌子自幼一起长大，定然惦念她，在下倒觉得此事无什么隐忧，十分替歌子高兴。”

端木与李素炫想了想，觉得总管说得在理，也高兴起来，又与总管行礼谢过，往里走寻歌子去了。

“素儿莫担忧，总管说得对。趁还有机会，但能出宫，就是好事，别的再说。”端木小声说道。

李素炫知道端木说得对。眼下天子年迈，若有一日驾崩，歌子定要入宫中荒僻院落了了残生。要紧的是先出宫，别的自有来日方长，徐图不迟。

“端木说的是，先出宫再说。天子赐婚，想那成遂平也不敢待她不好。若果真待她不好，你我也不会看着，总会为她想法子。若得良缘，觅得佳婿，更是此生之幸。”

二人说话间到了歌子屋门口，叩门后，歌子开了门，见是端木和李素炫，立刻扑上来，三人抱着，一起笑，笑了许久，又一起落泪不止，又许久，擦过眼泪，又笑上了。

入屋落座，歌子行礼问道：“阿姊可是口渴？歌子烹茶如何？”

“不渴，你别忙，我看着你乱。你坐下说话。”李素炫说道。

端木直笑，果然素儿就是这般性子，接着听李素炫问道：“你可认识那成遂平？”

歌子羞赧，低头不语，良久说道：“从前圣人时常召歌子烹茶侍奉，圣人饮茶时令我在一旁吹奏箫管，多次来去，时常见到成将军。彼时他为殿上侍卫首领，只是我不认识他，连他姓名也不知道。后圣人遣他随军去辽西作战，去了四年零七个月才回来，这期间我也没有他消息。”

李素炫心中一动：“你是不是喜欢他？”

“我二人话都没说过。”歌子低声答道。

李素炫撇撇嘴说道：“喜欢也不用非得说过话，看一眼便够了。我担心圣人将你指配于人，你却不喜欢他，怕你一生难过。你对我说句实在的，好让我放心。你是不是喜欢他？”

歌子仍旧低头不语，李素炫笑道：“你定然喜欢他。”

歌子也不否认，低声问道：“素儿如何知道？”

“不过一个站殿侍卫，宫外稀罕，宫里有的是。你若不是喜欢他，他去了四年零七个月，你怎么记得如此清楚？”

歌子登时哑口，端木在一旁笑起来：“早就与你说过，与素儿有话直说，别绕弯。素儿机灵，又捉混，若叫她看出破绽来，定要揪出来臊你，她一副得意，你还拿她没法子。”

歌子自己也笑了，说道：“端木说得对，歌子今日果然自讨苦吃。如此，歌子直说。我与成将军果然是没有说过话，连认真看一眼也不敢，只是每次路过他身旁，目光扫过，见他少年英雄，心下有些喜欢，从不敢僭越多想。后圣人派他去辽西作战，我有些担忧，听说辽西战事胶着凶险，战场上箭矢可是无眼。只是连担忧也不敢太过，终究我与他无有什么干系。不想他竟携战功平安归来，不几日，圣人赐下了婚姻。我不知那成将军为人如何，只是眼下心中果然欢喜，愿意嫁他。”

李素炫笑着点头：“你喜欢他，我就放心了。听总管说他为朝廷勋烈之后，长于宫中，又曾在太学读书，其人大约不会太差劲。按历代朝廷惯例，勋烈之后若无亲族，朝廷都要恩养，又令读书，略长大便入仕途。武将初时都是入宫为郎官，与天子执戟，再年长便要随军出征，立了战功回来，定有擢升。此人想来有些前途，若能与你恩爱，我十分为你高兴。”

歌子与端木一同烹茶，嫌弃李素炫手艺差，不要她添乱，她笑着取了琵琶在一旁弹起来。三人各自忙着手上，又不停欢乐说着，从儿时说到入宜春宫，又说到端木与李素炫出宫，又说到眼下。口吻中不敢狂喜，心头却沧桑。又想到日后可在宫外相聚，逍遥自在，十分渴望。也没少说到容儿，不知她如今在何方，际遇如何。

入了腊月，渐渐天寒难耐，大雪连降，天日空蒙。李素炫在家里燃着炭火取暖，轻弹无伤，逐日录写。歇息时捧着温热花饮，自窗子里看着院中积雪，幽幽想道：“记得汝阳王殿下说过，白梅本出江浙，这长安城里只他王府中有栽植，专有高人侍弄，才养得活。若殿下还在，定要去向他讨一枝来。白梅娇贵罕见，从前殿下每次都赐我很大一枝，如今想来，果然是情分。”

冬日疫情紧迫，端木连续在平宁寺中与闻朗一同忙碌，李素炫也不时过去与他二人搭把手，忙完了，出靖恭坊，直接去宣平坊寻卢七。卢七依旧终日不出大殿，任由外头四季轮替，枯荣交割，星月展衍，他只是不理会。李素炫每入大殿，都要先看看墙上，见那壁画日日丰盈了起来，不然真觉得这殿中时光凝止，从不流逝。

“这毯子给你。”李素炫说道，将手中物什递过去。卢楞伽接在手中抖开，见是条薄巾子，很轻，却密实，不透光。

“披身上，或盖腿上。从前以为你笨，挨冻也不知道，后来有些明白，你是讨厌穿得多了身上不灵便。前几日我入宫时，宫中也冷，冻得我手上弹琵琶不利索，圣人随手拿了叫我披上，我走时赐与我了。说是巾子，实际上是毯子，西域驼羊毳绒所织，很薄，但是暖和。拿来与你刚好。”

“那你怎么办？”

“我家里有厚的，一样暖和，我又不嫌身上不便，又临着炭火，不遭太大罪。你这殿里空旷，炭火不管事，你穿得又少，整日傻冻着，素儿十分怕你冻死。”李素炫在炭火边上暖着指尖说道。

卢楞伽笑着说：“如此卢七便将巾子留下。要如何谢你？”

“不消你谢。”

“你还是想想，不然总觉得对不起你。”

李素炫想了想：“不然，你与我画只狸儿如何？简单几笔，你画了，我照着能学会，拿来做花押。”

“花押多写姓名，你为何要只狸儿？”

“我时常着人跑腿与阿翁递书，告知我某日要回家吃饭、想吃什么之类。阿翁不识字，都是人读与他听。我与阿翁约定，日后但素儿递书，纸笺上都有花押，就画阿翁家狸儿，阿翁见了便认识。只是我不会画，得你教我。”

“好。”卢楞伽笑着拖过张素净纸笺来，李素炫忙叮嘱他：“只几笔线就行，可别太难了。素儿画上笨拙，太难了怕学不会。”

“好。”卢楞伽应道，“你阿翁家狸儿什么样子的？”

“浑身黑里透红，一根杂毛也没有，两只黄绿色眼睛，一只偏黄色，一只偏绿色。跟着阿翁，从小吃得好，格外肥壮，毛长，尾巴还特别粗，像单独喂食养大的一般。”李素炫比画着说了半晌，又突然笑道，“我猜，纯黑色狸奴肯定特别容易画，又特别不容易画。”

“线画的还是容易些，别怕。”卢楞伽笑笑，拈细锥润过，取墨，想了想，在纸上接连画了几只，果然都是寥寥几笔，有卧的，有站的，正脸侧脸都有，各不相同，都胖，尾巴又大又粗。

“你自己挑一只。”卢楞伽笑道，“挑个你画着容易的。细锥不易驾驭，我给你几枚细炭条，你先用细炭条画得熟了再换细锥。”

他说着从旁边案子上取了细炭条过来，寻张废纸包好，递给李素炫，叮嘱道：“你多年写字，这应该难不住你，但也是要着实花些工夫的。”

“放心，我一定认真。”李素炫接在手中，连着纸笺一起收好，满心欢喜，“我名素炫，字玄霜，皆与画事有关，我却偏不会画。既然这次下了决心，就一定认真。”

“你阿翁家狸儿叫什么？你一直叫它狸儿，它就叫狸儿？”卢楞伽好奇问道。

“我跟阿翁随便叫它时，就叫狸儿，其实它有大名，聘书上写的是‘刘玄之’。”

“刘玄之？”卢楞伽吃惊道，“玄之又玄，众妙之门……玄之？”

“正是。阿翁姓刘，它浑身玄色，我修道，叫刘玄之不是正好。”

卢楞伽愣了半晌，随即大笑不止，李素炫也跟着笑。阿翁让她认真给狸儿起个名，她果然认真起的，眼下忽然觉得好像太认真了，反而显得有些好笑。

欢闹许久，李素炫告辞，打算离开，顿了顿，又忍不住问道：“你怎不将那炭火挪得近些？”

“怕火星溅出来，烫伤了纸帛。”

“……也是。”

“殿中着实冷，素儿莫要陪我挨冻，快回家，天暖和了再过来，左右也快了。不用担心我。”

“好。天暖和了我过来看你，与你弹信手。你自己精明些，别老犯傻挨冻，有事差人去找我。”

“素儿放心，卢七一定仔细。”

卢楞伽说着送李素炫到了大殿门口，看她走下台阶，解了赤骏，回过身来，两人都挥了挥手。

平淡过了个年，未出正月，天气开始转暖。二月初十，歌子出嫁，端木与李素炫头一日晚上就到了宜春宫，陪她过了一夜。清早起来，与宜春宫中众家姊妹一同用餐，又说些惜别话。将至日昳，宫中女官帮歌子上了妆，束发，换好衣裳，祭过祖宗神灵。众人送亲，方出东宫门口，见接亲者已经到了。两排精壮男子，都是二十多岁，身量一般高，个个面容英俊，着武官朝服，正列队等候，其中一人见了送亲队伍，立刻上前迎接。

“见过成将军。”宜春宫总管走上去行礼相见，恭敬说了一句。

那人立刻与总管还礼，殷切说道：“多谢总管亲自相送。”

端木与李素炫猜测此人便是成遂平，离得近了，细看之下，果然少年英纵，二人立时欢喜起来。听那成遂平说，他已等候多时，身后随行者皆是朝中执戟郎，与遂平多年同殿戍卫，今日特来助阵。彼等虽是武官，却都多年读书，各色诗文赞颂早就妥妥备下，只待傧相指令，便要依序诵读了。

歌子自宜春宫出嫁，接亲者却不能进入宜春宫。总管得圣人敕旨，提早一日在东宫门外结下青庐，两队人会合后，在青庐中行了奠雁之礼。礼毕，有人将棍棒递到端木与李素炫手上。端木僵着，李素炫可不客气，握着棍棒，轻轻挥着，正对着成遂平。

“怕你日后欺负歌子，按例我要打你、煞你威风的。”李素炫说道。

成遂平行礼，认真说道：“由你打，在下不敢躲。”

歌子有些慌张，在一边小声说了句：“……素儿轻着些。”

一旁众人大声起哄。众女乐摆出一副恶毒来，不住撺掇李素炫，教打得重些，莫要便宜了新郎。一众郎官个个高了李素炫一头半，围着她，端着礼貌，低头说着小话，不住替成遂平讨饶。李素炫大笑，朗声对成遂平说道：“念你诚心，且记着，看日后。若是不好，加倍打。”

成遂平连连行礼相谢，口中诺诺，众人哄笑不止，李素炫将棍棒丢在了一边。几位年长女乐代替新妇双亲为歌子蒙上盖头，出了青庐，送进车子里。成遂平诚心，又有眼色，拿出许多个小锦袋来奉与众女乐，不住行礼道：“此在下求放障车钱。”

一众郎官也不住行礼，端着手，赔着笑，腰弯得扎实，不停说着软话，为成遂平求情。郎官高大俊朗，众女乐本来便个个心头欢喜、小鹿乱撞，又得了人许多好处，又听人哄着，哪里还舍得与他们为难，个个欢笑道：“新郎倒是乖觉，我等还未动手拦车，便将钱财奉上。如此便不难为你了，你将歌子带走，可要用心待她。”

一众人欢笑前行，到了太极宫门口。出太极宫，众女乐再不能前行，都围着车子，隔帘与歌子说话道别。端木与李素炫在一旁看着，见成遂平牵着马，含着笑，看着歌子花轿，满目柔情。

“看来他也喜欢歌子，如此甚好。歌子幼无父母，也不像我有师父格外宠着。若是后半生有夫君疼爱，生儿育女，得享天伦，此生也不枉。”李素炫暗暗想道。

惜别之后，歌子花轿要出太极宫了。众女乐又笑又泪，挥手与歌子告别，只端木与李素炫随队到了成府门口。歌子下轿，坐了鞍，起身踩着带子进了府门。

歌子与成遂平俱无近支长辈，省了些礼数。二人对拜，撒帐、合卺后，有司唱礼，将夫妇二人送入洞房。堂上只二人好友与些远亲，皆不拘谨，嚷着冲着要闹洞房。李素炫将腰间长箫解下，握在手中，拦着路，一边行礼一边客气说道：“他二人能有今日十分不易，在下恳请诸位莫要相扰。想听琵琶，在下会弹，想饮酒，在下陪着。”

众人见李素炫行着礼，手里却拿支长箫当作棍棒舞着，知道她这是先礼后兵，若不就坡下，怕她要恼火起来，棍棒伺候。只不过她个子不高，身子又瘦弱，却如此认真吓唬人，倒叫众人一时都笑上了，也觉得她说得在理，即刻满上盏子饮酒，不去闹洞房了。片刻后有人想起来，歌子自宜春宫来，她这好友定也是顶尖女乐，互相一打听，立刻叫嚷起来，解了琵琶递与李素炫，请她弹奏。李素炫将长箫系回腰间，接了琵琶，端木教再取羯鼓来，与李素炫相邻落座，一同奏乐。席间许多人带着些箫管，又叫成府家人取了其他各色乐器，跟着端木与李素炫玩闹上了。

日色渐迟，内屋中，成遂平与歌子默默相对，外头欢闹声隐约传进来。二人至今未说过一句话，眼下也不知说什么好，甚至彼此仔细看看也不敢。许久，天色渐渐暗了，成遂平点燃案上灯烛，倒了盏清水，轻轻放在歌子面前，柔声说道：“夫人若是口渴，便饮些水。”

歌子点头，端起盏子，未凑到唇边，眼泪先落了下来。

“你竟活着回来了……一直担心，怕你回不来了。”她低低说道。

“夫人知道遂平去打仗了？”

“知道。你去了四年零七个月，歌子日日惦记。”

成遂平大为感动，起身走到歌子面前，深深行礼道：“遂平爱慕夫人，不想夫人也知道遂平。”

“我在殿上见过你与圣人执戟，后来再没见你，忍不住打听，人说你去了辽西作战。”

成遂平在歌子对面坐下，缓缓说道：“五年前，圣人询问遂平，是不是喜欢上夫人了。遂平当时吓得不轻，连连摇头。圣人却说，男女相爱实属寻常，教我莫要慌张，他并无怪罪之意。又与我说，夫人乃宜春待诏，遂平又是圣人身旁亲近之人，遂平若想与夫人厮守，须是有功于朝廷，圣人才有缘由赐婚，不然便是私纵，无法与朝臣交代。圣人问我愿不愿意随军作战，又说辽西战事凶险，遂平若勇武，定能立功，只是去了便或许回不来。遂平当即恳请圣人遣遂平去至辽西参战。遂平自幼得朝廷恩养长大，若为国战死，理所应当；若侥幸不死，余生便能与夫人厮守，此生幸甚。一月后，圣人敕旨，调遂平去了辽西前线。”

“既如此，你走时为何不与我说一声？”歌子流着泪问道。

“是遂平恳请圣人不要将此事告知夫人，怕回不来，令夫人空欢喜、徒伤悲。”

歌子落泪不停，颤声问道：“你在前方可曾受过伤？”

成遂平点了点头，轻声说道：“难免伤到些，不重。”

“……能不能让我看看？”歌子鼓起勇气问道。

“是。”成遂平点头应道，缓缓脱了衣裳，露出上身来。

他浑身伤痕，道道交错，闪电般彼此交缠，粗的有小手指一般，颜色深褐如蚯蚓，其间密布着无数细小伤痕，有的不过比拇指肚大些，看着寻常，实则更是可怖。长道伤痕乃是皮肉被刀尖划开，拇指肚般小伤痕则是箭锋所留。刺死砍伤，中箭比遭刀更险上许多。歌子不识刀刃，不知那些伤痕是何样兵器所留，却能想到遂平负伤时定然浑身是血，情状惨烈。若是为了武将前程也还罢了，可他这一身伤、半条命，只是为了一介女奴。

歌子痛心至极，泪水滚滚落下，伸手轻轻抚着那些伤痕，许久喃喃说了一句：“你竟能活下来……”

“遂平要回来见夫人，不敢死。”

歌子难忍悲伤，流泪不止。成遂平也难过，也感慨，伸手轻轻将歌子揽入怀中，柔声说道："夫人无须再难过。如今遂平回来了，余生能与夫人厮守，什么苦都值得。"

今日之前，二人都以为自己不过是单相思，纵有天子赐婚，也惴惴担忧，怕对面人不喜欢自己，果然如此，还不如一生一世一心向隅。眼下才知道，原来这些年来，一个舍生忘死，一个夙夜难眠，彼此一直都在苦苦牵挂。二人对面凝望，默默流泪，心中瞬间许下生死。

外面堂上，端木与李素炫依旧与众人欢闹，饮酒奏乐，谈笑不停，直闹到了第二日清早。

## 154

连着多日，端木与李素炫没有去寻歌子，知道她定是要与夫君朝夕相伴。成遂平果然每日从早到晚陪在歌子身边，带她去城里各处看看风土，东市西市里买些心爱物件，也带她拜佛寺、参道观，也多有祆教、景教寺院，颇有些异样风俗，此前歌子甚至都未曾听说过。若是遇上阴天或太冷，二人只在家中守着，烹茶饮茶，闲谈说笑，歌子也时常吹起箫管来。

"我从前在殿前执戟时，常听到你箫声。只是离得远，听不甚清楚，也不敢靠近，连耳朵也不敢微微侧过去。"成遂平对歌子说道，"那时怎敢梦想今日。"

"我却不知道你在听我箫声。"歌子笑道。

成遂平又想说些贴心话、相思话，又觉得自家口拙，半晌才怏怏说道："遂平读书不精，心中眷恋，却不大会说。往日里也不少背过诗词，眼下想显摆一番，怎的一句也想不起来了。"

歌子低头轻笑道："夫君心意歌子清楚，夫君不消说。"

春日里，木之初生，其神句芒。夫妇二人也出游，也守家，开心过了近一月。上巳日，成遂平带着歌子出城郊游，又到水边嬉戏，一路上不尽呵护。端木与李素炫强忍着不去扰他夫妇，过了三月三，终究还是忍不住，找上了门。成遂平屡次听歌子说起她二人来，十分相敬，忙让到内堂落座。

“遂平可将歌子交与我二人？只小半日便送归。”端木笑问道。

“却是何事？”歌子问道。

“随我二人走便是了，只在左教坊中，不去远处。”李素炫说道。

歌子转头与夫君商量，不想只半日，成遂平也舍不得，定要亲自护送，端木与李素炫只得同意。几人一同出府，歌子乘车，其余三人骑马，很快到了左教坊南门。成遂平不能入左教坊，在南门处痴心候着，端木与李素炫笑了他两句，带歌子入了南门，径直到了湖中假山旁。

端木笑着说道：“十五岁时，我与素儿入宜春宫前，曾发誓要求个良人身，离开皇宫，并将此誓言记写下来，藏在假山腹中。当时说好，若有一日果真得了自由身，便回到此处，将纸条取出焚了，祝祷感谢上苍见怜。”

“原来如此。”歌子点了点头。

“当年只是这么说，根本没想到能够如愿，所以出宫这许久都没有想起来。”端木感慨。

说话间，李素炫自假山腹中出来，手里拿着个小包裹。当年二人将纸笺折了个扣子，使漆布裹了，放在山腹石缝里，李素炫不费力便找到了。三人走到水边，将纸扣取出，用火镰点燃，看着焚尽了。接着，李素炫从怀里拿出四个小锦袋来，每个只核桃大小，缂丝绗金线，做得极精致。

“我与端木出宜春宫时，圣人赐了两对真黄钱，我二人一直留着。前几日翻找出来，请师弟刻了端、素、歌、容四字在四枚钱上，装了这四个小锦袋。我们每人将自己那枚带在身上，容儿这枚藏在假山腹中，重写誓言。若容儿还能回到长安城，此生我们四人还能齐聚，便到此处来，将容儿那枚真黄钱交到她手上，将纸笺取出焚了，祝祷感谢上苍。”

歌子瞬间泪水盈了眼眶，哽咽说道：“歌子全忘了。如今端木与素儿各自逍遥，过得舒心，歌子也得了良缘，却忘了容儿了。她走了这几年，也没个回信，不知她眼下在何处。当年她嫁了得诗士兵，也不知那人待她如何。”

端木安慰歌子，李素炫在一旁取池水研墨，在纸笺上熟练写字，录下今日誓言，落了名字，又将笔递与端木和歌子，看着她二人也将名字写了。端木将纸笺折成扣子，连同容儿那只小锦袋一起用漆布包了，又使个帕子裹好，进了假山腹中，在高处寻了石缝，稳妥放好。

三人站在假山旁，各自取了真黄钱，看了看上面自己名字，放回锦袋中，束了捆绳，在身上系好。感慨着，说笑着，一起出了左教坊。

“日后可否去你府中探望？”端木问道。

“这有什么不可以的？又不是皇宫大内，怎么姊妹还不能来看了？”歌子说道。

“怕扰你与遂平说话。”李素炫笑道。

“话也不消日日说、时时说。”歌子红着脸。

端木与李素炫都笑起来。她二人虽出了宜春宫，却仍是大内乐人，仍要为圣人奉乐，故此二人鱼袋都还留着。歌子此后再不是皇家人，出宜春宫前回缴了鱼袋。此次为了带歌子入左教坊，端木与李素炫事前请示副使，得了准许，都安排好了才去寻歌子，就是怕折腾她，耗她时候，知道眼下她与那成遂平定是片刻也难舍难分。

三人说笑着到了左教坊南门口。成遂平依旧等着，见了歌子，立刻迎上来，拉着她手，说了几句温存话，送她上了车，与端木和李素炫行礼告辞，上马引着车子走远了。

“我今日才发觉这成遂平好高身量，又壮。歌子站他身旁，像他女儿。”

“遂平是郎官，侍卫明光殿，与天子执戟，上应列宿，出宰百里，就是在武人中也是挑了又挑，选了又选，自然模样好，有身量。看他对歌子，果然像疼女儿。”端木笑道。

二人相视一笑，十分为歌子高兴，开心行礼彼此告别，各自回家。

## 155

三月一日日过去，转眼间便要到三月初七，汝阳王忌日。李素炫心中本已平静许多，眼下又整日不停想起汝阳王来，最终打定了主意。

三月六日一早，她带着一坛桑落酒，肩负无伤，骑马出了长安城。汝阳王薨后，附葬于其父让皇帝惠陵，距长安城约两百里。今日，她便要走出这两百里。惠陵附近有多座皇陵及陪葬墓，朝廷修了官道，将陵区与长安城连接起来，路不难走，只是远了些。陵区临着奉先县，她今日要先到奉先县馆驿中宿下，待明早前往王墓献殿祭拜。

终究两百里，李素炫此前从未走过这么远，迟疑了几日，仍旧决定要去，不然，心中难以释怀。官道专为皇家运送灵车所筑，平坦、端直，赤骏跑得飞快。李素炫路上在驿处歇了数次，到达奉先县时，天色已暗下来。寻得馆驿，勘合过路凭，驿卒指定了宿间给李素炫，并将赤骏牵到后院去照顾。李素炫躺到榻上，瞬间浑身瘫软，这才觉得实在是累得狠了。

沉沉睡了一整夜，清早李素炫醒过来时，浑身疼痛，活动了阵子才好些。她也不急，慢悠悠用过些朝食，牵赤骏出了驿馆，上马后也不急，慢慢到了汝阳王墓近处。今日王府定然遣人前来祭祀，李素炫又等了片刻，看看日头，过了时辰，算来已经完礼，人也离开，她才下马走到墓园门口，对门人行礼道："在下长安城玉真宫李素炫，汝阳王殿下昔日友人，今特前来拜祭。烦请通禀。"

门人将李素炫上下打量了几眼，不敢怠慢，连忙进去通禀。不久，王墓主事随门人走了出来，渐渐离得近了，李素炫立刻认出来，正是昔日王府中陈总管。

二人行礼相见，分外感慨。如今依旧是陈总管出来迎接，引李素炫前行，汝阳王却再也不能在花园中等候。前方远处是封土，封土下埋着的，便是汝阳王李琎，他永远只能在那里等着他的小友了。

到了献殿，李素炫将无伤与桑落酒轻轻放下。此间并不奢华，又荒凉无人，清早祭祀时燃过香烛，此刻味道尚未散去，尤其令人伤感。李素炫燃香拜过汝阳王灵位，转身问陈总管道："总管可否容素儿独自在此间守上些时候？"

陈总管见她伤感，点了点头，行礼离去。李素炫将桑落酒打开，注了一盏，酹酒在地。

"殿下只愿饮一盏，素儿便只与殿下奉这一盏。"

她坐下来，解出无伤，抱在怀中，却没有弹，只看着灵位上汝阳王名讳，失神许久。她自幼眼悭，不拘什么人，她看不上的，死也看不上，看得上的，便一副死心塌地。汝阳王温润谦雅，身姿高贵，李素炫一眼之下，慑于他威仪，敬爱十分。他又是师父卢菡昔日知己，她更是格外觉得亲近。李琎对李素炫也很是柔善顾念，始终记得她喜欢纸墨与白梅，累有馈赠。临终前几日，将心中苦衷委屈悉数说与她听，并将《甘露经》托付与她。自此，她是他世上唯一知己，如此信任托付，凭李素炫性情，岂能忘怀。

李素炫叹息过许久，慢慢将无伤弹起来，心中黯然。

“……我真是没用。世上对我好的，我都记得，都用心，每日牵挂，认真回奉，只是这许多年来一直不知道如何报答雷先生，也不曾对得起师父与汝阳王殿下。师父在时我还年幼，什么也不懂，只晓得撒娇淘气，要师父每日哄着，我却不知道疼他。后结识汝阳王殿下，心中怜悯，疼惜他身心俱苦，却什么也不能为他做。知道他病了，日日惦念，却不能打听，徒然焦灼。与殿下烹茶，手艺又太差，想来想去，也只会弹琵琶，让他心里有些安慰。”

李素炫调伏了心性，端身静坐，不时仰头看着汝阳王灵位，落落弹着无伤，一曲接一曲，自巳正一直弹到日昳。殿中渐渐昏暗了，她仍旧弹着，不肯停下来。

陈总管在殿外听了许久，心下不忍，入殿内轻轻唤了一声。

“素儿……”

李素炫长叹一声，两手缓缓停了下来，许久后将无伤放下，起身与总管行了一礼。

“素儿歇歇。”总管说道，“你定然累了。”

李素炫点点头，随总管出了献殿，到了守陵人住处。陈总管备了吃食，嘱咐她好歹吃些。

“素儿弹了几个时辰了，动也不动，也不饮食。”老总管低声说着，在一旁看着她。

李素炫没什么胃口，随意吃了些，不饿就行了，接着，与陈总管说起了话。陈总管已在这里守了一年，日日寂寞，见了李素炫也想与她说说话。

“我十六岁时，被派去侍奉汝阳王殿下，彼时殿下只两岁多，还是个小童儿，生得清秀伶俐。我是看着殿下长大的。”老总管嗓音苍老，语声迟缓，絮絮说着，“老朽侍奉王爷四十余载，须臾不曾离了左右。虽为王府总管，其实只照顾王爷，别的什么也不多管。眼下王府有了新主子，我不想去侍奉新主子，新主子也自有新奴仆，不消我去伺候。我便自请过来与王爷守墓，往后再不离开了。”

李素炫叹息，心中怜悯，也佩服。

“老朽当年对你师卢照寂非常熟悉，每次他到府中来，也是老朽亲自到门前迎接，引他去见王爷。卢先生俊雅，性子又温和，与殿下相交二十余载，十分知己。他遭了陷害，王爷着人暗中调查，却因为身份微妙，不敢张扬，一年多也无进展。王爷大受打击，极度消沉，终日纵饮，数次病危，过一两年才勉强好转了些。后来我在府中看到你与王爷对饮，又弹琵琶与他听，王爷困倦睡了，竟也不避着你，还亲自与你烹茶，我便想起卢先生来，从前王爷与卢先生相处时也是这般。果然不久王爷告诉我，你是卢先生养女，是卢先生一手教导出来的。王爷每次见了你都很开心，过后几日都开心，酒也饮得少了许多。你对王爷也好，总记着他。王爷养病时不肯好好饮食，老朽急得直跺脚，却没法子。后来你屡次送菜品过来，看王爷有胃口用些餐食，老朽真心感激你。王爷这辈子，有人夸赞他，有人喜欢他，有人求着他，只是，除了我这个老奴仆、卢先生和素儿，没人疼他，没人在乎他一顿饭吃得好不好，天冷了一件衣裳加没加，从早到晚开心不开心。”

李素炫静静听着，老总管眯着眼睛，认真回忆从前。一切都过去了，往昔数十载，只如云烟。

“长安城离此两百里，素儿竟也来了。除了朝廷和王府中人，只有素儿来了。王爷当你是小友，十分喜欢你，他若知道了，定然开心。”

老总管慢悠悠说着，又说起汝阳王许多往事，他当年如何习羯鼓、箫管、琵琶，如何擅弓马、擅书画、擅诗文，又如何变得终日嗜酒消沉，总管心疼他，却又无奈。

天色暗了，老总管渐渐停了下来。

“老朽话多了些，素儿是不是听得烦了？”

“没有。”李素炫连忙答道，“素儿想听，不烦。”

老总管长叹一声，幽幽说道：“老朽无有家眷族人，这辈子，心里只有王爷。来了此间，便是要老死此间，死后，就请旨在王爷墓园外近处寻下个角落，随意埋了。素儿再来探望王爷时，若还记得老朽，便到老朽坟前来，也说上几句话。”

李素炫心中难过，接连叹息，许久后持礼说道：“老总管放心，素儿定认真记得你，决不敢忘了。”

老总管点点头，笑得酸楚。二人在幽暗中沉默对坐，过了许久，李素炫起身告辞。老总管陪她到献殿中取了无伤缚好，看着她对汝阳王灵位重新行礼。

“殿下，素儿回去了。明年今日，素儿定再来探望。”

出了献殿，总管安排卫士护送李素炫回奉先县馆驿。李素炫负了无伤，在幽暗中走出很远，又回头看了看，见夕阳半隐，新月半昧，正照着王墓封土。昔日旷世风华，而今只一片孤零。

## 156

春日草长，城中一日比一日暖和，如今李素炫多了个去处，便是歌子家。成遂平婚假结束，白日里要去羽林卫值守，歌子一人在家，每见李素炫到来，都十分欢喜。有时李素炫与端木一起去看望歌子，三人说到高兴处，一起奏乐欢笑，引得府中人纷纷在远处听着，听到入神处，连手头活计也忘记了。

无事时，李素炫独自在家，费了不少力气临习花押。卢楞伽将狸儿画过了几种，李素炫拣了个侧身的，每日捏着细炭条，照着画。看线条也差不许多，也只那几笔线，只是画完了对着看，却觉得自己画的那只看着便笨拙，全不似卢楞伽画的那几笔，分明很随意，却那般生动、灵气。

画中事李素炫没什么想不开的，也不气馁，仍旧不断临习，心中想道：“我就是个弹琵琶的，画好了出彩，画不好也无妨，不丢人。卢七早就知道我笨，也不会嫌弃我。”

三月中，圣人召李素炫至兴庆宫勤政务本楼正殿奉乐，嘱咐她带上无伤。无伤弦律与他人手中琵琶和其他乐器都有些差异，故不大行合乐。圣人令带上无伤，图个殿上清静，令李素炫独自奉乐，轻弹信手，他自己在书案旁边览阅写字，间或也令李素炫烹茶，饶是茶味寡淡，也将就饮了。

李素炫十分殷勤，将茶一盏盏奉上。圣人饮了几盏，放下茶盏，微微眯着眼睛打量她。李素炫信手已然纯熟，圣人常起了兴致，临时召她入宫，嘱咐她不消上妆，直接上殿便是。时日久了这女子学会了耍赖，有备而来时也不上妆，素绾头发，着青白道衣，烹茶时抿着袖子，折着袖口，活儿做得利索。可这几次她不知怎的竟然仔细上了妆，虽不浓烈，却很扎眼，笑得也格外讨好，叫人看得心里头发毛。

圣人盯了她许久，满腹狐疑道："你这碎女子，往日里一副不趋，看着便可恶。这几次缘何如此低眉顺眼？可是有事相求于朕？"

李素炫笑道："素儿无事相求。再说，现用现奉承，也太拙劣了些，怎么敢指望骗得过圣人。"

圣人又想了想，仍旧不放心，摇头说道："其中定有缘故，你从实招来，不然朕这茶饮得不踏实。"

李素炫深深行礼，诚恳说道："年前圣人赐婚于歌子，歌子得了好姻缘，此生大幸。素儿对圣人感激不尽，无以为报，不过是殷勤奉茶、用心奉乐。"

圣人点头说道："原来如此。依你性子，听着倒像是实话。"

"素儿说的是心里话，委实感激天子成全。"

"他二人彼此有情，朕早就知道，不忍见少年人相思受苦罢了。"

"不知圣人如何得知？素儿与歌子朝夕相处，可是些许苗头也没看出来。"

圣人得意道："你个小娃娃家的能有多少见识？朕这一世什么没见过？少年人动了情，只一个眼神，什么也藏不住。只是他二人持重隐忍，多一眼也不曾互相看过，如此守礼，倒叫人怜悯。朕问了那成遂平，他愿赴沙场，若死便报效家国，若生便得与意中人相守。他不惧，朕如何舍不得成全？自他走后，朕再没有单独召歌子奉乐，就是为了等成遂平回来。成遂平立下战功，却不愿要前程，只想要歌子。军功可是用命搏来的，寻常男子哪个舍得只换个女子回来？其人一片痴情，朕也算给了歌子一个好归宿。"

李素炫大为感动，复又行礼。圣人不以为意，挥挥手，又笑了笑，凑近了说道："素儿往后还是不要上妆了，朕看你今日这样子……实在是有些瘆得慌。"

两人相视大笑，圣人又令李素炫收了茶事，将墨研好，他自己取了管笔，润毫取墨，令李素炫在一边弹信手。五弦之上，李素炫敢称文武兼备，无伤又迥异，不料却是这信手最得圣人喜爱。每召她入宫，先要听她几曲文武，接着便令她弹奏信手。圣人若读书，便令她坐在下手处，若写字，便叫她到身边来，边看边弹，一弹就是几个时辰。

信手难不在手上弦上，而在眼里心里，佐人读史，便要知史；佐人作画，便要知画；佐人习书，便要知书。李素炫心中装了天下好诗文，见了篇名，便知道圣人接着要写哪一句、哪个字，又颇有些笔墨见识，看人写字，凡起势、入纸、控锋、结字、章法，都一一看得明白，手上因之便有疾徐、轻重、舒困、虚实、收放，纤丝细密，如光尘相融。大曲可以提前练习，信手却不能事先准备好，若无十数年诗书见识，只手上精熟，全然无用，一时发狠弹习更是来不及。天下琵琶弹家众多，高手无数，这信手看着简单，却唯有李素炫能弹，圣人十分看作宝贝。

圣人也写正书，也多写行草。寻常人不谙书学，凭空臆想，以为行书草书定要狂舞管笔，迷乱而就，若要以乐意助笔势，便要一逞弦上威赫，弹得越剧烈越好。实则写行书草书时，书者心中计算更快，手又要跟上，更要专注凝神，琵琶绝不能厉声相扰。李素炫得鹿先生教授，写过几年行书，也沾了沾草书，写得不好，却足够看明白，知道弦上轻重、乐声续断，知道何时要壮大情致，何时要安抚幽微。若起，强起还是弱起，若停，急停还是缓停，这些都要依人手中笔势提前分辨，即刻决断，手上应之而动，弦声方能止好。

“素儿乖觉，不然朕不觉间便要上你当了。”圣人写着，随意说了一句。

李素炫笑了笑，佩服圣人果然懂行。弦佐天子笔墨，只能为衬、为佐，不敢为领、为引，心要在笔前，手要在笔后。李素炫是个晓事的，手中无伤只跟着圣人管笔，不敢引着，不像从前在汝阳王府里，时常与汝阳王殿下弦笔倾谈，或以乐引书，或以书引乐，弦也淡淡，墨也淡淡，不动声色间，也是商议，也是竞夺。

圣人起了书兴，连写了半个多时辰，李素炫在一边看着他写，连弹了半个多时辰。圣人精乐，知道信手窸窣柔淡，听着寻常，无有文武煊赫，却大耗心力。他也不舍得让李素炫太累，写得差不多了，就停了下来，自己也歇歇，也让李素炫歇歇，又赐了些精细小食，也跟她闲谈几句。

二人歇过了，手上又各自忙碌。殿内宁静，又半个时辰后，李素炫听到中官奏报：“太子殿下到。”

李素炫即刻停下双手，起身抱着琵琶退到殿外候着。不久，听到殿内声音，隐约又有说话声，应该是太子李亨入了殿内，与圣人行礼相见。安静片刻后，忽然听到圣人怒声，连连指责太子。殿外听不大清楚，大约就是办事不力、处置拖沓、用人不当之类。太子始终没有出声，想也不敢。

李素炫头次遇上这种事情，有些为难，不知道要不要回避，又不忍听太子被训斥得如此狼狈，又怕圣人有召，不敢离开。犹豫了片刻，只得小声询问身旁中官，中官示意她原地等候。

“圣人训斥太子是常事，你没见过而已。”

李素炫点头谢过，心想：“一个中官居然能对我一个乐人说这话，看来也真是常事了。汝阳王殿下屡次说过，太子殿下素来勤谨，人品能力都不差，纵然不如圣人这一世帝王，施政时有想不到、顾不到的，也不至于错得太过分，怎么圣人竟当着一众下人将他训斥得如此厉害？太子殿下也是四十岁人了，脸面也不给留些。我也是不关心这些事，以前只听说圣人对太子十分严厉，却不知如此严厉。”

许久，圣人语声停了下来，殿中一时安静，外头诸人也不敢进去，老实等着。又许久，中官过来小声说道：“圣人召李素炫上殿奉乐。”

李素炫很无奈，此前没见过圣人发火，眼下圣人不但在震怒中，训斥的还是亲儿子，随便什么人也不想夹中间。可她不敢抗命，只得怀抱无伤低头随中官到了殿上。中官引她在圣人近处落座，隔了不过二三尺，太子倒坐得远，离了有十来尺。她隐约觉得如此安排怕只是为了寒碜太子。

“朕要读些诗文，素儿与朕弹信手。”圣人开口说道，口吻竟然十分平和，丝毫不像刚刚发过脾气。

“是。”李素炫颔首领命，依言弹起来，边弹边偷眼看了看，见太子端身坐着，不敢动。圣人仍旧低头览阅，不发话，也不说让太子走，也不说让太子留。李素炫连弹过半个时辰，圣人令她停下来，口气和蔼，问了许多事情，诸如无伤弦律、手弹难处之类，又与她商讨书学、画学、乐学、诗学。圣人果然饱学，李素炫累年勤奋，与圣人对论却只是勉强应付，圣人却不停夸赞她学识，令她不知如何回答。又想起鹿先生所说，昔日汝阳王在时，圣人也是当太子面不停夸赞汝阳王，不过是为了将太子晾着，叫他难堪。

“如今汝阳王殿下不在了，换上我个弹琵琶的。汝阳王殿下乃一朝贵胄，又果然风雅俊逸，才识过人。眼下换了我，连汝阳王殿下十中之一也不及，可不是更寒碜人……太子也可怜。”

圣人与李素炫说了近一个时辰，转头对中官嘱咐了几句，不久，中官奉了餐食上来。圣人、太子连同李素炫，每人面前放了个食案。李素炫面前案子上有五六个小碟子，盛着些小颗果子、小块五色饼和煎肉，也有蔬食，另有一盏乳酪、一盏清水，圣人和太子面前食案大许多，放着的俱是正餐。

“素儿简单吃些，不饿了便将你无伤再弹起来。”圣人嘱咐道。

“是。”李素炫低头领命。

她也果然饿了，面前餐食俱是小块，刚好够一口，也软和，容易咀嚼。她很快吃饱了，饮了乳酪，漱了口，取巾子擦了嘴上手上，行礼谢过圣人赐食，坐到一旁抱起无伤弹起来。

圣人见李素炫行礼谢恩，随意点了点头，仍旧慢悠悠用着餐食，太子却迟迟不动。李素炫偷偷看了一眼，见太子面前食案上有个大金盘，放着块整肉，大约是整块臀尖肉，快有整只鸡大。案上不知有没有刀，纵有刀，天子使玉箸，连女乐也有一对银箸，太子定是不敢操刀割肉，一派不雅。

“太子如何不用些餐食？”圣人慢条斯理问道。

太子只得答道：“儿子不饿，简单将这几片青菜吃了便可。”

圣人哼了一声，再不说话，许久后，用餐完毕，命人将食案撤了。圣人依旧低头览阅，耳中听着琵琶声，也依旧不发话，太子也只得依旧远远坐着。又近一个时辰，圣人令李素炫停下来。

“素儿去烹些茶来。”

“是。”

李素炫将无伤放好，起身到茶案旁开始烹茶。眼下没有琵琶声，圣人开始对太子训话，口气也不特别严厉，却说个没完，句句都是指责，不容太子辩解一句。

李素炫将第一釜茶烹好，第一盏自然是要奉到圣人面前，回到茶案边时她心中犯难，不知道是否要给太子奉一盏过去。

“此前从未遇到过这种状况，真是挠头。一父一子，一君一臣，一人一盏轮着奉上怕是不对，可我不过女乐，于理也不该在皇帝和太子中间分个高下，只奉皇帝不奉太子，怕也是不对……”

正为难间，圣人发话：“素儿将每釜茶与太子也奉一盏……你自己也可以饮一盏。”

李素炫闻言大为放松，立刻称是，盛了茶，使承盘托着，走过去奉到太子面前。将茶盏挪到太子手边时，见他顶发稀疏，神色颓废虚弱，伸出手来取茶盏，手却不停微微抖着。

李素炫心中难过，可怜太子已饿了两个半时辰。她又将第二巡茶烹起来，头两盏奉与圣人，回来时一低头，见到茶席边上有几个秘瓷罐子，有的放蜜糖，有的放盐巴，也有的放果仁。宫中有人不爱清饮，烹茶时要放盐和果仁，蜜糖是拿来浇在佐茶小食上的。

李素炫想了想，不动声色，将蜜糖罐子挪到身旁打开，盛了些蜜在茶盏里，又将茶盛在里头，使茶针搅了，端到太子面前。

李亨拿起茶盏饮了一口，发觉很甜，觉得有些奇怪。茶若不清饮，便要伙着许多物料来煮，使盐调味，放蜜糖的可罕见，这清饮茶放许多蜜糖更是奇怪。只是他果然饿得狠了，也不管，将一盏甜茶饮了，放下盏子后醒悟过来，猜测是李素炫暗中帮忙。他不敢直接看，偷偷瞥着，果然见她脚边上有个蜜糖罐子，被她挡着，圣人看不见。她手上动得轻微，又盛了蜜糖放在李亨茶盏里，再盛茶，使茶针搅了，又端了过来。

李亨暗自心惊道：“这女子怎如此胆大？若是叫父亲瞧见了，可是没她好受。难不成傻，见父亲与我凶，与她和善，便自以为得宠，可以如此越位，戏弄天子？”

李亨面上自然不敢露出来，仍旧低着头，圣人断断续续申斥，他老实听着，圣人声音高了，他不敢动，待圣人声停了，才敢微微伸出手来端起盏子，飞快抿一口。

那头李亨心惊，这头李素炫却想得很简单，若圣人察觉到了，便说是她自己想在茶里放蜜糖，尝个甜茶味道，不想错端到太子面前。圣人纵然发怒，也只会处置她，不会处置太子。

连着几巡茶，看看蜜糖下去了不少，李素炫估摸着太子应该不饿了，将他甜茶换了清茶。李亨松了口气，心想：“她还不傻，再端甜茶来，我可是要齁死了。”

几釜茶后，圣人又命李素炫去弹琵琶，自己复又低头阅读手卷，又将太子晾在一旁。又近一个时辰后，圣人挥挥手，命太子退下。太子领命，行过礼，退行到殿外，转身走了。不久后，圣人命李素炫停下，与她随意闲谈过几句，令她退下了。

李素炫怀抱无伤出了勤政务本楼，中官领着她出了兴庆宫，将马缰交到她手上。她牵着赤骏走得远了，上了马，浑身松弛下来，回想方才，也觉得后怕。

## 157

又见到鹿先生时，李素炫说起在兴庆宫中所见，又说道："素儿听圣人言语，太子也无什么格外失当之处，圣人说了那许久，也没说到底出了什么事情，都是些大道理。更多时候就是将太子在那头晾着，圣人还不停夸奖素儿，一定是说与太子听的，又赐素儿茶饭，却故意让太子饿着。从前圣人用汝阳王殿下来寒碜太子，如今换成素儿了。"

鹿先生斟着酒，无奈说道："我唐老子忌惮儿子，儿子倒打老子，不是一回两回了。太子遭训斥也未必真有什么缘故，圣人就是要随时提点他，要他老实些，莫生骄狂，莫起不臣之心。当年圣人对李琎也是这路数，未必相信他会谋反，但是得防着，隔三岔五就得有个人出来咬他一口，给他安个罪名，圣人再为他主持公道，赦了他。古来帝王都有这心术。"

"太子看着不是什么骄狂之人，汝阳王殿下也说过，太子谦和有礼，雅量容人，可堪君子。"

"这话你可敢对圣人说？"

"……不敢。"

"你若敢说，圣人可会信你？"

"……怕是不会。"

"信了他也不会承认。你以为太子和李琎什么样，圣人会不知道？他何等聪明，什么都知道，他就是要敲打这二人。"

李素炫摇头笑道："素儿读过些史，知道皇家无父子，又世事纷乱，各人有各人路数，谁与谁说什么，不过枉费。大道理素儿都知道，只是亲眼见了，仍旧不忍，觉得太子殿下十分可怜。”

“一国储君，他老子都不疼他，谁可怜他都没用。”

李素炫接连叹息，知道鹿先生说得对，这事也只能撂下不想了。

不久，玉真自王屋山回归。

李素炫从早到晚都在竹径小院里，静心下来，背倚竹林，躲避阳光，终日苦苦弹习，想忘记心中幽思烦乱。玉真每日轮流接见拜谒者，过些日子才要去别馆，李素炫暂时还可逍遥，每弹习几日后也歇一歇，两日内将城中故旧探望一遍。今次见了端木，听她说起了赵萧娘。

“前几日见了萧娘，说是春来日渐暖和，大批胡商到了长安城，东市西市里多了不少新鲜人、新鲜物事。她要带你我去西市看看，从胡姬处沽酒醉饮，让我问你想不想去。还说她那里地头熟，知道何人稳妥，能打交道，何人不稳妥，要避开。”

李素炫顿时来了兴致：“西市？去过几次，不曾细细看过，也不曾沽酒。你我出宜春宫时还说过要去寻胡姬沽酒，后来却忘了，都是在东市整坛买酒，从未去西市零沽，也不曾与胡姬说话。”

端木很高兴：“如此，我与萧娘约个日子。”

只隔一日，玉真宫中有门人来通报，道是端木与萧娘来寻李素炫。玉真宫在辅兴坊中，向南不远，隔两坊就是西市，三人都没骑马，走着很快便到了。

西市中人来人往，商铺挤挤挨挨，比东市中更加密集，铺子前头还有各种摊位，所卖货物比东市上花哨许多，也有些异方宝货，看着颇值钱的，也有米粮果蔬、鸡鸭鱼肉，也有各色粗陋瓷器、陶器、木器等便宜货，寻常过日子拿来使的。货物也摆得杂乱，有的只是堆着，买主自己蹲在地上挑拣。卖货的嗓门都大，摆摊子的就喊得响，若是店铺，甚至还有人站在门口，专门吆喝揽客。东市在三大内近旁，街道店铺都整齐，多贩售奢侈货物，买的卖的都斯文些；西市有些杂乱不堪，却也格外热闹，别有一番俗世里烟火气。赶上今日也晴好，人都格外精神，李素炫这等瘦弱人时常挤不进人多处，许多热闹都看不到。

“素儿不必非要挤进去，人群密匝围着的多是些杂耍百戏，你在宫里都见过。”萧娘笑道。

李素炫满头大汗答道：“我知道是杂耍百戏才想看看，不知与宫里头的有何不同。”

“论本事自然不如宫里头的。”

“那我也想看看。”

“我带你去沽酒，你可以舒坦坐在酒铺子里，边饮酒边看。”

“如何看得到？”

“你随我来。”

酒肆曰“觚中仙”，门面很大，入得其中，见当垆者果然是位胡姬，皮肤白皙，眉目与唐人不同，身骨也不同。萧娘与她颇为相熟，连声寒暄说笑。这胡姬说一口流利唐话，笑起来妩媚动人，又带着一股子悍利劲。萧娘将端木和李素炫名字与她说了，她一笑，俏声说道：“二位叫我芳梅便好。”

李素炫很想笑，忍了片刻，压下去，说道：“这名字肯定是你到长安城后人与你起的，也不知谁人与你起的？”

芳梅笑道：“我本来只用我胡语名字，城里人总是记不住，这铺子里胡人也不止我一个，人更记不住。后来有人与我起了芳梅之名，说此名是个人就记得住。我后来也知道这名字傻了些，却果然人人记得住。”

李素炫想了想，确实有道理，只得点头。

萧娘说了几样酒名，芳梅将酒打了，端进小间里，将几样酒来历殷勤讲了一遍，又专门对李素炫亲热说道：“你定然十分好饮，若有格外喜欢的，便与我说，我专门给你留。”

她说着转身走了，李素炫莫名其妙：“她如何知道我好饮？我额头上写了？”

萧娘掩口笑道：“你是胡人。”

李素炫一怔，张口便要反驳，又一想，没说话，只得取了盏子，一边倒酒一边小声嘀咕：“罢了，不与你辩，先饮酒。”

萧娘与端木一起笑起来，李素炫饮了一盏，问道：“萧娘不是说此处能看见百戏？我这半晌只听外头一阵阵起哄，什么也没看见。”

萧娘笑得狡黠，指着外头说道：“你出去到堂屋里，往外头看，有把剑往天上一蹿一蹿的，是弄剑的；旁边有咚咚闷声的，是扛鼎的；再旁边是履索的，人走到高处便能看到，只是很快又走回去了。还有蹿竿的，待会儿爬到竿子上头就能看见了。也说不定还有吐火的，火吐出来便有人尖叫，还有人逃跑，还有人回头叫逃跑的回来，你留心听。”

李素炫无奈道：“被你赚了。”说着接连饮酒，心中又好笑：“怎么我竟是胡人了……”

端木与萧娘在一旁笑了她许久，又说些闲话，又将各色酒水都尝过。不到半个时辰，小间里陆续来了许多人，共凑了十人，俱是城中各处高手女乐，萧娘多年玩伴，其中三人为胡姬，芳梅也在其中。

萧娘笑着对端木与李素炫说道：“你等平日里个个斯文，今日叫你知道我等如何饮酒玩闹。”

“果然想看看，饮酒我也陪得起你。”李素炫笑道。

“不带你。”萧娘果断说道。

“为何？”

“你饮酒不醉，不带你。你在一旁弹琵琶。”

李素炫气得又想哭又想笑，直嚷起来：“如此可是欺负人。”

“你饮酒不醉，你如何不是欺负人？”萧娘反问道。

“我饮酒不醉又不能怪我。”李素炫委屈道。

“固然不能怪你，可也不怪我不是？”

众人大笑，又起哄，各自取下面纱，围成一圈坐好。

“或者这样。”萧娘想了想，“今日我为录事，我说了算。轮到你，你不许饮酒，作一首《酒胡子》令代替，如何？”

李素炫为难道：“那《酒胡子》令双调四十字，句句落在韵上不说，正体为两仄韵、两平韵，变格还有叶韵。认真作都不易作得好，玩闹间如何能作好？”

“如此可放宽些，《酒胡子》令又名《醉公子》令，今日但有酒字、醉字曲牌，皆可替一盏酒。素儿想想都有什么牌子。”

李素炫想了想，数道：“除《酒胡子》外，尚有《酒泉子》《酒乡仙》《醉妆词》《醉太平》《醉花间》《醉混脱》《醉乡游》等小令，中调有《醉思乡》《醉春风》《醉落魄》《醉花阴》等，长调有《醉思仙》《醉翁操》等，最长者《醉蓬莱》，仄韵九十七字。”

“好。”萧娘点头，“如此我便将今日规矩定下了。素儿只许以词代酒，旁人可自在些，饮酒也行，若不胜酒力，一曲词替一盏酒。小令即可，只是小令大多韵频，若谁人觉得即席不易吟得，也可选中调、长调，也可取其歌头、调引，双调可变为单调或只填第一阕，但必须词意完备。每人都要自己弹唱，即席修变曲调，以合词韵。此外，饮酒时诸位需轮流奏乐，调子要快活些。奏乐只一人，奏乐时退席一身之远，每二十盏酒换一人奏乐。每人奏乐一次，十人轮遍，今日便散场。”

席间众人都同意，又有人问道：“今日吟诵何事？”

萧娘沉吟道：“我等俱是女子，不上沙场，不入朝堂，不用写什么边塞、民生；若是针织女红或厨事，我这素儿又笨得不行，我也差了些；若是写些情爱欢娱，又村气了些……不若不限定，各人想写什么都可以，但词中着一酒字、醉字便可，如何？”

众人点头赞同。萧娘看着众人，神色甚有威重，片刻又问道：“此即今日规矩，若谁人有异议，即刻提出来。”

众人纷纷行礼说道：“无有异议。”

李素炫满脸赔笑，抢着问道：“素儿可否与酒监议价？终究一首词替一盏酒难了些。每二十盏换一人奏乐，共十人，今日共两百盏酒，匀起来算，素儿要轮二十盏，运气若差，还不止二十盏。都要以词替酒，素儿怕是要没命了。”

“那你要如何？”

“一首词替十盏酒可否？”

萧娘算了一下，摇头道：“十盏？想得美。可替五盏。”

李素炫立刻点头道：“好，五盏便五盏。”心头暗喜：“亏是我觍颜与她要了十盏，她还了五盏。我若不够糙皮，问她要五盏，她定是要还到三盏两盏，我也还是好不了。”

萧娘一边令店家上酒，一边将所带包袱打开，笑道：“我今日带了酒胡子来，不用他这里的。”说着将酒胡子在案上大盘子中摆好，李素炫笑道：“这酒胡子素儿从前可没见过。”

“酒胡子怎的还没见过？宫中不玩儿？”

“宫中也玩儿，还不少玩儿。那酒胡子也是衣帽眉眼俱全，也是胡人模样，也是扳不倒，也是伸着一只手，只不过俱是男子。你这如何是个女胡子？可是奇怪。”

旁边一人看了看李素炫，掩口轻笑道："你不就是女胡子？有何奇怪？"

众人又是哄笑，李素炫恍悟，也跟着笑起来。萧娘也笑，摇头无奈道："这瓜女子，没照过镜子不成？说这等笨话。"

众人不住笑闹，片刻店家将酒端了上来。众人虽然头次相见，却无主客之分，都是过来凑热闹玩耍的，无须谁顾着谁，各自取了盏子，自己将盏子注满。萧娘为录事，掌各项律条章程，众人斟酒时她一个一个盯着看，哪个若是赖皮，未将盏子注满，便要受罚。

"今日虽都是女子，却也没哪个弱质。端起来须是一口饮尽，不许有些许潴余，但留个底，便是犯令，罚一盏。萧娘每作酒监，可是执法苛刻，亲疏不纵。"萧娘正色道。

众人连声诺诺。论年齿萧娘最长，由她开始，先叫李素炫头一个在一旁奏乐，萧娘与众人行了一礼，伸出手来，抓着酒胡子用力拨动。酒胡子连摇带晃飞快转动起来，许久停下来，正指着对面一人。众人连连起哄，那人笑着将酒端起来饮过，又将盏子口对着众人，与众人看，意为不曾潴余，随即将盏子放下，又注满酒。

接着，方才饮酒之人又推了酒胡子，酒胡子又转起来，又指了一人，那人也痛快饮了，又注酒，推了酒胡子，众人如此便玩起来了。萧娘手边放着个小碟子，里头有二十颗银豆子，每推一次酒胡子，便将一颗银豆子拿到旁边碟子里，如此计数，明示于众人。连推了二十次酒胡子，饮了二十盏酒，萧娘令李素炫停下，换她左手边女子奏乐。李素炫依令将五色琵琶放好，归席，左手边那女子后退一身之远，取了张玉筝，利索弹起来。

酒胡子又转开了，不料停下时对准了弹筝女子，众人皆笑。那女子也乖巧，即刻归席，饮了酒，注满，推了酒胡子，重又后退，将玉筝弹起来。酒胡子接连轮转，却也奇怪，连着许久，奏乐的自玉筝换成奚琴，自奚琴换成阮咸，又自阮咸换成箜篌，众人都饮过数盏，李素炫也已被酒胡子指下了四次，第五盏却迟迟不到她头上。她又是庆幸，又是担心，正惴惴间，抬眼，赫然见那酒胡子停了下来，正伸手指着她。

满屋大笑，萧娘说道："可轮到你了，我正奇怪怎么这半晌也不到你。"

“快选曲填一支，莫想着逃得过。”众人嚷道。

李素炫只得放稳心思，取琵琶抱好，沉思片刻，入《醉妆词》调，旁边奏乐女子一时兴起跟上了。琵琶坚实，箜篌清丽，两位弹者手上精熟，正衬歌声。

歌一度，曲一度，碧弦逐箫鼓。酒无数，诗无数，轻吟趁狂舞。

一曲唱过，李素炫看着酒监，赔着笑请示：“急就的，词意无趣，平仄也有些不妥，可过关否？”

萧娘点头：“过关。”

众人欢呼，李素炫也松了口气。酒胡子又不停转起来，李素炫再无先前好运，屡次叫酒胡子给指下了。果然萧娘判罚公允，每首词替五盏酒，李素炫又填了两支曲子。眼看第七人奏乐结束，换了第八人持筚篥吹奏，运气格外不好的已饮到昏沉了。

“到头了就不饮了，吟个小令。”萧娘劝道。

对面人直嚷着：“这规矩定得不好，我等亏了。眼下已是耳热头晕，如何作得诗词？”

“定得再不好，你们可是允了，莫想着耍赖。”

对面人咬咬牙，端起盏子来将酒饮了。十人都奏过一遍乐器，二百盏酒尽，有人尚可，有人已近乎酣醉。众人又笑又嚷，凑齐酒钱给了萧娘，扶的扶、搀的搀，走了大半。终究都是女乐，日昳后多要与人奏乐，眼下要赶紧回去醒酒。

萧娘将走的送出去，回了酒肆去结酒账，路过堂屋时，里头已坐满了人。许多人喜欢坐堂屋里，专为一边饮酒一边看外间热闹，也有的就是喜欢人多挤着，豁拳、抵掌，又估宝、打杠子，呼卢喝雉，越吵闹越开心。谁人若想听个清淡管弦，或安静说几句话，只能躲到小间里头去。

眼下小间里只剩下端木、李素炫和芳梅，每人要了碗揪面片，埋头正吃得香。闹了这几个时辰，中间只吃零食，眼下个个饿得狠了。吃饱了，顿时又来了力气闲谈，李素炫问店家要了纸笔，将身上刺青写下来，向芳梅询问，芳梅却摇了摇头。

“我不认识。这纸我留着帮你问。”

李素炫行礼谢过芳梅，又好奇问道：“你真当我是胡人？”

“难道你不当你自己是胡人？”芳梅笑着问道。

“我在西域出生，五岁就来长安了，如今什么也不记得。我在宫里有个好友，从疏勒过来，她给我讲过许多，我全无记忆。”

“我家在于阗，离疏勒很远，风土十分不同。我随家人行商，西域各处事我都知道些，你若好奇，无事便来寻我，我给你讲讲。”芳梅笑着说道，“你虽是唐人，可也是西域人。我看着你，又新鲜，又亲切。”

萧娘结了酒账回来，芳梅与李素炫约好日后相聚，离开了。小间里剩下萧娘、端木和李素炫，要留下来格外再玩儿一阵子。萧娘豪爽，马上叫店家上酒，利索将盏子注满，嘱咐李素炫将琵琶弹起来，笑着说道：“你二人今日都有词作，我也凑热闹，作一首唱来听听。”

她说着，拈笔取墨，思索起来，旁边琵琶弦声切切却轻柔，正等着她。不久她接了李素炫手中琵琶，起了《醉太平》调，跟着琵琶唱起来。

快活酒酣，流连不眠，竟夜藏钩簸钱，到三更露寒。
平明尽欢，清幽画阑，漫卷金丝绣帘，有乌啼月残。

李素炫惊讶道：“萧娘作得甚好，往日里不大见你作词调。”

萧娘笑道：“此不过小令，容易些，我又不拘太多规矩，韵律句法上时常糊弄。若只吟诵，不入乐调，不与乐律冲犯，就更对付。”

“前后片各四句四平韵，两片结句句法都是上一下四，平仄入乐也妥当，读出来也好听，什么毛病也没有，分明就是很好。”

“运气好，撞上了，多数撞不上。”萧娘自己笑着说道，“撞不上就认了，你不是也一样？”

李素炫也笑了：“人说你是北里女乐之首，果不谬赞。”

“我可作不了长调。素儿如何作长调？今日可作一支试试？”

“我不曾即席作过长调。即席诗赋多半短小，佳作尚且不多，长的更是无有好的。想来便是大诗家，也不是寻常人想的那般，饮酒开心，晃着身子，摇着酒壶，长篇佳作脱口而出。素儿从前还喜欢凑个局，就为听些好诗词，后来发现即席之作大抵没什么好的，慢慢便不去了。”

“你若想听好诗词，我帮你。”萧娘笑道，“你可要记得我好。”

李素炫立刻行礼道：“果然如此，不敢忘了萧娘。”

萧娘正色道：“我常与人为席纠，多有那文人雅集，提前定了题，众人都有所准备。到集会时，各自吟诵，轮番品鉴，又互相呈上诗抄，也彼此切磋，也求个传名。这等雅集专为士子发呈新作而设，无有诗名者还挤不进去，自然佳作许多。待下次再有雅集，来人又都稳妥，我带你去。”

“如此甚好……只是不知他们肯不肯带我。”

“我时常在雅集上听了好诗词，转头就见被人抄在各处酒肆墙壁上，就为求个人见，得人传唱。你为女乐，又通诗词，你去他们还巴不得，定有许多乐中道理要向你讨教，又十分指望你能看上谁家大作，与他传唱。”

李素炫复又行礼相谢，又转身从包袱里取出卷轴来，递给萧娘，说道：“你不提我还忘了。我与端木将青三门近处大部分酒肆都逛了一遍，将墙上诗词都看过了，挑些出来誊抄好了，可与众家姊妹看看，有没有唱着好的，宴客时也有的唱，也与他诗家传名。”

萧娘伸手接了，打趣道：“不知这是多少酒钱换来的。”笑过后又说道，“素儿可想试试即席吟一首长调？不求你快，眼下就你我三人，你花多久我们都等着。叫端木与你打曲，我与你记写字句。”

“好。”李素炫点头，笑着说，“只是若想过得去，果真需要些时候，莫要太催我。”

“放心。”

“如此，我选《醉蓬莱》，调寄林钟商。”

端木将羯鼓杖握好，轻轻击起来，李素炫认真思索，许久后说了第一句：“看青苔浅草，干枝细叶……火栗玲珑。”

萧娘立刻取墨记写，端木鼓杖不停，李素炫隔阵子说一句，萧娘记下来。陆续过了一刻钟多，长调赋得。萧娘将诗笺递给李素炫，李素炫接笔在手，又修改过许久，定稿，取箸，击盏而歌。

看青苔浅草，干枝细叶，火栗玲珑。门楣户牖，对老旧墙东。离离小瓜，参差白薤，伴庭中落红。纤秀竹帘，清透帷帐，且静听风。

砚堂水墨，轻利纸笔，尺牍木简，孤管焦桐。诗书往事，叹道有终穷。紫箫蒙尘，琵琶轻动，只泠泠弦声。微云夜色，更兼细雨，酒淡愁浓。

“素儿作得甚好。”端木停了鼓杖，笑道。

“你是不挑剔，又宠着我，什么你都说好，不然也就是将就能蒙个不懂的。起句就无趣，又平收，只得一路押了平韵。因是徒诗，只击节，不入调，便散漫了些。字句上还要改动，只是改了也不会好太多。写的也不过是些日常，我早晚做的那些无聊事，不知所云，格律平仄上也乱。还是萧娘方才那支稳妥些。”李素炫摇着头，碎碎说道。

“《醉蓬莱》双调近百字，只一刻多钟，不晓得你怎么作出来的。”萧娘说道。

“此调句法短小，用韵疏，不难，况我作得也不好。”

“你还挑剔得很，怎么说也是写出来了。我看你这等能即席赋得长调的，十分艳羡。”

“常为诗文者，心中都有许多零散佳句，即席赋词时可拿来用的。或者饮酒开心，来了灵感，将从前半首诗写全了。固不易，也没那么难。只是作出来容易，作得好却是难，大多不过应景耳。若有士子雅集，有许多佳作的，万望萧娘带上素儿，不尽感激。”

“放心，一定带上你。传唱词调，乐人职事，该当用心。”

端木与李素炫闲暇多些，萧娘又格外拜托她二人，再将城里各处酒肆墙壁上诗词多看看，拣好的记下来。三人说着诗律乐律，商讨过许久，又约了几场酒，开心告辞。

# 第六章　濟世

天宝十载（751年）四月—十一月

# 158

只一两日，李素炫随玉真去了终南山别馆。白昼里，玉真依旧放任李素炫各处逍遥，由着她整日骑马在周围探寻，看看风景，看看山里人家。李素炫也乐意跑得远些，乃至去楼观台老子讲经处访古。今年自入春雨水便格外多，小雨终日飘着，细如牛毛，被风带着，沾在脸颊上十分刺痒。楼观台上殿阁森森，烟雨深深，山云润着柱础，眼前身侧一片迷蒙模糊。李素炫撑着把竹骨油伞，仍旧挡不住风雨横送，索性由着身上被淋得潮湿。

玉真每日都要为众弟子讲经，夜晚常单独召李素炫到画舫中，格外与她讲些秘法奥义，又烹茶，令她弹奏琵琶，相谈至深夜。画舫外一片黑暗，浓云遮蔽了星辰，脚下湖水如深渊般无穷无尽，阵阵幽寒翻滚着涌到脚边上来。四下寂绝，只师徒二人说话声。

山雨润过一月多后，玉真带领众弟子回归长安城。李素炫每日苦读，又过了内道场严苛核考，行科仪，再受道阶。众师兄都来恭贺，李素炫自己也开心，玉真郑重嘱咐，自此将玉真宫道乐交由李素炫司掌，令她用心采风、修曲并训导道乐乐人。

李素炫领命，感谢玉真信任，也有些畏惧。道乐她不懂，况她攻习琵琶，道乐多用吹打，偏就不用琵琶。此前她已做过许多准备，却没有想到这么快就要开始。犹豫片刻，最后一想："怕什么，不懂学就是了。再说，不是还有雷先生帮我。"

又半月，玉真回归王屋山，李素炫与众师兄冒着细雨送她出了城。

李素炫照旧例又与众师兄盘桓了两日，出玉真宫，先去看望阿翁，饱饱享受过一顿吃食后，即刻出发去宣平坊寻她卢七。冬日里屡次去看过他，每次都见这傻子挨着冷，十分辛苦。他却执意将李素炫赶走，不想她陪着受冻。眼下天日温暖，想他能准了她在大殿内多留一阵子。

李素炫走进大殿里，轻轻唤了声卢七，卢楞伽立刻笑起来，开心说道："算着近日你会来寻我。"

李素炫坐下，细细看着卢楞伽，半晌问道："你为何面上赤红？你又不饮酒。"

"无妨。"卢楞伽胡乱答了一句。

"卢七，你是不是受了寒？眼下是不是身上发烫？"李素炫问道。

"没有。"

"说实话。"

"略微有些。无妨，我够壮实，扛过去便好。往日里也时常如此，不过一两日，只今次久了些……"

李素炫恨得直磨牙，许久，压低声音说道："你在此处老实等着，不许离开。"

卢楞伽知道眼下李素炫正在恼火，不敢再嬉笑，乖乖点头。李素炫立刻起身出了大殿，上马直接去平宁寺寻端木与闻朗，将事情说了一遍。

"这傻子，实在是不知道说他什么好。还好，肯听你话。"端木说道，又笑又叹气，帮闻朗忙过了，随李素炫一起去寻卢楞伽。

卢楞伽见了闻朗，知晓他来意，有些不服气，未待闻朗询问便说道："我没事。"

李素炫用指节在案子上叩了几下，命令道："手腕伸出来。眼下三对一，你听话些。"

卢楞伽知道李素炫是为他好，又皱着眉头嫌她多事，又只得依从。闻朗诊过脉搏，迅速开好药方递给李素炫，说道："冻得狠了些，本也不重，只是不该拖这几日。"

李素炫立刻骑马出发抓了药回来，将药材清洗浸泡，问寺中居士借了炉火药釜，很快将药煎好端过来，前后不过半个多时辰。端木和闻朗一直看着卢楞伽行线下稿，见李素炫端了药过来，都笑了。

"素儿麻利。"

卢楞伽被三人围着，知道唯有听话方可省了李素炫一番唠叨，立刻伸手取了药，趁热饮得干净。又说了几句话后，闻朗与端木告辞离开，只剩下李素炫坐在桌边，盯着卢楞伽。她满腹恼火，忍过许久，才消了些气，强迫自己柔和些，小声说道：“卢七，你可以傻些，却不能太傻。生病要找郎中，不该拖着。若拖好了也还罢了，若是重了，就是请了郎中来医治，一时也好不了，不是倒耽误？”

“我本也没打算一直拖着，就想先将这尊菩萨画完。”

“若是重了，画不完，如何是好？若是更重，这一世要画的，来不及画完，如何是好？你可想过？”

卢楞伽沉默半晌，最后说道：“我只是存了个侥幸……素儿说得对，卢七日后听你话。”

李素炫长叹一声，说道：“你将这案子上罗乱物件收拾好，我押你回家，老实歇过几日。今日这药材泡得不够久，煎得也仓促，明日我多花些时候煎得仔细些，带去你家寻你。你这傻子，说你也不听，劝你也不听，就得用画吓唬你。你怕来不及画完，才肯听话，不然便蛮不讲理，还狡辩，十足可恶。”

“我小时候，我阿娘就唠叨，嫌我光知道画，别的什么也不顾。眼下你比我阿娘还唠叨。”卢楞伽一边收拾一边小声嘀咕。

“我若是你阿娘，才不与你唠叨，现在就打你一顿，看你还敢不敢犟嘴。”李素炫平静说道。

卢楞伽再不敢说话，很快将案子收拾好。李素炫带他出了大殿，一路押送回家，给他寻了些吃食，嘱咐他老实睡觉，便离开了。

第二日清早第一通鼓响起，李素炫便起身，将药材清洗好泡在药釜中，随意吃些，又一番洒扫。药材泡得足够了，她生起火来，回身去书房取了支旧琵琶，寻个小马扎，坐在药釜旁，抱着琵琶弹起来，一边弹一边看着药釜，不时起身过去搅动，渐渐嗅到了药味，清苦中略带香气。

药煎好了，她带着去寻卢楞伽，又格外带了无伤。到了卢楞伽家，见他比昨日还重了些，浑身滚烫，却仍旧撑着与李素炫说话。李素炫知道他想做出一副轻松样来，假装没看出来，盯着他将药饮了。

“昨日里四郎与我说，你拖了这几日，就是有药，一时也要更重些。认真服药、休息，过三两日才会开始好转，至少也要六七日才可以回去接着画。”

卢楞伽皱了皱眉，见李素炫盯着，又连忙点点头。

“我去与你寻些吃食来，你自己去洗漱一番，看你也还没到动不了。”

李素炫说着起身去了厨间，四下看看，心想：“幸亏我带了米和菜来，这傻子家里果然空无一物。”

她在厨间里找了一圈，好在炉和釜总是有的，过冬也剩下些炭来。她对付着将米煮成粥，菜洗了撕开，直接丢到白粥里。

“你就别挑剔了，总算是热食。猜你家里炉和釜总是有的，还赌你过冬剩了些炭，居然赌对了。”

卢楞伽十分顺从，李素炫看着他认真用餐，转身解了无伤，坐在一边轻弹信手。两刻钟后，放下无伤，将承盘上碗筷送去了厨间，又回来，对卢楞伽说道：“你今日老实些，只许睡觉。”

她说了这几句，没再理会卢楞伽，将无伤绰在手中，出屋在院子对角处坐下，凭着低矮院墙挡着晒，拣些教坊曲牌里生疏的，闷头自顾弹了起来。卢楞伽听到外头隐约弦声，知道他这好友起了拧性子，定是要死盯着他。眼下他着实浑身不舒服，也知道果然不该仗着侥幸拖这几日，不敢再纵浪，睡不着也安静躺着。他合上眼睛歇息，心里忍不住胡想。

“昨日我嫌她唠叨，今日她便不唠叨，自顾弹她无伤，不理睬我。她那性子，坐那里弹两年都坐得住，怕不是要盯死我。我若不将病养好，肯定甩不开她，没法回去画。硬顶她，却是不敢……”

卢楞伽盘算半晌，只得忍了心焦，先将画事放下，听着外头隐约弦声，不觉间又入睡了。到了午间，李素炫备好餐食拿进屋里，等了阵子，见卢楞伽醒了，嘱咐他认真用餐，自己转身又回了院中，抱起无伤，弹到日昳之后。看日头斜了，她去厨间将药材洗好泡上，备了夕食拿到卢楞伽面前，转身又要走。

“素儿不吃些？”卢楞伽问道。

“我方才在厨间吃了几口，眼下不饿。”

“……素儿可是还在生我气？”

“我去煎药。”

小半个时辰后，李素炫将药端进来，空碗筷送到厨间，刚回屋，卢楞伽又小声问了句：“素儿可是还在生我气？”

李素炫坐在卢楞伽对面，看着他，叹了口气。

“卢七，我是真的想打你。”

卢楞伽点点头，说道："我知道。此事我今日也想了许久。"

"你想到什么了？"

"素儿说得对，画乃一生事，急不得，活得久才有指望。"

李素炫接连叹气，说道："卢七，我十分想看看你有一日画成了，会是什么样。你总是急，想抢在累死之前画成，我却总怕你画成之前先累死了。"

"素儿，我师父画上天分乃天授，早早便成了。我天分不如我师父，不格外努力怎么能行。"

"若是天分不够，更要靠慢慢涵养，更是急不得。你格外努力便是了，却不该急。"

"……其实我也知道，只是一开始画便忘了。那大殿里总是一般昏暗，也总是一般安静，也总不来人。我若是死钻了地缝，都没些声音出来打断一下。很多次你去寻我，刚到时我都烦一下，因为要放下笔与你说话，说了几句便知道，是我刚才又钻缝了。与你说起话来便觉得开心，也轻松。"

"我知道你管不住自己，回头想想，我也与你一般，时常发疯，既如此便不生你气了。只是，日后我管着你，你得听我的。卢七，我知道你嫌我烦，又啰唆，只是你这等人世上不会有几个，我不敢指望这辈子还能撞上一个。有一日你画成了，定要让我看看，我真的想看。之后我保证不再搅和你，随你死活，也一定不再唠叨你，还你清静。"

卢楞伽笑道："素儿果然还在生我气。"

李素炫被他气得笑了："将这药饮了，我去将无伤取来，不弹信手，认真弹几支曲子给你听。"说着将院外无伤取回来，卢楞伽果然已将碗中药饮了。李素炫抱着无伤坐下来，说道："你歇了这一日，想是眼下也不困倦，我弹阵子便回家去了，明早再来。你仍要认真养着，不许出门。"

"是。"卢楞伽点了点头，认真听着，乐声停下来时问道，"素儿每日都要弹习许久，时常弹上一整日，不知你都弹些什么，我听你每次弹的都不相同。"

"教坊曲牌有数百支，怕忘了，每月余就要过一遍。每日拣几十支弹过几遍，约莫一个半时辰。除此之外，喜欢什么弹什么。"

"如此可是不易，早上方一睁眼，一口吃食没见，先欠了一个半时辰弹习。"

“此乐人职事，不敢荒废。”

“那除了曲牌你还弹些什么？”

“有些常备曲目，也要与曲牌一般轮番复习，有时随雷先生修习法曲，有时修变些旧曲牌，或自度新曲，有时在酒肆里听人唱，觉得好听，也记下来。我前几日去了趟西市酒肆，听几个胡姬唱了些西域调子，每一支都好听，这几日在挨着弹。”

“那你能不能弹那几支西域调子与我听听？”

“好。”

两人随意谈了几句，再无话，李素炫弹过半个时辰后起身告辞，果然第二日清早又来了，从早到晚盯着卢楞伽用餐、服药，其余时候在院中一角寻个荫庇处，独自弹奏无伤。闻朗与端木每三日来一次，重新为卢楞伽诊过脉象、调整药方。十余日后，卢楞伽终于复原，得了李素炫允许，欢天喜地回了寺中。

## 159

隔了两日，李素炫仍不放心，去寺中探望。卢楞伽将案子放在入殿门右手处，风在门外，向另一头吹着。李素炫刚坐稳当，卢楞伽便仔细看着她，说道：“你脸颊上有两抹绯红，却是好看。”

李素炫有些诧异，这傻子何时学会看这些了，接着又听他说道：“若是在画上，要用丹霞色，只是晕染时要小心，容易重了。重了可就世俗了，不像个读过书的，一定要淡，淡得像没有一般……”

说到画上，复又痴傻，李素炫放下心来。看来这夯伙计真是病愈了，四郎药剂果然管用。

“卢七，这藤黄干透了，可还当得用处？是不是要扔了？”

“别扔，蒸一下，冷水淬之，即可复原。”

“好。”李素炫点头，将藤黄收好，又握起研杵，手上用着力。

“你为何有时在殿深处，有时要到殿门口来？”李素炫问道。

“颜料粉末怕风，殿深处无风，才好制色。若配色便到门口处，亮堂。”

“暗处颜色可是会不一样？”

“一样颜色，每批都有些不同，金精石那类，原石深浅就差异大，制色手艺又不同，制好颜色差异更大。许多种颜色都是一批批各不相同，调色调出来却要相同，十分麻烦。殿深处只能燃灯烛，灯烛颜色又不同，无法配色。日色不过阴晴明暗之分，却无不同，故此配色要靠着日色。若有格外讲究的，就是日色也要在同样时节里，同样晴天里，乃至同样时辰里。”

“果然麻烦。”

两人有一句无一句说着，各自低头忙着。今日下雨，头顶阴着，南山那头云却是开的，阳光冲得很。日头渐渐压低，光线斜着从南山那头扫过来，照着殿门口外细雨，绒毛一般，在一片空晴中纷纷洒洒，看得丝丝清楚。

不久，闻朗与端木来了，四人围坐相谈，闻朗对卢楞伽行礼道：“在下有一事相求于卢先生。”

“你说便是，求什么。”卢楞伽说道。

闻朗取出一张画纸来，卷着的，小心打开，上头画了一株植物，当中缺损了巴掌大一片。

“这张图因故缺了这一片，在下屡次想补上，惜不善画。若是这画少了一半，接着画出另一半来便是，这张却是少了中间一片，新填的要与四周都接得上，比重画还难。这画在另一位画师那里放了几月，他最后还了回来，说是这许久也想不到如何能补好。在下又寻了许多画师，大画师在下见不得面，寻常画师都说画不好，说这画太老旧，颜色上若想衔接得隐蔽，看不出痕迹来，甚是麻烦，非国手不能为之。”

卢楞伽伸手拿过画纸来，皱着眉头说道：“好了，我与你画便是了，你不用说这许多，十分啰唆。”

闻朗舒了口气，端着礼貌说道：“卢先生病了许久，好了没几日，在下如此打扰，很是愧疚。只是想与卢先生说，在下实在是没别的法子了，才来相扰。也不急，只要能补好，多久都成。”

卢楞伽拿着画又看了看，说道：“不如我与你重画一张，你这张不对。”

闻朗一怔，忙问道：“何处不对？”

“太像了。”

闻朗更糊涂了，顿了顿才问道：“太像了怎么不对？”

“我也不认得你这是什么草，为何只一两朵小花，其余全都是叶子，还画这么挤。挤也不能从左挤到右、从上挤到下，通篇挤这么紧实，连个疏密也没有。这许多叶子颜色又相同，浓淡也不分，近处远处也都是一般，无个虚实。还有这设色也怪异，画论有云，青紫不并列，黄白不肩随。固不是铁律，也总归有些道理，这画却偏是青紫并列、黄白肩随。固然是像，却难看得很。画不是像便好看的，像是像，好看是好看，不一样……”

闻朗蒙过片刻，转身与李素炫行礼，说道：“素儿救我性命。”

李素炫转头看着卢楞伽：“卢七，你都答应帮四郎画了，讨厌他啰唆许多，你却也一般啰唆。你能将这画补上不？”

李素炫说得柔和，却不容反驳。卢楞伽看着她，乖乖点了点头：“能。”

闻朗立刻行礼相谢，说道：“多谢卢先生。卢先生有所不知，此画乃药王真迹。在下药学师父乃药王亲传弟子，与我授业多年，后游医天下，临别时赠此画与我，当时此画便缺了中间这片。在下对此画十分珍爱，多年来一直想将其补全。”

“我听人说药王颇擅画，不至于画成这样。”卢楞伽说道。

“药王果然擅画，只是这张绘的是药株，令弟子看了辨识药材的，一定要像。下笔时不管什么中锋侧锋、正色间色，药株长什么样，就画什么样。其实这张画也不完全像，鲜活药株叶片上有些绒毛，不贴近看不清楚，这上头却拣了些叶子将上头绒毛画得十分清楚、过于清楚。实因有一种杂草与这药株殊为相似，只是叶片上无有绒毛，故此才将这药株上绒毛画得如此清楚，太清楚实则也是不像了。”

“好，我与你画，一定画得像……修研药学，便要自己采药？”

“是，与你要亲自制色一般。”

卢楞伽将画纸小心卷了，又裹了一层，拿到远处案子上放好。几人又说笑过一番，端木有些冷了，闻朗带她出了殿门，靠着门槛，坐下来晒太阳。此时太阳已压得很低，光色浅红，从前方云破处射过来，直直射到眼眉上，晒得人脸颊发烫，细雨仍旧雾一般飘移着，沾满睫毛。

隔着一道门槛，殿内，李素炫依然握着研杵用力，卢楞伽借了她无伤轻弹。他不会弹，只是轻轻弄出些响动来，声音干净，不慌不躁。殿外闻朗与端木听着里头一点弦声，小声谈着。

“你平日说起素儿这位好友来，道是痴傻，这几次相见，果然没冤枉他。”

端木笑道：“若不然，你给他把把脉，开些汤药方剂，看能不能医好这傻病。”

闻朗连连摆手道：“这个却是医不好。除非转世投胎，来世求耶娘将他生得伶俐些，否则，就是神仙也医不好。”

端木压低声音笑着，闻朗趁着弦声又问道：“我以往听人说，乐人中有极精熟者，能从他人曲中听出格外意思来。纵然一曲欢快，若是弹者心中伤感，旁人不知，那极精熟者却立刻能听出来。果有此等神人？”

“有。我朝圣人身旁有位乐师，名黄幡绰，侍奉圣人几十年。他有次当值，却溜出宫去送别友人，圣人召见时见他不在，大怒，令武士即刻将他拿回来。黄先生随武士到了殿前，听到圣人击羯鼓声，马上嘱咐武士暂勿通禀，说现在进去定要挨鞭子。又过了阵子，武士催问，黄先生说，现在进去定要挨顿大骂。又过了阵子，黄先生才进去，果然圣人已消了怒气。精熟乐人都有这等本事，我那素儿、歌子，也都有此等耳力。”

闻朗好奇问道：“你可也听得出来？”

“我也能听出来，只是也要看乐者谁人，若乐者手上不精熟，心思到不了弦上鼓上，也无人能听出什么来。圣人与黄先生皆是羯鼓精湛，但有一人技艺欠缺，也没这听鼓避祸之事。”

闻朗笑道：“你说的定然有道理，只是我仍旧不解。这如何听得出来？”

“你是郎中，我与你也说不明白。”

“此事闻朗多年好奇，却实在是想不来。我听什么吹的弹的打的，都差不多。”

“我若与人把脉，只摸得出有脉无脉、是死是活，别的一概不知。若是遇到个胖的、肉厚的，怕是连死活都摸不出来。你怎的手搭上去，片刻便知道妇人怀了身孕，连男胎女胎都知道？我与素儿说起此事来，我二人只觉得如同妖术。”

闻朗想了片刻，笑道：“你为乐人，我与你果然也是说不明白。”

李素炫见外头夕阳可爱，也忍不住想看看，丢下研杵溜了出来，与端木和闻朗并肩坐在殿门口，剩卢楞伽在门里头独自弄着琵琶弦。端木笑着问李素炫道："卢楞伽这痴人，怎么就听你摆布？但凡你说的，他便点头。"

李素炫咧嘴笑道："儿说非马辩之典，你肯定知道。"

端木点了点头："《韩非子》载，儿说，宋人，善辩者人。持白马非马说服齐稷下之辩者，乘白马而过关，则顾白马之赋。故籍之虚词则能胜一国，考实按形不能谩于一人。"

闻朗好奇道："白马非马我知道，儿说这段我没读过，什么意思？"

李素炫笑道："所谓白马非马，不过诡辩，儿说精于此道，舌华能折一国辩士，过关时碰到个小卒子，口舌却派不上用场，只得乖乖给他白马缴税。韩非云，儿说能为虚词，不能务实。我却觉得，其实是读书的撞见拿刀的，万般没奈何罢了。所谓辩诘，那是秀才路数，小卒子八成字都不认得几个，哪有耐心听那一堆破道理？肯定是抽出刀来明晃晃挥几下，管它白马是不是马，马主人都得给马缴税。"

"是这样……那跟卢先生有什么关系？"闻朗又问道。

李素炫回头看了看大殿里头，卢楞伽笃定，没出来凑热闹，仍旧轻弄琵琶，弦声散淡。李素炫回过头来，忍了笑又说道："我那卢七终年避世深藏，不善与人打交道，却什么都明白，世相百态、人鬼千样，他不用看便一清二楚，此即生而知之。你我皆学而知之，不如他。若与他辩，按我们这路数，他嫌我们蠢笨，不会理睬；按他那路数，我们压根不是他对手。若想让他听话，只能学那小卒子，用横的。卢七极有主见，却斯文，不颟顸，你与他用横的，他马上就蒙。"

闻朗与端木互相看了一眼，低下头，哧哧笑起来。

"还有，你若与卢七说话，万不可停下来等他答话，他若答话，只一句，你便答不上来，四郎尤其答不上来。若要与他说什么，只管说，尽量说得快些，教针尖也插不进一个去，一口气说到底。他傻，算不过来，便点头了。"

三人都笑起来，笑过了，李素炫又正色道："其实卢七非常聪明，只是寻常杂事他懒得用心。"

"就知道你有这句等着。"端木笑道，"你可以说他傻，旁人说他傻你便要纠正。"

“卢七，马上日落，你别弹了，出来看看，也暖和暖和。”李素炫笑着，转头冲里头说道。

“好。”卢楞伽应着声，将无伤放好，走了出来，四人并肩坐着，安然看着前方。不远处，深云压眉，幽昏翳目，再向前，南山卧翠如龙，云霞涤赤，落日熔金，有余晖千条，穿过一片幽昏，倒映在眼中。深瞳染了火色，赤焰猎猎，又渐渐熄灭，周身渐渐暗了许多。

四位好友安安静静看着夕阳渐渐落入远山，互相告辞。李素炫不放心卢楞伽，格外嘱咐了几句。

## 160

回了家，每日对着窗外，远近一片空蒙，雾色苍灰，笼着无数屋瓦。李素炫多日不出门，也不觉得寥落，每日弹习书写，敞着窗子。风掀起窗口轻纱，吹过架上锦绣书衣，无数丝线垂着小签，纷乱晃动。守着如此一架书卷，李素炫心中格外笃定。屋后住着的已是麻三兄，她寻了些砖瓦将笼子垫起来些，省得积水祸及三兄，又在上头打了把伞，给三兄遮雨水，每日用些菜叶子喂它。屋前石榴花已然凋谢，结实青白，小小的，纷纷躲在叶子里头，偶尔风掀起叶子，小果实便亮晶晶露出来，飞快向外瞥一眼，又飞快躲起来。连日雨水将院中青苔草木洗得干干净净，青苔碧润，草色轻盈，叶尖秀挺，挂着水滴，颗颗剔透如泪，略略有风，便要伤心坠落。

夏雨如烟，日日清凉，不经心，夏初到了夏末。雨一直下，不很大，也不停。家中寂静，下雨时头顶知了也不叫了，麻兄也不嚷了，更静，雨声细碎无边，如衣褶沙沙，眼前雨色苍溟，庭树清润，地衣老碧。李素炫有些心神散乱，看着雨中庭院出神，恍惚间过了白昼，夜晚却清醒了，滚了千百滚也无法入睡，只得起身，到书房里燃起灯烛，寻些杂事来做。有时整理近日卷轴，注上小签，搓了丝线系在书衣上；有时清点笔墨存量，记在纸笺上；有时也轻触碧弦，静淡唱过一曲相思。

风满庭，瑟瑟昏鸦静。依稀旧事隔尘影，昨日欢颜，比霜烟冷。

雨无声，霏霏到人定。箫管梨花乱入梦，不尽相思，是此生病。

她随手填了这支《苍梧梅令》，随口唱了，只是如此直白说出相思来，只能是夜深时在自己屋里，还要唱得小声，到了龙首塬上，当师父面，她可不敢。其实她没少在龙首塬上唱过《长相思》，彼时只觉得光明磊落、襟怀坦荡，到了夜深人静时，又莫名觉得心中有祟，一点心事，怯怯惧与人言，向来不信鬼，此时却偏怕鬼知道。

她常就着一点烛光整理漆箱，里头装着师父旧日衣物，叠得好好的，其实不用整理，她也要拿出来，抖开，抚平，再叠好，重新放进去。她一直将漆箱放在书房里，从不拿进卧房。她每日要在卧房里入睡、换衣裳，她不会将师父旧衣拿进去。她等着来世，但这一世，他只是她师父。她记着他，满怀喜悦，更有敬畏。师父允了她来世，可这一世，她不曾倾诉，他不曾应允，她不敢自作主张，他只能是她师父。她将他的紫箫终日带在身上，却从不凑到唇边吹起来，也不会将他的衣裳拿进卧房里，更不会与她自己的衣裳放在一处。她将汝阳王殿下所赠龙脑瑞香墨锭取了两枚出来，一枚放在师父衣裳里，另一枚放在自己衣裳里。龙脑瑞香幽深馥郁，她的衣裳和师父旧衣都有这香气，仿佛相爱之人耳鬓厮磨，彼此濡染。今生她对他只这一点僭越，只这一点不恭。

六月二十四，荷花诞日，天上依旧微微有雨。李素炫没有骑马，也没有带上无伤，独自一人携桑落酒出通化门，撑着把伞，向北走了许久，到了历年祭拜处。旷野孤树，叶如华盖，在远近无边深草中独自挺立，茂盛而伶仃。站在树下，周身无风，雨水簌簌而落，天地肃宁，山河寂静。

李素炫将桑落酒打开，接连注了两盏，浇酹在地。一盏谢过汝阳王殿下，一盏奉与师父生日，又一一拜过四面八方。

“师父若在，今日满四十六岁。”

树下无雨，李素炫背倚树干坐下，自斟自饮。往日带无伤前来，弹起来便忘了心事，今日只能望着森森雨幕出神，平静，又消沉。今生漫长，来世遥远，再见不知还要等待多久，思之令人畏惧。周身魅影重重，百鬼环伺，人间妖艳又热闹，在幽暗中朝她窥望着，露着小半张脸，银牙晃亮，不住招手调笑着，要她过去。俗世中有无数诱惑，也有许多安慰，真情也罢，假意也罢，都好过寂寞。她生而多情，没那个本事心如死灰、无动于衷，所以她害怕，怕一时软弱，迷失本心，负了前约，来世无颜去见师父。她怕人，躲着人，讨厌的要躲着，不讨厌的更要躲着。人心何其善变，她不相信别人，更不相信自己，防着别人，更要防着自己。余生数十年她都要这样度过，一个闪失就会前功尽弃。她很坚定，也洒脱，也疲惫。

“师父临终时告诉我好好活着，我答应他了，也努力了，却活得不好……若是师父还在，那该多好，我一定活得开心。我可以穷、可以丑、可以笨，都没关系，只要在师父身边，我怎么都开心……”

她碎碎乱想着过了这一日。人说酒能暖身，她却不觉得，多数时候只觉得越饮越冷。来时一路踏着深草，草上雨水将脚上、踝上都打湿透了，又渐渐干了些，却干不透。脚上湿冷，便察觉到有风，风中又有雨水味道。她不想动，呆呆坐着，看着雨水，胡思乱想，直到日昳后才颇花了些力气站起来，活动开身子，撑伞缓缓向回走。许久后近了通化门，收了伞，回身行礼。

“素儿到了，师父不消再相送。”

## 161

入了七月，雨仍不歇，也仍微细，直到七月过半才渐渐止住，天色却仍旧阴着。长安城夏季里常有雨，却很少如此下个不停，大雨接连小雨，小雨又连大雨，间杂几日无雨，却终日阴郁。天穹灰蒙蒙的，像是有什么心事化不开，哭过了，又沉着脸。偶尔晴上半日，仿佛一下子想通了似的，旋即愁绪重来，一心又回了一片冷清，眼中又渐渐蓄起泪水。

阴雨时，天空漫溯迷蒙，天空下物事叫雨洗得干净，反而分外清楚，绿色更绿，红色更红，紫色更紫，只是在幽暗中不如晴日里抢眼，调子黯淡了些，看着不再那么热闹火辣，仿佛安静了许多，也温柔了许多。李素炫在家里平淡过了几日，从早到晚坐在窗前，看雨，看阴天。

多日后，天终于彻底晴了。李素炫与闻朗和端木一起自平宁寺出发探望卢楞伽，在大殿门口向里头张望，见他在殿深处墙壁旁，手中正拿着笔。三人不敢进去扰动，站了许久，直到他将笔放下，才走上前去招呼。

“卢七。”李素炫笑着叫他。

卢楞伽回头见了三人，立刻也笑了，起身几步快走过来，说道：“这几日正等你们来寻我，我将四郎旧画补好了。”

他说着从那头取了画，走过来坐好，将画放在案子上展开。闻朗看了一眼，大为吃惊。

“卢先生如何将这画补到看不出痕迹来？”

“找高手匠人将中间缺损处纸张补了，然后下稿，配色，填色。”

卢楞伽认真说了这句，闻朗答不上来，心想：“补画可不就是这几步，我这问得便自投罗网。”

“还有两张。”

卢楞伽说着又展开一幅画，与原画一模一样，连颜色也一般陈旧，又将第三幅展开，是幅新画，也是一样药株，只是换了画法，有远近虚实，有浓淡疏密，一角处零星几朵小花，微末可爱。整幅画颜色又与原画不同，也无那青紫并列，也无那黄白肩随，又柔淡了许多。

“我与你照样又画了一幅，与药王原画一模一样。你若要分辨，将纸对着日光，看到中间补纸处细细痕迹，便是药王原画。只是补得再好也终究是个破的，我实在受不了，给你画了幅整的。这原画你既然珍爱，就认真收好，莫要再拿出来，先前破损就是被火烫了。这幅整的你授学时拿去与弟子辨认药株，不怕毁伤。第三幅是给你画了张好看的，你若图个好看，就看这幅。你那幅实在不好看，看久了人都要学得村气。”

卢楞伽一边碎碎说着，一边将三幅画卷在一处，用洁净藤纸裹了，系上细绳。一旁闻朗看看端木，又看看李素炫，不知如何是好。

“你听卢七的便是。”李素炫笑道，“他忍不住，四郎姑且忍忍。”

卢楞伽将画卷递过去，闻朗只得双手接了，行礼说道：“谢过卢先生。”

卢楞伽笑笑，又将笔拈起来，说道：“若无事，我继续画了。”

三人连声应着。闻朗带端木到了大殿门口，二人并肩坐下，迎着云烟细细，看着远方归鸿淡影，悄声说着话。

“看素儿是无事了。每年卢先生忌日和生日前后，我都小心看她神色，总担心她太难过了。”端木碎碎说着，有些伤感，“素儿跟好友在一起时总是很开心，是真的开心；可我知道，她独自一人时一定常想起师父来，心中一定难过，是真的难过。若是我，真不知这等日子要怎么过。每次我看她开心，都为她高兴，可一想到没人处她日日都得自己挨着，心里又立时不落忍，可是又不能问她，又不能安慰她……”端木越说越难过。

“书上说，古时有个方子，若凑得齐那些厉害药材，煎服，便能忘却前愁。药名忘忧，听着像个假编的。只是，若果真有忘忧，有一日我凑齐了药材，煎好了，不知素儿可愿饮一盏。”闻朗说道。

“素儿至性，她怎么肯忘了她师父。”

“俗世痛楚皆因执着，一心不死，便念念不肯相忘。如此岂不是要受罪。”

“她宁可受罪。”

“若她难过，你便去陪她，不用总来寺里帮我。”

“素儿难过时喜欢独自一人，若要我陪着，她会来与我说，没说便不扰她。”

闻朗叹息：“世间事常无道理可讲，有时偏是聪明人最笨。只一道坎，笨人一步迈得过去，素儿如此聪明伶俐，偏过不去。痴儿。”

两人低声谈着，殿内，卢楞伽已重新画起来，李素炫想在一旁看看。他今日要画在墙上，格外凝神，李素炫不敢动琵琶扰他，在他身旁几步远处坐着，不出声，也不敢突然妄动。许久后见他将笔放下，她才跟着起身到案子旁坐下。

“我歇会儿，素儿弹阵子琵琶如何？”卢楞伽问道。

“好。”李素炫解出手边无伤，调了弦律，轻弹起来。

“我小时候也有过一支琵琶，也弹过些日子。只是总不长进，不想再弹了。”卢楞伽说道。

李素炫笑道：“琵琶果然不易弹。”

“我看你弹得十分轻易，随便就弹了。”

“我看你画得也十分轻易，随便就画了。”

卢楞伽笑了笑，低头收拾案子上凌乱物什，见李素炫油伞放在一边，问道：“素儿这伞怎么是素底子的？似乎也未涂过桐油。”

“我去西市铺子里磨着人家买的，胆子大了些，想要把素伞自己画几笔，再拿去叫人涂桐油。结果高估了自己，这许久也不敢画一笔。今日出来匆忙，随手拿了，若是当真下雨，可麻烦。”

“我与你画几笔如何？今日刚好余下些颜色。”

“好。”李素炫很开心，点头致谢，手上琵琶未停。

“你想我给你画什么？你原来打算画什么？”

“狸儿。”李素炫答道。

“好，与你画狸儿。”卢楞伽说着，将伞撑开，举到头顶上，见伞骨上用短丝线系着几十根细竹篾，每根竹篾梢上系了只碎铃铛，只女子小指尖大。略晃晃，微脆有声，窸窣一片。只是声小，伞下人听得到，外人听不到，也看不到铃铛。

“怎么有这许多碎铃铛？”卢楞伽笑问道。

“我师弟说他认识些左右邻舍女孩儿家，都问他讨碎铃铛去拴在油伞上头，他方知道女儿家喜欢这些小物件。只是这碎铃铛耗银料，又耗工，人攒些碎银与他换，磨着他讨要，他只帮人做一两个，却给我做了几十个。只不过别人都是将铃铛拴在伞骨尖上，在外头坠着，我问他能不能将铃铛系在伞里头，外人听不到，也看不到，他说行，就给我系好了，只是将细线换了细竹篾，说是不会缠上，还嘱咐我收了伞后，要在伞上拦腰捆根带子，怕铃铛在里头晃动，伤了。”

卢楞伽笑笑，将伞放地上，拈笔取色画起来，口中说着：“你这师弟乖巧，又想得周到，还换了细竹篾垂着铃铛。手也巧，这活做得极精细。”

李素炫不觉停了两手，想了想，又弹起来。不久，卢楞伽将伞画好，叫李素炫看。伞盖上用浓淡灰蓝色画着阿翁家狸儿，有坐卧正侧数只，聚在伞上一侧，围了小半圈，看着欢喜热闹。

“此减笔画法，重意态大于形貌，我画不好，远看尚可。去找人与你涂过桐油便可在雨中撑着了。”卢楞伽说着，又将伞举起转了几转，伞骨上那些碎铃铛来回晃动着，俏皮可爱。他笑着说道：“这细碎铃铛不知你师弟如何做得出来。我若是女子，肯定也要喜欢上了。”

他说着将伞小心拢着收起来，拦腰系上，又转身收拾案上纸笔。闻朗与端木带了些吃食来，四人围着案子坐下，边说笑边吃了些，闻朗与端木起身告辞回了平宁寺。

“我下午没什么要紧事，忙些杂事，不画，你在一旁弹琵琶便好。”卢楞伽说道。

“好。”

二人再不相谈，李素炫安静弹到日色略暗时，告辞离开。

# 162

歌子出宫后日日恋着遂平，不愿出门，偶尔出门一次，遂平非要跟着。若是见她与几个昔日好友谈得开心，便老实跟在后头，出来一整日也插不上一句话，却也非要跟着。除了四处看新鲜外，也有几次，歌子随端木与李素炫去寻赵萧娘与平康坊众女乐，凑上七八人或十来人，一起奏乐饮酒，弹曲唱诗，寻个开心。遂平仍是要跟着，只是不敢与一众女子玩乐，独自在外头堂屋里拣个靠窗位子坐了，要壶酒，自斟自饮，看看外面热闹。逢歌子偶尔出来片刻，也要凑上去，非要说几句话。

“也不晓得遂平打仗时什么样子的。”端木笑道，与李素炫小声议论。

“他在辽西打了好几年仗，若是不够凶狠，定是回不来……只是看着也实在不凶。”

“前几日在宫中，贵妃问起歌子近事，与我说起遂平来，说他武艺精湛，在军中大为有名。”

“能为天子近卫定然武艺高强……可这看着也太不像了。看身子骨像，性子实在是不像。”李素炫一边说着一边觉得好笑。

端木与李素炫每到歌子家中探望，成遂平都十分客气和善，礼数周全，知道歌子无有亲族，只这几个昔日好友。他闲时定要陪着歌子，忙起来便希望端木和李素炫不时过来探望，一同说笑，歌子也少些寂寞。

几日阴，又几日雨，到九月初，天头又晴了。长安城中秋阳明媚，四下里光明汹涌奔跃，晴空旷远，去雁彼此呼唤，振翅而去。如此季节里人人心中爽朗，李素炫也起了兴致，想约端木与歌子一同出游。自阿翁家出来回延政坊，刚好路过歌子家。

遂平不在，家中却很热闹，几个远亲和密友到访，在花园中饮酒笑谈，遂平有事临时外出，歌子暂时替他待客。花园不大，倒是一派生机，树木繁茂，围出片空地，摆着酒席。李素炫在那头回廊里等着，待遂平回来，歌子才能过来与她说话。

歌子殷勤有礼，与众人斟酒，招呼仆役将菜肴端上来。席间有人突然问道："在下听人说，夫人原为宜春女乐。"

"正是。"歌子笑着点点头。

"不知夫人擅何种乐器？"

"我事笛箫与各色吹管。"

"既如此，夫人给吹支小曲如何？"

席间即刻有人起哄，跟着嚷道："如此最好。我等只饮酒，正有些无聊。"

歌子面露难色，也不是不能与人吹奏一曲，只是这几人说话口气轻佻，歌子心下不喜。席间也有人觉得如此命令府中夫人奏乐佐酒颇为不妥，劝那几人，那几人反倒来了劲头，不依不饶，一人还自腰间解下箫管来递到歌子面前。

"只一曲，不多相求于夫人。"

歌子更是为难，这箫管要凑到唇边吹奏，男女若非夫妇，于礼不能混用。若是并未成婚，却已定情，于礼虽不通，于情却通，眼下却是情礼不通。歌子无奈，只是看对方也不像是有意羞辱，却十足是个粗人，怕是不晓得这些讲究。

那几人嚷了阵子，李素炫隔得不远，听得清楚，立刻走上去，将歌子拉到自己身边，与众人行礼道："歌子害羞，人多便无措，诸位莫怪，况且她还要与众位斟酒、招呼，不如我与诸位奏一曲琵琶如何？"

众人见一秀丽女冠，着青霓，戴玉冠，眉目清落，皆惊异十分，立刻问道："阁下何人？"

"在下玉真宫李素炫，自幼攻习琵琶，与歌子同长于左教坊，又曾同为宜春女乐。"

席间有人晓得李素炫之名，立刻不作声了，盘算着，觉得能听她一曲琵琶是好事，也不得罪府中夫人，那几个起哄的也能就坡下，即刻转身劝道："李先生只奉天子，寻常人想听她一曲琵琶可是难了。今日我等有这机会，不枉。"

那几人也便点了点头，李素炫即刻嘱咐歌子，令仆役取琵琶过来。

"素儿……"歌子为难，恼火那几人轻佻，她固然不想动乐，也不想委屈李素炫。

李素炫拍着她手臂，附在她耳边轻声说道："无妨，莫要令遂平为难。你是本宅夫人，不能服低，叫人日后轻看你。我是外人，日后又不与彼等见面，无妨。"

仆役将琵琶与拨子取了来，李素炫接在手中，坐好，调了弦律，与众人淡淡行了一礼。也谈不上面若冷霜，却也不笑，也不与人眼神交接，也不问人想听什么，只拣了自己喜欢的弹起来。遂平不通乐事，歌子也不善琵琶，故此成府上这支琵琶并不甚好，只是到了李素炫手中，却换了种声音，依旧振跃锐奋，低音沉实，高音清澈，文曲舒柔，武曲健悍。

众人听得沉迷。那边，遂平回了家中，方走到花园近处，见李素炫在席间弹奏，颇不解，歌子将前事说了一遍。遂平立刻安慰道："此遂平欠考量。我这些兄弟草莽起身，打仗时勇武，平日里却是些粗人，对女子尤其不晓得恭敬些。夫人恕罪，遂平去处置此事。"

片刻后李素炫双手停了下来，将拨子插在弦中，与众人又行了礼，放下琵琶，起身要离开时，遂平带着歌子走了过来。他神色平静，与众人行礼道："遂平有失殷勤，众位莫怪。"即刻吩咐仆役再添酒来，又格外嘱咐在主席旁为李素炫设下席案，转身揽着歌了肩膀将她带到主席处，请她坐好，格外柔声道："辛苦夫人替遂平待客，定也累了。夫人歇着，遂平与夫人斟酒。"

仆役很快将酒端上来，旁边席案也设好了，遂平又格外与李素炫行礼道："素儿辛苦，遂平感激，请坐，容遂平谢过。"

他说着拿起执壶来，亲自为歌子和李素炫斟了酒，也将自己酒盏注满端起来，行礼谢过歌子与李素炫，自己先将酒饮了，放下盏子，坐到歌子身旁，笑着招呼众人道："说好了今日要饮到尽兴，酒也备得足够，众位且开怀，莫要担心这酒接不上。"又指了指李素炫，说道，"素儿比歌子略年长，她二人自幼一同长大，情如手足。遂平与歌子成婚后，一直将素儿看作家中长姊。今日遂平虽然招呼不周，却有阿姊于席间奏乐，也是我府中待客诚意。”

遂平一直笑得谦和，话也说得得体，其中意思却很明白。方才几个起哄的此时有些挂不住，其他人肃然起敬。歌子虽自皇宫里嫁出来，然终究身出奴籍，又是微贱乐人，有人看重她是皇家乐人，有人觉得纵然皇家也不过女奴。大唐户等森严，莫说贵人看不上奴隶，就是市井间平民中勉强衣食者，也都自觉比奴隶高一等，乐人纵然富裕奢侈、交游权贵，在他们眼里也是下等人。歌子如今虽已是将军夫人，却终究身出奴籍，旁人纵不轻贱她，也觉得些许轻佻不碍事。不料遂平对歌子十分敬爱，亲自为她斟酒，拣盘中大片肉出来，将肥的撕下来自己吃了，半边精瘦的放在歌子盘中，连些青菜也拣肥嫩叶尖给歌子，自己只吃老梗子，又不停招呼李素炫饮食，语气温和恭敬。

众人后悔，知道方才唐突了。李素炫已然奏过数曲，成遂平又如此谦和，没教众人折了颜面，众人立刻就坡下了，纷纷夸赞李素炫琵琶精湛，又说夫人温良有淑仪。仆役接连斟酒，众人不停饮食，说些传闻笑话，席间一时欢畅起来。

一刻钟后，遂平起身与众人行礼，说是夫人累了，要先下去歇息。众人立刻纷纷起身，抱手相送，郑重有礼。李素炫与歌子对众人行礼告辞，遂平送她二人出了花园，又回了席上。花园外，李素炫随歌子到了内宅，见左右无人，李素炫抱着歌子肩膀开心说道：“歌子嫁对人了。”

歌子含笑，也含羞，低下了头，脸颊也红了些。李素炫见状也不逗她了，说道：“我今日来寻你，是想问问你，不日重九，可愿与我和端木一同出游？你那成遂平若不放心，准他后头跟着便是。”

歌子脸颊上更红了些，许久，小声说道：“出游无妨，只是可以赏菊、吃九层糕、插茱萸，却不要登高，也不要饮酒。”

“依你……却是为何？”

歌子许久不说话，只低着头，李素炫却算不过来，仍旧傻问：“重九为何不登高、不饮酒？”

许久，歌子无奈道：“我已有了身孕。”

李素炫吓了一跳，半晌，结巴着问道：“……真的假的？”

“真的。已经三个多月了。”

“上次你怎么不说？”

“上次还不太确定，不敢与你说。”

“那眼下确定了？可有郎中与你把脉？”

歌子红着脸，点点头，小声说道：“郎中说结胎稳当，我不用日日躺着，略动些更好，别蹿跑跳跃便可无虞。孩儿大约明年三月出生，说不定与你生日还挨着。”

李素炫兴奋异常，转了一圈，搓着手说道：“等你有了孩儿，定是要叫端木与我作姨母。”

“自然是了。我没娘家人，孩儿百日，遂平还有些远亲过来，外祖家可就指望你与端木了。”

李素炫搂着歌子两肩，开心得手舞足蹈，又接连问道：“那眼下要备些什么？”

歌子笑道：“我眼下要与孩儿缝些小衣裳。”

李素炫咧嘴道：“这个我可帮不上忙。”

“就没指望你。我做活，你坐一旁与我弹琵琶。”歌子笑道。

“这个放心。待孩儿大了些，若是喜欢琵琶，我便教他。”

“肯定是你教他。只是，他若不肯好好练，你不许打他。”

“放心，我不学嬷嬷，不打他，我学我师父，哄他。”

两人互相轻轻搡着，说笑了许久。那边酒席撤了，客人告辞离开，成遂平急着回了内宅。李素炫见了他，立刻笑上了，成遂平满脸通红，手足无措，糊里糊涂又与她行了一礼。

“怎么又与我行礼？可是嫌我碍事，要送客？”李素炫笑问道。

“不是不是。”成遂平吓得连连摆手。李素炫憋着笑，转头对歌子说：“既如此，我就先走了，不扰你二人，这等开心事我得赶紧去告诉端木。明日我再来，重九出游之事你二人商量下。”

歌子笑着与李素炫行礼告别，遂平要送李素炫到府门口，李素炫说道：“你府中路我认识，不消你送，你陪歌子好了。”说着转身丢下他二人，径直出府，骑马一路快行到了平宁寺，进了殿中，直奔端木身旁，见她正伏案认真写字。李素炫没管那一套，冲上去将她手里笔拔了，拖着她到殿外无人处，利索将事情说了。

“当真？”端木惊喜万分。

“真的。明年三月里你我可就有外甥了。”

端木开心得不知如何是好。李素炫将事说了，松了口气，嬉笑着将端木又推回殿中，按她坐好，将笔又塞回她手里。

“你好好写字，我先回了。”

李素炫丢下这一句，没等端木回答，转身乐颠颠走了。

九月九日，几人一同出游，本来还想着姊妹三人说笑，准那成遂平在后头跟着，眼下却舍不得叫他夫妇二人分开。从早到晚，夫妇二人并肩走着，或者歌子在车上，遂平在外头走着，仍旧隔着帘子与她说话，端木与李素炫并肩在后头跟着。李素炫想起从前李逊带端木出游时，也是如此小心呵护，不知端木眼下是不是还介意旧事。

“也不知他二人说些什么。一习武，一习乐，又不是同行，哪有那么多好说的？”端木笑道。

“武人与乐人是没什么好说的，男子与女子怎么还能没话说？”李素炫笑道，“我只是好奇他们到底说些什么，想不来。”

端木笑道：“你自然是不知道。其实不过是些闲话，没什么要紧的，说完了一句都不记得，只记得当时果然开心。”

李素炫怕端木想起什么来，立刻找了个别的话头来：“说正经事，我们得给孩儿备下件见面礼。”

“说的是。贺金许多人都要送，你我也要送，却要格外给孩儿送个见面礼。”

“那送个什么？”李素炫问道。

“……不知道。”

“慢慢想，这还有五六个月，来得及。”

欢闹了一个白昼，日头压低时几人向回走，李素炫突然对端木小声说道：“我们送一架摇车如何？”

“摇车？”

“正是，她定然用得上。也不要寻常摇车，你我去东市寻些好木料，我央师弟商不言手造一个，可不是要比市售的好许多？”

端木连连点头：“素儿说的是，就送摇车。只是大件不易做，太常弟子你可请得动？”

“木器难不难做可不在大小。摇车形制方整，不难，师弟给我做过许多机栝盒子，碎木头块拼的，严丝合缝，难做多了。我与师弟说，他定帮我。”

两人说笑着打定了主意，回了延政坊，第二日一早一起去了鹿先生家，将话对商不言说了。商不言见师兄有嘱咐，万分高兴，连声答应。端木与李素炫对视一笑，即刻去东市拣上好木料和辅料买足了，引役夫送到商不言手上。

## 163

秋日渐深，落叶又在地上聚集起来。夏日里平宁寺中炎热安静，无人匆忙，闻朗隔十天半月还能与端木和李素炫出寺看看，眼下寺中病坊渐渐忙碌起来，僧侣和居士连话也说得少了，走路也快许多。李素炫听闻朗说，时疫年年不同，每若干年便有一次格外凶狠，病坊中许多人熬不过去。

“老的大半熬不过去，小的好许多，只是若身子累年亏空，干枯羸弱，也难熬。”闻朗说道。

“有件事我一直很好奇。你与寺中僧侣居士每年照顾时疫病人，你们怎么从来都没事？”

“此事我一直在琢磨。寺中僧侣和老居士从不染时疫，我从小在寺中长大，也没事。寺外生人却不同，多数人会染上，少数人无恙。也有许多游僧来寺，也是有人染病，有人无恙。此事无人能解。故此我不敢让端木入病坊中，不管她做什么事，都在这殿内和左近处，再远便不让她去。我每次自病坊出来，也会洗漱打扫，熏艾去了浊气，再去见人。时疫年年有，自秋冬起，要拖半年多，却还不是最厉害的。疫病有许多种，若是碰上大疫，郎中毫无法子，只能看着人死不说，自身也难保。”

“……四郎可曾见过那般大疫？”

“我曾在各处求学游医，跟随各处郎中与人诊治，见过各种疫病，也见过无数死人。”

李素炫听他说得清淡，反倒格外觉得悚然。闻朗心软，见不得人受苦，每次去见卢七，多听到卢七咳嗽几声，他都要忍不住要问问。不知见了那许多死人，他心中如何能平静下来。

说话间外头来了个小和尚，对李素炫行礼说道：“方丈请李先生过去。”

李素炫别了闻朗，到了旁边小阁间里，方才堵着许多人，眼下都散了去，只衍一法师一人在案旁收拾着。李素炫上前行礼相见，听老法师嘱咐，在案子对面坐下。

“听方才那许多人说话，是来向法师求天然书的。”李素炫说道。

“是，还不少给银子。”老法师笑得邪肆。

李素炫感触颇深，复又行礼道：“难为法师了。被那不懂的围着夸赞，没什么开心的，懂的却要背后拿法师来讲说。法师舍了书家名声，只为筹钱救些生人，此事素儿万难做到。”

衍一笑叹道：“书名诗名，不过虚名，人命才是实的。我只是觉得对不起昔日诸位书学师父，每次卖字前都要躲起来，望空与师父打个揖手，心中告罪，弟子又要卖丑了。”

“难怪法师从不肯教人。”

衍一无奈道：“我与人说了多少回，我这字不好，不要学。人非觉得我是怕将徒弟教会了，师父要挨饿。与他们也分说不起。”

两人笑了阵子，暗自叹息世相不过如此，不骗人还倒遭人怨。笑过后，李素炫认真说道：“素儿有一事想请教法师。”

“素儿但说便是。”

“我上次来时，寺中几位苦人见我会写字，过来与我相谈，说是他们被病坊所救，死中得活，感念佛祖，想做个功德，写经供奉，禳灾祈福，只是无钱雇请经生。因我那几日未着道服，只着粗衣过来帮端木洒扫，他们以为我是寺中居士，便来央求于我。几人还将身上一点儿钱都拿出来凑在一处，非要给我，说我若不收下，便成了我的功德。素儿有些为难，我为女冠，已非俗身，自己练字时录写佛经也就罢了，若供在佛祖面前，怕不妥当。若拒绝，又怕他几个难过，觉得我是嫌弃钱少了。”

“你若真不嫌弃钱少，帮他们写便是了，无妨。”

“素儿左右每日也要练字，与人写经也不格外麻烦，也不图钱，只是担心犯忌讳。”

“天地之理唯一，道法佛法不过路径相异，但能达至真理，何须拘于法门。素儿不需顾虑，佛祖只看本心，不挑衣冠。你道门也讲济世，我见过许多高道终年奔波游道，肉白骨，活死人，解民倒悬，与佛门弟子行善俱是一般道理。你不嫌弃钱少，愿意帮人做功德，于你自己也是修行，你持盈师父定然也赞同你。”

李素炫行礼道：“多谢法师指点，如此素儿便放心了。”

又半月多，李素炫到了平宁寺，先去寻那几位苦人。那几人在寺中得了性命，愿留下来听凭驱策，待略报过佛恩再走。李素炫在浣洗处找到他们，叫他们擦过两手，带他们到了外间干净处所，将所写佛经交给他们。几人连忙接了，退去书衣，小心将经卷展开，见上头字迹端严秀整，写得一丝不苟。几人纵不识字，也知道卷轴之上乃上乘真书，万分欢喜，连连行礼相谢。

“多谢李先生，我们只这一点儿钱，劳动先生写了这许多日，心中感戴。”

“此功德事，在下理当相助。”

李素炫见他们高兴，自己也高兴，又说了几句，告辞去寻端木。入了大殿，也没理会旁边闻朗，径直走到端木身旁，将个小包袱放在她手边上。

“这个给你。”李素炫说道。

端木将包袱略打开，见里面是黄澄澄几铤金子，吓了一跳，慌忙将包袱又裹上。

“素儿这是何意？”

“今冬你拿去与病坊用。”

“为何？”

“这两年一到冬日里，时疫起了，病坊便吃紧。我看你们再紧也没当真断了炊，就没多想。只是前几日见了衍一法师，听他说了些话，心中有些感触，今冬想帮帮你们。”

“都给我了你怎么办？”

“我有钱吃饭，你不用担心。”

“……你怎么有这许多金铤？”

“前几日与人奏乐换的。”

“你不是不应私请？”

李素炫笑道：“那是以前。在下现在是财迷了，人给钱我便弹曲与他听。”

“素儿……”端木立时难过起来，知道她这好友与卢先生一般清傲，卢先生不惜性命也不肯折节，李素炫却轻易弯了腰。眼下她口中说得清淡，心中不知曾如何纠结。

李素炫倒一副不在乎，拿起案上盏子饮着水，轻巧说道：“我有本事，他们有钱。各取所需，各得其所。”

端木长叹，想说些话，许久只说了一句。

“我替四郎谢过素儿了。”

“不消你谢我，也不消四郎谢我。你等端行善事，我该当相助，只是当真没你那副好耐心，整日与许多生人打交道。掏钱便能做善人，省心省事，何乐不为。”

二人小声说着，那头闻朗一直伏案写着什么，忽然有人闯进来，嚷了句：“闻居士，冰买到了。”

闻朗立刻放下笔，跟那人出去了。李素炫问端木：“眼下不热，买冰做什么？十分贵。”

“坊中有人病着，药方里头有黄连，太苦，病人咽不下。买了冰来，叫他大口咀嚼，口舌冻得麻木才能将药饮下。”

“服药而已，这事儿也要四郎操心？”

“病的是个孩子，只七八岁，四郎心软。”

李素炫摇摇头，再未说话。端木整日与闻朗在一起，说话间总要提到他，又多有维护开脱，闻朗对端木也十分相护，从不许她到病坊里去，就是夏日里也说里头有麻风病人，不管他自己多累，绝不许她进去帮忙。李素炫有时难免猜一猜、想一想，只是看他二人始终不过如此，也不敢多事问起来。

# 164

冬日渐深，果然如闻朗所说，今冬时疫来得格外凶狠，城中各处寺院病坊里俱是大为吃紧，未入腊月，所备药材已见了底，城中各家药铺也空了。平宁寺有衍一法师和李素炫屡次以书乐换了银钱相助，财力上尚不特别吃紧，眼下却是拿着金银买不到药材。闻朗是京城里有名郎中，不但要忙着平宁寺病坊各项事务，也要操心其他寺院中病坊，不时出诊，各项时疫皆诊定无虞，只是再好神医，耐不得缺药。闻朗终日焦虑不堪，端木担忧，从早到晚陪着他，却也只能是跟着着急。

腊月底，一日方过正午时，平宁寺门口忽然来了一队大车，一人自车上跳下奔入寺中，打听了几句，径直入了偏殿去寻端木，见面行礼道："端木先生，我家阿郎命我送十车药材来。"

端木和李素炫正与闻朗说着话，听来人如此说，吃惊不解。闻朗立刻问道："是何种药材？"

"这是药材单子。"来人说着，自怀里掏出个纸扣子来递与闻朗。闻朗打开一看，惊喜说道："你家主人是谁？替我多谢。"

"请先生随我过来清点、接收。"

闻朗即刻随那人走了，李素炫替闻朗开心，并未在意什么。每逢难处，城中多有富户布施，有人施财，有人施药，并不稀奇，回头却见端木神色凝重，正看着闻朗所去方向。

"怎么了？"李素炫问道。

端木迟疑许久，缓缓说道："那人我认识，是李府管家。"

"李府？……李逊？"

"正是。"

李素炫沉默不语，知道李逊此举定然是为了端木。二人相对无言，许久后，闻朗与李府管家一同回了偏殿，闻朗将施药者姓名造册留底，以告佛祖，又写了收契递与管家，叫他拿回去向主人复命。管家接了，行礼告辞，临出门时又格外与端木深深行过一礼，恭敬说道："我家阿郎请我转告端木先生，若需相助，万望不吝相告。"

管家说罢转身走了。闻朗不解，问端木道："那人说施药者名李逊。

你们认识？”

端木只得点了点头。闻朗迟疑了一阵子，再未多问，低下头取笔写字，看着却是心神不定。

连着几日，闻朗与端木都有些紧张，彼此说话也总是迟疑。闻朗猜测那李逊送了十车药材来是因为端木，只是也不肯定，想问问其中缘故，不知道自己凭什么问。端木知道闻朗心中猜测，想将前事说与他听，不知道自己凭什么解释。一个连日不发问，一个连日不解释，二人只尴尬相对，有些微妙，叫李素炫在一旁看得着急。隔几日又来，他二人竟然还是如此。

“这二人怎的如此死心眼、不开窍。若是一个不想问，一个不想说，也罢了，我也不跟着急，也不多管这闲事。眼下分明一个想问、一个想说，却非要死别着，自己也急，旁人看着也跟着急死。”

趁端木临时出去，李素炫拖着闻朗出了偏殿，寻个僻静处，将端木与李逊前事一口气说了。

闻朗许久没说话，看了看李素炫，又许久才问道：“如此说，李逊送药材来果然是为了端木？”

“是了。不过，他二人自分开后再不曾见面。”

李素炫说着，心中也烦闷，心想：“怪道这二人几日里都不说此事，这话就是我来与四郎说，也别扭。怎么端木与李逊多年不来往，要我个外人去跟另一个外人说？”

“想是那李逊仍旧记着端木。”闻朗说道，心中杂乱，面上却不敢露出来，只做出一副平静。

“不是。”李素炫忙说道，“李逊无奈娶了裴氏夫人，一开始两人话也不说，僵着过了一年多。只是裴氏夫人贞静娴雅，也不急，也不躁，不管李逊给她什么脸，她都不计较，对李逊父母也恭孝，待家人也好，阖府上下都喜欢她。谁人心肠也不是铁打的，日子久了，李逊也慢慢感念她，认了她是夫人，眼下裴氏夫人已有了身孕。”

“你怎么知道这么清楚？”

“李逊有一妹，名李樱，与我多年要好。我二人时常见面，是樱儿告诉我的。”

“他既然已与夫人亲爱度日，为何还要来招惹端木？”闻朗问道，心中不悦。

李素炫只得为李逊说几句好话了：“他不是招惹。我也怨他，不知叫端木伤了多少心，只是，若平心说，那李逊确实不是什么孟浪子。樱儿与我说，他负了端木，别娶了夫人，本已愧疚万分，一直与夫人相敬如宾，却真是如宾，不肯亲近她，眼下却与她十分亲爱，更是觉得自己薄情混账。他一直打听端木消息，并无所图，只是希望能有机会帮到端木，他好良心稍安，后半辈子好过些。”

闻朗又沉默许久，问道：“你为何要对我说这些？”

“不知道。”李素炫有些恼火，呛声答道，“我也觉得我多嘴。此事与我无关，与你也无关，我也不知道我哪根筋搭错了，跑来与你说这么多废话。”

二人复又沉默，许久后，闻朗迈步向回走，李素炫跟在他身后，二人一路无话。端木见他二人一起回来，立刻猜到了。闻朗走到端木面前，默默看了看她，片刻后轻叹了口气，说道：“我到那头看看。”说罢转身走了。

端木看着李素炫，勉强一笑，怯怯不问，低头随意收拾手边物什，却不过是这头的拿到那头去，那头的拿到这头来。李素炫情知她心中烦乱，许久，先绷不住了，说道：“我都与四郎说了，只是四郎什么也没说。”

端木叹息一声，没有多问，也告诉自己，再不要多想。姊妹二人许久无话，只并肩坐在一处，直到李素炫告辞离开。

端木独自一人在殿内安静做事，日昳后，正准备离开时，闻朗从外面走了进来。方才他出了殿中，回到与李素炫说话处静立，独自思索许久，又去请居士帮忙，嘱咐了些事情，这才来寻端木。

“端木先别走。”闻朗说道。

端木看着他，轻声说道：“再不走，坊门要关了。”

“寺中不动荤腥，也不许饮酒，我请居士帮忙，去寺外买了菜蔬和胡饼回来，备了茶事。今夜晴朗，带你去园中看看月亮如何？”

闻朗说得诚恳，并无局促，端木心中忙乱了片刻，迟疑着说道：“寺中夜晚不得留宿女子。”

“我在寺外为你找好了宿处，还请了女居士陪你。”

“入夜山门关闭，出不去了。”

“有侧门，就在园中一角，夜半有人急症前来求医，都走侧门。到时我送你去宿处。”

端木只得点点头，收拾好案上物什，随闻朗去了寺中一角花园里。花园有些偏僻，少有人过来，也无人打理，并无什么花卉假山，春夏时节树木茂盛，眼下只有空枝。如此荒芜园子里却有个小屋子，窗开得很大，挂着竹帘。屋中空荡，只一张案子，果然放着菜蔬和胡饼，备着简陋茶事，炉火已烧得旺盛。

“这里怎么有这么个小屋子？”端木笑问道。

“我也不知道这小屋子最初做什么用的，只是自我记事起就在这里，我时常独自一人过来。后来屋子塌了多半堵墙，我找人来加固了些，那多半堵墙也没补上，只挂个竹帘在上头。将竹帘卷起来，门口泼桶水，就当是个水榭了。”

端木叹道：“我那素儿每逢忧思，也非要寻个地方躲起来，独自思忖，想透了，就好了。我却没这个本事，越是难过，越想与人在一起……你为何要独自一人过来？”

“小时候师父与我讲经，讲佛本生，我晚上回想起来，心中难以平静，就过来。长大后，每逢疫情失控，日日都要死人，忙起来也顾不得，只对旁人说一句，这人没了，火速埋了。死于疫症者都要立刻运出城去深埋，也无人与其整理遗容或更衣，牲口一般就运走了。到了晚上，想起这些来，越发难过，也会过来。”

闻朗说着，开始烹茶，端木安静听着，他又说道：“我自小被父母舍在寺里，十岁时父母将我接回家中，我却不想学三位兄长，不想应举，不想做官，只想一生好好做个郎中。父母拗不过，只得遂了我，唯有一事，便是不得剃度，只能做个居士。我回了寺中，每逢心思不定，就到此处来静坐沉思，待心中尘霾散尽，仍旧要打起精神来，笑着回去。十三岁生日那日夜里，就在这屋子里，我突然想得透彻了。第二日天亮时回了大殿，在佛前起誓，今生不婚配，不求富贵，只行医济世，度人困厄。”

闻朗说着，将一釜茶都盛到盏子里，在端木手边放了两盏，自己拿起一盏来，却没有饮，只看着端木，许久，轻轻说道：“端木，我这一生……只会是个郎中。”

闻朗说得平静，心中翻滚。白日里听李素炫说了端木与李逊旧事，闻朗越发怜惜端木。她幼时历经磨难，死里逃生，习乐十数载，吃了多少苦头，最终靠着自己本事出头，却仍旧遭人轻贱，只得与心爱之人分离。闻朗怜她秀丽慧质，又如此善良，更怜她生来磨难，却依然念着身边人。她从不与闻朗说起她自己苦处，只是总念叨着，心疼她素儿孤身不易，又感慨师父养她长大，她却没来得及好好孝敬。闻朗受了李逊相助，解了燃眉之急，本应感激，却不知为何十分讨厌他，想了一想，心中恍悟，明白自己对端木动了情。他格外难过，自己曾在佛前立下誓言，不敢违背，更不想拖累端木。

“凭端木才貌品行，就是入了王府乃至宫中，也是下嫁。她这般女子，就该当锦衣玉食，让人爱着宠着，怎么能一生过苦日子。我得寻个机会，叫她回家，再不要来了。”

闻朗独自难过多时，终于咬了咬牙，下了决心，带端木来了这里。他告诉端木，他这一生无非只是个穷困郎中，说得平淡，心中纠结。

端木却不在意，只淡淡说道：“郎中哪里不好了？”

闻朗不知怎么回答，又许久，说道：“端木，你掌左教坊教习，已经很忙，却仍要过来帮我。可是打算要如此受累一世？”

端木笑了笑，索性将话讲开，坦然说道：“我初时来这里，因我师父不在了，我心里烦闷。来寺中劳作，身旁有人相伴，却不来扰我，我觉得很安定。后来见了寺中苦人，心下不忍。想当年我师父就是在这平宁寺山门前捡了我，我能活下来，也无非因为师父一时不忍。我每次都想，忙过这阵子就不来了，只是忙过这阵子，还有下阵子，屡次想走，都走不了。四郎，谢你教了我许多，只是纵然没有你在这里，我也会每日过来，看能做什么。只不过……有你在，更好。”

“闻朗总是觉得，你这般女子，就该嫁入府第为贵人，怎能一世做这许多粗活，磨得两手都糙了。”闻朗叹息道。

端木笑道：“我握了十几年鼓杖，手上本就有茧子，本也就糙。”

闻朗只得笑了，又听端木说道：“我若当时果然嫁入王侯府第，到如今，怕是早就烦了。”

“嫁入王侯府第怎么会烦？”

“我在左教坊中长到十五岁，又在宫中两年，十七岁前，未曾一日自由。宫中人只晓得外头自在，不晓得外头人要自己挣衣食；外头人只晓得宫中锦绣，不晓得身不自由是何滋味。我如今有衣食，又有自在，宫里宫外几样好处都占了，还有什么奢求的。我没兴趣做什么贵夫人，只是彼时年少，只晓得喜欢谁，便要与他在一处，哪里会想到侯府森严，再入囚笼，自己受不受得了。”

“贵人派头居然也有人不稀罕。贵人女子见惯了，也还罢了，你自寒微起身，却也不在乎。”闻朗笑道，“你这话若说出去，怕旁人都不肯信。”

端木低头一笑：“你信就足够。”

闻朗看着端木，心中敬爱感佩。两人其实没说什么要紧的，也无须再说什么。隔细竹帘看看外头，几点星光缀着，向着人间窥望，月亮是个弯弯小芽儿，像一道淡眉，也值得一看。

屋中有炭火，不算太冷，二人难得安静相对，随意说些闲话。夜色渐深，闻朗送端木出寺去宿处，分别时，端木问了一句话：“四郎，我想学医，你能不能教我？”

“真的？”

端木点点头：“真的。”

“你若真想学医，我请我师父教你。明早我就去与师父说，他一定高兴收下你。”

二人挥手告别，闻朗目送端木随女居士入了宿处，自己转身回寺里，脚步轻快，也感慨，也开心。

# 第七章　雅集

天宝十一载（752年）正月—五月

# 165

平淡过了年，出了正月，天气渐渐转暖，归雁啁鸣，风裁春柳，城中各处花开，拥挤欢闹。

正月里直到二月底，李素炫整日在家中捉着支琵琶弹习不休。她感于衍一法师所说，也心疼端木，舍不得看她跟着闻朗焦急。平宁寺有了衍一法师和李素炫帮助，比城里别的寺院轻省不少。从前奉圣旨赐乐时，李素炫事前问好主人家宴饮由头是什么，她选好曲目提前弹习，按时到场弹奏，弹完便走，由不得主人挑拣。圣人若想听当世绝手琵琶，会召贺怀智和雷海青前往，若是召李素炫入宫，定是要听她无伤和信手。无伤未成，圣人不挑剔，由着她弹些手熟的，或是只弹信手。眼下应人私情，固然好挣金银，却比寻常日子里劳累不少，人要听什么，她在席间即刻就要弹得出来，那数百支教坊曲牌也俱要纯熟于心手。她不得不练得勤些，每日几个时辰，半月多就要轮一遍。

三月初，樱儿央求李素炫上巳日陪她出游，还说有事请她帮忙。樱儿已十四岁了，出落得玉润可爱，小嗓子甜得蜜糖一般，李素炫招架不住，只得允了她。

上巳日，春水边，趁着众人欢闹，樱儿拉着李素炫到了一边，小声说道：“素儿，我填了一支《鹊踏枝》，你快帮我改改。”说着将诗稿拿了出来。

“怎么这么急？”李素炫问道。

“我总也写不好，到昨晚上还改来改去的。你说过若一开始写得不好，后头就很难改好，还真没说错，真是改不好……”樱儿说得有些慌乱。

“我是问你为什么这么急？”

“我一会儿要唱这支。”樱儿说着将诗笺递给李素炫，李素炫接在手中，飞快读了一遍。

## 鹊踏枝·夜怀

乱云飞雨凌空渡，任由一夜，辗转娥眉蹙。风晓曦光天未曙，倦容急急莲华步。

多情总被多情误，恨此余生，红泪无息处。何惜前路皆辛苦，今夜相思定不负。

“樱儿写得不错，略有不合格律处，急切间也不好改，我帮你改改调子，合上词律便是。”

李素炫说着将无伤取出，调好弦律弹起来，一边弹一边轻轻唱着，将曲牌丰润透彻了，定了乐调，正了平仄，最后又将调子连弹了两遍给樱儿听。

“记住了？”

“记住了。”樱儿点了点头，跟着弹了一遍。

“这就可以了。樱儿近来如何有兴致唱曲了？以往每次出来都非要骑马，或去玩水。”

樱儿看着李素炫，眨眨眼，忽然害羞起来，却又有些狡黠，想了想，悄声说道：“既然素儿问个没完，我就只能告诉你了，你可不许告诉别人。”

“看来是秘密，那就不说了。”李素炫笑道，将无伤缚好，转身准备走开。

樱儿反倒急了，扯着李素炫袖子说道：“素儿别走，樱儿想与你说。”

李素炫笑得开心，隐约猜到了。樱儿却害羞许久，怎么也张不开口，使劲低着头。

“你不肯说，我替你说了。”李素炫笑道，“你是不是有了心爱之人，想唱给他听？何苦如此？还非要当人面说得大胆，还不想让人听出来。”

樱儿吓了一跳，惊问道：“你怎么知道？”

“你喜欢谁？能告诉我不？”李素炫追问了一句，旋即又绷着脸说道，“我没那么爱管闲事，不逼你说。”

“我想与你说。我还谁都没告诉……”

“好，我不告诉别人。你喜欢上谁了？”李素炫笑着问道，隐约猜到了。

“……樱儿喜欢崔家哥哥。”

“是了，一定是他。鱼游春水双双燕，竹马儿，恋情深。这还能听不出来？当我傻不成？每次出来玩儿，你都磨他带你去骑马，还问东问西，平日里怎么不听你张罗骑马？我约你出去跑马，你从来都不肯去，分明是没什么兴趣。”

“不是没兴趣，樱儿果然喜欢骑马……只是喜欢崔茗哥哥带我去。”

“你为何要告诉我？”李素炫笑问道。

樱儿搂着李素炫颈子，红着脸，兴奋不已，小声说道：“樱儿开心，就想找个人说，只是不敢信旁人，只能与素儿说。”

“你喜欢他很久了是不是？”李素炫抱着樱儿小肩膀问道。

“是。”樱儿点了点头，“我七岁就喜欢他。”

李素炫吓了一跳：“七岁？”

“正是。崔家叔父与我父亲是酒友，来寻父亲饮酒时常带着他，我自小就认识他。只是他总与兄长在一起，不怎么理我，后来我长大了些，他才理我，等我再长大，又不理我了。”

“崔茗和你兄长同龄，比你大八九岁，你小时候他自然与你没话说。等你长大了，不是小孩子了，就有话说了。你再大些，他一个男子，在你家里，不好与你女孩儿家说太多话。也就是出来游玩，身边没有长辈，不必过于拘礼，虽然从来都是一人一匹马，不共乘，但好歹身边没别人，能单独跟你说几句话。”

樱儿闻言点了点头，松了口气，说道：“我还怕他是厌烦我了。”

“好了，别多想。快将我刚才教你的练习一下。”

樱儿依言抱起琵琶弹着唱起来，李素炫在一边不停嘱咐她。几遍后，樱儿手上熟了，才放心拉着李素炫去寻众人。

众人已在轮流唱曲了，樱儿与李素炫坐下不久，便轮到了樱儿。她本十分窘迫，手上弹了第一个音出来，反而沉了心下来，豁出去了似的，再也不怕。李素炫在一边打着羯鼓，稳着板眼，听她嗓音娇嫩，如春莺啼啭，唱过了这首《鹊踏枝》。

曲终，樱儿窘得不敢抬头，又迅速镇定下来，与李素炫笑谈如风。李素炫知道她不过假装镇定无事，便陪着她做戏，也听得认真，也说得热火。长相思、少女春，古来诗家都作这等诗词，未必就是真有了心上人，男子诗中甚至屡屡称妾，俱是旧习，并不稀奇。众人都没有多想，叫过好，吵着要下一个人唱起来。席间欢闹，唯一人心中焦急。

“糟了，樱儿有了心上人了。”

那人正是崔茗。

旁人不多想，崔茗却会想到底。心中惊了片刻，再看樱儿，正与李素炫谈得开心，一副若无其事。崔茗暗暗懊恼：“此事全怪我自己。”又想了想，渐渐难过起来。

“换巢鸾凤，五彩结同心……看来上次秋游时，她就已经喜欢上什么人了，我却没多想。女儿家的都写这类诗词，素儿为女冠，也写了数十首《长相思》，长安城里到处有人唱……我怎么如此大意。”

樱儿与众人又坐了一会儿，看四下无人注意，拉起李素炫跑开了。到了无人处，樱儿脸上通红，却又兴奋，蹦蹦跳跳，得意不已。

“怎么这么开心？你崔家哥哥又不知道你是唱给他听的。”李素炫取笑她。

樱儿噘着小嘴巴说道：“素儿从未有过心爱男子，不知那般滋味。”

李素炫笑笑，说道：“倒也真是不知道。”暗自回想崔茗，果然是人间清秀少年，生得眉目宛致，自幼习武，身手敏捷，举动甚有男儿气魄。只是认识他几年了，没与他说过几句话。那人向来有礼貌，话却不大多，旁人总拿他名字开玩笑，叫他催命，他只憨厚一笑，从不恼火。

樱儿许久再未说话，李素炫笑道：“我未曾钟爱于男子，不过，我幼读诗书，又有师父为我讲得详细，也不是什么都不懂。那《国风》上多少欢爱、多少决绝、多少遗憾，我都知道。”

樱儿怯怯问道：“如何？”

“少女心事，惧与人知。你虽与我要好，于理，也不该想叫我知道。你非要告诉我，定有缘故。”

“……无有缘故。”樱儿小声嘀咕着，偷眼看着李素炫。

“好，信你话，无有缘故。”李素炫笑着。樱儿又是恼火，又是无奈，李素炫暗笑。

两人谈了不久，崔茗过来，强作镇定，说要带樱儿去骑马。樱儿面上不动声色，心里却是欢天喜地，两条腿互相绊着，跟着崔茗走了。

李素炫看着二人走远，笑了笑，去寻李逊。李逊仍旧有礼，李素炫心中仍旧复杂难言，也恨他，也怨他，也怜他，也知道他无奈。不过今日李素炫要说樱儿，她简单几句话，将樱儿心事说与了李逊，最后说道：“樱儿将此事告诉我，实在是暗地希望我来告诉你，却没有胆量明着与我说。我不忍心装傻，怕她到最后也不敢说出来，误了事。只是我也只能帮她到这里，你是她兄长，余下的你要帮他。心有所爱，却不得相守，你受过这苦，不要再让樱儿历一遭。”

李逊看了看李素炫，问道：“这话你可是认真与我说的？”

李素炫皱皱眉头，说道：“此事要紧，若非十足认真……你应当知道，我眼下没兴趣理你。”

李逊不计较李素炫说话，又看了她一眼，突然笑上了。

“你笑什么？”李素炫问道，有些恼火。

“你别火，听我说。”李逊连连摆手示意，顺手抄起一壶酒、两个盏子，带李素炫到了略远处林子里，也不顾忌，随意在泥土地上坐了，将酒盏摆好，注了酒，也没让一让，自己先取一盏饮了，又笑上了。此时近处无人，李逊笑得十分爽快。李素炫只好也坐下，取了酒饮，等着李逊笑够。

“樱儿与崔茗打交道一向从容，全无窘迫，不像有什么心事，又恁般顽皮，每次磨着崔茗带她去骑马，又是汗又是灰，定要闹到一身泥水、满面污渍，狼狈不堪。女孩儿家在心爱男子面前哪有这样的？我就是想到她喜欢上谁了，也不会往崔茗那里想，今日幸亏你说了。只不过，樱儿喜欢崔茗，我没想到，崔茗喜欢樱儿，大约你也想不到。”李逊笑了许久，终于说了这几句。

“真的？”李素炫放下盏子，问道。

李逊又将两只盏子注满酒，说道：“崔茗父亲、卢观父亲与我父亲，自年少时就是好友，后同在朝廷为仕，又比邻而居，时常一同饮酒，我与崔茗、卢观自幼便总在一处。樱儿吃奶时崔茗就认识她了，摇晃着刚走路时，崔茗就时常带她在院子里玩儿，哄她高兴。樱儿七八岁时，有一日，崔茗与我说，等樱儿长大了，他一定要娶她。”

李素炫边听边饮，李逊说得不急不忙：“我和卢观自然开心，只是日子久了也以为他不过是玩笑，没想到他竟然是认真的。他也不小了，今年已二十二岁，早到了婚娶年龄，他却屡次与父亲说，男儿要功业在先。他兄长已婚娶生子，耶娘也不过分逼他。后他与父亲约定，若过了二十三岁仍无所成，便听从父母安排。”

“为何要到二十三岁？”

“女子年十五笄而许嫁。他要等樱儿长大，若是樱儿不喜欢他，他便只听耶娘安排。”

“既然如此，此事拜托你了，务要尽快禀明父母。若是父母将樱儿许嫁他人，就不好处置了。莫要再拆散一对有情之人。”李素炫抱手行礼，诚恳说道。

李逊淡淡一笑：“崔茗是我挚友，樱儿是我亲妹，此事不消你谢我，倒是我要谢你。你定然记恨我，却仍旧对樱儿好。”

“你父母可会允了他二人之事？”李素炫问道，心中不安。

“至少能试试。我去与父亲说，着夫人去与母亲说。”李逊说道，想到自己提到了夫人，沉默片刻后又问，“素儿是不是依旧恨我？”

李素炫不语，许久后，李逊长叹一声，幽幽说道：“你若当我是个轻浮男子，心中鄙夷，我也不敢怨你。有时想问问端木如何，也不敢问，怕看你白眼，遭你奚落，我也不敢躲，也不敢恼你，也果然无由为自己辩解一个字。李逊半生无能，自幼与卢观和崔茗一起读书习武，总是比他二人差许多。卢观诗文迅捷、书学精熟，又擅弓马，崔茗母族乃尉迟后人，他自幼随几位舅父习武，不但弓马娴熟，刀剑拳脚也是一流，文章竟也不差。独我李逊，天生愚钝，习武也寻常，读书也寻常，不及好友不说，连小妹也强过我多少。李逊自幼每令父母失望，从不敢奢望来日能有作为，唯以深情自负，最后却发现自己不过是个草包，负了心爱之人，本已是罪愆，却又另爱了旁人。从前还只是耶娘看我不起，日后，自己也难再看得起自己。这一世，怕是也抬不起头了。”

李逊一边碎碎说着，一边不住斟酒，看李素炫酒盏空了，也为她斟满，直到一壶酒空了。李素炫看他神色黯然，话说得格外失落，也有些怜悯他。

“端木很好，你放心。”李素炫说道。

“那闻如是……其人如何？”

“坊间人都呼他闻菩萨。”

“菩萨济世，却未必顾得过来身旁亲近之人。”

“闻朗不傻，他拎得清。”

二人回了方才棚帐中落座，又取了壶酒。众人都在外头欢闹，棚帐中只李逊与李素炫二人。

“端木是不是依旧恨我？”

“她从不提起你。”

“从不提起我？骂都不骂？”李逊苦笑。

“她从不提起你，也不骂你。”

“你若提起我，她说什么？”

“我也不提起你。”

“为何？”

“我为何要提起你？”

李逊连连叹息，苦笑摇头：“李逊向来不招人待见。论读书习武，自幼便不如卢观与崔茗，耶娘总拿他二人羞臊我，后来连羞臊我也懒得了。卢观有文名，武也不差，崔茗有武名，文也不差，独我，什么也不行，人连提也不提我一句。我负了端木，竟没人肯骂我，仍是提都不提一句。”

李逊就那几句话，前后不搭，来回说着，自言自语，又不停斟饮。李素炫也只能听着，一句接不上来。

“我夫人裴氏，我娶了她三年了，头两年都不大与她说话，看也不看她一眼，觉得对她好，便对不起端木。只是，她从不计较，每日将我耶娘安抚好，叫他们不再对我那般苛刻，对樱儿也好，也从不看不起我。素儿，我这一生里，难得有几个人从不看不起我。卢观和崔茗看得起我，只是卢观外放，崔茗也要入仕，日后难得再聚，从前端木看得起我，却不能在一起，眼下，只有樱儿和夫人看得起我……”

“你为何要与我解释这些？”李素炫问道。

李逊勉强笑道：“知道你也看不起我……十分想让你略看得起我些。”

“我没多看不起你，只是因为端木，果然有些怨恨你。你不用担心端木，她会顾好自己，我也会顾着她。既然已到了这一步，你与夫人好好亲爱度日便是，多想无益。唯樱儿一事，务必请你用心。”

李逊接连点头，神色依旧黯然，目光游离不定，也不起身告辞，也不说话。李素炫想扔下他独自走开，见他落寞，又有些可怜他。许久，叹了口气，找了句话出来。

“你如今已入仕，如何？”

李逊苦笑：“官场中事，能如何？我自幼读圣贤书，晓得要做君子，以德昭世，然后发现，书上讲的都是骗人的，人不看你德行操守，只看你势力。李逊平生从不以宗室自恃，只想平易待人，换人诚挚。不想世人多十足贱种，讲理没用，对他好也没用，就得拿身份权势欺压他，立竿见影。我读了那许多书，只学会了软的，如今却要日日与人硬抗。从前听端木说起你许多事，知道你吃软不吃硬，十分不好惹，我每见你都有些气短。如今倒情愿天下人都如你一般又臭又硬，不吃势力，只吃哄。”

李素炫听李逊说她又臭又硬，心里又气又笑，却也反驳不了。

“我如今这一日日过的，与从前想的全然不同，分毫不似。以前只想在城里有个小院落，与端木每日品酒读诗，亲爱相守。你是端木好友，我有些怯你，却也敬重你，我也颇有几个好友，俱是俗世中不染之人。我有心上人，有你们这些友人，一生有伴，简单衣食便满足，还要什么功名利禄，何况我自幼驽钝，也不是那块料子。只是终究身不由己，眼下在官场里也学得乖滑了，每与人言，威逼利诱，连吓带唬，事后回想，觉得那根本就不是我自己。我李逊哪里是那样子的，可如今真就是那样子了……”

李逊说着，连连叹息，仿佛也只想说几句话，并不在意李素炫明白不明白。他唠叨许久，最后说道：“你与端木自幼修习，俱是上上之资，我不过中人，竟还远不如你们刻苦，本已惭愧十分，如今又落魄成这般模样。端木若知道，怕是要失望，当年怎么看上我这么个废物。”

李逊碎碎说了许久，又沉默许久，又简单问了些平宁寺病坊事宜，最后起身告辞。

李素炫说道：“你今日所说，我会告诉端木。”

李逊眼中一热，深深行过一礼，转身离开。

## 166

每年春天李素炫都要准备内道场核考，今春不仅要考验经文典籍，也有策论问对、著文迎辩，比以往难上许多。二月里玉真自王屋山回归后，请了诸多道门前辈前来指点，李素炫朝夕诵读，又著文章，仗答注释，历二十余日备考，从容过关。圣人与贵妃特遣人祝贺、赏赐，玉真带李素炫赴兴庆宫谢恩，回玉真宫后，笑着说道："我素儿如今已是国之高士。"

李素炫有些惭愧，她知道"国士"二字何意，玉真对她颇有厚望，她却只想躲个逍遥。道门固然讲逍遥，逍遥却是心中自在，不是不管事，更不是该管的也不管。

"师父听师兄说，素儿如今偶尔也允他人私请。"

李素炫立刻持礼将事情前后原原本本与玉真说了一遍，并格外告诉玉真，她应私请时从来都是俗世衣冠，不敢唐突了道门清高，到场时也只报宜春宫名号，只奏琵琶，不饮不食，不唱不舞，不与人谈笑，也不答人诗赋。

"此事圣人可知道？"

李素炫狡黠笑道："自然要先禀告圣人。素儿自初受道阶后只奉天子，再不能为俗人弹奏。如今圣人赐我一道旨意，特准我应京城中四品以上官僚私请，还私下与我说，那些人日子都过得舒坦，叫他们出点儿血也好。只是彼时持盈师父不在城里，不及禀告，望莫要责怪徒儿。"

玉真笑道："师父并无怪你之意。我道门讲解民济世，素儿惯来逍遥，肯为救人低头与人交道，修研那许多经典也不白费。师父只告诉你一件事，与人奏乐时，将你鱼袋系在腰间，将套子去了。"

李素炫即解其意，师徒二人相视一笑。

临近三月初七，李素炫禀明玉真，她要出城三日，去奉先县与汝阳王殿下扫墓。玉真惊讶道："奉先县离此足二百里，素儿也要去？路倒是好走，却远，难说路上遇到什么人。"

"素儿去岁去过了，只是去岁持盈师父回来得晚，不知此事。"

"你去过了？你独自一人去的？"

"正是。"

"孤身女子，胆子好大，你也不怕遇上事，或什么人？"

"不怕。"

"你真的想去？"玉真追问道。

李素炫忽然难过起来，颤声说道："素儿真的想去，望持盈师父恩准。"

她声音不大，口气却执拗，玉真默然许久，叹息道："师父知道你与汝阳王交情甚好……也罢，既然你非要去，师父着几名侍卫随你去，路上妥当些，师父也放心。"

李素炫感激不已，深深行礼，谢过玉真。玉真感慨良久，点头说道："汝阳王当年待素儿柔善，素儿便不肯相忘。他没看错你，师父也没看错你。"

三月六日清早，李素炫自阿翁家取了桑落酒，径直出城，纵奔二百里，到了奉先县。歇过一夜，第二日一早起得稍晚些，缓缓骑行到了汝阳王墓前。守着过了时辰，料王府中人祭祀结束，嘱咐侍卫在墓区外等候，自己独自上前，凭鱼袋请人禀报了陈总管。

陈总管依旧亲自出来迎接，见了李素炫，立时笑了，一副欢喜，又凄凉。李素炫忍着难过，随陈总管缓步向前走，如今等在前面的，只是孤零零一座封土了。

陈总管送李素炫入了献殿，告辞离开，留她一人在殿中。李素炫开了桑落酒，注了一盏，浇酹于地，心中默默祝祷。

"殿下只愿饮一盏酒，素儿便只与殿下奉这一盏。天下无人知道殿下苦心，只素儿知道，必时刻铭记在心，死不敢忘。"

酹过一盏酒，她解下无伤轻弹起来。殿外云生云灭，风驻风逝，殿内只一片虚静，唯琵琶弦声铮铮不断，沉音落落，却又只是无奈，固然不问身外，却也难诉心中。回想书史旧事，昔年周公辅政，握发吐哺，天下人却只道他欲谋王位。王莽图求宏大，苦心布局，做出一副礼贤下士，被时人看作汉室救星。若周公未及还政便死了，史籍必然将他列为佞人，若王莽未及篡位便死了，后世必定将他认作贤臣。朝堂上、市井间，人皆咏史，连山水渔樵也要笑谈古今，阔步高论间，谁人不自认公允，实则不过自以为是。所谓书史，不过史家游戏，尘世浮杂，色相纷纭，连真假也无从知晓，是非功过又焉能分断。

李素炫边弹边胡乱想着，心中凌乱无章，想起汝阳王殿下临死所诉，想起世人嘲笑讥讽，她心中怨愤难平，手中渐渐邪音生发，又忽地一惊，立时察觉，即刻调校双手，弦音瞬间归正。

日昳后，老总管走了进来，李素炫才停下来。

“素儿累了，歇歇。”老总管说着，声音嘶哑。只隔一年，他仿佛老了十岁。

李素炫轻叹，放下无伤，对着汝阳王灵位行过礼，随总管出了献殿。老总管备了饮食，李素炫一边简单吃些，一边听老总管絮叨着，又说起前事来。

“王爷十分看重你，说你若是男子，定为国之栋梁……”

李素炫安静听着，老总管梦呓般说了许久，最后又说道：“素儿今岁……真的又来了。”

“素儿明年定然还来。”

老总管点点头：“殿下定然欢喜。”

李素炫心中感慨，大约每次来，老总管能说的也就是这几句话，如今撑着他的，也只有心里这几句话。她认真听老总管将这几句话都说完了，老总管又询问长安城如何，她将城里各色人事与他细细讲了一遍。此间寂寞，不过一点宫中传闻、坊间轶事，老总管也听得开心，最后陪她到献殿中取了无伤，与汝阳王行礼告别。

“殿下安息。素儿明年再来看望。”

## 167

玉真见李素炫平安归来，放了心，嘱咐她好好歇息几日，又说道：“十日后师父带你与师兄去别馆，这十日里你可去城中各处看望友人，师父知道你非常惦记他们。”

李素炫花了几日，看望了阿翁、卢七、鹿先生与商不言、端木与闻朗、歌子与遂平，以及左教坊与宜春宫众人，逢一又见过了雷海青。每年出发去别馆前，李素炫都要一一看望过他们，自别馆回来后第一件要紧事，也是去看望他们。一日清早，李素炫坐在玉真宫竹径小院里，背趁竹林，弹着琵琶，心里盘算着，叹息感慨。

“尘世人，无数人，只这些人与我有关，是我的人。尘世再大，不关我事，只这些人，是我今生尘世。无论如何，也要好好在意他们。”

三月十七日，梨花盛开。李素炫去了左教坊废殿内，弹着无伤，静静过了一日。

翌日，李素炫随玉真及众师兄去了终南山别馆。白日里她依旧独自一人四处逍遥，看远近各处山水田园，玉真忙碌多日后，暂离别馆，带领一众弟子寻访终南山各处道场。此时人间三月，长安城里热闹非常，四处初华如锦，芳菲相逐，春妍竞斗。终南山中却是清幽避世，氤氲就崖壁生，流溪随山势舞，也有花，花自开，也有水，水自流，风且自逝，云且自飘，不急不躁，且行且吟。

出别馆后约半月，玉真带李素炫到了终南山下太乙宫拜访。太乙宫因太乙真人曾在此地修炼而得名，号观为宫，尊贵不凡，自汉武帝朝初建至今，历八百余载风雨剥蚀，数度兴废，不改端严。宫中四处有巨木荫庇，幽静不尘，略微驻足，便教人生出退避之心来。

玉真遣人向四方递出请函，十数位前辈会聚于此，应玉真所请设坛讲法。撤坛后，玉真带领众弟子拜见多方高士，听人纵论典籍，又谈书史。李素炫道行尚浅，背书本事却是天下一流，不管什么经书，也不管懂不懂，先记下来再说。诸家前辈考验了她多次，无不赞叹，格外乐意指点她。

书史论道，自然也要奏乐欢乐。李素炫手上一番本事令众人折服，诗赋应答也流畅，眼看幼徒得众师长爱重，玉真也得意，又格外请几位前辈指教琵琶。李素炫本以为玉真不过谦虚，待那几人弹起来，才知道不全是客气。李素炫自幼攻习琵琶，苦修十数载，遍受天下名家指教，单逞指腕凌厉，世上罕有人及，然隐修者中也有顶尖高手。李素炫出身宫伎，幼读诗书，又久居长安城，琵琶曲中有庙堂端肃，有宫阁华贵，有文人孤跞，也有烟火热闹，道人琵琶中那一番清远逍遥却是她难以企及。

李素炫立时将满心骄傲放下，虔心求教，众前辈却只笑笑。

“素儿手上无虞，讹在心头杂乱。此事只在一念间，来日自有机缘，不急。”

李素炫即解其意，笑笑，不再心焦。山中草木润泽清甜，令人心头宽敞。坐在高处，周身是风，风动碧弦，弦声逐远。落落轻弹，心中有无穷清凉。这一月过得如此逍遥。

出太乙宫，玉真一行驾返别馆，此间山水在身后渐渐远了。

“此处离长安城不过四十余里，素儿无事时，可以来看看。太乙宫后不远便是峪口，入峪口便是太乙谷，历代皇家避暑地，又多皇家寺观，素儿凭道官身份可一一探访拜会。峪中深处有太乙峰，临太乙河，历代山崩溅石，堵塞河道，河水淤积，渐渐成了水面，曰太乙池。周遭山峦起伏，林木茂盛，颇是一番景致。”

“素儿若有机会，一定去寺观中拜访前辈与同道，也到池水边上看看。”

“皇家寺观旁有大路，历年着人维护，宽敞平整，足可纵马，你凭鱼袋可以走那条路。只是过了那十数座皇家寺观，深山道路就不好走了，要小心。”

“是。”

“山中有诸多高道修持丹鼎，亦有佛门弟子驻锡结庐，也颇有些儒生匿于草庵柴扉。素儿三教皆有所学，可凭玉真宫名号逐一请教高道，莫要松懈了道法，也莫要拘于一家见识，只问道法。我唐文华鼎盛，历来求的是三教合一，这山中三教皆在盛大，机缘非常，不容错失。”

“是。”李素炫在马上行礼，开心答道。她虽自幼读书，却从不敢指望有什么大用处，只是心里头着实喜欢，见了学问便如穷鬼见财，总觉得偌大便宜占不到就是吃亏了。如今凭玉真颜面，只要李素炫开口请求，这山中什么高人都肯指点她几句，她一时忍不住心中奋跃。

## 168

长安城平宁寺中，时疫渐渐开始好转，闻朗依旧忙碌，心里却放松许多。端木已正式拜入衍一法师门下，得法师亲授医理。她格外勤奋，又聪慧，日有进境，法师赞不绝口，闻朗也十分佩服她，极力相助。

一日清早，闻朗自病坊回了偏殿，见一人正在书案旁等候。那人着一身平民服色，见了闻朗，立刻上前行礼。

“敢问阁下可是闻公子？”

闻朗即刻还礼道：“在下闻如是。”

“在下李逊。”

闻朗不由得放下双手，认真看了看对方，见他身材瘦长，面色沉凝，举止稳重。虽也不觉得样貌何处有异，却一眼就看得出不是市井中人。

李逊也不忸怩，直接说道：“端木今日在左教坊中执掌教习，不在寺中，在下才特意来寻。”

闻朗点点头，不知回什么，只是觉得李逊前来定有一番话要说。李逊没有等闻朗回答，复又行礼道：“在下前来，是有事相请。”

“何事？”

“太医署要在终南山中择一地建药圃，苦于无人精通此道，在下特地前来请闻公子相助。”

“太医署中有太医博士，有太医学生，尚药局、药藏司皆设典药之职，谁人也不比我差，何必非要我去？”

“太医博士精研医术，却无人专研药学，学生更不懂，诸司典药所学皆困于书纸，哪里比得上你在山野药田间所学。我问过几位太医博士与城里诸多郎中，人都说论药学城中无人及得上你，我这才前来相请。”

“太医署隶太常寺，是朝廷衙署，建药圃乃公事，找我个平头百姓做什么？我无功名，怎能为朝廷做事？”

“太医署与太乐署一样，只做学问，不问政事，不强求你有功名，只消通过太医博士核考便是。”

“这病坊我脱不开，怕不能相助。”

两人绕着弯子说了几个回合。闻朗心下不喜欢这李逊，口吻也不甚温和，李逊听出来闻朗不想理会他，想得到其中缘故，也不计较，也不再白耗口舌，索性实话直说。

“你这病坊每年收治穷困病患，朝廷只给本金，靠着分利与善男女捐助维系，十分不易。我是想推荐你入太医署，故此想让你先为朝廷做些事情。若不仰仗朝廷，你一生也救不了几个人。”

“太医署中有太医博士仰仗朝廷，自可济世，不缺我一个。”

“太医博士固然身在朝廷，可调动朝廷物力人力，但他们只为朝廷做事，不与民间诊疾，何况还有些充数的，顶个好大头衔，压根没什么本事。你却不同。你家世殷实，却宁愿在这病坊里做个郎中，你若入了太医署，定也不忘民间疾苦。有你操持，朝廷资本才能救济民间。建这药圃，若是旁人，定然只与宫中栽植药材，只有你肯真正钻研药学。若是将诸多栽植炮制方法记录下来，整理并散于民间，不是件功德？”

“多谢你好意，只是在下不愿与官府打交道。”

“我知道你心性清高，只是你若想救天下人，便要舍了这清高。衍一法师修行一世，如今为了病坊不惜以丑书换财，自污其名，素儿性情何等倨傲，不是也弯了腰？你若非要保全这清高，一身独善，还说什么慈悲？”

李逊口吻从容平和，话却不大客气，闻朗很恼火，许久说道：“我并非清高，只是自幼在寺中长大，只修佛法，只懂医药，不晓得如何与朝廷打交道。”

“学便是了。从前我也不会，我也烦，无奈被逼入了仕途，咬牙忍着，慢慢就会了。”

闻朗稳了稳心神，压下火气，问道：“你为皇亲，怎么还管太医署杂事？”

“太医署不归我管，若不是端木，你这病坊事我这辈子也不会过问，多半都不会知道。”

闻朗冷冷说道：“皇亲国戚，哪里会知道这民间病苦。”

“求财求官者自然不会来与我说，你这等清正之人看不起我这等纨绔子弟，不屑与我说，我怎么会知道。”李逊说道，话上不服软，口气依然平和。

“你说这许多，我只想问一句，不管是我，还是太医署，都与你无关，你为何要管这些？”

“于公，此事于百姓有利；于私，是为了端木。入了太医署，你会有许多助手，建药圃也有许多人支派，你拿主意便好，不必事事躬亲。这病坊中事也可奏请朝廷格外资银，危急时也可调用太医署中人力。哪怕只是将些民间情状随时报与朝廷知道，也是件好事。我不想你太辛苦，叫端木跟着你受累、焦急。我为李唐宗室，本就要为朝廷举荐才俊，你若有意，我推荐你去太医署，凭你本事，定能过了核考。你若不愿在衙门里值守，可以只挂个名号，以备咨察，平日里仍可在这平宁寺中与百姓诊病。”

“你与端木已几年不见，你也有了家室，为何还要为她想这许多？”

李逊摇头苦笑道：“我如今已不是为了她，只是为了我自己心安，后半生能睡安稳觉。”

闻朗渐渐冷静了些，想到自己说话口气并不太柔和，那李逊却始终端着礼貌，倒显得自己小气。李逊将话说得如此坦率，自己纵然不领情，也用不着太过不客气。

李逊见闻朗没说话，又说道：“你想好了，便告诉素儿，她与我妹相熟，我马上就能得到消息。”

闻朗还没来得及说什么，李逊又认真行过一礼，转身离开。

## 169

五月初，李素炫随玉真回了长安城，又几日，送玉真回归王屋山。出玉真宫第一件事，便是直奔歌子家中。

李素炫离开长安城赴终南山只几日，歌子诞下男婴，取名成训良，眼下正躺在商不言手制那架小摇车里，睡得香甜。李素炫见这小婴孩软软一团，开心得不知如何是好。连着花了几日，一一探望过阿翁与鹿先生和卢七等人后，几乎每日都忍不住去歌子家探望，围着小婴孩贪看不已，还要小心不要弄出声响来。她围着摇车转来转去，忍不住想抱抱孩儿，比画了半晌，却又不知从何下手。歌子看着她又笨拙，又小心，忍不住笑，小心将孩儿抱起来，叫李素炫凑近了看。

“素儿就不要干急了。娃儿太小，身子软，果然是不好抱，长大了给你抱。”

“你怎的就会抱着了？”

“我也不知道，只是做了母亲，一夜间什么都会了。”

李素炫小心摸着娃儿小手，嗅到他身上气味，说道：“这大约便是乳臭了。”

“正是。”

“明明是香的，怎的叫乳臭？”

“我做阿娘的都觉得是乳臭，你做姨母的倒觉得是香的。”歌子笑道。

“分明就是香的。”

“素儿莫急，娃儿家的都长得快，抱不几日就四处跑，你就可以带他在院中闹了。”

有了这小婴孩，李素炫平生头一次成了长辈，开心之余也格外感慨，四顾之下，真心希望这人间可以更好些。

仲夏时分，天渐渐热了。歌子没胃口，为了孩儿每日不缺乳汁，硬忍着大口饮食。端木与李素炫看着心疼，请了四郎过来看过，说是歌子身子恢复得很好，并无碍处，只是眼下天太热，为娘的要哺乳，比平时要多吃许多，不容易，可也没法子。李素炫只得搬了阿翁来做救兵，到府中指教厨事，格外与歌子做些开胃饮食。阿翁见他娃儿认真相请，十分用心，用尽了平生本事。歌子胃口大开，端木和李素炫万分高兴。

“阿翁有本事，定能将歌子和训良养得白胖。”端木笑道。

歌子又笑又无奈道：“不消两月，我定是要肥润不少，果然像个妇人了。”

李素炫在别馆中盘桓许久，回来后日日惦记去歌子家看望小外甥，连着月余琵琶上疏于用心。雷海青什么也没说，但李素炫知道自己有些过分了，她终于在家里安静了几日，朝夕弹习，直到手上恢复熟练。又不久，萧娘来寻。

“素儿一直说想去看看士子雅集、听人辞赋，不几日便有机会，可愿随我去凑个热闹？”

“好。”李素炫非常高兴，立即点头答应，又问道，“是些什么人？”

“都是来赶考的，也有长安人，也有远处来的，有的已来了许久，有的刚到。我都处得熟了，人都妥帖，学问也好，诗词上佳，素儿一定喜欢。你若有意便随我去，在西市酒肆中，约莫十来人，玩闹起来一定要击鼓巡传，饮酒行令，我为席纠。你不消带琵琶，与席众司鼓便好，怕你弹起琵琶来，众人非要围着听你琵琶，无人正经饮酒作诗了。闹够了要各呈新作，预先有题，众人皆有备而来，定有些好诗词叫你听得高兴。”

隔两日，萧娘果然带着李素炫去了西市，还是以往那家觚中仙酒肆，今次格外热闹，四处满拥着人。萧娘笑着说：“我是这里熟客，店主人格外照顾我，今日才留了小间给我。”

“怎么今次这里格外人多？”李素炫问道。

“素儿不常来西市，每年此时人都多。自春暖后，客商排队到了长安不说，赶考的、游学的也都到了。来了自然要见识本处风土，到城中各处游玩题诗，过后还要伙着些其他赶考的，见见城中文章领袖，同年赶考的也要互相认识，多半要聚在一处饮酒行令，又互相揣摩诗文，日后也好互相荐举。”

“朝中取士也不是年年都有，怎么年年都人多？”

“许多人提前一两年就来，也有没考上等下一科的，就留在长安城里，若是多年考不上，就一直留在这里，连考十数年的都有。每年此时，家家酒肆挤满了人，酒再贵也吓不退人。有的场子摆下了，聚上些人，明日又来两个，后日又来两个，能玩上半月多方散场。这间酒肆在西市中尤其有名，店家整日与人说，他这里玩得最久的是李太白，曾与友人连着玩了两月多，无昼夜，无醒醉，异常快活。”

“如此拿太白先生吹嘘可是不好。”李素炫笑道。

萧娘更是笑，说道：“还真不是吹嘘。”

李素炫瞠目，说话间被萧娘领进了小间，里头已摆好酒水，凑了十余人。萧娘与众人行礼，又将李素炫介绍与众人，说道：“此我多年密友，名李玄霜，今日请她来与诸位司鼓。她今日持戒，故此戴着面纱。”

李素炫来前听了萧娘嘱咐，穿了俗家衣裳，简单一件圆领袍，通身素净，腰坠紫箫，不悬鱼袋，淡绾青丝，斜插木簪，又使面纱蒙了面。

“人说我诗赋上佳，不过因为我是女乐，虽不输寻常读书人，与真文士还是比不了。今日若能在酒局上见见大家风流，实是幸事。”李素炫想着，满怀期盼。

众人围坐，店家很快将酒送了进来。今日萧娘为席纠，却与酒监不同，酒监与众人一同玩乐，兼顾执法，席纠只是执法，看着更威风些。萧娘一边看着众人各自斟酒，一边宣布今日令则。

“士人酒局本是竞诗，输了的罚酒。只是今日晚些专有机会留与诸位以新诗交会，切磋研磨，眼下便不竞诗，只竞酒。起手便是击鼓巡传，由我霜儿司鼓，花落谁家，便要大盏饮酒。巡传期间，席间人众不得出语，不得与司鼓者说话，司鼓者整场酒间不许发一语。但有犯令者，立时罚酒一盏。”

萧娘宣示令则后，又连声问过众人，见无人有异议，便令李素炫起板，自己将手中团锦所扎大朵宫花递与了左手边第一人。

鼓声响起，只打整板，却十分急促，一副怂恿。众人立刻兴奋起来，接连将宫花传与左手边人。李素炫打了一阵子，不加快，也不减慢，稳着板数，毫无征兆便骤然停下来。一人手里拿着宫花，不甘心，硬塞给左边人，却被左边人硬塞了回来，两人都指着对方，嚷着：

“分明是他的。”

“是他的，鼓都停了，他硬塞给我的。”

众人起哄，等着席纠判罚。萧娘板着脸说道：“果然鼓声停了硬塞的。”

众人仍是纷纷嚷着。席纠乃席间阎罗，无人敢不听，那人无奈，只得将酒饮了，又自己满上。

萧娘笑笑，做了个手势，令众人安静，又与李素炫示意。鼓声再起，连着两次宫花都落在同一人手中，那人不服，半玩笑半认真，叫嚷起来：“定是司鼓者有意欺我。”

司鼓者有任意打的，但李素炫是按照曲牌打曲，两次都落到这人头上，不过是走巧，只是按规矩司鼓者不得出声，需由席纠裁断。萧娘正色道：“我这霜儿又不认识你，为何有意欺你？分明就是你心中不虔敬，冲撞了某方神灵，教你今日背运。痛快将酒饮了。”

那人不服，却又无奈，只得由着众人哄笑，乖乖将酒饮了，却又即席抗诉道：“禀席纠，司鼓者看着我几人，此实不公，她若有意偏袒谁人，或是有意点罚谁人，我等不是要干受着？”

“那你说如何？”

“要么将司鼓者双目蒙上，要么令她转过身去。”

席间有人附和，也有人不说话。萧娘笑着说道：“我这霜儿司鼓心存公允，不会有偏废，却耐不得你这人心里头杂乱，想得多，口气又大。如此，我便叫霜儿转过身去，你却要记得，这可不是顾着你，是顾着我霜儿，免得叫你有许多话来说她。”

萧娘说话不快不慢，不软不硬，面上又笑着，众人信服。李素炫与萧娘对望了一眼，萧娘送了个眼神过来，李素炫即刻会意，迅速将席间众人扫了一遍，记住那人位置，转身坐好，握紧鼓杖，落手起板。

凡击鼓巡传，众人手上总要忍不住跟着板眼，鼓慢，人手便慢，鼓快，人手便快，此乃人天赋之能。方才李素炫已司鼓多时，对席间人众手上快慢已心里有数，转过身去坐稳，鼓杖落下前，她心里已计算好了。眼下鼓上只打整板，很容易计数，她算准宫花到了方才嚷叫那人手中，即刻停了鼓杖。席间共十人，匀着算，每人十次里轮一次，只是架不住司鼓的被惹火了，有意计数，眼见方才那人倒了霉，十次里轮了五次到他头上，连着他左右几人也跟着倒霉，分了另五次。

“你还有何话说？”萧娘板着脸问道。

众人纵声哄笑，都知道这回真的是李素炫将那人算计了，也幸灾乐祸，也暗自心惊，道这司鼓的好生厉害，凭心中计算便知道下一轮花自谁家起，大约多少板到谁手上。对李素炫来说不过小事，女乐自有这本事。今日还只是李素炫一人计算，若是与萧娘互相打掩护、赚人，就是与一众女乐玩乐，旁人也架不住她二人一起使坏，眼下算计几个读书人只会更容易。

“方才说了，你今日冲撞了神明，如何？你还有何话说？”萧娘问道，底气十足。

那人嘀嘀咕咕，也不知说的什么，半晌，忽然大笑起来。

“是某不自量力，认罚。”

他说着痛快将酒饮了，又听萧娘说道：“还不快与我霜儿赔罪，请她转回身来。”

那人立刻端着两手低头说道：“某赔罪了。”

众人连声大笑，李素炫回过身来坐好，还了一礼，又将鼓杖握好。

萧娘又传了手势下来，鼓声再起，板眼开始有了变化。萧娘定了新规矩，但将宫花抛出去，须是在板上，不许在眼上。众人都紧张了许多，认真听着鼓声，手上格外飒利，心下却有些慌乱，一朵宫花传来传去，疾行疾停。凡读书人大多通些乐事，知道些板眼，越是如此，越受鼓声牵制，那全然不懂的，司鼓的纵然使坏，他还多半着不了道。

李素炫手中鼓杖不停，却突然短了一眼，席间立刻有人指着她大叫：“打错了。”

李素炫将羯鼓停下，浅浅笑了，只是隔着面纱，旁人看不见。席间人顿了顿，大笑出声，唯那方才嚷的不晓得缘故，仍旧对着萧娘分辩：“禀席纠，这鼓分明错了，分明短了一眼。”

萧娘也跟着大笑，说道：“我这霜儿羯鼓精熟，焉能轻易有失。不过是我方才给了她个眼色，叫她故意漏一眼，放个口子，看哪个算不过来的自投罗网。果不其然，给你口井，你就撩袍跳进来了。”

众人又笑，那人方恍悟，席间人众不得与司鼓者说话，若是鼓有差池，只能向席纠禀报。只是那人方才听着板眼，数得太认真，一时忘了，不及想席间规矩，冲着李素炫便嚷了。眼下也无奈，也大笑，也不耍赖，立刻将酒饮了。

众人玩闹了两个时辰，陆续有人受不得酒力，开始东倒西歪。萧娘即刻叫停，吩咐店家取些醒酒汤来，又与众人备下些餐食，叫众人缓上一阵子，开始下一场。

“素儿也歇歇。”萧娘殷勤说道，引李素炫去了外间，叫她取下面纱，简单吃些。

第二场起，萧娘自酒肆中请了位琵琶伎过来，叫她弹琵琶，李素炫在一旁击羯鼓，二人手上轻柔，调子也舒缓，只令有乐便可。众人眼下也缓了过来，方才几个酒醉的也清醒了，屋中又是笑谈盈溢。

“前几日定了题，今日各呈诗文，吟诵羁旅、游思、怀乡、饯别。”

屋中氛围轻松了许多，众人端酒，轮流吟诗，也有人请琵琶伎弹奏曲牌，就着弦声吟唱，也有人嫌弃琵琶弹得不利索，只叫李素炫打曲。因近来屡次应私请，李素炫平日里将数百支教坊曲牌练得烂熟，琵琶上即刻弹得出来，羯鼓上即刻也打得出来。她又晓得诗律平仄，曲牌何处分阕、何处句读十分清楚，手上有个轻重缓急。逢谁人一时来了兴致即席吟唱，语到迟留时，她手上便陡然轻了，叫人好好思索，待人文思到了，目光一时明亮，她立刻知晓，板眼即刻跟上。

席间人众轮流将各自诗词诵了一遍，又互相点评、修改，也不时唱和。李素炫留神听着，果然多有佳句，一一记在心中，又格外记下诗家姓名，留待传唱时与人传名。她专事琵琶，奉乐或赐乐时只奏琵琶，从不唱曲，却时常与城中各处女乐探讨乐律、诗律，拣选好诗词与众女乐传唱，历来对各处好句十分上心，对大诗家也敬仰，乐于与人传名。

“……桂水遥相忆，花源暗有期。郢门千里外，莫怪尺书迟。”

李素炫记了这几句，也记住那人叫韩翃，忽又想起来：“春城无处不飞花，寒食东风御柳斜……不久前众人传唱一时，听说诗家就叫韩翃，想来便是此人了。”

“日暮铜台静，西陵鸟雀归。这两句好，诗家贾至，要记着。”

“将牛何处去，耕彼故城东。相伴有田父，相欢惟牧童。这首我喜欢，诗家元结，也记下了。”

屋中人声渐渐乱了起来，众人分了几拨，有那诗风近似的，三两人围一处闲谈，也有再度酣醉，倒在一旁睡下的。萧娘示意过后，李素炫与那琵琶伎渐渐停了两手，无人注意到。

一日玩闹结束，李素炫颇选了些好词句，回到家立刻记写下来，入了音律，正了平仄，连着弹唱几遍后，记得牢靠了。

## 170

一日过午，李素炫闲在家中，无事拨弄琵琶，小太常陈廷正到访，拖着她去了左近酒肆中，落座后随便要了两壶酒，苦着脸，说是要讨个主意。

“过不几日，我家族齐聚，我这一辈十几人都要凑一起，在终南山下颇要盘桓上几日。长辈说要查看我等读书进展，到时候即席赋诗怕是少不了。我若是不如几位兄长，乃至不如几个族弟，定要被耶娘训斥，赔上颜面。素儿可有什么好法子与我想想？”

“这我可没法子。”李素炫摇头。

“素儿帮我想想。”小太常恳求道，“我往日读书不用功，没少遭耶娘训斥，如今知道认真读书，急于进展太慢，耶娘又说，谁叫你以往不用功。今次若是被族兄弟比下去，还不知耶娘要如何羞臊我。”

“你这小子，果然倒霉。”李素炫掩口笑上了。

“素儿发个恻隐，帮我想想，莫要如此看热闹，还嫌动静不够大。”

小太常持着礼，愁眉苦脸。李素炫笑够了，正色说道：“那我教你些法子，不过可不是什么光彩法子，你拿来应付一下还行，平日里可不许如此耍滑。”

“果然有法子？”小太常眼前一亮。

“还真是有，你听我说。但凡即席赋诗词，鲜有佳作。意气之下，一觞酒，起了兴致，晃着盏子，踱着步，长篇佳作脱口而出，那都是外人臆想的。上溯至屈子、宋玉，到今日太白、摩诘，华夏辞章无数，也无人敢大言即席定有佳作。曹植七步成诗，传诵千古，不过因为七步写就，实则他那首诗算不得好，比起他《洛神赋》来差得不是一星半点。你那些兄弟也不是神仙下世，即席得佳作，你不行，他们也不行，故此廷正不要没上场便怯了。”

“是，素儿说的是，廷正小心。”

“今日教你个堆词法。”

“堆词法？”

“正是。凡即席赋诗，多有个题目，或有人指定，或顺势吟诵些席畔景物。你家族既然是要到终南山中，席上指定题目多半跑不了终南风物。所谓堆词，就是将些词堆砌起来，凑出诗词来。好处是不需要前后连贯，无所谓起承转合，每个词都有许多可替换的，能凑出格律来。”

“……廷正不是很懂，素儿可给我现堆个出来？”

“比如，你可以指着席间美食说，玉盏金瓯水晶盘，把酒轻歌对栏杆。金瓯那里，可以替换成银瓯、翠瓯，玉盏可以替换成素盏、白盏，水晶盘也可以是琉璃盘、秘色盘，把酒可以是对酒、当酒、持酒，酒字也可以换成醴字，便有酴醴、湩醴、白醴、天醴、甘醴、丹醴、稻醴、麦醴、黍醴等可用，轻歌也可以是徒歌、但歌、轻曲、淡曲，对栏杆也可以是倚栏杆、凭栏杆、倚碧栏、凭朱栏。这些词不过就是堆在一处，前后没大干系，上下句间也没大干系，可随意甄选，你拣合格律的用便是。‘玉盏金瓯水晶盘’也可以是‘银瓯素盏琉璃盘’，也可以是‘白盏金瓯秘色盘’，‘把酒轻歌对栏杆’，也可以是‘对酒徒歌倚栏杆’，也可以是‘当酒但歌倚碧栏’。头三句可以这么堆，第四句最好别再堆，收一下，诗成。”

李素炫顿了顿，小太常吞吞口水，满面惊呆。

“酒宴场面如此写，若是写景，便是各种鸟、各种花、各种草、各种风等，鸟鸣声、花瓣颜色、草叶形状、风向等等，都有多少种，堆起来便是了。若是叫你咏史，便将各色典故堆起来。这个倒是难了些，看你知道多少典故，临场可还记得起来。这堆词诗作看着也有些文采，只是多半语焉不详，似乎说了什么，又不知道究竟说了什么，故此这法子不能拿来记叙。不拘什么事情，都有个来往、有个先后，靠堆词可就不行了。你看即席赋诗的，罕见有记叙佳作。”

小太常哑口了半晌，喃喃说道：“……素儿接着说。”

李素炫阴险一笑，又说道：“除堆词法外，还有个替词法。你回去花些工夫，寻些名家诗篇，拿来做个范样，到时候逐一换了他字眼，只用他体构。比如，摩诘先生有诗曰：‘太乙近天都，连山到海隅。白云回望合，青霭入看无。’你可以连续替词，改成‘太白临帝都，群山向水隅。浮云回相去，青山看似无’。不过实操起来别找这类名篇，找些生僻的来，人大多不知道的。白脚可随意替换，莫要随意换人韵脚，平仄肯定别扭些，意境也差许多，胜在即兴且通顺。筵席间无人挑剔你，稍微笨些的便看不出你手段来，说不定还觉得你有文采。懂了没有？”

小太常目瞪口呆，许久方说道：“这法子果然厉害，定然好用。”

“固然好用，只是终究是要小心机，不甚光彩。不要连着用两次，怕露马脚。席间若是有高人看出你伎俩来，训你一顿，可不关我事。”

“素儿这缺德法子何处学来的？”

李素炫哂笑道：“长安城里人都喜欢听我弹琵琶，时常有些读书人酒局，我去凑个热闹，在一旁与人弹奏，就为听人即席赋诗。就是天子金殿之上，我也时常去，这边轻弹无伤，听着那边圣人与臣子论诗赋诗。许多即席辞赋就是如此作出来的。我初时也不留意，后来听出窍道了，连他取了谁家诗篇做范样，我都能听出来，一番籀绎归结，起了名，叫堆词法、替词法。这法子可是没教过别人，你若被人揪出来骂，可不许将我供出来，不然这辈子也不理睬你了。”

小太常坏笑着问：“这法子素儿用得可多？”

李素炫笑道：“这法子我用不着。我就是个弹琵琶的，奉乐时只奏琵琶，独自一人或与友人玩闹时才唱歌、赋诗，一时作不出诗词来，告饶便是，无人为难我，我也不丢人。读书人怎么敢说自己作不出来？作不出来，硬作，可不就得想些法子。”

两人相视，李素炫淡笑，不慌不忙，兀自斟饮，小太常却是笑得浑身直抖，低声说道：“素儿果然伶俐聪敏，又百般捉混。你这堆词法、替词法，直如将那些假诗家剥了老皮，彼等若是知道了，定是要叫你给气死。”

“气死也不关我事，谁叫他们要滑头。”

两人又一齐笑了阵子，李素炫正色道：“这法子教你，就是临时顶一回用的，平日里你可不许如此耍乖。人不能死心眼、白受气，旁人若喜欢嘲笑指责你，你大可拿他当傻子，使个法子哄骗过去便是，却不能欺瞒你自己。书要认真读，诗要认真作，读不好、作不好，也不是死罪，动歪心思可就踩了左道。宁可武功微末，也得是名门正派，不能做邪道高手。”

小太常抱手连连行礼道：“素儿说的是，廷正不敢走歪路，此生定要用心读书，老实做事，凭真本事吃饭。若心术不正，叫素儿一眼看穿，丢个白眼过来，自带锣鼓助阵，廷正可是万般吃不消。”

两人笑闹了阵子，临别时李素炫嘱咐道：“等有了下文，记得回来告诉我，看我这法子好用不。”

“素儿放心，廷正回来了立刻前来禀报。”

## 171

李素炫出身宫伎，萧娘自幼就在平康坊中，二人所学不同，彼此都有指教。内乐乐人多有兼擅，奉乐时却只守本职。李素炫为琵琶伎，奉乐时只奏琵琶，从不唱曲，与圣人论诗论书都是私下闲谈，并非乐人职事。宫中琵琶伎甚众，职事也不全都一样，李素炫大多单独弹奏，偶尔与人合些清淡细乐或房中乐，却不入梨园，不事法曲，不与立部伎合演大乐。受教于雷海青后，时常跟从雷海青修习法曲，却只是将法曲修变为琵琶曲，但这也非职事，只是她自己喜欢。法曲本就以琵琶主奏，移到一支琵琶上单独弹奏也不很难，她乐得寻个开心。至于为圣人轻弹信手以佐书史，就更是私下交情了。

市井伎也是自幼作艺修持，却与宫伎路数迥异。李素炫入宫只弹琵琶，必须将琵琶弹到极致，别的什么也不会都没关系，市井伎却不行。市井规矩与宫中规矩不同，尤其是平康坊女乐，歌舞吹弹样样都得拿得起来，哪样也不消好到极致，却不能不会。酒席宴间，谁知道哪位客人点名要听什么，都得提前备着，连同些官史、野史、佛道、诗赋、书画、弈术乃至爻卦、星相等，都要张口便能与人谈上一谈，酒量还得够大，茶也得烹得好，不能像李素炫那么笨。单论琵琶功夫，萧娘只及李素炫一半，其余北里女乐又只及萧娘一半，但她们个个多才多艺，又精晓人事、擅弄江湖，李素炫非常佩服。

女乐中能诗文、擅辞令者尤其是城中标的，文人士子趋之若鹜，有些读书少又银子多的，肚子里头那点墨还不及女乐多，聊都聊不起来，宁可花大价钱求人带着他，在一边听人与女乐笑谈，也要附庸个风雅，出去能炫耀几句。大诗家也令众女乐求之若渴，若是哪位女乐有幸结识一位，得诗家专门赋词赠送，立时名头大涨。平康坊女乐中能自诗文者虽众，佳作却少，得诗家赠诗更是罕见，众人平日里时常要唱些新曲子，免不了四处寻找。李素炫懂得诗词，又通乐理，能正词律，又能变乐律，使词乐和合。众女乐拜托她搜寻酒肆中辞赋入乐，她每日闲在，也喜欢诗词，乐得管这个闲事。每搜来些诗词，将词句入了调子，正了律吕，定了板眼，便教给萧娘，由萧娘再教给其他女乐。

一日，几个读书人找到赵萧娘，为首的行过一礼，说道："在下有一事请萧娘帮忙。"

"元先生何苦还要如此客气？说便是。"萧娘笑道。

"上次我等相聚时，萧娘带了位友人前去司鼓，记得萧娘叫她霜儿。听她击羯鼓，定是深通诗律，我等仰慕不已。过几日仍要在西市中相聚，可否再请霜儿到场司鼓？"

萧娘与这几人颇为熟识，玩笑道："我那霜儿你等可请不起。"

那人也玩笑道："我等不知她身份，定是城中上乘女乐。萧娘且说说，如何个请不起？我等就是在坊间摆个摊子卖字画，也要凑够金银。"

萧娘俏声笑起来，又说道："她可不要你金银。先生是来赶考的，若能中个状元，金殿之上好好央求圣人，得了圣旨，方请得动她。"

几人对视，不解其意，那人又行礼道："萧娘莫要玩笑，在下是真心相请。"

"谁与你玩笑了？也罢，念你心诚，与你说实话。她叫李素炫，字玄霜，本是宜春女乐，如今入道为女冠，乃玉真宫弟子，朝廷正四品道官，只奉圣人，你等如何请得到？”

“李素炫？”那人一愣，旋即说道，“我正满城找她，旁人与我说，她寻常从不轻易见人。”

“你找她？”萧娘好奇问道。

“正是。在下屡次听闻坊中歌伎唱我诗词，问起来，说是李先生在城中酒肆里抄录过来，援之入乐，教给她们的。我那诗词有不少是趁酒兴匆忙写下的，颇有不合格律处，都被李先生以乐律一一订正过，在下感激，更佩服她学识，很想见一面……只是既然她寻常不轻易见人，又只与天子奉乐，萧娘如何请得到她去与我等司鼓？”

“她不是不见人，只是不见生人，却喜欢与友人一同玩闹，故此与我熟悉。我也不是请她去与你等司鼓，是她想去见识个士子雅集，听些好诗词，我才带她去，才不是伺候你们去了。那日她戴着面纱，也不是守什么斋戒，是怕叫人认出来，又磨着她弹琵琶，听不到你等好诗词了。”

几个读书人又惊又喜，连连行礼道：“如此可否请萧娘帮忙去请李先生？我等不敢将她看作寻常乐人，以金银轻慢。她既然喜欢诗词，便以友人名义请她过来相聚，只论诗乐，不敢磨她弹琵琶。”

萧娘笑道：“元先生心诚，既如此，我替你问问她。”

果然，萧娘询问之下，李素炫不但立刻答应了，还特别高兴。到了约定之日，她整束好了，腰坠紫箫、肩负琵琶，到西市觚中仙赴约。萧娘见了说道：“元先生说不敢请奏琵琶，你竟也带了琵琶来。”

李素炫笑道：“自然要带。论诗词学问，我好过那些混事儿的，却比不上这些认真读书的。人与我论诗，是看得起我，怎么敢无一丝回报。我又不会别的，不过会弹琵琶而已。”

萧娘笑笑，由着她。入了小间，里面有三人在等候，李素炫一见之下立刻记了起来，上次与人司鼓时这三人都在场，李素炫将他三人佳句记了不少下来。

几人见礼，各自报上姓名，相对落座。一人说道：“在下元结，多谢李先生看得起在下诗词，教与城中女乐传唱。”

“元先生不用谢我。女乐与人奉乐时都要唱曲，我等也需要士子文词，也要多谢先生好文采。”

“行了，别互相吹捧了，一派酸腐。先饮酒。”萧娘笑道。

几人都笑起来。萧娘殷勤，逐一将每人酒盏斟满，几巡酒过后，李素炫对几人说道：“在下果然是选了几位不少诗词入乐，教给平康坊中好友传唱。只是有些辞赋并不大适宜酒席间弹唱，我对这些倒是格外有些兴趣。特别是元先生，诗文中多写民间困苦，我常年在长安城中，若不是读了先生诗文，还不知一国之中有这许多事情。”

对面那人说道：“不想李先生竟还感兴趣这些，元结吃惊。”

李素炫笑道：“先生年长我十余岁，叫我素儿便可。我昔年随师父学诗，师父也与我看过许多古人诗词，其中许多也写到民间事，只是终究是古人所写，不及看先生诗词写今日事那般深刻。凡来长安城中留诗者，莫不是希望得人传唱，立个文名，故此都要写些好事情，席间唱起来令人开心。无人似先生这般不忌讳，素儿心中感触。”

几人就此说开，道是诗家多爱风流，以疾苦入诗者不多见，元结也说起有人认为如此苦病之事理当撰文，不该入诗。诗家大抵以为，诗者图求文辞风雅、意境旷远，若写民间事便免不了言辞平淡浅白，失了文辞意蕴，不能叫诗，只能算粗疏韵文。这话李素炫不是不同意，只是，以疾苦入诗或许诗难上佳，那疾苦也说得不透彻，然诗有韵、有律，又入乐，远比文章便于传唱，这一点定为诗家看重，那些挑理的显然心思浅了。

“素儿平日诗词写些什么？”元结问道。

“花草树木，琵琶诗酒，炊煮洒扫，不过身边事。有时想起友人来，有时想起师父来，感触过后也写下来，不过心中事。于我而言，不是大事，也不是小事。有事说事，有志言志，有情抒情，写得好便开心，写不好也无妨，若是心中空无，也不强求，不写便是了。”

元结如遇知音，连连点头道：“素儿正解。我写那些民间病苦，也不过身边事，一路走，一路看，入了眼，入了心，便写了。有人说这些是小事，有人说是大事，实则不过身边事、心中事。所谓诗词，不过如此。身边有风物，写风物，有苦楚，写苦楚，心中有家国，写家国，有闲散，写闲散。哪有什么该写不该写。”

“素儿有时听人说起这些，也觉得奇怪，这有什么好争论的？如何作乃诗家事，如何读是旁人事，作诗的各尽所能，读诗的各取所需，哪有什么应该不应该。”

元结笑道：“只是偏有人说这不该写，又有人说那不该写。”

“管他作甚。”李素炫利落答道。

几人又笑，谈过许久，十分投脾气。元结感叹道：“难得有个如此想得近、说得来的。”

李素炫笑道：“不过是性子像。我每与人论及诗词上许多该与不该，初时以为是各家想法不同，后来觉得，其实是各家性子不同、本事不同。诗文哪有什么该与不该，无非是拘束惯了的觉得许多不该，浪撒惯了的觉得无有不该，没本事的觉得这也不该那也不该，有本事的怎么都能写好，便觉得怎么都应该。”

元结略一怔，旋即大笑，连连点头：“素儿说得有道理。”

几人不停谈论，又不停饮酒，直到最后，元结小心问道：“既然素儿带了琵琶来，可与我等弹一曲？”

“好。”李素炫笑道，即刻解出五色琵琶，在怀中抱好，持拨接连弹过几曲。几人听得沉醉，也来了兴致，再不说诗词，从店家处借了些乐件过来，一同奏乐，又拣几人诗词唱过，玩儿得十分尽兴。这一日相聚只一个多时辰，不算长，临别时几人却约好了下次。

萧娘每日里忙碌，见李素炫与几人熟识起来，不再每次陪着她。有时萧娘不到，有时另外两人不到，只元结与李素炫每次都到，约在人少时，在堂屋中靠窗处对坐。窗外有风习习，杨柳摆拂，西市热闹，人欢马嘶远近可闻。临窗处与小间里不同，窗外便是行人，商旅贩夫往来，引着骡马牛羊，有人叫卖零食，有人撒欢打闹，仲夏明光里腾落着俗世尘土，四处尽是些人间味道、人间响动。一派市井声情，叫人格外觉得自己活得结实。

元结与李素炫谈得很投机，给她讲述大唐各处风物人情，也说说塞北，也说说江南，二人又格外商议词乐相合之事。论诗词，乐人不及读书人；论乐律，读书人又不及乐人。词调终究是要诗乐融容，乐人与读书人凑在一处，免不了要不停商议。元结精于辞赋，也懂些乐事，李素炫乐艺精湛，也通诗词，二人相谈相商十分顺遂。有时也在纸上记写，元结赞叹李素炫一手端庄小楷，法度平正，行笔干练，不纵险绝，不恃巧媚，凛然有文士之风。李素炫见元结字迹一番劲硬瘦挺，字字从心，皆出所欲，却不逾矩，也约略看得出其人心性来。

每次聊过一阵子后，元结都会央请李素炫弹琵琶，话说得小心客气，李素炫并不推辞。五色琵琶光明如锦，取出来轻轻抱着，如揽日月入怀，未动一弦，颌下先有河汉星辉。持拨叩问，声如涟漪，徐徐漫衍，搅扰红尘微乱。一旁店家听着，不由得走近了，站定了，窗外人也凑过来，牵着牛马，卸了肩担，安静站着，听着。世上尘烟欢闹，寻常人难得片刻忘记奔忙，只这一点净淡弦声，人不消通晓乐事，也知道是此生里难得一丝平宁。曲终收拨，李素炫放下五色琵琶，对元结行过一礼，谢过知音，又对旁边店家与窗外众人行礼相谢。

众人里有几个有见识的，见李素炫着青袍、戴玉冠，知道她是皇家道官，颇有身份，只是见她和气，便胆子大了，立刻围得更近些，行礼，客气说道："先生琵琶精妙，可否与我等弹一支武曲？"

周围有许多生人，李素炫特意拣了清淡调子来弹，眼下众人相请，她便点点头，重又抱起琵琶来，握好拨子，略一沉吟，落腕即是江河，滚滚水寒，千波竞逐。众皆屏息，看她手上凌绝，弦如微刃，劈破光影，指掌之间天涯荒浩。

曲乱收煞，片刻绝寂后，众人欢呼。李素炫放下琵琶，又与众人行礼相谢，众人赞叹感激，认真还礼后方告辞离开。

"不想这许多市井人也喜欢你这宫中琵琶。"元结说道。

李素炫笑笑，说道："我若坐在此处弹一日，定有人听一日。懂的，听曲意，不懂的，听曲声，一样快活。"

元结笑道："我授业恩师曾做过鲁山县令，尝于县衙门口抚琴，百姓聚过来倾听，他能以乐动人，又与百姓讲许多先贤道理。元结只会作几篇诗词，却不善吹弹，若有你手上本事，定学我先生，以乐艺行教化，好过写那许多古奥文章。"

"移风易俗，莫善于乐。若是行教化于百姓，定然是乐好过文。长安城中各处寺院里常有变文俗讲，僧侣口中吐莲，听者莫不信服，俱生敬畏虔诚之心，也是此理。不知元先生习业于何人？定为国之高士。"

"我先生名元德秀。"

李素炫惊讶道："可是河南元紫芝先生？"

“正是。你知道我先生？”

“我师父与我讲过他，云是道门学士，极博学，通晓书乐，性质朴敦厚，毕生不婚娶，也不求做高官，只愿清贫度日，授徒千百，皆秀于林。我师父虽不是道门中人，却十分敬仰他。”

“不错，说的正是紫芝先生。”

李素炫即刻整衣行礼道：“素儿仰慕紫芝先生，只是先生久居陆浑，不得拜会。若是元先生再见到紫芝先生，务请代素儿致意。”

“放心，在下一定转达此意。”

“还有，素儿有一事相求。师父说紫芝先生曾作《季子听乐论》，与我说过些片段。素儿仰慕，十分想听闻通篇。不知元先生可有通篇文章令素儿拜读？”

“这容易。”元结笑道，“我先生文章，我背得熟稔，背诵一遍与你听，你录写下来便是。”

李素炫即刻行礼相请，元结将文章清晰背诵了一遍，自己也当复习。本想问店家讨要纸笔，再背诵一遍，叫李素炫录写，不想李素炫即刻行礼致谢道：“素儿多谢先生。”

“你……这就记住了？”元结惊讶道。

李素炫点点头。

元结不信：“你只听了这一遍，怎的就能记住？”

“素儿旁的记不住，但凡是字、是乐，过眼或过耳，只一遍，就记得住。”

元结面上惊疑，李素炫笑笑，开口将方才元结所诵文章背了起来。元结听着，越听两眼瞪得越大，直到李素炫将通篇文章背诵完毕。元结目瞪口呆，半晌喃喃说道：“在下莫不是做梦？几日前听萧娘说过先生有这本事，从前也听人说世上有人能过目不忘，也不是不信，只是以为不过背个绝句。”

“这文中许多段落师父从前与我讲过，我本就记得。”

元结摇头苦笑道：“素儿就莫要谦虚了，在下听着只觉得你是笑话我这等凡人。背书不是学问，却是做学问第一关，天下多少人只这第一关就给拦下了。你有这好记性，真是老天厚赏。”

李素炫又将怀中琵琶弹起来：“素儿也不是天生就背书快的，小时候固然不笨，背书却也没这么快。是我师父自幼有这本事，与我讲了许多法子，又日日陪着我，累年练出来的。只是到最后，我比师父记得还快些。”

“还以为你如此高手是天生的，原来另有高手传授。”

李素炫淡淡一笑：“看是什么事了。这种事，高手一定是另一个高手调教出来的，哪有天生的。”

元结看着李素炫，越发敬重，也惋惜，无奈深叹：“如此极慧之人，惜为女子。设若为男儿，定有大用于家国。”

李素炫见元结脸上神情，约略猜得到他在想什么，也不在意，只接着弹她五色琵琶。长安城中人都喜欢听李素炫弹琵琶，赞叹不已，每见到她手下书体秀整又记忆绝佳时，又都替她惋惜，道是这等聪明人少见，若是男儿，但凡肯用心思在学问上，来日必有大成。李素炫却向来不以为意，虽说女子智慧于世间无用，可她本也没有什么志向，每听人惋惜她是女子时，便会幽幽想起师父来。师父是男子，她定要做女子，师父博学，她不敢愚笨。

# 第八章　詩論

天宝十一载（752年）六月—八月

# 172

连日阴雨，断断续续下了一月有余，那雨却总也不大，北方帝都倒有了些南方梅雨况味。天不太冷，凉爽舒适，只是周围渐渐有些过于潮湿了。阿翁时常煮些赤豆羹或绿豆羹，加了蜜糖端到李素炫面前，又摘些苋菜在滚水中荡了，叫他娃儿蘸着蒜汁吃。冬瓜切大厚片用豚骨浓汤煨得烂透，再放把碎金针菜和芫荽，扁豆提前泡开了去皮，蒸熟碾碎，拌些糖桂花进去。

“今年雨水是去岁下过来的，一直就没停。雨大，女娃娃家要多吃些祛湿的。”阿翁一边择着青菜一边说道，“阿翁老了，也不知道还能照顾娃儿几年，真怕素儿将来没人心疼。果然到那时候，素儿可一定要自己疼自己，要对自己好，一把韭菜也得认真做得好吃。天大事儿压下来，也得先好好吃饭。”

“阿翁怎么想起说这些了？可是身子不舒服？素儿请郎中来。”李素炫立刻慌张起来，接连追问。

阿翁笑着说道：“没不舒服，只是老了。阿翁算是身子康健的，也不腿疼，也不腰疼，哪里也都不疼。只是老了，没有年轻时那把力气，年轻时拿得动的，现在拿不动，就是些青菜烫熟了，在水里过个凉，捞出来攥干，都觉得手指头手腕子使不上大力了。这苋菜轻，没事，若是要腌秋菘，对半破开，使盐杀了水，洗过，再攥干，那整半棵秋菘可当真是攥得费力了。”

“今秋阿翁晾秋菘时，素儿过来帮忙。”

阿翁笑了：“不消你来，阿翁再没力气，也比你强。你那几根细手指，比箸头也粗不了多少，攥过几棵秋菘，怕是要累得几日弹不得琵琶、写不得字。”

李素炫突然想起什么来，问道：“阿翁，这城里人都喜欢听素儿弹琵琶。素儿每与人一同劳作，人都非要帮我将活做了，只叫我在旁边弹琵琶。阿翁怎么从来没与素儿说过？下次素儿带琵琶来，弹与你听。阿翁可喜欢琵琶？”

“阿翁不通乐事，只是我素儿弹的，阿翁肯定喜欢，却舍不得叫你弹。”

“素儿就是弹琵琶的，为何舍不得？”

“以往听你说起前事，自小每日弹习，十分辛苦。谁家孩儿五六岁时不是野地里疯跑的，偏素儿每日要弹几个时辰，又要读书写字，长大了也是傻傻的，不恋饮食，不会玩乐，还是每日弹几个时辰，又读书写字。从前师父将你盯得紧，是为了你好，做耶娘的都要为孩儿长远打算，小时候不吃那许多苦头，哪里有今日。只是你有了今日，却没了小时候一番快活。阿翁只将你当个小童儿，不想让你再弹琵琶写字，只管吃好的，开心便是。你若是个男娃，阿翁定要带你到城外爬树去，教你打兔子、捉泥鳅，也学学人家顽童淘气，踩满脚田里烂泥巴回家。小孩子家的，怎能淘气都不会。”

“女娃也可以去淘气，也可以去踩泥巴。”李素炫笑道，“素儿下次随阿翁去采野菜。”

阿翁笑着说：“素儿想去，阿翁就带你去。眼下春野菜都老了，若想采，有薤白，只是比春日里辛辣一些，也有马齿苋、扫帚菜、蒿子、灰菜、荠菜，想吃菌子得去山边上，水多潮湿处才有，大太阳地里少见。采菌子一定要阿翁带你去，许多菌子有毒，不能乱吃。过几日这雨不下了，阿翁先带你进山采菌子去，连着晴一两日，菌子过了，地里野菜就肥了。”

阿翁絮叨着，将一把把菜择干净了，捆好，要李素炫带回家里。李素炫看着阿翁做事，心中触动：“我虽无父母，却也有人疼，此生可也不亏着。下次定要穿身粗衣，随阿翁去采野菜。”

近六月中，雨水小了，又几日雨停了，阴了半日，天骤然放晴。李素炫满心欢喜，一早开了坊门就跑去找阿翁，阿翁果然备好了刀铲，带她出城去挖野菜。

“素儿这衣裳……果然是粗衣。”阿翁笑着。

“可不是。素儿在院里做完了活，都只能取支旧琵琶来弹。若是弹我五色琵琶和无伤，定要先换件别的，怕叫这粗布将我宝贝琵琶划伤了。”

李素炫俏声说道。

阿翁看着李素炫，见他娃儿笑吟吟的，在晨光里蹦跳着，脸颊透着绯红，穿着粗衣，正如一片麻布裹着一枚宝石。虽然麻布裹着，却终究是一枚宝石，迎着日色，晶莹透闪，格外俏润可爱。

“素儿将这竹笠戴在头上，挡些日头，不然晒得又黑又红不说，两眼都睁不开。竹篓背身上，挖了菜直接丢进去，阿翁特意给你寻了个小的。”阿翁碎碎嘱咐道。

李素炫咯咯笑着，接过竹笠戴好，阿翁帮她背上小竹篓，转头去收拾驴车。李素炫常遣人递书向阿翁讨酒，娃儿相求，阿翁忙不迭就去办。李素炫估摸着酒熟了就过来取，感念阿翁辛劳，特意给他置了驾驴车，阿翁出去采买粮食和酒料时很借力，不用再费力推车。驴子个头不大，乌青色皮毛，粉白眼圈、粉白嘴唇，肚子底下也是粉白色。李素炫不懂这些，见小驴子模样可爱就买下了，后来知道这是山东三粉驴，模样俊俏，却比不得关中驴高大结实，不过阿翁用倒是足够了。每次李素炫来时，赤骏与小驴子窝在一个棚子里，大眼瞪小眼，各嚼各的草料，也算相安无事。小驴子没有赤骏吃得好，也不吭声。狸儿不知怎的不喜欢小驴子，还是赖着赤骏。

今次要带娃儿出城，阿翁提早将车子收拾干净了。李素炫戴着竹笠、背着竹篓，手脚并用爬上车，阿翁赶车出了家门，到城外就可以让驴子小跑起来了。赤骏整日憋闷，李素炫也带它来了，为叫它跑得开心，还将鞍辔卸了车载。路人眼见一头三粉小驴子拉着板车，车上坐着个粗衣老汉，领着个农家女娃，车子后头跟着一匹高头大马，筋骨少壮，阔步洒脱，鬣鬃飞扬，有如天河之驹踩踏凡尘。李素炫跟阿翁说得开心，没注意到路人纷纷张望过来，盯着赤骏贪看不已。

出城不多久，到了一处山脚下。阿翁带李素炫下车，钻进林子里，留赤骏和小驴子在林子外头等着。

“就这里，细细找。再往深山里，菌子和野菜山里人便采了。菌子有许多种，多长在背阴处，有的在松针里埋着。素儿拣识得的采，不识得的不要碰，有些菌子毒性大，碰一碰也不行。”

“若是碰见大朵的，不认得，不能采，可不是要心痛？”李素炫说着，口气顽皮。

“那就记着地方，叫阿翁去看。这终南山里外各色菌子阿翁都认得。”

“素儿听说采菌子不能挑颜色艳的，有毒。”

“不全是。有一种叫鸡子黄，颜色跟橙皮一样，无毒，而且很鲜美。还有一种叫毒伞，看着灰戳戳的，很寻常，极毒。”

“素儿记得了，只拣认得的采，不认得的就记着，指给阿翁看。”李素炫说着，笑眯眯的。

“莫走远了。”阿翁叮嘱了一句。

李素炫答应着，在林子里细细找起来。林子茂密，只几缕阳光从叶子缝隙里照进来，凉爽舒适，也晒不到。背阴处草色老绿，一丛丛长得密实，结满了晨露，踩到深处，脚底下凉丝丝的。李素炫喜欢窝在家里，果然如阿翁所说，总要弹琵琶，又读写，停下来便觉得无聊，难得今日一番闲散。不过她也不全然是跑出来玩乐来了，也果真想采些菌子，只是来回走了许久也没采到多少。半晌后跑去找阿翁，见阿翁已采了许多，大大小小，将个小篓子底都厚厚盖住了。

“阿翁怎么采了这许多？素儿怎么没见地上有这许多菌子？”

阿翁笑道：“素儿见不到罢了。”

“不就地上长的？怎么还能见不到？”李素炫不服气，又回头去找，走了一大圈，又采了两三朵，回头看见阿翁那里又采了许多。

“欺人不成？”李素炫嘀咕着，一副不服气。

阿翁笑了：“素儿莫恼，许多人出来采菌子都与你一般，眼大漏神，地上明明好大一朵，贴着走过去，就是瞧不见。不消心焦，阿翁采了这许多，足够煮菌汤，素儿就当出来散心。”

李素炫只好咧嘴笑笑，认卯。又过了阵子，日头升得高了，穿过密林向外头看，见远方烟气中碧绿一片，又明晃晃的，知道是阳光正照在南山山麓上。林子里头湿热起来，又闷，阿翁带李素炫出了林子，赤骏和小驴子仍旧老实等着。大太阳地里，赤骏净如冰雪，仰头望着远处，不知在看什么，小驴子低头吃草，眼睛翻着，骨碌碌转着，看着赤骏。它鼻头粉嫩，微微翕合着，来回甩着小尾巴赶蝇虫，本是一副可爱，只是衬着赤骏，显得有些滑稽。

阿翁带李素炫又走了一阵，去采野菜。到了开阔处，李素炫眼中只有凌乱杂草，阿翁却一眼就能从杂草里找出宝贝来。

“素儿看，那不是蒲公英？这会儿蒲公英老了些，这株倒嫩，快去采了来。”

阿翁指着，李素炫大睁着眼睛，找了片刻，才在一片密草里看见蒲公英。她立刻过去，蹲下，用手拢了叶子就要往外拔。

“素儿要用铲子。”阿翁说道，“出门前给你那把。”

“用铲子？”李素炫一低头，从腰间将铲子拔出来。

“将蒲公英叶子拢着，用手握好，另一手拿着铲子，斜刺进土里，别太深，寸许就够。铲子前头开过刃，在土里将根切断，就能整棵拔出来。素儿这样拔，只会将叶子都揪下来。”阿翁笑着说道，“别看那根细，在土里头扎得深，着实结实。”

李素炫吐了吐舌头，照阿翁所说，将蒲公英整棵采了下来。

阿翁又指着另一头：“那里不是株薤白？”

薤白长着尖尖细叶，比韭菜还细，阿翁指着，李素炫仍是半晌才看到。她蹲下来，仰头问道：“阿翁，这薤白就要吃根，不能割断，要如何采？”

“从上往下，使劲挖。”阿翁笑道。

“是。”李素炫答应着，用铲子掘土。薤白根深，挖了许久才整棵取出来。

“这一株就要挖这么久，阿翁每次挖那许多，也不知要多费事。还蹲着，着实受累。”李素炫一边干着活，一边说，“以后素儿每次随阿翁出来。”

“好，好。如此阿翁也省事，素儿出来也开心。”阿翁笑着连连点头，“素儿自己去找。”

李素炫开心应着，低头找起来，只是仍与方才在林子里头一般，大睁着眼睛，就是半晌也找不见多少。许久回头看，阿翁又采了许多。

略事歇息时，阿翁看了李素炫所采，笑道：“素儿这采的多不是能吃的。”

“为何不能吃？”

“马齿苋和薤白不会错，蒿子却是许多种，长得像，能吃的只一种，不小心就采错了，荠菜也是。”

李素炫哭笑不得。阿翁见她噘着嘴巴，知道她恼火，呵呵笑着，说道："不然，阿翁找到了，指给素儿去采。素儿手上快，阿翁也不用蹲着。人老了，蹲着费事，蹲下去再起来更费事。"

李素炫开心，她终于有活做了。阿翁老了，却不知为何如此眼利，随便看看，就能找出野菜来。蒲公英和荠菜趴着长的，也还容易，马齿苋梗子泛红，也容易些，扫帚菜、蒿子、灰菜立着长，就不大好找。最难找的是薤白，尖细叶子混在一片草里，阿翁指了，李素炫都要一顿好找，不知阿翁如何一眼就能看到。

李素炫懒得不停站起来又蹲下，阿翁指了野菜出来，她干脆手脚并用爬过去，挖了往身后高高一扔，晃着身子用背篓接住，没接住就捡起来再扔一次。越接越准，自己也越发得意，笑得放肆。

日头渐渐升得高了，周身开始辣热起来，竹笠遮了大半阳光，却仍有些遮不住的，晒得李素炫满脸通红，流汗涔涔，不停淌下来，又沾了手上土，弄得一脸泥泞，身上也满是灰尘，脚上裹着泥，重得像秤砣。虽说狼狈，却收获丰厚，李素炫十分兴奋，又笑又叫，欢闹不已。

阿翁见他娃儿如此开心，也跟着开心，欢声说了一句："素儿与阿翁唱支曲子如何？"

"好。"李素炫在略远处，抬头应了一声。低头想了片刻，想起小时候师父教她读《诗三百》，其中那许多春花夏草、男女暗慕，多少心意，多少深意，又多少不如意。师父仔细给她讲什么是比、什么是兴，什么叫文思，什么叫遣词，她却觉得这不是什么文采，只不过是不肯好好说话。心中一片炽热，不惧人知，偏要胆大说出来，又偏要顾左右言他，偏要混着说、掺着说，装作不经意说，不住讲些葛覃、卷耳、芣苢、甘棠，讲些采蘩采薇、采葑采菲，讲些虫鸣喓喓、鹑之奔奔，不过是掩人耳目。非要拐过多少道弯，费过多少无用口舌，才羞答答说到人。小时候她听不懂，只记得《国风》中无数花草虫鸟，不记得里头那些人，到后来懂了，只是身旁已空荡无人。

李素炫轻叹，镇定之后，抬头唱起来，初时轻柔，渐渐开阔，嗓音柔婉清越。

采白薤兮踏青莎，女之耽兮不可脱。
惧人知兮浅凝眉，十指作兮唱劳歌。

阿翁不知道他娃儿唱的什么，只觉得她声音甜美清润，如水梨着糖，飘着蜜香，纯澈可爱。

“阿翁也唱一支。”李素炫欢叫道。

阿翁笑道：“素儿声音脆生，好听。阿翁唱得难听，怕叫素儿嫌弃。”

“素儿不嫌弃，阿翁唱一支。”

老汉想了想，憨憨笑了，搔搔头顶，许久才开口，犹豫着唱了几句。

夏风吹夏草，夏雨润夏藻。
夏蝉鸣夏枝，夏阳照夏鸟。

诗中自有一番意思，阿翁唱出来却另是一番味道。声音苍郁、粗朴、沉实，略嘶哑，口吻有些迟疑，难得调子竟唱得有个大概准头。称不上仙声曼妙，却是率真不琢刻，格外有一番风尘沧桑、浊世零丁。李素炫唱歌生而有分，自卢菡处开蒙，入宫后又得许合子、念奴屡次指点，虽不是宫中顶尖歌伎，却着实唱得不差，只是任谁也听得出来一副宫廷精雅，无有阿翁口中这粗率生机。

“阿翁唱得好，素儿喜欢。”李素炫惊讶道，“这词素儿没听过，阿翁何处学来的？”

阿翁却有些不好意思，竟笑得腼腆起来，粗声说道：“每次听素儿唱歌，都是自家诗赋。素儿说过，但唱起歌来，好坏都要唱自家诗赋，作不出来时才唱些旁人的。阿翁便自己临时编了四句。”

“阿翁怎么想到如此用这夏字的？这等形格却少见。”

“前几月送酒到酒肆里，有个人拿了把壶，对着唱。阿翁觉得好笑，就过去听，见壶上题了四句，那人唱的就是壶上题的。行个礼，请那人给念念，说说意思，那人还真给讲了。阿翁觉着好听，就记下了。只不过那人唱的是春，阿翁唱的是夏。”

李素炫更是惊讶：“阿翁这四句着实可爱，夏日又比春日难唱得多。阿翁片刻间得了这四句，十分不易，又唱得好。”

阿翁听李素炫如此夸奖，更加害羞起来，憨声笑着，脸上黑里透着红，满是褶子，搓着两手，一副局促。二人一同笑了好一阵子，阿翁又利眼寻地上野菜，叫他娃儿去采。

日色近午，一老一小开心回了家，打水洗了手脸。阿翁去厨间生起火来，釜中添水坐在火上，转身将背篓里菌子翻检了，拣好的来用。李素炫掇个小马扎坐在厨间角落里，见阿翁将小块苎麻布打湿，握在手里，轻轻擦着菌子上泥土。

“这菌子上有一层黏糊糊的，不要洗掉，就将上头杂渍轻轻擦净便好，不然便不鲜了。”

阿翁说着去井里提了个酒瓶上来，昨日熬煮了汤头，在里头镇着。倒出来在釜中，切了老姜进去，添几小勺甜酒，煮开，将菌子切厚片投了进去。

“鲜菌子用老汤头烧开，略炖煮便好，不能放香料，也不要放芫荽和葱末，会抢了鲜，一点儿盐足够。”

阿翁絮絮说着，菌汤煮好了，盛出来，撒了细盐，又将酥饼从炉膛里取出，连菌汤端到屋里。

“娃儿小心，这汤可烫。”

他说着将调羹递给李素炫，坐到她对面，开始细细择野菜，去了老根，去了黄叶，一把把捋好，用稻草捆起来。李素炫知道，这些菜是给她带回家的。

“阿翁，素儿在坊中雇了个后生，叫他每日到阿翁家来帮忙。”李素炫吃饱了，心满意足，拿起帕子抹着嘴巴说道。

“为何？”阿翁一怔。

“阿翁每日要与酒肆酿酒，有时还要格外给素儿酿些，还总要操心素儿衣食，素儿每次吃饱不说，还要格外带回家许多，怕阿翁太累了。”

“张罗些饭食而已，能有多累。为酒肆酿酒，阿翁这辈子就是做这个的，也习惯了，素儿的酒顺便也就酿了，不累。”阿翁笑吟吟说道。

“固然不累，只是能省力气，为何不省？”李素炫嬉笑着说道，“素儿将人都寻下了，只待与阿翁说过，便叫他过来。阿翁若累着，素儿可不敢有这许多事情相求了。”

“好、好。”阿翁笑着点头，捡起根干稻草来，利索将青菜打好捆子，又说道，“素儿惦念，阿翁开心，既然如此，阿翁就领受了。”

两人再没多说话，阿翁仍旧忙着余下那些青菜，李素炫在对面看着。

阿翁两手粗糙，皮如老树，还裂着口子，骨节粗大变形，看着不大灵活，做活却精细。上了年岁，眼神差，有些小处横竖看许久，也还是看不大清楚，只能摸索着做，竟也不差。李素炫眼见阿翁两手也不灵便、眼神也不清楚，却将第二把青菜也择干净，用稻草捆了。

李素炫知道劳作辛苦，但只是知道，今次是真知道了。一筷子小菜夹起来放嘴里，嚼了、咽了，不过片刻，但阿翁要赶早出城，走很多路，不停蹲下、起来，不停采摘，又要赶时辰回来料理。一碟小菜李素炫几筷子就夹完了，阿翁却不知道要耗多少时候才做得出来。小菜不贵，以前只知道美味是凭了阿翁手艺，现在知道光有手艺不行，辛劳和心思也是免不了的。

第二日，帮忙的就去了阿翁家。阿翁初时还不好意思支使人，只是那后生很勤快，阿翁渐渐松弛了些。酿酒那后生帮不上什么，只在各处洒扫或出去采办，省了阿翁许多力气。

## 173

六月炎热，李素炫在家中静心修持，每日弹习读写，磨练羯鼓，也洒扫房屋，整饬院落，修剪石榴树，用心润养地衣，也酿些淡酒，趁日落前夕阳柔和，坐在石榴树下独自斟饮，弹着琵琶，唱着词曲。眼下日夜在屋后叫嚷的已是麻四兄，李素炫已不觉得它吵闹了。开心时听听这尘间声音，一俟抱起琵琶、执起锥管来，立刻关停这一丝心神，由着麻四兄聒噪，全不入耳。

六月二十四，荷花诞日。清早李素炫带着桑落酒、带着无伤，出通化门，骑马到了龙首塬上，去找师父。下了马，缓缓步行，到了老地方，卸下肩头无伤，酹酒在地，第一盏谢过汝阳王殿下，第二盏奉与师父，又一一拜过四面八方。

“师父若在，今日满四十七岁。”

她坐在树下，落落弹起无伤，感慨万般。如今来到这里，已全然不再伤心难过，心中只一片沉寂荒凉。她已不大记得师父模样了，只依稀记得他声音。卢七给她画了师父肖像，她收在师父旧衣中，很少取出来看。那画中人用琵琶遮了大半张面容，看着陌生，她越看越难过。每日独自在家，从来也没什么要紧事，却也从来不敢闲着。心头许多旧事依稀，只要静下来，就会慢悠悠浮显出来。这些年来她渐渐明白，命中最难挨的并不是生死。凡人一世，诀别痛楚，死生浓烈，若怕，便怕了，若不怕，不过瞬间决绝，引刀一快，血纵天涯，何其洒脱。偏是这安稳难挨，最是命中难以抵挡。她每日宁心调息，神色平静，心底却隐隐惶恐，怕自己软弱，怕自己一念之差，输了今生，负了来世。

她听着周身风声细细，看着远方云影淡淡，轻轻唱起《长相思慢》，无伤殷切，衬着塬上歌声。她心中有无数深情欲诉，真的说起来，却总是说得清淡，说得随意，说得像《国风》里那些花鸟虫草，说些旁的，说些别的，说些不相干的，说了那么多炊煮洒扫、诗酒歌乐，到最后也说不到人上。

长忆初见，窗前琵琶，春色不尽晴好。乞望与共今生，爱君年少，惜君苍老。暮暮朝朝，愿洗砚调琴，熏衣煮稻。眉梢鬓角，纵霜雪，青丝白皓。

往昔如烟影，终究上邪梦断，旧颜飘渺。竟日回想，却怎奈何，相思无药。浅斟轻唱，也自怨，也自明了。揉碧弦，弹从前曲，仍是晨曦静照。

一曲歌尽，手上未断，铮铮依旧。她从容弹着，也不急，看看远方，日月行经，天地间云影数重，零星有孤鸿纵掠。幽幽弹唱，寂寂酌饮，直到天色渐渐昏暗。她起身缚好无伤，上马回程。行至通化门，下马回身行礼。

“素儿到了，师父不消再相送。”

# 174

七月炎热，夏日微风像小股火苗，在肌肤上一寸一寸舔着。李素炫试图不介意，手里不停做着各种事情，不想许多远的近的，一日日过着，一日日数着。

遂平与歌子商量过，训良大了些，可以抱出来见见长辈，定在七月七日请众位好友到府上相聚。夫妇二人专门请李素炫过去帮忙写请函，提早备了上好酒金纸，知道她挑剔，人多用油烟墨，爱其明亮晶莹，她非喜欢松烟墨，取其青黑无光。夫妇二人寻遍东市，将头等清烟也买下备了。城里什么好笔李素炫也瞧不上，只用商锥和鹿锥，到成府时她自己带着了。各路请函都写好后，歌子尤其嘱咐李素炫也要给她自己写一份。李素炫又笑又无奈，果然写了，歌子又不许她带走，非要李素炫回家等着，说府上着人专门送去。李素炫见她如此认真，也只得由着她。

七月七日，端木与闻朗先到了成府中，很快李素炫也到了。这几人算作歌子亲族，遂平也有些远亲与好友到场。众人相聚一处，饮酒谈笑。李素炫特别想抱抱训良，围着他转个不停，两手上下来回比画着，却还是不敢碰他。歌子笑了半晌，嘱咐李素炫老实坐着，将训良放在她怀里，扳着她手将孩儿托住，告诉她莫要乱动便好。

小婴孩身子软软的，又比成人格外温热些，发散着乳臭。李素炫托着他，一动不敢动，开心得快要叫起来。歌子与端木在一旁看着她这般模样，大笑不止。李素炫不敢动，久了，身子都僵硬起来，却仍旧非要抱着训良，直到孩儿哭闹不止，歌子将他抱到屋中哺乳，李素炫才勉强起身，活动四肢，半晌才缓过来。

今日成府中美酒乃阿翁亲手所酿。这两年来阿翁陆续将《甘露经》上大半酒种酿制成功，只是除紫露与霜凝之外，其他酒种仍不售与外人，只留与他娃儿独自享受，或李素炫取了赠送友人，或孝敬鹿先生。今日一早李素炫雇了车子，去阿翁家取了甘露酒送过来，叫遂平拿来招待亲故，让旁人晓得他成府中也有亲族为孩儿操心。那头遂平与一众人饮酒，说起杯中酒乃是夫人家中人为今日特意酿制，众人艳羡万分，不住过来相谢。

“在下历来好酒，这等美酒此前未曾有幸遇见，特来谢过。”

李素炫得意，歌子也开心，连忙还礼。

李素炫听那头人吵嚷着，说着些战场上前事，某次随成将军去了哪里、与何人对战、战获几何等，回头问歌子道：“听他们说话，似乎是从前与遂平一同打仗的。”

歌子点点头：“果然。其中有几人，日后就在成府里了。”

“为何？”

“遂平有许多兄弟，多年一同打仗，交情非同一般。许多人负了伤回来，军中赐金、赐归，只是有几人无有亲族，回了故乡也不晓得做什么，遂平就将他们留下来了。对外只说府中家甲，实则看作兄弟。”

“你这府中日后可是热闹了。”

“可不是。都是遂平从前生死兄弟，又都无家室，对训良十分喜爱。我还想着这孩儿略大些便要请你来教授学问，与他开蒙，今日看，怕是要先随那几人习武了。遂平说那几人果然个个有绝学，都吵嚷着要传给训良。训良若是女娃，大约还好些，却是个男娃，习武怕是少不了了。也不晓得日日射箭打拳，弄得双手糙硬，还能不能随你弹琵琶写字了。”歌子笑道。

这边正聊得热火，忽然听到那边歌声，不知是谁，一边唱一边使木箸击盏，旁边有人稳稳应和。

> 秦时明月汉时关，万里长征人未还。但使龙城飞将在，不教胡马度阴山。
>
> 骝马新跨白玉鞍，战罢沙场月色寒。城头铁鼓声犹震，匣里金刀血未干。

“有人在唱《出塞》。”端木说道。

李素炫与歌子都不说话了，认真听着，那声音粗粝、衰老，像把钝锯子，锯着一段糟朽树干，空洞又执拗，犹如将士鏖兵累战，伤而不肯死，纵骨断血干，犹自横刀搏杀。王昌龄先生这诗中本是一副豪情，却被那人唱得格外惨痛不屈。

端木叹息：“上过战场的，终究不同。我等是太平惯了。”

“遂平身上很多伤疤，看得我害怕。”歌子小声说道，忽地难过起来。

园子两边都沉寂了许久，那边忽然有人嚷道：“你们那头，不打仗的，也唱支来，与我等说说太平。”

众人都笑上了，一时轻松许多。歌子看了看李素炫，小声说道：“素儿与我弹琵琶。”

“好。”李素炫立刻取了身旁琵琶抱好，调了弦律，握好拨子。歌子挺身跽坐，与众人行过一礼，说道：“歌子自幼研习箫管，唱得却是寻常，诸位莫嫌弃。”

众人欢闹，嚷着不嫌弃。歌子选了牌子，嘱咐了一句，李素炫即刻弹起琵琶，听歌子唱起来。

勤羹巧谷拙补衣，犬吠温衾日高起。

不怕凡尘空自在，何须妄梦到辽西。

众人一听便明白，长安城太平，如今遂平与歌子每日简单饮食，过得轻松，女儿家的不看重什么英雄功业，只想与爱人耳鬓厮磨，平淡相守。想来遂平在辽西作战时，歌子定是终日忧心无比，却又无奈，只能希冀梦中一见。

众皆感触，心头交杂无比，却也欢心，纷纷向这边还礼致谢。遂平不安，忍不住走过来，对歌子郑重行了一礼，说道：“遂平在外作战数年，果然是生死消息不传，叫夫人担忧了。”

“无妨。”歌子笑道，“如今不是什么都好了。”

那头众人起哄，遂平笑笑，又回去与众人一同坐好，斟酒聊天。这边，歌子与李素炫也斟酒，李素炫小声说道：“歌子这几句写得好。”

“借了你四个字。勤羹巧谷，你在《江城子》里用过的。”歌子小声笑着说道。

“后面跟了三个字却谦虚。拙补衣？你手上利索，也能叫个拙字？”

两人小声说笑，那头有人起身走过来，深深行礼，恳切说道：“我等俱是粗人，乐器上粗疏，不堪听，却又喜欢。可否央请几位赐乐？不敢强求。”

端木、李素炫与歌子互相看了一眼，骤然来了兴致，取了长箫、羯鼓，同着李素炫手中琵琶奏起来。众人听得极专心，一曲终了，又连连过来深深行礼相请。三人也被撩拨起兴致来，也不相拒，接连奏乐，连着多时方停下来。

众人欢呼致谢，又开始饮酒谈笑，园中只有闻朗手足无措。他精擅调理，歌子自有了身孕到生下训良，他没少过来探望帮助，今日被看作母族眷属，与端木、歌子和李素炫坐在一处。她三人奏乐时，那边人都向这头看着，令闻朗有些局促，眼下三人停了下来，他开始不停为三人斟酒。

端木瞧出闻朗心思来，取了酒盏来饮，又对他笑笑，以示安慰。歌子也看出来了，只当作没看见，独李素炫搅浑，嘻嘻笑了一声出来。

闻朗放下酒盏，拱手道："在下自惭形秽。"

如此一来连歌子也绷不住了，为忍笑只得低头，端木笑着摇头轻叹。

"你这人真是书呆子。"李素炫嚷道，"我等没笑你形秽，是笑你怎的总在意这破事。"

闻朗叹息道："我也不知为何，每次你等奏乐，我都听得陶醉，却又深觉自家不堪，唱支歌也要走调，拍头也乱，在你等身旁十分坐不住。大约果然是书呆子，读书读得呆傻，又只会读个医书。"

"书呆子不是读书读到呆，是呆子读了书，便不读书，也是呆子。"李素炫利落接了一句。

闻朗噎住，答不上来，端木忍着笑，小声对李素炫说道："素儿口利，四郎不是你对手，姑且饶过他。"

李素炫嘻哈笑着，端起盏子饮酒，不理睬那闻朗，且留他一个人沮丧。倒是端木见闻朗局促，不停与他说话、斟酒，叫他免了坐卧不安。一众人闹腾到夜半，在府中宿下，第二日清早方散了。

李素炫再到歌子家时，果然见那几个伤残老兵也在，也不闲着，依旧在院中练武。有时风掀起衣裳来，露出身上巨大伤疤，有的伤疤在脸上，只一眼便叫人看得心惊。有的伤得轻，痊愈后无甚大碍，不过是破了相，有的却伤得重，走路也不利索，有一人甚至少了左臂，叫李素炫看得胆寒，不知道他如何活下来的。只是这些人自己不大在乎，依旧呼喝着，拳脚生风。李素炫看着他们，想起父亲来。自小只知道父亲是军人，不知他当年如何，可也是如此身姿健悍，不以伤痛为意。

老兵们都喜欢阿翁所酿甘露酒，李素炫时常请阿翁多酿制一些，她取了送过来。老兵们见了她，立刻围过来，一边饮酒一边笑着哄她，说着软话，讨她琵琶来听。李素炫从不回绝，弹得认真，老兵想听多久，她便弹多久，心中总是想着父亲。眼前这些老兵肌肤黝黑，浑身带伤，沾着灰土又冒着汗味儿。一壶酒，几曲琵琶，便十足快活，个个历过生死，反倒没那么深沉。

## 175

七月中，一日清早，李素炫刚起身便听到叩门声，应声开了门，见是樱儿。门还没来得及大开，她就从门缝里挤了进来，反手掩上门，将随行的挡在外头，接着在院中欢跳，雀跃不已。

"怎么如此开心？"李素炫回头跟上，笑着问道。

樱儿立刻扑了上来，搂着李素炫两肩，娇声说道："父亲将我许与崔家哥哥，我二人不日就要定亲了。"

"当真？"李素炫惊喜万分。

"真的。你将事情说与了兄长，兄长回去说与了嫂嫂。兄长去与父亲说，嫂嫂去与母亲说，父母商议了几句便允了我了。崔家叔叔出门在外，前几日刚回来，父亲约他和婶婶过来饮酒叙旧，一壶酒没完，就将事情定了。原来崔家哥哥回去也忍不住，跟他耶娘说了，崔家叔婶本就要这几日来提亲。"

李素炫佯道："可要恭喜你了。本来还怕你嫌我多嘴。"

樱儿立刻松了两手，端正站好，与李素炫行礼说道："怎么敢嫌素儿多嘴，樱儿多谢了。茗哥哥也与我说，叫我代他谢过你。"

"好了，逗逗你，还当真了，行什么礼。"李素炫说着，将樱儿拉起来。

樱儿高兴异常，抓着李素炫手腕在院子里转圈，兴奋说道："素儿知不知道茗哥哥这名字怎么来的？"

"不知道。"

"崔家叔叔历来十分嗜酒，婶婶颇恼火，崔家叔叔便给他选了这个茗字，叫他日后长大了莫要饮酒，饮茶最好。"

“崔茗倒是果然不大饮酒。”李素炫笑着回应道。

“还有，茗哥哥母族为尉迟后人，他自幼随舅父习武，崔家婶婶也是好武艺。每次崔叔叔饮酒饮得多了，都要被婶婶追着恼火他，崔叔叔便要讨饶。茗哥哥嫌弃他们吵，就跑过来寻我兄长。我自小总见他在府中与兄长在一起，卢家兄长也总过来。我十一二岁时，有一次卢家兄长逗我，问我想不想长大了嫁给茗哥哥，我一害羞就跑开了。前几日兄长告诉我，原来茗哥哥早就说过来日要娶我。”

樱儿越说越兴奋，小脸通红，学李素炫样子坐在石榴树下，也不嫌弃地上灰土。

“这不给你席子了？为何学我坐地上？我这衣裳干活穿的，不怕脏，你身上干净怎么也坐地上？”

李素炫说着，指着小席子，樱儿看也不看，伸手拖过去垫在身子底下，仍旧说得兴奋。

“前几日茗哥哥还来看我，说秋日里带我去骑马、登高。”

李素炫也不晓得她要说到什么时候，起身去割了韭菜，又回来坐好，一边细细择着韭菜，一边听樱儿说个不停，笑着，为她高兴。樱儿说了许久，终于停下了，忽然回过神来，面上泛起赤红，羞赧说道：“樱儿话多了些，怕是叫素儿烦了……我就是太高兴了……我帮你择韭菜。”

“你哪里会择韭菜，无妨，捣乱也好。你说你的，我听着，你高兴便好。”李素炫笑着说。樱儿平日里不算沉闷，却终归是个端庄女子，从不曾见她像今日这般亢奋。

“素儿若听得烦，我便不说了。”樱儿红着脸说道。

“不烦，怎么会烦。你说，我听着。”李素炫说道，分了小把韭菜递给她。

樱儿将韭菜接在手中，学李素炫样子择着，又开心说起来。李素炫笑着听着，面上平静，心中幽幽起了思念。

“我当初将心许给师父时……和她眼下一般大。”

樱儿兴奋，李素炫纷乱，二人都择着韭菜，借着手上忙碌掩护。樱儿将往日里茗哥哥待她如何好说了许久，终于慢慢退却了兴奋，有点儿不好意思，小声说道：“素儿……我渴了。”

李素炫大笑：“我去给你取水来。”

取了水回来，叫樱儿饮了。她终于不再闹腾了，安安静静帮李素炫择韭菜，一边忙着两手一边四处看看，回头说道：“素儿这小院子真好，十分招人爱。”

“哪里好了？不过寻常人家，一口井、一棵树、马屋、柴堆，胡乱种些韭菜、蒜苗。谁家院子里没这些。”李素炫笑道。

“人家院子也是这些，可是人家院子里不会有张案子，上头放着纸笔和琴，旁边架着琵琶。樱儿喜欢此处，以后可不可以常来？”

“可以。”

“可不可以带茗哥哥来？”

“可以。”李素炫笑着，“还可以请你们一顿餐食，只是我家里没什么好的，只有韭菜，还得你帮我择。你若不嫌我这里简陋，日日来都行。”

“樱儿不嫌，若是茗哥哥陪我来，就更不嫌。兄长以前就说过，不稀罕侯府阔气，只想跟心上人在一起，随意住个小院子。”

樱儿欢喜说着，起身告辞。

“谢素儿听我聒噪。”

“谢你帮我择韭菜。”

“待樱儿与茗哥哥定了亲，再来告诉你。”

“好，我等着，你二人成亲时我定要到场祝贺，奉上贺礼。你快回去将这身脏衣裳换了。”

樱儿面上又是一红，慌张行了礼，转身开门跑开了，李府家人在后头连忙跟上。李素炫看着她跑远，摇头笑笑，合上了门。

## 176

七月过了几日，中午依旧炎热，早晚凉爽了些。元结约请赵萧娘与李素炫相聚饮酒，道是自己将要入闱，再见不知要何时。与元结随行的多半是韩翃与贾至，有时候也有其他人，只是这些人总是奔着歌舞吹弹而来，独元结喜欢与李素炫论诗，谈得投机。二人索性到外头临窗处坐了，撇下小间里众人，叫他们围着萧娘讨琵琶来听。

李素炫对元结行礼道：“素儿将先生诗文细细读过了，十分钦佩。读先生诗知道城外事，幸甚。”

“素儿喜欢便好，旁人说些什么也无所谓了。”

“想是还有人批评先生。”

“无妨。河南有诗家名杜甫，我这诗词得他激赏，乐人中又有你识得，也算世间有知音，足够。”

“杜甫？若我所记不错，会当凌绝顶，一览众山小，便出自他笔下。彼时杜先生年少，果然气概。你认得他？”

“正是。天宝六载，圣人下诏，令天下通一艺者到长安应试，他赶了来，不中。我二人便是那时相识，至今有交。”

“我听人说，那次李相主试，所有士子无一人得中。李相禀天子，道是海内无有遗珠，硬是给说成了好事。”

“不错，后来那杜子美多年奔走，屡递诗赋，无人重视，去岁又献《大礼赋》，得圣人赏识，命于集贤院待制，只是至今仍无官职。这些年来他辞赋变化很大，多写民间事，更是不甚得人青眼，比不得那李太白、王维、高适、王昌龄，俱为时人称道。”

“世人爱李太白风流、摩诘先生出尘，亦爱高适、王昌龄豪壮。杜诗乃世上疮痍，自然不招待见，长安城中果然罕有人传唱。我倒是听说杜先生有书论，道是书贵瘦硬。”

元结笑道：“这你竟然也知道？”

“素儿无此博闻，是听我书学先生所说。”

说话间，店家端酒上来，殷勤斟满了盏子。元结与李素炫各取酒盏，继续饮酒相谈。元结难得有个知己，能谈乐，又能谈诗，讲得酣畅开心。

“三教都讲济世，既然要济世，诗赋又如此要紧，如何能只说自家风华伤感，只颂盛世圣主昌明。诗赋文章皆天下公器，焉能全然不传世间真相。”

“素儿从前罕见有读书人以民间疾苦入诗者。《诗经》中多有疾苦，却是伤民自诉，少有诗家撰录。这长安城中日日升平，有佳酿美馔、不尽歌舞，酒席宴飨间，谁人爱听那煞风景的。难得先生不迎合，只这一番性情，便叫素儿佩服。”

元结笑道：“听你如此说，旁人再说什么，都不必在乎了。”

“先生莫要睬他们，随他们说去，怕蝲蝲蛄叫还不种地了？”

元结没听过这等市井俚语，略想了想，懂了，大笑起来。笑够了，听李素炫又说道：“这几年，萧娘时常带我去些士子雅集，戴面纱，报李玄霜之名，与人奏琵琶或司鼓，实则只为听他们诗词，也要听他们论诗。听多了，有时素儿颇疑心那些人究竟懂不懂。”

“不知素儿何意？”

“彼等十分爱挑剔人，却只敢挑剔今人，不敢挑剔古人。不管什么诗词，但有不合规矩处，若是出自今人之手，便是错误，若是出自前人之手，就叫变化。有些词调押仄韵，若是今人押了平韵，便是错处，若是前人押了平韵，就叫鼎革。今人平仄韵混用，是讹失，前人平仄韵混用，是高明。一首词前朝名家写了，定了格，旁人不照着写便是错误，名家不照着写，便是格二，再有名家不照着写，便是格三。格律自无到有，是自诗词中归结出来，不是为指教诗词而硬编的，诗词说到底还是要读出来、唱出来，凭心中耳中感受把握，焉能拿规矩硬套。许多诗词用规矩套便是错，读出来、唱出来却好得很。这些人可不管，只会挑剔格律，将诗赋弄得跟术算似的。”

元结笑道：“素儿所言不差。其实前人和名家诗词多有不合格律处，只是今人点评时，想破头也要想出一套套说辞来，力证前人辞赋天衣无缝，今人辞赋到处是漏洞。彼等其实分辨不出什么来，不过是照着箭孔画靶子，专拣名篇来说。名篇定然好，点评的不消辨认好坏，只用他自家话术将好在何处说一遍就行。只要提前背下些文案来，临场又不惧，口齿伶俐、风度翩翩，便足够赢得满堂喝彩，实则空无一物。”

李素炫笑道：“若是唬我这半懂的，也还好。士子雅集，到场都是读书人，怎么也玩儿这些花招？”

“不然说什么？辞赋以意蕴为上，意蕴到了，格律上有些差池也无妨，更是难免。只是意蕴说不清楚，只好不说，格律能说清楚，就盯着说个没完。”元结狡黠笑道，“作不出好诗的，格外喜欢挑剔格律，作得好的倒不太计较。你看太白什么时候计较过？哪首诗不好？杜子美向来格律精谨，可他什么时候在乎过、炫耀过？”

李素炫笑起来：“果然如此。作不好的只能抠格律，作得好的，一副激扬痛快，哪管那许多。我见过许多整日抠格律的，没见彼等作出过好诗来，只会拿规矩去挑诗家毛病，或与挑毛病的人挑毛病，嫌你给人挑毛病挑得不对。不过也有换样耍赖的，说诗词只要有意蕴，格律无所谓。可惜他那诗词，格律固然马虎，也无甚意蕴。”

一同讲人坏话大约最能牢固交情，二人每说到这些事，都格外觉得遇上了知己。笑过半晌后，元结重又取壶斟酒，问道：“不知素儿写作时如何尊奉格律？”

“素儿不想格律，只凭兴致。先生说诗赋文章乃天下公器，固然不错，只是素儿觉得，诗赋先是私事。凭心头兴致写，事说清楚了，意蕴对了，最为要紧，格律平仄合得上固然好，合不上也无所谓。也莫要强求旁人说好，说不定真的不好，旁人若说不好也不需在意，说不定是他不懂。所谓诗赋，不过自家心头一件私事，开心便好。”

“素儿洒脱。”

“我为乐人，不需强求诗名，故此从不硬撑，将琵琶弹好最要紧。”

“在下屡次听人说你为天下第一琵琶伎，琵琶曲可有你弹不好的？”

“怎么会没有。”李素炫笑道。

“若是弹不好，如何？”

“去找先生帮忙，先生定有法子教我。”

“你琵琶先生是谁？”

“梨园雷海青。”

元结惊讶道：“我未到长安城时便屡次听闻雷海青之名，人道是海内绝手。你这琵琶是他教的？”

“正是。素儿得蒙师卢菡教诲十年，自十五岁起，雷先生授我琵琶，至今未曾穷尽先生技艺。但遇困顿无措，便去找先生帮忙，先生总能找出法子来。有先生在，素儿向来有恃无恐，什么都敢试一试。辞赋却是再无人指教，只少年时一点微末所学，拿来开心罢了。承元先生不弃，与素儿论诗，素儿感激不尽。”

“你为女乐，琵琶精绝，轻易便能换来富贵，却如此钟爱辞赋，肯用心、肯耗时候，却又不与人应答博名博财，只图个心爱。元结佩服，怎敢嫌弃。”

李素炫笑了笑，她固不是名利之徒，却也并非十足清高。诗词心爱，不图财名，却图个无聊时有事做，图个寂寞时有所托，如此更要格外将诗词写好。若心中有意，却文辞阻塞，只靠堆砌辞藻、生拼格律凑出诗赋来，一派意兴抒发不畅，喉中如鲠，日子久了这诗词也就寄托不了什么了。偏是不将辞赋拿来博名求财的，才格外要将辞赋写好。

两人聊得开心，不觉间饮了几壶酒，正犹豫要不要再续时，萧娘走过来笑着说道："每次都是你二人过来在窗边单独聊，今日说这许久了，不过去与我等闹一阵子？"

元结与李素炫对视一眼，都笑着点头，应道："好，这就随你去。"

"也不晓得你二人说些什么，不过诗词，哪来那许多道理说个没完，将我等丢一边？"

元结忙行礼道："我二人失礼了。"

李素炫却笑："初时分明是你等嫌我二人无聊，将我们轰出来的。后来几次都是我二人识相，自己先出来了。"

"你二人可不就是无聊，还想抵赖不成？"萧娘笑着。

三人说笑间回了小间，里头四五人已酒至半酣。一人倒卧，鼾声大作；一人自顾唱着，却着实不大动听；一人使木箸击着盏子，板眼十分稳当，只是与那唱的对不上；另一人在旁边击着羯鼓，与那击盏子的又对不上。

在案边坐好后，元结斟酒，唱歌的嚷着要萧娘为他弹琵琶。萧娘将琵琶轻弹起来，追着歌声，只是那唱歌的调子不稳当，不住改换，偏要与萧娘琵琶左拧着来。李素炫听了阵子，只觉得火气攻心，宁耐许久，忍不住起身走过去，将打盏子的木箸收了，盏子里注满水给他，嘱咐他好好饮酒。那人非常听话，将水当作酒饮起来，满面陶醉。另一头击羯鼓的也依法炮制，将一盏水换了他手上一对鼓杖。那唱歌的姑且不理睬，虽说声音像个破瓮，终究是肉嗓子，过不多久唱得累了，自会停下来。

元结与萧娘在一旁低声忍笑，李素炫回来坐好，将鼓杖丢在一旁，三人又对饮起来，说些坊间琐碎事情。元结虽然来长安许久，却只是闷着读书，不大出去游玩。萧娘对城中各处极其熟稔，元结打听，萧娘与他讲得甚是仔细。

"若好佛，多处寺院里有俗讲，僧侣口才高妙，值得一听。若好道，你向素儿打探便是，各家道观她都熟悉。若好些新鲜的，城中有三夷寺，素儿那延政坊内便有火祆祠。上巳出城，踏青祓禊，清明随士子拜墓，过不几日是盂兰盆节，都有一番热闹。先生若中了进士，圣人可是要赐乐于曲江畔，受领圣恩后，题名雁塔，还可与同年在曲江各处游玩，十分惬意。城中亦多有各国使节、王族、客商，留恋此间繁华，迁延居留，数十载不去。彼等不缺银子，多爱交游，我都熟。先生若有兴致听他们说说西域风土，吩咐萧娘便是。”

元结笑道：“萧娘所说在下先记着，待中了进士一一游赏。”

“怎么眼下不去？”

“若中了进士，定要照萧娘所说逐一探访，眼下却要先忍着读书，将那些好去处先留着做念想，读起书来格外有劲头。”

萧娘笑着说道：“你们这些读书人可真是好坐功，我这素儿也是整日闷在家里，什么热闹处也不去。逢上年节，嫌外头人多，格外不出门。”

三人不停斟饮，平静说笑，忽然听那头人吵了起来。回头看，见是那两个将水作酒饮的，不知如何争执起来。细听片刻，原来二人在论诗，一个喜欢李白，一个喜欢王维，话不投机，没了好脸色，口气也冲。

“王维乃贵胄，你那太白有何出身？”

“作诗为何非要有出身？”

“摩诘是状元，李白没功名。”

“作诗为何非要有功名？”

“摩诘诗好、书好、画好、乐好、文好，你那李太白只有诗好。”

“说的是诗，诗好便足够，攀扯什么画乐？再说李白可是侠士，剑术一流。”

“摩诘相貌英俊……”

“太白也不差……”

萧娘回头笑道：“这二人方才还说未尝见过太白、摩诘，十分渴慕，眼下就论起人相貌了。”

元结与李素炫低声偷笑，听那头二人吵嚷声渐渐大起来，又片刻，接上了手。只是二人酒力尚未全退，都没什么大力气，只是不住互相搡着。

元结与萧娘互相看看，想上去解劝，只是不知怎么劝两个醉鬼，又一想，不劝也无妨，毕竟只是互相推搡，酒醉手上虚软，也没多大力气。唯李素炫起了坏心思，取过旁边琵琶抱在怀中，持拨弹起来。

元结与萧娘当她是想弹上阵子，认真听了起来。李素炫弹得很忙乱，五弦嘈切，铮铮急迫，手劲又狠，弦声一片虚乱冲悍。元结与萧娘都有些惊讶，知道她饮酒不醉，不知为何弹成这样。

李素炫见他二人面上带着疑惑，笑了笑，抬头看着那两人，元结与萧娘也即刻看了过去。弦声渐渐大起来，又格外混乱，那二人手上也跟着着了力道，越发推搡，口中仍旧争执不断。待李素炫那弦声乱到极致又快到极致，二人已是胶着一团，又撕又打，十分用力，却又无力，口中争执也是含混不清，却又不肯住口。

元结与萧娘哭笑不得，也是那二人看着果然好笑，也是好笑李素炫淘气。那二人顶着牛，互不相让，许久后，萧娘憋着笑说了一句："素儿叫他们别闹了。"

李素炫咧嘴笑笑，点点头，手上立刻减缓力道，琵琶声小了许多，听着也不再刺耳，眼见那两人手上力道跟着也小了。又片刻，琵琶声渐趋柔和、缓慢，两人复又互相轻轻推搡。又许久，李素炫停了拨子，按下弦声，那二人互相看看，脸上一副茫然。

这边元结与萧娘笑得气都续不上了。

"素儿……十足捉混……"萧娘勉强换着气息说道。

李素炫噘着嘴巴："谁让这二人上次迫我饮那许多酒了。我都说了不想饮，他们非要磨个没完。"

萧娘笑道："你倒记仇。"

"为何不记？"

"你如何知道他二人会追着你琵琶打闹？"元结问道。

"这二人通乐，又酒醉不清醒，定要追着琵琶声。若不通乐，又未醉，倒不上我当。"

元结不解："这二人如何通乐？方才听一人击盏子，老与唱歌的错着，击羯鼓的又与打盏子的错着，许久都对不上，从头错到尾。寻常人若是与旁人对不上板眼，定然难受，死活也要对上。"

李素炫笑道："你只听他二人对不上，却没留心，纵然是对不上，却各自稳当，从头到尾都没错一板一眼。二人对不上，互相都是个打扰，从头扰到尾，二人各自手头却能不乱，肯定是心里极有准头。醉酒之下尚且有准，何况平日。故这二人定然深通乐律板眼，寻常清醒时也不会着道，眼下心神散乱，定然上我当。还有方才那唱歌的，这会儿是睡了，那人心里更有准头。他那调子与萧娘琵琶调子总对不上，若换了旁人，定是要跟着琵琶调子拐过去了，他却由着萧娘琵琶在耳旁弹得响，自家一调之内绝不走音。这本事寻常人还当真没有，反正我是不行。”

元结想了想，大悟，连连点头：“素儿敏锐，言之有理。”

萧娘笑道：“素儿记仇，他两个前次非要惹你，今日算是咎由自取。”

几人说笑间，听那头二人又说上了。

“其实太白果然神仙。”

“王维也果然脱俗。”

“太白多有洒脱时。”

“王维亦有不尘处。”

“爱李白者，定然有豪情。”

“爱摩诘者，也是能参悟。”

……

这边三人互相看看，十分无奈，只能笑笑。二人方才还争执不休，眼下又互相吹捧上了，有来言，有去语，像是两个演参军戏的，一个扮参军，一个充苍鹘，临场编段，竟然还挺贴合，有白脚，有韵脚，吹捧得恰好。

萧娘抱起琵琶，李素炫取了羯鼓，元结解下腰间横笛来，三人自顾开心，也不理会其他几人。过了许久，那几人酒渐渐醒了，萧娘叫店家送来些醒酒汤和小餐食，饮食过后，几人缓了过来。又歇息片刻，众人互相行礼告辞，方才那两个互相推搡的此刻如兄弟般亲热，连下次一同饮酒都约好了。

“当真是对人间活宝贝。”李素炫笑道。

这次相聚后，连着许久，元结没有再约见李素炫，只将自己与杜甫诗篇又抄录了些相赠。李素炫知道他要集中备考，送了他一些精良纸墨，又允诺，待他高中，她定要亲自与他主持酒局祝贺。

## 177

每岁到了盂兰盆节，佛门道门和俗家都要庆祝，街上官民喧腾拥塞，足足热闹三整日。李素炫几日都不出门，在家里窝着，等着节庆过去，街上能清静些。几日后，外头终于动静小了，大清早李素炫便牵着赤骏出门，到阿翁家去讨吃，还给狸儿带了小鱼干。

阿翁向来不庆祝节日，每日忙着酿酒，盘算下次要给他娃儿烹些什么来滋补。李素炫进了家门，将骏儿送入马棚，在小驴子头上捋了两把，又用小鱼干哄了狸儿开心，接着蹦跳着去了厨间，掇个马扎过来，坐在角落里看阿翁忙碌。阿翁清早去市所买了新鲜菠薐菜，叶子挺括水润，根子红彤彤的，还沾着地里泥水。

李素炫帮阿翁将菠薐菜择好了，看阿翁将菜洗净、焯水、过冷，又攥干，放在砧板上，拦腰斩两刀，拎起来抖散在大碗里。接着将铁釜放在火上，烧热后倒入油脂，又拿了把干果仁切碎，筛去碎末，投在油脂里。油脂渐渐烧得热了，干果仁萃出了焦香味，引得李素炫直咽口水。一旁碗里有肉汤，提早一日熬好的，收得浓郁，眼下已结成了冻。阿翁手上极利落，取调羹盛了块肉冻放在菠薐菜上，搓了细盐，将釜中滚油连同碎果仁一起泼了进去。一阵噼啪声伴着白烟腾起来，肉冻立刻融化，阿翁用木箸很快将菠薐菜拌匀，装盘，又盛了白粥。另一头小铁釜里清炖羊肉在炉子旁温着，也盛了，使个承盘端到屋里。

“素儿小心烫。”阿翁将木箸与调羹递给李素炫，又转身回厨间，切了细碎芫荽拿来，撒到羊肉汤里搅匀了。看娃儿吃得开心，阿翁也开心，又坐到案子对面择菠薐菜。

“这菠薐菜最好用水焯一下，不然涩口。羊肉还有许多，记得回去镇在井里，明日清早起来便要吃掉。眼下这日子口还是不能久存。”

阿翁絮絮说着，李素炫问道：“阿翁，为什么每次素儿吃得饱饱的，阿翁只在一旁择菜，从不与素儿一起吃些？”

阿翁笑着说道：“阿翁就是个糙老汉，够吃饱就行了。这食精细，一次只能做这一点儿，多了味道不好，只够素儿这份就成。”

“阿翁平日里都是一个人，如何烹饪？”

“滚水荡熟，撒点盐找口，就行了。”

“为何如此对付自己？”

“最爱做饭的，都不是最爱吃饭的，一定是给身旁人忙的，没有给自己忙的。素儿一个人在家不是也懒得忙乱，总是对付？”

“素儿什么也不会，当然对付了。阿翁有手艺，自己却不享用。”

“独自一人，懒得费事。素儿固然不会，也是因为只给自己做。若你身旁有个心爱之人，你一定急着要学。这般聪明个娃儿，真想学，一点儿厨间事早就学会了。”

李素炫笑笑，知道阿翁说得对。

饱足之后，李素炫告辞，阿翁给她带上菠薐菜和羊肉，连那一把果仁、肉冻和几棵芫荽也给她备好拿上，又格外给她取了两坛酒，到院中将狸儿从赤骏身上扯下来。李素炫将几样物事在马背上捆好，行礼离开，直接去了鹿先生家。

商不言将李素炫迎进院门，拿了酒去给鹿先生看。

“师父，师兄带酒来了，我去拿盏子。”

鹿先生笑眯眯走出来，豪声说道：“先生这几日正渴得半死，听见有酒就活过来了。”

李素炫笑笑，将羊肉和菠薐菜取下，对商不言说道：“去厨间将火生了，烧水，师兄与你做美餐。”

商不言依言跑去了厨间，鹿先生看着李素炫，坏笑着说道：“想必你这是哪里现学的，过来卖弄来了，欺负我比你还不会。”

“先生说对了。”李素炫笑道，也去了厨间，趁商不言生火，将菠薐菜洗净了，果仁切碎。待水滚，将菠薐菜焯过，想着阿翁方才做法，将菠薐菜用油炼果仁和肉冻拌好，羊肉连汤烧滚，放了碎芫荽。商不言在一旁帮她，二人一起将几样吃食端到院里，见鹿先生已倒好了酒，竟能忍住馋，没有独自先饮，正坐等着。

摆好碗箸，鹿先生大惊小怪道：“素儿着实厉害。寻常拿楷书、辞赋出来吓唬人也就罢了，今日竟然炫耀这厨间手艺。可是长进了。”

商不言在一边立刻兴奋起来：“师父没看见，方才师兄在厨间，那可是……比弹琵琶时还厉害。手脚又快又利索，还有准头，一撮盐，捏一下，就刚好，不多不少……”

“斟酒。”鹿先生一仰头，低头将空盏子咚地放下，用指节敲着案子嚷道。

“是、是。”商不言连忙停下来斟酒。

三人说笑许久，李素炫方自阿翁家出来，不饿，只饮两盏酒作陪。鹿先生与商不言都不善厨事，这清炖羊肉和清油果仁菠薐菜都是用心烹制的，父子俩一尝之下胃口大开，顷刻间吃到罄尽。鹿先生心疼商不言整日做活疲累，还特意多给他夹了几大块肉。

案上碗盏皆空，鹿先生抚着小肚子，满面陶醉，半晌，摇晃着回了里屋，头也不回嘱咐道："商不言陪师兄说话，师父还有文章要赶着写完。"

商不言与李素炫行礼送了鹿先生，又坐下来闲谈。商不言见鹿先生入了里屋深处，料他听不见这边说话，神秘一笑，转身从后头架子上取了个小包袱来。

"小弟有件礼物奉与师兄，想叫师兄开心。"

李素炫见他一副藏头隐尾，有些奇怪。商不言将包袱打开，捧着递给李素炫，说道："这是两只紫檀嵌银丝镯子，小弟方将这嵌丝手艺磨得精熟了，用心做的。师兄先挑个喜欢的。"

包袱里头果然是两只镯子，上好紫檀所制，圆润细腻，光雅鉴人，银丝行线精细准确，闪着光亮，嵌得严丝合缝。

"师弟手艺日渐精纯，眼下可以为太庙制礼器了。"李素炫接连赞叹，又好奇问道，"怎么想起来做个镯子送我？我弹琵琶，手腕上什么也不能戴，你又不是不知道。"

"知道师兄不能戴镯子，只是，终究是女儿家，就算不戴，留着压箱底，也定然喜欢。"

"师弟有心了，师兄这里谢过。"李素炫说道。

"我眼下就做了这两只，师兄先挑一只。"

李素炫拣了只细些的，戴在腕子上，抬手晃了晃，迎光看着。紫檀温雅，自家兄弟殷切手制，手艺又精湛至极，李素炫格外欢喜。

"紫檀怕水，师兄一定知道。若是偶尔戴在手腕上，动水时记得捋到小胳膊上头，靠近肘节处。木质涩，卡得牢靠，不会坠下来。若是戴在右手腕子上，写字时要小心，这紫檀木若贴着白纸划过去，会在纸上留下些淡淡颜色来。银丝有时会发黑，用手用力擦便好了。檀木虽硬也难免磕伤，若伤了便拿来，小弟与你修整，就与修整无伤一般工序……"

商不言碎碎说着，李素炫盯着他，抽冷子问道："师弟是不是喜欢上谁家女子了？"

商不言立刻不说话了，小心看着李素炫，片刻后，故作轻松，赔笑说道：“没有的事，师兄想多了。”

“你这几个心眼就别跟我假装了。”李素炫斜睨了他一眼。

商不言想了半晌，忽然全身松懈下来，耷拉着头问道：“师兄如何知道？”

李素炫谐谑笑道：“师弟送过我许多礼物，送饰物可稀奇。我平日里不戴饰物，不是不喜欢，不过是嫌弃金玉堂皇，说是富贵，实则村俗。你这紫檀极精雅贵气，我不敢每日戴着，是因为真正心爱，怕伤了，肯定是放在案子上，每日看着欢喜。女子碰上心爱饰物，果然如你所说，不用非要戴上，看着、留着便心头欢喜。只是女儿家心事，你个毛小子怎么知道？你上次那一把碎铃铛拿来与我坠在伞骨里头，坊间多少女孩追着我问，你又是怎么想到做这碎铃铛的？这两只镯子，另一只你要送给谁？”

商不言哑口，低头，抬眼偷偷看着，半晌说了句：“师兄好生厉害，这就叫你看出来了。”

“这事，但凡女子都看得出来。我也是女子，如何看不出来？”

“师兄可不是弱女子……看着像，其实不是……”商不言小声说道。

“臭小子，找打。”李素炫佯怒道。

商不言又不说话了，抗了半晌，小声嘀咕道：“我就是送些礼物给谁家女子，也不过是些小物件，师兄怎的就咬定我喜欢上那女子了？”

“不喜欢，送礼物做什么？又不买，非要自己费事做，不是格外喜欢是什么？”

商不言仍旧不服气，噘着嘴说道：“小弟不是也常做礼物送给师兄……”

李素炫又好笑，又气得蹿火，放下盏子，喝道：“你再顶嘴我拿个锛头揍你头上。”

“是、是，小弟不敢了。”

“你与我说实话。”

商不言迟疑许久，终于说道：“小弟常去将作监，随将作少监习造金银器。少监有一女，名嫣儿，我不时去少监家中听授，便与她相识。”

“你二人相识多久了？”

“只一年。”

“可是私订了终身？”

“没有、没有。”商不言吓了一跳，“人家女娃每日只在家里随母亲劳作，我去了也不过是隔窗户或院墙说几句闲话，将礼物递给她，便转身走了。”

“她可喜欢你？”

“不知道。”

“你送她饰物，她可是都戴着了？”

商不言立刻笑起来，一副得意：“戴着，从来都戴着。我说与她做镯子，她还说要粗些，做活时好捋到小胳膊上，不伤着。”

李素炫好笑道：“你这小子，恁般缺心眼。与心爱女子做镯子，怎么竟要做两只，还叫我先挑？若有一日，我二人都戴着，迎面撞上，你也不怕她恼火你？”

“怎么会。我与嫣儿说师兄待我好，是我小师父，我从前手艺都拿来与师兄做礼物。嫣儿说，那你铃铛也给小师父做一把，镯子也给小师父做一只，叫她先挑。她待你好，你莫要这等没心，认识我便不理她了。”

李素炫心中一动：“这嫣儿却是个心思宽和的。”

如此一想，动了怜悯，说道：“你既然喜欢她，她也喜欢你，你便该娶她。你无父母，师父理当代行父职，你应该立刻禀告师父，让师父上门提亲去。”

商不言没说话，李素炫笑着又问道：“你是不好意思，还是不敢？”

商不言仍旧怯怯看着，一副迟疑。李素炫说道：“如此，我替你与先生说去。”

她说着起身要往里屋走，商不言小声说道：“师兄莫要如此莽撞，若是师父火了可怎么好？”

李素炫回头看，见他口中阻拦，眼睛偷望过来，身子却没动，全然无意要站起来拦着。李素炫暗笑，撇下他，径直进了屋子，边走边想：“我这阵子怕是不小心冲撞了哪路神灵，给盯上了，怎么老与人做这事情，被人屡次当作烧火棍，攥着往火里捅。”

她站着，候至鹿先生停笔，即刻行礼，将事情一口气说了。

鹿先生呆了半晌，突然间大悟，连连拍着案子说道：“是了，是了。是我这做师父的失职，商不言已满二十岁，早就该当娶亲，我怎么给全忘了。”

李素炫又行礼道："如此便请先生尽快上门提亲，莫要错过了，叫师弟满心欢喜落空。"

"好、好。你去叫商不言进来。"

"是。"

李素炫将商不言叫进屋里，尚未行礼完毕，鹿先生便骂开了："你个臭小子，自小就傻，怎么越长越傻？这等事情如何不与师父说？如何要瞒着？你不急着娶妇，就不想师父还想死前抱孙子？"

李素炫憋着笑，商不言口中诺诺，连连行礼。鹿先生嚷了一通，不嚷了，说道："师父这几日便与你操心，还不快谢过师兄来与我说。"

"谢过师兄。"

"你谢你师兄，与我行礼做什么？那头。"

"是、是。"商不言连忙转身对着李素炫行礼，"商不言谢过师兄。"

"师弟多礼了。"李素炫忍笑道。

"行了，你二人出去说话，这事让我想想。"鹿先生说道。

李素炫与商不言行过礼，出了屋子，李素炫喜滋滋笑个不停，商不言满脸红了个透。

"师兄果然天生聪明，哪来的机灵，怎么就能一眼看穿？"他小声嘀咕道。

李素炫哼声道："我自幼熟读《诗经》，凡三百首倒背如流，你当我白读的？"

"读个《诗经》便能如此眼利？"

"行了，你别没话强找话了。我回家，你自己墙角里蹲着乐去。"

李素炫说着，牵上赤骏，开了门，转身与商不言行礼告辞。走出几步，上了马，迎着夕阳，见有辉光清澄炽烈，直面而来，刺目压眉。天色晴朗，青碧流金，晚霞熊熊灼烧，正是白露时节寻常一日。

李素炫由着赤骏缓慢走着，心中淡淡想着。

"自幼师父教我读《诗经》，我果然是用了心。若不然，我愚笨些，想是一生也无这许多憾事。"

# 第九章　畫舫夜談

天宝十一载（752年）九月—天宝十二载（753年）四月

# 178

岁到九月，律至无射，日日秋阳明朗，秋光如洗。窗前石榴结实成熟，叶子渐渐焦萎，零星落了下来。李素炫每日去扫那些落叶，有时也不扫，留在院里，看着风将落叶吹起来，在地上擦出道道痕迹。

“昨日风是直的，今日风是弯的。”她独自笑着，心里想着。

再过些日子天要冷了，不能酿酒，李素炫打算趁最后几日暖和，再酿今岁最后几坛酒。清早去市所买了好米回来洗净、泡上，嫌弃院中井水有涩味，还特意去了左教坊中取甜水回来。她仍旧只会酿桑落酒，仍是没什么太大长进，只是自己不嫌弃味道寡淡，脸皮也比从前厚了，时常送些给左教坊中几位嬷嬷和众家女乐尝尝，有时也送些给邻家老夫妇尝尝。众人听说酒是她酿下的，都欢喜，只是拿去讨好鹿先生时，老先生却是直摇头。

“好好弹你琵琶、写你文章便是了，酿什么酒，着实不是这块料子。可惜那米，不如煮粥吃。”

“先生姑且忍了，好过没有。”李素炫笑着说道。鹿先生闭目皱眉，一副无奈。

前日里鹿先生去了将作少监家提亲，本是拿不准，话说得小心翼翼，不想少监竟然一口答应下来，十分痛快，道是商不言多年求教、随他学手艺，恭谨有礼，又勤快能干，人也质朴。少监夫妇早知道他与嫣儿有意，单等着鹿先生前来提亲。

鹿先生大喜，回来了便叫李素炫过来，要与她商量前后事项，一边说话一边饮着她那淡酒，抽空抱怨几句酒味不好。

“下聘要有聘礼，素儿可是什么也不懂。先生吩咐，最好写纸上，交给素儿便好，先生莫要亲自劳顿。”

“好，先生这就给你写。”

“先生与亲家商议婚娶日期时，可否避开四月？”

“为何？”

“每年三月底到五月初，素儿都在终南别馆。师弟婚娶，我做师兄的定是要前后忙碌，怎能不在？”

“好，先生记下了。”

“不知他二人婚后要住哪里？这房子可是要修缮？”

鹿先生摆摆手说道：“这房子小，住不下我三人，日后再添几个小碎娃儿，更住不下。虽说我将商不言从六岁看到眼下，终究也不是他父亲。他若是娶了亲，怎么敢叫他领着嫣儿挤我这里。就算他不在乎，也太委屈嫣儿了。将作少监领五品职，肯将女儿下嫁过来已是不易了。”

鹿先生一口气说了许多理由出来，李素炫明白他意思，家中狭小，也有些破落，鹿先生怕委屈了嫣儿，叫商不言没法跟岳丈家交代。

“可是太常寺官舍也不大，又离得远。虽也不特别远，想随时见面可是难了。”

“我再想想。”鹿先生叹息道。这几年有商不言这憨厚徒儿陪伴，又有李素炫不时过来，围在身旁伶俐逗趣，鹿先生少了不少寂寞。眼下他舍不得商不言离得远，何况有了儿媳，更是牵挂这对小夫妇。

李素炫什么也没再多说，片刻后告辞离开，之后连着半月没有过来，半月后再来，带了张契书。

“这是什么？”鹿先生一边解着丝线，将几张纸展开，一边问道。

“我将对面那座院子买了，送师弟与嫣儿做贺礼。”李素炫干脆说道，“我看过了，里头屋子好几间，前后院也大，日后再添几个小碎娃儿也够住的。”

鹿先生吓了一跳，惊道：“买了？”

“正是。那院落一直空着，好几日才寻着正主。此处在三大内中，房屋买卖审核严苛，着实费了不少周章。”

“房主如此痛快便卖给你了？”

“多给他银子，有什么不痛快。他自己又不住。”

“好大口气。”鹿先生笑道，又认真问道，“多少银子？”

“先生就别问了。”

“我儿娶妇，你来多事，我为何不能问？”

“商不言是我师弟，我如何多事了？先生莫要再问，一把年纪，操心折寿。”李素炫嬉笑着。

鹿先生沉吟片刻，略微觉得有些挂不住，又一想，李素炫说得也对。她是师兄，是小师父，与商不言多年和睦，亲如手足，果然有这个资格操心。

“罢了，我做师父的，也七十多了，这当口就别顾着自家那点颜面了。”

这么一想，鹿先生心里头缓和下来。李素炫也担心过老汉多想，却终究不想委屈了商不言与嫣儿，也希望他二人离得近些，能照顾鹿先生。眼下见了老汉神色，知他想到了开处，李素炫十分高兴。二人对视一眼，一同笑起来。都是聪明人，心中不过一点凡人俗念，一笑之下，泯然如尘。

鹿先生挥挥手，佯怒道：“素儿惯来搅浑。罢了罢了，不管你了，反正你也不缺银子。”

两人又商量了几句，李素炫暂时告辞，去了对面院子里。今日她刚到鹿先生家，便将商不言带来了这里，告诉他这院子买了送他，叫他带着嫣儿好好在这里居家。商不言闻听，立时傻住，李素炫没管他，独自去找鹿先生说了这半晌，才又回来，见他仍在院里傻站着。

“怎么还在这里杵着？跟个桩子似的。”李素炫笑问道。

商不言忽然湿了眼眶。

“怎么了？”李素炫问道。

“商不言幼无父母，却有师父，还有师兄……”

“以后还有嫣儿。”李素炫笑着。

“小弟不敢受，若受了，不知如何报答师兄。”

“不用你报答。”李素炫笑道，“当初你死活赖上我，非要叫我师兄，我也甩不掉你，一时心软便认下你了，如今后悔也来不及，只能多上心。”

商不言哭笑不得，李素炫收了谐谑，抱手持礼，正色道：“师弟，师兄十分图你能照顾先生。我毕竟不能每日过来，也不及你会照顾人。有你在，我不惦记先生，方好放心做我自己事情。此事你不用格外谢我。买了这院子我又不是没钱吃饭了，师弟莫要多想。”

“如此……小弟便觍颜受了师兄好意，也替嫣儿谢过师兄。我二人定将师父照顾好，奉养天年，不叫师兄担心。”商不言说着，深深行礼。

李素炫点了点头，又说道：“方才与先生商量过了，先生备好了银钱，叫你找人来将这屋子修缮一番。待修缮完毕，师兄带你去采买些床榻、案儿、架格与一应物事，拣好的买，咱不缺银子。嫣儿下嫁于你，她不挑剔，丈人家不挑剔，我等却不能装傻，不能委屈了她。若穷，也不硬撑，不是不穷？”

“我自己做。”商不言果断说道。

“自己做？”李素炫吓了一跳。

“正是，小弟自己做。整屋里，所有用得上的，凡是木料做的，小弟自己做。”

“全都自己做，不知要多少工时，还不累死？这活儿可是谁也帮不上你，你还要向太常寺交件。”

“那也自己做。买来的手艺哪有我的好，不要。我全都自己做，做最好的，娶嫣儿过来。我这就开始画图打样。”

李素炫大为敬佩，立刻说道：“好，明日便找人来修缮房屋，待修缮好了，师兄将全城好木料全与你买了来。”

翌日李素炫找了人来开始修缮房屋，几日内又将聘礼置办好，到了日子，陪着鹿先生去了少监府中。李素炫在外头等着，鹿先生独自入府去见少监。两人多年熟识，说话也随意、和气。

“我二子一女，嫣儿是老来得的。她两位兄长早已娶妻生子，如今嫣儿嫁得良婿，我夫妇二人这辈子大事可是都忙完了。”少监笑道。

“商不言这娃六岁起就在我身边，善良懂事，将来定会好好待嫣儿。少监将爱女下嫁，我这做师父的十分感激。”

少监摆摆手说道：“商不言求入将作监，随我学手艺也不是一年两年了，我了解他，为人靠得住，两个孩儿又互相看着喜欢，不算下嫁。”

两人相谈许久，鹿先生告诉少监，夫家已在兴宁坊中为商不言与嫣儿买了院子，商不言要亲自做木工活。少监还未说话，一旁少监夫人顿时笑起来，行礼道：“如此可是叫人高兴。上次没敢问，我还想着，实在不行，我给嫣儿和商不言买个院子。不想我这夫君叫我别多嘴，说是既然允嫁，就别挑剔，嫁过去了，夫家吃什么，就跟着吃什么，只要不挨饿，做亲家的就不要多事。如此却好，我老夫妇也放心。两个儿子还多少指望将来能出息，女儿就指望她有个安稳。”

鹿先生心中感激，详谈后辞别老夫妇，回了家，将事情告诉商不言，最后说道：“你小子走运，可是寻了好丈人家。日后与嫣儿好好居家，可要晓得疼人，也要好好孝敬二老。”

下聘后不到一个月，房屋修缮完毕，李素炫拖着商不言去了市所，指着各家店铺说道：“木材好坏我看不出来，你懂。师兄今日带够了银子来，不用省着。师弟好手艺，若无好木料，可惜了。”

商不言认真点了点头，果然很快选好了木料，看价钱是上等货，商不言又识货，不会上当，李素炫放心付了银子。役夫将木料送到家中，堆放在院子里，李素炫说道：“师弟即刻便可开工。”

商不言与李素炫深深行过一礼，未多说一字，转身到对面鹿先生处取了全部工具过来，一言不发，立刻动起手来。

连着一个冬季，商不言都在忙碌，每日早起晚睡，水也顾不上饮一口。手上渐渐磨出了泡，本是活泼开朗，见了师兄便十分饶舌，眼下依旧礼数周到，话却少了许多，只顾着闷头做活。

李素炫看着有些心疼，说道：“师弟怎么如此着急。成亲日子既然定了，你急不急，不也都是那天。”

“满屋子，要几个月才能做完。我还要画了图去给嫣儿看，叫她挑喜欢样式来。早些做完，才能去买碗盏、被褥之类，到时候也要去问嫣儿喜欢什么。不急哪里行。”

“怎么也不找个人来做帮手？找个寻常木匠来帮你做些简单的还不行？”

“别人做的我看不上。只是这半年多我都要忙这些，还要娶嫣儿过来，没工夫给师兄做物件。等忙过这阵子，小弟一定用心都补上。”

商不言手上忙着，碎碎说着，李素炫叹道：“也罢，反正我也帮不了你，你姑且自己受累。今日先生与我讲学，不陪你了。”

一个多时辰后，李素炫又过来，见商不言仍旧忙碌着，见了师兄连工具也不及放下，握着行过礼，回身又继续忙碌，手上伤了也不顾，简单包扎，隔着扎布也握着刀凿。他不在乎早晚昼夜，只在乎天光可够他看清眼前、够他做活。院中落叶开始纷纷飘坠下来，有的刚好落在手边，他用手指轻轻拂开，或是吹到一边，目光依旧精聚。虽然每日身上疲惫，却精神抖擞，想着来日，受着鼓舞，神色平静，心中一片欢喜，又满怀虔诚。一件件架格、桌案在他手上渐渐成形，陆续放进屋里。实在太累，他直接坐在一地木屑中，回头望着屋子里头。屋里本是幽暗深阔，眼下日益满当起来。他独自憧憬着，四下里看着，看久了就会笑起来，有时笑得暖和，有时只是傻笑。

## 179

李素炫依旧弹习读写，固然是喜爱，也是无奈。除这些之外，她着实什么也不会。早晚不闲着，略不稍歇，也是勤奋，也是害怕静下来便要多想。整个冬季里，她日日忙碌，也充盈饱满，只是回头一想，又觉得不过是平淡，可也并非无趣。她自己也说不清楚到底喜不喜欢这样。

正月里一直下雪。屋中寒凉，她偏要不时站在窗口吹些冷风，直到冻得全身僵硬。雪花明耀，雪落时眼前却是灰蒙一片，坠地却又洁白。满院积雪莹莹有光，在天地苍灰中格外抢眼。雪有许多种，有时是大片，有时是小片，风起时凌乱，风住时钧沉，有时只是细小雪霰，无风时簌簌落下，隐约有声，更像是雨，若有风，便是沙砾般坚硬，不住打在脸上，利如细刃。

“饶是风大，饶是势大，饶它借着风、借着势，一派狂乱，落到地上都是平的，哪一片也看不见。”

隆冬时节，长安城里扎实冷了几日。细桶投入井中，坠落一阵子后，能听到破冰之声。井水打上来时混着冰碴子，李素炫一时大意，竟被冰碴子割破了手。血流出来，激得那凶刃转瞬便融化了，恼都不及恼它。水太凉，眼下又是冬季，时疫正兴，李素炫听了闻朗嘱咐，不饮生水，煎滚了，放凉些再饮用，连赤骏饮水也是如此。端着温水坐到窗前，看看外头下雪，李素炫又想起汝阳王府中那许多白梅来。

雪从正月里下到了二月，春风磨剪，霍霍向春柳，却叫春雪拦住了。柳树枝条里裹着无数芽苞，只能隐忍不发，探个头也不敢。二月过半，雪停了，天一下子暖和起来，积雪骤然融化，汇成无数条小溪，在地上四下奔流，慌慌张张寻找出路，互相却又不商量，东西乱撞、横竖交错。城中阴湿几日后又很快干爽，院中地面裸露出来，石榴树却没什么动静，只落了树上积雪，挺着萧萧空枝。

李素炫不知外头状况，在家闲散了多日，再出门时，柳树上已是满眼鹅黄嫩绿。春色久困，骤然出了樊笼，到处一派枝叶嗔愤，四下里早花初绽，无数芳菲怒颜。

玉真今岁回来得早些，到了玉真宫，只歇过一夜，便带李素炫入兴庆宫拜见圣人，随后请了多位高道与李素炫讲授经学，她自己忙于会见城中各方人士。李素炫知道，内道场核考后她便要随玉真去往终南别馆，修研典籍之余，她在数日内将亲朋故交一一拜望过。他们都在北城，李素炫忽然发现，除了探望卢楞伽外，她几乎没有去过南城。古今辞赋中说了多少回天涯仗剑，她却毫无兴趣，只想躲在个蜗牛壳子里，出门只为这些亲故，他们在何处，人间就在何处。

别馆在终南山中，离长安城也不很远，却迥异。城中四时纷乱，草木冷暖各寄天意，天意喜怒无常。山中却严守节律，草长花开，鸟兽逡返，皆仰时令，因经纬而起，凭日月而动。林间四处幽静，恰恰莺啼，瞿瞿虫鸣，磐石稳重，老树虬曲。水聚水散，山溪不消不长，云生云灭，峰谷不隐不现。人看山有叹有感，心生旷远，山看人不情不义，兀自朝夕。

李素炫入山只一日，长安城便已淡如水影。山中正值初夏，她终日纵马，踏山寻访，依玉真嘱咐，逐一拜会山中隐修者。有时见到碧树冠盖茂盛，山花羞涩可爱，忍不住要逗留一阵子，寻个荫凉地坐下，掬着溪水饮上几口，手上干爽后，将无伤抱在怀中轻弹，一边弹着，一边静听四周，有声音，便听有声音，没声音，便听没声音。山中花有芬芳，草有清冽，木有幽森，她心中生出淡忍来，手上克制，不敢弹得急躁。

逍遥了几日后，一日夜晚，在湖中画舫饮茶时，玉真笑着对李素炫说道："素儿初入我门下时已有诗名，自幼诵诗无算，尤爱太白、摩诘。为师曾说过，若有机缘，定要带素儿拜见二位先生，请二位先生与素儿讲授诗学。"

李素炫本来正弹着琵琶，听玉真如此说，两手不由得停了下来，抬头看着玉真，面色惊疑不定，却又怯怯不敢询问。玉真见状，倒卖上了关子，端着茶盏，偏不说话。

“持盈师父是说……”李素炫嗫嚅着说了半句。

玉真见李素炫这副样子，先绷不住了，笑了阵子说道：“师父请了他二人过来，也就这几日便到了。没有提前告诉你，怕你等得心焦。”

李素炫难以置信，瞪大眼睛问道：“持盈师父说的是真的？”

“师父好大年岁，怎么会与你个小娃儿开如此玩笑？”

李素炫乐得差点儿坐着便直接跳起来，将无伤横在膝头，连连对玉真行礼道谢。

“徒儿谢过持盈师父成全。定要认真向二位先生讨教诗词，与太白论道，与摩诘论乐。”

玉真笑道：“讨教诗词自然是了，与摩诘论乐也可以，只是怕那太白不肯与你论道。”

“……却是为何？”

“若以世俗论，太白乃诗词前辈，与你讲授诗学，天经地义。若以道门论，你二人同为上清派茅山宗弟子，他却比你低上一辈，那许多经书怕还背不过你，如何肯与你论道。”玉真掩口笑道。

李素炫呆了半晌，也忍不住笑了。自入师门便知道，她虽道行浅薄，辈分却大，莫说那许多四五十岁的要叫她师弟，就是叫她师叔乃至师祖的也有，每次都将她吓一跳，慌张不已。听玉真这样一说，李素炫心想，如此便不与太白论道了。若与俗人论道，论便是了，道门中人却要先互禀门派、算清师承、排下辈分。若是一番比较下来，太白还得管她叫师叔，她可坐不住。

玉真又笑了笑说道：“摩诘性子静敛，不甚多话，那李太白可是诙谐饶舌，又迅敏善辩，也唯有素儿一张利口能与他斗上一斗。他见你秀丽聪慧，听过你琵琶，心下定是喜欢你，便要来逗你。到时候素儿莫要与他客气，撅回去，免得叫他占了好处还得意。”

李素炫笑出声来，又听玉真说道：“既然是要讨教诗词，素儿该做些准备。他二人三四日后到，这几日素儿好好想想要问些什么。到时候也大可炫耀一番，若他二人全不知你也有些斤两，怕也不会与你讲授许多。”

“是。弟子明白，这几日便做好准备。”

李素炫将赤骏交给别馆仆役照顾，自己在屋里躲了几日，弹习、填词，将琵琶曲调与诗词都做了许多准备，想了诸多问题要拿去讨教，也想着二位先生会问她什么，也提前想想如何回答，细细盘算着，又在纸上记写。这几年她代玉真招待访客，颇见了不少各色人等，尤其是后来，玉真怕她遇到轻佻人，不再叫她单独见人，只叫她跟着自己。得玉真亲自接见的定不是凡人，李素炫不敢轻慢，每次都要细心准备，将所见之人诗赋文章拿来细读，查阅典籍，考证掌故，也要知晓他施政见识、朝堂宏议。这些与昔日师父卢菡所授十分不同，却也格外是一番学问，格外大长不少见识。她又细心了不少，每次连带上锥管以及额外多带一副琵琶弦之类小事也都不忘。

四五日后，果然清早玉真嘱咐李素炫道："素儿今晚便能见到太白、摩诘二位先生。摩诘离此处近些，太白却是远路而来，不入长安城，只到别馆见几个友人。晚上你不消随着师父，在画舫中备好茶事，带上你无伤与五色琵琶，待师父与他二人一同见过友人后，你我与二位先生单独在画舫中相谈。"

李素炫大喜，立刻行礼谢过玉真。回了屋，坐也坐不住，兀自转来转去，亢奋不已。师兄们备好中餐来叫她，她才稳了稳心神，只是坐到食案旁却没什么胃口，匆匆吃些便告辞回了屋子。好容易挨过半日，天色渐渐昏暗了些，她净面后上了小妆，换好衣裳，带着五色琵琶与无伤独自去了湖中画舫里。

画舫里备好了茶事，放着蒲团，案子上有文房，再无他物。周遭安静，无人相扰，李素炫强忍心中躁动，调好无伤弦律，抱在怀里轻弹。看看画舫外头，夕阳渐渐浓郁起来，吞吐霞光，抛出赤练千条。待夕阳沉落，只一点余晖在天上，照着一点微云。不久，云眼见着散了，转瞬后余晖也瓦解开来，消弭幻化，归于无形。骤然间夜空深蓝，抬头新月如弓，脚下有一湖星辰。

李素炫弹过许久，心中渐渐安定下来。

画舫外忽然传来一阵脚步声，几位师兄搀扶着一人走过来，入了画舫中，那被搀着的倒下便睡了。周身有些幽暗，李素炫没有来得及看清那人模样，就听耳边玉真说道："太白饮得大醉，不过他每次醒得也快。待他醒了，素儿与他烹茶醒酒。”

“是。”李素炫答道。

玉真又嘱咐道：“素儿可先向太白请教，过阵子为师与摩诘先生过来。”

李素炫行礼送走玉真，回身又格外燃了几处灯烛，照得画舫中亮了许多。倒卧那人侧躺着，背对李素炫，看不到长相。她过去给那人披了条织毯，只是那人身边灯烛少些，又不敢盯着看，仍不知他模样。她回身端正坐好，心中痒得很，焦急难耐。

她屡次听人说起谪仙样貌，道是仙姿飘纵，有异人之相。眼下就着灯火，虽看不大清楚，却也看得到大概。太白已五十有余，却未显福态，仍是身骨清癯，眼下醉酒倒眠，却是卧如瘦佛，不失于轻佻世俗。也不是如人所言鼾声若雷，也不是醉中高声吟诗唱赋，只是侧卧着，呼吸钧沉，安静睡着罢了。

许久后，李素炫取无伤弹起了信手，指尖肌肤擦着丝弦，极轻。弦声窸窣如玉屑纷撒，密密匿于光尘，又暗暗沉定，如渊薮鲲潜，秋苇鸿渐，又旷辽孤远，如远山天水，云影烟烬，如暮霞之腾落，孤鹜之于飞。慢慢到了音高处，换了指甲尖，弹得极轻极快，声音细碎明亮，又尖锐犀利，如萤虫围聚，锋芒恍惚，流光飞旋。

李白果然酒醒得快，李素炫弹不多久后，他已清醒了，微微回头睁眼看了看，见对面烛光里有一秀丽女冠，发色乌黑，额头饱满，两眉深秀，略低着头，正竖抱着一支清素琵琶轻弹。

“这琵琶弹得好。老玉真屡次说要我与她爱徒教授诗词，今夜开宴前还说她素儿在画舫中等候，想来便是她了。”

李白想着，又合上眼睛歇息。他虽不工乐器，却有见识，知道这一番静定细密并不易弹，对面之人定是好手。周遭寂落，他刚好在醒与不醒之间静听弦声。

李素炫听李白呼吸声，知道他已醒了，她仍弹着，片刻后手上微微着了些力道。

李白立刻明白，李素炫知道他已经醒了。笑笑，也不假装了，蒙眬中起身坐好，侧对着李素炫，看了一眼，又转头隔栏杆看着外头星湖。李素炫淡淡拨着手上调子，也不扰他。许久，李白头也不回说了一句话：“素儿唱一支如何？”

李白声音清淡干净，已无醉意。李素炫意外太白要她唱一支，却又高兴，连忙称是，手上一转，入了新调，拣前朝诗家骆宾王与陈子昂诗词唱了两支，又唱了支酒肆墙壁上所题诗词。她不知道李白是不是能看出她心思来，当下王昌龄、高适、郑虔、王维等人诗词皆受世人所爱，她自然会唱，只是不晓得李白喜欢谁，又不喜欢谁，不想冒失，这才唱了前代诗家。

李白其实没有多想，只想吹吹外头凉风，散了余下一点醉意，再转回身面对李素炫。终究也是风雅有礼之人，与旁人豪饮吵闹也便罢了，见李素炫姿容秀丽，却又道意清简，举止不尘，李白不想一脸酒气相对，觉得如此粗鲁有些跌身份。他听着身旁琵琶柔和、嗓音淡渺，默默看着眼前一湖夜色。天上月钩静定，水中倒影飘忽，群星浮动，画舫本十分稳当，眼下却恍如扁舟摇曳。

李素炫唱了几支歌调后，又弹了支教坊曲子，李白仍旧看着外头星湖。李素炫也不说话，轻讹几音换了调子，入《青玉案》，将前日所填诗词唱起来。

长恨须臾白昼短，风去来，云舒卷。堪叹半世朱颜变，麻姑却笑，沧海为田，蓬壶又清浅。

纷纭自是红尘乱，且纵深情尽觞盏，微动幺弦唱何满。今夜幸喜，琵琶曲寒，有太白诗暖。

李白听出来，李素炫化用他那首《短歌行》，加减几句，填了这首《青玉案》。知道她这是换了个法子称赞他这诗作得好，不由心想：“这小女冠好生能耐，生得明媚，琵琶精绝，仗诗词本事说了这一番奉承话，却又一身清泠，不露媚态。又替师父交下了人，又不折了她玉真宫颜面。怪道老玉真恁般欢喜溺爱，宝贝似的，走哪里都领着。”

舫中烛光暖黄，轻轻舞着。李素炫停了琵琶，看着李白侧影，看得出他中高身量，颇有些仙骨，只是这许久了他也不转回身来，让李素炫看清楚他到底长什么样。李素炫起了玩儿心，悄悄换了手边五色琵琶，右手握紧拨子扬起来，虚晃一道，劈手落了下去。

五色琵琶上所缚仍是筋弦，比丝弦结实许多，拨子又力大，一扫而过，五弦悍戾，出声锐亢，如裂织锦，如断劲弓。李白吓了一跳，立刻回过身来，却见李素炫只这一下便停了手，眼下正笑吟吟看过来。

“叫她戏弄了。”李白心里嘀咕着，左右也已转过身来，索性安心坐好了。

李素炫忍了片刻便忍不住了，偷眼细看，见李白肤色不黑不白，平眉凤目，端直鼻梁，唇如弓曲，倒是十分周正，却又寻常了些，并无什么异相。她心下有些诧异，只是不敢在面上露出来，李白却爽快，朗声笑问道：“我这样是不是叫你失望了？”

李素炫怔了怔，立刻摇头说道：“没有、没有，素儿并无此意。”

李白撇撇嘴，说道：“有此意也无妨。我李白作得天下第一等诗词，长得却不过寻常。只是市井里头那帮子俗人，读了我诗词，非要就着诗词胡想我样貌，越想越邪乎，到最后将我想得快要不是人了。”

李素炫闻听登时笑出声来，李白也跟着笑起来。

“素儿这琵琶果然弹得好，持盈师父与我说了不是一次两次，还说你诗词上有天分，酒量也好。”

李素炫笑道：“素儿果然酒量好。先生若还有兴致，素儿陪先生饮几盏，看谁酒量更好。”

李白上下打量着她：“你个小女子，还敢与我比酒？”

“如何不敢？若真比起来，先生怕是还比不过素儿。”

“人不大，口气好大。你敢不敢再说一遍？”李白玩笑道。

“好。”李素炫点头，哂笑道，“若真比起来，先生定是比不过素儿。”

李白不服气，想了想，说道：“你先弹几曲琵琶与我听听，我来一趟，也不白奔波。酒便让我再醒醒，过阵子与你饮上几壶，看你如何。”

“好。”李素炫笑着点头，拣了几支文曲武曲一一弹过，也不说话，也不停下。李白安静听着，听得入神。几支曲子皆出自教坊与梨园，曲意深幽，技艺繁难，民间寻常弹习者难以驾驭。之后，李素炫弹起些民间歌调来，另有一番柔婉动人、舒扬畅快，又是宫中难见。

“这支是什么？”李白问道。

“我在民间勘访时，听人用筝来弹的，云是相思之曲。”

李白叹了一声，研了些墨，取纸笔匆匆写了几行字。将笔放下，又认真听着琵琶。几曲过后，李素炫收了拨子，行礼问道：“先生定是写了诗词，可否容素儿一观？”

李白点点头，李素炫将纸笺拿起来，见上头写着几句。

秋风清，秋月明。
落叶聚还散，寒鸦栖复惊。
相思相见知何日，此时此夜难为情。

李素炫轻笑道：“想是这相思之曲令先生想起什么了。”

“些许感触罢了。”

“先生这首三五七言素儿喜欢，可否入了调子，教给城中女乐，叫她们传唱？”

“可以。”

“那先生可还要改动？”

“不用，我作诗不改。你如何？”

“我也不改。”李素炫立刻接道。

“小丫头好大本事，一会儿将你诗赋拿来我看看。”李白笑道。

李素炫也笑：“先生不改是因为写得好，写得好便不用改。素儿不改是因为写不好，写不好就改不好，索性不改。”

“你倒嘴巴甜。”

“不是嘴巴甜，素儿说的是真话，写不好定然也改不好。我爱太白诗篇，熟知不下百首，却不都是一般好。若能改好，先生为何不将那不好的改了，改成好的？素儿猜测，先生为诗赋定是爽快至极，趁兴落笔，一挥而就，改也是小改，不会伏案死抠个没完。可是如此？”

“正是。”李白点头，诉苦道，“你倒是懂行。我就怕人拿诗词来要我帮忙改成好的，真改不成好的。”

李素炫见他神情委屈，心中好笑，随手弄着琵琶弦，说道：“素儿要向先生讨教诗词，不是要将我自家诗词拿来要先生修改，先生莫怕。”

李白顿时笑起来，朗声说道：“素儿贴心，我这半晌都担着心，你如此说我便不怕了。”

“素儿只是熟知太白诗词，有时会猜测太白先生如何写作，想印证一番。”

“好。”李白点点头，“你说。”

“常听人说苦苦写作，素儿知道不是一直写，而是作不出便对着案子枯坐，一直憋到能作出来。一旦知道如何作了，几十字，很快写就。素儿有时有了兴致，却作不出来，索性丢下笔，做些别的。有时都睡下了，却忽然想起来了，就爬起来。不知先生遇到此种状况，会如何？”

“我从来不会作不出来。”李白利落答了一句。

李素炫倒没想到，一怔，又一想，立刻明白了，跟着便笑上了。

“我有时果然是写得不甚好，简单改改，就丢一边了，从来不会作不出来。”李白自己也得意，“只是我那不甚好的，拿到外头，与旁人相比，就是好的。”

“我猜大诗家便是如此。”李素炫说道，“时常听人说苦吟，我不信。其实只是才华不够，苦功来凑。”

“素儿如何？可也苦吟、死抠？”李白狡黠问道。

李素炫笑道：“旁人是才华不够，苦功来凑。我是才华不够，直接认命。”

李白连连点头：“说得好、说得好。才华不够，苦功来凑，才华不够，直接认命……如何不押韵？”

“才华不够。”李素炫利索答道。

两人对视，着实大笑了阵子，李白突然又正色道：“对了，有件事我得问问你。”

“先生请讲。”

“我前阵子听人在坊间传唱一首五言，说是我作的。听着果然像是我作的，但确实不是我作的，记得头两句是‘昔我少年时，竟日纵奔马’……”

李白未说完，李素炫便笑起来，手上即刻发力，弦声振跃，歌声脱口而出。

> 昔我少年时，竟日纵奔马。痛饮甘露酒，徒手战琵琶。
> 我今有华发，骄狂不曾罢。平生千百磨，犹能灌夫骂。

“没错，没错，就是这首。”李白用指尖叩着案子笑道，“人都说是我作的，我纳闷了好久，方才听持盈师父说是你作的，到底怎么回事？”

李素炫放下五色琵琶，持礼说道：“太白先生容禀。素儿尝向长安城中一诗评家讨教，那人对素儿诗作百般瞧不上，哪首都说不好，这首意境不佳，那首格律不对。素儿开始时十分羞愧，后来又听他评别家诗作，慢慢觉得这人其实也看不出什么好歹来，谁人名气大，他就说谁人诗作好，名气小的就说不好，如此而已。素儿回去作了这首五言，拿去与那人看，并表明身份，言道我是玉真宫弟子，这首诗是请持盈师父到太白先生那里求来的。果然那人大加赞赏，说太白先生恣意豪情，不拘格律，写得一派气魄。素儿心里好笑，知道此人胸中无术，再不曾向他请教。只是不想这诗竟然传开了，素儿不敢与人说实话，只与我持盈师父说了。”

李白闻言，大笑不止。李素炫行礼道：“素儿告罪。太白先生莫怪，素儿实非有意冒犯。”

李白连连摆手：“不怪、不怪，这诗作得好，记我名下，不丢我人。”

李白开心笑了许久，对李素炫大起了喜爱。城中士子与富人狎伎之风极盛，然这城中女伎却不是好当的，尤其平康坊中女伎，又要色艺俱佳，又要通晓诗文经史，又要谈吐诙谐、口齿伶俐，两片红唇斗得过群儒，又要与人亲亲热热，又不能真的吃亏。李素炫比不得萧娘，萧娘每件乐器都拿得起来，李素炫只怀中一支琵琶，却是天下无双。她出身宫伎，又自幼读书，免不了眼悭，性子也随了师父卢菡，只能与君子相交，不像萧娘那般什么场子都镇得住。她从不与人豪饮，只相对端坐，寂静清谈，顽皮起来也够闹腾，却不许有丝毫男女狎昵。许多人不喜欢她，也有许多人偏是格外喜欢她。

李白便格外喜欢她，想起自己在长安城迁延多年，也不得志，当时许多心事，不是诉与了各色美酒，就是诉与了城中女伎，如今也不知当年知己流落何方。

李白轻叹一声，李素炫立刻感知到了，轻声问道：“先生可是想起了长安城中旧事与故人？”

李白不知道李素炫知道他些什么事，大觉被这小女冠窥破，立刻推说道：“我方才实在是饮得多了，须得再睡片刻。你若无聊，便自弹自唱，浅斟低唱最好，可莫要再弄个大武套出来，吓死我这半睡之人。”

他说着，转过身去倒头便睡，李素炫暗笑：“谎话还编得圆润。装睡之人，叫不醒，吓不死。”

李素炫本是想要与李白烹茶，见他认真装睡，不理他，换无伤弹了起来，摸着调子，几遍后手上熟了，将李白方才所作三五七言轻轻唱了出来。李白隔着栏杆，看着外头湖水，安静听着。无伤虚静，如星光晃动，歌又飘渺，如淡烟稀薄。夜风微凉，皴擦肌肤，春山空静，黑暗中有无边深意。

李白轻叹。李素炫唱过，接着弹起了梨园曲调，许久后将调子转回来，又唱起来：

楚歌冷，楚波横。
此身如蝼蚁，寸心似飘蓬。
相思纵是虫蚀骨，不悔当年此处逢。

箫声咽，琵琶烈。
锦瑟犹自忍，横笛空悲切。
寂寞不意演箫韶，碧弦徒将歌露薤。

空阶雨，隔院笛。
白露结朔月，斜风絮沾泥。
一夜青灯洇旧墨，微光不到画堂西。

君子剑，狂客刀。
无意愁满面，欢颜自萧条。
风雪乱尘交相送，平生白首不轻饶。

李素炫唱得很随意，区区几句言辞，也不计较到底要说什么，李白也不计较，随意听，听到最后，听到一句：“敢问太白真仙人，当真倒卧醉蒙眬？”

李白隔栏杆看着外面，无奈笑了笑。每个人心里都有些隐秘，或是一件事，或是某个人，其实也不多要紧，只是不肯说出来。

李素炫不再唱，只弹，许久后停了琵琶，放好，挽了袖子烹茶。

“先生别睡了，素儿与先生烹茶。”李素炫说道。

李白也听话，立刻起来了。睡不着硬躺着也难受，既然那小女冠给了个机会，不如就坡下来。他端正坐好，见李素炫竟然将炭炉燃了起来，已擦净了手，取了水方，正准备将茶末倾入水中。

“你还会生炭炉？”李白很吃惊。

李素炫笑笑，手上仍然摆弄着，说道：“人都当太白先生是谪仙人，不消饮食，有酒便饱，也以为我不用饮食，弹琵琶就死不了。我每与人说我要日日炊煮，人都觉得惊诧，我也无奈。”

李白也觉得自己问得傻，不再言语，看着李素炫忙碌，她很快将茶一盏盏捧过来。

“听持盈师父说，你独自住了个小院落，每日弹习读写、赋诗唱曲，十分逍遥，令人羡慕。”

“果然逍遥，也有烦恼，也平静，也寂寞。”

李白笑道：“你个小女子能有什么烦恼？便有，又能是什么大事？”

“烦恼不烦恼，要看如何说。”李素炫狡黠笑道，“有几个字总写不好，旁人看是小事，我看是大事，烦恼不休。前途不畅、孤身无伴，旁人看是大事，我看倒是小事，毫无烦恼。不过，素儿知道，有一件事，定是太白先生今生第一烦恼。”

“你还会读心？那你说说。”李白来了兴致，却也猜测她不过斗嘴。

李素炫笑了笑，身子略向前凑了凑，神色一副狡猾，谐谑说道：“素儿猜测，先生平生最怕一个问题——这等好诗词如何作出来的？太白可教教我？不消说得仔细，简单几句略加指点便可。”

李白怔了片刻，随即大笑，纵声说道：“素儿有见识。诗词如乐，其中好处如何说得明白？至于如何作出来，自然更说不明白。这些事情，只得寻个生僻处，自家咂嘴琢磨，自家揣测领会。偏有人鬼似的追着问我，我若不说，倒像个藏着的，说又说不清楚，更像个藏着的，到最后总要开罪些人。素儿说得对，此番果是李白今生第一烦恼。”

李素炫也笑，清了茶釜，开始烹制第二巡。李白大声笑够了，感叹道：“素儿聪慧，却又逍遥出世，十分难得。惜为女子，若是男儿，定能博得功名，为国之栋梁。”

“聪慧谈不上，素儿身出奴籍，本不过一介女乐，与重臣权贵攀扯不上，时局军政、朝堂纷争，也见识不到，故此不关心。但纵为男子，出身良家，博有学识，广聚资材，也只愿归入林泉，调弦焙茶，逍遥一生，绝不入仕。”

“为何？”李白问道。

“学不会。”李素炫答得利落。

李白点点头，叹息道：“想你也是学不会。如今世无尧舜，权奸当道，上下言路阻塞，一朝荒诞不堪，小人每每得志，君子倒不得施展。就是从政，每日只那一点力气，每日只那十二时辰，还不够拿来与小人角抵周旋的。君子如兰，治世出，乱世隐，如今也只得藏了。”

“纵然治世，素儿也不会出仕。”

“却又为何？读书人该当有抱负，焉能怀宝而迷邦，不为天下分忧？”

“作诗凭才，经世靠学，为宦要看权术。不通权术，便是不会做官。昔日我师父曾说，世上永远有小人。小人当道，君子与之缠斗，斗得过便是太平盛世，斗不过便是王朝末路。就算世无奸佞，人皆尧舜，可尧舜也不会乖乖听我吩咐，反而要我事事听命，我认为我对，可尧舜也认为自己对。若自己胸中有主见，不想听人摆布，与尧舜不是也一样要斗？与人斗、与奸人斗，是从政第一要务，斗不过，就是从政无能，无能者，还说什么抱负。”

李白沉默良久，缓缓说道：“我从前一直看不上躲在终南山里隐居的，今日听你说，想是那些人不过是从政无能，认了命。”

“人若不肯屈身，便不能入世，又何谈治世。君子爱惜羽毛，生命洁净，难忍浊垢，性情与抱负总是犯冲。世有智者，一眼看透，遁身而退，或避于市井，或避于山野。也有勇者，不甘拱手相让，只仗匹夫孤勇，暴虎冯河，宁可到最后头破血流，摧肱折股。”

李白沉默许久，最后长叹一声：“素儿有见识，李白受教了。”

“素儿并无如此见识，这些是昔年师父所说。我从前不明白，眼下慢慢懂了。”

两人都不多说话了，李白看李素炫忙着茶事，心中兀自翻滚不停。他是个聪明人，有些事不是想不明白，是不愿深想，今日却叫这小女冠几句话挑破。

“我惯来喜欢女子博学、有见识，一番伶俐，比美貌讨人喜欢。今日果真碰上个格外伶俐的，却招架不住。”李白暗自嘲讽，想了想，问了句别的。

“你这琵琶清简，又多加了十二柱出来，改为竖抱、手弹，倒是新鲜罕见。想是定律要不同，手弹与行拨也不相同。寻常琵琶多筋弦、肠弦，你这丝弦也少见。”

“太白不弹琵琶，却十分懂。”李素炫笑道，也知道李白想换个话头。

“你如何知道我不弹琵琶？”

“肌肤细嫩，指尖如葱，掌指关节锁合，十指不得极尽开张。弹琵琶的手不长这样，弹什么的手也不长这样。”

李白只笑笑，心中依然飘忽，口中却要说些别的。他其实早就酒醒，也不渴了，却仍旧饮茶，看着李素炫忙碌，与她说得有一句无一句。这二人都是心里清楚又口齿伶俐，随意闲谈尚好，若当真论辩，定是你来我往，若论到不相让处，不啻于刀来剑往。两人也默契，不说要紧的，省得真吵起来。

李白与李素炫又随意谈了阵子，听到画舫外传来说话声，起身相迎，来的正是玉真与王维。李素炫行过礼，迎二人入了画舫，四人分方位在案几旁坐好。玉真招呼弟子格外又燃了许多灯烛，画舫中透亮起来。

李素炫向后退了一尺多，离案几远些，又微微侧身，以示避让，双手持礼，不敢随意抬头。玉真笑着说道：“素儿这会儿定然已与太白熟识了。”

李素炫笑着点点头，玉真指着王维说道：“快见过摩诘先生。”

王维在李素炫右手边上，李素炫仍不敢抬头，只是略微转过去，对着王维恭敬行过礼。对面人竟然认真还了一礼，说道：“素儿不必多礼。”

那人声音不大，沉稳、润雅。李素炫又浅浅行过一礼，才放下两手，抬起头来。看对面人年岁也是五十出头，着平民服色，端然安坐，神色平静。李素炫不敢盯着看，只一眼，未待看清楚，立刻又低下头。王维见她有些紧张，笑了笑，笑得温和浅淡。

“素儿无须拘束。”

李素炫深深换了口气，强迫自己松弛下来，这才又抬起头来，细细看了王维片刻。从前听人说，王维乃开元十九年状元，诗书画乐俱是城中一时冠绝。如此天慧之人，偏又是温润洁白，英气非常，只是难免俗世浮沉，终究了顿，归于辋川。眼下虽已知天命，却看得出来传言不虚。他眉目舒展，双瞳清澈，瞳仁中却是不尽幽深静定。李素炫怔了片刻，他对她认真笑了，嘴角微微牵扬，笑得亲切，却又中正。

李素炫又是一阵慌乱。她读太白诗词，知道此人定是豪侠任性，心口爽直，一副顽童性情。王维却是寂静随意，心魂洒脱，专注又出离，只如尘世之中一缕愁烟。李素炫喜欢李白，见了他便亲近，见了王维却是敬畏。她自己心里也嘀咕，见圣人也没紧张过，怎么见了王维手心里汗都攥不住。

那边玉真与李白谈着，这边王维看着李素炫，温和说道："持盈师父要我与你指教诗词，我却不知道要与你讲些什么。你若想问我什么，问便是了。"

李素炫不由得又双手相抱，端起了礼貌，挺身跽坐，认真说道："先生诗词神品，或通透，或蕴藉，或静淡，素儿此生学不上来，也不敢学，故此不知道要问什么。唯有一事，恳请先生赐教。"

"好，你说。"

"我幼时随师父攻习琵琶，曾闻师父弹奏《郁轮袍》。素儿听过，心头震骇，自此立誓，每日弹习，再不懒惰，来日定要求得大境界。此事，素儿先谢过先生。"

她说着，深深行过一礼，又端着双手，恭敬说道："只是师父当时便说，此曲几经辗转，到他手中定然与先生昔日所弹不同。素儿多年心痒难耐，十分想听先生亲奏一曲。今日得幸见了先生，素儿斗胆恳请，望先生顾念素儿十数载赤诚，准我一听。"

她说完，又深深行了一礼，端着双手，等待王维回答。

那边玉真与李白听了王维与李素炫说话，停了闲谈，看过来。王维对他二人示意，李素炫也对二人行礼告谢，玉真点了点头。

王维见玉真点头，回头对李素炫说道："小事而已，素儿不必如此客气，将你琵琶取来。"

"是。"李素炫立刻回身取了五色琵琶与拨子，恭敬奉了过去。

王维接过琵琶抱好，右手握好拨子，调服气息，稳了心神，抬手直接劈落下去。夜半正是幽寂，陡然间横遭琵琶悍烈，弦如劲弓，行拨似刃，曲声锐奋，曲意矫亢。三人听着，觉得周身狂旋如无数鸣镝密聚，寒光透闪，啸叫着迎面奔袭而来。

一曲收煞，王维送出余息，泄了身上力气，将拨子轻轻插入弦中，抱手行礼。

三人呆过许久方醒悟过来，喝彩不断。王维还礼，又看着李素炫，说道:“素儿可否将你师父教你的弹一遍与我听听？”

“是。”李素炫说道，接过五色琵琶，迅速将弦律重新校准，握好了拨子，又说道，“此曲我师父曾教授与我，后我受教于梨园雷海青，雷先生也教过我，却与我师父所授不同。雷先生说一曲常有几路延传，最后定然不同，我师父教我的应当是他矫正润色过的，雷先生教我莫要忘记了。”

“好。”王维说道，“你将你师父与雷海青所授都与我弹一遍。”

“是。”李素炫应道，又略转过脸对玉真和李白告谢，端正坐好，运力调息，弹了起来。三人围坐静听，片刻后，李素炫忘了慌张，逐了尘思杂念，澄清魂魄，聚结心神，双手健利，连着将师父与雷海青昔日所授都弹过一遍。

曲终，收了拨子，李素炫行过礼，等着王维说话。

王维笑道:“你师父教你的果然与我当初所弹十分不同，却不离原本精神，何况你师父终究是乐师，板眼律吕上比我纯熟，修整得很精到。你好生留着，不时弹习，莫要忘记了。雷海青所授便是我当年所弹，记得当时是在洛阳岐王府中，他请我弹奏《郁轮袍》，我弹过一遍，他便记住了。”

李素炫惊讶道:“只是今日听先生所弹，却与雷先生教我的不同。”

“雷海青其人极慧，记曲一音不差，过了多少年，也牢记不忘，从不讹误。他从前教你的与我当日在岐王府中所弹丝毫无爽，只是我自己弹得随意，历年心境也不同，与当初已是大不一样了。”

“原来是这样。”李素炫喃喃说道。

“这曲子有一人原作，之后流布世间，人人弹得都不一样，也无须一样。素儿好奇我当日所弹，实则我每日所弹都不全然相同。你不必太纠结于正与变，所谓正体，不过是个大概，无须穷究。雷海青只是记忆极佳，能够记得一音不差，实则他弹起来，也未必想什么正变之分，定也是随意自在，大处是我王维，小处细处仍是他雷海青。你师父当年肯定听过雷海青弹奏所谓正体，也没有当回事儿，只按照他自己心意弹奏，教给你，也没有要你弹得跟他一模一样。”

李素炫恍然大悟道：“先生说的是。师父是从来没有要我和他弹得一样，我后来屡次听闻雷先生弹起此曲，也果然每次都不大一样。我自己弹也都不大一样，却仍好奇先生当日所弹，以为正体。如今看，这多年来是素儿死钻缝了。”

王维笑道：“不过，素儿索求正体，也有道理。一曲流传总有讹变，变体又生变体，多年后难免面目全非，到时也不知还算不算是《郁轮袍》了。琴曲有《高山》《流水》，自上三代传至我朝，凡千余载，如今纵然与当初完全不同，也不奇怪。若是人人都晓得正体，只以正体生变体，虽各不同，却又大概不离，如此便无此虑。”

李素炫思忖片刻，觉得王维语中颇有深意，姑且留待回去慢慢思想。复又行礼道：“素儿谢先生教诲。今日听闻先生弹奏，也了了此生一段心事。”

王维笑着点点头，说道：“琵琶上我教不了你什么，单论手上功夫，你强过我许多。我不过是寻常弹奏自娱，在读书人里算是弹得好的，却不敢相比梨园教坊高手。你有雷海青相授，不消再向我讨教。”

李素炫听王维称赞自己，立时局促起来，低下了头。王维见她仍旧紧张，想安慰她几句，又问道：“听京城中人说，你善诗赋，我也听过有人传唱，果然上佳。持盈师父也以你为傲，道是自幼熟读经史，不亚榜上举子，又过目不忘，令人瞠目。不知何人授你如此学问？”

“素儿蒙师卢菡，自我儿时始授我琵琶，教我书史诗文，自十五岁起，雷先生授我琵琶。”

“卢菡？……卢照寂？”

“正是。”

王维叹息了一声，说道：“我见过他两次，只是人多，寥寥说过几句，无缘单独相谈。其人君子，儒雅博学，风姿出众，见之令人毕生难忘。”

李素炫低着头，无奈笑了笑，有些难过，振作一番后，抬起头来又说道：“素儿多年来亦得随宿儒修业，研习书学及典章修撰。先生曾为太乐丞，定认识我书学先生。”

“却是何人？”

“太常博士鹿聆训先生。”

王维点头笑道："我果然认识他。老先生十足饱学，性子却像个顽童，你得他指点，定有所成。素儿得卢先生开蒙，又有雷海青指教，又有鹿先生相授，此生福缘不浅。"

二人说着，那边玉真与李白也小声谈着，两边都谈了许久后，玉真与李白、王维又说起许多从前旧事，不时一起笑起来。只是李白谈得开心，王维却话少，多数时候只静听，不时说话，也只一二句。笑起来也是李白爽朗，王维矜持，太白笑得前仰后合，王维笑得清浅端正。玉真与李白、王维都已五六十岁年纪，说起从前旧事来，轮不到李素炫插嘴，她立刻后退了些，起身到茶席旁，挽了袖子开始烹茶。

玉真对李素炫点了点头，她惯来喜爱这小徒儿敏锐，十分有眼色。李素炫固然懂事，其实也是借着烹茶掩饰。眼下她一边低头忙着，一边听对面几人说话，渐渐察觉到李白与王维并不像多年老友那般特别亲热随意，而是颇为客气多礼，倒是各自与玉真熟稔。

茶烹好后，李素炫将茶盏端过去，一一奉上。玉真与李素炫是师徒，又终日相处，不消多礼，王维却是每接到一盏茶后都要轻轻点头示谢。他始终张弛有度，再开心也抻着几丝清醒，不失礼数，哪怕是对李素炫这个晚辈。李白依旧笑谈，看似不如王维周到，李素炫却知道不过是此人格外性情，开心起来便什么都忘了，哪怕说笑些闲话，也如童了牵鸢般认真忘我。

"坊间多有传闻，道是太白与摩诘二位先生不睦，只怕是讹传。若他二人果然不睦，持盈师父定然知道，怎会将他们一同请过来。看眼下情景，他二人言语客气，礼数不差，面上也全无半分隐忍怨怒之色，偶尔也说笑几句，并无不睦，却也果然不特别亲近。此事倒是说得通，这二人虽然同年同月同日生，性子却实在是太不一样了。固然没有什么理由互相厌恶，也确实没有什么理由格外亲热。"

三人相谈许久后，玉真示意李素炫不用再烹茶，叫她到近前来。

"素儿与我们唱一支如何？"

"好。"李素炫开心答道，"要素儿唱什么？"

这三人互相看看，倒一时没了主意。玉真看了看李白与王维，说道："你二人远道而来，且听你二人吩咐。素儿歌声秀丽，奏乐时却只奏琵琶，轻易不与人唱曲，寻常机缘还听不到。"

李白马上说道：“我音律不精，听摩诘吩咐。”

李素炫只得又看向王维，王维沉吟，又笑道：“素儿可将你师父旧作唱一支来。我曾听过他几首诗词，言辞洒脱，语多沉郁，像他性子。”

“是。”

李素炫点头应道，想了片刻，记起去岁整理师父遗稿时见过一首七言，只一首诗，并无题目，也无题记，看末尾处标明时日，是师父十六岁时所写。李素炫抱好无伤轻弹，起了曲调。

古道王碑斧凿深，往事到此墨迹陈。
纵是千古留名在，寂寞英雄自黄昏。

李素炫唱过后慢慢停下双手，振作了一下，笑道：“这首诗是我从师父遗稿中觅得，第二句有六字连仄，三连仄都为诗家忌讳，六连仄实在是太出格了。我不解师父何意，看了后面一段话，师父说，他先是度了曲子，依曲调定格，发现第二句必须是六字连仄，才能合上调子，只是六连仄读出来便不好听了。若修改曲调，可免了连仄之讹，调子却又不好听了。只是我只见到诗作，不知曲调，师父是依曲调填词，我却是为诗作度曲，不管怎样修润曲调，总与第二句六连仄无法和合，只得糊弄着唱。今次十分想以此事向二位先生讨教，词与乐固然互补，却也互相牵制、互相限制，时常难以两全。若词乐不合，该当以词为重，还是以乐为重。”

李素炫说了这许多，问得十分认真，王维却不在意，笑笑说道：“你看重哪个，便以哪个为重。”

李白立刻点点头。李素炫一愣，旋即恍悟，顿时笑起来，旁边玉真和李白也跟着笑起来。一片笑声中李素炫又说道：“是素儿死心眼了，谢过先生点醒。这诗乃我师遗作，素儿自然要以诗为重，只是素儿实则不大适合唱这支，该当是不惑男子，心有沧桑，语声幽沉，哪怕是粗粝，也好过我这女子声音。”

王维点头，轻笑，轻叹，说道：“素儿嗓音清润，是不大适合。这诗果然像卢先生所作，有他教导你，怪道素儿早熟。我多次听过城中人唱你辞赋，似乎多是词作，诗要少些。”

“正是。时下读书人仍旧作诗多，填词少。但素儿总要轮换复习曲牌，故此填词多些。”

说完这句，李素炫又不知道要说些什么，渐渐又窘迫起来，王维笑着问道：“素儿可还有要问我的？”

李素炫想了想，复又行礼说道：“素儿听人说起先生画作，道是有开人间先河之势。素儿晚辈，今日又仓促，不敢请观。素儿不通画事，也看不出深意来，只一事相求。”

“你说便是，何需个求字。”

李素炫放下两手，转身取了几张纸笺来，奉到王维面前，每张纸笺上都画着一只狸儿。

“这几笔画得好。”王维笑道。

“原本是好友画了送我的，我只是照着练习过多时，练得熟了，我自己可画不出来。当日好友与我说，他作画是加笔，极尽细微，有人作画却是减笔，寥寥几笔，便能传神。他嘱咐我若有机会得见，定要认真看看。我问他这减笔画法谁是人间第一，他说，唯摩诘先生。故此今日素儿请先生以减笔法画一只狸儿，让素儿见识一番，也学着画几笔。”

王维好奇道：“你那好友是谁？”

“他叫卢楞伽，画圣弟子。”

王维十分惊讶：“你认识卢楞伽？此人之画，不输颜卿之书，并为当世双绝。只是他常年深居简出，轻易不见人，你如何能认识他？”

“吴道子先生是宫教博士，我在宜春宫时，卢楞伽时常代师父授课，我二人便认识了。”

“原来是这样。既如此，我画给你看。”

李素炫开始研墨，王维笑了笑，将墨锭接在手中。李素炫立刻明白，收回两手，在一边仔细看着，见王维拿着砚滴，接连抖落十几滴水，凑成一小汪，只在这一小汪水一头研墨，墨色渐渐浓郁起来，慢慢向另一头渗过去。

李素炫在卢楞伽身边看他作画已有多年，又听他讲过许多，她自己虽然不会画，看人画却知道要看什么，也看得出窍道来。她见王维拈了笔，便留意他如何取墨、如何取水，是取在笔尖上还是笔根上，取墨后掭笔，留多少墨在笔上，又留多少水，并笔锋如何入纸，细微处如何绞转，都看得认真。王维略沉稳了一下，手中长锋落地，手腕一转，一片颜色凸显出来，一笔之中焦浓清淡兼备，接着两三笔，狸儿的身子便有了，又取浓墨随意点画，勾勒出耳廓与双眼，淡墨扫了胡须出来。

王维也与卢楞伽一般，接连给李素炫画了好几只狸儿，正脸侧脸，全身半身，要李素炫自己回去挑些临摹。

“你若忘记画法，就拿去与卢楞伽看，他看一眼就知道是如何画的，一定可以教给你。只是这画你要费心思了，运笔固然不易，单是取水取墨，在笔锋上将水墨调到浓淡相宜，也要揣摩许久。”

李素炫将画笺捧在手中，欢喜万分。玉真笑道：“我这孩儿傻了些。得遇高人，何等缘分，却只要几只狸儿，怎么也不求个大幅的？”

“先生书画有大名，世人皆持玉帛相求，素儿不敢平白讨要。区区晚辈，与先生素昧平生，得先生指教琵琶，已心满意足。今日能求到这几只狸儿便好，不图它值钱，只图它是我心爱，回去了便用心临摹，好生习练，一定要画得好。”

“你平日里不作画，却怎么非要画狸儿？”李白好奇问道。

“我有时莫名起了兴致，就在诗笺和文论草稿上画一只当作款识。我阿翁不识字，每请旁人递书与他，也在信笺上画一只狸儿做花押。这狸儿是我阿翁养着的，他自然认识，知道这书信果然是素儿所递。人将信与他读了，他便按照书信上嘱托去忙碌，或酿酒，或备餐。我阿翁酿酒乃城中一绝，我若请人帮忙去他家中取酒，他看了这纸笺上有狸儿，才将酒交与来人。”

“酒？”李素炫说了这么多，李白就听见个“酒”字。他陡然来了精神，立刻挺身问道。

李素炫还没来得及回答，玉真在一旁连声说道：“是我忘了，这怎么还能给忘了。酒可是好酒，只为今夜画舫相谈专门所备，怎么这半晌竟然给忘记了。”

玉真说着，叫李素炫出画舫，招呼外头仆役将酒拿进来。十余个酒坛就在岸边不远处高桌上，李素炫走过去，开了一坛，注满一盏，酹酒在地，谢过汝阳王殿下，接着嘱咐仆役将酒倒入执壶，送入画舫中。玉真与王维说着话，独李白盯着李素炫，见她斟酒，还嫌她慢，又只得忍着。李素炫将案几上四只酒盏注满，一一奉上。

玉真提酒，几人饮了第一盏，放下酒盏，李白大赞道：“果然好酒。”

转头又与李素炫说，“你会作诗词，方才又说你酒量大，可要与先生比一回？你我诗酒竞斗，敢不敢应战？”

“有什么不敢的。不知太白先生想要怎么个玩儿法？”

“……难不成还有好几样玩儿法？”

“当然有了。乐人不善诗，故以诗为罚，饮不得酒便要作诗。士人不善酒，故以酒为罚，作不出诗便要饮酒。太白先生想玩儿哪样？”

“你想玩儿哪样？”

“我皆不惧。诗也作得，酒也饮得，诗不如太白，酒却是不怕。”

“好大口气。你我都读书，该当士人玩儿法，作不出诗来，罚酒。今夜星月交辉，以此为题，如何？”

“好。”

“你先来。”李白说道，想难为一下眼前小女冠。

李素炫却痛快，直接端起酒盏来：“素儿作不出来，认罚。”说着将一盏酒饮到了底。

李白顿时愣了，旋即心中叫苦：“坏了，我若作得出诗词，便饮不到酒，想饮酒，便要自认作不出诗词。诗名酒名，总要输一样。罢了，一时失了算计，又叫她将我赚了……老玉真几次与我说过这小女冠性子顽皮，诡计多端，叫我莫要轻敌，我怎么就是记不住。”

一边玉真与王维静静看着热闹，李白大呼上当：“我方才少算了一步，不算数。今日不比诗，输了赢了我也亏，不如与你斗酒。”

“比诗素儿决然不是先生对手，若说斗酒，先生定然不是素儿对手，就莫要斗了。”李素炫一边斟酒一边笑道。

“比诗你直接认输，斗酒又要我直接认输。无此理，断无此理。”李白不住摇头。

玉真在一边笑道：“素儿陪太白先生饮几盏便是，莫要强求输赢。”

不想李白倒起了认真，回头问玉真道：“所谓强求输赢，是谁输谁赢？”

玉真无奈，只得说实话：“素儿饮酒不醉，我初时也不信，见了多少次，不得不信。”

“我偏不信邪。天下人都是人，只有一盏酒饮不得的，怎会有人饮酒不醉？若不说还罢了，既然说了，我还偏要见识一番。”

“太白莫要不信邪。”王维笑道，转头对李素炫说道，“我是个信邪的，自斟自饮，不与你斗。”

李素炫继续斟酒，玉真笑道：“素儿盼着二位先生盼了几年，师父也总记着要请二位先生来与素儿指教诗词。怎么见了面，素儿只与太白斗嘴，与摩诘论画乐，你三人怎不说诗词？只素儿将卢先生旧作唱过一支就够了？凡立意谋篇、语序行文、典实掌故、格律分韵、病忌与拗救、徒诗与入乐……如此种种，都不说一说？”

王维轻笑：“诗不可说。”

李白立刻看向王维，二人相视一笑，李素炫在一边斟着酒，也笑了。玉真略一想，心领神会，点头说道：“董仲舒也说过，诗无达诂，果然不可说。”

几人再不提诗词，取了酒盏，继续饮酒。李白着实起了兴致，非要与李素炫较个高下出来。李素炫无奈，看向玉真，玉真笑道：“素儿就陪太白饮几盏，闹大了师父来救你。”

李素炫只得陪着李白，二人一轮轮饮着，那边玉真与王维谈了起来。

“不知这是什么酒？这么香。”王维好奇道。

“昔日汝阳王李琎府中有个厉害方子，名《甘露经》。我素儿过目不忘，使个法子哄了李琎，将那方子赚了来，请她阿翁酿制。昨夜特地遣人骑马进城取来，专门招待二位。那《甘露经》上有三十余种酒，只两种她阿翁酿了售与城中酒肆，其余的从不市售，只与友人留着。”

李白听说这酒出自汝阳王府，外头寻常买不到，转头问李素炫道：“这酒不知够不够你我今日的。”

“足够，太白先生无须担心。”李素炫笑道。

李白放下心来，与李素炫饮酒说笑，与她讲各路诗家趣事，谁人好饮，谁人量大，谁人每每自夸，到最后一盏就倒。有些人作诗要借酒兴，不饮酒一个字憋不出来，饮酒却又不小心，时常饮得过了头，只剩睡了。李白说了许久，着实揭了不少老底出来。李素炫咯咯笑个不停，李白也得意。李素炫又与李白说起每种酒名，物料几何、如何酿法，味道有什么特殊之处，并将阿翁所教酒鉴之法细细说与李白。二人也说也笑，也不少饮酒。李素炫很清楚，李白看似胸无城府，性情开张，心中全无机栝，又爱玩闹，又爱说笑，也不端什么大诗家和长辈身份，此等人要么当真没心事，要么心事比谁都多。

欢谈多时，不觉间饮了许多酒，李白渐渐面上赤红起来，李素炫却是谈笑如常。李白颇不服气，强撑着，不断叫李素炫再斟酒来，李素炫却有些招架不住了。

“太白先生可暂且饶过素儿？”

“如何？”李白得意问道。

“实在是装不下了。”李素炫说着，愁眉苦脸，将手比在喉咙上，说道，“都到这里了，再饮两盏可就溢出来了。”

玉真在一旁笑道：“此事我做个裁断，你二人算平手，如何？”

李白仍旧不服气，王维笑道：“太白果然就是不信邪。”

“你不信邪也没用。”玉真也笑，“素儿过目不忘，当初我与汝阳王说过，他便不信这个邪，将《甘露经》与素儿看了一尺，素儿便记下了。汝阳王不信，又与她看了一尺，她又记下了。汝阳王无奈，索性将酒经都叫她看了，好歹还落个人情。我每与人说我素儿过目不忘，人都不信邪，最后都要亲自验证一遍，又都不得不信。人皆如此，前人试过的，自己还要试，不然就不信。太白听我的，算个平手。”

李白无奈，只得认了。

“也罢，不过是个碎女娃，身子又瘦弱，我赢了你也不光彩，输了更丢人。就不该与你较劲。”

玉真低声笑着，一边笑一边让李素炫将无伤弹一阵子。王维见了无伤，说道：“我方才便想问你，你这琵琶甚是迥异，为何改为手弹？如何想到竖抱又加柱？”

“这琵琶名无伤，清素不饰，工料天下精绝，只用手弹，不动拨子，不逞煊赫，只求清净无伤。素儿弹过阮咸后想到加柱，分了几次，眼下已是四相十二柱，只竖抱才能弹。竖抱又不便行拨，唯手弹迅捷。”

李素炫说着缓缓弹起来。夜深时琵琶灵动，幺弦轻锐，老弦幽沉，贯贯只如珠玑。此刻多少世人皆在梦中，或梦富贵，或梦灾变，醒来方知梦中福祸皆是虚幻，不过空欢喜，不过空忧愁。唯这画舫中尚有一点微光照耀，昏黄不灭。有人诵诗，有人弹曲，有人清醒淡漠，有人刚挺不折。天下诗乐皆无用，不过求心头一点快乐坚实，纵微末，不成空。

谷雨时分，白昼艳阳，夜半凉沁，山中晨霜不冻草木，却冻人。周遭寂静，天上月钩退避，身侧只星光水影，无人相扰，无人窃听，四人却是低语细谈，偶尔大笑，随即又悄声。史家椽笔壮阔，不记如此琐事，这一夜倾谈无关天下，只是己身。

晨曦渐起，杓回摇斗，东方微白，远方峰峦次第显现。朝阳隐匿，蓄势欲发，只待喷薄。四人一起出了画舫，依旧小声说着话，向回走。到了殿阁前，行礼辞别，各回屋中。李素炫持礼目送玉真与王维转身离去，抬头却见李白折了几步走回来，正看着她。

“饮酒之事，我今日信了你的邪。但别的事，李白今生不信邪。”

李素炫十分触动，恭敬抱起双手，深深行了一礼。

# 第十章 終南藥圃

天宝十二载（753年）四月—八月

# 180

李白与王维离开别馆后，李素炫时常独自外出，到旁边山谷中探望道友。山中四月芳菲未尽，草木日渐葳蕤，景色叫人贪恋。回了别馆，李素炫与玉真讲述山中草木云水，玉真笑她：“城里长大的，什么也没见过。”

“诗中多有读到，只是真的见得少。鹿和雉鸡在画上见过，许多种虫子和鸟儿却不认得。”李素炫笑道，“书上读一千遍，不如亲眼看一遍。”

趁着回长安城前最后几日闲暇，玉真常与李素炫在画舫中饮茶相谈，回想与李白和王维在舟中聚饮情景，似乎很遥远了。

“太白和摩诘，素儿更喜爱谁？”玉真问道。

“素儿景仰太白先生豪气任侠、率真爽快，更爱慕摩诘先生端凝沉稳、身相庄重。”

玉真点头道：“猜你也是更喜欢摩诘。”

“持盈师父如何猜得到？”

“你喜欢山里，不喜欢城里，自然更爱摩诘逍遥。”

“太白也逍遥。”

“摩诘能看穿自己，不多言笑，看似端持，却是真逍遥。太白不肯信邪，一生奋挫，不认输，嗜酒如命，看似洒脱，不过是掩饰，如何能够逍遥。”

“持盈师父又如何知道素儿不喜欢城里？”

“你当然不喜欢城里，你留在长安城，不过是为了你在乎的人。”

李素炫笑笑，点了点头。

“你若喜欢山里，无事时可独自过来，在别馆中小住。只是终南山还是离长安太近了，许多事情躲不开。又怕你惦记长安城里那许多人，终南山又太远了。”

这话中有些深意，李素炫也约略能明白，也有些不清楚。只是有一件事玉真看得准，李素炫果然是十分在乎长安城中十数亲故，每到要回去，想的不是要去哪里闲逛、玩闹，而是按捺不住想要快些见到他们。

回了长安城十余日，玉真回归王屋山。李素炫在玉真宫中额外盘桓两日后，出宫第一件事，便是去看望长安城中那许多人，她自己的人，之后最要紧的是商不言婚事。

商不言连着劳作了五六个月，将柜架、床榻等全部造好，各色应用等也全部置办齐备。他日日过来打扫，哪怕屋中丝毫不凌乱，也无太多灰尘，也要不停洒扫。忙碌过后，独自安静站在屋里或院里，痴痴看着四周。李素炫见到他时，他飞快冲过来行礼相见。李素炫看到他手上伤口处结痂已脱落，露着肉色，人黑瘦了许多，却是神采飞扬。

“师兄回来了。小弟等了师兄好久，麻兄已等在院中树枝上。今次这笼子小弟用心，编得格外结实。麻兄还是太常寺草丛里逮的，小弟逮了两只，一只个头虽然小些，叫的嗓门却大，小弟就留下了，另一只给放生了。虽说叫它咬了一口，也是我先招惹它的，就没计较……”

“有劳师弟费心了。”李素炫还礼。听商不言又唠叨起来，暗笑道：“这小子真是活做完了。”

鹿先生年迈，将许多事项交给了李素炫，一家人连着忙了半个多月。临近婚期，李素炫提早请人去与阿翁帮忙，酿了大批好酒，到了正日子，一大清早用车子取过来待客。席开两边，鹿先生家和商不言家庭院中都摆了酒宴。李素炫请了闻朗与端木过来，歌子与遂平也过来添个热闹，说是训良那架小摇车用了许久了，要过来看看是个什么巧手人造的。鹿先生将两边客人互相介绍认识，商不言跟在一旁，紧张得话也不会说了，木木的，只会跟着司仪指令，手脚举动总是慢上一板。李素炫看他如此窘迫，暗笑许久。有鹿先生在，不消她出面，她只与端木几个围坐饮酒，欢谈至深夜。

几日后，李素炫再去探望鹿先生，已是嫣儿备好了午餐款待。她还不到十六岁，生得眉眼细淡，见人便笑，又害羞，连见了李素炫这等女子，也是一笑，立刻低头，说话柔和，声音也小，却是礼数周到。

“嫣儿不必与我如此客气，我与师弟相识多年，十分熟悉。”

“嫣儿知道，商不言说，师兄是他小师父。”

嫣儿说着，仍是低着头，声音小。李素炫猜她是有些怕生，笑笑，也不逼她。去得多了，两人渐渐熟悉了，嫣儿不再过于客气，却仍是一笑便低头，说话声音也总是不大。李素炫方知道她就是这般性子，乖巧安静，只是与商不言在一起时便换了个模样，伶俐活泼，说笑不停，仍旧不高谈，却是莺语娇声。

商不言在太常寺当值时，李素炫与嫣儿一起在家里做些洒扫炊煮。嫣儿年岁不大，做事却很熟练，动起手来，十指尖尖，柔韧灵巧。李素炫颇觉惊讶，问道：“嫣儿怎么什么都会做？”

嫣儿一笑，说道：“这些事情自小母亲便教我了，说是日后嫁人，都要会的。定亲后，我又格外跟两位嫂嫂学了许多。我还特意问过商不言，先生和师兄喜欢吃什么，我去学着做。商不言说，师兄什么也不挑剔，先生只要有酒，吃土吃风也能活。我跟他说，吃土吃风，可不是鳖？当心先生听见了火你。他说，这话是先生自己说的。”

嫣儿说着就笑起来，声音脆嫩清甜。

“果然是先生自己说的。”李素炫笑道，“嫣儿真是能干，还有心。”

“嫣儿倒羡慕师兄。先生和商不言都说过，师兄聪明，读书好。我小时候耶娘和兄长也教过我识字读书，我却不大喜欢，倒是不厌倦做这些女红洒扫。耶娘后来便不强求了，说既如此，看来是老天想叫我好好嫁人，好好居家。”

李素炫手边上有嫣儿所做女红，针脚匀实，缝得仔细。她拿起来看了看，笑笑，又放下。

“嫣儿愚笨，只会这些女子事。”

“嫣儿不是愚笨，只是单纯。”

“……嫣儿不大懂。”

“嫣儿做事如此手巧，如何会是笨人，只是心思单纯罢了。诗书画乐莫不是心机，人若太过单纯，自然做不了学问。何况我也笨，你会的这些，我也不会。”李素炫笑道。

嫣儿性子柔和，凡事不急，也不想远的旁的，每日收拾屋子院子，准备餐食，忙碌不停，像只画眉在院中欢跳。玉真屡次抱怨天下不与女子出路，女子不比男子笨，却只能在家炊煮。李素炫却觉得，不管什么日子，自己喜欢的就是好日子。若此生得遇良人，在家炊煮如何不是出路，反倒是她自己心思太多，除了读书，别无出路。

李素炫每日过得马虎，又不善女红，嫣儿嘱咐她若有缝补就拿过来，有时一边缝一边与李素炫讲讲。李素炫笑着静听，心中并无兴趣。没有师父在，她不想学这些女子事，有人帮忙固然好，无人帮忙，自己对付过去就行了。她一边听嫣儿细细说着，一边抱起无伤来，轻轻弹过一曲文琵琶，神情平静，看着嫣儿虔诚忙碌。

有时李素炫从阿翁家过来，用酒坛装着清炖羊肉。嫣儿将羊肉汤烧滚，分份盛了，端到屋中。李素炫刚吃饱，饮酒陪他几个。鹿先生拿起木箸，一口未动，先将大块肉都捡了，放到嫣儿碗里。

“嫣儿每日辛苦，多吃些肉。”

商不言见了，噘嘴问道：“师兄不饿，师父自然不用给她。却怎么都给嫣儿了，一块也不给我？”

鹿先生瞪着眼睛说道：“给她吃，她能给我生孙子，给你吃有什么用？”

商不言十分委屈，小心翼翼说道：“嫣儿给师父生孙子……不也得有我不是？”

嫣儿面上立刻红了起来，低头不说话，只将大块羊肉捡了放在商不言碗中。李素炫憋着笑，听他几个边吃边说笑。酒足饭饱后，商不言但凡没有木活催着要做，总会帮嫣儿收拾一番。他本来也会做些家事，只是笨手笨脚，不及嫣儿利落。嫣儿不嫌他添乱，柔声仔细告诉他，他也认真练手。

“其实你不用非帮我。”嫣儿最后说道。

“我帮你，快些做完，你我坐院里说说话。”商不言憨笑着，一直追在她身后，痴痴看着。

嫣儿面上又红起来，偷眼看了看李素炫。李素炫十分乖觉，立刻溜走了。

# 181

又到逢一，李素炫在内教坊中见到了雷海青。自别馆回来后，她告诉雷海青，自己见到了王维，并听了王维弹奏《郁轮袍》，已是与雷海青所弹大不一样，并将王维所说与雷海青讲了一遍。

“摩诘先生说得对。人皆如此，一支曲子，历年所弹都不太一样。昔日卢先生和我都教过你《郁轮袍》，你也时常弹得不一样。只是你记性好，卢先生与我教你的，你都记得极牢靠，至今也能弹得一音不差。有正体在，每一变体都出自正体，互相不会离得太远。但人多忘性好，早将正体忘了，每个变体都是出自上个变体，日子久了自然要离得远了。”

“我旧日所唱西域歌谣，师父曾用律吕为我记写下来，还嘱咐我，隔一年半载就将谱子拿出来核对一次。若不然，近二十年过来，怕早与当初全然不一样了。琵琶若不记谱，年岁久了，一支曲子完全换了样貌，些许也不像了，不是与失传差不多？”

“失传是断了，变体出变体，虽渐渐不一样，却是源源不断，如何是失传了？”

李素炫答不上来，雷海青笑笑：“这问题大约老庄能回答。素儿修道，或许有一日能悟透。”

见李素炫仍有些茫然，雷海青又说道：“凡乐者，自古以来便是口耳相传，历代流变，鲜有记谱。素儿若有意，可试试将琵琶曲记谱，别的曲子也可以试试。”

“我这几日想了，可粗略记写，只是记不大详细。”

“为何要记得详细？”

雷海青问了这一句，李素炫倒怔住了。

“固不能记得十分详细，其实也无须记得详细，也不该记得过于详细。”雷海青说道。

“却是为何？”

“记得太详细，不是天下人都弹得一样了？都一样，还有什么好听的？须是要记个约略，有记处，有不记处，不记处由弹家各自决策、临场机变，一曲生千万调，诸家不同，才值得听。所以素儿要想好，何处记，何处不记。”

李素炫顿悟道：“先生说的是。”

“此事素儿所虑浅近了些。”

“请先生赐教。”

“琵琶曲有数，教坊曲牌也有数，不是随意要多少就能有多少。也有些人如王维般可以自度新曲，却不会许多。历代宫廷遣人去民间采风，也是要观民情，也是要收集曲调，以充宫廷。然采风也不常有。若是记谱太详细，弹家无权变通，不能以一生千万，只那些固有曲牌，如何足够？再者，弹家不能裁决，日后主掌乐事者便是度曲者。若弹家不能裁决，又无足够度曲者，定是乐事消亡。若是唱曲，每一音都记得死，不能变通，又如何以乐律正诗律？填词者岂不是要为难？这些，素儿都要考虑。”

李素炫恍然大悟，她这许久都在想记谱，却只想应该怎么记，旁的根本没有想。雷海青到底见识广博，思虑深远，略微沉吟后，顷刻间便想到了这许多。

李素炫即刻行礼道：“素儿谢过先生提醒，恰中要害。”

雷海青点头道：“素儿若果真想要研习记谱，可向鹿先生讨教。”

李素炫立刻明白雷海青说得对，复又行礼道：“谢先生赐教，素儿这就去请鹿先生相助。”

## 182

再去见鹿先生，李素炫一定到对面院子里去看看商不言和嫣儿。商不言在院里做活，嫣儿就在一边轻手轻脚忙着，或是倒水来，或是递上个帕子，或是备了果子，不停前后照应。两人也不多说话，只是目光交接时会一起笑起来，一个憨傻，一个羞赧。商不言仍要抽空帮嫣儿做家事，哪怕帮她省出片刻来，能多说几句话，他也开心。两人一起洒扫、浣洗，或整理厨间，家中总是整洁利落，又时常一起去鹿先生家照料，每到用餐时也尽量与鹿先生在一处。李素炫很喜欢嫣儿，这小女子果然招人喜爱，会疼人，又每日开心，总有个笑模样。嫣儿也喜欢李素炫，两人时常在院里一起做活，闲谈。

初夏傍晚，商不言从外面回来，见了李素炫，立时笑得满面神秘，行礼也忘了，从怀里掏出个小锦袋递过来。

“师兄要的铜印小弟请人给铸好了。”

李素炫打开锦袋，取出铜印，不到方寸，瓦楞钮，穿着丝绳，铸得精湛，修刻得精细，磨得也耗工夫，印面上字迹十分清楚。嫣儿好奇，凑过来看，努力辨认，问道：“师兄，这上头是什么字？怎么有许多字？”

李素炫指着印面，一个字一个字读给嫣儿听。

“纸笔精良平生乐。”

“却是何意？”

“无甚深意，就是字面上那点儿意思。我喜欢好笔好纸，虽说写出字来也不会更好，却喜欢摆弄。就像有人骑术庸常，却喜欢骏马，有人武艺低微，却喜欢刀剑。也无大用，摆弄便是开心。”李素炫说着，又将印面横竖看了看，“只是这稿子不好，我写小篆不熟练，这几个字还是练了许久的。”

“我看别人印上都是名字，师兄这却是句闲话。”嫣儿笑着。

“我就想要这一句闲话。”

“怎么不做个名印？”

“我有个名印，是去岁师弟请人用银子铸的，印面上只一个‘素’字，很小，放鱼袋里就行。”

“只一个字如何做名印？名印不是要连名带姓才是？”

“做官的才要连名带姓，我这不过私下里用的，只一个素字，熟人知道是我就行了，生人不知道也无妨。”

李素炫说着，将铜印小心拴在腰间绦子上，与商不言行礼相谢，满心欢喜道：“不想师弟真请到高人了，造得如此精细。”

商不言得意：“小弟学手艺多年，过了核考，如愿入了将作监，那里头可是什么高人都有。唯木器，只小弟做得最好，人都喜欢，向我索求，我便与人交换。除了木器，师兄还喜欢什么，就与小弟说，天下高人都在将作监，小弟个个都请得动。”

嫣儿见过李素炫怀中琵琶、手上锥管，听过她文武大曲，见过她诗词文章，又见她整日与鹿先生商讨记谱之法，言语古奥，眼下又拿着印章欢喜万分。嫣儿忍不住心生羡慕，小声说着：“师兄聪慧有成，乃女中英杰。嫣儿自小也有机会读书，却不是那块料子……着实惭愧。”

李素炫却笑：“我到今日，步步身不由己，你到今日，凡事皆出所愿。求仁得仁，何愧之有。”

“嫣儿也羡慕有为女子，也想学一身书乐本事，却真的不喜欢。倒是阿娘和嫂嫂教我做些家事，终日只在家中盘桓，我喜欢。想要日后与心上人厮守，每日为他炊煮，等他回家。”

“师兄十分羡慕你。”

“怎么会。嫣儿羡慕师兄还来不及，师兄怎么会羡慕嫣儿。”

李素炫只能笑笑，这件事，她一生也无法与人解释。

## 183

仲夏日，夏雨淅沥不断，自立夏前开始，直到小暑，又牵丝般连到大暑。长安城中日日沁凉，石榴花谢了，结着青色果实，早晚被雨水润着。李素炫将麻五兄放在了空屋里，随它整日饶舌，她只独自坐在窗前弹琵琶，看着外头雨线扑簌簌泪珠般不住落下来。

李素炫去看望卢楞伽时，雨仍下着，手中油纸伞随着赤骏脚步轻轻晃动，里头碎铃铛窸窣作响，轻轻混着耳旁雨声。她在山门前下马步行，走到殿门口，收了伞，跨过门槛，向里只一步，倏然间尘世退隐。

卢七永远在那里。

他总是在一座空殿之中，每次都低着头。四壁苍然，在殿门口一眼便望得到他。李素炫负着琵琶，抱着伞，走过去，轻轻叫他。

“卢七。”

卢楞伽抬头看了一眼，淡淡一笑：“素儿回来了。”

李素炫点点头，放下无伤，坐好，取丝带拦腰绑了纸伞，也放在一边，看着卢楞伽。

“素儿今次又在南山见了什么新鲜人事了？”卢楞伽笑着问道。

“我见了太白、摩诘二位先生。”

卢楞伽不由得将手中细锥放下了，看着李素炫，惊讶道：“真的？”

“真的，持盈师父请了他们过来。”

“素儿定然开心至极。你们说什么了？”

“自然是论诗，颇有一番授受。”李素炫说了一句。本想戏谑一番，却绷不住，笑上了。

卢楞伽也笑：“这话只合拿来骗傻子的。”

“你怎么知道我骗你？”

“于技上，隔行如隔山，于道上，隔行不隔理。说得清楚的，不必说，说不清楚的，不能说。我猜，你等也就是一起饮酒，拣着人间好诗词，伴着琵琶唱上一夜，比比谁家嗓门大。说什么授受。诗词乐艺尽在自家揣摩，若是说得明白、教得明白，李白儿子怎的不如李白？”

李素炫闻言咯咯笑起来：“我若出去吹嘘，说我得太白、摩诘指点诗词，大有长进，怕是天下人都要被我骗了，日后我随便一首诗词，人都要说好。偏就骗不过你一个整日作画的。”

卢楞伽也笑得开心，又说道：“太白诗词弟子，摩诘诗词弟子，名头够大，出去唬人，好用，值得攀扯夸耀一番。”

两人笑过许久，又安静下来，李素炫轻声说道：“我听摩诘先生说，卢七之画，不输颜卿之书，并为当世双绝。这些年来我屡次听人说起你，知道你有盛名于天下，却还是觉得……”

卢楞伽看着李素炫，李素炫不说话，卢楞伽一笑，说道：“却还是觉得我是傻子。”

李素炫顿时笑出声来：“我在宜春宫见到你时，未曾听人详细说过你，只知道你是画圣弟子，却不知道你已是有名画师，当时只觉得你傻。”

“后来如何？”

“后来……还是觉得你傻。”

卢楞伽大笑。

“这些年每次见你，都是在寺院殿中。寺院殿阁有定制，大小不一，形制却相同，不拘何处大殿看着都一样，你总在那一处，总做那一件事，总是那样子，我也就总觉得你是傻子。”

卢楞伽安静看着李素炫：“无妨，你一辈子当我是傻子好了。”

“人都当你是傻子，你怎么一点儿不在意？”

“人当我是傻子，才不来烦我。你当我是傻子，不过嘴上说说罢了。”

李素炫笑笑，低下头，忽然想起一件事来，立时振奋，转身解开无伤，从蜀锦中取出张纸笺来。

“这是我央摩诘先生画了送给我的。摩诘先生说，我若是忘了如何画，就将这纸拿来与你看，你一见之下便知道他画法，可以教给我。”

“狸儿？”

“正是。你用线描给我画了许多只，有几只我照着画得熟练了，拿与摩诘先生看，他就照着线描画了这几只。我当时看着摩诘先生画下的，觉得着实看清楚了，也用心记下了，回家便不会了，一笔也不会。”李素炫怏怏说道。

“这可比几根线难得多了。”

“果然难得多了。”

“我试试看。我在师父那里见过摩诘先生画作，也细细琢磨过，约略知道这减笔画法如何，也画过一些，只是不大熟练。这狸儿虽只几笔，倒比一墙神仙难画。今日怕一时也画不好，姑且试试。”

卢楞伽一边絮叨着，取了支长锋笔过来，一边在砚堂上接连抖落水滴，开始动手研墨。李素炫见了他研墨便笑了。

“你一定能画得好。”

“你如何知道？”

“研墨就是对的，那日摩诘先生就是这般研墨的。我这几年总听你讲，多少懂些，不然肯定只盯着笔和纸看，怎么也想不到砚堂里头还有窍道。”

“你弹琵琶的，自然想不到。”卢楞伽笑道。低头盯着纸上狸儿细细看过，拖过张纸来，拈笔润笔，取墨取水，略微比画了一下，破锋入纸，手腕转动，兼指尖轻捻，笔锋随之绞拧，便是一片浓淡墨色。接连几笔，又重新掭好笔尖，取了浓墨，细线勾出耳廓与双眼，淡墨轻扫出了胡须。

“不好。”他低声说了一句，涮了笔，重新取墨取水，接连几笔又画了一只。

“上一只至多得其二三分，这一只勉强三四分。还是不好。”他说着，又涮了笔，重新取墨取水，又画起来，接连又画了两只，到了四五分仍说不好，又开始画第五只、第六只。

李素炫在一边看得又气又急，明明每一只都好得很，卢楞伽却非说不好。眼见第一张纸画满了，李素炫刚想接过来，却叫卢楞伽抟作一团丢到一边去了，全不当作一回事。

“为何丢掉？”李素炫忍不住嚷起来。

“不好，为何留着？”

“哪里不好了？”

“哪里都不好。”

“分明很好。”

卢楞伽无奈摇头道：“弹琵琶的，不懂还非要瞎猜，拿你没法子。”说着又画了几只，趁李素炫伸手之前，一只手臂挡着她，另一只手又飞快将纸张揉作一团丢掉了，口中说道：“这几只也只五六分，还是不好。”

“你怎么总说不好？我觉得很好，足足十分了。”李素炫嚷道。

卢楞伽叹了口气说道：“作画的碰上弹琵琶的，有理说不清。”

李素炫又好笑，又恼火，小声嘀咕道：“怪道画师多有熬死累死的，自找的。”

“你弹琵琶的就不累？”

“没听说过有累死的。”

卢楞伽低头只笑，安慰道：“素儿莫急，取你无伤弹段信手来。”

“好。”

李素炫点点头，按下性子，解出无伤轻弹起来。卢楞伽不停在纸上画着，画一阵子，又停下来想一想，又将摩诘所画仔细看过，又画起来。画过几十只后，停了笔，拿起一张纸来递给李素炫。

“这几只好些。你容我再画几日，差不多能得九分，余下一分，卢七今生无力。你现在过来，拿好笔，我教你画法，你在我这里画一阵子，手上记住了，回去自己练习。”

卢楞伽说着挪开，李素炫坐了过去，对着一片笔墨纸砚。卢楞伽在一边详细给她讲述如何取墨取水，取过后留多少，如何入纸，如何转腕捻管，如何绞锋调锋。

“你自己试试……跟写字、勾线可都不太一样。”

他说着，转身到李素炫之前位置坐好，又嘱咐道：“素儿随便画，不要怕画不好。”

“我觉得我肯定画不好。”

“你自然是画不好了。”

“……你叫我别怕，意思是说，左右我也画不好，再怕也画不好，所以不用怕？”

“正是。怕也无用，胆子大些，狠狠画。”卢楞伽怂恿道。

李素炫顿时嚷起来：“哪有你这般与人做师父的，我还没画，你先吓唬我，我本就怕。”

“所以我告诉你不用怕，怕也没用。”

李素炫又气又笑，又拿这傻子无奈，不想这傻子竟又认真说道：“有人天生怯笔。许多人写字笔画过分细弱，师父说铺毫不够，行笔时要略多按笔。按说也不难，可那写字的就是不敢按。稍微按笔，哪怕写得难看，不过废几张纸，又不是废不起，也不知为何就是不敢略微按一按。每个字、每一笔都写得太细，自己也急，也知道无非按笔，写起来就不敢，腕子上锁死了一般，就是按不下去。作画也是，若怯笔，万般皆枉然。”

“我写字从来不怯笔。”李素炫脆生生说道。

卢楞伽也不含糊，半寸不落，利落接了一句：“寻常人都怯，独你愣，不晓得怯。”

李素炫听他说话，知道他不是玩笑，寻常人大都怯笔，也不是假。每次也挑不出他话里毛病，每次又都忍不住恼火，又哭笑不得。

“我只是写字不怯笔，画起来就怯。”李素炫嘀咕着，握着笔，取了墨，来回比画着，许久还是不敢落在纸上。

“素儿莫怕，胆子大些，脸皮厚些，狠狠画便是。”卢楞伽又说了一遍，接着又补了几句，“其实画不用非有人教你，你可以试试随便画，如果画出来的就是你想要的，那继续画下去就行了，不用非照着别人画。”

李素炫连连摇头：“我试过，不行，画不出来，连丑的都画不出来，更谈不上是不是我想要的。”

“你不是画不出来，是懂太多了，不敢画。有些人没读过书，字都不认几个，见识又少，什么也不懂，反倒能留下一副天生莽撞，胆子大，脸皮厚，不知好歹，没羞没臊，画了也就画了。你写字不怯笔，因为开始写字时年岁小，心中天然，便不怯，小孩子都不怯。后多年读书、习乐、练字、观画，什么都懂了，你又聪明，格外懂，便没了那副自在天性，反而不敢画。不怪你。”

“我知道你说得对。”李素炫无奈道，“可我就是落不下笔，你这么看着我更不会了。”

“我不看。”卢楞伽连忙说道，“你这琵琶我弹阵子，不看你。”

他说着伸手取过无伤抱好，低头弹起来，倒果真胆子大，不怯弦，连个调子也凑不出来，却是铮铮有声，颇显出胸中赳赳气象来。凡人拈笔便怯笔，弄弦便怯弦，只有小孩子才不怕，瞎画胡弹，不管不顾，稍微长大了，知道对错、好歹，就怯了。唯独这卢楞伽，半世赤子，依旧不怕。李素炫看了阵子，听无伤在他怀里大喊大叫，只得笑笑，咬了咬牙，爹着胆子，厚着脸皮，低头画上了。

许久后，卢楞伽手上停了下来，抬头看着，问了句：“如何？”

李素炫将纸递过去，卢楞伽接在手中看了一眼。

“这不是挺好的？”

李素炫正色道：“卢七，我不是小孩子，你不用怕我气馁，非要说好话给我听。我眼下知道好歹，你跟我说实话就行。”

卢楞伽笑道：“你头次画，这样就是挺好了。画法对，只是不熟，回去慢慢练便是。你画线上手快，因为写字好，并且专写小楷、蝇头楷，这个可离写字远。你平日里用短锋劲毫笔，像枚匕首，这长锋软毫笔像根鞭子，一时或不顺手，轻易怕练不好，莫急、莫恼，要耐心些。”

“素儿记住了。”

“你过来弹琵琶，我要回去继续画了。”

两人换了位置，李素炫坐下，抱好无伤，随意弹了几下子，就听卢楞伽笑开了。

“笑什么？”李素炫问道。

“还是素儿弹得好听。”

卢楞伽笑得十分认真，李素炫也笑了，也不说话，自顾弹着。卢楞伽笑了许久，认真听她弹过几曲后，又拈起笔来低头用心画上了。李素炫见他心思又沉定下来，转而弹起了信手，匀出些眼神来，一边弹一边看着他细细行笔。

日昳后，李素炫告辞离开，卢楞伽送她出了大殿。殿外已是夕阳斜垂，李素炫骑马出了山门，由着赤骏缓缓走在坊道上，只觉得又回了人间。世有四时，时分节气，一岁之间草木枯荣，数载之内鸟兽衍换，唯卢七身边另有一界阴阳，岁时凝止，万物不变。

# 184

长安城汇聚天下，若是肯耗些耐心在城里四处细看，什么都看得到。八方货殖，四季节俗，在这城中错落杂处。李素炫记得师父从前说过，荷诞日观荷本是南方荷乡风俗，被南方人带了过来，因长安城有荷，也成了此处节日。此间人们也去荷塘边玩赏，采荷叶，制碧桶杯来饮酒，只是不大制荷馔。师父还与她讲过荷与莲如何分别，她才知道原来荷与莲不同，荷叶挺水，莲叶浮水。只是那时候她还在左教坊中，见过荷花，没见过莲花。

荷诞日清早，李素炫刚出家门，忽然心中一动，未多想，直接去了对面左教坊，在荷塘中采下一株菡萏来。这株菡萏低微矮小，躲避在无穷荷叶遮掩之下，不见日光，焦萎枯槁，再也不能开放。

李素炫带着这株菡萏骑马东行，出通化门，向北上了龙首塬。塬上刚刚下了几日雨，泥土松软，踩下去便缓缓渗出水来，她格外伤感。出宜春宫时，离师父身死之日不过两载，她还抱着微微期待，不停过来寻找，之后，渐渐死了心，依然寻找，却已不再有所指望。年复一年，风雨又兼霜雪，草木反复扎根，蝼蚁不停筑穴，龙首渠水涨了一次又一次，漫过茫茫深草，消退后留下遍地淤泥。这些，她都不敢深想。昔日师父授她儒门典籍，可儒门只在意尘世，不求超拔；她去想想道经，这些年记下了无数；也想想佛经，抄也抄了许多，却不解其中深意。上下四方曰宇，宇无极，芥子须弥只如一般大小；往古来今曰宙，宙无穷，刹那千载俱是同样短长。人只一身，何其渺小，纵至痛极乐，厝诸寰宇，不及恒河一沙，又何必过多在意。

这样想着，似乎心里好过些，却又遽然醒悟。

“我何苦如此自欺。”

到了老树下，李素炫卸下肩头无伤放在一旁，开了酒坛，酹酒在地，第一盏谢过汝阳王殿下，第二盏奉师父生日，又一一拜过四面八方。

“师父若在，今日满四十八岁。”

她倚着树干，迎着耳边微风，怀抱无伤，轻轻弹过一整日，饮了一坛酒。远方云层不断开裂又愈合，高天之上阴晴变幻，明暗交替。她被牵动着，不时透彻，不时淤塞，也想得开，也想不开。心中长叹，知道自己性子就是如此，凡事有常形，只是每想起师父来，只剩一片凌乱。

“罢了，不开心也无用，不如开心些。”

远方云开了，她停了两手，一边想着一边重新调校弦轴，又轻笑道：“素儿昨日填了支《长相思》，不知道师父会不会喜欢。从前师父为素儿修改诗词，时常为了一个字费许多心思，素儿却不如师父勤谨，起了兴致任性挥就，过后却懒得改，也不会改，什么样自己也都能忍了。想来着实惭愧。”

弦风流，管风流，无端惹动玉人愁。春山剪剪眸。

思不休，恨不休，闲数朝晖十二楼。天外云悠悠。

这支《长相思》本就不热闹，李素炫又唱得淡。一曲之后，远方云层又合拢起来，光明斩断，云下幽暗了许多。她不由得停了两手，默默看着，轻叹。日头已慢慢移到头顶，又渐渐压到眉梢了，远天聚起霞光来，周身寂静无声，只那一点霞光有些热闹。只是，热闹都在远处。

傍晚，菡萏已然凋萎，花苞深处那一点点颜色也消失不见，只剩一握焦枯。李素炫一心平静，将它埋了，起身缚了无伤，上马回程，飞纵而还。近了通化门，下马回身行礼。

“素儿到了，师父不消再相送。”

## 185

雨水一直牵连到了夏末，一日傍晚，赤霞烧着西山，映得整个长安城里彤红一片，人人脸颊上闪着两抹绯色。李素炫出了家门，骑马一路快行，迎着霞光，瞳仁里闪着小股火焰，鬓边青丝也染成了黑金色。日落前到西市酒肆时，萧娘已在小间里等候，她见了李素炫，立刻迎上来，十分欢喜。

“素儿遣人去阿翁家取酒，方才送到，我已收了。”萧娘说道。

李素炫放下无伤，行礼相谢，萧娘笑问道：“你那狸儿如何换了个画法？”

“新近学会的，还画不好，谢你认得出是狸儿。”李素炫笑道。

两人说笑几句，商量起事来，说话间元结与几位友人一同到了。萧娘与李素炫立刻起身上前相迎，将几人让进屋中，认真行礼相见。

“素儿果然摆了酒。”元结高兴说道。

“当日应了先生，若先生中了进士，素儿定亲自与先生庆祝。烧尾宴多年不时兴了，仓促间也备不下那许多贵重菜肴，但是先生放心，今日好酒管够。素儿请店家拣店中上等佳酿备得足了，又格外允了店家许多好处，准我将我阿翁所酿美酒取了十坛过来，还将我无伤与五色琵琶都带着了。今日先生要酒有酒，要乐有乐，要诗有诗，不拘什么，但先生喜欢，吩咐素儿便是。”

元结连连行礼相谢，又将同来几人姓名来历一一说过，众人彼此见礼后，分宾主落座。元结说道：“这位徐先生与我今年同赴春闱，为同榜进士，这二位先生早前多年便已高中。我等皆出元德秀先生门下，同窗数十载，十分相熟。素儿无须当他们是生人。”

李素炫敬佩道：“紫芝先生果然了得，怎这许多门徒如此出色。”

徐先生笑起来：“素儿小看紫芝先生了，先生门徒高中者迄今已十余人。”

李素炫更是吃惊，元结又说：“紫芝先生数十载敦行教化，门徒数千，授受无算，教出十余进士来也不稀奇。先生指教我等，君子定要从政方可施大善于民，却也说过从政不易，若不能为仕，便潜心做学问、传诗书，也是上佳，故我同门中许多人不入春秋之闱。不然，得中者定然更多。”

“不入仕，便去传诗书，果然也是善德。”李素炫感慨说道，“我师父幼长于边鄙，我后来才知道他是随母流放过去的。彼处土民剽悍，风俗野蛮，荒凉艰辛，却多有当世宿学、大儒。师父少时得诸位先生同心教诲十数载，得赦后回了长安城，诸位先生也大多得了赦免回来了，又倾力教授师父多年，师父才学得了诸家学问。他对昔日诸位先生教诲之恩念念不忘，故此一生与人做先生也是尽心尽力，丝毫不敢懈怠。我第一次听闻紫芝先生之名，也是师父说起的。”

几人自此谈得开了，互相也不劝酒，各自斟饮，彼此说笑。听他几个言谈，若不久后朝廷授职，几人分头赴任，便要各自西东，再见怕是难了。同窗多年，说到这些难免感慨。李素炫想起几年前卢观外放，也是自那后再未相见，崔茗与樱儿定亲后便接朝廷旨意外放，不及成亲便赴任，不久前刚刚离了长安城。眼前这几人离家许久，俱未携带家眷，受职后也是孤身赴任，想来鼎家国者不得不如此。

小间里又陆续到了几人，都是今春或前岁进士，同出元紫芝先生门下，聚在一处自然要说些朝堂事。李素炫时常出入宫城，知道不少皇家私事，却不大清楚朝堂政务。今日席上众人屡次说起李林甫与杨国忠，语声不大，却是抱怨不停，间或出些恨声。唯元结在一旁听着，不大说话，许久后与李素炫说了一句。

“这些事素儿想是颇为陌生。”

李素炫点点头：“素儿只知道些后宫事，前朝事却少有人说与我，也约略听闻，却不详尽。”

“不知道也好。”元结惆怅道，“好过知道，又无能为力。”

“素儿每将这些事情问起持盈师父和书学先生来，他们也说我不知道更好。”

“他们是护着你。你知道了也无用，只是自己多许多烦恼罢了。”

“先生可否与素儿说几句？”

元结摇了摇头：“素儿在这长安城好生度日便罢。长安城乃天下第一城，世间锦绣美好莫不齐聚于此，何必还要知道那许多他乡怪诞苦楚。”

“素儿自幼长于教坊，后困于宫廷，眼下也只在这长安城里，果然不知道外头状况。去岁先生讲过许多，素儿一直记得，先生可再与素儿说些？素儿十分想知道。”

元结叹息，犹豫片刻，缓缓说道：“去岁十一月，李林甫死，圣人命贵妃族弟杨国忠接替为相。此事素儿定然知道。”

李素炫点点头说道：“此事素儿怕是知道得比先生还早。”

元结也点了点头：“此人行状不与你细说，只一件事，这几日我等愤慨，却无奈。今岁关中多地连发水灾，扶风太守奏报，圣人询问，杨国忠叫人在地里捡了饱实麦穗与圣人看，说并无大碍，圣人竟信了。后扶风太守又报，圣人不予理睬，杨国忠得知后，治了扶风太守之罪，此事再无人敢说起。而今圣听遮蔽，今岁秋冬这一场饥荒怕是免不了了。”

李素炫许久说不出话来。

“杨国忠卖官，我等怕不会得任用，或只得个闲职，这进士中得也无甚大意思。元结想过了，若果然不得任用，便辞官回乡，学紫芝先生，守一生清贫，研习学问，传授诗书。”

李素炫皱眉道：“如此先生可甘心？”

“如何不甘心？难道要与人合污不成？”

李素炫沉默良久，低声问了一句：“关中水灾之事，可是属实？”

“属实。我怕有讹传，前几日亲自去看过，左右也不很远。”

李素炫点了点头，心想元结说的肯定是对的。这几年果然多雨，连长安城里也是，今年唯有师父生日前后，老天照顾，给了李素炫几个晴天。龙首塬地势高，尚且到处积水，别处肯定更糟。

李素炫沉默良久，说道：“素儿时常入宫，总能见到圣人……或许素儿可以向圣人奏禀实情。是否惩治杨国忠不要紧，要紧的是，若圣听阻塞，民间有饥荒却得不到朝廷赈济，可是要出人命的。”

元结连连摆手，急道：“素儿万万不可。”

“为何？总要试试，就算圣人见责，素儿也只一身，又无牵挂。果真有饥荒，死的何止千百。”

“圣人肯定听不进去，你不过是白白折了自己，什么也换不回来。若一死有用，便该当不惧一死，乃至不辞万死。若无用，何苦要白送死？你修行多年，读了那许多经典，难道还不知道什么叫顺势而为？屈原不怕死，郢都还是破了，伍员不怕死，越国还是亡了。他们自己果然留了后世名，于事却终究无补。”

元结不说，李素炫也很清楚，她只是个乐人，妄论朝事民生，无论对错都是僭越，至于那一重道官身份，只是尊贵罢了。道人崇高，却不掌权柄，管道人的都是俗人。朝廷如此设置，用意明显。她纵不惧怕，也果然就是白送。她也很了解圣人，其人智慧无比，没人骗得了他。所谓相信，不是他真的信了，是他愿意信这个。他希望没事，谁说没事，他就信谁的，日后若出了什么岔子，担错的也不是他。就算无人阻塞圣听，实情相告也真的是没用。

元结见李素炫许久不说话，又说道：“圣人终究待你不薄，你仍旧应当用心奉乐，以尽职事。除此之外，想法子做些实务。做了没用的，不要做；说了没用的，不要说；劝不动的，不要劝。今日这些人都是信得过的，他们抱怨，我却没说话，不是因为心中不怨，也不是怕人听了去，而是因为说了没用。事要顺势，势不到，不如暂且不为，保全自己，静待时机。”

“素儿只是个弹琵琶的，能做什么实务。”李素炫怏怏说道。

“听萧娘说，素儿到圣人那里请了旨意，准你应京城中四品以上官员私请。你颇挣了大笔金银，送与城里各处病坊，屡次解了燃眉之急。这不就是济民实务？你贸然向上进言并无用处，若是将自己折进去，关中百姓照旧还要遭罪，病坊中苦人却没人管了。这账还算不过来？”

李素炫怔了片刻，茫然说道：“素儿没想过这是什么实务。病坊中两位居士是我多年好友，不忍见他们终日焦急，想帮忙而已，金银也只给了我两位好友，是他们分给其他病坊的。寺中方丈老和尚肯舍了一世名节去为苦人挣银子，我不过是多给有钱人弹了几回琵琶而已，有什么了不得的？我本来就是弹琵琶的。”

“那你以后换个想法，照旧去应私请，挣了金银给病坊，不要再想你好友，想想那些苦人。你救他们，不就是济民？不就是实务？”

李素炫点点头：“先生说的是，素儿记下了。”

元结笑道：“素儿淡泊，却也有性，容易血上头顶，犯莽撞，一定要小心，乱中务要保全自己，机缘到了才能做事。郢都破于秦军，楚国却是五十余载后才灭国。那屈原是个刚硬性子，按不下。楚王昏聩，举国痴愚，分明劝不动，他非要劝，还不肯说软话，非要强项冲犯。若是肯受些委屈，忍一时之气，纵保不得郢都，待秦军撤后，不是也可奔走，力求重振邦国？他却投了汨罗江。此人刚烈不折，堪为楷模，拿来教训那些没骨头的。只是他毕生血勇全拿来逞了他自家性子，遂了他自家名节，为国操劳全然指望不上他。为政从政，事常如此，受不得委屈，便成不得事，不肯屈身，便要屈志，看你取哪一头。”

“……也是。我师父习儒门学问，也说过，若不肯屈身入世，便不能治世。他一生都说自己是无用之人。”

“可他也没有学屈原和伍子胥，硬往刀刃上撞，白白赔上自己，而是屈志求了平淡，好好与人做师父，一生广授书乐，更将你教诲成才。他可以选择时，选了务实，到最后不能选，无实可务，又不惧一死，君子节义纵然虚妄渺茫，也不肯辜负。你师父此生圆满，素儿不必耿耿于怀。”

李素炫恭敬行礼道：“听先生今日教诲，胜过死读那许多经书。李素炫此生定铭记在心，恭谨践行。”

元结点头笑道：“说了这许久，素儿可将琵琶弹一曲？”

李素炫连忙点头，转身解出无伤来，一边调弦一边狡黠问道：“素儿有一事请教。”

“素儿直说。”

“先生说，凡事莫强求。昔日孔夫子周游列国，却不得施展，四处碰壁，累累如丧家之犬，却孜孜不肯放弃，知其不可而为之，才有今日儒门繁盛。如此作何解释？”

李素炫本以为能将元结问住，元结却不过轻笑，立刻答道：“而今儒门繁盛，不是因为夫子周游列国，到处游说君主、到处求官，行此不可为之事，而是因为夫子有弟子三千，有《论语》传世，至汉有儒门后代董仲舒独尊儒术，方有今日繁盛。述诗书、授弟子、弘至道，于夫子而言，分明是可为之事。至于夫子为官，不管他当年做得好不好，对今日中华也不要紧。”

李素炫哑然，立刻收了聪明，欠身行礼道：“先生说的是，素儿冒失了。怪道先生说若不得任用便辞官回乡，清贫读书、授徒。此即行可为之事，做实务。”

“素儿聪慧。”

李素炫将弦律调好，那头几人仍在议论不休，萧娘哄着，教莫要太大声。李素炫回头来看了看元结，元结说道：“素儿弹便是，莫管他们，他们想听自然不吵了。我劝过他们别说这没用的，他们不听，我也就不再劝了。”

李素炫点点头，轻轻弹起来，元结也不挑剔那头杂音一片，只安心听着琵琶声。虚淡几曲，求一番道意清远，双耳分错，去了噪声，只容乐声入心，也是道门修为。

连弹数曲，那边几人渐渐听到了，说话声小了些，又陆续停下来，转头望向这边，仿若忽然醒悟般想起自己是在酒肆中，今日本是李素炫摆酒相请元结，自己是过来作陪的。

几人都笑了，再不说原来话题，将酒盏举了起来。

“这半晌忘记饮酒，酒壶都空了。”一人说道。

李素炫立刻停了琵琶，将无伤放好，说道：“我去取酒来。”

她说着起身去了外头，店家引她去了后院。她利索开了酒坛，注了第一盏，酹酒于地，谢过汝阳王殿下，之后请店家将酒装入壶中，送入小间里。

店家转身忙碌上了，李素炫独自在院里，看看天上，依旧阴雨，月色无踪，群星无迹，周身潮湿又微寒，轻轻搔着肌肤。这些年来她终日弹习读写，岁时平淡，却也无忧无虑，许多前事慢慢淡忘了。师父一生清正，却为奸人逼害，死无所处，汝阳王殿下一世孤寂，护下多少人，如今耻笑他的偏就是这些人。沈绰入葬仓促，人连墓碑上刻字都懒得，还有宫中那许多寻了短见的，病坊中那许多死后草草掩埋的。她记得每一个人，却只是记得按时祭奠，日月更衍，渐渐忘了难过，更不再愤恨什么。

“我这是得了道了，还是傻了？”李素炫自问，吹着凉风，心中荒草凌乱。想过许久，也无头绪，最后咬了咬牙，暂且不想。元结虽不是道人，做的却是道门学问，李素炫也曾与他一起讲说黄老、拆析儒墨、分算名法，彼此颇是对手，屡次谈得十分投机。只是李素炫也能察觉到，元结并不将这些看得特别要紧，闲时寻友人论经辩玄，不过消遣，男儿心志岂在书帷笔墨之间。从前李素炫也不觉得背书有什么用处，只是今日才发现，原来竟是如此无用。

“罢了。元先生说得对，凡事莫强求，想不通，就不想。为可为之事，尽可尽之力，别的不管。”

她想了许久，稳下心神，走了回去。

小间里，众人终于记起今晚本是要好好玩乐、庆祝，方才几番激愤，也都宣泄得够了，眼下接连举盏，屋中一时热闹起来。萧娘笑着轮番斟酒，众人各自撇了心事，争着说些市井间新闻旧事，又偏要说些莺燕风流、山水快意，一副任性不羁。独元结在一边看着，偶尔随众人语声笑笑，依旧不大说话。李素炫回到元结身边坐好，抱起琵琶来轻弹信手，衬着屋中杂谈交错之声。

萧娘知道李素炫喜欢与元结说话，每次来都将其他人招呼好，留他二人清净相谈。眼下果然是萧娘招呼众人，元结与李素炫却并未再说话，只一直听着热闹。元结颇健谈，只是交道多次后，李素炫发现，人多处、人多时，他很少说话，心有忧愤，也不与众人一同交口怨讦，众人有意说些快活事，他也不参与，也饮酒，却只几盏。其人温纯洒脱，万事透彻，从不会按捺不住，也从不刻意掩饰。

李素炫总是格外留意众人中寡言者。每逢酒局，席间多半有一两人格外活泼逗趣，众人围着听他说话、随他笑闹，却也不时会有寡言者，只在一角观望，不大说话，也不大笑。众人中高谈阔论者往往无甚洞见，虽有同伴围簇，挑得席间欢腾，凭一力镇得住四面八方，李素炫却并不在意，偏总是一眼看到角落中那个不说话的，从前师父卢菡就是这样。不说话的，总觉得不说话是隐藏，在李素炫眼中却格外是暴露。或许是心虚，李素炫越不想说话时，越非要强找出话来说几句，不然，总觉得那角落中默默观望者会将她一眼看穿。

## 186

李素炫记得玉真嘱咐，匀出日子到终南山太乙谷中探访，清早出发，走得不紧不忙，日昳后到达太乙宫，歇息一夜后，翌日清早入山。太乙谷也叫炭谷，四野薤白丛生，此间人信口又呼为薤谷。谷口地势平坦舒缓，溪水自山中急急奔出，到了这里流散开来，变得浅而缓慢。下大路不远，谷口处有块巨石倒卧在草间，旁边有口小井，井水甘甜。不远处有村落聚集，人丁兴旺。听村民说，这小井专为行人所备，村里有人按时过来打理。李素炫每次到了这里，都要打水上来，自己饮许多，也倒在旁边槽子里，让赤骏也解解渴。

饮得饱足，李素炫带赤骏向薤谷深处走去，不多远，道路开始慢慢抬升，又许久，缓缓下沉，几度浮沉后，渐渐入了深山。沿途果然多有寺观，幽隐遁世，多不临大路，若不留意，常看不到。李素炫以玉真宫弟子之名请见寺观中大德，恭敬讨教，人果然不拒指点。只是山中隐修者皆为男子，夜晚李素炫无处留宿，只能退回到蓷谷口村庄里借宿，第二日再行造访。

李素炫每次都借宿在谷口处一户人家，院门临着小路，靠近篱笆呼唤一声，便有位老妪出来相迎。老妪见李素炫是位女冠，待她很殷切，又将赤骏照顾得好。李素炫恭敬奉上川资，老妪却连连推辞。虽说大唐道人尊贵，可李素炫没想到在这山中村庄里，村民对道人也如此有礼。

“先生客气了，不过一间宿处和照看马儿，怎么还要谢。”老妪口气十分谦让。

“屡次劳烦，怎敢不谢。”

“先生可是到深山处探望道友的？”

“正是。”

老妪笑道：“往里头走，走深一些，入了山，有许多道人修仙，真有得了道的。我们这村子大，人也多，一年到头辛苦劳作，刚够衣食，别的就顾不上了。山上常有仙人下来，送些草药来，也有人会把脉，给瞧瞧病，也有给村里娃们家教识字、讲学问的。我们这村里人感激，又无报答。先生上山寻访道友，我就帮这点儿忙，也不麻烦，还谢什么。”

李素炫笑笑，心想自己还要在这里住几日，待离开时，将些银钱放在枕头下就行了。

入蓷谷口南行，路过村庄，再路过那十数处皇家行宫寺观，就是终南山深处了。

山水深处远避尘世，唯隐修者是人烟。李素炫陆续见到隐修者草庐散布，也不十分聚集，也不十分远隔，走一阵子就望得到各自屋顶，鸡犬隐约相闻，彼此不扰，果然有事又互相帮衬得到。也有僧侣驻锡在此，乃至有些读书人，不愿入世求功名，情愿在山中安享平淡。隐修者每日劳作，大至修缮草庐、开垦耕地，小到洒扫院落、浣洗衣物，都要亲自动手，终年布衣淡食，晴耕雨读。霁月彩云，足下尘埃，林泉淙淙，飞虫相扰，好处坏处都是修行。

李素炫随玉真来过此处，已与数位隐修者相识，与人聊得很是开怀。她喜欢听僧道儒生聚在一起讲说学问，也喜爱沿途风物，有时看看山谷开阔，有时只看脚边蝼蚁。肩负无伤在林中穿行时，四处惊虫乱跳，冠盖之下光影斑驳静定，一时被扰得纷纭。赤足穿过溪流，溪水冷冽，水底乱石光滑，踩上去要格外小心。溯溪水而上，从高处看向谷地，河水如在雾中蜿蜒，晶莹细亮。四周葱翠，足下氤氲，群峰中有层云交叠，层云中有群峰际会。

李素炫静静看了许久，心中起了兴致，在树下端身坐好，解出无伤抱在怀里，指尖微错，挑弄轻风，耳边鬓发飞动，身侧衣袂牵扬。山中雉鸡偶尔从脚边上忽地飞蹿出来，扑腾着翅膀，将李素炫吓一跳，手上立时弦声如噪。待看清楚时，那雉鸡已飞到阳光里，鲜艳如锦。隔河也见过小鹿，低头吃草，抬头嚼着，远远望过来。

再向前，一日之内便不能返回谷口了，李素炫止步于此。听人说，再向前仍有隐修者，隐匿在深山更深处，更要求个清静，彼此也隔得更远。

回了长安城，四处下起了小雨，方过处暑，未到白露，雨渐渐止住了，又一两日，地上干燥了些。李素炫清早骑马出门，到南山去寻闻朗与端木。闻朗反复想过后，接受了李逊提议，帮助太医署在终南山设药圃。闻朗说药圃要设在向阳草坡上，草坡要足够大，还要临近水源，附近还得有块阴凉地，李素炫立刻想起薤谷来，薤谷中有多处这种地方。闻朗与端木在南山各处反复勘察、考量，最终依李素炫所说，将药圃设在了薤谷深处。

李素炫纵马飞驰，临近薤谷口时，远远看见闻朗与端木正在谷口巨石旁等她。三人见面十分亲热，连声说笑，从井里打起水来，用手掬着饮了许多，装了水囊，喂饱赤骏，一起骑马向谷口深处走去。

终南山峪口七十二，每个峪口都有河流，自深山高崖处萌发，一路收集溪水、雨水、地下水，水势越来越大，出峪口时都是大河了。村民将房屋建在沿河两岸，从谷口处往里头走，陆续有房舍，也有不少小片耕地，走过半个多时辰，人家就少了。

三人边走边说笑，沿着河流，渐渐入了深山。道路干爽坚实，三人走得轻快。过了寺观集群处，再没有大路，却仍有小路，低头看依稀斑驳了些，抬头向前望，仍旧蜿蜒在目。再向前走，道路渐渐崎岖，三人将脚步放慢，怕马儿辛苦，也怕走不稳当。

闻朗一直走在前面，回头安慰道："再半个多时辰就到了。"

“你们住哪里？盖了房子了？”

“目下简单搭了些茅舍。待药圃完全建好了，会在边上认真建些结实房子。太医署遣人照顾药圃，也雇请邻近山民帮忙，总计二十余人，都要有住处。”闻朗答道。

“素儿今日随我们宿在茅舍中，与城里可是大不相同。”端木说道。

“确实不同。”李素炫四下里看了看，答道。

“你只知不同，却不知有多不同。”闻朗笑道，“此处连零星住户也没有了，再向前便是药圃，药圃再向前，真正是深山老林了，就是有房子、院子，也不是玉真别馆里那般。长安城里多有富户爱慕林泉风雅，跑过来建个宅子，道是嫌弃长安喧闹，渴慕田园静谧。只是他们那宅子，窗外是田园，窗里还是长安；窗外学着陶潜，窗里还要靠陶朱。说得迥异，其实就是将城里日子搬到乡下过来了。”

“不要这等假田园。”李素炫笑着说道。

“那就要忍着吃苦头了。”

“死不了就成。”

路越发不好走，三人下马，牵马徐行，赤骏聪明，不用牵着，自己知道跟上，又学主人样子，一边走一边看风景。三人又说笑又攀山，气喘吁吁，回头看赤骏倒是轻松，竟还学会低头看路了。脚下道路崎岖，又多有老树盘根，赤骏要随时小心不要将蹄子踩进去，低洼处有水，路滑，它也知道要留意。

跋涉许久后，三人到了。药圃选在向阳处一大片坡地上，临近水源，已有人在那里丈量、测算，圈出标示来。今日晴朗，秋光晶莹，草坡上绿意滚滚，夹着些枯草，草尖上微微有芒。连着一夏淫雨，山上积水许多，正沿石缝流下来，直流到草坡上。站在低处，脚边山溪扑乱，前方葱翠延展，仰头便是苍峰高耸、云崖巉峻。

“怪道高僧高道都喜欢来这里，若论守道归隐，果然是个好去处。”李素炫说道。

“猜你喜欢此处。你说薤谷水多，地势高低起伏也大，我与四郎便来探看，想不到这里面如此有洞天。”端木说着，抬手指了指前方，“那边我二人也去过了，能走出很远。当时以为那就是薤谷尽头，没想到穿过去又有数条深谷。”

晚间，药圃中一众人分别宿在几处茅舍里。李素炫和端木在一间屋里，屋子简陋了些，四面透风，头顶透光，眼下山中还不太冷，将身上衾被裹得紧些，足够过这一夜。

“素儿这几日可去附近转转，此地形胜，颇有景致。”端木在李素炫耳边小声说道。

李素炫没有回答，直接问道：“你可是要一辈子这样跟着四郎跑来跑去？”

“如何不可？”

李素炫叹了口气，没有再说话，端木说道：“我知道你想问什么。素儿不必担心我，我也果然是喜欢在平宁寺中忙碌。我不像你，你要做什么，自己计划好，不消人盯着、追着，自己就去做。你喜欢独自一人，但真的与生人打交道，又聪明，什么牛头马面都能应付。我与你不同，每日都要事情追着我，不然就要犯懒惰。想与人在一起，可又应付不了各色混人。四郎人好，与他一起照顾病坊中苦人，总好过与外头那些不知根底的打交道。你也说了，世上人有无数，却不知哪个是伪君子，哪个是真小人，不知哪个信得过。”

“你可信得过四郎？”

“四郎君子，谦和有礼，心地善良，我自然信得过他。”

“那便好，我也相信四郎为人。既如此，你跟着他便是了，别的无所谓。”

两人很久不曾同榻而眠，舍不得睡，低声窃窃说了好一阵子，才渐渐睡了。

第二日清早，端木早早醒了，蹑手蹑脚出了屋子。李素炫醒来时，睁开眼睛，见屋中昏暗，四处透着道道光束，刀剑般刺进来。她许久才想起来，自己是在薤谷深处一间简陋茅舍里，裹着衾被起身坐着，许久才清醒了。

端木开门走进来，见李素炫躲着光，立刻反手掩上门。

“素儿可以起来了，我备下了朝食，你吃饱了，到草坡上去晒太阳，与我弹几曲琵琶如何？”

李素炫应声抖落身上衾被，穿好衣裳，随端木出了门。朝阳鲜红，此时刚刚升起，草尖上还挂着露水，几处房舍之间烟气袅袅，也不知是清早炊烟，还是深山中氤氲水汽。

众人笑谈，也不消落座，站着匆匆吃了些，又一同下地劳作。药圃很大，四周高崖峻耸，脚下云霞蒸蔚，身在其中不觉得如何，若从远处看这里，也是深山中白云生处了。

李素炫依着人央求，拣个阳光晴明处安稳坐好，解出无伤，调了弦律，开心弹起来。额顶日色澄明，足下层云翻卷，周身青石滚烫，李素炫心境大开，手上如行风般飒爽。弦声振振，曲音铿铿，不断叩打崖壁，喝问山谷，搅出一片浑厚回响来。

弹了一个时辰后，李素炫听到怀中铮的一声，低头看看，碧弦断了一根。无伤上第五弦多半用不到，她将第五弦解下来换上，又弹了半个时辰。众人在草坡上劳动，时远时近，听她琵琶声各有不同，或锐抗，或雄沉，或急促如珠玉飞溅，或散淡如闲云歇止。弹到兴起时，常有人丢下手中活计跑过来认真听，待曲乱收煞，才笑着跑回去，捡起镐头来继续劳动。

午饭过后，李素炫告诉端木，她要到山深处去看看。

“也是要去巡看景致，也是要去访求道友，讨根琵琶弦来。”

“为何？你这第五弦不是不大用得到？”

“固然用不到，却不能没有。若少一根弦，覆手处受力不均，怕是不好。也是我出来时忙乱，这碧弦家中还有，忘记带上些备用了。”

端木点了点头：“记得早去早回，路上小心。沿河向上走，路一直在河边，不要远离正路，没路处不要去，就不会迷路。”

“好。”李素炫应道，将无伤缚好，负在肩上，正要离开，只几步，却见赤骏凑过来，跟在后头。

“骏儿，这山路不好走，你在此处独自闲散便好。”李素炫笑道，抚着赤骏鼻梁。

赤骏不理睬她，仍旧跟着，李素炫无奈，只好带上它。端木见她连匹马儿也小心哄着，忍不住连声笑侃，送她到了路上，拿出个小纸包来递给她。

“这肉脯自城里带来的。每人每日一份，只是半月不到就没有了。我每日那份都留一点儿，一共就这些。你带上，城里随时出门都买得到吃食，山中可不行。”

端木心细，总能想到照顾人。李素炫也惭愧，也感激万分，接了肉脯放在包袱里，回身上路。

正路只一条，沿着河流，伴着一路密草与乱石丛。河水湍急，层层白浪跌落，水声欢闹。前方远远在望的是太乙殿，每遇干旱，官民都到此处求雨，只是太乙殿在谷中深处，李素炫从前到不了这里。今次到了，她非常欢喜，叩门行礼，与殿中道友相见，拜过道祖，转头问起来，道友却没有琵琶弦。

李素炫思忖着，左右也到这里了，不如再向前走走，就是讨不到琵琶弦，看看风景也好。她行礼谢过道友，又开始攀山，走不太远后遇到座小坝，沿之字形小路攀上去，眼前豁然开朗。

脚下谷深数丈，群山围拱，碧翠合拢，轻捧着谷底一泓湖水，无比呵护。那水幽蓝如鉴，无波无痕，清澈冷漠。日光莹白模糊，水面云影剔透，峰谷间草木葳盛，山花漫开，不经心、不霸道，美而随意。环湖有数道飞瀑自群峰高处垂坠，如仙人白发，叹世间恩短愁长。谷中流川纵横，云崖捭阖，空山静谧，鸟鸣添幽，天水殊异间，恍若桃花源头。

李素炫看得不转睛、不交睫，心中缓缓生出异样触动来。

许久后，她带着赤骏慢慢走下深谷，沿湖水东岸边一道依稀小路绕行，一路看着水面波光粼粼，不时看看西岸太乙峰下巨石列阵。小半个时辰后，出了山谷北口，沿太乙河溯源而上，又小半个时辰后见到一间草庐，离路径不远，半没于深草。她下了正路，向草庐走去，赤骏安稳跟在后头。

到了草庐院门口细看，院里干净利索，料是有人居住。李素炫很开心，正要开口询问，请主人家相见，不料只是张开嘴，还未出声，就听不远处砰的一声巨响，接着腾起紫色火光来，瞬间熄灭后，浓烟滚滚。

赤骏吓得嘶鸣一声，连连后退，李素炫慌忙回身牵住缰绳，柔声哄劝。赤骏精良，很快安定下来，李素炫又回头看去，见一人从浓烟里跑了出来，直接跑到院子里，呛得不住咳嗽。

李素炫隔篱笆看着，看那人身形、穿着像是个道人，头发乱蓬蓬的，还冒着烟，浑身漆黑，满面焦煳，实在看不大清楚长相。那人见李素炫一身青衣，立刻走上来认真行礼。

“幸见道兄。”那人说得恳切，还用掌心揉了揉眼睛，揉出两个灰白眼圈来。李素炫顿时憋不住笑，那人自己也笑。

“在下清虚子，敢问道兄尊号？”

“在下李玄霜。”李素炫还礼说道。

“李玄霜？……可是长安城玉真宫弟子，俗名李素炫的？”

“正是。”李素炫惊讶道，“你认得我？”

长安城内外各处道人许多，李素炫大多认得，只是有时对不上名号。她回想片刻，一时记不起有清虚子之名，心中暗笑：“我便往日里认得你，此刻也认不出来。”

不想那人立刻肃然，身上如烧窑炭工，却也将乌黑衣襟整顿一番，复又行礼道：“清虚子见过师叔。”

李素炫在道门中辈分高，到处都有人叫她师叔乃至师祖，她从前很别扭，后来习惯了，只是没想到在这深山里竟然也能碰上个大侄子。她哭笑不得，问道：“我怎么是你师叔了？你认得我？”

“师叔昔日在玉真宫入道时，我师祖朴阳真人乃是证法三师之一，后屡次受持盈师祖之请，入城为师叔讲道，并主持内道场核考。不瞒师叔说，师祖每次回来，都要将一众徒子徒孙挨个嫌弃一遍。”

“嫌弃一遍？嫌弃什么？”

“自然是嫌弃我等蠢笨。”

李素炫对朴阳真人十分熟悉，算起来她倒果然是清虚子的师叔。正皱眉无奈时，清虚子说道：“师叔容小侄进去盥洗更衣，再出来相见。”

李素炫认真看了他一眼，见他一身漆黑，脸上煳得锅底一般，两个灰白眼圈，双手恭敬端着，口称小侄，叫师叔叫得毫不含糊。她实在忍不住，还是想笑，只好死憋着，连连挥手道：“好、好，你快去。”

对方行礼谢过，立刻转身回了屋子。李素炫看着院里各色古怪器具，不晓得都是拿来做什么的，方才那头火光腾起处仍有零星黑烟缕缕冒着，也不知道这人作的什么妖。

许久后，清虚子自屋中出来，果然已盥洗完毕，手脸白净许多，重新绾了头发，又新换了身衣裳。这人看起来三十多岁，身上面上一副清癯，颇有些仙骨，只是饶他认真洗得干净，靠近了却仍是浑身上下一股爨烟子味。

清虚子认真行了礼，请李素炫到院中，李素炫招呼赤骏，赤骏却有些惧怕。方才巨响惊了它，接着见到清虚子灰头土脸一身漆黑跑出来。赤骏聪明，知道那一声巨响定与这黑撒道士有关，心里不乐意，不想进他院子。李素炫也不勉强，取下赤骏身上小包袱进院，由着它自己在外头闲逛。

清虚子见了李素炫肩上无伤，立刻瞪圆了眼睛，连声问道："敢问师叔，这琵琶可是无伤？"

"正是。"

"我听师祖屡次说起过，道是仙妙至极……"清虚子不说了，只用眼睛看着李素炫。

李素炫笑笑："好，我与你弹一曲。"

清虚子立时欢喜起来，寻了个蒲团来，请李素炫坐下。李素炫坐好，校了弦律，抬头见清虚子仍站在对面，恭敬抱着手。她忍着笑说道："你也寻个蒲团来坐下。"

"小侄不敢坐下，站着听便是。"清虚子答得毕恭毕敬。

李素炫见他如此认真，想开个玩笑，说声"贤侄坐下"，想了想，忍住了，低头暗笑几声，问道："你想听什么曲子？"

清虚子又行礼道："小侄闻人说，师叔将《高山》《流水》移到了琵琶上，又多有漫衍生发，又有别样弹法，弦意虚静淡远，幽玄不尽，乃文曲中翘楚。小侄相请一听。"

李素炫心想："这贤侄倒不见外，上来便要听两曲。好，就与他弹这两曲。"

她稳了稳身上手上，正要弹，无奈这清虚子在眼前挡着光，又那一股爨烟子味来回搔着她鼻尖。她叹口气说道："你坐下便好，当真不用站着……坐得远些更好。"

清虚子却固执，李素炫只好笑着说道："贤侄请坐。"

如此一说，清虚子也笑了，从另一头拖过个蒲团来，在李素炫对面几尺远处坐好。李素炫又稳了身手，轻触碧弦，弹了起来。弦声微细，颗颗晶莹，密密列阵，李素炫手上精稳，乐声如微尘世界，虽极渺小，却无所不容，虽不可见，又纤毫毕见。

曲终，清虚子哑然许久。李素炫笑了笑，将无伤横放在膝头，行礼道：“今晨我这无伤断了根弦，怕伤到覆手上，特来寻访道友，想讨根弦来。”

“有。师叔等着，我马上去取来。”

清虚子说着立刻起身，果然片刻后取了根筋弦出来。李素炫立刻接在手中，系好，一边问道：“清虚道长也弹琵琶？”

“小侄不会。”

“那你怎么有琵琶弦？”

“我会简单修这些乐器，山中道友有时找我帮忙，所以有些琵琶弦之类小物件备着。”

两人此时熟了起来，李素炫认真说道：“你不必叫我师叔，叫我素儿便可。”

“如此岂不乱了辈分？”

“什么辈分不辈分的。”李素炫笑道，“你若是多少比我小上几岁，也还好些，眼下我可是有些别扭。”

“别扭什么？树疖子都一样，看长哪根杈上。我虽略年长，但按师承算，你就是我师叔，在下怎敢不敬。不叫师叔，师祖听到可要教训我了。”

“无妨，师祖在时你叫师叔便是，此处师祖又听不到。”

“……也好，素儿这名字好，听着亲。”清虚子略一迟疑，接着痛快说道，“我俗名柴炫圻，你叫我炫圻也行，叫我清虚也行。”

李素炫点点头，又小心问道：“炫圻做什么的？”

清虚子顿时咧嘴笑上了：“你一定是想问刚才那阵烟火。”

“正是。”

“那是火药。”

“火药？”

“正是。小侄曾游道青城山，得药王之方，硫二两，硝二两，皂角三钱半，研末、拌匀，入罐。罐埋与地平，入弹子大熟火。药王方子里那皂角，我换了马兜铃，试了几次，果然成火药，只是眼下还控制不了大小，还得多试几次。”

“这火药做什么用的？”

“炼丹。”

李素炫恍悟，清虚子乃是炼师，怪道能制出火药来。两人说笑过许久，清虚子请李素炫再弹几曲来，李素炫并不推辞，弹了许久，让他听个够。清虚子十分感激，回屋捧了酒出来。

“素儿尝尝，这酒我自己酿的。”

“你自己酿的？”

“正是，我连火药都制得出来，酿酒有什么难的？”

李素炫尝了一口，点头笑道：“此酒熟成，味道醇厚，炫圻手艺比我强多了。我也自己酿酒，但是怎么都不好。”

“素儿也自己酿酒？你酿的什么酒？”

“桑落酒。”李素炫随意答了一句。

清虚子迟疑问道：“可是《甘露经》上桑落酒？”

李素炫惊讶道：“你知道桑落酒？”

“我不很嗜酒，却喜欢酿酒，自然知道。”

清虚子说着，小心看着李素炫，李素炫笑道：“如何？”

“我听人说，这酒经不外传，不知素儿如何有这方子……可授我否？不行也无妨，不敢怨。”

清虚子说得小心翼翼。李素炫沉吟许久，心中有些挣扎。记得昔日汝阳王殿下曾说过，要她将这酒经好好保存，若遇妥善之人，便可传授，不然就永远封藏。今日与清虚子初识，李素炫并不知道他是否可靠，只是见他一心殷切，想了想，可以只将桑落酒方子与制法教给他，看日后如何。《甘露经》有酒方三十余种，桑落最简单，比寻常水酒只多一味料，制法也只多一步。

李素炫轻叹，点了点头：“既然如此，我教给你。只是，有一件事，你须是应允我。”

清虚子高兴万分，立刻说道：“师叔吩咐，小侄一定照办。”

“你每开一坛酒，定要将第一盏浇酹于地。”

清虚子一怔，问道：“却是为何？”

“为了纪念一位昔日挚友。多的你不需问，只这一件事，你答应我，我便教给你。”

“小侄答应师叔，决不食言。”

“好。”

李素炫将桑落酒方子及制法讲述了一遍，清虚子聪明，立刻记住了，转头取纸笔记写下来。李素炫将小纸包里肉脯拿出来送给了他，山中没什么好吃食，更不是每日都有肉，清虚子十分高兴，就着酒，吃着肉脯，两人又说笑许久。看看一坛酒饮尽了，李素炫起身告辞，带赤骏快步回了药圃。

## 187

山中时日疾迅，转眼七八日过去，李素炫必须回长安城了。再到逢一，雷海青依旧会在内教坊中等着她，她不敢爽约。闻朗与端木送她到了薤谷口巨石处，饮过井水，装满水囊，三人挥手告别。

李素炫上马飞纵，很快近了长安城。天色不晚，秋色晴明可爱，她忍不住下了马，想走一走。不多久，到了水边，见到水波滟潋明灭，开合摆荡，水草轻柔如少女发丝。

李素炫很开心，坐在临水巨石上，解出无伤轻弹起来。

片刻后，她听到身后有人呼唤，回头看，见一人做仆役打扮，正行着礼，口中问道：“请问这位道长，我家主人听闻道长琵琶，十分仰慕，可否相请一见？”

仆役客气有礼，李素炫沿他手指之处看过去，见远处有十余人围坐，有男有女，也有童子，想是谁人阖家出来游玩。李素炫今日颇有兴致，点点头，起身随仆役走了过去。走得近了，见果然是几户人家同游，为首三位男子穿着官员便服，旁边远处有执兵侍卫。

双方见过礼，却并未报上各自姓名。那三名男子果然是朝中官员，不想随意说出身份，李素炫想的是眼下不过萍水之缘，不过一曲琵琶，各自尽兴便好，也不必自报家门。她不饮酒，应几人所请，轻轻弹了几支净淡曲子。她弹得开心，一众人也听得开心，欢呼后一人说道：“可否请道长与奏武曲？”

李素炫笑笑，说道：“武曲劲悍，手指受不了，需用拨子弹。我这支琵琶却是不动拨子的，只用手弹，故此今日没有带拨子来。”

“无妨，我今日未带琵琶来，倒有枚拨子落在行囊里，糊涂带了出来。你用我的。”

一人说着将拨子丢过来，李素炫和气说道：“我这支琵琶只手弹，不动拨子。先生见谅。”

那人十分不痛快，说道：“不过一支琵琶，动回拨子如何？此等矫情。在下好言相请，你倒还端上了。”

李素炫皱了皱眉头，见他一副粗俚，心下鄙夷。看穿着派头，大约是个不缺金银的，可惜，人若不济，倒叫那金瓯玉盏衬得格外猥琐。

“绫罗绸缎，一副王孙做派，又如何？比不上我师父半分。”她淡淡想着。

李素炫不说话，那人不住说着，火气越发大了，逼问道：“你弹是不弹？”

李素炫也来了火气，口气仍旧柔和，面上却不再赔笑，平淡说道：“在下说了，这琵琶不动拨子。几曲奏过，在下不多扰诸位饮兴了。”

她说着站起身来，转身要离开，那人却陡然间暴怒，一掌拍在案子上，喝道：“给你颜面，你倒当了自己是太爷。我便欺负欺负你，拿你下狱治罪，谅你也没法子。本官好好与你说话，你个小小女冠如此不知好歹，可是自家撞祸，怪不得我。”

一掌之下，远处侍卫即刻赶到，不知缘由，只是见主人愤怒，正对着李素炫叫嚷。侍卫立刻将她围了起来，为首者一手按在刀柄上，厉色相逼。

李素炫见那喝骂的明显是醉了，旁边两人也不相劝，只看热闹，那边家眷更是无一个过来解劝。虽说大唐道人尊贵，却也看何处道人，是何品级。李素炫自山中出来，只穿了件素简道衣，未着丝袍、未戴玉冠，这些人以为她不过是城外小道观中微末女冠，并未将她放在眼里，满以为仗着官派，说什么她便会忙不迭听什么，不想这小女冠竟还有性子，口气平和，却不肯听话。

双方僵持，片刻后，李素炫笑道：“既如此，在下从命。只烦请略等片刻，容在下去那边盥洗。”

她说着，放下无伤，走到那边棚帐里，趁帷幕遮挡，将腰间鱼袋上布套取下，回了席间，笑笑说道：“既然先生想听武曲，在下从命便是，不知先生要听哪一曲？”

李素炫说着话，却没有坐下，只站在那里，笑吟吟的，腰间鱼袋明光晃眼，正在那几人眼前。

几人瞬间一个激灵，其中一人立刻行礼问道：“请问尊驾何人？”

“在下玉真宫李素炫。”

只一句话，连那方才醉酒的也立时清醒了，顿时一心狂跳，面如死灰，手脚酸软，瘫倒在席子上。李素炫常伴圣驾，乃是圣人跟前第一女伎，城中官员无不知晓此事。因她身为皇家道官，籍入宗正府，秩同四品，圣人赐旨特准其应私请，也须是四品以上大吏，眼前这几人连重金相请都没资格。看前事，那醉酒的定是得罪她了，旁边两人又不曾相劝，若李素炫记仇，只消圣人面前几句委屈话，这几人便是灭顶之灾。

几人吓得浑身冰冷，不敢说话，眼下也清醒了，也想明白了，寻常女冠若有如此弦上绝技，也早不是寻常女冠了。李素炫一笑，说道：“先生饮得醉了，武曲燥热，不如在下还是弹支文曲，如何？”

片刻后，几人恍悟过来，连忙就坡下，接连点头，又行礼。李素炫坐下，将无伤抱好，拣了支短曲轻轻弹过，即刻起身告辞。几人再不敢强留，慌忙陪着起身。李素炫唿哨一声，赤骏立刻自远处飞奔而来。官员无不识马，见眼前白马神骏，又通人性，猜测出自宫中，不由得额头上冒汗，连连行礼。

李素炫客气告辞，上马，叱喝一声，飞纵而去。赤骏奔驰，长风掠耳，李素炫一边纵马，一边心想：“我在圣人面前不过一介女奴罢了，在别人眼里就成了势力。天子旁侧，人人战战兢兢、行事谨慎，知道皇恩无常，不敢得意忘形，反倒是底下这群人，着实没见过世面。我不过一曲琵琶、几阕诗词，圣人点头说个好字，人便以为我这叫得势，当我是天子近人，对我便要如此点头哈腰、前倨后恭。真真一群势利蠢材，实在不值得拿他当个人敬着，却也好对付，拿势力压他便是。罢了，不想这许多，且回家去，石榴树下，洗我白马。”

# 第十一章　大義演

天宝十三载（754年）二月—七月

# 188

李素炫终日忙碌，却也平静，偶尔想想余生，偶尔想想来生。院中石榴成熟，她扫了落叶，将石榴摘下来，送给邻家老妪和左教坊中几位嬷嬷拿去泡酒。怀里小金蛉仍旧叫得好听，屋后麻兄却渐渐不那么吵闹了。城中日渐寒凉，终至霜冻，白梅也再度开放。所有人都在忙碌，雪也下得慌乱，只李素炫怀抱无伤坐在窗前，安安静静，有些不知所措。她每日都有很多事要做，只是接连忙过后，安静下来，又总觉得自己终日无所事事。

转过年来，惊蛰后，细嫩柳芽又冒了出来，阿翁带李素炫去采了柳芽来做小菜，又出城去采蒲公英和香椿。初春时节，原野上绿意勃勃，田野中泥土新翻，吐着冷香，农夫已开始辛勤劳作。到了这会儿，李素炫才觉得一冬懒散一扫而空，身骨又重新振作起来，心里又有了点儿活泛。

二月尚未过半，李素炫接到递书，言道贺怀智先生月底七十寿诞，在城外老宅摆酒，邀请李素炫赴约。书信中尤其说到，此次只邀请各方亲友相聚，嘱咐众人不必厚礼相送。

李素炫将书信看过，卷起来收好，笑着想道："老先生若是想要薄礼，便送他二十坛酒；若想要厚礼，也送他二十坛酒。阿翁所酿美酒本钱不大，算薄礼，外头大价钱也买不到，也算厚礼。"

到了日子，李素炫雇了辆车，大清早从阿翁家取了酒，请车夫送往城外贺先生家，她自己在阿翁家饱饱吃了一顿，才骑马出城。贺先生老宅在出城不远处，李素炫到时，院里已聚满了人，无人拘束，认识不认识的都坐在一处说笑。

李素炫随指引到了贺怀智近前，深深行礼见过，老汉顿时笑得开颜。

"素儿真来了。你先坐那头，吃饱，晚上撤了席，我单独与你对饮，今次一定要赢了你。"

“老贺还是不死心。”李素炫笑道。

贺怀智突然对李素炫略拱了拱手，小声说道：“素儿，先生谢过你所赠好酒。上次尝到，还是在汝阳王殿下府中……”

李素炫连忙还了一礼，知道老汉想起了汝阳王殿下。数载过去，难过怕是已谈不上，想起来时却难免心中喟叹，带着些失落。

“先生先招呼客人，不必照顾素儿。都忙过了，素儿陪先生饮酒，还要向先生讨教琵琶。”

老汉点点头，李素炫转身随人指引到了院子一角，与一众女眷围坐在一处，将无伤放好后，认真看向那头一众男子围坐处。今日这场合，老贺一定会邀请雷海青到场。果然只一眼，李素炫便看到了雷海青，他比寻常人高大许多，很容易看到。李素炫立刻起身，绕着场子走过去，到了雷海青身边深深行礼，小声说道：“素儿见过先生。”

雷海青笑着对她点点头，还了一礼，李素炫转身回了自己位子上坐好。老贺爱热闹，也不讲究诸多礼仪，只司仪指令了几步，老贺说了几句话，便请众人欢饮。席开欢乐，老贺看着高兴，又不肯老实坐着，而是不住在席间走动，挨个与人敬酒。

“这老汉今日是当真开心。怎么还到处与人敬酒，像男子娶新妇一般。”

李素炫身旁一老妪说了这句，一众女眷都笑开了。许久后，那头众人似乎是想到什么了，恍悟过来，将老贺按住，众人轮流上前敬酒。

“这些人，这是终于算过账来了。”方才老妪又说道，众女眷又笑。

李素炫与身旁人都不相熟，只独自饮酒，听她们闲谈，也要看看雷海青那里。她见雷海青总是在内教坊中，屋里只他二人，只说琵琶。雷海青素来话不多说，语声缓和，不逞疾徐高低，笑得轻浅，偶尔闲谈，不过平淡随意。李素炫有时难免好奇，不知其他场合里他会如何。安静看了阵子，果然如她猜测，雷海青在众人中很安静，不大说话。旁人若是与他说什么，他只简单答一两句，旁人说得热闹，他也没什么兴致认真听，独自慢慢斟饮而已。

众人欢闹到入夜，女眷们有些疲惫了，年长者先行退场，余下人也说得小声了许多，那头一众男子却仍旧兴致不减。老贺看起来饮得差不多了，眯着眼睛，步子都有些不稳当了。

“就这样还要跟我单独对战比酒。”李素炫暗笑。

隔许久，那边不知谁人说了什么，众人齐声起哄，纷纷朝李素炫这边张望，接着一人跑过来，对李素炫行礼道：“我等方知先生身份，听闻先生琵琶有名，凡人轻易难得一闻，不知今日先生可允我等倾耳一听？”

李素炫点点头，笑道：“有何不可。”转身取了无伤解出来，抱在怀中，调校弦律。

“我等听说先生会弹《郁轮袍》，得天下诸多高手指点，可否请先生奏一曲？”

李素炫笑道：“我这支琵琶名无伤，只用手弹，不动拨子，弹不得武曲。在下与诸位弹几曲文琵琶如何？”

那人不挑剔，手一挥道：“今日喜庆，武琵琶热闹。不动拨子也无妨，只用手弹便是。”

李素炫没想到今日会有人要她弹琵琶，离开贺先生处她要去终南山药圃，需盘桓几日，故此带了无伤，没有带五色琵琶。那头人仍在起哄，李素炫哭笑不得。这些人不比去岁所遇几名官员，今日并非官员仗势欺人，只是些寻常人，不过是因为不通乐事，想得太过简单了些。李素炫性子硬拧，若是遇上仗势的，她还倒不怕，纵无皇帝撑腰，也是个舍得一身剐的。可眼下对方并非有意欺压，她倒不方便恼火，何况今日老贺寿日，她也不想与客人别扭。

正为难间，雷海青悄悄走到她身边，俯身将自己琵琶递过来，低声说了一句话：“弦已校好。”

李素炫顿时松了口气，感激万分，立刻将琵琶接在怀中，雷海青又将拨子递给她，转身回了自己位子上。雷海青所持也是宫中五色琵琶，光华煊赫，抱在李素炫怀中，衬着她一身青霓，格外端严华雅。李素炫尚未动一弦、未出一音，众人便是一阵欢呼。眼前女子秀丽，琵琶灵动，只看上一眼，也格外又添一重沉醉。

李素炫卷好衣袖，稳了身手，落腕弹起来，众人立时欢腾，趁着豪情，接连纵饮，也有不少人一直在她跟前，认真看她弹奏。李素炫知道雷海青定然在那头听着，心里有些紧张，有人在她面前挡住，她倒还放松些，虽说自己也知道不过自欺。

众人痛饮狂歌，又不住过来相请李素炫再弹一曲。李素炫也起了兴致，毫不推辞，连弹数曲，文武间错，又有坊间时调，席间一片鼎沸。

欢呼许久，众人忽然安静下来，李素炫按下弦上余音，顺众人目光看到了老贺。老汉酒醉，躲到什么地方醒酒，眼下已醒了小半，仗着剩下大半酒力，摇晃着进了院子，目光迷离，脚步飘忽，还偏不要人扶着。

老汉走到李素炫面前，看看她手上琵琶，陡然来了豪情，回头高声说道："取我琵琶来。"

众人登时狂喜，又狂呼。顷刻，老贺抱着他石槽琵琶在李素炫对面落座，朗声说道："凡乐者，音有缓急、轻重、高低，声有远近、浓淡、清浊，调有显隐、开阖、收纵，势有曲直、平险、藏露，意有刚柔、奇正、虚实。今日不与你弄这许多繁杂，你我单比一个快字，如何？"

李素炫哭笑不得，心想："老汉果然不曾酒醒，谁要与他比了？"

"先生神技，素儿不敢应战。"

"天下第一琵琶伎，何必谦虚，焉知你不如我？"

"先生还醉着……"

"又如何？小娃娃，莫要嫌弃先生老了。区区酒醉，向来不妨事。告诉你，我老汉只要不倒，手上从无差错。"

老贺兴致勃勃，一副豪情，周围人看热闹不怕事大，不停起哄。李素炫忍不住回头，顺人缝处看向雷海青。雷海青果然正看着她，见她回头，目光乞求，立刻笑着对她点了点头。

李素炫顿时有了胆量，转回头来，看着贺怀智。

"好，素儿应战。"

贺怀智大笑，抖着手中大铁拨子，声如泄洪。

"素儿爽快。够好汉。"

眼前女子分明柔如细柳，众人顿时狂笑不止。李素炫又气又笑，心想："如此可不是欺我？莫说我赢不了，就是赢了，也是赢个醉汉，也不光彩。"

老汉不管那么多，喝了一声："小娃娃，听好了。"

众人立时住声。老汉铁拨落下，霎时石槽轰响，鹍弦破风，弦声激射而出，密如阵矢。李素炫毫不相让，立刻跟上，按弦飒利，行拨健悍，弦声轻灵，如万箭丛中一滴细雨，步步踩踏锋镝，腾挪闪转，旋纵如飞。一段过后，老汉缓了几板，李素炫又起一段，老汉旋即追了上来。琵琶相斗，鹍弦竞逐，一众人紧紧围着，气也不敢大出，独略远处雷海青安然坐着，低头自斟自饮，面上浅笑，一副稳当。

几段过后，二人双手都已快到极致，各自心神空澈，风不动，幡不动，心亦不动，身姿端稳，面色平静。倒是一众围观的个个摩拳擦掌、颦眉瞪目、噘嘴咋舌，只除了死憋着不敢出声外，不知如何紧张才好。

又数段过后，二人同时收煞，手上按下弦音，互相看了一眼。

“素儿精湛。”贺怀智高声说了一句，满面兴奋。

李素炫放下琵琶，抱手行礼道：“先生未老。”

旁人至此方自恍惚中醒悟过来，欢呼中有一人连声急问道：“到底谁快？到底谁快？”

众人又是哄笑，说道：“分明一样快，怎么这还能听不出来？”

“今日痛快，恨无胜负。”贺怀智笑着对李素炫说道，“先生今日满七十岁，怎会不老。一世弄琵琶，酣醉之下也不曾不如人，莫说曲上意上没有能赢我的，就是与我一般快的也没几个。年少时尚且自负，颇在意输赢，眼下老了，输赢已不打紧，只想亲见晚辈远胜于我，却至今不能如愿。唯素儿后生可畏，来日方长，他年定胜我一筹。只是不知道先生能不能等到那一日，耳目一快，了了毕生心愿。”

“晚辈谢先生勉励。”李素炫复又行礼说道。听老汉说不知能不能等到那一日，她有些伤感。

贺怀智点了点头，又说道：“你方才说请教琵琶，说便是。若有些新曲，也弹了叫众人都听听。”

“是。”

李素炫转身取了无伤过来，坐好，右手拨着弦，左手握紧轸轴，几下调好了弦律。众人酒醒大半，细看下，见她无伤竖抱，五弦四相十二柱，皆惊讶不已，唯贺怀智识得。

“弹来听听。”

“是。”李素炫应道，旋即轻轻弹开了。初时柔和，指尖轻触，声如纤毫，接着开始微微着力，弦声渐起。众人正屏息间，李素炫右手突然变换弹法，五指轮挑，弦声短促，接连迸出，又均匀细致，密密如蜻蜓复眼，贯贯如蜈蚣阵脚，如百颗圆珠，如千条雨线，累累连纵，起伏不断。声到繁密危殆处，如细雨打荷，柔弱却无边，略微着力，便是重石碾玉，迸溅如碎刃。

曲毕，煞如刀斩，李素炫压下弦上余声，众皆死寂。许久，贺怀智说道：“今日竞速，小娃娃赢了。”

李素炫慌忙将无伤横厝膝头，持礼说道：“晚辈不敢。”

“如何不敢？你分明就是比我快得多。行拨再快，终究要靠腕上把控，怎比得过五指轮挑。你这无伤竖抱、加柱，我上次见到还是在汝阳王府中，彼时四相九柱，眼下已是四相十二柱，当时虽是手弹，却不是这等弹法。你是如何想到的？又怎么练成的？”

“如此弹法只无意间想到，与雷先生细细商议研磨，又不停改进，苦苦磨练过四五年，至两年前才敢称熟练，又一年，敢称精熟。素儿屡蒙先生指教，此弹法此前从未示人，今日特奉先生寿诞。”

贺怀智感慨万端，叹息良久，点头说道：“我老贺一世心愿已了，余生再无遗憾。”

众人默然，虽俱不是乐人，却能明白贺怀智语中深意。贺师侍奉琵琶六十余载，双手精绝，换了一世荣华，深知不过云烟。从前还将己身看得比琵琶要紧，后来却将琵琶看得比己身要紧，只想亲见有人胜过自己。李素炫果然懂得贺师心愿，今日这礼，着实不轻。

贺怀智赞叹许久，走到略远处，邀请雷海青过来与众人相见。雷海青虽有盛名，民间寻常人却罕有识者。贺怀智将雷海青之名与众人说了，众人纷纷行礼致意。李素炫即解贺师意思，将雷海青琵琶双手奉上。雷海青将琵琶接了坐下，贺怀智与李素炫也坐下，三人相围，各自怀抱琵琶。众人后退，静静等候。

片刻后，贺怀智起了调子，雷海青静静跟上，两支琵琶缠绕相倚，如鸿鹄交颈，李素炫在一旁轻轻扫出一片细碎声响，密密如织，不离不即，殷勤佐伴。乐声渐渐铺展开来，深切平缓，犹如暗涌蓄力，水中辰龙微吟。悬停片刻后，三支琵琶骤然间跃出，斩浪而起，声振如啸。三人宁心，手上纯熟，此前从未一同弹奏，却能知晓彼此深意，各自施展，各逞凌厉，又能同声进退，起承转合顺如枢轴。曲分文武，调有宫商，音别偏正，三支琵琶各有无穷变化，穿梭巡纵，艮艮柔韧。众人虽不大明白其中微妙窍道，好却总听得出来，个个凝神不语，唯心头跌宕，摇摆如旌。

连弹许久，三支琵琶同时煞于黄钟。

贺怀智心中欢喜，也伤感，喟叹连连，对李素炫说道：“二十余年前，你师父、雷海青与我曾于梨园约见，彼时三月，春日大盛，我三人在梨树下一同奏乐，一番竞逐，十足痛快，平生罕有。圣人常去梨园勘看弟子弹习，躬身演教，纵一音讹失，必觉而正之。若有乐人在梨园中独自弹习，圣人又喜欢不期而至，隔林静听，道是与奉乐时所奏不同，别有味道。那日圣人出了演教处，循琵琶声到了梨花深处，听过许久，未扰动我三人便离去。后与旁人说起，道是此乃我大唐琵琶三绝手。惜卢照寂不揖而去，剩我二人，对弹伤心，很少再一同奏乐。幸喜素儿得卢照寂开蒙，雷海青十年苦心相授，坚毅修持，终至功成，又有无伤，孤诣绝险，十二柱非凡。自今日起，素儿可补乃师之位。”

李素炫眼中饱蓄泪水，强忍着，终究忍不住，纷堕不止。她六岁始攻习琵琶，十八年来遍历苦楚，今日感慨何其纷杂。贺怀智与雷海青都知道她在想什么，雷海青又格外知晓她心中幽隐，知道她这些年为何宁愿一身伶仃，坚守孤寂。每次见她，她只是一番平静，弄着弦轴，说着琵琶，不惊不扰，无悲无喜。雷海青从不说破，只是心中对她格外怜惜，想起昔日挚友来，又格外伤感。

围观者不知内情，只道贺师为琵琶前辈，十足勉励，令晚辈感佩，都为李素炫高兴。见她渐渐止住泪水，众人开心欢呼起来，接连央请三人继续奏乐。三人难得相聚，也不推辞，弹奏不休。众人知道这二人俱是当世绝手，听得难舍，不肯须臾错神，直到东方微白，尽兴而散。

## 189

李素炫躺在榻上独自回味，也轻笑，也感喟，今夜平凡，却余生不忘。翌日清早起身后，与一众女眷一同梳洗，简单吃了些，就要上路。自后院解了白马，走到前院，要去寻老贺告辞。雷海青从另一头也到了前院，二人正要行礼相见，贺怀智几步赶了过来。

“可巧你二人都在。”老汉说道，“累你二人专门从城里来一趟，别空手走，这酒带上。”

老汉说着，晃着手上酒坛：“这酒乃是京城良酿署为宫中所造，圣人为我生日特赐了十坛，昨日与众人分了五坛，我私藏了五坛，其中这两坛送与你二人。”转头又对李素炫说道，“素儿与我那二十坛酒，昨日拿出来一半与众人分享，剩下那一半，我也私藏了。”

老汉说着笑起来，满面得意。

“眼下天气虽然不热，酒也不能久放，不然就酸了。”李素炫笑道。

“如此好酒，还能久放？”老汉狡黠说道。

李素炫与雷海青对视一眼，都忍不住笑。

“你二人俱有酒名，虽不好饮，却都有量，也识货，分得出好酒劣酒。不妨一尝。”

雷海青与李素炫互相看了一眼，颇为惊讶。这二人见面向来只说琵琶，偶尔闲谈几句，也说不到酒上，彼此都不知道对面人竟然还有些酒名。老汉说着，招呼旁人将酒坛在二人马上缚好，二人行礼谢过，与老汉道别，牵马出了院子。

上了大路，二人上马并辔走着，都不说话。往日里在内教坊处说的都是琵琶，今日说琵琶怪了些，说别的也怪了些，心里又都暗自琢磨，都觉得自己饮酒寻常，旁边那人饮酒却有些怪异。李素炫横竖觉得她那雷先生不像擅饮之人，雷海青看李素炫更不像。

走了许久，二人始终无话。李素炫心中隐隐慌乱，想找个借口溜走，又莫名舍不得。眼下初春，柳絮纷扬，如雪霜扑面，落满袖口肩头，二人离不过几尺远，互相竟看不大清楚面目，多少缓解了些尴尬。

“为何雪越来越大了。”李素炫终于说一句话，也不全是硬找的，雪果然是越来越大。

“前方不远处是灞河，沿河柳树密植，雪自然越来越大。”雷海青答了一句。

灞柳春雪乃长安盛景之一，李素炫没有特意来看过，不知道这雪竟然有这么大。不久后，二人到了灞河岸边，柳树交错排布，雪花密织，斜飞过来，扑到脸上，顺着脸颊滑落，也时常粘在头发上，或睫毛上。赤骏有些不耐烦，不住摇头，想将睫毛上雪花抖落下去。李素炫怜惜它辛苦，下马帮它将睫毛上雪花扫下去。雷海青也下了马，说道：“素儿不要再上马了，如此大雪，我们又是沿河走，还是步行平安些。”

灞柳翻拂，抖落满枝霜华，周身茫茫深雪，满眼朦胧新绿。二人各负琵琶，并肩慢慢走着，脚下步道坚实，虽看不清，倒也不慌。走了许久，渐渐看到前方浩大水面，风雪遮蔽下只见到一片波光粼闪，点点明耀，金光只如芒刺。

二人在水边一株巨柳下停下，互相看了片刻，又回头看看马匹，许久后，狡黠一笑，同时回身从马匹上取了酒坛下来。

“这好大雪，不知要多久能走到雪少处，不如将这酒饮了。”雷海青说道，口吻中一副豪爽。

李素炫难得见到雷海青如此性情，立刻点头。二人带着酒在巨柳下对面坐好，开了酒坛，又十分默契，各自解下肩上琵琶抱在怀中，抬头对视，无奈笑笑，虽然看不清彼此，心里却知道对面人也无非是无奈笑笑。想来这二人一世能说的只有琵琶，倒也无妨，只琵琶，足够说得一世。

二人各自注了酒，饮了第一盏，一句话也不说，落手弹起来。柳树下，狂风乱卷，快雪淋漓，疾纵又无声，朝阳晴明，照耀四下，无限银屑粼闪。二人手上相较，指错轴柱，弦搏风雪，其声如撕如割，如坼如裂。许久后，曲至趋乱，二人已快到极致，余光对望，落腕如刀，同时收煞。

李素炫松了一身力气，舒缓片刻，没有说话，看着雷海青。她在雷海青面前向来持礼严谨，从不敢这么一直看着他，说话也小心，笑也不敢大声。今日趁大雪掩护，才有了胆量，不然，她还是不敢。她很想认真看看他样貌，只是雪太大，根本看不清楚。

雷海青沉默良久，反复调着弦轴，李素炫敏锐，立刻察觉到他心中有结。

“先生有事，与素儿直说便是。”

雷海青仍旧沉默，李素炫耐心等待，大雪不断坠落在二人之间。

许久后，雷海青艰难说道：“我近来几次听到旁人说起你，许多事……我只是有些担心。”

李素炫即解其意。她从前不应私请，这一二年非但屡应私请，得了大批金银，高官豪门又多有名贵书画相赠。她拿去给卢七看，他若喜欢，便送他；若不喜欢，便请他临摹一张留备，将原画卖掉。城中人道是她从前清高不过是嫌人送错了礼，争相以名家书画厚贿，她也不客气，全部收下，所换金银都给了闻朗与端木。只是这些事情外人不知究竟，她也从未与雷海青说起过。

眼下雷海青迟疑发问，李素炫感慨不已。先生此生为琵琶而来，如此顾念于她，无非因为她也将怀中琵琶看得要紧。想是听人说起她如今四方敛财，怕她失了本心。以他性子，虽只半句淡然询问，心中却定是无比失望，又焦急。

想到这些，李素炫也焦急，又难过，立刻将无伤横置膝头，抱手行礼，郑重说道："我既有志，永不磨灭。坊间许多传言，先生哪一个都不要信，记住素儿跟从前一般就是了。"

雷海青陡然松了口气，立刻微微俯身道："雷海青唐突。"

李素炫伤感自责，不知这话在雷海青心里忍了多久。

"旁人说你什么，你是不是都知道？"许久后，雷海青又轻轻问道。他想起挚友卢菡，想起李素炫那数十首《长相思》。这些年来她终日书乐为伴，索居不群，旁人猜什么、说什么的都有，她从不理会。举世之上，唯有雷海青知道她心中伤痛幽隐，知道她书乐平静下是何等挣扎忍耐，却也只能听凭旁人猜测议论，不能为她辩解一句。

李素炫点了点头，只是，她其实并不知道雷海青指的是什么。

"你都不在乎？"雷海青又问。

李素炫想了想，从容说道："我小时候常听教坊中人说，我师父非常有学问，又有良人身，如果去应举，一定可以高中，来日功成名就，又惋惜他性子散淡，不介意成败，情愿一世寒微。我问师父，他为什么不在乎成败，师父说，世上所有人到最后都是要死的，所以人生其实没有什么成败，也无所谓输赢，无从原谅，也不需要耿耿于怀。"

李素炫一边说着，一边重新将无伤抱在怀里，双手无意轻弄起来。

雷海青默默看着李素炫，又听她说道："先生不是也向来洒脱？素儿从未听过先生与人解释什么。"

"问心无愧便好，有什么好解释的，又解释不通。"雷海青淡淡说道。

"所谓问心无愧，意思是'因为我问心无愧，所以你爱怎么想就怎么想'，不是'因为我问心无愧，所以你不能那样想'。素儿所见之人，一边说着'问心无愧便好'，一边到处与人解释，唯独先生从不为自己分辩一句。话，世人都会说，却只有先生真的明白什么意思。"

雷海青笑笑，没有再答话。他半生盛名于世，背后寂寞人多不知，人前风光却多遭嫉恨。他鲜少应私请，不少得罪人，仗着圣人礼遇，没人敢动他，该编派他的却是一句不少。也有些人不服他手上功夫，非要与他较个高下，他懒得与彼等俗人理论，转身躲开，人自然更有话说。许多年来，不管人说什么，他从没在乎过，也从不回应。只是，他一直以为李素炫只是很尊敬他，从未想过她其实也很懂得他。

“你我将琵琶交换弹奏如何？”雷海青听李素炫弹了阵子，问道。他今日终于问了她，她虽并未解释，他却去了一件心事，颇为开心，听她几句淡淡言辞，也颇感触。

李素炫立刻点头，挺身跽坐，向前膝行挪了几步，二人换了琵琶。雷海青缓缓弹起来，初时手上落落，轻挑轻拨，片刻后陡然换了弹法，五指行梭，累累贯纵，如机栝连发，正是昨日李素炫弹法。他手上极细微，隔着风雪，李素炫不大看得清楚，只听到对面弦振如弓，弦音如箭，声极犀利，艮艮若丝，韧韧不绝，有断发切喉之利，又极虚淡，如灵蛇灰线，草木烟痕，如幽潭之上碧尘晕染，孤鸿老翅轻掠浮光。

须臾，风停了，雪花沉沉，扑簌簌落到琵琶弦上。眼下风雪缠绕，举世宏大，琵琶声颇有不同。李素炫听得沉迷，心中感叹：“我自弃了拨子改为手弹后，无数人问我缘由，却没一个能帮什么忙的，唯雷先生，帮了我这许多，却从未有过一句相询。他指教我多年，不负师父昔日所托，本已不必再理会我，却仍为我耗费许多心神。这尢伤加柱、竖抱、手弹，本就是我自己一时心头血涌，与他说，他便当真，苦心钻研，硬生生磨练得熟了，反过来教给我，他自己却从不于人前炫耀。人皆叹我无伤精绝，若非我屡次说起，无人知道乃是雷先生所授。先生待我赤诚，这一世，我不敢失了本心。”

二人无话，一人弹着，一人想着。许久，雷海青停了下来，问道：“素儿这无伤缘何不弹武曲？”

“丝弦柔淡，手弹又不比行拨沉实，怕弹不好。”

“丝弦固然柔淡，手弹固然不比行拨，别寻一番弹法便是。凡曲者，需求诸意，非求诸力。若不敢太过用力，便不那般用力，如何不能弹？”

李素炫恍然大悟。曲以意求，非以力求，这话她记在心中多少年了，总觉得自己懂了，又不断知道原来自己不懂。

李素炫立刻行礼道：“素儿谢过先生点破，回去便研磨弹法，认真练习。”

雷海青点了点头："你多年写字，可以想想，笔没有多重，书家却说写字时手上要有力，那是什么力？张怀瓘说力透纸背，又是什么力？我不谙书学，却知道书道之力绝非筋骨肌腱之力，这一点寻常人都能明白。但琵琶有分量，弦有分量，人常以为所谓力即是身骨之力，以为声响大就是有力，实则大谬。弦上之力是力，是技，更是意。意有不足，技不能补，技有不足，意可补之。素儿手上纯熟，但神识丰沛，徒手亦能战。"

雷海青说着，拥着无伤，只手将酒坛拿起，倒了一盏酒，又淡淡说了一句："我也弹弹试试。"

李素炫听得认真，这才想起脚边酒坛来，也倒了一盏。

"倒是没想到素儿也饮酒。"雷海青笑道，"虽说女子饮酒寻常，却觉得你不像。"

"素儿饮酒不醉，有些无趣，故此寻常日子里不大饮酒。"

"饮酒不醉？"

"正是。不论多少，只如饮水。"李素炫无奈道，"我师父饮不得酒，只得一生清醒，我饮酒不醉，也只得一生清醒。不知先生如何？"

"我略有些量，多了也受不住。平日里也独自斟饮，不多，难得与人对饮，又只开心时饮酒，难过时不饮。"

"酒醉能解愁苦，人皆仰仗。先生偏不同。"

"人偏是愁时不该饮酒。"

"为何？"

"深醉能医假病，不解真愁。乐时不妨混沌，愁时更当清醒。"

"果然清醒，愁却如何？"

"总会过去。"

李素炫沉默不语，记得从前雷海青也说过，每有愁挫，挨着便是，总会过去。她不知何为酒醉，世人仰赖深醉解愁，她无甚体悟，不很懂得其中缘故，只是难过时见人解愁有酒，心中羡慕。雷海青却偏不仗酒，一生伶仃苦楚，非要清醒受着，存身于世却又出离于世，不迎不拒，不送不留，只作散淡静观，就是对待他自己，也只是无悲无悯，任由一副天然。

"怪道先生终日抱着琵琶，弹得不停。"

"我不事读写，全仗琵琶，你有读写，又有诗书，却也不过是琵琶。"

这话旁人定是要听得晕了，李素炫却明白，笑了笑，点头说道："先生说的是。”

雷海青说着话，低着头，手上舒缓弹着，丝弦微振，逗弄指边飞絮。

“我有时弹起来，会认真看着手上，看着筋弦。”他缓缓说道。隔着大雪，李素炫看不清他面目，只听到他声音，平淡温和，与十年前第一次见到他时一样。

“素儿若是看着，就不会弹了。”李素炫心头感慨，蒙眬间答了一句。

“我也是，所以才要看着。”

“为何？”

“有些物事，寻常日子里见惯了，极其熟识。只是若盯着看，越看越不认识，越看越怕。人皆怕生，实则熟也可怕。”

李素炫笑道：“我小时候练字，每次练两三个，练好了换另外两三个。若是只练一个字，不管那字多熟悉，定然越看越不认识，越写越难看，后来甚至写错笔画。”

“那还不过是字，你若看自己，更怕。我有时看着自己两手，尤其看指尖处，如何按压、推揉、弹挑，朱弦应之而振，弦声应之而发，久了便渐渐骇然，直至冰寒入骨，只觉得此身并非己有，肉身是一重，神魂又是一重，两相剥离，互不归属。那时便会觉得，贫富、贵贱乃至死生，何其无谓。”

李素炫抱着琵琶静听。雷海青抚弄无伤，殷切嘱咐道：“素儿只二十四岁，余生里不知还要做些什么，纵日后不以琵琶营生，也要记得，此生切莫将你怀中琵琶弃了。”

“自不敢弃。”

“若一世修持，尤不能弃。”

“……素儿请先生明示。”

“素儿从前曾问我，以精繁入道，以拙简入道，孰难。我当时也不明白，只是你问我之后，我一直反复思量，这几年慢慢清晰了。”

“是，素儿记得，当时先生说，若有一日想清楚了，便告诉我。”

“曲到极致处，似观非观，似想非想，一心凝聚，又一心空澄，非想非非想，无净无无净，便是所谓入定，此即以精繁而入。然以精繁而入，须是手上圆融，若手上还要顾着，乃至顾不过来，心中更添罗乱，焉能入定。修至双手圆融，实为不易，世无几人，然一俟双手无碍，则以此入定十分容易。世又有以拙简而入者，难于以精繁而入。文人爱琴，琴者沉朴，不逞异能，亦可入定，实是因文人诗书画乐尽在精致，故此性情齐备。若是换了寻常人，手上轻易，一心难免要分作两半，一半弹奏，另一半难免散乱，亦不能入。若只端身坐着，手上空无，不仗而入，难上又难。”

“……素儿大约明白先生意思。一曲繁难，不能弹，就是不能弹；若能弹，很容易便弹得什么都忘记了。若是曲子容易些，一边弹着便要一边分神，心里还是乱；若是不弹，只坐着，更要胡思乱想，更乱。搏弦繁难，以此入定却容易，什么也不仗，还能空澈心神，最是不易。”

“正是。入定如此，入道同理。素儿聪慧。”

李素炫颔首道：“我向先生问起此事来，已是数载之前，先生竟一直记得。”

雷海青笑道：“与你做先生十分不容易。旁人弹琵琶，只想琵琶，只弄那几根弦，偏你还要想那许多远的近的。从前卢先生屡次与我说起你来，我知道你自幼心思多，想得多，问得也多。每有疑问，卢先生必认真作答，纵然你问得荒诞，也叫你知道如何荒诞，你便不再追问。我若答不上来，只对你说一句别多想，你定要看不起我，觉得我比卢先生差太远，心里就要不服，我再教你什么，你都听不进去。”

李素炫羞愧道：“素儿自幼眼悭。现在与人交道，知道莫要太过苛刻，人纵只有一个好处，也值得学他那一个好处，小时候却不懂得。为师长者若不能叫我万般心服，我便一句良言也听不进去。若今生遇到的不是我师父和雷先生，素儿定是要废了。”

“你现在能看出好歹了，知道什么能信，什么不能信。小时候不知道，掂不出人斤两来，只能看他心思端正不端正，方好知道能不能信他。答不上弟子发问，便恼火训斥，说些旁边大道理，如此心性也果然不堪为人师，本事怕也不会太大。只是历来世间做弟子的都忍着，你偏不肯。”

“素儿自幼倔强，自以为是，心中惭愧。”

雷海青诚恳说道：“素儿不需惭愧，你做得没错。做弟子的若是太过唯唯诺诺，只晓得顺从师父，不敢挑剔他，到头来耽误的还是自己。从前卢先生说过，素儿天资绝顶，又勤奋好学，敢发问，不轻信。做师父的若是本事不济，只凭个师父名头，绝难令你心服。素儿又饱学经史，诗书出众，与寻常乐人格外不同，雷海青格外不敢不用心。教了你这些年，着实被你逼得不轻，不得不用心应对，我自己也格外长进。”

雷海青说得略带玩笑。李素炫很清楚他为她花了多少心思，知道此生无法还报，心中不安。雷海青不以为意，口吻里一派轻松：“昔年卢先生将你托付于我，我不负允诺，来日泉下相见，无须有愧。素儿不曾入我门下，而今技艺已成，日后不必再自认弟子。”

李素炫听雷海青如此说，十分难过，咬了咬嘴唇，很想叫一声师父，却怎么也张不开口。她不曾叫他师父，他也从不自认是她师父，教诲她许多年，不管她如何盛名、如何令世人瞩目，他从不与人说起。

“素儿如今艺成，日后可与我平起平坐。你仍可叫我先生，却无须再持弟子之礼。”雷海青又说道。

李素炫泪水盈眶，大雪遮蔽，雷海青看不见，她抬手擦了擦双眼，稳了稳声音，强行玩笑道：“素儿未入师门，便要被逐出师门了。”

“素儿为何不能与我只作好友相处？一样可以一同研习，遇事相商。”

李素炫摇摇头，执拗说道：“素儿不缺好友。”

雷海青笑了笑，轻叹，有些无奈。李素炫凡有琵琶事，必要寻雷海青商议，许多事情她所思所想已十分稳妥，却仍要一番求证，不消什么事，总要雷海青点头，她才肯放心，才有胆量。雷海青早已不再将她当作昔日卢菡身后窘迫少女，眼下只是担忧她心里长不大，无奈屡次相劝，她偏是不听。

“既如此……说些别的。”雷海青只得又笑了笑，“素儿平日外出都是将无伤负在肩上？”

李素炫松了口气，点头说道：“若是与人奏乐，只带五色琵琶，我自己外出时只带无伤。带一件便负在肩上，若都带着，便将无伤负在肩上，五色琵琶缚于马背上。”

“你若时常携带琵琶骑马外出，一定要将琵琶缚在马匹身上肉最厚处，几枚轸轴处要格外捆缚，不然，马匹接连跃动，轸轴会震动脱出。连你肩上无伤也最好将轸轴处格外护着些。”

李素炫略一思索，立刻说道：“先生说得有道理。”片刻后又忍不住问道，“先生如何知道？”

雷海青低头不语，胡乱轻挠着几根琵琶弦，听见李素炫偷笑声，他自己也笑了，说道：“你听我的便是。”

李素炫紧紧抱着怀中五色琵琶，兀自咯咯笑了半晌，见雷海青不再追着要她莫要自认弟子，她心头轻快许多，笑得开怀。雷海青拿她没法子，只得由着她。

大雪遮蔽之下，二人都比往日松弛许多，说了许多话，又想起脚边酒坛来，连连斟饮，纵放琵琶，一逞快意。手上朱弦碧弦，身旁雪静雪狂，天涯荒芜，总有管弦风流，霜雪如刃，也有乐者不惧。李素炫弹着五色琵琶，刚阳沉静，雷海青怀中无伤轻灵跳脱，隔着层层落雪，两相交鸣。只一坛酒，只一场雪，心中手上一派飒爽，此生何复他求。

酒干，曲终，兴尽，二人利落起身，将琵琶换回来，缚好，唿哨一声唤了马匹过来，牵马徐行，一路闲说，渐渐远离灞水。许久后，风雪越来越小，渐至于无，周身阳光遍照，二人如重回人世。没有了大雪遮蔽，二人复归端庄，不再多说话，李素炫也不敢再抬头去看雷海青，只低头跟在他身边，到了大路口处，向他行礼告辞。二人拨马，各负琵琶，相背飞驰而去。

## 190

闻朗与端木依之前约定，午正时分在薤谷口巨石旁接到了李素炫。三人在井边上打好水，说笑着一起入了深山之中。山中日光鲜艳，草色明媚，河谷中溪水涓细，丝丝缕缕沿石缝分错流淌，日光打在水面上，亮得刺目。水中有青苔森森，波光之下微微晃动，像是无数蝌蚪聚在一处。凑近了看，不想竟真的是蝌蚪，在临近水面处密密浮了一层。

“现在就有蝌蚪了？”李素炫惊喜问道。

“早就有了，你多住几日，出山时蝌蚪都长出后腿了。”闻朗笑道，“端木刚来时也是如此大惊小怪，见什么都要叫嚷起来。”

“听你说，你却不曾大惊小怪。”

“我常到山中采药，每年都来，什么都见过。你若是想早点儿见到蝌蚪长出后腿来，便留神有日光处，水暖些，蝌蚪长得快许多。临近谷口处蝌蚪也长得快，越往源头上走，水越冷，蝌蚪长得越慢。等蝌蚪变成蛙或蟾蜍，个个都晓得藏身，山谷中四处听得到鸣叫，看却是一只也看不见。”

路渐渐有些难行了，人还好走，只是赤骏要小心脚下了。三人走得不快，也在树下暂歇，也在高处看看风景。两个多时辰后，渐渐望见了高崖，崖下便是药圃。药圃中一切已准备就绪，药田外盖起了些结实房子，众人安顿下来，闻朗与端木已开始照顾第一批药株。

李素炫自然不知道如何侍弄药株，闻朗嫌她笨手笨脚，也想让她与端木说些私房话，便将二人都推到了药田外面。二人趁着树荫掩护说笑闲谈，不远处闻朗如农夫一般在田里忙碌，有些药株专长在背阴处，种在不远处山根下，他也要不时过去照顾。

李素炫在田边地头逍遥了两日，想起了清虚子，寻思着带上无伤前去拜访，看他家有没有好酒，弹曲换几盏来尝尝。赤骏仍旧非要跟着，李素炫拍拍它颈项，好言哄劝道：“骏儿若跟着我，我便只能到清虚子家，再向前，可没有正路了。我可以爬上爬下，骏儿可走不了。”

“你还是让它跟着你好了。”闻朗说道，“赤骏认主，此处不是它家，它独自待不得。”

李素炫没法子，只得点头道：“也罢，既然有人与你说情，就带上你。”

上了小路，慢慢走着，赤骏在后头跟着，绕过龙移湫继续前行，眼见离清虚子家近了。李素炫心里头有点怵，不知这位道友又在作什么妖术。靠近篱笆时，见到他正在院子里打扫，李素炫顿时松了口气。

“清虚道长，在下李玄霜有礼。”李素炫行礼说道。

清虚子终日独自在家，旬月不见人是常事，今日见有人来，异常高兴，立刻扔了扫帚跑过来，行礼也忘了，大声招呼道：“素儿来得刚好，我有酒，好酒，桑落酒。去岁你教我后，我就自己酿了，今日有两坛刚好可以开坛……你还带了琵琶来，太好了，我将好酒换你几支好曲如何？”

他一边嚷着一边打开柴门相让，又马上跑到后头取酒。李素炫进了院子，赤骏却不肯随她进去。它还记得上次那一声巨响，将它吓得不轻，心里记仇，不想理会这人。李素炫笑笑，隔篱笆在赤骏鼻梁上抚弄了几下，由着它独自在外头逍遥。

清虚子捧出一坛酒来，利索开了，注了第一盏，转头在树下找了片干净地，浇酹于地，回身又注了两盏，放下酒坛，与李素炫客气相让。

“你果然守诺。”李素炫笑道。

“我不过口头允诺，你竟然信。你愿意冒险，在下怎敢辜负。”

李素炫笑笑，端起盏子来尝了一口，大为吃惊。

“你这酒怎酿得如此醇美？手艺比我阿翁也一点不差。这桑落酒我自己也酿，多少回了也不好，总是寡淡得很。我以为水多了，可少些水还是不行。”

清虚子得意道：“在下整日炼丹、制火药，酿酒容易多了，怎么还能不好？你若喜欢，就放开了享用，饮到尽兴，我好问你讨曲子来听。”

“我看你那边数支横笛，想必你吹得不错，怎么还总要惦记我的？”李素炫笑问道。

“酿酒比你好，吹弹却不如你。不然，以后你每次来，我都拿酒换你曲子，如何？”

“成交。”

李素炫也不客气，饮了他半坛酒，又乖觉，放下酒盏将无伤抱起来。初时也不急，慢慢弹，也与清虚子说几句，几句之后，两人无话，李素炫稳了稳，腕子陡然一转，换了新弹法。手上贯贯，指尖无数纷珠乱跳，落地时像一把把滚圆豆子，满院中跳得欢跃，按也按不住。

曲终，清虚子呆了半晌，喃喃说道：“亏得在下是坐地上听……若是站着听，定是要坐地上了……”

“此专为谢你好酒。”李素炫笑道。

李素炫对丹鼎学问全无兴趣，也不相信真有人能炼出长生不老丹来，只是觉得清虚子其人颇有趣，诙谐快活，也有些一惊一乍，做事极用心，也有些神神叨叨。他拿出个小纸卷来，与李素炫将几次酿酒记录细细唠叨过一遍，米多少，水多少，泡多久，蒸多久，晾多久，从头至尾每一步都记得详细，有些小节点处如何避免错误，也用蝇头楷注在一旁。纸上还有很多古怪字符，李素炫不认识，想是清虚自己画出来的，只他自己认得。

“不想炫圻也通符箓。”李素炫笑道。

“师叔谬赞。小侄虽是上清派弟子，却偏好丹鼎学问，敢称袭历代各家所长，符箓、斋醮、炼养、堪舆学问却是不济。我这些符都是自家胡编的，记的也都是自家事。酿酒、炼丹、制火药，并些种养、渔钓之类。各有多次试验，成败不一，都认真记录在案，以资查考。不知师叔画何符箓？”

李素炫惭愧想道：“我除了记诵经典、严守斋戒外，哪里也不像个女冠。固不信金丹长生，也不信符箓驱鬼，倒是我那琵琶谱新成，若拿来与人看，果然像鬼符。”

“我不会画符。”李素炫老实说道，“我只做学问，不会动手。”

“做学问更好，道门也尚清谈，清谈尊贵。只是做学问要聪明人，寻常人单是背书就要头疼死。”

“我偏就会背书。”

“我只会炼丹，若有一日炼成，定不忘了留几颗与你。”清虚子笑道。

李素炫点头称谢，心中却想，纵有不老丹，她也不会服下。果然长生，焉有来世。

二人笑谈许久，赤骏在篱笆外头啃着青草，饮着溪水，来回溜达又四处闲看，逍遥惬意。日色迟了，李素炫告辞，清虚子送出很远，依依不舍。

“师叔无事便过来。小侄若手头有酒，定不吝啬。”

“好，我无事便过来。”

“带上无伤。”

“放心，一定带着。”

## 191

在蕹谷药圃盘桓几日后，李素炫回了长安城，又到逢一，要去内教坊见雷海青，玉真也要自王屋山回归。只旬月，李素炫又随玉真到了终南山。别馆中与别馆周边村庄里候了许多人，都是前来求荐举者，玉真与众弟子足忙了半月多，将那些人一一应对过了。

“往后无事，素儿可将元先生请来了。”玉真说道，“素儿随我多年，头次荐人与我，此人定有异能。”

李素炫很高兴。一年多前，她便想向玉真推荐元结，元结不肯，道是情愿一世科举不出头，也不愿由荐举做官。李素炫知道他心性，遂了他，而今他高中，乐意与玉真一见。凡新科进士都由吏部记名，却未必立刻授以差职，许多人等上多年也不得委任。元结有学问，李素炫看重的却不是他学问，而是他行事务实，一心系挂黔首。她不希望如此一个人也被朝廷忘了，委实希望玉真可以相助。

到了所约之日，李素炫提早一日出发，骑快马回了长安城，翌日清晨亲自迎元结去往别馆。二人一路疾行，迫近傍晚时到了别馆。歇过一阵子，用过餐食，夕阳压低后，画舫中备好了茶酒。

别馆中端严正殿向来不拒生人，也从不挑剔人贵贱，许多人在正殿中得玉真招待后，十分得意，自以为受了礼遇，出去后不住与人炫耀，却不知道别馆中贵重所在乃是丹室与画舫，看似简单，不过些桌案碗盏，无甚奢华陈设，却只有要紧客人方能进入。今日同饮又有另外几位年长进士，皆出道门，俱有文名，云是以诗曲会友。众人在画舫中落座，看那头夕阳正没入群山，余晖淡扫过来，染了周身，连李素炫身上青白衣袍也成了淡淡绯红。

今日非斋日，可以饮酒，只是修持者饮酒多半有些节制，彼此也不大相劝。案上备了上好葡萄酒与各色水酒，也有些罕见酒种，李素炫先与众人斟了一巡葡萄酒，酒色赤红，在琉璃盏中漾溢，玲珑剔透，又衬霞光。几人举盏，各自呷了一口，回头看看霞光涤荡处，见夕阳转瞬间已沉落下去。

几人清谈，说些玄奥，辩些义理，李素炫在一旁静听，不敢开口。有时几人说到某处旧事典故，或记不得人名，或记不得出处，玉真便询问李素炫，她张口便能答出来。玉真与元结早见识过李素炫本事，另外几人却是心中惊悚，忍不住考了她许多。李素炫道行尚浅，不敢与高人拆析对论，唯那许多经典记得分毫不差，几人屡次试过后，终于歇了心，信了。

玉真面上平静，心中暗自得意。元结笑道："持盈师父有此爱徒，定是万般看作宝贝。"

元结如此一说，玉真也不端着了，笑着说道："元先生说得对，既如此，我也不假作谦虚，一生与人为师，有此爱徒，如何不能于人前炫耀？"接着转头对那几人说道，"诸位但来我别馆，定要听我素儿弹一曲琵琶，方不虚此行。这孩儿过目不忘乃是天予，不足夸耀，唯琵琶精极，出自苦寒，可堪自负。”

几人纷纷客气相请，李素炫转身取了五色琵琶抱在怀里，未出一声，便是锦绣夺人。她持好拨子，看向玉真，玉真点了点头，她立刻落手弹起来，身姿稳重，端端如玉山，指掌果决，飒飒如行风。数曲文武弹过，玉真又嘱咐她换了无伤，将诸色曲调、诸般弹法一一展示。曲终，李素炫指尖拂过碧弦，压下余音，合手与众人轻轻行过一礼。舟中寂静，无人敢发一语。天上银河宁定，星辉交灿，满月出轮，其华淡漠冷清，正凝视人间。夜光沉沉落下，照耀星湖，染得舟中明亮。

许久后，一人叹息道：“有此琵琶，人世间终究值得眷恋。”

众人紧跟着一片赞叹感慨，玉真笑着嘱咐李素炫道：“素儿快与众位先生斟酒。”

“是。”

李素炫将无伤放好，回身执起酒壶来，一一斟酒。一人赞叹问道：“素儿如何将琵琶弹到这般地步的？”

“……有师父指教，自己多练习。”李素炫想了想，迟疑说道。

众人一起笑上了，那人自己也觉得好笑，连连摇头道：“我这问得便无趣。”

笑过阵子，那人又问道：“你右手上新弹法实在是精奇迥异，不知如何想到，又如何练成的？”

“……多想，便想到了；多练，就练成了……”李素炫说着说着，声都不敢出了。

众人又笑那人：“你这问题，倒将个伶俐孩儿问傻了。”

玉真更是笑得不住仰合，连连摇头道：“你让我这小徒如何回答是好？琵琶如何弹得好？可不就是个弹字，哪里还有个如何。你若是问她，背书如何能过目不忘，她怕是一句也答不上来。她看了，就不忘，如何非要有个如何？”

舟中欢乐，众人连连举盏，李素炫不停斟酒，又重新坐好，抱起无伤轻弹信手，衬着众人闲谈。众人渐渐分了两拨出来，玉真与元结邻座，低声说着，另外几人也凑在一处说着。两拨人语声都不大，又有李素炫怀中弦声隔着，互不闻达。李素炫稳着两手，弦声不徐不疾，不高不低，隐约在耳，却不相扰。

两拨人谈了近半个时辰，又渐渐聊到了一处，不知谁人起头，说到了时事朝局上。肉腰刀李林甫之名人已提得少了，如今每说起来，总是那杨国忠，又总是抱怨。李素炫知道，这些人口中尚且抱怨，心里不知何其憎恶。他们与玉真非常熟识，乃是数十年好友，常到别馆来，每次玉真都在丹室与画舫中相待，与他们一起相谈到深夜，令李素炫在一旁弹奏。从前这几人说的都是些典籍科仪，或是清谈辩玄，今日头次说起政务来。舟中有两人在朝为官，知道些内幕，不肯细说，只淡淡几句，却任是谁也听得出来别有深意。李素炫猜测，他们能当着玉真面不避讳，多半这些也是玉真心中所想。

玉真与元结安静听着，偶尔问一两句，不多说。李素炫知道，人多处元结什么也不多说，玉真好说笑，却从不说朝事。其余几人或激愤，或怨怒，也嗟叹，许久后才渐渐平静下来。

玉真又招呼李素炫斟酒，李素炫连忙放下无伤，拿起酒壶来。几人看眼前秀丽女子面若脂玉，一身清泠如鸿，不沾世间之尘，不由得叹了口气。

“罢了，世间有如此人、如此琵琶，我等何苦说这些不开心事。”

众人沉默许久，看着李素炫斟酒，倒叫李素炫有些不安。接连饮过几巡后，一人说道：“何不说说这山中景致？我今日来时路上还见了只啄木鸟。”

舟中人都轻轻笑了，知道这人是想换个轻松话头来说，只是这弯拐得愣了些，生硬了些，但既然人都说到此处了，索性跟着说下去。李素炫重又抱起无伤轻弄，方才众人还恨恨说着杨国忠，这会儿便说到了啄木鸟上，初时还是强作欢乐，渐渐成了真正开心。玉真与元结方才神情严肃，眼下也随众人谈笑，轻松了许多。

众人只说啄木鸟，有多少种毛色、多少种大小，如何觅食，如何繁育，如何与戴胜区分，热闹说过半晌，李素炫一直轻弹信手陪着。到最后，有一人说道：“屡次听持盈师父说素儿擅能诗文，才思迅敏，今日可否作上一首诗词，唱与我等听听？……我等说了许久啄木鸟，以此入诗如何？”

众人大笑，连连赞同，李素炫看向玉真，玉真笑着点点头。

“前辈嘉许，素儿不敢推辞，只是仓促而就，不会太好。”

“不挑剔你，只为听你唱。听持盈师父说，你琵琶师父从前收下你，就是听你唱得好，不想后来琵琶更好。我等皆粗糙人，自己唱，自己不嫌弃，互相听只怕是要互相嫌弃。”

众人齐笑，李素炫也笑，元结殷切说道：“我帮你记下来。”

李素炫微微颔首致意，抚弄起无伤来。初时没什么头绪，淡淡弹着信手，心中飞速思索。众人不催促，自斟自饮，小声交谈，也有人持箸击盏，敲着节律，听着身旁弦声低微。许久后，李素炫依旧不动声色，手上略微着力，起了调子。众人立刻会意，闭口不言，看向李素炫，安静等着。

人生如饮酒，凡皆有定数。此身纵百年，何计留乌兔。
蜉蝣一日短，岚霭倏然雾。灵蛇遗百蜕，终究归尘土。
子夜凝霜华，平明散寒露。转眼桑榆晚，轻烟悲入暮。
狂者歌里坊，智者遁陵谷。啸纵水云间，快意烟霞痼。
长安有终南，举世云生处。千峰笼深翠，摩崖隔天阻。
朝阳沁雨色，幽潭隐碧树。乱草迷狂花，流溪横野渡。
山中鸣斑鸟，丁丁啄铁木。野旷无人知，空自惊白鹿。
属意明月心，何必红尘误。且共林泉饮，静夜听弦柱。
琵琶奏沉音，轸上吟诗赋。声取玄元意，调入梨园谱。
泠泠信手弹，窸窣弄泉漱。玉箸击琉璃，翻作霓裳舞。
勃然动法曲，转轴声催促。贯贯指如轮，颗颗跳金粟。
曲终灯酒尽，远村没箫鼓。兴尽各归家，山居日相复。
飞瀑洗白薤，陈茶煎铁釜。搓盐渍野菌，干柴慢炊黍。
脚下霰雪生，窗边竹千亩。无事吹管笛，闲来拘训诂。
身手任逍遥，心中无一物。不意做公卿，宁为风月主。
懵懂度岁时，听凭莺儿妒。一俟天机变，会当顽石补。

唱完一曲，李素炫先收了嗓音，又收了弦声，将无伤横在膝头，抱手行过一礼。元结已在一边将全部诗句录写完毕，轻轻放下了笔。众人沉默，诗不算出色，贵在迅捷，尤其是诗中所叹颇有意味。众人方才激愤许久，这小女冠并未评判，只是微微感慨了几句，却叫众人心头翻涌。

“我等修持数十载，怎么还不如个小女娃。”一人淡淡说道。

“可不是。一众人聚在这暗处生气，有什么用。自己气自己，人又听不到。那啄木鸟一天到晚跟敲梆子似的，城里人哪个听到了，知道这树里有虫，该治了？”方才击盏那人接道。

几人互相看了看，又一人说道：“元先生这许久只说了一句话，道是不若做些能做的。也罢，莫要再心烦，不如做些能做的。若是什么也做不了，便好好修为，管好自己，也是善行。”

几句话之间，几人谈开了，解了心结，立时又端起酒盏。玉真也松弛许多，脸上有了笑意，嘱咐李素炫斟酒，再抚无伤。

“素儿屡次说起元先生有才识，擅诗文，又新近中举，不如也唱一曲如何？”玉真笑着问道，“我几人俱不精辞赋，除了素儿，也只有元先生能为。”

元结想了想：“我能诗文，却非迅才。若素儿准许，我讨个便宜，将她方才五言诗改为杂言诗，不入律吕，诵而不歌，素儿以信手相伴，如何？”

众人应允，李素炫也笑着点点头，手上无伤不断。杂言诗不拘句法，没有现成曲牌能用，若是临场度曲，指而成就，李素炫可没这么大本事。元结姑且徒诗，不用曲牌，无有乐调，也不消打曲，只他自己持箸击节，李素炫以信手从旁相衬。

人生如饮酒，凡皆有定数。蜉蝣转瞬，岚霭斯须，灵蛇百蜕归尘土。子夜霜华，平明寒露，桑榆晚，悲日暮。狂者歌，智者遁，啸纵水云间，烟霞宿疾顽固。

终南云生，千峰笼翠，摩崖隔天阻。朝阳雨色，乱草狂花，流溪野渡。春山空远，峰谷回音，斑鸟丁丁啄木。声声警世无人听，徒自惊白鹿。

明月心，红尘误。不若笑谈会饮，各尽酒盏，各吟诗赋。取意玄元，调入黄钟，轻奏梨园谱。琵琶窸窣，弹信手，弄泉漱。泠泠轸轴上，贯贯五指跳金粟。

兴尽各归家，山居日日逐相复。弄管猱弦，煎茶炊黍。何必公卿，霰雪谜川，本是风月主。身手逍遥，心无一物，岁时懵懂莺儿妒。待机变，天有裂，化炼顽石补。

元结嗓音郁沉，略嘶哑，正合诗中意思，清淡几句间，挑拨起多少心思来。众人皆不语，安静听着，浮生烦恼无数，难得今夜一点清静。琵琶清落，丝弦细微，曲意幽玄，衬着月华霜辉，足下有一湖繁星。纵然举世，便是一生，此情能有几回。哪怕人间千般不如意，眼前一点快乐也不该弃了。至于各色罗乱、世相迷离，待朝阳升起后，再烦不迟。

李素炫手上再不曾停，直弹到东方微白展露，雾水开始在草尖上凝结。几位道友先行告辞，又一阵子，元结告辞，舟中只剩下玉真与李素炫。

“素儿弹了一夜，很辛苦。”玉真勉慰道。

“也不辛苦，素儿就是弹琵琶的。”

玉真叹息一声，许久不语，李素炫轻声说道：“素儿知道持盈师父不易。”

玉真笑道：“你知道师父何处不易？”

“有些事，敢说是勇气；有些事，不说是修为。”

李素炫含糊说了一句，玉真心头震颤，接连长叹道：“素儿如此敏锐。”

李素炫将无伤横置膝头，静静看着玉真。又许久，玉真缓缓说道：“师父果然是只能看着。今日与元先生说了许久，此人果然有能。师父近日便奏请圣人，安排吏部与他授职，命他出京，远处为官。”

李素炫突然悟到玉真用心。此前士人多有得玉真荐举者，许多玉真看不上眼又推不掉的，都由她经营，留做了京官，得她交口赞赏的大都受职外放为官，原来并非巧合。元结若留在京城，怕是万事掣肘，什么也做不了，此人戆直，难与杨李之流相处，又恐遭人迫害。不若派到远处，或可暂保一方百姓。玉真了然世事，对暗流隐危多有察觉，设计保全这些可用之人，一俟有变，国家也好指望他们。

“旁人只道持盈师父安富尊荣，哪里知道尊贵之下多少苦心。”李素炫淡淡说道。

玉真点头道：“素儿看得出来，师父心中宽慰。”

师徒二人相视一笑，立刻说起了别的。玉真与李素炫讲了些道学，又说经书，又说些游道见闻，再不提方才所说，李素炫也不提起来。

东方亮了许多，再不久，便要日出。师徒二人纵不困倦，也该歇息了。二人上了岸，趁着朝霞向回走。玉真心事今夜得此小徒窥知，又懂得，又不说破，心中大觉安慰。李素炫更是感慨，玉真与圣人和贵妃向来和睦亲热，与各路权臣也惯于周旋谈笑，轻易不得罪谁，今日看来，她只是不愿做无谓努力。李素炫只当玉真无意于荣华富贵，寂静清修，果然是个严谨女冠、得道前辈，不想她却暗暗念着朝廷家国，这些年来谋划得如此阔大深远，又做得如此圆润周密。

## 192

自别馆回了长安城，十余日后，玉真回归王屋山。又两日，李素炫辞别众师兄，出玉真宫，花了数日将城中好友看望一遍。待回到家中，安静坐在石榴树下，听着屋后麻兄叫喊，头顶黄鹂儿欢唱，李素炫忽然开心笑起来。

“这些年只道是独自一人，不想我竟有如此多亲友。若不是每次自玉真宫出来挨个看望他们，都不知道自己平日里如此繁忙。”

月余，元结得吏部授职，果然是远处为官。临别时，元结与李素炫在西市酒肆中又见了一面。二人十分相知，此日一别，再见不知要何时，若是运数不好，今生无缘重遇，也不稀奇。对饮许久，也无话说，只是叹息。

一壶酒尽，元结终于说了一句话。

“素儿可将你无伤弹一曲？日后怕是难再听到了。”

元结口吻平淡，话却令人伤感。李素炫勉强笑笑，解出无伤，轻声弹起来。手上多年精熟，自不爽虞，只是曲意恹恹，无些生机。忍着弹过一曲，停了双手，再不想弹了。

元结斟了酒，推给李素炫一盏，也不相让，兀自将自己手中一盏饮了。

“先生此去遥远，路上保重。”李素炫说了一句，知道无聊，却也没有别的好说。

元结轻叹道：“素儿也保重……这长安城中风雨欲来……”

“素儿隐约知道，又不很明白。请先生指教。”

“我也不很明白，只是隐约觉得，长安城富庶，权贵享乐不说，寻常百姓也得安居，市井之中货殖遍布，终日热闹非常。近来关中雨多，朝堂事多，高庙江湖俱不安宁，长安城却照旧繁华，倒叫人觉得不安。百余年承平，越是看着无事，越叫人担忧。”

李素炫默默看着元结，连问也不知要问什么好。

“元结得吏部授职，在此谢过素儿荐举。”

元结行了一礼，李素炫叹息道：“我自幼得蒙师授儒学，却不甚往心里去，对国运民生向来不曾留意，只一心将我琵琶弹好。这一二载得先生指点，将昔日师父所授渐渐想了起来，始悟其中深意。只是我不过一介女乐，只会弹琵琶，也只能弹琵琶，别的也做不得什么，身在无门，更是管不得俗事。先生有学问，心有黎民，能助先生入仕，护一方黔首，也算我做了件好事，不负昔日先师教诲。”

“素儿出身女乐，却知道家国，元结能与你相知，此生之幸。余生再见艰难，素儿切切保重。”

李素炫点点头，说道：“先生出长安时，定有诸多好友及同侪相送，素儿便不去凑热闹了。”

元结点了点头。二人再未说什么，各自饮尽盏中酒，寂寂作别。

李素炫忽然觉得有些无措，每日照旧弹习读写，却又心中迷茫。出宜春宫后她一直如此度日，终岁平静，也快乐，又莫名隐约不安。

不到秋冬，闻朗又开始为今岁时疫担忧，屡次吁叹，道是数载以来，时疫年年更甚，也不知是什么缘故。城中各处病坊又缺人手、又缺药材、又缺钱物，每岁都有许多人得不到医治与照顾，默默死去。李素炫每次拿了金银过来，闻朗总要分出大半救济其他寺院病坊，平宁寺依旧不堪重负，闻朗依旧终日焦急，端木也跟着不安。

“今岁我等狠狠作一次，如何？”李素炫拨弄着无伤，随口问了一句。

端木不解其意，李素炫笑道：“城里有的是富人，银子多了没处撒，变着花样想法子作妖，要叫人都知道他富贵有钱。既然如此，我们帮个忙，他们也开心，城中苦人今冬也有指望，有何不好？”

“你又想出什么鬼主意了？”端木笑问道。

“历年中元节圣人都要赐乐与朝官，也要赐乐与百姓，城中各处祭祀又歌舞，狂欢三日不止。不若今岁，我们寻一处馆所，备下一夜好管弦，等人来，银子叫人看着给便是。”

端木傻过半晌，李素炫又自顾说道：“只是此事须向圣人请旨。”

“素儿莫胡闹。圣人定然不允，还要怪你爱折腾。”

“圣人定然允我。”李素炫笑道。

“你如何料定？”

“跟你说不清楚。”李素炫说道，再也不多解释，只嘱咐道，“待我得了旨意，你帮我便是。”

果然，圣人闻听李素炫所请，立刻点头，说道：“如此有何不好？中元节本就热闹，如此又格外添一重热闹，朕也想凑这个热闹。义演之事，朕准你所请，并你请调宜春女乐之事，一并准了。”

李素炫立刻谢恩，圣人又说道：“朕格外特准，盂兰盆节当日，你就在朕兴庆宫勤政务本楼前义演献乐，朕携贵妃到场，也看个热闹，也与你捧个场，叫那不缺银子的都将银子拿出来。朕这几十年苦心理国，如今山河昌盛，海内富庶，长安城里这伙子人靠着朕，日日好吃好穿，过得好不舒坦，不想着感戴于朕，竟还日日抱怨。如今叫他们拿银子出来，为朕分些忧愁，也是应该。病坊中苦人也是朕之子民，岂能弃而不顾。素儿这法子好，一举两得。朕准你全权行事，若有人好事多问，你便告诉他，你乃奉旨敛财，叫他不服上本。”

李素炫领了圣旨，欢喜万分，刚要辞别圣人离开，圣人又叫住了她。李素炫忙又行礼，抬起头来，见圣人正笑着，笑得与寻常不同。

“素儿弹你五色琵琶便是，莫要将无伤示人。”

“无伤素简，丝弦柔淡，手弹又声音小，怕不是人人都喜欢，自然是要弹五色琵琶。”

圣人狡黠笑道：“朕只是舍不得你那无伤与那一众不相干的听到，那无伤连你两手上弹法，朕想私藏，独自享用，不想与人分享。若是你持盈师父与几位先生听到也便罢了，或是身旁密友听到也无妨，其他的不过市井里烟火俗人，懂得什么？与他们听，惜了。”

李素炫立刻明白圣人一点儿心思，笑着行礼道：“素儿为圣人乐人，无伤既是圣人心爱，自然该当秘不示人。此事圣人放心。”

圣人倒是大度，挥挥手说道：“这弹法你可以教给别人，让他们随便弹，反正他们也弹不好。但你别给人弹，你无伤也别给人听。”

“是。”李素炫笑着行礼。

出了兴庆宫，李素炫想也没想，快马直奔大明宫禁苑梨园，求见雷海青。雷海青听人传报玉真宫李素炫请见，不知出了什么事，十分担心，立刻快步赶来。李素炫远远见了他，立刻迎上去，深深行礼。

“素儿见过先生。”

雷海青见李素炫神情不像出了什么坏事，放下心来，还了一礼。李素炫抱手持礼，略略颔首，将自己这几年筹措金银送与闻朗、端木救助病坊苦人等事说了一遍，又将筹划中元节义演并圣人方才赐旨之事详细讲过，恳请雷海青相助，最后又深深行过一礼。

雷海青心头震撼。此前屡次听人说起李素炫应私请又售书画之事，他并不觉得乐人凭本事换金银有什么问题，只是李素炫惯来逍遥任性，日子又清简，雷海青担忧她性情突变，日后只盯着富贵，再不将琵琶看得要紧。忍了许久，直到二月里，灞水边，二人风雪对乐，他才终于忍不住询问。李素炫清淡回了一句，并未多说，他却立刻放下了心，再没有追问。今日听她详细解释过，方知其中缘故，雷海青心中感佩交杂，许久不语。

李素炫持礼等待雷海青回答。七年前《大破阵乐》时，她领了高力士命令后，第一件事便是相请于雷海青，当时她也不知道要请他帮什么忙，只是觉得一定要有雷先生从旁相助，她才敢放心。今日出了兴庆宫，想也没有想，又直接过来见雷海青，不管他能帮她什么，只有他在场，李素炫才觉得有底气，心里才不紧张。

雷海青喟叹连连，看眼前女子恭敬持礼候着。初见她已是十年前，这些年授她琵琶本事，看着她长大，以为足够了解她，今日才知晓她与他所想何其不同。雷海青心中难过，叹息着问道：“那日，灞水边上，我问起来……你怎也不与我解释？”

李素炫笑笑，说道：“不消解释。素儿怎样，先生清楚。”

雷海青点头说道：“素儿不必多礼，此事，雷海青定全力相助。”

连着多日，雷海青、端木与李素炫聚于内教坊当值处，从早到晚商议，选定曲目、编排次序。三人都是熟手，几番商议后，很快有了眉目。

六月二十四，荷花诞日，李素炫清早到左教坊中采了一枝菡萏，带着桑落酒，负着无伤，到了龙首塬上。是日阴沉，周遭无风，夏草静默，老树慈悲，庇佑在李素炫身后。她卸下肩头无伤，开了酒坛，酹酒在地，谢过汝阳王殿下，奉过师父生日，一一拜过四面八方。

“师父若在，今日满四十九岁。”

她坐在树下，怀抱无伤，却没心思弹，看着脚边菡萏凋萎，远方日色粗糙嘶哑，心中如一片乱草。年岁越大，她越觉得从前不明白师父，眼下才真的越来越懂他。依她这半生所见，秉性过于刚直者大多不近人情，所谓刚正，有时只是因为没有人情味，人见他怒对仇者便以为正直，却不知道他对亲者也是如此。因恨生恨者，恨得简单空洞、不辨亲仇，又只会恨，不会爱。因爱生恨者，爱得刻骨，见有人伤及所爱，便恨得透彻。师父一生不惧势力，宁死不肯稍微低头，却十分顾念身边人。李素炫从未见过他动怒，他终日温和，淡淡笑着，容着面前小女儿顽皮。他并不强壮，肉身之下却是铁骨，心头悍烈，撑着他的却是一腔柔情。他能痛恨，也能深爱，他无比强大，只是温润，凡人便看不出来。

少年时许多事李素炫依旧清楚记得，当时不觉得如何，如今越想越觉得遗憾。她多年自负，自认世上没有人比她更懂得师父，现在才明白，其实她什么也不懂。她是他怀中女儿，得他钟爱，让他今生有牵绊，有寄托，却从不懂得他。出宜春宫后，她一直住在他旧宅中，淡淡想着他，本以为这一世都可以如此度过，只是没想过，若求而不得，又当如何。

她怀抱无伤，在老树下枯坐了整整一日。连日操心义演之事，又苦苦弹习，她有些疲惫，今日就当是在师父身边歇过一日，不弹琵琶，只想心事。若是师父还在，这一生她都什么都不会想，只愿每日洒扫炊煮，安心等着师父回家，就像嫣儿那样。说什么道门仙方、佛堂奥义，怎比得上夜深安静时师父一曲琵琶、数声箫管。但能每日为师父研墨洗砚，看他淡淡几笔书画，她又哪里会有兴趣终日穷究那许多无用典章。只是师父终究不在身边了，这一生要做什么，她只能自己想清楚。

枯坐一日，毫无头绪。傍晚时李素炫埋了那枝菡萏，怅然回城。近通化门时，下马回身行礼。

“素儿到了，师父不消再相送。”

伤感过这一日，只歇过一夜，李素炫复又振作起来。义演曲目拟定后，李素炫立刻报与宜春宫总管知晓，总管当即安排诸女乐各自练习，并请端木掌教排演，歌子也赶到了宜春宫。宜春宫多了许多新人，年长者已鲜少奉乐，平日里难免寂寞了些，听李素炫说起义演之事，都很兴奋。这些年李素炫时常过来，与苏获、孟离等人也不曾淡了交情，众人格外乐于相助。李素炫又将事情告诉了萧娘，萧娘马上安排人放出风声。有平康坊众女乐帮忙，不消半月，满城尽知义演之事。

七月十五日，道门中人谓之中元节，乃地官赦罪之日；佛门弟子谓之盂兰盆会，多有斋醮法事，济度六道苦难；俗家则荐亡度鬼，又焚香、放焰口、出街巡游。僧道俗同庆，城里热闹非凡。从前每到中元节，李素炫受不了外头太闹，备上足够吃食，在家里躲过几日，今年不能再躲了。

七月十五日城中大放水灯，与鬼引路，街市上也布了许多灯盏，不及天黑就点了起来。勤政务本楼不在兴庆宫深处，而是依宫墙而建，楼下就是兴庆宫外空场。空场巨大，朝廷时常在此处阅兵演武。日昳后空场上聚满了达官贵人，密密匝匝，不知其数。盂兰盆节俗人本就要斋僧斋道，救济苦厄，图个阴骘，听说今次乃是奉旨义演，专为城中各寺病坊苦人筹措医药钱，众人更是格外备足了金银。天下顶尖女乐尽皆到场，还有传言说圣人与贵妃也会在楼上观礼，众人个个卯足了劲头。如此盛典，做善事还能叫圣人看见，若是钱备得不够，叫人比下去，可是大折颜面。

众人有些不太相信天子真的会亲自捧场，不料到了时刻，勤政务本楼上有礼仪官高声恭请圣驾，接着，圣人与贵妃果然出现在众人面前。众人一时狂喜，山呼万岁，吁请圣安。

李素炫等人已为今日准备了足足一个月。开场时李素炫怀抱五色琵琶，先向勤政务本楼上行礼，接着在台上坐好。台下人众密集，远处人看不清什么，只见到高台上一清瘦女子，着素衣，怀中琵琶如天边织锦，霞光明艳。未及触弦出声，众人已经目眩。

李素炫并未多让，持拨将师父卢菡与雷海青所授武曲连弹数支，曲终，收拨，行礼，台下人众几欲癫狂。李素炫也笑也无奈，许多坐得远的，甚至更远处站着的，压根听不清台上乐声，也不知他们欢呼些什么。

只这几曲后，余下事情交由端木完成。出宜春宫后，尤其是无伤初成后，李素炫只侍弄琵琶，只奉圣人，端木仍旧掌教排演，每遇贵妃有嘱咐，她都要协调众人商议、勘选、编制，并督导练习、引领合乐，到奏乐时又行临场调度之事，李素炫十分信服她本事。何况今日只有独奏及数曲小合乐，远不及当日《大破阵乐》时复杂，端木定教滴水不漏。

李素炫弹奏完毕后，圣人站在勤政务本楼上训示勉慰，并赐金银为病坊之用，随即携贵妃离场。李素炫持礼恭送圣驾后，未与任何人答话，怀抱五色琵琶退场，悄悄上马出了人群，穿兴庆宫入城墙夹道，飞速回了延政坊。

左教坊院落中，废殿内依旧烟尘密布，李素炫趁月光照耀走进去，软软跪倒在幽暗之中。她本来只是路过左教坊，不知为何突然想到这里来，一个闪念之下，逃一般跑了过来。殿内潮湿，陈年灰烬气味怪异，如同置身墓穴。李素炫眼下却偏想躲在这里。人皆畏死，李素炫倒觉得躲进坟墓里便不用怕了。

兴庆宫外，勤政务本楼下，众人迷狂，曲声响起，四处寂静，待一曲收煞，近处人立刻欢呼，后头人听见了，才知一曲完毕，也跟着狂喊。一个多时辰，全部曲目演奏完毕，众人争相奉上金银，临近之人不管认识不认识，互相比着出手。

空场外，街市如堵。寻常人入不得空场，只在场外狂欢，也唱，也跳，也奏乐。中元节天子赐乐于民，有花车巡游，围观者更是挤得密不透风。坊门关闭后，众人又各自在坊内歌舞欢腾。长安城深夜不眠，说不尽煊赫升平。

一城迷狂中，李素炫独自安静跪在废殿内，往事翻涌，心中一片凌乱荒凉。雷海青在梨园无人处独自弹着琵琶，一心虚静淡然，不与众人热闹。鹿先生在家中饮酒，李素炫又早早叮嘱阿翁、商不言与嫣儿，告诉他们今日莫要出门。成府老兵暂且照料训良，遂平在兴庆宫外候着，等着接歌子回府。闻朗依旧在平宁寺忙碌，城中再怎么欢腾，他也抽不出空闲来看看热闹。至于卢楞伽，他压根不知道这些事情。

元结已离开长安城，不知今日盛况，太白眼下更是距了千里之遥。红尘之外，辋川谷中，王维数日前接到李素炫递书，将今日事告知。李素炫知道摩诘先生隐居多年，不会轻易出山，不敢相请，只将今日所奏曲目列在泥金信笺之上，着人奉到先生面前，第一首便是《郁轮袍》。信笺外头裹着张素笺，淡淡几笔，画着只狸儿，正是当日王维所授减笔画法。卢楞伽摹得精熟，教了李素炫多次，她自己也勤加练习，如今已画得有五六分了。

辋川幽隐，云水之间，王维在黑暗中看向长安城。他什么也看不到，只是心中知道，远远那头，长安城里，李素炫所在处，便是人间。

# 唐女乐传

山河万里 著

第四卷

作家出版社

# 目次

# 第一章　出長安

天宝十三载（754年）七月—天宝十四载（755年）三月

# 193

李素炫独自在黑暗中静默着，耳中嘈切有声，却懒得分辨是什么。兴庆宫前空场上，果然如李素炫安排好的，端木以鼓为领，众女乐娴熟精稳，终至无虞。萧娘主事，带领平康坊众家女乐在场外巡查安抚，又将到场人所赠金银收下并录了账簿。一夜狂欢，天亮坊门打开后众人方散场而去。许多金银无处安放，萧娘全部交给闻朗，闻朗立刻带领寺中居士及僧侣忙碌起来，将金银分散送到城里各寺病坊中。

清早，李素炫浑身虚软，浮絮般出了废殿，出了左教坊，回了家。不久，端木与萧娘寻过来，三人各自熬了一夜，疲惫不堪，什么也没说，径直睡下了，至午时起身，收拾洗漱好后，才算又活泛回来。说笑了一阵子，三人坐下，开始计算昨日收成，萧娘将账簿取出，三人看了几眼，都傻住了。

“这比我原先想的……多了十倍不止。”李素炫瞠目道。

“素儿是没看见。”端木说道，“昨日我等将所备曲目奏过一遍，约一个多时辰，之后来宾可以指定曲目请奏，那些人便渐渐争上了。也不是互相对着争，只是怄气一般，某人说一百金请苏获唱支西域调子，另一人立刻二百金请歌子奏箫管，再一人立刻三百金请孟离奏箜篌。也不是亲自出来吆喝，都有仆役代劳，主人在底下端坐，小声吩咐，斯文雅致得很。众人如此比着请奏曲目，一直闹腾到天亮。”

“我那里你二人也没见。”萧娘说道，“昨日我也给吓傻了。圣人与贵妃赐金后离场，素儿也离场，余下人越来越闹。有人派仆役过来打赏赠金，我在账簿上记下来。既然是慈善，不敢不记人名字以告神灵，不想这账簿叫人拿来做了旁用。许多仆役奉了主人之名来查看账簿，只看最高赏金，若是五十金，便要出一百金。过阵子又来一人，看最高赏金是一百金，回去禀告主人，主人立刻令出两百金。有人未带这许多现钱，便以柜坊飞钱相赠，也有人叫在账簿上记下赠金数目来，隔日遣人奉上。今日只将到手的交与四郎，若是将飞钱兑现，记账的也不赖账，还不知要有多少。”

三人无语了一阵子。若是在平康坊里，重金打赏女乐、持财帛请奏曲目，都很寻常，只是不曾见到这许多人彼此互相较劲，比着掐着也非要赢旁人一头，出手又如此阔绰。

“昨日出演所为慈善，此事圣人与贵妃知晓，十分嘉许。圣人特准我调宜春女乐，并将兴庆宫前空场借我一夜，还携贵妃前来捧场。圣人说过，叫那富贵的都掏银子出来，与天子分忧。身为天子，这话说得顺理成章。那些打赏的为什么？拿这许多钱来比着打赏乐人，他们图什么？”

“许是圣人携贵妃前来捧场，他们做与圣人看的？”端木问道。

“昨夜我奏过琵琶之后，圣人便离场了，那些人打赏，圣人又看不到谁出得多、谁出得少。”

萧娘嗤笑道：“你二人真是读书读傻了，特别是素儿，记性还好，过目便不忘，怎么到用时就想不起来了？石崇王恺斗富，难道你二人不知道？知不知道什么叫斗富？一个斗字，一个富字，你二人哪个字不认得？还是连起来便不认得？”

端木与李素炫互相看了一眼，知道萧娘说得对。这些事情果然在史书上读过，只是读得再多，亲眼见了是另外一回事。当日元结同李素炫说起百姓困苦，李素炫也不是没在书上读到过，只是好友亲见，又亲口说起，又是一回事。

“罢了，莫要想太多。他们怄气，倒是帮了我们，这许多金银足够数年之用。四郎说近些年时疫年年加重，城中各寺都吃力，许多人明明救得过来，只是没钱买药……许多病重救不过来的，也便罢了，这等原本救得过来也死了的，叫人格外不甘心。眼下可好了。”端木说着，又难过，又开心。

几人受了鼓舞，格外欢欣。不几日，闻朗等人将飞钱兑换，那些允了记账的竟也真的将银子送了来，说是不能叫人耻笑。如此不过半月，又凑了大批银钱出来，闻朗仍旧分散送到了各寺病坊中。

连着一月，长安城里人人都在谈论中元节夜里兴庆宫前空场上内乐出演，也全都知道当日出演是为病坊筹集善款。众人来回议论不休，却是无人说乐，无人说善，只说富贵权赫。李素炫眼下也明白那些人为何要比着打赏了，这城里消息传得十分灵快，当日打赏谁人多、谁人少，外头这许多不相干人竟然都知道，议论起来，艳羡不已。李素炫见这些人说起别人富贵来，竟也说得如嚼甘厚，如饮醇香，她忍不住暗自好笑。

八月里，萧娘、端木与李素炫在酒肆中饮酒闲聊，萧娘拿出一包金银来递给端木，叫她给闻朗。

“这是平康坊众家姊妹一点心意，烦请交与闻居士。”萧娘说道，“自中元节到眼下不到一月，城里人家发疯般比着召集亲朋聚会，定要高价相请乐人到宅，比着赠金银。虽说是惯例，从前却没有这许多。连些中平之家也不肯落后，请不起我坊中北里女乐，也要去请些寻常女乐来，也不少请乐工和百戏工，也要摆下场子，请得满座宾客，也要舍得打赏，怕叫人轻看。我坊中女乐这一月所获金银多过以往一二年，看城里这架势，只怕再有二三月还闹腾不完。我等知道这都是借了势，故此每人拿了一点儿出来，凑了这些。也是谢谢端木与素儿，也是因为我等乐人命时微贱，陡然有了这许多金银，心里怕，想散些钱财，消个罪愆，积个善缘。”

端木将小包袱接了，点头致谢。李素炫笑道：“这城里人都疯了不成？”

“惯来如此，这次格外疯罢了。你二人整日窝起来做自己那点儿事情，不晓得外头花哨。城中每岁春时斗花，有钱人家费金数万、数十万，穷些的也要上万。那还不过是斗花。”

“你们说……这长安城里有多少钱？有多少有钱人？”李素炫问道，“我从前奉旨赐乐，近来应人私请，俱是朝中四品以上大员，彼等殷实富有，我还能想得通。怎么还有那么多人如此富有？他们那许多银子哪里来的？”

“这里是长安城，大唐皇都，有何奇怪。”萧娘答道，“你出身宫伎，后为道官，不与俗世打交道，既不知民间疾苦，也不知民间富贵，凡事想当然。”

端木与李素炫互相看看，没话说。半晌端木摇头道：“说的是，我二人从前困于深宫，出宫这些年，也果然是与人交道少，还是萧娘见得多。”

“素儿可以年年去求圣人，每年中元节我们都来帮你。不过一夜之间，救多少人命。反正那些有钱人手里银子也都是漫着使的，也不拿来买什么要紧物、做什么要紧事，不过是胡乱挥霍了，只为叫人知道他富贵。不如我们帮他们挥霍，也帮他们积德。”萧娘笑道。

三人都笑起来，接连饮酒。数岁间，各寺病坊苦人格外多了些指望。闻朗为那些苦人开心，端木为闻朗开心，李素炫为端木开心，萧娘又为李素炫开心。手中有乐，眼前有酒，身边有多年故交，开心起来，只管开心便是，何必多想。

自入道后，李素炫本以为可以清心寡欲，深居简出，静定过了这一世，只是不多久便知道自己不谙世事，想得忒简单了。因她乐名炽盛，又有诗名，又除了待诏名号，城中权贵高门争相私下邀请。她尽数辞了，只说自己仍归宜春院统管，无圣人旨意不敢轻动。本不过巧言推托，却令他人误会，以为她以此为要挟，索要身价，待到激得身价大涨，邀约更甚，令她十分无奈。中元节圣人与贵妃听过李素炫琵琶便离场，李素炫也离场，众人自以为聪明，道是圣人只听李素炫琵琶，李素炫也只与圣人奏琵琶，自此邀约如雪。城中四品以上官员都欲一试，以示身份，道是李素炫乃天子身旁近人，能请到便是户牖光彩。许多不及四品者想尽办法想要到大员府上做客，一来听她李素炫内家琵琶，二来以答谢大员邀请为由，奉上大笔礼金，实为贿赂。李素炫知道后十分厌恶，再不应请。

“我前时奉旨赐乐，近来又应私请，每月所获无数，天下人有九成九终身劳碌也无这许多。我不过是个弹琵琶的，这长安城里人都疯了不成？”

一日，李素炫奉召入宫去见圣人时，正是深秋午后，兴庆宫中四处金黄叠翠，秋风淡扫，晴明当照。人逢此时，也可抬头，天上一派秋高气爽，也可低首，脚下无数枯叶委顿。畅快便有畅快景致，萧索也有萧索风物，秋日无穷温凉悲喜，不过一点心念而已。

内书房里不算太过阴冷，坐久了却受不了。书案旁燃着小盆炭火，毕剥有声，在一片阔大幽寂中，这声音愤怒也微末。圣人正在读写，李素炫行过礼，依旨在一边坐好，在炭火上烤暖指尖，怀抱无伤弹起信手来。声音低缓柔弱，危如蚍蜉细翅，只些淡淡声响，衬着书中千载道理，纸上万古文章。

连着近两个时辰，圣人读书写字，不曾停下来，李素炫也不能停下来。至酉正时分，圣人放下书卷与管笔，起身走了几步。

“老了，中间忘了起来走走，这腿都麻木了。”

他说着令李素炫停了琵琶，召她到近前，与她聊聊古来书学，打听一番城里时兴词调，也考考她学问，遇到看法有分歧，两人也一番斗辩。凭李素炫肚子里那点存货，自然是辩不过圣人，可圣人左右设彀，她却也不上当，打是打不过，守却守得绰绰有余。

“你这碎女子，好一张利口。亏得是心术端正，又只想躲懒过个清闲日子，不然定是个祸害。”圣人一边笑一边对李素炫说道，“不过朕倒是喜欢你这副性子，有本事却没心思，远好过那没本事却心思多的。”

李素炫也笑起来。

圣人絮叨了几句，又接着说道：“素儿也累了，今日不弹了，去烹茶来。”

“是。”李素炫应了一句，起身到茶席旁忙碌，很快将茶一盏盏奉过去，一边小心放在圣人面前，一边偷眼瞄着案上纸笺。纸笺上乃是大字隶书，取势中正，笔画敦拙，端然浑朴犹老树苍遒，沉稳而不避讳，霸悍又不张扬，一副天子深沉、帝王老辣，果非人臣之能及。

李素炫隶书写得不怎么样，奈何见得多，十分知道好歹，偷偷几眼便看得心痒难耐。圣人自然知道她那点儿小心思，大方说了一句：“你若喜欢便赐给你，自己去卷起来便是。”

李素炫大喜，连声谢恩，随即走到案子边上，将所有纸笺拢在一处，捋了捋，全部卷起来，一张没留。

圣人在一边看得又气又笑：“你达真不客气。”

“这客气什么。”李素炫笑道，将纸卷放在无伤旁边，心里想着过会儿走时千万记得带上，转身回到案子边上接着烹茶。

“近日城里可有些新鲜事？”圣人面前有盏茶已凉了，他也不嫌弃，拿起来饮着，笑着问道，“对了，你那病坊如何？今年银子想是足够了。”

李素炫想了一月多，若圣人说起此事来，她要如何回答，今日到这里后一直在找机会，想要将话题往这边引。听圣人如此询问，她连开心带紧张，一点慌乱稍纵即逝，又立刻稳了下来。

“足够了。往年缺医少药，平白多少不该死的也都死了，今年不会了。”

她说着，放下手上物事，起身行礼道：“知此事者甚众，皆感念万分，只是无缘得见天颜，格外委托我，若有机会，定要谢过圣恩。”

这几句话是奉承，但也果然出自真心。圣人不以为意，挥挥手道：“病坊中苦人也是朕之子民，如何还要谢。”

李素炫不清楚这一句是圣人心里话，还是天子客套话。她稳了身子，稳了手上，安静将茶烹好奉上，迟疑片刻，咬咬牙，从怀里拿出一张纸笺来，双手奉上。

圣人接过来，一边打开一边问道：“这写的什么？”

李素炫持礼恭敬答道：“此是中元节当日众人所奉钱物账簿，因有些飞钱要事后一一兑换，也有些人当日允诺，后来陆续将银钱送来，这几日素儿才统理完毕，奉御览。”

李素炫耗了一月余，将此事反复考量过，每一步都想得周详。她将每一笔赐金和总数一一列上，希望圣人能看出些端倪来。若是圣人震惊城中官员如此豪富，有意过问，正是李素炫用意。若是圣人看不出，或是故作看不出，询问起来，便说这些人顾念圣人垂范，争相厚赐，总该让圣人知道臣下诚意。她没有将人名字与官职列上，心里也有一番计算。若圣人果然震怒，欲图追查，她便说没有记录官职与名字。终究得了人大把金银好处，出卖这些人也有些下流。她并非希望圣人顺着中元节赐金之事追查每一个打赏者，却果然希望圣人知晓城中人狂奢之事，整顿一番。

圣人几眼将纸笺从头至尾扫了，随手丢进了炭火里。纸笺厚实，初时盖了炭火上微微青焰，须臾火焰在纸笺上舔出个小洞来，如积雪散化般迅速扩大，很快将纸笺吞没。火焰狂迷一时，又很快熄灭，余下些烟烬，很快散了。炭火上仍是青焰微微，了无痕迹。

圣人笑着说道：“素儿手里定有底单，回去也烧了。”

圣人口吻平和随意，李素炫即解其意，点了点头。

“素儿写字有长进。再烹一巡茶，去将你琵琶认真弹上几曲文武来。”

李素炫只得又点点头，继续烹茶，又去将无伤抱起轻弹，心中惆怅而无奈。她反复盘算了一月多，上下左右，前后里外，要说什么、说多少，圣人如此问怎样回答，那样问又怎样回答。千般计算与设想，今日圣人却只淡淡几眼，淡淡几句，便都了事。

翌日，李素炫与鹿先生说起此事，最后问了一句：“先生，圣人是看不出素儿用意，还是不想管，还是不能管？”

鹿先生兀自斟酒，轻飘飘说了一句：“有何不同？”

李素炫叹息道：“城中这月余以来狂欢不止，富贵人家也就罢了，中平人家也就罢了，连些钱少的、勉强吃得饱饭的，也争相摆酒奏乐，掐着比赛，唯恐落后，失了颜面，却不怕花光那一丁点儿存财，日后无着。天子、百官、黔首，但有一方清醒，也还好办，如今却是上下同气，一国如狂。又多有那些富贵人，寻常人上街不过带些铜钱，大肆采买也不过带上几分银子，大把带银子的不晓得多有钱，又舍得如此豪奢打赏。看官职品级，许多金银定然来路不正，若是我，死也不敢叫人知道，怎么这些人毫不畏惧？自幼都读书，读哪里去了？巨富便要散些钱财，以消灾愆，平康坊女伎都晓得，怎么这些读书人不晓得？若不散财，便要藏敛避祸，不可于人前炫耀，古人斗富几曾有好下场？怎么那读书的都忘记了？素儿迷惑，难以明了。”

“人间便如此，人便如此，有何不明了？”

“我能懂人恶，不能懂人蠢。他们为何不怕？”

“不懂就别想。”

“先生是不知，还是不想？”

“不知自然不想，不想自然不知。”

“先生，城中多年骄奢大盛，偶有节俭者，亦不过胡质之矫，做样给人看的，此实非良兆。我唐承平日久，货殖丰硕，衣食足渥，自会如此，此人性使然。就算圣人天威，百官听命，令行禁止，却禁不得女子重金求簪、男子巨资游倡，禁不得富贵人家衣轻裘、骑高马，禁不得百官民众自欺欺人，只顾眼前，纵娱声色，不问身后。何况天子也是如此沉迷安乐，靡费巨广。长久而往，于乐无益，于人无益，于国无益，更有甚者，只恐招来祸端。”

鹿先生只是不住轻叹，随意斟酒。

“素儿去过城里所有庵观寺院，颇识得些出家人。今日道门佛门也分清流浊流，分庭而处，清静修持的声几湮灭，不遵法旨的满街煊赫。大唐道人尊贵，受礼遇敬重，却不掌实权，也不思实事，只爱衣食车马，尚清闲，好空谈。如今佛法宏盛，然佛弟子津津乐道者却非佛法三藏、各家经注，而是到处有多少佛寺、僧众、寺产和田地。广聚天下人口资财，以为佛门兴盛，殊不知待到极盛，干犯皇权，便是自取灭亡。此事殷鉴不远，只是人皆不畏。俗人不清醒，出家人也糊涂，如何是好？”

李素炫问了许多，鹿先生却只是沉默，许久，叹息道：“你终究还是像了你师父。百般无力，又非要想。”

“先生难道不想？”

“不想。”

“先生读书，为何不想？”

“百般无力，为何要想？”

“如何可以不想？”

“修持。”

李素炫沉默不语。这话元结也说过，她知道对，但终究心思尚浅，难以守定持静，免不了翻来覆去，徒自烦恼。许久，鹿先生幽幽说道：“你以为圣人什么都不知道？与天下人斗了几十年，民间事、朝堂事，连同你那点儿小心思，怎么会不知道。一世天子，何等心机，似你这般，一眼便看穿。”

李素炫无奈笑道：“想来圣人也怪我多事了。”

“你是好意，又没有明说，圣人不会怪你多事，却也不会管事。”

李素炫说不出话来，鹿先生看了她一眼，又说道：“素儿暂且宽心宁忍，认真弹习读写，与先生抄录，别的别想。”

片刻，鹿先生又补了一句：“想了有用时，再想。”

李素炫只得点了点头。

## 194

连着一两月，长安城中断续下着小雨，也不大，却是一场凉似一场。李素炫听鹿先生嘱咐，独自在家弹习读写，落落过了半个冬季。她已平静下来，不想远的，每日不慌不忙，将手头事情一件件做好，心头宁定，也有些死气沉沉。

心烦或无聊时，她格外喜欢到阿翁家讨吃。阿翁不识字，不会讲大道理，不说三代四方，不说儒道家国，只说些葱蒜、油醋、鱼虾、稻麦，说些春日里菌菇蕹白，说些秋日里石榴核桃。李素炫常穿身粗衣，寻个马扎坐在厨间角落里，一边看着阿翁劳作，一边叽喳嚷着，说着外头新鲜事，口吻亲昵，像只雀儿般活泼又饶舌。阿翁一边忙着手上，一边听她欢叫，一边絮絮与她说着厨事。她坐在小案几旁大快朵颐时，阿翁坐在对面，一棵棵择着菜，要与她带回家。阿翁开心素儿看得起他这穷老汉，与她烹煮什么，她就认真吃什么，不过灶头上一点儿便宜吃食，她便这等开心。

长安城酒肆饭铺不计其数，许多宫宴菜肴在饭铺里便吃得到，宫中虾炙、绣丸、逡巡酱、小天酥都有，颇费银两，却挡不住富人家定要尝尝，沾沾皇宫贵气。只是宫中饮食固然是珍馔，最贵的却偏不好吃。李素炫常得圣人赐饮食，有羹汤极贵，据说是珍玉、宝珠、雄黄、朱砂、海贝煎汁而成，每杯羹费钱三万。李素炫感谢圣人顾念，尝过后却实在不觉得味道好，还不如阿翁家一碗白粥配一碟子醋芹。李相曾向宫中奉上甘露羹，说是何首乌配了鹿血与鹿筋熬成，尝起来也不觉得如何好味道，只是听说此羹可黑白发。李素炫正当青春，本就一头浓密黑发，可惜了这宝贵羹汤，又不好吃，又没用处。

城里许多人不算大富，略有些钱，也要尝羊羹、鱼脍、炙豚、串脯，西市葫芦鸡味道肥美，生羊脍也受人喜爱，穷些的有乌雌鸡汤、黄芪羊肉、荠菜汤、鸭脚羹可吃。药王孙思邈曾创杂糕教授百姓，冬日里尤其补身。后饭铺主人将药王葫芦悬于店门口，杂糕叫成了葫芦头。酱渍小菜便宜，随处都有，只是谁也没有阿翁手艺好。

凭他外头有的是美食，李素炫又不缺银了，却偏喜欢到阿翁家讨吃。阿翁手中许多菜肴虽然简单，也不费许多钱，外头却吃不到，连宫里也没有，御厨也做不出来。李素炫食不爱肥厚，讨厌油腻，香料价贵，她偏不喜欢，嘴巴却又被阿翁喂得刁了，菜里一定要油脂少，还不放香料，盐也不要多，菜却还要香，又莫名其妙不喜欢各种豆腐。阿翁费了许多心思琢磨烹制方法，小处也问得特别周详，喜欢甜多还是甜少，放芫荽还是莳萝，软些还是韧些，一一问得清楚周详。每次李素炫吃饱了，都要评头论足一番，阿翁将她说的认真记在心里头，下次改进。

李素炫尤其喜欢看阿翁炊煮。阿翁与她做油塔，她坐个小马扎剥蒜、切渍物，等着阿翁揭开蒸屉，热气连着香气一起扑到脸上。阿翁给她做馄饨，一定会提前熬好鸡汤，镇得冷了，将油撇得干净再烧滚，最后撒上碎莳萝。雕胡饭要将米泡一个时辰，放一小勺酒，上屉蒸半个时辰，不能不够熟，也不能太熟，开花了就不好了。阿翁说，雕胡饭要细嚼，味道像果仁。饭后阿翁用小磨盘细细磨上一盏杏仁酪，多放蜜糖，李素炫喜欢，吃过甜粽子却嚷叫不喜欢，阿翁再没有做过，白剩了许多粽叶。李素炫在外头饭铺吃过青精饭，喜欢里头草木清芳，却嫌蒸得火候不够，硬了些。阿翁听他娃儿抱怨，特意向人学了方子来，蒸时用粽叶将蒸屉裹起来捆紧，不跑汽，可以将饭蒸得非常软和。

霜凝与紫露极受酒肆欢迎，阿翁获利不少。老汉一辈子穷惯了，有了钱也不知道为自己添置些什么，只是开始四处寻些昂贵食材来，与他娃儿做吃食。倒也不是图个贵，只图没给娃儿做过。从前每次去鱼市，只看新鲜，不管鱼多便宜，够新鲜便是美味，眼下却是神气活现，进门便直叫店家将店里最贵那条鱼称了。许多菜肴食材金贵，以前买不起，眼下都买了来，一样一样琢磨，做得熟练了，就着人叫他娃儿过来品尝。

阿翁曾与酒肆掌柜的说过，酿酒要三日，每到逢四，他不酿造，故此每到逢七便没有酒。掌柜的初时不以为意，张口答应了，过后见酒买得火旺，还有人专程来寻，又后悔，磨着阿翁，道是每到逢七每坛酒多给半分价。几年里问了多少回，阿翁执意不肯，仍是那句话。

“不是钱的事。逢四我娃回屋吃饭，我得做饭。”

“做饭能耗多少工夫？再说，娃儿回家吃个饭还用这么隆重？随便做些简单的、快的，不就行了？”

“我娃儿扎实读过书，有正事，忙，不是那街上闲晃荡的。她回来吃饭不是缺吃食，是惦记我，抽空来屋看我，我怎么能做个饭还不讲究？”

“你娃不都午间回去吃饭？下午不能酿酒？”

“娃说做饭辛苦，叫我下午晚上歇着。娃说话，我都听。”

掌柜的说不动这倔老汉，拿他一万个没法子。每到逢四，阿翁定要给他娃儿做饭，雷打不动。只是李素炫虽然每次也都吃得饱，身形却总是一样，从来也不见胖些，远赶不上狸儿。这小兽如今已是浑圆一只，轻易再跳不到赤骏背上，赖在屋里，趴在李素炫脚下讨小鱼来吃，阿翁直摇头。

“这狸儿如今越来越贪吃。怕它来烦你，早上喂饱了的，这一会儿就又饿了。”

“它胖，饿得快。”李素炫笑道。

屋外有光斜照进来，屋中昏暗，家什破旧，只那一把青笋叶子和韭菜分外碧绿。阿翁一棵一棵细细择着，指尖上裹着泥，惋惜说道：“素儿若日日来，阿翁定将你养得跟狸儿一样。女孩儿家，要胖乎乎的、肉乎乎的，才好看，太瘦了不好看，素儿就是太瘦了。”

这话阿翁念叨了几回了，可李素炫就是胖不起来，又想着自己若胖到狸儿这般会是什么样子，忍不住咯咯笑起来。阿翁也开心，说道：“素儿与阿翁唱支歌来好不好？”

李素炫点头道：“好，只是今日无伤在我师弟处打磨养护，我只带了嘴巴，且徒歌一支。”

阿翁点点头，李素炫一转念又说道：“倒也有法子。”

阿翁不解，李素炫却果真有法子。今日她从家出来，先是到了兴庆宫，为她五色琵琶取了筋弦来，眼下就在身后小包袱里。她将筋弦取出，很长一根，没有剪开，仍是一卷。阿翁不知道她要闹什么，在一边看着，见她将筋弦解开，沿桌案一边上下绕了一圈，紧紧系上，两边各垫了支木箸，将筋弦架空起来。

“我往日里弹七弦琴，今日弹一弦琴。”李素炫笑着说道，低头在弦上找起来，一首按抚，一手拨弄，片刻后约略找准了音，开心弹了一小段。

阿翁在一边笑得合不拢嘴，李素炫又得意道：“还可以弹个一弦筝……只是怕要比琴差些。”说着将两支木箸抽出来，并了另外几支木箸，寻个绳头捆成束，当作码子垫在筋弦中间，不停左右挪着，找着音，右手又拨着，煞有介事。

阿翁笑得择菜也忘了，只看着。李素炫认真练了几遍，手上有了调子，口中跟着唱上了。

才寡不充圣人途，饱学堪笑滥诗书。
天下素有儒子论，我自太平膏粱足。

阿翁询问，李素炫将句中意思大约讲了，阿翁大笑道：“这唱的可是狸儿？”

“是了，这支叫《狸儿自乐曲》，如何？”

“好、好，这曲名好。”阿翁连连点头，又碰碰狸儿，说道，“起来听听，素儿唱了支小曲子给你。”

狸儿睡得死，呼噜震天响，才不肯理会。李素炫十分得意，又将筝改了琴，不停弹起来。阿翁也高兴，一时编不出词来，只跟着哼，声音粗糙，像两块破瓦，却开怀得很。

## 195

出了阿翁家，李素炫去了宜春宫看望众家女乐。入宜春宫没多深，女乐们见了她立刻跑过来，不及打招呼就嚷上了。

“你可来了。圣人敕旨，将陈蘅许给西域罗喏国国王为妃，你可知道？”

李素炫吓了一跳，慌忙询问，众女乐七嘴八舌讲给她听。

“听人说，昔年国王为太子时来过我大唐，当时与陈蘅赛马，输了，各自率队击鞠，又是利落输了。下场后才发现，竟输给了位女子。”

“太子喜欢陈蘅，不敢说，再说已有了太子妃。后继位为国王，不二三年，元妃薨了，这才着人来大唐求亲。说是若圣人允婚，不敢以为侧室，要立为嫡后。”

“如此说，圣人准了？”李素炫急问道。

“圣人当时便准了，为示格外恩典，还将陈蘅收作宗室，赐国姓，以宗室女出嫁。眼下快入冬，道路难行，明年三月才出发。”

“那陈蘅说什么？她可想去？”

“去不去她如何说了算？她想不想我等也猜不出来。”

“就是。虽说西域遥远，终究是女奴做了王后，一步登天，没什么不好。只是若在西域叫人给欺负了，可是天地不应，轻易也回不来。”

众人知道李素炫与陈蘅要好，将知道的都告诉了她。李素炫不及多说，匆匆行礼，出了宜春宫，直接到东宫马场去找陈蘅。陈蘅果然在马场中，李素炫远远隔着，不敢过去。二人不过半月多不见，就有了如此变故，李素炫急忙跑来找她，却想不起问什么，倒是陈蘅看见李素炫，直直冲了过来。

陈蘅比李素炫高半头还多，终年骑马习武，身姿刚挺，李素炫常觉得她胜过男子。今日却忽然想到，她终究是女子，那般眉眼笑靥，浅浅梨涡。李素炫与人奏乐多获赠钗环，拣好的送她，她没法戴，却极喜欢。女子总归是女子，纵然许多事情不逊于男子，却终究与男子不同。

“素儿……”陈蘅急急跑过来，拉着李素炫两手，却也只说了这一句。

李素炫咬咬牙，直接问道：“听人说你要嫁到西域去？”

陈蘅点点头，李素炫看不出她是开心还是难过。

“……你想去，还是不想去？”

“这如何由得我？”陈蘅低声说道。

“朝廷自然不由你，只说你自己，你可想去？”

陈蘅面色迷茫，喃喃说道：“去了便不再是女奴，可做王后也没什么好的。我在那里又没什么根基，只一个夫君仰仗，谁知道夫君又如何。”

二人相对，沉默片刻，陈蘅拉着李素炫到马场外大树下坐下，躲着秋毒。

“素儿窈窕女子，琵琶柔媚，莫要学我，晒这么黑。躲这里说话好些。”陈蘅笑着说道，李素炫知道她不过是硬找些轻松话来说罢了。

许久，谁也没有再说一句，只各自乱想。李素炫清楚，若说是嫡亲公主，天子舍不得，那西域国王也没话说，然天子若舍不得一介女奴，怕是那国王要不乐意。事关大唐与他国交好，又有许多西域国主盯着，圣人想也顾不得陈蘅乐意不乐意，索性又多送个人情，赐陈蘅李姓。女奴命运不过旁人心念，国王发请，天子点头，没人问过陈蘅一句话，她自此便要去国万里。

许久后，陈蘅叹了口气，勉强笑道：“左右无奈，不想了，又或者那国王日后待我好。素儿得空时，将你身上刺青与我详细画下来，我到西域后定差人帮你寻访母族。若嫁在那边，有的是岁时年月，死活也要帮你打听清楚，叫你后半生再不纠结烦恼，终日惦记。”

“你去西域，还不知道好不好，还要帮我记着这事。”李素炫叹道。

“好不好的我说了又不算，眼下何必自寻烦恼。”

李素炫感触万分，点点头，轻声说道：“好，我这几日写下来给你。”

“我明年三月便走了，这几月里，你若无事……多过来看我……”

“好。”李素炫点了点头，心中难过，只得小心掩饰。

# 196

日月疾行，秋叶堕尽，冬日阴沉萧瑟，平宁寺里终日一片肃静忙碌，众人都不大说话，连走路也快了许多。今冬疫病来得格外凶狠，闻朗与寺中居士用了许多法子降疾，每日烧苍术，用草木灰去瘴，水也不许生饮，一定要煎滚放凉后再饮，从病坊出来立刻要沐浴熏艾，至少也要洗了手脸。

病坊中几乎每日都要死人，尸身用席子草草裹了，当日便要运出城深埋。一日，李素炫将新录佛经交给寺中苦人时，见他几人正围着一辆车，往上头浇着滚水，以图消杀。听一人说，这车子是每日运送尸身的，刚从城外头回来。另一人连忙使眼色制止，怕李素炫听了害怕，或者忌讳。

李素炫并不在乎，倒盯着那辆车看了许久。车子破旧，寻常街市上运个草料柴火也不用如此破车。她心头触动，却也感慨不出什么来，只能轻叹。

闻朗终日疲惫不堪，固然劳顿，病坊中死伤也令他心力磨损。寺中一角小花园里，小屋子依然在，他时常独自过来，徘徊许久。左右无人知道闻朗在何处时，端木却知道，他一定是在那间小屋子里，再一问，旁人定会说今日死伤惨重。端木从不过去打扰闻朗，只是盯着那边小路，见他走出来，她才放下心。

闻朗依旧不许端木进入病坊，每日死伤也从不告诉她，与她说话口吻总是很平和，不露一丝端倪，端木也只做不知道。初识闻朗时，只觉得此人纯粹、淡然，有些书呆子气，渐渐却看出他不同处来。他心存悲悯，也隐忍，一心只如古井无澜，深不可测。

入冬后，城中各处病坊都挤满了人。闻朗每自病坊出来，面色阴沉，话也不说一句，简单洗了手脸，随意吃几口，不及脱衣，倒头便睡，至多两个来时辰就要起身。他仍不许端木进入病坊，甚至不许端木靠近他，只嘱咐她在远处大殿内制备药物、誊写药方。

“近日疫情凶险，你离得远些。你若病了，我顾不过来你。”闻朗隔着殿门，远远对端木说道。

端木想要争辩什么，闻朗又说道：“端木，此事你必须听我嘱咐。莫要让我再分神担心你。”

“是。”端木咬了咬嘴唇，答应道。

“这几日烦你多照看师父。”

“放心。”

闻朗说完，向殿内看了一眼，转身走了。寺中约有十七八人每日进入病坊照顾病患，出了病坊，这十七八人就躲到偏僻处，凑在几间相邻屋子里歇息，不与其他人照面。端木连着一月多也没怎么得着机会与闻朗说话，只两三次听他在殿外隔着殿门嘱咐几句，或是远远见他从寺中一角小花园里出来。闻朗疲惫时一定会躲开众人，独自在花园中小屋子里盘桓，也不坐下，静静站立片刻，待心神平复下来再离开。端木心里终日焦急，却记着他嘱咐，不敢上前扰他。

一日傍晚，闻朗看着马车送走当日疫死者，转身进了小花园，神情平静，心中死寂。走进小屋子里，见桌案上放着个小纸包，压着张小笺。拿起来打开，上面简单写了几行字，认得是端木笔迹。

世上无情有黄连，慈悲又有麦萩鲜。
清香不敌千般苦，苦亦不压一丝甜。

闻朗打开纸包，见里头是几十颗麦芽饴糖，沾着杏仁霜粉，挤作一团，将两层包纸打开，饴糖缓缓分散开来。闻朗笑了笑，拿起一颗放进口中。饴糖柔韧，有些咬不动，含着片刻，暖些便软了，细细嚼着，无比清甜醇香。整颗饴糖咽下去，口齿舌尖还沾着些，渐渐融于津液，染得齿颊芬芳。闻朗又放了第二颗在口中，嚼着，无意间看到外层纸上也写了几行字，凑到灯笼旁看了看，见是“麦芽饴糖”四个字，旁边一行小字注解，说着饴糖功效、性味归经，看字迹也是端木所写。

闻朗笑了阵子，将饴糖连吃几颗，将端木所留纸笺和外层包纸折了在怀里收好。余下这些他要拿回去，给同住几位郎中与居士。

天不亮闻朗先行起身，没有打扰他人，独自到病坊查看，也将值夜居士与僧侣换下。病坊中无人有力气说话，只听得到近百病患呼吸声，有的如遭扼喉，有的丝丝微弱，也有的了无声息。闻朗逐个查看，一一记录，写了方子交给居士去煎药，又不停嘱咐人四处消杀，并将病重者抬到单独一间屋子里，格外嘱咐人盯着火炉，叫屋里更暖和些。

病坊外，平宁寺另一头，端木得衍一法师亲授医术，进展飞速，眼下正在伏案整理法师讲义，以备检索。李素炫在一旁与法师说话，听法师讲些佛法，又看他随便拿支破笔、秃笔也写一手上乘行草，且别有韵致，李素炫赞叹不已。衍一法师年纪大了，端木与李素炫又从未接触过时疫，闻朗不敢拿他们冒险，千叮咛万嘱咐，叫他们不要靠近病坊。几人听闻朗告诫，在屋中安静待着，说着药学、书学，心里都知道，平宁寺那头，病坊中，闻朗他们正在以命相搏。

眼下已近日昳，闻朗自凌晨入了病坊，还没有出来过。三人心中担忧，只是都不提起来。日昳后，一位居士突然跑进来，满面慌张，只踏进一只脚来便急忙说道："法师，闻居士方才突然晕倒了。"

李素炫还没听明白，端木已飞奔出去，须臾李素炫明白过来，立刻对衍一法师说道："端木一定是要去看闻朗，我得跟着她，法师在此处，不要跟去。"接着转头嘱咐居士："劳烦陪着法师。"说着也小步跑出了殿门，随即迈开大步，一路跑得飞快。

端木直接闯入了病坊中，急切询问之下，旁人将她带到闻朗身边。闻朗平躺在一张小榻上，浑身软塌，额面苍白，唇无血色，旁人不停唤他名字，他毫无反应，两位僧医正在他身侧紧急施救。端木魂飞魄散，不敢靠过去打扰，隔两步远紧张看着，吓得哭也忘记了。

片刻，李素炫赶到，抓起端木两手将她拖到略远处，抱着她肩膀，不停安抚。端木六神麻木，目光惊恐，死死盯着那头，身子僵硬，微微抖着。李素炫镇定些，猜测闻朗只是太过劳累，应当无有大碍。果然一刻钟后，闻朗渐渐苏醒过来，只是并未完全清醒，目光空洞失神，又半刻钟，面色渐渐好了些。

周围人这才松了口气，见端木过来照顾闻朗，陆续离开。

端木走过去，轻轻坐在小榻边沿上，看着闻朗。他闭着眼睛，无端便知道端木在身边，想睁开眼睛，只是累得没力气。端木想握着他手，却不敢，伸手试探了几次，又将手收了回去。李素炫在一边看得恼火，走过去将端木手腕抓起来，直接按在闻朗手背上。

"我去给四郎倒盏温水来，你看着他。"

李素炫说着转身走了，屋里只剩下闻朗与端木。闻朗手上微凉，端木轻轻握着，心中阵阵难过。闻朗依旧闭着眼睛，喃喃说道："端木别担心，我歇息过便好了。"

端木没有说话，只将旁边一条旧毯子拖过来盖在闻朗身上。闻朗突然惊觉，倏地睁开眼睛，欠身急切问道："你怎么来这里了？告诉过你不要来……"

只一句话，闻朗耗光力气，又瘫软下去，呼吸粗重，半晌才恢复。他再没力气说话，睁开眼睛也费力，听到端木叹息声，只能握着她手指，给她些回应。

闻朗果然太累了，端木守着他，后怕不已，却不敢出声哭泣，死死咬牙忍着。闻朗睡过半个多时辰，再起来时，好多了。

"眼下需要为你和素儿考虑一番。"闻朗说道，神情严肃。

端木小心看着她，听他说到李素炫，突然想起她来，回头看向门口。

"她说去倒盏温水……跑哪里倒去了？"

闻朗不答话，起身嘱咐端木道："你随我过来。"

"四郎……"端木担心，看着闻朗，怕他尚未完全恢复。

"无妨，随我过来。"

闻朗说着站起来，端木有些担心，又不敢伸手。闻朗稳了稳身子，带她出了屋，见李素炫正在门口等候。闻朗摇头无奈道："一个傻，另一个就跟着傻。你也跟我一起过来。"

闻朗说得不由分辩。李素炫知道，这地方郎中说了算，饶她平日里嘴巴厉害，这会儿也不敢逞能。她蔫头耷脑，老老实实跟端木一起随闻朗出了病坊，七拐八拐，到了一处偏僻房舍，正临着寺中一角那座废弃小花园。

"这里简陋些，你们暂且住在此处，哪里也不要去。我回头嘱咐人将所需物事拿来，你二人做伴也好些。"他说着又看了一眼李素炫，"以为你能比端木冷静些。"

说完了这些，闻朗叹息一声，快步走了。端木与李素炫互相看了一眼，都笑了。

"我无伤在衍一法师佛堂里，一会儿嘱咐四郎给拿来，亏是今日先去了玉真宫，特意带上了。"李素炫说道，"寺中僧侣那里定然有羯鼓，借一个来。你我在旁边废园子里击羯鼓、奏琵琶，也不闲着。”她越说越高兴：“自出了宜春宫，你我多久没有整日在一起奏乐开心了。每次入宫，都是我去见圣人，你去见贵妃。这次倒好，有个安静地儿待着，没事忙，还有人管饭，刚好……”

李素炫得意间说了这许多，回头忽然发现端木流泪不止，顿时吓了一跳。端木勉强笑笑，说道：“我没事。只是方才，四郎当真吓到我了。”

“他是太累了，这都连着熬了多少日子了，铁打的也受不了。”

“知道，眼下也知道，无非就是太累。当时吓傻了。”

端木又哭了阵子，好多了，李素炫哄了哄，她便擦着鼻涕眼泪笑上了，李素炫也笑上了。闻朗恰好走进来，见她们两个互相搡着又一起笑着，摇头叹息道：“你二人是不是有些傻？方从病坊出来，还不知是不是染上了疫病，怎么也不知道害怕，还在这里傻笑？有什么好笑的？”

二人立刻不笑了，老实忍着，听着闻朗絮叨半晌，交代了许多事项。只是闻朗转身刚出屋门，二人又忍不住压着声音笑上了。闻朗隐约听到身后笑声，也拿这二人没法子。

“端木寻常日子里何其庄重，怎么碰上素儿就跟她学得这般调皮，叫人火也不是，不火也不是。”

## 197

连着四五日，端木与李素炫难得悠闲快乐。二人出了宜春宫后各自忙碌，果然难得再如此朝夕相处，又都心中无事。这园子荒弃多年，旁边屋子也没人过来，二人在屋里又弹又唱又跳，冷得受不了了便凑到炉火旁取暖，暖和过来了继续折腾，又整日说些女孩儿家私密话，互相搡着、笑着，打闹不休。

四五日后，端木无恙，李素炫开始发热，冷得打战，头痛，全身也痛，咳嗽得厉害。端木在一旁守着，坐卧不宁。闻朗安慰道：“之前几日都预先服了药防着，看目前状况，你还不用怕成这样。冷静些，好好照顾她才是，不要如此团团转。”

端木深吸一口气，镇定下来，点点头，闻朗嘱咐了许多才离开。

“素儿自小身子瘦弱，可是没生过病。我比你高壮些，换我生病，不是也比你生病好些。”端木见李素炫醒了，难过说道。

李素炫累得说话也费劲，还不忘了调皮，佯作委屈道：“真是世道不公，自小你跟我一般高，胖瘦也一般，出了宜春宫一两年，你这就比我高了一寸还多，还比我壮实，上哪儿讲理去？”

“素儿好好睡，我陪你。四郎说眼下一定要好好歇息。”

“好。”李素炫点点头，又沉沉睡去。屋中昏暗，端木守在李素炫身边，想起卢菡死后，李素炫也是如此昏沉，自己也是如此陪在她身边。周围依稀熟悉，一切仿佛旧日重演，端木心中叹息不止。

李素炫睡得蒙眬，全身仿佛正在融化，像一片尘埃，悬浮着，四处弥漫，神魂寸寸瓦解。耳中不停有啸叫声，尖亢锐利，渐渐消失了，接着，听到歌声，柔和抚慰，又飘忽不定，又片刻，听到不远处琵琶弦声，铮铮弹着，声声深切。

“阿娘……”李素炫模糊想着，泪水涌出来，不停滚落。

端木不停给她擦着眼泪，李素炫没有睁眼，谵语般说了一句：“端木……”

“素儿，阿姊在你身边，我陪着你，别怕。”

“我不怕。端木，若我死了，记得将我烧成灰，一半撒在龙首塬上，一半让陈蘅撒到西域去……我想师父，想我阿娘……”

端木握着李素炫两手，不停落泪，怆声说道：“素儿别想这些，有四郎照顾你，他说几日里你病势定然越来越重，过几日才会好转。你身子瘦弱，但是结实，不会死的，别想这些。”

李素炫模糊说道：“你先答应我。”

端木狠狠咬了咬嘴唇，艰难说道：“好，我答应你。你先睡，我陪你，你别说话。”

“……好。”李素炫应了一句，刚要入睡，又强撑着精神轻飘飘说了一句，“着人去梨园知会雷先生，莫教他空等我……”

端木尚未回答，李素炫已昏沉睡去。

几日内，李素炫在濒死中听着母亲歌唱，琵琶弦声在耳边铮铮不断，从未如此清楚。那声音沉郁清雄，刚矫折亢，却不狠戾，落落一片昭然，如细雨敲窗，点破夜深静宁，叩问神魂，耿耿不舍。李素炫太过聪明，夙日里心思杂乱、志虑纷纭，又忙柴米，又思书乐，又追今古，轻易不能松弛下来，更难得如此宁定归省，察知阙宇。眼下病至濒死，平日里那许多聪明智慧都关停了，心中一片混沌愚昧，无边幽寂，只一点灵明观照，反将一切看得清清楚楚。芥子须弥，无极有涯，俱在眼前历历演算。

李素炫听着歌声与弦声，也听得到闻朗与端木说话声，衍一法师不顾劝阻，亲自过来探望，又与李素炫诊脉，又与闻朗在一旁商议，李素炫都听得清清楚楚。只是她什么都听得清楚，心中却只有一片空无，也不开心，也不惊异，也不难过。

艰难挨过了七日，李素炫死而复生。

端木终于松了一口气，再不用时刻陪着李素炫，看她入睡后，委托居士照顾她，自己回了后殿。默默坐了许久，想过许多，轻轻叹息，拈笔润毫取墨，开始抄写。片刻，听到身旁响动，抬头见一对老夫妇互相扶着，慢步走进来。二人穿着寻常，面容和蔼，与端木彼此行礼后，打探起闻朗来。

“闻居士不在寺中。”端木答道，见老夫妇年迈，猜是前来求医的，连忙请坐。闻朗连着几日逐一与城中其他病坊郎中见面商谈，想格外找出些稳妥法子来降疾。

老夫妇坐下，看着端木，满面慈爱，与她聊了许多，也打听寺中事情。端木口气恭谨，一一回答，并未多想。许久后，闻朗从外面进来，见了老夫妇十分惊讶，几步抢上来行礼。

“孩儿见过父亲、母亲。”

端木这才知道老夫妇是闻朗父母，又恍悟他们方才打听许多寺中事情，不过闲谈，其实只是为了等闻朗回来。她连忙与老夫妇行礼，又不知道该如何称呼，窘了片刻。老夫妇一笑，连着说了几句话，岔了过去。端木答了几句，行礼告退，留他一家人说话。

闻朗请父亲坐下，又搀母亲坐下，母亲却握了他手，拉着他一起坐下。

“四郎受苦了。”

母亲说着，陡然难过起来。

“父亲、母亲，孩儿这一二日正要回家探望，不想二老就来了。”

“方才饮茶闲聊说到你了，你母亲一时动了想念，非要过来看你不可。”父亲说道。

“劳动耶娘，孩儿心中不安。”

母亲叹了口气，说道：“四郎莫怪阿娘唠叨，你每日受累，阿娘心里舍不得。”

母亲越说越难过，闻朗低着头，也不好受。父亲在一旁说道：“耶娘知道我儿有志向，行善也是为我闻家积德，只是……实在舍不得你吃这个苦。又不敢扰你，只得不时叫家人来偷偷看你如何。”

“四郎安好，耶娘无须担忧。”

母亲拉着四郎两手，小心问道：“方才那女子，可是叫端木行止？”

闻朗点了点头。

“家人回报，与我说了许多……你可是喜欢她？”母亲径直问道。

闻朗怔住，不知如何回答，想了片刻，摇了摇头。

“四郎不必瞒着耶娘。我与你父亲前几次也来过，见你二人说笑开心，故此不曾相扰。你是阿娘肚子疼一回生下来的，阿娘还能看不出来？”

闻朗更是支吾着答不上话来，母亲近乎哀求道：“耶娘知道你与这女子交好。你随耶娘回家，耶娘不逼你求功名，就娶了这女子。家中资财够你二人过日子，有兄长在，也无人欺负你，你也不是什么惹祸坯子。耶娘实在舍不得看你如此苦累。”

闻朗低着头，心中如绞。

“耶娘知道端木身份。我闻家娶妇，只看德行操守，她知书达理，又对你好，纵出身女奴又如何？耶娘只生了你兄弟四人，你随耶娘回去，耶娘将她与你明媒正娶，自此将她作女儿看，你两个安稳居家可好？”父亲在一旁小心问道。

闻朗心中痛楚，接连行礼说道：“孩儿不孝，耶娘桑榆之年也不得安心度日。此实孩儿罪愆。”

说话间，端木捧茶来奉，一边将承盘放在案几上，一边致歉道：“寺中简陋，将就烹制，怠慢了。”

闻朗母亲看着端木，见她眉目端严，举止贞静，貌美却甘于素朴，着粗衣却言行从容，皎皎不卑，又落落不亢。老夫人愈发心生欢喜。

“我夫妇只有儿子，若有这么个女儿，不知要多乐。”闻朗母亲说道。

端木脸上微红，低着头，告辞离开。

母亲回过头来看着闻朗，目光乞求，闻朗难过不已。自己实在是于孝行有亏，只是想到有三个兄长侍奉高堂，便咬牙狠下了心。人行于世，忠孝只能顾一头，总要舍一头，不想愧对公义良心，便免不了愧对耶娘。他也觉得对不起端木。他喜欢端木，不想让她跟着自己一生受苦，倒希望见到她得配良婿，生儿育女，四时过得安稳。端木真挚，他心知肚明，却非要狠心绷着严肃，希望久了端木会死心而去。不想端木柔弱，却又柔韧，耿耿赤诚，却从不苦苦相逼，不肯片刻相去，也从不要他允诺一句，默默跟在他身边帮他，从不多说什么。

闻朗纠结不已，愧疚难忍，一句话也说不出来，只低着头，紧锁两眉。耶娘不忍心逼他，又不甘心，母亲默默拭着泪水，父亲也伤感，殿中一时寂静。凡人各自有心境，各自没奈何，彼此有周全，又难免有辜负。

安静许久后，母亲缓和许多，叮嘱闻朗保重身体，与父亲一同起身出了大殿。端木正在殿外等候，见了二位老人，连忙上来问候，闻朗母亲一时又难过起来。

端木扶着闻朗母亲，柔声安慰，送二位老人家向外走，闻朗反而跟在后头，低垂着头，没话说。将二老送上车子，仆役发轫驱车，渐渐走远了。闻朗这才将两手上礼数放下，抬起头来，却不敢侧一下去看端木。

端木笑道："素儿眼下该醒了，去看看她如何？"

闻朗连忙点头。

李素炫果然已经醒了，坐在榻上，靠着墙角，怀抱无伤，整个裹着衾被，随手弄弦，琵琶声短促沉闷，调子弹得干涩。她见了闻朗与端木，立刻赔着笑问道："我没事了，可不可以回家了？"

闻朗嘱咐了许多，见李素炫点头，听得认真，才放下心来。

## 198

秋冬平静，有雨有雪，交替着下到腊月，又到了正月。每到此时，李素炫都会想起汝阳王府中那些白梅来。梅本孤寂，每到开时，身旁干枝无叶，举世之间百花不存。梅又清远，尽可独逞芳艳，却非要在一片深雪里开成白色，美貌邪肆，锋芒毕露，又偏不想叫人看见，宁愿隐于茫茫深雪，不惹悍妒，只一寸香，睥睨无穷霜华月光。李素炫整日坐在窗前，看着院子里，惜再无白梅挺傲。今冬雨雪交替，泥土裸着，颜色青黑，衬着墙角处一点残雪。家中终日平静幽暗，叫人沉思不已。

李素炫出宜春宫已八年。每到逢一，雷海青依旧在内教坊处等着她，十年前方入宜春宫时，雷海青见了她，说的便是琵琶，如今依旧是琵琶。鹿先生依旧授她学问，要她抄录典籍，授她编撰修订之事。这城中有雷海青这般天下绝手避世深藏，也有鹿先生这等饱读之士隐伏市井。左教坊中众女乐年岁渐长，惶惶自惧。几位嬷嬷上了年纪，眼下只怕死前被赶走，无枝可依，倒毙孤野。商不言每日与嫣儿欢喜嬉戏，一同洒扫，孝顺师父。歌子嫁入将军府第，与心爱之人平安厮守。樱儿等着她茗哥哥归来，李逊已有了长子。阿翁终日劳作，双手粗粝如砂。圣人日日与贵妃研磨音律，歌舞太平。东市西市往来繁盛，胡姬当垆，昆仑奴随主人四处出游，各处寺院、道观、夷教祠堂里，四季香火旺盛。平康坊中日日迷醉，金银漫洒，酒污罗裙。闻朗与端木在平宁寺中苦苦操劳，却依旧每日都有人死去，草草埋在城外。这长安城中有世间无数色相，这一切却又都与卢七无关。世人自富贵，世人自贫贱，世人自生死，悲欢离合，热闹冷落，都与他无关。他只是卢七，卢七这一世只晓得作画。

八年来，晨昏交割，日月轮转，星辰演替，这长安城中无数悲欢起伏，李素炫一一看在眼里。师父卢菡一生淡泊，生亦无名，死亦无名，无棺无椁，只一身枯骨没于寂寂荒野。汝阳王殿下墓木高耸，封土宏大，重棺重椁，锦衣玉葬，却又只埋了一世孤独。

李素炫忽然觉得一切都很陌生，似乎全然不认识，也都无所谓。

出了正月，天渐渐暖和起来，二月中，玉真自王屋山回归。

李素炫向玉真禀告了一岁以来所学，师徒二人开心聊了阵子，李素炫抱起双手行过一礼，认真说道："素儿有一事相求，望持盈师父恩准。"

"素儿说便是。"

"素儿想去西域。"

玉真愣了半晌，睁大眼睛看着李素炫，许久喃喃说道："你要去西域？"

“是。”

“素儿再过一次核考，便已尽通典籍，受满道阶，师父本也是要安排你四方游道，多长见识。只是……西域遥远，路途凶险，你个弱女子，哪里是随便就能去的？”

“东宫侍卫陈蘅奉圣人诏嫁与西域国王为妃，下月出发。若持盈师父允素儿游道西域，素儿可以随陈蘅同去。还有，素儿想去求访父母消息……此事压在素儿心头二十年了。”

“西域广大，风土不同，言语不通，你就是去了，如何访求？鞍马舟车，一路劳顿，女儿之身如何受得了？”

“素儿自入宜春宫，到出宜春宫，又到如今，十年整。好友苏获教我各方歌调几百首，又与我讲述各处风俗民情，教我数国胡语，已粗通，到了西域很快便能精熟。素儿多年随陈蘅习马术、习拳脚，与人斗固然不敢，却足够强健体魄。”

玉真沉吟许久，缓缓说道：“看来此事素儿筹划很久了。”

“不曾刻意筹划。从不敢妄想此生可以去，只是也从未死心。”

玉真长叹道：“也罢。若说别的，师父无论如何不能让你去。只是，你说要去访求父母消息，师父实在不能拦你。父母事……也是为师一生心结。”

第二日，玉真入宫拜见圣人与贵妃时带上了李素炫，将此事说了一遍。

圣人无奈，看着李素炫，摇头道：“你怎的就不能安生些？”

李素炫颔首持礼，也不哀求，也不罢休，一副执拗。许久，圣人只得说道：“罢了。朕也知道，你是不肯老实的，早晚也会惦记要去一趟。旁的不说，单是要访求父母消息，朕果然无法驳你。你幼不知父母，乃是无奈，若找也不肯找，却是不孝、无情，枉费你师父教你许多书史大义。”

李素炫见圣人答应了，十分开心，格外行礼相谢。

圣人点头说道：“西域乃佛国，你以道官之身前往有些不妥当。朕赐你领从三品内史职，固然是擢级，但你已是正四品道官，不算太过分。陈蘅以宗室女出嫁，你以内史职陪同，也合规矩，也格外给陈蘅添些身份。朕遣朝中武官跟随保护，此外，你在西域寻访诸事，也请罗喏国王安排相助。临行前朕赐旨，令西域各驿及都护府、都督府、羁縻城太守照应，若有事，你遣将持符节请助便可。”

李素炫立刻行礼谢恩，贵妃在一边说道：“你为乐人，又习修撰。到了西域，也可四处访求其乐，考其乐器、乐论、乐制、乐俗等，回来后编撰乐志存留，也不枉费一趟力气。”

“贵妃放心，此事素儿定然仔细。”

说定之后，众人轻松起来。圣人亲自烹茶，命李素炫在一旁轻弹琵琶。几人说笑、品饮，欢快过了一日。告辞离开时，李素炫负着无伤，对圣人与贵妃行礼道：“素儿去西域怕是要几年方能回归，圣人与贵妃若想听无伤，可召雷先生入宫。如此琵琶、如此弹法，除素儿外，城中只有雷先生可为。他也有一支四相十二柱琵琶，名小无伤，比素儿弹得好。”

圣人惊讶道：“朕知道雷海青会弹你这无伤，你说起过，倒不知道他弹得比你好。”

“素儿只是满心怪念头，却不知要如何着手，如何做到。每次都要与雷先生商议，约略议个法子出来，我二人各自弹习，雷先生总是比我快，练到精熟，便指教于我。素儿不管有什么古怪想法，雷先生定叫不枉。不然，素儿一定一辈子老实弹我五色琵琶，不敢如此胆大不知死活，什么怪念头都敢冒出来。只是这些事雷先生从不在人前夸逞，故此人多不知。”

贵妃笑道：“你也自知，还晓得自己是个胆大不知死活的。”

众人大笑，李素炫自己也笑，也有些羞赧。圣人摆摆手说道：“罢了，朕记下了，再想听无伤，便召雷海青入宫。此人果然君子，旁人若有你如此弟子，恨不能天下尽人皆知，他却提也不曾提一句。”

玉真笑道：“兄长莫不是在说我？我有这聪明小徒，恨不能天下人都知道。”

说笑过后，贵妃格外赐了李素炫几个小锦袋，装着碧弦。玉真带李素炫辞别兴庆宫阙，回了玉真宫，嘱咐她准备内道场核考。不几日，玉真所请前辈到达玉真宫讲经，李素炫收了心思听讲，顺利过了核考，再受道阶，至此经学完满。

余下不多日，李素炫要为离开做准备了。师父旧宅她住了八年，颇多零碎小件，尤其是一架书卷，许多都是她亲手抄录，十分珍爱。她将书卷分作几批，凡俗世学问悉数赠与小太常陈廷正，嘱咐他一定要继续认真读书，不能荒废。道门典籍连同所有乐器送到玉真宫，佛门经卷送到平宁寺衍一法师处，案头文房拣常用的带上，余者由鹿先生与商不言代为保管。最后，最要紧的，她将师父昔日手稿仔细挑拣过，连同卢楞伽所赠师父画像与汝阳王殿下所赐《甘露经》及历次所赠墨锭、金笺等一起紧紧打了包裹，并些师父旧衣与其他小物件交与歌子代为保管。

“师父长箫我带在身上，这些你帮我存好。若我回不来，你便将这些物什埋在龙首塬上。”

“素儿……”歌子很难过。

“记得单独将《甘露经》留下，日后，你与端木寻个稳妥人，传下去。还有，鹿先生平日里有师弟照顾，我嘱咐过师弟，有急事便去寻四郎与端木，我不消担心先生。你与遂平相伴，身边又有训良，我也不惦记。唯阿翁，眼下年岁大了，又无亲眷，我实在是不放心他。”

“素儿放心，我代你照顾老人家。”歌子立即说道。

李素炫点点头，又说道：“这一去，不知什么时候回得来，或二三载，或七八载，或更久。若是阿翁等不及我回来……许多事情，望歌子替我操心费力。”

“阿姊放心，若阿姊回来得晚，歌子定奉阿翁终老，亲理后事。”

李素炫叮嘱得平静，歌子接连应着，渐渐落泪。

“素儿……你可一定要回来。容儿一走，全无消息，我多方打听，也无回音。端木与你我可是在假山里藏了容儿那枚真黄钱，身上也各自带着一枚。莫要到最后，我与端木到处找容儿，还要到处找你。”

“歌子放心。我一定回来，不过早晚之间。”

接连多日里，李素炫与城中亲故一一告别。商不言与鹿先生舍不得李素炫，嫣儿哭了一场又一场。商不言所制紫檀嵌银丝镯子，李素炫与嫣儿本一人一只，眼下分别在即，互相换了，留个纪念。商不言心细，请将作监好友用天铁锻了枚匕首，嘱咐李素炫带上防身。别了鹿先生与嫣儿，商不言将李素炫一直送回家，家门口无人处，李素炫拿出一包金铤来递给商不言。

“这些足够先生十年酒钱，我若十年不归，先生那酒可就指望你了。”

“师兄放心，小弟再笨，十年后也有出息了。师父那酒我给续上。”

“还有，老汉偶尔有些贪杯，师弟多盯着他。”

商不言立刻会意，一点头：“小弟明白，定然替师兄将那老汉看管好了。小弟管不住他，不是还有嫣儿？老汉盼着抱孙子，嫣儿说什么他都听话。”

二人心底伤感，口中依旧说笑，谁也不想露出难过来。说了半晌，依依而别。

小太常陈廷正十分喜欢李素炫书体，见李素炫将许多抄卷相赠，开心不已，想到她要远行，又颇难过，跟在她身后，唠叨着要她早些回来，允诺自己定会好好读书，决不再孟浪贪玩。李素炫将案上于阗玉纸镇和诗赋抄卷全部送与了樱儿，柔声安慰她，若害相思，便写诗词，每日都开心些，等着她茗哥哥回来与她成亲。又到平宁寺中与闻朗、端木和僧侣、居士、苦人一一道别，格外谢了衍一法师多年指教。寺中众人本说笑热闹，分别时将李素炫送出山门，一时都难过起来，忍出一副平静来，落寞作别。李素炫又备了许多厚礼，分送给宜春院众家姊妹及左教坊中多年旧友，又尤其谢过了许嬷嬷与苏嬷嬷。

“我第一次见素儿……二十年前了。”许嬷嬷叹息道。

“彼时倔强，不讨人喜欢。眼下还是个拧性子，却讨人喜欢了。”苏嬷嬷笑道，眼眶红着。

李素炫为两位嬷嬷所备礼物中各有一大把金锞子，红纸包着。年长者见了都明白，晚辈若有大孝敬，最好的便是棺材钱。这钱李素炫为鹿先生与阿翁也备下了，分别交给了商不言和歌子，两位嬷嬷无有近支，便交到了她二人手中。两位嬷嬷满心欢喜，又难过，笑着笑着，又大哭。

“素儿可一定要回来。”两位嬷嬷说道。

每见故旧，分别时众人洒泪，李素炫却平静，挥挥手，转身离去，边走边鼓舞自己：“待我回来，仍要连着许多日一一见过城中故旧。今日离别有多难过，来日再见便有多开心。”

众人中唯卢楞伽平静。李素炫告辞时，他没有如往常一般送她到殿门口，只是低头继续画着，左手撑着额头，挡着眼睛。

“素儿快走。”他平静说道，“坊门要关闭了。”

卢楞伽难过，怕自己心头紊乱，多说几句话便要溃散，只静坐强挨着。李素炫轻声说道：“素儿走了，卢七保重。记得爱惜自己些，不然……怕你来不及画完。”

她说着起身离开，卢楞伽迅速抬头看了她一眼，又低下头，仍旧画着，画得胡乱。

李素炫不知此去如何，最不放心的是阿翁，最难离舍的是雷海青。又到逢一，去内教坊时，她一路上都在下决心，今日定要叫一声师父，恭敬行过弟子之礼。

“十年前，雷先生遣人到宜春宫知会我，我去见他，不过抱手躬身，他便教了我十年。这十年里我不曾叫过他一声师父。此去西域，一路艰险，若回不来，再不能相见，岂不是一世对不起先生。先生定然不介意，我自己到死怕也遗憾。”

入内教坊，到了屋门口，李素炫听到琵琶铮铮，进了屋子，果然是雷海青在弹奏。李素炫看着他，心头感慨。这些年来她一年年长大，雷海青依旧是从前模样，高大稳重，性子安静，笑得浅淡，总让李素炫觉得足可依靠。

“我若多年以后才从西域回来，先生想必也老了。”

李素炫心头杂乱，戚然不舍，愣愣站在一边看着，雷海青对她点头笑了笑，示意她坐下。她立刻行礼坐下，待雷海青一曲完毕，将事情禀告了。

雷海青怀抱琵琶，沉吟许久，目光渐渐松弛下来，看着李素炫，轻轻叹了口气，说道：“你是要去寻父母消息，谁也说不得什么。但愿此去顺利，哪怕只是寻得父母姓名，也对得起他们生了你。”

李素炫惆怅不已，挺身跽坐，深深行礼道：“素儿谢过先生十年教诲之恩，未尝有报，心中愧疚。”

“素儿成名已久，善琵琶，工诗文，广结人脉，寻常便可挣得富贵，却难忘昔日师父授业之恩，独居于师父旧宅之中，布衣粗食，终日习业不辍，唯恐有负先师教诲。世人尽被富贵蒙眼，恩义转瞬成空，唯素儿顾念旧情。雷海青心中敬佩，敢不相助。”

李素炫并不知道，她心中隐秘旧事雷海青悉数知晓。初见时她跟在卢菡身后，面色赤红，窘迫得说不出话来，不想这柔弱少女却心如坚铁，卢菡已死十年，她仍倔强不肯相忘。少年心志几人当真，她偏就果然当了真。雷海青从未说破，心中对她格外怜惜，不论什么事情都想帮她，见她难过，便弹琵琶、奏筚篥与她听，想尽办法希望她能好过些。每想到也只不过是为她弹琵琶、奏筚篥而已，没法让她好过多少，又十分自责。

李素炫不住下着决心，想要叫一声师父，最终却仍旧没有开口，直到酉正时分，恹恹离开。

三月十一日，李素炫又到内教坊，临行前这是最后一次来见雷先生了。二人对坐，各怀心事，沉默不语，轮流弹着怀中琵琶，直到日色昏暗。告别时，李素炫回想无数前事，心头怅然，伤感说道："素儿几日后便走了，先生珍重。若素儿回得来……"

雷海青立刻打断她，目光殷切，语声温和，缓缓说道："素儿早些回来，待回来，即刻着人报与我知。每到逢一，我依旧在这里等你。"

日落时，雷海青一路送李素炫出了内教坊，又出了大明宫。二人一路沉默，李素炫走在雷海青身旁，如凭高山，只觉得他能为她遮蔽万世风雨。离开他，她就要独自面对，难免畏惧，只是一想到终究要回来，心中立时又有了胆量。

分别时，李素炫最后对雷海青行过一礼，想叫声师父。她怕自己回不来，今日若再开不了口，怕是此生都没有机会了。只是她努力多时，终究还是叫不出来，抬头看了看他，又立刻低下头。

雷海青见她迟疑，并未追问，只轻轻笑了笑。片刻静默后，李素炫狠狠咬了咬嘴唇，匆匆说了句"先生保重"，转过身去，泪水汹涌，逃一般快步走远了。

回到家，安静落座，李素炫心中后悔不迭，去时下了千般决心，到最后却又是什么也没说。她其实也不想说太多，只想叫一声师父、认真说个"谢"字而已。这些年来她常在雷海青身边，二人却很少深谈，彼此也很少问什么，更不需要解释什么。雷海青有盛名于世，人皆爱重他技绝海内，艳羡他一支琵琶换了天子礼遇，却没人知道他人前煊赫之下是数十年独自寂寞。世上没人能指教他或帮他，他无所倚靠，无所仰仗，日复一日艰辛磨练，遍历苦寒，没人知道他如何独自挨了过来。他为人温和、不狂傲，人只道他谦逊，却不明白，付出过太多以后，不管何等所获，都只能让人沧桑感慨，不会让人骄狂得意。世人越是赞叹雷海青天下绝顶，李素炫越是怜惜他人后艰辛寂寞，只是从不曾对他说起过。

此时，长安城中梨花盛放。李素炫屋里已然空荡无物，身后身旁架子上什么也没有，眼前案几上只师父昔日所赠小簸箕砚与些简单纸笔。屋中昏暗寥落，她调服心绪，压着心头惆怅茫然、无限不舍，也压着一片跃跃渴望。她将小井用竹帘盖了几层，行礼谢过几位麻兄与小金蛉历年陪伴，将院中石榴树委托邻家老妪照料，回身到了屋子，独自幽寂，过了最后几日。

三月十六日，李素炫去了一趟龙首塬，翌日，在废殿中独自静默，消磨了整个白昼。出发前一日，她去玉真宫见过玉真，得了千般叮咛嘱咐，一夜之后，清晨时分，随陈蘅车驾西行出开远门，向西北而去。车马缓行，地势渐渐高了些，李素炫回望东方，远处高地之上，便是龙首塬。

她出了车驾，站在路边，身后车马咿呀，缓缓碾着地上尘土石子，陆续驶过。她向东走了几步，下了大路，站在草丛中，向着龙首塬深深行礼。

“师父，素儿请辞。此去艰难，纵千山万水，素儿也一定回来，余生守在师父身旁，再不远离。”

# 第二章 敦煌

天宝十四载（755年）三月—六月

# 199

李素炫陪陈蘅同赴西域，陈蘅兴奋得几日睡不着。出了长安地界，送行官员回归，只剩大唐使节及罗喏国使节各率军队卫戍送亲队伍。陈蘅与李素炫各怀心事，各自躲在车驾里。李素炫觉得师父目光一直在她身后追随护送，直到看不见。这些年来，他一直就在她身边不远处，默默看着她，像她年少时那样陪着她。眼下她一步步离开，不知能不能找到些父母消息，不知可不可以抱着希望，但无论怎样她也要回来，回到师父身边，余生里守着他，再也不离开他。陈蘅心中格外凄怆，长安城在身后渐渐远去，她今生再也回不来，余生福祸不知，死后也要埋骨他乡。她自幼习武，不知吃过多少苦头，换来一副飒利健悍、身手不凡，可终究也逃不了弱女子命运。两国交兵也好，两国交好也罢，和亲女子不过是一件小小礼物，说送就送了。

连着几日，二人坐在各自车驾中，满怀惆怅，听车轮在脚下辚辚转动。几日后，二人心绪渐趋平缓，终于有心思说话了。陈蘅将李素炫拉到自己车上，二人一边看着外头景致一边闲聊。往日里许久才见一面，多也不过一二个时辰，如今整日在一起，许多知心话说也说不完，想起长安城来，一同惆怅，也难免一同落泪，又彼此劝慰。

半月多后，二人厌烦了乘车。此时迫近夏初，千里无云，日色晴明欢悦，闷在车子里头又热，又可惜了外头好节气、好风景。陈蘅乃是武人，本也不学那许多斯文繁缛，李素炫更是个胆大淘气的，二人下车歇息后没有再上车，看上了队伍后头一辆板车，无有轿厢，也破，也旧，只用来装运日常采买，以供路上炊煮，或运些草料。

唐使与罗喏国使都有些傻眼，互相看了看，一时无措。陈蘅日后是王后，罗喏国使不想得罪她，唐使也不想与李素炫顶，二位使节一商量，左右山高水远，皇帝管不着，由她二人淘气一番也无妨。即刻嘱咐手下人将一辆板车上草料分散到其他几辆车上，在车板上铺了张席子，又将二人空车驾调至前后，回头请陈蘅与李素炫上车。

陈蘅与李素炫也知道这要求有些无礼，只想爹个势，碰个运气，若使节或礼仪官不允，大不了再老实回车里闷着，不想二位使节转眼间竟然都安排好了。二人笑着谢过，一同上了车。旁边有仆役递了伞过来，李素炫嫌不好看，嘱咐人到自己车里取伞过来。

油伞撑开，遮了日光暴晒。伞很大，李素炫拉着陈蘅一同躲在伞下，周身春草细细，风也细细，头上一把碎铃铛窸窣响着，声也细细。二人看着四周风景，马车吱呀摇晃，如同摇篮一般。开心时陈蘅撑着油伞，李素炫弹起无伤，也动拨子，弹她五色琵琶。二位使节听闻乐声，时常忍不住催马靠过来，听得认真。天地空荡，行路枯燥，身旁竟有琵琶畅快，何其逍遥。

临行前，圣人询问陈蘅可有所请，陈蘅请赐明光甲，圣人应允，赐下明光银甲。眼下陈蘅起了兴致，教人取了甲胄，披挂整齐，腰仗利刃，一身银光雪亮。李素炫简单束发，别着木簪，腰悬紫箫金袋，着青白长衣，系着绦子，熏风吹过，仙袂轻举。二人相视一笑，各自上了骏马，一路狂卷烟尘，啸纵而去。

奔马疾迅，很快将车队远远抛开，二人身后几十丈有十几名侍卫，分作两队散开，在两侧后翼骑马跟随。前方坦途无边无垠，远山连绵，脚下平川，马蹄溅起红尘，滚滚汹涌。二人跑得尽兴，将车队甩开数里路程才放缓下来，歇息一阵，各处看看，若有河流，更要格外流连一番。

“素儿，你这赤骏果然了不起。我这马也是宫中挑了又挑的，比你赤骏却差远了。若非我骑术好过你许多，怕是要被你落下了。”

“我不大懂，不知道差多少。”

“寻常马匹一鞭能跑百十来丈，之后立刻慢下来，再加一鞭，再百十丈，又一鞭，又百十丈。至多三鞭过后，就不能再加鞭，要由着马匹自行跑动，歇缓过后再加鞭。若连续加鞭，通常半刻钟到一刻钟后，寻常马匹便撑不下去了。你这赤骏却不同，一鞭就能跑过两三百丈，能连续奔驰近两刻钟，稍微歇息体力便恢复过来。若多日连续奔跑，寻常马匹一日最多能跑一二百里，好马能跑三四百里，赤骏少说也能跑到五六百里。只是你这骑手着实不济，可惜了如此神驹。”

李素炫笑道："我骏儿是马中之龙，我不过寻常，自然是我配不上它。"

陈蘅问道："你可舍得将你骏儿让我骑阵子？"

"如何不可？"

二人换了马，不料却是李素炫比陈蘅跑得快，虽也不快许多，却眼见着陈蘅慢慢落后了。李素炫停了马匹，看陈蘅赶上来，哂笑着问道："你骑术好，怎么换了赤骏还更慢了？"

陈蘅摇头，又气又笑道："你骏儿欺生，也肯跑，却偷懒。以前在东宫马场我骑它时，它就不肯使力跑，我还以为是它嫌弃地方太小了，现在看，它摆明了就是糊弄我。"

"如此也是厚待你了。我常带它去东宫，你总照料它，它认得你，这才给你些颜面，跑几步。不然，你骑上去它便要将你掀下来，或一动也不动，凭你怎么打也没用。本还以为你能降住它。"

"这拧性子，像你，没人降得住。"

二人大笑不止，又将马换了回来。赤骏认主，见自己背上又是李素炫，十分欢喜，跑得卖力，只是稍微跑快一些时，李素炫便有些飘忽，手脚酸软，心里害怕，更不敢将赤骏催到最快，果然是可惜了它如此好脚力。若在精良骑士手中，不知它何等神骏。

队伍里没有老弱，走得快，一个多月过去，使节来报，道是长安至敦煌行程已过半。周围山水迥异，植被稀疏许多，连泥土颜色也渐渐不同。陈蘅与李素炫仍旧欢笑，心境却是迥异，李素炫思念师父，惦记长安城和长安城中亲故，难免伤感叹息，西域奇异，又是母族源起处，她又期待，无论年岁，来日终将回归长安，心中又安慰。她心绪繁杂交陈，言语不能诉，陈蘅心情就简单多了，不过是一腔惆怅迷茫，别无他者。只是二人都不愿过多展露，只不停说笑，又弹琵琶，又唱歌，又纵马逞性。

又半月，脚下渐渐变成锈红色，沙土参半，多有砾石。四处罕见嫩草，十分不解如何有那许多干草，枯索索的，当风抖着。到处看着也有些新鲜，也有些诡异，累日过后，又觉得无聊。天地之间长风如歌，如嘶如鸣，在耳边萧萧不尽，转眼间就被旷野吞没，唯李素炫终日弹着琵琶，弦声透彻，铮铮倔强。

"素儿填支曲子来唱如何？"陈蘅骑在马上，牵缰按剑，回头看着李素炫说道，“我在宫中屡次听人说你唱歌好听，还会自己制词曲，我却没听过。每次你到东宫来，都是我带你骑马。”

“好。”李素炫应道，看看四周，心里飞快想着，手上不觉间就缓了下来，只剩下轻轻拨弄，思索过许久后，手上果断起调，唱起了《苍梧梅令》。

赤霞晚，暮色奔云乱。晴川古道长安远，马踏胡尘，昆吾仗剑。

诗乐胆，不屑羌笛怨。五弦狂妄过天险，一曲琵琶，阳关唱遍。

琵琶本是胡人在马上弹的，可李素炫没在马上弹过。她弹琵琶很熟练，骑马也不太差，骑着马弹就不行，心里总是悚着，不敢弹些太过繁难的，聚精会神之下，她笨得从马背上掉下去也不稀奇。出长安城后她在马背上弹了些日子，好了些，可也没好太多。若是弹唱，不至于唱不好，琵琶上就不能太挑剔，在弦上挠一挠，有点声音就行。行路枯燥，这一点儿响动已是天籁了。

## 200

连着两月余，车队一路行经天水、武威、张掖、酒泉。这些地名史册中反复提及，李素炫曾多次读到，只是从前做梦也不曾想过竟真的能来。队伍走得很快，在每座城池都不过多停驻，甘州大乐、张掖鸿鹄等，也都来不及一一探访。李素炫盘算着，待使命完成，回程时有的是机会，陈蘅却不能再指望看得到了，她没有回程。二人压着心中幽思杂感，也乘车，也在板车上撒欢，道路平坦处又一同纵马狂奔。六月初，车队到达敦煌城。

自长安城出发到此，行程三千六百余里，一路上辛苦非常，一行人需要在此处休整十余日。李素炫只歇过一日，见过本地长官，便要到城里去看看。陈蘅也想四处看看热闹，二人并肩出了馆驿，站在门口，不知往哪边走，侍卫在后面等着。

“你不用管我，放我独自一人便好。”李素炫安静说道。

陈蘅看着李素炫，知道她四岁时，就是在这敦煌城里与母亲诀别。

“素儿，我问你个问题。”许久，陈蘅说了一句。

“你说。”

“你当自己是胡人，还是唐人？”

“自然是唐人。”

“可你母亲是胡人。”

“我弹汉家琵琶，读汉家诗书，却不通胡语，不知胡俗。我当自己是胡人，也无用不是？”

“那你为何要甘冒艰险，来西域寻你母亲故土？你父亲是长安人，你就在长安，怎不去寻他消息？”

“原来你是问这个。”李素炫笑道，“我只知道父亲李姓，是军人，长安籍，开元十八年前后在西域军中。可李是大姓，这样人不知有多少，根本没法找。若来了西域，找到母亲故乡，知道我身上刺青读法，回去请圣人帮助，允我查点军册，便可知道父亲汉名、出身和来源，左右不离长安城或长安城左近，我可以顺着寻过去。军册上还会注明是不是家中独子，族中人丁如何，或许我父族中还有亲人在世。”

“原来是这样。”陈蘅说道，也跟着伤感，“……难为你，盼了这么多年。”

“也不算难为，我也没太盼着。从前从没想过真的能来，本是一生也不敢指望。”

“如今你来了，此事便有指望。若你能找到亲人，我也为你高兴。”

二人相视而笑。

“既如此，我不扰你，你往左，我往右。”陈蘅说道。

李素炫点头，二人告别，果然一个向左，一个向右。眼下未出大唐地界，自然是唐使带人跟随陈蘅，罗喏国使便带着几名侍卫陪同保护李素炫，李素炫嘱咐他们远远跟在自己身后便好。走不过片刻，拐了几个弯，到了城里人多热闹处。

敦煌城乃是赴西域途中第一等大城，十分热闹，商铺、饭铺、酒肆、客舍众多，汉人固然多，胡人也多，长相各异，着各方服色，说各种异域言语，有些词句李素炫能听懂，大多还是不懂，不过多数人还是说唐音。李素炫听着耳边声音杂乱，顾不得新鲜好奇，不停在街上走着，每遇到一处客舍，便忍不住停下来张望片刻。胡商行经此处，都要在客舍住宿，她不知道当年母亲是将她直接送到客舍，抑或是胡商在别处接过她，带回客舍里。过了二十一载，当初那间客舍也说不定没有了。

李素炫一边走，一边默默唱着母亲旧日歌谣，努力要回想起什么来，却又什么都想不起来。她心中难过，眼中噙着泪水，在街市上游走，恍如魅影。

许久后，她缓和了些，又重新逼着自己开心，拿出好奇来四处看。走到主街尽头，道边是一家酒肆，她想了想，走进去招呼过，问店家要了壶酒。店家请她坐好，将酒端上来，接着，看着她肩头无伤，渐渐笑起来。

在敦煌城里开店的定然会说唐话，这店家虽是胡人，说起唐话来却是口齿清楚，又十分客气有礼，一番问候夸赞铺垫得足够了，便问李素炫可不可以将她琵琶弹一曲来。

李素炫点点头，解出无伤，抱在怀中。尚在轻轻校弦，旁边几人见这中土琵琶形制迥异，且竖抱、手弹，立时围了过来，满面好奇，又不断回头招呼友伴，李素炫身边很快围满了人。周围都是生人，开店的是胡人，店里来的也几乎都是胡人，李素炫也不怯场，将无伤轻弹起来，唱着母亲旧日歌调。去岁在平宁寺染了时疫，昏沉中她将旧日琵琶调子清楚记了起来，眼下畅快弹着，伴着歌咏。

单论样貌，在汉人眼中，李素炫是西域人，在西域人眼中，她是汉人。周围人越聚越多，眼见一汉家女子生得秀丽明媚，弹着别样中土琵琶，唱着西域歌谣，众人十分惊异。一曲后，众人纷纷高声叫嚷起来，有个会说唐话的笑着对李素炫说道："众人都请你再弹一支来。"

"好。"李素炫点点头，并不相拒。一曲罢了，众人又嚷，她便再弹一曲。

周围人越聚越多，围了几层，外头的使劲往里头挤，里头的死扒着地方不放。李素炫也渐渐来了兴致，数曲后，手上陡然发力，弹起了武曲。众人愣了片刻，立时欢呼起来。自去岁雷海青指教之后，二人耗时一年研磨武曲手弹之法，又将诸多新弹法用在武曲上，到眼下一年多，已初有了模样。敦煌城中无人见过，众人一时痴狂迷乱，跟着节律呼喊不停，有人耐不住浑身躁动，跑到屋子中央一掌推开桌子，跳起舞来。店外人好奇，又拥进来许多，只听过片刻，也跟着发疯般呼叫舞蹈起来。

店门口处罗喏国使不知道里头出了什么事情，立刻赶过来查看，几下便将众人分开。李素炫安慰了几句，告诉他无妨。罗喏国使松了口气，却没有离开，抱着佩刀站在李素炫身边。恁般个彪形大汉，虎着张脸，周围人也没给吓退，还是围着李素炫不停说好话，讨曲子来听。李素炫见众人如此兴奋，不忍停了手上琵琶，将精熟乐曲连弹几支，渐渐换了些舒缓调子，又渐渐慢下来，直到停下。

众人听得认真，至此方松弛下来，围着李素炫说笑不停。有些人说话李素炫听不懂，却能听明白人是在夸赞她，也开心。众人里有一人着胡服，却是汉人，他很热心，将旁人夸赞言语一一用唐话与李素炫讲了。

李素炫出门时总带着琵琶，她自己不一定何时就想弹一弹，若遇上生人，一时无话说，有琵琶就轻省，给人弹一曲，比刮净肠子硬找话容易多了，若有事请人帮忙，几曲琵琶过后，什么都好办。眼下她抱着无伤一一向众人致谢，转身将无伤放好，问店家讨了纸笔来，将自己身上刺青写下来，对那胡服汉人说道：“在下生于西域，五岁时到了长安城，今特来访求父母消息。这刺青自我幼年时便在我身上，人道是我父亲名字，我不认得，请先生帮我问问可有人能识。”

那人点了点头，将纸张示与众人观看，口中说着唐话，又连续说了几种胡语，将事情讲了。众人都想帮忙，一个一个挤上前认真看过，却又都摇头说不认识。

泪水一下从李素炫眼里涌出来，接连滚落。她心性刚强，并非柔弱女子，却生得身轻骨细，眉眼清秀，招人怜爱。众人方听了她琵琶，正是高兴，眼下看她难过，心下同情，纷纷安慰。人群中有一人说道：“你这文字我虽不认得，但看上去与疏勒文字很像，或许你可以到疏勒那边问问，只是太远了些。”

苏获曾说过这是西夜国文字，彼处现名朱俱波州，辖于疏勒都督府，距敦煌城有三四千里，李素炫也知道，这敦煌城里无人识得西夜文字实为寻常。只是她在长安城打听了二十年，执念深切，又行经三千余里，一路辛苦到得此处，心中太过渴望，又陡然间失望，一时难忍伤心。

李素炫泪水汹涌，却很快止住了。她擦了擦泪痕，行礼谢过众人安慰。

众人见她心情好了，松了口气，说笑着陆续告辞离开，罗喏国使放下心来，到了略远处等候。那胡服汉人也要离去，李素炫立刻行礼相留，并招呼店家又取一只盏子来，亲自斟酒，双手奉到那人面前，客气询问本地风土人情。

那人也不推辞，与李素炫一同饮酒，讲了许多城中景致，何处有寺院、何处有大市所、有何不同物产等，最后又说道："你走了这许久才到得此地，一定要多盘桓些日子。城里无非些房屋、商贾、各色酒食、货物，你在长安城什么都见过，大约也不稀奇。只是此地风俗不同，颇有趣，可寻个晓事的，带你四处看看，若无事，可去城外四周看看。"

"不知城外有什么好景致？"

"出城不远有月牙泉、鸣沙山，崖壁上开有石窟，窟内有壁画，可以去看看，或捐资请人写经供奉佛祖。此地经生众多，多有善书者，书体甚佳，只是写得好的价钱贵许多。还有，这里羊肉好吃。"

那人说着笑了。

李素炫对羊肉没什么大兴趣，倒是听这人说到壁画与写经，心中一动。

两人又聊了阵子，客气告辞。李素炫缚好琵琶出了酒肆，站在大太阳地里发呆，不知道还要往哪里去。这会儿她冷静了些，知道在这敦煌城里肯定是打听不到什么了。

"不如先回馆驿歇息，这一路走过来也不轻松。"罗喏国使好言劝慰道，"先生若有兴致，在下着人安排，请个向导来，明日去城外看看。"

李素炫也只得点了点头。

## 201

回了馆驿，李素炫从行囊中取出小簸箕砚来，研了墨，铺下纸张，拈笔取墨，默写起《心经》来。不过二百几十字，一笔一画认真写，半个多时辰也写完了。李素炫收了笔墨，心满意足。

陈蘅在她旁边看了许久，见她放下笔，笑道："素儿这字又写得好看许多。"

"看写什么。若是寻张花笺，录一首相思送与心上人，或是与好友写一封短函，约个日子饮酒，果然相宜。读书听讲时记些句子、想法，也还好。若写经，略有些不够端严庄重。旁人都说我字好，可我练字是为了写经、录典，眼下还是差许多。"

"你可有心上人？可与人写过相思？"李素炫说了这几句，陈蘅单独听了这一句出来，笑着问道。

"没有。"李素炫摇了摇头。

陈蘅又问道："那眼下又怎么想起写《心经》了？"

"出城不远处有鸣沙山、月牙泉，有历年石窟，窟内有壁画可看，还可以雇请经生，写经供奉佛祖。写经这事我自己就行，不用请人。《心经》短些，随意便写了，姑且与佛祖做个见面礼。若有空，再写卷长的。"

陈蘅也听人说过鸣沙山、月牙泉，也想去看看，来寻李素炫本就是为了此事。二人主意相投，立刻商议好了。

第二日清早，二位使节请了向导，带领几十名侍卫陪同陈蘅与李素炫出了城，直奔石窟所在。仆役、车队、辎重等留在敦煌城馆驿中，拜托本地官员照料。

出敦煌城不远便再看不见人烟，四处沙尘重重，微微猩红。地势平坦，并无高山，只有许多小丘尖耸，也不高，形状少见，仿佛横挥利刃砍斫出来一般，前后左右阴影交叠，或深或浅，如浓血淡血、新血陈血。风从那些尖耸小丘中急速穿过，撕出裂帛之声，尖锐刺耳，掠过人侧时，如同白练被狂风卷起，细刃般抽打过脸颊。向导说，那里是鬼城，那些尖耸小丘中有鬼魅万世长驻，到了深夜，会在风中发出哭泣声，凄厉可怖。

这类景致来路上看过许多，只是没人说起"鬼城"二字。眼下晴空烈日，没什么好怕的，只是看看周围，想想夜里，再想想鬼，想想鬼哭，大约果然可怖。向导一边说也无须太过害怕，一边也说最好不要过多逗留，一众人纵马快行，半个多时辰后远远看见了绿洲。只那一片绿色，叫陈蘅与李素炫立时放下了心。

二人信马由缰，慢慢走到水边上。此处竟然四处润泽，树木森森，又遍布芦苇与水草，有水鸟嬉戏。风吹过，芦苇草尖互相擦着，沙沙作响，回想起方才鬼城来，叫人觉得一片眩晕错乱。大漠雄奇绝险，赤地千里，落日熔炼，激发胸中血气，看久了却叫人心里隐隐生出惶恐来。长安丰润，八水相绕，草木呵护了多少生灵，大漠中却是寸草不生，唯有沙石滚滚，骄阳怨毒，万物枯燥焦干。忍着心头一点慌乱，忽然见这一片绿洲，叫人何其安慰。

月牙泉泉水清冽透彻，水面不很大，长不过七八十丈，阔不过二三十丈，若是在长安城外再寻常不过，在这浩荡沙海中却是莹如琉璃，映着天空碧蓝、白云如玉，静谧安宁，又摄人魂魄。鸣沙山离月牙泉不远，一行人很快到达。周遭没有外人，陈蘅将侍卫远远支开，尽兴欢闹。她与李素炫都穿着猎装，行动轻便，在沙坡上爬上又滑下，听着沙鸣如巨雷滚滚，忍不住又呼又叫。

有生以来，李素炫从未玩儿得如此忘乎所以，她什么都不想，也想不起来。太阳暴晒在额头上，明晃晃刺眼，她连身边近处都看不太清楚，眼前沙山朦胧，心中只一点清晰，厝动手脚，沿沙山攀爬，又滚落，也不顾什么风雅韵致。连爬了十几趟，累得动不了，才在沙山背阴处老实坐下歇着。

“这沙子竟然是五色的。”李素炫将袖口、靴子和衣领里头沙子抖净了，又将头发解开，也将沙子抖净了，留了点儿在掌心里，盯着看了许久。

“听使节说过，果然是五色，细小均匀，不离近细看就看不出来。”

两人闲聊着，耗了些时候将身上细沙落净，又消了汗，这才站起身来。方才疯得狠，又不曾有过这等玩闹法，当时不觉得，现在劲头上来了。二人走在沙上，陈蘅尚好，李素炫只觉得腿脚都软了。

天很快黑了。此地有寺院可以借宿，但这一行数十众俱携兵刃，陈蘅与李素炫不想搅扰出家人，嘱咐二位使节带领士兵在鸣沙山下扎好营帐，就近取泉水炊煮。荒野无人，她两个不嫌弃简陋，倒觉得有趣，简单吃饱，互相拉着跑到高处，并肩坐下来，看着漫天星斗。

李素炫从没有见过这么多星星。长安城中，终南山里，星空清晰洁净，镇定，淡漠，不狂迷，群星冷光尖锐，颗颗分明，恒久相望，又寂寂相隔。在这里，星光狂野，浓烈炽热，彼此勾连映照，接衔成片，穹隆斑驳，天河恍惚，如牵薄云，如覆微霜。光芒深处有淡淡瘀紫，星有伤，伤有痕，将愈未愈，轻掩于一片雪亮之中。

李素炫知道，她真的离长安很远了。

第二日清早起来，众人都缓了过来。李素炫很欢喜，随意吃了几口，梳洗后未着猎装，而是换上长衣，束了头发，别好木簪，负无伤离了营地，想要绕到鸣沙山后断崖处，去看那千洞佛窟。陈蘅对壁画无甚太大兴趣，带着侍卫又闯入沙海。

鸣沙山下荒芜，无一丝草色，四处不见水源，却有飞虫。晴空赤日，头上有万丈金光，面前崖壁立陡，沙色苍肃，一派沉定。大漠绝寂，无穷无极，在此处一并凝止，只一丝风，如弥留时一缕气息，能贯恒宇，能穿永宙。崖壁上有无数佛窟，李素炫拾阶而上，见洞窟有大有小，果然大都有壁画，极端庄精美。只是稍大者略深处便十分幽暗，只门口处一点地方照得见阳光。

侍卫在山下看守赤骏，只罗啫国使一人陪李素炫上了鸣沙山。国使知道李素炫性子，在后头不远处跟着，李素炫负着琵琶，独自走在前头，一个一个洞窟看过去，看着画上法相庄严，心中不住回想佛经故事。卢楞伽多画寺院壁画，她跟着看了这七八年，听他讲过许多，眼下也能看出些门道来。各处线条行布、设色对比并人物错落、疏密开阖，何处率真、何处匠心，与中土佛画有何异同，都一一看得出大概来。她一路走，一路看，心中生出欢喜。

上到第三层，尽头处有一窟略大些，初看时里头漆黑，又看，隐约有灯烛人影。李素炫走进去，渐渐看得清楚了，原来洞窟深处燃着许多灯烛，照得也清楚，一老者正在墙壁上认真作画。他中等身量，与卢楞伽一般，穿着粗衣，满身颜色，十指苍黑，头发也有些乱糟糟。墙壁上画作行线完备，老者正在耐心布色。

李素炫不敢相扰，向洞口处退了几步，安静看着。许久后，老者手上劳作告一段落，回过头来。看他已不年轻，却也猜不出多大，四十多，又或许五十多，又或许六十多，都有点沾，也都不很像。老者向前走了几步，周身亮了些，李素炫这才看清楚他穿着件破旧僧衣。

她连忙行礼道："在下打扰了。"

"不扰、不扰。"

老画僧说着，打量着李素炫。她站在洞口近处，光明刺目，看不清眉目，只看得出是个轻盈女子，穿了身浅色长衣，衣袂与丝绦叫微风掀着，轻轻摆拂着。

"先生画得好。"

"多谢夸赞。"老画僧随口答道。

李素炫笑道："在下不是无话可说，信口奉承。先生果然画得好。"

"你可是画师？或者会画？"老画僧看着李素炫肩上无伤，迟疑问道。

"我不是画师，也不会画。只是，我有位好友是有名画师，他与我讲过一些，我能看懂些许。先生画得果然好，可惜我不会，不然一定临摹几张，带回去送给我那位好友，他肯定高兴。"

老画僧听李素炫如此夸赞，立时得意起来，拍拍两手，拍拍身上，捡起个蒲团来也拍了拍，丢过去叫李素炫坐下。

"丫头过来歇会儿，我也歇会儿。莫嫌土大，没法子，我这里就没什么干净的。不过也就是土，这里又干，沾一身也无妨，拍拍就没了。"

李素炫并不嫌弃，她自己在家里时，也时常坐个破垫子，在石榴树下择韭菜。她笑了笑，道了谢，走过去在蒲团上坐好，将无伤从肩上取下，横在膝头。老画僧看了看，问道："你会弹琵琶？"

李素炫点点头。

"可弹与我听听？"

"好。"

李素炫应道，解出无伤，抱好，轻弹。洞内凉爽，人心不躁，也不消急什么，柔和弹便是了。老画僧听得沉浸，如醉甘醴，闭上眼睛，跟着琵琶声轻轻哼着。一曲净淡过后，李素炫略顿了顿，手上一转，陡然着力，弹起了《郁轮袍》，十指矫悍，弦声如拆，曲意冲折。老画僧吓得连忙睁开眼睛，盯着李素炫两手，看到呆傻。李素炫停下许久，他仍旧盯着无伤，一脸惊异，许久喃喃说道："我还没见过弹这么好的。"

李素炫笑了笑，将无伤横置膝头，行礼说道："先生可否也为在下弹一曲？"说着指了指墙角处，那里横放着一支琵琶。

"可以。"

老画僧痛快答道，转身将琵琶取了，将垫子挪到亮处坐好，开始调校弦律。李素炫这才将老画僧浑身看清楚，仍是不敢猜测他年岁，只看到他脸上皱纹堆叠，深如斧凿刀刻，身子有些佝偻，腿脚也不便利，再看两手，指节粗大变形，很不灵便。

李素炫突然想起卢楞伽曾说过，有画师常年在洞窟里作画，日日生受阴冷，多有痹症，浑身关节变形肿胀，不过三四十岁已几近残废，想来这老画僧便是如此状况。看他两手如老树根瘤，皮肤糙厚，手指都伸不太直，与卢楞伽一般也缠着细布带子，只是比卢楞伽手上的还脏还破，想也是屡受风寒，吃不住疼。李素炫将那两只手反复看了几眼，暗自思忖，这手若说勉强夹得住笔，以腕力控制行线布色，还能想得来，却实在想不来他怎么弹琵琶。

好奇之间，老画僧将弦调好弹起来，有些不好意思，说了一句："就是我这琵琶太破了。"

李素炫好笑，心想："果然是太破了些，只是从前不破时也不是什么良造。"

老画僧弹得很是轻松，两只手明明看着笨拙，竟也不错板眼，弹的不是什么繁难曲调，胜在熟稔随意、任性洒脱。他那弦也粗糙，手也粗糙，弹出声音来总觉得琵琶是个漏的，只是曲调舒畅轻快，手上又利落不迟疑，趁着糙声音，一副憨人傻快活，倒是相宜。

一曲完毕，老画僧又重新调校弦律，李素炫敬佩道："先生这琵琶右持，虽说少见，却也不是没有。只是寻常人若将琵琶右持，弦便要反向排布，先生这弦却是正向排布，两手推拉弹挑都要反着，实不易弹。在下佩服。"

老画僧低头看了看，随口说道："忘记了。"接着将琵琶交到左手上，又弹起来，仍旧弹得流畅随意。

李素炫目瞪口呆，吓得不轻。

老画僧随意又弹了一曲，又开始调校弦律，李素炫近乎呆傻，结巴着问道："先生两边都能弹？"

"是。"老画僧拧着轸轴，随意答道，"若左手取了，便左手按弦，右手持拨；若右手取了，便右手按弦，左手持拨。"

李素炫话都说不出来，傻看着老画僧调弦，仿佛没见过一般，许久，弱弱问道："先生是怎么想到两边弹法都要练一练的？"

"我也不知道应该是个什么弹法。"老画僧挥挥手说道，"我很小时师父丢了这支破琵琶给我，我不会弹，只记得见过别人弹时是一手按压，一手持拨，却记不得左右，就随便弹了。后来在城里见人弹琵琶，才晓得自己弹错了，就换了过来。只是经常想不起来，糊涂着就弹了。小时候还不打紧，后来画壁画，连着将飞天手中琵琶画反了几次，挨了师父教训，好几回才长记性。如今画是不会画错了，弹还是时常弹错。"

"左持右持不打紧，但能弹得好，便不叫错。只是，天下抱弹皆左持，右持弹奏者罕见，先生这两边都弹的，在下只见过先生一人。"李素炫笑道。

"我倒果然好奇想问问，为何天下抱弹皆左持？"

"也不是不可以右持，只是师父一定是从左持教起。左持为常，右持为异。"

"却是为何？天下许多抱弹，为何皆以左持为常？"老画僧随意问道。

李素炫答不上来，仔细想过片刻，仍旧答不上来，一时噎住。老画僧不过随意问了一句，见李素炫答不上来，十分惊奇，道是如此高手，怎么这么个小问题也答不上来。

李素炫渐渐额头冒汗，心想："我弹了二十年琵琶，曲项直项都弹过，连同大小五弦、大小四弦、各色阮咸、弦鼗，凡天下抱弹都碰过，却从没想过这个问题。若单论弹奏，这老汉远不如我，却一句话将我问死了。"

想了半晌，毫无头绪，李素炫只得摇摇头，红着脸说道："此事在下实在是不明白。"

老画僧咧嘴笑笑，又说道："你那琵琶真好。"

李素炫立刻将无伤捧起，奉与老僧，说道："先生可以试试，我这琵琶果然好。"

老画僧却连连摆手道："罢了罢了。你这琵琶宝贝，定是你心头爱。我这手上身上都有颜色，手上还糙，不敢碰你琵琶，怕给蹭花了。再说我也不会弹，配不上你这好琵琶。"

"先生莫要总说自己不会弹。"

"可不就是不会弹，不过是黑弹。"

"黑弹？"李素炫好奇问道。

“不会弹，瞎想着弹，叫黑弹。不会画，瞎想着画，叫黑画。我可是个好画师，这几百窟壁画是多少人历代画下来的，比我好的不多。但琵琶真的不会弹，就是个黑弹。”

“好……黑弹。”李素炫点头，哭笑不得。

二人又聊了阵子，李素炫听老画僧说，他少时发过宏愿，此生虔敬佛法，愿以画技行内布施，数十年来在佛国游走，每到一处，与人画上三五年，人供他简单衣食与作画所需便可。窟中昏暗，左右也要燃着灯烛，不指望日光，时常不知日升日落，糊涂着画到深夜也是常事。

老画僧常年独自作画，虽不寂寞，却也喜欢与人聊天。见李素炫秀丽可爱，又和气有礼，很喜欢与她说话。也无什么要紧事，不过些黑弹琵琶、细画菩萨，絮叨着说了许久，见李素炫都听得明白，格外喜欢与她多说些。

临近中午时，老画僧拿出几个干裂胡饼来，问道：“丫头可是饿了？”说着拿起张饼来，掰了一半递给李素炫。

李素炫迟疑道：“我若接了，怕先生吃不饱。”

“无妨，足够多，吃得饱。你别嫌弃就好。”

“白吃人家饭，嫌弃什么。”

李素炫笑着将胡饼接了，啃了两口，硬邦邦的，也啃得下来，也嚼得动，只是嚼不细，干巴巴的不好咽下去，如吞沙子一般，十分刺嗓子。老画僧见了，在角落处捡了只盏子，刚要倒水，想了想，起身往外走，边走又回头对李素炫说道：“想你也不嫌，只是洗干净更好些。”

李素炫好笑，也不拦着，片刻后老画僧回来，将盏子里注了水，递给李素炫。李素炫就着水，将大半张胡饼都吃了，也不算饱，好歹不饿了。老画僧没李素炫金贵又娇气，大口将胡饼咬了，简单嚼几下，囫囵吞了，又从墙角处摸出个破盏子来，也不洗涮，直接注了一盏水，一口气饮了，又注了一盏，又一口气饮了，也不是小口细啜，而是咕嘟嘟大口饮下，如饮牛饮马一般，接着丢下盏子，手边摸起个旧帕子来，擦了嘴角。

“我接着画，你与我弹琵琶如何？”

“好。”

“这里头冷，你要是受不了，就坐到洞门口。只是太阳毒，别出去晒，靠近洞口处就行。”

李素炫点了点头，想起卢七来，他也总是如此嘱咐她。老画僧将四下里简单收拾了，又开始画，李素炫将蒲团往后挪了几尺，又开始弹。看看外头，依旧是晴明赤色，日光暴晒，远天蓝湛。窟中微微阴冷，一时也还受得住，李素炫弹着信手，看着老画僧安静忙碌。

“卢七若看见这些壁画，不知要多开心。”

稳当过了一下午，日头压低，夕阳如葡萄酒般赪赤光耀，从洞外头直直照进来，照得李素炫青衣雪亮。老画僧停了画笔，想歇阵子，回头看见李素炫在一片酒红色夕阳中闲散端坐，眉目清爽，神情怡然轻快，周身金光飞旋。

老画僧呆呆看了好一阵子，待李素炫两手停下，问道：“你明日可还来？”

“先生若允我继续看画，我就来。”

“可还带你琵琶来与我弹奏？我要画琵琶天女，总是画不好。旁人说好，那是他不懂，我自己知道不好。我没见过天女，也没听过好琵琶。”

“如此，在下明日还来。”李素炫答道。

二人约好了，开心行礼道别。

## 202

回了歇宿处，李素炫问人借了茶事来，坐在院里动手烹茶。此处茶叶青黑，要格外碾碎，滚水中煮过许久，茶汤浓烈呛口，醇香冲撞，回甘霸悍，与中土味道十分不同。正啜饮间，陈蘅走进来，一身疲惫，李素炫招呼她坐下饮茶歇息。

“长安人饮茶都要加酪乳，或加果仁，使盐调味，唯宫中有清饮之风。我许多年不曾饮这加料茶，今日重新尝尝。此茶刚烈有性，倒比酒冲，不加料同煮，还真有些受不了。”

李素炫手上摆弄着，说着，烹好后盛了一碗，递给陈蘅：“我今日拿这当作晚饭就行了。中午吃了多半张胡饼，干巴巴的，眼下堵得慌，好像吃的是石子。你今日浪到何处去了？”

“纵马大漠，豪情万丈，累得半死。”陈蘅笑道。

李素炫打量了一眼，见陈蘅满头满脸都是汗涔涔的，笑她道：“你都累成这般模样，还不知你马有多累，那沙子里头人走路都格外费事。不如明日你骑骆驼。”

陈蘅顿时来了兴致，立刻嘱咐人明日清早将骆驼备好，回头又问李素炫道：“明日你跟我一起骑骆驼四处看看如何？好容易来了，此间景致你回了长安城可是再看不见了。”

李素炫摇摇头说道：“我明日要与人弹琵琶，看人作画。”

“你都跑敦煌来了，怎么还要与人奏琵琶？”

“能换了看人作画，也不亏。”

李素炫说着，将今日遇见老画僧及老画僧所问题目与陈蘅讲了一遍。陈蘅也不说话了，沉吟片刻，挨着李素炫坐好，跟她商量。

“抱弹者果然皆左持……你一说我想起来了，凡兵器需双手配合使用的，也都是左持。射箭，左手持弓，弹弓也是左持，小弩机也是左持。总之上下左右忙来忙去的都是右手，端持不动的都是左手，也有人右持，却都以左持为常。”

“我不信是撞上的，其中定有缘故，只是我想不透。”李素炫说道，苦恼不已。

陈蘅想了片刻，问道：“会不会是人右手更灵活，故而将难的交给右手来做？”

李素炫摇头道：“你兵器事我不懂，但只就琵琶论，丝毫不觉得左手更容易、右手更难。”

两人都不说话，默默思索，许久后陈蘅突然恨恨说道：“你这碎女子十足可恶，好好的天，又有人跟着伺候，不出去玩儿，偏要问这么个缺德问题。若是今日想不出个四五六来，晚间我怕是觉也睡不成。”

李素炫笑笑，没有答话，又想过许久，小声说道：“我想了个说法出来，不知道对不对。”

“你说，若是对了，我今夜就能安稳睡觉了。”

“你我从长安城出来，这还未入西域，各处风俗便是迥异，故此这左持，想来不是因为风俗，不然不可能天下都一样。”

“有道理。”

“但这左持又定然有缘故，定是人和人有些相同处，所以各色乐器兵器才都是左持。我想了想，各处人有何相同处，想来想去，不过是长得相同，不同的只是面孔，身上都长一样。”

“有道理，你继续说。”

“我想，人心在左，大约人有意无意要护着心口，故此左手只在胸前，右手忙远忙近。”

陈蘅思想过片刻，连连点头道：“素儿说的是。我习拳脚，师父也说要将左拳护着心口处，右拳出击。有人想反过来，师父不让，说你弹琵琶、射箭随便，若斗拳脚，最好左拳护心，不然危险。”

“我这就是猜的。”

“没关系，我就当你猜对了。”

李素炫松了口气，笑着对陈蘅说道：“如此你今夜可以好好睡觉，我明日去见老先生，也不怯了。”

陈蘅欢笑，进屋盥洗更衣去了，李素炫继续烹茶，心中爽快十分。

第二日一早，李素炫又带着无伤去寻老画僧，罗喏国使依旧嘱咐士兵在底下等着，照看赤骏，他自己跟在李素炫后头，一直跟她上到第三层。昨日李素炫在老画僧处开心，将国使忘了，害他在外头晒了几个时辰，李素炫心里十分抱歉。

“这整座山上都没几个人，不会有事，你不用跟着我，太辛苦了。”

国使笑了笑，简单说了句“无妨”，抱着刀走到一边去了。

“你可以到旁边洞窟里等着，不晒。”李素炫追着说道。

“那样你有事我听不到。”国使头也不回说了一句。

李素炫也知道，国使使职保卫，不敢远离，只是这种事寻常人多半会偷个懒，或找个寻常侍卫来遭罪，这大汉却瓷实得很，非要亲自跟着。

“罢了，胡人大都没那么多心眼，由着他。他那么黑，估计也晒习惯了。”

李素炫转身走到尽头处昨日那间洞窟里，老画僧已开始画上了。昨日里他说过，此处无宵禁，他天不亮就到，或是半夜才回，很寻常。李素炫在洞窟口处站了片刻，双眼习惯了，向里头走了几步，静静候着，待老画僧放下笔，方上前行礼相见。

老画僧见李素炫果然带着琵琶来了，非常高兴，递给她一只新水盏，又将水壶给她。

“我先将上头那一点儿画完。”

“好。”李素炫点头应道，歇了片刻，解出无伤轻轻弹起来，边弹边看着老僧作画。

老僧画到了墙壁右上角落处，站在个木架子上，仰着头，举着手，看上去画得很辛苦。李素炫弹得很轻，不敢叫声音大了，更不敢忽大忽小，也不敢忽然断了，手上虽然不难，心中却是端着谨慎。若不是这些年经常与卢七弹信手，早弹得熟了，眼下一时怕还稳当不了。

一边弹一边看，李素炫忽然察觉到异样。老僧正画着右上角处，右手不易施展，他竟然是左手执笔作画。李素炫瞪大眼睛想了许久，分明记得昨日他是右手画的。一诧异，手上便松了，板眼微微乱了些许，弦声也有异常。她吓了一跳，慌忙提醒自己小心，收了心思，暂且认真弹琵琶。

许久，老画僧从架子上下来，晃着腰身缓解片刻，嘱咐李素炫将垫子拿到洞口暖和处。李素炫一边往洞口处挪着，一边好奇问道：“先生左右手都能作画？”

“正是。”

“那什么时候用左手？什么时候用右手？”

“看笔在哪边。在左边，左手拿起来，左手画；在右边，右手拿起来，右手画。也看画哪边，左犄角右手画，右犄角左手画。”

“怪道先生两边都能弹琵琶。”李素炫笑道。

两人坐好，各自在水盏中注满水，闲谈起来。李素炫将无伤横置膝头，行了一礼，说道：“先生昨日所问，在下回去与友人商量许久，我二人猜了个答案出来。”

老画僧立刻来了兴致，点了点头，李素炫将昨日猜测讲了一遍，最后又补了一句道：“这也是猜的，不知道对不对，只是我觉得还能说得过去。我腰间这箫不曾吹过，若吹起来，也是左手在上，在心口处盘护，右手在下，离得远。”

李素炫说着将腰间紫箫解下，拿在手中比画着。老画僧非常高兴，连连点头夸赞李素炫聪明。李素炫松了口气，端起盏子来，老画僧抽冷子问道：“既如此，为何横吹皆右持？”

李素炫差点被呛到，慌了片刻，镇定下来，想了想，答不上来。呆了阵子，勉强答道：“想是横吹右持时，左手相护于心前，若是左持，两手都远，倒将心口处露出来了……”

李素炫说着说着，不敢说了，尴尬不作声。老画僧见她模样可爱，笑了起来，不再追问，只掇过自家那支破琵琶又弹上了，声音如同不停挠着个破旧空盒子。弹过一阵子，老汉停了下来，李素炫起了玩儿心，心想：“我弹过那几支琵琶里，最差的也比这支好得多，不如试试这支破的，以前还真没弹过这么破的。”

她想着，向老画僧借琵琶来弹，老画僧爽快，立刻将琵琶递给她。她抱着支破琵琶，左右手都在弦上试了试，其声嘲哳糙厉，手上倒觉得尚可，顺着便轻轻弹起来。弹不多久，一曲只一小半，忍不住停下来问道：“先生这弦怎么弹着弹着就不对了？”

老画僧指了指说道：“这轴子坏了，弹着弹着就松了，音自然要跑。”

李素炫傻眼道：“这如何是好？”

“趁板眼有空处，手伸上去拧回去就行了。”老画僧随意答道。

回想一下，老画僧确实经常趁空处上去拧一下，李素炫并没多想，原来是如此缘故。她叹了口气，调了弦轴，稳了心神，又弹起来。果然一曲弹了不到一半，音又偏得多了。只是她边弹边找空处，找到了却又不敢伸手，一个失神便错过，又等下一个，又不敢伸手，连着错过几次。又到空处，咬咬牙，左手伸了上去，却立时乱套，跟着右手也丢了，只得停下来。

老画僧在一边笑个不停，李素炫也笑，却又不服气：“这个应该不难，先生容我再试几次。”

试了几次，果然顺当了，到空处，左手利索伸上去，拧一下，利索回来。只是拧那一下太仓促，不是多了，就是少了，或者没拧动。李素炫勉强弹完一支曲子，叹道：“在下认输。”

“其实你要是拧不好，还有个法子。”老画僧说道。

“什么法子？”

“将弦按实了，向外拉着些，弦绷得紧了，音不就准了。只是你得留神，那轴子会越来越松，你得越来越拉得紧些，推也行。等轴子足够松了，就不用推拉了，左手整个往下挪一柱按弦便是。”

李素炫哭笑不得，摇头道：“我还是弹我自家琵琶好了。”暗自想道：“从前觉得自己会弹琵琶，什么琵琶都能拿来弹。罢了，以后这话我再不说了。”

临到中午，老画僧问道：“丫头是不是饿了？”

李素炫连忙说道：“我今日自己带了午饭，还给先生也带了。”说着转身从包袱里拿出古楼子来，两手捧着放在老画僧面前，又突然想起什么来，又转身去找包裹，从中取出四枚细锥来。

“先生，我自长安城来时，带了些管笔。这笔是我师弟制了送给我的，专门用来画线。先生试试看称手不称手，若称手，这四枚便奉与先生。”

老画僧好奇，接过细锥看了看，即刻开了一支，取墨在草纸上画起来，只几根短线画过，大呼开心。李素炫见他高兴，也跟着高兴，只是忍不住心疼那几块古楼子。送亲队伍中有宫中厨人相随，昨日在敦煌城里买了精细面粉，混了上好酥油、香料、果仁，精心烤了，着人骑快马专程送到此处，味道比那干硬胡饼可好多了。老画僧光顾着试用细锥，将古楼子随手拿起来放进口中，嚼了三四下就咽了，压根没尝出好吃来。

老画僧满心欢喜，连连向李素炫行礼道谢。吃过古楼子，又找了水饱，二人收起谈笑做正事去了，老画僧继续画，李素炫继续弹，谁渴了自己去倒水，冷了就跑到洞口暖和一阵子。日头略压低，老画僧催促李素炫回去。

“此间不宵禁，晚了却是漆黑，行路危险，还冷。莫耽搁了。”

李素炫道谢，缚了无伤，与老画僧告辞，趁天色还亮着，回了宿营处。

## 203

陈蘅已经回来了，在院里烹茶，见李素炫回来便招呼她坐下。

“今日可是果然又弹了一整日琵琶？”

“正是。”李素炫点点头，将今日老画僧所说与陈蘅学了一遍，又将无伤解出来，一边比画着弹给陈蘅看，一边说道，“按我这弹法，那老先生再多两只手也不如我；按他那弹法，我是个压根不会弹的。我今日真是叫人挫了锐气了……昨日他说我是高人，我觉得他是奇人、异人，今日看，如此绝技，近乎妖人、神人。”

“也不知他如何练出来的。”

“他从来没师父，又聪明，自己琢磨，自己弹习，就是如今这般。他若有师父，一定是与我一般，又弹得好，又不会弹。”

陈蘅立刻懂了，跟着李素炫一起大笑。笑够了，李素炫正色道：“果然出来了才见世面，日后我也不是不敢得意了，只是要先探探对方底细。看着不起眼的，说不定更厉害，我还是老实些比较稳妥。”

“你明日可还要去与老先生弹琵琶？”

“是，我允了老先生，到走之前每日都去。他允我看他作画，歇息时带我去看壁画，拣好的指给我看，给我讲讲佛本生，也讲讲画法。”

陈蘅笑道：“你在长安城时，就喜欢跑去看你好友画壁画，整日给人弹琵琶。走了几千里到这大漠之中，也不四处去看看景致，还是去看人画壁画、与人弹琵琶。”

“往前走有的是荒漠，到最后都要看烦了。这会儿急的什么。”李素炫笑道。

陈蘅知道李素炫性子和喜好，不强拉着她同游。李素炫每日清早便到佛窟中去找老画僧，轻弹无伤，闲看作画。老画僧也不食言，将数百窟壁画中拣数十幅最好的指给李素炫看，画中有异域神佛、周天菩萨，有辰星列宿、箕张鬼井，有夜叉龙象、迦陵频伽。老画僧逐一讲说，又与她细说画法，何处是难点，要如何画好。回到窟中，李素炫一一记下，要带回去给卢楞伽。

“你这字写得好。”老画僧惊异说道，迟疑半晌，又支吾说道，“不知道能不能求你件事……”

李素炫笑道：“先生想是要我帮忙写经供奉佛祖？”

老画僧连连点头，李素炫问道：“先生定然会写字，如何要我帮忙？”

“写得不好，不敢在佛祖面前唐突不敬。”

“好，我帮先生写。弹一整日琵琶也累，与写字换着也好。”

老画僧欢喜，跑去外头掇了张小案子来，李素炫立刻从包裹中取了纸张铺好，开始研墨。

老画僧欢喜道：“你这纸真好，一定是从长安带来的。”

李素炫笑笑，点了点头，问老画僧要她写哪部经。老画僧说道："想请你帮我写一部《药师琉璃光如来本愿功德经》，这就去与你借个抄本来……也不知道能不能一时便借到。"

"不用，《药师经》我写过，记得住。"

"那部经有五千多字……"

"在下记得住。先生放心。"

老画僧似信非信，点了点头。

"只是，我写字时，先生莫要动琵琶。"李素炫叮嘱道。

"晓得。"老画僧会意一笑，"我那琵琶都是捣乱的。"

连着七日，李素炫每日上午弹琵琶，下午在临近洞口处写经，写过近千字，继续弹琵琶。老画僧听她嘱咐，不敢动自己那支破琵琶，在架子上爬上爬下时也格外小心，不敢出声。站在佛窟深处，外面黄沙千里，洞口处有风盘旋，有光曲折，有女子灵秀，有佛祖训诲三千真理，世间何其安宁庄严。

写到第七日，日昳后天色突变，转眼间惊风横扫，狂云乱卷，四野悚然。天空中传来滚雷，暴雨陡然而至，激得大漠之中烟尘四起。周身幽暗，耳边有风声尖细，有微凉侵扰五指，不远处有雨水射落。李素炫不为所动，如无事般，仍旧写得一笔一画，老画僧也照旧画着，仿佛什么也没听到。窟外如同地狱倾绞翻覆，窟内仍是佛心静定如莲。

暴雨极悍，只是不长久，转瞬雨住，转瞬云收，转瞬又是日光遍照。李素炫放下手中锥管，站起身来，撩动金光，抱手行礼道："在下已将《药师经》恭录完毕，奉与先生。"说着双手捧着全部纸笺文给老画僧，请他找人装裱后奉于佛前。

"丫头好定力。"老画僧夸赞道，欢喜万分，连连相谢。

辞别老僧，出了洞窟，李素炫忽然想起罗喏国使来。他总在不远处回廊里等着，方才大雨，不知道他晓不晓得到旁边洞窟里避一避。见了国使，二人行礼，李素炫见他身上干爽，放下了心。

"还行。这人看着憨实，倒也没傻到透顶，比我那卢七强些。"

第十日，李素炫最后一次来找老画僧，手中拿着一支崭新琵琶，说道："在下自长安来，带了许多乐器。这琵琶送先生一支。"

老画僧吓得不停摆手，说道：“我不会弹，配不上这么好的。”

“先生莫要总说自己不会弹。”李素炫笑道，“先生那支都快散架子了。我这支是在长安城铺子里买的，不如宫中所用名贵，却也比先生那支破的好些。”

老画僧踌躇了片刻。出长安前，圣人赐了李素炫各色乐器数百件，令她带往西域，与诸国通好。李素炫在东市西市又买了些，比不上宫中所用，但终究是要带到万里之外，太差的不值费事。老画僧固然没见过五色琵琶光华，便是这市售者，在他眼里也好到不敢接。

李素炫笑笑，将琵琶直接放到老画僧怀里，行礼说道：“先生神技，配得上支好琵琶，莫要客气。”

老画僧迟疑许久，慢慢笑起来，点头道：“如此，我收下了，万分多谢。只是换了支好琵琶，我怕是一时还不会弹了，得多练练。”

李素炫明白，大笑。二人又随意聊了几句，李素炫起身告辞，老画僧送她到了佛窟门口。离别不可拒，便不需伤感。二人相对行礼，李素炫轻轻一笑，转身淡然而去。

## 204

歌子将李素炫临行前嘱托看得很要紧，不时请阿翁到府上指教厨事。阖府中人对阿翁都十分相敬有礼，又想得周到，每次着人去接，又送，倒叫阿翁不安，心想自己不过是个微末下人，不过是来帮个厨，怎么能得主人家如此礼遇。逢上个午后，不冷不热，风也不大，歌子还在花园里叫人烹了花饮，与阿翁客气闲谈，老汉更是过意不去，有些坐卧不宁。

歌子看得出来，笑着说道：“阿翁不必如此拘谨。”

“在下不过厨人、下人，来给夫人帮忙的，怎么能受夫人如此厚待。”

“歌子可不敢将阿翁作下人看。素儿临走前嘱咐过我，这些年来，每十日，有时每五六日，乃至三四日，她都要到阿翁家讨吃，阿翁为她花了许多心思。她怕她这一走，阿翁独自寂寞，叫我给阿翁找些事做，却不要太累。还说阿翁好手艺，这些年来专门为她琢磨许多菜肴出来，往后若是再用不上，阿翁定是要难过了。故此歌子才将阿翁请来指教，也是阿翁手艺果然好，味道叫人难忘，也是我嘴馋。”

歌子说着笑上了，阿翁知道他娃儿惦记他，也开怀，却又端着礼貌小心问道：“在下有一件事好奇，想问问夫人。”

“阿翁莫要如此客气，问便是了。”

“素儿屡次说过夫人是她好友。在下不太知道，我娃儿如何能结识夫人这等贵人，又如此手足亲爱。”

“想是素儿不曾与阿翁说得详细。此事也不犯什么忌讳，既然阿翁问了，歌子就与阿翁说一说。”

阿翁立刻行礼：“劳动夫人了。”

“我与素儿自幼同室而居，一同长大，一同受训，又同为大内乐人。后素儿为朝廷立下功劳，得圣人赦免，除奴籍，入玉真观，受领道禄。阿翁不晓得，素儿师父持盈法师乃是当今天子亲妹，素儿随她修行，进境神速，屡受符箓、升道阶，得圣人钦赐玉冠，如今已是皇家道官，秩同四品，朝廷给俸。若说高攀，也是歌子高攀了素儿。”

阿翁愣了半晌，喃喃说道：“素儿从未与我说过，四品……寻常人怕不是要得意上天了。”

“寻常人没见过世面，秩同四品便觉得了不起了。然素儿少年成名，常在天子身侧，所见皆是皇亲国戚、宰辅阁臣，比起来秩同四品实在算不得什么。她腰间金丝锦袋中乃是金鱼，凭此可直入皇宫面圣，朝中三品以上大员及亲王才有。她平日里都用个布袋子裹上，不与人见。有时碰上些浑人，胡搅蛮缠，讲理没用，只能搬出身份来吓唬他，才将布袋子去了，明晃晃拿来与人看。阿翁疼爱素儿，不消如此对待，想来她也不曾与阿翁说过。”

阿翁心中震惊，细细回味良久，低声道：“我老汉低贱，素儿竟不嫌弃我。”

歌子笑道：“素儿待人无甚贵贱之别，只在乎谁对她好、谁对她不好。我问过她，她只笑，说自己身出奴籍，待人还要看贵贱，岂不是笑话。”

“我待她好，也不过几顿餐食，也没什么山珍海味，不过些清粥小菜、羹汤糕饼，也不值得几个钱。她怎么如此看重于我？”

“素儿不缺银钱，倒果然缺个人心疼她衣食。她自幼有师父娇惯，任性顽皮，骤然间没了师父，到如今十年了。除了阿翁，哪里再有人日日为她操这许多琐碎心思，她怎么会不感念。”

阿翁叹息道：“我听素儿简单说过几句，说是自幼就在师父身边，师父授她本事，待她极好，只是十五岁上没了师父，之后都是独自一人了。”

“正是。素儿在师父身旁十年，恩义深笃，失了师父，伤心极深，这几年才渐渐开心了些。”

“十年……不知道遇到师父前，她在哪里。她样貌与中原人不大相同，我问过她，她说，她父亲是唐人，母亲是胡人。”

“她父亲是唐兵，护佑商路，战死在西域。母亲要送她回归长安，寻她父亲故土，到了敦煌，病重难行，将她托付给商队，以奴籍入了长安城。”

阿翁听歌子如此说，呆了半晌，接着禁不住老泪纵横，怆声说道：“娃儿竟然是卖过来的？那西市里，奴隶与骡马并在一处贩售……她怎么都不当回事，都没与我说过？”

“她说此生有师父疼过她十年，这般旧事不打紧。”

阿翁难过许久，叹道：“早知如此，一定要更多疼她一些。”

歌子又亲自将花饮与阿翁斟了一盏，说道：“我与素儿自幼同室相处，情如手足，自然要将阿翁敬作长辈。阿翁只将我作自家孩儿看便是，莫要太过拘谨，不然，日后倒叫歌子不好与素儿交代。”

阿翁点点头，心中感慨。老汉每次到成府来，俱是勤谨十分，说话做事都小心，水也不肯随便多饮一口，遂平与歌子请他一同用餐，他也不肯，怕自己不知收敛谨慎，耗了他娃儿人情，叫她人前为难。今日听歌子如此说，才放心下来，也隐约晓得歌子说了这许多，是想叫他轻松些，若是相请一同用餐、对坐谈笑，也大可自在受用，不必紧张。

遂平那班兄弟格外喜欢阿翁所酿甘露酒，遂平虽不好酒，见兄弟几个开心，也跟着兴起，时常与兄弟们一同饮酒取乐。阿翁不想叫遂平落空，隔几日便过来，指教府上众人一起酿酒。有时遂平与歌子请阿翁一同用餐，他也不再屡次婉拒，有时也在庭院里哄训良玩耍。与众人相处久了，阖府上下都喜欢他，不拘老幼，都叫他阿翁。

自初春起，闻朗与端木时常到薤谷药圃去，清明过后，病坊中人手渐渐不太紧张，二人大半时日都在山中。此间衣食简单，蚊虫也多，又要劳作，每日过得辛苦。此间也清幽，有风习习，有水泠泠，雨后有飞瀑如练，激拓深潭，水上霓虹漫生。林间常见雉鸡飞艳，水中又有尺鲤游素，小兽时常从草窠里突地跳出来，顺脚边慌张跑开。仲夏时雨降不断，山谷中云水升腾，氤氲发散。药圃临着高崖与深潭，每到雨降，水汽裹了远近，凝结在肌肤与头发上，颗颗晶莹。周身碧色模糊，山影朦胧，人皆依稀，隔着水汽，连说话声仿佛也不清楚了。

闻朗不大让端木下地干活，常嘱咐她做些整理、誊录，在大树下安稳放了案儿，趁着树荫慈悲遮蔽，细细抄写。去山中采药时，闻朗时常带上她，一同攀山涉河，虽然辛苦，也快乐。站在高处看看前方，流云不理人间万象，兀自纷乱。

二人记得李素炫所说，沿药圃前正路向深山处走，绕过龙移湫，再沿太乙河前行小半个时辰，有一片简单茅舍，主人名清虚子，乃上清派炼师。此人爽朗，又热心肠，酒也酿得好。若上前叩门，说自己是素儿好友，问他讨口酒来饮，他定不吝啬。果然几次之后，二人与清虚子熟了，此人心思活络，做事有个琢磨劲，又特别健谈，对山中各处峰谷草木十分清楚，闻朗与他有不少话可说。

一日傍晚，离开清虚子家，闻朗与端木向回走，闻朗好笑道："素儿好友众多，还真是什么性子的都有。也有卢楞伽那等痴痴作画的，也有清虚子这般喜欢说笑的，也有你这般的。"

"我这般的？"端木笑道，"我是哪般？"

"你向来端庄，与素儿在一起便爱玩闹。想是素儿惯来顽皮，你自幼与她在一起，糊涂间就像她。"

"素儿何止顽皮，你若是个凶悍人，蛮横待她，她便是顽劣，十足捉弄死你。"端木笑道。

"怎么你二人如此不同？"

"并无太大不同……四郎其实不了解素儿。"

"果然不了解。我认识她之后，别人每说到她，我都留神听着，人都说她不食人间烟火，冷淡得很，怎么我从未见过她那样？又端严，又顽皮，哪个是真的？"闻朗好奇道。

"她第一次见你，便心下敬重，当你是好友，自然与你随意，熟了便顽皮起来。别人却是生人，见了生人，自然是倥着脸，弹完琵琶就走，懒得多说半句。端严也是真的，顽皮也是真的。”

“那你又如何？哪个是真的？怎么与素儿在一起笑闹不停，与我相处便举止沉稳、仪容高贵？皇后接见朝臣也不过如此。每见你，我都气短。”闻朗玩笑般问道，口气里却有一丝醋酸。

端木万般无奈，实在是不知道如何与这痴人说清楚。明明是他自己一副书呆子气，终日不说闲话、不苟言笑，无人与他闹得起来，他却觉得是旁人太过严肃。见端木与他相处时庄重沉静，与李素炫在一起时十足活泼，他竟还攒了些委屈，吃起醋来。

端木半晌没说话，闻朗竟然还要追问，抠着问道：“你如何从不与我说笑？”

“认真走路，留神脚下。”端木正色道。

“果然是不肯与我说笑。”闻朗小声嘀咕，心里不服气，端木也拿他没法子，心中只暗笑。

“这痴人。也就是素儿不在这里，轮到他逞嘴。素儿若在，凭他这一张拙口，看不叫素儿给他撑死。”

每日晚上睡前，闻朗都要取一束干药草点燃，到端木房中将纱帐垂下来，将帐内用烟火熏过，驱了蚊虫，再叫她进来，又嘱咐她将纱帐掖好后不要再掀开。屋里窗子开着，外头鸣虫嘀嘀，夜半星光点点，山风微凉，空谷幽寂，又有回响。端木安静躺着，睡着前总要想些心事，或者是这闻朗，闻四郎，闻如是，闻元化，总之是这闻傻子，叫人又气又笑，又或者是素儿，弱质远行，挺身大漠，不知如今到了何方，是不是吃了很多苦头，何时能够回来。

## 205

出敦煌城不远就是西域地界了。送亲队伍有两国军队持兵戈保卫，不时有商队跟在后头，二位使节也不相拒。听他们说，西域各国皆善待商队，各国军队若无急行军或隐秘军务，都不会拒绝商队尾随，不跟太近便可。西域道路艰险难行，人多结伴，孤身者跟着商队，商队跟着军队。多年来约定俗成，人皆遵守。李素炫有时回头远远看看那些商队，老幼皆有，还带着货物，跟得很辛苦，若跟不上了，便独自慢慢走，遇到下一支军队，再跟上去。当初胡商将她交给师父时曾说过，母亲带着她离开故乡，一路上正是跟随商队到了敦煌城。

每岁冬日雪降后，西域道路阻绝，若不想耽搁一冬，便要在大雪封路前到达罗喏国。众人一路走得多，歇得少，很辛苦。所幸西域有朝廷百余年经营，沿途有大唐军队驻扎，有士兵巡逻，隔几十里路就有驿站和烽燧。使团一行沿途都有人照料接应，补给也方便，不曾耽误行程。入西域地界后，二位使节与陈蘅和李素炫商议，四人带着近身卫队轻装上路，只图走得快，其余士兵保护役夫，带着大批车马辎重在后头慢慢走。

进入沙漠后，驿站与烽燧稀疏了些，行路艰难起来，有时甚至没有路，身边略有些稀疏草木，或只是黄沙。车子固然难行，马匹也走得费事，李素炫舍不得她骏儿遭罪，不肯上马骑行，连鞍辔也卸下来，由骆驼驮载。大漠中狂风裹着沙砾，吹得人双眼干涩，时常不停流泪，又多眼眵。旁人递了面纱过来，李素炫接了，裹了头脸，好上许多。回头看赤骏，双目赤红，蓄满泪水，眼角堆满眼眵，辛苦难挨。每隔一阵子，李素炫都用湿帕子将它眼角处小心擦拭一遍，叫它舒服些。

歇息时，旁人递了个素银盒子过来，打开，里面是花香凝脂。李素炫用手指取些来涂了嘴唇、脸颊与额头，又罩上面纱，众人复又出发。沙海中人多骑骆驼，靠着稳当，晃得也不狠，若不是风沙干燥，浑身倒也舒适。李素炫所骑骆驼有前后双峰，无伤竖抱，不易弹，她取了五色琵琶来横抱于胸前，在风中一路弹着，有时也唱些歌调打发无聊。她终日疲惫，一心昏沉，头也疼痛，琵琶弦上不取繁难，也还勉强能弹，想认真思想，作首诗词，却是不能指望了。

又到荷花诞日，周身唯有茫茫沙海。李素炫独自离开队伍向旁边走，径直走到沙山高处，停了下来。她平静持礼，迎着风沙，稳重身姿，向着长安城方向深深拜过。行路无酒，以水代之，酹于沙地，立刻便消失了。

“师父若在，今日满五十岁，已是知天命了。龙首塬上此时定然草木森茂，惜素儿今日无酒，又到不得师父身旁。”李素炫怅然想道。

遥拜之后，行路依旧艰难，李素炫连着多日累得浑身酸痛，早晚昏沉。陈衡也骑在骆驼上，与李素炫并肩，听她糊涂弹着琵琶，糊涂唱着歌。

弯弯月出挂城头，城头月出照凉州。
凉州七里十万家，胡人半解弹琵琶。
琵琶一曲肠堪断，风萧萧兮夜漫漫。
……

“素儿这支曲词我似乎听过。”

“此岑参先生天宝十载作于武威，天宝十一载岑先生回了长安城，自此在长安城传唱，眼下已唱了三四年了。你是武人，多半听过。”

“你倒是少唱这些边塞诗赋。”

“果然少，独这支记得牢靠，尤其是那句‘胡人半解弹琵琶’。岑先生辗转西域，亲眼见过许多，此言定然不爽。我从前根本不曾想过能到西域来，却想着若来西域，定要看看胡人是不是半数会弹琵琶。民间琵琶与宫中琵琶颇为不同，我为宫伎，自幼严训，固然精湛，然民间也有绝技。虽说以琵琶为业者少，耐不得民间人多，一万个人里有一个天分迥异者，也不知会有多少高手。”

李素炫絮絮说着，望着前方，隐约看见一座城池。彼处乃是入西域地界后第一座大城，想到里头半数人会弹琵琶，李素炫心中隐隐兴奋。

陈衡看了看李素炫，知道她面上平静，心头翻滚，不过是暂时强按着。

“再不多远就到城下了。进城歇过一夜，明日，全城琵琶随你听。”陈衡笑道。

# 第三章　阿娅

天宝十四载（755年）七月—九月

# 206

此地果然是西域了。

长安城货殖广大，什么新鲜古怪货色都有，不管多怪，也都觉得不怪。东市西市中胡人充塞，也是各方服色，各有宝货，却都说唐音。此地也无非是陌生货物，陌生服色，陌生面孔，走在街上，除了房舍不同、汉人少见外，只觉得与东市西市也差不多。唯耳边人声嘈杂，却无一句乡音，陈蘅与李素炫什么也听不懂，心中隐隐畏惧，知道自己已去乡千里。

二位使节都是胡语、唐音俱佳，亲自带侍卫陪同陈蘅与李素炫出游。她二人沿街将商铺一间间看过去，却只看个新鲜，没看上什么物事，什么也不买，想是从前也颇见识过些，不觉得稀奇，唯独路过饭铺酒肆，嗅到里头羊肉香，互相看了一眼，憋不住笑了。

“我在敦煌城和千洞佛窟就屡次听人说过，往西域走，羊肉好吃。”李素炫笑道。

“不如……尝尝？”

“好，尝尝。”

四人开心进去，分两处坐了，要了羊肉。端上来，看了看，做法很简单，炖熟而已。一大盆羊肉带骨，盆底有一点儿汤头，旁边几小碟蘸料，也有小碟细盐。吃法简单，蘸料或撒盐，咬下来嚼便是了。

羊肉冒着热气，鲜香难敌。此处无有木箸，陈蘅不客气，见旁人都是用手，也便用手抓着吃上了，连吃了两大块，大呼过瘾。

“素儿也尝尝，真的香。”陈蘅说道。

李素炫从未吃过如此大块带骨羊肉，又如此肥厚。她嘴巴刁，又挑食，阿翁与她做羊肉汤，入锅前都要去了油膘，炖到熟烂后将羊肉拆下来，大块的斩一刀，用小汤匙将汤头里油水撇得干干净净，肉再放回去，上火再度烧滚，才端上案。芫荽不要太嫩的，没味道，也不要老的，味道蹿了，还牙碜。一定要不嫩不老的，去了根，只取细叶和中段梗子，用前现切。李素炫每次都吃到头晕，心想醉酒微醺大约不过如此。眼前羊肉上却是肥瘦各半，汤底上漂着厚厚油脂，也没有芫荽去膻气，她看着害怕，一口不敢动。

“素儿尝尝，果然香。”陈蘅又催促道，“你再不吃可都是我的了。”

李素炫嗅着羊肉香，也馋了，伸手抓了块瘦些的，撒了细盐，咬一块在口中，果然醇香无比。她胃口大开，连吃几大块，然后学陈蘅样子吮着手指，再仔细看，原来陈蘅是学旁人样子。

“我听人说，西域有俗，吃得香，吃饱后一定要吮吮手指，意思是留恋不舍。”

“我在阿翁家吃饱后也要嘬嘬箸头，以谢厨人。”李素炫笑着说道。

撤下杯盘，店家拿了煮茶和薄酒来，二人请两位使节过来同坐相谈，二位使节连声只说不敢。陈蘅笑道：“我与素儿不过寻常人，也无什么高贵出身，也不自认贵人。方才与二位分开用餐，实在是因抓着大块羊肉，吃相不雅，不好意思叫二位瞧见。”

二位使节闻言大笑，立刻过去，行礼谢过，在下手处坐了。

李素炫好奇问道：“我听此间人说话，似乎都不太一样。”

“果然不同。”罗喏国使名察罕，四十出头，身形彪壮，常年出使四方，十分博闻。他认真答道：“西域广大，足几十国，彼此离得远，各自不同，乃至迥异，实属寻常。常走商路之人大多会说几国之语。”

“长安城里胡商都会说唐音，这里许多人不会。想他们去向并非长安。”

“有些客商自远处来，入西域地界时已行过数千里，又数千里穿过西域入中土地界，又数千里到长安，总计万余里。有些人只走一段路，将货物送至敦煌，便向回走了，不去长安。此等客商多有不会唐音者。也有人自长安来，方入西域便交换货物回长安去了，那些人不大会说西域话。”

“原来如此。”陈蘅与李素炫对望了一眼，说道。

“我以前也听人说过，西域各处迥异，人相貌也不同，说话也不同，衣冠也不同。我却只能看出衣冠不同来，听出说话不同来，却觉得西域人都是一般长相模样。”李素炫笑道。

察罕也笑，说道：“先生见得少罢了。我初时见汉人，也觉得都一般样貌，见得多了，便能看出来南人与北人不同，眼下连东北与西北、东南与西南也都分得清了。”

几人开心说着闲话，忽然听到外头琵琶声，顿时安静下来。认真听，只片刻，李素炫正色说道：“我须是出去看看何人所弹。”说着起身向外走，又埋怨自己。

“清早出来便说要寻好琵琶来听，街市上果然有几个弹琵琶的，却不过是自己玩耍，个个手拙，弹得不好。本来说要接着找的，怎么嗅见羊肉香就给忘了，吃饱了更忘了。没出息。”

出酒肆门，小街对面坐着个小丫头，年齿不过十四五，看样貌是西域女子，两眉婉然，双目深秀，鼻梁高俏，轻轻抿着两片蔷薇色嘴唇，清秀中又有些倔强。李素炫站在不远处听她琵琶声，干净利落，行拨果决，弦声如奔水流纵。

李素炫心惊道：“这丫头手上比我这般年岁时不差多少。看她身子瘦弱，衣着破旧，怕也是穷人家女儿，难免要自己劳动挣一份衣食，不像我，不曾为衣食操心，又有师父严加训导，终日弹习不辍。她能弹到如此地步，定是天资有异，又格外勤奋。”

“你叫什么名字？”李素炫走过去，俯身笑着问道。也不是真的上来就非要知道人家名字，只是她随苏获学胡语时，第一句便是这句，故此记得格外牢靠。

小丫头抬头看了看，见眼前女子生得清秀水润，分明是个汉家女子，眉眼间却有些像西域人，又用疏勒语问话，口气柔和。

“我叫阿娅。”小丫头仰头说了句，嗓音清甜脆生，像枚新结小甜瓜。

李素炫心中大起了喜爱，又问道：“你弹琵琶谁教你的？”

“我身边人都会，都教我。”

李素炫一听便明白了，阿娅吃的是百家饭，跟这个学一点儿，跟那个学一点儿。各人所讲定然是皆不相同，有时还是反着的、乱着的，她能统合起来，挑拣着听，练到如此地步，实属不易。看她样子，应当是在此处作艺，李素炫掏出些碎银子来，放在她面前。

阿娅吃惊不小，不知道李素炫为何如此大方。她仰头看着李素炫，有些迟疑。

“小小年岁，弹这么好，这银子奖励你。”李素炫笑道。

阿娅看了看李素炫两手，立刻问道："你是不是也会弹？"

李素炫点了点头。

"可允我听听？"阿娅顿时来了劲头。

"可以。"

李素炫说着接过阿娅手中琵琶，利索改了弦律，握好拨子，拣了文武段落随意弹起来。不过片刻，阿娅瞠目结舌，叹服不止。

"你怎么能弹这么好的？"阿娅叫嚷道，"我从没见过弹这么好的。"

李素炫笑笑："我与你一般年岁时，也没比你好太多。"

"你方才弹的什么曲子？"

"我自大唐长安城来，这自然是长安城里时兴调子。"

李素炫说着，又将方才阿娅所弹调子弹起来，阿娅吃惊道："这曲子你怎么会弹的？你听过？"

"你方才不是弹了？我觉得很好听。"

"我方才就弹了一遍。"

"一遍我就记住了。"李素炫笑道，"只是也要立刻弹几遍，方好记得牢靠。"

阿娅呆了许久，突然间学唐人礼节，后退一步，抱手躬身行礼道："阿娅敬佩。你可不可以教教我？"

"我可以跟你聊一阵子，但我暂厝此地休整，不几日就要离开了。"

"无妨，我就随你学这几日。"阿娅恳切说道，看着李素炫，目光中满是乞求。她面容可爱，李素炫狠不下心拒绝，想过片刻，轻轻点了点头。阿娅顿时欢呼起来。

二人约好了每日时辰，李素炫果不食言，就在相遇之处，道边寻了片树荫，连着教了她五日，还与她见识了紫檀螺钿五色琵琶。李素炫没有想到阿娅也用手弹，没人教过她，她自己想到了，独自摸索着磨练，已约略有个样子，只是火候比李素炫这弹了多年的差了许多。

"你是不是也会用手弹？"阿娅问道。

"你怎么知道？"

"看你右手手指磨得厉害，肯定弹了好些年了。"

"这小丫头真聪明。"李素炫暗自赞叹，"她只是没遇上个高手认真教她，走了些弯路，若是像我一般自幼有师父好好指教，一定不比我差。"

第二日，李素炫带了无伤过来给阿娅见识，还教给她弹法。阿娅欢喜，听得格外认真，看得也仔细。她眉眼间还有些稚气，却总是端着一副持重，微微皱着眉冥思，全不理会旁边围观者。次日再见，她只一上手，李素炫便知道，前一日她回去后肯定没少了苦苦磨练，算时辰根本没有睡多久。

五日过后，李素炫要离开了。陈蘅在城里四处看热闹，眼下过来接李素炫一同回客馆。阿娅不舍，弹着琵琶，怏怏一副难过。

“小小年岁，知道出来赚钱，帮衬家里，难得。”李素炫笑着，想与她说些别的。

阿娅有些不好意思，低下头，随意拨弄琵琶，说道：“我不是此间人。我是要回家。”

“你家在何处？”李素炫问道。

“乌除。”

“离此地远不远？”

察罕在一边说道：“过疏勒再向西北便是，与我罗喏国不远，与李先生所说西夜也不远。”

“都在一处？倒是巧。”李素炫很惊喜。

察罕笑道：“纵然不远，也是几百里。在西域，几百里也是不远。”

李素炫也笑，点点头，又回头问阿娅道：“你怎么独自在这里？又怎么要独自一人回家？”

“父亲将我送到敦煌城，我偏要回家，就自己跑出来了。”阿娅倔强说道。

李素炫想问问父亲为什么要将她送到敦煌，又觉得问这些有些多事，想到她独自一人竟然能从敦煌城跑到这里，也是够胆量。站着思索了片刻，回身相请于二位使节，问可不可以带阿娅同行。

二位使节点头允了，李素炫立刻行礼谢过，回头询问阿娅。阿娅初时愣了片刻，接着欢呼起来，立刻收好琵琶，要随李素炫同行。

“我知道你为何喜欢她。”陈蘅对李素炫低声说道。

“为何？”

“她十分像你。”

# 207

出发后，李素炫依使节嘱咐，叫阿娅只在自己身旁，不能在队伍中四处走动。阿娅也没兴趣到处看，只想与李素炫说话，听她讲说琵琶，又不住问各种问题。她伶牙俐齿，却又恭敬，说话前一定要先行礼，口口声声叫着先生，又热切问道可不可以叫师父。

“你不用叫我先生，也不要叫我师父，叫我素儿便好。”李素炫笑着说道。

阿娅有些迟疑，李素炫又说道：“我身边好友都这么叫我。”

“那……我也是好友了？”阿娅怯怯问道。

“自然是了。”

阿娅欢喜万分，紧紧搂着琵琶，甜蜜蜜笑着，不知道怎么高兴才好。

“阿娅怎么如此喜欢琵琶？”

“不知道，只是生来便喜欢。”

阿娅好学，又勤奋，只是并无师父详细指教过乐律、板眼、宫商，她会弹，却不知所以，手指利落，板眼与旋法难免多有错处。若错了，自己也知道，却不知道到底怎么错了，也不知道怎么改正。累年间苏获曾将西域乐理、乐论详细教给李素炫，阿娅弹起来，李素炫在一边又听又看，很快知道她何处讹误，逐一指正。路过大城时，李素炫令人到城中买了支上好胡琵琶来，终日抱在怀中弹习，熟练后再与阿娅讲授。

一日傍晚，众人已歇下。白日里走了五六个时辰，阿娅已在车里弹了五六个时辰，到了歇宿处仍旧弹着。李素炫拍拍她，叫她停下来，将手中一支崭新唐琵琶递给她。

“这琵琶送你。”李素炫笑道，“你自己随便弹几日，熟悉一下，然后我教你弹。”

“真的？”阿娅大喜，“这琵琶给我的？你教我弹？”

“当然。这琵琶是我自长安城带来的，不如我五色琵琶与无伤，却也是好琵琶。你先弹这支，日后有机缘，我一定与你寻支更好的来。”

阿娅雀跃不已，李素炫允她抱着新琵琶到一旁开心弹习去了，自己转身与陈蘅在一边说话。

“你真想带她回长安？”陈蘅问道。

李素炫回头看了看阿娅，回过头来说道：“出你罗喏国边界，约四五百里入西夜地界，再二三百里到她乌除，又五六百里回罗喏国。待你婚礼之后，我去寻母亲故土时带上她，出西夜后亲自送她回乡，见了她耶娘，认真与人商量。若她耶娘应允，我便将她带在身边，好好教导她。阿娅天资聪慧，又认真，不过几年，定有大成。待日后回了长安，我再带她去见贺先生与雷先生求教。贺先生年纪大了，不敢多劳烦，若是雷先生能将她收入门下，再好不过。”

“不知她耶娘可舍得叫她去那么远。”

“她耶娘能将她送出几千里到敦煌城，便是舍得。”

“那你以后就叫她跟着你？”

李素炫点点头。

“你不是不授私徒？多少人求你，你都给撅回去了，少得罪人了？”

“我可以为她破例，我真喜欢她，真想教她。”

“只是不知她有多喜欢你，是不是乐意随你走。长安终究太远了。”

“她有多喜欢我，我可不知道，但她喜欢琵琶，一定会跟我走。长安城里有贺先生与雷先生，宫中、民间与佛道两界也多有高手。我只要与她讲说一番，她一定恨不能自己飞过去。”

二人说过许久，阿娅依然独自弹得认真。她从不消人盯着、陪着，早上起来梳洗过后，随便吃些什么，只要不饿了，就抱着琵琶躲个僻静处，坐下了便一动不动，若无人出来打断，她能一直弹到晚上。

不过一月，阿娅大有长进，李素炫也将胡琵琶弹得熟了许多。又过大城，她二人在客馆院落中弹习，陈蘅在一边听得入迷。

“这曲子新的，我弹得还生，你也喜欢？”阿娅笑着问陈蘅，知道她是罗喏国新后。

“弹得生也好听。”陈蘅笑道。她也喜欢阿娅，见她异常刻苦，也格外佩服。

李素炫将阿娅怀中琵琶拿开，拉她到案子旁坐好，倒了石榴汁给她，叫她歇一阵子，又将锁骨下刺青上敷粉擦掉，将刺青给她看，问她认不认得。

“我不识字。”阿娅说道，有些羞赧，“不过这看起来大约真的是西夜文字。”

“人说这是我父亲名字。我问过罗喏国使，就是那个络腮胡大汉，叫察罕的，他说不知道。”

“应当是你父亲名字。”阿娅点头说道，“这是老风俗。罗喏国离西夜五六百里，他大约真不知道。”

“这风俗可有什么讲究？”

“我族中有长辈自西夜来，我听说过。说是上古时候西夜人都是事牧养的，每年男子一起赶牲口出去寻找牧场，将父母、妻子留在村子里。听说那里很苦，很多时候，男子带着羊回来之前，耶娘妻子就有饿死的，就埋在村边上。男子游牧，也游猎，总有死在外头的。同伴将他衣裳除了，使刀划开皮肉，就地浅浅埋了，叫腐朽得快些。附近大树上狠狠劈几斧子，做个记号。回乡时同伴将骨头起了殓好，拿布包上，带回去交给家眷。若是人还没烂完，就用刀将筋脉割断，也得殓了带回去。所以他那里女子都是躺着埋的，男子大多在一个布包袱里，埋在女子身边，那就是死在外头的。”

陈衢与李素炫听得心悸，皱着眉头，李素炫尤其难过。

“他那里许多小孩子都是父亲死了才出生的。阿娘怕自己也活不长，若是孩儿还没长大，父母就都没了，孩儿就不知道自己是谁家的。为了让孩儿记住父亲，就将父亲名字刺在他身上。不过西夜人早就不牧养了，百年前整国迁到大河边上，建了许多村子，还筑了几座城，也耕种，也略经商，活得比从前好多了，也没有那么多男子死在外头。只是听人说，若有孩儿没见过父亲，母亲还是遵从早先旧俗，将父亲名字文刺在孩儿身上。”

李素炫叹息不已，许久不语，不知当年父亲战死，母亲从族中旧俗，在她身上刺下父亲名字时，是何等心情。记得师父说，当初胡商曾言道，母亲将她交给胡商后不几日便死去，她临死时一定十分思念孩儿，又万般放心不下。

“素儿……”陈衢见李素炫难过，轻轻唤了她一声。李素炫抬起头来对陈衢勉强笑了笑，说道：“若是母亲临死时知道我有今日，她一定会好受些。”

陈衢长叹一声，几人再未说什么，阿娅仍旧认真弹习。陈衢满怀同情，看着李素炫，李素炫看着外头，只是眼界之中举世旷无，她也不知道该看什么。

## 208

八月里，距罗喏国千里处，国王亲自来迎。

国王见了陈蘅，正是当日中意之人，他满心欢喜，陈蘅心里却是五味杂陈。她记得此人，曾与她赛马，不服输，又非要击鞠，还是输了。国王身姿高壮，面容英武，甚至专门学了汉家礼仪，待陈蘅殷勤，看着并不令人生厌。可陈蘅毕竟不曾对他有情，他一道书信奉与大唐天子讨要陈蘅，她余生便要舍了故土。去岁圣人召见，赐她为宗室女，行仪典，许多人前来道贺，她要随宫官演礼，学胡语，足足折腾了半年多，才从长安城出发。这半年里，除了好友李素炫，无人问过她是否情愿。她出长安城到现在，万里奔赴，一路劳顿，孤寂思乡，今日骤然见面，这男子便是她夫君了。

见面后，陈蘅与李素炫分乘车驾随迎亲队伍前行，国王亲自骑马随同陈蘅车驾，以示保护。眼下李素炫不在身旁，陈蘅连个说话人也没有，独自惆怅不已。

八月底，陈蘅一行人终于抵达罗喏国国都。

国中一切都已准备好，几日后便是婚礼日。宫中提前为新后备好了寝殿，又专门有女仪官指点新后进退，并饮食、服饰等，都要预先学习一番。歇过几日后，宫人送来了礼服，女仪官帮助陈蘅脱了汉家旧衣，将礼服一层层穿上，戴好配饰，扶她走出了帷帐。

李素炫迎上来，与陈蘅面对面站着，静静看着彼此，许久无话。李素炫样貌似西域人，却穿着汉家衣衫；陈蘅本中原人，却是一身胡服。陈蘅微微苦笑，茫然说道：“入夏者夏，出夏者夷。你虽生在西域，却身归华夏；我身出华夏，却要留在这里，自此之后，反倒是夷狄了。还有，日后，我不再叫陈蘅……我叫李蘅。”

李素炫心中痛楚，死锁眉头，怕落泪。陈蘅远乡万里，此生再不能回归旧土，连出身姓氏也没有了。

陈蘅酸涩一笑，转身回了帷帐，女仪官帮她将礼服脱下来，换上此处贵妇日常服色。又出帷帐后，她与李素炫在寝殿中踱了几步，慢慢走到殿外院中。

院中树下铺着席子与厚织毯，仆役见陈蘅与李素炫坐了下来，立刻上前奉上鲜果与果汁，也有酪茶。不过酪茶，竟配了金盏，琉璃杯里盛了石榴汁，银盘中果子芬芳甜美，也有各色胡饼，烘得焦酥，也有各色果仁，许多没有见过。看看面前杯盏形制、瓜果颜色，果然与大唐迥异。人说西域富裕处十分富裕，不输大唐，也果然不虚。李素炫看着眼前富贵，想着日后陈蘅至少有锦衣玉食，算是勉强给自己找了些安慰出来。

二人亲自执壶，几盏酪茶过后，缓缓开口相谈。

“素儿在长安城时，可会时常记起自己也是西域人？”

李素炫摇摇头说道：“从来记不起。我到西市与人饮酒，见那胡姬着大唐服色，说着流利唐音，吟着太白、摩诘，讲着佛祖、道祖，已是觉得惊异，后有人与我说那胡姬还有个唐语名字，叫芳梅，我差点儿笑出声来，憋了许久才忍回去，又许久，才想起来我其实与她一般。”

“你身边人似乎也不当你是西域人。”

“毕竟太熟了。我与端木几个从小一起长大，她们从不记得我是西域人，你不是也不记得？至于生人，长安城里那么多西域人，没人还觉得我这半个西域人有什么奇怪，从来无人提起。也不曾有人为此对我格外好些，也不曾有人为此对我格外差些，我自然想不起来。”

陈蘅长长叹了口气，幽幽说道：“可是我与你不同。我在西域，却到死也忘不了我是大唐子民。”

“……你自然忘不了。”李素炫说了一句，也觉得心酸。

“素儿心中眷恋长安，早晚要回大唐，何况你是圣人钦使，总要回去缴旨。不然，真希望你别走，留在这里，陪我。我自己在这里，有些害怕。”

李素炫握着陈蘅两手，不知该如何安慰她。

“我独自在这里，衣冠、饮食、言语、风俗都不同，这还是小事。我孤身一人，成了王后，保不齐就是箭垛子。也无父族母族可以仰仗，也无一个相熟的遇事可以一起商量，果然到了被弃之日，我还是个异类……”

陈蘅说着，靠着李素炫肩膀，不停流泪，李素炫好言安慰，小声哄着，其实她自己也快要忍不住泪水。

“圣人与贵妃允你在西域游历采风，你不必马上回去缴旨，只是早晚也要走。不然，素儿，我真想你能留下来，有人与我说话。你聪明，心思缜密，遇事也能帮我想法子。我自己在这里，真的害怕。”

陈蘅越说越难过，倚在李素炫肩头，痛哭，却不敢大声，哭得压抑，李素炫难过得不知如何是好。她知道陈蘅独自在这里，不说凶险，也是福祸难料，陈蘅又果然纯真，与人周旋时没那么多机变。

李素炫叹息了一声，说道：“我其实没那么多心思，未必能帮你想法子，却果然想留下来陪你说话。”

陈蘅擦着眼泪，强作欢笑道：“我总觉得你聪明，与身边人都相处得好，人都喜欢你。”

“我好友都是自己选的，只拣投脾气的相处，自然处得好。那些不投脾气的，我向来不打交道，仗着圣人与持盈师父祖护，没人敢为难我。若不然，我也不行，我师父就不行。你日后却是难了，什么人鬼都要交手，不由你挑。”

李素炫叹息连连，十分不放心陈蘅。陈蘅哭过许久，眼泪也干了，眼下只靠在李素炫肩头上，看看左近处草木，看看略远处房舍，抬头又看看天上。月印影淡，隐于薄烟，天色已有些晚了。

## 209

回到屋里，阿娅仍在弹习，见了李素炫，立刻停下两手，放下琵琶，蹦跳着跑过来，满面开心。

“这几日繁忙，顾不得你。此处不熟悉，你别跑出去，在屋中院中便好。”李素炫嘱咐道。

“放心，我不出去。每日弹琵琶还来不及。”阿娅说道，接着又小心问道，“是不是王后心里难过，你要去安慰她？”

李素炫点了点头。

“你这几日多陪她，不用顾着我。她往后回不去家了，心中定然难过。”

李素炫拉着阿娅一起坐好，笑着说道：“我问你个问题。”

“你说。”

“如果你耶娘允了，你愿不愿意随我去大唐？”

“去大唐？”

李素炫点点头：“对，大唐，长安。”

阿娅茫然道：“你想带我去长安？为何？”

“自然是要教你弹琵琶。只是，长安太远了，你若随我去长安，也难能再回一趟家，怕你舍不得故土，也舍不得耶娘。”

“我才不会舍不得。”阿娅噘起嘴巴来说道。

李素炫高兴道：“那你就是想随我去了？长安繁华，高人聚集，大唐琵琶好手我都认得，你想向谁求教都可以。我还可以带你去见雷先生，大唐第一琵琶绝手，我求他教你，他必不相拒。若是他肯收下你，你入他门下，比跟着我还好。我还可以去求大唐天子，准我带你入宫，让你见见大唐内乐，城中各处又有天下各家琵琶、各门歌舞吹弹，我带你一个一个去见识。”

“真的？”阿娅兴奋问道。

“真的。我还可以去求圣人和贵妃赐你一支五色琵琶，我这无伤是我书学先生与我师弟一同手制，如今先生老了，师弟却已然技成。我寻遍天下也要找一根顶料紫檀木来，请师弟与你再造一支清素琵琶，定比我这无伤不差分毫。”

阿娅欢喜，许久，又渐渐不笑了，低着头，手上摆弄着衣角，不说话。

“怎么了？……想是到底舍不得耶娘。”李素炫柔声说道。

“你真的想带我去大唐？去长安？”阿娅碎碎说着，也像问话，也像喃喃自语。

李素炫点点头，说道：“真的。阿娅聪明，又这么喜欢琵琶，我想教你，想带你去长安，让天下高手都来指教你。还有，我那书学先生乃是大唐第一等学问家，他和我都可以教你识字行文。阿娅想不想随我去？固然远离故土，远离耶娘，但你跟着我，我不会让人欺负你。你但肯用功，他日必有成就，又口能成诵，每日书乐快乐，不是远好过在此间埋没？”

阿娅又沉默许久，李素炫不催她，耐心等着。终究事大，她不会马上想好。

许久后，阿娅抬起头来看着李素炫，眼中蓄满泪水，难过说道：“素儿，我想随你去大唐。听人说大唐繁华，还有许多琵琶高手。我喜欢弹琵琶，真的喜欢，我想听你指教，想跟你去长安见见那些高手。我真的想随你去，真的……但是我不能去。”

“为何？可是舍不得耶娘？”

“才不是，我才不会舍不得。我阿娘……她有我阿耶。”阿娅低低说道。

李素炫猜测其中有缘故，不作声，等着阿娅说话。果然过了许久，阿娅鼓起勇气说道：“素儿，有件事，我不曾告诉过你。”

“你说，我听。”

阿娅踌躇许久，低声说道：“我……我有心爱之人……他叫哲赫努。”

李素炫一愣，阿娅又说道：“我二人相识几载，父亲不许我与他在一处。只是我偏不听父亲话，打也受着，骂也受着，我就是要与他在一起。父亲一怒，将我捆起来，塞进车子里，交族人随商队带到敦煌城。城里有族人在那里经商，父亲叫他们管着我。”

李素炫恍悟道：“怪道你跑出来了，你是要回去找你心上人。”

阿娅点点头，强忍泪水，难过说道：“素儿，我想随你去长安，真的，可我不能跟你走。我与他说好了，此生不分开。我去敦煌城路上走了半年多，在城里又被困了近半年，回来路上又有几月。就是能回去找到他，此生也少了一年多了。”

李素炫不语，阿娅又问道：“素儿，你可曾有过心上人？”

“我自幼修行，自然不曾有过。”李素炫答道。

“所以你不明白。”阿娅说着，抱着李素炫手臂忍不住落泪，含混呜咽着说道，“素儿，我真的喜欢弹琵琶，真的想跟你去长安……可我真的不能去……”

李素炫难过万分。旁的理由，一千个，一万个，她也能驳回去，唯独这一个，她一句反对话不敢说。

“哲赫努如今在何处？”

“被他父亲关在家里。”

李素炫想过许久，咬咬牙说道：“将他抢出来、偷出来，你二人就能见面，都跟我去长安。”

阿娅脸颊上挂着泪珠，一时不知所措，李素炫又说道：“我带你二人一起回去，回了长安，给你们买个小院子，你们好好居家、生孩子，不用管旁人乐意不乐意，就是天下人都不乐意，也不用管。”

李素炫对阿娅说话一向很柔和，教她弹琵琶也很耐心，见她怏怏不乐，还总是哄哄她，今日突然上来股邪乎劲，这胆大主意竟也想得出来。阿娅半张着嘴巴看着李素炫，吃惊不已，难过都忘了。

“怎么样？”李素炫又问道。

阿娅傻着，说不出话来，李素炫又说道：“你要是觉得偷抢不大好，我去与他父亲商谈，问他有什么要求。他若是要金银，多少我都给他。”

阿娅愣愣看着，泪水漫过眼眶，又一串串掉下来，许久后，咬咬牙，摇了摇头。

“素儿，我不能随你走……”

“为什么？为什么？”李素炫不甘心，不停追问。

阿娅再不回答，只是哭个不停，越哭越伤心。李素炫没法子，只得轻轻拍着她肩膀安慰她，再也没有问什么。许久后，阿娅止住了眼泪，看着李素炫，轻声说道：“素儿，你教我支歌行不行？大唐一定有许多好听歌调，一定有女子唱给心爱男子听的。你能不能教我一支？”

李素炫点点头，回屋取了无伤，回来坐好，利落调好弦律，轻轻弹了几下。

“我中华有一朝，国号为汉。汉有乐府，承秦制，为朝廷官署，专掌乐事。乐府定期派遣乐官到民间采风，编纂成集，到今日古乐不存，旧词犹在，今人各自度曲传唱。有一首名《上邪》，便是女子唱与男子听，曲调是我十四岁时所弹，师父与我修改过，长安城里许多人传唱。我今日教给你。”

阿娅点点头。

上邪。我欲与君相知，长命无绝衰。山无陵，江水为竭，冬雷震震，夏雨雪，天地合，乃敢与君绝。

阿娅不通唐音，却能生记住。李素炫连唱了几遍，她便能跟着唱出来。几遍后，李素炫不唱了，只弹琵琶，和着阿娅歌声，听她声音甜润清凉。

“素儿，这歌里唱的什么？”阿娅唱熟了，停下来问道。

“女子发愿，请求上天，愿与心上人永好。除非高山平了，江河水干了，冬日有雷，夏有雨雪，天地合一，否则绝不分开。”

“我喜欢这支歌。”阿娅含泪笑着，欢叫着说道。

李素炫将无伤递给她，阿娅手上熟练，片刻就弹得顺了，自己认真弹着唱着。李素炫叹了口气，起身在院子里走了几步，又独自站着失神。大漠秋凉，夜露微寒，天上月色铄金，群星辉灿，又有几丝薄云牵连，淡扫如翳。李素炫感叹，去乡万里，今夜幸有月共天涯，遍照西域，又照长安。故土处，此刻定是南山雪亮，穹幕幽蓝，龙首塬上寂寂无声。

## 210

柔和弹弹琵琶，唱些汉家歌调，静淡过了几日，李素炫多陪着陈蘅，与她说话，听她说话。婚礼前一日，陈蘅忽然说道：“素儿，这几日，我与你唠叨够了。明日起，我不怕了。”

李素炫惊讶片刻，看着陈蘅。陈蘅笑了笑，坦然说道：“慌了一路，到这里后又接连慌了这几日，够了。惧怕无用，索性不惧。我为武人，纵是一死，也不该惧怕。哪怕做了这工后，果然成了箭垛了，最坏也无非一死，与上阵杀敌有何不同？如何要怕？”

李素炫开心笑起来，与陈蘅彼此抱着肩膀相拥。

“你从前说过，武不能示弱。谢你陪我颓丧了这几日，明日起，我要认真做这罗喏国王后。无他，不惧。”

翌日，阿娅听李素炫嘱咐，哪里也不去，独自在院中弹习，安然过了一整日。婚礼场上，唐使宣圣旨，赐李蘅与罗喏国王成婚。李素炫随宫中女仪官指引，在不远处观礼，陈蘅出现时着盛大礼服，仪态端庄，脸上全无惧色，笑得从容洒脱，足堪一国之后。李素炫喟叹不已。

婚礼后数日，宫中大摆筵席，连日庆祝，也宴请八方来客，少不了歌舞助兴。李素炫看得赞叹不已，心想：“此间琵琶果然精妙，却也吓不住我，我倒足可吓他一吓。唯诸般鼓技精湛，舞蹈极妙，回到中土，就是宫中歌舞也不过如此。这若是端木见了，怕是眼睛都挪不开了。”

宫中依然欢腾，陈蘅过来找到李素炫，对她说道：“素儿，我向夫君询问过，你若想去西夜、乌除，最好早些去。这里比别处降雪晚些，只是不久也要冷了，若是降过一场大雪，道路就不好走了。”

“好，我明日便出发。”

“我请夫君遣国中精壮卫士相随保护，仍请察罕陪你同去。他武功精湛，又熟唐音，各处胡语都会说，方圆千里风俗也晓得许多，能帮你忙。这一路你与他也熟了。”

李素炫谢过陈蘅仔细安排，第二日一早便出发奔赴西夜，随兵士行军，一路兼程，行得疾快。一路上李素炫反复弹着梦中琵琶曲子，唱着母亲所教歌谣。临近西夜，最后一次歇息时她又弹唱起来，忽然觉得手上与口中十分陌生，好像哪里弹得不对，或是唱得错了。停了许久，也能弹完、也能唱完，只是觉得陌生。想是二十年来心中太过切切，临到城下，近乡情怯，反生惶恐。罗乱许久，索性将无伤缚好放在车子里，出去骑马，看看沿途风景。

此时众人已入了西夜地界，四周丘陵迟缓，深广无边，秋草离离，尚有青绿，又夹杂枯黄，兼带霜雪之色。远近树木或聚或散，疏密间错，不及终南山中巨木高大，却也盘护四下流水。

“果然是一片好牧场。”李素炫笑道。

“先生说的是。”察罕答道，“眼下草场已是半黄，若是五六月份，正茂盛时，也是景致。”

李素炫很开心，几人快马骑行，到达西夜第一座城池时，先遣使节已将李素炫一行来意告知城中官员，官员即刻遣人出迎，将一行人引至官署，秉笔吏已在等候。

李素炫与众人行礼相见后，一句多余的也没说，立刻从随身包裹里取出纸笺，指着上面字迹请秉笔吏辨认。秉笔吏看了一眼，清楚读了出来。

“李成。”

“李成……”李素炫喃喃说道。

秉笔吏又用疏勒语对李素炫说了几句话，李素炫疏勒语还算熟练，只是这句话里有几个词她不懂得，察罕立刻为她解释了一遍。

“音是这个音，声未必是这个声。”

李素炫立刻明白，算了一下，成音有四声，仄声只有逞、骋、秤等几字，阴平声约有撑、瞠、赪等字，都不像人名里用的，大约唯有阳平声里“成”字和同声字能用来取名字。

“想来我父亲便是叫李成了。”李素炫想着，泪水毫无征兆便流了出来。

本地官员在一旁陪着，仍不太明白前后因果，察罕详细解释了一遍。那官员知道李素炫为大唐使臣，不想她母亲却是西夜人，也吃惊，也同情她，也立时多了几分亲近。

“先生有事尽管说。”官员说道，“这等事情怎能不尽心帮忙。”

李素炫点了点头，将母亲歌谣轻轻唱了一遍，请西夜人帮助辨认。这歌调在她心中二十余年了，师父用律吕为她记了谱子，按照此处乐律来唱，不会讹失太多，小小儿歌，本也不繁杂。语音语声却是用中华文字标注，本就不准确，二十年来已很是不同，所幸有苏获纠正过，旁人还能大约听出一些来。几位西夜人认真听了，又叫李素炫一句一句分开唱，商议过许久，官员说道：“我几人都觉得，这调子果然是我西夜流传，曲词却没听过……”

“那词中唱了什么？”李素炫强压急切，耐心问道。

“我等也不能从头到尾听明白，只能辨认出些词来，连到一块，猜猜其中意思。听歌中所唱，似乎是说有个山谷，谷中有石头，有井，井边长着野草，庙宇边上有河，河边有村子，深山里有仙人……”

旁边一人纠正道：“不是寻常野草，是一种能吃的，叶子细长的……稍等。”

官员说着在旁人耳边嘱咐一句，那人飞快跑出去，片刻拿了一株细细根叶过来，道是院里采的。李素炫接在手中一看，皱眉道：“薤白而已。从长安城到此间，天下草生处就有薤白，不算是标记。”

几人彼此看看，不知如何是好，李素炫复又行礼问道：“请问贵地可有歌中所唱之处？”

几人摇了摇头，说道：“山谷、石头、井水、野草、庙宇、河水都寻常，只不知道何处有仙人。”

“想也是不好找。”李素炫无奈笑道。

众人见李素炫十分失望，能想到她此刻心情，纷纷安慰劝解。李素炫不忍辜负旁人好意，收起难过，强作轻松。夜间回到行馆，她仍沉郁不乐，独自抱着无伤，落落弹着梦中调子，看着天上月影恍惚出神。空院落中灌满了北地夜风，周身微凉，叫人不得不清醒。她等了二十年，今日这结果，也不知道算不算是结果。

翌日，李素炫独自在行馆院中默坐，怀抱无伤，随手拨弄，心中空洞。日昳时门外传来响动，是察罕引阿娅到了。临近西夜，李素炫心急，与众人骑快马早到，阿娅乘车，晚到一日。她一路安稳，只在车上认真弹习，也不想别的，也不急。察罕估算好了时辰，到城外接到了她。李素炫抱着无伤轻弹，手上并无错乱，弦声却有些恹恹，见了阿娅，笑得柔和，问她路上是不是很累。

"素儿打听到什么了？"阿娅直接问道，又小声问，"你是不是不开心？"

"没有……你怎么知道？"

"你要是开心，肯定不会问我累不累，你会问我这几日弹得如何，可遇到什么难处。"

李素炫叹息一声，又笑道："你倒机灵。我也不算难过，从前就知道，此事不能指望太多。"

李素炫落寞说着，手上仍旧随意弹着，茫然无措，也是出神，也是失神，许久才振作起来，对阿娅说道："这几日都没顾得上与你说话，你现在去将琵琶取来，弹了让我听听。"

"素儿，你若难过，今日就不管我了。"

"无妨，快去。"李素炫柔声说道。

阿娅立刻起身跑开了。察罕走过来，猜李素炫仍在失望中，特意捧了些葡萄与葡萄酒过来安慰。

"其实李先生还是有些运气。"察罕笑道，注了盏葡萄酒递给她。

"好歹知道父亲名字了。"

"非但如此，这名字应当是错不了。西域诸国文字都简单，不及你中华文字音声复杂，若要以西域文字注中华文字，只能寻个近似的。成、生、争三个音，用西域文来注，可能都注得一样了。唯独它西夜文，这三音是分开的，不会混淆，所以，先生父亲名字定是李成，不会是李生，或李争，不然也麻烦。”

李素炫点头说道：“此事果然是我运气好……尊使好学问。”

察罕又笑了笑，恳切劝慰道：“这西夜地界不大，几日内可细细搜寻一遍，看有何处地方与歌中所唱一致。今夜先不要烦恼了。”

“尊使说的是，是在下心急了。”

察罕与李素炫一同饮了几杯便告辞离开，阿娅抱着琵琶蹦跳着跑过来，欢喜坐好。二人对坐弹了许久，眼看月儿上了树梢头了，四下无尘，也无流萤，夜色清凉如水。二人舍不得撇下这清净月光，回屋取了件织毯裹在身上，仍在院里弹着琵琶，也说些话。

“我要在西夜各处勘察一番，大约三四日回来。你在此间等我，好好弹习，不要出去。我留几名卫士保护你，请城中官员照顾你衣食。”

“好。”

“我若不在，这院落与屋舍中便只你一人，不知道你怕不怕。”

“不怕。”

“若害怕，或有事，就叫一声，卫士就在隔壁院落中。我嘱咐他们多留心你这边动静。”

“好。”

阿娅身子骨轻细，十指玲珑，心思敏捷，又活泼乖巧，李素炫看了看她，笑道：“若二十年前我母亲不曾将我送到长安城，我今日定然与你一般，胆大闯荡，傻得不晓得怕死，抱支琵琶到处跑，跑到何处就弹到何处。闲时坐着弹，行时在马背上弹，绊倒了就趴着弹、仰躺着弹，看天下何处快活，就寻到何处，不浪撒够了绝不回家。若是世上有人在意我，定是要急死，算他倒霉。”

“素儿淘气。”阿娅笑道。

“小时候果然淘气，现在乖巧了。”

“为何？”

“现在没人急了。”

第二日清早，李素炫将阿娅留在院落中，又叮嘱了她几句，便随着察罕与卫士出发。地方官员想得周到，写了公文与衙府中人携带，令随李素炫等人同行，并请了向导带路。众人一路快马飞驰，四处查看，不入城池，只看山泽。西夜不大，地势却多变，有许多草场，也果真有些山谷、河谷，至于井、石头、小河，不过寻常，薤白更是四处都有，也果然不曾见着神仙。几日内众人将西夜地界踏勘一遍，到处都与歌中所唱相似，却也都没有什么格外特别处。

李素炫出发前就预想到会是如此，也失落，也能想通，满怀不甘、无奈，却也能认命。她叹息着回去找阿娅时，本地长官已召集了其他几座城中长官，并族中各部长老，都聚在衙署里，正等着她。西夜地界不大，只这几日间，递函就已到达各城与部落，各处人都已赶到了。

“我等都已遣人到辖地访查，四处打探可有歌谣中所唱之地，也打探二十五年前可有我族中女子与大唐武士成亲，数日内便会有回音。”

李素炫立刻行礼谢过，与几人围坐好，重新唱起歌调来，看能不能再听出些什么来。她幼时所说定是此间言语，却早已全然不记得了，眼下所唱音也不很准确，众人将数段曲词听来听去，能听出来的也还是那几个词。

李素炫也只得认了，最后拜请众人帮她找位熟手乐人来。

“在下想将这调子好好听听。”李素炫怅然说道，“这调子是多少年间断断续续听到的，听不到处我自己修补了，但肯定还是不全一样。贵处没有如此曲词，想来这词也不是原词，是我阿娘所填，专门要我记住自己家的。”

众官员与长老立刻吩咐下去了，转头又与李素炫商议了几句，告辞离开。察罕带着李素炫回行馆，一路上李素炫默不作声，察罕知道她心中难过，有心安慰几句，想不出什么能说的来。

“倒是没有想到本地官员和长老会如此热心。”许久后，李素炫淡淡说了一句。

察罕笑了笑：“你是大唐天子内史，来头可不小。”

“也是。”李素炫也笑了。到底不是做官惯了的，知道自己这名头拿出来颇唬人，却总是记不住。

“还有个缘故，你想是不知道。”

“什么缘故？”

“西域许多地方风俗与大唐不同，大唐以父族计世系，此间以母族计世系。”

"……也就是说，在大唐，我父亲是唐人，我便是唐人；在此地，我母亲是西夜人，我便是西夜人？"

"正是。西夜这称谓古来就有，在西域算不得大国，就是跟疏勒都督府所辖其他地方相比，也只是个小地方，竟然出了一位大唐天子钦差，这可不是小事情。他们也是不敢不认真，也是见了你觉得亲，更觉得光彩，真心想帮忙。"

李素炫心中生出些愧疚来，暗自想道："如此说，倒是我有些没心肝了，这几日里也不觉得与他们有什么格外亲近。察罕不说，我都想不到这里。"

"你当不当这里是你家？"察罕幽幽问道。

李素炫许久没有回答，察罕没有再问。

回了行馆，李素炫未入院落便听到琵琶声，走进去，果然是阿娅坐在树下弹习。她见了李素炫，起身扑过来，连声询问，李素炫只笑着摇了摇头，没有多说，转而询问阿娅几日间练得如何，又颇给了些指教。

翌日清早，各处官员与长老带着位乡间乐人到了行馆。李素炫很高兴，行礼相见后客气请求，乐人弹着琵琶，将歌调唱了几遍，李素炫着力记下，又在琵琶上弹过，彻底记得牢靠了。又向众官员和长老请教曲词，哪怕就是那几个词，也想读得准些。众人仔细教她，她仔细学，一遍遍读，不厌繁缛。众人见她如此殷切，都很高兴。

夜里，李素炫反反复复弹着这支调子，觉得万般熟识，又陌生。心中凌乱，勉强压着，只是见了阿娅，仍旧打起精神来，笑着与她说几句话，问她今日练得如何，又叫她取琵琶过来，弹了听听。

弹着调子，与阿娅说着琵琶，一二日间，各处官员与长老陆续给了回音，道是并没有格外打听出什么来。

"只是我这里二十余年前果然有过一场大瘟疫，当时死了不少人，有些村子人死了大半，其余外逃，整村都荒落废弃了，不曾复建。我们多寻了些人手，遣出去令细细打听，只是年深日久，怕不会一时就有消息。"

众人愧疚，一边说着，一边道歉，一边不住安慰李素炫，倒叫李素炫不安。她深深行礼谢过众人，暗自盘算，眼下留下来等待也没什么用处，还麻烦此间人，圣人遣她送嫁，也令她在西域采四方风俗乐要，这事也不能不用心。想了许久，决定先回归罗喏国，拜请此处各位官员与长老继续打探。

“若有任何消息，烦请即刻遣人到罗喏国相告，在下感激不尽。”

众人郑重允诺，李素炫行礼谢过，告辞离开。

马车咿呀前行，阿娅在车里，依旧抱着琵琶弹习不辍，李素炫心中烦闷，独自在外头骑马。眼下也不用急了，数十马匹随着车子走，一日不过六七十里，渐渐出了西夜地界。李素炫回头看了一眼，轻轻叹了口气。

“等了二十年，只为这匆匆几日。我余生怕是再也不会来这里了。”

## 211

众人走得不太快，也不累，也能看看四周风景，李素炫心境渐渐开阔了些。几日后离乌除地界近了，四周草也依稀，木也依稀，夜间微有结霜，已是淡淡冬日。沿路地面宽阔平坦，远处有巨大高崖耸立，赭石色崖壁上有点点白色，正不断跃动。李素炫骑在马上，笑着对身旁察罕说道：“看那头崖壁上有许多鸽子，走了这几日，见个活物不容易。

察罕笑了笑，说道：“那不是鸽子，是山羊。”

李素炫吓了一跳，那崖壁少说也有二三十丈高，她不相信羊能上去。眯着眼睛仔细看了阵子，那点点白色动起来果然不像飞鸟。

李素炫瞠目结舌，察罕笑道：“山羊叫山羊，就是因为在山上。”

“我知道山羊在山上……只是没想到是这种山。”

“山羊蹄子硬，能挂住崖石，巴掌大地方就立得住身子，多陡多高都上得去。野兽上不去，山羊就不用怕，若要吃草饮水便下来，吃饱饮足了再上去。”

“是在下见识少了。若说猴子手足并用能爬山，我还能想一下，这山羊蹄子也上山，果然想不来。”

“若遇顺路，离近看就能看清楚了。”

说笑前行间，察罕说道：“再歇一夜，明早便入乌除地界。他那处不大，很快便到阿娅家。”

李素炫回头看了看车驾，这几日阿娅在里头闷着独自弹习，从早到晚，格外认真，片刻不肯停歇。李素炫回过头来说道："大唐有诗，云是胡人半解弹琵琶，果不虚传。我就半路糊涂着捡了个丫头，不过十五岁，又不曾有人仔细教过，自己摸索着练，就能将琵琶弹到如此地步。"

"胡人果然半解弹琵琶……在下却是另一半，不会弹的那一半。"察罕谐谑笑道，李素炫也跟着笑起来，又惋惜说道："我很想带她去长安，寻高人教授她，她也想去，却说自己有了心上人，不能去。我只得送她回家，还要劳你陪着多跑几百里。"

"这丫头，也够野，也够生性，竟然敢自己从敦煌城跑出来。"察罕说道。

"听她说，她与心上人分属两族，这两族数百年彼此敌对，所以父亲不允她二人结合，硬将她送到了敦煌城。只是少年人情意炽盛，哪里压得住，再胆小的也胆大了。她说她回家见到父亲，要与父亲商谈，寻个法子了结，总不能就这么拖一辈子。"李素炫笑着说道，想到一两日间阿娅就能见到哲赫努，十分为她高兴。

察罕却陡然勒住了马匹，惊讶道："此事当真？"

李素炫点点头说道："当真……怎么了？"

察罕缓过神来，看看后头车驾，又转回头来催马与李素炫靠近了，并肩而行，俯身过来，口吻焦急，小声说道："此中有缘故，你不知道，不然一定不带她回来。"

"为何？"

察罕叹息道："这乌除地界里有几族乃世代死敌，互相攻伐不休，也绝不通婚。若有两族男女彼此中意，肯定会被强行分开。若二人不愿分开，就只有一个法子。阿娅说她回去与父亲商议了结，指的就是这个法子。"

"什么法子？"

"两族各派长老，商议个日期出来，罢战数日，在两族交界处掘一墓穴，允这一对有情人在墓穴前成婚，礼毕，即刻入墓穴内相携自尽。待二人死后，直接在墓穴上筑起坟茔，两族人在两侧饮酒歌舞，狂欢三日。这三日里彼此算作亲家，绝不互相挑衅，绝不动手，三日后复为死敌。"

李素炫震惊万分，说不出话来，许久，白痴般问了一句："……真的？"

"真的。"

李素炫满心恐惧，半晌，急急说道：“如此，我便将阿娅心上人偷偷带出来，带他二人一起去长安。”

察罕摇了摇头说道：“她肯定不会随你去。”

“为何？”

“若他二人私奔，父母手足会被族中人处死，以示惩戒。阿娅一定是不愿私奔牵连父母手足，却又与那男子情深不舍，意欲相殉。父亲不忍，只得绑了她送到敦煌城，将他二人拆散。只是没想到这三千余里仍是拆不散。”

李素炫再说不出话来，迷茫四顾。察罕见她恍惚，没有再说什么，只是不停叹息。

黄昏时，军士在临时驻地扎着棚帐，李素炫强作平静，叫上阿娅，带她走到略远处一座小石丘下。

“阿娅，你说要与父亲商谈，寻个法子了结，我知道是什么法子了。”李素炫说道，直截了当。

阿娅默然，李素炫也不说话，盯着阿娅，等着她说话。许久，阿娅依旧不语。

“你拿定主意了？”李素炫追问道。

阿娅轻轻点了点头。

李素炫死盯着她，突然伸手将她手腕扣住，恶狠狠说道：“今日此事叫我知晓了，你休想。你父亲能将你捆起来，我也能。将你塞进车子里，拖也拖你去长安，也不能看你一条命就如此不要了。”

阿娅用力想挣脱李素炫，只是李素炫力气比她大得多，她用力许久也挣脱不出来，哀求道：“素儿，我不能随你去长安，真的。哲赫努在等我，我们说好了，如果不能一起活，就一起死……”

“不能在一起，就不在一起。我带你去长安，教你弹琵琶，教你读诗书，帮你找个好地方安家。长安城里繁华热闹，终南山中自在清静，你想在哪里安家都由你。每日读书、弹琵琶，独自一人一样能过了这一世，不能在一起又如何？为什么非要去死？这一世不能在一起，还有下一世，为什么非要去死？”李素炫说着，眼泪不停落下来。

阿娅不死心，手上无力，却仍旧试图挣脱，哭喊道：“我不要下一世，万一没有下一世如何是好？我只要这一世，只要这一世在一起，或者死在一起，我不在乎有没有下一世。素儿，你修行多年，你有道行，你看得透、想得开，可我不行。你不明白，这事没有你想的那么简单，我独自一人就是过不了这一世……”

“阿娅，你十五岁了，又不是小孩子，能不能别胡闹。”李素炫气得大喊。

“我没胡闹，我五十岁也这样。”阿娅回嘴道，毫不服软。

“你怎么那么相信他？”李素炫呵斥道，“你二人一年多未见，你怎么知道他还记得你？你傻着跑回去要与人死在一处，你怎么知道他记不记得当初约定？说不定他早就忘了你，早就有了新欢，早就不想要你了。”

“他不是那等负心人。”

“你怎么知道？”

“我就是知道。”阿娅毫不示弱。

“十足捉混，真想打你个半死，叫你犟嘴。”李素炫咬着牙恨恨说道。

“你打我我也要回去。我想死谁也拦不住，你将我捆起来塞进车子里，我咬断舌头也一样能死。”

李素炫气得脸色煞白，一句话也说不出来。阿娅突然瘫软，脚下虚浮，跪坐下来，李素炫仍然死扣着她手腕，被她拖着也蹲了下来。阿娅抱着李素炫肩膀大哭。

“素儿，我真的很想跟你去长安……”

李素炫一边流泪，一边给阿娅擦着眼泪，柔声说道：“那就跟我去。”

“不，我不能去。我二人说好了的，我答应他了……”

“答应了也可以改主意。世上那么多人变卦，老天也来不及挨个惩治，不是都活得好好的？”

“旁的事情都不打紧，只这一件事，不能改主意。不管老天罚不罚，也不能改主意。”

李素炫看着阿娅，慢慢松开了手，瘫软跪倒，双手掩面，弯下腰，埋首在一地砂石尘埃间，不停流泪。世上有许多人一辈子也不知道爱到刻骨是什么滋味，可李素炫知道。她想带阿娅去长安，不想看着她死，可她也知道，有些事可以拦着，有些事不能拦着，也拦不住。若阿娅能活到许多年以后，她会知道活下去也不是难事，一生漫长，却又短暂，咬咬牙便挨过去了，无论有何等艰难痛楚，人也不是非死不可。可眼下，没有哲赫努，她就是活不下去，就是过不了这一关。

阿娅见李素炫痛哭不止，反过来安慰她。

“素儿，阿娅心中欢喜，你不要为我难过。其实我也羡慕你，自幼修行，独自来去，每日诗乐做伴，一生不爱男子，省了多少苦楚麻烦。我若早早认识你就好了，我随你去长安，跟你弹琵琶，没机会遇见他，就什么事都没有了。可是我先遇见他了，就不能跟你去长安了……”

李素炫再没有一句能说的。按大唐律令，良人女子年满十五必须婚嫁，许多女子索性入道，图一副法外逍遥。长安城中女冠多风流，唯独李素炫坚守行迹，不染霜尘。人只道她厌恶男子，性情怪异，也有人说她不过是假作正经，焉知背后不快活。她从不辩解一句，只作没听见，独自将心中寂寞、委屈忍过了十年，举世不知，无可倾诉。阿娅却可以哭，可以闹，可以强项到底，随心上人一同爽快赴死。李素炫舍不得阿娅，却又羡慕她，甚至嫉妒她。

“他二人相爱多年，若不能守，便以身相殉，纵死也是光明正大、名正言顺。一生至此，何其痛快。我却没这等机会，若是有，天下人也拦不住我。罢了……成全她。”

李素炫终于止住眼泪，抬头见阿娅正看着她。

“如此你竟也抱着琵琶每日从早到晚弹个不休。”李素炫酸涩一笑，说道。

阿娅点点头，安然说道：“以前没人像你这样认真指教我，他们也没你弹得好。我喜欢琵琶……我想死前认真弹几日。”

李素炫再不能相劝。此事天下人都有资格劝止阿娅，唯独她李素炫没这个资格。她擦了擦眼泪，对阿娅勉强笑道：“去将你琵琶取来。”

阿娅欢快起身，往车子那头跑过去，将二人琵琶都取了过来。李素炫心里烦乱，倒是阿娅一心平静，弹奏如常。李素炫听着她琵琶声，叹息想道：“我不过教了她三个月，她就如此有长进，若肯随我去长安，得天下名家指教，三五年内定有大进境，再二三年，没准我都不如她。她这一路上藏着心事，赴死而行，却抱着琵琶从早弹到晚，不知是有多喜欢。她若随我去长安，什么都能见识到，功名利禄不过垂手，可她还是要回去找哲赫努，只求死在一处。此等人，劝不住……”

李素炫将无伤拥在怀里，轻轻靠着，低首敛眉，静听弦声，月光隔着轸轴在她脸颊上投下阴影。阿娅认真弹了许久，轻轻唱起了《上邪》。她肩头瘦瘦的，眉眼清秀，抿着嘴唇，一副倔强，弹着琵琶，唱着歌调，一心念着她的哲赫努，恁般执拗，非要回去找他，死也不怕。

“阿娅，你与我十五岁时一模一样。”李素炫轻轻说了一句，满心疲惫。

“真的？”阿娅天真问道。

“真的。”

李素炫低下头，大大睁着眼睛，让泪水直直落到地上，不打湿眼眶。许久，阿娅停了下来，小声说了一句话：

“素儿……对不起。”

“有什么对不起的。”李素炫声音很小，依旧不敢抬头。

“我是不是没出息？”阿娅问道。

“不，不是。”

“真的？素儿琵琶弹得好，听王后说，你书也读得好，字也写得好，诗也作得好。可是阿娅字都不认得几个，只喜欢弹琵琶，遇到你了，你肯教我，我却不肯好好随你学习，不听你话，非要回家。王后说，你若是男子，定能做宰相，造福万民，可阿娅什么也不在乎，只想回去找我的哲赫努。素儿，我是不是没出息？”

“不，不是。”李素炫不停落泪，仍旧没有抬头，低声说道，“我也没什么出息，我从来也不想有什么出息，我只是没法子。”

阿娅不知李素炫话中所指。自古深情落魄，李素炫格外落魄，却没法说出来。阿娅伸手拉着她衣袖，恳切说道：“素儿，我真的一定要回去找他。我想让你知道我现在心中感受，我想让你明白我……我怕你怨我。”

“我明白，阿娅，我明白，我不怨你。”

“真的？”

“真的。”

“那日后你想起我来，不要难过。我开心，你别难过。”

“好，我不难过。”

阿娅松开手，又将琵琶弹了起来，唱着《上邪》。这歌自汉时传下，不知有多少年了。十四岁时李素炫第一次为这歌度曲，唱与师父听过后，不停追问师父，当年那位女子与所爱之人是什么结局，是不是一生都在一起。师父笑了笑，说不知道。

## 212

李素炫一夜未眠。第二日清早，众人拔营出发，李素炫陪阿娅一同乘车，满怀心事，阿娅却是满心欢喜。昨夜李素炫已下了决心，要成全她，只是清早起来，看到日光明亮，世间无限美好，又忽然舍不得她。

“素儿，你看那边，这次真的是鸽子，不是山羊……”阿娅欢叫道，回头看着李素炫。

李素炫突然伸手，紧紧扣着阿娅手腕，盯着她眼眸，心中剧烈翻搅。她想将阿娅牢牢捆起来，叫她动弹不得，然后吩咐察罕将马队掉头，直接回奔罗喏国，歇几日便直接将阿娅捆着回长安。她想蛮横一回，歹毒一回，做一回恶人，死活也要拆散这对有情人。

“素儿……”

阿娅看着李素炫，目光中满是乞求。李素炫不肯相让，仍旧盯着她，手上用力到手指酸痛，也不肯松开。她想问问阿娅，如此一死值得不值得？可她也知道，所谓深情，起于动心，成于真心，守于定心，归于甘心，千般计较抵不过心中一念，哪有什么值得不值得。她终究问不出口。

阿娅性子倔强，也不挣扎，也不再哀求，只迎着李素炫目光。二人彼此死死盯着，直到最后，李素炫败下阵来。

她彻底溃乱，心神坍塌，一身委顿，蜷缩在车子一角，抱着两膝低头啜泣。她舍不得阿娅，这伶俐少女与她当初一模一样，她能苦挨着活下来，阿娅也一定能活下来。她也嫉妒阿娅，不想成全她，只想捆她去长安，却又知道阿娅性烈，果然求死，谁也拦不住。眼下李素炫只能怀着一副恶毒心肠，指望那少年哲赫努早就变了心意。

乌除地界果然不大，不过半日多，一行人到了阿娅家。阿娅在门前唤了一声，耶娘见了她，骤然间变了脸色，呆呆立着。阿娅上前平静行礼相见，耶娘互相看了一眼，说不出话来。阿娅不慌不忙，将路上所遇说了一遍，又引李素炫与耶娘相见。

父亲长叹一声，问道：“阿娅，你就不能改主意？”

阿娅看着父亲，摇了摇头，阿娘在一边突然大声哭起来。

事情再无余地，翌日，两族长老对坐商议，将婚期定在七日之后。阿娅与哲赫努分别已有一年多，李素炫本指望那少年早过了热劲，宁负盟誓，不念前约。不想那少年相思一载有余，本已是病骨支离、气若游丝，听了长辈询问，竟然大喜过望，起身接连行礼，一口应了下来。阿娅更是满心欢喜，恳请阿娘为她准备嫁衣。阿娘哭得近乎晕厥，却仍点了点头，蹒跚着走开了。李素炫在一边看着，忍不住问阿娅父亲：“为何不拦着她？怎么能如此轻易便遂了她？”

阿娅父亲黯然答道：“有此归宿，一生之幸……再说，也拦不住。”

李素炫如坠梦中，阿娅不介意，还是拉着李素炫到无人处，求她指教琵琶。

“你仍旧要弹……”李素炫呓语道。

“我喜欢琵琶，今生还能弹七日，便好好弹这七日。”

“好，我教你。”李素炫湿着眼眶答道。

弹过几曲后，李素炫与阿娅讲了几句，接着，忍不住问道：“阿娅，若允你二人自尽……”

李素炫说了半句，不敢再说，阿娅笑笑，顽皮说道：“你一定是要问我如何死法。”

眼泪在李素炫眼中打转，她喃喃说道：“……怕你受罪。”

阿娅手上依然弹着，笑道：“倒是不受罪，法子也有好几样。可以先饮酒，大醉后躺好。我乌除有一种丝麻，织得特别密实，着水打湿了，覆在口鼻上，覆三四层，很快便会窒息而死。此间人还会用草药配制毒丸，溶在酒里，少饮些，可使人亢奋，跳舞唱歌，彻夜不休，直到脱力、昏睡，若是足够浓，便可致命。我二人一起饮酒，饮到尽兴，最后共饮一杯毒酒，躺在墓穴里等死便是。不管哪样死法，俱是无知无觉，并无痛楚，不受罪。”

阿娅说着，如同说起女孩儿家华丽衣裳、贵重钗环，一副兴奋。李素炫心中绞割，接连长叹。

翌日清早，李素炫与阿娅细细讲过琵琶，见她认真弹了起来，便去村外寻察罕，讨了些米来，到了阿娅家中，问阿娅母亲可不可以借她厨间一用，并给她一些酒头。阿娅母亲不明白，仍旧点了点头。李素炫将米洗了，泡上，又回去找阿娅，指教她弹琵琶。估计米泡得差不多了，又回了厨间，将米蒸熟，种了酒头，入酒坛封好。

婚礼在七日后，二人对坐了七日，李素炫指教了阿娅七日，阿娅从早到晚坐在那里一动不动，整整弹过七日。歇息时，仍旧轻轻弄着琵琶弦，与李素炫讲着往事，她与哲赫努如何相识，最初如何动了心，又如何盟誓。她只说开心事，至于如何为两族不容，如何被父母拆散，如何相思苦楚，她一句也不提，只是一日一日算着婚期，满心渴望，瞳仁中光芒闪烁。

七日后，天色迫近黄昏时，阿娅换上盛装，与李素炫随族人带领，出村走了许久，到了两山间平地处，那里果然已掘好墓穴。两族人共到场百余众，在墓穴两侧站着。天上尚有些光亮，四周燃着无数火把，阿娅到了墓穴近旁，向对面急切寻找，片刻后听到那边一声欢呼，一个少年从人群里冲了出来，跑到阿娅身旁，一把抱住了她。

“阿娅，你回来了。”少年喃喃说道。

“你怎么瘦了这许多？”阿娅又急又痛。

“想你了。”少年咧嘴笑了笑，憨声说道。两人紧紧相拥，絮絮说着情话，诉着相思，旁若无人。

许久，阿娅松开少年手臂，匆匆跑过来，将李素炫拉到少年身边，开心说道：“她叫素儿，从长安来。她会弹琵琶，我从没见过比她弹得好的。她教了我几个月了。”

少年见李素炫着男装，汉人长相，便学大唐礼节，抱手行礼，恭敬说道：“哲赫努谢过先生。”

李素炫恍惚间还了一礼。看这少年不过十六七岁，眉目舒朗清秀，与阿娅站在一处，果然般配。

“如此一对璧人，如此相爱，为何他们不能在一起……”李素炫心中恨挫不已。知道他二人此生已没有多少时候能说些贴心话，不想打搅，咬咬牙转身走开。拔足之前，向身边墓穴里看了一眼，平整土坑穴，很深，用粗木头围了坑地与四壁，里头只一张木榻，铺着席子与织毯，看着像棺床，却无棺椁。

“素儿教了我一支歌，大唐情歌，自古传下来，是女子唱给男子听的。你想不想听听？”阿娅柔声问道。

少年笑笑，点了点头。阿娅立刻回身取了琵琶过来，与少年在墓穴边相对坐好，弹着琵琶，唱起了《上邪》。两族人依旧分立两边，手握火把静静看着，无人说话，男子肃然，女子忍不住难过，开始低声哭泣。一片寂静火光中，唯有阿娅手中铮铮弦声，伴着歌声清冷。

唱过一支歌后，司仪宣布婚礼开始。很简单，不过是双方长老宣布允婚，向神明祝祷，双方父母隔了很远简单行礼，阿娅与少年也彼此相对，简单行礼。之后，司仪高声昭告，他二人自此结为夫妇。

礼毕，两边族人轮流走到二人身边祝贺新婚，之后彼此诀别。只是两边人绝不同时上前，他二人也绝不能到对方族人那一边去，只在墓穴旁站着，紧紧牵着手。李素炫心中麻木，不知两族有何等深仇大恨不能化解，为何不能饶过这一对爱侣，人要有何等铁石心肠，能看着一对少年人如此死去。

告别后，两族人将火把插在地上，各自分散开来，仍是中间隔着，绝不混杂。众人开始张罗倒酒，强迫自己说笑。阿娅跑过来拉着李素炫，在她耳边小声说道：“素儿，一会儿，你到后头去，你别看这边。到后头去，弹你无伤，别往这边看。”

李素炫强忍难过，点了点头，回身取酒坛打开，注了一盏，递给阿娅。

“阿娅，这酒是我酿的，眼下天凉了，酒不太熟，只是果然是我亲手酿的。我自长安来，这便是长安酒。今生你到不了大唐，到不了长安，就饮一盏长安酒，若你我来世有缘再见……”

李素炫难过得说不下去，阿娅轻轻点了点头，举盏一饮而尽。刚放下盏子，李素炫忽然伸手拉住阿娅，看着她，还是舍不得她，还是不甘心，还是想劝她。只是看着她双眸清亮，透着无限欢喜平和，李素炫终究还是忍下了。她慢慢松开手，对阿娅说道：“叫师父。”

阿娅一怔，李素炫又说道：“叫一声师父。”

阿娅立刻明白了，学大唐礼节，后退一步，抱手深深行了一礼，郑重说道："阿娅拜过师父。"

李素炫点了点头，抚着阿娅脸颊，笑了笑，柔声说道："你夫君在那边等你，快去找他。"

"师父所赠唐琵琶，阿娅带着。"

"好。"

阿娅最后对李素炫笑了笑，转身飞快跑远了。李素炫磨着牙，将舌尖咬得极痛，拼命压着泪水，转身向后连走几十步，躲到昏暗处坐好，解出无伤，未调弦律便弹了起来。身旁人开始纵饮，欢声渐起，狂歌又舞蹈，无人听李素炫琵琶，她也不想弹给什么人听，只是弹着，弹得狂乱，泪水不停落到无伤身上。旁人递上酒来，也不拒，人给她多少，她便饮多少，饮到浑身冰冷，昏昏沉沉。

夜深时，众人都已酣醉失智，许多人从随身小囊里取了药丸放在酒中化开，也递了一盏与李素炫，她想也未想，接在手中，一仰而尽。人生百年，醉不过三万六；心有千窍，情无非一念间。爱是痛楚，忘又忘不掉，挨又挨不住，难得今日不清醒，姑且纵浪一场，狂饮浓酒，醉弹琵琶，管他生前，管他身后。

片刻后，李素炫不再觉得冷了，身上血脉偾张，燥热不堪，眼前一片模糊，只见四下火光混乱、人影憧憧，各处声响嘈杂，远近摆荡，如无数鬼魅笑谈。她手上未断，却听不到碧弦有声，双手渐渐麻木，不听调用，眼前越来越模糊，耳中声音也越来越小，直到最后失去知觉，坠入无尽深渊之中。她努力告诉自己不要睡着，不要停止挣扎，耳边几声怪笑后，不过须臾，她渐渐醒了过来。

睁开眼睛，天空中蒙蒙有亮光。李素炫不解，费力调动一点心神，四处寻找月亮，直到天色越来越亮。她侧卧着，动弹不得，眼睁睁看着朝阳血红，从天边一片模糊光影中跳了出来。

许久后，她渐渐能看清楚了，也能听清楚了，动动四肢，也渐渐听用了。勉强撑起身子，见无伤仍在自己手中，周围横七竖八躺满了人，个个宿醉未醒，仍在酣睡之中。几十步远处，一座新坟已垒了起来，坟边胡乱丢弃着铁锨与绳索。

李素炫缚了无伤，走到坟边，静静看着。

新坟未干，土色深重。这坟茔里埋着阿娅，与她心爱之人并肩在一起，手边有一支唐琵琶。这琵琶来自长安城，她无比心爱，终日在怀中抱着弹过这几月，只是以后再不能弹了。

日光击打在李素炫额头上，她站在坟前，恍惚回想前夜，只如梦中。许久，忍不住轻轻唤了一声：

“阿娅……”

四周安静，坟茔里不会有声音再回答她。

太阳渐渐升得高了，露水开始消散，金光遍洒，尘世寂静光明。看看远方，极远处，是雪山，沿天地间，只细细一脉金线，亮得耀眼。大漠旷极，波诡万千，冬有雷震，夏有雨雪，江河常没于黄沙，唯昆冈万仞，擎如巨擘，不教天地合。

李素炫静立许久，长叹一声，转身要离开，只走了几步，看见自己所用酒坛仍在地上，抓着坛子口沿晃了晃，听见里头有水声。昨夜这酒只与阿娅斟了一盏，余下的想是有旁人饮了，却没有倒干净。李素炫拿着酒坛回身到坟茔边上，将余下一点酒浇酹在地，丢下酒坛，肩负无伤，转身踉跄离去。

# 第四章 卓蘭朵

开元十五年（727年）三月—开元二十二年（734年）三月

# 213

三月里，野草俏皮，贴着地面长得飞快，又细嫩。草间花朵开或半开，胆大的站着开，粉红彤红，一身骄横，胆小的躲着开，藏匿在草株之间，颜色也淡，又无香，努力开了许久，只自己知道。原野上连日晴朗，日光照得宇宙清澈，极远处，大雪山亘亘如脉，群峰嵯峨，峰顶之上烟云沆砀，模糊迷蒙，若临其境，定是深寒坼冰，万物覆转。只是眼下离得太远，人只见得到群峰之上雪霰弥散，柔曼如纱，一片暴烈成了些许清淡诗情，若不仔细，都难留意到。

西域道路被大雪封闭了一冬，开化后商队又陆续上路了，车马辚辚，沿水源缓缓前行，走走又停停，一路艰辛无比。远天鹤唳飘渺，翼下生风，一振千里。恨人肋下不生双翅，大唐与长安如前世梦影，不知还有多远，也不敢细想，只低头挨着向前走，积跬步，谋千里，今生终能抵达。

自上古以降，异血融容皆仰仇战。黄帝流炎帝、杀蚩尤，合炎黄，统东夷，熔铸炼化，华夏自此初成。又有苗蛮、百越、戎狄，半入华夏，余者各自为种，成就异族，复与华夏为战，复又融容。历代交兵，死伤无算，初为寇仇，旋即和合，终有大汉，延祚至唐，始有今日中华之盛。数千岁交伐无数中，唯西域商路迥异。张骞凿空，汉皇定鼎，中华历代苦心经营，方有如今万里依稀道路。车马在途，稀疏不绝，游丝伏脉，艮艮牵连，纵贯无数国族民众。沿途各国皆仰商路，各遣将卒守卫，又设榷场，易物产以通有无，取赋税以资国帑。不交兵，不接战，不死伤折损，各国通力协作，商贾辛苦往来，也致人口徙转，也得钱物交换，也有婚姻儿女存续以盛中华骨血，也有诗书画乐通达以壮中华文脉。商路慈悲，举目天下，舍此无谁。

自汉设都护府始，都护府士兵便兼有保卫商路之职，多在各国交界处逡巡守护，也时常远途追缴盗匪，夺回人口财物。剿匪士兵大都不是寻常士兵，而是骑兵，个个骑术精良，武功极致，会用各色长短兵器，擅马战，又擅步战，二十余人一队，互有配合调度，又能单兵深入。这些武士深知商路要紧，行路不易，常年忠心守卫，每日出生入死，刀头滚血，什么人间杀伐都见过。

孟春里一个傍晚，一队都督府武士在一片平地上挖掘墓穴，身旁有六七具尸身正待埋葬。死者有男有女，也有小孩子，都是行商，不久前刚刚遭遇劫杀。下手的定是伙惯匪，手中薄刃精准无情，不多费力，只在死者颈项一边上开个寸许长小口子，很浅，利落割断筋脉。一众士兵一边挖掘墓穴，一边想着，劫匪下手后立刻退身数丈，冷静看着这几人片刻间血溅数尺而死，死前或许连害怕都来不及。

“这手狠得……叫人后背发紧。”一名武士小声嘀咕着。他们在商路上见了尸身都会尽量掩埋，没法埋得太庄重，只是浅浅掘个坑，将数具尸首并排放了，盖上一尺土，也好过露于荒野。

“一路上他们这是第三次下手了，每次都是颈项上开个小口子，就要了人命。看来这些人都有武功，行事歹毒无比。我等要小心。”

说话的是个二十六七岁男子，中高身量，浑身紧实，肌肤晒得黝黑。他没有与众人一同挖掘，而是与另外几人一同持械警戒，一边看向外围，一边对身后人说话。

“看这一户人也不是彼等对手，使刀吓住了，劫走车马便是，根本用不着杀人，他们却一个活口不留，连小孩子也杀了。”一人说着说着火起来，旁人立刻跟着骂上了。

众人很快将尸身掩埋好，围在一起商议。

“队长，我们眼下离都督府有两三百里了，还追不追？”

队长便是那个二十六七岁男子，带着这些伙伴，每一步他都必须想清楚。

“这些人去岁便屡屡出手，蛰伏一冬，又开始了。若不剿灭，怕是等不到彼等自己收手。”

队长沉吟着说过这句，回头嘱咐身边人：“李成，我们今日不走了，你带人到那头扎好营帐，我们今日早些歇息，明日早起，继续追击。”

“是。”李成应了一声，转身招呼人到那头忙碌去了。队长带人将地上血迹清除后，也跟了过去。天色渐渐暗了些，夕阳斜扫过来，赤光染着绿草，颜色灰黑，幽暗不祥。队长在略远处看着众人劳作，独自沉思，一点残辉映在他眼眸中，不久后渐渐熄灭，又不久，星光在他眸子里闪烁起来。

再向前不到一百里就是荒漠，众人远离都督府，孤军作战，越往前越危险。若是进了荒漠，马匹走不快，有些路段甚至走不了，就更危险。唐军大部队都驻扎在都督府各屯所，巡守也只是在屯所附近，只剿匪小队能追出很远，可是小队在荒漠中作战却没什么优势。劫匪将营地设在荒漠中，每劫得货物都送到营地里，在营地中休整后再出手，就是为了躲避唐军追剿清算。

众人歇下后，队长安排好人手轮流瞭望警戒，接着与副手李成在一起商议。

“劫匪带着大批货物，肯定急着要回荒漠营地里。再有一百里入荒漠，若要求稳妥，最好在这一百里以内阻击劫匪，之后迅速撤离。”队长说道。

“不知道他们那营地里有多少人，莫要除恶不尽，留下后患。”

“先追上，抓活口来问问再说。此处荒凉，烽燧稀疏，贼匪行事又远避烽燧，我等求援也慢，各烽燧人手也不多，后援也无力。总之我等孤军远出，不安全，要尽快解决，及早返还。”

两人商议好了，明日早起带队驰行，在入荒漠前这一百里以内追上贼寇，探明情况，再作决定。

翌日清晨，一队人马天不亮就出发了，沿水源前行，不会与劫匪错开太多。众人都带着几匹马轮换骑乘，饿了在马上随便吃几口，连续奔袭往复，寻找贼匪下落，几个时辰也不曾停下来，尚不到日昳便远远看到一队匪徒。彼等带着车马辎重，走不太快。

武士们将马匹略放慢了些，但没有停下，队长在行进中做好了部署，先用强弩攻击，随后掩杀，动作要快，同时嘱咐副手李成抓活口过来审讯。简单几句分派完毕，二十余人同时催动马匹，疾冲向前，分进合击，并不喊杀，离得近了便放出弩箭。这些人都受过专门训练，又常年剿匪，弩箭并不是乱发，而是按照多年默契，每人负责几个，瞄准后精确狙杀。十余名贼匪顷刻间死了一大半，其余人抽刀扑了上来。武士与贼匪都知道，只要交上手，就只有一方死干净才能结束战斗。众人胶着，个个拼命。

片刻后，贼匪只剩下两人，李成将他们打倒，令人利索捆在马上，旋即带人在每具尸首咽喉上补了一刀，立刻准备撤离。单论武功与配合作战，劫匪纵然凶悍，也远不如这些精良武士，但此地离劫匪营地近，武士们必须马上离开。他们将贼匪尸首装上马车，连同彼等所劫货物一起带上，横向避开大路，连续奔驰两个时辰，远离战场，躲进一片林子里。

眼下众人可以暂时松口气了，刀剑生死，对他们来说不过寻常，众人很快歇缓过来。队长安排几人去将贼匪尸首掩埋在林子里，李成将那两个活口带到队长面前，将一人口中所绑布带解开。

“你们营地在哪里？”队长冷冷问道。

那人只是不说话，心想左右也是个死。

李成抽出刀来，轻笑着在那人脸上轻轻划来划去。他与队长并肩作战十余年，配合默契，每逢审讯也是各唱阴阳，队长问得冷静，他动刀子。劫匪顽悍，知道自己犯下的是死罪，当兵的允诺说实话就放了他们，他们并不会相信。

刀尖寒凉，旧血未干，队长与李成都不说话，只李成不住用刀尖来回划着。许久后，那人终于憋不住了，沉声问道：“我若说了实话，你们能不能让我死得痛快些？”

队长点了点头，李成冷笑一声，将刀收了回去。

“从今日战场上向西，自甘泉路口入荒漠，到路尽头再向西北二十余里，沙丘后头便是营地。”

“你们一共有多少人？”

“大约百十来人。”

“目前营地里有多少人？”

“我们出来有半个多月了，营地里谁来谁走，我不知道。”

队长一边问话，一边打量，见这人年岁不大，二十岁都不到。

“你怎的这么点年岁就出来做贼了？做贼多久了？”

“刚入伙半个月就随队出来，然后这就被你们捉了。”那人说得倒是从容。

“杀过几个人了？”

“还没杀过人。”

“没杀过人？你们入伙前不都要杀个人做保状？”

“我不敢杀人，是熟人带入伙的，给我说情，头领准了。”

一众武士顿时哄笑起来，李成和队长本来绷着脸，也忍不住笑了。

“真是朝中有人好办事，贼也跟官府一样，连保状都能免。”

众人连说带笑，将这人带走，又将另一人带过来问话。

“你们营地中眼下可有所掳人口？”

“有大约六七名女子。”答话的是个中年匪徒，个子不高，却壮实，看着很凶。

“那些女子都是哪里掳来的？”

“各处都有，也有大唐女子，自军镇左近处抓了来。”

队长与李成互相看了一眼。

“你杀过多少人？”队长问道。

“别问这么多没用的，方才说妥了，说实话，可以死得痛快些。”那人粗声答道。

队长又问了几句，核实了一下，两个匪徒所说无异，随即挥手，叫将这两人捆结实了看好，安排人值守，令众人就寝。

翌日清早，队长令人给两个劫匪饱饱吃了一顿，将那中年劫匪带到角落里，一刀痛快杀了，浅浅埋了，将那少年劫匪两手拇指各剁下一截，叫他再不能握兵器。行刑后令人为他包扎伤口，带出森林，推他上了一匹马。

“你不曾杀人，昨日又说了实话，队长令放你走。虽然伤了拇指，却只是不能再做贼，若勤快些，放羊耕种也还勉强能做，饿不死。”

一名武士说着，另骑了一匹马，带着少年劫匪很快跑远了。他要将这少年劫匪反向带出百里后才能放他走，同时也要到临近烽燧通报，请驻守士兵安排，向最近一处卫所求援。其余武士拔营出发，按照昨日少年劫匪所说，入了大漠，很快找到劫匪营地所在，远远躲避起来，将马匹隐蔽好。夜半时分众人去了身上甲胄，换上夜行衣，摸到营地近处潜伏下来，想看看虚实，若营地里人手不多，便将那六七名女子救出带走。

今夜月色昏昧，四周幽暗，什么也看不清楚。劫匪怕人夜袭，晚间一律不许点灯烛，月色下只一片低矮营帐影影绰绰簇拥在一起，隐约看得出高低错落，却不知道哪顶营帐里有什么人。营地足够容下百几十人，只是眼下天日温暖，风雨不大，商贾往来频密，劫匪大都在外忙于劫掠。营地里有人值守，却果然人手不多，眼下又是深夜，留下看家的也大多睡熟了。

几名武士夜深时潜入营地，迅速将各处打探一番，很快回撤到其他人身边，将各自所遇汇总，大致推断出营帐分布和地面状况。又猜测几名女子关押之处，商议后，推测出几个地点来，做好分配，静待天明。

天蒙蒙亮时，周围物事勉强看得清楚了，队长下令行动，留下两人接应，他与副手李成等分了几组，飞快冲入营地。没有夜色掩护，值守者很快发现了，大声发出警报。劫匪大多在沉睡之中，不能立刻起身集结，也不能立刻找到唐军武士所在，几小组人必须趁这一会儿工夫完成任务。他们迅速搜索既定标的，每遇到营帐，二三人格斗抵挡，另一人搜查，很快找到被囚女子。众武士将几人全部带上，呼哨着彼此通报，立刻重新聚集起来，将那些女子拦腰抱了带上马匹，也不管她们舒服不舒服，策马飞奔，即刻撤离。

贼匪不知道武士们有多少人接应，不敢追赶。武士们很快跑得远了，暂停下来略事歇息。一众女子惊魂甫定，才知道自己得救了。

“将军。”一名女子突然呼喊起来，“我妹子还在贼匪营地中。”

队长立时追问：“营地中还有被掳女子？”

“正是。”那女子哭诉道，“前阵子匪徒共劫了九名女子，本关押在一处，后来有三人因格外有姿色，被单独献给了劫匪首领，另辟一处关押，其中一人是我妹子，求将军搭救。”

“关在营地中何处？”

“我不知道。”

又问几句，那女子一句也答不上来。队长挥了挥手，叫人将众女子带到远处暂时安顿，自己仍与副手等人商议。

“我们方才是突然下手，仗着弩机厉害，又提前得了信，知道他布防状况，大约知道这些女子被关在何处，快刀直入，这才顺利得手。若再回去，不知道那三名女子关在何处，得到处搜查，何况贼匪定然已重新布置好，格外警惕，也说不定搬了些人马回来。我们眼下弩箭所剩不多，再去，十分危险。”李成说道。

队长思忖片刻，咬了咬牙，低声说了一句：“大唐子民，焉能轻弃。”

众人见队长有了决意，不再说话，立刻抖擞起来，等待部署。队长令八人带着获救女子疾速回驰，到近处烽燧中躲避，自己带领副手李成等十余人回头去救那三名女子。两拨人说好了，立刻分头出发。

“贼匪定然想不到我们这么快便复返，最好他们怀着侥幸还没有跑。若是跑了，无法带上那几名女子，怕他们撤退前将人杀了，我等要快些。切记不要恋战。”队长吩咐道。

“是。”

众人很快接近劫匪营地，备好了长短兵器，略散开队形，仗着马快，自远处便开始飞奔，直接冲入一片棚帐中，按照之前所侦状况分组搜查。队长这一组只搜到第二间大帐，就发现了三名女子，被捆在一处。他立刻将几人身上绳索割断，带她们到了门口，另三人已斩杀两名贼匪，立刻一人接了一名女子。刚要出发，一名女子指了指里头一道小门，说不出话来。队长会意，反身回去一脚将门踢开，见门口处有个小女子靠着墙，一动不动，不知道死的还是活的，也管不了太多，一把将她揽起，夹在胳膊下，转身出了门。

凌晨攻击后，劫匪已撤走许多，余下不多人，此刻开始拥了过来。几名武士互相背靠着，一边战斗一边护着身边女子，慢慢向营地外撤退。三名女子都能行走，只有队长所携女子被他揽着，他一手使刀，有些不便。正危急间，另一小队人赶到，汇聚战斗，立刻扭转颓势。贼匪剩不到二十人，有人仓促间不及赶到，眼下围攻者一共十来人，唐军武士带着四名女子，虽一时不能取胜，却也不落下风，顷刻间出了营地。

## 214

劫匪见唐军武士撤退，自己这边又死伤了几人，勉强打了片刻便不追了。众人带着所救女子迅速与营地外接应者会合，上马飞奔，很快出了荒漠，在一处草滩上停了下来。

三名女子连吓带累，从马上放到地上，已是站都站不住，互相扶着软软瘫倒在一处。队长下了马，将怀中女子放下来检视，见是个十二三岁少女，看长相是西域人，浑身是血，不知伤到了哪里。探了探，还略微有呼吸，若是只看面色，还真当她已经死了。他立刻将少女交给那三名女子，让她们检查一下少女身上到底哪里受了伤。

“不用看，她肯定浑身是伤。”一女子说道。

“你怎么知道？”

“这女子是半月前掳来的，开始与我三人绑在一处，后来有个男子过来，像是个首领，强迫这女子就范，她不肯，拼死相抗，劫匪火了，用鞭子狠狠打她，打到她昏死过去，就将她捆起来。那贼匪说胡语，我们听不懂，只是他好像不打算杀死她，非要日日折磨她，早晚要打到她求饶，情愿侍奉。”

“混账。”一名武士高声叫骂起来。

“这十来日里，那首领每一两日就过来一趟，先用水将她泼醒，解开绳索，问她肯不肯侍奉。这女子还是不肯，劫匪又毒打她，她还是不松口。”另一女子说道。

“那贼匪一直盯着她，不然，怕就是我们遭毒手了。”又一女子说道，说得很难过。

众武士心中恨挫，找出金疮药来，简单说了用法，叫那三名女子照顾受伤少女，接着回避到略远处，持刃警戒。三名女子围着少女，小心将她身上血衣揭开，见她身上密密麻麻都是鞭伤，一道道挨着，新伤旧伤累累交叠，不知有几层。几名女子心酸不已，一点点给她上好药，很多旧伤已与衣物碎片长在一起，稍微揭开便流血不止。少女依旧昏睡，身上冰冷，动也不动。几名女子流着泪将些浅伤处置好，深些的不敢碰，留了下来。

再上路，众人心里不很慌张，但也要尽量走快些。队长脱下外衣，连同条织毯将少女从头到脚裹了起来，抱她在怀里，单手牵缰前行。太阳升到头顶了，照在少女脸上，苍白如沙。队长不时低头看看她，盼望她能醒过来，可她一直昏睡着，几道伤口在颈项上横着竖着，其中一道扫到脸颊上，血淋淋连到嘴角。队长几次低下头，一眼之下都以为她口中吐着鲜血，心里一慌，旋即想起来那是一道鞭伤。

一个时辰后，众人遇到了卫所所遣接应人马，这才彻底放下了心。

卫所中有军医，军医却是男子，不便治疗女子身上外伤，只将少女手臂上伤口处置好了，让几个女子在一边看着，又嘱咐了许多。军医避开后，几名女子照军医方才做法，细细清理少女身上伤口。那些伤口看着叫人心惊肉跳，几名女子初时吓得手脚发麻，许久后才稳当了些。伤口血肉中有异物就轻轻擦掉，与衣裳黏在一处，便用细棉朵蘸水一点点润湿、分离，长在一处的分不开，姑且将周围多余布料剪了，余下的留待连同结痂一起脱落。清创后上药，伤口太深处便要包扎。背上几处格外伤得重，鞭痕交叠处皮开肉绽，深可见骨，几名女子只能用布将少女身子盖了，剪开个洞，露出伤口来，请军医过来用线缝合。众人花了几个时辰才将少女身上伤口一一处置好，从头到尾，少女紧紧闭着双眼，一动不动，仿佛死去了一般。

处置完伤口，三名女子围着少女，怜悯她伤重，佩服她生受了十几日毒打却不肯屈服，轮流将她照顾得仔细。少女睡得深沉匀实，她额头饱满，两眉乌黑，睫毛浓密，果然容颜姣好，怪道被单独献给了劫匪首领。

翌日，少女醒了过来，身上还是动不了，只口中微微有些声音，仍旧神识模糊，却好歹有了些活人模样。

几日后队长过来探望。他冒着危险救下少女，又将她抱在怀中带回卫所，心里挂念，只是来了许多次却并不进屋，只在屋外向那三名女子询问，道谢后便离开。少女身上伤势渐渐好起来，伤口慢慢结痂，结痂又慢慢脱落，露出底下细嫩肌肤来。伤浅处痕迹一点点淡了，深处只怕是要落疤，所幸嘴角边上那道伤是鞭梢扫上去的，不深，再几日就会消失不见。眼下她已可以勉强起身，挪步到院子里晒晒太阳了。

一个月后，少女伤势恢复许多，脸色也好了不少。三名女子依旧仔细照料她，也带她在院中说笑。少女会说数种胡语，却听不懂大唐女子说话，那几名大唐女子又听不懂她说什么。眼下少女身子还是有些虚弱，手脚无力，却露出天性来，听不懂人说什么，见人高兴，便跟着高兴，咯咯笑得脆生，抿着嘴唇，眉眼弯弯，甜得像勺蜜糖。

一切安定下来后，那三名女子被护送回原先军镇中，与亲人团聚，临别时与少女依依相辞。之后，少女独自一人落寞过了几日，自己换药，自己照顾自己。

一日清早，队长带着副手李成来寻，张口操着疏勒语问道：“我说话你能不能听得懂？”

少女点了点头。

队长带她在屋子里靠近门口处坐下，躲着日光，温和问道：“你叫什么名字？”

“我叫卓兰朵。”少女答道，“你叫什么名字？”

“我叫李诚。”队长回答道。

“李诚？”少女不解，看了看副手，指了指，问道，“李诚不是他？我听见你刚才叫他了。”

队长笑了：“他叫李成，我叫李诚。”

少女迷惑不已，来回看着两人，副手笑眯眯答道：“我果然叫李成，兄长也叫李诚。军中长官叫他大李诚，叫我小李成，或者大李、小李。”

“我们两人名字说出来一样，写出来不一样。”队长口吻十分柔和。

少女似懂非懂，点了点头。

“你家在哪里？”队长又问。

“朱俱波州。”

“彼处归我疏勒都督府下辖，离此有些路程。你是怎么落到贼匪手中的？”

“我在草场上牧羊，与贼匪撞见了，他们就将我绑了，带着我走了好些日子，也不知道走出多远。”

“听人说那贼首每日折磨你，用鞭子打你，要你乖乖侍奉，你竟然不肯屈服。”队长叹息说道。

“为什么要屈服？”少女立时恨声道，“又不是什么好人，打死我，我也不会听话。”

队长看着这倔强少女，心中感叹，也佩服她。

“你家中可还有人？”

“有阿娘与兄嫂一家。”

“好，你的伤再有些日子就愈合得差不多了，到时候我着人送你回家。”

少女点了点头。两位武士起身告辞，少女将他们送出了院门，临别时忽然问队长道：“那日是不是你们救了我？是不是你带我回了这里？”

队长点了点头："你怎么知道？"

"我记得你说话声音。"

队长笑了笑，嘱咐少女不必相送，转身走远了。少女在他身后看了他许久。

那日少女伤重，一直在昏睡中，中间醒了几次，只是浑身僵硬，动弹不得，喉咙里也发不出声音来。她一直被李诚抱在怀里，耳朵贴着他胸膛，屡次听到他说话声，知道他是大唐军中武士首领，蒙眬中猜到是他救了自己，便将他声音记下了。她失血许多，冷得透骨，李诚一直暖着她，她裹着他衣裳，嗅到那上面男子气息。这些，她在濒死中都记下了。

卓兰朵不知道的是，救她那日，将她交给接应者后，李诚立刻带兵杀回荒漠，要趁劫匪没有逃离，彻底解决这伙人。官军远出屯所时首重救人，并不格外盯着劫匪追杀，李诚带人救了六位被掳女子后旋即复返，又回手救下卓兰朵等四人，已是贼匪所料不及，存着侥幸以为他们不会很快再来第三次。虽然也知道要放弃营地，却舍不得将历次劫得财物丢下，全部装载了带上，撤退便慢了一步，不出百里，被李诚带人拦截在路上。

烈日之下，李诚一声令下，刀剑齐出，顷刻间贼匪死了一半，余者眼见抵抗无用，弃了刀剑投降，被聚到一处。李诚只问了几句话，便将折磨卓兰朵那名匪首揪了出来。

那人生得粗蛮，李诚看了他一眼，回头平淡嘱咐副手："用不着让他太痛快。"

"你混账。"匪首被绳索绑着，挣扎着骂起来，"道上历来有规矩，投降的不能虐杀，要给个痛快。你大唐官军向来守规矩，你凭什么不守？"

"你个壮汉，仗着一膀子力气欺负十二三岁女娃，你守什么规矩了？"李诚冷冷问道。

"那又如何？她是俘虏，哪条道上规矩说是不能惩治俘虏了？"

"她是民女，不是女兵，不是战俘，又十分年幼。按我大唐规矩，男子不能如此对待女子，按西域好人里规矩，男子也向来不做这事。你缴械，可以给你个痛快；你折磨个弱女子，却不能饶你。"

李诚挥了挥手，副手立刻上前拖着匪首往回走，匪首破口大骂。

"行了，你别骂了，自找的。"副手说道，"叫你过来就是要让你明白，知道自己临死前为何比旁人多遭几道罪。那碎女子伤得极重，我都恨不能将她带过来，叫她看着我怎么一寸一寸剐了你，给她出了这口气。”

匪首一路狂吼，副手毫不客气将他拖走了。行刑后武士们立刻撤退，回了卫所。

卓兰朵身边人都听不懂她说话，她有些孤单，李诚心中怜悯，有时过来看望。他来时，卓兰朵异常开心，蹦跳着迎上去，叽喳说笑着，说过许久，又突然一句不说了，小心看着李诚，看着看着，脸就红了。

“兰朵，你的伤快好了，等好利索了，我遣人送你回家。你家在朱俱波州哪里？”

卓兰朵不说话，仍看着李诚，片刻后小声问道：“我可不可以不回家？”

“为什么不回家？”

“我……我日后跟着你行不行？”

“我要打仗，不能带着你。”李诚口吻柔和，哄着她。

“我知道你不能带着我，我不从早到晚跟着你，我就在这里。你打仗，我等你回来。”

“我只是临时在这里，不久后就要回都督府。”

“那我跟你去都督府行不行？”

“我回了都督府，也还是每日打仗，不能带着你。”

“我知道，我在都督府等你回去。”卓兰朵说道，声音不大，口气却执拗。

“兰朵，你既然有家，就该回家，你家中不是还有阿娘与兄嫂？再不回去，他们也要惦记。”

“我在外牧羊，几个月不回家也寻常，眼下阿娘与兄嫂不会惦记。商路上有的是人，叫往那边去的给托个口信就行了。日后，我跟着你行不行？”

卓兰朵问着，口气却不像是与李诚商量，而是已经有了主意。

“兰朵……你不能跟着我……”李诚皱了皱眉头。

卓兰朵自然不会说实话。唐军剿匪武士个个武功高卓，李诚便是筋骨利落、身手迅敏、杀伐果决，人却生得质朴周正，言语平和不惊。他性子稳重踏实，不很活泼，在一群人中并不出挑，人要与他打过交道、说过话，才会喜欢他、记住他。可卓兰朵却觉得李诚分明很抢眼，他在哪里，哪里就不一样，好像连光都更亮一些。

李诚飞快盘算着：“到她家有几百里，眼下也不能派很多人送她，路上也确实不安全。可是这卫所里只有男子，她留下来也着实不便，何况她伤也没全好……”

“兰朵……不然，这样……”李诚想好了，又开了口，“过几日我回都督府屯所，带你一起去，你先与都督府军属在一起。待你伤好了，身子也结实些，入秋到初冬路上劫匪也少了，我再安排人送你回去。”

“好。”卓兰朵一直看着李诚神色，猜度他在想什么，听他这样说，立刻高兴起来，脆生生答道。

两人商量好了，李诚告辞，卓兰朵欢跳着送他到了门口。

“我叫卓兰朵，你为什么叫我兰朵？”临别时，卓兰朵问了一句。

李诚停下脚步，想了想，这才发现自己果然一直叫她兰朵。他笑笑说道：“我中华有卓姓，我总觉得你姓卓，叫兰朵。……兰朵这名字，在我唐话里，很好听。”

“真的好听？”

“真的好听。”

“那你以后就叫我兰朵。”

“那不是将你名字裁开了？”

“裁开就裁开，既然好听，你就叫我兰朵。”

“好。”李诚笑着点了点头，挥挥手转身走了。

都督府中军属聚居在一处，几乎都是女子与孩子，其中有些西域女子能听懂卓兰朵说话。李诚将卓兰朵交给那几名西域女子，拜托她们照顾她，便离开了。

连着近一个月，卓兰朵没有再见到李诚，她有些魂不守舍。都督府屯所比卫所大得多，士兵也多许多，她不知道要到哪里去找李诚，也不知道找见了要说什么，只是每日从早到晚不停想着他。忍了许久，她忍不住了，跑到军营附近，不敢太靠过去，在外围走来走去，每碰到西域士兵，赌人家听得懂疏勒语，便上前跟人打听。

“他叫李诚，有个好友，也叫李成。他们一起剿匪。”卓兰朵只会说这句，别的她什么也不知道。

屯所里有数千士兵，不是人人都认识李诚或李成，多数人只是摇摇头走开了，也有人听了询问会说一句。

“李诚？我知道这人，军中尉官，专剿贼匪，十分勇敢善战。”

“那他在哪里？”卓兰朵立时一振。

“这个我却不知道，只知道他确实在这里。”那人笑着说道。

卓兰朵有些失望，又咬了咬牙：“无妨，既然他就在这里，我慢慢找便是。”

连着十来日，卓兰朵一直没有打听到李诚到底在哪里，倒是她在到处寻找李诚，这事儿传到了李诚耳朵里。他不知道卓兰朵为什么这么急着找他，怕她有什么事情，或受了什么委屈，第二日一早便到了军属住区去见她。

卓兰朵见了李诚，眼前一亮，欢呼着扑了过去。

“兰朵，你在找我？”李诚连忙用手接着她，柔和问道。

卓兰朵突然又安静下来，小心点了点头。

“找我什么事？”

“……没什么事。”卓兰朵犹豫了很久，低声说道。

李诚不敢问卓兰朵身上伤口好了没有，只是看她嘴角边那道伤痕已经不见了，颈项上数道伤痕也大半消失，只剩下两三道还淡淡有些颜色，不知道还能不能下去了。李诚心中怜悯，他能想到她身上定然伤痕密布，许多伤痕怕是要一辈子留在她身上了。

“你怎么不说话？”卓兰朵小声问了一句。

“我在等你说。你到处找我，我怕是有什么事。”

卓兰朵迟疑着摇了摇头：“……没有。”

“没事那我先走了，若真的有事，你到驻区西边第二个路口，向里走一点儿，碰见人了就问，那里人都认得我，能找到我。”

李诚说着转身要走，卓兰朵立刻追上来。

“我是要将这个给你。”

她将个小物件塞到李诚手中，转身匆忙跑开了。李诚抬手仔细看了看，见是枚绳结，韧蒲草搓成绳子所编，很精致，也小巧。李诚不知道这绳结是拿来做什么用的，回营询问，有西域士兵认得，说是西域多地有此风俗，恋人间结绳互赠，取意一世交绕，与中华同心结相类。李诚一怔，随即明白了，叹了口气，好笑又无奈。

第二日清早，卓兰朵依李诚头一日所说，找到了驻区西边第二个路口，没有询问李诚在哪里，只是问了人，确保那人果然认识李诚，托那人将一个小布包带给他。李诚拿到小布包，打开，里面仍是一枚绳结。

每日清早卓兰朵都会来一趟，从不要求见到李诚，只托人带给他一枚绳结，有时是蒲草所编，有时是麻绳所编，偶尔有布绳、丝绳所编。开始时用小块布料包着，后来或许是没有布料了，索性不包着，就直接交到人手上，请人带给李诚。没多久，李诚身边人都知道了这件事。

李诚很为难，一日清早，他在路上等着，很快见到了卓兰朵。小女子欢呼着跑过来，李诚却没有再伸手去接她。卓兰朵也不介意，停下脚步，安静站着，看着李诚。

“兰朵……”李诚嗫嚅着，不知该怎么说起来，犹豫片刻后说道，“再过些日子，我着人送你回家，你还小，不该离家太久。”

“我不小了，我十六岁了。”卓兰朵倔强说道。

李诚打量着卓兰朵，笑了笑：“你哪里有十六岁？看你也就十二三岁，或者十一二岁。”

“十二三岁，十一二岁，哪有我这么高个子？”卓兰朵不服气。

李诚这才注意到，卓兰朵身子明显已经长起来了，筋骨开张，腰肢矫健，浑身瘦削有力，果然是十五六岁模样，只是一张脸实在长得太小了，横竖看着不过十二三岁。

“……一直以为你还是小孩子。”李诚不由得笑了。

“我不是小孩子了，我什么事情都能自己做主。”

“好，我知道你不是小孩子了，但是……兰朵……”

“我从小就会打这个绳结，巴望有一日可以送给什么人。”卓兰朵打断他，“我打听过，你家里没人，还听人说，你打仗很勇敢，真正是一位英雄。我还知道你喜欢我，不然我不会缠着你。”

李诚被卓兰朵说得答不上话来，勉强回道：“你怎么知道我喜欢你？”

“不然你为什么一直叫我兰朵？”

“……那也不是……兰朵，我是喜欢你，但一直只当你是个小孩子。”

“那你现在知道我不是小孩子了。”

李诚语塞，卓兰朵却横气，将绳结硬塞到他手中，转身跑开了。

又半月，卓兰朵依旧每日送一枚绳结给李诚，也依旧不求能见到他，只将绳结托付给人，转身便走。这小女子不作声，犟得像株苇子，默默系着绳结送过来，也不管李诚回不回应她。她越这样，李诚就越紧张，越不敢见她。

六月里，一个傍晚，李诚委托副手去了趟军属住区，见到了卓兰朵。

“你怎么来了？”卓兰朵认得他，记得他叫李成，与自己所爱男子同名，知道他二人多年一同作战，十分亲密。她非常高兴。

“明日一早，兄长要带我们几十个兄弟一同出发，追剿一股劫匪，不知要去多久，大约十几日，或者更久。他让我来告诉你。”副手说道。

“你们打仗，为什么要告诉我？”

“我们这帮人就是剿匪的，又不是什么秘密，为什么不能告诉你？”

“我不是这个意思。”卓兰朵有些恼火。

副手也是个糙汉，愣了一愣，又想了想，才明白过来。

“他……许是不想你每日辛苦跑过去。”

“我明白了，你等一下。”

卓兰朵说着转身跑回屋里，颇一阵子后又跑出来，将一个小布包交给副手，嘱咐道：“这个请你交给李诚哥哥，告诉他，兰朵记住他的话了，这几日安心在这里做事，哪儿也不去。”

“兰朵……”

“你不许叫我兰朵。”卓兰朵嗔笑着说道。

“为什么不许？”

“不为什么，没为什么，就是不许。”卓兰朵说着，咯咯笑着，胳膊细细的，手也小小的，用力搡着副手肩膀，像是推着一堵墙，“你快回去，见了李诚哥哥，将这小布包给他，就说兰朵一定听话。你快回去，还有，你不许叫我兰朵，我叫卓兰朵。”

少女笑得娇俏明媚，这军中健儿不由得听了她的话，被她推搡着出了院子，几步间上了大路。卓兰朵仍旧开心笑着，挥挥手，转身像朵小莲蓬一般飞快跑开了。

回了驻区，副手将小布包交给李诚。李诚接了，道谢后回到屋里，将小布包打开，里面仍是一枚绳结。仔细看，这枚结是用头发编成，很粗一绺头发，乌黑发亮，紧紧打着结，拿在手里沉甸甸的。

李诚瞬间溃败。

最初，他真的只当卓兰朵是个小孩子，救下她，护着她，对她格外怜爱。第一次收到卓兰朵所编绳结时，李诚哭笑不得，只是自从知道她已经长大、已是成年女子之后，李诚心里也在慢慢改变。卓兰朵尽可不管不顾，少女赤诚，任是什么铁石心肠也不会无动于衷，可李诚比她年长十岁，难免想得多，越想越有许多顾忌。只有一点李诚没有想到，就算想来想去都是顾忌，他也是终日在想着她了。

明日就要率队出发作战了，战场上生死转瞬，不敢不用心，何况李诚是作战统领，更不能分心走神。他将发结用布又包好，掖进怀里，镇定了一下，回身检查各色兵器，逐一清点、擦拭，举动缓慢庄重。不管怎样，他是武士，是军人，没什么比打仗要紧，纵然儿女情深，心中千丝万缕、千头万绪也要暂时强压，等打完仗回来，细细分说。

## 215

卓兰朵记得李诚所说，也允诺会听话，要认真践行。她再没有跑出去找李诚，每日与军属住区中一众女子相处，随众人一起劳动，跟人家学说几句唐话，打听大唐各处风俗。她喜欢唱歌，唱得好听，西域四面八方各处歌调她都会唱几支，还跟人学唱大唐歌调，一听就学会。她嗓音清润灵巧，如枝头雀鸟啁啁啼啭，众人都听得欢喜。只是，卓兰朵心里其实没有那么高兴，毕竟李诚是去打仗，打仗不是闹着玩儿的。她屡次在闲谈时听人说起李诚武功高卓、果决善断，可是又听说贼匪中也有身手厉害的，有时候人还比官军多许多。卓兰朵惶恐不安，又不想叫人看出来，怕极了便唱歌壮胆。

过了十余日之期，李诚他们还没有回来，卓兰朵越来越不安，强忍着，唱着四方歌调，又等了近十日，还是没有任何消息。她开始坐卧不宁，怕得受不了了，就跑到无人处，可以略微哭出些声音来，独自偷偷擦眼泪，整束好了再回去。

将近一个月以后，李诚他们终于回来了。他进了军营，卸下甲胄与兵器，不及洗去一身尘土血污，强忍心中焦灼思念，先去见了上官，禀明此次作战过程、战果，接着安顿好众家兄弟，尤其安顿好伤者，最后才去见卓兰朵。匆匆进了院落，还没有看到卓兰朵在哪里，李诚就忍不住呼唤起来。

“兰朵。”

“李诚哥哥，你回来了。”

李诚根本没有看到卓兰朵从哪里跑出来，只听到她在耳边热烈呼喊着，突然就出现在身侧，接着重重撞进自己怀抱中。李诚紧紧抱着她，她身子小小的，揽她在怀，手臂上感觉就像从荒漠中带她回来那日一样。她埋首在他怀里，不住呜呜哭着，浑身颤抖。李诚难过至极。

许久后，卓兰朵渐渐平复下来，仍旧紧紧抱着李诚，不愿抬头，安静靠着，嗅着他身上气息。她记得这气息，有汗，有血，有胡天风沙，有北地征尘。这气息独属于汉家勇武男儿，曾在她濒死时陪在她身边，让她觉得就算如此死去也没什么恐惧不甘。

“兰朵……我们这次遇到些麻烦，回来晚了一些，叫你担心了。”李诚愧疚说道。

“回来就好。”卓兰朵安静说了一句，突然在李诚怀中使劲晃了几下，将满脸鼻涕眼泪都蹭到他胸前衣裳上头，接着抬起头看着他，咯咯笑起来，一副得意。李诚哭笑不得，看她身子骨果然已是十六七岁样子，可那张小脸和一副调皮，也真的就像十二三岁。

“你害我担心，这是报复你。”

卓兰朵笑着说道，方才伤心都忘了。她知道，往后一辈子，怀中这男子是她的了。她开心极了。

“兰朵，你听我说。”李诚带着卓兰朵绕到一棵大树背后，认真对她说道。

卓兰朵见他神情温和却严肃，知道他要说正经事，立刻收起了调皮。

“你说。”

李诚揽着卓兰朵肩膀，她柔软又结实，她是个成年女子了，青春骄恣，生命盛大。李诚又欢喜，又难过。有些事情，他需要与这火热女子说清楚，怕她一时糊涂，想得太简单。

“我是当兵的，总要出去打仗，说不定哪次就回不来。你若和我在一起，就总要跟着担忧害怕。”

“没关系，我受得了。”卓兰朵笃定说道，“若是空口说这话，你定然不信，可这次我等了你快一个月了，也没有发疯。你应该信我，我受得了。”

“若哪次我真的回不来……你就是寡妇了。”李诚说着，有些难过。

“没关系，我受得了。你是当兵的，我跟着你，就一定要受得了。就算你不回来，兰朵也一辈子记着你，一辈子喜欢你，一辈子也不会再喜欢别人。”

“别说傻话，我没说不许你再喜欢别人。”

“我没说傻话，我就是不会再喜欢别人。”

“好了，不说这个了。”李诚无奈，用手指拢着卓兰朵耳边碎发，“我剿匪多年，有不少死对头，我这颗头颇值些银子，不知道多少人想要取了去。你若跟我在一起，一定会有人想要伤害你，来报复我，或是捉了你来要挟我。所以，你不能太自在，不要随意离开屯所，跟着人也不行。”

“放心，我不外出，谁我也不跟着。还有，我听人说，你射箭非常准，弩弓也准，连天上鸿鹄也射得下来。”

李诚点了点头。

卓兰朵笃定说道：“若我被贼人捉了，拿来要挟你，你便射死我，叫那贼人指望落空。”

“兰朵……”李诚心如刀割。

“我说真的，真到那时候，你一定要照做，千万别舍不得。你是男子，是武士，决不能向贼人服软，过后你将我好好埋了就成了，然后，你也可以再喜欢别人。好了，不好的都说完了，有没有好的？”

李诚被她弄得不得不笑了。

“当然有。我家在长安城外，终南山下。那一片山，本地人叫南山，离长安城很近，天晴时站在城中，能看清楚山上树木，站在山腰，能看到城中宫殿和坊道。再有几年我服役结束，就带你回长安，回家。”

“真的？”

“真的。我带你回去，将家里老宅子修葺一番，你我每日渔猎耕织，好好过日子。天气好时我带你进南山里看看，山里什么宝贝都有，还带你去长安城里看看，东市西市，庵寺观所，到处都热闹。你这么调皮，从前牧羊时自由自在，眼下要你日日困在屯所里，实在是委屈你了。等回了长安，只要不忙，我就陪你出去玩儿。”

卓兰朵搂着李诚颈子，觉得只如在梦境之中，高兴得不知如何是好。不求富贵，情愿一世辛勤耕织，与心上人安稳厮守，是天下多少少女梦想。几个月前，卓兰朵还不知道绳结可以送给谁，几个月后，爱人就许了她一世之诺。

二人相拥着说到天黑，仍旧难舍难分，直到月牙儿冒了头，李诚才告辞离开。第二日，李诚忙完军中事务，立刻过来寻找卓兰朵，两人依然躲在大树后头，拥在一起，也不知道有什么话能说那么久，却偏偏就能说那么久。直说到了天黑，互相告辞，两人谁也想不起来方才说了什么，只记得心中无限柔情甜蜜。

卓兰朵等待着婚期，每日神采奕奕，眼中闪着光芒，歌唱得格外清亮欢快。她只十六岁，虽已成年，却不了解这人世。她并不知道，女子一生劫数，便是遇到一位真英雄，或是一位真君子，慨然交付一腔热忱，不给自己留半条后路，今生宿命就此注定。又或许她知道，只是心中炽爱烧灼，她已什么也顾不得了。

一个月后，李诚禀明上官，请求准婚。上官大喜，当即点头，并应李诚所请，为他与卓兰朵证婚。李诚家中已无有父母，上官年长许多，愿暂代父职安排打点，并令李诚军中兄弟随同李诚前往接亲。

军中婚礼一切从简，到场观礼者都是李诚战友及各自眷属，众人彼此熟悉，礼成后在一处聚饮说笑。酒水耗费粮米酿造，平日里十分难得，唯独为今日婚礼特意备下了些，每人只一小壶，李诚副手将自己那一小壶给了李诚。

“往日里也舍不得给你，今日不同，怎能不让你饮个痛快。”

周围其他几人也将自己酒壶给了李诚，卓兰朵不解，副手笑道：“兄长善饮，这些年就没见他醉过，只是也确实没多少酒，每次都饮得不多，不尽兴。今日大喜，怎么能叫新郎饮个一半？”

“你酒量很大？”卓兰朵看着丈夫，好奇问道。

李诚无奈道：“我果然酒量大，却不嗜酒，只是我这帮兄弟好事儿，总想将我灌醉一回，看我会什么样，是闹还是吐，是骂还是哭。”

众人哄笑，副手说道：“兄长向来稳重，兄弟们一直想看看兄长又闹又吐又骂又哭，是什么样。”

众人大笑不止，卓兰朵咬着李诚耳朵小声说道：“我也善饮，哪次酒水足够，你我比试比试？”

李诚吓了一跳，看着卓兰朵，卓兰朵得意道：“我十岁时就能将我阿耶饮得趴在地上了。我也从来没醉过，只是也从来没有太多酒，不知道饮多少才醉，也不知道自己醉了是什么样的。”

李诚将卓兰朵揽在怀里，听这小娇妻炫耀如何善饮，忍不住直笑。众人听不清这对小夫妻俩私下里说什么，只是不住过来劝酒。李诚今日开心，也不拒绝，人给他斟了，他就端起来饮了，直到长官看不过去，出来说话。

“我说你们能不能正经些？大喜的日子，将新郎灌得醉倒，算怎么回事儿？后面还怎么办？”

众人大笑，立刻住手，起着哄要送新郎新娘入洞房。李诚本与卓兰朵并肩坐在一张席子上，听众人起哄便放下酒盏，侧过脸来看着卓兰朵，满目温柔，笑了笑，伸手将她抱在怀里，从坐着直接站了起来，趁着众人欢呼大步迈入旁边屋中。

## 216

成亲后卓兰朵依旧住在军属住区，李诚虽然离得不远，却不能每日回来。卓兰朵新婚不久，片刻见不到丈夫也焦灼难耐，心中思念深切，只是知道他眼下平安无虞，再怎么想他，也忍得住。

春夏秋三季，卓兰朵日日过得辛苦。李诚时常外出追缴贼匪，卓兰朵终日提心吊胆，只是每次送李诚出发，她都笑吟吟的，怕自己愁眉苦脸叫他分心。军务之余李诚一定会陪着卓兰朵，小夫妻俩一起准备餐食、洒扫房屋，无事时坐在屋门口，看看远近树木、飞鸟夕阳，说些私密话。所谓私密话，其实不过寻常话，没哪句不敢叫人听到，可就是不想叫人听到。

李诚果然不敢带卓兰朵出去玩儿，疏勒城近在咫尺，也不敢带她去。卓兰朵天性活泼自由，李诚深觉委屈了她，可他能做的只是陪她做事，陪她说话。他从不说起打仗那些事，只说些逸闻掌故、大唐风土，说得最多的，自然是长安城与终南山。

卓兰朵不在意不能出去玩儿，只要她夫君平安，她什么都能忍。她不想那些不开心的，只想开心的，想着有一日随夫君回长安去。长安城那么大，终南山那么大，到时候想怎么浪撒都可以，现在急什么，忍忍也无妨，唱几支歌，什么都过去了。

独自安静时，卓兰朵时常忧愁，又时常笑出声来，她知道自己嫁对人了。古来女子想要的总是塞外牛羊，可男子个个想当天下盟主，当初多少许诺果然出自真心，最后却免不了散灭成空，唯李诚不同。他武功卓绝，作战勇猛，却只是尽军人职责，尽大唐子民本分。他没有什么野心，不想当将军，不想求功名，只期望服役结束后可以带卓兰朵回到终南山中，余生厮守，平安到老。女子爱慕英雄，英雄看重的却是功业。卓兰朵眷恋李诚，李诚是英雄，心中却没有功业，只有卓兰朵。

李诚十分疼爱卓兰朵，他的目光总在她身上，一刻也不挪开，与她一起做家中杂事，笑着看她欢闹，容着她逞性顽皮，想办法找话与她说，像哄幼小女儿一般哄着她，可卓兰朵其实不稀罕这些。世上尽有那绮罗男子，闺阁谙熟，手段玲珑，晓得女子无穷心思，晓得什么话说起来好听，什么事做起来讨巧。可卓兰朵不是帷帐之中娇弱女子，她本是牧羊女，自幼执鞭追逐水草，餐风宿雨，踏雪迎霜。她爱的是勇士、战士，不是花丛之间玉面郎君，她宁要勇士一身征尘与汗水，不要公子满袖熏香与脂粉。她不用丈夫哄着、围着，她能将家照顾好，也能将自己安抚好，和李诚在一起时，她偏喜欢跟他到院外荒地中，看他习武。

时薄商秋，草荡萧疏寂静，李诚带着卓兰朵一路走过去，身边锋颖攒动，脚下荒草如箭。此时夕阳残损，夕照殷红，草荡被濡染着，从樱桃色到胭脂色又到石榴色，越来越深郁，如人饮酒，醉妆渐浓。卓兰朵的心跳得飞快。

李诚自幼习武，多年征杀，无数血光中搏出一条性命来。他步法灵动，奔脱迅敏，不断在秋草与晚光中穿身而过，旋纵飞转，拳脚沉实，手上长刀凌厉，白刃分影，幻踪迷形，屈风却尘，断水折光。世上安能无有如此勇士，致令群魔纷沓、山河不宁，致令女子一腔崇敬与忠诚无可托付。

卓兰朵眼中贮满夕阳，痴痴看着李诚。有些人不需要多么漂亮，也不需要功业傍身，他只是个寻常人，只是做自己一点事情，就会有人满怀爱慕与眷恋，在一边看着他、追随他，愿与他共赴生死。

李诚并非拙于言辞，只是惯于话少。他沉默随和，容色平止，却又目光坚实，双瞳如炬，可是看到卓兰朵时，立时便柔和了。卓兰朵喜欢看他习武，还磨着他教她武功，说是下次再碰到贼人，她自己去打。小女子说得十分当真，李诚笑够了，竟然真的教给她招式，告诉她怎么练习、要小心什么，又叮嘱她不要乱闯，真碰到贼人，还是得他去打，她这小身量，不行。

李诚为卓兰朵专门制了一把木刀，特意将刀柄做得细些，用粗麻布紧紧缠了，刚称她两只小手。卓兰朵每日在院子里独自练习，她瘦削却有力气，一把木刀在她手里竟也有些阵仗。她不熟练，经常打疼自己，但她很皮实，不在乎，不停下。当此时，她想不到独自牧羊时许多艰辛，只是心疼李诚自幼习武，不知道吃过多少苦头。

有时卓兰朵会突然想起一件事来——诚哥哥是她的了，往后一辈子，他都是她的了。她握着木刀挥得好好的，突然就想起这件事来，一下子乐不可支，又顿时心头撞鹿，怎么也按捺不住那股子高兴劲儿，抱着木刀在院中蹦蹦跳跳，方才那女武士模样一下子就没有了。

又一日傍晚，李诚回家探望，带卓兰朵到了不远处草荡中，接着教她武功。

“好了，你现在攻击我，看我怎么躲避。”李诚说道。

卓兰朵握着木刀荡了几下，看着李诚，半晌没有动。

“想一想这几日你怎么练的。”李诚鼓励她，“挺像样子的。没想你竟然这么有力气。”

卓兰朵依然迟疑，许久，怯怯问道：“……我要是真的打到你身上怎么办？肯定很疼。”

李诚一愣，随即大笑。

“我要是能被你打到，那就是活该挨打。”

卓兰朵也笑了，双手握紧刀柄，挥起劈了下去。她知道根本碰不到他，却还是不敢用力，就那一点儿力道，还忍不住半路收了回去。李诚没有挡、没有躲，刀尖轻轻搭在他肩上时，他正抱手看着卓兰朵，卓兰朵也看着他。他轻轻笑了笑，她立刻红了脸，低下头，害羞起来。

李诚不住鼓励，卓兰朵接连试了几次，比画得很凶，最后却还是舍不得真正用力。李诚大笑着，捉着刀刃将她拉进怀里，用力抱了抱她，旋即接刀在手，遽退几步，在秋草中飞身舞动起来。数十招后，却步收势，反手落腕，一刀拍落残阳，卓兰朵霎时看到满天星斗。

深秋时日，秋风沉默如刀，屠戮草木，血染槭枫。周身晨露微冻，暮色轻伤，远天烈焰灼云，悲鸿去川。深秋渐渐接引了初冬，雪镶冰，雪虐霜，西域冬日酷寒，只是挡不住爱侣心头热火。此时商路不通，劫匪也龟缩不出，李诚忙得轻了些，可以时常回家。他与卓兰朵仍有许多话说不完，夜深也舍不得睡去，拥在一起，围着衾被与织毯，小声说着。屯所夜晚无比安宁，月寒星寒，鼓角霜天，掩盖了一对年轻夫妇夜半私语。

“回了长安，冬日里也有大雪，却没有这么冷。”李诚用身子暖着卓兰朵，安慰她。

“我现在也不冷。”卓兰朵躲在李诚怀中俏声笑道。

“我刚到西域时，真是冷得受不了，看看过了十多年，习惯了……也不知道什么时候能回长安。”屋里黑暗，李诚在卓兰朵耳边说道，“大唐婚礼隆重，军中只能从简，委屈你了。等来日带你回了长安，回了终南山，我一定重新为你备一场婚礼，将同乡和长辈都请来。婚礼中有奠雁之礼，那只雁必须是活的，不能带伤，礼毕要放生，不能伤害。只是活雁不易得，寻常百姓家都用鹅替代。我不这样委屈你，一定要亲自为你捕一只活雁来，若是运气好，能捕一只白雁来，更是吉祥。”

“大雁飞得高，若要活雁，不能带伤，就不能用弓箭，如何捉得到？”

“别人不行，我是猎人，晓得山中鸟兽事，身上又有武功，我自然有法子，一定为你捕到。”李诚说道，口吻溺爱。

卓兰朵心中欢喜，也骄傲。世间女子哪个不爱英雄，英雄一身本领专用来讨好自己，又有哪个女子不会心动、得意。

“你为何从小便做了猎人？”卓兰朵好奇问道。

“我家世代都是猎户，我自然是猎人，路都走不稳就开始习武，七八岁开始随父狩猎，十二三岁就能自己进山。”

“怪不得你武功好，射术也好。”

“猎人自幼都要习武、习射，我参军时身上就有武功，所以才被选出来，由军中武官格外训练数载，专门剿匪。”

“那你怎么又能识字的？”

“南山深处历代有道仙修真，春夏秋三季，道仙轮流下山教授村民识字，也为村民诊疾。我小时候有机缘，多年随道仙识字读书，参军后又随军吏格外学了不少。”

“怪不得你什么都知道，连佛经故事都知道，我问你什么你都知道。”

“那些佛经故事倒不是书上读来的，长安城里有变文、俗讲，僧侣们口才都好，能将古奥佛经说得浅白易懂。我每到城里，遇到了一定要认真听到尾，才知道佛陀本生、天众龙众。僧侣们还讲过大鹏鸟，以龙为食，死前自焚，只剩纯青色琉璃心，命命鸟两头，只一条命，却妒害争斗。”

“大鹏金翅鸟我知道，什么是命命鸟？”

“命命鸟也叫生生鸟，也叫共命鸟，住在海边，一身两头，一名法，一名非法。有一日非法睡着了，法嗅到果香，便吃了，觉得自己吃了，非法也跟着饱，就没有叫醒它。非法醒来后十分不满，为了报复，趁法睡着时吃了一枚毒果，最后二鸟同死。有一本佛经，叫《根本说一切有部毗奈耶》，是我大唐前朝译师义净大师所译，上面记了这件事。可惜我不敢带你出屯所，不然去疏勒城，那里人都信奉一切有部，僧侣一定讲得更好。”

“我听你讲就行了，你讲得就好。……我明白了，夫妇便是共命之鸟。”

“……不是这意思。”

“我才不管，我就当是这意思。夫妇共命，生共生，死共死，不独生，不独死。我记下了。”

李诚心中爱怜，用力抱了她一下：“好，凭你喜欢。”

卓兰朵出生在西域，自幼身边都是佛门信徒，她怎么会不知道命命鸟是什么，可她就是想听李诚给她讲一遍，然后畅快说一句“夫妇本是共命之鸟”。她知道过了冬季，她夫君又要去打仗。打仗很危险，她不住鼓励自己，但能生死相共，就什么也不用害怕。

冬日严寒，心却安稳，卓兰朵守着心爱男子，冷也冷得心甘情愿。开春时，战斗重新开始，她又时常十数日见不到丈夫，心中日夜惊忍，如是两载，一纵而逝。嫁给李诚之前她就知道，跟着他，就得过这种日子。她做好了所有准备，无论发生什么事情，她都不会离开他。她也怀着侥幸，李诚剿匪十余年，身上大伤小伤不计其数，可是从未致命，每一次都能复原如初。她祈祷佛祖眷顾，保佑丈夫每次都能平安归来。

六月开始，屯所里忙碌了许多，驻区边上人人走路匆忙，一支支队伍相继开拔，没人知道他们要去哪里。李诚回来得少了许多，也从不对卓兰朵说起军务，别的军属也不知道要发生什么事情。卓兰朵不知道眼下这些状况与丈夫有什么关系，她拼命想些开心事，想着日后随丈夫回长安，回终南山，可以安稳过日子，再也不用打仗。她始终笑得安静，怕李诚看出来，叫他分心。

李诚终究没能带卓兰朵回到长安。

九月，无射在戌，秋风柔韧。每当树叶开始凋零，抬眼穿过枝丫就能看到天空，或者日光可以穿过枝丫直接照到人脸上时，秋日便显得格外清楚。再几日秋深，再几日冬初，李诚又可以陪伴卓兰朵安然度过一个冬季。

是日风静，天青如鉴，爽飒无云，秋叶半焦，在头顶上微微掀动着，搅得秋光粉碎。卓兰朵在门口处坐着，逐个整理数十枚绳结，见有松脱便紧一紧，最后全部收回到布包袱里。她起身走到榻边，刚要掀开衣箱将布包袱放进去，李诚副手突然大喊着闯进来，抓着卓兰朵手臂就带着她向外跑。

卓兰朵猝不及防，没跟上，踉跄了几步。副手心焦，捉着她将她扛起来，大步飞奔。他什么也没说，卓兰朵什么都明白了。

李诚受了重伤，浑身是血，卓兰朵一时看不清他到底伤在哪里，只见到军医用一块布帛垫在他胸前用力按着。他浑身僵硬、颤抖，剧烈咳着，鲜血混着沫子不停从他口中呛出来，四下喷溅，又落回他身上与脸上。

卓兰朵魂飞魄散，扑上去按住军医两手。她知道军医在试图止血，她不知道能做什么，只是想也没想就按在了军医手上，可是血仍止不住，从布帛下不断渗出来。

“诚哥哥，你忍一下，再忍一下，就不流血了，不流血就没事了……”

卓兰朵哭喊着，语无伦次。李诚很想与她说些什么，只是不停被血沫子狠狠呛着，一句话也说不出来。他无奈笑了笑，费力伸出手，握住卓兰朵手腕，将她的手牵着放到自己脸颊上。只一个举动，耗光了他所有力气，他的手瘫软着缓缓滑落下去。

卓兰朵瞬间冷静了。她知道，此生分别只在须臾之间，她只有最后这片刻，能对他说最后一句话，今生最要紧的那句话。

“诚哥哥，兰朵一辈子记着你，一辈子喜欢你，一辈子也不会再喜欢别人。”她抚着李诚脸颊，在他耳边低声说道，一字一顿，说得格外清楚。

李诚微微笑了笑，轻轻点了点头，认真看着卓兰朵，片刻后合上眼睛，身体瞬间松弛下来，不再颤抖，只有最后一点血混着沫子从嘴角涌出来，顺着颈项缓缓流到衣领里面。

军医叹息一声，松开了手。周围人默默看着，谁也不出声。

卓兰朵没有哭喊，反倒格外平静，她用手背将丈夫脸颊上血迹擦了些下去，顿了顿，突然拔出李诚腰间匕首，仰头便向自己颈子上捅了过去。

李诚副手就站在卓兰朵身边，手眼疾敏，瞬间伸手将卓兰朵的手握住，轻轻一捏，匕首掉落，立刻被他收走了。匕首没有伤到卓兰朵要害处，只是仍旧在她颈子上割开一道伤口，血慢慢渗出来，又慢慢流淌下去。她颈子上旧伤痕颜色已经很淡了，如今压上一道新伤痕。

“卓兰朵……”副手低声说了一句，慢慢松开了手。身旁几名武士难忍悲伤，掩面躲了出去。

卓兰朵没有反抗，也没有哭闹，只是安静坐着，许久后向身旁人行了一礼，并请求副手到家中将榻上小包袱取来。副手叹息一声，拜请周围人照顾卓兰朵，也是盯着她，转身出去了。

有人取来了温水与帕子，卓兰朵跪在李诚身边，将他身上衣裳撕开取下，有些布料碎片随着刀刃深深嵌入伤口里，有些刀剑断刃也在伤口里，一一清理缝合好后，卓兰朵用帕子蘸着水，将李诚身上血迹仔细擦净，众人帮她为李诚换上干净衣裳。副手将卓兰朵家中小包袱取了来，卓兰朵将头发所编那枚绳结取出，掖进李诚怀里，众人最后用一条白色细麻布将李诚遗体包裹起来，束了绞带。

李诚副手身上也多处受伤，军医为他处置后止住了流血，嘱咐他多歇息。他不肯离开，也不打扰卓兰朵，只在门口处默默坐着，盯着她。她蜷缩在丈夫身旁，靠着他，一动不动，一言不发。

翌日天明入殓，副手将李诚从前所用兵器放入棺中，卓兰朵将小包袱与几件旧衣物放在李诚手边上。薄棺落葬后，副手与几个战友送卓兰朵回了家，拜托周围几位女眷，请她们照顾卓兰朵，并格外叮嘱，要昼夜时刻不离左右。军中将士阵亡是常事，每有人战死，女眷们都会互相安慰，眼下她们受了托付，轮流陪着、也是盯着卓兰朵。丈夫阵亡，女子殉情，这种事从前不是没有发生过，女眷们都十分警觉。

副手不时过来探望。他随李诚一同救下卓兰朵，又时常听李诚说起她，知道她性子刚烈，又极眷恋丈夫。他担心她又寻短见，请女眷们盯着她不说，得些空就要跑过来看看。

一个多月后，卓兰朵告诉副手:“你不用再来看我，也不用再让人盯着我，我不会再做傻事了。”

副手看着卓兰朵，一副不相信。

“我……我有身孕了。”

## 217

屯所到卓兰朵家乡有数百里之遥，迫近初冬时，夜半已微微有霜。道路眼下还能走，李诚副手要趁卓兰朵月份还小，赶在大雪降下前送她回到家乡。

车子出了屯所，有数十位李诚生前伙伴护送，卓兰朵老实坐在车里，不敢随意举动，小心护着身子。她与李诚在一起只两年多，梦一般就过去了，李诚猝然离开，却给她留下了腹中孩儿。

李诚副手时常到车里与她说话，安慰她几句，怕她还有想不开处。他不了解女子，李诚死后，卓兰朵难敌一时痛楚，真想一死求个解脱，可一旦有了孩儿，什么女子也舍不得死。卓兰朵性子刚烈，可毕竟是女子，女子柔弱，却又柔韧，为了孩儿，什么都能忍受。

“这次，对手是算计好了的，早就埋伏下了。那日我们在屯所附近按例巡逻，人不多，对手却是召集了几个帮派四五十号人。兄长历年剿匪，甚有威名，这些人心中仇恨，也是要报复，也是要剪除后患。初一交手我就发现，他们就是奔着兄长来的。那日……我们死了数位兄弟。”卓兰朵不断追问之下，副手与她说起李诚战死那日经过来。

“我知道那日你们是在屯所附近巡逻，以为不会有事，谁知道贼人如此胆大，敢在屯所近处下手。”卓兰朵恍惚说道。

“我们若是远出屯所长途追剿，每日追出一二百里乃至二三百里是常事，他们想集结后找到我们十分不容易，唯有趁近途巡逻时下手，才能扑准。”

卓兰朵叹息一声，闭上眼睛，不敢想太多。

“我们一边搏斗一边回撤，撤到屯所不远处，贼人不敢再追了。兄长已受了伤，我见他骑马飞奔，还以为他伤得不重。后来才明白，他最重那处伤在肺上，很深，他知道自己伤重难治，急着要回去见你一面。只是如此飞奔，伤口撕扯得厉害，出血更盛……”

卓兰朵嘴唇微微抖着，副手李成知道她在忍耐。

“你们成婚前，兄长认真对几个兄弟说过，如果有一日他死在战场上，要我们一定牢牢盯着你，怕你冲动下做些傻事。他说依你性子，怕是真的做得出来。他还说让我们送你回家，与亲人在一起。”

卓兰朵流着泪，点了点头。

卓兰朵有了身孕，车子一路上走得很慢、很稳，但只要天上有光亮，照得清路，众人就不停下。临近朱俱波州地界后，沿途开始有山了，峰谷连绵，水系众多，浅河已封冻，草木凋零殆尽。

入朱俱波州后第三日，卓兰朵回到了家中。李诚曾委托数队商队传信，与卓兰朵成婚前还依大唐习俗送来了聘礼。卓兰朵阿娘与兄嫂知道她在疏勒都护府军中成了亲，今日听她说了前后事情，阿娘与兄嫂很难过，只是听说她有了身孕，又振作起来。

副手李成与众位兄弟在卓兰朵家停留了数日，帮家里做了许多重活。卓兰朵从疲劳中渐渐恢复过来，众人要告辞离开了。临行时李成说道：“卓兰朵，我们回去后不久就要随大军开拔，近期定有大战，不然我们也不会这么急着送你回来。你好生在家养着，好好照料自己，打完这场仗后，我们只要有一个还活着的，就一定过来看你，说不定那时候孩儿已经出生了。只是，你也别太盼着，也说不定……我们都来不了。”

卓兰朵点了点头，抓着李成一只手放在自己腹部，轻轻按了按，流着泪说道：“如此，你也算替诚哥哥……抱过这个孩子。”

众人心中绞痛，强忍了忍，一同行礼，告辞离开。

翌年暮春，卓兰朵生下一个女婴。

小婴儿足月落生，胖乎乎的，很结实，头发乌黑，眉眼清秀，并不特别像西域人，却又与中原人不同。出生不几日后，她就大睁着眼睛到处看，看得认真，也不知道这么小能看清楚什么。没多久小婴儿渐渐长开了，卓兰朵从她脸上看到李诚昔日模样。她对女儿无比珍爱呵护，如同对待世间至宝，每日将她抱在怀里，细细照料，无事时就对她柔和说话，或唱歌给她听。从前她与李诚在一起时，就是这样，柔和说话，柔和唱歌。

六个月大时，小婴儿说了第一句话。

“外面下雨了。”卓兰朵不经意间对阿嫂说了一句。

“……外面下雨了。”小婴儿在她身边学了一句，口齿无比清楚。

卓兰朵与阿嫂猛然回头，看着小婴儿，目瞪口呆。阿嫂想了片刻，慢慢摇起了头。

“你这小女儿，也不知道是妖是神，这怎么就说上话了？寻常婴儿六七个月会说单个音，八个来月能说两三个连音，十个来月才能说个整词出来。她才六个多月，怎么能说出这么一句话？还说得这么清楚？这……叫人寒毛都起来了。”

“我女儿聪明。”卓兰朵才不想那些怪的邪的，只是开心。

小婴儿满一周岁时，小脸已经长开了，笑起来眼睛弯弯的，模样可爱，也依旧结实活泼，从来没有生过病，照老说法，这是养住了。卓兰朵依先祖旧俗，要将小婴儿父名文在她身上。卓兰朵母亲在一边帮忙与指点，小婴儿不知道外祖母和母亲要做什么，懵懂看着。

卓兰朵将李诚之名写在小婴儿左胸前锁骨下方，接着拿起针在火上烧红，又放了放凉，咬咬牙刺了下去。

只第一针，小婴儿就大哭起来，用手拼命抵挡着。外祖母不忍心，按住了卓兰朵。

“卓兰朵，先停下，缓缓。”外祖母求情道。

卓兰朵点了点头，等了片刻，第二针下去，小婴儿又大哭起来。卓兰朵狠下心来，用两条巾子将小婴儿手脚捆得牢牢的，飞快在她身上刺起来。血迹从小婴儿细嫩皮肉上渗出来，卓兰朵一边刺一边擦，两手飞快。

小婴儿拼命挣扎着，哭得撕心裂肺，外祖母在一边看得心疼，不住掉眼泪。名字刺好后，压了片刻，流血止住了，卓兰朵涂了颜色上去。颜色咬进新鲜伤口，自此永远留下了。

卓兰朵将女儿手脚解开，这才抱着她，大哭。

“丫丫，对不起，让你受罪了。这是你父亲名字，你父亲叫李诚，要记得他。”

丫丫一岁多时还不大会走路，只能扶个什么站着，还站不太稳，小嘴巴却利索得很，要这要那，指东指西，将家里几个长辈和阿兄阿姊支派得手忙脚乱。她长得像汉人，家里人和村里人都觉得她格外好看，都喜欢抱着她，逗她高兴，与她说话。不管谁抱着她，卓兰朵都不放心，一定要在一边看着。

只是，副手李成他们一个也没有再来过。卓兰朵知道，不必再盼着了。

丫丫刚满两岁时，已整日在外面疯跑了。她很结实，也很淘气，胆子又大，跑得摇摇晃晃，每日里在村中追鸡撵狗，无恶不作，稍微盯不住，就是一场鸡飞狗跳。出村到了野地里，什么草窠都敢往里头钻，被蚊子、蜜蜂咬过多少次也不在乎，身上脸上总是一块一块青紫红肿。山间溪水里有蝌蚪，蝌蚪会变成青蛙或蛤蟆，连同各种肉肉虫、毛毛虫，她毫不犹豫捉了来玩耍，玩够了丢开。卓兰朵自幼在这山谷中长大，知道哪里危险、哪里安全。她带丫丫到安全地方去，由她任性玩耍，自己慢悠悠跟在后头，一边走一边采集各种野菜与菌子。

“阿娘，这是什么？”丫丫用小泥巴手抓着几株尖草问道。阳光照在她脸上，她汗渍渍的，兴奋得脸颊彤红，小泥巴手乱抓过，脸蛋上横一道竖一道，头发也乱糟糟的。

“这是薤白，可以吃的。”卓兰朵笑吟吟答道。

“这里有好多。”小女童欢笑。

“天下草生处就有薤白，连你阿耶家山谷中也到处都有。”

“阿娘，阿耶为什么不来看我？”

“阿耶在大唐，在长安，他要进山打猎，不得空来看丫丫。等丫丫长大了，阿娘带你去找他。”

“阿耶喜不喜欢丫丫？”

“当然喜欢了。”

“真的？”

“真的。阿耶喜欢阿娘，阿娘给他生了丫丫，他一定喜欢丫丫。”

“那阿娘什么时候带丫丫去找阿耶？”

“阿娘说过了，要丫丫长大才行。大唐很远，长安很远，要长大了才能走过去。”

卓兰朵一边说着，一边带小女童向回走，到井边打了水，蹲下来，不停用手掌蘸着水，给她洗净小手小脸。小女童乖乖站着，母亲为她清洗时，她伸出手来，不停抚摸着母亲颈子上那道伤痕。那道伤痕横着压在另外几道伤痕上，十分显眼，每当卓兰朵抱起女儿或在她面前蹲下来时，小女童都会伸出手来，不住抚摸着。

卓兰朵从没有告诉丫丫她已没有父亲了，她一直告诉丫丫，她的父亲是一位英雄，打完仗后回了长安，回了终南山，仍旧做了山中猎人。她告诉丫丫，父亲很喜欢丫丫，只是没有空闲来看她，等她长大了，阿娘就带她去长安找父亲。卓兰朵不知道这个谎言能维持多久，但她确信丈夫会喜欢这个女儿，这一句不是骗丫丫的。

丫丫活泼顽皮，性子像卓兰朵，可是越长大，样貌就越像她父亲。有时候卓兰朵看着她，看得出神，心中伤感。李诚没有见过丫丫，甚至不知道有这个女儿，卓兰朵无比遗憾。只是这件事，她永远也不会告诉丫丫。

丫丫只两岁半时，已会唱很多歌了。卓兰朵本是牧羊女，独自牧羊时难免寂寞，寂寞时就唱歌，唱得格外好。她一句一句教给女儿，丫丫学得很快，音也准，节律也准，嗓子也好听。有时卓兰朵不用教她，一首歌唱几遍，她在一边听多了就记住了，跟母亲一起唱。只是时常一边唱歌一边乱跑，唱得上气不接下气。

冬日里，家乡起了瘟疫，没人知道那是什么病，只是染病后不过十余日，大半人会死去。村中历来不富裕，人最多也就是勉强不太挨饿，却从来平静安宁。今冬疫病骤然而至，郎中束手无策，入冬后不久，卓兰朵母亲与兄长先后病亡，只剩下嫂嫂，要带着一双儿女远避。嫂嫂有娘家，卓兰朵却无处可去。思量过后，她带着家中仅有一点米粮，带着丫丫，也离开了。她不敢留下来赌运气，她不怕死，可她害怕女儿有闪失。丫丫是李诚的女儿，他只这一点骨血在世上，卓兰朵无论如何也要保全她。

丫丫还不到三岁，走不动远路，卓兰朵一路背着她、抱着她。出了西夜地界，不再有瘟疫，卓兰朵松了口气，又发愁下一步，不知要带女儿去哪里。四周空旷，前方是无尽草场，远近不时有商队往来，卓兰朵忽然心中一动。

“本想着丫丫长大了，拼死也要让她去长安，不想眼下就离了家了。左右也是要走，不如就跟着商队走，送丫丫回大唐，回长安。”

## 218

秋冬寒冷时商队结群，卓兰朵跟着商队，数十人一同在路上，走得慢，却多少安全些，有时遇上军队，隔不远尾随军队前行，更叫人心里踏实。卓兰朵远远看着那些士兵，他们大多不是骑兵，也不专事剿匪，而是整队步行，在商路上巡逻。又见到大唐士兵，卓兰朵不停想起李诚来。前事只如梦幻，隔着重重光影水影，越想越觉得一切都不像是真的。幸亏有丫丫在怀中，她眉眼酷似父亲，与西域小女儿相比，格外有几分汉家女儿清秀。怀中女儿让卓兰朵确信从前一切都不是做梦，她真的曾遇到一个大唐武士，与他有过两年多恩爱时光，他死前给她留下了这个女儿。

隆冬第一场大雪过后，西域道路封闭，卓兰朵带着女儿随商队走到一座雪山脚下，在山下一座城里过冬。城中眼下驻扎了多支商队，颇有些热闹。卓兰朵母女寄宿在一处慈济院内，卓兰朵每日将女儿放在慈济院中，委托旁人略照顾一些，她自己出去为人做些缝补洒扫，换取衣食。

母亲不在身边时，丫丫从不哭闹，裹着件衣裳乖乖躲在角落里，有人过来逗弄她，她也不理睬，独自睁大眼睛向外看。外面寒雪晴穹，天日昭昭，一点光明映在小女童眼眸中，来回闪动着。她很专注，阿娘出门时要她等阿娘回来，她就用心等，什么别的也不想。等得烦了，怕了，就小声唱歌，唱得轻轻的、低低的，只自己听得见。

冬季过了一大半，再忍忍就到开春，地面开化，道路便可以恢复。这当口上，丫丫忽然病了。

卓兰朵不知道丫丫是不是受了风寒，看她小脸通红，身上滚烫，喘息急促，昏昏沉沉的，连阿娘叫她也不答应一声。丫丫从来不生病，卓兰朵手足无措，心中如焚，到处跟人打听哪里有郎中，盘算着手里一点儿钱够不够。

“你若真急，到隔街那间寺里去，那里有佛菩萨救命。”旁人见做娘的心急，十分同情。

“佛菩萨？不知是何方圣灵，烦请指教。”卓兰朵立刻行礼。

“那间寺里有位少年僧侣，初证了果位，为佛门尊者。三年前离开故乡独自云游，今岁在这里过冬。他颇精医术，为各处百姓诊疾、施药剂。我娃儿前阵子也是病了，去求他，真给治好了。”

“我现在就带孩儿去求他。那位菩萨叫什么名字？”卓兰朵急忙问道。

“寺中人唤他苏赤伐罗尊者。”

卓兰朵匆忙行礼谢过，立刻将所有衣物裹在丫丫身上，抱着她，迎着风雪出了慈济院，进了街对面寺中，向人打听。僧侣们都知道此人，接连指路，卓兰朵很快找到了尊者。见了面，她立刻抱着女儿行过大礼，请求搭救。

尊者果然是个少年人，十七八岁模样，眉目舒淡，举止沉定。他见小女童身上裹了几层衣裳，做娘的却穿得单薄，冻得唇色苍白，心中颇不忍，立刻取了披肩给卓兰朵，叫她披在身上，并仔细询问。

卓兰朵也不知道女儿到底怎么了，少年尊者没有再问，抱过小女童来放在榻上，摸了摸她额头与手脚，立刻起身到一边用冷水投了帕子，折了，放在小女童额头上。

“她是受了风寒，若是成人，也不很要紧，只是她太年幼了些。”

少年尊者说着，回身到架上取了药过来，帮卓兰朵给丫丫喂下，接着又嘱咐道：“她身上还热着，眼下还不能放心。你带她在这里等着，她额头上帕子暖了就用冷水投过，再用个帕子投了给她擦擦身上。待药力起来，她身上退热了，你再带她回去。如此稳妥些。”

卓兰朵这才稍微放了些心下来，点了点头。一根筋本来绷着，骤然松弛，不觉间眼泪一下就落了下来。她抬手擦擦脸上，将丫丫抱到旁边一张床榻上安稳睡着，自己遵嘱，不停将丫丫额头上帕子取了用冷水投过，再放在她额头上，又用另一条帕子将她身上轻轻擦过了，重新将她身上衣裳裹紧。

“阿娘……抱……”小女童被一阵冰冷激得醒过来，昏沉中呓语了一句。

卓兰朵轻声哄着，将女儿抱在怀里，将她额头靠在自己脸颊上。小女童半睁着眼睛，看着母亲颈子上那道伤痕，片刻后又合上眼睛睡了。只是她睡不实，昏沉中不时微有呻吟。

卓兰朵轻轻抚着女儿，在她耳边小声唱起一支歌谣。

宝贝，别怕，要记得自己的家
你的村庄在一座山谷间，巨石下有辘轳，井水无比甘甜
庙前小溪日日流得欢快，谷中到处生满薤白
宝贝，别怕，要记得自己的家
你身后深山中有小鹿与凤凰
有神仙隐匿，下山来，教你读书，为你疗伤
宝贝，别怕，要记得自己的家
……

卓兰朵在女儿耳边反复小声唱着，她怕丫丫记不住自己家，来日不知道要回到哪里，就将家中景致编成歌谣，反复教给她唱，反复唱给她听。少年尊者隐约听到歌声，心中悲悯，叹息不已，伸手取了身旁琵琶，在怀中抱好，轻轻弹了起来，弦声柔雅，不急迫，和着卓兰朵口中调子。卓兰朵一遍遍唱着，少年尊者一遍遍弹着，许久后，丫丫渐渐退热了，又渐渐清醒了。

她大约是睡得足够了，虽然还是有些蔫，却大大睁着眼睛，循着琵琶弦声找了过去，不转睛、不交睫，痴痴看着，却不是看那少年尊者的脸，只是盯着他两只手，看他左手按弦，右手行拨。弹得徐缓时，她看得安

静，弹得急促时，她看得凝神，目光来回扫着，轮着看左手、看右手，直到琵琶声停下来，她才认真看了那少年尊者一眼。

尊者微微一笑，将琵琶放下，起身走过来，用手掌抚着小女童额顶，柔和说道：“此子天慧，他日定有所成。”

小女童仍旧大睁着眼睛，定定看着眼前少年尊者，仿佛认识他一般。尊者又笑了笑，将披肩送给这对母女，又给了卓兰朵一些药物与食物，叮嘱了一番。

“按时服药，好好饮食，别让她冷着，十日内就彻底好了。过些日子天暖，我要离开此处，务要在此之前让她彻底痊愈。若有问题，立刻来寻我。”

卓兰朵感恩不已，抱着女儿接连行过大礼。少年尊者不肯要她酬劳，她辞别尊者，带着女儿去了寺内大殿，在佛前祷告后，将手里仅有一点儿钱捐做了功德。

丫丫一日日好起来了，不过七八日已痊愈。卓兰朵不敢无事前去打扰尊者，又十来日，她要随商队出发了，才抱着丫丫又去了对面寺中，想向尊者道谢并辞行。

“苏赤伐罗尊者数日前已离开了。”寺中人回答道。

卓兰朵再次带着女儿随商队上路了。

商队没有多余马匹给她骑乘，她可以带着女儿坐在货车上，已是感激不尽。每到商队停下来歇息，她便帮人整理清点货物，或生火炊煮，十分勤快有礼。丫丫仍然很乖，母亲劳作时，她自己安静坐着，看着母亲，小声唱着歌。

又走了一年后，商队又在一座城里休整过冬，再上路时，前方就是敦煌城了。敦煌已是大唐地界，长安城却依旧遥远，远得仿佛到不了一般。

到了敦煌城时，卓兰朵已病得很重了。一路辛劳，难得歇息，稍微有口好吃的也要先顾着怀中女儿，病了也不能歇着，也没有药物，拖到眼下，已入膏肓。敦煌城寺院外也有慈济院，卓兰朵带着丫丫在慈济院里住了几日，病势越发沉重。她知道自己好不了了。

她心中痛楚难忍，思来想去，带丫丫去城里客栈找了商队。一路走过来，商队中所有人都与她和丫丫熟悉了，本来说好三月底再上路时依旧带着她们母女，但眼下，卓兰朵已经走不了了，她只能将女儿托付给商队。

“她父亲是大唐军人，长安人氏，李姓，叫李诚，昔日护佑商路，战死在西域。务请诸位带她回大唐，回长安，就算为奴为婢，也要回去，纵然一死，也要死在大唐。”

商队中胡商妻与卓兰朵很熟悉，也喜欢丫丫，听卓兰朵说得凄怆，十分同情。她点了点头，从卓兰朵手中接过丫丫。

“到了长安，不管将她交给谁，都烦请告诉他，今日按大唐历法是三月十七，是丫丫生日。她今日满四周岁。”

胡商妻点了点头：“放心，记下了。”

卓兰朵知道，丫丫此去长安，若想留在那里，就只能以奴籍入。胡商带她到了长安，丫丫在长安城里却没有亲族接收她，胡商也没法再带她回来，只能是将她当骡马一般作价卖掉。卓兰朵心中怆痛无比，咬牙忍着，对女儿说了最后几句话。

“丫丫，你父亲是唐人，你是唐女，你要回到大唐，回到长安，寻你父亲故土，那里才是你家。”

小女童不太明白母亲意思，见母亲说得认真，点了点头。

“若是害怕，或是想阿娘了，就唱歌，唱歌就不怕了。一定要记得阿娘格外教你那支歌，每日都要唱几遍，千万不能忘了。”

小女童又点了点头。

胡商妻抱着小女童走了，小女童不哭不闹，伏在胡商妻肩膀上，静静看着卓兰朵，就这么离得越来越远，直到再也看不见。卓兰朵瘫软在地，瞬间身心俱溃。她窒息着在地上挣扎许久，勉强起身，拼尽力量强撑着走进寺院，在大殿中佛祖面前跪下祈祷。

“卓兰朵今谢佛祖，此生得遇至爱，虽只两岁相守，卓兰朵死亦不悔。又谢佛祖，召我回极乐，与心上人魂魄团聚。再请佛祖，保佑我女儿，让她平安回到大唐，回到长安。卓兰朵不敢求女儿富贵，只求她能找到父亲故土家园，一生不受欺凌，有衣食，能得遇挚爱，清静厮守，平安到老。不要再像阿娘一般命苦，看着心爱之人死在面前，余生里每日被相思折磨。卓兰朵此生心无怨忿，亦无不甘，特禀谢佛祖，唯请佛祖护佑小女，卓兰朵虔敬感戴。”

卓兰朵祈祷后，又行大礼，接着起身，挣扎着回了慈济院。凡人唯有一死可以解脱无穷苦楚，卓兰朵并不怕死，死了就可以见到诚哥哥了，她满心欢喜，只是做母亲的要将幼女独自丢在世上，她心中又无比煎熬。前路依稀，今生渺茫，丫丫才四岁，日后却只能靠自己了。

胡商妻带丫丫回了客栈，将她送进屋里，告诉她乖乖待着。她果然乖乖待着，一动不动，烦了怕了，就小声唱歌，很小声。

“我阿娘是不是不要我了？”晚间，胡商妻来给小女童送食物时，小女童低声问道。

“你阿娘不是不要你，她是病了，不能再陪你往前走了。”

胡商妻说着，将食物递给她，小女童接过来，小口吃着，不多说话。胡商妻看着她，毛骨悚然。

“这孩儿才四岁，怎么离了娘也不哭闹？叫人看着害怕。”

连着数日，丫丫独自坐在屋里，还是不哭不闹，也不乱跑，从早到晚一遍遍唱着歌，有时声音低低的，只唱给自己听，有时大约是害怕了，声音便大一些。她尤其记得母亲临别前嘱咐，将故乡景致每日唱过几遍，不敢忘记了。胡商妻又觉得她可怜，又觉得她瘆人。

“这女娃是个什么妖星下凡？不哭不闹，也不嚷着找她阿娘，就那一个地方坐着，唱歌能唱一整日。谁家四岁孩儿这样的？”

胡商妻想着，走到小女童身边，拿食物给她。丫丫抬脸一瞬间，胡商妻看到她脸上横竖泪痕无数。

“原来她哭过了。”

胡商妻想着，陡然间不觉得这小女童奇怪又可怕了。她才四岁，怎么会不想她阿娘，只是再怎么难过也不愿出声罢了。小女童心性宁忍，胡商妻心中顿时生出怜悯来。

“罢了，明日我们就要上路，现在带你去见你阿娘最后一面。”

她抱起小女童，带她出了客栈，到慈济院中跟人打听。

“我知道你说的那女子，我见过她带着这孩儿在这院子里。”一人回答道。

“那她现在在哪里？”胡商妻问道。

“那女子几日前死了，已经埋了。”

# 第五章 求索

天宝十四载（755年）九月—十二月

# 219

李素炫随察罕与卫士缓缓回归罗喏国，如一场大梦醒来，一心空寂，神魂疲惫。这二十年来，她一直告诫自己不要抱太大希望，然而果真没有找到母亲歌谣中所唱之地，也没有打探到母亲消息，她还是忍不住失落，眼下却觉得比起阿娅来，也不算什么了。她喜欢骑马，却连着几日躲在车子里头。车子里空荡荡的，她靠在角落处，不知是不是酒中药力未退，连着头疼了几日，浑身无力，抱着无伤，又想弹，又不想弹。察罕见她极度消沉，心中不忍，却不知该怎么安慰。

回到罗喏国王宫，人道新后随国王出猎未归。宫人想照料李素炫更衣沐浴，她只说不用，径直走到院落中大树下瘫坐下来，浑身疲惫，一动也不想动，无力间说了几句话，教宫人莫要过来。庭院安静，她坐在树下，靠着案几，心中昏沉杂乱，蒙胧中想起师父死后那几日里，她如同身在炼狱，一心想为师父申冤，不敢死，待到为师父雪了仇恨，至痛已过，勉强能撑着活下去。这十年来她记着师父临终嘱咐，拼力也要好好活着，只是好好活着何其艰难。师父允了她来世，她想听师父话，安静过好这一生，待来世再见，却始终不知道人到底有没有来世。

昏沉过了许久，天色渐渐暗淡了，周身幽若，远近各处物事正渐渐陷入黑暗之中。李素炫反而觉得安定了些，毕竟自己也跟着渐渐隐藏了起来。不过数日内，满月渐残，亦不圆，亦不似钩，叫人不知该欢喜还是该忧愁，想吟咏几句也不知该感慨些什么。

她不停想起阿娅来，记得她恭敬行礼，叫了一声师父，最后笑了笑，转身飞跑，去找她的哲赫努。情有所在，隔三千里路，便行三千里路；隔一道鬼门，便闯一道鬼门，我固不能改命，命亦不能改我。阿娅不惜一死，只为逞一时任性，却也好过李素炫，从不曾得到，却无数次失去，一世纠结，一世强忍，一世不知所措。

“素儿。”陈蘅在一边呼唤道。

李素炫突然惊觉，清醒过来，抬头看了看，没有说话。陈蘅挨着她坐下来，许久，轻叹了一声。

“素儿，方才……我知道阿娅之事了。”

“察罕告诉你的？”

陈蘅点了点头，黯然说道：“她有这许多心事，你我竟然丝毫没有看出来。也不知她如何瞒得住。”

“旁人觉得是死路，她当作是归路，满心欢喜，并无悲伤，你我自然看不出来。”李素炫答道。

“世上竟真有如此痴情人。”陈蘅叹息。

“世间自古多有痴情女子，阿娅却与旁人不同。”

“如何不同？”

“寻常女子陷于情爱，除却心上人，对谁也不在乎，除却相思，什么也不晓得，固然是纯粹，也是没见识，毕竟除了情爱和眼中那一个人，她命里也没有别的。阿娅却不同，她那么喜欢琵琶，我反复跟她说，她若跟我去长安，遍得名家指教，来日定是天下高手，可以得名，可以得利，得天下痴情男子爱慕。只要她肯，她什么都可以有，她却什么都能舍下。”

陈蘅默然许久，缓缓说道：“素儿，我不曾与男子相好过，不晓得那般滋味，这一世也不曾对什么事情着迷，痴狂不可自拔。我自幼习武，师父管教得严厉，我不曾偷懒。只是见过些武痴后，晓得自己只是不曾偷懒罢了。世人皆怕苦、怕死，有人偏不怕，迎着苦，冲着死，生怕不够苦，生怕不能死。也不知有多爱，才能如此不怕。”

“我小时候，师父喜欢煎苦荳茶来饮，我尝过一小口，苦得无法下咽，十分不明白师父为什么那么喜欢。师父说，人间极乐，须向极苦处求，偏是苦的，才不能舍。我当时不懂，多年以后才慢慢明白。有人嗜辛辣，有人嗜涩苦，反无人嗜甘甜肥厚。甘糖油脂招人喜爱，却爱不到抛洒性命，教人至死不忘的，都是旁人眼中苦楚。世有乐痴画痴，熬尽心血，手上不肯歇止；有爱痴情痴，身受百死，心中绝不断念。痛楚与痛快，都着个‘痛’字，人无痛楚，安知痛快。”

陈蘅叹息着说道：“我见过这等痴人。有时很羡慕，有时也好奇，想知道至痛至乐是何等感受。”

“若所耗惨重，你也想知道？”李素炫笑道。

“是。”

“若须以一死交换，你也想知道？”

“是。”

“如此，你也足够痴傻。”

两人相视而笑。

“你在西夜打听到什么了？”陈蘅关切问道。

“知道我父名李成，别的什么也不知道。”

“你到西夜，可会觉得如同回乡探望一般？”

“人都当我是天朝来使，纷纷打听大唐之事。我哪里像回乡，分明就是个外人。”

二人聊过一阵子，都平复了些，各自回屋沐浴，换了衣裳，又在院中相聚时，宫人备好了酒。眼下夜深静谧，月染霜庭，微光宁定，叫人也跟着少了些多余心思。二人各自斟饮，又聊起来，将方才满心伤感忘却了一些。

“素儿，我记得你嘱托，帮你细细打听过了。西域广大，就是粗略游历一遍，也要花上许多年，也颇有些人值得请见。不过，有一人，若西域中只能见一人，你一定想见这个人。”

“何人？”

“过葱岭有一国名拜霜，幅员数千里，国力强盛。此人为拜霜国老国王长子，尚未出生时，曾有云游僧侣预言王后所怀为男胎，此子生有异质，来日必为西域佛门领袖。不久王后果然诞下一名男婴，国王不愿爱子来日遁入佛门，立刻将其立为太子，日后接掌王权。不料云游僧所言一一应验，太子果然生而异质，性子也与常人不同，自幼受佛恩感召，七岁便出家修行，十五岁起在西域各处游历，三十五岁证菩萨位，今日果然为西域佛门领袖。”

“世上竟有这等人。”李素炫感叹道，“莫不是佛祖再世。”

“此人佛法深邃，极有学识，西域诸国佛弟子莫不以其为宗。尤其是，此人通音律、精乐学，乃西域第一琵琶高手。”

“此人何名？”李素炫立刻问道。

“他名字在胡语中颇有深意，往来人拿四方言语也讲不清楚，因他说法时常奏琵琶佐伴，西域唐人呼为天音菩萨。”

“这位天音菩萨现在何处？”

“他每到冬季都会回归拜霜本国，驻锡于王家寺院，春暖时率僧众四处游历弘法，行踪不定。你若想见他，便要早去。自此再向西北，路不特别远，翻越葱岭便到。若不赶上大雪，走得也快，只是眼下天冷了，保不齐何时降下大雪。”

李素炫点头说道：“圣人所赐陪嫁内乐十二人并全部乐器，想来宫中已安置好了。我令乐官明日开始训导乐人，约十日可见规模，十日后出发去拜霜国请见天音菩萨。这十日里但有闲暇就一定陪着你，只是不知你那国王肯不肯……对了，你今日随他出猎，所获如何？”

陈蘅撇了撇嘴说道：“眼下深秋，哪里还有许多猎物。国王带我出猎，是为叫我展示武艺，令他国中将领心服。”

“如何？可有人不服？”李素炫笑道。

“若论拳脚，我自然不是男子对手。若论骑射，他一国男子也没几个强过我的。”陈蘅得意道，“诸将皆拜服，我心想，你们还没见过我素儿如何弹琵琶，到时候，管教你等趴下也怕不虔诚。”

翌日起，李素炫令大唐乐官训导随嫁乐人，嘱咐乐官遇到难处就过来商议，她自己寻了个安静处，抱起琵琶认真弹习。陈蘅稍微有空暇，就过来找她，她停下手中琵琶，两人说说话，就这么弹着、说着，互相陪着。

“素儿刚外出回来，很快又要出发，就这几日也要练一练。”陈蘅笑道。

“我这半年多都在路上，不曾认真弹习，茧子都褪下去一半了。再不认真练，别说手上功夫丢多少，就是磨得疼，也受不了。”

“你说的是，等你走了，我也得好好练武了。眼下我专心陪你，也想听你弹，你弹得好，别人都不及你。”陈蘅说道，口气娇柔。战场上她堪为将帅，可说到底，也是个女子。

十日后，乐人将几部合乐演练完毕，宫中举行盛大宴会，凡国中贵人和他国来使悉数到场聆听，皆惊叹不已。众人知道李素炫本是大唐大内乐人，陈蘅十分以这好友为傲，也颇与国王炫耀过。许多人见了李素炫便心痒，只是她眼下为大唐天子钦差，无人敢请奏琵琶。大宴撤后又设家宴，只剩王室近支与些国中近臣，置酒于庭中，大唐与罗喏国乐人在一边轮流奏乐，众人趁着酒兴歌舞欢乐。

李素炫在一边安静坐着看热闹，她什么场合都能应付，但只与密友才闹得起来，与生人在一起时只想老实坐着，话也懒得说。众人不住过来敬酒，话说得客气、礼行得扎实不说，旁边还不住有人专门凑过来奏乐，就在李素炫身边贴着，打着各色手鼓、弹着各色琵琶，舞蹈着，又高歌不止。

李素炫心想："我今日可不是什么大唐使节，是陈蘅娘家人。这里全都是罗喏国王族与大臣，她娘家就我一个，没别人。我得给她撑撑阵仗，不能输了气势。"

她想好了，抱定了主意，来者不拒，人敬酒给她，她一句客套话也不说，接过来便豪爽饮了。众人见她如此性情，也不端什么国使架子，更是来了劲头，排队等着敬酒，一人敬一盏，足足饮过了几轮。

夜渐渐深了，周围人掌上灯烛，又插上火把，照旧欢饮唱跳，丝毫没有罢手之意，歌舞场上热气腾腾，人人畅快。上一次歌舞篝火之夜是阿娅的婚礼日，不过十几日前，与眼前情景一般，人影憧憧，不住晃动着，被火光一次次吞吐，李素炫看得有些失神。眼下已是深秋，入夜热气散去，周身寒凉，半晌里那么多酒水下肚，又坐着不动，她开始觉出冷了，裹着披肩，瑟瑟抖着。亏得是敬酒者也少了，好歹能缓缓。

"素儿。"陈蘅走过来挨着她坐下，给了她一个小碗，亲热说道，"这小果子给你，看你这半晌只顾着饮酒，什么也没吃。人每次拿小果子来，你都只拣这一种，我叫人专门拿了这种过来。"

周围嘈杂，李素炫一边剥着小果子，一边咬着陈蘅耳朵说道："我方才想起件事来，以前在长安就听说过，来时察罕也说过，道是西域人个个热情好客，若招待贵客，一定要让客人饮到酣醉，不然就是招待不周。我这半晌都在琢磨，我是不是得装一下，假装醉倒，或许礼貌一些……"

李素炫没说完，陈蘅咯咯笑上了："我方才听人私下里说话，人都知道你琵琶弹得好，很想听，只是不敢来求你。西域有谚，云是乐自酒酣起，这里人但凡饮到兴头上了，一定得打个什么、弹个什么，或跳一阵子、唱一阵子，不然浑身皮肉和骨头都痒。方才人过来与你敬酒，是想哄你饮到兴起了，能听你弹琵琶。没想到你酒量这么大，人都怕还没等听到你弹琵琶，自己先醉倒了。他们这当口正在那头商量下一轮谁先过来敬酒。”

李素炫恍然大悟，哭笑不得：“想听琵琶直说便是，害我这半晌冻得够瞧，饮了那么多，嗓子眼都淹了。”

她说着匆匆又吃了几颗果子，用酒漱了口，褪去披肩，又略动了动手臂和肩背，回头招呼大唐乐人将琵琶和拨子递过来。

周围人霎时安静了，有那没瞧见的，被旁人拍拍肩膀，回头一看，也立时明白了。跳的也不跳了，唱的也不唱了，吹的弹的打的手上都停了，持起礼节，静静看着李素炫。

李素炫欠身行过一礼，落拨利索弹起来。此前连续十日朝夕弹习，手上健利如初，又趁着大好心情，弹得格外欢脱。周围无人出声，有人眯起了眼睛，有人瞪大了眼睛，听她一副弦上任性、指间逍遥，弹得人人心中纷纭且静，清凉又欢。一曲收煞，夜火正毕剥作响，头顶星光锐利，天外奔云洒脱，人间何其欢悦。

李素炫歇过几板，趁众人尚未醒悟过来，劈手起了一曲刚武昂扬。不过片刻，众人狂呼起来，歌舞再起。国王兴致大发，甩掉外袍，直入场中，亲自击鼓领舞。

国王击鼓精湛，技艺不俗，令李素炫颇意外，只是还来不及佩服，立刻知道国王极其聪敏。李素炫为大唐从三品内史，弹起琵琶来，罗喏国人可以持礼端然静听，却不敢令她奏乐以助舞兴。眼下国王亲自入场领舞，也算不甚辱没她钦差身份。国王如此行事，想是怕李素炫多想，其实她不会挑剔这些，却不得不赞叹这国王心思周密，不愧为一国君主。

她想着，渐渐停了手上琵琶，回身示意大唐乐人继续奏乐。终究一番弹奏是为了陈蘅，她自己不是能这么跟生人玩闹的。众人狂欢，又狂呼，没人察觉到琵琶声停了下来，她转身又与陈蘅咬着耳朵聊起来。

“你莫要告诉此间人我会打羯鼓。”李素炫笑着，又剥起了小果子。

“为何？”陈蘅笑问道，“这我如何忍得住不炫耀？”

李素炫一半认真一半玩笑道：“我打羯鼓过得去，比你这夫君却还是差了些。他们若是知道我会打羯鼓，过来相请，我必不能推辞，只是若真打起来，可是镇不住他们。平日里也不与人怄气争这个输赢，今日不行，不能输。”

两人低头哧哧笑了许久，李素炫再未动琵琶，就着乐声火光一直与陈蘅小声说话。众人闹到后半夜，尽兴而散，李素炫坐在一边陪着，都累得不轻。

## 220

李素炫心急，欢宴过后只歇了一日便出发前往拜霜国。陈蘅亲自护送，二人一路相伴，惜别情深，反不知说什么好。陈蘅见李素炫手边有一支胡琵琶，记得是为了教授阿娅所添置，之后李素炫花了许多时日弹习，只是这几日再不见她弹了。

“你也有耐心，为了教阿娅，自己先练熟。”陈蘅想了许久，终于找了这么一句话出来。

李素炫笑道：“从前我师父和雷先生都是这样，为了指教我，自己先学会。”

“在长安时没见过你弹胡琵琶。”

“弹过，不多，也不太熟。”

“素儿……”陈蘅突然间难过起来，再也找不出话来说。二人相识近十载，情同姊妹，转过明年，开春时大唐送亲队伍便要回奔大唐，向天子复命，眼下李素炫离开，不知多久会回来。陈蘅觉得身边渐渐就要冷落下去了。

李素炫安慰陈蘅道：“我眼下心急请见天音菩萨，将你撇下了。待我回归大唐时，仍要途经罗喏国，到时我心中轻松，一定多陪你些日子。”

二人拣些开心话说，几日后，到了罗喏国边界。陈蘅对李素炫说道：“唐使与我说，他离开时会留下一百重甲士兵，为你卫戍，来日护送你回国。只是这些人对西域不熟，我暂且将他们留在罗喏国。再向前，由察罕带人护送你。他屡过葱岭，对这周边十分清楚。”

二人惜别，相背而去。

“数日间我们便要开始翻越葱岭了。”察罕在马上说道。

李素炫叹道：“这路想是难走。九年前，我朝高仙芝将军击小勃律，便是翻越葱岭，又连续行军，过数条大川、数座高岭，九月作战结束，沿途又三月，方回归安西都护府，令举朝之人瞠目。”

“我们不走那条路。”察罕说道，“大军行进贵在迅捷，一定是拣近路走，我等走商道。葱岭许多隘口，我等拣最低处通过，只是要绕些路程。如此也要看机缘，零星小雪不碍事，但每年头场暴雪过后，隘口封死，两边客商都要候到翌年开春。”

李素炫咋舌，也有些着急，察罕猜得到她心事，安慰道：“先生无须太过焦急。看眼下，我等若连续奔行，还来得及。”

“我奉召送嫁，而今使命完成，你不必再视我为唐使，叫我名字便可。”李素炫说道。

察罕笑着点点头，再不多说。一行数十人，马匹百余，一路急纵而去。地势越来越高，路也渐渐难行，众人每人带三四匹马轮换骑乘，以防马匹脚力不济，耽误行程。数日后到达隘口脚下，请人估算天候，道是一两日内不会有大雪。察罕即刻命兵士整队歇息，做好准备，翌日翻越隘口。李素炫见到附近有许多商队已安稳驻扎下来，做着过冬准备。

“既然近日无雪，他们怎么停下了？”

“我等骑快马，最险处一日便能通过，到平缓无险处休整后，再慢慢下山。商队车载大批货物，只隘口处那一点路程也要十余日方能通过，只眼下这几日无雪，不敢贸然上路。他们只得在此处做些交易，就地过冬，等到明年开化。”察罕说着，又嘱咐李素炫道，“明日翻越隘口，到最高处，人多头疼胸闷。我这些军士乃军中千里挑一者，又多次随我走这条路，皆行动无碍，唯独怕你受不了。若你果然难行，我便令军士轮流将你带在马上，也不能停下来。过了隘口，什么都容易了。”

李素炫点点头，察罕又吩咐道：“今日要早些歇息。”

翌日清早，天不亮察罕便起身，指挥军士用稻草与布帛将马蹄裹好扎紧，待众人都上马后，又用绳索将小腿捆缚在马鞍束带上。天色尚未大亮，马队便出发了。察罕果然对这条路十分熟悉，不断利落指令，每半个时辰命众人换一次马。马队飞奔疾快，地势不断抬升，路径依稀，勉强可见车辙。众人沿旧车辙前行，遇车辙有断处，便由察罕指明方向。正午前后，马队到了隘口最高处，李素炫果然觉得胸口处如遭重压，呼吸艰难，头也开始疼起来。

“如何？可还受得了？”察罕打马追到李素炫身旁问道。

李素炫脸色苍白，点头勉强吐出一句话：“还能撑一阵子。”

“再向前，很快就下山了，就会好起来。你倒也刚强，你这赤骏也果然厉害，全然无碍。”

李素炫点点头，喘得说不出话来，察罕见她挨得辛苦，将她肩上无伤接下，改了扣子，斜背在自己肩上，旋即教令众人再次换马，复又出发。几个时辰后，天黑时，马队终于出了隘口。

眼下地势平缓许多，马队停下休整。李素炫双脚踏到地面上，如同踩着云彩，飘忽着扑到路边，踉跄跪倒，呕吐不止，直吐到天旋地转，浑身虚软。赤骏不安，在主人身边守着，不停用头碰碰她。李素炫缓了片刻，略起身刚想回应赤骏，立时又一阵恶心翻滚上来，又伏下身子吐个不停。又过许久，吐够了，歇缓了半晌，渐渐清醒过来。

察罕一直蹲在地上，像看只松鼠一般看着李素炫。她撑着抬头看向察罕，勉强笑了一下，又忍不住回去接着呕吐。察罕笑着摇摇头，将佩刀连鞘解下，自己抓着一头，叫李素炫抓着另一头，带她到了一旁棚帐中。

“我给你拿些食物和热水来，睡一夜，明早便好了。”

李素炫勉强点点头，连个“谢”字也没力气说出来，一点笑也挤不出来。须臾，察罕果然拿了食物与热水过来，李素炫仍有些昏沉，只一根筋不死，蒙眬中知道自己必须吃些食物。她也不知道察罕给她的是什么，撑着最后一点力气勉强咽了，饮了水，拖过毯子来盖在身上。察罕拿了几件衣物卷在一起给她，嘱咐她不要完全躺平，将上身垫起来一些。她糊涂间照做了，梦呓般喃喃嘱托察罕照看一下赤骏，随即昏死般睡了过去。

李素炫断断续续睡了一夜，翌日，直到日上三竿才清醒过来，睁开眼睛，糊涂过半晌，才一点一点想起昨日之事来。用力许久爬起来，头倒是不大疼了，只是重得像块石头。回想起来，她似乎一整夜也没有真正入睡，却毫不记得身上怎么多了两条织毯，大约是察罕过来为她盖上的。她依旧疲惫不堪，勉强起身想出去，不想一掀开棚帐，一片光明直直撞过来。她瞬间眩晕，双目失明，强撑着没有倒下，许久后才渐渐看清楚眼前。

外头，察罕带着众士兵早就起身整束好了，单等着李素炫。这些人均为专职军士，熟悉西域各处峰谷川泽、大漠雪海，常年奔波于四方商道，或出使，或卫戍，过这隘口不过寻常，只是今次带了李素炫这个累赘。为了带她过隘口，昨日出发前察罕做了多种准备，不想这柔弱女子竟如此倔强顽强，一路上不曾呻吟一声，生扛了下来。眼下她摇晃着走出来，陡然被阳光晃得傻了许久，众军士看着，忍不住大笑起来，接着又纷纷鼓掌，欢呼喝彩，有人还打起了呼哨。

李素炫想起昨日自己在路边吐得死去活来，狼狈不堪，也觉得不好意思，低头跟着众人笑起来。察罕递给她一些食物与水，看她那副样子也忍不住笑上了，一边笑一边回头招呼军士将棚帐收好绑在马背上。

李素炫为大唐使节，察罕也是一国将帅，二人不便私自入境，拜霜国在葱岭以西，并非大唐臣属，尤其不能唐突。察罕已遣军士快马疾行，知会拜霜国官员，令即刻通禀拜霜王庭，察罕带着李素炫在后面慢慢走。余下道路虽远，却好走了，又是一路下行，地势越来越低矮，李素炫渐渐不再觉得特别头晕恶心了。

“你在长安城里，久处尊贵，怕是没吃过这等苦头。”察罕在马上说道。

“是没吃过。”李素炫说，又沉吟道，“我隐约记得昨日高山上有湖水，极蓝，极静……只是不知道是真的有，还是我头疼时胡乱想出来的。”

“昨日确实曾路过大湖。丝毫无风，水面静如琉璃，映着天上白云，又有巨大冰川，我等贴着冰川跑过去的。到了绝顶处，向下看，一层一层都不相同，高处寸草不生，露着泥土碎石，结着霜雪，略低处有各色树木森林，更低处是大片草场，黄绿间错，散见牛羊，还有许多零星小湖，十分壮阔。只是当时你不甚清醒，不然定要贪看许久。”

李素炫懊恼不已，小声嘀咕道：“白遭罪了。”

察罕并不同情她，反倒笑得幸灾乐祸，笑够了才安慰道：“这道隘口尚好，若是再高些，路再难些，马跑不动，只能步行，需要几日才能过来，几日内都要头疼恶心。昨日你虽然委顿，毕竟是骑在马上，又只一日，很快可以歇过来。拜霜国地势比罗喏国高出许多，你多停留些时日，习惯了，再过这隘口时会好很多，可以在山顶看看景色，也看看沿路大湖与冰川。如此风光只在绝险处，不遭罪便看不到。”

李素炫笑笑，点点头，又说道：“我有一事一直好奇，想问问你。”

“你问便是。”

“我看你样貌与罗喏国人似乎很不相同。”

“我本铁勒人，后为罗喏国王所用。”

“铁勒？不知你如何能将唐话说得这么好，闭上眼睛听，还以为你就是唐人，竟还能识文字。”

“我曾在疏勒都督府当过兵。军中通行唐话，我就学会了，后又随军吏识了字。”

“疏勒都督府？”李素炫大为惊讶。

“正是。我在疏勒都督府唐军中效力十七年，步战七年，剿匪十年，三十岁才离开军中。西域地广，人也杂，大唐各都护府与节度使军中都有许多西域人，来自各族，客商也是来自各族，连马匪也是各族都有。”

“军中西域人多，这我倒是能想到。”李素炫说，“前朝契苾何力将军是铁勒人，阿史那氏本出突厥，一门皆是大将。我朝大将李光弼是契丹人，白孝德将军是龟兹王族后裔，浑瑊将军与仆固怀恩将军是铁勒人，哥舒翰将军是突骑施人。还有高仙芝将军和黑齿常之将军，一是高丽人，一是百济人，虽不是西域人，却也不是汉人。这些还只是我知道的。朝中大将尚如此，士兵里各族人肯定更多。昔日我父亲是西域都护府下辖士兵，想必他伙伴中也有许多西域人。”

察罕点了点头：“我十三岁参军，军中许多人与我一样来自西域，唐人更多，其中果然颇多长安籍士兵，李又是大姓，可惜我从不认识名为李成的。算下来，有几年我与你父亲同在军中，只是疏勒都督府下军士甚众，又分别驻扎在多处屯所，调动又频繁，你父亲就算与我同在疏勒都督府军中，我不认识他也寻常。都督府驻地并各方守捉城、军镇中都专门辟有区域供随军家眷居住，不知你母亲当年是不是就在那里。如果在，你或许就出生在都护府军中，或是何处守捉城中，或某处军镇中。”

李素炫无奈一笑，这些她永远也不能知道了。

“护佑商路是不是很危险？劫匪可是有许多？”

“西域各国干系复杂，唯保护商路，各国都乐意出力，毕竟都仗着商路，也都抽税，只要国力顾得过来，都派人守护国内商路。劫匪多在各国交界处出没，国界上多崇山峻岭，或大漠沙海，各国军队力有不及，便由都护府军人巡查保护，军中另有武功顶尖者专事剿匪。”

“这事情可是危险得很。”李素炫叹息道。

“是危险。劫匪都有武装，有战力，只是看着就知道是劫匪的，倒还好办。有不少劫匪会装作客商模样，也赶着货车，也是有男有女，乃至抢了人家怀里小孩子带着，扮得神似，叫人防不胜防。往来客商也多带武装，有时叫匪徒劫了，家财散尽，一两人侥幸不死，就近投了军中。也有不少人索性也做了劫匪，昨日我还要保护他，明日便要与他作战了。”

李素炫听得心惊，察罕笑道：“你在长安城长大，这些事情肯定听着新鲜。你若想听，留着路上我慢慢给你讲。西域广大，什么怪人怪事都有，有的是更邪乎的。”

## 221

下山路果然好走多了，几日后，马队到了平缓处，又可以策马疾行。只是李素炫是个拖累，一边走，一边晕，一边还得吐，带累整个队伍都走得慢。不几日，拜霜王遣特使出国界相迎。有了车驾，李素炫好过了些，所有事宜都有人打点，她在车里忍着便是。众人昼夜兼程，数日后抵达拜霜国都。

拜霜王热情有礼，设小宴招待，并专门解释了几句，请李素炫先将息几日，缓过来后再设国宴，以国礼相待，并及李素炫访求乐事等事宜，国王也允诺几日间为她安排好。李素炫特意恳请拜霜王允许她亲自求见天音菩萨，她是来求教的，不想以使臣身份请拜霜王庭出面，怕唐突不敬。拜霜王即解其意，立刻同意了。

辞别拜霜王，在使馆中安顿好，李素炫歇了一刻钟都不到，就忍不住了，即刻便要出发求见天音菩萨。

“你不歇歇？”察罕笑道，“再吐两三日你也就没事了。”

“不行，等不得，我这心里头着了火似的。”李素炫急急答道。

察罕笑了她一阵子，换了身舒适衣裳，带了短兵刃，陪她出发了。

天音驻锡寺院就在王宫近处，名色觉林寺，白日里寺院前殿任由人进出，供善男信女礼佛。李素炫穿了身清简长衣，虔心祈祷后前赴色觉林寺请见天音菩萨，求他胡琵琶弹法，也求诸家学问。城中街景迥异，人也不同，往来言语没有一句听得懂。身处如此异地，李素炫隐隐有些惶恐，无心四处观望，匆匆入了寺院，绕过正殿向后殿走去，径直走到有人把守处。

行过一礼，李素炫用疏勒语对那人说道："在下大唐国使，名李素炫。奉召入西域游历，闻天音菩萨之名，特虔心请见，恳求赐教。"

那人听得懂疏勒语，见李素炫样貌衣着，大为惊奇，又听她说来自大唐，更吃惊不小，只是并未点头答应，而是立刻还了一礼，客气说道："菩萨累年静修，除开坛讲法外，概不见外人。"

李素炫复又行礼道："在下昔为大唐大内乐人，自幼攻习琵琶，又奉天子诏谕使职西域，行过万余里路途，过大漠雪海，又翻越葱岭而来，一路侥幸不死，方到贵乡。闻人传诵天音菩萨之名，道是琵琶精绝、学识渊博，在下赤诚仰慕，求菩萨赐我一见。"

守门人看了看李素炫肩头琵琶，又想想那万余里路途，不忍拂了她，犹豫片刻后点了点头，说道："如此，烦请稍等，在下这就前去通禀。"

李素炫松了口气。旁边察罕说道："看来不消我帮你转译了。天音座下弟子多年随师父游历弘法，我猜多数会说疏勒语。"

"想来天音菩萨也会说疏勒语。"

"我听人说，西域各处话语天音菩萨都会说。"

李素炫未来得及惊奇，守门人出来，行礼说道："在下转呈菩萨口谕，菩萨静修多年，概不见外人。感念先生远路前来求琵琶弹法，特嘱咐师兄引先生到我国王宫中，与宫中乐师切磋研习。"

看样子天音菩萨恐怕是真的不肯相见了，李素炫也知道自己有些唐突冒失，如此索求一见，本也就是不情之请。只是天音也想得妥当，拜霜国宫廷乐师定然不凡，颇能教授许多。李素炫略有些失望，又立刻振作起来，行礼谢过守门人。

说话间，一位僧侣自内殿走出来，行礼见过李素炫，道是受天音菩萨指派，带领李素炫前往王宫。李素炫向着内殿方向行礼遥谢天音，随僧侣出了寺院。王宫就在寺院对面，僧侣持符信径直将李素炫与察罕送入宫廷乐师所处，宣了天音口谕，转身离去。

乐师们已接到国王命令，又领了菩萨口谕，待李素炫很殷切，她只得宁耐心性，先随宫廷乐师学习。乐师多出本国，也有自他国来者，也有疏勒人乃至西域更远处来人。李素炫用疏勒语与他们交谈，若有言语不通处，便由察罕在一旁转译。只是察罕不通乐事，许多事情听不明白，更说不明白，亏得李素炫多年琵琶精熟，认真听，又认真看，凡事都能大概弄清楚。乐师们见她手上爽利至极，纷纷称奇，十分乐于指教她。李素炫天性颖悟，又认真，从早到晚弹习不休，不出一月，大有长进。

这一月里，拜霜国四境下起了大雪。身后葱岭隘口处早已封闭，天上地上，来路前路，皆是一片深雪茫茫。朔风行逆，落白纷乱，在李素炫身边几尺远处舞动，又坠落。

“我从未见过如此大片雪花。”李素炫说道，“长安城冬日里也有大雪，只是没有如此大片雪花。”

“这还不算最大。”察罕说道，“我见过更大的，足手掌大小。”

“手掌大小？”李素炫讶异道，伸出一只手来，张开五指，低头看着。

“我的手掌这么大。”察罕说道，也伸出一只手来，张着五指，有小簸箕那么大，亮着掌心叫李素炫看。见李素炫似乎不大相信，又认真说道：“真有这么大，我比量过。之前人与我说，我也不信。”

“你如此说，我便信了。只是仍不敢想。”李素炫说笑着，趁身上未冷，手指软和，继续弹起来。

“我真是服了你。”察罕在李素炫身边陪了一个多月，眼见她手上一日日不同，由衷感叹道，“你怎么能每日弹五个时辰的？我在一边什么也不做，看着你弹，都快累死了。”

“自幼如此弹过来的。”李素炫随意答道。

“若换了我，莫说每日弹习五个时辰，就是静坐五个时辰，到眼下一月有余，也该失智发疯了。”

李素炫笑道：“你为武人，定是好动不好静，自然坐不住。”

“我听人说，琴棋书画须是有天分。有人天分大，随便搭手就强过旁人，却不知原来乐人也要如此辛苦练习。”

“寻常人弹习不过图个开心，凭着一点天分，随便搭手便强过许多旁人，这是自然。若以此立身命，怎能轻易？入了宫廷，乐人俱是万中选一，哪个无有大天分？谁能比谁差多少？若非日日苦练，积十数年之功，怎能比得上旁人？若想强过旁人，就更要格外多吃苦头了。”

察罕笑道："在下从前只道武人辛苦，风吹日晒雨淋，打仗又险，日日冒死，却觉得乐人过得舒服，精衣细食，不受风霜，不遭刀箭。眼下却觉得，纵乐人舒服，在下也宁可习武打仗，若是逼着我日日弹习，终生不得辍弃，我定是生不如死，还不如在战场上挨刀痛快。"

李素炫笑道："这话不吉利，别乱说。"

"在下自幼长于行伍，粗识得几个字，却没读过书。有时见人吹弹，也羡慕那一番风雅，也想学学，只是当真坐不住。跑得快、跳得高固然是本事，眼下看坐得住也是本事。在下日后再不敢轻看乐人……至少不敢再小觑了你。"察罕说话间又笑了起来。

"你若实在烦，不用陪我。乐师中有人会说疏勒语，我请他们帮我转译便是，只是不如听你说唐话舒服。"李素炫笑道。

察罕已耐着性子挨过了整一个月，浑身酸痛，筋骨也软，皮肉又痒。李素炫说了几次，叫他独自出去做些什么寻个开心，莫要陪个弹琵琶的死撑活挨，他只是不肯。

"我为护卫，受国王命令保护你安全，必须时刻在你身边。"

"无妨，王宫里又无盗匪，能出什么岁乱。看你也挨得辛苦，不如出去转转。"

察罕又摇了摇头："我使职守卫，不管有没有危险，也不该擅离职守。你弹你的，我继续忍着便是了。"

"如此可是辛苦你了。"李素炫抱歉说道。

"无妨。"察罕玩笑道，"实在烦了，院中那棵树爬几个上下便好了。"

李素炫大笑，重又调过弦律，又弹起来。察罕确实是忍耐到极致了，坐卧不宁，不意间伸手到腰间去摸佩刀，想起入王宫时将佩刀解下交由王宫侍卫保管了，又看看院中大树，总不能真的去爬树。

李素炫憋着笑。自出长安城后，察罕带她走了万余里道路，向来举止沉定，不算寡言，却也不很话多，更不轻易玩笑，看今日这模样，当真是快要憋不住了。

李素炫索性收了琵琶，对察罕说道："不然，今日我不弹了。趁天色还早，出城跑马如何？"

"跑马？"察罕立时来了劲头。

李素炫点点头，一边将琵琶捆缚起来，一边说道："我日日端坐，这一月有余，也是身骨松懈，腰也疼，颈子也疼，我骏儿怕是也闲得烦了。”

察罕大喜，立刻起身与李素炫一同辞别乐师，出了王宫，即刻率人骑马出了城池。城外，阔地深广，积雪浑厚，四下无风，日光清透燥烈，打在雪上，光芒细碎刺目。众人用深色面纱裹了头脸，护好双目。隔着面纱，李素炫看到旷野中有零星巨木，挺雪而立，傲跞严霜。再向前看，天边细细一道金线，划分青白，标示出天地交界来。

马蹄踩下，入雪半尺余深，虽不能逞性奔腾，却也不怕路滑，尽可高抬慢落，轻快纵跃。看身侧远处，都城巨大，在雪野上缓缓铺展，可雪野无边，更是辽阔，都城再大，从远处看过去也只是一片模糊灰色。人躲在城里，有酒有肉，有炭火暖着，不觉得如何，从外头看，才突然觉得人如蜉蝣寄身，翻覆只在顷刻间。

察罕带着李素炫与几名近卫，也不择路，也看不到路，只是直直向前奔行，跑出十余里，又折返回来。众人从浑身发冷直跑到热汗淋漓，唯独手足暖和不起来，要趁冻透之前回程。

赤骏被主人冷落了一月有余，每日怏怏不乐。众人想代李素炫带赤骏出城奔跑，赤骏却是见有生人上身便使性子，人也无奈，只得由着它独自生闷气。今日随李素炫出城奔跑，赤骏格外兴高采烈，一路欢快嘶鸣，李素炫看得心中满是歉意。

“这些日子委屈我骏儿了。”李素炫抚着赤骏鼻梁，好生安慰它。

来回跑了二十余里路，回城后，众人在街市上四处看了看，回去歇了。第二日一早，李素炫又去了王宫，听乐师指点过后，又弹了起来。冬雪接连不断，雪掩深城，野有徒歌。从远处看，跟这无边尘世比起来，巨城也不过是一片孤叶，回了城里，又觉得人间着实是庇佑。

“以为你会歇几日，怎么只出城跑了一圈、街市上逛了一圈，只歇半日，又回来弹了？”察罕说道。

“半日足够了。”

“街市上许多货物你都没见过，也不想看看新鲜？”

“无非是货物。固然不一样，又没什么不一样。看一次就够了。”

察罕叹道：“我大约能明白你意思。罢了，你弹你的。”

李素炫抚弄着琵琶弦，想了想，又说道：“其实，我是有点儿怕。”

“怕？怕什么？我看你胆子挺大的。”察罕笑道。

“此地与我大唐迥异，又一个人也不认识，走在街上，不知去乡几万里，隔几重山川。旁人说话一句也听不懂，人若突然出些大声音，要许久才知道人是在讲笑话，还是吵架。周遭人事陌生，终日都在提醒，叫我时刻记得自己是异乡人，真如随波浮在水上一般。不如在这里弹琵琶，自幼熟悉之事，又听你唐音熟稔，我心中安定许多。有时也真佩服你，终年颠沛，四方流离，连个家园亲族也没有。那行商的一出门就是数年，乃至十数年，许多小孩子都是路上生的，可终究也有个家园要回去，家园里也终究有亲族故人等着。你怎么什么也没有？换作是我，想起来就怕。”

“自幼习惯了，不想有家园亲族，不想置田宅仆役，图个一身轻松，来去自由，了无牵挂。风雪刀剑，冒死漂泊，好过在屋子里头憋着。像你那样安稳居家，每日洒扫，还要定时走亲访友，我反而受不了。”

李素炫不语，察罕把着盏子笑了笑，又说了一句：“你我十分不同。你是个恋家的，跑出来这么远，真是难为你。我却偏是喜欢到处跑，半生都是这么过来的。从不觉得离家，从不觉得归家，罗喏国王多年任用于我，我该当忠于职守，却也从不觉得罗喏国是乡土。”

“举世无处可以眷恋，你竟也不觉得心中空落？”

“不觉得，倒觉得很轻松，不用惦记谁。一路上屡次听你说起长安城中故旧，日日惦记，又惦记阿娅，又惦记我国王后。你怎的要惦记那么多人？也不觉得累？”

“……罢了，我果然与你不同，我偏是喜欢惦记人，也喜欢人惦记我。”

李素炫摇摇头，也叹息，也笑，重又调了弦律，认真弹起来。她依旧每日弹过五个时辰，每六七日带赤骏出城跑过数十里路，如此，又过了一月。

## 222

“我等已没什么能教给你了。”众乐师说道。

“你眼下也就是练得少，多练便是了，但我再没什么能讲与你听了。”

“你若还想更有进益，得大点化，怕是只有菩萨能指教你。”

李素炫好奇问道：“几位可曾听过菩萨奏琵琶？”

“菩萨讲法时，常以琵琶相衬，但只是轻轻抚弄些小声响出来，不常弹大曲子。若说认真弹奏，寻常人果然轻易无缘得闻，唯我等为宫廷乐师，曾得菩萨屡次认真指教，自然不少听过他大曲子。”一人得意说道。

“如何？”李素炫急切问道。

几人互相看了看，又想了想，一人说道：“这可没法说，真说不清楚。你若有大机缘，亲耳一听便知道。你又听得懂，听得出其中深妙，若得菩萨指点几句，这万余里道路冒死而来，也不亏。”

李素炫听人如此一说，更是难耐心中渴望与失落。翌日一早，重又攒足勇气，入色觉林寺，求见天音菩萨。守门仍是上次那人，见了李素炫，十分有礼，只是听了李素炫请求，却并未进去通禀，只持着礼貌客气说道：“师父数日前已得乐师禀报，知道先生还会来求见，专门令我在此等候。乐师说你弦上意思不离中土，不是我乡滋味，然双手已修至圆融无碍。师父说，弦上味道不是他能教你的，手上功夫又不消再教你，他也不知道见了你要与你指点什么。”

李素炫大失所望，一瞬间湿了眼眶。守门人见了，不忍道：“在下知道先生赤诚，只是师父已多年不见外人，实难为你破例，不然，若叫人知道师父允见外人，我这里门都要踏破。先生若真想见一见师父，下月满月日，师父在本寺正殿升座讲法，人人都可以来听，先生也可以来。虽也到不得师父近前，不能与师父说话，好歹也是见了一面，也是一丝缘分。”

李素炫忍着难过，深深行礼谢过守门人，告辞转身离开。走到前殿处，见那殿阁高大庄严，佛像微笑慈悲，忍不住心生郑重，入殿内跪下，虔心礼佛，又茫然走了出来，站在雪中，不胜惆怅。

察罕心中怜悯，抱怨道：“不想这天音菩萨如此难见。”

李素炫摇摇头，说道：“此事其实也怪不得菩萨，方才那守门人说得在理。我猜测，天音菩萨名盛，历年前来求见者定是不计其数，不知他狠心拒绝了多少人，才换了今日清静。若是为我破例，怕日后又要被人堵着门求见。我在长安时，便时常叫人堵着门，经常吓得我溜到好友处躲藏，几日后才敢回家，别提多烦了。”

“寻常人都是欠人钱了才被堵门。”察罕笑道，“人为何堵你门？……

听我国王后说过，长安城里很多人认识你，到处找你。”

李素炫叹道：“我平生就会两件事，弹琵琶、背书。长安城内外远近多有不服气的，跑上门来与我斗琵琶、比背书。我实在是厌烦，每次都躲着，却时常躲不开。”

察罕哂笑道：“不知那些找上门的有没有什么高人？有没有能赢你的？”

“高人？”李素炫无奈苦笑，“但凡弹琵琶、背书比我厉害的，肯定是我觍着脸上门去求人见我一见，巴望人能随喜指教我几句，怎么会在家中坐等人来寻我？斗琵琶、比背书，听着便好笑。诗书画乐不是没有高下，却没有输赢，怄气争输赢的，一定是压根不懂的，哪里会是什么高人。”

“也是……眼下我们怎么办？可否请拜霜王出面？”

李素炫摇了摇头：“天音菩萨为西域佛门领袖，西域诸国皆受其教，纵是不应国王之请，也是寻常。且菩萨出世，不沾凡间政务，拜霜亦非大唐属国，我以国使身份请拜霜王相助，于礼不通，又有要挟之嫌，不妥。”

“你还真是想得细，如此说来，不是没法子了？”

“果然是没法子。”李素炫说着，愁挫不已，不住叹息道，“我也是自幼太过顺遂了，从不曾为学业求过什么人。长安城中但凡有高手乐人、饱学儒道，凭我师父与几位先生一点颜面，没有我见不到的，没有不肯指教我几句的。近日里这些波折，算来也是该当。我是来求教、求学，着个‘求’字，相请于人，可不就应该如此。我就是见不到菩萨，也不敢怨，何况菩萨指派宫中乐师教导我，已是大恩德，我不敢奢求更多……只是再下一步，我也不知道该怎么办好了。”

察罕安慰道：“方才那人说了，天音菩萨下月讲法，到时候我们来听便是。这半月里可以在城中四处转转，看看，左右大雪封了隘口，我们也回不去。乐师说你弦上不是本乡味道，这个容易，我带你到各处酒肆饭铺里去，有的是歌舞吹弹，多听不就对了？”

李素炫想了片刻，也只得点点头，说道：“你说的是，也罢。只是人多处我有些怯，我跟人长得不一样，穿得不一样，人说话我也大多听不懂。”

“无妨，你跟在我后头。”

“你跟此间人不是也不一样？”

“我又不在乎。”

当日下午，察罕开始带着李素炫到各处酒肆和饭铺中去看热闹。听察罕说，每年此时，这城里都汇集多国商队，驻扎好了，就地买卖交易。有人专门到市所去，有人只在车店里，大宗生意多到酒肆中慢慢商谈。

连续盘桓几日，不时听到身边有人用疏勒语交谈，李素炫觉得此处果然是商路要冲，人人不谈桑麻，不讲渔猎，不论稻米，只说货殖。人与人见面互通姓名身份，也不说祖上，也不说乡籍，更无人夸耀什么功名，也无人将诗书学问看得要紧，彼此只说往来路程、货价几何，不住夸逞自家货物珍贵稀罕。除了生意话以外，就只有窝冬作乐了。外头连续降雪，道路封锁，城里人不出去，外头人也进不来，一城之人提早将食物囤积足够，在这城里日日歌舞纵酒，舒服度日。

这城很有些规模，眼下挤满八方客商，各处酒肆饭铺中都是一派喧腾。也有小间，客商却都爱热闹，谈生意才去小间，玩乐时都拥堵在大堂屋里，也各自扯着嗓子笑谈，也一同为歌姬舞姬喝彩，又喜欢跟着跳、跟着唱。屋外大雪纷飞，屋里热气腾腾，欢闹十分。客商多为男子，女子少，却也着实有些，常年走路，也是身子健悍，又飒爽伶俐，嗓门不输男子，酒量更是不输，与一众男子笑谈调侃，聊得兴起，男子若想趁酒力揩油，却是休想。这副推挡娴熟叫李素炫想起赵萧娘来。

李素炫独自一人惯了，不大爱热闹，在长安时也不喜欢与一堂生人杂处，何况在异乡。察罕也觉得她在人群里有些扎眼，比行商女子瘦削不说，脸上分明一副汉家清秀，通身胡服也挡不住迥异。李素炫有些不安，察罕觉察到了，带她在角落处坐下，用身子挡着她。

“你不想饮些酒？”李素炫问察罕。

“我当职事，要护你周全，不敢饮酒，怕误事。”

“看你样子也该有些量，少饮些，不会轻易就醉了。”

察罕摇头道：“我要保护你，饮酒就是错，醉不醉也不应该。”

“好。”李素炫知道这人瓷实，笑着点了点头。

察罕又问道：“你也不想饮些？此处谷物酿酒少，果酒多，奶酒多，酿法也与大唐不同，味道自然也不同，值得尝尝。”

李素炫摇头道：“我对酒没什么大兴致，再说还要听人奏乐。”

夜色渐深，一堂人饮得差不多了，格外有兴致。起舞者穿梭纷沓，众人只在堂中辟出一点地方来，舞者便在其中飞旋如燕，百般腾挪。胡旋舞和胡腾舞本传自西域，在长安城多年风行，端木十分擅长，李素炫亲眼看着她十余年间从初习笨拙到最后精纯。今日在西域见了，格外不同。旁边奏乐的是本地乐人，李素炫也不挑，各色吹弹一律听得认真，尤其听他琵琶意思。

“果然我弹的不是此乡味道。”李素炫笑道。

“我怎么觉得那人弹得不如你？”察罕回头问了一句。

“手上不如我，弦上却是别有滋味。”

“看那人也饮了不少，眼下半醉，弹得颇为任性，连我这不懂的都能听出许多错处来。”察罕说道。

“那人就是醉了而已，若认真弹，定然弹得好。只是，我还就想听这任性弹的。”

“为何？”

李素炫笑道：“认真弹，难说像谁，任性弹，一定像自己。”

察罕聪明，即解其意，笑笑再不说话，也跟着认真听。

两三日后，一日清早，李素炫又去了王宫，礼求拜霜乐师教授羯鼓，乐师立刻答应了。只是羯鼓事察罕更不懂，既听不明白人家说什么，也不知该怎么用唐话与李素炫说清楚。李素炫安慰他道：“无妨，也不用说得清楚，我仔细听乐师示奏便是了。”

察罕问道：“你来学琵琶的，怎么又想起羯鼓了？”

“小时候学过羯鼓，欠了些火候，不到臻熟，想补上这一点儿。此间鼓师非同寻常，如此好机缘不容错失。再者，这几日我听人击鼓，忽然明白我琵琶上头何处有差池了。”

“何处？”察罕好奇问道。

“我原来只顾着弦上声色与旋法，只顾着两手推揉拨挑，却忘了板眼节律，自然将那胡琵琶弹得无趣。弦上声色容易把控，我轻易便能学得来，旋法更容易，板眼节律却只能套用我大唐制度，还要在心中用唐制换算，学不到此间板眼意趣不说，又失了唐乐清商味道，最后弄得四不像了。今日请乐师授我羯鼓并其他各色击打，你不能帮我转译，倒刚好。我不消计算，不用懂得，只听便是。将心中原本所学忘了，直接追摹此间板眼节律，再不用唐制换算。待熟悉了，移到琵琶上，定教长进。只是又要累你在一旁等着我了。”

察罕十分佩服，叹道：“你果然聪明，又能折腾。无妨，我在一边候着便是。”

李素炫每日清早过来，听乐师指点，之后独自练习，直到傍晚。辞别乐师，出了王宫，随察罕到酒肆饭铺中去，看人歌舞，听人奏乐。城里也有许多茶铺，白日里客商无事，总要有个去处，便都拥到茶铺里去。茶铺通常简陋，偌大房舍，有席子、垫子，也有小桌和案几，按人头收钱，所供简单，不过酪茶，糕饼另算。众人一拨拨聚着谈笑，女子常单独聚在一处，说些女子话事，有的还带着小孩子。

李素炫为乐人，察罕乃武人，这二人虽已彼此熟悉，却没有太多话好说，只能并肩枯坐，闷头饮茶，单等着旁边人兴起。商道上日日艰辛，吉凶不定，乃至生死难料，常年行走者定有心胸，又有性情，饮酒能醉，饮酪茶也能醉，看看上头了，便有人开唱，接着就有人吹弹，有人击鼓，方才还是低声嘈切，转眼满室欢腾。又片刻有人将案几挪一挪，空出个小场子来，接着有人跳起舞来。

李素炫看得兴奋，回头对察罕笑道：“我唐人虽不特别拘束，却仍是没这般洒脱。”

察罕哂笑道：“你那长安城里，有钱的都是读书人，读书人都秀气，稍微不差钱的，都喜欢躲个小间里，摆弄斯文，捣鼓风雅。饮茶都是一小盏，又一小盏，渴的能渴死，看的能急死。这些人是常年走商道的，不读那许多诗书，又终日生死关上打滚，率性许多，自然放得开。”

李素炫玩笑道：“你屡次说你不喜欢读书，只喜欢打仗，却怎么也恁般秀气，从不见你放得开？”

察罕正色道：“我不是玩耍来了，我是卫士。”

李素炫见他认真，连忙道歉，只是道歉后仍旧嬉笑着问道：“若不当值，你可放得开？十分想听你唱支歌。”

察罕又气又笑道：“你们这帮做学问的，个个憋着坏心思，专爱拣我这等粗人寻开心。”

“你只是不通书乐，我可没觉得你是粗人。”李素炫正色道。

“不通书乐可不就是粗人？”

李素炫笑着摇头："才不是。"

## 223

此间白昼苦短，日出不过四五个时辰便日落。这些日子里，每日天不亮，察罕便陪李素炫踏着深雪去至王宫，傍晚时又摸黑离开。宫中人尊天音菩萨谕旨，又奉王命，将李素炫照顾得妥帖，怕屋中太冷，不时过来查看炭火，又按时备好餐食与酪茶。只是李素炫顾不上细尝，饿了随便饮食几口，不饿了又重新拿起鼓杖来。

羯鼓也可手打，李素炫多曾见过端木手打羯鼓，只是她自己从前不曾试过。王宫中几位鼓师指点过后，围着她说了许多鼓励话，她也开始尝试手打，又随鼓师研习手鼓打法。此间也有些鼓与都昙鼓、达蜡鼓、毛员鼓相类，她多少能打几下。这几种鼓本就自异域传入中华，不知跟眼前这几样是不是有些渊源。也有些鼓她以前没见过，顺便也请教一些，只是除了羯鼓熟练外，别色鼓样打得差些。

色觉林寺中，天音菩萨再次得宫中乐师禀报，道是李素炫开始请教羯鼓与各色击奏，日日勤习，又格外恳请乐师示奏，每日傍晚后又到酒肆饭铺中听市井间乐人奏乐，带许多问题回来讨教。天音沉吟片刻，对身旁弟子点头说道："此子极慧。她若再来恳请，我便见她。"

李素炫不知道这些，已搅扰人两次，再不敢觍颜上门，只随乐师认真修习，安心等着月圆日，赴色觉林寺正殿听天音讲法，一睹菩萨真容。

望日，午后不久，察罕陪着李素炫到了色觉林寺正殿。二人不敢太过靠前，在靠近殿门处寻了个角落坐好。不久，见前头陆续有人随仆役指引落座，想来是些有身份的。正殿阔大，有数百席陈列，很快坐满了人，晚来者只能在外面回廊里站着，又有数百众。

回廊外正下着大雪，察罕说道："那外头站着的不知要多冷，亏我二人来得早。"

"怎么竟有这么多人？记得你说许多客商远处来的，不信佛。"

"城中本也有十数万人，来一千人也不奇怪，只是没想到眼下冷得彻骨，有人肯在外头站着听。”

说话间，有人出场吁请众人安静。场中立时默然肃静，接着前方佛乐响起，梵呗低颂，李素炫看到一人在众人簇拥下入场升座。隔着一层薄薄纱幔，看不清面目，只见到那人身材颀长，白衣胜雪，几步之间仙姿举纵，知道必是天音菩萨。

殿中梵铃细脆，又有琵琶弦声，窸窣只如振衣。天音结跏趺而坐，缓缓开口，讲授真法。他说话口吻柔善，徐缓不疾，语声雄厚深切，钧沉宏雅，语到吟留处，如霜天虚籁。

李素炫一句听不懂，却听得深醉如痴，端身危坐，面带宁喜。说法间隙，有天音弟子奏乐，箫管颂偈，琵琶语佛，周身阁铃悠荡，涤人心魂。听法人众微微活动着身子，天音仍旧端坐如玉山，李素炫也不敢动一动，依旧正坐，手中持礼，微微颔首。

“你听得懂？”察罕凑过来，压低声音好奇问道。天音以拜霜国语说法，察罕通其语，却不通佛法；李素炫不通其语，看她神情却仿佛听懂了一般。

“也听不懂，也听得懂。你又如何？”李素炫问道。

“……也听得懂，也听不懂。”

二人相视一笑，听前方息了管弦，立时又整敛容色，安坐静听。

说法后，天音退场。殿中人众不敢出声，待回廊中众人散去后，方悄然起身，依序退出。察罕与李素炫在殿内靠后处，离门很近，头几个出了正殿，拐弯刚走几步，一位僧侣快步走过来，对李素炫行过一礼，客气问道：“敢问阁下可是大唐国使？”

李素炫连忙回了一礼，恭敬答道：“正是。”

僧侣小声说道：“师父请见于后殿，二位请随我来。”

李素炫一怔，旋即心中狂跳不止，勉强镇定片刻，与察罕对视一眼，立刻跟上那位僧侣。僧侣引二人转了几转，穿过一座庭院入了后殿。察罕留在殿门处等候，分手之际，将肩上胡琵琶交到李素炫手中。

李素炫随僧侣到了内殿深处，隔着纱幔，见到方才白衣菩萨。她立刻将手中胡琵琶与肩头五色琵琶放好，上前深深行礼，操着疏勒语朗声说道：“在下大唐国使李素炫，奉旨出使罗喏国。今使命完成，依天子诏令游历西域，采诸方乐要。闻天音菩萨学识殊胜，琵琶精极，在下特远途而来，志心朝礼，盼菩萨赐教。”

纱幔那头传来说话声，正是方才说法声音，说的竟是唐话。

“国使不必多礼，请起身。”

李素炫吓得不轻，手上一抖，礼节不由得松了些，略抬头飞快瞥了一眼。纱帐薄透，有檀香袅袅漫出，恍惚间见里面说话之人肤色白皙，容颜清止，只是不敢细看，立刻又端严持礼，深深颔首。

里面那人依旧语声柔和，缓缓说道：“听说你是大唐大内乐人，自幼攻习琵琶，技艺不凡，我国中乐师对你十分钦佩，屡次与我说起。国使不必谦逊，我也不能觍颜称赐教。我国远距大唐万里，不曾得闻唐琵琶仙声，我也很想求得一听，恳请国使相赐。”

“在下不敢言赐，奏乐奉上，却是该当。”

“如此，便劳烦国使。”

李素炫又行一礼，起身取过五色琵琶，利索调了弦律，持拨落腕，文武相间，一逞疾徐，弹得殿中人人失色，震颤无言。

曲毕，李素炫收了弦声，起身，依旧怀抱五色琵琶，微微俯身垂首，等待菩萨指令。须臾，见身旁侍立之人纷纷后退行礼，原来是天音听李素炫琵琶声听得沉醉，不觉间起身走出帐幔，到了李素炫面前，亲自请她起身。

李素炫抬头，只一眼，大惊。

眼前人仪度超拔，身着白衣，素袂流连，遍体细结黄金璎珞，亚麻色卷发柔软浓密，鼻梁高挺如峦，双目净静，瞳仁湛碧，幽深如海。他俯身看着李素炫，唇边淡结微笑，神色踞然，气势清绝。

李素炫恍然想起多年前卢楞伽在宜春宫中所说：菩萨凝现法身，定是端庄秀美，双目慈悲，神色安详。两肩宽阔平坦，腰肢如柳，肌体矫硕，有女子柔和，有男子刚强，万般美好尽备一身，胜过世间一切色相。

李素炫瞪大眼睛看着天音，呆傻许久，猛然醒悟，立刻怀抱琵琶后退一步，惶恐说道：“在下失礼。”

天音微笑说道：“国使不必如此多礼。”

李素炫紧张万分，不知说什么好，也不知该看向哪边。天音嘱咐人在自己身旁为李素炫设座，请她坐下相谈。李素炫迟疑片刻，觉得再多礼显得有些矫情，谢过后小心坐下来，只是仍不敢抬头直视天音。天音随意熟稳，言语平宁淡和，坦然自若，举动间风姿绝雅，清净无尘。李素炫眼下离他很近，一瞥之下，只觉得举世之上无一物能增他一分神采，无一物能减他一分清致。

天音正式允了李素炫，授她胡琵琶弹法并诸家学识，嘱咐她自翌日起清早便到寺中来。一切妥当后，天音亲自送李素炫出了内殿，将她交由察罕保护，令弟子送二人返回使馆。

## 224

天宝十四载，方入秋时，长安城中下起了雨，不大，亦不绝。苍云愁淡，遮蔽天空，日色如一片瘀伤。秋雨寒凉，秋蝉嘶哑，叫人彷徨失措。雨水急急流到两边排水渠中，坊间大道尚可行走，坊内小路却是坑洼泥泞，城里人人抱怨不止。

雨催寒湿，寒湿着肺，各处病患多了起来。今岁这疫病与以往不同，不多要人性命，染病的却比往年多许多。闻朗要照应病坊，要与求医者诊治，也时常出诊。端木不多问他什么，修习、抄写之余，仍帮其他居士浣洗。天冷水冷，闻朗舍不得她遭这个罪，可也没有理由劝她，也不敢上去帮她，只能记着将炭火生好放在她足边，配些草药来请居士煎了，叫众人分饮，又格外将一盏趁热拿去给她。

“近日湿冷，小心些，莫要久坐。多穿些，觉得冷时多半冻了许久了。还有，别太多沾水……”

“不过是两手糙硬些，没关系。”端木笑道，“若是素儿，怕是弹琵琶要费事了，我不过是握鼓杖的，略糙些也不耽误。”

闻朗无奈，没有再多说，抬头看了看外面，叹息道：“这雨水一岁比一岁来得凶狠，也不知是为什么。”

“老天自有缘故，只是我们没法子知道。”

闻朗摇摇头：“此事颇不寻常。这几年里……我总觉得会有事情发生。”

端木迷茫说道：“素儿走之前也这样说过。她说，这长安城里人都太快活了，她总是觉得哪里不对，怕是要发生些事情。”

两人互相看了一眼，闻朗又嘱咐许多，转身走了，端木叹了口气。眼下她是既惦记李素炫，又惦记闻朗，只是她惦记李素炫尽可与闻朗说说，惦记闻朗却没法说。

秋雨日甚，城中四处皆疲苦不堪，民众多有病患，劳作也不便，城外木柴与木炭不能每日送进来，药材也缺乏。虽说尚不到无法度日，这些年却也果然不曾见过城中如此困境。

深秋迫近初冬时，长安城中房屋根基大多损毁，垣屋颓坏殆尽，柴米暴贵，许多人开始挨饿。歌子惦记阿翁，将他接到府中照料。刚入冬，城里下起了冻雨，凝霜封树，数日不消，有人识得是古籍中所载“雨木冰”，为灾异之兆。城里谣言纷纷，人心惶惧，时疫又来得格外凶狠。偏在此时，嫣儿有了身孕，商不言听闻朗建议，将她送出城，回了城外家中旧宅，由嫣儿母亲陪伴，照料待产。

## 225

崔茗此时身在范阳。两年前，他得杨国忠约见密谈，受朝廷委派，以巡查使身份出长安城，先是在别处巡查一年，之后到了范阳。

范阳安禄山才是崔茗真正标的。杨国忠算定安禄山必反，怎奈说不动天子，思来想去，选择了崔茗。崔家不结朋党，崔茗又初入仕途，没人认为他与杨国忠有干系。崔茗并不喜欢杨国忠，但安禄山有反心之事他曾多次听父亲与长辈说起，不管是谁人派遣他去监视安禄山，为社稷着想，他也会领命。为掩人耳目，他出长安城后特意先在别处盘桓一年，后至范阳。果然安禄山没将这个贵家少年当回事，以为他不过是出来混个资历。朝中也有其他官员到范阳来监察巡按，安禄山知道他们所图为何，严防死守，唯独没太将崔茗当回事。

崔茗为人心智成熟，思虑周全，两年前出长安城前，已遣人入范阳潜伏，在城里开铺经商，或扮作贩夫走卒，每日行于市井。一年多后他也到了范阳，安顿好后，自然要做几日公子哥。若是寻常人设计，定是要日日纵酒欢宴，左拥右抱，四处结交本地权贵，漫使银子，做尽荒唐事，但崔茗思虑更深一层。安禄山其人奸狡，绝不是个傻子，崔茗若放肆无度，做戏太过，倒令他生疑。

崔茗虽为武人，却诗书不弱，文武兼备，又兼人物俊美。他终日以文生面目示人，说些风雅，谈些清玄，也不断有好词句出口，助个酒兴，也有一手好书画，常与宾客赠答，又常与人切磋武艺，弓马精湛，兵法纯熟，双手放下刀剑便抚得瑶琴，俨然他日出将入相、书乐宰辅。如此，旬月间便在范阳闯出名声来。然每到不见人处，或纵酒，或行猎，又时常召大批歌伎到家中彻夜玩乐。他知道安禄山纵不疑心，也不会不防备，定然派人暗中盯着他。果然细作回报后，安禄山哂笑："贵家子，有出身，爱名誉，晓得来日想做官，眼下要做样。"

安禄山已是拉弓搭箭，势不可回头，长安城中天子依旧执于一见，反将进言安禄山必反者捆起来，发给安禄山处置。崔茗遣家甲扮作仆役出府采买，与城中潜伏者交接，连续向长安城发了数道信函报急，却毫无用处，天子依旧不信安禄山会造反。

秋冬里，连续几月，安禄山借口拿盗，屡次封锁四方街市，限制城中人出行。朝中官员不许擅自离开范阳，各府第家人再不许外出采买，改由安禄山派人统一配给。十一月初，安禄山分批连续处死数名朝廷派驻官员及亲信，又送信与崔茗，道是翌日校场点兵演武，请他前去观礼。

崔茗知道，安禄山起兵在即，自己肯定是走不脱了。

他猜测自己并没有暴露，安禄山没有杀掉他，是因为仍旧将他当作一个孟浪家子，召去校场观战，多半是要劝降。算好一切，拿定了主意，崔茗写了两封信函交给心腹。

"明日我赴安禄山之请，必死于他手。待安禄山率兵出了范阳，此处人手骤然减少，防务必然松懈许多。你潜出城去返回长安，将这两封信交与我父母与李逊。"

心腹闻言大惊，未待说话，崔茗又冷静说道："我死后恐安禄山屠府，你便不能逃脱。明日一早随我一同出府，半路离开队伍躲起来。"

心腹见崔茗说话平静，知道他下了决心，咬咬牙，行过大礼，告退。

翌日清早，崔茗身着戎装，带着卫队按时到了校场。

校场上立着大纛，猎猎迎风，军队森然列阵，铁甲嶙嶙，刀枪霍霍。

地上积雪半融，混着尘土，马蹄踏过，溅起阵阵泥水。看阵势，崔茗立刻明白今日绝非寻常点兵演武，又看身旁人，认得其中几人也是来自长安城，想也是杨国忠所派。只是崔茗不清楚安禄山为何杀掉一批，留下另一批。

不一时，亲兵簇拥安禄山到场。此人壮硕肥实，从前也是武功高强，眼下却连走路都有些费事，目力也不如前，举动都需要人照料。他也不客气，直接对台上众人说道："今日叫尔等前来，不为别事，单为劝降。"

几人相觑不言，心想就是劝降也没有如此说话直白的。安禄山又瓮声说了几句，众人才听明白，原来是安禄山军中武人多，文人少，他需要大批人为他治理管辖属地。一些人他料定不会听话，或能耐不济，早早杀了省事，眼前这些人格外有能，他还想劝劝。

众人皆沉默不语，心里都明白，安禄山这副口气已经是在直接告诉众人他要造反了。

"今日我校场誓师，尔等若从了，明日便是我殿上之臣；若不从，今日便是我刀下之鬼。我这大纛未祭，刚好要借几颗人头来用。"

崔茗心中轻蔑："只听这几句蠢话，这夯人也得不了天下。"

"如何？"

安禄山喝问道，扫视众人，也不知是不是等着众人跪下山呼万岁。众人一时无语，心中惧愤。没人喜欢安禄山，没人想跟着这个颟顸莽夫，只是若不降，立时便要横遭利刃；若降了，怕这蠢人早晚兵败身死，投降的一定会被朝廷清算追剿，祸及眷族。

"难不成此事还得我帮你们想？"安禄山问道，横着一脸肉条，口气平和，却叫人脊背生寒。

众人仍不说话，有人打定了主意，宁死不降，有人想投降，只是不想做第一个，日后叫人揪出来上报朝廷，格外难逃一死。

安禄山本还挤着糙皮老肉，强堆出些笑来，陡然间变脸，大喝一声，令亲兵将人绑下去砍了。有几位朝臣霎时腿软，干脆跪了，另几人站着不动。安禄山立刻令人将站着的拖下去杀了。

崔茗也站着未动，安禄山却将他留了下来。这些人中唯有崔茗是武人，安禄山见过他武功，十分看重爱惜，虽说一直并不真正信任他，却格外想劝他降顺，乐于相信他不是什么李唐忠良。文人他只是不得不用，武人才真正为他看得起，况崔茗又有文名，怎能叫他不格外动心。眼下虽然崔茗未跪，安禄山却情愿当他是少年心性，嫌弃自己凶横。为了收服他，安禄山竟不惜摆出一副贤主模样来，好言相劝。

“崔贤弟莫要再恋着那李氏皇族，对你又不曾格外恩待。若跟了我，管教你不吃亏。”

崔茗淡然一笑，来时路上还想过诈降，日后伺机而动，眼见今日安禄山誓师，不日便要起兵，他绝不能投降，壮了贼兵胆色。况且他是武将，若诈降，安禄山必然令他带兵出战，他却实在没法对自己人下手。他转瞬打定了主意，今日，唯有一死。

“在下大唐忠臣，不能从命。”他平静说道。

安禄山以为他心中怯弱，眼下不过强撑颜面，又耐心劝道：“若随我起事，你便是开国之臣，与他李家做事，能多得个什么？”

安禄山很客气，崔茗也客气，话上却不相饶，微笑说道：“我便不与李家做事，也不会与你做事。”

不想安禄山竟一时不解，愣怔问道：“为何？”

“尔不过贼子。”崔茗淡淡说道。

安禄山登时恼怒起来，崔茗不等他说话，语带挑衅，又说了一句：“你会杀人，奈何天下有人不怕死。”

安禄山气恨不已，竟又忍了忍，依旧说着好话。他今日召了这些人过来，只为示与在场将领，这些李唐臣子或降或死，于他安禄山而言都是士气，唯独崔茗一身武功，他是当真看重，想收为己用。

崔茗其人刚挺，面上却不悍烈，也不多答话，只抱定了死志，淡笑而已。安禄山终于失去耐性，陡然变脸，阴森笑道：“罢了，若杀了你，我也不舍，你也不服。我今日给你一条活路，看你自己本事。”说着指了指校场中央，又说道：“知道你武功高强，在长安城就听人屡次说起过。你若今日连胜我十员武将，便放你走。”

崔茗根本不信，都是武将，一身哪里那么容易赢过十人，纵然赢了，安禄山怎么肯放他走。只是眼下，他必须应战，断不能在阵前屈折阳刚。他笑了笑，转身入了校场，边走边顺手拿起根系甲索带来，右手抽出佩刀，左手持索带迅速将右手与佩刀死死缠在一起。

校场上人马立刻后撤，大纛下一片空荡，只崔茗一人持刀而立，远处军吏开始擂鼓。

安禄山狠心忍下不舍，挥手教众将上前，行车轮战法，逐一与崔茗对决。崔茗眼见十名武士立在对面，并不惧怕，静静候着，面色平和。

第一人冲了上来，只一个回合便死于崔茗刀下。

场中一片肃静，众皆惊悚，纵然知道世有高手，也想不到安禄山帐前将领竟死得如此轻易。须臾，第二人冲了过去，又不过两个回合，断头当下。

安禄山也知道，指派十人对决崔茗一人，这事做得不光彩。他只是仍有一点心思不死，想将崔茗逼得走投无路，终究归降。不想崔茗武功远超出安禄山所想，且上手便是杀招，连斩两将，毫不留情。安禄山终于明白，崔茗是决不会投降的。

安禄山挥手，第三人又冲了上去，几个回合后，尸横当场。崔茗笑笑，挑衅道："我看你这将领禁不得我这么砍下去，不如你令人放箭，射死我，你也能少折几个跟着你造反的。"

安禄山恨挫不已，狂吼道："我今日偏要看看，我就不信我帐下无人能赢你。"

场下将领已死了三个，其余人等有些犹豫了，也不是都怕死，只是都怕死得这么没名堂。安禄山狂吼数声，第四人只得狠心冲到崔茗跟前，须臾断命。

安禄山此时也不想要什么颜面了，狂吼着令其余几人一同上前。崔茗亦不惧怕，略不蹙眉，足尖轻点，身纵如飞。是日阴沉，黑云愁惨，寒天料峭，厉风吼如利弦，被崔茗一把快刃纷乱裁开，杀人场中血溅如珠，人人遍染，雪泥猩红，狞厉可怖。崔茗以一敌六，一时竟也不落下风，安禄山瞪大眼睛勉强看得清楚，气得吼叫不止。

片刻后，崔茗受了第一道伤。他纵身向后跃了一步，余光瞥见肩头血涌，旋踵又冲了上去，又片刻后，受了第二道、第三道伤。几道伤后，崔茗浑身是血，仍如困兽，酣战不退，每挥刀时，寒光染血。旁边安禄山看不太清楚，又非要看着，又心惊，又心痛，握拳如锤，砸着案子，连连狂吼："如此少年英雄，为何不能跟了我？杀他李唐一朝君臣我也不在乎，如此英雄死于我手，坐罪于我，叫我如何成事？”

安禄山狂吼许久，不忍杀崔茗，却不得不杀他。他不想眼看崔茗战死，下了杀令，立即转身，掩面离开。场上数十武士蜂群般拥了上去，转瞬间，崔茗身中百刀。他运尽最后力气，双手横持佩刀刺向大纛旗竿，以刃入柱，立亡。

# 第六章　問道

# 天宝十五载（756年）正月—六月

# 226

胡琵琶比唐琵琶略大，虽不过寸许，在乐器上便是许多，拨子也大些，弦又格外沉实有力，弹法也不同。若是强壮男子，也不怕这一寸，李素炫却是柔弱女身，多这一寸，便多了许多。她不是没那股力气，只是寻常时不将力气用到这个份上，心中能记住，手上记不住，仍需磨练。

来时连续赶路，又翻越葱岭，李素炫曾二十余日没有认真弹习，再抱起琵琶来忍不住连声抱怨，道是指腕乏力，出声拖沓。察罕不大明白，不过几根细弦，能耗多大力气，怎么只几日练得少就弹不动了，李素炫与他也说不清楚。琵琶果然不过几根细弦，若要将它毁了，不过区区之力；若要它听话，却是要千钧之力。稍有不逮，便致手不敌弦，唯指腕健悍、身手飒利，方可游刃。

天音所授李素炫很快便能领悟到，在琵琶上寻找、练习，十分耐心刻苦。天音赞许道："素儿聪慧。你这唐琵琶与我胡琵琶还是差了不少，你却侍弄得快，眼下已熟练许多了。"

李素炫答道："长安教坊和宫中都有胡琵琶，我好奇，拿来弹，师父也教过我一些。我有些好友是西域人，我在酒肆中与她们玩耍，也借她们琵琶来弹。后入了西域，为了教人弹，自己先练了两月，因为从前弹过，所以这两月便有进展。又因为有这两月，前阵子宫中乐师教授，才学得会，又因为随宫中乐师修习了这两月，眼下才能随菩萨修研。"

天音笑了笑："一步一步，环环相扣，皆是因缘。"

察罕陪着李素炫，每日卯初准时到达色觉林寺。此时距日出还有近一个时辰，天还完全黑着，地上积雪微莹，寒光羸弱，身边不知何处传来鸟雀叫声，听不出远近，只觉得耳熟，察罕说那是孔雀。入内殿向深处走些，四处燃着灯火，隔纱帐看到天音已安坐等候，低首敛眉，手上淡拂琵琶。殿中空旷沁凉，有天音弟子侍立，往来悄然疾速。

天音终日着净淡白衣，细结黄金璎珞，作菩萨相，无世俗态，法身庄严，举止沉定不疾。纱帐内有檀香淡淡如缕，周遭幽寂无声，唯有菩萨殷殷讲述。天音说话字句明晰，言辞周密，唇齿十分清楚，语声舒缓，嗓音浑和，如碧落沉音。

“我今授你一曲，名《云鹰》。”天音说道。李素炫立刻将琵琶横置膝头，行礼请闻。

天音微吟片刻，拈起拨子，抬手划过一道弧光，旋即落腕，触弦一瞬五指骤然收拢，将拨子握得牢靠。菩萨宁忍，素来言辞有度，举止端凝，眼下骤然神思凌厉，双手激扬。五弦惊扰，赫然而动，出声如断。菩萨无杀气，却有阳刚，五弦冽烈，十指悍纵，间或轻重，杂以揉按，左右错厝，弦手互搏。胡琵琶魁壮，轸轴刚矫，振弦雄沉，其音分驳，其声荒浩。亢处至亢，如苍鹘破风，碎满天纷狂乱云；如昆冈崩雪，卷四下沉寂石泥。柔处极柔，如赤练虚行，留一线沙上淡痕；如狻猊静处，吐半室影中尘雾。曲中有弱悍相背，动静互斥，牵离反咬，又有起转弥合，收放行替，困委舒纵。曲到收声处，如苍鹰盘桓，行渐趋远，落落沉降，森然煞止。

李素炫持礼静听，曲终良久，震撼不敢言。

天音笑道：“素儿怀中琵琶迥异，若弹起来，不知是何样声音。”

李素炫恭敬答道：“此清素琵琶名无伤，竖抱，五弦四相十二柱，在中土时雷先生与我曾多年研习弹法。我受雷先生指教数载，如今已渐趋纯熟。”

“如此，请素儿弹与我听。”

“是。”

李素炫颔首应道，沉下心神，汇聚明光，五指微动，轻轻挑出弦声来，纤弱柔和，窸窣细碎，如月印虚影，蛛丝淡迹。静宁许久，不纵疾快，犹江河之水暗暗漫涨，积蓄巨力，陡然摧破两岸，刹那奔狂。手有行止，弦不相让，碧色幽闪，怀中清素弹得出万重河山。披沙溅石，如坠如堕；升烟摆柳，如飞如扬。逞露心性，恣意畅快，曲终，碧弦桀骜，甩袍袖而去，歇煞如断。

许久，殿中渐渐重回幽寂，余音淡闪，坠如埃尘。天音回味许久，赞叹不已。

“不过一曲，果然异于凡间无数。大约这般琵琶在大唐也不多见，不然，我多少会有所听闻。”

“正是，长安城中只雷先生与我如此弹奏，这一年多来我二人又在研习武曲手弹之法，我已初有所成，雷先生想必已然纯熟。出了长安城如何，我却不敢说。我熟知大唐乐典，然历代典志所载只是宫中规矩，文人记传也多是士人规矩、长安规矩。中土广大，民间琵琶有各色形制、各色造法、各色弹法，有什么没什么都不奇怪。如此琵琶、如此弹法，也不特别繁杂难懂，说不定前代就有，后来失传，待日后我与雷先生都不在世，又无人知晓，多少代后，又有人再造出来。”

天音点头：“素儿说的是。史事本就往复，人间亦是周天。”

李素炫又轻轻行过一礼，说道：“素儿有一事，想请教菩萨。”

“素儿但说便是。”

“琵琶弹到极亢处，心下如何？”

“不尽惶恐畏惧。”

“为何惶恐畏惧？”

“人生路远，若无高士指教，焉知自己身在何处？一如夜登险峰，或是已至绝顶，或是仍在途中，或是错行路径，或是足临深渊，自家俱是无法知晓，如何不畏惧？”

李素炫不语，想起了雷海青。天音笑笑，问道：“难道素儿不曾畏惧？”

“我大唐第一琵琶绝手乃是雷海青先生。我不是第一，也不想做第一，自然不畏惧。”

“为何不想做第一？”

“我本就不是第一。莫要说出了长安城，就是在长安城里，但有雷先生在，也轮不到我做第一。这一点儿自知我总还是有。”李素炫笑道。

“你只是害怕。”天音看着李素炫，笑得意味深长，淡淡说道，“书乐事如何还有个天下第一？所谓第一不过是个名头，谁担了这名头，谁就是堵子，天下人都要盯着他，有人等他出彩，有人等他出丑。雷先生视你为友人，你非要当他是先生，无非是因为害怕，要躲在他身后，不然，那盯着他的，日后就要盯着你了。”

李素炫想了想，说道：“可是……雷先生果然强过我许多。他与我说过，做师父的不是懂得多，而是学得快，还说若有一日，我学什么都比他快，他就再教不了我了。只是我到现在也没比他快，不管什么事情，最后总是他先学会，再来教我。”

“固然不错，只是，如果不管什么事你都靠着他，要何年何月才能比他学得快？”

李素炫答不上来，天音又说道：“你随我国宫廷乐师修研了数月，每隔几日，乐师便来向我禀报进展，眼下你又随我修研许久，我已足够了解你。你很聪明，只是总想靠着人。”

李素炫心中迷茫，手上也无措，胡乱拨弄着琵琶弦，失神不语。天音见她沉思，不再多说，只将手中琵琶弹了起来，轻触慢拨，乐声散淡。这声音让李素炫十分思念雷海青，自她十五岁到二十五岁，十年间，每到逢一，雷先生必定在内教坊中等候。纵然他随圣人去至骊山宫，或李素炫随玉真去别馆，二人也不曾分别很久，眼下却已近一年没有相见了。

李素炫想了片刻，努力振作了些，认真听天音手中琵琶声。天音每日也要弹习许久，准李素炫在一边听着。听人弹奏是一回事，听人练习又是一回事，各有不同，也各有所获。寻常人怕是没有李素炫这许多机缘，听得诸多当世高手认真弹奏、讲解开示，又能见到这些人如何独自弹习、独自磨练。

方出正月，长安城中冰雪日渐消融，西域仍旧严寒，隆冬不退，格外漫长。李素炫进展迅速，已将胡琵琶弹得颇有样子。除了去色觉林寺听授外，她也常到王宫中向宫廷乐师求教，也磨练琵琶，也修研羯鼓，每日也要花许多时候击习。察罕坐在一边看热闹、听热闹，有时也好奇问些问题，却没什么兴趣亲自动一动乐器。

手中琵琶渐渐纯熟，李素炫心里缓和许多，每日练得少了些。二月底，色觉林寺中冰雪开始融化，泥土中芳香发散，周身湿冷，屋檐上水滴堕如纷珠。李素炫坐在内殿门口处，隔着水帘，看到树木枝条上初芽萌发，天空阴霾散尽，碧空如琉璃净透，色觉林寺中宝顶森严。

天音询问李素炫可否为他录写大唐文典，不拘经史，不拘佛道。菩萨生而有慧，卓学机敏，曾在西域各处游历二十载，每过一处，便学一处言语，到过敦煌，便学了唐话，也识得文字，晓得诗赋，驭得了唐人鸡距。李素炫没有想到，天音有绝大兴致于中华书史，历年遍寻汉家典籍，虽所获不多，却研磨得透彻，即便是到了长安城，纵不敢称儒，也无人能说他不学无术。

“素儿自幼读书，许多也读不懂，唯独记得牢靠。若菩萨有意，素儿愿为菩萨恭敬录写。”

天音十分高兴：“不知素儿通何家典籍？”

“我幼时随蒙师通诵儒门典籍，书学初成后时常帮人写经供佛，我有位好友是郎中，我帮他抄写过许多医典、药典。我唐天子曾颁行广济方，令人刻碑，立于阡陌交通处，我也曾为好友录写过。又十数年随太常博士修研鬼谷，凡谋兵、韬略、纵横、阴阳、名法都有涉猎，虽不大懂，却记得住。我唐乐典、乐制、乐论，我皆精通，历代诗赋名篇尽在心中，愿为菩萨一一恭录。”

“你为皇家道官，定然深通道经。”天音笑道。

李素炫没想到天音对道典也有兴趣，略感意外。天音立刻明白她心中疑惑，解释道：“大道不拘法门，你道门师父也不曾不许你修研佛典，我如何不能拜读道经？”

李素炫立刻说道：“是素儿狭隘了。回菩萨垂问，我为道门上清派经师，不精术法、丹符，唯累年研磨典籍，已受满二十四道阶，经学完满，凡道门及我宗派要典并历代方家注疏无不精熟于心。愿虔心为菩萨恭录，只是需多花些时日。”

天音感激道：“中华自古文脉隆盛，文华彪炳，若你不嫌烦累，愿将心中典籍一一录写，我定精心转译、校勘，令人抄写分送，广布西域。此实为大善之举。”

李素炫郑重允诺，自此每日午后沉心录书，将心中所知三教典籍并鬼谷学问、书乐要论及历代辞赋文章等一一录写。天音精擅医术，座下弟子得其历年传授，四方行医，为国中穷困百姓诊病并施药剂，对大唐医术十分渴望。李素炫从前常帮闻朗抄录，因闻朗精药学、脉学，她跟着记了许多药性、药方与脉学论述。只是西域无有脉学，此间药材品类也与长安不同，唯医理有大用处，她却又不知道多少，自己也后悔当初不曾稍微好学一些。

李素炫有时在使馆中录书，趁夜秉笔，人定方休，但大多是在天音身边。天音不扰她，在略远处抱着琵琶轻弹，或览阅佛经，默读颂偈。殿中光影斑杂，佛音幽若，有梵铃时闻，檀香淡嗅。李素炫终日弹习琵琶、磨练羯鼓、录写书史，日日过得忙碌盈实，心中邃静平宁。

三月，殿外融雪流淌，初芽悄长，渐渐生出碎叶来。四处草色鹅黄，花苞细结，悄悄试探春色。天光晴媚，若登到殿阁重檐之上，临风远眺，能看到城外到处野趣盎然，大地赤裸，新绿微闪，漫卷牵连，直到天地交割之处。庭院中树荫渐起，四下里春华初绽，逢午后温暖时，天音常带着李素炫在院中落座，弹习读写，也烹饮闲谈。内殿庭院中果然有大批孔雀，天暖和了格外喜欢出来，翎羽斑斓，秀色夺闪，四处走动着，闲散自在。孔雀识得天音是主人，时常过来亲昵，从他掌心取食，也不惧怕李素炫，倒喜欢离近了听听琵琶声，只是莫名有些畏惧察罕，总不肯靠到他那边去。

天音格外请李素炫为他录写大唐佛经，尤其是玄奘译本，并亲自指定了几部。李素炫诧异道："天音师父为西域佛法第一，定然经论极精。这几部佛经并非出自我中土，而是得自天竺，菩萨一定不会陌生，为何要素儿录写？"

"玄奘大师亲赴天竺，又佛学精深，他所译经文定然准确无误。西域佛经多有转译，许多佛经到了我拜霜国中，已不知转译几回，若得玄奘法师译本校勘比对，定有大用处。"

李素炫点头道："素儿明白，定为菩萨用心录写。"

李素炫与人写经写过无数，不解其中深意，字句却是烂熟于心。她开始将心中佛经一一录写，并格外将《因明入正理论》全文及《大唐西域记》一部分录写下来，奉与天音。

"《因明入正理论》为玄奘法师归国三年时所译，可拿来与此间译本对照。《大唐西域记》为玄奘法师所著，因里头说了西域事，我自小读得认真，却只读西域，到了天竺那里就没兴趣了。今特将玄奘大师所记西域见闻录写下来，奉与菩萨。"

天音万分高兴，接在手中细读，有不懂处立刻询问，忽又惊异道："你这字是什么笔写的？与寻常毫笔字迹颇不相同。"

李素炫很意外。此间人只用木制硬笔，她也随着用硬笔，这《因明入正理论》与《大唐西域记》却是她在使馆中用锥管所写，不料天音竟然识得有异。李素炫立刻持礼答道：“这字迹出自一种缠纸笔，属鸡距笔，是我书学先生手造，在长安城也不是人人都认得，不想菩萨竟看得出不同来。”

天音赞叹不已。第二日，李素炫带了二十枚锥管，奉与天音。

“我书学先生所造缠纸笔号锥管，人称鹿锥，师弟所造锥管称商锥。出长安前，先生与师弟为我造了大批锥管带上，不拘鹿商，皆曰唐锥。我在此间多随俗用硬笔，既然菩萨会用毫笔，又格外识得锥管，这二十枚唐锥便奉与菩萨。”

李素炫说着，将锥管如何开笔、如何保养和复健笔锋以及如何使转凌驭等，与天音详细说了一遍。天音将唐锥拿在手中把玩，赞叹道：“这笔造得精致，就是不用，只拿来看，也是神妙。”

又月余，天音应李素炫所请，授其佛法。

## 227

初春里，终南神秀，幽潭静澹，纷云跳脱，水动如龙，一山一谷便是一世界。草木初盛时，闻朗带端木一起进山采药。山中深处地形复杂，只历代隐修者踩出几条依稀小路来，二人走得十分小心，离正路略远，便要沿途留下记号。那些草木在端木眼里不过大小之别，闻朗每找到药株都指给她看，她总要看许久才在一丛草中分辨出药株来。

“你怎么一下就看到了？”端木笑道，“素儿也与我抱怨，说她随阿翁出去采菌子，好大一朵，就在脚边，她硬是看不见。我还笑她，结果自己也一样。”

“我十几岁开始每到夏季都要数次进山采药，自然很容易看到。”

闻朗说着开始动手整理药株，有些要就地捡拾干净，或留根，或留叶，或留全株，有的是要移种到药圃中，需将药株连泥土挖出，去掉根脉间小石子，将泥土略微攥紧实些，淋些水，使油纸将小泥球裹了，小心放在背篓中。若药株长在崖壁上，闻朗便要抓着藤蔓、踩着石缝攀上去。端木吓得不敢看，背过身去，闻朗将药株采了，自崖壁上下来，叫她，她才回身。

“你怎么敢攀那么高？”

“也不高，多说一丈多，再高我也不敢了。若是药农，十几丈乃至几十丈都上得去。”闻朗回答道，拍着身上，将药株拿在手中仔细查看，又教端木如何用泥土将药株根脉护好。

“这回去也种得上？”端木问道，两手仔细忙着。

“不能。我毕竟不是药农，没那么大本事，上了崖壁就要一手抓着稳住身子，一手采药，只能拔出来，根脉伤太多，种不活了。就是不伤，这药株长在石崖上，移到药圃里也不行。只是这药株根处药力最大，要留得仔细些，又只能炙烤杀青，拿回去之前不能晾着，所以要用湿泥土护得周全些。”

闻朗只顾着说药株，一抬头，见了端木神情，突然明白过来。

“让你担心了……说了不让你跟来。”闻朗笑了笑。

“也不算太担心。”端木小声说了一句。

二人到溪水边将指尖上泥土洗净，回头坐在高处树荫里歇息。日光清透如水，树影支离，落在衣衫上，衣衫朦胧，落在脸颊上，脸颊斑驳。闻朗递了一枚果子与端木，飞快看了她一眼，见她正对自己笑着，刚要心跳起来，却又突然察觉只是树影正在她脸颊上晃动。

闻朗沉默不语，端木也不知要与他说什么，咬着果子。闻朗离她有几尺远，坐得比她低许多，二人目光交接不上，少了些尴尬。端木突然想起李素炫说过，每到人少处，闻朗总是离端木远些，从不靠太近，一定是因为怕他自己按捺不住。端木纯良，没有李素炫那么多心眼，也不像她那么爱琢磨人，只是眼下突然觉得有件事李素炫说对了——无人处闻朗离她果然格外远些，说话时也不大看她。

李素炫眼尖，心思又坏，凡事非要往讨人厌处想，却又果然聪明，没有猜错。闻朗已经有些畏惧端木，他在远处看她，常看得发呆，她做事，他总想帮忙，低头写字时，她只是路过，他也会乱上一瞬。有人处无妨，无人处他便恐惧，总要躲远些，怕忍不住一时迷乱，说了错话，或说了实话。可他又实在觉得有端木在身边自己才安心，实在狠不下心躲着她。他曾于佛前立誓，不敢将誓言当作儿戏，更不想让端木跟着他辛苦一世。只是端木从不说什么，从不问什么，他屡次劝她离开，她只一笑，低下头，他再说不出话来。

歇息够了，闻朗招呼端木起身，一边将她背篓中几件物事拣出来，放在自己背篓里，一边假作随意与她说着话，指望她察觉不到。夕阳压在眉梢上，远天霞光如火，猎猎灼烧，两人一起向回走。闻朗边走边采了几大把侧柏叶，握在手中，打算要带回去。

“为何采这许多侧柏叶？”端木好奇问道。

“煎了水拿来洗头发，可生发，可乌发，你女儿家用正相宜。”

“不消费事。”端木笑道，“还要拿来煎，太麻烦了。”

“无妨，我与你煎，不麻烦。”闻朗说道，又突然觉得自己冒失，不说话了。

端木笑道：“果然是女儿家相宜，不过，要是素儿，便用不着。她头发又多又黑，别断多少根簪子了，恨不能少些。她有支檀木簪子是笄礼时师父送她的，她怕折断了，经常将头发绾起来，用根带子束规矩后，再插簪子。簪子不吃力，就不会断了。”

闻朗沉默片刻，小声嘀咕道：“你怎么老提她，我跟你说什么，你都拐她那儿去。”

端木只得笑笑，她惦念李素炫，更多时候只是不知道与闻朗说什么，没话找话罢了，不想却叫闻朗泛了些醋酸上来。

“素儿出长安一年了，我有些惦记她……好，日后不总与你提她了。”端木好声说道。

“也没不让你提……”闻朗没头没脑说了一句。

二人采了几口药材，回了长安城。终南山远离尘世，不惹烦恼，二人在山中逃避了几日，回到长安城，却是另一番况味了。

去岁，崔茗战死后三日，十一月九日，安禄山起兵。信报传到长安城，圣人竟仍然不相信，信报接连送到，六七日后圣人才不得不信，震怒惊慌之下与朝臣商议对策。然中原承平百年，从无战事，骤然间布防、募兵、调动，怎能比得过敌兵多年精心策划筹备。安禄山起兵不过月余，攻占东都洛阳，安西节度使封长清、高仙芝退守潼关，拒战不出，本是上策，却遭宦官边令诚诬告，被天子下旨斩首，原陇右节度使哥舒翰被重新起用，镇守潼关。

冬日里闻朗屡次得兄长传信，叫他到终南山中躲避变乱，以防城中不测。闻朗惦记病坊，不肯离去，城中什么都短缺，药材更缺，有银子也买不到，病坊死伤惨重。闻朗日日平静，该做什么做什么，偶尔独自躲到花园小屋子里，心情平复再出来，仿佛什么也没有发生过。端木依旧一言不发，跟在他身边，凡事帮着他。

三月初，天开始暖和了，疫情稍退，平宁寺病坊状况好了一些，闻朗与端木进山采药，强行将城中事忘了两三日，看看终南春景，又略照料过药圃后，回了长安城。病坊中仍旧有病患未愈，闻朗不肯丢下他们，怀着一副侥幸，赌这长安城终究无恙。

阿翁整个冬季都在歌子家，冬日苦寒，冻雨连连，城中衣食匮乏，亏了是有歌子照顾，阿翁不曾遭太多罪。只是狸儿死活不肯离开家，阿翁只能由着它，隔几日回家给它送些吃食，也将家中照料一番。老汉无事时喜欢逗训良玩耍，院中折几根枯草也能编个蚱蜢出来，训良整日摇晃着跟在阿翁身后满院跑，咿呀叫着，歌子在一边看着开心。若不是国中变乱，城中人人强压惶惧，眼前不过寻常人家祖孙玩闹。

李素炫走后，鹿先生终日惦记，不停念叨，道是女儿弱质，如何挨得住西域艰险，幸而有商不言和嫣儿在一边时刻安慰，老少三口每日里也过得平实。冬日时疫骤起时，嫣儿由母亲带回城外家中旧宅静养，而今身子渐渐重了。商不言时常去看望嫣儿与岳母，又惦记丈人与师父仍在城里。他两头都不放心，两头来回跑着。

五月里，前方战事胶着未卜，连寻常百姓也开始渐渐觉察到事态比原来想的严重，城中各处流言四起，到处都是谶纬、儿歌。因恐生变，街面上巡查越来越严厉，民众心中愈发惊恐。

宫中早已没了歌舞升平，乱起后圣人数月不曾召唤乐人到跟前，偶尔有人奏乐，圣人也是听不几句便心烦，挥手将乐人遣走。朝臣皆无措，历年边将拥兵势大，中原空虚，眼下谁也拿不出良策退敌，虽有许多部署，一时却难以扳回局势。潼关那边，哥舒翰将军仍旧坚守不出，与敌军对峙，试图拖垮范阳远来之师，静待各方军队支援。

# 228

万里之外，拜霜国中，四郊早已不见积雪，泥土乌黑，树芽儿长满枝头，早春花朵探头探脑，见春风细微和煦，放了心，恣意起来，呼朋引伴，大肆开遍。极目远望时，能看到天边细细一道白浪，察罕告诉李素炫，那是大雪山，终年冰雪峭然，从不理会春光挑弄。

察罕不大喜欢凑热闹，虽奔波惯了，一俟停下来，也颇耐得住无聊。李素炫终日弹习读写，他在一边等着，有时听听琵琶，有时看看写字，有时也将李素炫所录书卷拿来读一读，只是不很有兴趣，不多久便放下，仍旧端身坐着，看看远天，看看近身，不知他在想些什么。

“你怎么记得住这许多章句的？”见李素炫放下笔，察罕问道，十分不解。

“有的读过，有的抄过，有的抄过不止一遍。”

“如此就能记住？”

李素炫点点头。

“你又怎么会用这木笔的？”察罕又问，有些好奇，“唐人不是都用毫笔？”

“不是的。”李素炫摇头道，“人一说起我中华书写来，就说毫笔，实则中华上古也是用竹木笔的，写在竹木简上，写错了便用刀削掉，笔磨钝了也用刀削尖，所以有个词，叫刀笔。眼下固然毫笔用得多，但毫笔终究贵许多，寻常百姓平日里记账记事也常用竹木笔，比毫笔容易把控，竹木又便宜易得，自己便能削出来。我小时候好奇，师父给我削了几支，还教我怎么用，所以我会用。”

“……是这样。我以前在都护府军中见过人用木笔，还以为是西域不好找毫笔。不过军中没几个人识字，我也没多打听。”

“西域果然毫笔少见，有些人却是惯用木笔，只读书人才每日用毫笔。”李素炫说过这句，看了看察罕，又说道，“你连这毫笔、竹木笔都要打听，肯定是无聊透顶了。我每日不是在王宫里，就是在色觉林寺中。王宫守卫森严，无须担心，天音菩萨乃是拜霜国当今国王长兄，这色觉林寺其实就是亲王府，僧侣多有武功在身，外面又格外有军士守卫，更不会有什么问题。你不用总陪着我，大可自在些。”

察罕摇头说道：“在下身系守卫之职，不敢远去。旁人保护你，尽旁人职事，我保护你，尽我职事。”

“如此你怕是要无聊。”

“在下起身行伍，从没见过你这种人。所谓过目不忘，以前以为不过是读书人夸口，不想竟亲自撞上一个。你喜欢琵琶，各色弹法都要试试，每日弹个没完，我实在不懂你哪来那么大兴致；每日又要写几千字，我也不懂你哪来那么大耐心，佩服你却是真的，果然想帮你、成全你，只是……跟着你，确实无聊。”察罕略苦笑着，无奈说道。

“我这也不耗耐心，寻常就是如此，自小习惯了的。”李素炫忍着笑问他，“你独自在家时，做些什么？”

“我半生都在路上，没闲过，从不在家，也没有家。你总独自在家，做些什么？”

“弹习读写、炊煮洒扫，与眼下一般。”

“总是这些，也不烦？”

“琵琶有无穷指法，书画有无穷笔法，诗赋有无穷章法、句法，机变又生机变，千变万化皆任我消受，每日逍遥自在，怎么会烦？倒是你，终日在路上奔波流离，竟也不烦。”

“西域广大，有无穷风物，刀兵狠毒，有无穷凶险。每日活得心惊肉跳，也不会烦。”察罕笑道。

“我与你不同，你是东奔西走的，我是安稳居家的。我能在此间安心居留，是因为知道天下有个所在，那里有许多人等我回去，早晚有一日我一定会回去，不然定是耐不住流离在外。只是劳你在此间困守陪伴，委屈你了。”

“无妨，再过几日，你将手头这部录完，我带你出城看看。天音师父说，到时他再格外令几名王宫职官跟随引路，四方接洽，又嘱咐过我，道是他这拜霜国四境太平，民多享乐，许多民间艺能值得一见。你若不嫌累，也可走得远些，不过几十里外，便另有风俗。出去看看，你也长见识，我也透透气。”

四月里，李素炫手中录写誓告段落，禀过天音，随察罕出行。她未带无伤，只将五色琵琶负在肩上，胡琵琶略大，一直是察罕帮她带着。是日晴明，田野中娇花放肆，俏笑不已，粉蝶戏风，上下飞得轻盈，麻郎尖脚，四处踩着草梢挺立，捋着尾针，翼展薄透如纱。

李素炫在王宫与色觉林寺中早晚忙碌，又随天音修研佛法。天音每日教授严谨，李素炫心中佛经熟稔，很快开悟义理，心生法喜，不胜清凉欢乐。于她而言，天音是导师，学识殊胜，又慈悲关切，她终日持礼，格外敬谨，不敢丝毫懈怠，每日从早到晚不苟言行，笑起来更是不敢纵浪，举动坐卧乃至一盏水如何饮，都十分小心，生怕失仪。察罕却是位好友，尽可与他说些闲话，开几句玩笑，他虽不甚健谈，却也接得住。一同出城纵马，看看异域风物，听他讲说西域旧事新闻，另是一番舒展开阔。

“此处打猎是好地方。”察罕说道，并马在李素炫身边，走得不慌不忙。

“我每日随菩萨诵研佛法，还是不要弄得一身血气了。”李素炫笑道，“不过我倒是好奇，这半日里也没见此间有什么猎物。”

“猎物不会在你脚边跑，得知道怎么个找法。此处草场茂密，多水泽，又有树木，肯定有猎物。狼群避人，多半不常见，兔子、黄鼬定然极多。”

“你可逮得到？”李素炫笑问道。

“你若不拦着，我什么都逮得到。”察罕笑道，“前阵子听你与天音师父说你随先生学过制笔。若你需要狼毫，我去给你抓只活狼来。”

“狼毫不是狼身上的，是黄鼠狼身上的，也就是黄鼬，尾毛可以制笔。”

“无妨。你若用得到，黄鼠狼我也能抓来。”

“你又不是猎人，怎么什么都逮得住？”李素炫好奇问道。

察罕笑了笑：“你居家的，不用打猎，你当然逮不住。”

李素炫愣了片刻，旋即明白过来。

“西域广大，随便去什么地方，走上一年半载很寻常，若是再向西，往飒秣建、马鲁那边去，更远。路上难说有什么、没什么，有时几日甚至半月之内只有菽麦，或是瓜果，从前打仗行军时，更是有一顿没一顿。”察罕说道。

李素炫打量了察罕几眼，忍不住笑道：“我骏儿是高头大马，我骑着它都没比你站地上高几寸，你这身量，连着几日只有瓜果，怎么吃得饱？”

“所以只得自己打猎，也难说打到什么，不能挑剔。不过，在下粗人，也无妨，不挨饿就行。”

李素炫认真问道："察罕，你为什么总说自己是粗人？你武将出身，又能使文臣之职，能为国之使节，文武兼备，怎么是粗人了？"

"我不读书，不能诗赋，不通乐艺，不事风雅，可不就是粗人？"

"谁说人一定要能诗赋、通乐艺、事风雅？粗人乃是性情粗鄙猥琐之人，你如何是粗人？我阿翁连字都不认得几个，可是他手巧、勤快，又疼儿女，我从来不觉得他是粗人。你也不是。"

察罕笑笑："谢你看得起我……弹一曲琵琶如何？这等风景，该当有乐。"

李素炫立刻点头答应，伸手取了背上五色琵琶，解出来抱好，随意弹起来。后面众卫士听到琵琶声，忍不住紧跟上来，一路听着。马踏葱翠，春风动弦，四野略无嘈杂，唯琵琶吟猱，百花解语。众人听得将一身疲乏都忘了。

出城慢行过一个时辰后，到了一处大湖边上，湖水幽澹，净如琉璃，细波粼闪。水边有芦苇集丛，因风俯仰，脚下白沙如霜。若仔细看，芦苇中还有水鸟飞纵，雌雄交鸣，不怕人，可以略靠过去看，只是李素炫不认得是什么水鸟。

马队沿着湖岸慢慢行走，身边水波潋滟明亮，李素炫听察罕嘱咐，用深色纱巾挡了面容，将双目护好。任随长风吹动长纱，我有轻弦佐伴轻吟。李素炫在马背上弹着琵琶，唱得明快，一众卫士在后头跟着，吼得雄壮，唯独察罕也听、也笑，只是不出声。

日昳后，众人远离湖岸，走不多久，见前方有个村子。众人走过去，想到村中讨些吃食，也问个明日路程。到了村口，见道路两边有草扎，察罕笑道："我们今日赶上喜事了。"

"喜事？有人娶亲？"

"正是。此间人豪爽好客，又爱热闹，我们进去说几句恭贺话，定能讨几杯酒来。你若想听民间奏乐，一定有，管叫你听够。"

李素炫大为高兴，立刻催马入了村庄，果然见一户人家装扮一新，里头人穿梭忙碌着安排筵席。宾客尚未到场，院子里不甚拥挤，李素炫眼尖，一眼看见那头列着各色抱弹与横笛、竖笛、羯鼓、手鼓等，定是为婚礼所备。

察罕见李素炫神情跃跃，情知她是想听人奏乐，立刻下马进了院子，询问主人，并奉上银两作为贺礼。主人见察罕说话客气，出手大方，颇吃惊，又看了看李素炫，见她有卫士相随，又仗骏马，知道不是寻常人，也图人多热闹，立刻应下来。

两人随指引在院子偏处坐了下来，李素炫看看前头几支琵琶，悄悄对察罕说道："此间琵琶调子我可以在唐琵琶上弹出来。"

"你用此间琵琶弹不就成了？我看你什么琵琶都能弹，练练就会了。"

李素炫摇头道："我不是全然弹着取乐。回到长安，人多只弹唐琵琶，却又喜欢西域调子，我须是将西域调子拣选修变，移到唐琵琶上，带回长安。"

"你还一声没听过，如何知道此处调子能在唐琵琶上弹出来？"

"看他琵琶形制就能看出来。西域有许多种琵琶，单是菩萨教过我的就有四五种，还教给我许多支曲调，有的在唐琵琶上就弹不了。有些胡琵琶与我五色琵琶大小相仿，却是列柱密集，定是因乐律不同。你细看前头那几支琵琶，列柱宽窄与我五色琵琶相仿，便是乐律近似。自黄钟到倍黄钟，都是分了十二音，虽有差异，左手略推弦便能找准。也会有些不准，只是我自己知道，旁人轻易听不出来。那列柱密集的，自黄钟到倍黄钟最多分了二十余个音出来，在我五色琵琶上就弹不了了。"

"……在下十分不懂。"察罕利落说道。

"你不用懂，听着便是了。我定然能弹。"李素炫狡黠说道。

旁人端了酒过来。察罕从不动酒，久了李素炫也不再问他，手边有酒便独自斟饮，但也只是尝尝味道，不纵饮。二人再没说话，并肩干巴坐着，等着。

"我嗅到羊肉香味儿了。"等过许久，察罕忽然咧嘴笑道，"羊肉快好了，婚礼就要开始了。"

果然没过多久，宾客纷纷到场落座，人数不少，无人注意到李素炫与察罕。众人落座便开始畅饮，大声欢闹，说什么李素炫听不懂，只听到耳边一片觥筹清脆，人人笑得畅快。没多久，羊肉使大盆装着端了上来，撒着葱末、芫荽和香料，热气腾腾。察罕不客气，李素炫却对荤食兴趣不大，又一心巴望着人家奏乐来听，有些魂不守舍。

"你不饿？这羊肉炖得刚好。"察罕说道。

李素炫摇摇头，苦笑道：“入了西域，总是羊肉。第一顿果然觉得香，久了就受不了，何况整整一冬少见果蔬。眼下我是又饿，又不想碰这羊肉。都归你了。”

察罕直笑：“这季节可没有什么果蔬，你还得忍忍，等几日。这羊肉你最好吃些，难不成一直饿着？就是有瓜果，哪里吃得饱？知道你等着听人奏乐，就我看，还得一阵子。”

“为何？”李素炫问道。

“你为乐人，身上手上时刻都要备着，但有人嘱咐动乐，你想不想弹，也得弹，也得弹好，也能弹好。这些人不是种地的，就是放牧的，或者打猎的，总之都不是乐人。他们不想弹时，就不弹，也弹不了，也弹不好。一定要饮酒，饮到昏热，趁兴弹，才弹得好。看眼下，这酒差得远，还得几轮。不过他们手上调子确实不同，值得听听。”

“你是说……还得几轮酒？”

“正是。接亲的从这里一出发，这边夫家亲戚就开始饮酒，到新嫁娘入场时，会有专人奏乐。那些人也不是乐人，也不过是些种地的、放牧的、打猎的，只是时常在红白事上与人奏乐，手艺比寻常人好许多，与你却还是不同。总之，你别急，先吃饱。”

李素炫只能笑笑，跟察罕一起啃羊肉。眼下腹中饥馁，却又早吃腻了羊肉，她十分烦闷。

又等过许久，听身旁人众说话口齿都不大利索了，李素炫悄声对察罕说道：“想是差不多了。”

“差远了。”察罕懒洋洋说了一句。他刚吃饱，后背靠着，散漫歇着，手仍旧按在佩刀上。

李素炫只得耐下性子来再等等，烦了一口肉，再烦一口酒，又一刻钟后，听到有人在席间唱起歌调，一人起首，周围人立刻相和，转瞬间歌声遍起，人人亢奋，又片刻，有人去那头抄起手鼓来。场上人声欢闹，跟着鼓声，调子渐渐唱到了一块。每一支歌都有人起头，众人立刻跟上齐唱，一支后，另一人再起一支，又是众人跟着齐唱。不管轮到谁立刻就能起一支新歌来，不管起了什么歌调，众人都会唱，毫不犹豫跟上。许多人随手抄起什么来，在桌案上敲着节律，身子跟着晃来晃去。李素炫听不懂他们唱的什么，一番热火随性却总是听得清楚。

眼下无人动琵琶，只手鼓声音听得清楚，那手鼓打得任性，细听下无一拍错失，粗听上去却总像是胡打的。一身纵浪又严丝合缝，如此恣意率性，李素炫多年也学不上来。她若胡打，便当真是胡打；若认真打，手上绝无差讹，却又没那一番浪撒快活。

连着听了半个多时辰，李素炫忽地恍悟，回头对察罕吃惊道：“我大唐也有这等风俗，好友相聚也是这样唱闹，却不如这里人会唱这么多歌调。这些人怎么都会唱这么多歌？若说一两人会很多支歌，也不稀奇，怎么这么多人都会唱这么多歌？看那打手鼓的，肯定也会这么多，起转之间毫无爽虞。你刚不是说他们就是种地的、放牧的、打猎的？”

“没骗你，他们就是种地的、放牧的、打猎的。”

“那怎么都会唱这么多歌？这半个多时辰了，唱了几十段歌调，没一个人落下的。”

“你再听，他们还能再唱半个时辰。若是新嫁娘一时不到，他们可以不重样唱到明儿早上。”

“……我那长安城里，能唱这么多歌的大多是乐人。”

“西域人人都是乐人，只在下不是。”察罕笑道。

李素炫笑了笑，又开始认真听，又几支歌调过去，酒助了兴致，歌声越来越大。李素炫耳朵灵光，侧耳片刻后，回头笑着对察罕说道：“我看他们饮得差不多了，有些人已开始压不住嗓子，走调了，倒是那几个打鼓的，手上拍头板眼还不乱。”

“你再等等。”察罕憋着笑，低声说道。

说话间，院外头忽然有许多人大声喧哗起来，院中人立刻不唱了，手头上敲的也停了，人群一阵躁动，纷纷张望着，许多人站了起来。察罕立刻对李素炫说道：“恭喜你，新嫁娘到了。”

“我又不是姑公、新郎，恭喜我做什么？”李素炫哭笑不得。

“新嫁娘到了，你很快就能听到琵琶了。”

众人围着，李素炫看不到人到底在做些什么，也不好觍颜硬挤过去看热闹，只老实坐等着。不久，那边骤然响起乐声，听得出是几样抱弹与手鼓及各色击打。众人跳跳舞舞，渐渐散开了，李素炫终于看见新嫁娘，不过十五六岁，着盛装，轻挑眉目，笑靥桃红。她旁边站着的定是新郎了，两人不时互相看看，女子尚且镇定，男子只有傻笑。

李素炫看着那对年轻爱侣，恍然间想起什么来，笑得感慨。

“你是不是想起阿娅了？”察罕在一边幽幽问道。

李素炫浅浅笑了一声，低下头，手头无聊，自己斟了一盏酒，端起来送到嘴边，淡淡说道：“又如何，想想罢了。”

她很快又安静下来，端严坐好，认真看，也认真听。仪式并不繁杂，新人随司仪指点很快一一过了礼数，接着，四方重又动乐，人群欢腾起来。接亲的刚走了许多路，眼下坐下来饮酒吃肉，方才早就酒肉饱足的开始跳舞，院中人影憧憧，在昏暗中密密攒动。隔着数十人，李素炫终于听到了琵琶声，和着铃鼓与诸色抱弹、吹管，分外清楚，果然是管弦洒脱，比不得宫中乐师手上精深，却别有一番翻覆熟稔。她立刻却手将身后五色琵琶解出，抱在怀里，利索调了弦律，双手在弦上轻轻比画着。

“如何？”察罕问道。

李素炫点点头，说道：“这调子我能弹。”

她说着，手上微微着了力道，前头人群欢闹，五弦出声窸窣，无人能听见，只她自己与身边察罕听到些许。前方又响起歌声，众人跟着欢闹齐唱，掩了管弦，琵琶声时断时续。察罕认真听着，每到前方又传来抱弹弦声，总是与李素炫手中五色琵琶大致吻合，合了片刻后，前方声音又听不到了。

“这调子你听过？”察罕不解道。

“没听过。”李素炫随意答了一句。

“我看你这弹得有七七八八了，前面那琵琶弹的，一阵听得到，一阵听不到，但听得到的，与你五色琵琶都合得上。你没听过，怎么会弹的？”

“我唐琵琶多行合乐，我这等单弹的少有。宫廷大曲以琵琶主奏，燕乐与法曲等都少不了琵琶，与胡乐俱有渊源。十部乐中又有西凉乐、龟兹乐、康国乐、疏勒乐、安国乐，皆出胡部。我琵琶先生教过我许多，我有个好友是疏勒人，也教了我许多。多年来熟记在心，入了西域，许多调子一听开头，便能顺下来，不特别贴合，十之七八总有了。只是也有许多很陌生，一时学不上来。”

李素炫随口碎碎说着，手上不断，耳中听得认真，跟着轻声弹过一个多时辰，心中着力记下。察罕在一边听着，听她也弹得顺畅，也有磕绊，滚滚爬爬，倒也跟得上，差不出太多。

夜深后，院中人人酣醉，乐手们暂时歇了，将乐器放在一边，宾客们取了，玩闹起来。这些人果然手生许多，比不上乐手，个个讹音迭出，倒是节律精准，不然，那边跳舞的怕是要受不了了。

李素炫又听了阵子，起身示意察罕随自己离开。她没有将五色琵琶捆缚起来，只拿在手上，二人一同出了院子，又出了村子。卫士已在村外扎好棚帐，燃起篝火。主人家收下察罕大块银两，果然守诺，不曾怠慢，给卫士送了大批好酒与羊肉。卫士听察罕命令，不敢过多饮酒，羊肉却是吃得饱，眼下正围着篝火谈笑，也不时有人唱几句。

李素炫出村后立刻去看了赤骏，在它鼻梁上抚弄几下，哄了几句。赤骏卸了鞍辔，一身轻松，又披着马衣，身旁有粮食和清水。李素炫放下心来，回身到篝火旁坐好，趁着心中所记新鲜，双手运力，在五色琵琶上将方才所记曲调一一弹起来。她一句话也不说，头也不抬，手上接连不断，一支调子结束，手上只歇过几板，便起下一支调子。

察罕见她弹得凝神，示意卫士不要出声打扰，实则他不嘱咐，卫士也不会出声。众人安静围坐在篝火边上，听得出神。察罕不忍扰了众人兴致，手握佩刀独自警戒。是夜月华柔淡，群星如芒，四野空旷安寂，唯篝火毕剥有声，李素炫手下朱弦畅快，如湍湍流水、飒飒行风。

## 229

翌日清早，众人起身收拾停当，到村中问主人家讨了些吃食，又格外谢过，道了恭贺。出村后按主人指点行过一个多时辰，终于见到了城池。此间离拜霜国都不过百几十里，也是座大城，往来客商众多，酒肆客舍林立。

本地官员见了天音手谕，不敢怠慢，立刻吩咐人为李素炫一行备好歇宿处。安顿好后，不过巳时，察罕带李素炫到了街市上。西来客商到拜霜国都前，此处是最后一站，行脚的都一身轻松，要在这里歇缓过来，备好给养，方好再向前百里，到国都中与人交易。虽然在这里停留不会太久，却个个心头舒缓，酒肆中乐声不断，人人弹唱歌舞。李素炫能想得到，长途艰险，不能带许多书来读，纸墨不便，字画也是奢望，衣食又简单乃至于糊弄，能叫人心头一快的，也不过一些管弦、几段歌舞。客商中罕有弹奏高手，却也无人强求手上境界，人只要这一点儿歌乐仰仗，虽不过区区，有或没有却是死活之别。

听了许久后，察罕叫店家送来些吃食，李素炫一见之下立时皱起了眉头。

“……怎么又是羊肉？”

察罕笑道：“你不抱怨我还忘了，早上去与主人家道别，见人后院藤上结了胡瓜，只是个头还小得很，不到摘取时。我与主人好言相商，摘了些来。”

他说着在身旁包袱里摸了几下，果然捧出了细嫩小胡瓜，回头招呼店家拿去用水洗净了再拿来。李素炫大喜，连声称谢。

“你怎么吃胡瓜？”李素炫问道。

“自然是生食。在下粗人，不晓得胡瓜还有什么别样吃法。”察罕啃着羊肉回答道。

“你稍等，我叫你尝个别样吃法。”

李素炫说着起身跑到略远处与人搭话，察罕不知道她要做什么，只盯着那边看，若有事便立刻要过去。李素炫与那边桌上几人说了几句，回了察罕身边，不多久，有人拿了个小瓶子过来交给她。她将瓶子打开，朝里面看了看，嗅了嗅，开心道谢。

“这是什么？”察罕问道。

“豉汁。”

“豉汁？”

“正是。”李素炫点点头说道，“我方才看见那头有几个唐人，此间有唐人可是罕见，看穿着也是行商的，我猜他们也受不了顿顿吃羊肉，定有些私享手艺。回了大唐，家家会做豉汁，我猜那几个唐人在路上用个小罐子也能酿出来，就去问了一下。不想真有，只是贵了些……”

李素炫碎碎唠叨着，兴奋不已。察罕问道：“贵了些？多贵？”

“一分银子。”

察罕吓了一跳：“这一小瓶一分银子？”

李素炫点点头："没法子，除了这条命，这会儿要我拿什么去换这点儿豉汁都行。"

"……也是。拿来蘸胡瓜？"

"酱才是蘸的，豉汁不是……说不清楚，我来炮制，你看着，等着吃就行了。"

李素炫说着从腰间拔出匕首来，将胡瓜切成小厚片。

"你这匕首可少见。"察罕说道。

"我出长安前，师弟请将作监高人锻造，叫我路上带着防身的。"

李素炫手上匕首比寻常匕首略大些，看着浑黑粗朴，不饰金玉，只用个皮套子简单装着。察罕伸手将匕首接过去，掂一掂，看了几眼，还给李素炫，摇头说道："这匕首看着不起眼，却是宝刃。许久也没见你用，头次拔出来，却是拿来切胡瓜。"

"这匕首太锋利了，我拿着有点儿怕，不敢用。"李素炫笑着说道，将匕首擦净收好，起身示意察罕随她走。察罕不知道她要做什么，有些好奇，站起来随她到了后厨。

李素炫不通此间言语，请察罕与厨人商量，要了头蒜过来。她将盘子交给察罕，自己动手将蒜剥了，切片装碗，又借了个小釜过来，倒入油脂，在火上烧滚，用块抹布垫着将小釜从火上取下，将热油泼进蒜片里。一阵嘶嘶声后，熟蒜香味飘了出来。

李素炫捣鼓了半晌，回头见身后彪形大汉端了一盘子胡瓜片老实等着，也觉得自己有些欺负人，又突然想到自己算计错了，其实将滚油蒜片拿回去就行，不用这大汉端着胡瓜片跟过来。她低头憋着笑，趁热将油蒜泼在胡瓜片上。

回到堂屋，在案边坐好，李素炫倒了些豉汁在胡瓜片里，又兑了些清水，用羹匙搅搅，对察罕说道："可以尝了。"

察罕伸手去盛胡瓜片，一边笑道："读书人果然精细，几根胡瓜，费这好大周章。这大半晌工夫，在下一箩筐胡瓜也都吃光了。"

"这哪里算周章了。豉汁太咸，我只兑了水，若是我阿翁与我做这蒜油胡瓜，兑的可是清鸡汁，有时炖了羊肉汤，切些肉冻放汁子里，还放一点儿蜜，有时将胡麻炒熟碾碎放一把，有时放碎芫荽，若是大夏日里，还将胡瓜放井里头镇凉爽了再切。我这已很简单了，尝尝如何。"

察罕盛了几片胡瓜尝过，立刻点头说道：“果然与生啃的不同。”

李素炫也尝了尝，顿时胃口大开，连羊肉也香了起来。她也不与察罕多让，也不顾及什么风姿清雅，羊肉在胡瓜碟子里蘸着豉汁，就着胡瓜片，饮着酒，吃了个饱足，到最后舍不得丢掉那点儿豉汁汤底，硬是忍着咸给咽了。

察罕在一边看得傻眼：“头次见你一顿吃这么多……真是居家的，出门在外实在是委屈你了。”

李素炫吃得微醺，向后靠着，心满意足。从前有阿翁疼她，为了给她置那一点儿吃食费尽心思。出了长安城一年多，日日吃得不顺口，难得今日饱餐一顿。

歇了许久，李素炫清醒过来了。伸伸腰，将瓶子里剩下那点儿豉汁当宝贝小心带上，与察罕一同出了酒肆，走在街上，满心欢喜，脸上笑意纷纭。

向前走不久，到了本地市所。李素炫在拜霜国都中每日忙碌，不大去市所闲逛，难得今日有兴致又有闲暇，开心跑了进去。察罕对货物没兴趣，跟在李素炫身后，她到铺子里看热闹，他在门口等着，晒着太阳，手上按着佩刀，盯着里头动静。一回头，见赤骏大睁两眼正盯着他，看得十分认真，不知它看的什么。

察罕也盯着赤骏，片刻后叹了口气：“罢了，我就不要站这里给你看了，你也傻我也傻……我进去。”

大汉嘟哝着，撇下赤骏给其他卫士，独自到铺子里找李素炫去了。

第二日再上路时，沿途是大片草场，不时有树木。丘陵迟缓，四周日光漫洒，草色嫩黄，云影斑杂，远方草间有点点白色，是羊群。李素炫由着赤骏随心前行，自己稳当坐着，信手弹着五色琵琶，看看周围风景。旁边不时有人跟着唱几句，又有人笑话那唱歌的走调。

“不是他走调，是我这琵琶上定律不一样。”李素炫回头与人解释了一句。

被嘲笑的看了李素炫一眼，十分感激，又回头去看方才嘲笑自己的，一脸得意。

日过正午，众人停马歇息，李素炫与察罕在树下躲荫凉，察罕说道：

“前方不到二百里处还有一座小城，我们去过那里，就折返回国都。天音师父嘱咐过，出来莫要太久，十日左右就回去，再远处他带你去。”

“好。”李素炫点点头，从腰间取下个物件来递给察罕，“这个给你，昨日在市所里见的。”

察罕接在手中，见是枚鹰笛，巨鹰翅骨所制，套在鞣皮套子里，还缚了铜钩子，可以挂在腰间。鹰笛制得非常精致，开孔圆润，打磨得也好。通身不过素淡一支，鞣皮套子却华丽，缝得精致，还仔细嵌着各色宝石。

“鹰笛？做这么精细，倒是宝贝，可是我不会吹。”

“知道你肯定不会。”

“我也没兴趣学。”

“知道你肯定没兴趣学。”

“那为什么送我？”

“前几日与你闲聊，你说你半生都在路上，不是打仗，就是出使。”

“正是。”

“你老了怎么办？”李素炫问道，“老了就走不动了，早晚不是要像我一般，安稳居家？”

“居家跟鹰笛有什么关系？”

“当然有关系。你现在日日在路上，每日所见所闻都不一样，时刻还要提着小心，自然不寂寞，居家可就不是了，若手头没个喜欢的，肯定要烦死。寻常人忙于衣食，也来不及无聊，你堂堂一国将领、使臣，老了总不至于还要为衣食奔忙。若是衣食无忧，又无事可做，更是要烦死了。”

察罕笑道：“你是说，等我老了走不动，在家闲得快烦死了，就吹这鹰笛解闷？”

“是……也不一定非要是鹰笛，总之，要有个什么。你带着这支鹰笛，记得这事儿就好。”

“如此，这礼物我便收下，多谢。”察罕笑道，将鹰笛挂在腰间，又说道，“不过怕是没机会吹。”

听他如此一说，李素炫吓得不敢接话了。出使没有那么容易，西域广大，没有一条路好走，什么艰险都会遇到，若是遇到战争，察罕还要为罗喏国带兵出战，更是吉凶难卜。

察罕明白李素炫想多了，立刻又说道：“我怕是一生都要在路上，不会居家。”

“那你老了走不动了怎么办？”李素炫松了口气，又问道。

“无非倒毙路边，狼啃了，鹰啄了，最后骨头让蝼蚁嗑了。”察罕答道，满不在乎，“反正我不会老实窝家里，就是有鹰笛吹，也要烦死。”

李素炫又答不上话来，察罕笑道：“都是众生，我一辈子吃了多少肉，死了还回去，怎么了？”

李素炫暗自心惊，许久，叹息了一声：“天地棺，乌鸢食……你真是想得开。”

“这有什么想不开的。”

“你信佛？”

“不信。”

“那你信什么？摩尼？景尊？祆神？”

“我什么也不信。”

“我看你对各路神灵都客客气气。”

“只是客气罢了……你信什么？”

“我为女冠，自然信道。”

“我看你不像。”察罕打量了李素炫一眼，哂笑着说道。

李素炫不服气：“如何不像了？”

“你通道经，又知道佛经，又读儒门典籍，又随天音师父学这学那，天下学问你都想打听。什么都信，就是什么都不信。”

李素炫一时语塞，她不是不了解自己，只是没想到察罕如此聪明，平日里总听他自称是粗人，可他其实什么都看得透彻。李素炫见过他指教卫士习武，也数次听闻卫士议论他，道是武功上乘、战法娴熟，十足英雄，她有时也难免心生好奇。她读了二十年诗书，竟丝毫不比察罕这不读书的聪明。

“我读万卷书，他行万里路。书卷上，人世间，分明两样学问，但有历练，都致智慧。”

李素炫随意想着，身旁察罕又问了一句：“你身上总带着长箫，怎么不见你吹过？”

“我不会吹。”

“不会吹？那怎么总带着？”

“这箫是我师父的，师父死后，我便一直将这箫带在身上，以为怀念。”李素炫淡淡答道。

察罕点了点头，怕惹动她伤心处，没有再问。李素炫倒没有伤心，只是有些感慨。她不知道师父埋在哪里，十余年间也不死心，还是要找他，这一生也要找他，哪怕荒冢枯穴中最后只剩几寸残骨，也要将师父找回来，可察罕竟全然不在乎留尸荒野。人和人，终究活法不一样，在乎的也不一样。

## 230

长安城里，眼下已是人心慌乱，寻常百姓难知前方战况，更是心中惴惴。哥舒翰守潼关，仍旧避战不出，本是良策，然天子年迈，早已不复从前英明敏锐，一心盲目，想要尽快平乱，又听信宦官挑拨，严令哥舒翰出战。哥舒翰心里很清楚，若出战，定不能取胜，失了潼关，长安便不能保全。无奈又不能抗旨，痛哭之后，六月四日带兵出关，与叛军交战。

朝中不是人人都知道天子令哥舒翰出战，李逊却不会不知道。他心急如焚，立刻安排人将父母、妻儿与樱儿一同送出长安城，远赴蜀地避难，旋即亲自骑马飞奔到平宁寺。

“你二人必须火速离开长安城。”李逊见了闻朗与端木，不及行礼相见，走上前直接说道。

“为何？”闻朗问道。

“长安城怕是要不保。此事我不能多说，你二人听我话，快走，去蜀地暂避。”

闻朗与端木互相看了一眼，仍有些迟疑，李逊将一包金银塞到闻朗手上，直接说道：“你有什么矫情毛病，来日回了长安再说，眼下事态危急，莫要逞性子。车马已给你们备好，听我话，赶紧走，将端木护好。”

李逊说着，转身几步上了马，正要离去，端木忍不住追了两步，问了一句话：

“你走不走？”

李逊心中微动，在马上回过头来，牵着缰绳说道：“我为李唐宗室，要留下守城，我不能走……你二人路上小心。”

李逊说着，打马而去。端木与闻朗都知道，他定然不是在玩笑。

“前方战事吃紧，想是他知道些什么。”端木说道。

闻朗也知道，平日里大可以看那李逊不顺眼，不给他好脸色，眼下逞性子却不是时机。他心中飞快算着：“夏日里病患不多，我不是离不开，且本就打算近日去一趟蜀地，已做好了出发准备，连端木都已向宫中告假。若是长安城难保，出发便要带上师父，他年纪大了，不知如何挨得住劳顿，也不知寺中其他人如何是好……”

正盘算为难间，外面又来一人，进门急声说道：“四弟、端木，你二人快离开长安。”

闻朗一看，是三哥，没来得及行礼相见，听三哥又说道：“我与二位兄长已将父母妻儿与阖府中人全部送走，你二人也快走，马上出城，走得越快越好，越远越好，马车与役夫已在门口等着。朝中消息我不能细说，只是这长安怕是危殆。贼兵入境，不知道能做出什么事来。”

三哥说完，也与李逊一般，塞给闻朗一包金银，转身离去。

“看来我们不得不走了。”闻朗说道，与端木简要商议了几句，二人即刻骑马出发，分头通知城中亲故。端木直接去了鹿先生家，不料鹿先生与对面商不言家中都无人。她焦急万分，从随身包袱里取了纸笺与细炭条，简单将事情写明，知道鹿先生年纪大了，多年来腿脚又不好，难以远走，嘱咐他与商不言到南山中躲避。她将纸笺折了一折，连同些金银丢到院子里，立刻又骑马出去，再向西不远是成遂平府第。端木叩门，进院见了歌子，直接将事情说了。

“此事我已知晓了。”歌子回答道。

“你如何知晓？”

“近日城防骤然紧张，遂平率众守城，已数日不归。我也猜测，长安城怕是吃紧了。”

“你知道就别迟疑了，马上收拾一下，随我离开。”端木急道。

歌子摇了摇头：“此事我已想过了。遂平守城，他必不肯走，他不走，我也不走。”

“你……歌子，你听我说……”端木急了。

“你听我说。”歌子却不急，按着端木两手说道，“我不能离开遂平，只是要将训良托付给你。本还想看看状况，实在吃紧，明后日我便带训良去寻你，请你带训良远避，连他行囊都备好了。”

“歌子。”端木几乎要喊起来了，“你留下来，万一出事怎么办？孩儿怎能没有阿娘？”

歌子稳稳笑道：“我与遂平挨过多少艰难才结为夫妇，恩爱数载，怎能分离？若没有你们几个，为了孩儿，我也只能咬牙活着，只是，眼下不是有你与四郎？你们还能对训良不好？素儿远赴西域，我本还担忧她女儿家柔弱，怕她受不了远途艰险，眼下却庆幸她能躲过这一劫。待她回来了，还能对训良不好？有你们在，训良便是有耶娘，我不担心他。”

“歌子。”端木哀求道，“莫要使性子。你一女子，那贼兵可都是蛮人，不讲什么义耻……”

歌子依旧不慌不忙：“又如何？我花园中有口深井，不怕。”

端木心头大骇，抓着歌子两手，拖着她走。歌子反手将端木拖住，安然一笑，笃定说道：“我意已决，你不用再劝我了。训良托付给你与四郎，我与遂平只这一点血脉，求你们务必保全他。来日一定要让他读书，待他长大了，告诉他，他阿耶不曾负了家国，他阿娘不曾负了他阿耶。”

端木知道再劝不了了，骤然流泪。姊妹相拥痛哭，二十余年情深，胜似手足，眼下一别，不知今生能不能再见了。

片刻后，歌子强忍着擦了眼泪，又与端木说了几句话，最后唤了训良过来。

“快与姨母行礼。”歌子笑道。

训良已知人事，耶娘教养得好，十分知道礼数，又多年得端木疼爱，与她颇为亲密。他立刻抱起小手，与端木认真行礼说道：“训良见过姨母。”

“训良，耶娘近些日子忙碌，顾不得你，你随姨母出去玩儿几日如何？”歌子笑着问道。

训良哪里知道深浅，一听说随姨母出去玩耍，立时高兴起来，忙不迭点头答应。家人将包裹拿来，端木接过背在肩上，牵着训良小手说道：“快与母亲行礼。”

训良立刻与母亲行礼告别，歌子摸着他头顶，笑着嘱咐道：“训良可要听话，莫要调皮。”

“阿娘放心，训良一定听话。”

歌子笑着点头，突然又想起件事来。

“你等一下。”她急忙说道，转头去找阿翁，要他随端木一起走，可任凭怎么劝说，阿翁只是不肯。

乱起逾半载，阿翁知道事情不妙，只是不知道眼下到底有多危急。他也不是不怕，也不是不想逃离，却觉得自己腿脚不好，怕拖累了端木，若是祸及训良，更是不敢想。

“我不与他们走了，这一把老骨头，路上只怕就要散了。”阿翁说道。

“阿翁，眼下危急，歌子求阿翁了。”

“那你怎么不走？”

“遂平不走，我就不能走。”

“你不走，我也不走。”阿翁执拗说道。

“素儿临走前千叮咛万嘱咐，叫我照顾好阿翁。万一出事，日后叫歌子如何跟素儿交代？”

“素儿临走前，也与我叮嘱过许多，要我好好照顾你。她说你自幼没了耶娘，也不像她有师父格外爱护，叫我多疼你些。”

“阿翁……”歌子恳求道，想到怕是再也见不到素儿，心中酸涩痛楚。

阿翁突然坚决起来，利落说道：“歌子不要再劝我了。素儿认真嘱咐过我，我得听她的，你不走，我也不走。既然端木要带训良走，就叫他们快走，莫要耽搁。孩儿要紧，莫要管我这无用老汉。”

歌子无奈，也知道这老汉倔强，只得咬咬牙，转身又回到端木那里，强笑着，嘱咐训良听话。

训良跟着端木向外走了几步，忽然不舍，转身扑过来说道：“阿娘为何不去？”

歌子心中如绞，强忍痛楚，俯身将训良拥在怀里，又抚了抚他脸颊，柔声说道：“阿耶近日太忙，阿娘得陪着他。训良要听姨母话，莫要让耶娘担心。”

训良认真点了点头，只是这孩儿极敏锐，虽然听说要出去玩儿，心里头兴奋，却又觉得阿娘今日与往日有些不同。他看着歌子，似信非信，迟疑不语，端木立刻将他抱了起来。

“训良听话，过几日你耶娘不忙了，便寻过来了。”

训良搂着端木，静静看着歌子，歌子一直笑着，送他们到府门口，看着端木抱着训良走远了。

歌子回到院中，瘫软在地，大哭不止。阿翁赶过来，也不知要如何安慰她，只在一边陪着。许久后，歌子抬起头，擦了擦泪水，好言安慰过阿翁，独自回了内宅。她将所有金银都拿出来，分给府中仆役及厨人等，叫他们回家安顿家人，若能出城，便出城，再多的也无法多说。

仆役与厨人不知所以，只是见主母神情凝重，知道有缘故。

“那夫人你……”

“不用担心我，你们快走。”歌子挥了挥手，“待战事过后，再回府上来。我府上人，我养到底。”

众人没有想太多，互相看看，纷纷行礼，嘱咐歌子保重，一个一个离开了。花园里只剩下歌子与阿翁，二人互相看看，笑了笑，心中一时轻松了。

# 第七章　變亂

天宝十五载（756年）六月—七月

# 231

出来数日后，察罕与李素炫遵照天音嘱咐回归拜霜国都，路上遇见了大批孔雀。

李素炫立刻将头上纱巾撩起来，瞪大眼睛看着，难以置信。面前孔雀成群结队，足几百数，安闲踱着步子，雄雀尾扇垂落在草地上，翎羽或是夺了日色，或是取了霓光，斑斓交灿，辉炫迷离。孔雀不时鸣叫，忽一声尖细锐亢，如鹤唳穿云，清音雄越，忽又一声如虎崽吼叫，十分凶狠，却又满口乳臭。

“这里竟然有这么多孔雀。”李素炫惊声说道。

“这里是西域，孔雀有什么稀奇，只是我们来这一路碰巧没遇见几只罢了。”察罕回答道。

“孔雀叫声像我阿翁家狸儿。我总喂狸儿吃小鱼，细细挑鱼刺，若是慢了，狸儿火起来，便要这样叫喊出声，有时还挠我。”李素炫笑道。

察罕好奇道：“你喂狸儿吃鱼还要给它挑刺？我没听说过狸儿叫鱼刺卡嗓子的。”

“阿翁也与我说，狸儿比人会吃鱼，不怕鱼刺，我还是担心，一定要将刺挑净再给它，只是慢了便要挨它骂……我不是说狸儿，我是说孔雀，叫起来与狸儿一般。只是长安多绿孔雀，这里蓝孔雀多。”李素炫唠叨着，满心兴奋。

“绿孔雀你大唐南方就有，蓝孔雀来自天竺。若碰巧，还有白孔雀，只是非常少见。”

察罕一边随意答话，一边与士兵一起搭着棚帐，见李素炫抱着琵琶，看孔雀看得入迷，连下马都忘了。他忍不住笑道：“西域到处都有孔雀。你若不提，我都忘了，这鸟果然长得好看。”

“长安城兴庆宫里有孔雀园，养了几十只孔雀，每有孔雀翎羽掉下来，圣人便恩赐宫人去捡拾，谁若是捡到了，旁人都要嫉妒死。有一次圣人携贵妃在孔雀园中散步，我在后头跟着，贵妃与我说，孔雀听到乐声就会开屏，若我与孔雀弹琵琶，孔雀开屏舞蹈，翎羽掉落下来，就是我的。”

“然后你去给几只鸟弹琵琶去了？”察罕直起腰来，惊异问道。

“正是。”李素炫点点头，依然盯着孔雀，没留意察罕脸上神情，又说道，“只是我弹了许久，那些孔雀也没动静，贵妃与我说，怕是要弹个热闹些的才行。我拣了最热闹的弹，累得满头大汗，还是没动静。后来，圣人与贵妃饮酒开心，叫我弹琵琶，令贵妃换了霓裳，跳起舞来，数只孔雀立刻跟着抖开尾屏，一起跳起来了。我当时都看傻了，手上琵琶都差点儿弹错。”

察罕将楔钉打进泥土里，一边使着力气一边说道：“我没听说过孔雀闻乐起舞，这里人若要看孔雀开屏，多挥个五彩巾子。孔雀喜欢颜色，看见色艳的、抖动的，更容易开屏，听曲没用处。”

“或许你说得对，那日贵妃果然霓裳斑斓。舞蹈许久后，地上竟然真的有两支翎羽，圣人依诺赐给我了。我有个好友叫歌子，喜欢极了，我就送给她了，可惜只两支。”

李素炫说着从马上下来，看看远近，自己一身素色，察罕与一众卫士个个身上灰戳戳，没什么颜色拿来逗弄孔雀，眼下只有怀中琵琶可为一试。她走到孔雀群近处，在树荫下坐好，解出五色琵琶，持拨弹起来。

察罕在一边直摇头：“她想是不知道这孔雀是拿来做什么的。”

扎好了棚帐，察罕走过去坐下，静听琵琶。片刻后，李素炫自语道：“大约换胡琵琶好些。”说着起身跑到棚帐中，取了胡琵琶，回到原处弹起来。察罕心中叹息：“她大约真不知道。”

“你是想要孔雀翎？”李素炫手上停下时，察罕问道。

李素炫点点头说道：“长安城只皇宫中有孔雀，多是绿孔雀。我好友喜欢孔雀翎，一直想要几支蓝色的。”

“你还真是喜欢惦记，都跑出来一万多里了，还与人惦记几支孔雀翎。”

“我回去时，一定要与每位亲故带一件礼物。歌子喜欢蓝孔雀翎，我今日试试看能不能弄到，又总不能上去硬拔，只能给鸟弹琵琶了。”

“那你给别人准备什么？”

“我有位好友，是京中有名画师，擅画佛菩萨像，菩萨准我将拜霜国佛像量度抄录了一份，来日我要带回长安，送给我那位好友。我书学先生一生收藏各种怪书，菩萨送了我许多手卷，有莎草手卷、羊皮手卷，还有贝叶手卷，拿回去奉与先生。我有个师弟，本是太常弟子，后入将作监，随少监学制金银器，还娶了人家女儿，我伞里那一把碎银铃铛就是他做的。我请了菩萨谕旨，将王宫中许多金银器图样勾了下来，带回去给师弟，他定然高兴。”

“怪道前几日见你勾勒金银器和佛像稿子，还抄量度经。我当时还纳闷，你弹琵琶的，画这些做什么……你倒是不少占天音师父好处。”察罕笑道。

“果然不少占，不过别的就得我自己想了。我学了数种胡琵琶弹法，回了长安城，第一个便要去见我琵琶先生，一样一样认真弹了与他听。先生一辈子痴心侍奉琵琶，定然高兴。我记下许多西域乐调与鼓点，回去整理好了，奉与圣人和贵妃，谢他们准我来西域访求父母消息。我唐天子雅擅书乐，酷爱法曲，《霓裳羽衣曲》便出自天子之手，贵妃擅舞此曲。若多听些西域调子，说不定圣人还有新作。城中女乐多与我熟识，多年交好，我给她们带些金饰回去，小些的，好携带，只拣长安城里没有的买。眼下就是没想好给我阿翁带什么，老汉又不好衣食，我想了一年也想不出来……”

李素炫碎碎说着，一样一样数着，越说越高兴，说了许久后，手上又认真弹起来。若是旁人见一秀丽女子怀抱琵琶弹奏，身旁是一群斑斓雀尾，定是要起些诗意来，察罕却觉得她给一群大鸟弹琵琶有些滑稽，倒也没嘲笑她，只摇摇头走开了。

夕阳渐渐压低，天际苍蓝，穹隆叆叇，远方霞光流纵，云霓卷滚。傍晚时，光明幽深刺目，一只孔雀忽然在李素炫身边轻轻抖开尾扇，一片光华徐徐展开，翎羽斑闪，如一屏凤目，不停眨着。转眼间，几只孔雀争相开屏，在周身远近处婆娑起舞，悠然间有鸾鹤身姿。李素炫不觉间停了琵琶，专心看着。孔雀骄傲，往来炫耀羽毛，也怪不得它不肯谦逊，果然秀媚出挺，美貌霸道。

许久，孔雀收了尾扇，踱步离开。察罕走过来，蹲下身看着李素炫，调侃着问道：“如何？可捡拾到翎羽了？”

李素炫摇了摇头。

“你上次在皇宫里弹过琵琶就能捡拾到翎羽，不过是撞上的。饶你琵琶能耐大，没听说过几根弦能将孔雀弹得掉了尾巴毛的。”

李素炫又气又笑，知道察罕在拿她开心。察罕玩笑过几句，将一捆物件丢在李素炫面前。

“自己慢慢挑。”

李素炫趁夕阳赤光看了看，竟然是一大捆蓝孔雀翎羽，足有两三百支。

“这哪来的？”李素炫惊问道。

“这么多孔雀，肯定是人养的。”察罕稳稳说道。

李素炫点点头。

“谁养的，就去问谁要，不就成了？”

李素炫立时傻住，说不出话来。

“翎羽好看，我就不信谁能给扔了。去那边问一下，给一点儿钱，人让我随便拿。”

李素炫十分心虚，手指在琵琶弦上胡乱挠着，不敢看察罕，只听到察罕哂笑着小声咕哝了一句：“读那许多书，倒不如我这粗人灵光。”说完站起来走了。

李素炫突然想起来，长安城里许多孔雀翎由胡商从西域贩来，只是奇货抢手，她愿意出钱也买不到。既然是贩的，肯定有人收集，无非就是养孔雀的拣好的攒着，卖给客商。李素炫哭笑不得，心想这半晌自己对着一群鸟弹琵琶，在察罕看来只怕是个傻子。

察罕果然觉得她傻了些，倒是念她赤诚，想帮她，很容易猜到养孔雀的手中有翎羽。只一件事，察罕没忍心告诉她，此间人养孔雀是为了吃肉的。

## 232

回到色觉林寺，见过天音，李素炫又忙碌起来，朝暮弹习，不停书写，硬笔用得愈发顺畅。硬笔蓄墨不多，但无须太多提按，也不用太在意中锋侧锋、正入逆入，写起来随意些，比毫笔快许多。上古隶书用硬笔书写，古朴无华，却有深味，今人用毫笔也写得舒展，只是李素炫一直写不好。不想用了几月硬笔，手上倒觉出些轻重来。她用小刀子将笔削得格外扁平，又用了数日，看看撇捺，竟也能学些古隶味道出来。她颇受鼓舞，写得十分开心。

夏日迫近秋日，正午间炎热，早晚依旧凉爽，树荫下静坐久了，甚至有些寒凉。李素炫在身上披件薄绒织毯，依旧终日埋首，身旁孔雀走来走去，不时嘶叫，她也不理会。每日日昳后，天音亲授佛法，理虽深古，菩萨却讲得清楚，分错源流，揭橥奥义，不过娓娓几句，什么都讲得透彻。

听法后，李素炫沉心读写诵经，天音在她身旁轻奏胡琵琶，手上纯熟，弦音如水。园中静谧，绿荫上有霞光斑驳潋荡，巨木森森，华盖交接，窸窣若有耳语。李素炫手下木笔流畅，耳边佛音淡远，心中只怨人间不能恒久美好，才平白有那许多佛法道法，累人耗费多少心神求索。佛求超拔，道求逍遥，本就是一理，又兼天下百家学问，历代无数君臣佐使，世人却仍旧千年走不出谜局。

日落时，李素炫放下笔，想歇一阵子，未及开口说话便听到外头传来脚步声。天音即刻停了手中琵琶，门口处一名宫官径直走过来，到近前行了大礼，恭敬说道："在下传国王陛下旨意，请苏赤伐罗殿下即刻前往王宫议事。"

拜霜国语李素炫仍不大会说，但能听懂许多了。天音点了点头，宫官立刻行礼退下。天音将琵琶在身侧放好，回头看了看李素炫，淡淡笑道："我本名苏赤伐罗。"

天音说着，即刻起身离开，李素炫持礼颔首目送。天音身在佛门，国王召唤，并称殿下，想是与佛门事无关，多半是些政务。菩萨静修多年，从不问政，不知今日出了什么大事。李素炫未多想，仍旧认真写字，耳中听着树叶沙沙作响。此间日落比长安城至少晚了一个时辰，远方夕阳鲜红，渐渐隐没，此时长安城已是万家灯火了。

翌日清早，察罕给李素炫带来一封信函，道是陈蘅自罗喏国遣人送来。李素炫将信函展开，只看了几行，立刻将纸笺折起来，默然而立，许久不语。

察罕也同时得到罗喏国王递函，知道缘故。他在李素炫身边看着，没有说话。

“我要马上去寺中见菩萨。”李素炫说着，反身回屋，迅速换好衣裳又走出来，走得很快，察罕立刻跟上。

“我要禀明菩萨，马上回长安。”李素炫说道。

“看眼下，怕是难行。”

“难行也得行，眼下还能管什么难易。”

色觉林寺就在王宫近旁，李素炫入了内殿，迅速走到天音近前，行礼说道：“素儿见过菩萨。”

天音点了点头，未待开口，李素炫又说道：“我接罗喏国王后传书，道是去岁十一月大唐节度使安禄山叛变，十二月攻陷洛阳，后攻打潼关，欲图长安城。”

天音叹息道：“此事我几日前便已知晓，当时怕是讹传，不敢与你提及。近日里宫中又令人打探，确证属实。昨日国王令我入宫，便是召集王室及朝中大臣商议此事。”

李素炫行礼道：“素儿要马上赶回长安……恨不及随菩萨修业完毕。”

“你现在回不去。”天音摇了摇头，“眼下，就是有大军护送，你也回不去。奏报上言讲，安禄山兵力比朝廷还多，又十余年精心准备，其势不可挡。不但已占了东都洛阳，北方甘凉各州也已接连失落，四处重兵囤聚，近千里道路在叛军手中，你插翅也飞不过去。这些事传过来要几个月，眼下又不知什么状况。”

“即便如此，素儿也要回去。哪怕是硬闯，也要试一试。”

“素儿。”天音看着李素炫，神情严肃，“你若硬闯，只有死路一条。有勇气是好事，勇气却不是鲁莽。明知死路，不知回避，实为失智。”

李素炫强迫自己镇定下来，知道天音说得对，只是寸心如煎，难耐焦灼。那安禄山她屡次听人说起过，并非什么斯文人，若他破了长安城，不知会将长安城祸害成什么样。

“我的人都在长安，若是有事……”李素炫吓得不敢想，忍了片刻，泪水忽然涌出。

“素儿先坐下。”菩萨慈悲，不胜怜悯，叫人将李素炫座位设在自己身旁。李素炫谢过天音，端正坐好，忍着不敢出声，仍旧流泪不止。

“素儿暂且宁忍，我着人多方打探，一俟大唐平了叛乱，路途打通，我即刻安排国中军队送你回去。”

李素炫只得点了点头，心中更加悲伤难抑。

“我知道你眼下定是心头大乱，这几日暂不与你讲法，你可以在王宫中看看，四处多有花木、山石、园林，与你大唐格外不同，或到我这里来，闲谈、奏乐、烹饮。只要你能舒缓些，都由你。只是莫要再出门，你如今心思冲突纷乱，我不放心你出门。”

李素炫行礼道：“素儿请菩萨继续授法。”

“你心中难过，连眼泪也要百般忍着，再叫你听讲、诵读、著文，定是难为你。我于心不忍。”

“素儿谢过菩萨体谅。只是我眼下使什么法子也舒缓不了，唯弹习读写、听受真法，才能暂时将满心愁恨放一放。我幼为女乐，以琵琶为职事，师父却额外花了许多心思教我读诗书、辨义理。当时师父便说过，人生在世，身不由己，心却要由己，唯心中有所仰仗，方能度一生困厄。况我为女冠，累年诵读典籍、抱持心法，若遇事不得从容，徒有慌乱，也难免负了我自己十载修持。”

天音点点头，缓缓说道：“素儿坚韧。”

李素炫长叹道：“是我师父教给我这本事。小时候不懂事，只是见师父殷切，我自己也喜欢，师父教给我什么，我就认真学什么。长大后，独居在师父旧宅中，每日书乐安然，才渐渐明白师父用心。我有位好友曾对我说，这一生无论如何要记得谢我师父，这几年来我才真正明白了。”

“中华自古多君子，殉身护法，承负累世道义，才有国族存续，文脉延祚。素儿一定十分怀念师父，你不多提及，只是每次说到他，我都能听出来。有时也难免好奇其人如何，想来你是像了他。”

“这十余年里，我没有一日不想起师父来。心头紊乱，神思不宁，便去弹琵琶、抚琴、读书、写字，手上有那几根弦、几支笔，才能运练元神，凝结心智，才能勉强镇定，不致溃散。每安静下来，素儿就会想，若是师父还在就好了。可是看看眼下，想想师父一番性情，他若还在，那安贼破了长安城，他定是不肯幸免，不愿苟活。”

李素炫说着，惆怅不已，自己也说不清楚是思念师父，还是惦记她长安城。

天音果然依请，继续每日授法，李素炫心中熟记多部佛经，听授并不吃力。眼下她已将疏勒语说得顺畅许多，有时与寺中众师兄谈论些法理、请教些问题，天音见了，便鼓励她与众师兄辩经。

“你先前将《因明入正理论》记得牢靠，我与你讲授时，你一听便懂，今日起可尝试辩经。辩经为佛法修习之要举。临场激辩最练心思，往昔所学要极精于心，随意调用，心中冷澈、静定，口齿要锋利，口吻又要敬重，要瞬间懂得对方意思，字面意思、字底意思，都要听得出来，对方若有机栝，也要一眼识破，莫要入人彀中不自知。又要有急智，心中所想，刹那间要现诸语端，凡立论、举证、演算、结语，俱要转瞬俱备，口中说着一句，心中就要想好下句。辩经规矩又大，不得亢声、诳语、谩骂、攻讦、讥讽，不得打断对方，不能但说己见，不许别人开口，从头到尾不能失了礼数。若是有征引却说错了出处，或是说着说着离了题，或是语言断了接不上，或是遭人反诘不能作答，俱是落败。人逢激辩之时，身心协同运化，精魂极聚，智思大开，许多道理安稳端坐时想不到，当此时便想得到。你若能为，定有大裨益。”

天音耗时十数日，详细教授李素炫辩经能事及诸般礼仪，之后，令她先与众师兄对论。众师兄不苛责她，准她多想想，或是罗乱说过一遍后，回头捋清楚了重说一遍。不多久，许多疏勒词句李素炫慢慢熟悉了，与人辩论时心思周密，耳听、心想、口述，从不忙乱，风度从容，又沉着凌厉。只是她所通经典不多，多数时候仍在院中树下端坐，静听众师兄辩经。

李素炫也听天音与弟子对论，怀抱无伤，在菩萨身侧轻弹信手。她远谈不上精通佛法，所学却足够听得懂人说话，手上便知道轻重续断。天音在树下结跏趺而坐，仪态舒缓，语声沉定，心中装着万卷真言。弟子有发问、有试探、有追诘、有反较，也有思虑，也有智诈，天音一一破解、作答并开示，悠闲自在中，攻守兼备。诸弟子追随天音多年，各有修为，李素炫听他师徒交互问答，来往飒利，如高手酣战，拳脚痛快，刀剑洒脱。看天音年齿不过四十出头，如此智慧机变，不知如何修得。

“天音师父好生厉害，众师兄也了不起。”李素炫不住赞叹。

“师父乃西域佛门领袖，自有缘故，凡注经、论经、辩经，无不服众，才有今日赞誉。若师父出行弘法，你去求师父带你去。我等修为不到，师父与我等辩经不过是为指教我们。到得别处，多有大德，师父与他们辩经时，师弟再仔细听。”师兄说道。

天音知道李素炫不可能不想长安，见她忙着琵琶诗文，又与人辩经，格外盈实忙碌，他颇感欣慰，也很佩服她。人有学问固然是本事，做起学问来什么都能暂忘，也是本事，更是一生幸事。

察罕却明显觉得李素炫变得不同了，她时常独自在寺中殿外枯坐。大殿宏伟，廊柱高耸，向上逐级依序减杀，刻着各色草木鸟兽人物，与中土佛殿颇为不同。李素炫从前十分喜欢盯着这些廊柱看个没完，如今只是默坐失神，紧紧抱着琵琶，许久也不弹一下。

在王宫时，她仍旧不停勾线摹稿。她从长安带了数匹玉版纸来，素白通透，薄如蝉翼。她将纸覆在画稿上，手拈细锥，将线条逐一描下来，不但粗细、直曲要准确，起笔处是钉头橛头、行笔时是侧锋中锋、转折处是圆角方角，也各有谋划，又将王宫中藏书拣选许多出来，为求快，用硬笔抄写。几百支孔雀翎认真挑选过，将选出来的使张羊皮小心裹了，在各处集市上所获金饰也都用帕子一个个小心包好。她每日除了弹琵琶，就是做这些事情，再也不与察罕开心唠叨，察罕再也没有见过她那样兴奋。

不久后，天音与李素炫辩经。尘世安静，园中树影微动，孔雀在枝杈间轻轻鸣叫，不时展开羽翼盘旋落下，抖落一身辉光秀色。天音与李素炫各将琵琶置于身侧，端身对坐，神思激亢，唇齿不让。辩经间隙，天音将方才二人对论所说一一讲解，告诉李素炫何处有所得，何处有所失。歇息时，各抱琵琶弹奏，也逞威奋，也纵闲散，也交和，也相离，也相协相助，也相竞相抗。弹得尽兴，复又将琵琶置于身侧，辩经又始，唇齿间锋镝再起。

李素炫与众师兄讲疏勒话，天音师徒间讲拜霜话，天音与李素炫讲唐话。察罕都听得懂，也都听不懂，却在一旁听得十分认真，也听菩萨智慧，也听凡人机变。对察罕来说，那不啻于另一重人世。

# 233

李素炫每日忙碌，心头宁忍，不敢片刻停顿，稍微闲下来，便如火炙炭煎。她忧心长安城，更忧心长安城里她的人，时刻压着惶恐，好生护着礼物，计算着还要为谁准备什么，满怀期待，希望长安城终究无虞。她不知道，长安城已破。

六月四日，哥舒翰领兵出关作战，六月九日潼关失守。叛军遍地掩杀，直扑长安城。

圣人很快得到消息，知道长安城即刻不保，朝臣中灵通者也都知道潼关已失守。十二日清早，圣人临朝，百官到场不过十之一二。宫中其他人不知大难在即，司刻漏者依旧认真数着时辰，水滴不断，震撼宫阙。圣人登临勤政务本楼，称要御驾亲征，却无人相信。当日，圣人出兴庆宫，移驾大明宫，假称建安节度使将要赴镇，令备物资。天黑后，大将军陈玄礼召集天子禁军，厚赐财帛，又选了骏马九百匹。

十三日凌晨，圣人携贵妃与宫中皇亲、宰辅杨国忠及亲信随从等离开大明宫，出了长安城。此时，宫外皇族、大部分大臣及全城百姓皆不知情。天亮时，官员登朝，却见宫中一片混乱，无人知道天子何在，只见宫中人纷纷外逃。不一日，全城大乱。

遂平已月余不曾归家，他遣亲兵与歌子递了信函，告诉她叛军不日便到，他要守卫青三门。

“唐旗不倒，我亦不倒。”遂平信中最后说了这句话，再次嘱咐歌子即刻出城远避。

歌子明白，遂平要战至最后一刻，明知这座城池注定守不住，也要守到底。十多日前训良随端木出城远走蜀地，歌子已将此事告知遂平。孩儿无恙，遂平心头少了许多牵挂，眼下只不放心歌子。歌子不慌忙，提笔给遂平简单写了一行字。

“你殉社稷，我殉夫君。各尽忠义，各得其所。”

家中老兵此刻整束完毕，接过歌子手书，行礼辞别。众人相处日久，十分和睦，知道今日一别即是永诀，各自吞声忍泪。

“诸位保重。”歌子深深行礼。

“夫人保重。”

几名老兵拭了泪水，哑着嗓子对歌子说了最后一句话，转身出门而去，连那独臂的也一同走了。几人随亲兵去了青三门，要与成将军一同守城。此一去，有死而已。

遂平接了歌子手书，展开看了，滚滚落泪。男儿一世，死生不惧，何尝涕泣。然遂平纵然一身铁骨，裹着的却是一颗肉心，见歌子心意已决，誓要同死，他心头大恸，难忍悲伤，却又十足骄傲。

“遂平一生平庸，有妻如此，今生完满，死也值得。”

他将信笺折好，掖进怀中，又看向城里，朝着歌子所在方向深行一礼，回身整肃神情，手按佩刀，喝令布阵。

十七日清早，叛军杀到城下。

城中乱如团麻。之前多少人还抱着侥幸，以为长安不会陷落，以为不过是潼关要熬过一场苦战，之后战局便可扭转，眼下知道，大难到了。长安城百余年未经战事，城中人却觉得仿佛自开天辟地始从来都是太平，眼下如同天塌地陷。街市上无数人惊慌奔跑，有人带着毕生一点财物，有人带着家眷，有人不过一个空身。众人根本不知道叛军会从何处攻进来，根本不知道要往哪里跑。有跑得早的，出了城门，向城外荒野中奔去，也有的遁入终南山躲避，跑得晚的，城门已关闭，再也出不去了。

城外喊杀、交战之声已隐约可闻，宜春宫中却安静异常，中官与侍卫都已逃离，只一众女乐及宫人凑在一处，知道一二日内城池必破。众人互相看着，不知说什么好，心中不尽茫然。

“我等……只两只脚，逃也没力气。”一女乐说道。

“就是逃，又能去哪里？眼下哪里不乱？我等不拘去哪里，怕也没个善终。”

众人沉默了一阵子，有人说道：“孟离，你年长些，法子多，你说，我等都听你的。”

孟离看着眼前人众，有的与她年岁相仿，已二十五六岁，有的二十来岁，或十五六岁，最年幼的去岁方入宜春宫，只十二三岁，身子骨还没长开，眼神尚且稚嫩。孟离心中不忍，只是算来算去，不忍也无用。她环视众人，咬了咬牙，缓缓说道：“山河沦陷，男子不过一死，女子若遭掳掠，定是生不如死。况我等为宫伎，平日受国家禄养，逢此大难，决不能失于贼人之手，辱没国体。”

众人眼中瞬间蓄满泪水，有人哭得失声，转身与旁边人抱在一起。

孟离平静说道：“听外头声音，贼兵须臾间还到不了这里。我等各回屋中，换过衣裳，携各自乐器回到这里。若有人不惧，可独自留在屋中，若害怕，就过来，与众家姊妹在一处。”

众人哭泣着行礼，转身匆匆而去。

城头上，遂平正带兵与叛军交战。双方箭矢往来，又各以盾牌防护。守军虽据城墙，奈何叛军人数众多。遂平站在城头，见远方无数马匹践踏起滚滚烟尘，叛军正源源不断集结到城下，很快便要集中力量强攻城池。遂平知道，今次，长安城定会失守，城中无数百姓，连同歌子，定遭荼毒。

“将军，敌兵众多，我等……怕是死也守不住。”一名军士在一边喊道。

遂平大吼一声：“守不住也要守。一国之都，拱手相让，挡都不挡一下，后面人还怎么打仗？我等妻儿尽在城中，为夫为父者，敢不先死？”

“是。”军士应道，重新抖擞起来。

转眼间，叛军开始强攻。城头上往来箭矢如雨，鸣镝尖厉，不断掠过耳边，咝咝如毒蛇吐芯。远方烟尘越扬越高，蝗群般遮蔽天日。叛军越聚越多，人多势众，固然是士气，城头上将士明知今次必死，早已不在乎，更是士气。遂平持弩，不断放出鬼牙箭，却不空放。他就着护盾掩蔽，瞬间便瞄得精准，每箭定叫一贼毙命。周围喊杀漫天，唯独遂平冷静。脚边不断有尸首堆积起来，有人中箭，眼看鲜血喷出，反而更是不怕。有人伤在要害处，一时死不了，剧痛之下在地上翻滚，旁人咬着牙，一刀断了他喉咙。四下里血腥弥漫刺鼻，尸首不住绊着人。城下叛军已搭起云梯，开始攀登，守城者将手边所备石头一块块丢下去，将丝絮窝作一团沾过油脂，点燃了扔下去。最后石头和丝絮都没有了，将剩下油脂泼下去，又丢了火种下去。城下惨嚎声一片，不知多少皮肉烧焦，烟尘滚滚升腾。到最后，守城者开始将脚边尸首不断丢下去，受伤的眼看活不了了，趁着最后一口气，冲着贼兵扑下去，一同坠入烈火之中。

遂平不知哪里受了伤，只觉得一股灼热在嗓子里滚动。他上过战场，受过伤，他知道那是血。城下火光猎猎，接连有巨响传来，他也知道，尸首焚烧后腹部炸裂，就是如此声响。城下叛军不断抛掷火焰上来，城墙上四处狂火，人皆视而不见，从火中不停穿过。攻守胶着，双方俱已神魂闭锁，智识麻木，一心空无，一念不死，由它喉头血涌，由它筋骨坼裂，昏昧中早已不知痛苦，依旧快刀如风。

叛军中零星有人登上了城墙。遂平立刻弃了弩弓，双手绰起陌刀，冲了上去。

端木走前丢了纸笺到鹿先生院中，嘱咐他到终南山中暂避。深山路远，人又分散，山里也没什么可图的，叛军即便攻入长安城，也不会对终南山有兴趣，山中固然艰苦，终究可以暂避一时。鹿先生却只摇了摇头，将纸笺团了丢在一边，令商不言即刻出城去寻嫣儿。商不言不肯，嫣儿随母亲在村中老宅躲避时疫，眼下身重临产，没有回城，本就在山里，他并不担心，只是不放心师父年纪太大，不忍将他独自丢在城里。鹿先生大怒，破口大骂，狠狠揍了他几棍子，硬是将他赶出了门。

鹿先生鬼谷一世，没什么事情是他算不到的。他早知道这长安城守不住，却不肯走。他惦记家中一辈子藏书，更惦记太常寺中国乐要典，那是老先生毕生心血。不到城外杀声起时，鹿先生便去了太常寺，在太乐署藏书阁中焦灼走动。架上无数书卷、书册，许多出自鹿先生之手，别人编撰修订的，也是鹿先生统管、分类、归档，也有许多是李素炫为老先生虔心誊写，这些连同无数太医署国医国药典籍，没有一卷是老先生不熟悉的。他沿着架子一排排看着，轻抚着，擦擦灰尘，不时也将书衣上小签拿起来看看。

老先生早已心如死灰。饶他鬼谷神算，只是天下古今，智慧从来不敌野蛮，他不知道该怎么保住这些典籍。贼兵颟顸，只认得女子与玉帛，哪里晓得书史贵重。

“……罢了，一生辛苦，左右也是前功尽弃。我这把老骨头就陪着这些典籍，叫人烧了算了。”

宜春宫中，众女乐换了盛装，重新聚集在一起。讲堂内垂了数十条帛索，是孟离与小宫人月牙儿撕开四处帐幔，系上金器，从横梁上头抛了过去。众人哭泣，一一拥抱，有人互相言谢，有人彼此道歉，最后，将各自琴箫琵琶等列在身前，行礼告别。女乐自幼攻习，手上乐器乃一世密友，今值死别，定要认真辞谢。

殿中死寂，朦胧中只听到外头喊杀声越来越大。孟离踩上胡床，将索子系了，平静看着众人。

众人痛哭，也先后上了胡床，将索子系好。孟离看着身边苏获，格外痛楚。她是西域贡女，自幼受训，少别父母，一路艰辛，历两载方到得长安城，最后却在异乡做了枉死之鬼。苏获见孟离看着自己，只笑了笑，平静如常。

孟离长叹一声，向外看了看，窗外日光明亮，今日不过仲夏里寻常一日，天光如旧日，如旧岁。她轻笑一声，向众人行礼。

“孟离此生揖别，愿来世再聚，复为手足。”

她说着，将索子套在颈子上，踢翻了脚下胡床。

众人反而平静下来，苏获行礼后，也将索子套好，将胡床踢开。众人逐一相辞，直到最后一人踢开胡床。小宫人月牙儿行过大礼，一直跪在一边，持礼相送。见众人都已赴死而去，她淡淡笑笑，抬起头来，整了整鬓边乱发，又将头上金簪推得深了些。这金簪是多年前笄礼之日端木与李素炫所赠，月牙儿欢喜万分，只是寻常里舍不得戴着，总怕丢了。她只是个小宫人，没有品级、位分，平日里也没什么绫罗衣裳，孟离叫众人回去换上盛装，她只拣了件干净衣裳换了，将金簪插在发髻中。碰碰发簪，月牙儿又想起李素炫来，眼下她在西域，定能逃过一劫，只是自己再见不到她了。

月牙儿又开心又难过，向着西域方向郑重行过一礼，与李素炫辞别。

城墙上，军士死伤大半，遂平依旧奋战。他身上多处受创，锦袍褴褛，血穿战甲，只是不肯退一步，死死护着城头唐旗，此乃军人心底死念。他父亲便是为国出征，死在战场上，彼时他不过幼童。他也曾随军征伐辽西，冒死作战，立下大功，方能与歌子厮守，这一世中才有这几岁恩深。于他而言，家国从来都是一件事，更何况，他知道，歌子此时定然正守望着城头唐旗。

成府花园里，歌子换上昔日锦绣嫁衣，发上插着黄金步摇，静静站在园中高处，看着西方城头之上。烟尘滚滚中，大旗依旧隐约可见。

“歌子……”阿翁见了，立时明白歌子用意，顿时老泪纵横。

“阿翁。”歌子惊叫道，“你怎么还不走？”

“贼兵一定是攻进来了。”阿翁说着，记挂着遂平。

“阿翁快走。城里再乱，出去横竖也能撞个运气，说不定死中得活。”歌子急道。

“你不走，我就不走。”阿翁流着泪说道，“素儿叫我照顾你，我也没将你照顾好，眼下怎么能将你独自丢下……”

歌子心痛如绞，只是她无论如何不能让阿翁留在自己身边。她急得不知如何是好，苦苦哀求，可阿翁凭她说什么也只是摇头，不肯离开。

歌子猛然醒悟，想起一件事来。

“阿翁稍等。”

她说着飞快跑回卧房，从漆箱里取了个包裹出来，正是李素炫临走前所托。她又将包袱下面卢菡旧衣拣了几件，掖进包裹里，取案上纸笔蘸着宿墨匆匆写了几行字，也掖进包裹里，出来寻阿翁。

“阿翁，歌子有一事，请阿翁务必代劳。”

她说着将包袱放在阿翁手中，行礼匆忙说道：“这包袱是素儿临走前托付与我的，里面是她先师遗物。素儿极重恩义，师父死后，她多年也忘不了。只是西域路远，她没法带着这些，只将些最心爱的拣了打好包袱，托付给我。若是她回来了，这包袱却找不见了，不知她要多伤心。眼下只能求阿翁帮忙，将这包袱送到左教坊中。”

“送到左教坊何处？”阿翁立时一振，马上问道。

“入延政坊南门，直行到左教坊南门，入南门不远，左手侧有个大湖，湖上有岛，岛上有假山，入左教坊南门便能看到。阿翁沿着湖岸走，拐过个弯，能看到有座小桥通到岛上。岛上假山是空心的，人能进去，阿翁将这包袱放在山腹高处。我与素儿在那里约过誓，她回来了，早晚能想到去假山中查看。”

“延政坊南门，左教坊南门，左手处有湖。好，我记住了。歌子放心，我一定送到。”

“歌子恳请，阿翁将包袱送到后……就不要再回来寻歌子了。”

阿翁看着歌子，他知道歌子要做什么，他将包袱送到后，只怕世上已没有歌子了。

“阿翁不要回来寻找歌子了。”歌子再次恳求道。

“这包袱我一定送到，之后一定回来找你。”

阿翁说着，咬了咬牙，匆匆行礼，转身离去。歌子没有相送，只在阿翁身后看着他离开，抱起双手，躬身到地。复又起身时，阿翁已走出很远，又匆匆几步，便看不见了。

歌子轻叹，祈愿阿翁能将包袱送到假山腹中，素儿回来能找到，也希望阿翁有些运气，最后能逃出这死局。她又回到园中高处，看了看，唐旗依旧矗立。

城池未破时，内贼已开始四处抢劫，圣人出逃前留下崔光远、边令诚守城，这二人连杀数十人平了城中内乱，却非为护卫长安，而是开了城门，献城于安禄山，同时将各府库钥匙一并奉上。可怜城墙上武士并不知道，长安城已然陷落，他们眼下拼死守卫的只是一道城墙。

叛军疯狂拥入城中，眼下正从两侧攻打城墙。遂平依旧死战不退，身边士卒所剩无几，脚下尸首横竖交叠，血染黄土。他心里已经什么都没有了，只有身后唐旗。他死也要护住这大旗，这大旗是大唐，也是歌子。

李逊眼下为朝中翰林秘书郎，他并非武人，却也有武艺在身，事到如今，不得不拿出胆量来。他带领家甲数百人，城破前数日便开始维护城中安定，凡遇趁乱打劫者即刻处置，又将家中银钱悉数取出，资助出逃百姓。崔光远、边令诚献城后，李逊立刻得到消息。他为宗室，必不为安禄山所容，想假意投降也没用，再抵抗下去也是徒劳。他长叹一声，趁贼兵未到，下令将人马撤回来，带着这些人飞快跑到太极宫。宫中有藏书阁数处，李逊指挥众人冲入藏书阁，按标签颜色，取架上包袱皮将要紧书籍裹了，系在肩上，并将最后一些金银分发给众人。

众人上马，李逊抱手说道：“典籍者，文脉根本。眼下局势已不可扭转，我等送死无益，不若各负典籍出逃，能救出一些是一些。列位若有意，待官军收复长安后，将书卷带回来，复我大唐国典。”

众人连声许诺，行礼后打马分散而去。李逊也用包袱裹了典籍，负在肩上，趁叛军尚未占领全城，带着几名亲兵骑马出城，去寻朝廷平叛军队，随同作战。

须臾间，叛军攻到大明宫，持刀闯入太常寺藏书阁时，偌大楼台里空荡无人，只见个老汉独自站在架格下，倒背着两手，来回踱步。

“你是何人？”一贼兵喝道。

鹿先生不慌不忙迎上前去：“老朽乃太常博士鹿聆训。”

“太常博士？”

“正是。”

为首的一点头，喝令左右：“抓了。”

兵卒立刻上前将鹿先生捆缚起来，鹿先生纳闷，问左右道：“按例不是该抡刀砍了？”

“砍什么砍，你可是宝贝，得留着你请赏。”

贼兵粗鲁，用力搡着，鹿先生本就腿脚不太好，眼下几个踉跄，跪在地上。

“师父。”

商不言叫着，从书架后头冲出来，拨开贼兵，搀扶鹿先生起来。

“师父？……小博士？抓了。”

鹿先生登时大骂起来：“你个混账作死的，叫你赶紧出城，你怎么不走？留下来送人头？”

“师父你不肯走，我岳丈也不肯走。你们都不走，我怎么能走？”

“你……你个混账……嫣儿怎么办？”

“嫣儿有母亲照顾，我得顾着岳丈和师父。”

师徒二人吵得旁若无人，一众贼兵看得面面相觑，半晌才反应过来。鹿先生气得说不出话来，商不言倒不怕什么，只随着师父一起被带走了。

早在起兵前，安禄山已着人将长安城乐人状况打探得清楚明白，罗列好了名单，嘱令安庆绪破城后按名单抓人。朝廷与内廷乐人中凡知名者全部在列，尤其是雷海青、贺怀智、黄幡绰、张野狐、李谟、许和子、念奴、谢阿蛮、端木行止、李素炫等负天下盛名者，一个不缺，都在名单上，皆画影图形，着人逐一专门抓捕。又格外派几队人手去至太常寺、宜春宫与梨园中，不拘姓名，凡是乐人便要抓了来，执献伪京洛阳。破城后贼人全城搜捕，已绑缚大批乐人，眼下竟然又抓到个太常博士。寻常贼兵眼里，这太常博士不过是个老书呆子，说话古怪，又费吃食，百无一用，在安禄山眼里却是十足宝物。那贼兵首领有些见识，事前又得了嘱咐，虽绑了鹿先生，却不敢格外为难他，还叫手下士兵轻着些。若是这老书呆子折在他手中，叫安禄山知道了，他怕是要人头落地。

太常寺位于太极宫皇城内，向北入宫城，东宫之中便是宜春宫。叛军搜寻了整个太常寺后，直扑宜春宫。宜春宫外已有叛军围困把守，见这一队人到了，即刻开了宫门，叛军首领率人冲了进去。

宜春宫中到处安静，不见院里有人。叛军四处搜索，首领带了几十人直扑向眼前高大楼阁，径入其中，仍是四处静谧诡异，不见人影，不见鬼影。转了几转，见一道高门，像是间讲堂。叛军首领知道这宜春宫里不过些柔弱女子，防也不防着，一脚将门踢开，领人挥刀便冲了进去。

讲堂里昏暗无光，首领定睛看了看，片刻后才渐渐看清了。

屋里头，高梁上，吊着一片尸身，各着盛装，满堂华锦。门被骤然踢开，风瞬间涌入，那些尸身受了惊扰，不住晃动着、转动着，衣袂飘摇，凄厉诡艳，不时有一张面孔微微侧过来，惨白如纸，静静对着门口处活人。众女乐死前将各自乐器放在身侧，揖礼告别，眼下那些乐器整齐排布在尸身脚下，螺钿幽闪，箫管默然，琴弦之上微微有光。

“晦气。”

叛军首领咕哝了一句，回身要走，见右手边靠墙处也吊着一具尸身，着宫人服色，正是小宫人月牙儿。众女乐死后，她整理过衣裳，正了头上金簪，再次行过大礼送行，随即起身，将讲堂内门窗户牖一一掩上，趁着缝隙中一点微光踏上胡床，平静结了索子，投缳而死。她送走了所有人，最后一个赴死，死时，无人再能送她。

一众贼兵见血不怕，见了这情景，只觉得头皮发麻，立刻退了出去，接着搜索，再向前，到了女乐各自房舍之中。多数屋子空着，其间居者已随众家姊妹一起死在那头讲堂里，也有些人胆子大些，不怕孤身，独自在屋中悬梁，死前将乐器安置在脚下，行礼辞别。也有事箫管者，将乐器系在腰间，同赴绞索。

宜春女乐不到一百人，大半自尽，也有人想死，却又害怕，迟疑间便来不及了，被叛军捉住捆缚起来，带出宜春宫。

城中四处火光，污水遍地横流，到处都能见到尸首倒在路边或水沟里，牲畜受了惊吓，冲撞着到处狂奔践踏。有人家中数子，逃跑时不能都抱着，孩儿家腿脚稚嫩，又跟不上成人，耶娘只得忍痛将年岁大些的抛弃，只带抱得动的走了。稚童无措，心中恐惧至极，在火光与血污中大声哭泣。安禄山命人将城中宗室及朝臣斩尽诛绝，但并未下令大肆屠城，然贼兵入城后很快失控，许多士兵开始肆意劫掠，顺手便杀人。

左教坊中，阿翁很容易找到了假山，仗着身子枯瘦，硬挤了进去，浑身擦伤。假山腹中宽敞，阿翁很高兴，抬头向上看看，寻了个稳妥处，将包袱放好，又用手推了推，见十分稳当，才放下心来，又硬挤着出了假山。他怕人看见他，怕人发现假山里有秘密，出了假山立刻快跑几步过了小桥，回身上了大路拼命向前跑。不过百十步后，贼兵迎面冲了过来，见一佝偻老者碍着路，也不介意，随意挥手一刀送出后，又拔刀继续向前冲过去。

阿翁倒在路边地上，一队人马纷沓着从他身边掠过。他不知道自己受伤有多重，身上竟然哪里也不疼，片刻后，鲜血从胸口处喷了出来。他来不及害怕，用手按着伤口，挣扎着急忙向假山处看去。他侧身倒在地上，阳光晃得他睁不开眼睛，用力抬起头看了许久，见那一队贼兵并未留意小桥与假山，而是径直向前头大院落扑了过去。小岛上荒芜，只一座假山，藏不住人，想来贼兵今日与日后都不会去那里搜查。

阿翁放下了心，头也垂在了地上，双手无力再按住伤口。他仰面躺倒，松开了手，由着鲜血不停涌出来，汩汩如溪水，一直流进身边池塘里，在水中荡漾着散开了。阿翁喘息了几口，咧嘴笑起来。

“如此便好了。素儿回来了，一定会到假山里去找，找到她师父遗物，就不会伤心了。”

城墙上，遂平战至只身，仍旧护着身后唐旗。叛军入城后，知道这城墙早晚也能拿下，不着急，将大部分攻城士卒调开去占领城中各处，只留下少部分人在城墙处，却是围的多、打的少。城墙上战事骤然减缓，然攻打不再紧迫，叛军却要那面大旗回去论功。一领头的带着数十叛军拥了上来，见遂平手握陌刀，挡在大旗前面。

他浑身血污，面目模糊，双目仍旧放着精光，身上插着数支羽箭，遍体有刀伤、箭伤、火伤，甲胄粉碎，皮开肉绽，血流汩汩。大旗旗杆比人手臂还粗，遂平已无力支撑，却不肯倒，背靠旗杆，硬撑着身子，怒目相视，双手紧握陌刀，指节苍白。

一众叛军方才杀得红眼，天王老子来了也不晓得害怕，接令停止攻城，停下来片刻后，又恢复了人智。眼下登城，骤然见到遂平身披血衣，立如杀神，一众叛军一时竟然畏缩起来，互相看看，都不敢上前，许久后迟疑着取了腰上弓弩，抬手想到旁边尸身上拔几支箭下来。

领头的本可以叫手下人放箭，只是对遂平心生敬佩，挥手令将弓箭放下，要亲自动手。他想要这份功劳，也想让遂平死得像个武士。他将钢刀装在长柄上，走到遂平对面，抱起双拳，低头行过一礼，挥手将钢刀横劈过去。那头颅在空中喷着热血，最后向城中看了一眼。

领头的将刀从长柄上取下，对着遂平尸身又行过一礼，叫众人将尸身放倒，抬到旁边恭敬放好，又将头颅捧来放在一处。接着一挥手，众人蜂拥而上，砍倒了大旗。领头的将大旗从旗杆上扯下，撕下一角来以为军中记功凭证，剩下的抖得展了，将遂平尸身连同头颅一起裹了起来。

## 234

长安城破前十几日，闻朗与端木已带着训良与寺中几位居士一同出了城。衍一法师不肯随行，闻朗与众居士也顾不得辈分，硬拖着他塞进车子里。出城向南不过一二日，一行十来人入了终南山深处，取子午道直奔汉中而去。山中有历代道路，却崎岖颠簸，自古以来皆是马队驮载货物缓慢行进。一条蜀道，连军队也心生畏惧，何况闻朗与端木还带着老幼。

众人行进艰难，一路上屡次见到朝廷飞骑贴身掠过，马蹄溅起尘土与碎石子来。闻朗看着飞马远去，又回过头来叹息。

“这子午道是古道，历来崎岖难行，经我朝几度整饬，比古来好走许多，却不是为走人，而是专门为了送荔枝的。”

“送荔枝的？走的这条路？”端木问道。

“正是。”闻朗点了点头，望着远方，“这古道一头连着剑南道涪陵郡，一头连着长安城，快马健将，苦苦飞奔，可在荔枝变色前将其送入皇宫。”

“听人说‘荔枝’本意为‘离枝’，意思是说荔枝只要离了枝头，很快就会变色变味，故此涪陵郡那边人用珍珠封篮，装了荔枝，快马相送，到了皇宫里还是新鲜的。也不知真假。”端木说道。

闻朗没有答话，只是回头又看了看，怅然说道：“也不知道方才那飞骑过去，是不是送荔枝的……罢了，我们还有路要走。”

除石泉县外，子午道沿途无有州县可行补给，零星也有些小村落，百姓手中却没有几粒余粮，闻朗屡次相询也没买到多少，倒是见人日子清苦，颇送了些散钱和草药。来时所带食物看看不多了，闻朗开始带着几位居士在山中采集，将些精细粮食留给老人家以及端木和训良，几个壮年男子每日将粮食与采集所获混起来，也吃不饱，也不饿着。衍一法师恼火，低低吼了一声：“现在就当我老不中用了？”说着扔了一半干粮过去给闻朗，自己抢了野菜吃起来。端木斯文些，不叫不嚷，笑着将干粮留了一半下来。

“你不用当师父老了，也不用当我是女子。眼下将孩儿顾好便是。”端木柔声对闻朗说道。

“我等皆是男子，不怕吃苦，你个弱女子……”

“女子如何？我也是从小吃苦长大的。你当跳舞不累？还是不受伤？还是打羯鼓轻省？”

闻朗只得点点头：“也罢，不与你犟。真累了，千万别硬撑着。”

众人白日里慢慢向前挪着，入夜了在山道上停车歇息，几位居士为众人准备饭食，闻朗独自在附近采药，之后就地简单炮制。山中各处草木不同，每日能采到的也不同，有时能采到些滋补的，闻朗煎好了立刻分与众人，有时能采到些驱赶蚊蝇蛇虫的，也有时能采到可以安神助眠的，格外记得为端木备好。她时常安顿好了老人家与孩儿，自己却累得睡不着，与闻朗在车子外头坐着闲聊，各自裹着薄毯子。

“往日里越累，晚上入睡越快，怎么眼下越累越睡不着……也不知还要走多久，出城时带了些食物，不知够支撑到多远。”端木说道，心中忧虑。

“看如此快慢，我们尽力走，也还要七八日才能出子午道。”

“眼下不到七月，山中夜间微凉，尚不寒冷，也算老天照顾。只是怕食物缺乏，苦了老人家和孩儿。”

“无妨。”闻朗笑道，“我们是在终南山里。我臻药学，尤其熟悉这终南山。眼下草木极盛，哪种能吃，哪种有毒，我俱能辨识。真到断粮时，守着大山还能挨饿不成？”

“老人家和孩儿不亏着就行，不用管我。”端木说道。

“怎么能不管你。”闻朗说着，停了片刻，叹息道，“以前进山无数次，从不是眼下这般光景。这些日子来，谁人也没心思看看四周。秦岭绵亘，就数终南山段最有美景，都辜负了。”

二人说话间，头顶与周围起了些声音，颇粗粝，又尖细，远近回荡，似精魔鬼怪趁夜谈笑，衬得山中越发幽寂可怖。夜露寒凉，凝结在肌肤上，微微作痒，仿佛无数细小蜘蛛沿着人小腿密密麻麻爬上来，一边爬一边融化，叫人心中惊悚。

“我们以前照顾药圃，也是夜宿山间，怎么没这么瘆人？”端木问道。

“药圃只在入山口步行两个多时辰处，周围零星还有隐修者居处，这里却是深山了……何况心境也大不相同。不过也不用怕，我从前在山中采药时，时常独自一人到这深山里，小心些，别离正路太远，不会出什么大事。”

闻朗说得笃定，端木略微放了些心下来。众人夜间歇宿，一定要燃起篝火，以防野兽侵犯。聊过一阵子后，闻朗嘱咐端木去安睡，他要守着篝火，过一阵子，会有居士过来替换。

“你女儿家的，身子骨没我结实，若累出病来，在这山里可麻烦。快些去睡，躺下别动，什么也别想，调匀气息，慢慢就想睡了。”闻朗见端木有些睁不开眼睛了，立刻小声嘱咐道。

端木点点头，起身回了车子里，看训良睡得尚且安稳。她挨着孩儿躺下，稍微侧身屈膝，还躺得下。躺下了，心头仍旧纷乱，也没什么事儿需要仔细想，只是乱。外面渐渐起了夜风，越来越大，呼啸着贯穿山谷与河道，撼动山间林木，声如洪涛滚滚。偶尔风静，能听到头顶阵阵怪叫，苍鸮泣愁，夜猿啼恨，仿若无数冤鬼聚集，自上而下偷偷观看。

第二日清早，端木醒来后，先从河边取水来请衍一法师简单洗漱，接着照顾训良，用湿帕子给他擦擦手脸，将衣裳整理好。居士备下早餐后，众人简单吃了些，临出发前将篝火熄灭，闻朗连续打了水来，格外将篝火浇得透彻，怕死灰复燃。

“从前不晓得竟然要浇这许多水。”端木说道。

“一定要将这一大片浇得水不再下渗，方才无虞。山道多傍临河水，水不再下渗，就是浇水与地下水接上了，火种无处存留，就不会再起。这是以前山民告诉我的，寻常真是不知道，以为火怕水，只一二桶水便放心了。等水干了，地下只一点火便能缓过来，若逢干旱，转眼将整座山都烧得干净。”

“你倒小心，也是该当。”

几人说话间，太阳升得高了。山谷狭窄，此时才有日光照进来，露水开始消散，谷中一时蒸腾，人人脸上凝着露滴，如同细密汗水。马车重又发轫，咿呀前行，山谷翠绿，前方朝阳鲜红，光明刺目。

训良年幼，十余日不见耶娘，啼哭不止，端木不住哄他，却是无用。每每孩儿自己哭得累了，糊涂睡过去了。端木抱着他小小身子，心中难过，不知这孩儿何时能再见到耶娘。有时端木给训良讲些小笑话，或是小故事，孩儿年幼，也不知能不能听懂，只是紧紧靠着端木，静静听着，有时笑一下，又突然哭起来。

来路上端木一直怀着侥幸，希望潼关终究守得住，长安终究无恙，只是一路上几人边走边打探，一个好消息也没有。六月底，一行人入了汉中，见城防涣散，百姓也是惶惶，不住有人外逃，没力气逃的或是在街上慌张奔走，或是忍在家中，满心里只有死挨。

闻朗十分焦急，汉中乃巴蜀要地，如此光景，怕是长安城那边有什么噩耗。他将众人安顿好，只身外出打探消息。官署中人还勉强镇定，只是打听之下，道是官吏也已逃了许多了。

“可有长安消息？”闻朗持着礼数，焦急问道。

那人看了闻朗一眼，问道：“你自长安来，想是近日一直在路上了。”

“正是。”闻朗答道。

那人长叹一声：“上旬陷了潼关，十几日前，长安城……也已失陷了。”

“失陷了？”闻朗大惊道，“纵然潼关失陷，那长安城墙高大，城中储备充足，就是被围起来，也够支撑一二年，怎么会一时就失陷了？”

“圣人留了人守城，那守城的……将长安城献给了安禄山。”

闻朗想起遂平与歌子来，登时心中凉透。他稳了稳，又问道：“圣人留了人守城？先生是说，圣人眼下已出了长安城？”

“乙未日，圣人携贵妃与宫中皇族出长安城，陈玄礼将军护驾，翌日到了马嵬驿。军士哗变，斩杀杨国忠，圣人赐贵妃死，西行幸蜀而去。”

不过几句话，闻朗震骇，良久不敢言语，许久，低声问了一句：“此事……当真？”

“先生说的哪里话，在下就是这衙门口里办差的，怎么敢造这个谣。圣人取陈仓道过了秦岭，数日前刚刚从我这汉中路过，想是与先生走的不是一条路，先生没遇见。此事如今天下人都知晓了，这汉中也是人心惶惧，一时整肃不起来。我唐……竟有如此大难。”

那人说着忍不住落了泪。闻朗心中懵懂，糊涂着行礼相谢，脚步飘忽间，回了歇宿处。

衍一法师与端木正说着话。这一路上什么好消息也没听到，二人心底慌乱，面上忍着，不敢自己生出溃乱，叫同行居士与训良更加惶恐。

“师父脚力强健，端木十分意外。”端木笑道。

衍一法师得意道：“若没这身子骨，我老和尚不是成了拖累？”

“师父说哪里话，与晚辈怎么还能说个拖累？”

“人老了，没用处，还费粮食，可不就是拖累。”

闻朗走到近前，与师父行过礼，叫端木过去，到一边说话。端木随他出了屋子，到了外头，闻朗却又一时说不出话来。

“四郎打听到什么了？”端木问道，“长安城可安好？”

闻朗仍旧说不出话来，端木立时急了。

“四郎打听到什么了？长安……眼下如何？”

闻朗长叹一声，将事情扼要说了。端木如雷击顶，木讷半晌，许久，泪水渐渐盈起，声音也变了。

“若是长安失了，遂平与歌子……”

端木身子有些打晃，前后四顾，想要寻个什么来靠着，闻朗轻轻扶住了她。

“是我的不是了。”端木大哭，恨恨自责道，“当时我去找歌子，叫她随我们一同走，她说她是军人眷属，不能离开，她要陪着遂平，还说若贼兵破了长安城，她园中有井。我吓得不轻，死活也要拖她走，她却安慰我说，这长安城破不了。天下城池，还有哪里比长安城更坚固，天下能有什么雄兵破得了长安城，百余年富庶藏在这城里，就是被歹人团团围起来，三五年也不怕。到时候朝廷大军一到，定教贼兵个个死在城下。她只叫我带训良走，说是万一围城日久，城中匮乏，容易生乱，怕孩儿受惊、受苦，她要顾念遂平，不能分身照顾训良。我当时竟然信了她的话，只带着训良走了。我也不相信长安城能破，这可是长安城，天下无双，长安城怎么能破……莫说长安城，就是潼关，也是金汤险隘，挡得住千军万马，怎么会破……”

端木连连哭泣，不停自责。闻朗揽着她肩膀，见她痛楚难过，心中也十分酸涩。

“端木，此事你不能怪自己，没人相信长安城会破。我四处通知城中各处寺院及病坊，没人愿意与我们一同离开，人都不相信长安城会破，都觉得贼兵过不了潼关，就算潼关失守，长安城也不过是被围起来，等八方援军一到，自可解围。其实我一开始也不信，也不愿意信，就算兄长与李逊都来说过，我也觉得他们不过是要我求个稳妥……只不过我本就要去蜀地，又带着训良，不敢冒险，不然也不会走……”

“眼下怎么办？还有，你说贵妃……”

闻朗只叹息，再没说话，见端木哭得浑身发冷，只好不住轻拍她肩膀。许久，端木渐渐停下来，又许久，呆滞间说了一句话：

“长安……竟然失陷了……”

闻朗安慰过许久，端木咬咬牙，擦干泪水，问道：“眼下怎么办？”

“贼兵已占了长安城，必然四处出击，不知这汉中可保几日。我等已穿过秦岭到了此处，再穿过巴山，就入了蜀地，不如去寻找圣人。天子身边必有大军集结，会安全些。”

“……不知遂平与歌子眼下怎么样了。”端木说着，悲声又起。

“眼下我们只能保护好训良。”闻朗说道，“不管他夫妇二人怎样，我们都无能为力，眼下定要护好训良。他夫妇二人只这一点血脉，既然托付与你我，你我闪失不得。”

“你说得对。”端木点点头，咬牙打起精神来，“既如此，明日我等便做好准备，尽快出发，入蜀地去寻圣人。”

二人说妥了，一起去向衍一法师禀告。衍一法师闻言，长叹一声。

“叛军攻打潼关时，我便与人说过，此次怕是场劫难，叫他们能躲的就躲出去，求个稳妥，却没人信我的。长安城百余年未历干戈，大唐边关却是终年战事不断，众人已然习惯了，由着外头打成什么样，只是觉得长安定然无虞。毕竟这百余年都是外头打着仗、城里唱着歌，没人当回事。”衍一法师说道，“只是……我也没想到破城竟然如此之快。”

三人围坐，默然许久，召集几位居士过来，将事情说了。众皆肃立，不能言语。

翌日一早，闻朗与端木去集市上买了许多骡马，又购买食物，价贵十数倍，也认了。

“我等只能继续西行了。”闻朗叹道，“师父年纪大了，训良又小……本还指望是场虚惊。”

又歇了一夜，众人弃车骑马，再次上路。秦岭崇峻，勉强过得车子，巴山更险，只能骑马，用骡马驮着沿途给养。众人本来行路疲乏，想多歇息几日再作区处，眼下只能尽快出发。趁后面叛军未到，圣驾方过，路上强盗未起，一行人打算星夜兼程，尽快入蜀。

## 235

色觉林寺中，李素炫已在煎熬中挨过多日。六月里，草木苍郁，孔雀交欢，每日抖开雀屏，踏着园中碧草，四处走动炫耀。李素炫茫然看着，一心空洞。眼下唯有弹习读写可以让她暂时忘却现世，只是停下双手，烦恼便又重来。她只得终日抱着琵琶、握着笔，筋疲力尽。

六月二十四，荷花诞日，她昏昧中仍旧记得，清早出城，到了城外开阔处，向着长安方向深深拜过。

“师父若在，今日满五十一岁。想来……也该有些苍老了。”

察罕十分同情李素炫，不知该如何安慰她，只能跟在她身边，觉得多少可以让她安定些。今日清早随她出城，并不知道她在拜什么，只是能感觉到是件要紧事。他没有上前询问，在略远处安稳坐着，赤骏悠闲，在二人之间来回踱步。隔着赤骏身影，察罕看着李素炫坐在树下，怀抱无伤弹过整整一日，什么也没吃，连饮了几坛酒，却毫无醉意。察罕暗自吃惊。

“她往日里饮酒不过一二盏，从不多饮，以为她怕醉酒误事……看来，她只是不好酒罢了，却着实有些酒量。”

傍晚时分，李素炫停了下来，仍在树下安静坐着，怀抱无伤，抬头看着天边飞鸟。察罕走到她对面坐下，没有说话，只看了看她。暮霞正在她瞳仁中熊熊燃烧，飞鸟穿出火光，鸣唳而去，云朵烧得彤红，最终灰飞烟灭，余烬片片，湮化消解。火光熄灭后，天空安静了下来，察罕在她眼中看到西域夜色漆黑浓郁，月影轻描淡写般浮现在夜空之中。

“她一定是有什么心事……不只是大唐乱事，还有别的事。”察罕暗自想道。

“察罕，我跟你回去。”许久后李素炫轻声说道。

翌日起，李素炫依旧弹习读写，从早到晚，须臾不肯歇息。菩萨慈悲不忍，将她召唤到近前。

“素儿近来疲惫，想是心事太重。”

李素炫只得轻轻点了点头：“不知长安城怎样了，素儿终日惦记。”

“但有消息，我一定马上告知于你，眼下焦灼无用。人心思只那一点儿，事到有用时不能懈怠，事到无用时不该枉费。”

李素炫无奈道：“弟子心中明白，只是眼下半分也做不到。”

“你修行多年，道门中定有无上心法，能安怪乱，能致定省。何不一试？”

李素炫叹息：“我试过了，全然无用。我为上清派经师，本就不精术法、丹符，若论修心，道行更浅。这一世到此，亦从未遇到过如此变局，从前修为眼下俱是无用，除了弹习读写，不知还能做什么。幼时师父授我书乐，以为立世之本，也是度厄之途。我果然以书乐安身立命，度了无数困厄，却又困于书乐，别的什么也不会。”

“世界广大，能托付身心者甚多，不必拘于书乐。”

“我师父也说过，勿以书乐为止境，更要别求他法。我却不知什么是他法，又要到何处去求索。”

天音点了点头：“中华道门学问深奥，我不敢随意指点，今授你佛门内观心法。内向察观，求身心实相，时时彻知无常，以智慧洞见万般烦恼根由，去除愁叹，得寻脱解。此法最易，也最难，不过须臾转瞬间，极微极弱处，需动用根本，明心知觉。”

李素炫立刻行礼相请，听菩萨授法，一字一句记得牢靠，细细参悟，多日后，开始独自修行。天音知道她眼下心思剧烈繁重，怕她一时失控，迷乱中入了左道，故时常在她身边不远处陪伴，览阅文章，或书写，待李素炫出定后，他也时常将怀中琵琶轻轻弹起来。

“这是西夜歌调，菩萨竟然也会弹？”李素炫惊讶问道。

“我尝于西域各处游历二十载，听过多方歌谣，自然会弹。素儿也听过？”

李素炫怅然说道：“我幼年时母亲弹着琵琶，与我唱过这支歌，弦声铮铮，数十年只在耳畔，不曾须臾忘记。我入长安城第一日便遇见了师父，后来师父将诸般乐器与我一一展示，问我喜欢什么，我只喜欢琵琶，师父便授我琵琶。这二十余年里，我只要安静下来，就能听到这支歌，睡梦中或伤病时也总能听到，衬着琵琶弦声，只如当年……”

天音淡笑道：“那琵琶定然不是你母亲所弹。”

“为何？”

“彼时你不过三四岁，尚是稚童，母亲与你唱歌，定是将你抱在怀中，在你耳边轻唱，弹琵琶的定然另有其人。”

李素炫无语，天音又轻轻笑了笑，再未说话，只将手中琵琶不停弹着。

# 第八章 凝碧池畔

至德元载（756年）七月—八月

# 236

七月初，北方旱地酷热难当，长安到洛阳官道上陆续有叛军押送俘虏行进。长安城破后，名士及乐人被捕无数，连同宗室与朝臣中侥幸不死者分批由重兵押解到洛阳。安禄山手下分不清梨园、教坊与太常寺之别，但凡是乐人，都聚集于一处，用几根长绳系起来，挥着刀剑不住恫吓，一路赶牲口般驱赶着。

鹿先生年事已高，腿脚不好，被人群裹着踉跄前行，沿路已将商不言骂过了足足五六日。

“你这瓜娃，我几棍子竟然都打不走你。你留下来做什么？我们老的死就死了，还要你个小的来管？白白送死，图的什么？嫣儿怎么办？你孩儿怎么办？死心眼……从小就笨……生死关头也不晓得为自己算计几步……”

商不言不敢多说，随师父怎么火大，只是小心搀扶着他走路，看他实在生气了，也小声哄劝两句。

“师父就别再生气了，师父也知道徒儿笨，城中大乱，我哪里来得及想。嫣儿随母亲在终南山老村里，不会有危险，我就担心我岳丈和师父。师父给了我几棍子，将我打走了，我岳丈死活要守着将作监，不肯走，我劝他，结果又挨了几棍子，只好回太常寺找师父……”

“眼下你歇心了？”鹿先生怒道，“你是不是当安禄山不敢杀人？你就躲架子后头，人也未必看得见你，你跑出来干什么？人就搡我一下怎么了？”

“弟子太笨，来不及想，怕师父受伤，就跑出来了……”

“你个瓜娃，不出声，咥实活。我老头子七老八十了，就没今日这一道，也活不了几日。你才多大？为何不出城寻你妻儿？守着妻儿，再多生几个，乱后带他们回长安城，过几年你师兄回来，还是一大户人家，凑一块吃饭够热闹，也不缺我个老头子，你来寻我做什么……”

鹿先生说着，老泪横流。

“师父说得对，只是弟子如今也没什么后悔的。师父自我六岁起将我带在身边，眼下我怎么能不顾师父？就是这一路搀扶师父走过去，让师父少受罪，也是报答。”商不言说得笃定。

鹿先生长叹：“你倒是对得起我了，你要是回不去长安，如何对得起嫣儿。本来就笨，怎么我竟将你教得更笨……”

“……我果然对不起嫣儿……如今十分惦念她……”

旁人知道这师徒二人整日斗嘴，眼下听了，心头复杂。

长安到洛阳有八百余里路程，数百乐人遭着鞭打、辱骂，踉跄行路，足踏泥泞，每日食物粗陋，沿途只能取些河水、湖水来饮，夜间依偎着宿在草丛中，受尽苦累，半路上便开始折损人口。有些人破城之日受了伤，无人医治，又连续赶路，渐渐支撑不住了。叛军并不在意，将尸首拖到路边丢进草丛里，其余人静静路过，看着尸首从草窠里露着手或脚。有人认得，多数人不认得，也不知道那人什么名姓，原乡何处，如何成了乐人，不知他自幼操持什么乐器，可也在弦上割破过指尖，在鼓槌上磨出过茧子，人前风光后，回到家中，可曾趁着夜晚安静为自己奏过支清淡调子。自幼修习者想也吃过师父打骂，终日吹弹磨练，定也吃过许多苦头，只是人死万事皆空，一世勤奋、煎熬、悲喜，终究乌有。

无论多辛苦，乐人也将怀中乐器护得周全，不令损伤。多年相伴，只如故旧，纵然路上艰难，也要好生相护。一个多月后，战俘到了洛阳城，商不言一路搀扶着师父，生生走过了这八百里道路。

乐人与其他人一起被圈禁在一座废弃宫殿里，不知来日会发生什么事情。事到如今，众人都明白，担忧无用。入夜，人人难眠，有人轻轻将手中乐器操了起来，吹弹些长安调子，片刻后，远远那头不知道什么人，也操着乐器和了起来，管弦凄清，闻者莫不动容。郊庙有太常，宫廷有内乐，市井中有轻快俚曲，不过一月多，再听，已恍若隔世。

十余日后，有人传令，教乐人弹习合乐，以备奉献。太常乐与内乐十分不同，没那么容易随便就合到一处，只是若不合起来，人手便不够，毕竟活下来的没有死的多。又几日后，管事的过来喝令乐人沐浴，给了每人一件干净衣裳换上，之后将乐人带出圈禁处。

东都洛阳，禁苑中，神都苑凝碧池边已备下盛大筵席。此时夏日极盛，池边葱郁凝结，碧色汹涌，日光晃着人眼，将四下里照得模糊。池水浩大，有不尽夏荷，碧叶田田，身姿交错，光明在荷叶上如大颗露珠般汇聚滚动，又层层跌落、粉碎，脚下无数青萍流转。眼下荷花盛放，亭亭出水，粉白映碧，欲滴欲流。荷花兀自秀美，无意于世事人间，不知道这凝碧池已换了主人。

安禄山令人将全部战获陈列在凝碧池边，以夸耀武功。长安城内苑宝物被分批带到洛阳，一一陈列出来炫耀。各色金银、琉璃、珠翠原本都用锦盒、漆盒、木盒好生装着，安禄山偏要都取出来，混在一处堆着，金玉交辉，映日闪烁。如此轻贱放着，安禄山却觉得看着更奢豪。各色骏马及珍禽异兽也掳了无数，今日也一一陈列在池畔凝碧亭旁边。乐人也是战获，连同其他俘虏悉数被带到凝碧池边，列队站着，看着中官及宫人穿梭忙碌，布置杯盏。

众人在宴会场上暴晒了半日，过了一日最热时，宴会才开始。伪帝安禄山手下文臣武将陆续到场等候，不多久，安禄山也到了。

他越发胖壮，浑身膏脂颤巍，双足肿胀，本就行走艰难，眼神又越发不好，只得叫人搀扶着，左右晃着，一路鸭行鹅步入场，到主席上落座。下面伪臣百余也乖觉，行见君之礼，竟也煞有其事。见礼后，安禄山命令开宴，宫人穿梭斟酒，有人将菜肴奉上来。

这一二岁以来，安禄山双目越发视物不清，不停用手揉着，仍旧看不清，一旦恼火起来，身边人便要倒霉。今日安禄山却格外开心，谋划多年，一朝得手，掳了这许多战获，尤其是今日宴飨间有太常寺及内乐弟子在场，他一声命令，便有乐动两厢，如此唐声正统在侧，实为天子无上尊贵。提头造反不是小事，这番尊贵可是拿命换来的，怎能不好好享受。

凝碧池边，众乐人已依令坐好，各自怀抱乐器。有些人手中乐器自长安城带来，也有失了的，到得此间又补了新的。安禄山之子安庆绪曾传令乐人弹习合乐，众人也不知道内乐与太常乐如何合乐，又不敢与安庆绪分辩讲说，只得糊涂着练了几日。太常乐与内乐有别，其实安氏父子也不是不知道，只是乐人被押解到洛阳城后，安禄山急不可耐，没有太多时日留与乐人准备。令太常弟子与内乐弟子一同举乐，不过是图个人多有声势，足可逞弄一番帝王威风，示与众臣，才不在乎乐调合不合得上。

安禄山坐稳后，下令开宴，命奏乐。中官将命令大声传出，安禄山此时方觉得为天子之尊贵。不料席下许久全无响动，乐人彼此看看，满心抗拒，满面迟疑，有的只将手放在乐器上，胡乱比画着，却不出声，有的连比画都没有，只拿着乐器呆坐。

安禄山不耐烦起来，又看不清，连声询问。安庆绪带兵巡视，见状立刻上前，大声呵斥乐人，并将刀拔了出来，不断空劈。乐人见他如此凶狠，也知道这些人全不将杀人当作回事，只得将乐器持好，轻奏起来。

安禄山听到声音，这才好受些，点了点头，令人再斟酒来。

众乐人奏着乐，想起了长安。数十年故城，谁人在城中无有几个亲族旧交，安贼作乱，身边亲近之人平白死伤许多，乐人本就愤恨，又被掳到洛阳奏乐，一路被看作牛马，心中何其屈辱。大唐天子累年政务松弛，手段却狠，朝臣多有怨愤，然乐人皆不问政，只重乐艺。圣人精湛，众乐人心服，又得圣人历年优待宽悯，多有成全，也十分感戴。今日这肥蠢大蠹竟也殿上称君，开口闭口朕如何如何，众乐人又悲又愤，难耐心头酸楚，落泪不止，有人哭着哭着，忍不住出了声。心头紊乱，手上口中，弦上管中，更是一派混乱，调子也不对，板眼也错失，管弦交杂，吹弹纷错，全无欢乐，只一片愁惨，好好个筵席倒像个白事场子，连安禄山这等粗人都听得出来。

安禄山不悦，底下一众伪臣也跟着火起来，安庆绪见状立刻率兵挥刃相对，厉声呵斥。

“尔等休要不识好歹。再敢有哭的，立时斩了。”安庆绪不住挥着腰刀，“那边不远处设了法场，想死的就自己过去。”

安庆绪话刚说完，乐人中有一高大男子应声而起，掷怀中琵琶于地上，西向跪倒，痛哭不止。

“何人大胆？”安禄山吼着问道。

男子并不答话，片刻后，安禄山身旁一人上前说道：“此乃梨园雷海青。”

“雷海青？”安禄山立刻想了起来，挥手屏退安庆绪及侍卫，忍怒说道，“雷海青，朕知道你，昔日在兴庆宫见过你，果然琵琶好，人道是海内第一，无人能及，朕特意着人专门抓捕，还格外嘱咐莫要伤到你性命……你竟如此不知好歹。你当年在兴庆宫中也曾为朕弹奏琵琶，今日如何不可以？”

“昔日我奉天子命赐乐于人臣，今日你是贼子。”雷海青淡淡答道。

安禄山顿时暴躁至极，越是愤怒，越是头痛，眼睛越是看不清，反过来，便越是愤怒。他气得浑身膏脂乱颤，不住揉着眼睛，来回错着满口利齿，犹困兽斗狠，獠牙渗血。忍了又忍，终究还是忍不住怒火，狂吼道：“将这厮绑到戏马殿前，叫那好手段的来。”

方才众人奏乐，雷海青抱着琵琶未动一音，只是众人杂处，贼人没有发觉。雷海青自己也知道，以他名气，早晚躲不开被安禄山点名上前，他早就抱定了死志。安庆绪持刃以死威胁，他难耐悲愤，索性豁了出去。安禄山痛下杀令，然雷海青沉静，也不辩，也不怨，骂也懒得骂一句，看也懒得看一眼，未待士兵动手，自己便转身向外走去。众士兵眼睁睁看他走了几步后才回过神来，一拥而上，将他双手反剪起来。雷海青也不挣扎，脚步从容，径直随着士兵走远了。

凝碧池边，众人一片死寂，唯有安禄山仍旧狂吼不已。此人称帝不过半岁有余，想是也不习惯，说起话来称“朕”，骂起人来只说“俺”。大怒之下，又言辞错乱，前后颠倒，更说得乱七八糟，两眼越发看不清楚，不断用力揉着，仍是一片模糊。他心中满是无力，怎么挣扎也用不上力。沙场之上，安禄山是一员悍将，不惧死伤，有的是力气勇武，只是有时候，世事犹如细水流沙，越用力越握不住，不怕死也没用。他不甘心，自己雄踞三镇，多年处心积虑，冒死造反起兵，如今天下近半入了囊中，登极为帝，所过处人无不跪服，怎么今日竟收服不了一个弹琵琶的。他不明白，刀斧只能换得屈从，忠诚并不能靠强权获得。说到底，安禄山不过是个可怜人。

这伪天子犹如泥潭中一头困兽，浑身力气，却只是徒劳。众人静默，听着安禄山吼叫连连，也不知那戏马殿离此处有多远，只是知道，此刻雷海青定然已经惨烈殉国。凝碧池边一片死寂，安禄山狂骂许久，依旧怒不可遏，咬着牙，越来越暴烈。

乐人肃然，强忍许久后，有人终于忍不住哭出了声。此人不过十七八岁，少年俊秀，怀中抱着琵琶，想到雷海青死得凄惨，心头怆痛，一时难忍悲声。他情知必死，索性认了，弃了琵琶，抱手与众同僚行过一礼，大声说道:“在下梨园雷海青弟子孟昭宗,愿追随先师于地下。”

众人没有反应过来,孟昭宗起身疾冲几步,低头狠狠撞在旁边白玉栏柱上,颈骨折断,声音沉闷清楚。如此死不见血,身旁乐人与安禄山伪臣听了,反更是毛骨悚然。正错愕间,人群中一物飞了出来,直奔安禄山而去。离得远,打不到,却将士兵吓了一跳,立时将那物件打落,见是枚筚篥。众人还没想明白,人群中又一少年飞身扑出,紧随孟昭宗,撞死在白玉栏杆上,同样颈骨折断,声响沉闷。有人识得这少年,乃雷海青筚篥弟子,孟昭宗同门师弟,名楚正声。

安禄山看不清,却能看个大概,捶着案子暴叫道:“死了也给我拖下去剁了。”

士兵立刻上前,抓着孟昭宗与楚正声手臂拖行。二人身子软塌,仰着面,向后垂着头,面庞清秀惨白,双目紧闭,两足在地上划出痕迹来,须臾间被拖得远了。

安禄山反而安静了,神情诡异。他忽然糊涂起来,自己拿性命冒险,占了洛阳,占了长安城,何其威风,在几个微贱乐人面前却什么尊荣也没有,一番恫吓,竟只换了师徒三人争先恐后求死。在他眼里,乐人不过微贱,不事书史,不读孔孟,如蝼蚁般懵懂,只该为性命衣食折腰,竟然也敢有骨气。他不过是要听几声管弦,不过是图一点颜面,本以为天子可以为所欲为,哪知轮到自己却不行。

安禄山许久不语。此时安禄山旁边站了一人,名张文举,本是大唐臣子,怕死,降了安禄山。安禄山为了作样给人看,格外重用他。今日凝碧池宴饮,张文举本没当回事儿,以为不过是场下乐人奏乐,场上君臣祥和,晚了便罢宴散场。他从未将这些乐人放在眼里,彼等不过奴仆,连“背叛”二字都谈不上,为国尽忠也轮不到这些下人。如今眼见乐人刚烈,张文举羞惭万分,想将乐人解救下来,赎些罪过,如此想了想,也随人上前好言解劝。

“陛下息怒。这乐人数百众,有不听话的,肯定也有听话的,不要全杀了,毕竟费事掳来的,还要用他们。”

安禄山喉中低吼,许久才勉强压下些火气。张文举又说道:“听说那大唐天子十分善待乐人,这些人多年受其笼络,一时转不过来而已,望陛下暂且宽容。帝王尊贵,与下人怄气,不值得。此次所掳乐人中多有德高望重者，陛下不妨另择时日，将彼等单独带到后宫接见，好言劝慰其等归降。若是这些前辈做了示范，还怕其他人不跟着？听说内乐前辈贺怀智就在这些人里，他若是顺了陛下，内乐弟子定然无人再敢强横。这里头还有个太常博士，可是个宝贝，有世间至上学问，乃太常寺中孚众望者，凡太乐弟子皆受其教，皆以师礼事之。能为博士者又定然有些年岁，见过些世面，想也晓得些事理，知道些好歹。若他肯听命于陛下，其余太乐子弟定是立时心志瓦解，绝不再执拗相抗。”

张文举言辞周到，安禄山强忍着，压了火，点点头，令自己宫中乐人奏乐。凝碧池边乐声响起，一众伪臣也识相，纷纷举盏，不住说着恭维话，席间渐渐热火起来。另一头，大唐乐人数百众默默看着，回想起昔日长安锦绣，宫中文华盛大，众人心中酸涩，又想起雷海青死得惨烈，更是阵阵椎心痛楚，也格外要想想自己，不知今日可是一生末路。几百乐人心中一时交感纷乱，也有惊恐战栗，也有刚烈认命。

席间欢快热闹过许久，一名士兵跑过来，附耳对安庆绪说了几句话，安庆绪立刻随那士兵离开了。不远处是凝碧亭，长安内苑骏马、大象被驱赶了上百匹过来，今日拣肥壮者陈列在凝碧亭边，由士兵看守。骏马与大象本是安静站着，一直没有响动，方才安禄山宫中乐人动乐，一片热闹传过来，骏马与大象突然不安分起来，蹄子不住刨着，打着响鼻，又跳又舞，状若痴狂。士兵怕马与象冲出去惊了安禄山，惶恐之下将数匹骏马悉数杀死，大象一时不死，也已重伤，倒在一边，身子仍旧微动。

安庆绪一见之下，大怒。这些马匹骨骼匀称，膘肥体壮，皮毛如缎子般闪亮，鬣鬃油润，细细梳理过，打着辫子，连马尾也编缀得整齐，用金丝带束得一丝不乱，一看便不是寻常为牵挽及骑乘所用。怎奈这叛军粗鲁不识，竟然全都杀了。

安庆绪识得这是内廷中舞马。每逢八月初五，圣人千秋，端午节庆，内廷设宴于兴庆宫花萼相辉楼，先奏坐部伎，次奏立部伎，次奏蹀马，次奏散乐。舞马鬃毛中编着金珠玉贝，宝气煌灿，戴着金银辔头，身披锦缎，足踏氍毹，成群旋转起舞，衔杯献寿。乐人在侧为其奏乐，文士为其赋词，写下多少华丽辞藻。唯大唐百余年富庶，方能有此奢华气势，安禄山手下士兵不过草莽，哪里认得。

半月前，安禄山头次在洛阳见到长安城舞象，只是象最灵性，认得宝座上并非天子，任由象奴驱使，就是不肯动一动。安禄山早在各路使节面前夸耀过大燕天子威仪，不想竟大失颜面。他恼火万分，怀愤下令将舞象困于穽井中，以火爇之，以长槊重创。舞象皆血流数丈而死，长安旧人有在场者，见之无不掩泣。几日前，安禄山部下田成嗣不识舞马，以为疯魔，将十余匹舞马用鞭子活活打死。今日安庆绪不过短了一句嘱托，又十几匹舞马舞象死于非命。安庆绪长叹：“前几日父亲非要跟几头舞象怄气，连日里将士又将舞马视为妖孽。我大燕朝野人多短见，如此接连斩杀祥瑞，怕不是个长久兆头。”

## 237

入夜，众乐人在圈禁处默然坐卧，个个疲惫，却毫无睡意，勉强合上眼，也睡不着。大唐来日如何无人知道，自己来日如何也不知道，担忧也无用，也盘算不出什么来。乐人中有许多人不在梨园，多年知晓雷海青盛名，慕而不得见，今日头次见到，却是眼见他赴死而去。安禄山说“叫那好手段的来”，众人不知道是什么意思，不用想，也觉得毛骨悚然。

夜渐渐深了，众人仍如泥塑般沉默着，数百人挤挤挨挨杂于一处，却是一片死寂。后半夜，人群里有几人站起身来，朝院中走去，径直走到对面几棵大树下，接着又几个人起身，不言不语跟了过去。月光寂灭，星辉朦胧，约略照着人间，十几个身影不住晃动着，不久后没了动静。

翌日清晨，安庆绪手下士兵从大树上解下十几具尸身，胡乱堆在大太阳地里，连些遮盖也没有，就那么叫日头明晃晃照着。这些人俱是昨夜自缢而死，有的不愿受辱，有的不愿受苦，有的怕自己怯懦之下降了贼人，索性一死，全了节义。屋中人都知道他们出去要做什么，没人拦着，乃至没人往那边看一眼，当此时，死路未必不是出路。

安庆绪得士兵报告，并不在乎，挥了挥手，令将尸身拖到戏马殿前，交给刽子手肢解示众，又命将众乐人也带到戏马殿前。士兵拖着十几具尸身前行，令众乐人跟在身后，有意恐吓。

戏马殿前血腥扑鼻，骄阳悍烈，暴晒之下，一切都溶解在日光里。众人不敢睁眼，心中剧痛、恐惧，噤声战栗。

安庆绪几个手下在一边围着，其中一人手按刀柄，不住喝喊：“都给我睁眼看看。天子给颜面，若不知道好歹，这便是下场。区区乐人，那大唐皇帝也没多给什么，用心奉乐，我大燕天子也不会亏待，何苦放着一条命不要，非要强充什么忠义之士。古来先贤道理都是说给做官的听的，彼等领国家俸禄，掌俗世权柄，金玉傍身，四面威风，听几句先贤唠叨也算值得，你等图什么？左右也是与人为奴，到哪里不一样？伺候谁不是伺候？”

这几句算是给一众乐人讲了理、算了账，另一人开始恫吓：“想死也别学地上这个，昨日里绑过来时还是活蹦乱跳的，到得在下手中，先用粗棍棒一根根打断全身骨头，再剁手脚，再剁四肢，髡发黥面，断舌剜目，破开肚腹，刳尽肝肠。在下出了名的好手段，刀头上这点儿功夫是历年多少活人身上练出来的，若不割断你喉咙，保叫你二三个时辰里死不了，受尽人世万般痛楚……”

几人轮流说着，安庆绪在一边看着，乐人中有几个有见识的，不敢说出来，只暗自摇头，心中轻蔑：“劝降竟然是这个路数，真是闻所未闻。一群军匪，倒似流寇，好说不过狱吏，哪里有一国之象，那安庆绪更不像什么太子。”

理也讲了，账也算了，吓也吓过了，安庆绪喝令一众乐人睁眼观看。众人不敢，架不住贼人反复喝骂，抽刀剑威胁，只得勉强将眼睁了，却仍不敢看，流泪不止，又不敢出声，个个身子畏缩着向后躲，脚步又不敢挪动分毫。

安禄山近来身子越发病困，脾气也越来越大，杀人越来越随意，连身边多年服侍他的也不放过，时常一点儿小事便打个半死，指不定哪日轻易就给杀了。身边人个个惊惧不安，连安庆绪也怕，固然恨乐人也敢有骨气，更恨乐人不断激怒安禄山。眼下安庆绪见众人神情委顿，心神溃败，这才放了些心下来。他这里负责威吓乐人，那边安禄山打算好了，要认真解劝鹿先生与贺先生。乐人在戏马殿前吓破了胆，若再有二位前辈开口，焉能不服。

鹿先生不解自己为何没有在太常寺中就被一刀杀了，也不知叛军绑自己个老头子押到洛阳图什么。凝碧池边眼见雷海青殉国，鹿先生痛楚万分。他与雷海青虽不常见面，不算熟悉，却时常听人说起他来，特别是李素炫，总说起雷海青来。鹿先生听过雷海青奏琵琶筚篥，四海之内绝无第二人，痛惜他身死，更不敢想有一日李素炫回来了会怎样。老先生知道她对雷海青极眷恋、敬重，她若知道她雷先生被如此折磨死，不知如何挨得过去。

老汉早有了死志，只是安禄山并不打算杀他。此贼虽据有三镇，无数兵马刀枪，战力雄悍，势如席卷，身边也不缺军师随时参谋战情，却也当真不过土财主盖房。他曾多次朝见圣人，朝中宫中各色仪度、礼节，在他眼里俱是天子气派，他却不懂，身边也没有懂的。正月初一登极时，本该太常寺奏丹陛大乐，可此为邦国礼乐、天子威仪，安禄山及三镇军中没有一个见过的，也根本不知道什么样。然大典焉能不动乐，无奈之下，安禄山只得拖了军中吹打过来，从头到尾也够热闹，却不知那调子是婚丧的，还是嫁娶的，一派寒酸，毫无尊严体面，糊涂着便成了天子，至今想起来仍觉得十分戳气。

内乐天下顶尖，只天子得配享用，安禄山垂涎不已，太常乐更是国之礼仪，无有太常乐，以吹打代之，如同天子无有龙袍，披了片麻袋坐殿，于正统十足有亏，又十足丢脸。安禄山耿耿留恨，总觉得自己这皇帝做得如同个笑柄。眼下绑了个太常博士过来，安禄山格外高兴。太常雅乐法天地运行，自上三代延传，乃朝贺与祭祀大典专用，凡乐律、乐器、宫商选用皆以天文数法推演而出，不得随意。这等学问，天下只数人通晓，如此方做得太常博士。鹿先生在数位太常博士中也是前辈，若能将这老先生劝服了，其余太常弟子就好办多了，再去劝贺怀智想也不会太难。这道理，张文举已费尽口舌与安禄山讲清楚了，眼下就指望这老博士识相，不要再激怒安禄山了。

离开戏马殿后，一众长安乐人被带到后宫花园里，临着一处池塘站定，不久安禄山带着一批人到了。落座后，安禄山令人将鹿先生带到近前，明知故问道："你是何人？"

鹿先生早已不存什么侥幸，一俟横下心来，也没什么好难过的，也没什么怕的。眼见躲不开，干脆不躲，爽快答了一句："老朽太常博士鹿聆训。"

安禄山循声认真看了看，见这老者足七十有余，须发皆白，昂首立于殿下，看着便是个经年饱读的。老先生神情坦率，不慌不忙，不怨不愤，站得挺拔，垂着一只手，背着一只手。

太常博士果然名头大，安禄山与一众伪臣听他这一句话说得平和，并不剧烈，以为他心下恐惧，服了软，不由得心头大喜，竟然对老先生客气了一番，话说得很谦虚，接着又令赐座。鹿先生爽快，谢也不谢，大大剌剌走过去，一屁股坐了。

“朕听人说，太常太乐博士精天下诸家学问，不过问人事与庶务，乐艺礼制上却执掌中枢。虽无功名，也不入朝堂，却是一朝国士，礼乐根本。”

鹿先生微微诧异。安禄山其人粗鲁，看不起读书的与操弄乐器的，却知道得拉拢这些人，毕竟用得着，眼下一副礼贤下士，自然只是做个样子。鹿先生只是没想到，安禄山不过粗识几个字，近乎没读过书，竟也能将话说得文绉绉，不出什么大错，明明性子暴躁，当此时竟也能拉下颜面来。

“怪道能造反，虽然蠢蠢，也还有些可取之处……怎奈果然蠢蠢。”

安禄山耐着性子，好声说道：“先生乃太常博士，朕十分佩服。”

“陛下过誉了，老朽不敢。”鹿先生淡淡答了一句。

安禄山听这老博士口称“陛下”，心中大喜。这蠢蠢性子颟顸莽撞，却也实诚，心思单纯，昨日还恨怒得半疯，杀人只如折草，眼下又高兴起来。暴怒也是真的，高兴也是真的，寻常人还真没这能耐。

“朕这朝中宫中……学问是欠了些，故此相请于老先生，盼先生赐教。”安禄山说得很是客气。

“陛下勇武，聚海内英杰，不缺学问。”鹿先生稳稳说道。

“怎么会不缺，只是无人肯相助。”安禄山殷勤接了一句，片刻后又迟疑了。此人机敏狡猾，觉得鹿先生说话口气过于寻常，反倒显得有些不寻常，只是也不太拿得准。

“陛下富有兵马，乃天下雄主，决贵贱，掌生杀，世人谁不畏惧，焉敢造次，不肯相助。”

“先生说得对。”安禄山立刻应道。他倒能胡猜人心思，觉得鹿先生这几句话肯定是说与后头其他人听的，告诉众人，新皇帝不好招惹，要晓得事理，听话自有听话去处，不听话也有不听话去处。实则鹿先生不过是揶揄安禄山几句，所谓“世人谁不畏惧”，分明就是讽刺话，不过昨日，凝碧池边，雷海青分明就不畏惧。

只是如此几句揶揄，安禄山听不出来，也不愿听出来。人有什么，便仰仗什么。安禄山有刀斧，便仰仗刀斧，格外相信人人畏惧刀斧。雷海青不怕他，无异于破了他平生仰仗，他自然要气得半死，只是转头就一定要将雷海青忘掉。若这刀斧不能慑服世人，他想统御天下，可没有别的法子。

安禄山自欺半晌，对鹿先生起了些好感，觉得此人颇识相。虽说心底里也不是没有疑虑，可昨日刚刚被雷海青以性命顶撞，他实在是需要挽回些颜面，格外逼着自己将鹿先生当作个听话的，也打心眼里格外希望能碰见个听话的。

“今日及往后乐事，还请先生多方指教。”安禄山又说道。

“陛下不必如此看得起老朽。凡乐者，不过应天感人，以合道德，并无深奥。”

仍旧不过简单一句，安禄山又迟疑了。此人其实并非全然不学无术，只是学的不是鹿先生那一套。听来听去，不知这老汉是正话反说，还是反话正说，想发火，怕自己没听懂，发错了火；不发火，更怕没听懂，白白忍了气，又不敢问旁人，怕露怯。他算来算去也算不明白，心中苦恼不已。

疑虑许久后，安禄山又耐心说道：“若有机缘，十分想听听先生奏乐。”

“这好办。”鹿先生挥挥手，豪爽说道，“取大鼓来。”

安禄山大喜，立刻命人取了大鼓来。须臾，鼓在鹿先生面前架好，有人奉了鼓杖上来。此刻日头略略低了些，晚光泛起赤红色，大地被暴晒了一整日，幽幽发散着热气，在脚踝边窜来窜去。人不觉得特别燥热了，只是仍旧有些闷热，园中池塘又发散着潮湿，叫人格外觉得累，生气也累，开心也累，难为那安禄山又气又乐。

鹿先生将鼓杖接了，分开两足站稳，调了气息，微微沉吟，片刻后，自击板眼，趁着铿锵韵致，高声吟哦起四六文来。

六月鼙鼓，七月管弦，中庭乐舞声动，四野金戈战酣。江河萧瑟，草木氿澜，一城风絮，满目山川。郊庙再无贞烈，江湖早有楼凡，拔本塞源，毁冕裂冠。楚囚远隔旧土，鄢郢犹在城南；一死能惭胡广，不屈堪笑褚渊。奈何象因齿毙，膏以明煎；漆用而树割，珠贵则蚌残。大明宫下，吴刀尽戮星班；凝碧池上，梼杌急开玳筵。月染荧惑，轻云之薄天欃；风动庭木，玉案之傍水轩。炙脍分脔，射生击鲜，黄杨挟轼，朱漆承盘。丝竹轻衬齑歌，琼酒分传镐宴，横笛数声吹罢，霓裳一曲舞遍。

堪叹老躯钝微，故国丧乱，随水如萍飘，逐风似蓬转。今日斟吟，当下论辩，赋绋讴之诗文，告天命之定算。秉笔书丹，怀铅提椠，悼忠信之死节，哀黔首之骸爨。边垣可敌岁时，青史不惧漫漶，难续向来之彝华，犹存万世之祠典。待汉师回还，野寇销炼，吾身不留骨殖，魂仍有夙怨。持灵宝弓，仗书乐胆，返帝王都，朝天子殿。

断声收煞后，鹿先生将鼓杖并拢，轻轻放在鼓面上，也不行礼，也不说话，只端身站着，看着安禄山，面上平静，无有谄媚，无有倨傲，周围人仍是看不出这老先生到底哪头的。昨日已有人告知鹿先生，说今日安禄山要见他，老汉立刻知道这厮图谋，早早打好了腹稿，今日又临时添了几句。不长一段话，从头到尾引经据典，佶屈聱牙，怎么别扭怎么说，仗着自己一世学问，非要欺负安禄山这不读书的。莫说如此击着鼓诵出来众人听不懂，就是写下来，安禄山这一殿君臣加在一起，怕都认不全字。

安禄山哪里看得出来鹿先生算计，立时叫好道："先生好文采。"

旁人见安禄山高兴，也跟着纷纷夸赞："太乐博士统雅乐制诰，沟通天地，果然不同寻常。"

"如此文章，顷刻成就，大才也。老先生有修为。"

君臣几人干巴巴说了这几句，也不知还能怎么夸，安禄山沉默了片刻，又猜了猜，还是猜不出来鹿先生文中意思，也不敢说自己全然不解，只得堆着笑脸，却又阴着声音说道："先生好学问，朕是书读得少了，不知先生方才这骈赋里头说了些什么？"

鹿先生心中大起敬佩："这蠢蠹竟还知道个骈文、骈赋。"复又叹息："这人不过读书少了些，怎会当真是个蠢物，天下学问又不是都在书上。圣人始终不相信他造反，旁人不断禀报，圣人能将禀报者绑了送过来，不就是因为觉得他自己最聪明，别人都蠢。叹我大唐有此一难，败于天子自负、官民荒唐。去岁素儿使西域前说过，她怕会有事情发生，只是不知道会是什么事，哪里知道应在了此处。”

鹿先生知道自己回不去长安城了，嫣儿有了身孕，可是他抱不到孙子了，眼下只盼望商不言能躲过这一场劫难，平安回去。他也知道再见不到李素炫了，那顽皮女子来日回了长安城，再也见不到雷海青、见不到自己，定然痛心至极。

想起从前快乐，老先生心中酸楚，又咬了咬牙，振作起来，对安禄山客气说道：“老臣卖弄了。无妨，既然陛下不解，老朽为陛下讲说一遍就是了。”

安禄山立刻欢喜相请，还从席位上欠了欠身。鹿先生仍没有行礼，将鼓杖又拾起来握好，复又开言，用大段散文将方才骈赋重说了一遍。散文无有节律，只每两句间击在堂鼓上，鹿先生许久不操持乐器，倒也不生疏，板眼毫不慌张，手上轻重也有把控，心中不住纳闷：“我从头到尾一个礼都没行过，击着鼓、骂着人，戏份足够了，这蠢蠹怎么还是看不出来？怎的如此启而不发。”

鼓声再收，鹿先生又将鼓杖放好，仍不行礼，只站着，安禄山君臣此刻已彻底不知所措。方才一通四六文，一众人等连字眼也抠不明白，眼下倒是晓得字面意思了，可那里头许多典故还是不解究竟，还是不知道这老汉说的是正话还是反话。乐人中多有太常弟子，知道老先生平日里路数，听他一番雅言，又一番俗语，已将安禄山奚落了两回，这伪帝竟还听不出来。众太常弟子明白，鹿先生已立下死志，却仍如个老顽童般，临死也要将安禄山戏耍一番。看这老头子明眉瞪目、噘嘴咋舌，做戏十足过火，众弟子心中又好笑，又酸楚，又恐惧。

园中肃静了片刻，鹿先生仍旧稳稳站着，看着安禄山。安禄山已有些不耐烦了，口吻中微微带着些恼火。

“先生学问，朕所不及。”

“无妨。”鹿先生又笑了笑，“我再与陛下讲说一番，此番定教陛下听得懂。”

安禄山耐着性子点了点头。鹿先生拧了拧身子，微侧着，肩膀对着安禄山，突然间跳将起来，接连几巴掌拍在大腿上，接着一手叉腰，一手指着伪帝，连连点着，跳着脚，大声叫骂。

“厄施你娘、你娘了个批，你个瓜娃、砍头子，不要脸个王八蛋……你个不长眼的敢惹我老汉……”

这几句安禄山无论如何也能听懂了，顿时知道半晌里这老头子都在文绉绉骂街。安禄山大怒，拍着案子狂吼道：“给我砍了。就在这场子边上，给我砍了、砍了。”

几个士兵一拥而上，挎着老先生两臂锁起来，将人向外拖去。老先生也不挣扎，仰天长啸，高喊数声。

“痛快、痛快……”

须臾，鹿先生高叫着被拖到一边，心中说不尽爽朗利落。

“素儿，从前你教先生这本事，先生今日可是用上了，只是不能当面谢你了。”

宴会场上人皆不语，乐人中，一人突然站起来，回身背对伪帝，双膝跪倒行过大礼，向着鹿先生那边高声说道：“弟子商不言恭送恩师。”

此人正是商不言。他眼见雷海青与师父前后赴死，痛不欲生，早已无心存活。他不过微末，救不得师父，舍命抢步上前来，只这一次大礼，只这一句话，师父纵死，也算有子送终。

商不言自小与师父斗嘴惯了，往日里与师父学得诙谐，今日也要学师父，死前将那逆贼戏谑一番。他趁着安禄山狂吼，众皆木然，特意背对安禄山跪倒，大礼相送师父，将屁股撅起来对着安禄山。古来臣子都要退行远去，出了大殿或场子才能转身离开，如此撅着屁股殿上辱君，商不言果然千古第一人。

不待安禄山发话，安庆绪大怒，抢上前去，接连挥刀从商不言胸前劈过，又狂吼着威吓乐人，敢哭出声，立刻格杀。几名士兵将商不言尸身拖走，又几人上前泼水，将地上大片血迹洗净。一切只转眼间。

军阀纵然称帝，一时也学不来朝堂威仪，场中混乱起来，眼看要失控，安庆绪已将手压在刀柄上，只待安禄山下令，便要大开杀戒。

当此时，乐人中忽然传来琵琶声，钧沉镇定，落落穿行，众人霎时安静下来。那琵琶利落弹过许久，不徐不疾，轻重有度，也有昂扬意态，也有柔和心境，五弦交鸣，轸轴和合，并无劲拧矫亢之声，却有从容磊落之气。安禄山也慢慢冷静下来，稳当坐好，认真听着。

许久，弦声徐徐落下，安禄山点了点头。乐人中一老者站起身来，抱手行过一礼。

“先生这琵琶弹得好。敢问先生何人？”安禄山连忙问道。

“在下贺怀智。”

安禄山扶着面前案几，差点一下子站起来，立刻探着身子问道：“贺怀智？”

“正是。”

“朕知道你。贺老琵琶定场，长安城中数十年盛誉，今日一听，果不虚传。”

“承陛下博闻能识，在下感怀。”

昨日今日，接连死了五个乐人，眼下终于出来个晓事听话的，安禄山顿时松了口气，心中杀意消弭，暗暗高兴。贺怀智为内乐前辈，太常寺人也莫不服气，他肯低首，旁人焉能强硬到底。

“我等自长安远来，路途劳累，到得此间，刚刚安顿下来，排演不过数日，尚不贴切。若说奉乐，实在是仓促了些，陛下莫怪。”

贺怀智几句话说得很客气，安禄山本也有些舍不得将乐人全部杀掉，连忙就坡下，不住点头说道：“先生说的是。朕也知道只几日练习，是太赶着了。所幸今日先生一曲琵琶定场，一场欢筵也不算全然失色。”

“谢陛下宽悯。众人手上不熟，不如今日不要指望其等。今日在下为陛下奉乐，但请陛下吩咐，在下绝不敢不用心。过了今日，在下定认真督导乐人弹习，待其等精熟之后，再奉乐于陛下。”

“好，都依着先生。请先生重将琵琶抱起来，弹几支大曲来，以飨群臣。”

“是。”

贺怀智又行一礼，重新坐好，将他那石槽琵琶抱起来，右手握好了铁拨，微微想了想。昔日在汝阳王府中，曾听李素炫弹唱过一首自度曲，名《长相思》，娓娓追忆，幽幽泣诉，说了多少女子隐秘心事。这调子李素炫不曾弹与其他人听过，安禄山及臣属定然不知道。贺怀智回想片刻，落拨弹起来，比李素炫昔日所弹快许多，节律板眼也变换了些，那安禄山就算听过李素炫原曲，眼下也听不出来。

石槽琵琶雄悍，弦声浑厚，铁拨锐利，出声震聩，若轻弹，却也是涓涓似清水，泠泠如月光，又有欢心舒朗，欣快自在。安禄山这等粗人，听曲喜欢听快的、动静大的，以为威风气势，今日倒叫贺怀智一派从容压住了。也是贺先生有这名气在外，也是老汉手上有如此本事。

曲毕，安禄山叫好，又问道："先生此曲可有个曲名？"

"此曲名《思贤主》。"贺怀智答道。

安禄山没什么心眼，也不多想，以为贺怀智在恭维自己，立时高兴起来，不住点头，又夸赞贺怀智，又令赏赐金银，又回头说道："朕就知道，先生琵琶弹得好，定然聪明，果然是个知道好歹的。"

这话说得实在不算高明。贺怀智心中满是屈辱悲愤，强作镇定，压着心头火。他要救下今日这数百同僚，就不能逞弄自家性子，他得赔着笑脸，怕自己笑得不够，叫安禄山看出端倪来，笑得够了，又恨不能杀了自己。

安禄山果然没有看出什么异样，直道是贺怀智怕死，从了势力。顺从与忠诚不是一回事，没人知道安禄山对此是不是清楚，或许他根本就不愿想清楚，又或者他心中隐隐知道答案，所以不敢想清楚。只要天下人都乖乖听话，他情愿将顺从看作是忠诚。

安禄山趁着开怀，接连叫宫人斟酒，与群臣来回说着祝酒词，饮了几巡，又命人掌灯。园中烛火密集，不住摇曳，照得欢宴场上十分明亮，略远处仍是一片黑暗。池塘中荷花本无意人间，无奈看过今日一场杀戮，无奈又看过群魔聚饮、堂下歌舞。眼下一湖星光幽暗，荷花也垂头歇了，不管那头人间怪乱。

贺怀智依安禄山所令，接连弹了七八支文武曲，又弹了几支长安坊间时兴调子，不住说着恭维话，也有些话不过平淡一讲，安禄山也当作恭维话来听。听得多了，一时兴起，今日暂且放过长安乐人，复又将自己宫中乐人召唤过来，与贺怀智行合乐，拣了《感皇恩》《倾杯乐》《升平乐》等教坊曲奏起来。场中一时也颇欢乐，只数百大唐乐人与一众大唐宗室、士子等被俘者默默无言，吞声忍泪。那边，戏马殿前，残躯惨烈横陈；这边，歌舞场上，热血犹有痕迹。

# 238

拜霜国都城中，盛夏已到了末尾。此间也有荷花，只是寻常处不大多见，唯王宫与色觉林寺中有大片荷塘，着人专门养护，不似在长安城中，野池塘里荷花随便就长得茂盛。李素炫常在寺中池塘边静坐很久，水面有微风，推转浮萍，摇动菡萏，吹散些许淡香。抬眼向前看过去，满塘碧色掀闪，绯红凝结，流水随风微动，葱翠摇波。此间夏季短促，鸣蝉焦急，日日唱得奋力。蝴蝶粉白，不结群，偶尔一两只从眼前飞过，不嫌寥落，独自欢快。

水边有垂柳，李素炫有时独自在柳树下弹些小曲子，也不大着力，也不大用心，信手拨弄，心里头想着些别的。只是那些别的，也都乱糟糟的，长一时，短一时，有一寸，无一寸。胡乱想过半日，心中不曾有片刻闲着，回头却又记不起想过些什么。

天音传授内观修定之法，李素炫时常遵天音叮嘱，独自一人在寺中花园里寻个幽僻处，落座在满地青苔上，面壁内省。她自幼忙碌惯了，每日弹习读写，片刻不歇，手头心头总有无数事情。眼下突然静下来，心无所倚，便要胡思乱想，怎么也忍不住，万般由不得自己。想着想着，便想得多，想得歪，越想越害怕。睁开眼睛，眼前只有一面墙壁，常年浸水，与地面上一般长满青苔，墙上有深深裂缝，四下逃逸，又彼此打断。裂缝处青苔尤盛，将那横竖几道勾勒得格外清楚，矫转飞动，势如闪电。只是青苔也无非是青苔，看得久了，再不入眼，心中又开始乱想。

天音见李素炫苦恼，殷殷嘱咐道："素儿顺着自己便是，莫要与自己硬拧。人拧得过天地，拧不过自己。一心之中，是小周天，是小宇宙，不能与自己淡静相处，焉能顺应天地。你这等聪明人，心思极多，一时半会儿放不空。若不能自控，实在忍不住非要想，就索性想个够。只是不要想别的，想自己。"

李素炫依菩萨指点照做，却发现只想自己更可怕。想想自己从前有的，再想想没有的、失去的，之后便想到来日只会失去得更多。有时想想自己有什么长处，想来想去，不过弹琵琶、背书，也没什么稀奇，立时气馁。若是想想自己短处，片刻便能从一到十、到二十，列出一串来，更加委顿。这些还是敢想的，还有不敢想的。自己心中也有幽暗处、猥琐处、阴险处、歹毒处，不过是想想，又不需要与人剖析交代，却不知为何就是不敢想。身旁总有水滴声，一滴一滴，极清楚，又极有节律，越不想听，越忍不住听，越听那声音越大，在耳边久了，扰得人快要发疯。李素炫面壁端坐，身姿静凝，心中却是凌乱不堪。

天音不时过来看顾，二人在一片青苔之上相对而坐，李素炫将心中苦恼对菩萨一一陈说。

“你从前事与我说过一些，其余不曾说的，我也能想到。”天音笑得柔淡，语声慈爱，“素儿常年独居，也能快乐，此番果然是本事。只是你静不下来。”

李素炫一怔，觉得自己分明不好动、不好热闹，只喜欢安静，不知菩萨为何说她静不下来。

天音一眼便能看穿她那点儿小心思，缓缓说道：“你不喜欢热闹，不等于喜欢安静，更不等于静得下来。你说过你在长安城里有许多故交，每十日里，你要将这些人都看望一遍。到了我拜霜国，受了多少疲惫，花了多少工夫，与好友描摹金银器样稿、抄写佛像量度，请我赐你书卷。这些人是你世间仰仗，你无比在意。你独自在家时，他们不在你身边，却在你心里，你有怙恃，独自一人时才能不慌张，不慌张才能每日忙碌不停。你二十余年勤奋不过是因为静不下来，因为静下来了，你会害怕。”

淡淡几句话，将李素炫说了个透心凉。她凝身坐着，身边足下，青苔湿润，气息幽远，有风微凉，扫在身上，叫人不得不清醒，用心思量。

“寻常人日日慌张，皆因无所仰仗，心无所凭，便要乱想。故此你师父授你书乐，希望你能以此度过一生困厄。只是，困厄过后，又当如何？你凭书乐将困厄挡在心外，心中却是空无一物。若你命中无有这些亲故以为依靠，无有书乐时刻做伴遣怀，你与寻常人也是一般，不过终日惶惶，不敢直面自己。素儿，你是喜欢独处，但你静不下来。”

李素炫沉吟道：“……记得我师父以前说过，极聪明，但是什么也不会，什么也不做，还能活得轻快，才是高人。师父也说，他不是高人，他做不到。”

天音点了点头：“你师父看得透彻。愚者无烦恼，只一片混沌，若开了智慧，晓得世相潦倒，便生烦恼。唯大智慧者，能看穿自己，内心澄净盈实。内不惧己心，方能外不惧现世，不仰仗、不倚靠，方能生出慈悲心来。素儿就是太害怕自己了。”

李素炫长叹一声，万般无奈。

“眼下修持定然令你辛苦，只是这些关口，素儿终究都是要自己一道道走过去的。早晚有一日，世上没人能再指点你，你必须现在就学会靠自己。”

李素炫苦笑：“这话我师父对我说过，雷先生也对我说过，我书学先生也对我说过，可我就是做不到。”

天音叹息道：“人奉我为西域佛法第一、学识第一、诗乐第一，实则不过虚名。我自幼修持，迄今未证大道，怎么能事事比人高明，事事指教别人。然我身边人不肯相去，定要追随于我、受我指教，只道是虔心，实则无非是有我做这个第一，人事事都来请我指教，他自己便不用想太多了。诗乐、学识乃至佛法，并无第一，只是不管在你大唐，还是在这西域，人都要选个第一出来，没有就硬逼一个出来，硬封一个出来，而后靠着他、仗着他，若事有不济，也可以指摘他、怨恨他。你不在意那天下第一，固然是无意于虚名，也是因为畏惧，你只想靠着人，不想人靠着你。然因果终究只在己身，你早晚只能靠自己。”

李素炫惶遽不已，天音安慰道：“素儿莫要灰心，只在此间静修，只想自己。此非朝夕急切之功，总要慢慢来。”

李素炫点了点头，谢过菩萨开示，也明白，唯有在此间私密处，唯有对她，菩萨才会将道理说得如此明白透彻。送天音离开后，她重新面壁坐好，内观察己，冥思修定，只思量己身短处、心中暗处、为人不堪处、灵台不净处，只是仍不敢深想，甫一多想，便害怕，立时停下来。

“这些事固不敢与旁人说，只自己想，竟也不敢。师父说，人生最难，是对自己诚实。以前不晓得师父意思，只当是句玄话。小时候也听师父话，试过只想自己，却越想越觉得自己好。现在长大了，诚实了些，知道自己有不好处，却不敢想了。”

反复了多日，李素炫也知道这事急不得一时，回头想想，倒觉得弹琵琶容易许多，发狠苦练总会有些长进，有些事发狠却无用，越狠只能越乱。叹息宁耐之余，想起雷海青来。

“这些年来，雷先生一定承负了许多。我不管什么事都要去问他，他不管什么事都要帮我思量、摸索，却没人能指教他。五弦之上多少艰难，都是先生替我担了……我却连一声师父也没叫过，也从未行过大礼认真相谢。如今菩萨授我胡琵琶，我定要弹得精熟，回到长安城后第一个便要去见雷先生，认真弹了与他听，请他指教。之后，定要将心中多年愧疚感激悉数相诉，恭敬行过一次大礼，只叫一声师父，从此以后与他平起平坐，凡事与他协同商议，再不要赖推脱，凡事都硬要靠着他。”

## 239

八月初，天音出行，吩咐李素炫随行，并命人送了拜霜国宫廷女子服饰过来。此间俗人着彩衣，出家人着素衣，大德才可全身衣白。天音为西域佛门领袖，李素炫只能暂时回归俗身，以居士身份随行侍奉。王宫寝殿中，几位侍女殷勤围着李素炫，帮她将身上短装胡服脱下，换上织锦彩衣，重裾重袂，盘错纷动。腰间系了金丝罗带，肩上绕了云纱帔帛，遍体披了宝石璎珞，又重新绾过头上青丝，插上黄金发簪，双耳坠着琉璃金珰，薄施铅华，淡咬口脂，覆了面纱。

出行日，清早城门洞开，队伍擎着浩大仪仗，沿街摆开阵势。两排丈二经幡高耸，设色玄元，绣结金字，缀着宝石琉璃，金乌旋照，异光闪动，猎猎掣风。风中有梵呗柔唱，铃鼓声声相送，轻奏低吟，远近应答起伏，沉沉涤荡。天音带领众弟子骑马出城，一路上百姓沿街跪拜顶礼。李素炫与察罕骑马跟在队伍后面，再后面是一众侍卫及车驾。

“西域乃佛国，果然与大唐不同。我大唐也顶礼佛法，却罕有如此盛况。”李素炫小声对察罕说道。眼下已出了都城，队伍慢慢散开了些，众人彼此小声说着话，只侍卫严肃，一言不发。

“西域皆举国礼佛，天音为佛门领袖，又出身王室，自然不同。我前几日听人说，天音师父出生即被册为太子，国中有些百姓至今仍呼为殿下。想想也真佩服天音师父，一国太子，来日王权在手，竟然随便就能扔了不要。”察罕说道。

“佛法无上，佛门领袖荣耀权柄不亚于一国君主。”

“他当初逊太子位时，定然不知道自己来日为佛门领袖，竟也能舍下王位。”

“佛祖释迦牟尼本也是迦毗罗卫国太子，不是也不做了？舍不下人间富贵，怎能净心修持。”

“察罕半世什么人都见过，人舍得下小财，不难，舍得下国王宝座，可是难了。”

李素炫笑道：“舍不下的觉得难，舍得下的，随便就舍下了。”

“……说得也是。”察罕嘀咕着，无意间转头打量了李素炫几眼，忽然失笑道，“往日里总见你着男装，你这身子瘦小，眉眼细淡，我第一次见你着男装时觉得很奇怪，也有点儿好笑，久了就习惯了。何况你这性子又拧，野心又大，凡事又好怄气、不服输，更觉得男装正相宜。眼下你穿成这样，我才突然想起来，你本是女子。”

李素炫大笑：“你不用想这个，不用当我是女子，只当我是兄弟好了。”

“你为何要戴面纱？我看你与那几个侍女都戴着面纱。这面纱如此轻透，不能遮蔽面容，为何要戴？”

“女子戴面纱听佛，以示仪轨修持取同男身，不以女身弱质自恃自怜。我中华道门中人男女皆有，彼此也只称师兄弟，不称姊妹，意为不以女身自弃，随意降了准格。”

“是这样……你倒果然不比男子差，若是力气大些，倒比男子还威武。”察罕笑道。

“我可没什么力气，所以时常羡慕你。”

“在下不过粗人，你羡慕我什么？”

“羡慕你又高又壮，武功高强，身上有的是力气，用都用不完。女身羸弱，许多事情，男子做便容易些，到女子手上就是艰难。从长安城过葱岭到这里，你走是一万里，我走就是两万里。唯读书习乐，女子不比男子差，只是寻常女子不许读书，读了也不许应科举。倒是可以习乐，我大唐梨园及左右教坊中男女都多，当真论起来，女子毫不弱于男子。只是乐人终究是奴隶，女子纵然不比男子差，也没用……还有，别总说自己是粗人。”李素炫说到最后一句，恼火起来。

“武人可不就是粗人。”察罕笑道。

“武人才不能是粗人，粗人心思笨，笨人打仗不就是送死？还能由你活到这般年岁？”

“说的是……既如此，我以后不说了。”

“有件事我很好奇，想问问你。”

“你说。”

“你们为什么总觉得不通书乐就是粗人？我总遇见些人，书乐不如我，便说自己是粗人。也有许多人，怕我当他是粗人，明明不通书乐，非要装作很懂，比我还懂，结果处处露怯。我只能干憋着笑，不敢点破，不然他便要大怒。我真是不明白，人有百样聪明，为何非要通书乐？人若嘲笑我不会武功、不会算账，我丝毫不觉得怎样，我一个弹琵琶的会这些做什么？不会又怎样？可我若是说哪个武人、商人不通书乐、不受文化，人就要恼火。武人和商人为何非要通书乐？我会弹琵琶，他们在一边听着高兴不就成了？”

察罕信手牵着缰绳，笑了半晌，转过头来说道：“此事你定是烦得很。”

“不算很烦，有些烦罢了，倒果然好奇。”

“自古书乐尊贵，多少人卖命打仗，多少人辛苦劳作，多少死的伤的，换回个太平年景，方有人能弄弄管弦笔墨，得几日吹弹读写。这些事又要大天分，又要吃大苦头。那些得不到机缘的，或者没天分的，或者吃不得苦头的，自然要嫉恨，要么硬说书乐无用，要么假装自己懂得。至于打仗、算账，又不是什么尊贵事，你自然不会在意，不屑于装懂。”

李素炫收着手中缰绳，笑问道：“你为武人，自幼无有机缘读书习乐，怎么不嫉恨我？怎么不硬说书乐无用，反而百般帮助我、成全我？你怎么没有不懂装懂？”

“在下是武人，不是粗人。”察罕随着马匹走动轻晃着身子，稳稳说了一句。

李素炫大笑起来，只是压着声音，不敢太喧哗，又指着察罕腰中鹰笛说道：“早知道你不是粗人。这鹰笛你没吹过，但这笛头上你用五彩丝线缠了几圈，只为好看。如此怎么会是粗人？只是难为你，手指快赶上小鼓槌粗了，丝线那么细，不知你如何捏得住的。”

察罕不由得伸手将鹰笛捂上了，又低头看了一眼，笑个不停，还有些不好意思。

说笑间白昼过去，队伍已离城很远，四下唯有草场，没有村落，连牧人也不见一个。天音令队伍停下休整，李素炫随众人一同下了马，队伍后面几个侍女走过来，请李素炫到车上去。

李素炫将缰绳交给察罕，随侍女到了车上，开始更衣。天音在国都中乃是前朝太子、当朝亲王，在色觉林寺中是寺院主人、僧团领袖，受万民顶礼，自然要端着架势，眼下却只是个寻常行僧。众人息了仪仗，褪了华服，个个换了短装。行程中众人与天音只是弟子与导师，谁也不是主子，谁也不是下人，每人都要劳作，各自日常也要独自打理，不便再着长衣。李素炫初时觉得意外，后来想起天音说过，他自十五岁始在西域游历二十年，都是独自一人，也就明白了。

更衣后，众人开始各自忙碌，到河边取水，也有人生火，准备烹煮。李素炫换上一身利落男装，整束好了，到那边去与天音行礼问候，走到近前，不由得停下了，略微愣了片刻。来路上天音身着白衣，结黄金璎珞，骑一匹纯黑色锦缎毛汗血马，座下生辉，衣袂飘举，恍若天神纵世。眼下他挥着汗水，正与众人一同扎着棚帐，着粗布短衣，袒露一侧胸背，裸着肩臂，浑身筋骨强健，阳刚有力，完全不似日久处静之人。这令李素炫颇为不解，看看四周，如此健硕之人，除了天音，唯有察罕。

李素炫在不远处看着，天音轻衣短衫，做着力气活，汗水不停滴落，却仍是世间绝美男子。菩萨超脱生死，超越男女之别，妄忖菩萨美貌十足唐突粗鄙，李素炫并无如此轻佻之意，只是不明白世上怎么会有如此完备之人，智慧、美貌，却不自恃，乃至不自知。世人皆爱锦绣装扮，李素炫不喜欢那等人，却不是不喜欢漂亮人。她爱重师父卢菡那般男子，一生清简寒微，纵布衣粗率，不压玉骨；也爱重端木那般女子，终日洒扫劳作，虽粗服乱发，不掩国色。所谓美貌，是生而美貌，不然就算了，不漂亮也不是罪过，何必强撑着百般修饰，费尽心机，自欺欺人。

李素炫远远看了许久，赞叹许久，整肃神情，恭敬走上前去行礼。

“眼下天气炎热，素儿一路可是觉得辛苦了？”天音站直腰身，擦着汗水，笑着问道。

“骑在马上，也不很辛苦，热却是真的。”李素炫双手持礼，恭敬答道，也想说得轻快一些，却轻快不起来。倒是天音不似在色觉林寺中一般法相端严、举止凝定，而是身手飒爽，臂力坚实，举动干净利落，仿若纯良武士。李素炫忽然有些好奇，不知天音身上可有武功。

“无妨。你到树下躲着，太阳照不到处，立时就凉快。”天音关切道。

李素炫笑道：“我连做活衣裳都换上了，怎么会去歇着。只是过来与菩萨问候一声，便要回去做事了。”

“好。”天音点点头，“忙过了，带上琵琶过来寻我，今日你仍有一课。”

“是。”李素炫复又行礼，抬头时见天音所骑黑马在不远处，鬣鬃当风微扬，马尾如千条铁线，毛色漆黑，浑身闪亮，粼粼泛光。马儿身上带着天音所弹胡琵琶，尚未取下来，也是缚在肉厚处，轸轴处格外捆缚护好。李素炫转身离开，边走边笑，想起灞雪对乐那日雷海青所说，忍不住哧哧笑出了声。

“这事回去一定要说与雷先生听。先生果然智慧，不弱菩萨。”

众人安顿好后，僧侣们围聚在天音身边听授，有些侍卫不当值，也过来在外圈端坐静听，察罕也过来与侍卫在一处听讲。李素炫怀抱胡琵琶，在天音座下近处落座，天音与众人讲授时令她弹奏信手，不持拨，只在弦上轻轻弄着，用指尖处一点细嫩肌肤微微触些声响出来，窸窣细碎，幽澹如夜风，衬着天音语声坚实，娓娓讲述世间世外、真相假相。

天音有时说疏勒语，有时说别国语，李素炫听得懂，便认真听，听不懂，也认真听。周身是风，月露沾衣，夜如深水，有菩萨语声柔如微涟，映漾举世幽暗。凡人一生漫长，终日惕然，不得心安，又昏昧多妄想，能有几时如此自在明白，清凉无边。纵然听不懂，李素炫也听得心生欢喜。

讲授间隙，众人歇息时，天音命李素炫弹奏大曲，以飨众耳。李素炫领命，应声拾起拨子来，在手中握好，并不谦虚，运气调神，将天音所授乐调及诸多弹法一一炫示，众人听得深醉。

日落后，旷野中迅速凉下来，风吹在身上，隐隐生寒。男子高壮，不觉得如何，李素炫很快受不了了，裹了件薄披肩在身上。菩萨与众说法后，僧人与侍卫告辞散开，只留下天音与李素炫在篝火旁，天音单独与李素炫讲授佛法及俗世学问，并授琵琶弹法，不时亲自示奏，让李素炫在一边仔细看着。众人在不远处闲散落座，低声交谈，每逢琵琶声响起，纷纷侧耳倾听。

夜深时，身旁篝火毕剥作响，不时有火星飞溅出来，灿然划过，转瞬湮灭。草原旷如大漠，深广无垠，远天幽暗，穹幕深蓝，朔月身侧有万千星辰。李素炫有些恍惚，仿若身已不在尘世。

“为何人生不能日日只如今日，时时只如此时？”李素炫心中叹息。她依旧惦记长安城，惦记她的人，只是知道忧心无用。多日面壁修定，心头安静许多，果然如菩萨所说，人若不惧直面己心，世上什么都不惧怕。左右长安城运数不在她手中，她只想好回去后做什么便好。实在烦乱，便弃了琵琶锥管，独自寻个僻静处，向隅默坐。天音与察罕知道她心中绞滚，不去相扰，她独自整肃好心绪，自会起身走出来，神情平静，心中安稳。

篝火依旧熊熊烧灼。天音每次讲授完毕，都与李素炫闲谈几句，李素炫但有迷惑处，只要发问，天音即刻予以开示。二人交谈时多讲唐话，旁人听不懂，只察罕懂得，时常在一边听热闹。中途天音短暂离开去与众弟子交代翌日行程，李素炫胡乱拨弄着琵琶，转头对察罕小声说道：“能得菩萨如此近身指点，此等机缘不是人人都有。你要是有什么想问的，趁现在快些问。”

察罕想也没想，摇头说道：“我没什么想问的。”

“怎么会没有？世上那许多纷杂，我等凡人如何一一明了？若无先驱开示，自己怎么想得清楚？”

察罕只是一副不在乎，随口说道：“谁让你非要想那么多？”

李素炫语塞，答不上来。片刻后天音折返回来坐好，李素炫笑问道：“天音师父，为何世上有人从不提问题？”

天音从容答道：“痴愚者，通大道者，心中不疑，故此从不发问。”

“察罕聪明，可不是什么痴愚……”李素炫思索片刻，又说不上话来，偷眼看看察罕。那虬髯大汉见她目光瞥过来，立刻笑了，一脸得意。

夜深后，天音叮嘱众人歇息，众人各自回了棚帐中。李素炫进了自己那间棚帐，三个侍女端坐其中，见了她立刻行礼问好。

“你们……在等我？”李素炫问道。

几人互相看看，一人说道：“正是。我等本王宫侍女，因会说疏勒语，此次特奉菩萨旨意随行，恭敬侍奉先生。”

说话间，一女子打湿了帕子，递给李素炫。李素炫接在手中擦了擦脸，那女子又将帕子接了。

“下次这些事情我自己做就行了。天音师父叫你等来，因为一众人中只我是女子，怕不方便，不是叫你等来侍奉我。天音师父自己都不要人侍奉。”

三名女子互相看看，不知所措，一人伸出手来说道：“容在下等帮先生宽衣。”

李素炫哭笑不得：“脱衣裳还要帮忙？早上那般锦衣有人帮忙就行了，里三层外三层十分麻烦，我自己穿不上，簪子也不知道插哪儿，璎珞我看着更晕，戴头上还是戴脚上都不知道。眼下不过粗衣，寻常行路做活穿的，还要人帮忙？”

她说着，三下两下利落脱了外衫，丢到一边，拖过毯子来倒头躺下。

三人面面相觑，不知说什么好，李素炫闷声又丢了一句过去：

“早些睡，明日还有路走。”

## 240

秦岭秀媚灵动，巴山却是雄锐险峻，车不能行，至多走马。有时狭窄道路引着人，一路攀爬到山巅，身子两侧便是悬崖，细听之下，足底有洪水滔滔声，犹如从地狱中传来，也有时两边高崖夹着一条山路，狭窄弯曲，又不平整。最难行处，人只能下马徒步走过去，马匹跟在身后，走得比人还难。

衍一法师身子还算健朗，几位居士轮流搀扶着些，也一路走了过来。训良不过三四岁，路好走时端木牵着他小手，他自己走几步，多数时候还是闻朗抱着他，或背着他。他已不哭不闹了，乖乖趴在闻朗背上，搂着他脖子，有时糊涂着便睡着了。

“这孩子……怎么跟素儿一样，这当口上反而老实，叫人瘆得慌。”端木忧心道。

闻朗小声好言安慰了几句，端木叹了口气，不多想了。

一路上闻朗绷着平静，不敢不苟言笑，也不敢笑谈太过，怕令众人多思。他对山中状况很熟悉，时刻仔细查看四周与前路，凡事都要不停提醒众人。天上浓云积雨时，谁都知道要立刻做好准备，若遇上晴雨，只有闻朗能从几小片云朵中看出端倪来，提前嘱咐众人躲避。沿路花草多有不能碰的，有些地貌处蛇多，或有蜂群，他也不停叮嘱。水边滩地看着都差不多，有些果然寻常，有些踩上去便会沉陷，谁也不知道闻朗怎么能知道不一样的。

“四郎嗅一嗅风就什么都知道了。”一日傍晚，众人停驻下来，端木一边做着活一边笑道。

闻朗笑笑，不多言语，他刚悄悄点查了所余食物和药材，盘算了下前方路程，庆幸这一月多来虽然辛苦，却没有谁病倒或受伤，老的小的都无恙，端木也平安。

闻朗其人看着质朴寻常，却是心如旋渊，无数纷乱冲突，在他心中不过沉海之石，从不惊扰旁人，他自己亦不惊扰。众人跟着他，凡事听他安排，都觉着心安。唯有端木，心思淡，人也平静，却什么都明白，知道他其实每日都是思虑不休，没有看起来那么轻松。

行山路，夜宿最难。众人每日行路几个时辰，停下时已疲惫不堪，勉强搭个棚帐出来，让老人家与孩儿睡在里面，壮年者轮流看守篝火，其余人露天里簇拥着便睡了。

自出长安城到现在，端木一直睡不好，白昼里众人在山道上短暂歇息时，闻朗独自在附近寻找，看有没有什么相宜草药可以煎了助眠，只是有时采得到，有时采不到。夜里端木时常累得睡不着，闻朗陪着她在篝火旁随意闲聊、熬时候，熬到她困了为止。

“困了再躺下，不困就不要躺下。躺下了若是一时睡不着，就很难睡着了。睡觉这事也不能都指望药，还是要自己小心调整。”

“好。”端木点点头，“你不用每次都陪我熬着，先去睡便是。”

闻朗摇了摇头：“若叫你一个人在这里，你便要胡想，越想越睡不着……若说这事也有趣，你若是挑食，这不吃、那不吃，不吃油脂、不吃甜腻，我都能想得来，我就是想不来人如何还能睡不着。”

闻朗说着低声笑起来，端木又气又笑，接着二人小心看了看身边，怕吵到旁人。

“你每日心里定然也不少事，怎么从不听你抱怨睡不着？好生羡慕。”端木问道。

“人笨，傻吃憨睡，也不挑食，也不失眠。聪明人心思多，便睡不着。

你就是太聪明了，什么事都想得多，所以睡不着。”闻朗笑道。

“……大约有道理。我那素儿比我心思更多，更爱胡想，比我还睡不着。”端木笑道，接着微微沉吟起来，“不知素儿现在走到哪里了。她那般小身子骨，一顿饭吃得没有狸儿多，真有什么事，不知她怎么招架得住。”

“看看，说你心思多，爱胡想，这就胡想上了。”

“好，我不想了。”

二人靠得近，不住小声说着话，有时压低声音一起笑起来。自秦岭走了这一路，夜半崖壁上常有异响传来，或如鸱鸮哀泣，或如鬼魅嗤笑，这些还好，最可怕的是有些声音像人，或如幼童惊啼，或如老人咳笑，仿佛很远，又仿佛就在耳畔。端木初闻心惊，又生悲凉，日子一久，也渐渐不大在乎了。闻朗万事笃定，从来也是不慌不忙，又常在山中，各处熟悉，让端木安心许多。眼下盛夏，所幸一路上雨水不太多，白昼晴朗，骄阳爽快，夜色空明，星光流离。日日露宿在荒野中，端木难得如此注视夜空。

“月有上弦、下弦，我眼下着实分得清了。”端木笑道。

闻朗心中爱怜，看着端木，笑了笑，柔声说道：“我觉得你现在躺下定然睡得着了。”

“好。”端木点点头，又嘱咐了闻朗几句，转身到那头躺下了。

每日晚间，衍一法师带着训良睡在棚帐中，其余人挤着睡在野地里。闻朗在几人外侧睡着，让端木睡在更外侧，不叫她与其他人挨着。凌晨时分山间寒冷，闻朗看守篝火回来，见端木蜷缩着身子，有些吃不住冷，便将自己衾被轻轻盖在她身上，牵过一角来搭在自己腰腹上，冻着便睡了。

一行人咬牙扛着，历二十余日，翻越了巴山，进入蜀中平原，在利州歇了几日，这才缓过来。闻朗打听到圣人眼下已到了成都，其他的，他依着端木嘱咐，没有打听。尤其是路过汉中时听说圣人已将贵妃赐死，端木不敢信，更不敢打听。

蜀中平原道路平坦，行车轻快，几人在利州补充好给养，将几匹骡马挽上了车子，架上双辕，再次上路。利州距成都约七八百里，乘车每日可多走一两个时辰，沿途又多有村镇、城池，比秦巴深山里人家富裕不少，每到一处众人都可以歇息、补给，想来前路不会再那么辛苦危险。眼下闻朗与端木不消再担心老人家与孩儿，少了许多忧虑，只是难免要详细商议到了成都后怎么办。

“第一件事，要先找到我父母和几位兄嫂，与他们会合。众人聚在一处，凡事方便些，也安全些。”闻朗说道。

“好。”端木点头，认真说道，“之后，我要去见圣人。”

闻朗点了点头，知道她眼下格外惦记贵妃之事。

# 第九章　路途

至德元载（756年）八月—十月

# 241

李素炫跟随天音已行走多日，初时多在队伍后面，与三个侍女在一处。三个侍女年岁都不大，不过十六七岁，十分将李素炫看作主人，举动言语都恭谨，说话前定要行唐礼，不消什么事都要帮忙，连一盏水也要双手端过来恭敬奉上。李素炫浪撒惯了，被她们伺候得浑身不自在，想与她们说笑几句，叫她们放轻松些，几个小女子却没有一个接她的话，连头也不敢随意抬起来。李素炫无奈又无聊，干巴了一阵子，索性丢开她们，骑马跟在察罕身边，一路乱弹琵琶，又与察罕随意闲谈，又开玩笑。

初秋金风不狠，沿丘陵缓缓吹过来，却极有耐心，能将人一点一点吹得面目燥干。众人用丝巾裹了头脸，好许多。李素炫十分宝贝她那赤骏，早晚细心疼爱，察罕懂马，颇多指点，也不少帮着她照顾赤骏，天音座下黑马也被主人照料得仔细，只是可怜那些牵挽骡马，虽也有人看顾，却终究无人如此在意，时常被风吹得双目模糊，很是辛苦。人畜皆在昏昧疲乏，唯有马铃阵阵，如钟声清亮，又格外高亢，沿途不断响着，异样清楚。

赶上无风，人马都轻快，天音兴起，纵马飞奔，旁人也想跟着寻一番爽快，只是天音座下黑马奔如迅雷，寻常马匹追赶不上，转眼落后，唯独李素炫跟得上。她骑术不精，赤骏尚未跑到最快，她便隐隐有些畏惧，微微拉着缰绳，如此竟也跟得上天音。她暗自赞叹赤骏果然神骏。

天音不将众人甩开太远，看看快要彼此出了视野，便收了缰绳，与李素炫并肩驻马而立，眺望远方。北地广袤，穹宇旷辽，天空中辉芒细密纷洒，远方有苍鹰击翔，利翅劈风。李素炫努力看着，四野中光明刺目，万物恍惚，只耳中听到远空里老喙啸风，不待看清楚，那苍鹰早已戾唳而去。

李素炫心生惆怅，不由轻叹了一声。

“素儿莫要动心。”天音在一旁低声嘱咐道。

李素炫恍然惊觉，立刻将心头一点思绪压下去，指着远方问道：“天音师父，前方大地上有大片光芒粼粼，不知是什么去处。”

“大地上光芒粼闪，定是有大片水域。我走过这条路，前方有大湖，我们今夜就在湖边歇宿。”

片刻后，察罕第一个赶了上来，接着众人陆续赶到，一起向着远方光亮走过去。走到湖边时天色还不晚，队伍并不贪图赶路，就此停下来，众人一起动手安营扎寨。布置好棚帐后，有人燃起篝火，准备夕食。李素炫将赤骏交给察罕照顾，独自向着湖边走过去。

“别离水太近。”察罕在她身后叮嘱道，“听说水里有大鱼，能上岸捕食骡马。”

“真的？”李素炫回头看着察罕，十分惊讶。

“听人说的，不曾亲见，听着果然是玄了些。总之小心无大碍……你这大小，刚够鱼一口。”察罕笑道。他知道李素炫想避开众人独自静处一阵子，不想跟过去扰她，只叮嘱她小心。

“我一定小心。”

李素炫应道，向前走了百十来步，到了湖边。湖边泥地上不生绿草，踩踏上去会缓缓沉陷，泥地里渐渐渗出水来。此时斜阳沉寂，晚光微红，扫拂湖水，脚下碧鉴幽蓝，定如深瞳，水面冰冷洁净，岸边轻风微凉。入水离岸只几十步远，湖水陡然变得青黑幽森，深不可测，如有无数龙蛇沉潜，接连着某个诡异世界。

李素炫反身退回十数丈，寻个干爽地方坐好，安然望着湖水，调伏心绪。终究她心中朝夕怀着恐惧，要花很大力气把控自己，才能不露端倪、不失仪态。

天音远远望了望，嘱咐身边人告知侍女，为李素炫留些夕食，莫要过去相扰。

入夜后，李素炫安静回到众人聚集处，在察罕身边坐下，与僧侣、侍卫围在一处，趁着篝火，轻弄管弦，琅璈听授。今日刚过望日，满月初亏，其华盈白胜雪，冷光遍照。空中霜华泼洒，天河莹烁，群星明灭，不远处湖水依旧如白昼里一般粼粼泛光，恍如一湖辰星闪动。李素炫看着四下光明点染暗夜，耳听菩萨温和教诲，心中感触，不知尘世间多少机缘方能凑出眼前一点安宁，失去却只是一瞬间。

夜深后风渐渐大起来，棚帐外如有阵阵滚雷从身侧咆哮而过。风静时，远方不断有异响，有嘶鸣，其声摧折，如山鬼泣诉。三个侍女熟睡着，李素炫却辗转难眠，又不敢出声扰动旁人，兀自惊忍不定，在黑暗中强压着心中无数纷乱念头，昏聩中猛然想起一件事来。

“从前在宜春宫时，月牙儿唱过一首歌谣，说是街市上听来的。记得当时她唱词中有‘北洛背代，甘凉入破’之语，我不解其意。《北洛背代》据说是龟兹乐调，圣人厌恶此名不祥，令乐工李龟年改之。《甘州》《凉州》是教坊常用曲牌，曲遍声繁，皆曰入破。当时只觉得是谶语，定有深意，今日想起来，不过是字面意思，甘凉入破，是说甘凉遭人攻破。当时想多了，反而不解。我素不信显蛔谶纬之事是上天降兆，想是民间有人知晓那安禄山早晚不老实，撰歌谣流布市井，以警天下，叫月牙儿听见了。”

李素炫越想越恐惧，在黑暗中睁大眼睛，浑身冷得透彻。

“多年来坊间人盛传安禄山必反，宫中人也如此说，各处来赶考的也如此说，鹿先生也说过这话。全天下人都说安禄山不牢靠，圣人偏不信……那安贼可不是什么斯文人，若破了城，定不会善待城中百姓。他手下军卒只怕更野蛮，彼等没见过长安富庶，不红了眼才怪。城中女子怕是更惨，我那端木、歌子并宜春院与平康坊中众家姊妹俱是姿容绝代，又大多性子刚烈……还有遂平，他要守城，定是恶战，若有什么闪失，歌子怎么受得了。我随导师，日受训诲，行路辛苦，也快乐，却不知我那长安城如今生受何等磨难。”

李素炫恐惧万分，越想越怕，却不敢出声，想到棚帐外暂且舒缓，却不想叫值夜侍卫看见。无奈只能自己咬牙忍着，一心狂跳，手足麻木，越想越恐惧，什么修为都用不上。

## 242

闻朗与端木一行十余人终于抵达成都。长安城中许多官宦与富户都在这一带避难，大多追随圣驾聚集在青城山脚下，一行人很容易找到了闻朗父母落脚处，暂时安顿下来，与闻家二老、兄嫂、子侄等每日都能见到。简单安置好众人后，闻朗带着衍一法师、端木与训良前来拜会父母。众人见礼，闻朗母亲见了端木，忽然难忍伤感委屈，落泪不止，哭出了声。

端木见老人家难过，也很心酸，立刻将训良交给闻朗，转身去安慰她，带她出了堂屋，在院中略走走，与她软软说些话。片刻后，闻朗母亲止住了哭声，深深叹了口气。

“难为你了，一路照顾四郎。我这幺儿……十分不争气。”

“老人家这是哪里话，端木也颇得四郎照顾。”

“也罢，我也不该难过。长安城破时，四郎几位兄长都逃了出来，眼下长兄随圣人在此，另二位兄长追随太子殿下抵抗叛军。我闻家至今未折人口，大难之中，已是万幸了。”闻老夫人叹息道。

“只是不知道长安城怎样了……”端木忧心道，“也不知道圣人与贵妃可安好。”

闻老夫人忽然又落了泪下来：“……你想是还不知道。”

“我一路上听了许多传闻，震骇万分，只是不敢信。”端木黯然说道。

“那些传闻都是真的，贵妃真的已死在马嵬坡，只圣人一人到了成都。”闻老夫人抽泣着，断断续续将马嵬兵变之事约略讲了一遍。

端木开始颤抖，话也不敢说。出宜春宫后，李素炫只弹琵琶，别的事情大多不管，每入宫定是奉圣人召见，在内殿或书房中为圣人单独弹奏。端木入宫却多是贵妃嘱令，贵妃时常命她挑选舞伎，掌教排演，精熟后献乐舞于圣人，又时常亲自指导她舞蹈，对她百般赞叹、照顾，多年来二人颇有师徒情分。

“杨国忠死有余辜，可贵妃没做过什么恶毒事。圣人素爱贵妃，怎会不救她……”端木自语道。

眼下听闻朗母亲如此说，端木不得不信，又死撑着最后一点不甘，见闻老夫人渐渐平复下来，送她回了屋中。一行人告辞回了宿处，端木对闻朗说道：“我须是立刻去见圣人，询问贵妃之事。”

闻朗点点头，二人与众人交代一番后，立刻出发。

圣人所在很容易打听到，二人本以为不会轻易见到，不想圣人临时住处不过是谁家寻常府第。端木心酸，走到院落门口，手持鱼袋，行礼后，请侍卫入内通报，说是宜春院旧人端木行止请见圣驾。

侍卫认得鱼袋，即刻入内，不久，陈玄礼将军走了出来。端木乃大唐顶尖舞者，又端庄貌美，每逢重大宫宴，圣人常令她献舞，宫中李谟、李龟年、黄幡绰、许和子、贺怀智、雷海青等皆承天子令为她奏唱佐伴，以夸耀大唐文华。宫中朝中无人不识端木，陈玄礼将军自然也屡次见过她，然端木眼下素面粗衣，风尘仆仆，一路上又黑瘦了许多，陈将军上下看看，迟疑许久，问道："……你果然是端木行止？"

端木持礼颔首道："正是。在下方到成都，忧心圣驾安危，特来探寻。"

陈玄礼将军仍不敢确认。眼前不过年轻女子，也不像习武之人，他还是不敢不仔细。若非是端木，而是换作旁人，陈将军也就说一句圣驾安好，便打发回去了。只是眼下陈将军思忖着，觉得圣人失了贵妃，朝夕痛心，若是见了梨园教坊旧人，得些陪伴，或可开解些心怀。

他令端木稍候，转身回了府第中，须臾带了一人出来，端木认得那人，乃是梨园弟子张野狐。他与端木很熟悉，只看了一眼，立刻对陈将军行礼道："回禀将军，此人正是端木行止。"

"你确定？"

"回将军，端木事羯鼓、擅舞，乃贵妃心爱女弟子。在下时常得圣人和贵妃命令，以笛箫为其伴舞，多年来打过许多交道，十分熟悉，决不会认错。"

陈玄礼点了点头，知道张野狐说得在理，何况端木手中有鱼袋。

"既如此，我进去请旨，看圣人想不想见你。"陈玄礼对端木说道，也觉得有些伤感，不知端木这是遭了多大罪。

端木再次行礼相谢，陈将军又回了院中。张野狐走近了想与端木说几句话，看她容颜疲惫，顿时心生难过。

"端木路上定然吃了不少辛苦，所幸逃出来了。"

"张先生，贵妃之事……"端木低低问道。

张野狐只是叹息，端木即解其意，旁边有许多侍卫，说这事不方便。端木又问道："张先生可知城中人如何？城中乐人如何？"

张野狐叹息道："那安禄山倒是不曾下令屠城，只是手下士兵作恶不少。乐人被安禄山专门着人缉捕，有盛名者尽被执献洛阳，想是凶多吉少。"

“那……宜春院人如何？”端木颤声问道。

张野狐为难，知道若说了实话，端木定然难以承受。

“张先生……求先生告诉我，宜春院人如何？”端木急得连连行礼，落泪不止。

张野狐长叹一声：“端木，我若告诉你，你可是要挺着些，我也是刚刚知道……宜春女乐不愿受辱，大半自缢而死，少数为叛军所虏，眼下定然也已被献到了洛阳。”

“守城将士如何？”

“……悉数战死。”

端木想起宜春院中众人，又想起遂平与歌子，只觉得天旋地转。不远处闻朗见了，顾不得礼节，急忙抢上来扶住她。几人惶惶间，陈玄礼将军自院中出来，对端木说道：“圣人召你立刻入见。”

端木勉强振作起来，拍拍闻朗手臂，匆忙对张野狐行了一礼，随陈玄礼将军进了府第。府第不大，四下里戒备森严，满院只见兵卒持戈带甲，见不到中官与宫人穿梭往来，冷清又肃杀。回想起昔日皇宫热闹奢华，叫人心生感慨悲凉。

陈玄礼将端木带到内寝处，在门外行礼道：“禀圣人，端木行止到。”

“叫她进来。”里面声音说道，果然是圣人。

端木行礼谢过陈将军，立刻入了屋中。屋中有些昏暗，片刻后才看清楚，只见老皇帝独自孤零零坐着，正向门口处看过来。他见了贵妃昔日心爱弟子，顿时想起从前许多欢乐来，未待说话便悲从心起，老泪横流。

端木立刻知道传言不虚，贵妃果然已死在马嵬坡。她浑身虚软，来不及行面君之礼，软软瘫在地上。圣人见状，顿时放声大哭。

许久后，端木勉强有了些力气，站起身来走近了，方要行大礼，圣人摆摆手，仍旧流着泪说道：“罢了，又不是在宫里，且免了这些礼数。”

“是。”端木应道，简单行了一礼。

圣人用手指了指，令端木在下手处落座，端木谢恩坐了，二人相对无语，唯有不停流泪。从前每遇内宴，端木舞姿精湛，贵妃常看得高兴，入场与她同舞，圣人更是喜欢趁着酒兴亲自为她二人击羯鼓相助，彼时多少欢乐，仿佛只在昨日。都知道世事如云，沧桑轮换，哪知道沧桑只在转瞬之间，饶是锦绣繁华，挡不住陡然鼙鼓，仓促间梦散。

许久后，二人渐渐止住悲声，端木不知该说什么好，她只凭羯鼓、舞蹈服众，本也不是能言善辩之人。圣人知道，向来也不挑剔她，眼下只是接连叹息。

“端木逃出来了，好事……朕出长安城时太过匆忙，身旁只张野狐跟随，再无一个乐人。朕那梨园、教坊、宜春宫，也不知还能剩下谁……你是怎么到得此处的？”

端木持礼，将前后事约略讲了一遍。圣人点头道：“既如此，你便与你同行者居于一处，不时过来便是了。如今朕也无心歌舞，只是每见一见旧人，心中能宽慰些。昔年，贵妃对你可是赞不绝口……”

老皇帝说着，眼泪又落下来，端木也立时心酸，忍不住陪着落泪。又许久二人渐渐平复，一问一答，随意说了些事，只是再不提起贵妃。

半个多时辰后，圣人叫端木回去歇息，端木行礼告辞而去。天子年事已高，遽临大难，又痛失伴侣。他虽临事退缩，舍了贵妃保全自己，痛心与愧疚却也不是假的，如今他终日沉昧昏惶，半死一般。端木为贵妃之事怨恨他，却也觉得他可怜，只是也帮不上他。

“罢了，我每日过来问安，与他说说话便是……可怜了贵妃，万般宠爱，终究落空。”

闻朗不放心端木，此刻也不避讳，扶着她胳膊，带她回了宿处。端木疲乏至极，嘱咐闻朗去看看训良，回到屋里便瘫在榻上，昏沉睡了过去。

端木醒来时，见外头黑着，不知自己睡了多久，迷茫间勉强站起来，觉得头重脚轻。出了屋子，闻朗正坐在院中秉烛书写，见了端木，立刻将笔放下，起身迎过来。

“醒了？睡得可好？”闻朗问道。

“还好，现在几时了？”

“刚入亥时。”

“亥时？我竟睡了这么久……你在等我？”

闻朗点点头，柔和说道：“我请居士煮了果仁粥，在火上温着。你等着，我去给你取来。”

不久，他使个承盘拿了果仁粥和几个简单小菜，在案子上放好，拿起木箸递给端木。端木立刻觉得饿了，坐下来，一边用餐一边与闻朗商量。

“眼下虽然还早，我们也得做好准备，今冬看来要在成都度过了。这几日我需要连续出去，大批购买粮米、柴草和其他一应物事。”闻朗说道。

“如今战事胶着，也不知供给如何。说不定城中根本无物可买。”

“我方才出去打听，南方赋税未断，成都尚不特别吃紧。此间本也就富庶，不缺鱼米。长安城里大批百姓根本走不到这里，来避难的还是少数，偌大成都，养得起这些人。”

“好。”端木点头，“我要时常去圣人处问安，多数时候不过见一面，很快便回来。”

闻朗点了点头，端木沉默片刻，叹息道：“……圣人怎么能下旨将贵妃缢死？我与帝妃相处多年，一直觉得圣人素爱贵妃，为了她什么都肯……我若说天下男子终究都是混账，怕将你也绕进去了，只是除此之外，当真不知说什么好。”

“你以后是不是再也不会相信男子了？”闻朗问道。

端木不语，半晌回了一句：“我很久以前就不信了。素儿比我聪明，她从来就没信过。”

闻朗叹息，许久后问了句别的：“训良怎么办？他离了耶娘，初时还哭闹，这几日倒平静，我反而担忧。”

“他倒是听话，好好吃饭，好好睡觉。只是……不哭闹，果然有些不对劲。”端木黯然说道，又想了想，叮嘱道，“四郎，我等一众十来人，训良最熟的就是你我。孩儿离了耶娘定然惶恐，你我不要一同出去，轮流陪着他。过些日子，看看他跟谁格外好些，可以托付，你我才能一同离开。”

“好。”闻朗点头应道。

端木惆怅说道：“也不知长安城那边怎么样了，也不知日后……大唐会怎么样。”

“你先好好吃饭，这些事情我们无能为力，暂且将眼前事做好。歌子将训良托付给我们，千万不敢叫孩儿有什么闪失。还有，看你委顿疲惫，想是一路上辛苦，又为贵妃事伤心。眼下到了成都，城中草药齐备，明日我去抓药，与你煎汤调理。许多事还指望着你，也有些心疼你……难为你了，闻朗愧疚。”

闻朗小声说着，心中满是歉意。

“……每日里说的都是些没用的。”端木小声嘀咕着，将碗筷收拾好，端起承盘，丢下闻朗，起身到厨间里去了。

闻朗呆了片刻，叹口气，起身取过熏香，到端木房中点燃，将屋中与帐中熏染了一番。

“你方才也不知多累，没放帐子，这里蚊蝇多，竟都没将你咬醒了。”闻朗碎碎说着，将帐子里熏好，又从怀里掏出个小银盒子来递给端木，“这是脂吸冷香膏，你涂了，看能不能痒得轻些。我看你刚才一直忍不住伸手去抓。”

端木一直站在一边，看闻朗忙碌。闻朗忙完了，嘱咐道：“早些睡。”

“方才睡了许久，这会儿怕睡不着了。”端木随口说了一句。

“……你不说我还忘了，稍等。”

他说着转身出去，不久后，端了个盏子过来。

“料你睡不着，我方才寻了酸枣仁与玄及煎的，十分助眠。”

端木接过盏子来。汤药刚好温热，她一饮而尽，将盏子还给闻朗。

闻朗一边将水盏递给她，叫她漱口，一边迟疑道：“怎么我不管给你什么，你从来也不多问，接在手里就饮了？”

“你不是说酸枣仁与玄及煎的？”

“我说你就信？”

端木皱了皱眉头，嫌弃闻朗干巴巴几句话不着四六、没油没盐的，也不晓得他到底要说什么。她转身动手整理被褥，头也不回丢过去一句：“你是郎中，你若想下药，我又认不出来。”

“若是别人端药给你，你也不问？怎能全不存心防备？”闻朗絮叨叨问道。

端木有些恼火这呆人，转身盯着闻朗，毫不客气：“别说这些没用的，赶紧回去睡。”

闻朗被她呛了一句，只得点点头，转身快快走了，自己也觉得自己没趣。

# 243

李素炫随天音跋涉很久，渐渐入了荒漠之中。有时四野平川，遍地沙砾中零星长着一丛丛矮树，枝条蓬松粗壮，叶片细小稀疏，当风索索抖着，看着可怜。有时四周唯有沙漠，沙山如海，沙海如山，白昼里，狂沙万里，骄阳怨毒，赤地生烟。

李素炫以黑纱覆面，挡些日光，勉强看得清眼前，浑身炽热焦干，疲惫不堪。只是见到天音始终端持仪表，她也不敢龇牙咧嘴，更不敢口吐怨言，用力撑着身子，不在马上东倒西歪，渴得半死也不敢咕咚咕咚饮水，而是尽量小口，饮得很快，却不出声，旁人递上些干粮来，也只是轻盈取了，撩开面纱，小口很快吃掉。

察罕心中佩服："这干巴小人儿，还真能死撑。"

入夜，大漠沉寂，星空浩瀚，天河中幽蓝微闪，深紫流布，逃光四溢。天音与李素炫授法完毕，二人都起了兴致，临着篝火，怀抱琵琶轻弹起来，旁人围上来静听。弦声清淡，篝火毕剥，不住叩击深夜。乐到悬停处，旁边有人吹起了胡笮篥，其声孤沉，凝涩凄怆，如一片碎帛慢慢落向深渊底处。笳管戕烈，弦索深情，李素炫听得失神，心中淡淡涌起些伤感。

旁人皆听不出李素炫弦上有异，唯天音敏锐，立刻察知，手上微微发力。李素炫马上明白，一振之下，重又凝聚精神，调运双手，二人竞逐弹奏，黑暗中立刻热闹起来，连身旁篝火也绺绺纷扰，彼此扑打。夜风远驻，静谧不扰，北斗七星在几丝细云里隐伏，斗魁明耀，斗杓遮掩，璇玑闪烁，摇光黯淡。大漠之上河汉邃宁，清辉点染穹隆，光尘流曲。李素炫索性豁出去，什么也不想，只与众人一同开心弹奏一夜。人间能有几多安宁，何不趁此眼前快意，终究愁挫愤恨早晚也躲不过。

欢闹过后，众人安睡，唯独李素炫睡不着。开心后若是失落，尤为失落，她心中杂念纷纷，辗转不已，过了丑时才勉强入睡。一路上，白昼好过，夜晚却总是清幽难熬。

大漠无边，却也不将人逼进死路，每走过十数日、半月多，定有大湖，或者大河。远远望到大地上浮光诡谲，鸿影掠金，李素炫便知道，前方有壮阔水域。此处江河湖海皆发自雪山，冰雪消融，汇聚奔泻，到了低平处流得淙淙，馈润四野，柔泽水草，化育无数鱼虫鸟兽。傍临水域必有大城，天音一行摆开仪仗，着使节飞报后，恢宏入城。城中百姓纷纷避路，口中称颂，在远处顶礼不已。

每到一城，天音必驻锡十数日，设坛讲法，李素炫身结彩衣，以纱覆面，怀抱琵琶在下手处侍奉。天音开示佛法时，令李素炫在一边轻拂琵琶相衬，佛铃清幽，檀香散淡，碧弦窸窣中有菩萨呢喃，闻者只觉得仿若在梦幻之中。到讲授间歇处，天音令李素炫弹奏大曲，以飨僧俗，也时常亲自弹奏，闻者尽皆整肃容颜，持礼静听。一番虔诚，叫人心中感慨赞叹。

此地已远出拜霜国边界，各方行商云集，也有云游僧侣，多聚集在大寺之中。僧侣中多有修持深厚者，颇有造论，彼此听授，又多辩经。佛弟子若与同道辩论，只在佛寺之内，与外道辩论要到佛寺围墙之外。说法者站在地上，旁人若打算与之对论，便站在一旁，听者反而可以安坐，持礼静闻。僧侣们讲着此处语言，说的什么李素炫听不懂，察罕听了身旁人说话，回头告诉李素炫，这些辩经规矩来自吉祥那烂陀。

李素炫见过天音在寺中与同道辩经，也在寺外听到他与外道辩经。她听不懂，只见到天音面色凝定，说话从不迟疑，语声却是沉实不疾，端严贵雅，只如天籁。数场论辩，对手皆敬服，行礼而去。李素炫心中感佩骄傲，天音却不特别有意于此道，数日讲法与辩论后，便令弟子设馆为百姓诊疗疾病，他自己则指点城中医官与郎中。

“天音师父定然辩锋锐利，可惜素儿一句听不懂。只是那边人众依旧斗辩激烈，天音师父却舍了热闹，来这里教授医官。”李素炫笑道。

天音淡笑：“所谓辩经，所为不过磨练心智、口才，并非修行根本。太在意了，生出求胜心来，不好。”

李素炫似有所悟，点了点头。

天音授医术，不需要李素炫在侧，准她换上短装随察罕出行，在城中各处听听百姓弹唱。李素炫骑马走在路上，见两边百姓纷纷后退避让，在远处恭敬行礼。

李素炫惊讶，环顾一番，回头问察罕道：“他们……是在对我行礼？”

“正是。”

李素炫不解，察罕又说道：“城中百姓如今都知道你。这些日子，每到一座城池，我都听到坊间百姓传说，道是菩萨身旁有锦衣天女，以纱覆面，每日怀抱琵琶听法，又以仙乐供养。说的定然是你。”

“即便说的是我，那是我在菩萨身边，眼下在这街市上人如何也认得我？”

察罕笑道：“这城里几年也不来一个汉人，人怎么还能不认得你？”

如此一说，李素炫也笑了，只是笑过后又踌躇：“那……我还是下马好了，这样旁人不会太留意到我，你我也好找个酒肆，偷偷溜进去。”

察罕点点头，二人下马，李素炫躲在察罕身后，察罕将她挡得严实，果然再无人留意到她。二人进了酒肆中，入堂屋内深处落座，无人向这边看过来。眼下刚刚入秋，商队多是路过此间，几日交易后便离开，不过多停留，不像在国都中过冬那般整日饮酒玩乐，故此白昼里酒肆中不特别热闹。察罕与李素炫边饮酒边闲谈，等着客人到来。

“你最近看起来总是睡不好，是不是在想长安城？”察罕问道。

李素炫点了点头。

“你我出国都时，我遣人回罗喏国打探大唐消息。深秋结霜前，天音师父要率队回归国都，到时我手下士兵定然已自罗喏国回来，一定有大唐消息告知你。就是我不差人回去打听，但有消息，王后也定然遣人来告知于你。”

李素炫只得又点了点头，茫然间道了声谢。

“我知道你现在焦虑忧忍，察罕一辈子不曾如此惦记什么人或事，却也能知道你眼下心情。”察罕一边斟酒，一边说道。

李素炫叹息道：“我猜你也只是不愿多说罢了，怎么会不惦记。你说过你本铁勒人，若说身源相近，除了铁勒各部，大约也就是回纥和突厥了。十余年前，回纥灭突厥国，不知当时你是何心情？”

察罕摇头道：“没什么格外心情……你怕是要说我没心肝了。”

“为何没心情？”

“我无父母，幼长荒野，四处流浪，不曾与族人聚居，身旁熟人里也没有铁勒人、突厥人或回纥人，我对那些人一无所知。后入疏勒都督府军中，士兵和将领中有大批西域各族人，唐兵唐将也是北方各地都有，谁跟谁都不一样，没人觉得出身有什么要紧。我知道自己是铁勒人，也就是知道而已，不觉得怎样。”

“你无父母，又不曾与族人聚居，怎么知道自己是铁勒人？”

“我自幼记得自己姓阿布思，阿布思是铁勒九姓之一。铁勒男子胸前多有狼首刺青，我也有，所以我知道我是铁勒人。如此而已。”

李素炫叹息道：“如此，你是什么人其实也无所谓。突厥国灭于回纥，你没什么格外心情，也实属寻常。只是……你无国无家，亦无亲族故旧，半生漂泊，不知如何扛下来的。”

李素炫说得有些难过，察罕却不解：“扛什么？我不觉得怎样。”

“世上没人惦记你，你也不惦记谁，也没个出处，也没个归处，你也不怕？”

察罕笑道：“怕什么？世上谁死了我也不难过，离开哪儿我也不会舍不得，我为何要怕？倒是你，走到哪里都惦记许多人，又有许多人惦记你，哪怕只一个人有什么闪失，你都受不了。你才应该怕。”

李素炫语塞，只是觉得察罕这话说得不对，一时却也不知哪里不对。察罕见她噎住，得意之下，笑了起来。

“你们这些安稳居家的，一生牵绊无数，要护住块地，要修缮房屋，许多物件舍不得，许多人舍不得，要置办柴米油盐、答对三亲六故，还要生儿育女、聚敛资财，从生到死，没一日能自在松快。又非要格外琢磨吹拉弹唱、琴棋书画、诗赋文章，又非要那么认真，熬到心尖沥血，将自己压榨到焦干。我什么也没有，什么也不会，只一身武功，想落就落，想飞就飞，饿了就去打食，有火就烧了吃，没火，连毛也能吞了，吃饱便上路。身上从来只有个盐袋，不管吃什么，有盐就成，没盐也能将就几日。你们居家的却罗乱，家里无数坛坛罐罐，什么都备得齐全，做个菜也要放这放那，少块姜都不行。寻常里一个比一个活得麻烦，死了又一个比一个埋得麻烦，埋完了死的，活的又要四时祭祀，格外自找麻烦。察罕一生浪撒逍遥，你们那活法，我看一眼都觉得累，还没同情过你们，你们却反过来同情我。”

李素炫十分不服气，看着察罕，想了许久，最后摇摇头，叹了口气：“罢了，不与你说了。我自幼口利，这辈子也没有哪次说不过人，今日偏就说不过你。”

察罕笑得得意，自斟自饮，向四周看了看，又回头说道：“别聊了，人都来了。”

日色渐暗，酒肆中人慢慢多了，察罕与李素炫说话间，堂屋中大半酒桌边上已坐满了人，饮酒饮茶，说笑快活，不久又召集此间乐人在屋中奏乐。此间离拜霜国都千里有余，歌舞弹唱已很不一样，只是若想听这些客人亲自开心弹唱起来，还要再等等。

“你怎么到处专爱听这些寻常人弹唱？比你差远了，我都听得出来。”察罕凑过来，低头小声问道。

“会弹的，和不会弹的，弹得不一样。”

“……好像不是我听不懂，是你说得乱。可不就不一样？怎么会一样？”

李素炫斟着酒，笑道：“抱弹中琵琶最吃功夫，定要有严师指教，严循矩矱，步步弹习，渐入境界，积功十年，方能初有所成。我幼承庭训，师父每日授业恳切，督导严谨，不但轸轴间、指弦上有许多规矩，到奏乐时，身姿、手势、眼神，哪个都是规矩。有规矩，才有方圆，有今日手上所能，只是失了许多天趣。”

“所以你便到处找旁人一番天趣来看？”

“正是。”李素炫点点头，“我不会弹时，喜欢听会弹的；会弹了，喜欢听不会弹的。”

“真是折腾。”察罕笑道。

“这些人大多不曾有师父认真教过，自己凭聪明与多年磨练弹到今日地步，固然远不及我，但他们手上许多意思，我也学不上来，所以格外想听听。我以前还想学人家不会写字，学不来，到了此处，改用硬笔，好像还会了些。”

“学人家……不会写字？在下越发糊涂。”

“长安城有位前辈与我讲过，上古人写字随意，人便琢磨这字要怎么才能写得好看，列出不少规矩来，便是法度，法度就是教人怎么将字写好看的。数千年来，前人列出无数规矩，能将这些规矩都绕过去，还将字写好看，想也能想到有多难。我能将琵琶弹到今日这地步，便是师父照着规矩训练出来的，要将所有规矩都绕过去，还要弹得好听，怎么能容易？”

“……说得也是，我自幼习武，也从规矩开始练，只是真跟人动手可不管什么规矩，怎么能赢就怎么打，兵器也是怎么顺手怎么用。”

“你跟人动手，若还记着规矩，一个闪失就没命了，你当然不敢死守什么规矩。但写字的、弹琵琶的，死守规矩也死不了，很多人便跳不出这个规矩。昔日我师父曾说，我头半生若弹不好，是练得太少；后半生若弹不好，是练得太多。”

察罕点点头：“你如此说我就懂了，专门弹琵琶的，谁也弹不过你，你倒不稀罕。你就喜欢听那些不曾专门修炼，只凭天生聪明和自家揣摩也能弹好听的。”

“正是。”李素炫点头，笑得一脸狡黠。

察罕带着李素炫坐在堂屋深处，周围不甚光亮，察罕高大壮实，将李素炫身子挡住了一大半，一夜间也无人注意到她。二人小声聊着，听到有人奏乐、唱歌，便停下来，一番品评。此间乐人都是经由规矩练出来的，又要照规矩弹，果然个个远不及李素炫。夜深后，客人都饮到了兴头上，许多人按捺不住，解出自家乐器奏了起来，多有琵琶与各色抱弹，也有胡筚篥、胡笳，手鼓也多。乱过一阵子后，众人分出了高下，不济事的也乖觉，将乐件放下了，只那几个手头有本事的轮番奏乐，众人跟着高唱不止。

“那人是不是弹得好？”察罕指着远处一男子问李素炫道。那男子三十多岁，看衣着打扮是个行商，怀中抱着支胡琵琶，只要他弹起来，旁人都不敢弹了。

“正是。”李素炫点点头，不住饮着酒，听得沉醉。

“我想问你个问题，我一直很好奇。”察罕凑过来，小声说道。

“你问。”

“我看人弹琵琶，都是又摇又拧，快活得不行，你怎么那么老实？只手上快，手臂略动，身子却极稳当，却是为何？”

“我出身宫伎，宫里规矩就是这样。”

“为何？”

“自古尊者不动，大场合里帝后都是宽袍大袖、锦衣数重，若遇大礼，更是玉带环佩、旒冕凤冠，为的就是逼得人举动缓慢、持重端庄，不得形骸轻浮。帝后尚且如此，臣子怎么敢纵浪？”

“你大唐帝后也总有高兴时，难不成每时每刻都这么端着？”

“也不是有意要端着，却果然不肯纵浪。”李素炫认真答道，“我唐天子精擅羯鼓，宰相宋璟赞曰‘头如青山峰，手如白雨点’，便是说圣人双手疾快如雨，身姿端稳如山。我唐让皇帝嫡子汝阳王殿下也精羯鼓，圣人曾摘红槿花放在他帽笪处，殿下奏一曲《舞山香》，曲毕花不落，谓之‘山峰取不动，雨点取碎急’。我与圣人和汝阳王殿下都很熟悉，他们寻常里也端稳持重，从不失态，再高兴也不会像寻常人一般纵浪。”

察罕问着，李素炫答着，突然发觉察罕即便随意闲谈时，手也总是轻按在刀柄上，稍微有点儿什么响动，五指收拢，立刻便能拔刀出来。李素炫没说话，心中感叹，察罕问她，难不成大唐帝后时刻都要这么端着贵重，他自己这半生里又何尝不是时刻端着警惕。

“所以，天子与皇亲这样，你等便自幼也要学成这样？”察罕又问。

“是了。我幼习琵琶，师父历年训教严格，手上、臂上、肩上乃至腰上，都不许有多余举动，连不得不动处，也要收着些。纵然弹到高兴处，可以忘情，却决不能忘形，不许眉目挑逗，不许摇头晃脑，不许掮肩耸腰。我常每日弹习数个时辰，从头到尾都要端身而坐，再累也不许歪倒倾颓、龇牙咧嘴，露出疲态乃至丑态。独自弹习时尚不可轻率，奉乐时更要端庄敬肃。”

察罕皱了皱眉头：“这不是要将人累死？不累死也得烦死。”

“没法子。民间自可放纵形色，宫伎必须恪守礼仪。我还是好的，若一时忘了形，师父只是提醒我，好声哄着我。若是别人，一二次师父还提醒，三四次就要挨骂，五六次就要吃打了。”

“怪道你总是稳当，身上都不怎么动。我往日里也没少见人弹琵琶，你跟别人弹得都不一样。”

“怎么会不动？只是要刻意收着，加上衣裳掩着，看不出来。宫中各色乐器弹法都与民间有异，因要收着身姿，指腕、手臂、肩背乃至腰腹处发力都不相同。像民间那样弹法，我还不太会弹了。”李素炫笑道。

“那你等自己奏乐取乐时也这么端着？开心了如何顾得过来？”

“自幼严训，习惯成自然，不用特意顾着。天子更不用，生而贵胄，自重身份，不用告诉他，他自己就不肯乱晃。不像乐人，出身寒微，仪态高贵是训练出来的。”

“我以前还羡慕过那些每日弹习读写的……我看我下辈子还是当兵打仗好了。”察罕咧着嘴说道。

李素炫压低声音，哧哧笑着，察罕也笑。李素炫半生苦修，乐上求个任意收放，身子却宁可泥守，不越名教，不任自然。师父卢菡曾说过，凡事只要心甘情愿便是自然，名教若出于本意，合于本心，未必不自然。硬要越名教任自然，自然反成了新名教。李素炫想听人乐中天趣，却不愿学那一副身姿纵浪，宁可就这样一辈子端着庄重。

一对好友一直小声交谈说笑，那边，众人欢闹到很晚，有人无意间看到李素炫，立刻将她认了出来，上前行礼，客气恳求，请她弹奏一曲。李素炫见众人期待，不忍拂了众人兴致，笑着点点头，放下酒杯，从身后掣出无伤，解出来在怀中抱好，略一沉稳，落手弹起来。

天音对众说法，李素炫在他身边侍奉时，只弹胡琵琶和大唐五色琵琶，筋骨分错，行拨疾快，此间人从不曾见过无伤这般四相十二柱竖抱手弹琵琶，更不曾见过如此诸般弹法。满屋人立时呆住，接着纷纷挤过来，里外围了几圈，争相伸长了颈项，唯恐叫人挡着声音。李素炫一时兴起，弹得分外欢脱，几圈人都瞪大了眼睛，竖着耳朵，听得瞠目结舌。

几曲完毕，收煞如斩。众人怔过许久，突然狂呼起来，满屋雷动，众人纷纷行礼相谢。

李素炫将无伤横置膝头，还礼于众人，又格外请方才那男子再奏一曲。那男子却骤然局促起来，连连摆手，操着疏勒语，只说自己不会弹。

“我方才听先生弹过数曲，格外有一番趣味，怎能说自己不会弹？”李素炫端着礼貌说道。

那人回以胡礼，客气说道：“在下自幼行商，出行无聊，弹琵琶只是打发日子，不曾请教师父，也不曾格外刻苦弹习。跟不会弹的比，弹得好，跟你比，就是不会弹。在下不敢卖弄。”

“手上有会的和不会的，乐上如何有不会的？再说先生手上也并非不会，请勿推辞。”

那人仍旧惶遽，连连摆手，就是不肯，说话间转身想要离开。李素炫立刻将膝头无伤交给察罕，站起身来，上前一步，认真行礼道：“先生请留步，在下并非故作谦虚，实是真心请闻。先生琵琶固有不及我处，也有许多趣味为在下所不及，十分想听听。”

她说得恳切，礼貌严谨，周围人也跟着起哄。那人犹豫过片刻，终于点了点头，接过旁人手中琵琶，与李素炫面对面坐好，想了想，鼓足勇气，慢慢弹起来。

李素炫端着礼貌，听得恭敬，旁人见了，也格外对那人起了敬意，都不出声，认真听着。那人也受了鼓励，弹得越发顺遂畅快，果然手上一番恣意率性。万里风尘，半生流离，来路未卜，到他手中不过一番洒脱，发诸身手，凝诸轸弦，格外有一副通脱痛快。

一曲完毕，李素炫恭敬行礼相谢，那人也终于不再忸怩，又开心弹起来，之后又请李素炫一同弹奏。这二人手中琵琶大为迥异，李素炫虽然换了无伤弦律，但两支琵琶上列柱不同，合在一起仍不甚顺遂。轮流弹过半个时辰后，二人都觉得不尽兴，分手时约好第二日再聚。

第二日，李素炫带了支胡琵琶过来，那人果然如约等候。二人欢喜，行礼问候，相对坐好，校对弦律，商议旋法、板眼。那人多年来只靠自己揣摩，许多事情凭心中手上把控，却说不大清楚。李素炫修持多年，有师父指教，心中清楚，晓得看什么、问什么，那人说不清楚，她也能明白。二人商议过后，各自弹了片刻，之后合奏起来，两支琵琶立刻汇到一处，声振谐协，行乐如风。

周围早就挤满了人，昨夜二人约定今日相见时，旁人听到了，今日早早便拉着朋伴过来，单等着听他二人弹奏。二人从日昳后一直弹到深夜，不住互相试探、寻找。那人不管弹什么，只一遍，李素炫便记得住，第二遍就跟得上，第三遍就纯熟无碍。看热闹的惊讶万分，唯独察罕早就见惯了，眼下坐在李素炫身后，一脸得意，十分为自己这小友骄傲。

二人连着约了三日，每日都弹到夜半，无数人过来围观。三日后，那人要随商队出发了。二人此生再见不到，也没机会再一起弹奏玩乐。半生勤习不辍，虽只这三日机缘，倒也不枉费，互相颇多指教，也很开心。缘分尽处，也不消有什么不舍，二人在酒肆门口行礼作别，各负琵琶，各奔东西。

# 244

成都府中，闻朗等人已与寺院联络好了。本寺名清居寺，闻朗欲赴蜀地，本就是要到这清居寺来。寺中住持与衍一法师有旧，已提早为众人安排好歇宿处，眼下众人都迁了过来。唯独端木为女子，不便居住在寺中。闻朗叫她住在闻府，将训良交给她带在身边，请母亲一并照顾。一来训良与端木更亲些；二来府中有闻朗几个侄子，能与训良做伴玩耍，老人家见庭院里热闹，也高兴。闻朗将训良身世说与父母，父母叹息不止，对他格外慈爱。

眼下已是深秋，将要入冬，清居寺僧侣与居士也在为病坊做准备，储存药材、制备成药。闻朗每日与众人一同劳作，也颇花了不少时候与人讨论医理、药理，与从前在平宁寺中一般忙碌。端木每日清早起来，洗漱后先去向老夫人问安，之后带着训良一起简单饮食，嘱咐他几句，给他写几个字做样子，叫他自己好好照着写，随即出府赴清居寺，随衍一法师修习医理，又帮助闻朗抄录、整理、编撰。她仍旧话不多，只低头做事，闻朗问起什么来，她也只简单回答。

闻府中，众人四处采办，储备粮米，准备好了过冬。端木隔几日去圣人行宫中问安，有时只简单行礼问候一句，有时圣人会留她相谈。有时有张野狐与陈玄礼将军在侧，只是几人说到最后，总要难过流泪，唏嘘感慨，不能言语。贵妃和端木俱是顶尖舞者，圣人精羯鼓，张野狐擅箫管，这几人常在一起弹唱歌舞。动乐之时无有君臣，无有尊卑，人人酣畅尽兴。只是眼下，张野狐手中管笛依旧，端木舞姿依旧，贵妃却不知葬身何处，谁也没有心情再动乐舞了。

深秋时，闻朗等人得到消息，七月十二日太子殿下已于灵州继位，升灵州都督府为灵州大都督府，遥尊圣人为太上皇。端木心惊，不久前圣人还以天子名义发讨贼诏令，并亲自安排了几路人马，算来，当时已是太子登极之后。父子两代帝王共同发号施令，之后，圣人才知道自己已是太上皇了。这其实是被亲生儿子从帝位上赶了下来，只是事至当下，圣人也无奈，只得认了。

端木心中交杂感触，沉默许久，最后叹息道：“罢了，我不过乐人，尽我职事便是了。”

一日傍晚，闻朗自清居寺回家探望，先是去问候父母，陪父母东一句西一句说了些闲话，父亲有事离开了，只剩下闻朗与闻老夫人。闻朗微微觉得异样，似乎父亲是找了个借口躲出去的，而母亲仿佛有话要说。

“四郎，阿娘有一件事情想问问你。”迟疑许久，闻老夫人缓缓说道。

“母亲请讲。”闻朗端着礼貌，恭敬说道。

“你与端木……”老夫人说了半句，不说了。

“母亲，我与端木……并没有什么。”

闻老夫人叹了口气：“知道你们没什么。为娘只是想问问，四郎是怎么想的。”

闻朗茫然，这件事他想过很久，又很久不曾想过了。

“我与你父亲都喜欢端木，只是不知端木心下如何，也不敢问她，也不好强逼着你。”

闻朗默默无言，不知如何作答。

“知道你曾于佛前立誓，又将誓言看得格外要紧，不肯轻易背誓，只是……这样却是耗着端木。那娃儿聪明，也好心，帮了你多少忙，你不能靠着她，又误了她……更不能负了她。”

闻朗很难过，他本也就没有想清楚，更不知该怎么与母亲说明白，只得行了一礼说道：“母亲放心，孩儿明白。”

老夫人摇了摇头，低声叹道：“你明白什么？分明什么也不明白。自幼读书、修研药理，哪里想过这些事情，你能明白什么？”

闻朗知道母亲说得对，他果然一心修习，从不曾有过旁骛，很多事情，莫说做过、想过，就是看看旁人热闹，都没什么兴趣。想了片刻，自己也叹息。

“我这等呆人，真真无聊透顶，也不知道端木理睬我做什么。我若是她，断不会与个呆子费事。”

母亲见闻朗只是不语，也无奈，也再问不出什么来，只得嘱咐他早点儿回去歇息。

闻朗与母亲行礼告辞，到旁边偏屋去寻端木，见训良正独自在院中石案上写字，端木在一边不住提点着、哄着。

“早上你说过训良在家写字，这怎么晚上了还在写字，孩儿家的写了一整日不成？”闻朗打起精神走过去，笑着问道，特意说得轻松些。

“不是，他白日里没少玩耍，我看看他清早写得怎么样。”端木答道，接着回头看着训良，“既然有人与你求情，今日饶过你，不写了。”

训良立刻放下笔，高兴起来，跑过来找闻朗，要他抱。闻朗抱着训良，与他开心说笑，端木在一边研了些浓墨，又写了一行字，叫训良明日里照着练习。不久，端木叫闻朗将训良放下，柔声安慰了训良几句，带他回屋与他洗漱，又柔声哄他睡下。

闻朗自顾自笑了笑，猜案上笔砚今日不会再用了，拿到一旁洗净，又拿回来轻轻拭干、摆好。

“端木柔善，只是若做了母亲，定然将孩儿管束得紧，每日读书、写字，一样也不许马虎。”闻朗手上忙着，心中想着。

端木安顿好训良后，出了屋子，闻朗仍在院中等着。二人并肩坐下，夜风飒飒，摇动梧桐碧叶，在头顶沙沙作响，二人小声商议起来。

“也不知道平叛要多少时日，不知道何时可以回归长安城。”端木茫然说道。

闻朗摇头：“这些日子屡次打听长安城状况，听来的没有一个好消息。”

端木已渐渐绝望，再不敢想遂平与歌子，只每日用心照料训良，怕孩儿冷着、饿着。今日说到长安城，端木心中忽地又是一沉，顿时湿了眼眶。

“端木……”闻朗见了，十分不安。

“没事。”端木勉强笑笑，抬手拭了拭眼角，认真说道，“不管回去后遂平与歌子是否安好，这孩儿我带在身边这些日子，今生也是结缘深了。既然如今他不在耶娘身边，有些事我便做主了。”

闻朗点点头：“你是他姨母，父母不在，自然你说了算。”

“我等也不知道多久能回长安城，或一二载，或三五载，不好说。这孩儿已到了开蒙年岁，歌子本说今秋便要请先生来教他读书，还要我帮忙打听城中哪位先生靠得住。彼时我二人说笑许久，还说莫要找个不济事的，待素儿回来了不好交代。她读书多，又一副伶牙俐齿，又眼悭，爱挑剔，若是寻常人做先生，怕还不够她嫌弃的。说这话不过是几月前，谁想到天头变得这么快……”

端木有些说不下去了，闻朗安慰道：“端木不要难过，我明白你意思，你是想叫孩儿读书，要与他寻个稳妥先生来。”

端木点了点头：“正是。闻家几个侄儿都已读过几年书了，自己就能做好功课，眼下先生虽然没有跟过来，学业也不会一时便落下。训良尚未开蒙，不能没有先生指教，年幼贪玩，也不能没有先生管束、训诫。”

“这好办，请师父教他便是。师父自幼读圣贤文章，还曾中过进士，一生饱学，足够教授训良，素儿回来了，也不会嫌弃这教书先生不够好。明日你我去与师父说，师父定然应允，身边有个孩儿添些热闹，他也肯定欢喜。”

端木点了点头：“我也想请法师教他，白日里训良在寺中，我也可以督管他用功，好过将他丢在此处。老夫人待训良慈爱，训良也依赖她，只是不忍总麻烦老夫人，还是得我照看他。”

“如此刚好。”

“既然商定了，你快回寺中早些安睡。明早我到寺中寻你，我们一起去请见师父。”端木嘱咐道。

闻朗一怔，端木与他商议训良读书之事，这令他很高兴，觉得端木终于将他当作自己人了，没想到商议完了，端木一句别的也不说，就叫他走。闻朗怔了片刻，也自忖自己矫情多事，端木固然与他没别的可说，他其实也不知道说什么。只是不管怎样，端木这么干净利落便叫他回去，他有些失落。

母亲所说之事，其实闻朗已翻来覆去想过很久。他心中有端木，可是，誓言岂能轻易背弃，他也不忍端木跟着他在病坊中忙碌。她生得美貌，又有学识，性子敦厚温存，闻朗怎么也觉得她不该在病坊中做一辈子粗活，只是不知道怎么开口劝她离开。二人从不曾明白说过什么，不曾有过什么约定，互相也从不曾许诺过什么，端木也没有说过要一辈子跟着闻朗。寺中有多位女居士，也不是只端木一人，闻朗实在是找不出理由来劝端木离开。

端木自幼举止从容，万事不纠结，对闻朗一片坦然，就事论事，说完就离开，或者叫闻朗离开，从不拖沓。她每日钻研医药，随衍一法师修习脉学与针灸，眼看已是初有所成，越发勤奋，期待有一日技成，也可以为人间诊治病苦。其实她心中也有闻朗，只是知道他曾于佛前立誓，不愿逼迫他背弃誓言。她也不想强求什么，只是喜欢寺中一片平静，心头一片淡然，也不出世，也不入世，与世人打着交道，却又不深，她觉得如此刚好。至于闻朗，他只消将她看作寻常女居士便可。

“这些年来，素儿不是也独自一人。她能，我也能。”

端木心里有了打算，自然不惊不扰、不烦不忧，凡事镇定，从无迫切。她与闻朗一个从容，一个纠结，只那一点点心事，谁也不肯明说。

## 245

九月将尽，天音率队回归。

此时月值无射，朝日晴明，金风爽快。抬头仰望，幕宇轻蓝，云雪深白，极天处有海青击翔，唳贯长空，鸿鹄铩羽。俯望之下，大地上秋草织金，秋水凝碧，牛羊如珍珠般散落藏匿。走出草场湖海，便有大漠隔绝，赤地荆棘，荒沙落索，飞鸟不度。李素炫骑在马上，随着队伍，一路走得不急，信手触弄无伤，弦声发散，很快消弭湮灭，只她自己和身旁察罕听得清楚。

沙漠中行路辛苦，众人不到傍晚便安扎稳妥，歇缓之后，围着篝火听授，又吹弹开心。数日后，众人走出沙海，又是牛羊牧草，身侧不远处有雪山绵亘，坚韧随行。

“不知那山有多高。”李素炫在马上对察罕说道。

“有时山太高，反而觉得不高了。”察罕答道，“人这双眼睛时常不牢靠，看得出小山高，看不出大山高，太高就更看不出来。若想知道山高，看山尖处，终年有积雪的，肯定是高山。”

李素炫循着察罕所指望过去，见那高山绝顶之上果然有一脉雪线，前后纵贯，势如云龙。

“那山叫什么？”李素炫赞叹着问道。

“那就是天山。”察罕说道。

“天山？”

“正是，这是西段，你中华人称天山者，乃是东段。东西中间隔着巨大山结，便是中华古来所谓葱岭，也叫极嶷山，玄奘法师谓之波谜罗川。来时我带你翻越，将你折腾得不轻。”

“我记得。”李素炫笑道，“我小时候读书，每读到西域事，一定格外留心，我有位好友是疏勒人，也与我讲过许多。只是从前从不敢梦想真的会来到这里。”

“我们这几日行经雪山，你一定要认真看看，如此风景，世无有二。多少跋涉方到此处，莫要辜负了。”

“放心，我一定认真。如此幻处，往日里只在纸上，今日却是在眼前，怎么会辜负。”

李素炫笑着说道，一边又将怀中无伤弹起来。周身旷极，弦声风散，手上着力不着力，也都是那么大声响。往日里指尖弄弦，但凭心意，到了此处却是弦手羸弱，逞不得心性。她也不在乎，弹出什么声音也都认了，只图个手上任意，心中逍遥。

十月里，月值应钟，天气骤冷，牧草焦枯，百花终结，唯有林木上针叶不落。又几日，朔风斜切，四野中陡然下起大雪。那雪花果然有手掌大，纷洒飘扬，迷茫了天地。

天音预料雪会越来越大，传令队伍停下，在小丘陵后寻了个风小处，就地驻扎，等待雪停。往日里众人一顶顶扎着小棚帐，或宿二三人，或宿五六人，眼下用铁钩环索将棚帐拼接在一处，转眼间搭起几间大屋子来，每间足容得下几十人。李素炫在一边看得瞠目，察罕却见惯了，与众人一同劳作，十分熟稔，看一眼就知道该做什么，知道各色工具怎么用、各种绳结怎么打。

“你见过这大棚帐？”李素炫问察罕道。

“见过。行进途中若遇风雪，便搭大棚帐，众人凑在一处，暖和些。商队与军队都是如此。”

众人将棚帐搭好后，将车辆卸下围在外圈，骡马送入单独棚帐里着人照料。李素炫不放心赤骏，察罕专门陪她进去查看。棚帐里有些昏暗，耐不得赤骏洁白，如一片雪般在昏暗中微微灼闪，李素炫一眼就看见了它。

见四下不透风雪，李素炫略放下了心，为赤骏披上马衣，仔细系好，又在它鼻梁上轻轻摸了摸，好声安慰过许久。

照料好了赤骏，李素炫才放心回去。察罕让三个侍女坐在棚帐一角，叫李素炫与侍女在一处，他自己挡在几人外头，将她们与旁人分开，又将灯烛点燃，解下佩刀放在手边上。

棚帐内很安静，只外面大雪肆虐之声越来越大，暴风阵阵冲击下，棚帐不住晃动着，灯火也晃动着。三个侍女年岁都不大，害怕起来，互相挤在一起。

李素炫倒是镇定，将五色琵琶与无伤放在身侧，端身而坐，面无惧色。察罕见了却笑了。

"你干吗坐这么端正？不累？"

胡琵琶一直是察罕帮李素炫带着，眼下他将胡琵琶抱在身前，不曾解开外缚锦帛，却晃着两手比画着，假装在弹奏，伸腿靠着一堆包袱，一副松散。见李素炫坐姿端正，知道她心里有点儿怕，不过是面上强撑着。

被察罕调侃了一句，李素炫恍悟，立刻咧嘴笑了，身上也随之松弛下来，这次是真的不怕了。轻笑间她突然听到琵琶轸轴间发出些轻微声响，马上想到是因为太冷，弦绷得太紧，致木构挤压。她怕覆手处吃不住力，立刻解出几支琵琶，将所有弦都松开了。

"我们……会不会死在这里？"许久后，一个小侍女小声问道，声音里带着哭腔。

"不会的。"李素炫马上安慰道，"天音师父与察罕常走这条路，他们不慌，我们就不用慌。一切所需之物队伍都带着了，定是天音师父算好一切，知道会发生这种事，都做了准备。别怕。"

小侍女轻轻应了一声，再不说话了。李素炫心中叹息，抱起无伤，略紧了紧弦，左手轻按，右手轻弄，一点弦声窸窣，如尘埃纷坠。

众人渐渐沉定下来，按照天音嘱咐，有人备餐，有人取车上行囊，将所带衣物与衾被分发给众人。饱足暖和之后，棚帐中又是一片安静，暴风雪在外面不住轰然作响。烛光晃动，明暗不定，天音结跏趺坐，左手轻轻放在膝头，右手结无畏印，微微闭目，宁定心脉，片刻后睁开眼睛，双瞳明亮。

天音今日不授法，只与弟子清静闲谈，答过许多提问，又将怀中胡琵琶轻弹起来。众人安然静听，渐渐心怀开解，旌魂弛缓，面色也不再过于凝重，纷纷取出各自笳管抱弹，趁乐清谈，松脱许多。

李素炫仍旧抱着无伤，双手茫然，魂魄散乱。往日里但遇心神不稳，立刻找事情来做，忙起来就渐渐忘了。然而此间幽寂，动卧不得，只能屈身坐着。安静久了，她那许多心事幽幽泛了上来，只如鬼魅飘忽，不可遏止。她强压急躁，仍旧弹着无伤。

天音绕开众人走过来，在李素炫对面坐下，李素炫等人立刻行礼见过。

“素儿想是不曾见过如此大雪。这雪也果然大，眼下这节气，十余年不曾有如此大雪了。”

天音口吻清淡，心中分明。李素炫怕她宝贝琵琶挨不住寒冻，特意将弦调得松了些，定律比往日里低不少，声音本就不太对，又弹得轻，一点嘈切响动，除了她自己，只身边察罕听得到。旁人都不曾注意，偏偏天音听得清楚，知道她心中忧扰，焦灼难耐。菩萨慈悯不忍，这才过来安慰。

李素炫一时不知道要回答些什么，停了片刻，茫然说道：“菩萨不消担心，素儿没事。”

天音笑了笑，李素炫也笑了，摇头无奈说道：“素儿从前果然不曾见过如此暴雪，也有些紧张。有道是求人不如求己，菩萨求自己便是了，素儿求自己却没用，也不知该怎么开口相求佛祖。”

“这事求佛祖没用。”天音笑道，“佛祖连自己族人都救不了，哪里还能救别人，更不能救你。”

“佛怎么救不了自己族人？”

“佛陀在世时，族人居于迦毗罗卫城，遭琉璃王率军屠灭。佛弟子目连尊者不忍，将五百人摄藏于瓶中救出，那五百人却在瓶中化为血水。佛说，极早时，释迦族人遇到干旱，将村边池塘里大小鱼类涸泽而捕，尽数烹煮。琉璃王及所率军队便是当时大小鱼类。释迦族人种了这前因，才遭了这后果，摄藏于瓶中保护，也照旧逃不过一死。独一个小孩子前世不吃鱼肉，转世后没有被琉璃王杀掉，便是佛陀。”

“……这段本生故事我小时候读过，长安城里多有变文俗讲，也听僧人讲唱过，却只是当个故事听，不曾究其深意。”李素炫沉吟道，等待菩萨开示。

“佛连自己族人都救不了，哪里还能救别人。世人若是见了佛陀，定然无心成佛，因为佛看起来太过寻常了，不过是个慈祥老者，并没有什么神通。上了年岁，也一样满面尘霜，一样身子佝偻，也一样会老迈，一样会死去。”

“佛若连自己也救不了，更救不了别人，那世人为何还要信佛？”

“佛从不劝人信佛，只劝人信佛法。人人参透佛法，人人皆可成佛，从无人人信佛、人人皆可成佛之说。佛法为宇宙根本道理，这些道理不是佛规定的，佛只是将其参悟透彻，又传授给凡人而已，故佛弟子称佛为导师，不以佛为神明。这一点上，你道门与我佛门并不相左。道祖通大道，然大道自在，也不是道祖定下来的。”

李素炫恍悟道：“此事素儿从前果然想错了。”

“一饮一啄，莫非前定。因果只在己身，佛都救不得，你更救不得。”天音说得意味深长。

李素炫沉吟，知道天音是在告诉她，世事皆有定数，凭空多想，毫无用处。

“人道是佛祖神通、道祖神通，实为荒谬。修行是为了智慧，智慧却不是神通。凡事能尽力便要尽力，若是无能为力，就要学会顺其自然。佛道术法有异，此处却无分歧。”

李素炫立刻行礼：“素儿明白。谢过菩萨点醒。”

“待回归国都，王宫中定有大唐消息，我得报后，立刻便会告知于你。”

“多谢菩萨惦念。”

天音点了点头，起身离开时，瞥见察罕手边佩刀。二人对视之下，立刻会意，彼此报以淡淡一笑。

“你是不是又在想长安城？”天音离开后，察罕转头问李素炫。

“是。”

“天音师父知道你在想长安城，知道你心里不好受，所以过来劝你？”

“是。”

“你们这些读书人，什么话也不肯直说，非要拐来拐去。亏我还不太傻，猜得出来。”

李素炫淡笑，又将无伤微弱弹了起来。

入夜后，棚帐中很快变得寒冷，三个侍女互相搂抱着取暖，李素炫不愿与她们挤在一处，宁可独自忍着冷，所幸有驼绒织毯裹在身上，身子底下也铺着羊毛，不至于冻得睡不着。一整夜里，她都将无伤紧紧抱在怀中，蜷缩着身子。

连着数日，大雪不断，风又迅猛，众人每日都要轮流到棚帐外劳动，将雪铲开，也将棚帐顶上积雪清掉。有人说笑，有人奏乐，棚帐中也颇热闹。艰难挨过五日，雪终于停了。

道路已被掩埋起来，棚帐周围厚雪如堵，足二三尺深，这也还是连着几日铲过雪，不然一丈深都足有了。四野中已是明光赤晴，遍地盈白闪耀，如星辰碎灭，细屑纷洒，跌落人间。水为至柔，却又至刚，雪亦不让，也柔弱，也幽森，触手便消融无痕，却又能生生改了江山。不远处，群峰遗世，岿然沉寂，依旧筋脉裸露，青黑交错，峰顶积雪如冠，金芒发散。李素炫一时贪看，在雪地中站了许久。雪冷，却冷得爽利，冻也冻得痛快。

“看雪莫要如此看个没完。”察罕在身后叮嘱。

“还好，不冷。”

“不是怕你冷，雪亮，伤眼睛。”

李素炫立刻明白，点点头，随察罕回了棚帐中。

眼下远未到隆冬最冷时，日光灼热，积雪很快半融，至深夜又冻结，变成细碎雪霰。雪面逐日沉降，最后只剩下半尺余，前方道路宽阔，四野通达无碍。天音令众人收起棚帐，将车子挽上骡马，即刻出发。

李素炫骑着马，听身旁察罕幽幽说道:“天音若带兵，定是大将。”

“你怎么知道?”

“你弹琵琶的，自然不知道。”

李素炫笑笑，没有答话。察罕沉吟片刻，又说道:“……我猜你知道。”

李素炫又笑了笑，仍旧没有接他话。

十日后，众人抵达拜霜国都。拜霜国王及王室出城数十里接驾，仪仗入城，百姓沿街迎接，顶礼致意。

李素炫没有得到长安城新消息。她长叹一声，只得暂时宁忍，记得菩萨所说，无能为力的便不想，眼下只将能做的做好。她将五色琵琶与数支胡琵琶送交拜霜国宫廷造办手中，请人打磨修缮，无伤只简单拭去尘埃，留待回国后交师弟商不言养护，交给旁人，她信不过，也舍不得。又与天音详细商讨过，列了名录，冬日里要为天音将这些大唐典籍一一录写下来。眼下她已将硬笔用得熟练，从前不曾写过隶书，如今无事时也用硬笔写一写，也挪到锥笔上试试。如今连削笔都不用她亲自动手了，察罕格外喜欢摆弄她那枚匕首，道是天下宝刃，却又不知拿来做什么，最后学会了削笔。

商队在城中陆续安扎下来，宫廷与民间都在储备粮草、柴米，酒酿得足够，作坊里焙熟了各色果仁与干果，留着冬日里佐酒、烤胡饼，乐人也将管弦都仔细调试好，全城做好了过冬准备。不久后，大雪会再次将葱岭道路封闭起来，都城也将再次与世隔绝。

# 第十章 書樂謝青鋒

至德二载（757年）正月—四月

# 246

冬夜漫长，白昼里只四五个时辰见得到太阳，其余七八个时辰里，都城都在黑暗之中。每日天不亮，察罕陪着李素炫到色觉林寺后殿中，听菩萨授法、讲述学问，又得菩萨指教琵琶。殿外隆冬正盛，暴雪骄悍，深深埋了尘世。雪连远山，雪掩孤城，这都城仿如激流中一片焦叶，随水流转，城中人如焦叶上所负蝼蚁，生死只凭天命。

李素炫忙碌时，察罕不大与她说话，每日摆弄她那枚小匕首，不停削木笔，越削越好，得意时也录几行诗赋歌谣。这大汉身形彪壮，髭须浓密，衣着随意，不事打理，浑身一副任性粗犷，写起字来运笔熟练，字迹却不熟练，笔画小心翼翼，有些害羞，不敢伸腿拉胯，到转折处总有些笨拙，结字很松散，颇有一番稚拙童趣。李素炫一见之下大呼可爱，察罕却害羞起来，红着脸立刻将纸笺收走，凭李素炫怎么追着求着，也再不给她瞧见。

“不给你看。”察罕嘟哝着，“我只是能写字，平日里没机会写，写得少，也难看。”

“哪里难看了？给我看看。”李素炫央求道。

“怎么不难看了？写得跟小孩子一样。我猜你五岁头上就写得比我强了。”

李素炫收了嬉笑，正色道：“那要看怎么说。寻常人写字，下笔便是世相，有出尘的，有媚俗的，有倨傲的，有讨好的，或是朝臣端严，或是士子清淡，或是衣食烟火，或是市井油滑。写得不好的倒是都一样，都那么丑。只是不拘美丑，长大了就是长大了，谁也学不来个小孩子气，偏你写得竟然还真像个小孩子。我这半辈子都没见过你这种人，给我看看。”

察罕听李素炫说得认真，迟疑半晌，犹豫着又将纸笺拿了出来。李素炫仔细看了许久，果然一笔一画都仿佛出自孩童之手，率真无情，绝无半点心机做作。她大为敬佩，自然不是这字写得多漂亮，只是佩服察罕为人，他半生孤身流离，素日里察观谋断，战场上斩人如草，如此竟也能保全心中一副孩童性情，实为罕见。

察罕见李素炫不语，忽然又害羞起来，一把将纸笺拿走，嚷道：“还是你弹琵琶好了，我听着。”

李素炫只得笑笑，知道察罕就是认为自己写得不好，跟他也说不清楚。她转身绰起琵琶抱好，又利索弹起来。察罕见李素炫不再追着要看他那几笔字，松了口气，认真听着琵琶声，削着笔。武人多半不耐书乐消磨，一年多前察罕还受不了终日听李素炫弹个没完，眼下竟然十分坐得住，如此心性也果然少见。

天音每次在前殿对众宣度时，李素炫必以纱覆面，怀抱琵琶在一旁听法，并以文武大曲飨示僧俗。随察罕到酒肆中去时，此间人都已认得她，知道她来是为了听听市井歌乐，若请她弹奏，她从不相拒。久处之下，她与城中人都熟了，时常起了玩心，与人一同奏乐歌唱，彻夜不休。只是每到翌日，她必将前夜曲调重新弹过数遍，弹到精熟，又简单记谱，来日好带回长安城。

冬日漫长，去得也疾快，转眼间冰雪退踞高山，四野开始融化松动。日色透亮，春水活泼，野草刺芽顽皮，到处探头缩脑，四下张望。压抑了一冬，眼下人也跟着心情好了许多。不久，天音要再度出行弘法，嘱咐李素炫携琵琶随行。此次天音要越过葱岭，过葱岭后第一国，便是罗喏国。他知道李素炫心中焦灼，特意做了如此安排。

李素炫依旧没有大唐消息，大雪封闭了拜霜国，西域他处道路也不通，罗喏国中陈蘅大约也打听不到什么。眼下春暖，商路恢复，到得罗喏国时，也该有长安消息了。李素炫期盼，察罕也高兴。众人整束好后，列队排开仪仗，国王与百姓送天音一行人出了国都，奔赴葱岭。

“你在拜霜国过了两个冬季了，这次再过葱岭会好一些，别忘了看看山上那片湖泊。”察罕说道。

“放心，此次定然留意。”

出行十余日后，队伍开始翻越葱岭。因队伍中有骡马牵挽车驾，载着辎重，行进比察罕带李素炫来时慢许多。数日内，人马沿山道缓缓爬升，眼看身旁草木渐次改换，再向上，路边有残雪了。

众人在隘口前驻扎停留，歇缓了一日一夜。翌日天明，天音带领弟子与一部分侍卫并察罕与李素炫一同骑快马过关。众人彼此拉得开些，一路策马奔袭，略不稍歇。赤骏飞纵，肋如生翼，蹄下不住溅起阵阵雪霰。李素炫果然已适应了，并不觉得特别艰苦，不过略微气喘些。

“看前方湖泊。”身旁察罕对李素炫喊道。

方过绝顶，脚下不远处果然有一片浩大湖泊，湖水蓝如靛染，因风微皱，波光四溅。湖边荒疏，不生寸草，微微覆着霜雪，唯一片幽蓝浮动，金辉摇曳，恍若梦中。众人径直打马而过，湖光在身旁晃动着，一路将众人送出了隘口。

到了地势低缓处，队伍停下休整。李素炫长舒一口气息，回头看看，看不到什么，知道那湖泊已远远在头顶上了。

此处仍在山上，只是脚边已无霜雪，周遭绿植油润，草木欢欣。众人又走了一日，停下驻扎。数日后车驾辎重翻越隘口到此间与众人会合，一起慢慢下山，又十余日，罗喏国王与王后亲自来迎。

国王与王后行大礼见过天音菩萨，之后，国王与天音相谈，王后陈蘅自然是被李素炫急着拉到一边去了。二人一年多不见，彼此思念，见对方安好，又十分欢喜。李素炫格外留意，见国王依旧对陈蘅柔和有礼，放下心来。

问候之后，二人都不说话了。李素炫等着陈蘅告诉她些消息，陈蘅却不敢将消息告诉李素炫。二人默默对望，许久不语。

“陈蘅，大唐怎么样了？长安……怎么样了？”李素炫艰难挨过许久，低声问道。

陈蘅眼中噙着泪水，咬了咬牙，艰难说道：“去岁六月，长安城破，圣人携贵妃行至马嵬驿，遭遇兵变，杨国忠被杀，贵妃被缢死，圣人继续西行入蜀。七月，太子殿下在灵州继位，遵圣人为太上皇。”

李素炫什么也没说，也没有流泪，只缓缓俯身，坐在了席子上。

“长安城破……我那端木、歌子，宜春院和平康坊中众家阿姊，还有雷先生、鹿先生、师弟和卢七他们……还有我阿翁……”

李素炫喃喃说道，只觉得浑身渐渐冷了下来。

“城中状况眼下一概不知，猜测定是混乱不堪，少不了折损人口。我多方打听，没听说安禄山下令屠城，但愿情状不至于太过惨烈。”陈蘅说道，有意安慰。

李素炫心中一片空无，她闭上眼睛，心神混乱不堪，越想越怕，却又忍不住想个不停，渐渐觉得快要支撑不住。她咬牙勉强起身，踉跄迈步，找了个角落处，面壁而坐，调服心脉，内省求静。陈蘅不再说什么，屏退众人，陪在她身边。

天音从罗喏国国王处也得知了大唐消息，怕李素炫难以承受，与国王暂别后，赶来安慰。他随仆役走过来，远远看到李素炫向隅默坐，身姿静定，王后正陪在她身边。天音知道李素炫心中此刻定是煎熬至极，只是努力自持，尚未溃乱。他略微放心下来，在远处看了许久，没有过去打扰。

数日后，众人到达罗喏国都城。百姓沿途顶礼迎接，城中到处欢然，唯有李素炫与陈蘅心事沉重，相对无言，丝毫开心不起来。

察罕使命完成，向国王复命，国王令他整装等候，不日另行差遣。自护送陈蘅出长安城到今日，李素炫已经认识他两年。赴拜霜国求见天音菩萨，到今日一年半，察罕与她不离跬步，忠心守卫，见她爱重诗乐、异常勤奋，又格外帮助她、成全她。想到日后多半见不到察罕了，李素炫很难过。在王宫中歇息过两日后，心绪缓和了一些，请陈蘅帮忙，令侍卫带她去找察罕，想再见他一面。

察罕没有府第官舍，也没有亲族家眷，独自一人居于军营之中。侍卫令士兵进去将察罕请出来，察罕远远看见李素炫，几步冲了过来，到了李素炫近身处骤然停下，看着她，许久，轻声说了一句：

“素儿……”

察罕从不叫李素炫名字，这是头一遭。

“我来看看你。”李素炫使劲仰头看着这大汉，微笑，“不久我要随菩萨出发，日后还会再途经此地，却不知道彼时你在不在国中……怕日后再见不到你了。”

“天音师父要照顾许多人，不能时刻看着你，你自己千万要小心。”察罕嘱咐道。昔日他保护李素炫不过是奉命行事，如今已将她视为挚友，西域路途艰难，他再不能跟随保护，十分不放心。

李素炫轻轻点了点头。

“这一年多，谢你认真相护，用心成全。”

大汉只低头笑了笑：“察罕毕生不曾佩服过几个人，却果然佩服你。能帮到你，格外荣幸。”

二人彼此不舍，能说的却也不多。站在军营门口，说了不过十来句，便行礼告辞。李素炫狠下心，咬牙转身快步离开，走得慌慌张张。察罕目送她远离，直到看不见。

翌日起，天音在城内大寺中与僧人授法，李素炫在宫中训导乐人，陈蘅眷恋好友，须臾不离左右。大唐陪嫁乐人与罗喏国乐人彼此已熟悉许多，今次一同受训，见王后陪着李素炫，格外用心努力。十余日后，新乐排演完毕，宫中举行盛大宴会，王族、高官并天音一行人尽数出席，众人欢饮，歌舞助酒，直到夜深时方尽兴散去。

第二日清早，李素炫刚刚起身，还来不及梳洗，陈蘅便过来了。

“素儿，有件事，要与你商量。”

“你说。”

“前年我婚礼时，疏勒城遣使到我罗喏国都祝贺，听闻你为皇家经师，通晓典籍，十分想请你过去传布道典。婚礼后他们专门遣人过来相请，只是当时你已离开此间前赴拜霜。今次宫中演乐，来了许多邻国使节，疏勒城拜请使节托书，再度请你前往授典。”

“疏勒城？疏勒城有我道门信徒？”李素炫大为惊异。

“这不奇怪，西域虽为佛国，却也有不少人信道。”

“此事从前我果然不知。却是为何？”

“西域也有大唐商队，虽然不多，也不是没有，各处羁縻城、守捉城中也多有唐人，各处都护府、都督府又有大批士兵，人数动辄上万乃至数万，再加上军属，更多。大唐道法兴盛，唐人将道法带来，又四处传授，也不奇怪。疏勒城中道观只三处，可佛寺也不过三处，只是彼处与大唐所距甚远，传法艰难，典籍中多有讹误错失处，他那里人也分辨不得，才想请你过去传授。”

李素炫沉吟片刻，心中思忖：“我虽不过托身道门，却终究得了许多荫庇，遇事怎能推托。传习典籍本就是经师职守，况我为皇家道官，得国家厚禄，若不效力，不是没心没肺，十足混账？”

想到这里，她点了点头：“既如此，我去便是。只是要知会菩萨一声。”

“好，你去与菩萨商议，我去与夫君商量，与你安排行程。”

两人合计好了，分头行事。天音听了李素炫所请，自然答应，又殷切嘱咐道：“你为道官，受国家禄养，该当尽力。你去便是了，切记快去快回。传布道典后，东行到拜城与我会合，我沿途会为你留下行踪。若是一直没有找到我，便折返此地，入冬我回归拜霜国，过葱岭前，一定会在此间休整些时日。”

李素炫领了菩萨旨意，行礼辞谢，回头去王宫中找陈蘅。

“我与夫君商议过了，这几日便安排你前赴疏勒城，由我国武士一路卫戍，也格外令几名大唐将领随行，为你传令。还有一件事，你肯定开心。”陈蘅说道。

“什么？”

“我格外请求夫君，此次仍令察罕率众护卫你出行。”

“真的？”李素炫喜出望外。

“真的。你们已经熟悉了，彼此有情义，何必另找他人。”

李素炫开怀不已，趁眼下无事，与陈蘅坐下，招呼人端来了乳酒和果子，一边随意饮食一边闲聊起来，说不几句，自然说到了察罕。

“我初时见到察罕，吓了一跳，没想到一国使节竟是一位剽悍武将。后来见他十分博闻，言辞妥帖、处事周密，武将可当文臣，更佩服他。再后来才想起来，西域与中土不同，本来就不那么格外区分文武。”李素炫笑道。

“正是。中土都云出将入相、文武双全，就是因为分将相、分文武，这边人不大分。不过，像察罕这般文武双全者，在我大唐一定是出将入相。”

“也不知道察罕武功有多厉害。”李素炫掩口笑道，“我觉得他肯定厉害，他块头大，寻常人别说被他打，就是不小心叫他踩一脚，或者撞一下，都受不了。不过到底多厉害我就不知道了。”

“察罕武功定是顶尖之属。”陈蘅认真答道。

“真的？你又没跟他交过手，又没见过他跟人交手，怎么知道？”

“我看他所用兵器就知道。”

“他空手就能跟人对打，或用弯刀、横刀和陌刀，左右手皆可用长刀，还有各色弓弩、暗器，他练武时我在一边看热闹，还见过他使长枪、棍棒、软鞭和锁钩……不过这能看出来什么？谁不用这些兵器？”

陈蘅笑道：“你弹琵琶的懂什么？这些兵器果然寻常，可你见过谁能用这么多种的？弯刀是单手刀，出手极快，他却拿来防御；横刀直刃，刀身长而重，本是双手刀，他竟单手用得比弯刀还纯熟。长刀确实可以单手用，可是左右手调换无碍的，除了察罕我没听说过还有别人。陌刀是双手长刀，古谓之断马剑，刀法中兼带枪法，又不一样，长枪、棍棒、软鞭和锁钩更是另外一回事，其中软兵器又尤其难用。能用得了这么多种兵器的，不是花架子，就是真正高手。”

“……察罕肯定不是花架子，不然怕是活不到现在。”

“所以他肯定是高手。”陈蘅说道。

“是了。”李素炫似有所悟，点了点头，“记得他说过，其实兵器都一样，剑可以当刀用，枪可以当棍用，怎么顺手就怎么用。现在想想，别人这么随便用大抵是因为不会，他敢这么随便用一定是因为太会了……我看他掇过条扁担来也一样能跟人打一仗。”

陈蘅大声笑起来，笑够了，又认真说道：“还有他那些弓弩和暗器，寻常人精熟一样都难，他能精熟数种，绝非寻常。你可千万别觉得都是刀、都是暗器，都差不多，那差得可不是一点半点。”

李素炫笑道：“这个我知道，天下抱弹许多种，也都不一样，不是弹熟了一种，别的拿过来就能弹。唐琵琶有几种，都想弹，就得一种一种磨练，我来西域求胡琵琶弹法，胡琵琶也有很多种，也得一种一种苦苦练过。这还只是琵琶，我都已经手忙脚乱，算上别的抱弹就更乱，再算上吹的打的，更乱。我师卢菡琵琶、琴箫俱精，兼擅书画诗文，又弈术超群，不知多难。”

“是了。”陈蘅说得意味深长，“察罕在武士里，可不比你师父在乐人和士人里差。”

“……这我真没想到。”

“我到这里后，没少跟人打听他，怕他本事不济，不能护你周全，人与我说了他许多事。察罕这人性子笃定，不虚骄，不恃气，只要人武功不如他，身手赢不了他，他就不在乎，凭是什么难听话，全然听不见，纵有唾面之辱，也是呆若木鸡。他不结朋党、不攀私交，独来独往，跟谁都不熟，亦无有田舍妻妾，十数年空身一人，国王赐他，不要，说是嫌麻烦。每到战事后，也与汉时冯异一般，不与人争功。冯异是独屏树下，察罕是回军营里睡大觉。他武功顶尖，却是心性凝寂、无欲无求，杀人如麻却又像个了道的，如此可会是寻常人？”

李素炫想过片刻，缓缓点了点头：“听你如此说，还真是。我素日里只觉得这大汉瓷实、笃实、憨实，不会算计、不会耍滑头，没往这边想过。”

“察罕其人绝非寻常，人看不出他不寻常，就更不寻常。”

“你说的是，他曾剿匪十年，又为国中大将，带兵作战，我却从不觉得他有杀气，果然不寻常。”

“他只是没有戾气，武士焉能无有杀气，只是他这杀气能放能收，能收又尤为不易，不多见。”

李素炫看着陈蘅，惊讶道：“你真聪明，看得这么精准，还想我留下来遇事帮你想法子，我哪有你法子多？庄子所说‘呆若木鸡’也就罢了，《后汉书》中大树将军之典很生僻，你竟也知道。”

“我自幼习武，读书少，可这些典实与武学和武人有关，师父都是要讲的。”

两人絮絮说了不少，分别后，李素炫独自抱着无伤弹了阵子，回想起察罕来，忽然醒悟。世间最容易叫人看透的是精明人，察罕没那么多算计，毕生一点心机全用在最有用处，别处该笨就笨，能多笨就多笨。世人都晓得做人要聪明，却大抵聪明在无用处，反倒看不透察罕这种人。

## 247

数日后出发时，出了王宫，李素炫急切间看过去，果然见察罕正勒马而立，远远看向她这边。她立刻飞奔过去。

“察罕。”她开心叫嚷起来，声音热烈。

“素儿。”察罕高声回应道，立刻下了马。李素炫冲到他身前，欢喜得手足无措。察罕到底稳重得多，只是笑着而已，片刻后对李素炫说道：

“将你胡琵琶拿来，我给你带着。”

“好。”李素炫立刻转身将胡琵琶从备用马匹上取下，交给察罕，看他利索改了绳结，将胡琵琶斜着负在肩上。胡琵琶比唐琵琶大些，一路上一直是察罕帮她带着。

李素炫开心上了马，陈蘅率亲兵送他们出城十余里才回去。

李素炫依旧忧心长安城，只是眼下有察罕在身边，她宽慰许多。前方道路平坦，草场丰沛，目光尽头天地交割处，便是天涯，大地荒莽无极，足够驰骋。一行人不仗车驾，每人带数匹马轮换骑乘，又有马匹专门携带辎重，一路行进疾快。

路上野花已经开了。

这里没有似锦繁花，只有些细碎花朵，开得疏落。人骑在马上飞奔疾迅，便看不见花朵，只有无穷草色一一掠过身侧。到马行缓和时，或是下马步行时，看过许久后，才会看到草丛中点点淡色。野花错杂清浅，春色便不繁重，只一片洁净，水般润透。

草场繁茂处多傍临高山，顶峰积雪千载不融，雪线亘亘绵延。山风缓缓沉降下来，吹在身上微微有些凉，日光却又将人晒得暖和。李素炫骑在马上，一边走一边四下看风景，也与察罕闲谈，听他讲说些四处传闻。随意说话间，身旁隐约传来隆隆声响。初时李素炫没有在意，渐渐那声响大起来，她抬头张望，却找不到声响来处。

“察罕将军，那边有雪崩。”一名卫士指着远方高声说道。

众人循声望去，见远山雪线上有一片冰雪自山体上剥脱下来，山峰如同被利刃片开般坼裂开来。

“这声音是从那里传过来的？”李素炫见察罕盯着远处山峰，惊讶问道。

察罕点了点头：“那片冰雪少说也得百十丈高，只是从这里看过去很小，跟一片指甲盖似的，人很难相信这么大声响是那片冰雪发出来的。”

四周声响越来越大，滚雷一般低低吼着，并不尖锐，而是沉闷、坚实，如织毯浑厚，将人密匝裹紧，牢牢捆缚，直震心肺。马匹开始不安，不住踏着前蹄，喉中微微嘶鸣。

察罕嘱咐众卫士将马匹看束好，取出棉团攥在手心里，另一手将棉团一丝丝扯下来，在掌中团得紧实，用水打湿，攥干，暖在怀里。

“这湿棉团拿来做什么？”李素炫问道。

“雪崩过不来，声音却能过来。马耳最灵，人听不到的，马能听到，容易受惊。姑且看看，若是过一阵子马越来越怕，便要将马耳堵上。你赤骏机敏，耳朵更灵，要护好它。”

李素炫点了点头，又问道：“撕开又团得紧实，再打湿，是为了堵得严实，叫马听不见声音？”

“是。”察罕点点头，随即传令与众人，命将暖和棉团放在马耳里，李素炫也立刻依令照做。

“那为何要先放在怀里？”

“水太凉，马会不舒服，本就焦躁，若不舒服，更容易受惊。”察罕说道，又看了看赤骏，“寻常马耳里塞了棉团，立刻便紧张起来，我这些马都是严训过的，也没少历过，所以不怕。独你这赤骏胆大，这许久也不见它怕什么，还跟着看热闹。”

赤骏果然不怕，李素炫没有将缰绳牵得太紧，与察罕说话间，赤骏一边咬着嫩草，一边不时抬头看看远处山峰，并不在意什么。山体上那片冰雪正缓缓坠落，如风中枯叶一般。看过许久，冰雪落到了山底，一点点粉碎，山脚下渐渐腾落起雪霰，缓缓向四外扩散。

李素炫看得眼睛都挪不开，察罕在一边笑道：“你想是不明白为什么雪落得那么慢。”

李素炫点了点头。

“其实那雪落得极快，只是山太高了。”察罕答道。

李素炫马上明白了，见察罕拨马又走起来，立刻跟上。耳边隆隆声不断，撞得人胸口处阵阵发闷，心中莫名慌乱。卫士们将马缰拉得紧些，将马匹牢牢管束住，又听察罕吩咐，不敢叫马匹跑得太快，也不敢太慢，太快太慢，马都会害怕。

李素炫随众人走了近两刻钟，再回头时，雪霰已自山脚下扩散到四面八方，又腾起到半山高处，远近数座山峰都被一片浅白色云雾包裹起来，只露着几处山尖，在夕阳下闪烁着金色辉芒。侧耳细听，那阵阵隆隆声已消失不见。

众人松了口气，马也已经不怕了。

“你这赤骏果然了不起。”察罕说道。

“想来是了。我平生只骑过这一匹马，不知别的马匹如何，没个比较，也就不知道赤骏如何，只是但凡懂马的都说我这赤骏了不起。以前陈衢也说，我骑术不佳，配不上我骏儿。”

“人学马术，都是要驾驭马匹，你这赤骏却不同。它什么都懂，该不该怕，该不该逃，不消主人告诉，它自己就知道。你在赤骏身上，不是要驾驭它，是要驾驭你自己，由它飞奔，你不怕，稳住身子便是。我看赤骏跑得快时，你总有些怕，马上要略收起缰绳，叫它慢下来。你放不开，便拖累它。”

“是了，以前陈衢也这么说过，只是我还是怕。到现在也不知道赤骏跑到最快时，能有多快。”

“你想不想试试？”察罕怂恿道。

李素炫立刻摇头：“不想。我害怕。”

察罕笑笑：“也罢。你这赤骏通人性，就是不当个脚力，只当个好伙伴，也值得了。”

“我总听人说马通人性，有些好奇，不知到底什么意思。你说什么叫通人性？”

“你若待赤骏不好、欺压它，它不会怕你，更不会讨好你，宁可被你打死，也绝不会服软。你若待它好、疼它，它便将你看得要紧，当你是知己，定要知恩图报，生怕辜负了你，这就叫通人性。驽马不知好歹。你对它太好，它便以为自己是主子，反过来倒要欺你，跑起来也对付，不肯使力。你一定要欺压它，不时拿鞭子狠狠抽它，它怕你，才肯跑，还不能抽太狠，叫它心生恐惧，战战兢兢，也跑不了。总之你得跟它斗心眼、算计。似你这等性子，定会嫌烦，不如下来自己两只脚走了。”

“照你这么说，我这骏儿果然是通人性，有些人倒不如它。”李素炫笑道。

察罕没有笑，幽幽说道：“人皆驽马，驽马不通人性。”

李素炫想来，察罕说这话定是有些缘故。他这半生里遇到许多事、许多人，李素炫只能猜个大概出来，只是猜猜，不过大概，便令她心生畏惧。

夜间众人扎好营帐，燃起篝火，吃饱喝足，略歇缓过来，便开始吹弹取乐。卫士中多有人带着些笳管，和着琵琶，旁人高声唱起歌来，又随便寻个什么在手里敲着。察罕从不跟人唱，只在一边坐着，将手按在佩刀上，看着众人欢闹，时刻记得盯着几个外围警戒者，怕他们跟着高兴，忘记了警惕。

夜深后，察罕安排好卫士轮值、看守篝火，接着催促李素炫早些歇息。

“我们每日都要走百余里路程，这只不过几日，还不觉得累。再久，怕你吃不消，多歇息才行。”

“好。”李素炫一边答应着，一边将手中琵琶捆缚起来，不意间听到身后传来咻咻声，转头看了看，没看到什么，只看到几点幽蓝，微微泛着莹莹碧绿，隐约闪动着。

李素炫还没有来得及想什么，察罕抬手放出袖箭，片刻后那边传来几声惨叫，又迅速消失远遁。

“那是什么？”李素炫好奇问道。

“狼。”察罕简短答了一句。

“狼？”李素炫吓了一跳。

“狼群。”

“狼群？”李素炫更吃惊，“……听说，狼怕人，轻易不会靠过来。”

“狼不怕人，轻易不靠过来是因为怕火。冬日雪封，狼群过得辛苦，眼下又初春，捕不到大猎物，饿得受不了，忍着怕也会过来袭扰。”

“我什么也没看见，你怎么知道狼在哪里？”

“听声音就知道。方才伤的是头狼，很聪明，见我们人少，便过来偷袭，又令狼群散开，四面埋伏掩杀。只要射伤头狼，就立刻都跑远了。”

“头狼受伤了？会不会死？”

“不会，我出手不重，几日就好了。狼也不过是为了觅食，不是死罪。”

察罕说着，又忽然间笑起来，有些诡秘，也有些调侃。

“若眼下是白昼，又没你在这里，我见了狼群一会定追上去。”

“追上去？逮狼？”

“追踪一二日，可得狼尿、狼粪，带着有用。”

“狼尿？狼粪？”李素炫皱皱眉头，调侃道，“能有什么用？入馔？入药？强身健骨？延年益寿？”

“不是。”察罕又气又笑，“封好了，不跑味，带着，遇到野兽很好用。若贼兵骑马，丢些过去，马沾上了立时受惊。驽马不及你赤骏笃定，几匹马惊了，又蹿又叫，一队马都跟着受惊。不过我今日不追，怕你倒胃口。”

“在下谢你不追。”李素炫龇牙咧嘴说道。

一番说笑后，察罕再次叮嘱李素炫早点儿歇息。她点点头，抱着琵琶走到棚帐边上，回头又问道：“狼会不会再来？”

“我在这里，来也无妨。”察罕稳稳说道。

翌日清早，李素炫起身时，察罕已带领众卫士整束好了。此时朝阳鲜红，正劈破层云，织染霞光，叫人心头跃跃。简单整理后，众人出发，一路马蹄轻快，踩踏芬芳。

赤骏一早被察罕喂得饱足，眼下心情格外好，颠着小步子，跑得欢脱。李素炫不想拂了它兴致，由着它渐渐小跑起来，跑过一阵子，见前方大地深广，朝阳勃升，李素炫也来了兴致，催动赤骏跑得快起来。

察罕不动声色间跟了上来。

“赤骏未到最快，再加一鞭。”他紧贴着李素炫，小声说道，刚够她听清楚，“别怕。”

李素炫立刻压下心头杂念，稳住身子，又听察罕说道：“我这马不行，赤骏到最快时，我便跟不上你。别怕，别慌，把控好自己，要信它，要信你自己。”

李素炫咬咬牙，狠下心来，在赤骏身上又加了一鞭。赤骏见主人催促，格外奋勇，用尽全力向前飞奔，转眼间，察罕落在了后面。李素炫不敢回头去找他，管着手，不收缰绳，心中忍着，前脚掌在马镫上踩实了，腿上微微用力撑着，放松膝胯，稳着腰与两肩，随着赤骏身子起伏。风从她耳边鬓边掠过，嘶嘶作响，犹如一柄锻铁缓缓插入冷水之中。最初慌了片刻后，她反而沉静下来，渐渐只觉得周身光尘融合，心中一片空澄，看也不用看，周遭一切便清清楚楚，举世风物尽在眼中。

几鞭之后，赤骏已连续奔驰了一刻钟多，毫无疲态。李素炫舍不得它太辛苦，未再加鞭，由着它渐渐慢下来，最后停住。回身远望，察罕在身后很远，野地空旷，一眼看过去就能找到他。

不久后察罕纵马飞身到了李素炫近前，收住马缰，笑着问道：“如何？”

“还好。”李素炫答道，掉转马头与察罕并肩慢行，“赤骏跑到最快时，跟我弹琵琶到最快时差不多，什么也不想就行了。”

“你就是心里怯，其实颇有一番好骑术，不然我也不敢让你这么跑。赤骏从不如此飞奔，其实它还可以跑得更快。今日怕你太累，不试了，明日试试看。”

“好。”李素炫痛快答道。

纵马数日，赤骏果然越跑越快，李素炫渐渐全然不怕了，凝神守空，端持内静，用心察知己身，用心把控，随着赤骏身姿起伏，不住飞扑向前。

“你跑上个多半刻，便停下来。我这马远不及你赤骏，一时追不上你。旷野无人，怕不稳妥。”察罕嘱咐道。

李素炫欢脱了这几日，初时全身还有些酸痛，眼下都好了，只觉得浑身上下紧实利落，气血舒畅，有无穷力量听凭调用。察罕眼见李素炫骑术精熟起来，胆子也越来越大，顷刻间将他甩得越来越远，有些不放心。

李素炫点头答应，懂得察罕意思，心中感激。

“你若有兴致，我日后再教你些别的。”二人并辔缓行，察罕又说道。

“别的？还有什么我能学会的？”

“你都是用缰绳和马鞭发出指令，也可以试试用马镫，轻轻踢在马肚子上。骑射者和马战者不能执鞭，起转进退都是用马镫操控。只是如此操控，骑马的和马都得聪明，还得会配合。赤骏不是驽马，你也不是笨人，你俩肯定都学得快。”

李素炫被撩拨得兴致大发，立刻来了精神头。

“好，你教教我，我一定认真练习。”

## 248

李素炫驾驭赤骏跑得快了，整个队伍行进都快了许多。数日飞驰后，一行人渐渐入了荒漠。此地并非沙海，地上有沙土，也有碎石，一丛丛矮树零星长着，彼此远隔，每丛不过半人多高，枝条遒壮，叶片细小，刺一般在枝条上绕生着。荒漠中到处都有这种矮树，有许多胡语名字，但察罕不知道唐话里叫什么，想是因为大唐没有这种矮树。听察罕说，这些矮树轻易不会死，也从不开花。

“水少，叶子都长不大，哪里开得出花朵来。”

“若是不开花，要如何结籽、如何繁衍？”李素炫问道。

“自然有法子，人聪明，憋不死，活物更聪明，更晓得怎么活下来。彼等那些怪法子，活人累死都想不出来。”

日光暴晒，晒得人唇面焦干，起风时，地上沙砾飞卷起来打在脸颊上，像小箭镞，格外疼。察罕嘱咐李素炫用口脂润了嘴唇，将面纱戴上，他自己却空着一张脸，迎着风沙。

“你们怎么不涂些口脂？脸也不挡上些？”李素炫环视过后问道，“……这一路过来也没见你们护着些。”

“当兵的糙，无妨。”察罕随口答道，旁边一众卫士大声笑起来。

傍晚时，队伍停了下来，察罕带众卫士安扎营帐，要在此处过夜。力气活李素炫帮不上忙，察罕让她在四处走走，舒活下身子骨，又叮嘱她莫要走远。李素炫答应着，负无伤随意走了几步，想找个地方坐下来，趁日落前最后一点光亮认真弹习一阵子。

夕阳深切，仿佛想靠得人近些一般，压得越来越低了。周身空旷微凉，无风，无声，光影殷红，若不是察罕就在不远处，李素炫心中一定会有些惶恐。

走不多远，她缓缓停下来，凝神看着脚下。尘土沙砾中露着半截骸骨，分明是个人，骨骼焦脆，些许皮肉附着在上头，早已干得透硬。人都说白骨，可那一圈圈肋骨却是暗黄色的，里面填满沙土，压着几小块碎布帛，夕阳穿进去，将肋骨影子投在胸廓里，道道清晰。骸骨露着一侧肩，顺着臂骨看下来，见小骨细碎，排列整齐，浮在土上，分明是只手，左手。

李素炫看着，没觉得害怕，满心麻木，只是不由得抬起自己左手看了看，知道自己这皮肉里头也无非是些细碎小骨，他年也无非如此埋入尘土之中。

察罕不放心李素炫，不时抬头看看她在哪里，见她许久不动，一直低头看着地面，他觉得有些奇怪，嘱咐了卫士几句，拿上水囊走到她身边。

“素儿饮几口水。”他一边说着一边将水囊递给李素炫，没等她答话，也看到了地上骸骨。

察罕立刻慌了，丢下水囊，扳着李素炫肩膀，要她回过身去。

“素儿别看这些，别看。”他急切间小声说着，可李素炫依旧死死盯着。

“素儿别看。沙漠里到处都有骸骨露出来，这一路我都小心不让你看见。你……你到一边去，我将他埋了。”

李素炫木然点了点头，察罕扳着她肩膀将她推到几步之外，让她转过身去朝着夕阳，接着冲那头喊了几句，卫士立刻拿着锹镐过来了。

李素炫听到身后声响，知道察罕他们正在掘开沙地。她深深呼吸了几次，坐好，解出无伤弹起来，试图平复心境。夕阳弥留，残息将死，一点血光淤在一片薄云之中，平直着射过来，硬是将李素炫黑色眸子染得通红。

“素儿，你看看这是什么，攥在骸骨右手里头的。”

察罕走过来，递了件物事，李素炫接在手里，看了一眼，叹息着怅然说道：“这是拨子，弹胡琵琶的。”

“我也觉得像是拨子，只是跟你用的不一样。”

“西域各处琵琶都不一样，拨子自然也不一样……可有琵琶？”

“没有，我仔细找了，除了骸骨，只一枚拨子，别的什么也没有。”

“不知道是个什么人，死在这里多久了。”李素炫怅然说道，“说不定是被劫匪所杀，死前在弹琵琶，拨子就在手里，到死都没松开……”

“我简单看了下，看骸骨形状，大约是个男子，三四十岁，身上没有刀兵痕迹，多半不是被劫匪所杀，而是病死，被同行者好生埋了。行路者都匆忙，埋得浅，日子久了，风吹散浮沙，这才将骸骨露了出来。”

察罕好声说了几句。其实他看不出来那人怎么死的，这么说只是为了安慰李素炫。

李素炫迎着夕阳，眯着眼睛，沉默许久。她想起了师父卢蔺，不知道他到底在哪里，现在怎么样，日后怎么样。她找了多少年也找不到他，或许许多年，或许许多代，连江山都变了模样以后，他也会就这样猝然间被人看到，却没人知道他是谁、一生经历过什么，没人知道他曾经怎样活着，又是怎么死的，更没有人知道李素炫曾经如何苦苦找寻他。

李素炫皱着眉头，死死咬着牙不出一声，察罕知道她心中此刻定是翻滚煎熬，又忍着不想，又忍不住想。他小心看着李素炫神情，不住小声安慰，她仍没有说话，又片刻后，喃喃说道：“怎么能只有拨子，没有琵琶。”

察罕回头看了看，又回过头来：“确实没有琵琶，我仔细找过了。”

“还是有一支为好。”李素炫浅浅笑了下，“你等一下。”

她还没有起身，察罕立刻会意：“我去，你别动。”

他说着起身走向队伍那边，打开行囊取了支唐琵琶过来。李素炫出长安城时在东市里买了四支琵琶带着，第一支送与了老画僧，第二支在阿娅手边上，这是第三支了。

她接过琵琶，利索上弦、定律，又递给察罕，两人互相看了一眼，点了点头。察罕绕到李素炫身后，卫士们已挖掘好了深墓穴，将骸骨放了进去。察罕学李素炫样子，将拨子插入琵琶弦中，放在骸骨旁边。有拨子，果然不能没有琵琶。

察罕招呼卫士用张衾子将骸骨和琵琶盖了，动手将土填进墓穴。那边，李素炫淡淡弹起了无伤。夕阳泣血，啼如子规，她只将心思放在弦指之间，什么也没有再多想。

出了荒漠，路又好走许多，众人一路疾行，天儿好时，每日百几十里不过寻常，不好时也能走上七八十里。路上常见有商队，一行人也时常与商队打些交道，或买些粮草。多数时候，各队伍间并不靠得太近，行军的不介意商队尾随，却也不许他们太靠过来。四野平坦，队伍之间走得很分散。

“向东南再十余日便到疏勒城了。出疏勒城向西北数日路程，有一处都督府屯所。授典后，你若不急着赶路，我带你到那里去看看。我以前当兵就是在那里，有不少昔日熟人，可以给你讲些旧事，许多事说不定与你父亲有关。当然，你若是亮出圣旨、符节，彼处最高长官一定要亲自接见，比我这点儿颜面好用多了。”察罕来回指着方向，笑着说道。

“长官……就算了，打过招呼，准我在军营里就行。我倒是想听听当兵的讲故事。”

说笑间到了午后，李素炫一行旁边突然出现另一队人马。察罕立刻传令卫士小心，略散开些，将李素炫围在中间。

“怎么了？”李素炫悄声问道。

“俱是男子，皆带兵器，都骑马，不乘车，不带货物，又与我等刻意靠近，定是劫匪。”察罕往那边瞥了几眼，又回头安慰李素炫道，“他们人少，不用怕。”

两队人马并行，察罕始终将李素炫挡着。走过许久后，那边队伍里出来一人，单独靠了过来，高声问道：“敢问那边带队的可是察罕将军？”

“正是。”察罕稳稳答道。

“在下赫鲁，不知察罕将军可还记得在下？”

“记得……想不到在此处碰到你。”

那边人许久没说话，李素炫偷偷瞥了一眼，见是个壮实男子，与察罕差不多年岁，一身粗乱衣裳，头上脸上不甚打理，也一般腰悬兵刃。李素炫小声问道：“你认得那人？”

“认得。从前在都督府军中效力时，沿途清缴劫匪，许多年里没少跟他打。”

片刻后，那边人又喊道：“察罕将军多年剿匪，手段毒辣，杀人无算，却屡次饶过在下性命，又多曾好言相劝，只是在下不争气，至今仍是个贼。今日无意冒犯，只想问问，将军身旁女子何人？”

察罕看了那人一眼，冷冷说道：“赫鲁你给我听着，我早已离开都督府军中，今日不捉贼。但她是我的人，我得护着她，你将你的人管好，若敢碰她一碰，别怪我这次不饶你。”

“察罕将军放心，在下绝不打她主意。”

“那就离远些走路。”

“将军容禀。我几日前便看见你们了，你与那女子俱负琵琶，在下想过多时，你这队伍里能弹琵琶的大约也只有那女子，果然后来你等歇息时，那女子便弹起琵琶了。在下离得远，听不清楚，只是隐约间觉得她弹得极好，故今日过来相请一听，并无他意，绝不敢冒犯。”

察罕恍悟道：“我好像记得一些。你个经年做贼劫道的，偏生喜欢弹琵琶，只是弹得不怎么样。”

“在下那不敢叫弹，拨弄拨弄而已。此处荒凉，见不到高手，看将军身旁女子应不是凡俗人，在下过来相请，果然只为琵琶，无有他图。”

察罕看了李素炫一眼，李素炫小声说道：“无妨。”

察罕点点头，对那人说道：“此大唐国使，奉旨赴西域采风，本为大内乐人，专事琵琶，手上果然精绝。你耳朵倒贼，隔得远也能听出好来。”

那人立刻抱起两手："大唐大内乐人皆天下高手，在下恳切，相请一听。"

察罕悄悄对李素炫说道："素儿手上好本事，多少辛苦换来的，若不愿伺候个做贼的，便不理会他。他若纠缠不休，我与他打一架便是了。"

"不碍事。"李素炫笑道，"若几曲琵琶能省你一顿拳脚，我这辛苦也不白费。"

"如此，委屈你了。"

"无妨。"

察罕见李素炫不介意，便将身上胡琵琶解出递给她，又将她无伤接在手中，在肩上负好。李素炫调了弦律，从怀里掏出拨子来，也不与那人说话，落手便弹起来。她已将胡琵琶磨练过两年，手上精熟老到，赤骏又走得稳当。数曲之间文武相错，攻伐交杂，四野空旷安静，只这弦上柱上昂烈有性。

察罕单手牵缰控马，紧贴着赤骏，向后错开半个马身，好叫那赫鲁听得清琵琶声，又一直将手按在佩刀上，目光警惕。

赫鲁哪里听过如此弦声，直听得浑身骨肉拆坼，神魂迷错，连他身旁那些小贼也听得傻了，由着一群马匹各自向前乱走。

几曲后，李素炫停了拨子，赫鲁缓了半晌才清醒过来，高声喝彩，身后一众小贼也跟着狂呼。赫鲁又抱拳问道："敢问阁下，你那另两支琵琶形制小些，想是你大唐琵琶，可容在下一听？"

察罕笑道："赫鲁，差不多就行了。她为大内乐人，若在大唐，只天子听得她琵琶。与你弹过这几支你还嫌少，难道非要听到够不成？"

"不敢多请，只一二曲，叫在下见识一番便可。"

李素炫安慰察罕道："几曲琵琶而已，无妨，别跟他打。"说着将五色琵琶解出，连弹过几曲。

对面赫鲁听得一时高兴，也将自己琵琶掣出来抱好，换了弦律，与李素炫隔着两丈多远，跟着她弹起来。察罕说他弹得不好，果然是不好，也就是板眼讹误不太多，又被李素炫手上弦声盖了大半，将将听得过去。察罕终日听李素炫弹奏已有两年，眼下很能听得出好歹来。他侹着脸不言语，耐心忍着，听凭赫鲁手中弦声啁哳。赫鲁身后那些小贼不停狂呼着叫好，至于是真的觉得赫鲁弹得好，还是奉承自己首领，就不知道了。

弹过一阵子，曲终，李素炫又停了手上拨子。赫鲁并不知道无伤与五色琵琶不同，没有再请她弹奏无伤，只抱手道谢。李素炫还了一礼，察罕迅速催马上前将她挡住了。

“多谢国使赐乐，多谢察罕将军成全。”

“不谢。”察罕淡淡说道。

“在下这就告辞，只是有一事提醒将军。眼下大唐内乱鏖兵，西域各处都护府、都督府中也是人心浮动，虽兵甲巡视不曾稍弱，做贼的却胆大了不少，又格外结群行事，更是路数野，手段也狠。前方不少人在下认得，这就让手下的先行传令，拜托他们莫要相扰。只是也有在下不认得的，察罕将军务必小心。”

“多谢赫鲁。”察罕说道。

赫鲁又行一礼，拨马转身，带着一群劫匪迅速离远了。

“那人手上不太利索，耳朵倒还行，片刻间改换弦律，也还有准头。不晓得我大唐音声，却也跟得上我手上板眼，错不太多。”李素炫笑道，“西域果然不同，连个劫匪也都有些弦上聪明。”

察罕撇着嘴不屑道：“白白聪明。好大壮汉，又有武功，轻易饿不死，偏要做贼。只是他只劫夺货物，从不随意滥杀，更不伤妇孺，抢完了还给人留口衣食，在贼里头算个好的，我才屡次饶他性命。”

# 249

众人早已远离罗喏国境，数度穿越荒漠与草场，再向前行，草场又开始收束，土地变得荒芜，壤土成了沙土，掺着碎石子，水源也渐渐少了。人都要沿着水源行走，商队与其他各路人马渐渐靠得近了。察罕带着李素炫走得快，每日在路上都能见到近十拨人，很快赶上，转眼间就抛在后头。

察罕变得很少说话，不断叮嘱众人，不断派人骑快马去前方探望情况，得到回报后再决定行走方向，并命令李素炫在队伍中间老实跟着走，再不许她独自纵马玩耍。

一日清早，探路者回报后，察罕思忖了片刻，带着队伍斜向左前方走去。

“四野平坦，我们为何变换方向？之前走错了？”李素炫问道。

察罕沉默片刻后说道：“前方有劫匪杀光了一支商队……绕开些走，不想叫你看见。”

李素炫大惊：“那……人都死了？万一有没死的怎么办？我们不去看看？”

察罕摇头：“看过，不剩活口。军士见到有凶杀，一定会上前查看。”

李素炫沉默许久，喃喃问道：“不去给埋了？”

“已简单埋了。这还是好的，死在路上的，大多没人埋。”

李素炫忍不住朝那边看了看，自然是什么也看不到。今日晴朗，日光饱满，本该欢喜，想到那边尸相枕藉，叫人格外生寒。李素炫知道西域艰难，路不易走，盗匪又多，只是这两年来也不曾真的遇见危险。眼下，她扎扎实实知道出门不比在家了。

“我们应该多带些人手出来。”察罕忧虑道，“此处有大唐定鼎多年，仗着唐军弹压地面，盗匪虽不断，却怎么也都是做贼，总要偷偷摸摸。赫鲁说眼下大唐内乱，这路上做贼的胆子大了许多，想来是真的。我服役那处都督府屯所就在前方不远处，按说盗匪应当远避，不想竟也敢下手，抢劫货物不说，还将人全杀了……”

察罕思忖片刻，对李素炫果断说道：“先去都督府屯所。”随即传令给卫士，令核对舆图，计算路径。

“从这里直向疏勒城方向，连续几百里都是荒漠，荒漠中军队少，劫匪就多。我先带你去都督府屯所，比疏勒城近得多。屯所有重兵，周围有大营和其他屯所拱卫呼应。到了那里，凭你符节，可以请长官调动大批军队护送你去疏勒城。只我们这二十多人，恐怕有变。”

察罕说着下了马，将胡琵琶自肩上取下缚在身旁马匹上，又将赤骏身上五色琵琶格外缚得牢靠，无伤仍在李素炫肩头，察罕帮她将绳扣解开又格外系紧实了。待重新上马前行，察罕又说道：“我若作战，定照顾不好你这琵琶。”

李素炫看着察罕，她并不怕什么，只是想到遇到劫匪察罕便要上去与人搏斗，心里有些紧张。

“我就是打仗的，没什么。”察罕笑着安慰道，“从前剿匪时什么仗都打过。”

“……知道你就是打仗的，只是这两年间也没见过你与人打仗，都忘了你是个打仗的……”

察罕将手按在佩刀刀柄上，不紧不慢说道：“也别将打仗看得那么吓人。我这一众兄弟哪个也不是废物，对付些劫匪还不会太难。”

“劫匪都怎么抢劫？先射箭，射得差不多，再拿刀过来？”李素炫问道。

“那是两军交锋，做贼不这样。锋镝昂贵，又耗得快，贼哪里用得起，也没处补充。当兵的才有箭，贼只用刀，有时用棍棒，一头缠上铁链，抡起来，仗着快马冲过来，随便就能打死人。路上都是商队，行商的大半没什么武功，有也不过泛泛，人也不多，做贼的不用什么战法，就是散开队形围过来杀人抢劫罢了。”

“若果真遇上劫匪，我能做什么？”李素炫认真问道，口气笃定，并不畏惧。

察罕一愣，随即大笑。

“你能做什么？躲我身后就行了。切记不要独自跑开，贼匪手上一两支弩机总会有，在我身边，有我挡着，箭射不到你身上。这里到处开阔，若跑，便单独是个靶子，赤骏再快也跑不过箭头。逃跑比搏命更危险，若不想死，便不能逃，只能舍命搏斗，将贼人全部杀光。”

“好。”李素炫郑重点头，“我记住了。”

一行人小心走过几日，离都督府屯所已不远了。四周仍旧荒芜，好歹水源又渐渐多了些，也散见些草木，偶尔有村庄，虽不过几户人家，却叫李素炫觉得像是在人间了。

傍晚时分，一路劫匪悄悄靠了过来。李素炫一行二十余人，除李素炫外皆是精壮男子，又带兵刃，一看就不是商队。寻常劫匪不敢过来惹事，只是这伙劫匪人多，足三四十众，贪图马匹辎重，又觉得都督府眼下顾不过来剿匪，荒僻地段里烽燧又少，这才格外胆子大。

察罕低声令卫士略微散开，将李素炫围在中间，自己紧紧跟在她身旁。贼人将队形铺开，包抄后又迅速收拢，渐渐靠得近了。

察罕绰长刀在手，不动声色。

顷刻间，劫匪到了眼前，一句话不说，直接动起手来。李素炫只听到一片刀兵交接之声，尖厉刺耳，厮杀呐喊间，四处血光飞溅，马蹄边转眼便是尸首。她竟然不知道害怕，只记得察罕嘱托，不敢乱动。

察罕厮杀，却不离李素炫左右，见有刀剑冲着她过去，立刻挥刀打落。一回合结束，两边人都顿了顿。对方已死了十余人，这边也伤了数人。对峙片刻后，贼匪不死心，也不甘心，并未逃走，又冲了上来，厮杀再起。

不久后，察罕胯下战马受了伤，支撑不住。战马倒地瞬间，察罕纵身跃了出去。一歹徒得了空当，持刀扑向李素炫，察罕手中长刀飞脱而出，利落了结了那人。他立身在李素炫马前，左手就势自腰间拔出一把弯刀，回柄将刀刃架在手臂上，右手同时将横刀抽了出来。他身有豹捷，目有鹰利，腾挪极迅，用左手臂上弯刀隔挡，右手挥动横刀，连连砍在对方马匹腿上。马匹纷纷受惊倒地，逼得马上匪徒也只得落了地。

落地之后，短刃相接，这些人更不是察罕对手。察罕下了死手，一人护住赤骏一侧，其他卫士合力护住了另一侧，对手顷刻间死伤殆尽，只剩下最后几人向四面逃窜。几名卫士分散追上去结果了几人，察罕抬手放出袖箭射倒两人，左手射出铁镖击中最后一人。左手力道略逊，铁镖本也只能伤人，那人受伤倒地，被卫士赶上，一刀了结。众卫士交错腾挪，在每个贼匪咽喉上补一刀，旋即撤离。

察罕喝令卫士收拢马匹，自己反身跳到赤骏背上，将李素炫护在两臂间，夺过她手中缰绳，催马飞奔。劫匪虽尽皆毙命，却怕他们有后援，也怕再遇上一股劫匪乘虚而入。赤骏疾迅如风，脚力雄健，带着李素炫与察罕狂奔了十几里路，冲入一座小村子。村里有十几户人家，察罕驾着赤骏冲入一座院落里，下了马，直接推开一扇门撞了进去。

这是间库房，泥石砌了半人高，上面用粗木桩子围着，搭着干草，四处透风透光。察罕带着李素炫撞进来，抬手将她推到角落中，自己骤然倒地，却仍用刀尖撑着身子，看向外面。须臾间，几名卫士跟了上来。

“留两人警戒，其他人去接应后面人。”察罕命令道。

卫士依令行动，察罕看了看，见并无追兵，松了口气，瘫倒在一堆干草上，大口喘气。

从战斗开始，李素炫就没怕过，不是因为勇敢，是想不起来害怕。眼下见察罕倒在地上，她还是没想起来害怕，立刻过来查看，一眼便大惊。察罕全身是血，只是衣裳颜色深，不大看得出来。

“素儿伤到了没有？”他急急问道。

“我没事儿。”李素炫镇定说道。

察罕点点头，立刻放下了心，催促道：“你到一边去，别看这些。我自己能处置好。”

“这会儿你就别逞能了。”李素炫皱着眉头说了一句，俯身将察罕身上仔细检视一遍，见他左臂与左胸上汩汩流血，右腿上插着一支弩箭，箭杆已折断，只剩箭镞还在肉里。他喘得很厉害，好在还算清醒。

李素炫立刻自腰间将绦子解下来，紧紧扎在察罕右腿根处止血。他手臂上伤口出血不断，已将整个左臂染透，血沿着指尖不停滴下来。无伤正斜背在李素炫肩上，她立刻将无伤取下解出，拔出小匕首割下一根弦来，撕下块衣角垫着，将琵琶弦紧紧扎在察罕左臂上端。片刻后，左臂上伤口流血小了许多。

察罕左胸上有一道伤口，李素炫顺着衣裳破损处撕开，见是一处划伤，不是刺伤。伤口很长，所幸不是太深，流血也已小了许多，她顿时松了口气。

“素儿是不是受伤了？”察罕无意间看了李素炫一眼，怔了一瞬，忽然惊叫起来，“你身上为什么这么多血？”说着陡然间挺立起来，伸手抓着李素炫两肩，想将她身子扳过去查看。

李素炫抓着他两只手按下。

“察罕，我没受伤……那是你的血。”

察罕顿时又没了力气，重又瘫倒，仰着头，喘息不止。他带着李素炫跑到这里，一路上血染透了他自己，也染透了无伤，染透了李素炫整个后肩后背。

李素炫将无伤上所缚蜀锦抖开，撕开上头一个小袋子，取出个小签筒，拔开塞子，从里面倒出两枚银针来，又解开头发，拔了几根下来，穿进银针里，要将察罕胸前伤口缝合起来。伤口处鲜血模糊，看不清楚，她用一小块帕子一点点擦着，每擦净一小处，便缝一针。初时银针入肉，她还有些手软，咬牙继续，几针后就不怕了。银针从肉里穿出来，牵着头发丝，李素炫将头发丝绕在指尖上，略微用力拉出来，见上面一小滴一小滴沾着血。鲜血黏稠，顺着发丝向下淌，小滴汇成大滴后，缓缓掉落下去。她用了两枚针，相对走针，每在一处左右各一针后，打个结，再缝下一处。

察罕老实靠着，忍着，没有说话，只是不住喘息，也不呻吟一声，倒叫李素炫紧张，不时抽出手来在他肩膀上轻轻拍两下，以示安抚，又继续缝针。伤口有一拃多长，缝了十余针后，李素炫停下两手，将察罕腿上绦子解了开。血很快流出来，她不敢去拔那支弩箭，用手按着伤口周围，等过片刻，又将绦子紧紧系上，将察罕上臂处琵琶弦解开，用力按压伤口，又等了一阵子，重新将琵琶弦系紧，又拾起银针，将他胸前伤口缝到了头，最后将发丝打结，用匕首割断，用块干净帕子将伤口盖上。

察罕始终清醒，也有些迷离，蒙眬中看着李素炫做这些事。李素炫想将他手指掰开，将他手中佩刀取下，却没他有力气。轻声与他说了几次，他似乎点了点头，手上却仍然用着力。

后面几人很快陆续到了，他们打扫好战场，收拢马匹辎重，带好伤者与阵亡者尸首，沿途将痕迹除净，随着几个接应者走到了这里。李素炫已将察罕伤口处理完毕，拖过蜀锦盖在他身上，起身清点人数。察罕手下军士经他多年训练，果然厉害，诛戮数十名贼匪，己方只折了四人，眼下活着的除了李素炫与察罕，还有近二十人，其中七八人没有受伤。这七八人中有两人是唐将，专为李素炫传令所用，她立刻将蜀锦中所藏符节取出，交给唐将。

“你二人立刻勘验舆图，找到路径，持我符节前去都督府屯所调兵。记得叫他们带领军医前来。”

二人领命，连同另一名罗喏国卫士即刻出发。李素炫又嘱咐其他人在周围警戒，又格外令一人到屋顶上瞭望，另一人去安抚村民，同时叫村民备些应用来。几句话将众人都安排好了，她又回身照看伤者，接连将三支琵琶上十几根筋弦、肠弦、丝弦割下来，扎在伤者伤口上端止血，伤在身上的用银针与头发一一缝合起来，也有几处躯干伤很深，缝不起来，用布将伤口盖上，叫人轮流按压止血，又叫人从马匹上将所有毯子衣裳取来，给每个伤者盖好保暖。

察罕默默看着李素炫逐一安排，见她神色沉稳，熟稔老练，他渐渐放了心。村民很快送了热水和吃食过来，李素炫嘱咐几名轻伤者互相照顾，自己去照顾察罕。他流血过多，虽然一直强撑着，却渐渐不大清醒了。

“察罕、察罕。”李素炫在他耳边小声呼唤，此刻才想起害怕来，也才嗅到察罕身上到处都是血腥味。只是眼下不能让他睡过去，李素炫忍着害怕找话与他说。

“我才发现，人皆着甲，身上有伤也不致命，怎么你身上只一层布，连臂甲都没有？这次没丢了性命纯属是运气。”

察罕模糊间回应着，许久后渐渐清醒了一些，努力回想方才李素炫所问，蒙眬中答了半句：“着甲不灵活……”

“那不是也比受伤强？”

察罕勉强笑笑：“我若不伤，便要伤到你了。”

“天下人只你这么算账。”李素炫摇头说道。

“此次我思虑不周，只图人少走得快，本还怕你怨我……”

“我怨你什么？你本来也不欠我的。”

“若伤到你，察罕定愧疚一生……”

“用不着。我能跑到这里来，就是什么都准备好了。”

李素炫不住与他说话，将烤饼掰碎哄他吃了几口，又喂他饮了些水。察罕累得近乎虚脱，连喘息声也弱了许多，又答了李素炫几句，再没力气说话了。李素炫不停叫着他名字，他却不再回答，渐渐陷入昏迷之中。李素炫将他手指一根根硬掰开，终于将他手中佩刀取了下来，又将他手指与手臂反复揉了揉，他才渐渐不再用力了。

李素炫忍着恐惧，每隔一阵子便将察罕腿上绦子与上臂处琵琶弦解开，用手按压，叫血流得少些，片刻后又将绦子与琵琶弦扎紧，接着去查看其他几人伤势。伤者都安静躺着，无知无觉。李素炫逐一检查脉搏，嘱咐旁人不断将伤口上端所缚琵琶弦解开，过半刻钟再系上。

夜深时李素炫不敢睡，依旧不断解开琵琶弦，又不断系上。察罕脉搏细弱，孤悬一线，无论李素炫怎么在耳边叫他名字，他也没有回应。李素炫强行稳控自己，不至溃乱，急了或实在困倦了便取出银针狠狠扎在手臂上，强迫自己清醒。

一夜之后，天亮了，她还是不敢睡，仍旧逐个照顾伤者。数名伤者身上有几处伤口已不再流血，她将琵琶弦松开了，有些还在流血，只得继续不停解开又扎上。眼下贼匪追兵未到，想是不会有人追来了，她略松了口气，留两三人在屋外警备，另几人在屋中照顾伤者，她自己单独照顾察罕。他已昏迷多时，腿上伤口仍旧流血不止，浑身冰冷。她不停叫着他名字，用小调羹盛着温热羊乳一点一点喂到他口中，心中焦虑不堪，不知道他还能撑多久，也不知道那三名联络者眼下到了何处，又怕他们找不到路径，又怕他们再遇劫匪。

日昳时分，疏勒都督府将领率大军赶到。

## 250

大军带着数位军医，将伤者抬到车驾上，众军围着车驾保护，一边慢慢回营，军医一边为伤者清创治疗。察罕上臂处伤口已经不流血了，拨开伤口，只有肉色，毫无血色。军医仔细检查后，说是贯穿伤，大约是被长矛所伤。右腿上箭镞带着倒刺，军医用一把小刀将伤口割开一些，将箭头拔了出来。一股黑血随着箭头喷出来，察罕却没什么反应，身子动也不动一下。李素炫毛骨生寒，浑身皮肤绷着，将无伤紧紧抱在怀中，挡着脸，不敢正眼看过去。

“这还行了，伤口深近白骨，幸而不及，只在肉上，筋骨无恙。”军医安慰道，“他眼下只是失血太多，这点伤还不至于好不了。这人身子壮，挨过几日发热，很快就会好起来，你不用太害怕。”

李素炫勉强点点头，逼自己冷静些。

清创包扎完毕后，军医将一块帕子打湿，将察罕伤口周围血迹仔细擦干净。李素炫这才看清楚，察罕胸口上果然有一处狼首刺青，那道劈伤正从苍狼两眉之间划了过去。昨日她为他缝合伤口时，也没觉得特别慌张害怕，却竟然一点儿也没看见。

翌日凌晨，众人到达屯所，直接入驻到军营里。

李素炫实在是困得撑不住了。带兵将领知会她，说已派人去前日战场上巡查，扫除痕迹，继续搜集散落马匹辎重。她放下了心，拜托军医照顾察罕，自己转头钻进里间，插上门便睡了。醒来时屋中黑着，她想了半晌才将前后事想清楚，打开窗子，见外头太阳早已升到了头顶。

“我这是睡了多久？倒是也睡够了。”

她嘀咕着，伸了几个懒腰，动了几动，这才发现自己依然穿着血衣，青衣血染，阴森狞厉。开门出里间，榻上察罕仍没有醒过来，身旁换了另外一位军医在照顾他。她只看了察罕一眼，心头一紧，立刻上前询问。

“还好，眼下没事，就不会有什么大事，慢慢歇缓恢复便是了。”军医答道。

李素炫握了握察罕手指，她这小手也就够握住他两根手指。这大汉手指粗壮，皮肤粗糙，常年紧握兵刃，结满了茧子，眼下握在李素炫手中有些僵硬。李素炫用了用力，察罕仍旧没反应，她瞬间恐惧起来。

“察罕……”她怯怯叫了一声。

“不十分要紧，你不用太过担心。”军医听她声音有异，知道她难过焦急，又安慰道，“这人结实得很。”

李素炫点点头，深深换了口气，强行平静了些，又问道：“其他人怎样？”

“伤得有轻有重，不过也还好，都救过来了，眼下看都死不了。”

李素炫松了口气，到门口令人将她行囊取过来，再多送些温水来。不久后，行囊与温水都依嘱咐送到了里间，她将门窗合好、插上，将衣裳脱了下来。

她后身上满是血，从后颈上一直到腿上，都是察罕的血，她自己一点儿没伤到。她将帕子打湿，拧得半干，慢慢将身上血迹一点点擦掉。投过帕子，血溶在水里，渐渐散出些腥味来，盆中清水也慢慢从浅红染成深红。几盆水换过后，身上血迹清理干净了，她从行囊里取了件衣裳换上。方才脱下那件血衣早已干硬，她卷起来拿出去叫人用冷水清洗，回了里间，去检查那几支琵琶。

三支琵琶上眼下都没有弦，无伤没有格外伤到，只是被血染透了。背板色深、木质致密，擦过后不大看得出来，面板色浅、木质疏软，血迹擦不掉，一道界线斜着，看得分明，界线上方是原色，下方血迹咬进去很深，擦过后，仍是一片绛红色。李素炫想着察罕依旧没有醒过来，强耐难过，将无伤简单擦拭后在一旁放好，出了里间，在察罕身边安静坐下来。

“我陪着他，你可以去歇息片刻。我需要做什么？”李素炫问军医道。

“不用做什么，他暂时没事，需要换药时我过来。”军医说道，又叹息着摇了摇头，“这人这辈子也不知道受过多少回伤，一道一道都在身上，许多次都伤得比这次重得多，养得却马虎，换了寻常人，死十回八回都不够。今次一定要让他多歇息，务必要将伤彻底养好，才可以再行动。”

“在下记住了。”李素炫点了点头，行礼致谢。

军医行礼后转身出去了，片刻后一个当兵的走进来，行礼说道：“先生想是歇息好了，我们将军亲自来见。”

李素炫走到屋外，果然是此间长官前来拜会。匆匆相见后，李素炫持礼说道：“请将军容在下怠慢几日，等察罕将军醒过来，在下才能放心，定会亲自前去拜会将军，谢过搭救之恩。”

长官明白李素炫心中焦虑，点头应道：“在下已命人将先生侍卫安顿好，伤者尤其仔细调治，马匹也着人饲喂照料，先生先照顾察罕将军养伤便是。在下这就去叮嘱众人，这几日除军医外谁也不要过来打扰。”

李素炫行礼相谢，长官告辞后转身离开。

有人给李素炫送了食物来，她匆匆吃了几口，又看看外面日头，早已过了正午了。远近安静，门半开着，屋中一半昏暗，一半明亮，门口强光里有些细小蚊蝇胡乱飞着，不断划出些道子来。她躲在黑暗中，觉得自己如同在做梦。前日里那一场厮杀，她当时没顾得上怕，眼下也不记得什么，只记得转眼间察罕就将她带到村中躲避，又一转眼，便到了这里。

她又看了看察罕，他仍在昏睡中。这大汉髭须浓密，晒得黝黑，一张脸如同刀凿一般，语声深沉浑厚，平日里话不很多，神情淡漠镇定，目如鹰隼。只是鹰隼也要不时寻个角落躲起来，打个盹，歇一阵子。眼下他昏睡不动，面色苍白，连呼吸也没有声音，只摸得到脉搏。李素炫勉强能平静坐着，军医屡次安慰她，说察罕不会有事，很快便会恢复。她也知道不用怕，却还是怕。军医什么伤都见过，人只要死不了、残不了，他就觉得不打紧，可李素炫没这个洒脱。眼下她只能不断调整呼吸，强行镇定。

“我但心头紊乱时，便去弹琴。只是此处无有瑶琴……”

她想了想，起身去里间取了无伤，从行囊里翻找出丝弦来重新缚上，回到察罕身边坐下，将无伤横置膝头，定了弦律，当作瑶琴抚弄起来。两手轻触轻碰，并不着力，心里头想着弦声，实则没多大响动，只指尖皮肤在弦上来回蹭着，发出些呲呲声来。

傍晚时分，察罕醒了过来。他缓缓睁开眼睛，许久才看清楚，见外头夕阳压得很低，光明赪赤耀眼，正落在李素炫脚边上。这女子娇小瘦弱，两肩挑着件薄衣，眼下身傍明光，在膝头上轻轻抚弄着琵琶，信手挑打，不着力，眉眼低垂，睫毛微微抖着，神色疲乏，又凝定。

“素儿还会弹琴？”察罕看了片刻，轻声问道。

“只会一点儿，心烦时弹几下。”李素炫答道，停下两手，起身靠近了，看着察罕，许久后问道，“你怎么样了？”

“没事了。”察罕说道。

## 251

军医按时过来给察罕清洗伤口并换药，李素炫搂着无伤，吧嗒吧嗒掉着眼泪，躲在无伤后头，不敢看，又非要歪着头偷偷看，尤其担心他上臂那处贯穿伤。察罕不停催促她，叫她出去，别看。

“没事，我现在已经不怕了。”李素炫说道，“多看就习惯了。”

“那也别看，这种事儿习惯了，有什么好的？”

“也没什么不好的。”

察罕仰面靠着，由着军医忙碌，懒洋洋说道：“知道你读过兵书，可打仗跟书上写的是两回事。一仗死一万人，书上不过一句话，站在一万具尸首里是何等感受，你读多少遍也不知道。你读读书就行了，最好永远不知道。这些脓血伤口也少看，看多了心都磨得糙硬，再弹琵琶，声音就不对了。快出去。”

李素炫只好抱着无伤到门口处坐下，闷头弹了一阵子，待军医告辞离开，才又回了屋中。

“听军医说，我胸前伤口是你给缝上的。”察罕说道。

李素炫点点头，有些难过：“我给你缝合伤口时，你一直还看来着，竟然都忘了。”

“我那会儿晕的，肯定忘，有时自己缝完醒了都忘了……你怎么知道用头发缝合伤口的？”

“我有个好友，是郎中……”

“行了，我知道了，你帮他抄书，就记住了。”

“是。”

“你以前可曾给人缝过？”

“没有。”

“没有？”

“我弹琵琶的，身边又没人爱打架，哪里有机会做这事？”

察罕顿时瞪圆了眼睛：“那你这是头次实操？”

李素炫又点了点头。

察罕十分泄气，无奈道：“……怪不得缝那么难看。”

“我自小做针线活就笨，你将就些。”

“可不就得将就些，还能怎么样。”察罕咕哝着。李素炫笑得得意，手上轻弹，无伤在她怀中不停晃动着，面板上血迹已成了淡赭色。

察罕恢复得很快，只是依旧发热，身上虚冷，伤口处还是不敢用力，走路有些费事，左手也一时做不了什么。屋门外场院很大，阳光日日饱足，坐在门口晒太阳很舒服。察罕常年行路，又常带兵作战，终日心头惕然，难得松快，身上总是紧实利落，扎着袖口裤脚，浑身上下到处都能摸出件兵器来。眼下在军营里，不用担心什么，只将佩刀放在手边，其余袖箭、匕首、飞镖、小弩机之类尽可扔得远些。他胡乱绾着头发，穿身松垮衣裳，靠墙根懒散坐着，晒着太阳，眯起眼睛来听着身边琵琶声，活像谁家邋遢大叔，惯来游手好闲，大白天的不出去做活，偏爱趁着天气好在村口处打盹。

李素炫不敢迎着大太阳暴晒，躲在门里头，一边弹着无伤，一边隔门槛与察罕闲聊。东一句西一句，也没什么正经好说的，却不知怎么就天晚了。

“太阳低了，不如你出来晒晒。都缩着躲几日了，也不怕发霉长毛？”察罕笑道。

“好。”李素炫应着，抱着无伤起身走出去，在察罕身旁坐下来。察罕侧脸看了看她，又转回头去，低头拼死憋着笑。

李素炫又将无伤弹起来，撇撇嘴说道：“想笑就大声笑，有什么不敢的，何苦要这么憋着。”

“我没不敢。”察罕低声道，“我怕大笑起来伤口疼。”

只是再怎么忍着，这大汉还是哧哧笑出声来。原来李素炫觉得自己衣裳虽然不花哨，颜色却有些扎眼，便问人要了套军服穿上了，连头发也解开按照男子样式缩了。她常着男装，本也没什么，只是这套军服太大了些，又灰戳戳的，察罕总觉得她穿了条破麻袋，袋口还没扎紧，她马上要从麻袋里掉出来了。

“哪有那么好笑。”李素炫噘着嘴巴丢了一句回去。

“不是笑你，是笑我自己。我当兵时才十三岁，没长起来，身量还没你现在大。当时也穿了这么件军服，旁人见了我，也是笑得半死。”

“你怎么十三岁就当兵了？”

“我无父母，当兵自然是为了条活路。”

李素炫轻叹了一声，又听察罕说道：“当兵的许多都跟我一样，不稀奇。乐人也一样，你不也没耶娘？”

“……也是。没耶娘，又总要谋个出路，女子做了乐人，男子大多便当兵了。我若是男子，一定也去当兵。看你跟别人厮斗时，当真觉得书乐无用。”李素炫手上随意弹着，口中碎碎说着。

“书乐如何无用了？”

“我弹琵琶，弹得好，只是你跟人动起手来，我可帮不上忙。”

“谁要你帮忙了？书乐乃开心事，打仗是苦事。人活着是为了开心，不是为了吃苦，有些人打仗，是为了有些人不打仗。若世上无有几个你这等聪明人，一生苦心研磨管弦诗书，那我这仗才是真白打了。”

“你半辈子打仗，不知死过多少回，就为世间能有这一点无用书乐？”

察罕手里拿着棵枯草玩弄着，看了看李素炫，又低头继续摆弄，许久淡淡说道：“我情愿一辈子打仗，换你一辈子安稳写字、弹琵琶。”

“……也不知道你这图的什么。”李素炫叹道。

察罕将枯草放在牙齿间咬着，往后靠着墙，枕着两手，眯起眼睛说道：“世上总得有点儿好事叫人盼着，不然我们这些当兵的一辈子只见过打仗和死人，不是太冤了？”

李素炫心里难过：“你……真觉得值得？”

“值得。”

两人聊聊便停下，歇过一阵子又聊几句，天黑后，李素炫马上叫察罕回屋里老实睡觉去。

“晚上凉，别坐这里说话了，明日太阳出来再说。”她叮嘱道，不容分辩。察罕也听话，也累，老实回去睡了。

察罕受伤醒来后，一直嘱咐李素炫别离左右，只在自己身旁，又请人从长官府中叫了侍女过来，每晚陪着李素炫，并嘱咐她在里间里头将门窗插上。察罕自己在门外头，抱着佩刀在门口处矮榻上睡着。他伤还没好，连着数日身上发热，说笑多了便觉得疲惫，却仍旧十分警惕，做事也周全。

“军营里都是男子，虽不用怕，也别全信。”他低声嘱咐李素炫。

上官每日遣人送来上好餐食，李素炫将好肉好饭给了察罕，她自己跟着吃些此间军士日常配餐。察罕明白，她心里肯定在想父亲。如是十余日过去，伤者都渐渐好了起来，行动依旧不便，好在看着不让人太担忧了。军营里许多士兵听说李素炫为天子钦差，本来不敢离得近，连着多日见她随意弹着琵琶与察罕说笑，又不嫌弃此间餐食简陋，笑得和气，这些当兵的渐渐不怕了。几个胆大的靠过来，求她几支曲子听听，见她不拒绝，很多人都不怕了，陆续围了过来。

士兵里有许多西域人，也有大唐北方各处人，无论让李素炫弹什么，她大多能立刻弹出来。有时有人唱支罕见调子，只一遍后，这女子手上便利索跟上。众人以为异能，十分惊奇，围着李素炫欢闹不休。当兵的远离故土，难免思乡，听到琵琶弦上故土歌调，心中宽慰，有时也有些伤感，有人跟着弦声高唱，也有人渐渐生出伤心来，掩泣不已。

闹过一阵子，众人散去，李素炫坐在门口夕阳里，将方才陌生调子逐一弹过，直到心中手上都记得牢靠。每隔几日，她专门抽出两个时辰来，将近来曲调全部弹习数遍，又在纸上记写。

“你怎么总也不忘这事儿？”察罕在案子边上坐着，看着，好奇问道。

李素炫笑笑：“自幼习惯了。”

又数日，李素炫与众人都厮混得熟了，众人再唱歌也不难过了，而是越唱越高兴。

“察罕将军也唱一支来。”士兵里有人嚷道，旁边人跟着起哄。

“……我不会。”察罕小声说道，声音虚弱。虽然他很黑，可李素炫还是觉得他一下子脸红了。

“男儿丈夫，怕什么，拿出些气概来。”一人在一边激他。

察罕一拳砸在案子上，大吼一声：“老子不会。”

众人一愣，旋即哄笑。

“叫你胆子大点儿，唱几句，不是这么个气概。”

李素炫知道察罕果然是不会唱，抹不开脸张口，立刻出来打圆场。

“罢了，莫要为难他。这糙汉哪里会唱歌？”

众军士大笑：“我等哪个不是糙汉？”

李素炫忍笑弹起琵琶来，众人转眼将察罕忘了，听得沉迷，又见李素炫手边纸笺上字迹工整，便央她写家书。家书要紧，她不敢拒绝，立刻将纸笔取出来，听人口述，一一录写。

众人格外兴奋，有时将李素炫围得太紧，察罕有些不悦，嫌弃这些当兵的粗鲁，过来将众人分开，叫他们都往后头靠些，后来干脆将李素炫搡进院中角落里，自己抱着佩刀挡在外头，叫人隔着自己与李素炫口述书信。

“你倒好耐心，肯与这些当兵的做这许多琐碎事。”众人散去后，察罕对李素炫说道。

“我父亲就是当兵的，说不定当初也围着人，求人录写家书。我如何能不耐心。”

“也是。”

“若没有我在这里，他们书信怎么写？”

“军中有军吏做这事，他们参军前就识些字，入了军营又会格外多学些。我认得你大唐文字，能读写，便是在军中随军吏所学。不过军吏没多少人，军队里还是不识字的多，平时军吏替人写信，经常忙不过来，有你帮这几日忙，他们肯定乐和。”

李素炫是个瘦弱女子，长得模样小，笑起来嗓音也脆生，不上几日，她那钦差名头便再唬不住人了。上官屡次恳切相请，她却不愿到将帅府居住，也不晓得与人家眷能说些什么，倒乐意与当兵的打交道。当兵的不停讨她琵琶来听，央她写书信，围着她说个不停。察罕抱着佩刀，靠着墙，伸腿拦着，闭目皱眉，忍得辛苦。当兵的觉得十分麻烦李素炫，开始各自带礼物过来。此地荒僻，没什么稀罕物色，各处士兵却都有些乡土手艺，自己颇酿了些豉汁、老醋、细酱，每样都是宝贝。

一日清早，李素炫开了一坛酒，斟了一盏，尝了一口。

“还行。这手艺比我好多了，只是不如我阿翁。”她咂咂嘴说道。

“你哪来的酒？”

“方才上官着人送来的。”

“怎么不给我一盏？”察罕不满道。

“你伤还没好，再忍忍。”李素炫好言哄着。

“这都二十余日了，早没事儿了。”察罕说着，来了兴致，“知道你酒量好，早想跟你比画比画，不然，今日试试？”

“你不是我对手，还是别逞能了。”李素炫说了一句，突然间也来了兴致，“略饮几盏倒也无妨，我还可以给你置些酒菜来。你等着。”

她说完转身跑出去了，察罕也不知道她要闹腾什么，且由着她。片刻后李素炫回来，手里端了个承盘，放在案子上。

“前几日人就说厨间里要卤羊肉，这两日里都有羊肉吃，嘱咐我到时候问人要。我张口人就给我拿了这一大碗来，还给我摘了几枚小胡瓜，新结的，很小很嫩。你等着。”

李素炫很兴奋，将小胡瓜在水里荡了几下，拔出小匕首来切成片，又说了一句“你等着”，便跑了出去，不多久，拿了个小碗进来，里头是滚热蒜油。她将蒜油泼在胡瓜片上，将手边小罐子中豉汁倒了些进去。察罕看着，笑了笑，拿起匕首来，使匕首尖将羊肉上肉冻挑些下来，丢进小胡瓜汤汁里。李素炫咧嘴笑上了，又接过匕首，在碗里直接将羊肉切了。

“这回你这豉汁多少银子买的？”察罕笑问道。

“给人弹琵琶、写信，人拿私藏来谢我的，没花银子。”李素炫絮叨着，拌着胡瓜片，“今日酒菜简单了些，此间没物料，有我也不会做。若是我阿翁在就好了，我每次馋什么了就与我阿翁说，他提早做好，我到家就开饭。有时是羊肉汤饼，有时是小鱼汤饼，汤头浓白，甜的，还有芝麻枣糊，放些蜜，拿来佐酒好得很，还有现磨浆子、花生核桃，还有各色渍物，我最喜欢醋芹……”

“你等等。”察罕打断她，问道，“羊肉汤饼、小鱼汤饼、芝麻枣糊、醋芹……你会不会做？”

“我只会吃，不会做。”李素炫连连摇头。

察罕笑道：“不会做就别跟我唠叨，害我白白流口水。”

李素炫咯咯笑了阵子，收敛了顽皮，正色道：“察罕将军，你半生打仗，就为了世间一点无用书乐，我今日专门为你弹琵琶，认真相谢。只是，酒许你饮几盏，却不许多。”

察罕点了点头。

李素炫举起酒盏，认真说道：“我从小都是别人照顾我，我不曾照顾别人，也不会照顾别人，今日只羊肉与胡瓜就将你打发了。你刚相反，半生里都是你照顾别人，不曾有人照顾你。今日我与你斟酒，让你好好听我琵琶，权作是照顾。第一盏酒，先谢你没死，不然我后半辈子定然没一日好过了。”

她说着痛快将酒饮了，抱好无伤弹起来，弹得格外认真仔细，比在天子金殿上奉乐时更诚心，不敢随意，欺察罕不挑剔。每一曲完毕，便过来为察罕斟一盏酒，自己也饮几盏，又回去重新抱好无伤弹起来。

察罕知道她性子顽皮，却心中赤诚，不想白费她一番好意，今日索性好好享受一番。他靠着身旁厚垫子，饮着酒，尝着羊肉与小胡瓜，听着她手上琵琶声。

“谁说书乐无用？果然仗不白打。”察罕笑道。

李素炫看他一副自在随意，心头交杂感慨：“察罕并不简单，却又单纯，半生历过多少寒凉，本心从不更张。本以为他走路，我读书，各自是学问，各自是修持。如今想想，我才是修持，我才要坚守，他却是先天充沛，一切不过自然而然。”

五六盏后，李素炫不许察罕再饮酒，察罕也听话，不与她犟。李素炫每弹完一曲便过来饮几盏酒，很快饮了大半坛，仍不尽意，脸色身段上却没什么酒态，弹起无伤来也只如寻常。

察罕有点儿傻，愣愣看着李素炫。

“早跟你说过，我饮酒不醉，你不是我对手。天下弹琵琶、作诗、著文、写字，什么事都有的是高人强过我许多，唯独饮酒，我从来没有对手。饶你壮汉，也不敌我。”李素炫得意说着，又回身弹起了无伤。

察罕笑笑，也不分辩。

“以为天下只我饮酒不醉，不想竟还有人与我一样。罢了，容她骄傲一些也无妨。”

# 第十一章 辭别

至德二载（757年）四月—乾元元年（758年）八月

# 252

军营中衣食粗陋，人事简单，众人过得欢闹，不大计较日子，李素炫想起来时已是四月里。此时察罕伤势恢复得差不多了，其他伤者也已大体痊愈。李素炫并不急着出发，左右算日子也满来得及。众卫士都是军人，寻常里难得清闲，此处有人照料衣食，李素炫想让他们多歇息几日。众人不大出院落，营中士兵时常过来探望，一同吹弹说笑，轻松快活。将官也多有人过来专门探望察罕，都是他从前旧友，相聚欢谈，说些从前战事。李素炫偶尔听到几句，听得心惊，他们却不过是随意说笑而已。

察罕不许李素炫单独与一众士兵打交道，有人来拜访察罕，与他相谈时，他命令李素炫独自在院中寻个荫凉处弹琵琶或写字。一日傍晚，送走旧友，察罕过来寻李素炫，听到她正轻抚无伤，在弦柱上不断找着，唱着支调子，声音很低。

> 喝问青史，几曾得允，恨战稍歇。狂沙漫卷征云，嘶鸣跃跃匣中铁。干戈陷阵，锋镝厉声，明光甲裂。寒烟落，深草埋枯堑，大纛滚浊泥，狼鹗恣虐。万古杀伐，功名尘土，苍生微芥。
>
> 长夜。回首向来，霜雪磨难，出远塞，归路绝。此身可当千百战，死生何须悲切。刃寇仇，浑不惧，碎骨成屑。未悔刀剑阳刚，百丈血肉，数尺太平，一寸书乐。但求笔墨弦柱，黄钟不灭。

察罕觉得她声音很好听，静静站着，听了许久，直到她停下来，他才走过去，也不说话，只在案子边上坐下来，看着她，浅浅笑了笑，神色很认真。

“怎么了？”李素炫问道。

“跟你说件事。”

“……你说。”李素炫见他如此郑重，心里莫名有些慌张。

“来时，我本是想先送你去疏勒城，传授典籍后再带你到这里来。”

李素炫点了点头：“你说过你以前当兵就是在这里，还有许多旧相识，想来见见。”

“这条路我常走，想见他们有的是机会。特意带你来，是有别的缘故。”

“什么缘故？”

“你母亲是西夜人，他那里人也事耕种，也事牧养，却不大四处行商，不会轻易离家很远。我一直想，你母亲大约就是在离西夜不远处与你父亲相识。安西都护府下设四镇，其中疏勒都督府统辖西夜，二者只几百里路程。所以我打算带你到此处来碰碰运气，看能不能打听到你父亲消息。”

李素炫瞪大眼睛看着察罕。

“长安城遭贼人攻占，纵然来日朝廷收复，只怕也毁得差不多了。何况年深日久，就是不遭兵灾，兵册也难说还在不在。万一你回去找不到兵册，一定要一生失望。疏勒都督府分几处屯兵，历来兵册都不在各屯所，而是在都督府治所。我在这里有不少故旧，到此间不久便委托他们去请此处上官帮忙，派人到都督府治所，将此事知会都督府大帅，请他相助。你是钦差，你若开口，此间长官与都督府大帅定然帮忙，我单独请旧友相助，是不想叫你提前知道此事，怕到最后查无所获，叫你白白盼着，又失落。”

“那你今日告诉我，就是查到了？”李素炫愣了愣，突然急切问道。

察罕点点头。

李素炫反而呆傻许久，说不出话来，又许久，慢慢缓醒过来，连忙问道：“那兵册在哪里？我能不能看看？”

察罕笑道：“你奉旨前来，身份不凡。上官帮你找到父亲兵册，可是好大人情，怎么会将兵册交给我？肯定是要亲自拿给你看了。”

“……方才那几人来，说上官请我今夜赴宴，是为了将兵册拿与我看？”

“自然是了。”

“怪不得你告诉我这次一定要去。”

“人请了你多少回，你也不应。眼下我伤好了，你也没借口了。”

“不是借口，你伤势未愈，我当然不能往他处赴宴，丢你自己在这里。”

“那我现在好了，我陪你去。”

“如此再好不过。察罕……多谢你想得仔细……”李素炫手足无措，除了谢，不知还能说什么。

“谢什么。”察罕笑道，“去准备一下，换件衣裳。别穿这件军服去，实在难看。”

李素炫满心欢喜跑回屋中去了，察罕回过身来，瞥见案子上丢了张小笺，写着几行字。拿起来看了看，是李素炫方才所唱调子，曲牌为《大破阵乐》，旁边一行极小字，注明“调寄林钟商”。察罕不大懂词乐，品不出什么韵味来，但认得上面文字，看得懂词中意思。自古将士厮杀流离，死无所葬，才换了俗世太平，可享太平者却大抵看不起武夫。出了军营，他这半辈子里，唯有李素炫如此感激他，他心中十分触动。

李素炫很快收拾停当，又到了庭院中。织丝圆领袍，通身素简清秀，腰悬紫箫，衣袂垂坠，幽然有华，利落绾了青丝，插了木簪。她两眉俏丽，双目流波，身姿玲珑，像块小玉料，打磨得仔细，水润可爱，又着男装，淡咬口脂，不染脂粉，不饰钗环，看着只如谁家俊俏儿郎。

察罕咧嘴笑了笑说道：“觉得你还是这般素淡些更顺眼。彩衣繁缛，像枚小胡瓜刷了蜜、涂了膏脂，倒不清爽了。只是女子皆爱锦绣红妆，你为何从来只着素色衣裳？”

“我小时候，师父说我样貌清冷，华服浓妆都不好看，唱起歌来，嗓音也清淡，不甜腻，冷了些。世人爱的是热闹，定然只喜欢听我弹琵琶。若有人不嫌我轻衣素淡，又喜欢听我安静唱曲，便是此生知己。”

察罕笑了笑，没再说话，想起李素炫刚刚所作词句来。

两人收拾停当，带了几名侍卫，随此处校官前往上官府中。西域路远，轮换艰难，士兵与长官皆常年驻扎，许多人拖家带口，长官单独有府第，虽不及长安城中官邸，在此处已是好宅子了。府第中也有侍女及仆从，察罕带着李素炫到达时，后宅已备好酒宴，侍女与仆从正在穿梭忙碌。

与长官行礼相见后，李素炫道了谢，感谢长官派大军解救，并将一行人在军营中庇护许久，之后，便询问兵册之事。长官能想到李素炫眼下焦灼，寒暄几句后，将手边一轴书卷拿起来，退去书衣，缓缓展开。

李素炫看着，不敢稍微错目，却忽然觉得眼前恍惚，看不清楚，好像许多字也不认得了。书卷慢慢展到最后，她看到纸上有新添朱砂，标记出两个名字来。

“察罕将军遣人请助，孝义事大，在下不敢不用心，立刻着人前赴治所，请大都督帮忙。当朝兵册要到下一朝才销毁，所以这兵册应当还在，只是数十年间兵卒数万人，轻易找不见。大都督寻了许多人手，翻找了近二十日才找到。先生父亲李姓，名成，长安籍，开元十七年前后在军中，约在开元十七年五月到翌年三月间殉职。照此找了许久，最后找了两人出来，刚好在一个遣战小队里。”

朱砂所标两个名字，一是李成，一是李诚。

“兵册上再无第三人符合，只这两人，却不知两人中哪一位是先生父亲。”长官殷切说道。

李素炫轻轻点了点头，先是称谢，又怅然间说了一句：“只是这兵册上只说长安籍，却没有说是长安哪里。长安广大，不只是长安城。”

“征兵地怕人逃役，会记得详细些，我这用兵地不记太细，每人就记这几个字。先生若回了长安城，能找到兵册，上面应当有村镇名字，并父亲出生年份也能知道。”

李素炫仍有些担心：“不知如此查找准不准？”

“应当是准的，上官遣了不少人手，将疏勒都督府本朝兵册全部查过，西域士兵不用看，只看唐兵，许多不是长安籍的，或不姓李，名也不是成，或服役年份不对。什么都对得上的，果然只这二人。”

李素炫含着泪，笑了笑，又酸楚。

“多谢将军，如此我便知道，我父名李成，或李诚，不是李程，不是李澄……此番果然没有白来，在下感激万分。”

“先生不用客气。思量父母二十余载，其中忧思心痛在下想得到，不敢不帮忙。只是这兵册上并未记录更多，别的便无从知晓了。”

李素炫知道，上官是在告诉她，父亲最后如何战死、埋骨何方，兵册上并没有记录。也许他被军中兄弟郑重安葬，也许尸身不收，没于荒野，当兵的如此结局也不意外。她难过了一瞬，强迫自己振作了些，复又行礼，露出些欢喜神色来，又与上官说过几句话，随着到了筵席上。

今日上官备酒做东，到场者除李素炫与军中将领外，也有李素炫所带两名唐将，察罕与诸将多是旧日同袍，也被相请列席。当兵的没那许多繁缛讲究，上官说了两三句，便叫开宴。席间一时欢闹，上官职责在身，不饮酒，李素炫鲜少当生人面过多饮酒，二人颇谈了阵子，上官说些西域逸事，李素炫讲些长安旧闻。诸将能到场者今夜皆不当值，只与察罕纵情对饮，察罕也不相拒，很快诸将面露酡色，看看不敢再多饮了。

放下酒盏，有人解了笛箫笳管吹起来，有人击节相和，有人唱起来。戍边辛苦，军营里也没什么新鲜玩乐，终日操练、巡守又枯燥，多数人都会玩弄些管弦，寻常拿来打发无聊。今日借了酒兴，便把弄上了。

长官与李素炫听到乐声，往那边看了看，都笑起来，接着，李素炫听到有人弹起了琵琶。循声找过去，弹奏者就在她身边不远处，看他手上弹法并不繁难，却很熟练。此人快活弹过几段后，瞥见李素炫正听得认真，忍不住得意，咧嘴对她笑上了。李素炫忽然想起来，那日率兵到小村里接应她与察罕的，正是此人。

“你倒不怕，敢当着钦差面弹琵琶。”上官说道。

“如何要怕？我看这钦差也不凶横，比上次那位没人根的强多了。”那人趁酒兴，笑着说了一句。

“王巨，说话留神，莫无礼。”长官嗔道，又笑了笑，“我不是说凶横不凶横……倒是忘了说一声，尔等只知道钦差乃是皇家道官，以官秩受天子命，却不知李先生乃是天下顶尖琵琶弹家，昔年以《大破阵乐》制敌，调用的就是琵琶。你这两下子比猫抓好些罢了，竟也敢当钦差面弹起来……净沟子撵狼，胆大不晓得害臊。”

那人听了这几句，立时吓得不敢弹了，旁人纷纷围了过来。

“《大破阵乐》？我听说过。云是大内琵琶伎制献，将殿上番使唬得再不敢得意，圣人道是弦鼓当得千军万马，以五品军功赐她脱了奴籍。”一人说了几句，又转向李素炫问道，“在下说得可对？”

李素炫笑着点点头。

“你怎么知道？”旁人搡着那人问道。

“当时我就在长安城里卫戍，这事儿别人不晓得，当兵的怎能不知道？长官与我等说了多少回，道是大唐雄悍，女子尚且奋跃如此，男子怎敢不冒死。”

众人说了半晌，纷纷与李素炫致礼。那个叫王巨的不敢再弹了，将琵琶双手捧着，偷眼看着李素炫，很想请她弹奏一曲。只是自己官秩低了许多，又晓得李素炫是当年制献《大破阵乐》者，心中又怕又敬，不敢开口。李素炫立刻明白了，笑了笑，将琵琶接在手中抱好，又接了拨子。众人立时都不嚷叫了，后退回席位上坐好，静静等候，听李素炫调校弦轴，并用拨子在弦上试探力道。

实在说，这琵琶破了些，连那拨子也是个破的。若是在长安城，尤其在宫里，破成这样早给人扔了，在此间却仍旧是宝贝。李素炫试探过几下，心中暗笑，这琵琶又破又旧不说，上头缚的也不知道是筋弦还是肠弦，甚至不知道是不是琵琶弦。此地不比宫中和城里，讲究不了太多，当兵的也不挑剔，倘若弓弦弹得出声响来，他们也能狠心拿过来用。

李素炫手上精熟，试过之后，很快有了把控，又稍微弹过几句，便顺畅起来。她沉下心来，调服气息，连弹几曲。这破琵琶在她手下出声全然不同，虽比不得无伤与五色琵琶，却也全不是方才王巨所弹声响。众人听破琵琶声听惯了，今日听到弦声迥异，大为惊奇。

“……先生怎的能将这琵琶弹出如此声音来的？”王巨嚷道，“以为也就是手上比我利索。”

李素炫只能笑笑，这事儿哪里说得清楚。王巨也聪明，马上明白了，跟着笑起来，再不追问。

众人不敢再多请，李素炫将琵琶放下，又与上官聊起来。旁人又开始吹弹歌唱，一开始还有些拘谨，慢慢酒劲上来，也就不管了，只是那王巨不敢再动琵琶。闹到半夜，上官令众人散去。李素炫起身告辞，与众人行礼，王巨小声问了一句：“不知先生手中琵琶……是什么声音？”

众人都不言语，连上官也不出声，隐约晓得这人什么意思。西域军营不比长安城，哪里有那许多消遣，一支破琵琶弹得顺些，人都听得欢喜，何况就是在长安城里，也不是人人都能听到李素炫几曲文武。眼下有了机缘，众人十分想听听她那五色琵琶，只是不敢开口。终究她眼下是钦差，不敢将她作乐人看待、支使。

李素炫微微沉吟。人没开口，她没法先允了与人弹奏，可又分明知道一众将官心里头盼着什么。

“敢问将军，不知这西域军中鼓吹如何？”她问了一句，若无其事。

“自然与长安城里不一样，只是在下说不清楚。”

“我见过太常鼓吹与长安城中仗内教坊鼓吹，却不知边陲军中鼓吹如何，可否容在下一闻？”

“先生还好奇这个？”上官不解。

“一时兴起。”李素炫笑道。

上官突然明白她用意，立刻行礼道：“先生放心，一二日后我便请先生过来，一睹为快。”

李素炫笑着谢过上官，行礼告辞，随察罕与一众侍卫离席而去。

“我猜，你不是当真要听人鼓吹，是想给人弹琵琶。”离得远了，察罕小声说道。

李素炫只笑了笑。每日在这军营里，她总是想起父亲来，当兵的求她什么事她都会答应。

## 253

不过一二日，上官再次相请，翌日李素炫着猎装随卫士到了校场。棚帐里挤了不少将官，各着戎装，各有刚武，场地里，军中鼓吹已列队完毕。

见礼后，长官指着鼓吹队伍对李素炫说道：“京师中卤簿仪仗讲究，鼓吹者都是乐人，我这里不是乐人，都是当兵打仗的，本事不如太常寺与仗内教坊乐人。只是打仗的也有一番豪情，不打仗的也学不上来。今日让先生看看，我等也不怕露怯。”

李素炫立刻行礼相请，上官传令下去，场中立时鼓吹大作。数十军士手持笛、笙、排箫、筚篥、笳管以及大小羯鼓、建鼓、定音鼓齐奏，又有各色铙钹混杂，声音嘹亮奋锐。寻常人听乐时，图个好听顺耳、管弦有情，鼓吹乃国家威仪，第一所图是气派、阵仗，定要刚阳矫悍、声势振赫，以壮己心，以溃敌胆，军中鼓吹尤其如此。无人求什么细润温婉、一唱三叹，而是愤如雷吼、胸臆洞开，一副睥睨傲横。

“是了。”李素炫心中叹道，“打仗果然是要如此响动，我这内家琵琶上几根细弦可没用。”

“先生看我这军中鼓吹如何？”上官骄傲问道，“不及内乐清贵细致，气势却是有的。”

“果然军容壮大，金戈悍勇，与内乐不同，却是别有声势。在下佩服。”李素炫立刻行礼说道。

“今日只在这小场子里，就这几十人，将就了些。若是出门在外，军中骑吹更是气势。”

上官说着，一副意气。李素炫欢喜想道：“到底是当兵的，不忸怩。我多少次四处访求宫外琵琶，也就萧娘她们不拘束，我想听便与我弹。旁人明明个个弹得好，一听说我自宫中来，都吓得不敢弹了。”

一番热闹过后，撤了鼓吹，上官置酒款待李素炫，众人席地坐好，立时欢声笑谈起来。

“先生那琵琶……可否容在下一听？”王巨靠过来，赔着笑，小心问道。

“如何不可？”李素炫笑道。她今日来时特意带上了五色琵琶，眼下就在身旁察罕手中。

王巨立刻欢喜行礼，李素炫转身接过五色琵琶，解出抱在怀里，连弦律也没来得及调校，众人便忽地围了过来。大唐军中以琵琶传令，故有“欲饮琵琶马上催”之说，可军中琵琶与宫中琵琶可不是一回事。军营里没几个人有机会入宫，谁也没见过如此锦绣琵琶，不消听声音，看一看也都傻了。众人挤成一圈，盯着李素炫怀中琵琶，那王巨更是眼也不舍得眨一眨。

“行了，都后撤些。”见众人将李素炫围得紧，察罕已打算过来解围，长官笑着说了一句，“光看有什么用，你等就看得眼珠子掉出来，也不如好好听人弹。”

众人立刻后退坐好，看李素炫利索调了弦律，握好拨子。一曲《郁轮袍》弹过，众人都不作声了。这些人都是多年打仗，身边都死过不少人，不通乐律，却听得出弦上杀意，晓得那一番兵甲声威、激昂惨烈。寻常人听过一曲《郁轮袍》，想的不过是几句文人辞赋，把着酒盏，说些壮怀激烈、青山埋骨，便觉得是一番豪情，是天下胸怀。眼下这些人却是历年刀头上连血滚过来的，听着弦声悍烈，想的是战场上无数断肢残躯，血腥弥漫，令人作呕，垂死者痛苦呻吟，在尘土中挣扎，直到断气也无人理会。许多战场无人打扫，不消几日，己方敌方无数尸首烂在一起，连同大纛旌旗一起成了浊泥，许多年后，连箭矢锋镝也都糟朽，手指一捻，便碎成了粉末。说起战争，打过仗的和没打过仗的，想的永远不一样。

“听先生弹过这一曲……好像以前打过仗似的……”众人沉默许久后，王巨喃喃说道。

李素炫笑了笑，没有回答。父亲便是当兵的，最终死于战事，此事她从小就想个不停。一月前路遇劫匪，亲眼看见双方厮杀，转眼间四周都是尸首，察罕带着她飞奔，伤处鲜血涌出，将她整个后身与无伤染得透遍。她为他缝合伤口，照顾了他一夜又一日，怕他会死，心中惊恐难忍。经历过这些后，有些事情她慢慢懂一些了。

众将领纷纷致礼，不胜感慨，也心生感激。李素炫还礼后，将拨子握好，拣了几支清淡曲调，重又弹起来，推捻柔和，行拨舒缓，弦声轻盈若滴。众人也松弛下来，且听一曲静澹。

李素炫今日到这里来，就是为了给这些当兵的弹琵琶，人请她弹多少，她便弹多少，有人知道一些曲名，点名要她弹某支曲子，她也不拒。累年当兵作战，哪有这等清闲，哪里听得到如此好琵琶，众将领听得心醉，连饮酒都忘了。直到最后，察罕笑道：“你们打仗辛苦，今日钦差特意前来劳军，只是弹琵琶也辛苦，也该叫她歇会儿。”

众人恍悟，连忙道歉，将李素炫酒盏满上，又殷切劝她多饮食。李素炫也果然饿了，将五色琵琶横置膝头，拖过蜀锦来盖上、护好，凑着食案赶紧先吃几口。无意间抬头，见王巨正看着五色琵琶，满眼艳羡。李素炫立刻将木箸放下，擦了手，掀开蜀锦，托着五色琵琶连同拨子一起递给他。

“王将军可以试试。”她笑着说道。

王巨连连摇头：“在下不敢。我这手常年握刀拉弓的，跟一对锉差不多，怕这宝贝琵琶挨不住。”

“这琵琶看着金贵，其实没那么娇气。”李素炫笑道。

王巨迟疑片刻，犹豫着将五色琵琶接在怀里，不住爱抚，没弹一下，心中便欢喜无比。

“弹弹也无妨。”李素炫怂恿道。

王巨想了想，下了决心，持拨弹起来。手上自然远不如李素炫，然换了支好琵琶，弦声明显好听许多。他越弹越高兴，不住弹着，周围人也不住起哄，连声夸赞他弹得好。李素炫见他待五色琵琶恭敬小心，放了心。

王巨替她为众人弹琵琶，她倒轻松不少，转身饮食，又与察罕和上官闲谈，听他们说起许多西域逸事，十分尽兴。

日昳后，告辞时，王巨将五色琵琶交还给李素炫，满面不舍，又郑重行礼道谢。上官仍旧安排侍卫送察罕与李素炫回宿处，在大门口，李素炫请那二人稍等，转身回屋从行李中取出一支琵琶来，请那二人交给王巨。

“这是我从长安城带来的。此地都是胡琵琶，唐琵琶想来难寻，请二位将这支琵琶带回去交给王巨将军，就说李素炫殷切相赠，盼他战事之余能弹奏开心，在下不尽荣幸。”

二人欢喜将琵琶接了，行礼谢过，开心说道：“王将军弹琵琶我等都喜欢听，若他得了这支好琵琶，我等也跟着沾光。”

李素炫笑笑，行礼送走了二人。

## 254

休整过一月多后，上官遣数百带甲兵士保护，一行人再度出发，向疏勒城行进。眼下不用再担心了，大漠中贼匪纵然聚众，至多也不过数十，无论如何也不敢袭扰大股部队。到达疏勒城后，李素炫无暇四处闲逛，立刻遣人与城中道观监院接洽，很快将一切都准备好了。

李素炫就宿在道观附近。歇过一夜后，准备了一整日，又过一夜，清早起来，她郑重穿上道门青衣，束青丝，戴玉冠，插了玉簪。自入西域地界她便脱下道衣，每日只以俗家衣冠示人，到眼下已近两载。察罕已两年不曾见过她着道衣，甫一见面，他看得愣了片刻，许久后又慢慢笑起来。

“你整日弹琵琶、写字，我都快忘了你本是女冠了。”

讲堂中，十余位城中道人与修真者已在等候，众人围坐，李素炫开始讲授，旁边有数人执笔记录。讲堂中很安静，无人随意说话或出声，察罕在门口处候着，看看日影，听着树叶沙沙。

疏勒扼西域商路要冲，人群熙攘，往来繁忙，是座热闹大城。西域多荒漠，可水源也多，凡有人聚居、起建大城处，必定是水草丰美，且佐傍大河。城中草木可称繁盛，观中庭院里有棵巨大树木，此时已结成浓荫。

出拜霜国时，四处绿意新萌，枝条上只有些细碎嫩芽，察罕受伤后一直在兵营里养伤，兵营里却没什么草木，稍不留神，别处树木已茂盛起来了。眼前有春日深绿，讲堂中有人研习道法，道观不大，也有一丝世外清凉。

第一日授法完毕，众人散去，本观监院与李素炫说了几句后也告辞离开。察罕走到李素炫身边，好奇问道："大德皆升座讲法，你怎么跟人围一圈便讲上了？"

李素炫收拾好纸笔，随察罕向外走，边走边说道："大德道行精深，皆有心得，有己见。我又不给人讲什么心得、己见，不过是累年背书，怎么背的怎么给人讲，不敢称大德，不需升座。"

本观监院将一切安排得稳妥，李素炫每日清早在讲堂中与众人相会，简单行礼问候，一句多余话也不说，从日升到日落忙过五六个时辰，连续两月不曾歇息，共授道典十二部，并各方家注疏考略也择要一一传授完毕。

事项过半，一切顺遂，李素炫松了口气，打算歇息几日，在城里四处看看。市所她已经没什么兴趣，却依旧想到酒肆中听人弹唱。

"就知道你得了这病，忘不了这碴。放心，我已着人将城里酒肆打听清楚了。"察罕笑道。

眼下瓜果离藤，甘甜爽口，天气又热，酒熟得透。每日瓜果就着醇酒，听着各方人弹各色琵琶，吹各色笳管、筚篥，也打各色手鼓、腰鼓，又唱八方歌谣。李素炫十分惬意逍遥，只是回到观中仍要忙碌许久，接连弹习牢记，又多记写，一日不落。

城中也有佛寺，有人在佛堂讲法，李素炫也不时听听热闹。此地仍与百余年前玄奘法师途经时一般，累年伽蓝繁盛，人皆信奉小乘教说一切有部，僧侣虔诚，日诵百偈，只是仍旧肉食，不似中土佛弟子一般戒断荤腥。察罕好奇问道："你中土僧侣为何都是素食？"

"早先也吃肉，两百多年前有位皇帝，叫萧衍，崇信佛法，连颁旨意，令天下僧众戒断酒肉。那之后中华僧侣便不食酒肉了。"

"你中华僧众倒严谨，两百多年前皇帝旨意还遵照，此间和尚却宽松快活。"

"白马西来之前，我中华就已有了道法，道法求清气，本也不倡肉食，素食本就是累世之风。中华物产又丰盛，素食也有各色花样，也一样吃得饱、吃得好。此间不同，冬日里没什么果蔬，粮食又少，唯肉食四季不断，若戒断肉食，人就得饿着了。佛法不会如此刁难人。”

“那你中华僧侣冬日里吃什么？”

李素炫笑道：“我猜，此处多半没有秋菘，就是有秋菘，也肯定没有豆腐。”

“……果然没有。”察罕大笑。

二人说笑间在寺中逛了逛，随意进了间殿阁，见满墙架格上系着小签，写着简单字迹。凑近看看，都是人名字，再向前，架格里供着灵牌，有的用大唐文字写着人名与偈语。

“此间风俗，若有人身故，亲人会在这里捐一点儿钱，将死者供奉在这里，有僧侣每日按时祭拜、打理，行商才放心出远门。”察罕在一边说道，“族属不同，风俗有异，或供名签，或供画像，也有死者生前心爱之物，情人供奉当初信物，唐人多供奉灵牌。”

李素炫看了许久，幽幽说道：“听我师父说，他当日在坊道边遇见我时，我有个名字，意思是小女童。想是母亲有身孕时，父亲不知道是儿子还是女儿，没有来得及为我起名字……”

察罕立刻晓得她心思，劝慰道：“你肯定是想起父母了，不如在这里为双亲供奉一座灵牌。”

“我向来不以佛道法事遣怀，也不知道做这些有什么用处，只是看别人做了这许多，心中感触。”

“可以做了试试，左右都走到这里了。”

“天音师父说‘因果只在己身’，旁人焉能救度，按我中土佛法精义，也说人死后境遇系于生前业力，种什么因，得什么果，所以才有‘求人不如求己’之说。我师父没了十几年了，我从不曾为他做法事超度，我不信这些，更不知道供座灵牌能当什么用处。”李素炫喃喃自语道。

“这事儿有没有用，我也不知道。”察罕说道，“西域人多信奉佛法，也不少信别的，我每次路过各种寺庙，都会进去看看，打听一下，看按他那里讲究，活人能为死人做什么。人怎么说，我就怎么做，有用没用却不知道。”

“那为什么要做？”

“我每次都是刚好路过，也不急着赶路，顺便就做了。这些事，若有用，就能帮到死人；若无用，至少也能帮到活人。难不成心里苦就只能挨着？有件事能做总会好些。”

“你祭奠什么人？”

“从前一起打仗的。”察罕笑了笑，有些苦涩，“有西域人，有唐人，一大帮子……死差不多了。”

李素炫沉默许久，低声说道：“可我不知道父亲到底叫李成，还是李诚，不知道灵牌上该怎么写。”

“他二人在一个遣战小队中，定然多年一同作战，彼此效死。战场之上，同袍之义甚于手足。我想，你眼下也不必纠结，不如将一位认作父亲，一位认作叔父，一并供奉。”

李素炫回身看着察罕，点了点头：“……你说的是。”

她寻了寺中僧侣，厚奉金银，亲自动手写了灵牌，上头写了“父亲”“叔父”字样，下面写了二人名字，写上偈颂，落了款识，又为母亲制了灵牌并排放在一处。她不知道母亲姓名，只写了“母亲”二字，心中感触。

僧侣诵经祈祷后，将灵牌奉入祭堂。李素炫从腰间鱼袋中取出一对耳坠，金丝掐线，穿着红豆与珊瑚珠子，做得极精致。她非常喜欢，耳坠又小巧，一直放在鱼袋中带着。今日取出，分别用小块软布包了，封藏进两座灵牌基座里。

“父亲、母亲，这红豆产自中华南国，历来为相思信物。孩儿一生纵相思也无着落，父亲与母亲却能亲爱结合，想来此生也不留憾。昔年父母精血孕育，赐了孩儿此身，此恩不敢忘怀。这对红豆乃孩儿多年心爱之物，今奉灵前，以寄思念。盼父母泉下重聚，不负昔日相爱誓言。”

她在灵牌前持礼祝祷许久，察罕在一边默默看着她，心中不胜怜悯。

遵本地风俗做好了这一切，李素炫出寺回了道观，又仰女冠所修，格外请了道人，择日恭设法坛，斋醮行仪，并亲撰疏文，祈请高真赐福亡魂。眼下伤感交杂，别无他法，一腔遗憾，也只能如此略微抚慰。只是依佛道规矩将这些都做过后，她并没有觉得轻松多少，她终究还是不大相信这些，自己也难免叹息。

“察罕说得对，人读书，就聪明，心眼就多，有事就拿来想事，无事就拿来心烦、难过。”

六月二十四，荷花诞日。清早，李素炫带上无伤，带上一坛酒，出了疏勒城。城外有草坡，有树，听察罕说不远处有大河。李素炫不想走远，出城不久便下了马，放任赤骏独自逍遥，将酒从马背上取下，倾了一盏，浇酹在地，向着长安城方向恭敬拜过，在树下坐好，解出无伤轻弹。

这里很像龙首塬，荒草无边，零星开着细碎野花，偶尔有树木。李素炫可以背靠树干，轻轻闭上眼睛，听听风声，就当自己果然是在龙首塬上，在师父身边。这一年多来，她每日忧心长安城，忧心长安城里她的人，不知大唐何时重回太平。她终日强自忍耐，不至溃乱，看似安然，实则心中疲惫不堪。今日且将这些全都放下，静静弹过一日，什么也不想，只想师父。

李素炫在师父身边十年，师父离开却已经十二年了。有些事情能被岁月一点点锉平，有些只是换个法子挨着。如今她不会再时刻想着师父，只是时常猝不及防被什么触动，或是几句调子，或是半阕诗词，或是某种颜色、形状，或者什么也没有，无非安静坐着，也无缘故，也无征兆，便想起师父来。她仍会瞬间伤痛难敌，周身压迫，心疼得仿佛撕开一般。可是认真想时，又时常没什么感觉，往事无数，早已淡如云烟，自己不过冷眼旁观，仿佛只是别人的事。

“我记得这调子是阿娅教给你的，你好像很喜欢。”李素炫停下时，察罕无意间说了一句。他一直在她身边，随意拔着手边野草玩弄着，静听无伤。

李素炫一怔，发觉自己无意间起了支调子，果然是阿娅弹的那一支。她笑了笑，轻轻说了句：“许久不弹，温习一下。”

“你不是经常弹？”

“经常弹？”

“是。我都听了多少回了，很好听。”察罕笑着说道。

李素炫没有再回答，或许她真的经常弹，只是自己不知道。她不时常想起阿娅来，也不愿意想起来，每想起阿娅，总要想起阿娅说过的一句话。

“我不要下一世，若没有下一世如何是好？”

这问题阿娅可以不在乎，李素炫却不能不想。她很想知道人到底有没有来世，师父是不是在那里等着她，师父知不知道她也在等待。等待如果一定有结果，就不辛苦；如果注定没有结果，也不辛苦，就怕这不知道、不好说、不一定。这问题她不知该去问谁，也不知该怎么问，也不敢问。她小时候也没有问过师父，不知道师父相不相信有来世。

“师父允我来世，那他一定是相信了。”李素炫这样想。只是，纵然师父相信，她却仍旧迟疑。若有来世，若有师父在那里等着她，今生何惧一死，许多事情无须再受煎熬，许多时候无须再苦苦支撑。只是，若无来世，贸然放弃抵抗，听凭生死，岂不是连今生这一点思念也没有了。她期盼来世，又害怕没有来世，活得拧巴，却也不敢死，辗转纠结，就是没法子。她精研道典，又习佛法，却满怀凡心，多少尘障，一个也看不破，多少不甘，一丝也放不下。俗世无穷羁绊，困不住傻子，偏是机灵人陷得最深。

李素炫两手无意弹着，心中胡思乱想，又不住斟饮，如此平淡过了一日。

察罕再没有说什么。去岁这个时节，有一日，一整日，李素炫也是如此。她与师父卢菡之间许多过往，察罕自然不知道，看她神色有些伤感，却似乎也不特别难过，察罕也猜测不到什么。

“去岁今日，你也是如此度过。”回城时，马匹走得缓慢，察罕说道。他并不想打听什么，只是无意说了一句。

“我师父若在，今日满五十二岁。”李素炫恍惚间说道，“想来颇沧桑了。”

察罕轻叹，再未发问，李素炫怅然看着远方。天边有数座雪山，山下密林深茂，步步为营，一路仰身向上攻杀，将雪线逼退到靠近半山处，双方对峙着，各自死守。夕阳渐渐压低，将峰顶积雪染得赤红金黄，粼粼闪照。李素炫如今已知道，雪山定然高大，只是离得远，看不出来。

“那是什么山？”李素炫问道。

“不知道，但朝那边一直走过去，是慕士塔格峰，属昆仑山。”

“慕士塔格峰？若我所记不错，玄奘法师去回都曾经从那座山脚下绕过……不想此生我竟然能来这里。可惜不及靠近了看看，若是到了山脚下，定然有些好听歌谣、好听传说。”李素炫兴奋，又有些遗憾。

“歌谣自然有，可惜我学不上来，传说也有，怕你不会有兴趣。”

“为何？”

“我走遍西域山水，到处都有传说，大同小异，十中有九不过是男女相爱，爱又不得，幽恨不甘之下殉身而死，化作山川江河、花草树木、宝石美玉，乃至各色管弦吹弹。世间好物皆得自伤心，都是历代痴男怨女所化，只有那鬼城是鬼变的，变了又拿来住鬼的。至于为何爱又不得，各有缘故，有时是耶娘无情，有时是王侯歹毒，有时是怪物成精捣乱，什么都有，都不一样，只有结局都一样，若爱，定然不得。若得了，世间怕是什么好物也没有了，单剩个鬼城。”

察罕说得调侃，也感慨，李素炫轻叹：“在我大唐，各处传说也大抵如此。心有所爱，向来不能得，连辞赋中也是这样。《上邪》不过数十字，发尽了誓愿，最后也没说一句得没得。”

两人看着远方一线雪山。群峰接连，挽手相牵，撑起西域天空。夕阳正被一点点吞没，旋光丝丝分明，不断转动着，渐渐收束、黯淡，像一架伞骨被慢慢收拢起来，放在雪山后头藏好。

歇过数日后，李素炫再度授典，同时默写大批经文，监院又召集城中人手，将李素炫授法讲义逐一整理，请李素炫览阅校正，勘定后着人工整抄录，呈送西域其他各处道观。九月初，李素炫授典完毕，休整几日后，察罕带她离开了疏勒城，疏勒都督府士兵跟随保护。众人连续行路，到达拜城时，天音果然在那里等候。

## 255

九月初，白昼晴明，朝夕寒凉，长空雁叫，秋日格外深切。天音带领众弟子回归拜霜国，途经罗喏国时盘桓了几日。李素炫终于又见到陈蘅，两人一碰面，还没说话，陈蘅忍不住先笑上了。

“素儿怎的晒这么黑？再黑一些，就赶上察罕了。”陈蘅捂着口，忍着。一国之后不敢当着宫人侍卫面放声大笑，却真的想笑。

李素炫自己也想笑，咧嘴说道：“本来一直小心，就一次，没戴面纱，纵马飞奔，玩儿得浪撒了一些，片刻工夫就晒黑了，之后就破罐子破摔了。这都是捂了多少日子，白了不少了。方到拜城时，菩萨见了我都没忍住，笑了半晌，众师兄笑得更厉害。”

两人互相搡着，开心说笑，几步间走到花园深处。

“素儿，我记得你嘱托，屡次遣人到西夜，西夜那边也屡次遣人过来。不久前他们刚刚得了些新消息，你或许想去一趟。”

“什么消息？快说说。”李素炫急道。

“你上次去时只见了几位官员和长老。彼时西夜国王正带兵攻打依耐国，收兵回国后，官员立刻将你前去寻亲之事上奏王庭，国王十分看得要紧，令全国点查。”

李素炫不安道：“全国点查？我为大唐内史，受帝命使职送嫁，寻访母亲消息却是私事，不想因之太过搅扰地方，才没有惊动西夜王庭。这怎么还全国点查了？折腾这么大动静出来，实非我意。”

“放心，不会太大动静。”陈蘅笑道，“西夜地界不大，若在中土，不过几县之地，人口也少，就几万人。你为大唐从三品内史，他们怎么敢不当回事。几番打听下，果然有了些线索。”

“什么线索？”

“点查之下，国中各部二十五年前并无女子与大唐武士成亲，众人多次参详后，猜测你母族村落大约是在他国中一条狭长山谷内。彼处曾经有过几个村落，是百余年前一队游牧者归化后建起来的，二十余年前一场瘟疫令谷中折损了大半人口，余者或投奔邻近部落，或离开西夜，重新游牧，不知所终。既然国中其他各部无有与大唐武士成亲者，那你母亲想来就是这谷中村落之人了。”

“你是说，那山谷中如今没人了？”李素炫问道。

陈蘅点了点头。

李素炫默然不语，也不知这是好消息，还是坏消息，不知道这算是找到了，还是没找到。

“素儿，”陈蘅柔声说道，“你要是想去看看，我陪你去。我国与西夜国素来交好，两国王室又同出疏勒王族，我陪你去稳妥些。”

李素炫听到陈蘅称罗啫国为“我国”，心中一动，旋即有些开怀，想来那罗啫国王对陈蘅果然很好。她点了点头，陈蘅立刻吩咐卫队去做准备。

“天音菩萨要赶在大雪封闭隘口前过葱岭，所以你我须是快去快回。”

“放心，我这就去知会我夫君，明日一早就出发。”陈蘅说道。

李素炫见宫人侍卫都在身后远处，低声问道：“你夫君如今待你可好？”

陈蘅点了点头，轻声说道：“他待我很好。”

“那，你可喜欢他？”

陈蘅迟疑良久，迷茫说道：“夫君待我很好，我也喜欢他，只是……是一个人喜欢另一个人，不是女子喜欢男子。大约这话我也只能对你说，旁人多半是要嫌我矫情、不知足。”

李素炫不知该怎么安慰陈蘅，沉默了片刻，陈蘅反过来安慰李素炫。

“反正，男女纵然彼此爱慕，真的在一起，久了也就淡了。我与夫君成亲已两年，他一直待我很好，比之寻常男子已是难得了。素儿，若你与男子相爱，明知日后会淡下去，你还会不会嫁给他？”

李素炫沉默不语，她真的不知道答案。说到男子，她能想到的只有师父卢菡，可他是她师父，今生他只是她师父。她不敢设想婚嫁，至于时日久了会不会淡下去，自然更不敢想。若是壮着胆子想一想，也只敢想一瞬，只是在那一瞬之间，她觉得，若真有来世，师父一定会一生爱她，不会淡下去。

陈蘅见李素炫不说话，笑着说道：“我拿这话问个累年修行的，十足难为人。”

李素炫知道，世间男子情短，实是寻常，陈蘅已经很幸运，然女子情浓也是天理，此事陈蘅又一生落空。李素炫也不知道该替她高兴，还是该替她不甘。仔细回想国王其人，也不格外觉得好或不好，毕竟打交道不多，难有论断。李素炫只是觉得，察罕出身异族，武功顶尖，又无欲求，君主大抵是忌惮这种臣子的。可国王不但信任察罕，还将兵权交给他，由着他十数年带兵练兵，极得士兵爱戴效忠。如此为君主，不是真的傻，就是真的有胆识手腕。男子大多喜爱柔弱女子，可国王喜欢上陈蘅，竟然是因为击鞠赛马输给她了，如此心性也不多见。韩非子云“上君所与居，皆其所畏”，李素炫隐约觉得这国王不是寻常人。怎奈男女相悦看的不是寻常不寻常。纵然对面是凡夫俗子，喜欢就是喜欢；纵然是大罗金仙，没兴趣就是没兴趣。

翌日清早，陈蘅与察罕带着卫队陪同李素炫出发，国王亲自护送出城。上了大路，一行人快马飞奔，不舍昼夜，数日后抵达西夜地界。西夜王已提早得到消息，在路上等候。两边见面，没有多说，策马直奔山谷而去。

入西夜地界两日后，李素炫终于见到了那条山谷。站在高处俯瞰，幽谷狭长，地貌错杂，深秋草木奢靡，又略凋萎，极盛方衰之时，枝叶间饱蓄日光，形色绚烂，又带着些倾颓。此间远尘，人迹不扰，四下里荒芜又静谧，金风凝定，白云正缓缓离去。

谷中已没有道路，村落也只剩下些木石痕迹，枯骨般裸露着、堆着，覆着乱草和苔藓。西夜王带着李素炫来回检视，逐一辨认。

“这山谷绵延几十里，历来无人，百余年前大批游牧者归化，安顿在谷口和谷中深处，建了数个村庄，几代人繁衍积累，最多时有千余人口，本已颇有些规模了，只是一场瘟疫过后不剩下多少人，这里慢慢又废弃了。”西夜王说道。

“那他们当初是从何处迁徙来的？”

“这却是不知道，他们自己也说不出个出处来，只说是历代在昆仑山下游牧，四方漂泊不定。那几年草场废退，放牧艰难，有零星耕种，所获也不多。他们见这里草木茂盛，便请求留下来起建村庄。我西夜地广人稀，从来都缺人口，彼时又在接连起建城池、开垦荒地，尤其缺人，但有请求归化者，定会允其所请，郑重安置，视同国民。”

李素炫叹息道：“如此说，我母亲一族只是居住在这里，不是这里人，也不知道是哪里人。”

“此事果然是无法查知。若是在昆仑山下游牧，也说不定是葱岭以西乃至更远处来的，这就都难说了。”

“我身上文着父亲名字，听说是族中有此风俗，若孩儿未出生父亲就不在了，母亲会将父亲名字文刺在孩儿身上。不知西域哪一族人有如此风俗？”

“西域很多处都有这个风俗，很多人也说不上是什么族，只一群人聚而谋生而已，未必有个族名，乃至未必成一族。游牧者更是历代走走停停，无有故国或故土，年深日久之后，最初源头也没人说得清楚了。”

西夜王与李素炫慢慢说着话，走到无路处便折返回去。谷中有河流溪水纵横交错，或深或浅，在脚边逗弄着，有些小片平地，若是辟为耕田，看样子可以就近取水灌溉。

“出谷口不远有大片开阔草场，春夏秋三季十分适宜放牧。”西夜王说道。

李素炫点了点头，看看脚下，乱草中有几株薤白，再认真一看，薤白很多，隐蔽在绿草荒草间，这会儿想是已经老了。她没有俯身采摘，只是看着，心中叹息不已。

“庙宇是祭祀先祖之处，通常不太大，多在村口处。井很常见，溪流枯水时就要取井水，井稍微大些就会在井口上架起辘轳……只是不知道何处有神仙。”西夜王又说道。

李素炫惆怅不已，想来自己幼年时或许就是在这里长大，也说不定是在这里出生。她远路万里前来寻找故土，可这里也只是母族暂居之地。母亲教给她这支歌谣，告诉她要记得自己的家，可她不知道这里算不算是她家，也不知道一个地方到底要怎样才能算是家。聚散流离，生死徙转，所谓故土也不过是曾经一个歇脚处。多少岁月间一段漂泊，祖先们倦了，停下来，所立之地便成了故土。春风笑谈，白云过客，霜雪人间，人生一世匆匆来去，天地深广，此身如寄，谁又能真正有个家。

怅然许久后，李素炫离开了山谷，连续奔行，很快出了西夜地界。她心中交杂凌乱，也觉得眷恋，也觉得无谓，轻叹之下，再未回头。

## 256

成都府中，闻朗与端木已照顾众人安稳过了一冬一夏。两人每日不多言谈，清早端木带着训良随闻朗去至清居寺，送训良到衍一法师处，行礼见过后与闻朗一同离开，帮他誊抄、录写，随他辨识药材，听他讲授药性、配伍，也与居士一同劳作。闲时，端木总要去看看训良，怕他读书偷懒，又怕他累到了，有时也在训良身边不远处坐下来，一边忙自己手头事情，一边陪他读书。

训良读书间歇时，衍一法师为端木讲授医理，端木认真听授。训良见端木用心，有样学样，读书从不偷懒，端木对衍一法师毕恭毕敬，训良也学得有礼。到一日课业结束时，训良便跑到端木身边与她说话。

“姨母，你学到哪里了？什么时候能与人诊病？”

“还早，人命关天，这事可不敢慌张开始。”

训良点点头，又问道：“姨母，训良不喜欢瑶琴，什么时候可以开始学弹琵琶？”

“等素儿回长安了，她一定教给你。你可要用功，素儿可比你阿娘管得严。”端木笑着说道。

“好，训良一定用功。那我们什么时候回长安？”

“放心，只要能回去了，我们马上回去。”

“好。”训良点点头，再没追问。端木知道他在想他阿娘，却从不问什么时候能见到阿娘，只是每日都要问一遍什么时候可以回长安，不管开头说什么，到最后，总是要问到这里。

除了些医药事理，端木与闻朗没有太多话说，就事论事，商量完，就完了。闻朗时常有些失落，片刻后又安慰自己：“罢了，我若是她，也不知道与个呆子说什么。”

秋风渐起，青城山下日渐凉爽。端木每日忙碌，安静下来也会看看远处，想想日后，却真的不知道日后会怎样，有些事情，她甚至都不敢指望还能有日后。闻朗见端木整日忙碌，不敢与她多说闲话，只是每日清早到府中向父母问安，接端木与训良到清居寺中，晚上又送她娘两个回去。他惦记端木时常睡不安生，按时煎煮汤药给她安神滋补，每日用药草将她屋里蚊蝇赶走，帮她将衣裳熏好。他上次给了她一小盒脂吸冷香膏，见她喜欢，便买了每一季花朵来，屡次熬夜制了冷香膏，装在小银盒子里送给她，却不敢说是专门制了给她的，只说为众人制了许多，顺便给她一小盒。

冷香膏并不罕见，许多人都喜欢用，端木也分辨不出来，以为旁人手中冷香膏也是闻朗所制。闻朗不是个惯会说谎的，换了李素炫那等眼尖又心思机敏的，一眼便将他那点小伎俩看透。然端木性子温和纯良，闻朗随便说一句，她便信了，并不多想。见端木并未生疑，闻朗松了口气，又隐隐有些失望。

十月里，天冷了，清居寺中僧俗又开始为冬日降疫做准备。乱起到眼下已近两年，闻朗与端木一行人在成都府也已一年多，其间只有一个好消息传过来。今岁正月初五，安禄山为其子安庆绪所杀，除此之外，仍是战事胶着，双方各有胜负。民间消息不灵通，很难知道仗打到了哪一步，也无法预判官军何时能够克复两京。青城山下人心慌乱，闻朗与端木不得不商量一番。

“也许我们要在这里过很多年。”闻朗说道。

端木点点头，心里想的其实更失望些。她怕大唐再也缓不过来了，怕此生再也不能回到长安城，只是这种话她不愿说出来。闻朗见端木不语，大约能猜到她在想什么，心中也自惆怅。

“我从小每日读书，自十七岁始与乡邻诊疾，至今十数载，每一日、每一岁，都过得差不多。本以为一辈子都可以这样，却忘了世事本无常，倾覆不过转眼之间。”

“我也是。回想在宜春宫时，日日吹弹歌舞，与众家阿姊说笑闲谈，那时哪里知道平宁寺中那许多苦人如何挣扎求生。后在寺中随你布施、修习医药，日日心头宁静，又根本没想过大唐会有今日困境，你我会流落至此。”

两人伤感中说了几句，默默对望着，许久后谁也再想不出什么能说的，说什么也不过是惹动难过。二人只得彼此告辞，各自回去歇下。

十一月，端木在上皇行宫中得到确切消息，上月二十八日，官军已收复西京长安。

辞别上皇，端木径直冲到清居寺中，方入偏殿，便急声叫着闻朗名字。她素来稳重，从不如此慌慌张张，闻朗不知道出了什么事，立刻放下手中管笔，撇下众人迎着她小跑过来。

端木立刻将闻朗拉到外头，在殿外一角急急说道：“四郎，我方才得到消息，上月二十八日朝廷已收复长安。”

闻朗愣住了，许久才醒悟过来。

“真的？”他心头大喜，又有些不敢相信。

“真的，真的。”端木点头说道，也没觉得如何，泪水便落了下来，

"我们不日便可随上皇一同返还长安城。"

再往下，端木又不愿说了。谁也不敢想眼下长安城是什么样子，回去了，城里还有谁活着。端木喜极而泣，又恐惧难耐，不停落泪。闻朗很想抱抱她肩膀，安慰她，他知道现在抱抱她，她一定不会不允。只是想了片刻，仍旧咬了咬牙，攥紧拳头，硬是忍住了。

端木忽然想起了什么，一把擦了眼泪，扯着闻朗袖口，转身往寺外大步走去。

"回去问问闻老夫人，她那边一定也有消息了。如此天大喜讯，定然传得快。"

闻朗没有挣扎，假装开心，假装没想太多，随着端木一起向外疾走。不几步，端木心急，甩开闻朗向前小跑着，闻朗慌忙跟上，各路心思一起飞蹿，心中如乱草疯长。到了府中，果然父母已得到消息，阖府上下兴奋之至。

"四郎，"母亲开心说道，"正要叫人去寺中告诉你，我们马上回长安城。"

成都府中，青城山畔，长安城来此处避难者逾千众，恹恹过了一年有余，眼下忽然如同除了诅咒般活过来了，各自疯忙着准备回归长安城。月底，又传来消息，官军已于十一月十二日收复东都洛阳。此时，再也无人担心什么、疑虑什么，众人都盼着随同圣驾回归。训良每日兴奋不已，端木却害怕他问话，害怕这孩儿盼了这么久，却再见不到耶娘了。

"训良尚且年幼，寻常孩儿这许久不见耶娘，早念叨得差了，训良却一日比一日念叨得多。"端木说着，忧愁不已，"只是，长安收复已有些时日了，也不知怎么上皇仍不起驾返回。"

"怕没那么快，要再等等。"闻朗说道，口吻意味深长。

"为何？"端木诧异。

"太子在灵州登极，当时并未得到上皇同意，上皇尚不知情，就成了上皇。这事说大就大，说小也小，但于理总归不很妥当。两朝天子定要想好如何相处，上皇才能回去，所以不会太快。不过也不会太慢，终究是父子，这点儿名分若多日不能谈妥，也叫人嘲笑。"

端木想了想，冷静下来，点点头："你说得对。"忽然又笑道："你竟还能想到这些，以为你只懂得医药病理。”

闻朗也笑了笑，看了端木一眼，端木觉得他似乎有话想说。

“四郎有事直说。”端木柔和说道。

闻朗惆怅不已，心头挣扎，口中艰难。端木知道他有为难事，不催促，只等着，等过许久，终于听到闻朗说了一句话。

“待回了长安城……你不要再去平宁寺了，往后……也再不要来找我了。”

“为什么？”端木立刻问道。

闻朗答不上来。端木从没对他说过什么，也从不要他说什么，他找不出理由来劝她离开。有时他担心是自己想多了，端木举止庄重，礼法严谨，举动极有分寸，虽然对他百般照顾帮助，却从未有过狎昵暧昧之举，寻常女子不是她这样的。

“也许端木真的只是想做个居士，认真修持，跟我没有关系……罢了，就算是我想多了，最后被她嘲讽一番，也无妨，该说实话，还是要说实话。”闻朗如此想了想，终于艰难开了口。

“端木，我不知道你为什么非要去平宁寺中做居士，非要吃那许多苦累，帮我那么多忙。若我想错了，你就当我今日什么都没说。”

端木点了点头。

闻朗长叹一声：“你不该跟着我，也不该管我……我实非女子良选。”

端木没有说话，只看了闻朗一眼。

“端木，你不该吃这些苦，就是与我没关系，我也不想看你做居士，你若真的做了居士，我也不想让你在平宁寺里终日忙碌。”闻朗开了头，索性豁出去，什么胆量都有了，从容说道，“你这般女子，就该养尊处优，就算不能日日锦衣玉食，也该有人将你捧着、哄着。你管我这书呆子做什么？我又不能给你什么。回了长安城，你不要再到平宁寺中了，也不要再去找我，我不想再让你受累。你做什么都能换个衣食丰足，何必在平宁寺里磨糙了手。你有歌子和训良，日后素儿也要回来，有人在乎你，有人爱惜你，你理睬我图的什么？我自己都觉得自己无聊，你理睬我做什么？我就这命，累死也该自己扛着，你又不欠我的，为何要过来陪我吃这个苦头……你以后不要再管我了……”

闻朗越说越乱，语无伦次，却是难得口齿痛快，一口气说了这许多。

停下来后，不过片刻，又哑口无言，说不出话来。

端木仍旧安稳，看了闻朗一眼，淡淡问了一句：“你说的可是真心话？”

闻朗语塞，端木一字一字清楚说道：“你在佛前立誓行医度人，历来坚贞不敢背誓，也定然不敢说谎，犯了戒律。你别管我该不该吃这些苦头，你只老实说一句，你方才说的可是真心话？你是真的想让我日后不要再理你了？”

闻朗顿时口舌打结，不敢看端木，眼下却又偏偏正对着她。他慌乱中不住向两边胡看，不住轻声叹息，许久后，勉强挤出两个字：

“……不是。”

“不是真心话，就别说。”端木淡淡说了一句，转身走了，留下闻朗茫然无措，懊悔不已。

## 257

天音一行在罗喏国休整半月，察罕向国王复命并述职，随后再度随天音出发，守护着李素炫，翻越葱岭，回归拜霜国越冬。不久，大雪降临，西域道路阻绝，拜霜国都再次成为雪海中一座孤城。

色觉林寺里，李素炫依旧随天音修行，终日忙碌。内殿深阔宏大，不受外面风雨冷热侵扰，夏日里凉爽，冬日里暖和。眼下远远望出去，能看到外面大片雪花密布，正沉甸甸坠落下来。殿中看雪的却不觉得冷，只一个小炭炉在身边毕剥响着，披件驼绒织毯在身上，照旧安稳做事。

“我以前不知道你会画画。”察罕用李素炫那枚匕首削着木笔，对李素炫说道。

“我是不会画。”

“我觉得你画得很好，我一眼就认出来，这是琵琶，这是筚篥，这是个什么鼓……”

“能看出来画的是什么，就叫画得好了？”

“我觉得这就很好了。”察罕笑道。

“我有位好友，是长安城里有名画师，我每次央他给我画个什么，他都要画很多张，每张我都觉得好，可他总说不好，撕了丢一边，非要再画下一张。我跟他急，他只摇头叹气，说我果然就是个弹琵琶的，叫人没法子。我现在知道他什么感觉了。”

察罕咧嘴笑道：“在下果然就是个打仗的。”

“你每次说‘在下’，我都觉得好笑。”

“笑什么？”

“你有我一个半高，明明我是在下。”

察罕大笑，笑够了，又问道：“你既然不会画，画这些乐器做什么？”

“此间乐器形制、目类与我中华不同，能记明白的就记下来，记不明白的就画个大概，将尺寸标注详细些。回去了寻我那位好友，请他画确切图样出来，送交太常寺和将作监留备。”

“你觉得你这不算会画？”

“当然不算。我平日只是将玉版纸覆在既成画作上，用淡墨描下来。因为自幼控笔精熟，又随好友学过线描法，所以能描得好，但自己不会画。乐器已是好画的了，我也只能画个大概。眼下真是有些后悔，怎么以前不随好友多学一些。还是眼界窄了，只当自己是个弹琵琶的，没想到有朝一日用得上画技。”

“这些你回国时都要带着？”

“是了，只是……不知道什么时候可以回去。”李素炫怅然说道。

“先过冬，别多想。”

李素炫点了点头：“你说得对。”

眼下李素炫只知道安禄山已为其子安庆绪所杀，可叛乱依旧远未平息，大唐依旧前路难卜，长安城与长安城里她的人，也依旧生死渺茫。她每日听法、静修内观，又弹习、读写、抄录，也是该当如此忙碌，也是不敢闲下来，两手一旦停了，不过片刻，心中便有无穷鬼魅生发，纠缠不休。难熬时，察罕与她闲谈，菩萨也时时过来开解，李素炫却不想总让身边人如此麻烦。

“谁无伤心事，我为何就要如此矫情，总要人来哄着。”

每察觉到心中忧扰渐起时，她立刻放下手中木笔，起身走到廊庑下，静静看着外面降雪。廊庑之外，举世寒冽，朔风沧凛，呼啸如刀。大片雪朵混着细碎冰霰，如脂玉磨灭，乱云纷裁，在一片昏暗中翻滚绞杀，无声无息，却又血腥惨烈。浑身冻透了，她清醒许多，反身回去坐好，稍微暖和过来，又重新开始忙碌。

艰难挨过一冬，二月里，冬雪开始融化。大雪深厚，攒了数月，转眼成了四野中无数溪流，各自活泼奔洒，急急向前。湖面冰层坼裂，巨冰缓缓移动，分明很慢，一旦彼此撞上，却是冰屑迸溅，射如箭镞。未入三月，城里城外再看不见多少冰雪，草芽一夜间长出来无数，扒着地面探探风口，见外头暖和，人间无恙，立刻放下心来，又顿时来了胆子，大肆疯长。三月里，四野翠色无边，冬日仿佛只是一场旧梦，回想起来，只觉得万般不真切。

察罕在案边削着木笔，听到那边低低歌声，抬头看了一眼。

家何处，萧瑟忍回顾。迢递不见来时路，隔山无数，隔水无数。

谁与诉，流年总轻负。取次寒暑难留住，风又一度，雪又一度。

李素炫淡淡唱过一曲，怀抱无伤，坐在色觉林寺内殿檐角下，轻弄丝弦，望着外面出神。

“素儿一定在想念长安城。”天音在李素炫对面坐下来，说道。

李素炫这才发觉天音走了过来，她立刻将无伤横置膝头，行礼见过。

“长安城中樱花已经开过，此时，定是梨花盛放。”李素炫幽幽说道。

天音点了点头：“连我这里早春花朵都已开了，长安城里想已是繁花数重，织如锦嶂。”

李素炫轻叹，天音又问道：“方才听到你轻轻唱了几句，调子很好听，曲牌是什么？”

李素炫怅然说道：“此名《苍梧梅令》，我自度之曲，双调仄韵，入道调宫。”

天音许久不语，叹息着说道：“我知道你早晚一定是要回去。本想将你带在身边，或六七年，或八九年，待你初有所成，再让你回国。素儿有慧根，若我教授足够，便可自行修炼。回到长安，或修佛，或修道。佛门道门，无非法门，但择其一，便可索求大化。只是，眼下我知道，此处留不住你。”

李素炫心中难过：“若无长安乱事，素儿愿一世追随菩萨，到老朽时回归长安，求个落叶归根。只是眼下……大唐受创，长安伤痛，我焉能不回。”

天音舍不得李素炫，却不会挽留。菩萨并非无情，只是不会为情所乱。

“素儿放心，只要大唐收复长安，道路恢复，行走安全，我立刻安排军队送你回国。”

两人低语谈了阵子，李素炫心情好了许多。菩萨召弟子过来在一旁煮茶，与李素炫说起中华诗赋书乐，见她在案上胡乱丢了些诗笺，问过后，逐一读起来。

“岁时促，春秋能几度。半世蹉跎风雨路，也无尺书，也无归处……这支仿佛也是《苍梧梅令》，却怎么只有上阕？”菩萨问道。

“道理没想透，下阕不知道怎么说了。”李素炫淡笑，无奈。

“我帮你续写如何？”天音问道。

李素炫忙不迭点头，向砚堂中残墨里加了些水，看菩萨搦笔润毫，取墨后很快写了一行字。

人间苦，忧喜总不负。众生往来恒沙数，各有迷途，各有津渡。

菩萨敏锐，知道李素炫写这上阕是在感叹察罕，他半生英雄，却也半生流离，也没个故土，也没个亲人，无根无脉，身如飘蓬。菩萨填了下阕，意在告诉李素炫，世间广大，人各自有路，各自甘心，旁人不必过多附会。李素炫即解其意，赞叹菩萨顷刻间能成就中华诗词，也惊异他一笔字迹，不敢称上乘，却也果然不露怯。

“素儿送我许多锥管，我练过些日子了。”天音笑道。

“天音师父惯用硬笔，这么快能用好毫笔，十分不易。”

“毫笔我本就会用，少时初习中华书史，当时就学过，只是你这锥管一时驾驭不了，用心练了这许久才好些。”

“菩萨怎么学什么都这么快？”李素炫笑着问道。

天音没有回答，看着李素炫，许久，幽幽说了一句话：“素儿，你中华文脉壮大，数千载至今，焉有轻易……你不用太担心。”

李素炫收敛了神色，看着天音，点了点头。

一二日间，陈蘅遣人自罗喏国送来消息，道是去岁十月底、十一月初，官军已收复长安、洛阳，上皇眼下想必已经还朝。李素炫心中狂喜，立刻去见天音，请求菩萨准许她即刻回国。

天音也已得到消息，却不准李素炫马上回去。

“这消息是一冬之内，多人接力，一城一城、一站一站传过来的，怕不牢靠。素儿且宁耐，待有人自大唐径直过来，此间人方确知长安消息。况且你归国路远，路上什么状况，也该问问来人。虽说甘陇仍在唐军手中，但战况瞬息万变，我万不敢拿你冒险。”

李素炫知道天音说得有道理，察罕也劝她稳妥为上，她只得强行宁耐，每日仍旧弹习读写，却是行笔虚浮，弹起琵琶来，手上讹音频出。

又半月，有了确切消息，长安、洛阳果然已复归朝廷，甘陇道路仍在唐军手中，只是沿途混乱不堪，馆舍、驿站、烽燧多有废弛，盗匪四起，路上难走不说，也远不及从前安全稳妥，只是，终究是有路可走了。

“素儿，我已与察罕商议过，这几日便安排人手，尽快出发，我带军队亲自护送你到敦煌。只是我身出西域王族，不能贸然进入大唐地界，将近敦煌关口我便要返回，由察罕持使臣符节将你送回长安。”天音说道。

李素炫本该高兴，却反而一瞬间更加难过。她渴望回归大唐，却又舍不得离开天音。长安纵然繁华，离开也非难事，今日离开天音，方是此生痛苦抉择。留在天音身边，余生可远离一切尘缘烦恼，得无穷慈爱教诲，如今离开天音复归尘世，人间却是苦海。她恭敬行过大礼，落泪不止。

“素儿愧对菩萨。”

天音双目湿润，心中难过，接连长叹。

众师兄见师父难过，十分不忍，也舍不得李素炫，舍不得她活泼聪明，也舍不得她弦上精妙，很想让她留下来。趁天音离开，众师兄围过来，小声哄劝李素炫。

“师弟为何不能留下？你是唐人，可你也是西域人。你回大唐固然应该，留在这里也没什么不对。”

“师兄说的是。我拜霜国民众如今十分认服你，你是菩萨身旁锦衣天女，若留下来，日日听法修持，来日定有大成，修得无上智慧，教化世间众生，受不尽顶礼景仰，此间也并非不如大唐。师弟不要走了，师父……舍不得你。”

李素炫说不出话来，只是持礼听着，不住落泪。众师兄见劝不动她，又去询问天音，想让天音开口挽留。天音却只是叹息，摇头说道：“她这等人，但有心志，便不可摧折，昔日能狠心舍了长安富贵，今日自然也能狠心舍了此处逍遥。”

“可是师父，若她只是唐人，自然应该回归大唐，可她也是西域人。虽说西夜离我拜霜很远，可唐人都叫西域，西域各处人，唐人都叫胡人。她既然是胡人，就是留下来也没什么不对，也不是叛了大唐。何况大唐内乱，回去路上不安全，也不知道回去了又有什么事，何苦让她冒险，又让师父难过。”

天音长叹：“不错，她是唐人，也是胡人，可她终究是胡生唐养，她不会留下来的。长安锦绣时，她可以离开，长安落难时，她定会回去。唯能不恋其繁华，方能不弃其飘零。”

众弟子无语，知道天音说得对，此事再不能劝。

宫中寺中人手众多，很快做好了出发准备。临行前一夜，天音与李素炫最后一次在内殿深谈。

李素炫随天音修行两载有余，不曾一日荒疏，得天音传授佛典数部，并乐学、诗论、历法、典章、医药、因明等多家学问皆有修习，胡琵琶早已磨练到纯然精熟，羯鼓技艺也日渐圆融。菩萨赤诚殷切，每日教授用心，见李素炫难忍思乡，又多有安慰开解。如今李素炫学未大成，却半途废黜，她心中惋惜，也深觉对不起天音。

天音忧心长安城遭遇惨变，李素炫会受不了，嘱咐了她许多。如何内观守阙、盘护根本，如何明知微尘、觉证实相，并入定出定时调息方法等一一分说详尽，希望她遇到变故时能以此相对，度过劫难。之后，天音也有些伤感，不知再说些什么。二人又对坐许久，说了些闲话，深觉无趣。

“素儿半生里颇历过痛楚，日后，想来还是会有波折。”许久后，天音轻叹道。

“也不知如此痛楚，是为了什么。”李素炫低声说道。往日里多少宿怨痴嗔，多少纠结不甘，片刻也不曾遗忘。夜深不能入眠时，她无数次想过这个问题。

“师父死后，我独自一人过了这十几年，有难过时，也有开心时，却难再平静，难再甘心。有时也想，我受着这些是为了什么？若活着便不可除免痛楚，人为何还要活着？”

“若无这些痛楚，你便不是你，此生也不是此生。”天音答道。

“若我不是我，此生不是此生，便不会为自己抱憾，不会为此生烦扰，又有何不好？”

“也许你果然不是你，此生果然不是此生，只是你自己不知道罢了。”

李素炫答不上来，默然许久。她知道如此智者世上罕有，此生难再遇到，眼下离别迫近，分明该问些要紧事情，可她心里其实没什么要紧事情，只一件，又偏偏不敢问。只是，若今日不问，怕日后再无机缘。

“天音师父，素儿有一事，心中多年不能决断，今日恭敬求教，请菩萨开示。”李素炫鼓起勇气说道。

“素儿说便是。”

“人……到底有没有来世？”李素炫艰难问道。

天音有些意外，旋即答道：“依佛法所示，当有来世。”

“只是，如何证有？”

“固不能证有，却也不能证无。素儿缘何有此疑问？你是希望有来世，还是希望没有？”

“素儿希望有来世，所以格外害怕没有。素儿知道自己愚蠢，只这一点事，纠缠了许多年。”

菩萨智慧，早知道李素炫心中定有郁结，却不追问，只淡淡说了句：“素儿何苦如此逼迫自己。”

“世人皆说有来世，皆说今世之人来世可以重逢。只是，他日我死了，魂魄上路，过了奈何桥，饮了孟婆汤，将前尘影事尽皆忘了。待来世，身也不是此身，心也不是此心，纵然相逢，对面不识，又有何用？”

天音略一沉吟，微微笑道：“你问的是来世，心中想知道的却是今生。”

李素炫猝不及防，答不上来。

“来世固不知今世因缘，又焉知今世不是续了前世因缘？”天音淡淡说道。

李素炫又是一怔，天音又说道：“焉知今世不是续了前世因缘，只是你忘了？不知前世多少磨难、盼望、等待，才换来今世一点缘分，为何不好好消受，却要无端惦记来世？来世自有来世因缘，今世就要尽今世因缘。若能见，便认真相见；若得守，便用心相守；若不能见、不得守，便用心追念。见或不见，守或不守，念或不念，皆是因缘，皆是前世苦楚换得，为何弃置一旁？来世飘渺难测，为何念念不休，却辜负了今世？”

李素炫恍惚着，似乎有些明白，似乎更糊涂了。

“素儿，来世有无，我果然不能为你明证。只是，人纵有无穷来世，也是一个个今世接缀而成。若无当下，便无恒久。”

李素炫似懂非懂，点了点头，又听天音叮嘱道：“今世为前世之果、来世之因，素儿莫要颠倒了因果。”

李素炫沉默良久，怅然说道：“素儿心中纠结，不得清静松弛，修行多年也没什么长进……怕是一生难以觉悟，永远想不明白。”

“觉悟不只是想明白了，更是放下了。”天音安慰道，“人求开悟，有顿有渐，纵半生无有长进，不能渐悟，难说他日有奇异点化，瞬间顿悟。素儿莫要如此灰心，未到最后一刻，万事皆有变数。”

“天音师父，佛法说世事皆有定数，又说万事皆有变数，如此该怎样解释？”

“万事有根本，此为定数。世相纷杂，遮蔽根本，凡人不识，只道是变数。你要回长安，长安是定数，你却不能直走过去，要绕许多路，绕出来那些路，即是变数。你求开悟，悟与不悟，早有定数，到达定数之前，要吃许多苦头，那些苦头，就是变数。”

“世间悲喜可有定数？”

“有，只是也要看你如何看待悲喜。”

“凡人以为，哭泣是悲，开怀是喜，贫穷是悲，富贵是喜。菩萨以为如何？”

“悲喜与哭笑、贫富无关，纠结不甘才是悲，心甘情愿便是喜。纵然富贵，宁愿此生不有、来生不再，便是悲；遍历劫难，受尽天磨，死亦不悔，便是喜。”

李素炫心中陡然敞亮起来，开心想道：“如此说来，我这一生便是喜了。我从不后悔遇见师父，从不后悔为他流泪，纵然将这痛楚再受一万遍，只要能再见到师父，我便甘愿。”

如此想着，她心中忽然生出无限欢喜来：“原来我不用可怜我自己。我一生心甘，是喜，不是悲，流泪无数，却从不是可怜人。”

天音见她容色平静，嘴角微微牵扬，法喜凝现，知道她一定是想通了些什么，也颇欣慰。二人再不谈得太过深玄，只说些诗乐、风物，又奏琵琶，直到深夜。

## 258

翌日，大队人马列开仪仗，幡幢掣风，浩荡出城，向葱岭进发。天音在马上与李素炫并肩，边走边交谈，也说琵琶，也说学问，恨不能顷刻间将半生所学悉数传授与她。察罕跟在他二人身旁，仍旧认真听着，听不懂处也认真听着。

翻越葱岭后，一行人再度到达罗喏国。李素炫曾允诺陈蘅，来日回国时路过罗喏国，定要多居留些日子，眼下却要食言了。在罗喏国几日间，陈蘅昼夜不离左右，只在李素炫身边，二人却又没有太多话能说，方当此时，真的不知道说什么好。

长久沉默后，李素炫将一卷纸笺交给陈蘅，仔细叮嘱道：“四郎历年精研时疫，颇有些法子和药方。只是西域医术与我大唐不同，药材也不同，那些药方想来帮不上大忙，唯有那许多降疫法能用上。这一冬我将心中所记都默写了下来，如何消杀及护理病患，并如何掩埋死者等，都一一记得详细，还请菩萨指点订正过。留在此处，希望来日能有些用处。”

陈蘅接了纸笺，郑重说道：“我替夫君和国中百姓谢谢你。”

“还有……给西夜国送份抄本过去。”

“我明白，放心，一定送到。”陈蘅认真允诺道。

李素炫点点头，没有再多说。她马上就要出发返回大唐，不能再去西夜国探望，去了也不知道要探望什么。她不知道那里算不算是故土，但不论怎样，那里曾将母亲一族庇佑了许多年，有了母亲，才有了她，无论如何她也心怀感激。

数日后，天音一行加上一百重甲大唐军士及一百罗喏国军士再度出发，护送李素炫回国。陈蘅不舍，将她一直送到边境处。

眼下，二人不得不分别了，谁也说不出什么来，默默相对，认真看着。李素炫想了想，回身自车中将油伞取了，递给陈蘅，说道："这伞你很喜欢，送你。"

"送我？"陈蘅一怔。

李素炫笑道："你远嫁西域，我也没什么好礼物给你，既然你喜欢这伞，便送你。寻常油伞为桑纸所制，伞骨至多不过二十余枚，这把伞乃是江南蚕丝生绢所制，伞骨七十有二，毛竹所制，湘竹握柄。素伞便是中华精造，狸儿出自长安城顶尖画师笔下，银铃铛出自太常弟子之手，皆尽天下工巧。虽不是凭金银高价市获，却当真是宝贝。你远离故土，留着这伞，也是一丝乡怀。"

陈蘅又惊又喜，只是知道这是李素炫心爱之物，不敢收下。李素炫说道："我回了长安城，再找人制把素伞，再请好友与我画了，叫师弟与我做碎铃铛系上，不是难事。眼下你开心最要紧。"

陈蘅将伞撑开，拨弄着碎铃铛，强作欢喜说道："素儿身上无有金玉钗环，宝贝却不比人少。这伞也罢了，那几只狸儿画得真好，这碎铃铛也好。你那许多好友也都有本事，合力制了这伞与你，如此精美，世上又无有第二件。这等宝贝强过千般金银琉璃。"

李素炫见陈蘅欢喜，自己也轻松了些。陈蘅将伞握着转了几圈，又收拢起来，照李素炫嘱咐用根带子将伞拦腰扎上，笑着说道："罢了，你连这宝贝绢伞都送我，无非是想哄我开心。你如此费神，我不矫情了。"

李素炫知道她只是强颜欢笑，也用力笑着，二人相拥作别。李素炫上马，不敢再停留，催马快步远离而去。陈蘅站在原地，看她渐渐走远了。许久后，李素炫回过头来看了一眼，再之后，大队人马赶上，将二人隔开了。

天音为西域佛门领袖，每过一国，皆受礼遇，大队人马一同行进，劫匪不敢靠近。荒野平坦，远望无极，有时天音起了兴致，催动马匹飞奔，只李素炫骑术纯熟，赤骏神行，能与他并驾前驱。天音着洁白佛衣，遍体结黄金璎珞，李素炫仍作拜霜国宫廷女子装扮，重结彩衣，以纱覆面。二人各负琵琶，各自催马，疾风般驰过旷野。

每当二人停下等候，片刻后第一个追上来的一定是察罕。他骑术精湛，什么马匹在他驾驭下都跑得到最快，他对马匹也不很挑剔，不太差就行。若是他有一匹马及得上天音座下黑马或李素炫手中赤骏，想是这世上无人能追得上他了。

李素炫不想将察罕丢在身后，想与他一起畅快飞奔，他却不肯。

“你能跑快，就别跑慢。不要等别人，什么人也不要等。”

众人一路上走过荒漠、沙海，渡过数条大河，绕过数座高峰雪顶，或各自纵马，或相携而行。河滩路上乱石嶙峋，众人只能下马，蹚着水走。天音横持锡杖，让李素炫扶着一头，他握着另一头，肩臂发力，硬生生将锡杖握得坚实牢靠。李素炫扶着锡杖，很借得上力。每到夜间，队伍燃起篝火，天音趁火光与李素炫讲授许多，白昼里临风对坐，各奏琵琶，各诉弦上一生情怀。二人都知道，此生因缘将尽，哪怕片刻也不想荒废。就在沿途劳顿中，天音授佛门秘法与李素炫。

八月中，连续行进四个月多后，众人已走了数千里，再向前便是敦煌城。篝火边，月轮下，天音仍与李素炫讲授，二人仍对弹琵琶，至深夜方休。

明日便要分别了，李素炫心中万般难舍。她双手捧着五色琵琶奉与天音，诚挚说道：“素儿蒙菩萨教诲，无以为报。今将五色琵琶奉与菩萨，不敢称报答，只愿今生留此一念。”

天音立刻挺身将五色琵琶接了，并以手中胡琵琶相赠。

“这琵琶自我幼年时便在我身边，不曾须臾远离，随我遍历西域诸国，至今已近四十载。虽饱受风霜，我却不敢嫌它老迈，仍旧珍爱。你我今生授受一场，权且以此为念。”

李素炫将胡琵琶接在手中，强忍泪水，复又行礼谢过天音。

翌日天明，众人重新上路。过了正午，天音指着前方对李素炫说道：“待过了前方两山隘口，我便不能再向前。到了那里，你径自策马向前，别停，别回头看。”

李素炫点了点头，知道天音用意。告别不易，便不告别，横下心，咬紧牙关，直向前奔去便是。

天音催马，带着李素炫向前飞奔。李素炫望着前方原野，余光里尽是天音。她心中阵阵绞拧，除却师父卢菡，她此生从未如此难以离开一个人。叹自己平生飘零，每有依靠便无限眷恋，最终却总要被驱赶上路，独自挣扎前行。

过了两山隘口，李素炫依旧看着前方，片刻后察觉余光中已无天音身影。此时天音手挽马缰，远远立于高处，眼见李素炫纵马而去，又入苦海，再未回头。天音低眉，结手印，心中祝愿：

“素儿珍重。红尘无边，你仍需征伐。”

# 唐女乐传

山河万里 著

第五卷

作家出版社

# 目次

# 第一章

# 歸来

乾元元年（758年）八月—乾元二年（759年）三月

# 259

敦煌太守见了符节，立刻将李素炫一行人安顿好了，并告知李素炫，他刚刚接到朝廷旨意，复此地沙州旧名，太守也复名刺史，仍以敦煌城为州治。李素炫愣了片刻，幼年她路过此处时年号天宝，此地名沙州，而今换了帝王，已是乾元元年，此地复名沙州。世事轮转，周而复始，本也不奇怪，只是太快了些。

“母亲在这里将我交于胡商时，此地名沙州，而今我复归大唐，此地亦名沙州……想我此生宿命就是在大唐了。”

歇过两日后，李素炫退去了身上疲乏。眼下已是在大唐地界，她脱下胡服，重回唐人装扮，淡结素衣，不饰金玉，随意绾着青丝，简单插着木簪。馆舍廊庑下寂静荫凉，她安静坐着，看着外面。夏日已到了末尾，庭中秋草极盛，也已到了尽头，不过一场严霜，便会尽数凋萎。

她已从沙州刺史处得知许多确切消息，只是凡人消息轻易传不过来，长安城中她的人眼下如何，仍旧不知道。她靠着廊柱，心里像一团乱草，想着她的人，也不停想着天音，总觉得天音就在身边。胡乱想着，手上胡乱拨弄琵琶弦，又胡乱看着察罕在院中习武。察罕身子魁梧，像佛窟壁画上那些金刚力士，燕颔虎颈，板肋虬筋，浑身薄薄裹着层膘，略微有些肚腩，却极敏捷，以左手弯刀为护，右手横刀出击，步法扎实灵活，身形在一院秋光中晃动着，时隐时现。刀光飞旋，卷裹一地狂花碎叶，远看只如尘影之中一幅捉勒。

“素儿能不能弹支有些性子的？”察罕在院子里喊了一句。

李素炫恍然间回过神来，想了片刻，突然明白，自己手上太过懒散，弦声恹恹，弄得察罕跟着用不上力气。她笑了笑，立刻挺身坐好，换了胡琵琶，拣了支健悍曲子，持拨利落弹起来。

几曲后，察罕收了身法，走过来坐下，擦着额头上汗水。

“这还差不多。你弦上太淡，我听着就懒。心里头懒，身上还得调运力气，快累死了。”他取过水盏来，一边大口饮水一边说道。

“有些日子不见你习武了。”

“今日这也不算习武，舒活筋骨罢了。”

察罕短暂歇息后，又一阵腾挪，李素炫接连弹过几支大曲后，二人都停了下来。察罕走过来，跟李素炫一起歇着，见她横置琵琶，一只手托着下颌，一只手在弦上胡乱拨弄着。

“我身边有一百唐兵与一百罗喏国士兵，前路无虞，你竟然也非要送我到长安。”李素炫说道。

“大唐终究仍在乱中，怕路上不太平。若无事，便无事；若有事，你不会将兵，十分麻烦。虽然那一百名唐兵和一百名罗喏国士兵有各自将领督管，可又怕你管不住这些将领。”

“听人说你为国中干将，骁勇善战，出使时办事又力。这几年你一直与我在一起，也亏你国王舍得。这次送我回长安，又要去国许久，我还以为国王肯定是要换别人了，当时心里很是失落。”李素炫笑道。

“我向国王复命时与他说清楚了，我一定要将你送回长安城。若国王不允，我便辞去将军之职。不能为使节送你回去，便讨个自由身回来，只当相送好友，也不能让你一个人冒险行路。”

李素炫惊讶道：“你一国将军，怎么能随意辞去？只为了送我回国？”

“我又不是他罗喏国人，辞了又如何？”

“也不怕国王记恨于你？”

“昔日我为罗喏国效力时，曾与国王有约，他若信任我，我定不负职责，不做负义之事，只是我若哪一日想走，他不能强留我。国王答应了。”

“一国大将，哪里那么容易做得？你竟不在乎。”李素炫叹道。

“有什么好在乎的？”

“这事天下人只怕都会在乎……也是，你与天下人都不一样。”

“依你性子，我看，你也不会在乎。”

“我没当过大将军，当然不在乎。你已是一国之将，竟然也不在乎。”

“天音菩萨是一国太子，不也不在乎？”

李素炫一想，情知察罕说得对，有些人奔忙一世孜孜以求的，有些人偏不在乎。世相百态，人和人本也不同。

“大队人马要在这里休整、采买多时，你可以自在些日子，好好歇息，这一路过来可不轻省。”察罕又说道。

李素炫点了点头，忽然想起鸣沙山旁佛窟中那位老画僧。相遇已是三年前，不知那位老先生如今还在不在那里，那一窟壁画想来已经完工了。

“……不如去看看。”李素炫动了心念，心头便是一热，立刻与察罕说了。察罕也想起那位老画僧来，也记得李素炫说过他琵琶上那邪门弹法，也有些好奇，想去看看。他回身叮嘱副将照顾约束士兵，自己带着几名近卫即刻出发，与李素炫一同去了鸣沙山。

李素炫依旧记得洞窟所在，走到门口张望，里面没人，也没掌灯。日昳时分，阳光浅浅照进洞口，隐约能看到壁画已经完工。她转身到旁边去寻人打探，没走出多远，看到三个人聚在一起聊天，立刻上前行礼相询。

“先生是说那个老僧？那老僧一年多以前画完了前面那一窟，已经离开了。”一人还礼答道。

“离开了？老先生去哪里了？”

“那他可没说。他从前来时，也没说过自己是从哪里来的。”那人说着，忽然想起什么来，急忙问道，“先生是不是几年前曾从此间路过？”

“正是。”李素炫点了点头。

“我想起来了。”那人恍悟道，“你看我这笨的，差点儿给忘了。”说着转向另外两人说道：“你们记不记得老画僧走时嘱咐过，说来日会有一位青衣女子，肩负琵琶，过来打听他？”

“是，老画僧是说过，跟这里每个人都说过，就怕错过了。”那两人说道，恍然明白李素炫就是老画僧所说青衣女子。

“老画僧走时叮嘱过我们，若他日先生来询问，便叫我等告诉先生，叫先生到他当日所画那一窟中去看壁画，还说一定要仔细看西壁上琵琶天女。”

“西壁上琵琶天女？”

“正是。还有，老画僧留了样物件，叫我等拿给先生，在下这就去取，先生可以先去看看壁画。”

李素炫行礼谢过，又回了那座洞窟内，察罕举着灯烛，两人一起仔细看着西壁。整面西壁上惊风鼓动，云翳翻卷，风云中有天女示现，各持乐器，俱奏仙乐，角落处有一位素衣仙女，身骨清落，腰肢柔软，容颜静淡，右手无拨，左手握着一支清素琵琶，正是李素炫怀中无伤。

“这琵琶好像是……”察罕迟疑说道。

李素炫笑了笑，尚未回答，听到身后有人说话，回头见是方才那人，手里拿了个小包袱递给她，笑着说道：“那老僧画了这窟画，可是得意，四处夸耀，说他从未画得这么好过，还说此次尤其将伎乐天画得格外好，是因为他见过天女弹琵琶。”

那人说着大笑起来，李素炫笑道：“又如何？我见过菩萨弹琵琶。”

那人行礼告辞，李素炫凑近洞口处，将小包袱打开，取出个卷轴来，裹着书衣。褪去书衣，将卷轴打开一看，竟然是壁画粉本。

李素炫大惊道：“这怎么能随便送人？”

“是那老画僧给你的？”察罕问道。

李素炫点点头，无奈道：“画师从不将粉本随意送人……这等情分我怎么敢受？”

察罕将粉本仔细看了看，又看了看四壁，说道：“这粉本上好像就是这一窟壁画。不过，你是弹琵琶的，又不作画，他送你粉本做什么？”

李素炫想了想，说道：“我在长安城里那位画师好友也是画壁画的，也画神佛菩萨，他定然喜欢此处壁画。想是我与老先生念叨了几次，他知道我惦记那位好友，就将粉本留给了我。”

“既然老人家好意，你就收下，回去给你那位好友。”

李素炫点了点头，将粉本卷好装进书衣里。两人无事，慢悠悠走着，将这一层各窟壁画挨个看了一遍。老画僧颇与李素炫讲过些佛本生，并及各处壁画画法与精妙之处，李素炫都还记得，察罕问起来，她便一一复述。

日色渐渐晚了，二人也看得累了，坐在洞窟门口处，迎着夕阳随意闲谈，也商量几句。

“眼下马上要入九月，我们若走得慢，未到长安就赶上冷天，一耽误可就是一冬。”察罕说道。

“葱岭隘口地势高绝，逢暴雪阻塞便不能通过，往长安路上并无此虞，为何不能慢慢走？”李素炫问道，“记得当年文成公主入吐蕃时，专门要冬日里走路，大河封冻，走冰面比行船稳妥。”

“敦煌到长安这段路不一样。天冷了，河面有冰，不能行船，若非冷冬，冰不够结实，又不能走人马，可就着实将人拦下了。”

“那怎么办？”李素炫焦急问道，莫名觉得察罕肯定有计划。

“倒是有法子，将车子弃了，只骑马，一路飞奔，结冻前赶到长安。只是许多马匹要供人轮换骑乘，又许多马匹要携带给养与辎重，你自西域带来那许多物事就不能全带着了。”

李素炫想了想：“我与各位好友所备礼物无论如何都要带着，其余凡纸、帛等都轻便，都可以带着。乐器我都画了简单图样，又标注详细，只将图样带回便可，乐器留在这里。”

“那许多简牍不知该怎么办。竹木占地方，又重，不好带。”

“简牍多是西域佛经并各家学问，可以留在此处佛寺中。”李素炫说道。

“那些简牍大多是天音师父所赠，还有许多是你费心搜罗来又逐一编缀成卷的，不能带回去有些遗憾。”察罕惋惜道。

“无妨。”李素炫想了想，“我花几日工夫，背下来，在心里带回去。”

察罕吓了一跳：“那些简牍装了几车，上头不知有多少万字词，许多还是疏勒文……”

李素炫咬了咬牙：“无妨。我们尽快回长安，回去了我马上动手记写下来。”

察罕心中大起敬佩，知道他这位好友果然有这个本事，也果然有这股子歹毒心气，上来了什么疯事都敢做，也当真做得到。他马上挥手召来卫士，令即刻快马去至敦煌城，将全部简牍带到鸣沙山。

翌日清早，李素炫入了洞窟，坐在门口处阴影里，躲避着毒辣日光，开始默记简牍上字句。她身子凝定，容色平静，双目精聚，只用手不断移动着编简。察罕不敢扰她，独自抱着佩刀坐在洞口处，盯着，见有人靠近，立刻做个手势，叫人离开。旁人不晓得缘故，见个彪形大汉带着兵器守在洞窟门口，门神一般，神情倒不凶悍，只是见他有手势，来人也便立刻走开了。

每隔一个多时辰李素炫便歇息片刻，松弛下来，立刻觉出了疲乏。她往日里虽然记忆极佳，却从不一次记这许多文章字句，眼下神思汇结下心力耗费得格外快些。她将指节按在两眉之间用力揉着，闭着眼睛，仍旧回忆方才所记章节。察罕见她疲乏，十分焦急，只是打仗时弹琵琶的帮不上忙，背书时拿刀的也帮不上忙。他只能在一边看着她，跟着着急，却不敢出声，也不敢靠近。

日昳后，察罕趁李素炫停下来，将她从洞窟里面拖了出来。

“在这里继续背。里头马上就冷得待不住人了，你一背起书来就不觉得冷，我又不敢扰你。”

李素炫心思全在那些简牍上，听察罕说了这一句，糊涂着点了点头，也不知道她听明白没有，只是按照察罕指令在洞窟外门口处坐了下来，歇息片刻后，又继续背诵。

日色昏暗后，简牍上字迹渐渐看不清楚了，李素炫这才停下来，浑身酸软。察罕带她向回走，觉得她神思恍惚，脚步虚浮，生怕她踩空，恨不得捏着她两个肩膀将她提回去，却又不敢碰她，只得将佩刀解下，连鞘伸出去，叫她扶着下了阶梯。

回到行营，李素炫已疲乏至极，不及更衣梳洗，径直睡下了。

翌日清早，李素炫再度回到洞窟之中。洞窟中阴凉，门口处又日光饱足，不冷不热，简牍上字迹也看得清楚。她每到歇息时稍微抬头，便能看到眼前壁画，一角上正是那位素衣天女，手持无伤。

她将全部简牍拣选了一遍，粗略分了类目出来。凡与乐有关者，定要一字不落全文记诵，之后再将佛经、医理、历法、诗文等择要记诵。十余日后，她将全部简牍翻阅、拣选并背诵完毕，又花了一个多时辰，将所记乐学与经文目录记写在玉版纸上。鸣沙山下有佛寺，李素炫将全部简牍留给寺中僧侣，并将简牍来历与所载佛经要意与僧侣说了，尤其说到许多简牍得自天音菩萨，请僧侣务必珍爱保存。此间僧侣无不知晓天音菩萨之名，欢喜万分，连声道谢。

察罕带着李素炫回了敦煌城，歇过一夜后，众人再度出发，直向长安。

# 260

眼下一行人不带车驾，全部纸卷帛书等都紧紧裹好，缚在马背上，连许多重兵器也都暂留敦煌城，众人俱携短刃，连续奔行，每日只要天上有光，看得见路，便不停止。傍晚停下来时，众人忙着安扎棚帐、取水、准备餐食，独李素炫躲到远处，安静坐了，默默回忆简牍上文字，每日复习一些。

察罕嘱咐人不要靠过去打扰她，自己按着佩刀，在她身边几步远处守着。傍晚时分，河流上水汽弥漫，沿地面渐渐掩盖过来，令人足下隐隐生寒。察罕拿了条织毯，算好了，再过上一刻钟，若李素炫还不停下，也只得过去打扰她，将织毯递给她。

片刻，察罕听到李素炫歌声，很轻，只察罕听得到。

斜阳暮，残霭失津渡。孤管幽沉搏弦柱，箫声冷淡，琵琶易怒。

寒鸦宿，月影迷青雾。悲愤凋零旧辞赋，书史喑哑，深情罢黜。

察罕知道她今日已复习完毕，静静听到曲终歌罢，走过去，嘱咐她将织毯披在身上，又在一边看着她，知道她心中一日日越发焦急，面上却要忍着。

“素儿，过去吃些，早点儿睡。太疲劳了容易生病，病了便要耽误行程。”

李素炫点点头，知道察罕说得对，按照他嘱咐，乖乖回去吃了些，早早睡下了。

夜里，察罕就在李素炫旁边棚帐内歇息，不解甲胄，睡着了也握着刀柄，也不敢睡得太深。当外人时，这二百骑兵保护李素炫，没有外人时，察罕又要小心这些骑兵，怕肘腋生变。人间广阔，却是什么鬼都有。在察罕眼里，李素炫就是个书呆子，书史兵法读得再多、记得再牢，也不过是些纸上见识，终究不曾真正历过。离开敦煌城后，她换上一身深色粗布男装，将头发也按照男子样式绾了，又终日戴着面纱，只说是怕晒黑。察罕暗中赞叹她聪明，只是她那点儿聪明也就到这一步，再多的她想不到。察罕没有提点她，也不需要她知道太多，只是每日寸步不离跟在她身边，时刻留意。

秋日渐深，接连到入冬，一日冷过一日，夜间地上已开始结下些微霜。众人渐渐离长安城近了，仍旧每日奔行不止，沿途有历历江川，哀声隐隐不绝，仿若悲猿啼崖、鸣鹤嘹唳。李素炫心中期盼，又恐惧，什么也不敢打听。她怕消息不牢靠，怕延传有讹误，怕空悲伤，更怕空欢喜。

众人一路不厌艰苦，历六十余日，终于远远望见了长安城。

李素炫令大批人马在城外等候，自己带着察罕与几名唐将自光化门入了城。

城中安静寥落，坊道上行人不多，个个走得匆忙，又畏缩，仿佛连头也不敢抬起来。坊道两边仍是那些树，越过坊墙看过去，仍是一般房舍楼阁，一般露着屋顶，只是四处残破倾颓，看上去十分熟悉，又十分陌生。李素炫不忍心向两边多看，催动赤骏沿北城墙下顺城道东行，过玄武门与丹凤门，很快到了延政坊北门。入延政坊北门便是左教坊北门，她下了马，将缰绳扔给察罕，连肩上无伤也不及放下来，迫不及待小跑着进了左教坊。

她在这里住了十年。就在这里，师父每日陪伴她、教导她，看着她长大，就算没有这一场乱事变故，离别数载，历过生死再回望这里，感受也会格外不同。左教坊中此刻异常安静，不见有人往来，李素炫远远看到浅湖上小岛与假山，心中荒凉沧桑，不及多想，只是一路走得焦急。

绕过小岛与假山，临近大院落时，路上迎面来了两个年轻后生，看服色是太常弟子。李素炫觉得有些奇怪，没有多想，立刻上前行礼询问。那两名太常弟子不认得李素炫，见她肩负琵琶、身系鱼袋，知道必是大内前辈乐人，二人立刻回礼，认真答话。

“我二人果然是太常弟子。”一人答道，“太常寺因兵乱被毁，教坊也折了大半人口，房屋却大多无恙，故此太常弟子眼下大都暂时安置在左右教坊中。”

李素炫听说教坊折了大半人口，顿时慌乱起来，强自镇定了片刻。她在意她的人，又怯怯不敢打探，许久后，咬咬牙，狠心问道：“你二人可知梨园雷海青先生与太常博士鹿聆训先生眼下在哪里？”

二人骤然色变，不敢作答，互相看着，畏缩着，小步向后退着。

李素炫心头大骇，抢步上前，急声说道：“在下玉真宫李素炫，本左教坊乐人，方自西域归来，不知城中状况，烦请二位如实相告。雷先生与鹿先生是我多年师长，恩义深重，我急切万分，请二位勿要隐瞒。”

二人立时瘫软在地，相拥痛哭。

“说话。到底怎么了？二位先生眼下在哪里？”李素炫狂喊着，浑身打战。

二人哭倒在地，断续说道：“李先生容禀。破城之日，安庆绪着专人搜捕乐人，雷先生与鹿先生都被抓到了洛阳。伪帝令在凝碧池边献乐，雷先生掷琵琶于地，西望痛哭。安禄山大怒，令人将雷先生绑缚至戏马殿前……”

两个后生哭得接不上气，李素炫狠狠搡着二人，狂喊着问道：“然后怎么样？然后怎么样？”

“他们将雷先生绑缚到戏马殿前……活生生肢解了他……”

李素炫只觉得心脉轮逆，血涌天灵，喉咙深处一汪血腥瞬间泛了上来。她四肢麻木，耳中轰然作响，胸口阵阵剧痛，在蒙眬中勉强镇定着身子，忍耐过许久，低声问了一句：“然后怎么样？鹿先生如何？”

“然后……雷先生有二位弟子名孟昭宗、楚正声，弃了乐器，触柱折颈而死。翌日，伪帝令鹿先生奉乐。鹿先生假意允了，自击堂鼓，先说四六，再说散文，那伪帝听不懂好歹，还以为先生说的是好话。最后先生丢了鼓槌，一手叉腰，一手指着安禄山，跳脚大骂。老先生一辈子文绉绉，说个笑话也要掉书袋，不想那一日当着众人面什么市井脏话都骂了出来……”

泪水从李素炫眼中喷薄而出，她跪倒在地，俯身伏在地上，痛哭，又大笑。

用手指着，跳脚大骂，说脏话，分明是她小时候调皮捉弄人，硬要教给鹿先生的。不想老先生竟然记住了，安禄山那不长眼的得罪了先生，先生竟然当真拿过来用上了。李素炫心中近乎绞死般痛楚难耐，却又诡异开怀。老先生一世斯文矜持，终于抛却权谋，率性了一次。

李素炫大哭大笑，近乎力竭。两位太常弟子互相看着，不知道她是怎么了，也不知道该怎么办。许久后李素炫勉强说了一句话：“后又如何？”

“安禄山大怒，令人在场边上当众将鹿先生斩首，师兄商不言大礼送行，触怒安庆绪，被当场杀死。安禄山欲大开杀戒，是贺先生挺身站出来，忍辱奏乐，救下数百同僚。当时我二人都在场，亲眼所见。”

事隔两年多，二人本已平复了一些，说到这里，难过再起，越说越不成语句，边哭边说，说得断断续续。

“那日，鹿先生与商师兄被难前，安庆绪曾命手下将我等带到戏马殿前观看尸身，以为恫吓。我等不敢睁眼，有几个胆大的偷偷睁眼看了，见一地残躯之中，雷先生头颅上双目不瞑……”

李素炫觉得嗓子眼里一股股血腥不断涌到口中，她支撑不下去了，怕自己失态，不想叫两个后生看到，挥手道谢后让他们离开。两个后生反而不放心她，自己又哭得站不起来，互相看了看，没动。

李素炫咬牙站起来，摇晃着向大院落里走去，不几步远又两人迎面走过来，见了李素炫，快步上前行礼，恭敬问候：“李先生回来了。”

李素炫认得这二人为端木羯鼓弟子，看他二人神情，想是端木无恙。她立刻放下了心，勉强问了一句话：“你们师父眼下在哪里？”

“师父在平宁寺。”

“去将她找来，就说我回来了。”

“是。”二人答了一声，行礼转身走远了。

李素炫独自挣扎着走进大院落。院落里从前有嬷嬷和女乐们早晚细心打理，有花有草，颇有个居家样子，如今颓败不堪，四处光秃秃的，大白日里也不见个人。李素炫跌跌撞撞走进西头小院里，废殿仍在，她一步迈进去，反手关上门，再也无力支撑。从肩头卸下无伤，还没有来得及放好，便连同无伤一起瘫倒在一地尘埃之中，浑身虚软，觉得自己渐渐化作了一摊血水。

许久后，她在昏昧中感到有人将自己抱了起来，渐渐听清那人说话声，焦虑急切。

“素儿，素儿……”

李素炫用力许久，慢慢有力气睁开眼睛，却什么也看不清，只是能听得出那人声音来。

“端木……”她呓语般说道。

端木落泪不止：“素儿别怕，阿姊陪着你。回来了就好，这几年我没一日不担心你……”

李素炫缓缓抬起手臂来拥着端木，埋首在她怀中，却流不出眼泪，许久后喃喃说道：“我知道雷先生不在了，鹿先生已七十有五，也要身受利刃……师弟也不在了……端木，我的人，还有谁活着？”

“我、四郎、卢七……只我们三个。”

“你跟我说说，别担心，我没事。”李素炫强撑着，艰难说道，“歌子怎么样了？”

端木紧紧抱着李素炫，自己也哭到昏沉，低声说道：“潼关陷落后，我出长安城时带走了训良。回来后遍寻歌子不见，突然想起她说过她府中花园里有口井……是我与四郎将她遗骨打捞出来，殓好。破城之日，守城将士悉数战死，叛军在城外掘了数个深坑，将所有尸首埋在了一处，曰兵冢。我和四郎将歌子遗骨安葬在兵冢附近，叫他夫妇两个……离得近些。”

李素炫浑身血冷，强撑着又问道：“其他人如何？”

“苏获、孟离她们不愿被俘受辱，皆投缳而死，月牙儿……与她们死在了一处。左教坊中几位嬷嬷与众女乐大多不知下落，还有阿翁，我回来后一直在找他，毫无消息。”

李素炫凝视着端木，呓语道：“我的人……都没有了。”

端木大哭，李素炫反而笑了笑，笑得凄惨瘆人。

“感谢上苍，将你与我留下了。”李素炫用力抱着端木，靠着她肩膀，在她耳边含混说道。昔日师父卢菡死时，她昏沉中困在这间废殿里，就是端木陪着她；如今还是在这里，还是端木陪着她。

“想我这一生……宿命难逃，所幸总有你陪我。”

端木心中绞拧。两人拥在一处，静静过了许久，慢慢恢复了些体力。

“素儿再歇歇，我带你回家。”

“家里眼下不知什么样子了。”

“我回来后查看过，房屋大抵完好，我找人简单修理了一下。屋里什么也没有了，我买了些床榻、桌案布置起来，还放了被褥，没事就过去将被褥拿到院子里晾晒，晚上再收回去。我怕你有一日回来了，看家里空荡，心里难过。素儿……这几年，你不知道我多惦记你，怕你受不了西域艰险，怕你不回来，可是又怕你回来。雷先生和鹿先生都不在了，我怕你受不了，歌子和阿翁……我也不知道该怎么跟你交代。”

李素炫紧紧抱着端木，没有说话，她不知该说什么。她固然难过，可端木将歌子遗骨从井中打捞出来安葬时，又何尝不是剧痛难忍，却又只能忍着。只是端木从不大惊小怪，不管什么事情，入了她心中，就仿佛没有发生过一般。

“素儿，阿姊带你回家。”端木抚着李素炫肩头，柔声安慰，“回家就好了。”

“嫣儿怎么样了？”李素炫答非所问，又说了一句。

“乱起前嫣儿有了身孕，随母亲出城回终南山老宅躲避时疫、待产。乱起时她不在城中，没有被及兵祸。城破时她父亲与兄长尽皆殉难，不久她产下一名男婴，又不久，商不言死讯传来。她产后本就身子弱，没了父亲、兄长和丈夫，撑了不多久……没了。”

李素炫想起嫣儿从前乖巧模样来，活泼少女，每日像只小雀般跳来跳去，两手灵巧，做什么都做得好。跟李素炫说话亲亲热热，跟商不言夫妇亲爱，只如影形。她又一副伶牙俐齿，最后还跟商不言学会了与鹿先生顶嘴。老先生偏心，商不言顶嘴，老先生一定要顶回去，绝不吃一句亏，嫣儿顶嘴，老先生却乐得不行。

李素炫长叹道：“他两个少年夫妇亲爱无比，如今……你是说，商不言有个儿子？”

“正是。”端木点头道，“商不言殉难后不到半月，嫣儿生下遗腹子，眼下两岁多了。”

“那孩儿现在在哪里？”

“还在城外老宅里，外祖母养着。乱后一直也没回城里来。”端木安慰道，“我知道你定然惦记那孩儿，我也惦记，隔一两个月就去看看。孩儿很好，你不用担心。你先歇一阵子，缓过来，我带你去看他。”

“孩儿叫什么名字？”

“兴奴。”

“兴奴？”

端木点了点头：“按理，孩儿该祖父或父亲取名，只是孩儿出生前鹿先生和商不言都没了，外祖父也不在了，出生后几个月母亲也没了。没人认真给他起名，只外祖母唤他小名。”

“……兴奴。”这名字让李素炫感慨难过。家里人都没了，孩儿乳名里还有个“兴”字，老人家坚韧。

李素炫神情恍惚，说话如同梦呓，浑身虚软，努力过许久，无力起身。端木没有催促她，抱着她，又等过好一阵子，她终于勉强站了起来，扶着端木，摇晃着，刚出大院落，就再也走不动一步，瘫软在地上，一手撑着，一手抵着胸口，嘴唇刺痛，神思麻木。端木急得不知如何是好。

“素儿。”察罕在远处喊了一声，几步冲过来。

“你怎么进来的?”李素炫恍惚着问道。

“大门那里也没人看着，我等得着急，就进来了。”察罕答道，“进来就这一条大路，一路也没碰上人。”

察罕说了这几句，看李素炫神色迷离，不敢多问。

“察罕，我没事，你别担心。”李素炫说道。

“眼下你去哪里?”察罕问道。

“回家，出南门就是。”端木答道。

察罕点了点头，将佩刀连鞘解下来，伸过去让李素炫抓着。李素炫抓着刀鞘却使不上力气，还是站不起来。察罕一时焦躁，收了刀将李素炫抱起来。李素炫再不用强撑，心头一松，立刻失去了知觉。

端木带察罕回到家中，查看后告诉察罕，李素炫无有大恙，只是眼下心力耗竭，须是慢慢恢复。

“你懂医术?”察罕问道。

端木点了点头，察罕立刻嘱咐道：“既如此，你好好照顾素儿，她醒了你告诉她，士兵还在城外，我现在去找他们，将唐兵交还给大唐朝廷，将我国军士安顿好。做好一切交割后，我回来找她。”

端木点头应允。察罕说着，看着李素炫，还是不放心她，只是见她身边有端木相伴，知道是她旧日密友，又见端木会照顾病人，也便强迫自己略放下心，咬咬牙转身走了。

# 261

李素炫很快醒了，只是仍旧萎靡虚弱。

院中一切如旧，小井还在，石榴树叶已落尽。眼下十月到了末尾，今日又阴天，地上已微微有霜。屋里果然有床榻桌案，没有零碎物事，李素炫出长安前就是如此，她没有格外伤感，只叹了口气，在榻上老实瘫着，浑身虚软，疲惫不堪。

“那彪壮汉子是什么人？怎么唐话说得这么好？”端木问道。

“他叫察罕，罗喏国使节，陈蘅出嫁时，率队来接亲的就是他。我在西域这几年里，也是他一直在我身边。”

“可信得过？”

“那人看着彪悍粗莽，实则心地非常好。”李素炫答道，口吻飘忽。

“那就好。不与你说话了，你好好躺着，能睡就睡。我带了些吃食来，去厨间温热一下，你一定饿了。”

“不用，端木，我不饿，你别走。”

端木只得停下，挨着李素炫坐下来。

“素儿累了，先睡一觉。”她俯身在李素炫耳边小声说道。

李素炫抓着端木两手，模糊说了一句：“我不累，不想睡。你别走，陪我说话。”只是说这几句话间就糊涂睡着了。她一路连续奔波，内心终日忧扰不定，今日听闻噩耗，心力大损，眼下实在是累得狠了。端木不再扰她，只给她盖得足够了。

李素炫一觉睡到了后半夜。睁开眼睛，外面还黑着，榻边残灯未灭，火光如豆，恹恹昏黄。她又渴又饿，看到灯边有水盏，有吃食，知道是端木特意留下的。伸手取水饮了，却懒得吃什么，只将衾被紧紧裹在身上，靠着墙，在昏暗中默坐。

深夜寂永，周遭静定，一丝响动也听不到，人间似有似无，前事只如梦幻。李素炫一直不太清醒，心中混乱不堪，不停想起师父来，想起幼年初习琵琶时师父每日在身边陪伴，柔声哄着她好好弹习、好好读书，也不停想起雷海青与鹿先生，还有歌子与商不言他们，还有阿翁。可她又忍不住迷茫，疑心自己只是做了场梦，那些人都是梦到的，眼下不过是梦醒了。

她不知道自己坐了多久，只是渐渐感觉到窗户缝隙里透出了亮光。外头大亮时，端木走了进来。

“素儿醒了？”端木问道，连忙过来，坐在李素炫身边，抓着她手，抚着她肩膀，“我方才见到察罕了，他已与朝廷交割完毕，朝廷收回了一百名唐兵，一百名罗喏国士兵暂时安置在禁军中。这旁边院落空了许多，乱中人都不知去了哪里，察罕与里正招呼过，暂时在邻院安顿下来了。他是持符使节，我国又与罗喏国交好，他本可以住进使馆，只是他不放心你，才就近住下了。素儿是不是饿了？昨日进城到现在，你什么也没吃，又连着伤心。”

端木说着，知道李素炫眼下不好受，一边说一边锁着眉头，不住抚着李素炫肩膀，见她愣愣没反应，更是伤感，伸手在她脸颊上轻抚着，想安慰她。

李素炫看着端木，许久说了一句话：

“端木……我什么也听不见了。”

端木一惊，旋即镇定下来，诊脉之后，知道李素炫这是老病没有去根。上次她旬月复原，这次大约也不用太过担心，只是需要马上请人调治。

“素儿等着，我这就去寻四郎过来。他前几日去南山那边，昨晚上刚刚回来，本来说上午忙完，到午间便过来看你。”端木急忙说着，转身匆匆出去了。李素炫听不见她说什么，却能想到，知道她是去找闻朗了。

院中，察罕正在照顾赤骏，见端木慌张跑出来，不知出了什么事，连忙上前询问。端木将事情简单说了。

察罕大骇：“怎么会听不见了？琵琶是她性命，若是再听不见了，日后还怎么弹？”

“察罕将军莫急，素儿这是老病，能治好。我现在去请郎中来，劳烦你去厨间取些吃的，看着她好歹吃几口。”

端木说着跑出去了。察罕愣过许久，端木说能治好，他放了些心下来，却仍旧惴惴。不久后，李素炫换了件干净衣裳，拢拢乱发，出了屋子。察罕几步跨了过来。

“素儿……”他说道，想问问怎么样了，却又想起她听不见。

“我没事儿。”李素炫勉强笑笑，“以前有过，认真服药，很快就好了。”

察罕点了点头，忍不住说道：“你所有书卷、笔记，我都叫人拿来放在你房中空屋里了。你定然惦记。”

只说了一句，又想起来她听不到，察罕很难过，手足无措。李素炫拍拍他肩膀，告诉他稍等，转身回屋取了纸笔，又掇了张小案子出来。察罕马上明白了，帮她将小案子放好，写字给她看。

“你的书卷、笔记都放在空屋里了。”

“谢你费心。”李素炫点点头，说道，“我在鸣沙山石窟上记诵那许多文章，今日就要开始默写。”

“你眼下心里难过，又听不见，还是别这样辛苦了。”察罕写道。

李素炫摇了摇头：“我从未如此十几日间记诵十几万字，来路上每日复习，生怕忘了，心里还是不放心，要趁着新鲜赶快记下来。再说……我眼下也只能做这件事，可以将心里事忘一忘。别人还可以日日买醉，我饮酒又无用。我自小就是做这事的，累不到，没关系。”

察罕只得点了点头，写道：“我记得你当日写了目录，一会儿帮你找出来。”

“好。”李素炫点头应道。

察罕又写道：“我去给你取些吃的来。”

他说着放下木笔，到厨间取了些吃的递给李素炫。李素炫这才觉得早就饿得狠了，凌晨时本就是饿醒的。

不多久，端木带着闻朗赶到。闻朗还是那样子，一身布衣，温和稳重，看着便叫人觉得可信。大难过后，故旧未死，竟又重逢，这第一面却是他带着各色药材来为李素炫诊病的。闻朗压过脉搏后与端木商议了几句，即刻配伍开方，端木很快将药煎好，盯着李素炫服下，这才松了一口气。

“端木，你代我入宫禀报圣人和持盈师父，就说我回来了，只是眼下无法面君，别的你不用管我。我今日要开始录写西域书卷，会很忙碌，不会有事，你不用担心。你在我身边陪着，误了你自己的事，倒让我不安。”

端木初时一惊，仔细想想，也知道李素炫性子，也知道她每逢困顿苦厄，唯书乐可解，眼下她不能动琵琶，只好写字。端木不想扰她，又见她有察罕陪伴照顾，那虬髯大汉看着粗糙，做事却细致耐心。端木略放心了一些，千叮咛万嘱咐后，才与闻朗一起离开了。

李素炫依旧昏沉，不清醒，心口处仿佛有把刀子，不停剜着肉下来，浑身如遭火焚，指尖刺痒，双唇麻木，如同千万根利针不停狠狠刺着。她向壁而坐，回忆起玉真与天音所授心法，努力调服呼吸，平稳心脉，澄空当下，许久后渐渐稳定了些，回身到案边坐好，研墨，执木笔取墨，调动心中所记，飞快写起来。

察罕在石榴树下坐着，就着案子，削着木笔，抬头可以透过窗子看到李素炫伏案书写，只是不敢过去打扰，唯独记得端木叮嘱，按时盯着她饮食，煎好药看着她服下，不然，这疯子自己一件也想不起来。

察罕每次执笔与李素炫说话时，问一句，她答一句，时常答非所问，神情恍惚，魂魄出离，唯独坐到案边时，双目澄净透彻，容色清止平宁，如老僧入定，手握木笔，落腕舒展，行笔轻快。她每日拼死写过七八个时辰，须臾不肯停歇，有时放下笔，见外面天色半明半暗，一时竟然想不起来这是天快黑了，还是天快亮了。

察罕眼看着她一日日消瘦，脚步虚浮，骨相支离，却仍写个不停，除了手中木笔、案上藤纸、心中所记文章，世上什么都与她无关，往昔光鲜、近日变故、眼前痛楚，也都摒除在寸心之外。她日日安静，无声无息，察罕在一边看得心惊肉跳，震骇万分。

“她疯起来怎么这么疯？以前见过她每日在琵琶上磨过五个时辰，都已将人吓得不轻。我打了半辈子仗，见过多少不怕死的，也没她这个邪乎劲。”察罕想着，旋即醒悟，“旁人是拼命饮酒，醉到半死便忘了心中愁苦，她是非要将自己累到半死……却也不怕真累死了。郎中说她不能太累，我得管着她些。”

李素炫其实没有太累，稍微疲乏，便静坐调息，一心宁定，便不容易觉得累。端木几乎每日都要过来看望，每隔几日闻朗也过来，诊脉后调整药方。只是李素炫如在梦中，许多事情闻朗与端木只能询问察罕。察罕人粗，心却细，什么都留意看着，不管端木问什么，他都能马上答出来。

十一月里，城中下起了大雪。

察罕并不觉得很冷，每日照顾赤骏，又将院子里积雪扫起来堆在一边，劈许多柴火，将黑炭拣选好，将大块的砸开，又不停整饬房屋，并时刻记得查看李素炫身边炭火，怕这疯子太专注，炭火灭了也不知道，只生冻着。端木每日带食材来，察罕一一打理好，拿到厨间去蒸煮。他不大懂得烹饪，只是蒸煮，总归能将各色食材都弄得熟透，将自己和李素炫都喂饱。他不敢打扰李素炫，很想帮她，却只能为她做这些事情。

无事时，察罕独自坐在石榴树下。家中只他与李素炫二人，他不想进屋里去，外头冷，这壮汉倒不觉得，多穿了些，用小围屏将炭火围了三面，将脚放进去暖着。炭火上煮着茶，不时饮一盏，也够暖身，真冷了就去厨间忙碌。都忙过了，独自闲坐，伸手将腰间鹰笛取了下来。

“我半生走路，这阵子倒真有个居家样子了。素儿说得对，活都做完了，果然无聊。亏她给了我这支鹰笛，不然还真是烦得很。”

察罕不曾操弄乐器，自然也不会吹鹰笛。这大汉不怕伤、不怕死，有时却偏要害羞。李素炫听得到时，他不敢吹起鹰笛来，总觉得自己吹不出个调子不说，声音也难听，着实不想让李素炫这琵琶精听到。眼下她听不到，察罕胆子大起来，也不怕走调冒音，十分放得开手脚。他拣了支童谣，一个音一个音耐心寻找，也不介意自己手指糙硬，反复练习，许多单个音慢慢连成了调子，口风上也渐渐能控制了些。

十二月中，李素炫将鸣沙山上所记十数万字全部录写并校勘完毕。她放下笔，长出了一口气，安静过片刻，忽然听到院中阵阵鹰笛，声音清越嘹亮，穿行锐利。她听了阵子，猛然间发现自己双耳早就可以听见了，只是竟然一直没有察觉。她刚刚失聪时，察罕总是记不住，总要与她说过话才想起来她听不到，后来慢慢记住了，每次都在纸上写字递给她，也一直没有察觉到她两耳已恢复。

院中果然是察罕在石榴树下吹着鹰笛。李素炫每日忙碌，察罕能做的只有盯着她按时饮食、服药、照看她身边炭火，不住提醒她歇息。见她虽然疲惫，神色却渐渐好了些，察罕心里也不再太过慌乱。今日晴朗，阳光饱足，察罕坐在石榴树下，烧炭煮酒，在火边暖着脚，悠闲中吹着鹰笛，十分惬意。这一月多他只练了这一支调子，眼下已吹得颇有样子了。

日落时分，太阳压低，染得院中微微绯红。察罕忽然听到窗口处传来阵阵琵琶声，和着鹰笛上简单调子。他吹得简单，琵琶也弹得简单，只是两相交合，便饱满动听。

察罕知道，李素炫又听得到了。

# 262

龙首塬上，李素炫沉默着走得疾快，察罕在她身边默默陪伴。他不知道眼下大雪又寒冷，她为什么要到城外荒野地里，也不问，只是随着她向前走，看她下了马，在风雪中拜过四面八方。

“师父，素儿回来了，余生再不离开师父。”

李素炫站在寒风中，枯草在脚边瑟瑟发抖，残雪半融后，也无初雪洁白，也无融雪洁净，只是一片凋落颓败。她茫然无措，静静站了片刻后，转身向回折返，没有上马，徒步在风中行走，赤骏乖觉，在后头不远处跟着。

“十三年前，我师父死后，就埋在这里。”许久后，李素炫对察罕说了一句。

察罕这才明白，问了一句：“那为什么不到坟前祭拜？”

“我不知道他到底埋在哪里。”李素炫淡淡答道。

又到逢一，李素炫肩负无伤去了内教坊，入了院子，慢慢向从前那间屋子走去。她走得很慢，边走边认真听着，怀着期冀，希望能听到里面传来琵琶声，希望走到门口能看到雷海青，希望他还在那里等她。只是这一次她没有再听到屋中有声音。她走到门口，站着，看着，屋中安静，光尘未改，一切如常。雷先生在这里等了她十年，她不相信他再也不会来了。

她慢慢走进屋中，又慢慢坐下，解出无伤轻弹。自未正弹到酉正，雷先生果然没有来。酉正后，她停下双手，拥着无伤，额头靠着，安静过片刻后，忍不住低声啜泣。

天渐渐黑了，内教坊里眼下已经没什么人，屋中安静，屋外也没声音。她从前每次到这里听授时，都有中官在门口值守，眼下也没人管这么多了。她低声忍泣许久，浑身冷透，将无伤缚好，勉强起身，蹒跚离去。

连着几日晴朗，李素炫什么也没有做，怀抱无伤，一动不动坐着，落落失神，目光迷离，泪水慢慢在眼中汇集起来，看着便要落下来了。只是她一片游走，神魂分散，不专心，连难过也不专心，眼泪看着要落下来，最终却又慢慢干涸了，许久以后又会渐渐汇聚起来。

端木在她身边看了许久，十分不忍。

“素儿是不是在思念雷先生？”

许久，李素炫恍惚答道：“我受业于鹿先生，平日里与先生对弈、为先生买酒、帮先生抄书，也与先生说许多话，也听先生与我说许多话。虽无有厚报，也算略尽了八年孝义，却从未稍微报答雷先生……以后也没机会了。”

“卢先生见你名成，雷先生见你艺成。二位先生苦心教导，你也没有让他们失望。在二位先生心里，也是今生安慰。”

李素炫摇了摇头：“我师父教诲我十年，我眷慕他一生；雷先生也教诲我十年，我终究没有唤他一声师父。每每思及，心中悔恨。”

“雷先生宽宏，定是不曾介意。”

李素炫靠着端木肩头，浑身无力，长叹道：“我知道他不介意，我介意。我师父没有等到我出头，雷先生没有等到我悔悟。他们都对我极好，只是今生不肯给我一点儿机会，我想抱着尸身哭一场也不行，留个葬身处与我凭吊也不行。此我一生心债，无缘偿还，深恨难消。”

“素儿，我不知道该怎么安慰你。只是，按佛经上说法，人与人自有缘分，缘分到了，就该分开了。”端木茫然说道，“……只是我也不知道对不对。我也就是拿这话哄你，到我自己，也与你一样。”

“端木，以前我以为，失去一个人是没法子的事，只能好好记住他。后来我发现，真的记不住，日子久了，一定会忘。我现在已经不大记得师父什么样子了，与雷先生不过几年不见，也忘了许多。你可还记得郑先生什么样子？”

端木霎时落泪。

“不记得了……若是见了定然一眼便认出来，这样想却想不起来了……”

“若是记也记不住，该怎么办？”

“素儿，我不知道，也许过些日子，我们连歌子也忘记了。”

两人相对无言，各自落泪，各自难过。

“还记得当初我们在左教坊假山里留下纸笺，立过誓言，若是有一日容儿能回来，我们四人能再聚到一处，就到那里取出容儿那枚真黄钱交给她。容儿走了多少年了，什么音讯也没有，可是就算她有朝一日回来，世上也没有歌子了。我们四人……再也聚不齐了。”李素炫悲伤难忍，断续说道。

“素儿，我们到假山里去看看如何？”端木擦了泪水，问道。

“好。”李素炫点了点头。

二人立刻出发，察罕相随保护。乱后城中防务松懈许多，教坊中眼下又聚了几拨人，各处来的都有，早不像从前那样有人把守，管得严格。察罕跟在端木和李素炫身后径直入了教坊南门，也无人过问。三人走了一段路程后，顺池塘边小路一路拐过去。过了小桥，小岛上依旧荒芜，无人过来，残雪上一个足迹也没有。

李素炫身子轻细，很容易进了假山，抬手先是摸到一个包袱，心中微微诧异，接着找到从前那个小包袱，将两个包袱一起带了出来。

“不知这包袱是谁的。”端木说道，“难道也有人与我们一样？”

李素炫认得这包袱，是她出长安城前托付给歌子的。她连忙将包袱打开，见到里面有《甘露经》与卢楞伽所画师父肖像，有师父旧衣和历年手迹、诗笺等。汝阳王殿下所赠龙脑瑞香墨锭也在里面裹着，整个包袱里所有物什上都染着幽香，深沉暗远，仍是昔日气息。

将包袱翻检到最后，李素炫看到一张纸笺，上面是歌子笔迹。

“家国危难，将士用命，妇孺不能战者，理当从殉。今城破在即，歌子不敢有负阿姊所托，请阿翁代歌子送卢先生遗物于假山腹中。伏望阿姊平安归来，复得先师遗物，歌子泉下心安。唯不能奉阿翁终老，心中愧疚。”

李素炫这才明白，这是城破时歌子请阿翁送过来的，想起与歌子自幼亲好，又得阿翁多年疼爱，歌子却在乱中殉情而死，阿翁到现在仍旧不知下落，大约也凶多吉少。

“我命里能有几个人对我好？为什么都不在了？为什么都不要我了？”李素炫紧紧抱着端木，如遭撕割，如同被人狠狠扼住喉咙一般，只是再也哭不出来。

察罕在一边看着，万分难过，端木更是哭得溃乱，答不上话来，与李素炫互相抱着肩膀，相拥着跪在一地残雪里，任由冷风吹着，觉不到寒冻。世间愁苦逼人，凡人怎能轻易脱解，肉身总是心魂障碍，可当此时，又唯有肉身苦楚能抵挡些心中创痛。

难过许久后，李素炫平静说道："端木，近日里，我有许多事情要做，许下承诺了，就要履行。"

端木马上明白她意思，点了点头："好，我陪你。"

翌日上午，端木带李素炫去了闻府看望训良。回归长安城后，训良一直住在闻府，由闻家二老照料，并管束他读书。这孩儿已不记得李素炫了，听长辈嘱咐，对李素炫恭敬行礼，叫了声"姨母"，便不知所措。李素炫愣愣看着他，觉得他还是昔日里小婴儿模样。

"……李先生。"

李素炫忽然听到有人叫她，声音抖着，低沉嘶哑。抬头看了一眼，是昔日成府上那个独臂老兵。

安史乱中老兵随成遂平守城，城破日在昏迷中连同上千具尸身被运到城外，堆在一处，等待掩埋，夜深时醒过来，爬出死人堆，侥幸活了下来。官军收复长安后，他回城到处打听，得知城破日成将军殉国战死。他千方百计寻找成府小公子和夫人，最后找到了平宁寺，这才知道夫人殉情自尽，只有小公子活了下来。端木与闻朗将他收留在闻府，要为他养老送终，待他极恭谨敬重。老兵半生厮杀，遍历死劫，如今只有少主人是他心头一点宽慰，每日陪伴照料，不离左右。训良懂事，与他十分亲热，也多得闻朗与端木教导，敬他如父。这些，李素炫已听端木说过了，只是还没有见到老兵。

老兵突然出现，李素炫看了他一眼，一时怔住了。

"上上月就听四郎说李先生回来了……夫人和阿翁日日惦记你……"老兵泣声说道，不住行礼。老兵年岁大，从前总喜欢逗李素炫，跟她拼酒，又小声央求她，讨曲子来听，又跟她拌嘴，越是被这伶俐女子撅得发蒙，越是高兴。如今是万般不敢再回想从前了。

李素炫瘫软在地上，抱着训良肩膀低头痛哭，又死死忍着声音。端木没少跟训良提起李素炫来，训良知道她是母亲昔日密友，见她难过，忍不住抱住了她，抚着她后背，安慰她。

李素炫哭得浑身冰冷，痛楚难忍，几乎要晕厥过去。她情愿这样晕厥过去，哪怕就这样死了也行。端木想安慰李素炫，可她自己也一样哭得溃乱。老兵持礼看着二人，流泪不止，一边闻朗与察罕跟着心酸，不知如何安慰，也知道这事安慰不了。人在世间，痛楚不是什么大事，总能一点点过去，却真的无人可以分担，只能自己活生生挨着，等着它一点点放人一条活路。

几人伤心许久，渐渐止住泪水，勉强振作了些。李素炫告别训良与老兵，出城去了歌子坟前。是日空晴，城外霰雪细碎，遍野光芒，树木零星散落，枝丫稀疏，不尽萧瑟。李素炫告诫自己不要心乱，不要随意附会，胡生伤感。她踩着雪，走得很镇定，随端木行过许久，远远看到荒地里有座低矮坟茔，简单立着墓碑。坟茔不远处果然有数座高大土丘默然错落，正是兵冢。

李素炫在歌子坟前行过礼后，安静站了许久，将镐头取在手中，在坟茔旁边不远处动手掘开土地。今冬不太冷，可土地仍然冻得坚实，震得她手腕发麻。

“素儿，给我。这事情你怎么有力气做。”

察罕边说边走过来，将镐头接在手中。他果然有力气，鼓动双肩，挥着镐头，很快掘好了坑穴，两尺多长，一尺多宽，很深。他知道李素炫要做什么。

李素炫抱着那数十支蓝孔雀翎羽，用一张兽皮裹着，扎得紧紧的。她自西域回来，给每个人带了礼物，一路上不停精简行李，却从不肯将这些礼物丢掉。眼下，她要将礼物送出去了。

她俯身将兽皮包裹放在深坑里，察罕开始将土掩上。

“素儿，兽皮里裹的什么？”端木问道。

“蓝孔雀翎。”李素炫答道。

端木湿着眼眶：“歌子喜欢……”

李素炫点点头，端木依旧难忍眼泪，李素炫只是呆呆看着。察罕将土全部掩上，轻轻将地面压得紧实，又将雪铲过来，盖了一层。最后，李素炫在墓碑前行礼，又侧身对着不远处兵冢郑重行礼。

“遂平，谢谢你对歌子多年疼爱……还有，我替长安城谢谢你。”

众人站在坟前，凝视墓碑，上面简单写着歌子名字，题款处有“故羽林卫将军成遂平妻”一行小字，别的就没有了。旁人见了墓碑，不会知道其中许多旧事，遂平与歌子也不需要谁人知道什么，只死后得守便足够。尘世变幻无常，生纵恩爱，也挡不住命格散尽、躯骨消弭。二人如今都在坟中，世上只剩下端木与李素炫是知情者。旁人照旧活着，死者什么也不用再想，唯独知情者余生不能解脱，终日思念，深憾不消。

只隔数日，李素炫再次出城，到了城外一座坟场中。

坟场中已有一辆车子在等待，载着一口空棺。李素炫马上走过去，交割后，役夫将空棺从车上卸下来，放在一片空地上，在四周布置好大量柴火与木炭，接着泼上油脂。察罕与端木不解，没有问，在一边看着。

李素炫将无伤解出，衬着蜀锦横置在地上，对着空棺恭敬行过大礼，起身从役夫手中接过火把，点燃了柴火，回身又将无伤缚好，重新负在肩上。

“我这无伤，是十七岁那年鹿先生舍了棺材本与我造的，当日我许了先生一口好棺材，今日不敢食言。不然，老先生恼起来，怕是要将我无伤收走了。”李素炫笑着说道，“市面上那许多棺材，我挑了个最好的，颇花了笔银子。老先生应该满意。”

火势渐渐大起来，木柴完全烧着了，噼啪作响，冒着黑烟，烈焰互相扑打着向上蹿升，地上雪融，步步后退。不久后，熊熊大火将整个空棺裹了起来，热浪剧烈涌动，赤焰将人烤得浑身焦干。

察罕、端木与李素炫站在雪地里，静静看着面前大火。

“你为何不为先生造一座衣冠冢？”端木在一片烈焰声响中问道。

“所谓衣冠冢不过自欺罢了。老先生那一把骨头还不知道给人丢在哪里，我在这里对着座空坟乱哭乱叫有什么用。”李素炫答道。

半个时辰后，火势渐渐小了，渐至熄灭。地上剩下一片焦痕，风吹过，浮灰散去，露出余烬赤红，转瞬消失不见。周身很快又变得寒冷，李素炫再行一礼，转身离开。

连着数日阴天，又下雪，李素炫在家里安静躲了几日，仍旧无心做些什么，只是反复整理师父旧衣，不断将上头细碎褶子抚平，又整齐叠起来。师父旧衣只剩了这两件，只这两件，她也整理了许久，之后，将两件衣裳摞起来放在身侧，靠着墙，呆呆看着外面。察罕见她失神，心中不忍，用心找了话出来与她说。

“以前听你说不喜欢在外头跑来跑去，只喜欢安稳居家，还以为你住什么奢豪大宅。”

“这是我师父旧宅，好过奢豪大宅。”

“你师父以前住这里？”

李素炫点点头：“是，师父独自一人在这里住了几十年。我初到长安城第一日，随师父回家，就是回到这里。”

“你在这里住了多久？”

“我十七岁出宜春宫，到二十五岁使西域，在这里住了八年。”

“你是不是往后余生都打算住在这里？”

李素炫点了点头，突然发现察罕站在窗外雪地里与她说话，又突然想到察罕从不在屋中久留，若要陪着她，也只在院子里，说话也隔着窗口处那道细竹帘。

李素炫立时自责：“我平日从不如此粗心，怎么这两月如此笨拙。为了死者伤神溃乱，却失于照顾生者。实在是不该。”

“察罕，别在外面冷着，到屋里来，多少暖和些。”她立刻说道。

察罕摇头笑道：“无妨。西域比这里冷得多，我在雪地里过一冬都没事。”

“让你进来就进来。”李素炫平静说道，“习武之人，何苦这么迂腐？”

察罕迟疑片刻，只好进了屋子，在李素炫对面坐好，反而一时没话说了。许久后，还是李素炫找了些能说的，先开了口。

“旁边你住那座院子，以前住了一家老夫妇。那老妪常扒着墙头听我弹琵琶，听得高兴了，就隔墙丢一把青菜过来，又与我讲师父前事。她说，我师父是世上第一俊雅男子，人又谦和有礼。她从前也时常扒着墙头听师父弹琵琶，听得高兴了，丢一把青菜过来。”

“扒着墙头？”察罕忍不住笑了，朝窗外头看了看，“真是老妪，那么高一点儿墙还得扒着墙头，我一跳就过来了。”

“跳……过来？”

“可不是，走门多麻烦，我一直都是跳过来又跳回去的，脚尖一点就过去了。”

见李素炫半晌说不出话来，察罕加了一句：“那墙真没多高。”

李素炫哭笑不得。

“你平常自己做饭吃？”察罕又问道。

“我什么也不会做，又懒，多半备些冷食，凑着些热水就吃饱了，茶也懒得煎。”

“你阿翁不是做什么都好吃？怎么不学学？居家的，何苦像我这行路的一般糊弄。”

“懒得费事。我阿翁说，人自己吃饭都是糊弄的，喜欢做饭的一定是因为身边有个人喜欢吃，没人有耐心这样给自己做饭。我若不去，阿翁自己吃饭也很随意，唯独每岁那些腌渍做得精心。”李素炫说着，心中怅然。

两人又聊了阵子，又没话说了。其实这两人能说的从来也不多，有时李素炫说说琵琶、词调，有时察罕说说骑马、打仗，除此之外，闲话不过三五句。

顿了片刻，李素炫轻声说道：“我前几日入宫，上皇准我寻兵册来看，只是有司回复我已不可寻。也没说是因为年深日久，还是毁于乱事。”

“大约是因为隔得久了。长安城中人手足够，天子脚下规矩又大，人勤于事，各色旧档都会及时销毁。不像在都督府，多少年旧档无人打理，就那么堆着。”

“此事我该格外谢谢你，若不是你想到去疏勒都督府查询，我回来了又扑空，怕是要一生失望了。西域路远，哪里那么容易再去。”

“都督府将军曾与我说，乱起后安西都护府、北庭都护府都调了数万士兵回唐平叛。想来大唐在西域兵力羸弱许多，巡守不力，故此劫匪才敢结群出动，乃至胆敢对披甲士兵下手。日后，这西域道路怕是要越来越难走了，吐蕃也会渐渐起了胆子，盯着大唐，寻找时机，波斯、大食、吐谷浑跟着吐蕃，也不会安分老实。”

李素炫长叹。她不指望今生还能再赴西域，不指望察罕还会再来长安，也不指望天音有一日会云游到此，她知道这些都不会发生，却仍旧希望那条路是通的。只要路是通的，她总还可以有些幻想，纵然她再也去不了，也总可以幻想哪一日里会有故人自西域来探望她。

雪住天晴后，闻朗与端木带着李素炫去嫣儿家老宅，察罕跟随保护。出城不久，到了终南山脚下一处村落。端木来过多次，熟悉道路，径直走到一户人家门前，叩响了门环。院中积雪无人清扫，只中间脚踩出条依稀痕迹来，许久后，一位老妪自屋中出来，踩着那道痕迹慢慢走过来，开了院门。

院子里，嫣儿母亲看着李素炫，许久后缓缓说道：“我记得你，嫣儿成亲那日，我见过你。商不言与我说，你是他小师父。”

李素炫心头一紧，死死皱着眉头，才没有哭出来。嫣儿母亲蹒跚着将几人让进屋，屋中果然有个幼小孩儿，不过两三岁。李素炫看了一眼便说道：“这一定是商不言的儿子。真像他。”说着，落了泪。

孩儿有些认生，不让人抱，李素炫摸了摸他小肩膀，回身对嫣儿母亲行礼说道：“按朝廷惯例，勋烈子弟七岁可入太学。孩儿眼下年幼，我不知道该怎么照顾他，还请老人家多费心，再抚育他一二载。到四五岁头上，我来接他走，与他开蒙，到他七岁时，送他入太学。”

嫣儿母亲点了点头，眼中慢慢溢出泪水。乱中她全家人都没了，只这一个小孙儿，让她撑着活了下来。她已年迈，又心力折损，眼下说什么做什么都缓慢，就是难过，眼泪也许久才一点点渗出来。

临别时，李素炫留了银两，并嘱咐嫣儿母亲，若有急事便请村里亲戚帮忙，到城里来告知一声。

## 263

察罕与李素炫都没有将除夕当回事，糊涂着节就过去了。正月里依旧不断有雪，李素炫又想起汝阳王府中那些白梅来。眼下她已恢复许多，重新开始每日弹习读写，察罕依旧在一边听着、看着，帮她削许多木笔出来，攒着慢慢用。

未出正月，天一日日暖和起来了，几日间雪融，四处湿冷，再暖和些，道路好走，察罕便要出发回归罗喏国了。他与李素炫都不提起这件事，只当一切不过寻常。李素炫照旧忙于书乐，察罕照旧看着、听着，又不停在院中忙碌，学人样子修剪石榴树枝，清理细井，加固马屋，将房子前后上下检视一番，有破损处便补上。这些居家杂事他此前从未做过，却偏想得到，初时果然做不大好，但他仍然一件一件认真忙着。李素炫让他歇一会儿，他也不肯。

“你再忙，也只这一次，以后无数次，还不是要我自己来？”李素炫在院子里站着，仰头说道。

察罕说话声从屋顶上传来：“只这一次，你不也是省一次？这些还挺费力的，你哪里干得动。”

“有的果然是干不动，大部分也没那么难，实在自己应付不了的，不是还可以找人来？”

察罕从屋顶上跳下来，落在地上，拍拍身上灰土，看了李素炫一眼，笑道：“我有时候好奇你这种人活着是什么感觉？”

“……没明白。还能什么感觉？”

“你比松鼠也大不了多少，也没太大力气，也没长劲，腿也不长，胳膊也细，可你跟我一样活在世上。一条路，你走我走，都一般长；一样物，你拿我拿，都一般重。一样风吹，吹你也不会比吹我小些；一样雨打，打你也不会比打我轻些。我有时候都觉得累，你怎么扛得住？”

“……扛还能怎么扛，就……生扛……扛不住的就死了，没死的就是扛得住的。”李素炫茫然答道。

察罕笑了阵子，转头去照顾赤骏。李素炫在窗口处坐下，弹起胡琵琶，唱着《大破阵乐》，正是在西域察罕伤愈后她填的那一支。这曲调本来颇为悍烈，她眼下唱得柔和了些。

“刚好。”察罕头也不回说道，“做个杂事，还有天下顶尖高手在一边奏乐，以后怕没这美事了。”

李素炫随意弹唱，察罕一边听着一边在院中忙碌，李素炫若是认真弹些什么，他就放下手里活计认真听。只是自从李素炫双耳恢复以后，他再没有吹过鹰笛。李素炫知道这大汉仍然害羞，没问过他。

察罕很快定下了行程，出发前，李素炫一夜未眠。

第二日李素炫起身很早，与察罕一起随意吃些什么，随意闲谈几句，如往日里一般寻常。出开远门，一百名罗喏国士兵已整装列队，正等待将军到来。察罕简单嘱咐了副将几句话，副将带队先行，察罕带着李素炫跟在队伍后面不远处。

李素炫一路无话，甚至都不怎么敢看察罕一眼，只是老实跟在他身边。这大汉高壮，肌肉紧实，身法灵活，手指在刀枪上磨得粗糙，做细致活却比李素炫还灵巧。他目光锐利，沉稳机敏，寻常里不大说话，仿佛总在查看周围状况，佩刀也从不离手，想是多年积习。若真与李素炫说起话来，不算健谈，却也不十分口拙。李素炫需要帮助时，格外觉得他是个依靠，但他也很安静，李素炫忙碌起来时，从不觉得他一直就在身边。

李素炫隐约知道他从前历过许多事，只是那些事对他仿佛没什么影响。他虽然警惕，但仍旧相信人，战斗时下手凶狠，平日里依然温和。他自有一副秉性，并不出离于尘世，却浑然自在，任什么人事也不能改变他。世间无数欺骗、背叛、人心凉薄，他定然都见过、都对付过，却绝不会变成那种人。

察罕也一直没有说话，两人并肩催马，默默不语，心里都知道，一生机缘将尽，这辈子应该是没机会再见面了。

“素儿往后就是一个人了，要好好照顾自己。”许久后，察罕叮嘱了一句。

李素炫点了点头：“我能照顾好自己，你不用担心。”

察罕看了李素炫一眼，又看着前方，心绪交杂：“察罕半生浪迹江湖，从不曾牵挂什么人……眼下却着实不放心你。你一直都是一个人，你很勇敢，却不怎么会照顾自己。”

李素炫摇了摇头说道：“我五岁到十五岁一直在师父身边，后来有雷先生和鹿先生授我琵琶与文章，又得阿翁许多疼爱，到了西域，有菩萨每日教诲开示，又有你数年陪伴保护。我其实从来都不是一个人，我身边从来都有人强过我许多，我从来都有依靠。我没那么勇敢，我只是有恃无恐。”

“……只是从今往后，你真的只是一个人了。”察罕难过说道。

“无妨，总会慢慢习惯。”李素炫说了一句，却没底气，只是叮嘱道，“你总在路上，要多小心。日后出门一定要多带人手，不要全凭自己不怕死。老实说，你总在荒野处跑来跑去，难免要跟人动手，动手就是搏命，就要分生死，我想起来心里就害怕。”

察罕看着李素炫，幽幽说道：“素儿，我这一生，到最后一定是要暴尸荒野，随鸟兽啄食，或死于敌手，不得善终。就是身旁有人，也不过草草埋了，无棺无椁，无坟无碑。我不在乎，你也别在乎。”

李素炫不敢看察罕，强忍眼泪点了点头，将腰间匕首取下递给他。

“这匕首你很喜欢，送你。”

察罕迟疑道：“我记得你说过，这匕首是你师弟送给你的。眼下他不在了，你难道不想留个纪念？”

李素炫摇摇头：“睹物念人，难免伤心，却是何苦。察罕，你不恋家，也不恋人，我如今明白了。从前还指望你日后能安稳居家，现在知道你不是那种人。此生结局你早就想透了，眼下我也想透了，既然你一生都要在路上，匕首比鹰笛有用。只是，鹰笛也好生留着，就算在路上，也总有闲暇时，也该寻些开心事，不用总想着打仗。”

察罕点了点头，接过匕首别在腰间，看看自己浑身上下，惭愧说道：“……我却没什么能给你的。”

“你的血还在我无伤身上，你不消再给我什么了。”李素炫伤感间说了一句。

察罕忍过片刻酸涩，强笑道：“你若有一日成仙得道，能白日飞升，记得到西域去看看我。”

李素炫却笑不出来，硬挤也挤不出来，只是终于鼓起勇气来，认真看了察罕一眼。

要不了多少时日，她就记不清察罕长什么样子了，只是，这个人，她今生忘不了。察罕命中无有家国，无有族属，不曾牵挂什么人，也不曾眷恋什么地方，半生浪迹江湖，一副肉身在世上厮杀翻滚，心中却从来与这人间无涉。他与李素炫十分不同，李素炫和李素炫手中书乐令他满怀好奇，总想在一边听听、看看，却丝毫不想做这些事情，也丝毫不想试试这种活法。她这种人，他并不了解，却能懂得，费尽心思想要成全她、帮她。他为她拼过命、流过血，心中再也不能放下她。她自有一重人世，他送她回来，将她安顿好，陪伴她，照料她，看着她慢慢复原。他另有一重人世，眼下他要回去了。自天宝十四载三月送陈蘅出嫁，眼下又到三月，算来刚好四载，察罕与李素炫每日相见，须臾不离左右。四岁时月说短也不短，说长也不长，却是彼此今生一段迥异因缘，足堪刻骨。

二人无话，又走过许久，看看过了正午了。

“素儿该回去了。”察罕说道。

“好。”李素炫点了点头，答应着，却仍旧走着。

片刻后，察罕又说道：“我们走出来很远了，再向前，你回去就不好走了。”

李素炫许久不语，泪水在眼中慢慢蓄起来。察罕叹息一声，伸手抓住赤骏辔头。这几年里，尤其是这一冬里，赤骏多得察罕仔细照料，对他十分亲热，见他抓着自己辔头，立时摇头晃脑，不住示好。察罕笑了笑，在赤骏颈项上拍了拍，随即又抓着辔头拨转马头，带着赤骏向回跑。

赤骏很快跑起来了，察罕挥手用力将它送了出去，赤骏越跑越快，察罕渐渐落后。错身时，他伸手在赤骏后臀上拍了一掌，赤骏立时跑得越发卖力，转眼间冲出很远。

“快回去，别回头。”察罕在李素炫身后喊道。

李素炫果然没有回头，她咬牙抓着马缰，不停落着眼泪，由着赤骏飞奔。

察罕站在原地，看了许久，直到再也看不到李素炫。他长叹一声，拨转马头，向着队伍方向飞身追了过去。

# 第二章

# 莊嚴寺

乾元二年（759年）三月—十二月

# 264

如今李素炫真的是独自一个人了，身边与心里都没人。之前每日在窗前闲坐，或是呆呆看着外面，或是胡乱弹着琵琶，不曾时刻留意察罕在做什么，眼下他走了，她却总能留意到那座空院子。院中只是少了察罕，却仿佛什么都没有了。

此时月值姑洗，城中春华争斗，一派热闹，人却恹恹。许多房舍毁于战乱，有的重新修起来了，又有人居住，有的仍是废墟。野花倔强，无人照料，独自也能从砖瓦堆上那一点泥土里硬生生长出来，不与国色赌气，只自己身上一点淡淡颜色，也开得骄横。

李素炫从前喜欢独自在家，她从未像如今这般，觉得家里如此寂寞难耐。屋中冷清，无法忍受，周身太过安静，便要胡想。她用尽办法平复心绪，却仍是终日惶惶不定。她也知道，再想什么法子都无用，雷先生说过，挨着便是了，总会挨过去，没有哪一次会真的死了的。

每到逢一，她带着无伤去至内教坊处，去等雷海青。庭院角落里梨树仍在，每逢春日，从屋中窗子里便看得到外面一树深白。梨花谢了，叶子渐渐茂盛起来，到了夏日，便有一树碧翠。绕过梨树，是雷海青昔日授业处。十年里，雷先生待她殷切，每到逢一，定会早早抱着琵琶在梨树后窗子里弹着，等着她。回想起来，一切只如昨日。

她知道雷先生不会再来了，可她仍然会来。她再也不能依靠他，可怀中琵琶今生不能相弃，仍要弹下去。许多次她也带着胡琵琶，她已将胡琵琶弹法磨到精熟，心中记了大批西域歌调，本来便想着回来了要弹给雷先生听，请他指正，与他商议。每次来，她绕过梨树，在屋中坐好，解出琵琶抱在怀里，低着头，只当对面仍有雷海青。自未正到酉正独自弹过两个时辰，没有等到他来，她也不多想，缚好无伤，悄然离开。

她不停想着他，大乱中她失去那么多人，雷先生最令她耿耿难平。白昼里繁忙，什么都可以不想，夜晚清幽，想起他来，便不能自控，心中剧痛，喉头窒息，只能起身在黑暗中坐着，稍微缓解一些，能好歹换过一口气来。深夜静定无边，她想起在宜春宫时听人说起那位老宫人，梦中惊醒，周身死寂，心中荒绝，难耐之下持刃自伤，以求宣泄。她忽然明白那是什么感受，她现在就想拿一把刀狠狠在身上划几道。雷先生被活生生折磨而死，那是何等痛楚，人世上没有任何言语能够形容。她没有别的法子宣泄，现在就想狠狠伤一次，狠狠疼一场，哪怕万中之一，也能稍微感知到雷先生死前多么痛苦。

她在黑暗中找不到刀，痛楚逼得她走投无路，低头在小臂上恶狠狠咬出伤口来。血立刻涌了出来，热辣辣的，顺着手臂淌下去，也溅射到她口中，呛进嗓子里，被她咽了下去。

她疼了很久才觉得心里头好了一些。呻吟一夜，不能入眠，到清晨才昏昏睡过去，醒来已快到正午了。手臂上伤口血流已经凝固，褥子与衾被染得一塌糊涂，唇齿间还有血腥味。眼前光明刺目，尘埃翻滚，粒粒分明。她一动不动，迷茫看着，这世界像是假的。

李素炫很久没有去过玉真宫了。乱后回归长安城后，玉真一直陪着兄长居住在兴庆宫。兄妹二人幼遭变故，多年活在绝险之中，彼此安慰着长大，手足情深。眼下，暮年天子白头失伴，一世荣耀欢乐归于沉寂，陪在他身边的仍是这个幺妹，就与二人年幼时一般。李素炫每次入宫探望玉真时，玉真都在上皇身边，又有高力士与昔日梨园旧人陪伴。众人也动乐，上皇与玉真也听得认真，也欢喜，只是再无往日里心境。

李素炫自西域平安归来，上皇与玉真都非常高兴，听她将西域历事详细讲述了一遍，也感慨，也伤怀。李素炫将胡琵琶上诸般弹法与上皇一一演示，上皇听得又开心，又难过。从前每与贵妃和幺妹在这殿中闲谈说笑、饮酒，定会令李素炫在一边轻奏琵琶，又喜欢出题令她即席赋诗弹唱，又喜欢拿书卷来考她，指定一段令她立刻背诵。李素炫当即背了，上皇瞠目，玉真得意，贵妃在一边两头安慰，又赐李素炫好酒，格外准她当殿饮酒，以示勉励。昔日多少欢笑，如今想来，如同浮光尘影。

“素儿这无伤又长进了，胡琵琶也弹得好。”上皇说道，语声苍老，笑得也费力。他果然是老了。

“素儿谢过上皇夸赞。”李素炫怀抱胡琵琶行了一礼。

“你若无事，便常过来，朕还是喜欢听你琵琶，你持盈师父也难免挂念你。”

“上皇放心。素儿自西域带了大批书卷回来，又有数十万字笔记，近日已开始整理分档，修撰乐志。除此之外，素儿无事便会过来。”

上皇骤然难过起来：“是了，你出长安前，贵妃曾经嘱咐你多方搜罗西域歌调、典章、风俗，回国后修撰乐志……你果然不忘，十分用心。”

“素儿有心，兄长该当欣慰。”玉真在一边安慰道。

“幺妹说的是。”上皇点点头，拭了泪水，又对李素炫说道，“此事乃贵妃嘱托，又于国有益，格外要紧，你多用心。”

李素炫行礼说道：“此事素儿定用绝大心思，待初稿完成，定持献上皇，遥谢贵妃。”

殿中安静，漏声单调，不管谁人说话、说什么，听着都寥落。上皇也令梨园弟子奏乐，谛听之下，也不觉得乐声何处有异，却怎么都觉得与往常不同。李素炫知道，眼下上皇虽有人陪伴，却不会太舒心。从前他终日有贵妃在侧，恩爱逍遥，眼下不是一回事了。如今兴庆宫中人人都知道上皇孤寂，格外小心围护、劝慰，倒叫上皇分明觉得他自己可怜。

## 265

初夏，端木告知李素炫，卢楞伽自成都回来了，现在永阳坊庄严寺中。

“他那里有人来求医，刚好给带了个信。”端木说道，“你出长安后不久，他随吴先生去了成都，在大圣慈寺作壁画，我在成都时屡次与四郎一起去看望他。去岁壁画完成，得大书家颜真卿题字，时人称‘二绝’。我去看过，也不是很懂，却觉得果然好。”

“好，我明日就去探望他。”李素炫答道，心中开怀。

第二日一早，李素炫赴庄严寺，一路上渴望不止。她手边包袱里仔细裹着老画僧所赠粉本，以及在拜霜国时所勾宫中佛菩萨影身，并西域数种造像量度。她带了许多礼物回来，却哪件也不能交付给主人。蓝孔雀翎埋在歌子坟边，各色书卷、典章与金银器图样稿本是带给鹿先生与商不言的，她暂时留下，日后要代他二人奉与太常寺和将作监。为苏获、孟离与众家阿姊带回许多金银器来，她以女乐之名施给了平宁寺病坊，唯独这些粉本、影身与造像量度是为卢楞伽所备，今日可以亲手交给他。

到了寺中，迈步入了大殿，一步之后尘世隐退，殿中清凉幽幽涌上来。

卢楞伽正在墙壁上认真描画，没察觉到身后有人。李素炫不敢扰他，在他身后安静站了许久，看他屏息凝神，握笔行线，仍与从前一样。

许久后，卢楞伽停下笔，李素炫轻轻唤了他一声。

“卢七。”

卢楞伽回过头来，见是李素炫，微笑起来，淡淡说了一句话：“素儿回来了。”

李素炫轻轻点了点头，走到他身边坐好，将无伤横置膝头。卢楞伽并未多说，重新取墨、掭笔，又在壁上画起来。李素炫安静坐着，看他慢慢画着。殿外山河破碎，殿内依旧清凉寂静，卢七依旧两肩瘦削，目光明亮，依旧认真作画，痴心不已。时光仿若从未逝去。

李素炫想，如果眼下是天宝十四载春日里，便好了。那时长安城中梨花正盛，阿翁每日惦记他娃儿饮食马虎，费心为她炊煮，又酿好酒哄她开心。歌子带着训良在花园里玩耍，等着遂平回家，鹿先生嫌弃商不言读书愚笨，商不言垂头丧气，嫣儿在一边好言哄着老先生，还有，雷先生依旧在内教坊中殷切等待。早知道分别只在须臾间，她一定会格外珍惜，格外好生孝敬鹿先生与阿翁，格外多探望歌子与遂平，格外多找些时候去宜春宫探望苏获与孟离，逢一也必定早早到内教坊中等着雷先生，待见到他，恭敬行过拜礼，叫一声师父。那日她离开长安城，只道西域遥远，路途艰险，不知道是不是回得来，是不是能再见到他们。不想最后她拼了性命回了长安城，那等着她回来的人，却都已不在人世。

李素炫心中痛楚，低头将无伤竖抱在怀里，额头抵着弦颈，强忍着。

“这琵琶鹿先生与师弟造了送我，雷先生教我弹法……你如何叫无伤？人活一世，怎会无伤。”

她忍着没有出声，卢楞伽还是察觉到了，放下笔，看着李素炫，一副无措。许久后，挪到李素炫身边，小声问道：“素儿……我怎样才能让你好过些?”

李素炫擦了擦泪水，抬头看着卢楞伽，淡淡笑道:“卢七，我想看你画，你画你的，别停。从前我伤心时，雷先生手中琵琶也不曾停下来。”

卢楞伽看了她很久，慢慢点了点头，回身又接着画起来。

李素炫再去时，卢楞伽为她备了一坛酒。他不知道该怎么安慰她，知道说什么都是枉费。看她强忍难过，他心中不安，只是想来想去，除了一坛酒，也不知道还能做什么。

“素儿，我今日下稿，你在一边弹琵琶、饮酒，如何?”

“好。”李素炫点点头，解出无伤，调了弦律轻弹，一边弹一边看卢楞伽伏案行线。

“我仍是开相那关难过，心里总是没底，下手就犹豫。”歇息闲谈时，卢楞伽无奈说道。

“多年前你就说过，那时我在琵琶上也欠了一点儿火候，十分沮丧。”

“如今你琵琶火候够了，我却还是差那一点儿。也不能说不像，神气上却总是差了点儿，就那一点儿，就是不对。我自幼修佛读经，只是没见过菩萨，当真想不来真容。”

“我在西域见过菩萨了，可惜不会画。”李素炫说道。

“你见过菩萨?”卢楞伽惊讶道。

李素炫点了点头。

“菩萨什么样?”卢楞伽立刻追问道。

“这……说不明白。”

“也是……”

“不过，我随菩萨攻习琵琶，学了他诸多弹法、曲调，临别时菩萨将怀中胡琵琶送给了我。明日我带胡琵琶过来，将菩萨所授弹与你听，你乐上机敏，或可有些领悟。”

第二日，李素炫果然带了天音所赠胡琵琶过来，坐在卢楞伽身旁，一边饮酒，一边给他讲述天音之事。菩萨容颜清止，卓跞不尘，又心性慈悯、通脱透彻，并及博学、多闻、善辩等，都一一讲过，卢楞伽听得很用心。李素炫将一坛酒饮尽，也讲得差不多了，将胡琵琶弦律调好，数日之内，彻日彻夜弹奏，卢楞伽彻日彻夜凝神听着。李素炫累了便拖过条毯子来裹在身上，抱着琵琶靠在垫子上稍微歇息片刻，卢楞伽依旧在一边作画。乱后城中管束松懈，宵禁本该更为严格，眼下却近乎废弛。李素炫弹到深夜才回家，或就近宿在客舍，只睡过两三个时辰起身又到庄严寺中，卢楞伽定然已经在等着她了。

菩萨所授胡音多作佛语，与俗乐不同，李素炫手上纯熟，弹得传神。卢楞伽果然机敏，识得乐中画意。连弹了半个多月后，卢楞伽对李素炫说道："多谢素儿。我果有领略，已在悟与不悟之间，但愿早日开化，不枉你一番辛苦。"

## 266

夏日里，李素炫去了一趟玉真宫。几位师兄眼下在兴庆宫中，每日在玉真左右侍奉，还有一些留下照料玉真宫。乱事过后，玉真宫损毁不轻，宫中典籍、乐器等皆散佚不见，唯独那座竹径小院看着不甚华贵，反倒不曾遭人过分劫掠，各色物事所剩无几，房屋却完好，院中碧竹也依然葱翠。

李素炫与众师兄相顾感慨，互相说了这几年间许多事情，伤感难过都有，却又庆幸一众师兄弟眼下都平安活着，比起来别的都不要紧了。

出玉真宫，李素炫上了马，恍惚间走到了通义坊。

从前每次出了玉真宫，走到通义坊就是阿翁家，阿翁多日前便用心思量，提早备了美食等着他娃儿。李素炫自西域回来后，到处打探阿翁下落，也屡次来过通义坊，只是整座通义坊已变成废墟。坊中大多是贫民，房屋简陋，不结实，在乱中毁得干净，又曾经过火。乱后无人主持重建，只零星几处房屋毁伤得不太厉害，有人简单修整了住在里面，其余地方仍是一片颓壁残垣。破城到如今已有三载，风来风往，夹沙带土，渐渐填了砖瓦缝隙，眼下废墟上已是乱草丛生。

李素炫来过几次，也没有在一片凌乱中找到阿翁家，更没有阿翁消息。这次她也不敢抱希望，在路上恍惚走着，遇到岔路也不择东西，随便向左向右，没路走了，便退回去，换条路走。走了许久，眼前仍旧只是废墟。日色晴朗，四周明亮又安静，她怅然间停在了路上，四下观望。

片刻后，脚边一道影子掠过，她循声看过去，见是个活物，不断跳动着，跑出数丈后，一闪身，不见了踪影，大约是钻进废墟里了。

她失神许久，猛然醒悟，狂喊起来。

“狸儿，狸儿……”

跑过去的果然是狸儿，李素炫立刻明白过来，狸儿消失处一定是阿翁家。她想也没想，拔足绕了几道弯跑过去，站定了，细细观看，渐渐辨认出来了。这里果然是阿翁家，前院、前院中马棚、正屋、后院与后院里厨间，她一处一处都认出来了。

她泪流满面，大声叫着狸儿。

废墟中一直没动静，李素炫不甘心，不停呼唤。又不久，赤骏在废墟中找到道路，走了过来，站在李素炫身边，甩着尾巴，轻轻喷着响鼻，不住安慰她。

许久后，狸儿从一处洞穴里露出了头。它不是不认得李素炫，只是凭李素炫怎么用肉丸子和小鱼干讨好它，它还是更喜欢赤骏，每次在李素炫那里混个饱食后，一定要跳到赤骏背上趴着歇息，冬日里是为了取暖，夏日里竟也不嫌热。赤骏也不嫌弃它，从不赶它走，由着它趴在自己背上。

李素炫悲喜交集，俯身跪在地上，向前慢慢探出身子，又慢慢伸出双手。

“狸儿，别怕，来……我喂你吃过肉丸子和小鱼干，还给你唱过小曲子，阿翁还说好听来着。别怕，来……”

狸儿迟疑不动，李素炫也不动，只伸着手，柔和说着话，怕惊到它。许久后，狸儿慢慢探出半个身子来，又许久，走出了洞穴。它看了李素炫片刻，似乎是想起从前那许多肉丸子和小鱼干了，又或许是认出赤骏了。它有些犹豫，却终究还是迈开脚步，一跳一跳，向着李素炫走过来。

狸儿走得近了，李素炫将手缓缓向前又伸了伸，终于触到了它，用指尖轻轻抚摸，见它并未害怕或抗拒，便慢慢开始用手掌抚摸。许久后李素炫向前迈了一小步，缓缓将狸儿抱在怀里，反身坐在瓦砾堆里，将狸儿放在腿上，两手细细爱抚。

狸儿并不挣扎，也不反抗。李素炫将它身上轻轻抚过一遍，它浑身毛发都打着结，瘦得厉害，隔着毛发能摸到一根根肋骨。李素炫心酸不已，再向下抚摸，她陡然恐惧起来。

“狸儿……”她忍不住喊了半句，反复用手摸索着确认。

狸儿少了一条后腿，怪道方才跳着走过来。

李素炫大恸。乱中阿翁不知所终，狸儿无人保护，不知道它怎么受的伤，想来无人与它医治，不知它是怎么活下来的。这些年来它拖着伤残四处流浪，每日外出觅食，却无论如何不肯离开家园。

“狸儿跟我回家，没有阿翁，日后有我好好照料你，再不叫你吃苦。”

李素炫落泪不止，不停爱抚着狸儿，狸儿蜷缩着，不住呜咽着，温顺又委屈。许久后，李素炫抱着狸儿站了起来，上马回家。狸儿本就喜欢赤骏，眼下格外老实，缩在李素炫怀中，头抵着她身子，看也不向外看一眼。

到家后，李素炫立刻找了肉脯出来，细细切碎，连些水放进小釜里，起火煎煮，不停搅拌，收了汤汁，倒出来晾着，凉下来后端到狸儿面前。

狸儿流浪几年，挨饿是常事，不挨饿也没什么好吃食，哪里比得上从前被阿翁宠爱。它低头闻了闻肉羹，立刻大口吃起来，李素炫又连忙去给它盛了碗水过来。不久，狸儿吃饱了，又饮了水，李素炫将它抱到毯子上，它很快缩成一团睡了。

察罕走后李素炫很少吃热食，她实在懒得费事，又不擅长，眼下却开始日日为狸儿烹煮，不停买了豚肉、羊肉、鸡鸭肉或鱼肉来，煮熟切碎拿来喂狸儿，也煮蛋给它吃，还想办法每日弄些酪乳来给它。城中匮乏，肉食靡贵，人都吃不上。李素炫不缺银子，想买多少都行，只是觉得心有愧疚，那些肉食她一口也不碰，就当是将她自己那份让给了狸儿。

闻朗与端木来过许多次，也探望李素炫，也探望狸儿。闻朗将狸儿浑身上下细细检查过一遍，说是狸儿两条后腿上都受过伤，断腿处当日伤得极凶险，想不到它竟能活下来，肯定遭了不少罪。另一条后腿上伤口已经愈合，虽然动起来有些不灵便，但没有大碍了。身子瘦弱不是大事，好好与它补养便是。

“如此便好。”李素炫又心疼，又松了口气，“它有胃口，吃饭泼实，不挑食，这就好办。”

端木深感安慰，知道阿翁下落不明，怕是凶多吉少，此事定然十分折磨李素炫。如今将狸儿找回来了，每日细心费力照料它，李素炫一腔遗憾也多少有个宣泄。

“狸儿总是闷闷不乐，总想出去，若放它出去它便乱跑，我只好将屋门关上。它没事儿就想跳到窗外去，只是少了条后腿，跳不太高，然后就回去用力挠门，又大声叫喊，看起来是很不安，不知道为什么。”李素炫说道。

“它是想回家。”闻朗说道。

“想回家？”

“细犬恋主，狸奴恋家。”

“……什么意思？”

“细犬恋主，主人到哪里就跟到哪里，有没有家都没关系。狸奴恋家，纵然失去主人，家园被毁，也不肯离开，就算待在废墟里，也不肯离开。到处流浪的都是生下来就没家的，有家的，一定恋家。”

李素炫有些伤感：“它可以将这里当家。”

“可这里终究不是它家。它还是认你，记得往日情分，身子又羸弱不堪，才被你抱回来了。眼下稍微恢复些体力，定然惦记自己家，肯定是想回去。它这是少了一条腿，跑不了，不然，狸奴想跑，人哪里拦得住。”

“会不会时日久了，它再不想阿翁家，只当这里是它家？”李素炫不甘心，又问道。

“怕是不会。狸奴就是这般天性，再怎么爱出去玩儿，也要回家，不回家的都是跑出去太远，找不回去了。狸儿除非没家，否则一定要回去，就是流浪，也不是到处跑，也有块地盘，也是个家。”

李素炫看着狸儿，它刚刚闹了阵子，不住想往窗户外头跳，又翻身不停抓着门，眼下大约是累得透了，颓然坐着，透过窗子看着外面，目光恹恹。

李素炫心生怜悯，走过去不住爱抚狸儿。

“狸儿，你家没有了，我也没法将阿翁给你找回来。以后这里就是你家，你我做个伴，余生里好好居家，骏儿也陪着你。”

狸儿由着李素炫爱抚，一动不动，仍看着外面。若是从前，它一定会眯起眼睛来，喉咙里呼噜噜响着，一身舒服。狸奴大多不喜欢人碰，唯独狸儿从小亲人，喜欢人抱着，喜欢人抚摸，喜欢撒娇讨吃，可现在它只有一副麻木了。

狸奴果然总想回家，闻朗对李素炫说了实话，没有说谎安慰她。他怕有一日狸儿真的跳出窗外跑没了，李素炫会伤心失望，不如现在就给她说清楚。

狸儿越来越想跑出去，它拼命跳着，拼命抓门，焦急不堪，不住呜咽着，渐渐开始不思饮食。李素炫费尽心思，好容易将它养胖了些，却又看着它渐渐瘦了。她每日变着法子给它做好吃的，每日陪伴它，爱抚它，却终究拧不过它。

最终，李素炫死了心，长叹一声：“罢了，当初在拜霜国每日受菩萨教诲，又有察罕相随陪伴，何其逍遥快乐，我不也是拼命要回长安城来。菩萨也不曾强留我，眼下我怎么能强留你。”

她叹息不止，抱起狸儿，出门上了马。狸儿仿佛知道李素炫要送它回家，在她怀里乖乖缩着，一点儿也不闹。李素炫骑马入了通义坊，将狸儿送回了阿翁家那一片废墟中。

## 267

李素炫再也不能去阿翁家讨吃，也不能再去鹿先生家请教文章，宜春宫和左教坊里再没什么人需要探望，雷先生也永远不会在内教坊中梨树后等着她了，她一下子闲了下来。从前她很喜欢窝在家中，安然洒扫，随意弦笔，眼下却害怕独自在家。她每日花上六七个时辰弹习，也整理西域书卷笔记，每隔一两日就要离家透透气。

乱后闻朗得李逊相助，得太医署录名，除了善男女捐助，又有了朝廷为后援，病坊里人手多了些，可他要操心的事也多了，跟从前比起来，一点儿也不轻省。端木仍要在平宁寺中帮他，有时与他一起去终南山照顾药圃。李素炫不想打扰端木，既不想扰她，也不想扰她与闻朗，眼下能与李素炫做伴的也只有卢楞伽了。

庄严寺中，卢楞伽仍在为壁画忙碌，或制色，或起稿，一整日也说不上几句话。李素炫在他不远处看着，轻弹信手，见他忙到紧要处便停下来。这二人相识多年，彼此熟稔，知道如何相处又不相扰。李素炫不在乎卢楞伽没多少话说，只要身边有个旧友便好，卢楞伽终日繁忙疲惫，偶尔歇息时能与李素炫闲谈几句，也很高兴。

仲夏里，一日下午，闻朗与端木前来寺中探望。卢楞伽与他二人许久不见，今日素儿又在，四人难得聚首，十分开怀。他将锥笔放下，说是今日不画了，姑且歇上半日。四位好友并肩坐在殿外台阶上，东一句西一句说了许久，一边说着，一边一起笑得开怀，难得一副轻松快乐。正殿台基高大，四人远远看着南山，今日晴朗，连山上树木与峰顶飞鸟都隐约可见。日昳后又许久，日头渐渐压得低了，夕阳如练，隔空飞渡，直直撞到人额头上来，映入眼中，将人眸子也染红了。

"小芷，下次再去终南山，我带你到那处峪口里看看。"闻朗指着前方说道。

未待端木回答，李素炫好奇问道："小芷是个什么怪名字？"

"这名字哪里怪了？"闻朗问道。

"反正……就是挺怪的。"李素炫嘀咕着。

"我觉得挺好的。"闻朗也嘀咕着，"不过你叫她小芷，是有点儿怪……那以后你别这么叫她。"

"我凭什么不能？"李素炫不服气。

"那怎么卢七只你能叫，我就不行？"

"我与卢七相熟多年，没有我你哪里认得他？我能叫的你不能叫，不是很寻常？我与端木自幼一起长大，你跟她才几年情分？你能叫的我怎么不能叫了？"李素炫回敬道。

"……罢了，你伶牙俐齿，我不是对手。反正，你就是不能叫。"

"难不成你觉得在端木眼里，你比我要紧？"李素炫调笑道，一脸不讲理，还横。

闻朗装聋作哑，李素炫懒得与这呆子分辩，索性豁出去了，看着端木，毫不客气问了一句："你二人是不是想一辈子就这么晃荡下去？"

闻朗大窘，立时慌乱起来，端木不忍，拍拍李素炫手臂，小声说："是闻老夫人先这么叫我的。"

李素炫撇了撇嘴，正要开口，卢楞伽在一边不紧不慢说道："四郎当日于佛前立誓，不过是怕妻儿牵绊，不能专心救人。如今端木非但未曾拖累于你，还成了好帮手，于当日誓言并未违背，成亲又如何？去佛前禀告一声不就行了？泥守空理，殊无变通，还当佛祖也这般死心眼。痴傻。”

众人肃静良久，一旁乌鸦颇不识相，不晓得闭嘴，一片寂静中偏叫得恼人。李素炫转头看着端木与闻朗，哂笑道：“且看你二人如何驳他。”

片刻，闻朗大悟，即刻起身，至端木对面站好，整肃衣裳，一躬到地，持礼朗声言道：“在下闻朗，心中赤诚。敢问端木可愿嫁我为妻，一生厮守？”

端木满脸通红，许久，轻轻点了点头。

闻朗大喜，立时松快许多，不料端木忽然脸色一沉，狠狠挖了他一眼。

“闻朗，闻如是，闻元化，闻四郎。”端木恨恨说道，“你这个混账，得意什么？”

闻朗一愣，端木不管许多，连声训斥起来。

“你自小聪明，又读书，累年只读了个死心眼出来，钻缝里便出不来。半生精研医药，救人无算，偏偏对身边人无情，木得像根老树桩子，也不知道是真的还是装的。多少次我都不想管你了，见你一个人拼死挣挫，格外受累，于心不忍，才不停帮你。你医药上那许多聪明，怎的换个地方就都不灵光了？半生绊死在几句誓言上，全不顾旁人为你着急……”

闻朗吓得不敢接话，老实站着，端着两手，不停行礼。

“是，是，在下知错，在下知错……”

“你知不知道多少次我都不想管你了？就是在成都府青城山下，我也屡次下定决心日后再也不管你了，由你这呆子独自忙死、累死，活该。只是感于你心善，每日用心照料病坊苦人，晚上送我与训良回府时，时常累得脚步打晃。又记得我睡不安生，记得给我煎药，驱赶蚊蝇。还有你那脂吸冷香膏，素儿看一眼就说肯定是你单独制了给我的，你却偏要蒙我，说是每人都有。可是怕说了实话我看出你心思来？既然有心思，为什么不认？不认就没有了？佛祖可是这么教诲你的？自作聪明……”

端木越说越火，闻朗头都不敢抬，连声道歉：“端木息怒，在下着实知错，日后果然不敢了。”

“若不是今日卢楞伽一语点破，还不知道你这装傻充愣要到什么时候……”

闻朗大汗淋漓，不敢顶嘴，又不敢躲开，端着礼节听凭端木训斥，又偷眼瞥了瞥李素炫，希望她能仗义解围。李素炫正看得痛快，哪里肯帮忙，卢楞伽更是只作看不见，由着端木将闻朗训斥了多半刻钟。最后，端木终于发够了火，不说话了。

闻朗擦擦额头，赔着笑脸迎上去，小声说道："端木莫要再生气，闻朗日后不敢再如此犯呆了。"

端木突然又笑了。

"罢了，你这人虽然呆了些，至少还占个善良老实。"

二人又亲热说上了，一边卢楞伽扯了扯李素炫衣角，附在她耳边说道："你我还是识相些，走开。"

李素炫恍悟，立刻与卢楞伽一起站起身来。二人什么也没说，也没个由头，也没个转弯，也没个铺垫，也没个过渡，就那么站起来径直跑开，直跑入大殿中，在案边坐下了。

李素炫松了口气，呆了半晌，说道："我认识端木二十余载，从来没见过她生气，今日才知道她发火是这样的。"

"她跟别人也不会发火。"卢楞伽懒散说道，又好奇问了一句，"那闻朗果然就是个呆子，不过一个弯转不过来，点破就是了，端木却怎么宁可忍着？怕他为难？"

"也不全是。我跟端木都读过些书，那些先贤道理，顺我意的我就信，不顺我意的我就不信。端木读书比我扎实，又不会耍滑头，她也觉得佛前立誓不是儿戏，不能随意违背。幸亏今日你说了，将这二人都点醒了，不然真不知道这两个笨人要糊涂到什么时候。"

"分明是你缺心眼先说的。"卢楞伽笑道，"你先说了，我才顺着说下去的。恶人从来都是你做的，不关我事，别攀扯我。"

"真不仗义，捅了娄子又赖给我。"李素炫压低声音嚷着，却又欢喜不已，"这二人也果然不易。"

"以后就容易了。"卢楞伽说道，也为闻朗与端木开心。

一切果然都容易了。闻朗回到家中禀明父母兄嫂，闻家上下一片开颜。这个幺儿立誓行医，众人虽然钦佩，却始终对他不肯婚娶一事大为头疼。眼下闻朗松了口，骤然间与父母带了个儿妇回去，父母大喜过望。尤其是闻老夫人，本就喜爱端木，屡次说过要认作女儿，不想眼下端木竟然要与闻朗成亲了。闻老夫人又喜又悲，笑了又哭，哭了又笑。

闻府上下马上开始筹备婚礼，闻朗与端木斋戒数日，沐浴焚香，去至平宁寺，跪在佛前祷告。

“弟子闻如是今禀佛祖。昔曾立誓，此生救拔世间困厄，为怕妻儿牵绊，宁不婚娶。今居士端木行止虔心为伴，弟子十分得其相助，愿娶为夫人，协同行医，救度世间病苦。祈请佛祖恩准，赐福。”

“居士端木行止今禀佛祖。弟子幼遭遗弃，身濒死灭，幸得师父解救，十数年抚养教诲，方有今日。弟子不敢忘记佛祖诲人，世有善行，余生愿随夫君行医济困，偿还昔日师父善念恩情。祈请佛祖恩准，赐福。”

平宁寺中一片欢喜。衍一法师早知两个爱徒有意，只是不便插手，今日见他二人定了亲事，老法师乐得团团转，众僧侣、居士也为这二人高兴，接连诵经祈福，感谢佛祖。一片欢腾中，反倒是闻朗与端木冷静许多，左右离成亲也还有些日子，婚礼有人打理、安排，不消他二人亲自操持，闻朗依然每日与乡邻诊病，端木也照旧修习医理，帮助闻朗做事。

李素炫知道端木忙碌，也知道她心中兴奋，本不想扰她，却仍忍不住过来探望。端木笑了，立刻拉着李素炫跑到花园里，二人踱着步子，说起了私话。

“端木，你后半生有个人能互相靠着，我真高兴，以后也不用总惦念你了。”李素炫开心说道，“闻朗那呆子，好好调教，也还有救，凑合能用。”

端木羞赧，低头笑着说道：“怎么那日我训斥四郎，你在一边就看着？他倒霉你倒高兴。”

“他倒霉我当然高兴。早就看那呆子不顺眼，活生生将你拖了这么久。”

“那日后你要记得，我训他时，你要帮忙。”

李素炫惊讶道：“帮忙？怎么帮？你训他，他都招架不住，我再帮忙，他不得死过去？”

“不是要你帮我训他，是要你帮他劝我。”

“为什么？”李素炫更加摸不着头脑。

“我就是一时火大，训他两句就得了，只是以前没发过火，开了头就不知道怎么收尾。下次你来劝劝我，我就坡下，不就收尾了？”

李素炫笑得直仰，这等心思，端木不说，李素炫还真想不到。她连连点头答应：“放心，下次你训那呆子，我给你数着，三句后我便去解劝，救下那呆子。如此你也下来了，那呆子还得谢我。”

“其实多半也用不到，四郎寻常也从不让我火。他很聪明，很会照顾人，待我很好。”

“这就又帮他说上话了。”李素炫小声嘟囔着，忽然想到一事，正色道，“端木，有件事你得上心。”

“什么事？”

“你我昔为上皇内闱之人，虽早已除了待诏名号，但若真想婚嫁，还是应当禀明上皇，请上皇恩准。”

“素儿说得对，此事我也想到了。明日你陪我入宫。”

第二日清早，两人会合后径直去了兴庆宫，见了上皇，将事情原委始末都说了。上皇大喜，当即赐婚，又厚赐妆奁。因端木无有亲族，上皇特赐她自兴庆宫出嫁，并命高力士即刻着人前去闻府传旨。

如此厚待，端木与李素炫都没有想到，行礼恭送上皇离开后，二人互相看了看，有些错愕。玉真有些话要格外与李素炫叮嘱，尚未离开，在一边笑笑说道：“上皇好意，要让夫家晓得端木贵重。你二人别多想，欢喜领受便是了。”

二人点了点头，玉真又幽幽说道：“如今上皇身边……没几个旧人了。”

二人隐约明白玉真意思。玉真单独与李素炫说了些事情，便允她离开。

出了兴庆宫，二人没有上马，各自牵马，并肩而行，都不说话，心境舒展，又颇沧桑。心中快乐是自然，悠然间也都想起了歌子。九年前歌子与遂平成亲时，端木与李素炫也是如此开心，眼下却谁也不敢提起她来。

端木要去平宁寺寻闻朗，李素炫没有向北回延政坊家中，而是陪端木一起向南走，路过市所时，买了些小鱼干与肉脯。

“还以为你要去探望卢楞伽，只是这小鱼干和肉脯不像是给他备的。”端木笑道。

李素炫笑了笑：“自然不是给卢七的。我要去通义坊，喂狸儿吃饭。”

“狸儿近来怎么样？”端木问道。

“它总在阿翁家废墟上一个洞穴里，每日流浪，可是食物不好找，眼下人都多少挨饿的，哪里有剩余的。我每隔几日过去一趟，给它留下些吃食，够撑几日。前阵子下雨，我怕它淋到生病，寻了不少油纸过去，将洞穴上头盖了一层，还将洞穴里头垫高了些，估计再大雨也淹不到它。眼下就这些，别的我也不知道还能做什么了……反正，好过什么也不能做。”

端木不语，不想拦着李素炫，知道如今照顾狸儿可以让她心里好过些。

到了靖恭坊，二人道别，李素炫向西入通义坊，依着记忆在一片废墟中找到了阿翁家。她站在废墟前找了许久，找到洞穴口，踩着碎砖瓦走过去，俯身在洞口叫着狸儿，却许久没有回应。看看洞里面，狸儿不在，但上次所留食物所剩无几。李素炫放了些心下来，将小鱼干和肉脯又放进去，起身向四周看了看，转身离开。

婚礼日，李素炫早早就陪着端木等候在兴庆宫中，黄昏时，闻朗族中兄长随同闻朗前来接亲。彩轿出宫门时，有许多宫人、中官及宫中礼仪官相送，抬着几十对妆奁箱，论排场足够唬人，别的却比不得当初歌子出嫁了。彼时东宫门外结了青庐，礼数虽然简单，却欢腾，众家女乐一同送歌子到太极宫南门口，足有数十人，一路说笑吵闹，也不少欺负那成遂平取乐。眼下端木出嫁，身边眷属只有李素炫，端木没有心情弄那许多繁缛出来，与接亲者会合后，直接乘车出了兴庆宫。

闻府此刻十分热闹，闻家父母连同闻朗兄嫂、子侄并家人本就有几十口，今日又格外来了许多人道贺，府中笑语盈沸，仆役往来穿梭侍奉客人。歌子与遂平都无有长辈，他二人成亲时是端木与李素炫忙着招呼客人、陪人饮酒，足乱了阵子。闻府中有父母兄嫂，不消李素炫做什么，她陪端木入了府，便独自到女宾那边饮酒去了。

闻朗与端木一同被众人围拥，端木笑着，笑得也真，也假。她今日真的开心，她喜欢闻朗，佩服他性情坚毅，心疼他受那许多苦累。她在他身边多年，不多言语，也无所求，陪着他数度淬砺，遍历惊忍，今日终于守得云开，心中怎能不欢喜。可她也难过，歌子与宜春宫中好友尽皆死于乱事，今日不能来相送、观礼，又无意间瞥见李素炫独自离开，背影寥落。只是眼下由不得端木胡发感慨，司仪引她到了青庐之中，闻家父母已在等候。

李素炫坐在一众女宾中，没人认识她，她与人打过招呼后没再说什么，独自饮酒。耳边笑语不住飘忽着，面前人影攒动，不时挡着目光，她看不到那边青庐里如何。她还记得歌子出嫁那日成府中欢乐，也记得商不言迎娶嫣儿时一番热闹，只是今日实在不愿再想起来，不如饮酒。

“阁下可是玉真宫李先生？”礼毕，新人入了洞房后，一仆役过来附在李素炫耳边问道。

李素炫点了点头。

“我家四郎与夫人相请，先生随我来。”

李素炫微微有些诧异，不知这当口他二人寻自己做什么。她放下酒盏起身，随仆役离开人群，几转后到了后宅洞房中。进去不几步，见闻朗与端木在案边坐着，正等着她。她迟疑间站住了，端木马上过来，拉着她手进了里头。

“你还真记得将这和合结系在锦帐上了。”李素炫笑道，“这结乃双宫蚕丝手编，纹路繁复精密，不过巴掌大，嵌了无数金丝银线，又编缀了各色宝石。此等工巧，城里除冲虚观道人外，无人能为。我凭历来不少交情才请得动，结成后，又遍请四方高道施法赐福，佑你与四郎平安顺遂，白发永好。”

“素儿，”端木揽着李素炫肩膀，柔声说道，“……我知道你心里其实不好受，别撑着。”

只一句话，李素炫眼中盈满泪水。闻朗过来，拍了拍端木肩膀，小声说道：“酒备好了。”

李素炫知道他二人用意。闻朗斟了酒，三人各执一盏，就在屋门口空地处，对着宜春宫方向与城外兵冢方向郑重行礼，酹酒在地。

端木长叹一声：“我今日本该高兴，却为什么觉得自己有罪？她们都死了……我为什么还活着？我凭什么活得好？”

“别胡想。”李素炫马上说道。端木看着她，许久，点了点头。

“我先走了，不扰你夫妇二人。”李素炫勉强挤出些笑来，自己都知道不像。她说着，也没道别便拔足向外走，端木顿了顿，追了上来。

“素儿，今夜你别回家。四郎为你在府中安排好了宿处，你到院那头，有人带你去。明日一早我就去看你。”

“好，替我多谢四郎。”

“素儿，你……要开心些。”

李素炫笑道：“这日子里你还要惦记我？”

“我怎么能不惦记……我有四郎在身边，你只一个人。你若是不开心，我怎么能开心。”端木说着，心里难过。

“端木放心。我不会多想，去了宿处就早早睡下。”

“好。”端木点了点头，仍旧看着李素炫，恋恋不舍，送她出了院门。

门外有仆役正等着，李素炫请他带路，去看了训良和成府中独臂老兵。今日闻府中忙乱，老兵一直陪着训良在后宅安静读书。李素炫撑着一副平静，与他们温和说了几句话，告辞离开。仆役将她带到内宅深处一间僻静卧房里，又询问她需要什么，李素炫嘱咐送坛酒来。酒取到后，她屏退仆役，掩上门，独自在窗前坐了，自斟自饮。

“我若像师父就好了，一盏就醉，两盏就睡。睡够了，天亮了，什么事也没有了。”

今日满月，月光掩埋了星辉，院中遍地金黄，梧桐树影不住摇动着，四周安静。往年里，李素炫试了无数次，奈何就是不醉，千般纵饮也不过徒劳，眼下却仍旧不死心一般。一坛酒饮尽，已是后半夜，她放下酒盏才发觉浑身已微微冷了起来。

## 268

六月二十四，荷花诞日。

清早李素炫出了通化门，没有再上马，徒步北行。月值林钟，夏草森茂，龙首塬上炎热又寂静，熏风歇止，树木悄然，云影静定。她走得不快，许久后到了历年祭奠处，从容开了酒坛，注酒酹过两盏，谢过汝阳王殿下，又奉师父诞辰，接着，一一拜过四面八方。

“师父若在，今日已是五十四岁了。”

她在树下坐好，解出无伤弹起来，又独自斟饮。也没太伤感，只是眼下果然有些孤单了。

闻朗与端木成亲后在闻府住了阵子，很快回到平宁寺中继续忙碌，只是此后晚间他二人要回到闻府居住了。训良得闻家父母格外慈爱，每日有人仔细照料衣食，也请了宿学教他读书，晚间闻朗与端木还要过问他课业如何，也要陪他说话、哄他玩耍。李素炫去看过训良几次，见闻家父母与闻朗、端木连同训良一起在院中谈笑，真心为这祖孙三代高兴，也真心不想多打扰他们。如今除了卢楞伽，孤单时她不知还能去找谁，可卢楞伽很忙，她也不想总去扰他。

李素炫饮着酒，将无伤弹过两个时辰，又换了胡琵琶弹过两个多时辰。傍晚时，她停了下来。西边天空一片安静，片刻后夕阳就会压低，晚霞凝结，列焰横卷，烧得半天赤彤，鸿影如烬。

她想起察罕的话，往后，她真的是独自一个人了，再也没有依靠。只是，师父依然会在她心中静静陪着她，余生漫长，也只有师父会一直陪着她，她也不需要更多人陪伴，有师父就够了。年少情爱无比珍贵，有时只是因为年少，不是因为值得。但李素炫不同，不管这一世走过多少路，见过多少人，真正值得的，始终只有师父卢菡。少年眷恋起自朦胧无意，但即便成年之后，她心中无比清晰冷静，观照世上，也无人可以取代师父。她只眷恋他那般男子，而他那般男子，世上只有他。

恍惚间，夕阳沉落，晚霞飞聚，倒比夕阳明亮。李素炫将琵琶缚好，辞别师父，南向回城。她心中有惆怅，也有平静，有烦扰，也有无畏，有痛悔，也有通脱，起伏交杂，乱如纷云，只是面上仍旧不动声色。

到了通化门附近，李素炫回身行礼。

“素儿到了，师父不消再相送。”

## 269

连着月余，李素炫独自在家，每日怀抱无伤轻弹。无伤在她手中已十二年，随她走过西域万里道路，凭她怎么小心呵护，眼下也已沧桑了许多，虽没有太大伤处，小伤却无数，又血痕斑驳，只是如今没有商不言来细细养护了。李素炫也不在意，由着无伤带伤。无伤是祈愿，带伤是今生。

天音所赠胡琵琶也是清素样貌，看得出当初也是精工良造。这琵琶自天音幼年时便在他手中，十五岁始随他在西域游历学法，伴他寒苦，见他证悟，又随他在西域各处弘化，也早已是伤痕遍布，多次修整后，身形中已露着龙钟，远不如当初，唯弦声耿耿，不服沧桑。天音不肯相弃，只在身边，须臾不离。外出时，不论有多少弟子与侍卫随行，这琵琶他从来都亲自带着。

在西域时为了教授阿娅，李素炫曾专门买了一支上好胡琵琶，归国时带了回来。这支胡琵琶正在少壮，弦声灵巧畅快，时常令李素炫想起阿娅来。归国后，上皇赐了她一支新五色琵琶，一样身骨煊赫、眉目辉然。李素炫将数支琵琶并排放在架子上，看着日色焦淡变幻，缓缓从轸轴间扫过，琵琶弦上发出微微亮光。她不知道这几支琵琶能弹到何年何月，来日会传到谁人手中，废弛后又会被人如何处置。琵琶就跟人一样，有盛年，有衰年，不管当初何其耀眼，一茬一茬，终究都会过去。

秋日渐深，雁归叶落，时薄初冬。算时候，察罕现在应该已经回到罗喏国了，不久后天音菩萨会得到察罕与陈蘅传书，得知李素炫已平安回归长安城。

卢楞伽依然忙于庄严寺壁画，眼下已到了紧要处。天冷时，李素炫格外惦记他，怕这傻子太专心，炉火熄了都不知道，就那么生冻着。李素炫为了修撰乐志，每日要花几个时辰整理西域书卷与笔记，自己都时常忙得忘了饥寒，那卢楞伽更是如此，乃至于李素炫走到他身边，他都没有察觉。脚边炉火已熄灭，只剩下些灰烬，他面色苍白，唇色微青，双颊却如醉酒般泛着红晕。记得闻朗说过，那是心肺衰减、气血亏虚所致。

李素炫等着，见卢楞伽画完一笔，她才走上去打断他。卢楞伽作画时，她从不打扰，更不会打断，可今日她实在是于心不忍。

“卢七，你太累了，歇阵子，我弹琵琶给你听。”她柔声说了一句，将笔从他手中取下来。

卢楞伽抬头看着她，目光迷离散乱，片刻后认出她来。

“素儿来了。”他喃喃说道。

他身上滚烫，都不用碰，离近了就能感觉到，他自己却仿佛没有察觉。李素炫立时慌了，将披风裹在他身上，嘱咐他靠着梁柱老实歇着，转身跑到外面叫人挪张矮榻到偏殿中，又嘱咐杂役到偏殿中生炭火，接着跑到寺门口寻了个人，给他几枚铜钱，请他即刻到平宁寺将闻朗与端木寻来。折返回正殿后，她用力拉起卢楞伽，扶着拖着，将他带到偏殿矮榻边上，帮他躺下，给他盖好，守着他，满心焦急。

半个多时辰后闻朗与端木骑马赶到，带了各色药材过来。闻朗诊脉后即刻开方配伍，当下便请人到寺中厨间里将药煎了。不久，汤药取来，从厨间一路过来，已不太烫了。李素炫小声哄着卢楞伽，喂他将药一点点咽了，看着他渐渐睡熟。

三人聚在正殿一角处商议。

“这人真是疯得没法子，这样下去怎么行。”李素炫又气又急，“自己作死，吃药有什么用。”

“他身上痹症多年医不好，眼下已及心肺。虽一时也要不了他命，可再这么积累几年，真不好说。素儿，你劝劝他，今冬暂时歇几月，明年开春了再回来。我与他认真调养，一冬内定有起色。”闻朗说道。

“素儿若劝得动这傻子，还至于到眼下。”端木无奈说道。

闻朗急道：“我若是神仙，给他颗仙丹就好了。可我只是个郎中，只会诊脉开方，神医也治不了这死犟不听话的。”

“四郎莫急，这事儿我想想。我先劝他回家歇一冬，不过估计不行，真不行，就劳烦四郎隔几日过来重新为他诊脉，将药方调整一次，我每日煎好药带过来，盯着他服药。”李素炫说道。

“素儿辛苦了。”端木说道。

“你们更辛苦，只是没法子，总不能看这傻子累死。”

三人商量好了，闻朗与端木先行回了平宁寺，李素炫回身去看望卢楞伽。他睡得很深，呼吸匀实，脸色好了许多。李素炫松了口气，在榻边安静坐下来，看看窗外，树木萧瑟，枯叶落尽，隐约露出那边一座木塔尖顶来。

傍晚时，卢楞伽醒了过来，睁开眼睛，片刻后灵醒了，对李素炫咧嘴笑起来。

李素炫摇头叹气：“卢七，你现在这样，我就是跟你打一架，你也打不过我。”

“为何要打架？你还会打架？你就是会嚷，才不会真跟人打。”卢楞伽笑着说道，口吻顽皮，口气虚弱。

“我现在着实想狠狠打你一顿，寻个索子将你绑了，绑得粽子似的，扔赤骏背上，带回家，捆榻上，不许你动。每日盯着你吃饭、服药、睡觉，敢不听话就打你。等你活过来了，再放你回来。”

“我眼下就活过来了，你不用费事。”卢楞伽调皮说道。

“你是不是真想挨打？”李素炫咬牙切齿，低声怒道。

“不是，不想……”卢楞伽抓着衾被一角，畏缩着，嗫嚅着。李素炫火起来时，他有点儿怕，她这种愣的说不定真能动手打人。不过就算李素炫打他，他也不怕，只是看见她发火，莫名便气短，不敢强辩。

“卢七，你听我说。”李素炫压下火气，语声异常柔和，她从来没有这么柔和过，看着卢楞伽双目，笑得浅又暖和，“今冬格外寒冷，不比去岁，我真的怕你挨不住。你能不能回家，养过这一冬再说？”

卢楞伽摇了摇头：“不行，素儿，再有两三个月我就能画完了，这次我一定能画对、画好，眼下这当口我绝不能停下。谢谢你给我弹了许久胡琵琶，给我讲许多天音菩萨旧事，还有你从西域带回那许多造像量度与画稿，帮了我大忙。这次我真的能画好。”

李素炫抚着卢楞伽衣角，依旧哄着他：“卢七，我知道你惦记寺中壁画，可我更惦记你。你听我话，回家将养一冬。四郎精擅调理，我好好照顾你，只一冬，定叫你有大起色。开春暖和了，你随便画。”

“素儿，我等不了一冬。”

“等不了也要等，卢七，身子调养好了，你才能画后半辈子。四郎医术精湛，往日里每与你开方，几剂药你便有起色，只是你总不肯好好歇着，偏要苦苦糟害自己。听我话，回家。”

“素儿，我真的等不了。我不上二十岁就有这痹症，到眼下十几年了，这病去不了根，也没有回程，只会越来越重。就算不死，身子残了，也一样画不了。我不能等，真的。若是到死前就差一点儿没画完，我死都不安心，做鬼都不安心。”

他看着李素炫，目光充满乞求，像个孩子。李素炫盯着他，想将他目光压回去，许久，却是她自己先败下阵来。

“素儿，我现在跟小时候不一样了。小时候我只是喜欢画，现在却更在乎画得好不好。我不在乎别人觉得好不好，但在乎自己觉得好不好。眼下我只是个俗人了，早不再那么天然纯良，若是再画不好，就真的什么指望也没有了。”卢楞伽碎碎说道，说得有些乱，口吻疲惫，落寞不已。

李素炫只能由着他了。连着一月，她每日天不亮起身，掌上灯烛将药煎好，滤出装了，又带些食物，天亮后立刻出发前往庄严寺。长安城阔大，延政坊在东北角，永阳坊在西南角，单程便有近四十里。城中不敢纵马，李素炫索性穿过左教坊，北出延政坊，自丹凤门出城，沿城外直道绕过半个长安城，自延平门重新入城，再到庄严寺。赤骏疾快，半个多时辰就到。

入了寺中，药已经凉了，李素炫生起炉火，将药重新烧滚，放凉，盯着卢楞伽服下，又盯着他吃饱，递些热水给他。之后，也不与他多说，也不动琵琶，只将所带书卷取出翻阅，由着他在一边继续画。

闻朗与端木每三日过来一趟，重新为卢楞伽诊脉，调整药方。李素炫在卢楞伽身边盯着他服药，照顾他饮食。她不会做饭，也没什么花样吃食给他，却好在都是热乎乎的，胡饼烤得焦香，水也是温热的。到正餐时，便向寺中厨间里讨份热斋饭来。痹症本就怕湿寒，卢楞伽独自在殿中，什么都对付，连饮水都是冷的，眼下有四郎药剂，又有李素炫为他忙碌一口热食，他果然一月间便有了起色。李素炫这才略微松了口气。

“素儿不用总陪着我，定然无聊。这庄严寺是隋文帝为文献皇后独孤伽罗祈祷冥福所立，历来是长安一处盛景。只是离你延政坊太远，若不是为了我，你也不会过来。眼下我没什么大碍了，你不如到寺中各处去转转。那边那座木塔据说是隋宇文恺规划建成，造得精美，值得看看。”卢楞伽殷勤说道。

李素炫摇摇头：“我眼下没这个心情。”

“我没事了。”卢楞伽笑着说道。

“你每次都说没事了，哪次真没事了？”

卢楞伽知道李素炫每日来照顾他很辛苦，十分过意不去，挪到李素炫近旁，小声央求道：“素儿，我眼下真没事了，我得抓紧将这些画完。最多也就两三个月，最是要紧，你先别来了，你在我总分神，怕你挨不住冷，怕你无聊，怕你火……也别折腾四郎和端木了，他们本来就很忙。你再给我两三个月，我一定能画完，一定能画对。日后卢七一定乖乖听你话，再不胡闹了。”

“你每次都说以后再也不胡闹了。”

“这次是真的。”

“我不盯着，你又要作妖了。”李素炫看着他，一副不信任。

“不，不会。”卢楞伽低声下气说着小话，“我一定老实，不敢再饮凉水，也问人讨口热食来。其实寺里厨间每日都做饭，就是我懒得去饭堂，总在殿中胡乱对付。四郎也说饮了一个多月汤药，可以停停。你就让我再画两三个月，然后我去找你，听你话，老实在家里歇半年。”

李素炫不语，卢楞伽又说道：“素儿，求你了。”他俯身仰头看着她，说得可怜巴巴。

“卢七，你这辈子，怕是没与人说过这个‘求’字。”许久，李素炫幽幽说道。

卢楞伽点了点头：“我只对你说过。素儿……”

李素炫心中挣扎，实在是不想放过他。这些年眼见他身上痹症越来越重，她越来越不放心。可她也了解这位好友，他有痴有癖，却又无欲无求；与世无争，却又野心勃勃，这种人岂是拦得住的。纠结许久，李素炫骤然颓败下来，看着卢楞伽，长叹一声：“罢了，这事儿，我不是不明白。看你也好了许多，便饶你这两月，不来烦你。”

她说着将书卷收好，起身要离开。卢楞伽又欢喜，又舍不得，送她到殿门口，又忽然扯住她衣袖，小声说道：“素儿，两三月内我一定能画完，到时候我去找你，带你来看。”

“好，我不来扰你。”李素炫点了点头，“记得要照顾好自己。”

“放心。”卢楞伽欢喜得手足无措，“几年前我答应过要为你画一幅《辋川图》，这事我一直记着，你那么多年才想起来要什么，我认账，一定给你画好。只是你要的那番气度我不擅长，所以一直欠着了，认真磨过了这几年，眼下看看有了模样。等这次壁画完成，我一定用心为你将《辋川图》画好。我画山水不及摩诘先生，也不及前朝李思训、李昭道等前辈，却是要专门为你画的，一峰一谷，一草一木，只画你喜欢的。”

李素炫眼中一热，轻轻点了点头，咬咬牙，转身离开。

卢楞伽看着李素炫走远了，深深换了几口气，摩拳擦掌，一心跃跃，转身回去接着画上了。李素炫在路上遇到一位杂役，拦下他，给了他一块银子，细细嘱咐，请他代为照顾卢楞伽。

“每日寺中厨间做好热食，劳你给他送一份过去，若有热汤羹定要给他盛一碗。佛殿内不能用正餐，先送到偏房里，再到殿中去叫他。走路轻些，也别直接叫他，看他停笔了再与他说话。每日上午下午烧些热水，寻个旧毯子裹着给他拿去。若有事，烦请到延政坊知会我一声。我家在左教坊南门外斜对街处，你从院门外看，院里有棵高大石榴树的便是。若我不在家，就请邻居代传口信。待过了这一冬，我一定好生谢你。”

那人拿着银子，满心欢心，不住行礼相谢：“先生放心。不过饭食、热水，先生便如此厚赐，小的不敢不用心，先生说的小的都记下了。卢先生画得好，在京城里大为有名，小的佩服，愿意伺候。”

李素炫谢过后，又叮嘱了一番，这才离开了。

## 270

连着一月多照顾卢楞伽，李素炫手上乐志修撰慢了许多，如今不需要每日出门，她也朝夕繁忙起来，也跟那卢楞伽差不多，时常忘了饥寒，有时累得两眼酸涩，才察觉天色早就暗了下来，她在昏暗中盯着字纸许久，都快要瞎了。

卢楞伽说他再有两三月就能画完，再有两三月，李素炫也能将书卷与笔记粗略翻阅摘选一遍，之后，她一定要去庄严寺看壁画，然后押着那傻子回家，照顾他将养身子，她自己也能歇息许久。终究文章熬人，寻常人每日忙于衣食，琐碎无聊，也累，李素炫终日在案边上坐到浑身骨头疼、眼又半瞎，比起来也没好到哪里去。

今冬酷寒，入了十二月，冷得人难受。李素炫惦记卢楞伽，只是允了这几月不去扰他，猜他近来平安无事，不然那位杂役定然会找过来。她每日都要胡乱想过一阵子才渐渐平静下来，弹阵子琵琶，又事修撰，伏案忙碌不休。

十二月底，李素炫将全部西域书卷与笔记都浏览过一遍，挑选好，分类，并一一标记。屋中燃着炭炉，她也还是冷得受不了，双腿双足冻到麻木，手上勉强能弹几下琵琶，却懒得写字。她将书卷纸张收起来，将火边温水拿过来饮了，打定主意今冬什么也不做了，再有不到两月便是春暖，到时候再动笔。

她正想着，听到叩门声，出去开门，见是庄严寺里那位杂役。

“怎么了？”李素炫连忙问道，心中立刻慌乱起来。

那人不及行礼，匆忙说道：“李先生，今早卢先生突然晕倒，僧医抢救过，已经苏醒了，只是仍旧虚弱。居士已将他送回家中，小的特来告知先生。”

李素炫大骇。杂役牵着匹马，大约是从寺中借来的，想是能走得快。李素炫立刻回屋取了碎银交给他，嘱咐道：“你马上到靖恭坊平宁寺去寻一位闻姓郎中。你只说他姓闻就行，人都认得他，叫他到永宁坊卢先生家去。”

“是，小的这就去。”杂役接了碎银，行礼谢过，立刻转身上马走了。

李素炫穿了件厚衣裳，骑马直奔永宁坊，一路上不停懊悔，恨自己，不该架不住那傻子乞求，不该听他话，不该准他画这两个多月。她去过卢楞伽家，记得道路，很轻易便找到了。院门虚掩着，她推开便进去了，回身合上门，扔下缰绳急急跑进屋里。

“卢七。”

她进了屋子，还什么也看不清楚，就急忙喊起来。屋里有位居士在照顾卢楞伽，见了李素炫立刻起身迎上来。

“他怎么样了？”李素炫急切问道。

“眼下只是昏睡。僧医说他有痹症，最近天寒，冻得有些狠了，他又太过劳累。这次定要多将养几月，彻底歇缓过来才行。”

这几句话听着不太吓人，李素炫略松了口气，行礼相谢，送走了居士。看看屋中，有炭火微微燃烧，窗子半开，风吹不到卢楞伽身上。

“卢七，卢七。”李素炫俯身在卢楞伽耳边小声叫着，卢楞伽没有回应，她越来越怕，不知能做些什么，只能等着闻朗到来。她取了水釜在火上温着，强忍着在榻边上坐下来，看到卢楞伽身上盖着条驼羊底绒织巾，想起是自己从前送给他的。巾子看上去很脏，仔细一看，其实洗得很干净，只是上头许多颜色洗不掉。

李素炫心中如绞，将手伸到衾被里，轻轻握住卢楞伽指尖，发觉他指尖上竟仍然缠着细布带。

“……这傻子。”

她叹了口气，一时也找不到剪刀，只能耐心些，将卢楞伽两手上几根细布带一点点解开，再将他的手放回衾被中。惊忍许久后，闻朗与端木赶到，听李素炫说了事情，闻朗立刻取出一颗丸药递给她。

“先将这丸药喂他，我去煎汤药。”

李素炫跪在榻上，将卢楞伽抱在怀里，不停小声叫他，抚着他脸颊与眼角。许久后，卢楞伽微微有了些声音。

“素儿……”他呓语道。

“是，是我，卢七，将这药咽了，听话。”

李素炫将丸药放在卢楞伽唇边上，不停小声说着，卢楞伽似乎也很努力，只是没力气张开嘴巴。李素炫只得握着他下颌将他嘴巴硬撬开，将丸药掰开塞进去，用调羹盛着水，一点点喂到他口中。丸药掰成几小粒，每一粒都不大，卢楞伽蒙眬中也听话，终于咽了下去。

不久，闻朗端着汤药走进来。

“怎么样?”

“丸药吃了，睡着了。”

闻朗看了片刻，摇了摇头:“哪里是睡着了，人睡着时胸口处会随着呼吸起伏不定，可他眼下胸口处却是凝滞不动。他不是睡着了，是昏睡不醒，呼吸过于浅细，身子才不动。这次当真是一关了。”

李素炫忍着恐惧，镇定下来后，一切只听闻朗安排吩咐。闻朗与端木回了府中，嘱咐家人每日煎药，并熬煮些白粥、肉汤、菜羹一同送来。李素炫留在卢楞伽身边照料，日夜不离，困倦了便伏在榻边上糊涂着打个盹。

闻朗与端木每日清早都过来，诊脉、针灸、调整药方，尽毕生所学，什么法子都用了。卢楞伽一直没有完全清醒，他像具尸首般一动不动，身上冰冷，在昏睡中似乎仍旧很疲惫，又仿佛带着痛楚般微微皱着眉头，李素炫怎么也不能抚平。

每当闻府家人送来饭食，李素炫呼唤许久他才有些微弱回应。她不知道他能不能听到她说话，只是不停柔声哄着，用小调羹盛了食物喂到他口中，他也努力吞咽，只是不久后便重新陷入昏睡。每餐他只能咽下一点点，刚够饿不死。有时连这一点儿清醒也没有，李素炫只能喂他一点蜜水，或一点酪乳。

五日后，傍晚时，卢楞伽终于醒了过来。

“素儿……”他微弱叫道。

“卢七。”李素炫立刻靠近他，抚着他肩膀，柔声说道，“你醒了。”说着泪水便落了下来，她立刻擦干了，转头用炉上温水投了帕子，给卢楞伽擦了擦脸颊与额头，叫他舒服些。片刻后，他清醒了许多。

“你吃点行不行？就一点儿。”李素炫小声哄着他。他再有几日不醒，李素炫担心他饿也饿死了。

“好。”卢楞伽弱弱应道。

这一次他终于吃得略多些，李素炫松了口气，又喂了他些温水，回身将碗筷放好，又回头来看着他，轻叹一声。

“让你担心了。”卢楞伽说道，他歇了许久，有了些力气，“素儿，庄严寺壁画我画完了。这次我真的画好了，也画对了。有空你一定要去看，我带你去看，讲给你听。还有，我马上给你画《辋川图》，你的《辋川图》，你喜欢什么，我就给你画什么，这几年我认真练习，磨得差不多了……”

说到画上，这傻子又来了劲头。李素炫大为恼火：“卢七，你是不是傻？为了几幅画，弄得自己半条命都没有了。”

卢楞伽却笑得得意：“就是死了也没关系，反正，我已经画完了。”说了这句，只一瞬，见李素炫脸上堆起愠怒，忙又改口道：“卢七下次不敢了。如若再犯，你便罚我。”

李素炫摇了摇头：“你若再犯，老天便收了你了，哪里还要我来罚你。好了，你也吃饱了，将药饮了，乖乖睡觉，别说话了。”

“我睡够了，素儿，我想跟你说话。”

“不行。”

李素炫说着将药端过来，盯着他饮了。

“卢七，你是真的傻。”她看了卢楞伽一阵子，口中幽幽，又说了一句。

卢楞伽认真答道：“我不傻，只是痴。”

“有何不同？”

“傻是做什么都笨，痴是所有心力都拿来做了一件事，做别的就笨。素儿……谢你不嫌弃我。”

李素炫小声嘟囔着：“你怎么知道我不嫌弃你？”

卢楞伽只是笑，脸颊上又泛起些红晕来。李素炫知道他仍在病中，离恢复还远，睡了这几日，好容易攒起些力气来，几句话便耗尽了。她强迫他睡觉，睡不着也闭目歇着。卢楞伽有了些力气，还想再跟李素炫说几句话，见她不理睬，他有些闷闷不乐，却不敢不听话。他看着她，恋恋不舍，小声央求道：“素儿，我睡着了你再走行不行？”

李素炫安慰道：“你好好睡，我不走。这几日我一直都没走，你好了我再走。”

“那你握着我手行不行？”他近乎哀求和撒娇般说道。

李素炫心里难过，马上将两手伸到衾被中，握住了他的手。她能感觉到卢楞伽也在用力握着她，只是他眼下真没什么力气。

“你好好睡，我在你旁边，陪着你，不走。”李素炫柔声说道。

卢楞伽还是看着李素炫，舍不得闭上眼睛。李素炫伸手在他鬓角边上轻轻抚着，凑在他耳边小声哄着他：“卢七听话，好好睡。”

“好。”卢楞伽眼中缓缓涌出些泪水来，神情有些委屈，他又看了看李素炫，终于闭上眼睛。片刻后，李素炫觉得他手上那一点力道渐渐松弛下来，知道他睡着了。

夜里，卢楞伽无声无息间死了。

李素炫一直在他身边，握着他的手，看着他，却丝毫没有察觉到他何时咽下了最后一口气，只是突然觉得他脸上神情异常松弛，她此前从未见过。她心头掠过一丝不祥，连忙伸手试探，但已探不到任何脉搏和鼻息。她不甘心，一声声叫着卢七，抚着他额头鬓角，不住握握他的手，又不住在他颈子上大脉搏处找着，强忍恐惧，逼迫自己冷静下来，期望会有转机出现。但她等了很久，什么也没有发生，他身子依旧温着，手却很快冷了下去，不久后，冷得像一块冰。

李素炫万念俱灰，长叹一声，俯身将额头枕在卢楞伽手背上，默默不语。

不知多久后，窗缝里透出些微弱亮光来，灯烛昏黄，却未熄灭。李素炫抬起头来，瞥见卢楞伽指尖上尚有墨色。她转身取了帕子打湿，在他指尖上细细擦拭，又握着他的手指想抚平，可他的手已经很僵硬，她舍不得用狠力，没有再尝试。擦过几遍后，指尖上那些颜色一点儿也没少，李素炫突然醒悟过来，蓦然心酸。

“卢七说过，粉末吃水，日子久了指尖干燥，爆皮，又皲裂，沾上颜色就长进肉里，洗不掉。”

她长叹不已，起身够着卢楞伽另一只手，也认真擦过了，又重新投了帕子，将他脸上、颈子上都擦了，认真将他衣裳抚平，又用手指细细给他梳理过头发。之后，李素炫坐在榻边上，看着他。

“卢七，累了就歇着，没关系，反正……你也画完了。”

她看着好友，他终于不那么累了，眉头舒展，容色凝止，神情深沉平和。李素炫不停想起与他最初相识之时，宜春宫中飞檐斗拱，日光明朗。只是眼下，纵千般不舍，此生也到了告别时刻。她俯下身，紧紧抱着她卢七，将脸颊紧贴在他鬓角眼角上。

“卢七,十六岁时我在宜春宫中结识了你，到最后照顾你这五日，又送你离开。你尽力了，我也尽力了，谢你给我最后这点儿机会，让我余生里不后悔、不遗憾。这一世，素儿记得你好。”

天亮时，闻朗与端木推门进来，看到屋中昏暗，窗缝里透着光亮。李素炫俯身跪在榻上，将卢楞伽紧紧抱在怀中，如同什么也听不见一般，动也不动。再看她怀中卢楞伽，面如白雪，唇色乌青，身子僵硬，早已死去多时。

# 第三章 復典

上元元年（760年）正月—八月

# 271

除夕后，月入太簇，依旧隆冬逼迫。深夜森森，幽寒凌厉，白昼只如幻境。艰难挨过一夜，终至破晓，东方平明，参商相离，四野之中荒烟寂落。长安城此时已经苏醒，人们睡了一夜却依旧疲乏，也要强打精神起来做事。城外洪荒无边，城里众生只如蝼蚁，各自奋挫，哀哀忙碌。

李素炫独自在家安宁了一个月，发觉自己从前十分繁忙。每十日里，逢一要去内教坊中见雷先生，要去鹿先生家听授，要到阿翁家讨吃，要去见歌子，又要到玉真宫随经学博士修习经典，落座便是一整日。这些都忙过，足四五日。不时也要去宜春宫和左教坊大院落里看望，也见见樱儿或萧娘，与平康坊众女乐一玩就是一夜，也时常被小太常缠着，有时鹿先生和阿翁那里还格外去得勤些。卢七忙起来她时常一两月也不过去打扰一次，若是不太忙，她会连着去找他半个月。她觉得喜欢一个人在家里，其实那时候，她在外头跑来跑去比独自在家多得多了。

眼下她真的终日独自一人在家了。在西域时，她无数次想过回了长安城要做什么，眼下她什么也不用做了，没人需要她做什么了，死的活的，都没人需要了。

出了正月，天气骤然暖和起来，仿佛要报复一冬酷寒。院中积雪转眼消融不见，只是草木来不及苏醒，尚未吐芽。虽然还略有些寒冷，李素炫却耐不住屋里头昏暗平淡，将小书案搬到了院中，燃起炭炉暖着脚，晒着太阳，翻阅书卷笔记，并不停记写。天气暖和了，手上不冷，写字方便，她已正式开始修撰乐志。

午后温暖时，端木过来探望，二人在小书案边坐好，李素炫从炉上取了温水给端木倒了一盏。

“素儿，我今日来……是要告诉你些事。”端木拢着盏子，暖着手，说了半句，突然支吾上了。

“什么事？”李素炫没多想。

“我……我……你……”

李素炫笑道：“你这是怎么了？”

端木低头小声说道：“……你要多个外甥女了。”

李素炫吓了一跳：“你……你是说……”

端木点了点头，李素炫却不信，上下打量她，半晌说道：“你确定？你这……什么也看不出来。”

端木笑道：“你女孩儿家知道什么，少说要三四个月才能看出来。四郎说眼下结胎不过一个多月，还说是个女儿。”

“真的？”李素炫追问道。

“这事儿还能骗你？”端木无奈笑道。

李素炫本来坐着，也不知哪儿来的力气直接跳起来了，抓着端木一只手晃着，急问道：“那你什么时候生？训良不是多了个小妹？闻家二老可知道？”

“二老已经知道了。”端木见李素炫急成这样，笑着说，“闻家女儿上艰难。闻朗这一辈就没女儿，子侄辈还是没有，老人家听说有孙女了，着实高兴。我现在就担心四郎这脉诊得不准，生出来是儿子。”

“没事没事，如果是儿子，就接着生，直到生出女儿为止。”

端木脸一红，低声说道：“谁家小女冠，好生调皮。”

李素炫嘻嘻哈哈紧挨着端木坐下来，使劲蹭着她，得意说道：“我有训良这大外甥，还真就缺个外甥女，你可真懂我心思，就照着我想要的生。”

端木见李素炫开心成这样，也跟着开心，也有些心酸。李素炫倒没想那么多，仍旧嬉笑个不停，搂着端木肩膀亲热说道：“以后你与四郎也能有儿有女，将来也能儿孙满堂，得享天伦。你有如此好归宿，我真为你高兴，歌子她们若知道了，也一定为你高兴。”

端木总是像个阿姊，由着李素炫高兴起来便浑身不老实，总搂着端木肩膀，将头靠上去，还非要晃荡着身子。李素炫折腾了一阵，安静下来，看着端木，幽幽说道：“端木，我以前……不想让你跟着四郎。我不是不喜欢四郎，我知道四郎人好，对你也好，但他终究是郎中，管的又是病坊，不是那坐馆大把挣银子的。我委实不希望你跟着他后半生吃苦受累，也希望你嫁个贵胄，作个夫人。只是眼下……没了歌子与遂平，没了师弟与嫣儿，我也知道什么富贵锦绣都不打紧。其实累些苦些也没什么，但能夫妇两个恩爱，一生平安，比什么都好。”

“素儿放心，我跟四郎，一定好好的。”端木认真说道，接着，想了想，犹豫片刻，艰难问了一句，“那你……又如何？”

“我？我有什么如何？”

“你……难道要一辈子独自一个人？”

“独自一个人不是很好？无牵无挂。”

“你可分得清无牵无挂和无依无靠？”

“有什么分不清？我现在这样就是无牵无挂，我觉得很好。”

端木叹息道：“素儿，我从前丝毫没想到，你是要认真做一辈子女冠。别人想不到也还罢了，我竟然也想不到。你十七岁入道时，我以为你不过暂避尘世，早晚要出离道门。城里多少女子入道只是为了逃婚，不日有了姻缘，还俗便是，此事并不犯忌讳，道祖慈悲，乐意成全。不想至今十三载，你依旧身在其中。我有些想不通，依你自小一番性子，不该是这样的。”

李素炫笑了笑，没有回答。有些缘故，端木不知道，李素炫也不会说。

“你多年持律严谨，小时候也没觉得你这么听话。”端木又说了一句，口吻中略带玩笑。

这件事，李素炫仍旧不能回答。她自幼调皮，行事却从不逾矩，并不是因为对那些尘世律条多么敬畏，不过是想安稳做自己事情，不想无事生非，唯坚守道门清规是凭了真心。她总觉得自己入道所图不纯，不过是困于俗世情伤，无力解脱，最后逃了过来。这些年来深得道门庇佑，多得长辈慈爱教导，又领国家俸禄，她始终心中愧疚，只是除了严守戒律以外，不知还能做什么。

默然片刻，李素炫强打精神，玩笑着说了一句：“我为玉真宫弟子，眼下国中道人里，我持盈师父他们几人辈分最高，然后就是我。多少人盯着，怎敢马虎。”

端木不相信这是实话，只是也没有再问下去，说了些别的：“你自小不亲人，却只是不喜欢陌生人，与熟人却处得好。所以我也从没想到过，你竟然不喜欢男子。男子越是对你有意，你越躲着，跟谁也熟不起来。”

李素炫撇撇嘴说道："男子有几个靠得住的？莫说浑人，李逊那等斯文人不是也靠不住？家国可以指望他，女子可也能指望他？"

端木望着李素炫，许久说道："你也知道李逊不是有意负我，再说，所谓负心男子，你见过的也只李逊一个，却不知为什么认定男子全都靠不住。素儿，每次你这样说，我都觉得你说的不是真心话。"

李素炫说的当然不是真心话，她怎么会觉得男子全都靠不住，就算全天下男子都靠不住，师父卢菡也靠得住。可是有人问起来，她只能如此回答。只是，旁人屡次相询，不过是没话找话，或是要看她热闹，端木却是真心在意她，她很想认真回答，却也只能说这一句。

她顿了片刻，勉强笑了笑，说道："罢了，你就当我是个怪人好了。"

端木没有再追问，片刻后，轻叹一声，又说道："还有一件事我得告诉你，我方自宫中探望上皇回来，刚刚听说。怕你难过，这才先说了好消息。"

"什么事？"

"吴先生殁了。"

李素炫惊问道："吴先生？……吴道子先生？"

端木轻轻点了点头，李素炫许久说不出话来。安葬了卢楞伽后，端木与李素炫曾到吴先生家禀告，老先生听了二人所说，默然良久，说了一句话："我数日前去了庄严寺，看了他所画壁画。此子已尽觇天机，恐其寿数尽矣。"

说这话只一个多月前，眼下吴先生也不在了。

"素儿，你别太伤心。"端木安慰道，"先生已近八十，这一两岁身子就不好。前些日子卢楞伽没了，对他打击不小，终日病卧……再没缓过来。"

李素炫闭上眼睛，镇定片刻，点点头，叹道："端木说的是。我师父若能活到八十岁，我也不为他难过了。只是……想起卢七那傻子来，有些伤感……他都没活到他师父一半岁数。"

端木拥着李素炫，酸楚说道："素儿可怜，这一世亲近之人……一个一个撇下你了。你卢七没的那几日，我真不知道你怎么能挺过来，怎么能再受一道伤。"

李素炫却笑了："我师父与雷先生他们死时，我果然是剥了几层皮才熬过来，卢七却不一样，我很想他，也很难过，却能独自挨过来。我这卢七与雷先生一般，定是天上星曲，本与尘世无涉，下界来补一段因缘，因缘完满，便回去了。我与他十数载相知，看着他日日握笔行笔，在觉与不觉间苦苦煎熬，由着他死前在我身边撒娇讨怜，一生只做了这一回凡人，最后送他离开……我二人今生情义也算有始有终。他活着时对我好，死了也不再折磨我，我没那么难过。”

“你可还时常想起他来？”

“……也就是饮酒时还会想起来。”

“饮酒？你们从前一起饮过酒？我记得你那卢七从不沾酒。”

“他是不沾酒，我饮，他看着。”李素炫边笑边叹息，感慨万般，“人与酒有各色牵绊，对酒有各色索求，唯卢七一生求不到酒。不污了酒，也不为酒所污，一生清醒，却没遭什么罪。我不一样，我真是求得到酒，真想大醉一场，好好睡一觉，却真是饮多少都没用。”

她说得故作轻松，端木略微放了些心下来，也只能强迫自己放下心来，毕竟不放心也没用。没有了卢七，李素炫固然负痛，可终究伤要她自己养好，谁也不能替她疼。但李素炫说她没有太难过，也不全是为了安慰端木，这次她真的能独自挨过去。卢七死后，她将他抱在怀里，说什么也舍不得放下，可一旦咬牙放下，就真的放下了。

端木知道李素炫性子，越是难过，越不想见人，越想独自一个人躲起来。想让她每日到平宁寺去找自己，或搬到闻府暂住一些日子，却知道她根本不会答应。二人又谈了阵子，端木起身告辞，李素炫心疼她有身孕，想送她回去，不料闻朗叩门，亲自来接。李素炫站在门口，看着他夫妇两个走远了。

她笑了笑，转身回了院子里，将小书案上纸笔取回屋中，接着到厨间去忙碌夕食。吃饱了，她还要回到书房里伏案读写。眼下她心中空无一物，只有一片平静。人生百年，终究寂寞，能离开的人都离开了，可她还活着，余生里还有事情要完成，她没有闲暇拿来难过与自怜。

# 272

方出正月，李素炫手中修撰暂告一段，她终于有了一日无事。辰初时出了门，先到通义坊给狸儿送去许多吃食，然后骑马直奔庄严寺而去。她记得卢楞伽临终前嘱咐，要她到庄严寺去看壁画。挚友用性命换了那几幅画，她想去看看究竟如何。

临近庄严寺，远远见到无数民众，山门前人乱如麻。李素炫算了算，今日不是什么特殊日子，不知为什么这么多人到寺中来。下马牵缰走到近处，听到周围人纷纷议论，说要去看一壁神仙。听了阵子，她才听明白，就在卢楞伽画完壁画到今日这不到两个月里，那几幅画已满城尽知，而今庄严寺中每日人潮如堵，达官百姓争相拥来观看。

李素炫心中感慨，随人潮缓缓入寺，又入了大殿。殿中金身流彩，经幡垂坠，佛香幽染，阁铃相送。上次来时还是四壁简陋，光尘平宁，殿中只李素炫与卢七两个，眼下拥满了人。李素炫瘦弱，挤不过去，只能被一群人裹着朝前走，身不由己。她一直没法靠到壁画近处细看，只能远远瞥过去几眼，果然见到满壁灵动，风云柔曼，看不清菩萨眉眼，却能看到慈悲。只是还没等再看几眼，就被人群拥着出了大殿。李素炫又气又笑，又无奈。

“我看我今日什么也别想瞧见，只能等哪日大雨或酷热、酷寒，最好下雹子、下刀子，人都吓得不敢出门，我再来一次。到时说不定这殿中没别人，卢七不肯现身，却肯在我耳边给我讲几句。”

今日不热，却暴晒，李素炫站在树荫下暂避时，听到旁人闲谈。

“听说这人是画圣弟子，大有名气。”一人说道。

“是了，不然怎么能叫庄严寺请来。”伴当在一边答道。

“我半月前就来了，连着来几次，都进不来，每次都说有做官的来了，封寺半日。我也没法等，只得走了。今日想是那做官的都来过一茬了，不然我等还是进不来。”那人笑道。

“大官可以封寺慢慢看，估计小官就得跟你我一起挤着看。这长安城里五品都是小官，你我走路可得小心些，若是不长眼，保不齐就踩了五品官的脚丫子。”

两人说笑快乐，李素炫听得开心。

“不如下辈子我们也去学画，也做画师。这殿里又不淋雨，又不吹风，又不挨晒，每日拈笔研墨作画，何其洒脱自在，又舒服。若画得好了，还能出名，也不缺钱，不是比每日下苦做工强多了。”

“你想得美，做这事儿得有天分。有天分，随便画一画就是好的；没天分，画死也白搭。”

“那就今生多积德，求耶娘来世给生得聪明些，省得吃苦。”

两人说笑间拔腿走远了，李素炫哭笑不得。寻常人涂涂抹抹、吹拉弹唱当作耍子，便以为画师与乐人一辈子都在玩乐。世人习乐、习画大抵不过玩乐，但如卢楞伽、李素炫这等以画乐立身命者，他们吃过多少苦头，外人难想。一生事画者，哪里会是风流才子，哪里会有洒脱自在，哪个不是通身狼狈、邋遢，整日坐着或站着，一动不动，身上没一根骨头不疼，手又糙，浸着颜色，指尖上生满倒刺。一生事乐者，哪个不是满手老茧、指节变形，看着更像握锄头、握柴刀的，哪个不是每日几个时辰强忍枯燥，十数年乃至数十年煎熬出来的。这还只是耗费身力，心血熬干多少，更是无以计算。世人艳羡画师与乐人，道是弦笔洒脱，其实所谓画乐动天下不过人前片刻风光，背后多年吃苦却没人知道，也没人信，只道不过是耶娘将他生得聪明。世人都觉得他人命好，自己最苦，都觉得别人轻易吃得上饭，只有自己搏命挣衣食，总觉得画师与乐人每日都在玩乐。许多人不晓得深浅，开口相请，全不当回事，只道画乐不过随手，又不给银，又不领情，若不得允，还要埋怨。故此画师从不轻易送画给人，乐人也从不轻易与人白弹，半生辛苦磨出的本事，何苦平白拿去与人轻贱。只是，纵不轻易与人白画、白弹，为艺者却又都巴望今生能遇到一个人，引为知己，心甘情愿一辈子白给他画、白给他弹。

“卢七给我画了无数，我也给他弹了无数。虽只十三载，半生都不到，这辈子也够了。”

李素炫想着，有些失落，却也心满意足。她趁着阳光，随人群出了庄严寺，牵着赤骏慢慢离得远了。回头看，山门前依旧无数人拼命往里头挤，又无数人拼命往外头挤。寺里寺外乱糟糟这么多人，大多是来看壁画的，却谁也看不清、看不好，大多也看不出什么名堂来，可也没谁在乎。众人只知道这壁画出自名手，所以一定要来看看，仅此而已。卢七只在乎他的画，李素炫只在乎她卢七，世人在乎的，是别的。

“他们大约不知道画这壁画的人已经不在了。”李素炫轻轻叹息，远远看着山门，安静许久，心中惆怅不已。

## 273

三月里，樱花开了，梨花也开了，满城花朵芬芳热闹，人却寥落。乱事过后官民凋敝，个个魂魄潦倒、皮相萎靡，如此愁挫消沉之中，人格外需要些安慰。多数人身贫，并无太多衣食快乐，只剩下些歌乐消遣，聊寄情怀，或是出去看看花朵，吹几阵暖风，见些世间和美，心头多少能弛缓一些，暂且忘了昨日事，忘了明日事。

李素炫如今倒简单了，来不及难过，也不需要安慰，每日弹习读写，从早到晚忙碌，顾不上开心，顾不上不开心。她耗了不少工夫将西域音声移到唐琵琶上，修变曲调，研习弹法。如今没有雷先生帮她，她横下心来认了，再难也要自己蹚着走，能走多远是多远。鹿先生累年授她典章本事，如今都用上了。她自西域带了各色书卷回来，几年间四处行游，零零散散也记了许多，眼下耐着性子一点点分类、梳理，以行程为序，逐一记录、评注，并做比对、考证。长安城中典籍大多毁于乱事，眼下她没法去翻找什么拿来参详，亏得累年抄书又记得牢，多少典章尽在心中，不然，还真没法子。碰上实在不知道的，就做个标记，日后再说。

如今她家中四壁徒然，空空荡荡，书房里只有简单架格，简单桌案，架格上不过书卷，桌案上不过文房，每件物事都是手边日日用得到的，除一口小漆箱装着卢菡旧衣，轻易不打开以外，什么多余的也没有。若是从前，她一定会觉得寥落，眼下倒觉得清爽。如今她已没有心力消受那许多繁缛，只觉得眼前物事越少越好。

初夏里一个上午，李素炫应声开了院门，见叩门的是一中年男子，看服色是太常寺人。双方行礼，中年人自报乃是太常少卿。太常少卿虽然官秩比李素炫低，却是实职，李素炫不知道出了什么事情，少卿竟然亲自来见。

进了院子，少卿径直说道："李先生，太常寺奉天子旨意复国典，只是乱中典籍散佚殆尽，数位太常博士尽皆死难，宿学无一存留，令太常寺弟子不知从何着手。李先生曾随太常博士鹿聆训先生修业多年，抄录不下百万字，在下特来请助。不知鹿先生所授与那许多典籍先生还能记得多少？"

李素炫沉吟道："有些抄过，或读得精细，能记得无爽，或八九不离十，词句不尽一致，却能不离要旨。有些匆匆翻阅，能记得纲要，有些只记得大意，有些只记得目录，有些只是听先生提到过书名。"

少卿行礼道："可否请李先生将心中所记抄录出来？有全文就要全文，有目录就要目录，哪怕只一个书名，也好过什么都没有。"

"不知太常寺典籍眼下还剩下多少？"

"不瞒先生，乱中太常典籍并皇城数处藏书遭贼人纵火，焚烧殆尽。唯城破日翰林秘书郎李逊着人各负典籍出逃，乱后回献，又着人到民间搜求，如今总共只存十之一二。宫中朝中其他藏书同样损失惨重，连教坊历代积累也所剩无几。"

李素炫痛惜典籍，旋即又对李逊大起敬意。城破日怕死的跑还来不及，不怕死的也只想着打仗，李逊竟能在性命攸关时想到力存国典，实为难得，果然对得起他翰林秘书郎之职。她略迟疑后，咬了咬牙，对少卿回礼道："在下知道兹事体大，定全力相助。"

少卿十分高兴，连声道谢。李素炫叹道："少卿不必多礼。我领朝廷俸禄，也该尽一份力，昔年鹿先生授业之恩也当还报。我历年习修撰，又与先生抄书，偏又记性好，如今看来是天意了。"

少卿与李素炫又商议过许多，告辞离开。李素炫在院中默坐了一阵子，暗自盘算。她要修撰乐志，此事不能丢下，助太常恢复国典也不能不答应，只是这两件事放一起，又要顾着琵琶，着实不轻省。幸而长安城外乃至终南山中有大批道观不曾遭贼兵劫掠，道门典籍完好，不然，她定然要出手相助，那就真顾不过来了。

"罢了，万里之路，跬步所积。瞎想什么，赶紧动手。"

端木前来探望时，已经显怀了，闻朗不放心，非要送她过来，又接她走，太忙了便将她托付与家人。李素炫每日筋疲力尽，清早起来时六神无主，想起一日苦熬来便害怕，在屋中团团转，轻易不能稳坐下来，待真的坐下来了，忙上了，又停不下来，肩背腰身连一双眼睛，没有一处不痛。端木每次来都要将她打断，她却很高兴，若不然，她自己不累到半死便停不下来，眼下也颇明白昔日卢楞伽心中迫切了。

“素儿真是疯。”端木叹息道，“修撰乐志已经够累，又要默写许多，每日熬心血、绞脑汁，琵琶上也要顾着，又耗身力。你可小心，别累出好歹来。”

“放心，我不傻。”李素炫笑道。

“从前卢楞伽说这话你就没信过，今日你说这话，我也不信。”

“那你就没事过来，你来我就不能写了，能歇阵子。”

端木叹道：“你为女子，入不得太常，助太常恢复典籍，不管写了多少字，受了多少累，都不能落你名下，后世儿孙该谢谁都不知道。”

李素炫却笑得轻松：“文章又不是我作的，我就是背书抄书，干力气活的，不落我名字又能怎么样？”

“你真想得开。”端木拥着李素炫肩膀，说得亲昵、爱抚，又替她惋惜，“莫说名头没用，就真没用，也有那么多人抢破头，图个留名后世，叫后代儿孙记住。谁都知道是虚名，谁又都舍不下。”

“伤透心就能舍下了。”李素炫靠着端木，幽幽说道，“昔日雷先生在戏马殿前被安禄山凌迟处死，肢解示众，鹿先生被当众斩首，师弟追随殉死，今日纵有朝廷追封、官民敬仰，又当如何？纵然万世香火、祭祀不绝，又当如何？他们身死之时所遭痛楚，无人能分担万一，一生爱恨也无人知晓。所谓千古留名，不过一点虚名，留与他人，于己何益？我无意后人铭记，也不用谁来谢我，所行之事，从前只为对得起师父，现在只为对得起我自己。”

端木叹道：“素儿修道多年，果然有所开悟。”

李素炫却摇了摇头：“这与我修道没关系，只不过是……身边死了那么多人，傻子也能看开了。”

端木见她伤感，想换个话题，无意间瞥见案上纸笔。

“你怎么用上木笔了？”

“木笔写字快得多，在西域时又用得顺手了。我与少卿说好了，我以木笔录写，再增补、校注，送回太常寺，着人认真誊抄。”

“你这木笔竟然还是自己削的？”端木拿着木笔来回看着。

“不如察罕削得好，还屡次不小心削到自己手上。”李素炫笑道。

“素儿这两只手，弹琵琶写字都聪明，动针线动剪刀就笨。”端木笑着，边说边帮李素炫整理案上纸笺，见上头那张上面随意写了几行字迹，十分潦草。

家国远，归无计。水天长，云无际。山河碎，人无迹。

麋鹿荒台，忠骨寒，血成碧。

八千里星月飞奔，数百载辞章委地。

端木想不出来这几句用的什么曲牌，若是当作首杂言诗，又有些没头没尾，匆忙间开头，又分明没写完。抬头看了看，李素炫对她淡淡笑了一下，面上一副平静，却立刻转头往另一边看。端木知道她心中仍旧难过，也跟着难过，叹息一声，取笔、取墨，在后面添了一句。

且忍涕泣。青史不惧沉沦，终有刀笔。

李素炫低着头，忍着，不说话。端木抚着她肩膀，柔声安慰道：“素儿，你做这些……都是好事。你好好用功，若要我陪着，我便陪着；若要我走，我就走，不扰你。要我留还是要我走，直说，我不多想，要我做什么也直说，我马上去办。我只求你别太累，别的什么都依着你。”

“端木懂我。”李素炫抬头，擦擦眼睛，亲昵说道。轻轻抚着端木孕身，心中有无限开怀。

## 274

六月二十四，荷花诞日，李素炫到了龙首塬上，去找师父。酹酒在地，拜过四面八方，安静坐下，弹起怀中无伤来。

“师父若在，今日满五十五岁了。”

二十五年前遇到师父时，他三十岁，而今李素炫也已经三十岁了，每次看见街市上幼小女童，就会猜想师父当日看见自己时，是怎样一副情景。小时候她总喜欢向师父问起那日经过，总要磨着师父给她讲一遍，总要师父最后说看到她第一眼便喜欢她，才肯罢休。大一些了她还是喜欢问，她问，师父就讲，讲着讲着就笑起来。之后，只有讲过这件事情之后，师父会轻轻抱她一下。

李素炫一直十分好奇，想知道师父老了会是什么样子，想来也会是细纹如錾，鬓发霜白。可她依然会在乎他，像少女时那样满怀深情，又惶恐不安。小时候她无数次想过，今生一定要一直在他身边，看着他年华宁静，却诗书炽盛，也看着他一点点衰老与干枯，怜惜他、安慰他，哪怕他老得一句话也说不完就累了，连对她笑一笑都没力气了，她也会陪着他，直到他弥留时，也要在他身边。也许到那时，她会有胆量握着他的手，贴在他耳边对他轻轻说话，不用再忌惮什么，他也不用。她从不敢有所图求，只想陪着他，陪他很多年，直到他安然离开人世，她再去想自己余生该怎么度过。那么多年里，她果然一直陪着他，在他弥留时也在他身边，只是她丝毫没有想到，她的余生从十五岁就开始了。

世人皆寂寞，没有人会傻到从不孤单，只是有些人为了有些缘故，情愿忍耐。李素炫五岁时遇到师父卢菡，在他身边十年，又分别十五年，心中终不能忘。若是生命空洞，毕生唯有情爱能为寄托，她便只能孜孜寻找，期待姻缘，或是偶遇一名男子，更加令她心动，也可以忘却旧事，重新来过。然而这两种情状都没有发生，也不会发生。在她余生里，有许多事情比情爱要紧，却再没有人比师父更好。

傍晚时，落日衔山，余晖明亮，李素炫起身向回走。她没有上马，将无伤缚在赤骏背上，空着两手，一边走一边采集野花。她喜欢白色花朵，也喜欢蓝色和紫色花朵，她喜欢那一点儿柔和净淡，留很长一段花茎，一枝枝采了握在手中，直到快要握不住，最后用一根花茎将花束系起来，掖进无伤上所缚蜀锦里，上马很快到了通化门，下马回身，认真行礼。

“素儿到了，师父不消再相送。”

到家后，她趁着最后一点天光将花束打开，去了花茎上残叶，分成小束，用几根索子逐一扎起来，倒悬在石榴树枝条上。白昼里她忽然记起师父说过，将花束倒悬起来晾干，可以让花茎挺直，干透了随意插在空酒坛子里，放在案头，就很好看。

## 275

七月初，萧娘约李素炫在道政坊酒肆相见。李素炫很高兴，她每日累得筋疲力尽，却停不下手中弦笔，萧娘有约，她刚好可以歇歇。到了日子，她早早便带上无伤去了道政坊，仍是那家“不思归”，只是主人换了，没有了阿翁，酒也换了。

入了小间，萧娘与众女乐已在等候，算上李素炫，一共七人。从前平康坊中与李素炫相熟的有十几人，每次聚众玩乐，或来这几个，或来那几个。乱中女乐死难散佚，一群好友眼下一共只剩这七人，今日都到了。众人相顾无言，感慨万分。萧娘为众人斟酒，众人默默看着，一轮酒斟完，萧娘举盏，半晌说了一句话：“我等……活下来不容易……”

有人哭出了声，片刻后又强忍下了，众人举盏，饮了第一盏。三盏后，萧娘不再劝酒，由着众人自斟自饮。乱中李素炫不在长安，回来后也没去过平康坊，许多事情听众女乐断断续续与她讲了。

平康坊女乐众多，个个姿色上佳，破城之日多遭贼人玷污，乃至折磨至死。有人不堪凌辱，自尽身亡，也有被迫委身于贼人的，也有不少被贼人掳走的，至今下落不明，不知死活，也有人提早远避，没有再回来。也有些匆忙嫁了，如今已为人妇，只是女乐微贱，只配为人妾媵，难得夫婿善待。乱后保全性命回来的，还不到一半，就是这不到一半，也是个个身心遭创。

众人感叹许久，又都沉默不语，能说的都是伤心事，不想伤心，就没话说。又许久后，有人提议一同吹弹击打，找些从前快乐。众人立时应声，各自取了身侧乐器，击鼓者起了头。乱事数载，众皆流离，倒也没将手上功夫全丢了，只是心中酸涩痛楚，管弦恹恹，勉强成个调子，却是无精打采，再无从前昂扬快乐。

一曲后，再没人想动乐。众人将乐器放下，又没话说，只能不停饮酒。饮了许多后，渐渐有些燥热兴奋，才多了些话，颇与李素炫说了些平康坊近况。

“我以为眼下不会再有那么多人到平康坊去找乐子了。”李素炫说道，“家国如此，哪里还会有心情宴饮欢闹。”

萧娘摇了摇头：“坊中客人是少了些，可去的仍是兴高采烈，声色不断。我等依旧忙碌，我屡次想召集众人一同饮酒，不过七个人，却这许久才终于凑齐了。”

李素炫没有说话，如今这些歌酒欢宴，她也能明白，也不明白。萧娘又叹道：“多少人自乱中侥幸存活，眼下格外需要些开心事，好将之前伤心忘了。长安城里有个人叫杜甫，写了首《春望》，我每唱起来，人都不想听，叫我换个开心的。素儿可知道那首诗？”

李素炫点了点头：“国破山河在，城春草木深。果然写得好，只是……在平康坊里唱，果然不合时宜。”

“是了。”萧娘点点头，“人伤心时，只想听开心的。”

“伤心时，开心便是假的，这也听得进去，也算能耐。”

“有时候假的比真的叫人舒坦，人吃苦太多时，哪怕开心是假，也好。假开心也好过真难过。”

“素儿唱支曲子可好？”一女乐感慨说道，“你去西域时，我真怕你回不来，以后听不到你唱曲子了。谢天谢地你回来了，我也没死。眼下城中人偏好些甜腻曲子，老油似的齁人，我烦得要死，却整日都得给人唱，还得唱得高兴。今日单想听你辞令，说些心里话，唱些实情，别特意哄我等高兴。”

“好。”李素炫点点头，将无伤抱在怀里弹起来，前几日随意写过几句，刚衬当下。

风雨鸣镝破潼关，丹阁零落荒旧园。
五陵岑寂霜染血，万木萧疏井生烟。
飘萍无力浮生短，世事薄情锦瑟残。
膏粱不知商女恨，犹唤歌舞向樽前。

女乐们忍泣不已，白日里强颜欢笑，眼下只友人相处，终于可以一露真性。

“这歌也就是我等在一起，能听，也能听出感触来。乱起前天下太平，平康坊里总有人放着酒肉欢乐不好好享受，偏要听些沉郁调子，好像天下人都负了他似的。把个盏子，感时伤古，涕泣零落，好叫人知道他果然不白读书，心中有家国天下，有世事沧桑。大难过后，一个个的都现了原形出来，专喜欢听些俚俗小曲，暧昧嬖幸，谁也不充高深了。”

“可不是。我等微贱，若遭逢战乱，比谁都倒霉，比谁都笑不出来，偏还得挤出笑来。不像这些世代读书做官的，真的笑得出来。个个家里有的是银子，太平日子里非要假作深沉，为了席间那几句骚赋，硬憋也得憋出些慷慨痛楚来。一场大乱死了多少人，他们心里头挨不住，坟边上刚哭过丧，转头就偏要寻些乐子来，没心没肺。”

李素炫转身将无伤放好，叹道：“我这诗远不及杜诗工整，却比杜诗还煞风景，从头到尾都在诉苦抱怨，想是更招人厌了。”

几人叹息许久，又数巡酒后，一人说道：“有件事素儿想是不知道，乱起前城中许多人学了你这无伤，改为竖抱手弹。萧娘聪慧，每日勤习，进展比旁人都快。”

萧娘笑道：“你非要嘴快告诉她。我本想着练到有样子了，再与素儿说，讨教几句。”说着又转向李素炫，认真说道：“昔日我犯懒，每日里也忙，不曾让你教我，最后倒要拐弯，随宫中乐人学习。那人说这手弹法是乱起前梨园雷海青所授，当时雷先生说，这弹法始自宜春宫李素炫，她出西域前嘱咐过，请雷先生将此弹法遍授大内琵琶乐人。有人听说我与你熟识，还没少打听你，想讨教些。特别是武曲，雷先生说这手弹武曲曰‘徒手战’，他教授宫中琵琶乐人时已然纯熟无碍，可其他人到现在也没有修炼至大成者。也不是不能弹，只是终究怯弦，不能尽得刚武。”

李素炫赴西域前怕自己回不来，果然与雷海青说过，请他将手弹法教给别人，雷先生答应了她，也果然守诺。李素炫暗自叹息：“这竖抱手弹我不过是一时异想天开，雷先生却十分当真，费心研磨到精熟又教给我。圣人爱我无伤，雷先生却从不提起，教给城中乐人，也不愿居功……这天下第一，他素来做得笃定。”

想到雷海青，李素炫心中泛起痛楚，闭上眼睛，低下头，忍了片刻。

“素儿将你那徒手战与我等弹几曲如何？”一女乐说道，“你不知道……这些年我一直都羡慕你。”

“羡慕我？”

“可不是。”女乐答道，“我幼时也不少在琵琶上苦苦磨练，只是后来到了平康坊，每动乐器都是哄人开心，人要听什么，我弹什么，人要听什么样，我弹什么样。等没人时，可以随便弹……倒不会弹了。所以羡慕你，只想琵琶就行，不用在乎人。”

李素炫轻叹，将无伤抱好，略一调息，落手弹起来。数曲攻伐之间，铁血织陈，忧愤杂糅，刚武中多少慈悲与无奈。己身微末，终将散灭，世事轮回，终不能改，尘土烟烬一一落定后，人间如常，一切从头再来。勇者并非只是不畏死，而是知其所以，而后不畏死。区区一身，一死抵挡不了什么，可对错是非只在心头，终不能泯，逢当必死之时，就要不畏死。攻伐之气，不是怨气戾气、恨气怒气，乃是血气勇气、心气骨气。少年时李素炫磨练武曲，一心求的是指腕凌厉、轸轴悍烈，如今回想起来，分明全都弹错了。

数曲终了，众皆沉默，许久后，一人说道：“素儿这功夫若是早十年练成……天下人只怕都要为你发疯了。”

李素炫不语，如今不管她将琵琶弹得多好，大唐和长安都已经不需要了。她倒也不在意，默然许久后，只淡淡说了一句话。

“……不知雷先生练到什么地步了。”

众人胡乱又说了阵子，早早散了。从前每次相聚都要熬通宵，有时为了听荐福寺中雁塔晨钟，还要专门到安仁坊内寻个酒肆，饮酒奏乐，闹到天亮，听到钟声才肯罢休，如今没这个兴致了。

## 276

出了酒肆，李素炫与众人各奔东西，走不多远，听到有人叫她。

“素儿。”

叫她的是李逊，自回了长安城后，李素炫还没见过他。闻朗与端木成亲时，樱儿曾到闻府送上礼金，说是上皇赐婚非同寻常，她这老友要凑这个热闹。端木与李素炫都清楚，礼金其实是李逊所赠，他不便出面，又不能随意遣个仆役，才请樱儿前往。他又想得周到，直接送到闻府而不是送给端木，送的是礼金而不是礼物，毕竟送什么礼物都怪异了些，怕致闻朗多思。婚礼后取了账册来看，礼金竟有千金之巨。其实闻朗对端木与李逊过往早就知晓，知道那只是过往，他很了解端木，不会多想。

李素炫依旧不大喜欢李逊，恨他却也谈不上了，又听说他在乱中护下不少典籍，心中有些敬佩，只是不管喜不喜欢，也与他没话说。

“你来饮酒？”李逊客气问道。

李素炫点了点头，尽量将神色放柔和些，不像从前那样不耐烦又没好气。

“这是要回去？”

李素炫又点了点头。

“能不能陪我饮几盏？”李逊说道。

李素炫有些诧异，想了想，猜他是有事要说，点点头，随李逊回了酒肆中，在堂屋角落里拣张桌案坐了。坐安稳了，李逊却又许久没话说，李素炫也不催促，独自斟饮，等着。想是这李逊憋了一肚子不舒畅，又不能与同僚说，又不想与耶娘说，又不想与夫人说，唯独李素炫与他不远不近，又不是同道，又不是生人，又听得懂，又不会多问，刚好。

“樱儿怎么样了？”许久后，李素炫问了一句，“我每次见她，她都说她很好，可我就不信她很好。”

李逊叹息一声：“我要说的就是樱儿。”

崔茗临死前曾经寄书给李逊，讲了范阳城中状况，最后附了一句话：“乱后若有人将我死状说与人听，切记莫要让樱儿听到。还有，再给她寻一门亲事，莫要让她孤独终老。”

李逊见字，肝胆俱焚。崔茗战死已有五年，樱儿熬过了最初剧痛，眼下已不再伤心难过，终日诗书做伴，或奏琵琶琴筝，朝夕安然恬淡。李逊问起来，她说茗哥哥到死心里头都记着她，好过那一世同床异梦的，她今生心愿满足，没什么不甘，也无须伤心。又说素儿与她讲过，但有书乐为伴，只要有一口衣食不至冻饿，就能欢心过了这一世，素儿能做到，她也能做到。只是她纵不再伤心，却无论如何不肯再嫁，父母不忍她后半生独自守着，屡次劝解，说多了她便抽出匕首抵在颈子上，直言再有人啰唆，她就当众自戕，父母吓得再也不敢开口。自此后，樱儿终日素衣淡食，诗书宁静，时刻带着一把匕首在身上，以示决心。这些，李素炫都已经知道了，今日想是有些新状况。

沉默许久后，李逊长叹一声，连饮了数盏酒，一副颓然。李素炫知道他没什么酒量，只是看他难过，也不忍拦着。

“素儿……我那妹子终日带刀，不肯再嫁，此事朝野尽知。朝廷已正式决定赐她郡夫人，旌表贞烈，圣旨不日即到。我本指望过几年她会回心转意，再给她寻下门亲事，可如今添了个节妇名头，她怕是此生真的不能再嫁了。”

李素炫愣了片刻，李逊忽然火起来，恨恨说道：“这事儿我够闹心了，不想就这闹心事儿还有妖道在里头。今日在殿上，有几人公然说不能赐樱儿郡夫人，我本还挺高兴，不料那几人说，崔茗当年去范阳是受了杨国忠委派，是杨国忠一党。那杨国忠死有余辜，崔茗也不是什么忠烈，朝廷不该褒奖他父母与遗孀。我当时气得直想杀人，不顾天子在上，当场就与那几人争辩开了。最后还是天子发话，道是不管崔茗是不是杨国忠一党，终究临死不惧，没有为苟活叛了家国，那几人才不说话了。我实在是……我……”

李素炫大为光火：“你等那一殿之上都是些什么混账？换我也想剁了他们。”

“崔茗走前与我说过，他厌恶杨国忠其人，只是监视安禄山这事儿，谁派他，他都会去。他死前也未再给杨国忠递书，若为国事，左右也无用；若为私事，他与杨国忠无私可言。他没了一条性命，将他耶娘撇下了，他喜欢樱儿，等她长大，等着娶她，等了十年，最后将樱儿也撇下了。殉国战死，最后竟落了这么几句话。如今乱事未平，前方将士仍旧血战，死伤无数，这帮子朝臣每日里安稳吃喝，殿上一番高论如此令人寒心。”

李素炫心中愤恨，接连长叹，又饮酒，重重将盏子放下，手痒得直想掇个什么过来砸得粉碎。许久后李逊苦笑着说道：“素儿，你是不知道官场事有多烦人……我如今连脏话都学会说了。眼下我就是心烦一件事，今日朝堂上一番争执，不多久定要传到樱儿那里，她可怎么受得了？不得气死？我从朝堂上下来，不敢回去见她，在外面乱走了一日，走都走不动了，这才跑过来饮酒买醉。”

李素炫叹息着说道："此事樱儿定然难以承受，只是，你也得告诉她。早晚瞒不住，你告诉她，好过她从别人口中听说。"

李逊无奈道："你说得对。"

酒不对味，又只有酒，连个佐酒菜也没有，只是二人烦闷，还是饮了许多。李逊一番诉说后，好了一些，郑重谢了李素炫，告辞离去。李素炫看着他踉跄走远，心中叹息，不知他回府后怎么面对樱儿，怎么与她说这些话。

第二日一早，李素炫在院子里写字，忽然听到叩门声，十分急切。她慌忙过去开了院门，樱儿一步冲进来，抱着她大哭。李素炫知道，一定是李逊将昨日殿上之事告诉了她。

李素炫合上院门，揽着樱儿肩膀将她带到桌案边，搂着她，抚着她肩头，由着她痛哭。樱儿哭得难以喘息，嗓音嘶哑，浑身颤抖。许久后，她慢慢止住了哭声，躲在李素炫怀中，呆傻着一句话也不说。李素炫仍不催促，只抱着她。

"素儿，我不是什么贞节烈女，也不想守什么保傅之训，我才不稀罕那些烂名头。茗哥哥若待我不好，我转头就找待我好的去。可是他待我好，我忘不了他……"许久后，樱儿喃喃说道。

"我知道。"李素炫柔声说道。

"还有那几个说茗哥哥是杨国忠党羽的……"樱儿瞬间悲愤交加，"素儿，世上怎么会有这种人？杨国忠果然恶棍，可当年他们不都乖乖听话？谁站出来反对过杨国忠，为社稷说过一句话了？眼下他们活得好好的，我茗哥哥死了五年了，他们怎么能说这种话？世上怎么会有人这么坏？"

李素炫抚着樱儿鬓边碎发，叹息道："樱儿，世上就是有人这么坏，有人比这还坏，人间就是这样。你生在侯门，不谙世事，没见过这些，只是读过书上几句话。我虽出身微贱，但自幼得良师训诲，以琵琶立了身命，这些事情我见过些，却都可以躲开。你我这是命好，但世人大多命不好，躲不开恶人相伤。"

"真的躲不开？"樱儿喃喃问道。

李素炫缓缓答道："至德二载正月到十月，河南节度副使张巡与睢阳太守许远、城父县令姚訚率军民坚守睢阳城，大小数百战，无一败绩，以七千甲众抵挡十八万叛军，歼敌十二万，保了江淮免于战乱。江淮继续输送税赋，朝廷布局调兵，才能扭转战局。苦撑十月后，睢阳城病饿力竭，陷于敌手。此前一个月，官军收复了西京长安，睢阳陷落后只十日，又收复了东都洛阳。我唐天下得以保全，全仗睢阳十月苦战。”

樱儿点了点头：“这事儿我知道。”

“睢阳抗战时，贺兰进明镇临淮，张巡遣将军南霁云乞师。贺兰嫉恨张巡名望，不允，却喜爱南霁云勇武，设宴试图收服。南将军悲愤难耐，断指明志而去，一路上血战数场，回了睢阳城。城破日，张巡与姚訚及南将军等三十六人一同被杀，许远被捕，执献洛阳，后为安庆绪所杀。当今天子回归长安后追赠死难臣工，不见有人参劾贺兰进明，被参得最狠的反而是张巡。当时有人发难，道是睢阳无粮草，城中食人才得以坚守，如此悖伦，张巡不配受封，而是应当受罚。”

“混账，混账。”樱儿磨着牙，恨恨骂道，“怎么会有人说这种话？张巡食人，才换了他们不死，他们怎么能说这种话？食人可怖，可毕竟保了家国，就算功过相抵，不奖也罢了，怎么能罚？被吃了的人不甘，骂也正当，后世人骂也正当，可这些白得活命的怎么也骂？他们凭什么骂？”

“这也还罢了，纵然是为了守城，终究食人可怖，换我在殿上，我也驳不了。可是反对许远受封，理由竟然是城破被俘后他没有立即被杀，却也没有自杀，定是心存侥幸，指望安庆绪会饶了他，朝廷不将他看作叛徒就可以了，怎么还能追封。当时殿上也是吵成一片，最后天子说了几句公道话，那些人才闭嘴了。”

樱儿沉默许久，黯然说道：“素儿，我记得你说过一句话，人若不做事，便只这一个错处，做事便全是错处。先生教我读那许多史籍，都是家国大义、天下忠良……我怕是读错书了。”

“你为侯门贵女，日后又不入朝堂，先生当然要你读些好看的，对不对不要紧。我若是你先生，一定先叫你看书里头坏人，省得日后见了真坏人受不了。所谓‘圣人不死，大盗不止’，这话也可以反过来说，‘大盗不止，圣人不死’。人间若无魑魅魍魉，要什么盖世忠良？世上永远都有恶人、小人。当年我师父死于许宗德之手，那许宗德不就是这种人？我师父躲了半生，终究也躲不开。”

樱儿再未说话，也不再哭泣，靠着李素炫肩膀，一动不动。许久后，她平静说道:“素儿,我想入道,余生随你一同修行。这尘世……我再不眷恋了。”

“你想好了?”片刻后,李素炫问道。

“想好了。”

“你如何向耶娘交代?”

樱儿冷冷说道:“不用交代。我不像兄长,耶娘活生生拆散了兄长与端木,却休想管得了我。”

数日后,圣旨到了王府,赐李樱为郡夫人,以表贞烈。因她身出皇室,朝廷面上格外有光,外人也都纷纷道贺称赞。历代为政的都是男子,只想拿着所谓烈女来训诫天下女子甘心听话,谁会在意这些女子一生开不开心,眼下自然也不会有人在意樱儿余生要如何度过。

又十日,樱儿在大明宫内道场行科仪入道。玉真心疼这个侄女,请了皇家高道与她为师。科仪当日清晨,李素炫、李逊、闻朗与端木在宫门口遇到了。端木身重,闻朗小心扶着,万分呵护,李逊看了一眼,呆住了。

闻朗无有鱼袋,不能入宫,只李素炫陪着端木,闻朗不放心。李逊在一边看了片刻,走上前去与闻朗见礼说道:“我为保,带你入宫。”

他说得很平静,闻朗怔了片刻,马上点头称谢。几人一同入了宫门,宫中不许行轿,闻朗小心扶着端木,李逊与李素炫在后面跟随,一路无话。到了玄元宫,众人在偏殿内见到了樱儿,相顾无言,感慨万千,谁也说不出什么有用的来,心中不住叹息,面上又要掩饰。

樱儿早几日就已辞别父母,在观中斋戒,今日早起后沐浴熏香,在殿中以俗身最后见了亲友,很快回了正殿。俗人只能在偏殿等候,只李素炫可到正殿观礼。她听着仪官诵读清韵及传度弟子名字,看着樱儿去了俗衣,换了青袍,头发被重新绾起,加道冠、加簪。樱儿笄礼时,亲自为自己取字嘉木,嘉木者,茗也。今日入道为女冠,师父赐号云华子,云华者,茗也。

樱儿泪流满面。

李素炫心中恍惚,仿佛看着自己十七岁入道那年,此生绝望,无路可逃,只得遁入空境。人生如幻,迷蝶晓梦,白马非马,一切皆是今生旧识,却又恍若隔世。

礼毕，樱儿在偏殿中再次见到亲友，方才还是俗家女子，眼下已是青袍女冠。端木难过，揽着樱儿肩膀流泪，樱儿却很镇定，抚着端木腹部，轻轻说道：“端木要做阿娘了。”

李素炫知道，以樱儿性情，入道并非一时血热，她这一生是不会再嫁人了，也不会有儿女。俗世之幸她已悉数放弃，道门清寂，余生里陪伴她的只有一段模糊过往。岁时流逝，那过往会变得越来越模糊，却终不能忘。恒久深爱并非人人都能做到，可能做到的人，只是平白受了无数苦楚，仅此而已。

## 277

樱儿入道后在玄元宫修行，她自幼没有离开过侯府和亲人，眼下突然便是孤身一人了。玄元宫深藏大内，若无天子旨意，就是樱儿父母和李逊也不能随意探望，唯有李素炫能入玄元宫中看望她，与她说几句话。有时李素炫不想多扰她，只向旁人打听，听人说她一切安好，也就放了心。

回归长安后，上皇对李素炫格外亲近，知道她无甚嗜好，唯独喜欢纸笔，屡次将各处入贡紫毫笔与上等纸张厚赐许多，李素炫探望樱儿时颇带了些给她。失去至爱何等痛楚，却没有让樱儿沉沦，真正让她绝望的是人心，是这寒凉尘世。她什么都不再眷恋，俗世享乐，乃至好物无穷，尽数弃了，每日粗茶淡饭，贞静度日，唯有一点纸笔还能让她略笑一笑，有片刻红尘欢心，些许俗世模样。

樱儿聪慧勤奋，经学很快上了正途，看起来心绪也平静了许多。李素炫渐渐惦记得轻了，不再去得过于频繁，只是每在上皇处获赐纸笔时，仍旧记得给樱儿每样留一份。

回归长安城后，上皇深居兴庆宫，从不出宫，终日无事，也见不到任何外人。高力士每日从早到晚指派宫人与中官打点日常起居事宜，玉真朝夕陪在上皇身侧，与他说说话，或陪他在花园里散步，也召集乐人，弦鼓相谈，打发些寥落。乱中大内女乐幸存了一些，但后宫女子只要出了宫，入了民间，无论怎样都会被看作是失了贞洁，不能再召回宫中，更不能再侍奉帝王，只有李素炫身为道官，兼有金鱼，可以入宫探望。如今上皇身边只有乐工，再无昔日女乐，新帝倒是也遣了些新进女乐来，只是上皇更念故人，对新人没什么兴趣。

李素炫每到兴庆宫时，常与上皇和玉真在殿中闲谈，也说说城里新闻，也说说书乐旧事，东一句，西一句，也没个话题，想到什么说什么。说过一阵子，玉真烹茶，令李素炫弹几支曲子来。

“素儿羯鼓打到什么地步了？”琵琶曲停，上皇突然问道。

“素儿自幼修习羯鼓，不到臻熟，却也没有丢下过。出宜春宫后格外受教、练习，始初成，后赴西域，遂成。”

“遂成？”上皇大笑，“口气可不小。你十五岁时同端木与朕隔林竞乐，彼时可是输给了朕。”

李素炫笑道：“彼时素儿技艺未成，果然输了，输得扎实，心服口服。”

“今日敢不敢再试试？”上皇陡然来了大兴致，高声问道。

李素炫也不是个消停的，立时来了胆子，朗声答道：“素儿应战。”

玉真知道这二人性情，在一边只是笑，不拦着，继续烹茶。上皇立刻唤来殿外中官，令取建鼓来，转头又对李素炫说道：“朕之击羯鼓，素有天下之名，你弹了半辈子琵琶，今日朕不以羯鼓欺你，与你在建鼓上一较如何？”

“好。”李素炫受了怂恿，一副跃跃。

须臾间，两面巨大建鼓在勤政务本楼城楼上架好，上皇意气勃发，带着李素炫大步走过去，迎风站定了，拾起鼓杖，如握刀般握着。

“你也别欺负朕老了，以为朕打不动了，朕也不欺负你是弱女子，以为你打不动。今日朕不让着你，你也别跟朕客气。”

“上皇放心。”李素炫应着，走到另一头，拾起鼓杖。两人对视一眼，肩背发力，扬起鼓杖，同时落了下去。建鼓沉重，声震浑然，荡宕若钟。上皇果然不老，李素炫也果然不是弱女子，两鼓相较，如力士相抵，其势端稳，其力千钧，看似轻轻拨弄，不伤皮肉，却碎筋骨。

片刻胶着后，两鼓陡然接手，或重或轻，急转疾纵，无有管笛轻巧，不求铃铎剔透，只如重剑相抗，劲弓较杀。时下盛夏，城楼上骄阳暴晒，只片刻后，一老一小皆是流汗涔涔，也不顾，仍是身手笃定，一心沉实。

曲终，余音漾开，尘埃委坠，周遭安静，唯烈日灼烧，流风飒沓。

上皇收了气息，放下鼓杖，回首问道：“如何？”

李素炫持礼答道：“论技，素儿如今已胜过上皇；论意，仍逊于上皇。不如今日算平手如何？”

上皇大笑：“朕等这句话等了一辈子，终于等来个敢说的。这话也就你敢说。”

李素炫笑道：“素儿说的是实话，如何不敢。”

上皇大为开怀，带李素炫回殿中坐下，玉真已烹好了茶。

“兄长与人鼓上对决，一辈子没哪次不赢的，也没见这么高兴，怎么今日得了个平手，还倒高兴上了？”玉真一边笑着，一边将茶奉上。

上皇饮茶，如同饮酒，畅快说道：“朕治天下，日夜劳碌，击羯鼓不过闲暇自娱，怎么会是天下第一？入朕皇宫者，哪个不是天资绝顶？哪个不是毕生苦修？怎么会个个不如朕？只不过没人敢说实话罢了。也就你屋这碎女子自幼愣撞，心里想什么，嘴上说什么。”

玉真顿时笑起来。李素炫也笑了，她哪里是什么愣撞人，只不过是能看透上皇心思罢了。

“人都怕朕恼火，个个曲意奉承，说朕击羯鼓乃天下第一，其实朕根本不在乎这个虚名。朕即天下，要什么第一。曲出乎意，非出乎技，朕开一代盛世，论意度焉能有逊于人？还要什么手上精绝？一世天子，四海垂拱，何苦与一众乐人争那一技之短长。”

上皇如回当年，意气风发，几人皆大笑不止。李素炫自幼敏锐，又略修过鬼谷，对人心格外有一重领悟。俗人都知道见人要说好话，只是大抵不知道什么是好话，以为好话就是一味奉承。自古乐人身份低微，为天子者就是与人比，比的也是秦皇汉武，怎么会看重一点弦鼓本事，与几个微末乐人争夺位次。

笑过后，三人又饮着茶，散淡说了起来。

“朕看天下乐人为弦鼓，多重技，不重意，此实大谬。不知素儿以为如何？”

“乐人弦鼓终究是要给人听的，有人听意，有人听技，故此乐人固不敢不重意，亦不敢不重技。此事不能与上皇相比，亦不能与天下士人相比。士人为乐，可以意为先，乐人必先技能服众，方可立身。”

“素儿说得对。”上皇点头道。

“若不说人，只论乐，素儿也不敢说技和意哪个更要紧，只是就素儿所见，技上不行的，从来没有不承认的；意上不对的，大抵不认账。”

上皇微微一笑：“怕也不是不认账，是真的不知道自己意思不对。”

玉真在一边说道：“这种人我见过，你若说多了，他还犟嘴，咬死了你就是手上不行，才往两边扯，故意说一堆意不意的，全是玄的。”

几人哧哧笑过，李素炫又说道：“所谓意在技先，是手上无碍之后说的话，天下也果然大有手上不济事便谈玄耍赖的。谁是曲意不对却不肯认账，谁又是手上不行往两边扯，就更叫人分不清了。”

几人皆通乐事，随意几句，互相都听得明白，趁清茶不住笑谈，几句后又换了别的话头。殿中略有些昏暗，深阔，又空旷，只上皇与玉真带着李素炫在一角处轻谈，笑起来声音也不大。上皇已垂垂老迈，一生至此，烟尘散尽，潮水退去，乱石荒凉。江山也罢，功业也罢，一夕过去，皆成梦幻。猝然惊觉，身边空荡，如今唯有一点书乐旧事、几个闲散故人可以托付，聊度残生。

欢谈过后，上皇时常带着身边人登临勤政务本楼，站在城楼上远眺。城中百姓往来忙碌，身影渺如针尖，抬眼看看，远方屋瓦青黑，烟尘缭绕，再向前，便是终南山。盛夏晴朗时，日光直直落在峰顶，山风缠绕，吹云作雪。

上皇常不发一言，一看就是许久，也不知道他是在凝神看着什么，还是在发呆，方才那些欢笑仿佛一下子就远了。李素炫不出声，站在一边陪着，也向远方淡淡看着。居高而望，众生只如蝼蚁，令人颇多感触。

“天音师父曾说，佛在佛国里，也是众生。人看蝼蚁是蝼蚁，高处人看低处人是蝼蚁，佛看人也是蝼蚁，佛看佛也是蝼蚁。”

站在高处，满城尽在眼底，毫无遮拦。千里阵云，远山昏晦，唯独西天边赤霞炼染，灼人眼眸，许久后渐渐消弭于幽暗。脚下长安冷清，繁华皆成寂寞，锦绣不过灰堆。上皇仍旧站立不动，凝神看着前方空场、远处坊道，或更远处。

没人知道他此刻在想什么。这世上从不曾有人如他一般，身出贵胄，幼遭惨变，长于惊忍，却英姿丰沛，经略果决。他深情又寡恩，宽悯又残忍，他将大唐带入鼎盛，又拖入深渊。如今他被褫夺皇权，又失去了伴侣，徒留一副上皇尊荣。

身边无人出声打扰，众人默默陪着。许久后，上皇感慨间唱了几句，嗓音嘶哑沉郁。只起了个头，就听到有人在远处高声应和，其韵荡宕，其声折抗，在幽暗中格外分明。唱过半阕后上皇停了下来，向空场和四周仔细看了看，远近幽暗，一个人也看不到。

众皆无语，上皇叹息一声，唱起了下阕，只头一句唱过，外面那声音又响起来了。

一曲《太常引》唱完，空场上再无声音。上皇高声问道："楼下何人应和？"许久仍无声响。满城昏暗，宫阙空寂，眼前唯有不尽寥落，那声音凭空出来，又凭空消失了。上皇惆怅许久，默默转身离开。

方才楼下那人声音洪亮，气韵平稳，应和妥当，李素炫猜度是教坊或梨园旧人，只是不知那人是否知道自己应和的是当今上皇。或许不知道，只是夜深时听见歌唱，随意和之；或许知道，有意应了这几句，却又不肯现身。上皇黯然，旁人也唏嘘不已。回想从前，空场上何时不是长歌快舞，何曾如此寥落。

数日后傍晚，玉真遣人召李素炫到玉真宫竹径院落中相见。李素炫即刻前往，入竹径小院时，玉真已在院中修竹下等候，弄着茶事。李素炫行礼见过，觉得玉真神色凝重，仿佛带着忿郁。

"素儿坐下。"玉真嘱咐，接着又问道，"你近来修撰乐志，不知进程几何？"

"春日里已开始动笔，预计两到三年初稿可完。"

玉真点了点头："这事值得花心思。"

玉真十分关切李素炫修撰进程，不时相询，只是眼下，李素炫觉得这不是她真正想说的。玉真接着又说起了些别的，东一句，西一句，一件事说不完，又说起下一件。虽说闲谈不拘话题，可今日她这些话题却像是硬找出来的一般，手上又迟疑紊乱，烹出茶来薄寡滞涩，有味却无香。李素炫没有多问，只是听着，偶尔应上一两句，猜度玉真心中有事。

夜深后，修竹空静，玉真幽幽说道："素儿弹一曲，取些弦上清寂，莫要尘世纠扰。"

李素炫点点头，解出无伤轻弹，只一曲，玉真便令她停下来。李素炫压下弦上余音，将无伤横置膝头，觉得玉真似乎要说些什么。周遭幽暗屏蔽，挡了世间窥探，眼下院中只这娘儿两个，没一句不能说的。玉真沉默许久，将这几日发生之事一一告诉了李素炫。

前几日上皇在勤政务本楼上随意唱了几句，得人应和，那人却没有现身。不过简单一件事，记在梨园旧事中倒妥帖，并无深意，却被中官李辅国奏报与当今天子，咬定此事是高力士、玉真与陈玄礼等人挑唆，令上皇沟通内外，猜度或有所图。之后李辅国矫诏，调走兴庆宫中所有精壮马匹，又将上皇遣出兴庆宫，只二三十名老残兵士护卫，将上皇送到了太极宫，令居于甘露殿。

"若素儿所记不错，太极宫地势低矮潮湿，居住不适。当年武后主张修建大明宫，就是因为高宗皇帝难耐太极宫湿寒……"李素炫迟疑说道。

玉真摇了摇头："现在谁会管兄长耐不耐得湿寒。"

李素炫叹息，听玉真又说道："出兴庆宫赴太极宫那日，李辅国带兵，露刃拦道，数度惊驾，并将一名上皇侍卫当场杀死。李辅国如今位高权重，朝臣皆仰，唯高力士不惧此昔日下奴，大骂，喝令士兵还刀入鞘，士兵立刻依令。李辅国没想到连自己手下士兵也忠于上皇，这才觉得闹得狠了，心中惧怕，才听高力士命令，上前与上皇牵马。"

"素儿这几日一直在家里，没听人说起过。这事果然不小。"

"你不出门，自然不知道，此事现在朝中人都知道了。高力士被发配，陈玄礼将军被勒令致仕，连宫中女官都被遣走，唯独为师乃上皇亲妹、当今天子亲姑母，那李辅国不能将我怎样，只令我回归玉真宫，再不许随意见驾。"

李素炫这才明白，原来玉真不是临时回来，而是被遣回，再不能见上皇了。

"那上皇身边现在是什么人侍奉？"李素炫立刻问道。

"再无旧人，只李辅国派了一百多个生人过去，同时下令闲杂人等一律不许入宫打扰上皇颐养。"

玉真说着，又起了茶事，手上忙着。李素炫没有再说话，玉真也再未令她弹奏。

李素炫懒问世事，但不傻，这些事没什么想不明白的。新帝在灵州继位时并未得到上皇同意，当时便有许多人不服，说这是篡位，不是继位。回归长安后，众官与百姓仍忠于上皇，新帝心中惴惴，若是上皇重回大宝，怕是不会对这个儿子太好，连同当日灵州勋臣也各自惊疑。为安抚这些人，上皇甚至不能将贵妃遗骨迁到自己陵寝中，只秘密令人去至马嵬坡，开坟重殓，就近另葬。除了这些，还有一个缘故，史籍与鬼谷之类都不会点破，李素炫却认定是真的。她想，李亨定然恨他父亲。

“我没见过父亲，若父亲这样对我，我定恨死他了，早晚要跑得远远的，一辈子不见，凭旁人怎么说我没良心。可是做皇帝的哪里躲得开太上皇，心里再恨，面上还得笑，有些事，还得给天下人演。他折磨上皇是有这旧年宿怨，上皇也是咎由自取，那李辅国却只是为了一己权欲，此人十足奸佞。”

李素炫胡乱想着，许久后，玉真推了第一盏茶过来。

“你前几日所说之事，我想过了，是好事，只是如今上皇怕是不能发话了。我也没法奏请天子，那李辅国能让我见了新帝才怪。”

“如此，素儿去见当今天子，请他恩准。”

“如今李辅国把持朝政甚严，连宰相要见天子都得他安排，你怕是连天子面都见不到。”

“未必。”李素炫笑笑，“宰相见不到，因为他是宰相，说的都是大事。我不过一个寻常道官，又不领实职，说的都是小事，李辅国才不会管。我若问，他定不允；我若不问，直接去见天子，未必见不到。新帝久病，才将朝事托给李辅国，可新帝也不是愚人，若是见天里一个人也见不到，他也生疑。想那李辅国也不敢将每个人都拦下，肯定只拣要紧的挡着。”

“……仿佛是这个道理。”

“那李辅国定是遣人日夜盯着朝中大员，彼等有任何动静，李辅国都会立刻知晓，出手拦截。可是没人认得我，我大可直入大明宫，没人知道我是去见皇帝去了，等我见了皇帝，也没人拦得住我。此事素儿也无把握，只是总可以试试。”

玉真笑道：“你倒鬼精，如此，便试试。”

# 278

翌日，李素炫去了大明宫，直入皇城。一路上果然没人认识她，没人拦她。到了书房前，李辅国不在，李素炫请值官通禀。四品道官，手持金鱼，值官不敢不当回事儿，当即入内奏报。

“李素炫？”李亨略一沉吟，立刻说道，“宣她进来。”旋即将身旁宫人、中官全部屏退。

行过面君之礼后，李素炫持礼说道：“臣今有一事奏请天子恩准。”

“说。”

“如今梨园、教坊多有女乐存留，日渐困顿，又有许多原宫中女乐流落在外，生计维艰，乃至沦落风尘。臣心有不忍，只是不敢私自聚拢收留昔日内闱之人，恳请陛下念其等多年奉乐用心，恩准将其等收留安置在玉真宫中，免于飘零，也不辱宫中体面。此事虽然不大，却事关后宫贞洁，臣不敢不问。”

李亨点头：“这不是什么大事，也算是历朝旧习。从前玉真姑母在洛阳建了安国观，眼下观中坤道都是从前上阳宫中歌舞旧人，今日这事也没什么不可以。只是，须是玉真姑母同意。”

“持盈师父自然同意，此事臣怎敢自作主张。”

“既如此，你去办便是。”

“臣谢陛下。”

李素炫行礼打算辞君而去，李亨叫住了她，问道：“可还有别的事情？”

“没有。”

“……你今日来见朕，就为此事？没别的？”

“正是。”

李亨盯着李素炫，眯着眼睛，心中不太相信，许久不语。李素炫持礼颔首，能察觉到李亨正上下打量她。许久后，李亨缓缓说道：“朕头次与你打交道，是受父亲召见那次，到眼下……十年了。”

“是，臣记得。”

“朕心中有一事不解，一直很想问问你。”

“陛下请讲。”

“那次父亲令你烹茶。当时朕果然饥馁，你在茶中放了蜜糖，连捧了数盏过来。”

“是。”

李亨脸色一沉，冷冷问道：“你有何居心？”

李素炫一愣，答道：“臣无居心。”

李素炫果然没什么居心，她当日没想太多，过后也没想太多，只是觉得李亨饿得可怜，不知道自己不意间帮了李亨大忙。上皇当日有意整治太子，若太子顶不住饥饿，露出疲态乃至晕倒，上皇定有许多话说。他本就屡次训斥太子孱弱，若太子果然晕倒，这“孱弱”二字可就坐实了。几盏蜜茶帮助李亨躲过一劫，可是李素炫当时只为救太子饥饿，果然没有想到这么多，更没有什么居心。

李素炫如实回答，李亨却不信，冷笑道：“你这女子好大胆子。你在茶中放蜜糖救我，若是让父亲知道了，可不是小事。若无所图，为何冒此大险？”

“上皇也允了臣饮茶，若是上皇发觉，臣就说是给自己放的，上皇不会多问。陛下当时饿得可怜，臣不过顺手一件小事，解了陛下饥饿，仅此而已，果然并无所图。再说，臣不过是个女乐而已，能图什么？”

李亨知道李素炫说得对。一介女子，这样做肯定不是为了日后求官，父亲女乐儿子不能接掌，她也不会是为来日谋求后宫位置，若是为了钱财赏赐，她不会蠢到用命搏取。只是，李亨这十八载太子做得凶险，终日危如履索，早就没有了人间单纯心思，他无法相信李素炫真的并无所图。

许久后，李亨又问道：“你为上皇乐人，对上皇十分忠诚，为何相助于朕？”

“臣是上皇乐人，却不是陛下仇人，为何不能相助？”李素炫答得略不迟疑。

李亨依旧不信，却让李素炫回得没话说，心想这女子侍奉帝王多年，果然是见过世面、胆子大，当今天子冷冷发问，她竟一句句答得如此从容不迫。其实李素炫固然生性爽辣不惧，眼下从容也是因为心中磊落，只是那李亨薄命做了太子，此生多舛，遭遇太多，到如今什么都信，专拣好的不信。

李素炫知道李亨不相信她的话，也不介意，左右今日奏请之事他也准了，她只是有些同情李亨。上皇曾经受武惠妃挑唆，一日内废杀三子，其中一人还是太子，之后才立李亨为嗣。前鉴不远，这太子宝座分明是个煎肉盘。李亨素来谨慎，谁也不信，才得以保全自己。眼下做了皇帝，仍不敢冒险信人，连自己骨肉也不信，学他父亲，同样听信妃子诬告，赐死了亲生儿子建宁王李倓。想来帝王家就是这个命，李亨尤其就是这个命，到死也时刻惊忍，不能片刻松弛，心头无半点依靠。李素炫在卢菡身边十年，朝夕翩然快乐，又有许多师长、友人多年亲切相伴，这滋味李亨怕是一生也不能知道。

等了片刻，李亨再未问话，李素炫打算告退，李亨却又开了口。

“还有一事，朕要问你。”

“陛下请讲。”

“朕知道昔年你与汝阳王有交。汝阳王已死十载，你至今不忘，每逢忌日，必到献殿祭祀，酹酒在地，与奏琵琶。世人都说汝阳王畏惧朕日后逼害，心中恐惧，这才日日纵酒，有意求死。你与他如此交情深笃，定会因他身死迁恨于朕。若无所图，怎会好心相助？”

说到汝阳王，十年沉伤泛起，李素炫陡然痛楚起来，强忍悲愤问道：“难道陛下以为汝阳王殿下纵酒求死，就是因为畏惧日后陛下迫害？”

“难道不是？”李亨反问。

李素炫恨恨说道：“陛下也太小看汝阳王殿下了。”

“……难道你知道什么内情？”李亨沉吟道。

李素炫叹道：“此事，臣本以为这一辈子要烂在心里了，既然今日陛下问起来，臣就实话实说。”

李亨点了点头：“你说。”

“汝阳王殿下薨前只三日，臣在他府中见过他。殿下终日纵酒，口中却严实，唯独那日滴酒未沾，却与臣说了许多心里话。世人道是陛下嫉恨汝阳王，汝阳王殿下却从没有这样想。他屡次与臣说过，太子忠厚正直，有君子义，日后若登大宝，必是明君，不会因为圣人几句话就迁恨于他，更不会挟私恨报复，他从没担心过这件事。”

“那他日日纵酒荒唐，却是为何？”

“上皇屡次威胁陛下，说要废了陛下太子之位，将皇位传与汝阳王殿下。不过一句话而已，却定是伤透了陛下，汝阳王殿下心中不忍。多年来，那李林甫、杨国忠并其他朝堂奸佞屡屡迫害陛下，对汝阳王殿下却十分拉拢讨好。殿下不清楚他们到底有什么图谋，却知道彼等所图定然不轨。除此外，各道州节度使也不住向殿下示好，连那安禄山也不曾落后。这其中有什么深长意味，陛下定然清楚。”

“朕明白……你接着说。”

“昔日甚至有人对汝阳王殿下直白说过，若不想日后遭太子迫害，就只能除掉太子，另扶持一位太子，日后便是功臣。更有奸佞贪图拥立之功，屡次怂恿汝阳王殿下早日谋划布局，待山陵崩，趁乱除掉太子，直接登极。还说汝阳王殿下乃睿宗皇帝嫡长孙，李唐正统，就是夺位为君主，天下人也服他。”

李素炫说得从容不迫，李亨不语，听得心惊。殿中片刻死寂间，有中官来报，云是李辅国请见。李亨看都没看一眼，立刻弹了弹手指，将中官屏退。

“你接着说。”李亨命令道。

“汝阳王殿下宁死不肯做这种事情。我唐皇室历来纷争，血亲相残，断头无数。殿下不愿见兄弟阋墙，不愿见李氏重蹈覆辙，这才日日纵酒，不理政务，连几个虚职也尽数辞去，为的是将拉拢者推掉，不是为了躲避陛下迁怒。到最后纵酒身死，也是因为不愿参与迫害陛下，更不想谋夺帝位。可他身为李唐正朔，他躲不开，旁人冒他之名，号令不臣，阴谋逆事，他更是拦不住。他只能一死，断了旁人图谋。”

李素炫早已满脸泪水，说得气韵断续，悲声不止，却仍旧恭敬持礼。于礼，她不能直视天子；于情，她心中悲愤不甘，垂着眼睛，却抬着头，口中怨恨。李亨默然良久，最后长叹了一声。

“此事……朕果然是不知道。亏是今日问了你，你也说了实话。”

“此事天下人都可以不知道，陛下一定要知道。汝阳王殿下为保陛下无恙、为保李唐皇室安宁，不惜一死，可世上连个领情的也没有。世人嘲笑他，道是一朝郡王终究做了酒鬼，略知道些内情的怜悯他，却也以为他不过忧虑陛下日后报复，不过是怕死。臣若不说，有谁知道他一片苦心。”

李亨沉默，心中翻搅难挨，由着李素炫当天子面狼狈流泪，并未责怪她。

“罢了，朕今日知道了，也信了你当日奉蜜茶过来，只是好心。”

“臣果然与汝阳王殿下交情深笃。殿下舍命保护陛下，臣怎么会怨恨陛下？怎敢不义，有所图谋？”

许久，李亨长叹道：“朕知道，汝阳王儒雅谦和，极得世人喜爱……他没看错你。”

“臣初时敬爱汝阳王殿下，果然因殿下姿容卓绝，身有异度，最后却是叹服其义。殿下能舍了性命，更能舍了名声，质本纯洁，却情愿自污羽毛，天下有几人做得到。君子精魄，岂在风雅，有所持守，有所承负，方为国士。汝阳王忠义，今生得遇君子如此，李素炫刻骨铭心，至死不忘。”

李亨黯然说道：“十数年间宫中坊间都有传言，道是汝阳王畏惧朕日后报复，故日日潦倒酗酒，自污以求自保……朕也堵不了悠悠众口，也没法向兄长解释……是朕想得多了。”

李素炫知道，李亨这半生里，身边有的是人围着伺候，却没几个人真的心疼他。奸人固然谋害他，良臣也只将他看作来日江山主人、殿上君王，从未有人将他当作个凡人，可怜过他身上一点饥寒、心中不尽惊忍、平生无数孤单。他实在是吃苦太多，不过几盏蜜茶，就这一点儿情分他也一直记着，可也是因为吃苦太多，他一直记着，却也一直不信。

想到这里，李素炫心里软了下来，口吻也平和了许多，叹息着说道：“臣从不曾怨恨陛下，只恨人间无道。臣今年齿三十，一生至此，所遇足称君子者，只我师卢菡与汝阳王殿下二人，然他二人……都无什么好终局。我师卢菡毕生持守君子气节，却遭宵小嫉恨，身死无名；汝阳王殿下大义舍身，世上却无人知他苦心，只有嘲笑怜悯。天下人、天下事若都是如此，陛下这君王也难做。”

李亨接连长叹，又沉默，许久后，忽然委屈起来：“你知道汝阳王委屈，朕也委屈，又有谁人知道？朕与兄长多年疏远，并不是记恨他，实在是怕牵连他。身边人朕牵连多少了？两度出妃，连丈人性命也保不住，数位密友遭陷害身亡，朕怎么还敢牵连兄长？兄长大才，朕心中十分清楚，来日若登大宝定要倚重于他，掌权之前却要保全他。每年三月初，你耗时三日，往来奔波四百余里，也要去为兄长扫墓，今日又在天子面前为他辩解。小小女冠，区区一身，胆子也够大，竟不怕惹恼了朕，杀了你的头？兄长有你如此知己，不是比朕强得多了？朕昔为太子时，有谁为了替朕辩解一句，不惜冒险批天子逆鳞？不管父亲说了什么，都与兄长无关，怎么天下人都认为我疏远兄长是因为记恨他？都说我登帝位后必迫害报复他？难不成在你们眼里，我李亨就是如此心胸狭隘之人？”

李素炫仗着激愤说了许多，李亨始终言辞简单，也说得平静，这一下却连着说了这么多，口中委屈，眼角蓄着泪水，亏是李素炫始终垂着眼帘，没有看到。

听他自称李亨，李素炫知道他是动了怒气和伤心。她落泪道：“陛下委屈，终究得了天下；汝阳王殿下委屈，只换来身死十载，无人念他好。臣今岁三月去与殿下扫墓，见墓园破败了许多，满目凄凉。臣也做不了什么，只是将献殿台基上荒草拔除了一遍。”

李亨长叹：“父亲屡次说起过你，道是随了你师父，面上不趋，心中却是一片赤诚。汝阳王结识你，慈爱待你，不过两载，换你十年耿耿，也不枉费。朕知道你意思，定着人修缮照料汝阳王墓。”

李素炫当即深深行礼：“臣谢陛下。”

“你终究救过朕一次，朕今日还你这个情分。你想要什么，直说便是。”

李素炫立刻行过大礼，持礼说道：“臣请陛下准臣前往太极宫探望上皇。”

李亨沉吟道：“天子一诺，非同寻常。你要的就是去探望上皇？”

“是。”

李亨心想：“我做太子时，朝不保夕，她肯冒险帮我。今日父亲失势，绝难再起，她又非要去探望。天下人哪个不是捧场的，这女子偏要去捧冷场……真有这种人？”

李素炫见李亨不语，知道他心思，马上又答道：“臣幼时不过教坊女奴，圣人与贵妃于我有知遇之恩，拔我于埃尘，岂敢相忘。殿上热闹时，臣不消再添热闹；屋中寥落时，臣愿稍解寥落。”

李亨顿了顿，冷笑道：“你倒聪明，会说话，两头讨好。”

李素炫从容答道："陛下不信，臣也不怨，只望陛下准臣所请。"

"不是朕不信你，只怕天下人都不信你。"

"天下人与臣无关，臣管不了，也不在乎。"

李亨又是许久不出声，最后幽幽说道："罢了，朕信你……朕信得起。"

李素炫明白李亨话中意思，身为天子，随意相信别人，实属犯险。他也只能相信一个小小女冠，纵然信错了，代价也承负得起。李素炫十分怜悯李亨。

李亨准了李素炫所请，允她每十日到太极宫甘露殿探望上皇，并且说得很清楚，这与孝道无关，只为还了李素炫昔年一点儿情分。

李素炫谢过天子，行礼告辞。刚出书房，迎面走来一人，看服色是宫中中官统领。李素炫匆忙避让，那人过去后，她又匆忙走开了，走出许久，忽然醒悟道："那人……是李辅国？"

那人果然是李辅国。几日前他矫诏流放了高力士与陈玄礼，勒令玉真出兴庆宫，又令闲杂人等不得无故打扰上皇颐养。李素炫只是个小人物，犯不上专门处置，只连同其他歌舞旧人一起算作闲杂人等，不许入宫便是了。只是李辅国少算了一件事，李素炫为朝廷道官，身有金鱼，不能再入宫城，却能入皇城，直面天子。

李素炫方入御书房时，下人立刻向李辅国通风，道是圣上允见李素炫。李辅国本没当作回事，只是又听说李亨屏退了左右，单独与李素炫相谈，才觉得有异。赶到书房门口请见，李亨不许他进去，他不敢贸然硬闯，只能在门口处转圈踱步，耐心等着，不料李亨与李素炫在书房里谈了许久。李辅国心中惴惴，不知道这半晌里李素炫与天子说了些什么。许久后李素炫匆忙走出来，又匆忙避让，李辅国一眼就看出来，她方才肯定是痛哭过一场。

李辅国满腹狐疑，进了书房，发现李亨面色沉凝，眼角发红，似乎也刚刚难过了许久。李辅国想不到什么事情能让这二人抱头痛哭，迟疑片刻后，说起了些朝中事务，点了一串名字，如何惩治不臣，罢职、监禁、流放、杖责等等。李亨恍惚没有作答，只胡乱点头，又片刻，李辅国小心问道："陛下，那李素炫……"

李亨陡然沉声道："朕不许你动她。她做什么，由着她。"简单几句，说得阴森。

李辅国吓得一激灵，心中瞬间转了一千转，什么离奇事都想了出来。他不敢多问，只牢牢记住一件事，那个叫李素炫的，决不能惹。

# 第四章　鳳栖塬

上元元年（760年）八月—宝应二年（763年）二月

# 279

夜里，李素炫难以入睡，不停想起汝阳王殿下来。当日在王府花园中，已是暮春时节，樱花凋残，纷纷坠落，李琎在落樱之下对她说了许多话。数日后李琎身死，一世沉郁终究脱解，李素炫却心意难平，方寸耿耿，又不能一吐为快，这一段秘密她独自背负了十年。夜深时，她仍醒着，忽然心中一动，瞬间打定主意，顿时筋骨松落，很快入睡。

第二日清晨，她早早骑马出城，上了官道，直奔奉先县而去。两百里路程，从前要跑上整整一个白昼，又兼夜路，但眼下她已被察罕训练成精良骑手，赤骏又在盛年，比从前快多了。到了奉先，她没有入县城，直接去了汝阳王墓。入了墓园，直入献殿，在汝阳王灵前软软跪倒。

她连续跑了几个时辰，每次歇息只片刻，重又上马，到了献殿中已是筋疲力尽，一路上心中郁愤难抑，心力消磨，眼下形魂俱竭，伏在地上无力起身，默默流泪不止。

老总管依旧守在这里，他已老得像一寸残烛。三月里李素炫来过，眼下八月，他不知道她为什么突然又来了，为什么难过却不说话。他记得李素炫每次都想独自待在献殿中，便取水放在她手边，转身蹒跚着走开了。

许久后，李素炫渐渐平复下来，挺身郑重行过礼，跽坐无语，仰头望着灵位上汝阳王名讳，又低下头持礼祝祷。

“殿下，素儿已将昔日之事告知天子，天子如今已知晓殿下当年苦心。还有，当年天子疏远殿下，果然不是因为心中记恨，而是为了保全殿下，以盼来日倚重。你兄弟二人彼此着想，又彼此误解，又都被世人误解。亏得殿下当年信任，将心里话说与素儿听了，素儿又说与天子，天子亦坦率相诉，你兄弟二人才能彼此明白。这秘密素儿守了十年，今日终于可以放下了，特来禀告。殿下有灵，伏望安息。”

殿中安静，光影凝定，尘埃幽闭，此间已不是人间。虚相实相，正法末法，无人知道自己身在宇宙第几重。李素炫轻叹，将两手放在膝头，仍旧端坐，万世书史涌上心头，交杂迷乱，纷狂不辨。世事如仙人行棋，布局收官，先手嵌手，人间书史不过局外热闹，局中幽隐无人得窥。百代之后，往事蒙尘，无人再知道她李素炫，史书上也只会记载李琎好酒、李亨妒恨，有人歌咏，有人清谈，却无人知晓往日真情。史籍不灭，只是与史事无关。

李素炫心中空旷，明光铺洒，清风彻地而来，眼前忽然宽阔了许多。

“人间淩乱，书史纷杂，万事却只在己身。歇一夜，明早便回去，该做什么做什么，不管别的。”

她行礼辞别了汝阳王，出了献殿。

老总管怕她饿，怕她渴，也怕晚了路不好走，催着她简单吃饱，趁天黑前赶到奉先县城留宿。送她离开之前，老总管带她到了墓园外不远处，指着一处墓穴说道：“我死后，就埋这里。”

李素炫一惊，不敢接话，老总管又说道：“我自己知道，也就这半岁间。明年三月素儿再来探望殿下时，若找不到我，我就是在这里了。”

李素炫不知说什么，点头似乎也不对，一时哑口无措，止不住难过。老总管只笑了笑，缓步走得蹒跚，也不要人搀扶，非要拄着拐杖自己走。他带李素炫穿过墓园，送她出了围墙。

“素儿快回县城，不用陪我闲聊。长安那边有什么事，我如今已不想打听了。”

## 280

李素炫偶尔到闻府去看望训良。因其父殉国、其母殉夫，得朝廷追赠旌表，训良七岁时以勋烈之后入了太学读书。他很喜欢李素炫这个姨母，时常磨着要听她弹琵琶，只是他功课忙碌，李素炫不想太分他心神，他又有闻朗与端木照顾，老兵时刻跟着，李素炫也不过于惦记，不想总去闻府上打扰。

李素炫朝夕弹习读写，每日累得浑身骨头酸痛，眼睛也痛，饮食又对付，挨到眼下已筋疲力尽。可她管不住自己，只要在家就忍不住伏案忙碌，若想歇息一阵，只能躲出去。无奈世事恍惚，红尘散乱，从前满城眷恋，如今故地荒芜，旧友凋残，珠沉月死。眼下她再想出门，已是无处可去，能去找的只有狸儿了。

往通义坊走时，她常特意路过大宁坊鹿先生家，隔着门外一片小空场和一条窄街道，就是商不言与嫣儿家。两处院子损毁都不大，眼下已有了新住户，李素炫隔着院门听到里头人说话声，有时也见到院门开着，有人进出，而她一个也不认识。

她常在小空场上独自站一会儿，日光寂静，周遭陌生，有时莫名觉得这里变得有些古怪。有几次她很想敲开院门，跟主人客气相求，允她到鹿先生屋子里再看看，只是她自己也不知道要看什么，她想看的肯定什么都没有了。大约只有昔日听授处那扇小窗子还在，屋子深处还是暗着，那一点日光还是斜斜落在窗前书案上，刚够照亮纸笺与简牍，够取墨掭笔时看得清锋颖与毫端。

有人路过时，她会立刻躲到大树后面去，她觉得这里有些古怪，其实在这里，她看起来也有些古怪。有几次她带了小坛酒过来，独自坐在树下背人处斟饮，听着那头院子里隐约一点说话声，混着夏日蝉鸣声，模糊不清，像是她自己耳朵出了什么毛病。酒是她自己酿的，还是不太好，将将咽得下。她不带琵琶，不动乐，只饮酒，酹一盏，饮一盏，再酹一盏，再饮一盏，就当是陪那老汉对饮了。

乱后两宫帝王都曾屡次封赠殉节臣工，雷海青与鹿先生都得到数次追表，规格一次比一次高，名头一次比一次大。但李素炫知道她这二位先生性子其实大不一样，雷先生不关心政事，以圣人为梨园领袖，向来忠诚；鹿先生却是与师父卢菡一般将圣人视为君主，对他多有不满，只是多说无用，也便不说而已。

数十年来，大唐极盛，可朝廷施政也多有偏颇处，导致不少失意者心存怨恨。这本不是错，可古来文人大多有个毛病，纵然当真不爱钱、不爱色，却死爱一点颜面和热闹，受不了门前冷落，受不了无人问津，做梦都想有个君主三顾茅庐，虚左以待，给足他面上光亮。碰上安禄山这么个会拉拢人的，这些读书人哪管他是真情还是假意，立刻认了主子。文人糊涂，武人跟着糊涂，累世高门与朝廷争利，不糊涂也要装糊涂。最后安禄山这杂胡儿起兵造反时，一殿之上帮他拿主意的，几乎全是原先李唐士子与臣将。

鹿先生诙谐逗趣，是个闹腾人，可他只跟身边人热络，一辈子自甘寥落，不喜欢抻头凑热闹。他不被朝廷看重，却也不稀罕姓安的那副假殷勤。雷先生不在乎身后虚名，可那些名头对他来说倒也实至名归，鹿先生却只是更加看不起安禄山那肥蠢大蠹，并非多将朝廷和天子当回事。只是眼下老汉也被算作了李唐忠良，天下诵名，四时享祭，想来他泉下也颇无奈。

李素炫每次在小方场上逗留一会儿，就想想这些事情，这些事情只有她能想到，也只有她会想。这些忠良名姓与生平都会为史籍载录，代代相传，勉励后人，真假却不要紧。年深日久后，有些典籍或许会失传，李素炫也不觉得格外值得惋惜，反正典籍中许多记载本来就不对。

这周围没有人再认识李素炫，她每次来都不会停留太久，很快就离开，奔赴通义坊，去看望狸儿，给它带去吃食和净水。整个通义坊眼下仍是废墟，无人往来，她可以在那里安静坐着，盘桓许久。

狸儿肥润了不少，毛皮光亮，身上慵懒，除了少了一条腿以外，又像从前在阿翁身边那样壮硕滚圆，对李素炫也耐心了许多。只是李素炫来找它时，常找不到它，等到太阳落山它也不回来。李素炫不知道它在外头跑来跑去是做什么去了，只是听闻朗说过，狸儿天性自在，就算不缺饮食，也不会在窝里整日趴着。

李素炫独自坐在一片瓦砾中，挨着脚边上小狸窝，晒着太阳，看看不远处那棵大树，数数瓦砾缝里细细野草，不住回想起从前阿翁多年疼爱。这废墟里曾经是个家，好好的一个家，如今只剩下残破砖瓦，守在这里的也只有狸儿了。

逢一李素炫仍然会去内教坊，不时到鹿先生家门前和阿翁家废墟上逗留一阵子，也没什么，就是歇歇。赴太极宫时，也会到宜春宫中看几眼，也偶尔绕几步路，从歌子家门口路过，但从不进去。她也不断到各处佛寺中，去看从前卢七所画壁画，有多少都是当年她弹着信手，陪他画下来的。她还是像从前那样在城中各处跑来跑去，轮流探望，只是那些地方再也没有人等她了。

# 281

深秋时，端木临产。

李素炫得闻朗传信，提早到闻府上陪伴端木。闻府上有的是人围着端木照料，端木却希望身边有个娘家人。连着几日，闻朗安排府中人众做好各种准备，李素炫陪在端木身边，时刻不离，二人握着手，不停说着悄悄话。端木镇定如常，李素炫却有些一惊一乍，端木不小心碰落条帕子，她都差点儿叫出来。

“歌子生训良时，你在终南山中，是我去陪她的。当时也是，她不怕，我吓半死。”端木笑道。

“你还记不记得她怎么生的？想想，说不定有用。”

“歌子叫遂平将我拖走了，我没看见。”

“为何将你拖走？”

“我吓得快昏过去了。”

姊妹两人头碰头，哧哧笑成一团，又一起用手摸着端木腹部，心中无限期待。

入夜，端木开始腹痛，闻朗与李素炫围着她，夜深时，她渐渐疼得狠了。闻朗是郎中，与女子接生的却是稳婆，稳婆嘱咐了一串，之后叫闻朗出去。端木满头是汗，紧紧咬着帕子，李素炫心跳到了嗓子眼，吓得手脚酸软冰凉，脸都白了。端木见她这样子，忍着疼，对门口喊道：“四郎，把素儿拖出去，扦远些。我生孩子，不够她死去活来的。”

闻朗过来，连哄带劝，将李素炫带到外头去了，又果然将她带得远远的，叫她在院那头屋子里陪着训良。训良知道端木姨母要给他生个小妹，早就急不可耐，闻朗却嘱咐他，女子临产，男子不能过去捣乱。训良在远处偏房里强耐着，等着消息，眼见李素炫也被拖进来扔下，忍不住笑上了。

“我跟你一样，没用，添乱，给轰出来了。”李素炫谐谑说道。

姨甥两个团团转了一阵子，家人跑过来报信，端木平安产下一女。训良欢呼着就要冲出去，被李素炫拉住了。

“别急，先让祖父、祖母看过，还得四郎给端木姨母把脉看看虚实。你我略等等。”

训良已经大了，能管得住自己，李素炫牵着他小手，两人在门口处站着，果然见那头人跑来跑去，一片喜庆，又一片忙碌。不久后，闻朗大踏步亲自过来报信。

“素儿快去，端木叫你。”

“我能不能看看小妹？”训良嚷道。

“自然可以。”闻朗说着，将二人带了过去。

训良直接冲着小婴儿跑过去了，李素炫慌张着跑到端木身边，见她脸色苍白，疲惫不堪，头发湿答答的，神色却是平和满足，肌肤丰腴细嫩，乳脂明透，容光如鉴。如此端庄安详，只在为人母者脸上才有。李素炫看得愣了一瞬，忽然明白“母亲”二字是什么意思。想想自己母亲，又看看眼前端木，一时感慨无语。

端木累得没力气说话，李素炫坐在她身边，抱了抱她肩膀。她强用力笑笑，说了一句：“你有外甥女了，还不快谢我。”

李素炫连忙行礼：“素儿这厢谢过阿姊。”

李素炫在闻府住了十几日，每日陪伴端木，看她给小婴儿哺乳。那小婴儿就是个小粉团子，浑身软软的，颈子上一点儿力气也没有，支不住头。李素炫抱也不敢抱，端木却十分娴熟，就像当年歌子生训良时一般，做了母亲就什么都会了。

有闻朗为端木认真调理，端木恢复得很快，眼下闻家父母与闻朗夫妇只为一件事发愁，就是给那小粉团子起名。闻朗和父亲一同冥思苦想，名字起了一串，拿去让闻老夫人与端木过目，也叫闻朗几位兄嫂和李素炫帮着参详，却哪个名字都有人嫌不好。

最后，祖父为孙女取名闻澜。

## 282

按照李亨所准，李素炫每十日可以到太极宫探望上皇一次。李辅国果然不曾刁难，他只是天子脚边上一条狗，再凶悍也不过是奉旨咬人。他与李素炫没什么私仇，李亨又袒护李素炫，李辅国不想自找麻烦，吃力不讨好。他叮嘱下人留心李素炫，下人接连几次回复，李素炫去见上皇并没什么异常举动，不过是与上皇弹奏琵琶、论些诗书而已。李辅国放了心，没再理会李素炫这个茬，毕竟朝中那么多要员等着他去咬，比起来李素炫实在算不得人物，不值得咬不说，真咬了，还硌牙。

李素炫顾念上皇，见了面却仍是微带不趋，上皇也不介意，知道她从来就这样，不卑媚，不矫亢，不格外讨好，却又抓不住她把柄。李素炫此时心中非常矛盾。上皇终究待她不薄，多年厚恩，她不敢忘了，但他身为天子，帝范失格，害大唐起了如此祸乱，害她一世珍爱之人死难殆尽，她终究心中怨恨。从前她微有不趋，不过性子使然，不愿见势力便折腰身，可如今她已没这么拧了。眼下她怜悯上皇，也颇愿与他亲热些、哄着他些，却又不能原谅他。他伶仃落寞，桑榆凄凉，可乱中官民死伤无数，谁家泪不多过皇家泪。回想出长安赴西域时，一国迷狂，人皆忘形，算来乱事过失并不都在上皇身上，可若论罪责，为天子者终究首当其冲。他多年为政懒惰，只顾自己享乐，师父卢菡念他宽待，从不说他一个“不”字，却一生也不愿攀附仰仗他，甚至不愿见他，如今李素炫也终于明白了。

每次到了甘露殿，李素炫行礼后将无伤解出，认真弹奏，若上皇问起些书乐事来，她便认真回答，问什么，答什么。除此之外，她没什么想说的，只是一直很想问问上皇，事到如今，他后不后悔。

“这调子听起来像是西域某处来的。”上皇缓缓说道，声音苍老衰败，“素儿弹得好。”

“谢上皇夸赞。眼下我正每日弹习，要将胡琵琶上调子移到我唐琵琶上。”

“怕是不易。”

“果然不易。”李素炫说道，蓦然心酸，“若是能与雷先生商议，有他帮我，定然容易多了。”

上皇沉默，良久后，感慨道：“雷海青……少入梨园，名重天下。数十载间，朕常听他琵琶，有时也与他谈话，也常听旁人说起他，自认颇了解他。其人沉静、温纯、不悍烈，不料竟有如此性情，凝碧池边……”

李素炫低头忍泪，上皇并不见责，独自忍了忍难过，又说道：“还有太常博士鹿聆训、将作监弟子商不言。朕往日里听你说起过他们，却不曾留意，没想到他们身不过微职，不曾得朝廷格外提拔重用，却如此知道正邪。”

“素儿不觉得意外。我与雷先生、鹿先生和师弟相处多年，比上皇熟悉他们。鹿先生授我诸家学问，讲史时多有评点，我便知道他心性。师弟十分孝顺、惦记师父，与夫人恩爱，对我也好，如此之人怎会不知忠义。还有雷先生，我单听他弦上声音，便知道他是这样人。”

上皇长叹不已：“大浪卷滚，淘尽黄沙，始见真金。”

李素炫心想：“浪淘真金，那真金是要被拣出来当宝贝的，人就不同了。平日里不知谁人真心，谁人假意。一场大难，忠奸明辨，却再也没有机会厚待忠良。天下做君王的只怕都是如此，一辈子不知道后悔多少次。”

上皇身边再无一个旧人，深宫寂寞，终日萧索，每次李素炫来探望，他都很高兴。只是事过境迁，到了如今这一步，二人没有太多能说的了。身边有人侍奉，二人心知肚明，知道也是监视，对坐论起书乐来，二人都有些别扭，几句后便没了兴致，只李素炫在一边弹奏，上皇倾听，一片无语中过了一日。

上皇年迈，有时听着听着睡着了。李素炫缓缓停了两手，怀抱无伤，低头等待，有时也胆大抬起头看看他。他须发花白，满脸皱纹，可人老与不老其实不在于此，而在于精力与神态。如今上皇腿脚无力，坐着也腰上虚软，总是糊里糊涂便睡着了。

他真的老了，又老又可怜。他没了贵妃，虽然眼下身边仍不缺美貌女子，他却不喜欢。李素炫多曾见过他与贵妃在一起，知道别的女子他虽不是全然没兴趣，却终究是云烟，转瞬过眼。他不专情，最在意的却果然是贵妃，可贵妃也确实是他亲自下令赐死。他二人这十数载情爱，李素炫也不知该如何分说。宫中曾有道人来为贵妃招魂，说是贵妃嘱托他转告上皇，一定要记得此生相爱之誓。上皇凄恻，说与人听，又吟《雨霖铃》，辞曲哀婉，闻者皆垂泪，李素炫却不以为然。昔日人道是圣人与贵妃老少不配，李素炫却觉得他二人果然有情，如今人人怜悯他二人，道是有情者死别，李素炫却又不信那情分能有多深。

“师父固然给不了我富贵尊荣，却宁死也不会将我推出去，保他自己一条命。不知贵妃临死时心中作何感触，她若果然化为仙子，一定不会再信什么男女真情，信什么比翼连理。什么仙山仙子寄语人间君王，定是那道人拿来安慰上皇的，也说不定就是糊弄。”

李素炫胡乱想着，等着。等到宫门快要关闭，她不得不离开时，上皇仍旧昏沉沉睡着。

## 283

玉真再不能探望兄长，只是她修持多年，喜怒深藏，旁人想得到，从她脸上却看不出来。昔日上皇女乐在乱中死难过半，余者或困于深宫，或流于市井。李素炫得天子应允，又奉玉真命令，与众师兄将宫中女乐自荒僻院落带到玉真宫，又四处访求流落女乐。最终诸女乐在玉真宫落了脚，自此入道修持。玉真座下诸弟子与众女乐为师，独李素炫依旧不愿授徒，玉真并不勉强。道门清寂，却并非与世隔绝，女乐们见得到亲人，见得到外人，彼此以师徒和师兄弟相称，又能免于冻饿贫病，好过深宫闭锁、市井颠沛。待女乐们安顿下来后，李素炫又奉师命，授以道乐。

上元二年春日里，长安城在寒冻中沉寂了一冬后，渐渐苏醒过来，樱花绽红，初柳拂绿，地上融雪湍湍。城中人苦挨数月，眼下活泛了许多。闻朗、端木与李素炫约好了日子，一同前赴终南山脚下嫣儿家老宅。李素炫要将商不言之子接过来，带在身边，每日教他读书识字，与他开蒙，待他年满七岁便送他入太学。一路上春光姣好，三人骑着马，边走边说笑，也商量些事情。

“素儿，我与四郎商议过，也与二老说过了，不如将兴奴接来，送到闻府上。你孤身一人，又是女子，又在道门，不会照顾小孩子不说，还惹旁人闲话。”端木说道。

李素炫迟疑片刻，闻朗又说道：“府上人多，照顾小孩子怎么也比你周到，兴奴比训良小三岁，他二人刚好做伴，一起玩耍读书。来日妹子长大些，也是个伴儿。”

“……如此也好，只是怕小孩子多，扰得二老心烦。”

“怎么会烦？”闻朗笑道，“老人家就喜欢身边热闹，巴不得多几个小孩子。”

李素炫放下了心，爽快说道：“如此，便多谢你二人，也多谢闻家二老。我与你府上教书先生聊过几次，果然有些真学问，不会误了孩儿。”

闻朗大笑：“当初请这位先生来可是花了心思，就怕你挑剔，嫌弃我与端木不用心。”

几人说笑间到了村庄里。因这两年时常过来探望，兴奴对他几个并不生分，也让人抱，也由着人爱抚。只是这孩儿性子与他父亲不同，生来深沉严肃，又十分早熟，平日里话不多，长辈说什么向来听得认真，听完之后一点头，沉声说一句：“我懂。”

嫣儿母亲不愿再去城里，院墙屋瓦，路花街柳，看着都叫人伤心。她连连摇头谢了几人相请。

“我这把年纪，没几日活头了，就是为了兴奴，才挺了这几年。眼下孩儿有了着落，我也放心了。村里都是族人，有照应，我也不想到城里给人添乱。”老人家说着，郑重向李素炫行礼道，“兴奴出生时，祖父、外祖父与父亲都没了，我只给起了个小名。日后孩儿读书，请李先生为孩儿起个学名。”

李素炫立刻还礼道：“老人家放心。”

几人都有些伤感，谈了阵子，起身告辞。兴奴以前就知道二位姑母要接他到城里去读书，并不抗拒。老人家拿出一个包袱来递给闻朗，送几人到了村口。兴奴忽然大哭起来，几人都停下来哄劝，怎么也劝不好。他哭得撕心裂肺，李素炫心疼，将他抱在怀里，不住安抚着，给他擦着眼泪。

兴奴渐渐止住了哭声，看着李素炫手腕，拖着哭腔说了一句：“这镯子我也有一只，是我阿娘的。”

李素炫大恸，紧紧抱着兴奴，在他耳边说道：“这镯子你父亲做了两只，我和你母亲一人一只。出西域前，我跟你母亲换了镯子，你母亲那只原来是我的，我这只原本是你母亲的。”

兴奴呆呆看着李素炫，又伸手将她腕上镯子把玩了几下，最后慢慢伸手搂住她，靠在她怀里一言不发，由着她带他上马，渐渐走远了。

“素儿这镯子竟然还在。你平日里从来不戴，我还以为乱中早就遗失了。”端木说道。

“我走时将这镯子裹在包袱里交给歌子，这才留了下来。今日来接兴奴，心中一动，就戴上了。”

说到歌子，端木与李素炫心中又起幽思，轻轻叹了口气。李素炫又说道:“我在假山里找到包袱那日，心魂混乱，只将包袱带回了家，过许久才打开重新查看。歌子那枚真黄钱在包袱里，想是她知道此生约定不能践行，就将这枚钱留给我们了。改日我将这枚钱拿给训良。”

端木许久无语，闻朗知道她二人心中难过，在一边轻声安慰道:“歌子与商不言都不在了，却都有后人，我等要多为孩儿费心思，好过思念亡人。”

“四郎说的是。”

端木与李素炫相视一笑，立时一振。

兴奴在闻府中很快安顿下来，府上人手多，也确实比李素炫照顾得周到。闻朗几个侄子都已长大成人，如今有训良、兴奴和闻澜三个孩儿，府中热闹，闻家二老看着高兴。

李素炫不管多忙，每隔几日定要到闻府上探望。训良见了李素炫便开心蹦跳过来，大声叫着姨母，只是仍旧与端木更亲，兴奴却是与李素炫更亲。李素炫每次去看他，一定戴着那只檀木镯子，兴奴很喜欢把玩，又取了母亲那只来，又请李素炫将镯子从手上退下来，将两只镯子放在一起把玩。有时他非要与李素炫各自戴上镯子，牵着手用力晃个不停，咯咯笑着。李素炫知道兴奴定然思念母亲，他没见过父亲，也不记得母亲了，李素炫时常想起自己身世来，对他格外怜惜疼爱。

有时候，兴奴在李素炫身边撒娇，会问起父亲来。

“姑母，我父亲是什么样的人?”

“你父亲……心地好，爱说笑，个子大，壮实，看着憨实，极是手巧，十分孝顺师父，待你母亲好……”李素炫说着，看着兴奴，他那张小脸生得酷似商不言。李素炫心中感慨，长叹一声，默然良久，最后说了一句话:“你父亲……乃天下第一等男子。”

“我做活手笨，不比我父亲。听祖母说，姑母是父亲小师父，有学问，兴奴愿随姑母读书。”

“好，你先随此处先生好好识字，待你长大了，姑母教你书乐诗文。”

不久，兴奴开始随府上先生识字诵书，李素炫为他取名商崇烈。

# 284

崇烈在闻府中渐渐习惯了，每日认真诵闻读写，十分沉着乖巧，李素炫不再过于惦记他，渐渐探望得少了。这阵子，她隔些日子便到平宁寺中拜见衍一法师，求法师训教书学。授受之余，法师询问起西域事来，李素炫便讲了一些，没想到衍一法师竟然知道天音之名。

“你在道门，佛门事知道得少，我怎么会不知道？中土僧侣但凡有些博闻的，都知道天音之名，只是听其行迹近乎神佛，还以为只是西域传说，不想果有其人。”衍一法师说道。

“世上果然有天音其人。”李素炫笑道，“那些神佛行迹也都是真的，素儿亲证，不是传说。”

“惜不能一见……你是说，天音菩萨曾授你西域佛法？”

“正是。”李素炫点了点头。

“你向来记性好，定是都记住了。”

“是。”

“能不能给我老和尚讲讲？”衍一法师凑过来，赔着笑，热切问道。

李素炫笑道：“素儿不过粗浅女冠，怎敢为佛门大师讲法。昔年在西域时，得天音菩萨亲授佛经七部并西域诸家学问，当时都详细记了笔记，只是回来后事务繁多，到眼下只粗略整理了一少半。待全部整理好后，素儿定亲自恭录一份，奉与法师，也有些记在心里的，定一并记写下来奉上。”

衍一法师竟然立刻起身行礼，郑重说道：“西域数百年佛法兴盛，经论思辨不亚于我大唐。只是彼此远隔，不得交流。若素儿能将天音菩萨所授传布中土，于佛门道门都是一场善缘。元空在此谢过。”

衍一法师名元空，号衍一。俗人称僧侣法号，以示尊敬；僧侣自称法名，以示谦逊。李素炫见老法师说得如此认真，吓得慌忙起身还礼道：“素儿不过是背书抄书，不是大事，何况当日天音菩萨也说过，若将西域佛法流布大唐，乃是大善之举。素儿本来就有此意，只是一时顾不过来，不消法师大礼相谢。”

一日欢谈，辞别法师回了家，翌日起李素炫便抓紧整理笔记。眼下乐志修撰已过半，助太常复乐典并为教坊补乐录也进展顺遂，她可以挤出些精神来整理西域笔记了。

## 285

六月二十四，荷花诞日，李素炫再赴龙首塬。拜过四面八方，酹酒在地，解出无伤弹起来。

龙首塬上寂静无声，云低低，风细细，无穷密草掩着细碎繁花。多少年了，这里总是一个样子，草木散漫，虫鸣细弱，水不惊急，从来不热闹，万物各自悠然，又仿佛全都茫然无措，每日擦肩而过，神情空洞，谁也不留意谁。远处深城红尘寂寞，大明宫阙飞檐紧簇，都无关紧要，深城自悲喜，宫阙自辉煌，龙首塬只是龙首塬。这里埋着师父，这里永远都是这样，又永远与别处不一样，也不相干。李素炫每到塬上来，都觉得没有打扰到什么，也没有被什么打扰到。偌大原野拥挤又空旷，她周身毫无遮挡，从早到晚轻弹无伤，觉得师父一直都在安静看着她，目光浩大柔和，填塞宇宙，从大地间每一个地方看着她。

她终日疲惫不堪，在这塬上轻弄弦轴，在师父身旁散淡弹过一日，倒是好歇息。她心里总是有些什么，说不清楚，但真的有，仿佛按捺得住，又仿佛就要按捺不住了。她不知道人死后有没有魂魄，有没有来世，似乎是有。她觉得师父魂魄一直没有离开，一直就在这龙首塬上等着她，等她安然过完了这一生，陪着她，共赴来世。

她有些累了，停了下来，紧紧搂着无伤。风从琵琶弦间穿过，窸窣耳语，隐约有声。

“师父是不是要与素儿说什么？”她笑着问了一句。

风中没有回答，她也不介意，片刻歇息也足够了，重新调过弦轴，手上又起了调子。

寥落无处家，流年染苍华。

世事犹惊雀，深情如握沙。

怀中老狸儿，肩上旧琵琶。
泠泠从前月，萧索照落花。

简单几句，随口唱出，词句轻浅随意，道不尽心中惆怅。师父卢菡若在，今日已经五十六岁了。千秋往事，只是千秋之后，往事已不值一提。当时浅薄，不知是相伴是恩情，而今回想前事，只如一场梦幻，大梦醒来，发觉自己不过孑然一身。李素炫每日忙碌，累得狠了，也就忘了孤单，有时和衣倒卧，顷刻便睡熟了。书乐坚实，可抵岁月漫长，若无师父昔年相授以为平生仰仗，这一生无数关口要如何度过，她自己也难想。

悠闲弹过一日，傍晚时李素炫回了长安城，近通化门时，下马回身行礼。

“素儿到了，师父不消再相送。”

## 286

八月，玉真告诉李素炫，前一月里摩诘先生不在了。

李素炫许久不语，心中莫名空洞平静。她喜欢与太白饮酒斗嘴，觉得那老先生甚是谐谑可爱，对摩诘先生却是庄重敬爱，只敢持礼请教，不敢些许轻佻。摩诘、太白当世齐名，这二人李素炫都喜欢，可若要她择一人追随，她一定会选摩诘先生。先生略寡言，性情端凝持重，为人随和通透，总让李素炫想起师父卢菡来。虽然在摩诘先生面前不敢宽了礼节，不及与太白说笑时松脱，可她仍然更喜欢摩诘先生，若能一世追随，情愿一世拘谨。只是，这些不过是想想，眼下连想也不用想了。

玉真见李素炫失神不语，笑道：“也到时候了。我们这一辈人，陆陆续续也都该走了。”

李素炫一怔，抬头看着玉真，心里难过，眼中慢慢蓄起泪水。玉真反而笑得平和。

“素儿莫要多想，一生至此，师父早就有了觉悟。如今你修撰乐志、助太常复典都在紧要关头，不要为凡间俗事分心。典籍事对家国、对你自已都是要紧事，也都是好事，定要用心到底。”

李素炫点了点头，辞别玉真，回到家中依旧忙碌，每日疲惫，却如宴饮作乐一般卜昼卜夜，不舍须臾。从前仰仗书乐宽解心怀，今日得知摩诘先生不在了，她突然有些异样感觉。岁月漫长，却又短促，谁也不知道猝然间会有什么变故，手中要做的事，一定要尽快做完。

“卢七这一辈子都怕来不及画完，我现在明白他了。”

李素炫疯魔般拼死忙碌到了第二年，二月底一个清晨，熬过一个通宵后，乐志初稿终于完成。她写下最后一句话、最后一个字，轻轻放下木笔，呆了片刻，突然伏案痛哭。

片刻后，她硬收住眼泪，站起来活动下身子，换了件衣裳，赶赴玉真宫。秋冬几个月里，玉真屡次遣人给她送来柴米，并不住询问修撰近况。李素炫闻听玉真身子欠安，十分惦记，玉真却屡次递书嘱咐她，说自己并无大碍，安心调养便可，叫李素炫趁着一口心气将乐志修撰完毕，若断了，怕难再续上。

李素炫骑马奔向玉真宫，心中无限欢喜轻快。入了竹径小院，师兄见了，立刻上来相迎。

“师弟来了？乐志修撰得如何？师父日日惦记。”

“乐志修撰完毕，今日特来禀报师父。”李素炫开心说道，又立刻追问，“师父怎么样？”

师兄有些难过：“师父近来……身子不大好，还不让与你说。”

李素炫心中陡然一沉，急忙问道：“有多不好？”

师兄只是叹息，没再说话，带着她去了玉真内寝处。进了屋子，李素炫只看了玉真一眼，立时心头大乱，飞一般扑了过去。只几月不见，玉真苍老许多，病容憔悴，笑得也无力。

李素炫紧紧抓着玉真手指，吓得说不出话来，玉真睁开眼睛，笑了笑。

“素儿来见我，定是已将乐志修撰完毕。”

“是，今日清早，乐志修撰完毕。素儿特意先向持盈师父禀告，不日便去向上皇缴旨。”

“素儿女身，才志不输男子，师父心中欣慰。”玉真微弱说道。

师兄端了汤药进来，与李素炫一起服侍玉真将药饮了，又帮她重新躺下。玉真闭着眼睛艰难说道："人老到这份上，药石无用，我饮这汤药不过是安慰你等罢了。"

李素炫再未离开玉真宫，衣不解带，昼夜守在玉真榻边照料侍奉。玉真和师兄都劝她稍微歇息，她死活不肯，累了只靠在榻边上打个盹。她心里害怕，不知玉真能不能过了这一关。

三月中旬，玉真仍没有起色，每日昏睡越来越多。李素炫守着玉真，已连续几次没有去太极宫探望上皇，她知道上皇盼着她，她却实在是不能丢下玉真。想着上皇定然知道幺妹病重，知道李素炫要照料师父，他虽然失落，却不会太伤心。

深夜时，李素炫歇息过片刻，醒了过来，抬起头来看了看，见外头夜色漆黑，屋中危灯如豆。

"孩儿……你醒了？"昏暗中玉真说了一句话。

李素炫在小睡中依旧抓着玉真的手，听见玉真说话，连忙凑近了，见玉真仿佛突然有了些精神，正看着她，双目炯炯，笑得慈祥。

"素儿去叫师兄来。"李素炫十分高兴，却又忽然落泪，自己也不知道为什么。

"素儿别走。"玉真嘱咐道，"听师父跟你说几句话。"

李素炫连忙点头。

"诸位师兄都有些年岁了，岁数最小的也近五十，张罗不动了，这玉真宫日后就托付给你了。这些年来诸位师兄都很疼爱你，要好好照顾她们晚年。素儿昔年为女乐时，以琵琶立了身命，后不消凭琵琶搏衣食，却仍旧日夜用心，心中手中便有异样逍遥，为师十分欣慰。你自幼书乐勤谨，日后纵然不需再奉乐，也莫要轻弃。别的，师父不消嘱咐，你都知道。"

李素炫刚要开口回答，突然明白玉真是在交代后事。她魂飞魄散，抓着玉真的手，滚滚落泪，连声说道："师父有命，弟子定谨记奉行。只是素儿半世弹琵琶读书，别的什么也不懂，全指望师父指点教授。素儿什么也不会，偌大玉真宫我也不知道该怎么办……"

"玉真宫人事简单，不消特别操心，但守心修持，莫理会俗世繁杂，自能平安。素儿质性虚皎，不爱热闹，最能为宫主，保玉真宫平安。其他的，素儿但能用心，便能学会，没什么事能难住你。"

“师父别说这些，素儿不会，素儿要有师父教才行。素儿自己不会……”李素炫忽然变得像个小孩子，惶恐无助，俯身抱着玉真肩颈，贴在她脸颊上，除了哭什么也不会。

“孩儿……别怕。”玉真小声说道。

“师父……”

“师父早就算准了，也就这几日间，所有事情都已叫诸位师兄准备好了，单等你写完书稿来见我。若是你再晚几日写完，师父就等不得了，只能让师兄去叫你过来。眼下你书稿也写完了，师父也见到你了，两全其美。一生早晚有此一别，素儿不要难过，日后你琵琶上有什么好听调子，到师父灵前，弹给师父听听。”

玉真说话安稳，李素炫一个整句也说不出来，只是一边哭泣一边不停叫着师父。

玉真声音微弱，笑着说道：“素儿往日里只叫我持盈师父……今日终于肯叫师父了……”

李素炫愧悔万分，伏在玉真怀中，哭得颤抖：“师父、师父，孩儿知错了，孩儿知错了……”

玉真笑着，流泪不止。不过半日，玉真病势沉重，再不能言，又一口，陷入昏迷之中，两日后薨于玉真宫，年七十一。

玉真宫眼下乱中有序，众位师兄各自忙碌，怜悯小师弟连日辛苦，只叫她歇着，李素炫却执意要在玉真身边守着。宫中治丧有专人司礼安排，不用李素炫做什么，她在灵前守了七日后，去了太极宫。

## 287

上皇已经知道这个幺妹没了，他自己也已是风中残烛，不知还能撑多久。李素炫前来探望，他十分高兴，尽管身子已很虚弱，仍令人扶着坐起来，只是后背上要靠着些。李素炫进了甘露殿行礼后，并未解出无伤弹奏，而是持礼奏禀。

“素儿恳请上皇，准我在持盈师父墓边结庐，守孝三年。”

上皇思忖片刻后说道："佛门道门也讲究孝道，也要报父母恩，却只说生前，不说身后，并无守孝之制。况且自古以来墓边结庐独居守孝者皆是男子，女子守孝只在家中。你为何要到师父墓边去守孝？"

李素炫难过说道："素儿幼失父母，我师卢菡不知葬身何处，雷先生、鹿先生他们……也是尸骨难寻。素儿自幼得诸位长辈疼爱教诲，却一生不曾尽人子之义，独我持盈师父留了这个机缘给我。万望上皇哀怜恩准。"

上皇点了点头："此事朕能做主，准了。"

"另，天宝十四载，臣奉上皇与贵妃旨意使西域，送李蘅出嫁，并在西域游历，采诸方乐要，修撰西域乐志。臣不敢懈怠，使西域三载有余，遍采乐器、乐调、乐律及弹奏、排演之法，并西域各处宫廷乐事典章、民间乐事风俗等，一一记录。回长安后，日夜勤奋，历三载余，完成初稿。今向上皇缴旨。"

"难为你如此用心。"上皇点头说道。他在病中，口气有些飘忽，心里仍然清楚，想起李素炫临行前贵妃殷切嘱咐，感慨又难过。忍了许久后，对李素炫说道："典章者，国家事。虽说这乐志乃是朕与贵妃嘱你采集修撰，却非为帝王私享。待有机会，你当持献当今天子，令归国馆，留待日后滋养我大唐文华。如此方是妥善去处。"

"是，臣记下了。"

李素炫行礼谢过上皇，这才在下手处坐好，解出无伤弹起来。

眼下月过姑洗，方入中吕，草木繁茂，春晖明媚，殿中却有些昏暗。上皇恹恹听着无伤，时常失神，不知在想什么。日昳后，日头略压低了些，殿中跟着亮起来，只是很快又会黯淡下去。

"素儿别弹了，与朕说说话。"弦停片刻间，殿中寂静，上皇忽然说了一句。

"是。"李素炫立刻停下两手，将无伤横置在身前，持礼等待。上皇看看左右，令彼等退下。

那些人都是李辅国派来监视上皇的，见上皇有令，有些为难，几人互相看了看，一时未动。上皇又说了一遍，眼见老皇帝言语间带了些火气，下人终究还是畏惧，只得退下，单留上皇与李素炫二人在殿中，转头立刻遣人将此事向李辅国禀告去了。

"素儿过来，近些。"上皇又说道。

李素炫依令靠得近了些，端正坐好，等着上皇说话。

上皇看着李素炫，许久后，叹了口气，缓缓说道：“昔年，我母窦德妃为宫婢构陷，遭武后杀害，拔舌处决，肢解抛尸。当时朕只九岁，大妹金仙六岁，幺妹玉真才只两岁，尚未免于父母之怀，便没了娘。我父继位后，并朕继位后，多方寻找母亲遗骸，一无所获，最后只得为母亲招魂，附葬于我父桥陵。”

这些宫闱往事李素炫都知道，却不知为何今日上皇要提起来，她只是静静听着。

“朕这辈子，不敢一个人静处，不然，闭上眼睛就想起母亲来，想起母亲死得凄惨，尸骨不知零落何方。此事将朕折磨了一辈子，也定将你这半生折磨得狠毒。有时候朕也佩服你，你思念师父，耿耿心怀不得松解，朕身边还有亲人，你却只能独自一人挨过这么多年。”

李素炫心中难过，低下了头。

“有件事，现在可以告诉你了。李素炫，你师卢照寂，你此生该当刻骨铭心。当年，他是为了救下你，才死在许宗德手里。”

李素炫猛然抬起头来，看着上皇，满面惊疑。

“当年许宗德是朕亲自审讯，他初时还抵赖，云是汝阳王李琎谋逆，外交藩镇，内结乐人，与你师父密谋在朕身边安插耳目。你师父至交无几，李琎也罕与朝臣往来，他二人却多年相知，过从密切。说他二人勾结，看起来顺理成章。许宗德还说你师父与李琎共谋，十年前买下一个西域小女奴，精心训练教唆，欲送入宫中为应。那日你与朕梨花竞乐，被朕召入宜春宫，不过是撞上的，也被说成是你师父为送你入宫提前谋划好的。朕惯爱隔林静听乐人弹习，此事宫中无人不知，许宗德这样说，也像真事一般。此计甚毒，不只是用你来要挟你师父那么简单，而是直接将你卷进案中，你成了反贼。”

李素炫瞠目，口舌打结。她知道古来天下多有人善于此道，随便一件事，别人横竖也看不出什么异样来，他拿过来一说，就什么都有了。

“朕早就着高力士打听得清楚，说李琎谋反朕就不信，说你师父参与逆谋朕更不信。他不过是不肯为许宗德奏乐，得罪了许宗德，遭他借机陷害报复而已。当时情势危急，你若随你师父被捕入大理寺，定然结局凄惨，你若入宫，这内应之事就更坐实了。你师父不及转圜，为了保住你，这才服下毒药。许宗德见了他身上金鱼后，知道他并非寻常乐人，打听他出身与来历，知道闯了祸，吓得立刻收手。你师父没有进大理寺，没有口供，不能诬指李琎，你也就没用了，许宗德不会再对你下手，他也不敢。这是朕亲自遣人查证，才知道实情，若是许宗德将你师徒二人捕入大理寺，捏造供状，杀人灭口，再将供状呈上来，朕也无奈。此次事端复杂，内情纷乱，牵扯甚众，朕无须告诉你太多，只是要告诉你一件事，素儿，你师父一死，救下许多人，但他最想救的人，是你……”

李素炫胸口如遭重压，仿佛被扼住咽喉，上不来气，眼前渐渐涌起翳影，深白模糊，耳朵也一点点听不到声音了。她浑身虚软，心跳得狂乱、疼痛，指尖酥麻，齿缝中津液溢出，带着淡淡血腥。她渐渐倒在席子上，大大睁着眼睛，什么也看不见，只觉得全身正在溶解，被风和流水一点点带走。

上皇看得心酸，也心急，马上喊人过来。来人扶起李素炫，压了她身上几处穴位，喂了一颗丸药和一点水给她，又给她围了条织毯。许久后李素炫渐渐清醒过来，浑身冰冷，不停流泪。

“这些事情素儿从前不知道，只以为师父性子清傲，不肯为许宗德奏乐，也不肯出卖好友，这才为奸佞所害，将素儿撇下了……”李素炫呓语般说道。

“你师父虽为乐师，骨子里却是个读书人，若说他是书呆子，他也不会反驳，可他不是无情无义之人。若非势不得已，他再不怕死，也决不会撇下你不顾，不管为了什么人，他也不会不想着你。素儿，你师父爱你如生命，这一生，你要好好记得他。”

李素炫疼痛难忍，死死咬着嘴唇，不出声，只不停落泪。

上皇长叹不已：“朕一生天子，百官顺命，天下人皆看朕面上颜色，朕何尝揣摩他人心事，唯独对你不同。那日你曾说，欢宴之时说起此事，恐冲撞了圣人欢颜，但就算身受凌迟，也要为师鸣冤。朕震撼感佩，定要为你做主。后与你脱籍，允你出家修道，赐玉冠，擢为道官，格外嘱托幺妹善待于你，累年多有厚赏，又准你出使西域，多方顾念，乃至屡次逾制，实是知你当时心痛，余生不甘，朕感同身受。”

李素炫深深行礼道：“此事素儿明白。素儿固然累年勤奋，然有今日，非在己身，乃是仗圣人、贵妃与我持盈师父多年爱护、顾念。”

李素炫生就个拧性子，从不轻易趋奉于人，今日这几句听着是奉承，却实在是真心话。

上皇点了点头：“朕着人打听，知道昔年卢照寂在坊道边救下了你，收你为弟子，多年来师徒恩义深笃，情如父女。卢照寂宁死也要救下你，你冒死也要为父辩冤。我李氏负了他卢氏父子两代人，朕思来想去，这情分也只得还在你身上。卢氏族人为报卢照寂之仇，天涯追杀，将许宗德党羽悉数诛戮，朕只作不知。梁蛮为了救你，擅动天子金箭，朕也忍怒饶过了他。”

李素炫心中一惊，忽然明白过来，原来上皇早就知道她与梁蛮相识。

上皇看出了李素炫心思，朗声笑道：“朕爱杨妃一场，平生骄傲，管他天下议论，后世分说。朕登极后多年勤奋，只是果然做个十足好皇帝又如何？天下人吃着肉、饮着酒，当面说好话，背后一样骂朕，谁会真心说一句感谢？反过来，朕就是做个昏君，又有谁能将朕怎么样？天下人只当朕是皇帝，谁当朕是个人了？九五之尊，也与凡人一般逃不过一世孤寂，谁可怜过朕？每到夜间想起母亲，痛楚难眠，无人安慰，纵然宰执天下，一言九鼎，又能如何？人唯枕边人是一生福分，别的都是虚妄。”

李素炫愣愣看着，古来天子都怕别人不将他当天子看，她不知道天子也希望别人将他只当个人看。

“朕这一生专爱成就有情之人，又格外因你之故，才饶过了梁蛮。擅动天子金箭乃是死罪，梁蛮定然知道，当日行猎时那许多人，他怎么偏偏看到你有危险？他一句求饶话也没说，只说随朕处置，不敢有怨，分明是见你无恙，心中了无牵挂，才不计较自己结局。朕当时便知道，你与梁蛮必然熟识，他对你定有深情。朕掌俗世生杀，可少年人心意出自天性，纵是天子，又岂能约束？这才准其所请，允他随来瑱将军出边塞作战。又着人打听，知道你二人不过少年游伴，素丝无染。朕格外怜惜梁蛮深情隐忍，这才赐他豹皮，赞其勇武，怕的是旁人以为梁蛮遭朕厌恶，重蹈卢照寂覆辙。朕也知道，这么多年来，你从未联络过他……”

李素炫大悟，接连行礼：“素儿愚钝不辨。谢过上皇宽悯周到，此生不敢稍忘。”

上皇笑道：“万事皆循因果，种什么因，得什么果。朕一世英雄，管它得意失意，没什么账是不能认的。如今你放着新皇不去巴结，过来顾念我这太上皇，还不是朕当年种下这个因。善心不过一念间，到今日有了回应，因果轮回，果然不爽。朕不后悔，你也值得。”

上皇病势沉重，眼下却笑得爽快，一切他都看开了，也放下了。

临别时，上皇命人将昔年贵妃所持金缕双凤逻檀琵琶取来，赐与李素炫。李素炫不敢接，上皇叹道：“贵妃之物所余无几，这支琵琶侥幸留下了。朕百年之后，什么事也再做不了主，也不知旁人要将贵妃之物如何处置，不如赐给你。你弹得好，配得上这琵琶，昔日贵妃也颇指教过你，十分喜爱看重你，这琵琶赐给你，她定然乐意。”

李素炫只得将琵琶恭敬接了，抱在怀中，难忍涕泣。她知道，有些事情，上皇已经准备好了。

李素炫辞别上皇，出了太极宫。她身子虚弱，强撑着骑马快冲，勉强撑到家中，瘫软在榻上，辗转呻吟，流泪不止。今日终于知道，原来当年师父服毒而死是为了救下她，不是狠心撇下了她。她又痛楚，又欢心，想起上皇来，又感慨。

“我今日才真的是上皇身边近人了。”

数日后，宫中传来消息，上皇崩于太极宫甘露殿。

## 288

众人忙碌玉真丧事，又逢上皇国丧，玉真宫中沉闷，人人低落，不想上皇崩逝只十余日，天子李亨崩于大明宫。

李素炫心中长叹：“也是苦命君王。”

天下乱作一团，人人惊疑，不知道大唐这是怎么了。大明宫中，李亨病重时，张皇后忧心太子李豫功高难制，谋另立越王李係。李辅国派兵将太子李豫保护起来，当李亨面抓捕了张皇后与李係并于当日处死，李亨受惊崩逝。翌日，李豫继位，改元宝应，尊李辅国为尚父。这些事情，外人一时不知道，但李素炫立刻就知道了。她想起到太极宫探望上皇时曾见到过李豫，彼时两宫病重，李豫两边奔波照料，颇为辛苦。

“看新帝其人仁孝，大约也不至于驽钝。那李辅国分明不是好人，这几年权势日渐隆盛，越发骄横，身为奴仆，竟当着天子面捕杀皇后及皇子，来日必僭越君权。新帝尊他为尚父，也不知是一时权宜，还是太蠢。”

只是眼下这些与李素炫无关了，多想无用。李亨崩前几日颁下敕旨，令将玉真葬于万年县宁安里凤栖塬上。

六月二十四，荷花诞日，李素炫在玉真灵前禀告后，赴龙首塬祭师。

师父若在，今日满五十七岁了。他死后这十七年间，李素炫心中有过无数幽怨，她思念师父，也隐约怨恨师父撇下了她，她不停告诉自己不能这样想，又不停想这些。她知道计较这些很愚蠢，知道自己不讲道理，师父是读书人，读书人有读书人操守，她没理由要求师父放下他的清高。她只是个市获的小女奴，师父不欠她什么，没理由只将她一个人看得要紧。可她还是伤心，还是怨恨，不管为了什么，不管为了谁，她也受不了师父舍得将她撇下。

如今她终于知道了，师父不曾舍得她，不管什么，不管谁，对师父来说，都没有她要紧。她又难过，又开心，又满怀愧疚。十年里师父待她恩深情重，她没有机缘回报，师父舍命救下她，她却连他尸骨也找不到，她曾发誓今生绝不认第二个师父，却违背了誓言，如今要将师父孤零零撇在龙首塬上荒草之下，去为另外一位师父守孝。她知道师父心性宽容，不会责怪，可她自己心中郁郁难平。

她没有带酒来，也没有动琵琶，怀抱无伤，枯坐了一整日。日落时，辞别师父，肩负无伤，步行向前，缓缓下了龙首塬，到了通化门前，回身揖礼。

“素儿到了，师父不消再相送。”

不几日后，李素炫与众师兄一起护送玉真灵柩到了凤栖塬，看着棺椁落葬。毕哀礼后，众师兄返回玉真宫，李素炫独自在墓边结庐守孝。玉真宫一时虚主，宫中朝中大乱，没人顾得过来玉真宫，可玉真宫终究是皇家道场，没有天子玺绶颁旨，谁也不能擅为其主。李素炫与诸师兄商议过，诸师兄暂时共同主持玉真宫事务，待天子诏令。

站在凤栖塬上，向北远远俯瞰，隐约便是长安城。

李素炫住在玉真墓边一座简单小房子里，砖木搭建，不大，除了个小厨间外，只一间屋子，简单床榻藤箧，简单桌案纸笔，每样都用得上，什么闲物件也没有。屋外十几步远处矗着几棵大树，她不会种花草，也没有除草，就让这些野草野花随意长着就行了，也很好看。略远处是守墓人房舍，她特意叮嘱人将自己这屋子修得离守墓人房舍远些，她想独自清静些。守墓人很少过来打扰，偶尔给她送些食物来，但她只留胡饼、果蔬之类。守墓人可以吃荤腥，但她在此守孝，需素食。

安史乱中教坊散佚大量乐谱、乐记，李素炫已将自己知道的全部记写下来，交与内教坊职官，此事告一段落，但助太常寺复典眼下尚未完工，她每日依旧记写，待朝廷安定下来时，着人送回太常寺。

除读写外，她依旧终日弹习不辍。闻朗给了她一些草药，教给她如何熏灸，驱赶蚊虫与蛇蝎。每日她点燃草药，放在脚边缓缓烧着，抱着胡琵琶、五色琵琶与无伤一一磨练，不敢荒废。屋中寂静清素，草窗垂纱，窗外碧翠盈帘，四下葱茏，满目中尽是生机。

每将一曲修变后移到唐琵琶上，她都要认真磨到熟练，然后到献殿去，在玉真灵位前行礼，端坐弹奏，以告先师。玉真临终前叮嘱她，纵然来日再也不需要奉乐，也莫要将怀中琵琶轻弃。她感于玉真一番见识与叮嘱，越发勤奋认真。

到凤栖塬上只月余，李素炫便喜欢上这里一番清静。此处去长安城不过十余里，却仿佛很远，嗅着四下草木清凉，长安城与人间仿佛再也回不去了一般。

## 289

仲秋里，端木来寻。李素炫那处小房子在墓园围墙里，与守墓人为邻，墙外有士兵把守，端木不用太担心她，知道她每日忙碌，守孝期间也不该随便见人，所以不常来打扰，若来了，定是有事。

“训良、崇烈和澜儿可都还好？”李素炫问道。

“都好，众人都好，你不用惦记。眼下是众人都见不到你，都惦记你。”

“我也很好，不用惦记。”

两人站在墓园门口处树荫下小声说着话。

“我将最近惦记你的，跟你唠叨一遍。”端木笑着说。

“你说。”李素炫也笑。

“训良与崇烈整日问你为什么不去看他们，我给他们讲清楚了，素儿要为师父守孝，人决不能忘了谁对自己好。他两个现在不闹了，每日乖乖读书，等你回城。萧娘知道我近日要来见你，托我问个好。前阵子我跟四郎去了终南山药圃，清虚子向我打听你，问你什么时候过去，他用酒换你曲子，我说了，三年头上。廷正前些日子也过来问我你去哪里了，还跟我和闻朗好一通磨，说你日后要是到闻府上指教训良和崇烈琵琶诗曲，他一定要过去一起听。”

“他要过去听？跟两个小孩子一起听？”

“我猜他就是玩笑，不过他惯来喜欢缠着你，也说不定真去凑热闹，反正他在你面前一贯皮得很。”

李素炫刚想笑，旋即想起自己是在墓园门口，马上忍住了。

“好了，俗事我都替你打发了，这几年里不会找上你，你安心在此为师父守孝，只有一件事我得认真告诉你——贺先生要离开长安城了，前几日找到了左教坊。左教坊中人告诉我，他说临走前想见见你。”

“贺先生？他要走了？”

“是。”

“他要去哪里？他家就在城外，离灞河不远处，想见随时不就见了？”

“不知道，我专门前去请见，问他，他不肯说。素儿，你能不能去见见先生？我与先生虽然认识，与他最熟的却是你。雷先生他们都不在了，宫中琵琶旧人只有你了。他要走也没有过多告诉别人，只是想见见你……别让先生走得太落寞。”

李素炫沉吟道：“我在此守孝，按制不该随便离开，但贺先生昔日于我有授业恩义，他临走我不该见也不见一面……他什么时候离开？走哪条路？”

“这个月十五日清早出明德门，我到明德门外长亭为先生饯行。”

“知道了。”李素炫点头，“我到时候去见先生。”

十五日清早，李素炫到了墓园献殿，向玉真灵位禀告后，骑马出发。

出墓园上了大路，向明德门方向不远，就是十里长亭。站在亭中，四周深草无穷，路上车马萧条，不远处有馆驿，从前十分热闹，眼下悄然无声。不久，端木陪着贺怀智自远处路上走了过来，李素炫立刻上前行礼相见。

“素儿真来了。”贺先生笑得宽慰，又有些心酸。

李素炫很难过，眼见老汉不再是当年模样。她笑笑说道：“先生出门，素儿怎敢不来相送。”

端木摆下酒盏，注了酒。守孝期间不能饮酒，李素炫以水代酒，陪他二人饮了第一盏，忍不住问道：“素儿所记不错，出城不远就是先生家，不知先生要去哪里。先生年岁大了，又是一个人，素儿不放心。”

老汉勉强笑了笑，却是不语。

端木与李素炫互相看了一眼，李素炫双手持礼，恳切说道：“先生能不能与素儿说说？素儿真的不放心。先生身边怎么一个人也没有？”

老汉长叹一声道：“……先生自己也不知道要去哪里。”

“先生……”

老汉挥了挥手：“我为上皇乐人，而今上皇不在了，我也该走了，去哪里不打紧。”

“素儿为女乐，不能再进宫侍奉新主，男身并无此虞。况先生乃乐中前辈，城中晚生个个盼着先生指教，先生一生本事也不至荒废，何苦非要离开，离开了也该回家。”

“回家？”老汉苦笑，“……家里没什么人了，叛军进兵时路过村庄，将人都祸害没了，城里的也躲避不及，一大家子几十口，死的死，亡的亡。家里没人了，还回什么？”

“那先生是要去哪里？可是要投靠什么人？望先生相告，素儿实在不放心。”李素炫恳求道。

“先生……哪儿也不去，随便走，走到哪里，算哪里。”

李素炫一惊，慌忙问道：“先生如此，与流浪何异？”

“先生正是此意。”

李素炫真的慌了，连忙又行一礼道：“先生已届八十，怎么能吃这个苦？家中无人，不是还有端木与素儿？求先生别走，素儿请端木代替素儿照料先生，待素儿守孝期满，回了城，一定亲自与先生奉养天年。先生昔年与我屡有授业恩义，素儿不敢忘，求先生别走。”李素炫说着，忽然落泪，难忍悲伤："除了端木，素儿身边什么人也没有了，除了先生，长辈更是一个都不在了。求先生别走，给素儿留个机会。"

老汉摇了摇头，嘶哑着嗓子说道："素儿好意，先生知道。只是……乱中我被贼兵虏去了洛阳，在凝碧池边，亲见雷海青等一众乐人殉难，此余生梦魇，片刻不能释怀。我曾为伪帝奏乐，如此岂是人臣当为？"

"当日若无先生忍辱奏乐，怎能救下那数百同僚？依先生性子，爽快一死倒比忍辱容易。先生乃乐中前辈，就是上皇对先生也十分客气，先生却能忍辱为那伪帝奏乐，素儿敬佩。气节固然要紧，人命更要紧。先生救下几百条性命，怎么还能责备自己？"

李素炫说得急切，老汉只是摇头："素儿就不必安慰我了。乱后回归长安城，上皇并未追究我，反而好言宽悯，但终究……鹿先生、雷海青及一众太常、梨园弟子并宜春女乐尽皆死于国难，我却没死。不管怎样，心意难平。素儿孝心先生领了，只是如今我哪里有颜面留在长安城，得晚辈孝顺侍奉。余生情愿拄杖乞食，到最后死无所处，以赎独活之罪。"

老汉执拗，任凭李素炫如何伤心流泪、哀哀恳求，就是不肯留下。酒是好酒，尝着却苦，苦酒入了愁肠，便是泪，李素炫饮水，水比酒还冷。最后，老汉放下酒盏，负起石琵琶，将小包裹提了，拄着竹杖出了长亭，执意要走。

端木与李素炫不忍，追了出去，陪老汉一起走。

"端木与素儿都要保重。"老汉叮嘱道。当分别时，这句话其实没什么意思，但也只有这句能说。

两人将老汉送了一程又一程，舍不得分开，老汉叹息道："你二人该回去了。"两人不作声，仍旧跟随在老汉身边。老汉无奈，停下脚步，回身用竹杖在地上横着划了一道线。

"端木、素儿，你二人若还当我是前辈，就听话。不要过这道线，回去。"

二人落泪不止，咬了咬牙，死死忍住脚步，停在那道线里面，深深行礼。

"端木恭送先生。"

"素儿恭送贺老。"

老汉忽然又顽皮起来："叫老贺。"

“是，素儿恭送老贺。”李素炫流着泪答道。

老汉大笑，转身扬长而去。

## 290

天气渐渐冷了，黎明时，草木已微微有霜。卢菡旧宅中只一棵石榴树，沿墙些许青草，李素炫此前从未将深秋季节看得如此清楚，如今眼看着青草黄焦、碧叶赤染，举世之间日渐萎靡残碎。若是在从前，她怕是要伤感起来了，眼下却只是平静。不过是四季往返，离合续断，盛开也是寻常，凋落也是寻常，草木本无情，人心又何必乱生感慨。

冬日里，凤栖塬上下起了大雪，一夜间深雪及膝。李素炫也不出去，只将门前雪扫一片出来，足够活动腰身。此时向四外远眺，没有了夏日里草木遮掩，周遭十分醒目。凤栖塬为历朝墓葬集群之处，大雪之下，远处大小封土看得格外清楚，个个孤落突兀，彼此远隔。亡灵不会觉得怎样，活人看着难免有些寥落。只是李素炫历事太多后，已不会再任由自己触景伤情。

众师兄按时到玉真墓前祭奠，也为李素炫带来些朝野消息。东都洛阳收复后再陷敌手，太子李豫即位后，召雍王李适与大将仆固怀恩，令率河东军与朔方军，会集各路节度使所部与回纥骑兵，共四十万众，列阵于洛阳城外昭觉寺，累战鏖兵，横水尽赤，再度收复洛阳。朝中，宦官李辅国被尊为尚父，但不久即遭刺杀。

“听说李辅国头颅被割下来扔进了溷厕里，一条臂膀被卸下来供在上皇灵前。宫中朝中人私下都说是天子阴遣刺客将李辅国诛杀，又假装安慰遗属，以木刻代首落葬，赠太傅，谥号却给了个丑字。”

李素炫笑笑，说了句：“我知道了。”心中佩服李豫。李辅国迫害上皇，遭了多少人恨，李豫自幼得祖父格外钟爱，对李辅国更是恨得咬牙。李亨病重，李辅国擅权，最后惊驾致圣驾崩逝，李豫定然也记得。又听人说，李辅国被尊为尚父后越发骄横，竟对李豫说“大家但内里坐，外事听老奴处置”。如此之人也得高位，李素炫一度担心当今天子孱弱糊涂，眼下看来她多虑了。

“天子能忍一时之气，又有权谋，可为我大唐中兴之主。”李素炫暗自高兴。

师兄顿了顿，又说了起来：“还有件事告诉你。不久前东瀛国使节找到了玉真宫，请见于你，求你无伤琵琶手弹法，还想见识一下你手中锥管，在城中货得几支上佳者，带回去奉与君主。我已告知彼等你在此守孝，要期满后才回城。”

李素炫笑笑说道：“我就是守孝期满回城，也没工夫教人。我使西域时，雷先生曾将手弹法教给城中乐人，有些人眼下练得有样子了。你让东瀛使者去平康坊寻赵萧娘，请她教授。至于锥管，街市上有的是寻常缠纸笔，这锥管却只有鹿先生与我师弟商不言造得精良……”

李素炫沉吟间想了很久，有些犹豫。当年那百余唐锥如今手上还剩下不到十枚，十分难舍，只是遣唐使之事她也颇知道些，不忍相拒。这些使臣都是国中栋梁子弟，艰辛成行，一来一去，海路上多有折损人口，若非虔心求取大唐书乐与制度，怎会如此冒死往来，何如在国中安享尊贵。

许久后，李素炫叹息一声，咬咬牙说道：“我手中留了些唐锥，一会儿我取几枚来，请师兄代转，叫那东瀛使者带回国中，献与君主。制法我详细写下来，让他们自己揣摩。我制得不精，远不及鹿先生与师弟，也教不了他们更多。”

师兄点了点头，又不说话了，李素炫看她神情，总觉得她有要事不曾提起来，方才说那许多，只是在遮掩躲避。李素炫也不追问，安静等着。

“还有一件事要告诉你，想来……你最该知道。”师兄犹豫了片刻，终于说道。

“什么事？”

“……太白先生不在了。”

李素炫一惊，没有说话。

“就在十一月初，在宣州当涂县。”

许久，李素炫默默不语，心中交杂纷乱。师兄知道每当此时她都想独自静处，没有再多说，轻声告辞离开了。

又许久，李素炫轻叹，推开门，站在门口处。很久不下雪了，上一场大雪眼下已半融，只有脚踝高低，却夹冰夹雪，踩踏上去会发出破碎之声。她不想听到那声音，只站在门口无雪处。八年前舟中相聚欢谈犹如昨日，而今三位长辈先后离世，活着的只有她一个人了。

李素炫曾听玉真说过，乱中摩诘先生为叛军所虏，幽禁于洛阳菩提寺。摩诘先生为拒伪职不惜自残，却仍不能免，听闻旧友雷海青死难后，赋诗《凝碧池》，乱后得上皇免罪。太白先生则随永王抵抗叛军，后永王因擅兵获罪，太白先生被牵连，长流夜郎，得特赦后至今只三载自由，便辞世而去。舟中相聚那日，摩诘先生静定不染，太白言道此生不甘，如今李素炫唯有长叹。

“太白先生不甘心，一生奋挫；摩诘先生死了心，逍遥辋川。生逢太平，人还有选择，可以现，可以藏，可与奸佞共谋事，也可死相抗，可与人庙堂争斗，也可酒席上骂骂耶娘，或者索性躲远点，求个彻底清静。若遭乱世，又不能现，又不能藏，又不能兼济，又不能独善。凭是不甘心，还是死了心，统统无用。人云‘宁做太平犬，不做离乱人’，果然如此。”

李素炫感慨许久，最后对着辋川与宣州方向各行一礼，谢过昔日与二位先生一面之缘。

冬夜里，凤栖塬上群星稀薄，星辉刺闪，茕茕映雪。白昼时晴时阴，晴时雪光逼人，阴时雪色危蓝。数月严寒相逼，李素炫每日靠着炭炉，临着窗子，隔帘看着外面雪野深寂，仗书乐过了一冬。

冬日里道路难行，不常有人过来，连略远处守墓人也很少过来。李素炫从不去远处，乃至不大出屋子。屋中狭促，只是物件少，也不显得逼仄，手头取用也方便。面前是桌案，站起来松快转身便是书架，放下笔，伸手便够得到琵琶。手边木笔稚拙，行草随意，典籍长卷浩繁，辞赋小笺轻盈。塬上终日安静，屋中也安静，唯有管笔洒脱，琵琶轻快。

李素炫常坐在窗边，趁着日色或雪光，用一把小刀打削竹木，一点点推着，竹屑木屑一点点掉落下去，笔尖慢慢成形。木笔写字快，她记写典籍时只用木笔。眼下周遭极静，心神明澹，木笔在楮纸上快速行过时，她能听到声响，沙沙声，或呲呲声，也幽若，也分明，也危细，也柔韧。她认真听着，能察觉到己身就在天地之间。

一冬里她几乎没有见人，反而从不觉得孤单。隆冬过去时，数日间积雪消融，融水渗进泥土发散出气息来，嗅着便是春天。她仍旧弹着琵琶，笑着等待青草长出细嫩小芽儿来。

二月初，师兄送来消息，上月史思明之子史朝义兵败自尽，天宝乱事至此终结。

## 291

范阳城终于重回大唐。

城中尚未全然安定下来，李逊便赶到了，他来寻找崔茗遗骨。崔茗父母年迈，兄长远在江南，他受崔茗父母与樱儿所托，要将好友带回长安。

崔茗战死至今已七年多，李逊并不知道他被埋在何处，到了城中立即着人多方打听。天宝十四载岁末，校场上那场血战至今有人记得，当日目睹者数百众，乱后有人未死，将那日情景前后始末详细对李逊讲了。李逊面上平静，心中痛如油烹。

当日崔茗死后，有人报与安禄山，安禄山大哭，痛惜不已，道是如此英雄，值得一口棺材，叫人好生将他埋了。安禄山手下大将被崔茗斩杀十余人，兵卒死伤无算，没死的却仍旧敬佩崔茗。众人一起为他收殓尸首，只是刀柄被他死死握在手中，无法取出。最后，众人将刀刃从旗杆上拔出来，用一条织毯将崔茗尸身连刀一起裹了，殓入一口薄棺，草草埋在校场外远处山坡下一块平地上。

李逊带人到了山坡下，放眼四望，看不到坟茔。当日埋葬时匆忙，墓穴掘得很浅，坟茔低矮，又不曾立碑，隔了这些年，恐怕很难再找到了。

李逊慌乱起来，怕找不到崔茗遗骨，回去无法向崔茗父母交代，更无法向樱儿交代。他稳了稳，向当日知情者又详细问了问，最后只能用个笨法子，将这一片土地一寸一寸找过。四处地势起伏迟缓，但眼下草还没有完全长起来，倒还足够分辨，有些是地势如此，有些看着不很自然的，李逊便停下脚步，令人将隆起处掘开查看。接连掘开多处地面都不是，李逊渐渐有些绝望，却不死心，仍旧来回寻找。

十几次后，地面不到两尺深处，终于露出一口棺材，经人辨认，道是无误。李逊顿时浑身瘫软，跪了下来，只觉得天旋地转。役夫不断挥动锹镐，很快将覆土清理完毕，禀报李逊。李逊应了一声，许久后才勉强起身到近前查看。

棺盖塌陷了大半，棺内厚厚一层都是渗水与淤泥，不知有多深。李逊顾不得太多，将旁人都推开，脱了鞋袜，挽起裤脚跳入淤泥中。棺内淤泥方见天日，冰寒刺骨，李逊忍着，用小铲一点点清理泥水，许久后，泥水已不到一尺深，第一根人骨露了出来。

李逊顿了顿。他与崔茗自幼一起长大，情如手足，如今自己还活着，昔日好友已是淤泥中一堆乱骨。

他立刻弃了小铲，用双手在泥水中寻找，将人骨一根根捞出来，不断递给旁边仵作。仵作在地上铺了块洁净麻布，将人骨按顺序一一排列起来，又将断骨拼在一处。腿骨、臂骨、肋骨长些，很快都找到了，最后，李逊在棺底一角找到了颅骨。

李逊眩晕了片刻，稳稳身子，站好，双手将颅骨捧着，自泥水中托了出来。颅骨内满填着污水淤泥，不住溅落下去，很快流干了。

李逊两腿已冻得麻木，不觉得冷了。他站在泥水中一动不动，凝视着手中颅骨，颅骨上牙齿洁白整齐，两个眼眶黑洞洞的，也凝视着他。这是崔茗，好友崔茗，樱儿心上之人。

许久后，李逊将颅骨交给仵作，俯身从棺侧将那把残刀取了出来。

接着，他开始细细寻找小骨、碎骨。他很镇定，也不伤感，一捧捧将淤泥捧出去交给仵作。棺底淤泥细密，没有沙石混进来，稍微大些的便是人骨。他在泥水中浸泡了将近两个时辰，将棺底淤泥全部清理出去，仵作将全部碎骨找了出来。

最后，旁人抓着李逊两手将他拉了出来。他简单将腿脚擦净，穿上鞋袜，许久才缓过来。

眼前，两百多根人骨已拼出了人形，就在李逊面前。李逊依旧镇定，开始动手洗骨。旁人将水端过来，他捧起每一根骨头在水中轻轻擦洗，用指尖将上面淤泥一点点揉掉，又捧水冲净。人骨多有断裂，又有许多伤口，清晰可见，有些伤口内还嵌着刀剑刃尖，可想当日崔茗战死时何其惨烈。

仵作在旁边又铺下一块洁净麻布，将一根根干净人骨接过来重又排列好。全部人骨洗净后，李逊依次序将每根骨头擦干，用细绢布包裹好，逐一放进一口漆箱里。崔茗战死时所着甲胄也有旁人清洗完毕，收拢在了一处。

李逊未作停留，只歇过一夜便离开了范阳，回奔长安城。一路上车驾不断摇晃，他呆呆坐着，目光空洞，心神散乱，身边是那口漆箱，绸布裹着一把残刀放在漆箱上。自天宝十四载十一月至今，乱事历七年又两月，大唐重创，四方凋残，遍野零落。乱中魔怪纷起，忠良殉难，无数百姓如草芥般死去。而今一切尘埃落定，只是死去的人再也回不来了。

回到长安城后，李逊先是将崔茗遗骨送回了崔府。崔茗父母见两人抬了口小箱子进来，知道那里面是儿子，一声没出便晕死过去。旁人急忙施救，许久后老夫妇渐渐清醒过来，守着那口箱子，呆滞无泪。李逊嘱咐旁人好生照顾二老，行礼后咬牙离开了。他回府向父母简单禀报过，没有来得及去见夫人，匆忙赶到了大明宫内道场，去见樱儿。

樱儿见了兄长，一句话没说，泪先落了下来。李逊不知道该怎么安慰她，许久只说了一句话："樱儿，兄长有件物什要给你，只是你要先答应我，不要做傻事。"

樱儿凄然一笑："我如今怎么会还做傻事。"

李逊长叹一声，将手中残刀递给了樱儿。樱儿解开绸布，只看了一眼，便知道是崔茗遗物。

"落葬那日，我清早来接你。"李逊说道。

"好。"樱儿点了点头，满面平静。

李逊告辞离开，樱儿回了卧房，将残刀放在卧榻上，衾被中，从此后日夜只在身侧。

"茗哥哥回来了。你等了樱儿十年，樱儿也等了你十年了，余生里还要再等你几十年。日后樱儿陪着你，军中事、朝堂事，你再也不用忧心了。"

# 第五章 擊鼓定長安

宝应二年（763年）二月—广德元年（763年）十月

# 292

二月里，冰雪渐渐消融，渗入泥土里，无声无息。冻土开化，变得柔软油亮，草芽出尖，点点鹅黄，生得俏皮，只是要留神仔细找才能看见。放眼远望，四周仍旧是新土黑褐。

李素炫依然不去远处，只将赤骏牵出来，任它在周遭逍遥。赤骏懂事，不会跑远，闲逛够了就自己回来。李素炫不用跟着它，独自坐在屋门口大树底下。她不认得这是什么树，比石榴树高大许多，眼下枯枝干瘦，犹带寒霜，缟素伤愁，她却为这棵树欢喜不已。脚边草芽出来了，树芽很快也会出来，一两日春风，又一两日春雨，便有无穷春花春草。巨木回暖，枝条抖擞，如撤去了符咒般瞬间死而复生。

眼下，凤栖塬上迎春花正开得热闹，不几日间，李素炫临窗向外看去，眼中已不见土色。她将小案几挪到屋外大树下，趁日光读写抄录，闲时随意拨弄丝弦。低头看看，脚边上常有小虫儿在草叶间爬来爬去，有时会爬到案几上，从她手边纸笺上爬过去。小虫儿爬得很慢，李素炫停下笔等着，看着，等它爬远了，再接着写。有些小虫儿笨一些，用墨在它前面画一道，就能将它拦下，急得左右寻找出路。李素炫觉得自己有点儿缺德，赶忙拾起纸笺将小虫儿轻轻吹落，看着它急急忙忙跑远了。

李素炫心中叹息:“焉知我不是这只虫儿。”

有时一些小虫儿会钻进衣裳里头，一两下捉不到，李素炫立刻没心思学今古士子乱感慨了，吓得慌忙丢下手中纸笔跑回屋里，脱了衣裳使劲抖几下，将小虫儿赶走。将衣裳又穿好，回院里坐下，想要吟几句诗赋，突然觉得自己酸得很。

“蜉蝣掘阅，麻衣如雪。果然美妙，只是幸亏蜉蝣是在掘穴，若是钻人衣裳里头，怕就没这绝妙好词了。”

她与自己胡乱调皮起来，独自笑了阵子，拨弄过几下琵琶，很快又写起来。在城里居住时，她怕扰到四邻清梦，只在白昼里弹习，晚上掌着灯烛读写。在这里就随意多了，读写大可趁着白天有日光时，比灯烛下看得清楚，晚间看不清时，便就着一盏幽暗灯火，放任力气，恣意弹习，累了便换为信手。屋中宁谧，她调伏两耳，凝寂一心，不听乐，只听声，听乐件之声。左手果断划弦而过，指尖咝咝有声，温纯明亮，不尖锐，右手指甲不停轻击在弦上，其声颗颗分明，致密又均匀。无伤在她怀抱中晃动着，木构彼此挤压，又摩挲衣襟，也不断发出细弱声响来。这声响只在天地之间，只在鬓发之侧，只她自己听得到。若是望日又遇上晴朗，月轮辉光明耀，亮过灯烛，照得四野明白，她连灯烛也不点，临窗而坐，独自听着这一点儿声响，看着满月金黄，月影浩大，在前方不远处升起又落下。

乱事终结，天下重回安定，各路军队除追剿残寇者皆各自回归，干戈洗血，弓弩弛弦，朝廷也终于缓过口气来，可以将些久悬之事一一安排。三月里，上皇入葬泰陵，祔庙，号玄宗；李亨入葬建陵，祔庙，号肃宗。

眼下大明宫中人人欢喜，只有天子李豫与一众朝臣仍旧忧虑。乱中大批流民失所，人口折损，耕土荒置，盗匪四起，商贾绝途，朝中军中麻烦更多，处置这些并不比平定叛乱容易。天子李豫勤谨非常，散朝后在书房内继续与众人议事，商定并安排处置后，也听众人口头禀报些大小事情，也想知道些宫闱秘辛、市井民风。这类事情，李逊这等木讷君子一无所知，却也有些灵光的，四面通风，该知道的、不该知道的，什么都知道。几人轮着说了些事情后，一人提起了李素炫。

“圣上，臣听闻人说，玉真宫李素炫眼下为其师守孝，居丧期间竟然每日弹奏琵琶。她为朝廷正四品道官，受国家俸禄，本该为天下表率，如此做法可是欠妥。”一人端着礼节，慢悠悠说道。

“有这事？”李豫来了一副兴致，“她国丧期间如何？”

“国丧期间倒也果然布衣素食，百日不曾动琵琶。只是此人眼下不守居丧礼节，终日弹习，又在师父灵前弹奏。既然如此，为何自请为师父守孝？”

这句话说得清淡，李逊却在一边听得心惊：“这人不直接说素儿坏话，分明是要天子亲自判定她不义。此人应该是不认识素儿，素儿自西域回来后多年深藏不出，不知怎么惹到他了。”

那人又唠叨了几句，闭上了嘴，等着天子说话。李豫淡淡笑了笑，问道：“卿守孝期间做什么？”

“臣只是读书。”

李豫点点头，顿了顿，突然沉声说道：“李素炫曾为我大唐顶尖乐人，又多年司掌玉真宫道乐。乐人弹习，如同士子读书，所为职事，非为取乐，如何不可？守孝时读书寻常，因古来皆是士人守孝，乐人若守孝，不习乐做什么？她如今已是朝廷正四品道官，身份尊贵，却不忘自己起身微贱，从不曲意矫饰，不以出身乐人为耻，不肯背弃先师之道，一副光明坦荡，哪里错了？卿有这工夫盯着她，不如多用心对待自家职事，也学学她一副诚挚胸怀。”

那人没想到天子如此说话，吓得立刻行礼请罪。李豫笑了笑，又说道：“女冠身在方外，本不必守孝，她自请守孝，远避尘世，布衣结庐，在师父灵前奉乐，分明是孝行，不是玩乐。朕看不是什么错。”

李豫这两句话说得口吻平淡，那人明白皇帝没有格外恼火，也不会处置他，但他这状确实是告错了，吓得连连谢罪，旁边李逊这才松了口气。

十日后是玉真忌日，李逊带樱儿到墓前祭拜，礼成后李素炫送二人出去。在路上，李逊将此事简单告知了李素炫，又嘱咐道：“我也想不明白你怎么能惹到此人，总之你要小心。”

李素炫淡淡一笑，说道：“我根本就不认识此人，名字都没听说过。他告状不是因为跟我有过节，只是想在天子面前邀功而已。这种人提防不了，小心也没用。”

“也是。”李逊叹息道，“我都不知道多少人到皇帝面前说过我坏话。”

“天下人大都谄媚，只是没几个善于此道的。当今天子明断，你不用担心。”李素炫浅笑着说道。

李逊也笑了：“素儿狡猾。”

李素炫转向樱儿问道：“樱儿最近如何？研习典籍可顺利？道门清静，也寂寞了些，能不能习惯？”

樱儿点了点头：“道门果然清静，从前不喜欢，眼下真心喜欢……就是觉得自己仿佛是老了。”

“你才多大，就老了？”李逊笑道。

樱儿叹息了一声，倒没有伤心，只是笑着说道：“兄长，樱儿真的老了。”说着又转头问李素炫：“素儿，老了是什么感觉？”

“……没什么格外感觉，只是每年扫墓越来越多了。”李素炫答道。

几人感慨间出了墓园围墙，行礼告别。

盛夏里，凤栖塬上草木极盛，四周大小封土又迟缓模糊起来，不再像冬日里那般孤零突兀。李素炫屋门前小院子里长满了野草，去岁到今春，她一直不大出去，外人也不大来，野草中连条小径也没有，偶尔进出都要蹚着草走。今岁春日里她开始每日外出，随守墓人到墓园外去种地。守孝者就算不缺银钱换粮米，大多也要亲自耕种，眼下为太常补录典籍之事已到了末尾，李素炫不再那么忙，也开始随人学些农事。

墓园内不许随意动土，守墓人在围墙外面开垦了耕地，每日过来劳作。李素炫没多大力气，只垦了一小片土地出来，不过两丈多见方。她就有那股子韧劲，既然跟人学种地，就要种好。只是她也不傻，只开了这一小片地，大了，怕拢不住。最好种的是韭菜，她从前每年都种，不用人教就会，蒜也可以浅浅埋一溜，等着吃蒜苗。只是她现在守孝，不能动荤，不能种韭菜和蒜苗，只种了菠薐菜与萝菔。这两种菜皮实好养，一年中有三季随时可以播种，先学这两种，实在些。冬瓜与胡瓜要给搭架子，麻烦许多，她打算明年再学。

她学人样子戴着斗笠，又用纱巾蒙了脸挡光，每日上午都在田间劳动。守墓人从前都是玉真封地上佃户，后随玉真到了别馆，成了别馆佃户，眼下为玉真守墓，又成了陵户。这些人都是多年举家随玉真迁徙，早就认得李素炫。众人轮流教她如何处置种子，坑挖多深以及如何浇灌，菜苗长出来后，还教她如何除草、除虫、间苗。李素炫这才知道，原来种青菜不是一味浇水的，小苗长出来、长大直到最后结实，各时段里浇水多少都不一样，并且太阳太毒时不能浇水。

入夏后，菠薐菜与萝菔渐渐茂盛了，菠薐菜种下去一个多月就可以采收，两个多月时萝菔也可以采收了。李素炫头次自己种菜，竟然收获不少。她十分高兴，抱着菠薐菜与萝菔往回走，心中得意。

“种豆南山下，草盛豆苗稀。五柳先生诗赋好，种菜可不如我，他那豆苗稀稀拉拉的，还没有野草多，看我这菜长得多好。”

只是李素炫眼下也知道了，山水田园不过富贵梦幻，拿来作诗赋可堪洒脱清雅，真下地干活可就苦了。又晒，又热，满头流汗，手脚沾泥，腰酸胳膊痛，不过二丈见方之地就把她累得不轻。守墓人认识她多年，知道她是玉真爱徒、皇家四品道官，自幼握着笔、弹着琵琶长大，看着一副娇滴滴，以为她不过一时血热，几日就受不了农事脏苦，不想她竟然真的能坚持下来。菜地旁边养了鸡鸭，守墓人每日收集鸡鸭粪便做肥料，教李素炫给菠薐菜和萝菔施肥，她竟然也不嫌脏，干得很认真。守墓人对她大起敬佩。

“李先生也就是身上没那么大力气，不然定是个好把式。”

李素炫也不谦虚，直起腰来高兴接了一句：“那是当然。”

回了家中，她将萝菔缨子切下来洗净，用盐揉过，腌得软了，洒了豉汁与香醋，就着胡饼饱饱吃了一顿，坐在窗前歇息，浑身又脏又累，却心满意足。看看绿野，清淡弹上几曲，又想起陶渊明来。

“师父曾说五柳先生辞官后十分拮据，眼下我看他不但不会挣钱，种地也笨，定然是每日受累挨饿。如此落魄竟也能诗文逍遥，果然书不白读。”

夏日里，李素炫又种下了夏菠薐菜与夏萝菔，已熟练许多了，周围路径慢慢熟悉后，她开始四处寻找野菜与菌子。每日只半个时辰，所获也足够一顿，若有剩下的就在院子里晒干留好。一众守墓人很吃惊，不知道她怎么认得那么多野菜与菌子，连采菌子前要在伞盖上轻拍几下，方便日后此处还能继续长出菌子来，她都知道。众人不停追问，李素炫只是笑笑。

## 293

六月二十四，荷花诞日。清早李素炫到玉真灵位前禀报后，骑马去了龙首塬。

赤骏已记得这条路了，踏着深草，走得很快。太阳渐渐升了起来，日光扫在后背上，一点点变得温暖，又一点点变得热辣。今日李素炫没有带酒，到了历年祭祀处后，双手持礼，认真拜过四面八方。

“师父若在，今日满五十八岁，连素儿都已经三十三岁了。”

她安静坐好，解出无伤轻弹起来，不知弹过多久，渐渐觉得有些无趣，缓缓停了双手，拥无伤在怀，四顾皆是空荡无物。远方淡云接衔碧草，身旁微风轻动四野，日月宏大，蜉蝣渺小，各自运行忙碌，互不惦记，互不相扰。岁时轮转，从不顾及草木踉跄，管它来不来得及茂盛，来不来得及凋残。风雨仓促，也从不顾及节气更迭，到不到时候也要风雨交加，到不到时候也要风收雨住。世间万事皆是意外，唯有意外在预料之中；世间万物又都无情，唯有多情超然物外。

李素炫心中一片茫然。

“师父，素儿日后该做什么？我在持盈师父墓前想了这一年多，也没想清楚，还有一年多，怕也还是想不清楚。师父告诉素儿，日后我该做什么？分别十八载，师父是不是忘记素儿了？为何不能梦中一见，告诉素儿，日后我该做什么？是不是素儿想师父想得还不够，所以梦不到？我不消再入宫奉乐，也不想应人私请，我谨守道门清规，却从未将自己看作女冠，从没想过真的要去修行……师父，素儿以后该做什么？”

她不住胡思乱想，再未触碰丝弦。远方云聚霞敛，眼前风旋光转，太阳已经压低，月影幽然闪现，群星正待升腾，她失神看着，忽然恍惚起来。蜉蝣命短，再短也是一世；须弥广大，再大只如芥子。人不能想古今上下，怎么想也没法知道自己眼下是古是今，是上是下，想不明白，便觉得到处没有着落，再想便要害怕起来了。她一边胡想，一边告诉自己不要胡想，糊涂着守到日落，糊涂着起身缚了无伤。

她叹了口气，步行慢慢下了龙首塬，这才回身与师父辞别。

“素儿回去了，师父不消再相送。”

## 294

秋日里，守墓人开始教李素炫种植秋菘。先将种子在温水中泡上一刻钟，再放到清水里泡过四五个时辰，捞出控干，均匀撒在泥土上，再薄薄覆上一层土，之后正常养护就行了。秋菘耐寒凉，不娇气，破土出苗就可以开始采收，到薄薄下过一层霜，它还是长得好好的。

自早春开始，李素炫每日清早都要到田地里劳动，挥着镐头干上一个多时辰，回到家后，胳膊、手腕、手指，没一处不累的，肉也酸胀，骨头也绵软，弹琵琶时使不上劲，也快不起来。她颇急了阵子，只是急也无用，酸就是酸，软就是软，弹不好就是弹不好。她从小到大不是一回两回弹不好，只要不心慌，慢慢想办法，总能过去。她放下琵琶，面壁端坐了片刻，逼迫自己静下心来，再将琵琶抱起来，慢慢弹，轻轻弹，用不上力就不用力，快不起来就不求快，只用双耳侦听弦声，手上感觉有些奇怪，索性也不与自己作对，就怪着弹。

初时弦声紊乱，多日后渐渐清楚起来了。她发现许多时候用不着将琵琶弹得那般花哨，换个弹法，其实一样能弹出弦上意思来，她猛然间想起当年师父卢菡与雷海青时常就是这么弹的。两位师父指教过弟子无穷手上功夫，自己也要反复磨练，但独自一人弹奏开心时，从不弹得太过花哨。李素炫从前不是没留意过，却不曾多想，今日忽然开悟了些。

“师父说过，世人都爱热闹，故此琵琶要露，令我留瑶琴守拙，只奉己身，故此要藏。按鬼谷说法，藏拙守愚乃是谋略，到师父与雷先生那里却是性情。这二人都不爱热闹，为自己弹琵琶时，也不爱热闹。”

她仿佛懂了些什么。劳作日久，身上手上慢慢习惯了，也不疼了，也不累了，弦手复又精湛，却将那简单弹法记住了。去了花哨，不过净淡几音，世人不爱，自己明白。自己弹时，自己明白就足够了，不消那许多指间花哨反复讲说。半生精极弹法她不会丢掉，只是忽然开始喜欢简单弹了。弹过多日，慢慢觉察到简单也弹得出许多声响韵味来，各不一样，也要细细把控，也不容易。

秋菘发苗后，李素炫跟人学着间苗，拔了些小苗下来，拿回家洗了放在一边。火上米饭已经快熟了，小厨间里飘满糯香。她坐了个小马扎，等着饭熟，无意间拣了片菜叶子，蘸了酱，刚要送入口中，忽然想起阿翁说过，世上最易的、最难的，都是小菜。小菜谁都能做，所以最易，可是小菜很难做到无上美味，所以最难。

“大菜不好做，可真做出来了，叫人记住却容易。小菜好做，想叫人记住却难。宫中海陆烩不好做，可谁吃过不念叨一辈子？市井里谁家不能拌个胡瓜？可是有几家拌胡瓜能叫人一辈子不忘？”

李素炫记得当时阿翁就是这么说的，也记得自己佩服阿翁，就是因为随便什么便宜贱料，阿翁都能做出美味来。以前师父和雷先生也说过，不会弹琵琶的，大曲难弹、武曲难弹；会弹琵琶的，小曲难弹、文曲难弹。不会弹的失在手上，会弹的失在心里。给白丁讲道理比给行家讲道理难得多，以拙简入道比以繁难入道难得多。像天音菩萨那样，话最简单，道理却讲得最深；像摩诘先生那样，笔墨简省，狸儿却最是神似，如此才是化境。

李素炫将这些前后连起来都想了一遍，恍然大悟。

“我从前将琵琶弹到无比繁难，唬了天下多少人，竟然还拿这些来唬我自己。”

秋菘渐渐长到了半尺高，叶片油绿，又毛茸茸的，梗子粗壮不少，采收下来洗净切碎，可以连着姜末做菜粥。深秋微凉有霜时，旁边菜畦里落苏已摘净了，不几日后秋萝菔也都采收存好，再收了秋菘，就罢园了。

李素炫在田地里忙过了春夏秋，眼下安静等待过冬。她头一次种这么大块地，身边有人随时指点，她立刻照做，回家了便仔细记写下来，以备日后查阅。眼下她院子里存着萝菔与秋菘，小厨间里有米面和炭，房间里有足够纸墨，五支琵琶尽在身侧守候。她觉得饱足殷实，就是有一冬风雪在前头等着，也不用怕。

收了秋菘后田里就没什么活了，太常典籍已录写完毕，心中不再急迫，手上便不同了。她从前常在窗前倚着，看着外面，随意拨弄些小曲，随意乱想，若是认真起来，定是数曲艰深繁难，令四座瞠目。如今她换了个路数，仍在窗前倚着，却要认认真真弹些简单小曲。小曲从来都是随意弹，一边弹一边看看风景，或听听身边人说话，有时还与人笑谈几句，眼下要认真弹奏，反而不太会了。她自己也觉得好笑。

“随便能弹，认真就不能弹。最难的能弹，最简单的倒弹不了。以前怎么不知道我是这样的？”

她已不再像小时候那样喜欢跟自己怄气，手上多年功夫不能丢掉，仍要朝夕勤习，但为自己弹时，就不计较了。小曲再简单，也要认真弹，弹到哪一步算哪一步，认了便是。她也不敢荒废书学，仍每日用毫笔认真练字，却只是练字，只为写得好看，录写及记事时便用硬笔，写得飞快又随意，不好看也没关系，自然也越来越会削笔了。

初冬时，凤栖塬上夜夜有霜，草木萎缩，四周远近大小封土又渐渐清晰突兀起来。夏日夜空里星光交灿，亮而模糊，眼下开始变得稀薄宁静，列缺深紫，天穹冷冽，依稀间云薄如霜，云淡如痕。李素炫守着小屋，日日平静。一场大难，令她所爱尽失，几度挣扎后才终于又平定下来。如今她只希望日后平安，自己平安，所爱平安，长安平安，大唐平安。不奢求太多，只要平安无事，比什么都好。

## 295

初冬，长安城陡然间冷了，却不下雪，只是干冷。平宁寺里闻朗依旧忙碌，太晚就宿在寺中。澜儿年幼离不开母亲，端木不放心闻朗，却不能时时去平宁寺看顾、帮助，心中十分牵挂。

一日午后，闻朗突然回了家中，没有先去问候父母，而是直接去找了端木。

“四郎。”端木见了闻朗，先是高兴，接着立刻看出他神色不对。

“小芷，你准备一下，带澜儿与父母马上出城，到终南山深处暂避。”闻朗匆忙说道，将端木怀中女儿接过来，小心抱着。澜儿小脸红扑扑的，正睡得香甜。

端木一惊，未待询问，闻朗又说道：“我方才得到李逊传信，叫我立刻安排你与澜儿出城。”

“出了什么事？”端木追问。

“信上没说，想是不能说。送信那人是李逊心腹，他也不说，只说李逊不肯出城，已将父母妻儿送走了。”

“好，我去准备。”

端木应着，刚要回身，闻朗拦住了她。

“你带父母与孩儿们先走，多带粮米。今冬尚未降大雪，南山里道路若还能走，就到药圃里，实在不好走，便就近宿在谷口村庄人家里。平宁寺那边我负责，稍晚出发。”

“你不一起走？那我到哪里去找你？”

“我去薤谷找你们。”

“好。”端木应着，立刻转身去安排。

闻朗看她走远，将女儿交给乳娘，心中叹息，十分难过。得到李逊消息后，他立刻安排好人手，又唬又骗，连拖带架，将衍一法师及寺中年长居士和僧侣全部送走了，寺里其他人能走的也走了，但他不打算走。眼下冬季天寒，病坊中有许多病人，他是郎中，不能丢下那些人不管，也不能带着他们走，严寒奔波之下，那些人一个也撑不下来。他不知道发生了什么事情，但与寺中余下几位居士和僧侣商量好了，无论发生什么事情，都不能走。他看着端木急匆匆走远了，抬手对着她背影行了一礼。

“端木辛苦，一门老小就拜托你了。”

长安百姓很快便知道，吐蕃骑兵已迫近长安城。

安史乱起第二年，河西、陇右陷入吐蕃之手。而今乱事平定，但朝廷大军眼下正在河北等地追剿残匪，不及回师。长安城防空虚，只渭北行营有两千余人，根本无法抵挡十数万吐蕃骑兵。李逊与闻朗送信前不过几个时辰，天子李豫安排好了城中事宜，带领部分宗室及重臣逃离京城。天子不居险地，必须到稳妥处暂避，但李逊不愿走，请求留下来守城，李豫劝不动他，允了他便宜行事之权。李逊带领亲兵将天子一行护送出城后，转身回府安排父母妻小和樱儿出城，又着人到平宁寺去给闻朗送信。

眼下府中安宁，李逊独自坐在书房中静思。天子李豫得宦官李辅国、程元振帮助登上帝位，之后利用程元振除掉李辅国，程元振却成了另一个李辅国，只他一人，逼害数位忠良。大将来瑱在乱中守卫颍川，作战勇猛，敌军畏惧，称其“来嚼铁”，朝廷先后赐银青光禄大夫、御史中丞、招讨使、节度使等职，并赐颍国公，开府仪同三司，最后却遭程元振这一介宦官诬陷，被天子赐死。同华节度使李怀让受程元振诬陷，忧愤自尽，大臣裴冕也被此人因私怨诬陷贬职。此次吐蕃来犯，节度使高晖献关，程元振却将消息压下，没有奏报天子。直到吐蕃骑兵逼近邠州，李豫才得知此事，立刻下诏调兵，各节度使、将帅却早已心寒，又畏惧朝廷猜忌，无人应诏勤王，这长安城眼看要保不住了。

李逊暗自盘算，吐蕃骑兵一旦入城，首先定要劫掠府库。大军远道作战，若无朝廷钱粮输送，就一定要四方劫掠，不然回都回不去。莫说非我族类，就是本国军队得不到朝廷供给时，也一样会劫掠百姓。民间起事者本出黔首，一旦得势，也全靠残忍劫掠支撑。彼等只图财帛粮米，如果抢劫顺利，不会杀人太过。李逊想好了，令亲兵携带家中全部资财潜入城中各处，若遇敌兵抢劫，只能由着，若敌兵要杀人，便用财物换百姓性命。他同时令人到崔茗与卢观家中，向两家长辈说明了事态，请求相助。两家长辈十分赞许，出城前将家中大半财物都取了交给他。李逊立刻将财帛交给亲兵，送到皇城内数座书史馆阁，放在显眼处，希望敌兵得了这些好处，能放过皇城藏典，或至少不祸害到罄尽。

除此外，李逊也不知道还能做什么了，他手里那点儿兵直接与敌人交锋，无异于螳臂当车。安史乱平后，大将李光弼、郭子仪畏惧权宦气焰，怕自己功高遭忌，都辞去将职并遣散了部曲。天子出长安前复郭子仪职，令其募兵夺回长安城。郭子仪无兵无将，李逊想不到他能有什么退兵办法，不知道这长安城来日会如何，若最终敌兵大开杀戒，他也只能与长安城同死。

李逊盘算好了，心中安定，并无畏惧，只端正坐着，看看外面，满天阴霾。他身出宗室，必须忠于大唐，此事由不得他选，他也从没有犹豫过，可事到如今，他真不知道该恨敌人，还是该恨自己人。轻叹间，家人来报，道是樱儿不肯离开内道场玄元宫，情愿留下，听天由命。

李逊长叹一声："罢了，我自己亲妹，我知道她，劝不动。"

李逊果然了解樱儿，所猜不错。安史乱中，长安城破前夕，崔茗死讯尚不确定，樱儿还怀抱着期望，她肯随父母逃离，为的是活下去，等崔茗回来。如今崔茗不在了，她不愿弃城而走，也知道自己不过弱质女流，打不了仗，也不想与人打仗，只安静坐在内道场书房中诵典，将崔茗那口残刀放在手边。她曾因贞烈受朝廷旌表，纵然身在道门，崔家仍认这个儿妇。崔茗墓穴边已给她留了位置，她有恃无恐。

"残刀仍有利刃，照旧割得开喉咙。若有贼兵闯进来，抹脖子便是了，又不是什么大事。"

长安城此刻大乱。一切与八年前一样，破城在即，天子出逃，庶民无人理会，百官无踪，只几个人留下来支撑大局，将士溃散无援，不能抵抗。大难临头，人各分飞，谁也管不住谁，谁也顾不了谁。太平年间上下协调，逐级统管，朝堂市井安然有序，一俟乱起，荡然不存。敌兵还没有到，长安城里已是人相践踏，人相劫夺。富贵的有马有车，跑得快，穷的靠两条腿，跑得奋力。八年前安史乱时，长安人知道潼关破了，也不肯逃离，如今知道，世间城池焉有万年不破之理。

端木出城后直奔凤栖塬，在玉真墓前将事情告知了李素炫，求她随自己一起走，李素炫却不肯。

“素儿别胡闹，李逊让我们远避定然有道理，连闻家兄长也遣人传信，说的一样话。”端木急道，“也不知道到底出了什么事。”

“还能有什么事，八成是吐蕃人打过来了。”

“你怎么知道？

“察罕曾经说过，安史乱平后若大唐又起乱事，多半是吐蕃趁机犯上。乱中各节度使都折损军力，眼下各自拥兵，钱粮又艰难，自保还来不及，没人会轻易作乱。唯这几岁长安城兵防空虚，吐蕃屡次出兵试探，多半所图不轨。看来察罕说对了。自古天子不居险地，若官军守得住长安城，能保天子无恙，李逊也不必让你离城暂避。眼下看来长安难保，天子说不定已经走了。”

“那怎么办？”端木急问道。

“你要护好姑公与几个孩儿，府上那么多家人也指望你安排，不要想别的，听闻朗话，赶紧去南山药圃。我这里老弱妇孺也请你带上照顾，他们也能帮你做不少事情。”

“那你怎么办？你将守墓人交给我带走，日后朝廷追问，你怎么交代？”

“此处离长安只十余里路程，若战乱又起，多半会波及此处。守墓者皆是平民，手无寸刃，又无武力，留下来只是白送死。壮年男子留下听我调用，你将老弱者都带走，务要保全他们。若是日后朝廷追问，我实话实说便是，天子罚或不罚、怎么罚，我都认了。你带他们快走，我留下来看看情况。”

“你一介女子，看什么情况？看了又能做什么？万一敌兵真到这里怎么办？”端木急切说道。

李素炫却稳当：“眼下还不知道能做什么，看看再说。放心，这四周许多道观我都熟识，我有去处，不会在这里傻等。”

端木无奈，也知道李素炫虽然胆子大，却不鲁莽，想了想，咬咬牙说道："那我先带人进南山药圃，将他们安顿好。你千万要小心。"

"放心，我一定会小心。还有，你到了药圃后立刻去找清虚子，叫他将火药悉数带上，最好能召集山中猎户前来帮忙。我在南山脚下清云观等他，他知道所在。"

端木刚想问，又忍住了，立刻点头。说话间那边守墓人已经匆忙收拾好了，将全部衣物、被褥和吃食都装了车。李素炫也简单收拾好，送一行人出了墓园。守墓人隶属玉真宫，李素炫暂代玉真宫之主，可以安排，墓园外士兵由朝廷委派，她无权调动，人也不会听她的，只能什么也不说。

李素炫将众人送走，到献殿向玉真灵位行礼禀告后，出献殿，将余下壮年男子分作两拨，留下一拨继续守墓，嘱咐他们若事有激变便立刻逃走，不要死守，枉送性命，旋即带着另一拨直奔清云观而去。

南山下清云观中，清虚子果然带了全部火药赶过来见李素炫，端木竟然也跟了来。

"你怎么来了？你来干什么？"李素炫问道，又吃惊，又恼火。

端木一笑："我来帮你打仗。"

"谁说我要打仗了？"李素炫说着急起来。

"你让清虚子来做什么？为何要带着火药？当我傻不成？"

"……我也是不该妄想将你骗过去。"李素炫哑了片刻，摇摇头，笑得无奈，"只是你现在为人妻母了，不应该冒险。"

"为人妻母又如何？别的事情就都不要紧了？素儿放心，老的小的我都安顿好了。不管什么事，你不怕的，我也不怕。这半辈子，每当大事，哪一次我丢下你了？眼下怎么能让你一个人冒险。"端木正色说道。

"不行，你给我回去。真有事怎么办？孩儿们怎么能没娘？"李素炫恼火起来，大声喊叫着。

"素儿。"端木抓着李素炫两手，不住安抚她，口气柔和，却坚定，"孩儿们就算没了阿娘，也还有阿耶，有祖父祖母，有叔婶兄长。你空身一人，我怎么能将你丢下？真有什么意外，来日四郎与孩儿们也能说清楚，也讲得出道理来。做娘的也不是只能管孩儿衣食，也该以己身为范，教他们自小就知道人间对错，知道有些事可以躲着，有些事必须站出来。"

李素炫知道端木性子，犹豫片刻，咬牙认了。端木见她不再叫嚷，突然笑了，摇头无奈道：“你这碎女子，亏我还读过几卷书，能学一副圣贤口气，摆一脸凛然正气，讲一套大道堂皇，不然还真说不动你。”

李素炫又气又笑，心中又感动，只是眼下不是动情时候。她对端木点了点头，立刻开始与众人商议部署。前日她遣人凭她官符调集左近道观中炼师，眼下众人陆续抵达，李素炫将计划简单对众人说了。

“只是有个初步打算，具体事宜，要到军中与人相商。这事只我们这些人做不成。”

“军中？”

李素炫点了点头：“我离开凤栖塬时，已着人去打听。现在单等回信，才能谋划下一步。”

她说着，先请众人分头歇息，只请清虚子单独留了下来。

“你那火药如今琢磨得怎么样了？可把控得精准些？我记得许久前你就说差不多了。”

“火焰大小可以把控，起燃用引信，也差不太多。”

“火药有多少？我不知道够不够用，已请附近各道观中炼师将丹药粉料全部带了过来。”

“如果是这样，我立刻配兑，很快就能配出许多来。”

“好，劳烦你了。”

## 296

十月九日，吐蕃攻陷长安城。

城破后，吐蕃人第一件事果然是劫掠府库，李逊压着手中亲兵，没有阻拦，眼睁睁看着敌兵向内库与国库那边扑了过去。李逊长叹：“日后，我李逊这骂名怕是洗不掉了。朝中定然有人弹劾我，反倒是小事了。”

吐蕃人忙着劫掠府库宫室，一时不及寻常百姓，也没有屠城或任意伤人，但仍有些宫殿与房屋乱中失火。不日间吐蕃骑兵将府库宫室劫掠完毕，开始在坊间府第与民宅中搜刮。长安城中大批士民官员避乱逃入了山中，却有许多走不了的，眼下城门封死，只进不出，李逊忧心接下来便轮到这些人遭殃，怕他们拿不出钱物来，令敌兵恼怒而下杀手。他悄然间将亲兵散布到城中。

同一日，清云观有道人来禀，并引了一人来见李素炫。来人是玉真守墓人，李素炫出凤栖塬后遣了十数人外出打探消息，并告知他们到清云观去找她。那人一边匆忙行礼一边说道："李先生，小的在附近打探了这两日，眼下没听说吐蕃人虏了天子，只听说郭令公复职，正在四处募兵。"

"眼下郭令公驻兵何处？"

"在城西一带，不远。"

"你立刻带我去。"

李素炫说着向外走去，边走边将计划说与了清虚子，清虚子目瞪口呆。

"……这主意也就你敢想。我来时路上大约猜到你是要对付吐蕃人，却没想到是这么对付。也罢，你放心去，我这边立刻准备。"

李素炫谢过清虚子，上马而去，很快到了郭子仪军前。看起来，郭令公手下人还不太多，不敢贸然分散，若是人多，分兵几处，外人还真不好打听郭令公到底在哪里。

李素炫刚刚靠近，守卫士兵拦住了她。眼下郭令公旧部得了消息，纷纷来投，守卫不会见人就当作敌人，只是见了女子，肯定要拦下来仔细盘问。

李素炫掣出金鱼，对士兵说道："在下玉真宫李素炫，因兵事请见郭令公。"

士兵见李素炫是个清瘦女子，开口就要见郭帅，十分狐疑，只是她手中持有金鱼，又不敢随意打发她。李素炫见他迟疑，又说道："在下昔年乃玄宗皇帝乐人，曾于天子金殿上制献《大破阵乐》退敌。郭令公定然知道此事，烦请如此通禀。"

李素炫本来不喜欢提起这《大破阵乐》来，总觉得如此自夸没什么大意思，只是看眼下，也只得吹嘘几句了，不然怕是见不到郭帅。守门士兵听了这几句话，也不知道真假，只是觉得李素炫仿佛有些来头，犹豫了片刻，回身入内通禀，不久又从里头走出来，行礼说道："郭帅相请。"

李素炫见到郭子仪，瞬间心中难过。郭帅已年近七十，若褪去戎装，只是一位寻常老者，眉目和善。老汉一生为国四方征杀，奈何无数忠心抵不过权宦私心、天子疑心，安史乱后那程元振不过几句话，他便被解除兵权、明升暗降，如今祸事临头，朝廷又想起他了，他一把年纪仍要冒险搏杀，此次事后，谁知道又会怎样。可怜这些武将，半生鏖兵，金戈鉴雪，肝胆昆仑，却没有几个能如愿死在沙场上，裹尸而还，反而大多侥幸不死，最后断送在本朝奸佞手上。

李素炫顾不得叹息太多，立刻上前行礼说话："在下玉真宫李素炫，今日特为长安兵事请见郭帅。"

郭子仪着软甲，坐在胡床上，上下打量李素炫。他知道李素炫本是大内乐人，后入道为女冠，只是不管乐人还是道人，都与打仗没关系，也不会打仗，郭子仪猜不到她冒险来见是为什么。眼见她着青袍玉冠，腰悬紫箫，手持鱼袋，在一众彪壮武将围视中全无惧色，倒果然像个有来历的。

李素炫知道郭子仪不信她，也不急着分辩，只稳当说她自己的："在下想来，郭帅若要退敌，定是要用些计谋。"

"什么意思？"

"退敌无非是硬碰硬，或用些计谋调虎离山，或虚张声势将敌人吓跑，诸如此类。郭帅眼下手中兵士定然不会太多，硬拼怕不是大批骑兵对手，以郭帅智谋，定是要用计，且已有了打算了。在下也没什么格外高谋，来见郭帅不是献策，只是帮忙。"

郭子仪更加狐疑，他果然已定了计策，却不知眼前这女子怎么猜得准，有些疑心她是敌方所遣。虽说当年《大破阵乐》与李素炫之名他都听说过，也在宫中见过李素炫，却不知道她眼下是为谁奔走。终究人心难测，一撮金子便买得走犬，郭子仪若是听人几句话便信人忠心，怕是活不到眼下。这一点李素炫知道，也不急，慢慢细说，总要将事情前后说清楚，郭子仪才会信她。

"就在下所知，此次来犯者乃是吐蕃东道军。东道军首领马重英曾拥戴赤松德赞为吐蕃赞普，势大居功，深为赤松德赞忌惮，与吐蕃朝廷各方亦多有抵牾。眼下吐蕃大军又在川西与我唐军作战，难以救援东道军。故此他们虽然人多，却是孤军远土，虽一时气焰大盛，心里终究不托底，定然怯怯不已，疑神疑鬼、草木皆兵。这长安城他们占不了太久。"

旁边几名将领面面相觑，郭子仪大惊，立刻断定李素炫是奸细，否则，一介弱女子，怎么会将吐蕃军中朝中状况知道得如此清楚，连赞普与将领名字都张口说得出来。这些，就是寻常军士和下级将领都不见得知道。

李素炫知道郭子仪不信她，马上解释道：“郭令公容禀。在下天宝乱前奉玄宗皇帝之命出使西域，在西域居留数载，虽是奉旨采录乐事，却将西域各处风土事务也打听到了许多。当时在下身边有一名武士，曾在疏勒都督府唐军中效力，后又为罗喏国将领及使节。他在我身边陪伴数载，与为至交，十分相知。我二人闲谈时，他与我说过许多西域兵事，自然会说到吐蕃，故此在下知道这些事情。”

“你去过西域？”郭子仪追问。

李素炫立刻将自己在西域各处行程、罗喏国所处以及如何翻越葱岭到达拜霜国，并及天音菩萨与疏勒都督府中事项说了一遍。郭子仪曾在安西都护府与北庭都护府将兵，对西域各处都很了解，李素炫说了许多，丝毫无爽，说得郭子仪不得不相信她果然去过西域。

“西域兵事及各国武将我无不熟知，你那位友人叫什么名字？”

“他叫察罕，姓阿布思，铁勒人，曾在疏勒都护府唐军中效力十七年，后为罗喏国将军。身材高大、壮硕，武功上乘，左手持一把波斯弯刀，右手持大唐横刀，双手擅用大唐陌刀，飞镖、弩弓、袖箭俱极精准。单人作战便是凶狠，带兵打仗更加悍勇，西域武人皆以为豪杰。”

郭子仪沉吟片刻后说道：“……我听说过此人，果然英雄，你若当真认识他，他倒果然能将吐蕃事与你说清楚。”

李素炫知道，郭子仪如此说，便是渐渐打消了狐疑。她仍不急，端着礼貌，耐心等待。

郭子仪想过许久，点头说道：“也罢。本帅曾在宫中得玄宗皇帝赐乐，见过你，记得你，知道你果然是李素炫，只是不知道这李素炫如今是好人坏人。既然你能将前后事说得通，本帅便信你一次。你能帮什么忙，说来听听。”

“在下想先问问郭帅军中眼下如何状况，郭帅又是如何打算？”

几名偏将颇为吃惊，这女子比一众武将矮了一头半，身又瘦弱，武将各各带刀，外面又有数百军卒把守，整座军营里皆是男子，这女子竟然丝毫不怕，直接向郭令公询问军情，说得不慌不忙，也不知她哪来这么大胆子。郭子仪倒觉得寻常，知道她常年奉乐金殿，有见识，有胆识。

“本帅得天子诏令募兵，只募了二十余人。后到咸阳收拢部曲数百人，又在蓝田聚拢关中守军，眼下军士正分批赶到，已千余人。”

“足够。”李素炫笑道。

“你说得对，硬打不行，只能使诈。我已组织人手，让他们混进城里散布风声，就说本帅亲率大军来救，后面还有鄜延节度使白孝德将军即将率大军赶到。再等几日，此处人再聚一些，便着人将树枝绑在马尾上拖起各处沙尘，令军中鼓角大作，并在夜间放出火光，将吐蕃人吓退。”

李素炫笑道：“郭帅果然端稳。这些路数，熟读中华兵书者不会上当，吐蕃人剽悍骁勇，却傻了些，识不破。郭帅威名赫赫，彼等听个‘郭’字，也先吓得没了魂，再加上这些，想必胆裂。”

众将都笑起来，郭子仪也笑了，问道：“你有何相助之处？”

李素炫立刻持礼颔首说道：“在下来见郭帅前，已令人去至玉真别馆，将别馆中号角鼓吹等仪仗悉数取来，又自终南山中请了友人前来相助。我这位友人乃是上清派炼师，惯会制火药。火药引燃后非但有火光，又有巨响、烟雾。昔日察罕将军曾说过，吐蕃军中历来有大批波斯人、大食人、吐谷浑人，各奉不同神祇，各有迥异风俗，说话也不是彼此完全听得懂。波斯人信奉火祆，见了火光、烟雾，又听巨响，定然心中惊惧。马受惊，人受惊，彼此又听不懂话，一拨人吓破胆，一群人便吓破胆。”

众将瞠目，许久，郭子仪问了一句：“我们自己人知道计策，不会受惊，马怎么办？”

李素炫一笑：“自然有办法。”

郭子仪至此彻底信了她，立刻挥手召集众将围得紧了，与李素炫一同商量详细事宜，一步步推演谋算，分派兵力，并即刻遣众将分头安排人手，又格外指派副将柏颂先带兵听从李素炫调遣。都安排好了，郭子仪问了李素炫一句话：“你……读过兵书？”

“正是。”

“你怎么会读过兵书？”

“在下曾随太常博士鹿聆训先生修习鬼谷，自然读过几卷兵书。不过只是些纸上谋略，不曾实操，平日里只供清谈，不敢称本事。”

郭子仪笑道：“还挺谦虚，学的也真多，鬼谷也学得进去，少见。”

李素炫颔首行礼，也不客气：“多谢郭帅夸奖。”

众将领又笑起来，见她清瘦却又认真，众人觉得好笑，又佩服。

出了军帐，清虚子等人已在军营外等候，有人将他们带入军营安置好了，翌日，玉真别馆中所有鼓角仪仗全部被取了过来。军中人见了四对大号角，不住称奇。

“这号角这么长？在下真是头次见。”柏颂先惊异说道。

“这是多年前西域某国所赠礼物，平日里不大用得到，放在别馆里，也是看得多。一般人也吹不响，只我别馆中有人专门会。”李素炫答道，开始与端木商谈鼓角号令。她在疏勒都督府见过军中鼓吹，端木知道得更多，二人商议后，大概定了路数，以建鼓为令，号角为导，鼓吹并用，同时请柏颂先安排人相助清虚子。

柏颂先问道：“先生，若火药响起，怎么能只惊到对方马匹，不惊到己方马匹？先生说过有法子，不知是什么法子。”

“我唐棉朵少见，丝绢等易得。请柏将军立刻寻来，细细撕开，越细越好，抟紧，大小能放入马耳，每匹马用一对，再多一枚备用，若足够，备用两枚。到行鼓角时，令军卒提前将丝团用水彻底浸湿，攥干，放在怀中暖着，定要暖得透了，之后放入马耳中，马便不会受惊。”

柏颂先很惊奇，李素炫解释道：“这是我在西域时察罕将军教给我的。最好用的是棉朵，西域那边叫白叠子，到处都是，便宜易得。只是我唐棉朵少，中原只有富家种几株来看。若无棉，也可以用丝绢，细细抽出丝线，抟紧，打湿，便不透声响。”

柏颂先连连点头：“在下曾随郭帅在西域镇守多年，却没听说过。丝绢好找，在下这就安排，令人分头叮嘱士兵预备好。”

## 297

城外，李素炫遣人混进城里，分头去寻萧娘和闻朗。为求稳妥，不管什么消息都不写函件，只来人口传。萧娘见来人手中纸笺上画了只狸儿，立刻知道此人可信。这狸儿只李素炫这么画，虽然画得不怎么样，别人却是学不上来。萧娘将来人遣至后院，叫他扮作杂役，做些洒扫杂事，她自己转头准备去了。

给闻朗送信的是那个独臂老兵，他随端木一起到了终南山薤谷口，将一众人都安排好了，又不放心端木，跟着她一起去找李素炫，又自告奋勇到城里送信。老兵佝偻着身子，少只胳膊，没人注意他。

闻朗听了老兵传信，立刻转身去安排。

城外，终南山中猎户赶到郭子仪军前请见，数十名壮汉俱带弓弩兵刃，又照李素炫嘱咐，带了所存猛兽粪尿过来，存在瓷皿中，用蜡封得密实。清虚子昼夜不停，配兑填装火药，并反复调试引信。

郭子仪旧部继续来投，眼下已聚拢两千余人，尊帅令分几路行事。有人系枯枝于马背，曳地拖行，大白昼里拖起阵阵尘土来，仿佛有大股军队不停调动。也有人潜入城中四处散布消息，云是吐蕃围攻凤翔，多日不克，镇西节度使马璘驰援，大败吐蕃，即将回师京城。这倒不是假消息，只是郭帅怕城里吐蕃人一时不知道，要马上告诉他们。

城里城外，所有人都在忙碌，隐秘，又胆大。

长安城中，李逊依旧紧紧盯着，吐蕃骑兵入城后大肆劫掠府库、宫阁与市井，之后却忽然消停了不少。城中有些零星劫掠，李逊所遣亲兵解救了些百姓下来，除此外吐蕃人一直按捺不动，令李逊百思不解。几日后消息传来，吐蕃军首领马重英立广武王李承宏为帝，管他乐不乐意，硬给推上了宝座，并设置僚属，四处抓捕官员，强迫就职。

“这李承宏乃是金城公主胞弟，若论辈分，吐蕃赞普赤松德赞还得管他叫舅舅……这步棋真是走得奇怪，也不知这吐蕃人到底要做什么。”李逊思忖着，想不出什么头绪来，趁吐蕃人不熟悉城中情况，还没有找到他头上，立刻躲入了坊道间民宅中。

李逊换了平民衣裳，不上半日就要换一处藏身。藏身处有几名百姓染了时疫，无人救治，渐至危重，他亲兵中也有人负伤，无医无药，只忍着，也不知能挺到什么时候。李逊不忍见伤病者等死，带几名侍卫悄悄去了左近平宁寺联络，要将伤病者送入病坊中，哪怕是救不过来，临死前能得些照料，也好一些。方入寺中，还未到正殿，迎面遇上了闻朗。

“你……”李逊急了，又不敢出声。

“端木已带着老小躲出城了。”闻朗立刻说道。

李逊松了口气，旋即又急了：“你怎么不跟去？怎么能将妻小丢下？”

“你不也丢下了？”闻朗回道。

李逊被闻朗回得没话说，想了想也没什么好说的，还是先说正事。

“我这几日收留了些病患百姓，士兵中也有人负伤，恳请你相助。”李逊低声说道。

“你将人带来便是。”

李逊立刻吩咐侍卫去接人，又回头问道：“你这寺中可有能藏人处？”

“藏什么人？”

“宫中朝中有些人不及躲避，仍在城里，马重英正到处搜捕这些人。眼下这些人散布在附近几坊住户家中，只是那些人都是生人，我不敢全信，必须帮他们寻个稳妥处躲藏。”

“你是说，你敢信我？”闻朗问道。

李逊点点头。

“既然这样，我帮你，只是如今他们只能扮作病患躲在病坊中，或扮作居士做些活，且不能太多人。贼兵每日都过来搜查，人突然多起来，定令彼等起疑。”

李逊点了点头，闻朗又说道：“其他人可分散藏在其他寺院病坊中，我这就请居士前往联络。”

李逊没想到闻朗如此肯帮忙，正要道谢，闻朗说道：“你也不用谢我，这是为了谢你累年冬日里送来大批药材和银两，救下不少人命。令人死中得活不是小恩德，我今日替那些人还了你这个情分……你说你身边有人染了时疫，你怎么样？”

“我从来不染时疫，自小就没事。”

闻朗点点头，取了件粗布衣裳来，叫李逊换上，坐案子那边抄方子去。“你这贵人相足的，扮病人和居士都不像，你扮个郎中就行了。”

闻朗说着转身走了。他与李逊没见过几面，两人倒是没少互相听说。闻朗知道李逊为官清正，李逊也知道闻朗菩萨心肠，两人都听过对方不少好名声，却又互相看着别扭。为病坊筹措药材也好，眼下藏人也好，所为者生民朝堂，不是私事，以两人性情都不会推托，可两人说话时仍是谁也不肯正眼看谁，话说得也快，口气平淡，却一听就是做出来的。

李逊换了衣裳，在案子边坐好，这几日身上心里都绷得紧，骤然松弛下来，一时身心俱疲。

他这官做得实在是太累了，从来所求不过是个小院子，哪怕粗茶淡饭，只要能与心上人清淡厮守，不问世事人情，便是逍遥完满。可他既没有那个小院子，也不得不与心上人分别，那个官他万般不想去做，却不得不做。有人得不到想要的，有人推不掉不想要的，他是两样都占了。安史乱起至今，国中朝中动荡不堪，李豫虽有谋略手段，继位后也一时稳不住朝局，文臣武将各有心思，天子也难辨忠奸，不是信错了，就是疑错了，不是放错了，就是杀错了。李逊没那无穷心机与各色人鬼周旋，只踏实做事，做对了，天子嘉奖，不过淡淡谢恩，若惹动了天子，领罚便是，遭人谗害也不过多辩解，左右说了也白说。

李逊乱纷纷想着，觉得身子不住向下摊开，快化成摊泥水了。

不久后，有七八人被亲兵先后带入平宁寺，闻朗让他们换上粗衣，将他们身上衣裳拿出去烧了。虽说也是些百姓服色，可在此处还是扎眼了些。随后又挨个问了问，将几个历年轻易不染时疫的带入病坊，其他几人带到盥洗处。

“都安顿好了，你暂时不用担心。”闻朗对李逊说道。

“病坊中那几人会不会染上时疫？”

“病坊中不全是时疫病患，染了时疫的都聚在一处诊疗。我将你的人安置在另一头偏僻处两间空屋内，刚刚遣人清理、消杀，嘱咐他们不要出屋门，也不许别人靠近，每日只遣一位居士从病坊侧门送饭食过去，这位居士不与病患交道。如今刚十月，时疫尚未到大盛，周密些不会有问题。寺中除了我没人知道他们身份，只说是几个危重者，单独医治。其他几人在盥洗处，装个样子做活就是了。”

“多谢。”李逊行礼道。

闻朗看着他，许久后迟疑说道：“此处狼狈，这些人眼下求你护着性命，凡事听话。等事情过去了，他们又成了贵人，回想今日定然不舒服，保不齐可就怨你了。”

“我知道，无妨。”李逊随口答道。

闻朗看了看他，叹了口气，转身走了。

郭子仪初到长安城时，在开远门外逢射生将王献忠胁迫诸王投降吐蕃，郭子仪救下诸王，派兵送到天子所在，但城中仍有宗室子弟及朝臣不及避走。李逊求闻朗帮忙将这些人藏起来，也是要保护他们，也是要防着他们，怕他们落入吐蕃人之手，惧死而任伪职，辱没国体不说，日后也定遭朝廷清算。他知道闻朗说得对，事后这些人想起今日狼狈来，怕是不会感激他苦心相救。

十月十四日，吐蕃人入城已五日，凡府库治所及富裕百姓家皆遭洗劫，全城萧然一空，但吐蕃人仍未在城中大开杀戒。城中人暂时不怕了，也更怕了，不知道彼等在盘算什么大计划。平康坊中仍有吹弹歌舞，来的是些吐蕃将领，各有所图，也各有性子，有的还挺客气，不住套着近乎，口说他们赞普跟大唐天子是亲戚，他们住得偏，却不是蛮夷，知道这坊间规矩，不敢造次，还说自己年少时见过金城公主陪嫁乐人演乐，数十年间折服不已。这是斯文些的，知道大唐有诗乐，想见识见识；不斯文的，只晓得此间有女子，只晓得女子有一个好处。

萧娘数次接到李素炫托人带口信，依照李素炫嘱咐，歌舞谈笑间对吐蕃人说了些话，有些无意，有些有意。人追问起来，她便不说了，笑笑，继续弹她琵琶。

此时郭子仪率骑兵自御宿川向东到了蓝田，与元帅都虞候臧希让、凤翔节度使高升所部会合，手中已有三千余众，又令副将王延昌去至商州召集散佚将士。王延昌到达商州时，众将领正放纵手下士兵四处劫掠百姓，听说郭帅出来主持大局，众人立刻表示从命。郭子仪为保天子不遭吐蕃攻击，带兵驻守七盘关，三日后才撤离，到达商州，合并武关关防兵后，手中已有四千余众，声势稍振。

李素炫只见了郭子仪一面，之后，柏颂先受元帅令帮助李素炫，在她的人与军队之间协调。自那日见过郭子仪后，李素炫去了青衣，换了一身利落男装，不住与端木和清虚子等人在一起商议，每有一策便请柏颂先着人报与郭子仪，请郭子仪统观布局。清虚子连续忙碌，带领众炼师配兑火药，众猎户得李素炫嘱咐后，由柏颂先遣了一拨人相助，到远处布置去了。

长安城里，吐蕃人并未在城里实施宵禁，街上有吐蕃军卒昼夜巡逻，就是没有，眼下也无人敢大半夜出来。平康坊中，李素炫数次遣人向萧娘传信，这些人都无法再出城，由萧娘掩护，隐在坊中。深夜时分几人悄悄出了平康坊，着黑衣夜行，个个身手利落。出平康坊向东，过东市便是道政坊。坊中多有大树，几人分头爬上坊东头几株大树梢头，轻轻呼哨一声，解下身上包袱，各取出几盏孔明灯来，同时点燃，不久后松了手，旋即撤离。

孔明灯很快升得高了，被城墙上吐蕃人看见，立刻搭箭射落。

吐蕃人每日四处搜查，又在街上巡逻，城中百姓十分恐惧，若非遇上急症，不敢前来平宁寺求医。问诊的少，闻朗索性一直在病坊忙碌，李逊独自在殿中寻个角落坐了，抄抄方子，读读医书，乐得不与那闻朗见面。

一日清早，殿中忽然来了几个吐蕃人，其中一人结巴说着唐话，半晌才说明白，原来是来求医的。李逊相貌斯文，拿着卷医书，颇像个郎中，几人立刻过来询问，主诉胸闷、头晕、腹泻。

李逊不多说，压了脉搏，利落开好方子，又嘱咐道："这几日多歇息，多食用青蔬，多饮水，戒酒肉。"

那个会说唐话的转头与另几人说了，几人连连点头，李逊又说道："这几日在军营里安生待着，别外出，尤其不要到这里来。"

"为什么？"

李逊抬手指了指外头："今冬冷而无雪，时疫格外凶险，病坊里每日都不少死人，看这势头怕是十来日内就要控制不住了。你几个现在这样，要是染了时疫，没救。"

几人立刻紧张起来，李逊仍旧不慌不忙："那些每日在外头巡逻的，你们也离远些。城里难说什么人已染了病，巡逻的与彼等打照面，又搜身，也跟着染病，你等再与他们打交道，危险得很。"

几个当兵的面带惊惧，慌里慌张走了，李逊不理睬，低头继续读书。不久，闻朗得了消息过来，进了殿门，径直走到李逊面前问道："如何？"

"都告诉他们了。"李逊淡淡一笑。

"那几人什么毛病？"

"没什么毛病，再说我也听不懂他们到底说什么，就听明白腹泻了。"

"你给开什么药了？"

“乌梅、五倍子、肉豆蔻、金樱子、木香、合欢皮等。我不懂剂量和配伍，别的药材我也不认识，随便写的，左右也吃不死人。”

“这几味药材确实都是治腹泻的，可是腹泻有许多种，或是食物不洁，或是饮水生冷等，不一而足。病因不同，要用不同方子才行。这些人若是腹泻，八成是高处下来到低处不适应，加上水土不服。不明病因，不对症，只胡乱止泻，弄不好令湿毒淤积不出，反更伤身。这些你可知道？”

“知道。”李逊答道，头也不抬。

“……知道就好。”

闻朗遣人联络各寺病坊，教放出消息去，不几日间，全城大半吐蕃人都知道城中有大瘟疫，也没人辨真假，也辨不出真假。当此时，坏事总是传得快，许多吐蕃士兵渐渐起了心慌。

平康坊每日都有吐蕃人上门，坊中别处有各色人等，都是奔着女子去的，唯独北里不同。此间楼阁精致，池林典雅，虽说比不得开天年间奢华热闹，对吐蕃人来说却是无上妙境。这里来的都是些将领，借口巡查，想见见大唐风流。

人若拳头大、刀快，却颟顸而不受文化，就不好对付。设个局、放个破绽想让他钻进来，可是他看不出来，瞪着俩大眼擦着跑过去，偏就不入套，倒能将聪明人活气死。若是书读得透彻，又见多识广，也不好对付，见人使蛊，一眼洞穿，轻巧绕着就走了，也不上当。这两种人只能消灭，不能收服。最好对付的是那些仰慕诗乐文章却没读过书的，或读过些书却没读透的，或有些见识又见识得不多的，半聪明不聪明，又半蠢不蠢，最容易上当，一旦上当，拳头和刀就都没用了。

萧娘胆大泼辣，人情娴熟，最会对付这种人。李素炫托人带口信，告诉她若贼兵没有随意动刀刃，就如此这般行事；若是贼兵用强，就马上到平宁寺找闻朗帮助，躲藏起来。萧娘只与贼兵打过一次照面，就决定留下来周旋，只将几个胆小嘴笨的送到平宁寺去了，让她们转告闻朗，将信息送出城去。

平宁寺里，闻朗在纸上写着当日死殁者出处与姓名，交给居士。外头马车上，数具尸身已妥善安放，盖着苫席，用索子捆缚好了。死于疫病者必须立即运出城掩埋，这道理闻朗与吐蕃人讲得很清楚，其实不用讲吐蕃人也知道利害，不敢不同意。只是彼等也不傻，将马车与尸身搜查得十分详细，什么也夹带不出去。每日运送尸首时又遣兵卒跟随，一路盯得很紧。到了坟地，军卒虽然持械远远看着，却是不错目，盯着居士和役夫挖了坑，撒了石灰，将尸身送进去用苫席盖上，掩土，起坟，立个木牌子权作墓碑，用粗笔将纸笺上疫死者出处与姓名写上。兵卒里有认得几个字的，见不过是些寻常名字，诸如东村张五郎、桥西村万老三之类，也没多问，盯着居士烧了纸笺、为死者燃一炷香，又一路严加看管，将他们押送回平宁寺。

“这主意是不是端木教给你的？”李逊轻笑，问道。内殿里此时有些昏暗了，他与闻朗正在将灯烛点起来。打了几日交道，二人都好了一些，虽然还是互相不拿正眼看，说话却顺溜多了。

“……你怎么知道？”闻朗问道。

“以前端木就是这么写纸笺，用各种谐音字，或藏头诗。”李逊说道，说完了又有点儿后悔，觉得不该说起这些来。

闻朗并没有在意，只随意说道：“我记得是你二人时常这样写密信，约时辰出去玩儿，素儿帮忙传递。”

李逊没想到闻朗知道这些，有些尴尬，迟疑着点点头，又迟疑着问道：“你怎么知道？”

“素儿说的。”

“……她为什么跟你说这些？”

“我问她的。”

李逊无话可说，只好又点了点头。

“素儿不知道你们约着出去玩儿？”闻朗好奇问道。

“她当然知道，每次我跟端木出去，素儿就去郑先生那里听授、练习，拖时辰，怎么会不知道。再说端木什么事都不瞒她，有时候我和端木互相看不懂密信，还得请教她。”

“既然素儿知道，你们还写什么密信？”

“自然是为了瞒着郑先生。”

闻朗回头盯着李逊，惊讶不解：“既然你们不瞒着素儿，让她帮你们直接传话就行了，几时几刻、哪间酒肆、哪个路口，两头直接说，传什么密信？还费劲编排，还互相看不懂。”

李逊顿时哑口，答不上来。他跟端木玩儿这小把戏玩儿了一年多，从来也没想过让李素炫直接两头说，今日被闻朗一问，才突然想到确实是多此一举。

“你三个都读书，也不知读哪里去了，真是够笨的。”闻朗直摇头。

李逊无奈，看着闻朗，心里也在摇头：“这人真是够木的。”

少年人情义炽盛，一心满怀爱慕时，个个笨拙，传密信是为了好玩儿，谁会去想有没有用。李逊今日被闻朗一提醒，想到昔日传信确实用不着，却不觉得自己笨，只是看着闻朗，心里纳闷：“也不知道端木喜欢他什么，木头似的。”

闻朗其实心里也戳气：“我这人呆板无趣，木头似的，也不知道端木喜欢我什么。”

城外，李素炫着人将木牌子上所有文字抄过来，扫了几眼就明白了，城里大约多少士兵、大约如何分布、兵器如何等等，木牌子上都写了，并及城中百姓及萧娘那边状况也写了。李素炫迅速遣人报与郭子仪。

## 298

眼下长安城里与城外周边百姓都知道，朝廷大军就要到了，吐蕃在别处吃了败仗，大唐得胜将军正在回师勤王途中。长安百姓知道了，吐蕃士兵就更知道了，连许多吐蕃将领也知道了，自然是萧娘告诉他们的。吐蕃人立了伪帝，留了些颜面，没有大肆破坏皇家宫殿与池林，在城中除了劫夺财物，也并未大肆杀人，郭子仪眼下最担心的是吐蕃人东袭陕川，威胁天子行在。近日里各路消息四起，吐蕃人一时迟疑，连着几日按兵不动，郭子仪也只好耐心些。

十月十五日，吐蕃人占领长安城第六日，柏颂先与李素炫接到郭子仪帅令，赶到商州与他会合。见了郭子仪，李素炫将近日里布置和来日计划详细讲了一遍。

“你可真狡猾。”郭子仪笑道。

“不及郭帅。”李素炫说道。也不是客气，郭子仪这几日也有各色布置调动，旁人能不能看出窍道来李素炫不知道，她反正是能猜出个大概来，暗叹老汉果然足智多谋。两人都有办法得到各处消息，估算之下，吐蕃人号称二十万，其实城里城外几处驻军加起来只十万左右，但就是这十万骑兵，也远非郭子仪手中四千兵可以抵挡。手中无兵，什么阵法战法都没用，只能使诈。郭子仪身经百战，兵法娴熟，兵法里不讲的他也熟。从前鹿先生传授兵法时说过，兵法里没有一句话说得不对，但照着兵法打仗就是寻死，很多时候，兵法里不讲的、讲不清的，才是决胜所在。

方入夜，营帐中很安静，帐帘没有放下来，抬头就是满月。月光静定，烛影摇晃，生死前夕夜深如海。军中无茶无酒，连盏水也懒得吩咐人去斟来，帐中只老狐狸领着小狐狸在舆图上比画着、算着，干着两张口不停说着。都计划好了，这才轻松了些。

“依在下所见，吐蕃人不会撑太久。只是最后是彼等识相走了，还是打一仗再走，就难说了。”李素炫说道。

“说的是。”郭子仪点头道，“吐蕃与大唐多年交兵，所图者西域，并非觊觎大唐国土，他们还没有这个胆子。此次占领长安城也并非吐蕃赞普谋划好的，只是那马重英率军突击，万没想到一路上如此顺畅，压根没想过能占长安城，蒙着就将长安城占了，占了长安城还是蒙的，根本没想过下一步。”

“这几日我得闻线报，也将状况厘清了。此次吐蕃能攻入长安，先是泾州节度使高晖反叛，放他们进来，再是边令诚等阉宦瞒而不报。六军疲敝颓废，不听朝廷调遣，甚至胆敢犯上作乱，根本不能使职保卫。安史乱后朝廷不信任武将，各节度使与朝廷离心，无一前来勤王，这简直是把长安城往吐蕃人手里硬塞。我若是马重英，不占了长安都不好意思……我大唐竟然能到这一步。”李素炫叹道。

“一步错，步步错，自安史乱后，朝廷就没有缓过来，不能提前安排事，总是被事撵着。”郭子仪不住摇头，“吐蕃人占了长安城，可是占不住，久据不退，又无后援，十分危险，也不知道那马重英想不想得明白。我就怕他想不明白，死赖着不走，可就免不了要迎面交锋了。能做的我们也都做了，眼下只能静待几日，看看再说。”

李素炫无奈笑道：“虽说兵者诡道，打仗免不了各色心机窍道，可那应该是为了打巧仗，减少将士伤亡，不是无兵无将时用来嘿唬敌人的。”

“没错。你小时候看兵法，看的是排兵布阵，其实很多时候将领手中根本就没几个兵，根本排不出什么阵法来。”郭子仪狡黠笑道，“打仗最要紧的，不是打仗。”

李素炫却笑不出来，只是不住轻叹。她明白郭子仪所指，为将帅者第一要对付的其实不是敌人，恰恰是自己人。老汉数十年里胜仗无数，天子每问所欲，他只要田产、宅院与女子，其实不过是为自污操守、自损威望，以防朝廷疑心。安顿好后方，前方还有一堆事，真能以战止戈，其实都是好运气了。将帅临阵，手中无兵是寻常，有时粮草都接济不上，军中人事也与朝堂中一般纷乱，各路人马也是各有谋划。总之打仗这事儿很复杂，算下来，排兵布阵反而最简单。

李素炫乱想了一阵子，忽有所悟，笑道：“老帅，我来见你，本只是想来碰碰运气，不想老帅竟然真的将我留下听用，我现在突然明白为什么了。”

郭子仪压低声音诡笑道：“左右这吐蕃人到现在也还是蒙的，就让彼等蒙着再将长安城吐出来。你当时说你来帮忙，这个忙还真就得你来帮，别人还真帮不上。”

这两人一老一小、一文一武，一时说得开心，颇聊了几句闲话，闲话过后，又一时无语。郭子仪看着李素炫，对她有些好奇。他久闻她诗名乐名，也知道她后来入道为玉真宫弟子，只是老汉半生征战不断，没工夫过多打听这些事情，直到前几日听她说去过西域、读过兵法，又这几日看她谋划细致、布置稳妥，终于对她起了好奇。

片刻沉默后，郭子仪问道：“打仗这事，你为什么要来？你难道不知道打仗很危险？你出身乐人，又是女子，你第一个先跑了也没人会说你什么。”

“我知道打仗不是玩闹，只是少年时师父曾教诲我，不敢以乐人身贱推脱天下事，尤不能以女身自弃。我践师道，又能帮上忙，自然要过来。”

“你一女子，若是遇上贼兵怎么办？”郭子仪问得直截了当。

李素炫淡淡一笑，稳稳答道：“有死而已。”

郭子仪十分不解，看眼前女子弱如烟柳，却不惧刀兵，虽说上古也有帝妻妇好为国中大将，诗中也有木兰为女中丈夫，可这等女子几千年也数不出几个来，怎么看这李素炫也不像下一个。

“昔年自《大破阵乐》后，你在长安城中名重一时。我府中曾想请你，却听说你坚辞私请，我府中不敢强求，只好作罢。后你入道为玉真宫弟子，又屡受道阶为朝廷道官，就更不敢请你了。人都说你生性清淡，身心俱在方外，不与凡俗人打交道，除身边几个故交外，只与世间诗乐雄才略有交往。你多年不问世事，今次竟因兵事前来相助，真是让人想不到。兵者，不祥之器，非君子之器。打仗这事，输赢都是造杀业，不知你一个出家人怎么肯理会这些事情。”

李素炫沉默许久，不能回答。师父卢菡已死去十八年，她依然忘不了他。他是她师父，今生他只是她师父，她没有资格相殉而死，也答应过他会好好活着，然而这半生里她都活得迟疑犹豫。她每日书乐快乐，此情真实不虚，她真的想好好活着，好好享受这些，可她也在思念中终日煎熬，受尽折磨，想早早了结这一切。她多年勤奋，从不懈怠，在疏勒城时授典严谨，回来后为国复史，又事编撰。她担负许多，不断告诉自己这是昔日师父教诲，是应该做的，她要好好活着，做好这些事。她又胆大，敢去西域，敢跟着察罕疯狂纵马，遭遇悍匪也毫不畏惧，又敢对天子冒死直言。这些年来她心中凌乱不堪，欢乐与痛楚耿耿杂陈，希望与幻灭苦苦交织，她总是找理由想活下去，又总是找机会想求一死。

这些事情李素炫不会告诉任何人，郭子仪也猜不到。李素炫纠结半生，渴望来世，又害怕没有来世，活得不踏实，又不敢死，也没理由死。听闻长安危难，她没有迟疑，立刻投军参战，也践师道，也张己志，也尽子民之责。能夺回长安城最好，若败了，不过一死，报了国恩，脱了相思苦楚，今生落个两全。

李素炫始终持礼沉默，郭子仪没有追问，两人安静对坐着。李素炫来管这些事情，缘由很多，一时纷杂错乱，有的不能说，有的能说却不知怎么说起。思忖许久后，她叹息着答道：“我为女冠，果然是不该管这事，这种事我也果然一向不上心，但是……我自西域归国后，数岁间助太常寺复建唐乐典并修撰唐乐志，又变西域曲调及撰录西域乐志，为的是添益大唐内乐。在西域时，我弹这琵琶叫唐琵琶，手中毫笔叫唐锥……若没有大唐了，我做这些不是全都白费了？”

那么多实话里，李素炫能对人说的只有这几句，但这几句也果然是实话。

郭子仪盯着李素炫，许久，幽幽说道：“修撰典籍怎么会白费？说句犯忌讳的话，就算无有大唐，不是还有中华？”

李素炫一怔，愣愣看着郭子仪，不语。许久后，郭子仪沉声缓缓说道：“自炎黄统合至今，天下数易衣冠、数改朝代，历来胡汉杂处、骨血交融，可中华仍是中华，不就是因为有这些典籍？依典籍记载，人方知道祖先事迹，知道自己身从何来、心向何归，知道要行什么事、要守什么道。将军断头颅，护当世太平；士子沥心血，彰万世文华。就算无有大唐，但有中华在，焉能说典籍无用？”

李素炫心头震撼，不由得双手持礼，挺身跽坐，恭敬听教。

“昔日你师父教诲你‘不敢以乐人身贱推脱天下事’，你虽身在方外，也不敢忘记，冒死也要恭谨践行，此事某十分佩服。只是，天下事如何只是生死兴亡？诗书画乐、典章史籍如何不是天下事？”

李素炫颔首持礼，默然无语。

郭子仪不明白眼前女子怎会如此大胆，听她说着“不敢以乐人身贱推脱天下事”，只觉得不像真话，可也不像假话，偏又被这一番堂皇大道理堵得没话说。既然如此，就好好给她讲这大道理，讲到她心服口服。李素炫非常聪明，这些道理也没有多么深奥难懂，可郭子仪不说，她自己却不会往这里想。

“生死兴亡是天下，礼义诗史也是天下，你精书乐、擅修撰，就去好好做这些事。打仗自有男子、将士，若我等拼尽性命都不行，你白送死又能如何？若书乐废弛、文脉断绝、纲法沦丧，我等就是拼命打下江山，又何以成邦成国？何以号称中华？”

郭子仪口吻严肃，李素炫不敢言语，连头也不敢抬。郭子仪顿了顿，将腰间佩剑解下递给她：“你既有志报国，不惧一死，就随我战至最后，直到决出胜负。若战败，你我慨当成仁，不负家国。然女子陷于敌手，比男子凄惨万倍。这剑随我半生，今日送给你。若今次能够收复长安，切记回去好好侍奉书乐、为国修史。一支笔、数根弦，也担得天下事，如此才不枉你师父教诲你一场。”

李素炫泪流满面，伸出双手将佩剑接下，低首行礼道：“李素炫领命。”

“你且坐下。”郭子仪换了副平和口吻。

“是。”

“我今有一道军令给你。”

“在下听令。”

“不日我将出兵蓝田，与吐蕃军对峙，数日内决出生死。彼时演武誓师，军中眼下却无有仪仗，今特令你以鼙鼓相助。”

“是。”

李素炫答得认真，郭子仪点了点头，淡笑着说了一句：“淝水战中，谢安等待战报时，可是与人弈着棋。一派风雅，我辈不及。”

李素炫也笑了，松弛许多。回想当年谢公风雅，莫说弈棋，旁边说不定还有人奉酒，乃至奏乐。如今这一老一小干谝了许久，手里也没个把弄的，口中也没个啜饮的，什么仗着的倚着的都没有。

月亮升得高了，帐外有人巡逻，不断走来走去，在月光下看得清楚，连衣裳颜色也看得出来。帐中依然安静，郭子仪与李素炫说话声都很低，谈了许久，说些阴阳制衡、名法权重，不时一起笑起来，也颇互相钦佩。二人都连着忙了多日，大战前夕，想暂且将兵事放一放，清谈片刻，缓缓心神。老汉也说说军中奇谈，李素炫也说说西域趣事，正开心时，郭子仪突然压低声音问道：“西域人跟你打听中华事，我猜你不会什么都说。”

“这是自然。”李素炫小声说道。

两人对视，狡黠一笑，立刻说起了别的。谈笑安然间，李素炫忽然想起件事来，将郭子仪所赠佩剑横置膝头，解下腰间长箫握在手中，比画着问道：“郭帅，这剑若拿来抹脖子，要抹哪里？”

郭子仪以佩剑相赠是告诉李素炫，她可以不怕死，但宁死也不能被俘受辱。李素炫即解其意，只是她确实没动过刀剑，不会用。听她问得认真，老汉又气又笑，接过她手中长箫来，比画着给她看：“这样，看着，不能用剁的，剁不进去，要用拉的，横着拉。也不是拉在咽喉正中间，要偏一些，靠上面一些，用手摸得到大脉搏处。这剑极利，不遭罪。”

李素炫伸手，一下就摸到了颈子上大脉搏处，比画了两下，点点头：“多谢郭帅，素儿记下了。”随即又咕哝着说了一句：“我平生什么事都不怕苦练，偏是这事儿，麻烦就麻烦在……没法练。”

郭子仪见这位小同袍如此认真，有些哭笑不得，也有些佩服，也颇感慨。

# 299

李素炫回到自己帐中时，夜已深了，周身微冷，佩剑更冷。她没有燃灯，裹着条粗毯子坐在昏暗中，月光正微微落在剑鞘上。看看外面，满月金黄，辰星浮动，薄云相牵，夜空之下山影幽昧深沉，暗恨丛生。

军营中听着没动静，实则四处剑弩开张，人人惕然。帐外不时有巡逻军士走来走去，脚步踏出沙沙声来，细微但听得很清楚。李素炫信手用指尖在剑鞘上轻轻弹击，半睡半醒间，心中想得胡乱散漫。她从来自认是个寻常人，不敢骄纵自负，不是因为透彻，只是因为不想管别人。比别人聪明，才能管别人，她不自认更聪明，管不了别人，顺理成章便不用管了。师父告诉她不敢以乐人身贱推脱天下事，她觉得师父说得对，不敢推脱，可她真正想做的，其实就是推脱。她为这些事烦恼许多年，今日叫郭子仪几句大道理说明白了。

思忖许久，李素炫也累了，也困了，和衣倒卧，闭上眼睛，手中依然握着那把佩剑。打仗时剑并不好用，将军佩剑是威赫，不是为了与人拼命。佩剑轻易不出鞘，若出鞘见血，多半是自己的血。今日老帅以剑相赠，这情分着实不轻。

李素炫胡思乱想这当口上，长安城平康坊北里中，萧娘正与几名吐蕃军官饮酒谈笑。这几人每次来都要先与大唐攀亲，怕被人当作蛮夷，怕人以为他不受文化，个个端着礼貌求曲子来听，又听得十分认真动情。看彼等腰间挂着刀箭，不知白日里在城中何处做过些什么事，眼下倒是一副斯文客气。

萧娘在俗世中撕打多年，什么都见过，凭人对她笑得多情真意切，也不会随便信。李素炫聪明，冷眼旁观，什么都看得出来，却只能在一边看，与人打交道不行。萧娘可比李素炫强多了，胆子大，心思又细，周旋谈笑间，该看的看得出来，该问的问得清楚，也会羞涩妩媚，也会豪情爽快，也拒也迎，也吊人胃口，也适时喂几口。瞥一眼便知道哪个男子什么货色，错身旋踵间，随手在谁肩上拍一拍，看似无意，实则恰好，轻重也好，时机也好。她久处风尘，手腕圆熟，若是遇上卢菡那等木讷君子，这两人定是谁拿谁也没法子，可世间男子大多是专爱往平康坊跑的，哪一个也不是赵萧娘对手。

“美酒歌乐，这好光景没几回，一辈子净打仗了。”一个吐蕃将领磕绊着说道，也是唐话不利索，也是醉了。其余几人都说着吐蕃话，也就这人能与萧娘聊几句。

“顾眼下就行了，别的哪有那么多。听说这仗三四日内打不起来，明日事明日再想也不迟。”萧娘莺声道，斟着酒，抽手抱起琵琶，笑吟吟说道，“我弹段有阵仗的给你听。”

“你怎么知道三四日内打不起来？”那人突然问道。

“听说的……我这弹法叫‘徒手战’，大内乐人所创，甚为繁难，也就最近这一二年间，长安城里有人练得纯熟了些，眼下我算是弹得最好的……”萧娘说得颇为得意。

那将领笑了笑，没有再问。

欢宴散去后，北里复归沉寂，各处灯烛都熄灭了，满月安静，清辉如烟，楼阁失于幽影。后半夜时，有几人着夜行衣轻盈出了北里，到了常乐坊东坊墙边上，利索攀上大树，放出孔明灯。

孔明灯很快升高了，被城墙上吐蕃士兵放箭射落。这次吐蕃士兵脚步快，孔明灯坠地起火后马上被找到了，士兵将火扑灭，从残烬中捡了个纸扣子出来，打开，见上头还剩下十来个字。几名士兵立刻带着去向上官禀报，另一队人在附近搜索，没发现有人。

放孔明灯那几人是李素炫处过来给萧娘传递消息的，个个身脚健利，早就回了平康坊，将方才状况告知了赵萧娘。

翌日凌晨，天蒙蒙亮时，李素炫遣人持她官符到各处道观请助，调集终南山下全部道乐乐人至军前听用。郭子仪军中有大批关中籍士兵，李素炫请柏颂先知会各路将领，将士兵中原各村落鼓乐里手全部征调过来，同时开始与端木商议鼓角及行止号令，并请柏颂先取了蓝田周围山川舆图过来。李素炫看得懂城舆图，这山川舆图她不懂，便由柏颂先在一边讲解，何处水流方向、山势起伏及高低远近等，一一说得清楚。几人又将舆图仔细勘察过，最后选了个隐蔽处，留为演练场所。

李素炫幼习羯鼓，机缘未满，始终不到臻熟。直到若干年后，在拜霜国受宫廷乐师指教，融贯中华与西域要髓，苦磨之下始大成，圆融完满，不输琵琶。回长安后如此绝技不曾有过用处，不想今日派上了用场，也算不负半生苦苦磨练。她与端木将全部鼓角分为几队，不停推演谋算，勘定后在羯鼓与手鼓上击打练习，将几队鼓上打法在心中硬生生记下来，同时推演号角用法。

只一日，附近道乐乐人来了一百余众，俱携大批乐器，余者还在不断赶到，军中也从关中籍士兵里抽调了许多鼓乐里手。柏颂先与端木和李素炫并肩立于马上，看着眼前几百人列队待命，柏颂先十分惊奇。

“一日之内竟然能来这么多道人，你这命令还真赶得上军令。”

“佛寺多在城中，道观多在城外，所以他们能来。”李素炫答道，很是感慨，“眼下城内城外道人中我道阶最高，辈分也最高，我若发令，他们必须来。但打仗事不可强求修道之人，我遣人请助时说了，去救长安，生死不知，想帮忙的就来，不想竟来了这么多人。”

柏颂先也很佩服，又问道：“他们既然是道乐乐人，想必鼓角精熟，只是不知道先生调集那么多士兵来做什么？他们入伍前就是侍弄鼓角，也不过闲时取乐，怕不会有什么大能耐。”

“柏将军大约不是关中人。”李素炫笑道。

“果然不是。”

“关中自古以来社火兴旺，每到祭祀时，村村欢腾，歌舞斗乐，比着热闹，能连着热火七八日，芯子、竹马、旱船、舞龙轮番上阵，还有人踩高跷、放炮仗、跳傩戏，各自有多少种手段，都不一样，唯独锣鼓必不可少。此地每村都有锣鼓队，皆由村中精壮男子充任，代代延传，本事都是多少辈人攒下的。虽只是闲暇时练习，与我内乐鼓上打法也不同，手头上功夫却是真的，柏将军可千万莫要小看他们。”

“我大约明白先生要做什么了。”柏颂先笑道，“原来还以为彼等不过充数的，怕派不上大用，倒生乱。”

“我多年司掌玉真宫道乐，又兼宫中内道场道乐教习，长安城中及终南山下道乐乐人皆受我教，与我十分熟识，我们之间说话方便，互相都听得懂。我与端木将商定曲牌与每队打法教给道乐乐人，再由他们分头训练社火鼓手。请柏将军禀报郭帅，我等定不负与郭帅所约之期。”

柏颂先点点头，转身即刻安排人去向郭子仪禀报，李素炫与端木重新安坐下来，继续商议，务必要在今日内有结果，才能给众人留下时日，练到纯熟。道乐不动琵琶，只用鼓吹，笙管笛箫兼用，锣鼓铙钹铃铎完备，可以求清远，可以炫声威。眼下左近道观中道乐乐人全部聚了过来，加上社火鼓手，已有三四百人，若能和合协谐，定是一番阵仗。

端木与李素炫商讨后议定，今次以锣鼓金钲为主，且不用小墩鼓、小镗锣、碹子、手钹、铃铎之类小家伙，只用建鼓、堂鼓、号角与大铜器。两人不住说着，手上不住打着，互相协适、寻找。她二人自幼一起长大，多年来如双生子般心意相通，配合圆融无碍，鼓声轻重错杂、疾徐相抵，渐渐清楚沉实起来。

又一遍过后，二人停下手中鼓杖，鼓声煞止，尘埃缓缓落下。

“若是雷先生在，有他帮我就好了。”李素炫收了身势，泄了肩上力气，黯黯想道，心中怅然，旋即强迫自己不想这些，好好打起精神来。

十月十七日天明前，二人将曲牌与打法议好了，简单歇过两个时辰便起身，召集全部道乐乐人，分队传授。道乐乐人手上有多年功夫，只一二个时辰便精熟，立刻分头教授社火鼓手去了。帮助社火鼓手练熟自己那一队打法不难，难在于数百人分了数个鼓队，合乐时端木与李素炫以鼓为领，众人要听得懂领鼓者号令，起转之间又要彼此兼合无碍。这种打法，社火鼓手从前没有练习过，眼下需要道乐乐人传授，一日内便要熟稔，余下一到两日统习合乐，才能不违所约之期。

另一边，郭子仪得到柏颂先禀告，同时着人带了军令回来，令端木与李素炫带领全部鼓角仪仗于十月十九日入夜前赶到蓝田与他会合，翌日誓师于韩公堆。

长安城里，吐蕃人越来越慌张。城外远处，白日里无风扬尘，似乎是大队兵马不断奔赴过来，不知道有多少人，也不知道在何处集结埋伏。问城外百姓，百姓都说是白孝德将军携大军赶到，士兵不计其数。城里，每日各寺病坊都有疫死者尸首运出城外掩埋，城中百姓纷纷议论，道是今冬时疫格外大盛，甚于往年，还说王师不日即到，钱粮兵马充足。吐蕃人不得不怀疑城里城外有沟通，不然怎么百姓说的话都一样。

萧娘数次遣人放出孔明灯，都被吐蕃人立刻射落，其实都是李素炫算计好后令人告诉她的。吐蕃人擅射，军中有的是神射手，孔明灯根本飞不出城墙。数次射落孔明灯后，吐蕃人找到些纸扣子，被火烧过，剩了十来个字，其实是萧娘写了纸笺，折成纸扣子后用烛火燎了些下去，故意剩了些，又薄薄施了层蜡，还没等被孔明灯里那一点儿火点着，就被吐蕃人寻获，那十来个字刚好被吐蕃人看到，大约是些“军、万、孝德”以及日期字样。每次所放孔明灯中都有这种纸扣子，偶尔有被火烧掉的，但怎么也会有二三次叫吐蕃人寻着。琢磨过纸扣子，吐蕃人更加心慌，原来他们封城没用，城里城外一直都在沟通联络，早就商议好举事日期和时辰了。

平宁寺中一直安好无事。李逊扮郎中扮得神似，他从前读过些医书药典，也不懂什么，一通胡讲，仗着一大把词，说得头头是道，脸又绷得平整，吐蕃人深信不疑。胡讲完了，他又给人胡开方子，凑些当归、黄芪之类吃不死人的，之后又胡讲一通性味归经及服药禁忌。吐蕃人不通中土医术，看李逊这斯文样子，什么都信了，倒觉得旁边闻朗像个本事不济的。李逊口才又好，临场赋诗不行，诌起文来倒是顺畅无碍，掇个吟哦调，诵得平稳，看起来颇有道行，令吐蕃人对大唐医术十分敬仰。闻朗在一边听得又要气死、又要笑死，又只能忍着，差点儿憋死。

不几日，李逊这假郎中做得上了瘾，每日什么事也没有，在佛殿内独自静坐，耳闻阁铃，淡嗅佛香，读书又写经，暗自叹息敌人破了长安城，眼下大唐危难未解，他本是躲避在这里，不料竟落了个早晚身心清静，远好过朝堂上日日与些混账朝官斗心眼。他自幼没什么远大志向，就想在僻静处寻个简单小院子，粗茶淡饭，守着心爱之人，一生平凡度日。只是他身出宗室，万事不自由，别人拼命想要的，他弃如敝履，却弃而不掉；别人拼命逃避的，他孜孜以求，却求而不得。世上最好的命，是一生做个富贵闲人，李逊不敢求这么多，只想落个温饱清静，无奈命苦，终究做了公卿。

李逊与闻朗没什么话说，两人谁也不大理谁，吐蕃人有李逊这假郎中拽文去应付就行了，逢城中百姓急症前来求医时，还是要闻朗这真郎中出手，他同时还要照顾病坊中所有病人，日日忙碌不堪。李逊这假郎中做得舒坦，无非因为是个假郎中，真郎中可就没那么舒坦了。

十月十九日，李素炫手中鼓队合乐完毕，奔赴蓝田与郭子仪会师于韩公堆，翌日誓师。

演武场在一处巨大山坳间，霰雪密密下着，尖利如镞，打在脸颊上，疼得细密。数百人踏着泥水，分队列阵，身侧朔风吹旋，头顶大纛微展。端木与李素炫皆束发，着女铠，腰间系着鲜红绦子，在将台前郑重行过军礼，向元帅郭子仪请令。

郭子仪着重甲，身后立着一口陌刀，听二位女将禀报完毕，即刻命令三军演武，鼙鼓誓师。端木与李素炫领命，转身几步走得沉着，全无女子款软。数十步后二人飞身上了演武台，轻盈落定，左右分开，径直上前。端木本是端庄国色，此刻不逞秀丽，一身戎装敬肃；李素炫瘦削，却身骨利落，今日更是银甲雪亮，佩剑铿锵。演武台上左右各立着一面巨大建鼓，二人走到各自建鼓面前站稳，拾起鼓杖，对视一眼，轻轻点了点头，旋即回首正视，调服气息。今日她们要互相配合，以建鼓为领，每支鼓队旁设鼙鼓，由一位精熟道乐乐人司掌，统领一支鼓队，听建鼓号令。

演武场上一片寂静。眼前是今冬第一场雪，从容平静，不烈，不冽。此间荒浩，远山晦涩，谜川幽暗，流云静穆，周身霰雪铮然，簌簌有声，细细击打在铠甲上、兵器上，乃至鼓面上。

端木与李素炫站得稳当，手中鼓杖扬过头顶，眼角余光对望，略顿了顿，肩背陡然发力，鼓杖同时落下。重鼓暴起，往复激纵，如巨木冲撞，裂解形骸，碎坼神魂。二人腰肢劲挺，足下沉实，一下一下击得笃定，鼓声刚正，浑朴敦稳，六军为之振跃。

数十声重鼓后，众将士不经意间，群鼓悄悄开始击打，众鼓手轻拈鼓槌，腕上微微发力，击得轻而密集，声音短促坚实，交绕叠压。片刻后群鼓声响渐渐大了起来，待众将士察觉时，鼓声已织成一片，密不透风，周身如有无数细细蛙鸣，充盈起伏，填山塞谷。端木与李素炫依旧沉着，一下一下齐齐重击在建鼓上，又片刻后，群鼓声响更重起来，四下里犹大雨滂沱，乱击荷叶，直到渐渐淹没了建鼓声。

端木发出号令，群鼓收止，沉音落定，山谷中有片刻岑寂，鼓乐悬停间，霰雪激射，朔风旋扫。端木与李素炫对望了一眼，突然发力，左右建鼓号令齐出，数支鼓队听令，各自打出阵仗，各如腾龙，各自昂扬，整齐划一，又进退有据。山坳中有鼙鼓交奋，重如斧钺，快如尖刃，又有号角宕荡，清者激越，雄者浑凝，又有铜器嘹亢，高处锐利，缓处开张。此时初入隆冬，寒凇冷冽，浮云低旷，霰雪落地半融，四野枯草零落，尘土成泥。演武场上鼓阵结列，声震凌悍，夺云之恣，夺雪之狂。四下鼓角铺展，乱哉盈耳，数百鼓手与数千将士皆队列森严，鼓手神情整肃，鼓阵浑然，将士呐喊着踏马驰过，剑戟如丛，凛冽森寒。

郭子仪已得到端木与李素炫禀报，知道今日开场后第一支曲牌便是《大破阵乐》。《破阵乐》本是教坊曲牌，因端木与李素炫用了这牌子制曲退敌，得玄宗皇帝钦准，她二人再用这牌子，可以《大破阵乐》名之，旁人却不可以。此事军中无人不知，郭子仪也知道，今日心头感慨，又格外振奋。听耳边鼙鼓骁然，看眼前龙蛇列阵，山坳中杀气弥彻，散了满天阴霾。未正时分雪停了，天很快晴了，日光忽然刺目起来，在众人心中更添一重气势。

远处，吐蕃军营中，各路将官正在紧急商讨。连日里四处道路上烟尘滚滚，百姓都说是大唐大军回来了，不知道有多少人，今日又听到细作来报，云是那头山坳中锣鼓掀天，打得气势万丈，又说唐军将士喝吼雄壮，活生生惊散了阴云。吐蕃将领闻听，心里更慌张。

李素炫令玉真别馆中乐人吹响巨大号角，号角声沉，传得极远，各路吐蕃驻军隐约听得周遭隆隆低响，远方如有闷雷滚动，震得人心肺抽搐，莫名惊悸，却不知道马儿听得更清楚。李素炫提前请柏颂先遣人将军营中多数马匹送到远处山坳中躲避，其他马匹用湿软丝絮堵了耳朵，连司号角者与周围其他人也如此防护好了。

吐蕃人哪里知道这些，只见到己方军中群马躁动不安，渐至惊恐嘶鸣，直至四处冲撞，马蹄相踏，最后许多马匹不受主人控制，疯了一般冲出军营，追也追不回来，人也不敢追出去太远。吐蕃军中一时大乱。

## 300

日昳时分，演武结束，山坳中归于平静，鹰隼隐匿，尘埃坠落，远近诸人已是耳近半聋。郭子仪带领众将在帐中议事。社火鼓手原本就是自军中抽调出来的，演武结束后重新编入军中，同时知会李素炫传令，趁大战未起，请众道人即刻各自回归本观。只一刻钟，郭子仪得李素炫回禀，云是道人中有许多人不肯走。

“道人不经作战训练，不会打仗，不要去犯险。”郭子仪说道，“你跟他们一起走，躲到山里去。”

“许多道友身上有武功，非要留下来，不会武功的我都劝回去了。”

“你为道官，命令他们走便是了。”

李素炫摇了摇头：“我为道官，若是道门中事，我可以命令他们。可打仗不归我管，他们不听我的，我也没法子。留下来的有近百众，他们不走，我也不能走。”

“你为什么还要留下来？”

“打仗不是道门中事，那些人却是我道门中人，我不能走。”

郭子仪无奈：“你那些道友有武功，说不定还真有用，你留下来只能是送死。”

“郭帅不用担心，若是战事顺利，我不会怎么样。若不顺利，这个死我还不得不送。”李素炫稳稳说道。

“前几日不是与你说了？做你能做的。打仗你不在行，你读多少兵书也没用。本帅以佩剑相赠是担心实在逃不出去，你何苦自己往上撞？”见李素炫不听劝，郭子仪有点儿着急了。

李素炫平和说道：“此次事后，素儿定然听从老帅教诲，然此次事已至此，无论如何，也要全始全终，不敢临战脱逃。郭帅不用担心我，也不用管我，将我那些道友妥善调用便是。出家人身在方外，不问世事，可也要看是什么事。他们身上有武功，要救的是长安城，我没有理由拦着，我为道官，留下来也是应该。在下只求尽力而为，心无愧怍，至于生死成败，随缘而已。”

李素炫说得稳当，淡然。郭子仪看着她，许久无语，又突然想起了什么。

“也好，你这么一说，本帅还突然想起来了，果然有用你之处。”

李素炫立刻行礼：“请郭帅吩咐。”

“你即刻将社火鼓手召回，加上道乐乐人，重新组建鼓队，分队训练，就用你今日鼓阵曲牌。”

“是。”

郭子仪没有多说，李素炫也没有多问，再行礼后立刻告辞，出军帐安排布置去了。郭子仪看李素炫走远，回头嘱咐柏颂先道："决战之日，你分几拨人出去跟随乐人，帮助他们完成任务，也一定要切实保护好。"

"是。"

"你亲自带些人手保护李素炫与端木行止。若事态危急，战势失控，就护送她们突出战阵，入山中避难。我等皆为男子，又是当兵的，若她们折在阵前，我等失职不说，更丢不起这颜面。"

"是。"

端木死活要陪着李素炫，李素炫知道劝不走她，也没多说，只是听柏颂先讲到郭帅要他使职保护时，李素炫寻了个无人处，行礼恳请道："果然到了危急时，柏将军不必理会我，务要将我端木护好。"

"李先生放心。"柏颂先答道。

李素炫认真看着他，持礼说道："柏将军，在下是认真恳求。我不能将百余同道丢下，柏将军就算绑了我突出敌阵，我腰中有郭帅所赠佩剑，也不敢独自偷生。端木不是我道门中人，她有姑公、夫君，又是做阿娘的，几个孩儿都指望她，不能有闪失。我只一身，没那么要紧。若事到危急，请柏将军不要理会我，务必将端木保护好，在下不是随便说说的。端木刚毅，只要看到孩儿，就能撑下去。"

柏颂先看了李素炫良久，郑重点了点头，李素炫这才将礼节放下。

很快，鼓手重新聚拢起来，端木与李素炫迅速将几百人分队，重新开始训练。

二十日夜里，迫近子时，清虚子将一切都准备好了，马上就要带领一众炼师随军中精壮兵士潜出军营。李素炫看着他，恍惚间犹豫起来，想要拦下他。她忽然想起来，她与清虚子其实并不特别熟悉，只几面之缘，不过几支曲子换了他几盏酒，叫赤骏嫌弃了他几回。他幼长林泉，少为炼师，数十年间从不轻易出山。今次吐蕃来犯，事起紧急，李素炫没有多想便请端木传话，他竟然立刻赶了过来，配兑、填装火药，设置、试验引信，没昼没夜忙了十几日。本是个清静道长，如今弄得满脸胡楂，看着一副邋遢落魄。打仗不是玩闹，眼下李素炫有些担心他，不知道凭自己与他那一点点交情，凭什么让他去做这等送命事。可她也知道，他既然来了，就劝不回去，只要一句“去救长安”之类大道理，她也没话说。

“你就别跟去了，这事你帮不上忙。”临出门时，清虚子伸手拦住李素炫，“真有事我还得顾着你，倒麻烦。”

李素炫本来穿了一身夜行短衣，知道清虚子说得对，点了点头。她送众人出了军营，看了清虚子一眼。

“多小心。”她叮嘱了一句，故意说得轻松。

“放心。”清虚子随口答应一句，转身走了。

是夜月色昏晦，星辰危殆，流风遁迹，天水涸泽，幽暗中连夏日里点点流萤也没有。军中夜间宵禁，不掌灯烛，唐军这一队人有专人带路，在幽暗中也走得快，到了吐蕃军营不远处停下，趁夜色潜伏下来。

“不能再往前了。”向导低声说道，“再往前，就是吐蕃人箭不过来，也难说是不是有陷坑之类埋伏。”

清虚子点点头，转头嘱咐了几句，众人迅速分散开来，每两名炼师与三四名士兵一小队，在地上匍匐着，探着路，一点点向前摸索，继续向吐蕃军营靠近，慢慢沿军营东线散开，另有几小队人绕到了军营北面和南面。二十多个小队全部找好各自位置后，每队都有人用火镰点燃一盏小灯，一点微弱火光又兼天上半月微亮，够人勉强看得清楚眼前。几人用身体将小灯盏围起来，迅速开始处置手上物事。原野广大，众人在黑暗中彼此看不到，一旦分开，就无法再聚在一处，也不能互通消息，只能各自行动，等待清虚子以月相为准发出指令。

约莫一个时辰后，清虚子看看天上，估摸着时候差不多了，点燃了引信。一个亮点在地上飞快向前滚动，不住发出些轻微响动来，如毒蛇咝咝吐芯，那是引信在快速燃烧。片刻后，亮点与咝咝声都消失了，又片刻，一线火光飞上天空，一枚火爆竹在黑暗中炸开。这声音在暗夜中十分清楚，火光在夜空中看得更清楚。接连几枚火爆竹炸响后，各小队立刻将各自引信全部点燃，看着小亮点向前飞奔，确认无恙，随后在盾牌掩护下后撤。

吐蕃军营中，巡夜士兵听见响动，慌了起来，不知道是什么声响，一时也分辨不出从何处传来。仔细侦听，又许久没有声音。白昼里唐军演武誓师，吐蕃人本就惊疑，眼下巨响后四周又无比安宁，带着些诡诞。吐蕃人早无赳赳之气，犹有弓弦之惊，心中警觉，压着慌张，立刻唤醒大批士兵，持戈逡巡，以备不测。正忙乱间，军营东面不知何处忽然有火光冲起，夜空中烈焰腾落，深蓝赤紫，一天星月掩于焦烬，又巨响震彻，接连不断。

清虚子半生历无数成败，如今已是丹化精准、火控纯熟。天幕之下此刻烟雾弥漫，火光巨响不断，吐蕃人大骇，又不敢出营查看，立刻下令向火光处放箭。箭镞密集，雨一般射向空中又落下，众炼师与士兵围在一起，用盾牌遮挡箭雨，不住向后撤退。

东边火光尚未消歇，吐蕃军营北面火光又起，接着是南面。三面火光与巨响之后，原野上安静了片刻，爆炸又起。吐蕃军队中多有人信奉火祆，以为神明震怒，恐惧之下狂呼奔走。营中大乱，将不知兵，兵不知将，往来冲撞，人马相踏，在黑暗中连逃也不敢逃，也不知该往哪里逃，只能拼命向外射箭。

唐军士兵掩护众炼师陆续撤退回唐军军营，检视伤者，立刻施救。羽箭锋镝上血色赤黑，淡淡散着腥气，李素炫帮助军医照顾安慰伤者，勉强忍着心中焦急，等着清虚子。今夜事难不在施放火药，在于平安回来，此事李素炫提前料知到了，却仍是低估了许多。吐蕃人箭雨疯狂，回来这些人大多受了伤，轻重都有，轻的果然轻，重的也果然重。军医早已准备好物料、药材与人手，即刻分组施救，棚帐中满是伤者，血色加血气，叫人心悸。

丑末寅初，清虚子终于连同最后几队人回来了。李素炫正在照顾一位伤者，听到身后说话声，忍着焦急，将伤者交给旁人，稳当站起来，又稳当走过去，到了清虚子面前，看了看，见他无大恙，这才松了口气。

“还算顺利。”清虚子一脸得意，“从来没玩儿过这么大的。”

李素炫笑笑，点了点头。

“他们怎么样？”清虚子见伤了不少人，忧心问道。

“军中简陋，只能简单处置，眼下没事，后续养伤麻烦些，若伤口腐溃化脓，也难说怎样。我已着人将消息送到平宁寺中，请四郎做好准备，待收复长安后，即刻联络全城郎中，将伤者送往各寺病坊调治，南山下许多道观也可以收治伤者。”

两人简单说了几句，李素炫转身又去照顾别人。清虚子收拾起一脸得意来，转身偷偷去找军医包扎伤口。归途中他几度遭遇流矢，身上数道划伤，也有刺伤，有两处伤得颇重，流了不少血，衬着黑衣，李素炫没有看出来。清虚子知道她不过故作镇定，不想让她知道，忍着痛与她说了几句话，将她糊弄过去了。

第二日清早，城外吐蕃军营已空无一人。这几日吐蕃人一个好消息也没听到，不是唐军大兵不断赶到，就是另一支吐蕃军在凤翔吃了败仗。这大批人马再赖着不走，搞不好被几路唐军一张薄面皮裹了肉馅，包做牢丸煮了。再加上昨日昨夜几番阵仗，火祆教徒骇得几近失智，其他人也跟着发疯，不知道唐军里有什么神人助阵。士兵一俟神魂崩坏，将领们是劝也劝不了、管也管不住，数万人彻底慌成一团，匆忙编队，整队逃窜，天不亮就跑得一个不剩。

吐蕃人想不到的是，终南山中大批猎人潜伏在枯树寒林中，正等着他们。猎人们由唐军将领带领，见有逃兵过来，先放过了几拨，最后那一拨人退得慢些，队形也严整许多，看得出来是专门断后的。猎人们立刻放出弩弓，弩弓力大，射得远，不图准，也不图射死射伤几个人，只是每支弩弓上都带着猛兽粪尿，落地后散出气味来。吐蕃军中马匹受了惊吓，四处乱跳乱跑，无法牵缰收拢。

马匹受惊，这仗是彻底没法打了。骑兵不善步战，就是勉强编起步战队伍，也根本不是唐军骑兵对手。这支断后军队索性也不管那么多了，转头疯跑，惊狂之下跑得飞快，倒将前队人冲得更加散乱。前队人还以为是唐军大队人马杀到，跑得更疯，又将更前面人冲得更乱。数万人溃如潮水，遍野之中跑得七零八落。

郭子仪早已做好准备，天刚蒙蒙亮便带骑兵追击，一路无阻，很快到了长安城下。城外这些吐蕃人颇不仗义，只顾自己逃命，都没想着遣个人去给城里送个信。城里吐蕃人见到城外烟尘滚滚，有己方军队，也有唐军军队，不知道情况如何，顿时也乱了套。士兵各各心胆俱丧，不待将官发令，士兵们就从西三门窜出长安城，追上其他逃兵，一起奔命。

郭子仪早已布置好，亲率军队自大明宫北苑入城，令柏颂先领人保护一众鼓手跟随，又令几位将领率军自长安城东、南两面入城，独留西面数座城门放吐蕃人出去，欲在城外剿杀。吐蕃人无心恋战，城门很快被唐军攻破，端木与李素炫随军自禁苑入了长安城，径直穿过太极宫，上了承天门。

承天门上，戒晨鼓仍在，端木与李素炫一句话也未多说，飞扑过去，抓起鼓杖，肩背发力，重重击打在鼓上。鼓声震聩，声传数里，小半个长安城都听得到。很快，其他鼓手分队入城，由士兵保卫，占了城里其他鼓楼，拾起鼓杖，随着承天门上鼓声打了起来。众人之前核对过鼓点并认真练习过，一下一下打得齐整，声闻满城。其余鼓手打着碎鼓点子，在巷陌中穿梭飞奔，告知百姓，唐军已收复长安城，请百姓勿要惊慌。城里余下吐蕃人听了，彻底失了胆子。

李逊早就得到李素炫传信，将亲兵放了出去，四处保护百姓，以防吐蕃人乱中滥杀，只是不拦着彼等向外逃跑，且放他们出去，让外头唐军合而围歼，叫城中少见些血腥。只小半个时辰，城中所有报晓鼓打在了一处，郭子仪眼见吐蕃人大势已去，留下少量人马继续占领全城，自己带重兵西出开远门追击而去。

又许久，端木与李素炫停下手中鼓杖，浑身疲惫不堪，两肩酸软，腰背无力，腿也在微微打战。站在承天门上俯瞰，朦胧中见日光之下残雪轻薄，眼前是整个长安城，依稀延绵铺展，四处鼓声密集，彼此勾连，起伏不断。

每有人击打承天门上戒晨鼓时，都要仔细保护好耳朵，端木和李素炫也做了准备，可耐不住连着打了一个多时辰，眼下双耳蒙蔽，所有声响仿佛都被关在一面巨鼓中，空洞飘忽，无法分辨。日光暴晒在额头上，刀子一般锋利，仿佛能将人天灵盖旋开，金针迎面，奔袭入目，刺得人不敢睁开眼睛。

李素炫看不清、听不清，浑身乏软，如同一个初生婴儿，经历过生死挣扎，终于逃出母体，正混沌着环视人间。这里有百样祥和，有万千魔怪，那前世诀别之人早来一步，正在这里等着她。人间广大，尘世无穷，可当她走过万里道路，在坊道边唱起歌谣时，他一定会从那里路过。他们前世说好了的，他答应她了。

仿佛滚水倒进了心窝，李素炫突然一激灵，原来这么多年她一直都错了。今生是因，来世是果，今生种下什么因，来世才有什么果。她却颠倒了因果，半生里苦苦追寻，总觉得要知道来世怎样，才能知道今生该如何度过。

她恍然大悟，迎着日光，双眸明亮柔和，心中从未如此平静。看看脚下，一切正在渐渐安定下来，大唐仍在，长安仍在，师父依然在龙首塬上等着她，而她依然活在这人世间，心魔消伏，神识清澈，宛若重生。

长安城外，吐蕃人边抵挡边撤退，也试图将军队勉强整编起来，只是军心涣散，空有队形，无甚大用。唐军援军不断赶到，与郭子仪会合，士气炽盛。数日后，唐军主力追上了吐蕃逃兵，在灵武台西原决战，斩首五万。

# 第六章

## 大亂初平

广德二年（764年）七月—永泰元年（765年）二月

# 301

广德二年夏末，李素炫守孝期满，在玉真灵位前行礼辞别。端木掐着日子跑过来，接她回了长安城。

距安史乱起只七载余，长安城再遭重创，生民惊扰，财帛尽失。所幸吐蕃人立了伪帝、官署，故此不曾过分毁坏宫室，又只踞城十三日便撤走，来不及掳掠人口。只是太常寺乱中失火，扑救不及，房舍烧掉了许多，各种典籍连同李素炫几年来补录者焚毁了大半。延政坊也起了火势，卢菡旧宅在火中付之一炬，如今只剩下一堆焦烬。院中石榴树遭火，死了一半，另一半恹恹过了残冬，到春日里，竟又发了几叶细芽出来。七月里李素炫回来时，几片细芽已长成一把绿叶，夏意浓郁，死的一半却仍是枯枝，一派寒瑟怆灰，仿佛仍在冬日之中，再也醒不过来。

李素炫坐在石榴树下，怀抱无伤，低头不语，心中一片空白。赤骏在她身边，看着满院残破与地上零星乱草，也是茫然。端木没有说话，她不知道该怎么安慰李素炫，只与她并肩默坐着，陪着她。傍晚时，端木柔声劝道："素儿，天色晚了，你随我回去，我陪着你。"

"不用。"李素炫摇了摇头，"你要照顾几个孩儿，我回玉真宫去，不扰你。"

"素儿……我担心你，想陪着你。"

"我没事。"李素炫勉强笑了笑，"前几日逢荷花诞日，我到龙首塬上去看师父，本可以顺路回城里看看，却没有来，当时就知道，城里定是凋残不堪。所以，也没什么意外的。我没事，你不用担心。"

"那接下来你要做什么？玉真宫数岁虚主，眼下你回来了，大约要每日忙碌玉真宫事务了。"

"玉真宫中都是女冠，各司其职，没太多事情，再说这几年来诸位师兄协同照料，一直很顺当，不消我多操心。我安顿好后，要再复典籍。"

“再复典籍？”端木一惊。

“正是。”李素炫答道，口吻坚定不惧。

端木叹息：“我素儿自幼就是这性子。”

“端木，我眼下实难端持仪表见人，再复典籍之事也需立刻着手，有些事只能请你代劳。”

“好，你说，我马上去办。”

“守孝这几年间，我将天音菩萨所授西域诸家学问重新复习整理过。佛典七部中有四部已抄录完毕，请你连同菩萨讲义及西域佛像量度等一同呈送衍一法师。因菩萨所授佛经与我大唐密宗有关，请衍一法师召集寺中人手格外抄录一份，呈献大兴善寺不空三藏法师。我这里另有一份，请你连同《西域乐志》与其他天文、历法、风俗等书卷笔记送交国馆。菩萨所授西域医术、药学等也已录写完毕，请你交给四郎，审阅勘定后广布民间，造福我唐子民。金银器图样等呈送将作监，乐器志交付太常寺。西域学问至此告一段落，余下时日里我要为太常寺再复乐典，教坊集录也要多着力。”

李素炫神色沉稳，利落说着，口吻中并无寥落：“我已将各色书卷连同书衣一起打好了包袱，明日着人送到你府上……端木，你不用担心我，照顾好你自己和四郎，照顾好几个孩儿。世上还有你们，我就不怕，就算终日忙碌，轻易见不到你们，也不孤单。”

“素儿放心。”端木说着，伸手搂着李素炫两肩，默然许久，又说了一句，“素儿……还有一件事我得告诉你。你去为持盈师父守孝前，将狸儿托付给了我，我没忘记你托付，一直照料它，出长安城前特意遣家人去至通义坊找了人，拜请代替照顾。只是吐蕃人走后，谁也没有再见到它。我四处找了很多次，一直找不到。”

“狸儿……不见了？”

端木点点头，心里难过：“素儿……对不起。我给狸儿写了长卷，奉在佛前，为它祈福。我知道你不信这些，其实我也不太信，可也不知道还能做些什么……对不起……”

“又不是你的错，你说什么对不起。”李素炫安慰道，一边说着，一边落了泪。

端木也红了眼睛：“素儿……你总是一个人，连只小狸奴，老天也不让它陪你到底。”

“想是我此生命格如此。”李素炫沉默许久，喃喃说道，“其实狸儿……早就不在了。它不是我阿翁家狸儿，只是长得一样，我一开始就知道，硬是假装不知道。有时候自己骗自己，当它是狸儿留下的种，毕竟玄色狸奴不多见。端木，我眼下就盼着你和四郎、孩儿平安，别的什么也不敢再求。只求这一点儿，说不定老天可怜我，允了。怕求得多了，老天恼火，一件也不允。”

“……是了，阿翁家狸儿……活不了这么多年。”端木难过，自语，又无语，紧紧拖着李素炫。李素炫拍了拍她手臂，柔声说道：“天晚了，我们该走了。”

回到玉真宫，众师兄已将玉真墓边李素炫那间小屋中所有物事带了回来。竹径小院被师兄们打理得利整，玉真书房如今改作祭堂，挂着玉真影身。李素炫在小院里拣了间偏房安顿下来，布置好桌案，摆下笔墨纸砚，一日未歇便开始重新录典。宫中事务由众师兄照常主持，李素炫每日清早起来，洗漱后立刻到玉真影身前焚香祭拜，回到书房，或将书案放在竹林边，坐下来便开始写字。小院幽静，无人相扰，众师兄认真照料她衣食，她什么事也不用操心，写得很快。

不多久，樱儿来访。

“素儿，我来帮你忙。”樱儿笑着说，“你一个人，怕你太累。只是我也不知道我能做什么。”

“你每日修业忙得很，哪里有力气帮我？”

“怎么没有？我与师父说了，师父叫我好生帮你，说这是功德，也是修持，不比研磨经学差，还说我经学功课问你就行。眼下我一切听你吩咐。”

“那好，既然如此，我也不客气，你帮我誊抄便是。”

“誊抄？”樱儿笑道，“就这点儿事不是太便宜我了？”

李素炫笑了笑：“我上次录典送到太常寺，寺中人手紧缺，抽不出人来誊抄，只那一个原本，一场火，什么都没有了。如今我要再复典籍，只是我这稿子字写得有些乱，所写事情也多是些医药或乐论，师兄看得费力，你肯定看得懂。眼下我写一本，你抄一本，众师兄再抄你的抄本，日后诸本分送，不在一处，稳妥许多。”

“好。”樱儿笑道，“还以为你让我做些难的，再想想，难的我也不会。”

樱儿自此留在了玉真宫，每日与李素炫同作息，李素炫默写，樱儿誊抄，两人一起忙碌。歇息时李素炫与樱儿讲授经学，若是弹起琵琶来，樱儿便与众师兄在一边静静听着。宫中日月悠然，草木静谧，仿若与世隔绝。布衣蔬食，却有书乐盈实，贫乱中有此安然，众人心满意足。

## 302

七月底，李素炫得中官传旨，道是天子召见。她按时到了皇城，入书房，行过见君之礼，将《西域乐志》数卷奉上。

“昔日上皇准臣使西域，临行前，上皇与贵妃嘱臣回国后修撰《西域乐志》。宝应元年春日，乐志修撰完毕，臣向上皇缴旨。上皇嘱咐，此为国家典藏，非帝王私享，命我持献天子，令归国馆。”

“卿辛苦了。”李豫说道，“朕知道你自西域归来后，数岁间助太常复典，去岁典籍又毁于兵乱，你不相弃，再复乐典。朕十分嘉许。”

“青史顽强，不惧兴废。有人毁，就有人建，有人毁一千次，就有人建一千次。历代典籍莫不如是。”李素炫从容答道。

“果然有志气，一介女子，不输男儿。”

“臣谢圣上赞许。”

李豫顿了顿说道：“有件事朕想问问你。”

“陛下请讲。”

“朕处置了李辅国后，听他心腹交代，昔年你从父亲那里请了旨意，去太极宫探望祖父，祖父曾屏退旁人单独与你倾谈。此事令李辅国忌惮，已决意要对你下手，只是祖父、父亲接连崩逝，朝中宫中一片忙乱，那李辅国暂时将你忘了，还不及想起你来，便被朕处置。此事你可知道？”

“臣不知道。”

“难道你不知道你顾念上皇，会被李辅国嫉恨？”

“臣若是想了，也没什么想不到，只是臣不曾想过这些。”

“为何不想？”

“臣本上皇乐人，上皇多年厚待于我，臣顾念上皇年迈孤单，理所当然。既然是应该，别的自然不用想。再说，臣不过微末，若是冲犯了权势，注定逃不掉，想也无用，索性不想。臣只一身，无牵无挂，什么后果都担待得起。”

李豫叹道：“你倒是洒脱，像个修行的。”

“圣上处置了李辅国，救了臣一命，臣感激不尽。”

“朕自幼极得祖父疼爱，祖父时常将朕带在身边。昔年内教坊中梨花竞乐及你在殿上制献《大破阵乐》时，朕都在场。彼时朕只二十岁上下，自幼喜爱书乐，故此对你记忆极深。后又在宫中屡次听过你琵琶，果然精绝。不想你琵琶好，书也不白读，如此知恩重义。你冒险去探望祖父，此事朕心中一直记着。”

“臣谢过圣上。”

李豫顿了顿，郑重说道：“姑祖母薨前，曾向父亲呈了一道表章，指明来日由你接掌玉真宫。父亲来不及处置此事便崩逝，这道表章就到了朕手中。彼时你已在姑祖母墓前守孝，玉真宫也平稳，朕便一直没有安排。既然眼下你回来了，朕便依姑祖母所请，颁旨令你即日起接掌玉真宫。”

李素炫立刻行礼道：“圣上容禀。昔年持盈师父果然与臣说过此事，臣当时也答应了持盈师父。只是守墓这几年臣反复想过，玉真宫乃皇家道场，庄重严谨，臣却是生性散漫，实非玉真宫良主，何况臣出身微末，恐不能服众。望圣上容臣恳辞，准臣入终南山，结精庐、筑丹室，守道修行。”

“你想入终南山修行？”

“正是。”

“你既有志，朕不该夺取。只是姑祖母指明由你接掌，若你请辞，朕却不知道要将玉真宫交与何人。”

“臣举荐一人。”

“何人？”

“我大唐宗室女李樱数年前入道，眼下在大明宫内道场修行，大有进境。她虽年纪不大，在道门中辈分却高，臣与她结识十数载，十分了解她性情、禀赋。其人智慧灵秀，深晓大义，堪为玉真宫之主。只是她眼下道阶尚浅，臣愿暂代主持玉真宫，待她受足道阶，便将玉真宫托付与她。”

李豫沉吟道：“李樱？如朕所记不错，她曾因节烈受朝廷旌表，受封郡夫人。”

“正是。”

“……如此便依你。玉真宫为皇家道场，李樱身出宗室，又有贞烈之名，在道门中辈分又高，交给她，想也无人会不服。况且皇家道观历代观主皆由上一任观主指定，你举荐了李樱，朕纳此言，也不算违背了姑祖母奏请。只是去岁吐蕃来犯，此事本与你无关，你却能挺身而出，冒险相助，朕不能不赏，失范于天下。玉真宫之主乃正三品道官，既然你不愿受实职，朕便颁旨，赐你秩同三品，准你自此出世，入终南山，结精庐，筑丹室，守道修持，为天下祈福。”

李素炫见李豫痛快答应了，心中高兴，立刻行礼谢恩。

“只是，若有修典等诸事宜，还望你能为国出力。”李豫又说道。

“圣上放心，昔年师父曾经教诲于臣，不敢以乐人身贱推脱天下事。乐人尚如此，况臣今为道官，受朝廷禄养，怎敢推卸职责。臣虽守道终南，却不是避世隐匿，但家国有召，臣不敢不应。”

李素炫说得十分恳切。不敢以乐人身贱推脱天下事，果然是昔年卢菡教诲，李素炫记住了，也曾以此回答玄宗皇帝问话，却直到今日才真正懂得。她到底有多将这天下当回事，她自己其实也不是很清楚，总觉得自己从不曾将天下事视为己身之要，只是事情压到了眼前，不忍推脱罢了。她至今仍不很明白自己到底是哪种人，却真的明白了师父是哪种人。

李豫点头叹道：“父亲曾说过你博学有义，若为男子，定召你入朝为仕。”

李素炫却笑：“臣做不了官，没那个能耐，不敢逞能。唯独习乐、读写、修撰，是臣毕生本事。”

君臣欢谈许久，李素炫行礼告退，出了书房，随中官引领出了皇城，回首看，见宫室肃然。李素炫感慨，李豫与他父亲不同，李亨十八年太子做得如履刀刃，做了天子仍不松弛，思虑惊忍，胸怀逼仄。李豫却是少年掌权，英姿驰纵，雄心勃勃。大唐中兴，或可期待。

# 303

玉真宫中岁时平静，李素炫与樱儿每日在竹林中一同书写、弹习，或与众师兄一同劳动，不管做什么，但能心无杂念，便是寂静修持。

“素儿，我想学医。”樱儿忽然说道，口吻清淡，但李素炫知道她从不妄言。

“真的？”

“真的，我想好了。”

李素炫没有问为什么，只告诉她：“既然你想好了，我去请衍一法师教你，端木和四郎也能帮到你。长安城中亦多有道医，累年救拔人间苦厄，皆非凡俗，你也可以逐一请教。”

“好。”

淡淡几句间，几片竹叶在身侧落下。眼下已是深秋，微微有些凉了。

“素儿，你若去了终南山，还会不会时常回来？”樱儿问道。

“春夏秋大约可以，冬日里出山进山都难，想是不会了。”

“城中高道无数，你都认识，为何要举荐我主持玉真宫？”

“因为你性子冷淡。”

“……樱儿不明白。”

李素炫停下两手，将无伤横置在膝头，认真说道：“樱儿，我朝道人尊贵，玉真宫又是皇家道场，你若肯用心，什么朝中要员都结交得到。我知道你没兴趣结交他们，才将玉真宫交给你。”

“为什么？”

“自古以来，读书人但凡有机会，很少不想参政。樱儿自幼读书，聪明，有见识，又列籍宗室，换了寻常人，定然跃跃欲试，纵女儿身不能应举，也要拐着弯、变着法掺和到朝政里去。粗俗些的不过为权钱，清雅些的便说是为天下，总之不肯甘于寂寞。只是世人不都是像我持盈师父那样，切实为国家忧虑，又果然有那般腾挪周旋本事，至少你我是没有的，我这玉真宫中也没人有。”

“樱儿觉得天下大多数人都没有。只是，素儿通鬼谷，平时也机灵，怎么也觉得自己不行？”

李素炫无奈笑笑:“学问是拿来纸上演习的，做事凭的是性子。我性子像我师父，他不行的，我也不行。江湖上，庙堂中，群魔竞斗，百鬼夜行，我一个也对付不了。”

“素儿倒是冷静，我觉得你行，你自己觉得不行，真是少见。我见过那些人，都是旁人都觉得他不行，但他自己觉得行。”樱儿笑道。

“正是。”李素炫也笑了，“读书人大多有个毛病，但凡有一手好诗文、有一腔忠义，就觉得自己定能做个好官，朝廷不用他，就是朝廷不长眼。个个觉得自己怀才不遇，满腹牢骚。其实这些人十个里有七八个没什么谋断，只一肚子大道理，说起来好听，当不得用处。诗文之才固然是才，与从政之才却是两回事。清高自傲，受不了气，不能忍辱负重，不能与各色人鬼周旋，只这几条，彼等就做不了官。”

樱儿掩口笑道:“素儿就是个生愣性子，受不了气，所以做不了官。”

李素炫自己也笑，笑够了，又正色说道:“为政没有那么简单，不是人人一腔正直、不怕死，就能王朝大治。书呆子若做了官，不会害国害民，却会误国误民。读书人大都看不清自己，樱儿也读书，却是难得清醒。”

“素儿聪明。读书写字，聪明是聪明，做官也得聪明，却是另一种聪明。你自小就能看出来不一样，这是真聪明。”樱儿又笑道。

李素炫也笑了:“我师父教给我的。”

“怪道你要离开玉真宫。你之前跟我说要将玉真宫托付给我时，我还以为你只是随便想一想，不想你是认真的。”

“樱儿，你与我不同。你出身高贵，又受朝廷旌表，只要不涉朝事，守着一点自知之明，清心做个女冠，定能一生无虞，也能保得玉真宫平安。我却不行。大唐户等森严，我终究女奴出身，若不是仗着圣人、贵妃与持盈师父，不会有今日。我若一生只弹琵琶，天下无人敢不服我，若为玉真宫之主，定要遭人鄙薄嫉恨。说到底，我如今有的，不是我该得的。能识不到，又无怙恃，贪居其位，到最后定然自取祸端，不但自己难以脱身，只恐还为玉真宫招来麻烦。况且我也是真的散漫惯了，真的想去终南山。只要将玉真宫托付安顿好，这长安城里我便再没什么牵挂了。”

“素儿放心，我定将玉真宫顾全好，不负你托付。”樱儿郑重许诺。

李素炫带着樱儿熟悉玉真宫各处事务，令她与众人逐一交接权责，待转过年去，春暖花开时，李素炫就要离开玉真宫，入终南山守道。眼下她心境平宁，一心录写弹习，听雨听风，看霜看雪，静待来年，静待来世。

## 304

腊月里，长安城中下起了大雪。萧娘递书与李素炫，约她一见，并告诉她，元次山先生回来了。

李素炫十分欢喜，立刻缚了无伤，冒大雪出行赴约。约见之地在平康坊中，由萧娘指定，李素炫随仆役指引走进屋中时，听到阵阵琵琶声，弹得清淡随意。

“素儿。”萧娘见了李素炫，立刻停下两手，欢喜叫道。

“今日怎么换地方了？”李素炫一边坐下，一边问道。

“日后，素儿若想清静弹个曲子，就过来。”萧娘笑着说道，“我日后便守着这铺子终老。”

“铺子？这铺子是你开的？”

“是。”萧娘点点头，“专售乐器，特别是琵琶，有人来选乐器，就给人弹一曲，或一同奏乐，找些乐子。只是我日后再不奉茶、不敬酒、不赔笑，更不想再做席纠酒监了。”

“想是有些缘故。”

萧娘放下怀中琵琶，忽然伤感。

“素儿，我真的开心不了了。每与人做席纠，劝人茶酒，不笑不行，可我真不开心，真不想笑。我自幼就到了这平康坊北里，累年攒了些资财下来。我买了自在，只是不能脱籍，不能离开这里，但可以不再奉乐赔笑了。我就开了这间铺子，也能见人，也不寥落……不想笑时，就不笑。北里中众家姊妹仍要每日与人赔笑，若烦了、累了，也可以到我这里来歇歇，有什么烦心事可以说说，不然，一个个要疯了。”

萧娘说得平淡落寞。李素炫心中感叹，昔日萧娘何其美貌，何其光彩照人，在一群人中谈笑自若，飒爽如风。而今她笑不出来了，褪去通身锦绣衣裳，只穿了件简单长裙，淡施薄脂，素绾青丝，唯独插了支金簪，在一身平淡中分外抢眼。

“铅华沉重，我如今耐受不得了。只这组金簪是你自西域带来的，我还是喜欢，拣了支插上了。”

萧娘说着又抱起琵琶轻弹起来，淡淡唱着。李素炫知道，萧娘来日仍会艰辛。女奴身不自由，不想奉乐，也要向坊中交月钱，若官府有差遣，还是不能不去。只是看眼下，她心中平静，至于来日怎样，只能到时候再说了。

两人随意闲谈，不久，元结到了。

李素炫整衣起身迎到了大门口，见了元结身影，立刻恭敬行礼。算来已十年没有见到元先生了，甫一见面，两人都凝神互相看了看，对面旧友脸上都有了些沧桑，模样有了些不同，却仍是昔日一副神情，一眼便认得出来。两人心中欢喜，没有大声寒暄，彼此淡淡一笑，进了屋子，对面落座。

“素儿这些年做什么了？”元结笑着问道。

“先生出长安城后第二年，素儿去了西域。”

“西域？”

“正是，回来时，已是乾元元年深秋。”

元结大为惊异，李素炫将自己西域经历简单讲了一遍，一直说到玉真薨后自己在墓边守孝，数月前才回到长安城。元结惊叹不已。

“先生这几年做什么了？”萧娘烹茶，李素炫一边将茶盏奉与元结，一边问道，“我只知道先生历来读书，学问好，不想安史乱中又能为将，出任山南东道节度参谋时，招募义军，保了我大唐十五座城池。素儿敬佩万分。”

“是，是打过几年仗。”元结笑笑，口吻仍然平静，“后出任道州刺史，只是这刺史真不好当。”

李素炫点了点头：“素儿不久前读过先生《舂陵行》与《贼退示官吏》。”

元结立时火了，低声骂骂咧咧：“这帮子昏官。那道州穷的，贼来了都不抢，绕着就走了，上头居然还是不停发函催要税赋，这不是要将百姓都逼死？我是没少写诗文骂街……不过骂完就完了，该做什么还是要做什么，实务要紧。今次来京述职，知道朝中那宰相元载、第五琦恼我，且随他们，大不了辞官回家，种地教书。”

李素炫不知道能说什么，只恭敬奉茶。元结呛火说了几句，突然悟道：“素儿怎么一直与我奉茶？我自己来，你不用如此客气。”

李素炫笑道：“素儿如今隐伏深宫，先生却在为社稷生民奔走，素儿不敢不恭敬。”

元结长叹：“罢了，不说这些不开心的。素儿，当年你引我见了持盈师父，得朝廷授职，此事我一直十分感谢。彼时持盈师父护下不少人，如今都开始为国家效力了。”

“素儿一生不与生人过多交道，也无识人之明，唯独认定先生乃栋梁之材。今日看，先生果然文武兼备，能安州县，能济黎民，怒骂是文章，出手便降魔。素儿没看错先生，此事，素儿自己也得意。”

元结笑了笑，问道：“素儿日后要做什么？”

“素儿请入终南山，结精庐，筑丹室，守道修持，得圣上恩准。明年春天便要将玉真宫托付与新主，离开长安城了。”

“你要入山修持？”

“正是。素儿女流，无能匡天下、济生民，不比先生。余生只愿入山静心修持，想些天地间无用问题。”

“什么无用问题？”元结笑道，“你说无用的，定然有用。”

李素炫也笑：“我眼下连要想什么，都还不知道。”

“无妨，不管什么，定然有用。”元结稳稳说道，“智者虑始，愚者乐成，贤者求道，庸者学法。你要扔了现成富贵，离开世间热闹，到山中守道，定是要想些宇宙源始、形实根本，怎么会无用？”

“素儿谢过先生勉励。”李素炫行礼说道。

“只是这长安城里……你当真什么都不要了？琵琶精绝，却要藏珠玉于木椟，真的甘心如此埋没？读过那么多书，学了那么多本事，不拿来做些什么，宁可带进山里？”元结说道，口吻中有些惋惜。

李素炫一笑：“我擅琵琶，技绝天下。从前不敢张狂，但半生磨练煎熬，到今日，我出此言，自己心中无愧，天下也无人敢不服气……只是如今大唐最需要的，已经不是琵琶了，大唐如今最在乎的，也不应当是琵琶了。我是个聪明人，弦笔精熟，却不谙人事，不善斡旋，无有深谋远虑，实非栋梁之材。不似先生，心性老成，有骨头，没脾气，关心却能不乱，我哪里有这个本事。如今我唯一能做的，无非是修撰，那就到山里寻下个僻静处，认真做这件事。回想开天盛世，我也是其中一人，彼时文化彪炳，书乐极盛，也有我一份功劳，一生若此，足够甘心。功成名遂身退天之道，素儿不才，只得觍颜却世，先生务实，是能吏干臣，人间事、天下事……只能拜托先生了。”

李素炫说着，郑重行过一礼。元结不语，心中感慨万千。

萧娘不大说话，不停烹茶，静听元结与李素炫倾谈。往日里她知道李素炫喜欢与元结说话，每次相聚都忙着招呼别人，将人哄住了，不来捣乱，好叫二人可以清静相谈，她自己却很少留意他二人说什么。今日听了听，也懂，也不懂。屋中安静，眼下只这旧友三人，昔日那些捣乱的，有些死于战事，有些外放为官，也有些已多年没有音讯了。

“素儿弹支曲子如何？若有新诗词，便唱了听听。这些年我对你无伤念念不忘，来时路上还一直担心，怕你不在长安城，我远路过来却听不到。”元结客气说道。

“是。”李素炫恭敬答应着，转身取过无伤，解出抱在怀中，校了弦律，轻弹起来。

元结安然静听，目光柔和，想来这十年间他难得心头如此松弛。征战多年，出仕多年，与匪斗，与官斗，敌人可恶，自己人更可恶，不知道他是怎么挨过来的。若是换了李素炫这等性子，敌人可恶没什么，敌人本就可恶，她决不会退缩、畏惧，只会愈战愈勇，哪怕连血滚过刀头，也是命中一场畅快。若是自己人可恶，怒也无用，恨也无用，铁拳能碎金石，却打不过一摊泥水，浑身胆量无处宣泄，越不怕死，越像个笑话。凭李素炫一点心力，怕是难撑片刻。

三人说了不多久，再没话说了。前事依稀，来路渺茫，如今说什么都像闲话。其实从前相聚没少说闲话，眼下却不知为什么只觉得闲话多余。静默片刻后，萧娘又忙起了茶事，将茶一盏盏分别推送到元结与李素炫面前。李素炫缓缓弹着无伤，数曲后停了下来，捧起面前茶盏来。元结用指节在案子上轻轻击起节律，李素炫一边小口啜饮，一边听辨板眼，很快知道要弹什么。她将茶盏放下，重新抱起无伤，元结立刻会意，听着弦声过了引子，小声唱起来。

粉汗额黄逐日欢，春风醉酒数十年。
太平歌舞须臾尽，人间第一废管弦。
梦中何意光阴快，梦醒方知豆蔻残。
从今宁作痴人语，萧瑟前情是旧谈。

“素儿知道先生心中想的什么，想来平日里也没法对人说，就是诗中……也不直说。”李素炫说道。

元结叹息：“我来应举那几年，长安城中歌舞何其繁盛，我却觉得不是好兆头。到最后天下出了大乱子，又有人说歌舞魅惑，乐人误国有罪。元结真是不明白这些人都怎么想的，所谓歌舞，是果，不是因，天下人纵情声色时不知警醒己身，出事了却要怪罪乐人吹弹好本事。书乐何辜，有人沉迷，有人诘责，谁都可以拿来耳目享受，也都可以拿来推诿过错。眼下国之维艰，民之维艰，四处歌乐不是凋敝消弭，遭人轻视践踏，就是叫人当作麻沸散来用，装聋装瞽，逃避现世。在下是既讨厌人轻贱书乐，又讨厌人当书乐是迷药。长安遭逢大难，素儿在乱中失去多少亲人，难为你还能振作起来。书乐能润心魂，却不当吃用，你仍看得要紧，却又不是用作厌世手段，元结欣慰。明日离开此处，远方也不知道还有没有如此知己了。”

李素炫有些难过，拥着琵琶，默默无语。萧娘见状，连忙出来圆场。

“元先生唱过了，该素儿了。”

李素炫点了点头，重新将无伤弹起来。

今岁归鸿去岁楼，浮生纷乱几时休。
残锥轻薄狸骨帖，白发折辱玉搔头。
琵琶难弹前后事，箫管不诉古今愁。
暂将零落寄诗赋，散淡弦声诵碧幽。

“琵琶难弹前后事，箫管不诉古今愁……”元结沉吟道，也感叹，又突然来了兴致，“素儿自幼弹琵琶，又能诗文，定然不少以琵琶入诗。”

李素炫点了点头。

“不然，我们今夜诗赋专唱琵琶，如何？”元结乘兴又问道。

李素炫还没答话，萧娘开心说道："这主意好。你二人赋诗词，专写琵琶，我弹琵琶为你二人偕唱。"

李素炫知道元结是特意想要开心些。萧娘在那边已将琵琶抱在怀里，认真问道："你二人谁先起？用什么曲牌、入哪个调，与我说。"

李素炫动手开始烹茶，很慢，一边烹茶一边想着。她六岁头上师父始授琵琶，到如今已二十八年，转过年，到明年春日，就是二十九年了。这些年在琵琶上耗了多少时候、吃了多少苦头，根本算不过来。怀中琵琶也果然不曾负了她，帮她立了身命，搏了衣食，挨过了多少苦楚困顿。她果然不少以琵琶入诗，却都是无意而为，今日刻意，倒一时想不起来了。她有些伤感，看了看身旁无伤，那上头伤痕密布。七年前察罕受伤，血迹染透了无伤，到如今颜色已十分陈旧了。

元结见李素炫不语，笑了笑，行过一礼："在下觍颜占先了。用素儿《苍梧梅令》，平韵，舍了我平日里粗糙戆直，学学你那一副秀丽清致。"

这调子在长安城风传了十数载，萧娘自然会弹，元结偏爱此调，自然是因为好友李素炫。萧娘笑了笑，立刻弹起来。

夜未央，诗书堪梦肠。素砚淌冰墨成霜，箫声昏晦，琵琶如伤。

朔风凉，新月吐微光。曲肱相枕对寒窗，庭树沾雨，碧露浮苍。

元结唱完，收了嗓音，又行一礼。

"我用《朝天子》。"李素炫立刻说道。

"《朝天子》韵频，可不大好填。"萧娘笑道，立刻起手入了调子，听李素炫淡淡唱起来。

长歌酬永夜，拔金钿，玉壶敲缺。箫声幽咽，琵琶昂烈。

笑尘事，铮铮老弦绝，筚篥犹自深切。窗前雪，天外风，流云惊月。

李素炫唱过后，又到元结了。他诗词熟稔，只是文人平时多是为诗，填词少，今日忽然来了兴致。即席吟唱，长调难为，他又选了小令，向萧娘行礼谢过，客气说道：“在下再用《金盏子令》。”

萧娘得意说道：“这《金盏子令》可少见，元先生今日亏是遇上我了，寻常人怕是不能立刻弹出来。”

“元结谢过萧娘了。”元结立刻格外行了一礼。

雾隐庭树，焦茶乱叶堕纷纷。幽蓝青黛，更是伤心色，天欲黄昏。

七弦冷清，横笛吹裂，箜篌旧痕。尽不如，长箫无奈，琵琶伤人。

元结唱完，对着萧娘与李素炫又行礼谢过。

元结每与李素炫论诗，萧娘只在一边听着，专心茶事，或弹琵琶。她也能为诗赋，只是总觉得元结与李素炫颇为相似，自己却是另外一个路数。李素炫幼年所学得自卢菡，卢菡性情隐忍持重，李素炫十分像他，自然会与元结相类。元结词句上也机敏多变，与李素炫应答时，一改往日沉郁，偏写得出清丽柔婉来。萧娘却是快活惯了，辞赋活泼，或爽辣，伤心时便一个词也想不起来，索性只听着，只是今日听多了，也受不了。她伸手调着轸轴，叹道：“你二人这几支下来，眼见着是一支比一支难过了。今日若我为纠，定要罚酒，令你等换个口气。一副诗词本事，这当口，怎么不能唱些开心的？……快想想，不拘哪个，唱支开心些的来。”

李素炫与元结对视一眼，二人都笑了。

“容我想想，你先弹，我烹茶。”

李素炫说着，认真烹起了茶，听萧娘在一边不住弹着。萧娘让唱支开心些的来，她竟一时想不起有什么开心事了，纵有，到如今也都成了伤心事。师父死时她只十五岁，剥皮剔骨才活了下来。那时以为今生有此磨难，罪遭得也够了，纵然累世作恶也都还了，哪里知道日后一难接着一难。每次她都想，如此一劫都挺过来了，难不成命中还有更狠的？不想果然一难狠过一难。这半生里快乐无数，痛楚无数，到如今也不记得开心，也不记得不开心，不过剩下些混沌回忆、数声叹息。

李素炫沉默许久，看了看元结，他也说不出话来。屋外有些风声，屋中燃着炭火，不冷，只炭火毕剥有声，针尖一般，不大，却催人。萧娘弹过许久，见这二人仍旧无语，无奈叹了口气，手上一转，弹起《梧桐影》，随意唱了几句。

湘管裂，横笛断，箜篌寂寞不成声，一夜诗酒琵琶乱。

“萧娘作得好。”李素炫笑道。

“好什么？明明不好，随便几个词堆起来而已，什么事也没说。我就是为给你二人救个场子，你二人快想。”

元结应声开口：“我用《霜天晓角》。”

萧娘叮嘱道：“可要开心些。”

“萧娘放心。”元结笑道。

红泥炉暖，煎雪春茶淡。闲将旧曲低吟，且轻敲、琉璃盏。

天远，星河浅，弓弦月方半。微醉不碍徒歌，莫计较、琵琶懒。

“素儿如何？”元结唱完了，转头问李素炫道，又看了看萧娘，“这支轻快些？如何？”

“可以。”萧娘点头笑道，“不罚你了。”

“我填一支《孤馆深沉》。”李素炫答道，萧娘知道她心中有了把握。

窗外孤鸢共落霞，云影隔绛纱。剪烛未调琴，七弦懒动，细拣灵芽。

云凝华，竹罗兽炭，活火慢分茶。月如水，碧雾清幽，夜深莫动琵琶。

李素炫收了声音，又开始烹茶，萧娘压下弦上声响，笑着对元结说道：“素儿惯来多以‘琵琶’入诗收尾，这‘琵琶’二字押阿韵，韵窄，韵字少，本就不易为诗词。从前卢先生作了不少，传于宫中坊间，颇得琵琶乐人喜爱。卢先生在世时我便唱过他琵琶诗词，不想素儿还能接着作出来，累年作了不知多少，今日竟然还能作出来。”

“看来《南史》中曹景宗竞病之典并非妄传。”元结看着李素炫笑道。

李素炫忽然来了兴致：“既如此，我给你二人弄支最难的出来。”

“怎么个最难的？”

“先说清楚，这是我前几日填的，不是眼下临场所填，却果然将阿韵用透彻了。《江城子》本七句五平韵，这次我每句都用了韵，还加了句中韵。只是此调本该押平韵，我从前也是押平韵，这次专门押了仄韵，从头至尾又不拘平仄，与乐律合不上，故此不动琵琶，不入调，只打曲。”

“既然该当押平韵，以往也押平韵，为何这次押仄韵？”萧娘放下琵琶，将茶事接在手中，问道。

“琵琶中这‘琶’字为轻声，按格律算平声，所以我从前以‘琵琶’二字结尾时，都押平韵。只是后来慢慢觉得，轻声字算平声也行，算仄声也行，在该当平声处就像平声，在该当仄声处就像仄声。所以我将仄声韵字搜求了一遍，想填首仄韵的。人填词讲究多用平声字，我却觉得，诗词若要求个气势，句尾处用仄声字更好，其中去声字又比上声字、入声字好些，为免单调，多加出来那些韵便多用平声。”

萧娘手上忙着，摇了摇头：“素儿就是想胡闹，也都许多讲究。”

“让她闹，我二人听听。”元结笑道。

“我头次这样闹，自己也不十分有把握，你二人帮我听听。”李素炫说着从头上拔下木簪，击着盏子，利落吟了出来。

> 昔我绝杀黑罗刹，鼙鼓髿，东风飒。怒马狂花，徒手战琵琶。半生日鸦乱渡霞，凭岁华，任白发。

元结与萧娘面面相觑，片刻后元结问道：“你怎么想到这么填的？我从没见过有人这么填的。”

“半夜睡不着，起来胡闹，又不清醒，就这么填了。”李素炫老实答道，“若清醒了还想不到。”

萧娘与元结相顾大笑，不能自持，李素炫追着问道：“如何？”

“我觉得很好，也果然胡闹。”元结仍笑个不停，“只是旁人就是胡闹，也不是这么个闹法。”

“我这素儿向来与众不同，做坏事尤其与众不同，比旁人都聪明。”萧娘见惯了李素炫胡闹，也笑，却不是像元结这般大笑不止，而是笑得淡，不耽误手上茶事。

“到底怎么样？听着拗口不？”李素炫也笑，也追问，将手中木簪插回头发里。

“不拗口，听着好。”元结认真说道，“偶尔为之，权当寻开心，也不错，只是如此当真没法入乐了。无妨，打曲便好，时下徒诗风行，许多时候连打曲也不打，也不妨事。若不入乐，平仄不用依声，诗律词律会自在许多，但只诵不唱，无乐律纠正，就得讲究些别的，也要声韵交错，却又不能凌乱，也不易。不过闹起来也就没所谓了，开心最要紧。”

李素炫不追问了，自己也笑过许久。几人伤感了半夜，这才彻底放得开了，笑得畅快。萧娘将釜中残茶清出，重新开始罗茶、取水方，元结与李素炫说着闲话，又轮流击盏、弄弦，交替诗赋，轻声唱过一夜，萧娘轮流斟茶，在一边听了一夜。

后半夜，三人尽兴，又安静下来。李素炫重新抱起无伤，趁着最后一巡茶，认真弹了几支清静曲子。屋中无伤幽淡，碧弦微动，屋外雪掩缺月，光明晦涩。三人一生至此已经过半，乃至过了一大半，回想往事，无数悲喜离合，再想来日，不尽依稀迷茫。平日朝夕忙碌，也不想太多，眼下弦声静谧，心中便多思。从前琵琶只是琵琶，歌只是歌，乐只是乐，心中清爽，便只听弦上声音，如今却难了，任什么声音也难免叫人浮想平生，徒发叹息，可修持偏偏就是叫人不想这许多，一派天真，只将琵琶当作琵琶。

三人啜饮清茗，只讲弦轴诗赋，清静过了一整夜后，元结动身离开。萧娘与李素炫相送，一路上三人仍说着书乐，又开玩笑。出通化门再前行便是滋水驿，驿站中有元结同侪正在等待，要为他饯行。萧娘与李素炫不再相送，在驿站前与他行礼分别。

元结突然对李素炫说道：“元结男儿，能入世与人厮打，为民谋眼下。素儿不善斡旋，又兼女身，又在道门，不能入世，却能修复典籍，为国谋长远。一国不能无史，素儿所行之事，眼下无有寸功，千秋却有大利，元结佩服。”

李素炫立刻抱手还礼道：“素儿谢先生勉励，不敢不尽力。”

元结点点头，又看了看李素炫，转身而去。

## 305

腊月里，樱儿回了大明宫内道场，要为翌年核考做准备。李素炫独自忙碌，眼下天寒，屋中燃着炭火，也还是冷了些，有时冷得无法弹习，写字也艰难，想事情都费力。除夕日，天降大雪，众女冠不知道玉真宫外如何，只是宫里没人那么爱热闹，照旧洒扫，清淡过了一昼。日落时分，李素炫将无伤横置膝头，简单拨弄，唱了支老旧调子，众人静听，心水无澜。有些人为诗赋，东一句西一句，写不到一块儿去，有些人不想写到一块儿去，偏写些旁边的、多余的，只几句随意话，只一点眼前事，说者不多说，旁人不多想。年年秋凉，岁岁冬寒，曾惹动多少愁绪，现在没人还会再胡乱感伤。

翌日起，已是永泰元年了。初一，李素炫怀抱琵琶去了内教坊，绕过梨树，在屋中坐好，自未正到酉正，独自弹过两个时辰。

今岁春来早，未出正月便暖和起来。二月里，一位道友远行游方，李素炫送他到了滋水驿。乱中长安城遭创，人口削减近半，热闹处再也没有从前热闹，寥落处更加寥落，这驿站却不减当年，仍有那么多人，仍有那许多分别。盏中不过淡酒，众人亦彻夜相谈，翌日道别时，方到正午。

今日晴朗，日照可爱，四下里淡淡飘着柳絮，被风吹着，一片片闪着光亮，从眼前斜斜飞掠而逝。李素炫贪恋春景难得，没有与其他人一起上马回城。略远处是灞河，春水深情，舒缓不惊，微风平展不疾，周身安寂，淡愁喑喑。她带着赤骏信步前行，懵懂间走了些路程，独自到了灞河边上。

灞水边，柳树下，大雪纷飞。李素炫肩负无伤，静静站在雪中。

十一年前，这里也有过一场大雪，有一场琵琶，一场酒。那时也是二月里，斜风剪裁，大雪中琵琶声振，醇酒甘冽，冲撞咽喉。她认真看着对面人，看不清他样貌，只听到他在大雪中艰难问了一句话。她淡淡回答了一句，没有解释什么，他却立刻放下了心。如今周身一片寂静，弦音湮灭，酒味消散，对面人也早已身骨涣释，了无痕迹，只有这一场大雪，仍与当年一样。

雪花扑簌簌冲击到李素炫脸颊上，周遭深白模糊，尘影依稀。她茫然看着，心头恍惚，右手用力握着拳头，小臂上层层齿痕彼此牵拉，已经不疼了，但仍然有知觉。夜深难眠时，她在黑暗中咬伤自己无数次，不知疼过多少回、流了多少血，才挨到眼下，心头依旧意恨难平。他给过她无数，她欠了他无数，只这几处伤痕，如何算得上是偿还。尘世只如幻影，深情逝如烟水，站在大雪中，她对面永远不会再有什么人了，他早已不存于世。她从没有叫过他一声师父，从没有认真说过一个“谢”字，他不曾稍微责怪过她，却又狠心不给她一丁点机会，任由她余生煎熬。

## 306

二月底，大雪渐渐淡了，城外城里，柳荫渐成。

李逊遣人传信，约李素炫在道政坊酒肆中相聚，并恳请她带上无伤，除此以外没有说别的。李素炫略有些惊讶，她跟李逊都时常去那间酒肆，两人偶尔会遇上，遇上了也说两句，却从未特意约见。她想不到李逊约见她会有什么事情，想来有些缘故。

李素炫按时赴约，入了小间，里面已坐了六七个人。她认真看了看，片刻后，将人逐一认了出来，正是从前李逊那一班好友。昔年众人时常约了出去郊游、行猎，每次崔茗都会带着樱儿骑马，卢观过来与李素炫说话。

那几人见了李素炫，立刻客气行礼相见，彼此看看，都老了一些。

“素儿坐下说话。”李逊招呼着，接着又解释道，“从前那一帮子人，眼下也就能凑齐这几个，他们回京述职，近来春暖，再过几日就都要走了。我召集相聚，他几个特意嘱咐我请你来，十分想听你无伤。”

李素炫点了点头，不知说什么好，那几人也没话说，只是将酒斟上了。

“先饮酒，别的再说。”一人说道。李素炫记得他叫云良卿，武人出身，从前喜欢过来问她讨支曲子听，却死活不敢学几下，说是武人糙笨，做不了这精细事。李素炫与他数次笑谈，都很开心。

众人连饮过几盏，终于有话说了，转眼间屋中热闹起来，几人不住说着当年好友，有的战死，有的投敌，或遭贬黜，或被赐死，眼下已是各自天涯，各自飘零。

“素儿还记不记得他们了？”李逊一直没说话，许久后看了身边李素炫一眼，淡淡问了一句。

“名字记得，人不记得了。我记得当时有二三十人，每次相聚都能凑上十几个。”李素炫摇了摇头，怯怯问道，“乱中……可是没了许多人？”

“有的是去打仗，死了，有的是不来往了。”

“为何不来往了？”

“小时候一帮子人在一起胡玩胡闹，大了一些彼此都不一样，有的跟别人玩儿去了，有的从别人那里过来，跟我们一起玩儿来了，你就是那时候开始跟我们这些人打交道的。那时觉得众人真是投脾气，约了，要一世交好。”李逊一边说着，一边不住给自己和李素炫斟酒。

“我果然记得你们当时很和睦，却只是你们这一拨人，还有另外几拨，互相从不打交道，似乎还彼此不大喜欢，有时路上遇见了还会起些冲突，只是那些人见了崔茗都有些怯。”李素炫答道。

李逊仍旧斟酒，淡淡说着：“我们这几拨人里，论武功无人比得上崔茗，人也不只是怕他，也是敬着他多些。当时几拨人果然是不打交道，互相也果然是看不上眼，只觉得自己这拨子人是长大后才凑在一起的，志同道合，是真友人。只是一场乱事后，才发现都是自以为是。”

“怎么说？”

“我们这一拨人里，有的降了安禄山，有的死在安禄山手里，余下的多数在朝为官，有的与元载一派，有的与杨绾一派，遇上事，有的说话，有的不说话，有的说真话，有的说假话，有的说事，有的说人。其他那几拨人也跟我们一般，都是牲鬼杂处。从前以为志同道合，几场变乱后就知道，没事时大可以说这话，真遇上事，其实没几个同的，也没几个合的，众人都不一样。眼下我们这一拨人里也还有几个在长安城里的，只是与今日屋中这些人说不到一处了，所以没叫他们来。”

李逊说得很平淡，见李素炫盏子里空了，就再斟满。李素炫并不特别讨厌他，却终究还是有些隔膜，每次相见对他都不太殷勤。李逊并不介意，每次都是他从头到尾不住斟酒，有时候碎碎说上许多话，也不很在意李素炫是不是听得认真，或者听没听。

那边几人闹了阵子，突然想起李素炫来，过来客气相请，问她可不可以弹支曲子来。李素炫点点头，转身解出无伤，接连弹过许久，将许多新曲、新调及新弹法一一炫示。曲终，众皆沉默。

“可惜，如此神品，那帮死了的没福分听到。”许久后，一人玩笑说道。

众人齐声笑起来。

“今日这酒不错，彼等也尝不到了。”

这话李素炫听得心酸。众人笑过后，云良卿突然在案子上拍了一掌，转头到门口处，叫店家取大酒盏来，越多越好。众人不解，也没问，只见酒盏取来后，云良卿将盏子一个一个在案子上摆下，排了两排。

“我们这拨子人里，战场上死了不少，朝廷又发落了不少，彼等今日是好酒也尝不到，好琵琶也听不到。我等还在，数数，看死了多少、走了多少。你们每说一个名字，我斟一盏酒，都斟好了，我替他们饮个痛快。”

云良卿说着，将酒坛绰在手中，看着众人。众人沉默，许久后，李逊轻轻说了一句：“崔茗，天宝十四载岁末，战死于范阳。”

李素炫强忍心痛，低下了头。众人却平静，云良卿也平静，将第一个盏子注满了。

“张琮器、史玄策，至德元载，战死于潼关。”一人说道。

“焦羲、秦宗璞，至德元载，战死于长安城。”

“成遂平，至德元载，战死于长安城。”

“钟徐、谈文瑾、宁简瑜，至德二载，战死于长安香积寺之役。”

“李澹、韩子穆，至德二载，收复长安城时战死。”

……

众人一句句数着，语声沉静，先是说了乱中战死者，又逐一说了乱后遭人诬杀、流放者，云良卿不住斟酒，最后，将两排盏子都注满了。他将酒坛放下，端起一盏酒来，笑着朗声说道：“在下从小习武偷懒，武艺不精，在战场上叫刀尖开了膛，侥幸不死，酒却是不能再饮了。今日破例，替这些来不了的饮一场。”

他正要将酒饮了，李素炫不忍，起身拦住他，将酒盏从他手中取下，平静说道：“良卿还是要听郎中话为好。死的、伤的、走的，今日我代饮。”

她说着将酒一饮而尽，又端起第二盏，心中苦涩，想起遂平与歌子，想起崔茗与樱儿，想起所有乱中死去的人，雷先生、鹿先生、商不言、阿翁、苏获、孟离……纵然徒劳，可每到痛楚时，她还是忍不住学人纵饮，妄图一醉。

李逊站在案子另一头，也端起了酒盏，嘱咐身边几人道：“你等都上过战场，负过伤，或在朝中遭过陷害，这许多人里，也就我还好些。今日这酒，我饮。”

李素炫与李逊接连饮过十数盏，挪步到了案子中间，李素炫又端起一盏来，李逊劈手接了，头也不抬说道：“你饮酒不醉，不算数。”

李素炫迟疑了片刻，她知道李逊心烦时略有些纵酒，却没什么酒量。李逊仰头饮了酒，放下盏子，对李素炫命令道：“到一边弹你无伤去。”

李素炫叹息一声，顺从坐好，重新将无伤抱在怀里，落腕弹起来。多少苦楚磨去了心中躁烈，今日这武曲她弹得沉定不惊，不张扬，不锐奋，不逞凌厉，不纵豪情，只一片刚雄镇静。李逊听她琵琶弦声老成沉郁，心里想着一众死者，尤其想着崔茗，痛楚万分，接连饮酒，又将盏子重重放下。数曲攻伐后，李逊将酒全部饮了，放下最后一只盏子，大醉而倒。

众人扶李逊躺好，给他盖了条毯子，又叫店家取了酒过来，边饮边说话。

“李逊平日里饮酒不特别放纵，今日定是心中难过，又兼忧愤，我等也就没拦着，叫他宣泄一番，也好。”云良卿说道。

“终究死了那么多旧友。”李素炫说着，看了看那边李逊，他醉得不轻。

“也不全是这些。”另一人答道，“他本不愿入仕，只是身不由己。这些年，他这官……做得辛苦。”

“想是又出什么事了？”李素炫见了那人神情，追问道。

“前岁冬末，吐蕃人占了长安城，圣上出长安城时要带他一起走，他不肯，要留下来守城。他将家中财物都取出来，放在宫中各藏书处，为叫吐蕃人取了，不伤宫舍，好保全那些书籍手卷。又遣家甲携带财物在街市上巡逻，若遇贼兵抢劫不成伤害百姓，便上前解救，着实救下些人。”

李素炫又看了李逊一眼，他睡得一动不动，连点儿鼾声也没有。

“只是乱后论功，李逊无功不说，还惹了一身过失。”云良卿补了一句。

“过失？”李素炫不解，“他一介文官，不惧一死留下来，护下典籍，护下生民，还要怎样？纵不是功劳，怎么是过失了？”

“有人参奏，说敌兵劫掠府库时，他手里有兵将，却只看着贼兵劫掠，不曾去救，故意失职，实为不忠。还将钱财放在藏书处，还叫家甲上街持币帛救人，固然有功，却也是资敌。”

“这是哪个浑人说的？说这话的，当时可留在长安了？做什么了？救下谁了？”李素炫顿时忍不住压低声音吼起来。

“还能谁……就那拨子人。”云良卿说道，“当时说是保护圣驾，都跟着天子去了陕州。”

李素炫明白用不着追着问名字，能做这事儿的，能直接与天子说话的，无非就那几个人，她知道都有谁。她恼火间端了一盏酒饮了，放下盏子，恨恨说道：“真是不做事的就一个错处，做事的全是错处。跑的什么也不做，一个错不犯，转头来看做事的不顺眼。资敌？这罪名安得着实聪明。”

云良卿叹息：“天子倒是不糊涂，只是那几人非咬死李逊不忠，说是若不惩治，便失了法度，还说圣上若欲为明君，便该严明执法，不该袒护宗室。圣上被架在那，也不知该怎么处置。李逊不想令圣上为难，自请降级罚俸，削减封邑，圣上又说了几句公道话，这事才过去。只是上奏的人还不歇心，说是这几件足够死罪，怎么能这么容易过去了。”

李素炫默然良久，叹息道：“我认识李逊快二十年了，从不曾见他仗着自己出身欺负人，如今倒叫人仗着他出身来欺负他。那几人是不是与李逊有什么私仇？”

“那种人眼里，什么仇都是私仇。有时只是政见不合，有时是他们错了，李逊没有附和，就都是私仇了。也有的就是帮凶，连点儿私仇都没有；也有的，我看就是邀名邀功而已，好显得自己正直、尽职、勤于朝堂事。”

李素炫暗自思忖，这事想是不久前发生，还没传到玉真宫中，所以她还不知道，可是方才与李逊低声交谈过许久，他也没有提起来。

“李逊这人，近些年来越发不多说话了，什么事儿都自己憋着，跟谁也不说。”云良卿摇头说道。

两人沉默片刻，李素炫叹了口气，问云良卿道：“你眼下如何？……我是说，你身上旧伤如何？”

“没事儿了。”云良卿笑道，“郎中说，我自己不作妖，就多半死不了。”

李素炫淡淡笑了笑，两人絮絮说了不少闲话，东一句，西一句，没什么要紧的，却只有熟人之间才会说。李素炫记得歌子说过遂平身上战伤可怖，很想问问云良卿当时究竟伤得如何，也有些想看看他身上伤痕。她自然是不敢开口，只微微锁着眉头，始终有些难过，说话声音也低。

云良卿分明记得李素炫从前是个活泼女子，眉目娇俏明媚，弦声洒脱灵动，虽然人多时从不跟着一起闹得起劲，与樱儿在一边单独玩耍时，却总是咯咯笑得开心。若是好生言语，问她讨支曲子来听，她立刻点点头，将琵琶解出来，见人听得开心，她更开心，笑得像一小颗饴糖。隔了这些年，眼下她沉静许多，开心时笑得很浅，听人说起战事、朝事，总是微微皱着眉头，听到火起，便咬着银牙低声喝骂，琵琶弦上立时出了厉声。

云良卿摇头叹息：“如今真不是好世道。疆场有将士，朝堂有君臣，竟让女子为天下事心烦。”

“女子怎么不能为天下事心烦了？”

“没什么不能，只是连女子都要为社稷操心了，定是男子没有做好。到了这一步，社稷定不安生。”

“别理会别人，你该做的，你定然是做好了。”李素炫说道，顿了顿，终于忍不住小声问了一句，“良卿……你身上伤得有多重？开膛是什么意思？竟然没死，真是命大。”

云良卿笑笑，用手自左肩锁骨向右下边比画着：“就这样，一尺半长，见了内脏，用手推回去了。”

李素炫毛骨悚然，紧紧搂着无伤，颤声问道：“谢天谢地你没死。郎中怎么说？日后，或老了，可会身子不好？”

“不会有大事。”

“怎么会没事？万一有事怎么办？”李素炫越说越害怕，“有没有什么法子能养好？”

“真没事。”云良卿见她怕成这样，又笑起来，“前朝载初年间，朝中有粟特人后裔，名安金藏，因擅乐、擅医而入太常寺为乐工、医工。当时酷吏来俊臣诬指太子李旦谋反，太子身边人害怕酷刑，都要指认太子，唯独安金藏不惧，宁愿剖心证明太子不反。他当堂夺刀划开肚腹，鲜血迸溅，肠流满地，将那来俊臣吓得魂不附体。后来武后听说此事，令人将安金藏抬入宫中医治，御医将他肠子推回腹中，用桑白皮线缝合了伤口，敷上药物，竟大难不死。武后感动，亲自探望，太子这才逃过一劫。”

“我听说过此事。安金藏不过伶人，如此胆量、忠义，强过多少读书人。”

云良卿笑道：“安将军如今仍然在世，已经九十多岁了。”

李素炫瞪大了眼睛：“真的？”

“真的。只是将军年迈，多年闭门不出，人多不知他消息罢了。”云良卿安慰道，“所以，素儿不用担心，我当时没死，过后就不会死。剖腹泄了浊气，说不定也能活到九十多岁。”

李素炫松了口气，也笑了。

“素儿弹支曲子如何？”云良卿客气问道。

“好。”李素炫立刻点头，将无伤抱好，落手轻弹，弦声明快，一点光亮在轸轴丝弦上滚来滚去。

云良卿笑得宽慰：“这才对了。素儿弹琵琶的，可千万要高兴些，若是连你都要愁眉苦脸，真是叫人没盼头了。”

两人低声谈了许久，再没说什么烦心事，云良卿讲了些军中趣事，李素炫说了些西域奇闻，那边几个人大声吆喝着不住饮酒，李逊依旧睡得深沉。许久后，那几人突然想起云良卿来，吵闹着要将他拉过去，云良卿对李素炫点了点头，笑了笑，打算过去。李素炫也笑了笑，嘱咐道：“良卿还是要听郎中话，莫要饮酒，高兴也莫要饮酒，才能活到九十多岁。”

“素儿放心。”云良卿笑道。

几人又在长案那头说起了军中事、朝堂事，李素炫又将无伤抱起轻弹，不扰那边人说话，听他们口齿，也都半醉了。

李逊睡了半个多时辰，醒了过来，起来揉揉眼睛，酒力已退下了。听案子那头几人吵吵闹闹，饮酒吃肉，又看看对面李素炫，她低垂眉目，依旧轻轻弹着无伤。

“你睡够了？”李素炫问道。

李逊点了点头，没说话，凑到案子边上坐好，伸手倒了一盏清水饮了。李素炫见他裹着毯子，脸色青白，猜他身上有些冷。见他又倒了第二盏水，李素炫不忍道：“这水是冷的，你还是别饮了，我去给你要些热食来。”

她说着放下无伤，到外面问店家要了碗热汤饸饹，嘱咐多放些青蔬，切几片瘦肉进去，再送一壶热水来。店家应声而去，不久将饸饹端来，放在李逊面前。李逊又冷又饿，随口道了谢，拿起木箸来低头吃上了。李素炫依旧弹着无伤，听着那边几人吵闹，看着李逊低头吃得很快，也很香，她心中感慨万分。

李素炫此生所遇第一个君子，是师父卢菡，之后是汝阳王李琎。年少时浅薄，不懂事，见师父与汝阳王身姿风雅、书乐出众，觉得这就是君子。长大后才知道，君子岂止风雅，又岂在风雅。师父卢菡能持守，汝阳王殿下肯承负，如此才是真君子。到今日才又明白，李逊也是世间君子。他有才而无华，没那么风姿夺人，看着并不出众，远不及师父卢菡和汝阳王殿下那般引人瞩目，他只一点力气、一点本事，却是扎扎实实在为国家奔忙。师父卢菡一生都说自己是无用之人，一身学识只能埋没；汝阳王殿下唯一能为天下做的，是什么也不做。他们都有君子仪度，都用性命去守君子道义，只是这等人古来没几个，往后也不会有几个，家国天下更多还是要靠李逊这等人，哪怕天资稍逊、学不卓异，不是能吏干臣，却毕生尽心尽力、忍辱负重，只能做好那一点儿事，就认真做好那一点儿事。

李素炫长叹，又自责：“李逊负了端木，我知道不能全怪他，却还是恨了他多少年，又十分看不起他，今日才知道自已错了。他善待妻儿，忠于职守，做事踏实，除去不得已辜负了端木以外，实在是没做过什么事值得我看不起他。他不过是没那么风雅过人，没那么慷慨昂烈，我便不知道如此人等也是君子。元先生说要做实事，李逊这人看着不漂亮，可这些年来做的就是实事，受了多少委屈，没几个人念他好，他也不争辩，仍是该做什么做什么……我一贯自负聪明，怎么以前就没想到这些。”

李素炫不停思索，李逊一直没有抬头，她认真看了他许久。认识他时，他还不到二十岁，身材颀长，面容洁白，目光干净。如今他已快四十岁了，皱纹细碎，华发早生，满面满身沧桑疲惫，话越来越少，笑也笑得累，再不是当初模样。少年袍袖，轻衣夺锦，到如今所隔不过是些岁月。

李素炫暗自叹息不已。

李逊是真的饿得狠了，很快将热饸饹连青蔬、瘦肉都吃了，汤头也不剩下。吃饱了，他面色看起来好了些，身上也不冷了，将毯子退下去，伸手倒了盏热水，略放凉，漱了漱口。

李素炫轻声说道："李逊，素儿以前……一直很不喜欢你。"

"我知道。无妨。"李逊头也不抬，随口答道。

李素炫将无伤轻轻放在一旁，挺身跽坐，抱手持礼。李逊吓了一跳，抬头看着她，满面惊疑。

李素炫颔首，认真说道："你负了端木，我恨了你多少年，如今才知道是我自己心思狭促。端木之事我尽可恨你一辈子，别的事却不该看不起你。安史乱中与去岁吐蕃来犯时，你留下来守城，护佑典籍，保卫生民，遭人谗言陷害，也只受着，不改性情，不改初衷。素儿自幼读圣贤书，又有半生多少见闻，向来痛恨奸佞小人，却不晓得敬重君子，从前对你不甚恭敬，你却从不计较。素儿知道自己错了，今日，郑重向你道歉。"

李素炫说着，深深行了一礼，将手放下，重新坐好。

李逊许久不语，紧紧攥着水盏，看着对面李素炫，眼中晶莹，心中感伤交杂，纷乱如麻，许久后，长叹一声。

"想不到我李逊今生也能有个知己。"

李素炫听得越发难过，也越发后悔从前。李逊难过后，又忽然笑了，温和说道："我一直喜欢听你无伤，只是从前不敢与你说，都是别人央你，你允了，我才沾光听到。"

"我今日专门为你弹。"李素炫笑道，重又将无伤抱起来，认真弹过很久，才慢慢停下，压下弦上余音。片刻后，李逊说了一句："素儿这些年很不易。"

"都不易。"李素炫淡笑着答了一句。

"素儿近来可有什么新作诗词？"李逊又问道，注了盏水，轻轻推给她，"我是多年不为诗词费心了，心里也静不下来，也动不起来，偶尔来了些兴致，没等拿起笔来，又不想了。"

"你若想试试，我为你弹奏。"李素炫说道，伸手取水盏饮了，将无伤抱起来，看着李逊。

"我没这能耐，急切间作不出来。"李逊摇了摇头。

“你就是不信你自己。往日里总听你胡乱谦虚，我也以为你真不行，后来在樱儿那里见了你些诗文、策论，发现你真是胡乱谦虚。”

李逊笑了笑：“那好，我试试。樱儿也说过，我就是太不信自己了。”

李素炫手上利落弹起来，李逊仔细思索，几次张了张口，又吞了回去，许久后笑道：“素儿不如停下，别等了。”说着又向盏中注水，自嘲道：“说了我不行。若在自己书房里，没旁人，也不是就不行，旁边有人，就真的不行。”

“我看你方才大约是心中得了几句了，顺着想到底，怎么会不行？”

“……也不瞒你，是有两句。不惭恋栈豆，宁为蔡泽丑……怕叫你嘲笑，不敢再想下去。”

李素炫认真看了李逊一眼：“你为什么觉得我会嘲笑你？”

许久，李逊叹道：“……冷静想想，你也果然不会嘲笑我，是我自己心虚。素儿，你不知道，我其实……一直有些怯你。”

“怯我？你一朝宗亲，我不过微贱，你怯我什么？”

“若论身份，我是不消怯你什么；若不论身份，只李逊对李素炫，我便有些怯你。素儿自幼聪慧勤奋，诗文书乐俱佳，我父母若认得你，定要拿你来羞臊我，故此我每见了你，心里都有些慌。”

“李逊，你听我说。”李素炫将无伤放在身侧，正色道，“你不用慌。你与崔茗、卢观自幼交好，却总被人拿来跟他二人比，比着比着人便要看不起你、奚落你，你却从不嫉恨崔茗与卢观。你觉得不如我，也不曾嫉恨我，我对你不客气，你也不介意，反倒对我一介女奴以礼相待。如此胸怀宽广，十分罕见，你很了不起，别这么看不起自己。”

几句话反而将李逊说得难过起来，喃喃问道：“……真的？”

李素炫点了点头。

李逊闭上眼睛，低下头，连连轻叹，片刻后又抬头看着李素炫，轻声说道：“素儿，我有件事，一直想问问你，但一直不敢。”

“你说。”

“那闻朗……人到底怎么样？”

李素炫静静看着李逊，她知道，有些往事李逊始终没有放下。他与夫人恩爱，以他为人，自然无颜对端木留有余情，只是被愧疚折磨了多年，不能原谅自己。

“李逊，端木之事我一直都恨你，但端木早就不在乎了。闻朗那人，要真说起来，其实跟你是一种人，从不自认天赋异禀，也从不好高骛远、贪求功业，不逞雄异，不求显贵，没什么志向和野心，有多大能耐，做多大事，但一定要认真、尽力。他十岁时立誓行医，迄今三十余载，不改初衷。父母劝过他求功名，可他说他这辈子只能是个郎中，别的事情他做不了，没那个能耐。其实郎中又哪里是那么好做的，药学、脉学、方剂、温病之类，哪个都耗大工夫，这些不说，所遇人事也是什么样都有。他也和你一样，一件一件处理那些罗乱，不管人怎么说他，也从不为自己辩解一句。怪道端木喜欢过你，又喜欢四郎，你二人……真的很像。”

李逊感慨，也更难过，许久不语。李素炫将身侧无伤又抱在怀中，轻轻弹起了信手。许久后，见李逊指尖轻轻叩着案子，李素炫很快便知道该弹什么。她听过李逊唱歌，嗓音清静、干净，过了这些年，依旧不尘，只是沙哑了些。

梨花细雨柔，寂寞春时候。陌上人不归，灞雪年年柳。
霜色锁空阁，烟云过锦绣。兴废故城改，风雨长安旧。
长夜闻霖铃，薄云月凉透。皎皎隔天河，料峭寒星斗。
飘渺魂梦迟，耿耿恨玉漏。余年难为情，白发徒搔首。

李素炫听得难过。安史乱起，多少人出了长安城，有的是去打仗，有的是去逃亡，有的是被虏去了洛阳，自灞水边古来折柳之地离开，再也没有回来。

李逊唱过最后一句，收了嗓音，轻轻笑道：“你这么看着我，我还是作不出来，莫要怪我。这是樱儿几日前所作，还没有修改，我借来唱了……她不少请教你诗文，词句间非常像你。”

李素炫笑着点了点头。

李逊抱手，郑重说道：“李逊诚挚相请，想求素儿手上一曲静澹，听樱儿说你那手弹武曲曰‘徒手战’，已臻精纯，李逊也想求一曲刚武。”

李素炫手上立刻起了调子，用心弹着。李逊一直很喜欢听李素炫弹琵琶，只是往日里没胆量相请，今日他不用多说，李素炫便乐意认真与他弹上几曲。李逊没有再说话，凝神听着。此生困苦无法与人多说，唯独知己手中这几曲文武琵琶，加起来不过一二刻钟，却是命中难得一丝平静。

李素炫手上渐渐着了力气，弦声转眼刚勇起来，那边几人立时一振，挪过来一起听着。几人没有再饮酒，也没有再吵嚷，只听着琵琶声，文武交替，刚柔并济。书乐无用，救不得天下疾苦，看不穿宇宙奥义，勘不透生命障壁，只不过是这一夜间叫人将烦恼暂且忘了，却已是人世间一段深恩。

李素炫一直弹到后半夜，她弹得尽兴，众人听得也尽兴，也累，也欢喜。夜深时李逊嘱咐店家为众人安排宿间，趁疲乏歇下了，直到第二日上午，睡得饱足，方才起身。简单梳洗，又随意吃了些，众人出酒肆，行礼告辞。

李素炫负着无伤，从店家手中接过缰绳来，小声与赤骏说了几句。转过身来时，李逊看了看她，回想前夜所谈，李逊恍惚感慨，想说句谢谢，觉得有些怪异，迟疑片刻，没有说出口。李素炫倒是坦然许多，抱手行礼告辞，说了一句话："李逊，素儿谢谢你了。"说着牵赤骏出了前院大门，又回身对众人挥了挥手，上马离去。

# 第七章 终南山

永泰元年（765年）三月—八月

# 307

三月里，终南山精庐修筑完毕，李素炫就要离开长安城了。樱儿聪慧勤奋，屡受道阶后，已可以暂代玉真宫事务，待再受道阶后，便可由天子颁旨，正式接任。

清晨，李素炫与樱儿并肩坐在小院竹林里，樱儿像儿时一般靠在李素炫肩头，絮絮说着话。李素炫第一次见到她时，她只十岁，生得庄严美丽，伏在李素炫肩头，一副亲昵，笑得开怀。如果崔茗没有死，而是平安回来娶了她，她一定一辈子都是儿时那般模样，心中纯澈无忧。她不会对道学有什么兴趣，也不会答应统管一座宫观，余生不停操心。她会每日在家里读书写字，抚琴吟唱，等着她夫君回来，她也一定会做母亲，每日为孩儿思量。只是眼下，她已是女冠了，李素炫离开后，她便是玉真宫之主，再没机会像眼下这般撒娇，也不知还能对谁撒娇了。

“持盈师父以前就喜欢这小院，每次来了贵客，她都要盛装华服，到大殿中接见，只有友人才到得这小院里来，密友才到得丹室与竹林里饮几盏淡茶。我看樱儿也颇喜欢这小院。”

“是，我是喜欢，真的喜欢。”樱儿笑得甜蜜，“兄长以前说过，他不稀罕宫殿楼阁，只想与心上人一起住个小院子。如今他与嫂嫂十分恩爱，却只能委屈住在侯府里。他有心上人，没这小院子；我有这小院子，没有心上人。”

樱儿说着，笑着，泪珠纷坠。

李素炫伸手揽着樱儿，心中惆怅不已。恨人多情，人世却无情，浮生际遇如梦，无端相爱，又无端失去。事到如今，李素炫再没有什么不甘心，她知道师父值得，只要值得，便是圆满。樱儿却依旧深陷苦楚，不知还要熬过多少年，心中才能有些许透亮。

出长安城前，李素炫花了几日，到每个地方都看了看。城中梨花深白，春日正盛，芳华依旧，人却更改。师父旧宅中石榴树仍在，一半活枝吐了细叶，另一半依旧枯着。井水仍然有些绀口，房屋废墟堆着，缝隙中填满尘土，像一座荒坟，草草埋着什么人。内教坊中仍有一树梨花挡着窗口，绕过梨花，屋子里永远空着，雷先生再也没有来等过她。隔着院子，李素炫仍能听到鹿先生与商不言家新住户说话声，还是那样模糊不清。阿翁仍旧下落不明，狸儿仍旧不知所终，庄严寺中卢楞伽死前所画壁画仍旧观者如堵。

李素炫站在坊道边上，那多年以前相逢之处，安然看着这万丈深城。从前她眷恋长安城，眷恋长安城里她的人，她不能离开，如今已没有什么能将她留下了。

三月十七日清早，李素炫独自到了左教坊废殿中，行礼后，跽坐在像基前。这里依然潮湿幽暗、尘埃遍布，一切凝定不扰，连蛛网也无一丝微动。二十年前，师父在这里允了她来世，淡淡誓言，今生就此别过。如今她心中所有痛楚都已平复下来，无数念头曾经千思万想、翻滚不休，眼下也都很淡漠了。她默坐着，没有动琵琶，心中只有一片平静，也不开心，也不难过。周身明暗纠扰，身在光明里，黑暗是那样不可思议；身在黑暗中，光明又是那样遥不可及。他像幽暗中一缕光明，又像光明里一缕幽暗。快乐时想起他，突然就不那么快乐了；难过时想起他，又立刻不那么难过了。她曾以为他是她一生所有悲喜，然而这一生到此，她已无悲无喜。

从前师父对她说过的每一句话，她都还记得。她问他可曾怨恨世道待他不公，他却说为人不要太过纠结于公道。宇宙恒常，自然有数，万物皆循定法，枯荣轮替不为天下兴亡，日月行经不意人叹白首。所谓公道只是人心欲念，不是世间欠谁的，想要被这世间公道对待，只能自己去搏取。她问他看着别人一世风光，可曾后悔自己一世清高。他说有人弃富贵，换了清高，有人弃清高，换了富贵，各自得失相当，没什么好怨的。

小时候她一直以为师父生性通达，活得逍遥，佩服他纵然寒素，仗着一身诗乐，仍旧君子洒脱。迁到师父老宅后，读了他从前许多诗文，回想起他从前许多话，才渐渐明白，他从不曾忘记这天下，从不曾忘记读书人身系之责。他只是晓得自己婞直无用，硬是什么也不做，连说也不说一句，千般幽愤，除了泄于笔端，便是活生生忍在心里。他毕生对这人世以礼相待，没人知道他这一生受了多少苦，心中有过多少煎熬，连她也不知道。

这二十年来，她无时无刻不记着他，她不知道这是妄想还是意志，是坚贞还是偏执。只是无论多么在乎他，无论多么想他，回想前事，她也庆幸自己不曾以情爱唐突，不曾一时血涌，对他说过些什么。他是她师父，今生他只能是她师父，可回想起来，她又渐渐明白，他没有只将她当作他的弟子、他的女儿，他更希望她是她自己，只是她自己。他耗尽心血造就了她，却从不曾想过将她据为己有。他盼望她可以真正长大，书乐老到，性情齐备，盼望她会是他今生知己，可以明白他，可以懂得他。只可惜李素炫并非心性早熟之人，虽然生而聪敏，聪敏却不是智慧。走过无穷艰险，历过万千劫难，到如今她终于明白他、终于懂得他，可他已经死去二十年了。

明日李素炫就要离开这里，入归山野，静看风物，平淡思量。日月可以迁转，江山可以更改，王朝可以覆灭，血肉之躯可以变成白骨，唯有那些天地间无用道理，虽无用，终不灭，等待人们苦苦求索。他看到过的，她也看到过；他历过的，她也历过；他想过的，她也在想；他没有来得及想清楚，她还有机会。

很久后，李素炫听到身后有人推开了殿门，她没有回头看，无端便知道，一定是端木。

“素儿……”

说话的果然是端木，李素炫回过头去，见她正站在门口处。

“你明日就要走了……本想到玉真宫去找你，又一想，猜你应该是在这里。”

李素炫点了点头：“本想着日昳后去寻你。”

“我备了两坛酒，陪你饮一场。你想什么时候？去哪里？”

“现在，这院子里就行。”

“现在？这里？”端木有些意外。

“晒着太阳饮酒，看看眼前青草，不是挺好？”李素炫笑着说道，“我今日只想在这里，又不想拂了你心意。”

端木立刻会意，将酒从马背上取过来，李素炫开了第一坛，注了第一盏，浇酹在废殿内像基前，重新行过礼。回到院子里，二人也不介意，直接在殿前堧地上一片草丛中对坐下来。

“素儿……”端木斟着酒，低着头，喃喃说道。李素炫知道她有些难过。

“丹室就在药圃不远处，你与四郎去药圃时就见得到我。出太乙谷到城里也就三四十里地，我身子又轻，赤骏一路小跑，一个多时辰就见到了。你难过什么？”李素炫笑道。

“你入道时我就没想到，你要去西域我也没想到，你要入山守道我还是没想到。你我自小一起长大，我从来都自认十分了解你，怎么你做什么事情我都想不到？我觉得很沮丧，好友哪有像我这样的。”

“好了，端木。”李素炫小声哄着她，“不怪你，我每走一步，自己都想不到。”

“你为什么要去山中守道？”

“只是喜欢山中景致罢了，说不上守道，我还没得道，有什么可守的。进山后安顿下来，还要修持多年，哪一日真的得道了，才谈得上守道。”

“你多年前就已受满道阶，经学完备，还要修什么？”

“修个不在乎。”

“不在乎？”

“是了。人读先贤文章，先要修个在乎，之后要修个不在乎。不在乎可比在乎难多了。”

“素儿总是出人意料。”端木笑道，“你说话我从来不是听不懂，只是你若不说，我自己可不会往这里想。”

李素炫笑笑，回头看了看废殿。门虚掩着，殿中幽森，有些阴冷气从门缝中弥漫出来，到了日光下，吹到人背上，成了凉爽，日光却又骄横热辣。两人互不相劝，各自斟饮，絮絮说着话。

“小时候师父对我说过许多话，我当时不懂，但是都记住了。这几年来才明白了一些，眼下我需要找个人间安静处，慢慢想得更明白一些。”

“他对你一个小孩子能说什么深奥的？要这么多年才明白一些？”

“师父教我读魏晋诗篇时曾说，古来文人大都自相矛盾，口是心非。

唱着出世，咏着桃源，大抵是因为仕途不畅，若是畅了，还是做官好。也有人一开始就不做官，每日饮酒赋诗，躲个闲在，却改不了嘴碎，没完没了挑刺，不管什么人做什么事，他都要指摘一番，万般瞧不上。可若要让他出山做事，他却又说他志不在功业。这些人分明是太在乎了，却又假作清高，非说自己不在乎。师父告诉我，做人不要如此矫情，若在乎，就大大方方在乎；若不在乎，就彻底不在乎。”

“所以，你从前在乎，日后要修个不在乎？”

“是了。人做事该当尽力，若无能为力，就要学会不在乎。端木，我说不在乎，是真的不在乎，不是心里在乎，面上忍着。”

“如此怕不容易。”端木笑道，“世人大抵活得不干脆，要他敢出头、敢直言，很难；要他不露头、不说话，也难。要他胆大也难，要他谨慎也难；要他深情也难，要他无情也难；要他在乎也难，要他不在乎也难。”

“所以才要修持，不在乎是要修出来的。”李素炫慢悠悠说着，斟着酒，“人不知要读多少年圣贤书，才晓得要在乎天下事、在乎身边事，也不知要修持多少年，才能放下这些在乎，心如止水。”

“卢先生一生便没有在乎过，不知他如何修出来的。”

“他哪里是不在乎，只是不屑于惺惺作态而已。”李素炫摇了摇头，说得清淡，仿佛只是自言自语，“在乎不在乎这事儿，师父以前跟我说过许多，说得颇琐碎，我当时以为他只是闲聊，现在才有些明白了。”

“卢先生跟你说过些什么？”端木问道。

“师父曾说不要太相信文人良心。古来颇有些别扭文人，讦以为直，记丑而博，天生爱骂人，一骂就是天下人，又骂个不休。天下人都讨厌他，却没有哪个会真的出来报复他。所谓说实话，也不过是编个故事、造些恶人出来痛斥、讥讽，通篇指桑骂槐，说得未必没道理，却只是在文章里，出了文章，他也一样不敢得罪人，不敢说实话。师父说，敢在大日头底下指名道姓骂人的，才真叫胆量；一辈子在文章里骂尽天下人的，那叫滑头。”

端木顿时大笑：“这话说得着实没错。”

“还有所谓己任，有时只是权欲和自负，以天下为己任，就是觉得自己比天下人都聪明，天下若想大治，就得听他的。他的道理固然是道理，可别人的道理也是道理，他却不管不顾，别人但凡与他想的不一样，他便认定别人不是坏就是蠢。所以，越是以天下为己任者，一旦掌权，越容易变得专横霸道。”

“这个也对。我以前也以为以天下为己任者都是好人，后来发现，这等人若是坏起来，大抵更坏些不说，还坏得理直气壮，坏得满腔悲愤……卢先生还说过什么？”端木已经开始忍不住笑了。

“师父还说，愤世嫉俗者往往没出息。人有骄淫痴嗔，世有贪邪怪诞，人世间就是如此，如同天有风雨，时有暑冻，皆是自然数法。人不能跟人间怄气，如同不能跟老天怄气。看不惯就去改变，改变不了就躲开，躲不开就受着。就那一点儿人情世故，一点儿世态炎凉，有什么值得嚼个没完的。所谓愤世嫉俗，其实根本不是愤慨世有不公，只是恨这世间不如他的意，恨别人不听他的话。”

“你这半晌里都在想这些？怎么想起这些了？”端木笑够了，问道，“卢先生斯文清贵，从不说人是非，竟还跟你揭了这么多读书人老底出来。”

李素炫笑道：“他是怕我变成那样的人，才对我说这些。我以前一直以为师父只是个书生，乃至是个书呆子，不谙熟交际，人事上笨拙。现在才明白，他其实什么都看得透彻、算得清楚，心中鬼谷，不说不用而已。”

端木沉默片刻，迟疑道：“素儿，我师父曾说卢先生不愿意学得聪明，情愿毕生愚钝，我当时听得十分糊涂……卢先生一生简朴平淡，不善交游，不喜欢热闹，话少，又毕生无有功名，寻常人都觉得他肯定活得不开心，教坊中多少人都觉得他是奇人，更是怪人。记得你我小时候偷偷议论过，觉得天下人都是俗人，只知道车马招摇、口腹享乐，不晓得书乐贵重，可当衣食，可当财帛，不晓得读书人才是真的活得开心。那时候我以为世上只有你真的了解他，你说与我听，所以我也了解他。你我还颇得意过，觉得我二人读书认真，才能懂得卢先生这种人……”

李素炫摇了摇头：“后来我才知道，我们其实不懂，你我读的那点儿书根本不算什么。师父不是愚钝书生，这一生也没有多么洒脱。他不是什么也不在乎，只是不露声色，没人看得出来。”

“可我一直觉得卢先生……他就是什么也不在乎，但有诗书画乐，有你，就足够了。”

“我以前也这么以为，现在知道不是这样的。”

“素儿，”端木轻声说道，“我知道你忘不了卢先生。往日里你不肯多与我说，我想安慰你，却不敢提起来，总觉得我比你命好，得着机缘敬奉过师父数载，所以我没资格告诉你别多想……”

李素炫长叹：“我从前是羡慕过你，手里有了金银，可以为你娘买好衣裳、好吃食和好药材，我师父可没沾过我什么好处。又一想，他根本不在乎这些。从前每次师父对我说些话后，都会笑笑，说素儿还小，长大就明白了，可是他没能等到我长大。师父一生寂寞，若我今生早开智慧，当时便听得懂他说话，他心里定然宽慰许多。若上天允我再见他一面，只能跟他说一句话，从前我会告诉他，我一直记着他，一直想他，现在我会告诉他，从前他说的话，我如今终于明白了。师父不介意我能还报什么，我想他，想得彻骨，也是我自己的事，但他一定希望我能明白他……我现在真的明白了……”

李素炫口吻平静，说到最后几句却忽然落泪。端木默默不语，像以往一般安静听着，李素炫却又不说话了。端木天性温存，从不挑剔人，李素炫若无话，她不恼，等着；李素炫说很多话，她也不烦，听着。眼下李素炫面上并无悲戚，眼泪却止不住，端木不忍，起身到她旁边，挨着她坐下，揽着她肩膀。

“素儿，我知道这事一辈子都得在你心里头堵着。我为我师父尽过孝，做得不多，可我尽力了，你却没机会孝顺你师父。从前我师父就说过，素儿可怜，要我日后好好疼你。可我再记挂你，哪里比得上卢先生……”

“孝顺？”李素炫不由得摇了摇头，“我讨厌这两个字，无比讨厌。”

“为什么？”端木不解。

“这两个字最假。”

“……怎么假了？”

“这世上情意最虚无，也最真切。若有情意，不用讲大道理；若无情意，讲也白讲。死人说的，纸上写的，不信又如何？哪个真心尽孝道的是因为吃什么先贤道理？不过真情所致。”

“说的是。”端木笑了。

李素炫自幼万事不吝，喜恶分明，向来不吃道理，她厌恶孝道，这是实话，却不全是实话。她果然对所谓孝道不屑一顾，可她对师父不愿说个“孝”字，却不是因为这个。他是她师父，今生他只能是她师父，不会是别的什么人，她一辈子都叫他师父，可一辈子心里想的都是别的。她不敢细想到底是什么，但总之与孝道绝无干系。

李素炫心思周密，城府深沉，却又说笑活泼，一副浅显，反倒叫人看不出来她有心事，端木性情纯粹，更看不出什么来。她知道李素炫思念师父，此生愁恨难平，别的什么也不知道。她帮李素炫擦了眼泪，见她又说了几句话，好了一些，才放下心来，仍旧揽着她肩膀，不出声，陪着她默坐。

“端木……师父从前教我人间道理，告诉我莫以女身自弃，不敢以乐人身贱推脱天下事。我小时候不懂，长大后懂了些，便照做，做过后真的懂了，眼下却要去山中修道，将世上所有恩怨是非放下，从此以后什么人间道理也不在乎……我这算不算是叛了师道了？”

李素炫每遇心事繁重，要么不说，若说，只有对端木说。端木从来都认真听着，不打断她，也不多说话，不管李素炫说多少，或昏沉之下说得如何琐碎凌乱，端木也认真听着。她没那么多计算，可她太了解李素炫了，今日听到她这样说，端木立刻松了手，重新挪到李素炫对面坐好，认真说道：“素儿，你问得清淡，可我知道此事要紧。你认真听我说。”

李素炫点了点头。

“素儿，你自幼便像卢先生，也是天性，也是因为受他多年教诲。卢先生所说你笃信不疑，多年践行，即便卢先生不在了，你也不敢松懈，怕让他失望。你出身微末，区区女身，却能有为于家国，你没有辜负卢先生教诲。如今你想不在乎，就不在乎，这也是你性情，何苦非要拗着来？你像卢先生，可你也自有一副根性，为何非要逼着自己一辈子哪里都和他一样？卢先生苦心授你书乐，是想让你今生有所仰仗，可以活得自在，你何苦画地为牢，将自己圈禁起来？前半生里你像卢先生，后半生像你自己，如何不可以？如何就是叛了师道？你不过是要由着本性，索求本心，又不是伤天害理，他怎会不允？怎会硬掰着你、硬委屈你？卢先生胸襟宽广，待你深情殷切，你不该如此小看他。”

端木平日里话不很多，她若认真说什么，李素炫十分当回事。今日端木这一番话说得非常严肃，李素炫愣愣看着她，许久，大悟，挺身跽坐行礼道：“素儿愚钝，死钻缝，谢过端木指点。入山后定认真修持，再不如此于无用处纠结。”

端木立时又笑了，柔声说道：“素儿别胡闹，快坐下。”

李素炫去了一件大心事，顿时开心起来，开了第二坛酒，斟了一盏，入废殿中浇酹在像基前，行过礼后退出来，坐好，斟酒，递了一盏给端木。

“我端木向来洒脱，举泰山如鸿毛，履骇浪如平川，万事不纠结，看得透彻，行得爽利，不知道你是怎么做到的？”李素炫感叹着说道。

端木迟疑：“素儿，这问题……我回答不了你。”

李素炫顿时笑起来：“果然是没法回答。”

端木也笑了，看着李素炫一盏盏不停饮酒，知道她酒量大，不用担心。

“端木，我从来没见你有什么事翻来覆去多少年想个没完、在乎个没完，可是最后什么事都做好了，什么也没误。我怎么就学不会？还有雷先生，天生便是个了道的，一世何其聪敏，除了怀中琵琶，更是什么也不在乎。还有我那卢七，也是这样。你们是怎么做到的？寻常人不在乎大多因为痴愚，可是你们都聪明、知道道理，也能不在乎，不知道你们怎么做到的，我是真的好奇。”

端木笑着说道：“素儿，我这辈子就一点比你强——我没你读书多。你爱乱想是因为心眼多、读书多，我心眼不多，读过几卷书就没了，自然想不了太多。”

李素炫大笑不止，端木也笑个不停，一边斟酒一边说道：“字要有法度才好看，可是有了法度就不天然。寻常人写字潦草无法，一派天然，却不好看。偏你与衍一法师多年苦求天然书，有法度，却要弃法度，却仍要字好看，真是自讨苦吃。只是，有一点，我觉得，真能写出天然书的，一定不是像你和衍一法师这等竭尽智思苦练多年的。你们都读书太多，太聪明，写不出天然书。所谓不在乎，也是这个道理，人太聪明了，很难不在乎。”

“是了。”李素炫点头说道，“我与法师早已放弃，我们都觉得所谓天然书我二人是写不出来了，只能找，只能等。世上一定有人写得出天然书来，若今生有缘遇见，我二人一眼便能认出来。”

“不知道你们什么时候能找到，我是想不来那天然书能是什么样子。”

“我与衍一法师也想不到，若能想到，早就写出来了。”

“你说能写出天然书的会是什么样人？”

“那人定然生性智慧颖悟，为人率真洒脱，不曾读许多书，却什么道理都懂得，不用人教，不用思量，便晓得真假、善恶、美丑，寻常里不刻意、不强求，事到临头不拿捏、不抉择，只凭一副自在天然，便能将世上真者、善者、美者一一遵行无虞。”

“世上哪里会有这种人。”

“这么算，能算出来有，现世中果然不曾见过。”李素炫笑道，“果真有这种人，他只要拿起笔，写出来的就是天然书。我与衍一法师只盼今生有缘，能得一睹，我二人此生便书学完满，再无遗憾。”

“能让你和衍一法师此生无憾，一定是神仙下凡。终南山延绵无穷，定然有神仙，神仙却都行踪隐匿，不知你到哪里去撞见。怕是不容易。”

端木说着，又坐到李素炫身边，挨着她，揽着她，轻轻晃着，亲昵说着话。李素炫靠着端木肩膀，跟她一起晒太阳。她二人从小就是如此，如今依旧如此。眼下李素炫开心了不少，说话也更轻快了。

“寻常人困于愚笨、懒惰，我与衍一法师却是困于聪明、勤奋。我二人皆少有书名，此生却都陷于早慧，如入泥潭，到眼下已然无望。神仙是不好撞见，可我二人也只能指望撞见神仙了。我向深山，衍一法师仍寄人间。神仙若隐于市井，衍一法师或可有缘，若隐于泽野，一定是在这终南山中，我便可期一遇。终南山中隐修者无数，许多人生长于斯，每日饮溪嚼柏，踏雪听风，不曾着了尘缘世相，说不定早就天道大成，却不自知，单等着我去将他认出来。”

“心不死，道不生。你如此痴溺书学，执念深切，如何修得不在乎？”端木笑着问道。

“所以才指望能撞见神仙，叫我见了神仙手中天然书，去了此生最后一件心事，方好踏实修行。”李素炫顽皮说道。

二人不住说话间，日头渐渐过了正午，周身一点点热辣起来。是日无云，羲和明耀，脚边枯草嫩草混着，又像初春，又像暮秋。院中没有树木，四下里光秃秃，又孤零零，也赤裸裸。长安城历经两次大难，宫殿房舍损毁无数，左教坊中也一片狼藉，偏是这废殿反而未遭袭扰。李素炫在城中各处路过，每每感到人非物亦非，偏是这废殿，颓然却又不动，什么也不曾更改。殿中依旧幽深阴冷，光尘斑杂，与二十年前师父殒身时一般无二。所有完好的都残破了，只这残破的依旧完好，从前多破，如今还是多破。

人身上热起来，四周又亮堂，就容易开心。一番说笑后，李素炫忘记难过了，第二坛酒还剩下大半，两人趁兴致不住斟饮，很快也见了底。夕阳压低后变成了葡萄酒色，斜扫过来，染得周身彤红，又毛茸茸的。李素炫淡淡想起些事情，眯起眼睛看着，很快又不想了。

端木见李素炫平静下来，放下了心，想到她明日清早便要离开长安城了，又隐隐难过。李素炫去了太乙谷，身边便是一个人也没有，再难过时，不知还有谁能安慰她了。

日昳后，李素炫再次去殿中像基前行礼，告辞离开，随端木一同出了院落，出了左教坊。两人并辔前行，在安兴坊北门前分别。行过礼，李素炫没有立刻离开，她看着端木，幽幽说道："许多道理我几十年都不懂，端木生下来就懂了。你我何其不同。"

"是不同，但也没关系。"端木笑道，"人心眼不能太多，也不能太少。你多几个，我欠几个，加起来刚好。"

李素炫笑了笑，一对挚友认真互相看着。片刻后，李素炫淡淡说了一句："不知道容儿现在在哪里，活得怎么样。"

端木沉默许久，轻声说道："但愿下辈子……你、我、歌子和容儿，还能再遇见。"

李素炫点了点头，再行一礼，拨马转身而去，端木在她身后一直看着她走远。李素炫要自延喜门入太极宫，到东宫宜春宫中最后看一眼，再从安福门出太极宫，回到辅兴坊玉真宫，度过这长安城中最后一夜。

## 308

翌日清早，端木、樱儿与玉真宫中众师兄一起送李素炫离开，众人一路无话，踏马缓缓穿过长安城。日后不是见不到了，也不用洒泪饯行，众人并不太难过，只是思绪交杂，难以名状。李素炫五岁时以奴籍入了这长安城，而今三十年过去，当初谁能想到这三十年里她会经历多少事情，大唐又会经历多少事情。川云旧影，山河故道，三千年河东，三千年河西，比起来，三十年不过一瞬，来日大唐还会遇到什么事情，又有谁知道。

出了明德门，众人站着想再说几句话，端木牵着李素炫两手，心中沧桑感慨。婚后她已离开左教坊，不再执掌内乐训导，而今李素炫归隐终南，新老两代乐人死的死、走的走，盛唐乐事至此悉数终结。端木难过，说不出话来，李素炫却坦然，回望城门，只淡淡笑了笑。

“柳絮扶摇，皆因风起。而今风止了，我也该走了。”

卢楞伽死后，李素炫为他入殓时，将鱼袋中那枚刻素字真黄钱取出，随他入葬。姊妹四人再没机会聚齐，这枚钱已没有用处，她送给了卢七，当作此生惜别之物。他是她对这尘世最后一丝牵挂，她舍不得他，却只能看着他，慢慢松开手，由着他继续画，由着他去送死。她知道他这一生在找什么，知道那有多要紧，她不敢不成全他。从前她眷恋长安城，只是因为眷恋长安城里她的人，他们是她的人，是她的人间。如今端木终身有托，不消她再惦记，卢七也不在了，这长安城跟她再没有关系。

众人揖别，看着李素炫肩负无伤，上马渐渐远去，直到消失不见。李素炫心中平静，也无欢喜，也无哀愁，对这尘世也无不舍，也无怨恨。她曾是大唐第一琵琶伎，昔日盛世成就了她，她也见证了那段极致繁华。待到另一次盛世，人间自会有另一个李素炫，今世她不需要再眷恋什么，她可以离开了。花开盛世，何必留芳。

李素炫将新家选在了薤谷深处。沿谷口大路向谷内深处行进二十余里，过药圃再走半个多时辰，就到了太乙峰下。天子颁旨，令在太乙谷龙移湫北岸太乙殿旁起建道观，赐名“退知观”，令李素炫为观主。退知观乃敕赐，不大，只两进院落，不过正殿并两间偏殿与几间居室，每一间都不大，造得简朴，却很精致。李素炫曾奉师命在玉真宫收留许多宫中歌舞旧人，令为女冠，其中几人自请跟随，李素炫将她们安置在退知观中，令掌日常事务。沿退知观后面小路攀上小坝，再下行到最低处，沿水岸绕过龙移湫，隔水相望处，是退知观丹室，李素炫独自在此修行。

眼下春山空静，草木幽澹，万物不慌不忙，唯独谷中太乙河水在一片乱石间辟着路径，急急奔忙，汇入龙移湫。丹室就在河流边坡地上，背倚玉案峰，高崖上生满矮树，有瀑布坠如白练，落地成了小溪水，一路跑过来，斜着从李素炫院子里穿过，汇入院门外不远处太乙河中。若是连续多日晴朗，瀑布便渐渐细小了，再几日无雨，便会消失，只在裸露崖壁上留下焦茶色水痕。

入山不久，长安城在李素炫心头上就淡了。她不想过往，不想来日，只顾眼前，一羹一饭，一诗一曲，手上做什么，心里想什么，除了当下，万事不入耳目，更不入心。陶渊明辞官，采菊东篱，仍有忧国名篇；陶弘景归隐，炼丹尝草，犹是山中宰相。此身出世易，此心出世难，这一点李素炫从来都明白，如今她要修一副身心俱出，人在山中，心也在山中。

“师父身能隐，心不能隐。但愿我比师父幸运，身能出，心也能出。”

去岁李豫允李素炫入山修行，让她自己选个地方，并命有司遣人建造精庐丹室，李素炫想也没想便选中了太乙谷深处这片坡地，却只想要个简单院子。李豫初时微微诧异，随即明白了，点头答应了她。旁人觉得李素炫犯傻，得天子应允不是易事，她却只要个简单院子。她仍是玉真宫女冠，正三品道官，仍领朝廷俸禄，自己随意便能请人建起个院子来，何苦耗费天子人情。

李素炫没想过那么多，就算是天子允诺，她想要的也就是个简单院子。从前住在师父旧宅中，房舍简单，屋中物什却不少，越攒越多，看着也累，洒扫也累，她也想清减一番，却哪件也舍不得丢掉。一场变乱过后，万事从头开始，她再也不想弄那许多繁缛琐碎，就想要个寒素清简、家徒四壁，就想简单有个小院子，屋中有些简单床榻、简单书案，书案上有些简单纸笔，写些简单词句，就像师父从前那样。贫而悲或贫而乐，只在于一心虚实。如今她就想过个寥落日子，就在这丹室里，将寂寞清寒活成别样滋味。她自幼读书，读书人就有这本事，从前师父都教给她了。

丹室不大，天子准李素炫所请，令人就地取石材建造，一定要足够结实，也一定不能太大，也要躲起来，不要太显眼。昔年王维先生曾在辋川清源寺墙壁上画《辋川图》，一时名动，李素炫好事，约了好友卢楞伽一同前往观看。摩诘先生笔墨妙化入微，她观画多年，已能大概看懂了，心中赞叹不已，只是图中所画令她没有想到。她以为《辋川图》画的是辋川，先生画的果然也是辋川，可她万想不到辋川里面竟然那么热闹，有那么多楼阁、馆舍、亭台、廊榭、园林、池塘，竟然还有那么多人，甚至还有仆役，除却造在山里以外，跟城里权贵人家豪宅府第没什么两样。

惊讶之余，她请求好友为她再画一幅《辋川图》，她的《辋川图》，没有房舍院落，没有船坞津渡，没有菜园耕地，更不要有人，只要川石林木，只要云水摩崖，不要一丝人间气息。好友认真答应了她，为了画这张画专门研习磨练了数载，最终却没有来得及为她画好。

如今这丹室果然造得小而结实，隐匿在龙移湫南岸一处小山坳里，被几株巨木遮蔽着，外人从大路上不易看到，李素炫十分喜欢。她就想躲在个小犄角里，像松鼠躲在树洞里，唯恐廊榭宏大、人气骄盛，扰了云水清静。她喜欢山中无人，她自己也是人，也是人迹，也是人烟，她怕自己煞风景，希望自己小小的，丹室也小小的，越小越好。

李素炫在卧室里放了一张榻、两口箱子，还剩下点儿地方，够轻松转个身，之后，换了身粗布短衣，随意在手边捡支笔簪了头发，开始洒扫了。

李素炫不炼丹，将书房设在了丹室中。丹室正中间叫丹炉占了，绕过丹炉，沿后面半堵墙和一角放了数架书卷，靠窗一角放了张案子。案子很大，她在案子上布置了文房，摘了腰间紫箫放好，将数支琵琶架在案子一侧。郭帅所赠佩剑郑重架在丹室西墙下，宝剑千古彰配君子，昔年断鳌击纣，而今入归南山。回想起军中乐武对论、鞞鼓誓师、击鼓定长安，也没有隔多久，却仿佛都是别人历过的事，而她只是一直在一边看着。

丹室陈设简单，没有熏香、盆植，架上有书，墙上无画，案上除应用外一件玩物也没有，也没个斋号，也没个雅称，看着像间库房，胜在容易打扫。文人尚简，其实仍有许多讲究，屋中要有兰桂之香，院内要有修竹之茂，墙上书画要淡致，脚边榻几要古朴，物物不苟设，皆有深情深意，看着简单，其实根本不简单。自古名士多以奇癖标榜，连带着寻常读书人也多有些格外讲究，李素炫却从师父卢菡那里学了一身实在。既然什么也不会，索性什么也不讲究，什么事都省了。

她削了很多硬笔用来记事，不求写得快时就用毫笔。毫笔是入终南山前在东市上所得，远比不得昔年鹿先生与师弟所造锥管，却也足够用。她现在什么也不挑，笔是用来写字的，纵锋颖略不听调，多耗些耐心，也能稳控，也足够将字写清楚，至于笔管什么颜色、什么质料、何样工巧，更不要紧。幼年时师父所赠小簸箕砚随她在西域历过一遭，完好无损，依旧摆在案头，光泽沉朴。商不言从前请人铸了一枚铜印送给她，刻着“纸笔精良平生乐”，在假山包裹中留了下来，如今被她当作小压笺来用。纸笔精良果然是平生之乐，只是不精良也可以很好，她以前不懂罢了。

出了屋门，她有个院子，浅浅一道篱笆圈起块野地来，很大，看着寻常，却并非真的是随意圈出来的。她不想要人工，更不想要人工夺了天工，她只想要天工，可老天也不是处处叫她满意，这地方还是费心选出来的，选得刚好。庭中有树，惜无玉梨红梅，却有白兰乌桕、紫薇青檀、银杏丹枫，尤其是有一株高大樱花树，眼下花朵落尽，浓荫欲成。樱花树下草丛里平卧着一块巨石，做床榻都足够大。院中没有刻意设置什么，也没有移栽草木，由着野草长或不长，由着野花开或不开，院里院外没什么不一样。

山里人圈出院子来是为了养些鸡鸭，李素炫不会养，也觉得亲手养大的没法宰掉吃肉，院子里这么大块地面都留给赤骏闲逛了。赤骏聪明，篱笆很矮，它抬脚就能迈出去，却从不迈出去，最多靠篱笆站着，朝外头张望一阵子。它知道篱笆里头才是自己家，出了篱笆就是外头野地，没有主人带着，它才不去。李素炫很贴心，叫人挨着房舍山墙专门为赤骏盖了间正经屋子出来，有门有窗，风吹不到，雨淋不到，又通风透气，但赤骏还是喜欢在院子里闲逛，嚼几棵草，饮几口溪水，晒晒太阳，或在树下躲荫凉。

都安顿好了，李素炫花了力气在篱笆外开了小片耕地出来，翻阅笔记，照着上头记录种了韭菜、蒜苗与萝菔。山间日子就这么过了起来，眼下她要继续为太常寺补录散佚书卷了。

书笔间歇时，李素炫喜欢在丹室附近散步看景。离丹室不远处，龙移湫水岸边有一小片空地，几根粗木料与茅草搭着座简陋亭子，不大，却能遮风雨、蔽荫凉，也没个牌匾，也没个题头，只有后背处高崖落水汇聚成溪，从亭边流过。终南山中颇有药农与猎户，进山时常在亭中歇脚，在亭边溪流中取水饮用，便将这座亭子呼为“取水亭”。没人非要搜求什么典故，也没人非要寄托什么情怀，不弄风雅，不逞学问，简简单单，就叫“取水亭”。

李素炫常怀抱无伤独自坐在亭中，却许久不敢弹起来。她不是没到过山中，却从没有像眼下这般松脱，不想前一刻，不想下一刻，无所谓前事，无所谓后事。人说山中幽静，其实只是隐修者心中安宁，山中其实非常热闹，各色鸟鸣虫鸣盈耳不休，草尖摩挲，树叶皴擦，微风扫拂，湫水腾着细浪不住扑打在岸边，到处都是声响，两只耳朵根本忙不过来。李素炫两手在无伤上比画着，竟然不会弹了。她不知道第一个音要起在何处，是在某一声鸟鸣后，还是追着某一阵风声，怎么弹都怕弹错了，扰了山中自在，煞了风景。犹豫许久，索性不弹了，将无伤紧紧抱着，安静听着周围响动。

脚边溪水一路快活，蹦蹦跳跳，喧闹着，在取水亭前方不远处汇入龙移湫。山间有风，风也轻轻，风也细细，吹旋收拢，微微摇撼万物。李素炫开始能够分得清楚山中鸟鸣。左右不时有一串清脆声响，她现在知道那是啄木鸟。原来啄木鸟不都是一下一下啄着树干，也有些是一串一串啄着，一串便是七八下。啊啊叫的是乌鸦，她不是没听见过，却从没有这么留心听过。有人说乌鸦报喜，也有人说是报丧，她听不出什么悲喜来，只是暗自好笑，觉得这鸟儿叫得傻傻的，听起来似乎不大聪明。至于别的鸟叫声，她眼下还分辨不出来，虫鸣嘀嘀织成一片，更是听不出来谁在跟她打招呼。

山间阴晴不定，常有小雨，有时很小，小到落在湫水上都激不出痕迹来，人坐在亭子里根本察觉不到，只是当耳畔突然安静下来，鸟儿也不叫了，虫儿也哑口了，李素炫便知道山中下起了小雨。很快，头顶浓云聚拢，风只几个转身便凉了下来，雨水激射，雨滴细脆，敲打水面，密密接连，龙移湫上白浪飞溅，烟水迷蒙。李素炫认真看着、听着，还没有看清楚或听清楚什么，转眼风收雨住，日光复又从两山缺口中射了进来。

李素炫知道雨停了，可虫儿鸟儿还不知道，仍旧躲着，犹豫着，不敢出声。空山霁雨，云破天青，四野一片安静，唯有溪水窸窣。李素炫突然醒悟过来，立刻挺身端坐，将双手挪到弦上，陡然发力。弦声振跃，吹弹水面，巡纵群峰，断遏流云。一曲终结，停了琵琶，才发觉虫儿鸟儿早就重新欢叫起来，耳畔依旧热闹。李素炫笑了笑，重又将无伤搂在怀中，虚心听着，不敢叫无伤与虫儿鸟儿抢风头，也怕抢不过。

龙移湫外群峰列阵，摩崖干天，交错合围。天晴时，光明刺目，日色侵吞，诸峰隐没，天空开朗舒放。一俟风云卷起，光明收束，幽暗中仿佛有把刀子，将群山从阴云中利落剜出来，割了粘连，剔了筋角。诸峰锐利，森然清楚，峰脊如刀痕般毫不含糊。安静看着，只片刻，巽风散了苍云，天空再次打开，光明返照，群峰溶解，复又隐匿。

此处湫水如鉴，云影如翳，周身有碧色数重，深浅明暗，纷纭织咬。草木间有鸢尾蓝紫，芽苞俏挺；蒲儿根花朵嫩黄，花瓣细碎闪烁；铁海棠殷红，倚仗干枝，开得深情明媚。身后涧水激亢，暗河退避；环身崖木疏落，青绿浅绿，淡绯淡赤，间或露着崖壁，盈如腊雪。

李素炫在玉真宫、兴庆宫与汝阳王府中见过不少历代名家画作，也没少看过吴道子先生、卢七与其他当世名手作画，回想起来，原来山石那样画出来是有道理的。太乙谷中山崖洁白，无数裂痕在山体上横竖分错，微风摇撼，崖木飞动，果然就是画中样子。

李素炫怀抱无伤静静看着，如今着实后悔不曾好好学画。小时候师父可以教给她，后来卢七也可以教给她，她却偏不想学。她常见到吴道子先生，却从不以丹青相询，结识摩诘先生后多有书信往来，却只问管弦词句。乐出天性，她毕生习乐，诗出天性，她也学诗，画亦出天性，她却不曾学过，一副天性中短损了这一处。往日里诗乐娴熟，诗不能尽则有乐，乐不能尽则有诗，心中但有一念思绪，也定不教落空。而今满目青碧葱翠、赤彤朱丹，却又一心空净，了无悲喜，她反而不知该如何赋诗词，不知该如何度管弦。词穷乐尽之下，便想画出来，却又一笔也不会，只能眼巴巴看着，懊悔不已。

不上一个月，她与这龙移湫便熟悉了。何必说什么师法自然，自然不拘法度，有法便是不自然。身在山中，其实什么也不用做，山水之间便是自然。风雅本出无意，用心太多倒成了别扭。院中摆座假山，怎么都能看出来是摆的，河滩上乱石密布，倒是自然。盆中栽植，修枝剪叶，看着乖巧听话，实则矫情憋屈。岸上水边现成就有大树，荒恣漫生，邪肆率性，野草也生得倔强胡乱，反而是自然。这山中步步是景，却又处处坦率，只钟造化，不藏心机，不需品鉴，不消分算，不用仗着书上学问说得头头是道。山无情，水不仁，风雨不消辞赋感慨。水纵水收，云聚云散，只听便是，只看便是，言辞覆灭处即是堂奥。

## 309

清虚子家在丹室不远处，眼下盛夏，酿酒相宜，他不吝相赠，自然每次都要问李素炫讨几支曲子来听。赤骏还是不喜欢他，嫌弃这怪人浑身一股爨烟子味儿，不肯进他院子，在院外头独自溜达，啃青草，饮溪水，逍遥闲散。

天气晴朗时，道路干爽好走，清虚子带李素炫向终南山更深处探访。那里有前辈高道高僧驻跸修持，也有儒门弟子清静避世。众人结庐轻简，远隔而居，偶尔互相访求倾谈。巨木下，崖洞边，只问阴晴，不论悲喜，讲些义理，辩些清玄，也说庄严大道，也说狐书鬼箓。

李素炫幼学儒典，兼习鬼谷，后为上清派经师，又受天音数岁指教，诸家学问俱不敢称精熟，却够拿来与人谈上几句，人也乐意指教她，她也听得明白。前辈和同道高兴时，也格外教她些吞津服气、存思入定之法，她也试试，却只是试试。自西域归国途中，天音菩萨曾以佛门秘法相授，玉真也曾将道门秘籍传给她，可她并不想修炼。道法求长生不死，佛法求解脱轮回，可李素炫想要的只是来世。她不想修道，也不想修佛，只想安心过好这一世生涯，守住这一世思念，不轻妄，不痴缠。

当前辈面时，清虚子恭敬管李素炫叫师叔，李素炫忍着笑，客气回礼。向回走时只有这二人，清虚子便只叫她素儿，一路说笑，亲切随意。自薤谷口入山，快走也要两个多时辰才到李素炫家，她觉得已是深山了，清虚子却说离深处还远，再向前走，更有深山无数重。

每遇到河流，二人便停下歇息，取水饮用，趁大树荫凉，看河水在乱石中流得惊急。

“顺着这河往下走，先到我家，再到你家，绕过龙移湫便是退知观和太乙殿，再向前是药圃，再向前过了皇家寺观集群处，便出了薤谷了。”清虚子说道，“眼下水浅，只在石缝里流，一路跟石头打乱仗，到夏日水多时，水面能到我们脚下，足六七尺深，水面就缓和下来了，流得平展，急涌都在底下。到时候你下到河边取水，可千万要小心。”

李素炫点了点头：“我一定小心……顺河往上走，还有什么？河水源头在哪里？”

“不知道。”

“你没上去看过？”

“没。”

“那去看看如何？”李素炫忽然来了兴致。

“山路不好走，有时都没路，走不到源头处估计就走不了了。”

“无妨，走到哪里算哪里。”

清虚子本也不是安分人，见李素炫如此有兴致，也被撩动起来了。二人起身活动了下腿脚，开始溯流水而上，一路攀爬，又下深谷，又涉浅溪，脚边流水越来越细小，有时候看不见，断续着跟随在二人脚边。两个时辰后，二人攀上一座高峰，高峰上有块小台地，台地上又有高崖，果然没路走了。

那是一处石崖，陡峭赤裸，草木零星，猿猴想上去都难。崖岩洁白如雪，几道细细流水像几束白发，簌簌落下便不见了，隔十数丈后又变得莹澈，在人脚边逗弄阵子，又急忙跑远了。

“水源想是就在悬崖上头，只是人上不去。”清虚子说道。

“悬崖上头有水源，真是奇怪……无妨，能到这里我已心满意足了。”

李素炫说着将无伤自肩头卸下，在稳妥处轻轻放好，起身默然而立，看向远方。

这里是终南山，中华龙脉源始，天下群山之冠，鸾鸣白昼，猿啼永夜，鹰愁长涧，虎惧悬川。踏上山巅，脚边层云生发，周身霓虹滚沸，烟霞正自崖石罅隙中汩汩泌出。纵目前方，高天深旷，流风逡巡，乱裁云翳。巨谷中有大河深静，浇沃林木，两岸冠盖葱茏，密密连纵，隐匿无数蹄鳞须翅、翎鬃爪喙。

李素炫愣了许久。她屡次见过摩诘先生笔下山水，墨色浓淡间能描摹无穷青峰翠色，现在才发现，原来朝霞暮色间，重重山影真的是灰色，不是青色。摩诘先生久居辋川，所见逼真，她在长安城长大，山水不过臆想，只道是摩诘先生画得像，今日之前却根本不知道哪里像。

“行到水穷处，坐看云起时。我们现在就到了水穷处，且看云起。”李素炫指着前方笑道。

清虚子好奇问道：“水穷处不是水流尽头？”

李素炫摇了摇头：“水穷处是水流源头。”

“为何？”

“水穷，就是没有水了。摩诘先生久居山中，轻易不出山，他一定时常溯水向深山里走，走到再也见不到水了，不就是水源处？水源都在深山里，深山里才有云起，出山就没有了。”

“这话可是摩诘先生说的？”

“不是。”

“你不是认得摩诘先生？怎么不问问？”

“为何要问？”李素炫笑道，“他怎么写是他的事，我怎么读是我的事。”

清虚子立刻会意，也笑起来。李素炫指着他腰间竹笛说道：“炫圻吹支曲子来如何？此处幽静，正衬笛声。”

“好。”清虚子立刻将笛子解下，横执在手，凑到唇边吹起来。他颇擅管笛，气息平稳，收放任意，横笛如镝，清脆忽闪，声振清越，在山水间格外锋利透彻。李素炫从前没少听到高手吹奏，单是雷海青在内教坊中也曾将笛箫、筚篥吹了无数次给她听，眼下她能听出来清虚子笛声与大内乐人十分不同，口中手上都有分别，一番意趣更有别裁。

“炫圻这笛子吹得非常好，谁教你的？”

“没人教，我自己做笛子，就自己练习，偶尔碰上高手便请教些。”

“你一开始不会吹，为什么要做笛子？”

“……想吹笛子，就自己做了。”

李素炫觉得自己问的几句都是废话，忍不住咯咯笑起来。

“素儿身上总带着紫箫，却怎么不见你吹过？”

“我不会。”李素炫摇了摇头，“这箫是我师父的。我自幼畏惧箫声，如今倒喜欢了，吹却是不会。”

“这好办。”清虚子笑笑，扬了扬手中笛子，“我现在就用这笛子给你吹支箫曲来。”

李素炫很惊讶。清虚子不慌不忙在身上到处找了找，从怀里掏出个小物件来，一边还自言自语道：“今日刚好，换了平时，还不行。”

他说着跑到水边上将手里小物件沾水濡湿了，又回来。李素炫看了一下，问道：“……这好像是片骨胶？”

“是。方才问师祖讨了来制墨的，我今日只带笛子了，只是难得你说想听箫曲，有这胶就能听到。”

他说着将胶粘在笛孔处，胶沾了水，软许多，又黏，粘得很牢靠，不多时干了之后，他将笛子横持，调伏气息，缓缓吹起来。竹声氤氲，管音深沉，静静溢出，略带嘶哑，果然如箫声淡诉。李素炫陡然安静下来，心中起了愁叹，只是远近山水明媚，她满怀伤感中又有轻快。周身浩大开阔，几步后，箫声瓦解弥散开来，逝于烟水之中。

清虚子吹过许久，慢慢停下来，将手放下，见李素炫眉目清止，神情宁定，似乎在想什么。

“素儿唱支歌如何？”清虚子轻轻问道。

李素炫点了点头，转身解出无伤轻弹，片刻后，手上突然着力，弦声一时振跃。

飞鸟生愁蛟鳞苦，横笛绝阻云不度。
琵琶阳刚犹作语，争争弹向水穷处。

“素儿女子，怀中琵琶倒十足阳刚。”清虚子叹道。

李素炫笑了笑，没有答话，仍旧弹着，清虚子坐在她对面，手握横笛，听得凝神。山巅夕雾迷蒙，有风，风拂笛管，嗞嗞微鸣，应和弦声。李素炫又弹过许久，才缓缓停下来。

“素儿，这山上起风了，我们该下山回去了。”

“好。”李素炫应着，缚好无伤，二人一同下山。下山路好走许多，只是也要小心湿滑，不比上山稳当。二人沿河而下，河水时隐时现，水势有急有缓，有时只闻脚边淙淙之声，不见水面粼粼之光，走过片刻后，又总能再看见。李素炫入山已近三个月，头次向山里走得这么深，十分开怀。清虚子数次带她离开河边依稀小径，向旁边走上几步，指些怪石、虬木给她看，再带她回到小径上。

李素炫忽然想起一件事来，好奇问道：“炫圻，这里怎么会有这么多小路？这太乙谷自古是皇家避暑地，太宗秦圣宫与历代行宫仍在，又多有皇家寺观，大路自然有人修整、有人照料，只是想不在这深山处，没多少人，小路、岔路也这么多。”

“没多少人？”清虚子笑道，“山里没有城里热闹，可也没你想的那么冷清，只是山太大了，显不出人多来。终南山里盛产药材，还有不少名贵品色，山下各处药农常进山采药，若炮制得当，拿到城里集市上售卖，能换许多米粮回来。山里还有各色飞禽走兽，猎户也时常要进山打猎，还有些罕见野菜、菌子和花朵，有人特意进来采摘，拿到城里也是上好货色，就是隐修者互相之间也免不了走动。这么多人，年头多了就踩出这些小路径了。连有些小兽也聪明，专爱在路上走。”

“原来是这样……”李素炫四顾说道，“城里道路横平竖直的，我都经常找不回家，这山路左拐右拐，我怕是轻易就要迷路了。”

“迷路了也不用害怕。终南山隘口里都有河，沿河往下游走，别远离正路，一定能走出来。只是若不能很快出山，也碰不到人家，在山中过夜就麻烦许多，也有些危险，野兽白日里隐匿，夜里就出来了。我自幼就在这山中，许多事情来日慢慢告诉你。”

“多谢炫圻，我弹曲子谢你。”

说笑间，太阳渐渐压低了，水面寒气开始聚集发散，人已能感觉到了。清虚子带着李素炫略微走快了些，也仍在风景绝佳处短暂驻步，眺望感慨。盛景不能辜负，二人一路说笑，又唱歌，仗着一副豪情，寻石逾沙，叩风问尘，踏霞而归。

## 310

六月二十四，荷花诞日。

李素炫不会忘记师父生日，牢牢算着日子，提早问清虚子讨了桑落酒来，头晚上出了蕹谷口，宿在谷口外太乙宫中，翌日天刚蒙蒙发亮便出发，一路纵马，很快到了龙首塬上。

塬上终年寂静，草木繁密，却不喧哗，野花疏朗寡言。四下里没有鸟鸣虫鸣，唯有风声落索，远天鹤唳本是清扬，传到这里只有清冷。终南山幽静，却也热闹，云水恣意，草木骄横，鸟兽放肆，虫儿叫得执拗耿直。比起来，这龙首塬上太过寥落。

“也不知道师父喜欢这里安静，还是不喜欢这里寡淡。”

李素炫叹息着想道，将酒自马背上解下，连注两盏，酹酒在地，谢过汝阳王殿下，又奉师父生日，接着，一一拜过四面八方。

“师父若在，今日……已是六十岁了。”

她弹着无伤，身侧无风。终南山中有无数虫鸟，啁啁复嘀嘀，反而更显得幽静。身在山中，时常多日不见一个人，心里却一片清凉笃定。这龙首塬上什么声音也没有，反叫人心生惶恐烦乱，大千世界只如泡影，连自己仿佛也是假的。

李素炫长叹不已："师父，素儿曾经多年也不能平静下来，平生那许多不甘怎么也忘不了，无端便要畏惧惶恐。如今我已知道该如何活得安然，心中却又迷茫，仿佛仍有心愿未了……"

无伤惆怅，她弹得心思迷离，有些词句只在唇齿之间，不敢张口说出来，却期望师父能够知道。她本多情，并不是非要爱哪一个人，也从不觉得天下没有男子配得上她。任世上有良缘万千，奈何她心中有一人先入而为主，此生第一便是此生唯一。她心里就那么大一点儿地方，她不许他出去，也不许别人进来。她迷茫而坚定，偏执又清醒，宁可一生负痛，也不肯忘了他。自古深情入罪，薄情出罪，人若记性好，大抵便活不好。她也羡慕世人洒脱，拿得起，放得下，挥手转身，江湖相忘，各得一片水。她却毕生画地为牢，只细细一根线，终究迈不过去。

她已独自一人过了二十年，这二十年间她时常会想，如果师父一直平安活着，她会怎样。有些事情或许早已过去，早已不再耿耿于怀，但她知道，就算能放下少年时痴心执念，今生她也一定不会再许他人。若一个男子不如师父，她不会喜欢他，可世上怎么会有哪个男子比得上师父。如果师父一直在她身边，她一定可以活得安安静静。池墨渐干，故纸泛黄，檐角滴水，地衣缓缓生长，不惊不急间，也是一生。或许她会比现在平庸很多，软弱很多，但心中戾气也会少很多。

傍晚，李素炫起身，慢慢下了龙首塬，回身行礼。

"素儿走了，师父不消再相送。"

她来不及回终南山家中，也没有回城，只从通化门外路过，趁着夕阳南向踏马而去。她要先赶到南山脚下太乙宫中留宿一晚，待明早，迎着朝阳重回深山。此时落日余晖熔炼，坠如流火，染透江川草木，染透山峦城郭。落寞了整整一日，眼下霞光盈眸，李素炫忽然又振作起精神来，负着琵琶，一路信马轻歌。

平明晨露短，猝然没朝曦。长夜峭不动，斯须星斗移。
日月恒起落，生灭终有期。一念是万古，相思何罔极。
今生第一等，深恩不绝衰。同世分愁苦，同穴作尘埃。
此生只此心，他者不记怀。寂静守方寸，清风犹自来。
我本似飘蓬，迁延随风转。前路无可及，回首乡云乱。

君子有深情，寒素犹自暖。弦歌只朝夕，十年浮生短。
子夜七弦冷，丹青故纸厚。坐看参商离，月昧连平昼。
何必青云志，逍遥任诗酒。也知松柏节，昔年君相授。
投笔家国事，伏案千秋文。挥手去无迹，落拓了凡尘。
此身入陵谷，此心归白云。静待来生果，不问前世因。
摩崖琵琶调，云水相思词。不恨生别离，不悔死相知。
我心似蒲苇，蒲苇韧如丝。织丝也有断，我心无尽时。

## 311

退知观与丹室隔着龙移湫，若是天日晴朗，道路干爽，快步走只二三刻钟便到。每将一段乐典修复完毕，李素炫便沿水岸绕过龙移湫，攀上堤坝，将书稿交给退知观女冠，旋即转身离开，略不停留，偶尔到旁边太乙殿探望，也很快离开。隐修者彼此都很熟识，偶尔辩经论道，却不大说闲话，山中人事简单，各自交情如水，没有太多闲话可说。

李素炫道籍仍隶宗正府，人事仍由玉真宫掌管。樱儿每月遣人入山，将俸禄交给她，知道她终日伏案书写，也为她备下许多纸笔墨锭一同送来，又心疼她女子无力过多劳作，兼忙碌不休，没工夫做太多事，也捎些补给给她。丹室隐匿，李素炫不想让人知其所在，只教来人将各色物什送到退知观中，并将乐典手稿取走，带回长安城，请樱儿主持誊写后转交太常寺。

天宝乱事后朝廷派遣人手四处搜求散佚乐典，这些年来也有些凌乱收获，太常寺、教坊等部召集人手重事修撰，太常少卿与教坊副使屡次请助于李素炫。她不吝相助，十分用心，案头上终日堆满各色笔记、草稿，每日分类、归档、编写、订正、指归，有存疑处便逐一记录下来，请几位太常博士核对典籍，寻求旁证，以勘谬误。她也帮助城中僧侣、道人复建佛典、道典，用心回忆昔年所录经文，恭敬录写，又应衍一法师所请，将天音菩萨所授西域佛法并诸家学问整理成籍，编纂后仔细勘定，分次由端木和玉真宫来人转呈衍一法师，请他着人录写抄本，虔心奉与佛门各大祖庭。全部书稿都未落李素炫之名，她只将素字小印钤盖在书稿末尾处，勒名以备考。为与其他编本区分开，长安城中人称李素炫编本为“素本”，广召人手誊写、分存。

如今李素炫再也不见外人，有人到山中访求无伤，也想与她探讨书乐，却找不到她。退知观女冠告诉来人，观主在深山更深处隐修，不知所在，来人只得怏怏离开。她仍旧每日诗乐为伴，有时苦苦磨练琵琶，有时淡淡扫拂丝弦，散漫唱些旧曲，恍然想起些故人来。

李素炫是琵琶伎，却从小喜欢唱歌，也喜欢听人唱歌。许多歌调初听欢喜，那是懂了乐；再听悲伤，那是懂了词；如今无喜无悲，那是懂了今生。师父一生在意这人世，却一生不能做什么，一生隐忍，心枕忧疾。李素炫不想走师父旧路，昔年师父苦心相授，她要拿来替师父为这世间将能做的都做好，那些无能为力的，要修得毫不在意。她依旧赋诗度曲，常有新作，却只是独自弹奏、独自吟诵，再不肯令其流布于世。她愿意为人间尽力而为，却不想让人间再记得她。

李素炫开始知道怎么在山中活着了。玉真宫所送补给够她不挨冻饿，但别的就得靠自己了。她听清虚子指教，问谷口渔人讨了张破渔网，略补了补，张在小河流里，拦下许多水中枯枝，捞起来留着当柴火，虽然不多，也值得费事。她也在附近林子里捡些树木断枝，若遇上枯树，就将低处细枝条掰下来，用绳索捆了，负在肩上带回家。玉真宫所送给养中有细炭，但要留下来以备过冬，眼下需要简省着用，还是烧柴火多些。柴火要晒干了才能燃火，不然会生出浓烟来。这事她知道，但从前只用细炭，偶尔用柴火也没用过湿的，结实闯了一次祸，将自己呛得直咳嗽，立刻牢牢记住了。

她曾随阿翁认识不少野菜，入山后向清虚子和山民请教，又认识了不少。谷中到处生着薤白，只是薤白晒干了就不好吃了，她不多采，每次只一小把，够一顿就成。潮湿处蕨菜多，鲜的干的都好吃，她先吃顿鲜的，剩下的晒干留起来。有些野菜要吃应季的，有些要吃新鲜的，有些要小心炮制，不然会吃出麻烦来。灰灰菜到处都有，必须晒干，清除掉叶片上那些绒毛。白花菜一长就是一大片，随便就能采很多，只是生吃有毒，食前需飞水。雨后荫凉地里到处都有菌子，她记得阿翁以前告诉她的，只拣切实认得的采。菌子晒干了可以久存，她碰到了就采许多，但每次只用一两种来烧汤。阿翁说过，就算几种菌子都没有毒，也不能胡乱搭配，有时会配出毒来。

她每餐都很简单，因为没有工夫仔细做饭，也是因为不怎么会。小时候有师父哄着，后来有阿翁哄着，有人哄，就挑剔，矫情事多。如今没人哄，自然不挑剔了，不管什么，很快做好、能吃饱，就行。有时她勤快一下，多费些火，仔细烧一道汤，一餐吃掉一半，另一半放在酒坛里，坛口上用绳子系了，半沉到屋后山崖下涧水之中。涧水比井水、溪水都冷得多，足够将汤存到第二日。转天取出来了也不用再烧热，大夏天的，放太阳底下晒晒，很快就温起来了。

早晚不太暴晒时，李素炫下地劳作，连续几日，采收了地里第一批萝菔与秋菘。她有笔记可以查阅，浇水认真、及时，还到涧水边上取了涧底淤泥来做肥料。这法子是闻朗教她的，说是每岁落叶沉入水中，混着底泥沤在一处，累年攒出来，当作肥料十分有效。她每日挽着袖子，露着小臂上层层啮痕，不住挥着锹镐。做活久了，胳膊上腿上力气都练出来了，照着笔记浇水、施肥，还胆大，地里有虫，徒手就捉了，远远丢开。活干完了，她坐在垄边树底下歇息，歇够了起身，踩着满脚泥巴回家。这块耕土新开，地力旺盛，她又勤快，没人在旁边时刻指点，自己磕绊着也将萝菔和秋菘种出来了。

连续多日劳动，李素炫眼看着渐渐像个农家女儿了。人道是书乐风雅，想的总是素衣青丝、兰芷芳茗，一派慵懒间，眉目巧笑，纤手逗弦，便觉得筋骨清致、神魂馥郁。世人多爱逞弄身姿，无关书乐，全靠银钱撑着，可许多读书人没什么富贵，无数诗书画乐只嵌在终日狼狈之中。如今李素炫两手粗糙了不少，也不介意，洗净泥土，拔掉倒刺，糙着十指，将块干净软布垫在身上，隔开尘土，怀抱琵琶，照旧弹得开心。也时常采收过萝菔和秋菘，累得腿脚酸软，懒洋洋坐下来，端严执笔，写着篆籀行楷。或者一身葱韭味儿，悠然间赋诗填词，说着君子如兰，猛然想起火上煮着白粥，吓得立刻丢下锥笔，滚滚爬爬跑过去查看，眼见无恙，长舒一口气，又想起历代文章来。从前师父卢菡就是如此，而今李素炫也是如此。书乐若果然是心头切实所爱，纵然粗朴凌乱，也不惧蒙尘，何必非要繁缛仪轨，何必非要明室画堂。歌乐炊煮，烟火书墨，都是今生，都是余生。

# 第八章 望長安

永泰元年（765年）八月—十二月

# 312

山中风雨无常，岁月恍惚，一日竟似一日。太乙山石不移不转，龙移湫水不涨不消，若不是案头书稿越来越厚，李素炫都疑心时光是不是永远停下来了。

每隔一月，她都要彻底休整几日，不动笔墨书稿，早起下地劳动后就回院子里，随意弹弹琵琶，哼唱几句，既不想什么，也不做什么。夏日光明晴好，她学人用索子在院中两棵大树间结了软床，用件旧衣裳盖了头脸，大白天睡起觉来。软床睡久了腰疼，懵懂间爬起来，挪到旁边巨石上接着睡。巨石平整，被太阳晒了半日，烙得后背热乎乎的。只是李素炫身上骨头多肉少，石头硌人，睡久了只能再爬起来，挪回软床上去。来回折腾了几次，日昳后，这懒惰女子硬生生饿清醒了。

她心里挣扎许久，又想接着睡，又挨不住饿，最后还是哄着自己，起身去找些吃的来。饱足后，安然坐下，日色已迟暮，夕阳销铄，坠火流金，勾勒出远天处那一层层钝青色山峰。只片刻，霞光收拢，云烟散灭，玉轮挺现，暮色凝结成黑暗。是夜静谧，虫鸟歇伏，唯有不远处龙移湫水沙沙发着声响。天上长河清浅，月鉴冷冽，群星炽热，辉芒交璀。巨石在星月下盈白有光，李素炫坐在上面，怀抱无伤弹着，不着力，弦声窸窣，如裙裾轻曳、衣袂摩挲。从前在长安城时，夜深不敢动琵琶，怕扰了旁人，如今身边无人，却还是弹得轻，怕扰了静夜。

后半夜，她终于觉得困倦了，将无伤放回书案旁架好，回卧房躺下，睡着前打定主意，睡醒了，要到清虚子家讨几盏酒来。

太乙山自汉时起便有皇家宫观历代延传，至唐一代又为佛门译场，被佛道两派共奉为神山，又兼无数大儒隐匿。山中皇家寺观自有一副皇家气派，也有无数小寺观分散隐匿在谷中各处，只供隐修者居住，不与外界交通，不受世间香火。隐修者大都独居，居处很小、很简陋，也自称寺观，所谓观主、住持只是个名头，其实不过是自己管自己。偶有二三人聚居，也不用管什么事，本来也没什么事。此间也有洞修者，一洞之中多是一人独自修行，也以洞主自称，就更是近乎玩笑了。

李素炫不久前才知道，清虚子自幼学道，十几岁开始在山中独居，一直没换过地方，就那几间破屋子，也遵照山中风俗有个名字，叫“莫名观”，说是“无名观”之名叫人给占了，他也没法子。李素炫憋着笑了好一阵，记住了，从前盘算着去探访清虚子，如今盘算着造访莫名观观主。

李素炫睡到太阳高照，午后步行走到莫名观时，清虚子非常高兴，远远看见她了便跑出院子来迎接。出丹室沿太乙河上溯到这里，这一段路程在城里就叫远了，在山里就叫不远。隐修者彼此都隔得不很远，只是喜好清静，不时常见面，清虚子一个来月能见到李素炫一次，跟旁人比已算是走动频繁了。

两人趁着大树浓荫闲谈，清虚子一边说话一边新开了一坛桑落酒，注了第一盏，酹酒在地。他并不认识汝阳王殿下，李素炫传他桑落酒酒方时，要他将每坛第一盏酒浇酹在地，只说是为了纪念一位故人。清虚子没有多打听，只是当初答应了李素炫，便一直认真照做。酹酒后他又注了第二盏，递给李素炫。

“这酒味道格外好，炫圻又研磨出什么新法子了？”李素炫问道。

“也没什么格外不同的，不过放了些花瓣复酿过。”

“花瓣？……复酿？”

“是，山中自初春到深秋都有花朵，只是物候比城里早些，你入山前迎春、玉兰、梨花、樱花已开过了，你来时海棠、鸢尾正盛，眼下仲夏，花朵更多，入秋就有木樨了，漫山遍野香得透彻。山中许多花是可以入药的，也可以入馔，也可以入酒。四下里果子也多，甜的少，大多酸涩，酿酒却相宜，也可以先将谷物酒酿好，再用果子和花瓣来添加味道和香气。只是浓酒才能复酿，薄酒不行。”清虚子絮叨说着，不住向两只盏子里斟酒，“我这一年多来没怎么花心思炼丹，一天到晚都琢磨酒了。想酿酒就得到处寻找药材，采了制好，出山换米，早晚格外忙碌。过几日将这几坛花瓣酒、果子酒饮够了，深秋时去找四郎讨教配伍，再格外采制药材，酿些药酒来，入冬后就可以饮了。冬日里山中寒冷，药酒暖身有奇效，到时候我给你也酿几坛。药酒劲大，不过你应该不怕……”

李素炫笑着点头称谢，听清虚子不住唠叨着。这位道友一贯神大，爱琢磨，爱折腾，怎么也不嫌费事。

“素儿近来在做什么？”清虚子问道，“你也不大出门，我隔好久才见你一次，也想不来你寻常都忙些什么，你又不炼丹。”

“我刚刚将西域各处风土、礼俗、教义与兵民状况编撰成册，以《西域山川镇狩图》名之，遣人呈与郭子仪郭令公，请他勘定后奉与天子。此事是我与老帅商定了的。”

“是，我记得，你还真是认真。”

“怎么敢不认真。”李素炫笑着答道，“眼下我在整理中华及西域琵琶事，并及琵琶记谱等也已着手，待成册后送到长安城平康坊。萧娘允我，定将此书所记广布天下琵琶乐人。别的也无非就是些修撰，再多的我也不会。”

“广布天下琵琶乐人？你不是都为朝廷修撰？还管民间事？”

李素炫将无伤横置膝头，一手随意拨弄，一手轻抚丝弦，压着弦音，淡淡说道：“宫中太小，一把火什么都没了，太常博士也只四人，一场乱事后无一留存，文脉绝断，复建书史何其艰辛。古语云‘礼失而求诸野’，民间广大，布于民间，传于民间，才是稳妥。”

“素儿想得深。”清虚子点头叹道，手上忙碌不休，仔细打磨着一根紫竹。竹管一端已开了吹孔，管身上标记了几处按孔位置，还没有动剞劂。

“你这做的是……箫？”李素炫好奇问道。

“正是。”清虚子点头，“这根紫竹在我这里已经十几年，性子早放得净了。如此上好老料，做支箫出来，不比你腰间那支差。”

“这竹管有细有粗，有长有短，管壁也有薄有厚，你怎么确知开孔位置？”李素炫好奇问道。

“算出来的。”

“我知道是算出来的，怎么算的？”

“……算法有点儿麻烦，跟你说不清楚。”清虚子想了想，说道。

“是了，还真是说不清楚。”李素炫自己也好笑，又看了看那支紫竹，果然质朴幽沉。腰间师父那支紫箫至少是五十年前所造，当初大约也是这样。

“素儿是不是喜欢这支箫?”清虚子见李素炫一直看着，扬了扬手中紫竹，问道。

“没有。”李素炫摇摇头，“我只是觉得它好看，可我不会吹，喜欢也没用。”

“你若喜欢，这支送你，不会吹可以学。”

李素炫一愣，清虚子又说道:“不会可以学，谁不是从不会学过来的?”

李素炫愣了许久，最后，缓缓点了点头。小时候师父教过她吹箫，她却畏惧箫声，眼下已近三十年没有动过箫了。说起来也算知道要怎么吹，至少知道要怎么练，吹却真是一声不会了。

清虚子很高兴，在一块砥石上磨着剞劂，一边又絮絮说起来:“今日饮酒了，怕手上不稳，就不动刀开孔了，明日酒醒了很快就能做好。这根紫竹可是好料，我这手艺也不差，也就是舍得给你，别人可舍不得给。你可得认真练，别光拿着把玩了。”

李素炫行礼，郑重允诺，又听清虚子说道:“明日这箫就做好了，后日我给你送去，顺便带你到龙移湫边冰风洞去看看，我也好久没去了。”

## 313

隔一日清早，清虚子沿太乙河自山上走下来时，很远便看到李素炫盘膝坐在草间巨石上，迎着朝阳，怀抱无伤，却没有弹。赤骏未配鞍鞯，在她身边闲散踱着，一身雪白，匿于万丈晨光。

无伤已初露老颓，唯弦声依旧。一路风雨，半世烟尘，它替李素炫担待了许多。它温润如玉，玉如君子，君子却终究要身带伤痕，偏又倔强，一生喜悦痴嗔只系于最初一点动念。李素炫攻习琵琶三十载，朝夕宁忍，苦苦磨练，多少年来，书随乐成，弦共人老，但有琵琶在怀，无愁不能解。如今入归山中，生命迥异，诸般琵琶都不会再是从前弹法，她一时不知究竟该怎么弹了。只是她终究半生求索，不惧从头再来，但能用心，人不负琵琶，琵琶亦不负人。

巨石边有溪水，折光入目，刺得李素炫只能微微眯着眼睛。拥无伤在怀，沉思许久，心又茫然，心又跃跃。太阳渐渐升得高了，日光热辣，她忽然醒悟过来，刚要起身，看到清虚子正在不远处等着。

“你这么早就来了？”李素炫微微意外，抬头看了看太阳。

“我天亮出发，早就到了，看你想事情，没扰你。”清虚子说着，将手中长箫递过来。

李素炫一边道谢一边将箫双手接下。这箫与师父那支一般粗细，也是筋骨清癯、温润淡致，也是色泽深紫、收敛避让，只是终究少了数十载岁月盘磨，在日光照射下仍微微有芒，与师父那支放在一起，仍能看得出稍许倔强生涩来。

“这箫是要给你的，我不曾沾唇。你试试吹几声。”清虚子怂恿着说道。

李素炫将箫持好，凑到唇边，准备了片刻，认真送出气息，却没吹出声响来。

“无妨。你沾过唇，就是你的了，日后慢慢练便是。”清虚子安慰道，“我制箫管向来开孔精准，但也不能分毫不差。等你能吹出声了，吹了我听听，若开孔有不准，就要略修一修。你若是一直吹不出响动来，可就修不了了。”

“多谢炫圻细心，我一定认真练。”李素炫点头谢过，将箫与琵琶送回丹室放好，随即与清虚子一同出发了。

取水亭在龙移湫东岸，隔着水面，对岸就是太乙峰。坐在亭中，可以清楚看到太乙峰下乱石罗列，崖壁上创痕巨大。听清虚子说，太乙谷中曾多次发生地动，太乙峰山体震落，乱石填塞两山隘口，拦截河水，才有了龙移湫。眼下太乙峰下乱石大都是周幽王年间大地动时从太乙峰山体上落下，历代又有小震动，最晚近一次在天宝年间，此处才慢慢成了如今样貌。

两人很快绕过龙移湫，到了太乙峰下。乱石阵前，李素炫瞠目结舌。往日里隔着龙移湫水远望，又衬高崖，她完全没有想到这些石头竟然如此巨大，一丈多高不过是碎石子，人站在巨石之间，根本不辨方位，也根本不知道要怎么走。怪道清虚子屡次嘱咐她不要独自跑过来探险，一定要等天气好时，他带她过来。

“你仔细看，沿途有标记，都是山中隐修者历次探勘时刻上去的。”清虚子指着，让李素炫看。

巨石上标记一看就知道非出天然，而是出于斧凿，颇粗率，却清楚，隔不多远便有一个。李素炫跟着清虚子沿标记前行，脚下有着力处，能踩得实，却谈不上是路。巨石连纵，高低起伏，亏是先驱者累年探索，多少有些开凿，后来者借得上力，也能攀上，也能爬下。只是两人折腾了半晌，累得满身汗，回头看看却没有走出多远，龙移湫水就在身后不远处晃动着，水光明亮，带着些诮讽。

“怪不得你这么早就带我来了，原来这么不好走。”李素炫嘀咕着。

“先别嫌不好走，再往前更不好走。”

站在龙移湫对岸，这些山石是石，走进来，山石是山。这些石头没心机，不怪诞，棱线笔直，断面平整，不虬不曲，不藏不敛，赤裸坦率，堆得也简单，不过是堆着罢了，没道理，没章法，叫人没奈何，偏又不敢不敬肃。有些巨石高十余丈，彼此踩踏又角抵，在下面天然隔出间殿堂来，站在里面，初时凉爽，久而阴寒。殿中暗河淙淙，闻其声却不见其踪，只看到累年潮湿滋养出茂盛地衣来，深绿油润，厚如织毯。山中就是山中，自然才有无穷造化，想当年李素炫随师父学了养地衣，费了多少心思、周章，养出来的也远不及这山中随便长出来的。

向殿内深处多走几步，光就淡了，再几步就彻底黑了。清虚子不停嘱咐李素炫小心，两人挨着黑暗寒冷，摸着石头，缩着身子，走得很小心。又几步，转角之后，眼前有了模糊光亮，前面就到出口了。李素炫受了鼓舞，就着一点光亮，不停步走了出去，又手脚并用攀上高处。阳光重又落在身上，瞬间暖和了，她正要欢呼，一回头，龙移湫水还是在身后悠然晃动着，她还是没有走出多远。

李素炫哑口，清虚子笑道：“除非你有翅膀，直着飞过去，在石头上走就得这么绕。就这么条路，还是历代无数住山者一点点探出来的。”

“无妨，接着绕。”李素炫喘吁吁答道。

二人无话，也不是没有能说的，是喘得说不出来。李素炫身子瘦削，却不柔弱，多年赋诗弄弦，朝夕处静，认真起来却也抡得动锹镐，可是这等爬上爬下却是头一遭。清虚子在山中长大，寻常也只是走山路，攀高爬低比李素炫强些，想说笑却顾不过来。

将近一个时辰后，二人到了乱石阵深处，回头再看，龙移湫水已离得有些远了。

“看那边，北边。”清虚子带着李素炫在一块天然小台子上站稳了，抬手指着说道。

前方两山高耸，如高大魏阙般远远对峙，隘口处旷达开阔。沿着看出去，远方晴空下，浮云斑斓，平原深广无垠，绿意模糊间，无数宫室屋舍密密铺展，影影绰绰，像画一般真切，又像画一般不真切。

“出薤谷口直向北，不远处就是神禾塬，神禾塬向北，是你的长安城，长安城外东北艮位，高处那一片巨大宫室，是龙首塬上大明宫。”清虚子说道，“虽然看不太清楚，也能分辨出大概来。”

李素炫默默凝望着。尘世如浮云浮沙，倏而白驹，倏而苍狗，无端迁衍，无由聚散，因缘生灭之下，万物不可逃遁。可万物却又柔韧，蜉蝣一日，不艳羡鸣蝉半夏，草木一春，不妒恨江川千载。不管命多长，或多短，万物各自一路奔忙，赶赴终局，此生无力，却又奋力。天宝震后，太乙峰下乱石堆累，至今不过十余载，只风刮来那一点泥土攒在石缝里，草木也能活生生扎下根来，抽芽分蘖，散叶开枝。乱后数载，长安城渐渐安定，大唐也如这草木般顽强，正在一点薄土上缓缓复苏。

长安城里，李素炫已经没有什么牵挂了，可师父还在龙首塬上等着她，她也在等着师父。来生遥远，不能确知，她这半生里等得迷茫，不知道如此等待究竟会不会有结果，可她还是等着，来世纵然渺茫，却是她此生唯一所求。初入终南时，许多人不明白她是怎么想的，只有她自己最清楚。她若留在长安城，自可主镇宫观，斡旋人事，分名法，拆鬼谷，逞弄书史，一生无数风流快活，也可复为女乐，每日谈笑迎送，活火炙脍，利刀分脔，烈酒击喉，浮生多少醉梦。可是跟师父比起来，不管什么，都算不了什么，有又如何，无又如何。若在意，可探囊而取；若不在意，丢掉便是。

清虚子不知道李素炫心事，只当她贪看风景，他也喜欢眼前风景，毕竟是一个多时辰辛苦爬上来才能看到的。两人各自不语，清虚子四下哪里都看，也看脚下巨石叠涌，也看身旁太乙矗立。石缝中有无数花草小树，向阳或背阴，舒淡或浓翠。巨石围出许多洞穴来，幽深不测，暗河淙淙流淌，只闻水声，不见水光。站在洞口，隐约看得到洞穴中地衣森茂，偶尔有几根细枝条从洞口处挣扎着伸出来，在一小片日光里零星展着几片嫩叶。

李素炫只是望着龙首塬，许久后，向师父轻轻挥了挥手。

伫立多时，身上疲乏缓解许多，心头也没那么多思绪感慨了，两人继续攀爬。李素炫看到身边一株小树上有些刀痕，似乎有些日子了，已经愈合了些。来路上各色标记都在石头上，这次却是在树干上。

“那不是路标。”清虚子说道，“那是漆树，伤口是取漆的。”

“漆树？”

“正是。每到春日里吐新芽，看着像香椿，你采摘时可要瞧仔细了。”

李素炫又看了看，这树不大，枝条疏落，叶片细嫩，也不甚密实，整株看起来颇清秀，真是想不到漆上去。

“漆树可以长到很大，这株还小，刚刚可以取漆。南山里漆树很多，只是不都长在一处，采漆人要四处跑，很辛苦。每株漆树所处，采漆人都记得，不时会过来看。终南山麓并长安城中多有斫琴名家，最爱南山所产生漆。”清虚子说了几句，忽然好奇道，“我常见你将琵琶当琴来弹，却偏不弹琴。”

“小时候师父教过我弹琴，还为我置了一张，他的琴也留给了我。很多年后听方家讲说，才知道我那张琴居然出自斫琴世家雷氏。只是后来两张琴都在安史乱中遗失，我也没有再置。”

“雷氏历代专为皇宫斫琴，寻常人不易得。”清虚子惊异道，“不知你师父怎么得来的？”

“那张琴样式质朴清素，多半是雷氏某位斫琴师专门为我师父制的。”李素炫说道，“我师父琴弹得好，与斫琴师有交情，也不奇怪。只是如此一张好琴，他自己没留着，却给了我这不会弹的。”

“琴道不逞指腕繁难，声音却一定要干净好听。你小时候还不知道什么声音是好的，就更得有张好琴。雷氏斫琴珍稀昂贵，寻常人拿着银子都买不来，你师父竟然舍得给你，真是拿你当宝贝。”

李素炫心中怅然，轻轻点了点头。

“你若喜欢，我认得斫琴师，帮你求一张来。”清虚子知晓她心事，想哄哄她，好声说道，“不过你不能挑，有什么弹什么，要是挑剔，人专门为你制，一张琴可是得二三年才能制好。”

“我不挑。”李素炫笑道，“我那几下子，什么琴弹着都一样。如此多谢炫圻了。”

两人渐渐又气喘无话。脚下乱石尖利，踩得住，爬上去很容易，下去时就难了。当此路上，也就不讲究什么身姿风雅了，只能手脚并用，一路狼狈。

“看那边……”清虚子站住脚，歇了片刻，用手指着，说了半句。

李素炫抬头仰望，前方几丈远处有峭壁绝耸，不可攀援，崖壁之上不生树木，草也稀疏，只突兀立了两块巨石。

“也不知道老天怎么给立上去的。”李素炫叹道，没有多想。

“那叫夫妇石。”

“夫妇石？”李素炫一怔。

“相对相望，默然不得语，终不可及。隐修者多有到过此处的，都呼为夫妇石。”

“如何非是夫妇？怎么不能是姊妹、兄弟或一对母女？”李素炫笑着问道。

“这……我也不知道。”清虚子想了想，在头上抓了抓，“你这么一问我也觉得奇怪，山中隐修者大都毕生不婚娶，无有妻儿，却定然有父母，又难免有兄弟手足，却真的谁也没想过这是姊妹、兄弟或父子、母女……”

“世间多有望夫石、望夫崖，说的也都是夫妇事，没听说有望兄石、望父石、望母石的。”

清虚子没有多想，只当李素炫随便说的，又带她朝前走。乱石阵深处这一小段反而有路了，脚下好走，两人图快，没有多停留、多商谈。李素炫跟在清虚子身后，一边走一边乱想。世人都说血脉宗族、手足亲子，这些都因世间有夫妇之义。男女同心结合，诞生后代，后代又诞后代，才有三亲六故、斩衰缌麻。夫妇没什么血脉关联，可天下血脉尽出于此，想是为此缘故，手足、亲子分离都是寻常，可相爱之人却不该分开。夫妇一定要厮守相伴，所以这可望不可即的，才叫夫妇石。住山者远避俗世，终生独居，皆不婚娶，却也认这人世间族系根由、血脉道理。

“素儿小心脚下，前面几步不好走，不过我们马上到了。”清虚子回头说道。

“是。”李素炫立时一振，快步跟上，忍不住又回头看了看，那对夫妇已被树木挡住了。

片刻艰难前行后，清虚子带着李素炫在一处洞口前站住了。李素炫抬头看着，说不出话来。

这洞高足数丈，是两块平整巨石相倚而成，头顶上留了一线苍天，几束清辉穿过树木枝叶落入洞中，深碧幽暗，脚下地衣斑驳。抬手轻触，石壁光滑又凹凸不平，流水浅细，沿石壁滑落，看却是看不出来。洞中非常潮湿，地面松软，向里走只几步，冷风飞扑而来，瞬间将李素炫身上汗水逼退。又几十步后，头顶苍天合拢，周身阴暗不辨，只隐约看到口中呵气凝结。洞中极安静，若不是身边有个大活人不停说着话，简直像是在千年墓穴之中。

“这是风洞，出洞口也就十来丈，是冰洞洞口，进去往里头多走一段，大夏天的也有许多冰。不知道这两个洞到底有多深，有人探过，说里面是通着的，但很不好走，还特别冷。”清虚子说着，“今日只你我二人，只带了个火镰，又穿得少，我看还是不要冒险，你自己来，就更不要冒险。这么黑，万一有岔路就出不来了。”

“好。”李素炫点了点头，清虚子向外走，她没有动。

“你别往里走太远，站这里凉快一阵子倒也好。”清虚子又嘱咐了一句。

李素炫一边应着，一边向里面又走了几步，站到黑暗中。

洞中有些气味很不寻常，要下大雨时，风就是这种味道。周身潮湿，水汽沁凉，啮咬肌肤，细细游走，又凝在睫毛上，垂垂下坠，牵拉眼角，也微妙，也怪异。李素炫脸颊冰冷，又烧灼，指尖冻得刺痒疼痛，很细微。除此之外，她什么也看不到，什么也听不到。她平生听过无数种声响，她会一一仔细分辨。枯叶碎裂，春蚕咬桑，针脚穿透布帛，衣襟拂过琴弦，水滴落入砚堂，老旧书卷在尘影中缓缓展开，这些她都听得到、分辨得出来。但这里一丁点儿声响也没有，她双耳如常，耳畔寂绝，与失聪又格外不同，她从未有过如此感受。

她独自站了很久，缓缓想起些旧事来，水影般晃动着，泠泠仿若有声。片刻后，她猛然醒悟，知道自己心魔渐起，立刻咬牙振作起来，转身向前走了一小段，眼前有了些光亮。她用手略挡着，很快到了洞口。

“素儿，”清虚子开心招呼道，“正要进去叫你。快过来坐下，茶很快好了。”

“茶？”李素炫有些疑惑，慢慢移开手掌，见清虚子竟然坐在个小火炉旁，认真煎着茶。她惊得说不出话来，做梦一般看着，清虚子已开始将茶盛到盏子里了。

“这炉子是有人背上来放在这里的，不管谁来，都带些细炭和茶，或花饮、草药，在此处可是一番好消受。”

“那你方才小包袱里是细炭和茶？”

“是。”清虚子点了点头，“我通常带细炭和草药，今次是茶。”

他说着将茶移了一盏给李素炫，李素炫接了，尝了一小口，不过寻常黑茶，煎得也简单，当此时此地，可就胜过玉液琼浆了。昨日下过雨，眼下洞口处有窄窄一道水帘，李素炫品着热茶，隔着水珠看着外面，碧树晴空，无有丝云片风，世间何其安然。

两人悠闲饮了两釜茶，开始动手收拾，将各色物什清理好，茶釜茶盏用个布包袱裹了，剩下些细炭裹了油纸。清虚子将所有茶事拿到洞口外，放在略高处一个石窠里。

“这里雨淋不到，也不潮湿。你下次来，从这里取就是了，走时再放回来。”清虚子说着，比画了一下，又笑了，“这么高你应当够得到。”

李素炫也笑了，跟清虚子到旁边冰洞中看了看，也是一般阴凉幽暗，只是没有看到冰。清虚了说，想要看到冰要走得深些，下次多招呼几位道友一起来，再带李素炫到冰洞深处去探险。

二人开始下山，蹑着足尖，累得小腿打战，但比上山快得多，不到一个时辰，到了龙移湫岸边，坐下来歇息，吹着水面上微风，很快落了汗水。

“你若自己去，一定要沿标记走，别拐两边去，巨石中多有洞穴、缝隙，千万要小心。过了冰风洞就没有标记了，没人探过，不知前路如何，不要再往前走。若是赶上下雨，不要在洞穴里躲雨，要到高处石头上去，宁可淋雨，也比遇上洪水好。阴天不要去，若是大晴天，就是有雨，一时也不会太大，有洪水，也很快就能泄干净。”清虚子唠叨着，不停嘱咐。

李素炫点头，一一记下了，又问道：“冰风洞你常去？”

“不常去，路远，不好走，也累，一年最多去二三回。只是每次上去了，回来都不后悔。”

二人又闲聊了阵子，起身绕过龙移湫回家，李素炫先到家，与清虚子行礼告别。回了屋中，她累得一动也不想动，躺到榻上直接便睡了。

# 314

夏末，闻朗与端木到了药圃，安顿好后，每人带了一袋米，溯河而上，绕过湫水，到了李素炫家。李素炫正在院中劳作，穿着粗衣，戴着斗笠，手上沾满尘土，擦擦汗，汗水成了泥水。

“素儿。”端木一边叫着一边跑过去，一把抱住李素炫，“快让我看看，黑了还是白了？胖了还是瘦了？”

李素炫独自在山中居住，本是终日深沉，见是端木，瞬间回了本来性子，掀开头上斗笠丢到一边，脏着手脸抱着端木，高兴得直跳，又大声与闻朗打招呼，接着跑到院子一角，在草毡子下摸了棵萝菔出来，凑到溪水边洗净，用刀利落切块，递给闻朗与端木。

“我种的，上午刚刚采收，快尝尝。”

闻朗啃了一口，点点头：“素儿这萝菔种得好，萝菔味儿十足。”

李素炫哑了片刻：“……我猜你是想夸我。”

端木大笑：“素儿别理这呆子，先将米收起来。”

李素炫很高兴，连忙谢过。“这米拿去与清虚子换酒。”她嚷了一句。

端木笑道：“素儿进山没几日，学得好饮了。日后若无酒可怎么办？”

“无妨。”李素炫笑道，“有酒学道，无酒学佛。”

“听说这山中多有佛门高人，可惜你身在道门，不能拜佛门师父。”

“不拜就不拜。若无声闻，便求缘觉，也好。”

李素炫一边说着，一边蹲下身子，端木脚边上有只黑色卷尾小犬，正围着二人不停打转。李素炫伸手摸了摸它，小犬本来就高兴，这下更是拼命摇着尾巴，摇得半个身子都跟着晃。

“你认得它？”端木好奇问道，“这小犬自龙移湫那边就跟着我们了，赶也赶不走。看这样子不像是山里野活的。”

“这是退知观中几位道友养的，自谷口村民家里抱过来，眼下有半岁多了。它时常过来找我玩儿。”

端木大笑起来：“素儿就是招这些狸儿犬儿的喜欢。它叫什么？”

“我管它叫狸儿。”李素炫笑道。

“狸儿？”端木笑得直仰，“白马你起名叫赤骏，红马你起名叫乌骓，这小犬你偏叫狸儿，我看你这辈子是算不过账了。”

“我初见它时，它全身黑色还带着些暗红色斑纹，我脱口而出叫它狸儿，它竟然回头冲我摇尾巴，还咧嘴笑，我就一直叫它狸儿了。只是它长了这几个月，眼下斑纹褪了，毛色纯黑，看着就是小犬模样了。退知观中几位道友算得过账来，都叫它小黑。它聪明，只要你叫的是它，叫什么名字它都回头，若叫的不是它，不管叫什么都不理睬你。”

两人说着，啃着萝菔，丢下那闻朗不管，在院中与房中转了几圈，狸儿还是跟在二人脚边不停打转。端木里外看了看，笑道：“这房子布置太简单了些。初夏我来时就空荡荡的，怎么过了这许久，还是空荡荡的？”

“胜在好打理。这丹室乃是天子敕旨建造，用料扎实，不偷工，墙壁厚两尺余，中空，夹干茅草，够结实，又冬暖夏凉，比什么都强。”

“倒也像素儿性子……从小到大，你每做一件事，都叫我吓一跳。”

李素炫咧嘴笑道：“不是故意吓你的，我每有个主意蹦出来，自己也吓一跳。”

回了院中，三人说笑着将萝菔拿到水边去洗，端木一边忙着手上一边说道：“素儿，山下有个人找你。”

“找我？谁？在山下？”

“有个年轻人，说是受你旧友所托，送一封信函给你。先是到左教坊中打探，人说让他到平宁寺来问我，他就来找我了。我想代为转交信函，那人却说不行。我只好带他过来，但不想让他来你家，就让他先在谷口村民家中安顿了。”

李素炫想了片刻，想不起来会是哪位旧友。只是送信的没有去平宁寺，也没有去玉真宫，而是直接到左教坊中打听，看来果然是旧友。

“也罢，如此，我去见他。你俩先帮我将萝菔切了晾起来，就一起走。”

“素儿这是要准备过冬了。”闻朗笑道。

“是。这里十月雪封，到明年二月解冻，中间几个月人出不来，得有足够存粮，断粮就得挨饿。柴和炭也要备得足够，不然就得挨冻。”

李素炫将萝菔逐一破开，叫闻朗和端木将巨石上茶炉和小案几挪走，用水将巨石冲了冲，将萝菔条一根根晾晒在上头。狸儿十分好奇，过来闻了闻，没什么胃口。

“素儿……我还是有些担心你。历代住山修持的都是男子，你一介女子，我真是不放心。男子有的是力气干活，你怎么行？”端木忧心道，“本还想着你有侍卫，可是听樱儿说，你将侍卫都留在玉真宫了。”

“我是怕有了头一次犯懒，往后就收不住，最后成了人在山里养着我了。”李素炫手上忙着，回头笑道，“侍卫由朝廷据官秩指派，是历代制度，我不能回绝，一直将他们安置在玉真宫中。我为持盈师父守孝时，带他们去了凤栖塬，让他们与守墓人在一起，我到山中来时，又将他们遣回了玉真宫。其中有十几人自请跟随，我让他们在退知观不远处起建村落，阖家而居。”

“除了清虚子，你平日里都与什么人走动多些？”

“玉真宫中有几位道友喜欢山里，我便带她们来了，让她们守着退知观。我不时去看看，送书稿过去，也取给养。我确实比不了男子有力气干活，还是离不开玉真宫所配补给。但不管怎样，能自己忙活的，我都想自己忙活，不想太靠着别人。”

“素儿，你若是男子，我也不与你唠叨……”端木叹息着说道。

李素炫知道端木在担忧什么，晃着她两手说道：“我是女子你也不用担心。我不是要当隐士，也不是看破红尘、伤透心了，想要避世不出，也不是非要在此修行，真想修行在哪里都行。就薮泽，处闲旷，庄子谬之，我亦谬之。我只是喜欢此间山水，就想住这里，跟有人喜欢城里热闹，就想住城里一样。我师父说过，己身也是生灵，若不能济天下，便认真爱护自己，也是德行。我不会太苦着自己，你不用惦记。真到了绝境，我肯定会求助，不会傻着等死。”

李素炫柔声说了许多，端木勉强放下些心来，笑了笑。两人絮叨说话间，手上就慢了，闻朗一言不发，在一边将活都做了。

“四郎果然瓷实。”李素炫笑道。

“下次药圃里再有小鹅孵出来，我给你带几只来，你养着。”闻朗说道，“省得端木总不放心，怕你一个人不安全。

“我不会养鹅。”李素炫笑道，“我又不是王羲之，就是养了鹅，字也还是写不好……为什么端木不放心，我就要养鹅？”

“鹅能却蛇。终南山里蛇不算很多，但也不是没有，家里有鹅，蛇就不来，来了也会被鹅赶走。鹅又警醒，护地盘，有生人靠近就大叫。你这里不来生人，可也说不定有小兽过来，有鹅报警会安全很多。鹅还能帮你打架，大嗓门，嘎嘎叫，飞扑着冲上去，上头用喙啄，中间用膀子扇，下头使脚踹。别说是人，很多野兽都招架不住。”

“倒是一副好身手。”李素炫哭笑不得，“不过鹅这么凶，要是哪天不高兴了，或者哪天高兴了，冲过来打我怎么办？”

“不用怕，气势不能先输。但凡禽类，挝过两个膀子来，在背后一别，立刻老实。”闻朗将最后几棵萝菔晾起来，回头对李素炫说道，口气非常认真，“回头我教你怎么喂鹅。你这里地阔水阔，懒了不用喂都行，鹅自己就出去找吃的，吃饱了回来。你可以偶尔喂几次，让鹅认你，鹅能喂熟，是好伙伴。”

闻朗说得认真，李素炫只得认真听着，不住点头。端木看着闻朗直叹气：“这呆子，真是不长进。”

三人忙完了，洗了手脸，一同下山，狸儿一路跟着，回了退知观。李素炫先将闻朗与端木送回药圃，又独自走到薤谷口村庄，依着端木嘱咐，很容易在村民家中找到了来者。

信使是个年轻男子，看起来不到三十岁，李素炫想了想，实在是不认得。那人见了李素炫，立刻行礼，双手将一个小包袱奉上，小声恭敬说道：“在下奉山南东道节度使梁崇义将军之命请见李先生，并奉梁将军礼物及手书。”

“山南东道节度使？”李素炫疑惑道。节度使乃封疆大吏，这么大官她可不认识，只记得安史乱中元次山先生曾在山南东道节度使帐下为将，乱后朝廷任命来瑱将军继任山南东道节度使，来将军死后谁人接任，她就不知道了。

“……梁崇义？”她略一思索，心中微动，连忙将包袱打开。包袱里有一张豹皮和几件旧衣裳，紧紧裹着什么，裹了一层又一层，打开，里面是个小硬木盒子，只巴掌大。挨着小盒子有封书信，她连忙展开细读。

少时嬉游街市，何其纯然快乐，某至死不忘。别二十余载，心中耿耿思念，终难一见。料今生难再复返长安，请先生为置衣冠冢，制墓志，并书丹。待某他年客死，魂魄便有归处。某感激不尽。

信不长，寥寥数语，落款处写着“不语梁生”。

李素炫恍悟，原来这山南东道节度使梁崇义，就是当年梁蛮。

# 315

半岁前，李素炫入终南山时，朝廷所遣安抚使到了山南东道治所，力劝梁崇义赴京面圣，向朝廷表明忠心，梁崇义却不打算听话。来瑱将军死得冤枉、糊涂，梁崇义不相信自己去了长安，不会落得同样下场。安史乱后朝廷再难相信藩镇，终日疑神疑鬼、草木皆兵，接连冤杀、贬谪数位将领，寒了天下武人之心。许多人再不肯相信朝廷，不敢离开治所前赴长安城，自然要被朝廷看作心怀不臣，更有些人本就所图不轨，暗中举动，格外令朝廷不敢放心，格外不相信任何一位武将。梁崇义与朝廷便如此顶上了，朝廷越不信他，他越不敢回去，他越不回去，朝廷越不信他。这局怕是解不开了。

梁崇义反复思忖许久，最终决定不回长安，他也明白，这次不回去，今生都回不去了。他没有与安抚使为难，仍旧好言相谈，并设宴招待。宴会日，安抚使令随行长安乐人奏乐，梁崇义听着乐人手上长安旧声，不胜感慨伤怀。

“你可会唱些长安城中历年时兴调子？”梁崇义问那乐人，“唱几支来。”

“是。”乐人点头，拣了几支唱起来，果然是长安城中历年时调，有的出自宫廷，有的出自市井。席间许多人久别长安，听得动容。几曲后，乐人手中琵琶入了新调，唱了一支《腊梅春》。

轻躯何意浮尘久，梁生不语，沈郎清瘦。
无心霜雪无心月，闲处文章，寂寞诗酒。
春水常作秋山秀，暮雨来急，乱云去骤。
十年萧索负平生，笔底凉薄，故书纸厚。

梁崇义听了，沉吟片刻，向乐人打探曲词出处。

乐人行了一礼说道：“开天年间，长安城有一琵琶乐人，名李素炫，本出身宫伎，先得宠于玄宗皇帝驾前，后被玄宗皇帝亲妹玉真公主收入道门，故常作女冠打扮，不妆不饰，素衣白马，以蜀锦裹五色琵琶行于街市，飘渺如仙子，有识者争相观睹。此事使君可知？”

梁崇义笑笑：“我离开长安已二十余载，自然不知道。”

“这小女子原为禁中宜春院乐人，天分绝佳，又有童子之功怙恃，技艺不俗，兼文采斐然，冠于诸女乐。又仰仗其师玉真公主，得太白摩诘训教，词句益发清致机敏，就是与榜上举子相比，也不略略逊色。只是终究身为女冠，十分矜持，难得应人私请，偶遇欢宴，也只动琵琶，从不轻易与人唱曲。除非席间有那切实读书的，学问好过她，她方有兴致与人探讨，能依旧声填词，又能为旧词变声度曲，即刻便能弹唱出来，喉音婉转，琵琶精妙，不知迷倒多少风流才子。”

“听着果然嘉善。”梁崇义淡笑，不动声色，“……你继续说。”

乐人又行一礼，接着说道：“此女身为女冠，性子虚淡静敛，终日素衣素面，与人往来只论诗书，从不软语逢迎。寻常男子不敢随意亲近她，也不喜欢她这副性子，她却在长安城读书人中结缘极好。士人每有得意诗作，争以厚礼贿之，求其度曲传唱，令天下人知。也有好乐者求其所制之词，每有佳句，亦得士人看重。在下方才所唱之曲，约是天宝十四载春日旧作。据传当日于宫宴上，圣人指定一首《腊梅春》，令其即刻赋词弹唱，那女冠略一沉吟，顷刻成就，不几日便传遍长安酒肆。”

“天宝十四载？……十来年了。”梁崇义感叹道。乐人不知道他话中意思，以为他说的是天宝十四载到眼下已十来年了，其实，梁崇义是在想，天宝十四载，李素炫作这首《腊梅春》时，距他随来瑱将军出长安城已十来年了，他没想到素儿还记得他。

梁崇义反而更加难过，忍着，笑了笑，吩咐乐人接着说。

“众人猜度这‘清瘦沈郎’当为南朝沈约，却不知这‘不语梁生’是何人。有好事者问起来，那女冠只笑而不语，再问，便直言为了乐律词韵胡诌罢了。旁人情知为推托言，但见其颔首低眉，调弄弦轴，几眼便看得呆了，哪里还舍得穷问不舍。故此，至今也无人知道这‘不语梁生’到底是何许人。”

“想也不是什么要紧人，或许就是个随意旧友，作诗赋随意拿来用上了。作诗的没什么深意，读诗的穷猜个不停。”梁崇义笑道。李素炫之事他怎么会不知道，二十余年来他从没有忘记她。随来瑱将军离开长安城时，他被革除所有职务，以小卒从军，慢慢积功升至裨将，自己有了人手后，屡次遣人到长安城打探。他还记得她师父，知道他被人害死，知道她冒死为师父申冤，制献《大破阵乐》，脱籍入道，知道她去了西域，又为玉真公主守孝，助郭子仪将军退敌。她所有事情他全都知道，只有这首《腊梅春》不曾听过。

梁崇义没有多说，只叫乐人接着再唱，乐人什么也想不到，席间没人能想到什么。散宴后，梁崇义回了府中，屏退随从，站在廊庑下独自失神。

“我知道素儿一直很好，她好我就放心了，只是向来不敢打扰她，以为她早忘了我了……”

梁崇义伤感万分，知道自己这辈子再也回不了长安城，就是回去，也不敢去见李素炫，从前不敢，往后更不敢。他怕让人知道，怕牵连到她。朝中什么人都有，无事也要生出事来，就算李素炫与他们没什么冤仇，他们也不会舍不得用她来做些文章。

梁崇义连连长叹：“素儿，我就是不能给你什么，也不能害了你。你我……今生就此作罢。”

隔了些时日，梁崇义写了封信，只几句含糊话，他知道李素炫看得懂。当年那个硬木小盒子在他手中盘磨了二十年，油润如玉。昔年随驾行猎时，他为了救下李素炫，情急下用天子金箭射死了金豹，后天子命人将豹皮剥下硝制，赐给了他，赞他勇武，这豹皮他也细心留着。他手中之物只这两件与李素炫有些关系，他用豹皮将小盒子与信件裹在一处，又裹了两件旧衣裳进去，令心腹到长安城去寻找李素炫。

“你到左教坊中打探，一定有人知道她下落。”梁崇义叮嘱道，“若有人问，你便说知道她琵琶名重，想求得一听。她盛名多年，你如此说，无人起疑。”

梁崇义打定了主意，只这一次，将昔日一点纪念送还给李素炫，并请她为他立一座衣冠冢，了了这一世之缘。此后余生，决不再与她联络。

二十多年来，李素炫一直牵挂着梁蛮，可她为上皇近人，距天咫尺，她不敢与梁蛮联络。当年许宗德欲谋汝阳王殿下，罪名之一便是“外交藩镇，内结乐人”，她还牢牢记得。帝王纵然性情，也最是多疑，尤其是对身边人。她不敢因为一时难忍思念，害了梁蛮和来将军。她屡次听说来将军有位高徒乃军中神射，战功显赫，知道那一定是梁蛮。他还活着，她别无所求。她不知道梁蛮改了名字，可当她看到梁崇义之名时，莫名便知道，梁崇义就是梁蛮，就是当年街市上那个痴心少年，也马上明白他为何将信写得这么简短。

两年前，也就是宝应二年正月，来瑱将军回返长安城，遭权宦程元振、王仲昇诬陷，坐罪贬为播州县尉，途中被赐死，尸身被丢弃在垄沟内，幸得旧友冒死收殓安葬。来将军平乱有大功，一生豪杰却无辜死于权宦之手，本就叫人恨怒，梁蛮昔年又得来将军擢拔于行伍、亲授射术，又多年并肩作战，袍泽义重，他定牢记深恩，记恨天子，不会再信任朝廷。他猜测自己此生回不了长安城了，心中难舍，又不甘，这才请李素炫为他立一座衣冠冢。只是怕牵连到李素炫，所以信写得简短、含混，没有提到李素炫名字，款识上也只写了梁生。李素炫那首《腊梅春》中所说不语梁生，指的就是梁蛮，此事世上唯有李素炫与梁蛮知道。

李素炫长叹，将小包袱重新裹好，嘱咐信使在村中居留一夜，自己转身回了家。昔年分别时，她从梁蛮腰间袋子里抓了五颗火陶弹丸，一直留着，出长安前连同小铜印与小葫芦一起交给歌子，都在乱中留了下来。小葫芦已多年没有再用来养金蛉，入了山也不用养鸣虫了，李素炫将小葫芦装进小盒子里，像二十年前那样放在案头。五颗弹丸中有三颗已碎解，多年前李素炫请师弟做了银盒子装了，眼下也找了出来，重新用豹皮和梁蛮旧衣裹起来，绑了个小包袱。还有两颗弹丸完好，也装在小银盒子里。第二日清早李素炫离家又到了薤谷口村中，将两颗完好弹丸连银盒交给信使，让他带给梁蛮。

“劳烦回去告知梁将军，他所托之事，在下定会尽心做好。”

她说得平静，只说了这一句，她知道别的什么也不用说。

信使行礼告辞，李素炫在村民家歇过一夜，翌日出谷口，到了长安城，在市所里选了口上好棺木，请人制了墓碑，并亲自撰文书丹，请人连夜镌刻。交代好工匠后，又到城外挑了块坟地。

翌日棺木运抵，役夫已掘好墓穴。李素炫将小包袱放在棺中，看着役夫盖上棺盖、钉上楔子，缓缓将棺木落葬，并将墓志贴着棺木放在墓穴里。墓志很简单，寥寥数语，只说了昔年两人相知伴游，而今李素炫不忍好友魂魄无归，为他立冢，别的什么也没说。填土后坟茔很快筑起来，又竖起了墓碑，碑文也很简单，只有“梁蛮”二字。对李素炫来说，梁蛮就是梁蛮，不是梁崇义，只是个市井间夯实小子，不是什么封疆大吏、开府国公。

## 316

自清虚子带李素炫造访深山后，李素炫耐不住诱惑，时常独自一人到深山里去，天蒙蒙亮便出发，一路溯溪水而上，走得很快。山中云雾氤氲，水音玲珑，脚下道路依稀，却始终不曾断绝，到了无路可走时，蹚着乱草再向前走很远，攀至绝崖处，才能看到真正景致。站在峰顶，脚下深谷碧翠，流云漫卷，纵逸往复。极而望之，眼前唯有深山更深、远山更远。

李素炫在树下坐好，解出无伤，看看远方，又低下头来，也不开指，略一调息，落腕即是杀伐。江河东逝，滚水分波，弦上诉百代生死，指间论千秋功过。她十七岁凭《大破阵乐》一战名成，彼时琵琶不过初到臻熟，出长安前，指腕所能方至此生巅峰。在西域一番波折游历后，终至神思丰沛，手有余力，心中无碍，心手圆融，文武大成。只是回了长安后，世人反而难再听到她琵琶声。她没心思弹给世人听，除了师父和雷先生，她不相信还有多少人听得明白。所谓世人，不过旁人，她半生磨砺，求索艰险，到最后终不能一酬知己，旁人也就无所谓了。她只弹给身边几位好友听过，只是大难之后，好友也不剩几个了。天下称颂时，她远未到大成，而今终至化境，她却不想再让天下人知道。

如今她最喜欢弹信手。这信手弹法是多年前专为陪伴好友卢七作画所创，不料极是圣人心爱，又为持盈师父与天音菩萨看重。眼下她已是空身一人，既不弹给别人听，也不弹给自己听，只是弹而已。从前心有所感，碧弦应手有声，而今心无所动，无伤依旧铮铮。如今这信手才真的是信手了，她心中清凉明澈，弦声低旷，冲虚静澹，看身边草木霜尘，芙蓉淡色，听周遭云水私语，鸾鹤交唳，一点心念微微只在起灭之间。一念起，世相坚实；一念灭，万法虚空。耳目澄净，神识了然，心中不计算，不感慨，十指无端触弦，平白便有了声音。

她时常弹得什么都忘了，如在空境。

有时她图走得快，不带无伤，只身而至。居高眺远，口中轻唱，唱得也不认真，随便哼几句罢了。此间自在，大可不弦而唱，不乐而诗，只一副无所谓，随意胡想，或不想。

风入松，朝阳画室东。晓初开霁林谷空，层峦无限，只烟影中。

小桃红，夹径懒花丛。快哉行到碧水穷，云山别有，又二三重。

她唱得很轻，轻到连她自己都听不清楚。这《苍梧梅令》自初创起便为她喜爱，初时押平韵，后又为仄韵重新度曲，这些年来填了不下百首，诗律乐律各自变换无穷，早已纯然熟稔。她喜欢这调子不长不短，说得清楚心事，又不会不小心说得太清楚，凭兴致寥寥交代几句，未及伤感，便结束了。

入山沿路有各种野花，有些开得零星，彼此远隔，一个个懒洋洋的，只想独自躲着，不想费力跟别的花打交道。也有一丛一丛的，红的粉的，聚在一处商议什么，小声而热烈，在一片绿草里很是抢眼。李素炫只在一边看看，红色粉色太热闹了，她不想凑过去。她喜欢蓝色与紫色花朵，也喜欢白色花朵，有时会采几朵拿在手里，不管有没有香气，也要不停嗅着，只是不知道这些花叫什么名字。山间野花大多没名字，人只能亲自过来看它，却不能跟人提起它，没法跟人夸赞它好，也没法跟人嚼它不好，说得再多，听者也不知道他说的是哪种花。看来想要背后清静也不难，做个无名之辈就可以了。

长安城中曾有人说终南山中有蕙兰，也有人说没有。师父旧日手稿中有一张蕙兰图，寥寥几笔，旁边注了一行小字。画和字都是就着一点残墨随意而就，墨迹淡，无牵丝，笔笔飞白，不很清晰，却看得出兰花卓群来。李素炫不曾留意兰花，眼下回忆师父所画，在山中寻找，找了许久也没有找到，想是兰花避世，连有与没有都不想叫人知道。

“空谷幽兰，茕茕独开。不改其馨，不求人来……罢了，师父都说了，不求人来……我不如识相些，莫要过去叨扰讨嫌。”

她胡乱想着，一路走到最高处，路尽，水穷。静静站着，不经意间，耳边仿佛总有些声响，认真听，又什么也没有。俯视山谷，脚下层云如海，潮涯荒浩，鸿鹄破风。浮尘微影，山河巨象，一切俱在眼前，无比真实，人世间反而如同虚幻。她安然看着，不思不念、不慨不叹，站在山巅，独自喜悦。

山中早晚已经凉了。

李素炫慢慢学着吹箫，小时候师父教给她的她还记得，照着练便是了。初时一直吹不出声响，耐着性子调整气息，吹出第一声来，往后就容易了。她逐一试探按孔，一个音一个音寻找，反复练习。眼下还不急着吹出调子来，只单个音，一定要干净、纯然。许多乐器她不会吹弹，可什么样声响是好的她很清楚，也知道习奏乐器不能着急，先从慢处开始，不管多笨拙也不能急，耐下心来、横下心来，不想远处，只看眼下，点滴丝毫，慢慢累积，终不唐捐。从前察罕就是这么练习吹鹰笛的，这法子最笨，但聪明人之所以聪明，有时候就是因为下得了这笨功夫。李素炫自小学业上时常犯些焦躁，师父卢菡、雷先生和鹿先生都屡次提点她，如今她记得牢牢的，自己就知道管着自己。

日昳后她停了下来，霞光涌进眼眸，天边夕阳炽热，灿烈如伤。她的今生就是从夕阳之下开始的，师父只饮了一盏酒，她就看出来了。那之后，无尽甜蜜索命一般卷裹着剧痛，她眷恋他，筋疲力尽，幽暗之中狂喜涌动，快乐狠狠烧灼，让她知道什么叫活着、什么叫值得。或许师父太好了，她配不上他，连想一想也是僭越，也会有报应。他在夕阳中对她笑了笑，转身独自走远了，肩负琵琶，腰悬紫箫，直到走出她的目光，夕阳仍在他身上。

歇息时她用块干净软布垫着，将两支箫并排紧挨着放在一起。师父那支年头久了，质也温雅，色也柔和，不炫光华，不纵棱角，不张扬，不锐利，也不故作质朴，不燥不冽，一副自在出离。李素炫这支尚在年少，管身圆润，微微有芒，像是谁家倔强女子，不肯抬头，也不肯弯腰，不肯取夺，也不肯放弃，深情唯坚，至死不渝，懂得缄口，却学不会按捺，总是有些不懂事。

风雨前夕，山中极安静，什么声音也没有，眼前景物又太熟悉，熟悉到什么也看不到。耳目关停后智思涌动，她不得不想她自己。她总是有些奇怪记忆，师父仿佛带她来过这里，山水间阳光明媚，草坡晶莹，周遭安静。就在窗前案子上那一片尘影中，师父陪着她，柔声哄着她，教她写字，教她读诗，教她弹琵琶。他就在她身边，说话时呼吸拂动着她额角碎发，她听着他的声音，能感觉到他身上温暖，却怎么也看不到他。天音菩萨曾说，焉知前世今生不是因果。或许她与师父在前世便种下了因缘，只是今生他们都没有再想起来。

师父旧衣收在丹室漆箱里，她常靠着漆箱安静坐着，窗口阳光照在书案上，她远远看着那一片斑驳明耀，虚幻也真切，一案尘影中就有一个宇宙，片刻间无数生灭轮回。很小时她常这样依偎在师父身边，看他写字，听他轻轻说话。若有来世，或许还可以这样依偎在师父身边，只是不知到那时候，她还记不记得今生里这些事情，记不记得师父离开后，她心中所有思念和遗憾。她不在乎师父知不知道这些，只希望自己来世还能记得，在重逢那一瞬间，在第一眼看到他时，全都想起来。

她很想他，有时想到心中疼痛难忍，有时只是想起来。没什么缘故，不过是累了，抱着琵琶或长箫坐在树下，或是在田里，站直身子拄着锄头歇息，看几只飞鸟从崖壁前次第掠过，翅风掀动崖壁上枝叶，她就想起师父了。山中安宁，日色清扬，鸟鸣啁啾，万物从容不迫。看得久了，心中杂念漫漫沉淀下来，之后，心里最深处那个念头就会浮起来。

若是师父还在，那该多好。

凡人诚忘，我即凡人。她早知道人生就是如此，痛楚过得去，遗憾过不去。这世间何其美好，快乐在她心中占了九成九，只是因为缺了那一分，无论得到什么，今生终究不能完备。

山中秋色来得早些，转眼间溪水收束，浮崖苍白，彼岸桦林憔悴，晚风微微有些凉了。九月里，霜山尽染，云崖红遍。十月里，终南叶落，去雁声渺。

自入山起，每到赤骏待得憋闷，李素炫便带它出门欢跑一阵子。绕过龙移湫，过了退知观与药圃，再向前是数十所皇家寺观离宫，沿峰谷错落分布。山势迤逦迟缓，巨木围拱之下，时有飞檐峥嵘、宝顶庄严，阁铃依稀可闻。入薤谷口一直到此处都有平整大路，皇家历代维护，车马顺畅。李素炫凭鱼袋可以走这条路，赤骏一路撒欢，着实快活。山中悠闲，悠闲不是没事做，而是做什么事都不急，也不求什么，只图自己开心。只是如此悠闲李素炫喜欢，赤骏只觉得无聊。终究千里良驹，不能任性驰骋，却整日在山坡上晒太阳、闲逛，十分委屈它。

李素炫也独自到深山中探索，认真记得清虚子叮嘱，沿河水走，偶尔拐下正路，也不远离。她有个小背篓，跟以前阿翁给她那个一样大，她常背着背篓出去采野菜和菌子，也偶遇些药材。终南山里草药众多，听闻朗说不下千种，她只拣切实认得的采，跟采菌子一样，拿不准的就不采。鬼针草、半枝莲和金银花可以拿回去简单晒干存起来，川芎、当归之类要制好，闲时用泉水煎了当茶饮，补气行血。她初时不喜欢这味道，觉得就是药汤，久了也品出滋味了。山里连盐也要省着用，药味儿也多少是些味道。

山中也有夜交藤、五味子，制好了存起来也有大用。诗史书乐没有哪样不熬人的，闻朗嘱咐她，若睡不好，就用夜交藤或五味子煎汁，可助眠，补心神。她偶尔也会遇上稀罕药材，多走几步或往高处爬几尺，采下来带回家制好，留给闻朗与端木，若是活株，就送到药圃去。

十一月，山中下起了大雪。

霰雪凌厉，如微锋细刃，乱剪寒光，自浓云聚处掠下，簌簌牵风，穿透枯叶，击打尘泥。雪声如同落雨滂沱，坚实清脆，阵列紧密，浑然又清楚，远近接衔，无穷起伏。山中乃是世外，天道本自不仁，何意颠倒耳目，何意错乱音画。李素炫站在旷野之中，眼观狂雪，耳听暴雨，恍然间犹如足临巨水，身抵洪流，一时不知作何感受。

大雪趁深夜掩护，连着下了几个时辰，清早李素炫走出屋门时，天已晴了。山川一夜间换了样貌，红日凌空，四野浑然，雪光幽蓝如鉴。背后玉案峰岿巍，脊线迟缓，尖顶摩云，崖冰百丈，瀑雪千寻。远近树木上结满雪凇，深白凝结，光华欲滴，秋日里空枝萧瑟，眼下倒觉得不那么寥落了。李素炫仰起头深深呼吸，冬寒凛冽，冰锥般顺着咽喉缓缓刺入胸膛，疼痛若有若无，隐忍深切。

初雪通常很松散，不太黏，沙子一般，不能团成团，若想用雪堆个什么出来，或滚个雪球出来，还要再等等。眼下李素炫只想听一点儿声音，她在雪里踩来踩去，听脚下沙沙响着。到了深冬时，雪踩上去是吱吱响的，黏得很，很容易团起来，就可以拿来玩儿了。

眼下道路封闭，外面人进不来，里面人出不去，山中路径本就依稀勉强，落雪后没人敢走。到清虚子家和退知观都不远，李素炫也不敢贸然探访，再远处就更不敢去了。

冬日里，山路上只有狸儿来去自如。不管怎么说，四只脚也比两只脚稳当，不怕路滑，一路踏雪飞奔，跑得比飞鸟还快。它已长大了，身骨开张，脚力强健，跑起来灵动迅捷，眼睛黑亮，毛色也黑亮，人常看不见它两只眼睛，可是对着亮处，就能看到它瞳孔中有光。但它也还有些幼崽模样，两只耳朵毛茸茸竖着，神情略憨傻，也不知道再长一长会不会好些。

狸儿很喜欢跑过来找李素炫，也不做什么，天暖和时在巨石上晒太阳睡觉，天冷时在卧室小炭炉边上烤火睡觉，睡够了讨口吃食，也不挑食，给什么吃什么，吃饱了，大剌剌就走了。这小犬是个自来熟的，来去也不打招呼，认定了李素炫喜欢它。

“得道之人皆携白犬，狸儿浑身漆黑，刚好衬我这得不了道的。”李素炫暗自好笑。她正习奏箫管，歇息时，看到狸儿在一边大睡，忽然心中一动。

退知观中诸女冠都曾是宜春女乐，其中有事箫管者，定然可以讨教。眼下道路不好走，狸儿既然总过来，那就拜托它传信好了。李素炫将些不解之处一一写在纸笺上，折成个扣子，取张包袱皮裹好。狸儿睡饱了，起身刚要走，被李素炫一把抓住，二话不说将个小偷包袱绑在它肩膀上，这才放它走。

不几日，狸儿又来了，果然带着回信。退知观女冠将李素炫疑问处解答得颇为详细，并附上各种习奏方法，也有些容易犯错处，一一说得清楚明白，又将几首老曲牌用律吕注了，也叫狸儿捎过来。李素炫拙于针线，退知观女冠却认真给狸儿缝了个小包裹，信函放进去稳妥许多。

狸儿是个好信使，有它传信，两边互报平安，各自放心。箫管上有人指教也果然不同，李素炫稍微多用些心，很快能吹出调子来。她喜欢吹得很轻，幽幽管音，郁郁竹声，淡淡只在耳侧。她也尝试在入夜时分吹起长箫来，区区数声，果然清雅静谧。坐在院中巨石上，周身树影婆娑，日月昏暝。箫声沉降，她已不再畏惧。

李素炫第一次独自一人过冬。从前为持盈师父守孝时，守墓人就住在不远处，遇事立刻便能请助，终究心中有恃无恐。眼下她真是一个人了，谁也帮不了她、救不了她。她心底也有些惴惴，也索性横下心来，好好享受身边无人。说到底，人都是独自过一辈子，不寂寞，何以自在。

小时候师父教她读《桃花源记》，与她仔细讲过后，她十分恼火，觉得那武陵渔人太混账了些，在桃花源人家里又吃又喝，得了多少好招待，临走时人家特意叮嘱他不要泄露消息，他却刻意留下记号，回去就将此事上报地方长官，分明是要毁了桃花源。受人之恩却报以蛇蝎行径，令人不寒而栗。

彼时师父讲了许多，李素炫从小心思活络，却不往好处活络，偏往这里想，颇火了阵子。师父笑着安慰她，说五柳先生这故事是编撰出来的，只是对世间失望，求个安慰寄托而已。世上没有桃花源，也不会有。人皆有心机计算，皆有痴嗔贪欲，肉食者鄙，素食者也未必就能远谋。一群尘土凡人，怎么会到了个没人处就得道成圣了，谁也不欺压谁，谁也不嫉恨谁，几百年间竟然没有再分出贵贱、贫富，世上根本不会有这种事。日月之下，但有人处便有人心，人心但有智识就要争斗，哪里会有什么世外桃源。

那时李素炫只十二三岁，蒙眬间记下了，世间人多处难有平静。只是古来人都喜欢热闹，非要往一块凑，宁可争斗不休。毕竟人多处不平静，可是安全，若真的只一个人，遇事没靠，无事又闲得发慌，比争斗不休还难熬。

“无妨，我也就冬日里没靠，能挺过去。再说，攒了这些补给，怎么能说没靠。我只是没人靠，不是没靠。我有诗书画乐，还有骏儿，也不会无聊。在这山中独自活好，我一人便是桃源。”

她心头振跃，将院中简陋小案几挪进了卧室。冬日里没有太多劳作，只要屋里不太冷，就可以从早到晚弹习读写，若事修撰，出活也快。她每日留心照看手边炭火，用木笔飞快写字。卢七那条驼绒巾子她特意留了下来，带入山中，冬日里紧紧裹在身上，很暖和。

隆冬时节山中没有虫鸣鸟叫，河流结了层厚冰，冰下有水，淙淙流淌，只一点隐约声响，不走到河边就听不到。夏日雨后，悬崖上有瀑布坠落，院子里会多出一条小溪水来，叽喳叫着，细脆活泼，到冬日里，这声音也没有了。周身极静，李素炫能听到木笔在纸上摩擦出呲呲声响来，运笔有疾快，笔势有平险，若用心听，那呲呲声听起来都各不一样。窗外大雪，落地破碎，她觉得静下心来便能听得清楚，却又疑心只是幻听。

冬日若真正有声音，一定是风。大风起时悍如雷暴，巨浪般拍打在山崖上，积雪坠落，碎裂翻卷，腾起滚滚雪霰，向着斜坡低处李素炫小院中飞扑而来，只是不及到跟前，就如虚影般幻化消散。夜里，朔风或尖厉，或暴烈，穿过重重林木，或幽泣如女鬼发丝，或捶打如魔怪巨臂，或如异兽般在李素炫窗子底下守着，嘘嘘轻喘，不时窥探。

夜深大风起时，李素炫也有些怕，早早睡下，睡着了就好了，可她时常睡不着，半睡半醒间，心中生出无穷怪乱，往事如幽潭底泥般泛起。她能想起此生每一个片刻，最初在坊道边遇见师父，仰头看着他，十年转瞬，如同一梦。出了宜春宫，长安岁月也安然，也寥落，她也眷恋这万丈深城，也觉得没有师父，举世只如无物。终南山中无数草木峰峦，装得满两眼，装得满一心，虫鸣填了双耳，书乐占了两手，耕作忙乱此身，白昼里她分不出神来胡思乱想，到了深夜，无边黑暗中，她依旧不知道自己是梦是醒。所谓深情，只是痴妄，千年江月不过万重迷梦。或许有一日醒了，才发现今生一切只是梦境，她从没有来到大唐，从没有遇到师父，又或者，她根本就不是李素炫。

她糊涂想着，辗转许久，终于睡着了。到了清早，看阳光炫烈，雪地上锋芒细碎，又觉得是梦也无妨。梦醒了，梦是假的，可做梦时，梦就是真的。既然如此，还管什么真假，真假都可以相信。

# 第九章 山居

永泰元年（765年）十二月—大历元年（766年）十二月

# 317

李素炫数着日子，照着月相大概核对。腊月里，她终于再度将典籍补录完毕，将笔丢到一边，笑了笑，抱起琵琶畅快弹起来。今日晴朗，举世深白明媚，空山幽静，却又多情。趁着兴致，她连着几日抱着无伤从早到晚弹个不停，将历年曲目复习了一遍，又将胡琵琶与五色琵琶弹过许久。箫管上她也长进了些，一冬里有退知观女冠指点她习奏，果然顺遂多了，每有疑问，就托狸儿捎信，几日间退知观那边定有回音。她按照指点每日练习，渐渐上了正途，只是练得还是少了，毕竟书案上纸笔催人，她还是急着录典。

典籍补录完毕，她心里头一下子轻松了，弹了几日琵琶，又开始习书。眼下不是急着写字，而是认真习书，多用毫笔，写得用心，颇求些把控精准，也求端正，也求波磔，也要庄严，也要狂纵。如今没有鹿先生与商不言专门为她制锥管了，樱儿常为她送新笔来，多是寻常缠纸笔，有时出自宫中，有时得自市所，好的好，坏的坏，她也不在乎，都能用。偶尔也有几支散卓笔，锥管缠纸披柱，属鸡距笔，她用了二十余年，如今已不大会用散卓笔了。想起鹿先生从前所授，用细线将长锋散卓笔拦腰系了，拿来学着写篆籀。练是肯定要认真的，但写不好也不介意，山中逍遥无事，伏案只图开心，好不好的不要紧。

师弟商不言教过李素炫制锥管，她也制得出来，只是十分粗疏草率，跟个简陋小刷子差不多，若不挑剔，任性胡写时也能对付一阵子。她也时常削硬笔来用，写得随意，想求一番天然意趣。只是不拘用什么笔，想好看就要拘泥，弃了法度便不好看，察罕手中那一副孩子气她更学不上来。此事她与衍一法师累年商讨，各自探索，始终没有什么进境。衍一法师拘于法度也还值得，毕竟他书学大成，李素炫就有点儿委屈了，仗着法度却不能将字写到极致，去了法度又写不出天然秀美，真是两头不落好。

山中四季物候不同，草木鸟兽皆仰时令，春燕衔泥，归鸿唳川，初芽问雪，芙蓉拒霜，看看周围便知道季节、月份，再看月相，便知道大概日子。此间无年日，无时刻，也不用知道这些，冷了穿，热了脱，饿了吃饱，困了睡下，又饱又暖就读写弹习，率性入纸，率性入弦，爽快间，管什么笔法指法。李素炫很少闲着，却朝夕散漫，弄管猱弦，煮雪煎茶，全凭当下心情，每日过得糊涂，却糊涂得心安理得，不时犯懒，也懒得毫不介意。

河水是春日暗哨。二月初山中依旧是隆冬模样，河中冰层已悄悄开始融化。冬日里李素炫要破冰取水，眼下用小桶在河里荡一荡，连冰带水就满了一桶。身上还是觉得冷，但她知道天气开始暖和起来了，春天就要到了。房檐上开始有积雪融水落下，滴珠泫然，颗颗坚实，落地破碎时铿然有声。初时零星，渐至密集，接连成串，窗前张起巨大雨帘。待积雪融尽，帘雨消歇，山路很快干燥，端木就会跟四郎一起进山来探望她了。

又半月，河水里再没有大块浮冰，路上积雪半融，泥土裸露出来。日光透彻，山峦脊线锐利，浮云悠荡之下，四野清新明亮，冬雪融水格外带着一股甘冽气味。有些小草心急，竟然不管不顾，从残雪里探出了头。几日心头欢喜间，春天忽然就来了，呼哨也不打一个。

李素炫在小卧室里安然窝了一冬，眼下春暖，又开始折腾了。她将案头纸笔等拿回丹室中大案子上，又将假山包袱取出来，将各色物事重新一件件查点，放到合适处，不想永远打着个包裹。典籍补录完毕，她要好好过日子了。

师父旧手稿、《甘露经》和卢七所画师父肖像都放在了架格上，玉真临终时将《灵飞经》传给了李素炫，她将原卷留给樱儿，将临写本带入山中，眼下也在书架上。昔日汝阳王殿下屡次赠送龙脑瑞香墨锭，还剩下两枚，她分别裹进师父旧衣和自己卧室中那几件衣裳里头，鹿先生与商不言所制锥管与细锥还剩下四枚，放在了墨锭盒子里。

最后，她在包袱最底下找到了雷海青从前字迹，想起是汝阳王殿下薨后，她急痛攻心之下耳聋那一月间，雷海青在内教坊中所写，其中几张在乱中侥幸得存。她一张张反复看着，想起昔日雷先生教诲相助与多年深切陪伴，心中思念难抑。

倏然间，李素炫愣住了，睁大眼睛看着纸笺。

眼前字迹恣意洒脱，平静从容，不仗法度，却清秀妍美。不拘，也不破，不抗，也不羁，纯然清澈，一派天成，全无尘缘世相，正是天然书。衍一法师与李素炫苦苦找寻、磨练，多年无果，心中已然绝望，不想这答案早就在李素炫手中。

李素炫狂叫着，几乎跳起来了，旋即俯身痛哭。她找到了天然书，狂喜不已，霎时思念疯长，心中狠狠疼起来。十年授受，如今回想起来，才格外明白当年雷先生待她有多好，才明白这样好的人有多么难得。她却粗浅任性，偏要靠着他，偏要将所有难处推给他，又偏不肯叫他一声师父。她半生里待身边人亲爱，对每个人都用了心，唯独对不起雷海青。

她擦了泪水，将太常典籍手稿紧紧打了包裹，又将雷海青手迹妥善卷好。辗转一夜，几乎没有睡着，滚了千滚，蒙眬中瞥见天色亮了一些，从榻上爬起来，简单吃几口便带赤骏出了门。过几日再出山，路上会稳妥许多，可她眼下等不得。脚下仍有残雪，地面湿滑泥泞，不好走，她端着小心，走得很慢，三个多时辰后才出了山。之后道路平坦许多，她上马飞奔，日昳时分进了长安城，直奔平宁寺而去。

她没有去找闻朗与端木，揣着兴奋直接跑到方丈室，在门口持礼，接连禀报请见。屋中没人回应，她不敢贸然进去，退到外头去问人。

“李先生想是还不知道，师祖已于年前圆寂。”一名僧侣行礼答道。

李素炫呆了许久，无语，心中不尽伤感失落。法师半生痴心苦求天然书，最后却只差了几月没有看到。算来他此生机缘就是如此，注定看不到的，就是看不到，近在咫尺还是远隔天涯，遥不可及还是擦身而过，都一样。

李素炫沉默良久，最后，长叹一声，请僧侣带路，到法师灵塔前祭拜。她在灵塔前深深行礼，颔首持礼，将雷海青天然书一事详细说与法师，再拜后，怅然而去。

偏殿中，端木见了李素炫，几乎是扑着过来了。

“素儿，你怎么今日就来了？山中雪都融尽了？我本想还得过几日路才好走，想着到时候进山去看你。你一个人在山里过了一冬，什么信儿都没有，我急都急死了。”

端木抱着李素炫肩膀不停说着，李素炫也抱着她，对她笑着，没有提起衍一法师。不久后闻朗从外面回来，见了李素炫也分外开心。

“素儿回来了？端木担心了一冬，她与我说话，除了孩儿和病坊中苦人，十次里有七次都是担心你。还有……”

闻朗忽然说不下去了，李素炫点了点头：“我知道了。方才已去灵塔前祭拜。”

闻朗点点头，端木说道：“素儿今日随我与四郎回家，孩儿们都盼着你，盼一冬了。”

“好。”李素炫应着。

“还有一件事，我急着进山去见你，就是为了告诉你这件事。”

“什么事？”

“去岁初冬，罗喏国遣使到了长安城，使节受王后委托专门带了信件与你。寻你不见，便找到了我，说是陈蘅嘱咐过使节。信件我帮你收着了，就在家里，到家就给你取来。”

“国使眼下在哪里？”李素炫立刻问道。

“在城里过了一冬，只五六日前刚走，我给陈蘅写了回信，将你近况详细说与她，还委托使节给她带了礼物。”

李素炫轻轻点点头，让端木先去一边忙碌。今日出山路不好走，她没有带琵琶来，问寺中僧侣借了一支，躲到没人处独自弹奏，心中杂乱，弦声坚躁。挨到日暮时，随闻朗与端木出了平宁寺。

端木知道李素炫定然急着读信，一路上三人没多说话，驭马疾行，很快到了闻府。入了府中，李素炫拜见了闻家二老，问候了独臂老兵，接着到后院卧房处，端木将信取来给了她。

信是陈蘅亲笔所写，信中说道，陈蘅得拜霜国使传天音菩萨书函，请陈蘅有机会时告知李素炫，他已证得大道，遣散僧团，独自云游弘法，余生再不回归。之后，陈蘅说她眼下安好，已与国王育有一双儿女，国王待她依旧敬爱。最后，殷切嘱咐李素炫，此生难再相见，定要各自珍重，昔日手足情分也要牢记，照顾好自己，便不负旧友。

函中另有一件帛书，是当时天音菩萨遣使递陈蘅书，以疏勒语写成，李素炫认得上面果然是菩萨手迹。信上天音说了他得道弘法等事，又请陈蘅转告李素炫，菩萨对她十分惦念牵挂，嘱咐她好生修持，兼习佛道，早入不器之境，觉证大化。

李素炫将两封信都放回函中，想起从前与陈蘅整日纵马欢闹，想起昔日菩萨殷切教诲、慈悲关爱，她心中怀念，喟叹不已。人生无常，平白相遇，平白分开，无穷既往只如梦幻，譬犹婵娟盈亏不休，也难如轮，也难如钩，回想起来唯有不尽沧桑。

训良与崇烈在太学读书，住在太学官舍中，今日不及接他二人回来。澜儿已经满院子到处跑了，她站在李素炫面前，想了想，仿佛记得，却又有些忘了，犹豫着不敢上前。

“是小姨母，以前总抱你，隔一岁，澜儿就忘记了？”端木笑着说道。

李素炫知道澜儿还小，认生，也不追着她，只与端木谈话。过了许久，澜儿见李素炫与母亲十分亲密，放下了戒心，走上来，小心看着李素炫腰间长箫，只是不敢伸手摸一摸。李素炫笑了笑，将长箫解下递给澜儿。澜儿不敢接，用手轻轻抚着。

“姨母，你会不会吹这箫？”澜儿仰头小声问道。

“我刚刚学吹箫，只勉强吹得出一两句来，不算会。”李素炫笑着答道。

端木在一边看着，感慨不已。二十年来李素炫一直将师父长箫带在身上，须臾不离，如今终于换成了她自己的箫。

澜儿对李素炫有些模糊记忆，听她说话柔和，不再警惕，伸出手来要抱。李素炫将长箫系回腰间，伸手将她抱了起来。小丫头浑身粉嫩，带着些乳臭。

“比去岁这时候重多了。”李素炫笑道。

“小孩子长得快，几日一变样。你眼下还抱得动，明年就费力了，后年怕是就抱不动了。”

两人简单吃了些，彻夜相谈。第二日将训良与崇烈接了回来，一大家人团聚，着实开心。

又一夜后，清早起来，李素炫收拾好了，辞别闻家二老，与闻朗和端木一起出府，行礼后各奔东西。闻朗与端木去了平宁寺，李素炫到了玉真宫，见了樱儿，欢喜说了几句话，将太常典籍手稿交给她，拜托她与众师兄誊抄后送交太常寺，接着告辞离开。她还要奔波许久才能到家。

离开玉真宫，李素炫向西出了开远门，城中热闹陡然消失，身旁安静下来。她停马伫立，看着西北方向，心中翻滚不休。

“罗喏国遣使到我大唐来，不是小事，察罕不会不知道。为何也不托人与我带个口信，说说他近况？”

自见到陈蘅书信后，李素炫一直心神不宁，只是有端木与闻朗在身边，后来又有孩儿围着叽喳吵闹，她不及多想，眼下琢磨个不停。

“算来，察罕今年已经五十三岁了，想必还是要带兵作战，或者仍在路上不停奔波。打仗不是玩闹，战场上锋镝无情，那大汉偏不怕死，不肯退，伤了也不知道护着疼，行路也难说碰到什么人、什么事，或什么怪天候……他不会忘记我，定然知道我牵挂万分，怎么也不给我个信……”

她越想越忍不住胡想，渐渐起了恐惧。许久后，下了决心。

“罢了，我何苦如此折腾自己。”

她咬了咬牙，拨马向西北方向飞奔而去，心中不停盘算。见到端木那日，罗喏国使团已走了五六日，她在闻府又盘桓了两日。眼下路上仍有残雪，车驾艰难，使团又带着大批辎重，走不太快，这七八日最多走出去三四百里，赤骏神行，很快便追得上。罗喏国遥远，西域道路如今又隔阻难行，错过这一次机会，难说这辈子还能不能通个消息。她本就性子罗乱，遇事便要胡想，若不问个明白，只怕后半生日日难安。

出西域及回长安时，这条道路李素炫走过，向西北方向也只这一条大路。原本路上每三十里就有一处驿站，如今废弛了许多。有时她贪图赶路，错过一个驿站，到了下一个驿站，发现里面无人，只好上马再跑到下一个驿站。驿站由朝廷派人经管，她凭身上金鱼与道官符册可免了苛查路凭，又有人专门安排食宿并细心照料赤骏，一路上走得顺利。

数日后，李素炫远远望见了使团，她飞马到了近前，下马行礼相询。使团队尾几个士兵见一汉家女子，着青袍，戴玉冠，说着流利疏勒语，皆万分惊异，立刻照李素炫嘱托将正副使节请了来。

李素炫持礼说道：“在下长安城玉真宫李素炫，昔年贵国王后远嫁西域时，我受皇命为内史，一路送她到了贵国。”

二位使节立刻还礼，其中一人说道：“在下记得先生。先生曾在我国宫中弹奏汉家琵琶，绝技服众，在下一直不忘，我国王后也时常说起先生来。”

李素炫点了点头："二位回到国中，请代我问候国王与王后，告诉王后，我一切安好。"

"先生放心，我二人一定转告。"

"又，昔年我在西域时，得察罕将军数岁陪伴保护，心中难忘。不知察罕将军近来如何，可知道贵国遣使到我大唐来？"

"我二人出罗喏国前一年，察罕将军奉国王诏命率队使飒秣建国，他不知道我二人到大唐来。"

李素炫陡然放下了心，长出一口气。二位使节又说了察罕近年里一些事情，道是三年前罗喏国与邻国发生战争，察罕曾带兵作战数月，克敌而返，此外便是向各方出使，连续奔波，回国后仍独自一人住在军营里，每日习武，或操练士兵。二人殷切，与李素炫说得很详细。

李素炫感激，复又行礼道："多谢二位相告。待二位回到罗喏国，见到察罕将军，请务必代在下问候，告诉察罕将军，李素炫心中十分牵挂惦念，请他务要珍重爱护自己。"

"先生放心，我二人定将此言转告察罕将军。"使节回礼说道。

李素炫深深行礼谢过，转身上马，飞驰而去，留下两位使节互相看着，都有些不解。

"我等出长安城这几日走了有五六百里了，她这一来一去有千里之遥，就为了让你我带两句话？"

"想是这两句话格外要紧，你我不明白，王后和察罕将军定然听得懂。"

"既如此，你我一定要将话带到，莫要负了她千里奔波。"

"说的是。"

## 318

早春花朵陆续开了。

密林深处仍有残雪，河流贴近山石处，连冰也还在水面上浮着。四下里一声虫鸣还没有，也不见一只蜜蜂和粉蝶，花就急着开了。不到半月，草疯长起来，花朵也开得繁盛，满山都是，连李素炫院子里也长满了，墙角处爬藤苏醒后也开始奋力攀援。接着，花朵开始招蜂惹蝶，草坡上一时热闹起来。连着数月，山中百花竞斗，草本木本，各自招展。

山中花朵李素炫大都不知道名字，或许本就没名字。她带着赤骏在草坡上闲溜达，一边走一边采集野花，左手握了一大把，右手仍旧采着，打算带回去插起来，用水养着，叫屋里也有些颜色。她本不介意屋中清淡，只是看见花朵，想起小时候师父总是带花朵来给她，叫她插在瓶子里，放在案头用水养着。那些花朵大多是集市上买的，乡下人采了进城叫卖，只一两朵插在瓶子里，左近小姊妹就都跑过来看。师父说，花漂亮，不拘什么人也该喜欢，左教坊中却只有野草。世间有万物，要拣漂亮的装在心里头，他淡淡说过，她淡淡记得。他总带花来给她，她糊涂着就真喜欢上了，最喜欢的自然是每岁冬日里那几株白梅。

在山坡上玩儿够了，李素炫回了家，转了几圈，找不到能拿来插花的，转头看见酒坛子，是头一日清虚子下山时顺路带给她的。两人笑谈间饮了半坛子，剩了半坛子。

李素炫一时来了豪情："将这半坛子饮了，不就能插花了？"

她立刻将酒坛拿到外头，放在大树下小案子上，自斟自饮，又细细拾掇那一把野花，摘了老叶，斜剪了花茎。赤骏不知道主人在做什么，也没兴趣过来看，独自在院中逍遥。

李素炫忽然心中一动："这好像是……指甲花？"

指甲花左教坊里有，只是本就不多，又混在杂草里。李素炫眼拙，每次还没抢到，就被别人摘光了，到最后都是端木、歌子和容儿采到了分给她。女孩儿家摘了指甲花，捣碎了拿来染指甲，欢喜得很，从不嫌麻烦。

李素炫盯着花朵看了许久，突然醒悟道："这山中许多花草肯定是可以做颜料和染料的，可惜我不认得，也不会制。若是以前，去问卢七就行了，他肯定知道，眼下却不知道问谁。无妨，我只认得指甲花，就只采指甲花。这里又没人跟我抢，我再笨也采得到。"

她兴冲冲抱起酒坛子仰头猛饮了几口，丢下酒坛子跑出去，只拣指甲花采，连花带叶很快采了一大把回来，又采了些树叶子，都丢在水盆里先养着，将酒坛子饮到干净，用水认真洗了，将之前那把杂色野花插进去，放在书房里书案上头。接着，咧嘴一笑，抱起无伤弹起来。

天黑后，李素炫开始忙碌起来，将指甲花从水里捞出控净，连花带叶撕碎，放进石臼里舂捣，一边捣一边加了些白矾进去。白矾是闻朗给她治蚊虫咬伤的，但闻朗也教过她用草药制熏炙和香囊来驱避蚊虫，很有效用，偶尔挨咬，她也习惯了。许多白矾都剩了下来，今日派上用场了。她将花叶捣成泥，用小调羹盛起来厚厚盖在指甲上，再用树叶将指头裹了，用线扎好，满心欢喜间躺下睡了。一整夜里她都睡得警惕，手和身子都不敢动一动，倒比不睡还累。

第二日清早起来，她水也没饮一口，径直跑到院中小溪水边，将指尖上树叶取下，花泥洗掉，一夜间指甲已染成了红色。不过十只指甲都染显得村气了些，她只染了右手五片指甲。

如今她偶尔也画几笔，仍旧只会画狸儿，却画了不少花样出来，比如用笔取墨后在笔尖上沾一点细云母粉，去勾狸儿耳廓。细锥只剩下两支，她舍不得用，好生收着，今日来了大兴致，取出一支仔细开了，研了浓墨，混了细云母粉，右手执笔，在左手五片指甲上画起了蔓草纹，从指甲尖开始细细画，一直画到指节上。卢七多年教授她线描法，细锥又锐利无比，她好手头、好笔头画不出好画来，画指甲倒是足足够用。

她小时候笨拙，不会画指甲，只会染指甲，左手又不会给右手染。去找师父帮忙，师父将她的小手托在掌心里，小心给她涂上花泥，又小心包好、系上。后来师父就不再帮忙了，哄着她，让她去找端木。她老大不高兴，噘着嘴巴转身走了，师父只是在她身后轻轻笑笑。李素炫知道，师父不再帮忙，是因为她长大了。这些年来她独自一身，尘世奔忙，心头凌乱，回想前事总是忧伤。痛楚会让人有力量，她曾经十分需要这些力量。眼下生命宁静，她心头沉稳许多，想起师父来依然惆怅，却更甜蜜。她越来越会想起些开心事，那些快乐的、亮堂的、忘了许多年的，现在一一想起来了。

她细细画着，幽幽回想，想着想着，忍不住笑起来。左手五片指甲很快画好了，她在水盂中涮了细锥放下，抱起无伤到院中日光下弹起来。

今日赤晴，天色大好，阳光晒得人额头滚烫。李素炫开心弹着无伤，又持拨弹奏胡琵琶与五色琵琶，在阳光下炫耀左手蔓草、右手赤红。如今格外知道持盈师父苦衷，喜欢竹径小院，却不敢让人知道，怕人说她作样给人看。李素炫生来不喜重衣彩饰、浓烈妆容，甚至有些厌烦，可在长安城里不时也要装一装。眼下山中无人，大可逞性，只作农家女儿打扮，布衣黯淡，素丝不饰，唯十指纵炫，流光拖曳，赫赫带风。

# 319

正午后，清虚子带着一坛酒到访，走进院落时，李素炫手中一曲正酣。她没有停下，二人对视一笑，清虚子也不拘束，不用招呼便在一边落座，开了酒坛，酹酒在地，自斟自饮，听着琵琶声。李素炫一直弹到尽兴才停下，放下袖子，遮了小臂上层层齿痕。清虚子屡次看到过她那些伤口，没有问过，今日也没问，只斟了一盏酒给她。

“你也不挑剔。这盏子我前日扔了一只在案子上，昨日又扔了一只，到现在也没洗过。”李素炫边饮边说道。

“无妨，也就一点儿灰尘。”清虚子笑道，“我来十次，少说有五六次你都在弹琵琶，去时你在弹，回来时你还在弹。你何苦每日弹得这么辛苦？你如今不管将琵琶弹成什么样，天下人也不知道。”

李素炫满不在乎：“我为何要让天下人知道？”

“……也是。”

“炫圻最近时常出山，可是够你走路的。你走得再快，这出去一趟再回来，也得好几个时辰。”

“谷口村庄那里有事情忙，我又惦记丹炉，不得不回来看，不然就宿在村子里了。”

“谷口村庄？那里有什么事情？”

清虚子不停斟酒，说道：“谷口那处村庄叫李家村，着实是个大村，足几百户人家，却没几个人识字。历代以来都是山中道人轮流下山教授，今年是几位道友有事，都托付给我了，故此我下山格外勤些。这山中马上就到雨季，出门不便，要趁着眼下晴朗多去几次。”

“你是去教村民识字？”

“正是。”

“几百户人家也没几个人识字？”

“若是没人教，自然就没有了。零星几个识字的，也认不得多少。”

“……这我却想不到。我唐历代文风炽盛，长安城中五岁童子也耻于不能诗文，家家户户连女子也要读书。若说边鄙荒塞处文学寥落也想得来，此处出城只几十里，民众竟也多不识字。”

清虚子笑笑说道：“素儿从小不是富贵人，却也不是一国里最穷那拨人，民间许多事你想不到。也不只你，许多人都想不到。中华广大，不是所有地方都及得上你那帝都长安。出了大城，到小地方和乡野间打听打听，黔首贱民心里从来没有什么盛世，只有平常日子和苦日子，没有好日子。”

李素炫叹息着点了点头，知道他说得对，想不到他久居深山，对山外世事如此明了。这些话从前师父卢菡、鹿先生都说起过，元次山先生说得尤其详细，她也不少见过平宁寺病坊中苦人濒死情状，也曾屡次出手相助，只是终究终日埋首书乐，过后便不想太多了，感触不特别深。

“想我也是从小弹习读写，与世隔绝，将这乡间想得太好了。”李素炫叹息道，“我从小读诗词，山水田园，何其美好。后来才知道，古来赋诗词写山水田园的，个个都有出身，有的是银子，在乡下住的是庄园，有仆役伺候，自己不用为衣食劳碌，连些日常杂事也不用做，朝夕慵懒清谈，一派斯文风雅，自然觉得山里好。可笑我这女奴出身的，竟然跟着这些贵人感叹田园风雅，真是笑话。”

“你现在是进山了，每日辛苦干活，才真知道何为山水田园了。”

“是了。”李素炫将无伤横置膝头，当作瑶琴随意拨弄着，“贵人风雅固然出于心思，可也全离不开钱撑着。身贫无寄，终日衣食劳碌，依旧写得出山水田园来，一片风雅全靠心撑着，如此才更是真士子。”

“那你日后是想学谢灵运，还是想学陶渊明？”清虚子哂笑着问道。

“谢灵运出身陈郡谢氏，豪门望族，累世公卿，巨富一方……我哪里学得了谢灵运，眼下只能学陶渊明。”

两人相视大笑。

“扯远了，你接着说正题。”李素炫笑够了，说道。

清虚子将最后两盏酒斟了，推给李素炫一盏，继续说道：“薤谷口土地肥沃，水源充足，是个十足好地方。此处村民隶太乙谷，是皇家邑户，山里各色宝贝都可以取用，只要勤快，还不至于挨饿，但遇到荒年或赶上灾病，就不好说了。天宝乱中男子大多应征参战，死了一大半，活着回来的没几个，乱事初平后，这里着实苦了几年，慢慢才勉强好了些。度日不易，也就没多少人有心思读书识字。有隋一代科举初创，我唐沿袭，说是人人都可以应试，可是穷人家子弟哪来银钱读书？一点纸笔还好办些，却买不起书卷，更请不起先生。若不为科举，又有几人肯读书？”

“既然他们不愿读书，你们教什么？又有什么用？”

“读书也不用非得读得像你这样，可是总要识几个字，不然到处遇上骗子，被人骗了都不知道。”

“骗子？怎么个骗法？”

“山里人家除了种地，还多有猎户、药农，时常将猎物和药材拿到城里售卖。你肯定在城里见过有人售卖菌子与野菜，也是山里人大早起来进山采了拿去城里的。”

李素炫点了点头：“我是见过，还买过。”

“我唐不许臣民私自入道，入道便是在册，不用交赋税，你是皇家高道，受朝廷供养，每月还有大笔道禄，百姓怎么行？要自己吃饱，还要交税，那税吏无良，欺负百姓不识字，时常在收单上做手脚，百姓交了十斤，税吏只写七斤，百姓不认得，那三斤便叫税吏饱了私囊。一点药材、猎物拿到城里去售卖，还时常被人故意压价，秤上也要唬人，若是大批贩售，买卖要立市券，不识字也常上当。诸如此类，不胜数，只是不识字，就要吃这么多亏。”

“所谓税吏，原本也就是草民，何苦如此欺凌逼迫……”李素炫摇头轻叹，又问道，“所以你要去教村民们识字？”

“是。”清虚子点了点头，“我这点儿学问，也教不到他们去应举，哪怕只是让他们粗识上几百字，过市不上当，也值得。村民里也有心思活络的，冬日地里没活，又不能进山，便到城里寻个铺子，打打下手，挣些家用回来，若是识字，能记个账，可比洒扫跑腿挣得多多了。也有格外聪明的，磨着求教，额外多学许多，到最后也辨得些诗书，也知道些典实，看这山中美景也不用在心里干憋着，自己也能赋几句诗文，一辈子多许多快乐。别看这里日子苦，越苦，这点儿乐处越不能没有。”

“……这些我从前果然不知道，眼下知道了。”李素炫叹道，“从前小看你了。”

清虚子笑笑不答，许久又说了句话：“你这米好容易从山外带进来的，却都给我了，我日后每次过来，都带一坛酒谢你……你那胡琵琶借我弹弹行不行？”

李素炫点点头，将胡琵琶递过去，清虚子接在怀中弹了起来。李素炫默默看着他，今日才发觉他其实跟她以前想的不全都一样。从前只是觉得这人心思单纯，半生里独自一人在深山中过活，也不嫌寂寞，整日琢磨化炼，黄叶丹灶，九还七返，失败了重来，多少次也不气馁，这股子韧劲叫李素炫颇为佩服。他也有些傻咧咧，说话一惊一乍，诙谐滑稽，却不轻浮，着实是个好玩伴。到上次用火药帮助她退敌时，发现他很勇敢，处事又决断，此生从未入世，却肯相助世人，今日又知道他不辞辛苦下山教授村民，才发觉他心地也非常好，对朋友好也就罢了，那些村民与他毫无瓜葛，他也能多年帮助，十分不易。

“罢了，不弹了。”片刻后清虚子摇头自嘲道，“唐琵琶我都弹不明白，胡琵琶更弹不明白。”

他说着将琵琶还给李素炫，李素炫接了放在一边，嘱咐他等一下，起身回屋取了个小手卷出来递过去。

“这是什么？”清虚子一边问，一边褪去书衣，将手卷打开，只展了几寸，见题头上写着《甘露经》，吓得立刻又合上了，抬头看着李素炫，满面惊疑。

李素炫笑了笑，将最后一点酒底子倒在盏中，淡淡说道：“当年汝阳王殿下将这《甘露经》传给我时，曾对我说过，若遇上稳妥人，便可再传给他。如此好方子，若埋没了，十分可惜。”

“这酒经是汝阳王传给你的？……你是说，我是稳妥人，所以传给我？”

“正是。”李素炫点头笑道，“炫圻心地良善，可堪托付。不过这件是抄件，我抄的，原件是钟相所书，我要留着当书帖，舍不得给你。你好生收着，若日后再遇到稳妥人，也可以传给他。若是遇不上，便在这山中寻个稳妥处封藏起来，留待后世有缘之人。”

清虚子得李素炫如此信任，大为感动，连忙行礼。

“小侄谢过师叔信任托付，定不敢辜负。”

“炫圻不必客气。还有，你要到山下教授村民，可否带上我？”

“师叔也乐意去？”

“积德行善，也不费事，何乐不为？”

“太好了。”清虚子立刻站起身，“那我现在就带你去。”

李素炫点点头，凑到溪水边上洗过手脸，回屋换了干净衣裳，带上赤骏，随清虚子一同出了门。两人在山路上走着，边走边聊。

“我自幼就在这山中，随师父与诸位师伯师叔读了些书，比素儿却差远了。素儿若愿意去教授村民识字读书，定然比我强得多。知道你喜欢清静，不爱与生人过多交道，难为你了。”

“只要人是好人，好打交道，我也不是非要自己待着。”

“素儿放心，村民对教书先生十分恭敬，都说凡夫俗子能得山中仙人指教，是此生机缘，对先生有礼不说，识字也用心、认真。”

村民们见了李素炫，大为惊异。山中修持者俱是乾道，罕有女冠，何况这女冠容颜素净，身子消瘦清癯，青衣不染，看着果然不同。听清虚子说李素炫是专门来教授村民识字的，村民称谢不已，连忙分派人去为李素炫安排饮食与宿处，并格外叫了村子里几个未嫁女子与她做伴过夜。

李素炫有些意外，没想到村民如此热忱。她不多客套，马上询问村中人口几何、多少人识字，又识多少字，接着又与清虚子商量了一番。已初步识些字的由清虚子继续教授，李素炫格外将村中小孩子聚集起来，别择一处，单独教授。小孩子们得了父母指点告诫，对李素炫格外恭敬，果然也学得认真。授课结束后，天色已略有些暗了，村民奉上饮食，有酒有肉，有麦有菜。

李素炫笑了笑：“我知道你们日子没那么阔绰，今日我姑且消受了，明日起，你们吃什么，我跟着吃什么。”

“如此可是委屈了先生。”村民抱歉说道。

“不委屈，我在山里每日都吃得简单，还要自己动手，如今吃现成的还挑剔什么。但请诸位将我赤骏照顾好，便感激不尽。”

“好，好。先生放心。”

晚上，村民都聚在村口，男子一处，女子一处，围坐闲聊，小孩子们伙着到处疯跑。此时李素炫觉得有些尴尬了，她跟村中男子和女子都没话说，只能老实坐着、听着。夜略深时，一众男子里有人弹起了琵琶，有人吹起了横笛，这边女子中也有人应声吹弹，或以歌声相和。数曲后，那边有人跑过来，双手奉了支琵琶给李素炫，求她赐一曲。李素炫知道，定是她那道友清虚子将她出卖了。

她笑着接过琵琶弹起来。一曲过后，全场无声，村民们不敢弹了。

“诸位不必如此拘谨。”李素炫将琵琶放下，还礼，笑着说道。

“先生怎么弹这么好？”旁边一女子小声问道。

“我自幼就是弹琵琶的，不稀奇。”李素炫笑道。

清虚子在那头与一众男子围坐着，解下腰间横笛吹起来，不久后，众人笑起来。

“罢了，李先生是天子前头人，专门就是弹琵琶的，自然弹得好。我们比不了，就不比。”

说笑间众人再不拘谨，吹弹歌唱，快活玩儿上了，只清虚子溜过来与李素炫说话。

“这破琵琶是村民因陋就简手造的，你竟也能弹得好。你自幼隶属宫廷，我猜你都没弹过这等破琵琶。”

“我不挑剔，什么都能弹。”李素炫答道。

“人都挑剔得很，你怎么不挑？”

“初习者手上没把握，弹什么琵琶都觉得一样，自然不挑剔；慢慢会弹一些了，能觉出不一样，就要挑剔了；等到真会弹了，什么琵琶都能弹好，又不挑剔了。我如今写字也是，拿什么笔都能写，随便就能写好，认真也不能写得更好，所以也不挑笔。”

李素炫碎碎说着，忽然想起敦煌城外佛窟中那位老画僧来，立时有些心虚，旋即开怀，又有些伤感。三十多岁时，李素炫修行到了火候，果然不挑剔琵琶，什么都能弹好，眼下也不挑剔，因为已不在乎弹得好不好了。

清虚子不会想这么多，只是点头说道：“素儿不白修行。”

李素炫却笑：“炫圻大约不知道自己也是如此，你不是也不挑笛箫？宫中玉笛何其精致，吹出调子来也没比你好多少。你就简单几支剞劂，简单造个管笛，吹出调子来一样动听，不弱我大内乐人。”

李素炫不过说了几句实话，没有刻意吹捧，不想清虚子竟害羞起来，低下头，支吾半晌才好了。李素炫跟这位道友还有几句话说，就着最后一点淡酒聊到夜里，随几个碎女子到了宿处，一边打水洗漱，一边说笑。李素炫好奇问道：“我看村里人几乎都会些吹弹，这个可是没想到。”

“先生不知道。山中一年到头都有花朵草木，就是冬日里雪封时，也有松柏和腊梅，四下里向来不缺颜色，人穿些灰的黑的也无妨，只是到处都太静了些，就是有些响动，久了也单调无趣。山里人没事儿都喜欢唱歌，又都爱些管弦吹弹，手里多半有件粗陋乐器，也没几个人擅长，却着实当作件要紧事，就图有个别样响动。”

“……是这样。”李素炫笑道，“下次我将我琵琶带来。”

## 320

朝廷所派仆役与侍卫大多被李素炫留在了玉真宫，自请跟随进山的十几人，算作李素炫部属。退知观周围有大片土地归退知观所有，她令部属携家人起建村落，筑室聚居，也方便与退知观道友彼此照应。谷中土地肥沃，野获也多，这些部属又皆不在户，不用向朝廷缴税，众人稍微勤快点儿，日子就能过得不错。只是众部属十分将李素炫看作家主，百般恭敬，叫她很不自在。她自幼浪撒惯了，不想被人管，也不想管人，不愿与人为奴，也不愿给人当主子。她还是喜欢跟观中道友闲谈，或是与清虚子说笑，寻常里不大与部属见面，自己也想轻松，也想给人留个轻松。部属们有时去帮她家干些重活，或互相送些地里收获，除此之外，都靠着狸儿来回传信，互报平安，特别是在冬日里。

李素炫曾允诺教授闻府中几个孩儿诗赋，本以为入了山便不能兑现了，后来想到托书便可，虽然慢了些，可诗书耗年头，不是一时能成的，本就急不得。孩儿们作了诗词，请玉真宫使者送到退知观，李素炫取回家修改，订正些文法、掌故讹误，别的不加点评，而是照着师父当年做法，依诗词中意思另作一首，送回闻府，让孩儿们自己琢磨。

她在往来信函中反复叮嘱端木，若是孩儿们不觉得她作的更好，便由着他们，就是觉得李白、王维不好，也由着他们，莫要强求。做师父的最忌讳话多、管得宽，所谓诗赋、文章、书画乃至器物、草木、山河之美，终究是心头一点感受。知道美，没用，觉得美，才有用。所谓美，不是道理，不能论，不能讲，不能考证，更不能逼迫，只能让孩儿多见识、多琢磨，慢慢涵养，直到最后真的觉出美来。

不过，她也就是敢这么教导闻府上几个孩儿，知道四郎和端木不会疑心什么，若换了别人家父母，只会认为她不认真，抑或肚子里没墨，讲不出道理来。

至于琵琶，她不能面授，颇花了些时日将自己自幼弹习心得回忆整理了一番，连同师父授课集录抄本一起送到闻府。回想起来，师父卢菡和雷先生果有独到之处，李素炫也果然特殊，做师父的只有他二人能这么教，做弟子的也只有李素炫能这么学。故此李素炫叮嘱端木，不要将这些心得集录轻易示人，各人天性禀赋不同，有人或许得其裨益，有人或许为其所误，若是广传天下，只恐成人无几，误人更多。

端木虽不大弹琵琶，却不是不懂，她将心得集录看明白了，拣浅显的教给孩儿们，并按时监督他几个弹习，这就足够了。若孩儿们还是弹不好，无非是练得不够，再多讲也没用。不管诗书还是画乐，能讲明白的，闻府上和太学里都有先生专门教授，讲不明白的，就得李素炫想些这类迥异法子出来。

朝廷各衙署和内廷各司不时仍有修撰事宜请助于李素炫，她每到月初出山到村口，在村里住上二三日，教授小孩子读书，除此以外都在家中，除了日常居家和劳作外，便是伏案书写，并将书稿陆续送到退知观中，请玉真宫使者转呈各部。为朝廷修撰，是为了还报昔年鹿先生授业之恩，为闻府中孩儿们费心更是昔日许下的，每件事她都非常认真。她每月能见到清虚子一两次，去一两趟退知观，每年两三次到深山造访道友与前辈，除此之外，不大见人。

清虚子果然为李素炫求了张素琴来，精工良造，质朴浑雅，文武七弦，丝桐沉静，轸穗旁紫箫横卧，流光潋滟。李素炫心下喜爱，放在案头上不时扫拂。她弹琴还是小时候那几下，就那几下，还多半是像弹琵琶或弹筝那样弹的，自己也难免笑自己。

“师父怕我陷于聪明，令我毕生以瑶琴守拙……我倒果然听师父话，半辈子都将琴弹得笨拙。”

清虚子曾说，斫琴师都喜欢漆工所采南山生漆，但大都要自己进山挑木头。从前雷氏有位斫琴师经常拿着把小槌在南山里敲来敲去，就为了寻找好木材，后来又听说，很多斫琴师都会这样在山里到处敲。李素炫从前每听到啷啷声都以为是啄木鸟，听清虚子说过后，再听到啷啷声，便疑心是哪位斫琴师又进山找木头来了，难免忍不住偷笑一阵子。

她每日都将数支琵琶轮流弹过，不敢令手上生疏荒废，但过于繁难者渐渐弹得少了。宫中大曲寻常人不能驾驭，能将大曲弹至极致者，连同李素炫在内，天下数人而已。二十多岁时，她指腕所能到了尽头，到了天下尽头，也到了她自己尽头，只是凡事到头了就无趣了。彼时乐动宫阙，天子荣宠，世人顶礼，纵然无趣，也还值得，而今泉石在侧，弄弦只为己身，就真的对指腕功夫没兴趣了。琴与琵琶又不同，瑶琴本就是士子雅好，不为炫示天下，只求一点私密倾诉，故此琴道质朴，不取弦上繁难。指腕所能终究有个尽头，终究无趣，唯独一点情思韵致，微末，微妙，不可说，不能说，却是丝丝相扣，幽玄不尽。

她安心弹她的琴，也认真练，也不在乎。一辈子就这几下子，足矣。

雨季很快到了，山间不时风雨，不时晴朗。风雨来时李素炫躲在屋中，看着外头森森雨幕，天地苍灰，庆幸自己有个小屋子，有个归处，有个庇佑。只要雨停，日出，四下里很快干爽起来，虫儿鸟儿都开始忙碌，李素炫也忙上了。她不断学习各种山野间本事，毕竟后半辈子还得指望这些本事。清虚子、闻朗和山间隐修者都教了她许多，她也不少向猎户和药农打听，听人指点，逐个练习打各种绳结，知道怎么用一根绳子捆住各种物事，长的圆的，方的扁的，很快捆好，能拎能提，能背能扛。每次出门，不管探访友人还是带赤骏遛弯，都不空手回来。

盛夏到初秋时节，山里什么都有，粗壮竹子砍下一节来可以当作小甑，拿来蒸米饭格外有一股清香。林间有茱萸和花椒，顺着气味就能找到，干制后能存很久。桃树上偶尔有桃胶，掰下来晾干留着，攒多了可以拿来煮白粥。李素炫现在有些明白财迷是怎么想的了，她在山里无须聚敛资财，可除了钱以外什么都攒，有好处一定要占上。林间有各种莓果，留不住，摘了随便洗洗，先吃了再说。白花菜结实青涩，有毒，熟透了变成黑紫色，无毒，且汁液甜美，植株又密集，蹲着都不用动几步就能采到很多，足够吃饱。只是吃时要小心，汁液沾到衣裳了可是洗不掉。

在外面占够了便宜，回来时李素炫肩上多半有一小束干柴，在门口解开绳子卸了，扔柴堆里，用刀子将鞋底厚泥巴铲掉，将身上苍耳摘干净，拍拍衣襟上尘土，才能坐下歇歇。不过她不总这么勤快，也时常什么事不做，晒着太阳睡上一整日。凡人在世，何其纠结，想要个衣食着落就不能犯懒惰，可果然有了衣食，还是不敢懒惰，偶尔懒惰便心生愧疚。一生蝇营狗苟，论锱铢，算分毫，贫时图个粗衣淡食，真到有钱那天，图的也不过锦衣玉食，自己也烦，也不知道要那无穷衣食为的哪般，却又当真放不下。

采集和其他劳作都熟练后，李素炫日子过得充裕不少，就算没有玉真宫所送给养，自己也能养自己一阵子，不会轻易挨饿。她心中松快许多，开始认真学习偷懒，想让每日过得不慌不闲。寻常人做事便要烦，偷懒又愧疚，所谓修持，不是不做事，也不是不偷懒，而是忙得专注，闲得无愧，做事便甘心做事，偷懒便甘心偷懒。人都是做事和偷懒轮换着来，看起来都活得一样，修持与不修持，不同处只在于一点心境。

心中笃定之余，李素炫有几件事要想清楚，不大，却都要紧。师父卢菡少年成名，可是天下人之后还有自己，他却一直不知道琵琶还能怎么弹、还能弹成什么样，诗赋文章书画也皆不知前路。当时师父说，李素炫到这一步还要十年。不想李素炫虽然早慧，却远不及师父早熟，消磨过二十年，才终于明白师父所说是什么意思，眼下她也不得不想想几根弦还能额外做什么。

山中平静，岁时无声，李素炫终日独自逍遥。山里各色草木、鸟兽她现在认识一大半了，知道各种蚊蝇和蛇蝎怎么对付，野兽所留痕迹也能辨认出来，下次躲着，不来这里。有些景色在背人处，她也找到了，有时只是一小片地衣，长得格外茂盛，下到高崖下涧水边上才能看到。她经常在涧水边坐很久，就为了看地衣。涧水阴寒，冷得受不了了，才匆忙打水离开。

太乙谷中多是石山，李素炫无意间在房屋背后玉案峰石壁上发现一处小洞穴，洞口被树木枝叶遮掩着，里面不大，进深只七八尺，看着像是一处山石裂隙。洞穴里四壁清肃，什么也不生，地面倾斜，且凹凸不平。她花了很多力气，用石块和石子将小洞穴中地面填补起来，再垫上土，踩踏得平整紧实。石块、石子和土都要从外面一点点带进来，全部完工大约要几年。

小洞穴初步整饬过后，洞口处已能坐下个人了。李素炫经常过来，不带长箫，不带琵琶，只在里面静静坐着。她不是要在这里修行，只想歇一歇。她总有许多事情要做，有许多景致要看，手上、眼中、心里，总有一处忙碌。她自幼勤奋，管不住自己，闲下来就慌张，在人间是好事，在山中是罗乱，无事又爱胡感慨、乱牵情，格外自寻烦恼，不能松弛。小洞穴像一座石椁，空的，没有声音，没有气味，没有风，什么也没有，什么也不能做。她在这里安静歇着，身同光尘，心如老池，不想前世，不想来生，只想自己，或者连自己也不想。

洞口不大，枝丫横生，绿意遮掩，人间光明牵丝一般照进来。周身幽暗，无妨，她不想也不用看清楚什么。透过枝丫，山川风月也稀薄了，仿佛也远了，她心中有些古怪念头，禁不住思忖，不知道自己半生勤奋到底是为什么。师父曾说人不过天地间一蠢物，她自幼用功，怕自己也蠢，如今想想，其实从前没有真正明白师父所说何意。人若多知、多思，固然可以比寻常人聪明许多，可与天地终极相比，又不算什么。说到底，人之愚蠢不可救药，追求智慧或许没有什么用处，纵然比旁人聪明千倍万倍，也不会怎样。人比蝼蚁强大何止千万倍，真到天崩地裂时，一样碎如齑粉。宇宙无极，人生有涯，所谓智慧，不过谵妄。

傍晚时，夕阳余晖从枝丫缝隙里照射进来，只那一点，也明亮无比，李素炫觉得自己似乎明白了一些。回想起来，左教坊废殿里从来都是幽暗阴沉，可户牖缝隙中分明也有光照射进来，如丝如缕，亘亘相随，照了前路，照了余生。光明其实只要一点点就足够了，聪明也是一样。人总害怕被蒙在鼓里，总要打听、要问、要想，总担心还有什么是自己不知道的，其实什么都知道也不会怎样，路还是那条路，看不看得清，也都是糊涂着走到底。人只要不太蠢就可以了，太聪明并没有什么用处。

每年李素炫独自去一两次冰风洞，路不好走，只是有狸儿陪着，也走得开心。狸儿可比人灵活多了，蹿上跳下，叫人看着就跟着有力气。辛苦跋涉后，李素炫在风洞洞口处燃起小炭炉，随意煎茶，看着洞口上雨帘。人大抵厌倦尘世劳碌，渴求山水逍遥，可入了山中不过几日新鲜，又闲得受不了，逍遥成了无聊。李素炫不惧独自一人，她总有事做，一直觉得自己很幸运，现在知道，什么也不做，也能开心，更是世间大能耐。在这乱石阵中，风洞洞口处，她无事可做，不过散淡坐着，随意品饮，不意来日长短，不怕此生虚度。只是她仍旧修为不到，清净也就是两釜茶之间，之后，还是忍不住想些旁边的、多余的、与眼下无关的。

院中巨石实在是个宝贝，大而平整，放得下炭炉、小案几，李素炫可以舒舒服服坐在上头，还能给狸儿留好大块地方睡觉，随便打滚。夏日里日出后不多久，巨石就被晒暖和了，坐在上头很舒服。正午时阳光毒辣，人不敢在大太阳地里晒着，大石头拿来晒草药、青菜刚好，晒衣裳也相宜，上面晒着，下面炕着，很快就干。

巨石一角处有个小窝窝，有时会存下些雨水，李素炫将滚烫茶盏放进去镇着，不一时茶汤就凉了。山中小鸟时常过来啄水饮用，碰上乌鸦、鸽子、喜鹊那般胆子大的，还非要硬凑着在里头洗澡。石窝里存水浅，小鸟洗得辛苦，李素炫特意往小石窝里添水，添到满，盏子放进去就沉底了，不能再拿来镇茶，却够小鸟洗澡。

李素炫坐在树下时，常看到小鸟落在石窝边上，先啄几下，饮饱，然后将头颈扎进水里，再飞快拔出来。水被带出，扬得很高，落下时，小鸟还顶头往水里钻，反复几下淋湿全身，一边用力抖着，一边用喙梳理，羽毛干了，就拍拍翅膀飞走了。李素炫在一边认真看着，饶有兴致。只一只小鸟洗个澡，小石窝里就没多少水了，她马上再给添满，坐在一边等着下一只小鸟过来。

太乙峰下乱石来自山崩，可背后玉案峰无恙，李素炫想不明白这块巨石哪来的。周围都是草地，只河里有些小石子，稍大些石块都少见，实在想不到这巨石出处会是哪里。

“或许是哪位神仙从那边乱石阵中捡了一块，丢在这里了。神仙知道我要来，特意送的。”

涧水中有些小石子不知在水里打磨过多少年，扁圆平滑，有的颜色青黑，有的是花灰色，李素炫挑指肚那么大的捞起来拿回家，当作棋子。有的放不稳当，想磨一磨，不几下就发现这石子特别坚硬，根本磨不动。如今没人跟她对弈，她之前会那点儿也早忘了，只凭记忆在棋盘上摆出些阵法来，下一手，应一手，没棋子了就罢手，去涧水边取水时再找几枚来接着下。

水中石子有大有小，也不都很圆，或颜色太浅太深，不太容易找到合适的。李素炫也不刻意，一年多下来黑白两色只凑了几十枚，想凑齐怕是要许多年，慢慢凑就是了。棋盘是她用滑石在巨石上画的，被雨水冲掉了，就再画一次。滑石兑煅石膏和白矾一同研末，外用可治汗湿和趾缝溃痒。山间雨季潮湿，闻朗给李素炫留了不少此类药材，她却拿白矾来染指甲，滑石都画了棋盘。

她现在很知道如何照顾赤骏。从前都是玉真宫役夫或陈蘅为赤骏修整马掌，在西域数载，一直是察罕照顾它，眼下她也学会了。干了这许久农活，她颇练出些手劲来，弯下腰就能利索将马掌修整好，还能就着院中溪水给赤骏认真洗个澡，用鬃刷将它身上毛发刷得干干净净。

她很有耐心，常耗上一两个时辰，将赤骏颈项上鬣鬃一点点梳理好，细细编起来，编得很整齐，马尾也束好。这样走山路时赤骏会舒服些，鬣鬃和马尾不会总被树枝绊住，或沾满草秆子。平日里她将赤骏鬣鬃和马尾散着，让它自在些，她自己也时常不束头发，图个松快。左右家中只她和赤骏，两个都披头散发，在院子里大眼瞪小眼。赤骏胡啃青草，李素炫乱弹琵琶，有阵风吹得略狠些，吹乱青丝白发，两个看上去都乱糟糟的。

“我骏儿真好看。”李素炫笑道，“就是一身乱发，也好看。”

赤骏洁白，同于光尘，筋骨矫硕，又身如轻云，世间马儿无数，像赤骏这般俊美者果然不多见。它陪李素炫历过西域数万里道路，又陪她在山中逍遥数岁，在她身边已近二十载。李素炫十七岁得到赤骏时，压根没想到与它之间这段情分，比她与世上大多数人之间情分都要长久。世事无情又无常，眼下她身边最亲密的、相伴最久的，只有无伤和赤骏，人则或死或走，或不在身边，或不常相见。说到底，人各自有命时，各自有生涯，今生谁也不能陪谁到最后。

## 321

天日晴好时，山间无风无雨，道路好走，退知观中几位女冠带着狸儿过来探望。李素炫在巨石上燃起小炭炉，一边与几位友人碎碎闲谈，一边煎些花饮招待她们。她没有听闻朗建议养鹅，鹅嗓门太大，又爱啄生人，她受不了吵闹，又怕没法招待来访好友。狸儿和赤骏互相没什么兴趣，也不争怀，赤骏悠闲啃啃青草，或低头饮几口溪水，不理睬狸儿。狸儿也不理睬赤骏，跳到巨石上，在李素炫脚边上趴下来，伸腿张爪，将身子摊开了，睡得像张烙饼。

三位退知观女冠弄着手中乐器，一边等着花饮，一边说着话。

“来寻你的，我等都给打发回去了，就说不知道你到底在哪里。”

“在下这厢谢过道友。”李素炫放下盏子，抱手行礼，调皮说道，四人一起笑起来。这三位女冠都出自宜春宫，与李素炫同在宫中时便相识，虽然不及李素炫与端木和歌子那么熟络，但终究是多年故交。乱后许多内廷女乐流落民间，李素炫将她们带回玉真宫，入道修持，其中就有这三人。山转水转，世事差错，几人相识二十余载也不特别熟络，到最后同赴山中，眼下彼此格外亲热。路好走时，两边不时互相探访，一同开心奏乐，有时李素炫给她们讲些诗学、书学，她们常指教李素炫箫管，琴上也给她讲几句。李素炫弹琴长进不少，只是遵师父嘱咐，仍不以瑶琴示人。

“不管什么人打听你，一定先为你摆功，将你历来作为数上一遍，最后，才会说到你如今退隐太乙谷，守道终南山，令人艳羡仰慕。”

李素炫将花饮放在承盘上捧过来，一边递给几人，一边说道：“我从前读书，不明白古人为什么总要先说功业，再说退守，眼下懂了。人一生最可贵处，在于遇事能选择。曾富贵风光，却弃而入归山野，自己找穷日子来过，便是所谓返璞归真。若是生于贫穷、困于贫穷，那只是贫穷，固可悲悯，却与大道无有干系。贫穷最可悲处，不在于贫穷，而在于不能选。”

“是了。”一女冠叹道，“我等没什么富贵出身，都是穷根子上长出来的，幼时苦修一场，凭手上本事入了宫，十余年间什么都见过了，知道不过尔耳，一场大乱之后，才明白富贵贫穷都是虚幻。”

“寻常人总要先看书家真书，也是这道理。真书就是富贵。”李素炫絮叨了一句，也饮了盏花饮，起身又回到茶炉旁。

三位女冠互相看看，有些不解。

“没明白你意思。”一女冠看着李素炫，笑着说道。

李素炫一怔，想了想，才想起来。几人方才说得杂，她没多想，将几件事说一块了，却没说明白。她在山中独居，时常月余不见人，眼下与人说话，总是有些心思散漫。

“我重说。”李素炫笑道，振作了一下，将心思汇集起来，“天下许多书家不给人看正书，只以行书草书示人。行书草书最容易露怯，但也最容易唬人。不会写的，胡乱写，会写的，率性写，其实不一样，但很像，寻常人分辨不出来，怕上当，才要去看书家正书。只是那些滥竽充数的若将正书拿出来，立时就会露馅，故每有人说要看正书，他便要恼火起来，直斥人狗屁不懂。”

“我好像明白些了。”一女冠看了看另两人，笑道。

“人若无富贵，困顿便只是困顿，有富贵弃富贵，看着困顿，实则通达。正书就是这富贵，正书不过关，行书草书便是胡乱写的；正书过关，便是率性写的。人都不傻，这道理说不明白，心里却知道。”

“你如此说就好懂了。”三人欢笑道，“学书先学正书，正书写得慢，慢的写好了，再写快的，慢的都写不好，快的就更写不好。”

李素炫早就饱饱饮过，一直散漫说着话，弄着手上物什，为几位道友轮流将盏子斟满。她眼下无有珍茗待客，只有些干制花朵，是她听闻朗指点，在山中采摘，又在巨石上烘到干透，小心留起来的。逢贵客到访，就近取院中溪水煎煮，丝丝幽沁，都是上一季花香，被她留到了眼下。山中没有小食佐饮，只有些新摘野果子，有的还没有成熟，略酸涩些，放入口中嚼几下，取个味道。谁若是饿了，地里有萝菔和菘苗，自己去采，就着身边溪水洗净就可以吃。放在城里，特别是宫里，如此饮食当真寒酸，在这里却是一番野趣。楼台里才求个膏脂珍馐，山水间谁介意粗茶淡饭。

“从前人来求我教授书学，我也说不上太多，就这句话。”李素炫洗净茶釜，重新量水，手上忙着，淡淡说着，“只是人多不信我，非要从行书草书开始，还反问我焉知如此便不能成。我也答不上来，也确实不能明证如此便不能成。只是人做事，慢的、方整规矩的都不行，快的、变化多端的就更不行，这道理大抵不错。”

“这道理别人或许不信，我等自幼习乐，没有人不信。”一人说道。

“是了。”另一人接口，“我等习乐，哪个不是先慢慢弹，熟了再快起来的。这样练一开始看着慢，其实更快。有那心急的，上手就弹得快，几遍后，连滚带爬就能顺下来，好像颇有进展。到最后，那一开始慢慢练的都已经熟了，这一开始便快弹的还是连滚带爬，错音不断。”

“正是，楷法不欺，正书不容易拿来唬人，又格外吃工夫，许多人耐不下性子慢慢磨练。行书草书浪着写，写不多久也是龙飞凤舞，满纸意气，看着仿佛很好，拿去唬人也容易。多少世人就此入了左道，执迷不悟，劝多了他还火。书乐出于心性，归于心性，幸你我自幼习乐，知道这道理。”

一女冠将盏子放下，笑道：“我等将字拿来给你看，是想请你指教，说说哪里不好，你倒拐弯夸了这许多。可是我等教你习箫管、弹琴，你如此相谢？”

“不是。”李素炫笑着摇头，“我说的是真的，你几个真书都写得端稳，能耐住性子慢慢磨练，很难得。我师父曾经告诉我，待真书精纯，行书草书写便是了，至于最后能练成什么样，全在自己悟性，强求不得。我到现在行书草书还是练得少，所以也不知道该指教你们什么，只能将师父的话再对你们说一遍。”

“谢过，我等受教了。”几人笑着说道，“在山里还有什么耐不下性子的，想唬人，也没人好唬。”

几人大笑，接连啜饮，齿颊生芳。时下仲秋，珙桐碧绿，银杏深黄，乌桕殷红，头上冠盖缤纷，脚下落叶松软，有风穿过，晃动头顶阁铃。铃声送远，几人兴致大起，纷纷弄起手上乐器来。琵琶洒脱，箫管悠然，铃鼓跳闪，瑶琴喑喑沉抗。幼时终日弹习，吃了多少苦头，如今乐奉己身，才格外觉得万般辛苦都值得。她们自幼见过许多同行，半生辛苦却终究被手艺辜负，死活也熬不出来，已经暗自庆幸多年，如今才知道，与寻常百姓比，她们更是命好的了。

三位道友以行书草书相询，李素炫果然不曾练过太多，不知道能给人指教些什么。如今她执笔只是随意写，想的是词句文章，忘的是锋镝法度，略写快些便是行书，再快些便是草书，凡起转、勾连、牵丝皆出笔势，不用刻意做出来、画出来。她有见识，知道自己这行书草书算不得好，只是出于无意，胜在一番自在。不意之意，乃为真意。她习书三十余载，费了千万心机，到最后，又回到最初这句话上。

# 322

山路能走时，李素炫每到月初都要服青衣，着冠，下山教授谷口村庄里小孩子识字读书。小孩子们喜欢听她讲些掌故，也喜欢听她弹琵琶，每到授课或弹奏时，连些做耶娘的也时常挤出一刻半刻来，在一边听听热闹。朝廷虽设科举，历代制度沿袭，可读书昂贵，普通乡间子弟根本没有机会，他们更相信踏实干活，大多不相信读书有太大用处。这一点李素炫不是不同意，书若只读那一点儿，不到透彻，果然没太大用处。只是透彻读书是苦事，逼不出来，她记得清虚子嘱托，并不强求，只教小孩子们粗认得几百个字，过市时不上当便好。

小孩子里也有些扎实肯学的，李素炫与孩儿父母商议过，递了荐书，举荐孩儿去县学或书院，并资以银两。也有些小女娃十分聪慧勤奋，李素炫劝服父母，允许她们跟随李素炫识字诵书。女娃们听大人说女子读书无用，颇不服气，个个都格外用功，字也认真练，偏要将男娃比下去。

李素炫看着她们，想起当年师父卢菡所虑。读书识字乃一生忧患之始，人开了心智，便知道为人除了饱肚腹，还要润心魂，晓得世间是非对错，心下有索求，有持守，有抵抗，此生平白多许多烦恼。玉真曾说世间不与女子出路，若是再读了书，心气高而无有出路，只怕更糟。李素炫一生机缘非凡，不曾因女儿身而为诗书所累，可眼前这些女娃日后无非嫁人生子，绝无他路。李素炫也不知道给她们留个心中混沌，她们这一生是不是反而会好过些。

这问题她想不明白，只能是顺其自然。遇到女娃好学，她指教得格外细致耐心，遇到不喜欢学习的，格外不强求。

她时常向村里人请教农事，人与她讲的她都认真记写下来，有人向她讨教琵琶，她也不吝指点，只是除此之外她不知能与人说什么。她与村民很亲，话却少，独自一人时便寻个僻静处，解出无伤，弹得专注，有时也为小孩子们录写些文章书史。不管弹习还是录写，只要坐下来，二三个时辰一动不动很寻常。她终年素衣，沉静寡言，弦声渺淡，食不喜肥厚，盐也用得少，又只饮清水。村民对她十分敬畏，不明白她为什么如此坐得住，又为什么从来不需要与人玩闹，不需要与人说话，独自一人就能活着。

有些人觉得这很寻常，嘱咐小孩子莫要过去捣乱，又对旁人说道：“仙人自然是如此了。”

城里富贵人每说起山中，只道是云水逍遥，彼等若入了山中，也果然逍遥，只是让他逍遥的仍是富贵，不是山水。若无仆佣杂役支派，就要每日亲自耕种、炊煮，做许多杂事粗活，朝夕劳碌，不得歇息，又终日衣食粗疏，贵人们不几日就怕了，躲了。村民们耐得辛劳清苦，却无意于志咏，无人格外感触些什么，风云雾雨也都见惯了，有也如无，反倒渴慕城里尘土热闹，艳羡贵人金玉堂皇。这山中唯有修真者日日耕读，耐得劳身疲惫，耐得粗茶淡饭，晓得寒微是松脱，寂静是清贵。道门讲逍遥，逍遥是要修来的，手总要粗，心不能粗。山水固然，初看无意，再看有意，再看又无意，这些都要做完粗活后慢慢才能领悟，悟了，便是逍遥。只是人越逍遥，能与旁人说的就越少了。

李素炫对村民十分相顾，她粗通些药学，有些小毛病知道该用什么草药，若遇上杂症、重症，就写张纸笺，末尾画一只狸儿，叫村民带着到城中平宁寺里去寻闻朗和端木，请求相助。她每月道禄本来由玉真宫遣人专门送来，但她现在不需要这么多钱，只留一些备个万一，也给村里小孩子买些书卷来，其余的都给了平宁寺病坊。

猎户和药农进山出山路过李素炫家时，常到院里讨碗茶饮，求一曲琵琶来听，顺便帮她做些重活，有时还将野味送她一些，若是在山谷深处大河里捕到了鱼，也常送给她一条。阿翁以前教过她用豉汁、老姜、冰糖和稠酒来烧鱼，最后放些芹菜叶子，味道会不一样。她为此特意向农人请教，在地里种了一垄芹菜。她做不好醋芹，芹菜种好了大都拿来烧鱼，每次人送她鲜鱼，她也去地里拔几株芹菜来回赠，以示答谢。

有时猎人送些河虾给李素炫，她将虾蒸熟，晒在院中巨石上，自屋里随意取支琵琶出来，坐在树荫下，在身上垫块干净软布，一边轻弹，一边不时看看不远处日光下那一摊虾肉。她特意留了几只生虾一起晒，果然如阿翁所说，熟虾很快就干透了，生虾却晒不干，最多半干，还有些黏糊糊的。傍晚时，她放下怀中琵琶，起身一边将干虾收拾起来，一边将几只半干生虾吃掉。

她如今什么活都学会了，能将野味在火上炖熟，将鱼虾做成腌卤，或晒干，能将衣裳上头破洞结实补上，学会了栽种各种青蔬，采收后晾干存着。阿翁从前教给她不少厨间事，还告诉她，日后若是身边没人疼她了，就要学会自己疼自己。她还记得如何用青蔬来做渍物，也能做出来，但不管怎么用心，也没有阿翁手中好味道。当初阿翁一边与她闲聊一边就随便做了，做出来就是美味，又想起阿翁说过手艺欺负人，她摇头笑笑，认了。

她每日趁着天光忙碌杂事，常连着几个时辰在地里劳作，不抢工，慢悠悠挥着铲子，或是慢悠悠洗一整日衣裳，非常有耐心。旁人看了一定当这是勤快，其实她一边做着手上一点儿简单事，一边还是不住胡想。世人都知道东门牵黄难能再有，华亭鹤唳不可复得，却又个个难舍富贵，身心俱不由己。她庆幸自己放得下，可放下之后，还是不知道下一步如何。师父曾说，有钱可以豁免于无钱之苦，开心却是另外一回事，有吃有喝之后，乐子还得自己找，再多钱买不来现成开心。这话她懂，凭着手上书乐，也能做到，可她也疑心，难不成后半生日日如此，一直就这么开心，除了开心，难道就没别的事了。不过这件事她也就想到这里，再往后就想不出什么了。

她也时常择着菜，搓着指尖上泥土，想些书学道理。所谓法度，俱为尘世矩矱，可她眼下已与尘世无有干系。写字、赋诗或弹琵琶，如今只是自己心头与手中一点寻常事，无所谓他人，也就无所谓尘世，无所谓法度。她已不消循守法度，随意写便是，可随意仍不是天然，仍是两头不落好。若是不走运，这辈子偏还活得长，往后当真是不知道往哪边走了。

胡乱想过许多，她又责备自己为何非要胡乱想这么多。

“还是活干得少，吃饱了闲的。”

忙完每日活计后，她常疲惫不堪，瘫坐在案边，也赋诗词，也写篆籀，也弄七弦，淡淡几句，淡淡几笔，淡淡几声，不是因为闲散，是真的累得没力气。小时候常见到师父书画清淡，诗词平静，管弦萧索，一副不急不争，当时颇喜欢，以为士人心性淡泊，方能如此不刻意。如今回想起来，或许师父只是太累了。

山中热闹，到处都是声响，却都不大，日子久了，虽充耳也不闻。冬日里若是不起风，就什么声响也没有，认真听也没有。听清虚子说，山中过于幽静，若不动乐，也无人相谈，日子久了，人耳就开始听不清，再久些，会聋。住山修持者皆操弄乐器，也是为解闷，也是为救下两只耳朵。

李素炫托书玉真宫，樱儿给她送来了手鼓与铃铎，再加上羯鼓，这下真不用担心耳聋了。不动乐器时，山中还是静了些，闻朗和端木从平宁寺僧侣那里求了数枚小阁铃来。李素炫将四枚阁铃悬在丹室外四个檐角下，余者系在院中树荫里。每当有风，空山静邃，阁铃悠长，声声相闻，又回荡消弭，日月随之而逝，只如疾鸿。

夏末几场大雨，转瞬秋凉，赤叶染透山峦，日色辉炫如虹。数日内，秋叶落尽，秋色不及萧瑟，便被大雪慈悲掩埋。冬日里深雪封山，李素炫安静在家里窝着，周身满目幽翳，寒江映雪，浓云塞川。前事如影，来世迷茫，她怕人间誓言飘渺，怕自己心性削薄，辗转忧思，耿耿怀念，怕一切不过是枕上雪、袖中风，不过是草尖露、井底波。辗转一夜，清早起来，看到四野明亮，雪光涤荡，又立时振奋起来。

山中时日悠若止水，又纵如迅兔。尘土长安，天下终南，此间有峰有风，此间无仇无愁，空山萧谷，出云归鹿，疏花细雨，淡曲荒棋。李素炫活得一片闲散，多少浓烈到眼下已成轻淡，半生无穷痴嗔罣碍，当时千般过不去，真放下时，又如此轻易。她日日耕收炊煮，又洒扫濯洗，身手忙碌，心中却无事，不嗔既往，不争他日，送风走，等雨来，一点心念只在当下，只在眼前。这山中崖石沁月，流水湍风，朝霞炼画，暮色织诗。她身无长物，一室萧然，却自领风月主人，独占一片山水。

她依旧勤奋，终日诗书，又弹习不辍。自幼琵琶精熟，法度完备，已回不到天然，索性也不指望。琴则大可随意弹，也不求有法，也不求无法，弹便是了，好便是好，拙便是拙，不必在意。书乐循法，万法归心，心不过求个安稳。弄弦辨音，写字听声，只这一点细微响动，也叫她知晓举世尚在，万物不死。

# 终章

大历五年（770年）八月—九月

# 323

大历五年深秋，李素炫入归山中已五载，教授村中儿童读书也已四年了。

只看身貌，她现在与寻常农家女子无异，一身粗布衣衫，简单绾着头发，插着木簪。她自幼不甚装扮，人当她无意身貌，其实她只是不喜欢刻意。白梅淡色，海棠无香，何尝有逊于群芳，何必苦苦纠结，跟自己过不去。她幼为宫伎，礼教苛严，多年读书，又为女冠，尤尚清止，不逐浓艳，可推崇素简，说到底仍是一番刻意。眼下她才真的是不在乎，不消什么衣裳，暖和、宽松、做事便利最要紧。至于琵琶，她果然是想不到几根弦还能额外拿来做什么，那什么也不做就是了，弹成什么样更无所谓。从前还想着不意之意，现在只想要个不意。

长安城里有人在坊间听说些宫闱旧闻、市井传说，一心向往，入山寻她，到处打听，但什么也打听不到，苦寻许久，连她如今是死是活都不知道，只得怏怏回返。也有人说世上其实并无李素炫其人，那些传说是市井中人用开天年间许多乐人过往编缀而成，听者更是不能考证。日子久了，也就无人再打听她。人想成为世间既往其实很容易，不用等到死，更不用等到死了多少年，简单转个身，躲开，人间很快会将他忘得一干二净。

八月底，李素炫出山，在谷口村庄里教授小孩子，盘桓数日后，告别村民，离开了薤谷口。这一二岁以来，她每到谷口村庄教小孩子读书后，都要出山在附近村镇里采风，访求民间歌乐，与昔日宫中内乐交汇熔铸，化炼道乐，再授与各处道观，并集录修撰后交付国馆留存。她出身宫伎，又多年司掌玉真宫道乐，乐学精湛，做这些事不难为她。数年间她已将薤谷口近处各村镇访求过半，也多少知道了一些人间事。

一日下午，在一个小镇子上，她看到一群人抬着神像在街上行游，像是场祭祀，只是不知道祭祀的哪路神灵。她一时好奇，心想祭祀中多半有人奏乐，便跟在队伍后面，一直走到镇子中央小空场上。众人在场子上散开，围着神像焚香顶礼，十分虔诚。过了许久，她听身边人交谈，说场上祭祀的乃是田公元帅，她却又不知道这田公元帅是何方神仙。众人肃穆下来后，她更不敢出声询问。

又许久，无人奏乐，只一人持绰板上场，看样子像个说书讲古的。李素炫想要趁天色光亮赶到长安城，转身走了不过一两步，听那人打着点子开口说道："在下今日要与列位讲一讲那天下梨园大总管雷海青雷先生事迹……"

李素炫猛然回过头来，看着那说书人。

"那雷海青诞世之日，天有异象，耶娘目浅不识，以为凶兆，心生畏惧，将他丢弃在荒野中，得百兽百鸟护佑。后为人收养，幼入宫廷，初以筚篥闻名，后为天下第一琵琶绝手，乐中君王，举世顶礼，便是天子也对他数十年礼遇。想不到那安禄山拥兵造反，破了潼关，破了长安城，掳了乐人八百众，带到洛阳凝碧池边。那伪帝艳羡我大唐天子气派，令宫廷乐人奏乐，要享无上尊荣。谁知那雷海青不畏强暴，掷琵琶于地，大声喝骂那安贼。安贼恼怒，割了他舌头，他口含鲜血，仍旧痛骂不止。安贼命人将他绑缚至戏马殿前，将他活活折磨而死，又肢解毁尸。那安贼不识字、不读书，不知古今道理。有忠烈如此，我大唐焉能败亡，他焉能作乱功成。果不然，待官军收复长安，雷海青率天兵相助，因云雨氤氲，将大纛上那雨字头遮了，单剩个田字，叫世人瞧见，呼为田公元帅，实则正是那雷海青。他本是上界昊天大帝三太子，因爱人间戏曲下凡，待功德圆满，便回归天庭，只是顾念那一段人间因缘，不忍相弃，特率天兵助我大唐……"

李素炫默默听着，泪流满面。

她屡次听人说起雷海青被难前后经过，说什么的都有，却都像他性子。她知道她雷先生果然就是如此，但教一逞真性，何意轻掷生死。说书人声泪俱下，百姓祭祀哀恸，只是那神像令李素炫觉得很是怪异，一派神祇气势，眉眼却与雷先生全不相同。依她所记，雷先生敦朴端正，并非金刚天王般相貌，她屡次听人说起他豪爽，却很少亲眼见他那般性情，只记得他虽然年长，对她却仍旧礼貌殷切，言语稳重，为人十分温和。

李素炫肩负无伤，远远站着，远远看着。民众肃穆哀伤，祭礼隆重周详，偏是她不肯燃香叩首、不肯顶礼称诵，心中却最有一番深情、无穷悔恨。当初若唤过他师父，哪怕只一声，令他心头有过片刻欣慰，于他而言，也好过后世这无穷虚名。如今先生已辞世十数载，她悔恨难填，跟在人群里叩首哀恸，岂非嘲讽。

静默许久后，她轻叹一声，转身离去，暗自想道："我师卢菡一生持守，鹿先生一生藏敛，唯我那雷先生，豁达洒脱，毕生通透，从无纠结迟疑，到最后，死也死得从容爽快。一派天成自在，倒果真像个下凡的。"

日暮，众人在神像前奉上香烛，陆续散去，到最后，空场上没有人了。李素炫独自走到神像前，解出无伤横置在地，在神像前跪了下来。那神像面孔全然不似雷海青，她不敢抬头看，低着头，只当面前站着的就是雷海青。她整衣拊额，在夜色中恭敬行过大礼。

"师父，弟子忏悔。知道师父未曾责怪，故不敢请求宽宥，只是我心中痛悔，此生难以平复。若师父魂魄不远，弟子心意乞请知悉。"

她持礼颔首，忍了眼泪，静默无言，多少往事沉在心底，平日里很少想起来，若想，依旧那样清楚。许久后，她再行一礼，缚好无伤，趁守夜人没有到来，怅然离开。

# 324

终南山中此时已是暮秋景象，寒林老迈，涧水微凉，入夜后，崖壁下背阴处已开始微微结霜。凇雨也急切，也不动声色，雨势不大，雨滴却细碎锋利，又耐心，一点点将林木枝头溯得湿透。白昼里，遍野赤叶殷红，如兵戈未洗，血光陈旧，又染金黄，又间深绿，粼粼掀照，如麒麟碧眼、鸱鸮深瞳。秋日肃杀，又魅惑，拒斥，又挑逗，不犯不离，且夺且与，三千世界性本空无，虚实浓淡间却有无穷色相。

城中物候比山中晚上些许，秋蝉依旧嘶鸣不已，碧叶微焦，将落未落，犹自在枝头上迟疑不决。坊道上人人走得匆忙，目不旁视，空中归雁结阵，鸣唳而去，令人忍不住抬头仰望追随。

在闻府歇息了一夜后，九月九日，闻朗、端木与李素炫带着几个孩儿一起到郊外秋游。澜儿已十岁，闻朗与端木幼子也已四岁，叫父亲抱着，也出来玩儿。樱儿也跟了来，她这几年随闻朗与端木修习医药，总在一起，十分亲密。小太常也来了，带着夫人与两个孩儿。每到荷花诞日和重九前后，李素炫都会到闻府盘桓几日，看看几个孩儿读书如何，也教他们弹琵琶。小太常知道后，掐着日子到闻府打听，只要李素炫去了，他便死磨着求见，李素炫给几个孩儿讲学，他非要在一边听着。李素炫哭笑不得，又拿他没法子，他从小就这样。今日秋游，又让小太常知道了，非要跟着。几户加起来十几口人，又骑马，又乘车，一路热闹着到了终南山脚下。

今日秋高，秋水晶莹，秋光明亮，远山层林染透，赤彤夺碧，黄挑丹朱。碧空如幕，白云映照，朵朵分明，看上去温暖绵软，仿佛只在肩头，触手可及。原野上秋草绚烂，秋华奢靡，秋日如此深情柔媚，叫人觉得被这世间如此善待。

众人心头畅快，在水边扎帐、布置桌椅，李素炫逗着几个小孩子。小太常幼子已经快十岁了，看着李素炫肩上无伤艳羡不已，一路打听个不停，眼下仍有许多问题。

“你怎么这么喜欢琵琶？”李素炫笑着问道。

“我偏就喜欢，我天生就喜欢。”那小子撇撇嘴说道，“等我长大了，定要入太常寺，入太乐署，统帅天下乐人，制出无上大乐。无奈耶娘就是不准，死活要我读书、考功名。”

李素炫没答话，憋着笑，转头见小太常正看着她。他蔫头耷脑，快快说道：“知道你肯定要嘲笑我……你且随意……”

李素炫正色道：“怎么会嘲笑你。”

“我这真算是报应……”小太常蔫巴着说道，“当年亏是遇到素儿，将我赚了……你想笑就笑。”

“不会笑你。”李素炫认真说道。

两人互相看着，绷着脸，许久后，李素炫终于忍不住笑起来，小太常更是笑得不能自持，旁边几个孩儿看得十分傻眼。

乱后朝廷第一次开科，小太常陈廷正与李逊同时中举，又为同榜进士，这些年在官场中也熬得着实辛苦。他却有本事，从未折辱了本心，能将所有事情处置好，又能保得自己周全，面上又不露凄惶。人能君子，又有智计，实为不易，李素炫非常佩服他。尤为难得的是，琵琶他依旧弹着，不曾相弃。李素炫从前教给他的，他都还认真记着，忙起来顾不上，稍微有空闲就会重新弹习，也时常请玉真宫人帮忙递书到退知观中，与李素炫商讨些书乐文章，谈论些佛道义理。世事无尽烦扰，却不曾扰了他怀中琵琶，他现在跟从前一样弹不太好，轸轴间那一点心思也跟从前一样单纯，弦声依旧笨拙，也依旧不着世相，仍是从前那个莽撞少年。

其实小太常也已人到中年，见了李素炫却还是二十多年前那副性情，怎么都严肃不起来。二人说笑间忽然听到那边人大声欢闹起来，起身过去看热闹，原来是李逊带着夫人与一双儿女也出来游玩，知道今日樱儿随端木到这边来，也朝这边走，不想真的遇上了，意外的是卢观竟然随行。两拨人见面非常高兴，立刻合而为一，将棚帐扎在一处，桌椅也摆在一处，招呼人端酒上来。聚饮多时，又分了几拨单独聊起来。

“素儿守道数载，你那终南山中如何？”李逊笑着问道。

“终南神秀，诸峰雄异，日色柔雅，月华骄盛，人间无上仙境。你那天子殿上又如何？”

“人鬼交处，人心浮杂，各有心机，各有算计，什么王八羔子都有。”李逊稳稳答道。

两人低声哧笑。李逊斟酒，随意说道：“若有机会，一定要进山，跟你去看看山中神仙，也看看你怎么过日子。我知道你老躲着人，只是没想到能躲这么远，偌大个玉真宫你不要，独自跑山里去了。许多人也就是一时血热，凉下来了，就跑出来了，你竟然还真能稳住。想是山中格外快活？”

李素炫笑了笑，脱口而出。

山中何所多，落魄懒仙佛。好睡三竿起，闲来乱唱歌。
且饮酌，白云意趣，难与外人说。

李逊笑着不住点头：“素儿说得对，在下村俗了。”接着又感叹道：“素儿诗文老练，有迅才，我若及得上你一半，也不会自小叫耶娘看不上，平白挨那许多羞臊。”

李素炫皱皱眉头，低声咄道：“少说废话。”

李逊一怔，大笑，旋即又醒悟过来，低头压着声音，憋着笑了许久，又恳切说道：“从前这样说，果然是废话，今日李逊说的是真心话。”

李素炫立刻收敛了笑容，点点头，认真说道：“诗词不过末技，比不得你如今为国奔忙。你不用老记着这破事儿，不打紧。”

李素炫口吻里有些玩笑，话却恳切。李逊长叹，笑笑，又点点头，收拾了神情，重又斟酒，推一盏给李素炫，淡淡说道：“真是羡慕你眼下清贫，穷得什么也没有。”

李素炫每与李逊对饮，总是李逊不住斟酒，觉得不过寻常。李素炫也不谦让，端起酒盏，饮着酒说道：“若是别人说这话，我定不信，你说，我信。”

两人随意饮酒，淡淡笑谈，所谓知己，不过如此。身边不远处几个孩儿在疯闹，训良、崇烈与小太常两个儿子在一处演算兵法，个个说得头头是道，煞有介事。李逊幼女缠着姑母李樱，长子与闻澜并肩坐着，不知在说些什么，很是亲密。李逊忍不住远远看了端木一眼，不料端木也看了过来，两人对视，淡然一笑。

李素炫也看到了，也笑了。这情景未免老套了些，却着实让她看得开心。

聚饮过后，众人在水边散步，又沿水岸向山里走，看看景色。十几人渐渐凑成两拨，闻朗与李逊和小太常说到了一处，樱儿与端木、嫂嫂裴氏和小太常夫人柳氏聊得开心，唯有李素炫独自坐在水边，远远看着他们开怀。即便是与好友在一起，她也只喜欢二人寂静相谈，不喜欢人多热闹，又远避深山多年，眼下神魂空静，一心只在己身，对心外万事都淡漠了许多。她看着好友，为他们高兴，却没有太多话能与他们说了。如今，人间对她来说只如一幅画，她只想在一边看着，不想再走进去。

“素儿。”卢观在身边轻轻唤道，见李素炫回头看，轻笑着说道，“我今日随老友一起出来凑个热闹，不想竟能遇上你。听李逊说，你如今在终南山中守道修行。”

卢观走后，李素炫再没有他消息，她没有向任何人打听过，也没有任何人会过来跟她说。安史乱事起于范阳，卢氏族出范阳，首当其冲，有人归了逆贼，有人死战不屈。乱后朝廷追究卢氏族人，卢观未受大难，只被贬了官。他也不申辩，默然赴任，勤恳踏实，从头开始，十余年积功至今，复为上州长官。几日前他回京述职，今日着平民服色随老友出游，果然是没想到会遇到李素炫。他知道她一切安好就足够了，从没有想过要去找她，也从没有指望今生会再见到她。

时隔二十年，两人依旧熟稔随意，笑得也浅，说得也淡，简单几句，讲了各自多年来经历。卢观神色端宁，依旧是从前模样，只是笑起来眼角有了皱纹，头发依旧乌黑，却也隐约夹了银丝。白发乃人间公道，李素炫看看老友，知道自己现在看起来也是如此。诸行无常，盛者必衰，无人可以豁免于岁月。

能说的就那几句，都说完了，两人相对，沉默了片刻。卢观无意间看了看李素炫两手，她手弹多年，如今文武兼备，右手已比左手还要粗糙，结着硬茧，指甲厚生、开裂，指节变形，哪有什么指如春葱。卢观难想这些年来她在琵琶上吃了多少苦头，心中叹息，轻轻问道："多年没有听到你琵琶声了，能不能为我弹一支？"

"好。"

李素炫点点头，解出无伤弹起来，卢观安静听着，看着眼前，水面上波光不断，亮得刺目，卢观看得微微失神。

"唱支调子如何？你那《苍梧梅令》后来可还填过？"曲终，卢观又问道。

"填过，不多。"

"今日再填一支如何？"

李素炫一笑："你先来，我与你弹。以何为题？"

"秋色晴好，唱秋相宜。"

"好。"

李素炫弹起了信手，弦声轻细，不慌不忙，片刻后卢观轻声嘱咐，要她弹平韵《苍梧梅令》，入林钟宫。隔了二十年，李素炫不大记得他唱歌什么声音了，只记得他说不擅长作些柔和调子，可是不管唱什么，声音却都很轻。

水湍急，乱石舞流溪。云涯日色滚虹霓，一川烟树，秋草离离。

路依稀，野渡萍踪迷。桂花轻踏香马蹄，数声清徵，吹彻横笛。

“这柔和调子你分明作得好。”李素炫赞叹道，“你文名果然不虚。”

卢观笑着点头道：“你度了这曲子，填了最初几首，乐人又都喜欢用这牌子，我才学会的，只是这些年也作得少。夙日难得清闲，心头杂乱，眼前千般山水也不过无睹，心中偶尔有些词句，也都是些煞风景的……罢了，轮到你了。”

李素炫随意弹了片刻，转手入了调中。

雁入云，千峰新雨痕。更有秋色十二分，山占六分，水占六分。

且行吟，重峦次第深。仙源省识无数村，诗又一村，酒又一村。

“你也不虚，也填得好。”卢观说道。

“多年旧友，彼此知道底细，就不要如此互相吹捧了。”李素炫停了两手，转头笑道。

卢观笑着点了点头，又迟疑说道：“素儿……记得从前在销魂桥畔，滋水驿中，你曾经唱过一支《水龙吟》。我今日能不能再听听？”

李素炫不明白卢观为什么单独要听这一支，也不问，也不拒，弹着无伤轻唱起来。卢观在一边安静看着她，目光温润，只如少年。无伤血染，伤痕累累，眼前女子怀抱无伤，也已是韶华初老，却依旧弹着从前调子，唱着从前那支《水龙吟》。别二十载，多少芳华流于岁月，多少深情止于唇齿，她心里依旧是最初那个人，身旁少年依旧怜惜她，也依旧不愿说出口。这世上什么也不能永恒，人心更是善变，可唯一不变的，也只有人心。不过一点怨恨、一点不甘，如星火般飘摇，却执拗不肯泯灭，只一副柔弱身体，也能将一颗心护得稳妥，不遭人间折损，不受世事打磨，不迁改，不退转。

清淡一曲后，两人相视一笑，再未多说。两首秋词、一支旧曲，偿了半世情愫，纵然余生再不相见，此生也了无遗憾。

日头渐渐低了，众人又回到营地里，一边说笑一边一起动手准备餐食，一直欢闹到夜深，仍不尽兴，燃起篝火来，趁星光夜谈。头顶清辉迷茫，群星千年私语，人只几十年寿算，群星无始无终，看尽世上变幻，没人能想到它们会议论些什么。

## 325

第二日清早，众人个个睡得足够才起身，说笑着开始收拾场地，准备一同返城，李素炫打算直接回家。赤骏已有些老了，虽然身子仍健朗，李素炫却不忍它辛劳，再不催促它飞奔，由着它任意走路，薤谷口离此不远，也要走上近一个时辰。端木想要陪李素炫一程，与她单独说说话，二人先行告辞出发，留下众人仍在水边嬉闹，等待端木回来。

“端木如今可还担心我一个人在山里?”二人并辔，李素炫问道。

“我现在不担心了。”端木笑道，“你有清虚子这好友，有退知观中数位同道，还与药圃中人熟识，与村民们亲切，能与部属互相照应，我就没什么好担心了。以前心疼你一个人干活辛苦，担心你独自寂寞，如今放心了，你什么都会做，能照顾好自己。当初真是佩服你能狠心舍下这人世间。”

“是难舍，只是，真舍下也不难。”李素炫笑道。

“你初入山那两二年，还有许多人求你琵琶、求你词曲，过来向我打听你行踪。我说你在终南山隐居，守道修行，人都不明白。你依旧是乐中名手，如今也已是乐中前辈，怎能舍了多年名望，独自躲起来了。”

李素炫笑笑，所谓舍得，所谓舍不得，不过一念间。或一念明白，或一念糊涂，就舍得了。

“我明白你舍得，只是别人不明白。”端木说道，“有人说你洒脱，也有人说你怪异。我想为你辩解几句，不知道说什么，也明白我多事，眼下你自己多半都不想辩解什么了。”

“果然没什么辩解的了。”李素炫轻快说道，“从前我师父说过，世有谤我者，世有誉我者，却无知我者。人所爱者，人所恶者，皆非真我。但求一心自安，何必在意世人臧否。”

“素儿……你怎么这么像卢先生？”端木不住叹息。

“我是我师父教出来的，自然像他。只是往后就不知道会如何了。”

“……不明白你意思。”

“我比师父活得长。”李素炫笑道，“天与我分只这么多，我能做的都做了，此生不再有牵挂，余生里情愿自却于世，在这山中调弦啜泉，诗书为伴，想些天地间无用问题。我师父与雷先生死时都是四十岁，我今年也是四十岁。与他们比，每多活一日都觉得是占了便宜，纵明日身死，也无不甘。只是不知道往后再多活些年头，会不会与他们越来越不一样了。”

端木其实已经觉得李素炫与从前大不一样了。如今她眼角有皱纹，鬓间有霜丝，夏耐酷暑，冬忍寒冻，每日要做许多粗笨活儿，身段看着依旧轻盈苗条，却是腰肢矫健，筋骨强实，手上指节突兀，皮肤也粗糙了许多。操起琵琶来，单论弦上飒利，已大不如前，唯方寸宁定，神魂空澈，乐声中现智者相，现寿者相，现空无相，如浑金璞玉，如虚谷疏风，不再像从前那般，生性灵明锐利，却陷于聪明，在尘世中苦苦纠结，徒劳往复。

端木将李素炫送出很远，李素炫不放心她独自回程，叫她不要再送。二人挥手告别，各自策马而去。

此时朝阳勃发，光明照耀着前方开阔山口，浮云散开，水汽消弭，群峰次第挺现，河流闪烁着穿出迷雾，腾纵而来。脚下田园宽广，秋草如灿，遍野薤白隐匿，叶尖细韧，深藏于草木。赤骏一路逍遥徐行，李素炫不时低头看看周身明朗，又抬头看看远山缤纷，心中飞扬畅快。半个多时辰后到了薤谷口，猜她骏儿一定渴了，带它到谷口水井边上饮水，碰到几个村民。

“李先生回来了？”村民说道，立刻帮她打了水上来。

几个小孩子在一边嚷着：“李仙长回来了。”

李素炫笑着摸了摸小孩子们头顶和小肩膀。小孩子们一直叫她李仙长，也不知谁教给的。

村民行礼说道：“蒙先生慈悲赐银，我等不敢懒惰拖延，立刻请了匠人来，我等也努力帮助。这井彻底清理过，井水洁净许多，又将辘轳换过，比用手提水容易多了。旁边石槽也仔细清理过，眼下人和牲畜饮水都方便。草丛里巨石也费力又竖了起来，若有人行脚到这里，一眼便能看见这巨石，然后就能看见辘轳，就知道下头是井。”

“还有，”另一人指着远处，争着说道，“那头村边上祖庙也在修缮，待完工后，先生便可以在祖庙厢房中教授孩儿读书。左近处河水不曾改道，还在小庙门前，若连着下雨，还真有些水势。”

“剩下银两，我等按先生嘱咐送到了长安城平宁寺中……先生这是刚回来？”

李素炫点了点头：“正是，我今日直接回家，过阵子到村中探望。”

“我等在村中恭候先生。”几人说着，行礼告辞。

再向前不多远便进山了，山路没有平路好走，李素炫舍不得赤骏辛苦，不再骑行，牵着它慢慢走。赤骏饮得饱足，甩着耳朵，满心欢喜。李素炫在它鼻梁上抚弄着，笑着。

“骏儿随我回家。”

她亲昵说着，只是说过这句，心中忽然莫名一动。

她抬眼看看宇宙四方，高天流远，川云逐逝，微风轻晃秋草，拂过鬓边碎发，一切似曾相识。她愣了许久，耳边突然响起童年里那支歌谣，轻吟低唱，趁着琵琶弦声，无比真切。她不由得跟着唱了起来。

她已经一无所有，只有这支歌。

她在迷茫中挣扎了片刻，陡然间云消雾散，障壁瓦解，灵府豁然，天骨大开。无数往事俱在眼前，历历如算，她一瞬间什么都明白了。

原来这里就是她家。原来她早已到家。原来她一直就在家中。数十年艰辛苦楚，多少痴怨纠斗、死生缠磨，原来一切都是为了回家。

泪水从她眼中汹涌而出，她反而笑了，整肃起精神来，腰悬长箫，肩负无伤，脚踏大地，唱着歌谣，大步走向终南山深处。

巡天九万里，诵史三千年。翰墨几行字，随风散暮烟。
长安有终南，终南隐神仙。饮马松石下，踏歌归远山。
幽谷鸣麋鹿，日影落飞鸾。遍野生白薤，云崖流百川。
逆水无人迹，青嶂掩洞天。循环不知岁，河汉锁乌蟾。
晴明扫丹室，霁雨濯清涟。攀花弄琵琶，诗酒锄春田。

采芝龙移湫，长啸太乙巅。静听梨雪落，闲赋白云篇。
摇光惊鹿梦，子夜惑苍玄。半昧半醒时，觉与不觉间。
神识如丝去，智慧归泯然。一俟沧溟彻，寸心是乡关。

**图书在版编目（CIP）数据**

唐女乐传 / 山河万里著 . -- 北京：作家出版社，2025. 5. -- ISBN 978 - 7 - 5212 - 2933 - 2

Ⅰ. I247.5

中国国家版本馆 CIP 数据核字第 20248PS263 号

**唐女乐传**

**作　　者：** 山河万里
**责任编辑：** 邢宝丹
**装帧设计：** 张灵楷
**出版发行：** 作家出版社有限公司
**社　　址：** 北京农展馆南里 10 号　　**邮　　编：** 100125
**电话传真：** 86 - 10 - 65067186（发行中心）
86 - 10 - 65004079（总编室）
**E - mail: zuojia@zuojia. net. cn**
**http: // www. zuojiachubanshe.com**
**印　　刷：** 唐山嘉德印刷有限公司
**成品尺寸：** 152 × 230
**字　　数：** 1878 千
**印　　张：** 115.25
**版　　次：** 2025 年 5 月第 1 版
**印　　次：** 2025 年 5 月第 1 次印刷
**ISBN** 978 - 7 - 5212 - 2933 - 2
**定　　价：** 228.00 元（全五卷）